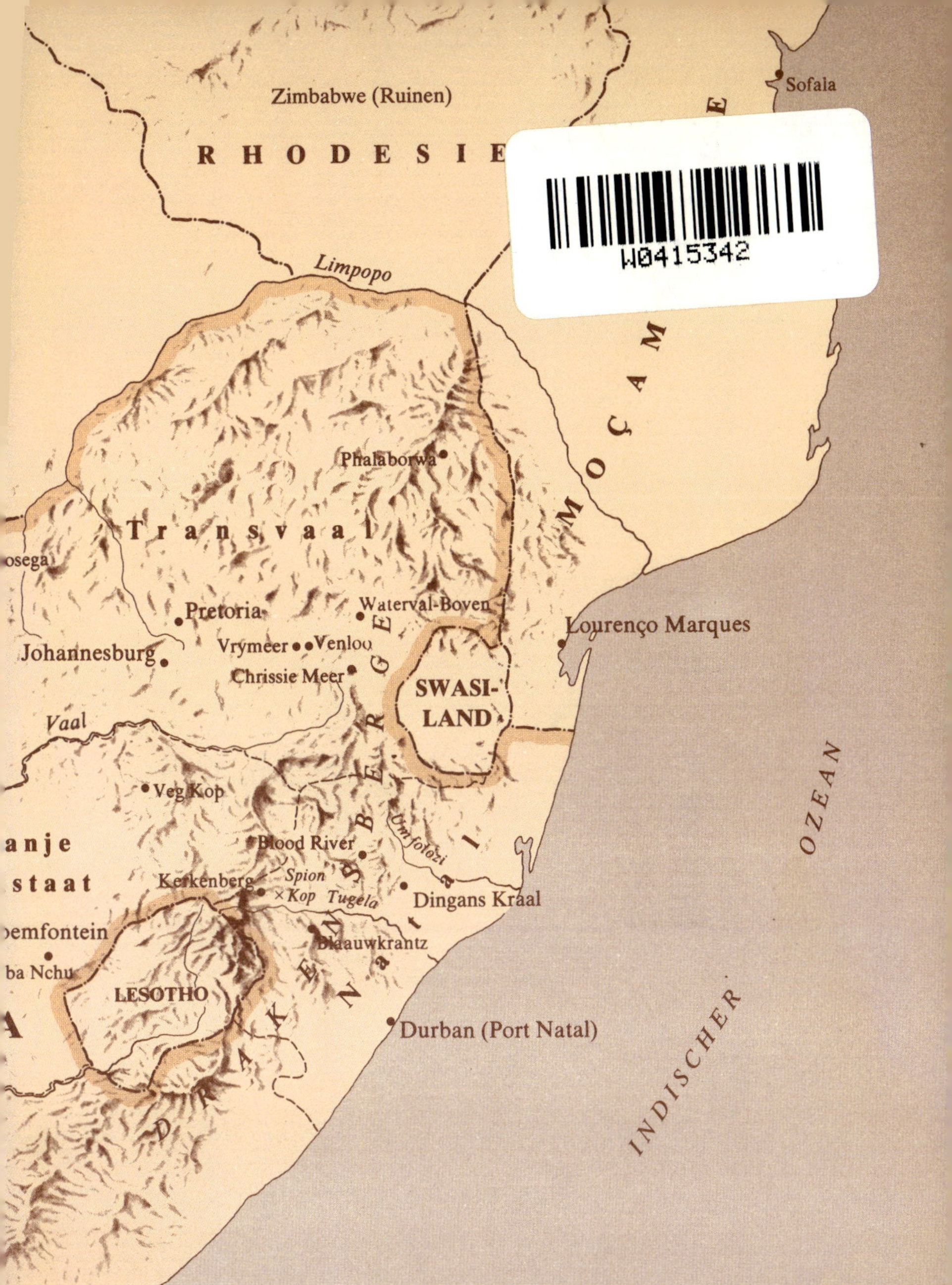

Südafrika und angrenzende Länder

Jean Paul Tremblay

Inhalt

1. Prolog

Es war die stille Zeit vor Sonnenaufgang an den Ufern des Sees, der einst einer der schönsten Südafrikas gewesen war. Seit fast einem Jahrzehnt hatte es nur wenig geregnet; der Boden war ausgedörrt, der Wasserstand gesunken, und das Wasser wurde immer brackiger.

Das Flußpferdweibchen, von dem nur die Nüstern aus dem Wasser ragten, wußte instinktiv, daß es diesen Ort bald verlassen und sein Junges zu einem anderen Gewässer würde bringen müssen. Aber wohin und in welche Richtung, das konnte es nicht ergründen.

Die Zebraherde, die regelmäßig an den See kam, trottete zögernd über das kahle, abschüssige Ufer nach unten und trank widerstrebend von dem übelriechenden Wasser. Ein Zebrahengst entfernte sich eigensinnig von den anderen und schlug mit dem Huf auf die harte Erde, um eine Quelle mit besserem Wasser zu finden. Aber es gab keine.

Zwei Löwinnen, die erfolglos die ganze Nacht auf Jagd gewesen waren, erblickten den Einzelgänger und verständigten sich durch geheime Signale, daß sie über ihn herfallen würden, sobald die Herde den See verließ. Vorläufig lauerten sie nur im dürren, gelben Gras.

Und dann erhob sich Lärm. Die Sonne war noch nicht am Horizont aufgetaucht, als ein Nashorn, das in seinem grotesken Panzer immer noch genauso aussah wie vor drei Millionen Jahren, zum Wasser hinabpolterte, auf der Suche nach Wurzeln, im weichen Schlamm zu wühlen begann und mit seinem kleinen Maul geräuschvoll trank.

Als die Sonne gerade über die zwei konischen Hügel emporstieg, die sich am Ostende des Sees erhoben, kam eine Elenantilopenherde zur Tränke – große, majestätische Antilopen, die sich mit seltener Anmut bewegten. Als sie auftauchten, flüsterte ein kleiner brauner Mann, der die ganze Nacht im tiefen Gras verborgen gelauert hatte, ein Dankgebet: »Wenn die Elenantilopen kommen, besteht noch Hoffnung. Wenn dieses Nashorn bleibt, haben wir noch zu essen.«

Gumsto war typisch für seinen Stamm: einssechsundvierzig groß, mit gelblichbrauner Haut, mager und am ganzen Körper sehr runzlig. Sein Gesicht glich der Landkarte einer sehr alten Wasserscheide, die von den Fährten von tausend Tieren gezeichnet war. Wenn er lächelte und seine kleinen weißen Zähne zeigte, schnitten seine Falten noch tiefer in sein Gesicht und ließen ihn aussehen, als wäre er über neunzig. Er war dreiundvierzig, und seine Falten hatte er seit seinem zweiundzwanzigsten Lebensjahr; sie waren das Kennzeichen seines Volkes.

Die Sippe, für die er verantwortlich war, bestand aus fünfundzwanzig Personen; mehr zu ernähren, hätte sich als schwierig erwiesen, weniger wären für Überfälle von Tieren zu anfällig gewesen. Sie bestand aus ihm selbst als Anführer, seiner robusten alten Frau Kharu, ihrer beider sechzehnjährigem Sohn Gao sowie verschiedenen Männern und Frauen unterschiedlicher Altersstufen und Verwandtschaftsbeziehungen. Die Sicherheit seiner Sippe war seine fixe Idee, aber manchmal ließ er sich ablenken. Wenn er nach oben blickte, um die Sonne zu begrüßen, wie er es jeden Morgen tat, denn sie war die Lebensspenderin, sah er die zwei runden Hügel, genau wie zwei Frauenbrüste, und da dachte er nicht an die Sicherheit seiner Sippe, sondern an Naoka.

Sie war siebzehn und Witwe geworden, als das Nashorn, das jetzt am See trank, ihren jagenden Mann getötet hatte. Bald würde sie wieder einen Mann nehmen dürfen, und Gumsto blickte sie verlangend an. Ihm war klar, daß seine Frau von seiner Leidenschaft wußte, aber er hatte verschiedene Pläne, um ihren Widerstand zu umgehen. Naoka mußte sein werden. Das war nur gerecht, denn er war der Anführer.

Seine Aufmerksamkeit wurde durch das Donnern von Hufen abgelenkt. Wachsame Zebras hatten die beiden Löwinnen entdeckt und den Rückzug eingeleitet. Wie ein Schwarm prächtig gefärbter Vögel jagten die schwarzweißen Tiere über das sandige Seeufer nach oben, um sich in Sicherheit zu bringen.

Der Hengst, der sich abseits der Herde gehalten hatte, verlor nun seinen Schutz, und die Löwinnen schnitten ihn, ihrem Plan gemäß, von den anderen ab. Es gab eine wilde Verfolgungsjagd. Ein Sprung auf das Hinterteil des Zebras, ein kläglicher Schrei, eine Pranke schlug mit scharfen Krallen auf die Luftröhre. Das schöne Tier wälzte sich im Sand, die Löwinnen hielten es fest. Gumsto, der jede Phase des Angriffs beobachtete, murmelte: »Das passiert, wenn man die Sippe verläßt.«

Er rührte sich nicht, während sieben andere Löwen herankamen, um an der Beute teilzuhaben. Sie wurden begleitet von einer Anzahl Hyänen, die auf die Knochen warteten, die sie dann mit ihren gewaltigen Kiefern knacken würden, um sich das Mark zu sichern. Hoch oben sammelte sich ein Geierschwarm, um sich seinen Anteil zu holen, wenn die anderen fort waren, und während diese Fleisch- und Aasfresser ihrem Geschäft nachgingen, befaßte sich Gumsto mit dem seinen.

Seine unmittelbare Verpflichtung bestand darin, seine Sippe zu ernähren. Heute würde er dieses Nashorn überfallen, es töten oder von ihm getötet werden. Er wollte seinen Leuten ein üppiges Mahl verschaffen und dann mit ihnen an einen besseren Ort ziehen. Während er diesen grundlegenden Entschluß faßte, verzog sich sein kleines braunes Gesicht zu einem zufriedenen Lächeln, denn er war Optimist: Es würde bestimmt einen besseren Ort geben.

Er verließ den sterbenden See und ging zur Wohnstätte seiner Sippe, die eigentlich nur ein Rastplatz unter niedrigen Bäumen war. Der Wohnbereich jeder Familie war durch Stöcke und einige aufeinandergeschichtete Steine abgegrenzt. Es gab weder Häuser, Wände, Schuppen noch Pfade oder Schutzräume außer einem Flechtwerk ineinandergreifender Schößlinge, die grob mit Gras bedeckt waren. Der Wohnraum einer jeden Familie bot gerade genug Platz, daß die Mitglieder in flachen, dem Körper angepaßten Gruben liegen konnten. Die wenigen Habseligkeiten waren in Jahrhunderten der Wanderschaft sorgfältig ausgewählt worden; sie waren unentbehrlich und wurden liebevoll gehegt: Lendentücher und Fellmäntel für alle, Pfeile und Bogen für die Männer, Körperpuder und kleine Schmucksachen für die Frauen.

Gumstos Familie hatte ihren Schutzraum am Fuß eines Baumes, und als er sich mit dem Rücken zum Stamm aufgestellt hatte, verkündete er entschlossen: »Die Antilopen gehen fort. Das Wasser ist zu faulig, um es zu trinken. Wir müssen fortziehen.«

Sofort sprang die alte Kharu auf und begann, auf ihrem Territorium hin und her zu rennen. Da die anderen mit Stöcken abgegrenzten Wohnflächen ganz nahe waren, konnte jeder ihre murrenden Proteste hören: »Wir brauchen mehr Straußeneier. Wir können nicht fortgehen, bevor Gao seine Antilope erlegt hat.« Sie zeterte weiter, eine alte Vettel von zweiunddreißig mit faltenübersätem Gesicht und schriller Stimme. Sie maß nur einsachtunddreißig, übte aber großen Einfluß aus. Als ihr Wortschwall versiegte, warf sie sich, keine zwanzig Zentimeter von ihrem Mann entfernt, zu Boden und schrie: »Es wäre Wahnsinn fortzugehen.«

Gumsto war froh, daß sich ihr Protest in Grenzen hielt, und wandte seine Aufmerksamkeit den Männern auf den anderen Wohnflächen zu, die so nah waren, daß er von seinem Platz aus zu ihnen allen sprechen konnte: »Laßt uns das Nashorn töten, uns sattessen und auf den Weg machen zu neuen Gewässern.«

»Wo werden wir sie finden?«

Gumsto zog die Schultern hoch und zeigte zum Horizont.

»Wie viele Nächte?«

»Wer weiß?«

»Wir wissen, daß sich die Wüste viele Nächte erstreckt«, sagte ein ängstlicher Mann. »Das haben wir gesehen.«

»Andere haben sie durchquert«, sagte Gumsto rasch. »Das wissen wir auch.«

»Aber jenseits von ihr? Was dann?«

»Wer weiß?«

Die Unbestimmtheit seiner Antworten erschreckte ihn ebenso wie die anderen, und vielleicht wäre er vor diesem großen Wagnis zurückgeschreckt, hätte er nicht zufällig Naoka gesehen, die sich hinter der dünnen Reihe von Stäben, die ihre Wohnfläche markierten, im Sand räkelte. Sie war ein prächtiges Mädchen. Ihre glatte Haut war bedeckt mit Perlen, die aus der dicken Schale von Straußeneiern geschnitten waren. Ihr Gesicht strahlte die Freude eines schönen jungen Tieres aus, und sie wünschte sich offensichtlich einen Mann als Ersatz für den, den das Nashorn getötet hatte. Sie war sich der hungrigen Blicke, die Gumsto auf sie richtete, bewußt, lächelte und nickte kaum merklich, als wollte sie sagen: »Laß uns gehen.« Und er erwiderte ihr Nicken, wie um zu antworten: »Wie herrlich, die Gefahren mit dir zu teilen.«

Es war ungewöhnlich, daß ein mannbares Mädchen wie Naoka für eine neue Ehe verfügbar war; eine Sippe konnte dreißig Jahre lang zusammenleben, ohne daß es zu einem solchen Zufall kam, denn es war Brauch bei diesem Stamm, daß ein Mädchen heiratete, wenn es sieben und ihr Mann neunzehn oder zwanzig Jahre alt war, denn dann wurden Schwierigkeiten vermieden. Es war eine gute Sitte, denn der Mann konnte seine Frau so erziehen, wie er sie sich wünschte. Wenn sie in die Pubertät kam, um eine wirkliche Frau zu werden, würde sie entsprechend erzogen sein und wissen, was ihren Mann ärgerte oder ihm gefiel. Und da er gezwungen war, Zurückhaltung zu üben, solange seine Frau noch ein Kind war – er wurde geächtet, wenn er sie sexuell belästigte, bevor sie ihre zweite Periode hatte –, erwarb er die Selbstbeherrschung, ohne die kein Mann ein guter Jäger werden konnte.

Es gab auch schwache Punkte in diesem System. Da der Mann viel älter sein mußte als die Frau, gab es in jeder Gruppe einen Überschuß an alten Witwen, deren Männer bei der Jagd gestorben oder auf der Suche nach Honig von einem hohen Baum zu Tode gestürzt waren. Diese älteren Frauen durften bei der Sippe bleiben, solange ihre Zähne noch funktionierten; wenn sie nicht mehr kauen oder beim Gehen mithalten konnten, setzte man sie in den Schatten eines Gebüsches, gab ihnen einen Knochen mit etwas Fleisch daran und ein Straußenei. Sie starben dann in Würde, während die Sippe weiterzog.

Unnütze alte Witwen waren daher üblich, aber schöne junge wie Naoka waren eine kostbare Seltenheit, und Gumsto rechnete sich aus, daß, wenn er die alte Kharu irgendwie günstig stimmen könnte, er eine angemessene Aussicht hätte, Naoka als zweite Frau zu gewinnen. Er war sich aber darüber im klaren, daß er es vorsichtig anstellen mußte, denn Kharu hatte seine Absichten bereits durchschaut. Außerdem war es ihm nicht entgangen, daß auch sein Sohn, wie alle anderen Männer, ein Auge auf das schöne Mädchen geworfen hatte.

Er lehnte sich also an den Baum, den rechten Fuß in die Höhlung über seinem linken Knie gelegt, und machte eine Bestandsaufnahme von sich selbst. Er war ein normaler, gutaussehender Mann, etwas größer als die anderen in seiner Gruppe. Er war kräftig gebaut, mit breiten Schultern und schmalen

Hüften, wie es die Wüste erforderte. Seine Zähne waren gut, und obwohl er tiefe Falten hatte, waren seine Augen gesund, ohne braune Stellen oder Schleimflecken. Und vor allem war er ein Meister im Fährtenfinden. Er konnte auf meilenweite Entfernung eine Antilopenherde erkennen, die sich mit dem Sand vermischte, und das Tier entdecken, das zurückbleiben würde, so daß es abgesondert und mit dem Pfeil erlegt werden konnte. Er besaß einen angeborenen Sinn, der ihn befähigte, zu denken wie ein Tier, vorauszuahnen, wohin die Antilope laufen oder wo sich das große Nashorn verstecken würde. Beim Betrachten einer tagealten Spur und der Beachtung der Art, wie der Sand getrieben worden war, konnte er fast die Lebensgeschichte des Tieres herausfinden. Wenn fünfzehn Spuren sich vermischten, konnte er diejenige identifizieren, die das von ihm gejagte Tier hinterlassen hatte, und sie in dem Gewirr verfolgen.

Die Nacht sank hernieder, und eine Frau, die für das Feuer zu sorgen hatte, legte die Zweige aufmerksam auf, genug Holz, um eine Flamme zu nähren, die Raubtiere abhielt, und nicht zu viel, um kein Brennmaterial zu vergeuden. Das jähe, sichere Dunkel der Savanne senkte sich auf das Lager, und die fünfundzwanzig kleinen braunen Menschen kuschelten sich unter ihre Antilopenmäntel, die Hüften geborgen in den kleinen Höhlungen. Gumsto plante seinen Aufbruch und dachte an Naoka, die, kein Dutzend Körperlängen von ihm entfernt, schlief.

Sein Plan bestand aus zwei Teilen: Er wollte das Gemecker der alten Kharu ignorieren, sie aber immer tiefer in den Aufbruch miteinbeziehen, so daß ihr schließlich nichts anderes übrig blieb, als ihn zu unterstützen; und seine Jäger zu einer letzten Mahlzeit auf die Spur dieses Nashorns zu führen. Dabei erschien es ihm einfacher, mit dem Nashorn fertigzuwerden als mit Kharu, denn bei Sonnenaufgang hatte sie sechs neue Einwände, die sie mit weinerlicher Stimme vorbrachte. Trotz ihrer lästigen Art hatten ihre Warnungen Hand und Fuß, wie Gumsto zugeben mußte.

»Wo werden wir Strauße finden, sag mir das«, keifte sie. »Und wo können wir genug Käfer finden?«

Während Gumsto auf ihr häßliches Gesicht starrte, zeigte er die Liebe und den Respekt, die er für seine alte Gefährtin empfand. Er streichelte ihre Wange und sagte: »Es ist deine Aufgabe, die Strauße und die Käfer zu finden. Das machst du doch immer.« Und damit ging er zu seinen Männern.

Jeder Jäger meldete sich nackt, bewaffnet mit einem Köcher voll dünner Pfeile und einem Bogen. An dem dünnen Lendenschurz konnte der wertvolle Behälter befestigt werden, in dem er seine tödlichen Pfeilspitzen aufbewahrte – aber nur, wenn das Nashorn tatsächlich gesichtet wurde. Wenige Jäger haben sich je mit einer so schwachen Ausrüstung zum Kampf gegen ein so gewaltiges Tier aufgemacht.

»Von der nächsten Erhebung aus können wir es vielleicht sehen«, versicherte Gumsto seinen Männern, aber als er der Fährte den Hügel hinauf folgte, sahen sie nichts. Zwei Tage lang strebten sie schon nach Osten, aßen

kaum etwas und tranken fast kein Wasser. Dann endlich, am dritten Tag, als Gumsto das sichere Gefühl hatte, es müsse nun soweit sein, sahen sie in der Ferne dunkel und drohend das Nashorn.
Die Männer hielten den Atem an vor Freude und Furcht, als Gumsto sich auf die Fersen hockte, um die Merkmale ihres Feindes zu studieren. »Es schont sein linkes Vorderbein. Seht, es bewegt sich vorsichtig, um Druck zu vermeiden. Es bleibt stehen, um das Bein auszuruhen. Jetzt läuft es, um das Bein zu testen. Es wird wieder langsamer werden. Wir werden von dieser Seite her angreifen.«
Am nächsten Tag holten die kleinen Jäger das Nashorn ein. Gumsto hatte recht gehabt: Das riesige Tier schonte sein linkes Vorderbein.
Geschickt verteilte er seine Leute so, daß, wo immer sich das Tier hinwandte, es einem von ihnen ein annehmbares Ziel bieten würde. Als alle bereit waren, gab er ihnen das Zeichen, ihre Pfeile vorzubereiten: Nun ereignete sich ein Kulturwunder, denn die Sippe hatte im Laufe von Jahrhunderten eine Waffe von außerordentlicher Kompliziertheit und Wirkung entwickelt. Ihr Pfeil glich keinem anderen; er bestand aus drei gesonderten, aber miteinander funktionsfähigen Teilen. Der erste war ein dünner Schaft, an einem Ende geschlitzt, damit er in die Bogensehne paßte. Das eigentliche Geheimnis des Pfeiles war der zweite Teil, ein äußerst dünner Schaft, an dessen beiden Enden je eine Sehnenmanschette angebracht war, die gestrafft werden konnte. In die eine Manschette wurde der stärkere Schaft geschoben, in die andere kam ein kleiner Straußenknochen, der sehr scharf und glatt poliert und von der alten Kharu mit dem tödlichen Gift versehen worden war.
Seiner Zusammensetzung nach war der Pfeil so schwach, daß er kaum einen kleinen Vogel getötet hätte. Aber er war so geschickt konstruiert, daß er, richtig benutzt, den Tod eines Elefanten bewirken konnte. Er war ein Triumph menschlicher Erfindungsgabe; ein Wesen, das die Intelligenz besaß, diesen Pfeil zu ersinnen, konnte mit der Zeit auch Möglichkeiten finden, Wolkenkratzer oder Flugzeuge zu bauen.
Als die todbringende Spitze am richtigen Platz war – mit äußerster Vorsicht behandelt, denn wenn sie zufällig einen Mann ritzte, würde er den Tod finden –, winkte Gumsto seinen Jägern, sich der Beute zu nähern. In diesem Augenblick jedoch entdeckte er einen letzten Weg, auf dem das Nashorn entkommen konnte, wenn es die Jäger erblickte. Normalerweise hätte er einen geübteren Mann an dieser Stelle eingesetzt, aber diesmal war er gezwungen, sich an seinen Sohn zu wenden, und er sagte voll tiefer Besorgnis: »Verhindere, daß es in diese Richtung läuft!«
Er betete, daß Gao seine Aufgabe erfüllen möge, hatte aber Zweifel. Der Junge würde sicher einmal ein guter Jäger werden, daran bestand kein Zweifel. Aber er brauchte lange, um all die Tricks zu beherrschen, und gelegentlich fragte sich Gumsto voll Sorge: Was geschieht, wenn er es nie lernt? Wer wird dann diese Sippe führen? Wer wird die Kinder auf den langen Märschen am Leben erhalten?

Gumsto war mit Recht besorgt gewesen, denn als das Nashorn die Jäger erblickte, galoppierte es wütend auf Gao los, der sich als absolut unfähig erwies, das Tier aufzuhalten, welches mit einem Schnauben entkam.
Die Männer zögerten nicht, Gao seines mangelnden Mutes wegen zu verdammen, denn sie waren hungrig, und das entflohene Nashorn hätte die gesamte Sippe ernähren können. Gumsto jedoch war entsetzt, nicht so sehr über die schwache Leistung seines Sohnes bei dieser Jagd, sondern vielmehr über die große Gefahr, in der sich seine Sippe befand. In letzter Zeit hatte er zweimal sein Alter gespürt – Kurzatmigkeit und ein Schwindelgefühl in unerwarteten Momenten –, und die Sorge um die Sicherheit seiner Leute lastete schwer auf ihm. Außerdem setzte die Unzulänglichkeit seines Sohnes ihn selbst in ein schlechtes Licht, und er schämte sich.
Tief verärgert gab er das Nashorn auf und konzentrierte sich auf eine Herde kleiner Springböcke. Er übernahm wieder die Aufsicht über seine Leute und brachte sie an eine Stelle, von der aus sie gut auf zwei Tiere zielen konnten, aber es wurde keines getroffen. Dann pirschte sich Gumsto selbst an ein anderes heran und traf es mit seinem Pfeil in den unteren Teil des Halses. Es geschah nichts Sichtbares, denn die Wucht des Pfeiles war nicht stark genug, genügte nicht, um das Tier gleich zu töten; sie reichte nur aus, um die Spitze unter die zähe Außenhaut zu bringen, wo das Gift sich verbreiten konnte. Und nun zeigte sich die hervorragende Wirkung dieses Pfeiles, denn der Springbock spürte den leichten Stich und suchte einen Baum, an dem er sich rieb; wäre der Pfeil aus einem Stück gewesen, hätte er ihn herausgerissen. So aber löste sich eine der Manschetten, so daß der Schaft abfiel, während die Giftspitze sich tiefer in die Wunde bohrte.
Der Springbock starb nicht sofort, denn das Gift wirkte, indem es das Beutetier immer mehr schwächte. Das bedeutete, daß die Männer ihrer dem Tod geweihten Beute während des größten Teils des Tages folgen mußten. In den ersten Stunden wußte der Springbock kaum, daß er in Schwierigkeiten war; er spürte nur ein Jucken, aber als das Gift langsam zu wirken begann, wurde er zusehends kraftloser und benommen.
Bei Sonnenuntergang sagte Gumsto: »Er wird bald zusammenbrechen.« Als er die Jäger herankommen sah, war er nicht mehr imstande davonzulaufen. Er keuchte, schwankte und suchte Schutz unter einem Baum, an den er sich lehnte. Er blökte jämmerlich nach seinen verschwundenen Gefährten, dann knickten seine Knie ein, und die kleinen Männer, mit Steinen bewehrt, stürzten sich unter wildem Geschrei auf ihn.
Das Schlachten war ein schwieriges Unterfangen, denn Gumsto mußte genau berechnen, wieviel von dem vergifteten Fleisch weggeworfen werden mußte; nicht einmal die Hyänen würden es fressen. Die erste Sorge der Jäger galt dem Blut; für sie war jede Flüssigkeit kostbar. Leber und Magen wurden herausgeschnitten und auf der Stelle verzehrt, aber die Fleischstücke waren tabu, bis sie zum Lager zurückgebracht und vorschriftsmäßig verteilt worden waren, so daß jedes Mitglied der Sippe seinen Anteil bekam.

Gumsto konnte auf seine Leistung nicht gerade stolz sein. Anstatt ein riesiges Nashorn heimzubringen, konnte er nur einen kleinen Springbock vorweisen; seine Leute würden hungrig sein, aber noch schlimmer war, daß nur er allein bei der Verfolgung der Spuren vorausgesehen hatte, in welche Richtung die Tiere gehen würden, und das stimmte ihn bedenklich. Da die Sippe nichts von Viehzucht und Ackerbau verstand, lebte sie nur von den Tieren, welche die Giftpfeile ihrer Jäger zur Strecke brachten, und wenn diese Pfeile nicht richtig verwendet wurden, würde sich ihre Ernährung auf kaum noch ausreichende Nahrungsmittel beschränken: Knollengewächse, Zwiebeln, Melonen, Nagetiere, Schlangen und Wurzeln, die die Frauen vielleicht fanden. Es war unbedingt notwendig, daß die Gruppe rasch einen Meisterjäger hervorbrachte.

Normalerweise erlernte der Sohn eines Anführers die Fähigkeiten seines Vaters, aber das war bei Gao nicht der Fall gewesen, und Gumsto hatte den Verdacht, daß diese Unzulänglichkeit seine Schuld war: Ich hätte nicht zulassen dürfen, daß er in absonderliche Angewohnheiten verfällt.

Er erinnerte sich an das Verhalten seines Sohnes bei ihrer ersten gemeinsamen großen Jagd; während andere Jungen den Kadaver zerhackten, beschäftigte sich Gao damit, die Spitzen von den Hörnern abzuschneiden, und da merkte Gumsto, daß etwas nicht stimmte.

»Du sammelst sie, um in ihnen Farben aufzubewahren?« fragte er.

»Ja. Ich brauche sieben davon.«

»Gao, in unserer Sippe hat es schon immer Männer gegeben, die uns die Geister der Tiere zeigten, die wir jagen. In jeder Gruppe gibt es einen, und wir schätzen die Arbeit, die sie verrichten. Damit solltest du aber erst anfangen, nachdem du gelernt hast, Fährten zu suchen und zu töten, nicht vorher.«

Wo immer das San-Volk in den letzten zweitausend Jahren gewandert war, hatte es auf Felsen und in Höhlen Zeugnisse seiner Anwesenheit hinterlassen: große springende Tiere, die, verfolgt von tapferen Männern, den Himmel überquerten; viel von dem Glück, das den San-Jägern zuteil wurde, beruhte auf der besonderen Achtung, die sie den Geistern der Tiere erwiesen.

Wichtiger aber als Gebete, wichtiger als die Tiergeister, wichtiger als alles andere auf Erden war, daß die Sippe zu essen hatte. Deshalb war es besorgniserregend, wenn ein sechzehnjähriger Junge keinen Sinn für all die Fertigkeiten entwickelte, die man bei der Suche nach Nahrung brauchte.

Und dann befiel Gumsto ein schändlicher Gedanke: Sollte Gao sich als tüchtiger Jäger erweisen, würde er Anspruch auf Naoka haben. Solange er aber so bleibt, wie er ist, erwartet mich von dieser Seite kein Ärger. Diese wundervolle Frau war für einen richtigen Mann bestimmt, einen Meisterjäger, und er selbst war der einzige, der diese Voraussetzungen erfüllte.

Als nun die mageren Fleischportionen verteilt waren, fragte er seine Frau munter: »Hast du mit der Witwe Kusha über ihre Tochter gesprochen?«

»Warum sollte ich?« brummte Kharu.

»Weil Gao eine Frau braucht.«

»Dann soll er sich eine suchen.« Kharu war die Tochter eines berühmten Jägers und nahm keinen Unsinn hin, von niemandem.
»Was soll er tun?«
Da hatte Kharu die Nase voll. Sie wandte sich an ihren Mann und schrie, daß alle es hören konnten: »Das ist deine Aufgabe, du Nichtsnutz! Du hast es versäumt, ihn jagen zu lehren. Und kein Mann kann eine Frau verlangen, bevor er seine Antilope erlegt hat.«
Gumsto überlegte genau, was er als nächstes sagen sollte. Er hatte wirklich keine Angst vor seiner energischen alten Frau, war aber vorsichtig und wußte nicht, wie er die heikle Sache zur Sprache bringen sollte, Naoka in seinen Haushalt einzuführen.
Wie schön sie war! Ein großgewachsenes Mädchen, fast einsfünfundvierzig. Bezaubernd, wie sie dort im Sand lag und ihre weißen Zähne von ihrer reizenden braunen Haut abstachen. Ihre tadellose Haut neben Kharus zahllosen Falten zu sehen war wie ein Wunder, und es war unmöglich zu glauben, daß jenes Goldmädchen je so werden konnte wie diese alte Vettel. Naoka war einmalig, ein vollkommenes Menschenkind auf dem Höhepunkt seiner Anziehungskraft, mit der Stimme einer flüsternden Antilope und der Geschmeidigkeit einer Gazelle. Gumsto wollte sie unbedingt besitzen.
»Ich dachte an Naoka«, sagte er vorsichtig.
»Ein schönes Mädchen«, sagte Kharu. »Gao könnte sie heiraten, wenn er zu jagen verstünde.«
»Ich dachte nicht an Gao.«
Er hatte keine Zeit, seine Überlegung zu Ende zu führen, denn Kharu rief über den geringen Zwischenraum hinweg: »Naoka! Komm her!«
Träge, mit der herausfordernden Lässigkeit eines jungen Mädchens, das sich seiner Anziehungskraft voll bewußt ist, richtete sich Naoka auf, ordnete ihre Armbänder und sah zu der wartenden Kharu hinüber. Sie erhob sich langsam und wischte behutsam den Staub von ihrem Körper. Dabei verwendete sie besondere Sorgfalt auf ihre Brüste, die in der Sonne glänzten. Vorsichtig ging sie die wenigen Schritte zu Kharu hinüber.
»Ich wünsche dir alles Gute«, sagte sie, als habe sie eine lange Reise hinter sich.
»Bist du noch in Trauer?« fragte Kharu.
»Nein.« Das Mädchen sprach in einem gefälligen Ton. Jedes ihrer Worte ließ andere erahnen, die jedoch unausgesprochen blieben. »Nein, Kharu, liebste Freundin, ich lebe einfach.« Und sie hockte sich nieder, die Knie geschmeidig gebeugt, ihr Gesäß schwebte knapp über dem Boden.
»Das ist aber ein armseliges Leben, meine liebe Naoka. Deshalb rief ich dich.«
»Warum?« Ihr Gesicht war eine gelassene Maske der Unschuld.
»Weil ich dir helfen will, einen Mann zu finden.«
Mit einer verächtlichen Handbewegung wies das Mädchen auf die triste Siedlung. »Und wo erwartest du einen Mann für mich zu finden?«
»Mein Sohn Gao braucht eine Frau.«

»Hat er mit Kusha gesprochen? Sie hat eine kleine Tochter.«
»Ich dachte eigentlich nicht an Kusha... oder ihre Tochter.«
»Nein?« fragte das Mädchen leise und lächelte Gumsto in einer Weise zu, die ihn schwindlig machte.
»Ich dachte an dich«, sagte Kharu und fügte schnell hinzu: »Also falls du Gao heiratest...«
»Ich?« fragte das Mädchen, mit offenkundigem Staunen. An Gumsto gewandt, fuhr sie fort: »Ich wäre nie die richtige Frau für Gao, oder?«
»Und warum nicht?« fragte Kharu und erhob sich.
»Weil ich so bin wie du, Kharu«, erklärte das Mädchen ruhig, »die Tochter eines großen Jägers. Und ich war die Frau eines Jägers, der nicht ganz so gut war wie Gumsto.« Sie warf dem kleinen Mann einen herausfordernden Blick zu. »Ich könnte Gao nie heiraten, einen Mann, der noch keine Elenantilope erlegt hat!«
Für diese schreckliche Ablehnung hatte sie ein gewichtiges Wort benutzt: *Elenantilope*. Die Sippe und die Antilopen lebten nebeneinander, sie fand in den Tieren ihre körperliche und geistige Herausforderung. Sie unterteilten die Rasse in zwanzig verschiedene Arten, von denen jede eine gesonderte Gruppe mit eigenem Terrain und individuellen Gewohnheiten darstellte. Ein Jäger, der die verschiedenen Arten der Antilope nicht kannte, kannte das Leben nicht.
Da gab es die eleganten kleinen Klippspringer, die nicht viel größer waren als ein großer Vogel, die kleinen Impalas mit schwarzen Streifen auf dem Rumpf und die graziösen Springböcke, die springen konnten, als ob sie Flügel hätten. Es gab die roten, kurzhornigen Waldducker und eine ganze Welt von mittelgroßen Tieren: Steinböckchen, Gemsbock, Bleßbock und Buschbock, jeder mit einer anderen Art von Horn, jeder mit seiner unterschiedlichen Färbung.
Auf all diese fruchtbaren Tiere mittlerer Größe hatten es die Jäger ständig abgesehen; sie lieferten viel Nahrung, aber es gab noch vier größere Antilopenarten, die die kleinen Männer faszinierten, denn ein einziges von diesen Tieren würde eine ganze Sippe ernähren: das bärtige Weißschwanzgnu, das zu Millionen durch die Savanne zog; das Nyala mit den leierförmigen Hörnern, der riesige Kudu mit seinen wild verdrehten Hörnern und weißen Streifen; und die seltenste von allen, die herrliche Rappenantilope mit ihren gewaltigen, rückwärtsgebogenen Hörnern, so bezaubernd, daß die Jäger manchmal wie angewurzelt stehenblieben, wenn sie zufällig eine erblickten. Dieses schöne, wundersame Tier tauchte nur selten auf, wie eine Erscheinung, und oft erinnerten sich Männer an ihren Lagerfeuern, wo und wann sie ihre erste gesehen hatten. Nicht oft wurde eine Rappenantilope erlegt, denn die Götter hatten diesen Tieren ein außergewöhnliches Wahrnehmungsvermögen verliehen; sie bevorzugten dunklere Waldungen und erschienen selten an ungeschützten Wasserstellen.
Dann blieb noch das Tier, das die Jäger mehr schätzten als alle anderen: die riesige Elenantilope, höher als ein Mensch, ein bemerkenswertes Geschöpf

mit Hörnern, die sich vom Ansatz bis zur Spitze drei- oder viermal spiralförmig drehten, einem schwarzen Haarbüschel zwischen den Hörnern, einer kräftigen Wamme und einem deutlichen weißen Streifen, der das Vorderteil vom Rest des Körpers trennte. Den Jägern lieferte dieses stattliche Tier Nahrung, Mut und Seelenstärke. Die Elenantilope war der sichtbare Beweis dafür, daß es Götter gab, denn wer sonst hätte ein so vollkommenes Tier ersinnen können? Sie verlieh dem Leben der San Gefüge, denn um sie zu fangen, mußten die Menschen nicht nur klug, sondern auch gut organisiert sein. Sie diente einem Volk, das keine Kathedralen und Altäre besaß, als geistiges Kompendium; ihre Bewegungen gaben einen Abriß vom Weltall und bildeten einen Maßstab für menschliches Verhalten. Die Elenantilope wurde nicht als Gott betrachtet, sondern eher als Beweis für die Existenz von Göttern, und wenn nach der Jagd das Fleisch ihres Körpers verteilt wurde, genossen alle, die es aßen, auch gleichsam seine Quintessenz, ein keineswegs ungewöhnlicher Glaube. Tausende Jahre nach Gumstos Tod würden andere Religionen entstehen, in denen das Ritual des Verzehrens des Körpers eines Gottes Segnung verleihen würde.
So konnte Naoka, den Traditionen ihres Volkes getreu, die alte Kharu auslachen und den Gedanken einer Hochzeit mit Gao zurückweisen: »Laß ihn sich selbst beweisen. Laß ihn seine Elenantilope erlegen!«

Nun war es Kharu klar, daß die junge Frau ihr Gumsto rauben würde, der zeigte, daß er auf diesen Raub leidenschaftlich erpicht war – wenn sie es ihrem Sohn Gao nicht ermöglichte, seine Eignung als Jäger zu beweisen. Für die alte Frau war es deshalb ratsam, die Jagdzüge zu forcieren; zu diesem Zweck mußte sie sicherstellen, daß eine ausreichende Menge Gift für die Pfeile zur Verfügung stand. Das war immer ihre Aufgabe gewesen, und sie war auch jetzt bereit, sich um einen neuen Vorrat zu kümmern.
Sie war, ebenso wie ihr Mann, in tiefster Sorge um das Fortbestehen ihrer Sippe, und sie sah ein, daß sie, um es zu sichern, anderen Frauen das Sammeln von Giften beibringen mußte. Keine von ihnen hatte jedoch besondere Geschicklichkeit gezeigt. Offensichtlich war Naoka jene, auf die sich die Sippe in Zukunft würde verlassen müssen, und es war Kharus Aufgabe, sie in ihr Amt einzuweihen, ungeachtet der Furcht, die sie ihr einflößte.
»Komm«, sagte sie eines Morgens, »wir müssen das Gift ergänzen.« Und die beiden Frauen, die so schlecht zueinander paßten und von gegenseitigem Mißtrauen erfüllt waren, machten sich gemeinsam auf die Suche.
Sie gingen fast einen halben Tag lang nach Norden, zwei Frauen allein in der Savanne, wo immer die Möglichkeit bestand, einem Löwen oder Nashorn zu begegnen. Sie wurden vorwärts getrieben von der Notwendigkeit, die Substanz zu finden, die es der Gruppe ermöglichen würde zu überleben. Bisher hatten sie noch nichts gefunden.
»Was wir suchen, sind Käfer«, sagte die alte Kharu, während sie das dürre Land absuchten, »aber nur solche mit zwei weißen Flecken.« In Wirklichkeit suchten sie jedoch nicht die Käfer, sondern nur deren Larven, und zwar im-

mer die besondere Art mit den weißen Flecken und, wie Kharu erklärte, mit einem zusätzlichen Paar Beine.
Es ließ sich unmöglich erklären, wie die Frauen dieser Sippe während eines Zeitraums von mehr als zehntausend Jahren dieses kleine Tierchen herausgefunden hatten, das als einziges seiner Art fähig war, ein Gift von unbarmherziger Bösartigkeit zu produzieren. Wie war es zu dieser Entdeckung gekommen? Daran erinnerte sich keiner, denn es war vor so unendlich langer Zeit geschehen. Aber wenn Menschen weder schreiben noch lesen können, wenn es keine Äußerlichkeiten gibt, die ihre Gedanken ablenken können, sind sie fähig, ihr Leben der genauen Beobachtung zu weihen, und wenn sie Jahrtausende Zeit haben, Volksweisheit zu sammeln, kann das mit der Zeit eine sehr hoch entwickelte Weisheit werden. Solche Menschen entdekken Pflanzen, die subtile Drogen liefern, und Erze, aus denen man Metall gewinnt, Zeichen am Himmel, die das Pflanzen von Getreide bestimmen, und Gesetze, die die Gezeiten steuern. Gumstos San-Volk hatte Zeit gehabt, die Larven von tausend verschiedenen Insekten zu studieren, und dabei schließlich die einzige gefunden, die ein tödliches Gift produzierte. Die alte Kharu war die Sammelquelle dieser uralten Überlieferung, die sie nun der jungen Naoka weitergab.
»Da ist sie!« rief sie, entzückt darüber, ihre Beute aufgespürt zu haben, und legte sich, mit Naoka an ihrer Seite, aufmerksam beobachtend flach auf den Boden. Ihr Gesicht war nur einige Zentimeter von der Erde entfernt. »Du mußt immer die winzigen Spuren suchen, die sie hinterläßt. Sie weisen auf ihr unterirdisches Versteck hin.« Und sie stöberte mit ihrem Grabstock die harmlose Larve auf. Sie würde später, wenn sie in der Sonne getrocknet war, zu Pulver zerrieben und mit klebrigen Substanzen vermischt werden, die man aus Sträuchern gewann, und sich in eines der giftigsten Toxine verwandeln, das die Menschheit je entdecken sollte.
»Jetzt kann mein Sohn seine Elenantilope erlegen«, sagte Kharu, aber Naoka lächelte.

Nur zwei Aufgaben blieben noch, bevor die gefährdete Sippe bereit war, ihren heroischen Marsch anzutreten: Gumsto mußte seine Leute auf die Jagd führen, um die vorgeschriebene Elenantilope zu erlegen und so für das Überleben der Sippe zu sorgen, und seine Frau mußte die Strauße finden. Gumsto widmete sich zuerst seinem Problem.
In der Nacht vor Beginn der Jagd saß er am Feuer und sagte seinen Leuten: »Ich habe manchmal eine Elenantilope drei Tage lang verfolgt, sie mit meinem Pfeil getroffen und ihr dann noch zwei Tage lang nachgestellt. Und als ich dann bei ihrem schönen, toten Körper stand, der am Boden lag, drangen mir Tränen aus den Augen, obwohl ich seit drei Tagen keinen Tropfen Wasser zu mir genommen hatte.«
Die Wirkung dieser Erklärung wurde vernichtet, als Kharu knurrte: »Was du getan hast, interessiert uns nicht. Was wirst du diesmal tun? Um deinem Sohn zu helfen, seine Elenantilope zu erlegen?«

Gumsto starrte lüstern auf Naoka, ignorierte die Frage und war zutiefst erregt, als ihm das Mädchen zublinzelte. Bei der Jagd jedoch brachte ihn sein Wunsch, einen Erben für seine Fähigkeiten zu finden, dazu, mit Gao zusammenzuarbeiten wie nie zuvor.
»Bei der Verfolgung einer Spur mußt du auf alles achten, Gao. Diese Spur hier bedeutet, daß das Tier ein wenig nach rechts geneigt ist.«
»Ist es eine Elenantilope?«
»Nein, aber es ist eine große Antilope. Wenn wir auf sie stoßen würden, wären wir zufriedengestellt.«
»Aber in deinem Herzen«, sagte Gao, »würdest du doch wünschen, daß es eine Elenantilope ist?«
Gumsto antwortete nicht. Am fünften Tag fand er die Fährte einer Elenantilope, und die große Jagd begann. Gierig verfolgten er und seine Männer eine Herde von etwa zwei Dutzend Tieren. Endlich erblickten sie sie. Gumsto erklärte seinem Sohn, welches der Tiere das vielversprechendste Ziel abgeben würde, und sie schlichen sich vorsichtig an.
Die dünnen Pfeile flogen. Derjenige Gumstos traf. Die Antilope rieb sich an einem Baum, und das von Kharu und Naoka gesammelte Gift begann seine fast unmerkliche Wirkung auszuüben. Ein Tag, zwei Tage vergingen, dann senkte sich eine mondlose Nacht über die Savanne, und in der Dunkelheit machte das große Tier einen letzten Versuch zu entkommen. Es schob seine schmerzenden Beine langsam, ganz langsam einen kleinen Hügel empor, immer verfolgt von den kleinen Männern, die sich mit ihrem Angriff Zeit ließen, denn sie waren ihrer Sache sicher.
Im Morgengrauen schwankte die Elenantilope von einer Seite zur anderen, sie war nicht mehr Herr ihrer Bewegungen. Die spitzen Hörner waren machtlos, sie senkte den Kopf, und heftige Übelkeit befiel ihre Eingeweide. Sie hustete, um sich von dieser unerklärlichen Pein zu befreien. Dann versuchte sie davonzugaloppieren.
Das Tier strauchelte, kam wieder auf die Beine und erreichte den Kamm einer sandigen Erhebung. Dort wandte es sich um und bot seinen Verfolgern die Stirn. Als es sah, daß Gumsto mit einem Knüppel angriff, sprang es vor, um diese Herausforderung abzuwehren, doch alle Partien seines Körpers versagten zugleich, und es brach zusammen. Doch immer noch versuchte es sich zu schützen, indem es nach allen Seiten mit den Hufen um sich schlug.
Und so lag es dort, kämpfte mit Geistern und den Schatten kleiner Männer, verteidigte sich bis zum letzten Augenblick, als die Steine seinen Kopf zu treffen begannen, und wälzte sich im Staub.
Gumsto empfand den leidenschaftlichen Wunsch, einen Schrei auszustoßen, um seine Freude über das Erlegen dieses edlen Tieres auszudrücken, aber seine Kehle war völlig ausgetrocknet, und er konnte nur nach unten langen und die gestürzte Antilope berühren. Dabei sah er, daß Gao Tränen über den Tod dieses Geschöpfes in den Augen hatte. Er ergriff die Hände seines Sohnes und tanzte mit ihm um die Elenantilope herum.

»Heute warst du der erfolgreiche Jäger!« schrie Gumsto und lud die anderen ein mitzutanzen, um die Antilope und Gaos ehrliche Beteiligung zu feiern. Während sie tanzten, begann ein Mann, der daneben stand, ein Loblied auf die Antilope zu singen, die sich so tapfer verteidigt hatte.

Den Kopf gesenkt, die Wamme schlaff,
mit blutenden dunklen Augen.
Die Sonne geht auf,
vergessen sind die Nacht und die Schneisen...
Sie steht, sie steht.

Heißer Sand an den Hufen,
dunkler Schmerz in der Seite.
Die Wonne im Scheitel,
vergessen Morgen und See...
Sie steht, sie steht.

Dunkler Kopf, weiße Linie an den Flanken,
scharfe Hörner,
Seele der sterbenden Welt, Augen,
die meine Seele durchbohren...
Sie stürzt, sie stürzt.

Und ich bleibe zurück mit der sinkenden Sonne.

Während die anderen Frauen Stücke von Antilopenfleisch trockneten, die sie auf die gefährliche Reise mitnehmen wollten, widmete sich Kharu den Straußen. Begleitet von Naoka, die diese Grundlage des Überlebens lernen sollte, ging sie weit nach Süden, wo sich die riesigen Vögel manchmal niederließen. Dabei kümmerte sie sich nicht um die Vögel selbst, denn die waren kaum eßbar. Sie hatte es auf die Eier abgesehen, und zwar besonders auf die alten, die noch nicht bebrütet und von der Sonne ausgetrocknet waren.
Als sie eine Anzahl gesammelt hatten, deren Inhalt längst verdunstet war, wickelten sie sie sorgfältig in die mitgebrachten Gewänder, hängten sie über die Schulter und kehrten zum Lager zurück, wo die Männer mit großer Erleichterung sahen, wie erfolgreich sie gewesen waren.
»Wir sind beinahe abmarschbereit«, sagte Kharu, als hätten sie die guten Vorzeichen bereits zufriedengestellt. Aber bevor die Sippe es wagte, sich auf den Weg zu machen, mußten sie und Naoka sich mit den Eiern befassen. Sie trugen sie zum Rand des brackigen Wassers, und Kharu bohrte mit einer scharfen Steinahle ein kleines Loch in das Ende eines jeden Eies. Dann tauchte es Naoka in den See und ließ es vollaufen. Als alle Eier Wasser enthielten, wenn auch von schlechter Qualität, untersuchte Kharu sie nach undichten Stellen und zeigte Naoka, wie man die Löcher mit zusammenge-

drehten Grasbüscheln verstopfte. »Die werden die Sippe am Leben erhalten, bis der Neumond zweimal aufgestiegen ist.«

Als es an der Zeit war, die Wanderer zu versammeln, fehlte Gao, und ein junger Jäger sagte: »Er arbeitet dort oben.«

Hoch oben, auf der Hinterseite des Hügels, fanden sie Gao in einer Art Höhle, wo er neben einem Feuer stand. Um seine Hüften hatte er einen Gürtel aus Nashornhaut geschlungen, an dem sieben Spitzen von Antilopenhörnern hingen, die seine Farben enthielten. Er hatte auf einem abschüssigen Felsen mit einer Reihe punktförmiger Tupfen seine Erinnerung an das dunkle Nashorn festgehalten, das durch seine Unachtsamkeit entkommen war. Mit einer schwungvollen Linie deutete er den Kopf vom Maul bis zum Horn an, mit einer zweiten ununterbrochenen Kontur die gewaltige Masse des Tieres vom Horn bis zum Schwanz. Am wirkungsvollsten war jedoch seine Darstellung des Hinterteils, denn er deutete mit einem raschen Strich sowohl die Form der Schenkel als auch deren Bewegung im Lauf an. Die quer über das Feld donnernden Vorderbeine zeigte er wiederum in einer schwungvollen Linie, wobei er die Farben benutzte, um das Tier in seiner schnellen Bewegung durch das Gras zu zeigen, das vor der dunklen Farbe des Felsens vibrierte.

Lauf durch das Gras, dunkle Bestie! Galoppiere mit erhobenen Hörnern über die unberührte Savanne! Tausend Jahre und noch zehntausend mehr. Lauf nur frei dahin, den Kopf knapp über dem Boden, auf kraftstrotzenden Beinen, in perfekter Harmonie von Schwung und Farbe: Als er das Bild betrachtete, mußte sogar Gumsto zugeben, daß sein Sohn den Moment der Niederlage, in dem das Nashorn in die Freiheit gestürmt war, in eine glühende Aufzeichnung dessen umgestaltet hatte, was sonst ein enttäuschender Tag gewesen wäre.

Und er war selbst stolz, als ein Sänger seine Stimme erhob:

> Die Erde zittert, der Himmel donnert,
> das Herz pocht wild.
> Es bricht aus in die Freiheit, die Erde poltert,
> und mit ihm galoppiert meine Freude dahin...

Aber er dämpfte seine Begeisterung, indem er seinen Sohn warnte: »Du hast es mit deinen Farben gefaßt. Jetzt mußt du es auch mit deinen Pfeilen fassen.«

Warum gaben sich die San, die ›Buschmänner‹, wie man sie später nennen sollte, so viel Mühe, die Tiere abzubilden, die sie als Nahrung jagten? War es, um die Seele des Tieres zu befreien, damit es sich wieder fortpflanzen konnte? Oder war es eine Art Sühne für die Schuld, die sie durch das Töten auf sich geladen hatten? Oder eine Darstellung des Tieres als Gott? Es läßt sich unmöglich feststellen; wir wissen nur, daß an Tausenden von Stellen in ganz Südafrika diese Jäger die Tiere mit einer Liebe malten, die nie übertroffen werden sollte. Wer immer Gaos Nashorn sah, würde fühlen, wie sein Herz vor Freude hüpfte, denn dieses Tier lebte. Es stellte eine der reinsten Formen von Kunst dar, die der Mensch je zustande bringen sollte, und sie kam in den Stunden des Erwachens menschlicher Zivilisation. Es war ein ursprüngliches Produkt menschlicher Phantasie aus einer Zeit, in der künstlerischer Ausdruck höchster Qualität so natürlich und notwendig war wie die Jagd.

Aber man muß auch Gumstos Theorie darüber ernst nehmen. Er forderte jeden seiner Jäger auf, neben das Feuer zu treten und das Nashorn über die linke Schulter hinweg anzublicken: »Das muß uns Glück bringen.« Er wußte, daß Kunst eine vielbenötigte magische Kraft beinhaltete.

Im Jahr 1981 würden Fachleute aus anderen Kontinenten von diesem Nashorn hören, kommen und ehrfürchtig die Fähigkeit des Künstlers bewundern, der es gemalt hatte. Ein Kritiker, der Lascaux und Altamira gut kannte, würde in seinem Bericht schreiben:

> Dieses herrliche Nashorn, das von einem unbekannten Buschmann gemalt wurde, ist allem ebenbürtig, was die Kunst heute hervorbringt. Glücklicherweise machte jemand ein Feuer in der Höhle, so daß es uns möglich ist, seine Entstehung nach der Radiokarbonmethode auf 13000 Jahre vor unserer Zeitrechnung zurückzudatieren; wir können uns nur wundern über die hervorragende Qualität der Farben, die viel besser zu sein scheinen als die heute verwendeten. Aber die Vortrefflichkeit des Werkes liegt in der Kraft, mit der das Tier abgebildet ist. Es ist real. Es flieht vor wirklichen Jägern, die wir nicht sehen. Es hält seinen Kopf hoch in der Freude des Sieges. Aber da ist noch mehr. Es ist ein Symbol für alle Tiere, die durch die Augen eines Menschen gesehen wurden, der sie liebte. Und mit diesem wilden, lebensfrohen Nashorn galoppieren wir in Welten, die wir sonst vielleicht nie kennengelernt hätten.

Da die San nie wissen konnten, wann sie wieder die Möglichkeit haben würden, ein Tier zu erlegen, stopften sie sich über alle Maßen voll, wenn sie eines überwältigt hatten – sie aßen, schliefen, aßen, verfielen in Benommenheit, aßen weiter.

Danach ging eine erstaunliche Verwandlung vor sich: Die tiefen Falten, die ihre Körper entstellten, verschwanden allmählich, ihre Haut wurde wieder weich und glatt, und sogar alte zweiunddreißigjährige Frauen wie Kharu gewannen die Schönheit früherer Jahre wieder. Als Gumsto das sah, dachte er: Sie ist so schön, wie ich sie in Erinnerung habe. Doch dann sah er Naoka, die aufreizend in der Sonne lag, und da kamen ihm passendere Gedanken: Aber Naoka wird morgen genauso wunderschön aussehen.

Nachdem die Elenantilope verzehrt war, sagte Gumsto: »Morgen früh brechen wir auf.« Er stand die ganze Nacht am Ufer des Sees, an dem sich seine Leute so wohl gefühlt hatten, beobachtete die Tiere, wie sie kamen und gingen, und freute sich, wenn Zebras und Antilopen nah beieinander standen, jedes bei seiner eigenen Herde, und alle einer allgemeinen Disziplin gehorchten, die es ihnen ermöglichte, die Angriffe der unablässig lauernden Löwen zu überleben.

Im Morgengrauen erhob sich am anderen Seeufer eine Schar rosa Flamingos, so, als ob sie die Wanderer zum Aufbruch mahnen wollte. Die Vögel flogen in ausladenden Bögen über den Himmel, machten kehrt und kamen in schön gewundenen Spiralen wieder zurück. Mehr als zwanzigmal legten sie die Strecke zurück, wie das Schiffchen in einem Webstuhl, auf dem ein rosagoldener Stoff entsteht. Oft stießen sie hinunter, so als wollten sie landen, nur um plötzlich wieder aufzusteigen und graziöse Muster in ihren Wandteppich zu zeichnen. Die hellrosa Kreise an ihren Flügeln erfüllten die Luft mit ihrer lebhaften Farbe, ihre langen roten Beine hingen nach hinten, ihre weißen Hälse waren vorgestreckt.

Während Gumsto ihnen zusah, zogen sie einen letzten Kreis und flogen in Richtung Norden davon. Auch sie verließen den See.

Als sich die fünfundzwanzig Personen hintereinander aufgereiht hatten, übernahm nicht Gumsto die Führung, sondern die alte Kharu. Sie hatte einen Grabstock in der Hand, und über den Schultern trug sie ein Fellgewand, in dessen lose Pelerine sie vier mit Wasser gefüllte Straußeneier gewickelt hatte. Jede der anderen Frauen trug den gleichen Vorrat, während kleine Mädchen nur für zwei zu sorgen hatten. Kharu führte den Zug an, weil die Sippe fünf Tage lang genau nach Westen zu einem Ort wanderte, wo sie vor zwei Jahren einen Notvorrat von neun Straußeneiern vergraben hatte, für den Tag, an dem verirrte Sippenmitglieder erschöpft dort ankommen würden. Da sie nun das Gebiet verließen, würde sie diese Eier mitnehmen.

Sie hatte die Aufsicht über das Wasser in den Straußeneiern und erlaubte keinem, es anzurühren. »Grabt nach Wurzeln! Trinkt aus ihnen!« Die Straußeneier mußten für die furchtbaren Tage aufbewahrt werden, an denen es keine Wurzeln gab.

Gumstos Sippe bewohnte nicht allein dieses weite Gebiet. Es gab noch andere San-Familien in der Savanne, und sie begegneten einander oft, wenn ihre Wege sich kreuzten; manchmal verließ eine Frau ihre Sippe, um einen Jäger aus einer anderen zu heiraten, oder Kinder, deren Eltern gestorben waren, wurden von einer anderen Gruppe adoptiert. Und bei solchen Zufallsbegegnungen hörte Gumstos Familie von anderen, weniger glücklichen Gruppen: »Sie gingen in die Wüste ohne genügend Wasser und wurden nie mehr gesehen.«

Kharu trug die Verantwortung dafür, daß ihren Leuten dieses Schicksal erspart blieb. Sie ging oft an Bäumen vorbei, ohne anzuhalten, bis ihr plötzlich einer auffiel, der ein wenig anders aussah. Wenn sie zu dem Baum hinging, fand sie in der Gabel, wo der Ast aus dem Stamm wuchs, ein Versteck mit Süßwasser.

Am erstaunlichsten aber war, daß sie mitunter zwei oder drei Tage lang mit den auf ihrem Rücken hüpfenden Straußeneiern dahinschritt, in der Überzeugung, daß irgendwo Wasser versteckt lag. Ihre Augen suchten dabei unentwegt den ganzen Horizont ab. Dann hielt sie plötzlich an, damit die anderen nachkommen konnten. Sie wies, einem Zeichen gehorchend, das die übrigen nicht entdecken konnten, mit ihrem Grabstock in eine Richtung, die sie alle einschlagen müßten. Wenn sie dann zu einer leichten Erhebung kamen, sahen sie drüben ein Ufer, bedeckt mit Ranken, die fleckige Tsama-Melonen trugen; sie waren kleiner als Menschenköpfe und voll mit losem Fruchtfleisch, aus dem erstaunliche Wassermengen gewonnen werden konnten.

Nach Gumstos Ansicht war die Tsama-Melone eines der schönsten Dinge auf der Welt, beinahe so köstlich wie Naoka. Er beobachtete das Mädchen ständig, und die Art, wie sie Kharus Anweisungen aufnahm, beeindruckte ihn tief.

Am Ende dieser Wanderung würde sie durchaus fähig sein, ihre eigene Gruppe quer durch die Wüste zu führen, und er hatte die Absicht, die Führerrolle mit ihr zu teilen.

»Ich denke noch immer an Naoka«, sagte er eines Abends zu Kharu.

»Auch ich denke an sie«, sagte die alte Frau.

»Wirklich?«

»Sie wird bald soweit sein, diese Sippe zu führen. Aber sie braucht einen Mann, einen jungen, und wenn wir keinen für sie finden können, sollten wir sie einer anderen Familie geben, denn sie wird eine starke Frau sein.«

Gumsto wollte schon sagen, er habe genug von starken Frauen, aber Kharu ließ ihn nicht zu Wort kommen. »Dort sind die Dornbüsche!« rief sie, und als sie hinlief und die neun Eier ausgrub, fand sie das Wasser noch immer süß. Sie sagte mit einem dankbaren Seufzer: »Jetzt können wir die Wüste durchqueren.«

Gumsto verbrachte die folgende Nacht gequält von zwei nagenden Problemen: Er konnte nicht verstehen, wie die alte Kharu es fertigbrachte, jeden Plan, den er sich ausdachte, um Naoka zu seiner Extrafrau zu nehmen, zu vereiteln; und er konnte nicht aufhören, dieses schöne Mädchen hungrig anzustarren. Es war peinigend, sie so im Mondlicht liegen zu sehen, mit ihrer glatten Haut und dem Staub auf ihren langen Beinen so nah und dennoch unberührbar.

Doch während die Nacht langsam verstrich, mußte er zugeben, daß Kharu in einer grundlegenden Tatsache recht hatte. Wenn sie es über sich brachte, Naoka, ein Mädchen, das sie nicht mochte, in den Prinzipien des Überlebens zu unterweisen, war es seine Pflicht, seinen Sohn möglichst bald in die Mannbarkeit einzuführen, und es ihm so zu ermöglichen, Naoka zu heiraten. Das war eigentlich ein geringer Preis für die Sicherheit seiner Sippe. Und so begann er das Gebiet nach Stellen abzusuchen, an denen Elenantilopen grasen konnten.

Er übernahm jetzt auch die Führung, denn die Sippe kam in Gebiete, in denen sie niemals vorher gewesen war, und schnelle Entscheidungen waren oft vonnöten. Es war wirklich eine seltsame Schar, die da beherzt durch das

unfruchtbare Land wanderte, denn die San besaßen vier Besonderheiten, die alle erstaunen würden, die später mit ihnen in Berührung kamen.
Ihr Haar wuchs nicht wie das anderer Menschen; es trat in kleinen, verfilzten Büscheln, die durch ziemlich große kahle Stellen voneinander getrennt waren, aus der Kopfhaut.
Die Frauen hatten Hinterbacken von enormer Größe, von denen manche so weit nach hinten ausladend waren, daß kleine Kinder auf ihnen reiten konnten. Dieses Phänomen sollte später *Steatopygia* (Fettsteiß) genannt werden, und es war so ausgeprägt, daß fremde Beobachter oft ihren Augen nicht trauen wollten.
Ihre Sprache war einzigartig, denn zusätzlich zu den etwa hundert unterschiedlichen Lauten, aus denen die Sprachen der Welt bestehen – zum Beispiel das »ei« des Deutschen oder das »ñ« des Spanischen –, kannte das San noch fünf einzigartige Schnalzlaute, die mit Lippe, Zunge und Gaumen gebildet wurden. Ein Schnalzer klang wie ein lauter Kuß, einer wie ein Signal für ein Pferd, einer wie ein Räuspern. So verwendete Gumsto die normale Anzahl von Konsonanten und Vokalen und dazu noch fünf Schnalzlaute, was seine Sprache zu einem auf der Welt einmaligen explosiven Geschnatter machte.
Der männliche Penis befand sich ständig im Zustand der Erektion. Als die ersten Beobachter dies einer ungläubigen Welt berichteten, beeilten sich Forschungsreisende, diesen erstaunlichen Zustand zu bestätigen, und ein französischer Wissenschaftler sagte: »Sie sind immer schußbereit, wie eine gut ausgebildete Infanterieeinheit.«
Je weiter sie in die Wüste vorstießen, desto dringlicher wurde die Suche nach Nahrung, so daß sie nicht mehr so schnell vorankamen. Aber dennoch war ihr Zug nach Westen und Süden nicht zu bremsen, und während die Monate verstrichen, drangen sie immer tiefer in die Wüste ein. Es war noch nicht diese endlose Fläche aus weißem Sand, die die Wüste Nordafrikas in historischer Zeit werden sollte, sondern ein hügeliges, unwirtliches Gemisch von alleinstehenden Felsmassiven, von Dornbüschen, die auf der roten, sonnverbrannten Oberfläche wachsen, kleinen Tieren, die nachts umherhuschten, größeren Antilopen und ihren räuberischen Feinden, die tagsüber ständig nach Wasser suchten, aber nie gesehen wurden. Sich auf diese grausame, weite Fläche mit ihrer glühenden Mittagshitze und den bitterkalten Nächten zu wagen, wäre tollkühn gewesen, auch wenn man genügend Nahrung und Wasser besessen hätte; sie so zu durchqueren, wie es diese Buschmänner taten, war einfach heldenhaft.
Eines Nachmittags sprang Kharu, die ihre hungrigen Augen stets wandern ließ, hoch wie eine Gazelle, schrie »Oooooooo!« und rannte in ihrem zerrissenen, schmutzigen Umhang durch die Wüste wie eine Antilope. Sie hatte eine Schildkröte erblickt. Als sie sie unter dem Jubel der Gruppe gefangen hatte, blickte sie mit ihrem faltigen Gesicht triumphierend in die Runde, während sie mit ihren winzigen Händen die Köstlichkeit über ihren Kopf hielt. Rasch wurde durch schnelles Aneinanderreiben zweier Stöcke

ein Feuer entfacht, und als es richtig brannte, wurde die Schildkröte aufgespießt und brutzelte dort, während ihr herrlicher Duft die Nasen der Sippe erfreute.
Der Dampf sprengte den Panzer, und als der Körper erkaltet war, verteilte Kharu das Fleisch und den Saft, nicht mehr als einen winzigen Bissen für jeden der fünfundzwanzig, und einen extra Anteil für Kusha, die schwanger war. Obwohl die Portion, die jeder erhielt, kaum genügte, um sie auch nur zu kauen, hatte sie eine wunderbare Wirkung, denn sie erinnerte die kleinen Menschen daran, wie Essen schmeckte. Sie konnte unmöglich einen von ihnen satt gemacht haben, aber sie hielt alle aufrecht.
Das Wasserproblem war ebenso akut, denn in der Wüste wurde keines in den Baumgabelungen gefunden, und oft gab es gar keine Bäume. Tsama-Melonen, die überall durchhalten konnten, waren selten und verkümmerten in diesem Gebiet. Die Wanderer waren gezwungen, sich an die Straußeneier zu halten, bis nur noch neun davon übrig waren; doch Kharu wußte von früheren Unternehmungen, daß dieses Wasser für den äußersten Notfall aufbewahrt werden mußte, und so weit war es noch lange nicht. Sie grub mit ihrem Stab nach Wurzeln, von denen sie glaubte, daß sie wenigstens eine winzige Spur Flüssigkeit enthielten, und ließ ihre Leute daran kauen, bis ihr Mund feucht wurde. Sie untersuchte jeden Busch, der ein wenig Tau aufgefangen haben mochte, und sah sich ständig nach Anzeichen um, die auf ein tief unter dem steinigen Sand verborgenes Rinnsal hätten hindeuten können.
Entdeckte sie eine solche Stelle, grub sie mit den Händen, so tief sie nur konnte, und stieß ein langes Stück Schilfrohr unter die Oberfläche. Wenn sie richtig geraten hatte, konnte sie mühevoll einige Tröpfchen Wasser nach oben in ihren Mund saugen, die sie jedoch nicht hinunterschluckte. Sie ließ die Flüssigkeit durch ein zweites Stück Schilfrohr, das sie im Mundwinkel hielt, in ein Straußenei tröpfeln, aus dem ihre gefährdeten Gefährten später tranken.
Nachdem sie zwei Tage überhaupt kein Wasser gefunden hatten, war es klar, daß sie beginnen mußte, den Vorrat in den neun Eiern anzugreifen, und sie nahm, alter Tradition gemäß, zuerst die sieben in Angriff, die von anderen getragen wurden. Ihre eigenen reservierte sie für die sogenannten »Sterbetage«. Täglich mittags, wenn die Sonne am heißesten brannte, ging sie zwischen ihren Leuten umher und ermutigte sie: »Bald werden wir Wasser finden.« Sie verweigerte ihnen eine Ration, aber am Spätnachmittag, wenn das Schlimmste überstanden war, ließ sie ein Ei herumgehen, nicht um zu trinken, sondern um die Lippen zu befeuchten. Als das Wasser weniger wurde, wurden die Frauen, die die Eier trugen, von einem geheimnisvollen Phänomen überrascht. Solange die Eier voll und schwer waren, stellten sie eine Last dar, die ihre Schultern nach unten zog; doch trotz dieses Gewichtes bewegten sie sich mit leichten Schritten, in dem Bewußtsein, daß sie die Sicherheit aller trugen; als aber das Wasser getrunken war und die Eier keine Last mehr darstellten, gingen die Frauen mühselig. Ihre

Schultern hungerten nach dem verlorenen Gewicht, und ihre Gedanken befaßten sich ständig mit ihrer Unfähigkeit, weiter von Nutzen zu sein, da ihre Schalen leer waren.
Kharu spürte noch die tröstende Schwere ihrer Eier und wußte, die Sippe würde am Leben bleiben, solange sie sie aufbewahren konnte. Aber es kam der Nachmittag, an dem auch sie eines davon anzapfen mußte. Es war das vorletzte. Als der Marsch wieder begann, merkte sie den Unterschied im Gewicht, und Angst erfaßte sie.
Als älteste Frau hatte sie noch eine Pflicht, der sie sich nicht entziehen konnte; sie kam, als bei Kusha die Wehen einsetzten, und die Gruppe auf einem öden Stück Sand haltmachen mußte. Es war für Schwangere üblich, sich von den anderen zu entfernen, wenn sie kurz vor der Geburt standen. Sie suchten eine Wasserrinne oder eine durch Bäume geschützte Stelle auf, um dort ohne Hilfe das Kind zur Welt zu bringen. Das tat auch Kusha, aber nach einer Weile rief sie nach Kharu, und die verwelkte alte Frau ging hinter den kleinen Hügel. Dort entdeckte sie, daß Kusha Zwillinge geboren hatte, einen Knaben und ein Mädchen.
Sie wußte sofort, was zu tun war. Sie legte das kleine Mädchen an Kushas Brust, nahm den Knaben zur Seite und bereitete mit ihrem Stock ein seichtes Grab. Sanft legte sie den Jungen hinein und verhärtete ihr Herz, als er zu weinen begann. Rasch erstickte sie ihn, indem sie Erde auf ihn häufte und das Loch wieder füllte. Denn obwohl Kinder gebraucht wurden, um die Sippe am Leben zu erhalten, waren Zwillinge Vorboten von Unglück, und wenn eine so schmerzliche Wahl wie diese verlangt wurde, war es immer der Knabe, der geopfert wurde. Sogar ein einziges zusätzliches Kind würde bei einer Wüstendurchquerung Wasser verbrauchen, das von entscheidender Bedeutung sein konnte.

Nachdem Kharu ihren Pflichten nachgekommen war, verlangte sie, daß Gumsto nun die seinen erfüllte. »Wir müssen sogar die gewagtesten Schritte unternehmen, um Wasser und Fleisch zu bekommen. Und du mußt Gao das Töten überlassen, denn er kann diese Sippe ohne eine Frau nicht anführen.«
Gumsto nickte. Er hatte jeden Trick versucht, um diesen Augenblick hinauszuschieben, doch es war ihm klar, daß sich sein Sohn nun bereitmachen mußte, das Kommando zu übernehmen. »Es läßt sich schwer denken, daß er die Jäger anführen wird. Oder daß Naoka die Käferlarven sammelt.«
Kharu lächelte ihm zu. »Du bist jetzt ein alter Mann. Es wird Zeit, daß du deine albernen Träume aufgibst.« Sie trat zu ihm und ergriff seine Hand. »Wir haben in dieser Gruppe nie Not gelitten, solange du unser Führer warst. Unterrichte nun Gao, so zu sein wie du.«
Er nahm seinen Sohn beiseite und sagte entschlossen: »Wir sind dem Untergang geweiht, wenn wir nicht den Mut haben, kühne Schritte zu unternehmen. In den Hügeln dort im Westen gibt es Elenantilopen und Wasser. Dessen bin ich sicher. Aber dort gibt es auch Löwen. Bist du bereit?« Als

Gao nickte, führte Gumsto den Zug nach Westen, wobei jeder durch Schlucke von Wasser aus Kharus letztem Ei gerade noch am Leben blieb.
Während sie sich auf die Hügelkette zubewegten, wurden sie ständig beobachtet: Hoch oben am glühenden Himmel hielt ein Schwarm von Geiern, der ununterbrochen kreiste, ruhig Ausschau nach der kleinen Gruppe. Die Vögel verfolgten alles, was sich über die Wüste bewegte. Daß dieses verzweifelte, versprengte Häuflein Menschen sich würde retten können, schien fast unwahrscheinlich, und die Geier warteten, eine Verkörperung ihrer Ungeduld, am Himmel. An verschiedenen Stellen der Wüste wurden Hyänen munter; denn wenn die Geier in der Höhe blieben, mußte ein Lebewesen im Begriff sein zu sterben, und die Aasfresser kamen näher, im sicheren Bewußtsein, daß bald ein älterer Mensch zurückbleiben würde.
Diesmal wurden sie von der alten Kharu genarrt, deren Falten so tief waren, daß nicht einmal Staub in sie eindringen konnte. Sie verteilte das letzte Wasser aus ihrem letzten Ei, dann ging sie weiter, entschlossen, ihre Leute vorwärtszuführen. Und sie war es auch, die als erste die Elenantilopen genau dort erblickte, wo ihr Mann es vorausgesagt hatte.
Es war eine enttäuschende Jagd. Vor Hunger und Durst dem Tode nah, mußte die kleine Gruppe hilflos zusehen, wie die Elenantilopen majestätisch aus einer Falle nach der anderen entwichen; die vereinte Geschicklichkeit von Gumsto und seinem Sohn wurde durch die Schlauheit der Tiere unwirksam gemacht. In der zweiten Nacht hörten die ermüdeten Männer ein drohendes Brüllen; lange Zeit sprach keiner, doch schließlich sagte Gao, der Tiere verstand, die schicksalsschweren Worte: »Wir müssen die Löwen benutzen.«
Diese Strategie wurde gewöhnlich vermieden, denn sie brachte so viel Gefahr mit sich, daß keiner der Jäger sie anzuwenden wünschte; aber die alte Kharu, die sah, wie ihre Sippe sich auflöste, wollte die Männer verzweifelt ermutigen. Sie wußte, daß in Fragen der Jagd die Entscheidungen immer ihnen überlassen bleiben mußten; nichtsdestoweniger brach sie, als keiner ihren Sohn unterstützte, die alte Tradition, indem sie mitten unter die Jäger trat und entschlossen sagte: »Gao hat recht. Wir werden sterben, wenn wir nicht die Löwen benutzen.«
Gumsto blickte voller Stolz auf seine vom Wetter gegerbte alte Frau, denn er wußte, welchen Mut es erforderte, sich in diese Versammlung einzumischen. »Morgen werden wir die Löwen benutzen«, beschloß er.
Diese nur im äußersten Notfall angewandte Taktik erforderte die gemeinsame Anstrengung aller, auch der Kinder, und die Wahrscheinlichkeit war groß, daß einer oder mehrere ihr Leben verlieren würden. Aber wenn das Fortbestehen der Sippe auf dem Spiel stand, gab es keine andere Möglichkeit.
»Wir gehen los«, sagte Gumsto ruhig. Seine kleine Gruppe verteilte sich halbmondförmig und schlich auf die Elenantilopen zu. Gao verließ die Gruppe, um sich zu vergewissern, wo die Löwen schlummerten. Als er ihre Lage signalisiert hatte, begann Gumsto und ein anderer Jäger, sich geräuschvoll

zu bewegen, damit die Antilopen sie hörten und sich entfernten. Wie geplant, erblickten die großen Tiere sie tatsächlich, wurden nervös und rannten davon, direkt in die Klauen der gelbbraunen Bestien. Eine Löwin packte die größte Elenantilope an der Kehle, biß zu und riß sie zu Boden.

Nun kam der Moment für Kühnheit und präzise Ausführung. Gumsto und Gao hielten ihre Leute versteckt, jeder einzelne griff nach Keulen oder Steinen für den heroischen Angriff. Sie sahen zu, wie die Löwen fraßen, und die Lippen auch des Mutigsten von ihnen wurden trocken; die Herzen der Frauen klopften rascher, denn sie wußten, was sie nun zu tun hatten; und Kinder, die noch nie an einer Jagd teilgenommen hatten, ahnten, daß sie siegen mußten oder sterben.

»Jetzt!« schrie Gumsto, und in einem plötzlichen Ansturm stürzten alle vorwärts, schrien wie verrückt, schwangen Keulen und schleuderten Steine, um die Löwen von ihrer Beute zu vertreiben.

Es war ein äußerst gefährliches Manöver, denn die Löwen hätten leicht einen, zwei oder drei der San töten können, aber als sie so viele mit so viel Lärm auf sich losstürzen sahen, erschraken die Tiere und begannen sich im Kreis zu bewegen. In diesem Augenblick sprang Gumsto direkt auf die Leittiere los und schlug mit seiner Keule auf sie ein.

Er hatte diese selbstmörderische Mission übernommen, weil das Fortbestehen seiner Sippe für ihn wichtiger war als sein eigenes Weiterleben. Doch in dem Augenblick, als alles in der Schwebe war – ein Mann allein gegen die Löwen –, wurde er durch das plötzliche Auftauchen Gaos an seiner Seite gerettet, der brüllend und schlagend die wütend fauchenden Löwen zum Rückzug zwang.

Als aber die Elenantilope von den San in Besitz genommen wurde, während ein Dutzend Hyänen erwartungsvoll kicherte, ergriff Kharu sofort die Initiative. Mit blutigen Händen durchstöberte sie die freiliegenden Eingeweide, bis sie den kostbarsten Teil des Kadavers fand, den Pansen, den Vormagen aller Wiederkäuer. Als sie spürte, wie schwer er war, verzog sich ihr altes Gesicht zu einem Lächeln. Denn dort hatte die tote Elenantilope Gras gesammelt, um es später zu verdauen – und zugleich eine große Menge Wasser, um es dabei aufzuweichen.

Kharu riß den Pansen auf und drückte das Gras aus, wobei sie genügend Flüssigkeit herausbekam, um ihre Eier zu füllen, und diese Flüssigkeit war merkwürdigerweise besser als Wasser, denn sie war stopfend, bitter und reinigend, und wenn sie an alle ein paar Tropfen verteilte, würde ihr Durst gestillt sein. Mit dieser Wunderflüssigkeit würde die Sippe überleben.

Am Ende ihres fröhlichen Festmahls lagen die erschöpften Schlemmer mit aufgetriebenen Bäuchen schlafend rund um die tote Antilope; als sie wieder erwachten, hielt Kharu ihre Rede: »Da Gao die Elenantilopen gefunden und die Löwen vertrieben hat, laßt ihn uns zum Jäger erklären und ihm eine Frau als Preis zuerkennen. Naoka, tritt vor!«

Ein Mann, selbst ein hervorragender Jäger, widersprach mit Recht, daß Gao die Elenantilope nicht wirklich getötet, sich also auch nicht als Jäger qualifi-

ziert habe; nun herrschte Bestürzung. Aber Kharu stieß ihren Mann heftig an, und Gumsto stand auf. Er faßte seinen Sohn an der Hand, trat vor die Sippe und sagte stolz: »Ein Löwe ist ebenso bedeutend wie eine Elenantilope. Und dieser Junge verjagte vier Löwen, die im Begriff waren, mich zu töten. Er ist ein Jäger.« Und er legte mit Gefühlen, die ihn beinahe zerrissen, die Hand seines Sohnes in die Naokas.
»Ha!« schrie Kharu und machte einen Luftsprung. »Wir wollen tanzen.« Und während die Kalabassentrommel erklang und Hände den Rhythmus mitklatschten, wirbelten die kleinen Menschen jubelnd umher. Sie feierten ihren Sieg über die Löwen und die erfreuliche Nachricht, daß Naoka und Gao bald Kinder haben würden und so der Fortbestand der Sippe gesichert wäre. Sie gingen wieder und wieder im Kreis, riefen überlieferte Worte und stampften auf den Boden, um reinigenden Staub aufsteigen zu lassen. Sie tanzten die ganze Nacht, zeitweise fielen sie erschöpft zu Boden, aber selbst dann noch riefen sie orakelhafte Worte. Andere Antilopen würden erlegt werden, andere Quellen würden gefunden werden, um die Straußeneier wieder zu füllen, Kinder würden zu Männern werden, und ihre Wanderungen würden niemals enden. Sie waren Jäger und Sammler, ein Volk ohne Heim, ohne feste Verantwortung, ausgenommen die Konservierung von Nahrung und Wasser für den Tag der Gefahr. Und wenn die ihnen bestimmten Monate gekommen und gegangen waren, würden auch die Tänzer gehen, und andere würden diese öden Wüsten durchqueren und in den langen Nächten ihre Tänze tanzen.
Während Gumsto die Feiernden beobachtete, dachte er: Kharu hat recht, wie gewöhnlich. Die Jungen gehören zu den Jungen, die Alten zu den Alten. Alles hat seine Regeln. Und als er sah, wie seine Frau kraftvoll mit den Frauen tanzte, sprang er auf und schloß sich den Männern an. Kharu beobachtete ihn und sah, daß er ein wenig hinkte, aber sie sagte nichts.
Die Festlichkeiten waren bald zu Ende, denn die Gruppe mußte in sicherere Gebiete ziehen. Beim Abmarsch fiel Kharu jedoch etwas auf, das sie beunruhigte: Gumsto begann zurückzubleiben. Er überließ seinen gewohnten vorderen Platz Gao, und als das mehrmals geschehen war, sprach sie mit ihm.
»Bist du traurig wegen Naoka? Du weißt doch, sie verdient einen jüngeren Mann.«
»Es ist mein Bein.«
»Was?« Die Einfachheit ihrer Frage verbarg den Schrecken, den sie fühlte, denn ein verletztes Bein war so ziemlich das Schlimmste, das auf einem Marsch passieren konnte.
»Als wir die Löwen angriffen ...«
»Sie haben dich mit ihren Krallen verletzt?«
»Ja.«
»O Gumsto!« klagte sie. »Und ich habe dich in diese Aufgabe getrieben.«
»Auch du hast daran teilgenommen. Die Löwen hätten dich ebenso verwunden können.« Er setzte sich auf einen Stein, und Kharu untersuchte die

Wunde. Aus der Art, wie er zusammenzuckte, wenn sie gewisse Nerven berührte, wußte sie, daß er in einem schlechten Zustand war. »In zwei Tagen werden wir es uns wieder ansehen«, sagte sie, aber als er leicht seitwärts geneigt davonhinkte und sein linkes Bein nachzog, wußte sie, daß weder zwei Tage noch zwanzig diese Verletzung heilen würden. Und sie bemerkte, daß hoch oben drei Geier ihn mit der gleichen unablässigen Aufmerksamkeit verfolgten, die er gezeigt hatte, wenn er einer verwundeten Antilope nachstellte.

Wann immer die Sippe weiterzog, blieb sie in seiner Nähe, und einmal, als ihn der große Schmerz übermannte und er sich auf die Lippen biß, um zu verhindern, daß ihm Tränen in die Augen traten, führte sie ihn zu einer abseits gelegenen Stelle, um auszuruhen. Dort erinnerten sie sich an die Zeit, als er ihrem Vater, diesem großen Jäger, seine Elenantilope gebracht hatte.

»Du warst sieben Jahre alt«, sagte Gumsto, »und du wußtest schon alles.«

»Meine Mutter hat die Gefahren der Wüste gemeistert.«

»Du warst ein gutes Kind.«

»Ich war stolz auf dich. Du warst größer und stärker als die Ehemänner der anderen Mädchen.«

»Es waren schöne Tage, Kharu, in jenen Gebieten rund um den See.«

»Aber das Wasser wurde schlecht. Das Wasser wird immer schlecht.«

»Die Nashörner, die Weißschwanzgnus, die Zebras.« Er zählte nochmals seine Triumphe auf aus den Tagen, als seine Sippe gut zu essen hatte.

»Du warst ebenso klug wie mein Vater«, gab sie zu. Dann half sie ihm, ihre Gruppe auf dem Marsch nach Süden einzuholen, und als es klar wurde, daß er nie wieder die Jagd anführen konnte, sagte sie zu Gao: »Jetzt mußt du das Fleisch finden.«

Gumstos Unfall hatte eine unvorhergesehene Wirkung, die ihn zugleich erfreute und verblüffte. Als die Sippe acht Tage haltmachte, um ihre Straußeneier wieder aufzufüllen und ihm Zeit zu geben, sich zu erholen, verließ Gao schnell das Lager, um sich eine große, glatte Steinwand zu suchen, an der er mit wütender Energie arbeitete, solange es Tageslicht gab. Gumsto konnte von seinem Ruheplatz aus seinen Sohn sehen und erriet, daß er ein Denkmal für ein bedeutendes Tier schuf. Doch später, als Kharu ihm half, den Felsen zu erreichen, war er nicht auf das Wunder vorbereitet, das sich ihm darbot.

Gao hatte auf die breite Fläche nicht eine Elenantilope gemalt, sondern deren dreiunddreißig, jede einzelne so herrlich wie die, die er früher gezeichnet hatte. Sie waren aber mit solchem Ungestüm dargestellt, daß sie in wilder Jagd quer über die steinige Savanne zu stürmen schienen. Sie sprangen und zuckten, frohlockten und rannten auf unsichtbare Ziele zu, ein Gewirr von Hörnern und Hufen, das die Welt erstaunen würde, wenn es entdeckt wurde.

Aber es fehlte etwas, und Gumsto bemerkte es sofort: »Du hast sie nicht sorgfältig gefärbt.«

Er hatte recht. Gao hatte so fieberhaft gearbeitet, um seine Geschichte fertigzustellen, daß er schließlich einfach nur da und dort Farben hingekleckst und versucht hatte, einige der Tiere genau auszuarbeiten, während er sich damit begnügte, die Form von anderen nur anzudeuten. Das Ergebnis war ein Gewirr von Bewegung und Farbe, das jedoch der Gesamtkonzeption ein merkwürdiges Gleichgewicht und den Eindruck verlieh, als jagten wirklich Elenantilopen über den ewigen Felsen.

Warum war der Junge so nachlässig gewesen? Die Zeit drängte, aber er hätte zwei weitere Tage erbitten können. Die Farben waren wertvoll, und vielleicht war es ihm klar, daß er nicht genug davon haben würde, jedes einzelne der dreiunddreißig Tiere tadellos auszuführen. Er hätte aber einen anderen Jäger dafür gewinnen können, ihm zu helfen, noch mehr Farben zu finden. Es gab noch ein Dutzend andere vernünftige Erklärungen für die verworrene Farbgebung, aber keine kam der Wahrheit nahe: Gao hatte die Antilopen in dieser willkürlichen Art gemalt, weil er auf der Höhe seiner Fähigkeiten, als seine Sinne in höchster Erregung waren, eine Offenbarung gefühlt hatte. Ihm war klar geworden, daß nicht das naturgetreue Auftragen von Farbe innerhalb der Grenzen seiner Komposition die Realität einer Elenantilope am besten zum Ausdruck bringen würde, sondern ein wildes Spritzen, das den Geist der heiligen Tiere einfangen würde. Es war eine Zufallsleistung, die nur inspirierte Künstler fertigbringen, und das konnte Gao seinem Vater nicht erklären.

Gumsto gefiel diese Nachlässigkeit gar nicht, denn er hielt sie für eine Unverschämtheit gegenüber der Elenantilope, deren Farben so und so sein sollten, wie alle Menschen wußten. Als er jedoch darüber Klage führen wollte, erblickte er in der rechten unteren Ecke des Wandgemäldes die Abbildung eines San-Jägers, dem die Elenantilopen Furcht einflößten, der ihnen aber mit seinem zerbrechlichen Pfeil die Stirn bot. Und er erkannte, daß er selbst dieser kleine Bursche war. Das Bild war eine Zusammenfassung seines Lebens, die Erinnerung an alle Elenantilopen, die er erlegt hatte, um seiner Sippe Überleben und Bedeutung zu sichern, und so blieb er stumm.

Dreimal bat er seinen Sohn, ihn zu dem Gemälde zu tragen, damit er es betrachten und noch einmal mit den Tieren leben könne, die ihm so viel bedeuteten, und immer, wenn er sich so klein in der unteren Ecke sah, fühlte er, daß Gao recht hatte. Das war die Art und Weise, wie ein Mann leben sollte, mit den Hauptsachen, und nicht mit den Maden versteckt unter der Rinde des Weißdorns. Auf der Savanne zu sein mit einer winzigen Pfeilspitze, die den Unterschied zwischen Leben und Tod ausmacht, sich zwischen die mächtigsten Antilopen zu stürzen, nicht die Klippspringer und die Waldducker, und gegen sie zu kämpfen, sobald sie kamen, das war die Natur des Menschen – und es war sein Sohn, der ihm die Wahrheit gezeigt hatte.

Als es den anderen klar wurde, daß Gumstos Tage gezählt waren – er war nun fünfundvierzig, ein sehr hohes Alter für diese Menschen –, wußten sie, daß der Tag herankam, an dem sie nicht länger auf ihn warten konnten. Eines Nachmittags beobachteten sie nachsichtig, wie er von seinem Lagerplatz zu dem von Gao und Naoka besetzten ging, wo die junge Braut lässig im Sand lag. »Ich wollte dich zur Frau haben«, sagte er ihr. Sie lächelte. »Wir hätten...«

»Es ist besser so«, sagte sie, ohne sich zu rühren. »Gao ist jung, und du bist jetzt ein alter Mann.«

»Keine Jagd mehr«, sagte er.

»Wie gut, daß dein Sohn gelernt hat.«

»Das ist richtig«, stimmte der Alte zu. Es gab unendlich viele Dinge, die er diesem wundervollen Mädchen mit dem faltenlosen Gesicht gern gesagt hätte, aber es schien sie nicht zu interessieren. Als er jedoch wieder zu seinem Platz zurückkriechen wollte, lächelte sie ihm in ihrer bezaubernden Art zu und sagte: »Ich hätte dich gern zum Mann gehabt, Gumsto. Du warst ein Mann.« Sie seufzte. »Aber auch mein Vater war ein Mann, und eines Tages wird Gao ein ebenso großer Jäger sein, wie ihr beide es wart.« Sie seufzte wieder. »Es ist alles gut, so wie es ist.«

Jeder in der Sippe wußte, daß die Entscheidung getroffen werden mußte. Gumsto blieb ständig zurück, so daß er zum Hemmschuh wurde, und das konnte nicht geduldet werden. Noch zwei weitere Tage diente ihm die alte Kharu als Krücke, an der er sich festhielt, während sie sich auf ihren Grabstock stützte. Sie waren zwei alte Leute, die versuchten, mit den anderen Schritt zu halten. Als es am dritten Tag schien, als ob er zurückgelassen werden müsse, bemerkte Kharu zu ihrer Überraschung, daß Naoka nach hinten kam, um Gumsto zum Weitergehen zu veranlassen.

»Laß ihn sich auf mich stützen«, sagte das Mädchen, während es die größere Last übernahm, und als Kharu in der Hitze des Tages zu versagen begann, schleppte Naoka ihn allein weiter. Bei Einbruch der Nacht, als die anderen schon weit voraus waren, erklärte Gumsto den zwei Frauen: »Das ist die letzte Nacht.« Naoka nickte und ließ die beiden Alten unter einem Weißdornbaum zurück.

Am Morgen holte Kharu die anderen ein und verlangte ein gefülltes Straußenei und einen Knochen mit etwas Fleisch. Gao verschaffte ihr das Gewünschte, doch Naoka trug es zurück zu der Stelle, wo Gumsto an den Weißdorn gelehnt saß. »Wir bringen dir einen Abschiedsgruß«, sagte das Mädchen, und er nahm aus ihren glatten Händen seinen letzten Proviant entgegen.

»Wir müssen jetzt gehen«, sagte Kharu, und wenn sie weinte, vermochte Gumsto es nicht zu entdecken, denn ihre Tränen fielen in so tiefe Falten, daß sie rasch unsichtbar wurden. Erschöpft lehnte sich Gumsto zurück. Er war außerstande, Interesse für das Fleisch oder das Wasser zu zeigen, und nach einer Weile kniete Naoka nieder, berührte seine Stirn und ging davon.

»Du mußt die anderen einholen«, warnte Gumsto die Frau, die er behütet hatte, seit sie sieben Jahre alt gewesen war.

Kharu stützte sich auf ihren Grabstock und dachte noch eine Weile an die

Tage, die sie zusammen verbracht hatten. Dann schob sie den Knochen näher zu ihm und ging fort.
Nur für einen Augenblick sah Gumsto nach oben auf die sich sammelnden Geier, doch dann senkten sich seine Augen und folgten den sich entfernenden Menschen, und während er sie so dahinziehen sah, in ein besseres Land, war er zufrieden. Gao war ein Jäger. Naoka lernte, wo sich die Käferlarven und die saftigen Knollen verbargen. Mit Kharu, die sie noch für einige Zeit führen konnte, würde es ihnen gutgehen. Die Sippe bestand wieder aus fünfundzwanzig Menschen, der richtigen Anzahl: Er war fort, aber Kushas Baby glich den Verlust aus. Die Sippe hatte schlimme Tage überlebt, und da sie nun verschwand, wünschte er ihr Glück. Seine letzten Gedanken, bevor die Raubtiere angriffen, galten dem Zebra: Es hatte sich von seiner Herde entfernt, und die Löwen hatten es überwältigt.

Kharu ging entschlossen vorwärts, überholte zuerst Naoka, dann den Hauptteil der Marschreihe und übernahm schließlich ihren Platz an der Spitze. Dort führte sie, gestützt auf ihren Stock, ihre Sippe nicht direkt nach Westen, wie sie in letzter Zeit marschiert waren, sondern mehr südwestlich, als wüßte sie durch einen unausrottbaren Instinkt, daß dort das Kap lag – mit seinem Überfluß an gutem Wasser, umherziehenden Tieren und wilden Reben, die saftige Früchte hervorbrachten, die man sammeln konnte.

2. Zimbabwe

Im Jahr 1453 nach Christi Geburt nahm die tatsächliche Geschichte Südafrikas durch Vorgänge an einem höchst unwahrscheinlichen Ort ihren Anfang. In Kap St. Vincent, am äußersten Südwestende Europas, saß ein neunundfünfzigjähriger Infant von Portugal in einem Kloster auf dem öden Vorgebirge von Sagres. Dort dachte er über die Tragödie nach, die sich in seiner Welt abgespielt hatte. Er sollte in die Geschichte eingehen als Infant Heinrich der Seefahrer, was eigentlich absurd war; denn er hatte niemals die Navigation beherrscht und hatte nie einen Entdecker auf einem seiner Schiffe begleitet.

Seine Stärke war sein ungeheuerer Genius. Zu einer Zeit, da seine enge Welt durch Furcht und Unwissenheit, diese Mägde der Verzweiflung, begrenzt war, blickte er weit über Europas Grenzen hinweg und sah in seiner Phantasie Welten, die nur darauf warteten, von ihm entdeckt zu werden. Er studierte sorgfältig die Berichte Marco Polos und wußte, daß im fernen Orient Zivilisationen existierten. Dennoch war er überzeugt, daß ein Land praktisch unentdeckt, heidnisch und verworfen blieb, solange nicht weiße, christlich getaufte Männer es betreten hatten.

Sein Ziel war Afrika. Zweimal hatte er diesen dunklen, brütenden Kontinent besucht, der Portugal so nahe war: einmal anläßlich eines großen Sieges bei Ceuta, als er einundzwanzig war, einmal anläßlich einer schändlichen Niederlage bei Tanger, als er dreiundvierzig war; und er war fasziniert. Eingehende Studien hatten ihn zu der Erkenntnis gebracht, daß seine Schiffe, von denen jedes eine Flagge mit dem roten Kreuz Jesu Christi führte, entlang der Westküste Afrikas südwärts fahren, am Südende sozusagen um die Ecke biegen und an der Ostküste entlang zu den Reichtümern Indiens, Chinas und des geheimnisvollen Japan segeln konnten. Dieses Ziel hatte er vierzig Jahre lang hartnäckig verfolgt und er würde es bis zu seinem Tod in sieben Jahren weiterverfolgen, ohne jedoch Erfolg zu haben.

Seine Niederlage war Afrika. Gleichgültig, wie ungestüm er seine Kapitäne antrieb, sie brachten nie viel zustande. Sie entdeckten zwar im Jahr 1418 die Madeira-Inseln wieder, es dauerte aber noch weitere sechzehn Jahre, bis sie ein Kap umschifften, das aus der Sahara hervorragte. Im Jahr 1443 umschifften sie Kap Blanco, und eines von Heinrichs Schiffen hatte sich noch etwas weiter nach Süden gewagt, aber das war auch alles. Der große Buckel Afrikas wurde nicht umschifft, und bis zu Heinrichs Tod im Jahr 1460 war wenig erreicht worden; die denkwürdigen Reisen von Bartholomëu Diaz und Vasco da Gama fanden lange nach dem Tod des Seefahrers statt.

Sein Triumph war Afrika. Denn obwohl Gott ihm nicht erlaubte, einen einzigen der Erfolge selbst zu erleben, von denen er träumte, waren es seine Träume, die die Karavellen nach Süden schickten. Und wenn er auch keine Spur der Waren aus Indien oder China auf seinen Schiffen nach Hause kommen sah, fixierte er doch Afrika im Bewußtsein der Renaissance und spornte sowohl die Forschungsreisen dorthin als auch die Bekehrung seiner Bewohner zum Christentum an. Dieses letzte Ziel war von größter Bedeutung, denn er führte das Leben eines Mönchs, scheute die Pracht des Hofes und die Intrigen, die ihn zum König hätten machen können. Er war zufrieden mit seinem Dienst an Gott. Natürlich hatte er als junger Mann eine illegitime Tochter gezeugt und später als Soldat gewütet; aber die Hauptaufgabe seines Lebens war die Christianisierung Afrikas, und deshalb brachte ihm das Jahr 1453 solchen Kummer.

Die Moslems, diese schrecklichen, immerwährenden Feinde Christi, waren in Konstantinopel eingezogen, nachdem sie ihre Schiffe über Land geschleppt hatten, um die Verteidigungslinien zu durchbrechen, und dieser vorgeschobene Posten, der das Christentum lange vor den Ungläubigen beschützt hatte, war gefallen. Da nun ganz Europa von den Anhängern Mohammeds überschwemmt werden konnte, war es nötiger denn je, einen Weg rund um Afrika zu finden, auf dem man diese Bedrohung umgehen konnte. Es war vor allem dieses Problem, das Heinrich beschäftigte, während er Landkarten studierte und Pläne für neue Forschungsreisen ersann.

Was wußte er von Afrika? Er hatte das meiste zu jener Zeit verfügbare Material gesammelt und dazu die Gerüchte und aufregenden Vermutungen von Seekapitänen und Reisenden. Er wußte, daß sich die Ägypter vor Jahrtausenden über große Distanzen entlang der Ostküste südwärts gewagt hatten, und er hatte mit Seeleuten gesprochen, die arabische Häfen in diesem Gebiet angelaufen hatten. Er hatte oft die erstaunliche Behauptung Herodots über ein sagenhaftes Schiff gelesen, das vom Roten Meer aus nach Süden gefahren war, wobei die Sonne zu seiner Linken aufging, und so weit gesegelt war, daß sie zu seiner Rechten aufging; vermutlich hatte dieses Schiff den gesamten Kontinent umfahren. Herodot fügte jedoch hinzu, daß er die Geschichte nicht glaube. Von besonderem Zauber waren die Stellen im Alten Testament, die von den gewaltigen Goldvorräten sprachen, die das Land Ophir, irgendwo in Afrika, bereithielt:

> ... und sie kamen gen Ophir und holten daselbst vierhundertzwanzig Zentner Gold und brachten's dem König Salomo.

Die glückliche Verbindung von »vierhundertzwanzig Zentnern Gold« und »Ophir« klang in Heinrichs Gedanken nach und führte ihm immer wieder die Vision der gewaltigen Goldminen vor Augen, aus denen die Königin von Saba Salomo ihre Geschenke gebracht hatte. Es gab aber noch andere Zeilen, die ihn beschäftigten: König Salomo baute eine Flotte in Ezion-geber; seine Schiffe unternahmen Reisen, die drei Jahre währten, und kehrten zurück mit Ladungen von Gold und Silber, Elfenbein, Affen und Pfauen; und einmal rüstete König Josaphat eine gewaltige Flotte, um das Gold von Ophir zurückzubringen, »aber sie fuhren nicht, denn die Schiffe erlitten bei Ezion-geber Schiffbruch«.
Es klang alles so wirklich, die Flotten, die Reisen, das Gold. »Und wo lag dieses Ezion-geber?« fragte Infant Heinrich seine Weisen. »Es war die Stadt, die wir heute als Eilath kennen«, antworteten sie, »sie liegt an der Nordseite des Roten Meeres.« Als Heinrich seine Landkarten zu Rate zog, war es klar, daß die biblischen Schiffe südwärts nach Afrika gelangen konnten. So lag also irgendwo entlang der Ostküste von Afrika dieses Ophir, unermeßlich reich und zweifellos in tiefstem Heidentum. Es war eine Christenpflicht, es zu retten.
Und nun, im Jahr 1453, hatte sich diese Verpflichtung noch verdreifacht. Da Konstantinopel sich in den Händen der Moslems befand und die gewinnbringenden Handelswege nach dem Osten permanent abgeschnitten waren, erwies es sich als unbedingt notwendig, daß Afrika für das Christentum gerettet wurde, damit Schiffe um seine Südspitze direkt nach Indien und China segeln konnten. Dann könnten die Soldaten Jesu Christi Ophir von den Moslems befreien und sein Gold zivilisierten Zwecken zuführen. Wo aber lag Ophir?

Während Infant Heinrich in Sagres vor sich hin brütete, Pläne schmiedete, ständig seine zögernden Kapitäne anspornte, das Kap zu suchen, von dem er wußte, es müsse die Südspitze Afrikas darstellen, nahmen die Ereignisse an einem kleinen See in dieser Region eine interessante Wendung. Zu dem unbekannten Dorf am Südufer dieses Sees mit seinen Rundhütten aus Stroh und Schlamm kam eine Schar lärmender Kinder, die schrien: »Er kommt! Der Alte Sucher kommt wieder!« Und alle schwarzen Einwohner kamen heraus, um den alten Mann zu begrüßen, der träumte.
Als der Zug der Neuankömmlinge den Rand des Dorfes erreichte, hielt er an, um dem Alten Sucher Zeit zu lassen, seine Kleidung zu ordnen. Dann nahm er aus einem Sack, den einer seiner Diener trug, einen von einem Büschel Straußenfedern gekrönten Eisenstab. Mit diesem stattlichen Stab in der linken Hand machte er zwei Schritte vorwärts, warf sich dann zu Boden und rief von dieser Stellung aus: »Großer Häuptling, ich wünsche dir einen guten Morgen!«
Aus der Menge der Dorfbewohner trat ein etwa fünfzigjähriger Mann vor und nickte ihm zu: »Alter Sucher, ich wünsche dir einen guten Morgen.«

»Großer Häuptling, hast du gut geschlafen?«
»Wenn du gut geschlafen hast, habe auch ich gut geschlafen.«
»Ich habe gut geschlafen, großer Häuptling.« Der so Angesprochene mußte, ebenso wie die übrigen, die Ironie in diesen Worten erkannt haben, denn er war in keiner Hinsicht ein großer Häuptling. Aber das Protokoll forderte, daß er so angesprochen wurde, besonders dann, wenn der ins Dorf kommende Mann Vorteile suchte.
»Du kannst dich erheben«, sagte der Häuptling, worauf sich der Alte Sucher aufrichtete, seinen Eisenstab in einer Hand, die andere auf das Handgelenk gelegt, und seinen pulvergrauen Kopf auf beide stützte.
»Was begehrst du diesmal?« fragte der Häuptling, und der Alte antwortete ausweichend: »Die Güte des Bodens, die Geheimnisse der Erde.«
Der Häuptling nickte feierlich, und die formelle Begrüßung war beendet. »Wie war die Reise nach Süden?« fragte er.
Der Alte reichte den Stab einem Diener und flüsterte: »Jedes Jahr schwieriger. Das ist mein letzter Besuch in deinem Gebiet.«
Häuptling Ngalo begann zu lachen, denn diese Drohung hatte der Alte bereits vor drei Jahren ausgesprochen und vier Jahre vorher auch schon. Er war ein freundlicher, duldsamer alter Gauner, der früher als Bergwerksaufseher in einem großen, im Norden gelegenen Königreich gedient hatte. Jetzt suchte er weit außerhalb der Länder seines Herrschers nach weiteren Minen. Dabei beobachtete er entfernte Siedlungen und forschte nach immer neuen Handelsbeziehungen. Er war eine Art freier Gesandter, ein Forscher – ein Sucher.
»Warum kommst du in mein armes Dorf?« fragte Häuptling Ngalo. »Du weißt doch, daß wir keine Bergwerke haben.«
»Ich komme mit einem ganz anderen Auftrag, lieber Freund. Salz.«
»Wenn wir Salz hätten«, sagte Ngalo, »könnten wir mit der Welt Handel treiben.«
Der Alte seufzte. Er hatte erwartet, enttäuscht zu werden, aber sein Volk brauchte Salz. Er suchte aber auch noch nach anderen, weit geheimnisvolleren Dingen. »Was ich noch gebrauchen könnte«, sagte er vertraulich, »sind Rhinozeroshörner. Nicht weniger als sechzehn.« Sie würden von älteren Männern benötigt, erklärte er, die junge Frauen heiraten wollten: »Sie brauchen die Gewißheit, daß sie im Bett nicht enttäuschen werden.«
»Aber euer König ist ein junger Mann«, sagte der Häuptling. »Wozu braucht er das Horn?«
»Nicht er! Die reichen, alten Männer mit Schlitzaugen, die in einem fernen Land leben, brauchen es.«
Von ihrem Ruheplatz unter einem Baum sahen die zwei Männer auf den See hinunter, und Ngalo sagte: »Heute abend wirst du viele Tiere zu diesem Wasser kommen sehen, Büffel, Löwen, Flußpferde, Giraffen und Antilopen, wie die Sterne.« Der Alte Sucher nickte, und Ngalo fuhr fort: »Aber du wirst nie ein Nashorn sehen. Wo könnten wir so viele finden?«
Der alte Mann dachte über diese Frage nach und antwortete: »In diesem Le-

ben hat ein Mann schwierige Aufgaben zu bewältigen. Er muß eine gute Frau finden und sechzehn Hörner. Es ist seine Aufgabe, beides zu finden.«
Häuptling Ngalo lächelte. Es war nett, mit dem Alten zusammenzusein. Immer, wenn er etwas dringend brauchte, dachte er sich anspruchsvoll klingende und moralische Gründe aus. »Die Menschheit braucht keine sechzehn Rhinozeroshörner«, schalt er. »Du brauchst sie.«
»Ich bin die Menschheit.«
Solchen Überheblichkeiten konnte der Häuptling nur schwer widerstehen, aber es war ihm auch nicht möglich, seinen Wunsch nicht zu erfüllen. »Sieh mal, lieber Freund, wir haben keine Nashörner, aber wir haben etwas Besseres.« Er klatschte in die Hände, worauf ein Gehilfe erschien. »Sag Nxumalo, er soll die schwere Erde bringen!« Bald darauf erschien lächelnd ein sechzehnjähriger Junge mit drei groben rechteckigen Barren aus einer Art Metall. Er legte sie vor seinem Vater auf den Boden und wollte wieder gehen. Aber der Alte Sucher fragte: »Weißt du, was du mir da gebracht hast, mein Sohn?«
»Eisen aus Phalaborwa«, antwortete der Junge sofort. »Als die Leute meines Vaters hingingen, um diese einzutauschen, begleitete ich sie. Ich sah den Ort, wo die Menschen die Erde bearbeiten wie Ameisen. Sie erzählten, daß sie dies schon immer getan hätten – so lange sich diejenigen erinnern könnten, die noch am Leben waren, und auch die früheren Generationen hätten diese Arbeit verrichtet.«
»Wogegen habt ihr das eingetauscht?« fragte der Alte.
»Gegen Tuch. Das Tuch, das wir weben.«
Der Alte Sucher lächelte, um seine Freude darüber zu zeigen, daß dieser Junge die Herkunft der Dinge kannte, doch dann runzelte er die Stirn. »Wenn ich Eisen aus den Minen in Phalaborwa gewollt hätte, wäre ich direkt dorthin gegangen. Thaba!« rief er. »Bring mir den Stab!« Und als sein Diener mit dem sorgfältig eingewickelten Stab herangelaufen kam, enthüllte ihn der Alte und hielt ihn dem Jungen entgegen.
»Das ist wirkliches Eisen. Aus unseren Minen in Zimbabwe. Wir haben mehr als genug davon.« Er schob Nxumalos grobe Barren verächtlich beiseite. Dann zog er aus dem Inneren seines Gewandes einen kleinen, ovalen Gegenstand hervor, wie Nxumalo ihn noch nicht gesehen hatte. Er war von schimmerndem Gelb und glänzte, wenn Licht darauf fiel. Die Kette, an der er hing, setzte sich aus vielen einzelnen Gliedern zusammen und war aus dem gleichen Material. Als er ihn in die Hand nahm, stellte Nxumalo fest, daß er überraschend schwer war.
»Was ist das?« fragte er.
»Ein Amulett.« Es folgte eine lange Pause. »Aus Persien.« Wieder bedeutungsvolle Stille, dann: »Gold.«
»Was ist Gold?« fragte der Junge.
»Also, das ist vielleicht eine Frage!« sagte der Alte, hockte sich auf sein Gesäß und starrte auf den See. »Während vierzig Reisen des Mondes durch die Sterne war es meine Aufgabe, Gold zu finden, und so wie du wußte ich

nicht, was es war. Es ist der Tod auf dem Grund einer tiefen Grube. Es ist Feuer, das die Eisenträger verschlingt, wenn in der Schmiede das Erz schmilzt. Es sind Männer, die Tag um Tag sitzen und mühsam diese Glieder ausarbeiten. Aber weißt du, was es vor allem ist?«
Nxumalo schüttelte den Kopf. Das Gefühl, dieses schwere Metall zu halten, gefiel ihm.
»Am Ende ist es ein Geheimnis, mein Sohn. Sein Zauber lockt Männer an aus Ländern, von denen du noch nie gehört hast. Sie kommen an unsere Küsten, durchwaten unsere Flüsse, klettern auf unsere Berge, nehmen eine viele Monate dauernde Reise auf sich, um nach Zimbabwe zu kommen und unser Gold zu bekommen.« Sanft, fast liebevoll nahm er das Amulett wieder an sich und legte die Kette um seinen Hals, so daß der goldene Anhänger unter seinem Baumwollgewand verschwand.
Das war der Anfang seines Versuchs, Nxumalo zu überreden: »Du mußt mir acht Nashörner finden, mein Sohn, und ihnen die Hörner abnehmen: Dann folgst du mir nach Zimbabwe...«
»Was ist Zimbabwe?« fragte der Junge eines Abends.
»Wie traurig«, sagte der Alte mit unverhohlenem Bedauern. »Kein einziger Mensch in diesem Dorf hat je Zimbabwe gesehen.«
»Was ist es?«
»Türme und emporragende Mauern.« Er unterbrach sich, wies auf die niedrige Steinmauer, die den Viehkral umgab, und sagte mit ehrfürchtiger Stimme: »Mauern, die zehn-, ja zwanzigmal so hoch sind wie die dort. Gebäude, die bis zum Himmel reichen.« Eine Gruppe von Gemeindeältesten schüttelte ungläubig den Kopf und schnalzte mit der Zunge, doch der Alte Sucher ignorierte sie. »Unser König, der Herr von tausend Dörfern, die größer sind als eures, der Große, zu dem die Geister sprechen, wohnt in einem Kral, der von Mauern umgeben ist, die höher sind als Bäume.« Er legte seine Hand auf Nxumalos Arm und sagte: »Solange du Zimbabwe nicht gesehen hast, lebst du im Dunkel.«
Wann immer er so sprach und dem Jungen von der Großartigkeit der Stadt erzählte, aus der er kam, kam er auf das Problem der Rhinozeroshörner zurück und auf die Notwendigkeit, sie in diese Stadt zu bringen. Eines Morgens jedoch, als er mit Nxumalo und dessen Vater sprach, erklärte er plötzlich: »Ngalo, lieber Freund so vieler Reisen, heute verlasse ich dich, um mir die Scheide der Weißen Wasser anzusehen, und ich möchte, daß Nxumalo mich führt.«
»Er kennt den Weg«, sagte Ngalo und wies direkt nach Westen, wo die große Wasserscheide lag. Es war eine Reise von vier Tagen, die gewisse Gefahren mit sich brachte. Aber es war ein schöner Weg. »Warum willst du hingehen?«
»Ich habe zu meiner Zeit viele Dinge erstrebt, Ngalo. Frauen, hohe Posten, den Weg nach Sofala, die guten Wünsche des Königs. Aber das Beste, wonach es mich je verlangte, war Gold. Und ich bin überzeugt, daß es irgendwo auf eurem Gebiet Gold geben muß.« Verächtlich sah er auf die Eisenbarren,

die unter dem Baum lagen. An Nxumalo gewandt, erklärte er: »Eisen verleiht vorübergehende Macht. Man kann daraus Speerspitzen und Keulen machen. Aber Gold verleiht dauernde Macht. Man kann daraus Träume machen, und Menschen gehen oft die seltsamsten Wege, um ihre Träume zu befriedigen.«

Sie kamen durch viele Dörfer, die der Alte zu kennen schien, und am dritten Tag ihres Marsches erkannte Nxumalo, daß der Sucher ganz genau wußte, wo sich die Scheide der Weißen Wasser befand. Er hatte nur auf seine Begleitung bestanden, weil er ihn von etwas überzeugen wollte. Als sie in dieser Nacht am Rand eines jämmerlichen Krals ausruhten, sah der Alte, wie der Junge auf das weite, leere Land im Süden starrte. In seinen Augen lag eine Mischung von Traurigkeit und Vorahnung.

»Was gibt es, junger Freund?«

»Es handelt sich um meinen Bruder, *mfundisi*«, sagte er und verwendete diese respektvolle Anrede. »Er ging im vorigen Jahr nach Süden, und wenn die Zeit kommt, muß auch ich gehen.« Dies war ein Brauch, dem er gehorchen mußte: Sein ältester Bruder würde dem Vater als Häuptling folgen, während alle jüngeren Brüder an die Grenze zogen, um dort ihre eigenen Dörfer zu gründen. Das taten sie, seit diese Schwarzen vor Jahrhunderten aus dem Norden gekommen waren.

»Nein, nein!« protestierte der Alte Sucher. »Finde für mich die Rhinozeroshörner und bringe sie mir nach Zimbabwe.«

»Warum sollte ich das tun?«

Der alte Mann ergriff die Hände des Jungen und sagte: »Wenn ein so vielversprechender Junge wie du sich nicht in der Stadt erprobt, wo verbringt er dann sein Leben? In einem elenden Dorf wie diesem.«

Am vierten Tag wurden solche Gespräche vorübergehend unterbrochen. Die Truppe des Alten Suchers wurde von einer Gruppe kleiner brauner Männer angegriffen, die sie umschwärmten wie lästige Fliegen, die einen Eindringling vertreiben wollten. Als ihre dünnen Pfeile zu schwirren begannen, schrie Nxumalo: »Vorsicht! Gift!« und führte den Alten Sucher in Sicherheit ins Innere eines Ringes von Trägern, die mit ihren Schilden die Pfeile abwehrten.

Der Kampf tobte noch etwa eine Stunde, wobei sich die kleinen Männer ihre Kampfbefehle mit einer Reihe lächerlich klingender Schnalzlaute zuriefen. Als es den größeren, kräftigeren Schwarzen endlich gelang, sie zu vertreiben, zogen sie sich, immer noch ihre Schnalzlaute ausstoßend, in die Savanne zurück.

»Aiii!« schrie Nxumalo aufgebracht, als die kleinen Burschen verschwanden. »Warum überfallen sie uns wie Schakale?«

Der Alte Sucher, der mit den kleinen Menschen im Norden gearbeitet hatte, sagte ruhig: »Weil wir Jagdgründe durchqueren, die sie als die ihren beanspruchen.«

»Schakale!« schnaubte der Junge, aber er wußte, daß der Alte recht hatte.

Am Morgen des fünften Tages erreichte der Zug die Scheide der Weißen

Wasser, die spätere Siedler Witwatersrand nennen sollten. Dort hoffte der Alte Sucher Beweise dafür zu finden, daß es Gold gab. Aber je sorgfältiger er das Land erforschte – es war schön, mit hohen Hügeln, von denen aus Nxumalo meilenweit blicken konnte –, desto enttäuschter wurde er. Hier fehlten die typischen Zeichen, die im Gebiet von Zimbabwe auf Goldvorkommen hinwiesen; es gab kein Gold, und es wurde klar, daß das Unternehmen erfolglos gewesen war. Am Abend ihres letzten Tages auf den Hügeln entdeckte der Alte Sucher jedoch das, worauf er aus war: einen fast vier Meter hohen Ameisenhügel. Er stürzte auf ihn zu, brach ihn mit einem langen Stock auseinander und bohrte in dem feinkörnigen Boden.
»Was suchst du?« fragte Nxumalo, und der Alte antwortete: »Gold. Diese Ameisen graben sechzig Meter tief in die Erde, um ihre Gänge anzulegen. Wenn es dort Gold gibt, bringen sie Teilchen an die Oberfläche.«
An dieser Stelle gab es keine, und widerwillig mußte der Alte Sucher zugeben, daß er diese lange Reise vergeblich unternommen hatte. »Ich kam nicht, um deinen Vater zu besuchen. Ich kam auch nicht wegen der Rhinozeroshörner. Mein Sohn, wenn du mehrere Ziele hast, geh immer auf das eine los, das sich lohnt. Ich suche Gold, und ich bin überzeugt, daß es hier Gold gibt.«
»Du hast es aber nicht gefunden.«
»Ich hatte das Vergnügen des Jagens. Hast du alles behalten, mein Sohn, was ich dir in den letzten Tagen erzählt habe?« Er führte Nxumalo ein Stück weg von der Stelle, wo seine Träger warteten, und während er von dem vergeblich erstiegenen Bergkamm hinunterblickte auf die endlose Öde, sagte er: »Ich suche nicht das, sondern das, was man mit Gold erreichen kann. Aus der ganzen Welt kommen Menschen nach Zimbabwe. Du kannst dir nicht vorstellen, was für Geschenke sie uns bringen. Viermal machte ich den Weg nach Sofala. Zweimal segelte ich auf den Dhaus in das mächtige Kilwa. Ich sah Dinge, die kein Mensch je vergessen kann. Wenn du suchst, findest du Dinge, die du nie erwartet hättest.«
»Was suchst du?« fragte Nxumalo, ohne eine Antwort zu bekommen.

Die Aufgabe, sechzehn Rhinozeroshörner zu sammeln, erwies sich als viel komplizierter, als Nxumalo ursprünglich angenommen hatte. Nachdem der Alte Sucher gegangen war, um andere Stämme aufzusuchen, die etwas von Goldminen wissen konnten, wandte sich der Junge an seinen Vater: »Ich will die Nashörner jagen.«
»Der alte Schwätzer hat dich also vergiftet?«
Nxumalo blickte auf seine Füße, denn er wollte nicht zugeben, daß er sich von Schmeicheleien und schönen Worten hatte betören lassen. So ging er hin, grub nach Eisen und fand es. Und als er mit den Barren heimkam... bedeuteten sie nicht viel, eigentlich gar nichts.
»Ich will die Stadt sehen«, sagte Nxumalo.
»Und das sollst du. Und wenn du heimkommst, wirst du mir sagen, ›es hat nicht sehr viel bedeutet‹.«

Nxumalos Brüder, die im Kral blieben, wünschten ihm Glück für seine Jagd nach Rhinozeroshörnern, zeigten aber kein Interesse, sich ihm anzuschließen. Der Stamm war seßhaft, mit festen Dörfern, kräftig geflochtenen Hütten und einer gefestigten Landwirtschaft. Die Frauen verstanden es, die Felder zu bebauen, und die Männer, mit dem Vieh umzugehen – und Fettschwanzschafe zu züchten. Ein Bruder befehligte die Metallarbeiter, die Werkzeuge für das Gebiet anfertigten, und ein anderer erwarb sich im Bezirk einen guten Ruf als Kräutersammler und Wahrsager.

Die eigentlich beherrschende Figur war jedoch Nxumalo. Da er die alten Künste der Jagd und des Spurenfindens in der Wildnis beherrschte, war er der junge Mann, der die historischen Werte des Stammes am besten bewahrt hatte. Er war der einzige, dem man zutrauen konnte, acht Nashörner zu erlegen und die sechzehn Hörner, die den Geschlechtstrieb anregen sollten, in Zimbabwe abzuliefern. Deshalb begaben er und seine sechs Gehilfen sich an einem warmen Sommermorgen ostwärts in das dichtbewaldete Gebiet, das zum Meer führte.

Er war ein eindrucksvoller Bursche, noch nicht ganz erwachsen, aber größer als die meisten Männer. Sein hervorstechendstes Merkmal, das allen auffiel, die ihn zum ersten Mal sahen, war jedoch seine Kraft: Seine Arme und Beine waren muskulös und sein Brustkorb war viel breiter als seine Hüften. Sein Gesicht war groß und ruhig, als würde er keinen Zorn kennen. Wenn er lächelte, waren all seine Züge daran beteiligt und seine Schultern bewegten sich vorwärts, dabei erweckten sie den Eindruck, daß sich sein ganzer Körper über die Wahrnehmung freute, die sein Lächeln hervorgerufen hatte; und wenn sich seine Lippen öffneten, verstärkten seine weißen Zähne noch dieses Lächeln. Es war klar, daß er mit achtzehn Jahren würde heiraten können, wenn er wollte, denn er war nicht nur der Sohn des Häuptlings, sondern auch ein junger Fürst unter den Männern.

Er unterschied sich völlig von den kleinen braunen Jägern, die einst dieses Gebiet bewohnt hatten, so daß er wirkte, als wäre er mit ihnen gar nicht verwandt, was in gewissem Sinn zutraf. Der früheste Mensch, Australopithecus, hatte einmal einen großen Teil Afrikas bevölkert. Während seiner Entwicklung zum modernen Menschen siedelte sich ein Zweig nahe des Äquators an, wo die Sonne für die Haut, die sich ihren strafenden Strahlen anpaßte, einen Preis forderte: Sie wurde schwarz; kein primitiver Stamm mit blasser, weißer Haut hätte in diesen heißen Gebieten, die Nxumalos Volk bewohnte, lange überleben können. Andererseits wäre seine stark pigmentierte Haut im kalten Norden schwer benachteiligt gewesen, wo die spärlichen Sonnenstrahlen sorgfältig gespeichert werden mußten.

Langsam, im Laufe vieler Jahrhunderte, waren Nxumalos schwarze Vorfahren mit ihren Viehherden und mit Samen, die sie in ihren Fellsäcken und Körben transportierten, nach Süden gewandert. Etwa vier Jahrhunderte nach Christi Geburt hatten sie den See erreicht. Sie kamen nicht als heldenhafte Eroberer, sondern als Männer und Frauen, die Weiden und sichere Wohngebiete suchten; manche waren noch weiter nach Süden gezogen,

aber Nxumalos Stamm hatte es auf den Hügeln gefallen, die den See umgaben.
Als sie dort blieben, kamen sie mit den kleinen braunen Menschen in Kontakt, und diese wurden langsam nach Süden oder Osten in die Berggebiete abgedrängt. Von dort aus überfielen die unersättlichen kleinen Jäger die Krals von Nxumalos Volk, und Kämpfe waren unausweichlich. Manche lebten mit den Eindringlingen in Frieden, tauschten ihre Jagdbeute gegen Werkzeuge und Fetische ein, doch tausende andere wurden in die Sklaverei geschickt oder zur Arbeit in den Minen gezwungen. Diese Beziehung bestand jahrhundertelang weiter, und gelegentlich hatte eine Frau seines Stammes riesige Hinterbacken, was auf ihre Abstammung von dem kleinen Volk hindeutete. Es gab heftige Zusammenstöße mit den kleinen Menschen, aber nie eine richtige Schlacht; hätte es eine gegeben, wäre das Endresultat vielleicht humaner gewesen, denn wie die Dinge lagen, wurden die kleinen braunen Menschen in aller Stille erdrückt.
Es war eine fähige Gruppe, die bei dieser Wanderung von Schwarzen nach Süden gezogen war: geschickte Handwerker kannten die Geheimnisse des Kupferschmelzens sowie der Herstellung guter Werkzeuge und Waffen mit Eisenspitzen. In manchen Dörfern webten Frauen Stoffe, in die sie hin und wieder Kupferfäden einarbeiteten. Und jede Familie besaß irdene Töpfe, die von geschickten Frauen entworfen und angefertigt und in Brennöfen in der Erde gebrannt wurden.
Ihre Sprache hatte keinerlei Ähnlichkeit mit der der kleinen Menschen. Einige Stämme, die entlang der Ostküste nach Süden zogen, lernten die Schnalzlaute, aber Nxumalos Stamm hatte sich keine zu eigen gemacht. Die Sprache seiner Leuchte war rein, mit einem umfangreichen Wortschatz, der sie befähigte, abstrakte Gedanken auszudrücken, und sich vorzüglich für die Überlieferung von Stammesgut eignete.
Zwei besondere Kennzeichen verschafften diesen Stämmen gegenüber ihren Vorgängern einen Vorteil: Sie hatten verfeinerte Regierungssysteme entwickelt, in denen sich ein Häuptling um die Zivilverwaltung kümmerte und ein Geistlicher für religiöse Fragen zuständig war; und sie hatten ihre Umwelt in den Griff bekommen, so daß Viehzucht, Ackerbau und die Errichtung fester Dörfer üblich wurden. In diesem riesigen Gebiet blühte der Handel, weshalb einzelne Gemeinden zusammenarbeiten konnten; Häuptling Ngalos Leute konnten deshalb Eisenbarren aus den großen Minen von Phalaborwa importieren, die zweihundertachtzig Kilometer weit entfernt waren, und dann fertiggeschmiedete Speerspitzen in Dörfer schicken, die über dreihundert Kilometer weiter südwestlich, jenseits der Scheide der Weißen Wasser, lagen.
Mit anderen Worten, als Nxumalo sich aufmachte, um die Rhinozeroshörner zu finden, die er nach Zimbabwe bringen sollte, war er der Erbe einer ansehnlichen Kultur, die er, so jung, wie er war, zu erweitern und zu schützen beabsichtigte. Er nahm an, daß, wenn sein Vater starb, einer seiner älteren Brüder die Häuptlingswürde erben würde. Er selbst würde dann wahr-

scheinlich heiraten und weiter nach Westen ziehen, um ein eigenes Grenzdorf zu errichten. Diese Aussicht gefiel ihm. Sein bevorstehender Ausflug nach Zimbabwe war jedoch eine Forschungsreise, keine Übersiedlung.

Am sechsten Tag ihres Marsches, auf dem sie an großen Herden von Büffeln und Weißschwanzgnus vorbeigekommen waren, sagte Nxumalo zu seinen Gefährten: »Unter diesen Bäumen muß es Nashörner geben.« Als sie aber das Gebiet erreichten, wo die Savanne dem richtigen Wald wich, fanden sie nichts, und ein älterer Mann meinte: »Ich habe nie Nashörner gesehen, wo die Bäume so zahlreich waren«, und er wies zurück auf die spärlich bewaldete Savanne.

Nxumalo wollte den Mann schon zurechtweisen, denn er war einmal mit Jägern zusammengewesen, die ihr Nashorn in dichten Wäldern gefunden hatten. Er hielt sich jedoch zurück und fragte: »Habt ihr dort hinten Nashörner gefunden?«

»Ja.«

»Dann laßt uns dort nachsehen.« Und als sie es taten, fanden sie unverkennbare Spuren der mächtigen Tiere. Aber diese Schwarzen waren keine Buschmänner, und die Meisterschaft, die die kleinen Braunen beim Spurenfinden gezeigt hatten, war ihnen unbekannt. Sie sahen zwar, daß Nashörner sich dort aufgehalten hatten, aber wohin sie gezogen waren, konnten die Jäger nicht feststellen. Deshalb jagten sie aufs Geratewohl, bewegten sich in großen Kreisen und machten so viel Lärm, daß ein Buschmann darüber erschrocken wäre. Sie hatten aber Glück und stießen nach einiger Zeit auf ein schwarzes Nashorn mit spitzer Schnauze und zwei massiven Hörnern.

Das Töten eines so gewaltigen Tieres erforderte Geschicklichkeit und Mut zugleich. Die erstere sollten die sechs Jäger samt ihren Speeren mit den Eisenspitzen beweisen, den letzteren Nxumalo als Führer des Unternehmens. Er stellte seine Leute auf dem Weg auf, dem zu folgen er das Tier zu zwingen gedachte. Dann schlich er sich vor das Tier und sprang plötzlich aus dem Gras hoch. Der überraschte Koloß stürzte mit dem jähen Impuls zu zerstören wie toll auf den Jungen los.

Die Hörner stoßbereit gesenkt, mit den kurzen Beinen stampfend, die Schnauze wütend geöffnet, wobei tiefe Knurrlaute aus seiner Kehle drangen, griff das Nashorn mit gewaltiger Kraft an, während der Junge mit prächtiger Gewandtheit nach hinten auswich. Es war ein Augenblick, den kein Jäger vergessen konnte, die große Beziehung zwischen Tier und Mensch, bei der ein einziger Fehler des letzteren den sofortigen Tod bedeutet hätte. Und da das Tier viel schneller laufen konnte als der Junge, war es klar, daß dieser sterben mußte, es sei denn, eine andere Macht kam dazwischen. Das geschah genau in dem Moment, als die kraftvollen Hörner den Jungen zu treffen drohten. Die sechs anderen Jäger sprangen hoch und warfen ihre Speere, um das Tier abzulenken.

Vier der Speere mit den Eisenspitzen trafen ihr Ziel. Das mächtige Tier schlug auf die niedrigen Büsche los, die seinen Weg säumten, es vergaß den Jungen und wandte sich seinen neuen Widersachern zu, von denen sich einer bückte, um seinen Speer aufzuheben. In blinder Wut stürzte sich das Tier auf den Mann, der gerade noch zur Seite springen konnte, während sein Speer zertrampelt wurde. Nun ging Nxumalo mit einer Axt auf das Tier los und führte mächtige Hiebe gegen seine Hinterbeine. Einem anderen Mann gelang es, seinen Speer mit großer Kraft in den Hals des Tieres zu stoßen.

Der Kampf war zwar noch nicht vorbei, aber sein Ausgang stand fest. Anstatt das verwundete Tier tagelang zu verfolgen, wie es die Buschmänner getan hätten, drangen diese entschlossenen Jäger mit ihren hervorragenden Waffen auf das Nashorn ein und überwältigten es mit Stichen und Stößen. Das große schwarze Ungetüm versuchte sich mit Fußschlägen und Hörnerstößen zu verteidigen, doch die sieben Männer waren zu stark und es starb.

»Zwei von unseren Hörnern«, sagte Nxumalo, während seine Männer die kostbaren Stücke aus dem Kadaver hackten. Diese Hörner bestanden aus kompakten Haarmassen und waren der Grund dafür, daß diese herrlichen Tiere beinahe völlig ausgerottet wurden. Denn alberne alte Männer in China glaubten, daß Rhinozeroshörner, wenn sie in Pulverform entsprechend angewandt wurden, ihnen ihre Manneskraft wiedergeben würden. Und China war zu jener Zeit reich genug, um in der ganzen Welt nach solchen Hörnern suchen zu lassen. Nxumalos Männer, die sonst so umsichtig waren, schnitten nur die zwei Hörner aus dem toten Nashorn und versteckten sie unter einem mit vielen Kerben gekennzeichneten Baum, während sie das hervorragende Fleisch – eine Tonne oder mehr – liegenließen und sich auf die Suche nach ihrer nächsten Beute machten.

Auf dieser Jagd erlegten sie noch drei weitere Nashörner, indem sie sie in Gruben mit spitzen Pfählen trieben. Die acht Hörner trugen sie in ihr Dorf zurück, während sie die Kadaver für die Geier, Hyänen und Ameisen zurückließen. Bei jedem der Beutetiere war der junge Nxumalo im Schatten dieser drohenden Hörner und donnernden Füße nach hinten gelaufen. »Er ist ein geschickter Jäger«, erzählten die Männer ihrem Häuptling. »Er vermag alles zu tun.« Und als der Junge von diesem Bericht hörte, lächelte er. Sein schöner schwarzer Körper glänzte, während er sich vorneigte, um seine Dankbarkeit auszudrücken.

Nxumalos Dorf glich in keiner Weise der Wohnstätte der kleinen braunen Männer. Anstelle eines freien Platzes standen dort feste Rundhütten, und man ernährte sich von sorgfältig angebautem Getreide und Gemüse anstatt von zufällig gesammelten Nahrungsmitteln. Es war jetzt ein festgefügtes Gemeinwesen. Aber in einer Hinsicht war das Leben noch ganz das gleiche: Frauen und Männer trugen fast keine Kleidung.

Deshalb war es bemerkenswert, daß eines der Hauptgewerbe des Dorfes das Weben von Baumwollstoffen war. Als der junge Nxumalo mit seinen acht Rhinozeroshörnern zurückkam und als Held gefeiert wurde, war es natürlich, daß er eines der Mädchen bemerkte, die in einer niedrigen, mit Gras gedeckten Hütte am See saßen und die Weberschiffchen hin und her bewegten.

Oft hielten sie beim Spinnen der Baumwolle inne, um den Tieren zuzusehen, die auf der anderen Seite des Sees grasten. Wenn ein Zebra ausschlug oder eine Gazelle Luftsprünge vollführte, klatschten die Mädchen begeistert Beifall. Und wenn zufällig eine Herde Elefanten oder ein Kranichschwarm ankam, ertönten vergnügte Rufe, und es wurde nicht viel gearbeitet.

Unter den Weberinnen befand sich Zeolani, die fünfzehnjährige Tochter des Mannes, der aus Barren, die vom Limpopofluß nach Süden gebracht wurden, Kupferdraht herstellte. Ihr Vater hatte ihr aus Stücken und Überresten der Sendung die sieben dünnen Armbänder gemacht, die sie an ihrem linken Handgelenk trug, so daß sie, wenn sie das Schiffchen in ihrem Webstuhl hin und her gleiten ließ, eine leise Musik verursachte, die ihr gefiel und sie von den anderen Mädchen unterschied.

Die Arbeit war nicht schwer; keine der Tätigkeiten des Stammes erforderte stete Anstrengung, und es gab lange Perioden, in denen die Mädchen ihre Tage zum Großteil in Muße verbrachten. Zeolani benutzte diese Gelegenheiten, um zu den Webstühlen zurückzugehen und für sich selbst einen Stoff aus zweitklassiger Baumwolle zu weben, den sie mit Kupferstücken aus dem Schatz ihres Vaters schmückte. Dieser Stoff war nicht rein weiß wie der für den Handel gewebte; er war honigfarben, was gut zu ihrer schwarzen Hautfarbe paßte.

Aus diesem Stoff fertigte sie sich einen Rock, den ersten, den es im Dorf gab, und wenn sie ihn um ihre schmale Taille wickelte und sich am See im Kreis drehte, wobei ihre schwarzen Brüste in der Sonne glänzten, unterschied sie sich von den übrigen Mädchen.

»Man erzählt sich, daß du bei der Jagd mutig warst«, sagte sie im Vorübergehen zu Nxumalo, der bei dem stillen Weberaum verweilte.

»Rhinos sind schwer zu finden.«

»Und schwer zu erlegen?« Während sie diese Frage stellte, trat sie zurück, denn sie wußte, daß es für ihr Aussehen vorteilhaft war, wenn ihr Rock nach außen wehte.

»Das Töten besorgten die anderen«, sagte er, von ihren anmutigen Bewegungen bezaubert.

»Ich blickte ständig nach Osten«, sagte sie. »Ich hatte Angst.«

Er faßte nach ihrer Hand, und sie blickten über den See auf die unruhigen Tiere, die zur Mittagstränke kamen; ein paar Antilopen, zwei oder drei Zebras, das war alles. »Wenn es dämmert«, sagte er, »wird es an diesem Ufer von Tieren wimmeln.«

»Sieh doch!« rief sie, als sich ein Flußpferd träge aus dem Wasser erhob, gewaltig gähnte und wieder untertauchte.

»Ich wünschte, die Fremden in den fernen Ländern verlangten Flußpferdzähne anstatt Rhinohörner«, sagte Nxumalo. »Das ließe sich viel leichter machen.«

Zeolani sagte nichts, und nach einer Weile berührte er ihren Rock und platzte heraus: »Wenn ich fort bin, werde ich an diesen Stoff denken.«
»Es ist also wahr? Du bist entschlossen zu gehen?«
»Ja.«
»Der alte Mann redete und redete... und du hast ihm geglaubt?«
»Ich werde gehen. Ich will die Stadt sehen. Aber ich werde zurückkommen.«
Er nahm ihre Hände und erklärte eifrig: »Als ich mit dem Alten Sucher wanderte, kamen wir in ein schönes Land, und ich dachte: Wir werden den See meinen Brüdern überlassen... Zeolani und ich werden uns ein paar gute Jäger suchen, und wir...«
Sie fragte nicht schüchtern »wir?«, denn sie wußte genau, was Nxumalo meinte. Auch sie hatte erwogen, das Dorf zu verlassen und mit ihrem Ehemann ein neues zu gründen. Anstatt zu sprechen, zog sie seine Hand an ihre nackte Brust und flüsterte: »Ich werde auf dich warten, Nxumalo.«
Nach der nächsten Jagd, auf der Nxumalo wieder vier Rhinos erlegte, fanden die jungen Liebenden etliche Male Gelegenheit, über ihre unsichere Zukunft zu sprechen. »Kann ich nicht mit dir nach Zimbabwe gehen?« fragte Zeolani.
»So weit! Der Weg ist unsicher. Nein, nein.«
Sie einigten sich auf eine gefahrvolle Lösung, aber ihre Liebe war in so schwindelerregendem Tempo gereift, daß sie bereit waren, die Strafen zu riskieren. Auf Zeolanis Zeichen gingen sie auf verschiedenen Wegen in die Savanne östlich des Dorfes zu einer Stelle, die durch die zwei wie Frauenbrüste geformten Hügel verborgen wurde. Dort liebten sie einander wiederholt, obgleich es das Ende seiner Reise nach Zimbabwe hätte bedeuten können, wenn sie schwanger geworden wäre. In einem solchen Fall hätte der Stamm sie verurteilt, weil sie sich unerlaubt einem Mann hingegeben hatte. Und sie würden beide streng bestraft werden, da bestimmt jeder wußte, wer dieser Mann gewesen sein mußte.
Regelmäßig trafen sie sich zwischen den Hügeln und das Glück war auf ihrer Seite, denn Zeolani wurde nicht schwanger. Statt dessen vertiefte sich ihre Liebe immer mehr, und als der Tag näherkam, an dem Nxumalo mit seinen Hörnern nach Norden gehen mußte, erhielten ihre letzten Verabredungen einen traurigen Beigeschmack, der sich nicht bannen ließ.
»Ich werde dir folgen«, sagte das Mädchen, »und wie durch Zufall auch nach Zimbabwe kommen.«
»Nein, das ist Männersache«, sagte der sechzehnjährige Junge.
»Ich werde auf dich warten. Du bist der einzige, mit dem ich jemals leben werde.«
Mutig kletterten sie auf einen der Hügel südlich des Dorfes und blickten nach Westen, zu der Stelle, die Nxumalo vor vielen Monaten ausgewählt hatte. »Sie liegt ganz weit dahinten. Es gibt dort einen kleinen Fluß und viele Antilopen. Als ich schlief, hörte ich ein Rascheln und öffnete ein Auge. Es hätte ja ein Feind sein können. Was glaubst du, war es?«

»Affen?«
»Vier Rappenantilopen. Ihre Hörner waren breiter als das«, und als er seine Arme ausbreitete, so weit er konnte, glitt Zeolani hinein, und sie liebten einander zum letztenmal. Tränen traten ihr in die Augen, während ihre schlanken Finger über seine Armmuskeln strichen.
»Wir waren füreinander bestimmt«, sagte sie, »dafür sprachen alle Zeichen.« Sie zählte all die Vorzeichen auf, die sie zueinander gebracht hatten, und beide wußten, daß sie nie im Leben einen anderen Partner finden konnten, der so ihrer Natur entsprach.
»Ich werde auf dich warten«, erklärte das Mädchen, und mit dem Klang dieses kindlichen, leeren Vesprechens in den Ohren machte sich Nxumalo auf den Weg.

Die Reise wäre nach dem Geschmack eines jeden jungen Mannes gewesen, sie ging achthundert Kilometer geradeaus nach Norden, mitten durch das Herz Afrikas, über breite Flüsse, auf Wegen, die man mit unzähligen Tieren teilte. Ziel war eine Stadt, die nur durch Legenden oder die entstellten Berichte des Alten Suchers bekannt war. Sechzehn Männer sollten ihren jungen Anführer begleiten, und da nur Sibisi, der Führer, einen Teil der Route kannte, waren die anderen ebenso aufgeregt wie Nxumalo.
Er war überrascht, wie leicht die Lasten der Männer waren; auf seinen Jagdausflügen trugen die Helfer dreimal so schwere Bürden, aber Sibisi erklärte: »Es ist viel sicherer, mit leichten Lasten zu reisen. Nütze die ersten Tage, um die Muskeln zu straffen. Genieße die Freiheit und stärke dich, denn am siebenundzwanzigsten Tag...« Er senkte bedeutungsvoll die Stimme. »Da kommen wir zum Granitfeld.«
Die Verteilung der Lasten wäre einfacher gewesen, wenn sie die Rhinozeroshörner zu Pulver zermahlen und zu den übrigen Lasten der Männer hätten hinzufügen können, aber das war verboten. Die Hörner mußten in Sofala unversehrt auf die wartenden Dhaus geladen werden, die sie so nach China bringen sollten. Denn die Apotheker dort wollten sicher sein, echte Hörner zu erhalten und nicht eine durch die Beimengung von Staub vergrößerte Pulvermenge.
An einem klaren Herbsttag machte sich der Zug im Morgengrauen auf den Weg. Die im Frühjahr und Sommer angeschwollenen Flüsse waren wieder zurückgetreten und die früher im Jahr geborenen Tiere konnten bereits als Nahrung gegessen werden. Sibisi schlug ein Tempo an, das die Männer am Anfang nicht ermüden, sondern befähigen würde, jeden Tag etwa dreißig Kilometer zurückzulegen. Zwei Wochen lang zogen sie durch eine Savanne ohne bemerkenswerte oder ungewöhnliche Eigenschaften, die der glich, die sie daheim gekannt hatten.
Zwei Männer, die nichts trugen, erwiesen sich als überaus wertvoll, denn sie gingen voraus, um Fleisch zu besorgen. »Ich will, daß ihr viel eßt und stark werdet«, sagte Sibisi, »denn wenn wir zum Granitfeld kommen, müssen wir uns in bester Form befinden.«

Am Morgen des sechsten Tages beschleunigten sie ihr Tempo beträchtlich, und der Zug legte täglich mindestens vierzig Kilometer zurück. Dann kamen sie zu der ersten bemerkenswerten Stelle ihrer Reise. »Vor uns liegt die Schlucht«, sagte Sibisi und ergötzte die Neulinge mit Schilderungen dieses grandiosen Ortes: »Der Fluß zögert, sieht sich die Felswand an; dann springt er vorwärts und ruft: ›Es wird gelingen!‹ Und er sucht sich auf geheimnisvolle Weise seinen Weg durch die roten Kliffe.«
Sibisi fügte hinzu: »Achtet auf eure Schritte. Ihr seid nicht so geschickt wie der Fluß.«
Die Schlucht war nur wenige Meter breit, und der Fluß durchbrauste sie mit gewaltiger Kraft. Sein Ungestüm paßte gut zu den hoch aufragenden roten Flanken. Die Durchquerung nahm den größen Teil des Tages in Anspruch. Die Träger folgten einem steilen Fußpfad, der das Ostufer des Flusses entlanglief und sie zeitweise in den Fluß hinein führte. In der Mitte der Schlucht schienen die Wände sie einzuschließen, und der Himmel war nicht mehr zu sehen. Vögel verschiedenster Arten und Farben flitzten ganz knapp an den Kliffen vorbei.
»Insekten«, sagte Sibisi und zeigte den anderen, wie die Wasserwirbel Luftströmungen verursachten, die Insekten emporschleuderten, wo Vögel auf sie warteten. Nxumalo blieb eine Weile stehen, um die Wunder dieses Ortes in sich aufzunehmen. Ein Fluß, der eine Felswand durchbohrte! Er hatte das Gefühl, daß seine Reise keinen schöneren Augenblick mehr enthalten könnte, aber darin irrte er. Das wahrhaft Grandiose dieser Expedition lag vor ihm, denn als die Reisenden die Schlucht verließen, gelangten sie in ein Gebiet der Wunder.
Das Land öffnete sich wie die riesigen Ohren eines Elefanten, und auf ihm standen Bäume ganz ungewöhnlicher Art. »Sie stehen ja auf dem Kopf!« rief Nxumalo und stürzte zu so einem massiven Ding, das viel dicker war als alle Bäume, die er bisher gesehen hatte. Dieser Baum hatte einen Durchmesser von fünf Metern, seine Rinde war weich und haarig wie das Fell eines alten Hundes; als er daraufdrückte, sank sein Daumen tief ein. Das Erstaunlichste aber waren die Äste, denn dieser mächtige Baum, der an die achtzehn Meter hoch war, trug nur dünne Zweige, die aussahen wie die Wurzeln einer zarten Pflanze, die aus der Erde gerissen und umgekehrt wieder eingesetzt worden war.
»Er steht auf dem Kopf«, stimmte Sibisi zu. »Das bewirkten die Götter.«
»Warum?«
»Sie schufen diesen herrlichen Baum und gaben ihm große, starke Äste. Aber er war faul, und als sie zurückkamen, um Früchte zu pflücken, fanden sie nichts. Da rissen sie ihn zornig aus dem Boden und steckten ihn umgekehrt wieder hinein.«
Als Nxumalo beim Anblick dieser Mißbildung lachte, faßte ihn Sibisi am Arm. »Da gibt es nichts zu lachen. Viele Menschen verdanken diesem Baum ihr Leben, denn wenn man am Verdursten ist, kommt man hierher, sticht die Rinde an, und es tropft ein wenig Wasser heraus.« Aber der Baobab lie-

ferte nicht nur Wasser. Man konnte seine Blätter kochen und essen; saugte man seine Samen aus oder zermahlte sie, gewann man daraus ein prickelndes Getränk; und schälte man sein schwammiges Holz ab, konnte man ein Seil daraus flechten.
Wohin immer Nxumalo im Norden der Schlucht blickte, standen diese Bäume so, als wollten sie rufen: »Wir sind die Wachtposten eines neuen Landes. Du betrittst die Erde, die wir bewachen.«
Diese Bäume mit ihrer dicken schimmernden Rinde und den ineinander verflochtenen Zweigen sahen aus wie Pfeile, die hoch in den Himmel ragten. Und es war in der Tat ein neues Land. Auf der Savanne wuchsen verschiedene Gräser, und es gab verschiedene Vögel und eine Menge unterschiedlicher Kleintiere, die zwischen den Felsen umherliefen. Aber in der Ferne sah man auch hier die gleichen großen Tiere: Elefanten, Elenantilopen und galoppierende Zebras. Sie waren die ewigen Götter, die die Menschen begleiteten, wenn sie nach Norden zogen. Und nachts, wenn sie ihr Lagerfeuer entzündeten, konnte Nxumalo die in der Nähe umherstreifenden Löwen hören, die vom Geruch der Menschen zwar angezogen, aber von den Flammen zurückgetrieben wurden. In der Ferne knurrten leise die Hyänen. Es war, als führte der durch die Savanne ziehende Mensch eine Auswahl von Tieren mit sich, schöne, wilde und nützliche. Wenn Nxumalo ins Dunkel starrte, konnte er manchmal ihre Augen erkennen, in denen sich die Flammen spiegelten, und er wunderte sich immer wieder darüber, wie nahe sie herankamen; in Nächten, in denen er das Feuer zu unterhalten hatte, ließ er es gefährlich weit niederbrennen, und in der so herbeigeführten Dunkelheit konnte er sehen, wie die Löwen näher, immer näher kamen. Ihre Augen waren nicht mehr weit entfernt von den seinen, und ihre weichen, schönen Formen waren deutlich zu erkennen. Dann, mit einem leisen Schrei, schürte er die Glut und warf frisches Holz darauf. Die Tiere zogen sich still zurück, erschrocken über dieses ungehörige Verhalten, aber noch immer fasziniert von den lodernden Flammen.

Am Morgen des siebzehnten Tages sah Nxumalo zwei Phänomene, die er nie vergessen würde; sie waren für ihn so seltsam wie die Baobab-Bäume, und sie waren eine Art Vorzeichen, denn von da an sollte er einen großen Teil seines Lebens damit verbringen, sich mit diesen Rätseln auseinanderzusetzen.
Von einem Hügel, drei Tagesreisen nördlich von der Schlucht, blickte er herab und sah zum ersten Mal einen großen Fluß, den Limpopo. Er brauste mit gewaltigen Fluten, die er weit oben stromaufwärts gesammelt hatte, und einer noch gewaltigeren Last von Schlamm durch das Land. Die Wasser wirbelten und krümmten sich, und es war völlig unmöglich, sie zu durchqueren. Doch Sibisi sagte: »Sie werden abschwellen. In zwei Tagen können wir hinübergehen.« Im Frühjahr hätte er das nicht sagen können, aber er wußte, daß diese unzeitgemäße Überschwemmung durch einen einzigen Gewittersturm verursacht worden sein mußte und bald abflauen würde.

Während der Wartezeit besichtigte Nxumalo das zweite Phänomen, die riesigen Kupfererzlager unmittelbar südlich des Limpopo. Dort sah er zu seiner Überraschung Frauen arbeiten, von denen manche so jung wie Zeolani waren. Sie verbrachten ihr Leben damit, Felsen abzugraben und sie Stück für Stück über wacklige Leitern nach oben zu tragen zu Öfen, deren beißender Rauch die Luft verpestete und das Leben derer verkürzte, die gezwungen waren, ihn einzuatmen.

Der Stamm, der das Bergwerk betrieb, hatte große Bündel Kupferdraht angesammelt, und Nxumalo war einverstanden, daß seine Männer diese nach Zimbabwe transportierten; nun mußten sich auch die zwei Männer, die bisher nichts getragen hatten, am Transport beteiligen. Sogar Nxumalo, dessen Last leicht gewesen war, übernahm vier Drahtbündel, denn die Bergleute zahlten gut für diesen Dienst.

»Wir haben unser Kupfer immer nach Zimbabwe verkauft«, sagte der Aufseher des Bergwerks, »und wenn du in die Stadt kommst, wirst du sehen, warum.« Seine Worte erregten Nxumalos Neugier, und er war versucht, nach mehr Einzelheiten zu fragen, schwieg aber, da er lieber selbst herausfinden wollte, was am Ende seiner Reise lag.

Als das Wasser des Limpopo sank und man sein aus roten Felsen bestehendes Bett durchwaten konnte, setzten die siebzehn Männer ihren aufregenden Marsch fort. Sie befanden sich nun im Herzen einer Savanne, die so weitläufig war, daß daneben jede andere, die sie kannten, winzig erschien. Die Entfernungen waren gewaltig, wie ein Meer von Wolfsmilchbäumen, Baobabs, Dornbüschen mit flachen Kronen, bevölkert von großen Tieren und bezaubernden Vögeln. Endlose Meilen weit erstreckte sich dieses Flachland, wellig und von kleinen Hügeln unterbrochen, von namenlosen Flüssen durchströmt.

Am Ende des ersten Tagesmarsches, der sie von den Ufern des Limpopo wegführte, kamen sie zum äußersten südlichen Vorposten des Königreichs Zimbabwe. Nxumalo konnte seine Enttäuschung kaum verbergen. Dort stand zwar ein Kral, umgeben von einer Steinmauer, aber es war nicht der zum Himmel ragende Bau, den der Alte Sucher versprochen hatte. »Diese Mauer ist größer als die Mauer meines Vaters«, sagte Nxumalo ruhig, »aber ich habe etwas erwartet, das so hoch ist.« Und er zeigte auf einen Baum von mäßiger Größe.

Einer der zu dem Vorposten gehörenden Hirten sagte: »Geduld, junger Mann. Das ist nicht die Stadt.« Als er Nxumalos Zweifel sah, führte er ihn über einen Pfad zu einer Stelle, von der aus man in ein Tal sehen konnte. »Glaubst du nun an die Größe von Zimbabwe?« So weit sein Auge reichte, erblickte Nxumalo eine ungeheure Viehherde, die zwischen den Hügeln umherzog. »Die kleinste Herde des Königs«, sagte der Mann. Nxumalo, der in einer Gesellschaft aufgewachsen war, in der der Status eines Mannes durch seinen Viehbestand bestimmt wurde, erkannte, daß der König von Zimbabwe ein Mann von außerordentlicher Macht sein mußte.

Als Sibisi und der Anführer des Vorpostens sich mit ihren Kürbisflaschen

voll Bier hinsetzten, ging Nxumalo, der die Themen, von denen sie sprachen, nicht kannte, weg, um sich mit etwas zu beschäftigen, das ihn geradezu magisch anzog: Einer der Hirten, der immer wenig zu tun hatte, hatte das Junge einer Elenantilope gefangen, um es als Haustier aufzuziehen. Es war jetzt ausgewachsen, schwerer als eine Kuh von Nxumalos Vater, und seine gewundenen Hörner waren doppelt so lang und gefährlich. Aber es benahm sich wie ein Baby, das verwöhnt hinter dem Hirten, seiner Amme, herlief. Dieser kommandierte das Tier wie einen widerspenstigen Sohn.
Die Antilope spielte gern, und Nxumalo verbrachte fast einen ganzen Tag damit, mit ihr umherzustreifen, sie gegen die Stirn zu stoßen, mit ihren Hörnern zu ringen und ihren raschen Füßen zu entgehen, wenn sie versuchte, die Geschicklichkeit des Jungen auszugleichen. Als die Marschgruppe nach Norden zog, begleitete die Antilope Nxumalo lange Zeit, ihre schönen Flanken glänzten in der Morgensonne. Dann pfiff ihr Herr und rief ihren Namen. Das große Tier blieb stehen, blickte vorwärts zu seinem neuen Freund und zurück nach Hause, stampfte verärgert mit den Vorderbeinen und trabte zurück. Nxumalo stand erstarrt im Busch, blickte dem verschwindenden Tier nach und wünschte, er könnte es mitnehmen. Auch die Elenantilope blieb stehen, drehte sich um und starrte lange Zeit zurück zu dem Jungen. So verharrten sie mehrere Minuten; dann warf das Tier den Kopf zurück, seine schmalen Hörner blitzten, und es verschwand.
Nxumalo trug nur zwei Drahtbündel, denn Sibisi hatte ruhig gesagt: »Ich werde die anderen mitnehmen. Du mußt dich auf das Granitfeld vorbereiten.« Mitten im Flachland erhob sich, blau gegen den fernen Horizont, eine Bergkette. Den Weg zu ihr säumte eine Reihe von Ameisenhügeln, von denen manche so hoch waren wie Bäume, andere niedriger, dafür aber so dick wie ein Baobab. Sie waren von rötlicher Farbe und hart wie Stein, wo der Regen sie befeuchtet hatte, bevor sie in der Sonne gebacken wurden.
Als sie sich am neunundzwanzigsten Tag Zimbabwe näherten, sahen sie vor sich zwei mächtige Granitkuppeln, umgeben von weitverzweigten Wolfsmilchbäumen. Während sie sich diesen Kuppeln näherten, wies Sibisi nach Westen, auf eine riesige Graniterhebung, die aussah wie ein gewaltiger Elefant, der sich auf seinen eingezogenen Vorderbeinen ausruhte. »Er bewacht den Felsen, den wir suchen«, sagte Sibisi, und die Männer gingen schneller, um diese wichtige Station ihres Marsches zu erreichen.
Zwischen den Zwillingskuppeln und dem schlafenden Elefanten lag ein weites Feld von Granitblöcken, die groß und rund waren, wie halb in der Erde vergrabene Eier. Nxumalo hatte oft Blöcke gesehen, die diesen ähnelten, aber noch keine von so mächtiger Größe und auch keine, die ihre besonderen Eigenschaften besaßen. Denn sie waren alle schichtförmig abgeschiefert, als ob sie speziell zur Errichtung herrlicher Bauten geschaffen worden seien; sie bildeten einen Steinbruch, in dem neun Zehntel der Arbeit von der Natur geleistet wurden, wo der Mensch nur für die endgültigen Abmessungen und für den Transport zu sorgen hatte.
Die runden, fünfzehn bis zwanzig Meter hohen Kuppeln waren vor Milliar-

den von Jahren in Schichten abgelagert worden, und nun hatten Regen, Sonne und Temperaturschwankungen bewirkt, daß diese Schichten begannen sich abzuschälen. Sie glichen riesigen Zwiebeln aus Stein, deren Segmente freigelegt und abgehoben worden waren. Das Ergebnis war unglaublich. Jahr um Jahr wurden große, durchschnittlich sechs Zoll dicke Platten ausgezeichneten Granits abgeworfen. Die sammelnden Männer konnten sie in Streifen von der Breite eines Baublocks, der viele Meter lang war, schneiden. Wenn dann andere Männer diese Streifen in Längen von fünfundzwanzig Zentimeter schnitten, erhielten sie die besten und stabilsten Ziegel, die man sich vorstellen konnte.
Dabei gab es nur einen Nachteil: Das Granitfeld lag im Süden; die Stelle, wo die Ziegel gebraucht wurden, lag acht Kilometer weiter nördlich. Um dieses Problem zu lösen, hatte der König vor langer Zeit eine einfache Vorschrift erlassen: Kein Mensch, Mann oder Frau, der nordwärts nach Zimbabwe ging, durfte dieses Feld überqueren, ohne mindestens drei Baublöcke aufzuheben und sie in die Hauptstadt zu tragen. Von starken Männern wie denen Sibisis wurde erwartet, daß sie acht trugen, und sogar Kuriere wie Nxumalo, der Sohn eines Häuptlings, mußte drei mitbringen. Wenn ihre sonstigen Lasten zu schwer waren, mußte sie diese weglegen, denn kein Mensch konnte ohne seine Steinziegel nach Norden kommen.
Steinmetze, die dort arbeiteten, banden mit Lianen aus dem nahen Wald je vier Steine zusammen. Diese Pakete warteten auf Leute, die aus dem Süden kamen. Als die Steinmetze entdeckten, daß sich ein Häuptlingssohn in der Kolonne befand, bereiteten sie für ihn ein Paket von nur drei Steinen vor, und mit diesem machte er sich auf den Weg.
Zuerst empfanden sie die Steine nicht als drückende Last, aber als die Stunden vergingen, stöhnten die Männer, besonders jene, die schon mit Kupfer beladen waren. In dieser Nacht mußten sich vier Männer die Wache teilen, um das Feuer in Gang zu halten und gegen die Erschöpfung anzukämpfen, und als die Reihe an Nxumalo war, war er zu müde, um sich um die Tiere zu kümmern.
Er richtete sein Augenmerk auf die Sterne, die den Verlauf seiner Wache bezeichneten.
Im Morgengrauen erklommen die arg mitgenommenen Männer den letzten Hügel. Auf dem Gipfel erhielten sie jedoch eine Belohnung, die sie für alle Anstrengungen entschädigte, denn dort, in einem pittoresken Tal, neben einem Sumpf, erhob sich die Stadt Zimbabwe, so großartig, daß sie selbst die kühnsten Träume übertraf. Dort standen mächtige aus Stein gebaute Gebäude, ein herrlicher Pfeiler nach dem anderen aus graugrünem Granit erhob sich auf dem Talboden.
»Seht!« rief Sibisi voll Ehrfurcht. »Das muß der Ort sein, an dem der König betet!« Und Nxumalo blickte nach Norden, wo ein großer Hügel von einer Zitadelle gekrönt war, deren rauhe Steinmauern in der Morgensonne glänzten. Die Männer aus dem kleinen Dorf standen stumm da und starrten die Wunder der Stadt an. Aus tausend Hütten im Schatten der mächtigen

Mauern und Brüstungen begrüßten die Arbeiter der Stadt den Anbruch eines neuen Tages.
»Das ist Zimbabwe«, sagte Nxumalo, wischte sich die Augen, und keiner sprach.

Keine Gruppe von Besuchern aus dem Gebiet jenseits des Limpopo konnte erwarten, einen der schönen Steinbauten betreten zu dürfen; als somit Nxumalo und seine Leute die Rhinohörner pflichtgemäß bei den Behörden abgeliefert hatten, wurden sie zu dem Stadtteil geführt, in dem die einfachen Leute wohnten. Dort ruhten sie sich zwei Wochen lang aus, bevor sie den Rückweg antraten. Am Tag der Abreise verließ Nxumalo sein Quartier mit einem Gefühl der Trauer, denn diese Stadt und ihre mannigfaltigen Angebote hatten ihm gefallen. Als er jedoch zu dem Platz kam, an dem seine Leute sich versammelten, spürte er, wie sein Arm von einer festen Hand gepackt wurde.
»Nxumalo, Sohn des Ngalo«, sagte eine Stimme, »das wird dein Heim sein.«
Es war der Alte Sucher, der gekommen war, um den Jungen zu holen, an dessen Schicksal er so interessiert war. »Du sollst an den Mauern arbeiten.«
»Aber ich bin der Sohn eines Häuptlings.«
»Seit wann läuft das kleinste Kalb mit den Stieren?«
Nxumalo antwortete nicht, denn er begriff, daß dieser alte Mann mehr war als nur ein verträumter Wanderer, der die Scheide der Weißen Wasser erforschte. In Zimbabwe war er ein vollwertiger Ratgeber am Königshof, und nun sagte er seinem jungen Schützling: »In Zimbabwe erzwingst du deinen Weg nicht, Nxumalo. Unsere Mauern werden von den besten Männern in der Stadt gebaut. Sie werden neben sich keine Dummköpfe dulden. Stell sie zufrieden, und du wirst Eingang finden.« Er wies auf die Steintürme im Tal und auf die Mauern der Zitadelle auf der Bergspitze.
Das Zimbabwe des Jahres 1454 war sicherlich keine Kopie einer europäischen Stadt wie Gent oder Bordeaux. Seine Architektur war viel primitiver; es wies keine gotische Kathedrale auf, und der Palast war um vieles einfacher. Seine wesentlichsten rituellen und königlichen Zentren waren zwar aus Stein gebaut, die Häuser jedoch aus Lehm und Stroh. Niemand in der Stadt konnte lesen; die Geschichte der Stadt war nicht geschrieben, es gab kein nationales Münzsystem, und die Gesellschaft war nicht so vielschichtig wie in Europa.
Es war aber ein umsichtig organisiertes blühendes Gemeinwesen mit einer ausgeprägten Geschäftstüchtigkeit. Von dieser legte der stets mit Leben erfüllte Marktplatz lebhaft Zeugnis ab, der eine Vielzahl von Handwerkern und Händlern anzog. Die Stadt war ein gesunder Ort mit guter Wasserversorgung, der mit den meisten in jener Zeit modernen Annehmlichkeiten, einschließlich eines sinnreichen Kanalsystems, ausgestattet war. Sie besaß eine hochqualifizierte Arbeiterschicht und eine Regierung, die stabiler war

als die meisten in Europa. Aber obwohl Zimbabwe dieses zentrale Gebiet Südafrikas beherrschte, bedrohten gefährliche Untergrundbewegungen den Fortbestand dieser Stadt, denn sie überspannte zu einer Zeit, in der andere regionale Kräfte in Bewegung waren, ihre Kontrolle und ihre Hilfsquellen bis an die Höchstgrenze. Niemand konnte voraussagen, wie lange diese große Hauptstadt noch weiter florieren würde.

In dieses Zentrum der Größe und Ungewißheit wurde Nxumalo geschleudert, und während er an der Mauer arbeitete und Steine wie die, welche er transportiert hatte, einsetzte, beobachtete er alles.

Er sah, wie ein ständiger Strom von Trägern aus allen Richtungen ankam, von denen jeder irgendwelche wertvollen Güter brachte, die sein Bezirk der Hauptstadt schickte, und allmählich entdeckte er die Mannigfaltigkeit der verschiedenen Gebiete. Es gab zum Beispiel bemerkenswerte Schattierungen der schwarzen Farbe der Menschen: Die aus dem Norden, wo die großen Flüsse strömten, waren schwärzer, die aus dem Westen, wo es mehr von den kleinen braunen Leuten gegeben hatte, mit denen sie sich vermischt hatten, wiesen eher braune Schattierungen auf. Und ein Stamm aus dem Osten schickte Männer, die wesentlich größer waren als die anderen. Aber alle diese Leute wirkten leistungsfähig.

Sie unterhielten sich in verschiedenen Sprachen, aber die Unterschiede waren nicht groß. Alle konnten die Sprache von Zimbabwe meistern, wenn auch amüsante Dialektunterschiede die Tatsache verrieten, daß einige aus den Sümpfen und andere aus den leeren Ebenen kamen. Vor allem interessierten Nxumalo die Bewohner der Stadt, denn sie bewegten sich mit einer Selbstsicherheit, die er bisher nur bei seinem Vater gesehen hatte. Es waren im allgemeinen gutaussehende Leute, aber es gab unter ihnen eine Beamtenschicht, die besonders auffiel. Gewöhnlich waren sie größer als die anderen, und sie trugen Uniformen aus den kostspieligsten importierten Stoffen, in die Silber- und Goldstreifen eingewebt waren; niemals sah man sie etwas anderes tragen als Stäbe, die ihr Amt kennzeichneten, und auch diese benutzten sie nicht als Spazierstöcke, sondern eher als eine Art Abzeichen. Menschen traten zur Seite, wenn sie herankamen, und einer dieser Beamten kam jeden Tag, um die Arbeit der Steinmetze zu inspizieren.

Er war ein bedächtiger Mann, der den Wunsch hatte, daß ihm die Arbeit gefiel, für die er verantwortlich war; nur selten ordnete er an, daß ein Abschnitt abgerissen und neu gebaut werden solle, und eines Tages, als er bei Nxumalo stand und mit seinem Stab die Arbeit des jungen Mannes abklopfte, begann er plötzlich zu lachen, und keiner wußte, warum. »Wir sollten dem die schwere Arbeit machen lassen«, sagte er und zeigte mit seinem Stock auf einen Affen, der sich auf seinen Hinterbeinen und Vordergelenken vorwärtsbewegte und nahe dem Platz des Steinmetzmeisters stehenblieb. Er hatte das Tier, das von seiner Mutter nach der Geburt verlassen worden war, seinerzeit gefunden.

Der Inspektor beobachtete den zahmen Affen eine Zeitlang, dann tippte er Nxumalo mit seinem Stab an: »Es wird deine Aufgabe sein, ihn zu dressie-

ren.« Über seinen Spaß kichernd, ging er weiter, um einen anderen Teil der Mauer zu inspizieren.
Als er erkannt hatte, daß Nxumalo einer der vorübergehenden Gäste war, die aus entfernten Regionen in die Stadt kamen, um an den Mauern zu arbeiten, bevor sie nach Hause zurückkehrten, machte es sich der Inspektor zur Gewohnheit, ihn jeden Tag zu fragen: »Wie kommst du mit dem Affen voran?« Dann lachte er herzlich. Eines Tages fragte er: »Bist du nicht der Häuptlingssohn?« Als Nxumalo nickte, sagte er: »Der Alte Sucher wünscht dich zu sehen. Er sagt, es sei Zeit.« Und er befahl Nxumalo, das Brett wegzulegen, auf dem er Lehmziegel getragen hatte.
Der Junge wollte gerade nach unten gehen, da bemerkte er etwas, das ihn verblüffte: Da gingen zwei Männer zum Marktplatz, die erstaunlich aussahen. Sie waren nicht schwarz! Die Haut dieser Männer war wie der Stoff, den Zeolani in der Sonne bleichte, nicht schwarz, sondern bloß honigfarben, beinahe weiß, und sie trugen flatternde Gewänder, die sogar noch weißer waren als ihre Haut, und schützende Tücher auf dem Kopf.
Er starrte ihnen noch immer nach, als der Alte Sucher voll eifriger Wichtigkeit herankam. »Was gibt es, mein Sohn?« fragte er, und als er die Fremden sah, über die Nxumalo so verwundert war, lachte er. »Araber. Sie kommen vom Meer.« Er faßte Nxumalo am Arm und sagte in neckendem Ton: »Wenn wir ihnen folgen, kannst du das Vermögen vergeuden, das du bei den Mauern verdienst.«
Nxumalo und sein Mentor gingen den beiden Männern nach, als diese stolz zum Marktplatz schritten, gefolgt von dreißig schwarzen Sklaven, die ihre Handelswaren von der Meeresküste heraufgebracht hatten. Wo immer der Zug vorbeikam, wurde er mit Rufen begrüßt, und Hunderte von Stadtbewohnern zogen hinterher, bis die Fremden vor einem umzäunten Grundstück stehenblieben. Dort wurden sie von einem kleinen, dicklichen Schwarzen überschwenglich begrüßt, der den Markt beherrschte.
»Ich habe wunderbare Schätze für euch vorbereitet!« rief der Dicke, als die Araber auf ihn zugingen, um seine Begrüßung zu erwidern. Er wollte noch weitererzählen und andeuten, daß er, wie früher, einen privaten Schatz von Gütern verborgen hatte, um sie zu seinem persönlichen Gewinn einzutauschen. Aber beim Anblick des Alten Suchers, der ein Beamter des Hofes war und über solchen illegalen Handel zu Gericht saß, verlor seine Stimme ihre Lebhaftigkeit. Die Strafe für derlei Delikte war Verbannung auf Lebenszeit. Deshalb schloß der dicke Kaufmann ziemlich kleinlaut: »Ich bin sicher, ihr habt viele gute Dinge mitgebracht.«
»Sicherlich wird sich der König über unsere Geschenke freuen«, sagte der größere Araber.
Die Erwähnung dieser erlauchten und mysteriösen Gestalt ließ Nxumalo erzittern. Er hatte in den Monaten, die er hier war, den König nur zweimal zu Gesicht bekommen, aber nur sehr undeutlich. Denn das Gesetz verlangte, daß, wenn der große Herrscher von Zimbabwe vorbeikam, alle sich zu Boden werfen und die Augen abwenden mußten.

»Es ist klug von euch, daß ihr eure Geschenke verdoppelt«, sagte der Alte Sucher den Arabern, während er zusah, wie sie die für den König bestimmten Geschenke beiseite legten. »Letztes Mal taugten eure Geschenke kaum für diesen Dicken da.« Und er bemerkte die Anzeichen von Besorgnis, die auf dem Gesicht des kleinen Mannes erschienen.
Als die Araber ihre Geschenke bereitgelegt hatten, überraschte der Alte Sucher Nxumalo, indem er ihm den Amtsstab übergab: »Heute wirst du mit mir in das große Haus kommen, mein Sohn.«
Der junge Mann, der den Nashörnern so tapfer gegenübergetreten war, schien einer Ohnmacht nahe, aber der Alte legte ihm beruhigend die Hand auf die Schulter: »Es ist Zeit für die Herrlichkeit, die ich dir versprochen habe, Nxumalo, Sohn des Ngalo.«
An dem schmalen Nordeingang zur Großen Mauer standen keine Wachen, denn kein Sterblicher hätte es gewagt, diese Schwelle zu überschreiten, wenn es nicht ausdrücklich gestattet worden war. Da es Brauch war, daß Ratgeber vielversprechende junge Leute förderten, hatte der Alte Sucher die Erlaubnis erhalten, den tüchtigen jungen Mann aus dem Süden vorzustellen.
Sie blieben vor dem Eingang stehen, denn dort mußten die Sklaven ihre Lasten den Hofbediensteten übergeben. Den Arabern war es verboten, weiter als drei Schritte ins Innere der einfachen Mauern zu treten, aber als die Besucher voll Bedacht stehenblieben, führte sie der Alte Sucher in einen kleineren, abgeschlossenen Teil der Einfriedung.
»Wir werden hier warten«, erklärte der alte Mann. »Wir müssen jeden Befehl befolgen.« Nxumalo flüsterte er zu: »Folge mir in meinem Tun.«
Der Junge sagte nichts, denn er war tief beeindruckt von dem, was enthüllt wurde. Er hatte an Mauern wie diesen gearbeitet, die ihn umgaben. Aber er hatte nie erraten, welche Größe sie in sich bargen. Der in der massiven Granitumschließung liegende Raum schien sich bis zum Himmel zu erstrecken. Das tat er auch wirklich, denn man hatte nicht versucht, die Mauern oder die Räume mit einem Dach zu versehen.
Eine Gruppe älterer Ratgeber kam, einer hinter dem anderen, auf den Sammelplatz und nahm auf einer Seite Aufstellung. Dann kamen drei Geistmedien, die der Person des Königs zugeteilt waren; sie kauerten sich an einer Wand nieder und schienen alles zu mißbilligen. Als eine eindrucksvolle Gestalt in einem blauen Gewand aus dem Inneren auftauchte, nahm Nxumalo an, das müsse der König sein. Er wollte auf die Knie sinken, doch der Alte Sucher hielt ihn zurück.
»Seht, er kommt!« rief die Gestalt, und von allen Anwesenden wurde die aufregende Botschaft wiederholt: »Seht, er kommt!«
Das war das Signal für alle, besonders aber für die Araber, sich auf den glatten, mit einer harten Schlammschicht bedeckten Boden sinken zu lassen. Nxumalo warf sich rasch nieder, drückte die Stirn auf die harte Oberfläche, schloß fest die Augen und preßte die Knie aneinander, um ihr Zittern zu unterdrücken.

Er befand sich noch in dieser Stellung, als er Lachen hörte, wagte es aber nicht, sich zu bewegen.
Dem ersten Ausbruch folgte allgemeines Gelächter. Alle im Empfangsraum schienen zu brüllen vor Lachen, und dann hörte er, wie eine ruhige Stimme sagte: »Komm, Vögelchen, steh auf.«
Es war eine freundliche Stimme, die sich an ihn zu richten schien. Ein kräftiges Kneifen des Alten Suchers veranlaßte ihn hochzublicken, und da starrte er in das schmale schöne Gesicht des Königs, der auf ihn niederblickte und wieder lachte.
Sofort taten alle anderen im Raum das gleiche, und von außerhalb der Mauern hörte man das Gelächter der Menge, denn in Zimbabwe war es Gesetz, daß alles, was der König tat, von allen in der Stadt nachgeahmt werden mußte. Ein Lachen, ein Husten, ein Räuspern – alles mußte wiederholt werden.
Erfreut über das Lachen, winkte der König den Arabern, sich zu erheben, und als sie es taten, bemerkte Nxumalo, daß alle im Gefolge des Königs kostspielige Stoffe trugen, die mit Metallen durchwirkt waren. Er selbst war in schneeweiße Baumwolle gekleidet, die keinerlei Schmuck aufwies. Er bewegte sich mit königlicher Anmut und niemals unsicher wie die anderen.
Der König trat zu den Arabern, nickte und sprach ungezwungen mit ihnen. Er erkundigte sich über ihre Reise vom Meer hierher und bat sie, ihm alles zu erzählen, was sie über Unruhen im Norden vernommen hätten. Mit Interesse vernahm er, daß Händler aus Sofala es nicht mehr riskieren wollten, in dieses unruhige Gebiet zu reisen. Als die Araber von dem überwältigenden Sieg berichteten, den ihr Volk an einem Ort namens Konstantinopel errungen hatten, lauschte er aufmerksam. Er konnte jedoch mit der Information nichts anfangen. Er bemerkte lediglich, daß die Araber offenbar der Meinung waren, dieser Sieg stärkte ihre Stellung im Umgang mit ihm.
»Und nun zu den Geschenken!« sagte der große Araber, worauf er und sein Gefährte die Bündel eines nach dem anderen öffnete und die Stoffhüllen vorsichtig entfernten, bis die Schätze offen dalagen: »Dieses Seladon-Porzellan, mächtiger Herrscher, wurde uns per Schiff aus China gebracht. Betrachte seine zart blaßgrüne Färbung, seine untadelige Form.«
Die blendenden Keramikgegenstände stammten aus Java, das als Gegengabe Gold erhalten sollte. Die Stoffe, feiner, als irgend jemand in Zimbabwe sie weben oder auch nur sich vorstellen konnte, kamen aus Persien, das in Filigran gearbeitete Silber aus Arabien, die schweren, glasierten Tonwaren aus Ägypten, die niedrigen Ebenholztische aus Sansibar und die aufregenden Metallwaren aus Indien.
Am Ende der Vorführung neigte sich der Alte Sucher dem König zu, hörte seine Wünsche und sagte den Arabern: »Der mächtige Herrscher ist erfreut. Ihr könnt jetzt auf dem Marktplatz Handel treiben.« Sie verneigten sich ehrfurchtsvoll und traten zurück; Nxumalo wollte ihnen schon folgen, da er annahm, daß sein Besuch in Zimbabwe beendet war und er bald auf dem Rückweg zu seinem Dorf sein würde.

Aber der König hatte andere Pläne mit dem vielversprechenden Jungen, und als Nxumalo sich abwandte, hielt ihn ein königlicher Befehl zurück: »Bleibe. Man sagt mir, daß du gut arbeitest. Wir brauchen dich hier.« Der Alte Sucher konnte seine Freude darüber nicht verhehlen, daß sein Protegé so anerkannt wurde, aber Nxumalo konnte seine Verwirrung nicht verbergen. Bedeutete der Befehl des Königs, daß er seine Brüder und Zeolani an ihrem Webstuhl nie mehr wiedersehen würde?

Der König beantwortete diese unausgesprochene Frage: »Zeig dem jungen Mann diese Gebäude. Dann suche ihm einen geeigneten Aufenthaltsort.« Damit schritt er davon, während der Alte Sucher und eine Menge andere in den Staub sanken, um sein Vorbeigehen zu ehren.

»Nun!« rief der Alte, während er sich den Staub abwischte, »solche Ehren werden nur wenigen zuteil, das kannst du mir glauben.«

»Was bedeutet das?«

»Daß du nun hier wohnen... einer von uns werden wirst.«

»Aber Zeolani...«

Der alte Mann ignorierte die Frage, für die es keine ehrliche Antwort gab. »Du wirst Dinge sehen, die gewöhnliche Sterbliche...« Seine Augen glühten, als wäre es sein Triumph, und er führte Nxumalo mit raschen, geschäftigen Schritten zu einer Besichtigung des Inneren der Großen Mauer.

Sie betraten einen engen Durchgang, parallel zu der höheren Außenmauer, und Nxumalo fürchtete schon, er würde nie ein Ende nehmen, so lang und schwungvoll war er, aber schließlich führte er in einen Hof, der so großartig war, daß er und der Alte intuitiv in die Knie sanken. Sie befanden sich vor einem mächtigen königlichen Zepter, wie es weder vor- noch nachher jemals eines in Afrika gegeben hatte. Es war ein kegelförmiger Turm mit einer Basis von sechs Metern Durchmesser, neun Meter hoch und nach oben spitz zulaufend. An der Spitze war er von einem in Stein gehauenen Wappen geschmückt und stellte als Ganzes die Majestät des Königs dar. Auf einer erhöhten Plattform nächst dem Turm stand eine Reihe schöner, unverzierter Monolithen, von denen jeder eine Leistung des Königs und seiner Vorfahren symbolisierte.

»Dahinter liegen die Gemächer des Königs«, sagte der Alte Sucher. »Dort wohnen seine Frauen und Kinder, kein Mann darf sie betreten.« Dann ging er rasch zum Ausgang und winkte Nxumalo, ihm zu folgen. »Wir müssen sehen, was die Araber auf dem Markplatz treiben.«

Als sie zu den Händlern kamen, betrachtete Nxumalo die beiden Fremden ungläubig, blieb möglichst nahe bei ihnen und verfolgte alles, was sie taten... Ihre Hände und Fußknöchel waren weiß, und er nahm an, wenn er ihre Haut unterhalb des unbedeckten Halses sehen könnte, würde sie gleichfalls weiß sein. Ihre Stimmen waren tief, und sie sprachen mit einem Akzent, der keinem von denen glich, den die Arbeiter aus fernen Gebieten hatten. Was aber Nxumalo am meisten beeindruckte, war die stolze Selbstsicherheit, die sie zur Schau trugen und die der der Ratgeber des Königs glich; das waren Männer von Bedeutung, gewohnt zu befehlen, und als sie

im Hof des Lagerhauses untätig auf den Tausch der Waren warteten, bestimmten sie, was als nächstes geschehen sollte.
»Breitet das Gold hier aus, wo das Licht einfällt«, ordnete der größere Mann an. Als Bedienstete die kostbaren Pakete hereinbrachten und die Ecken der Tücher zurückschlugen, zeigten alle Erregung, außer den beiden Arabern. Sie erwarteten, daß es Gold von hoher Qualität war, und sie erwarteten eine beträchtliche Menge.
»Seht euch das an!« rief der Dicke laut. Und aus den Verpackungen tauchte eine Anzahl von Barren reinen Goldes auf, die in den Bergwerken gewonnen worden waren, die hundertsechzig Kilometer entfernt waren, sowie Anhänger für Beamte und eine große Platte, auf der ein wütendes Nashorn dargestellt war.
»Übrigens«, unterbrach der Wortführer der beiden Araber und schob das Gold zur Seite. »Hast du die Rhinozeroshörner bekommen?«
»Ja, wir haben sie«, sagte der Dicke und klatschte in die Hände, worauf Diener drei große Bündel hereinbrachten. Als sie geöffnet waren, kamen drei Dutzend Hörner zum Vorschein. Sie erregten sogleich die Habgier der Araber, die sie abschätzend hochhoben.
»Sehr gut. Wirklich, sehr gut.« Der verhandelnde Araber unterbrach den Austausch der scherzhaften Bemerkungen und herrschte einen der wartenden Sklaven an: »Sieh zu, daß sie ordentlich behandelt werden.« Aus der Art, wie alle mit den Hörnern umgingen, wurde deutlich, daß sie sehr wertvoll waren.
»Und was sonst noch?« fragte der Araber.
Es folgte noch eine Reihe von Männern aus Zimbabwe, die den Arabern eine stattliche Ansammlung von Elfenbeinstoßzähnen und Kupferdraht brachten sowie Werkzeuge, die aus Speckstein gearbeitet waren. Bei jeder neuen Enthüllung nickten die Araber und ließen die Güter hinausbringen, um sie von ihren Leuten verpacken zu lassen. Dann hustete der Anführer und sagte ruhig: »Und nun willst du wohl sehen, was wir dir gebracht haben?«
»Richtig«, sagte der Dicke, und seine Stimme verriet seine Spannung. Dann tat er etwas Merkwürdiges. Er nahm Nxumalos Hand, stellte ihn den Arabern vor und sagte: »Das ist der junge Bursche, der die besten Hörner brachte.«
Nxumalo spürte, wie die Hand des weißen Mannes die seine berührte. Er stand dem Fremden gegenüber, fühlte, wie der Mann ihm die Hand auf die Schulter legte und hörte die mit starkem Akzent gesprochenen Worte: »Es sind ausgezeichnete Hörner. Sie werden in China gut aufgenommen werden.«
Stolz, als ob ihnen die Waren gehörten, packten die Sklaven die Ballen aus und enthüllten feine Seide aus Indien und Tausende kleiner Glasperlen – rot, transparent blau, grün, goldgelb und purpurfarben. Sie würden zu komplizierten Mustern zusammengefügt werden und als Schmuck für Kleider, Halsbänder und anderen Putz verwendet werden. Die Araber freuten sich darüber, Gold zu bekommen, das sie zu Schmuck für ihre Frauen

verarbeiten würden, und die Schwarzen waren zufrieden, diese Glasperlen als Schmuck für die ihren zu bekommen. Soweit es die Nützlichkeit betraf, war es also ein gerechter Tausch.
Die Araber brachten auch eine Sammlung von Gegenständen mit, die speziell für den Tauschhandel mit den Vasallenhäuptlingen bestimmt waren. Darunter war eine kleine Metallscheibe, auf der ein Elefant und ein Tiger dargestellt waren. Sie kam aus Nepal und war nicht viel wert. Deshalb ergriff sie der arabische Anführer, wog sie in der Hand, schätzte sie und warf sie Nxumalo zu: »Für die schönen Hörner, die du uns gebracht hast.« Diese Scheibe mit ihrer Filigrankette wurde dann nach Süden geschickt, wo Zeolani wartete, und als sie fünfzig Jahre später starb, wurde sie mit ihr begraben; fünfhundert Jahre später sollte sie von Archäologen gefunden werden, die berichteten:

> Zweifellos wurde diese Scheibe in Nepal hergestellt, denn es wurden mehrere ähnliche in Indien gefunden. Sie läßt sich genau mit dem Jahr 1390 datieren. Außerdem gab es den Tiger, der so deutlich darauf abgebildet ist, niemals in Afrika. Wie die Scheibe aber auf einen abgelegenen Hügel in Pretoria gelangte, läßt sich nicht erklären. Vermutlich brachte sie ein englischer Forscher, dessen Familie Verbindungen mit Indien hatte, bei einer Untersuchung des Gebietes dorthin mit und verlor sie. Die kuriose Annahme, daß die Scheibe in den Jahren zwischen 1390 und 1450 als Tauschobjekt an einen zentralen Ort wie Zimbabwe gebracht worden sein könnte und dann auf mysteriöse Art an die Fundstelle gelangte, ist offensichtlicher Unsinn.

Die Minen von Zimbabwe waren über ein gewaltiges Territorium verstreut, vom Sambesi im Norden bis zum Limpopo im Süden, von der Meeresküste im Osten zur Wüste im Westen, und es wurde Nxumalos Aufgabe, jede Mine zu besuchen, um maximale Produktion zu gewährleisten. Gold, Eisen und Kupfer mußten nach Zimbabwe und zu kleineren Marktflecken im gesamten Königreich gebracht werden, damit es die Araber weiterhin lohnend fanden, den Handel fortzusetzen. Seine Arbeit war nicht anstrengend, denn sobald er in eine Mine kam, mußte er nur das angesammelte Metall überprüfen; es kam selten vor, daß er nach unten in die eigentliche Mine stieg, denn es waren kleine, gefährliche Einrichtungen, die nur einem Zweck dienten: aus ihnen genügend Erz zutage zu fördern, um die Hochöfen in Gang zu halten. Wie das geschah, ging Nxumalo nichts an.
Aber eines Morgens kam er am Ende einer Reise, die ihn von der Stadt dreihundert Kilometer nach Westen geführt hatte, zu einer Goldmine, in der die Produktion anscheinend eingestellt worden war. Er wollte wissen, was geschehen war. »Die Arbeiter starben, und ich kann keine anderen finden«, klagte der Aufseher.
»Ich habe viele Frauen gesehen...«
»Aber keine kleinen.«

»Wenn die Mine so klein ist, nimm Mädchen. Wir brauchen Gold.«
»Aber Mädchen können die Arbeit nicht machen. Nur die kleinen...«
Nxumalo sagte ziemlich gereizt: »Ich werde es mir selbst ansehen.« Als er aber den Eingang erblickte, wurde ihm klar, daß er in diese Felsspalte nicht einsteigen konnte. Da er darauf bestand zu erfahren, warum die Produktion einer Mine so plötzlich eingestellt worden war, befahl er dem Aufseher, Männer kommen zu lassen, die den Eingang erweitern würden, indem sie genügend Felsen abbrachen, so daß er einsteigen konnte.
Als er in den Arbeitsstollen kam und eine Fackel über den Kopf hielt, sah er, was der Aufseher meinte: Dort, auf der Vorderseite des goldhaltigen Felsens, lagen sieben kleine braune Gestalten, die schon so lang tot waren, daß ihre Leichen bereits ausgetrocknet waren. Vier Männer, zwei Frauen und ein Kind waren nacheinander schon vor Monaten oder sogar Jahren gestorben, und als der letzte tot war, wurde kein Erz mehr gefördert.
Er blieb lange Zeit in der Mine und versuchte, sich das Leben dieser sieben kleinen Menschen vorzustellen. Da die Mine so eng war, konnten nur sie dort arbeiten, nachdem man sie einmal durch die enge Öffnung hineingezwungen hatte; dann mußten sie dort unten bleiben, so lange sie lebten. Sie mußten essen, was man ihnen nach unten warf, ihre Toten in einem Haufen neben dem Felsen begraben und waren von ständiger Dunkelheit umgeben.
Nxumalo dachte an das, was der Alte Sucher über umherwandernde kleine braune Menschen mit den vergifteten Pfeilen gesagt hatte. Er selbst hatte sie als ›Schakale‹ bezeichnet. Vor seinem Besuch in dieser Mine hatte er nicht gewußt, daß sie eingefangen und versklavt wurden. Sicherlich hätten die Ratgeber in Zimbabwe das nicht gebilligt, aber an dieser fernen Grenze, weit weg von der Hauptstadt, konnte jeder Minenaufseher nach seinem eigenen Gutdünken handeln.
»Wie lange bleiben sie am Leben?« fragte Nxumalo, als er hinauskletterte.
»Vier, fünf Jahre.«
»Die Kinder?«
»Wenn die Erwachsenen lange genug leben, lernen die Kinder die Minenarbeit. Eine Familie übersteht so vielleicht fünfzehn bis achtzehn Jahre.«
»Und wenn die Alten zu früh sterben?«
»Sterben die Kinder mit ihnen.«
»Was beabsichtigst du bezüglich der Mine zu tun?«
»Unsere Männer suchen nach neuen braunen Arbeitern. Sobald sie welche gefunden haben, fördern wir wieder.«
»Werdet ihr sie finden?«
»Die Jagd nach ihnen ist gefährlich. Sie verwenden nämlich Giftpfeile.«
»Laßt eure eigenen Frauen dort unten arbeiten. So machen wir es in den anderen Bergwerken.«
»Unsere Frauen arbeiten lieber in der Sonne und auf den Feldern«, antwortete der Aufseher und fügte vertraulich hinzu: »Du bist ein Mann, Nxumalo. Du weißt, wofür dicke Schönheiten gut sind.«

»Du hast den Eingang für mich erweitern lassen. Noch ein wenig mehr, und sie können sich durchzwängen.«
»Wozu könnten wir Männer sie noch gebrauchen, wenn sie erschöpft von der Arbeit unter Tag nach Hause kämen? Sag mir das.«
»Wenn es euch nach ihnen hungert, laß sie einen oder zwei Tage ausruhen.«
»Ich sage dir, Herr, unsere Frauen würden die Arbeit im Bergwerk verweigern. Du mußt mir Leute von auswärts bringen.«
Nxumalo erklärte entschlossen: »Ich werde nächstes Jahr wiederkommen und dann erwarte ich, daß diese Mine voll arbeitet. Wir müssen Gold haben.«
Dieses Ultimatum würde erfüllt werden, denn als Nxumalo nach Zimbabwe zurückkehrte, sah der Minenaufseher, der seine fünf dicken Frauen liebte, zu seiner Erleichterung eine Gruppe seiner Krieger mit neun kleinen braunen Männern aus der Wüste zurückkehren. Sie würden gut in die Mine passen, sie würden essen, was man ihnen nach unten warf, und sie würden das Tageslicht nie wiedersehen.

Während Nxumalo die weit entfernten Bergwerke besuchte, erinnerte er sich oft daran, wie er zum ersten Mal den Limpopo gesehen hatte und zum ersten Mal in eine Mine eingestiegen war. Es war ein Vorzeichen gewesen: Ich verbringe mein Leben damit, Flüsse zu überqueren und in Schächte zu steigen. Wo er auf seinen Reisen durch die weiten Gebiete von Zimbabwe auch hinkam, stieß er auf die alten, geschätzten Bergwerke; und mit der Zeit lernte er, vorauszusagen, wo man vielleicht neue finden könnte. Obwohl sich neun von zehn seiner Annahmen als falsch erwiesen, entschädigte die zehnte meist für alle Mühen. Jeder neue Fund, jede alte Mine, die ihre Produktion steigerte, ließ seinen Ruf wachsen.
Obwohl er sich mit Tausenden von Quadratmeilen des Königreichs vertraut gemacht hatte, blieb immer noch ein Ort, den er nie besucht hatte: die Zitadelle auf dem Hügel der Geister in Zimbabwe selbst. Als er von seiner letzten Reise zurückkehrte, wurde er in die Residenz des Königs gerufen, um dem Herrscher und seinen Ratgebern persönlich Bericht zu erstatten. Er hütete sich, über die Versklavung der kleinen braunen Menschen in jenem Bergwerk an der Grenze zu sprechen, aber er äußerte sich kühn über die Probleme im Norden, und als er zu Ende war, erklärte der oberste Ratgeber, daß der König ihn allein zu sprechen wünsche.
Nachdem sich die Versammlung aufgelöst hatte, führte dieser Ratgeber Nxumalo in den Innenhof, wo er in einem kleinen, dachlosen Raum auf seine Privataudienz wartete. Bald erschien der König in seinem schmucklosen weißen Gewand, ging rasch auf Nxumalo zu und sagte: »Sohn des Ngalo aus dem Land, das meine Leute nicht kennen, ich habe dich noch nie in der Zitadelle gesehen.«
»Es ist nicht erlaubt, Herr, da hinauf zu gehen.«
»Es *ist* erlaubt«, antwortete der König. »Laß uns jetzt gemeinsam dorthin

gehen und die Geister befragen.« Und unter Palmschirmen schritten der König und sein Bergwerksinspektor durch die Stadt, vorbei an dem Bezirk, wo die Tischler und Steinmetze wohnten, vorbei an der Stelle, wo Arbeiter Steine für die Mauern heranschafften. Es schien eine Ewigkeit her zu sein, seit Nxumalo geholfen hatte, diese Mauern auszubessern. Es war wie ein Traum für ihn, daß er nun mit dem König selbst unter ihnen schreiten durfte.

Sie gingen rasch den königlichen Weg entlang, der zu der von Felsen umschlossenen Zitadelle führte. Dieser Weg war eigentlich ein Pfad, der kaum einen Meter breit war. Zweimal täglich wurde er von vierzig Frauen gefegt, so daß kein Grashalm oder Kieselstein seine Fläche störte. Um den steilen Steig zu erreichen, der zur Höhe führte, mußten sie die Stollen durchqueren, aus denen Frauen den feuchten Lehm gruben, mit dem die Mauern verputzt waren; als der König vorbeiging, legten sie sich alle auf den feuchten Boden, aber er schenkte ihnen keine Beachtung.

Der gewundene Pfad schlängelte sich durch einen Hain nach oben hinan, überquerte dann nackte, felsige Hänge und erreichte schließlich einen äußerst engen Durchgang zwischen Steinblöcken. Der König ließ erkennen, daß er außer Atem war. Obwohl Nxumalo wegen seiner langen Reise gut in Form war, hielt er es für klüger, so zu tun, als würde auch seine Brust sich heben und senken. Denn sonst würde er respektlos wirken. Schließlich kamen sie zu einer freien ebenen Stelle, und Nxumalo sah eine Pracht vor sich, die er nicht einmal hatte ahnen können, wenn er von unten auf die Zitadelle blickte.

Er befand sich inmitten einer großen Ansammlung von Mauern und Höfen, die zwischen den gewaltigen Granitblöcken miteinander verflochten waren, welche dem Ort seine Pracht verliehen; diese massiven Felsen bestimmten, wo die Mauern verliefen und wo die anmutig geformten Hütten standen. Herrscher, die von weit her zu Verhandlungen kamen und oft ebenso reich waren wie der König, mochten bei Besprechungen in der Stadt seine leise geäußerten Argumente vielleicht ein wenig verächtlich abtun. Sobald sie aber einmal gezwungen waren, diesen schwierigen Weg emporzusteigen, und die Zitadelle sahen, mußten sie anerkennen, daß sie es mit einem wirklichen Monarchen zu tun hatten.

Nxumalo war überrascht von den lebhaften Farben, die die Mauern zierten, von den Skulpturen auf den Brüstungen und dem Symbolismus, der überall vorherrschte. Was ihn aber am meisten interessierte, waren die kleinen Öfen, an denen Metallurgen die Goldbarren verarbeiteten, die er von seinen Minen schickte. Er sah bewundernd zu, wie sie zarten Schmuck in einem geheimen Verfahren herstellten, über das außerhalb der Zitadelle nie gesprochen wurde.

Trotz seines Interesses für das Gold wurde Nxumalo zur Ostseite der Zitadelle weitergeführt, und es bewegte ihn wieder jene innere Furcht, die ihn schon während seiner ersten Begegnung mit dem König erfüllt hatte. Denn er wußte, daß er zum Quartier des großen Mhondoro geleitet wurde, durch

dessen Mund die Geister sprachen und die Ahnen regierten. Zufällig bekam er flüchtig das Antlitz des Königs zu sehen und erkannte, daß auch er eine feierliche Miene zur Schau trug.
Als Nxumalo eintrat, schien das Grundstück des Mhondoro verlassen. Bald jedoch erblickte er den Schatten einer Gestalt, die sich im Inneren einer Hütte an der Ecke dieses Grundstücks bewegte. Der Raum wurde beherrscht von einer Plattform in Hüfthöhe. Auf ihr erhoben sich vier Specksteinsokkel, von denen jeder die Skulptur eines Vogels trug, der über dem heiligen Ort zu schweben schien. Eine andere Mauer enthielt eine nicht ganz so hohe Plattform, auf der eine Sammlung von Monolithen und anderen heiligen Objekten von großer Schönheit stand. Jedes dieser Objekte bezog sich auf eine wichtige Erinnerung des Volkes, so daß auf diesem Grundstück die volle Geschichte und Mythologie von Zimbabwe stand. Dieses bedeutungsvolle Register der Vergangenheit konnte von dem Mhondoro und seinem König ebenso leicht gelesen werden wie die Schriften der Historiker Europas von den Mönchen.
Der König hatte das Gewohnheitsrecht, zu der Begegnungsplattform zu gehen, während Nxumalo auf Knien hinrutschen mußte. Dabei sah er, daß er, wenn die Besprechungen begannen, unter schädelartigen Schnitzereien, mit Straußenfedern geschmückten Tontieren, kunstvollen Sammlungen heilkräftiger Perlen und Kiesel und verflochtener Büschel wertvoller Kräuter sitzen würde. Aber kein einziger Gegenstand fesselte seine Aufmerksamkeit so sehr wie das zwei Meter lange Krokodil, das so wirklichkeitsgetreu aus Hartholz geschnitzt war, daß es fähig zu sein schien, den heiligen Mann zu verschlingen; als Nxumalo neben dem Ungeheuer Platz nahm, bemerkte er, daß seine Schuppen aus Hunderten von oblatendünnen Goldplättchen bestanden, die sich im Luftzug bewegten und schimmerten.
Nun tauchte der Mhondoro aus dem Inneren seiner Hütte auf. Er trug einen gelben Mantel und einen Kopfschmuck aus Tierfellen. Ehrerbietig grüßte der König: »Ich sehe dich, Mhondoro meiner Väter.«
»Ich sehe dich, mächtiger König.«
»Das ist jener, der geschickt wurde«, sagte der König.
Der Mhondoro deutete an, daß Nxumalo seinen Blick vorwärts richten müsse, sonst würden seine Augen auf die Symbole längst toter Könige fallen und die Geister verärgern, die zusahen. Der junge Mann wagte kaum zu atmen, doch schließlich wandte sich der Mhondoro an ihn: »Welche Neuigkeiten aus den Bergwerken bringst du?«
»Das Gold aus dem Westen geht zurück.«
»Früher war es in reichem Maß vorhanden.«
»Das ist es noch immer, aber unsere Männer fürchten sich, hinzugehen.«
»Ärger, Ärger«, murmelte das Geistermedium und wandte sich an den König, mit dem er leise über die Probleme sprach, die auf ihre Stadt zukamen.
Nxumalo verstand ihre Besorgnis, denn auf seinen letzten Reisen hatte er etliche Male das Gefühl gehabt, die gesamte Hegemonie von Zimbabwe wäre durch schwache Fäden sich auflösender Interessen zusammengehal-

ten. Er spürte die Ruhelosigkeit und argwöhnte, daß gewisse Provinzhäuptlinge an Unabhängigkeit dachten, hatte aber Angst, diese Befürchtungen in Gegenwart der zwei mächtigsten Männer der Stadt zu äußern. Es gab auch noch anderen Ärger: wegen Holz, Weiderechten, Salzmangel. Und es wurde sogar davon gesprochen, daß die Araber mit Gebieten außerhalb der Kontrolle Zimbabwes ihre eigenen Handelsbeziehungen anknüpfen könnten.

Der quälende Nachmittag verstrich, und als unten in der Stadt Feuer auftauchten, stimmte der Mhondoro einen träumerischen Singsang an: »Vor Generationen errichteten unsere mutigen Vorfahren diese Zitadelle. Mhlanga, Notapes Sohn, Sohn von Chuda...« Er führte Stammbäume bis zurück zum Jahr 1250 auf, in dem mit dem Bau der Mauern von Zimbabwe begonnen worden war. »Es war der Urgroßvater des Königs, der vor noch nicht allzu langer Zeit den großen Turm dort bauen ließ. Es schmerzt mein Herz zu denken, daß wir diesen edlen Ort vielleicht eines Tages den Kletterpflanzen und Bäumen werden zurückgeben müssen.«

In der nun folgenden Stille wurde sich Nxumalo bewußt, daß von ihm eine Antwort erwartet wurde: »Warum erwähnst du das, Ehrwürdiger?«

»Weil das Land erschöpft ist. Weil unsere Geister erlahmen. Weil andere im Norden hochkommen. Weil ich fremde Schiffe nach Sofala kommen sehe.«

In diesem feierlichen Augenblick erkannte Nxumalo zum ersten Mal, daß es vielleicht sein Schicksal sein würde, für immer in Zimbabwe zu bleiben, damit es mit seiner Hilfe überleben konnte. Aber noch während er diesen Gedanken faßte, blickte er auf diese zwei Männer, die unter den schönen, gemeißelten Vögeln saßen, und konnte sich nicht vorstellen, daß diese Führer und diese Stadt wirklich in Gefahr waren.

Als er den König von der Zitadelle nach unten begleitete, gingen Diener mit Fackeln vor ihnen her und blieben auch noch bei ihnen, während sie durch die Stadt schritten. Als Ausdruck seiner Ehrerbietung wollte Nxumalo den König bis zum Eingang seines Grundstücks begleiten, aber der Herrscher blieb mitten in der Stadt stehen und sagte: »Es ist Zeit, daß du den Alten Sucher besuchst.«

»Ich sehe ihn oft, Herr.«

»Aber heute abend hat er, glaube ich, besondere Botschaften für dich.«

Also entfernte sich Nxumalo und ging zum Haus seines Mentors jenseits des Marktplatzes. Dort stellte sich heraus, daß der alte Mann tatsächlich besondere Informationen hatte: »Sohn des Ngalo, es ist Zeit, daß du die nächste Sendung von Gold und Rhinohörnern nach Sofala bringst.«

Das war eine bedeutende Reise, die nur die verläßlichsten Bürger unternehmen durften. Es erforderte Mut, die steilen Pfade hinabzusteigen, neben denen Leoparden und Löwen lauerten; es erforderte robuste Gesundheit, die verderblichen Sümpfe zu überleben; und es erforderte solide Urteilskraft, seinen Besitz gegen die Araber zu schützen, die dort Handel trieben.

»Die Araber, die über die Bergpfade klettern, um Zimbabwe zu besuchen, müssen gute Männer sein«, warnte ihn der weise Alte. »Aber jene, die in einen Seehafen schlüpfen und dort bleiben, können böse sein.«
»Wie soll ich mich schützen?«
»Rechtschaffenheit ist ein guter Schutz.« Er machte eine Pause. »Kam ich jemals bewaffnet in deines Vaters Kral? Hätte er mich nicht, wenn er es gewollt hätte, jederzeit töten können? Warum tat er es nicht? Weil er wußte, wenn er einen Mann von Ehre tötete, würde er es bald mit Männern ohne Ehre zu tun bekommen. Und dann bricht alles zusammen.«
»Weißt du, ich bin sicher, daß mein Vater immer über deine Geschichten lacht. Die Wunder, von denen du erzähltest, die Lügen.«
»Ein Mensch kann nicht weite Reisen unternehmen, ohne Ideen zu entwickeln. Und nun habe ich dir eine der allerbesten zu bieten.«
Er klatschte in die Hände, und als der Diener erschien, gab er ihm ein Zeichen. Alsbald teilten sich die Vorhänge, die die Wohnräume abtrennten, und ein junges Mädchen von vierzehn Jahren, schwarz und strahlend wie poliertes Ebenholz, kam respektvoll herein. Sie stand reglos da, mit gesenkten Augen, wie eine der geschnitzten Statuen, die die Araber dem König präsentiert hatten; sie wurde Nxumola, dem Bergwerksinspektor des Königs, vorgestellt, und nach längerer Zeit hob sie ihre Augen und sah in die seinen.
»Meine Enkelin«, sagte der alte Mann.
Die beiden jungen Leute blickten einander unverwandt an, während der Alte Sucher gestand: »Vom ersten Tag, an dem ich dich beim See sah, Nxumalo, wußte ich, daß du für dieses Mädchen bestimmt bist. Alles, was ich danach tat, war darauf berechnet, dich hierherzubringen, damit du sie siehst. Die Rhinohörner? Ich hatte so viele im Lagerhaus, wie ich nur brauchte. Du warst der Schatz, den ich suchte.«
Wegen des Schmerzes, der alle Lebenden einmal befällt, konnte Nxumalo nicht sprechen. Er war sich der Schönheit dieses Mädchens voll bewußt, erinnerte sich aber auch an Zeolani und das Versprechen, das er ihr gegeben hatte. Schließlich stieß er hervor: »Hochgeschätzter Vater, ich bin mit Zeolani verlobt.«
Der alte Mann holte tief Atem und sagte: »Junge Männer geben Versprechen, dann gehen sie fort, um ihr Glück zu machen, und die Antilope am See sieht sie nicht wieder. Meine Enkelin heißt Hlenga. Zeig ihm den Garten, Hlenga.«

Im Jahr 1458 sammelte Nxumalo einen Trupp von siebenundsechzig Trägern für den gefährlichen Marsch zur Küste. Die Route nach Sofala war schrecklich, der Weg wurde erschwert durch Sümpfe, fieberverseuchte Ebenen, steil abfallende Abstiege und angeschwollene Flüsse. Während er sich die Reiseberichte von Männern anhörte, die früher einmal dort gewesen waren, verstand er, was der Alte Sucher mit den Worten gemeint hatte: »Ein weiser Mann geht nur einmal nach Sofala.« Und doch erschienen re-

gelmäßig arabische Händler in Zimbabwe, und sie mußten diesen schrecklichen Weg ja auch zurücklegen.
Dieser Widerspruch wurde durch den Alten Sucher gelöst: »Die Araber haben keine Probleme. Sie verlassen Sofala mit fünfzig Trägern und kommen hier mit dreißig an.«
»Wie schaffen sie es, daß immer sie es sind, die ankommen?«
»Weiße Männer schützen sich«, sagte der alte Ratgeber. »Ich begleitete den Vater des Mannes, der dir diese Scheibe gab. Bei jedem Fluß sagte er: ›Geh voraus und sieh, wie tief er ist.‹ Da sagte ich bei einer Flußüberquerung: ›Diesmal gehst du voraus‹, und er sagte: ›Es ist deine Aufgabe, vorauszugehen. Meine Aufgabe ist es, auf das Gold aufzupassen.‹ «
Nxumalo lachte. »Das sagte einer unserer Bergwerksaufseher, wenn er eine frisch gefangene Gruppe kleiner brauner Männer in den Schacht hinunterjagt. ›Es ist eure Aufgabe, dort hinunterzugehen. Meine Aufgabe ist es, das Gold zu hüten, wenn ihr es nach oben schickt.‹ «
»Noch etwas, Nxumalo. Araber in einer Karawane werden deine zuverlässigsten Freunde sein. Werden ihre Nahrung und ihre Schlafplätze mit dir teilen. Aber wenn du Sofala erreicht hast, sei auf der Hut. Geh nie mit einem Araber an Bord eines Schiffes.«
Nxumalo hustete ein wenig verlegen. »Sag mir, Alter Sucher, was ist ein Schiff? Der König sprach auch davon, und ich schämte mich zu fragen.«
»Ein Haus, das sich im Wasser bewegt.« Während der junge Mann über diese Unwahrscheinlichkeit nachsann, fügte der Alte hinzu: »Denn wenn du an Bord eines Schiffes steigst, wird dich der Araber als Sklave verkaufen, und du wirst an eine Bank angekettet sitzen und niemals deine Freunde wiedersehen.«
Die fast beiläufige Erwähnung von Freunden machte Nxumalo traurig, denn die Freundin, die er am meisten liebte, war Zeolani, und die Wahrscheinlichkeit, sie nie wiederzusehen, bedrückte ihn. Zugleich erkannte er, daß alles, was in Zimbabwe geschah, zusammenwirkte, um ihn daran zu hindern, jemals in sein Dorf zurückzukehren, und er nahm an, daß sich seine Stellung in Zimbabwe noch verbessern würde, wenn seine Expedition nach Sofala erfolgreich verlief. Doch die Erinnerungen an Zeolani und an ihre leidenschaftlichen Umarmungen hinter den Zwillingshügeln quälten ihn, und er sehnte sich danach, sie zu sehen. »Ich will zurück nach Hause«, sagte er entschlossen, aber der Alte Sucher lachte nur.
»Du bist wie alle jungen Leute. Du erinnerst dich an ein reizendes junges Mädchen, das weit fort ist, während dich ein anderes, ebenso reizendes beschäftigt, das ganz in der Nähe ist... wie Hlenga.«
»Bei deinem nächsten Besuch in meinem Dorf...«
»Ich bezweifle, daß ich jemals wieder so weit wandern werde.«
»Du wirst es tun. Du bist so wie ich. Du liebst Baobabs und Löwen, die nachts rund um dein Lager schleichen.«
Der Alte lachte wieder. »Vielleicht bin ich wie du. Aber du bist bestimmt wie ich. Du liebst Flüsse, die man durchwaten muß, und Pfade, die durch

dunkle Wälder führen. Ich bin nie zurückgegangen, und das wirst du auch nicht tun.«

Am Morgen machte sich dieser einundzwanzigjährige junge Mann, mit einem Kuß von Hlenga auf den Lippen, mit seinen Trägern auf den Weg, um eine Ladung von Gold, Elfenbein und anderen Handelsgütern zu den wartenden Schiffen zu bringen. Die Lasten waren so schwer, daß das Vorwärtskommen in jedem Fall schwierig gewesen wäre; durch die Wälder und Sümpfe, die sie vom Meer trennten, wurde es jedoch zu einem besonders mühsamen Unterfangen. Als persönlicher Vertreter des Königs ging Nxumalo an der Spitze des Zuges, wurde aber von einem Mann geführt, der die schwierige Durchquerung schon einmal gemacht hatte. Sie schafften nur zehn Meilen pro Tag, da sie so oft gezwungen waren, wegen reißender Flüsse oder steil abfallender Hänge von den vorgesehenen Wegen abzuweichen. Sie wurden von Insekten geplagt und mußten sich vor Schlangen hüten. Dafür hatten sie aber nie unter Wasser- oder Nahrungsmangel zu leiden, denn es regnete ausgiebig und es gab reichlich Wild.

Am Ende des sechsten Tages waren alle in eine Art widerwilligen Gleichmut verfallen; Stunde um Stunde verging, ohne daß ein Wort gesprochen wurde, es gab keine Erholung von der Hitze, dem Schweiß und dem Stapfen im Schlamm. Diese Art zu reisen war unendlich beschwerlicher als ein Marsch von vielen Meilen durch die westliche Savanne oder nach Süden ins Land der Baobabs. Der Weg führte durch Lianenland, in dem die Schlingen von jedem Baum herabhingen, die Reisenden belästigten und behinderten. Man konnte selten auch nur drei Meter in irgendeiner Richtung ungehindert gehen.

Aber man hatte immer den faszinierenden Köder Sofala vor Augen, mit seinen Schiffen, den chinesischen Fremden und den Herrlichkeiten Indiens und Persiens.

Dieser Hafen zog die Männer an wie ein quälender Magnet, und nachts, wenn die Insekten am schlimmsten waren, tuschelten sie über Frauen, die in den Hafen kamen, und über Araber, die jeden Schwarzen raubten, der es wagen wollte, diese Frauen zu besuchen. Die Reisenden hatten nur mangelhafte Kenntnis vom Sklavenhandel; sie wußten lediglich, daß Männer fremder Herkunft den Sambesi bereisten und jeden, der unherstreifte, einfingen. Aber diese Eindringlinge hatten es bisher nie gewagt, nach Zimbabwe zu kommen und zu riskieren, daß es in den Goldlieferungen eine Unterbrechung gab. Das war auch der Grund, weshalb ihre Gewohnheiten dort nicht bekannt waren. Die Schwarzen hatten auch gar keine Vorstellung davon, wohin man sie bringen könnte, wenn sie gefangen würden; sie kannten Arabien nur durch seine Schnitzereien, Indien durch seine Seide.

Als die Gruppe die Abhänge überwunden und die Niederungen erreicht hatte, mußte sie noch über hundertfünfzig Kilometer flache, sumpfige Ebene mit angeschwollenen Flüssen bewältigen. Auch da kam sie langsam voran. Nun hatte der junge Nxumalo selbst die Führung übernommen und zwang seine Männer, durch Gebiete zu ziehen, die sie lieber gemieden hätten. Er war auf einen gut gekennzeichneten Weg gestoßen, der zum Meer führen mußte, und seine Leute hatten große Mühe, das Tempo, das er mit seiner leichteren Last vorlegte, mitzuhalten. Sie trafen nun andere Träger, die aus Sofala zurückkamen, oder wurden von schneller marschierenden Trupps überholt, die auch dem Hafen zustrebten. Da bemächtigte sich der Gruppe lebhafte Erregung.

»Wir dürfen kein Schiff betreten«, wiederholte der Führer am letzten Abend, »und alle Verhandlungen müssen von Nxumalo geführt werden, denn er allein weiß, was der König fordert.«

»Wir werden warten«, sagte Nxumalo, »bis uns die Araber gute Angebote machen. Sie müssen besser sein als die, die sie uns daheim machen, denn diesmal haben wir den Transport besorgt, nicht sie.« Er war darauf vorbereitet, monatelang in Sofala zu bleiben, die Waren gewinnbringend zu verkaufen und nur Dinge einzuhandeln, die die Gemeinde brauchte.

»Was wir wirklich suchen«, erinnerte er sie, »ist Salz.« Sogar seine Goldbarren würde er eintauschen, wenn er die entsprechende Menge Salz dafür bekäme.

Als seine Träger am nächsten Morgen ihre Lasten aufnahmen, bestätigte man ihnen, daß sie zu Mittag in Sofala sein würden, und sie beschleunigten ihre Schritte. Als man das Salz in der Luft riechen konnte, begannen sie zu laufen, und der Mann an der Spitze rief: »Sofala! Sofala!« Alle umringten ihn, um auf den Hafen und das weite Meer dahinter zu starren. Ein Mann flüsterte ehrfürchtig: »Das ist ein Fluß, den keiner überqueren kann.«

Der geschäftige Seehafen war keine Enttäuschung, denn es gab eine Menge Dinge, die sie in Erstaunen versetzten. Die Schuppen, in denen die Araber ihre Geschäfte abwickelten, waren von einer Größe, wie sie sich die Männer aus Zimbabwe nie vorgestellt hatten, und die Dhaus, die auf den Wellen des Indischen Ozeans schaukelten, waren staunenerregend. Die Männer waren begeistert von der Ebenmäßigkeit der Küste, wo sich verschiedene Palmenarten abwechselten, die Wellen an den Strand spülten und zurückliefen. Wie gewaltig die See war! Als die Männer schwimmende Kinder sahen, waren sie so entzückt, daß sie gleich selbst ins Wasser laufen wollten. Aber Nxumalo, der von den vielen neuen Erfahrungen ziemlich verwirrt war, verbot es ihnen. Er wollte jedes Problem für sich allein in Angriff nehmen. Als er sich nach einem Markt für seine Waren erkundigte, sah er, wie gut er damit tat, vorsichtig vorzugehen. Alle, die mit China Handel trieben und hörten, daß er vierzig Elefantenstoßzähne hatte, wollten sie kaufen, denn dort wurde Elfenbein sehr geschätzt. Da er aber nicht sofort verkaufen wollte, lehnte er ihre teilweise lohnenden Angebote ab. Er ließ sich zu einem arabischen Schiff führen, weigerte sich jedoch, an Bord zu gehen; er konnte vom Kai aus hineinsehen, und dort saßen tatsächlich, an Bänke gekettet, ein Dutzend Männer verschiedenen Alters; sie taten nichts, bewegten sich kaum.

»Wer sind sie?« fragte er, und der Händler erklärte ihm, daß diese Männer halfen, das Schiff zu bewegen.

»Wie lange sitzen sie so?«
»Bis sie sterben«, sagte der Händler, und als Nxumalo zusammenzuckte, fügte er hinzu: »Sie wurden im Krieg gefangengenommen. Das ist ihr Schicksal.« Ihnen ging es ähnlich wie den kleinen braunen Männern, die in die Bergwerke hinuntergeworfen wurden, um zu arbeiten, bis sie starben. Auch sie wurden im Krieg gefangengenommen, und das war ihr Schicksal.
Wohin immer er in Sofala kam, sah er Dinge, die ihn verblüfften. Einen besonderen Zauber übten jedoch die Dhaus auf ihn aus. Es war ihm unbegreiflich, wie diese schwimmenden Häuser sich auf dem Meer bewegen konnten. Eines Nachmittags starrte er auf einen Dreimaster mit großen Segeln und sah zu seiner Freude, daß der weiße Mann, der ihn zu befehligen schien, derselbe Araber war, der in Zimbabwe Handel getrieben hatte.
»Ho!« schrie er, und als sich der Araber langsam umdrehte, um zu sehen, wer ihn da störte, rief Nxumalo in der Zimbabwesprache: »Ich bin es. Der, dem du die Scheibe geschenkt hast.« Der Araber kam an die Reling, sah den jungen Schwarzen an und sagte schließlich: »Natürlich! Der Mann mit den Goldminen.«
Sie standen einige Stunden auf dem Kai, plauderten, und der Araber sagte: »Du solltest deine Waren zu meinem Bruder nach Kilwa bringen. Er würde sie richtig einschätzen.«
»Wo führt der Weg nach Kilwa?«
Der Araber lachte, es war das erste Mal, daß Nxumalo ihn lachen sah.
»Es gibt keinen Weg. Er könnte die Flüsse und Sümpfe nicht überqueren. Zu Fuß würde man mehr als ein Jahr brauchen.«
»Warum sagst du mir dann, ich soll hingehen?«
»Man geht dorthin nicht auf einem Weg. Man segelt... mit einer Dhau.«
Sofort erkannte Nxumalo das als List, um ihn zum Sklaven zu machen, wußte aber auch, daß es ihn schmerzhaft danach verlangte, zu erfahren, wie eine Dhau war, wo China lag und wer Seide webte. Und so suchte er nach einer Nacht voll qualvollen Überlegens den Araber auf und sagte einfach: »Ich werde alle meine Waren hier einlagern, zusammen mit meinen Leuten. Ich fahre mit dir nach Kilwa, und wenn dein Bruder mein Gold haben will...«
»Er wird begierig nach deinem Elfenbein sein.«
»Er kann es haben, wenn er mich hierher zurückbringt.«
So wurde es abgemacht, aber als seine Leute von seinem Wagemut hörten, protestierten sie. Auch sie hatten die an Bänken angeketteten Sklaven gesehen, und sie sagten voraus, daß das auch sein Schicksal sein würde. Er aber glaubte dem arabischen Händler, denn er wollte unbedingt Kilwa sehen und die Kunst der Seefahrt kennenlernen.
Gegen Ende des Jahres 1458 ging er in Sofala an Bord der Dhau, um zu seiner elfhundert Meilen langen Reise nach Kilwa zu starten. Als die Lateinsegel gehißt waren und das Schiff vor dem Wind lief, lernte er das Gefühl der Freude kennen, das junge Menschen empfinden, wenn sie eine Seereise antreten. Das Schlingern der Dhau, die springenden Delphine, die im Kielwas-

ser folgten, und die herrlichen Sonnenuntergänge hinter der Küste Afrikas begeisterten ihn. Als nach vielen Tagen die Seeleute riefen, »Kilwa, die goldene Moschee!«, lief er zum Bug, um den Ausblick auf diesen berühmten Hafen zu genießen, den Schiffe aus allen Städten der östlichen Welt anliefen.
Er war überwältigt vom Anblick der verschiedenen Fahrzeuge, die nach Kilwa kamen. Die turmhohen Masten und die verschiedenen Menschen, die sie erkletterten, faszinierten ihn. Er bemerkte, daß die Araber ebenso beeindruckt waren, und während die Dhau durch den Hafen glitt, auf der Suche nach einem Ankerplatz, wies der Händler auf die Küste, wo Steingebäude glänzten, und sagte tief bewegt: »Der Vater meines Ururgroßvaters. Damals lebten wir in Arabien, und er segelte mit seiner Handelsdhau nach Kilwa. An dieser Küste breitete er seine Waren aus. Welch wunderbare Perlen und Stoffe hatte er gebracht! Dann zog er sich mit all seinen Männern auf sein Boot zurück. Als die Küste von unseren Leuten geräumt war, kamen die schwarzhäutigen Händler, um die Waren anzusehen, und ließen nach einiger Zeit kleine Haufen von Gold und Elfenbein zurück. Dann zogen sie sich zurück, und mein Vater ging an Land, um das Angebot zu prüfen. War es zu wenig, kehrte er zurück auf seine Dhau. Dann kamen die Männer wieder und erhöhten ihr Angebot, und nach vielem Wechseln wurde der Handel abgeschlossen, ohne daß ein Wort gesprochen worden wäre. Sieh dir Kilwa jetzt an!«
Nxumalo erlag seinem Zauber und kümmerte sich neun Tage lang nicht darum, seine Schätze einzutauschen. Als er die Moschee besuchte, die vor kurzem erbaut worden und eine der schönsten in Afrika war, dachte er: Diesen Turm nennt man Minarett. Er sieht dem Turm ähnlich, an dem ich in Zimbabwe gearbeitet habe. Aber der unsere war ganz anders gebaut. Vielleicht kam jemand wie ich hierher nach Kilwa, sah diese schöne Stadt und fuhr heim, um diese Bauten zu errichten.
Er besichtigte alle Schiffe, die im Augenblick im Hafen lagen, und die Handelsstellen auf dem Festland. Nach einiger Zeit begann er, die verwickelte Welt zu begreifen, in der schwarze, gelbe und honigfarbene Menschen zusammentrafen und zum gegenseitigen Vorteil miteinander Handel trieben, denn jeder besaß etwas für die anderen Wertvolles. Weil er Gold und Elfenbein hatte, konnte er mit Ägyptern, Arabern, Persern und den sanften, schnellen Menschen aus Java auf gleicher Stufe verhandeln.
Am liebsten wäre er mit jedem von ihnen ans andere Ende des Meeres gefahren. Er wäre bereit gewesen, als Passagier an Bord jedes Schiffes zu steigen, das irgendwohin segelte. Aber letzten Endes einigte er sich mit dem Bruder des Arabers, daß dieser ihn mit dem Schiff zurück nach Sofala zum Lager seiner Güter bringen sollte. Er hätte mit anderen Kaufleuten vielleicht einen etwas günstigeren Abschluß tätigen können, aber so etwas wäre für einen Beamten des Hofes von Zimbabwe unrühmlich gewesen.
Es war eine lange Fahrt zurück nach Sofala, und im Laufe einer so langen Reise hätte alles mögliche passieren können. Aber die Überfahrt verlief ru-

hig und ohne Zwischenfälle; Nxumalo plauderte häufig mit den arabischen Händlern und erfuhr von ihnen eine Menge über die großen Veränderungen, die in der Welt vorgingen. Man erklärte ihm die Bedeutung von Konstantinopel; obwohl er den Namen nicht kannte, kam er zu dem Schluß, daß die Araber jetzt einen enormen Vorteil genießen mußten. Noch interessanter waren jedoch ihre Erzählungen von den Veränderungen entlang des Sambesi: »Viele Dörfer haben jetzt neue Herren. Es wurde Salz entdeckt, und Stämme befinden sich auf der Wanderung.«

Als ihr Schiff sich der Mündung des großen Flusses näherte, wies der Kapitän auf den kleinen Handelsort Chinde. Nxumalo begann die klingenden Namen der Städte entlang der bezaubernden Küste aufzuzählen: Sofala, Chinde, Quelimane, Moçambique, Sansibar, Mombasa. Und die Seeleute erzählten ihm von den fernen Häfen, mit denen sie Handel trieben: Dschidda, Kalikata, Mogadishu, Malakka.

Während ihn diese betäubenden Namen mit ihrem süßen Gift infizierten, blieb er an Deck und beobachtete, wie das Mondlicht sich in den Wellen eines Ozeans spiegelte, den er noch immer nicht begreifen konnte. Er mußte sich widerwillig eingestehen, daß er in diese neue Welt verliebt war: in die Türme von Zimbabwe, seine vielen Bergwerke im ganzen Land, die Flotte von Schiffen in Kilwa und Sofala, den rätselhaften Ozean. Er wußte, daß er im Dorf seines Vaters, wo seine nackten Männer Überlegungen anstellten, wie sie ein Nashorn fangen könnten, nie wieder zufrieden sein würde. Er fühlte sich an die Stadt gebunden, nicht um seinem eigenen Schicksal eine großartige Wende zu geben, sondern um jede ihm zugewiesene Tätigkeit optimal auszuführen. Er würde seine Bergwerke mit besonderer Aufmerksamkeit verwalten und ihr Gold möglichst vorteilhaft veräußern. Er würde arbeiten, um Zimbabwe zu stärken, und mithelfen, es gegen die neuen Hegemonien zu bewahren, die sich entlang des Sambesi bildeten. Solche Aufgaben auf sich zu nehmen würde bedeuten, daß er nie nach Süden gehen konnte, um auf Zeolani Anspruch zu erheben, und während die Nacht verstrich und der Mond im Westen verschwand, schien es ihm, als verschwände auch das Bild dieses schönen Mädchens langsam. Als die goldene Scheibe in die Wogen tauchte, ähnelte sie jener Scheibe aus Nepal, die er ihr geschickt hatte, und er konnte nur an ihre Umarmungen denken und an den Schmerz, der ihn nie ganz verlassen würde.

Am frühen Morgen suchte er seinen arabischen Mentor auf und sagte: »Ich muß etwas Besonderes kaufen... um es nach Süden zu schicken... einem Mädchen in meinem Dorf.«

»Du wirst es ihr nicht selbst bringen?«

»Niemals.«

»Dann muß es etwas Kostbares sein, zur langen Erinnerung«, und der Araber legte ihm eine Auswahl von Dingen vor, aus denen Nxumalo sein Geschenk auszuwählen begann, aber als er an den Schmuckstücken vorbeiblickte, sah er die für immer an ihre Bänke geketteten Sklaven, und er war bestürzt.

Als Nxumalo seine Träger Ende 1459 nach Zimbabwe zurückführte, brachte er Güter aus fernen Ländern mit und viele Informationen über die Entwicklungen am Sambesi, wo Sena und Tete zu bedeutenden Handelsstädten wurden. Er brachte Gerüchte aus Gebieten weiter flußaufwärts, wo Salz erhältlich und das Land nicht verbraucht war. Und er barg in seinem Bündel ein Jadehalsband aus China, das er mit dem Alten Sucher nach Süden schickte, der wieder einmal behauptete, dies sei sein letzter Besuch dort. Viele Tage lang traf er in der Zitadelle mit dem König und dem Mhondoro zusammen und besprach mit ihnen die Entwicklungen am Sambesi. Er berichtete alles, was ihm die Araber erzählt hatten, und setzte zu einer leidenschaftlichen Schilderung an, welche Schritte man unternehmen mußte, um Zimbabwe zu schützen und zu vergrößern. Der König unterbrach ihn jedoch mit der erstaunlichen Erklärung: »Wir haben beschlossen, diese Stadt aufzugeben.«

Nxumalo rang nach Luft. »Aber es ist eine herrliche Stadt«, erklärte er, »sogar noch schöner als Kilwa.«

»Sie war es. Kann es aber nicht länger sein.« Der König blieb unnachgiebig bei seiner Entscheidung, daß Groß-Zimbabwe, wie es damals und auch weiterhin genannt wurde, dem Dschungel anheimgegeben werden müsse, da eine weitere Benützung des Ortes nicht mehr sinnvoll war.

Während er seine traurige Entscheidung wiederholte, blickten die drei Männer hinunter auf die schönste Stadt südlich von Ägypten, eine geschickte Verbindung von Grundstücken mit Granitmauern und Häusern aus Adobeziegeln; auf eine Stadt, in der elftausend Arbeiter sich eines guten, zivilisierten Lebens erfreuten. Es war ein Ort des ständigen Friedens, großen Reichtums weniger und bescheidenen Wohlstands aller. Sein Fehler war jedoch, daß es seine Energie hauptsächlich für die Suche nach Gold verbraucht und sein daraus resultierendes Einkommen für Gepränge aufgewendet hatte. Man hatte klare Anzeichen für eine Schädigung der Umwelt durch die Menschenmenge in der Hauptstadt ignoriert; das heikle Gleichgewicht zwischen Mensch und Natur war empfindlich gestört worden. Seine wirtschaftliche Stabilität hatte zwar den arabischen und indischen Fürsten gefallen, als aber nun seine natürlichen Hilfsmittel versiegten, war es dem Untergang geweiht. Die langen Reihen von Sklaven, die kostbare Waren herbeibrachten, hatten nichts zur Erhaltung der Stadt selbst getan, und so mußte sie auf dem Höhepunkt ihrer Blüte aufgegeben werden.

Niemanden traf dieser Entschluß härter als Nxumalo, denn er hatte sich in jener Nacht auf der Dhau dem Fortbestand dieser Stadt verpflichtet. Doch an jenem Tag, an dem er zurückkehrte, um sein Versprechen zu erfüllen, wurde ihm mitgeteilt, daß die Stadt nicht weiterbestehen würde. Zwei Wochen lang war er untröstlich, dann kam ihm der Gedanke, daß ein wertvoller Mann sich nicht einer bestimmten Sache widmet, die ihn anzieht, sondern allen Aufgaben; und er gelobte, daß er zu gegebener Zeit diese Stadt an einem anderen Ort gründen, all seine Kräfte diesem Bestreben widmen und, mit Hlengas Hilfe, die neue Stadt noch besser machen würde als die alte.

Es ist schwierig, fünfhundert Jahre nach dem Ereignis in Worte zu fassen, welche Gedanken die Menschen bewegten, die entschieden, Zimbabwe aufzugeben. Da aber dieses Ereignis für die Geschichte Südafrikas von so entscheidender Bedeutung war, muß man es vesuchen, ohne die Tatsachen aufzubauschen oder herunterzuspielen. Der König war nicht Karl der Große, er kannte weder Bibliotheken noch Währungssysteme, aber er besaß erstaunlichen Sinn dafür, wie man ein weit ausgedehntes Land funktionstüchtig erhält. Und wenn er von Armeen und Kriegskunst nichts verstand, dann nur, weil er während seiner langen Regierungszeit den Frieden in seinem Land bewahrte. Er beherrschte nur eine Sprache, die nie aufgeschrieben worden war, er hatte keinen Hofmaler, der ihn für fremde Herrscher porträtierte. Doch er verstand es, Zimbabwe schön zu erhalten; was er in der Zitadelle hinzufügte, war lobenswert. Er war ein Herrscher.
Der Mhondoro war sicherlich kein Thomas von Aquin, der über die Natur von Gott und Mensch nachdachte; tatsächlich war er mitunter wenig mehr als ein Schamane, der zweifelhafte Geister besänftigte, die sonst vielleicht die Stadt zerstört hätten. Aber obwohl er keine umfassende Theologie wie Christentum oder Islam besaß, mit der er sein Volk hätte trösten können, verstand er es mit bemerkenswerter Geschicklichkeit, ihre Ängste zu bannen, ihre Leidenschaften im Zaum zu halten und ihnen die Selbstsicherheit zu geben, die sie brauchten, um weiterzuarbeiten. Er war ein Priester.
Die Stellung Nxumalos war schwerer zu begreifen. Als Abkömmling einer Kleinstgemeinschaft, Kind einer Familie mit äußerst beschränktem Horizont, waren ihm Abenteuer beschieden, die ihn zu immer größeren Zielen lockten. Er war einer jener wunderbaren Realisten, die zu einer provisorischen Zwei eine problematische Drei addieren und dabei zu einer soliden Fünf gelangen können. Er sah Zimbabwe als das, was es war: eine Stadt, die in einer sich rasch verändernden Welt um ihr Leben kämpfte. In seiner Phantasie sah er aber auch die Städte Indiens und Chinas, und er erriet, daß sie ebenfalls kämpften. Es war ihm klar, daß es, wenn es etwas so Herrliches gab wie einen Ozean, es auch keine vernünftige Grenze für die Wunder entlang seiner Küsten geben konnte. Er konnte weder lesen noch schreiben, konnte sich nicht in geschliffenen Sätzen ausdrücken; er wußte nichts von Giotto, der tot war, oder von Botticelli, der noch lebte, aber vom ersten Augenblick an, da er jene gemeißelten Vögel sah, die die Zitadelle schmückten, wußte er, daß sie Kunst waren und nicht irgend etwas Zufälliges vom Marktplatz. Er war ein Pragmatiker.
Jeder dieser drei hätte für sich allein oder aber zusammen mit den anderen lernen können, in jeder damals existierenden Gesellschaft zu arbeiten, hätte ihm nur Zeit und die richtige Ausbildung zur Verfügung gestanden. Der König war sicherlich ebenso fähig wie die Aztekenkönige von Mexiko oder die Inkas von Peru, bestimmt aber wesentlich fähiger als die verwirrten Brüder des Infanten Heinrich, die Portugal so jämmerlich regierten. Wäre der Mhondoro Bischof von Rom gewesen, hätte er es bestimmt verstanden, sich im Vatikan, wie er damals funktionierte, zu schützen, und hätte Nxu-

malo mit seiner unersättlichen Neugier jemals die Chance gehabt, ein Schiff zu befehligen, wäre es ihm sicherlich geglückt, die zögernden Seefahrer des Infanten Heinrich auszustechen. Man konnte diese drei vielleicht Wilde nennen, aber niemals unzivilisiert.

Doch genau so nannte Heinrich der Seefahrer sie, als er sterbend in seinem einsamen Kloster auf der verlassenen Landspitze Europas lag. Er saß, im Rücken gestützt, in seinem Bett, umgeben von ungezählten Büchern und Dokumenten. Immer noch versuchte er sich einen Trick auszudenken, der seine Kapitäne bei ihrem Versuch, die Südspitze Afrikas zu umschiffen und Orte wie Sofala und Kilwa ›zu entdecken und zu zivilisieren‹, voranbringen würde. Es erforderte einen arroganten Sinn, diese großen Handelsplätze als ›unentdeckt‹ anzusehen, nur weil noch nie ein weißer Christ an der Ostküste Afrikas nach Norden gereist war, während Tausende dunkler Araber bereits seit Jahrtausenden an ihr entlanggefahren waren.

Es waren die letzten Wochen des Jahres 1460, als Zimbabwe noch als die Hauptstadt einer weitreichenden, aber locker beherrschten Hegemonie funktionierte, deren königliche Grundstücke durch Seladon-Porzellan aus China geschmückt waren, aber Infant Heinrich konnte zu seinen versammelten Kapitänen sagen: »Es ist unsere höchste Aufgabe, den dunklen Küsten Afrikas die Zivilisation zu bringen.« Er fügte hinzu: »Es ist untragbar, daß die Goldminen von Ophir von schwarzen Wilden besetzt sind, und ihr Gold in die Hände jener fällt, die Mohammed anhängen.«

So forderte also Infant Heinrich in den letzten Tagen seines Lebens, während Nxumalo und sein König sich mit ausgefallenen Verwaltungsproblemen herumschlugen, seine Kapitäne mit Nachdruck auf, Afrika zu umschiffen. Zwei Generationen dieser Männer würden noch sterben, bevor jemand zum Kap vordrang, aber Heinrich sah seine Todesstunde in der Überzeugung nahen, daß Ophirs Entdeckung unmittelbar bevorstand. »Meine Bücher versichern mir«, erklärte er seinen Seeleuten, »daß Ophir von jenen Phöniziern erbaut wurde, die später auch Karthago gründeten. Dies geschah noch vor der Zeit Salomos.« Er fand echten Trost in diesem Glauben, und als ein Kapitän sagte: »Mir wurde erzählt, es sei von den Ägyptern erbaut worden«, schnaubte er verächtlich: »Niemals! Vielleicht von alttestamentarischen Juden, die von Eilath hinfuhren, oder allenfalls von mächtigen Bauherren aus Sidon oder Arabien.« Nicht einmal in seinen schlimmsten Fieberphantasien konnte er sich vorstellen, daß Schwarze ein Ophir erbaut, seine Bergwerke geschaffen und deren Gold in alle Teile Afrikas verschifft haben könnten.

Selbst wenn er erlebt hätte, daß einer seiner Kapitäne Sofala erreichte und eine Expedition ins Landesinnere schickte zu der Stadt mit ihren in der Sonne funkelnden Türmen und den stumm auf ihren Brüstungen sitzenden gemeißelten Vögeln – der Infant hätte nie geglaubt, daß Schwarze sie geschaffen hatten. Er hätte sich sogar geweigert, die Tatsachen auch nur zur Kenntnis zu nehmen, denn seiner Meinung nach gab es keine Schwarzen, die imstande waren, einen Staat zu verwalten.

Es gab dunkelhäutige Moslems, die die christliche Welt bedrohten, und gelbhäutige Chinesen, über die Marco Polo so fesselnd geschrieben hatte, und zartbraune Javaner, die mit allen Handel trieben. Aber es gab keine anderen Schwarzen als die entsetzlichen Wilden, denen seine Kapitäne an der Westküste Afrikas begegnet waren.

»Die einzigen Menschen, mit denen wir kämpfen«, sagte er seinen Kapitänen, »sind die Moslems, die unsere Welt gefährden. Ihr müßt euch also beeilen, nach Süden zu kommen und das Vorgebirge zu umschiffen, von dem ich weiß, daß es dort liegt, und dann nordwärts zu den Ländern segeln, die unser Erlöser kannte. Wir werden den Ungläubigen gegenübertreten und für Christus eine Welt gewinnen; und eure Soldaten werden sich am Gold Ophirs erfreuen.«

In jenem November war Infant Heinrich sechsundsechzig Jahre alt, ein erschöpfter Mann und eine der widersprüchlichsten Gestalten der Geschichte. Er war praktisch nirgendwohin gesegelt, hatte aber seinen Kapitänen ein Vermögen beschafft und das Königreich seines Bruders an den Rand des Bankrotts gebracht, in seinem primitiven Glauben, daß man die gesamte Welt mit Schiffen befahren könne, daß Ophir dort lag, wo die Bibel es andeutete, und daß seine Priester die Welt christianisieren könnten, wenn er seine Schiffe nur nach Indien und China bringen könnte.

Heinrich von Portugal war ein Forscher *sans égal*, denn er wurde nur vorwärtsgetrieben von dem, was er in Büchern las. Aus ihnen leitete er auch all seine großen Vorstellungen ab. Wie traurig, daß seine Kapitäne nicht tatsächlich zu seinen Lebzeiten Sofala erreichten, so daß er ihre Berichte über ein blühendes Zimbabwe hätte lesen können. Hätte er Beweise dieser schwarzen Zivilisation gesehen, hätten sie viele seiner vorgefaßten Meinungen erschüttert, denn er war vor allem ein redlicher Mann. Und hätten die wenigen noch in dem Gebiet verbliebenen Nachzügler das Christentum angenommen, hätte er für sie einen besonderen Platz in seinem Weltbild gefunden. Aber seine Leute hatten Zimbabwe nicht erreicht und keine reale Vorstellung von seiner Existenz.

Noch trauriger war die Tatsache, daß die Portugiesen, nachdem Vasco da Gama im Jahr 1498 endlich nach Sofala gekommen war, solche Häfen nur als Ziele für Plünderung und als Zugänge zu noch größeren Reichtümern im Landesinneren betrachteten. Um 1512, zweiundfünfzig Jahre nach Heinrichs Tod, begannen portugiesische Händler lebhafte Geschäfte mit den Stämmen, die im Schatten von Groß-Zimbabwe entstanden waren, und ein Priester schrieb einen langen Bericht über seinen Geschäftsverkehr mit dem Vertreter einer Siedlung, der als Anführer von sechzig Schwarzen mit Lasten von Gold, Elfenbein und Kupfer nach Sofala gekommen war, wie es die Bibel vorausgesagt hatte:

> Sein Name war Nxumalo, er war dritter Häuptling einer Stadt, die zu sehen ich nicht das Vorrecht genoß, über die ich ihn aber eingehend befragte. Er war sehr alt, ganz schwarz, sein Haar war von reinstem

Weiß. Er sprach wie ein junger Mann und trug weder ein Schmuckstück noch ein Zeichen seiner Würde, außer einem Eisenstab mit Federn an der Spitze. Er schien viele Sprachen zu beherrschen und unterhielt sich eifrig mit allen. Als ich ihn aber fragte, ob seine Stadt das alte Ophir sei, lächelte er ausweichend. Ich wußte, daß er versuchte, mich zu täuschen, deshalb blieb ich hartnäckig, und er sagte durch unseren arabischen Dolmetscher: »Das haben mich schon andere gefragt.« Nicht mehr, also drang ich in ihn, und er antwortete: »Unsere Stadt hatte Türme, aber sie waren aus Stein.« Ich erklärte ihm, daß er log, denn unsere Bibel behaupte, Ophir sei aus Gold gewesen. Er faßte mich am Arm und sagte ruhig, in perfektem Portugiesisch, was mich erstaunte: »Wir hatten auch Gold, aber es kam aus Bergwerken, die weit von der Stadt entfernt lagen, und es war schwierig, sie zu erhalten, und jetzt sind die Minen erschöpft.« Mir fiel auf, daß er noch alle Zähne hatte.

3. Eine Hecke von Bittermandeln

Es gab keine Parallele zu dem Wunder, das sich am sogenannten Kap der Guten Hoffnung ereignete.

Im Jahr 1488 umsegelte Kapitän Bartholomëu Diaz in einer portugiesischen Karavelle dieses Kap, das er als den südlichsten Punkt Afrikas betrachtete, und stellte sich die Aufgabe, den ganzen Weg bis nach Indien zurückzulegen. Aber wie andere Kapitäne vor und nach ihm mußte er erkennen, daß seine Besatzung Angst hatte, und er mußte umkehren, da sie beinahe gemeutert hätte.

Im Jahr 1497 landete Kapitän Vasco da Gama unweit des Kaps, blieb acht Tage dort und nahm Kontakt mit vielen kleinen braunen Menschen auf, die mit Schnalzlauten sprachen.

Im folgenden Jahrhundert drangen die Portugiesen bis zu den fernen Bereichen des Indischen Ozeans vor: Sie erreichten Sofala an der Goldküste, den herrlichen Lagerplatz Kilwa, Aden und seine verhüllten Gestalten, Hormus mit dem Metallschmuck aus Persien, Kalikata, das Seidenstoffe aus Indien anbot, und Trincomalee mit dem seltenen Zimt aus Ceylon. Es war eine Welt voller Wunder und Reichtümer, die die Portugiesen in jeder Hinsicht beherrschten. Sie verschifften Gewürze heim nach Europa, um sie dort mit enormem Gewinn zu verkaufen. An den Vorposten ließen sie Priester zurück, die christianisieren, und Beamte, die verwalten sollten.

Schon 1511 wagte sich einer der größten portugiesischen Abenteurer, Alfonso de Albuquerque, über den Indischen Ozean hinaus und errichtete in Malakka ein großes Fort, das als Hauptstützpunkt der portugiesischen Besitzungen dienen sollte. Wer Malakka kontrollierte, hatte Zugang zu den wunderbaren Inseln, die wie eine Juwelenkette östlich von Java lagen; das waren die legendären Gewürzinseln, und sie waren den Portugiesen tributpflichtig.

Während des gesamten sechzehnten Jahrhunderts transportierte diese kleine Seefahrernation unsagbaren Reichtum aus diesem Gebiet und machte damit die Tatsache unerheblich, daß die Moslems Konstantinopel kontrollierten. Gewinne wurden jetzt nicht mehr erzielt, indem man die Güter auf langwierigen Kamelrouten transportierte, sondern indem man sie auf dem wesentlich kürzeren Seeweg beförderte. Aber es war nicht dieser plötzliche Reichtum, der zu dem Wunder führte.

In den ersten Jahren des siebzehnten Jahrhunderts beschlossen zwei andere kleine europäische Nationen, sich gewaltsam ihren Anteil an dem portugiesischen Monopol zu sichern. Im Jahr 1600 privilegierte England seine Ostindische Gesellschaft, die als John Company in die Geschichte einging und in Indien rasch festen Fuß faßte. Zwei Jahre später starteten die Holländer ihre Vereenigde Oostindische Compagnie, die als Jan Compagnie bekannt wurde und mit dickköpfigen Truppen und noch dickköpfigeren Händlern operierten.

Die östlichen Meere wurden zu einem ausgedehnten Schlachtfeld, auf dem jeder katholische Priester zu einem Agenten Portugals, jeder protestantische Prediger zu einem Verteidiger holländischer Interessen wurde. Es handelte sich jedoch keineswegs nur um kommerzielle und religiöse Rivalität, es war auch wirklicher Krieg im Spiel. Bei drei schrecklichen Gelegenheiten – in den Jahren 1604, 1607 und 1608 – wollten starke holländische Flottenverbände die dominierende portugiesische Festung auf der Insel Moçambique erobern, und jede der Belagerungen hätte mit einem leichten Sieg der Angreifer enden können. Denn die Insel war klein, etwa 3000 Meter lang und 300 Meter breit, und wurde von nur sechzig portugiesischen Soldaten verteidigt, denen die Holländer fast zweitausend Mann entgegensetzen konnten.

Aber die Verteidiger waren Portugiesen, und die gehören zu den zähesten Menschen auf Erden. Als einmal nur geringe Hoffnung bestand, daß die wenigen sich der vielen würden erwehren können, unternahmen die Portugiesen einen Ausfall, stürmten aus ihren Festungsmauern hervor und töteten die Angreifer. Der portugiesische Kommandant sagte: »Die Gruppe, die dieses Fort verteidigt, ist eine Katze, mit der man nicht ohne Handschuhe umgehen kann.« Während einer der Belagerungen, als alles verloren zu sein schien, schlugen die Portugiesen vor, die Angelegenheit solle durch eine offene Feldschlacht von fünfzig holländischen Soldaten gegen fünfundzwanzig portugiesische entschieden werden, ein Verhältnis, das dem Charakter der streitenden Armeen gerecht wurde.

Die Holländer versuchten es mit Feuer, Gräben, Türmen, geheimen Überfällen und überwältigenden Streitkräften, aber sie konnten nie in diese Festungsmauern eindringen. Wären die portugiesischen Verteidiger um eine Spur weniger heldenhaft gewesen, hätte die Geschichte Südafrikas vielleicht einen ganz anderen Verlauf genommen. Wenn die sechzig Mann sich im Jahre 1605 den zweitausend ergeben hätten, wären die strategischen Häfen von Moçambique wahrscheinlich bis 1985 in den Händen der Nachkommen der Holländer verblieben; alle Länder südlich des Sambesi hätten unter ihrer Herrschaft stehen können, und die nachfolgende Geschichte Südafrikas hätte im Mittelpunkt gestanden, nicht Java. Aber die Holländer konnten den

endgültigen Durchbruch, der sie in Afrika zum großen Sieg geführt hätte, niemals erzielen.
Wenn ein portugiesischer Soldat in diesen Jahren von einem der Schiffe seines Landes in den Meerengen unweit von Java, in Moçambique oder Malakka landete, um in einem Fort Dienst zu tun, konnte er erwarten, während seiner Dienstzeit dort drei Belagerungen durchzumachen, in denen er Gras essen und Urin trinken würde. Einige der mutigsten Widerstände in der Weltgeschichte wurden von diesen portugiesischen Verteidigern geleistet.
Die Kolonisierungsbestrebungen dieser drei europäischen Nationen unterschieden sich grundlegend in einem Punkt, dem Verhältnis, in dem die einzelnen Regierungen zu diesen Bestrebungen standen. Die portugiesischen Unternehmungen waren ein wirres Gemisch aus Patriotismus, Katholizismus und Profitstreben, die Regierung in Lissabon entschied, was geschehen sollte, während die Kirche die Gedanken jener regierte, die diese Entscheidungen durchführten. Als die Engländer ihre Ostindische Gesellschaft privilegierten, wollten sie sie von einer Beeinflussung durch die Regierung freihalten, sahen aber bald, daß dies unmöglich war, denn wenn die John Company allgemeinen moralischen Normen folgte, würde der gute Name der Nation in Frage gestellt werden; somit herrschte ein ständiges Schwanken zwischen kommerzieller Freiheit und moralischer Kontrolle. Die Holländer wurden von diesen Skrupeln nicht geplagt. Ihr Privileg wurde Geschäftsleuten überantwortet, deren erklärte Absicht es war, aus ihrer Investition Gewinn zu erzielen, am liebsten vierzig Prozent jährlich, und weder Regierung noch Kirche hatten das Recht, auf ihr Verhalten Einfluß zu nehmen. Jeder Prediger, der an Bord eines Schiffes ging, das der Jan Compagnie gehörte, wurde sofort informiert, daß die Compagnie entscheide, was seine religiösen Pflichten seien und wie sie zu erfüllen sind.
Bald war es klar, daß drei einander so radikal widersprechende Einstellungen in Konflikt geraten mußten, und bald kämpften die Engländer mit den Holländern um die Kontrolle über Java, während die Holländer wegen der Kontrolle über Malakka auf die Portugiesen losgingen, und alle drei kämpften gegen Spanien um die Kontrolle der Gewürzinseln. Doch ständig segelten Schiffe dieser miteinander streitenden Nationen am Kap der Guten Hoffnung vorbei, blieben oft wochenlang dort, ohne sich zu bemühen, diesen wichtigen Punkt zu besetzen oder einen bewaffneten Stützpunkt einzurichten, von dem aus sie feindliche Handelsschiffe überfallen könnten. Es ist unbegreiflich, daß diese Seefahrernationen auf ihrem Weg zum Krieg das Kap umsegelten und auf ihrer Rückfahrt wieder dort vorbeikamen, ohne je anzuhalten und eine Basis zu errichten. Und es klingt noch unglaublicher, daß Hunderte von Handelsschiffen, die Gewürze im Wert von Millionen Gulden und Cruzados transportierten, diese schwierigen Gewässer befahren konnten, ohne einem feindlichen Angriff ausgesetzt zu werden. Das war aber der Fall. In zweihundert Jahren konzentriertester kommerzieller Rivalität in Asien und diverser Kriege in Europa wurde nur einmal am Kap ein Schiff durch feindliche Aktion versenkt.

Die Erklärung lag, wie oft im Fall so offenbarer Inkonsequenz, in der geographischen Lage. Ein portugiesisches Schiff, das in Lissabon auslief, machte eine lange Fahrt nach Südwesten zu den Kapverdischen Inseln. Dort ergänzte es seine Vorräte und segelte dann fast bis zur Küste Brasiliens, bevor es nach Südosten steuerte, um rund um das Kap zu dem willkommenen Ankerplatz vor der Insel Moçambique zu gelangen, ehe es ostwärts nach Goa und Malakka fuhr. Auch holländische und englische Schiffe passierten die Kapverdischen Inseln. Da sie aber wußten, daß sie bei den Portugiesen nicht willkommen waren, fuhren sie weiter nach Süden zur Insel St. Helena, die sie gemeinsam beherrschten; sobald sie diesen Hafen verließen, folgte eine schnelle Fahrt nach Indien. Von dort gelangten die Engländer zu den Lagern auf den Gewürzinseln, während die Holländer bei ihrem schwachen Stützpunkt auf Java ankern konnten. Niemand hatte also Grund, seine Reise am Kap zu unterbrechen.

So lag denn dieses wunderbare Vorgebirge, das die Handelsrouten beherrschte und imstande war, die gesamten frischen Nahrungsmittel und Wasservorräte, die die Schiffe benötigten, zu liefern, seit 1488, als Diaz es entdeckt hatte, vernachlässigt da. Jede Seefahrernation der Welt hätte Anspruch darauf erheben können; keine aber tat es, weil das Kap nicht als lebenswichtig für ihre Zwecke erkannt wurde.

Es wurde zwar nicht beansprucht, blieb aber nicht unberührt. Man weiß, daß während dieses Zeitraums tatsächlich hundertdreiundfünfzig Expeditionen am Kap landeten. Da viele aus mehreren Schiffen bestanden, mitunter aus zehn oder zwölf, kann man mit Sicherheit sagen, daß dort im Durchschnitt zumindest ein größeres Schiff pro Jahr anlegte und oft längere Zeit blieb. Im Jahr 1580 ließ Sir Francis Drake, der mit einem Vermögen in Gewürznelken von seiner Weltumseglung zurückkehrte, in sein Logbuch schreiben:

> Von Java aus segelten wir zum Kap der Guten Hoffnung. Wir liefen knapp am Kap vorbei und fanden den Bericht der Portugiesen ganz falsch. Sie behaupten, es sei das gefährlichste Kap der Welt, immer von unerträglichen Stürmen heimgesucht und voller Gefahren für Seefahrer, die sich ihm näherten. Dieses Kap ist gar nicht tückisch und das gefahrloseste, das wir auf der gesamten Weltumseglung sahen.

Als Sir James Lancaster 1601 mit einer kleinen Flotte dort ankam – entsetzliche zweihundertneun Tage nach dem Auslaufen aus London –, waren einhundertfünf Mann an Skorbut gestorben und der Rest zu schwach, um die Segel zu bemannen. An Bord des Schiffes von General Lancaster freilich befanden sich die Leute in guter Verfassung:

> Und die Ursache, warum die Leute des Generals sich besserer Gesundheit erfreuten als die Besatzung anderer Schiffe, war folgende: Er hatte auf seinem Schiff eine Anzahl von Flaschen mit Zitronensaft mitge-

nommen, von dem er jedem einzelnen, solange er reichte, drei Löffel voll gab...

Lancaster blieb mit seinen Leuten sechsundvierzig Tage an Land und lag noch weitere fünf vor Anker. Während dieser Zeit wunderte er sich über die Lebensumstände, denen er bei den kleinen braunen Bewohnern dieses Landes begegnete:

> Wir kauften von ihnen tausend Schafe und zweiundvierzig Rinder, und wir hätten mehr kaufen können, wenn wir gewollt hätten. Diese Rinder sind ebenso groß wie unsere, und viele von den Schafen sind sogar viel größer, fetter und schmecken unserer Ansicht nach besser als unsere Schafe in England... Beim Sprechen schnalzen die kleinen Männer derart mit den Zungen, daß in den sieben Wochen, die wir dort verbrachten, auch der geschickteste unter uns kein Wort ihrer Sprache zu lernen vermochte; und dennoch verstanden die Leute alle Zeichen, die wir ihnen machten... Während wir dort in der Bucht blieben, konnten wir uns alle so großartig erholen, daß alle unsere Leute, mit Ausnahme von nur vier oder fünf Mann, wieder gesund und kräftig wurden.

Jahr um Jahr gingen Schiffe vor Anker, die Seeleute wohnten an Land, und die Schreiber verfaßten Berichte, was sich ereignete, so daß es wesentlich bessere Aufzeichnungen über das unbesetzte Kap gibt als über andere Gebiete, die von schreibunkundigen Truppen besiedelt wurden. Besonders gut ist der Charakter der kleinen braunen Menschen mit den schnalzenden Zungen beschrieben – sie sprechen aus der Kehle und scheinen zu schluchzen und zu stöhnen –, so daß Gelehrte in ganz Europa weitgehend Kenntnis vom Kap hatten, lange bevor ihre Regierungen wesentliches Interesse dafür zeigten. Tatsächlich stellte ein wagemutiger Londoner Verleger ein vierbändiges Werk zusammen, »*Purchas his Pilgrimes*«, das sich weitgehend mit Reisen zum Kap befaßte und als Hauptquelle für »*The Rime of the Ancient Mariner*«, ohne dies zu beabsichtigen, in die Literaturgeschichte einging.

Zwei vorteilhafte Traditionen machten das Kap den Seeleuten teuer. Es wurde üblich, daß der Steuermann, wenn er glaubte, sich dem Kap zu nähern, die Besatzung alarmierte, worauf jeder der Matrosen seinen Ehrgeiz dareinsetzte, als erster zu rufen: »Tafelberg!« Dann wurde die Wahrheit seiner Behauptung überprüft, und der Kapitän überreichte ihm feierlich eine Silbermünze, während alle Mann, Offiziere wie Matrosen, an der Reling standen, um noch einmal einen Blick auf diesen ungewöhnlichen Berg zu werfen.

Es war eigentlich kein Gipfel; seine Kuppe wirkte vielmehr so flach wie die riesige Bodenfläche in einem Palast, und man konnte glauben, ein gigantischer Tischler habe dieses Werk vollbracht. Die Seitenflächen waren steil, und er besaß eine Eigentümlichkeit, die immer wieder Verwunderung er-

regte: An wolkenlosen Tagen, wenn die tafelförmige Kuppe deutlich sichtbar war, fegte ein plötzlicher Wind von der Antarktis herein und überzog ihn mit einer Wolke dichten Nebels, und man konnte zusehen, wie sich dieser Nebel ausbreitete, den Tafelberg unsichtbar machte. Später sagten die Leute: »Der Teufel wirft sein Tischtuch drüber«, und der Berg verschwand, während die Ränder des Tuchs über die Seiten nach unten fielen.
Die zweite Tradition war die des Poststeins. Schon im Jahr 1501 ging der Kapitän eines portugiesischen Schiffes, welches das Kap passierte, mit einem Brief voll Instruktionen, die als Hilfe für künftige Reisende gedacht waren, an Land. Nachdem er ihn in geteerte Leinwand gewickelt hatte, legte er ihn unter einen auffälligen Felsen, auf dessen Oberfläche er die Botschaft einritzte, daß etwas Wichtiges darunterliege. So begann diese Tradition, und in allen folgenden Jahren suchten Kapitäne, die am Kap Station machten, nach Poststeinen, nahmen Briefe heraus, die vielleicht vor einem Jahrzehnt hinterlegt worden waren, und brachten sie entweder nach Europa oder nach Java. So fand im Jahr 1615 Kapitän Walter Peyton, der in der »Expedition« eine kleine Flotte befehligte, Poststeine mit Briefen, die von verschiedenen Schiffen, der »James«, »Globe«, »Advice«, »Attendant«, hinterlegt worden waren. Jeder berichtete von überstandenen Gefahren, von neuen Hoffnungen.
Es gab wenig Berichte über Briefe, die von Feinden vernichtet wurden. Ein Schiff konnte ein Jahr lang durch den Indischen Ozean fahren, an einem Hafen nach dem anderen Gefechte austragen, wenn es aber am Kap vorbeikam und seine Briefe unter einen Felsen legte, wurden sie unverletzlich, und dieselben Soldaten, die gegen dieses Schiff gekämpft hatten, würden, wenn sie landeten, um sich zu erfrischen, diese Briefe ehrfurchtsvoll nehmen und sie an ihren Bestimmungsort bringen. Oft leiteten sie sie auf einem Weg weiter, der sie durch zwei oder drei andere Länder führen würde.
Was war das Wunder des Kaps? Daß keine Seefahrernation es haben wollte.

Am Neujahrstag 1637 faßte ein grauhaariger Seemann aus Plymouth, England, einen schwerwiegenden Entschluß. Kapitän Nicholas Saltwood, ein vierundvierzigjähriger Veteran der nördlichen Meere, erklärte seiner Frau: »Henrietta, ich habe beschlossen, unsere Ersparnisse zu riskieren und die ›Acorn‹ zu kaufen.« Darauf führte er sie zu *The Hoe*, dem Uferbezirk der Stadt. Dort lag genau an der Stelle, wo Sir Francis Drakes Schiff im Juli 1588 gelegen hatte, als er darauf wartete, daß die spanische Armada durch den Kanal heraufkam, ein kleiner Zweimaster von einhundertdreiundachtzig Tonnen.
»Es wird gefährlich sein«, meinte er. »Vier Jahre Abwesenheit auf den Gewürzinseln und Gott weiß, wo noch. Aber wenn wir es jetzt nicht wagen ...«
»Womit wirst du deine Handelsware bezahlen, wenn du das Schiff kaufst?«
»Mit unserem Leumund«, antwortete Saltwood, und als die »Acorn« ihm

gehörte, machten er und seine Frau die Runde bei den Kaufleuten in Plymouth und boten ihnen Anteile an seinem kühnen Abenteuer an. Sie wollten kein Geld von ihnen, nur die Waren, mit denen er sein und ihr Vermögen zu machen beabsichtigte. Am 3. Februar, dem Tag, an dem er auszulaufen hoffte, war sein Schiff gut beladen.

»Und wenn der Sheriff sein Wort hält«, sagte er zu seiner Frau, »werden wir sogar noch mehr an Bord nehmen«, und sie gingen zusammen zum Metallwarenhändler, und ebenso wie vorher waren ihr Auftreten und ihr Leumund ihre Sicherheit. Sie waren entschlossen und ehrlich: »Matthew, ich möchte, daß dein Bursche meinen Vormast im Auge behält. Wenn ich eine blaue Flagge hisse, läßt du diese neunzehn Kisten an Bord schaffen. Sieben bezahle ich in Silber. Du steuerst das restliche Dutzend bei, und wenn die Reise mißlingt, hast du alle verloren. Aber sie wird nicht mißlingen.«

An der Tür der Metallwarenhandlung küßte er seine Frau zum Abschied: »Es würde sich nicht schicken, daß du mit dem Sheriff verhandelst. Ich glaube, er wird kommen. Halte auch Ausschau nach der blauen Flagge.« Und fort war er.

Es hatte drei Glasen geschlagen, als ein Karren aus dem Gefängnis von Plymouth in Sicht kam, in dem zehn gefesselte Männer saßen, die von vier nebenher marschierenden Soldaten und einem sehr dicken Sheriff bewacht wurden, der, als er den Kai erreichte, rief: »Kapitän Saltwood, seid Ihr bereit?«

Als Saltwood an die Reling kam, zog der Sheriff ein rechtsgültiges Papier hervor, das er einem seiner Soldaten reichte, denn er selbst konnte nicht lesen: »Schiff ›Acorn‹, Kapitän Saltwood. Sind Sie einverstanden, diese zum Tod verurteilten Männer zu einem geeigneten Punkt in der Südsee zu bringen, wo sie an Land gesetzt werden, um eine Kolonie zu Ehren von König Charles von England zu gründen?«

»Ich bin einverstanden«, antwortete Saltwood. »Und darf ich nun fragen, ob der Preis für die Überfahrt bewilligt wurde?«

»Er wurde bewilligt«, antwortete der dicke Sheriff, und als er an Bord der »Acorn« stieg, zählte er die fünf Silbermünzen für jeden der verurteilten Männer ab. »Nun zur Übergabe. Kapitän Saltwood, ich will, daß Sie die Schurken, die Sie bekommen, richtig einschätzen.« Und während die mit Handschellen gefesselten Gefangenen unbeholfen an Bord kamen und ihre Ketten klirrten, zählte der Soldat ihre Verbrechen auf: »Der hat ein Pferd gestohlen. Ein Taschendieb. Der hat zwei Morde begangen. Der hat eine Kirche beraubt. Der aß die Äpfel eines anderen. Der stahl einen Mantel...«

Jeder der Männer war zum Tod verurteilt worden, doch auf Ersuchen von Kapitän Saltwood, der das Geld für ihre Überfahrt brauchte, war die Hinrichtung ausgesetzt worden.

»Hat man ihnen eine Ausrüstung bewilligt, damit sie ihre Kolonie gründen können?« fragte Saltwood.

»Werfen Sie sie an Land«, sagte der Sheriff. »Wenn sie überleben, ist es zu Ehren des Königs. Wenn sie umkommen, was ist verloren?« Darauf stie-

gen die vier Soldaten in den Karren und zogen den keuchenden Sheriff hinauf.
»Hiß die blaue Flagge«, befahl Saltwood seinem Maat, und als die Flagge in der Brise flatterte, eilte der Metallwarenhändler hinunter zum Schiff, mit neunzehn Kisten Werkzeug, das auf den fernen Inseln dringend gebraucht wurde.
Als die »Acorn« den Hafen verließ, befahl Saltwood seinem Zimmermann, den Sträflingen die Handschellen abzunehmen. Dann versammelte er sie vor dem Mast: »Während dieser Reise übe ich die Gewalt über Leben und Tod aus. Wenn ihr arbeitet, bekommt ihr zu essen und könnt sicher sein, gerecht behandelt zu werden. Wenn ihr meutert, fressen euch die Haie.«
Aber als er die Unglücklichen abtreten lassen wollte, wurde ihm klar, daß sie vor ihrem ungewissen Schicksal Angst haben mußten, und sagte beruhigend: »Wenn ihr euch gut führt, werde ich für euch die mildeste Küste aussuchen. Und wenn die Zeit kommt, euch an Land zu setzen, werde ich euch so viel Gerät zum Überleben geben, wie wir entbehren können.«
»Wo?« fragte einer der Männer.
»Das weiß Gott allein«, sagte Saltwood, und in den nächsten neunzig Tagen segelte die »Acorn« langsam südwärts durch Meere, die sie nie zuvor durchquert hatte, und am Himmel erschienen Sterne, die noch keiner von ihnen gesehen hatte. Die Gefangenen arbeiteten und erhielten die gleiche Verpflegung wie die Besatzung, doch Saltwood hielt ständig seine Pistolen bereit, zur Verteidigung gegen eine mögliche Meuterei.
Am einundneunzigsten Tag nach dem Auslaufen sichtete die »Acorn« St. Helena, und die Verurteilten baten, an Land gesetzt zu werden. Aber ein Hafen wie dieser war nicht der geplante Bestimmungsort, deshalb wurden die Sträflinge streng bewacht, während das Schiff mit Vorräten versorgt wurde. Nach vier ruhigen Tagen fuhr die »Acorn« weiter nach Süden.
Am 23. Mai lag das kleine Schiff bei rauher See vor der sandigen Küste nördlich des Tafelberges. Dort beabsichtigte Kapitän Saltwood, seine Sträflinge an Land zu setzen. Bevor er das aber tat, gab er ihnen eine Auswahl an Werkzeugen aus einer der Kisten, und seine Leute steuerten Nahrungsmittel und überschüssige Kleidung für die ängstlichen Ansiedler bei.
»Seid nur guten Muts«, riet Saltwood den Sträflingen. »Wählt einen aus eurer Gruppe zum Anführer, damit ihr das Land schnell urbar macht.«
»Fahren Sie nicht näher an die Küste?« fragte einer der Männer.
»Diese Küste sieht gefährlich aus«, antwortete Saltwood, »aber ihr bekommt dieses kleine Boot.«
Während die Sträflinge in das keineswegs seetüchtige Fahrzeug stiegen, rief er: »Errichtet eine gute Kolonie, damit es euren Kindern unter der englischen Flagge gutgeht.«
»Wo werden wir Frauen finden?« fragte der freche Mörder.
»Männer finden immer Frauen!« rief Kapitän Saltwood und sah zu, wie die Verbrecher die Riemen besetzten und ungeschickt zur Küste ruderten. Als eine große Welle kam, konnten sie nicht mit ihr fertigwerden; das Boot

kenterte, und sie ertranken alle. Kapitän Saltwood schüttelte den Kopf: »Sie hatten ihre Chance.« Und er sah mit echtem Bedauern zu, wie sein Boot an dem ungastlichen Strand zerschellte.
Aber diese Reise der »Acorn« blieb nicht wegen des Verlustes der zehn Sträflinge unvergessen, denn solche Unfälle waren alltäglich und wurden in London kaum berichtet. Als die stürmische See sich beruhigt hatte, gingen Männer vom Schiff selbst am Kap an Land, und als erstes suchten sie das Gebiet nach Poststeinen ab; sie fanden fünf, jeder barg ein Paket mit Briefen, von denen einige für Amsterdam, andere für Java bestimmt waren. Erstere wurden wieder eingepackt und unter den Stein zurückgelegt; letztere wurden zur Auslieferung im Fernen Osten an Bord genommen. Unter einem besonderen Stein, auf dem der Name »Acorn« eingeritzt wurde, deponierte der Maat einen Brief nach London, in dem die erfolgreiche Fahrt vorbei an St. Helena eingehend geschildert, der Verlust der zehn Gefangenen jedoch nicht erwähnt wurde.
Die Männer waren gerade im Begriff sich für die lange Fahrt nach Java einzuschiffen, als sieben kleine braune Männer aus Osten erschienen, geführt von einem lebhaften, etwa zwanzigjährigen jungen Mann. Er bot Schafe zum Tausch an, die er geschickt beschrieb, indem er die Tiere nachahmte, für Eisen und Kupfer, was er auch wieder so ausdrückte, daß selbst der stumpfsinnigste Matrose es begreifen konnte.
Sie fragten nach seinem Namen, und er versuchte zu sagen: »Horda«, da das aber drei Schnalzlaute erforderte, konnten sie ihn nicht verstehen, und der Maat sagte: »Jack! Das ist ein guter Name!« Unter diesem Namen wurde er an Bord der »Acorn« mitgenommen und Kapitän Saltwood vorgestellt, der sagte: »Wir brauchen Männer, um die Sträflinge zu ersetzen. Führt ihn nach vorne zu einer Koje.«
Der Eingeborene war nackt, bis auf ein Lendentuch aus Schakalfell, und um die Taille hatte er einen Beutel gebunden. Dieser enthielt einige kostbare Dinge, wie etwa ein Elfenbeinarmband und ein primitives Steinmesser. Was die Seeleute verwunderte, waren die Schnalzlaute, die er beim Sprechen machte: »Du lieber Gott«, erzählte ein Matrose dem anderen, »der furzt durch die Zähne.«
Nachdem Jack dem Segelmacher eine Woche lang zugesehen hatte, wie er seine Ahlen und Nadeln verwendete, schneiderte er sich eine Hose, die er für den Rest der Reise trug. Er machte sich auch ein Paar Sandalen, einen Hut und ein loses Hemd, und in diesem Aufzug stand er an der Reling der »Acorn«, als Kapitän Saltwood sein kleines Schiff vorsichtig in den portugiesischen Hafen von Sofala lenkte.
»Sie waren sehr dreist, hier einzulaufen«, sagte ein portugiesischer Kaufmann. »Wären Sie Holländer, hätten wir Sie versenkt.«
»Ich komme mit Tauschwaren für das Gold von Ophir«, antwortete Saltwood, worauf der Portugiese in unhöfliches Gelächter ausbrach.
»Alle kommen aus diesem Grund. Es gibt keines. Ich glaube auch nicht, daß es jemals welches gegeben hat.«

»Womit handeln Sie?«
»Wohin fahren Sie?«
»Nach Malakka, zu den Gewürzinseln.«
»Aber, aber!« sagte der Händler. »Wir nehmen Sie hier freundlich auf, aber wenn jemand sich in den Handel auf den Gewürzinseln einzudrängen versucht... die stecken Ihr Schiff in Malakka in Brand.« Dann schnippte er mit den Fingern. »Aber wenn Sie Mut haben und wirklich Handel treiben wollen, habe ich etwas Kostbares für Sie, worauf die Chinesen scharf sind.«
»Zeigen Sie es mir«, verlangte Saltwood, und der Portugiese brachte vierzehn seltsame, dunkle, pyramidenförmige Gebilde an, die an der Grundfläche etwa sechzig Quadratzentimeter maßen. »Was kann das sein?«
»Rhinozeroshörner.«
»Ja! Ja!« Er hatte auf den Seiten seines Logbuches, wo er seine Notizen für sein großes Abenteuer vorbereitet hatte, vermerkt, daß Rhinozeroshörner Gewinn bringen könnten, wenn man sie zu Häfen transportierte, in die Chinesen kamen. »Wo soll ich sie absetzen?« fragte er.
»In Java. Die Chinesen kommen häufig nach Java.«
Der Handel wurde abgeschlossen, und der Portugiese meinte: »Eine Warnung noch. Die Hörner müssen so geliefert werden, wie sie sind. Nicht zu Pulver zerreiben, denn die alten Männer, die sich danach sehnen, junge Mädchen zu heiraten, müssen sehen, daß das Horn echt ist, da es sonst nicht wirkt.«
»Nützt es wirklich?« fragte Saltwood.
»Ich brauche noch keines«, gab der Portugiese zurück.
Wo immer die »Acorn« ankerte, studierte Jack die Gewohnheiten der Leute, wunderte sich über ihre Vielfalt und darüber, wie deutlich sie sich von den englischen Seeleuten unterschieden, mit denen er nun vertraut war und deren Sprache er ganz gut beherrschte. In der imposanten Stadt Kilwa fiel ihm die Schwärze der Haut der Eingeborenen auf; in Kalikata sah er Menschen, deren Hautfarbe in der Mitte zwischen seiner eigenen und der seiner Schiffsgefährten lag; in dem strahlenden Goa, wo alle Schiffe Station machten, bestaunte er die Tempel.
Er gewann großen Respekt vor Kapitän Saltwood, der nicht nur der Besitzer der »Acorn« war, sondern sie auch mit Scharfsinn und Kühnheit führte. Einen verträumten Tag nach dem anderen trieb sie sanft durch die schaukelnde See, dann lief sie zielbewußt einen Hafen an, von dem keiner von der Besatzung vorher gehört hatte; dort ging Saltwood ruhig an Land, redete und hörte zu, und nach einem Tag vorsichtiger Beurteilung gab er seinen Leuten ein Zeichen. Sie brachten ihre Warenbündel zum Marktplatz und packten sie sorgfältig aus, um die Käufer zu beeindrucken. Und immer hatte Saltwood am Ende des Tauschhandels ein neues Produkt, mit dem er seine Laderäume füllte.
Wie all die kleinen braunen Menschen liebte es Jack zu singen, und wenn die Matrosen abends ihre Freizeit mit Seemannsliedern verbrachten, schloß er sich ihnen mit seiner sanften, klaren Stimme an, die den Klang einer hel-

len Glocke hatte. Das gefiel ihnen; sie lehrten ihn ihre Lieblingslieder, und oft ließen sie ihn allein singen. Während sie sich räkelten, stand er da, ein kleiner Kerl von einsfünfundvierzig, seine schrägstehenden Augen fest geschlossen, ein breites Lächeln im Gesicht, und sang Lieder, die in Plymouth oder Bristol entstanden waren. Dabei fühlte er sich als Mitglied der Besatzung.

Da gab es aber noch etwas anderes, was ihm sehr mißfiel. Manchmal riefen die englischen Matrosen: »Zieh deine Hose aus!« und wenn er sich weigerte, lösten sie die Schnur, die sein selbstgenähtes Beinkleid hielt, und zogen es nach unten; dann sammelten sie sich um ihn und wunderten sich, daß er nur einen Hoden hatte. Als sie ihn deswegen befragten, erklärte er: »Zu viele Menschen. Zu wenig Nahrung.«

»Was hat das damit zu tun, daß dir eines deiner Eier fehlt?« fragte ihn ein Mann aus Plymouth.

»Jedem Jungen, wenn Baby, schneiden sie es weg.«

»Was hat das mit der Nahrung zu tun?« Der Mann aus Plymouth witzelte: »Ihr werdet doch nicht...«

»Damit, wenn wir erwachsen sind und eine Frau suchen, wir niemals Zwillinge finden können.«

Immer, wenn die Reise langweilig wurde, riefen die Matrosen: »Jack, laß deine Hose runter!«, und an einem schwülen Nachmittag im Indischen Ozean brachten sie Kapitän Saltwood nach unten. »Sie werden staunen!« sagten sie, während sie den kleinen Burschen suchten. Sie stellten ihn auf ein Faß und riefen: »Jack, runter mit deiner Hose!« Er weigerte sich jedoch heftig und umklammerte seine Taille, um die Schnur zu schützen, die seine Hose hielt.

»Jack!« riefen die Männer ärgerlich, »Kapitän Saltwood will es sehen.«

Aber Jack hatte genug. Hartnäckig, mit zusammengebissenen Zähnen, weigerte er sich, seine Hose herunterzulassen, und als zwei kräftige Matrosen zu ihm kamen, wehrte er sie ab und schrie: »Ihr zieht auch eure Hosen nicht runter!« Saltwood sagte ruhig: »Er hat recht, Leute. Laßt ihn in Frieden.«

Und von dem Tag an ließ er nie wieder die Hose runter, und seine Standhaftigkeit hatte eine unvorhergesehene Wirkung: Er, der einmal das Spielzeug der Matrosen war, wurde nun ihr Freund.

Der Teil der Reise, der ihm am besten gefiel, kam, als die »Acorn« an dem großen portugiesischen Fort in Malakka vorbeiglitt und weit nach Osten, zu den Gewürzinseln, fuhr; dort sah er zum ersten Mal Stoffe, die mit Gold und Metallfäden von den Inseln durchwirkt waren. Es war eine Welt, deren Reichtümer er nicht ermessen konnte, wohl aber erkannte er deren Wert aus der respektvollen Art, mit der seine Freunde diese Schätze behandelten.

»Pfeffer! Das bringt Geld«, erklärten ihm die Matrosen, und wenn sie die kleinen schwarzen Körner zerdrückten, damit sich der aromatische Duft entfaltete, nieste er und war entzückt.

»Muskatnuß, Muskatblüten, Zimt!« wiederholten die Seeleute, während die schweren Säcke an Bord gehievt wurden. »Kurkuma, Kardamom, Kassie!« fuhren sie fort. Am meisten angetan hatten es ihm jedoch die Gewürznelken, und obwohl dieser kostbare Stoff von Wachen behütet wurde, gelang es ihm, einige zu stibitzen. Er zerknackte sie zwischen den Zähnen und hielt sie unter der Zunge, wo sie brannten und ein angenehmes Aroma ausströmten. Einige Tage lang ging er auf dem Schiff umher und blies den Matrosen seinen Nelkenatem entgegen, bis sie anfingen, ihn Stinkjack zu rufen.

Wie herrlich war doch der Osten! Als die »Acorn« ihren Tauschhandel abgeschlossen hatte, erteilte Kapitän Saltwood den willkommenen Befehl: »Wir fahren nach Java und zu den Chinesen, die auf unsere Hörner warten.« Und das kleine Schiff segelte viele Tage an der Küste Javas entlang, während Seeleute an der Reling standen, um diese traumhafte Insel zu bewundern, auf der sich die Berge bis zu den Wolken erhoben und der Urwald so weit nach unten wuchs, daß er seine Wurzeln ins Meer tauchte.

Kapitän Saltwood fand keine Zeit, sich an diesem Anblick zu erfreuen, denn er war mit zwei ernsten Problemen beschäftigt: Er hatte so meisterhaft Tauschhandel getrieben, daß sein Schiff ein wirklich großes Vermögen enthielt und gegen Seeräuber geschützt werden mußte. Und dieses Vermögen war wertlos, wenn er sein Schiff nicht wohlbehalten am Fort von Malakka vorbeibrachte und heil über die Meere, rund um das Kap der Guten Hoffnung, durch die Stürme am Äquator und heim nach Plymouth gelangte. Gequält von diesen Sorgen, warf er auf der Reede von Java Anker und ließ sich an Land rudern, um mit den chinesischen Kaufleuten zu verhandeln, die sich vielleicht für seine Rhinozeroshörner interessierten.

Während die »Acorn« vor Anker lag und wartete, bis sich die nächste Flotte für die Reise nach Europa formierte, hatte Jack Gelegenheit, das Handelszentrum eingehend zu beobachten, das die Holländer auf Java errichtet hatten. Er schlenderte an der Küste umher, um die verschiedenen Schiffe zu identifizieren, die in diesen asiatischen Gewässern segelten: Karacken mit ihren starrenden Kanonen, schnelle Fleuten aus Holland, die erstaunlichen Praus von den Inseln – sie konnten, indem man den Platz des Mastes veränderte, mit der gleichen Geschwindigkeit in beide Richtungen segeln – und die besten von allen, die turmhohen Ostindienfahrer.

Während er zusah, wie einer dieser Riesen entladen wurde, fiel ihm ein hochgewachsener, magerer Holländer auf, der immer das Vorkaufsrecht der besten Ladungen für sein Lagerhaus zu haben schien, das unweit des Hafens stand. Die Händler nannten ihn Mijnheer van Doorn, und er schien ein überaus ernster Mensch zu sein, der sich seiner Stellung wohl bewußt war, obgleich er kaum älter sein konnte als dreiundzwanzig. Jack wurde von seiner steifen Würde eingeschüchtert und sprach mit ihm in gebrochenem Englisch.

»Woher kommst du?« fragte der Holländer, der wie von großer, souveräner Höhe auf ihn hinunterblickte.

»Viele Tage.«

»Du bist nicht schwarz. Du bist nicht gelb. Woher?«
»Untergehende Sonne.«
Die Befragung war so unbefriedigend verlaufen, daß van Doorn einen Matrosen von der »Acorn« rief und fragte: »Woher stammt dieser Bursche?« Und der Mann antwortete: »Wir haben ihn am Kap der Guten Hoffnung mitgenommen.«
»Hmmmm!« van Doorn trat zurück, blickte an seiner langen Nase entlang nach unten auf den kleinen Kerl und sagte: »Ist das Kap ein schöner Ort?« Jack verstand nichts von alldem, lachte und wollte sich schon zurückziehen, als er einen Weißen etwa in seiner Größe erblickte, einen dreizehnjährigen Jungen, den van Doorn liebevoll behandelte.
»Dein Sohn?« fragte Jack.
»Mein Bruder«, antwortete van Doorn, und während der letzten zwei Monate, die Kapitän Saltwood wartend vor Java verbrachte, spielten Jack und dieser weiße Junge miteinander. Sie waren gleich groß und geistig gleich entwickelt, und beide bemühten sich, die komplizierte Welt von Batavia zu verstehen. Sie bildeten ein anziehendes Paar, dieser dünne, kleine, braune Mann mit seinen Säbelbeinen und der kräftige holländische Junge mit dem blonden Haar und den breiten Schultern. Man konnte sie in allen, den verschiedenen Nationalitäten, wie Malaien, Indern, Arabern, Balinesen zugeteilten Bezirken sehen und in dem kleinen Gebiet, in dem die fleißigen Chinesen fast alles kauften, was angeboten wurde, aber zu Preisen, die sie festsetzten.
Eines Tages erklärte der junge van Doorn, daß holländische Kinder zwei Namen hatten; sein zweiter war Willem. »Wie ist deiner?« fragte er.
»Horda«, antwortete sein Spielgefährte mit einem Schwall von Schnalzlauten. »Und sein Name?« fragte er, auf den älteren van Doorn weisend.
»Karel.« Und während Jack die beiden Namen wiederholte, förderte Willem seine Überraschung zutage. Da er bemerkt hatte, daß Jack nur die Kleider besaß, die er trug, hatte er aus dem Lagerhaus der Kompanie eine zusätzliche Hose besorgt und ein Hemd. Aber als Jack sie überzog, sah er lächerlich aus, denn sie waren für kräftige Holländer zugeschnitten worden, nicht für zwergenhafte braune Menschen.
»Ich kann nähen«, erklärte Jack beruhigend, aber nachdem die Kleider umgeändert worden waren, fiel ihm ein, daß an Bord der »Acorn«, wann immer ein Mann einem anderen etwas schenkte, erwartet wurde, daß der Empfänger das Geschenk mit etwas vergalt; er hätte Willem van Doorn sehr gern ein Geschenk gegeben, wußte aber nicht, was. Dann erinnerte er sich an das in seinem Beutel versteckte Elfenbeinarmband, doch als er es Willem gab, war es zu klein, und paßte nicht auf sein kräftiges Handgelenk. Es war der strenge Karel, der das Problem löste. Er nahm eine Silberkette aus dem Lager der Kompanie, befestigte den Elfenbeinkranz daran und hängte die Kette um Willems Hals, wo die Verbindung von Silber, Elfenbein und der hellen Haut des Knaben sehr hübsch aussah.
An diesem Abend informierte Kapitän Saltwood, der durch das Geschäft mit

den Rhinozeroshörnern reicher geworden war, als er sich je erträumt hatte, seine Mannschaft, daß der »Acorn«, da sich keine anderen Schiffe zur Abreise in die Heimat bereitmachten, nichts anderes übrigblieb, als durch die Meerengen von Malakka zu segeln, um sich einer englischen Flotte anzuschließen, die sich in Indien sammelte. »Es wird ein schwieriges Unterfangen«, warnte er seine Leute, und sie verbrachten die Nacht damit, ihre Musketen und Spieße herzurichten.

Im Morgengrauen wollte Jack noch an Land schlüpfen, um seinem holländischen Freund Lebwohl zu sagen, aber das erlaubte Kapitän Saltwood nicht, denn er wünschte keinen Konflikt mit den holländischen Behörden. Er wollte nämlich ohne ihr Wissen und ihr Einverständnis auslaufen. So stand Jack an der Reling der »Acorn« und hielt vergeblich Ausschau nach seinem Gefährten. Willem wußte nichts von der Abreise, aber gegen elf kam ein holländischer Matrose ins Lagerhaus der Kompanie gelaufen und rief: »Das englische Schiff läuft aus!«, und Willem stand, mit seiner Elfenbeinkette spielend, am Ufer und sah zu, wie das Schiff und sein kleiner brauner Freund verschwanden.

Die »Acorn« brauchte zwei Wochen, um die Gewässer von Java zu durchqueren. Sie segelten an der Küste von Sumatra entlang, vorbei an den unzähligen Inseln, die dieses Meer sowohl zu einem Wunderland an Schönheit als auch an Reichtum machten, doch nach einiger Zeit sahen die Seeleute, daß sich zu beiden Seiten des Schiffes Land heranschob, und sie wußten, daß sie sich geradewegs dem kritischen Teil ihrer Reise näherten. Auf der Backbordseite lag Sumatra, ein Seeräubernest. Steuerbords erhob sich die massive Festung Malakka, für Belagerungen unzugänglich, mit fast siebzig großen Kanonen auf ihren Mauern. Und an Bug und Heck würde es die verteufelten kleinen Boote voll mit unverschämten Männern geben, die versuchten, zu entern und Beute zu machen.

Wenn es zum Kampf kam, würde er ausgeglichen sein, denn die »Acorn« war mit Männern aus Plymouth bemannt, den Enkeln jener wackeren Burschen, die mit Drake die Schiffe von König Philipps Armada vernichtend geschlagen hatten. Sie hatten nicht die Absicht, sich entern oder versenken zu lassen.

Es gehörte zu Kapitän Saltwoods Strategie, hinter einer der vielen Inseln versteckt zu bleiben, um sich zu vergewissern, daß es passenden Wind gab. In der Nacht, wenn die Portugiesen vielleicht unaufmerksam waren, wollte er dann den Spießrutenlauf wagen. Dieser Plan hätte Erfolg gehabt, wenn nicht ein malaiischer Matrose, der an der Nordküste herumlungerte, den Durchfahrtversuch beobachtet und Alarm geschlagen hätte.

Es war Mitternacht, als die Schlacht begann. Große Kanonen feuerten vom Fort aus, kleine Boote begannen auszulaufen, um das englische Schiff in Brand zu stecken, während größere versuchten, es zu rammen und zu entern. Jack begriff, was vorging, und wußte aus Gesprächen mit den Matrosen, welche Martern ihm und den anderen bevorstanden, wenn ihr Schiff genommen würde. Dennoch war er nicht zu dem großen Heroismus seiner

englischen Gefährten bereit, die kämpften wie Teufel, ihre Pistolen abfeuerten und mit ihren Spießen um sich stachen und stießen.
Als der Morgen graute, hatten sie wohlbehalten die drohend aufragende Festung passiert, und nur noch wenige kleine Boote versuchten, sie zu behindern; die »Acorn« schaukelte vorwärts wie ein die Ameisen ignorierender stachliger Käfer. Ihre Matrosen feuerten und stachen auf ihre Angreifer los, und bald hatten sie sie endgültig abgeschüttelt. Die gefährliche Durchfahrt war gelungen.
In Indien erwartete Kapitän Saltwood eine schwere Enttäuschung: In diesem Jahr würde keine englische Flotte absegeln. So fuhr er also wieder allein weiter, ein beherzter Mann, der genügend Vermögen mitführte, um eine Familie zu gründen und sich vielleicht sogar einen Wohnsitz in einer Domstadt zu kaufen. Der Wunsch nach Heimkehr wurde zu einer fixen Idee, und er segelte entsprechend mit der »Acorn«.
Bei Ceylon versuchten Seeräuber zu entern; vor Goa mußten portugiesische Abenteurer zurückgeschlagen werden. Südlich von Hormus gerieten die Männer aus Plymouth in wirkliche Gefahr, und in Moçambique nahmen zwei dreiste Karacken die Verfolgung auf, in der Hoffnung, Beute zu machen. Als aber die »Acorn« friedlich weiterfuhr, gaben sie die Verfolgung auf. Schließlich wurde Sofala steuerbords passiert, wobei Kapitän Saltwood im Geist den Kaufmann grüßte, der ihm die Rhinozeroshörner veräußert hatte. Sie segelten entlang der Südküste Afrikas nach Westen, und es kam der Morgen, an dem ein Matrose rief: »Ich sehe den Tafelberg!« und Kapitän Saltwood ihm die Silbermünze überreichte mit den Worten: »Wir sind der Heimat einen Schritt näher.«
Als sie die Bucht erreicht hatten und das Langboot bereit war, sagte Jack seinen Freunden Lebwohl. Dabei mußte er sich auf die Zehenspitzen stellen, um sie zu umarmen. Als er an Land war, entfernte er sich langsam und blieb dann und wann stehen, um zu dem Schiff zurückzublicken, mit dessen Besatzung er fast vier Jahre lang Freud und Leid geteilt hatte. Aber es kam der Augenblick, an dem der nächste Hügel ihn für immer von der »Acorn« trennen mußte, und als es soweit war und er die Felsen und die Spuren von Tieren sah, die ihm schon immer vertraut gewesen waren, geschah etwas Merkwürdiges. Er begann die Seemannsuniform auszuziehen, die er seit so vielen Monaten getragen hatte, das Hemd, die sorgfältig genähte Hose, die Lederschuhe. Er warf jedoch nichts weg, auch nicht die Extrakleidung, die der junge Holländer ihm auf Java geschenkt hatte, sondern schnürte alles sorgfältig zu einem kleinen Bündel zusammen, das tröstend an seine Beine schlug, während er nach Hause wanderte.
Als er sein Dorf erreichte, kaute er an einer auf Java gestohlenen Gewürznelke, und als seine alten Freunde herbeigeströmt kamen, um ihn zu begrüßen, traf sie sein seltsam duftender Atem. Er packte sein Bündel aus, um zu zeigen, was er bei sich trug, und er gab jedem eine Gewürznelke in Erinnerung an die vielen Augenblicke in den letzten vier Jahren, in denen er an sie gedacht hatte.

Im Jahr 1640 hatten die finster blickenden Holländer, die den Osten Javas zu beherrschen gedachten, genug durchgemacht: »Diese verdammten Portugiesen in Malakka müssen vernichtet werden.« In erbitterten Berichten an die »Siebzehn Herren«, die Geschäftsleute, die die Ostindische Kompanie von ihren düsteren Büros in Amsterdam aus kontrollierten, klagten sie: »Die katholischen Teufel in Malakka haben zum letztenmal unsere Schiffe versenkt. Wir sind bereit, ihre Festung, wenn nötig, jahrelang zu belagern.«
Die »Siebzehn Herren« hätten diesen kühnen Vorschlag vielleicht abgelehnt, hätte nicht ein Herr, dessen Großvater auf dem Scheiterhaufen verbrannt worden war, als er den holländischen Protestantismus vor der Wut des spanischen Herzogs von Alba schützen wollte, leidenschaftlich erklärt: »Unser Schicksal steht auf dem Spiel. Malakka muß vernichtet werden.«
Seine Beredsamkeit hatte Erfolg, und es wurden Pläne zur Vernichtung der Portugiesen genehmigt, nicht von der holländischen Regierung, sondern von der Jan Compagnie. Die realistischen Bürger Hollands wußten, in wessen Hände die Verantwortung gelegt werden mußte: Kaufleute, die etwas zu beschützen hatten, würden wissen, wie sie es beschützen sollten.
Als die Genehmigung nach Java gelangte, waren die dortigen Holländer begeistert. Es wurden Geldmittel bereitgestellt. Neue Schiffe wurden gebaut. Javanische Eingeborene in Sarongs wurden unterrichtet, wie die Fahrzeuge auf See gehandhabt werden sollten. Zur gleichen Zeit wurden Gesandte an große und kleine Königshöfe geschickt, die versicherten, daß die Interessen der Holländer, wenn sie gegen Malakka vorgingen, nicht territorialer Natur waren: »Wir wollen uns keines Landes bemächtigen, das anderen gehört. Aber wir müssen der portugiesischen Seeräuberei ein Ende machen.«
Unter den für diese heikle Aufgabe gewählten Gesandten befand sich der jetzt fünfundzwanzigjährige Karel van Doorn, der als treuer Diener der Kompanie geachtet war. Er war streng, ehrlich, humorlos und hatte Verständnis für Finanzen und die gewinnbringende Behandlung der Sklaven der Kompanie.
Was Karel an Beförderungen erreicht hatte, verdankte er vor allem seiner Mutter, der strammen Witwe eines leitenden Beamten, der seine Bemühungen, den Besitz der Kompanie auf den Gewürzinseln zu erweitern, mit dem Leben bezahlt hatte. Er war ein Mann von ungeheurer Energie gewesen; durch Anmaßung, Bluff, Mut und Enteignungen hatte er der Kompanie genützt; durch Rechtskniffe, Diebstahl, Fälschungen und Ablenkungsmanöver hatte er zugleich seine eigenen geheimen Handelsinteressen gefördert – was streng verboten war – und dabei ein beträchtliches Vermögen angesammelt, das er nach Holland zurückzuschmuggeln versuchte, was ebenfalls untersagt war. Nun befand sich seine Witwe Hendrickje im Besitz eines wachsenden Vermögens, das sie nur in Java ausgeben konnte.
Zum Glück lebte sie in den Tropen, und sobald die Holländer die javanische Stadt Djakarta zerstörten und ihren Ruinen gegenüber ihre eigene Hauptstadt Batavia zu bauen begannen, eignete sie sich einen der vorzüglichsten Plätze auf der Tijgergracht an und errichtete dort ein Wohnhaus. Merkwür-

digerweise hätte es in jeder Amsterdamer Straße stehen können, ohne aufzufallen, denn es war in massivem holländischem Stil gebaut, mit schweren Steinmauern und einem roten Ziegeldach zum Schutz gegen den Schnee, der niemals fiel. Die Räume waren durch dicke Wände getrennt, in die das Licht durch sehr kleine Fenster fiel, und wo immer ein Windhauch hätte eindringen können, wurde er durch ein schweres Möbelstück daran gehindert.

Nur der wunderschöne Garten verriet, daß dieses massive Haus in den Tropen stand, war ein Garten von außerordentlicher Schönheit, voll von herrlichen javanischen Blumen und versehen mit schönen Statuen, die aus China importiert worden waren. In diesem Garten wurden zu den Tönen klingelnder Gamelans viele Entscheidungen über holländische Vermögen im Osten getroffen.

Mevrouw van Doorn, eine üppige Blondine, die von Frans Hals hätte gemalt worden sein können, der ihre Mutter porträtiert hatte, war im Jahr 1618 eingetroffen, als der denkwürdige Jan Pieterszoon Coen die Geschäfte gekonnt und hart führte, und sie hatte bald seine Zuneigung gewonnen, da sie ihn eifrig unterstützte, gleichgültig, was er tat. Sie hörte beispielsweise seine Warnung, daß unmoralische Handlungen zwischen Dienern aufhören müßten. Als eines ihrer Mädchen schwanger wurde, schleppte sie das verängstigte Mädchen selbst zu Coens Hauptquartier und war auf dem Platz anwesend, als das Mädchen geköpft wurde. Der an der Sache beteiligte junge Mann wurde gleichfalls scharf gerügt.

Zwei fixe Ideen beherrschten ihr Leben: Geschäft und Religion. Sie spornte ihren Mann zu seinen verbotenen Privatgeschäften an und leitete höchstpersönlich diese Unternehmung. Dabei erzielte sie einen Gewinn von sechzig Prozent jährlich, während die »Siebzehn Herren« es nur auf vierzig brachten. Und sie war es auch gewesen, die die gestohlenen Gelder beschlagnahmte, als sie nach Batavia kamen. Tatsächlich war der Nachlaß ihres Mannes jetzt so kompliziert, daß sie es nicht wagte, nach Holland zurückzukehren, da sonst alles in Chaos geraten wäre. Wie sie ihrer jüngeren Schwester nach Haarlem schrieb:

> Ich denke oft daran, heimzukommen, um mit Dir in unserem Haus am Kanal zu wohnen, fürchte mich aber vor den kalten Wintern. Außerdem bin ich hier festgehalten mit der Beaufsichtigung der neunundsechzig Sklaven, die für mich arbeiten. Ich weiß, daß das mit Haarlemer Maßstab gemessen nach viel klingt, was es aber in Wirklichkeit nicht ist. Wenn ich in Batavia umhergehe und mich um meine Geschäfte kümmere, begleiten mich acht Sklaven, die dafür sorgen, daß Kutschen, Schirme und Schuhwerk verfügbar sind. Sieben Mädchen kümmern sich um meine Kleider, sechs betreuen mein Boudoir. Ich brauche sechs Köche, neun Hausdiener, elf Mann für meine Kapelle, zwölf zur Betreuung des Gartens und zehn für allgemeine Bedienung. Du siehst also, ich bin sehr beschäftigt.

Ihre Hinneigung zur Religion zeigte keine Spur von Unaufrichtigkeit, was angesichts ihrer Familiengeschichte nicht verwunderte. Ihr Großvater Joost van Valkenborch war 1568 von den Spaniern hingerichtet worden, als der große Graf Egmont den Tod erlitt; beide Patrioten hatten ihr Leben der Verteidigung Hollands und des Calvinismus geopfert. Auch ihr Vater war im Kampf gegen die spanischen Katholiken gestorben; Willem van Valkenborch hatte die erste Calvinistenvereinigung in Haarlem gegründet, einen Geheimbund, dessen Mitglieder wußten, daß sie des Todes waren, wenn man sie aufspürte. Eine ihrer ersten Erinnerungen war die an einen geheimen nächtlichen Gottesdienst, bei dem ihr Vater beredt von Gott und der menschlichen Natur sprach. Religion war für sie wirklicher als die Sterne über Java, umfassender als die Kanäle, die Batavia versorgten.
Bevor ihr Mann starb, wurde ihnen die Ehre zuteil, von den »Siebzehn Herren« eine in holländischer Sprache gedruckte Bibel in Empfang zu nehmen, ein mächtiges Werk, das im Jahr 1630 von Henrick Laurentz in Amsterdam veröffentlicht worden war. Gemeinsam lasen sie in ihrer Muttersprache die faszinierenden Geschichten, die ihren Vater und Großvater in ihrem Märtyrertum bestärkt hatten. Trotz all des Reichtums, den ihr Mann ihr hinterlassen hatte, hielt sie diese Bibel für ihren größten Schatz; sie war das Licht, das ihr Leben lenkte.
Ihre nächsten Schätze waren ihre beiden Söhne, die bei ihr wohnten und deren Vermögen sie sehr sorgfältig verwaltete. Wann immer sie meinte, daß Karel eine Beförderung verdiente, gab sie dem lokalen Direktor einen Wink. Sie war es auch, die ihn als Gesandten bei Regierungen in der Nachbarschaft von Malakka vorgeschlagen hatte. Während der Reisevorbereitungen regte sie an, daß Willem ihn begleiten solle, um sich ein Bild von der Ausdehnung der Geschäftsinteressen der Kompanie zu machen.
»Er ist erst fünfzehn«, widersprach Karel.
»Das ist die richtige Zeit, um zu lernen, was Schiffe und Schlachten sind«, fuhr ihn seine Mutter an. An einem sehr heißen Nachmittag, während Fliegen in der erstickenden Luft summten, wurden Mitglieder der diplomatischen Mission von hohen Beamten der Kompanie unterwiesen, die wie Wasserspeier in dem weiß getünchten Beratungsraum saßen und ernst nickten, als ein alter Mann, der seit drei Jahrzehnten gegen die Portugiesen kämpfte, hochtrabend sagte: »Ein feierlicher Moment naht. Wir stehen im Begriff, Malakka zu vernichten.«
Karel beugte sich vor. »Die Festung angreifen?«
Der alte Mann ballte die Fäuste, träumte von lang vergangenen Niederlagen und ignorierte ihn. »1606 versuchten wir, diesen verdammten Ort zu erobern, ohne Erfolg. 1608 versuchten wir es wieder, und dann 1623. In den Jahren 1626 und '27 führte ich selbst die Landetruppen. Wir kamen bis zu den Mauern, wurden aber zurückgetrieben. In den letzten vier Jahren versuchten wir eine Blockade der Malakkastraße, um sie auszuhungern, aber sie lachten uns immer aus. Jetzt«, schrie er und schlug mit seiner schwachen Hand auf den Tisch, »werden wir sie vernichten!«

»Wann sollen wir absegeln?«
»Sofort.«
Als Karel Enttäuschung darüber zeigte, die Belagerung zu versäumen, wo man rasch befördert werden konnte, sagte der alte Mann: »Du wirst bis zu den Kämpfen zurück sein. Wir werden zumindest ein Jahr lang nicht angreifen. Und vergiß nicht, daß es deine Aufgabe ist, all unseren Nachbarn zu versichern, daß wir, wenn wir Malakka einnehmen, kein Territorium für uns selbst erstreben werden.«
Ein anderer Beamter sagte: »Wir bestehen nur auf Handelsrechten. Wir werden das Fort einnehmen, das Land aber unberührt lassen.«
Und dann fügte ein sehr beleibter Mann, dessen Stimme vom vielen Predigen geübt war, hinzu: »Erkläre ihnen allen, daß es, wenn sie mit uns Geschäfte machen, bei Handelsbeziehungen bleiben wird. Ein gerechter Handel für alle. Wir werden nicht versuchen, sie zu christianisieren, wie es die Portugiesen mit ihrem tyrannischen Katholizismus taten. Merk dir, van Doorn, deine stärkste Waffe könnte die Religion sein. Sag ihnen, sie sollen unser Verhalten beobachten, sobald wir Malakka erobern.«
»*Wenn* wir es erobern«, korrigierte jemand.
»Nein!« riefen ein Dutzend Stimmen. »Dr. Steyn hat recht. Sobald wir es erobern.«
Der Prediger hustete und fuhr fort: »Wenn wir Malakka besetzen, wird nichts geändert. Der Sultan bleibt weiter an der Macht, befreit von portugiesischem Einfluß. Mohammed bleibt weiter ihr Prophet, befreit vom Druck der Katholiken. Die Chinesen, Araber, Perser, Ceylonesen, Engländer – und sogar die portugiesischen Händler selbst –, jeder, der ein Geschäft in Malakka hat, wird es weiter behalten und führen, wie er will. Was wir erstreben, ist das Recht für alle Menschen, Handel zu treiben. Sag das den Herrschern.«
Vier Tage lang wurde dieser Punkt in konzentrierter Beweisführung ausgearbeitet, bis van Doorn besser als die meisten der »Siebzehn Herren« daheim in Amsterdam verstand, was die praktische Politik der Jan Compagnie war. Die »Siebzehn«, die alle Regionen und Aspekte des holländischen Lebens vertraten, mußten vorsichtig sein und immer daran denken, daß alles, was sie verkündeten, Gesetzeskraft besaß; in Wirklichkeit waren ihre Entscheidungen sogar wirkungsvoller als das gewöhnliche Gesetz, weil es gegen sie keine Berufung gab. Aber die Gouverneure im Ausland, die zwei Jahre brauchten, um eine Frage abzuschicken und eine Antwort zu erhalten, mußten wagemutig sein. Sie konnten selbständig den Krieg erklären, eine Insel annektieren oder Verhandlungen mit einer fremden Macht führen. Der Generalgouverneur auf Java konnte die Hinrichtung jedes beliebigen Menschen, ob Sklave oder freier Mann, Engländer oder Chinese, anordnen: »Wegen Diebstahls von Besitz, der der Kompanie gehört, soll er zum Hafen von Batavia gebracht und dreimal unter dem größten Schiff kielgeholt werden. Wenn er dann noch lebt, soll er verbrannt und seine Asche verstreut werden.«

Der Generalgouverneur, der an die Ausübung dieser Macht gewöhnt war, sah Karel durchdringend an und sagte: »Wir erwarten von Ihnen, daß Sie diese Mächte davon überzeugen, daß sie keinen Grund haben, sich uns zu widersetzen, wenn wir angreifen.«
»Das werde ich tun«, versicherte ihm van Doorn.
Zu dieser Zeit lag im Hafen von Batavia ein Handelsschiff, das mit Gütern für China, Kambodscha und die holländische Niederlassung auf Formosa schwer beladen war und noch freien Raum für das Verstauen von Gewürzen und Metallen hatte, die im Lauf einer langen Reise möglicherweise noch aufgenommen werden konnten. Bei diesem Schiff meldeten sich Karel, sein Bruder Willem und ihre sechzehn Diener. Wegen der Bedeutung dieser Mission hatte der Kapitän seine Kabine geräumt und sie den Brüdern überlassen. So begannen sie, umgeben von Büchern und Seekarten, die lange Reise zu den alten Häfen des Ostens; sie segelten durch Gewässer, die Marco Polo gekannt hatte, vorbei an Inseln, die noch ein weiteres Jahrhundert lang kein weißer Mann betreten sollte.
Wo immer sie Station machten, versicherten sie den lokalen Führern, daß die Holländer keine Ansprüche auf ihr Gebiet anmeldeten und daß man in Java ihre Neutralität erwartet, sobald es zum Angriff auf Malakka kommen würde. »Werden diese Leute die Portugiesen nicht warnen?« fragte Willem.
»Die Portugiesen wissen es. Wir haben Malakka alle zehn Jahre angegriffen. Sicherlich erwarten sie uns.«
»Werden sie ihre Verteidigungsstellungen nicht ausbauen?«
»Natürlich. Das tun sie bereits.«
»Warum greifen wir sie dann nicht jetzt an?« fragte der Junge.
»Das wird im nächsten Jahr genausogut gehen. Unsere Aufgabe ist es jetzt, die Verbündeten zu beruhigen.« Später aber, als die Holländer allein beim Essen saßen, fühlte sich Karel ermutigt, sein Glas auf die Seeleute und Soldaten zu erheben, die an der Belagerung teilnehmen würden: »Auf den tapferen Mann unter uns, der sehr wohl Gouverneur von Malakka sein könnte, bevor dieses Jahr zu Ende ist!« Und alle Holländer tranken schweigend und dachten über ihre Möglichkeiten nach: In ihrer Armee brauchte ein Mann kein Adeliger zu sein, um Admiral oder Gouverneur zu werden.
Als die van Doorns Ende April 1640 mit der Versicherung nach Batavia zurückkamen, daß kein Nachbar sich in die Operationen in der Malakkastraße einmischen würde, und man eine Flotte von Kriegsschiffen gesammelt hatte, beschloß General van Diemen, daß die Zeit für den Hauptschlag günstig war.
»Karel«, erklärte er dem zurückgekehrten Gesandten, »du wirst die Flotte begleiten. Du übernimmst die Verantwortung, sobald die Festung genommen ist.«
»Plünderung?«
»Es wird ein langer, gefährlicher Kampf sein. Gestatte den Soldaten, drei Tage lang zu nehmen, was sie wollen. Dann stellst du die Ordnung wieder

her. Nachher darf keiner, ob Moslem oder Christ, mehr angerührt werden.«

»Der Sultan?«

»Den mußt du unbedingt beschützen. Die Soldaten werden wahrscheinlich seine Paläste plündern und einige seiner Frauen rauben. Laß ihn aber wissen, daß er mit unserem Segen überlebt – und nur wegen unseres Segens. Er wird sich als unser stärkster Verbündeter erweisen.«

Als die Segel der Flotte gehißt wurden, bedeckten sie die See wie ein Tuch aus weißen Spitzen, und Spione machten sich eilends auf, um in kleinen Booten hinauszufahren und die Portugiesen in Malakka zu benachrichtigen, daß die nächste Belagerung bevorstand. Die unregelmäßig angeordnete Flotte brauchte dreizehn Tage, um die Malakkastraße südlich der Festung zu erreichen, und als der junge Willem van Doorn zu den mächtigen Festungsmauern hinaufblickte, die neun Meter hoch und acht Meter dick waren, stöhnte er: »Die kann keiner überwinden.«

Er war mit Recht besorgt, denn die Festung war jetzt viel größer als zu der Zeit, da die Holländer sie das erstemal bestürmt hatten. Fünf große Kirchen gab es innerhalb der Mauern, zwei Krankenhäuser, Getreidespeicher, viele tiefe Brunnen, Quartiere für viertausend Kämpfer. Die außerhalb liegende Stadt wurde von zwanzigtausend Menschen bewohnt, im Hafen und auf dem Fluß lagen über tausend kleine Boote. Von fünf Türmen aus beherrschten neunundsechzig große Kanonen alle Zufahrten, und was das wichtigste war, die Verteidigungsanlagen wurden von einem Mann befehligt, der schon andere Belagerungen überstanden hatte und entschlossen war, auch dieser standzuhalten.

Fünf lange, schreckliche Monate gelang es ihm. Zweitausend Menschen verhungerten, dann noch zweitausend, und schließlich weitere dreitausend. Aber er fügte den holländischen Angreifern schwere Verluste zu: Über tausend hervorragend ausgebildete Soldaten starben bei dem Versuch, sich diesen mächtigen Mauern zu nähern.

Aber sie erzielten auch begrenzte Erfolge: Nach immensen Vorbereitungen brachten sie mit großer Mühe ihre Kanonen an Land, schirmten sie mit Stützbalken ab und begannen methodisch, große Löcher in die Befestigungsmauern zu schießen. Nun mußte nur noch die Infanterie durch die Löcher zum Angriff vorgehen, und sie würde das Fort erobern, denn Deserteure versicherten: »Die Portugiesen essen Ratten und kauen auf Pferdeleder.«

Aber um zu den Löchern zu gelangen, würden die Holländer bis zu den Achseln durch Malariasümpfe waten und dann durch reißende Flüsse schwimmen müssen, während die Portugiesen sie von den Mauern aus beschossen, und das zu tun, zögerten sie. So entwickelte sich eine Art Wartekrieg, in dessen Verlauf regelmäßig Boote nach Java geschickt wurden, um Verstärkungen und Ratschläge zu holen.

Im Dezember fuhr Willem van Doorn auf einem von ihnen, um Botschaften zu überbringen:

Unser Prediger Johannes Schotanus war während der ersten Kämpfe ein hervorragender Mann, aber in dieser Warteperiode erweist er sich als äußerst schwierig und mußte suspendiert werden. Seine Lehren sind vorbildlich, wenn er sie nur praktizieren würde. Er könnte so viel erreichen, wenn er nüchtern bliebe, aber wir dürfen ihn nach der Eroberung von Malakka nicht predigen lassen, denn er würde der Kompanie durch seine wilde Trinkerei Schande bereiten.

Im sechsten Monat der Belagerung kehrte der junge Willem in einem großen Schiff zur Flotte zurück, das neue Vorräte, Schießpulver und den Befehl brachte, daß die Festung nun erobert werden müsse. So kamen in einer Sonntagnacht im Januar 1641 alle diensttauglichen Holländer an Land, durchwateten die Sümpfe, begannen vor Sonnenaufgang den Angriff und vertrieben die Portugiesen mittels eines wütenden Sperrfeuers mit Handgranaten von den Öffnungen der Mauern. Am selben Morgen um zehn war die Hauptstütze von Portugals Reich im Osten gefallen.
Einer der Begeistertsten unter den Siegern war Willem, der feststellte, daß er keine Angst vor Gewehrfeuer und turmhohen Mauern hatte. Tatsächlich war er beherzter als sein älterer Bruder und viel eher bereit vorzustürmen, ob ihn nun andere begleiteten oder nicht. Er war unter den ersten in der Stadt und jubelte, als Kanonen ins Innere gezogen, aufgestellt und durch die schmalen Durchgangsstraßen auf das Stadtinnere gerichtet wurden. Eine Kugel nach der anderen, riesige Dinger aus solidem Eisen, flog aus der Mündung der Kanonen und richtete furchtbare Zerstörungen an. Willem zollte den Feuern, die wüteten, Beifall und befand sich in der ersten Reihe der habgierigen Soldaten, die die mit Schätzen angefüllten Häuser durchstöberten, die vom Feuer verschont geblieben waren.
Es war ein blutiger Triumph, aber sobald die Plünderung eingestellt wurde, benahmen sich die Holländer mit ihrer gewohnten Großherzigkeit; dem portugiesischen Kommandanten wurden für seine Tapferkeit Ehrenbezeigungen erwiesen, und er erhielt ein Schiff, in dem er seine Familie, seine Sklaven und Besitztümer transportieren konnte, wohin immer er wollte; die mutigen Hauptleute, die die Türme verteidigt hatten, durften ihn mit allem, was sie besaßen, begleiten; und als ein ahnungsloses portugiesisches Schiff, das mit Stoffen aus Indien beladen war, in den Kanal segelte, wurde es ermutigt, vor Anker zu gehen, gemäß dem Prinzip, daß der Handel mit Portugiesisch-Indien nicht nur gestattet, sondern gefördert werden mußte, da die unter holländischer Kontrolle stehenden Inseln wenig entbehrliche Stoffe herstellten.
Und so löste sich das durch Magellan und Albuquerque gegründete ausgedehnte östliche Reich allmählich auf. Nur das Dorf Macao an der Schwelle Chinas, die winzige Enklave von Goa in Indien und das wilde Hinterland der Insel Moçambique blieben erhalten – es waren die Überreste. Alles sonst war verloren: Ceylon, Malakka, Java, die wichtigen Gewürzinseln. Der Verlust solch prächtiger Länder konnte einem das Herz brechen.

Während die Feuer noch glimmten, berichteten die Sieger den Direktoren der Kompanie auf Java: »Edle, Tapfere, Weise und Ehrenwerte Herren, Malakka ist gefallen und wird von nun an als Privatgebiet und Dominion der Holländischen Ostindischen Gesellschaft angesehen.« Nun war die westliche Einflußsphäre gesichert und die Zeit für die Holländer reif, ernsthaft über einen sicheren Ruheplatz zwischen Amsterdam und Batavia nachzudenken, wo sich Seeleute vom Skorbut erholen konnten. Die Logik gebot, daß er am Kap der Guten Hoffnung liegen solle, aber seine Gründung hatte mit Logik nichts zu schaffen. Sie war reiner Zufall.

Batavia! Diese winzige Enklave an der Nordwestküste Javas, diese herrliche Hauptstadt eines ausgedehnten, lose zusammengehaltenen Reiches hatte ihren Namen von den Batavern erhalten, den stolzen, widerspenstigen Männern, denen die frühen römischen Kaiser in den Sümpfen begegneten, aus denen später Holland werden sollte.

Es würde immer ein widersprüchlicher Ort sein, eine von Mauern umgebene Festung am Rand eines Urwaldes, völlig niederländisch in Anlage, Aussehen und Brauchtum, zugleich aber tropischer Zufluchtsort von Holland, voller bezaubernder Blumen und seltsamer Früchte in großem Überfluß. Es war ein himmlischer Ort, ein tödlicher Ort, und viele Holländer, die hinkamen, waren in zehn Jahren tot, erledigt durch Trägheit, Freßsucht und Trunkenheit. In dieser Periode erfanden Männer der Kompanie, die nach Zwangsaufenthalten auf den abseits gelegenen Gewürzinseln nach Batavia zurückkehrten, das Festmahl, das immer mit Java in Zusammenhang gebracht werden sollte.

Es konnte am besten in dem geräumigen Speisesaal von Hendrickje van Doorn abgehalten werden, wo fünfzehn oder zwanzig Gäste zur Begleitung des Spieles ihrer Musiker zusammenkamen. Javanische Sklaven in Sarongs reichten riesige Platten mit zart in Dampf gekochtem weißem Reis herum, und jeder Gast baute einen kleinen Berg davon auf seinem Teller auf. Dann zog sich die erste Bedientengruppe zurück, und nach einer erwartungsvollen Pause klingelte Mevrouw mit einer hell tönenden chinesischen Glocke, und aus der Küche kam ein Zug von sechzehn Bedienten in den Garten, einige von den Gärtnern waren eingeladen worden, dabeizusein. Jeder von den sechzehn trug in seinen offenen Handflächen, die er in Taillenhöhe hielt, zwei Gerichte, so daß es im ganzen zweiunddreißig waren: Stücke vom Huhn, Stücke vom Lamm, getrockneter Fisch, gedünsteter Fisch, acht seltene Gewürze, zehn Früchte, Nüsse, Trauben, Gemüse und ein halbes Dutzend wohlschmeckender Dinge, die keiner identifizieren konnte.

Während die sechzehn Diener bei Tisch servierten, häufte jeder Gast Gerichte rund um seinen Reis, bis der Teller aussah wie ein Vulkan, der sich hoch über der See erhebt. Das war aber nicht alles, denn wenn diese Diener verschwanden, erschienen andere mit Flaschen voll klarem Genever, aus denen reichliche Portionen eingeschenkt wurden. So gestärkt machten sich die Gäste über ihr Essen her und riefen von Zeit zu Zeit wieder nach den

zweiunddreißig kleinen Schüsseln. Diese ›Sechzehn-Boy-Reistafel von Java‹ war in gewissem Maß dafür verantwortlich, daß viele Männer und Frauen, die im calvinistischen Holland ein eher eingeschränktes Leben geführt hatten, nicht mehr nach Holland zurückgehen wollten, wenn sie einmal Batavia gesehen hatten.
Dennoch sammelten sich zweimal jährlich holländische Handelsschiffe in Batavia zur Vorbereitung für die lange Reise zurück nach Amsterdam; jede Flotte blieb ein halbes Jahr lang auf See, schaukelnd und dippend auf den langen Dünungen des Indischen Ozeans, scharf beim Wind in die Stürme des Atlantiks segelnd. Gelegentlich ging ein Drittel der Flotte verloren. Wann immer ein Schiff dem Untergang geweiht war, hißte es eine entsprechende Flagge, worauf die anderen es umringten, auf klares Wetter warteten und seine Ladung in ihre Laderäume übernahmen; auf diese Weise setzten die wertvollen Gewürze ihre Reise in die Heimat fort.
Die erste Flotte lief ungefähr zu Weihnachten aus; die zweite wartete gerade lang genug, um die Monsunladungen aus Japan und China zu erhalten. Das Auslaufen an den Feiertagen war bei den Holländern Javas besonders beliebt, denn um diese Jahreszeit regte sich das Heimweh nach den winterlichen Kanälen, und der Anblick der zur Abfahrt gerüsteten Schiffe war eine große Versuchung. Auch am Morgen des 22. Dezember 1646 setzte eine gewaltige Flotte Segel.
In letzter Minute wurden drei Schiffe, deren geringe Größe und besser getrimmte Takelage ihnen ermöglichen würde, schneller zu segeln als die anderen, abkommandiert. Sie erhielten Befehl, drei Wochen zu warten, um als Nachhut zu dienen und wichtige Nachrichten aus letzter Minute sowie leitende Beamte der Kompanie, die nach den Weihnachtsfeierlichkeiten abzureisen wünschten, mitzunehmen. Die »Haerlem«, »Schiedam« und »Olifant« waren die Schiffe, die so aufgelegt wurden, daß die Matrosen an Land zechen konnten, und es brachen große Raufereien aus, weil Seeleute von den beiden ersten Schiffen, die ehrenwerte Namen trugen, die von der »Olifant« – holländisch für Elefant – zu hänseln begannen.
In diesem Jahr war Weihnachten eine lärmende Zeit, aber in dem geräumigen Heim von Mevrouw van Doorn stellte das Fest einen reizenden holländischen Charme zur Schau. Ihre Musiker trugen Batikstoffe aus Dschokschokarta, ihre Diener Sarongs aus Bali. Es wurde getanzt, es gab lange Ansprachen von kleineren Beamten, die auf den Gewürzinseln dienten, und im Lauf des Tages wurden gewaltige Mengen von Speisen und Gallonen von Bier und Arrak vertilgt. Dann fand der Generalgouverneur Gelegenheit, Mevrouw van Doorn beiseite zu nehmen und ihr Ratschläge hinsichtlich ihrer Söhne zu erteilen.
»Die beiden sollten mit der Nachhut heimfahren«, sagte er ruhig, während seine Mitarbeiter ihr Bier und den Schnaps verschnarchten.
»Mich meiner zuverlässigsten Unterstützung berauben?« fragte sie, während sie die Sklaven, welche die Fächer bedienten, anwies, wie sie am besten die Luft in Bewegung halten konnten.

»Ihre Söhne sind als Unterstützung für Sie nicht zuverlässiger als ich«, sagte der Gouverneur und verneigte sich in seinem Sessel. Als sie das Kompliment entgegennahm, fuhr er fort: »Karel kam in Holland zur Welt, und das ist ein bleibender Vorteil. Er hat aber nie dort gedient, und die ›Siebzehn Herren‹ kennen seine Talente nicht.«
»Karel wird Erfolg haben, wo immer er eingesetzt wird«, erklärte seine Mutter. »Er braucht keine spezielle Empfehlung aus Amsterdam.«
»Das stimmt, ein bewundernswerter Sohn, der sicherlich bedeutende Positionen erreichen wird.« Er senkte die Stimme und griff nach ihrer Hand. »Hervorragende Positionen, wie ich unter ähnlichen Bedingungen.«
»Jan Pieterszoon Coen sagte uns oft, daß Sie zu den ganz Großen gehören. Und Sie wissen, daß Karel ein Mann Ihres Schlages ist.«
»Aber denken Sie an den Rat kluger Männer, wenn es sich um Autorität handelt: ›Man muß nah genug am Feuer stehen, um gewärmt zu werden, aber nicht so nah, daß man sich verbrennt.‹ Karel muß sich wirklich im Hauptquartier der Kompanie sehen lassen. Da gibt es keine Alternative.«
Sie dachte eine Weile über seinen Rat nach und erkannte, daß er richtig war. Die Jan Compagnie war ein seltsames Ungeheuer, siebzehn allmächtige Männer, die den Osten nicht aus erster Hand kannten und Entscheidungen trafen, die die halbe Welt lenkten. Sie hätte nie gewollt, daß ihre Söhne Mitglieder dieser strengen, boshaften Bande geworden wären, wohl aber, daß sie Stellungen auf Java oder Ceylon bekamen, die nur die »Siebzehn« zu vergeben hatten. Es war wirklich an der Zeit für Karel, dort zu erscheinen. »Aber Willem?« fragte sie leise, ihre Liebe zu dem kraushaarigen Jungen verratend. »Er ist zu jung. Wirklich, er sollte bei mir bleiben.«
Der Gouverneur lachte herzlich. »Hendrickje, Sie versetzen mich tatsächlich in Staunen. Er war schon auf Formosa und in Kambodscha. Er kämpfte tapfer in Malakka. Er ist ein Mann, kein Junge mehr.« Dann wurde er ernst und gab den Dienern einen Wink, sich zurückzuziehen.
»Die Fächerboys können bleiben. Sie sprechen nicht Holländisch.«
»Hendrickje, für Karel ist es eine Frage der Politik, in Amsterdam gesehen zu werden. Für Willem bedeutet es das Überleben, sich dort zu melden. Sein ganzes künftiges Leben kann davon abhängen.«
»Was meinen Sie damit?«
»Was Sie besser wissen als ich. Kaum ein junger Mann, der außerhalb Hollands geboren wurde, kann jemals hoffen, innerhalb der Kompanie eine Machtposition zu erreichen. Und vor allem kein Junge, der auf Java geboren ist.«
Mevrouw van Doorn erhob sich ungestüm und befahl den Fächerboys, den Raum zu verlassen, dann ging sie erregt auf und ab. »Schändlich!« rief sie. »Mein Mann und ich kamen in den schlimmsten Tagen hierher. Wir halfen mit, Djakarta zu verbrennen, und bauten dieses neue Batavia auf. Und jetzt sagen Sie mir, weil mein Sohn geboren wurde, als wir hier waren...«
»Nicht ich sage es Ihnen, Hendrickje. Die Kompanie sagt es. Jeder auf Java geborene Junge trägt ein schreckliches Stigma.«

Er sprach nicht weiter, denn es war nicht notwendig. Obwohl Mevrouw van Doorn über seine taktlose Andeutung zornig wurde, daß ihr Sohn Willem unter einer Benachteiligung litt, die sich als verhängnisvoll für die Politik in der Kompanie erweisen konnte, wußte sie doch, daß er recht hatte, denn die holländische Kolonie im Osten barg kaum zu lösende Widersprüche. Die Holländer waren ehrliche Calvinisten, die ihre Religion ernst nahmen, und in den verschlafenen Räumen in Batavia gab es viele Menschen, deren Vorfahren gestorben waren, weil sie ihre Religion verteidigten. Sie waren die Nachkommen von Helden, bereit, ebenfalls zu sterben, wenn der Calvinismus bedroht würde.

Aber sie waren eine sonderbare Gesellschaft. Sie glaubten, daß Gott in seiner Barmherzigkeit die Geretteten von den Verdammten trennte, und waren überzeugt, daß die Holländer gerettet wurden, zwar nicht alle, aber die meisten. Sie glaubten fest an das Gebot der Mäßigkeit, betranken sich aber an fünf von sieben Tagen bis zur Bewußtlosigkeit. Sie glaubten, strenges Sexualverhalten, viel strenger als das der Portugiesen und Engländer, sei notwendig; sie sprachen oft darüber, sie lasen die Stellen in der Bibel, die unkeusches Leben verdammten, und ihre Prediger brüllten sich von der Kanzel darüber heiser. Sie *glaubten* an Keuschheit.

Und das war die Schwierigkeit. Denn sie waren eine lüsterne Gesellschaft; nur wenige Männer in Europa hatten ein rascheres Auge für einen blitzenden Rock als die Holländer von Amsterdam. Sie durchstöberten und stürmten Bordelle, machten Jagd auf Mädchen aus Brasilien und Bali und Gott weiß woher; das taten sie aber immer, nachdem sie ihre Tugend beteuert hatten und bevor sie voll Bußfertigkeit beteten. Wenige Männer haben sich je zwischen keusch-besinnlichen Andachten so lüstern verhalten.

Auf Java war das Problem dreifach erschwert, denn dorthin kamen die virilsten jungen Leute Hollands, aber mit ihnen kamen keine holländischen Frauen oder nur wenige, und die waren von der schlimmsten Sorte. Hendrickje van Doorn hatte mindestens hundert jungen Frauen in Haarlem und Amsterdam geschrieben und sie angefleht, als Ehefrauen zu diesen prächtigen jungen Männern zu kommen, die ihr Glück dort machten, aber sie konnte keine gewinnen: »Die Reise ist zu lang. Ich werde meine Mutter nie wiedersehen. Das Klima ist zu heiß. Es ist ein Land von Wilden.« Hundert heiratsfähige Mädchen konnten hundert gute Gründe aufzählen, warum sie nicht nach Java gingen, und das bedeutete, daß die jungen Männer dort ohne Ehefrauen arbeiten mußten, bis sie mit ihrem Reichtum nach Hause fahren konnten.

Ohne Ehefrauen, aber nicht ohne Frauen. Die javanischen Mädchen gehörten zu den anziehendsten der Welt – sie waren schlanke, scheue, flüsternde Schönheiten, die den Eindruck erweckten, viel mehr von Liebe zu verstehen, als sie zugaben. Die Mädchen von Bali waren sogar noch verführerischer, während die wundervollen Frauen aus China ebenso kräftig und tüchtig wie schön waren. Nur ein Holländer von unerschütterlichem Charakter konnte seinem Prediger in der Kirche am Sonntag zuhören und sich während der

nächsten sechs Nächte von den herrlichen Frauen des umzäunten Gebietes fernhalten.
Die »Siebzehn Herren« und ihre Untergebenen waren illusionslose Geschäftsleute, die darauf aus waren, schnelle Profite zu machen. Dennoch mußten sie sich auch anderen Problemen zuwenden, wobei das der Rassenverschmelzung das quälendste war. Während sich die Direktoren mit dem Problem der Rassenmischung zwischen Weißen und Farbigen abquälten, entstanden zwei Denkrichtungen: Die Aufgeklärten ermutigten ihre Angestellten zur Heirat mit Frauen aus dem Osten, um so eine ständige Niederlassung zu bilden; die Engstirnigen sahen darin jedoch eine Degeneration der eigenen Rasse. Die puritanische Ansicht setzte sich durch, obwohl sie bedeutungslos wurde, sobald ein einsamer Mann die Wärme einer Konkubine oder Sklavin brauchte.
Die Debatte tobte jahrhundertelang, nicht nur auf Java, sondern auch in anderen holländischen Kolonien. In einem bestimmten Stadium wurden Mischehen so weit gefördert, daß Angestellten der Kompanie eine Barprämie angeboten wurde, wenn sie eingeborene Mädchen heirateten und sich für ständig niederließen; aber den von widersprüchlichen Philosophien beeinflußten Direktoren gelang es nie, eine befriedigende Lösung zu finden. Während sie immer noch nach einer gerechten Beantwortung der Frage suchten, kamen unzählige illegitime Kinder zur Welt.
Natürlich wollten die besser gestellten eingeborenen Frauen mit den Eindringlingen nichts zu tun haben; viele waren Mohammedanerinnen und wären eher gestorben, als sich zu bekehren oder das Kind eines Kaffers, eines Ungläubigen, zu tragen, wie sie die Holländer nannten. Tausende andere, die weniger festgelegt oder überzeugt waren, schliefen mit ihren Herren, und liberale Holländer betrachteten die Kinder, die aus solchen Verbindungen hervorgingen, als bezaubernden Zuwachs, denn die Mischlingsjungen waren klug und die Mädchen unwiderstehlich.
Aber solche Ansichten waren selten. Die meisten Holländer befürworteten eine strenge Rassentrennung, da sonst die in ihren Augen überlegene Intelligenz der Europäer gefährdet war. Diese Ansicht vertrat einer der »Siebzehn« und wetterte gegen die Mischlinge:

> Diese Bastardsippschaft sind Kinder des Teufels, die Brut sündiger Wollust, und sie haben keinen Platz in unserer Gesellschaft. Die Männer dürfen nicht als Schreiber angestellt werden, und die Frauen dürfen unsere Angestellten nicht heiraten. Sie sind ein schmachvolles Zufallsprodukt, auf das wir nicht stolz sein können, und gegen das wir uns schützen müssen.

Die »Siebzehn Herren«, von denen viele Söhne von Geistlichen waren, fanden viel Vergnügen daran, die Verästelungen dieses Themas zu untersuchen, wobei sie immer darauf hinwiesen, daß Mischlinge ein Verstoß gegen wohlgeordnete Normen seien. Sie wußten sehr wohl, daß der Großteil derer, die nach dem Osten gingen, in eine Gesellschaft geriet, in der sie kaum einen Finger zu rühren und sich sicherlich nicht anzustrengen brauchten, wie in Holland. Solche Menschen verderben moralisch leicht. Aber die Direktoren trösteten sich mit dem Glauben, daß nicht die eigene Faulheit Hollands Söhne bedrohte, sondern die Geilheit der Frauen, mit denen sie in Berührung kamen.

Aus diesem Grund waren die »Siebzehn« immer jungen Leuten in ihren Diensten behilflich, die in die Heimat gehen wollten, um eine anständige holländische Frau zu finden. Die Männer kamen nach Hause, machten den jungen Frauen von Amsterdam Heiratsanträge und wurden natürlich abgewiesen. Sie kamen allein zurück, es gab noch mehr Mischlinge, und Java gewann einen üblen Ruf, der die Schwierigkeit, holländische Frauen für die Männer zu finden, erhöhte. Die meisten verurteilenden Berichte kamen von Leuten, die zwecks Untersuchung der Sitten aus Holland hingeschickt worden waren:

> Java ist ein moralischer Sumpf, die weißen Frauen sind oft schlimmer als die Männer. Sie verbringen ganze Tage in Wollust und Müßiggang, essen sich voll bis zu geistiger Stumpfheit, trinken übermäßig, verkehren mit den Niedrigsten auf den Inseln und leisten nichts. Ich weiß von drei Frauen, die in Holland vorbildliche Kirchenmitglieder wären, hier aber von einer Woche zur anderen nichts tun als essen, mit Fremden huren und sich über ihre Sklaven beklagen, von denen sie zahllose besitzen.

Kein Wunder, daß die »Siebzehn« es zum Prinzip erhoben, daß keine leitende Stellung von einem Mann eingenommen werden konnte, der auf den Inseln geboren war. Solchen Männern würde es an moralischem Rückgrat mangeln, das jedoch während einer Erziehung in Holland automatisch erworben wurde; ihr Urteil würde durch die Berührung mit den Javanern getrübt, ihre Kraft durch die verderblichen Einflüsse des Ostens zerstört werden.

»Für einen Jungen wie Willem gibt es keinen anderen Ausweg«, sagte der Gouverneur und rief die Fächerboys wieder herein, da die Luft drückend heiß wurde. »Wenn er jetzt heimfährt und an die Universität in Leiden geht, könnte er sich von dem Makel seiner Geburt auf Java befreien. Wenn er aber hierbleibt, verdammt er sich selbst zu dritt- oder sogar viertklassigen Stellungen.«

Verzagt sank Mevrouw van Doorn in einen Stuhl. Sie war erst einundfünfzig und wollte ihre Söhne bei sich in dem großen Haus mit den vielen Dienern behalten, schätzte aber die Gefahren, von denen der Gouverneur sprach, richtig ein. Karels Karriere würde vielleicht behindert werden, wenn er nicht nach Holland zurückging, und Willem wäre für eine Karriere untauglich gewesen. Sie mußte ihre Söhne nach Hause schicken.

»Die Nachhut wird im Januar absegeln«, sagte der Gouverneur. »Ich kann auf der ›Haerlem‹ Plätze für sie reservieren.« Als sie zögerte, fügte er hinzu: »Auf Java steht ihnen, weiß Gott, eine dunkle Zukunft bevor, Hendrickje. Bestenfalls ein hiesiges Mädchen von zweifelhaftem Ruf. Schlimmstenfalls ein Versinken in der Gosse.«

Sie seufzte, erhob sich und ging zur Tür, um die Blumen in ihrem Garten zu betrachten, und sagte: »Arrangieren Sie die Überfahrt.« Und damit widmete sie sich abrupt den Vorbereitungen für ihr Neujahrsfest. Es würde jedermann zugänglich sein, wie jene Feste, welche ihr Mann für die Angestellten der Kompanie veranstaltet hatte, als er noch lebte.

Sie begann damit, sich Musiker aus befreundeten Häusern auszuborgen, und lächelte zustimmend, als die braunhäutigen Sklaven ihre Bronze-Gamelans und Bambustrommeln in die verschiedenen Räume trugen, wo getanzt werden sollte. Dann engagierte sie Köche, bis sie mehr als vierzig Diener innerhalb und in der Umgebung der Küche hatte. Sie schmückte die Wände mit Stoffen und hängte sie in großen Girlanden auf. Vierundzwanzig Lakaien mit Turban bedienten die Kutschen, und ebenso viele Frauen kümmerten sich um die Gäste, wenn sie die Säle betraten.

Die Feierlichkeiten dauerten drei Tage. Die Leute aßen und tranken, bis sie fast die Besinnung verloren, dann schliefen sie ausgestreckt auf Betten und Fußböden, bis die leise Musik sie weckte, so daß sie singen und tanzen und sich wieder mit Speisen vollstopfen konnten, bis sie betäubt waren. Mitunter erwischte eine liebebedürftige Frau, deren Mann mit der Flotte abgereist war, einen wackeren Bürger, der im Begriff war, zu Bett zu gehen, und zog sich mit ihm in eines der kleineren Zimmer zurück, wobei sie oft den Fächerboy bei sich behielten, um die Feuchtigkeit nicht ansteigen zu lassen.

Die beiden Söhne Mevrouw van Doorns verfolgten die Neujahrsfeiern mit objektivem Interesse; der strenge Karel hatte die Vorgänge in früheren Jahren beobachtet und wertete sie als unvermeidlichen Stimmungsausbruch von Menschen, die fern der Heimat dazu verurteilt waren, unter Eingeborenen zu leben, welche sie nicht achteten. Er hatte noch keine Frau und auch keine Absicht, schnell eine zu finden. Wann immer eine Dame, die viel getrunken hatte, ihn in eine Ecke ziehen wollte, lächelte er matt und zog sich zurück. In früheren Jahren war der junge Willem gewöhnlich von den pöbelhaften Feierlichkeiten ferngehalten worden, doch da er jetzt sowohl ein erfahrener Gesandter als auch ein Frontkämpfer war, wäre es unpassend gewesen, das noch länger zu tun. Er mischte sich unter die Gäste, lauschte der Musik und beobachtete mit besonderer Aufmerksamkeit die hübschen Sklavenmädchen.

»Es ist Zeit, daß er fortgeht«, räumte seine Mutter ein, als sie sah, wie er einem servierenden Mädchen zu den Küchen folgte, und als das Fest vorüber war und die geliehenen Musiker nach Hause gegangen waren, ließ sie ihre Kutsche mit ihren sechs Begleitern vorfahren und sich durch die Straßen von Batavia zum Hauptquartier der Kompanie bringen.

»Ich möchte die zwei Fahrkarten für die ›Haerlem‹«, sagte sie kurz und erhielt die Dokumente.

Da die drei schnellen Schiffe erst am siebzehnten Januar in See stechen und die Hauptflotte in der Gegend von St. Helena einholen sollten, wo frische Vorräte an Bord genommen würden, hatten die Brüder volle zwei Wochen Zeit, sich zu verabschieden. Der junge Willem verbrachte sie mit Besuchen bei zahlreichen Freunden, doch Karel meldete sich jeden Tag im Büro der Kompanie und befaßte sich mit Einzelheiten der beabsichtigten Verkäufe und Einkäufe dieses Jahres. Er notierte die verschiedenen Flotten, die nach Osten und Norden segeln würden, sowie die Namen der Kapitäne, die sie befehligen würden; zeitweilig, wenn er die komplizierten Operationen studierte, fühlte er sich wie eine Spinne im Zentrum eines Netzes, das die halbe Welt bedeckte. Es gab nun keine Portugiesen mehr in Malakka, die Durchfahrt gehörte den Holländern. Es gab auch keine anderen Europäer in Nagasaki; Japan war jetzt ausschließlich holländisches Territorium. Auf den Gewürzinseln machten zwar englische Schiffe bei ihrem kleinen Lagerhaus Station, sie durften aber nicht länger verweilen, und sogar französische Handelsschiffe mit ihren von der langen Reise zerrissenen Segeln mußten sich den von den Holländern erlassenen Vorschriften fügen.
»Wir beherrschen die Meere«, rief er eines Morgens, als sich ihm die volle Macht der Jan Compagnie enthüllte.
»Nein«, warnte ihn ein älterer Mann. »Die Engländer beginnen, Indien zu beherrschen. Und die Portugiesen kontrollieren noch immer Macao und den chinesischen Handel.«
»Überlassen wir ihnen den Tee und den Ingwer«, räumte Karel ein, »solange wir nur die Gewürze behalten.«
Als die beiden Brüder zu den drei Schiffen kamen, konnten sie aus beträchtlicher Entfernung die Gewürze riechen, denn die Laderäume waren vollgestopft mit Säcken und Bündeln, die im letzten Augenblick von den östlichen Inseln gekommen waren. Diese Schiffe brachten das Herz Asiens ins Zentrum Europas, und jedes einzelne stellte einen größeren Reichtum dar, als viele kleine Nationen in einem ganzen Jahr umsetzen würden. Die Jan Compagnie kontrollierte Java, und Java kontrollierte die Meere.
Am vierten Tag, nachdem die kleinen Schiffe die Sundastraße passiert hatten, kam ein starker Sturm auf, die Sicht war gleich Null. Drei Tage lang tobten die Unwetter, als sich die Wolken zerstreuten, war die »Haerlem« allein. Der Kapitän ließ Kanonenschüsse abfeuern, und als keine Antwort kam, folgte er der Grundregel der Navigation: Im Fall einer Trennung zum verabredeten Sammelpunkt weiterfahren. Ohne weitere Besorgnis um das Schicksal der »Schiedam« und der »Olifant« nahm er Kurs auf St. Helena, zum Hauptteil der Flotte.
Es würde mehr als zwei Monate dauern, diese Entfernung zurückzulegen, und während die »Haerlem« westwärts segelte, überlegten die Brüder, was ihren Schwesterschiffen zugestoßen sein mochte. »Sie haben gute Kapitäne«, sagte Karel. »Ich kenne sie, und sie kennen die Meere. Sie sind irgendwo dort draußen, denn wenn wir am Leben geblieben sind, sind sie es auch.«

»Werden wir sie wiedersehen?« fragte Willem, der immer zum Horizont blickte, als ob auf dieser riesigen Fläche Schiffe sich zufällig einander nähern könnten.
»Nicht wahrscheinlich. Vielleicht sind sie vorausgesegelt. Vielleicht sind sie zurückgeblieben. Wir werden sie bei St. Helena sehen.«
»Du glaubst, sie halten sich über Wasser?«
»Ich bin dessen sicher.«
Mit der Zeit wurde es klar, daß die Brüder van Doorn aus unterschiedlichen Gründen nach Holland fuhren. Für Karel, der dort geboren war und sich noch undeutlich an das Haus seiner Mutter in Haarlem und das seines Vaters in Amsterdam erinnerte, war es bloß eine Rückkehr zum Sitz der Macht, wo er sich bei den »Siebzehn Herren« im Hinblick auf den Tag durchsetzen mußte, an dem er Generalgouverneur von Java werden würde. Willem jedoch hatte Angst vor Holland, nicht weil er etwas Ungünstiges darüber wußte, sondern weil er den Osten so liebte. Jene Tage, an denen er mit dem kleinen braunen Mann durch die verschiedenen Bezirke gewandert und mit Händlern aus allen Nationen zusammengetroffen war, hatten ihn bezaubert, während ihm die romantische Reise nach Formosa die Größe seines Geburtslandes zu Bewußtsein brachte. Er war noch nicht alt genug, um zu begreifen, mit welchen Nachteilen er als auf Java geborener Holländer zu kämpfen hatte, und wollte einfach nicht glauben, daß ein in Amsterdam geborener Mann einem in Batavia geborenen von Natur aus überlegen sein sollte.
Als er Karel deswegen befragte, zog sein strenger Bruder die Stirn in Falten. »Die Java-Holländer sind zumeist Abschaum. Würdest du je im Traum daran denken, ein Mädchen aus einer dieser Familien zu heiraten?« Das verwirrte den jungen Willem, denn er hatte nicht nur daran gedacht, die Tochter der Familie van der Kamp zur Frau zu nehmen, sondern auch ganz aktiv davon geträumt, die kleine Balinesin zu heiraten, die als Kammermädchen bei seiner Mutter diente.
Am nächsten Morgen stöberte er aus Gründen, die er nicht hätte erklären können, in seinen Sachen herum und fand Jacks Elfenbeinarmband, das noch immer an seiner Silberkette befestigt war, und hängte es sich herausfordernd um den Hals. Als Karel das sah, sagte er brüsk: »Nimm dieses alberne Ding ab. Du siehst aus wie ein Javaner.«
»Ich will auch so aussehen«, gab er zur Antwort, und von nun an fehlte das Armband selten an seinem Hals.
Mitte März trafen sie auf ungünstige Winde, und obwohl die Besatzung bemerkenswert gesund blieb, machte sich der Kapitän Sorgen wegen der Wasservorräte und gab bekannt, er habe die Absicht, am Kap der Guten Hoffnung Station zu machen, wo sicherlich Frischwasser verfügbar war und man bei den kleinen braunen Leuten Rindfleisch eintauschen könnte.
Am frühen Morgen des 25. März sah Willem den Tafelberg nicht, denn wie es in diesen kalten Gewässern so häufig vorkam, war ein Wind aufgekommen, der Wolken brachte, aber keinen Regen; die flache Kuppe war nicht

zu sehen. Doch dann flaute der Wind ab, und gegen Mittag rief der Ausguckmann: »Schiff ahoi!«, und dort lag, am Hinterende der Bucht versteckt, ein kleines Handelsschiff. Der Obermaat und einige Ruderer wurden im Skiff abgeschickt, um festzustellen, wer es war, aber als sie ablegten, zog ein Gewitter auf, und eine starke Brise aus Südost zwang den Kapitän der »Haerlem«, scharf beim Wind zu fahren. Das andere Schiff verschwand aus der Sicht, während sich der Wind in einen Sturm verwandelte.

In diesem Augenblick bestand noch keine wirkliche Gefahr, doch nun sprang der Wind ganz verrückt um, so daß Segel, die getrimmt worden waren, um das Schiff vom Ufer abzuhalten, es nun vorwärtstrieben. »Sprietsegel kappen!« schrie der Kapitän, aber es war zu spät; frische Windstöße trafen die Segel und trieben das kleine Schiff hart auf Grund. Als der Kapitän versuchte zu schwojen, in der Hoffnung, daß andere Windstöße es losblasen würden, kamen rollende Dünungen donnernd heran. Spanten zitterten. Maste knarrten. Segel, die losgeschnitten worden waren, peitschten durch die Luft. Und als es Nacht wurde, war die »Haerlem« ein hoffnungsloses Wrack, das aller Wahrscheinlichkeit nach bis zum Morgen auseinanderbrechen würde.

»Ankerkette ist zerrissen!« tönte der Alarmschrei eines Wächters durch die Nacht, und die Brüder van Doorn erwarteten, daß das Schiff untergehen würde. Der Kapitän gab Befehl, vier Kanonenschüsse abzufeuern, in der Hoffnung, das würde das andere Schiff auf die Gefahr aufmerksam machen, aber die Botschaft wurde nicht verstanden. »Durch die Gnade Gottes, unseres einzigen Helfers«, schrieb der Kapitän in sein Logbuch, »verminderte sich die Kraft der Wellen. Unser Schiff brach nicht auseinander. Und als es dämmerte, sahen wir, daß unsere Lage zwar hoffnungslos war, wir aber der Küste nah genug waren, um die an Bord befindlichen Menschen zu retten.«

Im Morgennebel kam das Skiff zurück und berichtete, daß es sich bei dem Schiff auf der Reede um die »Olifant« handelte. Ein Beiboot wurde zu Wasser gelassen, um zum Strand zu fahren, aber die Besatzung der »Haerlem« beobachtete entsetzt, wie es in der tobenden Brandung unterging und ein Matrose, der nicht schwimmen konnte, ertrank.

»Wir müssen an Land!« schrie Karel dem Kapitän zu.

»Es gibt keine Möglichkeit«, antwortete der Kapitän, aber Karel vermutete, wenn er zwei Fässer aneinander festzurren könnte, würden sie ihn an Land bringen, und tatsächlich landeten Karel und Willem mit dieser Konstruktion am Kap der Guten Hoffnung.

Die nächsten Tage waren ein Alptraum. Unter der Führung der van Doorns versuchte die »Olifant« drei verschiedene Male, zu der sinkenden »Haerlem« zu gelangen, doch jedesmal schlug die Dünung so heftig gegen ihr Beiboot, daß sie umkehren mußten. Zum Glück segelten zwei englische Handelsschiffe in die Bucht, die auf der Rückfahrt von Java waren, und es gelang einem Boot von der »Haerlem« mit tollkühner Seemannskunst, sie mit einer Bitte um Hilfe zu erreichen. Zur Verwunderung der Holländer war die Besatzung einverstanden, die kleineren Stücke der Ladung auf die »Olifant«

zu befördern, und das taten sie einige Tage lang so, als wären sie im Dienst von Amsterdam: »...hundert Muskatblüten, zweiundachtzig Faß rohen Kampfer, achtzig Ballen besten Zimt, nicht durchnäßt, und fünf große Kisten voll japanischer, mit Gold und Silber geschmückter Mäntel.« Und als diese schwierige Arbeit beendet war, boten ihnen die englischen Kapitäne an, vierzig Mann von der Besatzung der »Haerlem« nach St. Helena zu bringen, wo sie sich der holländischen Hauptflotte auf dem Weg nach Amsterdam anschließen könnten.

Aber bevor diese guten Samariter absegelten, erhielt Willem eine Aufgabe, an die er sich oft erinnern sollte. »Hol alle Briefe von den Poststeinen«, wurde ihm gesagt, und als er zu fragen begann, was ein Poststein sei, schrie ihn ein Offizier an: »Vorwärts, an die Arbeit!«

An Land fragte er einige ältere Seeleute, was er tun müsse. Sie erklärten ihm das System und bestimmten zwei junge Matrosen, ihn zu beschützen, während er den Strand bis zum Fuß des Tafelbergs absuchte und sich nach allen großen Steinen umsah, die von vorbeifahrenden Mannschaften mit Inschriften versehen worden waren. Unter manchen fand er nichts, aber die meisten enthielten kleine Päckchen mit Briefen. Als er diese vergänglichen Dokumente in Händen hielt, versuchte er, sich die Städte vorzustellen, für die die Briefe bestimmt waren: Delft, Lissabon, Bristol, Nagasaki. Die Namen klangen wie Echos von allem, das er bisher auf der Reise gehört hatte, die geheiligten Namen der Erinnerungen von Seeleuten. Ein an eine Frau in Madrid adressierter Brief hatte sieben Jahre lang unter seinem Stein gelegen, und während Willem ihn anstarrte, fragte er sich, ob sie noch am Leben sein würde, wenn er jetzt ankäme, oder ob sie sich an den Mann erinnern würde, der ihn an sie gesandt hatte.

Er brachte neunzehn Briefe zu den englischen Schiffen zurück, aber sechs waren für Java und andere Inseln im Osten bestimmt. Ernst, wie es zum Ritual der See gehörte, übernahm der englische Maat die Verantwortung, dafür zu sorgen, daß die dreizehn nach Europa gerichteten Briefe befördert würden, worauf Willem die anderen an Land mitnahm, um sie unter einen auffallenden Felsen zu legen.

Als die englischen Schiffe absegelten, hatten die Holländer Zeit, ihre Lage zu prüfen, und sie war erschreckend. Es war unmöglich, an diesem entlegenen Ort die Geräte herzustellen, die erforderlich gewesen wären, um die »Haerlem« wieder flottzumachen. Sie mußte aufgegeben werden. Aber ihre unteren Laderäume enthielten noch so gewaltige Schätze, daß weder die »Olifant« noch die »Schiedam«, wenn man sie in der Bucht an Land gebracht hätte, imstande gewesen wären, alles nach Holland zurückzubringen. Es mußte also an Land eine Art provisorische Festung errichtet werden, dann mußte man die restliche Ladung dorthin bringen; und eine Truppe von Männern mußte zurückbleiben, um den Schatz zu bewachen, während die Besatzung an Bord der »Olifant« heimreiste.

Die Arbeit wurde sofort begonnen, und kaum waren die Fundamente für das Fort skizziert, da hörte die Arbeitsgruppe Kanonenschüsse, und die

»Schiedam« erschien. Trotz des katastrophalen Strandens der »Haerlem« war es eine freudige Wiedervereinigung der drei Besatzungen, und bald arbeiteten so viele Seeleute am Bau des Forts, daß der Kapitän sagen mußte: »Schickt die meisten von ihnen fort. Sie stehen einander nur im Weg.«
Nun kam die mühevolle Aufgabe, möglichst viel von der Ladung der »Haerlem« an Land zu schaffen, und zwar rasch, bevor das böse zugerichtete Schiff tatsächlich auseinanderbrach. Die van Doorns arbeiteten an Deck, dirigierten die Seilwinden, die kostbare Bündel nach oben hißten, und als drei Matrosen in den unteren Laderaum geschickt wurden, um lose Pfefferkörner in Säcke zu schaufeln, ordnete Karel an: »Ihr dürft keinen einzigen Sack dort unten lassen. Das Zeug ist zu kostbar.«
Doch bald kamen die Männer keuchend nach oben gelaufen, und als Karel fragte, warum sie ihre Posten verließen, deuteten sie nach unten und sagten: »Unmöglich.«
Da kostbare Ladung unter Deck lag, sprang Karel hinunter in den Laderaum; die Matrosen hatten recht gehabt. Salzwasser war in den Pfeffer eingesickert, und es hatte sich ein tödliches Gas entwickelt. Karel schnappte nach Luft, faßte sich an die Kehle und versuchte, wieder an Deck zu kommen, aber seine Füße glitten auf den öligen Pfefferkörnern aus, er stürzte und schlug mit dem Kopf gegen ein Schott.
Er wäre erstickt, hätte ihn der junge Willem nicht stürzen sehen. Ohne zu zögern, sprang der Junge hinunter und schrie dabei um Hilfe. Taue wurden nach unten gelassen, und der schlaffe Körper Karels wurde nach oben gezogen. Mit einem Taschentuch, das er sich vors Gesicht preßte, kletterte Willem heraus, seine Augen brannten, und seine Lungen schienen Feuer gefangen zu haben.
Er stand eine Zeitlang an der Reling und versuchte zu erbrechen, während der arme Karel völlig bewegungslos auf den Planken lag. Schließlich erholten sich die Brüder, und Willem hätte nie Karels Reaktion vergessen können. Er benahm sich, als hätte der Pfeffer ihn persönlich beleidigt. Wutentbrannt stürzte er zum Eingang des Laderaums und brüllte:
»Reißt die anderen Lukendeckel ab!«
Da der Laderaum jedoch sehr geräumig und die Ladung dicht gestapelt war, nützte es nichts, und Karel befahl, Löcher ins Oberdeck zu hacken. Als sich auch das als vergeblich erwies, schrie er in aufbrausender Wut nach einer Schiffskanone, ließ sie aufprotzen, um durch die Schiffswände hindurch in den Laderaum zu schießen.
»Feuer!« befahl er, und die Kanonenkugel riß zwei Meter des Rumpfs weg, so daß frische Luft in den Laderaum dringen konnte.
»Schwenkt die Kanone!« rief er, und der zweite Schuß, aus einem anderen Winkel abgefeuert, schlug ein gewaltiges Loch in die andere Seitenwand. Es wurden noch drei Schüsse abgefeuert, die das Entweichen des Gases ermöglichten, und als die Luft im Laderaum klar war, war Karel als erster unten, um den kostbaren Pfeffer zu bergen.
Am 1. April war dann die Lage unter Kontrolle. Die Arbeit an dem von

Lehmmauern umgebenen Fort machte gute Fortschritte, und ein von den verwegenen Männern gegrabener, achtzehn Meter tiefer Brunnen lieferte Frischwasser. Der Abtransport der Ladung aus dem Wrack ging so glatt vonstatten, daß die Führer der drei Schiffe auf der »Schiedam« zusammenkommen konnten, um endgültige Pläne zu beschließen.
Der Kapitän gab seiner Meinung Ausdruck, daß die »Olifant« und die »Schiedam« in Richtung Vaterland segeln und möglichst viele Männer von der »Haerlem« mitnehmen sollten. Er fragte, wie viele das sein würden, aber Karel unterbrach ihn mit der Erklärung, daß vor allem die Bergung der Ladung berücksichtigt und, ehe Seeleute nach Hause geschickt würden, eine Feststellung getroffen werden müsse, wieviel Mann gebraucht würden, um das Fort zu bemannen, bis die nächste Flotte, die nach Hause unterwegs war, eintraf. Der Kapitän pflichtete dieser vernünftigen Empfehlung bei, und der Rat beschloß, daß sechzig bis siebzig Mann, unter dem Kommando eines fähigen Offiziers, den Pfeffer und Zimt beschützen sollten, bis die nächste für die Heimat bestimmte Flotte eintraf.
Die Mitglieder des Rates blickten Karel an, in der Hoffnung, er würde sich freiwillig melden, um zurückzubleiben und die Ladung zu bewachen. Ihm war jedoch klar, daß er in Holland ganz andere Möglichkeiten hatte, die er nicht durch längere Abwesenheit am Kap gefährden wollte.
So wurde vereinbart, daß zwei schneidige Marineoffiziere mit einer Truppe von sechzig Mann im Fort bleiben sollten, während die Brüder van Doorn nach St. Helena eilten, um von dort mit einem schnellen Handelsschiff direkt nach Amsterdam zu fahren. Aber am 12. April, als die »Olifant« und die »Schiedam« in See stachen, blieb der junge Willem van Doorn an Land: »Ich habe das Gefühl, daß ich im Fort gebraucht werde.« Es war die Art selbstsicherer Erklärung, die alte Kämpfer respektieren konnten, also waren sie einverstanden. »Haltet das Fort!« riefen sie, als die beiden Schiffe absegelten, und ließen die erste Gruppe von Holländern in der Geschichte am Kap zurück.
Nur zwölf Tage später, als Ende April die schönsten Herbsttage kamen, überraschte Willem die Fortkommandanten mit der Ankündigung: »Ich möchte der erste sein, der den Tafelberg besteigt.« Als die Erlaubnis erteilt wurde, gewann er noch zwei Freunde für die Sache. Sie marschierten flott etwa zwanzig Kilometer weit nach Süden zu dem leuchtenden Berg, und als sie an seinem Fuß standen, rief Willem: »Wir machen nicht halt, ehe wir dort oben sind.«
Der Aufstieg war eine Schinderei, und die jungen Leute standen oft vor jähen Abgründen, die sie umgehen mußten, erreichten aber schließlich das breite, schöne Plateau, das die Kuppe des Berges bildet und von dem aus sie ihr ›Reich‹ überblicken konnten.
Im Süden lag nur der zugefrorene Pol, im Westen der leere Atlantik und die Territorien der Neuen Welt, die Spanien gehörten. Im Norden sahen sie, so weit das Auge reichte, nichts als windgepeitschte Dünen. Aber im Osten erblickten sie einladende Wiesen, dann erhoben sich Hügel und da-

hinter eine Bergkette, dann mehr und mehr und immer mehr Berge, bis zu einem Horizont, den sie nur ahnen konnten. Schweigend musterten die drei Seeleute das Land, das in der Herbstsonne brütete, und sie drehten sich oft herum, um die einsamen Meere zu sehen, über die tausend Meilen weit die Winde heulen konnten. Doch immer wieder kehrten ihre Augen zu den verführerischen grünen Tälern und den lockenden Bergen im Osten zurück. Doch während sie ostwärts blickten, bemerkten sie die Wolken nicht, die sich blitzschnell über dem Ozean im Westen gebildet hatten, und als sie sich umdrehten, um den Abstieg anzutreten, warf der Teufel sein Tischtuch, und jede Bewegung wurde gefährlich.

»Was können wir tun?« fragten die Gefährten, und Willem antwortete ganz vernünftig: »Zittern bis zum Morgengrauen.« Sie wußten, daß man sich im Fort Sorgen machen würde, hatten aber keine andere Wahl, und als die Sonne endlich aufging und den Nebel zerstreute, staunten sie von neuem über das Paradies, das im Osten wartete.

Die Seeleute nahmen von den ersten Tagen der Isolation an von den kleinen braunen Menschen Notiz, die das Kap bewohnten. Sie waren eine armselige Gemeinschaft, »kaum Menschen«, schrieb ein Autor, »schmutzig, diebisch, und sie lebten von den Schalentieren, die sie fangen konnten«. Man gab ihnen den Namen *Strandloopers* (Strandläufer), und sie hatten zum Leidwesen der Seeleute nichts zu tauschen, das von Wert gewesen wäre, wollten aber alles haben, was sie sahen. Die schlechte Beziehung der beiden Gruppen wurde durch zahlreiche Handgemenge und einige Todesfälle noch mehr getrübt.

Aber am 1. Juni, als die von der Außenwelt abgeschnittenen Männer zu dem Schluß kamen, daß sie alles gesehen hatten, was sich in ihrem vorübergehenden Aufenthaltsort zu sehen lohnte – Nashörner, die in den Niederungen weideten, Flußpferde in den Flüssen, nachts umherschleichende Löwen und ungezählte Antilopen –, kam es zu einem merkwürdigen Vorfall. Jener, der später seinen Bericht über den Schiffbruch schrieb, erzählte:

> An diesem Tag, um etwa zwei Uhr nachmittags, näherte sich uns aus dem Osten eine Gruppe von etwa zwanzig kleinen braunen Männern, die sich von den armseligen, die wir Strandloopers nannten, deutlich unterschieden. Sie waren größer. Ihre Lendentücher waren sauberer. Sie bewegten sich furchtlos, und, was uns am meisten freute, sie trieben eine Herde Schafe vor sich her. Die Tiere hatten die gewaltigsten Schwänze, die wir je gesehen hatten. Wir nannten diese Männer nach ihrer Art, mit merkwürdigen Schnalzlauten zu stottern, Hottentotten, und machten uns rasch daran, mit ihnen Tauschhandel zu treiben. Sie waren durchaus bereit, uns für Messingstücke ihre Schafe zu geben.
>
> Und dann ereignete sich etwas Erstaunliches. Aus ihren Reihen trat ein etwa dreißigjähriger Mann, lebhaft und intelligent, und bei Gott, er trug die volle Uniform eines englischen Matrosen, einschließlich der

Schuhe. Das Bemerkenswerteste war, daß er gutes Englisch, ohne Schnalzlaute, sprach. Da keiner von uns diese Sprache beherrschte, lief ich schnell, um Willem van Doorn zu holen, der sie auf Java gelernt hatte. Als er das Fort verließ, weil er hörte, daß ein Hottentotte gekommen war, der Englisch sprach, fragte er mich: »Könnte es möglich sein?« Und als wir den kleinen Mann in der Seemannsuniform sahen, begann er zu laufen und rief: »Jack! Jack!«, und sie umarmten einander immer wieder und betasteten das Elfenbeinarmband, das wir an van Doorns Kette gesehen hatten. Dann führten sie einen Freudentanz auf, gingen zur Seite und unterhielten sich in einer Sprache, die wir nicht kannten, von Dingen, die wir nie gesehen hatten.

Tatsächlich gab es unter den Hottentotten, mit denen die Holländer während ihres Aufenthalts am Kap Geschäfte machten, drei, die auf englischen Schiffen gesegelt waren: Jack, der auf Java gewesen war, ein Mann namens Herry, der zu den Gewürzinseln gesegelt war, und Coree, der sogar eine Zeitlang in London gelebt hatte. Aber diese Holländer tauschten nur mit Jack.

Das bedeutete, daß Willem oft bei den Hottentotten war, wenn sie Tauschgeschäfte machten, und so wie früher bildeten er und Jack ein auffallendes Paar. Jack wirkte sogar noch kleiner, wenn er zwischen den großgewachsenen Holländern stand, und Willem, der mit zweiundzwanzig beinahe voll erwachsen war, überragte seinen kleinen Freund turmhoch. Sie gingen in der Bucht überallhin, jagten und fischten miteinander. Gegen Mitte Juli machte Jack den Vorschlag, van Doorn solle ihn zu seinem Dorf begleiten. Der Kommandant des Forts argwöhnte einen Trick, aber Willem, der sich der Zuverlässigkeit erinnerte, die der kleine Bursche auf Java gezeigt hatte, bat um die Erlaubnis.

»Sie könnten dich umbringen«, warnte der Kommandant.

»Das glaube ich nicht«, und mit dieser einfachen Erklärung wurde van Doorn der erste Holländer, der sich nach Osten zu den lockenden Bergen wagte.

Es war eine Reise von fast fünfzig Kilometern durch ein Land, das Anzeichen für vielversprechende Fruchtbarkeit erkennen ließ. Er kam an Gebieten vorbei, wo einmal Dörfer gestanden hatten, und erfuhr von Jack, daß dieses Land hier vom Vieh kahlgefressen worden war. »Habt ihr Rinder?« fragte der Holländer und zeigte mit seinen Händen, daß er etwas Größeres meinte als Schafe.

»Ja.« Jack lachte, formte mit seinen Zeigefingern Hörner an seinen Schläfen und brüllte dann wie ein Stier.

»Ihr müßt sie zum Fort bringen!« rief Willem aufgeregt.

»Nein, nein!« erklärte Jack mit Nachdruck. »Mit denen handeln wir nicht...« Er erklärte, daß es Winter sei, die Zeit, in der die Kühe trächtig waren, und daß es verboten war, vor dem Sommer mit Rindern zu handeln oder sie zu essen. Als sie aber ins Dorf kamen und Willem die gepflegten

Tiere sah, lief ihm das Wasser im Mund zusammen; er nahm sich vor, über dieses Wunder im Fort zu berichten, sobald er zurückkam.
Sein Aufenthalt im Dorf war eine Offenbarung. Die Hottentotten standen auf der Stufenleiter der Zivilisation wesentlich tiefer als die Javaner oder die reichen Kaufleute der Gewürzinseln, und sie mit den gut organisierten Chinesen zu vergleichen, wäre lächerlich gewesen. Aber sie waren ebenso weit entfernt von den primitiven Strandloopers, die am Strand umherstreiften, denn sie besaßen ein System, nach dem sie Schafe und Rinder züchteten, und lebten in stattlichen Krals. Sie gingen zwar zumeist nackt, aber ihre Nahrung war von hoher Qualität.
Sein fünftägiger Besuch bei den kleinen Menschen brachte Willem auf die Idee, eine feste Siedlung zu gründen. Holländische Bauern könnten Gemüse bauen, das von den vorbeikommenden Flotten der Kompanie benötigt wurde, und sich von den Schafen und Rindern nähren, welche die Hottentotten züchteten; er besprach diese Möglichkeit mit Jack.
»Vielleicht könntet ihr mehr Rinder züchten?«
»Nein. Wir haben genug.«
»Aber wenn wir mit euch Tauschhandel treiben wollten? Könntet ihr uns viele Rinder geben?«
»Nein, wir haben gerade genug.«
»Aber wenn wir sie brauchten? Du hast die englischen Schiffe gesehen. Dürftige Verpflegung. Kein Fleisch.«
»Dann sollen Engländer Schafe züchten. Engländer züchten doch auch Rinder.«
Er machte keine Fortschritte mit den Hottentotten, aber als er ins Fort zurückkam und den Offizieren von dem im Landesinneren vorhandenen Reichtum berichtete, wurden sie hungrig nach Rindfleisch und wollten eine Expedition organisieren, um ein paar Rinder zu fangen. Van Doorn erhob den Einwand, daß sie, wenn sie das täten, die Beziehungen zu den braunen Menschen erschweren würden, aber die anderen Seeleute stimmten den Offizieren zu; wenn es dort drüben bei den Hügeln Rinder gab, sollten sie gegessen werden.
Die Meinungsverschiedenheit wurde Anfang August gelöst, als Jack mit ungefähr fünfzig Hottentotten zum Fort kam und nicht nur Schafe, sondern auch drei kräftige Ochsen mitbrachte, die sie entbehren konnten. »Seht ihr«, sagte van Doorn, als der Handel abgeschlossen war, »wir haben unsere Absicht ohne Kampf erreicht.« Als aber die Offiziere Jack auftrugen, ihnen regelmäßig Rinder zu liefern, erhob er Einwände.
»Nicht genug.«
Die Offiziere glaubten, er meine, die Waren, die sie ihm zum Tausch angeboten hatten, genügten nicht, und versuchten zu erklären, daß sie durch den Schiffbruch der »Haerlem« ihre normalen Tauschwaren verloren hatten und ihnen nur Gewürze und kostbare Stoffe geblieben waren. Jack sah sie mißtrauisch an, als ob er nicht verstünde, was sie sagten, und so verschaffte sich einer der Offiziere ein Boot und fuhr mit sechs Hottentotten zu dem

verrottenden Schiffsrumpf hinaus, damit die kleinen Männer selbst nachsehen und irgendwelches Material wählen könnten, das sie im Tausch gegen ihre Rinder haben wollten.
Die Fahrt war vergeblich. An Bord des knarrenden Wracks waren nur noch die schweren Kanonen und Anker und die zerbrochenen Holzteile vorhanden, und die fanden keinen Anklang bei den Hottentotten, die von Coree nach seiner Rückkehr aus London unterwiesen worden waren. »Holz nichts, Messing alles.« Das Messing war längst ausgegangen.
Aber während die anderen ins Boot zurückstiegen, fand Willem zufällig eine versteckte Schublade, die etwas von unschätzbarem Wert enthielt. Als er hörte, daß der Offizier nach unten kam, um ihn zu rufen, schloß er rasch die Lade und folgte den Hottentotten an Land.
Als die anderen in dieser Nacht schliefen, sagte er der Wache: »Ich möchte mir die ›Haerlem‹ noch einmal ansehen«, und ruderte leise zu dem Schiff hinaus, das nun schon drei Meter tief im Sand lag. Er befestigte seine Leine an einer Strebe, kletterte an Bord und hastete zur Kapitänskajüte, wo er die Schublade öffnete. Und dort lag es, mit dicken Messingbeschlägen an den Ecken und Messingschließen in der Mitte.
Vorsichtig öffnete er die Messingschlösser, schlug den Deckel zurück und sah die außergewöhnlichen Worte: »Biblia: Die Heilige Schrift, übersetzt ins Holländische. Henrick Laurentz, Buchhändler, Amsterdam, 1630.« Es war eine gedruckte Ausgabe der gleichen Bibel, die seine Mutter in Ehren gehalten hatte, und er wußte, daß es höchst ungehörig gewesen wäre, ein so heiliges Buch im Meer versinken zu lassen. Er barg die Bibel unter seinem Hemd und trug sie zurück ins Fort, wo er sie unter seinen wenigen Habseligkeiten versteckte. In den kommenden Tagen schlug er gelegentlich, wenn niemand in der Nähe war, seine Bibel auf und las einige Stellen. Es war sein Buch, und zu Neujahr borgte er sich eine Feder und schrieb in die erste Zeile der für Familienaufzeichnungen bestimmten Seite: »Willem van Doorn, sein Buch, 1. Januar 1648.«

Die holländischen Seeleute an der Tafelbucht wurden nicht vergessen. In den zwölf Monaten, die sie dort blieben, kamen fast hundert Handelsschiffe auf der Hin- und Rückfahrt zwischen Amsterdam und Batavia vorbei, blieben jedoch draußen in der offenen See, während sie das Kap umschifften. Einige englische Schiffe segelten in die Bucht und boten ihnen Hilfe an. Im August gingen drei Schiffe der Kompanie unweit des Forts vor Anker und brachten Post, Nachricht und Werkzeug.
Der Kapitän der »Tiger«, der die Flottille anführte, stürzte Willem in einen schweren Konflikt, als er am Abend vor seiner Abreise nach Java verkündete, Seeleute, die für eine zusätzliche Dienstzeit zu dieser Insel zurückkehren wollten, seien ihm willkommen. Daraufhin meldeten sich drei Matrosen. »Wir laufen morgen mittag aus«, sagte der Kapitän. Intuitiv scheute Willem mit einem Widerstand, dessen er sich in späteren Jahren stets erinnern würde, davor zurück, nach Holland zu fahren, in ein Land, das er nicht

kannte und zu dem ihn nichts hinzog. Wenn er sich aber nicht jetzt auf der »Tiger« einschiffte, müßte er dorthin und würde Java vielleicht nie wiedersehen.

Gegen Mitternacht weckte er den Kommandanten des Forts und sagte: »Sir, mein Herz zieht mich nach Java.«

»Meines mich auch«, antwortete der Offizier und erklärte, daß kein Mensch von Charakter, der einmal die Gewürzinseln gesehen hatte, jemals anderswo würde arbeiten wollen: »Es ist eine Männerwelt. Eine Welt strahlender Sonnenuntergänge. Java, Formosa! Mein Gott, ich würde sterben, wenn ich nicht dorthin zurückgehen könnte.«

»Meine Mutter hat behauptet...«

»Mein Sohn, wäre ich nicht Kommandant dieses Forts, würde ich mich sofort auf der ›Tiger‹ einschiffen!«

»Meine Mutter sagt, daß kein Holländer bei der Jan Compagnie eine Chance hat, wenn er auf Java geboren ist – es sei denn, er fährt in die Heimat zurück, um zu studieren und die richtige Kirchenausbildung zu erhalten.«

»Also«, sagte der Offizier, »also, Mevrouw van Doorn ist die klügste Frau auf den Inseln, und wenn sie sagt...« Er schlug ärgerlich mit der Faust auf den Tisch, so daß die Kerze flackerte. »Sie hat recht, Gott verdamme mich, sie hat recht. Die Jan Compagnie hat nur Respekt vor Amsterdamer Kaufherren. Ich stamme aus Groningen und könnte ebensogut ein Rindvieh sein.« Die Erwähnung dieses Wortes lenkte ihn von Willems Problem ab, denn er beabsichtigte, heimlich eine Truppe Schützen auszuschicken, um die Rinder der Hottentotten zu holen.

Als die aufgehende Sonne den Tafelberg beleuchtete, faßte der junge Willem seinen Entschluß: die »Tiger« würde ohne ihn auslaufen; er würde den Anordnungen seiner Mutter gehorchen und mit der Flotte im März nach Holland segeln – aber als die »Tiger« im Begriff war, die Anker zu lichten, begann er laut zu schreien: »Kapitän! Kapitän!«, bis der Festungskommandant glaubte, er habe es sich anders überlegt und wolle nun doch nach Java fahren.

Keineswegs. Er rannte zu dem Poststein, unter den er die sechs nach Java adressierten Briefe gelegt hatte. Keuchend brachte er die Dokumente zum Beiboot der »Tiger«.

Als das Schiff abfuhr, fühlte er wenig Bedauern, denn er hatte in dem Augenblick den seltsamen Eindruck, daß er weder für Amsterdam noch für Batavia bestimmt war: Eigentlich möchte ich hierbleiben. Um zu sehen, was hinter diesen Bergen liegt.

In dieser Nacht las er lange in seiner Bibel, die schönen holländischen Sätze prägten sich in sein Gedächtnis ein:

> Da sie nun Mose sandte, das Land Kanaan zu erkunden, sprach er zu ihnen: ...und geht auf das Gebirge und besehet das Land... und das Volk, das darin wohnt, ob's stark oder schwach, wenig oder viel ist. Und was es für ein Land ist, darin sie wohnen, ob's gut oder böse sei.

Und als er andere Texte studierte, die sich mit den Reaktionen der Israeliten auf das verheißene Land befaßten, in das zu ziehen ihnen befohlen worden war, hatte er selbst das Gefühl, dieser Kundschaftergruppe anzugehören; er war auf den Berg gegangen, um das Land zu erkunden, er war ins Landesinnere gereist, um zu sehen, wie die Menschen lebten und ob das Land gut oder unfruchtbar war. Es war bestimmt, daß er zu diesem majestätischen Land jenseits der Berge gehörte; und als drei Tage später die schnelle kleine Fleute »Noordmunster« absegelte, um die zwei langsameren Schiffe auf der Fahrt nach Java einzuholen, sah er es ohne Kummer. Wie er es aber schaffen sollte, auf dem Kap zu bleiben, wußte er nicht, denn die Holländer waren entschlossen, es zu verlassen, sobald eine Flotte eintraf, die heimwärts segelte.

In den nun folgenden inhaltslosen Tagen beschäftigte sich van Doorn mit den Routinearbeiten im Fort. Auf einem Feld in der Nähe erlegte er ein Nashorn. In einem Fluß im Landesinneren schoß er ein Flußpferd. Er ging an Bord des englischen Schiffes »Sun«, um Post abzugeben, die der Kapitän von London aus weiterbefördern würde, dann half er zwei erkrankten holländischen Seeleuten an Bord für die lange Reise nach Hause. Sehr interessant war auch der Jagdausflug zu der nahegelegenen Robbeninsel, wo die Männer zweihundert Pinguine erlegten; Willem fand das Fleisch dieser Vögel allzu fischähnlich, aber die anderen behaupteten, daß es besser schmeckte als der Speck in Holland. Und zweimal führte er Gruppen, die den Tafelberg bestiegen.

In diesen ruhigen Tagen gab es nur ein ungewöhnliches Ereignis. Eines Nachmittags gegen Sonnenuntergang näherte sich eine kleine Gruppe von Hottentotten mit Rindern. Als die Holländer das Vieh, das frisches Fleisch bedeutete, auf sich zukommen sahen, schrien sie hurra. Aber die Besucher hatten andere Pläne. Jack, ihr Anführer, erklärte in gebrochenem Englisch: »Nicht verkaufen. Wir wohnen in Fort. Bei euch.«

Die Offiziere trauten ihren Ohren nicht; als Willem jedoch Jacks Vorschläge bekräftigte, begannen sie zu lachen. »Wir können doch nicht Wilde bei uns wohnen lassen. Sag ihnen, sie sollen die Rinder hierlassen und fortgehen.«

Jack versuchte jedoch weiter, den Holländern seine Vorstellungen zu erklären: »Ihr braucht uns. Wir arbeiten. Wir züchten Rinder für euch. Wir machen Gemüse. Ihr gebt uns Stoff... Messing... alles, was wir brauchen. Wir arbeiten zusammen.«

Dies war der erste ernstgemeinte Vorschlag zu einer Zusammenarbeit von Weißen und Eingeborenen bei der Erschließung dieses wundervollen Landes. Jack wurde jedoch brüsk abgewiesen.

Van Doorn war der einzige unter den Weißen, der begriff, was der Vorschlag bedeutete, und er versuchte vergebens, die Offiziere umzustimmen.

»Zusammenarbeiten?« erbosten sich die Offiziere. »Wie könnten die uns helfen?« Dabei wies einer hochfahrend auf die holländischen Gewehre, die Leitern, die Holzkisten und anderen Geräte einer überlegenen Kultur.

»Sie könnten uns helfen, Rinder zu züchten, Sir«, schlug van Doorn vor.

»Sag ihnen, wir wollen nur über die Tiere mit ihnen verhandeln.«
Jack und seine kleinen Männer wollten jedoch kein Tauschgeschäft abschließen. »Wir kommen. Leben bei euch. Helfen euch. Wir geben euch diese Rinder. Noch viele andere. Aber keinen Handel mehr.«
»Nehmt das Vieh!« befahlen die Offiziere, aber der junge van Doorn widersprach: »In den Dörfern jenseits der Hügel wohnen viele Hottentotten. Wenn wir Streit beginnen...«
»*Er* beginnt den Streit. Sag ihm, er soll sein Vieh nehmen, und wenn er jemals wieder hierherkommt, wird er erschossen. Fort mit ihnen!«
Die Offiziere ließen keine weiteren Verhandlungen zu, und die Hottentotten wurden weggeschickt. Langsam und traurig trieben sie ihr fettes Vieh zusammen und machten sich auf den Heimweg, ohne zu verstehen, warum ihr vernünftiger Vorschlag abgelehnt worden war.
Willem sah Jack unter bedauerlichen Umständen wieder. Eine Gruppe von sechs Matrosen bat um Erlaubnis, acht oder neun Tage lang im Gebiet weit nördlich des Forts zu jagen, und da Fleisch benötigt wurde, lag es nahe, Ausschau nach einem Flußpferd oder einem Nashorn zu halten, die beide ausgezeichnetes Fleisch lieferten. Sie blieben länger fort als geplant, und als sie zurückkamen, waren sie nur noch fünf.
»Sie wurden von Hottentotten überfallen, und van Loon fiel einem Giftpfeil zum Opfer.« Sie hatten den Pfeil dabei, ein bemerkenswertes Ding, das aus drei Teilen bestand, die durch enge Sehnenmanschetten miteinander verbunden und so beschaffen waren, daß, wenn die Giftspitze in den Körper eindrang, der Rest abbrach und es unmöglich war, das Geschoß herauszuziehen.
»Wir schnitten es heraus«, erklärte der Mann. »Er lebte noch drei Tage, wurde aber immer schwächer und starb schließlich.«
Die Offiziere waren wütend und schworen Rache, aber van Doorn erinnerte sich an etwas, das Jack ihm während seines Aufenthalts im Dorf erzählt hatte: »Wir jagen nie im Norden. Dort ist das Land der San.« Das war eine Warnung gewesen, die er überhört hatte. Und nun war einer seiner Gefährten tot.
Er erbot sich, nach Osten zu gehen, um diese Tragödie mit Jack zu erörtern. Obwohl die Offiziere diese Idee zuerst ins Lächerliche zogen, sahen sie nach einiger Überlegung ein, daß es unklug wäre, einen offenen Krieg gegen die kleinen braunen Männer zu beginnen, die zahlenmäßig so weit überlegen waren und über eine so furchtbare Waffe verfügten. Also gaben sie ihr Einverständnis, und van Doorn machte sich mit zwei bewaffneten Begleitern auf den Weg zu Jack; den Pfeil nahm er mit.
Als die Hottentotten den Pfeil sahen, erschraken sie: »San. Die Kleinen, die im Busch leben. Du darfst ihr Land nie betreten.« Sie zeigten, wie der Pfeil funktionierte, und erklärten, daß sie selbst Angst hätten vor diesen kleinen Männern, die weder Rinder noch Schafe noch Krals besaßen: »Sie sind schreckliche Feinde, wenn wir in ihr Land gehen. Wenn wir in unserem bleiben, lassen sie uns in Frieden.«

Willem fand es amüsant, daß die Hottentotten von diesem Feind als »die Kleinen« sprachen, aber Jack überzeugte ihn, daß die San wirklich viel kleiner waren: »Wir halten unsere Rinder nahe am Meer. Schwieriger für die Kleinen, sich dort einzuschleichen.«
So wurde ein offener Krieg zwischen den Hottentotten und den Holländern vermieden. Einer der Männer schrieb einen Bericht für Amsterdam, in dem er das Kap für unbewohnbar erklärte; es sei wirklich nichts wert und unfähig, den Nachschub zu beschaffen, den die Flotten der Kompanie brauchten:

> Es ist viel besser, wir versorgen uns weiter auf St. Helena. Es besteht kein Grund, weshalb irgendwelche Schiffe der Kompanie in Zukunft in diese gefährliche Bucht einlaufen sollten, besonders da drei verschiedene Feinde jede Niederlassung bedrohen: die Strandloopers, die Hottentotten und diese kleinen Wilden, die mit ihren vergifteten Pfeilen im Busch leben.

Als dieser Mann seinen Bericht zusammenstellte, wanderte ein Offizier durch die Festungsgärten und bemerkte, daß es seiner Sonderabteilung von Gärtnern gelungen war, mit den aus dem Wrack der »Haerlem« geretteten Samen Kürbisse, Wassermelonen, Kohl, Karotten, Rettich, Steckrüben, Zwiebel und Knoblauch zu züchten, während seine Jäger den Köchen Elenantilopen, Flußpferde, Pinguine von der Robbeninsel und Schafe liefern konnten, die sie von den Weiden der Hottentotten gestohlen hatten.

Im Januar beobachteten die Seeleute im Fort eines der größten Rätsel der See. Am 16. September 1647 waren zwei prächtige Schiffe der Kompanie aus Holland ausgelaufen, die beabsichtigten, die lange Reise nach Java und zurück zu machen. Das konnte zwei Jahre dauern, wenn man die Zeit einrechnete, die mit zusätzlichen Fahrten zu den Gewürzinseln oder nach Japan verstreichen würde. Die »Weiße Taube« war eine kleine, schnelle Fleute mit einer Besatzung von achtundvierzig Mann, die von einem Kapitän befehligt wurde, für den Sauberkeit und die Verhütung von Skorbut ebenso wichtig waren wie gute Navigation. Als er am Kap eintraf, um sich zu verproviantieren, waren all seine Leute dank Zitronensaft und eingelegtem Kohl gesund, und er war begierig, seine Fahrt nach Java fortzusetzen.
Er erklärte der Besatzung im Fort, daß die »Siebzehn Herren« an sie dächten und ihnen besonders für die Bergung der Pfefferkörner dankbar wären, die von immensem Wert sein würden, wenn sie schließlich nach Amsterdam kämen.
»Wir schätzen den Dank«, brummte der Festungskommandant, »aber wann können wir von hier fort?«
»Die Weihnachtsflotte aus Batavia«, meinte der Kapitän, »wird Sie sicherlich von hier abholen.« Er fragte, ob irgendwelche Seeleute mit ihm nach Java zurückkehren wollten. Niemand meldete sich, aber Willem war wieder tief bewegt.

Er schwankte mittlerweile nicht mehr zwischen Holland und Java, sondern überlegte fieberhaft, wie er seine Rückkehr zum Kap am besten sicherstellen könnte. Für ihn vereinte es die Anziehungskraft Javas mit der Verantwortlichkeit Hollands und bot den Anreiz eines neuen Kontinents, den es zu unterwerfen galt. Es war eine Herausforderung von solchem Ausmaß, daß sein Herz wild klopfte, wenn er davon träumte, eine Handelsniederlassung einzurichten, eine Arbeitsvereinbarung mit den Hottentotten zu treffen, die Welt der mörderischen kleinen San zu erforschen und, vor allem, nach Osten vorzudringen, über die dunkelblauen Hügel, die er von der Kuppe des Tafelbergs aus gesehen hatte. Nirgends konnte er Amsterdam und Batavia wirkungsvoller dienen als hier.
Als die »Weiße Taube« sich zur Abfahrt rüstete, war er immer noch verwirrt, denn er konnte sich nicht entschließen, ob er mitfahren solle oder nicht. Seine Aufmerksamkeit wurde abgelenkt, als ihr Schwesterschiff, der hochragende Ostindienfahrer »Princesse Royale«, sich langsam in die Bucht schleppte. Sie war ein neues Schiff, groß und imposant, mit einem Hüttendeck wie ein Schloß, und sie hatte, anstelle der achtundvierzig Mann der »Weißen Taube«, eine vollständige Besatzung von dreihundertsechzig Mann an Bord. Ihr Kapitän war ein Veteran, der nicht mit sich spaßen ließ und Zitronensaft und Fässer voll Sauerkraut verachtete: »Ich befehlige ein großes Schiff und werde es durch die Stürme führen.« Infolgedessen waren sechsundzwanzig Mann seiner Besatzung bereits tot, weitere siebzig lagen auf dem Totenbett, und die Hälfte der Reise lag noch drohend vor ihm.
Als die beiden Kapitäne mit den Offizieren der Festung zusammentrafen, konnte Willem deutlich erkennen, wie verschieden sie waren: Ein Mann, der ein großes, pompöses Schiff befehligt, hat groß und pompös zu sein. Ein Mann, der eine schnelle kleine Fleute führt, kann es sich leisten, munter und lebhaft zu sein. Er wunderte sich deshalb nicht, als die »Weiße Taube« früh am Morgen die Anker lichtete, als ob sie weiteren Kontakt mit der schlecht geführten »Princesse Royale« vermeiden wolle, und er stellte fest, daß sie eine ordentliche Portion verfügbarer frischer Gemüse und frischen Fleisches mitgenommen hatte. Nach achtundsechzig siedend heißen Tagen würde die Fleute auf Java landen, ohne einen einzigen Mann verloren zu haben.
Als Willem Vorräte an Bord der »Princesse Royale« schaffte, sah er zu seinem Entsetzen, daß über neunzig Passagiere in ihren schmutzigen Kojen lagen und zu schwach waren, um an Land zu gehen; viele waren offensichtlich dem Tod nahe. Ihm wurde noch einmal der Unterschied zwischen der Führung der beiden Schiffe klar, die in derselben Zeit die gleiche Reise gemacht hatten. Sie waren vom selben Hafen abgesegelt, am selben Tag, mit Offizieren besetzt, die eine ähnliche Vergangenheit hatten, und sie hatten dieselben Meere bei den gleichen Temperaturen durchquert. Dennoch war das eine gesund, das andere ein Leichenhaus, dessen größte Anzahl an Toten noch vor ihm lag. Wenn man aber die Seeleute im Fort diesbezüglich fragte, sagten sie: »Es ist Gottes Wille.«

In diesen Tagen dachte er viel über Gott nach und versuchte insgeheim aus der in Messing gebundenen Bibel herauszulesen, was dieser Gott von ihm erwartete. Und eines Nachts las er bei flackerndem Kerzenschein eine Stelle, die ihn vom Sitz riß:

> Da sprach der Herr zu Abram:
> ...Denn alles das Land,
> das du siehst, will ich dir geben
> und deinem Samen ewiglich.

Gott schenkte dieses neue Land als Verheißung seinem auserwählten Volk, und die Art, wie einige wenige begeisterte Holländer generationenlang der gesamten Macht Spaniens hatten widerstehen können, bewies, daß sie auserwählt waren. Willem war überzeugt, daß die »Siebzehn Herren« in Amsterdam bald die Pflicht erkennen müßten, die Gott ihnen auferlegte, und mutig das Kap besetzen, das Er ihnen zugedacht hatte. Die Stammtruppen würden sie natürlich auf Java ausheben, wo Männer arbeiteten, die sich auf diese Gewässer verstanden. Er würde rasch auf der »Princesse Royale« nach Java zurückfahren, um bereit zu sein, wenn der Ruf kam.
Als er seine Offiziere von seinem Entschluß in Kenntnis setzte, sagte der Mann aus Groningen: »Genau das täte ich auch.« Er wäre aber bestimmt erstaunt gewesen, wenn Willem ihm seinen wahren Beweggrund genannt hätte.
In der Nacht vor der Abreise überlegte sich van Doorn fieberhaft, wie er seine große Bibel behalten konnte. Wenn er sie an Bord mitnahm, würde sie als Besitz der Kompanie erkannt und konfisziert werden; das würde er nicht dulden, denn er hatte das unbestimmte Gefühl, das Buch zu einem bedeutenderen Zweck gerettet zu haben, und daß es sein jetziges Verhalten diktierte. Im Morgengrauen brachte er seine Bibel zu den Poststeinen, wo er jedoch rasch erkannte, daß zwar fest verpackte und versiegelte Briefe die Bodenfeuchtigkeit überstehen mochten, nicht aber ein so wertvolles Buch. Er erinnerte sich aber, daß er bei einer seiner Besteigungen des Tafelbergs auf eine Reihe kleiner Höhlen gestoßen war, und machte sich sogleich auf den Weg dorthin. Der Mond wies ihm den Weg zu einer Höhle, in der er weit hinten, unter einem Steinhaufen, die in Leinwand gewickelte Bibel versteckte. Er war überzeugt, sie würde der Magnet sein, der ihn zurückziehen würde. Zu Mittag, als die »Princesse Royale« in See stach, gehörte er zu den Passagieren.
Es wurde eine Fahrt durch die Hölle. Jeden Tag warfen die Matrosen Leichen über Bord, und als Willem zum ersten Mal den Mund einer von Skorbut befallenen Frau sah – ihr Zahnfleisch war so stark geschwollen, daß man keine Zähne sehen konnte –, war er entsetzt.
Während sich der große Indienfahrer durch die Malakkastraße schleppte, fand van Doorn niemanden, der gesund genug gewesen wäre, seinen überschwenglichen Schilderungen von der Eroberung des portugiesischen Forts

durch die kühnen Holländer zuzuhören. Am Ende dieser Höllenfahrt waren über hundertdreißig Menschen gestorben und viele der Überlebenden so hinfällig, daß die heiße Feuchtigkeit Javas sie in wenigen Monaten töten sollte.

Als das Totenschiff die Reede von Batavia erreichte, wartete dort die kleine »Weiße Taube«, sauber gewaschen und bereit zur Weiterfahrt nach Formosa. Die beiden Kapitäne trafen kurz zusammen: »Wie war es?«

»Wie immer.«

»Wann fahren Sie zurück nach Holland?«

»Wann immer sie es anordnen.« Auf der Rückreise sollte die »Princesse Royale« hundertfünfzehn Passagiere verlieren.

Mevrouw van Doorn war nicht erfreut, als sie erfuhr, daß ihr jüngerer Sohn nach Java zurückgekehrt war. Sie argwöhnte, daß ihn eine Charakterschwäche veranlaßt habe, lieber eilig in ein leichtlebiges Land zurückzukommen, das er kannte, als sein Glück im rauhen, vom Intellekt geprägten Klima Hollands zu wagen, und sie fürchtete, das könnte der erste verhängnisvolle Schritt auf dem Weg zu seinem späteren Niedergang sein.

Willem hatte die Befürchtungen seiner Mutter vorausgeahnt, fürchtete aber, sich lächerlich zu machen, wenn er ihr seine wirklichen Motive darlegte: eine Vision von einer Bergkuppe, eine Freundschaft mit einem kleinen Wilden und die Inspiration durch eine unter Steinen begrabene Bibel. Nachdem er mit sich zu Rate gegangen war, wagte er sich an die schwierige Aufgabe, einen langen Bericht für seine Vorgesetzten in Batavia zu schreiben, in der Hoffnung, sie würden ihn an die »Siebzehn Herren« weiterleiten.

Darin erklärte er nüchtern und sachlich, was die Holländer seiner Meinung nach erreichen könnten, wenn sie am Kap der Guten Hoffnung einen Stützpunkt errichteten. Er betitelte ihn »Eine nüchterne Überlegung« und rekonstruierte darin alles, was er während seiner Zeit als Schiffbrüchiger beobachtet hatte, wobei er die leitenden Kaufleute der Kompanie über die potentiellen Reichtümer in diesem neuen Land informierte:

> Drei verschiedene Schiffe gaben uns Samen, zwei aus Holland, eines aus England, und jeder Samen, den wir anpflanzten, lieferte gutes Gemüse, einiges davon größer, als wir es von daheim erhalten. Seeleute, die eine große Anzahl von Ländern kennen, sagten: »Das ist die wohlschmeckendste Mahlzeit, die wir je bekamen.« Bei meinem Ausflug in das Eingeborenendorf sah ich Melonen, traubenähnliche Kletterpflanzen und anderes Obst.

Er führte sorgfältig auf, was in den Gärten der Kompanie üppig gediehen war, wieviel Rinder die Hottentotten besaßen, welche Vögel man auf der Robbeninsel erlegen konnte. Dieses Verzeichnis hätte eine Ermunterung für alle sein können, die eine Versorgungsbasis zu errichten gedachten.

Aber argwöhnische Leser neigten vielleicht dazu, sich mehr mit den Stellen zu beschäftigen, in denen er das Leben der Hottentotten eingehend beschrieb:

> Sie gehen völlig nackt und tragen nur ein kleines Stück Fell, um ihre Geschlechtsteile zu bedecken. Zum Schutz des Körpers beschmieren sie sich mit einem Gemisch aus Kuhdung und Sand, das sie Monat für Monat verstärken, so daß man sie auf große Entfernung riechen kann. Männer frisieren sich mit Schafdung, so daß ihr Haar so hart wird wie ein Brett. Die Frauen legen gewöhnlich getrocknete Eingeweide wilder Tiere um ihre Beine, die als Schmuck dienen.

Er unterschied sorgfältig zwischen den Strandloopers, einer degenerierten Gruppe abfallessender Vagabunden, den Hottentotten, die Hirten waren, und den Buschmännern, die ohne Herden im Landesinneren lebten.
Er rechnete aus, wie viele Schiffe frisches Gemüse laden könnten, wenn die Kompanie eine Niederlassung errichtete, wo man es auf dem Kap anbauen konnte, und legte dann dar, daß sie, wenn sie ständige Beziehungen mit den Hottentotten unterhalten könnten, auch imstande wären, fast unbegrenzte Lieferungen von frischem Fleisch anzubieten. Er riet, die Station auf St. Helena aufzugeben, mit der vernünftigen Warnung, daß die Engländer, falls sich die Holländer nicht friedfertig zurückzögen, sie ohnehin von dort vertreiben würden.
Dies waren reifliche Überlegungen, wohlbegründet in allen wichtigen Punkten, und sie erreichten gar nichts. Die leitenden Beamten in Batavia waren der Ansicht, daß ein so weit entfernter Ort sie nichts anginge, während die »Siebzehn Herren« es für unverschämt hielten, daß ein so unbedeutender Mann, der nicht einmal Matrose war, sich in solche Angelegenheiten mischte. Soweit Willem sehen konnte, geschah nichts.
Aber ein einmal geschriebenes Wort liegt oft lange vergessen in einer Schublade, bis es in einem völlig unerwarteten Moment hervorgekramt wird – beispielsweise, wenn jemand während einer Diskussion fragt: »Ist es nicht das, was van Doorn vor mehreren Jahren sagte?« Die Stelle aus »Eine nüchterne Überlegung«, die zugleich in zwei Städten, die durch Welten getrennt waren, wieder zum Leben erweckt wurde, betraf Schiffe:

> Wie kommt es, daß zwei Schiffe von durchaus vergleichbarer Güte, bemannt mit Seeleuten von gleicher Gesundheit und mit gleicher Ausbildung, von Amsterdam nach Batavia segeln können und das eine auf Java eintrifft mit einer Besatzung, von der alle Mann arbeitsfähig sind, während das andere beim Einlaufen in den Hafen bereits ein Drittel seiner Mannschaft auf See begraben mußte und ein zweites Drittel so leidend ist, daß es innerhalb eines Jahres an unseren Fiebern sterben muß? So etwas wie Glücksschiffe und Unglücksschiffe gibt es nicht. Es gibt nur frische Nahrung, Ruhe, saubere Quartiere und was sonst noch

den Skorbut verhindert. Ein Aufenthalt von drei Wochen am Kap der Guten Hoffnung mit frischem Gemüse, Zitronenbäumen und frischem Fleisch von den Hottentotten würde der Kompanie einen Verlust von tausend Menschenleben jährlich ersparen.

Viele der »Siebzehn Herren« waren der Ansicht, es sei nicht ihre Pflicht, sich um die Gesundheit von Matrosen zu kümmern, und einer sagte: »Wenn der Bäcker einen Kuchen bäckt, fällt etwas von der Kruste auf den Boden.« Jene anderen Herren, die einem Untergebenen auf Java einen scharfen Verweis erteilt hatten, weil er zwei Schiffe der Kompanie mit Nahrungsmitteln nach Ceylon zu hungernden Landarbeitern geschickt hatte, spendeten ihm Beifall: »Es ist nicht unsere Aufgabe, die Schwächlinge der Welt zu füttern.«
Aber bei anderen Mitgliedern des leitenden Komitees fanden van Doorns Kommentare über das Kap Widerhall, und diese Männer brachten von Zeit zu Zeit die Angelegenheit der übermäßigen Todesfälle ihren Kollegen in Erinnerung. Man schätzte, daß es die Kompanie gut und gern dreihundert Gulden kostete, einen Mann in Batavia an Land zu bringen, und daß die Kosten, wenn er nicht zumindest fünf Jahre dort arbeitete, nie hereingebracht werden konnten. Damit endete die Debatte, ohne daß etwas unternommen wurde.
Mevrouw van Doorn beobachtete mit Bestürzung, wie ihr jüngerer Sohn in das langweilige Dasein eines untergeordneten Angestellten abglitt, der wesentlich unfähigeren Leuten unterstellt war, die jedoch ihre Ausbildung in Holland erhalten hatten. Willems Lebhaftigkeit ermattete, und seine Schultern erschlafften. Er trug oft eine mädchenhafte Kette um den Hals, an der ein Elfenbeinarmband hing. Das schmerzlichste war jedoch, daß er in die Einflußsphäre der wenigen holländischen Witwen geriet, die in Batavia blieben, ohne jedoch über ein Familienvermögen zu verfügen wie Mevrouw. Das war eine armselige Gesellschaft, »Seekühe, die sich von jedem Stier besteigen ließen, der es wollte«, und es würde nicht lang dauern, bis Willem zu ihr kommen und ihr sagen würde, daß er die eine oder andere zur Frau nehmen wolle. Danach war nichts mehr zu retten.
Und dann, eines Tages im Jahr 1652, als die weißhaarige, dicke Mevrouw van Doorn Vorbereitungen für ihren Neujahrsempfang traf, kam die erstaunliche Nachricht nach Batavia, daß am Kap der Guten Hoffnung eine Nachschubstation unter der Leitung von Jan van Riebeeck errichtet worden sei. Man diskutierte darüber, welcher Teil der Nachricht aufsehenerregender sei, die Station selbst oder ihr vorgeschlagener Leiter. Und Hendrickje bemerkte laut, zum Vergnügen der Zuhörer: »Wenn ein Mann nicht schlau genug ist, von der Kompanie zu stehlen, wird er auch nicht schlau genug sein, für sie zu stehlen.«
Willem van Doorn war im Garten, als seine Mutter das sagte, aber er hörte den Namen van Riebeeck und fragte, als er durch die Tür eintrat: »Van Riebeeck? Den hab' ich kennengelernt. Was ist mit ihm?«

Der siebenundzwanzigjährige Willem stand müde in der Tür, von Frühlingsblumen eingerahmt, und seine Hände begannen zu zittern, denn die lange Trockenperiode seines Lebens war zu Ende. Nachdem er sich gefaßt hatte, zermarterte er sich das Gehirn, wie er es anstellen sollte, eine Aufgabe am Kap zu erlangen. Eines Tages rief ihn ein Adjutant des Generalgouverneurs beiseite: »Van Doorn, wir wurden ersucht, der Ansiedlung einige erfahrene Leute zu schicken, die beim Aufbau helfen können.« Willem wollte sich schon melden, aber der Adjutant fuhr fort: »Es müssen natürlich jüngere Leute sein. Der Rat fragt sich, ob Sie einige Leute für untergeordnete Stellungen empfehlen könnten. Für die höheren werden wir die Wahl treffen.«

Und so befaßte sich Willem van Doorn, von dem man glaubte, er sei für einen abenteuerlichen Posten nicht mehr jung genug, damit, das erste Kontingent von Leuten aus Batavia auszuwählen, die am Kap dienen sollten. Das war eine traurige Aufgabe, weil keiner der Männer das angenehme Leben auf Java aufgeben und in diese vom Wind verwehte Wildnis gehen wollte.

Die Flotte lief aus, und Willem blieb zurück. Seine Abhandlung wurde sowohl in Amsterdam als auch in Batavia in Truhen aufbewahrt, aber der Mann, der mehr als jeder andere für die Errichtung dieser Station getan hatte, durfte sich nicht an ihrem Aufbau beteiligen. Die Monate verstrichen, und Willem lief jedesmal in den Hafen, wenn eine Flotte ankam, um zu fragen, wie es am Kap stand. Und dann, eines Tages, erreichte den Rat die Nachricht, daß Kommandant van Riebeeck anfrage, ob man ihm gestatte, einige Sklaven zu seiner persönlichen Verwendung aus Java kommen zu lassen, für den Gemüseanbau, und derselbe Adjutant, der Willems Hoffnungen seinerzeit zerschlagen hatte, machte ihm nun ein verblüffendes Angebot: »Van Riebeeck will einige Sklaven für das Kap kaufen. Und da Sie diesen Bericht geschrieben haben – ich meine, da Sie das Land dort kennen –, dachten wir, Sie wären vielleicht der Mann, der diese Aufgabe übernehmen könnte.«

Willem verneigte sich: »Ich würde mich geehrt fühlen, wenn mir dieses Vertrauen gewährt würde.« Und als der Adjutant gegangen war, rannte er zu seiner Mutter und rief: »Ich fahre zum Kap!«

»Wann?« fragte sie ruhig.

»Mit der Weihnachtsflotte.«

»So bald!« Sie hatte den Tag herbeigesehnt, an dem ihr Sohn ihr mitteilen würde, daß er nach Holland fahre, »um sich zu retten«, wie sie es nannte. Jetzt war sie bestürzt, daß er sich zu einem sogar noch erniedrigenderen Ort als Java verurteilte. Nun würde er es nie zu einer Position in der Kompanie bringen, und Gott allein wußte, was ihm zustoßen konnte. Aber für ihn war es immer noch besser, zum Kap zu gehen, als hier auf Java zu bleiben und eine hiesige Schlampe zu heiraten. Also, sei's drum.

Am Abend vor seiner Abreise saß sie mit ihm in ihrem geräumigen Empfangssalon und sagte: »Wenn du an mich denkst, ich werde hier im Hause sein. Ich werde es nie verkaufen. Wenn ich nach Holland zurückginge, wür-

den mich die Erinnerungen an meine Musiker, die im Garten spielen, quälen.«
Sie schien so vollständig der Inbegriff jener unentwegten Holländer zu sein, die die Welt beherrschten – Java, Brasilien, die Insel Manhattan, Formosa –, daß Willem wußte, er brauchte sie nicht zu hätscheln. Als sie aber ihre holländische Bibel nach unten holte und sagte: »Ich habe nachts Stellen auswenig gelernt, als es den Tod durch spanische Hände bedeutete, eine Bibel zu besitzen«, wurde er von Liebe überwältigt und erzählte ihr im Vertrauen: »Als unser Schiff auseinanderzubrechen drohte, schlich ich zurück und fand eine große Bibel, die den Fluten preisgegeben war. Und als ich sah, daß es die gleiche war wie deine, wußte ich, daß ich ausgesandt worden war, sie zu retten. Hätte ich sie jedoch jemandem gezeigt, hätte man sie mir bestimmt abgenommen. Deshalb vergrub ich sie in einer Höhle, und sie ist es, die mich zurückruft.«
»Ich habe noch nie einen besseren Grund gehört, irgendwohin zu fahren«, sagte seine Mutter, und als die Weihnachtsflotte am 20. Dezember in See stach, war sie am Kai, um ihm Lebewohl zu sagen. In dieser Nacht begann sie mit den Vorbereitungen für das »Fest des sterbenden Jahres«, wie sie es nannte. Sie lieh sich die Musiker aus, leitete das Braten der Schweine und nickte zustimmend, als Diener den Likör hereinschleppten. Während das Jahr zu Ende ging, grölten sie und ihre holländischen Kumpane alte Lieder und zechten, bis sie in Betäubung verfielen. Dann schliefen sie ihren Kater aus.
Java würde immer die Königin des Ostens und Batavia seine goldene Hauptstadt sein.

Der Rat hatte beschlossen, daß van Riebeecks Sklaven nicht aus Java kommen sollten, dessen Eingeborene nur schwer zu lenken waren, sondern aus Malakka; denn die sanfteren Malaien würden sich leichter an die Sklaverei gewöhnen. Deshalb machte Willems Schiff dort Station, und er ging an Land, um den Fortkommandanten zu informieren, daß vier Sklaven geliefert werden sollten. Daraufhin gingen ein Sergeant und drei Mann in die Wälder hinter der Stadt und kehrten bald darauf mit zwei braunhäutigen Männern und zwei Frauen zurück. Vor Einbruch der Nacht hatte Willems Schiff die Flotte eingeholt, und die lange Fahrt zum Kap nahm ihren Fortgang.
Eine der Sklavinnen war ein Mädchen namens Ateh, eine siebzehnjährige braungelbe Schönheit. Sie schmollte, als Matrosen sie und die anderen in einen dunklen Raum unter Deck einschlossen, und sie protestierte, als man ihnen Essen nach unten warf. Sie verlangte Wasser zum Waschen, und die Matrosen hörten, wie sie den anderen befahl, sich zu benehmen. Und jeden Tag, wie trostlos er auch gewesen sein mochte, begann sie, irgendwann zu singen. Es waren belanglose Lieder, die sie als Kind in ihrem sonnigen Dorf gelernt hatte, aber wenn sie sang, machte sie das dunkle Gefängnis erträglicher.

Bald war dieses Mädchen Ateh so bekannt, daß sogar der Kapitän von ihr Notiz nahm und ihr den Namen gab, unter dem sie später bekannt werden sollte: »Ateh ist heidnisch. Wenn du in einer christlichen Kirche singen willst, brauchst du einen christlichen Namen.« Er blätterte in der Bibel und kam, wie bei den Holländern üblich, nicht über das Alte Testament hinaus. Dabei stieß er auf die lyrische Stelle in den »Richtern«, die für dieses singende Mädchen bestimmt zu sein schien: »Erwache, erwache, Deborah; erwache, erwache und sing ein Lied...«

»Prophetisch!« sagte er und klappte das Buch ehrfürchtig zu. »Das soll ihr Name sein – Deborah.« So wurde sie von nun an gerufen.

Da Willem für die Ablieferung der Sklaven verantwortlich war und sie möglichst am Leben erhalten wollte, ging er oft unter Deck, um sich zu vergewissern, daß man sie gut behandelte. Das führte immer zu Unterredungen mit Deborah. Bevor er die Leiter nach unten stieg, saß sie zusammengekauert in einem Winkel und haderte mit ihrem Schicksal. Wenn sie ihn kommen sah, ging sie nach vorne zum Gitter des Käfigs und begann zu singen. Kam er unten an, täuschte sie Überraschung vor, hörte mitten in einem Ton auf zu singen und warf ihm einen scheuen Blick zu, während sie ihr Gesicht verbarg.

Da die Flotte nun jenen Teil des Indischen Ozeans erreicht hatte, wo die Temperaturen am höchsten waren, begannen die eingesperrten Sklaven zu leiden. Es fehlte ihnen an Nahrung, Wasser und Luft, und eines Mittags, als die Hitze am größten war, sah Willem, daß Deborah völlig erschöpft auf dem Boden lag. Auf eigene Verantwortung schloß er die Tür ihres Gefängnisses auf und brachte das Mädchen an die frische Luft. Er kniete bei ihr und sah zu, wie sie sich langsam erholte.

Dabei bemerkte er mit Erstaunen, wie leicht Deborahs Körper war, und während sie im Schatten lag, bezauberte ihn ihr wunderbar ruhiges Gesicht mit den hohen Backenknochen und den zarten Lidern, so daß er sich kaum losreißen konnte. Als sie wieder einigermaßen bei Kräften war, stellte er fest, daß sie die Eingeborenensprache von Java beherrschte, zu deren seltsamer Tradition es gehörte, daß man die Mehrzahl bildete, indem man die Einzahl zweimal sagte. Wenn *sate* das Wort für die auf Bambusspieße gesteckten Stücke gerösteten Lammfleisches war, die mit Erdnußsauce serviert wurden, dann waren zwei dieser Köstlichkeiten nicht *sates,* wie in vielen Sprachen, sondern *sate-sate;* wenn die Eingeborenen rasch sprachen, klang es, als ob sie stotterten, und bald verliebte Willem sich in Deborahs Stimme.

Fast jeden Tag erfand er eine Ausrede, um sie aus ihrem Käfig zu befreien, was jedoch bald den Unmut der holländischen Matrosen und der anderen Sklaven hervorrief. Eines Abends behielt er sie bei sich an Deck, und sie verbrachten die lange, feuchte Nacht miteinander, während die Sterne an der Mastspitze tanzten. Nach diesem Abend wußten alle, daß sie ein Liebespaar waren.

Das stellte kein großes Problem dar, denn zahllose in Java arbeitende Holländer hatten Geliebte; es gab sogar Vorschriften für die Behandlung ihrer Bastardkinder, so daß niemandem großer Schaden zugefügt wurde. Da aber der Kapitän von Mevrouw van Doorn den Auftrag hatte, sich um ihren Sohn zu kümmern, fühlte er sich verpflichtet, den jungen Holländer zu warnen, als er sah, daß er eine feste Beziehung mit der kleinen Sklavin einging. Als ihm eines Morgens Matrosen berichteten: »Mijnheer van Doorn hat das kleine Malakkamädchen wieder in seiner Kajüte behalten«, ließ der ältere Mann Willem in seine Kabine kommen, wo er in einem großen Rohrstuhl hinter einem Tisch saß, auf dem wieder eine von den großen, in Messing gebundenen holländischen Bibeln lag.

»Herr Willem, ich wurde informiert, daß Ihnen das kleine Malakkamädchen den Kopf verdreht hat.«

»Nicht verdreht, Sir, hoffe ich.«

»Und Sie verhalten sich, als wäre sie Ihre Frau.«

»Das glaube ich ganz gewiß nicht, Sir.«

»Ihre Mutter hat Ihren Schutz meinen Händen anvertraut, Herr Willem, und als Ihr Vater halte ich es für angebracht, Sie zu fragen, ob Sie das Buch Genesis gelesen haben?«

»Ich kenne das Buch, Sir.«

»Aber haben Sie es in der letzten Zeit gelesen?« fragte der Kapitän, und damit schlug er das schwere Buch auf einer mit einem Palmenzweig markierten Seite auf und las aus dem 24. Kapitel den Schwur, den Abraham seinem Sohn Isaak auferlegte, als es diesen nach einer Frau gelüstete:

> ...und schwöre mir bei dem Herrn, dem Gott des Himmels und der Erde, daß du meinem Sohn kein Weib nehmest von den Töchtern der Kanaaniter... sondern daß du ziehest in mein Vaterland und zu meiner Freundschaft und nehmest meinem Sohn Isaak ein Weib...

Langsam wendete der Kapitän die Seiten, bis er zur nächsten Stelle kam, die durch ein Blatt bezeichnet war. Er legte beide Hände auf die Seiten und sagte bedeutungsvoll: »Und als Isaak ein alter Mann war und seinem Vater Abraham gehorcht hatte, was sagte er, als sein Sohn Jakob eine Frau wollte?« Dramatisch hob er seine Hände hoch und wies mit einem dicken Finger auf eine aufschlußreiche Zeile:

> Und Isaak rief Jakob und segnete ihn
> und schärfte ihm ein:
> *Neemt geene vrowe van de dochteren Kanaans.*

Als Willem die strenge Vorschrift sah, fühlte er sich genötigt, dem Kapitän zu versichern, daß er keine ernsten Absichten mit dem Mädchen habe, aber der ältere Mann ließ sich nicht ablenken: »Wo kann ein holländischer Herr eine Frau finden? Das war ein Problem auf Java und wird bald auch eines am Kap sein.«

»Ja, wo?« wiederholte Willem.
»Gott hat dieses Problem vorausgesehen, wie er alles voraussieht.« Mit einer schwungvollen Geste blätterte er die Pergamentseiten zurück zum ersten Text und wies mit dem linken Zeigefinger darauf. »Geh zurück in dein Land und habe Geduld. Gib dich nicht mit eingeborenen Frauen ab wie diese Idioten auf Java.« Er zeigte nach unten zum Deck und fügte hinzu: »Und nicht mit Sklavinnen.«
»Soll ich ewig warten?«
»Nein, denn wenn du mit deinen Sklaven am Kap aussteigst, wird diese Flotte nach Holland weiterfahren. In Amsterdam werde ich deinen Bruder Karel beauftragen, unter den Frauen Hollands eine für dich zu finden, so wie Isaak und Jakob in der Heimat ihre Frauen fanden. Ich werde sie dir hierherbringen.«
Willem war nicht begeistert davon, daß andere sein Leben lenken sollten, und zog sich zurück. Der Kapitän klappte das große Buch zu und legte die Hände darauf. »Es sagt dir genau, was du hier tun sollst. Gehorche dem Wort des Herrn.«
Der Besuch bei dem Kapitän änderte gar nichts. Willem behielt das Sklavenmädchen weiter in seiner Kajüte, und sie war es, die der Bibel gehorchte, denn sie sang weiter wie Deborah und wuchs ihm immer mehr ans Herz.
Dann, eines Nachmittags, als die Ostküste Afrikas näher kam, saß Deborah auf dem unteren Deck und summte ein altes Lied vor sich hin. Als Willem herankam, brach sie mittendrin ab und sagte: »Ich bekomme ein Kind.«
Mit großer Zärtlichkeit zog er sie hoch, küßte sie und fragte auf javanisch: »Bist du sicher?«
»Nicht sicher«, sagte sie leise, »aber ich glaube es.«
Sie hatte recht. Eines Morgens erhob sie sich von Willems Bett, fühlte sich schwach und sank nieder aufs Deck, wo sie sitzenblieb. Sie wollte Willem gerade eröffnen, daß sie ihrer Schwangerschaft nun sicher war, als der Beobachter auf der Mastspitze rief: »Tafelberg!« Alle Mann kamen heraus, um den herrlichen Anblick zu genießen.
Willem war überwältigt, als er den großen, flachen Berg klar im Sonnenlicht sah, denn er war das Symbol seiner Sehnsucht. Jahre waren vergangen, seit er ihn verlassen hatte, und er konnte sich vorstellen, welch gewaltige Veränderungen sich an seinem Fuß ereignet hatten. An sie dachte er, als Deborah zu ihm trat.
Da sie sah, welchen Zauber dieser Berg auf ihn ausübte, sagte sie nichts, sondern summte nur leise und flüsterte dann und wann einige Worte. Als er sie bemerkte, legte sie ihre kleine braune Hand auf seinen rechten Arm und sagte: »Wir werden ein Baby haben.« Der Berg, die Höhle und die nicht wahrnehmbare Zukunft verschmolzen für Willem zu einer Art goldenem Schleier, und er konnte nicht einmal ahnen, was er tun mußte.

Als er an Land gerudert wurde, ließ er Deborah auf dem Schiff zurück, denn sie mußte warten, bis ein Besitzer bestimmt wurde. Die Ansiedlung war viel

kleiner, als er erwartet hatte, und wurde von nur einhundertzweiundzwanzig Menschen bewohnt. Es gab ein kleines Fort mit Lehmmauern, die an Regentagen sich aufzulösen drohten, und ein Gewirr primitiver Gebäude. Aber die Lage! Als damals im Jahr 1647 die schiffbrüchigen Seeleute an Land gewohnt hatten, war ihr Hauptquartier am Strand fünfzehn Kilometer weiter nördlich gewesen, und Willem hatte das prächtige Tal am Fuß des Tafelberges nur aus der Entfernung gesehen; nun stand er am Rand dieses schönen Gebietes, das von drei Seiten durch Berge geschützt war, und er glaubte, wenn genügend Ansiedler einträfen, würde das eine der schönsten Städte der Welt werden.
Er wurde vom Kommandanten begrüßt, einem kleinen, energischen Mann Ende Dreißig mit so dunklem Teint, daß ihn die blonden Holländer verdächtigten, italienischer Herkunft zu sein. Er trug einen ziemlich vollen Schnurrbart und kleidete sich so anspruchsvoll, wie es Grenzlandbedingungen zuließen. Seine Stimme war höher als bei einem reifen Mann üblich, aber er sprach so rasch und bestimmt, daß er Aufmerksamkeit und Respekt fand.
Der Schiffsarzt Jan van Riebeeck hatte in den meisten Gewürzhäfen gedient und war, nachdem er die Medizin aufgegeben hatte, nach Japan gegangen. Dort hatte er sich zu einem geschickten Kaufmann und Händler entwickelt und erzielte sowohl für die Kompanie als auch für sich selbst Gewinne. Er investierte in seine privaten Geschäfte genausoviel Zeit wie in die der Kompanie, bis seine Gewinne so hoch waren, daß sie der Kompanie nicht mehr verborgen blieben. Man beschuldigte ihn privater Handelsgeschäfte und rief ihn nach Batavia zurück. Dort wurde er sehr nachsichtig behandelt und schließlich aus disziplinarischen Gründen nach Holland zurückgeschickt. Zu vorzeitigem Ruhestand gezwungen, hätte er sein Leben vielleicht in aller Stille beendet, wenn ihn nicht besondere Umstände zurück ins Hauptgeschehen getrieben hätten, die ihm obendrein noch zu einem ehrenvollen Platz in der Geschichte verhalfen.
Als die »Siebzehn Herren« beschlossen, am Kap einen Versorgungsstützpunkt einzurichten, bestimmten sie zunächst einen der Männer zum Leiter, der die Handelsgüter nach dem Schiffbruch der »Haerlem« bewacht hatte und mit dem Gebiet vertraut war. Als er ablehnte, meinte ein kluger, alter Direktor: »Wartet! Was wir wirklich brauchen, ist ein Kaufmann mit erprobten Fähigkeiten.«
»Wen?«
»Van Riebeeck.«
»Können Sie ihm vertrauen?« fragten mehrere Herren.
»Ich glaube, ja«, sagte der alte Mann, und so erhielt Jan van Riebeeck diesen Auftrag.
Tatsächlich waren seine Instruktionen ganz einfach. »Errichten Sie einen Stützpunkt, der unsere Schiffe versorgen kann, aber tun Sie es, ohne daß unserer Kompanie Kosten erwachsen!« Dieser für die nächsten hundertfünfzig Jahre gültige Auftrag sollte bestimmen, wie sich dieses Land ent-

wickeln würde: Es würde immer ein Handelsstützpunkt sein, nie eine freie Kolonie. Der Auftrag erklärte auch den Zustand der Ansiedlung, aber Willem war so vernünftig, seine Beobachtungen nicht zu äußern. Es ist viel schöner als Batavia, aber wo sind die Menschen? Das Land jenseits dieser Hügel! Es könnte Platz für eine Million Ansiedler bieten, und ich könnte wetten, daß es nicht einmal erforscht wurde.
»Ich sah Ihren Bruder Karel oft in Amsterdam«, sagte van Riebeeck. »Wie geht es ihm?«
»Er ist mit einem prächtigen Mädchen verheiratet. Sehr reich.«
Willem bemerkte, daß der Kommandant sogar die Ehe vom Standpunkt des Geschäftsmannes aus betrachtete, und wechselte das Thema. »Werden bald mehr Menschen hierherkommen?« fragte er.
Van Riebeeck blieb abrupt stehen und wendete sich ihm zu. Aus der scharfen Art, mit der er sprach, schloß Willem, daß er diese Rede schon früher gehalten hatte: »Sie müssen eines verstehen, van Doorn.« Obwohl er nur sechs Jahre älter war als Willem, sprach er mit Herablassung: »Das hier ist ein kommerzieller Besitz, kein freier Staat. Wir sind hier, um der Kompanie zu helfen, und wir werden die Kolonie nur vergrößern, wenn sie es uns befiehlt. Solange Sie hier an Land bleiben, arbeiten Sie für die Kolonie. Sie haben zu tun, was die Kompanie anordnet.«
In den nächsten Stunden lernte Willem seine Lektion. Es wurde ihm befohlen, wo er seine Reisetasche hinstellen, wo er sein Bett machen, wo er essen und wo er arbeiten solle. Er stellte fest, daß ein Bauer ein Stück Land bebauen, es aber nie besitzen konnte, und daß, was immer er pflanzte, für die Kompanie Gewinn bringen mußte. Als alter Javakenner war er über diese Vorschriften nicht erschrocken, aber er erinnerte sich, daß es in Batavia eine fröhliche Freiheit gegeben hatte, die durch seine Mutter verkörpert wurde, während hier am Kap düstere Beschränkung herrschte. Das schlimmste von allem war jedoch, daß die kleine Ansiedlung unter zwei Gruppen von Herren litt: Die »Siebzehn Herren« aus Amsterdam diktierten die Grundprinzipien, während die eigentlichen Vorschriften aus Java kamen. Der Generalgouverneur in Batavia war ein Kaiser, der Kommandant am Kap sein Funktionär in der Ferne. In Java entwarf man große Pläne, am Kap sorgte man sich um Rettich, Salat und Kresse.
Als Willem drei Tage später vor dem Kommandanten im Fort stand, fand van Riebeeck, daß er eine armselige Kopie seines Bruders war: Karel war groß und schlank, Willem etwas kurz und dicklich, Karel hatte ein lebhaftes, gewinnendes Benehmen, Willem ein dickköpfiges, mißtrauisches Wesen, und Karel war offensichtlich erpicht auf Beförderung innerhalb der Kompanie, während Willem sich mit jeder Arbeit zufriedengab, solange er freie Hand hatte, das Kap zu erforschen. Besonders auffallend war der Unterschied, wenn man sich die Frauen ansah, die sie gewählt hatten: Willem war, wenn man dem Schiffskapitän glauben konnte, eine Verbindung mit einer mohammedanischen Sklavin eingegangen, während Karel die Tochter eines der reichsten Kaufleute in Amsterdam geheiratet hatte.

»Eine wunderbare Partie«, sagte van Riebeeck. »Die Tochter von Claes Danckaerts. Sehr reich.«
»Das freut mich für ihn«, antwortete Willem. In Wirklichkeit erinnerte er sich kaum an seinen Bruder und konnte sich nicht vorstellen, wie sich Karel in den acht Jahren verändert hatte, seit er das Wrack der »Haerlem« verlassen hatte, um in die Heimat zu segeln. Nach den Worten des Kommandanten mußte er Erfolg haben.
»Für Sie haben wir den Weingarten vorgesehen«, fuhr van Riebeeck fort. Haben Sie jemals Trauben gezüchtet?«
»Nein.«
»Sie sind genauso wie die anderen.« Als van Doorn ihn verdutzt anstarrte, führte ihn der energische kleine Kommandant zu einer Brüstung, von der aus man die Täler am Fuß des Tafelbergs überblicken konnte, und sagte mit großer Begeisterung: »Auf diesem Boden wächst einfach alles. Aber manchmal stellen wir es nicht richtig an.« Er zuckte in Erinnerung an einen früheren Mißerfolg zusammen. »Ich wollte von Anfang an Trauben züchten. Ich brachte Samen mit, aber unser Gärtner baute sie so an, wie man Weizen anbaut. Er streute sie auseinander, pflügte sie ein, und sechs Monate später erntete er Unkraut.«
»Wie soll man sie pflanzen?«
»Als eingewurzelte Ranken, jede gesondert. Dann macht man Setzlinge...«
»Was sind Setzlinge?«
Geduldig erklärte ihm van Riebeeck die komplizierten Vorgänge, in deren Folge aus Europa importierte Pflänzchen sich schließlich in Weinfässer verwandeln sollten, die man nach Java schicken konnte. »Warum machen wir uns die Mühe?« fragte Willem, denn er sah, daß Obstbäume und Gemüse gedeihen würden.
»Java verlangt Wein«, entgegnete der Kommandant scharf. Er schob Willem zurück in sein einfaches Büro und wies auf eine große Landkarte, die die Schiffsroute von Amsterdam nach Batavia zeigte: »Jedes Schiff, das diese Gewässer durchfährt, möchte Wein. Aber sie können ihn nicht aus Holland bringen, weil er so schlecht ist, daß er schon vor dem Äquator verdirbt und als Essig zu uns kommt. Ihre Aufgabe ist es, hier Wein herzustellen.«
So wurde der nun dreißigjährige Willem van Doorn auf einem der Kompanie gehörenden Grundstück angesiedelt und bekam neun Fässer voll kleiner Weinreben, die aus dem Rheinland importiert worden waren. »Machen Sie Wein«, sagte van Riebeeck, »denn wenn es Ihnen gelingt, steht es Ihnen nach zwanzig Jahren frei, nach Holland zu fahren.«
»Ihnen auch?« fragte Willem.
»Nein, nein! Ich bin nur für kurze Zeit hier. Dann gehe ich zurück nach Java.« Seine Augen leuchteten. »Dort gibt es wirkliche Aufgaben.«
Willem wollte schon sagen, daß er das Kap allen anderen Orten vorzog, aber da er nie in Holland gewesen war, fand er, das könnte anmaßend klingen;

doch die Tatsache, daß van Riebeeck eine so gute Meinung von Java hatte, machte ihn sympathischer.
Für einen Mann, der noch nie Wein gepflanzt hatte, steckte diese Tätigkeit voll Schwierigkeiten. Aber van Riebeeck zeigte Willem, wie er die wertvollen Setzlinge pflanzen, an Stangen hochziehen und schließlich nach bestimmten Richtlinien stutzen sollte. Van Doorn lernte, tierischen Dünger anzuwenden und richtig zu bewässern. Vor allem aber lernte er die stürmischen Südostwinde kennen, die zu manchen Jahreszeiten ununterbrochen wehten und das hochgelegene Gebiet in der Umgebung des Berges zu einem Grab für Gewächse machten.
»Als wir früher hier waren, hat es nicht so gestürmt«, beklagte er sich, aber die Gärtner der Kompanie lachten ihn aus, denn sie waren es schon müde, sich seine dauernden Erinnerungen anzuhören.
»Wir waren dort oben«, sagte er, auf eine fünfzehn Kilometer nördlich liegende Stelle weisend, wo die Winde sanfter gewesen waren. Die Männer beachteten ihn nicht, denn ihrer Ansicht nach konnte es in diesem verlassenen Land keinen Ort geben, wo die Winde nicht heulten. Aber sie zeigten ihm, wie man Bäume anpflanzt, die Schutz boten, wenn sie gediehen, und gaben ihm noch andere Unterstützung, denn auch sie wollten Wein.
Willem war sich klar, daß man ihm eine undankbare Aufgabe übertragen hatte, bei der ein Mißerfolg wahrscheinlich war. Er genoß es jedoch, nicht mit den anderen innerhalb der Festungsmauern in beengten, unangenehmen Unterkünften leben zu müssen, da er seine eigene Hütte bei seinen Reben hatte. Natürlich mußte er ein Stück gehen, wenn er Nahrungsmittel brauchte oder Gesellschaft suchte, aber das bedeutete nichts im Vergleich zu seiner Freude, sein eigener Herr sein zu können.
Doch seine Freiheit ließ ihn die Sklaverei noch stärker empfinden, in der Deborah lebte, und oftmals lag er nachts, wenn er gern mit ihr beisammen gewesen wäre, in seiner Hütte, während sie im Fort eingesperrt war. Die malaiischen Sklaven waren von van Riebeeck methodisch verteilt worden:
»Ein Mann und eine Frau werden für meine Frau arbeiten. Der kräftigste Mann wird für die Schiffe arbeiten. Die andere Frau kann allgemeine Arbeiten für die Kompanie verrichten.«
Diese Frau war Deborah, und als er sie im Fort umhergehen sah, bemerkte van Riebeeck, daß sie schwanger war. Das störte ihn nicht, denn wie jeder kluge Besitzer hoffte er auf natürlichen Zuwachs, und da sich Deborah als die intelligenteste seiner Sklaven erwies, nahm er an, sie würde wertvolle Kinder haben. Es betrübte ihn aber, daß van Doorn der Vater war.
»Wie kam es dazu?« fragte er Willem.
»Auf dem Schiff... auf der Fahrt von Malakka hierher.«
»Wir brauchen Frauen. Brauchen sie dringend. Aber ordentliche holländische Frauen, keine Sklavinnen.«
»Deborah ist ein großartiger Mensch...«
»Das habe ich schon bemerkt. Aber sie ist Malaiin. Sie ist Mohammedanerin. Und die Bibel sagt...«

»Ich weiß. Der Kapitän hat mir die Stellen vorgelesen. ›Du sollst kein Weib nehmen von den Kanaanitern. Du sollst in dein Land gehen und ein Weib finden.‹ «
»Ausgezeichneter Rat.« Van Riebeeck erhob sich von seinem Schreibtisch und ging eine Weile auf und ab. Dann warf er die Arme hoch und fragte: »Aber was sollen wir hier am Kap tun? Bei der letzten Zählung hatten wir einhundertvierzehn Männer und neun Frauen. Das heißt, weiße Männer und Frauen. Was soll ein Mann da tun?«
Er wollte van Doorn daran hindern, sein Sklavenmädchen zu besuchen, sah aber davon ab, weil er wußte, daß es unvernünftig wäre, in diesen beengten Verhältnissen ein solches Versprechen zu verlangen. Aber er warnte ihn: »Schlagen Sie sich den Gedanken an eine Heirat aus dem Kopf, van Doorn. Was in Batavia geschieht, wird hier nicht unterstützt. Das Kind wird ein Bastard sein und als Sklave der Kompanie gehören.«
Van Doorn hielt es für möglich, daß das, was jetzt Gesetz war, später geändert würde, verneigte sich und schwieg.
Aber als er sah, wie weit Deborahs Schwangerschaft fortgeschritten war, empfand er den dringenden Wunsch, mit ihr zusammenzusein und sie zu seiner Frau zu machen, obwohl seine Erfahrung auf Java ihn gelehrt haben sollte, daß diese Ehen oft nicht gutgingen. Er wußte jedoch auch von Ehen, in denen Javanerinnen einen halb christlichen, halb mohammedanischen Haushalt so meisterhaft führten, daß ihre Männer jeden Gedanken an eine Rückkehr ins kalte und strenge Holland schon lange aufgegeben hatten.
Zu seiner Überraschung schien Deborah sich um ihre Zukunft keine Sorgen zu machen. Ihr schönes sanftes Gesicht ließ keine Angst erkennen, und wenn er Fragen über ihre Stellung anschnitt, lächelte sie: »Ich bin eine Sklavin und werde mein Dorf nie wiedersehen.« Er nahm an, daß dies ihre ehrliche Meinung war und daß Freiheit für sie nicht das gleiche bedeutete wie für ihn.
»Ich will für dich sorgen«, sagte er.
»Jemand wird es tun«, antwortete sie, und als sein Gemüt sich erhitzte und ihn dazu treiben wollte, sie aus dem Fort zu rauben, lachte sie und erklärte, daß Kommandant van Riebeeck einen Mann für sie finden würde, wenn die Zeit käme.
»Wirklich?«
»Natürlich. In Malakka fanden die portugiesischen Besitzer immer Männer für ihre Sklavinnen. Sie wollten Kinder haben.«
»Ich werde dieser Mann sein.«
»Vielleicht du, vielleicht ein anderer.«
Als die Zeit der Geburt ihres Kindes herankam, trachtete Willem, Deborah so oft wie möglich zu besuchen, und es wurde allgemein bekannt, daß er der Vater war. Manchmal ging sie mit ihm zum Weingarten und dachte belustigt daran, wie ein portugiesischer Grande in Malakka jeden Landsmann verachtet hätte, der mit seinen Händen die Erde bearbeitete. Sie kannte sich mit Pflanzen aus und sagte: »Willem, diese Ranken sterben.«

»Warum? Warum sollen sie sterben?«
»Die Reihen laufen in der falschen Richtung. Der Wind trifft sie zu stark.« Und sie zeigte ihm, wie nur die vordersten Pflanzen beeinträchtigt würden, wenn er seine Reben in der Richtung anpflanzte, aus der die Winde wehten.
Sie war eines Tages im Weingarten und sang mit ihrer ungewöhnlichen Stimme, als van Riebeeck kam, um sich die deutschen Reben anzusehen. Auch er erkannte, daß sie starben: »Der Wind ist schuld.«
»Von diesen Pflanzen bekommen wir keinen Wein«, fügte der Kommandant ärgerlich hinzu, versicherte Willem aber, daß Ersatzpflanzen aus Frankreich unterwegs seien. Er war entschlossen, für die Kompanie Wein zu produzieren, auch wenn er ständig neue Pflanzen importieren mußte.
Als die Frauen des Forts Deborah zu ihrem Wochenbett führten, wurde Willem von der Erkenntnis überwältigt, daß er bald Vater werden sollte, was eine unerwartete Wirkung hatte: Er wollte seine Bibel holen, um die Geburt einzutragen, Bestätigung der Präsenz der van Doorns in Afrika. Da er eine Hütte besaß, die von den anderen getrennt war, würde er das Buch ungehindert holen können und nicht erklären müssen, wie es in seinen Besitz gelangt war. Am Abend von Deborahs Entbindung schlich er zu der alten Höhle, und als er sich vergewissert hatte, daß ihm keiner nachspionierte, kroch er hinein, um seine Bibel zu holen.

Wenige Tage später erschien Kommandant van Riebeeck im Weingarten. Er sagte jedoch nichts von der Geburt des Knaben, sondern ersuchte Willem um Hilfe: »Es handelt sich um den Hottentotten Jack. Man sagt mir, daß Sie ihn kennen.«
»Jack!« rief Willem sichtlich gerührt. »Wo ist er?«
»Ja, wo?« Und der Kommandant erzählte eine Geschichte von Falschheit, gestohlenen Kühen, abgegebenen, aber nie eingehaltenen Versprechungen. Außerdem vermutete er strafbares Einverständnis mit den schrecklichen Buschmännern, die, angelockt durch die Schafe und Rinder der Kompanie, nach Süden geschlichen kamen.
»Das klingt nicht nach meinem Jack«, widersprach Willem.
»Er ist es aber. Schändlich.«
»Ich könnte sicher mit ihm sprechen...«
Die Klagen wurden fortgesetzt: »Als wir in die Bucht kamen, war er da, in seiner englischen Matrosenuniform, mit Schuhen und allem.«
»Das ist Jack«, sagte Willem.
Der Kommandant beachtete ihn nicht. »Und wir trafen Vereinbarungen mit ihm. Er sollte als unser Dolmetscher fungieren. Wir boten ihm Metallwerkzeug und andere Dinge an.«
»Er sprach ziemlich gut Englisch, nicht wahr?«
»Aber er war wie ein Geist in der Dämmerung. Zuerst hier, dann fort. Und besaß absolut keinen Sinn für Besitz. Was er sah, nahm er sich.«
»Sicher gab er Ihnen dafür Rinder.«

»Deswegen bin ich hier. Er schuldet uns viele Rinder, und wir können ihn nicht finden.«
»Ich könnte ihn finden.«
Auf dieses selbstsichere Angebot hin legte der Kommandant den Finger an die Lippen. »Vorsicht. Es gab Todesfälle, wissen Sie.«
»Unsere Leute haben Hottentotten erschossen?« fragte Willem verwundert.
»Es kam zu Provokationen. So etwas war es, was Jack...«
»Ich werde zu ihm gehen«, erklärte Willem hastig. Van Riebeeck bot ihm drei verläßliche Schützen als Begleitung an, aber Willem lehnte ab: »Ich gehe, aber nicht mit einer Armee.«
Damit begannen seine Schwierigkeiten mit der Kompanie. Die maßgebenden Leute wollten nicht glauben, daß ein Holländer sich schutzlos ins Landesinnere wagte und sich auch noch eine Chance ausrechnete, mit dem Leben davonzukommen. Aber Willem war sich seiner Sache so sicher, daß er darauf bestand. Schließlich erhielt er jedoch den Befehl, die drei Schützen zu akzeptieren, und nach heftigem Protest, der alle verärgerte, fügte er sich.
Er hatte recht gehabt. Als die Hottentotten bewaffnete Männer erspähten, zogen sie sich samt ihrem Vieh in die entfernteren Hügel zurück. Neun Tage lang gelang es van Doorn nicht, auch nur einen Hottentotten zu treffen, so daß er sich gezwungen sah, zurückzugehen. Während des Rückmarsches bemerkte einer der Schützen: »Ich glaube, wir werden verfolgt.« Nachdem sie spezielle Vorsichtsmaßregeln getroffen hatten, kamen sie gemeinsam zu der Ansicht, daß vermutlich mehrere braune Männer ihren Marsch aus sicheren Verstecken verfolgten.
»Jack muß dasein«, erklärte Willem, und als sie zu den leichten Erhebungen kamen, von denen aus man die Ansiedlung am Kap sehen konnte – einer Stelle, an der ein vorsichtiger Feind umkehren würde –, sagte er: »Ich weiß, es ist mein Freund. Ich gehe zu ihm.«
Das rief lauten Protest hervor, aber Willem blieb hart: »Ich gehe ohne Schußwaffe, damit er sieht, daß ich es bin, sein Freund.« Und er ging mit weit ausgebreiteten Armen auf den kleinen Erdhügel zu, hinter dem, wie er wußte, ein Beobachter wartete. »Ich bin es, Jack«, rief er auf englisch. »Van Doorn.«
Nichts regte sich. Wären die Person oder die Personen hinter dem Hügel Feinde gewesen, hätte er bald tödliche Assagais auf sich zufliegen sehen. Aber er war sicher, daß, wenn jemand den Mut besaß, vier schwerbewaffneten Männern zu folgen, es Jack sein mußte. Deshalb rief er ihn nochmals.
Da vernahm er hinter dem Hügel ein leises Geräusch und langsam, ganz langsam, tauchte eine menschliche Gestalt auf. Es war ein unbewaffneter Hottentotte, der die Uniform eines englischen Matrosen trug. Einige Augenblicke lang standen sich die beiden Männer schweigend gegenüber. Van Doorn ließ seine leeren Hände sinken und bewegte sich vorwärts. Jack lief auf ihn zu, und die alten Freunde lagen sich in den Armen.

Sie setzten sich auf einen Felsen, und Willem fragte: »Wie kam es dazu, daß diese bösen Dinge geschahen?«
Es war zu schwierig zu erklären. Auf beiden Seiten waren Versprechungen nicht eingehalten worden, es kam zu Drohungen, die nie hätten geäußert werden sollen, und zu geringfügigen Uneinigkeiten, die zu Scharmützeln ausarteten. Diese führten zu Todesfällen; es würde weitere geben, und es gab keine Aussicht auf Versöhnung.
»Ich kann das nicht glauben«, sagte Willem. Seine Liebe zu der Sklavin Deborah hatte seine Haltung gefestigt und machte es ihm leichter, diesen Hottentotten als Verbündeten zu betrachten.
»Wir reden zuviel«, gab Jack zurück.
»Aber wir werden hierbleiben, Jack. Für immer. Jetzt nur einige von uns, später viele. Müssen wir immer als Feinde leben?«
»Ja. Ihr stehlt unsere Rinder.«
»Man sagt, daß ihr unser Werkzeug stehlt und unsere europäischen Schafe.«
Der Hottentotte wußte, daß diese Gegenbeschuldigung zutraf, konnte sich aber nicht rechtfertigen. Die Feindseligkeiten waren auch bereits sehr weit gediehen, fast schon zu weit.
Und Willem mußte dem schweren Vorwurf auf den Grund gehen: »Habt ihr den weißen Soldaten ermordet?«
»Buschmänner«, sagte Jack, und seine behenden Finger deuteten den dreiteiligen Pfeil an.
»Willst du nicht mit mir kommen?« bat Willem.
»Nein.«
Der Abschied war für beide sehr schmerzlich. Als die beiden Männer weit genug voneinander entfernt waren, hob einer von van Doorns Schützen sein Gewehr und feuerte auf Jack. Der hatte eine solche Möglichkeit vorausgesehen und sprang rasch hinter einen Erdwall, so daß er nicht getroffen wurde.

An einem schönen Februarmorgen des Jahres 1657 versammelten sich neun Schützen und Matrosen vor van Riebeecks Amtssitz. Alle Einwohner des Forts unterbrachen ihre Arbeit und kamen heran, um eine Ankündigung zu hören, die die Geschichte Afrikas verändern sollte:

> Die »Ehrenwerten Siebzehn Herren« in Amsterdam, die immer zu tun wünschen, was die Interessen der Kompanie fördert, haben gnädig beschlossen, daß ihr neun Männer euch Felder jenseits des Tafelbergs nehmen und sie selbständig bebauen könnt, aber ihr dürft euch nicht weiter als fünf Meilen vom Fort entfernen.

Als die Männer über ihre Entlassung aus der Fron jubelten, hörte Willem van Doorn den Tumult und kam heran, um neiderfüllt zu hören, wie van Riebeeck die von den »Siebzehn Herren« vorgeschriebenen Bedingungen kundtat. Die Freigelassenen sollten nicht einzeln, sondern in zwei Gruppen,

eine zu viert, eine zu fünft, arbeiten. Sie würden so viel Land als freien Grundbesitz erhalten, wie sie innerhalb von drei Jahren pflügen, umgraben oder sonstwie bearbeiten konnten. Ihre Ernten würden zu fixen Preisen von der Kompanie gekauft werden. Sie konnten in den Flüssen fischen, aber nur für den Eigenbedarf. Es war ihnen verboten, Rinder oder Schafe von den Hottentotten zu kaufen; sie mußten von der Kompanie kaufen, und ein Zehntel ihrer Kälber und Lämmer mußte der Kompanie zurückgegeben werden. Es gab eine ganze Litanei kleinlicher Vorschriften, die in der Drohung gipfelte: »Wenn ihr eine Vorschrift brecht, wird alles, was ihr besitzt, konfisziert.«
Die Männer nickten, und van Riebeeck schloß mit den Worten: »Die ›Ehrenwerten Herren‹ gestatten euch, alles überschüssige Gemüse an vorbeikommende Schiffe zu verkaufen. Aber ihr dürft zu diesem Zweck erst an Bord gehen, nachdem besagte Schiffe drei Tage im Hafen gelegen haben, denn die Kompanie muß die Möglichkeit haben, ihre Produkte vorher zu verkaufen. Es ist euch untersagt, auf den Schiffen Alkohol zu kaufen. Und ihr dürft nie vergessen, daß die ›Siebzehn Herren‹ euch dieses Land geben in der Hoffnung, daß ihr einen Gewinn für die Kompanie erzielt.« Als van Doorn die Einschränkungen hörte, dachte er bei sich: Er sagt, sie seien frei, aber die Vorschriften sagen, daß sie nicht frei sind.
Van Riebeeck, der diesen bemerkenswerten Augenblick feierlich gestalten wollte und gar nicht ahnte, daß er irgendwelche unbilligen Beschränkungen auferlegt hatte, forderte die Männer auf, sich zu verneigen: »Unter Gottes wachsamem Auge seid ihr nun freie Bürger«, sagte er, und um diese Stellung zu sanktionieren, las er aus der Bibel die glühende Erklärung von Gottes Verheißung vor, die Willem so erregt hatte:

> Und ich werde euch und euren Kindern
> das Land geben, in dem ihr Fremde seid,
> das ganze Land Kanaan, zu ewigem Besitz...

Mit diesem Segenswunsch wurden diese neun die ersten freien Weißen in Südafrika und Ahnen der Nation, die sich später entwickeln sollte. Die Männer ließen ihren Kommandanten hochleben und machten sich dann auf, um ihre zukünftigen Farmen abzustecken.
Ein Hottentotte hatte diese Zeremonie aufmerksam beobachtet. Am späten Nachmittag schlich er sich leise fort, vorbei an den Feldern, die die freien Bürger begutachteten. An einem kleinen Bach blieb er stehen und sah zu, wie zwei Antilopen sich zu dem glitzernden Wasser neigten, dann ging er weiter, um seinen Leuten die Nachricht zu bringen: »Sie nehmen unser Land.«

Die Freude der neun Bürger über ihre Freilassung war von kurzer Dauer, denn während des ersten Jahres voll zermürbender Anstrengungen erfuhren sie, wie die Kompanie den Begriff Freiheit interpretierte. Zwei der kühneren unter ihnen, denen ihre Schulden bei den Kaufhäusern der Kompanie über den Kopf zu wachsen drohten, begannen insgeheim mit den Hottentotten Tauschhandel für Elefantenstoßzähne, Rhinohörner und Straußenfedern zu treiben. Dafür wurden sie schwer bestraft, aber van Riebeeck erklärte sich widerwillig damit einverstanden, daß sie Tauschhandel für Kühe trieben, wenn sie nie mehr bezahlten als die Kompanie.

Es kam zu einem Streit darüber, ob sie eines ihrer eigenen Schafe zu ihrer persönlichen Verwendung schlachten dürften; der Kommandant hielt das für eine Gefahr für die Schlächterei der Kompanie, schloß aber einen Kompromiß: »Ihr könnt gelegentlich ein Tier schlachten, müßt aber vorher eine Gebühr an die Schlächterei bezahlen.«

Die Bürger murrten abends in ihren einfachen Hütten, mitunter auch in Gegenwart van Doorns, denn er hatte Verständnis für ihre Sorgen. Am beständigsten war die Klage über die Arbeit.

»Soll das Freiheit bedeuten?« fragte ein Farmer. »Wir sind Bauern, die acht Tage in der Woche arbeiten.«

»Den Hottentotten geht es besser als uns«, sagte ein anderer. »Sie haben ihre Herden und das ganze Land dort draußen. Wir sind frei – um Sklaven zu sein.«

Die Beziehungen zu den Hottentotten hatten sich verschlechtert: Nur noch wenige brachten Vieh zum Tauschen, und fast keiner wollte für die Bürger arbeiten. Die meisten hielten ihre Herden am Rand der Ansiedlung und beobachteten finster, wie das Vieh der Holländer die Grenze überschritt.

»Auf Java würde keiner so arbeiten«, beklagte sich ein dicker Bürger. »Ich glaube, ich werde mich im nächsten Schiff verstecken und nach Holland zurückfahren.«

Mehrere der Freigelassenen taten das, so daß bei jedem Schiff, das in der Tafelbucht anlegte, Wachen aufgestellt wurden. Eines Morgens im Jahr 1685 aber weckte der Ausguckmann oben im Fort alle, indem er auf ein Stück Eisen hämmerte, das an einem Pfosten hing, und rief: »Kriegsschiff läuft ein!«

Die kleine Gruppe der Ansiedler wurde von Angst erfaßt; soviel sie wußten, stand Holland noch im Krieg mit England, und da dieser Eindringling vielleicht die Vorhut für einen Landetrupp war, wurde eine rasche Musterung abgehalten, und van Riebeeck sagte: »Wir kämpfen. Wir werden niemals einen Besitz der Kompanie aufgeben.« Aber während die Männer ihre Musketen einsatzbereit machten, rief der Ausguckmann: »Gute Nachricht! Es ist ein holländisches Schiff!« Alle liefen aus dem Fort, um das schmucke kleine Fahrzeug zu begrüßen.

Van Riebeeck wartete, bis das Beiboot des Schiffes am Hafendamm anlegte, den seine Leute bauten. Der Kapitän sprang an Land und verkündete die gute Nachricht: »Vor Angola begegneten wir einem portugiesischen Handelsschiff, das auf der Fahrt nach Brasilien war. Es gab einen kurzen Kampf. Wir kaperten es. Ein wenig Gold, ein wenig Silber, aber eine Menge erstklassiger Sklaven.«

Van Riebeeck konnte die Worte gar nicht glauben; seit Jahren hatte er seine Vorgesetzten auf Java um Sklaven angefleht, die auf dem Kap arbeiten sollten, und nun sagte der Kapitän: »Wir fanden zweihundertfünfzig an Bord des Portugiesen, aber sechsundsiebzig sind in unseren Laderäumen gestorben.« Die meisten anderen waren ernstlich krank. Außerdem waren Kinder dabei und van Riebeeck beschwerte sich: »Die werden uns in den nächsten vier, fünf Jahren noch wenig nützen.«
»Holt den großen«, rief der Kapitän. »Den werden Sie für sich selbst haben wollen, Kommandant.« Dann senkte er die Stimme: »Bekomme ich für ihn zusätzliches Rindfleisch?«
Als das Boot zurückkam, stand am Bug, schwer gefesselt, der erste Schwarzafrikaner, den Willem und die anderen Holländer je gesehen hatten, denn bisher waren alle Sklaven private Käufe aus Madagaskar, Indien oder vom Malaiischen Archipel gewesen.
Seiner vornehmen Haltung nach mußte der junge Mann aus einer der führenden Familien Angolas stammen. Er war groß, breitschultrig und hatte ein offenes Gesicht. Sobald van Riebeeck ihn sah, beschloß er, ihm eine wichtige Aufgabe anzuvertrauen. Er schien dazu bestimmt, der Führer von Tausenden von zukünftigen Sklaven zu werden, die bald in das Gemeinwesen gebracht werden sollten.
»Wie heißt er?« fragte er, und ein Seemann antwortete: »Jango.« Das war ein unglaubwürdiger Name, ohne Zweifel die Verballhornung eines angolanischen Wortes von besonderer Bedeutung. Van Riebeeck sagte in dem portugiesischen Dialekt, der von allen verwendet wurde, die in den östlichen Meeren arbeiteten: »Komm mit mir, Jango.« Der hochgewachsene Schwarze folgte mit klirrenden Ketten dem Kommandanten ins Fort und Willem dachte: Wie würdevoll er ist! Stärker als zwei Malaien oder drei Inder.
In den nächsten Tagen wies Kommandant van Riebeeck seinen neuen Sklaven ihre Aufgaben zu. Dabei reservierte er elf der besten für den privaten Gebrauch seiner Frau. Außerdem mußte die Stellung der bereits am Kap befindlichen Sklaven geklärt werden. Er ließ also Willem zu sich kommen und fragte: »Van Doorn, was sollen wir mit dem Mädchen Deborah tun?«
»Van Valck will sein Malakkamädchen heiraten. Ich will Deborah heiraten.«
»Das wäre äußerst unklug.«
»Warum?«
»Weil Sie der Bruder eines bedeutenden Angestellten der Kompanie sind.«
»Sie bekommt ein zweites Kind.«
»Verdammt!« Der kleine Mann lief aufgeregt auf und ab. »Warum könnt ihr nichtswürdigen Männer euch nicht beherrschen?« Er hatte seine Frau und zwei Nichten mitgebracht, so daß er keinen Mangel an weiblicher Gesellschaft verspürte; er glaubte, daß Männer wie van Doorn und van Valck geduldig warten sollten, bis Frauen aus Holland kämen. Wenn das neun oder zehn Jahre dauerte, müßten sie eben Geduld haben.

»Ich bin dreiunddreißig«, sagte Willem, »und ich bin der Ansicht, daß ich jetzt heiraten muß.«
»Und das werden Sie«, sagte van Riebeeck, drehte sich herum und sah seinen Winzer an. Er ergriff Willems Hände und sagte: »Sie werden noch vor Ende des Jahres verheiratet sein.«
»Warum nicht jetzt?« fragte van Doorn und sah, daß van Riebeeck unnachgiebig blieb.
»Sie sind äußerst schwierig. Sie verderben alles.« Darauf nahm er die Kopie eines Briefes von seinem Schreibtisch, den er vor etwa zehn Monaten an die »Siebzehn Herren« in Amsterdam geschickt hatte. Darin ersuchte er sie, sieben kräftige holländische Mädchen zu suchen, die nicht katholisch waren, und sie mit dem nächsten Schiff nach Süden zu schicken. Die Namen der ihnen zugedachten Ehemänner waren angegeben, und an der Spitze der Liste stand: »Willem van Doorn, Alter zweiunddreißig, geboren auf Java, Bruder von Karel van Doorn von dieser Kompanie, verläßlich, gesund, Winzer am Kap.«
»Ihre Frau befindet sich also auf dem Weg«, sagte der Kommandant und fügte etwas lahm hinzu: »Sollte ich meinen.«
»Ich würde lieber Deborah heiraten«, erklärte Willem mit der ihm eigenen ruhigen Offenheit. Ein raffinierterer Mann hätte gewußt, daß diese sture Haltung den Kommandanten erzürnen mußte. Aber das kam Willem gar nicht in den Sinn. Als van Riebeeck betonte, daß es überaus beleidigend für jede holländische Christin sein würde, so weit geschickt und dann wegen einer mohammedanischen Sklavin abgelehnt zu werden, antwortete er: »Aber ich bin doch praktisch mit Deborah verheiratet.«
Van Riebeeck erhob sich steif, ging ans Fenster und zeigte nach unten in den Festungshof. »Das Pferd«, sagte van Riebeeck.
»Ich sehe kein Pferd«, erklärte Willem in einem aufreizenden Ton.
»Das Holzpferd!« schrie van Riebeeck.
Im Hof stand ein Bock wie ihn Zimmerleute zum Sägen verwenden, seine Beine waren jedoch länger, so daß es zu hoch für diesen Zweck war. Willem hatte schon oft von diesem grausamen Instrument gehört, aber bisher noch keines gesehen.
Der Kommandant klatschte in die Hände und befahl einem Diener: »Sag dem Hauptmann, er soll anfangen.« Und unten wurde ein Gefangener, der eine unbedeutende Verordnung der Kompanie übertreten hatte, zu dem Pferd geführt. Dort wurde an jedem seiner Fußknöchel ein Sack mit Schrotkugeln befestigt. Dann hievte man ihn nach oben, hielt ihn einen Moment mit gespreizten Beinen über dem Pferd und ließ ihn dann fallen. Die Wucht des Aufpralls wurde durch die Säckchen noch vermehrt. Der Körper des Mannes schien zu zerbrechen, und er schrie fürchterlich.
»Laßt ihn zwei Tage lang dort«, befahl van Riebeeck seiner Ordonnanz, und als der Mann fort war, sagte er zu Willem: »So bestrafen wir Arbeiter, die den Anordnungen der Kompanie nicht gehorchen. Willem, ich befehle Ihnen, das Mädchen zu heiraten, nach dem ich geschickt habe.«

Van Doorn war wie erstarrt über diesen entsetzlichen Vorfall. Als die Wächter in dieser Nacht schliefen und er in seiner Hütte im Weingarten sein sollte, schlich er zu dem Ort der Bestrafung. Er gab dem Gefangenen Wasser, hob ihn ein wenig von dem grausamen Holzbock hoch, und hielt ihn stundenlang in den Armen. Als die Sonnenstrahlen den Mann trafen, fiel er in Ohnmacht und blieb bis zum Einbruch der Nacht bewußtlos. In dieser Nacht wurde van Doorn durch eine Wache, die zur Beobachtung des Opfers aufgestellt wurde, daran gehindert, ihm zu helfen; während Willem im Schatten stand und auf das häßliche Pferd starrte, verstand er, warum seine Beine so hoch waren: Sie hinderten die zwei Bleisäcke daran, auf dem Boden zu ruhen.

Van Riebeeck erwog einige Tage lang das Problem Willem und Deborah und kam schließlich zu einer Lösung, die Willem erschreckte. Er wies Jango das Bett neben Deborah zu. »Sie werden sich Tag für Tag sehen, und ich bin meine Probleme mit van Doorn los.«

Er hatte sich jedoch getäuscht. Wenn die Wächter nicht aufpaßten, schlich sich Willem ins Quartier der Sklaven unterhalb des Getreidelagers. Dort besprach er mit Deborah und Jango in gebrochenem Portugiesisch die Lage. Der Schwarze lauschte kurz, dann sagte er: »Ich verstehe. Dein Baby, wenn es kommt. Ich mich kümmern.«

Willem drückte seine Hand, und fügte hinzu: »Jango, ärgere die Offiziere nicht.« Er richtete diese Warnung nur an Jango, denn er konnte nicht annehmen, daß Deborah sich in irgendeiner Weise das Mißfallen der Kompanie zuziehen würde. Während Willem Jango vor dem Pferd und anderen Bestrafungen warnte, denen widerspenstige Männer ausgesetzt wurden, summte sie ein Lied, als würde sie dem ungeborenen Baby ein Schlummerlied singen.

Schließlich sagte Willem mit einem Vertrauen, das Jango beeindruckte: »Wenn der Geistliche mit der Flotte kommt, bin ich sicher, daß van Valck die Erlaubnis erhält, sein Malakkamädchen zu heiraten, und ich die Erlaubnis bekommen werde. Schütze sie bis dahin, Jango.« Der riesige Schwarze rasselte mit seinen Ketten und nickte.

Nicht nur die Sklaven verursachten van Riebeeck Ärger. Auch die Hottentotten ließen ihm keine Ruhe. An einem Tag lächelten sie gesellig, am nächsten waren sie finster und streitsüchtig, und als ein verwegener brauner Bursche am Ende eines langen Arbeitstages, von Hunger geplagt, in den Kral der Kompanie schlich und ein Schaf stahl, brach ein Krieg aus.

Es war natürlich kein wirklicher Krieg, aber da die Weißen den Eingeborenen zahlenmäßig weit unterlegen waren, traf sie der Verlust eines jeden Mannes sehr empfindlich. Das gestohlene Schaf war bald vergessen, aber die Gemüter erhitzten sich auf beiden Seiten, als Rinder gestohlen, Assegais geworfen und Musketen abgefeuert wurden. Und die Lage wurde noch schlimmer, als viele der neuen Sklaven davonliefen. Denn das bedeutete für die Kompanie einen riesigen finanziellen Verlust.

Beim letzten Zusammenstoß gab es vier Tote, doch dann siegte die Vernunft. Einige Hottentottenboten kamen zum Fort und riefen: »Van Doorn! Van Doorn!« Schließlich fand man ihn bei seinem Sohn, und van Riebeeck war wütend, als sich Willem außer Atem schließlich bei ihm meldete.
»Sind das nicht die Leute dieses diebischen Jack?« fragte der Kommandant und zeigte auf sieben Hottentotten, die unter einer großen weißen Fahne standen.
»Ich sehe Jack nicht«, sagte Willem.
»Wir wollen mit ihnen reden«, bestimmte van Riebeeck. »Bringen Sie sie herein.«
Darauf verließ Willem unbewaffnet das Fort und ging langsam zu den Hottentotten, aber Jack war nicht unter ihnen. »Wo ist er?«
»Er bleiben«, antwortete ein Mann, der einmal im Fort geholfen hatte.
»Sag ihm, er soll zu mir kommen.«
»Er will wissen, ob es ungefährlich ist.«
»Selbstverständlich.«
»Er will von ihm wissen«, sagte der Mann und wies auf das Fort.
So kam es zu einem weiteren Konflikt zwischen van Doorn und dem Kommandanten. Denn als Willem van Riebeeck mitteilte, daß Jack von ihm persönlich eine Garantie für freies Geleit verlangte, weigerte sich der Kommandeur, da er sich zu Unrecht des Wortbruches verdächtigt fühlte. »Soll ich sie an Ihrer Stelle geben?« fragte Willem. Die Antwort war ein widerwilliges Nicken.
Die Hottentotten wurden aufgefordert, sich der äußeren Umgrenzung zu nähern, wo van Doorn ihnen versicherte, Jack könne ungefährdet kommen. Aber die kleinen braunen Männer beharrten auf ihrer Forderung. Nach einer erregten Diskussion mit Willem erklärte sich van Riebeeck schließlich mit dem Treffen einverstanden.
Als Jack die gewünschte Zusicherung erhielt, erinnerte er sich, wie sich Männer von Bedeutung auf Java benahmen. Er zog seine ausgeblichene Uniform an und setzte seinen Hut mit der Kokarde auf. Auf seinem schönsten Ochsen ritt er zu dem Treffen mit dem Mann, den einige von seinem Volk bereits den Erhabenen nannten.
Die Friedensverhandlungen, wie van Riebeeck sie in seinem Bericht an die »Siebzehn Herren« hochtrabend nannte, zogen sich in die Länge.
»Ihr nehmt zuviel von unserem Land«, sagte Jack.
»Es gibt Platz für alle.«
»Solange wir uns erinnern können, war das unser Land. Jetzt nehmt ihr das Beste für euch.«
»Wir nehmen nur, was wir brauchen.«
»Wenn ich zu euch nach Holland käme, würde ich das gleiche tun dürfen?«
Van Riebeeck ignorierte diese Frage. »Warum bringt ihr unsere Sklaven nicht zurück, die fortgelaufen sind?«
»Wir hüten Vieh, nicht Menschen.«
»Warum stehlt ihr dann unser Vieh?«

Jack sagte: »Wir pflegten in dieses Tal zu kommen um Bittermandeln. Wir brauchen Nahrung.«
»Ihr werdet andere Mandeln finden.«
»Sie sind weit weg.«
Und so ging es weiter, bis van Riebeeck müde vorschlug: »Wir wollen einen Vertrag aufsetzen, der besagt, daß wir immer in Frieden leben werden.«
Und an diesem Abend, nachdem Jack auf seinem Ochsen davongeritten war, saß van Riebeeck allein vor seinem Tagebuch. Wie jeden Tag schrieb er eine sorgfältige Notiz, die sowohl in Amsterdam als auch auf Java mit Beruhigung gelesen wurde:

> Es mußte ihnen gesagt werden, daß sie nun das Land infolge des Krieges verloren und keine andere Wahl hatten, als zuzugeben, daß es ihnen nicht länger gehörte. Um so mehr, als sie nicht dazu gebracht werden konnten, das Vieh zurückzugeben, das sie uns unrechtmäßig entwendet hatten. Wir beabsichtigen, dieses Land zu behalten, das wir uns während unseres Verteidigungskrieges gewissermaßen mit dem Schwert verdient haben.

Dann, an einem klaren Dezembermorgen, vergaßen die Männer plötzlich Sklaven und Hottentotten. Während der Nacht war eine große Handelsflotte in die Bucht eingelaufen: die »Groote Hoorn«, ein prächtiger Ostindienfahrer unterwegs nach Java, und sechs mittelgroße Schiffe. Groß und stolz trug die »Groote Hoorn« ihren schönen Holzbau und die Relings aus poliertem Messing zur Schau. Sie schien sich besonders herausgeputzt zu haben zu Ehren eines besonders berühmten Passagiers. In der Privatkabine reiste der Ehrenwerte Bevollmächtigte und persönliche Emissär der »Siebzehn Herren«, Kaufmann Karel van Doorn. Er sollte die Verhältnisse am Kap untersuchen und dann nach Java weiterreisen, um dort Generalgouverneur zu werden.
Als er vorsichtig das Land betrat, blickte er verächtlich auf die Sklaven, die seine Pinasse hielten. Er war in Schwarz gekleidet, mit breitem weißem Kragen, gestreifter Hose und hellbraunen Lederschuhen. Dazu trug er einen breitkrempigen Hut, ein Spitzentaschentuch und einen Spazierstock mit Silbergriff. Sein Haar fiel in Locken über seinen Kragen, und sein Spitzbart war sorgfältig gestutzt. Er war groß, steif und sah gut aus. Als er sicher an Land stand, wandte er sich um und half einer Dame aus dem Boot, die noch sorgfältiger gekleidet war als er. Sie erinnerte Willem an seine Mutter, denn sie strahlte die gleiche ruhige Autorität aus, und er konnte sie sich gut in dem großen Haus in Batavia vorstellen.
Karel sah seinen Bruder natürlich nicht: seine Aufmerksamkeit war ausschließlich auf van Riebeeck gerichtet, den obersten Beamten der Kompanie. Auch nachdem die beiden einander begrüßt hatten, rief niemand nach Willem, der verloren in der kleinen Gruppe stand, die Beifall spendete, als die Herrschaften zum Fort gingen. Auch dort fragte Karel nicht nach seinem

Bruder, denn als Bevollmächtigter hielt er es für notwendig, alle Anwesenden so schnell wie möglich seine Autorität fühlen zu lassen.
»Was sind Ihre Hauptprobleme?« fragte er van Riebeeck, sobald sie allein waren.
»Wir haben vier, Mijnheer.«
Karel war dreiundvierzig Jahre alt und daran gewöhnt, schwierige Probleme zu meistern. Da van Riebeeck nur siebenunddreißig Jahre, kleiner und weniger imposant war, war Karel schon vom Äußeren her die dominierende Figur. Außerdem hatte er von der Kompanie Vollmacht, die Situation am Kap genau zu untersuchen und alle Weisungen zu erteilen, die er für vernünftig hielt. Er legte van Riebeeck ein Blatt wertvollen Papiers vor und fragte: »Die wären?«
»Es hat seit der Gründung hier keine Prediger gegeben. Wir brauchen Vermählungen und Taufen.«
»Dr. Grotius ist auf dem Weg nach Batavia. Er wird morgen an Land gehen.«
»Die Sklaven laufen dauernd weg.«
»Sie müssen sie sorgfältiger bewachen. Vergessen Sie nicht, sie sind Eigentum der Kompanie.«
»Wir bewachen sie, wir bestrafen sie, wenn wir sie wiederbekommen. Wir ketten sie an. Dennoch suchen sie ihre Freiheit.«
»Dem muß ein Ende gemacht werden, und zwar mit allem Nachdruck. Die Kompanie kauft die Sklaven nicht, damit sie verschwinden.«
»Aber wie sollen wir sie daran hindern?«
»Jeder Mann, jede Frau muß die Verantwortung dafür übernehmen, die Sklaven unter Kontrolle zu halten. Und ganz besonders Sie. Das dritte Problem?«
»Wir brauchen dringend Frauen. Mijnheer, die Arbeiter können nicht allein hier leben... für immer.«
»Sie kannten die Bedingungen, als sie bei uns unterschrieben. Ein Platz zum Schlafen. Gute Verpflegung. Und wenn sie nach Holland zurückkommen, genug erspartes Geld, um eine Frau zu heiraten.«
»Ich glaube allmählich, daß viele unserer Männer vielleicht nie nach Holland zurückkehren werden.«
»Sie müssen. Hier gibt es keine Zukunft für einen Mann der Kompanie.«
»Und das ist das vierte Problem. Ich stelle eine innere Unruhe unter den freien Bürgern fest.«
»Rebellion? Gegen die Kompanie?« Karel erhob sich und wanderte auf und ab. »Das wird nicht geduldet. Das müssen Sie sofort unterbinden.«
»Nicht direkt Rebellion«, erklärte van Riebeeck rasch, wobei er den Bevollmächtigten mit einer Geste ersuchte, wieder Platz nehmen, und wartete, bis dieser seinem Wunsch gefolgt war.
»Wovon ich spreche, Mijnheer: Die Leute beklagen sich über die Preise, die wir für ihr Getreide bezahlen... über ihre Ausgaben...« Er brach ab, als er van Doorns Blick sah. »Sie scheinen mitunter den Drang zu verspüren, es

im Osten zu versuchen – auf eigene Faust, ohne die Kompanie. Als ob sie das dunkle Herz Afrikas riefe.«
Karel van Doorn lehnte sich zurück. In drei verschiedenen Fällen hatten die »Siebzehn Herren« in Amsterdam in van Riebeecks ausführlichen Berichten Andeutungen entdeckt, daß die freien Bürger am Kap begannen, über die für sie festgesetzten Grenzen hinauszustreben. Der Bürger Bäcker hatte ein zusätzliches Grundstück für sich verlangt. Jener Farmer hatte vorgeschlagen, er wolle weiter hinausziehen, wo das Land weiträumiger war. Sogar van Riebeeck selbst hatte ein Ansuchen auf zusätzliche hundert Morgen gestellt, damit er seinen privaten Garten vergrößern könne. Der Bevollmächtigte van Doorn kannte die Haltung der Kompanie und seine eigene Meinung, er beugte sich vor, um seinen Worten mehr Gewicht zu geben, und sagte: »Kommandant, Sie und Ihre Leute müssen begreifen, daß Sie nicht hierher geschickt wurden, um einen Kontinent zu besiedeln, sondern um ein Geschäftsunternehmen zu führen.«
»Das verstehe ich!« versicherte ihm van Riebeeck. »Sie sehen doch, daß wir auf diesem Posten keinen Gulden vergeuden.«
»Und Sie verdienen auch keinen.« Van Doorn zeigte keine Milde im Blick. »Wenn die ›Groote Hoorn‹ ausläuft, wollen wir einen großen Vorrat an Gemüse, Schafen, Rindern und Weinfässern an Bord nehmen. Und wie ich die Sache sehe, werden wir wohl enttäuscht werden.«
»Warten Sie nur, bis Sie unseren Blumenkohl sehen.«
»Der Wein?«
»Die Reben gedeihen schlecht. Die Winde, wissen Sie. Aber wir haben eine Schutzhecke angepflanzt, und wenn die Herren uns widerstandsfähigere Setzlinge schicken könnten...«
»Ich habe sie mitgebracht.«
Van Riebeeck, ein leidenschaftlicher Gärtner, war hocherfreut über dieses unerwartete Geschenk, wurde aber gleich wieder in die Wirklichkeit zurückgerufen, als van Doorn hochmütig fragte: »Ich nehme an, Sie haben weder die Schafe noch die Rinder?«
»Die Hottentotten tauschen sehr wenig Vieh. Ich wundere mich oft über die Wege des Herrn, daß Er es so unwürdigen Menschen gestattet, so viele schöne Tiere zu besitzen.«
Karel schaukelte schweigend, dann kam er wieder auf den wesentlichen Punkt zurück. »Haben Sie nur Blumenkohl?«
Van Riebeeck lachte nervös. »Wenn ich Blumenkohl sage, meine ich natürlich auch anderes Gemüse. Mijnheer werden sich wundern, wieviel wir erreicht haben.« Ohne dem Bevollmächtigten Zeit zu lassen, seinen Enthusiasmus wieder zu dämpfen, sagte der lebhafte kleine Mann: »Es gibt noch ein fünftes Problem, Mijnheer, aber das ist persönlicher Natur.«
»Und zwar?« fragte Karel.
»Meine Briefe. Meine drei Briefe.«
»Welchen Inhalts?«
»Sie betreffen meine Versetzung nach Java. Als ich diese Aufgabe hier

übernahm, die, wie ich Ihnen versichern kann, nicht leicht war, geschah das unter der Voraussetzung, daß ich, wenn ich hier im Laufe eines Jahres gute Arbeit leistete, nach Java versetzt würde. Am Ende dieses Jahres bat ich darum, aber die Herren sagten, ich würde am Kap gebraucht. Also blieb ich ein zweites Jahr und stellte neuerlich das Ansuchen. Die Antwort war die gleiche. Ich blieb ein drittes Jahr, und nun stehen wir schon im siebenten Jahr.« Er machte eine Pause, blickte den Bevollmächtigten starr an und sagte: »Wissen Sie, Mijnheer, das hier ist kein Ort, an dem man einen Mann sechs Jahre lang arbeiten läßt.« Als van Doorn nicht antwortete, fügte der Kommandant hinzu: »Nicht wenn ein Mann Java gesehen hat. Bitte, Mijnheer. Ich sehne mich ganz schrecklich nach Java.«
»Diesbezüglich gaben mir die Herren ausdrückliche Weisungen.« Karel nahm aus einer in Italien hergestellten Lederkassette ein Bündel Papiere und blätterte darin, bis er fand, was er suchte. Er schob das Blatt verächtlich van Riebeeck zu und hörte mit zusammengepreßten Lippen zu, als der Kommandant laut las: »Ihre Bemühungen am Kap fanden Beachtung wie auch Ihr wiederholtes Ansuchen um Versetzung nach Java. Vorläufig werden Sie dort gebraucht, wo Sie sind.«
Van Riebeeck fragte mit hohl klingender Stimme: »Wie viele Jahre noch?«
»Bis Sie genug Fleisch und Wein für unsere Schiffe liefern.« Van Doorn sagte sehr scharf: »Sie dürfen nicht vergessen, Kommandant, daß Sie und Ihre Leute nicht hier sind, um ein Dorf zu Ihrem eigenen Vergnügen zu bauen, sondern um eine Station zu errichten, die unsere Schiffe versorgt. Alles spricht jedoch dafür, daß Sie sich zu sehr auf ersteres konzentrieren.«
Dann griff er nach einem anderen Blatt und begann die Einsprüche und Entscheidungen der »Siebzehn Herren« zu verlesen, von denen keiner jemals in Südafrika gewesen war, die aber alle die Berichte van Riebeecks eingehend studiert hatten.

> Erstens: Hendrick Wouters darf keine Schweine halten.
> Zweitens: Leopold van Valck darf sein Getreide nicht auf dem Feld jenseits des Flusses anbauen.
> Drittens: Henrikus Faber hat für den Gebrauch des Pfluges neunzehn Gulden zu bezahlen.
> Viertens: Der aus Java importierte Reis darf keinem aus Angola erworbenen Sklaven verabreicht werden, sondern nur denen, die sich während ihres Aufenthaltes in Malakka daran gewöhnt haben.

Und so ging es weiter: Der Schmied darf das Pferd des Gärtners nur beschlagen, wenn dieses für Geschäfte der Kompanie verwendet wird; der Krankenbetreuer soll sonntags den Gottesdienst abhalten, darf aber nie wieder aus seinen eigenen Notizen predigen; er muß sich darauf beschränken, Predigten zu verlesen, die bereits in Holland von geweihten Predigern gehalten wurden; Frau Sibilla van der Lex darf keinen kostspieligen Schmuck tragen;

nach acht Uhr abends darf nicht laut gesungen werden, sonntags überhaupt nicht; und die Namen der vier Seeleute, die am vergangenen Neujahrstag zu Besuch waren und dabei ertappt wurden, wie sie völlig nackt mit Sklaven tanzten, müssen mit Kommissar van Doorn zu den Behörden nach Java geschickt werden, wo sie wegen unmoralischen Verhaltens zu verurteilen sind.

»Sie müssen die Leichtfertigen ausmerzen«, erklärte van Doorn, und erst dann fragte er: »Arbeitet mein Bruder gut?«

»Wir haben ihn im Weingarten eingesetzt.«

»Sie sagten, die Reben gedeihen schlecht.«

»Das stimmt, Mijnheer, aber das ist nicht seine Schuld. Sie kamen in schlechtem Zustand hier an. Sie wurden in Deutschland verpackt. Ungeeignet.«

»Ich habe Reben aus Frankreich mitgebracht«, sagte van Doorn streng. »Ich kann Ihnen versichern, daß sie zweckmäßig verpackt wurden.« Dann lächelte er zum erstenmal und sagte: »Ich möchte meinen Bruder sehen. Sagen Sie nichts davon, aber ich bringe eine Überraschung mit.«

Willem hatte geduldig vor der Tür gewartet. »Der Kommandant verlangt nach Ihnen«, erklärte ein Diener; Willem sprang auf, als besäße der Diener große Autorität, und trat ins Büro. Sein Bruder sah glänzend aus.

»Wie geht es dir, Willem?«

»Ich bin sehr froh, hier zu sein. Freut mich sehr, dich zu sehen, Karel.«

»Ich bin jetzt Kommissar. Auf Java werde ich Assistent des Gouverneurs sein.«

»Wie geht es Mutter?«

»Ausgezeichnet, soviel wir hören. Ich möchte, daß du meine Frau kennenlernst«, sagte er, und während er sprach, glitt ein Ausdruck von Mitleid oder Belustigung über sein Gesicht. Er ergriff den Arm seines Bruders.

Sie gingen in einen Teil des Forts, der speziell für den Besuch gesäubert und eingerichtet worden war. Er war aus schönen Ziegeln, die vor kurzem in der Kolonie gebrannt worden waren, und verfügte über einen soliden Fußboden aus festgestampftem, getrocknetem Kuhdung. Die Einrichtung bestand aus fünf Möbelstücken aus schönem dunklem Mahagoni, die von einem malaiischen Sklaven auf Mauritius geschnitzt worden waren: ein Tisch und drei Stühle sowie ein imposanter Kleiderschrank, der den Großteil einer Wand einnahm. Auf einem der Stühle saß die vornehme Dame, die Willem vor einigen Stunden hatte an Land kommen sehen.

»Das ist deine Schwester Kornelia«, sagte Karel, und die Frau nickte, ohne jedoch die Hand auszustrecken.

Aber sie lächelte in der gleichen mysteriösen Art wie Karel kurz zuvor.

»Und das«, fuhr Karel fort, »ist Dr. Grotius, der die Hochzeiten und Taufen abhalten wird.« Grotius war ein rechtschaffener, scheuer Mann, fünfzig Jahre alt und knochig. Er war schwarz gekleidet, mit Ausnahme eines weißen Kragens von enormer Größe, und begrüßte jeden, der zu ihm kam, mit einem leichten Kopfnicken, wobei er keine Miene verzog.

»Dr. Grotius wurde abgesandt, um das religiöse Leben in Batavia zu aktivieren«, erklärte Karel, worauf der Prediger sich wieder verneigte.
Sobald Dr. Grotius sich überzeugt hatte, daß die Sklavin, die Leopold van Valck heiraten wollte, den christlichen Katechismus verstand und bereit war, dem heidnischen Islam abzuschwören, vollzog er die Hochzeit ohne größere Schwierigkeiten. Als jedoch die Kinder getauft werden sollten, entstand ein echter Konflikt, und Kommissar van Doorn sah van Riebeeck, der bisher so unterwürfig gewesen war, in einem ganz anderen Licht.
Die Taufe der weißen Kinder stellte kein Problem dar, da ihre Eltern Jesus Christus und die Dogmen der Kirche der holländischen Niederlande anerkannten; als aber die Sklavin Deborah, die keinen Ehemann hatte, ihren dunkelhäutigen Sohn Adam zur Taufe brachte, verweigerte sie ihr Dr. Grotius mit den strengen Worten: »Kinder, die unehelich geboren wurden, können auf keinen Fall getauft werden. Das verletzt die Heiligkeit des Sakraments.«
Kornelia, eine egozentrische Frau, hatte kein Interesse an theologischen Disputen und verlangte, an Bord des Schiffes gebracht zu werden. Kaum war sie fort, erklärte van Riebeeck: »Herr Pastor, wir leben am Rand der Wildnis. Wenige einsame Menschen. Nach sechs Jahren sind wir nur einhundertsechsundsechzig. Und nur neun Frauen. Wir brauchen diese Sklavenkinder. Bitte, taufen Sie sie.«
»Die Traditionen der Bibel dürfen nicht mißachtet werden«, donnerte Grotius, »bloß weil dieser Ort eine Wildnis ist. Hier ist es noch wichtiger, die Vorschriften zu befolgen, als in einer zivilisierten Umgebung, sonst verfallen wir alle der Verdammnis.« Er weigerte sich, von seinem Standpunkt abzugehen, und die Zeremonie wurde abgebrochen.
Dr. Grotius eilte hastig zum Schiff. Er war nicht bereit, in einem Fort zu bleiben, in dem es solche Entweihungen gab. Deborah zeigte keinerlei Kummer. Ihr ernstes, ruhiges Gesicht blieb unberührt von dem Sturm, den sie verursacht hatte, denn es war nicht ihre Idee gewesen, ihren Sohn taufen zu lassen. Willem war bestürzt und dachte einen Augenblick daran, zu enthüllen, daß es sein Kind war und er auf einer Taufe bestand. Jan van Riebeeck war ebenso unnachgiebig wie Dr. Grotius, nur wollte er unbedingt, daß Sklavenkinder zum Vorteil seiner kleinen Siedlung getauft werden sollten. Und Kommissar van Doorn, der spürte, daß er früher oder später aufgefordert werden würde, diese verfahrene Situation zu klären, war moralisch beunruhigt. Er war bestrebt, das Richtige zu tun. Er wollte ein guter christlicher Patriarch sein, und als die anderen fort waren, betete er.
An diesem Abend diskutierten van Riebeeck und Willem beim Souper mit ihm darüber, was bezüglich der Taufe geschehen sollte, und van Riebeeck forderte nochmals, daß seinem Ersuchen stattgegeben werden solle: »Wir sind eine Kompanie, Mijnheer van Doorn, und keine Kirche. Sie und ich haben zu bestimmen, was am Kap geschieht, nicht irgendein Prediger. Auf Java, wie Sie wissen...« Wann immer ein Holländer dieses magische Wort sagte, verweilte er dabei: Jaaa-va, als ob es geheimnisvolle Kräfte besäße.

Was immer auf Jaaa-va geschehen war, mußte richtig sein. »Auf Java, wie Sie wissen, tauften wir die Kinder von Sklaven und zogen sie als gute Christen auf. Sie halfen uns dabei, die Kompanie zu verwalten.«
»Ich möchte einem Doktor der Theologie nicht widersprechen...«
»Sie müssen!« donnerte van Riebeeck. Plötzlich wirkte er größer.
»Wenn er aber nach Amsterdam zurückschreibt, daß wir die Bibel entweiht haben...«
Van Riebeeck schlug auf den Tisch. »Die Bibel sagt...«
Nach diesen Worten gingen die drei Männer zu Willems Hütte, um die Bibel zu Rate zu ziehen, die er von der »Haerlem« gerettet hatte. Er öffnete die Bronzeverschlüsse, schlug den schweren Deckel auf und reichte das Buch seinem Bruder, der ehrfürchtig die Seiten umblätterte und die erhabenen Stellen suchte, an denen Abraham die Gesetze für sein Volk niedergelegt hatte, das in einem neuen Land lebte. Genauso, wie die van Doorns und van Riebeecks für ihre Gefolgsleute in diesem riesigen neuen Territorium Prinzipien aufzustellen hatten.
Bei Kerzenlicht suchten sie die Stellen, fanden aber keine Hilfe. Karel, der sich für die Beilegung dieses Zwistes verantwortlich fühlte, blätterte die Bibel mehr als einmal durch, las gelegentlich eine Stelle vor, die sich auf ihre Anwesenheit in der Wildnis zu beziehen schien, verwarf sie aber wieder. Die Männer waren ratlos.
»Sollten wir nicht beten?« fragte er, und die drei knieten nieder, und Karel bat um göttliche Führung. Gott hatte die Israeliten durch solche dunklen Zeiten geführt und Er würde die Holländer führen. Aber es kam keine Belehrung.
Da entsann sich Willem undeutlich der Passagen, in denen Abraham vor schweren Entscheidungen gestanden hatte, und suchte intensiv in den Kapiteln der Genesis; nach einer Weile stieß er auf die Stellen, in denen Gott selbst, nicht Abraham, die Menschen über die Schritte belehrte, die sie tun mußten, um ihre Identität in einem fremden Land zu wahren:

> Das ist aber mein Bund, den ihr halten sollt zwischen mir und euch und einem Samen nach dir: Alles, was männlich ist unter euch, soll beschnitten werden... desgleichen auch alles Gesinde, das daheim geboren oder erkauft ist...

> Da nahm Abraham... alle Knechte, die daheim geboren, und alle, die erkauft, und alles, was männlich war in seinem Hause, und beschnitt die Vorhaut an ihrem Fleisch ebendesselben Tages, wie ihm Gott gesagt hatte.

»Hier steht, was wir wissen wollen!« rief Willem, und in dem flackernden Licht blickten ihm die beiden Männer, die für diese kleine Ansiedlung verantwortlich waren, über die Schulter, um die Rechtfertigung für das zu finden, was er vorschlagen sollte. Van Riebeeck war entzückt: »Es ist ganz klar.

Ihr Bund war die Beschneidung, und Gott befahl, daß auch die Sklaven beschnitten werden sollten. Unser Bund ist die Taufe, und Er befiehlt, daß auch unsere Sklaven getauft werden sollen.« Er war so erleichtert, daß er rief: »Kommissar, wir müssen sofort an Bord des Schiffes gehen und die Kinder von Dr. Grotius taufen lassen.« Als van Doorn wegen der späten Stunde Einspruch erhob, wies van Riebeeck mit dem Finger auf die Bibel und rief: »Hat nicht Gott befohlen, es müsse an ebendemselben Tage getan werden?«

Karel studierte sorgfältig die Bibel, und als er die Worte »ebendesselben Tages« las, wußte er, daß diese Kinder noch vor Mitternacht getauft werden mußten. »Ich glaube, wir sollten uns für Gottes Führung bedanken«, sagte er, und die drei Männer knieten noch einmal nieder.

Sie wanderten mit Laternen durch die dunkle Nacht und trugen ihre Bibel an den Strand, weckten die Bootsleute und fuhren zur »Groote Hoorn«, wo sie Dr. Grotius holen ließen. »Herr Pastor«, rief Karel, als der Geistliche in seinem Nachtgewand erschien, »Gott hat gesprochen!« Und sie legten ihm den Text vor.

Dr. Grotius studierte lange den Bibeltext und dachte nach. Schließlich wandte er sich an seine Besucher und sagte: »Mijnheeren, ich hatte unrecht. Können wir beten?« So knieten sie zum dritten Mal nieder, während Dr. Grotius, die Hände fest auf die Bibel gelegt, Gott für Sein Eingreifen dankte und um weitere Führung bat. Willem bemerkte, daß der Doktor bei jedem Punkt des Gesprächs lang verweilte; als dann van Riebeeck vorschlug, zur Küste zu fahren und die Kinder zu holen, damit sie noch vor Ablauf des Tages getauft würden, sagte Grotius fast triumphierend: »Dieser Tag ist nun vorbei. Wir werden den Taufgottesdienst abhalten, bevor der neue Tag zu Ende geht.«

Damit schlug er die Bibel zu. Dabei verfing sich eine Ecke des Tuches, auf dem sie gelegen hatte, in den Blättern, und er schlug die Seite auf, um das Tuch loszumachen. Es war die Seite, auf der Willem die Geburtsdaten seines Erstgeborenen verzeichnet hatte: »Sohn Adam van Doorn, geboren am 1. November 1655.«

»Haben Sie einen Sohn?« fragte Dr. Grotius.

»Ja«, sagte Willem offen.

»Aber...« Es folgte ein peinliches Schweigen. Dann fragte der Pastor: »Sollte das dunkelhäutige Kind nicht auf den Namen Adam getauft werden?«

»Er ist mein Sohn.«

Das schreckliche Geständnis, daß der Bruder eines hochangesehenen Kaufmanns, der für die »Siebzehn Herren« als Kommissar fungierte, mit einem heidnischen Sklavenmädchen verkehrt hatte, verschlug Dr. Grotius und Karel die Sprache. Zweimal versuchte der erstere Worte der Verdammung zu formulieren: »Sie... Sie...« Aber es fiel ihm nichts Passendes ein. Er hatte nie im Osten gedient und hatte wenig Verständnis für die Gier und die Ängste der Holländer. Karel jedoch kannte Java und die Leiden, die ent-

stehen konnten, wenn vielversprechende Männer sich mit eingeborenen Frauen verbanden.
»Mein Gott!« rief er plötzlich. Erschrocken blickte er Dr. Grotius an, wies mit der Schulter auf eine andere Kajüte und rief: »Sie ist dort drinnen.«
»Du meine Güte!«
Karel drehte sich jäh um, blickte seinem Bruder ins Gesicht und fragte: »Bist du verheiratet?«
»Ich wollte...«
»Ich habe es nicht erlaubt«, sagte van Riebeeck.
Karel drückte dem Kommandanten leidenschaftlich die Hände und rief: »Sie waren so klug.«
»Aber Deborah...« begann Willem.
Karel schob ihn beiseite und sagte mürrisch: »Das sollte eine Überraschung sein.« Mit pathetischer Gebärde wies er nach rechts: »Dort drinnen schläft deine zukünftige Frau... sie erwartet, dich am Morgen kennenzulernen.«
»Meine Frau?«
»Ja. Sie ist die Kusine meiner Frau und kommt aus einer guten Familie.«
Einer plötzlichen Eingebung folgend, stürzte Karel aus der kleinen Kajüte und klopfte an eine Tür: »Katje! Komm heraus!«
Katje, wer immer sie war, erschien nicht, sondern Kornelia, hochgewachsen und mächtig in ihrem Nachtgewand. »Was soll dieser Lärm?«
»Geh zurück ins Bett!« Karel schob sie grob beiseite. »Ich will Katje.«
Kurz darauf erschien das Mädchen. Sie war klein, hatte gekräuseltes Haar und ein vom Schlaf gerötetes Gesicht. »Was gibt es?« fragte sie verdrießlich.
»Du sollst Willem kennenlernen.«
»Nicht so«, sagte Kornelia aus dem Hintergrund.
»Komm!« rief Karel, außer sich vor Erregung. Und er schleppte Katje in die Kajüte des Pastors, wo sie mit roten Augen und laufender Nase den ihr zugedachten Ehemann traf: »Willem van Doorn, das ist deine Braut, Katje Danckaerts.«
Sie war ein Mädchen vom Land, eine Tochter der armen Danckaerts, aber eine richtige Kusine von Kornelia und somit jemand, um den man sich kümmern mußte. Vor einem Jahr, als Kornelia gefragt hatte: »Was sollen wir nur mit Katje tun?«, hatte ihr Mann spontan gesagt: »Wir werden sie zum Kap mitnehmen. Willem braucht eine Frau.«
So kam es, daß das linkische, fünfundzwanzigjährige Mädchen in dem überfüllten Raum stand. Irrtümlich hielt sie van Riebeeck für ihren Verlobten; als sie aber auf ihn zuging, sagte Karel scharf: »Nicht er. Dieser da!« Und da mußte sogar der Pastor lachen.
In diesem Augenblick erschien Kornelia, in einen Mantel gehüllt, und begehrte zu wissen, was vorging. »Geh zurück in deine Kajüte!« schrie Karel, der den Skandal vor seiner Frau verheimlichen wollte. Aber er hatte sie schon genug herumkommandiert, und sie drängte sich an Katjes Seite.

»Was tun sie mit dir, Katje?« fragte sie leise.
»Ich treffe mit Willem zusammen«, wimmerte das Mädchen.
Kornelia sah sich um und merkte sofort, daß die Männer im Begriff waren, zu verpfuschen, was immer sie vorhatten. Willem wirkte ganz besonders albern, deshalb sagte sie freundlich: »Also, wenn du deinen Bräutigam kennenlernst, wollen wir das tun, wie es sich gehört.« Dann schob sie ihre Kusine vorwärts. Willem trat ungeschickt näher, um Katje zu begrüßen, aber sie hielt sich zurück, und es war prophetisch, daß der zweite Satz, den er von ihr hörte, wiederum eine Klage war: »Ich will doch gar nicht heiraten.« Sie hatte kaum geendet, da versetzte ihr Kornelia einen Stoß, und sie stolperte in Willems Arme. In diesem kurzen Augenblick sah er sie an und dachte: Wie verschieden von Deborah! Aber als er sie auffing, spürte er ihre Weiblichkeit und wußte, daß er für sie verantwortlich sein würde. »Ich werde dir ein guter Ehemann sein«, sagte er.
»Das sollte ich meinen«, murmelte Karel, und dann sagte die vernünftige Kornelia, die im Umgang mit den besten Familien Amsterdams Selbstvertrauen gewonnen hatte, mit Nachdruck: »Nun wünsche ich zu erfahren, was ihr Männer getrieben habt.« Dr. Grotius erkannte, daß weitere Verstellung fruchtlos war, und lenkte ihre Aufmerksamkeit auf die enthüllende Eintragung in der Bibel. Sie las sie aufmerksam, blickte zu Willem hoch, lächelte, und las sie noch einmal. Dann rief sie Katje zu sich und zeigte auch ihr die Eintragung: »Offenbar hat dein Mann eine andere Frau gehabt. Aber das ist kaum von Bedeutung.«
»Sie ist wieder schwanger«, platzte Willem heraus.
»O Jesus Christus«, stöhnte Karel, worauf ihn Dr. Grotius rügte.
»Auch das ist nicht von Bedeutung«, entschied Kornelia.
»Er ist mit dem Sklavenmädchen nicht wirklich verheiratet«, sagte van Riebeeck beruhigend, und Karel fügte hinzu: »Aber sie werden jetzt heiraten.« Als ihn daraufhin alle anstarrten, berichtigte er zögernd: »Ich meine Willem und Katje.«
»Gewiß«, antwortete Kornelia, und schlug vor, daß die Vermählungszeremonie gleich jetzt, um ein Uhr morgens, stattfinden sollte. Der Pastor wandte ein, daß es rechtswidrig wäre, eine Trauung feierlich zu begehen, bevor die Aufgebote dreimal gelesen wurden, worauf Kornelia befahl: »Dann verlest sie!« Und so leierte Karel dreimal die Worte herunter: »Katje Danckaerts, unverheiratet, Amsterdam, und Willem van Doorn, Junggeselle, Batavia.«
»Kap«, korrigierte Willem.
»Trauen Sie sie«, knurrte Karel den Pastor an; und so wurde die Bibel aufgeschlagen, und drei Zeugen bestätigten die heilige Zeremonie, die stattfinden sollte. Während Katje und Willem im flackernden Licht ihre Hände auf die offenen Seiten legten, wurden die inbrünstigen Sätze des Sakramentes gesprochen.
Nach Beendigung der Zeremonie überraschte Willem alle, indem er eine Feder verlangte, und als sie gebracht wurde, blätterte er die Seite um, die

solches Ärgernis erregt hatte, und schrieb in die kleinen mit Amoretten und Tulpen geschmückten Zwischenräume, die für Hochzeiten bestimmt waren: »Katje Danckaerts, Amsterdam, Willem van Doorn, Kaapstad, 21. Dezember 1658.«

Durch das geheimnisvolle Nachrichtensystem, das in einem Grenzgebiet wie dem Kap stets existierte, erfuhren die Hottentotten, daß ein vornehmer Kommissar angekommen war, um Entscheidungen zu treffen, und daß er der ältere Bruder des Mannes war, der den Weingarten betreute. Für die meisten der braunen Männer war die Nachricht von geringer Bedeutung, aber für Jack war sie von großer Tragweite, denn nun konnte er sein Anliegen jemandem vortragen, der befugt war, Entscheidungen zu treffen. Er holte seine Matrosenkleidung aus der Rindenkiste, in der er sie aufbewahrte, säuberte die schweren Schuhe, die er aus Rindsleder gefertigt hatte, setzte seinen breitrandigen Hut auf und ging nach Westen zum Fort.
Auf der Brustwehr hielt ein Wächter Ausschau nach Feindseligkeiten von seiten der Hottentotten und nach englischen oder portugiesischen Schiffen, die vielleicht versuchen könnten, die kleine holländische Siedlung zu erobern. Da sich derzeit jedoch nur fünfundneunzig kampffähige Männer, neun Frauen, elf Kinder und die Sklaven im Fort befanden, war es unwahrscheinlich, daß ein Feind aus Europa durch sie und die einundfünfzig freien Bürger zurückgeschlagen werden könnte.
»Hottentotte!« rief der Wächter.
Kommandant van Riebeeck eilte zur Mauer und erkannte sofort, daß es der alte Quälgeist Jack war, der dahergetrottet kam, um neuen Ärger zu bringen. »Ruf den Kommissar«, befahl er seinem Burschen, und als Karel an Land gerudert wurde und den Neuankömmling sah, rief er zu van Riebeecks Ärger: »Das ist ja Jack!«
»Wieso kennen Sie ihn?«
»Wir waren zusammen auf Java.« Und er eilte dem kleinen Mann entgegen.
Sie umarmten sich nicht, dafür war Karel zu sehr auf seine Stellung bedacht, aber sie begrüßten einander mit unverkennbarer Freundlichkeit. »Ich werde auf Java eine leitende Stellung übernehmen«, erzählte Karel.
»Zimt, Muskatnuß, Zinn, Gewürznelken«, zählte Jack auf, in Erinnerung an die Zeit, als er die Brüder van Doorn in den Lagerhäusern der Kompanie gekannt hatte.
»All das und noch mehr«, sagte Karel stolz.
Jack hauchte seinen Atem kräftig aus und fragte: »Habt ihr Gewürznelken?«
»Nein«, sagte Karel mit leisem Lachen. Sie gingen zusammen zum Fort, wo Jack fragte: »Willem, er auch hier?« Als der jüngere van Doorn geholt wurde, wiederholte Jack in Anwesenheit van Riebeecks den Vorschlag, den er vor vielen Jahren gemacht hatte.
»Zeit, daß ihr Männer und Hottentotten zusammenarbeiten.«

»Ausgezeichnet«, sagte Karel, der steif in seinem großen Stuhl saß. »Wenn ihr uns Vieh liefert, werden wir...«
»Nicht das«, sagte Jack. »Wir brauchen unser Vieh.« Er sprach Englisch mit einem starken portugiesischen Akzent und einigen holländischen Wörtern, die er in letzter Zeit erlernt hatte. Diese Mischung war im Begriff, sich zu einer selbständigen Sprache zu entwickeln, und wurde von jedem verstanden.
»Was dann?« fragte Karel.
»Ich meine, wir kommen hierher. Leben bei euch. Haben hier Weiden, Hütten, betreuen euer Vieh, unser Vieh.«
Willem mischte sich ein. »Niemand pflegt das Vieh besser als ein Hottentotte.«
Karel sah seinen Bruder geringschätzig an. »Hier leben? Du meinst – Hottentotten sollen hier im Fort leben?«
»Sie erlernen sehr rasch ein Gewerbe, Karel. Die, welche Zimmerleute oder Bäcker oder Schuhmacher werden, könnten im Fort wohnen. Sieh mal, er hat seine Schuhe selbst verfertigt.«
Karel blickte verächtlich auf die großen, unförmigen Dinger an Jacks Füßen. Sie bestätigten seine Ansichten über die Hottentotten: Dieses Volk war zwar fähig, ein paar äußerliche Elemente der Zivilisation zu übernehmen, verdiente aber sonst keine ernste Beachtung. Er war bestürzt darüber, wie sich das Treffen entwickelt hatte, und kam, ohne sich ernsthaft mit Jacks Vorschlag zu beschäftigen, auf das Problem der entlaufenen Sklaven zurück.
»Du könntest deine Leute dazu erziehen, unsere entlaufenen Sklaven einzufangen. Wir würden euch für jeden Sklaven, den ihr zurückbringt, eine bestimmte Menge Metall geben.«
Jack dachte: Wenn wir jagen, jagen wir Tiere, nicht Menschen. Wir sind Schäfer und Viehzüchter, und wir könnten euch so viel helfen. Er schwieg jedoch.
»Es wird, fürchte ich, nie möglich sein, daß ihr in die Nähe des Forts zieht«, fuhr Karel fort.
»Kommandant...«
»Er ist der Kommandant«, unterbrach Karel und zeigte auf van Riebeeck. »Ich bin der Kommissar.«
»Herr Kommissar. Ihr Weißen braucht uns. Vielleicht nicht heute. Nicht morgen. Aber die Zeit wird kommen, da ihr uns braucht.«
»Wir brauchen euch jetzt«, sagte Karel mit einem gewissen Großmut. »Wir brauchen eure Hilfe beim Einfangen der Sklaven. Wir brauchen euer Vieh.«
»Ihr braucht uns, Kommissar. Um bei euch zu leben. Um vieles zu tun.«
»Genug davon.« Van Doorn erhob sich majestätisch, nickte seinem einstigen Freund ernst zu und verließ den Raum. Er verließ das Fort und kehrte an Bord des Schiffes zurück, wo er zwei Empfehlungen für die »Siebzehn Herren« verfaßte, die am Kap zum Gesetz wurden:

Es darf keinen gesellschaftlichen Kontakt mit den Hottentotten geben. Der leichte Zugang, den einige zum Festungsgebiet besaßen, muß ein Ende haben. Bei allem, was getan wird, muß darauf gesehen werden, daß die drei Unterscheidungen eingehalten werden: Der Holländer kommandiert, der importierte Sklave ist ihm zu Diensten, und der Hottentotte steht mit keinem von beiden in Kontakt. Hottentotten sollen nicht als Sklaven verwendet und unter keinen Umständen in eine Familie aufgenommen werden. Ich würde vorschlagen, daß rund um den gesamten Besitz der Kompanie eine Umzäunung gebaut wird. Vielleicht wird sie nicht stark genug sein, um Eindringlinge abzuwehren, aber sie würde dem heilsamen Zweck dienen, unsere Leute daran zu erinnern, daß sie sich von den Hottentotten unterscheiden, und sie würde die Hottentotten eindringlich daran erinnern, daß sie niemals unseresgleichen sein können. Sie würde auch unseren Leuten einschärfen, daß es ihre Aufgabe ist, die Schiffe der Kompanie zu versorgen, anstatt unbekannte Gebiete zu erforschen. Wenn kein Material für eine Umzäunung erhältlich ist, könnte man eine Dornenhecke in Betracht ziehen, denn die würde unsere Männer im Inneren und die Hottentotten draußen halten.

Die am Kap verwendete Sprache stellt ein weiteres schweres Problem dar. Denn viele Holländer beginnen, die von den Sklaven, Müßiggängern und kleinen Händlern überall in den östlichen Meeren angenommene portugiesische Mischsprache zu verwenden. Ich bemerkte während meines Aufenthaltes die Einführung vieler in Holland nicht benutzter Wörter. Manche stammten aus Madagaskar, manche aus Ceylon, viele aus Malakka, aber die meisten waren portugiesisch, und wenn das so weitergeht, wird unsere holländische Sprache von einer fremden Flut überschwemmt und schließlich verlorengehen. Angestellte der Kompanie am Kap müssen mit ihren Sklaven Holländisch sprechen. Alle Geschäfte müssen auf holländisch abgewickelt werden. Und besonders in den Familien muß Holländisch gesprochen und den Kindern verboten werden, die Sprache ihrer Amme zu verwenden.

Als diese neuen Vorschriften im Fort erläutert worden waren, betrachtete Kommissar van Doorn seine Verpflichtungen als erfüllt und erteilte seinem Kapitän den Auftrag, das Schiff für die lange Fahrt nach Java vorzubereiten.

Am Abend vor der Abreise gaben van Riebeeck und seine begabte Frau Maria einen Neujahrsempfang. Ihre beiden Nichten nahmen daran in den neuen Kleidern teil, die Kornelia ihnen mitgebracht hatte. Sklaven aus Malakka sorgten für Musik. Sämtliche Speisen stammten vom Kap: der Stockfisch, eine Hammelkeule, Blumenkohl, Kohl, Mais, Mangold und Kürbis. Der Wein wurde natürlich vom Schiff geliefert, aus Fässern, die von Frankreich nach Java transportiert wurden. Als Karel den Trinkspruch ausbrachte,

bemerkte er, äußerst taktvoll: »Es wird nicht lange dauern, bis auch der Wein von hier kommen wird.« Und er nickte seinem Bruder zu.
»Nun zum Nachtisch!« rief van Riebeeck, dessen Gesicht von dem guten Wein gerötet war. Er klatschte in die Hände und befahl den Sklaven, das speziell für diesen Abend bereitete Gericht hereinzubringen; die schwangere Deborah trug mit beiden Händen einen großen, braungoldenen, irdenen Topf mit geraden Seitenflächen und ohne Henkel. Mit ernstem Gesicht wartete sie auf ein Zeichen von Willem. Er bedeutete ihr, daß sie den Topf vor Kornelia aufstellen solle. Als ein großer Löffel und neun kleine Teller gebracht worden waren, enthüllte sie einen wunderschönen Brotpudding. Er war braun und mit einer appetitlichen Kruste, aus der Rosinen, Zitronen- und Orangenschalen hervorlugten.
»Unser Willem macht ihn«, erklärte van Riebeeck stolz, und die Tischgäste klatschten Beifall.
»Hast du ihn wirklich gebacken?« fragte Kornelia, während sie den Löffel über der abgerundeten Kruste hielt.
»Ich mußte es lernen«, sagte Willem.
»Aber was enthält er?«
»Wir bewahren Brot-, Kuchen- und Zwiebackstücke auf, Eier und Sahne, Butter und alle Arten von Obst, die wir finden können. Und am Ende...« Er zögerte. »Du würdest das nicht schätzen, Kornelia, da du nie auf Java gelebt hast...« Er spürte, daß er sich nicht gut ausdrückte, wandte sich an seinen Bruder und van Riebeeck und schloß zaudernd: »Ihr Javamänner werdet es verstehen. Nach Beifügung von Zucker und Zitronensaft streue ich ein wenig Zimt und viel Muskat darauf. Um uns an Java zu erinnern.«
»Du bist ein hervorragender Koch, Willem.«
»Man ist gezwungen, zu lernen«, sagte er. »Man kann nicht vierhundert Tage im Jahr Fisch und Schaffleisch essen.«
Bei dieser merkwürdigen Erklärung blickten die Gäste einander an, doch keiner dachte daran, den Sprecher zu korrigieren. An manchen Orten der Welt hatte das Jahr wirklich vierhundert Tage, und sogar etwas so Geringes wie Brotpudding half die Langeweile dieser langen, einsamen Tage zu mildern.

Als die letzte Karaffe geleert war, kam es zu zwei abschließenden Gesprächen. In Wirklichkeit waren es Monologe, denn die Sprecher hielten ihren Zuhörern Vorträge, die niemand unterbrach. Karel van Doorn sagte zu Kommandant van Riebeeck: »Sie müssen sich sehr bemühen, Jan, allen Vorschriften der Kompanie nachzukommen. Vergeuden Sie keinen einzigen Gulden. Veranlassen Sie Ihre Leute, Holländisch zu sprechen. Bauen Sie einen Zaun um den Besitz der Kompanie. Gewöhnen Sie Ihre Sklaven an Disziplin. Verschaffen Sie sich mehr Vieh, und bringen Sie die Weinproduktion in Gang. Denn wenn Sie unsere Schiffe gut versorgen, kann ich Ihnen versichern, daß die ›Siebzehn Herren‹ Sie mit einem Posten auf Java belohnen werden.« Bevor van Riebeeck antworten konnte, fügte Karel

nachdenklich hinzu: »Haben die Gewürze in Willems Pudding... Nun, haben sie Sie nicht an die herrlichen Tage in Ternate und Amboyna erinnert? Es gibt in der Welt keinen Ort, der Java ähnlich ist.«
Währenddessen sagte Kornelia van Doorn zu ihrer Kusine mit dem roten Gesicht: »Katje, hilf Willem beim Anbau seiner Trauben. Denn wenn er Erfolg hat, wird er befördert werden. Dann könnt ihr nach Java kommen.« Mit überschwenglicher Freundlichkeit und Zuneigung küßte sie ihre reizlose Kusine und gestand: »Wir haben dich in kein Paradies gebracht, Katje. Aber er ist ein Ehemann, und seine Hütte ist nur ein Provisorium. Wenn du ihn bei der Arbeit hältst, werdet ihr beide bald auf Java sein, dessen bin ich sicher.«

Als Willem sah, wie sorgfältig die Reben aus Frankreich verpackt waren, und er erfuhr, wie achtsam man auf der Reise mit ihnen umgegangen war, hatte er das Gefühl, daß diese neuen Setzlinge den Weinbau am Kap neu beleben würden; die Hecke junger Bäume war kräftig genug, um die Kraft der unbarmherzigen Sommerwinde abzuhalten, und er verstand schon etwas mehr davon, wie er die Reihen anlegen sollte. Noch bevor Karel nach Java weiterfuhr, waren die Reben gepflanzt, und eine der letzten Eintragungen des Kommissars in seinem Bericht an die »Siebzehn Herren« enthielt ein Lob für Willem, der den Weinbau ernst nahm, und sagte voraus: Bald werden sie Weinfässer nach Java schicken.
Seine letzte Eintragung war bemerkenswert und sollte sowohl in Amsterdam als auch in Batavia oft zitiert, aber weder dort noch in Südafrika verstanden werden; sie befaßte sich mit den Sklaven und ihrem Hang, davonzulaufen. Bei seinem Aufenthalt am Kap hatte er drei Tage lang detaillierte Zeugenaussagen über die Häufigkeit angehört, mit der Sklaven aller Art – Angolaner, Malakker, Madegassen – davonliefen. Er kam zu dem Schluß, daß es keine wirksamen Gegenmaßnahmen gab, und berichtete den »Siebzehn Herren«:

> Weder Hunger noch Durst, weder die mörderischen Pfeile der Buschmänner noch die Speere der Hottentotten, weder die wasserlose Wüste noch der unüberschreitbare Berg halten den Sklaven davon ab, seine Freiheit zu suchen. Deshalb habe ich den Beamten am Kap aufgetragen, eine Reihe von Bestrafungen einzuführen, die den Sklaven die Tatsache einprägen, daß sie Eigentum der Kompanie sind und deren Gesetzen gehorchen müssen. Beim ersten Versuch wegzulaufen der Verlust eines Ohres. Beim nächsten ein Brandmal auf der Stirn und Abschneiden des anderen Ohres. Beim dritten Versuch Abschneiden der Nase. Und beim vierten der Galgen.

Bevor die »Groote Hoorn« ihre Reise nach Java fortsetzte, beschloß man, daß Willem mehr Hilfe im Weingarten haben sollte, da die Weinproduktion für sehr wichtig gehalten wurde. Deshalb wurde der Sklave Jango seiner

Pflichten im Fort enthoben. Das war eine glückliche Entscheidung, denn er ließ schon bald eine besondere Begabung für die Behandlung von Weinreben erkennen, und als die neuen Setzlinge Wurzeln trieben, hatte van Riebeeck den Eindruck, daß das Pressen von Wein bald Wirklichkeit werden sollte.
Wie jeder tüchtige Mann hatte auch Jango den Wunsch, frei zu sein. Willem bat, seinen Sklaven von den Ketten zu befreien, damit er sich im Weingarten freier bewegen könne, und van Riebeeck gab widerwillig sein Einverständnis.
»Möglich, daß Sie mit dem Feuer spielen«, warnte er Willem, aber der sagte, er sei sicher, daß Jango die Gelegenheit schätzen würde, außerhalb des Forts zu arbeiten, und daß man ihm vertrauen könne.
Zum Teil hatte er recht. Jango arbeitete fleißig, aber sobald die neuen Reben zurechtgestutzt waren, entfloh er in die Wildnis. Es vergingen zwei Tage, bis Willem sein Fehlen im Fort meldete, wo die Nachricht große Aufregung verursachte. Van Riebeeck war wütend darüber, daß Willem die Meldung hinausgezögert hatte, und schickte eine Abteilung von Soldaten aus, um den Flüchtling aufzuspüren. Als jedoch eine Musterung abgehalten wurde, entdeckte er, daß drei andere Sklaven sich Jango angeschlossen hatten. Ihre Spuren zeigten an, daß sie sich auf direktem Weg ins Land der Buschmänner befanden, wo sie wahrscheinlich erschlagen werden würden. »Und damit ist der Besitz der Kompanie verloren«, stöhnte van Riebeeck.
Aber nach drei Tagen wurden die Flüchtlinge am Fuß einer kleinen Felswand gefunden, halb erfroren und hungrig. Als man sie mit Stricken aneinandergefesselt hatte und zum Fort zurückbrachte, begannen die Soldaten darüber nachzudenken, wie Kommissar van Doorns drakonische Vorschriften vollstreckt werden sollten. »Ihr werdet eure Ohren verlieren«, sagten sie den Sklaven. »Das wißt ihr ja.« Ein Holländer packte Jangos linkes Ohr und machte eine Schneidebewegung mit seiner Hand: »Das kommt runter!«
Als der Wächter am Ausguck die zurückkehrenden Gefangenen ausmachte und sich alle versammelten, um die Verstümmelungen zu sehen, wurden sie enttäuscht. »Ich lasse meine Sklaven nicht verunstalten«, erklärte van Riebeeck kurz. Die Sklaven wurden mäßig ausgepeitscht und in einen Winkel der Festung geworfen, der als Gefängnis diente, wo sie drei Tage ohne Nahrung blieben.
Fünf Tage nach ihrer Freilassung lief Jango wieder fort, und Willem wurde ins Fort gerufen: »Wir haben Grund zu der Annahme, daß die Sklaven sich wieder mit den Hottentotten verbündet haben. Suchen Sie Jack auf und warnen Sie ihn, daß das so nicht weitergehen darf.«
»Und Jango?«
»Um Jango kümmern wir uns.«
Somit ging Willem nach Osten, um mit Jack zu verhandeln, während die übliche Jagdtruppe Jango verfolgte, der diesmal nur zwei andere mitgenommen hatte. Willem fand Jack an einem entfernten Ort; er wollte weder zu-

geben, daß er mit den Sklaven im Bunde war, noch war er zu irgendeiner Art von Zusammenarbeit bereit.
»Was willst du?« fragte Willem gereizt seinen alten Freund.
»Was ich im Fort sagte. Zusammenarbeiten.«
»Du hast meinen Bruder gehört. Das kann nie geschehen.«
»Es werden noch mehr Schiffe kommen«, sagte Jack beharrlich. »Es wird noch mehr Vieh gebraucht werden.«
Willem runzelte die Stirn, und damit war das Gespräch beendet. Es bestand keine Hoffnung, daß die Art von Verbindung, die Jack vorschlug, jemals zustande kommen könnte; Weiße und Braune waren dazu bestimmt, verschieden zu leben, der eine als Herr, der andere als Ausgestoßener, und jeder Versuch, die Kluft zu überbrücken, würde für immer durch die Charaktere der Beteiligten zum Mißerfolg verurteilt sein. Die Weißen würden unempfindlich und dickköpfig sein wie Willem oder eitel und anmaßend wie Karel; die Braunen würden stolz und widerspenstig sein wie Jack...
Ein sichtbarer Schatten lag auf Willems Gesicht, denn er hatte eine kurze Vision von der Zukunft des Kaps. Mit tragischer Klarheit sah er das völlige Verschwinden Jacks und seiner Hottentotten voraus. Sie waren dem Untergang geweiht, verdrängt durch Schiffe und Pferde. Tränen des Mitleids traten in seine Augen, und er wollte den kleinen Mann umarmen, mit dem er so viele seltsame Abenteuer geteilt hatte, aber Jack hatte sich abgewandt, zum letzten Mal zurückgestoßen. In seiner zerlumpten englischen Uniform und seinen großen, selbstgemachten Schuhen wanderte er allein zurück zu den Bergen. Er würde sich nie wieder mit seinen Vorschlägen an die van Doorns wenden.
Als Willem zum Fort zurückkehrte, sah er, daß Jango wieder eingefangen worden war und daß er wieder die schweren Eisenketten an den Beinen trug. Von nun an würde er langsam an den Reben arbeiten und die fürchterlichen Gewichte hinter sich herschleppen. Aber trotz dieser entsetzlichen Behinderung lief er ein drittes Mal fort, weit nach Norden, wo er drei Wochen lang am Leben blieb, bis er wieder eingefangen wurde. Diesmal erklärten die jüngeren Beamten, daß seine Ohren wirklich abgeschnitten werden müßten, doch wieder weigerte sich van Riebeeck, die harten Strafen zu vollstrecken, die Kommissar van Doorn angeordnet hatte, und einer der Untergebenen des Kommandanten sandte eine geheime Botschaft nach Batavia, in der er Karel über diese pflichtwidrige Unterlassung informierte.

Die Gartenhütte, in der Katje van Doorn ihr Leben als Ehefrau begann, war erfüllt von Klagen, von denen drei immer wiederkehrten:
»Warum müssen wir in dieser Hütte leben? Warum können wir nicht ins Fort übersiedeln?«
»Warum kann ich nicht vier Sklaven haben wie die Frau des Kommandanten?«
»Wann können wir endlich Kornelia und deinem Bruder nach Java folgen?«

Geduldig versuchte Willem diese Fragen zu beantworten: »Es würde dir im Fort nicht gefallen. All diese Menschen. Was würdest du mit so vielen privaten Sklaven tun? Und wir müssen beweisen, daß hier Wein erzeugt werden kann, bevor wir nach Java dürfen.« Er täuschte sie in dem letzten Punkt, denn er hatte keine Lust, nach Java zurückzukehren; er hatte in Afrika seine Heimat gefunden und war entschlossen, zu bleiben.
Katje ließ sich von seinen Argumenten nicht überzeugen, wußte es aber zu würdigen, als er der Hütte einen kleinen Anbau hinzufügte, damit sie ihren eigenen Raum hatte. Als er für den Fußboden Eimer voll Kuhdung brachte, der mit Wasser vermischt war, und sie die gestampfte Erde mehrmals glätten sollte, jammerte sie und erhob Einspruch. Also kniete er nieder und machte die Arbeit selbst. Mit der Zeit entstand so eine harte Fläche, die ausgewittertem Kiefernholz ähnelte und nach Scheunenhof und Wiese roch.
Er erschrak, als er erfuhr, daß Katje zu van Riebeeck gegangen war und ihn um eine Dienerin gebeten hatte. Der Kommandant wies darauf hin, daß Deborah die einzige verfügbare Frau war, und fügte zartfühlend hinzu, es schicke sich kaum, daß dieses Mädchen in ihre Hütte zöge, da sie schwanger war, und zwar mit Willems Kind. Zu seiner Verwunderung sah Katje darin kein Hindernis: »Er ist jetzt mein Mann, und ich brauche Hilfe.«
»Ganz unmöglich«, erklärte van Riebeeck, und Katjes Klagen nahmen zu.
Anderseits befaßte sie sich unentwegt mit den jungen Reben, bewässerte sie geduldig und flocht Strohabschirmungen, um sie vor den Winden zu schützen. Sie beobachtete ihr Wachstum mit größerer Erregung als eine Mutter das ihres Kindes, und als die älteren Reben eine beträchtliche Ernte blaßweißer Trauben brachten, pflückte sie sie voller Freude, legte sie beinahe ehrfürchtig in die Handpresse und sah mit Befriedigung, wie der farblose Most aus der Tülle rann.
Sie und Willem hatten nur eine vage Ahnung, wie Wein gemacht wurde, aber es gelang ihnen, die Fermentation einzuleiten, und am Ende kam so etwas wie Wein heraus. Als er stolz zum Fort gebracht wurde, kostete van Riebeeck den ersten Schluck und schrieb in seinem Bericht an die »Siebzehn Herren«:

> Heute wurde, Gott sei gelobt, Wein aus Trauben gemacht, die am Kap gewachsen sind. Aus unserem nicht bearbeiteten Most, gepreßt aus den jungen französischen Muskatellertrauben, die Sie uns geschickt haben, wurden dreißig Maß kräftigen Weines gemacht. Die guten Jahre haben begonnen.

Im nächsten Jahr aber, als eine reiche Traubenernte die Produktion von Exportwein möglich machte, erhielt er aus Java eine schroffe Ablehnung: »Eher Essig als Wein, eher Spülwasser als Essig, unsere Holländer lehnten ihn ab, unsere Sklaven konnten ihn nicht trinken, und sogar die Schweine verschmähten ihn.« Und da ihn auch Seeleute an Bord der großen Ostindienfahrer ablehnten, half der Kapwein nicht einmal gegen Skorbut.

Infolgedessen fiel Willem im Fort weiter in Ungnade; seine Unzulänglichkeit minderte van Riebeecks Chancen – ebenso wie die seinen –, nach Java zu gelangen; Katje, die das spürte, bedrängte ihn dauernd, er solle sich die Tricks der Weinherstellung aneignen, aber es gab niemanden, von dem er hätte lernen können, und der Wein des Jahres 1661 war ebenso ungenießbar wie der des ersten Jahres.
Willem hatte gewissenhaft gearbeitet und wollte endlich ein freier Mann werden. Dreimal ersuchte er den Kommandanten inständig um die Erlaubnis, sich als Bürger erklären zu dürfen, und dreimal lehnte van Riebeeck ab, denn seine eigene Erlösung aus diesem Gefängnis hing weitgehend von Willems Erfolg ab.
»Sie werden dort gebraucht, wo Sie sind«, sagte van Riebeeck.
»Dann geben Sie mir noch einen Sklaven als Hilfe zum Pflanzen junger Reben.«
»Sie haben Jango.«
»Dann nehmen Sie ihm die Ketten ab – damit er wirklich arbeiten kann.«
»Wird er nicht wieder weglaufen?«
»Er hat jetzt eine Frau.«
Willem sagte diese Worte schmerzerfüllt, denn in diesen Tagen, als Katje ihn mit Vorwürfen quälte, dachte er oft darüber nach, wie sein Leben verlaufen wäre, wenn ihm die Kompanie gestattet hätte, Deborah zu heiraten. Er sah sie bei Besuchen im Fort mit ihren zur Hälfte weißen Söhnen, wie sie mit gelassener Freundlichkeit ihren Pflichten nachging, wobei sie leise vor sich hin sang, und er kehrte zu seiner Hütte zurück, wo er bei Kerzenlicht in der großen Bibel blätterte, bis er zu der Stelle im Buch der Richter kam, die ihm der Schiffskapitän während der langen Überfahrt von Malakka vorgelesen hatte. »Wach auf, wach auf, Deborah, wach auf, wach auf, und sing ein Lied.« Dann legte er den Kopf in die Hände und träumte von diesen goldenen Tagen.
Und dann erfuhr er eines Tages im Fort, daß Deborah wieder schwanger war, diesmal nicht von ihm, sondern von Jango, und aus Mitleid für sie bestand er darauf, daß Jango die Ketten abgenommen wurden; am nächsten Tag waren Jango, Deborah und ihre Jungen auf dem Weg in die Freiheit. Für die Soldaten war es unverständlich, daß diese Sklaven – eine schwangere Frau und zwei Jungen, die fast noch Kinder waren – ein solches Abenteuer wagten, aber sie waren auf dem Weg nach Norden zu dem äußerst gefährlichen Gebiet der Buschmänner und ihrer Gifte. Van Riebeeck, wütend darüber, daß er sich hatte überreden lassen, Jango die Ketten abzunehmen, schickte eine Truppe von Soldaten aus, die ihn um jeden Preis zurückbringen sollten; sieben Tage lang sprach man im Fort kaum von etwas anderem.
Keiner war besorgter als Willem. Er wollte, daß Deborah überlebte. Er wollte, daß seine Söhne zu Männern heranwachsen sollten, um dieses Land kennenzulernen. Und merkwürdigerweise hoffte er, daß Jango in die Freiheit flüchten würde, die er in all den Jahren seiner Gefangenschaft so tapfer

angestrebt hatte. Tatsächlich fühlte er eine Kameradschaft mit diesem Sklaven, der die Trauben so pflichtbewußt gepflegt hatte, während er seine Ketten hinter sich herschleppte. Auch Willem suchte Freiheit, Flucht aus den bitteren Grenzen des Forts und seiner engstirnigen Vorstellungen. Er wollte nicht mehr bloß ein freier Bürger sein, er wünschte absolute Freiheit, draußen, jenseits der Niederungen, auf dem Weg zu den grünen Hügeln. Es hungerte ihn nach offenem Land, nach Größe, und er betete nachts, daß Jango und Deborah nicht gefaßt werden sollten.

»Sie haben sie geschnappt!« rief Katje frohlockend eines Morgens, als sie vom Fort zurückkam; gegen seinen Willen ließ er sich von ihr zum Eingang bringen, als die Flüchtlinge hereingeschleppt wurden. Jango zeigte ruhigen Trotz. Deborah, deren Schwangerschaft noch nicht sichtbar war, hielt den Kopf hoch, ihr Gesicht ließ weder Zorn noch Niedergeschlagenheit erkennen. Es war van Riebeeck, der auf unerwartete Art reagierte; er verbot den Soldaten absolut, die Sklaven zu verunstalten. Unter seinem Regime würde es kein Abschneiden von Ohren, keine Brandmarkung, keine abgehauenen Nasen geben. Wieder wurden die Ketten angelegt, auch bei Deborah, und das war alles. Körperlich war van Riebeeck ein kleinerer Mann als alle, denen er diese Befehle erteilte; moralisch aber war er der hervorragendste Diener, den die Kompanie je zum Kap schicken sollte.

Je länger Willem van Riebeeck beobachtete, desto mehr wuchs seine Meinung von der Fähigkeit des Mannes. Die »Siebzehn Herren« hatten ihm unmögliche Aufgaben gestellt; er sollte, wie die alten Israeliten, große Gebäude aus fehlerhaften Ziegeln errichten. Man trug ihm auf, ein Dutzend Dinge zu tun, verweigerte ihm jedoch die Geldmittel zu ihrer Durchführung, und sogar seine Arbeitskräfte wurden ihm mißgönnt. Als er Seeleute aus vorbeikommenden Schiffen dazu brachte, am Kap zu bleiben, vergrößerte er seine Garnison auf einhundertsiebzig Mann, doch die »Siebzehn« befahlen ihm, sie auf hundertzwanzig zu verringern, mit der Begründung, daß sie nur eine Niederlassung wollten, keine blühende bürgerliche Gemeinde.

Aber eine unerwartete Anordnung überraschte Willem: »Ich will, daß Sie und dreißig Sklaven und alle freien Bürger rund um unsere gesamte Niederlassung eine Hecke pflanzen. Es wurde mir aufgetragen, die Kolonie von dem leeeren Land dort draußen abzuschneiden. Wir werden die Sklaven innerhalb und die Hottentotten außerhalb der Hecke festhalten. Wir werden unser Vieh beschützen und dieses kleine Stück Erde zu unserem verheißenen Land machen.«

Er führte Willem und die Bürger an auf der Suche nach Sträuchern oder Bäumen, die sich für eine solche Hecke eignen würden, und fand schließlich die ideale Lösung: »Diese Bittermandel entwickelt starke spitze Dornen. Nichts kann sie durchdringen, wenn der Baum wächst.«

Und so wurde eine Bittermandelhecke gepflanzt, um das Kap von Afrika zu trennen.

Im Jahr 1662 kam der glorreiche Tag, an dem ein Schiff aus Amsterdam die Nachricht brachte, daß Kommandant van Riebeeck endlich nach Java versetzt wurde. Katje van Doorn wollte sofort wissen, warum sie und Willem nicht gleichfalls gehen konnten, und war bestürzt, als sie erfuhr, daß Willem nie darum angesucht hatte. Als sie ihm deswegen Vorwürfe machte, wurde ihr klar, daß er nicht die Absicht hatte, das Kap zu verlassen: »Mir gefällt es hier. Es gibt keinen Platz für mich auf Java, wenn Karel dort das Kommando führt.«

»Aber wir müssen hinfahren und Karel und Kornelia zwingen, für uns eine Beförderung zu erwirken!«

»Mir gefällt es hier«, sagte Willem halsstarrig, und er weigerte sich, bei van Riebeeck Argumente für eine Versetzung vorzubringen.

Der neue Kommandant war ein ungewöhnlicher Mann, kein Holländer, sondern einer der vielen Deutschen, die schon lange eine Anstellung bei der Kompanie gesucht hatten. Er hatte in Curaçao, auf Formosa, in Kanton, auf den meisten Gewürzinseln und insbesondere in Japan gedient. Dort war er außerordentlicher Gesandter, als über hunderttausend Menschen während des Riesenbrandes umgekommen waren, der die Hauptstadt Edo zerstört hatte. Als er am Kap eintraf, war er ein schwacher, kränklicher, reizbarer Mann, den die Gicht plagte. Während der Tage des Interregnums, in denen van Riebeeck sich allenthalten verabschiedete, bevor sein Nachfolger das Kommando übernahm, verhielt sich der Deutsche vorsichtig. Er hatte eine deutsche Frau, die die Schwierigkeiten der Kompanievorschriften kannte, und sie studierten gemeinsam die Verhältnisse am Kap. Deshalb waren sie gut darauf vorbereitet, die Leitung zu übernehmen, sobald ihre Vorgänger abreisten. Sie beabsichtigten insbesondere, die schädliche und kostspielige Flucht von Sklaven abzustellen.

Bereits am Tag der Abreise van Riebeecks mußte sich der neue Kommandant mit dem Problem der Flucht eines Sklaven auseinandersetzen. Der Mann hatte versucht, ein Hottentottenlager zu erreichen, war aber von Kavalleristen wieder eingefangen worden. Sobald der Flüchtling ins Innere der Festung gebracht wurde, befahl der Kommandant, ihm das rechte Ohr abzuschneiden und seine beiden Wangen mit einem Brandmal zu versehen.

Ein paar Tage später wurde ein Sklave dabei ertappt, wie er einen Kohlkopf aus den Gärten der Kompanie verzehrte; er wurde prompt ausgepeitscht und gebrandmarkt; dann wurden ihm beide Ohren abgeschnitten und schwere Ketten an seinen Beinen befestigt, die er für den Rest seines Lebens behalten sollte. Als ähnliche Bestrafungen an anderen widerspenstigen Sklaven vollzogen wurden, ging Willem heimlich ins Fort, um mit Jango und Deborah zu sprechen. »Ich weiß, ihr strebt noch immer nach Freiheit. Um Himmels willen, riskiert es nicht.«

Jango, der Willems Söhne auf den Knien hatte, lachte unbekümmert: »Wenn die Zeit kommt, werden wir gehen.«

»Die Ketten! Jango, sie werden dich noch vor Sonnenuntergang einfangen.«

»Natürlich werden wir gehen«, sagte Deborah ruhig, und Willem sah sie verwundert an. Er hatte mit ihr gelebt, hatte zwei Kinder mit ihr gezeugt und hatte fast nichts von ihr gewußt. Er hatte angenommen, daß auch ihr Herz gelassen war, weil sie ein ruhiges, gelassenes Gesicht hatte und leise sprach. Es war ihm nie eingefallen, daß sie die Sklaverei ebenso haßte wie Jango, und der Gedanke erschreckte ihn, daß sie riskieren würde, ihre Ohren zu verlieren und ihr Gesicht durch Brandmale entstellen zu lassen, bloß um frei zu sein.
»Deborah! Denk daran, was sie dir antun könnten«, bat er, aber sie blickte ihn nur an. Schließlich legte sie ihre Hand auf die seine und sagte: »Ich will keine Sklavin bleiben.«
Auf dem Rückweg zu seiner Hütte betete er: »Jesus Christus, verhilf ihnen dazu, sich zu besinnen.« Doch eines Nachts, als die Wachen unaufmerksam waren, ergriffen die vier Sklaven wieder die Flucht.
Als sie neuerlich zurückgeschleppt wurden, befahl der Kommandant, daß alle Bewohner der Ansiedlung sich anläßlich der Bestrafung versammeln sollten: »Jango, du hast zum fünften Mal versucht, deiner pflichtgemäßen Arbeit zu entgehen und die Kompanie ihres Besitzes zu berauben.« Willem wurde es übel, und er fragte sich, was nun Schreckliches geschehen würde. Als er sein aschgraues Gesicht Katje zuwandte, sah er, daß sie sich vorbeugte, um die Vorgänge besser verfolgen zu können.
»Jango, dir werden die Ohren abgeschnitten. Dir wird die Nase abgeschnitten. Deine Stirn und Wangen werden mit Brandmalen versehen, und du hast für den Rest deines Lebens Ketten zu tragen. Deborah, du bist zweimal fortgelaufen. Deine Stirn und Wangen werden mit Brandmalen versehen, und du wirst für den Rest deines Lebens Ketten tragen. Adam und Crisme, ihr seid Sklaven...«
»Nein!« schrie Willem. Der Kommandant wandte den Kopf, um festzustellen, wer ihn unterbrochen hatte. Ein Adjutant flüsterte ihm zu, es sei der Vater der beiden Jungen, was ihn noch mehr ärgerte: »Ihr seid Sklaven und erhaltet Brandmale auf eurer Stirn.«
»Nein!« schrie Willem wieder, entschlossen, seinen Kindern die furchtbare Strafe zu ersparen. Aber zwei Soldaten fesselten ihm die Hände, und die Strafen wurden vollzogen.
Eine Woche später stahl der Sklave Bastian ein Schaf, das der Kompanie gehörte, und wurde gehängt. Dann beschäftigte sich der neue Kommandant mit dem Fall Willem van Doorn. Er erfuhr, daß er der jüngere Bruder des mächtigen Karel van Doorn war, aber auch, daß Karel seinem Bruder wenig Beachtung schenkte und wußte, daß er schwierig war. Der Kommandant erfuhr ferner, daß Willem viermal den Antrag eingereicht hatte, ein freier Bürger zu werden, und erklärt hatte, er habe nicht die Absicht, endlos für die Kompanie zu arbeiten. Außerdem hatte er sich während der Bestrafung schändlich benommen. Der Kommandant war entschlossen, van Doorn entsprechend zu bestrafen.
»Willem van Doorn«, sagte er bei der öffentlichen Verurteilung, »Sie haben

einen verheerenden Einfluß ausgeübt. Sie haben mit Sklaven verkehrt. Erst letzte Woche wurden Sie gesehen, wie Sie ins Sklavenviertel schlichen, und Sie müssen bestraft werden. Das Pferd, zwei Tage.«

»Nein!« flehte Katje, aber das Urteil war gesprochen, und Willem wurde ergriffen und auf das Pferd vorbereitet. Das Foltergerät wurde hereingeschleppt und so aufgestellt, daß alle es sehen konnten; vier Männer hoben ihn hoch, zwei weitere spreizten seine Beine.

Als er so in der Luft schwebte, wurden die verstümmelten Sklaven Jango und Deborah herangeführt, damit man sie sehen konnte, und Willem erblickte zum ersten Mal das schreckliche Gesicht des Mannes und das von tiefen Wunden verunstaltete Gesicht der Frau, die er geliebt hatte. »Nein!« schrie er, und alle, außer Jango und Deborah, nahmen an, er protestiere gegen die grausame Bestrafung, die ihn erwartete.

»Jetzt!« rief der Kommandant, und man ließ ihn fallen. Der Schmerz war so furchtbar, daß er das Bewußtsein verlor.

Als er zu sich kam, war es Nacht, und er war allein. Die scharfen Ränder des Pferdes bereiteten ihm höllische Qualen. Wenn er sich bewegte, um den Schmerz zu mildern, wurden neue Stellen angegriffen. Gegen seinen Willen stieß er ein tiefes Stöhnen aus. Immer, wenn er versuchte, eine neue Stellung einzunehmen, zogen ihn die schrecklichen Gewichte an seinen Beinen zurück.

In dieser Nacht wurde er zweimal bewußtlos, zum Teil wegen der Schmerzen, zum Teil wegen der heftigen Kälte, die von der Bucht herüberkam. Als er erwachte, begann er zu zittern, und als die Sonne aufging, hatte er Fieber.

Bewohner des Forts kamen, um ihn zu verhöhnen, denn sie waren überzeugt davon, daß er seine Strafe verdiente. Sie hatten ihn um sein Heim im Weingarten beneidet und um die Tatsache, daß er eine Frau hatte und einen mächtigen Bruder auf Java. Sie bemerkten, daß er zitterte, und eine Frau sagte: »Er hat Schüttelfrost. Den haben sie alle nach dem ersten Tag.«

Als am Nachmittag ein Wind aufkam, stieg sein Fieber, und als in der Dämmerung Regen aus der Bucht hereingepeitscht wurde, verschlimmerte sich sein Zustand. Seine Frau, die ihn nicht besuchen wollte, während andere ihn verhöhnten, schlich zu dem Pferd und flüsterte: »Wie geht es, Willem?«, und er antwortete mit klappernden Zähnen: »Ich werde am Leben bleiben.«

Diese Worte ließen Katje fürchten, daß er die Tortur nicht überleben würde. Deshalb erzwang sie sich Zugang zum Büro des Kommandanten und erklärte: »Sie töten ihn, und das wird Karel van Doorn erfahren.«

»Wollen Sie mir drohen?«

»Ja, das will ich. Ich bin die Nichte von Claes Danckaerts, und er ist in Amsterdam ein bedeutender Mann. Binden Sie meinen Mann los.«

Der Kommandant kannte die Politik der Kompanie zur Genüge, um sich darüber klar zu sein, wieviel Einfluß gegen ihn geltend gemacht würde, wenn eine entschlossene holländische Familie einem deutschen Mietling

den Krieg erklärte. Aus der Art, wie Katje sprach, schloß er, daß sie ihre Drohung wahr machen würde. Deshalb legte er widerstrebend einen Mantel um und ging in den Sturm hinaus.
Willem war bewußtlos, und sein Körper wurde von Fieberschauern geschüttelt. Als es dem Kommandanten nicht gelang, ihn zu Bewußtsein zu bringen, erteilte er unvermittelt den Befehl: »Schneidet ihn los.«
Der steife Körper wurde in die Gartenhütte getragen und auf den mit Mist glattpolierten Fußboden gelegt, wo Katje ihn langsam wieder ins Leben zurückrief: »Du bist zu Hause. Es ist vorbei, Willem.« Und ihre Liebe, die immer hilflos und voll Spannungen sein sollte, begann in diesem Augenblick.

Die Tortur auf dem hölzernen Pferd blieb nicht ohne Folgen. Von diesem Tag an ging Willem immer leicht gebückt, weil sein linkes Bein nicht so funktionierte wie sein rechtes. Außerdem neigte er zu Erkältungen und litt jeden Winter unter einem schweren Bronchialkatarrh. Eine noch einschneidendere Folge war jedoch, daß er begann, die Schmiede im Fort aufzusuchen und dort Werkzeug zu stehlen, das er hinter dem Schuppen, in dem die Reben veredelt wurden, versteckte.
Sobald er einen schweren Hammer, einen Meißel und ein Brecheisen hatte, packte er eines Abends Jangos Arm, als dieser seine Ketten nach Hause schleppte.
Ohne zu sprechen, stieß er mit dem Fuß eine Grasmatte zur Seite und legte das Versteck frei. Jango blickte Willem dankbar an und schwieg.
Es war nicht leicht, Jango anzusehen. Anstelle von Ohren hatte er klumpige Wunden. Sein Gesicht, dem die Nase fehlte, entzog sich jeder Definition, und die drei ausgeprägten Narben auf Stirn und Wangen hielten den Blick jedes Menschen fest, der dieses gräßliche, abstoßende Gesicht sah. Willem blickte nur auf die Augen, die glühten.
Die beiden Männer vertrauten einander nie etwas an. Jango wollte Willem nichts über seine Pläne verraten. Die Werkzeuge zur Erlangung seiner Freiheit lagen unter den Rebenabfällen verborgen, und er würde sie im geeigneten Augenblick holen. Doch kein Mensch wußte, wie und wo er seine und Deborahs Ketten sprengen würde.
Dann verließ Jango eines Nachmittags, eine halbe Stunde vor Sonnenuntergang, still seine Arbeitsstätte und schleppte seine Ketten zu dem Pfropfschuppen. Er entfernte das schützende Gras und wickelte den Meißel in einen Leinwandbeutel. Mit kräftigen Schlägen, die sehr gedämpft waren, durchtrennte er die Kette, die seine Füße fesselte, und fügte sie unauffällig wieder zusammen. Er verbarg die Werkzeuge unter seinem verschwitzten Hemd und ging gleichmütig an Willem vorbei, wie er es am Ende jeden Tages tat. Die beiden blickten einander einen kurzen Augenblick lang an. Es war das letzte Mal, daß der Schwarze und der Weiße zusammentrafen, und in Willems Augen traten Tränen, doch Jango wollte keine Gefühlsbewegung zeigen. Die Werkzeuge fest an sich gepreßt, schritt er zum Fort.
»Du bist sehr nervös«, bemerkte Katje, als ihr Mann zum Abendessen her-

eingehinkt kam. Und als er lange in der Bibel las, sagte sie: »Komm ins Bett, Willem.« Er empfand den verzweifelten Wunsch, zum Fort zu gehen, auf die Mauer zu steigen und zuzuschauen, wie Jango, Deborah und die Jungen ihre Flucht bewerkstelligten und wo sie ihre Ketten abstreiften. Aber er wußte, daß er nichts verraten durfte. Er hatte keine Angst vor der Strafe, die ihn erwartete, falls der Kommandant seine Rolle bei dieser Flucht entdeckte; er hatte nur Angst um Jango, Deborah und seine Söhne. Als Katje um neun zu Bett ging, sah sie ihren Mann noch immer vor der Bibel sitzen, den Kopf gesenkt wie im Gebet.

Sie flohen in die Wüstengegend nordöstlich des Forts, Jango, der Schwarze aus Angola, Deborah, die Braune aus Malakka, Adam und Crisme, die je zur Hälfte braun und weiß waren, und Ateh, die halb schwarze, halb braune Jüngste. Als sie schon ziemlich weit von der Bittermandelhecke entfernt waren, befreite Jango seine Frau von ihren Ketten, dann warf er seine eigenen weg. Sie hob sie aber auf, weil sie meinte, daß sie als Tauschobjekt bei den Hottentotten oder den Buschmännern dienen könnten.
Diesmal entkamen sie. Als sie in eine unbekannte, auf keiner Karte eingezeichnete Wildnis eindrangen, waren sie ein Beispiel für den eindrucksvollen Bericht von Karel van Doorn:

> Weder Hunger noch Durst, weder die mörderischen Pfeile der Buschmänner noch die Speere der Hottentotten, weder die wasserlose Wüste noch das unüberschreitbare Gebirge halten den Sklaven davon ab, die Freiheit zu suchen.

Sie überlebten, und mit der Zeit würden die Nachkommen von Adam und Crisme und Tausende ihresgleichen nicht in Ketten in die Freiheit fliehen müssen. Sie würden in Orten wie Kapstadt leben können, wo sie eine größere Knechtschaft kennenlernen sollten, denn sie würden als Farbige gebrandmarkt werden. Die Geistlichen würden gegen sie predigen, denn sie waren der lebende Beweis für die Tatsache, daß die Weißen anfänglich mit braunen, schwarzen und gelben Menschen zusammengelebt hatten: »Sie sind der Fluch, den Gott auf uns gelegt hat für das Böse, das wir getan haben.« Das Land ihrer Geburt würde das Land ihrer Leiden sein, und sie würden keinen Anspruch auf einen Platz in der Gesellschaft und auf eine Zukunft haben, darüber waren sich alle einig, aber sie würden für immer Zeugnis ablegen.

In Wirklichkeit bedauerte der deutsche Kommandant das Verschwinden Jangos und der Malaiin nicht. Wenn man sie eingefangen hätte, hätte er sie hängen lassen müssen, und dann hätte sich das unangenehme Problem mit den drei Kindern ergeben, von denen zwei tiefe Narben auf der Stirn trugen.
Ebensowenig kümmerte es ihn, als Spione ihm mitteilten, daß Willem van

Doorn anscheinend Vorbereitungen traf, die Kolonie zu verlassen und ostwärts zu ziehen, um sich eine eigene Farm aufzubauen: »Er baut einen Wagen und schafft alles Mögliche beiseite, das ihm in die Finger kommt. Und er hat mehr Rebenwurzeln gesammelt, als er für seine Felder braucht.«
»Wenn es soweit ist, werden wir ihn ziehen lassen. Er ist ein Unruhestifter und gehört hinaus zu den Hottentotten.«
Als eine der in die Heimat segelnden Flotten im Jahr 1664 einen unerwarteten Besucher zum Kap brachte, war der deutsche Kommandant froh, daß er im Fall Willem nicht allzu scharf reagiert hatte, denn der Besucher, der die aufregende Nachricht brachte, er sei nach Hause beordert worden, um einer der »Siebzehn Herren« zu werden, war Karel van Doorn. »Mein Schwiegervater hatte etwas damit zu tun«, erwähnte er bescheiden. »Es ist Claes Danckaerts, wissen Sie, der reiche Kaufmann.« Er zog mit beträchtlichem Prunk ins Fort ein, gefolgt von Kornelia und ihren beiden in Seide und Spitzen gekleideten Kindern. Es wurde fünf Tage lang gefeiert, und dabei erzählte ihm der Kommandant vertraulich, er sei durch dieses verdammte Kap völlig erschöpft; er gab der Hoffnung Ausdruck, daß Karel sein Möglichstes tun würde, um seine Versetzung nach Java zu erreichen.
»Ich weiß, was Sie meinen«, sagte Karel. »Van Riebeeck sagte mir das gleiche, als ich das letztemal hier war. Das hier ist sicher kein Ort für einen Mann mit Ambitionen.«
»Was macht van Riebeeck?«
»Er wollte, wie alle anderen, den höchsten Posten einnehmen.« Karel schenkte dem Kommandanten ein müdes Lächeln. »Aber den wird niemals jemand vom Kap erhalten.«
»Was tut er also?«
»Er ist Gouverneur von Malakka. Und dort wird er bleiben.«
»Da ist er wenigstens in der Nähe von Java.«
»Und dort werden auch Sie landen. Nicht in der Nähe. Auf Java.«
Der Kommandant seufzte und begann von dem glücklichen Tag zu träumen, an dem er sich wieder in der Zivilisation befinden würde. Er wurde aber unterbrochen, denn Karel fragte: »Was höre ich da über meinen Bruder?«
Der Kommandant nahm an, er beziehe sich auf den Vorfall mit dem Pferd, und sagte: »Wie Sie wissen, ließ ich ihn aus Mitleid abnehmen...«
»Ich spreche davon, daß er beabsichtigt, ein freier Bürger zu werden.«
»Wir würden nie jemandem gestatten, auf eigene Faust eine solche Entscheidung zu treffen«, sagte der Kommandant rasch.
»Aber wäre es nicht vielleicht eine gute Idee, ihn von hier wegzubekommen?«
Der Kommandant, der schon in fremden Hauptstädten Dienst getan hatte, erkannte den Vorschlag, der in dieser Frage versteckt war: Großer Gott, er will seinen Bruder loswerden. Warum?
Er erfuhr nie, warum Karel vorschlug, man solle Willem gestatten, ja ihn sogar ermutigen, das Fort zu verlassen. Wegen irgendeiner familiären Verwicklung hielt es Karel für vorteilhaft, Willem loszuwerden, und ihn in die

Assagais der Hottentotten zu schicken war möglicherweise der einfachste Weg. Es wurden Landkarten gebracht, die eigentlich nur unvollständige Skizzen waren, und die zwei Männer wählten ein Gebiet, in dem ein Grenzposten gewinnbringend errichtet werden konnte, vorausgesetzt, daß Willem die schwierige Hinreise und die drohende Gefahr durch die Buschmänner und Hottentotten lebend überstand.

Es lag im Osten, wo aus dem ersten Gebirgszug ein reißender Fluß entsprang; Kundschaftergruppen hatten günstige Berichte darüber erstattet, und dort umriß Karel ein Gebiet von etwa sechzig Morgen: »Lassen Sie ihn versuchen, dort seine Trauben zu züchten. Wir könnten den Wein weiß Gott gebrauchen.«

»Wie war die letzte Lieferung, die er nach Java schickte?«

»Gerade noch annehmbar für das Krankenhaus. Er wird aber jedes Jahr etwas besser.«

Als die Vorbesprechungen abgeschlossen waren, ließen die beiden Beamten Willem holen. »Willem, wir haben gute Nachrichten!«

»Wie geht es Mutter?«

»Sie starb vor zwei Jahren.«

»Ihr Haus? Der Garten?«

»Die hat die Kompanie zurückgenommen. Sie gehörten ihr, wie du weißt.«

»Hat sie... Schmerzen gelitten?«

»Sie hatte einen leichten Tod. Was wir mit dir besprechen wollten... Sagen Sie es ihm, Kommandant.«

Der Deutsche sagte: »Wir gestatten Ihnen, ein freier Bürger zu werden. Jenseits der Ebene. Hier.«

»Das ist ungefähr dort, wo ich hingehen wollte«, erklärte Willem leise. Die beiden Beamten überhörten diese Nichtachtung ihrer Autorität.

»Sieh mal!« meinte Karel. »Wir geben dir sechzig Morgen.«

»Man braucht keine sechzig Morgen, um Trauben zu züchten. Ich könnte es mit zwanzig schaffen.«

»Willem!« wies Karel ihn scharf zurecht. »Sobald dir die Kompanie etwas umsonst gibt, nimm es!«

»Aber ich kann das Ganze nicht bewirtschaften.«

»Nimm es!« schrie Karel. Einer der »Siebzehn Herren« schenkte einem Landarbeiter sechzig Morgen besten Landes, und der Arbeiter erhob Einwände. Dieser Willem war nicht zu retten; das einzig Gute an seinem Besuch war die Nachricht, daß die beiden Bastarde seines Bruders irgendwo in der Wüste verschwunden waren. Das erinnerte ihn an Hagar – aber waren ihre Bastarde gestorben?

Die Begegnung zwischen Katje und ihrer Kusine Kornelia verlief ebenso kühl, und die kluge Katje warnte ihren Mann. »Bei den beiden stimmt etwas nicht. Sie haben etwas Unrechtes getan und schämen sich, mit uns zusammenzukommen.« Sie grübelte einige Zeit darüber nach, dann schnippte sie eines Abends beim Essen mit den Fingern: »Willem, sie haben das Haus deiner Mutter verkauft und behalten das Geld für sich.«

»Sie können es haben«, beschwichtigte sie Willem, aber Katje war die Nichte eines Kaufmanns, und der Gedanke, daß man sie vielleicht um etwas gebracht hatte, das ihr, oder zumindest ihrem Ehemann, rechtlich zustand, erboste sie; deshalb ging sie an Bord des Schiffes und stellte die älteren van Doorns zur Rede: »Hast du den Besitz deiner Mutter verkauft?«
»Nein«, antwortete Karel vorsichtig.
»Was ist damit geschehen?«
»Er war Eigentum der Kompanie. Das weißt du. Ebenso wie das Haus, in dem ihr wohnt...«
»Es ist nur eine Hütte.«
»Aber sie gehört der Kompanie.«
»Ich glaube, ihr habt es verkauft.«
»Katje!« sagte Kornelia scharf. »Du vergißt dich. Du vergißt, daß du ein armes Bauernmädchen warst...«
»Kornelia, du bist eine Diebin. Du stiehlst Willems Anteil.«
»Wir wollen nichts mehr davon hören!« Der Kommissar hatte nicht die Absicht zuzuhören, wie ein Mitglied seiner eigenen Familie, und noch dazu ein verarmtes Mitglied, ihn beschuldigte, Unterschlagungen begangen zu haben. »Bringt sie an Land zurück«, befahl er den Matrosen, und für den Rest seines Besuches weigerte er sich, mit seinem Bruder zusammenzukommen.
Sein Abschied wurde mit einem Fest gefeiert. Es gab überschwengliche Reden des deutschen Kommandanten und seines Stabes, huldvolle Antworten von Karel und seiner Frau. Das neue Mitglied der »Siebzehn«, das erste, das persönliche Erfahrungen im Osten gesammelt hatte, versicherte seinen Zuhörern, daß die Kompanie sich stets aufrichtig um den Wohlstand des Kaps kümmern werde:

> Wir werden weitere Siedler für euch finden, nicht allzu viele, so daß nie mehr als zweihundert hier leben werden. Ich war es, der die Hecke vorgeschlagen hat, und es war anscheinend eine sehr gute Idee. Sie macht das Ganze zu einer hübschen kleinen Siedlung mit genügend Platz für euer Vieh und Gemüse. Wie ich höre, wird mein Bruder Willem, den Sie gut kennen, nach Osten gehen, um zu sehen, ob er wirklichen Wein und nicht Essig produzieren kann. (Gelächter). Aber sein Fortgehen soll keinen Präzedenzfall darstellen. Eure Aufgabe liegt hier, in diesem Fort, das die »Siebzehn Herren« aus Stein neu erbauen lassen wollen. Wie Abraham seine Leute in ihr neues Land brachte und dafür sorgte, daß es Früchte trug, habt ihr hier am Kap euer Heim errichtet. Sorgt dafür, daß es gedeihe. Daß es für die Kompanie Gewinn abwirft. Damit ihr, wenn ihr nach Holland zurückkehrt, sagen könnt: »Ich habe gute Arbeit verrichtet.«

Drei Tage nach Karels Abreise nach Amsterdam zu seinen Pflichten als einer der »Siebzehn Herren« begann Willem, seinen Wagen zu beladen. Nachdem er für Katje und ihrer beider Sohn Marthinus Platz geschaffen hatte, lud er Rebenableger auf, die Werkzeuge, die er aus der Schmiede genommen hatte, alle für Katje erforderlichen Haushaltsgegenstände und zwei Dinge, die für ihn von höchster Wichtigkeit waren: die ledergebundene Bibel und den braungoldenen Topf, in dem er seinen Brotpudding buk. Ohne sie wäre es unmöglich gewesen, ein Heim in der Wildnis zu gründen.

Während des Packens hörte er von Katje unaufhörliches Jammern und Klagen: »Du nimmst zu viele Reben mit. Du wirst diesen Meißel nie verwenden.« Und er hätte seinen Ärger über diesen Wasserfall von Worten gezeigt, wenn er nicht mit der Zeit gelernt hätte, diese verdrießliche, schwierige Frau zu lieben, denn er hatte gesehen, daß sie, wenn es um Familieninteressen ging, zu einer Löwin werden konnte, und er spürte, daß sie sich im Grenzland als unersetzlich erweisen würde. Er schätzte seine Frau wie ein Stück hartes Eichenholz die Raspel, die es schleift und es verwendbar und glänzend macht.

Ehe der Wagen den Weg erreichte, mußte er die Bittermandelhecke durchqueren, und normalerweise wäre er über die Landstraße, am Fort vorbei, zum Ausgang gefahren, aber Willem hatte nicht die Absicht, Katje und Marthinus dem Gespött der Menge auszusetzen. Statt dessen schlug er vier Büsche um und schuf sich so seinen eigenen Pfad. Als Spione dem Kommandanten diesen Vandalismus meldeten, erwarteten sie, daß er den Befehl erteilen würde, Willem festzunehmen; aber der Kommandant wußte etwas, was die Spione nicht wußten: daß der ehrenwerte Kommissar Karel van Doorn wünschte, sein lästiger Bruder möge in der Wildnis verschwinden.

»Laßt sie gehen«, sagte er angewidert, als sie sich auf den Weg in ein geräumigeres Land machten.

4. Die Hugenotten

Im Jahre 1560, als Maria Stuart, die spätere Regentin der Schotten, noch in Frankreich Königin war, verlief das Leben in dem kleinen Dorf Caix im nördlichen Weinanbaugebiet in althergebrachter Weise. Besitzer der Weingärten war der Marquis de Caix, ein kleiner Adeliger wie so viele in Frankreich, aber nur klein, was Land und Geld betraf; in seiner Gesinnung war er ein äußerst tapferer Mann; er hatte drei Kriege überlebt und war immer bereit, an einem vierten oder gar siebenten teilzunehmen. Er war groß und schlank, trug einen schönen Schnurrbart, kombiniert mit einem Spitzbart, in der Art, die später für diese Zeit in Frankreich typisch sein sollte. Er konnte sich weder elegante Kleidung leisten noch Schabracken für seine beiden Pferde, aber sein Stolz waren sein Degen und seine Pistolen – die für einen Edelmann wesentliche Ausstattung. Für einen Mann in seiner Stellung erlaubte er sich eine große Schwäche: Er las Bücher und dachte über Vorkommnisse nach, die sich in Orten wie Paris, Madrid und Rom ereigneten, denn das lenkte ihn von seinen lokalen Pflichten ab; seine Weingärten gediehen nämlich nicht.

Abbé Desmoulins, der Geistliche von Caix, hatte fast ebenso schlimme Schwächen. Er war ein älterer Mann, der im Krieg gewesen und von der religiösen Entwicklung in Deutschland und Genf tief beeindruckt war; die Lehren von Martin Luther und Johann Calvin verwirrten ihn, denn er sah in den Forderungen des ersten eine gerechtfertigte Herausforderung für die entartete Kirche, die er kannte, und in der klaren Logik des letzteren eine Antwort auf die Unklarheiten, die ihn an der in Frankreich ausgeübten Religion störten. Hätte er eine Pfarre unter dem Regiment irgendeines ungebildeten, glaubensfesten Adeligen gehabt, wäre Abbé Desmoulins wahrscheinlich in Reih und Glied geblieben, hätte die traditionelle Religion gepredigt und wäre gestorben, ohne sich je mit Luther und Calvin auseinandergesetzt zu haben. Er hatte aber das Pech, in einem Dorf zu wirken, das einem Marquis unterstand, dessen Glauben so unbeständig war wie seine militärischen Erfolge. Die beiden Führer beunruhigten also einander auf

fast unmerkliche Art, so daß das Dorf Caix sich in einer etwas schwierigen Lage befand.
Aufseher über die Weingärten war der tüchtige, konservative, schweigsame Gilles de Pré, dreißig Jahre alt und ein halber Bauer. Er war Vater von drei Kindern, die bereits mit ihm auf den Feldern arbeiteten, obgleich das jüngste erst fünf Jahre alt war. De Pré war ein überaus solider Mann mit einem fast unheimlich anmutenden Verständnis für die Landwirtschaft. »Du bist ja selbst schon eine Eiche«, sagte seine Frau oft. »Wenn die Schweine bei deinen Füßen wühlten, würden sie Trüffeln finden.« Die de Prés konnten lesen wie viele Landwirte in der Umgebung von Caix, und es machte ihnen Freude, sich durch die französische Bibel zu arbeiten, die ihnen der Marquis geschenkt hatte, wobei sie mit Genugtuung feststellten, daß viele der edelsten Gestalten in diesen Erzählungen ebenfalls mit dem Weinbau in Verbindung gestanden hatten. Beim Lesen des Alten Testaments kam ihnen jedoch der Verdacht, daß das Leben der Menschen früher einmal irgendwie besser geordnet gewesen sei als jetzt. In den Tagen Abrahams, Davids oder Jeremias hatten die Menschen eine Frömmigkeit gekannt, die längst verschwunden war; damals lebten die Menschen auf vertrautem Fuß mit Gott, und die Herrscher kannten ihre Untertanen. Priester waren hohen Idealen ergeben, und überall war Ehrfurcht zu spüren. Heute lagen die Dinge ganz anders, und wenn der Marquis auch über das Gebiet herrschte, so geschah es doch mit höchst unsicherer Hand.
So sah es also im Dorf Caix anno 1560 aus: ein Marquis, auf den man sich nicht verlassen konnte, höchstens in der Schlacht; ein Priester, der den festen Glauben seiner Jugend verloren hatte; und ein Landwirt, den die Lektüre der Bibel verwirrte. Und zu solchen Männern in ganz Frankreich sandte Johann Calvin, eigentlich Jean Cauvin, seine Emissäre aus Genf.
»Dr. Calvin ist Franzose, versteht Ihr«, erklärte einer dieser düsteren Besucher dem Marquis de Caix. »Er ist ein loyaler Franzose und würde hier leben, hätte er nicht eine unglückselige Rede gehalten.«
»Warum flüchtete er nach Genf?«
»Weil diese Stadt sich in seine Hände gegeben hatte. Sie verlangte danach, von den Grundsätzen Gottes beherrscht zu werden.« Bei dieser Bemerkung sagte der Emissär: »Sie haben natürlich Dr. Calvins treffliche Zusammenfassung seiner Glaubsansichten gelesen?« Das hatte der Marquis nicht getan, und so gelangte eines der größten Bücher in der Geschichte der menschlichen Suche nach religiöser Wahrheit, Johann Calvins »Christianae religionis Institutio«, nach Caix.
Es war ein tiefschürfendes Buch, mit dem Donnerkeil geschrieben, als Calvin erst sechsundzwanzig gewesen war. Die Sprache war ein wunderschönes Französisch, so klar in seiner Logik, daß sogar das einfachste Gemüt begeistert diesen anschaulichen Gedanken folgen konnte. In Deutschland hatte Martin Luther rüde, herausfordernde Anklagen erhoben, die besonnene Menschen oft abstießen, und John Knox hatte in Schottland in einer Weise getobt und gebrüllt, die oft lächerlich wirkte, aber Calvin in Genf legte ge-

duldig und mit köstlicher Logik die Prinzipien seines Denkens dar und lud damit seine Leser mit unwiderstehlicher Klarheit ein, ihm zum neuen Licht der Erkenntnis zu folgen, das alter Offenbarung entsprang.
Calvin sei eben revolutionär »wie neun Donnerschläge in einer klaren Nacht«, sagte der Mann aus Genf, als er ihm das Buch übergab, und er zählte die gewagten Thesen seines Meisters auf: »Erstens lehnt er die Messe als ein in keiner Weise mit unserem Herrn im Zusammenhang stehendes, überflüssiges Ritual ab. Zweitens verwirft er den Beichtzwang als gottlose Einmischung. Drittens lehnt er alle Heiligen ab. Viertens ihre Reliquien. Fünftens ihre Bilder. Sechstens leugnet er unbedenklich, daß die Jungfrau Maria irgendwelche besonderen Beziehungen zu Gott oder Mensch hatte. Siebentens hat er alle Mönchs- und Nonnenklöster als widernatürlich verdammt. Achtens lehnt er vom Herrscher abhängige Priester als nach Macht strebende Beamte ab. Und neuntens muß es nun schon offensichtlich sein, daß er den Papst in Rom ablehnt, weil er für das Wirken der Kirche Gottes in Frankreich nicht nötig ist.«
Der Marquis wußte nicht, ob er eine so radikale Doktrin akzeptieren sollte, aber als er die »Institutio« dem Abbé weitergab, vertraute er ihm an: »Was mir an Calvins System gefällt, ist die Art, wie er sich die Zivilverwaltung vorstellt und eine stabile, gerechte soziale Ordnung schafft. Die Verwirrung in unserem Land ärgert mich wirklich.« Er hatte mit der Annahme recht, daß Calvin für bürgerliche Ordnung eintrat, denn er lehrte in Genf, daß seine Kirche von vier Gremien wichtiger Männer geleitet werden müsse: erstens von einem Gremium hervorragender Doktoren, welche die Theologie erklärten und vorschrieben, wie sich Männer und Frauen verhalten sollten; zweitens von Geistlichen, welche diese Theologie für das breite Publikum interpretierten; drittens von einer Gruppe allmächtiger Ältester, welche die Verantwortung für den Weiterbestand der Kirche übernahmen und als Wachhunde für das Verhalten der Gemeinde fungierten, etwa einen Ungläubigen, wenn sie ihn entdeckten, den städtischen Gerichten zur Bestrafung übergaben; viertens von einer Anzahl von Diakonen, Geistlichen des niedrigsten Weihegrades, die Gottes Werk verrichteten: das Sammeln von Almosen, die Leitung von Waisenhäusern, die Erziehung von Kindern und die Tröstung von Kranken.
»Mir gefällt sein Ordnungssinn«, sagte der Marquis.
»Wo würden Sie da hineinpassen?« fragte der Priester.
»Sicherlich nicht als Doktor. Ich bin eigentlich dumm. Ich könnte niemals Griechisch lernen, von Hebräisch ganz zu schweigen. Und ich würde bestimmt kein Geistlicher sein, das ist gewiß. Ich glaube auch nicht, daß ich einer der Ältesten sein möchte«, fuhr der Marquis fort. »Die Frauen, verstehen Sie? Ich bin nicht dazu bestimmt, der Wächter über die Moral anderer zu sein. Aber ich könnte Diakon sein. Ich könnte für das Gedeihen eines solchen Systems arbeiten.« Er überdachte einen Augenblick lang die Tatsache, daß er in seinem Leben zumeist gerade diese Aufgabe wahrgenommen hatte: ein Mann, der zu helfen versuchte, wo er gebraucht wurde. »Ja«,

sagte er laut, »ich könnte Diakon sein.« Dann begann er zu lachen. »Aber ich müßte sehr darauf achtgeben, wer die Ältesten sind. Ich möchte nicht die Vorschriften irgendeines erbärmlichen Schnüfflers durchsetzen müssen.«

Als Abbé Desmoulins dem Marquis die »Institutio« zurückgab, war er zutiefst bekümmert. »Ich verstehe die vier Gremien, von denen Sie sprachen. Sie sind notwendig, um in der Kirche Ruhe und Ordnung sicherzustellen. Aber die Lehre, daß alle Menschen schon vor der Geburt in wenige, die gerettet werden, und viele, die für ewig verdammt sind, eingeteilt werden – das ist sehr unkatholisch.«

»Ich wußte, daß Sie damit Schwierigkeiten haben würden«, sagte der Marquis eifrig. »Die hatte ich auch.«

Er führte den Priester in eine Ecke des Gartens, wo die beiden Männer unter weit ausladenden Bäumen neben einer niedrigen Steinmauer die Grundprinzipien dieser knospenden Religion analysierten; der Marquis legte die grobe, vereinfachte Interpretation von Calvins Denken dar, die allmählich in Laienkreisen Anklang fand: »Es entspricht der menschlichen Erfahrung, Abbé. Sie und ich, wir können in diesem Dorf Männer nennen, die von Geburt an gerettet waren, und andere, die von dem Augenblick an, da sie das Licht der Welt erblickten, verurteilt waren. Solche Menschen sind verdammt. Gott hat seine Hand auf sie gelegt, und sie sind verdammt, das wissen Sie so gut wie ich.«

»Ja«, sagte der Priester langsam, »sie sind verdammt, und der Beweis dafür ist sichtbar. Aber sie können durch den Glauben gerettet werden.«

»Nein«, sagte der Marquis scharf. »Diese Rettung durch den Glauben soll es nicht mehr geben.«

»Sie sprechen so, als hätten Sie die Lehren Calvins schon angenommen.«

»Ich glaube, ich habe es. Es ist eine männliche Religion, eine Religion für uns alle, die vorwärtskommen wollen. Es gibt die Geretteten, die das Werk in der Welt verrichten. Und es gibt die Verdammten, die durchs Leben stolpern, nur in Richtung auf ein offenes Grab.«

»Und Sie sind einer der Geretteten?«

»Ja, das bin ich.«

»Woher wissen Sie das?«

»Weil Gott Zeichen gesetzt hat. Dieser Weingarten. Mein Schloß. Meine hohe Stellung in diesem Dorf. Hätte Er mir all das gegeben, wenn Er nicht beabsichtigt hätte, mir eine große Aufgabe zu stellen?«

Als aber der Abbé, der in religiöser Betrachtung geübt war, die »Institutio« studierte, stellte er fest, daß Calvin keine solche fatalistische Doktrin gepredigt hatte. Nur Gott wußte in der Abgeschiedenheit Seiner Weisheit und Seines Erbarmens, wer gerettet wurde und wer nicht, und ein hoher Rang auf Erden stand in keinem Zusammenhang mit dem schließlichen Rang im Himmel. Alle Kinder mußten getauft werden, weil für alle die gleiche Hoffnung auf Rettung bestand: »Aber ich nehme an, daß Dr. Calvin zufolge die meisten nicht gerettet werden.«

Es trat etwas ein, das den Marquis in seinem Glauben bestärken sollte, daß er zu den Geretteten gehörte: Als der König in Paris von der Zunahme des Calvinismus in den Städten entlang der flämischen Grenze hörte, schickte er einen katholischen General an der Spitze von zwölfhundert wackeren katholischen Soldaten dorthin, und sie wüteten in der Gegend, verstümmelten und töteten viele Menschen und führten die verirrten Schafe zurück in den herkömmlichen Pferch. Ende 1562 – der jugendliche König war tot und die verwitwete Maria befand sich auf der Rückreise nach Schottland – sammelte der Marquis von Caix zweihundert seiner Männer, die noch nie etwas von Calvin oder auch nur von Genf gehört hatten, und marschierte in den Kampf. Es hätte eine vernichtende Niederlage werden müssen, zwölfhundert gegen zweihundert, aber der Marquis war so tüchtig im Sattel und führte seine Männer so gut, daß sie die Eindringlinge zurückschlugen, sie fünfzehn Meilen nach Süden jagten und ihnen schwere Verluste zufügten.
Unter den Fußsoldaten, welche die Katholiken besiegten, befand sich der Aufseher Gilles de Pré, der, als er müde, aber siegreich nach Hause kam, seiner Frau verkündete, daß er nun ein Hugenotte sei. Als sie fragte, was dieses Wort bedeute, konnte er es nicht erklären. Er konnte ihr weder sagen, wofür seine neue Religion eintrat, noch hatte er etwas von der »Institutio« oder von Genf gehört. Er wußte aber, welche Folgen sein Entschluß hatte: »Es ist Schluß mit den Pfaffen. Keine Bischöfe mehr, die uns befehlen, was wir tun sollen. Das große Kloster werden wir schließen. Die Leute werden sich anständig betragen, und es wird Ordnung herrschen.«
Langsam entwickelte sich das Dorf Caix zu einem Hugenottenzentrum, aber fast keine der von de Pré vorausgesagten Veränderungen trat wirklich ein. Der gute Abbé Desmoulins wurstelte weiter wie früher und erhob gegenüber dem Marquis ungestüme Einwände gegen die Prädestinationstheorie. Der Bischof kam aus Amiens und donnerte genauso wie früher, nur daß er jetzt gegen Calvin und die Hugenotten wetterte.
Johann Calvin, der bedeutendste Franzose seiner Zeit, starb 1564 in Genf, aber sein Einfluß breitete sich weiter aus. 1572 beschloß der Marquis de Caix, der in neun Schlachten auf seiten der Hugenotten gegen königliche Armeen gekämpft hatte, Genf zu besuchen, um zu sehen, welche Veränderungen der Calvinismus bewirkte, wenn er eine Gesellschaft wirklich beherrschte, und deshalb machte er sich mit seinem wichtigsten Untertan, mit Gilles de Pré, zu Pferde auf den Weg in die ferne Stadt. Damals mußte jeder Anhänger Calvins bei Reisen durch Frankreich vorsichtig sein, denn die alte Megäre Katharina von Medici verfolgte die Hugenotten unaufhörlich, obwohl sie schon lange nicht mehr die rechtmäßige Königin war; und wenn ein Protestant wie der Marquis de Caix, der einen ausgezeichneten militärischen Ruf genoß, offiziell zu reisen gewagt hätte, wäre er wahrscheinlich wirklich von einer Armee verfolgt und auf der Stelle erschlagen worden. So bewegten sich die zwei Reisenden vorsichtig wie zwei umherstreifende Bauern ostwärts in Richtung Straßburg, dann südwärts nach Besançon und über die Berge nach Genf.

Der Besuch war eine Katastrophe. Der unvoreingenommene Marquis stellte fest, daß Calvins Nachfolger in der Angst lebten, ihr protestantisches Rom, wie manche Genf nannten, könne von katholischen Fürsten vernichtet werden, die aus dem Süden heranstürmten. In der Stadt herrschte äußerste Vorsicht, und in Synoden wurden Männer wegen theologischer Vergehen zum Feuertod verurteilt. Als der Marquis, ermüdet von seiner langen Reise, eine Herberge mit gefälligen Mädchen suchte, um seine Glieder zu entspannen und sich erquicken zu lassen, wurde der Wirt totenblaß: »Bitte, Monsieur, sagen Sie das nicht einmal im Flüsterton.«
»Sie müssen doch irgendwelche Mädchen haben?«
Der Wirt legte beide Hände auf das Handgelenk seines Gastes und sagte: »Wenn Sie wieder so sprechen, Monsieur, werden die Behörden...« Er erklärte, daß sich an einem nicht weit entfernten Punkt – wo, wußte er nicht – Spione befanden: »Katholiken versuchen, unsere Stadt zu vernichten. Die Protestanten sind bereit, Männer wie Sie gefangenzunehmen.«
»Ich suche ein wenig Vergnügen«, sagte der Marquis.
»In Genf gibt es kein Vergnügen. Essen Sie jetzt und sprechen Sie Ihre Gebete, dann gehen Sie zu Bett, wie wir es auch tun.«
Ganz gleich, wohin sie auch gingen, die beiden Franzosen trafen überall auf diesen Geist strengster Zensur, und es war verständlich. In der einerseits von Angst vor einem Angriff der Katholiken, andererseits von Calvins strengem Protestantismus erfüllten Stadt hatte sich das entwickelt, was spätere Historiker »eine typische moralische Terrorherrschaft« nannten.
»Das hatte ich mir nicht so vorgestellt«, sagte der Marquis zu seinem Aufseher. »Ich glaube, wir sollten lieber von hier verschwinden, solange wir noch über unsere insgesamt vier Beine verfügen. Diese Verrückten würden einen Mann entzweihacken – und nur, weil er einem Mädchen zugelächelt hat.«
Sie verließen Genf in aller Stille, ohne sich je bei den Behörden gemeldet zu haben, und während ihres langen Rittes nach Hause machten sie oft am Rand eines Bauerngehöfts im Hochland halt, ruhten unter Kastanienbäumen und erörterten, was sie gesehen hatten. »Es muß an Genf liegen«, sagte der Marquis. »Wir in Frankreich sind nicht so – Spione und Feuertod!«
»Das Gute überwiegt bei weitem das Übel«, behauptete de Pré. »Vielleicht müssen sie sich so verhalten, bis die anderen erledigt sind.«
»Ich habe das Gefühl, sie tun es, weil es ihnen Spaß macht.«
Die Reisenden kamen zu keiner Entscheidung, aber das Mißtrauen des Marquis verstärkte sich, und er hätte vielleicht seine Einstellung zum Protestantismus als Lösung für die Übel der Welt geändert, wenn er nicht bemerkt hätte, daß auf den Straßen Frankreichs ein beträchtlicher Verkehr von Eilboten herrschte, die hin und her jagten, und er begann sich zu fragen, ob sie vielleicht nach ihm suchten. »Worauf haben sie es abgesehen?« fragte er de Pré, aber der Aufseher konnte nicht einmal eine plausible Vermutung äußern.
Da es Mitte August war, bestand keine Notwendigkeit, in Städten oder Dör-

fern Quartier zu suchen. Deshalb schliefen die Männer auf dem Feld und hielten sich von stark frequentierten Straßen fern; auf diese Weise kamen sie nach Nordfrankreich bis zu den Vororten von Reims. Am Morgen des 25. August hielten sie es für ungefährlich, ein kleines Dorf im Norden dieser Stadt zu betreten. Sie fanden die Bevölkerung in einem Zustand größter Aufregung vor. Häuser standen in Flammen, und niemand bemühte sich, sie zu löschen. Zwei Leichen hingen an Pfosten, ihre Eingeweide waren herausgeschnitten. Der Pöbel jagte eine Frau, holte sie ein und trampelte sie zu Tode. Überall brach Feuer aus, und im Dorf herrschte allgemeines Chaos.

»Was geht hier vor?« rief der Marquis, als einer der Aufrührer mit einer flammenden Fackel vorbeilief.

»Wir erschlagen alle Protestanten!« schrie der Mann, während er zu einem Haus lief, dessen Bewohner er sich vornehmen wollte.

»Vorsicht, Vorsicht«, flüsterte der Marquis, während er sein Pferd behutsam in die Mitte des Aufruhrs lenkte. »Warum hängt ihr ihn?« rief er einem Haufen Leute zu, die gerade ein Seil über die unteren Äste eines Baumes werfen wollten.

»Ein Hugenotte.«

»Auf wessen Befehl?«

»Boten aus Paris. Wir töten sie alle. Säubern das Land.«

»Ich glaube, wir sollten weiterreiten, Monsieur«, flüsterte de Pré.

»Ich glaube nicht«, sagte der Marquis, spornte plötzlich sein Pferd, jagte auf die Anführer zu, schlug sie zur Seite, packte den todgeweihten Mann an den Schultern und versuchte vergeblich, ihn zu sich hochzuziehen. Die Füße des Mannes waren gefesselt, so daß er hilflos war, und er wäre vom Pöbel zu Tode getrampelt worden, wenn de Pré nicht herbeigeritten wäre, ihn an den Schenkeln gefaßt hätte und mit ihm neben dem Marquis davongaloppiert wäre.

Als sie ein gutes Stück weit draußen auf dem Land waren, hielten sie an, und der Adelige fragte den gefesselten Mann, was sich abgespielt habe. »Um Mitternacht stürzten sie sich ohne Warnung auf uns. Ich versteckte mich in der Scheune.«

»Seid Ihr Hugenotten?«

»Richtig. Meine Frau wurde gehängt. Sie hatten eine Liste aller Protestanten und versuchten, uns alle umzubringen.«

»Was werden Sie jetzt machen?«

»Was kann ich denn machen?«

»Sie können mit uns kommen. Wir sind auch Hugenotten.«

Der geängstigte Mann ritt mit de Pré, bis sie zu einem alleinstehenden Bauernhaus kamen, wo der Marquis fragte: »Ist das ein gut katholisches Anwesen?«

»Das ist es«, sagte der Besitzer.

»Gut. Dann werden wir dieses Pferd nehmen. Wir sind nämlich Hugenotten.

Das entsetzliche Blutbad im August, das die italienische Königinmutter Katharina von Medici veranlaßte, um den Protestantismus ein für allemal zu vernichten, sollte als die Bartholomäusnacht in die Geschichte eingehen. In ganz Frankreich wurden in den Städten und Ortschaften die Anhänger Calvins erstochen und erdolcht, gehängt und verbrannt. Zehntausende wurden erschlagen, und als die frohe Botschaft Rom erreichte, jubelte Papst Gregor XIII., und ein Kardinal gab dem erschöpften Boten, der die Nachricht über die Alpen gebracht hatte, eine Belohnung von tausend Talern. Es wurde eine Medaille geprägt, die auf der einen Seite den Papst zeigte und auf der anderen einen Racheengel, der Ketzer mit dem Schwert züchtigte. In Spanien sandte König Philipp II., der bald seine Armada gegen protestantische Seeleute aus England und Holland verlieren sollte, Katharina Glückwünsche für ihre verdienstvolle Tätigkeit: »Das ist eine der größten Freuden meines ganzen Lebens.«
Sogar in einem abgelegenen Dorf wie Caix wütete das Gemetzel, und wenn der Marquis und sein Aufseher diese verhängnisvolle Nacht zu Hause verbracht hätten, wären sie erschlagen worden. So wurden nur die Scheunen des Marquis verbrannt und die Weingärten verwüstet. Gilles de Prés Frau aber wurde in vier Stücke gehackt. Es war eine der schlimmsten Verheerungen in der Geschichte Frankreichs, und die entsetzliche Erinnerung daran blieb in die Seele jedes Hugenotten eingeprägt, der sie überlebte.
Manchem gelang das. Der Marquis de Caix bezog wieder seinen Wohnsitz im Dorf, immer bereit, sich in eine neue Schlacht zu stürzen, in die seine protestantischen Brüder verwickelt wurden. Gilles de Pré heiratete wieder und ernannte den Mann, bei dessen Rettung er vor Reims mitgeholfen hatte, zu seinem Gehilfen in den neu angelegten Weingärten. Und zu gegebener Zeit fand Abbé Desmoulins, daß ihm die nüchternen Lehren Johann Calvins eher zusagten als das hochtrabende Gerede seines Bischofs in Amiens; er trat wie Hunderte von Priestern in Hugenottengebieten der neuen Religion bei und wurde ein wackerer Verfechter seines Glaubens.
So wurde das Dorf Caix auf friedliche Weise wieder geschlossen hugenottisch und hielt im Jahr 1598 eine Freudenfeier ab, als der vernünftige König Heinrich IV. das Edikt von Nantes erließ, das den Hugenotten zusicherte, sie würden von nun an Gewissensfreiheit genießen und sogar das Recht haben, an bestimmten Orten außerhalb der Städte öffentliche Gottesdienste abzuhalten.
Die Familie de Pré betätigte sich unter den Nachfolgern des Marquis de Caix weiter im Weinbau, bis zu dem verhängnisvollen Jahr 1627, in dem der letzte Marquis sich auf den Weg machte, um die Hugenottenstadt La Rochelle gegen katholische Armeen zu verteidigen. Er kämpfte tapfer und starb inmitten eines Rings feindlicher Schwerter, aber mit ihm starb auch sein Titel: Caix verfügte über keinen Marquis mehr.
In den darauffolgenden Jahren blieben die Mitglieder der Familie de Pré den Weingärten und der von Calvin gegründeten Kirche treu, aber diese ländlichen Menschen verstiegen sich nie zu der in Genf praktizierten Härte oder

gar zu den dort vorgekommenen Verbrennungen. Der französische Calvinismus war eine eher stille, beständige Religion, in der ein Mensch von dem Augenblick an, in dem er empfangen wurde, in Gottes großem Kontobuch entweder als gerettet oder verdammt registriert war. Er erfuhr zwar nie, auf welcher Seite er stand, aber wenn ihm das Glück gewogen war und seine Felder gediehen, mußte man annehmen, daß er zu den Geretteten gehörte. Deshalb war es nötig, daß ein Mensch emsig arbeitete, denn das zeigte an, daß er zu den Auserwählten zählte.
Diese merkwürdige theologische Auslegung hatte in Caix eine heilsame Wirkung: Wer immer annahm, daß er zu den Auserwählten gehörte, mußte sich aus zwei Gründen anständig benehmen. Wenn er ein Geretteter war, wäre es eine Schande für ihn gewesen, sich schlecht zu benehmen, denn das würde das Urteil Gottes in ein schlechtes Licht setzen; und wenn Gott sah, daß er sich schlecht benahm, könnte er seinen Entschluß umstoßen und den Missetäter zu den Verdammten rechnen. Gebet am Mittwoch, Kirche am Sonntag um zehn, Gebet am Sonntagabend, das war die wöchentliche Routine. Sie wurde nur unterbrochen, wenn irgendein fanatischer katholischer Priester aus einer benachbarten Stadt nach Caix stürmte und lautes Geschrei über die Freiheiten erhob, die sich die ketzerischen Hugenotten herausnahmen. Dann konnte es zu Unruhen kommen, bei denen Soldaten randalierten und drohten, alle Protestanten zu erschlagen, aber das wurde von der Regierung rasch unterdrückt, und der streitbare Priester wurde meist in eine weniger unruhige Gegend versetzt.
Im Jahr 1660, als sogar diese sporadischen Ausbrüche nur noch eine vage Erinnerung waren und Frankreich sich in dem Ruhm sonnte, der König Ludwig XIV. umgab, feierte die Familie de Pré die Geburt eines Sohnes, der den Namen Paul erhielt. Als der Titel der Marquis de Caix erloschen war, hatten weibliche Verwandte die Weingärten verkauft, und die de Prés hatten einige der besten Lagen erworben. Der junge Paul wußte schon mit zehn Jahren, wie man Stecklinge im Weingarten pfropft und wie man die Trauben überwacht, wenn sie zum Pressen eingebracht werden. Die Gärten der de Prés lieferten einen herben Weißwein, nicht von erster Qualität, aber gut genug, um in der Umgebung einen angesehenen Ruf zu haben, und Paul lernte jeden Schritt, der diesen Ruf sicherstellen sollte.
Er war ein ernster Junge, der mit siebzehn schon wie ein Mann wirkte. Er trug einen Schal um den Hals, wie die alten Leute, und er war sorgfältig und wählerisch in seiner Kleidung, die er täglich mehrmals und mittwochs und sonntags noch öfter ausbürstete. Mit sechzehn setzte er seine Eltern in Erstaunen, indem er Diakon wurde; er war eigentlich keiner, half jedoch mit, das Leben in der Gemeinde zu regeln, und besuchte Familien, die finanzielle Hilfe brauchten.
»Ich würde später gerne im Ältestenrat sitzen«, sagte er damals zu seinen Eltern, und er war so ernst dabei, daß sie nicht zu lachen wagten.
Sie waren nicht überrascht, als er mit achtzehn erklärte, er habe beschlossen, Marie Plon zu heiraten, die Tochter eines benachbarten Bauern, und

er lehnte ihren Vorschlag ab, ihn zu begleiten, als er die Eltern Plon aufsuchte, um ihre Erlaubnis für die Heirat zu erlangen. Er trat ernst vor die führenden Männer der Gemeinde und sagte: »Marie und ich haben beschlossen, daß wir im Leben vorwärtskommen müssen. Wir werden den alten Montelle-Hof bewirtschaften.«

Als die Ältesten ihn befragten, stellten sie fest, daß er schon alles geplant hatte: Wann die Hochzeit stattfinden würde, wie der Montelle-Hof bezahlt werden sollte und sogar wie viele Kinder sie zu haben gedachten: »Drei – zwei Jungen und ein Mädchen.«

»Und wenn Gott euch weniger schenken sollte?«

»Ich werde den Willen Gottes akzeptieren«, sagte Paul, und einige der Ältesten lachten. Aber sie waren mit der Heirat einverstanden, und ein Mann machte Paul überaus glücklich, als er am Schluß der Befragung sagte: »Du wirst eines Tages unter uns sitzen, Paul.« Es fiel ihm schwer, sich zu beherrschen und nicht zu sagen: »Das habe ich auch vor.«

Die Hochzeit fand im Jahr 1678 statt; damit wurde eine jener starken ländlichen Familien gegründet, die Frankreich zu einer so gefestigten Nation machten, und prompt brachte Marie de Pré, dem Gesamtplan gemäß, ihren ersten Sohn zur Welt, dann den zweiten.

Nun brauchten sie nur noch die Tochter, aber Paul war sicher, daß sich diese zu gegebener Zeit einstellen würde, da Gott offensichtlich mit ihm zufrieden war.

Doch jetzt zogen wieder verhängnisvolle Zeichen am Himmel Frankreichs auf. Fromme Katholiken schauderte es vor den gotteslästerlichen Freiheiten, die das Edikt von Nantes den Protestanten gewährte, und sie drängten auf dessen Aufhebung. Stets von den Mätressen, welche die Könige von Frankreich beherrschten, unterstützt – Heinrich IV. waren sechsundfünfzig zugeschrieben worden –, gelang es der klerikalen Clique, die Freiheiten, deren sich die Calvinisten erfreuten, nacheinander abzuschaffen.

Der Priester in Caix erklärte seiner Gemeinde die Einschränkungen, denen sie nun alle unterworfen waren: »Ihr dürft nicht Lehrer oder Ärzte oder städtische Beamte sein, obwohl die meisten Einwohner von Caix unseres Glaubens sind. Ihr müßt vor der Polizei nachweisen, daß ihr monatlich einer Versammlung beiwohnt, bei der ihr euch Angriffe der Regierung gegen unsere Kirche anhört. Wenn eure Verwandten sterben, dürfen eure Totenmessen nur bei Sonnenuntergang abgehalten werden, sonst würden sie die Katholiken verärgern. Wenn ihr dabei ertappt werdet, daß ihr auch nur ein Wort gegen Rom sagt, müßt ihr für ein Jahr ins Gefängnis. Und wenn einer von euch oder ich als Geistlicher irgend jemanden zu unserem Glauben zu bekehren versucht, können wir gehängt werden.«

Keines dieser neuen Gesetze berührte Paul de Pré, und er führte ein zufriedenes Leben, ungeachtet des Drucks, der auf seine Gemeinde ausgeübt wurde. Aber im Jahr 1683 ereigneten sich zwei Vorfälle, die ihn erschreckten. Eines Morgens klopften zwei Soldaten des Königs an seine Tür und sagten zu Marie, sie seien in ihr Haus einquartiert worden; dann schoben sie

sie zur Seite und trampelten durch das Haus, suchten sich ein Zimmer aus, das ihnen gefiel, und teilten ihr mit, das wäre nun ihr Quartier.
Marie lief in den Weingarten, rief nach ihrem Mann, und als er ins Haus kam, fragte er ruhig: »Was geht hier vor?«
»Einquartierung«, sagten die Soldaten.
»Was heißt das?«
»Von nun an wohnen wir hier. Um ein Auge auf eure aufwieglerische Tätigkeit werfen zu können.«
»Aber...«
»Zimmer? Wir nehmen dieses da. Bett? Du kannst das blaue hereinschieben. Verpflegung? Drei gute Mahlzeiten am Tag, mit Fleisch. Getränke? Wir verlangen, daß diese Flaschen immer gefüllt sind.«
Es war eine schreckliche Zumutung, die noch schlimmer wurde, als die Soldaten, die sich langweilten, ortsansässige Mädchen in ihr Quartier zu schleppen versuchten. Als der katholische Priester des benachbarten Dorfes ihnen verbot, sich so ungehörig zu benehmen, rächten sie sich, indem sie Dragoner aus anderen Häusern in de Prés Wohnung einluden, die ganze Nacht nach Essen und Getränken schrien und Marie grob behandelten, wenn sie ihnen das Gewünschte brachte.
Dennoch waren sich die Eltern de Pré nicht darüber klar, von wo die wirkliche Gefahr drohte, bis sie eines Sonntagmorgens die Soldaten hinter der Scheune dabei ertappten, wie sie ernst auf die beiden Jungen einredeten. Als Paul zu ihnen trat, wirkten die Soldaten verlegen, und an diesem Nachmittag wandte er sich an den calvinistischen Geistlichen um Rat.
»Ich hätte sie umbringen können, denn es sah unheilvoll aus«, gestand er.
»Das war es auch in der Tat«, bestätigte der Geistliche. »Du schwebst in großer Gefahr, de Pré. Die Soldaten stellen deinen Söhnen Fragen, um sie dazu zu verleiten, etwas gegen unsere oder für ihre Religion zu sagen. Ein Wort, und die Soldaten nehmen euch eure Kinder für immer weg und behaupten, sie hätten gesagt, sie wollten Katholiken sein, aber ihr verhindert ihre Bekehrung.«
Das war schon bei mehreren Familien geschehen. Kinder wurden dazu verleitet, Dinge zu sagen, die sie nicht verstehen konnten, dann wurden sie in eine andere Stadt, eine andere Gegend verschleppt – und man hörte nie wieder etwas von ihnen. »Du mußt deine Söhne ermahnen, vorsichtig zu sein«, sagte der Geistliche, und dann kamen die qualvollen Nächte, in denen Mutter und Vater insgeheim ihren Söhnen beibrachten, was sie antworten sollten.
Würde einer der Soldaten die Jungen fragen: »Halten euch eure Eltern nachts Vorträge?«, müßten sie sagen: »Nein.«
»Haben Sie euch jemals Bilder von Heiligen weggenommen, die ihr liebt?«
»Nein.«
»Würdet ihr nicht gern mit anderen Jungen und Mädchen der Messe beiwohnen?«
»Wir gehen in unsere eigene Kirche.«

Nun wurden die Nächte geheiligt, denn wenn die Familie allein in ihrem Teil des Hauses war und die Soldaten in ihren Räumen lärmten, holte Paul seine Genfer Bibel hervor und las geduldig aus dem Psalter die fünf oder sechs der Freude und Hingabe gewidmeten Lieder vor, die den Hugenotten ans Herz gewachsen waren:

> Wie der Hirsch schreit nach frischem Wasser, so schreit meine Seele, Gott, zu dir. Meine Seele dürstet nach Gott, nach dem lebendigen Gott. Wann werde ich dahin kommen, daß ich Gottes Angesicht schaue?

Und die Eltern de Pré bleuten ihren Söhnen ein, wie sie der Gefahr entgehen konnten, die ihnen drohte: »Unser Leben wäre zu Ende, wenn ihr uns genommen würdet. Seid vorsichtig, seid vorsichtig bei dem, was ihr sagt.«
Im Jahr 1685 fiel das Damoklesschwert, das über den Hugenotten gehangen hatte. König Ludwig XIV., der sich für unüberwindlich hielt, beschloß, sich der Protestanten für immer zu entledigen. Er widerrief mit hochtrabenden Floskeln alle Zugeständnisse, die ihnen im Edikt von Nantes gemacht worden waren, und verkündete, daß Frankreich von nun an ein katholisches Land sei, in dem es keinen Platz für Hugenotten gebe. Vielleicht wäre es neuerlich zu einem Blutbad wie der Bartholomäusnacht gekommen, wenn sich Ludwig XIV. nicht gescheut hätte, die Schande seiner Ahnen ebenfalls auf sich zu laden.
Statt dessen veränderte eine Reihe strenger Dekrete das Leben in Frankreich: Alle protestantischen Bücher, insbesondere Bibeln in der Landessprache, müssen verbrannt werden. Kein Handwerker darf irgendwo in Frankreich ohne ein Zeugnis arbeiten, das ihn als guten Katholiken ausweist. Innerhalb von vierzehn Tagen haben alle calvinistischen Geistlichen Frankreich für immer zu verlassen; auf ihre Rückkehr steht die Todesstrafe. Alle im protestantischen Glauben geschlossenen Ehen werden für null und nichtig und somit alle daraus geborenen Kinder zu Bastarden erklärt. Protestantische Wäscherinnen dürfen nicht an den Flußufern arbeiten, damit sie die Gewässer nicht verunreinigen.
Und es gab noch eine Vorschrift, welche die de Prés einfach nicht akzeptieren konnten: Alle Kinder protestantischer Familien müssen sich sofort zum wahren Glauben bekehren, und jeder Vater, der seine Kinder aus Frankreich hinauszuschaffen versucht, wird den Rest seines Lebens auf den Ruderbänken der Galeeren verbringen.
Was bedeuteten diese außerordentlichen Gesetze in einem Dorf wie Caix, wo die Bevölkerung hauptsächlich aus Hugenotten bestand? Da es lange Zeit ein friedlicher Ort gewesen war, gerieten die Einwohner nicht in Panik. Der Geistliche ließ die Ältesten kommen, und als sie die Diakone zusammenriefen, war ein großer Prozentsatz der erwachsenen männlichen Einwohner anwesend. »Zuerst müssen wir uns vergewissern«, sagte der Geistliche, »daß das Gerücht stimmt. Wahrscheinlich ist es eine Lüge, denn vier Könige haben uns unsere Freiheit zugesichert.«

Aber zur gegebenen Zeit trafen amtliche Schreiben ein, die bewiesen, daß die neuen Gesetze in Kraft traten; einige Familien bekehrten sich sofort. Eltern und Kinder nahmen ostentativ den althergebrachten Glauben wieder an. Andere Familien versammelten sich an einem geheimen Ort, und die Väter schworen, sie würden eher mit ihren Kindern sterben, als zum Katholizismus übertreten. »Wir wandern bis ans Ende der Welt, um eine Zuflucht zu finden«, rief Paul de Pré emphatisch, und als ihn der Geistliche daran erinnerte, daß die neuen Vorschriften das Verbot enthielten, sich selbst oder seine Kinder aus Frankreich zu entfernen, verblüffte de Pré die Versammlung, indem er schrie: »Dann können die neuen Gesetze in der Hölle brennen.«

Von diesem Augenblick an zogen sich einige von ihm zurück. Der Geistliche verkündete, daß er nach Genf in die Verbannung gehen werde, und die Plons erklärten laut, sie wären mit Johann Calvin nie wirklich einverstanden gewesen. Paul beobachtete wortlos dieses Verhalten; sie konnten ihre Religion oder ihre Pflichten in Caix aufgeben, er aber nicht. Und dann kamen die Angriffe, die sein Selbstvertrauen erschütterten.

Eines Tages brachten die auf seinem Hof einquartierten Soldaten einen Pöbelhaufen mit, um das Haus zu durchstöbern und nach Hugenottenbüchern zu suchen. Die Soldaten schrien mit lauter, triumphierender Stimme: »Calvins ›Institutio‹! Die Genfer Bibel!« Und er sah unglücklich und verzweifelt zu, wie diese Werke auf einen Scheiterhaufen geworfen wurden. Während die Flammen die Bücher verzehrten und die Männer Befehle grölten, packte ihn einer von den Soldaten am Arm und knurrte: »Morgen, wenn die Beamten aus Amiens kommen, holen wir uns auch noch deine Kinder.«

In dieser Nacht versammelte Paul seine Familie in einem Raum ohne Kerzenlicht und sagte zu seinen Söhnen: »Wir müssen vor Tagesanbruch fort sein. Ihr könnt nichts mitnehmen. Unsere Weingärten werden andere bekommen. Das Haus geben wir auf.«

»Auch die Pferde?« fragte Henri.

»Wir werden zwei mitnehmen, aber die anderen...«

Marie erklärte es den Kindern mit ihren Worten: »Morgen bringen euch die Soldaten fort, wenn wir nicht weggehen. Wir könnten euch niemals anderen Leuten überlassen. Ihr seid unser Herzblut.«

»Wohin gehen wir?« fragte Henri.

»Das wissen wir nicht«, sagte sie aufrichtig und blickte ihren Mann an.

»Nach Norden«, sagte der, »und wir müssen gefährliche Landstriche durchqueren, die zu Spanien gehören.«

»Werden sie uns nicht festnehmen?« fragte Marie.

»Wenn wir unvorsichtig sind, schon.«

Er hatte keine klarere Vorstellung davon, wohin sie gingen, als seine Kinder; er wußte nur, daß er der Unterdrückung entkommen mußte. Da er einmal den ruhigen Rationalismus von Johann Calvin kennengelernt hatte, konnte er diese Vision einer geordneten Welt nicht mehr aufgeben. Er sagte zu seinen Söhnen: »Ich bin sicher, daß Gott uns zu jenem Hafen führen

wird, für den wir bestimmt sind«, und von dieser Überzeugung wich er nie ab.
Nach Mitternacht, als die Hühner schliefen und die Hähne noch nicht gekräht hatten, führte er seine Familie nach Norden und gab alles auf, was ihm gehörte. Wieso hatte er den Mut, eine Frau und zwei kleine Kinder in unheimliche Wälder und Länder zu führen, die er nicht kannte?
Der Calvinismus hob die Tatsache hervor, daß Gott mit seinem auserwählten Volk oft einen Bund schloß; das Alte wie das Neue Testament waren voller Beispiele dafür, und Paul hätte viele Zeilen zitieren können, die seinen Glauben untermauerten, daß Gott ihn persönlich für einen solchen Bund auserwählt hatte. Da er keine Bibel mehr besaß, mußte er sich auf sein Gedächtnis verlassen, und seine Gedanken kreisten immer um eine Stelle aus dem Buch Jeremia, welche die Hugenotten oft als Beweis dafür zitierten, daß sie Auserwählte waren:

> Sie werden forschen nach dem Wege gen Zion, dahin sich kehren: Kommt, wir wollen uns zum Herrn fügen mit einem ewigen Bunde, des nimmermehr vergessen werden soll!

Jedesmal bei Sonnenuntergang, wenn die Reisenden, die tagsüber geschlafen hatten, sich erhoben, um sich auf die nächste Etappe ihrer Wanderung nach Norden zu wagen, versicherte Paul seinen Söhnen: »Der Herr führt uns nach Zion, gemäß dem mit uns geschlossenen Bund.«

Als de Pré im Herbst 1685 nach Amsterdam kam, hatte er nur seine Frau, seine beiden Söhne und einen Haufen von Bündeln bei sich; die zwei Pferde waren schon in Antwerpen verkauft worden. Ein Protestant hatte ihm die Adresse eines Glaubensgenossen gegeben, der vor einigen Jahren nach Holland ausgewandert war, und an diesen Mann wandte sich die Familie de Pré.
Er hieß Vermaas und ging zwei Beschäftigungen nach, die sich beide für de Pré als überaus wichtig erwiesen: Während der Woche arbeitete er in einem dunklen, zugigen Waagehaus, wo Sendungen von Nutzholz, Getreide und Heringen aus der Ostsee gewogen und zu den jeweiligen Lagerhäusern verschickt wurden; sonntags diente er als Küster in der kleinen Kirche unweit der Kanäle, wo nur Französisch gesprochen wurde. Dort versammelten sich Protestanten aus den Spanischen Niederlanden und Hugenotten aus Frankreich zum Gottesdienst und zum calvinistischen Bekenntnis, und nur wenige Kirchen der Christenheit konnten sich einer frömmeren Gemeinde rühmen. Jeder, der sonntags dorthin kam, um zu beten, war ein echter Glaubensheld, der Stellung, Sicherheit und Vermögen geopfert und oft auch Familienmitglieder verloren hatte, um dem Calvinismus treu zu bleiben. Manche hatten sich wie de Pré nachts durch zwei oder drei feindliche Länder geschlichen, um sonntags den Psalm zu singen, der den Hugenotten besonders ans Herz gewachsen war:

Hienieden auf Erden rufe ich zu dir,
wenn mein Herz in Angst ist,
du wollest mich führen auf einen großen Felsen.

Amsterdam mit seinem aufblühenden Reichtum und seinen dichtgedrängten Schiffen war tatsächlich ein großer, weitläufiger Ort des Wohlstands und der Freiheit; und in Vermaas verkörperte sich der Geist der Stadt, denn er war ein kräftiger Mann mit breiten Schultern und weit auseinanderstehenden Augen.
Er mochte Paul de Pré sofort, und als er erfuhr, wie diese entschlossene Familie aus der französischen Tyrannei geflohen war, nahm er sie bereitwillig auf. »Es besteht gute Aussicht, daß ich für Sie Arbeit im Waagehaus finden kann«, versicherte er Paul, und zu Marie sagte er: »Ich kenne ein kleines Haus am Hafen. Es ist nichts Besonderes, aber ihr könnt dort Fuß fassen.«
Vermaas war Waagemeister, und Paul merkte sofort, wie bedeutend seine Stellung war. Noch nie hatte er eine solche Waage gesehen: riesige, aus Holz gezimmerte Apparate mit Schalen, die so viel wogen wie ein ganzer Mann, die aber so genau ausbalanciert waren, daß man auf ihnen eine Handvoll Körner wiegen konnte. Zu diesen Waagen, deren jede höher war als zwei Mann, strömten die Reichtümer der Ostsee. Fest gezimmerte kleine Schiffe, mit holländischen Seeleuten bemannt, drangen in alle Winkel dieses Meeres. Sie verkauften und kauften in einem Tempo, das einen französischen Geschäftsmann verblüfft hätte. Zeitweise war das Waagehaus voll mit Holz aus Norwegen, dann wieder überwogen Kupfer, Eisen und Stahl aus Schweden; immer aber gab es Bottiche mit Heringen, die darauf warteten, mittels eines Verfahrens eingesalzen zu werden, das nur die Holländer kannten, worauf sie nach allen Häfen Europas verschifft wurden.
»Gold mit Flossen« nannten die Männer im Waagehaus die Heringe, und de Pré lernte zu erkennen, wann ein Schiff mit Heringen vor dem Ausladen stand; das war wichtig, denn wenn die Arbeiter die Fracht aus schuppigem Gold löschten, durften sie einige ausgesuchte Fische für ihre Familien behalten.
De Pré hatte Frau und Kinder in jener armseligen Hütte in der Nähe des Hafens untergebracht und hoffte, mit der Zeit ein besseres Quartier finden zu können. Es war eine vergebliche Hoffnung, denn Amsterdam war mit Flüchtlingen aus allen Teilen Europas überfüllt. Baruch de Spinoza, der kluge portugiesische Jude, hatte dort gelebt und die Geheimnisse Gottes enträtselt; er war erst vor wenigen Jahren gestorben. René Descartes hatte sich dazu entschlossen, hierher zu kommen, um seine mathematische und philosophische Arbeit fortzuführen, und etliche große Theologen aus allen Ländern hatten Amsterdam für den einzigen sicheren Ort gehalten, an dem sie ihre Spekulationen anstellen konnten. Die englischen Pilgerväter hatten unweit von hier Rast gemacht, ehe sie nach Massachusetts weitersegelten, und die Stadt war noch immer das bedeutendste Zentrum für die Rettung von Juden aus den verschiedenen Ländern.

Es war nicht leicht, ein Haus zu finden, aber Paul erstand im Hafenviertel Holz und Stoff zum Verstopfen zugiger Spalten, so daß er mit Marie die Hütte in ein bewohnbares Heim verwandeln konnte; obwohl sie wegen der Feuchtigkeit oft an Husten litten, blieben alle Familienmitglieder am Leben. Die Knaben – der sechsjährige Henri und der fünfjährige Louis – vergnügten sich an den Grachten, welche die Stadt durchzogen, und an dem ständigen Wechsel der Schiffe aus der Ostsee.

In früherer Zeit hatte man Amsterdam den »Goldenen Sumpf« genannt, denn damals hatte es zu vier Fünfteln aus Wasser bestanden. Aber erfinderische Ingenieure füllten die seichten Seen auf, um mehr Land zu gewinnen. De Pré zitierte oft die erste Bemerkung seines Sohnes Henri über die neue Heimat: »Ich könnte in ein Boot steigen, wenn ich ein Boot hätte, und rudern und rudern und nie zurückkommen.« Und jedes Jahr gruben die Menschen neue Grachten, so daß die Stadt zu einem Netzwerk wurde, in dem jedes Haus, so schien es zumindest, auf dem Wasserweg mit jedem anderen verbunden war.

Die französische Kirche stand an einer der interessantesten kleinen Grachten; sie war 1409 mit einem katholischen Kloster gegründet worden, wurde aber während der Reformation in einen Zufluchtsort für Generationen flüchtiger Dissidenten verwandelt. Nach mehrmaligem Umbau wurde sie nicht nur ein Denkmal des Protestantismus, sondern auch des großzügigen Charakters der Holländer. Ihre Geistlichen, eine tapfere Gruppe Französisch sprechender Wallonen, die viel Mut bewiesen hatten, indem sie hierher gekommen waren, erhielten nämlich ein Gehalt von der holländischen Regierung mit der Begründung, daß »wir Wahrheitssucher sind und eure Anwesenheit uns bereichert«.

In diese Kirche führte Paul sonntags seine Familie und zeigte seinen Söhnen die verschiedenen Franzosen, die im Hafengebiet arbeiteten. Es war eine arme Gemeinde, in der viele Familien nur dank der Großzügigkeit der holländischen Wohltäter ihr Leben fristeten, doch immer waren Blumen auf dem Altar, und als de Pré einmal darüber eine Bemerkung machte, begann seine Glückssträhne.

An einem Montagmorgen, während Paul und Vermaas Stoffballen auf die Waagschale legten, sagte der kräftige Mann: »Du magst Blumen, Paul, nicht wahr?«

»Wo kommen immer die Blumen in der Kirche her?«

»Die Witwen Bosbeecq schicken sie herüber. Sie suchen jemanden, der ihren Garten betreut.«

»Wer sind diese Witwen?«

»Du meine Güte! Der kennt die Witwen Bosbeecq nicht!« Und die Arbeiter kamen heran, um ihn zu necken.

»Welches Schiff hast du mit ausgeladen?« Als de Pré auf eines zeigte, riefen die Männer: »Das ist ihr Schiff. Und das dort. Und das da drüben.«

Anscheinend gehörten sieben der besten Schiffe, welche in die Ostsee fuhren, den Witwen, und Vermaas erklärte: »Zwei Mädchen vom Land heira-

teten die Brüder Bosbeecq. Die Männer waren gute Kapitäne, die viele Jahre lang zur See fuhren. Mit der Zeit erwarben sie sieben Schiffe.«
»Wie sind sie gestorben?«
»Im Kampf gegen die Engländer, wie denn sonst?«
Im Jahr 1667 hatte der ältere Bosbeecq die holländische Kriegsflotte begleitet, welche die Themse flußaufwärts gefahren war und beinahe London eingenommen hatte; im darauffolgenden Jahr war er mit seinem Schiff bei einem Seegefecht untergegangen. Und der jüngere Bruder war an drei denkwürdigen Siegen über die Engländer beteiligt gewesen, aber auch er war im Kampf gegen sie gefallen, und der einträgliche Handel der Familie mit Rußland wäre vielleicht in die Brüche gegangen, hätten sich die Witwen nicht entschlossen, die Leitung der kleinen Flotte zu übernehmen.
Manchmal kamen die Witwen zum Hafen – immer gemeinsam. Unter Sonnenschirmen aus Paris inspizierten sie gründlich jedes ihrer Schiffe, das gerade im Hafen lag, nickten ihren Kapitänen ernst zu und zeigten sich befriedigt darüber, wie ihre Ladungen behandelt wurden. Sie waren über sechzig, ein wenig gebrechlich, ganz in Schwarz gekleidet. Sie gingen vorsichtig und wurden von einer Zofe begleitet, die Gaffer beiseite schob. Die eine Witwe war groß und sehr mager, die andere rundlich; diese lächelte immer freundlich. Sie beschwerten sich nie über irgend etwas, aber Vermaas versicherte de Pré, daß sie recht energisch werden konnten, wenn sie mit ihren Kapitänen allein im Familienkontor waren.
Wenige Tage nach diesem Gespräch kam Vermaas mit einer aufregenden Neuigkeit zu de Pré gelaufen: »Es war ein Zufall. Als der Geschäftsführer der Bosbeecqs neulich hier war, erzählte ich ihm von deiner Vorliebe für Blumen. Das interessierte ihn, weil die Witwen Bosbeecq noch immer einen Gärtner suchen.« So wurde ausgemacht, daß Paul einmal früher aufhören solle, um den Geschäftsführer zu dem hohen, schmalen Haus auf dem Oudezijdsvoorburgwal, dem alten Vorstadtdamm, zu begleiten, wo ihn die Witwen erwarteten.
»Wir haben einen großen Garten«, erklärten sie, und Paul sah durch ein schmales Fenster einen so ordentlich gepflegten Garten, daß er kaum glauben konnte, daß der echt war. »Wir möchten, daß er in Ordnung ist.« Es gebe auch viel Arbeit im Inneren des Hauses, und die Witwen fragten, ob Paul eine Frau habe. »Ist sie tüchtig? Haben Sie Kinder, die sie in Anspruch nehmen?«
»Wir haben nur zwei Söhne.« Rasch fügte er hinzu: »Aber sie sind natürlich schon recht groß.«
»Wie alt?«
»Sechs und fünf.«
»O weh, o weh.« Die beiden Schwägerinnen sahen einander verzweifelt an.
Paul spürte, daß seine ganze Zukunft davon abhing, was er nun tun würde, und wollte schon sagen: »Diese Jungen marschierten zu Fuß von...« Er brach jedoch mitten im Satz ab, denn er wußte, daß das unerheblich war. Statt dessen sagte er ruhig: »Bitte! Wir wohnen in einer kalten, feuchten

Hütte, und meine Frau hält sie in Ordnung wie einen Palast. Sie könnte hier Wunder wirken.«

Die Witwen Bosbeecq wünschten ihre Bediensteten schon um fünf Uhr morgens an der Arbeit zu sehen; das halte die Leute vom Müßiggang ab. Aber bei der Arbeit genossen die Angestellten überraschende Freiheiten; vor allem wurden sie außergewöhnlich gut verpflegt. Die Witwen bereiteten die Mahlzeiten gern selbst zu und überließen Marie de Pré das Saubermachen der Zimmer, das Fegen der Veranda und das Bügeln der Kleidung. Sie waren gute Köchinnen, und da sie vom Land stammten, hielten sie eine entsprechende Versorgung mit Essen für eines der Haupterfordernisse des Menschen, und wenn es sich auch noch um heranwachsende Jungen handelte, war es ratsam, sie richtiggehend vollzustopfen.

»Es muß Gott selbst gewesen sein, der uns hierher brachte«, sagte Paul oft und führte seine Familie sonntags über die Gracht zum Gottesdienst in die französische Kirche. Eines Sonntags hielten ihn die Witwen auf, als er gerade fortgehen wollte: »Sie sollten jetzt in unsere Kirche gehen. Sie ist genauso nahe.«

Der Gedanke verblüffte Paul. Es schien ihm fast gotteslästerlich, daß er die Kirche seiner Väter, in der Französisch gesprochen wurde, aufgeben und eine andere besuchen sollte, in der Holländisch verwendet wurde. Er hatte noch nie daran gedacht, da er davon überzeugt war, daß Gott zu der Menschheit Französisch sprach, und zudem wußte er, daß Johann Calvin es getan hatte. Es hätte ihn verwundert, wenn er erfahren hätte, daß Calvins Hauptwerke lateinisch geschrieben waren, denn der feierliche Donner der Gedanken Calvins hatte ihn in einer französischen Übersetzung erreicht, und er konnte ihn sich auf holländisch nicht vorstellen.

Er besprach den Vorschlag mit seiner Familie: »Unter uns, in der Familie, müssen wir immer Französisch sprechen. Es gehört sich aber, daß wir mit den Witwen Holländisch sprechen, und ihr Jungen müßt ihnen immer in dieser Sprache danken, wenn sie euch Kleider oder Spielzeug schenken. Aber bei unseren Gebeten und beim Gottesdienst in der Kirche müssen wir Französisch sprechen.«

Zu den Witwen sagte er: »Ich habe mir Ihre Kirche angesehen. Sie muß ja die schönste der Christenheit sein, dagegen ist unsere nur ein kleines, unbedeutendes Ding. Aber wir haben immer in unserer eigenen Sprache zu Gott gebetet...«

»Natürlich!« sagten die Witwen. »Es war gedankenlos von uns.«

Die Tatsache, daß de Pré jetzt im Haus der Bosbeecqs wohnte und keine weiteren Pflichten im Waagehaus hatte, bedeutete nicht, daß er mit Vermaas keinen Kontakt mehr gehabt hätte. Sonntags nach der Kirche trafen sie einander oft und diskutierten über Angelegenheiten, die mit den Schiffen der Bosbeecqs zu tun hatten. Eines schönen Tages standen sie auf der Brücke, die zur französischen Kirche führte, als ihnen die beiden Witwen in Begleitung ihrer Zofe über das Kopfsteinpflaster entgegenkamen.

»Schade, daß du verheiratet bist«, sagte Vermaas.

»Warum? Marie ist wunderbar...«
»Ich meine, wenn du nicht verheiratet wärst, hättest du eine der Witwen nehmen können, und dann das Haus...«
»Die Witwen?«
»Täusche dich nie über Witwen, Paul. Je älter sie sind, desto lieber möchten sie wieder heiraten. Und je reicher sie sind, desto mehr Spaß macht es, sie zu heiraten.«
»Sie sind älter als meine Mutter.«
»Und reicher.«
»Wer sind diese Männer?« unterbrach ihn Paul und wies auf eine Gruppe merkwürdig aussehender Männer, die sich um ein Haus zu drängen schienen, das neben der französischen Kirche stand.
»Die?« sagte Vermaas leicht angewidert. »Das sind Deutsche.«
»Was tun die hier?«
»Die stehen jeden Tag da herum. Du mußt sie schon früher gesehen haben.«
»Richtig. Ich wollte wissen, wer sie sind.«
»Ihr Land wurde vom Krieg gespalten; hundert Jahre lang. Katholiken gegen Protestanten. Protestanten brachten katholische Babys um und so weiter.«
»Ich habe so einen Krieg erlebt«, sagte Paul.
»Bestimmt nicht so etwas wie die deutschen Kriege. Ihr Franzosen seid zivilisierter.« Aus seiner Kehle kam ein häßlicher Laut, und er strich mit dem Finger quer darüber, als wäre er ein Messer. »Die Kehle aufschlitzen, und der Franzose ist tot. Aber in Deutschland...«
»Warum stehen sie dort?«
»Weißt du nicht, was das für ein Haus ist? Du arbeitest schon über ein Jahr hier und weißt es noch nicht?« Verwundert führte er de Pré über die Brücke in die Hoogstraat, die Hauptstraße, wo auf dem Schild eines großen Gebäudes mit einem Innenhof die stolzen Buchstaben V.O.C. standen.
»Was heißt das?« fragte Paul.
»Vereenigde Oostindische Compagnie«, erklärte er stolz. »Hinter diesen Türen sitzen die ›Siebzehn Herren‹«. Und er erklärte, wie diese mächtige Versammlung von Geschäftsleuten vor über achtzig Jahren begonnen hatte, den Osten zu beherrschen.
»Aber die Deutschen?« fragte Paul und zeigte auf den Haufen, der stumm vor dem Hof wartete.
»In Deutschland gibt es nichts zu tun«, erklärte Vermaas. »Das sind Männer, die für einen Grafen... irgendeinen Feldherrn gekämpft haben. Sie haben verloren. Für sie gibt es nichts zu tun.«
»Aber warum sind sie hier?«
»Die Ostindische Kompanie braucht immer gute Leute. Morgen früh wird der Sekretär herauskommen, die Leute mustern und versuchen, jene herauszufinden, die am gesündesten aussehen. Und husch, ab mit ihnen nach Java!«

»Wo liegt Java?«
»Hast du das große Lagerhaus der Ostindischen Kompanie nicht gesehen?«
»Nein.«
»Also, nachdem wir die Waren hier abgewogen und die Abgaben festgesetzt haben, werden sie in den entsprechenden Lagerhäusern aufbewahrt.« Am Sonntag unternahm er mit Paul einen gemächlichen Spaziergang an verschiedenen Grachten entlang, vorbei an dem Haus, in dem Rembrandt gelebt hatte, und an dem, wo einmal Baruch de Spinoza wohnte, bevor er Linsen schleifen mußte, um seinen Lebensunterhalt zu verdienen. Sie gingen über eine Brücke zu einer künstlich angelegten Insel, auf der ein großer Platz von Lagerhäusern, einer sehr langen Reeperbahn und einem fünf Stock hohen Gebäude umgeben war, in dem wertvolle Importgüter aufbewahrt wurden.
»Die Schatztruhe der ›Siebzehn Herren‹«, sagte Vermaas und bat einen Wächter, sie einzulassen. Die beiden Männer gingen im Dunkel von einem Warenstapel zum anderen und berührten dabei mit ihren Händen Fässer und Ballen, die ein Vermögen wert waren.
»Gewürznelken, Pfeffer, Muskatnuß, Zimt.« Vermaas wiederholte ehrfürchtig die magischen Namen, und während er sprach, sehnte sich de Pré verzweifelt danach, wieder mit dem Erdboden, dem wirklichen Erdboden mit Bäumen und Reben und Sträuchern in Berührung zu kommen.
»Diese Ballen da«, sagte Vermaas, »sind keine Gewürze. Goldstoff aus Japan. Silberstoff aus Indien. Wunderschöne Kleider aus Persien. Das hier kommt aus China, und ich weiß nicht, was darin ist.«
»Woher kommen alle diese Schätze?«
»Aus den ›Gärten des Mondes‹«, sagte Vermaas. Er hatte sich sein ganzes Leben lang gewünscht, nach Java auszuwandern, weil dort ein zielstrebiger Mann sein Glück machen konnte. Er hatte nur eine unbestimmte Vorstellung davon, wo Java lag, aber eines Tages wollte er dorthin gelangen. Er faßte de Pré am Arm und flüsterte: »Paul, wenn du keine reiche Witwe heiraten kannst, dann sieh um Himmels willen zu, daß du nach Java kommst. Du bist noch jung.« Die berauschende Verheißung dieses dunklen Lagerhauses war überwältigend.
Am nächsten Morgen bat de Pré die Witwen um Erlaubnis, die Büros der Ostindischen Kompanie aufsuchen zu dürfen. »Wozu denn?« fragten die Frauen.
»Ich möchte sehen, was die Deutschen vorhaben. Wegen Java.«
»Java!« Die Frauen lachten, und die ältere sagte: »Gehen Sie nur! Aber fangen Sie nicht an, von Java zu träumen!«
So ging er denn die paar Häuserblocks zur Hoogstraat, wo sich an diesem Tag die Menge der Deutschen bedeutend vergrößert hatte: überaus magere Männer mit verkniffenen Gesichtern, die aber bereit waren, sich auf die schlimmsten Abenteuer einzulassen, wenn sie ihnen nur ein Auskommen boten. Fasziniert sah er zu, wie Angestellte aus den Büros der Kompanie kamen, um die Anwärter zu begutachten und einen von zwanzig auszuwäh-

len, und er sah, mit welcher Freude die betroffenen Männer auf ein Zeichen hin vortraten.
Als er zu seiner Arbeit zurückkehrte, sagten die Witwen, sie wollten mit ihm reden: »Setzen Sie sich nicht Java in den Kopf. Für jeden Gulden, den wir aus Java bekommen, kommen sechs aus der Ostsee. Ja, Sie werden die großen Ostindienfahrer sehen, die vor Texel vor Anker liegen und ihre Gewürze und Goldstoffe umladen, und Sie werden hören, daß eine Ladung von dem oder jenem eine Million eingebracht hat. Aber glauben Sie uns, Paul, Hollands Reichtum liegt im Heringhandel. Jedes Jahr bringen unsere sieben kleinen Schiffe, die die Ostsee befahren, mehr Geld ein als ein Dutzend von diesen Indienfahrern. Behalten Sie das Hauptziel im Auge!«
Sie sprachen abwechselnd, wobei die eine ein Argument vorbrachte und ihre Schwägerin dann ein anderes. Als aber die Rundliche wiederholte: »Behalten Sie das Hauptziel im Auge«, wollte ihm die größere den Gedanken einschärfen: »Wir haben Sie beobachtet, Paul. Sie und Marie wurden von Gott für eine große Aufgabe bestimmt.«
Noch nie hatte jemand so zu ihm gesprochen; er hatte seit längerer Zeit geahnt, daß er zu den von Gott Auserwählten gehörte. Die Güte seines Herzens war ein Zeichen dafür, daß er prädestiniert war. Im Augenblick fehlten ihm nur die finanziellen Mittel, die bewiesen hätten, daß er auserwählt war, aber er war sicher, daß auch das mit der Zeit kommen würde. In seiner euphorischen Stimmung entging ihm, was die Witwen noch sagten. Offensichtlich war es etwas sehr Wichtiges, denn die eine fragte scharf: »Meinen Sie nicht, Paul?«
»Es tut mir leid.«
»Meine Schwester sagte«, wiederholte die größere Frau, »daß Sie, wenn Sie die Reederei lernen, einer unserer Geschäftsführer werden könnten.«
Mit der für die meisten französischen Landwirte und besonders die Calvinisten unter ihnen charakteristischen derben Offenheit sprudelte de Pré hervor: »Ich will aber die Erde bearbeiten, Sie haben gesehen, was ich in Ihrem Garten ausrichten kann.«
Seine Ehrlichkeit gefiel den Witwen, und die rundliche sagte: »Sie sind ein ausgezeichneter Gärtner, Paul, und wir haben einen ehemaligen Nachbarn, der Ihre Dienste vielleicht auch gebrauchen könnte.«
»Ich möchte Sie nicht verlassen«, sagte er aufrichtig.
»Das sollen Sie auch nicht. Aber er ist unser Freund und einer der ›Siebzehn Herren‹, und wir könnten Sie ihm täglich für drei Stunden Ihrer Zeit abtreten. Den Lohn dürfen Sie behalten.«
Seine Hände sanken herab, und er mußte sich auf die Lippen beißen, um seine Erregung zu beherrschen. Er war ohne irgendeine andere Empfehlung als seine Ergebenheit für eine Religion in ein fremdes Land gekommen. Und er hatte in diesem Land in Vermaas einen verläßlichen Freund gefunden, eine Kirche, in der seine Muttersprache gepflegt wurde, und diese beiden Witwen, die so nett zu seiner Frau, so liebevoll zu seinen Söhnen und so großzügig zu ihm selbst waren. Als die Hugenotten aus Frankreich flüchten

mußten, fanden sie in zwanzig Ländern Zuflucht. Sie wurden auf unterschiedliche Art aufgenommen, doch nirgends fanden sie eine solche Wärme, wie sie ihnen in Holland entgegengebracht wurde.

Dienstag morgens um neun Uhr, nachdem de Pré seine gewohnten vier Stunden harter Arbeit getan hatte, machten die Damen Bosbeecq den Vorschlag, er solle sie zu der vornehmen Herengracht begleiten, an der sein neuer Dienstgeber wohnte; dort klopften sie an die Tür eines Hauses, das viel größer war als das ihre. Ein Dienstmädchen in blauem Kleid führte sie in einen mit Möbeln aus China eingerichteten Salon und ersuchte sie, auf den schweren Brokatfauteuils Platz zu nehmen. Nach kurzer Wartezeit, in der Paul Gelegenheit hatte, den Prunk des Raumes zu bewundern, erschien ein Herr, der ein äußerst kostbares, mit Gold und blauen Drachen geschmücktes chinesisches Gewand trug.
Er war groß und hager und hatte einen weißen Schnurrbart, dazu einen Spitzbart. Seine durchdringenden Augen ließen keine altersbedingte Trübung erkennen, und er bewegte sich, obwohl er über siebzig war, lebhaft. Er schritt direkt auf de Pré zu und verneigte sich ein wenig. »Ich bin Karel van Doorn, und wie ich von diesen freundlichen Damen erfuhr, wollen Sie für mich arbeiten.«
»Die Damen sagten, ich könne Ihnen täglich drei Stunden zur Verfügung stehen.«
»Wenn Sie wirklich arbeiten, würde das genügen. Können Sie wirklich arbeiten?«
De Pré spürte, daß er es mit jemand zu tun hatte, der viel strenger war als die Witwen. Er war aber von dem Gedanken an Java so gefesselt, daß er einen Mann, der mit diesem Wunderland in Verbindung stand, nicht verärgern wollte. »Ich kann Ihren Garten betreuen«, sagte er.
Ohne sich bei den Bosbeecqs zu entschuldigen, nahm van Doorn Paul beim Arm, eilte mit ihm durch eine Reihe von Korridoren zu einem großen Raum und öffnete ein Fenster, das auf einen heruntergekommenen Garten ging. »Können Sie den einigermaßen in Ordnung bringen?«
»Das könnte ich in einer Woche schaffen.«
»Fangen Sie gleich an!« Und er schob Paul aus der Hintertür zu einem Schuppen, wo Geräte bereitlagen.
»Ich muß den Damen...«
»Ich werde ihnen sagen, daß Sie bereits an der Arbeit sind.« Van Doorn wandte sich zum Gehen, blieb aber dann unvermittelt stehen und rief: »Vergessen Sie nicht! Sie sagten, Sie könnten es in einer Woche schaffen.«
»Und was soll ich danach tun?« fragte Paul.
»Tun? Und wenn Sie zehn Jahre lang täglich drei Stunden arbeiten, könnten Sie nicht alles zu Ende führen, was ich im Sinn habe.«
Als Paul zum Bosbeecq-Haus zurückkam, wo die Witwen eine Riesenmahlzeit zubereitet hatten, da sie wußten, er würde hungrig sein, schlugen die zwei Frauen vor, er solle sich mit ihnen ins Vorderzimmer setzen. Dort

warnten sie ihn offen vor seinem neuen Arbeitgeber; sie sprachen wie gewöhnlich abwechselnd und glichen zwei Engeln, die dem heiligen Petrus über ihre Nachforschungen auf der Erde Bericht erstatten.
»Karel van Doorn wird Ihnen jeden Groschen bezahlen, den Sie wert sind. Er ist äußerst rechtschaffen.«
»In gewissen Grenzen.«
»Und er kann es sich leisten, Sie zu bezahlen. Er ist sehr reich.«
»Das ist er. Die Kompanie in Java hat eine eiserne Vorschrift: Kein Beamter darf für sich selbst kaufen und verkaufen. Nur für die Kompanie.«
»Aber seine Familie kaufte und verkaufte wie verrückt – und wurde sehr reich.«
»Und die Kompanie hat noch eine eiserne Vorschrift: Niemand darf in Java verdientes Geld nach Holland zurückbringen.«
»Sie weiß es, denn ihr Onkel war einer der ›Siebzehn Herren‹.«
»Als aber Karels Mutter in dem großen Haus am Kanal in Batavia starb, fuhr er selbst nach Java, und es gelang ihm mittels eines Tricks, den nur er weiß, das gesamte Vermögen der van Doorns nach Amsterdam zu schmuggeln.«
»Und er hätte es mit seinem Bruder am Kap teilen sollen.«
»Wo liegt das?« unterbrach sie Paul. Es war das erste Mal in seinem Leben, daß er vom Kap hörte.
»Das ist nichts. Ein paar jämmerliche arme Teufel am Südende von Afrika, die versuchen, Gemüse zu ziehen.«
»Ist Mijnheer van Doorns Bruder dort?«
»Ja. Kein allzu aufgeweckter Bursche. In Java geboren, wissen Sie.«
»Und van Doorn hätte das Familienvermögen mit ihm teilen müssen?«
»Tat es aber nicht.«
»Er schmuggelte es nach Amsterdam und erkaufte sich damit die Mitgliedschaft bei den ›Siebzehn Herren‹.«
»Er übernahm den Platz meines Onkels.«
»Er ist einer der einflußreichsten Bürger von Amsterdam. Sie haben Glück, daß Sie für ihn arbeiten können.«
»Aber seien Sie vor ihm auf der Hut.«
»Bei der Kompanie werden Sie sein Porträt sehen, Frans Hals hat es gemalt.«
»Und in der großen Halle der Arkebusiere sehen Sie ihn auf Rembrandts Gemälde der Nachtwache. Dort steht er neben meinem Mann.«
»Und Sie werden bemerken, daß ihr Mann mit der rechten Hand sorgfältig seine Tasche schützt, was ratsam ist, wenn Karel van Doorn in der Nähe ist.«
»Aber für einen jungen Mann wie Sie ist es günstig, einen so einflußreichen Mann zu kennen.«
»Wenn Sie auf Ihre Tasche gut achtgeben.«
Die Beziehung war vorteilhaft, obwohl Karel van Doorn von seinem Gärtner erwartete, er arbeite so schnell, daß er nach drei Stunden dem Zusam-

menbruch nahe war. Alles andere als völlige Erschöpfung wies auf Faulheit hin, und van Doorn war imstande, gegen Ende der drei Stunden seinen Schreibtisch in der Kompanie zu verlassen und Paul durch das Fenster zu beobachten, in der Hoffnung, seinen Arbeiter beim Ausruhen zu ertappen. Wenn er das tat, stürzte er hin und schalt Paul heftig einen faulen, nichtsnutzigen Franzosen, der vermutlich im Herzen ein Papist sei.

Aber ein gerissener französischer Bauer ist jedem geizigen holländischen Kaufmann gewachsen, und de Pré ließ sich verschiedene Methoden einfallen, um sich gegenüber seinem Arbeitgeber durchzusetzen und sein tägliches Arbeitspensum einigermaßen ausgeruht zu beenden. In Wirklichkeit gefiel ihm dieses Spiel recht gut, denn er stellte fest, daß van Doorn bei seinen Zahlungen peinlich genau war, und wenn de Pré gelegentlich in seiner Freizeit in den Garten ging, um zusätzliche Arbeit zu verrichten, bemerkte das sein Arbeitgeber sofort und bezahlte ihn gesondert.

»Das einzige, was mich verblüfft«, erzählte Paul den Witwen an einem Nachmittag, »ist der Umstand, daß er mir in der ganzen Zeit, in der ich für ihn arbeite, noch nie etwas zu essen oder trinken angeboten hat.«

»Er ist ein Geizhals«, sagte eine der Frauen. »Wenn jemand die Kompanie in Java, die Regierung in Amsterdam und seinen eigenen Bruder betrügt...«

»Mich betrügt er nie.«

»Ja, aber verstehen Sie das denn nicht? In der Bibel steht, man muß seine Bediensteten gerecht behandeln. Wenn es bekannt würde, daß er Sie schlecht behandelt, könnte er sein gesellschaftliches Ansehen verlieren.«

»Das verstehe ich nicht«, sagte Paul.

»Es ist ganz einfach. Ein Mann kann der Regierung Millionen stehlen, denn darüber steht nichts in der Bibel. Er wagt aber nicht, einem Bediensteten einen Groschen vorzuenthalten, denn diesbezüglich sind sowohl die Bibel wie auch Johann Calvin sehr streng.«

»Aber steht denn in der Bibel nichts über ein wenig Essen und Trinken?«

»Nicht, daß ich wüßte.«

Dann aber, am nächsten Tag, lud Karel van Doorn seinen Gärtner Paul de Pré auf ein Glas ein, nicht in sein Haus, sondern in die Büros der Kompanie. Er war zu Beginn der dritten Stunde nach Hause gekommen und sagte plötzlich: »De Pré, kommen Sie mit in mein Kontor. Ich brauche Ihren Rat.«

Sie gingen also quer durch die Stadt dorthin, wo wieder ein Haufen Deutscher wartete, die Karel anflehten, als er vorbeikam, denn sie wußten, daß er einer der ›Siebzehn Herren‹ war. Aber van Doorn beachtete sie nicht. Als er hinter seinem Schreibtisch saß, sagte er ohne Umstände: »Man sagt mir, Sie hätten in Frankreich Wein angebaut.«

»Das ist richtig.«

»Was halten Sie von diesem da?« Karel nahm eine Flasche Weißwein aus einem Fach und forderte den Franzosen auf, ihn zu kosten.

»Wie finden Sie ihn?« fragte van Doorn.

De Pré spitzte den Mund, spie auf den Boden und sagte: »Der Mann, der den verbrochen hat, sollte hingerichtet werden.«
Van Doorn lächelte zunächst und begann dann zu lachen: »Den hat mein Bruder gemacht.«
»Tut mir leid. Aber es ist ein sehr schlechter Wein. Man kann ihn kaum als Wein bezeichnen.«
»Das ist auch meine Meinung.«
»Wie ich hörte, lebt Ihr Bruder in Afrika?«
»Der Wein hier stammt aus seinem Weingarten. Er bearbeitet ihn seit dreißig Jahren.«
»Er muß einen sehr schlechten Weingarten haben.«
»Ich möchte wissen, ob er außer Traubensaft noch etwas beimischt?«
»Das würde er nicht wagen.«
»Wieso kann der Wein dann so schlecht sein?«
»Es gibt bei der Weinerzeugung viele Tricks.«
»Könnte man diesen Wein retten?«
De Pré nahm vorsichtig einen Schluck, nicht so viel, daß er an dem schlechten Geschmack erstickte, aber genug, um das miserable Zeug beurteilen zu können. »Er besitzt eine kräftige Grundlage, Mijnheer. Trauben sind Trauben, und ich nehme an, wenn ein Weinbauer frisch anfinge...«
»Ich habe hier einen Bericht, der besagt, die Reben sind noch immer gesund.«
»Aber sind es auch die richtigen Reben?«
»Was sollte man Ihrer Ansicht nach tun?«
De Pré hatte die Hände im Schoß gefaltet und starrte zu Boden. Er wünschte sich sehnlichst, zur Scholle zurückzukehren, am liebsten auf Java, wo das Gold reiche Zinsen trug, aber sein Herz klopfte bei der Möglichkeit, wieder Trauben zu züchten und guten Wein zu machen. Da er nicht wußte, was er sagen solle, um seine Pläne zu fördern, blieb er stumm.
»Falls die Kompanie Leute hinschicken würde, die etwas vom Weinbau verstehen«, sagte van Doorn, »und falls diese Männer neue Weinarten mitnähmen, könnte man dann etwas erreichen?«
Die Gedanken an diese wunderbare, lockende Aufgabe jagten einander so schnell, daß de Pré sie nicht verarbeiten konnte, und nach einer Weile sagte van Doorn: »Sehen wir uns doch die Karte an«, und ging ihm voraus zu einem Beratungszimmer, das mit einer großen Landkarte geschmückt war. Auf dieser Karte waren vier Orte hervorgehoben: Amsterdam, Batavia, Kapstadt und Surinam in Südamerika.
»Uns interessieren diese drei Ziele«, sagte Karel und wies mit dem Zeigefinger auf das Kap, auf Amsterdam und Java. »Wenn unsere nach Süden segelnden Schiffe am Kap Station machen und Fässer mit gutem Rotwein und kräftigem Essig laden könnten, wäre es möglich, ihre Besatzungen bis nach Java bei guter Gesundheit zu erhalten. Und wir würden die Fracht sparen, die wir jetzt für Ware aus Frankreich und Italien ausgeben.« Plötzlich gewann der Punkt, der das Kap darstellte, beträchtlich an Bedeutung.

»Aber der Boden – ob dort gute Weine gedeihen?« fragte de Pré.
»Das wollen wir herausfinden«, sagte van Doorn. »Deshalb habe ich Sie so aufmerksam beobachtet.«
De Pré machte einen Schritt zurück. Van Doorns Beobachten war also ein Spionieren gewesen – und auf Grund seiner Erfahrungen mit den Katholiken in Frankreich beunruhigte ihn diese Tatsache zutiefst.
»Sie dachten doch nicht, ich hätte Sie angestellt, um meinen Garten in Ordnung zu bringen?« Van Doorn lachte. »Ich hätte hundert Deutsche, von denen manche gute Gärtner sind, dafür nehmen können.« Er legte de Pré den Arm um die Schultern und führte ihn in das erste Kontor zurück. »Was ich suchte, de Pré, war ein Urteil über euch Hugenotten. Was für Menschen ihr seid. Wie ihr arbeitet. Wie verläßlich ihr vom religiösen Standpunkt aus seid.«
»Haben Sie es herausgefunden?« De Pré ärgerte sich über diesen Mann, aber seine eigene umsichtige Einstellung zum Leben ließ ihn die Vorsicht des Holländers respektieren.
»Ja, das habe ich. Und Ihre ehrliche Reaktion auf den Wein meines Bruders ließ mich zu einem Schluß kommen.« Er erhob sich und wanderte nervös im Zimmer umher. Die Aussicht auf neue Unternehmungen, neue Möglichkeiten, da oder dort einen Gulden zu ergattern, spornte ihn an.
Er nahm wieder Platz und sagte leise: »De Pré, ich muß Sie zu strengster Verschwiegenheit verpflichten.«
»Ich schwöre.«
»Die ›Siebzehn Herren‹ werden drei Schiffe mit Hugenotten zum Kap schicken. Ihr seid Leute, die uns gefallen – eure unerschütterliche Ehrlichkeit, eure Treue zum Calvinismus. Ihre Familie wird an Bord eines dieser Schiffe sein, und Sie« – er streckte die Hand aus und schlug de Pré aufs Knie – »Sie werden ein Bündel erstklassiger Weinreben mitnehmen.«
»Wo werde ich sie herbekommen?«
»Aus Frankreich. Aus einem Gebiet, zu dessen Reben Sie Vertrauen haben.«
»Man wird keine Reben nach Amsterdam schicken. Das ist verboten.«
»Niemand schickt die Reben, de Pré. Sie werden sie selbst holen.«
»Man würde mich erschießen.«
»Nicht, wenn Sie vorsichtig sind.«
»Das Risiko ...«
»... wird gut bezahlt.« Er erhob sich wieder, lief im Raum herum und schüttelte den weißen Kopf. »Gut bezahlt, de Pré! Ich übergebe Ihnen jetzt diesen ersten Beutel mit Geldstücken. Diesen zweiten Beutel gebe ich Ihnen, sobald Sie mit den Reben nach Amsterdam zurückkommen. Und wenn Sie sie gut zum Kap bringen, werden Sie und ich sie der Kompanie verkaufen und den Gewinn teilen.«
De Pré dachte über das Angebot nach, und er war froh, daß ihn die Bosbeecq-Damen vor diesem gerissenen Herrn gewarnt hatten: Er kaufte die Reben mit dem Geld der Kompanie, dann verkaufte er sie der Kompanie

wieder zu einem weit höheren Preis. Er erinnerte sich an etwas, das ihm eine der beiden Witwen gesagt hatte: »Van Doorn hat einen Verstand, der unaufhörlich arbeitet. Als Beamter der Kompanie importiert er Gewürznelken aus Java. Und wem verkauft er sie? Sich selbst als privatem Händler. So verdient er doppelt, nur daß er den Preis der Nelken verdreifacht, da er der einzige ist, der welche hat. Und so erzielt er einen fürstlichen Gewinn.« Das war ein Mann, vor dem man sich in acht nehmen mußte; er erinnerte sich aber an noch etwas, das die Frauen gesagt hatten: »Er wagt es aber nicht, einen Bedienten um einen Groschen zu betrügen.«
»Werden Sie mich auch die beiden anderen Male bezahlen?« fragte er unverblümt.
»Wie würde ich je etwas anderes wagen? Als Mitglied des Rates?«
Und dann offenbarte sich de Prés gleichmütige französische Ehrlichkeit. »Sie haben aber mit Ihrem Bruder nicht geteilt.«
Van Doorn überhörte die Beleidigung. »Im Leben kommt es zu Zwischenfällen«, sagte er. »Mein Bruder war ein Dummkopf. Er half mir nicht, das Familienvermögen aus Java herauszuschmuggeln. Er war ein Mann, den man vergessen kann. Sie sind ein Mann, den man nicht vergessen darf.«

Als Paul seiner Frau mitteilte, daß er beabsichtige, seinen achtjährigen Sohn mit nach Frankreich zu nehmen, erschrak sie. Aber als er erklärte, das könnte gerade die Tarnung sein, welche die Wachtposten an der Grenze freundlich stimmen würde – »Ein Vater, der mit seinem Sohn zu seinem Bauernhof zurückkehrt« –, war sie einverstanden, denn sie war schon lange der Meinung, daß französische Familien nicht allzu lang in Holland bleiben sollten. Die Jungen begannen, nur Holländisch zu sprechen, und der strenge Calvinismus der Franzosen wurde allmählich durch die mildere Haltung der Holländer abgeschwächt. Sie wußte auch, daß ihr Mann sich danach sehnte, wieder Wein anzubauen, und nun schien sich die von Gott selbst herbeigeführte Gelegenheit zu bieten. Also packte sie die Kleider ihres Sohnes ein, küßte ihn liebevoll und schickte ihn in das große Abenteuer.
Solange die beiden in Holland blieben, gab es kein Problem. Aber in der Umgebung von Amiens mußte man mit Spionen rechnen, deshalb hielten sie sich an Nebenwege, bis sie in das Gebiet nördlich von Caix kamen. Als Paul die schönen Felder sah, füllten sich seine Augen mit Tränen. Das war *la douce France*, das süße Frankreich, und nur ein schrecklicher Irrtum hatte ihn daraus vertrieben.
Als er durch mehrere kleine Dörfer kam, wo die Protestanten früher ungehindert Gottesdienste abgehalten hatten, und die zerstörten Kirchen sah, war er traurig, und eines späten Abends klopfte er an das Fenster eines Bauernhofs, von dem er wußte, daß er von Verwandten seiner Frau bewirtschaftet wurde.
»Gehörst du noch der wahren Religion an?« flüsterte er, als eine alte Frau an die Tür kam.
»Es ist Maries Mann!« rief sie.

»Pst! Gehört ihr noch der wahren Religion an?«
Als keiner antwortete, wußte er, daß auch sie zum Katholizismus zurückgekehrt waren, aber nun war es zu spät. Er mußte sich auf diese Bauern verlassen, denn sein Schicksal hing von ihnen ab. »Das ist Maries Sohn«, sagte er und schob Henri vor, um ihn den Verwandten vorzustellen.
»Wenn sie euch erwischen«, sagte ein alter Mann, »werden sie euch verbrennen.«
»Ich darf nicht erwischt werden«, sagte Paul. »Können wir heute nacht hier schlafen?«
Am Morgen erzählte er den vorsichtigen Plons, daß er vierhundert Wurzelstöcke von Reben brauchte, die den besten Weißwein ergaben. »Man würde dir nicht erlauben, sie über die Grenze zu schaffen, sogar wenn du katholisch wärst«, warnten sie ihn.
»Ich nehme sie in ein fernes Land mit«, versicherte er ihnen. »Nicht nach Holland oder Deutschland, wo sie eine Konkurrenz wären.«
Er verbrachte vier Tage bei den nervösen Plons und verschnürte die Reben, die sie ihm brachten, sorgfältig. Als er dreihundertzwanzig beisammen hatte, war ihm klar, daß sie eine Last bildeten, die er gerade noch auf der langen Reise nach Amsterdam würde schleppen können, und damit war die Arbeit getan. Am letzten Abend sprach er offen mit den Plons, die sich nun sicherer fühlten, weil die Behörden ihnen nicht die Türen eingeschlagen hatten. Die alten Leute sagten zu ihm: »Es ist jetzt besser, weil alle im Dorf denselben Glauben haben.«
»Gibt es keine Protestanten mehr?«
»Nein. Einige sind davongelaufen wie du und Marie. Die meisten bekehrten sich wieder zur wahren Religion. Und ein paar wurden gehängt.«
»Ist unser Geistlicher nach Genf geflüchtet?«
»Er wurde gehängt«, unterbrach ihn die Frau. »Er war bereit, sich zu bekehren, aber wir konnten ihm nicht trauen.«
Dann zog Plon das Fazit: »Die Franzosen sollen Katholiken sein. Es ist das einzig Richtige für uns. Ein Dorf sollte nicht gespalten sein. Und ein Land ebensowenig.«
»Es würde dir hier viel besser gefallen«, stimmte die Frau zu, »jetzt, da wir alle einig sind.«
Aber als Paul an diesem letzten Abend zu Bett ging, war ihm klar, daß er sich nie vom Calvinismus abwenden konnte; das Opfer seiner Emigration war bescheiden im Vergleich zu dem, was er dadurch gewonnen hatte: daß er sich selbst treu geblieben war. Der ruhige Rationalismus Amsterdams war etwas, das die Plons nicht zu begreifen vermochten; er hätte ihnen gern erklärt, wie zufrieden Marie in ihrer neuen Heimat war, fand es jedoch besser, dies zu unterlassen. Er war um der guten Weinstöcke willen nach Caix zurückgekehrt, und die hatte er nun bekommen.

Als er die Reben bei Mijnheer van Doorn in den Büros der Kompanie ablieferte, bezahlte ihn Karel prompt. Aber Paul merkte, daß die Summe etwas

geringer war als versprochen, und als er reklamierte, sagte van Doorn entschieden: »Wir hatten vierhundert vereinbart, erinnern Sie sich?« Paul erklärte: »Es wäre aber unmöglich gewesen, so viele zu tragen.« Darauf sagte van Doorn: »Vertrag ist Vertrag. Die Zuverlässigkeit Hollands als Handelspartner baut darauf auf.« Und Paul ließ das Thema fallen, indem er auf die breite schwarze Binde um van Doorns linken Ärmel zeigte.
»Ein Todesfall?«
»Meine Frau.« Der Präsident der »Siebzehn Herren« senkte seine Stimme, als wollte er sagen: »Dieses Thema ist erledigt.« Dann erkannte er aber, daß Paul sich dafür interessierte, was als Folge des Todes seiner Frau nun geschehen würde. »Sie war eine wunderbare Frau. Reiste mit mir nach Java. Half mir dort, die Geschäfte abzuwickeln.« Paul fragte sich, warum der große Mann ihm das wohl erzählte, aber da kam auch schon der Blitzstrahl: »Ich heirate nächsten Samstag Vrouw Bosbeecq.« Er fügte etwas lahm hinzu: »In der alten Kirche. Sie sind eingeladen...«
»Welche der Witwen?« fragte Paul.
»Abigael, die größere«, und als er Pauls ungläubige Miene bemerkte, erklärte er: »Auf diese Weise können wir unsere beiden Häuser vereinigen und eine Menge Geld sparen.«
»Und die andere Witwe?«
»Die zieht in die Herengracht – zu uns. Der zweite Vorteil besteht darin, daß die sieben Schiffe...« Er zögerte, dann sagte er: »...nun ja, mir unterstehen werden.«
In diesem Moment sehnte sich Paul brennend danach, hinauszulaufen und Vermaas aufzusuchen, der ihm vielleicht diese Ungereimtheit erklären konnte: Ein steinreicher Mann über siebzig, der danach strebte, sich in den Besitz von sieben Schiffen zu setzen. Aber van Doorn wollte noch aufregendere Neuigkeiten besprechen: »Wir stellen gerade eine neue Flotte für die Kompanie zusammen. Sie wird in einer Woche nach Java segeln, und es werden zweihundertneunzig Hugenotten an Bord sein. Es trifft sich gut, Paul, denn wenn wir das Bosbeecq-Haus schließen, werden wir Sie und Ihre Frau nicht mehr benötigen...«
Paul war empört. Er hatte sein Leben riskiert, um dreihundertzwanzig Reben für ein Experiment aufzutreiben, und während er fort war, war dieser hochgewachsene Holländer in seinem Büro gesessen, hatte Pläne geschmiedet, seine Frau begraben und einer anderen einen Heiratsantrag gemacht, bevor sich noch die Erde auf dem Grab gesetzt hatte.
»Mijnheer van Doorn, meine Reise nach Caix war nur möglich, weil mich mein kleiner Sohn Henri begleitet hat. Er ist acht, und ich möchte wissen, ob Sie ihm ein besonderes Geschenk machen wollen – für seine Tapferkeit.«
Van Doorn dachte darüber nach, dann sagte er wohlüberlegt: »Ich glaube nicht. Ich hatte einen Vertrag mit Ihnen.« Er führte Paul zur Tür, wo er freundlich sagte: »Ich hoffe, die Jungen werden an dem Leben an Bord Vergnügen finden. Es ist eine aufregende Reise.«

Sobald Paul das Haus der Kompanie verlassen hatte, lief er zum Waagehaus, um mit Vermaas zu beratschlagen: »Ich habe mit eigenen Ohren gehört, wie mich die Witwe Bosbeecq warnte, daß van Doorn ein Dieb sei und daß man ihm nicht trauen dürfe...«
»Und nun kommst du zurück und stellst fest, daß sie ihn heiraten wird?«
»Ja. Das kann ich nicht verstehen.«
»Denk daran, was ich dir sagte, Paul. Jede Witwe will wieder heiraten. Ich sagte auch, sogar du könntest eine von ihnen bekommen, wenn du Junggeselle wärst.«
»Ich weiß aber, daß sie van Doorn verachtet.«
»Wenn eine Witwe nicht den richtigen Mann finden kann, nimmt sie auch einen van Doorn.« Dann stieß er einen wilden Freudenschrei aus und rief: »Du lieber Gott, Paul! Merkst du nicht, wie sich das abgespielt hat?«
Als Paul ihn verständnislos ansah, rief der große Mann vom Lagerhaus: »Sie brachten dich zu van Doorn, damit du in seinem Garten arbeitest und damit sie für den Fall, daß seine kranke Frau sterben würde, Kontakt zu ihm haben. Sie verwendeten dich als Köder.«
Darüber dachte Paul einige Zeit nach, dann fragte er: »Glaubst du, Vermaas, daß die Holländer einfach jeden benützen?«
»Sie sind geschäftstüchtige Leute, Paul.«
Die Hochzeit war eine feierliche Angelegenheit, an der beinahe alle führenden Geschäftsleute von Amsterdam in der alten Kirche neben dem Kanal teilnahmen. Manche kamen in Kähnen, die von ihren Dienern gestakt wurden, aber viele gingen zu Fuß. Sie bildeten lange, schwarzgekleidete Prozessionen, als wäre es ein Begräbnis. Die Kirche war voll, und als der Chor die bei den Calvinisten so beliebten Psalmmelodien sang, widerhallte der Raum. Die Witwen Bosbeecq weinten nicht; sie gingen festen Schrittes zur Vorhalle der Kirche, wo sie auf die Ankunft des hochgewachsenen, vornehmen, gutaussehenden und bärtigen Karel van Doorn warteten. Das Hochzeitspaar machte einen ausgezeichneten Eindruck; zwei alte Menschen, die für ihre restlichen Lebensjahre ihre Hände und ihr Vermögen vereinigten.
»Ach nein«, sagte die rundliche Witwe an diesem Abend in dem alten Haus, während sie sich mit de Pré über seine Abenteuer in Frankreich unterhielt. »Sie legen ihre Vermögen nicht zusammen. Glauben Sie denn, eine so kluge Frau wie meine Schwester würde einem Gauner wie van Doorn gestatten, sich unsere Schiffe anzueignen?«
»Aber Mijnheer van Doorn sagte es mir selbst.«
»Wann sagte er es Ihnen?«
»Vorige Woche.«
»Aha!« frohlockte die Frau. »Das war vorige Woche. Nun, diese Woche legten wir ihm einen Vertrag vor, in dem alle Einzelheiten aufgeführt waren. Dieses Haus? Wir verkaufen es und behalten das Geld. Das Ackerland? Legen wir mit seinem zusammen. Die sieben Schiffe? Die sollen alle auf meinen Namen registriert werden, nicht auf seinen.«
»Ich hatte angenommen, daß er die Leitung übernimmt.«

»Das wollte er, und er sagte, wir würden ihn bestehlen. Deshalb haben wir den Vertrag geändert, um ihn zufriedenzustellen.«
»Geben Sie ihm jetzt die Schiffe?«
»Du lieber Himmel, nein. Aber wir erklärten uns damit einverstanden, daß er, wenn meine Schiffe Salzheringe nach Schweden bringen, der Agent für ihren Verkauf ist und die Kommission behält.«
Paul war über die Kaltblütigkeit dieser Transaktionen verwundert und wollte schon etwas dazu sagen, als die alte Frau ihre Hand auf seinen Arm legte und leise sagte: »Wissen Sie, Paul, es war zum Teil Ihre Schuld, daß Abigael beschloß – daß eigentlich wir beide beschlossen – zu heiraten.«
»Wieso ich?«
»Weil Mijnheer van Doorn am Abend nach dem Begräbnis seiner Frau zu uns kam und sagte: ›Meine lieben Damen, euer de Pré wird bald zum Kap segeln. Dann seid ihr wieder allein, warum treffen wir also nicht eine Vereinbarung?‹ Und er hatte recht. Wir würden wieder allein sein, und Sie hatten uns daran erinnert, wie angenehm es ist, einen Mann im Haus zu haben.« Sie lachte. »Irgendeinen Mann.«
Als das Bosbeecq-Haus geräumt und die Läden geschlossen worden waren, schlugen die Witwen vor, die Familie de Pré sollte so lange mit ihnen in van Doorns Haus übersiedeln, bis die Schiffe für das Kap beladen seien, aber Mijnheer wollte nichts davon wissen. »Laßt sie in dem alten Haus schlafen«, sagte er, und es wurden einige Decken dorthin gebracht. Aber die Witwen brachten ihnen auch warmes Essen, das die Familie, auf dem Boden sitzend, verzehrte.
»Sie müssen dafür sorgen, daß van Doorn Ihnen alles bezahlt, was er Ihnen schuldet«, warnten sie Paul, und am letzten Tag in Amsterdam ging Paul in die Büros der Kompanie und erinnerte van Doorn daran, daß der dritte Teil der Zahlung noch nicht beglichen war.
»Ich habe es nicht vergessen«, versicherte Mijnheer dem Auswanderer. »Ich übergebe dieses Paket dem Kapitän unseres Schiffes, und sobald Sie die Reben am Kap an Land gebracht haben, erhalten Sie Ihre Abschlußzahlung. Sehen Sie, so steht es hier. Neunzig Gulden.« Aber Paul bemerkte, daß er die Zahlungsverpflichtung behielt; er sagte: »Das bekommt der Kapitän Ihres Schiffes.«
An diesem Abend versammelten sich die Hugenotten bei Sonnenuntergang in der kleinen französischen Kirche: zweihundertneunzig Männer, Frauen und Kinder, die den Greueln des Zeitalters getrotzt hatten, um ihren Glauben zu bewahren. Sie hatten nach Freiheit gestrebt wie wenige ihrer Generation, freiwillig auf ihr Vermögen und auf das Leben verzichtet, das sie hätten führen können, weil sie die Regeln befolgten, an die sie glaubten. Und nun schifften sie sich ein zu ihrem letzten Abenteuer, der langen Überfahrt auf schwankenden Schiffen nach einem Land, von dem sie nichts wußten – nur, daß sie, wenn sie es erreichten, frei sein würden.
»Haltet fest an eurem Gott!« rief der Geistliche auf französisch. »Haltet fest an den erleuchteten Lehren von Johann Calvin. Und vor allem haltet fest

an eurer Sprache, dem Merkmal der Tapferkeit. Erzieht eure Kinder dazu, diese Sprache zu ehren, wie wir sie hier im Exil in Holland trotz aller Not geehrt haben. Sie ist die Seele Frankreichs, das Lied der Freiheit. Laßt uns beten.«

Am Morgen führte Paul seine Familie aus dem Bosbeecq-Haus und stellte sich mit ihr auf die Brücke, welche über die Gracht führte. »Oudezijdsvoorburgwal«, sagte er zum letztenmal. »Vergeßt niemals, daß die guten Menschen an dieser Gracht uns gekleidet haben, als wir nackt waren, wie es in der Bibel steht. Bewahrt diese Namen in euren Herzen.«

Dann führte er sie zum Haus von Mijnheer van Doorn, wo er an die Tür klopfte und ersuchte, die Witwen Bosbeecq möchten kommen; als sie kamen, sagte er zu seinen Söhnen: »Vergeßt diese guten Frauen nicht! Sie haben mit ihrem Edelmut unser Leben gerettet.«

Dann brachte er sie zur französischen Kirche, um die letzten Gebete mit ihnen in der Muttersprache zu sprechen.

Als sie die Kirche verließen und zum Hafen gingen, wo die Schiffe warteten, wurde Paul eigentlich zum erstenmal die ruhige Größe dieser Stadt klar, ihre soliden Mauern, hinter denen solide Kaufleute wohnten, ihre solid gebauten Kirchen mit ihren stämmigen holländischen Geistlichen, und vor allem die Barmherzigkeit dieser Stadt, die selbstverständliche Güte ihrer Bürger, die Flüchtlinge aus der ganzen Welt aufgenommen hatten, weil sie wußten, daß ein Volk, das fähig ist, sich selbst zu ernähren und durchzubringen, auch Fremde beherbergen kann.

Es tat ihm leid fortzugehen. Wäre er in jüngeren Jahren in dieses Land gekommen, wäre er vielleicht Holländer geworden. Aber er war Franzose, unauslöschlich geprägt von der lebendigen Größe dieses Landes, und Holland war nicht das richtige für ihn.

Sieben Schiffe der Ostindischen Kompanie sollten die Hugenotten in ihre neue Heimat bringen. Sie fuhren zu verschiedenen Zeiten ab und trafen deshalb unterschiedliche Bedingungen an. Manche legten die lange Fahrt in neunzig Tagen zurück, die arme »China« aber mußte die ganze Fahrt über gegen widrige Winde ankämpfen und brauchte einhundertsiebenunddreißig Tage, die viele Franzosen an Bord nicht überlebten. Die de Prés und sechzig andere wurden an Bord der »Java« eingeschifft, allerdings nicht planmäßig. An diesem Tag lagen zwei Schiffe am Landungsplatz, die »Java« und die »Texel«, und Paul wollte schon auf die letztere, aber sein Freund Vermaas wollte das nicht zulassen: »Schau dir die Beplankung an, Paul.« Er musterte sie und bemerkte keinen Fehler, aber Vermaas sagte: »Sie ist uneben, nicht sorgfältig aufgelegt. Schlecht im kleinen, schlecht im großen.« Und deshalb führte er die Familie zur Gangway der »Java«.

Das verursachte einige Schwierigkeiten, weil Bekannte der de Prés an Bord der »Texel« waren, und die Jungen wollten mit ihnen zusammenbleiben. Aber Vermaas hatte Paul davon überzeugt, daß die »Java« sicherer war, und so gab es einen tränenreichen Abschied. Man warf einander Küsse zu und

Versprechungen, im neuen Land zusammenzuarbeiten. Aber der melancholische Abschied war gerechtfertigt, denn nachdem die »Texel« Kap St. Vincent an der Spitze von Portugal passiert hatte, wo Infant Heinrich der Seefahrer von solchen Reisen geträumt hatte, geriet sie in schwere See und ging unter.

Die »Java« war ein mittelgroßes Schiff: nicht so klein und schnell wie eine Fleute, aber auch nicht so groß und leicht schlingernd wie ein Ostindienfahrer. Sie war ein langsames Schiff, das für die mühsame Überfahrt einhundertdreißig Tage brauchte. Da sie weder Kohl noch Zitronen mitführte, aßen die Passagiere vier lange Monate hindurch nur Salzfleisch, und in den unteren Decks wütete der Skorbut.

Sie waren schrecklich, diese niedrigen Kabinen unterhalb der Wasserlinie. Frische Luft war dort unbekannt, Sauberkeit unmöglich. Männer entleerten in den Ecken ihre Gedärme, und Kinder lagen bleich und keuchend auf schmutzigen Kojen. Während der Überquerung des Äquators waren die Temperaturen dort unten unerträglich, und sterbende Menschen flehten um einen Hauch frischer Luft. Als sie aber südlichere Breitengrade erreichten, schrien alle nach Decken.

Am hundertsten Tag merkte Paul, daß seine Frau Marie die lange Überfahrt keineswegs gut vertrug. Das Leben in der kalten, feuchten Behausung unweit des Hafens in Amsterdam hatte bei ihr zu einer Lungenerkrankung geführt, die nie richtig ausgeheilt worden war. Nun begann sie infolge der sich verschlechternden Verhältnisse unter Deck, Blut zu husten. Verzweifelt suchte Paul Hilfe bei den Passagieren, aber ohne Erfolg. Es gab Gebildete an Bord der »Java« und einen gescheiterten Geistlichen sowie einige ausgezeichnete Landwirte, aber keine Ärzte oder Krankenschwestern, und Paul mußte zusehen, wie sich der Zustand seiner Frau immer mehr verschlimmerte.

»Marie«, bat er sie, »du mußt an Deck gehen. Frische Luft schöpfen.«

»Ich kann mich nicht bewegen«, flüsterte sie, und als er versuchte, sie aufzurichten, merkte er, daß ihre Knie einknickten, und so ließ er sie auf das schmutzstarrende Bett zurücksinken.

Er suchte Rat bei den weiblichen Passagieren, doch die konnten die schwerkranke Französin auch nur düster anblicken und traurig die Köpfe schütteln. Es war zwecklos, sich an die Besatzung zu wenden, denn die bestand aus einem jämmerlichen Haufen. Die holländischen Seeleute arbeiteten lieber auf Ostseeschiffen, mit denen sie regelmäßig nach Hause zurückkamen; auch war die Bezahlung dort besser. Für die langen Überfahrten nach Batavia mußten sich die »Siebzehn Herren« hauptsächlich auf ungeschulte Deutsche verlassen, die de Pré vor den Kontoren der Kompanie gesehen hatte. Sie waren weder rechte Seeleute noch diszipliniert. Zwanzig Jahre lang hatten sie in Deutschland allenthalben an Religionskriegen teilgenommen, und es war naiv anzunehmen, daß sie sich hier eingewöhnen und Befehlen gehorchen würden. Sie errieten nur halb, was ihnen ihre holländischen Offiziere sagten, und waren völlig außerstande, die französischen

Auswanderer zu verstehen; sie schafften es gerade noch, das Schiff flott zu halten, und vermutlich war es auch ihre Schuld, daß die »Texel« gesunken war.
So rollte und schlingerte die »Java« durch den Südatlantik, und jedermann betete, der Wind möge gleichmäßig bleiben, damit sie an Land kämen, bevor alle tot waren. Unter diesen Umständen war es kein Wunder, daß Marie de Pré immer öfter in Bewußtlosigkeit verfiel; entsetzt sah ihr Mann zu, wie ihre Lebenszeichen immer schwächer wurden.
»Marie!« flehte er sie an. »Wir müssen nach oben gehen. Du mußt gehen und wieder zu Kräften kommen.« Während er ihr zuredete, gingen drei Matrosen, die Leichen einsammelten, durch die schmutzigen Schlafräume; Paul wandte sich an sie um frisches Wasser für seine Frau. Die Deutschen blickten ihn an und brummten. Bald würde das Kap erreicht sein, und dann würden diese lästigen Passagiere verschwinden, soweit sie überlebt hatten.
Lange bevor ein Matrose für den Ruf »Tafelberg!« seine Silbermünze gewinnen konnte, verfiel Marie de Pré ins Koma, und da es an Bord des stampfenden Schiffes keinen richtigen Geistlichen gab, wurde der holländische Krankentröster geholt. Er war ein kleiner, rundlicher Bursche mit geröteten Augen und dem zurückhaltenden Betragen eines Mannes, der an der Universität Leiden zu studieren versucht und dabei versagt hatte. Da es ihm verboten war, wie ein richtiger Geistlicher zu predigen, folgte er seinen tiefen Überzeugungen, indem er der holländischen Kirche als allgemeines Faktotum diente; insbesondere tröstete er die Sterbenden.
Sobald er Marie sah, sagte er: »Wir sollten ihre Kinder holen«, und als Henri und Louis erschienen, ergriff er ihre Hände, zog sie zu sich und sagte leise auf holländisch: »Jetzt ist es an der Zeit, tapfer zu sein, ja?«
»Könnten wir französisch beten?« fragte Paul in der Hoffnung, seine Frau würde durch die Sprache, die sie schon als Kind in Caix gesprochen hatte, neuen Mut schöpfen.
»Natürlich«, sagte der Krankentröster, da er aber kein Wort Französisch konnte, nickte er Paul zu und bedeutete ihm, er müsse beten. »Es wird sie beruhigen«, sagte er, obwohl er wußte, daß sie nie wieder eine menschliche Stimme hören würde.
»Erhabener Gott im Himmel«, betete Paul, »wir sind hierher gekommen, Deinem Befehl gehorchend. Rette Deine Tochter Marie, damit sie die neue Heimat sehen kann, zu der Du uns bringen wirst.« Als er zu Ende war, legte der Krankentröster den Arm um die beiden Knaben und betete mit ihnen in seiner Sprache, dann sagte er leise: »Wir können jetzt die Matrosen rufen. Sie ist tot.«
»Nein!« schrie Paul, und die Heftigkeit, mit der er seine Frau küßte, die ihn so lange, so sanft und so willfährig begleitet hatte, rührte die Umstehenden zu Tränen.
»Ruft die Matrosen«, sagte der Krankentröster nachdrücklich. »Jungens, ihr müßt von eurer Mutter Abschied nehmen«, und er schob sie zu dem erbärmlichen Totenbett.

Nach einiger Zeit bahnten sich zwei Matrosen den Weg durch die Passagiere, trugen die Leiche fort, hoben sie hoch und warfen sie ins Meer; darauf sagte der Krankentröster, er werde für die, die noch gehen konnten, eine öffentliche Andacht abhalten. Ein kräftiger holländischer Kaufmann, der früher in der alten Kirche als Diakon gedient hatte, schob ihn verächtlich zur Seite; er bot sich an, die Gebetsstunde abzuhalten, und alle auf Deck senkten den Kopf.

Als die »Java« endlich im Windschatten des Tafelbergs ankerte, hatte Paul de Pré seit der Abreise dreißig Pfund abgenommen; er wandte sich an den Kapitän und verlangte die letzte Zahlung für die Beschaffung der Reben. Aber statt ihm das Geld auszuhändigen, informierte der Kapitän Paul, Mijnheer van Doorn habe dafür gesorgt, daß ihm etwa einhundertzwanzig Acker Land unweit der östlichen Berge übertragen würden, und er wies ein Dokument vor, das besagte: »Der Kommandant der Ostindischen Kompanie am Kap erhält Befehl, dem französischen Emigranten Paul de Pré sechzig Morgen vom besten Land, angrenzend an die Farm von Willem van Doorn, in der Siedlung Stellenbosch zu geben, damit er dort Reben pflanzt und Wein keltert.«

Indem er de Pré mit Land, das der Kompanie gehörte, bezahlte, hatte sich van Doorn vierhundert Gulden erspart.

Paul, der über den Verlust seiner Frau grübelte, war auf halbem Weg durch das unbewohnte Flachland, als ihm plötzlich die Unermeßlichkeit Afrikas bewußt wurde. Ihn überfiel eine jähe Angst, dieser riesige Kontinent könnte ihn abweisen, in die See zurückschleudern. Das Land war so kahl, die ungeheure Leere so unheildrohend, daß er zu zittern begann und sich für seine Vermessenheit bestraft fühlte. Er umklammerte seine Söhne, um sie vor der Einsamkeit zu schützen, die er fühlte, und murmelte auf französisch: »Unsere Trauben werden auf diesem gottverlassenen Boden nie wachsen.«

In dieser Nacht schlug der Holländer, in dessen Wagen er fuhr, das Lager an der einsamsten Stelle des Flachlandes auf; Paul blieb wach, lauschte dem heulenden Wind und prüfte die grobe, unfruchtbare Erde mit den Fingern. Von Furcht getrieben, stand er auf, um die Rebensetzlinge zu prüfen, ob sie noch feucht waren, und während er sie wieder einpackte, dachte er: Sie sind dem Untergang geweiht.

Aber gegen Ende des zweiten Tages, als der schwer beladene Wagen das unfruchtbare Flachland hinter sich ließ, bekam er eine freundlichere Seite von Afrika zu sehen, denn nun fuhren sie am Ufer eines lieblichen Flusses entlang, der von breiten Wiesen umgeben und von Hügeln geschützt war. Er dachte: Das ist schöner als alles, was ich in Frankreich und Holland gesehen habe. Man könnte sich hier ein Heim schaffen.

Er bat den Kutscher anzuhalten, hob seine Söhne vom Wagen, damit sie die gute Erde greifen konnten, die nun ihre Heimat werden sollte. Und als er sie durch seine Finger hatte rieseln lassen, blickte er zu dem Holländer hoch und rief auf französisch: »Wir werden einen großen Weingarten anle-

gen ...« Als ihn der Kutscher gleichgültig und teilnahmslos ansah, denn er verstand kein Wort, rief Paul auf holländisch: »Gut, wie?«, und der Kutscher wies mit der Peitsche nach vorn. »Dort ist es noch besser.«
In dieser Nacht kampierten sie neben dem Fluß, und am nächsten Mittag sahen sie etwas, das Pauls Liebe zu seiner neuen Heimat besiegelte: ein niedriges, weitläufiges, aus Lehmziegeln und Flechtwerk erbautes Bauernhaus, das so gut zu den dahinter liegenden Hügeln paßte, als hätte es schon immer dort gestanden. Er bemerkte, daß es in nord-südlicher Richtung erbaut war, so daß die Westfront zum Tafelberg blickte, der fern am Horizont noch sichtbar war. Vor diesem geschützten Haus breitete sich eine Rasenfläche aus, und kleine Hütten für Werkzeug, Hühner und das Heu waren auf beiden Seiten so angeordnet, daß sie wie Arme des Hauses wirkten, die sich den Fremden einladend entgegenstreckten. Als Paul die ganze Anlage gesehen hatte, murmelte er bei sich: »*Mon dieu!* Wie gern wäre ich der Besitzer dieser Farm!«
»Hat der Eigentümer eine Tochter?« fragte er den Kutscher.
»Jawohl.«
»Wie alt?« fragte er beiläufig.
»Neun, glaube ich.«
»Ach so.« Das sagte er mit einer so tonlosen, enttäuschten Stimme, daß er, um sich nicht zu verraten, schnell hinzufügte: »Das ist gut. Da haben meine Jungen jemand zum Spielen.«
»Er hat auch Söhne. Neun und acht Jahre alt.«
»Interessant.«
»Aber die Farm gehört eigentlich dem Alten, verstehen Sie.«
»Wem?«
»Willem van Doorn. Und seiner alten Frau Katje.«
»Drei Generationen?«
»Wenn man auf dem Feld arbeitet, lebt man lange.«
Als sie über den Weg zwischen den Hütten zu dem Farmhaus kamen, trat ein hochgewachsener Holländer mit breitem Gesicht und ungezwungenem Benehmen heraus, um sie zu begrüßen: »Ich bin Marthinus van Doorn. Sind Sie der Franzose?«
»Paul de Pré, und das sind meine Söhne Henri und Louis.«
»Annatije!« rief der Farmer. »Komm, lerne unsere Nachbarn kennen!« Und aus dem Haus kam eine große, magere Frau mit breiten Schultern und großen Händen. Offensichtlich war sie um mehrere Jahre älter als ihr Mann, Ende dreißig vielleicht, und sie sah aus, als hätte sie überaus schwer gearbeitet. Sie lächelte nicht so unbekümmert wie ihr Mann, als sie die Fremden begrüßte, aber ihr Willkommensgruß war praktischer Art: »Wir haben schon dringend auf Ihre Fachkenntnisse gewartet.«
»Stimmt es, Sie haben Wein angebaut?« fragte ihr Mann.
»Eine ganze Menge«, sagte Paul, und zum erstenmal lächelte die Frau.
»Der alte Herr ist draußen bei den Sklaven«, sagte van Doorn. »Sollen wir zu ihm gehen?«

Aber bevor sie sich auf den Weg machen konnten, erklang im Inneren des Hauses eine hohe, klagende Stimme: »Wer ist dort draußen, Annatije?«
»Der Franzose.«
»Welcher Franzose?« Es war eine Frauenstimme, die offensichtlich Ärger darüber ausdrückte, daß man ihr nicht alles erklärt hatte.
»Der aus Amsterdam. Mit den neuen Reben.«
»Keiner erzählt mir etwas«, und nach ein paar schlurfenden Schritten ging die Tür knarrend auf und eine weißhaarige, ein wenig gebückte Frau trat protestierend heraus in den Sonnenschein. »Ist das der Franzose?« fragte sie.
»Ja«, sagte ihre Schwiegertochter geduldig. »Wir gehen mit ihm in die Felder, damit er den alten Herrn kennenlernt.«
»Ihr werdet ihn nicht finden«, murmelte die alte Frau und zog sich in den Schatten des Hauses zurück.
Doch sie fanden ihn, einen gehbehinderten alten Mann, Mitte der Sechzig, der beim Gehen eine Schulter vorschob, als er die Sklaven beim Ausschneiden der Reben beaufsichtigte. »Vater, das ist der Franzose, der versteht, wie man guten Wein macht.«
»Jetzt, nach dreißig Jahren, schicken sie jemanden«, sagte er scherzend. Seit dem ersten Traubenpressen vor Jahrzehnten waren am Kap Hunderttausende Reben gepflanzt worden, welche die lokale Versorgung mit Wein sicherstellten. Aber auch der beste Jahrgang konnte sich mit den Weinen Europas bei weitem nicht messen.
Der alte Mann steckte das Pfropfmesser in den Gürtel und ging unsicher auf den Neuankömmling zu, um ihn zu begrüßen. »Also«, sagte er, »lassen Sie uns sehen, wo Ihr Grundstück sein soll.«
»Ich habe eine Landkarte...«
»Zeigen Sie, es ist nämlich wichtig, daß Sie es von Anfang an richtig machen.«
Als die Karte ausgebreitet war, freute sich der alte Mann sehr: »Mein Sohn, sie haben Ihnen das beste Land gegeben, das es gibt. Sechzig Morgen! Mit Wasserrecht vom Fluß! Wohin wollen Sie Ihr Haus stellen?«
»Ich habe das Land noch nicht gesehen«, sagte Paul zögernd.
»Gehen wir es uns ansehen!« rief der Alte, fast als ob es sein Land wäre und als ob er sein erstes Haus plante. »Annatije, Katje! Holt die Jungen, wir gehen uns das Land ansehen.«
So machte sich die gesamte Familie van Doorn – Willem und Katje, Marthinus und Annatije sowie die Kinder Petronella, Hendrik und der kleine Sarel auf den Weg, um das Land des Franzosen zu besichtigen; nachdem sie es begutachtet und seine Vorzüge festgestellt hatten, waren sich alle einig, daß er das Haus am Fuß eines kleinen Hügels bauen müsse, der es vor dem Ostwind schützen würde. De Pré sagte jedoch mit einer gewissen Starrköpfigkeit: »Ich werde es dort drüben bauen«, wollte aber seine Gründe dafür nicht angeben. Sie waren sehr einfach: Als ihm van Doorn die Stelle gezeigt hatte, die sie ihm empfahlen, hatte er sofort gemerkt, daß sie mit dem Haus

der van Doorns kein harmonisches Ganzes bildete, wie er es sich vorstellte, denn er war überzeugt, daß die zwei Farmen eines Tages zusammengelegt werden müßten, und dann wollte er, daß die Gebäude harmonisch zueinander paßten.
»Wir werden es hier bauen«, sagte er, und als mehrere von den van Doorns auf die offensichtlich ungünstige Lage hinwiesen, beruhigte sie der alte Willem: »Seht doch! Wenn das Haus dorthin kommt, bildet es ein Gegengewicht zu dem unseren. Das Tal sieht dann besser aus.«
»Ja eben, so ist es«, sagte Paul, und bald darauf begannen sie zu bauen. Die van Doorns schickten ihre Sklaven herüber, um die Mauern errichten zu lassen, als ob es ihr eigenes Haus wäre, und die drei de Prés arbeiteten mit den dunklen Madegassen zusammen.
»De Pré ist Franzose«, sagte Willem anerkennend. »Er weiß, wie er für das arbeiten soll, was er will.« Und als das Haus mit seinen sauber angeordneten Lehmziegeln wuchs, mußten sie zugeben, daß es nicht nur geräumig, sondern auch solid gebaut war und gut aussah.
»Es ist ein Haus, das nach einer Frau verlangt«, sagte die alte Katje, und am nächsten Abend, an dem der Franzose bei ihr zum Essen war, fragte sie ihn ungezwungen: »Was gedenken Sie zu tun, um eine Frau zu finden?«
»Ich habe keine Pläne.«
»Dann sollten Sie lieber welche machen. Nehmen wir zum Beispiel Marthinus«, und sie wies auf ihren kräftigen Sohn. »Er wurde am Kap geboren, als es dort noch keine Frauen gab, gar keine, die für junge Männer geeignet waren. So übersiedelten wir hierher nach Stellenbosch (den Namen bekam es erst später). Und da war ich die einzige Frau auf Meilen im Umkreis. Was sollten wir tun?«
Paul sah Marthinus an, dann Annatije und fragte: »Wie hat er sie gefunden?«
»Ganz einfach«, fuhr die alte Katje fort. »Sie war ein Patenkind des Königs.«
Das war so überraschend, daß Paul die große, linkische Frau höchst unfein anstarrte. »Ja«, sagte Katje, »sie war ein Patenkind des Königs, und Sie täten gut daran, auch nach einem zu schicken.«
»Wie meinen Sie das?«
»Ein Waisenmädchen. Amsterdam ist voll von Waisenkindern. Niemand verheiratet sie, sie haben keine Mitgift. Deshalb nennen wir sie Patenkinder des Königs, denn der gibt ihnen eine kleine Mitgift und schickt sie per Schiff nach Java oder zum Kap.«
»Wie wußte...«
»Wie wußte Marthinus, daß Annatije sein war? Als die Nachricht von dem Schiff hier eintraf, nahmen wir an, daß alle Mädchen vergeben waren. Aber ich sagte zu Marthinus: ›Mein Sohn, es gibt immer eine Chance.‹ Und so ritt er im Galopp hinüber. Als er aber zum Landeplatz kam, waren alle Mädchen fort.«
Sie legte ihre abgearbeiteten Hände auf den Tisch, dann lächelte sie ihrem

Mann zu. »Auch ich war so etwas wie ein Patenkind des Königs. Mein reicher Onkel schickte mich mit dem Schiff hierher, damit ich den da heirate. Ich hatte ihn nie gesehen, bevor ich hier ankam. Vor dreißig Jahren.«
»Aber wenn die Mädchen alle fort waren, wie konnte Ihr Sohn...«
Die alte Katje sah Marthinus an und lachte. »Energie, das war's eben, was er hatte. Wie sein Vater. Sie haben gehört, daß Willem vier Bittermandelbäume umhackte, damit wir vom Kap fliehen konnten. Ich sagte voraus, man würde ihn hängen. Ich sagte: ›Willem, du wirst gehängt.‹«
»Was tat Marthinus?«
»Kam zum Schiff, da waren alle Mädchen fort. Aber ehe er mit leeren Händen zurückritt, hörte er, daß einem der Männer im Fort das Mädchen nicht gefiel, das er bekommen hatte, und so rief er: ›Ich nehme sie!‹ Und einer von den anderen Männern sagte: ›Du hast sie doch gar nicht gesehen!‹ Aber Marthinus rief wieder: ›Ich nehme sie‹, und so schickte man nach dem Mädchen, und da ist sie.«
Paul konnte nicht erkennen, wie die Frau zu ihrer Schwiegertochter stand, ob sie spottete, weil sie um so viel älter war als ihr Sohn, oder Widerwillen empfand, weil sie so ungelenk war, oder aber Stolz, weil sie die Kraft gehabt hatte, einen so schwierigen Anfang zu überstehen. »Sehen Sie sich ihre prächtigen Kinder an«, sagte die alte Frau, und Paul bemerkte, daß die drei Kinder ihre Mutter liebevoll anblickten. Er hätte seinen Kindern nie eine solche Geschichte erzählt, aber als er mit seinen Söhnen in ihr Haus zurückkam, sagte Henri zu seiner Überraschung zu ihm: »Vater, hoffentlich bekommst du, wenn du zu dem Schiff gehst, jemanden wie Annatije.«

Die Hugenottenjungen fanden ihre neue Heimat sogar noch aufregender als die Grachten in Amsterdam. Sie waren von der Weite begeistert; sie liebten den herrlichen Anblick von Tieren, die durch das lange Gras liefen, und mit den Kindern der van Doorns zu spielen war eine Freude. Willem aber war der Holländer, den sie wirklich liebten. Er bewegte sich langsam zwischen den Reben, sein linker Fuß wollte nicht so wie der rechte, und er hustete viel. Aber er war eine Fundgrube für Geschichten über Java, die Gewürzinseln und die Belagerung von Malakka.
Es machte ihm Spaß, Überraschungen für sie vorzubereiten: Gewürznelken, die man kaute, so daß der Atem süß duftete, oder Spiele mit einem Seil. Er ließ sie den Sklaven der van Doorns zuschauen, großen Schwarzen aus Angola und Madagaskar, und sagte dann eines Nachmittags zu ihnen: »Jungs, morgen abend habe ich für euch eine wirkliche Überraschung. Ihr könnt versuchen zu erraten, was es ist, aber sagen werde ich es euch nicht.«
Daheim sprachen sie mit ihrem Vater darüber, was es sein mochte: vielleicht ein eigenes Pferd oder ein Sklavenjunge, den sie behalten durften, oder ein Jagdausflug. Sie konnten sich nicht vorstellen, was der alte Mann für sie vorbereitet hatte, und sie gingen bei Sonnenuntergang zitternd vor Aufregung über die Felder zu den sieben van Doorns.
Die alte Dame beklagte sich, daß man zuviel Aufhebens mache, aber trotz-

dem sagte den französischen Jungen niemand, worin die Überraschung bestehen sollte, und sie setzten sich voller Unruhe zum Abendessen, wo die Alten endlos redeten, während eine Sklavin und zwei Hottentotten sie bedienten.

»Sagen Sie mir in einfachen Worten«, meinte Marthinus, »was ein Hugenotte ist.«

»Ich bin ein Hugenotte«, sagte Paul. »Diese zwei Jungen sind Hugenotten.«

»Aber was seid ihr?«

»Erstens Franzosen. Dann Protestanten: Anhänger von Johann Calvin.«

»Ist euer Glaube wie der unsere?«

»Natürlich. Eurer ist holländisch, unserer französisch.«

»Wie ich höre, wurden die Hugenotten in Frankreich schlecht behandelt.«

»Gefoltert und ins Gefängnis geworfen und manchmal getötet.«

»Wie seid ihr entkommen?«

»Nachts, durch die Wälder.« Keiner sagte etwas. »Und als wir in Holland in Sicherheit waren, hat Ihr Bruder Karel... Er ist ein einflußreicher Mann, wissen Sie, bei den ›Siebzehn Herren‹, er schickte mich nach Frankreich zurück, um die Reben zu holen, die ich Ihnen brachte. Ich nahm meinen Sohn Henri mit, um die katholischen Behörden zu täuschen. Dieser Junge schlich mit mir durch den Wald, um die Reben zu schmuggeln, und wenn man uns gefangen hätte...«

»Was wäre geschehen?« fragte der junge Hendrik.

»Ich wäre auf Lebenszeit als Sträfling auf einer Galeere angekettet worden. Ihn hätte man dorthin gesteckt, wo man unter Zwang aus Hugenottenjungen katholische Knaben macht, und sein Bruder hier hätte ihn nie wieder gesehen.«

»War es wirklich so grausam?« fragte Marthinus.

»Calvinist zu sein bedeutete den Tod.«

»In unserer Familie war es ähnlich«, sagte Willem plötzlich. »Mein Urgroßvater wurde gehängt. Und mein Großvater starb im Krieg, im Kampf für unsere Religion. Und als meine Mutter ein kleines Mädchen war und die Familie sich so versammelte wie wir hier, tat sie etwas, das sie das Leben hätte kosten können...«

»Was meinst du?« fragte Louis de Pré.

»Sie hätten sie gehängt, wenn sie sie dabei erwischt hätten.«

»Was tat sie?«

»Löscht die Kerzen aus«, sagte Willem, und als nur mehr eine flackerte, holte er die alte Bibel aus dem Nebenzimmer und schlug sie aufs Geratewohl auf, dann las er, als die Kinder still waren, ein paar Zeilen auf holländisch. Während er seine Hände auf die Seiten legte, sagte er zu ihnen: »Damals mußten eure Großeltern sterben, wenn sie so beim Lesen ertappt wurden.« Er schloß den schweren Deckel und fuhr fort: »Aber weil wir unerschütterlich dabei blieben, kam Gott, um uns zu trösten. Er schenkte uns dieses Land, diese Häuser, diese Weinreben.«

Der junge Hendrik van Doorn hatte diese Geschichten schon gehört, aber sie hatten keinen Eindruck auf ihn gemacht. Als jetzt der Franzose ähnliche Geschichten erzählte, verstand er, daß in Frankreich und Holland schreckliche Dinge passiert waren und daß er Erbe einer mächtigen Tradition war. Von diesem Abend an würde er, wann immer die holländisch-reformierte Kirche erwähnt wurde, einen Knaben vor sich sehen, der durch den Wald schlich, einen Mann, der an eine Galeerenbank gekettet war, und vor allem eine Gruppe von Menschen, die sich nachts über einer Bibel zusammendrängten.
»Zündet die Kerzen wieder an!« rief der alte Willem. »Dann kommt die Überraschung!«
»Hurra!« riefen die Hugenottenjungen, während Annatije hinausging und mit einem braungoldenen Topf ohne Henkel zurückkam. Beim Tisch angelangt, blickte sie ihren Schwiegervater kurz an, der leicht mit dem Kopf auf Louis wies. Sie ging zu ihm und stellte den Topf vor ihn; er sah die goldbraune Kruste mit den Rosinen, mit Zitronenschalen und Kirschen, die herausguckten.
»Oh!« rief er, »kann ich ein Stück davon haben?«
»Ihr könnt den ganzen Brotpudding haben«, sagte Willem, »ich habe ihn für euch gebacken.«
Die drei Hugenotten starrten ihn an, es erschien ihnen unbegreiflich, daß dieser runzlige alte Farmer auch kochen konnte. Als der Topf Paul gereicht wurde, damit er vorlegte, stieß er seinen Löffel in die Kruste, und alle klatschten Beifall.
Während die anderen aßen, beobachtete der verwirrte Paul den alten Holländer. Willem hatte sich als ein überaus großzügiger Nachbar erwiesen, ihnen Sklaven geliehen, wann immer sie sie brauchten; er lachte mit den Kindern und entpuppte sich nun als tüchtiger Koch. Er war in keiner Weise der sture, schwerfällige Holländer, den Paul erwartet hatte, aber in einer Beziehung versagte er vollkommen: Er konnte keinen ordentlichen Wein anbauen und keltern. In gewisser Hinsicht war das nicht erstaunlich, denn das konnte auch keiner seiner Landsleute. Seit tausend Jahren erzeugten die Franzosen südwestlich von Holland und die Deutschen südöstlich davon erstklassige Weine, aber die Holländer brachten das nie zuwege.
»Van Doorn«, sagte Paul eines Tages, »um guten Wein zu erzeugen, muß man fünfzehn Dinge richtig machen. Und Sie haben alle falsch gemacht, mit Ausnahme eines einzigen.«
Willem kicherte. »Welches?«
»Die Richtung Ihrer Reben. Sie dürfen nicht gegen Wind und Sonne kämpfen.« Paul musterte die Reihen und fragte: »Wieso haben Sie das richtig gemacht?«
Und da geschah etwas Unerklärliches. Der Alte stand zwischen den Reben, ließ die Hände sinken, und Tränen traten in seine Augen. Seine Schultern zuckten, und nach einer langen Weile sagte er: »Das hat mir ein Mädchen vor langer Zeit beigebracht. Und sie haben ihr da und da Schandmale ins

Gesicht gebrannt. Sie flüchtete mit meinen Söhnen in die Wildnis. Und vielleicht ist sie durch Gottes Barmherzigkeit noch am Leben... irgendwo da draußen.« Er bedeckte sein Gesicht mit den Händen und senkte den Kopf. »Ich bete zu Gott, daß sie noch lebt.«
So viele Dinge lagen unausgesprochen in dem, was der Alte sagte, daß Paul es für das Klügste hielt, nichts zu erwidern, deshalb kam er wieder auf die Herstellung von Wein zurück: »Wirklich, Mijnheer, Sie haben alles falsch gemacht, aber weil Ihre Reben wissen, daß Sie sie lieben, sind sie am Leben geblieben, und wenn meine guten Reben sich mit den Ihren verbinden, können wir, meiner Meinung nach, diesen Most zu etwas wirklich Gutem verschneiden.«
»Sie meinen, wir können Wein produzieren, über den man in Java nicht lachen wird?«
»Deshalb bin ich hierher gekommen«, sagte de Pré und schob selbstbewußt das Kinn vor. »In zwei Jahren werden sie in Java um unseren Wein betteln.«

Er brachte unbeabsichtigt Probleme in den Haushalt der van Doorns. Als er eines Tages seinen Söhnen beim Spielen zuhörte, wurde ihm zu seiner Bestürzung klar, daß sie einander seit über einer halben Stunde zugerufen hatten, ohne ein einziges französisches Wort zu gebrauchen. Sie hatten begonnen, ihr Leben ganz auf holländische Art zu führen; obwohl er darauf bedacht war, bei den Mahlzeiten oder beim Gebet französisch zu ihnen zu sprechen, antworteten sie lieber holländisch. Er erinnerte sich an die Abschiedspredigt des Geistlichen in der Hugenottenkirche in Amsterdam: »Vor allem, haltet fest an eurer Sprache. Sie ist die Seele Frankreichs, das Lied der Freiheit.«
Als es offenbar wurde, daß keine der von ihm verhängten Strafen seine Söhne dazu bringen würde, bei ihrer Muttersprache zu bleiben, wandte er sich an die van Doorns um Hilfe, aber sie waren entsetzt über diese Zumutung. »Sie leben in einer holländischen Kolonie«, sagte Katje geradeheraus. »Sprechen Sie doch Holländisch.«
»Wenn Sie Ihr Land registrieren lassen wollen«, sagte Willem, »werden Sie es auf holländisch tun müssen. Das hier ist keine französische Ansiedlung.«
»Es ist ganz richtig, daß die Gottesdienste in holländischer Sprache abgehalten werden«, fuhr Marthinus fort. »Das hier ist eine holländische Kirche«, und als de Pré darauf hinwies, daß die Holländer den Franzosen in Amsterdam nicht nur gestattet hatten, eine französische Kirche zu unterhalten, sondern auch das Gehalt des ausländischen Geistlichen gezahlt hatten, brummte Marthinus: »Das müssen Idioten gewesen sein.«
Trotz ihrer Argumente war Paul immer noch der Ansicht, daß die Kompanie sich die Großzügigkeit der holländischen Regierung zum Vorbild nehmen und den Hugenotten eine eigene Kirche zur Verfügung stellen sollte; er begann, sich nach französischen Landsleuten umzusehen, fand aber keine, und das aus gutem Grund. Die »Siebzehn Herren« hatten befürchtet, die Ein-

wanderer könnten sich zusammenschließen und innerhalb der Kolonie eine unassimilierte Gruppe bilden, die eine fremde Sprache sprach und exterritoriale Rechte beanspruchte. Sie hatten deshalb eine Verordnung erlassen, um diese Fehlentwicklung zu verhindern:

> Die Hugenotten sollen über das Gebiet verteilt und nicht an einer Stelle angesiedelt werden, und es sollen alle Anstrengungen unternommen werden, ihre Sprache auszumerzen. Rechtsverfahren, der tägliche Umgang und vor allem der Schulunterricht der Jugend müssen in holländischer Sprache erfolgen, und es dürfen keine wie auch immer gearteten Zugeständnisse an die von ihnen bevorzugte Sprache gemacht werden.

Die Gefahr einer Spaltung der Kolonie war nicht von der Hand zu weisen. Obwohl die Anzahl der Hugenotten gering war – nur einhundertsechsundsiebzig bei der Haupteinwanderungswelle –, war auch die Zahl der Holländer nicht sehr groß, denn als de Pré und die erste Gruppe seiner Landsleute im Jahr 1688 landeten, wies die Gesamtliste der Kompanie nur sechshundertzehn Weiße auf, die Kinder inbegriffen, und davon war noch ein hoher Anteil deutscher Herkunft. Zeitweise schien es so, als würden die Deutschen schließlich die Oberhand über die Holländer gewinnen, doch scheiterte dies an zwei Faktoren: In dem seltenen Fall, daß ein Deutscher eine heiratsfähige Frau fand, war sie stets Holländerin; und die Deutschen waren zumeist ungebildete Bauern, die bereitwillig die holländische Sprache annahmen.
Nicht so die Hugenotten. Sie waren nicht nur gebildet, sondern sie hingen auch an ihrer Sprache, und wenn man zuließ, daß sie sich zu Gruppen zusammenschlossen, konnten sie vielleicht eine aufsässige Minderheit bilden. Da die Holländer nicht vorhatten, das zuzulassen, wurden die Franzosen zerstreut angesiedelt. Einige kamen nach Stellenbosch, einige an einen höher gelegenen Ort namens Fransch Hoek und andere in ein weiter nördlich liegendes fruchtbares Tal. Und wo immer sie Zuflucht fanden, stießen sie auf die konsequenten Bemühungen, ihre Sprache auszutilgen. De Pré war entschlossen, dagegen Widerstand zu leisten. In den Briefen, die er an die anderen Ansiedlungen schickte, schrieb er:

> Der heiligste Besitz, den ein Mensch nach seiner Bibel haben kann, ist seine Muttersprache. Sie ihm zu stehlen bedeutet, seine Seele zu stehlen. Ein Hugenotte denkt anders als ein Holländer, und dieses Denken drückt er am besten in seiner Muttersprache aus. Wenn wir uns nicht unser herrliches Französisch in Kirche, Gerichtssaal und Schule bewahren, geben wir unsere Seele preis. Ich sage, wir müssen um unsere Sprache kämpfen wie um unser Leben.

Das war eine so offene Auflehnung, daß sich die Kapbehörden veranlaßt sahen, Untersuchungsbeamte nach Stellenbosch zu schicken, und nach kurzen

Nachforschungen beantragten diese Männer, de Pré einzusperren. Aber die van Doorns wendeten ein, daß er ein guter Nachbar sei, der für die Weinproduktion gebraucht werde. Dieses Argument beeindruckte die Behörden, die de Pré in einer öffentlichen Verhandlung die Leviten lasen: »Nur weil Ihre Freunde Sie verteidigt haben, entgehen Sie dem Gefängnis. Sie dürfen nicht vergessen, daß Ihre einzige Pflicht darin besteht, sich der Kompanie gegenüber loyal zu verhalten. Vergessen Sie Ihr Französisch. Sprechen Sie Holländisch. Und wenn Sie noch einmal aufrührerisches Gedankengut verbreiten, werden Sie aus der Kolonie ausgestoßen.«

Trotz dieses Verweises erreichte de Pré eines seiner Ziele: Die Flüchtlinge erhielten die Erlaubnis, für den Geistlichen, der in einem der Schiffe aus Amsterdam gekommen war, eine kleine Kirche zu bauen, und hinter ihren weißgetünchten Wänden war nur Französisch zu hören. Aber die Kinder, besonders Henri und Louis de Pré, sprachen nach wie vor hauptsächlich Holländisch, und es war offensichtlich, daß die Bemühungen der Kompanie, das Französische auszumerzen, letzten Endes Erfolg haben würden.

Zwischen den van Doorns und den de Prés wurde vereinbart, daß über die Sprachenfrage nicht weiter diskutiert werden solle; beide Seiten hatten ihre Haltung klargelegt, und es konnte nur zu Feindseligkeiten führen, wenn man weiter disputierte. Natürlich nahm niemand an, daß die alte Katje irgendeinen Friedensvertrag einhalten würde, und wann immer sie den De-Pré-Jungen eine Süßigkeit gab, forderte sie sie auf: »Sagt danke wie ein braver holländischer Junge«, und die Jungen sagten: *»Hartelijck bedankt, Ouma!«*

Eines Abends fragte sie Paul: »Warum sind Sie in ein holländisches Land gekommen, wenn Sie es nicht mögen?«

»Ich mag es gern«, sagte Paul. »Sehen Sie doch meine Felder an.«

»Aber wie kamen Sie hierher?«

»Der Bruder Ihres Mannes schickte mich Weinreben schmuggeln, wie ich Ihnen erzählt habe.«

»Wie geht es dem alten Dieb?«

»Katje!« protestierte Willem.

»Nun, er ist doch ein alter Dieb, oder?« fragte sie de Pré.

»Wenn er es ist, so ist er ein schlauer Dieb«, sagte Paul. »Er hat eine der reichsten Witwen von Amsterdam geheiratet.«

»Dessen bin ich sicher«, fauchte Katje, und als de Pré erzählte, wie geschickt die Witwen Bosbeecq Karel in der Angelegenheit mit ihren sieben Schiffen ausmanövriert hatten, lachte sie.

»Ein dreifaches Hoch auf die Witwen!« rief sie, dann packte sie ihre Enkelin Petronella und sagte feierlich zu ihr: »Wenn du Witwe wirst, überliste sie, Petra. Behalte einen klaren Kopf und überliste sie.«

»Großmutter!« sagte Annatije scharf, »sprich nicht so zu einem Kind!«

»Und du auch«, sagte die alte Dame. »Wenn du Witwe wirst, was Gott verhüten möge, sieh dich vor! Frauen sind klüger als Männer, viel klüger, aber in Augenblicken der Leidenschaft...«

»Aber bedenken Sie«, unterbrach sie Paul, »die Witwen Bosbeecq waren bezüglich Karels schon vorher gewarnt. Sie wußten, daß er durchtrieben ist.«
Plötzlich beugte sich Katje vor, streckte den Arm aus, faßte den Hugenotten am Arm und fragte: »Wieso wußten sie das?«
»Sie warnten mich vor ihm, als ich in seinem großen Haus arbeitete. Sie waren beide bereit, ihn zu heiraten, verstehen Sie, aber sie wußten, daß er ein Dieb war... wegen dem, was er Ihnen angetan hatte.« Mit diesen Worten wandte er sich an Willem.
Katje zupfte an seinem Ärmel. »Was meinen Sie damit?«
»Wie er Ihren Mann betrogen hat.«
Wieder zupfte sie kräftig. »Was heißt betrogen?«
»Als er das Haus ihrer Mutter in Batavia verkaufte. Alle wußten, daß die Hälfte des Geldes Willem gehörte, aber er behielt es für sich – das ganze Geld.«
»Ich wußte es! Ich wußte es!« rief die alte Frau, sprang von ihrem Stuhl auf und rannte zwischen Tisch und Tür hin und her. »Ich sagte dir, daß er ein Dieb ist.« Auf halbem Weg zum Tisch blieb sie stehen, erinnerte sich an die alten Zeiten und schrie: »Ich habe es ihm ins Gesicht gesagt: ›Du bestiehlst uns.‹« Immer wieder sprach sie von diesem letzten Streit, als sie erraten hatte, was Karel beabsichtigte. Schließlich sank sie in ihren Stuhl, legte den Kopf auf den Tisch und weinte.
»Aber, aber«, flüsterte Willem.
»Wir hätten doch dieses Geld haben können. Wir hätten in großem Stil leben und nach Holland zurückfahren können. Wir hätten nicht wie Sklaven arbeiten müssen...«
»Ich wäre nie zurückgegangen«, sagte Willem, und seine Frau sah ihn verwundert an; dann begriff sie langsam, als er fragte: »Hättest du dieses Tal wegen eines stinkenden Hauses an einer stinkenden Gracht aufgegeben?«
Als die de Prés sich auf den Heimweg machten, hörten sie noch, wie die alte Frau leidenschaftlich zu ihrer Familie sagte: »Denkt immer daran, daß euer Onkel ein Dieb ist. Er hat gestohlen, was rechtmäßig uns gehört.« Immer wieder, bis sie nichts mehr hören konnten, sprach sie davon, wie sie damals im Jahr 1664 recht gehabt hatte.

Es ärgerte Paul, daß seine Söhne holländisch mit Katje sprachen. Sie sagten: »*Ouma* hat uns ein Plätzchen geschenkt, *Ouma* sagte, wir können drüben schlafen.« Das Wort bedeutete alte Mutter, somit Großmutter, und war ein Kosewort, denn *Ouma* machte ihrem Mann zwar wegen der verschiedenen Fehler, die er in seinem Leben begangen hatte, die Hölle heiß, glich das aber mit ihrer Liebe zu Kindern aus. Sie wußte, daß sie Strenge brauchten, und sparte nicht damit; sie wußte aber auch, daß sie Liebe brauchten, und war mit den De-Pré-Kindern ebenso nachsichtig wie mit den Van-Doorn-Kindern.
Eines Morgens, als Henri und Louis zu dem großen Haus gegangen waren, um bei der alten Dame um Zuckerwerk zu betteln, kamen sie weinend nach

Hause gelaufen. »*Ouma* ist tot! *Ouma* ist heute nacht gestorben!« Drei Tage später wurde sie am Fuß eines Hügels begraben, und auf dem Rückweg sagte Marthinus ernst: »Sie ist längst im Himmel, und gerade jetzt erteilt sie dem heiligen Petrus energisch Ratschläge.«

Ihr Tod wirkte sich merkwürdig aus. Der alte Willem, der sich daran erinnerte, wie oft sie ihn geplagt hatte, er solle das Farmhaus vergrößern – sie wollte dadurch einen Ausgleich für die beengte Hütte am Kap erreichen –, beschloß nun, den Wünschen der Verstorbenen nachzukommen. Als er verkündete, er reite zum Kap, um einen malaiischen Zimmermann zu erwerben, fragte sein Sohn, warum, und er antwortete Annatije, als wäre sie die Stellvertreterin der alten Katje: »Es wird allmählich Zeit, daß ich dieses Haus so gestalte, wie sie es wollte.«

Der Alte machte sich früh auf den Weg und ritt trotz der Tageshitze schnell, so daß er noch vor Einbruch der Dunkelheit das Kap erreichte. Was er dort sah, gefiel ihm immer sehr. Nun besaß die Siedlung in der Bucht einen Kai, an dem Schiffe anlegen konnten, ein schönes neues Fort aus grauem Stein, Straßen mit stabilen Häusern und geräumigen Obstgärten, in denen Birnen, Zitronen, Orangen, Pflaumen und Äpfel wuchsen. Mehr als die Hälfte der weißen Bewohner der Kolonie lebten in der Stadt, die alle Anzeichen einer blühenden Gemeinde aufwies – mit einer Ausnahme: Im ganzen Ort gab es keinen einzigen richtigen Laden; die Ostindische Kompanie war der Ansicht, es sei die Pflicht der Kapbewohner, ihre Flotten mit frischen Vorräten zu versorgen und Waren für den Bedarf auf Java zur Verfügung zu stellen. Was an lokalem Handel erforderlich sein mochte, besorgten die Büros der Kompanie. In Kapstadt war der Kaufmannsstand nicht zugelassen. Aber eine Welt trennte Amsterdam von der primitiven Ansiedlung am Kap, und die Einschränkungen zeitigten die entgegengesetzte Wirkung: Praktisch jeder am Kap wurde zu einem geheimen Krämer, der mit vorbeikommenden Schiffen direkt Handel trieb, insgeheim in seinem Haus Vorräte aufbewahrte, verkaufte, tauschte, Geschäfte machte, bis jeder so erfahren war, daß er seinen Lebensunterhalt mit diesen Geschäften bestritt. Bei den Beamten der Kompanie war auch die Korruption weit verbreitet, weil sie so schlecht bezahlt wurden, daß sie über den Dienst an diesem bedeutungslosen, gottverlassenen Vorposten verärgert waren; die Bestechlichkeit erstreckte sich bis hinauf zur Spitze, was die ausgedehnten privaten Landsitze bewiesen, die sich einige Leute der Kompanie erworben hatten.

Die »Siebzehn Herren« hatten hier nie eine richtige Ansiedlung geplant und erklärten immer wieder, daß die freien Bürger innerhalb der von den Behörden in Amsterdam vorgeschriebenen Grenzen bleiben müßten. In Wahrheit aber wurden die »Siebzehn« von der ungeheuren Ausdehnung Afrikas verwirrt. Holland war ein kleines, eng begrenztes Land und lieferte den Maßstab, nach dem seine Kolonie am Kap immer beurteilt wurde. Die »Siebzehn« glaubten, daß sie die Kontrolle behalten würden, wenn sie am Kap vorschreiben konnten, was in der Kirche gelesen oder gesprochen und in der Öffentlichkeit erörtert wurde.

So hatte Willem den »Siebzehn Herren« auch die Gelegenheit zu verdanken, einen Zimmermann zu erwerben; die Herren hatten angeordnet: »Kein Beamter darf bei der Heimreise seine Sklaven nach Holland mitnehmen.« Daher tätigte Willem einen Gelegenheitskauf und eilte zum Schloß, wie das Fort mit seinen fünf Basteien jetzt genannt wurde, um seinen Besitz eintragen zu lassen. Dort stellte er jedoch fest, daß die Beamten sich mehr für Paul de Pré interessierten als für seine Kaufurkunde.
»Sagen Sie, spricht de Pré noch immer Französisch?«
»Nicht mit uns. Wir sprechen es nicht.«
»Aber mit seinen Kindern?«
»Wenn seine Söhne bei uns sind, sprechen sie Holländisch.«
»Setzt er noch Briefe in Umlauf?«
»Er ist zu sehr mit seinen Rebstöcken beschäftigt.« Selbst wenn de Pré Granaten hergestellt hätte, hätte Willem ihn nicht verraten.
Sichtlich widerwillig erteilte ihm die Kompanie die Erlaubnis, den jungen malaiischen Zimmermann zu kaufen: Bezel Muhammed. Sein Name wies ihn als Mischling aus. Der erste Teil stammte von seiner schwarzen madegassischen Mutter, der zweite von seinem braunen Vater aus Malakka. Er sprach fünf Pidginsprachen, allerdings keine davon gut, und war ein Meister mit Säge und Hammer. Er verließ ungern eine Stadt, in der es andere Farbige gab, mit denen er gern verkehrte, hielt es aber für vorteilhaft, in eine Gegend zu übersiedeln, in der Bäume wuchsen. Das afrikanische Holz war ihm lieber als Mahagoni aus Mauritius oder die schwereren, aus Java importierten Holzarten. Auch gefiel ihm die offene Art van Doorns, und er versprach: »Ich werde gut bauen.«
Als sie das Schloß verließen, rief ihnen ein Beamter nach: »Vergessen Sie nicht, Sie sind für diesen Sklaven verantwortlich! Sorgen Sie dafür, daß er nicht wegläuft!« Willem war einverstanden und dachte: Wie sich der Mensch ändert. Als Jango weglaufen wollte, half ich ihm. Für diesen Sklaven habe ich mein eigenes Geld bezahlt, also muß ich auf ihn achtgeben.
Willem konnte nicht voraussehen, welche Auswirkungen Bezel Muhammed für das Tal haben würde. Die Kinder halfen ihm liebend gern bei der Arbeit. Sie begleiteten ihn in den Wald auf der Suche nach Stinkholz, dem schweren, dunklen Holz, das so ekelhaft roch, wenn ein Baum verrottete, aber so herrlich aussah, wenn es glattgehobelt und poliert war. Annatije, die jetzt allein für das Haus verantwortlich war, schätzte seine Hilfsbereitschaft, aber am tiefsten war Paul de Pré von ihm beeindruckt.
Er entdeckte bald, daß Bezel ein Künstler war, nicht nur im Umgang mit dem Material Holz, sondern in allem, was mit dem Bauhandwerk zu tun hatte; er war es, der Willem dazu überredete, die Westfassade, also die Seite gegenüber dem Tafelberg, von dem Sklaven umbauen zu lassen: »Ich stelle mir vor, Willem, man könnte das Haus etwas größer und ein wenig gefälliger machen.«
»Das wollte Katje schon immer.«
»Wir werden es für sie machen«, sagte Paul, aber wenn Willem sah, mit

welcher Energie der Hugenotte arbeitete, gewann er oft den Eindruck, daß Paul nicht für Katje baute, sondern für sich selbst. Wenn es um wichtige Entscheidungen ging, war der Hugenotte unnachgiebig.
»Die Vorderfront muß lang und niedrig bleiben, aber über der Tür wollen wir einen schönen Giebel bauen, so wie die, die ich aus Holland kenne.« Er skizzierte die eleganten Kurven, die den Giebel hervortreten lassen und seine Höhe bestimmen würden, und obwohl er sich mit den beiden van Doorns beriet, welche Baumaterialien Bezel Muhammed verwenden solle, war er es, der jedes Stadium des Baus leitete.
Es war auch de Prés Idee, einen Flügel anzubauen, der vom Haupteingang nach hinten verlief, so daß das Haus die Form eines T erhielt, wobei sich die Küche und die Dienstbotenräume am Ende des Flügels befanden. Als das Haus fertig war, erfand er eine Methode, wie man die langen, sauber ausgeführten Wände mit Kuhmist verputzen konnte, der steinhart wurde und den sie dann weiß tünchten. Weil aber durch das Lehm-Mist-Gemisch eine rauhe Oberfläche entstand, ergab der Kalkanstrich herrliche Flächen, die das Licht tausendfach reflektierten. Wie ein zwischen die Bäume gesetzter strahlender Edelstein symbolisierte der schimmernde weiße Giebel den Bund zwischen Holländern und Hugenotten, der mit seiner starken deutschen Komponente eine neue Gesellschaftsform schaffen sollte.
Als alle die neue Behausung wohlgefällig betrachteten, erklärte de Pré: »Ich habe noch etwas im Sinn, was Katje gefallen hätte.« Und er skizzierte im Staub den Plan für eine *stoep*, eine Veranda vor dem Haus, auf der man sich ausruhen konnte, wenn die Sonne hinter dem Tafelberg versank. Alle waren der Ansicht, daß dies Katje tatsächlich gefallen hätte und daß sie am Ende des Tages gern dort gesessen hätte; so wurde das Andenken dieser tapferen alten Frau, die während ihres Lebens nur selten einen Augenblick gefunden hatte, in dem sie sich hätte ausruhen können, mit einer *stoep* geehrt, auf der ihre Nachkommen müßig sitzen konnten.
»Es darf keine hohe Veranda sein«, warnte de Pré, »denn das würde die Vorderseite verunstalten. Nur zwei Reihen von Steinen, und gerade breit genug für zwei Schaukelstühle.« Als sie fertig war, klatschten die van Doorns Beifall, und am ersten Abend, als Annatije die Schaukelstühle ausprobierte, blickte sie zum Tafelberg hinüber und sagte ihrem Sohn Hendrik: »Es wird deine Aufgabe sein, dich um diese Felder zu kümmern, wenn dein Großvater und dein Vater nicht mehr dasein werden.« Später erinnerte sie sich, wie ihr Sohn sich daraufhin vom Kap abwandte und sagte: »Großvater, du wolltest doch immer dorthin gehen, oder?« Und der alte Willem hatte seinem Enkel zugestimmt: »Über die Berge ziehen. Wenn ich jünger wäre, würde ich meine Farm dort drüben anlegen – und zum Teufel mit der Kompanie!«
Bezel Muhammed hatte eine eigene Überraschung für seine neue Familie. Er hatte mehrere große Stinkholz- und Gelbholzbäume gefunden und einen neun Fuß hohen Kleiderschrank mit schön polierten Türen und vier Schubladen darunter gebaut. Die Füße waren in der Form von Adlerklauen ge-

schnitzt, die eine Kugel festhielten. Allein schon der Entwurf des Schrankes war sehr schön gewesen, aber da die beiden Hölzer, das fast schwarze und das goldgelb leuchtende, so gut zusammenpaßten, war das Ergebnis wirklich blendend. Es war ein Geschenk für Annatije, aber alle waren sich einig, daß dieser *armoire* Katje besonders gefallen hätte.
Als de Pré das Wort verwendete, blickten ihn die Holländer scheel an und stießen sich sogar daran, als er seine Bedeutung erklärte. »Das Ding ist ein Schrank«, sagte Marthinus und war entsetzt von dem, was de Pré als nächstes vorschlug. Er führte die ganze Familie zu einer Stelle westlich von dem umgebauten Haus; dort bat er sie, sich anzusehen, wie gediegen und vortrefflich es zwischen den Hügeln stand: »Seht, wie alles zusammenpaßt. Der Giebel ist nicht zu hoch, die *stoep* nicht zu groß, die Mauern reflektieren das Licht. Es ist unser Palast in Afrika.«
Den Holländern gefiel diese Analogie nicht. In Palästen wohnten Spanier und Franzosen, und die hatten für Calvinisten den Tod bedeutet. »Ich will keinen Palast auf meinem Boden«, sagte Marthinus.
De Pré kümmerte sich nicht um ihn. »Es gibt einen Palast unweit von Paris, der Trianon heißt. So soll auch unser afrikanischer Palast heißen.«
»Lächerlich!« rief Marthinus, aber de Pré sagte ruhig: »Denn wenn wir anfangen, unseren Wein zu verkaufen, werden wir einen guten Namen für ihn brauchen. Und wenn wir ihn Trianon nennen, werden wir alle Käufer für uns gewinnen. Einige werden wissen, daß es ein guter Kapwein ist. Die meisten aber werden ihn für eine französische Marke halten.«
Das klang plausibel, und als de Pré sah, daß die van Doorns unsicher wurden, ließ er von Henri ein Paket bringen, das bei der Tür lag. Paul packte es vorsichtig aus und zeigte den anderen ein wunderschön gearbeitetes Eichenfäßchen, das eine Gallone Wein faßte; Bezel Muhammed hatte es mit einer überaus schön geschnitzten Nachbildung des gegiebelten Hauses und dem Wort TRIANON verziert.
Der alte Willem nahm das Fäßchen in Empfang, betrachtete es unter verschiedenem Lichteinfall und verglich das Haus auf dem Faß mit dem auf der Wiese: »Wir werden es Trianon nennen. Denn mein Wein war keinen Groschen wert, bis dieser Bursche da herkam.«

In den folgenden Jahren, als der Wein aus Stellenbosch sowohl in Java als auch in Europa freundliche Beachtung fand, baute Bezel Muhammed noch mehrere Schränke aus den beiden kontrastierenden Holzarten. Obwohl er sich bemühte, jeden in schöner Ausgewogenheit zu entwerfen – seine Kunstwerke waren in diesen Jahrzehnten die einzigen erstklassigen in der Kolonie –, gelang es ihm nie, die Vollendung des ersten Schrankes zu erreichen. Dieser stand im Trianon im Schlafzimmer links vom Eingang und wurde von allen bewundert.
Die anderen Schränke wurden sofort verkauft, sobald sie fertig waren, und auf verschiedenen Farmen im Gebiet von Stellenbosch hoch geschätzt. Der Sklave, der sie gemacht hatte, war sehr gefragt, wenn es darum ging, einen

Giebel zu bauen oder ein Haus zu vergrößern, und das verursachte Annatije einiges Unbehagen: Obwohl sie nichts dagegen hatte, daß ihre Familie von der Arbeit ihres Sklaven profitierte – Marthinus verkaufte die Schränke und behielt bis auf ein paar Reichsthaler den Gewinn –, störte es sie, daß dieser geschickte Mann keine Frau hatte, und sie zerbrach sich den Kopf darüber, wie sie eine für ihn finden könnte.

Als sie eines Abends beim Essen diese Frage aufwarf, sagte Marthinus: »Die meisten Männer, die hierher kommen, leben jahrelang ohne Frauen. Sieh dir doch de Pré an.«

»Ja«, sagte sie, »und ich wundere mich auch über ihn.«

»Er sollte sich ein Patenkind des Königs besorgen, so wie ich.«

Als de Pré das nächstemal bei ihnen aß, brachte sie die Sprache darauf: »Paul, ist es nicht an der Zeit, daß Sie sich von der Kompanie eine Frau besorgen lassen? Sie könnten an Karel schreiben. Er wird eine für Sie finden.«

»Damit wird er sich kaum befassen«, sagte Willem finster.

»Aber Sie können doch nicht ewig allein leben«, meinte Annatije, und sie argumentierte so überzeugend, daß de Pré sorgfältig einen Brief an seinen früheren Arbeitgeber schrieb und ihn um eine Frau ersuchte. Ein Jahr später kam ein Brief im Trianon an: Karel van Doorn war gestorben und sein Nachlaß an die Witwen Bosbeecq gefallen.

Dann wendete Annatije ihre Aufmerksamkeit Bezel zu, schickte Briefe ans Kap, um festzustellen, ob es mohammedanische oder auch schwarze Sklavenmädchen gab, die man kaufen könnte, aber es gab keine, und Bezel lebte weiter allein, baute Häuser und jene Möbel, die eine Besonderheit der eleganten Stadt Stellenbosch werden sollten. Es gab dort bereits eine schöne neue Kirche, breite, von jungen Eichen gesäumte Straßen und eine Anzahl sauberer Häuschen, deren Fußböden mit Kuhmist braun poliert waren. Der Ort erinnerte keineswegs an Holland und auch nicht allzusehr an Java; es war ein einzigartiges Kleinod von einer Stadt, entstanden aus südafrikanischer Erfahrung. Kein Haus aber übertraf Trianon.

Da zog eine bäuerliche Familie mit einer heiratsfähigen Tochter in die Nähe: Andries Boeksma und seine hübsche Tochter Sibilla. »Sie ist Gottes Antwort auf unsere Gebete«, sagte Annatije zu Paul, sobald sie die gute Nachricht hörte. Mit der Ausrede, daß sie den Neuankömmlingen schmackhafte Äpfel bringen wolle, sah sie sich Sibilla an, fuhr frohlockend zurück zum Trianon – »Paul, Marthinus! Sie ist genau das, worum wir gebetet haben« – und bestand darauf, daß die beiden Männer ordentliche Kleider anlegten, ein Lamm schlachteten und es zu den Boeksmas brachten. Sie wäre liebend gern mitgegangen, hatte aber das Gefühl, sie könnte damit verraten, wie interessiert sie daran war, daß Sibilla den verwitweten Hugenotten kennenlernte.

»Was ist passiert?« fragte sie atemlos, als sie und ihr Mann allein waren.

»Ich verstehe es wirklich nicht«, sagte Marthinus. »Sie mißfielen einander sofort. Sie waren gerade noch höflich zueinander.«

»Was kann geschehen sein?«
»Nun, Boeksma ging mit mir zum Wagen, und während sich Paul von Sibilla verabschiedete, sagte mir Boeksma im Vertrauen, daß sie niemals einen Franzosen heiraten würde, und auf dem Heimweg sagte mir dann Paul im Vertrauen, daß sie ihn nicht interessiere. Er betonte es ausdrücklich: ›Nicht das geringste Interesse.‹«
Annatije bemühte sich mit leicht durchschaubaren Listen, eine Verbindung zwischen den beiden zustande zu bringen; zweimal lud sie die Boeksmas zum Essen ein, und sie lieh ihnen auch Bezel für den Hausbau, aber Paul wollte mit Sibilla nichts zu tun haben, und sie zeigte sich in seiner Gegenwart gehemmt. Wenig später verlobte sie sich mit einem Witwer von einer Farm am Nordrand der Stadt, und Paul hatte nach wie vor keine Frau.
Als er seine Söhne für zwei Wochen bei Annatije ließ, um nach Fransch Hoek fahren zu können, war sie überzeugt, daß er sich unter den Hugenotten eine Frau suchen wolle, aber als er allein zurückkam, erfuhr sie, daß er nur – wie schon so oft vorher – Propaganda für die Errichtung einer französischen Schule gemacht hatte. Als Marthinus ihm deshalb Vorwürfe machte, wiederholte er eigensinnig: »Wenn ein Mann seine Sprache verliert, verliert er seine Seele.«
Zwei gemeinsame Interessen hielten die Familien zusammen: ihr Wunsch, guten Wein herzustellen, und ihr immer stärker werdender Glaube an den Calvinismus. Wie alle Hugenotten hielt Paul fanatisch an seiner Religion fest, und weil seine Erfahrungen mit der Unterdrückung aus jüngster Zeit stammten, neigte er dazu, eifriger zu sein als seine holländischen Nachbarn, von denen keiner die Verfolgung durch die Spanier am eigenen Leibe erlebt hatte. Hätten die Holländer von Stellenbosch die Strenge ihres Calvinismus abmildern wollen, so hätten die hugenottischen Einwanderer dagegen protestiert. Daheim in Holland setzten die Holländer Zeichen der Versöhnung mit den Katholiken, besonders mit ihren deutschen Nachbarn, und gelegentlich zeigte sich auch am Kap ein Anflug von diesem Liberalismus; wenn französische Schiffe in der Bucht ankerten, wurden die Offiziere und Matrosen mit Respekt behandelt, obwohl sie Katholiken waren. Aber den Hugenotten blieb diese Religion verhaßt, und die Richtung, die ihre Kirche einschlug, mußte notgedrungen der Roms genau entgegengesetzt sein.
Dieses religiöse Vorurteil trat deutlich zutage, als eine Räuberbande das Vieh der Farmer von Stellenbosch heimsuchte. Es war ein wilder Haufen von Vagabunden, Sklaven und abtrünnigen Hottentotten, die in die Krale der Holländer eindrangen und wiederholt die besten Tiere entführten.
Benachbarte Farmer taten sich zusammen, um zurückzuschlagen, aber ihre Bemühungen machten entlang der hundert Meilen langen Grenze wenig Eindruck, so daß die Bürgermiliz einberufen werden mußte, um eine wirksame Offensive zu starten. Alle männlichen Erwachsenen im Bezirk meldeten sich in Stellenbosch, und zu diesem Treffen ritt der Farmer Boeksma mit drei von seinen Hottentottendienern, die kriegsmäßig ausgerüstet und bewaffnet waren.

»Wahnsinn!« erklärten mehrere der Alteingesessenen. »Ihr habt gehört, was uns der Gouverneur sagte: ›Wenn man ihnen erlaubt, Waffen zu tragen, ist es genauso, als würde man ihnen ein Messer in die Hand geben, damit sie uns die Kehlen durchschneiden.‹«

»Er sprach doch von Sklaven«, erinnerte Boeksma die Männer.

Im Laufe der Jahre hatten die Holländer mit ihren Sklaven, die immer wieder zu entfliehen versuchten, so viel Ärger gehabt, daß die unglaublichsten Bestrafungen eingeführt wurden: Als einmal eine Schwarze den Unmut der Gemeinde erregte, befahl der Kommandant, man solle sie nackt ausziehen, aufs Rad flechten, anschließend am Boden festbinden und ihr die Brüste mit rotglühenden Zangen abreißen; danach sollte sie gehängt, geköpft und gevierteilt werden. Da einige Siedler gegen diese Barbarei protestierten, ließ der Kommandant Milde walten: Die Frau wurde in einen Leinwandsack genäht und in die Bucht geworfen, wo sie eine halbe Stunde lang zappelte, bevor sie ertrank.

»Wir dürfen die Sklaven nie bewaffnen«, warnte ein Vorsichtiger.

»Aber das sind keine Sklaven«, wandte Boeksma ein. »Sie sind loyal. Sie hängen an mir wie meine eigenen Kinder.«

Während er sprach, standen die bewaffneten Diener schweigend neben ihm. Einer konnte noch als Hottentotte eingestuft werden, aber die beiden anderen waren Farbige, und als Boeksma sie als Teil seiner Familie bezeichnete, sprach er die Wahrheit, denn es gab weder einen Stamm noch eine Autorität in diesem Gebiet, dessen Untertanen sie waren, sie hatten keine Heimat, keinen Menschen außer dem *groot Baas Boeksma.* Sie hatten seinen Gott angenommen, seine Religion, seine Lebensweise, und das zeigte sich auch täglich in der Sprache, die sie benützten: ein erstaunliches Gemisch aus Holländisch, Malaiisch, Portugiesisch und Hottentottisch. Es war ein brauchbarer Dialekt, und er leistete ihnen auf dem Feld und in der Küche gute Dienste. Ein Farmer konnte sich nur wenige Sklaven leisten, aber jeder Siedler war imstande, eine Anzahl von Hottentotten- oder Farbigenfamilien als Arbeitskräfte zu gewinnen; sie pflegten seine Weingärten, servierten ihm seine Mahlzeiten, stillten als Ammen seine Babys und betreuten seine Kinder, schalten sie, wenn es nötig war, und flüsterten ihre Anleitungen in jener Sprache, die sie aus den verschiedensten Sprachen ihrer Vergangenheit bildeten.

Dennoch war der Gedanke erschreckend, selbst so friedliebenden Männern Waffen in die Hand zu geben, und es kam zu einer Verhärtung der Fronten zwischen Boeksma, der sich dafür aussprach, und den Vorsichtigen, die davor warnten. Es war der Hugenotte de Pré, der den Streit schlichtete: »Mir fällt eine Stelle in unserer Bibel ein. In den Jahren, als Abraham noch Abram hieß, geriet sein Neffe Lot in Schwierigkeiten, und es gab eine Diskussion darüber, wie man ihm zu Hilfe kommen könne. Hat da nicht Abraham seine Diener bewaffnet und sich aufgemacht, um den Neffen zu retten?«

Keiner der Holländer erinnerte sich an diese Bibelstelle, aber alle waren der Meinung, wenn Abram wirklich seine Diener bewaffnet habe, würde es auch ihnen erlaubt sein, das gleiche zu tun; so wandten sie sich an Willem, der den besorgten Männern seine Bibel anbot, und de Pré fand im vierzehnten Kapitel der Genesis ausdrückliche Weisungen, was sie tun sollten. Als er aber Schwierigkeiten mit dem Lesen des Holländischen hatte, verdarb er beinahe alles, indem er sagte: »In französischer Sprache ist es klarer.« Es war seinen Nachbarn nie in den Sinn gekommen, daß Gottes Wort je in einer anderen Sprache als Holländisch erschienen war:

> Als nun Abram hörte, daß sein Bruder gefangen war, wappnete er seine Knechte, dreihundertachtzehn, in seinem Hause geboren, und jagte ihnen nach... Und brachte alle Habe wieder, dazu auch Lot, seinen Bruder, mit seiner Habe, auch die Weiber und das Volk.

Was diese frommen Männer überraschte, war die Tatsache, daß sie, als sie die kampffähigen Diener im Gebiet von Stellenbosch zusammenzählten, auf dreihundertachtzehn Mann kamen, und Andries Boeksma rief: »Das ist eine Offenbarung – eine Offenbarung von Gott selbst. Vor tausend, nein, zehntausend Jahren sah Er unsere Notlage voraus und erteilte uns Weisung, unsere Diener zu bewaffnen.«

Die Holländer organisierten nun eine Strafexpedition, von der sie für jedes Tier, das die Vagabunden gestohlen hatten, drei zurückbrachten.

Von da an machte sich keine Expedition ohne die bewaffnete Unterstützung durch Hottentotten und Farbige auf den Marsch, und nur wenige Farmer wagten sich in die Wildnis, ohne ihre dunkelhäutigen Familien mitzunehmen. Generationen hindurch blieb diese Verbindung bestehen, manchmal durch Blutsbande verstärkt, wenn einsame Männer Gesellschaft brauchten, öfter aber auf Grund einer Art bewährten, sanften Knechtschaft. Wenn die Holländer unterwegs waren, blieben die kleinen dunklen Männer und Frauen vielleicht unsichtbar, und sie aßen nie am gleichen Tisch, aber sie waren da, immer einen Schritt hinter dem *grooten Baas*.

Willem begleitete die Strafexpedition nicht, und er weigerte sich aus einem guten Grund: Er hoffte noch immer, es könnte zu irgendeinem Frieden zwischen den weißen und braunen Ansiedlern kommen. »Sie sind kein guter Holländer mehr«, schalt ihn Andries Boeksma, als die siegreiche Truppe zurückkam. »Sie denken nicht wie ein Mann aus Holland, und Sie verhalten sich auch nicht wie ein Mann aus Java.«

»Ich dachte mir das auch«, sagte Willem. »Ich nehme an, ich bin ein Afrikander.«

»Ein was?« rief Boeksma.

»Ein Afrikander. Ein Mann aus Afrika.« Es war das erste Mal in der Geschichte, daß diese Bezeichnung gebraucht wurde, und sie sollte niemals besser auf jemanden passen. Als Willems hartnäckiges Lungenleiden, das er sich während der Stunden auf dem Holzpferd zugezogen hatte, akut wurde und er im Sterben lag, gab er seinen Enkeln den Rat, nie mit den Hottentotten Krieg zu führen: »Teilt Afrika in Frieden mit ihnen.«

Sein Krankenbett stand im Schlafzimmer gegenüber Bezel Muhammeds erstem Schrank, und er verbrachte die von würgendem Schmerz erfüllten Stunden, indem er immer wieder die köstliche Beziehung zwischen den beiden Holzarten, der dunklen und der hellen, überdachte. Sie schienen eine Vorbedeutung dafür zu sein, was aus dem Land, das er entdeckt und in dem er sich niedergelassen hatte, werden sollte.

Doch als die van Doorns dann mit der wahren Katastrophe konfrontiert wurden, halfen ihnen auch noch so viele biblische Kommentare nicht, und selbst die Lehren der holländisch-reformierten Kirche waren ihnen kein großer Beistand. Eine Morgens im Frühling, als Marthinus im Weingarten arbeitete und die drei de Prés weit weg waren, rief ihn das ungestüme Läuten einer Glocke; er befürchtete, es sei Feuer ausgebrochen, lief zu dem großen Haus und schrie: »De Pré! De Pré! Wo zum Teufel sind Sie?« Aber als er ins Haus kam, stand nur die große Annatije mit zornig rotem Gesicht in der Küche. Bei ihr war Petronella, und er war froh, daß er allein gekommen war.

»Schick mal die Jungen weg«, sagte seine Frau barsch, und die beiden Jungen wurden verabschiedet, obwohl der jetzt dreizehnjährige Hendrik erriet, daß dieser Notruf etwas mit dem Kinderkriegen zu tun hatte.

Als die Jungen fort waren, keuchte Annatije: »Die da will Bezel Muhammed heiraten!« Marthinus sah seine fünfzehnjährige Tochter an, und sie nickte so energisch, daß ihre Zöpfe auf und ab hüpften und sie wie ein Kind aussah.

Marthinus setzte sich. »Du willst einen Sklaven heiraten?« Als seine Tochter wieder nickte, fragte er: »Weiß er davon?« Und noch bevor sie antworten konnte, fragte er: »Müßt ihr etwa heiraten?«

Sie schüttelte den Kopf und streckte ihrem Vater die Hände entgegen: »Ich liebe ihn, und er ist ein guter Mann.«

Im Augenblick überhörte Marthinus diese Erklärung und sagte: »Ich könnte am Kap ein Dutzend Ehemänner für dich finden.«

»Ich weiß«, sagte Petronella, »aber ich würde mit ihnen nicht glücklich sein, Vater.«

Die Art, wie sie »Vater« sagte, ließ Marthinus schmelzen. Er streckte die Arme aus und sagte: »Bevor er starb, vertraute mir der alte Willem an, er habe eine Sklavin heiraten wollen und er habe es jeden Tag seines Lebens bereut, dies nicht getan zu haben. Natürlich liebte er die alte Katje, das konnte man sehen...«

»Dann darf ich ihn also heiraten?«

Marthinus sah seine Frau an, eine Frau, die unter fast ebenso seltsamen Umständen eine Ehe eingegangen war: Sie hatte zwar einen weißen Ehemann akzeptiert, den sie aber noch nie gesehen hatte; Petronella nahm einen schwarzbraunen Ehemann, den sie seit drei Jahren kannte. Als Annatije die Schultern hochzog, faßte das Mädchen das als Zeichen auf, daß ihre Heirat genehmigt sei, aber ihr Vater sagte ruhig: »Laß uns jetzt allein, Petro-

nella!« Als sie gegangen war, stellte er Fragen, die für ihre Ohren zu heikel waren: »Du kennst die Ansicht der Kompanie über Weiß und Schwarz...«
»Die Kompanie kümmert sich nur um Seeleute und Soldaten, die in die Sklavenquartiere schleichen«, meinte Annatije verächtlich.
»Und um Männer wie Boeksma.«
»Wir alle sind über Boeksma und seine Dienstmädchen im Bilde.«
»Bei Petronella ist es anders. Sie liebt unseren Sklaven.« In seiner Verwirrung zog Marthinus die Bibel zu Rate, fand aber keine Belehrung. Abraham hatte seine Sklavin Hagar geheiratet, und ihre Nachkommenschaft hatte die halbe Erde bevölkert, aber sie konnten keinen Bericht über eine Israelitin finden, die einen Sklaven zum Mann genommen hätte. Es wurde natürlich ständig gegen Israeliten gewettert, die Kanaaniterinnen heirateten, aber es stand kein Wort über den umgekehrten Fall darin, und es sah ganz so aus, als kümmere sich Gott viel mehr um junge Männer als um deren Schwestern.

Schließlich wurde es Marthinus klar, daß die Entscheidung von den van Doorns allein getroffen werden und, sobald sie gefaßt war, auch verteidigt werden mußte. Deshalb forderte er eines Nachmittags seine Frau auf, sich mit ihm an den Küchentisch zu setzen, zu dem sie das junge Liebespaar kommen ließen.
»Seid ihr entschlossen zu heiraten?«
»Ja, das sind wir.«
Die van Doorns saßen mit gefalteten Händen da, blickten das Paar an, und je länger sie Bezel betrachteten, desto annehmbarer wurde er. »Du bist reinlich und arbeitest fleißig«, sagte Marthinus. »Du bist ein guter Schreiner. Du lobst deine eigene Arbeit nie, aber ich merke, daß du auf sie stolz bist«, sagte Annatije. »Es scheint, du vereinst das Beste aus den Anlagen beider Rassen: die Beständigkeit der Schwarzen und die Phantasie der Malaien.« Aber dann bemerkte Marthinus bedenklich: »Aber du stellst uns vor zwei sehr schwierige Probleme.«
Als Petronella wissen wollte, welche, sagte er: »Er kann nicht eine Weiße heiraten und weiter Sklave bleiben.«
»Das ist einfach«, sagte sie. »Laß ihn frei!«
»Nicht so einfach«, sagte Marthinus. »Du mußt dir deine Freiheit erkaufen, Bezel.«
Der Sklave hatte dieses Hindernis vorausgesehen; er nickte Petronella zu, die aus den Falten ihres Kleides ein Leinwandsäckchen hervorzog, das Geldstücke enthielt. Sie leerte sie auf den Tisch.
»Wie bist du zu ihnen gekommen?« fragte Marthinus.
»Sie sind von den Wandschränken, die er immer macht«, erklärte Petronella. »Ich hebe das Geld für ihn auf.«
Mit gesenktem Kopf spielte Marthinus mit den Münzen, zählte sie aber nicht. Nach einer Weile räusperte er sich und schob das Geld wieder seiner Tochter zu. »Er ist frei. Behalte das Geld.« Dann fügte er streng hinzu:

»Aber die Heirat ist immer noch nicht möglich, wenn er kein Christ ist.«
»Er ist bereit, sich taufen zu lassen«, sagte Petronella.
»Ich spreche nicht mit dir, sondern mit Bezel.«
»Ich glaube, ich bin bereits Christ«, sagte Bezel, und nachdem sie das sondiert hatten, waren die am Tisch Sitzenden überzeugt, daß er die Wahrheit sagte; als sie sich aber an den Geistlichen wandten, um die Tatsache von ihm bestätigen zu lassen, hörte auch Paul de Pré von der Übereinkunft, und er bekam einen Wutanfall.
Er war sehr darauf aus, in den Besitz des Trianon zu gelangen, ein Haus, das er praktisch mit seinen Händen gebaut hatte und dessen Weingärten nur er vor dem Verfall gerettet hatte. Er hatte heimlich schon eigene Pläne bezüglich Petronella gehegt. Es stimmte, sie war erst fünfzehn und er schon vierunddreißig, aber in einem Gebiet, wo Frauen oft im Kindbett starben, war es nicht ungewöhnlich, daß ein Familienvater vier Frauen nacheinander heiratete. Die Braut war deshalb oft erst siebzehn, der Mann aber wurde immer älter. Er hatte ernstlich an Petronella gedacht, und nun hörte er entsetzt, daß sie im Begriff stand, einen Sklaven zu heiraten.
Er lief atemlos zum Trianon und stürmte durch die Türen, die er renoviert hatte. »Ich bin gekommen, um Sie um die Hand Ihrer Tochter zu bitten.«
»Sie ist bereits vergeben«, sagte Annatije.
»Muhammed? Der Sklave?«
»Ja.«
»Aber es hat doch noch keine Hochzeit gegeben!«
»Vielleicht schon, vielleicht nicht«, antwortete Annatije ruhig.
»Sie werden doch nicht zulassen, daß ein Sklave...«
»Vielleicht werden wir es tun, vielleicht auch nicht«, meinte sie, und als er zu toben begann, sagte sie, ohne irgendwelchen Ärger zu zeigen: »Nachbar de Pré, Sie machen sich lächerlich.«
Paul wandte sich an Marthinus, erinnerte sich aber nur allzu lebhaft an die Ermahnung, die dessen Vater auf dem Totenbett über das Heiraten am Rande einer Wildnis ausgesprochen hatte: »Sag Hendrik und Sarel, sie sollen sich die besten Frauen suchen, die sie finden können, und sie festhalten. Ich hätte ohne Deborahs Gesang in meinen Ohren das Leben nicht durchgestanden und ohne Katjes Hilfe nie dieses Haus bauen können.«
»Ich glaube, wir lassen den Dingen ihren Lauf«, sagte Marthinus, und dann traf er fünf Monate lang de Pré nicht mehr im Weingarten. Aber als die Zeit kam, die Weine zu verschneiden, wobei die herberen Trauben des Trianon den milderen de Prés erst Charakter verliehen, konnte de Pré nicht länger fernbleiben, und er war es auch, der die endgültige Auswahl traf: »Dieser Wein kommt in Fässer für die Sklaven auf Java. Aber diesen guten füllen wir für Europa ab.« Und mit diesem Jahrgang setzte sich Trianon als etablierte Marke auch in Paris und London durch.

Annatije war es, die als erste Paul de Prés große Pläne entdeckte. Sie war eine zielstrebige Frau, die schon als Kind gelernt hatte, sich auszurechnen, was andere vielleicht mit ihr im Sinn hatten. Andere unverheiratete Mädchen im Waisenhaus hatten davor Angst gehabt, nach Brasilien oder Südafrika auszuwandern, sie aber hatte das als ihre einzige Chance erkannt und nie über die Folgen ihrer Entscheidung geklagt. Als der Mann, der sie zuerst am Kap gewählt hatte, sie verschmähte, brach sie nicht in Tränen aus. Sie war überzeugt, daß jemand anders an diesem einsamen Vorposten sie begehren würde, und als Marthinus kam und um ihre Hand bat, war sie gar nicht überrascht.

Sie erinnerte sich an den ersten langen Ritt über das Flachland; wie trostlos es ausgesehen hatte, wie hoffnungslos! Aber beim schlimmsten Abschnitt ihrer Reiseroute hatte sie gewußt, daß etwas Besseres vor ihr liegen mußte, hatte mit den Zähnen geknirscht, die Zügel festgehalten und gedacht: Er hätte sich hier nicht niedergelassen, wenn das ganze Land so wäre, und als der Fluß auftauchte mit den Ibissen und Kranichen, die seine Ufer zierten, mit Wildgänsen, die in ihm tauchten, empfand sie keine triumphierende Erleichterung, da sie nichts anderes erwartet hatte.

Ihr Leben mit Katje war mitunter schwierig gewesen, denn diese zänkische Frau hatte gern gejammert und ihre Schwiegertochter beschuldigt, sie sei faul oder zu leichtsinnig. Aber nach zwei oder drei hitzigen Kämpfen, bei denen Annatije sich behauptet hatte, wurde es Katje klar, daß sie eine entschlossene Frau in ihrem Haus hatte, und die beiden Hausfrauen einigten sich, indem sie beide Zugeständnisse machten. Gelegentlich war es notwendig, daß Annatije Katje zur Seite schob, wenn etwas rasch und auf ihre Art erledigt werden mußte. Als das zum erstenmal geschah, explodierte ihre Schwiegermutter, aber Annatije sagte über ihre Schulter, während sie weiterarbeitete: »Schrei dir nur die Seele aus dem Leib, alte Dame, aber stör mich nicht!« In späteren Jahren, als die jüngeren van Doorns drei Kinder hatten, schätzte Annatije Katjes Anwesenheit, denn sie erwies sich als liebevolle Großmutter, die den Kindern gutes Benehmen beibrachte, während sie sie mit Leckerbissen fütterte.

Annatijes Zusammenleben mit Willem verlief ruhiger. Der gehbehinderte alte Farmer tat ihr leid, und sie bewunderte die beharrliche Ausdauer, mit der er seinen Weingarten bearbeitete, ohne sich je über die Schmerzen zu beklagen, die er dabei hatte. Er war immer bereit, jedem Neuankömmling zu helfen, im Gebiet von Stellenbosch Fuß zu fassen. Sie hatte mit ihm beim Bau der Hütten gearbeitet, die sich um das Bauernhaus angesammelt hatten: ein Schuppen für Tauben, einer für Ackergeräte, einer für die Lagerung von Getreide. Sie liebte diese schwere Arbeit, denn mit jedem Gebäude, das errichtet wurde, hatte sie das Gefühl, daß die van Doorns ihre Macht über das Land festigten. Sie war mehr als sein Sohn Marthinus eine Manifestation von Willems Traum von Südafrika.

Ihren drei Kindern war sie eine konsequente Mutter, die darauf bestand, daß sie während des Tages mit den Sklaven und den Hottentotten auf dem Feld arbeiteten und abends, nachdem der Tisch abgeräumt war, ordentlich lesen und schreiben lernten. Sie hatte schreckliche Angst, die Kinder könnten

Analphabeten bleiben, und ließ sich von ihnen aus dem einzigen Buch vorlesen, das die Familie besaß: der großen Bibel, deren holländische Worte in schweren gotischen Lettern gedruckt waren. Sie hatte mit ihrer Erziehung Erfolg, aber es gelang ihr nicht, aus den Kindern hart arbeitende Bauern zu machen, wie sie sie als Mädchen in Holland gekannt hatte. Denn im Laufe der Jahre hatten sich die Weißen daran gewöhnt, daß sich schwarze Körper über ihre Felder beugten. Es schien Gottes Ratschluß zu sein, die Arbeit so aufzuteilen, daß Männer wie die van Doorns die Aufsicht führen konnten, während Sklaven und Diener sich mühten. Der Ausdruck »Ach, das ist Sklavenarbeit« wurde geläufig.

Annatije war etwas betrübt, als Hendrik kein wirkliches Interesse am Lesen zeigte und nur unter Zwang lernte. Aus ihr unbegreiflichen Gründen hatte er eine Vorliebe für die Wildnis, für das Verfolgen von Tieren und die Erkundung noch unbewohnter Täler. Sie fragte sich oft, was aus ihm werden würde, denn er war nicht fügsam wie die jungen de Prés; er hatte ein hitziges Temperament und den gleichen Eigensinn wie sein Großvater; tatsächlich war der hoffnungsvollste Zug seines Charakters seine Zuneigung zu Willem gewesen. Er hörte am aufmerksamsten auf das, was der Alte über die Belagerung von Malakka und seine Reisen nach Java erzählte. Die De-Pré-Jungen wollten unbedingt Informationen über das Frankreich, das ihr Vater gekannt hatte, aber Annatijes Kinder gaben sich mit Afrika zufrieden.

Petronella liebte sie ganz besonders; das Mädchen war ihr im Wesen ähnlich: eigensinnig, hilfreich, rücksichtsvoll gegen andere und voller Liebesfähigkeit. Daran hatte sie denken müssen, als sie sich mit der Heirat ihrer Tochter mit Bezel Muhammed auseinandersetzte, der nun ein freier Mann und Christ war. Sie hatte gelernt, nicht die Hautfarbe, sondern die Seele eines Menschen zu betrachten, und es amüsierte sie im stillen, als der Farmer Boeksma die seine enthüllte. Er war ein Heuchler, der in der Kirche hochtrabend redete, daheim jedoch drei kleine Dienerinnen hatte, die ihm auffallend ähnlich sahen; ihre Großväter waren bei Expeditionen an seiner Seite geritten, ihre Mütter hatten an seinem Tisch serviert. Doch jetzt verurteilte er die im Haus van Doorn anstehende Heirat: »Es ist in Ordnung, wenn ein Mann, der unter Druck steht, mit einer Sklavin schläft, aber bei Gott, man heiratet sie doch nicht!«

Rasch korrigierte ihn ein anderer Farmer: »Du meinst, Andries, es ist in Ordnung, wenn weiße Männer mit schwarzen Frauen schlafen; nie aber weiße Frauen mit schwarzen Männern.« Als das begeistert bestätigt wurde, versuchte Boeksma, die Heirat zu verhindern, und es wäre ihm vielleicht gelungen, wenn nicht zwei gute Gründe dagegen gesprochen hätten: Die Ortsansässigen brauchten Marthinus' Wein und die Wandschränke, die Bezel baute. So wurde der Sklave freigelassen, der Schwarze heiratete die Weiße, und die Gemeinde profitierte unerwarteterweise in verschiedener Hinsicht.

Nicht lange nach der Hochzeit kam Boeksma mit einem interessanten Vor-

schlag zu Annatije: »Mevrouw, würden Sie Ihrem Sklaven gestatten, mir einen Stinkholzschrank zu bauen?«
»Er ist ein freier Mann. Wenden Sie sich direkt an ihn.«
Bezel nahm den Auftrag an, und Annatije freute sich über die Schönheit des riesigen Möbelstücks. Es war ihrer Ansicht nach die beste Arbeit, die ihr Schwiegersohn je gemacht hatte, und sie verzog belustigt das Gesicht, als sie sah, wie er den Schrank auf einen Karren lud, um ihn dem Mann zu liefern, der sein Gegner gewesen war.
Da ihre Tochter nun verheiratet war, wandte Annatije ihre Sorge dem kleinen Sarel zu, dessen Gehemmtheit sie schon seit seiner frühen Kindheit beunruhigt hatte. Solange er nur mit Hendrik verglichen werden mußte, der selbst ein stiller Knabe war, konnte sie erklären: »Sarel ist ein braver Junge. Er zieht nur nicht viel Aufmerksamkeit auf sich.« Als man ihn aber mit den De-Pré-Jungen vergleichen mußte, wurden seine Mängel offenbar. Er sprach langsamer, reagierte verzögert auf Reize von außen und zeigte nie Zorn wie andere Jungen. Sie wollte noch nicht zugeben, daß Sarel schwer von Begriff war, und hätte mit jedem gestritten, der das gesagt hätte, aber sie machte sich Sorgen: »Er ist ein Spätentwickler. Man kann ihn nicht mit anderen vergleichen.«
Annatije selbst kannte weder Eitelkeit noch Neid noch sinnlosen Zorn. Sie war eine Frau, die ohne Zukunftsaussichten zur Welt gekommen und in ein unendlich besseres Leben gestolpert war, als sie hätte erwarten können; sie hatte einen jungen Ehemann, der sie schätzte, einen älteren Sohn, der hervorragend zu werden versprach, und ihre Schwiegereltern waren außergewöhnlich gewesen. Außerdem lebte sie in einem Tal, das in Südafrika nicht seinesgleichen hatte, und in einem Haus, das man eines Tages überall in der Welt als Meisterstück holländischer Erfindungsgabe am Kap feiern sollte.
Deshalb war sie durchaus in der Lage, mit Paul de Prés offensichtlicher Absicht fertigzuwerden, das gesamte Land in diesem Tal zu einem mächtigen Besitz zusammenzufassen, dessen Schwerpunkt die Weingärten des Trianon sein sollten. Die van Doorns besaßen zu dieser Zeit ihre ursprünglichen sechzig Morgen sowie weitere hundertzwanzig, die sie dazu erworben hatten. Paul de Pré besaß nur jene sechzig, die ihm von Karel van Doorn anstelle von Bargeld übertragen worden waren, hatte aber bereits Pläne, eine weitere Farm zu erwerben, und behielt auch verschiedene Stücke unbebauten Landes dahinter im Auge.
Er hatte versucht, Petronella zu heiraten, um einen Anspruch auf Trianon zu erwerben, aber er war abgelehnt worden. Das hatte ihn aber nicht davon abgehalten, sein ehrgeiziges Streben fortzusetzen; eines Abends, einige Monate nach dem Begräbnis des alten Willem, kam er mit einem erstaunlichen Vorschlag zu den van Doorns: »Warum legen wir die beiden Farmen nicht zusammen? Ich werde die meine einbringen, so daß wir das Weingut als größere Einheit betreiben können.«
»Aber was würden Sie dann tun?« fragte Marthinus.
»Mit Ihnen arbeiten. Wir können es zum besten Weingut außerhalb Frank-

reichs machen. Wir würden Partner sein. Welchen Unterschied macht es dann, wem dieses oder jenes Stück Land gehört?«
Marthinus sagte: »Aber uns gehören einhundertachtzig Morgen. Sie besitzen nur sechzig. Was für eine Art von Partnerschaft wäre das?«
»Wenn ich aufhöre, mich um die Reben zu kümmern, wieviel sind dann Ihre wert, sagen Sie mir das?«
»Wir würden das Gut auf andere Weise bewirtschaften. Aber unser Land würden wir nie aufgeben.«
»Denken Sie darüber nach«, sagte de Pré, und als nach drei Wochen das Thema immer noch nicht wieder aufs Tapet gekommen war, erklärte er eines Abends: »Ich besitze jetzt einhundertsechs Morgen und werde bald zweihundert haben.«
Nachdem er gegangen war, schickte Annatije die Jungen ins Bett und sprach ernsthaft mit ihrem Mann. »Ich bin sicher, daß Paul die Absicht hat, Trianon zu übernehmen. Er hat unser Haus nach seinem Geschmack umgebaut. Er hat ihm den Namen gegeben. Er hat das Motiv für unsere Fässer entworfen. Und seine Sklaven bearbeiten die Felder besser als unsere. Ich habe mich oft gefragt, warum er nie eine Hecke zwischen unsere Grundstücke gepflanzt hat. Jetzt weiß ich es.«
»Ich glaube, er will nur ein gutes Verhältnis zu uns haben. Wie er sagte: die Felder als Einheit bearbeiten.«
»Marthinus, er ist ein Bauer. Ein französischer Bauer. Und französische Bauern geben ihr Land nicht so leicht auf. Niemals.« Als ihr Mann begann, den Hugenotten zu unterstützen, unterbrach sie ihn: »Erinnerst du dich, wie du unser Land verteidigt hast, als er eine Partnerschaft vorschlug? ›Unser Land würden wir nie aufgeben!‹ Was hat dich veranlaßt, das zu sagen? Die Opfer, die dein Vater gebracht hat, um das Land zu bekommen? Mutter Katjes lange Jahre der Not hier? Nun, so wie du das Land liebst, so hängt Paul de Pré an dem seinen. Und wenn er bereit ist, sein Land einzubringen, dann nur, weil er glaubt, einen Weg zu sehen, wie er später die Macht über den ganzen Besitz erlangen kann.«
Marthinus dachte darüber nach. Er und Annatije waren älter als de Pré und würden wahrscheinlich früher sterben. Aber da waren die drei Van-Doorn-Kinder, die Trianon erben würden.
»Verlaß dich nicht darauf«, warnte ihn Annatije. »Petronella hat einen Farbigen zum Ehemann. Sie werden nicht versuchen, das Land zu behalten. Und ich habe den starken Verdacht, daß Hendrik nicht hier bleiben wird. Er ist wie sein Großvater. Seine Augen blicken nach Osten. Eines Tages wird er fortgehen, und wir werden ihn nicht mehr sehen.«
»Da ist doch noch Sarel. Er liebt die heimatliche Scholle.«
»De Pré ist sicher, daß er Sarel überlisten kann. De Pré weiß, daß Petronella und Hendrik nicht zählen. Sein Gegner heißt Sarel, und er hat die Absicht, die Oberhand zu gewinnen.«
»Er könnte aber sehr wohl, bevor es dazu kommt, ein alter Mann sein. Du und ich, wir werden nicht morgen sterben.«

»De Pré – ja, er selbst wird alt sein, aber seine Söhne sind jung – und leistungsfähig. Und älter als Sarel. Drei entschlossene Hugenotten gegen einen jungen Holländer, der nicht ...«
»Was nicht?« fragte Marthinus scharf, und da platzte sie mit dem heraus, was sie geschworen hatte nicht auszusprechen. »Er ist nicht allzu aufgeweckt.«
»Was meinst du damit?« fragte er zornig, denn seine Frau hatte ein Thema angeschnitten, dem er seit einiger Zeit auszuweichen versuchte, und er reagierte defensiv. »Sarel ist vollkommen in Ordnung!«
Da das verpönte Thema zur Sprache gekommen war, fuhr sie fort: »Er ist ein wundervolles Kind, und wir lieben ihn beide, aber er ist nicht allzu aufgeweckt. Und er ist de Pré nicht gewachsen.« Als sie begann, langsam die Mängel aufzuzählen, die sich nicht mehr verheimlichen ließen, mußte Marthinus zugeben, daß sein jüngerer Sohn beschränkt war: »Kein dummer Junge. Das würde ich nie zugeben. Aber ich sehe manchmal, daß er nicht ... nun, wie du sagst, aufgeweckt ist.« Dann gab er der Hoffnung Ausdruck, die ihn veranlaßte, so schwer im Weingarten zu arbeiten: »Eines Tages wird Hendrik ein Licht aufgehen. Wenn für ihn die Zeit kommt, die Leitung zu übernehmen.«
»Hendrik hat andere Horizonte gesehen«, sagte Annatije. »Er hat zu lange mit dem alten Willem gesprochen. Eines Tages wird er fort sein.«
»Wie schützen wir uns also vor de Pré?«
»Wir sollten zuerst an das Land denken«, sagte sie. »Was ist gut für das Land?«
Marthinus blieb lange sitzen, starrte auf die flackernde Kerze und meinte schließlich: »Es wäre vernünftig, die beiden Farmen zu vereinigen, sie als eine einzige zu bewirtschaften und wirklich guten Wein zu produzieren.«
»Ich glaube, das sollten wir tun«, stellte Annatije fest.
»Du hast aber gesagt, du hättest Angst vor de Pré?«
»Das stimmt, aber ich glaube, du und ich werden ihm gemeinsam gewachsen sein.«
Und so kamen die van Doorns zu de Prés Überraschung zu ihm und sagten, man solle einen Vertrag aufsetzen, mit dem die beiden Besitze vereinigt werden, und de Pré solle zum Kap fahren, um die Dokumente beglaubigen zu lassen, denn eine solche Zusammenlegung von Grundstücken würde ohne Zustimmung der Kompanie nicht gestattet werden. Und dieser Besuch veränderte alles im Trianon, denn als Henri und Louis Gelegenheit hatten, die geschäftige Stadt eine Zeitlang kennenzulernen, die jetzt tausend Einwohner verschiedenster Hautschattierungen zählte, waren sie von ihr begeistert.
Malaien mit Turbanen, Javaner mit spitzen Hüten, dunkelbraune Madegassen mit Lendentüchern, gutaussehende dunkle Frauen – das waren die Menschen, die am Kap paradierten. Während Vater de Pré die Vereinigung der Farmen abwickelte, lief ein französischer Ostindienfahrer in der Bucht ein; im Fort wurden pompöse Feste veranstaltet, und eines Abends wurden

die Hugenotten als französische Landsleute dazu eingeladen. Die Jungen hörten, wie ihre Muttersprache mit Eleganz gesprochen wurde, und sahen selbst, wie sehr die Franzosen als Nation hervorstachen.
Der Kapitän des französischen Schiffes war von den Jungen beeindruckt und lud sie ein, sein Schiff zu besuchen, wo sie mit den Offizieren speisten und von Frankreich sprachen. Als das Schiff abfuhr, standen die Jungen am Kai, grüßten und hatten danach keinerlei Interesse mehr daran, im Trianon auf den Feldern zu arbeiten oder den großen Besitz zu erben, den ihr Vater gerade zusammenbastelte.

Im Jahr 1698 verkündete Henri, er wolle zurück nach Europa. Das war nicht ungewöhnlich, jede zurückkehrende Flotte, die am Kap haltmachte, verleitete ein paar freie Bürger, die von den Schwierigkeiten der Landwirtschaft genug oder vor der Aussicht Angst hatten, für immer in der afrikanischen Wildnis zu bleiben, zur Rückkehr. Auch Soldaten, die am Kap dienten, ohne Land zu erwerben, wollten für gewöhnlich bei erster Gelegenheit nach Hause zurück, und über neunzig Prozent der Beamten der Ostindischen Kompanie verließen das Kap, sobald ihre Dienstzeit in Übersee zu Ende war. Nur außergewöhnliche Männer folgten den Spuren Willem van Doorns, wählten ein für allemal das Kap zu ihrer künftigen Heimat und widmeten sich gänzlich deren Entwicklung. Der junge Henri de Pré war kein solcher Pionier, er träumte von den reizvollen Grachten Amsterdams, den schönen Feldern Frankreichs und sehnte sich danach, sie wiederzusehen.
Was den achtzehnjährigen Louis betraf, hatten ihn die Sehenswürdigkeiten und Abenteuer, die das Kap bot, verdorben. Er wollte von der Farm in der Wildnis und den bescheidenen Möglichkeiten Stellenboschs nichts mehr hören: »Ich will am Kap arbeiten.«
»Aber was kannst du denn ohne eigenes Land tun?«
»Der Weinlieferant der Kompanie braucht einen Stellvertreter. Zu dem werde ich gehen. Ich werde mit den Leuten in Groot Constantia arbeiten und den Weinhandel erlernen. Die Hugenotten in Paarl werden Hilfe brauchen.« Mit der raschen Auffassungsgabe, die Annatije schon früher aufgefallen war, entwarf der Junge einen selbständigen Lebensplan: »Ich werde eine Holländerin heiraten.« Er hätte auch seinen ganzen Traum verraten können und sagen: »Und ich werde viele Söhne haben, und unser Name wird hier ewig weiterbestehen.«
Auf diese Weise prägten die Hugenotten, diese relativ kleine Gruppe von Flüchtlingen, Südafrika ihr Kennzeichen auf. Ihre Namen, die im Laufe der Generationen verändert wurden, schallen einem aus der Lokalgeschichte entgegen und schienen zeitweise die Spitzenpositionen für sich zu beanspruchen. Der athletische DuPlessis; der Jurist DeVilliers; Viljoen, dessen Name vom Dichter Villon abgeleitet war; Malherbe; der Dichter DuToit, der daran beteiligt war, daß Afrikaans eine Sprache wurde; der Militärstratege Joubert; die religiös engagierten Naudés; die weitverzweigte dynamische Familie DuPreez: sie alle waren fromme Calvinisten, die hart arbei-

teten und konservativen Grundsätzen anhingen. Es war kein Zufall, daß der Mann, der die Afrikander schließlich zu ihrem Sieg als Volk führte und Premierminister wurde, aus dieser Gruppe stammte: Malan, dessen Vorfahren aus einer südfranzösischen Kleinstadt vor der Verfolgung geflüchtet waren.

Im Jahr 1700 verließ Louis de Pré die erweiterten Weingärten des Trianon und siedelte sich am Kap an, wo er planmäßig ein holländisches Mädchen heiratete und mit allem, was er anfing, Erfolg hatte. Er bekam sieben Söhne, deren Name später in DuPreez umgewandelt wurde.

Sein Vater konnte seine Pläne weniger gut realisieren. Er war vierzig Jahre alt, der beste Weinbauer im Bezirk, Teilhaber an der einträglichen Weinkellerei Trianon, jetzt aber ein Mann ohne Frau und Kinder. Er lebte allein in seinem kleinen Haus, aß manchmal im Trianon und wehrte sich gegen die Versuche der van Doorns, die unbedingt eine Frau für ihn finden wollten.

»Warum ist er so starrköpfig?« fragte Marthinus eines Abends, nachdem Paul gegangen war.

»Weißt du, was ich glaube?« fragte Annatije ihren Mann. »Ich glaube, ihn interessiert nur eines – er hofft immer noch, daß Hendrik uns verlassen wird und daß er Louis und seine Söhne hierher zurückbringen und veranlassen kann, die Farm zu übernehmen. Er möchte, daß das hier noch vor seinem Tod eine De-Pré-Farm wird.«

»Da träumt er aber.«

»Unlängst sah ich, wie er im Staub zeichnete. Er vereinigte alle kleinen Hütten zu stattlichen Gebäuden, die wie Arme von diesem Haus ausgehen. Es könnte recht schön sein, so wie er es plant.«

»Laß ihn nur. Bezel baut gern ein neues Gebäude.« Die Seitenflügel, die de Pré skizziert hatte, hätten leicht in der Zeit zwischen den Saisonen errichtet werden können, aber Annatije nahm ganz richtig an, daß de Pré damit erst beginnen würde, wenn er die Farm sicherer in Händen hatte.

Trianon umfaßte jetzt etwa dreihundertachtzig Morgen, alle mit Zugang zum Wasser. Es verfügte über dreißig Sklaven aus verschiedenen Teilen Afrikas, den östlichen Meeren und Brasilien. Außerdem arbeiteten fünfzig Hottentotten und Farbige von halb sechs Uhr morgens bis sieben Uhr abends, ohne Lohn zu erhalten; sie wurden verköstigt, bekamen Tabak, gelegentlich eine Decke und das Recht, die wenigen Stück Vieh, die von ihren einst großen Herden übriggeblieben waren, weiden zu lassen. Einmal am Tag stellten sie sich gemeinsam mit den Sklaven um einen herrlichen Lohn an: einen halben Liter herben Wein.

Eines Abends kam der Farmer Boeksma, um ein Faß Wein im Trianon zu kaufen, gerade als sich die Sklaven und Bediensteten um ihre Ration anstellten, und er bemerkte: »Möglich, daß sie ihre Freiheit verschachert haben, aber was für eine wunderbare Art, die Vergangenheit zu vergessen.«

Marthinus dachte daran, was ihm der alte Willem von Jangos leidenschaftlicher Freiheitsliebe erzählt hatte und welchen Preis er dafür zu zahlen bereit gewesen war, und sagte nichts.

Und dann schlugen die Buschmänner zu. Die kleinen braunen Menschen hatten voller Bestürzung zugeschaut, wie die weißen Farmer ihre Ländereien immer weiter in die traditionellen Jagdgründe der Einheimischen hinein ausdehnten. Zuerst hatten sie das Eindringen nur beobachtet und immer eine Entfernung von zehn Meilen zwischen sich und den Pflug gelegt, nun aber begannen sie zurückzuschlagen, und oft erwachte ein Farmer am Rand von Stellenbosch am Morgen und fand seinen Kral zerstört, einen erstklassigen Ochsen erschlagen in einer Furche und die Spuren von Buschmännern, die nach Norden in das offene Land führten.
Man hatte alle möglichen Taktiken angewendet, um die unersättlichen Plünderer zu bekämpfen: Bewaffnete Hottentotten wurden gegen sie ausgeschickt, Überfallkommandos ausgerüstet, Wachen aufgestellt, die Tag und Nacht Dienst taten, aber die kleinen Menschen liebten das Fleisch der Rinder so sehr, und die friedlichen Kühe der Holländer waren so verlockend, daß sie jeden Abwehrversuch umgingen. Die Verluste wurden allmählich unerträglich, und im August 1702 beschlossen beinahe alle Farmer von Stellenbosch, die Schädlinge auszurotten.
Sie wurden von Andries Boeksma angeführt, der erklärte, daß die Buschmänner keine Menschen seien und man sie daher erbarmungslos ausrotten könne. Andere, von Marthinus van Doorn angeführte Siedler behaupteten, daß die Buschmänner Seelen hätten und daß man sie nicht erschießen dürfe wie tolle Hunde; er empfahl, man solle die schlimmsten Übeltäter bestrafen. Zuerst war die Gemeinde in zwei etwa gleichstarke Lager geteilt: Die starrköpfigen älteren Männer behaupteten, die Buschmänner unterschieden sich nicht von Hunden oder Gazellen, während die Jüngeren zugaben, daß sie doch eher Menschen waren.
Nach einer Woche der Diskussionen einigte man sich darauf, den Streit mit Hilfe der Bibel beizulegen, aber dort konnte man keinen Rat finden, denn die Israeliten waren nie von kleinen Menschen, die Fettsteiße und Giftpfeile hatten, belästigt worden. Als man abstimmte, stand es elf zu sechs für die Ausrottung der Buschmänner. Aber bevor die Truppe sich auf den Weg nach Norden machte, überraschte der einundzwanzigjährige Hendrik van Doorn die Versammlung, indem er spontan ein besonderes Beweisstück vorlegte:

> Als ich mit den Hottentotten jagte, verfolgten wir einige Tage lang ein Rhinozeros, und als wir es in einem Tal ausgemacht hatten, legten wir uns schlafen, in der Erwartung, es am Morgen zu schießen. Aber als wir seinen Ruheplatz erreichten, stellten wir fest, daß die Buschmänner es schon in einer Grube erlegt hatten. Das ärgerte uns, und wir folgten der Spur der Buschmänner; schließlich kamen wir zu der Stelle, wo der Stamm lagerte, und sahen, daß sie zahme Hunde bei sich hatten. Daraus schlossen wir, daß sie, wenn sie Hunde zähmen können, Menschen wie wir sein müssen und nicht Tiere, wie viele angenommen haben.

Sein Beweisstück verblüffte die elf Männer, die dafür gestimmt hatten, die kleinen Menschen so auszurotten, wie man Hyänen tötet, wenn sie einer Farm zu nah kommen, und Andries Boeksma sagte ernst: »Wenn sie Hunde zähmen können, sind sie Menschen wie wir, und wir können sie nicht alle erschießen.« Als die anderen den Anführer des Kommandos so sprechen hörten, waren sie beeindruckt, und die Endabstimmung ergab mit sechzehn Stimmen gegen eine, daß die Buschmänner Menschen seien, während der einzige, der anderer Meinung war, sagte: »Ob Menschen oder nicht, wenn sie mein Vieh stehlen, muß man sie bekämpfen.« Mehr wollte er bei einer öffentlichen Versammlung nicht sagen, aber er beabsichtigte, jeden Buschmann zu töten, der ihm vor die Augen kommen würde.
Die siebzehn Reiter fanden eine deutliche Spur, der sie folgen konnten. Fünf oder sechs Buschmänner hatten Teile von Viehkadavern ins Lager zurückgeschleppt, und die Weißen verkürzten einige Tage lang den Abstand zwischen den beiden Kontrahenten. Am vierten Tag sah Andries Boeksma Anzeichen dafür, daß die Buschmänner in der Nähe waren, sich vielleicht hinter niedrigen Felsen versteckten: »Sie wissen, daß wir es auf sie abgesehen haben, also werden sie uns nicht zu ihrem Lager führen. Das beweist, daß das eine Gruppe von Räubern ist, und wir können sie alle umbringen.« Darauf stimmten auch die, welche die Buschmänner verteidigt hatten, folgendem Entschluß zu: Im Prinzip mochten die kleinen Kerle Menschen sein, aber diese spezielle Gruppe von Viehdieben mußte getötet werden.
Da alle sich vor den schrecklichen dünnen Pfeilen fürchteten, die zu einem qualvollen Tod führten, bewegte sich der ganze Einsatztrupp mit äußerster Vorsicht auf die Felsen zu, hinter denen sich die Diebe vielleicht versteckten. Als Boeksma sah, daß sich Zweige bewegten, rief er: »Dort sind sie!« und seine Gefolgsleute stürzten sich mit Hurrageschrei auf ihr Ziel.
Es wurde so wüst gefeuert, daß keiner der Buschmänner eine Chance hatte zu entkommen, aber während sie fielen, bewahrte ein Mann die Selbstbeherrschung. Er richtete seinen Pfeil auf einen weißen Reiter und schoß ihn ab, knapp bevor er von vier Kugeln durchbohrt zusammenbrach. Der Pfeil traf Marthinus van Doorn in den Hals, dran tief ein und brach ab.
Bei Einbruch der Nacht fühlte er sich quälend schwindlig und bat Andries Boeksma, die Pfeilspitze herauszuschneiden. Aber der große Holländer sagte: »Das kann ich nicht, ich würde dir die Kehle durchschneiden.« So nahmen die Qualen weiter zu, und gegen Morgen bat Marthinus wieder, man solle den Pfeil herausschneiden, aber die Männer waren mit Boeksma einer Meinung, daß dies unmöglich war. Sie zimmerten eine Tragbahre, die sie zwischen zwei Pferden aufhängten, in der Hoffnung, van Doorn zur Apotheke nach Stellenbosch zurückbringen zu können. Aber bis Mittag hatte sich das Gift ungestüm im ganzen Körper ausgebreitet, und am späten Nachmittag starb Marthinus.
»Sollen wir ihn hier begraben?« fragte Boeksma Hendrik, »oder glaubst du, daß ihn deine Mutter lieber im Trianon hat?«
»Begrabt ihn hier«, sagte Hendrik. Und so teilte sich der Trupp in zwei

Gruppen, die eine hob das Grab aus, die andere sammelte Steine, die es kennzeichnen sollten, und als das Loch tief genug war, um die Hyänen abzuhalten, wurde der dreiundvierzigjährige Marthinus van Doorn bestattet. Andries Boeksma sprach als Anführer der Truppe ein kurzes Gebet, dann band er den Zügel von van Doorns Pferd an den seinen, und sie machten sich auf den Heimweg.

Hendrik vergaß nie, was sich im Trianon abspielte, als der Trauerzug eintraf, um Annatije von ihrem Verlust in Kenntnis zu setzen. Ihn erschreckte nicht das, was seine Mutter tat; sie reagierte resolut, wie er erwartet hatte: eine hochgewachsene, hagere, einundfünfzigjährige Frau mit rauhen Händen und einem tiefgefurchten Gesicht. Sie nickte, begann zu weinen, dann drückte sie die Handknöchel an die Augen und fragte: »Wo habt ihr die Leiche gelassen, Andries?«

»Anständig begraben... dort draußen.«

»Danke«, sagte sie, und das war alles.

Der junge Hendrik war auch nicht über ihre unpersönliche Reaktion entsetzt – er wußte, daß sie nicht zu den Frauen gehörte, die leicht weinen –, sondern über das, was geschah, nachdem der Trupp davongeritten war. Kaum hatten die Reiter Trianon verlassen, kam Paul de Pré von seinem Haus herübergeeilt und schrie laut: »*Mon dieu*, ist Marthinus tot?«

»Warum fragst du?« sagte Hendrik.

»Ich sah das verwaiste Pferd, dessen Zügel an Boeksmas Pferd befestigt war.«

»Und was hast du dir gedacht?«

»Ich dachte: Marthinus muß tot sein. Ich muß Annatije trösten.«

»Er *ist* tot«, sagte Hendrik. »Mutter ist im Haus.« Und er erkannte die Gier, mit der der Hugenotte durch die Tür eilte. Hendrik hätte nicht zuhören sollen, tat es aber und hörte de Pré ganz aufgeregt sagen: »Annatije, ich habe die schreckliche Nachricht gehört. Mein herzliches Beileid.«

»Danke, Paul.«

»Wie ist es geschehen?«

»Buschmänner. Ein vergifteter Pfeil.«

»*O mon dieu*! Du beklagenswerte Frau!«

»Ich danke dir, Paul.«

Für die nun folgende Stille hatte Hendrik keine Erklärung, dann hörte er de Prés Stimme. Sie klang eindringlich und nervös: »Annatije, du bist jetzt allein und versuchst, das Weingut zu bewirtschaften. Ich bin allein und versuche das gleiche. Sollten wir uns nicht zusammentun? Ich meine... also, ich meine... Ich meine, sollten wir nicht heiraten und das Gut gemeinsam bewirtschaften?«

Hendrik erschauerte über die Unverschämtheit einer solchen Frage, über die entsetzliche Taktlosigkeit, sie an diesem Tag zu stellen, aber die Antwort seiner Mutter hinderte ihn daran, hineinzustürzen und den Franzosen zu verprügeln:

»Ich wußte, daß du sehr bald kommen und diese Frage stellen würdest, Paul.

Ich weiß, du hast Pläne geschmiedet, dir dies und jenes ausgedacht und dich gefragt, wie du Trianon bekommen könntest. Ich weiß, du bist um neun Jahre jünger als ich, und vor nicht allzu langer Zeit wolltest du meine Tochter heiraten, nicht mich. Und ich weiß, wie schändlich es von dir ist, mir heute abend diese Frage zu stellen. Aber du bist ein armer, hungriger Mann, Paul, mit nur einem einzigen Wunsch, und du tust mir leid. Komm in sieben Tagen wieder.«

Diese Tage verbrachte Paul mit dem Skizzieren von Plänen, mit dem Zusammenzählen von Anbauflächen und dem Überwachen der Sklaven und der Hottentotten, welche die Reben zur Lese vorbereiteten. Er ging weder zu dem großen Haus noch nahm er an dem Gedenkgottesdienst in Stellenbosch teil, bei dem der Geistliche und die Mitglieder des Einsatztrupps der Gemeinde vom Heldentum des Marthinus van Doorn berichteten. Er hielt sich völlig abseits und arbeitete wie nie zuvor, um Trianon in erstklassigen Zustand zu bringen; am Morgen des achten Tages um acht Uhr ging er dann in seinem frisch gebügelten und ausgeputzten Anzug hinüber zum Trianon.

Hendrik fand er dort nicht vor. Der junge Mann hatte seinen Wagen beladen. Als erstes legte er, sorgfältig verpackt, die Bibel und den braungoldenen Topf seines Großvaters hinein und dann die für ein Leben im Feld erforderliche Ausrüstung; mit einem Sklaven und zwei Hottentottenfamilien machte er sich in Richtung des Landes jenseits der Berge auf den Weg, er hatte auch eine kleine Herde von Rindern und Schafen mitgenommen. Bevor er ging, hatte er sich von Petronella und Bezel Muhammed verabschiedet; er war der Ansicht, daß sie so glücklich waren, wie es Menschen auf dieser Erde nur sein konnten, aber wie sollte er wissen, daß ihre beiden dunkelhäutigen Kinder bald in der unterprivilegierten Gruppe, die Farbige genannt wurden, untergehen würden? Einige Zeit würde man sich ihrer und ihrer Nachkommen noch als der van Doorns erinnern, dann würde zwar nicht ihre Blutsverwandtschaft, aber ihre Geschichte ebenso sicher vergessen werden wie die Vorfahren der drei von Andries Boeksma gezeugten Mädchen. Später sollte es üblich werden, zu behaupten, daß alle derartigen Mischlinge von den kräftigen Seeleuten gezeugt worden seien, die auf halbem Weg zwischen Europa und Asien ihre Begierden nicht zügeln konnten. Daß ein van Doorn oder ein Boeksma in der Ahnenreihe dieser Farbigen auftauchte, war undenkbar.

Hendrik hatte kein Mitgefühl mit seinem Bruder Sarel; der Junge ließ keinen Mut erkennen, kein wirkliches Interesse für irgend etwas, doch nahm er an, daß Sarel die Weingärten erben würde, da die Söhne de Prés fort waren. Aber dieser Umstand interessierte ihn in keiner Weise. Er fühlte eine tiefe Zuneigung zu Annatije und nahm an, daß er an ihrer Stelle das gleiche getan hätte wie sie. Sie war eine großartige, zärtliche und verständnisvolle Mutter gewesen, er hatte gesehen, wie liebevoll sie sich um Katje gekümmert hatte, obwohl die Großmutter verdrießlich war, und sie hatte sich der beiden mutterlosen Söhne Paul de Prés ebenso aufmerksam angenommen.

Tränen traten ihm in die Augen, als er sich eingestand, daß er seine Mutter vielleicht nie wiedersehen würde, daß dieser Bruch endgültig war. Trianon und den lieblichen Fluß, die weißen Mauern und den leuchtenden Giebel hatte er für immer verloren.
Er fuhr mit seinem Wagen gegen Osten, wie es der alte Willem vor Jahren getan hatte, nur mit dem Unterschied, daß er ohne eine Frau reiste.

Die Hochzeit fand um elf Uhr vormittags in der Kirche in Stellenbosch statt, und schon um drei Uhr am selben Nachmittag ließ Paul de Pré, jetzt Herr auf Trianon, von seinem Sklaven die Hütten niederreißen, die vor dem Haus standen, und als der Platz geräumt war, schritten er und Bezel Muhammed die Grundrisse der beabsichtigten Anbauten ab.
»Es ist wichtig«, erklärte Paul, »daß sie im gleichen Winkel vom Hauptgebäude ausgehen.« Als die Pflöcke eingeschlagen waren und die zwei Männer die Einfahrtsstraße ein großes Stück hinuntergegangen waren, um sich davon zu überzeugen, daß sie die richtigen Relationen gefunden hatten, sagte Paul: »Ich glaube, so ist es gut.« Er konnte sich schon die fertigen Flügel vorstellen, rein weiß aber mit dem Spiel der Schatten auf ihrer Oberfläche, wie Arme, die zur Begrüßung ausgestreckt sind. Zusammen mit dem Haus sollten die Seitenflügel eine geräumige Einfriedung bilden, wie sie mitunter Bauernhöfe in Frankreich hatten.
»Es wird herrlich«, rief er voll tiefer Freude, als die Sonne zu sinken begann und die Hügel hinter dem Haus in kräftige Farben tauchte; er malte sich aus, wie sich Reisende vom Kap diesem Zufluchtsort aus weißen Häusern und geräumigen freien Flächen näherten.
Mit dem Bau wurde unverzüglich begonnen. Zehn Sklaven hoben die Fundamente aus, häuften Steine auf und mischten Lehm für die Mauern. Es wurden Abordnungen auf die Felder geschickt, um kräftiges Stroh für die Dächer zu schneiden, und Bezel Muhammed führte andere Männer in die Wälder, um Gelbholz für die Dachbalken aufzustöbern. Da de Pré ständig drängte, schienen die zwei Häuserreihen aus dem Boden zu schießen, und als sie sich der Vollendung näherten und Muhammeds Aufsicht nicht mehr erforderlich war, nahm ihn Paul beiseite und schilderte ihm ein Detail, das sich später als das anziehendste Merkmal der Häuser erweisen sollte.
»Ich möchte«, sagte er zu Bezel, »daß über jeder der acht Türen eine ovale Tafel aus dem dunkelsten Stinkholz, das du finden kannst, angebracht wird; darauf soll ein geschnitztes Relief darstellen, was in diesem Teil des Gebäudes geschieht.« Dann schritt er die zwei Seiten ab und deutete mit weitausholenden Gebärden an, was er sich vorstellte.
»Wenn man hereinreitet, an der ersten Tür links eine Taube, dunkel vor der weißen Mauer. Als nächstes ein Schwein, denn wir werden diesen Teil als Schweinestall verwenden. Dann einen Heuhaufen, und über dieser Tür neben dem Hauptgebäude einen Hund. Gehen wir jetzt zurück, und sehen wir uns die rechte Seite an! Als erstes einen Hahn, dann einen Getreidescheffel, dann einen Blumentopf, und über die Tür neben dem Haus einen

Rechen und eine Hacke.« Bezel nickte, er hatte einzelne Darstellungen bereits im Kopf, aber als er zu dem Zweizimmerhaus gehen wollte, das er in einiger Entfernung vom Hauptgebäude für Petronella und sich gebaut hatte, rief ihn Paul zurück: »Auf der rechten Seite machst du die Werkzeuge über die vorletzte Tür. Heb dir die Blumen für die Tür neben dem Hauptgebäude auf, damit Mevrouw de Pré schneller zu ihnen kommt.«
Bei allem, was er tat, fragte er Mevrouw nach ihren Wünschen. Er hätte mit Annatije nicht unbedingt so freundlich umgehen müssen, denn sie war nicht nur älter, sondern sah auch weniger gut aus als er; einundfünfzig Jahre unaufhörlicher Arbeit hatten ihre Gesichtszüge vergröbert, während er ein hübscher, jugendlicher Mann von nur zweiundvierzig Jahren geblieben war. Die Mädchen von den Farmen aus der Umgebung und manchmal auch ihre Mütter hatten ihm sehnsüchtig nachgeblickt, aber er hatte sich so verzweifelt danach gesehnt, Herr auf Trianon zu werden, daß er bereit war, den Preis dafür zu zahlen, und der bestand in treuer Aufmerksamkeit gegenüber Annatije, durch deren Hände er das Gut erworben hatte. Er würde sie niemals herabsetzen oder ihr Alter erwähnen und nie versäumen, die Schuld zu begleichen, die er ihr gegenüber hatte.
Er stellte diese Haltung auch an dem Tag unter Beweis, an dem die beiden Flügel vollendet waren; jede Tür war mit einer prächtigen ovalen Platte und dem entsprechenden Symbol versehen, und nachdem Annatije alles besichtigt und diesen hübschen Schmuck gutgeheißen hatte, sagte Paul: »Und nun kümmern wir uns um deine Bedürfnisse.«
»Ich habe keine.«
»O doch. Dein Haus ist zu klein für dich.« Sie bemerkte anerkennend, daß er zwar oft »meine Farm, mein Weingut« und sogar »meine Felder« sagte, aber immer nur von »ihrem« Haus sprach. Da war sie die Herrin, und das wollte er jetzt gediegener gestalten.
Er führte sie ins Innere und zeigte ihr, wie die T-Form bequem durch das Anbauen zweier großer Räume an den Stamm verbessert werden konnte. »Wir werden folgendes tun«, erklärte er. »Wir werden den Grundriß von einem T in ein H verändern.« Und er wies darauf hin, daß sie, wenn dies geschehen sei, auch zwei kleine Gärten in den beiden vom H gebildeten Höfen gewinnen würde. »In heißen Sommern haben wir dann von allen Seiten kühlen Wind.«
Als das H vollendet war, wirkte es genauso, wie er vorhergesehen hatte. Die de Prés besaßen nun das schönste Anwesen in Stellenbosch, eine niedrige, elegante Gruppe von Gebäuden, die wunderbar in die Landschaft paßten. Doch de Prés unersättlicher Drang zu bauen trieb ihn weiter: »Bezel, ich möchte, daß du mir ein Riesenoval schnitzt, sechsmal so groß wie die Schilder mit den Reliefs.«
»Was soll es darstellen?«
»Weinfässer, die mit Reben geschmückt sind.« Und während der Schreiner die Symbole schnitzte, bauten die Sklaven unter de Prés Leitung einen riesigen Weinkeller am Ende des Hauses, aber unmittelbar daran anschließend,

so daß ein Patio in spanischem Stil entstand. Trianon besaß nun vier reizvolle Gärten; den großen an der Frontseite, die zwei kleinen, in den Höfen des Hauses verborgenen, und diesen stillen, eingefriedeten an der Rückseite des Gebäudes, der von weißen Mauern umgeben und mit kleinen Bäumchen bepflanzt war. Als Bezel Muhammed die Schnitzerei anbrachte, sagte Paul: »Das ist ein Gebäude, in dem hervorragender Wein gelagert werden kann.«

Seine Baumanie war noch nicht ganz zu Ende. Als die großen Weinfässer aus Frankreich aufgestellt waren und die Tauben, Hühner und Schweine sich in ihren Ställen befanden, teilte er Annatije mit, er würde zum Abschluß noch etwas für sie bauen, und als sie zu erraten versuchte, was es sein könnte, sagte er, sie solle doch für fünf Tage zu den Boeksmas nach Stellenbosch auf Besuch fahren. Als er sie von der Boeksma-Farm wieder abholte, fragte sie, was er gemacht habe, und er sagte zu ihr: »Das mußt du dir selbst ansehen.« Als sie durch die Einfahrt fuhren und auf den Vorhof zwischen den beiden Einfassungsflügeln kamen, konnte sie nichts Neues entdecken; doch als sie sich dem Haus näherten, blieb sie starr vor Staunen stehen, denn Paul hatte von seinen Arbeitern an den beiden Seiten der niedrigen Veranda, auf der sie abends so gerne saßen, senkrecht zur Fassade zwei keramische Bänke bauen lassen, die mit den zartesten weiß-blauen Kacheln aus Delft belegt waren. Sie zeigten Männer beim Eislauf auf gefrorenen Kanälen, Frauen bei der Arbeit am Fluß, Ansichten von alten Gebäuden und mitunter nur Arbeitsgerät des holländischen Landlebens. Sie machten aus gewöhnlichen Bänken kleine Juwelen, die in der Sonne schimmerten – und das große Haus von Trianon war vollendet.

Das Anwesen war weder in Ausdehnung noch Höhe besonders groß, es war auch nicht holländisch. Die Hauptmerkmale waren aus Java entliehen, die untergeordneten von französischen Landhäusern, aber der Geist, der es beseelte, und die Art, wie es die Erde liebkoste, stammten ausschließlich aus Südafrika. Es war eine Mischung, herrlich und doch einfach, und das größte Wunder dabei war, daß man die Sonne hinter dem Tafelberg untergehen sehen konnte, wenn man am Tagesende auf den Delfter Bänken saß.

Pauls Einstellung zu seinen nun fünf Kindern wurde zwiespältig. Annatijes Sohn Hendrik, der in die Wildnis gezogen war, sah er nicht ungern gehen, denn er erkannte ihn als Gefahr. Um seinen Sohn Henri, der nun in Amsterdam lebte, machte er sich keine Sorgen, denn der hätte, so nahm er an, die Farm nie haben wollen; tatsächlich fühlte er sich sogar erleichtert, als der Junge verschwunden war, denn er hatte das Gefühl, er würde früher oder später Ärger mit ihm haben. Annatijes Sohn Sarel betrachtete er als Dummkopf, und er freute sich, daß anscheinend auch die Mädchen dieser Ansicht waren, denn der Junge war nicht verheiratet, würde keine Erben zeugen, die das Weingut beanspruchen könnten, und man konnte ihn somit vergessen. Sein Sohn Louis aber war etwas anderes; Paul war noch immer davon überzeugt, daß der Junge nach einigen Jahren am Kap zur Farm zu-

rückkommen werde, so daß letzten Endes Trianon ihm zufallen würde. Oft tröstete sich Paul mit dem Gedanken: Die Erfahrungen, die er bei der Kompanie sammelt, werden aus ihm einen noch besseren Verwalter machen. Er wird sich mit Schiffen, Agenten und Märkten auskennen.
»Trianon, Weingut der de Prés« sah er als endgültige Bezeichnung des Besitzes vor sich, und mußte der französische Name de Pré in den holländischen DuPreez umgewandelt werden, so hatte er nichts dagegen.
Seine Haltung gegenüber Petronella überraschte Annatije, denn er hatte sich entschieden gegen ihre Heirat mit Bezel Muhammed gewehrt. Nun aber änderte sich seine Ansicht radikal. Eines Tages sagte er: »Annatije, ich benutze mein Haus nicht, und meine Söhne sind weggezogen. Warum stellen wir es nicht Petronella und Bezel zur Verfügung?«
»Ich glaube, das würde ihnen gefallen«, sagte Annatije, und sie wunderte sich, als er dem jungen Paar nicht nur das Haus gab, sondern Bezel auch half, eine Werkstätte zu errichten. Er ließ sogar von drei Sklaven Stinkbäume für Bezel fällen und Bauholz daraus schneiden.
Später fand Annatije allerdings heraus, daß ihr Mann Bezel dazu überredet hatte, nur noch Schränke zu bauen, die dann zu Louis de Pré transportiert wurden, der sie zu Spitzenpreisen am Kap verkaufte. Bezel erhielt weniger als ein Drittel des Gewinns, aber er und Petronella wohnten in ihrem neuen Heim, ohne Miete zu bezahlen, und Bezel wußte die Tatsache auch zu würdigen, daß Pauls Gönnerschaft für einen Schreiner, der ein Sklave gewesen war, von großem Wert war.
Dann kamen die Jahre der Konflikte. Paul bestand darauf, daß Louis zurückkommen sollte, um das Weingut zu übernehmen. Annatije bestand ebenso entschieden darauf, daß ihr Sohn Sarel sich aufraffen, eine Frau nehmen und den Van-Doorn-Nachwuchs zeugen solle, der Trianon bis in die ferne Zukunft leiten sollte. Bei diesem Kampf wendete de Pré unfaire Taktiken an, verunglimpfte Sarel bei jeder Gelegenheit und verbreitete in der Gemeinde Gerüchte, daß er ein Idiot sei. Er sprach zwanglos von dem Tag, an dem Louis zurückkommen und die Leitung übernehmen würde. »Er studiert das Weingeschäft, wissen Sie. Die Kompanie hat ihn nach Europa geschickt, damit er feststellt, welche Kaufleute vertrauenswürdig sind.«
Der Kampf nahm unschöne Formen an, wann immer Annatije ihren gehemmten Sohn mit einem heiratsfähigen Mädchen zusammenbrachte, denn dann sorgte Paul dafür, daß er ganz zufällig die Eltern des Mädchens traf, denen gegenüber er kleine Andeutungen fallenließ: »Ich glaube eigentlich nicht, daß er ein Idiot ist. Er kann seine Schuhe selbst zuschnallen.« Und da Sarel, der beim Anblick eines Mädchens puterrot wurde, keinerlei Anstalten zu einer Werbung traf, blieben die von seiner Mutter arrangierten Zusammentreffen völlig ergebnislos.
Sie fragte sich, was sie tun solle. Sie war nun siebenundfünfzig und erwartete nicht, viel älter als sechzig zu werden; Sarel war nicht schwachsinnig, dessen war sie sicher, aber er war schüchtern und ungeschickt, und er brauchte dringend eine Frau. Wo aber sollte sie eine für ihn finden?

Sie benützte einen Vorwand, um ihn zum Kap mitzunehmen, erreichte aber gar nichts, und so dachte sie in ihrer Verzweiflung an Holland und an das Waisenhaus, aus dem sie gekommen war. Sie hätte sich sehr gern an ihren Stiefsohn Henri de Pré gewandt, um mit den Frauen Kontakt aufzunehmen, die die Mädchen beaufsichtigten, aber ihr Bauerninstinkt sagte ihr, daß sie Henri ebensowenig trauen könne wie seinem Vater, und so setzte sie sich verzweifelt in ihre Ecke in dem großen Haus und schrieb heimlich einen Brief an eine Frau, die sie nie gesehen hatte, an die Leiterin des Waisenhauses, in dem die Patenkinder des Königs wohnten:

> Liebste Mevrouw,
> ich bin ein ehemaliges Kind aus Ihrem Hause und wohne in weiter Ferne, wo es keine Frauen gibt. Bitte finden Sie mir ein gesundes, kräftiges, vertrauenswürdiges christliches Mädchen von siebzehn oder achtzehn Jahren, das gut erzogen und zuverlässig ist und dem man zumuten kann, hierherzukommen und meinen Sohn zu heiraten. Sie wird schwer zu arbeiten haben, wird aber die Herrin über fast vierhundert Morgen und ein wunderschönes Haus sein. Mein Sohn ist ein guter Mann.
>
> Annatije van Doorn de Pré
> Trianon, Stellenbosch, Kap

Sie sandte den Brief ab, ohne ihrem Mann etwas davon zu sagen, und es verging fast ein Jahr voll banger Erwartung, bis ein Brief mit der Nachricht kam, daß bald ein Schiff der Kompanie aus Amsterdam mit einer Frau für Sarel van Doorn einlaufen würde.

»Was heißt das?« fragte de Pré.

»Jemand schickt ein Waisenmädchen hierher, nehme ich an. So wie auch ich einst kam.«

»Aber wer hat ein Waisenmädchen verlangt?«

»Viele Leute wissen, daß Sarel eine Frau braucht.«

»Was sollte er mit einer Frau anfangen?« Es war ein schwieriger Augenblick für de Pré. Er hatte nie gegen seinen Entschluß, Annatije mit Respekt und sogar mit Liebe zu begegnen, verstoßen und hatte auch nicht die Absicht, sie jetzt schlecht zu behandeln; er hatte aber beschlossen, daß Trianon in seiner Familie bleiben müsse, und wenn Sarel heiratete und Kinder bekam, konnte ein solches Erbe in Frage gestellt werden. Er versagte sich zwar, Annatije zu verletzen, hatte aber weniger Hemmungen in bezug auf Sarel, und nun machte er sich über den unentschlossenen jungen Mann rücksichtslos lustig.

»Was sollte der mit einer Frau anfangen?« fragte er wieder, und Annatije, die ganz ernstlich Lust verspürte, ihn in das unverschämt grinsende Gesicht zu schlagen, verließ das Haus.

Sie befahl den Sklaven, ihre Pferde einzuspannen, dann ersuchte sie Bezel Muhammed, sie zum Kap zu begleiten, wo sie die Braut bei ihrer Ankunft

begrüßen wollte. »Warum nimmst du nicht Sarel mit?« fragte er, und sie antwortete, ohne nachzudenken: »Vielleicht würde er nicht gleich wissen, was er tun soll.«
Sie aber würde es wissen. Als sie am Kap ankamen, war das erwartete Schiff noch nicht eingelaufen, aber die Beamten versicherten, daß es auf dem Weg sei.
Dann wurden eines Morgens Kanonen abgefeuert, und ein jämmerlich kleines Schiff fuhr mühsam in den Hafen ein; die Hälfte der Passagiere war tot. Einen schrecklichen Augenblick lang fürchtete sie, ihre Waise könnte unter den Toten sein, doch als die Überlebenden an Land kamen, befand sich Geertruyd Steen unter ihnen, bereits zweiundzwanzig Jahre alt, in jeder Hinsicht vierschrötig, aber lächelnd. Sie hatte ein breites, viereckiges Gesicht, einen kräftigen Oberkörper, massive Hüften und kräftige Beine. Ihr Haar war in Zöpfe geflochten und so um den Kopf gesteckt, daß es dessen viereckige Form noch betonte. Annatije dachte: Du lieber Gott, wenn jemals eine Frau dazu bestimmt war, Kinder zu bekommen, dann ist sie es.
Das Mädchen, das nicht wußte, was seiner harrte, schaute sich suchend nach einem jungen Mann um, der vielleicht eine Frau erwartete, erblickte aber nur Seeleute und Hottentotten. Also ging sie zögernd ein paar Schritte, sah Annatije und wußte instinktiv, daß diese Frau seine Beschützerin sein mußte. Es entstand eine kleine Pause, nach der die beiden Frauen aufeinander zuliefen und einander beinahe leidenschaftlich küßten.
»Du bist in ein Paradies gekommen«, sagte Annatije zu dem Mädchen. »Aber es ist ein Paradies, das du dir selbst schaffen mußt.«
»Werden Sie meine Schwiegermutter sein?«
»Ja.«
»Ist Ihr Sohn hier?«
»Das ist eine komplizierte Geschichte«, sagte Annatije, und einer momentanen Eingebung folgend sagte sie zu Bezel Muhammed, er solle eines der Pferde nehmen und vorausreiten. Es war wichtig, daß sie mit dem Mädchen sprach, und eine lange Fahrt durch das Flachland würde ihr gerade genug Zeit dazu geben.
Sie verließ noch am selben Vormittag mit Geertruyd das Kap, denn sie fürchtete, das Mädchen könnte ebenso von ihm fasziniert werden wie einst Louis de Pré, und als sie dann ins Flachland kamen, begann sie zu sprechen: »Ich habe dir so viel zu erzählen, Geertruyd, aber jeder Satz ist wichtig, auch die Reihenfolge, in der ich erzähle, ist wichtig. Mein Gemahl, dein Schwiegervater, ist ein bemerkenswerter Mann.«
Sie erzählte, wie er vor der Verfolgung aus Frankreich geflüchtet war, wie tapfer er sich nach Holland durchgeschlagen und mit welch großem Mut er es riskiert hatte, nach Frankreich zurückzukehren, um die Reben zu holen, denen Trianon nun seinen Wohlstand verdankte. Sie erzählte, wie der zähe alte Willem van Doorn und seine zänkische Frau sich hinaus in die Wildnis gewagt hatten, um ihre Farm aufzubauen, und wie Paul de Pré sie in einen ländlichen Palast verwandelt hatte.

Die ersten Stunden vergingen mit diesen Einzelheiten, aber als sie ihre Fahrt unterbrachen, um zu Mittag zu essen, änderte Annatije den Ton des Gesprächs: »Du wirst ein Dutzend Arten von Antilopen sehen und nachts Leoparden hören und vielleicht eines Tages ein Flußpferd im Wasser entdecken. Wir haben hier eine Blume, die Protea heißt und achtmal so groß ist wie eine Tulpe, und alle möglichen Vögel. Du wirst in einem Land mit ständigen Überraschungen leben, und wenn du eine alte Frau bist wie ich, wirst du noch immer nicht alles gesehen haben.«
Sie forderte Geertruyd auf, sich auf dem endlosen Flachland umzusehen.
»Was siehst du?« fragte sie.
»Nichts.«
»Vergiß diesen Augenblick nie«, sagte Annatije, »denn bald wirst du einen Ort von solcher Schönheit sehen, daß du deinen Augen nicht trauen wirst.«
Geertruyd beugte sich vor, während ihre zukünftige Schwiegermutter hinzufügte: »Wenn du deine Arbeit gut machst, wirst du hier ein kleines Reich errichten, aber nur du kannst es tun.«
Alle älteren Leute behaupten, daß die Zukunft in den Händen der jungen Menschen liegt, aber nur wenige glauben es; Annatije de Pré wußte, daß Konsequenzen von erstaunlichem Ausmaß davon abhingen, wie sich gerade dieses junge Mädchen verhielt und wie beherzt es seine Probleme in Angriff nahm.
»Welche Probleme meinen Sie?« fragte Geertruyd.
»Erbschaft«, sagte Annatije. »Gestern warst du ein Waisenmädchen, das nur ein paar Kleider besaß. Morgen wirst du ein wichtiger Faktor im Hinblick auf den Besitz des schönsten Weingutes im Lande sein.«
Geertruyd lauschte, und ihr gefiel das, was sie hörte, nicht. »Ich bin nicht mittellos«, sagte sie. »Ich habe einige Gulden im Gepäck.«
Die Antwort gefiel Annatije, sie spornte sie aber noch weiter an. »Du bringst nichts mit außer deiner Persönlichkeit. Dir wird alles geboten, wenn du den gehörigen Charakter zeigst.«
»Ich bin nicht mittellos!« wiederholte Geertruyd mit hochrotem Kopf.
»Ich war es, als ich über dieses Flachland kam«, sagte Annatije und erzählte dem Mädchen ruhig, wie auch sie das Waisenhaus verlassen, wie der erste Mann sie abgelehnt und wie sie schwer gearbeitet hatte, um die Farm aufzubauen. »Du sagst, du hast ein paar Gulden. Ich hatte gar nichts.«
Dann sprach sie über ihren Sohn, den in Aussicht genommenen Ehemann: »Sarel ist ein netter, anständiger junger Mann. Er wurde immer von den vier anderen Kindern in den Schatten gestellt. Mein Mann, der ihn nicht mag, weil er Angst davor hat, daß aus ihm etwas werden könnte, wird dir in den ersten zehn Minuten erzählen, Sarel sei ein Dummkopf. Sarel wird dir gegenüber besonders gehemmt sein, und wenn du meinem Mann Glauben schenkst, wirst du vielleicht vor Sarel zurückschrecken.« Sie machte eine Pause und ergriff Geertruyds Hände. »Aber wir wissen ja nie, nicht wahr, was aus einem Mann werden kann, wenn wir ihn liebevoll behandeln?« Das war das Ende ihres Gesprächs.

Als sie das Flachland verließen, der Fluß in Sicht kam und das Pferd auf die lange Straße einbog, die zum Trianon führte, sah Geertruyd Steen zum erstenmal den überwältigenden Anblick des seitlichen Flügel, den blendend weißen Giebel des Hauses und die beiden Delfter Bänke an den Verandaseiten. »Es ist schön«, flüsterte sie.

»Und vergiß nicht«, erwiderte Annatije flüsternd, »es war Paul de Pré, der es zu dem gemacht hat.«

»Hallo, ihr da!« rief Paul, als er herausgeeilt kam, um seine Frau und die Fremde aus Amsterdam zu begrüßen. Sobald Geertruyd strahlend vortrat, dachte auch er: *Mon dieu*! Die wurde zum Kinderkriegen geboren. »Sarel«, rief er dann, »komm heraus und begrüße deine Braut!«

Diese Worte waren darauf angelegt, den jungen Mann verlegen zu machen, und Annatije versuchte sie zu mildern, indem sie rief: »Sarel, hier ist das netteste Mädchen, das ich je kennengelernt habe.«

Aus dem Eingang trat der fünfundzwanzigjährige junge Mann, der nicht viel mehr wog als seine Zukünftige und um ein Vielfaches schüchterner war. Doch als er Geertruyd sah und die aufrichtige Freude, die aus ihrem Gesicht sprach, wahrnahm, fühlte er sich sofort zu ihr hingezogen und kam näher. Er stolperte aber in seinem Eifer.

»Gib acht!« sagte Paul und streckte hilfreich die Hand aus.

Sarel schob die Hand seines Stiefvaters beiseite, während er auf Geertruyd zuging, um sie zu begrüßen. »Ich bin Sarel«, sagte er.

»Ich heiße Geertruyd.«

»Mutter sagt, du kommst... vom selben Ort wie sie.«

»Das stimmt«, sagte das Mädchen, und die Begegnung verlief so angenehm, daß Sarel sich entspannte. Er fragte sich, ob er das Mädchen unaufgefordert küssen solle, doch die Frage wurde für ihn gelöst: Sie trat vor und küßte ihn auf die Wange. »Ich glaube, wir sollten bald heiraten«, sagte sie.

»Laßt uns die Dinge nicht überstürzen«, meinte Paul vorsichtig, aber Annatije sagte: »Das soll geschehen. Ihr werdet kirchlich aufgeboten.«

Paul erhob ernsthaft Einspruch dagegen, daß Petronella und ihr Mann der Hochzeit beiwohnten, aber als Annatije darauf bestand, wurde ein Kompromiß geschlossen. Petronella und Bezel würden hinten in der Kirche sitzen, an der Trauung also nicht direkt teilnehmen. Annatije sagte, daß Paul sich merkwürdig verhielte, da er ja dem jungen Paar sein Haus überlassen hatte, aber Paul sagte: »Was wir daheim tun, ist *eine* Sache, aber was wir in der Öffentlichkeit tun, ist eine ganz andere«, und er wollte von Annatijes Bitten, daß das Paar doch in der Familienbank sitzen dürfe, nichts hören.

Als die Hochzeitsgesellschaft ins Trianon zurückkehrte, sagte Paul freundlich: »Ist es nicht ein Glück, daß wir die zwei Zimmer angebaut haben? Die jungen Leute können eines davon haben.« So wurden sie dort untergebracht, und er begann sorgfältig zu beobachten, ob Geertruyd Anzeichen einer Schwangerschaft erkennen ließ, denn die Geburt ihres ersten Kindes würde den van Doorns einen potentiellen Erben für das Weingut schenken und seine eigenen Absichten durchkreuzen.

Er wußte, daß es unvermeidlich war, doch die Aussicht machte ihn gereizt, und eines Abends warf er beim Essen den Löffel weg und schrie: »Verdammt nochmal, es ist vier Monate her, seit ich das letzte Wort Französisch gesprochen habe. In diesem Haus reden alle holländisch, obwohl es mir gehört.«

»Es gehört nicht dir«, erinnerte ihn Annatije. »Ein Teil davon gehört dir.«

»Dann sollten wir zum Teil französisch sprechen.«

»Ich kann kein Wort Französisch«, sagte Geertruyd, und diese einfache Aussage machte ihn noch wütender.

»Sie drohen sogar, die französischen Predigten einstellen zu lassen«, jammerte er. »Jedesmal, wenn ich an einem Begräbnis teilnehme, bedeutet das eine französische Stimme weniger in der Kolonie. Und es kommt niemand, um sie zu ersetzen.«

»Paul«, sagte seine Frau mit einer gewissen Schärfe. »Hör damit auf! Du solltest dir schon längst eingestanden haben, was du bereits bist, nämlich ein guter Holländer.« Der Ton ihrer Stimme, ihre unbekümmerte Feststellung versetzten ihn in Wut. Er stürmte aus dem Zimmer und schlief diese Nacht zwischen den Weinfässern.

Dort im Dunkel ergriff ein häßlicher Gedanke von ihm Besitz: Annatije kann nicht ewig leben. Sie ist schon fast sechzig. Sie muß eines Tages sterben. Er hatte sie wegen all dem, was sie und ihre Familie für ihn getan hatten, respektiert und war seiner Verpflichtung nachgekommen, sie mit zuvorkommender Höflichkeit zu behandeln. Aber nun war die Welt, die er aufgebaut hatte, bedroht, und er wünschte, sie wäre tot. Er begann, ihren Gesundheitszustand ebenso aufmerksam zu beobachten wie den Geertruyds.

Annatije zeigte Anzeichen raschen Alterns. Ihre Hände waren welk und ihr Gesicht von tiefen Falten durchzogen. Sie bewegte sich langsamer als zu der Zeit, da er sie geheiratet hatte, und ihre Stimme brach dann und wann. Ihre Unzulänglichkeiten waren um so auffallender, als er weiter so jung geblieben war wie eh und je: ein vitaler, schwer arbeitender Mann mit glattem Gesicht, das seine Unternehmungslust widerspiegelte; schließlich war er um neun Jahre jünger. Wenn er alleiniger Besitzer dieses Gutes wäre...

Und nun begann der Kampf um Trianon. Manchmal schien de Pré bei den Mahlzeiten nach Luft zu ringen; er fühlte sich von Feinden umgeben, die ihm sein Weingut entreißen wollten, und er erblickte in der Küche nur feindselige Gesichter. Annatije konnte er vergessen; sie war fast sechzig und würde bald sterben. Sarel hatte sich seit der Heirat nicht gebessert, den konnte man ignorieren. Mit Bauernschläue erkannte Paul, daß Geertruyd seine wahre Feindin war, diese trügerisch stille Waise aus Amsterdam. Als er sie genauer beobachtete, stellte er zu seiner Bestürzung fest, daß auch sie ihn beobachtete. Was immer er tat, um seinen guten Wein herzustellen, er spürte, wie Geertruyd ihm nachspionierte und sich merkte, was er tat und warum er es tat.

Sie trat ihm nie entgegen, denn sie hatte im Waisenhaus gründlich gelernt, daß die Haupteigenschaft jeder Frau Demut ist. Wenn also de Pré über sie herzog, blieb ihr Blick gesenkt und sie antwortete nicht. Sie machte auch keinen Versuch, Annatije zu verteidigen, wenn de Pré mit ihr stritt, denn sie war entschlossen, kleinliche Zänkereien zu vermeiden. Wenn aber de Pré bei seinen strategischen Angriffen Sarel demütigte, indem er den jungen Mann davon zu überzeugen versuchte, daß er unfähig sei, geriet sie in Zorn. Dennoch bemühte sie sich, ihre Selbstbeherrschung zu bewahren.
Vier-, fünfmal verspottete Paul beim Abendessen seinen Stiefsohn, ohne von Geertruyd oder Annatije zurechtgewiesen zu werden, und das wiegte ihn in der Sicherheit, daß er diese Frauen besiegen konnte. Eines Abends begann er eine Reihe vernichtender Angriffe: »Sarel, wäre es nicht besser, wenn du dich von den Sklaven fernhieltest? Sie ignorieren deine Befehle.«
Sarel sagte nichts, er spielte nur mit seinem Löffel herum, also ging de Pré weiter: »Und befaß dich nicht mit den Weinfässern. Gewisse Dinge müssen hier richtig gemacht werden.«
Der junge Mann wurde rot und blickte, immer noch schweigend, auf seinen Teller hinunter, als aber de Pré noch eine dritte Demütigung versuchte: »Laß die Finger von den neuen Reben«, da hatte Geertruyd genug. Ganz ruhig, aber mit beängstigend fester Entschlossenheit, mischte sie sich ein: »Monsieur de Pré...«
»Hab' ich dir nicht gesagt, du sollst mich Vater nennen?«
»Monsieur de Pré«, wiederholte sie drohend, »da Sarel die Weingärten übernehmen wird, wenn Sie tot sind...« Sie sprach das Wort mit so brutaler Endgültigkeit aus, daß de Pré nach Luft rang. Er hatte oft an den Tod seiner Frau gedacht, nicht aber an seinen eigenen. »...haben Sarel und ich beschlossen«, fuhr sie mit zorngerötetem Gesicht fort, »daß er sich mit allen Phasen der Weinherstellung vertraut machen soll.«
»Sarel hat beschlossen?« De Pré brach in höhnisches Gelächer aus. »Der kann ja gar nichts beschließen.«
Alle blickten auf Sarel, und er wurde sich klar, daß er antworten mußte, um seinem Stiefvater entgegenzutreten und um seine Frau zu unterstützen, aber der Druck war so stark, daß er keine Worte fand.
So war also Geertruyd de Pré bei ihrem ersten Aufstandsversuch unterlegen, und sie merkte, daß ihn das noch anmaßender machte. Zum erstenmal verstieß er gegen seinen Vorsatz, Annatije mit dem einer Ehefrau gebührenden Respekt zu behandeln, und er benahm sich in der Öffentlichkeit geringschätzig gegenüber ihr. Das kränkte Geertruyd, denn sie gab sich mit Recht die Schuld daran; sie ging zu Annatije und versicherte ihr: »Ich werde tun, was ich tun muß. Laß seinen Zorn getrost mich treffen, aber du und ich werden gemeinsam Sarel stark machen. Du wirst es noch erleben, daß er das Weingut leitet.«
»Haben wir denn genug Zeit dazu?« fragte Annatije leise.
»Ich hoffte schon vorigen Monat schwanger zu sein«, vertraute ihr Geertruyd an. »Ich hatte mich geirrt, aber eines Tages wirst du einen Van-

Doorn-Enkel haben. Und dieses Weingut müssen wir für ihn erhalten.« Und so verstärkten die zwei Frauen im zweiten Jahr der Ehe Sarels ihre Bemühungen, ihn zu einem verantwortungsvollen Mann und sich selbst zu Kapazitäten im Weinbau heranzubilden. Sie studierten alles über das Verfahren und verglichen abends ihre Aufzeichnungen; ihre größte Hoffnung aber war der Umstand, daß auch Sarel zu lernen schien. »Er ist nicht beschränkt«, flüsterte Geertruyd eines Abends, als de Pré den Tisch verlassen hatte, »er ist nur unfähig, seine Gedanken in Worte zu fassen.« Sie fanden, daß er vernünftige Ansichten über die Behandlung der Reben, über die Herstellung von Fässern, die Aufbewahrung des Mostes und den Umgang mit den Sklaven entwickelte. Eines Nachmittags rief Geertruyd draußen in der strahlenden Sonne voll Freude: »Sarel, du wirst dieses Weingut besser leiten, als es de Pré jemals gelang.« Er blickte sie an, als habe sie eine große Wahrheit ausgesprochen, und versuchte, seinen Dank auszudrücken, fand aber wieder keine Worte. Er küßte sie statt dessen, und als er in der warmen Sonne ihren bäuerlichen Körper spürte, wurde er überwältigt von der Liebe, und er sagte stockend: »Ich kann... Wein machen.«

An diesem Abend benahm sich Paul besonders abscheulich, denn er spürte, daß Geertruyd, diese Waise von nirgendwo, im Begriff war, Sarel zu verwandeln. Der Gedanke, daß all die guten Dinge, die er im Trianon getan hatte – und er hatte viel getan –, letzten Endes Fremden zugute kommen würden, erfüllte ihn mit Bitterkeit. »Sarel!« schrie er. »Ich sagte dir doch, du sollst dich von diesen Fässern fernhalten...«

»Monsieur de Pré«, unterbrach ihn Geertruyd sofort. »Ich bat Sarel, sich mit den Fässern zu befassen. Wie soll er sonst dieses Weingut führen, wenn Sie tot sind?«

Da war jenes entsetzliche Wort wieder, das ihm dieses dreiundzwanzigjährige Bauernmädchen entgegenschleuderte. Er schlug auf den Tisch, daß die Löffel klirrten, und brüllte: »Ich dulde kein blödes Herumhantieren an meinen Fässern!«

»Monsieur de Pré«, sagte Geertruyd mit einem Lächeln, das ihn in Wut versetzte, »ich glaube, Sarel ist so weit, daß er die volle Verantwortung für die Fässer übernehmen kann. Sie brauchen sich nicht mehr darum zu kümmern.«

»Sarel könnte nicht...«

Nun reichte es auch Annatije. Sie sagte streng: »Paul, muß ich dich daran erinnern, daß ich hier noch immer etwas zu sagen habe? Ich bin der Meinung, daß Sarel lernen muß, wie man den Betrieb führt.«

Durch die Unterstützung ihrer Schwiegermutter bestärkt, sagte Geertruyd entschieden: »Morgen wird Sarel anfangen.«

»Der kann ja keine drei Faßdauben zusammensetzen«, knurrte Paul und wollte ihnen schon weitere Beleidigungen ins Gesicht schleudern, aber Geertruyd drückte ruhig unter dem Tisch die Hand auf das Knie ihres Mannes, und dadurch mutig gemacht, sagte Sarel langsam: »Ich bin sicher, daß ich... gute Fässer bauen kann.«

Der Kampf um die Herrschaft auf Trianon wurde von einem so unglaublichen Ereignis unterbrochen, daß die Männer und Frauen Jahrzehnte danach noch darüber diskutierten: Es schien, als wolle Gott das Kap mit einer schrecklichen, unverdienten Plage schlagen. Eines Tages, im Jahr 1713, legte das alte Handelsschiff »Groote Hoorn« mit einer zufälligen Fracht an, welche die Geschichte verändern sollte: einem Korb mit schmutziger Wäsche. Er gehörte einem Beamten der Ostindischen Kompanie, der in Bombay gearbeitet hatte; da er plötzlich Befehl erhielt, heimzufahren, mußte er abreisen, bevor seine Hemden und Halskrausen gewaschen werden konnten. Also warf er sie in den Korb, um sie während seines Aufenthaltes am Kap waschen zu lassen. Unglücklicherweise wurde der Korb in einer Ecke abgestellt, in der die Männer urinierten und wo die gleichbleibende Hitze eine Feuchtigkeit aufrechterhielt, die für die Bildung von Krankheitserregern ideal war. Der Besitzer wurde auf diesen Umstand aufmerksam gemacht, zuckte aber die Schultern und sagte: »Wenn man die Wäsche an Land gründlich wäscht und für den Rest der Reise sorgfältig verstaut, ist alles wieder in Ordnung.«

Am Kap wurde der Korb zur Heerengracht gebracht, jenem Kanal, wo die Sklaven die Wäsche wuschen. Sechs Tage später bekamen diese Sklaven Fieber und Hautjucken; drei Tage danach traten auf ihren Gesichtern kleine Bläschen auf, die bald zu großen Blasen und dann zu Eiterpusteln wurden. Bei den glücklicheren verwandelten sich diese schwärenden Entzündungen in Krusten und dann in Narben, die sie ihr Leben lang behielten; die Unglücklicheren starben an einem verzehrenden Fieber. Es waren die Pocken, diese unheilbare Krankheit; und ob ein Kranker am Leben blieb oder starb, hing nicht von der Pflege ab, die ihm zuteil wurde.

In diesem Jahr starben vierzig von hundert Sklaven. Von hundert Hottentotten am Kap starben sogar sechzig, so daß die Überlebenden noch stärker von den Holländern abhängig wurden. Die rasch um sich greifende Krankheit pflanzte sich mit einer Geschwindigkeit von acht Meilen täglich ins Landesinnere fort und richtete unter allen, die ihr in den Weg kamen, Verheerungen an. Eine Abart drang über das Flachland bis nach Stellenbosch vor, wo auf manchen Farmen die Hälfte der Sklaven starb. Die Hottentotten dieser Gegend waren besonders anfällig, und auch viele weiße Farmer kamen ums Leben.

Besonders heftig wütete die Krankheit im Trianon, wo Petronella schon während der ersten Tage starb und mehr als die Hälfte der Sklaven ausgerottet wurde. Keiner in der Gegend versuchte eifriger als Paul de Pré, den schrecklichen Vormarsch der Krankheit aufzuhalten; er ging zu jedem Haus, das von ihr befallen wurde, ordnete an, daß die Leute alle Kleidungsstücke verbrannten, die mit dem Toten in Berührung gekommen waren, und in manchen Fällen, wenn eine ganze Familie ausgestorben war, äscherte er das ganze Haus ein. Er stellte die Kranken unter Quarantäne und grub einen reinen Brunnen, bis mit der Zeit die Krankheit abflaute.

Aber am sechzehnten Tag erkrankte er selbst. Er bekam einen so schreckli-

chen Schüttelfrost, daß Annatije und Geertruyd ihn in dem kleinen weißen Nebenraum, der mit Rechen und Harke gekennzeichnet war, zu Bett brachten. Dort pflegten ihn die braven Frauen, und sie versicherten ihm, sie würden zum Kap schicken, um Louis holen zu lassen – falls der junge Mann die Seuche überlebt hatte. Sie hüllten ihre Gesichter in schützendes Leinen und gingen wie Geister in dem improvisierten Krankenhaus umher, trösteten ihn und versprachen, auf seine Weingärten aufzupassen.
Sie waren tief betrübt, als sich die Pusteln auf seinem Gesicht vermehrten, bis sie die gesamte Haut bedeckten; und als sein Fieber so anstieg, daß sein Beben das Bett erschütterte, und seine Augen glasig wurden, wußten sie, daß er nicht am Leben bleiben würde. Immer noch in Tücher gewickelt, um sich vor Ansteckung zu schützen, blieben sie die Nacht über bei ihm. Ihre Kerze warf Schatten auf die weißen Wände, ihre Gestalten bewegten sich wie Gespenster, die gekommen waren, um ihn wegen der Feindseligkeit heimzusuchen, die er gegen sie genährt hatte.
Er verfiel aber nicht ins Delirium. Da er ein Kämpfer war, verfolgte er jeden Schritt seines Verfalls und fragte, als es Morgen wurde: »Sterbe ich?«
»Du hast noch eine Chance«, versicherte ihm Annatije.
Als er hemmungslos zu lachen begann, versuchte sie ihn zu beruhigen, aber er hörte nicht auf damit. Dann sah er die Geister an, wies auf Annatije und sagte mit hohler Stimme: »Du solltest sterben, nicht ich. Eigentlich solltest du sterben, du bist um so viel älter.«
»Bleib ruhig, Paul!«
»Und du!« schrie er Geertruyd an. »Ich hoffe, daß dein Schoß unfruchtbar ist.«
»Hör auf, Paul, bitte, hör auf!«
Aber die Agonie des Todes schwebte über ihm. Die großen Träume verschwanden. Seine Söhne hatten sich ihm entfremdet; die Sklaven waren tot; die Weingärten würden verfallen. »Ihr hättet sterben sollen!« schrie er, und die wunden Stellen auf seinem Gesicht wurden feuerrot, und er kratzte sie mit den Fingernägeln auf. »Es war nicht vorgesehen, daß ich sterben muß. Ich habt mich angesteckt, ihr Hexen!«
Er versuchte, aus dem Bett zu springen, um seine vermeintlichen Peinigerinnen zu bestrafen, fiel jedoch erschöpft zurück. Er begann zu weinen, und bald erschütterte jämmerliches Schluchzen seinen Körper, während ihn tödlicher Kummer erfaßte. »Es war mir nicht bestimmt zu sterben«, murmelte er. »Ich gehöre zu den Auserwählten.« Anklagend starrte er auf die verhüllten Gestalten, die darauf warteten, seine vom Fieber zerstörte Leiche zu holen – und dann starb er.
Geertruyd war entsetzt über sein schreckliches Aussehen und versuchte, ein Laken über ihn zu werfen. Dann brach sie in krampfhaftes Schluchzen aus. Annatije faßte sie, schüttelte sie energisch und flüsterte: »Das sind Dinge, an die man sich nicht erinnern darf.« Und sie richteten die Leiche für eine rasche Bestattung her.

Sobald Paul begraben war und Gruben für die vielen Leichen der Sklaven ausgehoben waren, überdachten Annatije und Geertruyd nüchtern ihre Lage, und es war die Jüngere, die ganz klar die Gefahr erkannte, die Trianon drohte, und die Maßnahmen nannte, mit denen sie abgewendet werden konnte.
»Am Kap, auf Java und in den Büros der ›Siebzehn Herren‹ werden die Männer erklären: ›Man sollte den Frauen nicht gestatten, einen Schatz wie Trianon zu verwalten.‹ Sie werden etwas unternehmen, um uns das Gut zu entreißen.«
»Mich werden sie nicht von diesen Feldern vertreiben«, sagte Annatije.
»Sie werden es versuchen. Aber wir haben zwei große Chancen. Die Weine, die de Pré vor drei Jahren verschnitten hat, liegen noch in unseren Fässern. Sie schützen uns für den Anfang.«
»Aber wenn sie einmal verschifft sind?«
»Bis dahin werden wir über einen anderen Schutz verfügen.«
»Welchen?«
»Sarel. Ja, Annatije, sobald dir und mir von der Kompanie befohlen wird, das Haus zu verlassen, weil ein Mann das Weingut leiten muß, werden wir Sarel vorschieben und die Behörden davon überzeugen, daß er diesen Betrieb besser zu führen imstande ist als jeder andere, den sie vorschlagen.«
»Könnte er das tun?«
»Wir werden ihm dabei helfen«, sagte Geertruyd. Dann wandte sie ihren Blick ab und fügte fast flüsternd hinzu: »Jede Nacht meines Lebens werde ich Gott um Hilfe anrufen, damit ich schwanger werde. Wenn Sarel begreift, daß er Vater wird...« Plötzlich drehte sie sich um und ergriff Annatijes Hände.
»Er ist ein guter Mann, Annatije. Wir werden ihm beweisen, daß er dieses Weingut leiten kann.«
Geertruyd hatte recht mit der Annahme, daß die Männer der Kompanie sich daran stoßen würden, die Leitung eines Besitzes, von dem die Gesellschaft erwartete, daß er Gewinn abwarf, zwei Frauen zu überlassen. Sie hatte aber völlig unrecht bezüglich des Ursprungs dieser feindseligen Haltung. Die ging von ihrem lieben Nachbarn Andries Boeksma aus, der sich nicht enthalten konnte, seine Nase überall hineinzustecken, auch in die Schlafzimmer seiner Dienstmädchen. Er begann nun, in Stellenbosch und am Kap Zweifel zu wecken.
»Die junge Frau versteht nichts; eine aus Amsterdam verstoßene Person. Und der Junge ist, wie Sie wissen, ein Dummkopf. Die alte Dame war tüchtig, aber die liegt praktisch im Sterben, und ich frage Sie, was soll mit diesem wertvollen Besitz geschehen?«
Er brachte seine Bedenken bei den leitenden Beamten im Schloß vor und ermutigte sie damit, genau die Fragen zu stellen, die Geertruyd vorausgesehen hatte, und als eines Abends der Gouverneur nach ein paar Gläsern Boeksma fragte: »Von wem könnten wir denn das Weingut führen lassen?«, antwortete Andries kühn: »Von mir. Ich kenne das Weingeschäft besser,

als es de Pré je gekannt hat. Wir brauchen keine Hugenotten, die uns zeigen, wie man guten Wein macht.«
»Das ist ein vernünftiger Gedanke«, sagte der Gouverneur und schickte am nächsten Morgen Erkundigungsbriefe nach Java sowie nach Amsterdam.
Niemand warnte Geertruyd davor, daß ihr lieber Nachbar Andries Boeksma ein Komplott schmiedete, um sich Trianon anzueignen, aber eines Tages kam sie vom Weingarten, wo sie die Trauben inspiziert hatte, und sah seinen Wagen neben ihren Feldern stehen, die er musterte. Als sie zu ihm ging, um mit ihm zu reden, bemerkte sie, daß er vor sich hin lächelte und mit dem Kopf nickte, als beschäftige er sich mit angenehmen Berechnungen.
Sie eilte nach Hause und suchte Annatije, fand sie aber im Bett und zu krank, um aufzustehen. Einen Augenblick fühlte sich Geertruyd der gefährlichen Lage, in der sie sich befand, nicht gewachsen. Sie sank in einen Stuhl neben dem Bett und weinte. Als Annatije fragte, was geschehen sei, wimmerte sie: »Jetzt verliere ich deine Hilfe, meine liebe Mutter, da ich dich am meisten brauche. Soeben habe ich gesehen, wie Andries Boeksma unser Land ausspioniert. Annatije, er will es uns stehlen, und zwar auf dem Weg, den ich befürchtet habe.« Sie weinte eine Weile, dann lachte sie zynisch: »Wie blöd ich war! Ich dachte, der Feind befindet sich auf Java oder in Amsterdam. Und er lauert im nächsten Dorf.«
»Mein Fieber wird sich legen«, versicherte ihr Annatije. »Wenn wir die ›Siebzehn Herren‹ abwehren können, schaffen wir auch Andries Boeksma.«
Und sie nahm vom Bett aus, das sie viel länger gefangenhielt, als sie erwartet hatte, alles in die Hand, schickte Sklaven aus, um bestimmte Aufgaben zu erledigen, und erklärte Sarel ihre Gründe für alles, was sie tat.
Sie war besonders erpicht darauf, daß die Kompanie eine große Zahl neuer Sklaven importierte, um die Arbeitskräfte wieder aufzufrischen, wurde aber diesbezüglich enttäuscht; ein junger Beamter aus Amsterdam war während der letzten Tage der Epidemie am Kap eingetroffen und hatte die Krankheit nicht als gewaltige Verheerung betrachtet, sondern als vom Himmel gesandte Reformmöglichkeit. In seinem Bericht an die »Siebzehn Herren« schrieb er:

> Die Pocken, die schwerwiegende Folgen hatten, bieten die Gelegenheit, Afrika auf den rechten Weg zu bringen. Unsere hier angesiedelten holländischen Farmer haben sich an ein bequemes Leben gewöhnt. Ihre täglichen Gewohnheiten entfernen sie von der Scholle; sie trinken Wein, rauchen mehrere Pfeifen Tabak, klatschen wie Weiber, klagen über das Wetter und beten ständig, daß ihre Leiden vorbeigehen mögen. Es ist eine Ironie, daß sie sich Buren nennen, denn Bauern sind sie nicht. Sie betrachten jegliche Arbeit, die unsere Bauern daheim besorgen, als Mühsal, die nur für Sklaven paßt.
>
> Ich empfehle, diese Seuche als von Gott gesandte Gelegenheit zu benützen, um dem weiteren Import von Sklaven ein Ende zu bereiten und

die Verwendung von Hottentotten- und Mischlingsarbeitskräften einzuschränken. Wir sollten in Holland ehrliche Männer und Frauen suchen, die zu arbeiten verstehen, Buren, die in Afrika eine Bauernklasse von wahrer holländischer Art schaffen, nicht verdorben durch Faulheit und Vorrechte.

Eine Zeitlang bestand die historische Chance, daß dieser Rat befolgt würde, der Südafrika in eine Ansiedlung ähnlich wie die nordamerikanischen Kolonien und Kanada verwandelt hätte, wo freie Menschen unter günstigen Bedingungen starke Demokratien errichteten. Aber noch bevor holländische Bauern geschickt werden konnten, wurde das Problem auf ungewöhnliche Weise gelöst.

Die Hottentotten in einzelnen Orten östlich von Stellenbosch waren von den Pocken grausam heimgesucht worden. Ihr Vieh war umgekommen, ihre traditionellen Jagdgebiete waren erschöpft, und so wanderten sie in bemitleidenswerten Gruppen zu den Türen der Farmhäuser und bettelten um jede Art von Arbeit, die ihnen Nahrung bringen konnte. Das war ihre einzige Überlebenschance, und es dauerte nicht lange, bis Geertruyd so viele aufgenommen hatte, daß Trianon wieder über seine volle Zahl an Arbeitskräften verfügte; das war zugleich ein Beweis dafür, daß die Braunen und Schwarzen einen Weg finden würden, am Wohlstand des weißen Mannes teilzuhaben, sobald dieser mit seinen wirtschaftlichen Unternehmen Erfolg hatte. Die große Einschränkung war allerdings, daß ihre Beteiligung nicht in einem Lohnverhältnis bestand, sondern in einer Form der Knechtschaft erfolgte.

Als sich das Geschick des Weinguts auf dem Tiefstand befand und Gerüchte umgingen, daß es den Frauen weggenommen werden könnte, dachte sich Annatije auf ihrem Krankenlager eine Strategie aus, bei der rasch gehandelt werden mußte. Sie rief Sarel und seine Frau zu sich und sagte zu ihnen: »Jetzt ist der Augenblick da, um Ansprüche, welche die Söhne de Prés auf den Anteil ihres Vaters am Trianon haben könnten, zurückzukaufen. Sie werden sie für wertlos halten. Wir aber wissen, daß sie unschätzbar sein werden.« Zu ihrer Freude antwortete nicht Geertruyd, sondern Sarel, der ganz langsam sagte: »Sie werden von unseren Schwierigkeiten wissen... und sie werden verkaufen... zu einem niedrigen Preis.«

»Ach Sarel!« rief seine Mutter. »Du verstehst mich, nicht wahr?«

»Und dieses Jahr... werden wir drei... sogar noch besseren Wein erzeugen.«

In dieser Nacht schrieb Annatije einen Brief an Henri de Pré in Amsterdam, in dem sie ihm für seinen Anteil empörend wenige Reichsthaler bot. Sie wollte den Brief selbst zum Kap bringen, um dort mit Louis zu verhandeln, aber ihr Gesundheitszustand erlaubte es nicht. Deshalb erteilte sie ihrer Schwiegertochter Anweisungen: »Sarel ist noch nicht ganz soweit, eine solche Verhandlung zu führen. Und wenn du Louis ausbezahlt hast, mußt du ins Schloß gehen und dir anhören, was der Gouverneur sagt.«

»Ich habe Hemmungen«, sagte Geertruyd und blickte ihre von der Arbeit fleckigen Hände an.
»Wir tun, was wir müssen«, sagte Annatije, und als der Wagen bereitstand, verließ sie das Bett, um der jungen Frau Lebewohl zu sagen.
Das Zusammentreffen mit Louis verlief viel besser, als sie befürchtet hatte, es kam aber dabei zu einer für sie sehr schmerzlichen Szene. Nachdem sie sich geeinigt hatten und die Papiere unterzeichnet waren, wurde Geertruyd in einen anderen Teil des Hauses gebeten, wo Kaffee und Gebäck angeboten wurden. Dort sah sie de Prés vier Söhne. Sie rang nach Luft: »Sie haben vier, und ich habe keinen.« Und ihre Unfruchtbarkeit bedrückte sie sehr.
Im Schloß sagte ihr der Gouverneur, es sei sehr günstig, daß sie ans Kap gekommen sei, denn aus Java sei ein Kommissar eingetroffen, der ein Schiff aus Amsterdam mit Weisungen von den »Siebzehn Herren« erwarte. »Wir interessieren uns ganz besonders für Trianon«, sagte der Gouverneur, als er sie zum Essen führte.
Als sie den Speisesaal der Ostindischen Kompanie betrat, war sie von zwei Dingen überrascht: von der Pracht der mächtigen Teakholztafel, die mit in Japan gebranntem Porzellangeschirr in Blau und Gold, das die hehren Initialen V.O.C. trug, und mit fünf massiven Silberplatten aus China gedeckt war, sowie von der Anwesenheit ihres Nachbarn Andries Boeksma, der offensichtlich den Kommissar aus Java darüber informiert hatte, wo seiner Meinung nach die Probleme im Trianon lagen. Das Essen verlief in eisiger Atmosphäre. Die drei Männer, von denen jeder um so viel älter, klüger und tüchtiger war als sie, blickten hochnäsig auf dieses Mädchen herab, das sich anmaßte, ein großes Weingut leiten zu können. »Welche Pläne haben Sie, um Trianon wieder in die Höhe zu bringen?« fragte der Mann aus Java.
Sie holte tief Luft und sagte: »Mein Mann Sarel hat die Weingärten bereits wieder gut in Ordnung gebracht.«
»Sarel?« wiederholte Boeksma.
»Ja«, antwortete sie und blickte ihm gerade ins Gesicht. Sie zögerte und fragte sich, ob sie es wirklich wagen sollte zu sagen, was sie vorhatte, doch dann faßte sie Mut. Sie wandte sich an den Gouverneur und sagte mit aller Zärtlichkeit, der eine junge Ehefrau fähig sein kann: »Sicher hat man Ihnen erzählt, daß Sarel nicht tauglich ist. Ich versichere Ihnen aber, er ist es. Er kann sich nur sehr schwer ausdrücken.«
»Warum erledigt er diesen Besuch nicht selbst?«
»Weil er sehr schüchtern ist. Und ich tue alles, was ich kann, um ihn von diesem Übel zu heilen.«
»Viele bezeichnen ihn als schwer von Begriff«, sagte Boeksma.
»Mijnheer!« unterbrach ihn der Mann aus Java. »Diese Dame...«
»Eine überaus taktlose Bemerkung«, sagte der Gouverneur, »aber ich möchte wissen...«
»In drei Jahren, Exzellenz, das schwöre ich Ihnen, werden Sie bedeutende Besucher zum Trianon bringen, um ihnen zu zeigen, was mein Mann geleistet hat.«

Auf der Rückreise zum Trianon hielt sich Geertruyd van Doorn sehr gerade, und sie starrte vor sich hin, als wäre sie eine Holzpuppe. Als sie zu den wie zur Begrüßung ausgebreiteten Seitenflügeln ihres Hauses kam, warf sie nicht einmal einen Blick auf sie. Im Hauptgebäude übersah sie die wartenden Diener und eilte direkt in Annatijes Zimmer, wo sie sich neben der kranken Frau auf das Bett warf und in krampfhaftes Schluchzen ausbrach. Nachdem ihre Schwiegermutter sie getröstet hatte, nahm sie sich so weit zusammen, daß sie über ihren katastrophalen Besuch im Schloß berichten konnte. »Sie haben mich gedemütigt. Drei große Männer, die mich anstarrten und sich über dich und mich lustig machten. Sie zwangen mich zu sagen, ob Sarel ein Idiot ist oder nicht. Ach, Annatije, es war schändlich. Und sie wollen uns Trianon wegnehmen.«
Sie sprang vom Bett auf und lief im Zimmer herum, während sie Flüche ausstieß, die sie als Kind hatte flüstern hören. »Ich werde es nicht zulassen. Sarel van Doorn wird vor sie hintreten und ihnen die Stirn bieten. Er wird dieses Weingut vortrefflich führen, und ich werde in einem Monat mit dem Sohn schwanger sein, der Trianon erben wird.«
»Das liegt bei Gott«, sagte Annatije.
»Und ich bitte Gott: ›Schenk mir den Sohn, den ich brauche.‹«
»Du lästerst, Geertruyd.«
»Ich verbünde mich mit Gott, Annatije! Wir haben höchstens zwei Monate Zeit. Sie erwarten Weisungen von den ›Siebzehn Herren‹.«
Annatije stand gegen den Rat ihrer Kinder auf, um die Felder zu überwachen, während Geertruyd mit Sarel arbeitete: »Alles hängt von dir ab, mein Liebster. Wenn die Männer hierher kommen, um unser Gut zu inspizieren, mußt du sie begrüßen und ihnen versichern, daß alles in Ordnung ist.«
»Männer?«
»Ja, drei alte, mächtige Männer.« Sie spielte ihm ihre Rollen vor: »Der Kommissar ist ein Gentleman, aber er kann sehr streng sein. Er wird dir schwierige Fragen stellen. Der Gouverneur... nun, der weiß alles. Andries Boeksma...« Sie überlegte, wie sie diesen boshaften, unangenehmen Mann charakterisieren solle: »Er ist ein Wurm. Aber wenn du versuchst, ihn zu zertreten, werden ihn die anderen schützen, laß dich von ihm beleidigen.«
Da das Schiff, das die Weisungen aus Amsterdam brachte, verspätet eintraf, mußte das Inspektionskomitee seinen Besuch um mehr als ein halbes Jahr verschieben, was den van Doorns zusätzlich Zeit einräumte, ihre Anstrengungen zu verdoppeln. Aber auch Andries Boeksma hatte Zeit, seinen Angriff vorzubereiten, und als die lang erwarteten Briefe eintrafen und die Anweisung enthielten, daß der Kommissar aus Java alles ordnen solle, berief Boeksma eine Sitzung im Schloß ein.
»Ich habe die Weingärten im Auge behalten«, berichtete er. »Ihr Zustand ist verheerend.«
»Der Wein scheint sich aber zu halten«, sagte der Gouverneur.
»Aber verstehen Sie denn nicht, Exzellenz? Diese Frauen sind schlau. Das ist Wein, den noch de Pré verschnitten hat.«

»Was werden die drei tun, wenn ich sie von ihrem Gut vertreibe?« fragte der Kommissar.
»Das Land gehört ihnen. Wir müßten sie auf diese oder jene Weise entschädigen. Vielleicht eine kleine Farm, die sie bewirtschaften könnten. Oder einen Schnapsladen hier am Kap... für Matrosen.«
»Wenn wir dort sind«, schärfte Boeksma seinen Vorgesetzten ein, »müssen Sie darauf bestehen, daß wir mit van Doorn allein zusammenkommen. Die Frauen werden zwar protestieren, aber Sie müssen sie wegschicken, damit Sie selbst sehen können, wie ungeeignet er ist.«
Doch als die drei Männer im Trianon ankamen, erwartete sie Geertruyd auf der Veranda; sie war sichtlich schwanger und lächelte freundlich, während sie mit Annatije auf sie zuschritt, um sie zu begrüßen.
»Ich hatte recht«, flüsterte Boeksma. »Sie werden uns von Sarel fernhalten.«
In diesem Augenblick erschien in der schönen Eingangstür des Hauses Sarel, ein ziemlich großer, gutaussehender, schlanker junger Mann, der beim Lächeln zwei Reihen auffallend weißer Zähne entblößte. »Sehr verehrte Herren«, sagte er, jede Silbe betonend, »wir heißen Sie willkommen... auf Trianon.« Darauf reichte er den beiden Frauen den Arm, hielt sie aber zurück, während die Besucher die Halle betraten.
Dort erwartete sie eine zweite Überraschung, als Geertruyd sich losmachte, den Männern zulächelte und sie in den für ihre Begegnung bestimmten Raum führte. Er war mit Blumen und einem kleinen Käfig mit Stieglitzen geschmückt worden, und nachdem sie die vier Stühle zurechtgerückt hatte, entschuldigte sie sich höflich: »Mein Mann meint, es wäre besser, wenn er sich mit Ihnen allein unterhält.« Sie verneigte sich und ging.
Kaum war sie draußen, lief sie ins Nebenzimmer, drückte ihr Ohr an ein kleines Loch in der Wand, das auf der anderen Seite von Blumen verdeckt war, und lauschte nervös, während Sarel die Besprechung eröffnete. »Bitte verzeih mir, lieber Gott«, murmelte sie, »wenn ich unverschämt war. Hilf Sarel, das auszuführen, was wir geplant haben.«
In den ersten Minuten benahmen sich die Besucher recht beleidigend, und sie behandelten Sarel, als wäre er tatsächlich schwachsinnig. Als aber Boeksma seine Schilderung der augenblicklichen Mißwirtschaft auf Trianon abschloß, überraschte Sarel sie, indem er langsam und vernünftig sagte: »Meine Herren, beziehen Sie sich da nicht auf die Zeit, in der wir alle... wegen der Seuche unter dem Verlust von Arbeitskräften litten? Wir haben jetzt keines dieser Probleme mehr.«
Boeksma versuchte, diese Behauptung zu widerlegen, und Geertruyd horchte ängstlich, wie ihr Mann mit ihm fertigwerden würde; sie war erleichtert, als sie ihn ruhig sagen hörte: »Ich habe deshalb unseren Leuten aufgetragen, Ihnen eine Auswahl unserer Weine zu bringen.«
Er wartete, bis Boeksma protestierte, daß es Weine sein mußten, für die noch Paul de Pré verantwortlich war, dann fügte er ruhig hinzu: »Ich weiß, Sie werden vielleicht argwöhnen... daß ich Ihnen Wein bringen lasse, der

noch von de Pré verschnitten wurde.« Er lachte. »Das wäre freilich ein schlimmer Schwindel. Es sind meine Weine. Sie werden es sehen..., wenn wir die Keller besuchen.«
Als Geertruyd diese komplizierte Erklärung hörte, verließ sie ihren Horchposten und lief zu der wartenden Annatije. Sie ergriff beide Hände ihrer Schwiegermutter und jubelte: »Er ist sogar noch besser, als wir gehofft haben!«
Der Besucher aus Java kostete die neuen Weine und war beeindruckt. »Wirklich sehr gut.«
»Und im nächsten Jahr wird er großartig sein«, sagte Sarel. »Wir haben die Absicht, hervorragende Weine zu keltern... auf Trianon.«
Geertruyd stand wieder an ihrem Posten, faltete die Hände und hielt den Atem an. Was Sarel als nächstes sagen sollte, stellte ein gewaltiges Risiko dar, aber auch eine Rechtfertigung, und als kämpfende Frau hielt sie das Wagnis für gerechtfertigt: »Ehrenwerter Herr Kommissar, wir auf Trianon wollen Java unser Erzeugnis nicht aufdrängen. Das wäre unfair... gegenüber Java. Wir haben also seit zwei Jahren in aller Stille Nachforschungen über europäische...« Er zögerte, insgeheim zitterte er vor der Kühnheit, die er nun sagen mußte. Dann lächelte er und fuhr fort: »Was wir taten? Wir suchten Käufer in Europa. Und ich kann Ihnen zu meiner Freude mitteilen, daß sowohl Frankreich als auch England unsere Weine kaufen werden..., und zwar zu einem hervorragenden Preis.«
»Warten Sie!« protestierte der Kommissar. »Wenn Sie so guten Wein anzubieten imstande sind...«
»Aber woher hatten Sie die Ermächtigung«, fragte der Gouverneur, »in Europa Erkundigungen einzuziehen?«
»Nicht direkt in Europa, Exzellenz. Meine Frau brachte den Kapitänen Muster, wenn ihre Schiffe am Kap anlegten. Ich wollte Ihnen die Mühe ersparen, Exzellenz.«
Damit endete die Diskussion, und schon erschien Geertruyd im Eingang. »Ach«, rief der Mann aus Java, »da ist Ihre Frau mit Tee und Kuchen. Sie müssen sehr stolz sein, Mevrouw van Doorn, auf den ausgezeichneten Wein, den Ihr Mann produziert.«
»Das bin ich auch«, sagte sie, und als die Besucher fort waren und Sarel darüber gelacht hatte, wie Andries Boeksma versucht hatte, von unzulänglichen Proben zu sprechen, nahm Geertruyd ihren Mann an der Hand und führte ihn zu Annatije, die erchöpft in einen Stuhl gesunken war.
»Dein Sohn war fabelhaft«, sagte Geertruyd. »Er hat unser Weingut gerettet.«
»Habe ich das wirklich getan?« fragte Sarel, und an der Art, wie er sich aufrichtete, als er dies sagte, erkannten die Frauen, daß er endlich soweit war, der Herr auf Trianon zu sein.

5. Die Treckburen

Im Jahr 1702 wurde Hendrik van Doorn ein Treckbure, einer jener wandernden Viehzüchter, die im langsamen Tempo ihrer Ochsen über jungfräuliches Land zogen.

Er hatte alle weiteren Ansprüche auf Trianon aufgegeben, weil seine Mutter, nur acht Tage nachdem sein Vater von Buschmännern getötet worden war, einen Hugenotten geheiratet hatte. Nun überquerte er die Berge, indem er seinen Wagen auseinandernahm und ihn Stück für Stück über steile Hänge nach oben trug; dann setzte er ihn für die kurvenreichen Talfahrten wieder zusammen.

Das wiederholte er, bis er zu einem Fluß kam, wo Eisvögel wie blaue Blitze zu dem kristallklaren Wasser hinabstießen, und als er die guten Weiden in der Nähe sah, wußte er, daß er seinen Aufenthaltsort für die nächste Zeit gefunden hatte. In den ersten Jahren ließ er seine Rinder und Schafe grasen, lebte selbst in einer erbärmlichen Hütte aus Schilf und Lehm und teilte seine kärgliche Nahrung mit dem einen Sklaven und den beiden Hottentottenfamilien, die mit ihm ins Exil gezogen waren.

Jedes Frühjahr schwor er: »In diesem Sommer baue ich mir ein richtiges Haus«, aber im Laufe des Jahres wurde er immer unschlüssiger und sah müßig zu, während seine Hottentotten weit hinaus in die umliegenden Täler streiften und ihre Stammesgenossen aufsuchten, die noch in der Gegend lebten und ihr eigenes Vieh züchteten, das sie gern tauschten. Seine Herde vergrößerte sich, und er konnte jedes zweite Jahr einige Stück von seinem Bestand zu einer Einkaufsstation der Kompanie treiben; dort kaufte er dann die für die nächsten zwei Jahre erforderlichen Vorräte und verschwand. Denn er schätzte seine Freiheit immer mehr und fürchtete fast den Kontakt mit den Kaufleuten vom Kap.

Jedes Jahr kamen zwei oder drei wandernde Weiße bei ihm vorbei oder ein anderer junger Treckbure, der vom Kap genug hatte; oder ein Jäger, der sich für einige Monate ins Landesinnere wagte und versuchte, sein Glück mit Elfenbein oder Fellen zu machen. Einmal tat sich Hendrik mit einem Jäger

zusammen, der weit nach Süden vorstieß, wo ein mächtiger Wald von Stinkbäumen einer Elefantenherde Zuflucht gewährte.
Im vierten Jahr herrschte Dürre. Sie erstickte den Fluß, über dem die Eisvögel tanzten, und zerstörte die Weiden. Die Hottentotten, die immer wußten, wo es Wasser gab, führten ihn sechzig Meilen weit zum Rand einer großen Sumpfmulde mit ein wenig Wasser. Dort blieb Hendrik mit zwei anderen Treckburen. Als endlich der Regen kam, kehrte er zu seinem Fluß zurück, aber es war nie wieder so wie früher, denn wenn er abends mit den Hottentotten und seinem Sklaven am Feuer saß, überkam ihn ein Gefühl von Ruhelosigkeit und Einsamkeit. Es fiel ihm nie ein, daß dieses Gefühl aufhören könnte, wenn er heiraten würde, denn in diesem Gebiet gab es keine holländischen Mädchen.
Im Jahr 1707, auf der Heimfahrt von der Viehstation, merkte der Hottentotte, der die Ochsen lenkte, daß Hendrik unzufrieden war. Unter den Kompaniekäufern hatte man davon gesprochen, daß für Farmen wie die van Doorns Pacht erhoben werden sollte – nichts Bestimmtes... keine gesetzlichen Bestimmungen... nur Gerüchte von Reichsthalern, die zu zahlen sein würden. »*Verdomde Compagnie!*« hörte der Hottentotte den Baas immer wieder murmeln. Seine Laune besserte sich keineswegs, als er sah, daß ein anderer Treckbure dort ausgepannt hatte.
Der Mann schlurfte auf ihn zu und streckte ihm die Hand entgegen. Auch er hatte den Bergen getrotzt und seinen Wagen Stück für Stück herüber transportiert. Der Unterschied war, daß er Frauen dabei hatte, eine magere Ehefrau und eine Tochter namens Johanna, die einen Zopf trug. Hendrik war in diesem Jahr sechsundzwanzig geworden, das Mädchen sechzehn; und in den drei Monaten, die die wandernde Familie in seiner Hütte blieb, verliebte er sich in sie. Sie war gertenschlank, aber eine fleißige Arbeiterin. Und sie hielt die Familie zusammen, denn ihr Vater war unentschlossen und ihre Mutter eine Nörglerin. Johanna besserte die Kleider aus und besorgte das Kochen. Hendrik, der von der einfachsten Nahrung gelebt hatte, begann die Currygerichte zu schätzen, die das Mädchen zubereitete; sie hatte gelernt, wie man aus dem jämmerlichsten Fleisch einen annehmbaren Geschmack herausholen konnte, indem man duftende Gewürze hinzufügte, die von den Malaien am Kap gemischt wurden. Sie führte einen reichlichen Vorrat davon mit sich, und als Hendrik sie nach einem besonders schmackhaften Abendessen mit Springbockkeulen als Hauptspeise fragte: »Wie wirst du weiter im Osten Curry finden?«, gab sie zur Antwort: »Wir haben genug für drei oder vier Jahre. Man braucht nicht viel davon, weißt du. Bis dahin werden schon Händler vorbeikommen, nicht wahr, Pappi?«
Pappi war ein Optimist: »Händler... in zwei, drei Jahren wird es Massen von solchen Hausierern geben.«
Eines Abends beim Essen, als sie ausgeruht und für die Weiterreise bereits gut vorbereitet waren, sagte der Vater: »Morgen ziehen wir weiter.« Und da wurde es Johanna klar, daß sie Hendrik nicht verlassen wollte. Sie hatte am Rand dieser rätselhaften Wildnis einen Mann gefunden, der kräftig,

freundlich und tüchtig war, und obwohl er nichts gesagt oder getan hatte, um sein Interesse für sie zu zeigen, war sie doch davon überzeugt, daß sie, wenn sie noch ein wenig länger mit ihm zusammenbliebe, eine Möglichkeit finden würde, ihn zu ermutigen.
Sie war noch nicht darüber verzweifelt, daß sie immer älter wurde – schon sechzehn und noch kein Ehemann –, aber sie sah voraus, daß, wenn sie mit ihrer Familie nach Osten zog, einige Zeit vergehen würde, bevor ein heiratsfähiger Mann vorbeikam; als alle zu Bett gegangen waren, kroch sie zu ihren Eltern und sagte leise: »Ich möchte hier bei Hendrik bleiben.«
Die Eltern waren entsetzt: »Du willst uns allein lassen? Wer wird uns helfen?«
Sie hatten gut ein Dutzend Gründe dafür, warum ihre Tochter sie nicht im Stich lassen dürfe, und jeder war zwingend, denn sie waren ein unfähiges Paar und wußten es. Ohne Johanna sahen sie wenig Überlebenschancen in den trüben Jahren, die vor ihnen lagen. Deshalb redeten sie ihr zu, sie solle mit ihnen kommen. Mit Tränen in den Augen sagte sie zu, denn sie wußte, daß sie ohne sie zugrunde gehen würden.
Aber als sie allein war, sah sie die leeren Jahre ihrer Zukunft vor sich und konnte den Gedanken an die Einsamkeit nicht ertragen, die vor ihr lag. So schlich sie zu Hendriks Lager und weckte ihn. »Unsere letzte Nacht, laß uns im Mondschein spazierengehen.«
Zitternd vor Erregung schlüpfte er in seine Hose, und sie verließen barfuß die Hütte. Als sie so weit gegangen waren, daß sie außer dem Vieh niemand hören konnte, sagte sie: »Ich will nicht fortgehen.«
»Du würdest hier bleiben? Bei mir?«
»Das würde ich.« Sie spürte, wie er zitterte, und fuhr fort: »Aber sie brauchen mich. Ohne mich können sie nicht überleben.«
»Ich brauche dich auch!« rief er ohne Besinnen. Da gab sie jegliche mädchenhafte Zurückhaltung auf und küßte ihn. Sie stürzten zu Boden, umklammerten einander hungrig und vereinigten sich zweimal, ungeschickt und unzulänglich. Sie wußten, daß sie ihre Sache nicht gut machten, fühlten aber auch, daß Zärtlichkeit, Liebe und Leidenschaft dabei waren.
Schließlich flüsterte sie: »Ich will, daß du mich nicht vergißt.«
»Ich lass' dich nicht fort. Ich brauche dich.«
Sie wollte diese ermutigenden Worte hören, wollte wissen, daß sie in einem Mann solche Gedanken hatte erwecken können. Als aber Hendrik nun sagte: »Ich werde mit deinem Vater sprechen«, befürchtete sie, daß es zu einem Streit kommen könnte.
»Nicht, Hendrik! Vielleicht später, wenn die Farm...«
Zu spät. Der stämmige Treckbure ging zur Hütte, weckte das schlafende Paar und erklärte: »Ich werde eure Tochter behalten.«
Vielleicht hatten sie diese Entwicklung vorausgesehen, denn sie wußten genau, was zu tun war. Mit Tränen, Vorwürfen und Bitten flehten sie Johanna an, bei ihnen zu bleiben. Als der Morgen kam, mußte sie nachgeben.
Nachdem sie fort waren, machte Hendrik die schwierigsten Tage seines Le-

bens durch, denn er konnte sich zum erstenmal vorstellen, wie es wäre, mit einer Frau zu leben; er lag in seiner Hütte, starrte auf das hügelige Land, das sie durchquert hatte, und stellte sich vor, wie er ihr zu Pferd nachgaloppierte. Er ging sogar so weit, sich zu überlegen, wie sie ohne Pastor heiraten könnten.
Viermal beschloß er, seine Hütte und Herden in der Obhut seiner Leute zu lassen und ihr nachzureiten. Er ließ sich aber jedesmal wieder auf den schmutzigen Strohsack fallen, der ihm als Bett diente, und sagte sich, daß sie, selbst wenn er sie fände, vielleicht gar nicht zu ihm zurückkommen wollte. Es wurde ihm klar, wie leer sein Leben ohne eine Frau sein würde, und er blieb tagelang regungslos liegen.
Nach einem Jahr hatte er diese Krankheit überstanden und Johanna fast vergessen. Da brachte sein Sklave die Nachricht an, daß Leute im Anmarsch seien. Er sprang auf und blickte instinktiv nach Westen, um zu sehen, wer über die Berge gekommen war. Der Sklave zupfte ihn am Ärmel und rief: »Dort drüben, Baas.« Von Osten kamen Johanna und ihre Familie niedergeschlagen und fast vernichtet durch ihre Erlebnisse in einem öden, fernen Landstrich.
Zwei Wochen lang pflegten Hendrik und seine Diener die kranken Reisenden: »Unsere Hottentotten liefen mit dem Großteil der Rinder davon. Wir pflanzten etwas Mais, aber auf dem falschen Boden. Die Winde. Erst die Dürre und dann die Regenfluten. Wir mußten unsere letzten Schafe aufessen.«
Der Vater machte sich Vorwürfe. Seine Frau beklagte sich bitter über ihre Fehlentscheidungen. Und Johanna lag ausgemergelt auf Hendriks Strohsack und gab keinem die Schuld. Sie war aber dem Tode nah, denn sie hatte die ganze Arbeit verrichten müssen. Zehn Tage lang pflegte Hendrik sie liebevoll und ernährte sie mit Fleischbrühe, die die Hottentotten auf ihren offenen Feuern kochten; am elften Tag stand sie auf und bestand darauf, selbst zu kochen.
Diesmal blieb die Familie sechs Monate. Als es für sie an der Zeit war, ihre Reise nach Westen zum Kap fortzusetzen, schenkte ihnen Hendrik vier Ochsen und einen kleinen Wagen und gab ihnen einen Diener mit; aber während sie sich zur Abreise bereitmachten, trat Johanna an seine Seite, ergriff seine Hand und gab ihm zu verstehen, daß sie diesmal auch ohne die Einwilligung ihrer Eltern bleiben würde. Ihr schmales Gesicht drückte bei dem Gedanken, sie könnten sie zwingen, mit ihnen zu gehen, solche Qual aus, daß sie ihr nicht mehr widersprechen konnten; sie wußten, daß Johanna diesen Mann liebte und ihn kein zweites Mal aufgeben würde. Es war ein erhebender Augenblick, ohne Geistlichen und ohne großes Zeremoniell. Es wurde nicht gesprochen, nicht gebetet, und man sang keine alten Hymnen. Die Eltern des Mädchens standen vor einer gefährlichen Gebirgsüberquerung, und es bestand wenig Aussicht, daß sie ihre Tochter jemals wiedersehen würden.
Der Hottentotte knallte mit seiner Peitsche aus Flußpferdhaut. Die Ochsen

setzten sich in Bewegung, und das gebrochene Paar kehrte von seinem traurigen Abenteuer zurück.

In den fünfzehn Jahren seit dieser formlosen Heirat hatte Johanna neun Kinder geboren. Sie waren alle in einer Ecke der einfachen Hütte zur Welt gekommen mit Hilfe von kleinen Hottentottenfrauen. Zwei waren gestorben, das eine durch den Biß einer gelben Kobra, das andere an Lungenentzündung. Johanna kümmerte sich um ihre Kinder, machte sauber, nähte Kleider für alle und hielt ihr baufälliges Heim halbwegs in Ordnung.
Sie selbst aber verfiel zusehends. Ein Reisender beschrieb sie als Schlampe, womit er recht hatte, denn ihr blieb keine Zeit, ihr Äußeres zu pflegen. Mit dreiunddreißig war sie verbraucht und so gut wie tot, nur weigerte sie sich zu sterben. Sie befand sich in der anscheinend endlosen Periode, in der eine magere, an Arbeit gewöhnte Frau fast mechanisch von einer schweren Aufgabe zur nächsten schreitet und sich dadurch am Leben erhält.
»Der einzige Luxus, den sie sich gestattet«, schrieb der Reisende, »kommt bei Sonnenuntergang, wenn sie, umgeben von ihren Kindern, hofhält, während die beiden Hottentottendienerinnen ihr die Füße waschen. Wie dieser Brauch entstand, weiß ich nicht, und Mevrouw van Doorn wollte es nicht erklären.«
Wie sehr sie auch verfiel, eines blieb für sie gewiß: Hendrik liebte sie. Sie war die einzige Frau, die er gekannt hatte, und sie hatte ihm in jener ersten Nacht auf dem Feld gezeigt, daß sie ihn brauchte. Sie besaß keine Bücher und hätte sie auch nicht lesen können. Es gab keine anderen Holländer in der Gegend. Hendrik war der Kern und die Quelle ihres Lebens. Und er, der die große, in Leder gebundene Bibel lesen konnte, vermochte sich kein anderes Leben vorzustellen als das, das er mit ihr führte. Manchmal, nachdem er seiner Familie ein Kapitel aus der Genesis oder dem Exodus vorgelesen und den Leidensweg der Israeliten mit dem eines Treckburen verglichen hatte, dachte er über die Zukunft seiner Kinder nach: »Wo werden die Mädchen Ehemänner finden?«
Und dann, im Jahr 1724, kam die schlimmste Dürre, die Hendrik je erlebt hatte. Als die Hottentotten mit ihren Rindern zum Rand der nördlichen Mulde eilten, stellten sie fest, daß das Wasser sogar dort zurückgewichen und nur mehr ein Tümpel vorhanden war. Hendrik besaß vierhundert Rinder und dreimal so viele Schafe: sie konnte dieses erschöpfte Land nicht länger ernähren. Sogar der bescheidene Garten, den Johanna bearbeitete, war verdorrt, und eines Abends ließ Hendrik seine ganze Sippe niederknien und beten. Umgeben von fünfunddreißig Bittstellern – seiner achtköpfigen Familie, den zweiundzwanzig Hottentotten und den Sklaven – flehte er um Regen. Abend um Abend wiederholten sie ihre Gebete, aber es kam kein Regen. Er sah zu, wie sein Vieh, sein einziger Besitz, abmagerte, und als er eines Abends spät ins Bett kroch, sagte Johanna einfach: »Ich bin bereit«, und er antwortete: »Ich glaube, Gott will, daß wir nach Osten ziehen.«
»Wir hätten vor fünf Jahren gehen sollen«, sagte sie ohne Groll.

»Ich habe die Absicht, nach Osten zu ziehen. Vielleicht sechzig, siebzig Meilen.«
»Ich war im Osten, weißt du.«
»War es so schlecht, wie du erzählt hast?«
»Es war schlimmer. Wir waren siebzig Meilen östlich von hier, genau dort, wo du hingehen willst, und es war noch schlechter, als Pappi sagte.«
»Aber du bist bereit, es wieder zu versuchen?«
»Das Land hier ist verbraucht. Wir müssen fortziehen, bevor uns die Dürre zugrunde richtet.«
»Du bist bereit, es wieder zu versuchen?«
»Du bist viel tüchtiger als Pappi. Und ich weiß jetzt bedeutend mehr als damals. Ich bin bereit.«
Die älteren Kinder waren es nicht. Konservativ wie alle jungen Leute, jammerten sie, daß sie bleiben wollten, wo sie waren, besonders da nun andere Familien in die Gegend zu ziehen begannen. Aber es gab zwei Jungen auf der Farm, die dem geplanten Umzug entgegenfieberten. Adriaan war ein quecksilbriges Bürschchen, mager und flink wie seine Mutter. Er war in diesem Jahr zwölf geworden, ungebildet, was Bücher anlangte, aber wohl bewandert in allem, was auf dem Veld vorging. Er verstand sich auf Rinder, den Anbau von Mais, das Finden verlorener Schafe und beherrschte die Sprache der Sklaven und Hottentotten in seiner Familie. Seine wichtigste Eigenschaft war eine schelmische Freude an seiner Umwelt. Für Adriaan besaß ein Berg eine ebenso ausgeprägte Persönlichkeit wie ein Leittier oder seine Schwestern. Er sprach sicherlich nicht zu Bäumen, aber er verstand sie, und manchmal, wenn er über das Veld lief und auf eine Gruppe Proteen stieß, deren Blüten so groß waren wie sein Kopf, hüpfte er vor Freude, weil er förmlich hörte, wie sie miteinander flüsterten. Aber sein Hauptvergnügen bestand darin, allein ost- oder nordwärts zu wandern, zu den weiten, leeren Landstrichen, die ihn lockten.
Der zweite Junge, der sich auf den Treck nach Osten freute, war der neunzehnjährige Halbhottentotte Dikkop, Sohn eines farbigen Jägers und einer Dienerin der van Doorns. Er war, sogar für einen Hottentotten ungewöhnlich klein, so daß er mehr als Adriaan einem Knaben glich. Er hatte einen fetten Hintern, hübsche hellbraune Haut und ein schüchternes Wesen. Er hing sehr an den Van-Doorn-Kindern, besonders aber an Adriaan, mit dem er eine große Forschungsreise machen wollte. Wenn die Farm nun nach Osten verlegt wurde, hätten er und Adriaan, sobald die neue Hütte gebaut und das Vieh eingewöhnt war, freie Hand loszuziehen, und sie würden in Gebiete gelangen, die nur wenige vorher betreten hatten. Dikkop war begeistert, und als die Wagen beladen waren, ging er zu Hendrik: »Baas, wenn kommen neue Farm, Adriaan, ich, wir ziehen los?«
»Es ist Zeit«, stimmte Hendrik zu, und das genügte Dikkop als Versprechen. Auf der Reise würde er arbeiten wie noch nie zuvor und seinem Herrn beweisen, daß die geplante Forschungsreise gerechtfertigt war.
Der Treck bestand aus zwei schwer beladenen Wagen, einem Zelt, das

abends aufgeschlagen wurde, einer neunköpfigen weißen Familie, zwei großen Hottentottenfamilien, zweitausend Schafen, vierhundert Rindern und zwei Ochsengespannen von je sechzehn Tieren. Johanna besaß eine spärliche Sammlung von Küchengeräten; fünf Löffel, zwei Messer, aber keine Gabeln. Hendrik hatte eine im Jahr 1630 in Amsterdam erschienene Bibel, ein paar Werkzeuge und einen braungoldenen Topf, in dem er bei festlichen Gelegenheiten für seine Familie Brotpudding machte. Er verfügte auch über einen kleinen Vorrat an Samen, und er war sicher, damit einen Garten anlegen zu können; außerdem hatte er sechzehn kräftige Setzlinge von verschiedenen Obstbäumen als Grundlage für einen Obstgarten. Er war der einzige, der lesen konnte, und es machte ihm Freude, alle mit ihm verbundenen Menschen zum Abendgebet zu versammeln; dann schlug er die Bibel auf seinen Knien auf und las daraus vor.

Die Treckburen legten an jedem Tag nur geringe Entfernungen zurück. Die Ochsen bewegten sich nur sehr langsam, und die Herden mußten Zeit zum Grasen haben. Die Hottentotten mußten auskundschaften, wo es Wasserläufe gab, so daß fünf Meilen eine zufriedenstellende Tagesetappe waren. Auch pflegte die Karawane, wenn sie eine passende Stelle fand, drei oder vier Tage dort zu bleiben, um das frische Wasser und die gute Weide zu genießen.

Nach drei Wochen, in denen sie etwa fünfundsechzig Meilen zurückgelegt hatten, standen Hendrik und Johanna nebeneinander auf einer kleinen Anhöhe und blickten auf ein ausgedehntes Weidegebiet. Das Gras stand nicht übertrieben dicht, und das Wasser war nicht allzu reichlich, aber die Struktur von Boden, schützenden Hügeln und Veld sah sehr vielversprechend aus.

»War die Farm deines Vaters ähnlich?«

»Fast genauso«, antwortete Johanna.

»Und er ist gescheitert?«

»Wir wären beinahe gestorben.«

»Diesmal ist es anders«, sagte Hendrik, aber er zögerte, den entscheidenden Entschluß ohne die Zustimmung seiner Frau zu fassen. Sie hatte ihn bereits bei verschiedenen Gelegenheiten voraussehend vor Irrtümern gewarnt, und er verließ sich darauf, daß sie Schwächen erkennen würde, die ihm entgingen.

»Würdest du dir Sorgen machen, Johanna, wenn wir diese Stelle wählten?«

»Natürlich nicht! Du hast Söhne, die dir helfen. Zuverlässige Diener. Ich sehe keine Schwierigkeiten.«

»Gott sei Dank!« rief er mit einer Überschwenglichkeit, die sie überraschte. »Hier ist es!« Und er begann, zur Mitte der Ebene zu laufen, die er ausgewählt hatte, doch Johanna rief: »Du wirst vor Sonnenuntergang nicht genug Zeit haben! Warte bis morgen!«

»Nein!« rief er mit einer Erregung, die seine Kinder und die Diener in Bewegung brachte. »Das gehört uns! Wir stecken es heute abend ab!« Und

er lief weiter zum Mittelpunkt, wo er die Hottentotten anwies, Steine zu einem auffälligen Haufen aufzutürmen. Sobald sie damit begannen, rief er allen zu: »Wo ist Norden?« Er wußte es natürlich, wünschte aber ihre Bestätigung für die geheiligte Zeremonie, die er vollziehen wollte.
»Dort ist Norden«, sagte Dikkop.
»Richtig.« Und er übergab Johanna eine Pistole. »In einer halben Stunde feuerst du sie ab. Alle, die hier sind, sollen bezeugen können, daß ich nur eine halbe Stunde lang gegangen bin.« Darauf schritt er ernst und würdevoll nach Norden davon. Als er etwa eindreiviertel Meilen zurückgelegt hatte, feuerte Johanna die Pistole ab. Er blieb stehen und sammelte Steine für einen Haufen, der etwas kleiner ausfiel als der in der Mitte. Dann lief er mit Freudenrufen zur Mitte zurück, aufgeregt wie ein Junge.
»Wo ist Süden?« schrie er.
»Dort drüben!« riefen mehrere Stimmen, worauf er seiner Frau wieder sagte: »Laß mir eine halbe Stunde Zeit« und losmarschierte wie vorher. Denn die Zeugen sollten bestätigen, daß er sein Land ehrlich abgesteckt hatte. Als der Schuß ertönte, baute er einen Steinhügel und ging zurück.
»Wo ist Westen?« schrie er mit wilder, animalischer Energie; und wieder ging er los, machte normale Schritte, aber mit abnormaler Kraft. Wieder ein Schuß, wieder ein Steinhaufen, und wieder lief er zurück.
»Wo ist Osten?« rief er, und die Männer brüllten: »Dort ist Osten!« Aber als er diesmal in die unbekannte Weite wanderte, die seinen gehbehinderten Großvater so angezogen und ihn selbst von der angenehmen Sicherheit Trianons weggelockt hatte, schien es ihm, als nehme er an einer Art heiliger Mission teil, und seine Augen wurden feucht. Seine Schritte wurden langsamer und viel kürzer, so daß seine Farm asymmetrisch werden mußte. Aber er konnte einfach nicht anders. Er war am Ende dieses anstrengenden Tages noch fast elf Meilen weit gegangen und gelaufen, und er war müde. Aber noch mehr als das war er gefesselt durch die Berge, die im Norden parallel zu seinem Weg verliefen und die schönen Ebenen begrenzten, auf denen die großen Farmen der Zukunft stehen würden. Und im Süden konnte er den unsichtbaren Ozean fühlen, der bis zum eisumschlossenen Pol reichte, und er fühlte sich diesem freien Land so verbunden wie noch kaum jemand vor ihm.
»Er geht nicht weiter«, sagte Adriaan in der Mitte.
»Er wird langsamer«, sagte Johanna.
»Laß ihm doch mehr Zeit«, flehte der Junge.
»Nein. Wir müssen es richtig machen.« Aber Adriaan packte die Hand seiner Mutter und hinderte sie am Schießen; plötzlich sprang sein Vater hoch in die Luft, breitete die Arme weit auseinander und lief vorwärts, um die Zeit wiedergutzumachen.
»Jetzt!« sagte Adriaan und ließ die Hand sinken. Der Schuß krachte, der Steinhaufen im Osten wurde errichtet, und Hendrik van Doorn trottete langsam zu seiner Familie zurück. Die neue Farm, sechstausend Morgen vielversprechenden Weidelandes, war abgesteckt worden.

Die nächsten drei Monate, von April bis Ende Juni, waren eine Zeit außergewöhnlicher Anstrengungen, denn der Betrieb auf der Farm mußte vor Einbruch des Winters voll in Schwung sein. Es wurde ein geräumiger Kral aus Lehmziegeln und Stein gebaut, in dem die kostbaren Tiere untergebracht wurden, Bäume wurden gepflanzt, ein kleiner Garten angelegt und ein größeres Feld für Mais wurde umgepflügt, das man dann bis zum Anbau im Frühjahr brachliegen ließ. Erst als diese Arbeiten abgeschlossen waren, wurde das Personal mit der Aufgabe betraut, eine Hütte für die Familie zu bauen.

Hendrik schritt ein Rechteck in der Größe von vierzig mal zwanzig Fuß ab, das dann mit einer Mischung von Lehm und Dung eingeebnet wurde. An den vier Ecken wurden lange, geschmeidige Pfosten in den Boden geschlagen; die beiden an den Schmalseiten wurden zueinander gebogen und zusammengebunden. Sie wurden durch einen mächtigen, vierzig Fuß langen Balken miteinander verbunden, der den Firstbalken des Daches bildete. Die Seitenwände der Hütte, die sich von der Grundlinie nach oben wölbten, wurden aus Gerten und dickem Schilf mit Stroh zusammengeflochten. In der Mitte der einen Seitenwand befand sich eine einfache Tür, aber die beiden Endflächen waren geschlossen und das Ganze hatte keine Fenster.

Das Haus enthielt keine Möbel außer einem langen Tisch, den die Sklaven zimmerten, mit niedrigen, bankartigen Sitzen aus Gitterwerk und Lederriemen. Kleider und die wenigen sonstigen Habseligkeiten wurden in Wagenkästen aufbewahrt, auf die das Geschirr und der braungoldene Topf gestellt wurden. Die Feuerstelle bestand aus einer Einfassung aus Lehmziegeln an einer Seitenwand und hatte keinen Kamin. Die Kinder schliefen auf Haufen von weichgewalkten Fellen, ihre Eltern auf einem Bett in der anderen Ecke: vier Pfosten, die zwei Fuß hoch aus dem Boden standen und durch ein Gitter aus Rohr und Riemen verbunden waren.

Die Bezeichnung für diese primitive Wohnstätte, in der die neun van Doorns ein Jahrzehnt und die anderen Treckburen ein Jahrhundert verbringen sollten, gab Anlaß zu endlosen Debatten. Es war ein *hartbees-huisje*, und die widersprüchlichen Theorien über den Ursprung dieses Wortes wiesen auf verschiedene Komponenten hin, die bei der Bildung einer neuen Sprache für die Kolonien mitspielten. Das *hartebeest*, die Kuhantilope, war die auf dem Veld am meisten verbreitete Antilopenart, aber es gab keinen logischen Grund, weshalb dieses hübsche Tier dieser beengten Wohnstätte ihren Namen geben sollte. Eine bessere Erklärung besagt, daß das Wort eine Verballhornung des hottentottischen *harub*, Binsenmatte, plus dem holländischen *huisje*, Häuschen, sei. Andere behaupten, es müsse *harde* plus *bies* plus *huisje*, Hartschilfhaus, sein. Wie auch immer, das Hartschilfhaus war ein Symbol für die große Entfernung, die die Holländer körperlich und geistig sowohl von der Siedlung am Kap als auch von ihren Vorfahren in Holland zurückgelegt hatten.

Der erste Winter war hart, da es wenig Nahrungsvorrat gab. Aber die Siedler erlegten große Mengen von Springböcken, Gemsantilopen und schönen

Bläßböcken. Gelegentlich gab es auch Hartebeest, Kuhantilope; Johanna schnitt das Fleisch in schmale Streifen und briet es mit ein paar Zwiebeln, ein wenig Mehl und einer Prise Curry. Hendrik wanderte durch die niedrigen Hügel und suchte wilde Früchte, die er, zusammen mit Nüssen, zu Chutney kleinhackte. Die Familie wurde gut satt.
Die Kinder baten ihren Vater, er solle doch einen Brotpudding backen, aber er weigerte sich, weil er meinte, er würde ohne Zitronenschalen, Kirschen oder Äpfel als Garnierung eine Enttäuschung sein. Aber im September, als der lange Winter zu Ende ging, kam ein alter Hausierer vom Kap auf einem klapprigen Wagen vorbei, der mit Mehl, Kaffee, Gewürzen, Trockenfrüchten und nützlichen Dingen wie Nähnadeln und Stecknadeln beladen war.
»Ihr seid am weitesten im Osten«, sagte er mit hoher, asthmatischer Stimme.
»Wie seid Ihr allein über die Berge gekommen?« fragte Hendrik.
»Mein Partner und ich, wir zerlegten den Wagen und trugen die Teile herüber.«
»Wo ist Euer Partner?«
»Hat sich eine Farm genommen. Unten beim Ozean.«
»Wie kommt Ihr zurück zum Kap?«
»Ich werde alles verkaufen, auch den Wagen. Dann geh' ich zu Fuß zurück und kaufe einen anderen.«
»Kommt Ihr wieder her?« fragte Johanna.
»Vielleicht nächstes Jahr.«
»Dann haben wir sicher eine schöne Farm«, meinte Hendrik. »Vielleicht baue ich sogar ein richtiges Haus.«
Das glaubte niemand. Vier Jahre auf dieser Farm, eine oder zwei Dürreperioden, ein fruchtbareres Tal, das man bei einem Viehtrieb entdeckt hatte, und die van Doorns würden es nicht erwarten können, in ein besseres Land zu ziehen. Aber jetzt gab es Nahrung, für die man ein paar Reichsthaler zu zahlen hatte, also kam die ganze Familie zusammen, um die Vorräte des Alten durchzusehen.
»Ich bin nicht scharf darauf, zu verkaufen«, meinte er. »Auf dem Rückweg gibt es eine Menge Leute, die meine Sachen wollen.«
»Wie viele Leute?« fragte Hendrik.
»Zwischen hier und den Bergen... zehn... zwanzig Farmen. Das wird ein neues Stellenbosch.«
Johanna achtete darauf, daß sie vorsichtig einkauften, sagte aber am Ende des Feilschens: »Ich wette, Ihr hattet seit Wochen keine gute Mahlzeit.«
»Ich esse.«
»Wenn Ihr uns etwas von diesen Trockenfrüchten und diesen Gewürzen überlaßt, wird Euch mein Mann den besten Brotpudding machen, den Ihr je gekostet habt.«
»Der dort?« Der Alte warf einen fast verächtlichen Blick auf Hendrik, aber als Johanna nicht lockerließ, wurde er schwankend.
»Habt ihr Lammfleisch? Einfach gutes Lammfleisch?«

»Haben wir.«
»Lamm und Pudding. Das möchte ich.« So wurde der Tausch abgemacht, und während Johanna und Hendrik im Inneren der Hütte arbeiteten, saß der Alte auf einem klapprigen Stuhl neben dem Eingang und genoß den guten Duft von gebratenem Fleisch.
Es wurde ein Festmahl. Als sich alle sattgegessen hatten und immer noch genug übrig war, sagte Adriaan: »Ich möchte Dikkop etwas davon geben.« Keiner sagte etwas, und so fuhr er fort: »Ihr wißt ja, Dikkop und ich gehen auf die Wanderschaft.« Also waren sie damit einverstanden, daß der Hottentotte zum Eingang der Hütte kam, und Adriaan ihm einen Zinnteller mit Lammfleisch gab. »Bleib hier«, flüsterte er.
Nun brachte Hendrik den henkellosen Topf und stellte ihn vor den Alten: »Du als erster.«
Das war ein Fehler. Der Alte nahm sich fast die Hälfte des Topfinhaltes; er hatte seit undenklichen Zeiten keinen Kuchen mehr gegessen, und sicher keinen mit Stückchen von Zitronenschalen und getrockneten Äpfeln. Die van Doorns teilten den Rest gleichmäßig, aber Adriaan machte aus seiner Portion zwei. »Was tust du da?« fragte Johanna, und ihr Sohn antwortete: »Ich habe Dikkop einen Teil versprochen« und trug ihn schnell hinaus.
Ihre Wanderung war für November geplant, wenn die Proteablüten sich wie große goldene Monde öffneten. Der braunhäutige, barfüßige Dikkop, der mit dem Leben an der Grenze vertraut war, würde die Führung übernehmen. Adriaan, der über Tiere und Bäume ungewöhnlich gut Bescheid wußte, war der Kopf des Unternehmens. Sie begaben sich in gefährliches Gebiet mit Löwen, Flußpferden, Elefanten und unzähligen Antilopen. Und am Ende, wenn sie am Leben blieben, würden sie zurückwandern und von ihrer Reise kaum mehr mitbringen als aufregende Geschichten.
Gegen Ende des Frühlings 1724 machten sie sich mit zwei Gewehren, zwei Messern, einem Paket mit getrocknetem Fleisch und ohne eine Spur von Angst auf den Weg.

Es war eine Reise, die kaum wiederholt werden konnte. Zwei junge Burschen auf dem Weg in unerforschtes Land, ohne die geringste Ahnung, was sie eigentlich erwartete. Dikkop war ein geschickter Tischler, aber auch gut an die Wildnis angepaßt. Er hatte ein Gespür für Gefahren und wußte, wie man ihnen entgehen konnte. Er fürchtete körperliche Auseinandersetzungen und machte beträchtliche Umwege, um ihnen auszuweichen; tatsächlich war er ein wenig feige, aber das hatte ihm dazu verholfen, in feindlicher Umgebung zu überleben. Und er beabsichtigte nicht, seine Einstellung jetzt zu ändern.
Adriaan hatte vor nichts Angst, denn er war überzeugt, daß er jedem Tier, wie groß und stark es auch sein mochte, die Stirn bieten konnte, und er war empfänglich für alle Eindrücke. Wenn sein Großvater Willem der erste Afrikander war, so war er der zweite, denn er liebte diesen Kontinent inbrünstiger als irgendein anderes Kind, das damals lebte.

Er war ein Teil davon, sein Herz schlug im Gleichklang mit diesem Land, er lebte mit seinen Bäumen, Büschen und Vögeln, und obwohl er keine Bücher lesen konnte, konnte er zweifellos die Dokumente der ihn umgebenden Natur lesen.
Sie besaßen kein Zelt und keine Decken. Nachts lehrte Dikkop, der aus einem zehntausend Jahre alten Wissen schöpfen konnte, Adriaan, im Erdboden eine Mulde für seine Hüfte zu graben und sich mit Buschwerk gegen die Kälte zu schützen. Sie tranken, wo immer sie Wasser antrafen, denn es konnte nicht verunreinigt sein. Sie nährten sich gut von reifen Beeren, Nüssen, Wurzeln, Flußfischen, Maden und reichlich Fleisch.
Sie kletterten auf Bäume, um weite Flächen zu überblicken, und richteten sich nach den Sternen. Dabei wählten sie einen Weg zwischen den Bergen im Norden und dem Ozean im Süden.
Gelegentlich entdeckten sie eine Hottentottensippe, wichen ihr aber lieber aus, denn das war ihr Abenteuer, und sie wollten es mit niemand teilen. Auf diese Weise legten sie über hundertfünfzig Meilen in östlicher Richtung zurück. Sie blieben zwei Wochen an einem Fluß, wo es alles gab, Gras für Viehzucht, ebene Felder für den Ackerbau, klares Wasser und schöne Bäume mit gutem Holz. In späteren Jahren erinnerte sich Adriaan oft an diesen Fluß und fragte Dikkop: »Was meinst du, wie hieß der Fluß? Wo wir wochenlang blieben und nichts taten?« Aber sie kamen nie auf seinen Namen. Es war ein Fluß der Erinnerung, und manchmal sagte Adriaan: »Ich möchte wissen, ob er wirklich existierte oder ob wir diesen Fluß nur geträumt haben.« Solche Äußerungen verschafften ihm den Namen *mal* Adriaan, verrückter Adriaan; *daft* Adriaan, närrischer Adriaan, der auf Bäumen schläft.
So können große Reisen in der Knabenzeit einen Menschen formen. Sie eröffnen ihm Möglichkeiten und Perspektiven, die andere nie sehen, und setzen ihm Ziele für sein ganzes Leben.
In der Mitte ihrer Reise, als es bereits an der Zeit war umzukehren und sie genug Abenteuer erlebt hatten, um ein ganzes Leben lang die Abende mit Geschichten zu füllen, ereignete sich ein Zwischenfall. Er war von nur geringer Bedeutung und blieb ohne irgendwelche Folgen. Dennoch war er in seiner einfachen Art symbolisch für die Entwicklung, die diese Region in den nächsten zweihundertsechzig Jahren durchmachen sollte. Adriaan und Dikkop durchstreiften eine Niederung, in der es keine erkennbaren Tierspuren gab. Da blieb der Hottentotte plötzlich stehen, zeigte nach Osten und sagte ein wenig besorgt: »Menschen!«
Instinktiv suchten die beiden Jungen Deckung und waren sicher, daß sie niemand gehört oder gesehen hatte. Sie hatten recht. Vom anderen Ende der Niederung näherten sich zwei junge, glänzend schwarze Männer, größer als die beiden Abenteurer, aber bestimmt nicht älter als Dikkop. Sie waren mit Keulen und Assagais bewaffnet und trugen nichts als einen Lendenschurz und einen Reif aus zarten blauen Federn rund um den rechten Fußknöchel. Offensichtlich war ihre Jagd erfolglos gewesen, und Adriaan

fragte sich, was sie wohl an diesem Abend essen würden. Sie kamen langsam näher.
Es war eine spannungsgeladene Situation. Vielleicht würden sie vorbeigehen, ohne die Jungen in ihrem Versteck zu entdecken. Doch wie sollte man ihnen dann nach Norden oder Süden ausweichen, um ihnen zu entgehen? Wahrscheinlich würden sie die Fremden jedoch bald entdecken, und was dann geschah, konnte man nicht voraussagen. Dikkop zitterte vor Furcht, aber Adriaan atmete ruhig und tief. Dann sprach er plötzlich mit lauter, aber freundlicher Stimme, und als die beiden Schwarzen sich erschrocken umwandten, trat er vor, streckte seine leeren Hände aus und sagte auf holländisch: »Guten Tag.«
Automatisch griffen die beiden Schwarzen nach ihren Keulen, denn nun kam auch Dikkop heraus. Er hielt sich die Hände vors Gesicht und wimmerte: »Nein! Nein!« Die beiden Schwarzen schwangen drohend ihre Keulen und stellten sich mutig den Fremden. Endlich, nachdem Dikkop vor Angst beinahe gestorben war, ließen die Schwarzen langsam ihre Waffen sinken und beäugten mißtrauisch die unglaublichen Fremden. Dann kamen sie vorsichtig näher.
Auf diese Weise war Adriaan van Doorn der erste seiner Familie, der mit den Schwarzen zusammentraf, die das Land im Osten bewohnten. Willem van Doorn war 1647 am Kap gelandet, aber erst 1725 stand sein Urenkel einem südafrikanischen Schwarzen unmittelbar gegenüber. Natürlich hatten Männer wie Kommandant van Riebeeck schon in jenen Tagen am Kap schwarze Sklaven gehalten, aber die stammten aus Madagaskar, Angola oder Moçambique.
Die Holländer hatten sich in den achtundsiebzig Jahren, die seit der Ansiedlung der van Doorns am Kap vergangen waren, ganz auf die Politik der übrigen Europäer festgelegt: Alles, was ihnen dieser Kontinent bieten konnte, gehörte automatisch ihnen. Während all dieser Jahre hatten sie nicht auf die schiffbrüchigen Seeleute und Hottentottennomaden gehört, die von der Existenz bedeutender Stämme im Osten berichteten. Infolge ihrer Anmaßung und Unkenntnis mußte die bevorstehende Konfrontation zwangsläufig gewalttätig verlaufen.
»Sotopo«, stellte sich der jüngere Schwarze vor. Er erzählte, daß er von weit her komme aus dem Osten, viele Tagereisen, viele Tage. Der ältere Bursche gab an, sie seien, so wie Adriaan und Dikkop, am Ende des Winters auf Wanderschaft gegangen. Auch sie hätten sich vom Land ernährt, dann und wann eine Antilope getötet, um zu essen. Aber an diesem Tag hätten sie kein Glück gehabt und müßten hungrig schlafen gehen.
Wie aber unterhielten sie sich, obwohl keiner die Sprache des anderen verstand? Sie verständigten sich wie alle Menschen in Grenzland-Gesellschaften, mit Gesten, Pantomimen, Brummen und Lachen. Mit diesen Freunden zu sprechen war nicht schwieriger als mit fremden Sklaven, die die van Doorns von Zeit zu Zeit kauften. Der Herr redete, und der Sklave verstand das meiste. Das genügte. Die beiden Schwarzen wurden hellhörig, als Dik-

kop ihnen zu sagen versuchte, daß er ihnen mit seinem Stock eine Antilope zum Abendessen fangen könne. Sie waren nicht so dumm, das zu glauben. Ein Medizinmann konnte mit seiner Magie viel erreichen, aber nicht bei einer Antilope. Also krochen die vier Jungen leise zum Rand der sumpfigen Mulde und warteten geraume Zeit, bis endlich eine Springbockherde erschien. Geduldig ging Dikkop in Stellung, zielte auf einen gesunden Bock und feuerte. Beim Knall des Schusses schrien die beiden schwarzen Jungen erschrocken auf, als aber der Springbock tatsächlich fiel, konnten sie ihr Staunen nicht verbergen. Dem schlauen Hottentotten war klar, daß sie diese Nacht wahrscheinlich in Gesellschaft der beiden verbringen würden, und er bemühte sich, ihnen mit vielen Gebärden zu erklären, daß sein Stock nicht nur auf weite Entfernung, sondern auch aus nächster Nähe töten konnte. Außerdem machte er ihnen deutlich, daß sie, auch wenn sie den Stock stahlen, nicht imstande sein würden, den Weißen zu töten, weil sie sein Geheimnis nicht kannten und er es ihnen nicht verraten würde. Das verstanden sie.
Während das Springbockfleisch über der Nachglut des lodernden Feuers gebraten wurde, berieten die vier jungen Leute ihre Lage. Jedes Paar unterhielt sich unbesorgt in seiner Sprache, da ja die anderen nicht verstehen konnten, welche Maßnahmen erwogen wurden. Dikkop, den die Situation ängstigte, schlug vor, er und Adriaan sollten sich unmittelbar nach dem Abendessen auf den Weg zurück zu ihrer fernen Farm machen und sich darauf verlassen, daß sie die Schwarzen mit den Gewehren in Schach halten konnten, wenn sie versuchen sollten, ihnen zu folgen. Adriaan lachte nur über diesen Vorschlag: »Die können laufen. Das sieht man an ihren Beinen. Wir würden ihnen nie entkommen.«
»Was tun wir also, Baas?« fragte Dikkop.
»Wir bleiben hier, halten Wache und versuchen, so viel zu erfahren, wie wir können.«
Dikkop hielt eine solche Taktik für unverantwortlich und machte das auch deutlich; sie einigten sich auf einen genialen Kompromiß, und Dikkop erklärte: »Wir schlafen auf diesem Baum, Baas. Mit unseren Gewehren. Zuerst schläfst du und ich halte Wache. Dann wecke ich dich, du richtest dein Gewehr auf sie. Erschieß sie, wenn sie versuchen, uns zu töten.«
Aber nachdem sie gegessen und die Fremden das Antilopenfett von ihren Fingern geleckt hatten, sahen Adriaan und Dikkop zu ihrer Verwunderung, daß die Schwarzen sich sofort auf einen Baum zurückzogen und sich so einrichteten, daß sie geschützt waren, falls die zwei jungen Leute versuchen sollten, sie in der Nacht zu töten. Während Adriaan eine Stelle auf dem Boden ausgrub, von der aus er mit seinem Gewehr auf den Baum zielen konnte, bemerkte er, daß sie ihre Keulen mit nach oben genommen hatten.
Und so verbrachten sie die Nacht, zwei oben, zwei unten, zwei wach, zwei schlafend. Erst als es Tag wurde, kletterten die Schwarzen von ihrem Baum herunter.
Sie blieben vier Tage beisammen; Dikkop war halb krank vor Angst. Die

Schwarzen waren so viel größer als er und so muskulös. Er konnte die Vorstellung nicht verdrängen, daß sie mit ihren Keulen auf ihn losgehen würden; sogar in dem Augenblick, da er sein Gewehr abfeuerte, um eine zweite Antilope zu erlegen, erwartete er, erschlagen zu werden. Er war nicht unglücklich, als die Schwarzen erklärten, sie müßten ihren achtzehntägigen Rückmarsch nach Osten antreten. Dikkop antwortete erleichtert, daß auch er und Adriaan ihre dreißigtägige Wanderung nach Westen beginnen müßten. Er sagte Adriaan: »Ungefähr die gleiche Entfernung, Baas. Sie gehen viel schneller.«

Die Trennung verlief ohne große Gemütsbewegung, aber alle fühlten, daß dies ein bedeutender Augenblick war. Es gab kein Händeschütteln, keine *abrazos* nach Art der Portugiesen, nur einen Moment angespannter Stille, während die beiden Paare einander zum letztenmal anblickten. Dann, wie um die sich entwickelnde Geschichte dieser Rassengruppen vorwegzunehmen, streckte Sotopo seine Hand aus, um Adriaans Arm zu berühren. Doch der holländische Junge erschrak bei der unerwarteten Bewegung und zog sich zurück. Bis er sich gefaßt hatte und die Abschiedsberührung annehmen wollte, war Sotopo, gekränkt darüber, daß seine Geste abgelehnt wurde, einen Schritt zurückgetreten. Dikkop, der Farbige, stand bloß daneben und sah zu, ohne sich irgendwie zu beteiligen.

Als erste entfernten sich die beiden Schwarzen. Als sie am Ende der Lichtung angelangt waren, drehten sie sich um und sahen zu, wie die Fremden nach Westen gingen und ihre Gestalten mit den wunderbaren Feuerstöcken auf den Schultern immer kleiner wurden.

»Wer waren sie?« fragte Sotopo seinen älteren Bruder.

»Wie die, die noch vor Großmutters Zeit über das Meer kamen.« Man hatte den Jungen von diesen geheimnisvollen Geschöpfen erzählt; sie waren über das Meer gekommen, in einem schwimmenden Haus, das auf den Felsen in Stücke gebrochen war, und sie waren an Land gegangen. Auf beiden Seiten waren ein paar Menschen getötet worden, dann hatten sich die Fremden in zwei Gruppen geteilt; die eine wanderte über Land und ging in den öden Gebieten zugrunde, die andere wartete viele Monate lang am Strand, bis ein anderes schwimmendes Haus kam, um sie fortzubringen.

Sie hatten bei den Stämmen keine sichtbaren Spuren hinterlassen, nur Erinnerungen, von denen die Krieger abends in den Krals sprachen. Der kleine Kerl mit dem weißen Haar war bestimmt einer von diesen. Aber der andere? »Wer war er, Mandiso?«

»Er sah aus wie einer von den braunen Menschen aus den Tälern«, antwortete der ältere Junge, »aber etwas an ihm ist anders.«

Und als das fremde Paar im Westen verschwand, machten sich die schwarzen Wanderer auf den Weg in ihre Heimat.

Sie waren Xhosa, Kaffern, Mitglieder des großen, mächtigen Stammes der Südbantu, der jenseits des großen Flusses lebte; und wenn sie zu ihren Familien zurückkehrten, würden sie vieles zu erklären haben. Sie konnten schon hören, wie Großmutter sie anschreien würde: »Wo seid ihr so lange gewesen? Wohin hast du deinen kleinen Bruder mitgenommen? Was meinst du, ein weißer Junge mit einem Stock, der Flammen spie?« Während sie sich der Heimat näherten, entwarfen sie jeden Abend eine neue Taktik. »Du erklärst es, Mandiso. Du bist älter.« Sie vereinbarten, daß Mandiso erzählen würde, wie sie erfahren wollten, was westlich vom großen Fluß lag, jenseits der Hügel, wo sich die rote Erde erstreckte.

Aber am nächsten Abend hielten sie es für besser, wenn Sotopo das Erzählen besorgte, denn er war jünger und man würde ihm freundlicher zuhören: »Wir folgten der Spur einer großen Antilope, konnten sie aber nicht aufstöbern, und ehe wir uns versahen, waren wir jenseits der Hügel.«

An manchen Abenden gestanden sie sich gegenseitig ein, daß keine von ihren Erklärungen überzeugend klang. Aber sie wußten nicht, wie sie ihren Ausflug rechtfertigen sollten. Die Wahrheit würde ihnen bestimmt niemand glauben. »Der Grund, warum wir so lange fort waren«, sagte Mandiso, während sie an den saftigen Wurzeln eines Strauches kauten, »war, daß wir einen Tag um den anderen glaubten, wir würden etwas Großartiges sehen, wenn wir die Spitze des nächsten Hügels erreichten.« Er zögerte, und Sotopo setzte den Bericht fort: »Aber wann immer wir auf den Kamm dieses Hügels kamen, sahen wir nichts. Noch mehr Wälder, kleine Flüsse und viele weitere Hügel.«

»Sollen wir ihnen von den beiden Jungen erzählen?« fragte Mandiso.

»Das ist schwierig«, sagte Sotopo, »wegen des Kleinen mit der gelben Haut. Ich glaube nicht, daß er ein Junge war. Ich bin der Ansicht, er war ein *khoikhoi* (Hottentotte), vielleicht zwanzig Sommer alt.«

»Mir gefiel der größere«, sagte Mandiso. »Er hatte keine Angst, weißt du. Bei dem Kleinen konnte man riechen, wie er vor Angst schwitzte. Aber der weißhaarige Junge schien uns zu mögen.«

»Aber am Schluß sprang er auch ängstlich zurück.«

»Richtig«, stimmte Mandiso zu. »Du gingst zu ihm, und er sprang zurück, furchtsam wie der andere.«

Als sie den großen Fluß erreichten und wußten, daß sie bald anderen Xhosa begegnen würden, hörten sie auf zu grübeln und sahen der Tatsache ins Auge, daß sie noch vor Einbruch der Nacht ihre Abwesenheit würden erklären müssen. »Weißt du«, meinte Mandiso halb in sein Schicksal ergeben, »wir werden ihnen einfach sagen, daß wir sehen wollten, was im Westen liegt.«

»Aber sollen wir ihnen nicht von den beiden Fremden erzählen?«

»Doch, das sollten wir besser tun, glaube ich«, antwortete der ältere Junge. »Wenn wir die Angst bei dem Kleinen riechen konnten, wird die alte Großmutter die Erregung in unseren Augen sehen, ob wir es ihr sagen oder nicht.« So einigten sie sich, daß sie die ganze Geschichte erzählen würden, ohne etwas zu beschönigen oder zu verschweigen, und dieser Entschluß zerstreute ihre Befürchtungen; sie gingen tapfer weiter, begegneten den Spähern an der Grenze ihres Gebiets und gaben sich ihnen gegenüber recht mutig und offen, aber als die alte Großmutter sie anschrie, wurden sie ganz klein und erzählten eine sehr unzusammenhängende Geschichte.

Das Volk der Xhosa leitete seinen Namen von einem historischen Häuptling aus der Zeit um 1500 ab. Eine seiner vielen Leistungen war, ihnen die schöne Tälerkette gesichert zu haben, die sie nun zwischen den Bergen und der Küste des Indischen Ozeans bewohnten. Sie waren ein halbes Jahrtausend nach Süden und Westen gewandert, angelockt von einer Reihe leerer Weidegebiete und vorwärts gedrängt von anderen wandernden Stämmen. Sie hatten sich in einem Tempo von nur einhundertzwanzig Meilen in einem Jahrhundert bewegt, und obwohl sich dieses Tempo in letzter Zeit beschleunigt hatte, weil die Bevölkerung wuchs und die Herden zunahmen, hätten sie etwa im Jahr 2025 das Kap und das Ende ihrer Ausbreitung erreicht, hätten nicht die Holländer das Kap besetzt und sich nach Osten ausgebreitet. Nach der Begegnung dieser vier jungen Leute war es offensichtlich, daß die Treckburen und die Xhosa aufeinandertreffen würden, und zwar ziemlich bald irgendwo am Fluß der großen Fische.

Weit drüben im Osten, in einem ungewöhnlich gut geschützten Tal, lebte der Große Häuptling, der niemals die Westgrenze auch nur besucht hatte, an der die Familie von Sotopo und Mandiso lebte. Alle Stämme waren dem Großen Häuptling zu Ergebenheit verpflichtet, obwohl sich seine eigentliche Macht auf seine dominierende Rolle bei Festen und Ritualzeremonien und auf die Bestimmung der Rechte der königlichen Familie beschränkte, der alle Häuptlinge der Stammesgruppe angehörten. Die einzelnen Stämme des Volkes der Xhosa lebten jeder in einem anderen Teil des Gebietes, und Sotopos Stamm war der westlichste. Die Stammeshäuptlinge ernannten die Anführer verschiedener Sippen oder Bezirke, die so groß waren, daß ihre Mitglieder untereinander heiraten konnten. Die Bezirke waren in Krals unterteilt, in denen Ehen verboten waren, und Sotopos Vater, Makubele, war Kraloberhaupt; er führte Befehle aus, amtierte bei Zeremonien und ordnete ziemlich viel an, aber alle, insbesondere Makubele selbst, wußten, daß der Kral in Wirklichkeit von Tutula regiert wurde, der alten Großmutter. Die Familie bestand aus einundvierzig Mitgliedern.

Es wäre irreführend, zu sagen: »Sie besaßen einen bewaldeten Hügel im Binnenland, weit entfernt vom Meer«, denn niemand *besaß* irgendeinen Teil des Landes. Sotopos Vater besaß viele Rinder, und wenn die Kühe weiter Kälber zur Welt brachten, würde er vielleicht der nächste Häuptling werden. Die alte Großmutter besaß gegerbte Tierfelle, die sie im Winter als Bettdecken verwendete. Und Sotopo besaß seine polierten Hartholz-Assagais. Aber das Land gehörte den Geistern, die das Leben beherrschten; es existierte ewig, für alle, und wurde gemäß den Befehlen des Stammeshäuptlings und ältesten Oberhauptes zeitweilig verteilt. Sotopas Vater besaß vorläufig den Hügel, und wenn er starb, konnte der älteste Sohn das Lehen erben, aber weder ein Mann noch eine Familie erwarb jemals Eigentumsrecht.

Das Schöne an dem System war, daß alles Land in der Welt frei war, und wenn ein Streit über die Erbfolge entbrannte oder ein Kral übervölkert war, konnten die Benachteiligten einfach weiterziehen; wenn ein ganzer Kral beschloß, nach Westen zu ziehen, ließen die Menschen freies Land zurück, das andere ohne weiteres besetzen konnten. Sie aber würden sich in einem anderen, entfernten Tal niederlassen, das ebenso annehmbare Lebensbedingungen bot wie das von ihnen verlassene, und das Leben würde weitergehen wie in den achthundert Jahren vorher.
»Was wir jetzt in Angriff nehmen sollten«, sagte Makubele, während er nach der Aufregung über den Ausflug der Jungen seine Pfeife paffte, »ist die Beschneidung Mandisos.« Alle waren einverstanden, insbesondere Mandiso, der jetzt siebzehn Jahre alt war und begierig darauf wartete, ein Mann zu werden. Das Ausreißen nach Westen war sein letztes kindisches Abenteuer gewesen. Jetzt begannen die Mädchen im Tal ihn mit unverhohlenem Interesse zu betrachten, und wenn er sich nicht der schmerzhaften Mannbarkeitsprüfung unterzog, bestand keine Aussicht, daß er jemals eines von ihnen bekommen würde, gleichgültig, wieviel *lobola* – Rinder als Zahlung für die Braut – er zusammenbrachte. Es gab bereits einen Mann in ihrem Tal, der nun schon über vierzig war und sich der Beschneidung entzogen hatte. Aber mit dem wollte niemand, weder Frauen noch Männer, etwas zu schaffen haben, weil er seine Männlichkeit nicht bewiesen hatte.
Der in diesem Jahr erst vierzehnjährige Sotopo hatte während ihrer Wanderung bemerkt, daß sich sein Bruder veränderte und ernster wurde; manchmal hatte Mandiso fast einen ganzen Tag lang geschwiegen, als ob er die ihn erwartenden Riten vorweggenommen hätte, und nun wartete keiner gespannter auf die bevorstehenden Zeremonien als Sotopo. Er fragte sich immer wieder, wie er sich verhalten würde, wenn er Mandiso wäre.
Er beobachtete, wie die Familienältesten andere Familien besuchten, um festzustellen, welche von ihren Söhnen teilnehmen wollten, und er blieb bei seinem Vater, als die Männer den Medizinmann aufsuchten, um zu bestimmen, wann der Mond in der geeigneten Position sein würde, um die abgeschiedene Strohhütte zu bauen, in der die ins Mannesalter tretenden Jungen drei Monate lang wohnen sollten, wie es die Tradition vorschrieb. Er sah, wie die ausgewählten Jungen sich aufmachten, um roten Lehm für den zeremoniellen Schmuck zu sammeln, wie sie die seltsamen Binsenhüte flochten, die sie hundert Tage lang tragen würden. Sie waren drei Fuß lang, an einem Ende zusammengebunden, am anderen offen, und wurden parallel zum Boden getragen, wobei das zugebundene Ende hinten nachschleifte. Er konnte sich Mandiso in einem solchen Hut vorstellen; er würde aussehen wie ein Kronenkranich, der heilige Vogel der Xhosa.
Dann kam der Tag, an dem der Mann, der zu ihrem Wächter ernannt worden war, die neun Initianden versammelte und sie zum Fluß führte, wo sie sich in Anwesenheit von Männern – ein paar Jungen wie Sotopo sahen aus Verstecken unter den Bäumen zu – entkleideten, ins Wasser stiegen und sich zur Gänze mit weißem Lehm bemalten; als sie herauskamen, sahen sie

aus wie Geister. So marschierten sie zu der abgeschiedenen Hütte, in die der Wächter mit ihnen ging, um sie in die Geheimnisse des Stammes einzuweihen. Nach langer Zeit führte er die Jungen an eine Stelle, wo alle sich vergewisserten, daß es mindestens neun Ameisenhügel gab; Mandiso bezeichnete den seinen mit zwei Stöcken, und der Wächter entfernte sich. Während der ganzen Nacht sangen die Jungen alte Lieder aus den Tagen, als die Xhosa weit oben im Norden gelebt hatten, lange bevor der Große Xhosa ihnen ihren Namen gegeben hatte, und Sotopo, der noch immer zuschaute, beneidete sie um ihre Kameradschaft, ihren Gesang und, vor allem, um die Tatsache, daß sie bald Männer sein würden.

Am nächsten Morgen, als die Sonne schon hoch am Himmel stand, kam der Wächter mit seinem messerscharfen Assagai zurück, trat entschlossen in die Hütte und rief mit lauter Stimme: »Wer will ein Mann werden?« Und Sotopo hörte voller Stolz die Stimme seines Bruders antworten: »Ich will ein Mann werden.« In der nun folgenden Stille konnte sich Sotopo das Blitzen des Assagais und den brennenden Schmerz nur vorstellen. Dann kam der triumphierende Ruf: »Jetzt bin ich ein Mann!« Gegen seinen Willen brach Sotopo in Tränen aus; sein Bruder hatte keinen Schmerzensschrei ausgestoßen.

Als die Initiation der neun beendet war, verließen sie nacheinander die Hütte. Jeder trug in seiner rechten Hand die Vorhaut, die ihm abgeschnitten worden war, und versteckte sie in seinem Ameisenhügel, damit die bösen Geister sie nicht finden und verhexen konnten. Drei Tage lang wurde ein Wächter bei den Ameisenhügeln postiert, um Zauberer abzuhalten; dann würden die Ameisen alle Spuren des Rituals aufgefressen haben.

In diesem Tal war es wichtig, sich vor Geistern zu hüten, und nachdem die neun Jungen sechs Tage in ihrer Hütte verbracht hatten, schlug der gefürchtete Feuervogel zu, um alle an seine Macht zu erinnern. Nur wenige Menschen hatten den Vogel jemals gesehen, und das war ein Glück, denn er war so schrecklich. Er lebte hinter den Bergen und fraß gewaltige Mengen von gestohlenem Mais, wodurch er so fett wurde, daß er größer war als ein Flußpferd. Dann setzte er sich, da er ja ein höllischer Vogel war, selbst in Brand. Sein Körperfett erzeugte lange Stichflammen, und er flog schreiend über den Himmel, teils aus Freude über zerstörte Krals, teils vor Schmerz über seinen sich verzehrenden Körper. So kamen Donner und Blitz.

Wenn sein Fett fast ganz verbrannt war, stürzte der Feuervogel unter einem gewaltigen Donnerschlag zur Erde, grub sich tief ein und legte ein großes weißes Ei, das sich unterirdisch vorwärtsbohrte, bis es den Grund eines Flusses erreichte. Dort reifte es, bis ein anderer, voll ausgewachsener Feuervogel emporstieg, um Mais zu fressen, sich in Brand zu setzen und wieder Donner und Blitz zu bringen.

An diesem Tag, an dem sich Mandiso und seine acht Gefährten in der Hütte eng zusammendrängten, war der Feuervogel besonders rachedurstig. Er fegte durch das Tal, bis die Erde zu beben schien.

Wie in jedem Kral mußte das Oberhaupt mit seinen Assagais in den Sturm hinausgehen zu der Einfriedung, in der die Rinder verzweifelt brüllten, und mit all seinen magischen Kräften sein Vieh und seine Familie gegen den Blitz verteidigen. Wenn es dem Feuervogel gelang, einen Kral in Brand zu stecken, war es ein Beweis dafür, daß seine Bewohner etwas Schlimmes getan hatten, und dann mußten sie dem Medizinmann eine gewaltige Buße bezahlen, um sich von ihrer Schuld zu reinigen.

Tatsächlich mußte man den Zauberer für fast alles bezahlen; wenn jedoch der Feuervogel weinte, war das ein überzeugender Beweis dafür, daß jemand gesündigt hatte. Bei manchen Gewitterstürmen, wenn das Fett des Vogels allzu rasch brannte, wurden seine Schmerzen unerträglich, und der verzweifelt flatternde Vogel begann zu weinen wie ein Kind. Während seine Tränen herabfielen, verwandelten sie sich in Hagel, jedes Korn war größer als ein Vogelei, und das Tal wurde erbarmungslos verwüstet.

In diesem Gewitter weinte der Feuervogel besonders jämmerlich. Gewaltige Hagelschauer prasselten hernieder, zerschlugen Dächer und verletzten Kühe, bis ihre Schreie in die Hütte drangen, wo Sotopo und seine Familie kauerten. Ein Schauer von besonders großen Körnern traf Makubele, während er draußen stand und seine Familie zu beschützen suchte, und er stürzte zu Boden. Sotopo sah es und begriff, daß der Medizinmann, wenn er davon hörte, es als Beweis betrachten würde, daß Mandiso irgendwie gesündigt und den Feuervogel dadurch veranlaßt hatte, das Tal zu strafen. Und so stürzte Sotopo, obwohl es verboten war, aus der sicheren Hütte, lief zu seinem Vater, half ihm auf die Beine und unterstützte ihn bei der Abwehr des Vogels.

Als der Feuervogel das Tal verließ, um sich hinter den Hügeln auf die Erde zu stürzen, und die Blitze aufhörten, sammelte Sotopo ruhig die drei Assagais, die er mühevoll angefertigt hatte, und holte sein einziges Kalb, das erste Stück der Herde, die er eines Tages besitzen würde, und ging zielstrebig zur Hütte des Medizinmannes.

»Ich komme, um Hilfe zu erbitten«, sagte er zweimal an dem niedrigen Eingang. Aus dem dunklen Inneren antwortete eine tiefe Stimme: »Tritt ein.«

Da der Junge noch nie einen Wahrsager besucht hatte, wußte er nur wenig von der geheimnisvollen Welt, die er betrat: die Eule auf dem toten Ast; der ausgestopfte Nashornvogel mit roten Hautlappen, der einsam in der Ecke saß, die Säcke mit toten Tieren, Eidechsen und Kräutern. Vor allem aber die unheimliche Gegenwart des alten Mannes, der mit den Geistern kämpfte und sie daran hinderte, seine Gemeinde zu überwältigen.

»Ich höre, dein Vater wurde vom Feuervogel niedergeschlagen«, sagte der Alte.

»Nein«, log Sotopo. »Er glitt aus, weil der Regen den Hang schlammig gemacht hatte.«

»Ich höre, du hast eure Hütte verlassen.«

»Ich kam meinem Vater zu Hilfe, um den Feuervogel abzuwehren.«

»Warum kommst du zu mir? Welches Vergehen hast du noch begangen?«

»Ich komme, um für meinen Bruder zu sprechen.«

»Mandiso? In der Beschneidungshütte? Was hat er verbrochen?«
»Nichts. Ach, nichts. Aber ich möchte, daß du dich für ihn verwendest, damit er sich in diesen Wochen tapfer verhält.«
Der Wahrsager hustete. Dieser Sotopo, der Sohn Makubeles und Enkel der alten Großmutter, war schon ein kluger Junge. Er wußte, daß es von höchster Wichtigkeit war, wie sich ein junger Initiand während der Initiation verhielt; vor zwei Jahren war ein Bewerber vor Schmerz ohnmächtig geworden, und obwohl sich herausstellte, daß die Wunde geeitert hatte, war das keine Entschuldigung dafür, ohnmächtig zu werden; er hatte infolgedessen nur den zweiten Status erhalten, was ihm für den Rest seines Lebens schaden würde. Dieser Sotopo machte sich solche Sorgen um seinen Bruder, daß er bereit war, drei Assagais und eine Kuh anzubieten...
»Du bringst mir die Assagais?« fragte der Medizinmann.
»Ja, und meine Kuh.«
»Du bist ein starker Junge. Du wirst einmal ein weiser Mann sein. Laß sie hier.«
»Und du wirst meinen Bruder beschützen?«
»Er wird sich bewähren.«
»Und du wirst vergessen, daß mein Vater im Lehm ausgeglitten ist?«
»Ich werde vergessen.«
»Wahrsager, wir danken dir. Wir alle danken dir.« Sotopo erzählte niemandem von seinem geheimen Besuch bei dem Medizinmann und war sehr erleichtert, als er hörte, daß Mandiso sich besonders gut hielt.

In den folgenden Tagen bemerkte Sotopo, daß noch jemand anderer im Tal sich ungewöhnlich für den neuen Stand seines Bruders interessierte, nämlich Xuma, das hübsche Mädchen, das im Kral am anderen Ende des Tales wohnte. Sie war fünfzehn, ein Jahr älter als Sotopo, hatte ein freundliches Gesicht, weiche Lippen und eine Sammlung von Ohrringen. Außerdem trug sie eine Menge Perlen und Amulette, die ihr Näherkommen zu einem musikalischen Genuß machten. Sotopo hatte Xuma sein Leben lang gekannt und mochte sie lieber als jedes andere Mädchen, obwohl sie älter und in mancher Hinsicht stärker war als er; es gefiel ihm, daß dieses lebhafte Mädchen ihre Aufmerksamkeit auf seinen Bruder gerichtet hatte.
»Was hört man aus der Hütte?« fragte sie, als sie leichtfüßig über den Pfad zu Sotopos Kral kam.
»Man hört Gutes. Er ist stark, Xuma.«
»Ich weiß.«
Nach den Bräuchen der Xhosa war es für Jungen, die noch nicht Männer waren, erlaubt, nachts mit Mädchen zu spielen, die schon geschlechtsreif waren, doch sie mußten immer darauf achten, daß es keine Kinder gab; Sotopo wußte, daß Xuma begonnen hatte, mit seinem Bruder auf das Veld hinaus zu gehen, ja sogar Nächte mit ihm zu verbringen. Deshalb wunderte er sich nicht, daß sie nach ihm fragte. Er liebte seinen Bruder und erinnerte sich gern an den langen Erkundungsausflug, den sie zusammen unternom-

men hatten; und er freute sich auf den Tag, an dem Mandiso Oberhaupt der Sippe und er sein Gehilfe sein würde.
Seine Familie wohnte in sieben Hütten, die um den Kral verstreut waren, in dem das Vieh gehalten wurde. Sie bestanden aus Baumschößlingen, die im Kreis eingepflanzt, nach innen gebogen und zusammengebunden und dann mit einem dichten Strohdach versehen worden waren.
Xuma fühlte sich geehrt, ein Mitglied dieser Familie zu werden. Sie half freiwillig beim Sammeln von Dachstroh zum Ergänzen der Hütten und ging oft nach unten zum Fluß, um mit ihrem Muschelmesser Binsen zu schneiden. Sotopo ging mit ihr und half ihr, die großen, aber leichten Bündel heimzutragen; bei einem dieser Ausflüge vertraute ihm Xuma an, daß ihr Vater Schwierigkeiten mit dem Medizinmann hatte und gezwungen war, ihm übermäßige Geschenke zu machen.
»Das ist unangenehm«, sagte Sotopo, ohne ihr zu verraten, daß auch er eine kurze Begegnung mit dem mächtigen Wahrsager gehabt hatte.
»Ich weiß nicht, was Vater getan hat«, sagte Xuma. »Er ist kein Mann, der jemanden leicht verärgert, aber der Medizinmann war wütend.«
Die Xhosa waren ein friedfertiges Volk, das keine mächtigen Armeen zum Krieg gegen seine Nachbarn aufstellte. Dennoch gab es Zusammenstöße mit den Hottentotten. Manche der besiegten kleinen Menschen vermischten sich mit den Xhosa und gelangten gelegentlich sogar innerhalb der Hierarchie zur Macht. Diese wechselseitigen Beziehungen zu den Hottentotten wurden viele Jahrhunderte fortgesetzt, und ein bleibendes Resultat war die einzigartige Sprache der Xhosa: Sie übernahmen die Schnalzlaute der Hottentotten, und deshalb unterschied sich ihre Sprache von der der anderen schwarzen Stämme des Südens.
Obwohl sie kein kriegerisches Volk waren, zögerte kein Xhosa, zu den Assagais zu greifen, wenn er sein Vieh verteidigen mußte oder wenn er eine gute Chance sah, ein Stück Vieh von seinen Nachbarn zu erbeuten. Viehraub war eine Art Volkssport. Denn Vieh war sehr wichtig, ja das wichtigste überhaupt. Der Rang eines Mannes richtete sich nach der Zahl seiner Rinder. Welche Braut ein junger Mann erstreben konnte, hing davon ab, wie viele Rinder er ihren Eltern als *lobola* bringen konnte. Der gute Name eines Krals hing ab von der Anzahl seiner Kühe, Ochsen und Stiere. Dabei spielte es keine Rolle, ob die Tiere gutes Fleisch lieferten oder viel Milch gaben, und ein Zuchtstier wurde lediglich an der Anzahl der Kühe gemessen, die er decken konnte. So verschlechterte sich die Qualität der großen Herden von Jahr zu Jahr, und bald waren fünftausend Tiere erforderlich, um den Milch- und Fleischertrag zu erreichen, den neunhundert wirklich gute Rinder erbringen können.
Die Xhosa lebten in ständiger Sorge um ihre mageren Rinder, und der Medizinmann stellte komplizierte Regeln für die Viehhaltung auf. Eine Xhosafrau, die sich dem Steinwall, der den Viehkral umgab, auch nur näherte, wurde schwer bestraft. Ebenso ein Junge, der auch nur ein Kalb verlor, wenn er mit der Herde seiner Familie in die nahen Hügel zog. Kein Junge wagte

es, eine Kuh zu melken, und für ein Mädchen war es sogar ein schweres Vergehen. Wenn keine männlichen Erwachsenen in der Nähe waren, durfte natürlich auch einmal ein Mädchen eine Kuh melken. Es war ihm aber untersagt, den Milchsack selbst zu berühren. Offensichtlich war jede Tätigkeit im Leben der Xhosa durch Vorschriften geregelt, und Xumas Vater hatte eine davon gebrochen. Er befand sich, wie Xuma Sotopo zu verstehen gab, in ernsten Schwierigkeiten.

Das war aber vergessen, als für die neun Initianden das Ende ihrer Klausur kam. Sotopo, der seinem Bruder so nahe gestanden hatte, wurde sich darüber klar, daß es von nun an eine Kluft zwischen ihnen geben würde, denn er war noch ein Junge, und Mandiso war ein Mann. Seine Treue zu den acht anderen, die mit ihm zusammen die Prüfung bestanden hatten, würde von nun an viel stärker sein als seine Freundschaft für den eigenen Bruder. So wartete der Junge mit Sorge auf das Auftauchen des Mannes.

Die Vorträge des Ausbilders und des Wächters über die Pflichten eines Mannes waren nun zu Ende. Die Initianden waren eingeweiht in die komplizierten Rituale und Geheimnisse des Stammes, und der Moment für das Verbrennen ihrer Hütte war gekommen. Zuerst aber mußten sich die neun jungen Männer vor den Augen der ganzen Gemeinde im Fluß von dem weißen Lehm reinigen, mit dem sie immer noch beschmiert waren. Sie marschierten nackt zum Fluß, so daß jeder die Narbe ihrer Beschneidung deutlich sehen konnte, wo sie mehrere Stunden brauchten, um sich von dem fest anhaftenden Lehm zu säubern. Als sie herauskamen, wirkten ihre Körper mager und fahl. Mit Butter und roter Erde eingesalbt, glänzten sie dann in dem ungewohnten Licht; nie wieder in ihrem Leben würden sie so männlich, so verheißungsvoll edel wirken.

Dann begann die Feier. Getrocknete Kürbisse, die noch alle Kerne enthielten, rasselten im Takt, Musikinstrumente, die aus einer einzigen, zwischen den Enden eines gebogenen Holzstückes gespannten Saite aus getrocknetem Darm bestanden, wurden gezupft, indem der Musiker ein Ende des Holzes zwischen den Zähnen hielt und den Ton durch verschiedene Mundbewegungen änderte. Alte Frauen schlugen zwei Stöcke aneinander, und junge Männer, deren Initiation bereits drei oder vier Jahre zurücklag, kleideten sich in wilde Kostüme aus Federn, Binsen und Schilf, bereit zu tanzen, bis sie erschöpft zusammenbrachen.

Bevor die Initianden an der Feier teilnehmen durften, entzündete ihr Wächter eine Fackel, trug sie feierlich zur Zeremonienhütte und steckte diese in Brand, und die neun verließen zum letztenmal den Ort ihrer Klausur. Sie waren in auffallende Kostüme gekleidet und trugen ihre langen Hüte auf dem Kopf. Sie hielten den Blick starr geradeaus gerichtet, denn wenn sie es wagten, zurückzublicken, würden böse Geister sie ins Verderben stürzen.

Als sie endlich wieder zu ihren jubelnden Familien und Freunden kamen, führten sie sich auf wie verrückt, sprangen und tanzten, als wollten sie den Feuervogel selbst herausfordern. Dann stellte sich allmählich wieder Ord-

nung ein. Das Händeklatschen ging in einen mitreißenden Rhythmus über, und alle Beteiligten waren gespannt, welcher von den neun Jungmännern als Sprecher der Gruppe vortreten würde.
Es war Mandiso, und in diesem ehrenvollen Augenblick stieß Sotopo einen Freudenschrei aus und nickte dem Wahrsager zu, der das Nicken aber nicht erwiderte.
»Heute sind wir Männer«, erklärte Mandiso, und mit diesen Worten begann er den großen Tanz der Xhosa, bei dem er seine Füße fest auf dem Boden ließ und alle Teile seines Körpers drehte, als wäre jeder ein selbständiges Wesen. Mit außerordentlicher Geschicklichkeit drehte er seinen Bauch in eine Richtung, seine Hinterbacken in eine andere, und währenddessen sprangen die anderen acht Jungmänner hoch, stürmten auf dem Tanzplatz umher und führten ihre Version dieses Tanzes vor, so daß die ganze Fläche von sich wild krümmenden Körpern wimmelte und die Luft erfüllt war von Geschrei und donnerndem Applaus.
Die Festlichkeit dauerte zwei Tage. Zeitweise brachen sowohl die jungen Männer als auch die Zuschauer erschöpft zusammen, schliefen in einer Art Betäubung, erwachten wieder, tranken in großen Zügen Maisbier und begannen erneut zu schreien und zu tanzen. Aus den Krals stieg Staub hoch, der Ruß von der verbrannten Hütte wurde fröhlich verstreut; der vor Stolz über die Darbietung seines Bruders benommene Sotopo schaute vom Rand der Menge aus zu und sah, wie aufmerksam Xuma den Tänzern folgte, ohne sich je zu beteiligen. Aber sie applaudierte still, wann immer Mandiso seine Soli einlegte.

Als Mandiso in den Familienkral zurückkehrte, ersuchte er als erstes Sotopo, ihm beim Herstellen des Bodens für seine neue Hütte zu helfen; sie war nicht so groß wie die seines Vaters und würde auch nicht so hoch werden; es war eine Hütte für zwei Personen, nicht für zehn.
»Such Ameisenhügel«, sagte der Jungmann zu seinem Bruder, und Sotopo freute sich sehr über diese Ehre. Er nahm einen großen Korb und stöberte fünfzehn große Ameisenhügel auf. Bei jedem schaufelte er die überschüssige Erde auf, in welcher die Ameisen Larven, tote Tiere und Speichelsekrete hinterlassen hatten. Diese feinkörnige Erde bildete, wenn man sie in einer dicken Schicht aufschüttete, mit Wasser begoß und in der Sonne trocknen ließ, eine Substanz, die härter war als die meisten Steine, und wenn man sie mit Kuhdung glatt strich, lieferte sie den bestmöglichen Boden für eine Hütte. Sotopo erriet, daß Mandiso sie für Xuma baute, und er fertigte einen Fußboden, der eine Generation überdauern sollte.
Die jungen Frauen der Familie mußten die Schößlinge für die Wände sammeln, aber als es um das Dachstroh, den wichtigsten Teil, ging, wollte die alte Großmutter selbst auf die Felder gehen und das Gras schneiden. Obwohl sie zu schwach war, um so viel zu sammeln, wie gebraucht wurde, schleppte sie die ersten Bündel an, und dann befahl sie mit lauter Stimme, wie die schöne runde Hütte fertiggestellt werden solle.

Es war ein Prunkstück von einer Hütte. Mandiso war nun würdig, Xumas Eltern aufzusuchen, aber am Abend davor kam Sotopo über einen seiner Spielgefährten eine äußerst beunruhigende Nachricht zu Ohren: »Ein Zauberer hat Xumas Vater mit einem Fluch belegt.« Das konnte ein verhängnisvolles Hindernis für jegliche Verbindung der beiden Familien sein. Deshalb lieh sich Sotopo zwei der besten Assagais seines Bruders sowie eine Ziege und ging zu dem Medizinmann, dem er von ferne zurief: »Allgewaltiger! Darf ich näher kommen?«
»Komm«, antwortete eine düstere Stimme.
»Ich suche Rat.«
»Ich sehe, du bringst diesmal nur zwei Assagais.«
»Aber sie sind besser, Allgewaltiger.«
»Und eine Kuh?«
»Der Junge hält draußen eine Ziege bereit.«
»Wie lautet die Frage?«
»Wird mein Bruder Xuma heiraten?«
Es folgte ein langes Schweigen, vielleicht fünf Minuten lang, in denen der Alte nachdachte. Sotopos Familie war eine der mächtigsten im Tal, und man konnte von ihr erwarten, daß sie in den kommenden Jahren sowohl Anführer stellen als auch Reichtum erlangen würde; es wäre nicht klug, diese Leute zu beleidigen.
Anderseits war aber Xumas Familie schon lange unangenehm aufgefallen, und es gab guten Grund zu der Annahme, daß der letzte Flug des Feuervogels auf ein Fehlverhalten des Vaters zurückzuführen war. Zweimal hatte der Medizinmann den Vater gewarnt, und zweimal waren seine Gebote mißachtet worden. Nun stand er unter einem Fluch, von dem er sich wohl kaum mehr befreien konnte, denn es war die Pflicht eines Zauberers, über die Gesundheit seines Stammes zu wachen und alle Kräfte auszuschalten, die der zentralen Herrschergewalt entgegenwirken mochten. Xumas Vater jedoch war ein Ärgernis.
Was aber sollte er nun über diese geplante Heirat sagen? Je mehr der alte Mann über diese schwierige Frage nachdachte, desto mehr ärgerte er sich über den jungen Sotopo, der sie gestellt hatte. Warum hatte er gewagt, mit einer so unverschämten Frage zu ihm zu kommen? Warum war er als Fürsprecher dieses Mädchens Xuma aufgetreten? Verdammt! Sotopo, Makubeles Sohn, ein Junge, den man sich merken mußte.
Der Alte suchte Zeit zu gewinnen: »Ich nehme an, daß Xuma selbst am Vergehen ihres Vaters nicht beteiligt war... Ich denke, die Heirat kann stattfinden.«
»Oh, danke!« rief Sotopo, aber nachdem er die zwei Assagais und die Ziege abgeliefert hatte und den Fußweg hinunterlief, starrte der Wahrsager ihm nach und murmelte: »Zwei Assagais, nicht drei. Eine Ziege, und nicht eine von den besten. Er sei verdammt, dieser Junge!«
Die Hochzeitsfeierlichkeiten dauerten elf Tage. Es war ein Triumph für Mandiso, denn er bekam eine starke, schöne und liebevolle Frau, aber in an-

derer Hinsicht ein Verhängnis, denn wegen Xuma zog er sich die Feindschaft des Medizinmannes zu. Die Heirat selbst brachte zwischen Mandisos und Xumas Kral eine Menge Unruhe mit sich: Er mußte als Zeichen seiner guten Absichten eine junge Kuh abliefern; sie mußte als Zeichen ihrer Arbeitswilligkeit Binsen herüberbringen; er mußte in seinem besten Schmuck hinübergehen, vor ihrer Familie tanzen und zwei Schößlinge über dem Knie zerbrechen, womit er gelobte, seine Frau nie zu schlagen; sie mußte herüberkommen und vor seinem Viehkral tanzen, um zu zeigen, daß sie die Kühe verehrte und ihnen den ihnen gebührenden Respekt bezeigen würde. Und während der ganzen Zeit sah der Medizinmann hämisch zu, im Bewußtsein, daß aus dieser Ehe, gleichgültig, welche Riten sie auch einhielten, nichts Gutes kommen konnte. Sie stand unter einem Fluch.

Aber er mischte sich nicht ein und leitete sogar einige der geheiligten Riten, wobei er soweit ging, die neue Hütte gegen Unheil zu schützen. Das tat er aus einem guten Grund: Er nahm an, daß Mandiso und Xuma vor Ablauf eines Jahres fliehen würden, und dann konnte er dafür sorgen, daß einer seiner eigenen Neffen sie in Besitz nahm.

Sobald das junge Paar in die schöne Hütte eingezogen war, begann er überall in der Gemeinde Fragen zu stellen, die sich nie auf Mandiso, sondern immer auf Xumas Vater bezogen. »Was glaubst du, wer den Feuervogel veranlaßt hat zu fliegen? Hast du bemerkt, wie der Mais in diesem Kral höher gewachsen ist als überall sonst? Könnte er ihn verhext haben?«

Diese zersetzenden Verdächtigungen verbreitete er Woche um Woche, nie brachte er eine konkrete Beschuldigung vor, nur die bohrenden Fragen: »Hast du gesehen, wie schnell Xumas Kühe trächtig wurden? Könnte ihr Vater auch dort mit einem Zauber nachgeholfen haben? Er bringt dieses Tal noch in böse Schwierigkeiten.«

Währenddessen durchlebte Sotopo die letzten Tage seiner Knabenzeit. Nachdem er seinem älteren Bruder bei den beiden Prüfungen, der Beschneidung und der Hochzeit, geholfen hatte, wandte er sich wieder den Dingen zu, die für sein eigenes Leben Bedeutung hatten. Gegenüber von seinem Familienkral, am Rand des Flusses, gab es eine ebene Stelle, wo am Morgen Bachstelzen tanzten, diese zarten graubraunen Vögel, die mit den Schwanzfedern auf und nieder wippten, während sie umherstolzierten. Sie liebten Insekten und stießen mit ihren langen Schnäbeln da- und dorthin, um sie von welken Blättern zu fangen.

Sie waren die Vögel der guten Vorbedeutung, die einen Kral zu einem Ort der Freude machten, und Sotopo hatte immer Vergnügen daran gefunden, mit ihnen zusammenzusein. Er saß auf einem Stamm, während sie über einen Felsen am Flußrand hüpften, oder er lag der Länge nach auf dem Boden und sie tanzten hin und her, ohne ihn zu bemerken, denn sie schienen zu wissen, daß sie beschützt wurden: »Nur ein Mann in der Raserei des Todes würde die Bachstelzen stören, denn sie bringen uns Liebe.«

Er fühlte sich auch der alten Großmutter immer stärker verbunden, als ahnte er, daß er sich wie Mandiso bald ihrem Einfluß entziehen müsse. Er

blieb bei ihr in der Nähe des Hauses und sah zu, wie sie sein Lieblingsgericht zubereitete: Maiskörner, die in einem Baumstumpf gut zerstoßen, mit Kürbis vermischt, mit Streifen von Antilopenfleisch gebraten und mit Kräutern gewürzt wurden, die nur sie zu sammeln verstand.
»Erzähl es mir noch einmal«, sagte sie, während sie arbeitete. »Als du von uns fortgelaufen warst, da habt ihr zwei Jungen getroffen, einen braunen und einen weißen?« Als ihr Enkel nickte, fragte sie: »Du sagst, der eine sprach so wie wir? Der andere nicht? Wie war das möglich?«
Sie hatte ein Dutzend Fragen zu dieser Begegnung; die Männer in der Familie hatten die Geschichte gehört, ernst genickt und die Sache vergessen, nicht aber die alte Großmutter. »Noch etwas: Der Braune war klein und alt, der Weiße jung und groß. Das verstehe ich nicht.«
Aber als er ihr alle Einzelheiten der Begegnung schilderte – er sprach nämlich gern mit der alten Frau –, sagte sie zu ihm, was er schon oft gehört hatte: »Ich habe es selbst nicht gesehen, denn es geschah vor meiner Geburt. Männer wie dieser Junge kamen einmal in einem Haus, das auf den Wellen schwamm, an unsere Küste, aber sie sind wie gewöhnliche Menschen gestorben.« Ihrer Ansicht nach war das, was der weißhäutige Junge gesagt hatte, wahrscheinlich richtig: »Ich glaube, es gibt andere Menschen, die sich jenseits des Flusses verstecken. Ich glaube nicht, daß ich sie jemals sehen werde, aber du wirst sie sehen, Sotopo. Wenn du heiratest, deine eigene Hütte hast und nach Westen ziehst...« An dieser Stelle hörte sie immer zu arbeiten auf und fragte ihren Enkel: »Sotopo, wen wirst du denn heiraten?« Dann errötete er unter seiner dunklen Haut, denn er hatte sich mit diesem Problem noch nicht befaßt.
Aber eines Tages stellte er jene Frage, deren Beantwortung die Gefahren enthüllen sollte, die vor ihm lagen: »Großmutter, warum sagst du immer, daß ich über den Fluß ziehen werde, wenn ich eine Frau nehme?«
»Hahaha!« kicherte sie. »Jetzt können wir reden.« Und sie setzte sich zu ihm und sagte: »Merkst du denn nicht, daß der Medizinmann entschlossen ist, Xumas Vater aus dem Tal zu vertreiben? Und wenn er fortgeht, wird Mandiso sicher mit ihm gehen. Und wenn Mandiso und Xuma fliehen, wirst du dich ihnen anschließen.«
Sie sprach Gedanken aus, die schon längst tief im Verstand des Jungen keimten. Er hatte sich dafür entschieden, allein zu bleiben, fern von den anderen, um sich mit den Bachstelzen und seinen anderen Freunden am Fluß und im Wald zu unterhalten, denn er hatte Angst vor der Tragödie, die sich vor seinen Augen im Tal entwickelte und bei der sich immer mehr Familien allmählich gegen Xumas Vater und damit auch gegen Xuma und Mandiso wandten. Instinktiv hatte er gewußt, was er nicht auszusprechen wagte: Bevor dieses Jahr zu Ende ging, würde er sich entscheiden müssen, ob er bei seinen Eltern, die er liebte, und bei der alten Großmutter, die er noch mehr liebte, bleiben oder aber mit Mandiso und Xuma in die Verbannung gehen solle.
Im Augenblick bestand seine Lösung darin, sich noch enger an die Groß-

mutter anzuschließen, denn sie war die einzige, die mit ihm redete; sogar Mandiso war so damit beschäftigt, eine neue Familie zu gründen, daß er für seinen Bruder kaum Zeit hatte.
»Warum quält uns der Wahrsager?« fragte er die alte Frau eines Tages.
»Er tut es nicht. Nein, er tut es nicht. Es sind die Geister. Es ist seine Aufgabe, die Geister bei guter Laune zu halten, sonst zerstören sie dieses Tal.«
»Aber Xumas Vater...«
»Wie sollen wir wissen, was er getan hat, Sotopo? Wie sollen wir wissen, was ein Mensch Böses tun kann, ohne daß wir anderen es merken?«
»Hältst du ihn für schuldig?«
»Woran? Wie soll ich das wissen? Ich weiß nur, wenn der Medizinmann sagt, er ist schuldig, dann ist er schuldig.«
»Und Mandiso muß mit Xumas Vater in die Verbannung gehen, wenn er fortgeht?«
»Ja, also...« Sie dachte eine Weile darüber nach und saugte an ihrer Maiskolbenpfeife, dann sagte sie zu ihrem Enkel: »Ich glaube, es kommt für alle die Zeit, fortzuziehen. Das Land ist nicht mehr fruchtbar. Die Nachbarn sind nicht mehr freundlich. Für eine alte Frau wie mich kommt der Tod, der löst das Problem. Für einen jungen Menschen wie dich lautet mein Rat: Zieh fort!«
An diesem Tag sprachen beide kein Wort mehr; sie waren den entscheidenden Dingen des Lebens zu nahe gekommen, und es würde Wochen der Überlegung brauchen, ehe sie die volle Bedeutung erkannt hatten. Während dieser Tage des Schweigens wurde sich Sotopo jedoch bewußt, daß alles in der Gemeinde fürchterlich heruntergekommen war. Xumas Vater war eines Morgens mit einer klaffenden Wunde am Kopf in einem Graben gefunden worden. Xumas Kochtopf war zerbrochen, als sie ihn zum Trocknen in die Sonne gestellt hatte.
So nahm denn der kaum sechzehnjährige Sotopo die zwei Assagais, die er aus dunklem Holz angefertigt hatte, und suchte zum letztenmal den Wahrsager auf. »Komm herein«, sagte der alte Mann.
»Warum wird Mandiso bestraft?«
»Du bringst mir nur zwei Assagais? Und vielleicht ein Kalb?«
»Ich habe keine Rinder, Allgewaltiger.«
»Aber du verlangst noch immer meine Hilfe.«
»Nicht für mich, für meinen Bruder.«
»Er ist in Schwierigkeiten, Sotopo, in großen Schwierigkeiten.«
»Aber warum? Er hat doch nichts getan.«
»Er ist mit Xuma verheiratet, und ihr Vater hat viel Böses getan.«
»Welches Böse, Allgewaltiger?«
»Böses, das die Geister sehen.« Diese unbefriedigende Erklärung wollte der Alte nicht weiter erläutern, ließ aber seinen Besucher die unerbittliche Ablehnung fühlen, die alle guten Menschen einem Stammesmitglied gegenüber zeigen sollten, das sich böser Taten schuldig gemacht hatte, auch wenn diese Taten nie eindeutig festgestellt werden konnten.

»Kannst du nichts unternehmen, um ihm zu helfen?« bat Sotopo.
»Du machst dir aber nicht seinetwegen Sorgen, oder?«
»Nein, um Mandiso.«
»Er hat teil an der Schuld.«
»Kann er nichts tun?«
»Nein. Das Böse lastet auf ihm.« Und weder die inständigen Bitten noch das Versprechen zahlreicher Geschenke konnten den schrecklichen Fluch abwenden. Die Gemeinde hatte durch ihren Wahrsager Xumas Vater zum Urheber der Verunreinigung erklärt, und er mußte verschwinden.
Kurz nach diesem Besuch wurde er erschlagen am Eingang zu seinem Kral gefunden, eine besonders unheilvolle Art zu sterben, die darauf hinwies, daß nicht einmal die wohlgenährten Rinder imstande gewesen waren, ihn zu schützen.
An diesem Abend kamen Mandiso und Xuma in die große Hütte. Die Frau setzte sich, wie es sich gehörte, nach links unter die anderen Frauen, als die entscheidende Diskussion begann. »Du mußt uns verlassen«, sagte die alte Großmutter, ohne Bedauern zu zeigen.
»Aber warum muß ich aufgeben...«
»Die Zeit ist gekommen, da du gehen mußt«, sagte die Alte eindringlich. »Sag es ihnen, Makubele!« Und der Vater des Jungen sprach nur in seinem Interesse: »Die Alte hat recht. Du mußt gehen. Sonst wird der Fluch uns alle treffen, nicht wahr, Großmutter?«
Aber sie wollte nicht, daß ihre mißliche Lage oder die der Familie sich in diese Angelegenheit dränge. »Es ist nicht wichtig, was mit deinem Vater geschieht, Mandiso, sondern was mit dir und Xuma geschieht. Was meinst du, wie deine Zukunft jetzt aussieht, da ihr Vater am Eingang seines Krals umgebracht wurde?«
»Wenn es einen geheiligten Ort gibt...« begann Mandiso, aber Xuma unterbrach ihn: »Wir müssen fort; noch vor morgen abend.«
»Wirklich?« fragte ihr Mann und erschrak über die Bedeutung dessen, was Xuma gesagt hatte.
»Stimmt es nicht, Großmutter?« fragte das Mädchen.
»Ich würde noch heute nacht gehen«, sagte die alte Frau. Und es wurde vereinbart, daß Mandiso und Xuma sich vor dem nächsten Sonnenuntergang auf den Weg nach dem Westen zu einer neuen Siedlung, einem neuen Heim machen würden. Sie sollten Rinder mitnehmen und Ledersäcke mit Mais zum Ansäen und anderes Hab und Gut – aber sie mußten fort, denn die übereinstimmende Meinung ihrer Familie ging dahin, daß ihre Anwesenheit nicht länger erwünscht war.
Was sollte aber aus Sotopo werden, der noch kein Mann, aber seinem Bruder und der Frau seines Bruders zutiefst ergeben war? Als sich der Familienrat aufgelöst hatte, blieb er noch lange bei seiner Großmutter und sprach mit ihr über seine schwierige Entscheidung: Sollte er bleiben und den Wahrsager zum potentiellen Gegner haben oder fliehen, obwohl er noch nicht zum Mann geweiht worden war? Er hatte keinen klaren Beweis dafür,

daß ihm der Medizinmann den Krieg erklärt hatte. Er wußte aber, daß dies geschehen war und daß früher oder später Gerüchte über ihn in Umlauf kämen. Wenn er aber der Zukunft ohne den heiligen Akt der Beschneidung die Stirn bieten wollte, brachte dies Gefahren mit sich, die zu fürchterlich waren, um sie sich auszudenken. Da er den Eintritt seines Bruders ins Eheleben mit einem so bewundernswerten Mädchen wie Xuma erlebt hatte, war ihm klargeworden, wie schrecklich es wäre, von den Mädchen der Gemeinde nicht als vollwertiger Mann eingestuft zu werden.

Das war etwas, worüber er mit seiner Großmutter nicht sprechen konnte, und so schlich er mitten in der Nacht zum Kral seines Bruders und flüsterte: »Mandiso! Bist du wach?«

»Was gibt es, Bruder?«

»Ich werde mit euch gehen.«

»Gut. Wir können dich brauchen.«

»Aber wie soll ich jemals ein Mann werden?«

Mandiso legte in der Dunkelheit eine Hand auf den Mund und dachte über diese verwirrende Frage nach; dann zählte er, da er fand, er müsse die Wahrheit sagen, die Hindernisse auf: »Es wird keinen Wächter geben, der die Hütte weiht. Es wird keine anderen Jungen geben, mit denen du diese Erfahrung teilst. Wahrscheinlich werden wir keinen Lehm finden, um deinen Körper zu bestreichen. Und nachher wird es kaum eine Feier geben.«

»Ich habe daran gedacht, Mandiso. Ich habe an all das gedacht, aber ich will trotzdem bei dir bleiben.« Und er fügte verlegen hinzu: »Bei dir und Xuma«, denn er schämte sich seiner Liebe zu seiner Schwägerin.

»Wenn ich alles überdenke, was geschehen ist«, sagte Mandiso, »scheint es mir, daß aus einem Jungen durch Schmerz und durch Mut ein Mann wird. Er wird es nicht durch das Tanzen und das Essen und den Beifall der anderen. Er wird in sich selbst dank seiner eigenen Tapferkeit ein Mann.«

Darüber dachten sie lange nach, und Mandiso hoffte, sein Bruder würde etwas sagen, würde vielleicht spontan einen Beweis für seine Tapferkeit anführen. Aber Sotopo war von der Notwendigkeit, mit sechzehn Jahren eine schwierigere Entscheidung treffen zu müssen als die meisten Männer in ihrem ganzen Leben, zu verwirrt. Deshalb ließ sich Mandiso schließlich etwas einfallen: »Damals in den Wäldern, als wir den zwei fremden Männern begegneten« – in seinen Gedanken waren es jetzt Männer –, »warst du es, Sotopo, der die Idee hatte, auf dem Baum zu schlafen. Ich glaube, ich hätte mich davongeschlichen.«

»Wirklich?« fragte der Junge, und der Umstand, daß er dort in den Wäldern mutig gewesen war, nahm seine Gedanken so gefangen, daß er in dieser Nacht nichts mehr sagte. Er schlief auch nicht. Bei Morgengrauen war er am Fluß und nahm Abschied von den Bachstelzen. Als die Sonne aufgegangen war, sah er zwei groteske Nashornvögel durch die Felder watscheln; nachdem der Vormittag zur Hälfte vergangen war, hatte er die Ziegen zusammengetrieben. Nun schloß er sich fünf jungen Leuten an, die mit Mandiso gemeinsam an der rituellen Beschneidung teilgenommen hatten und

die nun aus kameradschaftlicher Verbundenheit mit ihm beschlossen hatten, ihn zu begleiten. Drei Mädchen, welche die jungen Männer zu heiraten hofften, folgten ihnen ein kurzes Stück. Dann kehrten sie traurig um, da sie wußten, daß sie warten mußten, bis ihre Freier ihren Vätern *lobola* gebracht hatten.
Abtrünnige hatten sich schon immer auf diese Weise von den übrigen Xhosa abgespalten. Vielleicht erfüllten die Wahrsager eine lebenswichtige Funktion, indem sie jene Elemente erkannten, die sich nicht einordnen wollten und die später in der Gemeinschaft Ärger verursachen konnten; jedenfalls dienten sie als Ausweisungsbehörde. Achthundert Jahre lang waren Gruppen wie die um Mandiso aufgebrochen, um am Expansionsrand neue Sippen zu bilden. Sie entfernten sich nie sehr weit, sie hielten Kontakt mit dem Rest des Stammes, und sie bewahrten weiterhin dem Großen Häuptling gegenüber, der irgendwo in weiter Ferne existierte, den sie aber nie zu Gesicht bekamen, eine gewisse Ergebenheit.
Diesmal marschierte der wandernde Trupp bis zum Ostufer des Flusses der großen Fische, wo sie sich wegen der weiten leeren Weidegründe am gegenüberliegenden Ufer niederließen. »Wir werden diese Felder da drüben für die Rinder als Weide benutzen«, sagte Mandiso sodann zu seinen Gefolgsleuten.
Aus dieser altehrwürdigen Tradition heraus setzten die Xhosa unbeabsichtigt eine Ausdehnung nach Westen in Gang, die zu einem unmittelbaren Konflikt mit den holländischen Treckburen führte, die mit der gleichen Arglosigkeit nach Osten zogen. Die Kontrahenten waren einander ähnlich: Beide waren Rinderzüchter, beide beurteilten das Ansehen eines Mannes nach seinen Herden, beide suchten freie Weideplätze, beide meinten, daß jedes Weideland, das sie sahen, nach göttlichem Recht ihnen gehörte, und beide ehrten ihre Priester oder Wahrsager. Eine gewaltige Auseinandersetzung bahnte sich an, schlimmer als jeder Sturm, den der Feuervogel je verursacht hatte.

Als Adriaan und Dikkop im Februar 1725 nach ihrer Wanderung auf ihre Farm zurückkehrten, empfanden sie nicht die Unsicherheit, welche die beiden Xhosa-Jungen verwirrt hatte. Zwar waren sie fast vier Monate fortgeblieben, während nur drei vorgesehen waren, aber ihre Familien wußten, was sie vorhatten, und ihre längere Abwesenheit war kein Grund zur Beunruhigung. Hendrik hatte seiner Frau mehrmals versichert: »Wenn die Löwen sie nicht fressen, kommen sie zurück.«
Als sie, vom Staub ferner Horizonte bedeckt, eintrafen, machte daher niemand viel Aufhebens, denn auch Hendrik war sechs Wochen lang nach Norden gewandert, um bei den Hottentotten Rinder einzuhandeln. Er war mit zweihundert schönen Tieren zurückgekehrt, dem größten Zuwachs, den seine Herde je erhalten hatte. Er bat Adriaan, mit ihm zum östlichen Teil des Weidelandes zu reiten, und die beiden van Doorns überblickten von einem niedrigen Hügel aus wohlgefällig ihren Besitz. »Gott hat es gut mit

uns gemeint«, sagte Hendrik und zitierte: »›Deinem Samen will ich dies Land geben ...‹« Sie blieben lange auf ihren Pferden sitzen und beobachteten die Rinder mit freudigen Herzen.
Die Hartebeesthütte war so gründlich benützt worden, daß man sie kaum von der Behausung auf der früheren Farm unterscheiden konnte, und Hendrik hatte an der Peripherie des Pachtgutes vier weitere Steinhaufen als Grenzmale errichtet. In weniger als einem Jahr hatten die van Doorns eine stattliche Farm mit sechstausend Morgen Land geschaffen, die gut abgesteckt und von jedem Nachbar so weit entfernt lag, daß auf Jahre hinaus keine Störung denkbar war.
Die Familie interessierte sich sehr für Adriaans Bericht von den zwei schwarzen Jungen und den Beweis, daß ein Stamm von beträchtlicher Größe das Gebiet im Osten bewohnte. Immer wieder baten die van Doorns ihren Sohn, genau zu wiederholen, was er bei dieser viertägigen Begegnung mit den Schwarzen erlebt hatte.
»Sie sprechen mit Schnalzlauten«, sagte Adriaan, »scheinen also von der gleichen Familie zu sein wie die Hottentotten, aber Dikkop verstand kein einziges Wort. Es sind kräftige, gutaussehende Menschen, aber sie haben nur Keulen und Assagais als Waffen.«
Hendrik war so interessiert, daß er Dikkop kommen ließ, der ihm die wichtige Mitteilung machte, daß sich die Schwarzen, soweit er feststellen konnte, Xhosa nannten. »Sie sagten, sie seien die Xhosa, die jenseits eines großen Flusses leben.«
»Welchen Flusses?«
»Es gibt so viele«, sagten Adriaan und Dikkop zugleich, und sie schilderten zum erstenmal die Beschaffenheit der ausgedehnten Gebiete im Osten. Dieser von Hendrik van Doorn mühsam in altertümlicher Sprache niedergeschriebene Bericht erreichte schließlich das Kap und verschaffte der Kompanie tieferen Einblick in die Geographie jener Gebiete, die sie beherrschen sollte, ob sie es wollte oder nicht:

> Das Land östlich unserer Farm läßt sich nicht leicht durchqueren. Mächtige Berge schließen es im Norden ein, eine viele Meilen lange zusammenhängende Kette, in die man nicht eindringen kann, weil es keine Pässe zu geben scheint, um sie zu überschreiten. Das Reisen nach Süden entlang der Meeresküste ist um nichts leichter, weil das Land von tiefen, meilenlangen Schluchten durchzogen ist, die von der Küste ausgehen und mit Fuhrwerken nicht passierbar sind. Aber zwischen diesen Hindernissen erstrecken sich Landstriche, die sehr fruchtbar und von einzigartiger Schönheit sind. Unsere Farm liegt am Westrand des vielleicht schönsten Gebietes auf Erden, eines Gartens voller Blumen, Vögel und Vierbeiner. Mächtige Flüsse liefern reichlich Wasser, und wenn man dort so leicht Obst züchten kann wie hier, wird bald ein Garten Eden daraus. Wir haben jedoch Grund zur Annahme, daß auch schwarze Volksstämme von Osten her dort eindringen.

Als Hendrik dieses Schriftstück beendet hatte, war er stolz, noch so viel von seiner Erziehung parat zu haben, und es tat ihm leid, daß so manches vernachlässigt worden war. Im Trianon hatten ihm seine Eltern das Schreiben und die korrekte Aussprache des Holländischen beigebracht, aber lange Jahre in Gesellschaft von Hottentotten und Sklaven und das Leben mit einer des Lesens und Schreibens unkundigen Frau hatten ihn dazu gebracht, in groben, ungeschliffenen Sätzen zu sprechen. Was aber noch schlimmer war: Er hatte keinem seiner Kinder das Lesen beigebracht.

Aber er machte sich deswegen keine besonderen Vorwürfe, denn das Leben verlangte anderes. Im Juni kam die Erntezeit, und die Familie war eifrig damit beschäftigt, Gemüse für den langen Winter zu ernten, vor allem aber auch Saatgut: große gelbe Kürbisse, Mais, Rettiche, Zwiebeln, Blumenkohl und Kraut zum Einlegen. Die Obstbäume waren natürlich noch zu jung, um Früchte zu tragen, aber Hendrik hatte bei seiner Erkundung des umliegenden Gebietes wilde Zitronen gefunden, deren dicke, ölhaltige Schale sich als sehr brauchbar erwies, und auch Bittermandelbäume, wie die von der Hecke, die sein Großvater einst bei seiner Flucht aus dem Dienst der Kompanie gefällt hatte.

Dort draußen hörte man wenig von der Kompanie. Die Farm war vom Hauptquartier so weit entfernt – einhundertzweiundsechzig Meilen in der Luftlinie, noch um die Hälfte mehr auf Wanderwegen über die Berge –, daß kein Beamter sie so leicht erreichen konnte. Nie kam ein Pastor zu Hochzeiten oder Taufen und sicher auch kein Schätzer oder Steuereintreiber. Die Kompanie hatte aber, wenn sie sie auch nicht geltend machte, eine Art Oberaufsicht, die später stärker zu spüren war, als Straßen in dieses Gebiet vorgetrieben wurden. Ein verdrossener Beamter der Kompanie, der mit größten Mühen die Berge überquert hatte, war auf dem Weg nach Osten bis auf vier Farmen an den Besitz der van Doorns herangekommen und hatte bei seiner Rückkehr zum Kap berichtet:

> Wo immer ich hinkam, hörte ich von Holländern, die erstaunliche Farmen besitzen, Rooi van Valck im Norden, Hendrik van Doorn im Osten. Sie lassen ihr Vieh auf unserem Land grasen, ohne daß die Kompanie einen Nutzen davon hat. Sie säen auf dem Land der Kompanie, ohne irgendwelche Abgaben an uns zu zahlen. Ich glaube aber, die Kompanie verdient eine bessere Behandlung von seiten dieser Gauner. Ich schlage deshalb vor, daß jeder Mann, der eine Farm besitzt, der Kompanie eine Abgabe von zwölf Reichsthalern im Jahr bezahlen soll sowie ein Zehntel von allem, was er an Getreide, Obst, Gemüse und Tieren erwirtschaftet. Auf welche Weise diese Abgaben aber von so entlegenen Farmen wie der Hendrik van Doorns eingetrieben werden sollen, dafür habe ich noch keine Lösung gefunden.

Das Lehnsgesetz für Farmen wurde erlassen, konnte aber, wie der scharfsichtige Abgesandte vorausgesagt hatte, nur selten vollstreckt werden. Entfernt wohnende Farmer wurden angewiesen, ihre Abgaben entweder zum Kap oder nach Stellenbosch zu bringen; sie nahmen aber einfach keine Notiz von diesem Gesetz. Bei näher gelegenen Farmen demonstrierten die Beamten mutig ihre Macht, indem sie mitten im Winter hinausritten, um den längst überfälligen Zehnten einzutreiben, aber bei eigensinnigen und gewalttätigen Abtrünnigen wie Rooi van Valck wagte sich kein Steuereintreiber aus Furcht vor einem tödlichen Kopfschuß in die Nähe des verfemten Gebietes.

Adriaan hatte damals wenig mit Steuereintreibern zu tun; er war so damit beschäftigt, sein Wissen über die Wildnis zu erweitern, daß er oft wochenlang von der Farm abwesend war. Damals bekam er endgültig den Spitznamen »Verrückter Adriaan«. Wenn er von einem Erkundungsausflug heimkam, sagte er: »Während ich auf dem Baum schlief...« oder »Als ich aus der Nilpferdsuhle stieg...« oder »Als ich bei den Spießböcken lebte...« Einmal löste er bei seiner Familie und den Sklaven Empörung aus, als er behauptete, Löwen könnten auf Bäume klettern, denn man nahm allgemein an, daß sie dazu nicht imstande waren und daß man sicher wäre, sobald man auf einem Baum Zuflucht fand.

»Nein«, sagte Adriaan, »ich habe einen Baum gesehen, auf dessen höheren Ästen schliefen sieben Löwen.« Das schien so abwegig, daß ihn sogar die Sklaven den Verrückten Adriaan nannten. Als er zwanzig war, erlebte er zum erstenmal das Gefühl der Einsamkeit, das einen jungen Mann überkommt, wenn er von seinesgleichen verspottet wird. Die Familie saß beim Essen in der Hütte und tat sich an Hammelkotelett und Kohl gütlich, da fragte der Vater: »Sind die wilden Tiere näher an unser Tal herangekommen?« und er antwortete automatisch: »Als ich bei den Nashörnern war...« Seine Brüder und Schwestern riefen zugleich: »Aber Adriaan!« Er wurde krebsrot und wollte vom Tisch aufstehen, an dem sie eng gedrängt saßen, aber seine Mutter legte ihm die Hand auf den Arm, um ihn zurückzuhalten.

Als sie dann abends vor der Hütte saßen, sagte sie zu ihm: »Es ist nicht gut für einen Mann, zu lange zu warten. Du mußt dir eine Frau suchen.«

»Woher?«

»Das ist immer die Frage. Sieh dir unsere Florrie an. Woher soll die einen Mann kriegen? Ich werde es dir sagen: Eines Tages wird ein junger Mann auf einem Pferd hier vorbeikommen, der eine Braut sucht. Und er wird Florrie sehen, und sie wird mit ihm weggehen.«

Und richtig, keine vier Wochen nach diesem Gespräch kam Dikkop, der stets Angst vor neuen Entwicklungen hatte, in die Hütte gelaufen und schrie: »Mann kommt auf Pferd!« Und herein kam ein staubbedeckter, gesunder junger Farmer, der hundertzwanzig Meilen geritten war, weil er gerüchteweise gehört hatte, daß Hendrik van Doorn jenseits des Flusses mehrere Töchter habe. Er machte kein Geheimnis aus seiner Absicht, blieb fünf Wochen, während der er gewaltige Mengen von Speisen vertilgte. Als eines Abends Hendrik zu einem Brotpudding mit Zitronenschalen, Kirschen und

getrockneten Äpfeln einlud, rülpste er, schob den Teller zurück, aus dem er sich den Bauch vollgeschlagen hatte, und sagte: »Florrie und ich, wir reiten morgen nach Hause.«
Die van Doorns waren hoch erfreut. Es mochten zwar Jahre vergehen, bis sie diese Tochter – wenn überhaupt jemals – wiedersahen, aber angesichts ihres Alters war es richtig, daß sie wegritt. Sie war Analphabetin, konnte kaum eine gerade Naht zustande bringen, war eine miserable Köchin, eine noch schlechtere Hausfrau – und da ritt sie nun davon mit einem Analphabeten von Ehemann, um eine neue Farm zu gründen und eine neue Brut realistischer Treckburen aufzuziehen, die das Land in Besitz nehmen sollten.
Zwei Abende nach Florries Abreise saß Johanna wieder mit Adriaan beisammen. Diesmal sagte sie: »Nimm den Braunen, und reite los!«
»Wohin?«
»Dreimal hat man uns nun schon erzählt, daß Rooi van Valck einen Haufen Töchter hat. Reite hin, und hol dir eine!«
»Sie sagen aber auch, daß Rooi ein gräßlicher Kerl ist, der die Bibel lästert.«
Sie hatte lange darüber nachgedacht, ohne darüber zu reden, um ihren Mann nicht zu verärgern. Doch jetzt sagte sie leise: »Adriaan, man kann die Bibel auch zu ernst nehmen. Ich kann sie selbst nicht lesen – hab' es nie gelernt –, aber manchmal glaube ich, dein Vater macht sich lächerlich, wenn er in diesem Buch nach Anleitungen sucht. Wenn Rooi van Valck eine Tochter hat, die auch so aussieht, als würde sie im Bett zu etwas taugen, schnapp sie dir!« Als Adriaan nicht antwortete – groß geworden in unbedingtem Glauben an die Bibel, war er von diesen Ansichten schockiert –, fügte seine Mutter hinzu: »Das Leben in einer Hartebeesthütte ist kein Vergnügen. Es ist nicht viel besser als das der Hottentotten. Aber deinen Vater liebzuhaben und mit ihm ins Bett zu gehen, wenn ihr Kinder schlaft, das kann genügen, um dem Leben Sinn zu geben.« Mit einer plötzlichen Bewegung ihrer Hand drehte sie sein Gesicht im Dunkel zu sich. Ihre Augen waren den seinen ganz nah, als sie sagte: »Und vergiß nicht! Bei Sonnenaufgang reitest du zu van Valck.«

Adriaan nahm den Braunen und ritt nach Norden, über die weiten Ebenen, über den schlammigen Touws und weit westlich der Witteberge, bis er die Staubwolken vor sich sah, welche eine Siedlung ankündigten. Es war das kleine Reich von Rooi van Valck, seine Farm. Um zu den Hartebeesthütten zu gelangen, in denen Rooi und der wilde Haufen seiner Diener hausten, mußte er durch Täler reiten, in denen zwanzigtausend Schafe und siebentausend Rinder weideten.
»Ich suche Rooi«, sagte Adriaan, überwältigt von der Größe dieses Reichtums.
»Nicht hier«, brummte ein madegassischer Sklave.
»Wo ist er?«
»Wer weiß?«

»Kann ich mit seiner Frau sprechen?«
»Mit welcher?«
»Seiner Frau. Ich will mit seiner Frau sprechen.«
»Er hat vier: eine weiße, eine gelbe, eine braune und eine schwarze.«
»Welche hat die Töchter?«
»Sie haben alle Töchter. Söhne auch.«
»Ich werde mit der weißen sprechen.«
»Dort drüben.« Der Sklave wies auf eine Hütte, die um nichts besser war als die, in der die van Doorns wohnten.
So viele Rinder, sagte sich Adriaan, während er über die Lichtung zu der Hütte ging, und er wohnt in einer Hütte wie wir. Er war angenehm überrascht, und als ihn die weiße Mevrouw van Valck einlud, sich zu setzen, sah er zu seiner Erleichterung, daß sie seiner Mutter ähnlich war: Sie sah älter aus, als sie den Jahren nach war, paßte sich der Unordnung gut an und schien sehr selbständig zu sein.
»Was wünschen Sie?« fragte sie ihn. Sie saß auf einem Baumstamm, der ihr als Bank diente.
»Ich möchte mit Ihrem Mann sprechen.«
»Er ist irgendwo draußen.«
»Wann wird er zurückkommen?«
Sie antwortete wie der Sklave: »Wer weiß?«
»Heute noch? In drei Tagen?«
»Wer weiß?« Sie sah ihn genauer an und fragte: »Von welcher Farm?«
»Von Hendrik van Doorn.«
»Nie von ihm gehört.«
»Die van Doorns vom Trianon.«
Der Name hatte eine erstaunliche Wirkung. »Trianon!« schrie sie, und auf den Namen folgte eine Reihe holländischer und hottentottischer Flüche. Dann ging sie zur offenen Seite der Hütte und rief: »Ratet mal, wer hier ist? Ein van Doorn vom Trianon!«
»Ich bin nicht vom Trianon«, versuchte Adriaan zu erklären, doch bevor er sich Gehör verschaffen konnte, waren zahlreiche Leute aus den vielen Hütten gekommen. Frauen der verschiedensten Hautfarbe brachten Kinder mit, die recht abenteuerlich aussahen.
»Der kommt vom Trianon!« schrie Mevrouw van Valck, wobei sie ihm ausgelassen auf die Schulter klopfte und eine weitere Reihe von Flüchen von sich gab. »Und ich wette, er ist gekommen, um sich eine Frau zu suchen. Stimmt das, van Doorn? Ist das richtig?«
Bevor er seine Schüchternheit überwinden und in ordentlicher Form den Zweck seines Besuchs erklären konnte, hatte die energische Frau nach verschiedenen Leuten gerufen, und eine Prozession erstaunlicher Gestalten kam zu ihrer Hütte. »Die kannst du haben«, rief sie schrill und wies auf ein heiratsfähiges siebzehnjähriges Mädchen mit dunkler Haut und schwarzem Haar. »Aber die da nicht, denn das ist ein Junge.« Damit erntete sie großes Gelächter bei den Frauen, und die Parade ging weiter.

»Die hier kannst du haben«, sagte sie ernster, »und ich rate dir, nimm sie!« Mit diesen Worten schob sie eine ihrer eigenen Töchter vor, ein Mädchen mit leuchtend rotem Haar, das ihm fast bis zur Taille reichte. Sie schien fünfzehn oder sechzehn Jahre alt zu sein und war von ihrer derben Mutter nicht eingeschüchtert. Sie ging direkt auf Adriaan zu, streckte die Hände aus und sagte: »Hallo, ich heiße Seena.« Als ihre Mutter etwas Obszönes sagen wollte, wandte sich das Mädchen blitzartig um und schrie: »Halt den Mund, verdammte Gans!«
»Die ist in Ordnung«, rief Mevrouw van Valck und kicherte mit den anderen Frauen, die einen Kreis um sie bildeten.
»Sie hat schönes Haar«, sagte eine Malaiin und streckte die Hand aus, um die roten Strähnen des Mädchens zu zausen.
Adriaan fragte Seena verlegen:
»Könnten wir irgendwo...«
»Haut ab, ihr...« Das Mädchen ließ ein Schimpfwort hören, das den Ausdrücken ihrer Mutter in nichts nachstand, und jagte die Frauen weg. »Wir können uns dorthin setzen.« Und sie zeigte auf eine alte Wagentruhe beim Eingang einer Hütte, in der sie mit einer bunt zusammengewürfelten Schar anderer Kinder wohnte.
»Wo ist dein Vater?« fragte Adriaan.
»Fortgeritten, um Buschmänner zu töten«, antwortete sie.
»Wann wird er zurück sein?«
»Wer weiß? Das letzte Mal brauchte er vier Wochen, um die Täler durchzukämmen.«
»Kann ich hierbleiben?«
»Hat meine Mutter recht? Suchst du eine Frau?«
»Ich... ich suche deinen Vater.«
»Du brauchst nicht auf ihn zu warten. Er kümmert sich nicht darum, was geschieht. Hast du eine Farm?«
»Ich wohne weit von hier.«
»Gut.« Das war alles, was sie sagte, aber dieses Wort verriet ihre Sehnsucht danach, von diesem turbulenten Ort wegzukommen.
Es wurde noch schlimmer, als Rooi selbst von der Menschenjagd herbeipolterte. Er war ein riesiger Mann, den Kopf voller flammendroter Haare, denen er seinen Namen verdankte. In Wirklichkeit hieß er nämlich Rupertus van Valck, und er stammte aus einer Familie, die sich schon früh am Kap angesiedelt hatte. Rooi van Valck, Rooi der Falke, der rothaarige Schrecken, der sich keiner Macht unterordnete, ob sie nun vom Gouverneur des Kaps, den »Siebzehn Herren« oder von Gott selbst ausging.
Die van Valcks hatten zum erstenmal zur Zeit van Riebeecks Ärger mit der Behörde gehabt, als Leopold, der eigensinnige Soldat und Stammvater der Familie, um Erlaubnis ansuchte, ein Mädchen aus Malakka zu heiraten. Die Kompanie ließ so viel Zeit verstreichen, daß Roois Großvater, als die Erlaubnis endlich erteilt wurde, bereits zweifacher Vater war. Es kam zu einem weiteren ernsten Konflikt, als Mevrouw van Valck, eine lebhafte, freiheits-

liebende Frau, sich so zu kleiden wünschte, wie es ihrer Anmut anstand. Die »Siebzehn Herren« hatten von Amsterdam aus angeordnet, daß »Mevrouw van Valck nicht Bombassin tragen darf und schon gar nicht hellgelbe Bombassin, zumal sie nicht die Frau eines leitenden Beamten der Kompanie ist«. Als sie jedoch darauf bestand und ihr Mann sie dazu ermutigte, wurden Soldaten ausgeschickt, um das Kleid zu zerreißen, worauf van Valck die Soldaten verprügelte – und dann einen langen Tag auf dem Holzpferd verbrachte.

Da er nicht von oben auf das mörderische Folterinstrument fallen gelassen wurde, entging er einem bleibenden Schaden, wie er Willem van Doorns späteres Leben ruiniert hatte, aber den bohrenden Haß wurde er nie los, und als einige Monate später einer der Soldaten, die ihn auf das Pferd gesetzt hatten, mit durchschnittener Kehle aufgefunden wurde, nahm man an, daß van Valck der Täter war. Es wurde nicht bewiesen, aber als dann Willem und Katje durch die Bittermandelhecke flohen, folgte ihnen dieser van Valck. Doch er ging nach Norden.

Dort baute er in einem wilden, ausgedehnten Tal seine Hütten, versammelte Sklaven und Ausreißer um sich und gründete die Sippe der berüchtigten van Valcks. Er hatte vier Söhne, und die hatten wieder Kinder, aber alle blieben in dem angestammten Tal, wo sie gewaltige Rinderherden hielten und ganze Plantagen mit einer einzigen Obstart bepflanzten. Sie schoren ihre eigenen Schafe, webten ihre Stoffe selbst und gerbten die Häute, um lederne Schuhe daraus zu machen. Sie waren ihre eigenen Zimmerleute, bauten primitive Straßen und bildeten eine Gemeinde, die außer zum Viehtrieb das Tal nicht verlassen mußte, in das sich nie ein Beamter wagte.

Das war die andere Seite der afrikanischen Medaille. Am Kap nahmen die Bürger Haltung an, wenn die »Siebzehn Herren« eine Vorschrift erließen; sie lebten für den Profit der Kompanie, von der Großzügigkeit der Kompanie und in Gehorsam gegenüber den strengen Gesetzen der Kompanie. Aber an van Valcks Grenze sagten die rothaarigen Abenteurer: »Zur Hölle mit der Kompanie«, und sie setzten sich durch.

Kein Pastor hatte je bei Rooi van Valck gepredigt oder es je gewagt, den Herrn zu kritisieren, weil er vier Frauen hatte. Seit zwei Generationen war kein van Valck rechtsgültig verheiratet gewesen, und auch in dieser Generation wünschte es keiner. Die Rassenmischungen unter den Kindern ließen sich nicht genau feststellen, aber ihre strotzende Gesundheit und gute Laune straften die Ansicht der Kompanie Lügen, daß Kinder streng nach der Bibel aufgezogen werden müssen. Bei Rooi gab es keine Bibeln.

»Du bist also gekommen, um eine Frau zu suchen?« sagte der Riese, während er Adriaan betrachtete. »Bist du der, den sie den Verrückten Adriaan nennen?«

»Wieso haben Sie von mir gehört?«

»Die Hausierer. Warum bist du verrückt?«

»Ich durchwandere gern die Wildnis. Ich beobachte die Tiere.«

»He, Seena. *Kom hier, verdomde vrouw!*« Als sie zu ihm kam, zauste er ihr Haar und sagte: »Kein Zweifel, sie ist meine Tochter. Sieh dir das Haar an! Ich brauch' mir keine Sorgen zu machen, daß ein Händler ihrer Mutter zu nahe gekommen ist.«

Als Adriaan noch tiefer errötete als Roois Haarschopf leuchtete, warf der Renegat seine Tochter in die Luft und fing sie mit den Armen auf. »Wenn du sie kriegst, bekommst du was Gutes«, rief er. Und wieder packte er sie und wirbelte sie hoch in die Luft, aber diesmal fiel sie nicht in seine Arme zurück, sondern flog in die Adriaans.

»Sie ist dein, Sohn, und wandere nicht zuviel herum, Verrückter Adriaan, sonst erwischt sie ein Händler, wenn du nicht hinsiehst.«

»Halt's Maul, verdammter Kerl!« schrie das Mädchen und schnitt ihrem Vater eine Grimasse. »Wenn Adriaan größer wäre, würde er dich verprügeln.«

Rooi streckte seine gewaltige Hand aus, packte Adriaan und brach ihm fast das Schlüsselbein. Er schüttelte ihn wie einen Hund und sagte: »Das soll er lieber nicht versuchen. Und behandle das Mädchen gut, mein Sohn, sonst bring' ich dich um!« Offensichtlich meinte er es ernst, aber zu Roois Überraschung riß sich Adriaan los, holte voll unbezähmbarer Wut aus und knallte dem riesigen Mann die Faust seitlich ins Gesicht. Es war, als hätte ein Affe einen Elefanten geschlagen, und Rooi brüllte vor Vergnügen.

»Der hat Mumm, Seena. Aber wenn er versucht, dich zu schlagen, gib ihm einen Tritt in den Bauch.« Und mit einem plötzlichen Stoß seines rechten Stiefels zielte er auf Adriaans Unterleib. Vielleicht war es die Furcht vor dem schrecklichen Schmerz, die den jungen Mann antrieb, denn er wich geschickt aus, faßte das hochschwingende Bein und riß den riesigen Rotschopf zu Boden.

Während er noch auf der Erde lag, stieß Rooi ein Bein nach, traf Adriaan an den Knöcheln und brachte ihn zu Fall. Mit einem Sprung stürzte sich der Mann auf ihn und zwang ihn in eine Lage, in der er ihm mit seinen Knöcheln die Augen eindrücken konnte. Während Adriaan die übermenschliche Kraft des Mannes spürte und die schrecklichen Knöchel näherkommen sah, dachte er: Ich ringe mit dem Teufel – um des Teufels Tochter. Und er riß die Knie hoch, um es dem bösartigen Mann in die Eingeweide zu stoßen, doch Rooi wehrte auch diesen Angriff ab.

»Ich werde es dich schon lehren«, knurrte er, und er hätte es getan, wenn Seena nicht einen Holzprügel ergriffen und ihm auf den Kopf geschlagen hätte, wodurch sie ihn völlig betäubte. Als er zwinkernd und spuckend zu sich kam, schrie er: »Wer hat mich geschlagen?« Und Seena sagte: »Er.«

Adriaan stand mit geballten Fäusten vor ihm und wartete auf das, was nun kommen würde.

»Bei Gott!« schrie der riesige Rotschopf. »Ich glaube, Seena hat sich einen ordentlichen Kerl geschnappt.« Als er sich, noch ganz benommen, wieder auf die Beine erhoben hatte, legte er einen gewaltigen Arm um Adriaan, den anderen um Seena und zog die beiden in seine Hütte, wo er einen Krug Weinbrand öffnete.

Sie tranken die ganze Nacht hindurch, und gegen vier Uhr morgens, als Adriaan schon beinahe bewußtlos war, bestand Rooi darauf, daß das Brautpaar eine Hütte für sich allein bekommen solle. So wurden aus der elenden Hütte, welche die Malaiin bewohnte, die Kinder entfernt, und das junge Paar wurde auf den schmutzigen Strohhaufen gesetzt. Zuerst wollte Adriaan nur schlafen, was von jungen Leuten, die durch ein Guckloch zusahen, im ganzen Lager verbreitet wurde. Aber Seena hatte sicherlich nicht die Absicht, ihre Hochzeitsnacht auf diese Weise zu verbringen. Deshalb weckte sie ihn, wie die Kinder den älteren Leuten schreiend berichteten, aus seiner Betäubung und unterwies ihn in seinen Pflichten als Ehemann.
»Das ist gut, das ist gut!« sagte Rooi van Valck, als es die Kinder auch ihm erzählten. »Ich glaube, Seena hat einen Mann erwischt, auf den sie stolz sein kann. Er ist ein bißchen verrückt, das ist klar, aber er ist rasch mit seinen Fäusten, und das gefällt mir. Wie heißt er doch gleich?«
»Adriaan«, riefen die Kinder. Sie wußten einfach alles.

Die Erlangung der Männlichkeit war für Sotopo keine so leichte Sache. Wie sein Bruder Mandiso vorausgesagt hatte, hatten sie in der neuen Ansiedlung keinen Wächter für die Beschneidungszeremonie, auch keine anderen Jungen, die mit Sotopo daran hätten teilnehmen können, und sicherlich keine große Gemeinde, um ein Fest zu arrangieren. Aber Sotopo wußte, daß die Zeremonie durchgeführt werden mußte, und so geschah es auf eine einsame, schauerliche Art.
Sie bauten eine kleine Hütte, die groß genug für einen Jungen war. Da man keinen weißen Lehm finden konnte, mußte roter herhalten. In Ermangelung eines älteren Mannes, der mit einer scharfen Schneide umgehen konnte, meldete sich freiwillig ein junger Dilettant, der mit einem stumpfen Assagai eine gräßliche Operation durchführte. Da nicht die richtigen Kräuter für die Behandlung zur Verfügung standen, eiterte die Wunde so stark, daß Sotopo beinahe starb. Hundert Tage lang blieb er allein, nur sein Bruder schlich sich gelegentlich zu ihm, um ihm die Erfahrungen, die er von seiner eigenen Initiation her kannte, mitzuteilen.
Als die Isolierung zu Ende war, wurde die kleine Hütte in Brand gesteckt, wie es der Brauch erforderte, und nun war es für Sotopo an der Zeit zu tanzen. Er tat es allein, ohne Kürbis, ohne Saiteninstrumente; die Schmuckfedern bebten, als er seine Hüften schwang, und die Muscheln an seinen Fußknöcheln hallten wider, wenn er stampfte. Zum Abschluß hielt er eine Ansprache von simpler, aber tiefer Bedeutung. Er sah die abenteuerliche kleine Gruppe an und sagte mit lauter, klarer Stimme: »Ich bin ein Mann.« Und gegen Männer wie ihn befanden sich die Treckburen im Vormarsch.

Seena und Adriaan lernten Nels Linnart aus Schweden auf höchst abenteuerliche Art kennen. Im Jahr 1748 kam ein Reiter vom Süden herauf mit der aufregenden Nachricht, daß vor dem Kap Seal ein großes Schiff gestrandet sei, mit so viel Ladung, daß alle Farmen in der Gegend ihre Vorräte für

ein Dutzend Jahre ergänzen könnten. Bei den van Doorns sattelte jeder taugliche Mann ein Pferd, um sich an der Plünderung zu beteiligen, und als Adriaan in Richtung Süden galoppierte, ritt Seena mit ihm, und ihr langes rotes Haar flatterte im Wind.
Sie kamen am nächsten Tag etwa zwei Stunden vor Sonnenuntergang bei dem Wrack an und fanden ein noch reicheres Lager vor, als der Bote erzählt hatte. Etwa dreißig Treckburen hatten Seile zum Schiff geknüpft und die Passagiere an Land gebracht. Aber sobald sie die Menschenleben gerettet hatten, eilten die Männer durch die Wellen zurück, um das Schiff zu plündern, und die eifrigen van Doorns gelangten rechtzeitig zu den Nahrungsmitteln, bevor sie das Wasser unbrauchbar machte. Ganze Fässer mit Mehl und Heringen wurden an Land befördert. Eine andere Familie konzentrierte sich auf jeden einzelnen Einrichtungsgegenstand in der Kajüte des Kapitäns, und als dieser protestierte, blickte ihn ein riesiger Treckbure finster an und sagte: »Hättest du dein Schiff von den Felsen ferngehalten, so würden wir es nicht ausräumen.«
Während der ganzen Nacht raubten die habsüchtigen Treckburen beim Licht des verhangenen Mondes und der Sturmlaternen die beweglichen Schätze aus dem Schiff. Als der Morgen graute, kam ein kaum dreißigjähriger junger Mann zu Adriaan und sagte auf holländisch, aber mit stark ausländischem Akzent: »Bitte, Mijnheer, Sie und Ihre Frau sehen anständig aus. Könnten Sie mir helfen, meine Bücher zu retten?«
»Wer sind Sie?« fragte Adriaan argwöhnisch.
»Dr. Nels Linnart, Stockholm und Uppsala.« Als Adriaans ausdrucksloses Gesicht zeigte, daß er nichts verstand, sagte der junge Mann: »Schweden.« Adriaan hatte auch davon noch nie gehört, deshalb sagte der Mann: »Bitte, ich habe wertvolle Bücher dabei, ich muß sie retten.«
Adriaan verstand noch immer nichts, aber Seena sagte ungeduldig: »Er braucht Hilfe«, und so schwammen die van Doorns hinter dem Doktor zu dem Schiff hinaus, kletterten über die Bordwand hoch und betraten das Schiff, das sich nicht mehr lange über Wasser halten konnte. Für sie war es eine seltsame Welt aus dunklen Korridoren und schlagenden Wellen, vermischt mit dem Geruch des feuchten Zwischendecks. Die wertvollen Bücher lagerten in einer Kajüte; es waren vierzig oder fünfzig dicke Bände, die in verschiedenen Ländern erschienen waren und die Dr. Linnart an Land bringen wollte. Aber es war höchst schwierig, sie durch die Wellen zu bringen, ohne daß sie beschädigt wurden.
Seena fand einen Weg. Sie sprang ins Wasser, hielt sich an dem Tau fest und nahm einen Armvoll Bücher in Empfang. Adriaan trug sie dann auf den Schultern und hielt sie so über den Wellen, während sie sich langsam Richtung Land bewegten. »Bravo!« rief der Doktor vom Deck herüber, als er sah, wie das Paar die trockenen Bücher am Strand niederlegte und wieder zurückkam, um eine neue Ladung zu holen.
Auf diese Weise wurde die kleine Bibliothek gerettet; sie sollte die Grundlage für eine berühmte Büchersammlung in Südafrika bilden und enthielt

lateinische, griechische, deutsche, holländische, englische, schwedische und vierzehn französische Bücher. Sie behandelten verschiedene Zweige der Wissenschaft, insbesondere Mathematik und Botanik, und das »Systema naturae« von Karl von Linné, gleichfalls aus Stockholm und Uppsala, gehörte auch dazu. »Er ist mein Onkel«, sagte der junge Doktor, während er das Wasser aus seinen Stiefeln schüttelte.

»Was für ein Buch ist das?« fragte Adriaan, denn es war das erste, das er außer der Bibel seines Vaters je in der Hand gehalten hatte.

»Es handelt von Pflanzen und Blumen.«

Und dort am Strand nahe dem gestrandeten Schiff sagte Adriaan die Worte, die für den Rest seines Lebens bestimmend sein sollten: »Ich habe Pflanzen und Blumen sehr gern.«

»Haben Sie hier viele gesehen?« fragte der junge Wissenschaftler, den sein Forschungsgegenstand immer interessierte, auch wenn sein Schiff gesunken war.

»Ich bin schon viele Meilen gewandert«, sagte Adriaan, der sofort das intensive Interesse des jungen Mannes erkannte, »und wo ich auch hinkam, immer gab es etwas Neues.«

»Das sagte mein Onkel auch. Meine Aufgabe ist es nun, die neuen Pflanzen zu sammeln. Solche, von denen wir in Europa noch nichts gehört haben.«

»Was meinen Sie mit ›sammeln‹?« fragte Adriaan, aber bevor der junge Doktor es erklären konnte, rief Hendrik: »Vorwärts! Es gibt da noch eine Menge zu holen, bevor das Schiff sinkt.« Und die zwei jungen van Doorns setzten die Plünderung fort. Als jedoch nichts mehr übrig war und das Schiff auseinanderzubrechen begann, zog es Adriaan wieder zu dem Wissenschaftler, und während die anderen Treckburen den schiffbrüchigen Passagieren halfen, provisorische Hütten zu errichten, bis Rettungsschiffe kamen, verstauten er und Seena die kostbaren Bücher auf ihren Pferden und machten sich zu Fuß auf den Rückweg zu ihrer Farm. Der junge Schwede begleitete sie. In seinem Bericht, der in London veröffentlicht wurde, schrieb er:

> Ich hatte beabsichtigt, meine Sammeltätigkeit in Indien aufzunehmen, aber die Vorsehung ließ mein Schiff an der Südspitze Afrikas auf Felsen laufen, wo ich von einem erstaunlichen Paar gerettet wurde, mit dem ich die vier glücklichsten Monate meines Lebens in einer Hütte aus Flechtwerk verbrachte. Der Mann, der kein Wort lesen konnte, war trotzdem als Autodidakt ein wohl beschlagener Wissenschaftler, während seine rothaarige Frau einfach alles konnte: reiten, schießen, gewaltige Mengen Gin trinken, fluchen wie ein Norweger, Obstbäume pfropfen, nähen, kochen, lachen und unglaubliche Lügen über ihren Vater erzählen, von dem sie behauptete, er habe vier Frauen. Ich erinnere mich, daß ich eines Morgens in meinem schlechten Holländisch rief: »Gott wollte nicht, daß ich nach Indien gehe. Er brachte mich hierher, um mit euch zu arbeiten.« Sie schlossen mir eine neue Welt

auf, zeigten mir Wunder, die ich nie geahnt hatte. Der Mann kannte jeden Baum, die Frau jeden Kniff, den man braucht, um gut zu leben, und als die vier Monate in ihrer Hütte zu Ende gingen, war ich besser darauf vorbereitet, meine Sammeltätigkeit zu beginnen, als wenn ich an einer Universität eingeschrieben gewesen wäre. Zu meiner großen Freude und zu meinem Glück wollte mich dieses wunderbare Paar begleiten, obwohl ich sie darauf aufmerksam machte, daß ich vielleicht sieben Monate lang fortbleiben würde. »Was ist das für uns?« fragte Mevrouw van Doorn, und sie ritten mit mir los, so unbekümmert, als ginge es zu einem Picknick in einem französischen Park.

Sie reisten weiter nach Osten als Adriaan bei seiner ersten Forschungswanderung und dann direkt nach Norden in eine Landschaft, die auch er noch nie gesehen hatte. Sie erstreckte sich weit im Norden des Gebirgszugs und war völlig verlassen, aber keine Wüste, denn sooft es regnete, erblühte eine Unzahl von Blumen in diesem Gebiet, die es mit einem Teppich von solcher Schönheit und Vielfalt bedeckten, daß Dr. Linnart staunte: »Ich könnte ein Leben hier verbringen, glaube ich, und jeden Tag eine neue Blume finden.« Als Adriaan sich weiter erkundigte, warum der Schwede so unersättlich sammelte, verbrachte Linnart mehrere Abende mit dem Versuch, ihm zu erklären, was die Expedition bedeutete, und er beschrieb in seinem Bericht dieses Erlebnis:

Da van Doorn wissen wollte, worauf es mir ankam, beschloß ich, ihm das gesamte Ausmaß meines Vorhabens zu erklären, ohne etwas zu verschweigen. Ich beschrieb ihm Karl von Linnés systematisches Ordnungsprinzip von *genus* und *species*, und dieser geborene Wissenschaftler verstand innerhalb der ersten Stunde besser, was ich sagte, als die meisten meiner Studenten an der Universität. Dann fragte er mich, warum Linné sich mit einem solchen System befaßt habe, und ich teilte ihm mit, daß mein Onkel die Absicht habe, sämtliche in der Welt wachsenden Pflanzen zu katalogisieren, und daß ich deshalb nach Südafrika gekommen sei. Er fragte mich: »Auch diese Blumen auf dem Veld?« Und ich sagte: »Gerade diese Blumen, da wir sie in Europa nicht finden.« Und so begann er, mit dieser kurzen Anleitung etwa vierhundert Pflanzen, bestimmt nicht weniger, zu sammeln und nach den Linnéschen Prinzipien in große Kategorien zu unterteilen. Es war eine hervorragende Leistung, die nur wenige Gelehrte in Europa hätten vollbringen können.

Die Karawane bestand aus Dr. Linnart, den beiden van Doorns, Dikkop, der sich um alles kümmerte, und zehn Hottentotten, die der Schwede bezahlte. Zwei Wagen begleiteten die Expedition, die mit kleinen Holzkistchen beladen waren, in denen die von Adriaan gesammelten Muster untergebracht wurden.

Aber sosehr sich Dr. Linnart auch für Botanik interessierte, noch mehr fesselte ihn Seenas erstaunliche Fähigkeit, Leben in das Lager zu bringen, und so war er auch begeistert, als sie eines Morgens heiter sagte: »Biltong ist fort. Sie, Linnart, schießen uns eine Elenantilope.« Und so ging er mit Dikkop auf die Jagd; sie fanden zwar keine von den riesigen Antilopen, erlegten aber je einen Gemsbock, den sie auf der Stelle zerlegten und von dem sie eine Menge dünn geschnittener Streifen besten mageren Fleisches ins Lager zurückbrachten.
»Sieht gut aus«, sagte Seena anerkennend, während sie ihnen den Topf reichte, in dessen Flüssigkeit das Fleisch eingelegt werden sollte.
Linnart, der so gern die Einzelheiten jedes Arbeitsvorgangs erfuhr, fragte: »Was ist denn in dem Topf?« und sie zeigte es ihm: »Ein Pfund Salz, zwei Unzen Zucker, eine kräftige Prise Salpeter, eine Tasse starker Essig, ein wenig Pfeffer und diese zerdrückten Kräuter.«
»Welche Kräuter?«
»Was ich so finde«, sagte sie. In diese Mischung legte sie die Fleischstreifen, die sie gelegentlich umrührte, damit sie gut benetzt wurden. Als sie sicher war, daß das Fleisch richtig mariniert war, ließ sie Linnart die Streifen herausnehmen und zur sonnigen Seite des Lagers bringen, wo sie im Wind trockneten.
Als sie steinhart waren, wurden sie in Tücher gepackt. Man kaute sie, wenn es keine andere Nahrung gab. »Der beste Proviant für das Veld«, rief Linnart, während er sich fast die Zähne beim Kauen ausbiß. »Besser als das Dörrfleisch, das unsere Lappen aus den Muskeln der Rentiere machen. Es hat mehr Geschmack.«
Die schönste Tageszeit war der Spätnachmittag, wenn Seena und die Hottentotten das Abendessen bereiteten, denn da saß Linnart mit Adriaan zusammen, sprach über Afrika und verglich es mit anderen Ländern, die er gesehen hatte. Er nahm oft seinen Atlas und schlug die Landkarten der Gebiete auf, über die er sprach; dabei gesellte sich der kleine Dikkop zu ihnen, blickte auf die für ihn unverständlichen Seiten und nickte weise und zustimmend zu allem, was der Schwede sagte. Adriaan, der die Wörter auch nicht lesen konnte, begriff jedoch die geographischen Formen und nickte auch.
»Seht euch diese Karte von Afrika an«, sagte Linnart eines Abends zu den beiden Männern. »Eure kleine Kolonie ist unvollständig. Sie sollte im Norden bis zum Sambesi reichen, einer natürlichen Grenze, und im Osten bis zum Indischen Ozean.«
»Hier im Osten«, sagte Adriaan, auf die Karte tippend, »sind die Xhosa.«
»Wer ist das?«
»Sag es ihm, Dikkop.« Und der Hottentotte brachte seine Befürchtungen über die großen Stämme von Schwarzen vor, deren Existenz Sotopo bei ihrer Begegnung in den Wäldern angedeutet hatte.
»Hmmm!« sagte Linnart. »Wenn das der Fall ist, wird es früher oder später...« Er deutete mit dem Zeigefinger an, daß sich die Schwarzen nach We-

sten und die Treckburen nach Osten ausdehnten. »Da muß es zu einem Zusammenstoß kommen.«
»Das glaube ich auch«, sagte Dikkop.
»Aber dort oben? Gegen den Sambesi zu? War jemand von euch schon einmal dort oben?«
»Das erlaubt uns die Kompanie nicht«, sagte Adriaan.
»Aber die Kompanie läßt euch in Gebieten wohnen, wo ihr Hunderte Meilen vom Kap entfernt seid. Was hindert euch daran, den Norden zu erkunden?« Als keiner von den Männern antwortete, sagte er: »Der Mensch sollte immer bis zu den äußersten Grenzen gehen. Nach Osten bis zum Ozean. Nach Norden bis zum Sambesi.«
Sollte er gemeint haben, sie hielten sich aus Mangel an Abenteuerlust zurück, dann hatte er unrecht, was er auch selbst entdeckte, als sie am Ende der sieben Monate über die Berge nach Süden zurückkehrten und die Van-Doorn-Farm suchten:

> Da erfuhr ich, was Treckburen sind, denn als wir uns der Farm näherten, wo ich diese glücklichen vier Monate verbracht hatte, sah ich zu meinem Entsetzen, daß das Haus zerstört war. Der Kral war verlassen. Die Gärten waren voller Unkraut, und es gab keine Spur von Schafen, Rindern oder Menschen. Ich blickte die van Doorns bekümmert an und machte mich darauf gefaßt, wie sie die Tragödie aufnehmen würden. Sie waren jedoch unbekümmert. »Vater ist sicher umgezogen«, war alles, was mein erstaunlicher Führer sagte, und mit ebenso großer Unbekümmertheit, als handle es sich um einen Tagesausflug, machten wir uns auf den Treck zu einem Ziel, das wir nicht einmal erraten konnten. Nach einem Marsch von vierzig Meilen fragte ich: »Werden sie hier in der Nähe sein?« Van Doorn zog bloß die Schultern hoch und sagte: »Wenn nicht hier, dann anderswo.« Besonders beeindruckte mich die Gleichgültigkeit der rothaarigen Seena. Als ich sie eines Abends nach einem besonders schwierigen Tag, an dem wir einige Flüsse durchquert hatten, fragte: »Wo glauben Sie, daß sie sind?«, antwortete sie wie ein Matrose: »Wen kümmert das, verdammt noch mal? Sie müssen irgendwo hier draußen sein.« Und nach etwa fünfundsiebzig Meilen kamen wir in ein schönes Tal, in dem der alte Mann eine runde Farm abgesteckt hatte, die, wie ich ausrechnete, nicht weniger als sechstausend Morgen umfaßte. Dafür bezahlte er eine Handvoll Reichsthaler im Jahr. Er war nicht einmal verpflichtet, sie zu umzäunen, und wenn er der Ansicht war, daß die Weiden erschöpft seien, stand es ihm frei, sie aufzugeben, siebzig Meilen weiter zu einer anderen, ebenso schönen Stelle zu ziehen und sie ebenso ungeniert zu behandeln. »Auf Zehenspitzen durchs Paradies« nennen sie das.

Es war ein schmerzlicher Augenblick, als dieser gescheite junge Mann die Van-Doorn-Farm verließ und mit seinen beiden mit getrockneten Muster-

exemplaren gefüllten Wagen zum Kap zog. Adriaan und Seena weinten natürlich nicht, denn sie hatten seit einiger Zeit gewußt, daß er sie verlassen mußte. Die Tränen vergaß Dr. Linnart, der dreimal zu einer blumenreichen Abschiedsrede ansetzte. Aber jedesmal, wenn er Seena anblickte, wurde er von Liebe und Kameradschaftsgefühlen so übermannt, daß seine Stimme in Tränen erstickte und er noch einmal beginnen mußte. Es sei eine Expedition gewesen, erklärte er, die er nie vergessen würde; er beendete seine Rede ziemlich verlegen: »Mein Onkel, der seine Bücher unter seinem lateinischen Namen Carolus Linnaeus veröffentlicht, würde euch ein Exemplar des Bandes schicken, in dem dieses Material erhalten sein wird, nur kann natürlich keiner von euch beiden lesen.«
Mehrere seiner Berichte über seine Reise zum Kap fanden in Europa und Amerika weite Verbreitung; nachdem er seine schrecklichen Erlebnisse bei der Überquerung der letzten Berge geschildert hatte, als seine Musterexemplare im plötzlich auftretenden Nebel verlorenzugehen drohten, berichtete er von seiner Ankunft im Trianon:

> Es war nicht zu glauben, daß dieselbe Familie, die die Hütten in der Wildnis bewohnt, auch Eigner dieses bezaubernden Landbesitzes ist, der so sorgfältig angelegt ist wie ein französisches Schloß. Er verfügt über vier verschiedene Gärten, von denen jeder von besonderem Reiz ist, und eine Fassade, die ohne irgendwelchen besonderen Schmuck eine Eleganz aufweist, die kaum zu überbieten ist. Die van Doorns auf Trianon keltern zweierlei Wein, einen schweren süßen für den Verkauf in Europa, wo er hoch geschätzt wird, und einen hellen, sehr trockenen Weißwein, der wenig Gehalt und Blume zu haben scheint – bis man die letzte Flasche getrunken hat.
>
> Endlich kamen wir zum Kap, das mehrere Holländer mit Paris oder Rom verglichen hatten. Es ist eine armselige Stadt von kaum dreitausend Einwohnern mit ungepflegten Straßen und Häusern mit Flachdächern, die durch die Kanäle, die Wasser von Bergströmen zu Tal bringen, ein wenig an Amsterdam erinnert. Das Schloß und die Groote Kerk, ein schönes achteckiges Gebäude mit Giebeln, geben der Stadt ihr Gepräge; das erstere sagt den Leuten, was ihre Hände tun müssen, die letztere kümmert sich um ihre Seelen.
>
> Die geizige Kompanie betrachtet das Kap nicht als richtige Siedlung, sondern lediglich als Zwischenstation auf dem Weg nach Java. Kompanievorschriften regeln alles: die Kirche, die Farmer, den Angestellten und die Zukunft. Es gibt keine Schulen von Bedeutung, die Schulleiter sind kaum imstande, ihren Schülern überlegen zu bleiben. Doch die Beamten der Kompanie und die wenigen begüterten Personen sind dem Genuß ergeben, wie ich bei einem üppigen Abendessen im Schloß feststellen konnte. Dort servierte man nicht weniger als sechsunddreißig Gänge, und auch die Damen, die getrennt speisten, taten sich an dem gütlich, was die Freigebigkeit des Gouverneurs bot.

Mein Besuch am Kap erfolgte zwei Jahre vor meiner Reise in die englischen Kolonien in Amerika. Diese Kolonien sind ungefähr zur gleichen Zeit entstanden wie die holländischen Niederlassungen in Afrika, und ich war stets bedrückt, wenn ich die beiden verglich. In den Kolonien gab es eine Menge Druckerpressen, quicklebendige Zeitungen und Zeitschriften und Bücher in allen Städten. Ich konnte mich mit Gelehrten in mehreren erstklassigen Colleges wie Harvard und Yale unterhalten. Aber mein tiefster Kummer ergab sich aus meinem längeren Zusammensein mit Dr. Franklin, diesem autodidaktischen Genie aus Philadelphia. Er erinnerte mich stark an Adriaan van Doorn, denn die beiden verfügen über die gleichen geistigen Anlagen. Aber wegen der kulturellen Möglichkeiten in den englischen Kolonien wird Dr. Franklin als großer Gelehrter anerkannt, während van Doorn, der weder lesen noch schreiben kann, daheim der Verrückte Adriaan, der Närrische Adriaan genannt wird...
Es war meine eigene Unwissenheit, die mir eine größere Enttäuschung verursachte. Obwohl ich ein wenig Holländisch kann, hatte ich erwartet, hauptsächlich Französisch zu sprechen, wegen der großen Zahl von Einwanderern, die aus diesem Land zum Kap gelangt sind. Ich hatte vor allem französische Bücher mitgenommen, aber als ich versuchte, mich dieser Sprache zu bedienen, die ich halbwegs gut beherrsche, fand ich niemanden, mit dem ich mich in ihr unterhalten konnte. Gewohnheit und die strengen Maßnahmen der Kompanie haben die Sprache unterdrückt, und in der gesamten Kolonie hört man kein französisches Wort.

Adriaan und Seena hatten vier Kinder, die in der gleichen verlotterten Art aufwuchsen, wie sie bei Rooi van Valck und bis zu einem gewissen Grad auch in den Hartebeesthütten der van Doorns herrschte. Sie wurden mit Liebe und grenzenloser körperlicher Zuneigung aufgezogen, so als wären sie junge Hündchen, und wiesen alle Anzeichen dafür auf, getreue Kopien ihres herumstreunenden Vaters oder ihrer derben und heidnischen Mutter zu werden. Das erste und dritte hatten das rote Haar der van Valcks; das zweite und vierte hellblondes Haar wie die van Doorns; und im Jahr 1750 schien es wahrscheinlich, daß sie ungebildete Grenznomaden werden würden, wie ihre Eltern, die die Autorität der Kompanie mißachteten und dem Boden, auf dem sie lebten, stark verbunden waren. In wenigen Jahren würden fremde junge Männer kommen, um die Mädchen werben und dann mit ihnen ostwärts ziehen. Dort würden sie sechstausend Morgen Land abstekken, auf die sie ihrer Ansicht nach Anspruch hatten, und eigene Lehnfarmen gründen. »Das Land dort draußen ist unbegrenzt«, erklärten die Treckburen. »Wir können weiterwandern, bis wir zum Indischen Ozean gelangen.« Und wenn ein Mann seine Farm ungefähr zehn Jahre lang behielt, bevor er auf jungfräulichen Boden wechselte, konnte sich dieser Prozeß noch über weitere hundert Jahre hinziehen.

»Wir werden natürlich«, sagte Adriaan, wenn solche Voraussagen gemacht wurden, »früher oder später mit den Xhosa zusammentreffen.«
»Den was?« fragten die neuen Treckburen.
»Mit den Xhosa.«
»Und wer, zum Teufel, sind die?«
»Die Schwarzen. Sie sind dort draußen, jenseits des großen Flusses.«
Da außer ihm jedoch kaum jemand diese Leute gesehen hatte und die Farmen auf dem neuen Land gediehen, kümmerte man sich nicht um die Xhosagrenze.
Die Farm der van Doorns glich nun in vieler Hinsicht jener von Rooi van Valck: Großvater, Großmutter, die Familien Adriaans und seiner Brüder, die vielen Enkel und Diener und die großen Viehherden. Das Leben war gut, und wenn eine der Frauen am Vormittag rief: »Ich brauche jemand, der dieses Fleisch zerhackt«, war jeder Mann in Hörweite eifrig zur Hilfe bereit, denn das bedeutete, daß die Köchinnen *bobotie* machen würden, das beste Gericht auf dem ganzen Veld.
Seena, die es oft für ihren Vater zubereitet hatte, übernahm für gewöhnlich die Oberaufsicht. Sie gab das gehackte Rind- und Lammfleisch in eine große, hochwandige Kasserolle, mischte es mit Curry und Zwiebeln und ließ das Ganze braun werden. Währenddessen zerkleinerte sie eine große Handvoll Mandeln und fügte verschiedene Gewürze hinzu. Wenn alles gut durchgemischt und angebraten war, schlug sie ein Dutzend Eier in so viel Milch, wie gerade da war, und goß das Gemisch darüber. Dann schob sie das Ganze für etwa eine Stunde in den Backofen. Während der Duft die Umgebung erfüllte, kochte sie Reis und nahm den Deckel von dem Tontopf mit dem Chutney ab. Gleichgültig, wie groß die Kasserolle war, gleichgültig, wie viele Leute am Tisch saßen, wenn Seena *bobotie* machte, blieb nie ein Rest zurück. »Das verdanken wir nur dem Curry«, erklärte sie immer.
Nach einem harten Arbeitstag am Tisch zu sitzen und einen Krug Weinbrand sowie einen Riesenteller mit *bobotie* vor sich zu haben, das war die Art von Genuß, die die Farmer zufriedenstellte.
Gelegentlich holte Großvater Hendrik seine große Bibel hervor in der Hoffnung, den Kindern das Alphabet beizubringen. Aber sie meinten, wenn ihre Eltern und Verwandten am Leben blieben, ohne Lesen zu können, konnten sie es auch. Aber ein- oder zweimal zeigte Lodevicus, der jüngste, jetzt elfjährige, Sohn, Anzeichen dafür, daß er derjenige sein würde, der zur Gelehrsamkeit der des Lesens und Schreibens mächtigen van Doorns in Holland zurückfinden würde. Er fragte seinen Großvater: »Wie viele Buchstaben muß ich lernen, um lesen zu können?«, und Hendrik, der sich auf das holländische Alphabet bezog, antwortete: »Zweiundzwanzig.« Dann zeigte er dem Knaben, daß es von jedem Buchstaben zwei Formen gab, den Klein- und den Großbuchstaben. Außerdem bemühte er sich, dem Knaben die Besonderheiten des Holländischen zu erklären. Doch das war für Lodevicus zu verwirrend, und bald tollte er mit den anderen umher.
Der alte Hendrik bemerkte aber, daß derselbe Lodevicus Unruhe zu zeigen

begann, wann immer Adriaan zu einer seiner Forschungsreisen aufbrach: »Warum ist Vater nicht hier, um bei der Arbeit mitzuhelfen?« Und er wurde ganz aufgeregt, wenn Seena ihren Mann begleitete, was sie gern tat: »Mutter sollte daheim sein und *bobotie* machen.« Die drei anderen Kinder zeigten keine Besorgnis, wenn ihr Vater monatelang abwesend war. Außerdem freuten sie sich, wenn ihre Eltern sagten: »Die Menschen drängen sich zusammen. Zu viele Vorschriften von der Kompanie. Dieses Tal, in dem das Vieh voriges Jahr graste, sieht besser aus.« Aber Lodevicus sagte: »Warum können wir nicht an einem Ort bleiben? Und ein Haus aus Stein bauen?«
Hendrik und Johanna, die immer bereit gewesen waren umzuziehen, als sie jung waren, stellten sich nun auf die Seite ihres Enkels: »Lodevicus hat recht. Laßt uns ein Haus aus Stein bauen.« Und sie führten als Grund an, daß dieses Stück Land, wenn man es richtig behandelte, noch für weitere zwanzig Jahre Lebensunterhalt bot. Aber Adriaan wurde noch unruhiger, und die rothaarige Seena unterstützte ihn: »Laßt uns alle von hier fortgehen!« So beluden sie den Wagen, gaben die Hütten auf und wanderten unter der Führung des kleinen Dikkop nach Osten. Aber auf dem Weg flüsterte Hendrik seinem Enkel zu: »Wenn du älter bist, Lodevicus, mußt du aufhören zu wandern und dir ein Steinhaus bauen.«
Während einer solchen Wanderung brach der nun neunundsechzigjährige Hendrik zusammen und starb. Das war keine Tragödie, die Jahre seines Lebens waren erfüllt gewesen, und die Zukunft seiner lebhaften Familie schien gesichert zu sein. Sein Begräbnis stellte jedoch ein schwieriges Problem dar, denn Hendrik war ein religiöser Mann gewesen und hätte sich sicher gewünscht, daß Gottes Wort an seinem Grab gelesen wurde. Aber in seiner Familie gab es niemanden, der lesen konnte. Johanna holte die alte Bibel hervor, und sie überlegten ernsthaft, ob sie sie mit dem alten Mann zusammen begraben sollten, der sie so geliebt hatte. Aber in diesem Augenblick schaute Lodevicus zufällig auf und sah von den Hügeln im Westen einen Reiter kommen.
»Ein Mann kommt!« rief er den Trauernden zu, und Dikkop lief weg, um festzustellen, wer es war. Kurz darauf kam der Fremde herangeritten, ein hochgewachsener, magerer Mann in schwarzer Kleidung mit breitkrempigem Hut, aber ohne irgendeine Schußwaffe. Als er sein Pferd zügelte, sah er jeden der van Doorns durchdringend an und sagte mit einer Stimme, die aus den Tiefen der Erde zu kommen schien: »Ich habe euch gesucht, ihr van Doorns, und ich sehe, daß ich noch rechtzeitig angekommen bin.« Er stieg ab, ging zum Grab, blickte nach unten und fragte: »Welcher Sünder wurde gerufen, um vor den Thron seines Herrn zu treten?«
»Hendrik van Doorn.«
»Der nämliche«, sagte der große Mann. »Er ist der einzige von euch, der gerettet wurde, stimmt das nicht?«
»Er kannte das Buch«, antwortete Johanna und wies auf die Bibel.
»Wir wollen ihn mit einem Gebet begraben«, sagte der Fremde, und während sich die kunterbunte Familie verneigte, ließ er ein langes Gebet vom

Stapel, in dem er Gott anflehte, die schweren Sünden seines ungeratenen Kindes zu vergeben. Da begann die rothaarige Seena zu kichern, denn wenn es einen van Doorn gegeben hatte, der nicht ungeraten war, so war es Hendrik.

Der Fremde kümmerte sich nicht um diese Respektlosigkeit, sondern setzte sein endloses Gebet fort. Die Hottentotten, die für Baas Hendrik gearbeitet hatten, manche von ihnen seit der frühesten Zeit, standen respektvoll abseits. Sie hatten den alten Treckburen geliebt wie einen Vater. Der alte Patriarch hatte sie oft als Kinder betrachtet, die Peitsche verwendet, wenn er es für nötig hielt, und die Fleißigen belohnt, wenn er mit Stoffen und Werkzeug vom Viehhandel zurückkehrte. Er hatte nie verstanden, weshalb sie so gerne tranken, bis sie bewußtlos waren, oder warum ihre Kinder lieber wegliefen, um Landstreicher zu werden, als für ihn zu arbeiten. Er hatte ihnen zugestanden, daß sie hervorragende Viehhirten waren, viel bessere als die verteufelten Buschmänner, die noch immer mit ihren Giftpfeilen auf Kolonisten schossen. Als das Gebet schließlich zu Ende war, sagte der Fremde gebieterisch: »Jetzt könnt ihr ihn begraben. Er ist auf dem Weg zu seinem Schöpfer.«

»Er ist tot«, sagte Seena schroff. »Er hatte ein verdammt gutes Leben, und jetzt ist er tot.«

»Ich nehme an, du bist die Tochter von Rooi van Valck. Wegen deiner roten Haare, meine ich.«

»Die bin ich.«

»Ich wurde von der Kompanie geschickt, um das Wort Gottes in die Wildnis zu bringen. Ich bin *dominee Specx,* hugenottischer Abstammung, und habe in der neuen Stadt Swellendam gewohnt. Ich bin beauftragt, Ehen zu schließen, zu taufen und Familien wie die eure zu einem Leben im Herrn zurückzuführen.«

»Ihr seid willkommen«, sagte Johanna als das weibliche Oberhaupt der großen Sippe.

»Ihr seid auf dem Weg zu einer neuen Farm?«

»Das sind wir.«

»Man wird jetzt für Farmen Zins erheben.«

»Von uns werden sie nichts bekommen«, erklärte Adriaan scharf. »Wir haben das Land bebaut, wo wir wollten, und niemandem Steuern bezahlt.«

»Damit ist es vorbei«, antwortete der Fremde. »Von diesem Jahr an werden von allen Steuern erhoben.«

»Von allen außer von uns«, sagte Adriaan. »Wir haben dieses Land erkundet. Wir haben es ganz allein besiedelt. Und es gehört uns, nicht der Kompanie.«

Pastor Specx fragte, ob er mit ihnen zu ihrer neuen Farm reiten könne, und Johanna antwortete: »Ja, wenn Ihr uns aus der Bibel vorlest.«

Auf diese Weise lernte Lodevicus van Doorn die großen, erschütternden Stellen des Alten Testamentes kennen: die Erfahrungen Abrahams und Josuas in der Wüste, die Liebesgeschichte von David und Ruth. Abend um

Abend, während der hochgewachsene *dominee* bei der Kerze saß und zeitlose Geschichten von Menschen psalmodierte, die in fremde Länder wanderten, dachte Lodevicus darüber nach, wieviel ihm in den Jahren entgangen war, in denen er die Bibel nicht lesen konnte. Er fragte Specx, wie lange er brauchen würde, um Lesen zu lernen, und der *dominee* sagte: »Eine Woche, so Gott will.«

Zur Überraschung der van Doorns erwies sich Specx als angenehmer Reisegefährte, der bereit war, mitzuarbeiten und jede Mühsal mit ihnen zu teilen. Oft war er an Flußufern ganz vorn bei den Hottentotten, um die Ochsen über den Fluß zu führen, und er war ein kräftiger Mann, der gut mit der Axt umgehen konnte, als sie sich auf ihrem neuen Grund niederließen und mit dem Holzfällen begannen. Er war auch nicht so verbohrt wie manche Pastoren. Er beteiligte sich an jeder Diskussion, tat seine Ansicht kund und hörte denen zu, die ihn zu widerlegen versuchten. Bei den Mahlzeiten war er lustig, denn er hatte einen gewaltigen Appetit und überraschte die Kinder durch die Mengen von Nahrung, die er zu sich nahm: »Ich glaube, ich könnte diese ganze *bobotie* allein verzehren.«

»Davon bin ich überzeugt«, gab Seena zurück. Sie allein zeigte Feindseligkeit gegen den Prediger, ein Erbe ihres Vaters, der ständig gegen die Kirche gekämpft hatte. Eines Nachmittags nahm er sie beiseite und sagte: »Seena, ich kenne deinen Vater. Ich habe mit ihm gekämpft. Im vorigen Jahr verjagte er mich von seiner Farm, als ich hinkam, um mit ihm über Gott zu sprechen. Er brüllte: ›Ich brauche keinen Gott, der sich in meine Angelegenheiten mischt!‹ Und nun schreist du mich an.«

»Wir brauchen Euch hier nicht, Pastor. Es geht uns sehr gut.«

»Dessen bin ich sicher, Seena. Du und Adriaan, ihr tretet ganz in die Fußstapfen deines Vaters –«

»Keine üble Art, will ich meinen«, entgegnete sie scharf.

»Sicherlich nicht. Ich habe, seit ich bei euch lebe, viel Liebe und Glück genossen.«

»Und auch große Pfannen voll *bobotie*.«

»Ich würde gern bezahlen, Seena, wenn ich Geld hätte. Aber ich reise allein, und ich reise ohne Geld, wie der erste Mensch, der das Werk Jesu tat.« Als Seena beleidigende Bemerkungen darüber machte, daß er Almosen annahm, faßte er sie bei den Händen und sagte: »Für mich selbst schäme ich mich, mit nichts zu euch zu kommen. Aber ich bringe euch ein größeres Geschenk als alles, was ihr je erhalten werdet. Ich bringe euch die Liebe Gottes.«

»Die haben wir«, sagte Seena schroff. »Er läßt unsere Farm gedeihen. Er vergrößert unsere Herden. Wir verehren Ihn auf unsere Weise.«

»Aber ihr könnt nicht dauernd alles annehmen und nichts geben.«

»Ihr scheint es zu können.«

»Ich gebe euch das größte Geschenk, das Heil.«

»Eben sagtet Ihr, das größte Geschenk sei Liebe oder dergleichen. Jetzt ist es das Heil. Pastor, in mancher Hinsicht seid Ihr ein Narr.«

Er fühlte sich durch ihre Ablehnung nicht beleidigt. Ohne je zu versuchen, ihre Kritik abzuwehren, verbreitete er weiterhin unverdrossen seine Botschaft: »Seena, ich bin gekommen, um zu verheiraten und zu taufen. Ich will, daß deine Hochzeit die erste ist.«

»Ich brauche keine Gebete, die für mich gesagt werden. Ich habe vier Kinder...«

»Dem Gesetz zufolge, wenn ihr nicht ordnungsgemäß verheiratet seid und Adriaan stürbe...«

»Wenn Adriaan stirbt, behalte ich diese Farm«, sagte sie herausfordernd.

Specx übersah die Prahlerei und antwortete: »Aber deine Kinder sollten getauft werden, Seena.« Und als sie behauptete, daß sie so, wie es war, sehr gut vorankämen, unterbrach er sie entschieden: »Seena, die Welt ändert sich. In Swellendam gibt es jetzt Anwaltsbüros. Bald wird auch hier draußen der Arm der Regierung zu spüren sein. Es werden Steuern erhoben und Gesetze durchgesetzt.«

»Ihr meint, dieses herrliche Land wird bearbeitet werden, bis es aussieht wie das Kap?«

»Genau. Gott, Gesetz und Anstand folgen aufeinander. Seena, laß deine Kinder taufen.«

Aber Seena blieb unnachgiebig, und Specx ließ das Thema vorläufig fallen. Indem er neben ihnen arbeitete, half er den van Doorns, sich auf der gewissermaßen doppelten Farm einzurichten; sechstausend Morgen für Adriaan van Doorn, sechstausend für seine Brüder. Aber als der Bau der Hartebeesthütten begonnen wurde, kam der *dominee* auf das Thema der Taufe zurück: »Ich ersuche euch dringend, mit euren Kindern in die heilige Familie der Kirche einzutreten. Ihr seid es ihnen schuldig. Sie werden ihr Leben nicht in dieser Wildnis beschließen. Es wird Kirchen geben, noch bevor sie heiraten, und sie müssen eine Religion haben, oder sie werden vom Leben ausgeschlossen sein.«

»Ich habe vierunddreißig Jahre lang ohne Kirchen gelebt«, sagte Seena. »Geht jetzt zurück an die Arbeit und laßt mich kochen – damit Ihr Euch vollstopfen könnt, bevor Ihr geht.« Er antwortete, er habe nicht die Absicht fortzugehen, ehe die Kinder getauft wären.

Die Auseinandersetzung änderte sich dramatisch, als die beiden Töchter Seenas aus dem Süden heraufgeritten kamen, begleitet von ihren Ehemännern und zwei Säuglingen, zwei Mädchen. »Wir wollen heiraten. Wir wollen, daß unsere Kinder getauft werden.«

»Gott sei gepriesen«, sagte der *dominee*, und Johanna meinte: »Wir werden Willems Brotpudding machen, um zu feiern.« Adriaan wunderte sich, wie energisch seine Mutter bei der Zubereitung half, denn Johanna freute sich sichtlich darüber, daß ihre Enkelinnen richtig heiraten und ihre Urenkelinnen getauft werden sollten.

Keine von den Hütten war fertig, als die verschiedenen Zeremonien stattfanden, aber das hinderte die Frauen nicht daran, ein großes Festessen mit Hammelfleisch, Trockenfrüchten, gebackenem Blumenkohl, Karotten,

Sauerkohl und Pudding sowie einem ganzen gebratenen Ochsen für die Dienerschaft zu veranstalten. Und der Abschluß des Tages war durch einen merkwürdigen Vorfall gekennzeichnet: Der Knabe Lodevicus trat vor den *dominee* und sagte: »Ich will auch getauft werden.« Und als das geschehen war, sagte er noch: »Ich will, daß das in der Bibel eingetragen wird.«
So wurde also das alte Buch hervorgeholt, und Pastor Specx schauderte, als er sah, wie es vernachlässigt worden war, denn auf der Seite mit den Hochzeiten und Geburten fehlte eine ganze Generation; er verlangte Schreibwerkzeug, aber es gab natürlich keines.
Also setzte er sich mit der Bibel auf den Knien nieder und wies auf die einzelnen Quadrate, in die Johanna als Hendriks Gattin hätte eingetragen werden sollen, und Seena als Adriaans Frau. Er zeigte ihnen, wo man die Töchter und ihre Ehemänner einschreiben solle, und dann, wohin die Namen von Adriaans beiden Söhnen gehörten: »Lodevicus, das hier ist dein Quadrat, und wenn du schreiben lernst, setzt du deinen Namen hierher und den deiner Frau hierher und die deiner Kinder da unten. Hast du verstanden?«
Lodevicus nickte.

Adriaan beging einen schrecklichen Fehler, als er seinen vier Kindern anvertraute, was er sich gedacht hatte, als er mit Rooi van Valck um die Hand seiner Tochter rang: »Ihr habt keine Ahnung, wie groß euer Großvater war. Sag es ihnen, Seena.« Und sie beschrieb ihren ehrfürchtig lauschenden Nachkommen ihr lasterhaftes Leben bei van Valck, erzählte von den zahlreichen Frauen und den vielen Kindern. Drei der jungen van Doorns fanden Gefallen an diesen Geschichten, denn sie waren die Erklärung für das rote Haar in ihrer Familie und für die Vitalität ihrer Mutter.
Als aber Lodevicus, das jüngste Kind, das robust und weißblond war, tatsächlich hörte, wie sein Vater sagte: »Ich wußte, daß ich mit dem Teufel rang, und er hätte mir die Augen aus den Höhlen gedrückt, wenn ihn eure Mutter nicht mit einem Holzprügel auf den Kopf geschlagen hätte«, überkam ihn ein Gefühl des Abscheus, denn er war überzeugt, daß Rooi van Valck der Teufel war. Wenn er über seine Mutter und ihre harte Art nachdachte, glaubte er fest daran, daß sie des Teufels Tochter war und daß er sich einem Exorzismus unterziehen mußte, denn sonst würde er auf ewig mit höllischen Sünden besudelt sein.
Im Jahr 1759, als er zwanzig war, erlebte er eine greifbare Erscheinung Gottes, die ihn für den Rest seines Lebens beherrschen sollte. Wann immer sich eine Krisis näherte, erinnerte er sich an diesen geheiligten Augenblick, als Gott neben dem Strom zu ihm gesprochen hatte und ihm befahl, zum Kap zu gehen, um sich eine christliche Frau zu suchen, die den satanischen Einfluß seiner Mutter bekämpfen würde: »Du kannst nicht lesen. Geh zum Kap und lerne. Du lebst in Sünde. Geh zum Kap und läutere dich. Dein Vater und deine Mutter sind des Teufels. Überquere die Berge, geh zum Kap und suche dir eine christliche Frau, um sie zu retten.« Die Stimme verstummte. Die Nacht schwieg. Aber im Norden, bei den Bergen, glühte ein Licht, und

er fiel auf die Knie und flehte zu Gott um Kraft, Seinen Befehlen zu gehorchen, worauf das Licht stärker wurde und die Stimme wiederkam: »Du bist der Hammer, der die Ungläubigen vernichten soll.« Das war alles.
In den nächsten Wochen wanderte Lodevicus allein umher und dachte darüber nach, wie er zum Kap kommen könnte, um Gottes Gebote zu erfüllen, und er verbrachte einen Großteil seiner Zeit damit, seine Eltern auf Anzeichen ihres Teufelskults hin zu beobachten. Bei Adriaan fand er keine und gab die Sache auf, in Seenas robustem Heidentum sah er jedoch einen starken Beweis für ihre Verdammnis. Sie fluchte. Sie trank Gin, wann immer sie ihn bekommen konnte. Sie machte Witze über die Jungfernschaft ihrer Töchter. Und sie hänselte ihn äußerst aggressiv damit, wann er denn eine Frau finden würde.
»Steig auf ein Pferd, reite in irgendeine Richtung, und schnapp dir das erste junge Ding, das du siehst«, sagte sie. »Eine ist so gut wie die andere, wenn's darum geht, eine Farm zu führen.«

Er schauderte über solche Lästerreden und dachte daran, daß ihm die Stimme gesagt hatte, er sei dazu bestimmt, eine besondere Braut zu finden, die Licht und Christentum zu den Treckburen bringen würde. Und als er die Schimpfworte seiner Mutter nicht länger ertragen konnte, ging er eines Nachts zum Kral, sattelte ein Pferd und ritt in der Dunkelheit nach Westen.
Er ritt von einer Farm zur anderen und malte sich immer wieder aus, wie er und seine Braut bei ihrer Rückkehr Anstand in die Wildnis bringen würden. Zweimal blieb er bei Familien, die heiratsfähige Töchter hatten, und es gab einige Aufregung, als er auftauchte, denn er war ein großgewachsener, gutaussehender Mann. Aber er hatte kein Auge für die Mädchen, denn er widmete sich ganz seiner Berufung. In diesem Abschnitt seines Lebens kannte er die Bibel nur ungenügend, aber er stellte sich vor, er sei ein Sohn Abrahams, der in seine Heimat zurückkehrte, um eine Braut von anständiger Abkunft zu finden.
In diesem Gemütszustand konzentrierte sich sein ganzes Streben auf das Kap, und er näherte sich der kleinen Siedlung Swellendam. Sie lag eingebettet zwischen Hügeln, und es gab dort einige der hübschesten weißen Häuser der Kolonie. Als er in das Dorf ritt, fragte er sich, wo er bleiben könnte, denn die Stadtbewohner waren bereits weniger gastfreundlich als die Leute auf dem Land, wo ein Reisender, wo immer er anhielt, einen begeisterten Empfang erwarten konnte. Er ging ziellos umher, als er plötzlich die volltönende Stimme von *dominee* Specx hörte: »Ist das nicht Lodevicus von den van Doorns?« Als Vicus sagte: »Ja, Herr Pastor«, fragte dieser: »Und was führt dich in diesen schönen Ort?« Und der junge Mann gab die erstaunliche Erklärung ab: »Weil Gott mir befohlen hat, mir am Kap eine Frau zu suchen.« Pastor Specx zeigte nicht die geringste Reaktion auf diese ungewöhnliche Erklärung; statt dessen lud er Lodevicus ins Pfarrhaus ein und sagte ihm, eine Witwe könnte ihm in der Nähe für wenig Geld Unterkunft gewähren.

Dann wies er ihm einen Stuhl an und fragte: »Also, was ist dir geschehen?« Als ihm die göttliche Erscheinung beschrieben wurde, sagte Specx: »Ich glaube, Gott hat dich aufgesucht.« Und er schlug vor, sie sollten beten, doch bevor sie das tun konnten, kam eine etwa zweiundzwanzigjährige Frau ins Zimmer. Ihr Haar war streng nach hinten gekämmt und umrahmte ein Gesicht voll ruhiger Strenge. »Wen hast du da mitgebracht, Vater?« fragte sie.

»Lodevicus, von den van Doorns, von denen ich dir erzählte.«

»Ach ja. Wie geht es Ihren Eltern?«

»Nicht gut«, sagte Lodevicus, und ehe sie noch sagen konnte, es täte ihr leid, fügte er hinzu: »Sie wissen nichts von Gott.«

»Ja, das hat mir Vater erzählt.«

»Er wurde von Gott gerufen«, sagte der Pastor, »und wir wollten eben dafür danken.«

»Darf ich mich anschließen?« fragte das Mädchen.

»Natürlich. Das ist meine Tochter Rebecca«, und das erste, was der junge Mann in Gegenwart dieses ruhigen, würdevollen Mädchens tat, war, daß er neben ihr hinkniete und betete.

Als sie sich erhoben, erklärte Specx: »Der Herr trug ihm auf, lesen und schreiben zu lernen. Ich glaube, das könnten wir ihm beibringen.«

Und so unterrichteten Vater und Tochter Lodevicus während der nächsten vier Wochen. Am Ende dieser Zeit las er die Bibel. Er nahm an jedem Gottesdienst teil, den Specx abhielt, und ersuchte später um Ausarbeitungen der Hauptthemen für die Predigt. In dieser Zeit der Erweckung formulierte der junge Mann die großen Gedanken, die ihn für den Rest seines Lebens beseelen sollten. Der Einfluß der göttlichen Erscheinung war so mächtig, daß er kein einziges Mal in diesen Tagen daran dachte, seine Reise in Swellendam zu beenden und um Rebeccas Hand anzuhalten; der Herr hatte gesagt, daß ihn seine Braut am Kap erwarte, und er beabsichtigte, sich dorthin zu begeben, sobald er sicher war, daß er lesen konnte.

Aber als er zum Kap kam, fühlte er sich wie einer der Engel, die auf Sodom und Gomorrha hinabgeblickt hatten. Seeleute kamen von ihren Schiffen, um mit den Sklaven und Farbigen des Nachts Orgien zu veranstalten. Diese Welt war ihm so fremd, daß der Gedanke, von hier eine Frau zu nehmen, ihn erschreckte und er um Erleuchtung betete. Es war ihm befohlen worden, hierher zu kommen und eine Frau zu nehmen, aber der Gedanke daran war widerwärtig. Und nun wußte er nicht, wohin er sich wenden solle.

Drei Wochen lang blieb er in diesem Zustand der Unentschlossenheit, gehorsam dem Hauptgebot Gottes, aber außerstande, es bis in die letzte Einzelheit zu erfüllen. Immer wieder ging er am Strand entlang und wartete auf eine neue Offenbarung, aber es kam keine. Er sah nur die unendliche, beängstigende Weite der See und wollte vor ihr fliehen, um die liebliche Sicherheit der Täler jenseits der Berge wiederzufinden. Das erinnerte ihn an die schöne Wendung in der Bibel »die andere Seite des Jordans«, wo sich sicherlich das Gute befand.

Endlich beschloß er, das Kap zu verlassen und über die Berge zurückzugehen, um sich bei Pastor Specx Rat zu holen. Er kam nie auf die Idee, daß er nicht den *dominee* suchte, sondern dessen Tochter. In späteren Jahren erinnerte er sich nur daran, daß er, als er sich dem schönen Ort näherte, plötzlich zu laufen begann, wie ein durchgegangenes Tier durch die Hauptstraße stürmte und mit dem Ruf »Pastor Specx, ich bin wieder da« ins Pfarrhaus stürzte. Aber alle Mitglieder der Familie des Pastors wußten, warum er zurückgekommen war.
Drei von Gebeten begleitete Sitzungen wurden abgehalten, bei denen Lodevicus seine Unfähigkeit darlegte, den letzten Teil seines göttlichen Auftrags zu erfüllen. Pastor Specx erklärte, daß Gott oft geheimnisvolle Wege gehe, um seine Wunder zu vollbringen: »Als du fortgingst, betete ich, du solltest wiederkommen, weil ich wußte, daß du und Rebecca für Großes bestimmt seid.«
»Rebecca?« fragte Lodevicus.
»Ja. Seit dem Tag deiner Ankunft hat sie die Absicht, dich zu heiraten.«
»Aber der Herr trug mir auf, meine Frau am Kap zu finden.«
»Was sagte dir die Stimme wörtlich?« fragte Pastor Specx, und als Lodevicus antwortete, er könne sich nicht genau erinnern, meinte der Geistliche: »Du erzähltest mir, sie habe gesagt: ›Geh zum Kap...‹ und: ›Finde eine christliche Frau.‹ Das bedeutet nicht, daß du deine Frau am Kap finden mußt. Es bedeutet nur, daß Gott wollte, du sollst die Erfahrung des Kaps machen. Und du tatest ganz recht daran, wegen deiner Frau hierher zurückzukommen. Gott hat dich geleitet, siehst du das nicht?«
Die Erklärung war so logisch, daß Lodevicus sie akzeptieren mußte. Weder damals noch später gestand er sich ein, daß er nach Swellendam zurückgekehrt war, um Rebecca zu heiraten. Sie war ihm zu reif und überlegen und dadurch unerreichbar erschienen.
Sie wurden von ihrem Vater in der neu erbauten Kirche getraut, und nach Flitterwochen, die das Wesen der beiden jungen Menschen offenbarten – er war fanatisch entschlossen, sich als Gottes Werkzeug zu erweisen, sie unerschütterlich in ihrem Vorsatz, das Christentum an die Grenze zu bringen –, sattelten sie zwei Pferde und machten sich mit einem Minimum an Gepäck auf, die Wildnis zu erobern.

Der Empfang auf der Van-Doorn-Farm war nicht gerade herzlich. Lodevicus hatte seine Braut auf der Reise nach Osten darauf aufmerksam gemacht, daß Seena sich als schwierig erweisen könnte. »Adriaan ist ein Ungläubiger, aber er ist ruhig. Meine Mutter ist die Tochter von Rooi van Valck, und sie ist sehr schwierig. Möglicherweise verhält sie sich sogar feindselig.«
Als sie in den Farmhof ritten, war Seenas Stimme das erste, was sie hörten: »Adriaan! Er ist zurück. Mit einer Braut.«
Als sich die Familie versammelte, versuchte Lodevicus mit neu gefundener Selbstsicherheit das Wunder der Offenbarung mit seinen Eltern zu teilen: »Gott rief mir zu, zum Kap zu gehen und eine Frau zu nehmen...«

»Adriaan hat auch einmal einen solchen Ruf gehört«, sagte Seena, »aber ich bezweifle, daß Gott viel damit zu tun hatte.«
»... Und so unterbrach ich die Reise in Swellendam, um mit *dominee* Specx zu beten, und Rebecca lehrte mich das Alphabet und wie man die Buchstaben zusammensetzt...«
»Ich könnte schwören, daß das nicht alles war, was sie dich lehrte.«
Das junge Paar überging diese Unterbrechungen, und Lodevicus fuhr fort: »Und als ich schreiben gelernt hatte, kniete ich nieder und dankte Gott und sagte Ihm, daß ich unsere Namen in die Bibel schreiben würde, sobald ich nach Hause zurückgekehrt wäre. Hole sie!«
Das klang fast wie ein Befehl, und Seena ärgerte sich ein wenig, als ihr Mann ihn befolgte. Er ging zu der Wagentruhe, in der er die verschiedenen Wertsachen aufbewahrte, die sich in einer Hartebeesthütte ansammelten, holte die alte Bibel heraus und schlug die Registerseite zwischen den beiden Testamenten auf. »Diesmal haben wir eine Feder«, sagte Lodevicus ernst, und während alle zusahen, schrieb er sorgfältig die fehlenden Namen ein: »Adriaan van Doorn, geboren 1712. Seena van Valck, geboren...«
»Vielleicht 1717«, sagte sie.
»Vater Rooi van Valck. Mutter...«
»Das wußte ich nie mit Sicherheit.« Lodevicus und Rebecca starrten sie an, und er sagte: »Wir müssen etwas eintragen.«
»Schreib Fedda, die Malaiin. Die hatte ich am liebsten.«
»Schreib Magdalena van Delft«, sagte Adriaan. »Du weißt, daß sie deine wirkliche Mutter war.«
Seena spuckte aus: »Das für Magdalena.«
Eilig schrieb Lodevicus die Namen seines Bruders und seiner beiden Schwestern ein, dann schrieb er mit einem Schnörkel und einem Lächeln für seine Frau: »Rebecca Specx, Swellendam, Tochter des Pastors.«
Als er zufrieden die Feder weglegte, fragte Seena: »Habt ihr geheiratet, als du nach Swellendam kamst?«
»Ah, nein«, sagte ihr Sohn. »Als ich schreiben gelernt hatte, wanderte ich weiter zum Kap, wie Gott es befohlen hatte.«
»Über die Berge?« fragte Adriaan mit sichtlichem Respekt.
»Über die hohen Berge; als ich zum Kap kam, fand ich Sodom und Gomorrha. Lasterhaftigkeit überall.«
»Welche Laster?« fragte Seena.
Wieder beachtete er sie nicht und erzählte von seiner Abscheu, seiner Ablehnung der Stadt und seiner Rückkehr in die Berge. »Wir wurden getraut und verbrachten die nächsten Wochen in einer Offenbarung. Wir vier, Pastor Specx und seine Frau, ich und meine Frau, saßen beisammen und lasen die ganze Bibel.«
Zum erstenmal mischte sich Rebecca ein. Mit leiser Stimme, aber mit großer Bestimmtheit sagte sie: »Das Alte Testament.«
»Und wir entdeckten«, fuhr Lodevicus fort, »daß die Treckburen die neuen Israeliten sind. Daß wir den Punkt erreicht haben, an dem Abram stand, als

er seinen Namen in Abraham änderte und sich in Kanaan niederließ, während Lot die Städte in der Ebene wählte, die vernichtet werden sollten. Und ich erfuhr, daß wir unser verheißenes Land erreicht haben, uns niederlassen und Häuser aus Stein bauen müssen.«
»Habt ihr, du und der Pastor«, fragte Adriaan, »je die Tatsache erörtert, daß ihr neuen Abrahams eure Steinhäuser auf einem Land bauen würdet, das erschöpft ist? Daß wir von Zeit zu Zeit weiterziehen müssen, um uns besseres Land zu suchen?«
»In Swellendam ziehen sie nicht weiter«, antwortete Lodevicus, worauf seine Mutter sagte: »Wir tun es. Diese verdammte Farm ist erschöpft.«
Und während das alte Paar seinen nächsten Treck nach Osten plante, reiste das junge Paar zu den Farmen im Süden, um den Menschen dort zu raten, wie sie leben sollten.

Auf der Rückreise teilte Lodevicus das erstemal einem anderen Menschen die geheimnisvolle Tatsache mit, daß Gott ihm am Fluß gesagt hatte, er solle der Hammer werden, der Treckbure, der Ordnung in das formlose Zusammenleben brachte. Rebecca verstand ihn sofort. Sie sagte mit großer Erregung: »Deshalb haben Vater und ich darum gebetet, daß du vom Kap zurückkommst und mich mit dir nimmst, damit wir die Aufgaben erfüllen können, die vor uns liegen.«
»Gott sprach auch zu dir?«
»Ich glaube, er tat es. Ich glaube, ich wußte es schon immer.«
Mit dieser Interpretation ihrer Errettung kamen die jüngeren van Doorns zur Farm zurück. Sie wußten genau, was getan werden mußte. Der erste Mensch, den ihr Zorn traf, war der jetzt siebenundfünfzigjährige Dikkop, der noch ebenso harmlos war wie früher. Wegen der vielen gemeinsamen Jahre und Abenteuer gewährte Adriaan dem kleinen Kerl ungewöhnliche Vorrechte, und Lodevicus beschloß, damit ein Ende zu machen: »Er gehört zum Stamm des Ham und darf nicht länger bei uns leben, mit uns essen oder in irgendeiner Weise mit uns verbunden sein, außer als unser hottentottischer Diener.«
Als Adriaan gegen diesen harten Beschluß protestierte, erklärten Lodevicus und Rebecca alles sorgfältig, Schritt für Schritt, so daß sogar Seena es verstand: »Als die Welt nach der Sintflut ein zweites Mal begann, hatte Noah drei Söhne, von denen zwei gut waren und weiß, wie wir. Aber der dritte Sohn, Ham, war dunkel und böse.«
»Nun war Ham«, fuhr Rebecca fort, »der Vater Kanaans und aller schwarzen Menschen. Und Gott legte durch Noah einen schrecklichen Fluch auf Kanaan: ›Verflucht sei Kanaan und sei ein Knecht aller Knechte unter seinen Brüdern.‹ Und es wurde bestimmt, daß die Söhne Hams Holzhauer und Wasserträger sein sollten, solange die Welt bestehen würde. Dikkop ist ein Kanaaniter. Er ist ein Sohn Hams und dazu verurteilt, ein Sklave zu sein und nichts anderes.«
Es spielte für Adriaan und Seena keine Rolle, wie der Hottentotte genannt

wurde. Sie brauchten ihn, und er wurde gut behandelt. Besonders Seena hatte ihn gern in der Hütte, wenn Speisen zubereitet oder gegessen wurden, und das führte zum ersten Bruch mit ihrer Schwiegertochter, denn Rebecca sagte eines Tages ziemlich verärgert: »Seena, du darfst Dikkop nie wieder in die Hütte lassen!« Dann fügte sie in aufrichtig versöhnlichem Ton hinzu: »Außer natürlich, wenn er saubermacht.«
»Aber er ist immer bei mir, wenn ich koche.«
»Das muß aufhören.«
»Wer sagt das?« fragte Seena streitlustig.
»Gott.«
Seena knallte mit einem Tuch und sagte in scharfem Ton, der Ärger verhieß: »Ich bezweifle, daß Gott sich um die Küche einer Frau kümmert.«
»Lodevicus!« rief Rebecca. »Deine Mutter weigert sich, zu glauben.« Und als Vicus in die Hütte kam, um sich die Klagen anzuhören, stellte er sich natürlich ganz auf die Seite seiner Frau. Er holte die Bibel, schlug die kurzen, belanglosen Bücher am Ende des Alten Testamentes auf und fand dort im Buch Sacharja den Schlußsatz, der beim Unterricht des Pastors Specx in Swellendam so wichtig gewesen war: »Und wird kein Kanaaniter mehr sein im Hause des Herrn Zebaoth zu der Zeit.« Er fügte hinzu, daß die Hütte von nun an das Haus des Herrn sei, und da Dikkop offensichtlich ein Kanaaniter sei, müsse er aus ihr verbannt bleiben.
Seltsamerweise unterstützte Adriaan seine Frau bei diesem Streit nicht, denn er glaubte allmählich, daß Rebecca für die Zukunft sprach; es war Zeit, daß an der Grenze Ordnung geschaffen wurde, obwohl er selbst sie nicht brauchte. In Wahrheit mochte er seine Schwiegertochter recht gern, denn sie war tüchtig, intelligent und ehrlich, und er hatte den Verdacht, daß Lodevicus Glück gehabt hatte, weil er sie bekam. Seena sah sie jedoch als moralisierende Bedrohung an, der man konsequent Widerstand leisten mußte: »Du glaubst, eure Bibel hat eine Antwort auf alles?«
»Ja.«
»Also, wenn ihr, du und Vicus, die Xhosa wütend macht, und sie mit Assagais bewaffnet über die Hügel kommen, was sagt eure Bibel dann?«
Rebecca sagte mit absoluter Selbstsicherheit: »Vicus, hol mir die Bibel, bitte.« In späteren Jahren erinnerte er sich oft an den Augenblick, als seine Mutter und seine Frau darüber stritten, was geschehen würde, wenn die Xhosa zuschlugen.
Rebecca blätterte fachmännisch die Seiten um, fand die Stelle im Levitikus, der eine Hauptstütze im Glauben ihres Vaters bildete, und las triumphierend: »Und ihr sollt eure Feinde jagen, und sie sollen vor euch her ins Schwert fallen. Euer fünf sollen hundert jagen...« Frohlockend, als ob das alle Probleme der Grenze löste, schaute sie ihre Schwiegermutter an und sagte: »Wir werden fünf haben, um diese Farm zu verteidigen.«
Natürlich wußten die kleinen braunen Menschen nichts von dieser Prophezeiung und hatten keinerlei Schwierigkeiten, durchzubrechen. Eines Nachts kam eine Sippe von Buschmännern, die jenseits der Berge lebten, ins Tal,

fand eine große Zahl von Rindern, die frei umherstreiften, und machte sich mit sechzig schönen Tieren aus dem Staub.
»Das genügt«, sagte Lodevicus, in seiner Stimme lag eiserne Härte, aber kein Feuer. »Das reicht. Und nun lösen wir die Buschmännerfrage.«
Es wurde eine Truppe zusammengestellt, der alle Männer aus einem Umkreis von dreißig Meilen angehörten. Vicus lud auch Adriaan ein, mitzukommen, beachtete ihn aber nicht, wenn Entscheidungen getroffen werden mußten. Sie ritten etwa siebzig Meilen nach Norden, so weit, daß Adriaan sicher war, sie hätten die Buschmänner weit hinter sich gelassen. Als er aber seinen Sohn darauf aufmerksam machte, blieb dieser mit zusammengekniffenen Lippen auf seinem Pferd sitzen und gab keine Antwort.
Der alte Mann hatte recht. Der Trupp hatte die kleinen braunen Räuber weit überholt, aber Vicus hatte sich eine besonders raffinierte Strategie ausgedacht. Als die Reiter zu einer Stelle kamen, die als Sammelplatz für mehrere Familien geeignet schien, ließ er seine Leute absitzen und unweit einer Quelle, die zwischen den Felsen hervorsprudelte, in Deckung gehen. Adriaan, der den Plan seines Sohnes nicht erfaßte, erwartete, daß der Jagdtrupp mit dem gestohlenen Vieh eintreffen und in den Hinterhalt geraten würde. Statt dessen polterte bei Sonnenuntergang ein riesiges Rhinozeros heran, um sich seinen Abendtrunk zu holen, und während es schmatzend trank und mit seinem drahtigen Schwanz schlug, erlegte es Lodevicus mit einem Volltreffer hinter das Ohr.
Das Riesentier lag neben der Quelle, und noch vor Einbruch der Nacht versammelten sich Geier, die sich auf die Bäume setzten, um auf den Sonnenaufgang zu warten. Sie wurden natürlich sowohl von den Buschmännerfamilien gesehen, die auf die Rückkehr ihrer Männer warteten, als auch von den nach Norden ziehenden Viehdieben. So versammelten sich bis zur Mitte des Nachmittags etwa sechzig Buschmänner, Frauen und Kinder inbegriffen, bei der Quelle, um sich an dem unerwarteten Festmahl gütlich zu tun.
Zunächst verhielten sich die Männer auf Lodevicus' Befehl hin still. Das war klug, denn es kamen noch weitere dreißig braune Männer hinzu. Als alle neunzig beisammen waren, sich Stücke vom Nashorn abschnitten und lachten, wenn das Blut über ihre runzeligen Gesichter rann, sprang Vicus auf und befahl: »Feuer!«
Im Kugelhagel brachen die Teilnehmer an dem Festessen, einer nach dem anderen, tot zusammen. Alle, Viehdiebe, Großmütter, die Pfeilmacher, die jungen Frauen, die Larven sammelten, aus denen das Gift hergestellt wurde, und die kleinen Kinder, sogar die Babys, wurden niedergestreckt.
Nach dieser Expedition sprachen die Leute nur noch von Lodevicus dem Hammer, Gottes starkem rechten Arm, und er wurde immer geholt, wenn Unheil drohte. Er baute die erste Kirche in diesem abgelegenen Gebiet, und während der Jahre, in denen es keinen Pastor gab, diente er als Seelentröster. Er las Predigten aus einem in Holland gedruckten Buch, das ihm Rebeccas Vater aus Swellendam geschickt hatte, achtete aber streng darauf,

niemals wie ein wirklicher Geistlicher aufzutreten. Denn das war eine heilige Berufung, die Jahre vorschriftsmäßigen Studiums und die Ordination erforderte. Er setzte jedoch die religiösen Vorschriften sowohl bei seiner eigenen Familie als auch auf den verstreuten Farmen durch. Wann immer ein junger Mann und eine junge Frau begannen zusammenzuleben, suchten er und Rebecca sie auf, verzeichneten ihre Namen in einem Buch und nahmen ihnen das Versprechen ab zu heiraten, sobald ein Pastor bei ihnen vorbeikäme. Er führte auch ein Geburtenregister und drohte den Eltern mit Verdammnis, wenn sie es versäumten, ihre Kinder taufen zu lassen, sobald der *dominee* kam.

Eines Nachts, nachdem er zwei jungen Paaren, die sorglos unten am Meer lebten, eine Strafpredigt gehalten hatte, nahm er Rebecca an der Hand, führte sie in sichere Entfernung von der Hütte und sagte: »Ich mache mir große Sorgen. Ich habe über Adriaan und Seena nachgedacht. Es ist eine Beleidigung Gottes, daß ich weit fort reite, um Seine Sakramente geltend zu machen, wenn in meinem Hause...«

»Was sollen wir ihretwegen tun?«

»Es wäre eine schreckliche Tat, Rebecca, seine eigenen Eltern gewaltsam zu vertreiben. Aber wenn sie in ihren bösen Gewohnheiten verharren...«

Als er eine Pause machte, um dieses schwere Problem zu überdenken, zählte Rebecca die quälenden Schwierigkeiten auf, denen sie bei Seena ausgesetzt war; die schlimmste war das Heidentum ihrer Schwiegermutter: »Sie grinst hämisch über unsere Lehren, Vicus. Als du fort warst, holte sie Dikkop zurück in die Hütte, obwohl sie weiß, daß es die Bibel verbietet. Als ich sie darauf aufmerksam machte, schnauzte sie mich an: ›Entweder er bleibt, oder du kannst verhungern.‹«

»Rebecca, wir sollten beten.« Das taten sie, zwei ernste, zerknirschte Herzen, die versuchten, das Rechte zu tun. Sie hielten sich weder für anmaßend noch für unversöhnlich. Sie suchten nichts anderes als Gerechtigkeit und das Heil, und schließlich entschieden sie, daß Adriaan und Seena fortgehen müßten: »Sie sind noch jung genug, um sich eine eigene Hütte zu bauen, sie und dieser Kanaaniter Dikkop.«

Sie standen früh auf, um für die unangenehme Auseinandersetzung gestärkt zu sein. Als sie aber auf die Wiese hinausblickten, sahen sie, daß Adriaan und Dikkop bereits auf den Beinen waren und zwei Pferde mit genügend Ausrüstung für eine ausgedehnte Reise beladen hatten.

»Was habt ihr vor?« fragte Lodevicus.

»Seena!« schrie Adriaan. »Komm heraus!« Und als der Rotkopf auftauchte, sagte ihr Mann: »Sag es ihnen.«

Sie erklärte: »Er hat die Nase voll von deinen Predigten. Er schämt sich, eine Hütte zu behalten, in der sein Freund nicht willkommen ist. Und er mag die neue Art von Leben nicht, die du uns aufzuzwingen versuchst.«

»Was will er tun?« fragte Rebecca.

»Er und Dikkop reiten hinauf zum Sambesi.« Der verblüffte Ausdruck im Gesicht ihres Sohnes verriet ihr, daß er keine Ahnung hatte, wo dieser Fluß

sein mochte. »Der Schwede hat uns davon erzählt. Er ist dort oben.« Mit einer nachlässigen Armbewegung wies sie nach Norden.
»Und du?« fragte Rebecca.
»Ich bleibe hier. Das ist nämlich meine Farm.«
Mit diesen wenigen Worten umriß Seena die unmögliche Situation, der sich die jungen van Doorns gegenübersahen. Sie konnten Lodevicus' Mutter nicht von der Farm verjagen noch im Stich lassen. Sie würden die Hütte mit ihr teilen müssen, bis ihr Mann zurückkehrte.
»Wie lange wirst du fortbleiben?« fragte Lodevicus kleinlaut.
»Drei Jahre«, sagte Adriaan und setzte mit einem Peitschenschlag seine Ochsen in Richtung Norden in Bewegung.

Es war im Oktober 1766, als Adriaan im fortgeschrittenen Alter von vierundfünfzig Jahren mit Dikkop aufbrach. Sie nahmen sechzehn Reserveochsen mit sowie vier Pferde, ein Zelt, zusätzliche Gewehre und mehr Munition, als sie vermutlich brauchen würden. Außerdem Säcke mit Mehl und vier Beutel mit Biltong, luftgetrocknetem Fleisch. Sie trugen die grobe, selbstgemachte Kleidung des Velds und hatten eine wertvolle Blechdose dabei, die burische Hausmittel und diverse Heilkräuter enthielt, deren Wert sie durch die Erfahrung von Generationen kannten.
Zuerst kamen sie nur langsam vorwärts, sieben oder acht Meilen täglich, dann zehn, später fünfzehn. Sie ließen sich durch fast alles ablenken: einen interessanten Baum, einen Hinweis auf Wild. Oft kampierten sie wochenlang an einer Stelle, die ihnen zusagte, ergänzten ihr Biltong und zogen dann weiter.
Während sie langsam immer weiter nach Norden vorrückten, sahen sie Wunder, die noch kein Siedler vorher gesehen hatte: gewaltige Flüsse und riesige Wüsten, die darauf zu warten schienen, sich plötzlich mit Blumen zu bedecken. Das Interessanteste von allem war jedoch eine zusammenhängende Reihe kleiner Hügel mit kreisrunder Grundfläche, von denen jeder allein dastand, als ob sie ein Architekt genau an die richtige Stelle gesetzt hätte. Oft war die Spitze abgeflacht, so daß sie flach war wie ein Tisch. Gelegentlich erstiegen Adriaan und Dikkop einen solchen Hügel, um einen Blick auf die vor ihnen liegende Landschaft zu werfen. Sie war so unermeßlich, daß das Auge sie nicht zu erfassen vermochte, und wurde immer wieder von diesen kleinen Hügeln unterbrochen.
Im zweiten Monat ihrer Wanderung erreichten sie, nachdem sie ihren Gepäckwagen über einen Strom transportiert hatten, den die Hottentotten Großer Fluß nannten und der später den Namen Oranje erhielt, die endlosen Ebenen, die in das Kernland führten. An einem Spätnachmittag begegneten sie bei einer Quelle dem ersten Trupp von Eingeborenen, Buschmännern, die flüchteten, als sie näher kamen. Während dieser langen Nacht hielten sich Adriaan und Dikkop mit geladenen Gewehren in der Nähe ihrer Wagen und starrten angstvoll ins Dunkel. Kurz nach Tagesanbruch zeigte sich einer der kleinen Männer, und Adriaan traf einen wichtigen Entschluß.

Während Dikkop ihm Deckung gab, lehnte er sein eigenes Gewehr an das Wagenrad, trat unbewaffnet vor und gab mit freundlichen Gebärden zu erkennen, daß er in Frieden kam.
Auf Einladung der Buschmänner blieben Adriaan und Dikkop eine Woche lang bei der Quelle. Während dieser Zeit entdeckte Adriaan viel Gutes an den Menschen, die seine holländischen Landsleute *daardie diere*, diese Tiere, nannten. Besonders beeindruckte ihn ein Jagdausflug, an dem er teilnehmen durfte, denn dabei wurde er Zeuge ihrer bemerkenswerten Geschicklichkeit und ihres Spürsinns beim Verfolgen von Spuren. Die Buschmänner hatten ein großes Bündel Felle gesammelt, und Dikkop erfuhr, daß es »drei Monde weit nach Norden« gebracht werden sollte, wo sie mit Menschen, die dort lebten, Tauschhandel trieben.
Da die Reisenden auch in ungefähr diese Richtung wollten, schlossen sie sich den Buschmännern an. Zweimal während der Reise sahen sie aus der Ferne Gruppen von Hütten, aber die Buschmänner schüttelten die Köpfe und ließen die Karawane noch weiter in die Ebenen ziehen. Schließlich erreichten sie die äußersten Krale eines Gebiets, das von einem bedeutenden Häuptling beherrscht wurde.
Die Buschmänner liefen voraus, um die Nachricht von dem weißen Fremden zu überbringen, so daß Adriaan im ersten Dorf mit großer Neugierde und Gekicher begrüßt wurde, aber nicht mit der Furcht, die man vielleicht erwartet hätte. Die Schwarzen freuten sich, daß er besonderes Interesse für ihr Hütten zeigte. Er war beeindruckt von den robusten, runden Gebilden aus Stein und Lehm und von den vier bis fünf Fuß hohen Mauern, die ihre Viehkrals umgaben. Wie er Dikkop sagte: »Die sind besser als die Hütten, in denen du und ich wohnen.«
Die Nachricht von ihrer Ankunft verbreitete sich bis zum Kral des Häuptlings, der eine Abordnung von Anführern und Kriegern sandte, die die Fremdlinge zu ihm bringen sollte. Die Begegnung war schwerwiegend, denn Adriaan war der erste Weiße, den diese Schwarzen zu Gesicht bekamen. Sie lernten ihn gut kennen, denn er blieb zwei Monate bei ihnen. Sie waren aufgeregt, als er ihnen Schießpulver vorführte, indem er eine Handvoll auf ein offenes Feuer warf, wo es heftig aufflammte. Der Häuptling war zuerst erschrocken, aber als er den Trick beherrschte, benutzte er ihn gern, um seine Leute zu erschrecken.
»Wie viele seid ihr?« fragte Adriaan eines Abends.
Der Häuptling zeigte in alle Himmelsrichtungen, dann zu den Sternen. So viele Menschen gab es in diesem Land.
Als Adriaan die Gemeinden studierte, die er besuchen durfte, wurde ihm klar, daß diese Menschen nicht erst vor kurzer Zeit in diese Gebiete gekommen waren. Ihre derzeitigen Ansiedlungen, die Ruinen früherer Niederlassungen, die im Tauschhandel aus dem Norden erworbenen Eisenarbeiten, der reichliche Genuß von Tabak – all das verriet eine lange Zeit der Besiedlung. Er war besonders entzückt über die herrlichen Umhänge, die die Männer aus Tierfellen anfertigten, die sie so weich gerbten wie Sämischleder.

Ihm gefielen ihre Durra-, Kürbis- und Bohnenfelder. Ihre Töpferwaren waren schön geformt, und ihre Perlen, Kopien der vor dreihundert Jahren nach Zimbabwe gebrachten Exemplare, waren wunderschön. Er nahm ihre Anwesenheit auf dem Hochlandveld ebenso selbstverständlich hin wie die der Antilopenherden, die unweit der Quellen grasten.
In den folgenden Monaten befand er sich stets in der Nähe von solchen Siedlungen, die in Gebieten verstreut lagen, die er durchquerte. Aber er nahm selten Kontakt mit den Einheimischen auf, weil er vor allem den Sambesi erreichen wollte. Außerdem fürchtete er, daß andere Häuptlinge vielleicht nicht so freundlich sein würden wie der Mann, der beim Aufflammen von Schießpulver so fröhlich tanzte.
Während sie nach Norden zogen, schossen sie nur so viel Wild, wie sie zum Essen brauchten, außer an einem Morgen, an dem sich Dikkop über eine Hyäne ärgerte, die sich unbedingt ihren Anteil an einer Antilope schnappen wollte, die er geschossen hatte. Dreimal versuchte er vergeblich, das Tier zu vertreiben, und als sie hartnäckig blieb, erschoß er sie. Das hätte Adriaan sicher nicht gestört, hätte sie nicht ein männliches Hyänenjunges mit glühend schwarzen Augen zurückgelassen. Sie hatte das Fleisch haben wollen, um es zu füttern. Nun war es verlassen und schnappte mit seinen riesigen Zähnen nach Dikkop, wann immer er näher kam.
»Was gibt's dort draußen?« fragte Adriaan.
»Hyänenbaby, Baas«, antwortete Dikkop.
»Bring es her!«
Dikkop griff zu einer List, sprang zurück und pflanzte seinen Fuß auf den Hals des Kleinen, so daß er es packen konnte. Obwohl es verzweifelt mit den Beinen um sich schlug, brachte er das kleine Tier zu Adriaan, der sofort sagte: »Wir müssen es füttern.« Also kaute Dikkop Stücke von zartem Fleisch vor und legte sie auf seinen Finger, damit das Tier sie ablecken konnte. Am Abend des dritten Tages wetteiferten die beiden Männer bereits miteinander, wer das bessere Futter hatte.
»Wir nennen es Swartejie«, schlug Adriaan vor. Das bedeutete soviel wie »Kleiner Schwarzer«. Aber die Hyäne nahm eine so drohende Haltung an, daß Adriaan lachen mußte. »So, du hältst dich wohl schon für einen großen Schwarzen?« Und so bekam der kleine Kerl den Namen Swarts.
Er besaß die reizenden Charakteristika eines domestizierten Hundes, ohne jedoch die beeindruckenden Eigenschaften eines Tieres der Wildnis zu verlieren. Er hatte starke, hohe Vorderbeine und schwache, niedrige Hinterbeine, so daß es aussah, als ob er taumelte. Sein enormes Maul mit den kräftigen Kaumuskeln für seine großen, mahlenden Kiefer konnte beängstigend aussehen. Er war jedoch von Natur aus gutmütig und liebte Adriaan abgöttisch, der ihn fütterte und mit ihm herumtobte. Deshalb sah er immer aus, als ob er lächelte. Er hatte einen kurzen Schwanz, große Ohren und weit auseinanderstehende Augen und wurde zu einem zärtlich geliebten Haustier, dessen unvorhersehbares Benehmen täglich für neue Überraschungen sorgte.

Swarts war ein Aasfresser, aber kein Schleicher. Er war bereit, es mit dem größten Löwen aufzunehmen, wenn es um einen guten Bissen ging. Als die beiden Männer aber einmal auf eine Schar Perlhühner trafen, von denen eines verwundet war, geriet Swarts durch die flatternden Flügel und fliegenden Federn des Vogels in verzweifelte Angst. Als der Winter kam, wurde es im Hochlandveld kalt; wenn Adriaan seine Schlafstelle aufsuchte – ein Sack aus Fellen von Elenantilopen mit einer aus weichen Straußenfedern genähten Decke –, fand er Swarts auf seinem Springbockkissen schlafend vor, die Augen in seliger Ruhe geschlossen, nur seine Muskeln zuckten dann und wann, wenn er von der Jagd träumte.
»Rück zur Seite, verdammt noch mal!«
Die schlafende Hyäne stöhnte leise, während Adriaan sie zur Seite schob. Aber sobald der Herr im Bett lag, schmiegte sich Swarts eng an ihn und begann oft zu schnarchen. »Du! Verdammt! Hör auf zu schnarchen!« Und Adriaan schob ihn beiseite, als wäre er eine alte Ehefrau.
Sie sahen eine solche Menge Tiere, daß niemand sie hätte zählen oder ihre Zahl auch nur schätzen können. Als sie einmal ein Hochland mit frischem Gras durchquerten, sahen sie im Osten eine ungeheure Staubwolke, die zehn, zwanzig, vielleicht fünfzig Meilen breit war und langsam auf sie zukam.
»Was tun?« fragte Dikkop.
»Ich glaube, wir bleiben, wo wir sind«, sagte Adriaan. Denn er wußte selbst nicht recht, wie sie sich verhalten sollten.
Sogar Swarts hatte Angst. Er wimmerte und schmiegte sich eng an Adriaans Bein.
Und dann kam die ungeheure Herde heran. Sie lief nicht, war nicht von Angst getrieben. Es war die Zeit der Wanderung, in der die Tiere, einem starken Impuls folgend, einen Weidegrund verließen und einen anderen aufsuchten.
Die Herde bestand nur aus drei Tierarten: Weißschwanzgnus, deren Bärte sich in der sanften Brise bewegten, Zebras, die das Veld mit ihren grellen Mustern belebten, und Springböcken, die fröhlich zwischen den stattlicheren Tieren umherhüpften. Wie viele Tiere mochten es wohl sein? Sicher fünf-, wahrscheinlicher acht- oder neunhunderttausend, ein Überfluß der Natur, kaum zu fassen.
Und nun brachen sie über die Reisenden herein. Als sie schon ganz nah waren, bettelte Swarts, Adriaan solle ihn auf den Arm nehmen, und so blieben die beiden Männer bewegungslos stehen, während die Herde auf sie zukam. Es geschah etwas Merkwürdiges. Als die Weißschwanzgnus und Zebras sich etwa sechs Meter vor den Männern befanden, öffneten sie ruhig ihre Reihen und bildeten einen mandelförmigen freien Raum, in dem die Männer unbelästigt standen. Sobald sie vorbei waren, schlossen sie die Lücke und zogen weiter wie zuvor, während Neuankömmlinge die Männer ansahen und langsam zur Seite wichen, um wieder einen Tränentropf zu bilden und weiterzuziehen.

Sieben Stunden lang standen Adriaan und Dikkop an derselben Stelle, während die Tiere vorbeizogen. Nie kamen sie so nahe, daß die Männer eines der Zebras oder einen Springbock berühren konnten. Nach einer Weile verlangte Swarts, auf die Erde gesetzt zu werden, damit er besser zusehen konnte.
Bei Sonnenuntergang war der westliche Himmel rot von Staub.

In den nächsten Monaten veränderte sich die Landschaft radikal. Am Horizont tauchten Berge auf, und die Flüsse strömten nach Norden statt nach Osten, wo vermutlich der Ozean lag. Es war ein gutes Land, und sie befanden sich bald in einer gewaltigen Schlucht, deren Wände sich oben im Himmel zu treffen schienen. Dikkop war eingeschüchtert und wollte umkehren, aber Adriaan bestand darauf, weiterzugehen, um endlich in das Wunderland der sagenhaften Baobabbäume zu gelangen.
»Sieh sie dir an!« rief er. »Sie stehen auf dem Kopf! Wie wundervoll!«
Mehrere Wochen lang lebten er, Dikkop und Swarts im wahrsten Sinne des Wortes in einem Baum, in einer riesigen Aushöhlung, die entstanden war, weil das weiche Holz allmählich morsch wurde. Swarts, der einem alten Instinkt aus einer Zeit folgte, in der die Hyänen in Höhlen gelebt hatten, tobte in den dunklen Innenräumen herum und gab merkwürdige Geräusche von sich.
Er hatte sich zu einem außergewöhnlichen Haustier entwickelt und war vielleicht das prächtigste Tier, das Adriaan je kennengelernt hatte. Er war gelassen wie der beste Ochse, mutig wie der stärkste Löwe, verspielt wie ein Kätzchen und stark wie ein Nashorn. Besonderes Vergnügen bereitete ihm ein beängstigendes Spiel mit Adriaan, bei dem er den Unterarm des Treckburen zwischen seine kräftigen Kiefer nahm und so tat, als wolle er ihn entzweibeißen, was er durchaus hätte tun können. Langsam näherten sich die Zähne einander, während er schelmisch Adriaans Gesicht beobachtete, ob es Schmerz erkennen ließ. Immer enger schlossen sich die großen Zähne, bis es schien, als müsse die Haut zerreißen, und dann, während Adriaan dem Tier direkt in die Augen blickte, hielt Swarts inne, blickte den Mann bewundernd an, der keine Angst zeigte. Dann ließ er den Arm los, sprang auf Adriaans Knie und leckte ihn liebevoll ab.
Mitunter dachte Adriaan: Diese Jahre können nie aufhören. Es wird immer genug Land für alle geben, und die Tiere werden sich ewig vermehren. Wenn er und Dikkop einen Kadaver zurückließen, tat es gut, die Löwen näher kommen zu hören, den Himmel voll großer Vögel zu sehen, die darauf warteten, niederzugleiten und die Reste des Festmahls zu beseitigen.
Schließlich kamen sie zu einem Fluß, nicht dem Sambesi, wie Adriaan versprochen hatte, sondern dem Limpopo, jenem träge fließenden Strom, der die natürliche Nordgrenze des Subkontinents markierte. Dr. Linnart hatte gesagt, die natürliche Grenze sei der Sambesi; portugiesische Forschungsreisende hatten das gleiche behauptet, und wer eine einfache grobgezeichnete Landkarte besaß, sah, daß der Sambesi die natürliche Grenze war, aber

die Realität gebot, daß der Limpopo diese Grenze bildete. Südlich von dort war das Land eine Einheit; nördlich davon änderte es sich radikal und konnte nie eingegliedert werden als Teil einer funktionsfähigen staatlichen Einheit. Vielleicht erkannte das Adriaan im Dezember 1767, als er am Limpopo neben seinem zerbrochenen, irreparablen Wagen und seinen Ochsen und Pferden stand, die krank und dem Tod nahe waren. »Dikkop«, sagte er, »wir können nicht weiterziehen.« Der Hottentotte stimmte ihm zu, denn er war müde, und selbst Swarts schien erleichtert, als die drei sich zu Fuß auf den Weg nach Süden machten. Es war, als hätte die Hyäne einen Kompaß eingebaut, der sie daran erinnerte, wo ihre Heimat war. Sie schien gewußt zu haben, daß sie sich von dem Ort entfernte, an den sie gehörte, und da es nun heimwärts ging, bekundete sie ihre Freude wie ein Matrose, dessen Schiff Kurs auf den Heimathafen genommen hat.
Es war schon ein seltsames Trio, das da fröhlich nach Süden wanderte: Swarts mit seinem dicken Kopf und kleinen Hinterteil trottete an der Spitze, dann kam Dikkop mit seinem kleinen Kopf und dem enormen Hinterteil, und schließlich Adriaan, ein schlanker, weißhaariger Treckbure von sechsundfünfzig Jahren, der dahinschritt, als wäre er dreißig. Einmal wollte Swarts unbedingt den von Antilopen ausgetretenen Pfad verlassen und nach Westen abbiegen, und als ihm die Männer folgten, fanden sie eine kleine Höhle, die sie gar nicht beachten wollten, bis Dikkop zur Decke blickte und ein wunderbares Bild entdeckte, das drei Giraffen zeigte, an die sich kleine braune Männer heranpirschten. Es war vor Jahrtausenden von den Vorfahren der Buschmänner gemalt worden, denen sie begegnet waren. Männer und Tiere schienen sich zu bewegen, die Formen waren deutlich umrissen und die Farben noch klar. Adriaan betrachtete die Malereien lange, dann fragte er: »Wohin sind sie gegangen?«
»Wer weiß das, Baas?« antwortete Dikkop, und Adriaan sagte: »Braver Junge, Swarts. Deine Höhle hat uns gefallen.«
In diesem Jahr war der Sommer sehr heiß, und obwohl die drei nach Süden zogen, weg von der sengenden Hitze, merkte Adriaan, daß Dikkop erschöpft war. Deshalb suchte er Wege, die sie vom heißen, staubigen Zentrum des Plateaus fernhalten und zu seinem Ostrand führen würden, wo es wahrscheinlicher war, daß sie auf kühlenden Regen trafen. Auf einem solchen Ausflug kamen sie zu jenem stillen, lieblichen See, über den einst die Flamingos geflogen waren und an dem Nxumalo das Nashorn gejagt hatte. Zu diesem ausgedehnten, lieblichen Gewässer kamen jeden Abend Tausende von Tieren, so daß Swarts ganz benommen war von den Möglichkeiten, die er vor sich sah. Während er da und dort auf der Lauer lag, Vögeln ebenso nachjagte wie Elefanten, hielt er Ausschau nach jedem Schwächling und blieb in einiger Entfernung hinter den Löwen, die dieses Tier ebenfalls beschlichen. Er lief hin und holte sich Fleischstücke, wann immer sich die Gelegenheit bot. Wenn die größeren Räuber fort waren, watschelte er in den See, um zu trinken und zu baden, und offensichtlich gefiel ihm dieser Teil der Reise besser als jeder andere.

Dikkop ging es weniger gut. Man schrieb das Jahr 1768, und er war dreiundsechzig Jahre alt, ein müder Mann, der unaufhörlich gearbeitet und zahllose verschiedene Aufgaben erledigt hatte, die ihm immer von jemand anderem aufgetragen worden waren. Er hatte sein Leben im Schatten der Weißen verbracht und war zufrieden, seine letzten Tage in ihrem Schatten zu beenden. Sein Schicksal war ihm nicht gleichgültig. Er sehnte sich danach, auf die Farm zurückzukehren und zu sehen, wie es Seena ging, denn er liebte ihre rauhe Art und bezeichnete sich in Gedanken gewöhnlich als »ihr Junge«. Er wollte sie unbedingt wiedersehen.
Er sollte jedoch enttäuscht werden. Mit dem Ende des Sommers kam auch sein Ende, und es wurde klar, daß er die lange Rückreise nicht würde durchstehen können: »Meine Brust, sie schmerzt.« Adriaan machte sich Vorwürfe, daß er den alten Mann auf eine so anstrengende Expedition mitgenommen hatte, aber Dikkop beruhigte ihn: »Ohne mich hättest du nicht so weit kommen können. Aber ich glaube, du wirst wohlbehalten zurückkehren.«
Er starb, noch bevor die Winterkälte einsetzte, und wurde neben dem See begraben, den er liebgewonnen hatte. Als Adriaan in den Ruinen eines alten Dorfes, das Mitte des fünfzehnten Jahrhunderts entstanden war, Steine sammelte, begann er, mit seiner Hyäne zu sprechen: »Swarts, wir häufen diese Steine auf, damit deine dreckigen Brüder ihn nicht ausgraben und fressen, du verdammter Kannibale.« Swarts bleckte die enormen Zähne zu einer Grimasse, die nur ein Grinsen sein konnte. Von da an zeigte Swarts immer, wenn sich Adriaan mit ihm beriet, welchem Antilopenpfad er folgen oder wo er die Nacht verbringen solle, dieses Grinsen und rieb die Schnauze am Bein seines Herrn.
Adriaan hätte nun eigentlich seinen Heimweg energisch fortsetzen sollen, blieb aber aus Gründen, die er nicht hätte erklären können, bei dem stillen See, ohne sein Hinterland zu erforschen. Er ruhte sich nur aus, als begriffe er, daß dies ein Zufluchtsort war. Von seiner Schlafstelle aus betrachtete er die niedrigen Berge im Osten, die beiden Spitzen, die wie Frauenbrüste aussahen, und das Flachland, das nach dem Pflug verlangte. Zumeist aber ruhte sein Blick auf dem Rand des Sees, wo die Tiere zur Tränke kamen und über dessen ruhige Oberfläche die Flamingos flogen.
»*Vrijmeer!*« (Freiheitssee) rief er eines Tages. »Swarts, das ist der See, wo alles, was sich bewegt, frei ist.« In dieser Nacht konnte er nicht schlafen. Ruhelos stieg er über den regungslosen Körper seiner Hyäne und stand im Mondschein, während ihn wirre Gedanken bestürmten: Ich wünschte, ich wäre wieder jung... um eine Familie hierherzubringen... und an diesem See zu leben...

Es fiel Adriaan nicht leicht zuzugeben, daß er einsam war. Er hatte nie viel mit Dikkop gesprochen oder bei ihm geistige Anregung gesucht. Er hatte keine Angst davor, allein zu reisen, denn er kannte nun jeden Trick, um Gefahren zu vermeiden. Er fühlte, wo die Krals der Schwarzen lagen, und umging sie. Er schlief, wo ihn kein Löwe erreichen konnte, und verließ sich darauf, daß Swarts ihn alarmieren würde, wenn sich ungewöhnliche Ereignisse ankündigten. In Wirklichkeit aber war die Hyäne kein guter Wachhund, denn wenn ihr Magen voll war, schlief sie fest. Da ihr Herr ständig jagte, bekam sie reichlich Eingeweide und Knochen, um sich vollzufressen. Aber sie besaß die ausgeprägte Fähigkeit zur Selbstverteidigung, und viele Tiere, die den allein schlafenden Adriaan vielleicht angegriffen hätten, überlegten es sich zweimal, bevor sie sich den mächtigen Kiefern und blitzenden Zähnen einer Hyäne aussetzten.

Adriaans Einsamkeit war eine Folge davon, daß er Afrika gesehen und kennengelernt hatte. Für ihn gab es keine Geheimnisse mehr. Sogar die Tatsache, daß sich nicht weit nordwestlich von ihm ein gewaltiger Wasserfall befand, hätte ihn nicht überrascht, denn er hatte festgestellt, daß der Kontinent noch großartiger war, als er es sich vorgestellt und Dr. Linnart es angedeutet hatte.

Wieder kam ihm der seltsame Gedanke, diesmal schmerzhaft, und er sagte mit lauter Stimme: »Mein Gott, Swarts, wenn ich nur wieder jung wäre. Ich würde den Limpopo überqueren. Immer weiter gehen, über den Sambesi, bis nach Holland.« Er hatte nicht den leisesten Zweifel, daß er, wenn er ein gutes Paar Schuhe hätte, bis nach Europa wandern könnte. »Und ich würde dich mitnehmen, du kleiner Jäger, um mich vor den *dikdiks*, den Zwergantilopen, zu schützen.« Er lachte dabei, und Swarts erwiderte sein Lachen bei der Vorstellung, daß jemand Schutz vor den kleinsten Antilopen brauchte, die schon aus Angst vor einem fallenden Blatt davonsprangen.

Vielleicht war dieses periodisch wiederkehrende Einsamkeitsgefühl eine Vorwarnung, denn als sie von dem mächtigen Zentralplateau hinunterstiegen, um den Großen Fluß zu überqueren, sah er, daß Swarts unruhig wurde. Die Hyäne war jetzt zweieinhalb Jahre alt, ein erwachsenes Männchen, und als sie in ein Gebiet kamen, wo andere Hyänen in Rudeln jagten, nahm Swarts ihre Witterung auf und ließ mitunter bei Sonnenuntergang erkennen, daß er mit ihnen laufen wollte. Zugleich empfand er tiefe Zuneigung zu seinem menschlichen Gefährten und eine Art Verpflichtung, ihn zu beschützen und die Freuden der Jagd mit ihm zu teilen.

So schwankte er, lief manchmal auf das offene Veld hinaus, schlich dann wieder zurück zu seinem Herrn. Aber eines Nachts, als die Tiere bei Vollmond unterwegs waren, trennte er sich plötzlich von Adriaan, lief ein Stück hinaus aufs Veld, blieb stehen und blickte noch einmal zurück, als ob er die zwei Alternativen abwog. Dann verschwand er. Während dieser schlaflosen Nacht konnte Adriaan die Geräusche der Jagd hören, und als der Tag anbrach, war kein Swarts mehr da.

Drei Tage blieb Adriaan in dieser Gegend, denn er hoffte, die Hyäne würde zurückkommen. Aber sie tat es nicht. Und so machte er sich, den Tränen nahe, auf den Weg über die Berge, die seine Farm beschützten. Nun war er wirklich allein, und zum erstenmal in seinem Leben hatte er sogar Angst. Nach der Stellung der Sterne rechnete er sich aus, daß er sich ungefähr dreihundert Meilen nördlich von seinem Ziel befand. Er war zu Fuß, sein Munitionsvorrat schmolz zusammen, und er mußte diese Strecke über offenes Land zurücklegen, ohne genau zu wissen, wo er sich befand.

»Swarts«, schrie er eines Nachts, »ich brauche dich!« Und als er später in unruhigem Schlummer lag, hörte er Geräusche von Tieren, die nahe seinem Versteck vorbeitrampelten. Er begann zu zittern, denn er hatte dieses Geräusch noch nie vorher so nah gehört. Dann erwachte er langsam und merkte, daß sich etwas an ihn drückte: Es war tatsächlich Swarts, der auf altgewohnte Art schnarchte.

Nun redete er mit dem Tier mehr denn je, als ob die Rückkehr der Hyäne sein Bedürfnis nach Kameradschaft bloßgelegt hätte. Swarts seinerseits hielt sich näher bei seinem Herrn, als ob ihm, nachdem er die Freiheit gekostet hatte, klar war, daß das Zusammenleben mit einem Menschen auch seine Vorteile haben konnte.

Sie stiegen hinab in die weiten Ebenen. »Es muß dort drüben sein, Swarts«, sagte Adriaan mit einem Blick auf die letzte Hügelkette, die sich aus dem Veld erhob. »Die Farm liegt wahrscheinlich dort unten. Ich bin sicher, daß du mit Seena viel Spaß haben wirst. Sie ist rothaarig und wird dir Dinge nachwerfen, wenn du nicht achtgibst, aber du wirst sie gern haben, und ich weiß, sie wird dich auch gern haben.« Er war zwar keineswegs sicher, ob Seena bereit sein würde, ihre Hütte mit einer Hyäne zu teilen, versicherte Swarts aber dauernd, es würde alles in Ordnung sein.

Aber die kürzlichen Erfahrungen der Hyäne in der Wildnis hatten tierische Instinkte geweckt; eines Abends, als Adriaan eine Gemsantilope schoß, ein schönes Tier mit weißer Gesichtsmaske und prächtigen Hörnern, hielt es eine Löwin für gefahrlos, sich einzumischen und die Beute zu beanspruchen, Swarts sprang auf sie zu und erhielt einen fürchterlichen Prankenhieb quer über Hals und Kopf.

Als Adriaan zu seinem Gefährten kam, lag Swarts im Sterben. Nichts, was der Mensch zu tun vermochte, konnte das Tier retten. Seine Gebete waren zwecklos, seine Versuche, die Blutung zu stillen, erfolglos. Die großen Kiefer bewegten sich krampfhaft und die Augen blickten zum letztenmal den Menschen an, der sein vertrauter Freund gewesen war.

»Swarts!« rief Adriaan, aber es half nichts. Die Hyäne zitterte, rang nach Luft, atmete nur Blut und starb.

»Ach, Swarts!« stöhnte Adriaan immer wieder während der Nacht und behielt die verstümmelte Leiche neben sich. Am Morgen legte er sie hinaus ins Freie, wo die Geier sich um sie kümmern konnten, und nach einem schmerzlichen Abschied von seinem treuen Freund setzte er die Reise nach Süden fort.

Nun war er wirklich allein. Fast alles, was er zu Beginn seiner Forschungsreise gehabt hatte, war fort: Munition, Pferde und Ochsen, die der Tsetsefliege zum Opfer gefallen waren, der Wagen, der getreue Hottentotte, seine Schuhe, die meisten seiner Kleider. Er kam heim und hatte nichts mehr, nicht einmal seine Hyäne, und seine Erinnerungen an die Herrlichkeiten,

die er gesehen hatte, waren getrübt durch die Verluste, die er erlitten hatte. Am meisten von allem trauerte er um Swarts; Dikkop hatte schließlich sein Leben gelebt, aber die Hyäne hatte das Leben erst begonnen, ein Geschöpf, das hin und her gerissen wurde zwischen dem freien Veld und der Farm, die ihr Heim hätte werden sollen.
Während Adriaan sich mühsam nach Süden voranarbeitete, begann er, seine siebenundfünfzig Jahre zu spüren. Er rechnete müßig nach, wie viele Farmen er bewirtschaftet hatte, dachte an die endlose Kette von Tieren, die er gezüchtet und abgegeben hatte, die Hütten, in denen er gewohnt hatte.
»Swarts, ich bin siebenundfünfzig Jahre alt und habe nie in einem Haus mit wirklichen Mauern gewohnt.« Dann spannte er die Schultermuskeln an und schrie noch lauter: »Und bei Gott, Swarts, ich will in keinem wohnen.«
Er kam von dem großen zentralen Hochland Afrikas nach unten – nicht geschlagen, aber auch nicht als Sieger. Er konnte immer noch viele Meilen am Tag zurücklegen, aber langsamer, den Staub ferner Orte an seinen Füßen. Von Zeit zu Zeit schrie er in den leeren Raum hinaus, nur an Swarts gewandt, denn nun war er wirklich der Verrückte Adriaan, der närrische Mann vom Veld, der mit toten Hyänen sprach. Aber er ging weiter, einige Meilen am Tag, immer auf der Suche nach dem Weg, den er verloren hatte.

Als er durch die Berge in ein Gebiet kam, das ihm nicht vertraut war, berechnete er richtig, daß er ein ziemliches Stück östlich von seiner Farm sein mußte, und er wollte sich schon nach Westen wenden, um sie zu finden, da sagte er: »Swarts! Wenn sie einen Funken Vernunft hatten, müßten sie auf das bessere Land dort drüben übergesiedelt sein.« Und so zog er, wie schon viele Mitglieder seiner Familie vor ihm, nach Osten.
Als er aber zu dem Gebiet kam, wo die neue Farm hätte liegen sollen, fand er nichts. Er mußte sich nun entscheiden, ob er blindlings in unbekanntes Gebiet weitergehen oder umkehren wollte. Nach einer längeren Besprechung mit Swarts entschloß er sich zu ersterem: »Ist doch klar, Swarts, daß sie besseres Weideland suchten.«
An der entferntesten Grenze, die seine Familie seiner Meinung nach erreicht haben konnte, traf er die schäbigste Hütte an, die er je gesehen hatte. Darin wohnten ein Mann und eine Frau, die ihre sechstausend Morgen mit überaus geringer Aussicht auf Erfolg abgesteckt hatten. Sie waren die ersten Weißen, die Adriaan sah, seit er ausgezogen war, und er fragte: »Haben Sie von irgendwelchen van Doorns gehört, die hier vorbeigekommen sind?«
»Sie sind fort.«
»In welche Richtung?«
»Osten.«
»Wie lange ist das her?«
»Bevor ich hierherkam.«
»Aber Sie sind sicher, daß sie vorbeikamen?«
»Wir haben in ihren alten Hütten gewohnt. Vier Monate. Treckburen kamen vorbei, die erzählten, sie seien fortgezogen.«

Da Adriaan Ruhe brauchte, blieb er kurze Zeit bei dem Paar, und eines Morgens fragte die Frau: »Wer ist dieser Swarts, mit dem Sie immer reden?« und er antwortete: »Freund von mir.«
Nach zwei Wochen, in denen ihm der Treckbure einen Vorrat an Munition gab, die er dazu verwendete, Fleisch in die Hütte zu bringen, erzählte Adriaan so nebenbei, daß er seine Familie finden wolle. »Wie lange waren Sie fort?« fragte die Frau.
»Drei Jahre.«
»Wo sagten Sie, daß Sie waren?«
»M'popo«, antwortete er, einen Namen verwendend, den ihn die Schwarzen gelehrt hatten.
»Nie davon gehört.« Einen Augenblick hatte Adriaan das Gefühl, er sei seinen Gastgebern eine Erklärung schuldig. Es war ihm jedoch klar, daß das weitere zwei Wochen erfordern würde. Also verließ er sie ohne Erklärung.
Er wanderte immer weiter, weit über den Ort hinaus, wo er den Xhosa Sotopo getroffen hatte, und als er eines Morgens den Kamm einer mächtigen Hügelkette erreichte, sah er, als er nach unten blickte, etwas, das ihn sehr beunruhigte; es war ein Tal von etwa neuntausend Morgen, das völlig von Hügeln eingeschlossen war. »Das ist ein Gefängnis!« rief er aus, erschrokken darüber, daß Menschen bereit waren, sich einer solchen Beschränkung zu unterwerfen.
Besonders erschreckte es ihn, daß in der Mitte, neben dem munteren Bach, der von Südwesten durch eine Spalte in den Hügeln nach Nordosten floß, nicht die üblichen Hütten der van Doorns standen, sondern solide Gebäude aus Lehm und Stein. Wer immer diese enge Enklave geplant hatte, beabsichtigte nicht, sie die üblichen zehn Jahre zu bewohnen, sondern ein Leben lang. Das stellte eine drastische Veränderung der Lebensauffassung dar, und Adriaan erkannte mit einem raschen Blick, daß seine Tage als Treckbure vorüber waren. Er war entsetzt über das, was diese Leute taten: Steinhäuser! Gefängnisse innerhalb eines Gefängnisses! Nach drei Jahren im herrlichsten Gebiet von Afrika hierher zu kommen war schrecklich.
Aber er war noch immer nicht sicher, daß dies seine neue Farm war, bis eine ältere Frau mit verblassendem rotem Haar aus dem Steinhaus trat und zur Scheune ging. Es war Seena. Diese Festung war ihr Heim, und nun würde es das seine sein.
Er rief seine Frau nicht, sondern sagte zu Swarts: »Wir sind am Ende unseres Weges angelangt, alter Junge. Dinge, die wir nicht begreifen...« Langsam und ohne das Frohlocken, das er am Ende einer so langen Reise eigentlich empfinden sollte, ging er den Hügel hinunter zur Scheunentür und rief »Seena!« Sie wußte sofort, wer es war, und drückte ihn an sich, als ob er ein Kind wäre. »*Verdomde ou man*«, rief sie. »Du bist daheim!«
Nachdem die Kinder ihn schreiend begrüßt hatten und Lodevicus, der nun ein gestandener Mann von dreißig Jahren war, mit Rebecca gekommen war, fragte Adriaan die Erwachsenen: »Warum wurde unsere Farm hierher verlegt?«

»Wir wollten Sicherheit«, erklärte Lodevicus. »Die Hügel, weißt du.«
»Aber warum die Steinhäuser?«
»Weil das der letzte Sprung ist, den man machen kann. Weil auf der anderen Seite des Flusses der großen Fische die Xhosa warten.«
»Das ist unser ständiges Heim«, sagte Rebecca. »Wie Swellendam, eine sichere Stellung an der Grenze.«
»Ich habe oben im Norden einen Ort gesehen. Er hatte Hügel wie diese, aber sie waren offen. Dort lag ein See, und auch der war offen. Von überall kamen Tiere zur Tränke.«
Die jüngeren van Doorns interessierten sich nicht für das, was ihr Vater im Norden gesehen hatte, aber als Adriaan und Seena an diesem Abend nach der langen Trennung zu Bett gingen, flüsterte sie: »Wie war es?« und er konnte nichts anderes sagen als: »Es ist ein herrliches Land.«
Das mußte die Geschichten ersetzen über überwältigende Sonnenuntergänge, auf dem Kopf stehende Bäume, das plötzlich zu einem Blumenmeer werdende Veld, die hohen Berge im Osten, die geheimnisvollen Flüsse im Norden. Als er aber gerade die Augen schließen wollte, um einzuschlafen, setzte er sich plötzlich auf und rief: »Mein Gott, Seena! Ich wünschte, wir wären zwanzig... und könnten zu einem Ort ziehen, den ich sah... dieser See... die Antilopen, die die Felder verdunkeln.«
»Laß uns gehen!« sagte sie ohne Zögern oder Furcht.
Er lachte und küßte sie. »Geh schlafen. Sie werden es mit der Zeit finden.«
»Wer?«
»Die nach uns kommen.«

Lodevicus und Rebecca fragten kein einziges Mal nach den Gebieten im Norden. Sie befaßten sich nur mit dem Bau ihres künftigen Paradieses. Aber an den Nachmittagen kamen die Kinder zu Adriaan, um von Swarts zu hören, von der Höhle mit den springenden Giraffen an der Decke, den lärmenden Schwarzen, die beim Aufflammen von Schießpulver tanzten, und von dem Ort namens *Vrijmeer.*
Als sich die Aufregung über seine Rückkehr gelegt hatte, nahmen Seena und Rebecca den Kampf wieder auf, wobei beide Frauen ihren Ehemännern abends erzählten, daß die andere unerträglich sei. Adriaan lag wach und hörte sich die Klagelitanei seiner Frau an: »Sie ist eine scheußliche Tyrannin. Anstatt ein Herz hat sie eine vertrocknete Zitrone. Sie will die ganze Gegend beherrschen, und Lodevicus unterstützt sie noch dabei.«
Er war ihrer Meinung, als er ihr neues Heim zum erstenmal sah: »Dieser Raum mit seinen engen Wänden ist eine Gefängniszelle – im Inneren des Steinhauses, das ein kleines Gefängnis ist, innerhalb dieser abscheulichen Hügel, die das größte Gefängnis von allen bilden.«
»Nein«, stellte sie richtig. »Das größte Gefängnis sind die Ideen, die er durchsetzen will. Jeder Mensch auf jeder Farm muß sich so benehmen, wie er sagt. Weißt du, er hat begonnen, mit den Xhosa zu kämpfen, wenn sie über den Fluß kommen, um ihre Rinder zu weiden.«

Als Adriaan seinen Sohn darüber befragte, antwortete Lodevicus: »Dreimal habe ich dich schlecht darüber sprechen hören, daß wir unsere Farm innerhalb dieser Hügel angelegt haben. Nun, der Kampf mit den Xhosa ist unvermeidlich. Sie drängen jeden Monat stärker nach Westen, und bald werden wir einen richtigen Krieg führen.«
»Laß sie ihre Rinder weiden«, sagte Adriaan.
»Damit werden sie sich nie zufriedengeben. Merk dir meine Worte, Vater, sie werden alles wollen. Sie werden diese Farm überrennen. Das heißt, wenn sie nicht durch die Hügel geschützt wäre.«
Im Jahr 1776 zeigte sich, daß Lodevicus recht hatte, denn eine große Gruppe der Xhosa, unter der Führung Guzakas, des Sohnes jenes Sotopo, mit dem Adriaan vier Tage in Freundschaft verbracht hatte, war über den ständigen Druck von seiten der weißen Farmer immer mehr aufgebracht.
Wie in den ersten Tagen der Begegnung zwischen Holländern und Hottentotten, als versucht wurde, die Besiedlung zu beschränken, um Ärger zu vermeiden, verbot die Kompanie, die vergeblich versuchte, ein Gebiet zu beherrschen, das zehnmal so groß war wie Holland, weiteren Tauschhandel mit den Schwarzen. Aber an der Grenze waren ihre Bekanntmachungen wie Sand im Wind. Wagemutige Weiße drangen in jene Landstriche ein, die von den sogenannten Kaffern besiedelt waren, mit der Begründung, es sei einfacher, ihre Gewehre abzufeuern und sich soviel Land zu nehmen, wie sie brauchten, als langwierige Verhandlungen mit den Xhosa zu führen. Es war unmöglich, Hunderte Meilen von Grenzland durch eine Bittermandelhecke zu begrenzen; Sotopos Leute riefen auch den Ärger der Siedler hervor, denn wenn die Herden der Weißen friedlich in ihre Reichweite kamen, sangen sie alte Lieder, schärften ihre Assagais und stahlen unter lautem Freudengeheul die Rinder der Treckburen.
So begannen die Kämpfe; die Schwarzen beanspruchten Land, das ihnen durch das Erbrecht zustand, die Treckburen eigneten sich das gleiche Land an, weil es den Kindern Gottes verheißen worden war.
Guzakas Leute schlugen im Süden zu, überfielen eine alleinstehende Farm unweit der Meeresküste, töteten alle Bewohner und trieben fünfhundert Rinder über den Großen Fischfluß zurück. Dann stürmten sie zur Farm der van Doorns, die zwischen den Hügeln lag, denn sie erkannten, daß sie das Haupthindernis für ihre Expansion nach Westen darstellte.
»Es wird nicht leicht sein«, warnte Guzaka seine Leute.
»Das hast du von der anderen Farm auch gesagt«, meinte einer.
»Sie wurde nicht verteidigt. Hier gibt es die Hügel.«
»Das bedeutet, daß sie zwischen ihnen gefangen sind.«
»Es könnte auch etwas anderes bedeuten«, warnte Guzaka.
»Was?«
»Daß wir nicht eindringen können.«
»Wir sind so viele. Sie sind so wenige.«
»Aber sie haben Gewehre.«
»Auch die anderen hatten Gewehre.«

»Aber nur zwei Mann, um sie zu bedienen. Hier werden es viele sein.«
»Hast du Angst, Guzaka?«
»Ja. Aber bevor die anderen fragen konnten, ob sie umkehren sollten, fügte er hinzu: »Aber wir müssen diese Farm vernichten, sonst wird sie uns immer Widerstand leisten.«
Er war es auch, der den Angriff vom Osthügel aus anführte, wo sie zuerst zu den Kuhställen und den anderen Nebengebäuden kamen. Dort bekamen die Xhosa auch gleich zu spüren, wie wirkungsvoll echte Treckburen ihre Farm verteidigten. Aus Verstecken, die die Schwarzen nicht einmal ahnen konnten, knatterte ihnen Gewehrfeuer entgegen, das viele verwundete und tötete. Schließlich mußten sie umkehren, und kein Angreifer kam auch nur in die Nähe des Hauses.
Von dem Hügel aus musterten Guzaka und seine Leute dieses erste Fort der Treckburen und berieten, was zu tun sei; ihr Anführer erinnerte sie: »Ich sagte euch, es würde anders sein.« Er wußte noch nicht, daß der Freund seines Vaters, Adriaan van Doorn, in dem Steinhaus wohnte, und er hätte den Namen auch nicht wiedererkannt. Aber er erinnerte sich dunkel an Geschichten, die sein Vater über jene beeindruckende Begegnung mit dem Weißen und dessen Fähigkeiten erzählt hatte. Guzaka verstand, daß es verschiedene Formen von Tapferkeit gab und daß die glücklosen Verteidiger der ersten Farm diesbezüglich auf einer ziemlich niederen Stufe gestanden hatten. Die Männer in diesem Haus glichen eher dem Mann, dem Sotopo begegnet war.
»Sollen wir umkehren?« fragten seine Leute.
»Nein. Dann würden sie glauben, es sei allzu leicht gewesen, uns zu besiegen. Wir werden von zwei Seiten angreifen.« Und er entwickelte einen Plan. Demzufolge sollte eine Gruppe über den östlichen Hügel herabstoßen, während ein größerer Trupp von Süden her angriff.
Im Steinhaus sagte Adriaan: »Sie sind nicht dumm. Sie werden aus zwei Richtungen gleichzeitig auf uns losgehen.« Er studierte die Hügel und die Lage des Baches, der zwar klein war, dessen Überquerung unter Gewehrbeschuß sich aber als schwierig erweisen würde, und kam dann zu dem Schluß, daß sie von Süden angreifen mußten. Deshalb postierte er drei seiner Schützen entlang dieser Mauer.
»Aber sie werden es noch einmal von Osten versuchen«, warnte er. »Nur um unsere Abwehrstärke zu überprüfen.« Er übernahm allein den Kuhstall, überzeugt, daß der östliche Trupp kleiner sein würde als vorher.
Als Guzaka sah, daß seine Angriffstruppen bereit waren, gab er das Signal und stürmte zu den Außengebäuden; zu seiner Freude wurde er nicht mit Schüssen empfangen. Also trieb er mit einem wilden Schrei seine Leute zu dem Haus. Als sie sich jedoch auf gleicher Höhe mit dem Kuhstall befanden, krachte eine mörderische Salve von der Flanke, und zwei seiner Leute fielen.
Dann kam von der Südmauer des Hauses Gewehrfeuer, und auch dieser Angriff wurde zurückgeschlagen.

Als sich die Xhosa auf dem östlichen Hügel wieder sammelten, war ihnen klar, daß sie diese Farm nicht erobern konnten. Die Schwarzen wandten sich von der Festung ab, überschritten den Bach östlich vom Haus, fingen die Rinder ein, die auf den weiter entfernten Feldern weideten, und zogen sich durch die Öffnung im Nordosten der Hügelkette zurück.
»Sie werden wiederkommen«, warnte Lodevicus. »Nicht heute. Aber sie werden wissen, daß unser Kral derjenige ist, den sie erobern müssen.«
»Kral?« fragte Adriaan.
»Dieser von Hügeln umschlossene Zufluchtsort«, und von da an erhielt die Farm den Namen *De Kraal*, der geschützte Ort.

Die Treckburen, die keinen einzigen Mann verloren und sieben getötet hatten, hätten feiern sollen, taten es aber nicht, denn die alte Feindseligkeit zwischen Seena und Rebecca schwelte weiter, immer bereit, von neuem aufzuflammen. Gewöhnlich ging es bei ihrem Gezänk um Religionsfragen, wobei Seena sich über die eiserne Frömmigkeit ihrer Schwiegertochter lustig machte und Rebecca den Agnostizismus ihrer Schwiegermutter beklagte. Es schien kein Kompromiß möglich zu sein, und als die Alten allein waren, faßte Seena ihren Ärger mit den Worten zusammen: »Laß uns fortgehen und irgendwo eine kleine Hütte bauen, wo wir so leben können wie früher. Ich habe es satt, mir die Bibel an den Kopf werfen zu lassen.«
»Sie wird auch deinem Vater an den Kopf geworfen«, sagte er, wobei er sich auf das Gerücht bezog, daß eine Militärpatrouille ausgeschickt worden war, um Rooi van Valcks ungesetzliches Reich zu zerstören. Manche behaupteten sogar, Rooi sei gehängt worden.
Das bezweifelte Seena: »Dazu müßten sie ihn erst erwischen. Und dann müßten sie ihm einen Strick um den Hals legen. Nicht viele am Kap würden das gern versuchen.«
»Wenn du mit Rebecca mehr Geduld hättest...«, begann Adriaan, worauf seine Frau ihm eine Lektion über die Zukunft Südafrikas erteilte: »Sie wird nie aufgeben. Sie wird uns auf ihre ruhige Art immer weiter zusetzen. Genauso, wie es ihr Vater tat.«
»Was meinst du damit?«
»Er kam her und sang Psalmen. Er erreichte bei dir und mir nichts. Aber er bearbeitete Lodevicus, säte Samen. Und später fing er ihn in seiner Falle.«
»Was hältst du wirklich von deinem Sohn?«
»Er wird täglich stärker werden. Als Junge war er wie ein Stück weicher Sandstein, der im Wasser liegt, den man mit dem Fingernagel einritzen kann. Aber wenn er außerhalb des Wassers in der Sonne trocknet, wird er härter als Granit, und niemand kann ihn mehr einritzen. Rebecca und Vicus werden eine schreckliche Partnerschaft bilden.«
Während sie diese Prophezeiung aussprach, diskutierte Rebecca mit ihrem Mann. »Vicus, ich kann diese Frau nicht länger ertragen. Ich kann nicht zulassen, daß ihre Gottlosigkeit mein Haus weiterhin ansteckt.«

»Rechtens«, sagte Lodevicus, »gehört das Haus aber ihr und meinem Vater, und nicht dir.«
»Also gut. Überlassen wir es ihnen und bauen uns ein eigenes.«
»Aber ich habe drei Jahre gearbeitet, um diese Mauern zu bauen. Hab doch Geduld. Sie können nicht ewig leben.« Lodevicus wurde härter, aber er hatte den Punkt noch nicht erreicht, an dem er seine Eltern aus ihrem eigenen Haus werfen konnte.
Rebecca war unbarmherziger: »Gott hat dich und mich beauftragt, eine neue Ordnung in dieses heidnische Land zu bringen. Wir sollen hier unter den Treckburen einem neuen Geist zum Sieg verhelfen. Wir sollen die Kinder der Heiligen Schrift entsprechend aufziehen, nicht so wie diese gottlose alte Frau dich und deinen Bruder erzogen hat.« Als Vicus Einspruch erheben wollte, brachte sie ihn zum Schweigen: »Bist du dir nicht klar darüber, daß Gott ein Wunder vollbracht hat, damit du gerettet werden kannst? Nimm an, Vater hätte nicht bei eurer Farm haltgemacht, um den heiligen Samen zu pflanzen. Nimm an, du hättest nicht Swellendam aufgesucht, so daß er keimte. Du bist ausersehen für eine große Aufgabe, und wir können nicht zulassen, daß du an ihrer Erfüllung gehindert wirst.«
Von den vier Erwachsenen, die an diesem ständigen Kampf beteiligt waren, war der Verrückte Adriaan der einzige, der dessen Bedeutung klar erkannte, denn er verfügte über eine kindliche Einfalt, die er sogar auf sich selbst anwendete: »Ich gehöre der Vergangenheit an, Seena. In der Familie gibt es keinen Platz mehr für Wanderer. Eingeschüchterte Menschen wollen sich in steinerne Forts zurückziehen.« Als seine Frau fragte, was er von ihr hielt, lachte er: »Du bist eine Heidin, die Tochter eines Heiden. In der Welt, die Vicus und Rebecca aufbauen, gibt es keinen Platz für Heiden.«
Was Lodevicus betraf, nahm Adriaan an, daß Seena recht gehabt hatte, als sie ihn als Sandstein bezeichnete, der auf dem Weg war, zu Granit zu werden: »Ich glaube nicht, daß mir das endgültige Ergebnis gefallen wird. Zu starr, zu unversöhnlich. Und mir tun die leid, die ihm in den Weg kommen.«
Über Rebecca war er sich völlig im klaren. Er fühlte, daß sie Seena und ihm den Krieg erklärt hatte und wahrscheinlich ihre Vertreibung propagierte. Aber er sah auch, daß sie eine außergewöhnliche Frau war, die er vielleicht auch gerne geheiratet hätte, wenn er jünger gewesen wäre. Sie war leidenschaftlich, dabei sauber und strahlend wie ein weißer Stein auf dem Grund eines Flusses. Ihr Mut, mit dem sie versuchte, Ordnung in die Welt der Treckburen zu bringen, die, wie er zugeben mußte, gesetzlos war, verdiente gewaltigen Respekt. Sie war wie eine große Elefantenmutter, die sich krachend durch das Unterholz den Weg zu einem Ziel bahnt, das sie allein wahrnimmt, und die sich durch nichts aufhalten läßt. Das Gefühl, von Gott geführt zu werden, machte sie noch stärker. Sie war nicht grausam und versuchte auch nicht, den Widerstand zu brechen. Wie ein Fluß, der dem Meer zuströmt, bewegte sie sich einfach weiter in die vorbestimmte Richtung.

Sie würde die innere Stärke der neuen Religion sein, die sich in Südafrika entwickelte, die schweigende Frau, die gelassen in der Kirche saß, während die Männer brüllten und tobten und die Psalmen ankündigten, die gesungen werden sollten. Aber in der Zurückgezogenheit ihres Heims würde sie bestimmen, wie diese Staatsreligion im Alltag angewendet werden sollte. Und falls die Männer sich jemals unbekümmert auf den Weg der Sünde begeben wollten, würde sie sie auf den strengen Pfad der Pflicht zurückführen. Sie würde gegen jede Veränderung sein, gegen jede Entspannung, gegen jede neue Idee, die von außen hereingetragen wurde, und gegen jede exzentrische Auffassung daheim. Sie würde den Granitkern der Kirche bilden, und ihre ruhigen Ermahnungen würden sich durchsetzen.

Kurz, Adriaan respektierte seine Schwiegertochter nicht nur als den unerbittlichen Machtfaktor der Zukunft, sondern auch als unerschütterlichen, gerechten Menschen, der in diesem Augenblick der Geschichte gebraucht wurde. Sie war eine treue Ehefrau und mitfühlende Mutter. Ihm gefiel ihr scharfer Verstand und ihre Fähigkeit, immer die gleiche Linie einzuhalten.

Sie war alles in allem eine gute Frau, und wenn sie ihm ablehnend gegenüberstand, mußte es wohl seine Schuld sein.

Es war immer so, wenn Generationen aufeinandertrafen: Den Besten der Alten fiel es leicht, die Verdienste jener Jungen anzuerkennen, die sich als integer erwiesen. Es waren die Zweitrangigen, denen es an Verständnis und Einfühlungsvermögen fehlte, die Schwierigkeiten machten, und nun war Lodevicus im Begriff, ebendas zu tun.

Die zweite Expedition gegen die Buschmänner zeigte, wie hartherzig er geworden war und wie sehr er den Beinamen Hammer verdiente. Diesmal hatte es keinen massiven Viehdiebstahl gegeben, es waren nur hin und wieder eine Kuh oder ein Ochse verschwunden. Aber alle Farmer der Region waren auf die kleinen braunen Menschen wütend, und als Lodevicus sagte: »Sie sind wie Ungeziefer. Sie müssen in regelmäßigen Abständen vertilgt werden«, waren sie einverstanden, und wieder wurde ein Kommandotrupp nach Norden geschickt, um das Gebiet zu säubern.

Bei dieser Expedition wurde kein Nashorn als Köder verwendet, denn es gab in dem Gebiet keine Herden Großwild mehr. Die meisten Tiere waren getötet oder vertrieben worden. Nashörner, Flußpferde, Löwen, Zebras, all die prächtigen Tiere, die ehemals diese Hügel durchstreift hatten, waren dank Pferd und Gewehr verschwunden, und nun wurden diese schrecklichen Waffen auf die Buschmänner gerichtet.

Lodevicus teilte seinen Trupp in drei Gruppen, die wie ein riesiges Feuerrad operierten. Sie ritten in Kreisen, die sie immer enger zogen. Dabei hielten sie ständig Ausschau nach kleinen braunen Männern, die in diesen Kreisen gefangen waren. Als die bestürzten Buschmänner in angstvoller Verwirrung hin und her rannten, schossen sie sie einzeln ab. Diesmal wurden nicht neunzig Menschen auf einmal erschossen, sondern man veranstaltete eine

Art Wettschießen auf laufende Ziele, dem zweihundert braune Männer zum Opfer fielen.
Adriaan hatte sich seiner Freundschaft mit den Buschmännern erinnert und seine Stimme gegen diese Jagd erhoben, war aber nicht beachtet worden. Er war entsetzt über diese Unmenschlichkeit, und als ein alter Mann, den eine Art Gürtel behinderte, den er trug, verwirrt umherstolperte, ritt Adriaan zu ihm, um ihn zu retten, doch Lodevicus fuhr dazwischen, senkte seine Flinte und tötete den Mann.
»Was hast du getan?« schrie Adriaan.
»Wir säubern das Land«, gab Vicus zurück.
»Hol dich der Teufel! Sieh ihn dir an.« Adriaan stieg ab, um sich den Gürtel des Mannes anzusehen. Er war aus Nashornhaut und enthielt acht Hornspitzen von Elenantilopen. Er hielt den Gürtel hoch und rief: »Was ist das, Vicus? Sag mir, was ist das?«
Sein Sohn zügelte sein Pferd, ritt zurück und sah verächtlich auf das Leder. »Scheint ein Gürtel zu sein.«
»Steck deinen Finger in eines der Hörner!« Und als er es tat, kam der Finger dunkelblau gefärbt heraus.
»Was ist es, Vicus?« Und als sein Sohn sagte, daß er es nicht wisse, schrie Adriaan schmerzerfüllt: »Es sind die Töpfe eines Künstlers. Der das lebendige Veld auf der Decke der Höhlen malt. Und du hast ihn ermordet.« Er blickte zu seinem Sohn empor und sagte mit bitterer Verachtung: »Lodevicus, der Hammer. Ich werde keinen Tag länger mein Haus mit dir teilen.«
»Es ist mein Haus«, sagte Lodevicus. »Ich habe es gebaut.«
Darauf schrie der alte Mann in schrecklichem Zorn: »Lies doch die Bibel, von der du dauernd plapperst! Es war Abrahams Haus, solange er lebte. Aber du hast es besudelt... mit rotem Blut... und blauer Farbe. Und ich will es nicht mehr haben.«
Er wandte seinem Sohn den Rücken zu, bestieg sein Pferd und ritt eilends über die Hügel. Als er in *De Kraal* einritt, rief er: »Seena! Vorwärts, mein alter Rotschopf. Mach dich bereit, diesen jämmerlichen Ort zu verlassen.«
»Fein!« antwortete sie. »Wohin gehen wir?«
»Ich werde schon etwas finden«, versicherte er ihr, und mit fünfundsechzig begannen die alten Wanderer ferne Gebiete zu erkunden, um zu entscheiden, wo sie ihre Hütte bauen würden.

Die Holländer, die im Jahr 1778 nach Kapstadt kamen, um die Kolonie zu verwalten, und eine begrenzte Amtszeit in einem Land verbrachten, das sie verwirrte, erbrachten den ehrlichen Beweis für ihren Wunsch, das Gebiet gerecht zu verwalten. Denn sie fanden eine Lösung für die Grenzprobleme, die menschlicher und rücksichtsvoller war als all jene, die damals von den Engländern oder Franzosen in ihren Kolonien angewandt wurden. Der Gouverneur selbst legte den ganzen Weg von Kapstadt zu Pferde oder in langsamen Ochsenkarren zurück, um mit Treckburen wie den van Doorns und mit Häuptlingen wie Guzaka zu reden. Nach reiflicher Überlegung darüber, was für alle das Beste war, schickte er einen Abgesandten nach *De Kraal* zurück mit einem schriftlichen Befehl, der knapp und unmißverständlich war:

> Wir haben beschlossen, daß die einzige praktikable Lösung des Problems der Niederlassung von weißen Farmern zwischen wandernden schwarzen Hirten darin besteht, die beiden Gruppen streng und dauernd zu trennen. Das wird beiden Teilen Gerechtigkeit und Sicherheit bringen und beiden die Möglichkeit geben, sich zu entwickeln, wie sie es für richtig finden. Da die Kompanie nicht die Absicht hat, neue Ansiedler ins Land zu bringen, und da die Schwarzen genug Land für ihre Zwecke zur Verfügung haben, ordnen wir an, daß alle an ihren derzeitigen Wohnorten bleiben und nicht weiterziehen sollen. Es darf keinen wie auch immer gearteten Kontakt zwischen Weiß und Schwarz geben.
> Der Große Fischfluß soll die ständige Grenzlinie zwischen den Rassen bilden, und es soll eine strenge Politik der Apartheid eingehalten werden, jetzt und für immer. Kein Weißer soll weiter nach Osten ziehen als bis zum Großen Fischfluß. Kein Schwarzer soll weiter nach Westen ziehn als bis zu diesem Grenzfluß. Auf diese Weise kann der Frieden dauernd aufrechterhalten werden.

Als der Abgesandte wieder zur Gruppe des Gouverneurs zurückkehrte, konnte er mit Sicherheit erklären: »Das Grenzproblem ist geregelt. Es kann nie wieder zu einem Konflikt kommen, weil jede Seite sich auf ihr eigenes Flußufer beschränken wird.«

Am Tag, nachdem er das gesagt hatte, belud Adriaan van Doorn seinen Wagen, reichte seiner Frau einen Spazierstock und nahm von der Familie seines Sohnes Abschied. Zu Rebecca sagte er traurig: »Du und Lodevicus, ihr habt einen so harten Kurs eingeschlagen, daß ich ihm nicht folgen kann. Möge euer Gott euch die Kraft geben, euren Weg zu Ende zu gehen.«
»Er ist auch dein Gott.«
»Mein Gott ist ein gütiger Gott«, antwortete er. Als jedoch auf diesen Vorwurf hin das Blut aus ihrem Gesicht wich, küßte er sie und sagte: »Die Welt läßt Berge entstehen, und manchmal müssen wir in getrennten Tälern leben.«
Er überschritt den Fluß und errichtete seine Hütte mitten in dem Gebiet, von dem der Gouverneur versprochen hatte, es würde nie wieder von Weißen angetastet werden.
Als Xhosaspione Guzaka mitteilten, daß ein Treckbure die Anordnung verletzt hatte, ehe sie acht Tage alt war, kam dieser zu dem Schluß, daß die einzige Antwort darauf Krieg war. Er stellte eine Truppe zusammen und überrannte mit einem schnellen Angriff die widerrechtlich erbaute Hütte.

Ehe Adriaan zum Gewehr greifen konnte, blinkten Assagais, und Seena war tot. Adriaan versuchte, die Angreifer mit seinem Gewehrkolben abzuwehren, doch sie überwältigten ihn, und als seine Arme gefesselt waren, erstach ihn Guzaka mit einem Speer.

Nun wurde Lodevicus wirklich zum Hammer und forderte schreckliche Rache. Er war unendlich wütend darüber, daß er den Auszug seiner Eltern erzwungen hatte, gestand aber niemand seine Schuld, sondern führte seine Kommandos weit über den Großen Fischfluß. Er wütete schrecklich im Land der Xhosa und zerstörte so für immer den vielversprechenden Waffenstillstand, den der Gouverneur arrangiert hatte. Er brandschatzte und mordete, und für jede Kuh, die die Xhosa gestohlen hatten, holte er sich hundert zurück. Mit donnernden Gewehren zog er gegen unberittene Männer, die nur mit Speeren bewaffnet waren, und schrie, »Tötet! Tötet!«
Als er nach *De Kraal* zurückkehrte, behauptete er in seinem entschuldigenden Bericht an den Gouverneur, er sei durch die Niedertracht der Xhosa über den Großen Fischfluß gelockt worden. Nun aber sei die Grenze für alle Zeit gesichert. Er überzeugte zwar den Gouverneur, nicht aber Guzaka, der von diesem Bericht hörte und nun seinerseits Rachepläne schmiedete.
»Jeder Kral muß zerstört werden«, donnerte er bei nächtlichen Versammlungen, und während Vicus van Doorn Vergeltung für den Tod seiner Eltern gesucht hatte, wollte Guzaka die Ausrottung der Weißen.
Es war in fast jeder Hinsicht ein ungleicher Krieg, in dem beide Seiten unerhörte Vorteile hatten. Die Schwarzen befanden sich im Verhältnis hundert zu eins in der Überzahl und konnten jede einzelne Farm vernichten. Die Weißen dagegen besaßen Gewehre und Pferde, die, wenn sie durch einen Kral galoppierten, solchen Schrecken verbreiteten, daß ein weißer Schütze in aller Ruhe neu laden und ein Dutzend fliehender Eingeborener abschießen konnte.
Es war eine heillose Verwirrung, ein Zusammenstoß von Interessen, der sich gar nicht definieren ließ. Guzaka war gezwungen, sein Vieh langsam immer weiter zu treiben, wie es sein Volk seit achthundert Jahren getan hatte, während Lodevicus meinte, daß Gott selbst ihm aufgetragen habe, auf dem anderen Ufer des Großen Fischflusses eine christliche Gemeinde zu errichten, die nach den Glaubensregeln von Johann Calvin lebte. Landbesitz war ein ständiges Problem, denn Guzakas Stamm hatte das gesamte Land von jeher besessen und erhob Anspruch auf jede üppige Weide bis zum Kap. Die Treckburen dagegen hielten eine Tradition hoch, die ihre Vorfahren mit ihrem Leben verteidigt hatten: Für sie verdiente die Farm eines Mannes den gleichen Respekt wie die Seele eines Menschen.
Es war unmöglich, in einem beliebigen Augenblick dieses gewaltigen Kampfes zu entscheiden, wer die Oberhand besaß. Zu Beginn des Jahres 1778 errang Guzaka einen bemerkenswerten Sieg, indem er Adriaan van Doorns Hütte zerstörte, aber im Frühjahr desselben Jahres schlug Vicus mit seinem berühmten »Tabakkommando« zurück. Er erinnerte sich an seine

Taktik den Buschmännern gegenüber, als er ein Nashorn benutzt hatte, um sie zu vernichten, und verstreute Tabak auf dem Gebiet, das eine Kampftruppe der Xhosa durchqueren würde. Während sie sich bückten, um die Beute aufzuheben, starben sie in einem Hagel aus Blei. Im Jahr 1779 brach offener Krieg aus, bei dem schwarze Regimenter weißen Truppen gegenüberstanden. Das wiederholte sich 1789 und 1799, blutige Vorspiele zu den schrecklichen Kriegen, die während des ganzen nächsten Jahrhunderts weitergehen sollten.

Während der Kämpfe setzte Lodevicus die Xhosa nie mit den Buschmännern gleich, diesen lästigen kleinen Tieren, die man ausrotten mußte. Da die Xhosa große Menschen waren wie er selbst, flößten sie ihm Achtung ein. So sagte er nach einer anstrengenden Expedition zu Rebecca: »Sobald wir sie befriedet haben, werden sie gute Kaffern sein.«

Guzaka hatte nicht die Absicht, ein guter Kaffer zu werden. Sechsmal führte er seine Krieger gegen *De Kraal*, denn er war immer noch davon überzeugt, daß er den Kampfgeist der Buren brechen würde, wenn er die Ansiedlung demütigen konnte. Und sechsmal ermöglichten es die schützenden Hügel den zur Schlacht gerüsteten Farmern, die Angreifer zurückzuschlagen. Bei der anschließenden Verfolgungsjagd richteten sie stets ein Blutbad unter ihnen an. Aber beim siebenten Versuch im Jahr 1788 brachen Guzaka und seine Krieger unerwartet in das Tal ein und überraschten Rebecca van Doorn auf dem Weg vom Kuhstall zu ihrem Haus. Mit gezückten Assagais fielen sie über sie her, und sie starb, ehe Lodevicus sie erreichen konnte.

Im Gegensatz zu seiner Wut bei dem auf ganz ähnliche Art erfolgten Tod seiner Eltern verfiel er diesmal in Schweigen und brütete über die grausame Tatsache, daß Gott ihm nicht die leichten Siege schenkte, von denen *dominee* Specx in den erregenden Tagen der Offenbarung in Swellendam gesprochen hatte. Er wurde auch von der Erinnerung an jenen Morgen gequält, an dem seine Frau und seine Mutter mit Hilfe der Bibel versucht hatten, die Frage zu beantworten, was geschehen würde, wenn die Xhosa zuschlagen würden. Er hörte wieder die spöttischen Worte: Hundert von euch werden zehntausend in die Flucht schlagen. Einer von diesen zehntausend, der verdammte Guzaka, hatte Vicus' Vater, seine Mutter und seine Frau getötet. Das Neue Jerusalem war nicht auf dem anderen Ufer des Großen Fischflusses errichtet worden. Die Kanaaniter waren nicht aus dem Hause Gottes vertrieben worden, sie schienen im Gegenteil dieses Haus in Trümmer zu schlagen.

Und dann, in seiner tiefsten Verzweiflung, als es schien, daß seine Mission gescheitert sei, erschien ihm Gott wieder, in der Person eines neunzehnjährigen Mädchens, das allein auf dem Rücken eines Schimmels in *De Kraal* eingeritten kam. Sie hieß Wilhelmina Heimstra, kam aus einer der gottlosen Familien unten am Meer und erklärte geradeheraus: »Ich kann nicht ohne Gott leben.«

»Hier kannst du nicht bleiben«, antwortete Lodevicus, »ich habe keine Frau.«

»Deshalb bin ich gekommen«, sagte das Mädchen. »Als der Bote uns erzählte, daß die Xhosa Rebecca getötet haben, die ich kannte...«
Der damals neunundvierzigjährige Lodevicus, der Hammer der Grenze, stand stumm da. In dem gesamten Gebiet, das er befehligte, gab es keinen Pastor, der ihm Anweisungen hätte geben können, und er wußte nicht, was er tun solle. Doch dann fielen ihm die Patriarchen aus dem Alten Testament ein und wie oft sie an ihren einsamen Grenzen vor solchen Problemen gestanden hatten: ältere Männer ohne Frauen, Familienoberhäupter, die niemand hatten, der ihnen half, und er dachte besonders an Abraham, den ersten großen Treckburen:

> Sara ward hundertsiebenundzwanzig Jahre alt und starb in Kirjath-Arba... Da kam Abraham, daß er sie beklagte und beweinte... Abraham nahm wieder ein Weib, die hieß Ketura.

Es war augenscheinlich, daß Gott dieses Mädchen geschickt hatte, um ihn auf seine alten Tage zu trösten, aber wie konnte eine christliche Heirat ohne einen Geistlichen vollzogen werden? »Du kannst nicht hierbleiben, wenn ich anderen gegenüber streng darauf geachtet habe, daß sie den rechten Weg gehen.«
»Du hast es verlangt, Lodevicus, das stimmt, aber keiner hat dir gehorcht. Im Süden lebt jeder so, wie er immer gelebt hat. Ich bin die, die lauschte und gehorchte.«
Das entsprach so sehr seiner eigenen Erfahrung, daß Lodevicus beeindruckt sein mußte. Auch Pastor Specx, der nun seit drei Jahren tot war, hatte vielen gepredigt, aber nur er hatte zugehört. Als er das flachshaarige Mädchen ansah, das so freundlich lächelte und so anders war wie die strenge Rebecca, fühlte er sich zu ihr hingezogen.
Es war eigentlich ganz einfach. Wilhelmina wies darauf hin, daß sie nicht gut in den Süden zurückkehren konnte, nachdem sie einmal fortgelaufen war, und daher gab es für sie keine Alternative, als in *De Kraal* zu bleiben, was sie auch tat. Sie zog in das Zimmer, in dem Adriaan und Seena einmal gewohnt hatten, und in der dritten Nacht öffnete Lodevicus ihre Tür und fragte: »Bist du bereit, vor Gott getraut zu werden? Ohne daß ein *dominee* es in die Bücher einträgt?« Sie antwortete: »Ja.« Neun Monate und acht Tage später kam der Knabe Tjaart zur Welt.
Im Jahr 1795 gelangte eine unbegreifliche, revolutionäre Nachricht nach *De Kraal*, die die van Doorns verblüffte. Ein Kurier aus Kapstadt war über das Flachland zum Trianon, dann über die Berge nach Swellendam und dann entlang der Kette von Farmen bis nach *De Kraal* gejagt. Wo immer er anhielt, um seine Nachricht zu verkünden, fragten die Leute atemlos: »Aber wie konnte das geschehen?«
»Ich weiß nur, daß es geschehen ist. Der gesamte Besitz der Kompanie in Südafrika wurde den Engländern übergeben. Wir gehören nicht mehr zu Holland. Wir sind englische Bürger und müssen England gehorchen.«

Es war unbegreiflich. Diese Grenzfarmer hatten nur eine ganz unklare Vorstellung von der Revolution in Frankreich oder von der neuen radikalen Republik in Holland. Sie wußten zwar, daß Frankreich und England Krieg führten, nicht aber, daß die neue holländische Regierung auf seiten Frankreichs stand, während die alten Royalisten England unterstützten. Sie waren bestürzt, als sie hörten, daß Wilhelm V. von Oranien abgesetzt worden und nach London geflohen war und von diesem Zufluchtsort aus das Kap seinen englischen Gastgebern abgetreten hatte.
Und was sie dann hörten, war noch verwirrender: »Die englischen Kriegsschiffe steuerten in die Bucht. Aber Oberst Gordon hielt sich tapfer.«
»War er Engländer?«
»Nein, Schotte.«
»Wieso war er im Fort und kämpfte gegen die Engländer?«
»Er war ein Holländer, der für uns kämpfte.«
»Aber Ihr sagtet eben, er war ein Schotte.«
»Sein Großvater war einer, aber er kam nach Holland und lebte dort. Unser Gordon ist ein geborener Holländer... trat der sogenannten schottischen Brigade bei.«
»Also haben ihn die Schotten in Schottland zum Oberst gemacht?«
»Nein, die schottische Brigade ist holländisch. Wir ernannten ihn zum Oberst, und er befehligte das Schloß.«
»Hat er die Engländer vertrieben?«
»Nein, er ergab sich wie ein Feigling. Hat keine einzige Kanone abgefeuert und die Engländer aufgefordert, alles in Besitz zu nehmen.«
»Aber Ihr sagtet doch, er war tapfer?«
»Das war er. Tapfer wie eine Tigerin, die ihre Jungen verteidigt. Denn nach der Schande der Kapitulation jagte er sich eine Kugel in den Kopf, wie es ein tapferer Mann tun soll.«
Lodevicus und Wilhelmina ersuchten den Kurier, ihnen noch einmal die Einzelheiten zu schildern, und am Ende kehrte der Kurier zu der erstaunlichen Wahrheit zurück: »Diese Kolonie ist jetzt englisch. Ihr werdet alle im Besitz eurer Farmen bestätigt werden. Und bald werden englische Soldaten den Frieden an der Grenze herstellen.«
Als der junge Bote weiterritt, um unter den anderen Treckburen Verwirrung zu verbreiten, versammelte Lodevicus seine Familie, nahm den kleinen Tjaart auf die Knie und versuchte herauszufinden, welche Tatsachen nun ihr neues Leben beherrschen würden: »Was wissen wir von den Engländern? Nichts.«
»Wir wissen eine Menge«, widersprach seine Frau, neigte aber rasch den Kopf, um sich für ihre Ungezogenheit zu entschuldigen. »Wir wissen, daß sie nicht die Lehren Calvins befolgen. Sie sind kaum besser als Katholiken.«
Das war schlimm genug, aber bald kam ein Mann aus Swellendam angeritten, der sich als Patriot bezeichnete, und er hielt den van Doorns einen Vortrag über Amerika, wo England früher Kolonien gehabt hatte und wo sich

die Bürger gegen die englische Herrschaft erhoben hatten. »Ich habe etwas in New York gelernt«, sagte er. »Wenn englische Beamte an Land kommen, sind immer englische Truppen bereit, ihnen zu folgen. Merkt Euch, was ich sage: Noch bevor das Jahr zu Ende ist, werdet Ihr Rotröcke an Eurer Grenze sehen. Sie werden sich nicht von Lodevicus van Doorn vorschreiben lassen, wie sie die Kaffern behandeln sollen.«

Von der Ecke des Zimmers aus, in der er mit Tjaart saß, sprach Lodevicus von den wirklichen Problemen, denen sich die Holländer in Afrika gegenübersahen: »Neue Herren, die nicht unsere Traditionen haben, werden versuchen, die Kirche zu ändern, sie nach ihrem Muster zu formen, unsere alten Überzeugungen auszumerzen. Um unsere Integrität zu bewahren, werden wir zehnmal schwerer kämpfen müssen als gegen die Xhosa. Denn England hat es auf unsere Seelen abgesehen.

Da sie nicht unsere Sprache sprechen, werden sie uns zwingen, die ihre anzunehmen. Sie werden die Gesetze auf englisch erlassen, in englischer Sprache gedruckte Bücher importieren und verlangen, daß wir in ihrer englischen Bibel lesen.« Wie ein alttestamentarischer Prophet wies er auf die Kinder im Zimmer und sagte mit drohender Stimme: »Man wird euch sagen, daß ihr nicht Holländisch sprechen dürft. Daß ihr eure Geschäfte auf englisch abwickeln müßt.«

Später sollte Tjaart erzählen: »Das erste, woran ich mich erinnern kann, ist mein Vater, der in einem dunklen Raum saß und donnerte: ›Wenn mich mein Eroberer zwingt, seine Sprache zu sprechen, macht er mich zu seinem Sklaven. Leistet ihm Widerstand! Leistet Widerstand!‹«

Und als die Rotröcke eintrafen, gefolgt von Beamten, leisteten die van Doorns Widerstand und machten sich dabei fast zum Narren, denn nach wenigen Jahren wurde wieder alles in wilde Verwirrung gestürzt. Derselbe Bote kam auf dem gleichen Weg nach Osten galoppiert, und seine Nachricht klang noch überraschender als die erste: »Wir sind alle wieder Holländer! England und Holland sind Verbündete und kämpfen gegen einen Mann namens Napoleon Bonaparte. Ihr könnt die englischen Gesetze wieder vergessen.«

Die Rotröcke wurden abgezogen, und die Befürchtungen van Doorns erwiesen sich als unbegründet. Das Leben an der Grenze nahm wieder seinen gewohnten Lauf. Guzaka setzte seine Überfälle über den Großen Fischfluß fort, und Vicus hämmerte zur Strafe für seine Frechheit auf ihn ein. Morden wurde so alltäglich, daß es oft nicht einmal nach Swellendam gemeldet wurde.

Nachdem Holland wieder die Oberhoheit übernommen hatte, kam ein zwar untergeordneter, aber sehr herablassender Beamter, um die Grenze zu inspizieren. Nach Beendigung seiner Rundreise sagte er über die traurige Entartung der Sprache in der Kolonie: »Zeitweise merkte ich kaum, daß es Holländisch war, was ich hörte, so mißhandeln eure Leute die Sprache.« Er zog ein Stück Papier aus der Tasche, auf dem er einige, ihm fremde Worte notiert hatte. »Ihr borgt euch höchst unbekümmert das Schlechteste aus den

Eingeborenensprachen und vergeßt eure guten holländischen Wörter.« Dann las er Neologismen vor wie *kraal, bobotie, assagai* und *lobola.* »Ihr solltet solche Verunstaltungen beseitigen«, sagte er und kritisierte dann auch die ortsüblichen Satzstellungen und falschen Aussprachen. Als er fertig war, antwortete Lodevicus ein wenig schroff: »Sie stellen uns als Barbaren dar«, und der Besucher meinte: »Das wird aus euch werden, wenn ihr euer Holländisch verlernt.« Von diesem Augenblick an stand die Familie van Doorn den Holländern im Vaterland mißtrauisch gegenüber. Sie waren für sie eine snobistische, urbane, unangenehme Bande, ohne Verständnis für das Leben an der Grenze.

Als der Fremde ging, rief Lodevicus seine Gruppe zusammen und sagte: »Wir werden unser Holländisch so sprechen, wie wir wollen.« Das Ergebnis war, daß sie einen noch tieferen Keil zwischen ihr ererbtes Holländisch und die neue Sprache trieben, die sie schufen.

Trotz dieser Jahre der Unsicherheit und des Krieges hatte Lodevicus als Viehzüchter Erfolg und dehnte seine Weiden weit über den bergumschlossenen *De Kraal* hinaus aus. Als er mehr Hilfskräfte brauchte und sich herausstellte, daß es unmöglich war, Xhosakrieger zur Farmarbeit anzuwerben, fuhr er mit seinem Wagen nach Swellendam und kaufte Sklaven: zwei Madegassen und drei Angolaner. Wegen seines offensichtlichen Reichtums wurde er zum Veldkornett für seinen Bezirk ernannt. Er war eine dominierende Erscheinung, hochgewachsen, gewichtig, weißes Haar und weißer Backenbart. Er war gut gekleidet, und seine schwere Hose wurde durch Gürtel und Hosenträger gehalten. Wenn er sich zwischen Fremden bewegte, schritt er voraus, und Wilhelmina kam respektvoll vier Schritte hinter ihm. In der Öffentlichkeit bezeichnete sie ihn immer als den *Mijnheer,* und er sah mit Vergnügen, wie mühelos sie Rebeccas Rolle als treibende religiöse Kraft übernahm. Aber sie war von anderer Art, freundlich, kleineren Mängeln gegenüber nachsichtig und immer bereit, jedem zu helfen, der an der Farm vorbeikam. Sie sang bei der Arbeit und war außer sich vor Freude, als sie erfuhr, daß etwa neunzig Meilen nordwestlich in Graaff-Reinet eine richtige Kirche gebaut worden war: »Wir müssen uns wegen unserer Hochzeit an den Pastor wenden.«

»Ich kann die Farm nicht allein lassen.«

Wilhelmina lachte. »Du nennst dich Treckbure?«

»Nicht mehr. Für die van Doorns ist das Wandern vorbei. Das hier ist unser Heim.«

»Aber Tjaart muß getauft werden«, sagte sie mit solcher Einfalt, daß er es ihr nicht abschlagen konnte. Und so blieben die älteren Van-Doorn-Kinder zurück, um die Farm zu beaufsichtigen, während ihre Stiefmutter Lodevicus und den jungen Tjaart zur Ausübung ihrer religiösen Pflichten führte.

Es war ein herrlicher Ritt, und Tjaart war schon alt genug, um sich in späteren Jahren an die weiten menschenleeren Ebenen und die reizvollen Hügel mit den abgeflachten Gipfeln zu erinnern. Er vergaß nie mehr den Augenblick, an dem seine Eltern die Pferde einige Meilen südlich von dem neuen

Dorf anhielten, um den außergewöhnlichen Berg zu betrachten, der die Umgebung beherrschte. Er erhob sich in sanftem Schwung sehr hoch aus dem Flachland, bis er, in der Nähe des Gipfels, plötzlich zu einem runden, viele Fuß hohen Turm wurde, mit senkrechten Wänden aus solidem, grauem Granit. Darüber erhoben sich bewaldete Hänge, die eine grüne Pyramide mit einer schön geformten Spitze bildeten.

»Den muß Gott hierher gestellt haben, um uns an wichtige Dinge zu gemahnen«, sagte Lodevicus, so daß sich seinem Sohn die unglaubliche Bedeutung des Ortes einprägte, und Tjaart erinnerte sich noch an diesen Berg, nachdem er längst die Hochzeit seiner Eltern und seine eigene Taufe vergessen hatte.

Der Junge hatte nun drei Erinnerungen, auf denen er sein Leben aufbauen konnte. Er wußte, daß die holländische Lebensart gegen den englischen Feind verteidigt werden mußte; daß Graaff-Reinet ein aufregendes Zentrum war; und daß weit oben im Norden, wie Großvater Adriaan den anderen Kindern vor seinem Tod erzählt hatte, ein offenes Tal von unwiderstehlicher Schönheit lag, das er *Vrijmeer* genannt hatte.

Im Jahr 1806, als sich die van Doorns dazu beglückwünschten, daß sie der englischen Bedrohung Widerstand geleistet und das Land dem Calvinismus gerettet hatten, kam die entscheidende, unerhörte Nachricht. Weil sich der Bürgerstand Hollands mit Napoleon verbündet hatte, war England der Ansicht, es müsse das Kap wieder besetzen. Denn wenn es in französische Hände fiel, war der lebenswichtige Verkehrsweg nach Indien bedroht. Das Land war nun englischer Besitz, und weder die lokale holländische Regierung noch das holländische Mutterland konnten weiterhin die Herrschaft ausüben. Alle Befürchtungen Lodevicus' bezüglich der Unterdrückung durch die Engländer lebten wieder auf.

Nachdem das Kap von 1647 bis 1806 Stützpunkt zwischen Holland und Java gewesen war, spielte es nun dieselbe Rolle zwischen England und Indien. Die Gleichgültigkeit, mit der Holland diesen bedeutenden Besitz immer behandelt hatte, fand nun in der englischen Anmaßung ihr Gegenstück.

In diesen Tagen des Führungswechsels war es unvermeidlich, daß man bezüglich der langen Herrschaft Hollands Bilanz zog. Einige Beobachter – Holländer, die Kolonien ihres Landes in anderen Teilen der Welt kannten, Engländer, die im amerikanischen Krieg gekämpft hatten, Franzosen, die viele Erdteile kannten – stellten fest, daß Hollands Herrschaft kaum eine Parallele in der Weltgeschichte hatte. Das Mutterland hatte weder seinen Königen, noch seinem Parlament oder seinen Bürgern ein Mitspracherecht bei der Verwaltung dieser fernen Besitzung zuerkannt. Die Kontrolle lag in den Händen einer Clique von Geschäftsleuten, die sämtliche Entscheidungen im Hinblick auf ihren Profit trafen. Zugegeben, diese Profite waren mitunter großzügig verteilt worden, wobei die Regierung sich einen ordentlichen Happen abgeschnitten hatte, aber im Prinzip war die Kolonie ein reines Geschäftsunternehmen gewesen.

Das hatte zu gewissen Beschränkungen geführt. Die ungehemmte Kolonisierung, die die französische, spanische und englische Besiedlung Nordamerikas kennzeichnet, bei der eifrige Bürger begeistert ins Landesinnere drängten, wurde in Südafrika verhindert. Die »Siebzehn Herren« predigten immer Vorsicht und Zurückhaltung, damit abenteuerliche Elemente wie die van Doorns nicht so weit vordrangen, daß man sie nicht mehr mühelos unter Kontrolle halten konnte. Der schwerste Vorwurf, den man der Kompanie machen konnte, war der, daß sie das normale Wachstum eingeschränkt hatte. Die Gebiete, die sich bis zu logischen Grenzen hätten erstrecken sollen, vielleicht bis zum Sambesi, wie Dr. Linnart angeregt hatte, reichten nie so weit. Das bedeutete, daß nie ein einheitliches Ganzes zustande kam. Im Ausland lebende Geschäftsleute, die nur auf ihren Profit aus sind, halten nicht viel von der territorialen Expansion; im Gegenteil, sie fürchten sie, weil sie zu Entwicklungen führen könnte, die sich ihrer Kontrolle entziehen. Ohne diesen geistigen Antrieb kann jedoch kein Volk das Äußerste erreichen, zu dem Geographie, Geschichte, Philosophie und Hoffnung es berechtigen. Infolge der Politik der Kompanie, die sechzehn Jahrzehnte lang rigoros durchgesetzt wurde, war Südafrika ein unfertiger Staat geblieben, in dem nur wenige zielstrebige Pioniere wie die van Doorns den Drang in sich spürten, in unbekannte Gebiete vorzustoßen.
Der Vergleich mit der Entwicklung in Nordamerika drängt sich auf. Im Jahr 1806, als die Engländer endgültig die Herrschaft übernahmen, hatte Südafrika 26000 weiße Kolonisten. Die Kolonie Kanada, die etwa zur selben Zeit und auf weit weniger fruchtbarem Boden gegründet worden war wie Kapstadt, hatte 250000 und die jungen Vereinigten Staaten 6000000. Mexiko, ein Jahrhundert älter als Südafrika, hatte 885000. Der Hauptgrund lag auf der Hand: Die »Siebzehn Herren« sträubten sich so sehr gegen eine Einwanderung, aus der sie nicht sofort Gewinn ziehen konnten, daß sie während des ganzen achtzehnten Jahrhunderts nur 1600 neue Kolonisten ins Land ließen. Sechzehn Neuankömmlinge pro Jahr können keine neue Gesellschaft lebensfähig erhalten.
Aber die »Siebzehn Herren« trugen nicht allein die Schuld, denn in den seltenen Fällen, in denen sie Einwanderungen befürworteten, war die Reaktion von seiten der bereits auf dem Kap Ansässigen einheitlich negativ. »Es ist absolut unmöglich«, erklärten die, die Land besaßen, »noch mehr Weiße ins Land zu lassen, weil sie ihren Lebensunterhalt nicht bestreiten könnten.« Das bedeutete in Wirklichkeit, daß man die bereits von den Anwesenden besetzten vorteilhaften Positionen nicht teilen wollte. Es gab keine freien Plätze für die nachdrängenden mittellosen Einwanderer, die ein neues Land und eine neue Lebenschance suchten, weil die Arbeit, die diese Leute normalerweise in der Anfangszeit verrichteten, bereits von Sklaven erledigt wurde.
In der Zeit, die die vorsichtigen »Siebzehn Herren« brauchten, um einen Vorstoß von hundert Meilen in das Landesinnere zu genehmigen, waren die Kolonisten in Nordamerika um tausend Meilen vorgedrungen. Wäh-

rend die Kompanie widerwillig die Errichtung einiger weniger kleiner Städte wie Stellenbosch und Swellendam gestattete, die verhältnismäßig nah am Kap gelegen waren, bauten die französischen und englischen Siedler tief im Landesinneren bereits Städte wie Montreal und Detroit auf und legten so die Grundlage für ein weiteres Vordringen nach Westen.
Es war jedoch nicht so, daß nur die Holländer kommerziell dachten und die Engländer nicht. Hätte man den englischen Kaufleuten gestattet, Nordamerika zu beherrschen, hätten sie vielleicht die gleichen Fehler begangen wie die Holländer, aber der englische Handelsgeist hatte nie freie Hand, den Kolonien solche Vorschriften zu machen, wie es die Kompanie tat.
Worin lag der Unterschied? Das holländische Regierungssystem gestattete seinen Geschäftsleuten nicht nur, ohne Oberaufsicht zu schalten und zu walten, sondern ermutigte sie sogar dazu. Die englische Regierung, die nach dem gleichen Prinzip begann, übertrug dagegen die Angelegenheit sehr bald dem Parlament, einer freien Presse und dem angeborenen Freiheitsstreben seiner Bürger in Übersee. Vielleicht hätten englische Geschäftsleute das holländische Beispiel gern nachgeahmt, aber die Einrichtungen eines freien Systems hinderten sie daran.
Nirgendwo zeigten sich die Mängel des holländischen Systems deutlicher als auf dem Gebiet der Erziehung und der Verbreitung von Kultur. Da die Bevölkerung zahlenmäßig gering und über tausend Quadratmeilen verstreut war, hatte es keinen Sinn, große Schulen zu errichten, und wo in Städten der Versuch gewagt wurde, waren die Resultate miserabel. Auf dem Veld, wo unzählige Kinder aufwuchsen wie die van Doorns, wurde die Erziehung einer Gruppe umherziehender Wanderer überlassen, die nur über geringe Kenntnisse des Lesens und Schreibens verfügten. Für gewöhnlich handelte es sich um entlassene Angestellte der Kompanie, und diese unfähigen Kanzlisten zogen von einer Farm zur anderen, wo sie ihr unvollkommenes Wissen weitergaben, während sie ihr Einkommen durch allerhand Arbeiten, von der Abfassung von Liebesbriefen bis zum Zimmern von Särgen, aufbesserten. Die van Doorns waren nicht die einzigen Treckburen, deren Kinder Analphabeten blieben. Ein Reisender schätzte, daß fünfundsiebzig Prozent der Kinder der Kolonie nicht lesen konnten.
Das war kein Wunder, denn die Kompanie leitete die Kolonie fast anderthalb Jahrhunderte lang, bevor sie den Kolonisten gestattete, eine Druckerpresse zu importieren, ein Buch zu veröffentlichen oder eine Zeitung zu drucken. In Kanada ging diese Entwicklung fast automatisch vor sich, und Amerika wäre ohne Wanderdrucker, kämpferische Kritiken und polemisierende Zeitungen nicht Amerika gewesen. Gerade diese Unruheherde versuchte die Kompanie – mit Erfolg – auszuschalten.
Unter solchen Voraussetzungen konnte es natürlich keine höheren Lehranstalten geben, und da fiel der Vergleich mit anderen Kolonien sehr zuungunsten des Kaps aus. Die Spanier, die Mexiko im Jahr 1521 erobert hatten, eröffneten bereits 1553 eine größere Universität. Sie eroberten Peru im Jahr 1533 und finanzierten dort 1551 eine Universität. Die Engländer, die im Jahr

1619 in Plymouth Rock landeten, hatten 1636 in Harvard eine florierende Universität, und noch ehe 1776 die Revolution begann, gab es sechzehn große Colleges. Während der ganzen holländischen Herrschaft kam die Kompanie nie auf den Gedanken, auch nur ein College zu eröffnen.
Natürlich fanden aufgeweckte Jungen vom Kap mitunter den Weg nach Leiden oder Amsterdam, wo es ausgezeichnete Universitäten gab, aber eine Nation im Werden braucht eine forschende Intelligenz, die in einheimischen Anstalten ausgebildet wird; sie liefern den fruchtbaren Nährboden, der zwingende neue Ideen hervorbringt, die auf die örtliche Situation zugeschnitten sind. Die gesamte Geschichte Südafrikas wäre anders verlaufen, wenn es ein hochentwickeltes Schulsystem gegeben hätte mit einer Universität an der Spitze, an der einheimische Spitzenkräfte lehrten, die sich der Schaffung einer neuen Gesellschaft gewidmet hätten. Statt dessen entwikkelten sich neue Ideen entweder überhaupt nicht, oder sie wurden unterdrückt.
Viel Schuld daran trug auch die Kirche. Ihre obersten Organe waren davon überzeugt, daß sie nur Predigern vertrauen könnten, die in den konservativen Zentren Hollands ausgebildet worden waren. Die Möglichkeit, daß am Kap ein Seminar entstehen und aufrührerische Ideen fördern könnte, erschreckte sie. In Südafrika gab es nicht jene hageren Pilgerprediger Neuenglands, die sich von der europäischen Bevormundung lösten und in Glaubensfragen eine eigenständige, auf die lokalen Bedürfnisse zugeschnittene Haltung vertraten.
Manche Historiker bezeichnen die Periode der Treckburen, in der der Krämergeist die wissenschaftlichen, schöpferischen und politischen Bestrebungen der Bürger im Keim erstickte, als »die finstere Nacht, in der die südafrikanische Nation geboren wurde«.
Aber es gab noch die Kehrseite der Medaille, die strahlend glänzte. Einige holländische Kinder erwarben durch fleißigen Unterricht innerhalb der Familie eine Bildung, die beinahe vergleichbar war mit dem in einem durchschnittlichen europäischen Land erreichbaren Wissensgrad. Und obwohl die Buren kein Oxford oder Harvard ihr eigen nannten, hatten sie doch ihre eigene, einzigartige Universität, deren Lehrerfolg einer der eindrucksvollsten in der Geschichte der Erziehung war. Sie besaßen eine mächtige Bibel, die sie überallhin begleitete. Ihre Lehrgrundlage war das Alte Testament, dessen Erzählungen jedes Ereignis voraussagten, das eintreten konnte. Es gab natürlich viele Treckburenfamilien wie die Rooi van Valcks und die Adriaan van Doorns, die die Bibel infolge ihres Analphabetentums oder ihrer Gleichgültigkeit nicht kannten, aber die meisten studierten und befolgten sie.
Wenigen Nationen wurde jemals so massiv eine Reihe von Prinzipien eingebläut wie den Holländern in Südafrika, und das brachte ein Volk hervor, das sich auszeichnete durch den enormen Drang, vorwärts zu streben, durch Selbstsicherheit und den Willen zum Durchhalten. Dank der ständigen Unterstützung durch diese theologische Universität, die jedermann mitneh-

men konnte, wenn er umzog, wurde die holländische Kolonie zu einem von konservativen und gottesfürchtigen Bürgern bevölkerten Territorium. Und das sollte sie bleiben, trotz englischer Besetzung, englischer Verfolgung, englischer Kriege und der ständigen Beeinflussung durch aufgedrängte englische Lebensformen. In Südafrika triumphierte das Alte Testament über die Universität, weil es selbst die Universität war.
In einem wichtigen Punkt hatte Lodevicus unrecht: wenn er donnernd verkündete: »Südafrika ist holländisch und wird es immer bleiben.« In Wirklichkeit waren von den Weißen vierzig Prozent Holländer, fünfunddreißig Prozent Deutsche und zwanzig Prozent Hugenotten. Obwohl die Nachkommen der van Doorns es später leugneten, war auch ein malaiisch-hottentottisch-schwarzer Anteil von mindestens fünf Prozent dabei. Diese Mischung hatte ein gutaussehendes, zähes, widerstandsfähiges Volk hervorgebracht, das vom Geist der Treckburen erfüllt war, und kein englischer Gouverneur hatte es leicht, wenn er versuchte, sie in von ihm bestimmte Bahnen zu lenken.

6. Der Missionar

Die Engländer, die so spät und mit so viel Durchsetzungskraft nach Südafrika kamen, waren tapfere Männer, wie die Saltwoods aus Salisbury, jener Domstadt südwestlich von London, bewiesen. Am Tag der Sommersonnenwende des Jahres 1640 lief Kapitän Nicholas Saltwood, nachdem er drei Jahre mit wagemutigen Unternehmungen zwischen den Gewürzinseln verbracht hatte, auf seinem kleinen Schiff *Acorn* mit einer überquellenden Ladung von Muskatnüssen, Gewürznelken und Zimt in den Hafen von Plymouth ein. Sie war so wertvoll, daß alle seine Teilhaber, die ihn für tot und ihre Investitionen für verloren gehalten hatten, zu Männern mit beträchtlichem Reichtum wurden.

Sein eigenes Vermögen vermehrte er, als er die *Acorn* innerhalb von zwei Stunden, nachdem er vor Anker gegangen war, verkaufte. Als ihn seine Partner, die ihn gern wieder auf die Reise geschickt hätten, fragten, warum er so überstürzt und seinen eigenen Interessen zuwider gehandelt habe, schnauzte er sie an: »Ihr habt nur Geld investiert. Ich habe mein Leben gegen Seeräuber, Stürme und portugiesische Forts aufs Spiel gesetzt. Damit ist nun Schluß.«

Als er mit seiner Frau Henrietta allein war, die diese drei Jahre fast in Armut verbracht hatte, küßte er sie herzhaft und führte mit ihr in ihren bescheidenen Räumen einen kleinen Tanz auf: »Vor Jahren, Liebste, sah ich die Kathedrale von Salisbury und ich schwor, daß du ein Haus im Grünen am Avon bekommst, wenn ich jemals die Gewürzinseln erreichen und mein Glück machen sollte. Nun bekommst du es.«

Er packte seine Säcke voll Silber, seine Wechsel für die Londoner Gewürzkaufleute und Henrietta in eine Kutsche und seinen Hausrat auf zwei Rollwagen. Dann setzte er sich an die Spitze seiner bewaffneten Leibwachen und ritt über die lieblichen Straßen Südenglands, bis er die weite Ebene erreichte, in deren Mitte sich die Kathedrale von Salisbury erhob. Dort kaufte er am rechten Ufer des Avon neun Morgen gutes Land sowie die sieben Schwäne, die dieses freundliche Gewässer bewachten.

Wie so mancher vorsichtige Engländer legte Kapitän Saltwood einen Garten an, bevor er mit dem Bau eines Hauses begann. Da er ein vitaler Mann war, hatte er eine Vorliebe für Bäume. Diese ordnete er so an, daß sie einen Rahmen für die majestätische Kathedrale auf der anderen Seite des Flusses bildeten. Links setzte er neun Zedern ein, deren Wurzeln gut entwickelt waren und deren dunkle Äste bis zur Erde reichten. Nicht ganz in der Mitte pflanzte er elf kräftige Kastanienbäume: im Frühjahr würden sie mit weißen Blüten übersät sein und im Herbst voll Kastanien, mit denen die Kinder spielen konnten. Weiter rechts, in sicherer Entfernung vom Fluß, pflanzte er eine Gruppe schlanker Eichen; mit der Zeit würden sie zu massiven Bäumen mit starken Ästen heranwachsen, unter denen die Schwäne sich niederlassen konnten, wenn sie an Land kamen.

Seine Bäume nannte er *Sentinels*, Wachtposten. Diesen Namen gab er auch dem Haus, das sich später zwischen ihnen erhob. Es zeichnete sich dadurch aus, daß es einen älteren Baustil nachahmte, der sich der Ziegelverkleidung bediente. Es war einstöckig, und die unteren Mauern waren aus normalen Ziegeln. Daran war nichts Ungewöhnliches. Aber das obere Stockwerk hatte eine besondere Fassade: Anstatt Mauerziegel zu verwenden, waren einfache Dachziegel vertikal in ein Holzgerüst eingehängt. Das entsprach auffallend dem Stil des vierzehnten Jahrhunderts und erweckte den Eindruck, als ob das Dach nach unten gerutscht wäre, um die Mauern zu bedecken. Das Dach selbst bestand aus Stroh, sechzehn Zoll dick und sorgfältig geschnitten wie das Haar eines braven Chorknaben.

Generationen von Saltwoods hatten sich unter den *Sentinels* versammelt, um Familienangelegenheiten zu besprechen und den Turm der Kathedrale zu betrachten; nach den von Kapitän Nicholas festgelegten Grundsätzen übten sie weiter Vorsicht beim Schutz ihrer Investitionen, investierten jedoch ihre Gewinne waghalsig. Um 1710 hatte ein Timothy Saltwood das Glück, jenen Herrn von erlauchter Abstammung kennenzulernen, dem das Land ringsum gehörte, und bald darauf fungierte Timothy als Verwalter des Besitzers. Dies war eine angesehene Beschäftigung, und sie ging von einem Saltwood auf den nächsten über.

Eines Nachmittags in den ersten Jahren des neunzehnten Jahrhunderts saß Josiah Saltwood, der derzeitige Herr der *Sentinels*, mit seiner Frau auf einer Bank unter den Eichen und sagte: »Ich glaube, wir müssen uns einmal mit den Jungen zusammensetzen.« Er machte eine Pause, als ob es sich um wichtige Angelegenheiten handelte, und fügte hinzu: »Natürlich nichts Ernstes. Es geht nur um ihre Zukunft.«

Seine Frau lachte. »Sie sind alle in der Nähe. Ich könnte sie rufen.«

»Jetzt noch nicht. Ich muß mit dem Besitzer nach Sarum reiten. Die Wahlen, weißt du.« Und er ging mit seiner Frau, gefolgt von den Schwänen, über den Rasen zu seinem Pferd.

Die schöne Kathedrale hatte nicht immer an ihrem jetzigen Platz gestanden. In den frühen Zeiten des Christentums in England hatte eine andere Kathedrale, die zugleich auch Schloß und Festung war, etwa zwei Meilen weiter nördlich auf einem niedrigen Hügel gestanden. Dort hatten fromme Bischöfe so viel Autorität ausgeübt, wie es die Schloßherren ihnen zugestanden. Man gab ihr verwirrend viele römische und angelsächsische Namen, aber mit der Zeit wurde sie als Sarum bekannt, und von dort kam jene Sammlung von Anordnungen und Regeln für den Gottesdienst, die als Liturgie von Sarum (Salisbury) bekannt und von einem Großteil der anglikanischen Kirche übernommen wurden.

Die erste, im Jahr 1075 begonnene Kathedrale war ein großes, schlichtes Gebäude im französischen Stil, das innerhalb der Mauern der Schloßfestung stand; zwischen den beiden Gruppen von Bewohnern, Geistlichen und Soldaten, kam es zu so vielen Reibereien, daß ein Bruch unabwendbar war. Selten war eine offizielle Beschwerde so umfangreich wie die, die Papst Honorius III. im Jahr 1219 aussandte, als er die Schwierigkeiten seiner Priester in Sarum zusammenfaßte:

> Der Klerus kann ohne Gefahr für seine Person nicht dort bleiben. Der Wind heult so fürchterlich, daß die Priester einander kaum verstehen können. Das Gebäude ist baufällig. Die Gemeinde ist so klein, daß sie keine Reparaturen bestreiten kann. Wasser ist knapp. Gläubige, die die Kathedrale besuchen wollen, werden von den Soldaten der Garnison daran gehindert. Die Unterbringung der Geistlichen ist unzureichend; sie müssen sich selbst Häuser kaufen. Das Weiß des Kalks verursacht Blindheit.

Der Bischof löste diese Schwierigkeiten, indem er das Angebot machte, seine Kathedrale aus Sarum auf ein leeres, weiter südlich gelegenes Feld zu verlegen, wo später die Stadt Salisbury entstehen sollte. Der Tausch kam zustande, und die Kathedrale in Sarum wurde, zur Freude des Bischofs, aufgegeben; er war der Besitzer des leeren Feldes und verkaufte es mit hübschem Gewinn an die Kirche.

Nach dem Verlust der Kathedrale ging es mit Sarum bergab. Einst hatte es zweitausend Einwohner gezählt, dann tausend, dann fünfhundert, dann nur mehr eine Handvoll, und zu Beginn des achtzehnten Jahrhunderts kam der Tag, an dem es beinahe ganz ausgestorben war. Kathedrale und Schloß waren ebenfalls Ruinen.

Aber in England wird Tradition hochgehalten, und ganz besonders im ländlichen Bereich. Als das Parlament gegen Ende des 13. Jahrhunderts zusammentrat, erhielt Sarum als größere Ansiedlung und getreue Stütze des Königs zwei Sitze. Während ihrer Blütezeit entsandte die Siedlung einige mächtige Männer nach London. Mit dem Verschwinden ihrer Kathedrale und Einwohner wären diese Sitze in jedem anderen Land verlorengegangen. Nicht so in England. Wenn Sarum einmal das Recht auf zwei Sitze gehabt hatte, hatte Alt-Sarum, wie es nun hieß, noch immer das Recht auf sie, und die unbebauten Felder der Umgebung, auf denen nur wenige Menschen

wohnten, behielten das Recht, zwei Mitglieder ins Parlament zu entsenden, und die Einwohner übten dieses Recht auch hochmütig aus.
Sarum wurde berühmt als der miserabelste aller miserablen Wahlkreise Englands. Sowie all jene ehemaligen Städte, die jetzt entweder unterbevölkert oder ganz verlassen waren, jedoch nach dem Prinzip, daß »das Parlament das Land, nicht die Menschen vertritt«, an alten Privilegien festhielten. So kam in den frühen Jahren des 19. Jahrhunderts ein Viertel der Parlamentsmitglieder aus Wahlkreisen, die nach gesundem Menschenverstand keinen Abgeordneten haben sollten, davon viele aus Orten wie Alt-Sarum, das fast ganz verwaist war.
Wer aber wählte nun die Vertreter eines miserablen Wahlkreises aus, wenn es keine Wähler gab? Das Gewohnheitsrecht besagte, daß der jeweilige Besitzer des Landes das Recht hatte, den zu nominieren, der es vertreten sollte. Was dieses System für Leute mit gesundem Menschenverstand so abstoßend machte, war die Tatsache, daß ein leerer Ort wie Alt-Sarum zwei Parlamentsmitglieder stellte, große Städte wie Birmingham und Manchester hingegen kein einziges.
Im ersten Jahrzehnt des 19. Jahrhunderts wurde in Alt-Sarum eine Wahl für das neue Parlament abgehalten, das bald zusammentreten sollte, und der Besitzer fuhr in seiner Kutsche aus der Stadt Salisbury zu dem Ort hinaus, wobei ihn sein Verwalter, der neunundvierzigjährige Josiah Saltwood, zu Pferde begleitete. Sie brachen von der Südseite des Avonflusses auf, überquerten die fünf Jahrhunderte alte Steinbrücke, kamen an der wunderbaren Kathedrale mit ihrem hohen, schlanken Turm und an den zahlreichen Herbergen vorbei, von denen die Postkutschen nach London abfuhren. Als sie das Nordtor verließen, gelangten sie zu den schönen, sanft gewellten Hügeln, die nach Alt-Sarum führten. Nach einer recht angenehmen Fahrt über Land erreichten sie die Südseite der Erhebung, auf der die alten Ruinen standen.
Sie erstiegen den Hügel nicht, sondern machten bei einer Ulme halt, deren ausgebreitete Äste eine Art schattiges Amphitheater bildeten. Der Besitzer, ein alter Mann mit weißem Haar und freundlichen blauen Augen, stieg vorsichtig aus, sah sich um und sagte: »Wir haben selten einen schöneren Wahltag erlebt, nicht wahr, Josiah?«
»Es war rücksichtsvoll vom alten Parlament, sich diesen Zeitpunkt für seine Auflösung auszusuchen«, stimmte der Verwalter zu.
»Ich kann mich an Gewitter erinnern«, sagte der alte Mann, der an Wahltage dachte, in denen der Regen von der Ulme getropft hatte. »Aber unsere Arbeit dauert nie lange, Gott sei Dank.«
Der Kutscher führte die Pferde in einige Entfernung von dem Baum, und nachdem ein anderer Diener einen zusammenklappbaren Tisch auf den saubergefegten Boden gestellt und Zweige unter die Beine geschoben hatte, entfaltete der Eigentümer ein Bündel Amtspapiere.
»Ich glaube, Sie werden alles bereit finden«, sagte Saltwood.
»Es scheint so«, antwortete der alte Mann. Er trug einen weißen Backenbart,

und seine Haltung war militärisch, denn er hatte seiner Nation im Ausland auf vielen Posten gedient. Es war merkwürdig, daß er sich nie entschlossen hatte, selbst einen Sitz im Parlament einzunehmen. Er hatte immer nur, wie sein Vater vor ihm, andere Männer ausgesucht, die vielversprechende Anlagen für solide Urteilskraft zeigten, so daß dieser miserable Wahlkreis eine Reihe von bemerkenswerten Politikern nach London entsandt hatte. Die meisten von ihnen hatten allerdings weder Alt-Sarum noch Salisbury jemals betreten. Tatsächlich hatte keiner von ihnen innerhalb eines Umkreises von fünfzig Meilen von der toten Stadt gelebt, aber sie hatten die Ernennung als ihr Recht aufgefaßt und ihre Aufgabe gut erfüllt. William Pitt der Ältere, einer der hervorragendsten englischen Staatsmänner des vorigen Jahrhunderts, hatte nur deshalb so unabhängig handeln können, weil er von Alt-Sarum ins Parlament entsandt worden war, dessen Wähler er nicht zu beschwichtigen brauchte, da es sie nicht gab.
»Wer wird es diesmal sein?« fragte Saltwood.
»Eine Überraschung und zugleich auch keine Überraschung«, antwortete der Besitzer und zog ein vertrauliches Memorandum aus der Tasche. »Der gute alte Sir Charles wird natürlich seinen Sitz behalten. Er spricht zwar im Parlament kein Wort, schlägt keine Gesetze vor und könnte ebensogut daheim bleiben, aber er hat nie Schaden angerichtet, und viele von uns halten ihn für das beste Mitglied in der jüngsten Vergangenheit.«
Der Name wurde ordentlich in den Wahlbericht eingetragen, den Saltwood nach London schicken würde. »Die Überraschung ist der zweite Name«, sagte der Besitzer und reichte seinem Verwalter das Papier. »Lesen Sie selbst.«
Und da stand, an zweiter Stelle: Josiah Saltwood.
»Ich, Sir?«
»Sie besitzen einen klügeren Kopf als die meisten, Josiah, und das möchte ich belohnen.«
Der Verwalter schnappte nach Luft. Ein solcher Sitz, von einem der miserablen Wahlkreise, konnte einen ehrgeizigen Politiker bis zu tausend Pfund kosten, und vielleicht mußte man den Betrag regelmäßig von neuem bezahlen, aber angesichts der Summen, die ein geschickter Mann verdienen konnte, wenn er auf einem solchen Sitz saß, waren diese Kosten minimal. Man konnte nur davon träumen, einen solchen Segen zu empfangen, und für ihn war es ein Geschenk, um das er sich nicht einmal bemüht hatte.
»Sie sind der richtige Mann für diesen Job«, fuhr der Besitzer fort. »Aber ich wünsche, daß Sie ihn ernst nehmen. In den ersten vier Jahren wird es besser sein, wenn Sie nichts sagen. Hören Sie bloß zu und stimmen Sie meinen Anweisungen gemäß. Nach vier oder fünf Jahren können Sie beginnen, etwas aktiver zu werden. Sie sollen jedoch nicht auffallen. Männer aus der Provinz neigen dazu, sich lächerlich zu machen, und behalten ihren Sitz nicht. Kein Abgeordneter aus Alt-Sarum, der viel gesprochen hat, ist länger als eine Sitzungsperiode geblieben.«
Saltwood hätte nur allzugern gefragt: »Wie steht es mit William Pitt?«, war

aber so vernünftig, den Mund zu halten. Und während er schweigend dastand, so wie es der Besitzer gernhatte, sagte der alte Mann: »Sogar Pitt redete zuviel. Viel besser, er wäre öfter stumm sitzen geblieben.«
Nachdem die erforderlichen Papiere unterschrieben und von Saltwood bestätigt worden waren, rief der alte Mann nach den Pferden, und als er wieder sicher in seiner Kutsche saß, um zur Vesper zur Kathedrale zurückzufahren, winkte er seinem Verwalter, der hinter dem Wagen ritt, mit seinem Hut zu und sagte: »Wir haben heute gute Arbeit geleistet.«
Hinter ihnen stand die große Ulme, deren Zweige sich über eine riesige Fläche erstreckten. Seit dreihundert Jahren war dieser ehrwürdige Baum Zeuge solcher Wahlen gewesen, aber keine war so schnell durchgeführt worden. Ein bedeutender Prozentsatz des Parlaments war von einem einzigen Mann innerhalb von sieben Minuten gewählt worden.

Als Josiah Saltwood seine Familie unter den Eichen versammelte, um sie über das überraschende Ereignis bei der Wahlulme zu informieren, versuchte seine Frau Emily nicht zu erraten, was ihr Mann verkünden würde. Ihre Aufgabe war es gewesen, vier Söhne aufzuziehen, und das hatte sie voll in Anspruch genommen. Ihre hauptsächliche Erholung war der Spaziergang zu der etwa eine Meile entfernten Kathedrale gewesen, wo sie dem Kirchenchor zuhörte; für Predigten hatte sie nicht viel übrig.
Die vier Söhne kamen voller Eifer zu dem Treffen; sie hatten sich seit einiger Zeit überlegt, was sie tun sollten, um einen festen Platz im Leben einzunehmen, und jede plötzliche Veränderung in der Stellung ihres Vaters interessierte sie vor allem wegen der Möglichkeiten, die sich dabei für sie ergeben konnten. Peter, der älteste, war vor einigen Jahren aus Oxford gekommen und diente als eine Art zweiter Buchhalter für den Familienbesitz, während er vage lernte, welche Aufgaben zur Rolle seines Vaters als Verwalter des Besitzers gehörten. Viel leistete er nicht.
Der vierundzwanzigjährige Hilary Saltwood stellte ein ernstes Problem dar. Als jüngerer Sohn konnte er weder das Haus der Saltwoods noch das Amt seines Vaters erben. Er mußte sich in der Armee oder der Kirche nach einer Stellung umsehen, mit der er seinen Lebensunterhalt bestreiten konnte. Bisher hatte er sich noch für nichts entschieden. In Oxford hatte er seine Sache gut gemacht und hätte möglicherweise in Indien arbeiten können. Er hatte aber Zeit vergeudet, und nun waren alle Stellungen, für die er geeignet gewesen wäre, von jungen Leuten mit größerem Konzentrationsvermögen besetzt. In mancher Hinsicht war er brillant, in anderer recht mittelmäßig, so daß die Familie sich oft den Kopf über seine Zukunft zerbrach.
Richard Saltwood hingegen hatte zwar in Oxford schlecht abgeschnitten und mit dem niedrigsten Grad abgeschlossen, jedoch in dem sogenannten »Tapferen Neunundfünfzigsten«, einem in Indien stationierten Regiment, ein Offizierspatent erworben. Sein Vater hatte dem Besitzer gesagt: »Dieser Junge war von Geburt an für die Armee bestimmt, und ich bin verdammt erleichtert, daß er einen Platz gefunden hat!« Dann fügte er mit gebühren-

der Ehrerbietung hinzu: »Vor allem dank Ihrer Hilfe.« Der Besitzer hatte das Geld zur Verfügung gestellt, um das Offizierspatent zu kaufen, und hatte den jungen Saltwood dem kommandierenden Oberst empfohlen. Richard würde sich bald auf dem Weg nach Indien befinden und freute sich sehr darauf.

Die meisten Sorgen bereitete der junge David. Er hatte sich in Oxford im Oriel – dem College, das die Saltwoods seit undenklichen Zeiten besuchten – nur ein Semester lang gehalten und war dann »mit Präjudiz« relegiert worden, was bedeutete, daß er sich kein zweites Mal zu bewerben brauchte. Aus Oriel relegiert zu werden, war recht schmählich, denn sogar der begriffsstutzigste Student hätte imstande sein müssen, in diesem mittelmäßigen College einen Grad zu erreichen. Wenn ein Junge wirklich vielversprechende Anlagen zeigte, ging er ins Balliol, wenn er eine Beförderung anstrebte, ins Christ Church, und wenn er Eindruck machen wollte, ins Trinity. Wenn er aus einer ländlichen Domstadt wie Salisbury kam, mit wenig Griechischkenntnissen und noch weniger gesellschaftlicher Grundlage, ging er ins Oriel. Der typische Orielstudent war ein Saltwood von den Sentinels, und das seit über hundertfünfzig Jahren. Und mit vier Saltwoods im zeugungsfähigen Alter sah es aus, als wäre dem College auch in Zukunft ein endloser Zustrom seiner bevorzugten Studenten gesichert.

Was man bezüglich David tun solle, wußte keiner. Wie sein Vater einmal sagte: »Wenn ein Junge es im Oriel nicht schafft, was in aller Welt kann man dann von ihm erwarten?«

Saltwood hustete, während seine Familie auf den Picknickstühlen saß und auf seine Enthüllungen wartete. »Es ist eine ziemlich überraschende Nachricht«, sagte er bescheiden. »Ich werde das neue Parlamentsmitglied von Alt-Sarum sein.«

»Vater!« Es war schwierig festzustellen, was die verschiedenen Söhne sagten, aber daß sie sich aufrichtig über diese Schicksalswendung freuten, war offenkundig, denn ihr Vater war schon immer ein hart arbeitender, verantwortungsbewußter Bürger gewesen, dem sie den Erfolg von Herzen gönnten.

»Es gibt keine bessere Wahl!« sagte Richard. Er nahm die Pose eines Politikers an, der für etwas eintritt, und rief: »Meine Herren! Ich ersuche Sie! Ich ersuche um Aufmerksamkeit!«

»Wann fährst du nach London?« fragte Peter, aber bevor sein Vater antworten konnte, sprang David auf, lief zu seinem Vater und küßte ihn. »Ich gratuliere dir!«

Mrs. Saltwood sagte ruhig: »Laßt uns die Pläne eures Vaters hören.«

»Sie sind einfach«, erklärte Josiah. »Du und ich, wir fahren unverzüglich nach London, suchen uns eine Wohnung und bleiben für die Saison dort.«

»Ich möchte die Bäume nicht gern verlassen«, meinte Emily, auf die Zedern und Kastanien weisend.

»Wir müssen neue Betätigungsfelder ins Auge fassen«, antwortete er schroff, und seine Frau sagte nichts mehr.

»Wer soll unsere Interessen wahrnehmen?« fragte Peter zögernd, denn er fürchtete, seine Frage könnte wie eine Bitte wirken.
»Du, Peter. Und du wirst der Verwalter des Besitzers. Er hat dich verlangt.«
»Und ich fahre nach Indien«, sagte Richard fröhlich. »Was ist mit dir, Hilary?«
Der zweite Sohn errötete, denn es war ihm unangenehm, seine Pläne enthüllen zu müssen, bevor er sie vollkommen durchdacht hatte. Aber bei einer solchen Zusammenkunft, bei der so schwerwiegende Probleme entschieden werden sollten, konnte er sich nicht drücken. Er sagte sehr leise: »Ich habe gerungen... viele Tage lang... ich war fort, wißt ihr, zumeist auf den Feldern...«
»Und was hast du beschlossen?« fragte sein Vater.
Hilary erhob sich und ging langsam unter den Eichen umher, dann kam er zurück und trat vor seine Mutter. »Ich werde Missionar«, sagte er. »Gott hat mich aus meiner Verwirrung erlöst.«
»Missionar?« wiederholte Emily. »Aber wo?«
»Wo immer Gott mich hinschickt«, antwortete er, und er wurde wieder rot, als seine Brüder ihn umringten, um ihn zu beglückwünschen.
»Auch ich gehe nach Übersee«, meldete sich David.
»Was tust du?« rief sein Vater.
»Ich wandere aus. Vier Burschen, die ich in London kenne... wir gehen nach Amerika.«
»Du lieber Gott, zu diesen Rebellen!«
»Es handelt sich um einen Siedlungsplan. Ohio, oder so ähnlich. Ich segle nächsten Monat ab.«
»Du lieber Gott!« wiederholte sein Vater, erschrocken über die Aussicht, einen seiner Söhne in so einer Wildnis zu wissen. »David«, sagte er ernst. »Wir werden in spätestens einem Jahr gegen diese Rebellen Krieg führen. Sobald ich im Parlament bin, soll ich für den Krieg stimmen. Das sagte der Besitzer.«
»Ich werde irgendwo in Ohio, wo immer das ist, gegen eure Truppen kämpfen.«
»Wann kommst du wieder nach Hause zurück?« fragte Emily.
»Es wird einige Jahre dauern, die Pflanzung in Gang zu bringen«, sagte der junge Mann. »Sklaven, die die Baumwollfelder mit der Haue bearbeiten, und dergleichen. Aber ich werde zurückkommen.«
»Du darfst nie die Waffen gegen England erheben«, meinte Josiah ernst. »Du würdest als Verräter erschossen werden. Und es wird Krieg geben.«
»Vater, Amerika ist ein selbständiges Land. Schickt nicht einen Haufen alberne Typen wie Richard...«
»Bruder gegen Bruder!« rief Richard. »Wäre das nicht riesig?«
Und so faßten die Saltwoods unter den Eichen auf *Sentinels* in der Grafschaft Wiltshire Entschlüsse über das Schicksal ihrer Söhne. Peter, der intelligent war, würde die Leitung der Familienangelegenheiten übernehmen.

Hilary, der Charakter besaß, würde Missionar werden. Richard, der mutig war, würde in die Armee eintreten. Und der junge David, der weder Verstand noch Charakter noch Mut besaß, würde nach Amerika auswandern.

Hilarys Erklärung, daß er Missionar werden wollte, anstatt ein richtiger Geistlicher, verursachte einen Schock. Dieser wurde zu einem Feuersturm, als seine Familie erfuhr, daß er nicht die Absicht hatte, die anglikanische Kirche zu vertreten, sondern der von den radikalen Kongregationalisten betriebenen Missionsgesellschaft beizutreten. »Du wirst dir deine Aussichten verderben«, warnte ihn seine Mutter, aber er zeigte sich unnachgiebig und erklärte seiner Familie, er würde, wenn er sich bei der Schulungszentrale in Gosport unweit von Salisbury meldete, nicht gezwungen sein, sich zu dem ketzerischen Glauben zu bekehren. »Ich werde meine Zeit für Jesus in Übersee abdienen und nach Salisbury zurückkommen.« Aber gleichzeitig mit diesem Versprechen kündigte er an, daß er nicht als nebenberuflicher Missionar arbeiten, sondern sich ganz der Sache widmen wolle: »Ich habe mich für eine vollständige theologische Ausbildung entschieden, deren Abschluß die Priesterweihe zum vollwertigen Geistlichen ist.« Sein Vater, der nun als Parlamentsmitglied in London lebte, bestärkte ihn in diesem Entschluß: »Wer A sagt, muß auch B sagen. Stecke dir das höchste Ziel, denn eines Tages, wenn diese Missionarszeit vorbei ist, erwarten deine Eltern, dich auf dem Posten des Superintendenten von Salisbury zu sehen.« Eines Nachmittags beim Tee, als er sich schon in der letzten Phase seiner Ausbildung befand, sagte seine Mutter: »Hilary, du mußt deine Verpflichtungen möglichst rasch erfüllen, denn der Besitzer hat zugesichert, daß er, sobald du fertig und wieder sicher in den Schoß der anglikanischen Kirche zurückgekehrt bist, seinen ganzen Einfluß dafür geltend machen will, daß du zum Superintendenten der Kathedrale ernannt wirst.«
Hilarys Brüder stimmten von Herzen zu: »Wir können hier unter den Eichen sitzen, über die Wiesen blicken und zueinander sagen: ›Diese Kathedrale ist in guten Händen.‹ Beeil dich und mach ein Ende mit den Wilden, wohin immer du auch gehst.«
Er hätte einen makellosen Superintendenten abgegeben. Hochgewachsen, mit leicht hängenden Schultern, den Kopf ein wenig vorgeneigt, ging er an den Klöstern vorbei, als blicke er auf etwas, das einige Meter vor ihm lag, schüchtern, begabt und voll tiefer religiöser Überzeugung. Er hätte daheim bleiben und von einem bescheidenen Lebensunterhalt zum nächsten fortschreiten sollen, bis sich sein Ruf als zuverlässiger Mann gefestigt hatte, der in höhere Stellungen aufrücken und zwei unverständliche Bücher schreiben würde. Solche Bücher waren in England immer ein kluger Schritt in Richtung Beförderung; niemand machte sich die Mühe, sie zu lesen, aber die Vorgesetzten waren befriedigt, weil man diese Anstrengung auf sich genommen hatte. Und zu gegebener Zeit würde er, unterstützt durch Empfehlungen von den adeligen Häusern der Grafschaft, zum Professor in Oriel und zum Superintendenten befördert werden.

Was hatte diese angenehme, routinemäßige Weiterentwicklung unterbrochen? Hilary Saltwood verfügte über viel tieferes religiöses Verständnis als ein gewöhnlicher Absolvent von Oxford, und er hatte den aufrüttelnden Geboten des heiligen Paulus im Neuen Testament Aufmerksamkeit geschenkt, in denen jungen Männern die Pflicht auferlegt wurde, das Evangelium zu verbreiten. Sein Lieblingsbuch innerhalb der Bibel war die Apostelgeschichte, in der die Entstehung einer neuen Religion, und insbesondere einer neuen Kirche, so lebhaft geschildert wurde. Er war mit Paulus durch das Heilige Land gereist und zu jenen benachbarten Völkern vorgedrungen, die Christus nicht kannten und bei denen das Christentum seinen Anfang als bereits in ein System gebrachte Religion nahm.
Er empfand eine tiefe Seelenverwandtschaft mit Paulus, und seine gründliche Kenntnis der Apostelgeschichte machte ihn für die Paulusbriefe empfänglich, die die nächsten Schritte zur Verbreitung des Christentums bestimmten. Seine persönliche Entdeckung Christi war weniger dramatisch als Sauls Wandlung zu Paulus auf der Straße nach Damaskus, aber sie hatte wirklich stattgefunden. Er wandte sich nicht wie andere, die er kannte, der Religion zu, weil er sich als zweitgeborener Sohn sonst nirgendwohin wenden konnte, die Kirche war für ihn keineswegs zweite Wahl. Er war, lange bevor sein Vater für das Parlament nominiert worden war, nahe daran gewesen, seine Bindung zu Jesus bekanntzugeben, und er hätte es ohne Rücksicht auf die finanzielle Lage seiner Familie getan.
Seine Bekehrung war aufrichtig, wenngleich nicht spektakulär, und seine ersten Monate im Priesterseminar machten ihm Freude; die Londoner Missionsgesellschaft, wie sie in manchen Kreisen genannt wurde, hatte in verschiedenen Teilen der Welt Berühmtheit erlangt, obwohl sie erst seit kaum einem Jahrzehnt existierte. Ihre strengen, eifrigen jungen Anhänger waren gemeinsam mit den älteren, praktischen Mitgliedern in ferne Gebiete vorgedrungen, hatten oft als Schwert der Zivilisation gedient, wenn sie unerschlossene Gebiete erreichten. Die LMG war eine revolutionäre Kraft von höchst nachhaltigem Einfluß, doch das wurde Hilary in seinen ersten Monaten in Gosport nicht klar.
Gegenstand der Ausbildung waren hauptsächlich die Aussagen des Neuen Testaments über die Mission, also vor allem die Apostelgeschichte und Missionsbriefe des heiligen Paulus. Hilary fand Gefallen am abstrakten Philosophieren und profitierte besonders von den Vorträgen eines alten Gelehrten, der die grundlegenden Dogmen des Neuen Testaments erläuterte und ihn Tatsachen lehrte, die ihn manchmal überraschten:

> Das Buch der Apostelgeschichte ist aus zwei Gründen wichtig. Es wurde von der gleichen Hand geschrieben, der wir das Evangelium des heiligen Lukas verdanken, und dieser unbekannte Autor ist äußerst wichtig, weil er vermutlich der einzige Nichtjude ist, der einen Teil unserer Bibel verfaßt hat. Alle anderen Autoren waren Rabbiner wie Jesus und der heilige Paulus oder gewöhnliche Laien wie der heilige Mat-

> thäus, der Steuereinnehmer. In der Apostelgeschichte erhalten wir die erste Botschaft über die Kirche von einem Menschen wie wir selbst.

Aber vom Wissen abgesehen waren diese reifen Geistlichen auch von tiefer Überzeugung erfüllt. Sie glaubten wirklich, daß es die Pflicht junger Männer war, in die ganze Welt hinauszugehen, um das Wort Gottes zu verbreiten. Sie waren überzeugt, daß Seelen, die es wert waren, gerettet zu werden, vielleicht verlorengingen, wenn dieses Wort nicht bis zum fernsten Fluß gebracht wurde.

Für diese einfachen englischen Geistlichen gab es keine Prädestination, durch die alle Menschen entweder gerettet oder verdammt waren, denn ein solcher Glaube hätte die Missionsarbeit sinnlos gemacht. Die Gesellschaft lehrte, daß jede menschliche Seele gerettet werden konnte, aber nur dann, wenn ein Missionar sie unterwies. Die Aufgabe bestand darin, die kostbare Botschaft Christi Wilden zu bringen, die in Unwissenheit lebten, und nur wenige junge Engländer dieser Zeit, die diese Lehre in sich aufnahmen, zweifelten daran, daß sie selbst dieses Heil bringen konnten.

Es wurde viel gebetet, und es gab viele gelehrte Diskussionen darüber, wie das Wort des Heils zu übermitteln war, sowie flüchtige Geographielektionen über Afrika und die Südsee, wohin die jungen Leute gehen würden. Alles wirkte bemüht, fromm und einschläfernd. Als aber Reverend Simon Keer, der vier Jahre lang an der Grenze gedient hatte, im Hauptquartier auftauchte, änderte sich Hilary Saltwoods Leben in jeder Hinsicht.

Keer, der Sohn eines Bäckers, war ein Aktivist aus Lancashire und besaß keine Universitätsausbildung. Er war ein kleiner, rundlicher Mann, kaum einsfünfundfünfzig groß, mit einem widerspenstigen, roten Haarschopf und einer Brille mit Stahlrahmen, die er immer wieder auf den Nasenrücken zurückschob. Er war in Südafrika stationiert gewesen, einem Land, von dem Hilary kaum gehört hatte; er wußte nur vage, daß dort durch einen Zufall oder dergleichen ein weites Gebiet unter englische Herrschaft gekommen war. Die Studenten waren fasziniert von Keers leidenschaftlichen Vorträgen. Er hüpfte dabei auf und nieder wie der Schwimmer einer Angelschnur, an der ein Fisch hing:

> Dort unten liegt ein unserer Obhut anvertrautes Land, das nach dem Wort Gottes verlangt, ein Land voll schwarzer Seelen, die nach Erlösung dürsten. Löwen und Hyänen vernichten diese Menschen bei Nacht, Sklaverei und Verderbnis bei Tag. Wir brauchen Schulen und Krankenhäuser, Druckerpressen und verläßliche Männer, um diese Kinder Gottes die Landwirtschaft zu lehren. Wir brauchen Straßen und richtige Häuser für sie und hilfsbereite Menschen, um sie vor grausamer Ausbeutung zu schützen.

Nachdem er noch ein Dutzend anderer Dinge angeführt hatte, die die Eingeborenen brauchten, fragte ein junger Mann, dessen Vater Fleischer war:

»Brauchen wir nicht auch Kirchen?«, und Reverend Keer antwortete, ohne den Fluß seiner leidenschaftlichen Beredsamkeit zu unterbrechen: »Natürlich brauchen wir Kirchen.« Aber in den folgenden Tagen erwähnte er nie wieder das Bedürfnis nach ihnen. Statt dessen fesselte er seine eifrigen Zuhörer durch ausführliche Schilderungen des Missionarsdasein:

> Ich landete mit meiner Bibel und meiner Begeisterung in Kapstadt, aber bevor ich meine erste Predigt hielt, reiste ich dreihundert Meilen über fast unpassierbare Berge, durch unfruchtbares Land und Schluchten, durch die es keine Pfade gab. Ich lebte wochenlang mit Weißen zusammen, die kein Wort Englisch sprachen, und mit Schwarzen, die nie von Jesus Christus gehört hatten. Ich schlief auf dem öden Veld, nur mit meinem Mantel als Decke, und aß Speisen, die ich noch nie gesehen hatte. Meine erste Aufgabe war, bei der Geburt eines Mädchens Hilfe zu leisten, das ich auch taufte. Der erste Gottesdienst, den ich abhielt, fand unter einem Dornenbaum statt. Als ich schließlich meinen Missionsposten erreichte, war ich allein, ohne Haus, ohne Verpflegung, ohne Bücher und ohne Kongregation. Ich hatte nichts als noch einen Dornenbaum, unter dessen Zweigen ich meinen zweiten Gottesdienst abhielt. Meine jungen Freunde, in Südafrika warten tausend Dornenbäume darauf, euch als Kathedralen zu dienen.

Seine Wirkung auf die jungen Träumer der LMG war überwältigend, denn er verband mit seiner Aufforderung, die praktischen Probleme der Welt zu lösen, die fromme Überzeugung, daß das, was er getan hatte und was sie tun mußten, Missionsarbeit war, die von Gott selbst überwacht wurde. Immer wieder zitierte er die mitreißenden Aufrufe des heiligen Paulus, als dieser mit seinen Grenzen rang. Bei seinem Vortrag erwachte das Neue Testament vor den Augen seiner Zuhörer zum Leben.

Erst in der dritten Woche seiner leidenschaftlichen Tiraden begann er, über das eigentliche Anliegen zu sprechen, das ihn nach London zurückgeführt hatte. In seinen einführenden Vorträgen hatte er die profane Welt des Missionars erschöpfend behandelt und in den folgenden absichtlich die theologische Grundlage der Bekehrung. Nun versuchte er, seine zukünftigen Nachfolger in die Realität einzuweihen:

> Es kümmert mich nicht, ob ihr vorhattet, unter den Palmen der Südsee oder auf dem eisigen Ödland Kanadas zu arbeiten. Es kümmert mich nicht, welche Verpflichtungen ihr euren Eltern oder Priestern gegenüber eingegangen seid. Wir brauchen euch in Afrika, und ich flehe euch an, euch ganz dem Seelenheil der Kinder dieses Kontinents zu widmen. Wir brauchen euch besonders in unserer neuen Kolonie, denn nirgendwo sonst auf Erden sind die Herausforderungen für die Lehre Christi deutlicher sichtbar. Männer wie ihr, die ihr Leben dieser Aufgabe widmen, können das Vorbild für eine neue Nation werden.

Wann immer er über dieses Thema sprach, verwandelte er sich in einen Menschen, der über besondere Einsichten verfügt. Seine Stimme schwoll an, er schien zu wachsen, und seine Augen blitzten. Er befand sich in einer Art geistigem Entscheidungskampf und übermittelte jedem seiner Zuhörer donnernd seine lautere Gesinnung. In der vierten Woche erklärte er den jungen Missionaren, nach einer Reihe solch schwungvoller Reden, was das große Problem war.

> Sklaverei! Die Holländer, die das Kap hundertfünfzig Jahre lang besiedelt haben, gehören zu den wertvollsten Menschen auf Erden. Sie sind alle gute Protestanten, ganz ähnlich wie die Presbyterianer in Schottland. Sie bezahlen den Zehnten, sie hören auf ihre Prediger, sie sorgen für ihre Kirchen; aber sie sind in die große Sünde der Sklavenhaltung verfallen. Seit Generationen besitzen sie importierte Sklaven, und nun halten sie die prächtigen braunen und schwarzen Menschen, mit denen sie das Land gemeinsam bewohnen, in grausamer Knechtschaft. Unsere erhabene, gottgewollte Aufgabe ist es, alle diese Seelen aus der Knechtschaft zu erretten. Wenn ihr mich bei dieser Aufgabe unterstützt – und ich bete, daß ihr das tun mögt –, müßt ihr darauf gefaßt sein, daß die Menschen euch schmähen, eure Motive falsch darstellen und euch sogar mit körperlichem Schaden bedrohen werden. Aber ihr werdet ausharren. Gott wird euch Kraft geben, und wir werden eine englische Nation schaffen, auf die Gott stolz sein wird.

In den fünften Woche wurde ihm klar, daß er vom Missionarsleben in Südafrika ein zu düsteres Bild gemalt hatte. Er hörte mit seinen pathetischen Reden auf und begann, seine Zuhörer mit freundlichen Geschichten aus seinem Leben dort zu unterhalten, wobei er in übertriebenem nördlichem Dialekt sprach:

> Eine halbe Stunde vor Tagesanbruch errrtönt Gebrrrrüll! Es ist ein Löööwe, aber er bläst zum Rückzug vor dem Sonnenaufgang. Ihr lerrnt das daran errrkennen, wie sich seine Stimme entferrrnt. Da klopft es an eurem Zelt, und es ist das kleine Mädchen mit der Nachricht, daß ihr Schwesterchen gleich zur Welt kommen wird und Mutter gefragt hat, ob ihr euch beeilen könnt. Ihr verbringt Tage mit Jägern auf dem Veld, es gibt Nächte mit noch mehr Löööwen unter den Sternen, und Proteablüten, die grrrößer sind als die Waschschüssel eurer Mutter.

Was die jungen Männer aber niemals vergaßen, waren die beiden kurzen Predigten, die Keer in der Kaffernsprache hielt. Dabei hörten sie zum erstenmal die Schnalzlaute, die die Xhosa vor Jahrhunderten von den Hottentotten entlehnt hatten. Er erklärte ihnen, daß er die Sprache gelernt habe, um ein Wörterbuch zusammenzustellen, mit dessen Hilfe bald eine Übersetzung der Evangelien erfolgen sollte.

Seine erste Predigt handelte vom barmherzigen Samariter, und da er sämtliche Rollen spielte, mit wehendem roten Haar auf dem Podium umhertanzte, für jede in der Parabel vorkommende Person Stimme und Gestik änderte, konnten die angehenden Missionare der Geschichte unschwer folgen, ohne die Worte zu verstehen. Seine zweite Predigt handelte jedoch von Christi Liebe zu allen Menschen, und da gab es keine Anhaltspunkte für das Verständnis außer der überwältigenden Überzeugungskraft, die den Raum erfüllte, während er mit geschlossenen Augen auf den Zehen stand und seine tiefe Stimme bei den immer wieder vorkommenden Worten *Jesus Christus* vor Erregung bebte.
Als seine Predigt den Höhepunkt erreichte, senkte sich tiefe Stille über den Raum, und als die letzten Schnalzlaute verklungen waren, wußte Hilary Saltwood, daß seine Berufung in Südafrika lag. Er wartete, bis die anderen Studenten den Raum verlassen hatten. Dann trat er ans Podium vor. Doch noch ehe er sprechen konnte, sprang Reverend Keer herunter und streckte die Hände aus: »Junge, du hast beschlossen, dich Gottes Werk in Afrika zu widmen?«
»Ja.«
»Gott sei gepriesen.«
Nachdem er seinen Eltern seinen Entschluß brieflich erklärt hatte, empfand er in dieser Nacht ein gewaltiges Gefühl der Befreiung. Es hatte ihn seelisch und geistig zu dieser Entscheidung gedrängt und er würde niemals an ihr zweifeln. Es war ein Wunder Gottes, daß Simon Keer gerade zu dieser Zeit anwesend war, und Hilary dankte ihm dafür aus vollem Herzen.
Doch bevor er einschlief, ging ihm ein seltsamer Gedanke durch den Kopf: In all der Zeit, die ich hier bin, habe ich selten das Alte Testament erwähnen hören. Wir sind die Menschen des Neuen Testaments, die persönlichen Gefolgsleute Jesu Christi und des heiligen Paulus...

Als Hilary seine Studien beendete, tagte das Parlament nicht, deshalb machte er vor seiner Abreise nach Südafrika einen Besuch in *The Sentinels* in der Ebene von Salisbury und saß mit seinen Eltern und seinen beiden Brüdern unter den Eichen. Peter führte nun allein die Familiengeschäfte. Er widmete ihnen die Hälfte seiner Zeit, während er die andere Hälfte für die Interessen des Besitzers aufwandte. Richard war Offizier im Wiltshire Regiment und hatte vor seiner Einschiffung nach Indien Urlaub bekommen. Er meinte im Scherz, er würde am Kap vorbeikommen, sobald er General sei, um seinen Bruder, den Bischof, zu besuchen. Ihr Vater hatte für derlei Bemerkungen nicht viel übrig, denn er war immer noch der Ansicht, Hilary solle die übliche Zeit als Missionar abdienen, dann schleunigst zurückkommen und sich um die Superintendentur der Kathedrale bewerben: »Wenn ein junger Mann eine so einflußreiche und so kräftige Unterstützung wie die des Besitzers...«
Einmal fuhr die ganze Familie zu einem Picknick nach Alt-Sarum, wo Josiah ihnen die alte Ulme zeigte, unter deren ehrwürdigen Zweigen er ins Parla-

ment gewählt worden war, und die Eltern Saltwood blieben dort zurück, während die drei Brüder den niedrigen Hügel erstiegen, um sich die Ruinen anzusehen. Es beeindruckte und rührte sie, daß sie die Umrisse dieser uralten Gebäude erkennen konnten, die aus einem heroischen Zeitalter Englands stammten. Aber bald beachteten sie die Ruinen kaum mehr, da der Himmel aufklarte und einige Sonnenstrahlen auf das im Süden liegende Salisbury fielen. Dort erhob sich in strahlendem Licht die Kathedrale. Sie war ein überaus prächtiges Bauwerk, vielleicht sogar das herrlichste in ganz England, dessen Wirkung durch keine anderen Gebäude beeinträchtigt wurde. Dahinter zeichneten sich die drei Baumgruppen von *Sentinel* ab.

»Ach, seht doch!« rief Peter. »Es ist ein Zeichen!«

»Wofür?« fragte Richard.

»Für uns. Für uns Saltwoods.« Er ergriff die Hände seiner Brüder und rief in aufgeregtem Tonfall: »Wo immer ihr hingeht, ihr müßt hierher zurückkommen. Das soll für immer euer Heim sein.«

Richard brummte ein wenig mürrisch: »Es sieht aus, als wäre es ziemlich weit von Indien entfernt.«

Peter überging die entmutigende Bemerkung seines Bruders und fragte bewegt: »Hilary, willst du ein Gebet für uns sprechen?«

Das schien ganz selbstverständlich für die drei Brüder, die gemeinsam in einem alten Haus an einem Fluß von himmlischer Schönheit und im Schatten einer großen Kathedrale aufgewachsen waren und sich nun trennten: »Lieber Gott. Dein Haus ist überall. Unseres ist hier. Laß uns beide in Ehren halten.«

»Verdammt schönes Gebet, Hilary«, sagte Richard, und der Ausflug war zu Ende. Aber vier Tage später schlug ihr Vater eine größere Exkursion vor, für die Pferde und einige Vorbereitungen erforderlich waren.

»Ihr werdet einige Zeit fort sein«, sagte er zu Hilary und Richard. »Ich habe mit dem Besitzer gesprochen, und er sagt, daß er mitkommen will. Es ist vielleicht sein letzter Besuch dort.«

»Wo?« fragte Peter.

Ihr Vater hielt eine willkommene Überraschung bereit. In den Jahrhunderten, in denen die Saltwoods ihre Söhne nach Oxford geschickt hatten, fuhren die Jungen immer mit der Kutsche nach Norden durch Wiltshire und dann ostwärts durch Berks. Diese Route führte sie an einem der ehrwürdigsten Monumente der Welt vorbei, das seit Generationen eine Art Symbolbedeutung für die Familie hatte. Deshalb kamen die Saltwoods gelegentlich auch ohne besonderen Grund zusammen, um nach Stonehenge zu fahren, wenn einige Jahrzehnte lang kein Junge an die Universität ging.

Das Monument lag nur acht Meilen nördlich von Salisbury, und man konnte den Besuch in einem Tag absolvieren, aber die Saltwoods schlugen dort lieber über Nacht ein Zelt auf, um den Sonnenaufgang bei den alten Steinen erleben zu können. Die Expedition bestand aus dem Besitzer, der, wie immer, in der Kutsche reiste, den vier männlichen Saltwoods zu Pferde, gefolgt von fünf Dienern mit Zelten, der Verpflegung und den Weinflaschen. Die Straße war uneben und nicht sehr befahren, da die meisten Leute, die Salisbury verließen, entweder ostwärts nach London oder westwärts nach Plymouth fuhren. Nur gelegentlich fuhr ein Student auf dem Weg nach Oxford nordwärts nach Stonehenge, oder jemand reiste zum Hafen von Bristol oder nach Wales.

Als sich der Tag dem Ende zuneigte, erklärte Josiah: »Ich nehme an, wir werden es von der Spitze des nächsten Hügels aus sehen«, und er sagte den Jungen, sie sollten ihre Pferde zügeln, so daß der Besitzer an der Spitze fuhr, wenn Stonehenge in Sicht kam.

»Dort sind sie!« rief der alte Mann, und auf einer kleinen Erhebung, auf die morgens die ersten Strahlen der aufgehenden Sonne und abends das letzte Licht des Tages fielen, sah man die heiligen Steine. Manche waren umgestürzt, andere lehnten aneinander, und einige standen aufrecht an der Stelle, die sie seit viertausend Jahren einnahmen. Es war ein ehrfurchtgebietender Ort, und jeder mit der Geschichte seines Volkes vertraute Engländer mußte sich klein fühlen, wenn er sich ihm näherte.

»Glaubt ihr, daß es die Druiden waren?« fragte der Besitzer, während die Gruppe das rätselhafte Monument betrachtete.

»Es stand schon hier, Jahrhunderte bevor es Druiden gab«, meine Josiah.

»Das dachte ich mir«, sagte der Besitzer. »Robuste Kerle, wer sie auch sein mochten.«

Hilary war immer von Stonehenge begeistert gewesen. Er hatte es zum erstenmal als zehnjähriger Junge gesehen. Dann besuchte er es wieder, als er Peter nach Oriel begleitete, und natürlich bei seinen eigenen Reisen nach Oxford. Es war zeitlos, schon uralt zur Zeit von Christi Geburt, und es gemahnte die Menschen an den weitgespannten Bogen der Geschichte und die Perioden der Finsternis. Die Steine leuchteten rot, als die Sonne am Horizont untertauchte, und schimmerten im schwindenden Licht.

»Wir wollen die Zelte dort drüben aufschlagen«, schlug der Besitzer vor, und sie schliefen in dieser Nacht innerhalb des Schattenkreises.

Lange vor Sonnenaufgang war der Besitzer auf den Beinen, verfluchte die Nacht und schalt die Diener, weil sie keine Kerzen angezündet hatten. »Ich will sehen, wie die Sonnenstrahlen darauf fallen«, brummte er, und als die Saltwoods sich zu ihm gesellten, sagte er: »Ich bin sicher, daß sie hier Menschenopfer dargebracht haben. Jedenfalls bei den Sonnenwendfeiern. Wahrscheinlich schlachteten sie zwei alte Männer wie mich und drei Jungfrauen ab. Jetzt wollen wir zum Opferstein gehen.«

Und sie standen zwischen den uralten Steinen, die von weit her gebracht worden waren, während die Sonne langsam aufging.

»Glauben Sie, Sie könnten für uns ein Gebet sprechen, Hilary?« fragte der alte Mann.

»Laßt uns die Köpfe neigen«, sagte der neue Geistliche, und während es Tag wurde, betete er: »Gott, der du unseren Weg zurück nach Salisbury und nach Indien und nach Südafrika und auch nach Amerika siehst, wo sich unser Bruder aufhält, wache über uns. Wache über uns.«

Der Besitzer sagte, das seien schöne Worte gewesen, aber er hätte gern eine Erwähnung der Tatsache gehört, daß dies vielleicht sein letzter Besuch bei den Steinen sei, worauf Hilary Gott auch dies in einem kurzen Gebet mitteilte, was den alten Mann befriedigte.
Sie verbrachten den Tag damit, die gestürzten Steine zu betrachten und vorsichtige Überlegungen über ihr Alter anzustellen. Als die Dämmerung herankam, verspürte Hilary ein plötzliches Aufwallen religiöser Gefühle und entfernte sich von den anderen. Er stand zwischen den aufrechten Pfeilern, ein hagerer, knochiger Mann mit hängenden Schultern, der ebensogut ein Priester dieses Tempels hätte sein können, und flüsterte: »Oh Gott, ich schwöre Dir, daß ich Deiner Religion so treu bleiben werde wie die Männer, die diese Steine errichteten, der ihren.«

Eines Morgens im Frühjahr 1810 landete Hilary beim Tafelberg. Er erwartete, von Vertretern der LMG begrüßt zu werden, die ihn wahrscheinlich einige Wochen lang in seinen Pflichten unterweisen und ihn vielleicht sogar zu dem ihm zugewiesenen Ort geleiten würden. Statt dessen wurde er, sobald er an Land kam, von einem kräftigen holländischen Farmer mit breiten Schultern und Vollbart gepackt, der in Englisch mit starkem Akzent fragte: »Stimmt es, daß Sie ein Schüler von Simon Keer sind?«
Bescheiden bejahte das Saltwood, worauf der Farmer ihn von sich stieß und brummte: »Sie sollten sich schämen, Lügen zu verbreiten.«
Er konnte sich nicht einmal eine Nacht in Kapstadt ausruhen, denn er befand sich bereits zu Mittag in einer Art Karawane, die ostwärts zu einem Fluß auf der anderen Seite der Berge zog, wohin er geschickt worden war, um eine Missionsstation zu errichten. Während der anstrengenden Reise erfuhr er viel über Südafrika, aber noch mehr über Reverend Keer, denn wo immer er haltmachte, fragten die Leute nach dem rothaarigen Mann aus Lancashire. Die wenigen Engländer sprachen mit sichtlicher Hochachtung von ihm, die vielen Holländer mit unverhohlener Verachtung. Eines Abends bat er die Frau eines englischen Missionars, ihm diesen Widerspruch zu erklären.
»Ganz einfach«, sagte sie. »Simon Keer trat immer für die Hottentotten und die Xhosa ein.«
»Ist es denn nicht unsere Pflicht, sie Jesus Christus zuzuführen?«
»Reverend Keer behandelte die Hottentotten aber eher wie Arbeiter in England und kämpfte immer für ihre Rechte. Anständige Bezahlung, anständige Wohnungen für sie und dergleichen.«
»Waren die Holländer dagegen?«
Sie stellte ihr Kochgeschirr weg und wandte sich Hilary zu. »Wenn Sie ein erfolgreicher Missionar sein wollen, dürfen Sie eines nicht vergessen. Wir sind seit vier Jahren hier, die Holländer aber seit hundertachtundfünfzig Jahren. Sie wissen, was sie tun, und sie machen ihre Sache ordentlich.«
»Keer sagt, daß die Sache, die sie so ordentlich machen, die Sklaverei ist.«
Sie legte ihre Hände auf die seinen und bat ihn: »Verwenden Sie dieses

Wort nicht. Reverend Keer neigte zur Übertreibung. Es fehlt ihm an Bildung.«
»Er ist im Begriff, die Evangelien zu übersetzen.«
»Ach, er identifiziert sich großartig mit den Xhosa. Er konnte die ganze Nacht wachbleiben und ihre Wörter ins Englische übertragen.«
»Ich dachte, es sei meine Pflicht, das gleiche zu tun.«
»Ihnen Christus zu bringen, ja. Ihr Anwalt gegen die Holländer zu werden, nein.«
»Sie sind hart.«
»Die Xhosa haben meinen Sohn getötet. Sie hätten auch mich getötet, wenn nicht eine holländische Einsatztruppe rechtzeitig eingetroffen wäre.«
»Und Sie bleiben hier?«
»Es war nur ein Zwischenfall. Wir befanden uns im Kriegszustand, und unsere Soldaten hatten ihre Leute getötet. Einfache Vergeltung.«
»Haben Sie keine Angst?«
»Doch, und Ihnen wird es genauso gehen. Und beten Sie zu Gott, daß es nicht zur Gewohnheit wird.«
Während er tiefer ins Landesinnere vordrang, wurde er sich immer mehr darüber klar, wie verschieden die alteingesessenen Holländer von den in letzter Zeit eingewanderten Engländern waren, und in seinem ersten Brief nach Hause teilte er seiner Mutter seine Beobachtungen mit:

> Die Holländer bezeichnen sich selbst mit drei verschiedenen Ausdrükken. Die Kolonisten in der Umgebung des Kaps nennen sich Holländer, obwohl viele von ihnen Holland nie gesehen haben und nie sehen werden. In Wirklichkeit sprechen sie unfreundlich über ihre alte Heimat, voll Verachtung für die echten Holländer, die aus den Niederlanden kommen und sich mit Spott und der Anmaßung überlegener Bildung als Herren über die Ortsansässigen aufspielen. Manche dieser alteingesessenen Holländer haben sich einen neuen Namen zugelegt, denn sie gehören mehr nach Afrika als nach Europa. »Wir sind Afrikander«, sagen sie, aber dort, wo ich jetzt unterwegs bin, nennt man diese Afrikander Buren (Farmer). Weiter im Osten aber, gegen die einsamen Grenzgebiete des Landes zu, wo die rauhesten Holländer leben, nennen sie sich Treckburen (nomadisierende Viehzüchter), eine passende Bezeichnung, denn sie ziehen mit ihren Herden ständig weiter, so daß sie mich an Abraham und Isaak erinnern. Meine Missionsstation wird im Weideland jener Treckburen errichtet werden, die seßhaft geworden sind.

Bei der nächsten Zwischenstation, an der nur mehr Buren lebten, bekam Hilary die schärfste Kritik an Reverend Keer zu hören: »Ein arroganter, dummer Mann. Sagte ständig, er liebe die Xhosa und die Hottentotten, aber alles, was er tat, schadete ihnen.«
»Inwiefern?«

»Er machte sie mit ihrem Los unzufrieden.«
»Was ist ihr Los?«
»Haben Sie in England auf der Schule das Buch Josua gelernt?«
»Ich habe es gelesen.«
»Aber haben Sie es sich auch zu Herzen genommen? Gottes Geschichte darüber, wie die Israeliten in ein fremdes Land kamen? Und wie sie sich dort verhalten sollten?« Es war den zuhörenden Buren klar, daß der neue Missionar nur wenig von Josua wußte, deshalb holte der älteste Farmer seine riesige Bibel herbei, blätterte langsam darin, bis er zu den vertrauten Anweisungen kam, und übersetzte sie für den Neuankömmling:

> Ihr sollt euch nicht vermählen mit den Töchtern Kanaans... Ihr sollt euch gesondert halten... Ihr sollt ihre Städte zerstören... Ihr sollt ihre Könige an Bäume hängen... Ihr sollt ihre Gräber mit Steinen verschließen bis auf diesen Tag... Ihr sollt das Land nehmen und besetzen und es fruchtbar machen... Ein Mann von euch wird tausend von ihnen jagen... Ihr sollt euch gesondert halten... Und sie sollen eure Holzhauer und Wasserträger sein... Und all das sollt ihr im Namen des Herrn tun, denn Er hat es befohlen.

Er schloß das Buch ehrerbietig, legte seine Hände darauf, sah Hilary gerade in die Augen und sagte: »Das ist das Wort des Herrn. Es ist Seine Bibel, die uns leitet.«
»Es gibt noch einen anderen Teil der Bibel«, sagte Hilary ruhig und beugte seine schmalen Schultern vor, um die Debatte aufzunehmen.
»Ja, Ihr Reverend Keer predigte eine ganz andere Botschaft, aber er war ein Dummkopf. Glauben Sie mir, junger Freund, es ist das alte Wort Gottes selbst, das wir befolgen, und Sie werden sich in diesem Land die Zähne ausbeißen, wenn Sie ihm widersprechen.«
Bei seiner Reise durch die südlichen Ebenen Afrikas wurde Hilary, wo immer er auch haltmachte, in Diskussionen über die Verdienste von Simon Keer verstrickt, und die Buren gingen in ihrer Ablehnung des kleinen Rotschopfes so weit, daß Hilary in seinen wenigen Augenblicken der Ruhe das vierte Buch Mose und das Buch Josua zu lesen begann, in denen er nicht nur die Stellen fand, die seine ersten Ratgeber unter den Buren zitiert hatten, sondern zahlreiche andere, die sich unmittelbar auf die Stellung der Holländer bezogen, die in dieses Land gekommen waren wie die Israeliten ehedem in das ihnen verheißende Land Kanaan. Die Parallelen waren so überzeugend, daß er die lokale Geschichte mit holländischen Augen zu sehen begann, und das war seine Rettung, als er seine eigene Missionsstation eröffnete.
Der für ihn gewählte Standort lag am linken Ufer des Sonntagsflusses, vierhundert Meilen von Kapstadt entfernt. Als er dort eintraf, stand kein einziges Haus dort, und es gab keine Straße. Der durch die Hitze beinahe ausgetrocknete Fluß führte nur wenig Wasser, und es gab keine Bäume. Aber der

Ort selbst sagte ihm zu. Er lag an einer weiten Schleife des Flusses und war von ebenen, zum Pflügen geeigneten Feldern umgeben. In einiger Entfernung lag ein Wald mit einer Menge von Nutzholz; und in der Umgebung gab es genug Steine, um eine Stadt aufzubauen. Hilary stellte sich vor, was aus diesem Ort werden konnte, und gab ihm einen Namen aus dem zwanzigsten Kapitel des Buches Josua, in dem Gott sein Volk beauftragt, Freistädte zu errichten, in die jeder Angeklagte flüchten und wo er sich vorübergehend in Sicherheit fühlen konnte:

> Und jenseits des Jordans... gegen Aufgang gaben sie... Golan... daß dahin fliehe, wer eine Seele unversehens schlägt, daß er nicht sterbe... bis daß er vor der Gemeinde gestanden sei.

Das wird Golan sein, meine Stadt der Zuflucht, dachte Hilary, und als die letzten Mitglieder der Karawane verschwanden und ihn im Herzen eines fremden Landes würdevoll allein ließen, betete er, es möge ihm gewährt werden, gut zu bauen.

Während er in der ersten Nacht in der Nähe seiner Habseligkeiten auf dem Boden lag, horchte er auf die vielen seltsamen Geräusche aus der Dunkelheit Afrikas, die ihn mehr mit einem Gefühl der Ehrfurcht und Vorahnung als der Angst erfüllten. Als er erwachte, sah er eine Gruppe von braunen Menschen, die ihn aus etwa dreißig Metern Entfernung beobachteten. Seit Monaten gab es Gerüchte, daß ein Missionar kommen würde.

Hilary strahlte bei diesem Anblick. Sicherlich hatte der Herr selbst diese kleine Gruppe von Eingeborenen in die Arme seines Dieners Saltwood geführt. Er bürstete den Staub von seinen Kleidern, erhob sich, um sie zu begrüßen, und war außer sich vor Freude, als ein Mann in gebrochenem Englisch zu ihm sprach.

»Wir bleiben bei dir. Wir jetzt dein Volk.« Er hieß Pieter und war der Sohn jenes Dikkop, der mit dem Verrückten Adriaan gewandert war. Er war vor zehn Jahren von den van Doorns weggelaufen, weil er wegen des Diebstahls einer Melone aus dem Familiengarten Prügel bekommen hatte. Er war von einer Farm zur anderen gezogen und hatte nur gerade so viel gearbeitet, daß er nicht als »Vagabundierender Hottentotte« eingestuft und daraufhin willkürlich irgendeinem Farmer zugesprochen wurde, der ihn haben wollte.

Tatsächlich war Pieter ein Mann, der den Müßiggang für eine Tugend hielt; er war glücklich, wenn er einen ganzen Tag mit geschlossenen Augen verbringen konnte, mit dem Rücken an einen Baum gelehnt.

Aber schon an jenem ersten Tag hatten die Hottentotten Hilary noch vor Sonnenuntergang gezeigt, wie man ein Fundament anlegt, um den Regen abzuhalten, und am zweiten Abend hatten sie genügend Schößlinge geschnitten, um eine Behausung zu bauen. Hilary konnte sich vorstellen, wie Golan aussehen würde: Reihen von einander gegenüberstehenden Hütten, eine Versammlungshalle und eine Kirche als Abschluß des Vierecks.

Er freute sich über das rasche Anwachsen seiner Gemeinde, die innerhalb von drei Wochen von sechs auf vierzig Hottentotten zunahm. Binnen kurzer Zeit hatten Hilary und seine Gefolgsleute die Lehmmauern zu einer Missionskirche errichtet. Bevor das Dach mit Stroh bedeckt war, hielt er in dem kleinen Gebäude eine Weihepredigt. Er hatte mehrere Worte der dem Holländischen ähnlichen Sprache dieser Menschen und etwas Hottentottisch gelernt und entzückte seine Gemeinde, indem er den Segen in ihrer Sprache erteilte. In den folgenden Tagen hörte er, wie Mitglieder der Mission bei der Arbeit ernst zueinander sagten: »Friede sei mit dir.«
Friede war etwas beinahe Unbekanntes. Junge Xhosakrieger stahlen immer wieder Rinder von den Farmen der Weißen, und nicht lange nach Hilarys erster Predigt hatten englische Soldaten mit Unterstützung eines Kommandos von Buren einen massiven Angriff gegen die Schwarzen geführt, bei dem sie zwanzigtausend von ihnen über den Großen Fischfluß zurücktrieben und, wie sie es nannten, große Rinderherden »befreiten«. Der tapfere Anführer dieser Truppe wurde dadurch geehrt, daß man eine neugegründete Stadt nach ihm benannte: Grahamstown.
Hilary blieb von den Vorfällen unberührt, bedauerte aber sehr, daß er nach sechs Monaten noch keine Xhosa kennengelernt hatte, und er fürchtete allmählich, daß er einen Fehler begangen hatte, indem er Golan hier anlegte. Während seines Studiums in Gosport hatte er sich vorgestellt, er würde schwarzen Wilden das Christentum bringen, gegen ihren heidnischen Glauben kämpfen und sie schließlich in Jesu Haus willkommen heißen. Statt dessen war er umgeben von über neunzig braunen Hottentotten, während die Xhosa, eine Bande von Viehdieben, jenseits des Flusses lauerten. In seinen Berichten an die LMG nannte er seine Gemeinde »meine Hottentotten«, obwohl er wußte, daß nur wenige von ihnen reinrassig waren; sie reichten von hellen, gelbhäutigen Halbmalaien bis zu ganz dunklen Halbangolanern. Für harte Arbeit hatten sie nicht viel übrig, und eine erschütternd große Anzahl von ihnen lungerte in der Umgebung der Mission herum, ohne irgendeiner Beschäftigung nachzugehen. Aber Hilary vergaß nie den Namen, den er dem Ort gegeben hatte, die Freistadt Golan, und er glaubte, daß dieses »sanfte, friedliche Volk«, wie er sie bezeichnete, soviel Schutz verdiente, wie es nur finden konnte. Viele hatten ihm schreckliche Geschichten von Schlägen, Ketten und Jahren der Arbeit ohne Bezahlung bei den Buren erzählt, die ihr Leben zur Qual machten. Simon Keers leidenschaftliche Anklage gegen die Siedler klang noch in seinen Ohren nach, und er hielt es für seine Pflicht, den Schwachen beizustehen.
Auch seine Hoffnungen bezüglich der Xhosa stiegen, als endlich ein Schwarzer nach Golan kam, ein älterer Mann aus einem Kral im Osten. Er erklärte, er sei Christ, behauptete in stockendem Englisch, er sei von einem Missionar mit rotem Haar namens »Master Keer« getauft worden und gab an, daß es in seinem Dorf noch mehrere Schwarze gebe, die »von unserem kleinen Mann, der Xhosa sprechen konnte« bekehrt worden waren.
Sein christlicher Name war Saul, und Hilary schickte ihn sofort ins Xhosa-

land zurück, um erfreuliche Nachrichten über Golan zu verbreiten. Dank Saul war die Missionsstation nach sechs Monaten das Heim von einhundertvierzig Hottentotten und zwanzig Xhosa geworden. Die letzteren lehrten Hilary die Tradition ihres Volkes, und er empfand Achtung vor der Leichtigkeit, mit der sie sich dem Leben in Golan anpaßten. Während er mit ihnen arbeitete, stellte er fest, daß er sich ständig nach den praktischen Anweisungen richtete, die er von Simon Keer erhalten hatte, selten nach dem theologischen Unterricht der älteren LMG-Geistlichen. »Missionsarbeit«, hatte Keer vorausgesagt, »ist zu einem Zehntel Disput, zu neun Zehntel Hygiene.«

Der erste Weiße, den Hilary kennenlernte, war ein Bure, der in einem abgelegenen Ort achtundzwanzig Meilen nordöstlich jenseits der Hügel lebte, die den Sonntagsfluß von dem Großen Fischfluß trennten. Er kam eines Nachmittags nach Golan geritten, ein hochgewachsener, in grobes Tuch gekleideter, weißhaariger alter Mann, der aussah wie eine Gestalt aus den ersten Büchern der Bibel und dessen Bart im Wind zitterte. »Mein Name ist Lodevicus«, sagte er in stockendem Englisch. »Lodevicus van Doorn.« Er war gekommen, um Hilary zu warnen, er solle keinen Hottentotten aus dem Norden erlauben, in Golan Zuflucht zu suchen.

»Warum nicht?« fragte Hilary.

»Sie... meine Arbeiter... sie haben Papiere unterschrieben«, brummte er, und die Notwendigkeit, in einer fremden Sprache zu sprechen, mißfiel ihm offensichtlich. »Sie sollen arbeiten... nicht beten.«

»Wenn sie aber auf der Suche nach Jesus hierherkommen...«

Lodevicus zeigte seinen Ärger darüber, daß Saltwood sich nicht bemühte, mit ihm Holländisch zu sprechen: »Wenn Sie hier... Missionar... verdammt... lernen Sie Holländisch!«

»Ja, das sollte ich!« stimmte Hilary begeistert zu, aber um ihr Gespräch fortzusetzen, mußten sie jemanden finden, der beide Sprachen beherrschte, was Lodevicus in die unangenehme Lage versetzte, eine Klage gegen die Hottentotten durch Vermittlung eines Hottentotten vorzubringen. Zum Glück erkannte Lodevicus den Melonendieb nicht und sprach weiter, wobei Pieter respektvoll zuhörte und mindestens einmal pro Minute »Ja, Baas« sagte.

»Baas sagen: ›Seine Hottentotten nicht kommen suchen Jesus. Sie laufen weg von Arbeit auf seine Farm.‹«

»Sag ihm, daß trotzdem, wenn Arbeiter von ihm bei mir Zuflucht suchen sollten...«

Kaum hatte der Dolmetscher diesen Satz begonnen, unterbrach ihn Lodevicus.

»Baas, er sagen: ›Meine verdammten Arbeiter kommen hier, kein Ärger für Sie. Ich kommen holen.‹«

»Sag ihm, wenn ein Hottentotte oder Xhosa Christus sucht...«

Wieder stieß Lodevicus eine Reihe von Drohungen aus, aber der Hottentotte machte sich nicht die Mühe, alle zu wiederholen. Und so endete das

erste Zusammentreffen zwischen dem Buren und dem Engländer in Verwirrung, wobei Lodevicus beim Aufsitzen schrie, daß Saltwood um nichts besser sei als dieser verdammte Idiot Simon Keer. Er sprudelte Worte hervor, die nach Flüchen klangen, und Hilary erfuhr: »Baas sagen, wenn verdammter Narr Master Keer zurückkommen, er ihn treffen mit Nilpferdpeitsche.«
»Versichere ihm, daß sich Reverend Keer in London in Sicherheit befindet und nicht mehr in diese Gegend kommen wird.« Als das übersetzt war, befahl Lodevicus dem Hottentotten, zu sagen: »Verdammt gute Sache.«
Als Christ konnte Hilary nicht zulassen, daß seine erste Begegnung mit seinem Nachbarn mit einem Mißton endete. So änderte er seine Haltung vollkommen und sagte dem Hottentotten: »Frage Mijnheer van Doorn, ob er mit uns das Abendgebet sprechen will.«
Dieser plötzliche Wechsel zu dem holländischen *mijnheer* besänftigte den alten Mann ein wenig, aber nur für einen Augenblick, denn gleich darauf wurde ihm klar, daß die Gebete auf englisch gesprochen werden würden, worauf er fauchte: »Ich bete holländisch.« Damit galoppierte er davon, obwohl es schon fast Nacht war.
So lagen die Dinge zwischen der Missionsstation Golan und dem nächsten Weißen im Norden bis zum Ende des ersten Jahres, als Reverend Simon Keer so nachhaltig in die südafrikanische Szene hereinbrach, daß es zwei Jahrhunderte lang nachwirkte und sein Name verwünscht wurde. Er erschien nicht persönlich, und das war klug, denn er wäre verprügelt worden, sondern eine Broschüre, die er in England veröffentlicht hatte, traf per Schiff in Kapstadt ein. Sie trug den abschätzigen Titel »Die Wahrheit über Südafrika« und war eine Sammlung von so furchtbaren Anklagen gegen die Holländer, daß die zivilisierte Welt, das hieß London und Paris, sie einfach zur Kenntnis nehmen mußte.
Er beschuldigte darin die Buren, sie hätten die Buschmänner bereits ausgerottet und die Hottentotten vernichtet, nun wären sie dabei, über die Xhosa herzufallen, ihr Land zu enteignen, ihr Vieh zu stehlen und ihre Frauen und Kinder zu ermorden. Besonders scharf waren seine Behauptungen, sie hätten die Hottentotten und ihre farbigen Brüder durch Hinterlist zu Sklaven gemacht und ihnen die übliche menschliche Behandlung versagt. Es war eine Kollektivanklage, deren Anschuldigungen so melodramatisch klangen, daß sie ignoriert worden wären, wenn Keer nicht einen Vorwurf hinzugefügt hätte, der die Christen in England und Schottland in größeren Zorn versetzte als jeder andere:

> Die Buren wollen ihren Hottentotten nicht gestatten, Missionsschulen zu besuchen oder sich zu der einzig wahren Religion zu bekennen, die ihre unsterblichen Seelen retten könnte. Man gewinnt tatsächlich den Eindruck, die Buren wollen nicht glauben, daß ihre Arbeiter eine Seele haben. Und jeder anbrechende Tag sieht Jesus von neuem gekreuzigt, damit die Buren durch die Arbeit dieser stillen, friedlichen Menschen,

die in ärgerer Knechtschaft gehalten werden als ein wirklicher Sklave, noch ein paar Shilling mehr Profit machen können.

Solche Anschuldigungen führten in ganz England zu Maßnahmen, da diese Nation nun die Verantwortung für die Verwaltung Südafrikas trug, und es wurden äußerst energische Protestaktionen gestartet. Das Einschreiten der Regierung wurde unumgänglich, als Reverend Keer abschließend erklärte, er könne persönlich hundert Buren nennen, die der gewaltsamen Versklavung, verbrecherischer Mißhandlung und sogar des Mordes schuldig seien. Als die vier Dutzend Exemplare der »Wahrheit über Südafrika« im Kap eintrafen und verteilt wurden, wobei holländische Übersetzungen eiligst an die Grenze befördert wurden, entwickelte sich störrischer Widerstand. Sogar wohlhabende Stadtbewohner in Kapstadt und Stellenbosch, die von der Machtübernahme durch die Engländer entschieden profitiert hatten, protestierten, weil Keer die gesamte Kolonie ungerechterweise verleumdet habe. Und erst die Grenzburen! Jeder von ihnen hatte das Gefühl, er werde ganz persönlich zu Unrecht angeklagt. Es wurden Broschüren vorbereitet, die den abwesenden Missionar widerlegten, und praktisch die gesamte Bevölkerung tat sich zusammen, um den Ruf Südafrikas zu verteidigen.
Aber dem entflammten Missionar gelang es, die öffentliche Meinung in England immer mehr in Aufruhr zu versetzen, und während ein paar Leute am Kap Südafrika verteidigten, verlangten in London sehr viele, daß Maßnahmen ergriffen würden. Es dauerte nicht lange, bis Kommissionen zum Kap unterwegs waren, um Keers Beschuldigungen zu untersuchen, und es kam der schicksalsschwere Tag, an dem gegen etwa fünfzig Buren Anklage erhoben werden mußte, die aufgefordert wurden, sich vor Richtern zu verantworten, die in der Kolonie herumfahren würden. Dieses Schauspiel wurde die »Schwarze Assisenrunde« genannt, und zu gegebener Zeit wurde es auch in Graaff-Reinet abgehalten, wo Lodevicus van Doorn vor Gericht gestellt werden sollte. Man warf ihm vor, seine Hottentotten körperlich zu mißhandeln, sie hungern zu lassen und ihnen das Recht zu verweigern, an Gottesdiensten teilzunehmen. Außerdem wurde er auch des Mordes angeklagt.
Bevor die »Schwarze Runde« nach Graaff-Reinet kam, schluckte Lodevicus in der Überzeugung, daß kein von den Engländern ernannter Richter einem Buren Gerechtigkeit widerfahren lassen würde, seinen Stolz hinunter und ritt wieder nach Golan, wo er feststellte, daß Hilary nun schon so halbwegs Holländisch konnte. Die beiden Männer führten ein erregtes Gespräch. »Ich verlange nur, Saltwood, daß Sie jetzt mit mir kommen. Sich meine Farm ansehen. Mit meinen Hottentotten und Sklaven sprechen.«
»Ich will an diesem Prozeß nicht beteiligt sein.«
»Es ist kein Prozeß. Es ist eine Anklage wegen Mordes.«
»Und wegen anderer Dinge, wenn ich richtig gehört habe.«
»Und anderer Dinge. Geringfügiger Dinge. Und die sollen Sie sich ansehen.«

»Ich bin kein Zeuge, Mijnheer van Doorn.«
»Alle Menschen sind Zeugen, *dominee*.«
Die plötzliche Verwendung dieser holländischen Bezeichnung wirkte auf Hilarys Phantasie, und er mußte zugeben, daß in einer so ernsten Situation alle Menschen Zeugen waren und daß man van Doorn helfen mußte, wenn er darum bat. Er sagte spontan: »Ich werde mit Ihnen reiten, aber ich werde vor Gericht nicht aussagen.«
»Das verlangt niemand von Ihnen«, meinte Lodevicus verdrießlich.
Sie ritten nach Norden und ließen Golan unter Sauls Obhut zurück. Der Ritt mit van Doorn war für Saltwood ein packendes Erlebnis.
»Diese unendliche Landschaft ohne Markierungen – wie finden Sie da Ihren Weg?« fragte er.
»Nach dem äußeren Anschein der Dinge«, erklärte Lodevicus, und Hilary dachte: Das soll ich ja auch beurteilen – den äußeren Anschein.
Wie damals, als der Verrückte Adriaan mit Dikkop durch diese Gegend wanderte, bildeten dieser van Doorn und sein englischer Geistlicher ein seltsames Paar, ersterer ein alter Mann von schwerem Körperbau mit weißem Backenbart, letzterer ein hochgewachsener, ungeschickter junger Mann mit einem offenen Kindergesicht. Sie waren sehr unähnliche Gefährten, der Bure und der Engländer, mit verschiedenem Erbgut, verschiedener Einstellung zum Leben und weitgehend verschiedenen Religionen. Dennoch bestand eine zwangsläufige Verbindung zwischen ihnen, die sich auf Gedeih und Verderb als unauflösbar erweisen sollte.
Als sie zu den niedrigen Hügeln kamen, die das Gelände der Missionsstation von der Farm trennten, eröffnete sich eine völlig neue Perspektive, der Blick auf ein in seinen Dimensionen unermeßlich großes Land, sanft gegliedert durch das Auf und Ab seiner niedrigen Hügel, aber mit unheilvoll mächtigen Bergen, die im Norden aufragten. Sie schienen Saltwood zu warnen: Dieses Land ist größer, als du angenommen hast. Die Herausforderung war größer, als Simon Keer angedeutet hatte.
An dem Kamm der letzten Erhebung zügelte Lodevicus sein Pferd und zeigte nach unten auf ein kleines, auf allen Seiten von verschieden hohen Hügeln eingeschlossenes Tal. Es war die kleinste, engste Welt, die Saltwood je gesehen hatte, ein sicherer Hafen, durchzogen von einem Flußlauf, der die welligen Felder fruchtbar machte. Der Fluß trat an einer Öffnung der Hügelkette im Südwesten in das Tal ein, strömte diagonal durch die Wiesen und verließ es bei einem Durchlaß im Nordosten. Wenn jemals ein Grenzsiedler eine Farm besaß, die gesichert war, so war es diese.
»*De Kraal*«, sagte van Doorn mürrisch, aber mit sichtlichem Stolz. »Ein sicherer Ort für Rinderzucht.«
»Halten Sie Rinder?«
»Die Hottentotten haben unsere Herden zum Weiden nach Norden getrieben. Aber dieser Kral ist für Menschen geschaffen. Ein Nest, von Hügeln eingeschlossen.«
Hilary wandte sich im Sattel um, um das Land zu überblicken, und dank

seiner Erfahrung mit den Wiesen auf der Ebene von Salisbury schätzte er, daß *De Kraal* von West nach Ost fünf Meilen und von Nord nach Süd etwas weniger als drei maß. Er nahm eine rasche Überschlagsrechnung vor und sagte erstaunt: »Sie haben dort unten neuntausend Morgen.«
»Ja«, sagte Lodevicus. »Das ist das Land der van Doorns.« Und er ritt nach unten in sein kleines Reich, als wäre er Abraham, der auf seinem Kamel in Kanaan einritt.
Die drei Tage, die Hilary in *De Kraal* verbrachte, waren eine Offenbarung, denn er befand sich in einer von jeglichem äußeren Einfluß weit entfernten und von einem einzigen Mann beherrschten Enklave. Und in diese Festung wollte sich die englische Justiz Eingang verschaffen! Lodevicus hatte natürlich eine Frau, und Hilary war überrascht, als er sie kennenlernte, denn sie schien durch ihren strengen Ehemann keineswegs eingeschüchtert zu sein, obwohl er um mindestens dreißig Jahre älter war als sie. Wilhelmina van Doorn war eine große, freundliche Frau, die offensichtlich die Vorschriften erließ, die in ihrem Haus eingehalten werden mußten. Sie hatte einen Sohn, Tjaart. Er war ein einundzwanzigjähriger, vierschrötiger Bauer, der selbst schon einen Sohn hatte.
De Kraal verfügte über neun madegassische und angolanische Sklaven. Das war wenig im Vergleich zu den intensiv bewirtschafteten Weingärten unweit von Kapstadt. Aber es gab auch zweiunddreißig Hottentotten sowie farbige Arbeiter und deren Familien. Die Vorfahren mancher von ihnen hatten sich schon vor Generationen der Familie van Doorn angeschlossen. Gesetzlich gesehen waren sie in Graaff-Reinet ordnungsgemäß registrierte Kontraktarbeiter; ob sie de facto Sklaven waren, war umstritten. Keinem außenstehenden Beobachter wie Saltwood wurde gestattet, Ermittlungen anzustellen.
»Zweiunddreißig Hottentotten?« fragte Saltwood. »Ist das nicht sehr viel?«
»Sie müssen unsere Herden sechzig Meilen nördlich von hier hüten.«
»Sechzig Meilen! Befinden sie sich da nicht auf dem Land anderer Leute?«
»Es gibt keine anderen Leute.«
Lodevicus lud Saltwood ein, alle Ecken und Winkel von *De Kraal* zu besichtigen, wo die Sklaven und Hottentotten aßen, wo sie schliefen und arbeiteten. Da Hilary nun schon viel von dem zwischen Herrn und Dienern üblichen holländisch-portugiesisch-malaiisch-madegassischen Dialekt verstand, konnte er seine Untersuchung ohne Einmischung van Doorns führen. Er war besonders begierig, die Hottentotten zu befragen, denn die Leute von Golan hatten gesagt, daß die Buren sie ständig ausnützten, aber als die Hirten zu ihm gebracht wurden, stellte er fest, daß sie eine heitere Gruppe waren, die ihre Pferde und das freie Land liebten.
»Wieviel bekommt ihr bezahlt?« fragte er den Anführer.
»Bezahlt? Was ist bezahlt?«
»Lohn. Geld.«
»Wir haben kein Geld.«

»Nicht jetzt, aber wieviel bezahlt euch Mr. van Doorn?«
»Er bezahlt nichts.«
Saltwood fing noch einmal an: »Ihr arbeitet? Sieben Tage in der Woche? Wieviel zahlt man euch?«
»Baas, ich nicht verstehen.«
Nun erklärte der Missionar mit großer Geduld, daß überall in der Welt, wenn ein Mensch eine bestimmte Arbeit verrichtete, wie Rinder hüten...
»Wir lieben Rinder... Schafe... großes Land.«
»Aber was bekommt ihr bezahlt?«
Nach vielen mißglückten Anläufen entdeckte Hilary, daß sie keinen Lohn in bar erhielten. Sie bekamen ihre Kleidung und ihre Pferde und ihre Nahrung, und wenn sie erkrankten, wurden sie von Mrs. van Doorn behandelt.
»Steht es euch frei, *De Kraal* zu verlassen?« fragte Hilary.
»Wohin sollten wir gehen?«
Dreimal befragte Hilary die Hottentotten und versuchte herauszufinden, ob sie faktisch Sklaven waren, aber er erhielt nie eine zufriedenstellende Antwort, also schnitt er das Thema mit van Doorn selbst an: »Würden Sie Ihre Hottentotten als Sklaven bezeichnen, wie die Madegassen?«
»Nein! Nein! Sie können fortgehen, wann immer sie wollen.«
»Sind jemals welche fortgegangen?«
»Warum sollten sie?«
Hilary unterbrach diesen Teil seiner Untersuchung und wandte seine Aufmerksamkeit den Sklaven zu. Er stellte fest, daß sie sich in guter Verfassung befanden, aber in ihrem Benehmen mürrisch waren, ganz anders als die Hottentotten, die auf dem freien Feld arbeiteten. Einer der männlichen Madegassen wies Narben auf, und als Saltwood sich diesbezüglich erkundigte, erfuhr er, daß der Mann fortgelaufen, aber wieder eingefangen und bestraft worden war.
»Warum bist du fortgelaufen?« fragte er.
»Um frei zu sein.«
»Würdest du wieder fortlaufen?«
»Ja, um frei zu sein.«
»Wirst du wieder bestraft werden?«
»Wenn sie mich erwischen.«
Als Hilary van Doorn darüber befragte, konnte der Bure seinen Ärger nicht verbergen: »Er ist mein Sklave. Ich habe gutes Geld für ihn bezahlt. Wir können unsere Sklaven nicht auf die Idee kommen lassen, daß sie nach Belieben fortlaufen können. Natürlich müssen sie bestraft werden.«
»Sie scheinen ihn ziemlich ausgepeitscht zu haben.«
»Ich habe ihn gezüchtigt.« Als er sah, wie Saltwood zusammenfuhr, sagte er scharf: »Pastor, in früher Zeit hätte man ihm die Nase, seine Ohren und eine Hand abgeschnitten, wenn er so weitergemacht hätte. Das sind Sklaven, und sie müssen gezüchtigt werden, wie es in der Bibel heißt.«
Abgesehen von dem Madegassen konnte man den Sklaven und Hottentotten van Doorns ansehen, daß sie gut gehalten waren, und das sagte Salt-

wood, worauf van Doorn gestand: »Wir leben am Rand der Welt, Pastor. Wir verbringen Jahre, ohne einen Geistlichen zu sehen. Wir müssen Sklaven haben, um die Farm bewirtschaften zu können. Wir brauchen Hottentotten, um die Rinder und Schafe zu hüten. Wir verlassen uns auf die Anweisungen Gottes und die Anleitung, die wir daraus erhalten.« Er wies auf die ledergebundene Bibel, und als Saltwood sie in die Hände nahm, die Messingklammern öffnete und die schweren Seiten im Inneren sah, darunter auch die, auf der die van Doorns seit einhundertfünfzig Jahren ihr Familienregister führten, war er tief beeindruckt von der einfachen Rechtschaffenheit dieses Grenzlandburen; er wußte, wenn van Doorn ihn ersuchen würde, bei seinem Prozeß in Graff-Reinet als Zeuge auszusagen, würde er, einfach aus Anständigkeit, zumindest Zeugnis über seinen Charakter ablegen müssen.

Er war nicht auf das vorbereitet, worum ihn Lodevicus nun ersuchte: »Pastor, wir leben hier allein, schrecklich allein. Würden Sie unseren Enkel taufen?«

Saltwood versteifte sich. »In der Mission weigerten Sie sich, mit mir zu beten.«

»Ich war ein Narr«, sagte der alte Mann. »Wilhelmina, komm herein!« Wilhelmina trat lächelnd ins Zimmer, verbeugte sich vor dem Missionar und stemmte die Arme in die Seiten. »Erzähl es dem *dominee*«, sagte ihr Mann. »Erzähl ihm, was ich dir sagte, als ich heimkam.«

»Woher?«

»Von der Mission«, fauchte er. »Als ich von dem Besuch in der Mission nach Hause kam.« Als sie verwirrt wirkte, sagte er freundlicher. »Als ich dir erzählte, daß ich mich geweigert hatte, mit ihm zu beten.«

»Du sagtest, du warst ein verdammter Narr, und das warst du auch.« Sie lächelte dem Besucher zu und wollte wieder gehen, aber ihr Mann sagte: »Ich habe ihn gebeten, den Knaben zu taufen, und er hat eingewilligt.«

»Das stimmt«, antwortete Hilary, und der kleine Junge, der mit einem Hündchen spielte, wurde ins Zimmer gebracht. Eine der Sklavinnen holte Wasser, und die feierliche Handlung wurde vollzogen. Aber als sie zu Ende war, bemerkte Reverend Saltwood, daß das kleine Mädchen in dem grauen Kleid, daß das Wasser geholt hatte, noch im Zimmer geblieben war und verlegen mit ihren Fingern spielte. In diesem geheiligten Augenblick lernte er die kleine Emma, Tochter der Madegassen, kennen.

Sie war in diesem Jahr zehn geworden, ein aufgewecktes Kind, das oft durch das, was es sah, verwirrt wurde. Ihr reizendes Gesicht war so kohlschwarz, daß es beinahe blau wirkte, so, als ob Gott gesagt hätte: »Emma, da du schwarz sein mußt, warum nicht gleich richtig schwarz?« Es bestand aus schönen, ineinander übergehenden Flächen, so daß es, wenn sie lächelte und ihre weißen Zähne zeigte, aparte Licht- und Schattenflecken aufwies. Als sie sechs war und auf der Farm lebte, von der Lodevicus ihre Eltern gekauft hatte, hatte Simon Keer sie flüchtig das Christentum gelehrt. Von ihm hatte sie auch eine Vorstellung von einer Welt erhalten, die von der, die die Skla-

ven kannten, grundverschieden war. Während die van Doorns ihren getauften Enkel in den Hof hinausbrachten, damit er weiter mit seinem Hündchen spielen konnte, war sie geblieben, um Reverend Saltwood zu fragen: »Darf ich in Ihre Mission kommen?«
»Du bist eine Sklavin, mein Kind«, sagte er leise. »Du gehörst dem Baas.«
»Baas, er folgt mir, schneidet meine Nase ab?«
»Du weißt, daß er das nicht tun würde. Aber du weißt auch, was mit deinem Vater geschehen ist, als er fortlief. Wenn du fortläufst, wirst du bestraft werden.« Während er sprach, erinnerte er sich der Worte Jesu: Lasset die Kindlein zu mir kommen – und er wußte, daß er sich keineswegs heldenhaft verhielt, wenn er es versäumte, diesem kleinen Mädchen beizustehen. Aber seine Überlegungen wurden von einem von van Doorns Hottentotten unterbrochen: »Reiter! Reiter! Von Norden!«
Ein Gerichtsdiener von der »Schwarzen Runde«, die in Graaff-Reinet tagte, war gekommen, um Lodevicus mitzuteilen, daß er vor Gericht erscheinen müsse. »Weshalb?« brauste der alte Mann auf, worauf der nervöse kleine Holländer, der in die Dienste der Engländer getreten war, tief Luft holte und mit zögernder Stimme die Anklagen herunterbetete: »Erzwungene Sklaverei von Hottentotten. Mißhandlung von Sklaven. Ermordung eines Sklaven.«
»Bei Gott, diesen Richter bring' ich um!« schrie der alte Bure, aber der Gerichtsdiener flüsterte in raschem Holländisch: »Lodevicus Hammer, Sie haben Freunde in Graaff-Reinet. Viele Buren verdanken Ihnen ihre Farm. Man wird sie nie hängen.«
»Aber ich soll vor ein Kafferngericht geschleppt werden...«
»Bitte, Lodevicus, ich habe gerade erst mit meiner Arbeit begonnen. Machen Sie mir keine Schwierigkeiten.«
Es war demütigend, aber der alte Kämpfer erkannte, daß er sich unterwerfen mußte, deshalb kam er, nachdem er seinem Sohn Anweisungen erteilt und von Wilhelmina Abschied genommen hatte, zu Saltwood und sagte demütig: »Herr Pastor, Sie müssen mit mir reiten.«
Trotz seines früheren Entschlusses schwankte Saltwood jetzt und fragte leise: »Warum?«
»Um auszusagen. Sie haben mich gesehen. Sie haben meine Sklaven gesehen.«
»Aber die Mordanklage –«
»Fragen Sie die Sklaven.« Und Lodevicus war durch seine Verhaftung so offensichtlich erschüttert, daß Hilary ihm irgendwie helfen wollte. Sicherlich konnte er bezeugen, daß die Sklaven und Hottentotten von *De Kraal*, gemessen an der bei den Buren üblichen Behandlung, passabel gehalten wurden, und er war bereit, das vor Gericht auszusagen. Aber er wollte sich nicht genötigt sehen, einem des Mordes Angeklagten beizustehen. Van Doorn, der sein Zögern bemerkte und die Ursache erriet, sagte wieder: »Fragen Sie sie.«
So nahm Hilary die kleine Emma beiseite. »Weißt du, wer Gott ist?«

»O ja«, antwortete die Kleine mit kindlicher Stimme.
»Und weißt du, was die Hölle ist?«
»Master Keer, er hat mir gesagt.«
»Und du weißt, daß du in die Hölle kommst, wenn du nicht die Wahrheit sagst.«
»Master Keer hat mir gesagt.«
»Hat der alte Baas jemals einen Sklaven getötet?«
Das dunkle Gesicht der Kleinen verzog sich zu einem Flunsch, ihre kohlschwarzen Zügen verrieten ihre Erregung. Endlich sagte sie, nervös von einem Fuß auf den anderen tretend: »Er schlägt meinen Vater. Manchmal er haut meine Mutter. Aber er nie jemanden tötet.«
»Sprechen die Sklaven jemals abends, Emma?«
»Die ganze Zeit.«
»Sprechen sie jemals von einem Mord? Vor langer Zeit? Als der alte Baas wütend war?«
»Kein Mord.«
Saltwood beeindruckte die Bereitwilligkeit, mit der das Mädchen antwortete, aber auch ihre augenfällige Angst, deshalb fragte er sie plötzlich, ob sie ihre Eltern holen würde, und als sie erschienen, ebenso nervös wie ihre Tochter, fragte er sie in ihrem Dialekt: »Hat der Baas jemals einen Sklaven getötet?«
Sie blickten einander an, dann ihre Tochter, dann sagte der Mann: »Er schlägt mich zuviel. Er schlägt manchmal meine Frau.« Er zeigte Saltwood die Narben, die er schon früher gezeigt hatte. Sie waren schrecklich und tief.
»Aber hat er jemals einen Sklaven getötet?«
»Nein.« Als er das sagte, zupfte ihn seine Frau am Hemdärmel und sie flüsterten eine Zeitlang miteinander.
»Was sagt sie?« fragte Hilary Emma.
»Sie spricht von anderem Mal.«
»Welches andere Mal?«
Und der Vater erzählte mit gebrochenen, erregten Worten, daß auf einer anderen Farm, wo sie gelebt hatten, bevor sie von van Doorn gekauft wurden, der Herr einen Sklaven getötet hatte und auf Drängen von Simon Keer festgenommen und zu einer Strafe von zwei Pfund verurteilt worden war. Es wurde ihm auch das Recht entzogen, Sklaven zu besitzen, und deshalb waren die Madegassen nach *De Kraal* verkauft worden. Es hatte einen Mord gegeben, aber nie durch van Doorn.
»Weiß dein Vater, wer Gott ist?« fragte Hilary das kleine Mädchen.
»Nein.«
»Dann weiß er auch nicht, was die Hölle ist?«
»Nein«, sagte das Mädchen. »Aber er weiß, was wahr ist. Es gab keinen Mord.«
Saltwood ging zur Tür und rief van Doorn zu: »Ich werde mit Ihnen reiten.«

Die »Schwarze Runde« in Graaff-Reinet war eine kritische Angelegenheit. Durch die aufrüttelnden Berichte Simon Keers ausgelöst, war eine Anzahl von Anklagen ergangen, auf Beschuldigungen von Missionaren, Hottentotten und Farbigen hin, die alle den Buren schwere Mißhandlungen vorwarfen. Es hatte in der Tat schwerwiegende Mißstände gegeben: Hottentotten waren gezwungen worden, nach Ablauf ihrer legalen Verträge weiterzuarbeiten. Ihre Frauen und Kinder waren mit Gewalttätigkeit bedroht worden, wenn sie fortgingen. Sklaven waren übermäßig geschlagen worden, und es hatte Morde gegeben.
Aber viele der Anklagen waren unsinnig, entbehrten jeder Grundlage, so daß das, was eine ernste gerichtliche Untersuchung sein sollte, ein wirres Durcheinander wurde. Die Landbevölkerung stellte sich so massiv auf die Seite der Buren und leistete so bereitwillig Meineide, daß keine Gesetzesbrüche nachgewiesen werden konnten. Dutzende von einigermaßen rechtschaffenen Grenzsiedlern wie Lodevicus van Doorn dagegen wurden öffentlich gedemütigt, indem man sie zwang, auf der Anklagebank zu sitzen und auf lächerliche Anklagen zu antworten.
Drei Hottentotten waren tapfer genug, um gegen van Doorn auszusagen, aber was sie sagten, war so wirr, daß das Gericht mißtrauisch sein mußte; und als Reverend Saltwood vortrat, um ihn zu verteidigen, mußte das Gericht auf ihn hören. Das Urteil lautete: »Nicht schuldig.« Aber damit war die Sache noch nicht ausgestanden, denn die Buren, die sich durch die englischen Gerichte diffamiert fühlten, würden ihre Demütigung nie vergessen. Deshalb gehörte von nun an die »Schwarze Runde« zu der Liste von teils echten, teils erfundenen Mißständen, die in den nächsten anderthalb Jahrhunderten in jeder Burenfamilie zitiert wurde.
Die Engländer waren verärgert, weil einer ihrer eigenen Geistlichen eine Zeugenaussage gemacht hatte, die es einem Holländer ermöglichte, straffrei auszugehen: »Er war so schuldig wie der Teufel. Ging aus der Anklage hervor.« Das Gerücht ging um, daß Saltwood den Buren in Erwartung künftiger Vorteile verteidigt hatte: »War natürlich meineidig. Eben jetzt machen sie bei den Buren eine Kollekte.« Man war sich darüber einig, daß Hilary Saltwood, soweit es die englische Gemeinde am Kap betraf, geächtet werden müsse: »Von jetzt an ist er der Liebling der Buren.«
Wie unrecht sie hatten! Der Waffenstillstand zwischen van Doorn und Saltwood dauerte nur zwei Tage, denn als sie nach *De Kraal* zurückritten, erwartete sie Wilhelmina van Doorn weinend am Eingang. »Lodevicus, Emma ist fortgelaufen.«
»Holt sie zurück!«
»Wir wissen nicht, wohin sie gegangen ist.«
»Setzt die Hottentotten auf ihre Spur. Die finden alles.«
Saltwood konnte sich nur schwer vorstellen, daß das kleine Mädchen in dem grauen Kleid irgendwohin gelaufen war, aber wenn sie tatsächlich fort war, wußte er ziemlich sicher, warum: »Wahrscheinlich ist sie zur Mission gegangen.«

Sobald er diese Worte ausgesprochen hatte, wußte er, daß sie unüberlegt waren, denn van Doorns Blick wurde haßerfüllt: »Das darf sie nicht tun.«
»Aber wenn sie über Jesus Bescheid wissen will.«
»Ich lehre meine Sklaven alles, was sie über Jesus wissen müssen.«
»Aber Mijnheer van Doorn...«
»Verschonen Sie mich mit Ihrem ›Mijnheer‹!«
»Offensichtlich sehnt sich dieses Kind nach Jesus. Es ist vier Jahre her, seit sie von ihm gehört hat, und noch immer...«
»Wo hat sie von Jesus gehört?«
»Auf der anderen Farm. Von Simon Keer.«
Als er diesen Namen hörte, begann van Doorn auf holländisch zu schreien, daß Hilary ihm nicht folgen konnte. Dann schob er sein Kinn vor und knurrte: »Wenn einer meiner Sklaven etwas mit Simon Keer zu schaffen hat, schlage ich ihn, bis...«
Er brach ab, da er merkte, was er Schreckliches hatte sagen wollen und daß auch sein neuer Freund Saltwood wußte, wie der Satz hätte enden sollen. So fiel in dem Augenblick ihrer triumphalen Rückkehr von der »Schwarzen Runde« ein Schatten zwischen die beiden Männer.
Saltwood sprach als erster: »Wenn Emma nach Golan gelaufen ist, wird sie unter meinem Schutz stehen.«
»Wenn meine Sklavin in Ihrer Mission ist, können Sie sicher sein, daß ich sie mir holen werde.«
»Van Doorn, verstoßen Sie nicht gegen das Gesetz.«
»Kein Gesetz gibt Ihnen das Recht auf meine Sklavin. Ich habe gutes Geld für sie bezahlt. Sie gehört hierher.«
»Sie gehört in die Obhut Jesu Christi.«
»Hinaus!« Er riß die Tür auf und wies Saltwood aus dem Haus, aber während dieser zum Hügel ritt, rief Lodevicus zwei Hottentotten und trug ihnen auf, das Sklavenmädchen Emma aus der Mission zu holen.
Saltwood, der ein solches Manöver voraussah, ritt in scharfem Tempo, aber als er in Golan ankam, fand er den Ort in Aufruhr, denn die Hottentotten waren im Begriff, das kleine Mädchen fortzuschleppen, das weinend in ihren Armen zappelte.
Saltwood lief ohne zu zögern zu seiner Wohnung, ergriff sein Gewehr und trat den Entführern entgegen: »Laßt sie los und reitet nach Hause!«
»Baas sagen, bringen Emma.«
»Ich sage, laßt sie los!«
»Nein! Sie gehören uns!«
In diesem Augenblick riß sich Emma los, lief zu Saltwood und warf sich in seine Arme. Er spürte, daß das Kind seinen Schutz suchte, und beschloß, es um jeden Preis zu retten; und als die Hottentotten sie ergreifen wollten, feuerte er sein Gewehr über ihre Köpfe ab, worüber er genauso erschrocken war wie sie. Zum Glück trollten sich die braunen Männer zu ihren Pferden und galoppierten davon, denn ein zweites Mal hätte er nicht mehr schießen können, selbst wenn sein Gewehr eine zweite Kammer gehabt hätte.

Nun brachte Hilary das Kind bei Sauls Familie unter, wo es das Alphabet, den Katechismus und die herrlichen Verheißungen des Neuen Testaments zu lernen begann. Emma erwies sich als fähige Schülerin. Sie konnte ebenso gut singen wie nähen, und sehr bald erschien ihr strahlend schwarzes Gesicht mit den blitzenden Zähnen in der vordersten Reihe des Missionschors.

Sie übte eines Abends unter den Bäumen, als Lodevicus van Doorn wie ein weißhaariger Racheengel hereingeritten kam. Zwei Gewehre lagen nachlässig auf seinem Sattel. »Ich bin gekommen, um dich zu holen, Emma«, sagte er ruhig.

»Sie wird nicht gehen«, sagte Saul, der beim Anblick der drohenden Gewehre zitterte.

»Wenn du mich aufzuhalten versuchst, Kaffer, jag' ich dir eine Kugel in den Schädel.« Lodevicus berührte keines von seinen Gewehren, brachte aber sein Pferd näher an Emma heran.

Mit einer Würde, die viele von den Schwarzen in der Mission erwarben, stellte sich der alte Saul schützend vor das Kind, worauf Lodevicus eines seiner Gewehre hob.

»Um Gottes willen!« rief eine Stimme von der Seite her. »Sind Sie verrückt?«

Es war Saltwood, der herankam, um den Chor zu dirigieren. Unbewaffnet ging er direkt auf die Gewehrmündung zu, blickte zu Lodevicus hoch und befahl: »Reiten Sie zurück nach *De Kraal*.«

»Nicht ohne meine Madegassin.«

»Emma lebt jetzt hier.«

»Ich habe eine Verfügung vom Gericht in Graaff-Reinet, die besagt –«

»Solche Verfügungen gelten für entlaufene Sklaven, nicht für kleine Mädchen, die Jesus suchen.«

Van Doorns Halsmuskeln traten hervor wie Kürbisreben. »Sie gottverdammter Störenfried...«

»Alter Freund«, sagte Saltwood ruhig, »steigen Sie vom Pferd und lassen sie uns miteinander sprechen.«

»Ich werde meine Sklavin mitnehmen.«

»Komm her, Emma«, und das kleine Mädchen in dem blauen Missionskleid lief zu ihrem Beschützer und klammerte sich an ihn.

Van Doorn war wütend. Emma war sein Eigentum. Sie war eine Menge Geld wert, und er besaß eine ordnungsmäßige Verfügung, die ihre Rückkehr anordnete. Wenn er jetzt diesen Engländer erschoß, würden die Grenzburen ihren Landsmann verteidigen und die Engländer zum Teufel jagen. Als er jedoch sein Gewehr hob, trat Saul ruhig vor den Missionar und das Kind, breitete die Arme aus, um sie zu schützen, und in seiner Geste lag etwas, was den Buren zögern ließ. Wenn er jetzt feuerte, würde er drei Menschen töten müssen, darunter ein kleines Mädchen. So etwas konnte er nicht tun.

Aber wie immer fand Saltwood nicht die richtigen Worte: »Wenn Sie mich

töten, Lodevicus, wird die gesamte Armee des Britischen Reiches Sie bis ans Ende der Welt verfolgen.«
Der Bure brach auf seinem Sattel in verächtliches Lachen aus. »Ihr Engländer. Ihr gottverdammten Engländer!« Ohne weiteren Kommentar warf er sein Pferd herum und ritt hinaus aufs Veld. Er ritt lieber durch die Nacht, als sie mit Narren wie diesem englischen Missionar zu verbringen.

Als es sich bei den Farmern der Burengemeinde herumsprach, daß der englische Missionar Saltwood das Sklavenmädchen Emma gestohlen hatte und ihr in Golan Zuflucht gewährte, verbreitete sich unter ihnen Bestürzung. Es wurden Versammlungen abgehalten, zu denen die Teilnehmer bis zu fünfzig Meilen weit zu reiten hatten. Bei jeder war der Hauptredner der Patriarch Lodevicus der Hammer, der klarer als die meisten die Gefahren erkannte, denen sich Männer wie er gegenübersahen.
»Ich sehe schon das Unvermeidliche«, schrie er. »Die Engländer wollen, daß unsere Hottentotten leben wie Buren. Unser Land soll beschnitten werden, bis wir uns zusammendrängen wie die Kaffern. Und merkt euch, was ich sage, eines Tages wird man uns unsere Sklaven wegnehmen. Und dann wird unsere Sprache verboten werden, und unsere Geistlichen werden auf englisch predigen.«
Ein Farmer aus der Nähe von Graaff-Reinet, der die durchaus freundschaftlichen Beziehungen gesehen hatte, die zwischen Buren und englischen Beamten bestanden, widersprach: »Falsche Befürchtungen. Wir können uns mit den Engländern vertragen, bis sie wieder abziehen.«
Eher belanglose Vorkommnisse bewiesen, daß er unrecht hatte. Diesmal machten die englischen Eindringlinge keine Anstalten, das Land zu verlassen; und die isolierte Gemeinde war empört, als drei neue Geistliche für Außenbezirke ernannt wurden, die alle Schotten waren.
»Man könnte meinen, wir hätten keine eigenen Geistlichen«, riefen die Farmer, wirklich beunruhigt über dieses radikale Vorgehen.
»England setzt uns den Fuß auf den Nacken«, verkündete Lodevicus, und er weigerte sich, der Kirche weiterhin den Zehnten zu schicken.
Die Schuld lag nicht bei England. Die Regierung wußte, daß die Grenzgemeinden sich nach Geistlichen sehnten, die Holländisch sprachen, und die Verantwortlichen wollten solche Männer hinausschicken. Aber es gab einfach keine. Angesichts der Kolonisierung, die zu jener Zeit in der ganzen Welt in Gang war, war Südafrika das einzige größere Siedlungsgebiet, in dem die Kirchengemeinden selbst nicht genügend Geistliche hervorbrachten, um die vorwärtsdrängenden Siedler zu begleiten. Als dieser Mangel erkannt wurde, unternahm die Verwaltung das Nächstliegende: Sie importierte eine größere Zahl junger schottischer Presbyterianer, für die der Übertritt von John Knox zu Jean Calvin einfach war. Sie waren erstklassige Beamte, sehr fromme Männer und eine Zierde ihrer Religion.
Lodevicus glaubte natürlich nicht an die guten Absichten Englands in dieser Angelegenheit, und er hätte sie verdammt, auch wenn man sie ihm ausein-

andergesetzt hätte. Ihn interessierte nur, daß die neuen Geistlichen aus einem fremden Land kamen und daß sie fremde Ideen verbreiten würden. Es war ihm klar, daß sie hierhergebracht worden waren, um den Einfluß der Buren zu brechen; ein Teil seiner düsteren Prognosen erwies sich als wahr.

Da es nirgends in der Nähe von *De Kraal* Schulen gab, war Lodevicus in den nächsten Skandal nicht verwickelt. Er war jedoch schockiert, als er von Farmern in dichtbesiedelten Gebieten wie Swellendam hörte, daß Engländer in die Schulen eindrangen.

»Entsetzlich!« sagte ein Mann zu einer Gruppe von Buren. »Montag kommt mein Sohn Nicodemus in die Schule – was findet er vor? Einen neuen Lehrer, einen Engländer, der ihm sagt: ›Von nun an sprechen wir Englisch‹, oder so etwas Ähnliches. Nicodemus kann nicht Englisch, also wie soll er es verstehen?«

Bitterer Groll erhob sich unter den Buren, und so manche Familie dachte nach der abendlichen Bibellesung über die Warnungen nach, die Lodevicus ausgesprochen hatte. »Alles entwickelt sich so, wie er gesagt hat. Zuerst unsere Kirche, dann unsere Schulen. Als nächstes wird man uns verbieten, bei Gericht Holländisch zu sprechen.«

Kaum war diese Prophezeiung ausgesprochen, wurde einem Farmer unweit von Graaff-Reinet, der eine Klage wegen einer Grenzverletzung einbringen wollte, mitgeteilt, er müsse seinen Schriftsatz auf englisch einreichen. Das führte zu einer weiteren Diskussion, bei der Lodevicus seine Rolle als Prophet wieder aufnahm: »Der heiligste Besitz, den ein Mensch haben kann und der, wie ich manchmal glaube, sogar wichtiger ist als die Bibel, ist seine Muttersprache. Ein Bure denkt anders als ein Engländer und drückt dieses Denken in seiner eigenen Sprache aus. Wenn wir unsere Sprache nicht überall beschützen, in der Kirche und vor Gericht, geben wir unsere Seele preis. Ich sage, wir müssen für unsere Sprache so kämpfen wie für unser Leben, denn sonst können wir nie frei sein.«

Lodevicus war, wie alle van Doorns, von der fixen Idee der Freiheit besessen. Aber er forderte sie nur für sich selbst. Als ein Engländer argumentierte: »Eine historische Parallele, mein guter Mann: Als die Hugenotten hierher kamen, hattet ihr Holländer die Verantwortung, und ihr habt ihnen verboten, Französisch zu sprechen. Jetzt haben wir die Verantwortung, und wir wollen, daß ihr Englisch sprecht. Das ist nur recht und billig«, explodierte der alte Mann: »Verdammt noch mal! Dieses Gebiet war niemals französisch! Nur holländisch! Es wird auch nie englisch sein. Hol' euch der Teufel, lernt das Holländisch der Afrikander.« Er hätte den Besucher verprügelt, wenn sich die anderen nicht eingemischt hätten. Der Engländer wollte sich entschuldigen, aber Lodevicus geriet in fürchterliche Wut, seine Halsmuskeln traten hervor und er schrie: »Nie, niemals wird unsere Erde englisch sein!« Er lief im Zimmer umher wie ein biblischer Patriarch und brüllte: »Ihr müßt mich zuerst umbringen... und dann meine Söhne... und dann ihre Enkel... für immer.«

Vor diesem Hintergrund rebellischen Denkens erhob sich Lodevicus der Hammer im Jahr 1815 gegen die Engländer. Tjaart war mit den Herden unterwegs, als eines Abends spät ein Reiter nach *De Kraal* geritten kam. »Van Doorn! Lodevicus van Doorn!« rief er und sprang aus dem Sattel.
Der weißbärtige alte Mann kam heraus. *»Ja, broeder, wat is dit?«*
Atemlos: »Hottentotten töten Buren!« Und als Lodevicus ihn am Hals packte, stotterte er: »Frederick Bezuidenhout... lebt dreißig Meilen nördlich von hier... das Gericht in Graaff-Reinet...«
»Dieses Gericht kenne ich«, schnauzte ihn Lodevicus an. »Was hat es jetzt wieder getan?«
»Bezuidenhout vorgeladen... Beschuldigungen, einen Diener mißhandelt zu haben.«
Als der Angeklagte, ein grober, analphabetischer Renegat, sich weigerte zu erscheinen, waren anscheinend ein Leutnant und zwanzig Soldaten hingeschickt worden, um ihn zu holen. Unklugerweise waren alle Soldaten Hottentotten, und als sich Bezuidenhout in eine Höhle zurückzog, kam es zu einem Schußwechsel, bei dem die gut ausgebildeten Hottentotten ihn erschossen. Die Familie Bezuidenhout schwor Rache.
Lodevicus reagierte spontan: »Um den ist es nicht schade. Diese Diebe.« Er kannte die Bezuidenhouts als Gewalttäter an der Grenze, die weder englische noch holländische Vorschriften respektierten, und er war als Veldkornett oft gezwungen gewesen, sie zu bestrafen. Ihr Schlachtruf lautete: *»Afrika voor de Afrikaander!«*, und sie haßten die Engländer mit einer Leidenschaft, die nur ihrem Abscheu vor jenen Holländern gleichkam, die denen dienten, die sie »Die Herren von London« nannten.
Sie waren eine verderbte Bande, und Lodevicus konnte den Tod Fredericks nicht bedauern. »Van Doorn!« rief der Bote. »Hören Sie mich? Von den englischen Kaffernfreunden ausgesandte Hottentotten ermorden einen Buren.« Er schüttelte den Herrn von *De Kraal* und rief fast klagend: »Wir brauchen Sie, Lodevicus Hammer.«
»Wozu?«
»Um die Buren anzuführen.«
»Gegen wen?«
»Die Engländer, die uns Buren alle umbringen wollen.«
So sehr van Doorn die Engländer haßte, diese lächerliche Behauptung konnte er nicht hinnehmen. Zuerst sagte er dem Boten, er habe die ersten Tage vergessen, in denen die Treckburen die Hottentotten bewaffnet hatten, um gegen die Xhosa zu kämpfen, aber der Mann war hartnäckig.
»Lodevicus Hammer, wenn wir zulassen, daß die Engländer einem von uns das antun, werden sie es bald mit allen so machen.« Seine Argumente waren schließlich so überzeugend, daß der alte Mann fragte: »Was wollt ihr, daß ich tue?« und der Bote sagte: »Uns gegen die Engländer anführen.«
»Und woher sollen wir Truppen nehmen?«
Der Bote sagte leise: »Die Bezuidenhouts sagen, wir müssen uns an die Kaffern wenden.«

Keiner der beiden Männer sprach ein Wort, denn es war der Augenblick des Verrats, der Augenblick, in dem Loyalität und moralische Grundsätze einander die Waage hielten. Lodevicus van Doorn wußte genau, daß sein Volk seine letzte, entscheidende Schlacht gegen die Schwarzen schlagen mußte, und er wußte, wie schrecklich dieser Kampf sein konnte. Sein Vater Adriaan, seine Mutter Seena, seine Frau Rebecca, sie alle waren von den Xhosa umgebracht worden, und er hatte seinerseits ihre Reihen gelichtet. Es war undenkbar, sich jetzt mit ihnen zu verbünden.
»Der einzige Kaffer, mit dem ich zu sprechen wünsche, ist ein toter!« knurrte er.
»Nein, nein! Van Doorn, hören Sie mich an. Mit den Kaffern können wir die Engländer vertreiben. Danach können wir uns mit den Kaffern einigen.«
»Sie haben meine Familie ermordet«, sagte Lodevicus grimmig.
»Und jetzt benutzen wir sie für unsere Zwecke.« Er erklärte, wie das vor sich gehen könnte, und sagte zum Schluß: »Ich hörte Sie selbst sagen, Vicus, daß uns die Engländer vernichten werden. Sie werden auf den Buren herumtrampeln. Sie werden uns zwingen, die Hottentotten an unserem Tisch essen zu lassen und sie mit ›Mister‹ zu titulieren.« Er redete immer weiter und hämmerte ihm ein, daß der Engländer der wirkliche Feind war: »Sehen Sie doch, was sie Ihnen in der ›Schwarzen Runde‹ angetan haben.«
Das war der entscheidende Schlag. Lodevicus, der den Kaffern gegenüber bisher der »Hammer« gewesen war, machte einen großen Schritt in Richtung zum Verrat: »Der Feind, auf den es ankommt, ist der heutige Feind. Er ist weiß und Engländer.«
»Ich weiß, wo wir mit den Anführern der Xhosa zusammenkommen können«, flüsterte der Bote, und Lodevicus erklärte sich einverstanden, unverbindlich mit diesen schrecklichen Kriegern zu verhandeln.
In dunkler Nacht ritten die beiden Verschwörer zum Großen Fischfluß, überquerten ihn stromaufwärts und begaben sich zum Aufenthaltsort Guzakas, des Sohnes Sotopos. Als Lodevicus schließlich dem Krieger gegenüberstand, starrten die beiden Gegner einander schweigend an. Guzaka hatte drei Mitglieder der Familie van Doorn getötet, der Hammer war der Anführer bei der Vernichtung von über dreitausend Xhosa gewesen. Endlich erhob sich Guzaka, streckte beide Hände aus und sagte: »Es ist Zeit.«
Die beiden ergrauten Krieger saßen vor Guzakas Hütte, wie Kater, deren Krallen durch die Jahre stumpf geworden waren und die ihre Wunden leckten. »Ja, Kaffer«, sagte van Doorn langsam, »hier steht ein van Doorn und bittet um Hilfe. Gott weiß, es ist nicht recht, aber was sollen wir sonst tun?«
»Die Rotröcke werden uns beide vernichten«, erwiderte der weißhaarige Xhosa.
»Wir müssen sie rausschmeißen.«
»Morde, zu viel Morde«, sagte Guzaka.
»Laß uns mit ihnen abrechnen, dann schließen wir miteinander Frieden.«

»Aber auch ihr Buren stehlt unser Land.«
»Haben wir jemals zwanzigtausend über den Großen Fischfluß getrieben? Das taten die Engländer.«
»Es ist dennoch unser Land«, sagte Guzaka, verwirrt über die Richtung, die das Gespräch nahm.
»Alter Mann, du und ich, wir haben nicht mehr allzu viele Jahre vor uns. Laß uns die Landfrage jetzt lösen. Wir vertreiben die Engländer, dann schließen wir Frieden, du und ich. Wir züchten beide Rinder. Wir teilen uns das Land.«
»Können wir die Rotröcke besiegen?« fragte der alte Krieger.
»Gemeinsam können wir alles«, sagte Lodevicus voller Überzeugungskraft und drückte impulsiv die Hand seines Feindes, denn in diesem Augenblick glaubte er wirklich an diese Worte.
Gerührt durch diese Geste der Freundschaft, erklärte Guzaka: »Heute abend werde ich das mit meinen Anführern besprechen. Morgen schließen wir den Vertrag.« Es war ein Wort, das er gut kannte, denn an dieser umstrittenen Grenze hatte es schon mehr als fünfzehn Verträge gegeben, von denen keiner hoffnungsvollere Aussichten gehabt hatte als dieser: Buren und Xhosa gegen den gemeinsamen Feind.
Aber während dieses Palavers, das für das Grenzgebiet so bedeutungsvoll sein konnte, hatte ein junger Xhosakrieger mit wilden, verschlagenen Augen aufmerksam zugehört. Dieser magere Mann, der eine wulstige Narbe auf der Stirn hatte, behauptete, Visionen zu haben und Prophezeiungen verkünden zu können. Er verzehrte sich in glühendem Haß gegen van Doorn, denn er erinnerte sich daran, daß der riesige Bure vor Jahren Tabak als Falle auf dem Erdboden verstreut hatte. Sein Vater hatte sich danach gebückt und war mit fünfzig anderen Kriegern gefallen.
Als Lodevicus und der Bote sich entfernt hatten, hielt der vor Erregung zitternde Prophet seinen Stammesbrüdern eine leidenschaftliche Rede: »Ihr Schakale! Feiglinge! Männer ohne Haut! Wer ist dieser van Doorn, der bettelnd zu euch kommt? Ist er nicht der Zauberer, der Tabak verwendet, um seine Feinde hinzuschlachten? Das Blut meines Volkes klebt an seinen Händen.«
»Das Blut seines Volkes klebt an unseren Händen«, antwortete Guzaka. »Jetzt ist der Augenblick gekommen, dem Blutvergießen ein Ende zu machen.«
»Was kann dieses Ungeheuer für uns tun?« fragte der Prophet.
»Er wird uns helfen, gegen die Engländer zu kämpfen«, erklärte Guzaka. »Mit den Buren können wir in Frieden leben. Mit den Engländern niemals.«
»Wenn wir den Buren heute helfen«, warnte der Prophet mit der Narbe, »werden sie unser Land stehlen, sobald der Kampf vorüber ist. Ich sage: Töten wir sie heute nacht.«
Aber Guzaka sah eine Chance, einen dauernden Frieden zu erreichen, ohne den sein Volk unaufhörliche Verfolgung leiden würde, und er versuchte,

den Plan eines gemeinsamen Angriffs gegen die Engländer durchzusetzen. Er erreichte nichts, denn der Prophet war entflammt von einer apokalyptischen Vision, in der längst gefallene Xhosa-Anführer mystisch auferstanden, um einen Angriff gegen Engländer und Buren zu führen, um sie aus dem Land zu vertreiben. Er schrie: »Er ist alt und er hat Angst!« Und drei junge Krieger schlugen Guzaka, den Anführer in vielen Schlachten, zu Boden und töteten ihn.
Dann stürmten sie hinaus in die Nacht und suchten den Pfad, auf dem Lodevicus das Lager verlassen hatte. In der Dunkelheit fielen sechzig Krieger, von dem Propheten angespornt, über das Zelt her, in dem Lodevicus schlief. Der alte Mann griff zu seinem Gewehr, doch bevor er einen Schuß abfeuern konnte, durchbohrten Assagais seine Brust und er sank zu Boden. Sterbend stöhnte der Verwundete: »Barmherziger Gott, vergib mir. Vergib mir.« Während er zusammenbrach und Blut aus seinem Mund quoll, murmelte er: »Adriaan, Seena, Rebecca, ich. Der Kreis...«
Noch hatte die Nachricht von Lodevicus' Tod *De Kraal* nicht erreicht, als Hilary Saltwood mit Saul in das Tal geritten kam. Tjaart, der von dem Viehtrieb zurückkam, betrachtete den Missionar argwöhnisch, da er in ihm nur den Engländer sah, der das Sklavenmädchen Emma gestohlen hatte. Er ergriff die Nilpferdpeitsche an seiner Seite, ließ sie über das Gras knallen und knurrte: »Fort von diesem Land, Saltwood!«
Hilary, der auf dem Kutschbock eines kleinen Karrens saß, spürte, wie Saul neben ihm zitterte. »Legen Sie das weg, Tjaart. Es ist nicht der richtige Augenblick, um zu streiten.«
»Zurück zu deinen Hottentotten, Engländer, und nimm diesen verdammten Kaffer mit!«
Saltwoods Augen folgten der drohenden Peitsche, dann hefteten sie sich auf Tjaarts Gesicht. Der Bure erkannte den Ausdruck schmerzlicher Bitte, und seine nächsten Worte waren weniger unbeherrscht: »Was wollen Sie?«
»Es geht um Ihren Vater, Tjaart.«
Wilhelmina und Tjaarts Frau, die im Inneren des Hauses zugehört hatten, traten heraus und starrten den Eindringling an. Beim Anblick der Frauen schwieg er.
»Was ist mit meinem Vater?«
»Er ritt mit den Rebellen.«
»Verdammt, Mann, das weiß ich. Und ich schließe mich ihnen morgen an.«
Mein Gott, warum ich? fragte sich Hilary, wie im Gebet. Warum muß immer ich es sein, der dieser Familie gegenübertritt?
»Tjaart, Ihr Vater ist tot.«
Der jüngere van Doorn knirschte die Worte: »Was sagst du, Engländer?« Bisher hatten sie sich der Sprache der Buren bedient, aber in seiner Erregung verwendete Tjaart die Sprache des Missionars.
Wilhelmina erbleichte. Sie legte den Arm um die Schultern ihrer Schwiegertochter und zog sie an sich. Sie erinnerte sich an die langen Jahre, die seit dem Tag vergangen waren, an dem sie aus einer gottlosen Vergangen-

heit nach Norden geritten war, um sich Lodevicus dem Hammer anzubieten. Es waren gute und bewegte Jahre gewesen. Zweimal formten ihre Lippen seinen Namen, und als sie zu dem niedergeschlagenen, zaundürren Missionar aufblickte, wußte sie, daß er die Wahrheit sprach. Ihr wilder alter Mann war tot.

»Die Kaffern haben ihn erschlagen«, wiederholte Saltwood. Ruhig erklärte er, daß sein Xhosa, Saul, zu Besuch jenseits des Großen Fischflusses gewesen war und von dem Besuch bei Guzaka und der doppelten Tragödie gehört hatte, die auf ihn gefolgt war. Als er ihnen versicherte, daß Saul sie zu der Leiche führen könne, sagte Wilhelmina leise: »Herr Pastor, Sie müssen müde sein. Treten Sie ein.«

Am Nachmittag begaben sie sich auf die traurige Reise. Wilhelmina bestand darauf, daß der Hammer dort begraben werden solle, wo er gefallen war. »Er war ein Mann Gottes, aber nicht der Kirche«, sagte sie und lehnte das Angebot Saltwoods ab, Lodevicus in der Mission zu begraben. Am Mittag des nächsten Tages häuften die weißen Männer und Frauen Steine auf Lodevicus' Grab, worauf der Missionar ein Gebet auf holländisch sprach und dann die traurigen Zeilen des Neunzigsten Psalmes:

> Unser Leben währet siebzig Jahre, und wenn's hoch kommt, so sind's achtzig Jahre, und wenn's köstlich gewesen ist, so ist es Mühe und Arbeit gewesen; denn es fähret schnell dahin, als flögen wir davon... Lehre uns bedenken, daß wir sterben müssen, auf daß wir klug werden.

Bei ihrer Rückkehr kamen die Trauernden zu der Stelle, an der Saltwood und Saul westwärts nach Golan abbiegen mußten, und es schien dem Missionar, daß sein Leben und das Tjaarts so verschieden waren wie die Richtungen, die sie nun einschlugen. Er hatte in diesen Tagen einem van Doorn so nahe gestanden, wie es nie wieder der Fall sein würde, und das veranlaßte ihn, beschwörend zu sagen: »Tjaart, reiten Sie nicht mit den Rebellen. Suchen Sie nicht das Unglück.«

»Sie?« fragte Tjaart. »Sie machen sich Sorgen um meine Seele?«

»Was das Sklavenmädchen betrifft, das so viel Bitterkeit verursacht hat: Ich möchte sie kaufen.«

»Ein Prediger will ein Sklavenmädchen aus *De Kraal* kaufen?«

»Sie und ihre Eltern.«

»Woher wollen Sie das Geld nehmen?«

»Ich würde nach Hause schreiben... meiner Mutter.«

Diese einfältige Erklärung belustigte alle van Doorns, und zum erstenmal seit dem Tod des Hammers brachen sie in Gelächter aus. »Er wird seiner Mutter nach Hause schreiben!« äffte ihn Tjaart nach. Aber er erklärte sich bereit, die Sklaven zu verkaufen.

Noch während das Gelächter verhallte, spielten sich die abschließenden Szenen des vergeblichen Aufstandes im Norden ab. Dort schlossen gut ausgebildete englische Soldaten eine bunt zusammengewürfelte Einheit von siebzig aufständischen Buren ein, von denen sich die meisten ergaben, ohne einen Schuß abzufeuern. Einige wenige Rädelsführer entwischten. Bei der nachfolgenden kriegerischen Auseinandersetzung fand Johannes Bezuidenhout, Fredericks Bruder, der die Unruhen angezettelt hatte, den Tod, und die erste mißglückte Rebellion war damit zu Ende.

Zwei Trommler marschierten langsamen Schrittes neben einem Karren, auf dem sechs Männer mit gefesselten Händen standen. Sie schlugen ihre Trommeln im Rhythmus des Todes, denn die beiden speziell für diese Gelegenheit gestriegelten Pferde beförderten die letzten der Bezuidenhout-Rebellen in ein schönes, von lieblichen Hügeln umgebenes Tal. Die sechs Männer waren zum Tod verurteilt, aber einer war begnadigt worden: Bevor sein Leben im Gefängnis begann, mußte er, am Hals an den Galgen gefesselt, zusehen, wie seine fünf Gefährten gehängt wurden.
Der Name dieses Ortes kleidete das Schreckliche, das dort geschah, in Worte und sollte für immer in der Geschichte Südafrikas widerhallen: *Slagter's Nek* – Des Schlächters Hals.
Die Menge der Zuschauer war groß. Alle nicht verurteilten Revolutionäre mußten im Schatten der Galgen stehen, ebenso die Familien der Männer und die beiden Witwen der bereits toten Bezuidenhouts. Es waren fast dreihundert Mann Miliz anwesend, um die aufgewühlten Leidenschaften im Zaum zu halten: englische Truppen in roter Uniform, Hottentottenmiliz in Marschausrüstung und loyale Buren in einfacher Freiwilligenkleidung.
Oberst Jacob Glen Cuyler, der Kommandant dieser Einheiten, war ein ungewöhnlicher Mann. Er war der Sohn des Bürgermeisters von Albany, New York, in den neuen Vereinigten Staaten von Amerika. Der gutaussehende, vierzigjährige Mann war kurz vor der amerikanischen Revolution als Sohn einer Loyalistenfamilie zur Welt gekommen. Als seine Eltern sich weigerten, die Revolution zu unterstützen, flüchteten sie nach Kanada, wo der junge Jacob in die britische Armee eintrat. Wegen seiner holländischen Abstammung schien es naheliegend, ihn nach Südafrika zu schicken, wo er im Jahre 1806 mit der zweiten englischen Invasionsarmee landete. Er war ein tapferer und intelligenter Mann, hatte in der neuen Kolonie Erfolg und erreichte den Rang eines Obersten und leitenden Beamten eines großen Bezirks südlich von Graaff-Reinet.
Er war ein Feind der Revolutionäre. Sie hatten ihn aus seinem Heim in Amerika vertrieben und ihm unauslöschliche Erinnerungen hinterlassen: Als er nach Südafrika kam, brachte er zwei schöne Portäts seiner Eltern mit, die Major John André, der vor seiner Hinrichtung als englischer Spion bei den Cuylers gewohnt hatte, kurz vor seinem Tod vollendet hatte.
Oberst Cuyler war, den strengen Befehlen von Kapstadt entsprechend, entschlossen, daß diese Hinrichtungen mit Anstand vorgenommen werden sollten. Er hatte die beiden Trommler vorgeschlagen und war auf dem Weg nach Norden zur Golan-Mission gekommen, um Missionar Saltwood zu sa-

gen: »Es ist immer angebracht, einen Geistlichen bei einer Hinrichtung zu haben. Das bedeutet religiöse Bestätigung und hilft, die todgeweihten Männer unter Kontrolle zu halten.«
Keiner, der den Hinrichtungen am *Slagter's Nek* beigewohnt hatte, vergaß sie jemals. Manchmal weinten Frauen und Männer nachts, nicht wegen der Hinrichtungen, die in jenen Tagen häufig erfolgten, sondern wegen der herzzerreißenden Vorgänge, die sich dabei abspielten.
Als die fünf Verurteilten zu den Galgen geführt wurden, zwang man sie, auf bewegliche Plattformen zu steigen und mit gefesselten Händen und Füßen stillzustehen, während die Stricke an ihren Hälsen befestigt und geknotet wurden. Einige der Männer ließen sich die Augen verbinden, und als alles bereit war, befahl Cuyler einen Trommelwirbel und die Plattformen wurden weggestoßen. Einen langen, entsetzlichen Augenblick lang zappelten die Verurteilten in der Luft, dann geschah das Wunder: Vier von den fünf Stricken rissen, so daß diese Männer zu Boden fielen.
Als das geschah, erhob sich gewaltiges Freundengeschrei von allen, sogar von den Hottentottensoldaten. Reverend Saltwood sprang auf und nieder, warf die Arme in die Luft und schrie: »Gott sei gepriesen!« In wilder Erregung umarmte er die Männer, die durch ein solches Wunder gerettet worden waren, kniete im Staub nieder und löste ihre Fußfesseln. Dann begann er, mit ihnen ein Gebet zu sprechen, das förmlich hervorzuströmen schien, als ob Gott selbst sich darüber freute. In seinem Jubel über diese glückliche Rettung, wenn auch der unglückliche fünfte Rebell tot an seinem Strick baumelte, befand er sich plötzlich neben Tjaart van Doorn, und die beiden Feinde umarmten einander in gemeinsamer Freude. »Gott sei Dank, Gott sei Dank!« murmelte Hilary mehrmals, während er und Tjaart im Schatten der Galgen tanzten.
»Tjaart!« rief Saltwood überschwenglich. »Sie müssen kommen und mit mir beten. Wir können Freunde sein, das können wir wirklich.«
»Vielleicht können wir es«, sagte Tjaart, und in diesem Augenblick der Versöhnung geschah das Schreckliche.
»Formieren!« schrie Cuyler. »Bringt neue Stricke!«
»Was?« rief Saltwood, unfähig zu begreifen, was er hörte.
»Neue Stricke!«
»Aber Oberst! Nach englischem Gesetz... wenn das Seil reißt, ist der Mann frei!«
Sobald Hilary diese alte Verordnung erwähnte, die gut war, denn sie gab zu, daß mitunter Gott selbst eingriff, um den Verurteilten zu retten, nahm die Menge den Ruf auf, und die Verwandten, die sich mit ihren noch einmal davongekommenen Männern gefreut hatten, liefen zu dem Offizier, um ihn an die altehrwürdige Tradition zu erinnern.
»Sie sind gerettet!« riefen die Leute. »Sie können sie nicht ein zweites Mal hängen!«
»Stimmt«, bekräftigte Saltwood. »Es ist ein Brauch, an den sich alle Menschen halten! Die Hinrichtung war vollzogen, als Gott eingriff.«

Plötzlich verhärtete sich Cuylers Blick. Er hatte eine Aufgabe zu erfüllen, eine Revolution niederzuwerfen. Da er aus Albany vertrieben worden war, kannte er den Terror, der ein Land verschlingen konnte, wenn man revolutionären Ideen erlaubte, sich im Lande zu verbreiten, und hatte nicht die Absicht, das in Afrika zuzulassen. Diese Männer mußten sterben. Es war somit unerwünscht, daß dieser alberne englische Priester anfing, Schwierigkeiten zu machen. Mit einem kräftigen Ruck schob er Saltwood zurück und rief seiner Ordonnanz zu: »Fesselt diesen albernen Esel und bringt ihn fort!«

»Nein, Sir, nein!« protestierte Hilary. »Sie schänden dieses Land, wenn Sie...«

»Bringt ihn fort!« befahl der Offizier kalt. Die Soldaten ergriffen den Missionar. Eine Hand verschloß ihm den Mund, so daß er nicht weiter protestieren konnte, und er wurde weggeschleppt.

Dann stellte man die vier am Leben gebliebenen, die Gottes Gnade berührt hatte, noch einmal auf die Plattformen. Ihre Gesichter waren aschfahl, als neue Stricke um ihren Hals geknüpft wurden.

Es war kein Schrei, der von der Menge ausging. Es war keine militärische Provokation für die neue Regierung. Es war nur ein ungeheurer Seufzer der Qual darüber, daß etwas so Abscheuliches an einem so schönen Tag geschehen konnte. Dann kam von der Stelle, an der er festgehalten wurde, Saltwoods flehender Schrei: »Nicht! Nicht!«

Zum zweitenmal wurden die Plattformen weggestoßen. Diesmal hielten die Stricke.

Als Tjaart van Doorn nach *De Kraal* zurückkam, schwieg er lange, dann rief er grimmig seine Familie zusammen und betete ihnen feierlich die Litanei vor, die von da an in hartnäckig reaktionären Burenfamilien immer wieder aufgesagt wurde: »Vergeßt nie die ›Schwarze Runde‹, als Hottentotten und Lügner vor englischen Gerichten gegen anständige Buren als Zeugen aussagten. Vergeßt nie, wie die Engländer versucht haben, unsere Sprache zu verbieten. Vergeßt nie *Slagter's Nek*, wo ein englischer Offizier in Ungehorsam Gottes Gesetz gegenüber dieselben Männer zweimal hängen ließ.«

Tjaart war jetzt sechsundzwanzig, ein stiller, eigensinniger Mann, der langsam aus dem Schatten der hitzigen Überschwenglichkeit seines Vaters trat, um die Verantwortung für *De Kraal* zu übernehmen. Sein Charakter war noch nicht fertig geformt: er trat für alles ein, was sein heißblütiger Vater getan hatte, sogar für dessen fast verräterisches Verhalten, von dem er sich einredete, daß »Vater aus Verzweiflung über die widerrechtlichen Handlungen der Engländer dazu gezwungen wurde«. Er wußte jedoch, daß er den Platz des Hammers als Vorkämpfer der Buren nie einnehmen konnte. Seine Einstellung war ruhiger, wie etwa die eines selbstsicheren Stieres, der die Weide beherrscht, ohne zu brüllen. Es wurde ihm klar, daß die englische Herrschaft herausgefordert werden mußte, aber er wußte nicht, wann und wie. Er nahm an, daß die Eindringlinge einen kleinen Fehler nach dem andeten begehen und damit ihr eigenes Grab graben würden bis zu dem Tag, an dem die Buren imstande sein würden, die Herrschaft über ihr Vaterland wieder zu übernehmen.

Als Oberst Cuyler von den Hinrichtungen in *Slagter's Nek* zurückkam, war er über Reverend Saltwoods kleinmütiges Verhalten – denn dafür hielt er es – so verärgert, daß er einen wütenden Bericht nach Kapstadt schrieb, in dem er bestätigte, was viele Regierungsbeamte bereits vermutet hatten: daß Hilary ein verantwortungsloser Charakter sei, dessen Loyalität fragwürdig war. Von da an hatte der englische Teil von Südafrika mit dem einfältigen Missionar am Ostrand der Siedlung nur mehr wenig zu tun.

Während dieser Jahre machte sich Hauptmann Richard Saltwood in Indien recht gut. Bei Hinrichtungen von Hindus, von denen er etliche miterlebte, blieb er kühl: »Der Kerl wurde erwischt, folglich wird er gehängt, das ist alles.«
Er nahm an sechs Feldzügen teil, davon zwei mit Ochterlony gegen die Gurkhas – der von 1814 ging verloren, der von 1816 endete siegreich – und schiffte sich 1819 als neu ernannter Major seines Regiments nach England ein. Da sein Schiff in Kapstadt anlegte, beabsichtigte er mit seinem Bruder zusammenzutreffen, der irgendwo als Missionar tätig war. Als er jedoch feststellte, daß sich Hilary in vier- oder fünfhundert Meilen Entfernung befand, war er erstaunt: »Dieses Land ist ja so groß wie Indien.« Und er gab den Gedanken auf, ihn zu finden.
Er freute sich nicht über das, was er in Kapstadt über Hilarys merkwürdiges Benehmen erfuhr. Die Gattin eines Offiziers erzählte: »Es ist das Grenzgebiet, Richard. Die Kaffern, die Hottentotten, die Burenfamilien, die weder schreiben noch lesen können. Unsere Militärs werden dort nur für jeweils sieben Monate stationiert. Mehr halten sie einfach nicht aus. Wie lange ist Ihr Bruder schon dort? Seit neun langen Jahren? Kein Wunder, daß er verrückt spielt.«
Ein Hauptmann der Armee, der in Graaff-Reinet stationiert gewesen war, drückte sich klarer aus: »Es ist die moralische Vereinsamung... die geistige Einsamkeit. Die Kirche in London schickt ihnen Bücher und dergleichen, aber sie sitzen dort abseits und verlassen von aller Welt. Ich würde es nicht wagen, einen meiner Leute auch nur zwei Jahre dort zu lassen. Sie würden dort verkommen.«
»In welcher Beziehung?«
»Sie beginnen, alles vom Standpunkt der Eingeborenen aus zu sehen. Sie lernen die Sprache, wissen Sie. Essen Kaffernkost. Manche von ihnen nehmen, Gott bewahre, Kaffernfrauen.«
»Sicherlich nicht die Missionare.«
»Doch, sie heiraten sie sogar. Und es gab auch Fälle...«
Er senkte die Stimme vielsagend und überließ es Major Saltwood, zu erraten, worin diese Fälle bestanden hatten.

»Könnte ich etwas tun?«
»Sicherlich. Finden Sie eine Frau für ihn.«
»Kann er denn nicht selbst...«
Der Hauptmann unterbrach ihn, er wollte über etwas sprechen, worüber er oft nachgedacht hatte: »Tatsächlich kann man mit Männern mehr anfangen, wenn sie verheiratet sind. Das macht sie verantwortungsbewußter. Sie gehen auch früher zu Bett. Essen besser zubereitete Kost. Missionare machen da keine Ausnahme. Ihr Bruder braucht eine Frau.«
»Warum nimmt er sich keine?«
»Es gibt hier keine.«
»Gestern abend beim Tanzen sah ich viele Frauen.«
»Keine davon ist ledig.« Er ging die Liste der hübschen Frauen durch, die Richard kennengelernt hatte. Sie waren alle verheiratet.
»Gestern abend machten sie nicht diesen Eindruck«, sagte Richard.
»Wenn Sie nach Hause kommen«, sagte der Hauptmann, »müssen Sie für Ihren Bruder eine gute Frau finden. Eine, die Missionare mag.«
»Und sie mit dem Schiff hierherschicken?«
»So machen wir es alle. Jedes Schiff, das in die Tafelbucht einläuft, bringt eine Anzahl mit, aber nie genug.« Er blickte nachdenklich in seine Tasse. »Wenn man in England ist und es überall Frauen gibt, erscheinen sie einem recht alltäglich. Wenn man aber in Übersee lebt, wo es keine gibt – das heißt, keine weißen –, verdammt, dann erscheinen sie einem ungeheuer wichtig.«
Infolge dieser dringenden Aufforderung schrieb Richard Saltwood seinem Bruder einen Brief:

> Ich war schrecklich enttäuscht, weil ich dich während meines Besuchs nicht getroffen habe. Das Regiment kehrt nach Wiltshire zurück, und ich wurde, dank einiger persönlicher Erfolge gegen die Gurkhas, zum Major befördert. Ich habe ziemlich Heimweh nach *Sentinels* und hätte mir nur gewünscht, daß du dort wärest, wenn ich hinkomme. Mehrere Leute in Kapstadt, Geistliche wie Militärs, haben mich gedrängt, eine Frau für dich zu suchen, sobald ich wieder in Salisbury bin, eine Aufgabe, vor der ich auch für mich selbst stehe. Bitte schicke einen Brief an Mutter, in dem du uns sagst, ob wir so vorgehen sollen und in welche Richtung. Deine zukünftige Frau könnte sich an Bord eines der nächsten nach Kapstadt abgehenden Schiffe befinden und ich ebenfalls, denn mir hat es in eurem Land sehr gut gefallen. Ich denke mir, ein englischer Soldat könnte hier gut vorankommen, und ich fürchte, ich habe es bei den glorreichen Neunundfünfzigern so weit gebracht, wie es mir möglich war.

Als Hilary den Brief erhielt, stand es recht traurig um ihn, denn die Golan-Mission befand sich in Schwierigkeiten. Die Reihen der Hütten waren voller Hottentotten und Xhosa, die nicht unter den Buren arbeiten wollten, aber wenige von ihnen waren aufrichtige Christen. Nicht einmal Emmas Eltern

hatten sich bekehrt, und es gab auch mit Emma selbst ein Problem. Sie war jetzt neunzehn und eine wahre Christin, aber es mußten Pläne für ihre Zukunft geschmiedet werden. Das Beste, was sie anstreben konnte, war eine Ehe mit einem halbchristlichen Xhosa. Wahrscheinlicher war jedoch, daß sie wieder als Sklavin in einen Burenkral geraten würde.
Aus England trafen nur spärliche Geldmittel zur Unterstützung der Mission ein. Ein junger Mann, der abgestellt worden war, um Hilary zu entlasten, hatte nur einen kurzen Blick auf Südafrika geworfen und war wieder an Bord seines Schiffes gegangen, um sein Glück lieber in Indien zu versuchen. Hilary kapselte sich gegen solche Enttäuschungen ab, indem er sich an seine unbedeutenden Erfolge klammerte, die er mit Emma teilte: »Phambo kam wieder zum Gebet, und ich glaube, er ist auf dem Weg des Heils.« Als Phambo drei Tage später zum Xhosalager auf der anderen Seite des Großen Fischflusses fortlief und drei Golan-Kühe mitnahm, verurteilte er ihn nicht: »Der arme Phambo hörte die Stimme der Versuchung und konnte ihr nicht widerstehen. Aber wenn er wiederkommt, Emma – und ich bin überzeugt, daß er das tun wird –, müssen wir ihn, mit oder ohne Kühe, als unseren Bruder begrüßen.«
Hilary wollte seine Ächtung durch Buren und Engländer nicht zur Kenntnis nehmen: Erstere ächteten ihn, weil sie in ihm einen Agenten der englischen Unterdrückung sahen, letztere, weil er sich in *Slagter's Nek* »schlecht benommen« hatte. Und beide Seiten straften ihn mit Verachtung, weil er die Kaffern gegen die Weißen unterstützte. Einer der Gründe, warum er die Ächtung ignorieren konnte, war, daß er selten an irgendeiner öffentlichen Veranstaltung teilnahm. Seine Welt war seine Kirche.
Aber der Vorschlag seines Bruders, er solle heiraten, klang plausibel. Er war jetzt vierunddreißig, ausgelaugt und verbraucht durch die Strapazen in dem unruhigen Grenzgebiet, und er fühlte das Bedürfnis nach jemandem, mit dem er seine seelischen Bürden teilen konnte. Wenn seine Mutter, nach Rücksprache mit ihren anderen Söhnen, in Salisbury auf die Suche gehen und eine geeignete Frau finden konnte, würden sich die vor ihm liegenden Jahre sowohl für Christus als auch für seinen Diener Saltwood vielleicht als erfolgreich erweisen. Also schrieb er einen vorsichtigen Brief, in dem er seiner Mutter die Anforderungen, die an eine Missionarsfrau in Südafrika gestellt wurden, mitteilte.
Er wurde von solchen persönlichen Dingen abgelenkt, als Tjaart eines Morgens in Begleitung von vier Buren in die Mission galoppiert kam und erregt schrie: »Wir brauchen jeden Mann! Die Kaffern marschieren gegen Grahamstown.«
Das Kommando wartete etwa fünfzehn Minuten darauf, daß Saltwood sich bewaffnete, von denen dieser zehn damit verbrachte, einen schweren seelischen Konflikt auszufechten, ob es für ihn christlich sei, an einem bewaffneten Kampf gegen die Xhosa teilzunehmen, die er liebte. Da ihm klar war, daß nicht einmal die Missionsarbeit Erfolg zeitigen konnte, solange die Grenze nicht befriedet war, ergriff er widerwillig sein Gewehr.

»Bringen Sie auch Ihre Hottentotten mit!« rief Tjaart, und sechs von ihnen bestiegen eifrig ihre Pferde. Daß die Engländer bewaffnete Hottentotten gegen die Buren einsetzten, war verbrecherisch gewesen, daß die Buren sie gegen die Kaffern einsetzten, war klug.
Die Entfernung von der Mission Golan zum Militärposten Grahamstown betrug siebzig Meilen, und während die Buren ihre Pferde antrieben, überlegte Saltwood, daß in dem Dorf nur Engländer wohnten. Dennoch waren es Buren, die ihnen zu Hilfe eilten. Er wußte, daß Tjaart die Engländer verachtete und bei jeder Gelegenheit über sie herzog, wenn aber ein vorgeschobener Posten der Engländer von Kaffern bedroht wurde, waren die Burenkommandos immer bereit aufzusitzen. Es war verwirrend.
Den zwölf Neuankömmlingen wurde in Grahamstown ein jubelnder Empfang bereitet, wo weniger als dreihundert englische und Hottentottensoldaten sowie zwei Kanonen den Angriff der Xhosa erwarteten. Tjaarts Kontingent bedeutete, daß dreißig Zivilisten die Soldaten unterstützen würden. Er war beunruhigt, als der englische Kommandant seine Truppen teilte: »Die Hälfte in die Kaserne im Südosten, die andere Hälfte bleibt hier bei mir, um die leere Stadt zu verteidigen.« Er schickte die Frauen und Kinder in die Kaserne, wo sie in Sicherheit waren, mit Ausnahme von fünf Frauen, die sagten: »Wir wollen zusammen mit unseren Männern in der Stadt kämpfen.«
Während der ganzen Nacht kamen Hottentottenspäher herein und berichteten über den ständigen Vormarsch der Xhosahorden, aber Tjaart und Saltwood konnten den von ihnen angegebenen Zahlen keinen Glauben schenken. »Hottentotten übertreiben immer«, erklärte Tjaart. »Weiße und Schwarze sind um so viel größer als sie, deshalb glauben sie, daß es mehr sind.« Aber beim Morgengrauen wurde den Verteidigern vor Schreck übel, als von den Hügeln nordöstlich von Grahamstown über zehntausend Krieger in drei dicht gedrängten Abteilungen herabkamen. Das Getöse dieser Massen, die gegen die Siedlung vorrückten, erfüllte alle mit Angst.
Der Xhosa-Prophet mit der Narbe auf der Stirn hatte einen sicheren Sieg vorausgesagt: »Wenn Grahamstown fällt, gehört jede Grenzfarm vom Ozean bis zu den Bergen im Norden uns!« Den jubelnden Scharen folgten Hunderte von Frauen mit ihren Kochtöpfen und Trinkgefäßen, denn der Prophet hatte ihnen versprochen: »Bei Sonnenuntergang werden wir feiern wie noch nie. Rotröcke und Buren werden vernichtet sein.«
Tjaart, der vom Kampfgeist seines Vaters erfüllt war, betrachtete den bevorstehenden Angriff als ein weiteres Gefecht in einem niemals endenden Kampf. Dort stand der Feind, und hier standen die Männer Gottes – und die hatten nur eine Pflicht: die Feinde zu bestrafen. Er wandte sich an die Männer in seiner Umgebung und sagte: »Wer Angst hat zu kämpfen, soll jetzt fortreiten.« Und dabei blickte er Saltwood direkt an, da er von ihm halb annahm, er würde sich aus dem Staub machen. Aber noch kein Saltwood war jemals desertiert, und Hilary brach nicht mit dieser Tradition. Er wandte sich an seine sechs Hottentotten, fragte: »Seid ihr bereit?«, und die braunen Männer nickten.

»Dann laßt uns beten«, und als er das auf englisch getan hatte, fragte Tjaart, ob er einige Worte hinzufügen könne, und betete auf holländisch: »Wie Abraham bieten wir den Kanaanitern die Stirn. Wie er legen wir unser Leben in deine Hände. Großer Gott, leite uns gute Christen, auf daß wir diese Kaffern wieder schlagen.«

Der Angriff erfolgte am frühen Nachmittag, eine Welle von schreienden Xhosa nach der anderen stürmte den Hügel herunter und stürzte sich auf die Soldaten der Stadt. Die Menschen in der Kaserne mußten hilflos zuschauen, während die Xhosa auf die kleinen Häuser losstürzten.

»Wir müssen ihnen helfen«, sagte Saltwood.

»Bleiben Sie!« befahl der Leutnant. »Unsere Zeit kommt noch.«

Die kühnsten der Xhosa kamen bis auf dreißig Meter an die Soldaten heran, aber dann mähte massives Gewehrfeuer ihre Reihen nieder, und die beiden Kanonen spien Vernichtung. Hunderte von Schwarzen fielen in den vorderen Reihen, bis ihre Anführer sahen, daß sie die englische Linie nicht durchbrechen konnten, und den Befehl gaben, zur Kaserne abzuschwenken. Dort hatten sie mehr Erfolg. Sie drangen in die kleine Häusergruppe ein und gelangten in die Mitte des Kasernenhofs. Dort waren sie in Sicherheit, weil man die Kanonen nicht auf sie richten konnte, ohne Engländer und Buren zu gefährden. Nun mußte der Kampf als Handgemenge fortgesetzt werden.

Tjaart und Saltwood befanden sich mitten im Gewühl. Sie sahen zwei Hottentotten fallen, ebenso einen Rotrock. Ein riesiger Xhosa stürzte sich mit geschwungener Kriegskeule auf Saltwood, doch Tjaart drehte sich um und streckte ihn mit einer Pistolenkugel nieder. Fast eine Stunde lang tobte der Kampf im Hof, dann endlich mußten sich die tapferen Xhosa vor dem unerwarteten Gewehrfeuer zurückziehen. Als die Krieger in zügelloser Panik flüchteten, erhob sich Jubelgeschrei bei den Verteidigern, denn Grahamstown war gerettet.

Nach der Schlacht wurde Saltwood vermißt, und Tjaart fragte sich eine Zeitlang, ob der Missionar, der so tapfer gekämpft hatte, von den flüchtenden Xhosa mitgeschleppt worden sei. Als er aber ein Feld absuchte, sah er Hilary, der blutig und zerzaust neben einem sterbenden Xhosa kniete. Tränen strömten über sein Gesicht, und als er seinen Nachbar van Doorn herankommen sah, blickte er verwirrt hoch.

»Siebenhundert von ihnen sind tot«, murmelte er leise. »Ich habe über siebenhundert gezählt, die hier liegen. Drei von unseren Leuten sind gefallen. Möge Gott uns dieses Blutbad verzeihen.«

»Herr Pastor«, erklärte Tjaart, »Gott wollte, daß wir diesen Kampf gewinnen.«

Als der Missionar etwas Unzusammenhängendes murmelte, fügte van Doorn hinzu: »Ein solcher Kampf, in dem so wenige von uns gegen so viele von ihnen stehen, ist nicht der richtige Zeitpunkt, seine Feinde zu lieben. Man muß sie vernichten. Denn wo wären Sie jetzt, wenn sie gesiegt hätten? Können Sie sich vorstellen, wie Golan brennt?«

Saltwood blickte zu dem Mann auf, der ihm das Leben gerettet hatte. Er versuchte, seinen widerstreitenden Gefühlen Ausdruck zu verleihen, konnte sie aber nicht in Worte fassen. »Es ist schon gut, Pastor«, sagte Tjaart. »Wir haben diesen verdammten Kaffern eine Lektion erteilt, die sie nicht vergessen werden. Bis zum nächstenmal.«
»Zum nächstenmal?«
Tjaart zupfte an seinem Bart. »Es wird niemals aufhören, Pastor, solange nicht eine Seite in diesem Land endgültig Sieger ist.«
Saltwood mußte, wenn auch widerwillig, zugeben, daß das, was van Doorn sagte, wahr war. Aber er sprach seine Gedanken nicht aus, denn der junge Xhosakrieger neben ihm, kaum mehr als ein Junge, erschauerte und lag dann still.

Als Hilarys Brief in *Sentinels* im Schatten der Kathedrale von Salisbury eintraf, war seine Mutter vierundfünfzig Jahre alt, eine Witwe, die ihrem Sohn in der Ferne helfen wollte, die geeignete Frau zu finden. Ein solcher Auftrag war auf dem Land in England nichts Ungewöhnliches. Söhne vornehmer Familien wagten sich in alle Teile der Welt und dienten jahrelang als Vorposten der Zivilisation in Ländern wie Indien, Südamerika und Ceylon, ohne je daran zu denken, eingeborene Frauen zu heiraten, wie es portugiesische und französische Ansiedler taten. Der Engländer erinnerte sich an das Mädchen, das er zurückgelassen hatte, und wenn er Mitte Dreißig war, kam er nach Hause, wo ihn eine hagere Frau Anfang Dreißig erwartete, die in einer anderen Gesellschaft nie einen Ehemann gefunden hätte. Dann gingen sie in die Dorfkirche, zwei Menschen, die Angst davor gehabt hatten, das Leben zu versäumen. Sie wurden getraut, es wurden Blumen gestreut, der Ortsgeistliche trocknete seine Augen vor Rührung über dieses kleine Wunder, und bald darauf fuhren die beiden in irgendein fernes Land.
Oder der Sohn schrieb, wie in diesem Fall, seinen Eltern nach Hause und bat sie, an seiner Stelle zu werben; sie besuchten dann nur Töchter von Familien, die sie seit einer Generation kannten, und wieder stellte eine ältere Frau, die vielleicht sonst nie geheiratet hätte, fest, daß sie in einem fernen Land von einem Mann gebraucht wurde, dessen sie sich nur mehr vage erinnerte. Das war das englische Verhaltensmuster, und Männer, die von ihm abwichen, indem sie ortsansässige Frauen heirateten, mußten feststellen, daß sie ihr Leben beschnitten, wenn nicht zerstört hatten.
Nachdem Emily Saltwood den Wunsch ihres Sohnes gelesen hatte, zog sie sich für zwei Tage auf ihr Zimmer zurück und dachte über die heiratsfähigen Töchter ihrer Freunde nach; nachdem sie ihr Bestes getan hatte, um die Mädchen vom Standpunkt eines Mannes und Missionars aus zu beurteilen, kam sie zu dem Schluß, daß sie die Familie Lambton aufsuchen mußte, die jenseits der Brücke in der Nähe der Kathedrale wohnte.
Da sie ihr Geheimnis keinem Bediensteten mitteilen wollte, entschloß sie sich, nicht die Kutsche zu benutzen, sondern zu Fuß ins Dorf zu gehen. Sie fand den gepflasterten Weg, der zum Haus der Lambtons führte, wo sie ru-

hig an die Tür klopfte. Nach einiger Zeit hörte sie schlurfende Schritte, und ein älteres Dienstmädchen öffnete die knarrende Tür. »Mrs. Lambton ist nicht zu Hause«, sagte sie. Auch Miß Lambton war nicht da, aber möglicherweise befanden sie sich in der Umgebung der Kathedrale, denn sie hatten dort Tee trinken wollen.

Emily sagte: »Wissen Sie, es ist schrecklich wichtig, daß ich sofort mit Mrs. Lambton spreche, und ich glaube, Sie sollten sie lieber holen.«

»Ich darf das Haus nicht allein lassen, Ma'am«, entgegnete das Mädchen hartnäckig.

»Sie sollten es lieber gleich tun.« Emily Saltwood konnte ebenso hartnäckig sein.

»Könnten Sie nicht hingehen und bei der Kathedrale mit ihnen sprechen?«

»Nein, das kann ich nicht. Denn das, was ich zu besprechen habe, ist nicht für die Öffentlichkeit bestimmt. Und nun verschwinden Sie endlich, und holen Sie Ihre Herrin, sonst bekommen Sie noch diesen Regenschirm zu spüren.«

Das begriff das Mädchen und kam nach einer Weile mit Mrs. Lambton und ihrer Tochter Vera zurück. Das war allerdings mehr, als Emily erwartet hatte, deshalb sagte sie ziemlich schroff: »Ich wollte mit Ihrer Mutter sprechen«, und das hochgewachsene, neunundzwanzigjährige Mädchen, das ein wenig schüchtern war, verschwand gehorsam.

»Ich bekam einen merkwürdigen Brief von meinem Sohn Hilary aus Südafrika«, begann Emily, und Mrs. Lambton erfaßte die Bedeutung dieses überraschenden Besuchs, ohne daß ein weiteres Wort gesprochen wurde. Sie achtete auf ihre Hände, damit sie nicht zitterten, und sagte: »Vera und ich erinnern uns gut an Hilary. Der Offizier, nicht wahr?«

»Der Missionar«, sagte Emily.

»Ach ja.« Nun zitterten ihre Hände heftig, aber sie hielt sie verborgen. Sie wußte, daß sie einen unverzeihlichen Fehler begangen hatte, als sie die Saltwoodsöhne verwechselte, aber sie faßte sich bewundernswert rasch, indem sie Emily in die Verteidigung zwang. »Hatten Sie nicht einen Sohn, der nach Amerika ging?«

»Ja, leider. Wir hören nie etwas von ihm.«

»Man hat mir erzählt, daß Ihr Sohn Richard daran denkt, nach Indien zurückzukehren... ohne sein Regiment.«

»Er ist eigensinnig. Er reist an einen Ort am Ende der Welt.«

»Sagen Sie mir, Emily, was empfindet eine Mutter, wenn ihre Kinder in der ganzen Welt zerstreut sind?«

»Das werden Sie vielleicht bald wissen, denn Hilary hat mich gebeten festzustellen, ob Vera...« Es war überaus schwierig, so etwas ganz offen, ohne irgendeine Einleitung, auszusprechen, aber es ließ sich nicht vermeiden. »Er möchte wissen, ob Vera zu ihm nach Südafrika kommen würde – das heißt in seine Mission.«

»Sie ist ein frommes Mädchen«, parierte Mrs. Lambton. »Wir Lambtons sind alle der Kirche treu ergeben.«

»Ich weiß, ich weiß. Deshalb war es für mich so leicht, in einer so... delikaten Angelegenheit zu Ihnen zu kommen.«
»Ich weiß nicht, wie Vera...« schränkte Mrs. Lambton ein, als ob ihre Tochter gewohnt wäre, täglich über solche Anträge zu entscheiden. Aber Emily Saltwood wollte so etwas nicht hören. Sie sagte sehr brüsk: »Vera ist in einem Alter, in dem sie sich entschließen muß – und zwar rasch. Hilary ist ein feiner Kerl, und er braucht eine Frau.«
»Wie alt ist er?« fragte Mrs. Lambton sanft.
»Vierunddreißig. Das richtige Alter für so eine Heirat.«
»Und hat er Aussichten?«
»Sein älterer Bruder – das heißt Peter – wird natürlich das Haus erben. Wir erwarten aber, daß Hilary Superintendent der Kathedrale wird. Natürlich, wenn seine Dienstzeit in Übersee zu Ende ist.«
»Höchst interessant.« Mrs. Lambton wußte, daß drei junge Geistliche für diese Beförderung in Betracht gezogen wurden. Außerdem gab es bei Hilary ein schwerwiegendes Hindernis, das ihm für diesen Posten alle Chancen nahm und Mrs. Saltwoods Verhandlungsposition von Anfang an erschüttern konnte: »Habe ich nicht gehört, daß Ihr Sohn die heiligen Weihen bei den Methodisten empfing oder etwas ähnlich Schreckliches?« Sie strahlte ihr gütiges Sonntagsgottesdienstlächeln aus.
»Nur für diese Berufung, um das Werk Christi zu verrichten. Sobald er zurückkommt, wird er in den Schoß der richtigen Kirche zurückkehren.« Auch sie lächelte. »Sie haben sicherlich gehört, daß der alte Besitzer, der Hilary sehr zugetan war, sich vor seinem Tod für ihn in der Kathedrale besonders verwendet hat.«
»Schade, daß er tot ist«, meinte Mrs. Lambton. Sie hatte noch andere ernste Bedenken dagegen, ihre Tochter in ein so fernes Land wie Südafrika zu schicken, war aber Realistin genug, um zu wissen, daß Vera alterte und einen ernstlichen Bewerber lieber gleich akzeptieren sollte. Sogar ein Geist wie der abwesende Hilary mußte in Betracht gezogen werden. Deshalb sagte sie zu Mrs. Saltwood mit einer Verbindlichkeit, die nicht von Herzen kam: »Ich glaube, wir sollten genauer darüber sprechen, Emily.«
»Sollen wir Vera beiziehen?« fragte Mrs. Saltwood.
»Nicht in diesem Stadium. Und sicherlich nicht wir beide. Es würde all dem zuviel Gewicht verleihen.«
»Das ist es eben«, sagte Emily mit der bezaubernden Offenheit, die so viele ältere Engländerinnen kennzeichnet, die sich keinen Zwang mehr auferlegen müssen. »Für meinen Sohn ist es sehr wichtig, und das sollte es, offengestanden, auch für Vera sein. Sie wird ja nicht jünger.«
Sie ging über die Brücke nach Hause, bog nach rechts auf den ruhigen Weg nach *Sentinels* ein, wo sie sich irgendwie unbehaglich fühlte, obwohl sie nicht wußte, daß nationale Ereignisse im Begriff waren, ihr die Arbeit abzunehmen.
In London war ihr ältester Sohn Peter, jetzt Mitglied des Parlaments für Alt-Sarum, der Führer einer Bewegung geworden, die dafür eintrat, die Ar-

beitslosigkeit in England zu lindern, indem größere Geldmittel für die Beförderung unerwünschter Familien nach Südafrika bewilligt wurden:

> Diese interessante Aktion wird zwei edlen Zwecken dienen. Sie wird in England eine große Zahl mittelloser Menschen von den Wohlfahrtslisten streichen, und in Südafrika die Unausgewogenheit zwischen den vielen Holländern und den wenigen Engländern korrigieren. Wenn unsere neue Kolonie südlich des Äquators wirklich britisch werden soll, was notwendig ist, müssen wir viele Engländer in die Waagschale werfen, und diese Aktion wird genau dieses Ziel erreichen.

Man unternahm gewaltige Anstrengungen, um verarmte Engländer zu überzeugen, ihre hoffnungslose Lage mit einem neuen Paradies zu vertauschen. Es wurden Artikel veröffentlicht, in denen die landwirtschaftlichen Möglichkeiten, die Schönheit der Landschaft und das gesunde Klima am rechten Ufer des Großen Fischflusses, in der Nähe der prächtigen ländlichen Hauptstadt Grahamstown, gepriesen wurden. Unerwähnt blieben der kürzlich erfolgte Angriff von zehntausend Xhosa auf die besagte Hauptstadt und die Gefallenen unter den Verteidigern.

Äußerst nützlich waren die Reden und Schriften von Reverend Simon Keer, der den Engländern versicherte, daß jene, die so glücklich waren, in die Liste der Einwanderer aufgenommen zu werden – denen die Regierung die Schiffsreise bezahlte und hundert Morgen welligen Landes für jede Familie kostenlos zur Verfügung stellte –, in ein Paradies kommen würden, mit dem verglichen Amerika und Australien armselig wirkten. Für Bewohner des dichtbesiedelten England, wo eine Familie von zwanzig Morgen Land gut leben konnte, war die Vision von hundert Morgen ohne Pacht und ohne Steuern ein gewaltiger Anreiz.

Neunzigtausend Staatsbürger, hinsichtlich Beruf, Erziehung und Fähigkeiten sehr gemischt, waren bereit, auszuwandern. Sie standen tatsächlich weit höher als jene, die vorher nach Kanada und Amerika ausgewandert waren, und wenn sie alle nach Kapstadt gelangt wären, hätte das die Geschichte Afrikas entscheidend verändert. Denn damals gab es in der gesamten Kolonie nur etwa fünfundzwanzigtausend Buren, und der Zustrom von so vielen Engländern hätte Südafrika jeder anderen britischen Kolonie angeglichen. Aber begeisterte Parlamentsmitglieder wie Peter Saltwood versprachen viel mehr, als sie zu halten vermochten, und als es an der Zeit war, die Schiffe zu füllen, konnte nur Geld für die Beförderung von viertausend Einwanderern aufgebracht werden. Die sechsundachtzigtausend, die eine Nation hätten umstrukturieren können, mußten daheim bleiben.

Unter den Glücklichen, die auf der Liste standen, war ein junger fünfundzwanzigjähriger Mann namens Thomas Carleton, Wagenbauer von Beruf, dessen Begeisterung der Rhetorik von Rednern wie Peter Saltwood und Simon Keer gleichkam. Von dem Augenblick an, da er von dem Auswanderungsplan hörte, wollte er mitmachen und gehörte, mit Empfehlungs-

schreiben von seinem Geistlichen und dem Sheriff ausgerüstet, zu den ersten, die befragt wurden: »Mein Geschäft ist solid, aber es ist nicht wirklich blühend. Ich will dorthin, wo die Entfernungen groß sind und die Menschen Wagen brauchen.«
»Haben Sie Geld gespart?«
»Keinen Penny, aber ich habe kräftige Arme, einen willigen Rücken und einen kompletten Satz voll bezahlten Werkzeugs.«
Die Prüfer bezweifelten, daß sie viele Männer finden würden, die so geeignet waren, und empfahlen einstimmig, ihn anzunehmen. So erhielt er einen Papierstreifen, der seine Überfahrt und die Zuweisung von hundert Morgen Land garantierte. Er sollte sich in drei Monaten in Southampton melden, wo das Schiff »Alice Grace« laden würde. »Das läßt Ihnen Zeit, sich eine Frau zu suchen«, erklärten die Beamten.
»Ich nicht!« sagte Thomas. »Ich habe keinen Penny, um eine Frau zu ernähren.«

Als die Nachricht von dem großen Vorhaben Salisbury erreichte, lauschten die Lambtons mit mehr als nur oberflächlicher Aufmerksamkeit, und je mehr sie davon hörten, desto überzeugter waren sie, daß dies die Art von Abenteuer war, das ein unverheiratetes Mädchen aus gutem Hause wagen konnte. Natürlich würde Vera nicht als gewöhnlicher Wohltätigkeitsfall reisen, dessen Überfahrt von der Regierung bezahlt wurde. Als vorgesehene Braut eines Geistlichen, der vielleicht einmal Superintendent einer der schönsten Kathedralen Englands sein würde, und als zukünftige Schwägerin eines bedeutenden Parlamentsmitglieds würde sie eine bevorzugte Stellung einnehmen.
Aber die große Entscheidung fiel erst, als Salisbury von dem einzigen Mann in England besucht wurde, der so redete, als wüßte er am meisten über die neue Kolonie: Dr. Simon Keer, wie er sich nun nannte, einer der Mächtigen der LMG. Er kündigte eine öffentliche Versammlung im Kreuzgang der Kathedrale an, wo Stühle in dem geweihten Viereck aufgestellt waren und wo er vor dem Hintergrund aus grauem Stein alles erklärte. Er befand sich jetzt in den besten Jahren, war ein kleiner, dicker Mann mit rotem Haar, einem Lancashire-Akzent und einer kraftvollen Stimme, die dröhnend von den ehrwürdigen Mauern widerhallte. Seine Rhetorik rollte wie Donner, als er von Herausforderungen sprach, und flammte wie der Blitz, als er die Möglichkeiten darlegte:

> Wenn wir das Problem der Sklaverei in dieser Kolonie mutig anpacken, werden wir Kanada und Jamaika, Barbados und, jawohl, den Vereinigten Staaten selbst, den richtigen Weg weisen. Jeder Engländer, jede Engländerin, die dieser Aufforderung folgen, Gottes Pflicht zu erfüllen, werden der gesamten Menschheit dienen. Ich wünschte, ich könnte auf diesen Schiffen mitfahren, denn alle, die es tun, werden die Welt neu aufbauen.

Als die Lambtons zurückblieben, um ihn zu fragen, ob er etwas über Grahamstown wisse, wo die neuen Ansiedler ihr Land erhalten würden, verlieh er seiner aufrichtigen Verwunderung darüber Ausdruck, daß eine so geachtete Familie wie die ihre sich für Auswanderung interessierte: »Das ist doch nur für ärmere Leute, wissen Sie. Die solide Arbeiterschicht der Welt.«
»Natürlich«, meinte Mrs. Lambton. »Aber wir haben gehört, daß die von Ihrer Gesellschaft verwaltete Mission Golan...« Mehr mußte sie nicht sagen. Mit wildem Händeklatschen und einem Luftsprung rief er: »Ich weiß! Ich weiß!« Und er packte Veras Hände und tanzte eine Gigue mit ihr, obwohl sie um einen Kopf größer war als er. »Sie fahren hinaus, um Hilary Saltwood zu heiraten.«
Eine Stunde lang erzählte er nun den Lambtons, was für ein prächtiger Mann dieser Missionar war. Er schilderte die stufenweise Entwicklung, durch die Hilary bekehrt worden war, und sagte, er habe zwar die Mission Golan nie besucht, denn sie hatte noch nicht bestanden, als er in diesem Gebiet tätig gewesen war, aber er habe ausgezeichnete Berichte über sie. Doch dann nahm ihn Vera zu einem vertraulichen Gespräch beiseite.
Als es zu Ende war, war sie überzeugt, daß es sich für sie lohnte, nach Südafrika zu reisen, aber ihre Mutter erhob noch einen ernsten Einwand: »Mit wem kann Vera fahren? Ich kann sie mir nicht vier Monate lang allein, umgeben von weiß Gott was für Leuten, auf einem Schiff vorstellen.«
»Das ist ein echtes Problem«, räumte Dr. Keer ein, »aber ich habe mit den Reedern eng zusammengearbeitet. Wirkliche Gentlemen, wissen Sie.« Wenn man den ehemaligen Missionar sprechen hörte, verkehrte er nur mit den besten Familien, wohnte nur in den großen Häusern, und man bekam den Eindruck, daß ihm die Missionsarbeit weit mehr Vergnügen machte, wenn er in England Vorträge hielt, als bei seinem Dienst an der Grenze zu den Xhosa. »Ich bin sicher, daß wir unter den Schiffsoffizieren Leute aus gutem Hause finden werden. Ich werde mich erkundigen.«
Das war nicht notwendig, denn kaum eine Woche nach Dr. Keers Vortrag kam Richard Saltwood aus London, wo er sich mit seinem Bruder im Parlament beraten hatte, und seine Nachrichten klangen aufregend: »Mutter! Ich habe mein Offizierspatent zurückgelegt. Dort konnte ich es zu nichts bringen. Und Peter hat mit dem Kolonialminister eine Regelung für mich getroffen... Ich bekomme in Grahamstown einen Regierungsposten! David ist irgendwo in Amerika. Ich werde irgendwo in Afrika sein.«
»Hast du die Absicht, dort zu bleiben?« fragte seine Mutter.
»Hier gibt es nichts für mich. Ich habe weder das Geld noch das Talent, um als Oberst ein Regiment zu führen. Also gehe ich in ein neues Land. Ich habe es gesehen, und es hat mir gefallen. Viel besser als Indien.«
»Das könnte sich als günstig erweisen«, meinte seine Mutter. »Wir haben eine Braut für Hilary gefunden. Die Lambton-Tochter. Du hast sie vor Jahren kennengelernt. Sie ist jetzt ein großes, mageres Ding, und sie braucht dringend einen Ehemann, obwohl sie es nicht zugeben will.«

»Sie fährt nach Kapstadt? Großartig für Hilary.«
»Sie ist bereit abzureisen«, meinte Emily zögernd, »hat aber Angst, mit dem Emigrantengesindel zu fahren – das heißt, ohne Begleitung.«
»Ich nehme sie mit!« sagte Richard mit der Spontaneität, die ihm die Liebe der Soldaten eingetragen hatte, mit denen er eng zusammengearbeitet hatte.
»Das hatte ich im Sinn, seit du davon gesprochen hast. Es gibt aber ernste Gefahren...«
»Unsere Jungs haben die Wilden gehörig zusammengeschlagen. Ein Geplänkel dann und wann, nichts Gefährliches.«
»Daran dachte ich nicht. Richard, würdest du bitte Vera holen? Sofort?«
Sie saßen unter den Eichen auf den Picknickstühlen, die John Constable zwei Jahre vorher für seine Malerei verwendet hatte, als er das große Ölbild der Kathedrale von Salisbury im Sonnenschein angefertigt hatte. Zum Dank für die dauernde Benützung dieses Rasens hatte er ein wunderschönes Aquarell von den Türmen gemalt, das er Emily bei seiner Abreise geschenkt hatte; es hing im Salon, in einem schönen Eichenrahmen, den sie selbst gesägt und zusammengenagelt hatte.
Die Saltwoods hatten nahezu zwei Jahrhunderte überlebt, während denen Leute von Einfluß versucht hatten, ihnen Kapitän Nicholas Saltwoods Vermögen abzuknöpfen, und dabei gewisse nützliche Fähigkeiten erworben. Eine davon war, daß sie junge, tüchtige Frauen aus der Nachbarschaft heirateten. Emily Saltwood war eine der unverwüstlichsten gewesen, Mutter von vier Söhnen und Ratgeberin für alle. Sie hatte sich nie gescheut, auf drohende Gefahren hinzuweisen, und tat es auch jetzt nicht.
»Wie alt bist du, Richard? Einunddreißig?« Er nickte. »Und du, Vera? Neunundzwanzig?« Sie nickte.
»Dann seid ihr euch doch klar darüber, daß eine viermonatige Reise nach Kapstadt an Bord eines kleinen Schiffes, bei engem Beisammensein...«
Dem Paar war es peinlich, sie anzusehen, also sprach sie besonders energisch, um ihre Aufmerksamkeit zu erwecken: »Das wäre doch von Natur aus gefährlich, oder?«
»Das könnte sein«, sagte Richard.
»In alten Liebesgeschichten wimmelt es von derartigen Vorkommnissen. Tristan und Isolde drüben in Cornwall. Einer der spanischen Könige, wenn ich mich recht erinnere, dessen Bruder seine Braut begleitete. Hört ihr eigentlich, was ich sage?«
Richard legte seine Hand auf die seiner Mutter und sagte: »Ich bringe ein kleines Mädchen, das ich als Kind kannte... hinaus, damit es meinen Bruder heiratet. Wenn ich eine Frau will, suche ich mir selbst eine.«
»Diese Worte sind beleidigend«, fauchte Vera, und zum erstenmal sahen die beiden Saltwoods sie als Individuum und nicht als mögliche Lösung eines Familienproblems. Sie war, wie Emily sagte, neunundzwanzig, ziemlich groß, eher mager, mit einem nicht besonders schönen Gesicht, hatte aber eine angenehme Stimme und ein warmes Lächeln. Wie so viele junge

Frauen ihres Alters konnte sie Klavier spielen und hatte bei Mr. Constable während seines Aufenthaltes im Dorf Malunterricht genommen. Im Augenblick war sie zurückhaltend, aber als sie älter wurde, ähnelte sie immer mehr der Frau, die ihr jetzt Ratschläge erteilte: eine starke englische Frau, die wußte, was sie wollte.
Sie war noch nie von einem anderen Mann als ihrem Vater geküßt worden, und auch von ihm nur selten, aber sie hatte keine Angst vor Männern und immer angenommen, wenn die Zeit käme, würden ihre Eltern einen Mann für sie finden. Sie war ein Mädchen voll Energie und freute sich schon auf einen Aufenthalt an der Grenze, immer in der Annahme, daß ihr Mann einmal zu einer Stellung von einiger Bedeutung in der Kathedrale gelangen würde, in deren Schatten sie aufgewachsen war und auch zu sterben gedachte.
»Ich bin mir der Gefahren völlig bewußt«, sagte sie ihrer mutmaßlichen Schwiegermutter mit leiser, ruhiger Stimme, obgleich ihr klar war, daß Mrs. Saltwoods Fragen ein schlechtes Licht auf sie und Richard warfen.
»Das ist gut«, sagte Emily in einem Ton, der bedeutete: »Diese Begegnung ist zu Ende. Wir verstehen einander.« Aber Richard hatte noch etwas zu sagen: »Du mußt Vera erzählen, wie du auf die Idee kamst, in ihr Elternhaus zu gehen... die Suche nach einer Frau... das heißt für Hilary.«
Emily lachte herzlich und ergriff die Hände der jungen Leute. »Vera, als Richard auf der Durchreise in Kapstadt war, machten ihn verschiedene Freunde aus der Armee darauf aufmerksam, daß Hilary eine Frau brauche. Es war Richard, der das Ganze in Bewegung setzte. Und nun beabsichtigt er, die Transaktion zu Ende zu führen.«
»Ich betrachte mich nicht als Transaktion«, widersprach Vera.
»Wir alle sind Transaktionen. Mein Mann hat mich vor Jahren geheiratet, nicht weil er eine Frau brauchte, sondern weil der Besitz der Saltwoods nach einer festen Hand verlangte.«
Sie erhoben sich von ihren Stühlen unter den Eichen und blickten hinüber zu der überwältigend schönen Kathedrale, die mancher von ihnen vielleicht nie wiedersehen würde.

Die »Alice Grace« war eine kleine Handelsbarke, die für gewöhnlich Frachtgut nach Indien beförderte, jetzt aber etwa dreihundert Emigranten nach Kapstadt bringen sollte, und zwar unter Bedingungen, die Besitzer von Vieh, das über den Kanal nach Frankreich verschifft wurde, entsetzt hätte. Ihre Ladefähigkeit betrug zweihundertachtzig Tonnen, was bedeutete, daß sie laut Gesetz drei Passagiere für je vier Tonnen befördern durfte. Demnach hätte sie also an nicht mehr als zweihundertzehn Auswanderer Schiffskarten verkaufen dürfen. Sie war nun bei Verlassen des Hafens mit neunzig Personen überbelegt, da aber die meisten Passagiere Wohlfahrtsfälle waren, lächelten die Regierungsinspektoren nur und wünschten ihr »Gute Reise!«. Sie verließ am 9. Februar 1820 Southampton. An diesem grauen Wintertag sah der Kanal unermeßlicher aus als der offene Ozean. Sieben qualvolle

Tage lang wurde das stampfende kleine Schiff von den Wellen hin und her geworfen, die entschlossen schienen, es in Stücke zu schlagen, und alle an Bord, die noch nie mit einem Segelschiff gefahren waren, glaubten, daß sie untergehen würden. Der Major a. D. Richard Saltwood, der nach Indien und wieder zurück gereist war, versicherte den Kabinenpassagieren, daß die Überfahrt, sobald sie die Bucht von Biskaya erreicht hätten, sich in angenehme Eintönigkeit verwandeln würde, in der sie die schwache Bewegung des Schiffes »wie ein sanftes Schlummerlied empfinden« würden.
Besonders erfreut über diese Mitteilung war die Frau, deren Wohlergehen seinen Händen anvertraut war. Sie ertrug das heftige Schaukeln des Schiffes nicht ohne Beschwerden, und das ärgerte sie, denn sie hatte ihrer Mutter versprochen, sich tapfer zu halten, und als ihr Magen sich infolge der Seekrankheit verkrampfte, schämte sie sich. Sie hatte eine Kajüte für sich allein, während ihr Bruder, wie sie Richard nannte, die seine mit einem Hauptmann teilte, der auf der Fahrt zu den tapferen Neunundfünfzigern an der afghanischen Grenze war. So kümmerten sich während der schlimmen Tage zwei Herren um sie.
Als die »Alice Grace« in die große Bucht von Biskaya einlief, legte sich der Sturm, und Richards Voraussagen bewahrheiteten sich. Allmählich gefiel Vera die beruhigende Bewegung des Schiffes, und in der dritten und vierten Woche verbrachten die drei Reisenden miteinander eine angenehme Zeit, bei der Richard entdeckte, was für eine großartige Person Vera Lambton war. Ihre Entschlossenheit war unübersehbar, ihr Sinn für Humor beruhigend. Wenn Kinder krank waren, fungierte sie als Krankenschwester, und wann immer jemand von den weiblichen Passagieren im Zwischendeck Pflege brauchte, war sie bereit zu helfen. Mein Bruder bekommt eine energische Frau, sagte sich Richard, doch infolge einer Zurückhaltung, die er nicht hätte erklären können, informierte er seinen Kajütengefährten nicht über Veras Reiseziel. »Sie ist eine Freundin der Familie, die nach Südafrika fährt«, war alles, was er sagte.
»Sie wird für jemanden einmal eine recht ordentliche Frau abgeben«, bemerkte der Hauptmann mehrmals, aber da er viel jünger war als Vera und ihm sein Regiment nicht gestattete zu heiraten, bevor er dreißig war, konnte sein Interesse für sie nur das eines Beobachters sein.
Sobald sie Kap Finisterra, den letzten, unheilvollen Vorposten europäischer Zivilisation, passiert hatten, begann die lange Seestrecke zur Küste Afrikas, und nun fiel den drei Reisenden ein bemerkenswerter junger Mann auf, Wagnermeister von Beruf, der unten im Zwischendeck mehr oder minder das Kommando übernommen hatte. Er war ein gutaussehender Bursche, der sein Äußeres pflegte, obwohl er auf dem Schiff kein Wasser zum Waschen erhielt. Sein Lockenkopf mit dem freundlichen Lächeln tauchte überall auf, wo es Schwierigkeiten gab. Er organisierte die Gruppen, die die Kleider betreuten, er leitete die Verteilung der Verpflegung, und er fungierte als Schriftführer, wenn das Laiengericht im Zwischendeck Strafen für Vergehen wie Diebstahl oder Schlägereien unter den Passagieren verhängte.

»Mein Name ist Thomas Carleton«, sagte er zu Saltwood und dem Hauptmann, als sie ihn fragten, ob er ihre Tür reparieren könne, die bei einem starken Wind aus den Angeln gerissen worden war. »Das kann ich reparieren, meine Herren. Ich kann eigentlich alles reparieren, was aus Holz ist«, meinte er. Und während er arbeitete und sinnreiche Werkzeuge erfand, um in die Ecken zu gelangen, erzählte er ihnen von seiner Lehrzeit in einem kleinen Dorf in Essex und seiner Übersiedlung in die größere Stadt Saffron Waldon, unweit der Universität Cambridge, die er einmal besichtigt hatte. Er war eine Plaudertasche und begeistert von der Aussicht, in den Kolonien ein neues Leben zu beginnen: »Ich kann achtzehn Stunden am Tag arbeiten und vier schlafen. In Saffron Waldon gab es Möglichkeiten für jede Art Handwerker, außer für mich. Deshalb habe ich mich nach Übersee abgesetzt. Die Stadt ist ein faszinierender Ort, wissen Sie. Bekam ihren Namen vom Vater Heinrichs VIII., dem mit den Weibern. Einer der beiden Orte in England, die berechtigt sind, mit Safran zu handeln, diesem kostbaren Zeug. Das gibt dem Fleisch einen besseren Geschmack, aber ich hab' mein Leben lang keine Prise davon in den Mund bekommen. Ist den Reichen vorbehalten.«

Vera, die nach einem Spaziergang auf dem winzigen Deck – fünfzehn Schritt vorwärts, fünfzehn zurück – wieder in ihre Kajüte kam, hörte diese letzte Bemerkung und warf ein: »Safran ist ein gelbes Pulver, glaube ich, und es wird nicht für Fleisch verwendet, sondern für Reis.« Sie errötete und fügte hinzu: »Da erkläre ich etwas von Indien, während ihr beide es aus eigener Anschauung kennt.«

»Noch nicht, noch nicht«, sagte der Hauptmann höflich.

»Aber sie hat recht«, sagte Richard. »Safran ist gelb – eigentlich orangefarben – und man verwendet ihn sehr viel in Indien. Er wird Ihnen schmekken.«

»Wenn Sie schon hier sind«, wandte sich Vera an den Wagenbauer, »könnten Sie das Schloß an meinem Koffer reparieren? Ich fürchte, die Arbeiter haben ihn an Bord geworfen.«

Thomas verließ die Kajüte der Herren und ging die wenigen Schritte zu Veras Kajüte, wo er ihr nach einem kurzen Blick auf den Koffer, in dem sie ihre Kleider aufbewahrte, sagte, man müsse ein kleines Stück Holz ersetzen, damit die Schrauben, die die Spange hielten, fassen konnten. »Kein Problem«, versicherte er ihr, »vorausgesetzt, daß wir das Holz finden.« Ihre Suche auf Deck blieb erfolglos, aber als sie ins Zwischendeck gingen, wo der Schiffszimmermann seinen Schrank hatte, fanden sie das Stück, das sie brauchten. Es war so klein, daß der Zimmermann jede Bezahlung von Vera ablehnte: »Nehmen Sie es, und viel Glück.« Er schenkte es nicht diesem freundlichen Mädchen, sondern dem Wagenbauer, dessen segensreiches Wirken unter den Passagieren ihm aufgefallen war.

Als der Koffer repariert war, dankte Vera dem Mann, der um vier Jahre jünger war als sie. Dann sprach sie mit ihm über die Zustände im Zwischendeck. Sie war keineswegs eine Philanthropin, wie man in England die Leute

nannte, die immer für andere Gutes tun wollten – jene Übereifrigen, die gegen die Sklaverei auf Jamaika und die Kinderarbeit in Birmingham agitierten –, denn Familien wie die ihre in Salisbury waren zu vernünftig dafür. Sie interessierte sich aber für alles, was auf dieser langweiligen Reise geschah, und in den nächsten Tagen besuchte sie mit Carleton verschiedene Teile des Schiffes. Eines Nachts gegen halb elf flüsterte der Hauptmann, der in Richards Kajüte die Schlafstelle neben der Trennwand innehatte: »Hören Sie, Saltwood! Mir scheint, da nebenan gehen interessante Dinge vor sich.«
»Kümmern Sie sich um Ihre eigenen Angelegenheiten«, gab Richard zurück, aber mit dem Schlafen war es nun vorbei. Gegen drei Uhr früh vergewisserte er sich, daß der Hauptmann schlief, und spähte hinaus ins Dunkel. Dabei sah er den zungenfertigen jungen Thomas Carleton aus der Kajüte nebenan schlüpfen und über die Leiter zu seinem eigenen Schlafplatz nach unten klettern.
Die nächsten Wochen, die zweite Hälfte März und die erste Hälfte April, waren für Richard Saltwood eine schreckliche Zeit. Es war offenbar, daß Vera Lambton drei-, viermal in der Woche den jungen Mann aus dem Zwischendeck bei sich empfing. Tagsüber ließen sie Vorsicht walten. Sie sprachen gelegentlich miteinander, wenn sie sich trafen, während er seinen Pflichten nachging, vermieden aber jedes Anzeichen von Intimität. An einem sehr heißen Tag, nachdem sie Kap Verde passiert hatten und das Schiff hart nach Südosten lief, rief der Schiffskapitän Saltwood und den jungen Offizier zu sich, um ihm bei einem Kriegsgericht beizustehen. Der junge Carleton erhob als Verantwortlicher für die Aufrechterhaltung der Ordnung im Zwischendeck Anklage gegen einen erbärmlichen Kerl, der viermal beim Stehlen erwischt worden war.
Als das Gericht erfuhr, daß er nach einer Reihe ähnlicher Vergehen in London an Bord gebracht worden war, konnte es nur ein denkbares Urteil geben: »Zwölf Hiebe.« Thomas Carleton wurde beauftragt, alle Passagiere an Deck zu bringen, damit sie sehen konnten, wie Verbrechen bestraft wurden. Als alle an Ort und Stelle waren, brachten Schiffsoffiziere den Verurteilten an Deck, wo er bis zum Gürtel entkleidet, mit den Armen an den Mast gebunden und mit einem Knüppel, an dessen Ende die aus geknotetem Leder bestehende neunschwänzige Katze befestigt war, ausgepeitscht wurde. Bis zum fünften Hieb gab er keinen Ton von sich, dann schrie er jämmerlich und verlor das Bewußtsein. Die sieben letzten Schläge trafen einen leblosen Körper, der zum Schluß mit Salzwasser übergossen wurde.
Das Auspeitschen hatte eine abschreckende Wirkung, und die Diebstähle im Zwischendeck hörten auf. Manche der Passagiere waren erbärmliche Kerle, aber die meisten kamen aus den gesunden und anständigen unteren Schichten, Frauen und Männer, die sich keine Verfehlungen zuschulden kommen ließen, und sie wiesen jene zurecht, die es taten. Ein Mann von fast fünfzig, der zwei Söhne hatte, packte eines Nachmittags, als Carleton an ihm vorbeieilte, den jungen Mann am Arm und zog ihn in eine Ecke.

»Bürschchen«, sagte er geradeheraus, »du bewegst dich auf sehr gefährlichem Boden.«
»Was meinst du, Alter?«
»Daß du dich mit einer Dame von Rang einläßt, meine ich.«
»Ich bin ein Mann von Rang«, erwiderte Thomas schnell. »Ich bin ebenso stark...«
»Die Männer in der Kabine neben ihr sind Offiziere. Die erschießen dich im Handumdrehen, Bürschchen.«
»Diese Männer haben mit der Dame nichts zu schaffen, und du nimm deine Hand weg.«
Der Alte verstärkte seinen Griff und fuhr fort: »Bürschchen, das ist ein kleines Schiff. Wenn ich es weiß, meinst du nicht, daß sie es auch wissen?«
Sechs Tage lang hielt die Warnung den jungen Carleton davon ab, Vera zu besuchen, und Richard seufzte erleichtert auf, weil ihm die Notwendigkeit erspart blieb zu intervenieren. Denn es ging um die Ehre seines Bruders. Er lauschte nachts auf Geräusche, die ein Stelldichein verrieten, und war froh, daß er nichts hörte. Aber am siebenten Tag erblickte er Vera, die angelegentlich mit dem jungen Wagenbauer sprach, und in dieser Nacht gegen elf Uhr ging die Tür knarrend auf und jemand schlüpfte hinein.
Das war die wohl schlimmste Nacht in Richard Saltwoods Leben, denn die Liebenden, die eine Woche lang getrennt gewesen waren, klammerten sich mit solcher Leidenschaft und geräuschvollem Entzücken aneinander, daß der junge Hauptmann aufwachte.
»Also, Saltwood, hören Sie sich das an! Wie ein Paar Ziegen!«
Das Geräusch des Liebesaktes ließ sich nicht verheimlichen. Gepolter an der Trennwand, Schreie einer Frau, die bis zu ihrem neunundzwanzigsten Jahr auf die Liebe gewartet hatte, und heftiges Keuchen. Sogar von seinem Bett aus konnte Richard das wollüstige Echo hören, und als der Hauptmann nach einer langen, wilden Ekstase im anderen Zimmer meinte: »Also, ich muß schon sagen, das war lange!«, platzte Richard verwirrt heraus: »Und sie fährt hinüber, um meinen Bruder zu heiraten!«
In Saltwoods Kajüte herrschte Stille, unterbrochen durch Geräusche jenseits der Trennwand, und nach längerer Zeit fragte der Hauptmann im Kasernenton: »Also, was werden Sie unternehmen?«
»Was meinen Sie?« fragte Saltwood im Dunkel.
»Verdammt, Mann. Werden Sie ihn nicht erschießen?« Und Richard hörte, wie ein Revolver heftig auf den Tisch geworfen wurde.
Dort lag er noch, als es Tag wurde. Richard rasierte sich an diesem Morgen nicht, aß auch nichts. Der junge Hauptmann ließ ihn strikt allein, kehrte aber am Nachmittag zurück, nahm den Revolver und warf ihn wieder auf den Tisch: »Gütiger Gott, Mann! Es ist Ihre Pflicht. Erschießen Sie den Dreckskerl!« Da Richard außerstande war zu antworten, fuhr er fort: »Ich werde es bezeugen. Ich habe alles gehört, weiß Gott. Wenn Sie beide erschießen wollen, werde ich auch das bezeugen.«
Aber die Saltwoods aus Salisbury waren keine Familie, die Probleme durch

Erschießen löste. Im Parlament war Peter von einem albernen Mitglied aus der Stadt zum Duell gefordert worden und hatte den Mann so lächerlich gemacht, daß er zurückgetreten war. In der Wildnis von Illinois hatte der junge David sich geweigert, einen Indianer zu erschießen, der seinen Besitz widerrechtlich betreten hatte, obgleich seine Nachbarn sie wegen viel geringerer Vergehen töten. Und im Südatlantik, wo sich Stürme erhoben, während die Küste Afrikas in Sicht kam, konnte es Richard nicht über sich bringen, einen jungen Wagenbauer und vielleicht auch die Geliebte des Mannes zu erschießen. Sondern er wartete bis zur Dämmerung, dann sagte er seinem Kajütengefährten, er solle den Revolver an sich nehmen, während er in die Kajüte nebenan ging, um mit seiner Schwägerin, als die sie sich manchmal bezeichnet hatte, zu reden.
»Vera, dein Betragen ist schamlos.«
»Was meinst du?« fragte sie ärgerlich.
»Die Trennwand. Sie ist sehr dünn.« Sie blickte verwundert auf die Wand, klopfte darauf und hörte nichts. »Wir machen keine Geräusche, der Hauptmann und ich«, sagte Richard. »Wir sind Gentlemen.«
Sie klopfte wieder, worauf der Hauptmann, der im Bett lag, das Klopfen erwiderte. Es klang wie ein Pistolenschuß. »Mein Gott!« sagte sie und schlug die Hände vors Gesicht.
»Ja. Der Hauptmann bot mir seinen Revolver an, um euch beide zu erschießen.«
Das erzielte genau die entgegengesetzte Wirkung, als er beabsichtigt hatte. Vera versteifte sich, verlor jedes Gefühl von Reue und trat ihm unerschrokken entgegen. »Ich liebe ihn, Richard. Zum erstenmal in meinem Leben erfahre ich etwas, das du nie gekannt hast, wahrscheinlich nie erleben wirst. Wie es ist, wenn man liebt.«
»Du bist eine törichte Frau auf einem Schiff allein auf dem Ozean...«
Statt daß sie versuchte, sich zu verteidigen, lachte sie. »Glaubst du, ich weiß nicht, daß euer armer kleiner Hilary schrecklich verdorben ist? Daß ihr verzweifelt eine Frau sucht... um ihn wieder auf den rechten Weg zu bringen? Ich weiß es. Alle wissen es.«
»Wer hat es dir gesagt?«
»Simon Keer. Reverend Simon Keer. Ach ja, bei den öffentlichen Versammlungen hat er deinen Bruder gepriesen. So wie deine Mutter. Als ich aber allein mit Keer sprach, was meinst du, hat er da gesagt? Daß Hilary ein ziemlicher Esel sei. Das waren seine Worte. Er sagte, vielleicht wäre ich imstande, etwas aus ihm zu machen, die LMG sei sicherlich nicht dazu fähig.«
»Das hat er dir gesagt?«
»Was konnte er mir denn sonst sagen, wenn ich ihn in aller Aufrichtigkeit fragte?«
»Aber Keer ist der Grund... Er hat Hilary nach Afrika geschickt.«
»Was er sagte, war: ›Manche jungen Leute, besonders die aus Oxford...‹«
»Natürlicher Neid von seiten eines Mannes ohne Erziehung.«

»›...manche jungen Leute aus Oxford nehmen die Religion zu ernst. Das verdirbt sie.‹«
»Aber Keer zieht in England umher und hält Vorträge über Missionen.«
»Das tut er zu einem bestimmten Zweck, Richard. Er will der Sklaverei ein Ende bereiten. Er schert sich keinen Pfifferling um die Religion – im ursprünglichen Sinn.«
»Was meinst du damit?«
»Ich tu's auch nicht.«
Die Blasphemie erschreckte Saltwood, und er mußte sich setzen. Nun vertraute Vera ihm mit sich überstürzenden Worten an, daß sie es gewesen war, die verzweifelt einen Mann finden wollte. Sie haßte es, eine alte Jungfer zu sein, haßte die Nachmittagstees und die unauffälligen Kleider. Hilary drüben in Afrika war ihre letzte Chance gewesen, und die hatte sie wahrgenommen. »Deine Mutter hatte solche Angst, ich würde mich durch die lange Seereise abschrecken lassen.« Sie lachte nervös. »Ich hätte mir den Weg an Bord des Schiffes mit Gewalt erkämpft. Es war meine letzte Chance.«
Richard hatte noch nie eine Frau so sprechen hören, hatte sich nie vorgestellt, daß eine Lambton aus Salisbury so sein könnte. Und nun sagte das Mädchen: »Die Reise hat alles verändert. Du bist nicht länger für mich verantwortlich. Ich werde Thomas heiraten.«
»Kein Geistlicher würde...«
»Dann werden wir uns selbst verheiraten. Wenn wir in Südafrika ankommen, wird er zu seinem Land gehen, und ich werde mit ihm gehen.«
»Aber Hilary wird dort sein. Und dich erwarten.«
Darauf antwortete sie nicht einmal. Sie lachte so sehr, daß ihre Schultern bebten, dann faßte sie Richard am Arm, zog ihn auf die Füße und schob ihn aus der Tür. Sie wollte nicht weiter über die Angelegenheit reden, und in dieser Nacht hörten Richard und der Hauptmann wieder Poltern aus der Kajüte nebenan.
»Werden Sie sie erschießen?« fragte der Hauptmann.
»Nein! Nein! Hören Sie mit diesen Fragen auf!«
»Dann werde ich es tun.« Richard mußte mit dem Hauptmann ringen, ehe er ihm den Revolver entreißen konnte. Das hielt aber den gewalttätigen jungen Mann nicht zurück, der irgendwie das Gefühl hatte, daß seine Ehre und die seines Regiments verletzt worden sei, denn er stürzte aus seiner Kajüte, klopfte laut an die Tür nebenan und verlangte, daß Carleton nach unten in sein eigenes Quartier gehen solle. Als der junge Wagenbauer an ihm vorbeizuschlüpfen versuchte, versetzte ihm der Hauptmann einen gewaltigen Schwinger an den Kopf, der ihn über die Leiter nach unten schleuderte.
»Hoffentlich hat er sich den Hals gebrochen«, knurrte der Offizier, als er in sein Bett zurückkehrte, und nach einigen peinlichen Augenblicken des Schweigens fühlte er sich bemüßigt zu sagen: »Saltwood, ich kann verstehen, warum Sie das Regiment verlassen mußten, Sie waren eine Schande für die Uniform.« Zwei Tage lang weigerte er sich, mit seinem Kajütenge-

fährten zu sprechen, aber am dritten ergriff er mit Tränen in den Augen Saltwoods Hand, als wären sie Brüder, und sagte: »Richard, lieber Junge, kann ich Ihnen irgendwie helfen?«
»Ja, das können Sie«, antwortete Saltwood zutiefst dankbar. »Wenn wir in Kapstadt ankommen, lassen Sie diesen erbärmlichen Kerl an Land befördern. Ich habe Mutter versprochen, dieses Mädchen Hilary zu übergeben, und das werde ich, bei Gott, tun, ob sie nun beschädigt ist oder nicht.«
Als also die »Alice Grace« zur Ergänzung der Vorräte den Hafen anlief, wurde keiner der Zwischendeckpassagiere an Land gelassen, denn ihr Bestimmungsort war die Algoabai, bis zu der sie noch drei Wochen an der Küste entlangsegeln mußten. Aber der junge Wagenbauer, der gewagt hatte, sich mit einer Dame aus gutem Hause einzulassen, wurde mit seinen Äxten und Werkzeugen am Kai abgesetzt, während die Dame aus gutem Hause an der Reling um ihn weinte.
Sie wurde unsanft von Richard weggeschleppt, der mit grimmiger Entschlossenheit sagte: »Du mußt zu Hilary weiterfahren. Wie du es Mutter versprochen hast.« Und solange die »Alice Grace« in Kapstadt blieb, wurde Vera in ihrer Kabine gefangengehalten, bewacht von ihrem Schwager, der vor der Tür Posten stand und sich nur von dem Hauptmann ablösen ließ, wenn er schlafen mußte. Sogar als der Gouverneur alle Gäste des Kapitäns zu einer Feier einlud, durfte sie nicht daran teilnehmen, damit sie nicht mit Thomas Carleton zusammentreffen und davonlaufen konnte.

Sie blieb auch in ihrer Kajüte, als das Schiff die Reise wieder aufnahm, wie alle anderen, die eine Kajüte hatten, denn es kam ein winterlicher Sturm auf, der das Schiff weit nach Süden verschlug. Er erinnerte die Seeleute an Adamastor, den stürmischen Riesen, der das Kap zur Zeit Vasco da Gamas bewacht und über den Luís de Camões so brillant geschrieben hatte.
Tag um Tag tobten die Stürme, so daß die Wellen hoch über den Bug des Schiffes schlugen und die Kabinen überschwemmten. Zeitweise stürzte das Schiff so steil nach unten, daß die Zwischendeckpassagiere von einer Ecke in die andere geschleudert wurden, während ihre Schreie mit dem Heulen der Winde wetteiferten. Es war unmöglich zu schlafen, und an Essen war nicht zu denken. Immer wieder, wenn ihre nasse, einsame Kajüte bebte, als ob die Wände zersplittern würden, kauerte Vera in einer Ecke, voller Angst vor dem Augenblick, da die Reise enden würde, voller Entsetzen vor ihrer Fortsetzung. Doch nie gab sie dem Aberglauben nach und suchte die Ursache für diesen heftigen Sturm bei sich oder ihren Handlungen mit Thomas. Sie war froh, ihn kennengelernt zu haben, wenn es auch nur für die Dauer ihrer kurzen Reise durch die Tropen gewesen war, und sie betete darum, ihn auf irgendeine geheimnisvolle Art wiederzutreffen.
Allein inmitten eines wütenden Sturmes wurde aus der demütigen englischen Jungfer eine reife Frau mit erstaunlich unabhängigem Wesen. Sie hatte Gefallen daran gefunden, von einem starken Mann geliebt zu werden, und es wurde ihr klar, daß sie nie zu den verträumten Nachmittagen einer

Domstadt zurückkehren konnte. Was die Heirat mit einem Missionar betraf, war sie vollkommen unmöglich, aber sie wußte nicht, was sie tun würde. Als das Schiff einmal so heftig seitwärts in ein Wellental tauchte, daß es beinahe zerbrach, klammerte sie sich an das Bett, um nicht fortgeschwemmt zu werden, und rief: »Wenn wir das Land erreichen, bin ich Afrikanerin.« Und sie schüttelte ihre Faust in irgendeine Richtung, in der Annahme, der von Stürmen umtoste Kontinent liege in dieser Gegend.
Am siebenten Tag des Sturmes, als das Schiff in die Nähe der Polargewässer geraten war, begannen Passagiere alte Geschichten von Schiffen zu erzählen, die ruderlos und ohne Segel unablässig nach Süden getrieben wurden, bis sie von Eis eingeschlossen waren, das sie für immer festhielt. »Dort unten ist ein Friedhof von Schiffen. Alle an Bord warten steifgefroren auf den Jüngsten Tag.« Sie erzählten auch vom Fliegenden Holländer: »Kapitän van der Decken aus Rotterdam. Einer seiner Urenkel siedelte sich vor Jahren am Kap an. Er schwor, er könne in einem solchen Sturm das Kap umsegeln, schwor einen Eid, daß er es tun würde. Er ist irgendwo dort draußen und versucht noch immer, dem Kap zu trotzen, und er wird es weiter tun, bis die erfrorenen Menschen dort unten am Tag des Gerichtes aufgerufen werden.«
Das arme Schiff wurde so herumgeworfen, daß, als der Sturm sich endlich legte und die Sonne es dem Kapitän ermöglichte, die Position zu berechnen, alle darüber erschraken, wie weit sie nach Süden abgetrieben worden waren. Sie befanden sich tatsächlich auf dem Weg zum Eis, und als sie nun nordwärts zur Algoabai segelten, waren alle so demütig und gedrückter Stimmung, daß sogar der junge Hauptmann Gewissensbisse wegen der Art empfand, wie er die zur Liebe erwachte junge Frau in der Kabine neben ihm hatte behandeln wollen. Er klopfte an ihre Tür, um sich zu entschuldigen.
»Es tut mir leid«, sagte er.
»Mir nicht«, antwortete sie.
»Während des Sturmes glaubte ich ein- oder zweimal, daß wir sicherlich untergehen würden«, vertraute er ihr an. »Und wissen Sie, was mein nächster Gedanke war?« Er lächelte ihr ermutigend zu, ein Mann, der viel jünger war als sie und versuchte, zu einer Verständigung zu gelangen. »Ich dachte, wie völlig verrückt es von mir gewesen war, mich in Ihre Angelegenheiten zu mischen. Ich wollte Sie erschießen, wissen Sie.«
»Das wurde mir erzählt.«
»Madam, würden Sie mir erlauben, meinen Fehler wieder gutzumachen? Ich war ein solcher Esel. Es geht niemanden etwas an, wen Sie lieben.« Und zu ihrer Verwunderung sank er auf ein Knie nieder, ergriff ihre Hand – und küßte sie.

In der Algoabai spielte sich im Winter 1820 eine Szene historischer Verwirrung ab. Verwirrung deshalb, weil fünf Schiffe wie die »Alice Gray« versuchten, auf der offenen Reede Passagiere an Land zu bringen, ohne daß es eine feste Anlegestelle gab. Historisch, weil eine ganz neue Art von Men-

schen an Land kam, die dem Leben Südafrikas zu einer neuen Dimension verhalfen.
Die Verwirrung in der Bai und an Land war gewaltig. Kapitäne bemühten sich, ihre Schiffe möglichst ungefährdet vor Anker zu legen, aber Wind und Gezeiten beutelten sie heftig, so daß alle, die versuchten an Land zu gehen, sich in Gefahr befanden. Es wurden lange Seile durch das Wasser gelegt, die dazu verwendet wurden, die Boote an den Strand zu ziehen. Frauen und Kinder, von denen es sehr viele gab, wurden in die einfachen Boote gesetzt und durch die Brandung an Land gezogen. Gelegentlich riß sich ein Boot los und wurde abgetrieben, und die Passagiere schrien, bis ein beherzter Schwimmer es rettete.
Manche Frauen, die siebentausend Meilen zu ihrem Bestimmungsort gereist waren, weigerten sich entschieden, an Land zu gehen, da sie weder zu den zerbrechlichen Booten noch zu den Männern, die sie lenkten, Vertrauen hatten. Aber die von den Schiffsoffizieren gebrüllten Befehle zwangen sie für gewöhnlich, die Reling loszulassen, an die sie sich klammerten. Einige mußten buchstäblich in die umhergeschleuderten Boote geworfen werden, was die Gefahr von Knochenbrüchen mit sich brachte. Manche mutigen Kinder, die nicht länger warten wollten, um in das ihnen verheißene Paradies zu gelangen, sprangen fröhlich ins Wasser, sobald die Boote sich dem Strand näherten, und liefen keuchend und spuckend an Land. Ihre Mütter sahen ängstlich zu, bis sie aus den Booten gehoben und auf den Schultern der Männer durch die Brandung getragen wurden. Unter denen, die den Einwanderern halfen, in Sicherheit zu gelangen, befanden sich einige Xhosa, die erst vor einem Jahr beim Angriff gegen Grahamstown mitgemacht hatten.
An Land wurde die Verwirrung noch schlimmer: »Die Gruppe aus Manchester, hier herüber! Liverpool, dort drüben! Glasgower, bleibt dort bei der Düne! Bitte, bitte! Die Leute aus Cardiff sollen hier herüberkommen, zu dem Mann mit dem Zylinder!« Oberst Cuyler aus Albany, New York, der jetzt mit einer viel angenehmeren Aufgabe betraut war, eilte von einem Ende des Strandes zum anderen und sagte allen, was sie zu tun hatten. Aber sogar dieser energische Mann hatte Schwierigkeiten, denn die Regierung hatte ihn beauftragt, die Einwanderer mit harten Tatsachen vertraut zu machen, die man in England übersehen hatte, als die Herrlichkeiten Südafrikas gepriesen worden waren: »Es ist noch nicht das Land, in dem Milch und Honig fließt. Es ist ein Land der Gewehre. Ihr dürft nie, absolut nie ohne euer Gewehr auf eure Felder hinausgehen.«
Zu dem Gewimmel der Einwanderer gesellten sich noch Burenfarmer am Strand, die aus sechzig und siebzig Meilen Entfernung in schweren, von vierzehn, sechzehn oder zwanzig Ochsen gezogenen Wagen gekommen waren. Diese Männer feilschten hart mit den Neuankömmlingen und boten ihnen an, sie und ihre Habe zu unverschämten Preisen an ihre neue Heimstätte zu fahren. Welche andere Möglichkeit hatten aber die Einwanderer? So wurden also Tag um Tag Wagen beladen, Peitschen knallten, und Ge-

spanne mit störrischen Ochsen begannen die lange Reise ins neue Paradies. Unter der wartenden Menge an Land befand sich auch Reverend Hilary Saltwood, der gekommen war, um seine Braut abzuholen. Er war noch immer ungewöhnlich mager und hatte sichtlich die Lebensmitte überschritten, denn er war fünfunddreißig, und sein hartes Leben war nicht spurlos an ihm vorübergegangen. Sicherlich war er kein attraktiver Bräutigam, und nur wenige Frauen wären so weit gereist, um ihn zu heiraten. Wenn jedoch seine derzeitige Verpflichtung abgelaufen war und er nach England zurückkehren und ein wenig zunehmen konnte, würde er in einer malerischen ländlichen Pfarrei ein ganz annehmbares Bild abgeben. Für ihn sprach vor allem das innere Leuchten, das sein Gesicht erhellte: Es war die Miene eines Mannes, der an das glaubte, was er tat, und der in der Aufrichtigkeit, mit der er seiner Berufung folgte, ständige Befriedigung fand. Er liebte die Menschen. Seine Expedition mit dem Kommando nach Grahamstown hatte ihn sogar gelehrt, die Buren zu lieben, die sich so heftig gegen ihn stellten. Daß er erfolgreich gegen die Xhosa gekämpft hatte, trug ihm sogar Respekt ein. So war ihm der Ochsenwagen, der seine Braut zur Mission Golan bringen sollte, von Tjaart van Doorn selbst freiwillig angeboten worden.
Hier nun warteten sie inmitten einer bewegten Menschenmenge: der hochgewachsene, schwarzgekleidete Missionar, der sich so unbehaglich fühlte, der vierschrötige Bure mit dem dichten Bart und die sechzehn schwerfälligen Ochsen, denen die ganze Sache gleichgültig war. »Du lieber Gott!« rief Hilary, »dort ist Richard!« und lief zum Strand, um seinen Bruder zu umarmen, der tropfnaß aus den Wellen stieg.
»Wo ist die Dame?« fragte Hilary ein wenig besorgt und vergaß, van Doorn vorzustellen, der daneben stand und seine Nilpferdpeitsche betrachtete.
»Sie wird schon kommen«, sagte Richard. »Wer ist das?«
»Ach, das ist mein Nachbar, Tjaart van Doorn.«
»Sie wohnen in der Mission?«
»Dreißig Meilen nördlich davon.«
Richard zwinkerte. Nachbarn in dreißig Meilen Entfernung? Aber dann hörte er einen Ruf aus einer Schute der »Alice Grace«. Es war der Hauptmann, neben ihm saß Vera Lambton. »Richard! Hallo, Saltwood! Hier kommt die Braut!«
Sein Ruf klang so freundlich und die Botschaft auf diesem Schauplatz neu beginnender Lebenswege so herzlich, daß alle ringsum zu arbeiten aufhörten, um der Ankunft von Miß Lambton zuzusehen, die in ihrer einfachen Reisekleidung recht hübsch aussah. Drei Hurras wurden ausgebracht, als die Schute langsam an Land gezogen wurde.
Vera saß steif im Boot und hielt den Blick gesenkt. Sie wollte nicht zum Strand schauen, um den Missionar nicht zu sehen, den sie heiraten sollte. Sie wollte ihn nicht, ihr Herz war anderswo gebunden, und sie bezweifelte, daß sie dies je würde verbergen können. Aber die heftige Ablehnung, die sie während des Sturmes geäußert hatte, war abgeklungen, und nun, da sie der Notwendigkeit gegenüberstand, sich in einem fremden Kontinent allein

durchzusetzen, nahm sie an, daß sie ihn akzeptieren mußte: Gott verzeihe mir das, was ich zu tun im Begriff bin.

Im letzten Moment blickte sie hoch, und was sie sah, verscheuchte alle ihre Befürchtungen – und obwohl sie sich in Gefahr brachte, stand sie im Boot auf, winkte mit beiden Händen und schrie: »Thomas!«

Thomas Carleton, der Wagenbauer aus Saffron Waldon, war in halsbrecherischem Tempo über das Flachland, über die Berge und die langgestreckten Vorgebirge galoppiert, um das Schiff abzufangen, und er stand mit ausgebreiteten Armen da, um seine Geliebte zu begrüßen. Vera übersah die Hände, die darauf warteten, sie auf trockenes Land zu tragen, sprang ins seichte Wasser, hob die Röcke hoch und lief mit weit ausgebreiteten Armen durch die Wellen, um den einzigen Mann zu umarmen, den sie je lieben würde. Sie war neunundzwanzig, er fünfundzwanzig. Sie war bewandert in Bibelkunde, Malerei und Musik, er in der Holzbearbeitung, aber sie waren freudig entschlossen, den Rest ihres Lebens in Südafrika zu verbringen. Sie waren die englischen Ansiedler des Jahres 1820.

Veras dramatische Ankunft fesselte die Aufmerksamkeit aller, sogar die Richard Saltwoods, der ihr entgeistert zusah. Reverend Hilary wurde alleingelassen bei dem wartenden Wagen und bei den Ochsen, die seine Braut niemals zur Mission bringen würden. Allmählich wurden sich die Menschen am Strand seiner Anwesenheit bewußt, wandten sich um, sahen die unglückliche Gestalt und brachen dabei in Gelächter aus. Böse Spottworte und zotige Bemerkungen fielen, während er abseits stand und sie wie eine eiskalte Dusche über sich ergehen ließ. Er erwartete von niemandem Mitleid und versuchte auch nicht, Miß Lambton von ihrem ungewöhnlichen Verhalten abzubringen. Er kannte die Hintergründe nicht, spürte aber, daß ein sehr starkes Gefühl sie antrieb. Sicherlich war es Gottes Wille, daß sie mit dem anderen gehen sollte.

Er erhob keinen Einwand, als Tjaart zurückkam und kleinlaut sagte: »Da ich nun mal hier bin, werde ich, wenn Sie nichts dagegen haben, das Paar zu seinem neuen Heim bringen.«

»Das sollten Sie tun«, antwortete er, und als Richard seine Sachen beisammen hatte und meinte, auch er müsse einen Fuhrmann suchen und sich auf den Weg machen, nickte Hilary. Schließlich fanden alle Einwanderer irgendwelche Transportmittel und fuhren los, um zu versuchen, Weizen und Mais auf einem Boden anzubauen, auf dem kaum Unkraut gedeihen konnte, denn die Regierung war diesen Ansiedlern gegenüber nicht ganz aufrichtig gewesen, weder in Kapstadt noch in London. Sie sollten nicht Farmer oder Kaufleute im althergebrachten Sinn sein, sondern sollten Vorposten entlang der Grenze bilden und die Xhosa von den bereits bestehenden Farmen tiefer im Landesinneren abhalten. Vera und Thomas sollten in ihrem Heim an der Grenze die Hauptwucht jedes Xhosa-Angriffs auffangen, damit bereits florierende Siedlungen wie Grahamstown in Sicherheit leben konnten. Hilary, der diese hintergründige Strategie durchschaute, war traurig darüber, daß seine ehemalige Braut und sein Bruder ostwärts in eine so exponierte Gegend zogen; und er betete, daß ihnen Gott die Kraft für die Prüfungen geben möge, die ihnen bevorstanden. Nachdem er das getan hatte, sah er ihre Wagen verschwinden, bestieg sein Pferd und ritt langsam zurück zur Mission Golan.

Er vergaß das Jahr 1820 nie. Für ihn war es ein schlimmes Jahr, in dem ihn die Buren und die englische Gemeinde verspotteten und und ihm nicht einmal zugute hielten, daß er ein *dominee* mit lauteren Absichten war. Seine Missionsstation wurde als Farce bezeichnet, da sich dort Schwarze vor anständiger Arbeit drücken konnten; seine Versuche auf landwirtschaftlichem Gebiet scheiterten jämmerlich, und sein ständiges Beharren darauf, man müsse Hottentotten und Xhosa anständig behandeln, wurde als Charakterschwäche betrachtet. Die Buren verachteten ihn wegen seines Widerstandes gegen Zwangsarbeit, die Grundlage ihrer Existenz, während ihn die Engländer als gesellschaftlich unakzeptabel ablehnten.
Seine Lage verschlimmerte sich, wann immer Dr. Keer in London eine neue Broschüre herausgab oder veranlaßte, daß im Parlament eine Untersuchung angestellt wurde. Der kleine Agitator stellte fest, daß seine Ausfälle gegen die Buren bei der englischen Presse beliebt und der Schlüssel waren, der ihm Zutritt zu den obersten Schichten der englischen Gesellschaft verschaffte. Er schrieb, predigte und hielt Vorträge, in denen er leidenschaftliche Anschuldigungen gegen die Buren erhob. Aber wann immer er aus seiner sicheren Position in London donnerte, traf der Blitz Hilary Saltwood in seiner exponierten Mission. Die Farmer trugen sich bereits mit dem Gedanken, sie in Brand zu stecken.
Er aber kümmerte sich nicht um die Ächtung und die Drohungen. In seiner Mission hielt er seine Art christlicher Nächstenliebe aufrecht. Er nahm jeden auf, der hereingestolpert kam, und fand in den unwahrscheinlichsten Winkeln Kleidung und Essen für ihn. Er hielt die Bekehrten mehr oder minder zur Arbeit an und verwendete viel Zeit auf den Kirchenchor, denn er glaubte, daß eine Seele, die sang, Gott näher war als eine, die schweigend vor sich hinbrütete. Viele Reisende jener Zeit schrieben amüsiert darüber, daß sie nach Golan gekommen waren und beim Abendgebet einen herrlichen Chor gehört hatten, der englische Kirchenlieder sang und nur aus dunklen Gesichtern bestand, mit Ausnahme des Missionars, der die anderen gut und gern um dreißig Zentimeter überragte. Die Schreiber ließen immer durchblicken, daß Saltwood fehl am Platz war. Das aber stimmte nicht, denn er gehörte zu diesen Menschen.
Mag sein, daß Gott diese Einsamkeit für ihn vorgesehen hatte, in der ihn alle Weißen verachteten, damit er seine Aufmerksamkeit auf die Zukunft Südafrikas konzentrieren konnte; jedenfalls wurde ihm eines Nachts, als er schlaflos im Bett lag, eine Vision von so kristallener Reinheit gewährt, daß er sie am Morgen seinen Pfarrkindern mitteilen mußte. Er sprach in einem Gemisch aus Englisch, Holländisch, Portugiesisch und Xhosa:

Durch die Ankunft unserer englischen Vettern, noch dazu in solcher Menge, sehen wir, daß dieses Land von nun an nie mehr eine Einheit sein kann. Es muß immer in Splitter, viele verschiedene Menschen, viele verschiedene Sprachen, geteilt sein. Wir sind an diesem Morgen im Jahr 1821 wie ein Fluß, der am Kamm einer Bergkette entlangfließt. Früher oder später muß er auf der einen oder anderen Seite nach unten strömen, und darin, wie das geschieht, wird der ganze Unterschied in diesem Land liegen. Laßt uns beten, daß er fröhlich nach unten stürzt als Kaskade von Liebe und Brüderlichkeit, in der Hottentotten und Xhosa und Engländer und Buren sich die Arbeit und die Segnungen teilen. Die Mission Golan darf nicht länger für Schwarze allein dasein. Wir müssen unsere Herzen allen Menschen, unsere Schulen allen Kindern öffnen. (Hier zog er die Stirn in Falten.) Ich kann nicht glauben, daß unser großer Fluß der Menschlichkeit auf der falschen Seite des Berges nach unten fließen und eine hassenswerte Gesellschaft schaffen wird, in der Menschen verschiedener Farben, Sprachen und Religionen getrennte Wege gehen werden, vergleichbar bitteren kleinen Bächen. Denn wir sind alle Brüder in Gott, und Er hatte im Sinn, daß wir zusammen arbeiten und leben.

Als er an diesem Morgen seinen Zuhörern seine Vision von einem neuen Südafrika schilderte, befanden sich viele unter ihnen, die nicht begreifen konnten, worüber er sprach. Der gesunde Menschenverstand sagte ihnen, daß die Weißen, die Wagen und Gewehre und viele Pferde besaßen, dazu bestimmt waren, zu herrschen und ärmere Menschen für sich arbeiten zu lassen. Es gab jedoch ein paar, die verstanden, daß das, was der Missionar sagte, richtig war, vielleicht nicht in diesem Augenblick, wohl aber in der langen Zeitspanne eines ganzen Menschenlebens oder vielleicht innerhalb des Lebens seiner Enkel.
Zu dieser Gruppe gehörte die begabte Sopranistin Emma, deren Familie dank Hilarys Wohltätigkeit – oder vielmehr der seiner Mutter – der Sklaverei entgangen war, denn sie hatte die Geldmittel geschickt, mit denen ihre Freigabe erkauft wurde. Emma war nun einundzwanzig, klein gewachsen, ihr Gesicht war immer noch kohlschwarz und ihre Zähne weiß und ebenmäßig. Sie war von wunderbar ruhigem Wesen, arbeitete gut mit Kindern und leitete die Mission, immer wenn Saltwood abwesend war.
Sie dachte schon seit geraumer Zeit über die Zukunft von Golan nach, und da sie keine Xhosa, sondern eine Madegassin war, konnte sie die Dinge klarer sehen als so manche andere. Sie hielt die Xhosa im allgemeinen für höherstehende Menschen und konnte ein Dutzend Tätigkeiten aufzählen, bei denen sie sich besonders hervortaten: »Baas, sie könnten ebenso gute Farmer oder Jäger sein wie die Buren.«
»Du sollst mich doch nie wieder Baas nennen«, ermahnte sie Hilary. »Ich bin dein Freund, nicht dein Baas.«
Sie wußte natürlich, daß Hilary zur Algoabai geritten war, um eine Frau

zu holen, und sogar nach Golan waren schnell Gerüchte gedrungen, in denen die lächerliche Szene beschrieben wurde, in der er mit offenen Armen am Strand gestanden hatte, um seine Frau zu empfangen, während sie an ihm vorbei in die Arme eines anderen lief. Emma konnte besser als die meisten ermessen, welche Pein es für diesen sensiblen Mann bedeutet haben mußte, und sie hatte bei seiner Rückkehr die meisten Verwaltungspflichten übernommen, bis er seine Schande bewältigt hatte und anfing zu vergessen.

Emma, das Mädchen ohne Zunamen, verstand den subtilen Vorgang, durch den Saltwood seinen persönlichen Schmerz sublimiert und dabei seine Vision von Südafrika als Ganzem gefunden hatte, und sie nahm an, daß niemand je dieses Land verstehen würde, in dem sie, ebenso wie Hilary, fremd war, ehe er nicht irgendeine Tragödie erlebt hatte. Sie nahm auch an, er würde, sobald er seiner Vision Ausdruck verliehen hatte, deren Unmöglichkeit einsehen, die Gegend verlassen und nach England zurückkehren.

Deshalb war sie verwundert und vielleicht auch erfreut, als er eines Tages sagte: »Ich werde für den Rest meines Lebens hier bleiben. Ich werde für den Aufbau benötigt.«

Sie glaubte ihm, und da sie das wußte, kam sie ihm näher, denn es war klar, daß ein so zerbrechlicher Mann wie er nicht ohne starke Hilfe überleben konnte. Außerdem bemerkte sie, daß die beiden weißen Gemeinden ihn so verachteten, daß er kaum eine Möglichkeit hatte, in dieser Gegend eine Frau zu finden.

In mancher Hinsicht war sie sogar noch besser informiert als Saltwood selbst und beurteilte deshalb die Lage auch realistischer – schon als sie zehn war und erkannte, daß ihr Leben davon abhing, aus der Sklaverei in *De Kraal* zu fliehen. Ihre Eltern hatten Angst gehabt, und die anderen Sklaven hatten sich vor den Folgen gefürchtet. Sie aber war ohne Pferd und Führer in die Nacht geflohen und hatte den Weg in die Freiheit gefunden. Nun war sie es, die erkannte, daß Hilary eine Partnerin brauchte, da er ohne eine solche einfach nicht überleben konnte.

Nach seiner Vision und seinem Entschluß, ihr sein Leben zu widmen, dachte Reverend Saltwood in ganz anderer Richtung. Er glaubte, daß Gott ihn zu einem bestimmten und vielleicht edleren Zweck nach Golan gesandt hatte, und er war sicher, daß Gott ihm diese Vision gewährt hatte. In dieser Hinsicht ähnelte er Lodevicus dem Hammer, nur hatte der gewußt, daß Gott ihn persönlich aufgesucht hatte.

Wenn er für einen erhabenen Zweck ausersehen war, mußte er sich zwangsläufig auch von den entsprechenden Prinzipien leiten lassen. Was aber waren das für Prinzipien? Daß alle Menschen in Südafrika Brüder waren, daß alle vor dem Angesicht Gottes gleich waren und daß alle die gleichen Rechte besaßen, keiner höher stand als der andere. Er gab zu, daß es Rangstufen gab, und er war sicherlich kein Revolutionär. In der Missionsgesellschaft stand zum Beispiel er auf der untersten Stufe der Hierarchie, und in seiner Bescheidenheit nahm er an, daß er nichts Besseres verdiente.

In Kapstadt lebten Funktionäre, die ihm Anordnungen erteilten, und in London lebten andere Funktionäre, die ihnen Anordnungen erteilten, und über allen stand die kleine Gruppe der großen Denker wie Simon Keer, die alles leiteten. Er war durchaus zufrieden mit der Struktur an sich, doch irgendwie störte ihn die Tatsache, daß jeder einzelne in der Befehlskette weiß war, als ob das eine Vorbedingung für die Ausübung von Macht wäre. In Golan hatte er die Leitung delegiert, und das hatte recht gut funktioniert. Er hatte die Leitung des Missionschors Emma übertragen, und sie hatte die Stimmen zu einem schönen Klangkörper ausgebildet, nicht er. Er hatte festgestellt, daß Emma in seiner Abwesenheit die Mission zumindest ebenso gut geleitet hatte wie er, vielleicht sogar besser. Sie war sicherlich eine ebenso gute Christin, hatte bei ihrem Beharren auf ihrem Glauben an Christus wirklichem Ungemach die Stirn geboten, und sie war freundlich und demütig Buren gegenüber, wenn sie kamen, um sich über ihre Ausreißer zu beklagen. »Demütig, aber unnachgiebig«, schrieb er in einem Bericht, »offenbart sie den wahren Sinn der Lehre Christi. Wenn sie gezwungen ist, einem arroganten Buren entgegenzutreten, der nach der Rückkehr seiner Hottentotten schreit, steht sie dort, eine kleine Gestalt in einem einfachen Baumwollkleid, die Hände in die Hüften gestemmt, und hindert ihn daran, das Haus des Herrn zu entweihen. Ein Mann schlug sie mit der Peitsche, aber sie rührte sich nicht, und er ritt ziemlich verwirrt davon.«
Noch ein anderer Gedankengang mischte sich in Saltwoods Überlegungen, und er hätte sich gewundert, wenn man ihn auf die historische Parallele aufmerksam gemacht hätte. Er begann, wie viele Menschen aus einem höheren Kulturkreis, die mit einer großen Zahl von Angehörigen einer niedrigeren, mechanischen Kulturstufe in Verbindung stehen, zu glauben, daß das Heil darin lag, die ererbte überlegene Kultur abzulegen, eine einfache Frau von den weniger Begünstigten zu heiraten und dadurch eine Verbindung zum Erdhaften und Elementaren herzustellen. Zu eben jener Zeit gelangten in Rußland junge Leute der herrschenden Klasse zu der Ansicht, sie müßten Leibeigene heiraten, um mit dem wahren Rußland in Berührung zu kommen, und in Frankreich erwogen Schriftsteller und Philosophen eine Heirat mit gefallenen Mädchen, um gemeinsam von einer sozusagen soliden Grundlage auszugehen und zu neuen Erkenntnissen zu gelangen. In Brasilien heirateten rauhe portugiesische Pflanzer herausfordernd schwarze Frauen: »Zum Teufel mit Lissabon. Das ist von nun an mein Leben.« Und in Indien glaubten gewisse mystisch beeinflußte junge Engländer, daß sie, um das Land zu verstehen, dem sie nun verpflichtet waren, Inderinnen heiraten müßten.
In all dem lag eine Art Selbstbestrafung, und viele Beobachter machten sich darüber lustig. Dabei hatten die Menschen aber auch das Gefühl, eine ursprüngliche Erfahrung zu machen, sich mit einem neuen Land zu identifizieren, und tief in ihrem Unterbewußtsein hegten sie den Verdacht, daß in einer blühenden, von zuviel Büchern und viel zuviel Parteien gekennzeichneten Kultur etwas Grundlegendes verlorenging. Wenn auch noch die Reli-

gion mit dem Beispiel von der Selbstverleugnung Jesu Christi in die Waagschale geworfen wurde, entstand ein starker Drang zu Handlungen, die man sonst nie in Betracht gezogen hätte. Und eines Morgens, als das Leben in der Mission Golan ausgesprochen friedlich war, begann Reverend Hilary Saltwood eine dreitägige Periode des Betens und Fastens.

Er war jetzt sechsunddreißig, und weiter als jetzt würde er nie befördert werden. Er war sich bewußt, daß seine Mutter noch immer liebevoll die Vorstellung hegte, er würde heimkommen und Superintendent der Kathedrale von Salisbury werden. Für ihn aber war diese glanzvolle Stellung für immer verloren. Er bezweifelte sogar manchmal, daß er sich überhaupt in England ausreichend versorgen könnte. Er nahm auch an, daß es besser war, wenn er seine Dienstzeit in Golan beendete, denn er hatte die Mission so gut aufgebaut, daß jeder beliebige neue Mann aus London sie übernehmen konnte. Sein schöpferisches Leben war jedoch keineswegs beendet. Es zog ihn nach dem Norden, wo viele in Unkenntnis der Lehre Jesu lebten, und er stellte sich vor, daß er von einem einsamen Vorposten zum anderen ziehen würde. Um so leben zu können, brauchte er aber eine Gefährtin.

Er dachte daran, wie aufgeregt er gewesen war, als seine Mutter ihm geschrieben hatte, sie schicke ihm eine Frau. Wie oft hatte er diesen Brief gelesen, wie sorgfältig die Beschreibung Miß Lambtons durch seine Mutter studiert und sich vorgestellt, wie sie mit ihm in Grenzstationen arbeitete. In seiner Einsamkeit erinnerte er sich manchmal an jede Einzelheit ihrer Kleidung, als sie an jenem Tag in der Algoabai durch die Brandung gelaufen war. »Ich brauche eine Frau, die das Veld mit mir teilt«, rief er laut.

Aber was für eine Frau? Würde er es je wieder wagen, seine Mutter um Vermittlung zu ersuchen? Das glaubte er nicht. Konnte er nach Grahamstown reiten, um zu sehen, ob es dort unter den Einwanderern vielleicht eine geeignete Frau gab? Nicht sehr wahrscheinlich. Dort würden sie ihn auslachen und verhöhnen, und keine Frau würde diese Demütigung teilen wollen. Sollte er nach Kapstadt zurückkehren? Nie. Nie. Er gehörte hierher, an die Grenze, zu den schwarzen Menschen, die er liebte.

Liebte! Liebte er Emma, seine wunderbare kleine Mitarbeiterin mit den lachenden Augen? Er glaubte es, fragte sich aber, ob Gott eine solche Verbindung billigen würde.

Diese Überlegungen hatten einen ganzen Tag erfordert, die folgenden beiden verbrachte er mit dem Versuch herauszufinden, ob ein Jesus Christus völlig geweihter Mann eine solche Ehe riskieren sollte, und wie die Buren in Zeiten der Not im Alten Testament Rat suchten, nahm er das Neue Testament zur Hand und versuchte, die Lehren Jesu und des heiligen Paulus zu enträtseln. Die alten, vertrauten Sätze hüpften und taumelten widersprüchlich durch seine Gedanken: »Es ist besser zu heiraten als zu brennen... Der Unverheiratete kümmert sich um die Dinge des Herrn... Ehemänner, liebet eure Frauen... Es ist dem Menschen gut, daß er kein Weib berühre... So sollten Männer ihre Frauen lieben wie ihre eigenen Kör-

per...« und des heiligen Paulus präzises Gebot des Zölibats: »Ich sage daher den Ledigen...: Es ist ihnen gut, wenn sie auch bleiben wie ich.«
Es war eine verwirrende Lehre, und ein Wahrheitssucher konnte in der Bibel sowohl die Rechtfertigung als auch die Ablehnung der Heirat finden. Schließlich aber überwog ein Vorfall im Neuen Testament alle anderen: Als ein armes Paar in Kana getraut wurde, das nicht genug Geld besaß, um die Gäste ausreichend mit Wein zu versorgen, griff Jesus ein und verwandelte Wasser in Wein, so daß die Feier fortgesetzt werden konnte. Als Hilary daran dachte, mußte er lachen: Immer hat mir dieses Wunder am besten von allen gefallen. Eine Feier. Eine Gnade. Und am Ende sagt der Kellermeister selbst: »Jedermann gibt zum ersten guten Wein, und wenn sie trunken worden sind, alsdann den geringern; du hast den guten Wein bisher behalten.« Feiner Kerl! Ich glaube, daß Jesus und seine Jünger bei dieser Hochzeit getanzt haben.
Die dritte Nacht verbrachte er im Gebet, und am Morgen ging er zu Emma und sagte: »Jesus selbst würde bei unserer Hochzeit tanzen. Willst du mich haben?«
Sie wurden in aller Stille von Saul getraut, der nun in der Mission als Diakon fungierte. Sie wohnten in einer Hütte aus Flechtwerk neben der Kirche, und da sie niemanden verständigten, verbreitete sich die Nachricht von dieser außergewöhnlichen Trauung nicht.
Sie gelangte sicherlich nicht in das fünfundsiebzig Meilen östlich gelegene Grahamstown, wo Richard Saltwood eine flotte Braut gefunden hatte: Julie, das Mädchen aus Dorset, die auf ihrem eigenen Pferd nach Plymouth geritten war, um auf einem der letzten Auswandererschiffe einen Platz für die Überfahrt zu ergattern. Sie war allein und schutzlos und hatte kein Geld, um einen Wagen mit sechzehn Ochsen zu mieten, der sie nach Grahamstown gebracht hätte. Deshalb ging sie zu Fuß und brachte kaum mehr mit als die Kleider, die sie auf dem Leib trug. Innerhalb einer Woche wollten sechs Männer sie heiraten, und in ihrer koketten Art hatte sie Richard gewählt. Sie konnte nicht lesen, aber als er ihr erklärte, er würde sie eines Tages in die Domstadt Salisbury zurückbringen, sagte sie strahlend: »Dann sollte ich es, bei Gott, lieber lernen«, und sie hatte Mrs. Carleton ausfindig gemacht, die es ihr beibringen sollte; die beiden in ihrer Herkunft so verschiedenen, in ihrer Tapferkeit aber ähnlichen Frauen hatten viel Spaß beim Kampf mit dem Alphabet.
Als Richard vorschlug, sie sollten seinen Bruder kommen lassen, um die Trauung zu vollziehen, rief Julie: »Fabelhaft! Da haben wir wenigstens Gelegenheit, ihm die Stadt zu zeigen.«
So wurde also ein berittener Diener nach Osten geschickt, um Hilary einzuladen, die Zeremonie durchzuführen, und die Einladung schien so aufrichtig und die Gelegenheit, Verbindungen mit der neuen Siedlung anzuknüpfen, so günstig, daß der Missionar annahm. Er wollte Emma mitnehmen, um den Leuten in Grahamstown zu zeigen, wie tief er davon überzeugt war, daß in der Kolonie ein neues Zeitalter begann.

Hilary, Emma, Saul und der Diener reisten also nach Osten. Sie begannen jeden Tag mit Gebeten und schlossen ihn mit Bibellesungen ab. Ansonsten sprachen sie viel über Richard und seine Erfahrungen in Indien. Hilary, der in seiner Ehe sehr glücklich war, sann darüber nach, was für eine Frau sein Bruder wohl heiraten würde, und bat Gott in seinen Gebeten wiederholt, Richard zu segnen.

Als die vier in Grahamstown einritten, wies Hilary auf die Häuschen, die an dem Tag, als er den brüllenden Xhosa Trotz geboten hatte, wie sichere Festungen ausgesehen hatten, und er zeigte Emma die Stelle, an der ihm Tjaart van Doorn das Leben gerettet hatte.

Als sie die Hauptstraße hinunterritten, kamen sie zu dem weiten Paradeplatz, wo eine kleine Kirche auf dem Grund stand, den später eine schöne Kathedrale einnehmen sollte. Einer von Richards Hottentottendienern rief der kleinen Gruppe zu, daß der Baas im Laden von Carleton, dem Wagenbauer, sei, und so wandten sie die Pferde in diese Richtung, während der Sklave vorauslief und schrie: »Der Reverend kommen! Schau, er kommen!« Und so kamen seine Frau, sein Freund Richard Saltwood und die lebhafte Julie, dessen zukünftige Braut, zum Eingang des einfachen Schuppens, in dem Carleton arbeitete. Alle vier blickten zu den Reitern empor.

»Tag, Hilary«, sagte Richard mit der Gleichgültigkeit, die immer für sein Benehmen seinem Bruder gegenüber charakteristisch gewesen war, »bin froh, daß du kommen konntest.«

»Tag, Richard. Ich höre, Gott hat dich mit einer Braut gesegnet. Das ist meine Frau Emma.«

Die kleine Madegassin lächelte von ihrem Pferd aus den beiden Frauen herzlich zu, dann begrüßte sie die Männer mit einem Kopfnicken. Später erinnerte sie sich nur noch an vier aufgesperrte Münder: »Sie waren erstaunt, Hilary. Hast du sie nicht gesehen, vier weit offene Münder?«

Niemand sagte ein Wort. Emma hatte mit ihrem angeborenen Sinn für Schicklichkeit das Gefühl, daß es nicht ihre Aufgabe war, als erste zu reden, da sie ihnen vorgestellt worden war. Sie aber waren zu verblüfft, um mit Hilary oder seiner außergewöhnlichen Frau zu sprechen. Schließlich sagte der Missionar: »Wir sollten lieber absteigen« und reichte seiner Frau die Hand.

Die Nachricht verbreitete sich mit Windeseile in Grahamstown: »Dieser verdammte Narr Saltwood hat ein Xhosa-Weibsbild geheiratet.«

Es waren drei quälende Tage. Niemand wußte, wo man Emma hinsetzen, was man ihr zu essen geben oder zu ihr sagen sollte. Man stellte überrascht fest, daß sie gut Englisch sprechen und wesentlich besser schreiben konnte als Julie. Sie war bescheiden und wußte sich zu benehmen. Aber sie war sehr schwarz. Es gab keine Möglichkeit, ihre peinliche Anwesenheit zu überspielen, keine Erklärung, die die schreckliche Tatsache abschwächen konnte, daß ein ehrbarer Engländer, wenn auch ein Missionar, eine von seinen Xhosa-Kaffern geheiratet hatte. Als man die Leute darauf aufmerksam machte, daß sie Madegassin war, sagte ein Mann: »Die Gegend kenne ich gut. Die

Schweinehunde haben meinen Onkel aufgefressen.« Und nun ging das Gerücht um, Emma sei Kannibalin gewesen.
Richard bestand ruhig darauf, daß die Trauung wie geplant vorgenommen wurde und sein Bruder den Gottesdienst abhielt. Die provisorische Kirche war überfüllt, denn jeder wollte die Kannibalin sehen. Es war eine rührende Zeremonie, erfüllt von den hochfliegenden Sätzen der Trauungszeremonie der anglikanischen Kirche, den vielleicht innigsten der zivilisierten Welt:

> Teure Gemeinde, wir haben uns hier im Angesicht Gottes und dieser Gemeinschaft versammelt, um diesen Mann und diese Frau im heiligen Stand der Ehe zu vereinen; das ist ein ehrenvoller Stand, den Gott zu der Zeit eingeführt hat, als der Mensch frei von Schuld war... welchen heiligen Stand Christus durch seine Gegenwart und das erste Wunder, das er in Kana in Galiläa wirkte, auszeichnete und verschönerte... Willst du sie lieben, sie trösten und ehren, sie in Krankheit und Gesundheit behalten... solange ihr beide lebt... alle anderen aufgeben... in guten und schlechten Zeiten, in Reichtum und Armut, in Krankheit und Gesundheit, sie lieben und schätzen, bis das der Tod euch scheide...

Hilary sprach diese eindrucksvollen Worte hoch aufgerichtet und hager, wie jemand, den der heilige Paulus in Ephesus geweiht haben mochte. Er verlieh ihnen besondere Bedeutung, denn es schien ihm, daß er nicht nur die Trauung seines Bruders, sondern auch seine eigene feierlich vollzog, und als er zu dem Ausruf kam: »O Herr, rette deinen Diener und deine Magd!«, hatte er das Gefühl, er erbitte den Segen für sich selbst. Einige Mitglieder der Gemeinde vermuteten ebendasselbe, blickten entsetzt und fasziniert auf Emma und fragten sich, ob man sie als eine Magd bezeichnen konnte, deren Schicksal Gott interessierte. Der Höhepunkt der Zeremonie war das Absingen des siebenundsechzigsten Psalms, der nach dem Gebetbuch der anglikanischen Kirche vorgesehen war, denn da ließ die kleine Emma, die ihr Gesicht der überfüllten Kirche zuwandte, ihre Stimme sich so erheben wie in der Mission, und die anderen Sänger brachen ab, um ihr zuzuhören:

> Die Völker freuen sich und jauchzen, daß du die Leute recht richtest und regierst die Leute auf Erden.

Die Versammelten hörten das Lied, nicht aber die Worte.

Auf der Rückreise sagte Hilary: »Es war ein schrecklicher Fehler, hinzugehen. Sie sahen nichts. Sie verstanden nichts.«
»Was dachtest du, als du Vera kennenlerntest?«
»Es war seltsam. Ich hatte sie nie gesehen, weißt du. Nicht wirklich. Ich trat vor. Sie trat zurück. Und ich dachte: ›Welches Glück, daß ich sie nicht geheiratet habe!‹«

»Du hattest nie die Chance«, sagte Emma.
»Ich bin überzeugt, daß Gott dafür gesorgt hat. Er dachte an dich.«
»Mir gefiel Thomas sehr gut«, sagte sie. »Er wird in diesem Land Erfolg haben. Wir brauchen Wagen.«
»Besonders du und ich brauchen einen.«
»Warum?«
»Weil wir nach Norden ziehen müssen. Man braucht uns hier nicht mehr.«
Als sie sich überzeugt hatten, daß Saul Golan mit Hottentotten- und Xhosa-Hilfsdiakonen weiterführen konnte, bis ein junger Geistlicher aus England eintraf, begannen sie zu packen. Sie kauften einen kleinen Wagen und sechzehn Ochsen, eine Art Zelt und einige Holzkisten für ihren Hausrat. Mit dieser dürftigen Ausrüstung machten sie sich auf den Weg.
Sie zogen nach Nordwesten in Richtung auf ein unbekanntes Ziel, ein Mann und eine Frau, die unfruchtbares Land durchquerten, wo es kein Wasser gab. Sie kamen durch Schluchten, in denen Verbrecher lauern konnten, und zogen durch Gebiete, die oft von nomadisierenden Banden räuberischer Hottentotten und Buschmänner heimgesucht wurden. Sie hatten keine Angst, denn sie führten fast nichts Wertvolles mit sich, und wenn sie erschlagen werden sollten, würde es im Dienst Gottes geschehen. Sie wanderten, um sein Wort in einem neuen Land zu verkünden, und sie würden fünfzig Tage lang unterwegs sein. Sie gingen langsam und allein neben ihren Ochsen und kamen in Gegenden, die kein Weißer jemals betreten hatte.
In späteren Jahrzehnten machte man viel Wind um die Trecks, die von großen, schwerbewaffneten Burengruppen unternommen wurden und als große Abenteuer galten. Nicht minder abenteuerlich verliefen jedoch die keineswegs aufsehenerregenden Wanderungen einzelner englischer Missionare, die als einsame Vorläufer der Zivilisation in die Wildnis eindrangen.
Durch Zufall und sicherlich nicht mit Absicht kamen die Saltwoods schließlich in das öde Gebiet im Norden, das den Sklaven Jango und Deborah Zuflucht gewährt hatte, die mit ihren Kindern hierher geflüchtet waren. Das Land wurde jetzt von ein paar Buschmännern bewohnt, einigen Hottentotten, die ein Nomadenleben führten, nachdem sie ihre letzten Herden verschachert hatten, einer Anzahl entlaufener Sklaven aus verschiedenen Teilen der Welt und einem Haufen bösartiger Tunichtgute und Verbrecher. In den Adern dieser Flüchtlinge floß reichlich holländisches Blut, aber auch deutsches, von Ansiedlern und Seeleuten; nicht wenig war von englischen Offizieren beigesteuert worden, die auf dem Heimweg aus Indien während ihres Urlaubs in Kapstadt die Fesseln britischer Konventionen abgestreift hatten. Es gab alle Farbschattierungen, vom tiefsten Schwarz bis zum hellsten Weiß, wobei letzteres durch den neuen Missionar, Hilary Saltwood aus Oxford, beigesteuert wurde.
Er ließ sich auf einem Grundstück im nördlichen Teil der Großen Karru nieder, der hügeligen Halbwüste, die einen großen Teil des Landes einnahm.

Es war ein trockenes Land, dessen baumlose Weite die meisten Menschen in Furcht versetzte, jene aber bezauberte, die dort Zuflucht fanden. Die Saltwoods bauten ihre dürftige Hartebeesthütte neben einem Wasserlauf, der einen großen Teil des Jahres trocken war. Als sie fertig war, umgaben sie sie mit einem Gebüsch aus schützenden Dornen, genauso, wie es der Australopithecus vor fünf Millionen Jahren getan hatte.

Das Gebiet hätte recht armselig gewirkt, wenn nicht die Gruppe von fünf Hügeln gewesen wäre, von denen jeder einzeln für sich stand. Sie waren an der Basis vollkommen rund und an der Spitze schön abgeflacht. Ihre Schönheit lag in ihrer Symmetrie, in der klassisch reinen Form. Aus einiger Entfernung sahen sie aus wie fünf Richter, die sich zusammendrängten, um einen Fall zu besprechen. Für die unmittelbare Umgebung, in der sich auch die Missionarshütte befand, wurden sie zu Wachtposten, die die Karru vor den riesigen Tierherden, die vorbeizogen, und den gewaltigen Stürmen, die über sie hinwegfegten, beschützten. Wenn ein Mensch sich entschloß, Gott an diesem verlassenen Ort zu dienen, war er sich seiner Gegenwart jederzeit bewußt.

Ein Reisender, der an der Tür zur Hütte der Saltwoods gestanden hatte, bekannte offen, daß er »im Norden bis zu den Pforten des Himmels und im Westen bis zu den Toren der Hölle sehen konnte, ohne einen Menschen zu erblicken«. Natürlich hatte er unrecht. In verschiedenen Winkeln und an versteckten Stellen hatten Familien ihre Hütten. Hinter den Hügeln mit den abgeflachten Spitzen gab es ganze Dörfer, deren Bewohner kleine Tiere wegen ihrer Pelze und große wegen ihrer Elfenbeinzähne jagten. Andere trieben Handel im Norden und durchquerten die Karru bis dorthin, wo zahlreiche Menschen zusammenkamen. Und andere betrieben tatsächlich mit bemerkenswertem Fleiß Landwirtschaft – hundertfünfzig Morgen, um ein Schaf zu ernähren – und fanden es rentabel. Ein Mann reparierte Wagen für Kunden, die bis zu hundert Meilen entfernt waren.

Alle aber nahmen an einem Wunder teil und erfreuten sich daran. Wenn die Frühjahrsregen in dieses dürre Land kamen, gewöhnlich Anfang November, brachen auf den hügeligen Flächen explosionsartig Millionen von Blumen hervor, die einen überwältigenden Teppich in vielen Farbtönen bildeten. Es schien, als ob die Natur ihre übriggebliebenen Farben hier aufbewahrte und nur auf den geeigneten Augenblick gewartet hatte, sie auf die Welt zu tupfen. Hilary Saltwood sagte in einer seiner Predigten: »Die Sterne am Himmel, die Blumen auf der Karru, sie erinnern uns daran, daß Gott uns nicht verläßt.«

Seine Pflichten waren vielfach. Er vollzog die Riten, welche die wichtigen Einschnitte im Leben markierten: Taufe, Hochzeit, Begräbnis. Er fungierte als Schiedsrichter bei Familienstreitigkeiten. Er unterrichtete in der Schule. Seine Frau war die allgemeine Krankenschwester für die zerstreute Gemeinde. Botschaften wurden in seiner Pfarrei, der Hütte bei der Wassermulde, zurückgelassen, und er erteilte allen Ratschläge, die ihn darum baten. Er half beim Melken des Viehs, war beim Schlachten dabei in der

Hoffnung, vielleicht mit einer Keule heimzukommen. Und er beteiligte sich an ausgedehnten Jagden, wenn Nahrung gebraucht wurde. Er war ein Vikar des Velds.
Vor allem aber hielt er Gottesdienste im Freien ab, neben dem Wasserlauf, im Angesicht der fünf Hügel. Er las aus dem Neuen Testament, verweilte bei dessen revolutionären Botschaften von sozialer Gerechtigkeit, Gleichheit und Brüderlichkeit. Mit einfachen Worten, ohne Frömmelei, sprach er mit seinen Leuten von der neuen Art zu leben, bei der alle Menschen die Verantwortung teilen würden, und er legte ständig Zeugnis dafür ab, daß Schwarze und Weiße in Eintracht zusammenleben konnten:

> Daß sich der Weiße vorübergehend wegen seines Gewehrs, seines Pferdes und seines Wagens in einer Herrschaftsposition befindet, ist so gut wie nichts vor den Augen des Herrn oder im Verlauf der Geschichte. Wie kurz ist das Leben des Menschen! In hundert Jahren wird vielleicht der schwarze Mann die Autorität innehaben, und wie wenig wird auch das vor den Augen des Herrn ausmachen! Ob nun der Weiße oder der Schwarze oben ist, die ewigen Probleme bleiben bestehen. Woher bekomme ich Nahrung, um zu essen? Wie bezahle ich meine Steuern? Bin ich nachts, wenn ich schlafen gehe, in Sicherheit? Können meine Kinder lernen, was sie brauchen? Was wir suchen, sind Antworten auf diese Fragen, und es spielt keine Rolle, wer mächtig und wer schwach ist, denn im großen Ablauf der Geschichte ändern sich alle Dinge, nur die Grundprobleme bleiben gleich.

Wann immer er am Sonntagmorgen so sprach, verbrachte er den Sonntagnachmittag damit, über die Erziehung seiner eigenen Kinder nachzudenken. Er und Emma hatten nun drei dunkelhäutige Racker, die von ihrem Vater die Größe und von ihrer Mutter die strahlend weißen Zähne geerbt hatten. Es waren kluge Kinder, die mit fünf das Alphabet und mit sechs die Zahlen beherrschten. Gemeinsam mit anderen Kindern aus der Gegend lernten sie bei Emma und wurden von Hilary im Katechismus unterwiesen. Manche dieser Kinder trugen dazu bei, daß auch ihre Eltern in die Mission kamen, und ermutigten sie, am Gottesdienst teilzunehmen; sie alle machten mit, wenn Reverend Saltwood ein Picknick mit Spielen, Gesang und Bewirtung veranstaltete.
Dann wagten sich zwanzig oder dreißig Kinder aller Schattierungen aus dem Gebiet der fünf Hügel hinaus und spielten auf dem unermeßlich weiten Land. Ein Dutzend Antilopenarten beobachteten sie aus der Ferne, und manchmal kamen Löwen heran, um drohend zu brüllen.
Immer gab es Erwachsene, die an diesen Safaris teilnehmen wollten, und manchmal schienen sie an den Ausflügen mehr Vergnügen zu finden als ihre Kinder, besonders wenn große Herden von Straußen vorbeiliefen oder wenn die Jungen eine Kolonie von Mungos fanden. Dann gab es wirklich Spaß, wenn alle sich versammelten, um zuzuschauen, wie die kleinen Pelz-

tiere zu ihrem Bau hasteten, sich aufrichteten, um zu sehen, wer sie beobachtete, und dann rasch unter der Erde verschwanden. »Mungos sind wie die Menschen«, erklärte Emma den Kindern, »sie müssen herumlaufen, sind aber am glücklichsten, wenn sie nach Hause zurückkommen.«
Hilary konnte in der Bibel keinen Präzedenzfall für ein Picknick finden, und er fragte sich manchmal, ob er da nicht einen heidnischen Brauch fördere. Es gab keinen Fall, in dem Jesus an einem solchen Treffen teilgenommen hatte, aber der Missionar war sicher, daß der Herr dieses schöne Zusammengehörigkeitsgefühl beim Beobachten der Mungos ebenso gebilligt hätte, wie das gemeinsame Singen von Kirchenliedern. Und eines Abends fragte er Emma: »Ist es nicht möglich, daß man das Wunder der Brote und Fische als Picknick betrachten sollte? Oder als Er verlangte, man sollte die Kinder zu ihm kommen lassen? Vielleicht versammelten sich die Gäste der Hochzeit zu Kana auf dem Hang eines Hügels in Galiläa.«
Solche Tage vermittelten ein Glücksgefühl, das Hilary nie zuvor gekannt hatte. Seine Frau war ein wahres Juwel, ihre Kinder waren eine Freude. Die zerlumpten Menschen, die seine Gemeinde bildeten, liebten sein seltsames Gebaren und verziehen ihm seine Einmischung in ihr Seelenleben; und das gewaltige, öde Land wurde, sobald man sich daran gewöhnt hatte, zu einem angenehmen Zuhause. Und das beste von allem war, daß es keine Buren und Engländer gab, die um die Macht stritten, keine soziale Diskriminierung, weil dieser Mann weiß und diese Frau schwarz war.
Und dann wurde der relative Friede durch Dr. Simon Keer gestört, der wieder nach Südafrika gestürmt kam, um Vorfälle zu sammeln, die er in einem weiteren Buch verwenden konnte. Er war nun über fünfzig, auf dem Höhepunkt seiner politischen Macht und ein ungestümer Kämpfer für Fragen, die seine Unterstützung verdienten. Er hatte kürzlich die Führung der philanthropischen Bewegung übernommen, wie sie nun genannt wurde, und hatte gelernt, wie er gewaltige Menschenmassen in London und Paris mit seiner glühenden Rhetorik und dramatischen Beispielen von Übergriffen der Buren in Erregung versetzen konnte. Sein erstes Buch, »Die Wahrheit über Südafrika«, hatte einen gewissen Erfolg gehabt, und er dachte, er könnte die öffentliche Meinung am besten anheizen, indem er eine Fortsetzung schrieb, die zeigte, daß die Greuel aus der Zeit der holländischen Herrschaft am Kap weiterbestanden, obwohl moralisch höherstehende Engländer die Zügel der Regierung in den Händen hielten. Ein Gönner hatte ihm einen großzügigen Kredit gewährt, um diese Reise zu finanzieren, da er damit rechnete, daß Dr. Keers Sensationsgier die Investition rechtfertigen würde. Kurz, der ungestüme kleine Mann hatte in der philanthropischen Bewegung sein goldenes Ophir gefunden, und er kehrte nach Südafrika zurück, um seinen Schatz zu vergrößern.
Wo immer er hinkam, verursachte er Aufruhr, indem er den Ansässigen Vorträge über Moral hielt, ihnen mit den Gesetzen drohte, die seine Freunde binnen kurzem im Parlament durchbringen würden, und den Burenfarmern Verbrechen vorwarf, die nicht einmal die »Schwarze Runde«

des Jahres 1812 geglaubt hätte. Immer stellte er den biederen Engländern des Weltreiches die betrügerischen Buren des Hintervelds gegenüber. Als ein Mann, der die wirklichen Schrecken der Sklaverei auf den englischen Inseln der Karibik gesehen hatte, bei einer öffentlichen Versammlung sagte: »Kommen Sie nicht, um uns zu predigen. Machen Sie zuerst auf Ihren eigenen Inseln Ordnung«, brachte er ihn mit der donnernden Antwort »Ihre Bemerkung ist unerheblich« zum Schweigen.

Als Gerüchte zirkulierten, daß zwei Buren in Swellendam versucht hätten, ihn zu ermorden, vergrößerte sich seine Zuhörerschaft ebenso wie seine Wut. Es mangelte ihm sicherlich nicht an Mut, denn er trug seine Botschaft in alle Teile der Kolonie, und zu gegebener Zeit berief er eine Versammlung des gesamten Personals der LMG in Grahamstown ein. Als die Boten alle Vorposten aufgesucht hatten, begann eine seltsame Gruppe von unbeholfenen Männern und Frauen einzutrudeln. Sie waren Gottes vorgeschobene Sachwalter, ein leidenschaftlicher, ergebener, unwahrscheinlicher Haufen, vor der Zeit gealtert durch die rauhen Bedingungen, unter denen sie lebten, aber gestärkt in ihrem Glauben durch ihre Erfolge.

Das seltsamste aller Paare waren die Saltwoods aus der Großen Karru. Er stelzte mit langen Schritten einher, während seine schwarze Frau auf einem kleinen Pferd ritt. Sie waren zweihundert Meilen gereist, begierig, die Führer ihrer Missionstätigkeit zu treffen. Als sie in das blühende Handelszentrum kamen, stand auf dem ersten Schild, das sie sahen, THOMAS CARLETON, WAGENBAUER. Es war jetzt ein richtiges Gebäude mit Steinmauern und Ziegeldach; in Wirklichkeit waren es zwei Gebäude, eines die Gießerei und Tischlerwerkstätte, das andere ein massives Wohnhaus.

»Wir müssen hier haltmachen«, sagte Hilary, der das Bedürfnis hatte, Wunden zu heilen, die vielleicht noch zwischen ihm und dem Mann bestanden, der ihm seine Braut weggenommen hatte. »Hallo, Thomas!« rief er, und als der Wagenbauer am Eingang seiner Werkstatt erschien, sah Hilary erstaunt, daß die Jahre, die ihm so sehr zugesetzt hatten, an diesem Mann mit dem strahlenden Gesicht beinahe spurlos vorbeigegangen waren.

»Ich bin Saltwood«, sagte Hilary zögernd.

»Ja, natürlich! Vera, komm her!« Und aus dem Haus neben der Werkstätte kam die frühere Miß Lambton aus Salisbury, jetzt eine Matrone, mit zwei blonden Kindern. Sie war nicht mehr die schüchterne alte Jungfer, die Aquarellmalerei studierte, sondern Mitte der dreißig, Hausfrau und Buchhalterin in dem blühenden Geschäft ihres Mannes.

»Guten Morgen, Hilary«, sagte sie freundlich. Und dann spottete sie mit einer Schalkhaftigkeit, die in Wiltshire nie ans Licht gekommen wäre: »Sie sind der Grund, warum ich so weit gereist bin.«

»Sind das Ihre Kinder?«

»Ja.«

»Ich habe jetzt drei«, sagte er ruhig.

»Wir haben noch nicht aufgehört, wissen Sie«, sagte Carleton und legte seiner Frau den Arm um die Schulter.

»Hat mein Bruder Kinder?«
»Wie wir alle. Er hat eins.«
Während dieses Gesprächs war Emma still im Hintergrund auf ihrem Pferd sitzen geblieben, und nun rief Vera herzlich: »Dort ist Ihre Frau!«
»Ja, Emma, wie Sie wissen.«
Der Wagenbauer half ihr beim Absteigen, ergriff ihre Hände und fragte: »Sagten Sie nicht, Sie seien Madegassin?«
»Ja.«
»Wie in aller Welt kamen Sie hierher?«
»Ich bin hier geboren«, sagte sie in dem langsamen, schönen Englisch, das sie von ihrem in Oxford erzogenen Mann gelernt hatte. »Aber meine Eltern wurden... Wie heißt das, Hilary?«
»Geraubt.«
»Sie wurden von portugiesischen Sklavenhändlern geraubt. Das war damals ganz alltäglich. Ist es noch immer, glaube ich.«
»Eine kleine Frau wie Sie und drei Kinder!« Carleton schüttelte den Kopf und kehrte zu seiner Arbeit zurück.
In den Tagen vor Dr. Keers Ankunft nahm das Paar aus der Karru an vielen freundschaftlichen Zusammenkünften wie dieser teil, denn die durch ihre Hochzeit verursachte Entrüstung hatte sich inzwischen gelegt. Grahamstown war nun eine ländliche, typisch englische Siedlung mit einem prächtigen Marktplatz, in die auch viele Buren kamen. Sie wurden herzlich begrüßt, nicht nur wegen ihrer Waren, sondern auch weil sie, wann immer ungezähmte Kaffern von jenseits des Großen Fischflusses angriffen, Kommandos zur Verfügung stellten.
Hilary hörte, wie ein robuster Engländer mit einem Buren scherzte: »Nachdem wir achtzehn Monate hier waren und die Kaffern uns einmal angegriffen hatten und euch Buren fünfmal, sagte unser Geistlicher am Sonntag: ›Seht ihr, wie die Heiden sich im Angesicht Gottes zurückhalten! Sie ziehen es immer vor, die Buren zu überfallen.‹ Da rief ein Mann hinten in der Kirche: ›Es ist nicht wegen Gott, Pastor. Es ist wegen der Rinder. Wir haben keine, aber die Buren haben welche!‹«
Hilary freute sich besonders, wieder mit seinem Bruder Richard zusammenzusein, mit dessen Frau Julie eine ähnliche Veränderung vorgegangen war wie mit Vera Lambton. Nur war diese von ihrer gesellschaftlichen Stellung in Salisbury abgestiegen, während Julie die Leiter von der Analphabetin aus Dorset zur angesehenen Dame und Ehefrau eines ehemaligen Majors des Neunundfünfzigsten emporgeklettert war. Sie akzeptierte ohne weiteres Emma Saltwood als ihre Schwägerin, teils weil alle wußten, daß Emma, sobald das Treffen zu Ende war, in die Karru zurückkehren und somit durch ihre Rassenmischung kein Problem verursachen würde, teils aber auch aus christlicher Nächstenliebe. Julie erkannte, daß Emma eine bemerkenswerte Frau und zweifellos eine ausgezeichnete Mutter war, und als solche verdiente sie Anerkennung.
Der Ärger begann mit Dr. Keer, denn als er müde und hungrig nach dem

langen Ritt von Golan vom Pferd stieg, rang er nach Luft, als er Hilary sah, und dachte: Du lieber Gott, dieser Mann ist um zehn Jahre jünger als ich! Um Keers Hand zu erreichen, mußte sich Hilary bücken, was ihn noch älter und hagerer erscheinen ließ, als er ohnehin war; bei der Missionsarbeit an der Grenze alterte ein Mann viel schneller als ein Beamter daheim in London. Und als Keer klar wurde, daß die kleine schwarze Frau hinter Hilary das Kaffernweib sein mußte, von dem seine Gewährsleute gesprochen hatten, würgte es ihn fast: Wieder ein Mann, der seine Missionsarbeit zu persönlich nahm.

Bei Diskussionen mit Leuten in Grahamstown zog er energisch dagegen zu Feld, daß ein Missionar eine Frau aus einem Stamm heiratete, den er missionierte: »Das ist ein verhängnisvoller Fehler. Sehen Sie sich den armen Saltwood an. Wie kann er je wieder nach England zurückkehren? Ich brauche einen Mitarbeiter. Die Arbeit häuft sich. Das Parlament und dergleichen, wissen Sie. Aber könnte ich ihn ersuchen, mir zu helfen? Wie könnte er mit einer solchen Frau bedeutende Familien um Geldmittel bitten?«

Eines Abends, bei einer kleineren Versammlung, fragte er Richard Saltwood direkt: »Mein lieber Junge, wie konnten Sie zulassen, daß das mit Ihrem Bruder passierte?« Und Richard antwortete belustigt: »Ich glaube, da sollten Sie lieber Mrs. Carleton dort drüben fragen. Sie beide sind dafür verantwortlich, wissen Sie.«

»Ich? Carleton? Kenne den Mann nicht. Was macht er?«

»Er baut Wagen. Aber Sie kennen seine Frau.«

»Kann ich nicht glauben«, sagte Keer, aber als er durch den Raum zu Vera geführt wurde, erinnerte sie ihn daran, daß sie einander in Salisbury kennengelernt hatten, als sie noch Miß Lambton gewesen war. »Natürlich, natürlich! Als ich meinen Vortrag über Sklaverei hielt.« Er hüstelte bescheiden. »Ich besuche das ganze Land, wissen Sie. Ist allmählich sehr ermüdend.« Er redete weiter, um Zeit zu gewinnen und seine Gedanken zu sammeln, und plötzlich erinnerte er sich: »Sie sollten doch Hilary Saltwood heiraten!« Er brach ab und fügte dann geringschätzig hinzu: »Aber ich höre, Sie haben den Zimmermann geheiratet.«

Es war Vera Carleton überlassen, den Ballon dieses kleinen Mannes zum Platzen zu bringen, und sie sagte mit der ruhigen Selbstsicherheit, die sie bei der schweren handwerklichen Arbeit erworben hatte, bei der sie ihrem Mann half: »Ja, ich habe den Zimmermann geheiratet. Denn an jenem Abend nach Ihrem Vortrag nahm ich Sie beiseite und fragte Sie nach Ihrer persönlichen Meinung, und Sie sagten mir im Vertrauen, daß Hilary Saltwood ein ziemlich alberner Esel sei. Was ich später bestätigt fand, deshalb danke ich Ihnen für Ihren guten Rat.«

Dr. Keer war verdutzt über die Wendung, die das Gespräch nahm, aber Vera fuhr mit immer lauterer Stimme fort: »Und als das Schiff auslief, beschloß ich, Hilary nicht zu heiraten. Ich suchte mir Thomas Carleton, den Wagenbauer, aus. Ich bat ihn, mit mir zu schlafen, und dann, mich zu heiraten. So stehe ich doppelt in Ihrer Schuld, Doktor.«

Als Keer einige Schritte zurückwich, folgte sie ihm: »Und ich bin Ihnen noch ein drittes Mal verpflichtet. Denn wenn ich sehe, was für ein großer Narr Sie sind und was für ein vornehmer Mann Hilary Saltwood im Vergleich zu Ihnen ist, wird mir klar, daß Sie nicht wert sind, seine Stiefel oder die meines Mannes oder die meinen zuzuschnüren. Und jetzt sehen Sie zu, daß Sie nach London zurückkehren, bevor die Buren Sie aufknüpfen!«
Sie schäumte noch immer, als sie nach Hause kamen: »Es war schrecklich, Thomas, dieser selbstgefällige kleine Besserwisser. Ich nehme an, du wirst dich morgen entschuldigen müssen, aber Hilary ist Christus wirklich so ähnlich und Keer so dumm, daß er Jesus nicht erkennen würde, wenn dieser Zimmermann heute abend hier hereinkäme.« Dann lachte sie. »Hast du gesehen, mit welcher Herablassung dich Keer behandelte? Und mich? Er scheint zu vergessen, daß ein Zimmermann in dieser Welt einmal von Wichtigkeit war und daß es wieder einmal so sein könnte.«
Verärgert, weil Keer einen seiner Missionare öffentlich beschimpft hatte, fühlte sich Vera veranlaßt, sich enger an Emma Saltwood anzuschließen, und wenn die beiden miteinander Tee tranken oder wenn sie mit Julie Saltwood spazierengingen, entwickelte sich eine Art Gemeinschaftsgefühl, das bei diesen Frauen möglich war, die von weit her in ein fremdes Land gekommen waren und es in einem bescheidenen Ausmaß erobert hatten. Keiner von den dreien waren Kämpfe erspart geblieben: Die zehnjährige Emma war aus *De Kraal* geflohen, Vera hatte mit den körperlichen und seelischen Stürmen südlich des Kaps gerungen, die wilde Julie war zu Pferd nach Plymouth geritten, um dummen Eltern und noch dümmeren Brüdern zu entkommen. Jede hatte sich nun eine gesunde Basis mit einem starken Ehemann und munteren Kindern geschaffen.
Gemeinsame Erfahrung ließ sie zu Freundinnen werden, aber das konnte nur in ihrer Generation geschehen. Denn schon waren Kräfte am Werk, die sie für immer auseinandertreiben würden, und in der zweiten Generation wäre eine solche Kameradschaft bereits undenkbar gewesen. Dann würde sich eine Frau von guter Familie aus einer Domstadt nicht an eine durchgebrannte Analphabetin aus Dorset anschließen wollen, und keine von beiden würde es wagen, eine Kaffernfrau in ihr Haus einzuladen, ob sie nun mit einem weißen Missionar verheiratet war oder nicht.
Der grausame Keil, der die Menschen trennen sollte, wurde durch alles, was Dr. Keer während der Tagung tat und sagte, tiefer getrieben. Bei öffentlichen Versammlungen kritisierte er die Buren so heftig, daß jede künftige Beziehung zwischen ihnen und den Missionaren unmöglich wurde. Privat machte er Saltwood weiter lächerlich, weil er ein Kaffernweib genommen hatte; er machte diesbezüglich eine wichtige Bemerkung: »Hilary, der alberne Narr, hat unseren Gegnern eine Waffe in die Hand gegeben. Kritiker werfen uns vor, die Nigger zu lieben – *kafferboeties* (Kaffernbrüder) nennen uns die Buren –, und wenn einer von unseren eigenen Leuten eine derartige Ehe eingeht, beweist das, daß alles, was sie gegen uns sagen, wahr ist. Es wirft die Missionsarbeit um fünfzig Jahre zurück.« Im allgemeinen

sprach und handelte er so, als ob das Wohl der ganzen Welt davon abhinge, daß er die guten Familien Englands dafür gewann, auf das Parlament Druck auszuüben, die Gesetze, die er wollte, zu verabschieden.

Er fügte Hilary Saltwood tödlichen Schaden zu. Als Leiter der LMG ordnete er an, daß Hilary auf dem entferntesten Veld isoliert bleiben sollte, und beim Abschiedsempfang, als es schien, daß er schon soviel Schaden angerichtet hatte, wie ein Eindringling nur vermochte, führte er noch seinen letzten beleidigenden Schlag.

Er stand in einer Reihe von Gästen und verabschiedete sich von den Ortsansässigen, als der Wagenbauer Carleton und seine scharfzüngige Frau herankamen. Da man sich bei ihm entschuldigt hatte, brachte er es fertig, ernst zu nicken, wie bei allen anderen Handwerkern. Doch dann sah er Hilary Saltwood, der nicht klug genug gewesen war, seine Kaffernfrau daheim zu lassen. Sie ging langsam hinter ihm, und als sie zu Dr. Keer kam, streckte sie die Hand aus, um ihm eine glückliche Heimreise zu wünschen, doch er fand eine Ausrede, um sich abzuwenden, so daß er sie nicht bemerken mußte. Sie hielt ihre Hand einen Moment lang ausgestreckt, dann ließ sie sie sinken, ohne eine Spur von Enttäuschung zu zeigen, lächelte und ging weiter.

Die Wagen, die eintrafen, um Dr. Keer zum Kap zurückzufahren, brachten ein Paket mit Post aus London. Darunter befand sich auch ein Brief von Sir Peter Saltwood, Parlamentsmitglied von Alt-Sarum, der Richard mitteilte, daß es ihrer Mutter gesundheitlich schlecht ging. Sir Peter hatte Schiffskarten beigelegt, die es Richard ermöglichten, unverzüglich abzureisen. Er sollte auch seine Frau mitbringen, die die Saltwoods in Salisbury gern kennenlernen wollten.

Das war ganz unmöglich, denn die Richard Saltwoods hatten nach anfänglichen Schwierigkeiten einen gutgehenden Handel mit Elfenbein aufgebaut, und es war unbedingt notwendig, daß er an die Ostgrenze reiste, um möglichst viele Stoßzähne von den Kaffern aufzukaufen. Aber ihm und Julie fiel ein, daß Hilary und seine Frau, da sie ohnehin in der Stadt waren, an ihrer Stelle reisen konnten. Emma wollte lieber zu ihren Kindern zurückkehren, aber Hilary sagte: »Diese Kinder sind so gern im Veld.« Also wurde ein Bote nach Norden geschickt mit der Nachricht, daß die Saltwoods ihre Abwesenheit um ein oder zwei Jahre verlängerten.

In ihrer Naivität nahmen sie an, es handle sich lediglich um den Besuch eines Sohnes bei seiner alternden Mutter und die Vorstellung seiner Ehefrau bei seiner Familie. Ebenso wie Emma sich durch Reverend Keers Ablehnung, ihr die Hand zu geben, nicht beleidigt fühlte, würden sie und Hilary von Anerkennung oder Ablehnung unberührt bleiben. Und es fiel ihnen niemals ein, daß sie in Städten wie Kapstadt, London und Salisbury auf offene Feindseligkeit stoßen würden. Auf hochgezogene Brauen, ja. Amüsiertes Getuschel, ja. Sogar auf die Abneigung, die ein Burenfarmer einem Engländer gegenüber empfand, der eine Kaffernfrau geheiratet hatte, waren

sie gefaßt. Aber sie hatten so freundschaftlich zusammengelebt, daß sie sicher waren, es könne keine bösen Überraschungen geben.
Sie hatten unrecht. Schon während der Wagen langsam nach Westen zum Kap fuhr, sammelten sich Neugierige an, um den langbeinigen Missionar zu sehen, der die kleine Kaffernfrau genommen hatte, und es gab viel Gekicher. In manchen Häusern, wo Durchreisende gewöhnlich nächtigten, wurden sie nicht aufgenommen, und gelegentlich hatten sie echte Schwierigkeiten, eine Unterkunft zu finden. In Swellendam verursachten sie Staunen, in Stellenbosch einen Skandal.
Als sie die Ebene wohlbehalten durchquert hatten und nach Kapstadt kamen, nahmen sie an, sie könnten der bösartigen Neugier dort entgehen. Doch Dr. Keer hatte so scharf über die dummen Ausgestoßenen in der Karru gesprochen, daß viele Leute diese Monstren sehen wollten. Sie verbrachten eine unangenehme Zeit, bevor ihr Schiff ankam, aber erst als sie an Bord waren, begannen ihre echten Schwierigkeiten. Vier gesellschaftlich unbedeutende Familien, die aus Indien heimkehrten, weigerten sich, im selben Salon zu sitzen wie die Schwarze. So mußten Hilary und seine Frau ihre Mahlzeiten getrennt einnehmen. Sie waren an Deck nicht willkommen, wurden zu keiner Veranstaltung an Bord eingeladen. Sonntags wurden die Gottesdienste ohne Beteiligung eines Geistlichen abgehalten, da es außer Hilary keinen an Bord gab und er nicht aufgefordert wurde zu predigen, denn die besseren Familien hätten seine Anwesenheit als anstößig empfunden.
Die Ächtung störte ihn keineswegs. Er sagte zu seiner Frau: »Wir befinden uns in einem Zeitalter des Umbruchs, und es wird seine Zeit brauchen!« Daß es zweihundert Jahre und mehr brauchen würde, hätte ihn verwundert, denn er bewegte sich auf dem Schiff, ohne sich um die Gegenwart zu kümmern, denn er war sicher, daß die Zukunft eine größere Toleranz zwischen den Rassen bringen würde. Er unterhielt sich ruhig mit allen, die bereit waren, mit ihm zu sprechen, über das Missionsleben, schilderte die verschiedenen Gebiete Südafrikas und erläuterte ihnen ausführlich seine Zukunftsvision.

> In Indien werden Sie die gleichen Probleme haben wie wir. Wie können ein paar weiße Engländer weiter riesige Menschenmengen beherrschen, die andersfarbig sind? In hundert Jahren werden die Umstände ganz anders sein als heute. Ich sehe voraus, daß das gleiche auf Java mit den Holländern oder in Brasilien mit den Portugiesen passieren wird. Wie man mir sagt, ist das Problem in Neuseeland und Australien etwas anders gelagert, denn dort sind die Weißen in der Mehrheit. Dennoch müssen sie anständig regieren, sonst werden sie sich dort nicht halten. Ob Sie wollen oder nicht, wir müssen Regierungssysteme erfinden, um mit unvorhersehbaren Schwierigkeiten fertig zu werden, und ich zum Beispiel bin davon überzeugt, daß das auf der Basis christlicher Brüderlichkeit geschehen muß.

Er wirkte in seiner ruhigen Art so überzeugend, daß einige Passagiere sich gegen Ende der Reise an den Kapitän wandten und sagten, sie würden gerne Reverend Saltwood als Geistlichen für einen der letzten Sonntage empfehlen, aber das wurde glatt abgelehnt: »Die Passagiere wollen davon nichts hören.« Worauf die Männer antworteten: »Wir sind Passagiere, und wir glauben, daß die anderen einverstanden wären.« Das Ersuchen wurde abgewiesen.
Aber die kleine Emma war bei den Kindern aktiv gewesen, hatte ihnen unerhörte Geschichten von Löwen, Leoparden, von Nilpferden im Fluß und Nashörnern, die durch den Wald brachen, erzählt. Was die Kinder seltsamerweise am meisten interessierte, war ihre Schilderung der Karru:

> Stellt euch ein Land vor, das so flach ist wie das Deck. Was haben wir hier, da und da? Kleine Hügel mit kreisrunder Grundfläche, oben flach, die einzeln stehen. Eine ganze Menge. Und eines Morgens kommt ein Bläßbock von diesen Hügeln herunter. Wollt ihr wissen, wie ein Bläßbock aussieht? (Sie nahm ein bißchen Schuhwichse und verwandelte das Gesicht eines Knaben in das wunderschöne Schwarzweiß des Bläßbocks.) Also, da kommt unser Bläßbock. Und dann noch einer. Und noch einer. Ihr seid alle Bläßböcke, also stellt euch in eine Reihe. Und dann noch einer und wieder einer, bis die Welt voller Bläßböcke ist. Sie gehen in einer Reihe. Soweit ihr sehen könnt, solche Gesichter. Und dort lebe ich.

Als Bläßbock Nummer eins zu seinen Eltern zurückkam, wollten sie wissen, was in aller Welt ihm zugestoßen war, und er sagte: »Ich bin ein Bläßbock auf der Großen Karru.« Das führte zu Fragen, und mehrere Eltern entdeckten, daß Mrs. Saltwood seit einiger Zeit ihre Kinder unterhielt, und als sie mit ihren Söhnen und Töchtern sprachen, stellten sie fest, daß Emma so etwas wie ein Idol geworden war: »Sie kann singen und mit Schnüren spielen und erzählt uns von Straußen und Mungos.«
Darauf schlossen sich einige Frauen ihren Männern an und wendeten sich an den Kapitän, der aber blieb unnachgiebig und erlaubte nicht, daß Saltwood den Gottesdienst abhielt, mit der sehr guten Begründung, daß zwar ein paar Familien jetzt den Missionar akzeptierten, aber jene, die wirklich zählten, weiter gegen ihn waren. Er wußte aus früherer Erfahrung, daß man ohne weiteres die Masse verärgern durfte. Sobald man aber nur im geringsten gegen die Vorurteile der dominierenden Familien verstieß, gab es Briefe an die Direktion, die dann schlechte Noten austeilte. Davon wollte er auf seinem Schiff nichts wissen.
Am vorletzten Sonntag arrangierten die Familien, die noch immer Reverend Saltwood predigen hören wollten, einen Gottesdienst auf dem Achterdeck, dem auch die meisten Kinder beiwohnten, in der Hoffnung, die Missionarsfrau würde eine ihrer Geschichten erzählen oder vielleicht singen. Sie tat letzteres. Als ihr Mann eines der anglikanischen Kirchenlieder an-

sagte und es keine Orgel gab, um es anzustimmen, erhob sich ihre Stimme mit gleichbleibend reiner Klangfülle und erfüllte diesen Teil des Schiffes. Dann sprach ihr Mann kurz von der Mission Christi in Afrika. Er brachte keine heiklen Themen zur Sprache und versuchte, niemanden zu verletzen. Als der Gottesdienst mit einem anderen Kirchenlied endete, beglückwünschten ihn viele Familien zu seinem ausgezeichneten Vortrag. »Wir freuen uns so, daß Sie mit uns reisen«, erklärte ein Mann in eben dem Augenblick, als der Kapitän wütend zu wissen verlangte, wer den Gottesdienst auf dem Achterdeck gestattet habe.
»Es traf sich so«, sagte ein junger Offizier.
»Sorgen Sie dafür, daß es sich nicht wieder trifft«, befahl der Kapitän. Mehrere Passagiere hatten bereits protestiert, daß ein solcher Gottesdienst eine Farce sei, da der wirkliche Gottesdienst im Salon abgehalten wurde.

In Salisbury gab es einige Verwirrung. Emily hatte ihren Sohn Richard erwartet; auf Hilary war sie nicht vorbereitet, und noch weniger auf seine schwarze Frau. Hätte sie gewollt, daß sie kommen, hätte sie sie dazu aufgefordert. Doch als sie da waren, konnte sie sich einfach nicht schlecht benehmen. Sie freute sich, Hilary zu sehen, obwohl er älter aussah als sie, und sie respektierte seine Gattenwahl.
In der zweiten Woche sagte sie vertraulich zu ihrer Freundin, Mrs. Lambton: »Gott sei Dank, daß ich mich richtig benahm. Diese Emma ist ein Schatz.«
»Kannst du dich mit ihrer schwarzen Farbe abfinden?«
»Ich bin glücklich, weil mein Sohn glücklich ist. Du mußt bezüglich Veras, die mit einem Wagenbauer verheiratet ist, die gleichen Gefühle haben. Emma erzählt mir, daß deine Tochter sehr zufrieden ist und zwei – oder waren es drei? – reizende Kinder hat.«
»Offen gestanden, Emily, vor langer Zeit, bevor du mit mir sprachst, träumte ich davon, daß ungefähr um diese Zeit Vera nach Salisbury zurückkommen würde, mit Hilary, der den Posten in der Kathedrale antreten würde...« Plötzlich brach sie in hemmungsloses Weinen aus und sagte unter Tränen: »Verdammt! Verdammt! Was für schrecklich verkehrte Dinge doch geschehen! Wie kannst du es nur ertragen, diese Schwarze im Haus zu haben?«
Auch Emily war dem Weinen nahe, nicht wegen der Schwarzen in ihrem Haus, sondern wegen ihres Sohnes Daniel, der Gott weiß wo in Indiana verschollen war, wegen Richard mit seinem analphabetischen Stallmädchen und vor allem wegen Hilary, diesem traurigen, konfusen Menschen, an dessen Person so gräßliche Gerüchte hafteten.
»Du weißt, was sie in London sagen?« fragte Mrs. Lambton, als sie sich etwas beruhigt hatte. »Dr. Keer sagte es auf einer kleinen Versammlung... Unsere Kusine Alice war dort und hörte ihn. Er sagt, der arme Hilary ist ein Ausgestoßener, er hat sich bei den Engländern wie den Holländern völlig lächerlich gemacht.«

»Wahrscheinlich stimmt es«, sagte Emily, »aber ich frage mich, ob es eine Rolle spielt. In Gottes Augen, meine ich. Letzthin erhielt ich einen Brief aus London von jemand, der mit Hilary auf dem Schiff war. Er sagte, seine Predigt auf der Reise sei so gewesen, als ob Christus selbst unter den Menschen wandelte und seine Lehren erneuerte. Er meinte, daß ich mich freuen würde, das zu erfahren.«
Darauf löste sich Mrs. Lambton völlig in Tränen auf und murmelte nach längerem gequältem Schluchzen: »Ich hatte mir so gewünscht, daß sie heiraten. Vera hätte deinen Sohn retten können, Emily. Sie hätte ihn stark und tüchtig gemacht. Er wäre hier Superintendent geworden, das sage ich dir. Er wäre Superintendent geworden.«
»Im Brief stand weiter«, fuhr Emily fort, »daß man Hilary den Zutritt zur eigentlichen Kapelle an Bord versagt hat. Sie heißt der Salon, glaube ich. Er mußte im Freien predigen. Ich glaube, Jesus hat oft im Freien gepredigt. Ich glaube, daß nicht einmal Vera für meinen Sohn die Erlaubnis erreicht hätte, drinnen zu predigen. Ich glaube, er erhielt die Weihen, um...« Sie brach gegen ihren Willen in schreckliches Schluchzen aus. Er war so mager. Er sah so kränklich aus. Das Haus, in dem sie in der Wüste wohnten, mußte ihrer Schilderung nach wie das eines Torfstechers aussehen. Er wirkte so schrecklich müde. Und seine arme Frau mußte alle Entscheidungen treffen.
Mit einem unerwarteten Griff packte sie Mrs. Lambtons Hand und rief: »Laura, warum passieren diese Dinge? Ich werde weder Richard noch David in diesem Leben wiedersehen. Du wirst niemals Vera oder die Kinder sehen. Wir sitzen hier wie zwei alte Spinnen in einem Netz, und die Fliegen sind weit, weit weg. Karru! Karru! Wen kümmert denn Karru? Oder Indiana? Hier ist das Leben, und wir haben es uns entgleiten lassen. Wir haben die schönste Kathedrale in ganz England, aber die Chorsänger sind geflüchtet. Mir tut diese arme schwarze Frau in meinem Garten so leid. Laura, ich könnte sterben vor Kummer.«
Es wurde keineswegs besser, als Sir Peter vom Parlament herüberkam; er wußte sehr wohl, welch peinliche Wirkung Hilarys Besuch verursachte. Einige Londoner Zeitungen hatten Karikaturen gebracht, in denen ein langbeiniger Missionar von einer fetten, zwergenhaften Frau mit nackten Brüsten und Grasröckchen begleitet wurde, mit der Überschrift »Der Bischof und seine Hottentotten-Venus«, oder andere amüsante Späßchen, und die Lächerlichkeit hatte allmählich weitreichende Wirkungen. Lady Janice war entsetzt und besorgt. Sie fürchtete, es würde dem guten Werk schaden, das ihr Mann zu vollbringen versuchte. Sie kamen nach Salisbury, um harte Maßnahmen zu ergreifen und darauf zu bestehen, daß ihr Schwager und seine Frau unverzüglich abreisten.
Als Sir Peter aber seinen jüngeren Bruder sah und sich an den rührenden Augenblick erinnerte, als er in Alt-Sarum seine Brüder aufgefordert hatte, jederzeit nach *Sentinels* zurückzukommen, entspannte er sich und bat seine Frau, das gleiche zu tun. Obwohl er keine Herzlichkeit aufzubringen ver-

mochte, benahm er sich durchaus höflich, und Lady Janice war leidlich nett zu ihrer schwarzen Schwägerin.
In langen Diskussionen auf den Bänken unter den Eichen beriet sich Sir Peter mit seinem Bruder darüber, wie England sich in dieser neuen Kolonie verhalten solle: »Weißt du, Hilary, in diesen Angelegenheiten bin ich so ziemlich der Führer im Parlament. Ja, die Regierung gibt mir freie Hand, etwas auszuarbeiten. Nahe Verbindung mit dem Kolonialamt und dergleichen. Und du vermittelst einen so anderen Eindruck als alles, was mir Simon Keer erzählt hat, daß ich mich frage, ob wir ihn nicht hierherkommen lassen und eine ernste Besprechung abhalten sollten.«
»Das wäre großartig«, sagte Hilary, der Keer die Behandlung, die dieser ihm in Grahamstown hatte zuteil werden lassen, nicht im mindesten nachtrug.
So ließ man also den hitzigen Führer der Afrika-Philanthropen kommen, und inzwischen erforschte Emma Salisbury. Jeden Morgen half sie beim Servieren des Frühstücks, dann setzte sie ein weißes Häubchen auf, nahm einen Regenschirm, der ihr als Spazierstock diente, und ging über die römische Brücke ins Dorf. Dort sprach sie höflich mit jedem, der ihr Fragen über Afrika stellen wollte, und denen, die es nicht taten, nickte sie respektvoll zu. Sie besuchte alle Geschäfte, staunte über die wundervollen Waren und kaufte kleine Geschenke für ihre Kinder.
Die Aufnahme, die ihr zuteil wurde, war ungleich. Frauen aus guter Familie, die Dr. Keers philanthropische Bewegung unterstützten, liebten die Schwarzen in Afrika, was sie durch großzügige Spenden bewiesen, fühlten sich aber unbehaglich, wenn eine solche Schwarze in ihrem Dorf wohnte, und sahen Emma mißtrauisch an, wenn sie vorbeikam. Die Angestellten in den Geschäften und die Hausfrauen, die einkauften, betrachteten die Frau des Missionars als ihresgleichen und grüßten sie freundlich, wenn sie sie trafen. Sie begannen mit ihr über Löwen und Mais, über Mungos und das Gerben von Häuten zu sprechen. Am meisten aber bewunderten sie ihre klare Stimme, wenn sie beim Gottesdienst sang, und ein Mann, der etwas von Musik verstand, sagte: »Ich kann gar nicht glauben, daß so viel Stimme aus einem so kleinen Körper kommen kann.« Er fragte sie, ob sie in seinem Arbeitszimmer für ihn singen würde, und dort testete er mit Unterstützung zweier Schüler den Umfang und die Stärke ihrer Stimme. Das Experiment gefiel ihr, sie holte tief Luft und sang eine Reihe wunderbarer Töne.
Nun erschienen Karikaturen mit dem Titel »Die Hottentottennachtigall«, und sie wurde aufgefordert, bei verschiedenen Gelegenheiten zu singen und sogar nach Winchester zu fahren und in der Kathedrale zu singen. Sie behielt immer ihr Lächeln, ihre Bereitwilligkeit, mit anderen zu arbeiten und zu sprechen. Damals bestand in England ein unstillbares Interesse für die Kolonien und für die seltsamen Völker, die es dort gab, und viele Personen wie Emma waren ins Mutterland gebracht worden, um als Wunder bestaunt zu werden, aber nur wenige kamen in die Provinzen. In Wiltshire war Emma Saltwood eine Sensation.
Deshalb konnte Dr. Keer, als er in die Stadt kam, die kleine Hottentottin,

wie alle sie nannten, nicht länger ignorieren. Er dachte daran, daß sie Sir Peters Schwägerin war und er sie also geziemend behandeln mußte. Soweit er einem Untergeordneten gegenüber aus sich herausgehen konnte, tat er das auch.
Hilary, der niemandem feind sein konnte, freute sich wirklich, den dynamischen kleinen Agitator zu sehen, der aber, wie er Emma sagte, »gar nicht mehr so klein wirkt. Der Erfolg und der Verkehr mit bedeutenden Menschen haben ihn größer gemacht.«
»Bei ihm ist das ein Spiel«, erklärte Emma scharfsichtig. »Auf dem Brett stehen keine einfachen Schachfiguren, sondern Edelleute und Parlamente.«
»Aber vergiß nicht. Es war dieser Mann, der mich Jesus lieben lehrte«, sagte Hilary.
»Vergiß du es nicht!« sagte Emma lachend. »Er lehrte auch mich. Er war wie Donner und Blitz.«
Sie dachten darüber nach, was die tiefgreifende Veränderung bewirkt haben konnte, und gelangten zu keinem Ergebnis. Als aber die drei Männer am Avonfluß saßen und die Schwäne bewunderten, die über das von den Wellen verzerrte Spiegelbild der Kathedrale schwammen, war Hilary bereit einzuräumen, daß Keer durch ein dringendes Anliegen motiviert war: der Sklaverei ein Ende zu machen. Alles andere war nebensächlich. Er war vom Veld auf die Weltbühne gekommen: »Diese dringende Aufgabe ist nicht länger Sache der Kapkolonie, sondern allein des Parlaments. Wir müssen die Maßnahmen gegen die Sklaverei durchsetzen. Wir müssen den Kolonialminister zwingen, die Verordnungen zu erlassen, die ich entworfen habe. Wir müssen vorwärts drängen, immer vorwärts.« Es war offenbar, daß ihn die Buren, Kaffern oder Engländer als Menschen wenig interessierten, sondern nur ein vernünftiges System, und er gestand: »In der Leitung von Nationen kommt oft der Augenblick, in dem die Durchsetzung eines Prinzips auf Jahrhunderte hinaus die Freiheit gewährleistet. Wir befinden uns an einem solchen Wendepunkt.«
»Bist du nicht dieser Ansicht?« fragte Sir Peter seinen Bruder.
»Doch, das glaube ich auch. Dr. Keer hat recht. Wir stehen an einem Wendepunkt. Aber ich glaube, er betrifft die Menschen als solche und nicht abstrakte Prinzipien. Bei allem, was du tust, Peter, mußt du dich fragen, wie es sich auf den Burenfarmer auswirken wird, denn er repräsentiert das weiße Südafrika. Und wie es sich auf die Xhosa auswirken wird…«
»Du meinst die Kaffern?«
»Dieses Wort verwende ich nie. Es gibt verschiedene Stämme. Die Xhosa, die Pondo, die Tembu, die Fingo, die Zizi. Und eines Tages werden sie Afrika repräsentieren. Also, sei vorsichtig beim Umgang mit ihnen. Und schließlich mußt du dich fragen: ›Wie wird es sich auf die Engländer auswirken?‹ Denn ich nehme an, wir werden das Gebiet Generationen lang beherrschen, und wir müssen dabei gerecht handeln.«
»Können wir nicht sowohl Dr. Keers allgemeine Interessen als auch deine besonderen schützen?«

»Leider nicht. Ich glaube, daß Regierungen, wenn sie allgemeine Vorschriften erlassen, den einzelnen unterdrücken, in dem es dann gärt, der revolutionär wird und alles umstürzt. Beginne damit, dem einzelnen gegenüber Gerechtigkeit zu üben, und du wirst das Gemeinwesen beherrschen.«
»Ganz falsch«, widersprach Keer energisch. »Wenn die Prinzipien nicht festgelegt sind, kann nichts Gutes daraus hervorgehen.«
Sir Peter wandte sich an seinen Bruder: »Wie steht es mit der Abschaffung der Sklaverei? Diesbezüglich hat Dr. Keer sicherlich recht.«
»Sicherlich«, sagte Hilary und schlug seine langen, dünnen Beine übereinander, während er erfolglos versuchte, seinen Standpunkt darzulegen. »Ich meine nur, die Abschaffung muß durchgeführt werden, ohne die Weißen aufzubringen. Denn dann haben wir nichts erreicht.«
»Mit einem einzigen Federstrich erreichen wir alles«, sagte Keer, wobei in seiner Stimme die messianische Verheißung mitklang, mit der er sich an die Gläubigen in der Kirche wandte.
Hilary verschlang seine Beine noch enger und begann zu lachen. »Peter, du hast nie einen Buren kennengelernt, und Sie, Simon, haben vergessen, wie sie sind. Lassen Sie mich von meinem Nachbarn Tjaart van Doorn erzählen. Vierschrötig gebaut wie ein Maisspeicher. Kein Hals, ein riesiger Backenbart. Trägt einen Gürtel und Hosenträger und Schuhe, die er selbst anfertigt. Herr über vielleicht sechzehntausend Morgen und wohnt in einem Fort. Wie viele Sklaven? Ein halbes Dutzend?«
»Worauf willst du hinaus?«
»Südafrika ist voll von Tjaart van Doorns, und eines Tages läuft sein weißer Ochse weg. Er sucht ihn, bringt ihn zurück und läßt ihn arbeiten. Keine Bestrafung. Kein Fluchen. Zwei Tage später läuft der Ochse wieder weg. Wieder geht Tjaart auf die Suche nach ihm. Das gleiche. Ich war dort, taufte ein Baby, und ich sah ihn. Kein hartes Wort. Und am nächsten Tag läuft der Ochse zum drittenmal weg, und diesmal gehe ich mit Tjaart, um ihm zu helfen, das Tier einzufangen, und als ich ihm einen Strick um den Hals lege, kommt Tjaart dazu, blau im Gesicht, und schlägt den Ochsen mit einer riesigen Keule zwischen die Augen. Der Ochse fällt tot um, und Tjaart sagt zu dem Leichnam am Boden: ›Hol dich der Teufel! Das wird dich lehren.‹«
Die beiden Zuhörer sagten nichts, und bevor einer von ihnen antworten konnte, erschien Emma mit einem Getränk, das sie und Emily Saltwood bereitet hatten: kalter Apfelwein mit Honig und einer Prise Zimt.
»Worauf ich hinaus will, Peter: Wenn die Gesetze, die du erläßt, die Buren reizen, werden sie einmal zuhören und hinnehmen, was ihnen nicht gefällt, und sie werden ein zweitesmal zuhören. Aber ich versichere dir, wenn du ein drittesmal zu ihnen kommst, greifen sie nach einer Keule und knallen sie dir zwischen die Augen.«
Sehr vorsichtig machte Simon Keer seine nächste Bemerkung: »Regieren nun wir in Südafrika oder regieren die Buren, von denen wir die Kolonie vor einigen Jahren übernommen und die wir unerhört verwöhnt haben?«
Hilary sagte ebenso ruhig: »Wir haben sie nicht von ihnen übernommen.

Wir übernahmen sie von ihrer uninteressierten Regierung in Europa. Sie sind noch immer dort, jeder einzelne von ihnen, und ihre Zahl nimmt alljährlich zu.« Dann wurde er eindringlich: »Aber wichtiger sind die Xhosa, die Pondo, die Tembu und die Fingo. Sie waren immer dort und werden immer dort sein. Auch ihre Zahl nimmt zu, und wir müssen handeln, um alle im Gleichgewicht zu halten.«
»Läßt sich das machen?« fragte Sir Peter, doch bevor jemand auf diese Frage antworten konnte, für die es keine Antwort gab, kam Emma über den Rasen gelaufen, und als sie zu den Eichen kam, keuchte sie: »Hilary! Es ist Mrs. Saltwood. Ich glaube, sie ist tot.«

Noch unter dem Eindruck der Beerdigung sagte Mrs. Lambton in Gegenwart der beiden Saltwoodsöhne und ihrer Frauen: »Hilary, fahren Sie zurück nach Afrika. Sie sollten sich ihr Leben lang schämen. Sie haben Ihre Mutter umgebracht.«
»Also, hören Sie!« brauste Sir Peter auf.
»Tag um Tag saß sie bei mir und weinte. Einmal brach sie in wildes Gelächter aus und sagte: ›Es ist allein meine Schuld. Ich habe dieses schwarze Mädchen für ihn gekauft. Ja, ich schickte ihm Geld, und er kaufte sich eine Frau.‹ «
»Also, Mrs. Lambton«, unterbrach sie Sir Peter, aber sie hatte auch für ihn nur Verachtung übrig: »Wenn Sie nur ein wenig Liebe für Ihre Mutter empfänden, hätten Sie dieses Paar hinausgeworfen...«
»Mrs. Lambton, noch letzte Woche sagte mir meine Mutter, es sei Gottes Vorsehung gewesen, die Hilary nach Hause gesandt hatte und nicht Richard. Wir wollten nicht, daß Hilary kommt. Es war uns peinlich, als er kam. Als wir aber mit ihm zusammenlebten – und das waren die Worte meiner Mutter...«
Er brach zusammen. Er konnte nur die Hand seiner Frau ergreifen und ihr zunicken, sie solle weitersprechen.
Lady Janice sagte: »Es gab eine Versöhnung. Zwischen uns allen.« Sie ergriff Emmas Hand und hieß sie so endlich in *Sentinels* willkommen. Aber an der Tür schrie Mrs. Lambton: »Sie haben Ihre Mutter getötet. Fahren Sie zurück! Fahren Sie zurück!«

Es konnte nie festgestellt werden, wer die beiden Missionare ermordet hatte. An einem Morgen im Jahr 1828 vor Tagesanbruch – Hilary war damals erst dreiundvierzig, sah aber aus wie sechzig – sahen Hirten aus der Ferne Feuer, und als sie hinkamen, fanden sie die beiden Saltwoods mit durchschnittenen Kehlen vor. Ihre gesamte Habe war geraubt worden.
Das Haus brannte völlig ab, so daß es unmöglich war, Anhaltspunkte zu finden. Es wurden sechs mögliche Gruppen von Verdächtigen angenommen: Buschmänner, die gern in solche Siedlungen schlichen und Vieh stahlen – aber es fehlte kein Stück Vieh von der Mission. Hottentotten, die gegen die Behörde rebellierten – aber die dortigen Hottentotten liebten die Saltwoods,

die keine Diener hatten. Kaffern, die mit ihren Assagais schnell zur Hand waren – aber die Kaffern in dem Gebiet waren Missionsarbeiter, die sich durchaus friedlich verhielten. Buren, die die meisten Missionare verachteten – aber die einzigen Buren in dem Gebiet lebten in sechzig Meilen Entfernung und mochten Saltwood recht gut leiden. Engländer, die die Saltwoods haßten, weil sie den guten Ruf der LMG durch ihre Mischehe beschmutzten – aber es gab keine in dieser Gegend. Herumstreifende singhalesische Diebe von irgendeinem Schiff – aber der nächste Hafen war siebenhundert Meilen entfernt. Vielleicht hatte die Gesellschaft als Abstraktum mit ihnen ein Ende gemacht.
Sie waren der schrecklichen Heimsuchung zum Opfer gefallen, die sicher zur Kreuzigung führt: Sie nahmen die Religion zu ernst. Sie vertrauten Jesus Christus blind. Sie glaubten, daß die großartigen, hochfliegenden Versprechungen des Neuen Testaments einer Regierung als Grundlage dienen konnten. Und sie folgten diesen Richtlinien entschlossen in dem einzigen Teil der Welt, wo sie bei drei mächtigen Menschengruppen Anstoß erregen mußten: den alten Buren, den neuen Engländern und den zeitlosen Schwarzen.
In einer seiner scharfsichtigsten Predigten hatte Hilary seinen Missionsangehörigen gesagt: »Das ständige Problem der Regierung bleibt: ›Bin ich nachts sicher, wenn ich schlafen gehe?‹« So wie viele andere, die in Südafrika schliefen, war er nicht sicher gewesen.
Es war ein Akt Gottes, behaupteten viele, daß die drei Saltwoodkinder abwesend waren, als die Mörder zuschlugen. Sie waren in der Großen Karru mit einer Hottentottenfamilie unterwegs, um Straußenfedern zum Verkauf in Paris zu sammeln. Als sie zurückkamen, waren ihre Eltern schon begraben, und es gab eine hitzige Diskussion darüber, was mit ihnen geschehen sollte. Einige sagten, man solle sie mit dem nächsten Wagen, der nach Süden fuhr, hinunter nach Grahamstown schicken, aber sie erhielten den Bescheid, daß sie dort nicht erwünscht waren. Dann wurde davon gesprochen, sie ins LMG-Hauptquartier nach Kapstadt zu schicken, aber dort gab es schon eine Unmenge farbiger Waisen und verlassener Kinder. Es wäre vollkommen ungehörig gewesen, sie nach England zu schicken, wo ihre Abstammung ein Fluch für sie war.
Kurz gesagt, es gab keinen Platz für sie. Niemand fühlte sich für die Sprößlinge einer von Anfang an unglückseligen Ehe verantwortlich. Und so überließ man sie den Hottentotten, mit denen sie Straußenfedern gesucht hatten.
Ein paar Jahre lang stellten sie etwas Besonderes dar, denn die älteren konnten lesen und schreiben, aber als die Zeit verging und die Notwendigkeit zu heiraten herankam, wurden sie unmerklich von der amorphen Masse der sogenannten Farbigen aufgesogen.

7. Mfecane

Wie sein ferner Vorfahre, jener Nxumalo, der den See verlassen hatte und nach Zimbabwe gegangen war, wurde der Knabe Nxumalo in dem Glauben erzogen, daß alles, was sein Häuptling sagte, Gesetz war, gleichgültig, wie widersprüchlich oder seltsam es klingen mochte. »Wenn der Häuptling befiehlt, springst du!« sagte ihm sein Vater, und der Junge dehnte diese vernünftige Regel auf alle aus, die Befehle erteilten. Er war geboren, um zu gehorchen, und geschult, Befehle sofort auszuführen.

An einem strahlend sonnigen Tag im Jahr 1799, als er elf war, lernte er den wahren Sinn des Gehorsams kennen. Es war eine besonders bittere Lektion. Sein Vater, ein energischer Mann, der die aufspringenden Blüten des Frühlings liebte, verspürte eine solche Aufwallung von Freude, daß er pfiff, wann immer er unweit des Krals über die Felder ging.

Der Klang von Ndelas Glücksgefühl erreichte die Ohren einer mißtrauischen Frau, die sich unweit des Flußpfades versteckte. Sie war eine streitsüchtige Bucklige und die mächtigste Wahrsagerin in der Gegend, eine Frau, die die Waage von Gut und Böse, von Leben und Tod in ihren Händen hielt. Nun breitete sich Befriedigung über ihr Gesicht, denn die Geister, die im Dunkel lebten, hatten ihr endlich ein Zeichen gegeben. »Ndela hat gepfiffen!« kicherte sie in sich hinein. »Ndela hat gepfiffen!« Endlich wußte sie, warum die Krankheit wie ein Tuch aus Winternebel über den Herden der Sixolobo lag. Sie war bereit zu handeln.

An diesem Nachmittag wurde die gesamte Sixolobo-Sippe zur Hütte des Häuptlings gerufen, und es wurde die aufregende Nachricht verbreitet: »Die Wahrsagerin wird den Hexer ausfindig machen, der unser Vieh krank gemacht hat.«

Ndela kam, ohne zu ahnen, daß man ihn mit den kranken Tieren in Verbindung bringen könnte, benahm sich jedoch, als die Beschwörung begann, mit seiner üblichen Vorsicht, denn es bestand immer die Möglichkeit, daß sich die bösen Kräfte, ohne daß er es wußte, in seinem Körper versteckt hielten.

Eine Beschwörung war ein furchtbares Erlebnis. Der Körper der alten Frau

war mit einer widerlichen Mischung aus Tierfetten eingeschmiert; ihre Arme und Teile ihres Gesichts waren mit weißlicher Kreide bestrichen, in ihr Haar hatte sie roten Puder gerieben, und um ihren Hals hingen Schnüre aus Wurzeln und Knochen. An ihrer Taille baumelten Tierblasen, und in der Hand hielt sie eine Waffe von schrecklicher Macht: ein Haarbüschel vom Schwanz eines Weißschwanzgnus. Um die Schultern hatte sie einen Umhang aus schwarzem Stoff gelegt, der ihren Höcker verbarg, während Streifen von Tierhaut an Teilen ihres Körpers befestigt waren.
»Ich bringe Worte, mein Volk«, begann sie feierlich. »Ich habe so viele Nächte geträumt, und ich habe das Böse gesehen, das unser Vieh überfällt. Ich wanderte im Dunkel, und der Herr des Himmels hat mir alles zu erkennen gegeben.«
Sie fing an zu tanzen, und als ihr Tempo sich zu Sprüngen und Sätzen vergrößerte, sangen die Zuschauer, um sie zu ermutigen, denn sie wußten, daß sie versuchte, sich an die Geister der Ahnen des Stammes zu wenden. Unter den Zuschauern gab es keinen, der an einem Leben nach dem Tod zweifelte; sie waren auch davon überzeugt, daß Geister, die mehr als die normale Weisheit der Erde aufgenommen hatten, das Schicksal der Sippe durch das Medium der Wahrsagerin lenkten. Worte, die aus ihrem Munde kamen, waren nicht die ihren, sondern die Wünsche und Urteile ihrer Vorfahren; man mußte ihnen gehorchen.
Plötzlich hörte sie auf zu tanzen und nahm aus dem Kürbis an ihrer Seite eine Prise Schnupftabak. Als dies einen Niesanfall zur Folge hatte, applaudierten die Zuschauer, denn sie wußten, daß die Geister der Toten tief im Körper der Lebenden wohnten und daß jedes heftige Niesen ihre Kräfte freisetzte. Dann folgte hysterisch kreischendes Lachen, worauf die Wahrsagerin langsam und dramatisch zu Boden sank. In hockender Stellung nahm sie den Umhang von ihren Schultern und legte ihn über ihre Knie, so daß er vor ihr einen Schatten warf. Sie öffnete den Ledersack und blies den scharfen Geruch der Kräuter hinein, die sie gekaut hatte, dann nahm sie die Talismane heraus, die die Geister geneigt machen würden, den Träger des bösen Zaubers herauszufinden. Für jeden Gegenstand, den sie vor sich hinlegte, sang sie Worte des Lobes:

O Klaue des Großen Leoparden,
  der die Schwachen schlägt...
In meiner Hand, Kleiner Fels,
  Glocke des Stromes der Klage...
Fliege zu mir, Kralle des Falken,
  Wächter über allem von oben...
Hör meine Stimme, Blume der Nacht,
  Bewahrerin des ewigen Dunkels...

Mit großer Gebärde warf sie die einzelnen Stücke vor sich auf den Boden und schwankte über ihnen hin und her. Lange Zeit hielt sie den Kopf gesenkt, murmelte und stöhnte, dann wies sie mit dem linken Zeigefinger auf ihre grausigen Schätze. Alle schwiegen, denn der schreckliche Augenblick stand nahe bevor. Sie erhob sich und ging kühn auf den Häuptling zu. Viele atmeten schwer, denn es schien, als wolle sie ihn anklagen.

»Sie gaben mir die Antwort, Häuptling!«

»Was haben sie dir gezeigt?«

»Ein großes schwarzes Tier mit hundert Beinen und hundert Augen und gewaltigen Hörnern. Und es wurde von meinem Häuptling verehrt, denn es war das fetteste Tier im Land, weil in ihm all jene wohnten, die vorher dahingegangen waren. Aber dieses große Tier war bekümmert. Zu einer Zeit, da dein Vieh krank ist, hat einer dieser Männer dort« – und sie wies unbestimmt auf die schweigende Menge – »einer von ihnen hat in dieser Zeit des Kummers nicht getrauert. Einer von ihnen war glücklich darüber, daß die Tiere krank sind.«

»Wer war das, Mutter-mit-den-Augen-die-alles-sehen?«

»Der singt wie ein Vogel, hat dieses Böse gebracht.«

Als die Wahrsagerin diese verhängnisvollen Worte ausgesprochen hatte, erinnerte sich Nxumalo sofort daran, daß sein Vater manchmal »sang wie ein Vogel«, wenn er pfiff, und er hatte die fürchterliche Vorahnung, daß Ndela vielleicht der Mann war, der den bösen Geist trug, der die Krankheit des Viehs verursachte. Mit Entsetzen sah er, wie die Wahrsagerin unter den Leuten umherging, die Weißschwanzgnuquaste baumelte lose an ihrer Seite. Wann immer ihr Blick dem eines anderen begegnete, zitterte der Geprüfte vor Angst und atmete wieder auf, wenn sie weiterging.

Doch als sie zu Ndela, dem Pfeifer, kam, sprang sie hoch in die Luft, schrie und gestikulierte, und als sie aufsetzte, zeigte die Rute genau auf ihn. »Er!« schrie sie. »Der Unglückliche! Der Zerstörer des Viehs!«

Ein Schrei erhob sich aus der Menge, und die Ndela am nächsten standen, wichen vor ihm zurück. Der große Höcker auf dem Rücken der Wahrsagerin trat stärker hervor, als sie sich umwandte und dem Häuptling zurief: »Hier ist der Hexer, der das Böse gebracht hat.«

Der Häuptling beriet sich kurz mit seinen Ratgebern, und als sie nickten, ergriffen vier Krieger Ndela und schleppten ihn vor den Häuptling. »Hast du gepfiffen?« fragte der Häuptling.

»Ja.«

»Während mein Vieh starb?«

»Ja.«

»Hattest du dieses dunkle Übel in deinem Herzen?«

»Ich muß es wohl gehabt haben.« Ndela konnte nicht daran zweifeln, daß er schuldig war, denn wenn die Geister der Sippe der Wahrsagerin mitgeteilt hatten, daß er der Schuldige war, mußte es so sein.

»Warum tatest du es, obwohl du wußtest, daß es unrecht war?«

»So viele Blumen. Die Vögel sangen.«

»Und so sangst du auch, während mein Vieh starb?« Ndela hatte keine Erklärung, deshalb knurrte der Häuptling: »Ist das nicht wahr?«

»Ja, Häuptling.«
»Dann soll der Urteilsspruch erfolgen.« Während er sich umwandte, um seine Ratgeber zu befragen, kamen die Männer näher, während die Frauen und Kinder zurückwichen.
»Ndela«, rief der Häuptling, »die vor uns lebten, bezeichneten dich als den Hexer.«
»Preiset sie!« schrie die Menge in Ehrerbietung vor den Geistern, die ihre Sippe beschützten.
»Was soll mit ihm geschehen?«
»Tod dem Hexer!« schrien die Männer, die Frauen heulten ihre Zustimmung. Also sprach der Häuptling das Urteil: »Laßt die Lippen, die pfiffen, nicht mehr pfeifen. Laßt die Zunge, die Luft ausstieß, nicht mehr stoßen. Laßt die Ohren, die Vögel hörten, nicht mehr hören. Laßt die Augen, die von Blumen trunken wurden, nicht mehr sehen. Laßt den Hexer sterben.«
Sobald die Worte gesprochen waren, ergriffen die vier Krieger Ndela und zogen ihn zu den mächtigen Pfosten, die den Kral umgaben, in dem das Vieh dahinsiechte. Das schreiende Opfer wurde emporgehoben, seine Beine gespreizt, und er wurde mit einem mächtigen Ruck nach unten auf den scharfen Pfahl gespießt, so daß dessen Spitze tief in seinen Körper drang.
Nxumalo, der zusah, ohne einen Ton von sich zu geben, wollte zu der entsetzlichen Vogelscheuchengestalt laufen, um seinem singenden, liebevollen Vater, der so gut zu ihm gewesen war, einen Abschiedsgruß zuzumurmeln, aber jeder Beweis von Zuneigung für einen Hexer war verboten. Später würde man Leiche, Pfahl und sogar den Boden, auf dem er stand, verbrennen und die Aschenreste in den schnell dahinströmenden Fluß streuen, damit nichts zurückblieb.
Nxumalo konnte weder gegen den Häuptling noch gegen die Wahrsagerin Groll hegen, denn sie hatten nur die Bräuche des Stammes vollzogen. Keiner der Zuschauer an jenem Tag hätte die Gerechtigkeit des Urteils in Frage stellen können: Die Geister hatten zur Wahrsagerin gesprochen, sie hatte den Schuldigen bezeichnet, und er war auf die überlieferte Weise hingerichtet worden.
Hunderte von komplizierten Vorschriften beherrschten einen Sixolobo von der Geburt bis zum Tod und darüber hinaus. Fraglos existierten die Geister der früheren Angehörigen der Sippe; fraglos gab es einen Herrn des Himmels, der alle Menschen auf die Erde gebracht hatte. Keine Phase des Lebens konnte ohne göttliche Vorschriften sein: Die Hütte eines Mannes mußte in einem bestimmten Verhältnis zu der des Häuptlings stehen; Frauen durften sich nur in bestimmten Gebieten bewegen; ein Kind mußte sorgfältig auf sein Verhalten gegenüber älteren Menschen achten; ein Mann mußte gewisse Bräuche einhalten, wenn er sich dem Kral eines Fremden näherte, und die Behandlung des Viehs wurde genau überwacht. Auf jede Verletzung einer Regel folgte die sofortige Bestrafung, und auf fünfzig oder sechzig Vergehen stand die Todesstrafe, wie in Europa auch.
Bei einem Jungen wie Nxumalo war der Glaube, der Gut und Böse unter-

schied, tief verwurzelt. Dies waren Begriffe, die von seinen frühesten Vorfahren in Afrika stammten, von dem Nxumalo von Groß-Zimbabwe eingehalten und von seinen Nachkommen nach Süden gebracht worden waren. Diese Vorschriften konnten unwesentlich sein, wie die, wo nachts das Kochgeschirr hingestellt werden mußte, oder schwerwiegend, wie eine Anklage wegen Hexerei.

Nxumalo gab zu, daß sein Vater von einem bösen Geist besessen gewesen war. Er verstand, warum Ndela ein Verbrechen gestehen konnte, von dem er nichts wußte, und er war durchaus damit einverstanden, daß sein Vater sterben mußte.

Er hatte beobachtet, daß der Häuptling nie zum Vergnügen oder aus einer Laune heraus tötete oder eine grausame Bestrafung oder Folter verlangte. Er tat nur, was die Tradition vorschrieb, denn er war ein guter Mann, belastet mit Pflichten und verantwortlich für das Leben seiner tausend Gefolgsleute.

In diesem zwischen den Bergen und dem Meer gelegenen Paradies gab es etwa zweihundert Sippen, von denen viele kleiner waren als die der Sixolobo, manche größer. Der Häuptling mußte sich seiner Stellung entsprechend verhalten: gebieterisch zu den kleineren Sippen, unterwürfig zu denen mit mehr Vieh, und äußerst vorsichtig gegenüber jeder Gruppe, die die Sixolobo überfallen konnte. Alle Entscheidungen, die er traf, mußten die Sicherheit der Sippe gewährleisten, und die Häuptlinge vor ihm hatten gelernt, daß man sogar die kleinste Verletzung des Gesetzes am besten unverzüglich ahndete.

Die Wahrsagerin unterstützte den Häuptling, aber als irdische Verbindung zu den Geistern übte sie gewaltige Macht aus und konnte in Augenblicken der Krise sogar den Häuptling beherrschen. Sie verbrachte aber die meiste Zeit mit der Behandlung von Wunden und Prellungen, mit dem Heilen von Kopfschmerzen oder dem Brauen von Mixturen, die die Geburt eines Sohnes gewährleisten sollten. Wenn aber ein Hexer in die Sippe eindrang und Böses verbreitete, mußte sie ihn ausfindig machen, und dann half keine Medizin: Dieser Hexer mußte gepfählt und verbrannt werden.

All das verstand Nxumalo und war darüber nicht verbittert. Da er aber ein kluger Junge war, begriff er noch etwas: Wenn der Vater eines Jungen hingerichtet worden war, lebte der Junge unter einem Schatten. Es war sehr wahrscheinlich, daß die Wahrsagerin eines Tages auch auf ihn losgehen würde. Er hatte nicht die leiseste Ahnung, was er sich zuschulden kommen lassen würde, aber die Erfahrung sagte ihm, daß der Sohn eines Mannes, der gepfählt worden war, Gefahr lief, den gleichen qualvollen Tod zu erleiden.

In seinem Konflikt zwischen Gehorsam und Selbsterhaltungstrieb entschloß er sich zu folgender Lösung: Wenn ich bei den Sixolobo bleibe, muß und werde ich tun, was der Häuptling sagt. Aber hier sind die dunklen Geister gegen mich. Ich werde also zu einer anderen Sippe flüchten, wo ich neu beginnen kann, und ihrem Häuptling meine Treue schenken. Er erzählte

keinem von seinem Entschluß, nicht einmal seiner Mutter, und noch bevor der Mond Mitternacht anzeigte, eilte er rasch durch die herrlichen Täler, die zu den Stämmen des Südens führten. Im Westen erhoben sich die abweisenden Berge elftausend Fuß hoch in den Himmel, im Osten erstreckten sich die Gewässer des Ozeans.
Er wußte nicht, wohin er lief, war aber sicher, man würde einen kräftigen Jungen, der versprach, ein guter Krieger zu werden, überall gut aufnehmen. Er wollte aber, daß seine neue Heimat in sicherer Entfernung von den Sixolobos lag, denn er wußte, wenn sie ihn jemals dabei erwischten, daß er gegen sie kämpfte, würde ihm eine noch viel härtere Bestrafung zuteil werden als seinem Vater. Verräter wurden mittels vier Bambusspitzen bestraft.
Er war unterwegs zu einem Fluß, von dem er immer schon gehört hatte, dem Umfolozi, der einige der schönsten Landstriche Afrikas bewässerte. Er entsprang in den hohen Bergen und floß fast genau ostwärts zum Meer. Er bildete die Grenze zwischen den Stämmen des Nordens und denen des Südens. Er war kein mächtiger Fluß; wenige Flüsse Südafrikas ließen sich mit den großen Wasserstraßen Europas oder Amerikas vergleichen, aber er brachte allen, die an ihm lebten, Reichtum, denn seine Felder trugen gute Ernten, und seine Ufer waren voll von Tieren aller Art.
Als Feuchtigkeit und starke Winde aus dem Süden Nxumalo verkündeten, daß er sich Wasser näherte, schloß er daraus, daß er bei dem legendären Umfolozi angelangt war. Er begann, nach Krals Ausschau zu halten, denen er seine Anwesenheit melden konnte, aber es gab keine, und er streifte zwei Nächte lang durch das Hinterland des Flusses. Am dritten Morgen traf er auf eine Gruppe von neun Jungen seines Alters, die ebenso nackt waren wie er und Rinder hüteten.
Mit Hangen und Bangen, aber fest entschlossen, sich gegen alles, was die Jungen unternehmen würden, zu schützen, suchte er sich vorsichtig einen Weg zwischen den Felsen. Er wollte gerade aus einiger Entfernung sein Kommen anmelden, als die Hirtenjungen ein grausames Spiel begannen, bei dem sie einen ihrer jüngeren Gefährten in die Mitte eines Kreises stießen. Dann warfen sie einander einen harten, runden Knollen von der Größe eines Balls so zu, daß er ihn nicht zu fassen bekam. Wenn er auf sie zukam, stellten sie ihm ein Bein, und wenn er stürzte, traten sie ihn.
»Kleiner Schwanz!« schrien sie ihm zu. »Kleiner Schwanz! Bringt nichts zustande!«
Der Junge in der Mitte war nicht klein, er war sogar insgesamt gut proportioniert außer in seinen Geschlechtsteilen. Vermutlich hätte er es mit jedem seiner acht Peiniger aufnehmen können, war aber gegen die Gruppe machtlos.
Sein Zorn über die unaufhörlichen Sticheleien wegen seines Gliedes verdoppelte jedoch seine Kräfte. Einmal sprang er hoch in die Luft, und es gelang ihm, den Ball über die Fingerspitzen seiner Feinde hinweg abzulenken. Da er die Flugrichtung sah, konnte er den Kreis seiner Gegner durchbrechen und ihm nachjagen, bevor einer von ihnen die Richtung ändern konnte.

Der Ball rollte direkt vor Nxumalos Füße, und als der mißhandelte Junge ihn erreichte, wurde er ihm von einem Fremden übergeben. Auf diese Art lernte Nxumalo, ein freiwillig Verbannter der Sixolobo, Chaka kennen, einen unfreiwillig Ausgestoßenen der Langeni.

Mit Nxumalo als Verbündetem wurde Chaka, ein launischer, schwieriger zwölfjähriger Junge, weniger gequält. Zwar machte sich die ganze Langenisippe weiterhin über sein zu klein geratenes Glied lustig, und es gab keine Möglichkeit, diese spezielle Beschimpfung zu beenden, aber wann immer ihre Spiele ausarteten, bildeten der Neuankömmling und der launische Junge eine unüberwindliche Gemeinschaft. Dennoch waren sie keine Freunde, denn Chaka gestand niemandem diese besondere Stellung zu. Aber er brauchte jemanden, mit dem er reden konnte, und eines Abends sagte er mit stolzgeschwellter Stimme zu Nxumalo: »Ich bin ein Zulu.«
»Was ist das?«
Der Gequälte konnte seine Entrüstung über solche Unwissenheit nicht verbergen: »Die Zulu werden der mächtigste Stamm entlang des Umfolozi sein.«
»Im Norden haben wir noch nicht von ihnen gehört.«
»Alle werden von ihnen hören, sobald ich ihr Häuptling bin.«
»Häuptling? Was tust du als Rinderhirte bei dieser kleinen Sippe?«
»Ich wurde von den Zulu verbannt. Ich bin der Sohn ihres Häuptlings, und er hat mich verbannt.« Dann erzählte Chaka mit einer Bitterkeit, wie sie Nxumalo noch nie vorher erlebt hatte, von der Intrige, die ihn aus der kleinen, unbedeutenden Sippe der Zulu vertrieben hatte:

> Meine Mutter Nandi – du wirst sie eines Tages kennenlernen. Sieh sie dir gut an. Merk dir ihr Gesicht, denn sie wird, bevor ich sterbe, zum »Weiblichen Elefanten« erklärt werden. Die Menschen werden sich vor ihr tief verneigen. (Seine Stimme zitterte.) Sie war die rechtmäßige Frau des Häuptlings, und er verstieß sie... stieß uns beide aus seinem Kral aus, aber ich werde zurückkehren und meine Mutter mitnehmen. (Er ballte die Fäuste.) Ich bin ein Verbannter. Du hörst, wie sie sich über mich lustig machen. Merk dir ihre Namen. Nzobo ist der schlimmste. Mpepha hat Angst davor, mich zu schlagen. Er benutzt eine Keule. Mqalane, vergiß ihn nicht. Ich werde mir Mqalane immer merken. (Er nannte die Namen der fünf anderen, wiederholte einige.) Sie lachen mich aus. Sie verweigern mir mein Recht. Aber vor allem, Nxumalo, verhöhnen sie meine Mutter. (Er begann wütend zu zittern.) Ich sage dir, Nxumalo, eines Tages wird sie der »Weibliche Elefant« sein. (Stille, und dann der wirkliche Kummer.) Nein, das ist nicht das Schlimmste. Es ist die Art, wie sie sich über mich lustig machen. (Es war diesem Jungen, der angespannter war als die Sehne eines Bogens, unmöglich zu weinen, aber er zitterte und bohrte die Fersen in den Staub.) Sie verhöhnen mich.

Der einfache Satz, den Nxumalo darauf äußerte, rettete ihm am Tag der Vergeltung das Leben, aber jetzt schien er nur eine Geste aufrichtiger Freundschaft. Er streckte die Hand aus, berührte Chaka am Arm und sagte: »Er wird später größer werden.«
»Wirklich?« rief der ältere Junge ungestüm.
»Ich habe es oft erlebt.« Er war keineswegs befugt, das zu sagen, wußte aber, daß er es sagen mußte. Chaka sagte nichts mehr, er saß nur im Gras und schlug sich mit den Fäusten auf die Knie.
Wie jeder verwirrte Junge in seinem Alter hatte Chaka die Wahrheit bemäntelt, soweit er sie überhaupt verstehen konnte. Senzangakhona, Häuptling der Zulusippe, hatte Nandi, eine Jungfrau der Langeni, geschwängert. Als die Ältesten der zweiten Sippe von dieser empörenden Verletzung der Stammessitte hörten, bestanden sie darauf, daß Senzangakhona der Sitte gemäß handelte und sie zu seiner dritten Frau nahm, was er auch tat. Aber sie erwies sich als noch unangenehmer als Sand zwischen den Zähnen. Ihr Sohn war noch schlimmer und ließ mit sechs Jahren zu, daß eines der Lieblingstiere seines Vaters erschlagen wurde, ein Fehler, der zur Verbannung führte. Chaka war kein Zulu mehr; er und seine Mutter mußten sich in die Krals der verachteten Langeni flüchten.
An dem Tag, als sie fortgingen, freute sich Senzangakhona sehr; sie hatten ihm nichts als Ärger verursacht, und er erinnerte sich daran, was ihm seine Ratgeber an jenem ersten Tag gesagt hatten, als Nandi behauptete, sie sei schwanger: »Sie trug kein Kind in sich. Es ist nur das Darminsekt, das man Chaka nennt.« Der König war der gleichen Meinung und sah nun mit unverhohlenem Vergnügen zu, wie seine unerwünschte Frau verschwand und ihr »Insekt« mitnahm.

Im Jahr 1802 herrschte Hungersnot im Tal des Umfolozi. Es war das erste Mal seit Menschengedenken, daß der reichste aller Flüsse seine Kinder im Stich ließ, aber nun war der Nahrungsmangel so bedenklich, daß der Häuptling der Langeni anfing, unerwünschte Menschen aus seinen Krals zu vertreiben; unter denen, die gehen mußten, befanden sich Nandi, Chakas Mutter, und ihr Sohn, den keiner von der Sippe mochte. Während sie nach Süden zogen und den Fluß bei einer Furt überquerten, holte sie der verbannte Junge Nxumalo ein. Er meinte, es könne nicht lange dauern, bis man auch ihn zwingen würde fortzugehen, und er bat um Erlaubnis, sich ihnen in der Verbannung anzuschließen. Nandi, eine kräftige Frau, die nicht viel für Gefühlsregungen übrig hatte, sagte: »Bleib, wo du bist.« Aber ihr Sohn erinnerte sich an das wiederholte Eingreifen des jüngeren Knaben zu seinen Gunsten und sagte: »Laß ihn mitkommen.« Und die Verbannten zogen nach Süden.
Mit der Zeit kamen sie in das Gebiet Dingiswayos, des bedeutendsten der Häuptlinge im Süden, und als er die beiden kräftigen Burschen sah, wollte er sie für seine Truppe haben: »Ihr seht aus wie Krieger. Könnt ihr auch kämpfen?«

Man brachte Assagais mit langem Schaft, doch als Chaka den seinen in der Hand wog, fand er ihn nicht im Gleichgewicht, und er verlangte einen anderen. »Warum?« fragte der Häuptling, und Chaka sagte nur: »Ein Krieger muß Zutrauen haben.« Und erst, als er einen Speer hatte, der ihm zusagte, meinte er: »Ich bin bereit.«
Dingiswayo lachte über seine Unverschämtheit und sagte zu seinen Begleitern: »Er sieht aus wie ein Krieger. Er gibt auch an wie einer. Laßt uns nun sehen, ob er kämpfen kann.«
Als Chaka diese versteckte Beleidigung hörte, wies er auf einen entfernten Baum: »Dort ist dein Feind, großer Häuptling.« Und mit einem kurzen Anlauf schleuderte er seinen Assagai und traf genau sein Ziel. Dingiswayo lachte nicht mehr. »Er kämpft auch wie ein Krieger.« Zu dem jungen Mann sagte er: »Willkommen unter meinen Kriegern.«
In den nächsten Jahren nahmen Chaka und Nxumalo an abenteuerlichen Unternehmungen teil. Als Mitglieder der größten Kampftruppe des Stammesgebietes, der *iziCwe,* halfen sie mit, die Stellung ihres Stammes zu festigen, und beteiligten sich an den großen Überfällen, die das Gebiet befriedeten und vergrößerten. Nxumalo war zufrieden, weil er das Glück hatte, eine wenn auch untergeordnete Stellung in der besten Kampftruppe des Landes errungen zu haben, aber Chaka war ebenso unglücklich und reizbar wie eh und je: »Es gibt eine bessere Methode zu kämpfen. Man kann eine Truppe viel besser organisieren als so. Wenn man mich nur für einen Monat zum Kommandanten machte...«
Er war zum Beispiel bei der großen Schlacht gegen die Mabuwane wütend, obwohl er als der hervorragendste Krieger angesehen wurde. Was sich abspielte, war eine ganz normale Schlacht, in der nach Nxumalos Ansicht die *iziCwe*-Truppen dominiert hatten.
Vierhundert Mann von Dingiswayos Truppe marschierten mit lautem Geschrei nach Norden und verkündeten bei jedem Aufenthalt, daß sie die Mabuwane angreifen würden. Zweihundert Frauen, Kinder und Greise folgten ihnen und wirbelten eine Staubwolke auf, die man sieben Meilen weit sehen konnte. Inzwischen hatten die Mabuwane, die seit zwei Wochen wußten, daß es zu einer Schlacht kommen würde, nicht den Feind ausgekundschaftet, dessen Aufstellung sie immer kannten, sondern ein geeignetes Schlachtfeld gesucht. Eine der wichtigsten Überlegungen war, daß zumindest auf der Seite der Mabuwane – wenn möglich, auf beiden Seiten – Hügel liegen sollten, von denen aus das Publikum bequem zuschauen konnte, und ein noch günstigerer ebener Platz für den Stuhl des Häuptlings, damit er das Auf und Ab des Kampfes beobachten konnte.
Die Mabuwane machten ihre Sache gut und wählten einen idealen Kampfort, eine Art natürliches Amphitheater mit genau der Art von abfallenden Hängen, wie sie die Zuschauer bevorzugten. Als die beiden Heere sich aufstellten, gab es Kriegstänze, Kampfformationen, geschriene Beleidigungen und lang anhaltendes Fußgestampfe. Dann traten von jeder Seite vier Mann vor, schwangen ihre Schilde und schrien neuerliche Beleidigungen. Die

Mütter der gegnerischen Krieger wurden verächtlich gemacht, der Zustand ihres Viehs, die geringe Güte ihrer Nahrung und ihre Feigheit, die sie in der Vergangenheit gezeigt hatten.
Jeder Krieger trug drei Assagais und warf einen davon so, daß der Gegner Zeit genug hatte, ihn mit seinem großen Schild abzuwehren. Unglücklicherweise lenkte einer der Mabuwanekrieger einen auf ihn gezielten Speer genau auf den Fuß eines seiner Kameraden ab. Er durchdrang den Fuß nicht, verursachte aber eine blutende Wunde, worauf die Menge auf Chakas Seite wild applaudierte. Nxumalo war besonders aufgeregt und hüpfte auf und ab, bis Chaka, der neben ihm stand, mit eisernem Griff seinen Arm packte. »Hör damit auf! So führt man nicht Krieg.«
Nun wurde aus fast genau der gleichen Entfernung wie vorher ein zweiter Schwarm von Assagais geschleudert, wieder ohne irgendwelche Folgen. Nun waren die vier Krieger auf jeder Seite verpflichtet vorwärtszulaufen und ihre letzten Speere aus etwa fünfundzwanzig Fuß Entfernung zu werfen. Wieder konnten sie leicht abgewehrt werden.
Nun sollten die Kerntruppen beider Heere sich vermengen, was sie nach sorgfältig festgelegten Regeln auch taten. Zuerst flogen Schwärme von Assagais durch die Luft, die aus weiten Entfernungen geworfen wurden und leicht abgewehrt werden konnten. Wenn beide Heere auf diese Weise entwaffnet waren, kam es zu einem entschärften Nahkampf ohne Waffen, bei dem eine Seite etwas stärker drängte als die andere und einige Gefangene machte. Die Beobachter konnten ohne weiteres sehen, welche Seite gewonnen hatte, und wenn das festgestellt war, floh die andere Seite und ließ ihr Vieh zurück, das eingefangen wurde, und ein paar Frauen, die von den Siegern nach Hause mitgenommen wurden. Natürlich wurden im Nahkampf einige Krieger verwundet und dann und wann auch ein ungeschickter Kämpfer getötet, aber im allgemeinen blieben die Verluste minimal.
Eine praktische Besonderheit solcher Schlachten war, daß jede Seite nach ihrem Ende ungefähr so viele Assagais sammeln konnte, wie sie zu Beginn mitgeführt hatte, aber natürlich nicht dieselben.
»Schändlich!« brüllte Chaka. »So kämpft man nicht. Stell dir nur vor!« Er schleuderte seinen rechten Fuß in die Luft, so daß die Kuhledersandale in weitem Bogen davonflog. »Männer kämpfen in Sandalen! Es macht sie langsam. Unbeweglich.«
Und nach diesem Kampf begann er, barfuß die Hügel hinauf und hinunter zu laufen, bis seine Füße härter waren als die Sandalen und sein Atem unerschöpflich. Er verlangte auch von Nxumalo, er solle stundenlang mit einem großen Schild in der linken Hand und einem Assagai in der rechten in der Sonne stehen.
Vierzig-, fünfzigmal sagte Chaka zu Nxumalo: »Ich bin dein Feind. Du mußt mich töten.« Und mit einem wilden Satz sprang Chaka vorwärts, wobei er den linken Rand seines Schildes weit nach rechts brachte. Wenn Nxumalo versuchte, seinen Assagai zu schleudern, wie Krieger es tun sollten, riß Chaka plötzlich seinen Schildrand heftig nach links, hakte ihn in Nxu-

malos Schild ein und drehte ihn halb herum, so daß die ganze linke Seite seines Körpers entblößt war. Mit einem raschen Stoß seines Speers zielte er auf Nxumalos Herz und hielt nur wenige Zoll vor der Haut inne.
»So muß man töten«, rief er. »Im Nahkampf.«
Eines Nachmittags, als er Nxumalo oftmals getötet hatte, nahm er seinen eigenen Assagai, zerbrach wütend den Schaft und warf die beiden Hälften in den Staub. »Speere sind keine Waffen für einen Kampf. Wir brauchen Dolche.« Wütend ergriff er Nxumalos Speer und zerbrach auch ihn.
»Was ist los?« fragte Nxumalo.
»So albern!« rief Chaka und stieß mit einem Fuß nach den Speerresten. »Zwei Heere nähern sich einander. Du wirfst deinen ersten Speer. Ich werfe meinen. Zweiter Speer. Dritter Speer. Wenn wir dann keine Waffen mehr haben, stürzen wir auf einander los. Ein Irrsinn.«
Er nahm nur die Metallspitze der beiden Speere mit, ging mit Nxumalo zu dem besten Eisenschmied am Fluß und fragte ihn, ob er aus diesen beiden Spitzen eine einzige machen könne – eine massive, schwere, kantige Stichwaffe, ein Schwert. Der Handwerker sagte, das wäre vielleicht möglich, aber wo würde Chaka für einen solchen Speer einen genügend schweren Griff finden.
»Das ist kein Speer mehr«, erklärte Chaka, »es ist etwas ganz anderes.« Und er probierte alle Schmiede aus, um den Mann zu finden, der die schreckliche Waffe herstellen konnte, die er sich vorstellte.
In diesen Tagen, als die beiden noch immer in der Verbannung lebten, bemerkte Nxumalo mehrere ungewöhnliche Aspekte im Verhalten seines Freundes, und als sie einmal müßig über ihre mögliche Zukunft in diesem fremden Stammesgebiet sprachen, wo Krieger geachtet wurden, richtige Kriegführung aber unbekannt war, fühlte Nxumalo sich veranlaßt, Chaka auf diese offensichtlichen Eigenheiten anzusprechen.
»Erstens reinigst du dich mehr als jeder Mensch, den ich kenne. Immer in dem Becken mit fließendem Wasser.«
»Ich bin gern sauber.«
»Ich glaube, du stehst gern nackt vor den anderen. Um ihnen zu zeigen, daß dein Glied jetzt so groß ist wie das ihre.« Chaka zog die Stirn in Falten, sagte aber nichts. »Und mit Mädchen bist du nicht wie wir anderen. Du meidest oft die Freuden der Straße.«
Das war eine hübsche Umschreibung für einen der reizvollsten ortsüblichen Bräuche. Da bei diesen Sippen Geschlechtsverkehr vor der Heirat streng verboten war, hatte sich die Gewohnheit der »Freuden der Straße« entwikkelt, das heißt, daß es jungen Leuten erlaubt war, sich ein in Frage kommendes Liebchen auszusuchen, mit ihm in die Büsche zu gehen und alle nur vorstellbaren Spielchen zu treiben, solange nur keine Schwangerschaft daraus entstand. Die Männer im *iziCwe* waren berüchtigt für ihre sanften Ausschweifungen, und keinem bereiteten sie mehr Vergnügen als Nxumalo. Aber er hatte bemerkt, daß Chaka diese Liebesspiele gleichgültig waren.
»Nein«, sagte Chaka nachdenklich. »Ich bin dazu bestimmt, ein König zu

werden. Und für einen König ist es gefährlich, Kinder zu haben. Sie streiten um seinen Thron, und wenn er alt wird, bringen sie ihn um.« Er war Mitte der zwanzig, als er das sagte, und soweit Nxumalo sich entsinnen konnte – und er kannte diesen launischen Krieger besser als jeder andere –, hatte sich Chaka kein einziges Mal seiner sexuellen Heldentaten gerühmt, wie es andere junge Männer taten. Nxumalo hatte den Verdacht, daß sein Freund nie mit einer Frau geschlafen hatte, obwohl er nahezu einsneunzig groß, ohne Fettansatz um die Hüften und das Ziel vieler Augen war.
»Wenn die Zeit zum Heiraten kommt«, prophezeite Nxumalo, »gib nur acht! Da wirst du der erste sein.«
»Nein«, sagte Chaka ruhig. »Keine Kinder für mich.«
»Wir werden sehen«, meinte Nxumalo, worauf ihn Chaka an den Schultern packte: »Ich lüge?«
»O nein«, antwortete Nxumalo und schob seine Hand weg. »Aber du liebst Frauen mehr als jeder Mann, den ich kenne. Deine Mutter.«
Chaka sprang in rasender Wut auf, griff wie verrückt nach einem Stein und hätte Nxumalo den Schädel eingeschlagen, wäre dieser nicht fortgeschlüpft wie eine erschrockene Schlange.
»Chaka!« rief er hinter einem Baum hervor. »Leg das weg!«
Der Krieger blieb einige Augenblicke stehen und umklammerte den Stein, bis seine dunklen Hände an den Knöcheln weiß wurden.

Während sie der gleichförmige Trott des Soldatenlebens beschäftigte und keine Änderungen für die bevorstehenden Jahre erkennbar waren, sah Nxumalo mit Sorge, daß sein Freund fast an den Rand des Selbstmords geriet und von Zielen träumte, die er niemals erreichen konnte, und er fühlte, daß er ihm helfen müsse, diese nagende Bitterkeit zu lindern. »Als du sagtest: ›Eines Tages werde ich Häuptling sein‹ – wovon? Hier hast du keine Chance. Und du kannst nicht zu den Langeni zurückkehren.«
»Warte nur!« sagte Chaka mit glühender Entschlossenheit. »Eines Tages werde ich zu den Langeni zurückkehren. Dort gibt es Männer, die ich wiedersehen will.« Und er begann, die Namen der Jungen aufzuzählen, die ihn auf den Weidegründen gequält hatten: »Nzobo, Mpepha, Mqalane.«
»Du willst Häuptling der Langeni werden?«
»Häuptling von denen?« Er lachte und begann, mit langen Schritten auf und ab zu gehen. »Ich will König eines wirklichen Stammes werden. Und mit meinen Männern gegen die Langeni marschieren. Und sie fragen, ob sie noch lachen.« Plötzlich veränderte sich sein Ausdruck völlig, und er fragte Nxumalo: »Möchtest du nicht zurückgehen und Häuptling der Sixolobo werden?«
»An die erinnere ich mich nicht einmal mehr.«
»Willst du nicht mit den Männern zusammentreffen, die deinen Vater getötet haben?«
»Ich würde sie nicht erkennen. Mein Vater verstieß gegen ein Gesetz. Er wurde hingerichtet.«

»Aber wenn wir die *iziCwe* sammeln und in einem Jahr gegen die Langeni zu Felde ziehen könnten und im nächsten gegen die Sixolobo...« Er legte seine großen Hände mit ausgestreckten Fingern aneinander. »Es gibt nur einen Stamm, den ich führen will«, sagte Chaka. »Die Zulu.«
Nxumalo wurde ernst: »Die Zulu mußt du vergessen. Sie haben dich verbannt. Dein Vater hat dich seit Jahren nicht gesehen, und er hat viele andere Söhne. Verglichen mit diesem Stamm sind die Zulu nichts als ein kleiner Floh.«
»Aber wenn ich König der Zulu wäre...« Er zögerte, wollte seine Absichten nicht enthüllen. Er schloß etwas lahm: »Die Zulu sind wirkliche Männer. Am Ende des ersten Tages würden sie meine Träume begreifen.«
Im Jahre 1815 enthüllte er seine Vorstellung, wie der Krieg in diesem Gebiet geführt werden sollte. Es war ein Kampf gegen die Butelezi, und alle anderen nahmen an, es würde eine der üblichen Auseinandersetzungen werden, bei der die beiden Häuptlinge auf ihren Stühlen saßen, während Tausende dem planlosen Scharmützel applaudierten, aber als der Schauplatz ausgewählt war und alle auf ihren Plätzen saßen, trat ein einziger Butelezikrieger mit höhnischen, unverschämten Gebärden vor. Aus Dingiswayos Reihen stürzte ein hochgewachsener Mann, schlank wie ein Löwenmuskel, barfuß auf den Feind zu, hakte seinen Schild geschickt in den seines Gegners, wirbelte ihn herum wie einen Kreisel und stieß ihm seinen kurzen, schrecklichen Assagai ins Herz.
Dann sprang er mit einem wilden Schrei auf die vorderen Reihen der Butelezi los, ein Signal für die übrigen *iziCwe*, sich auf die verblüfften Feinde zu werfen und sie zu töten.
Fünfzig Feinde tot. Krals verbrannt. Nahezu tausend Rinder im Triumph nach Hause geführt. Über ein Dutzend Frauen gefangen. Nie zuvor hatte es eine solche Schlacht gegeben, und es würde nie wieder eine Schlacht im alten Stil geben.
Infolge dieses erstaunlichen Sieges gewann Chaka Dingiswayos geneigte Aufmerksamkeit und wurde bald zum Regimentskommandanten befördert, eine Ehrenstelle, die er für den Rest seines Lebens in ruhiger Vornehmheit innehaben sollte. Aber eine so begrenzte Laufbahn entsprach keineswegs den Vorstellungen Chakas. In der Nacht flüsterte er Nxumalo zu: »Dieser Dingiswayo geht in die Schlacht, als wäre sie ein Spiel. Er gibt den Besiegten Rinder zurück. Läßt ihnen ihre Frauen.« Nxumalo hörte im Dunkel, wie er mit den Zähnen knirschte. »Das ist kein Krieg. Das ist ein Streit zwischen Kindern.«
»Was würdest du tun?«
»Ich will der Welt Krieg bringen. Wirklichen Krieg.«

Im Jahr 1816, als Reverend Hilary Saltwood viele Meilen davon entfernt im Südwesten dem kleinen Madegassenmädchen Emma die Geographie Europas beibrachte, starb Chakas Vater, der Häuptling der Zulu, und nachdem ein gefälliger Mörder den für die Nachfolge ausersehenen Sohn beseitigt

hatte, übernahm Chaka endlich den Oberbefehl über den Stamm, einen der kleinsten mit einer Gesamtbevölkerung von nur dreizehnhundert Menschen und einer Armee von dreihundert Mann, wenn man alle Wehrfähigen aufbot, plus zweihundert Rekruten.
Es war ein nicht sehr berühmter Stamm, kleiner als etwa die Sixolobo oder die Langeni. Er besaß keine ruhmvolle Vergangenheit, hatte sein Landgebiet während der vergangenen hundert Jahre nicht vergrößert und keine regionalen Führungskräfte hervorgebracht, wenn man von der Beförderung Chakas zum Anführer der *iziCwe* absah. Normalerweise wären die Zulu in ihrem Gebiet verblieben, da sie in einem der fruchtbarsten Gebiete am Umfolozi wohnten.
Als aber Chaka das Kommando übernahm, kam er mit einem *iziCwe*-Regiment, um seine Machtübernahme zu sichern, und als eine seiner ersten Maßnahmen verlangte er, daß jeder Zulusoldat seine drei langschäftigen Assagais wegwarf und sie durch eine kurze Stichwaffe ersetzte. Dann vergrößerte er die Höhe und Breite ihrer Schilde, bis ein aufrecht stehender Mann mit nur leicht gebeugten Knien seinen ganzen Körper hinter zwei Schichten steinharter Kuhhaut verbergen konnte. Aber das Wichtigste, das er sie lehrte, war die Art, wie sie tanzen sollten.
Zuerst ernannte er eine Leibwache von sechs Mann, für die er die größten, kräftigsten und brutalsten Männer unter seinen neuen Rekruten auswählte. Sie sollten in Zukunft bei allen öffentlichen Feiern keulenschwingend hinter ihm stehen und seine Weisungen erwarten. Dann versammelte er sein Zuluregiment am Rand eines flachen Grundstücks, dessen Boden dicht mit dreizackigen Dornen bedeckt war. Als sie angetreten waren, trat er, wie immer barfuß, vor sie hin.
»Meine Krieger«, sagte er ruhig. »Viermal habe ich euch gesagt, daß ihr barfuß kämpfen müßt, wenn ihr das stärkste Regiment im Gebiet des Umfolozi werden wollt. Und viermal seid ihr zu euren Sandalen zurückgekehrt. Nun zieht sie aus. Werft sie auf einen Haufen. Und laßt sie mich nie wieder sehen.«
Als die Krieger barfuß vor ihm standen, sagte er mit der gleichen leisen Stimme: »Nun, meine Krieger, werden wir tanzen.« Und er führte sie auf das mit Dornen gespickte Stück Land und begann einen langsamen Tanz, begleitet von einem Gesang, den sie gut kannten. »Singt, meine Krieger!« rief er, und als der Rhythmus zu hämmern begann, tanzte er auf den Dornen, was ihm keine Schwierigkeiten bereitete, denn seine Füße waren härter als Leder. Aber für seine Soldaten bedeuteten diese ersten zögernden Schritte eine Qual, und manche stockten unter einem Schmerz, der größer war, als sie ertragen konnten.
Nun kam Chakas erste Lektion für seine Zulu. Er beobachtete sie wie ein Falke, erblickte einen Mann, dessen Beine seine Füße einfach nicht zwingen konnten, auf die stechenden Dornen zu treten. »Der dort!« rief Chaka, auf den Krieger zeigend.
Was darauf geschah, rollte unabwendbar ab. Zwei von den Keulenträgern

packten den Übeltäter von hinten und hielten ihn mit großer Kraft fest. Ein anderer bückte sich, ergriff seine Fußknöchel und spreizte seine Beine auseinander. Der stärkste der Gruppe langte von hinten nach vorn, ergriff das Kinn und drehte es mit einem furchtbaren Armschwung herum, bis das Gesicht nach hinten schaute. Dann packte ein ebenso kräftiger Mann das Kinn von vorne und setzte die entsetzliche Drehung fort, bis das Gesicht des Mannes wieder nach vorne blickte, also eine volle Drehung gemacht hatte. Das Gesicht sah noch ebenso aus, aber der Mann war für immer verwandelt.

»Jetzt tanzt!« schrie Chaka, und noch zweimal entdeckte er Krieger, die alles andere denn begeistert waren, und als er auf sie wies, stürzten sich die Totschläger auf sie und drehten ihnen den Kopf um.

Immer mehr beschleunigte Chaka das Tempo, bis sogar er müde war. Dann blickte er mit einer Freundlichkeit, die Nxumalo nie vergessen sollte, zum Mond empor und sagte: »Meine lieben Krieger. Es sind noch drei Nächte, bis der Mond voll ist. Nun geht und härtet eure Füße, denn beim nächsten Vollmond werden wir alle wieder tanzen. Ihr habt einunddreißig Tage Zeit.«

Als sie beim nächsten Vollmond wieder tanzten, mußte nur einem Soldaten der Hals umgedreht werden. Die übrigen hielten mit Chaka mit, bis am Ende alle auf den Dornen auf und nieder sprangen und sie in den Boden trieben, ihre Kriegslieder sangen und vor Freude schrien.

Am nächsten Tag erklärte Chaka seinen Truppen, warum das Härten der Füße notwendig gewesen war: »Wir werden eine Armee haben, die keiner gleicht, die je den Umfolozi entlangfegte. Und ihre Stärke wird ihre Geschwindigkeit sein. Ihr und ich, wir werden über die Felsen fliegen, Körper-Arme-Kopf.«

Das war das Geheimnis von Chakas unwiderstehlicher Zuluarmee: »Der Körper ist die große geballte Masse in der Mitte. Das ist alles, was der Feind zu sehen bekommt. Die Arme sind schnell ausladende Bewegungen an den Flanken. Diese werden vor dem Feind verborgen.«

»Und der Kopf?« fragte Nxumalo.

»Du bist der Kopf, Freund meines Vertrauens. Du befehligst jetzt mein bestes Regiment, und in den ersten Stadien einer Schlacht verstecken sich deine Männer hinter einem Hügel, in der Mitte. Ihr wendet dem Kampf den Rücken zu. Ihr sitzt mit von der Schlacht abgewandten Gesichtern.«

»Aber warum?«

»Weil ihr nicht wissen dürft, wie die Schlacht sich entwickelt. Ihr dürft weder erregt noch verzweifelt sein. Im entscheidenden Augenblick werde ich euch sagen, was ihr zu tun habt, und ihr stürmt, ohne zu denken oder euch auf etwas einzustellen, vor und erledigt es.«

Bei dieser Aufgabe konnte sich Nxumalo besonders auszeichnen, denn sie erforderte nur Ergebenheit und blinden Gehorsam, die beiden Tugenden, die ihn auszeichneten. Manche Menschen brauchen einen Führer, dem sie absolut vertrauen können; in seinem Schatten werden sie stark, und Nxumalo war so ein Mann. Er war überzeugt, daß Chaka ein Genie war, und es bereitete ihm Befriedigung, ihm zu gehorchen. Dadurch wurde er der einzige Ratgeber, dem der junge Häuptling vertraute. Eines Morgens, als die beiden vor ihren Regimentern standen, fiel der Unterschied zwischen ihnen besonders auf. Beide waren dunkelhäutig, beide waren kampferprobt. Der nur um ein Jahr ältere Chaka war viel größer als sein Adjutant, hatte breitere Schultern und bewegte sich rascher. Er schien in jeder Hinsicht überlegen, bis der Beobachter Nxumalos stämmigen Rumpf betrachtete und dabei Kraft und Wucht sah: massive Brustmuskeln, die nie ermüdeten, einen Bauch, der Schläge ertragen konnte, sehr kräftige Beine, bereit, Berge zu ersteigen, und eine allgemeine Ausdauer, die unerreicht war. Sie bildeten ein gutes Paar: Chaka, der lebhafte Planer, Nxumalo, der unbeirrbare Vollstrecker.

Schon früh wurde ihnen bei ihren strategischen Besprechungen eines klar: Wenn Chakas Schlachten von der Beweglichkeit der Krieger abhingen, war eine rasche Verbindung zwischen den einzelnen Abteilungen unbedingt notwendig; ebenso wichtig war Genauigkeit. Also versammelten sie eines Morgens die vier Regimenter, die gebildet worden waren, und Chaka begann das Training: »Schnelligkeit und Genauigkeit. Sie werden der Kern unseres Erfolges sein. Nun werden die Unterführer der Regimenter eine Meile weit gehen, jeder in eine andere Richtung, dann stehenbleiben und warten. Jedes Regiment ernennt vier Meldeläufer, von denen einer bei mir bleibt und die drei anderen in gleichen Abständen auf dem Weg Aufstellung nehmen. Wenn alle bereit sind, werde ich den Meldeläufern hier eine Botschaft geben. Dann laufen sie los, zum ersten wartenden Mann, übergeben ihm die Botschaft, und er bringt sie zu dem zweiten und so weiter bis zum Ende der Linie. Dann läuft ihr Unterführer hierher zurück und sagt mir, wie die Botschaft lautete. Geschwindigkeit und Genauigkeit.«

Als die sechzehn Mann auf ihren Posten standen, studierte Chaka den Schauplatz, als ob es sich um eine wirkliche Schlacht handelte, und sagte, während Nxumalo und die drei anderen Regimentskommandanten neben ihm standen, mit lauter, deutlicher Stimme: »Lauft vierzig Schritt vorwärts. Schwenkt ab und geht zu den drei Bäumen. Laßt die Hälfte eurer Leute dort. Geht achtzig Schritte vorwärts.«

Nachdem er das gesagt hatte, klatschte er in die Hände, und die ersten Meldeläufer rannten los. Mit erstaunlicher Geschwindigkeit liefen diese barfüßigen Männer, deren Füße gegen Steine und Dornen abgehärtet waren, über das schwierige Terrain zu den ersten wartenden Männern und lieferten ihre Botschaften ab. Nxumalo sah mit Befriedigung, daß seine Läufer den anderen überlegen waren, aber das war zu erwarten, und als die letzten Läufer die Botschaft zu ihren wartenden Anführern brachten und diese Männer zu Chaka zurückzulaufen begannen, sah Nxumalo wieder, daß sein Unterführer in Führung lag.

Dieser Mann kam in halsbrecherischem Tempo zum Häuptling, kniete nieder und wiederholte die Botschaft genauso, wie sie vorher gelautet hatte;

das gleiche taten die nächsten beiden Offiziere, aber der vierte blieb nicht nur in der Geschwindigkeit im Hintertreffen, sondern auch in der Genauigkeit der Botschaft; sie war sogar stark entstellt.
Chaka zeigte keinen Unmut. Er wartete vielmehr, bis die sechzehn Meldeläufer keuchend zum Zentrum zurückkamen, worauf er Nxumalos Leute lobte und ihm dabei freundlich zunickte. Er lobte auch das zweite und das dritte Team, aber als er zu den fünf straffälligen Männern kam, zeigte er nur auf sie, worauf das Keulenteam einen nach dem anderen ergriff und ihnen die Schädel einschlug.
»Geschwindigkeit und Genauigkeit«, wiederholte Chaka grimmig und verließ das Feld.

Chaka setzte wegen Nxumalos unerschütterlichen Gehorsams größtes Vertrauen in ihn. Manche Kommandeure stellten Befehle in Frage, niemals jedoch sein alter Gefährte: »Würde ich den *iziCwe* sagen, sie sollen durch einen Fluß schwimmen, einen Berg ersteigen und unterwegs gegen fünftausend Feinde kämpfen, würde Nxumalo es tun.« Und er gestand den anderen Regimentern, daß er von den *iziCwe* als seinem einzigen sicheren Arm in der Schlacht abhing, denn ihre Wirkung war furchterregend.
Chakas Vision von den Feldzügen, die ihn zum König machen sollten, erforderte den totalen Krieg, den totalen Gehorsam seiner absoluten Herrschaft gegenüber, die völlige Vernichtung von jedermann, der auch nur ein Flüstern gegen ihn erhob. Er betrachtete Dingiswayos begrenzte Beutezüge als Verewigung der geringfügigen Rivalitäten, die jedem der kleinen Häuptlinge eine getrennte Entwicklung erlaubten, so daß jeder für sich schwach und ziellos blieb. Er war entschlossen, alle Sippen zu einer großen Zulunation zusammenzuschließen, und um das zu erreichen, mußten sich seine Krieger wie gewaltige Antilopenherden bewegen und durften keinen Grashalm unberührt lassen.
Während Chaka seine Regimenter drillte, setzte sich seine Mutter Nandi in den Zulukrals durch. Sie wurde tatsächlich der »Große Elefant« und trampelte die nieder, die sich vor Jahren über ihren Abgang gefreut hatten. Die langen Jahre der Verbannung, die Mutter und Sohn gemeinsam erlebt hatten, schmiedeten eine ungewöhnliche Bindung von Liebe und Verständnis, und nun schob Nandi ihren Sohn vorwärts zu der Position der Macht, die sie für den Ausgestoßenen anstrebte, den man »dieses Insekt« genannt hatte.
Als Chaka der Ansicht war, daß seine Zuluarmee für die großen Aufgaben bereit war, die ihr bevorstanden, erklärte er seinen Kommandeuren eines Abends im Jahr 1816: »Wir ziehen gegen die Langeni«, und er war so entschlossen, die Sippe zu demütigen, die seine Mutter schlecht behandelt hatte, daß er seinen Schlachtplan drei ermüdende Tage lang probte: »Nxumalo, du warst für die Langeni ein Hund. Diesmal wird dein Regiment das Zentrum bilden. Ich gebe dir diese Position, weil ich totale Disziplin brauche. Kein Langeni darf getötet werden, außer es ist unbedingt notwendig.

Du mußt schneller vorgehen als je zuvor und den Feind lebendig gefangennehmen.« Am letzten Abend ernannte er vier zusätzliche Schinder für seine Keulengarde und gab einem von ihnen eine Keule, die zum Einschlagen von Pfählen geeignet war. Als alle Schritte geplant waren, ging er zu Bett.
Kurz nach Sonnenaufgang versammelte Nxumalo die vier Regimenter, jedes in unterschiedlicher Uniform mit Kopfschmuck in übereinstimmender Farbe und großen verschieden gefärbten Schilden aus Kuhhaut, und formierte sie zu einem Viereck.
Als alles bereit war und die Sonne strahlend über die Hügelspitzen stieg, trat Chaka selbst in die Mitte des Vierecks, ein riesiger, völlig nackter Mann, auffallend muskulös, und auf ein Signal von Nxumalo riefen die wartenden Soldaten: »Bayete« (Heil, Majestät!) und stampften mit den Füßen.
Nun kleideten seine drei persönlichen Diener Chaka für den Kampf an. Zuerst legten sie ihm einen Lendenschurz aus gegerbtem Leder um, dann einen etwa zwei Zoll breiten Gürtel aus heller Leopardenhaut, der eng zugezogen wurde, um einen aschgrauen Faltenrock aus geflochtenen Genettepelzstreifen festzuhalten, der ein Stück über den Knien endete. Um die Schultern legten sie ihm einen losen Kranz aus Tierschwänzen, die kurz genug waren, um nicht zu flattern, wenn er lief, und setzten ihm eine Art Krone aus kleinen roten Federbüscheln auf, die von einer nach hinten gebogenen, mindestens zwei Fuß langen blauen Reiherfeder überragt wurde.
Er war natürlich barfuß und trug nur zwei Dinge in seinen Händen: seinen massiven Schild, der fast ebenso hoch war wie er selbst und bis auf einen kleinen schwarzen Fleck in der Mitte rein weiß, und seinen Assagai mit einem zwei Fuß langen Griff und einer einen Fuß langen Eisenspitze. Zum Schluß legten ihm die Diener die imposantesten Verzierungen an. Um jeden Arm wurde knapp unter der Schulter ein Armband aus weißen Kuhschwänzen gebunden, deren Spitzen bis zu seinen Ellbogen reichten. Sie waren so dicht, daß sie flatterten, wenn er sich bewegte. Und unter jedem Knie wurde ein ebensolches Band befestigt, das bis zu den Knöcheln reichte; diese weißen Schmuckstücke verliehen zusammen mit dem Weiß des Schildes seinem braunschwarzen Körper die Aura souveräner Macht.
»Wir marschieren!« rief er, seinen Regimentern zugewandt, und seine fünfhundert Krieger antworteten: »Bayete.«
Wie eine Schlange schlich die Zuluarmee durch die Hügel, und bei Sonnenaufgang am nächsten Morgen stellten die Langeni, als sie erwachten, zu ihrer Überraschung fest, daß feindliche Regimenter ihre Krals umzingelt hatten. Chakas Befehle wurden exakt ausgeführt, und die Langeni, die erwarteten, daß ihre Hütten in Brand gesteckt und ihre Angehörigen ermordet wurden, waren erstaunt, daß kein Assagai, außer in stummer Warnung, gegen sie erhoben wurde. Konnte das Chaka sein, den seine Boten als den Einzigen-der-das-Land-schlucken-wird bezeichneten? Die Antwort sollte mit erschreckender Klarheit erfolgen.
Nxumalo wurde zu den zusammengedrängten Langeni geschickt. Er bezeichnete mehr als dreißig Männer. Diese wurden zu dem Hauptkral ge-

bracht, wo sie zu einem Gesicht emporblickten, das ihnen seltsam bekannt vorkam. »Ich bin Chaka, der Sohn von Nandi, die ihr geschmäht habt.« Er zählte die Namen der Stammesführer auf, und während jeder nach vorne geschoben wurde, begann das Keulenteam sein Morden.
Die Hinrichtungsabteilung arbeitete auf verschiedene Arten. Wenn ein Opfer irgendwann eine anerkennenswerte Tugend gezeigt hatte, wurde sein Kopf schnell und fast schmerzlos in einem vollkommenen Kreis gedreht. Der Tod erfolgte sofort. Wenn aber unvergeßlicher Haß ohne mildernde Umstände vorlag, wurden Keulen verwendet, schwere Schläge hagelten auf alle Körperteile mit Ausnahme des Kopfes nieder, und dieser Tod war schmerzhaft. Die älteren Langeni starben auf diese Weise.
Als aber Chaka jene bezeichnete, die ihn als Hirtenjungen gequält hatten, befahl er den Wachen, sie abseits aufzustellen, und am Ende hatte er elf beisammen. Als er sie musterte, wurde sein Gesicht finster wie eine Gewitterwolke, und er schien den Verstand zu verlieren, denn er war wieder ein Junge, wieder auf den Feldern, und als er seinen Hauptadjutanten und vertrautesten Freund Nxumalo sah, schrie er: »Auch du warst einer von ihnen!«, und das Keulenteam ergriff ihn und warf ihn zu den anderen.
»Nzobo«, schrie Chaka nun einen der früheren Hirtenjungen an. »Hast du mich verspottet?«
Der Langeni, nun ein vermögender Mann, schwieg. »Faßt ihn!« brüllte Chaka, und im selben Augenblick wurde Nzobo gepackt und entkleidet. Dann hielten ihn zwei Männer an den Knien, während zwei andere ihn zu einer letzten schrecklichen Verneigung nach vorne beugten, als ob er ein Bittsteller wäre, der um Chakas Gnade bat. Ein anderer brachte vier Bambusspieße, von denen jeder etwa vierzehn Zoll lang, im Feuer gehärtet und nadelscharf war. Einer davon wurde in Nzobos Mastdarm gesteckt, und das letzte Mitglied des Keulenteams hämmerte ihn mit einem Holzschlegel langsam tief ins Innere.
Auch die drei anderen wurden hineingeschlagen. Dann befestigte man einen Strick unter den Achseln des schreienden Opfers und zog es auf einen Baum hinauf, wo es hängenblieb. Nach sechzehn Stunden entsetzlichen Todeskampfes starb Nzobo.
Als Nxumalo diese furchtbare Bestrafung sah, wurde ihm bewußt, daß auch er dafür bestimmt war, und er versuchte, an Chaka zu appellieren, aber das schreckliche Gericht wurde fortgesetzt: »Mpepha, hast du nicht Steine auf mich geworfen?« Eine Reihe von Kränkungen, die zwanzig Jahre lang lebendig erhalten worden waren, wurde dem von Entsetzen erfaßten Mann entgegengeschleudert, der dann entkleidet und gespießt wurde.
Der nächste war Mqalane, und als auch er an dem Baum hing, war Chaka mit den dreien fertig, deren Verhalten ihn vor langer Zeit am tiefsten geschmerzt hatte. Die nächsten acht wurden auf die Pfosten des Viehkrals gepfählt, wo er sie nicht sehen konnte. »Es ist abstoßend, zuzusehen, wie Verräter sterben«, sagte er seinen Männern, aber nun wurden zwei herbeigeschleppt, deren Tod er genießen würde. »Habt ihr mich mißbraucht?« Die

Männer nickten. Das würde er ihnen vergeben, und sie seufzten erleichtert. Doch dann fragte er: »Habt ihr meine Mutter mißbraucht?« Und als sie mit gesenkten Köpfen vor ihm standen, schrie er: »Laßt sie als Weiber sterben!«, worauf die Scharfrichter über sie herfielen und ihnen die Geschlechtsteile abschnitten.
Nun blieb nur noch Nxumalo übrig, und Chaka blickte ihn voller Haß an, aber auch voller Verwirrung. Er war einer der Hirtenjungen gewesen, daran erinnerte sich Chaka noch deutlich, aber er konnte sich nicht erinnern, was der Sixoloboflüchtling getan hatte, das das Spießen rechtfertigte. Die Wachen begannen ihn zu entkleiden, als sich der Verstand des Königs ein wenig klärte und er erkannte, daß sein Regimentskommandeur nicht dazugehörte. Er schob die Wache demütig zur Seite und trat Nxumalo gegenüber.
»Was hast du mir gegenüber verschuldet, als wir Hirtenjungen waren?«
Und Nxumalo antwortete: »Nichts, mein Häuptling.«
»Was hast du jemals für mich getan?«
Und diesmal sagte Nxumalo: »Ich kann es nicht sagen, Mächtiger. Aber ich werde es flüstern.«
Also ließ Chaka alle zurücktreten und befahl den Wachen, Nxumalo seine Uniform zu geben, und als der nackte Kommandeur seinen Lederrock in der Hand hielt, flüsterte er dem Häuptling zu und erinnerte ihn an jenen Nachmittag, an dem sie im Gras gesessen hatten und Nxumalo ihm versichert hatte, daß er eines Tages einen Penis von normaler Größe haben würde.
Chaka legte die Fingerspitzen der linken Hand auf die Augen und senkte den Kopf: »Bist du Nxumalo von den *iziCwe*?«
»Ja, der bin ich.«
»Dunkle Geister sind auf diesem Feld«, murmelte Chaka; laut schreiend verlangte er, daß die Wahrsager herausfinden sollten, in welchen Männern in dieser Versammlung diese Geister wohnten, und die Wilden, an deren Hals Schlangenskelette baumelten, in deren Haar getrocknete Gallenblasen steckten, liefen mit Schwänzen von Weißschwanzgnus in den Händen Hals über Kopf unter die Zulu, schnüffelten, horchten und berührten schließlich mit den Tierschwänzen jene, die über den Häuptling Böses gebracht hatten. Sobald ein Opfer bezeichnet war, töteten es die Keulenmänner.
Gegen Mitternacht, als Chaka mit Nxumalo zusammensaß und sie Bier tranken, bekam er Mitleid mit den Gepfählten. »Es wäre zu grausam, sie die ganze Nacht dort hängen zu lassen«, sagte er und befahl seinen Leuten, große Haufen von Gras und Stöcken zu sammeln und sie unter den Hängenden aufzuschichten. »Seht«, rief er seinen Opfern zu, »ich bin euch nicht länger böse.« Und er zündete das Gras an, damit die Männer schneller starben und dem schrecklichen Todeskampf entgingen, der am Morgen begonnen hätte, wenn die Sonne auf sie geschienen hätte.
Als Geste der Versöhnung nahm Chaka die Langenitruppen in seine wachsende Armee auf und leitete so eine Politik ein, die zu einer starken Macht führte. Als Dingiswayo, dem er noch dem Namen nach Treue schuldete, im Kampf gegen einen Stamm im Norden fiel, ging das gesamte *iziCwe*-Kon-

tingent zu den Zulu über, und Chaka sagte: »Nxumalo, mein treuester Freund, von heute ab ißt du mit den *iziCwe.*« Diese elektrisierende Ankündigung hatte nichts mit der Art und Weise zu tun, in der der neue General der Regimenter seine Mahlzeiten einnehmen würde; sie bezog sich auf den furchtbaren Schlachtruf, der bald durch das Land hallen sollte, wann immer ein Zulukrieger einen Feind erschlug: »Ich habe gegessen!«

Chaka schlug mit verheerender Schnelligkeit in alle Richtungen zu, saugte kleine Sippen auf, und eines Morgens rief er plötzlich: »Heute vernichten wir die Ngwane.« Innerhalb weniger Stunden hatten die Regimenter den Umfolozifluß überquert und stürmten nach Norden zu den Krals eines Stammes, der wiederholt Ärger verursacht hatte. Ohne Hinweise oder andere Vorwarnungen als die Schreie der überraschten Hirtenjungen, die die furchtbare Armee herankommen sahen, nahmen die Zulu Aufstellung für die Schlacht, Körper-Arme-Kopf, und fielen über die Gemeinde her.

Wie alle untergeordneten Stämme in dieser Gegend waren die Ngwane tapfere Krieger, die nicht die Absicht hatten, ihr Vieh kampflos zu verlieren, denn sie nahmen an, es handle sich wieder um einen Viehraub, bei dem vielleicht zwei oder drei Mann verwundet würden. Also formierten sie sich rasch und hielten die Wurfassagais bereit. Sie sahen den Hauptkeil von Chakas Armee, der aussah wie jedes traditionelle Überfallkommando, als sie aber vorrückten, um den Kampf zu eröffnen, entdeckten sie, daß die Flügel weit ausgebreitet waren wie die Hörner eines wütenden Büffels, so daß sie, wo immer sie sich hinwandten, auf schnellfüßige Zulu trafen.

»Sie werden unser ganzes Vieh rauben!« schrie der Kommandant der Ngwane, aber diesmal hatten es die Zulu nicht auf die Rinder abgesehen. Sie fielen mit fürchterlicher Wut über die Ngwane her, erstachen und töteten sie, und als letztere tapfer versuchten, sich wieder zu formieren und ernsthaft Widerstand zu leisten, tauchten aus dem Nichts die *iziCwe* auf, deren Assagais ihre Gegner brutal niedermachten.

Unter diesem fürchterlichen Ansturm brach die Verteidigung der Ngwane zusammen, und die Krieger, die dem Zuluschrei »Ich habe gegessen« entgingen, wurden zersprengt und liefen davon. Durch ihre Flucht vor dem Terror wurden sie zu Geächteten, die im Blut anderer Rache für ihre vernichtende Niederlage suchten. Die Krals, aus denen sie flohen, waren nun eingeäschert, ihre Herden wurden fortgetrieben, ihre jungen Leute in die Zuluregimenter gezwungen und ihre Frauen auf die Zulukrals verteilt.

Die alten Leute wurden »zu dem anderen Ort befördert«. Ihre Mörder töteten sie mit Freude, denn ein Zulu sah nichts Grausames darin, das Leben eines alten oder gebrechlichen Menschen abzukürzen. Als diese wilde Schlacht vorbei war, hatten die Ngwane aufgehört, als Stamm zu existieren.

Ihre Vernichtung war durch die disziplinierte Leistung der *iziCwe* möglich gewesen, und als die Regimenter zu den Zulukrals zurückkehrten, lobte Chaka die Männer und sagte ihnen: »Ihr könnt jetzt die Freuden der Straße genießen«, was bei den anderen Kriegern Neid hervorrief.

Chaka hatte seine eigene Version dieses Sexualbrauchs eingeführt: Kein Krieger durfte heiraten, bevor ihm sein Häuptling die Erlaubnis erteilte, und diese wurde gewöhnlich verschoben, bis die Soldaten Mitte der dreißig und für die Eliteregimenter zu alt waren. Dann wurde ihnen mit großem Zeremoniell gestattet, sich aus Kletterpflanzen, Därmen und Gummi ein breites Kopfband zu machen, das noch feucht ins Haar geflochten und bis ans Lebensende als Beweis dafür getragen wurde, daß sie verheiratet waren. Da es aber unvernünftig war, von erwachsenen Männern, die noch dazu tapfere Krieger waren, zu erwarten, daß sie keusch blieben, bis sie ihre Kopfbänder anlegten, erhielten die Soldaten nach jeder Schlacht die Erlaubnis für die »Freuden«.

So schwärmten Nxumalos Krieger auf der Suche nach jungen Frauen durch die Ortschaft, und die Mädchen, die schon lange auf Ehemänner und Liebhaber warteten, ließen sich gern finden. Drei lange Tage hindurch ergötzten sich die Männer in den Wäldern und liebten die Frauen mit einer auf dem Schlachtfeld geborenen Leidenschaft, übten aber eine fast grausame Zurückhaltung, weil sie die schreckliche Strafe kannten, die ihnen bevorstand, wenn sie die Frauen schwängerten.

Nxumalo, der sich über die geschlechtliche Freizügigkeit nicht weniger freute als seine Männer, hatte seine Freuden der Straße in einem Kral gesucht, dessen Tochter ihm seit einiger Zeit aufgefallen war. Er war nun ein mächtiger Mann, der in sieben Schlachten in vorderster Linie gekämpft hatte. Daher hatte er das Recht, anzunehmen, daß er in den nächsten Jahren die Erlaubnis erhalten würde, eine Frau zu nehmen. Er wußte aber auch, daß unter Chakas Regime das Verbot des Geschlechtsverkehrs als stärkstes Druckmittel verwendet wurde.

Er war also entschlossen, sich in der Schlacht hervorzutun, damit er zu Thetiwe gehen und sie bitten konnte, seine Frau zu werden. Die sechzehnjährige Thetiwe war die Tochter eines Nachbarhäuptlings, ein Mädchen von reizender Art mit leuchtenden Augen, das gehofft hatte, daß die *iziCwe* sich gut schlagen würden, denn das bedeutete, daß ihr Kommandeur zur ihr kommen würde. Sie wartete also allein, und als es Nacht wurde, hörte sie seine Schritte.

»Wie war die Schlacht?« fragte sie, als er sie in einen schütteren Wald am Fluß führte.

»Es gibt die Ngwane nicht mehr.«

Sie verbrachten drei aufregende Tage miteinander und sprachen oft davon, wie bald Chaka ihnen erlauben würde zu heiraten. Nxumalo, der über Chakas Absichten besser Bescheid wußte als die meisten, war nicht übertrieben hoffnungsvoll: »Bedenke einmal die Lage. Chaka wünscht sich mehr als alles andere, aus den Zulu eine führende Nation zu machen, deren König er sein wird. Um das zu erreichen, ist dauernder Krieg notwendig. Und im Kampf muß er ein Regiment haben, auf das er sich verlassen kann. Das werden immer die *iziCwe* sein. Und ich werde an ihrer Spitze kämpfen, bis ich fünfzig bin.«

»O nein!« Sie schlug ihre kleinen Hände vors Gesicht, dachte über die verlorenen Jahre nach, bis Nxumalo um sie anhalten konnte, und fragte sehr traurig: »Weiß er nicht, daß seine Krieger heiraten sollten?«
»Thetiwe«, sagte er ernst, »nie darf jemand hören, daß du eine solche Frage stellst.«
»Aber warum nicht?«
»Weil Chaka anders ist. Er denkt nicht an Familien. Er denkt nur an Armeen und zukünftigen Ruhm.« Er machte eine Pause und fragte sich, ob er es wagen könne, diese Angelegenheit mit einem unerfahrenen sechzehnjährigen Mädchen zu erörtern, aber seine Leidenschaft für sie war so groß, daß er fand, er müsse es tun. »Wie viele Frauen hat der Häuptling jetzt?«
»Ich glaube, sechzig, in den verschiedenen Krals.«
»Sind welche davon schwanger?«
»O nein.«
»Aber der vorige Häuptling, Chakas Vater. Waren seine Frauen für gewöhnlich schwanger?«
»Er hatte eine Menge Kinder.«
»Der Unterschied ist der, daß Chaka nie mit seinen Frauen schläft. Weißt du, wie er sie nennt? ›Meine geliebten Schwestern.‹ Immer nennt er sie seine Schwestern. Verstehst du, er fürchtet Frauen aus zwei Gründen. Er will keine Kinder, insbesondere keine Söhne.«
»Warum nicht? Du willst doch Söhne, oder?«
»Sicherlich. Ich würde die Armee sofort verlassen...« Er ließ das gefährliche Thema fallen und sprach weiter über seinen Häuptling: »Und der andere Grund, weshalb er Frauen fürchtet... Das geht auf die Zeit zurück, als er ein Knabe war. Die anderen verspotteten ihn. Sagten ihm, er könne nie Kinder haben. Sie lachten ihn ständig aus und sagten, keine Frau würde ihn je haben wollen.«
»Jetzt hat er sechzig Frauen«, sagte Thetiwe, »und wahrscheinlich werden sie zwanzig von den gefangenen Ngwane-Mädchen für ihn reservieren.«
»Aber du darfst mit niemandem darüber sprechen«, warnte sie Nxumalo, denn er wußte, was mit ihm und ihr passieren konnte, wenn Chaka sie der mangelnden Ehrfurcht verdächtigte.
Sie lachte. »Ich wußte ja alles, was du gesagt hast. Worüber, meinst du, scherzen die Frauen in den Krals, wenn niemand sie belauschen kann? Daß Chaka seine geliebten Schwestern sicher verwahrt, bis ein wirklicher Mann kommt, um sie zu beanspruchen.«
»Thetiwe! Darüber darfst du nie sprechen!« Und da die Liebenden den Zorn Chakas kannten, fürchteten sie sich, solchen Gedanken auch nur nachzuhängen, geschweige denn, sie auszusprechen.

Chaka hatte nun vier unbotmäßige Stämme aufgesaugt, »sie in meine Arme geschlossen«, wie er sagte. In der Verwendung der Körper-Arme-Kopf-Taktik war er unglaublich geschickt geworden. Mitunter sandte er eine seiner Flanken weit hinaus, mit großen Abständen zwischen den Kriegern, die ihre breiten Schilde mit den Rändern nach vorn hielten, so daß sie fast unsichtbar waren. Dahinter lauerte eine zweite Gruppe, im Gras verborgen. Während seine Armee vorging, erblickte der gegnerische Anführer die anscheinend schwache Flanke und richtete seine Hauptmacht gegen sie. Sobald aber der Feind in Stellung gegangen war, gab Chaka ein Signal, worauf die Frontlinie der Zulu ihre Schilde vorschwenkte, während die versteckten Krieger auf ihre Posten gingen und gleichfalls die volle Breite ihrer Schilde zeigten. In einem Augenblick wurde aus der scheinbaren Linie von Versprengten eine solide Phalanx, die zwei- oder dreimal stärker wirkte, als sie wirklich war. Das verbreitete oft solchen Schrecken, daß die feindlichen Soldaten, die voller Selbstvertrauen geglaubt hatten, gegen einen unterlegenen Feind zu marschieren, in Panik flohen, die hinteren Linien durcheinanderbrachten und damit das massive Zentrum der Zulu-Armee einluden, sie zu überwältigen.

In ihren Berichten über die Siege gaben die Boten der Zulu die Einzelheiten in strenger Reihenfolge an: So viel Stück Vieh für die Weiden des Häuptlings erbeutet, so viele Jungen für seine Regimenter, so viele Frauen für seine Krals. Die Haremswächter wählten zwanzig oder dreißig der schönsten Mädchen aus und überließen die anderen dem Stamm, und obwohl Chaka seinen Frauen wenig Aufmerksamkeit zu schenken schien, wurde jeder Mann, der erwischt wurde, wie er sich in der Umgebung des Frauenlagers herumtrieb, sofort erwürgt, und wenn das Mädchen, dem er sich hatte nähern wollen, identifiziert werden konnte, wurde es ebenfalls erschlagen.

Nxumalo, der allen Vorschriften gehorchte, die Chaka erließ, verbrachte soviel Zeit, wie ihm rechtmäßig zustand, mit Thetiwe, und erzählte ihr vieles: »Chaka ist der größte Mann, der je gelebt hat. Ein Genie wie kein anderes. Ich habe vier Häuptlinge gekannt, und neben ihm waren sie Knaben. Vor allem sind die Pläne hervorragend, die er für unser Volk macht. Alle Stämme zu einem einzigen vereinigt. Von den Flüssen im Norden bis zu den Flüssen im Süden. Eine Familie, ein König.« Er machte eine Pause, dann sagte er: »Chaka, König der Zulu.«

»Aber du sagst, er hätte dich beinahe pfählen lassen.«

»Das waren die bösen Geister, nicht Chaka selbst. Sie kamen und schlugen ihn mit Blindheit, aber sobald ich ihm sagte, wer ich war, und er die Augen öffnete, verschonte er mich.«

»Aber hast du mir nicht oft gesagt, es würde keinen Krieg mehr geben, sobald die Stämme einmal vereint sind?«

Diese Art Fragen stellte ihm Thetiwe oft. Und er antwortete: »Es ist so. Wir haben noch viele Stämme gegen uns, die wir besiegen müssen. Das wird noch einige Jahre so weitergehen, aber eines Tages wird es Frieden geben. Das hat Chaka gesagt.«

Die nächsten Aktionen des Königs straften diese Worte Lügen, denn er genehmigte die Aufstellung von zwei neuen Regimentern. Das erste bestand nur aus Mädchen im Alter Thetiwes, und sie wurde wegen ihres untadeligen Stammbaums und ihrer hervorragenden Intelligenz zur Vizekommandantin dieses neuen Regimentes ernannt. Die Mädchen waren nicht für den Kampf bestimmt, sie blieben im Hintergrund und verrichteten Dienste wie Kochen, das Reparieren von Waffen und die Pflege der Verwundeten, lernten aber schnell die Grundregel von Chakas Schlachtplan: »Wenn ein Zulu verwundet ist, sprecht zu ihm. Kann er verstehen, was ihr sagt, behandelt ihn. Wenn nicht, ruft die Wachen.« Wenn die Mädchen die Keulenmänner riefen, sahen sich die den Fall kurz an, dann nahmen sie für gewöhnlich den Assagai des Mannes und stießen ihn ihm ins Herz, denn Chaka sagte: »Wenn er nicht gehen kann, kann er nicht kämpfen.« Und das verstanden die Pflegerinnen.

Das zweite Regiment war von ganz anderer Art. Es war beinahe lächerlich anzuschauen, eine Sammlung alter Männer, halb lahm und halb blind. Es war unvorstellbar, daß sie sich mit der von Chakas Regimentern verlangten Schnelligkeit bewegen konnten, aber nach und nach wurde die Strategie des Königs klar: »Diese Männer bekommen halbe Rationen. Sie müssen ständig in Bewegung gehalten werden, und je früher sie sterben, desto besser wird die Zulunation sein.«

Nun waren alle, ausgenommen schwangere Frauen, in Regimenter eingegliedert, und die Nation war wirksam durchorganisiert. Nxumalo gefiel die Ordnung, die das mit sich brachte, der genau geplante Ablauf des Lebens ohne die Möglichkeit einer zufälligen Abweichung. Ein Knabe wurde geboren, er hütete Vieh, mit elf Jahren bekam er einen Platz unter den Kadetten, eine Art Schulungsregiment, das Aufgaben für den König erledigte; mit vierzehn kam er ins Jugendregiment, brachte den Männern in der Schlacht Wasser und Verpflegung, mit neunzehn konnte er, wenn er Glück hatte, Mitglied eines angesehenen Regiments wie der *iziCwe* werden. Während der nächsten fünfundzwanzig Jahre wohnte er in ordentlichen Kasernen, reiste in ferne Teile des Landes, wo es Feinde gab, und wenn er sich als gehorsam erwies, würde schließlich die Zeit kommen, in der er heiraten konnte; er würde ein kurzes, glückliches Leben mit seiner Frau und den Kindern führen und dann ins Bataillon der Alten kommen, wo er anständig, ohne längeres Siechtum, sterben würde. So sollte das Leben eingeteilt sein, meinte Nxumalo, denn es half den Männern, weichliche Regungen zu vermeiden, und brachte eine disziplinierte, glückliche Nation hervor.

Nxumalo würdigte auch den Vorteil, der sich daraus ergab, daß junge Mädchen in ein eigenes Regiment eintraten. Nach einer schweren Schlacht, wenn die Krieger erschöpft waren, wurden diese Mädchen in das entsprechende Gebiet geschickt, die Sieger konnten sich drei oder vier Tage lang mit ihnen vergnügen und brauchten nicht über große Entfernungen zu den Krals zurückzukehren und Mädchen zu suchen. In späterer Zeit überraschte Nxumalo noch eine weitere Vereinfachung, die sich aus der Strategie des Königs ergab: Als sich einmal das *amaWombe*-Regiment besonders gut geschlagen hatte, belohnte es Chaka auf besondere Weise. Er ließ alle auf dem Paradeplatz aufmarschieren, dann ließ er eines der Mädchenregimenter kommen und verkündete: »Die Männer können die Frauen heiraten.« Und bis zum Einbruch der Nacht waren die Paare zusammengestellt und sechshundert neue Familien gegründet, ohne daß der Vormarsch der Armee unterbrochen wurde.

Bis 1823 hatte Chaka den Hauptteil seines Volkes konsolidiert, indem er in strenge Ordnung brachte, was früher ein Haufen streitender Häuptlingssippen gewesen war. Er war ein ausgezeichneter Regent, der begabten Angehörigen besiegter Stämme Stellungen von beträchtlicher Bedeutung anvertraute, und in Erinnerung an seine eigene unglückliche Zeit als Fremder unter den Langeni sorgte er dafür, daß sich die Neuankömmlinge völlig zu Hause fühlten, so daß sie nach wenigen Monaten bereits vergaßen, daß sie je etwas anderes gewesen waren als Zulu.

Nxumalo sah ein, daß eiserne Herrschaft vonnöten war, wenn aus einer solchen Vielfalt von Stämmen jemals eine einheitliche Nation werden sollte; es wurden brutale Bestrafungen akzeptiert, denn bei den schwarzen Stämmen fungierte der Häuptling als Vater des Volkes, und was ihm mißfiel, mißfiel auch seinen Kindern, die beinahe begierig nach Bestrafung verlangten. Chaka begann seine Regierung der Tradition gemäß. Seine Herrschaft war nicht blutiger als die seiner Vorgänger, aber als seine Autorität wuchs, geriet er, wie alle aufstrebenden Tyrannen, in Versuchung, seine Launen zum Gesetz des Landes zu erheben.

Darin wurde er durch ein merkwürdiges persönliches Motiv bestärkt: Er betrachtete alle Wahrsager und Zauberer mit Verachtung, denn obwohl er wußte, daß sie notwendig waren, wußte er auch, daß sie eine jämmerliche Gesellschaft waren. Je mehr er sie aber verunglimpfte, desto mehr war er versucht, ihre Macht an sich zu reißen. Er wurde sein eigener Wahrsager, und seine Umgebung lebte in ständiger Angst. Ein Nicken, während er sprach, ein Rülpser, ein unüberlegter Furz, und Chaka wies auf den Missetäter, den sein Henkerteam sofort erwürgte.

Nie aber war er in seiner ersten Zeit ein gefühlloser Tyrann. Er gab den Zulu eine fähige, großzügige Regierung. Er war besonders darauf bedacht, daß sein Volk über eine verläßliche Wasserversorgung und beständige Nahrungsquellen verfügte, und seine Viehhaltung war unübertroffen. Seine eigenen Herden zählten über zwanzigtausend Stück, und er brachte seine Liebe für sie auf verschiedene Arten zum Ausdruck. Als Zulu liebte er Vieh mehr als jeden anderen Besitz, denn er wußte, daß das Ansehen eines Mannes von der Zahl der Rinder abhing, die er hatte ansammeln können, und daß das Wohlergehen eines Volkes von der Sorgfalt abhing, mit der es sein Vieh schützte.

Seine Herden waren so groß, daß er sie nach ihrer Färbung trennen konnte, was nicht nur ästhetisch, sondern auch praktisch war, weil die Kuhhautschilde verschiedener Regimenter unterschieden werden konnten. Die *iziCwe* zum Beispiel trugen nur weiße Schilde mit schwarzen Beschlägen. Andere hatten schwarze Schilde, eine beliebte Farbe, oder braune oder rote, wobei Rot wenig Anklang fand, denn man glaubte, daß es Unglück brachte.

Er verwendete sehr große Sorgfalt auf die Auswahl der für Opfer bestimmten Tiere, denn von ihnen hing die geistige Sicherheit des Königreichs ab, ebenso wie auch seine eigene. Er fühlte sich niemals sicherer, als wenn er einer rituellen Schlachtung beiwohnte, wobei er sich bis auf die Haut auszog und in dem noch warmen Magenbrei eines frisch geschlachteten Stieres wusch. Diese dickliche Flüssigkeit, der Inhalt des Labmagens am Ende des Verdauungsprozesses, war lebenspendend, und sich durch ihn gereinigt zu fühlen war eine Zusicherung der Unsterblichkeit.
Noch wichtiger aber war das kostbare Säckchen, etwa kinderfaustgroß, das an der Leber des toten Tieres hing. Es war die Gallenblase, die die gelbe Flüssigkeit enthielt, die das Leben symbolisierte: Sie war herb wie der Geschmack des Todes, doch die Gallenblase, in der sie sich befand, hatte genau die gleiche Form wie die Gebärmutter, der das Leben entsprang. Sie war rätselhafterweise auch dem bienenstockförmigen Haus ähnlich, in dem der Mensch wohnte, und dem Grab, in dem er schließlich ruhte, so daß das ganze Leben in diesem magischen Anhängsel enthalten war. Sobald ihr bitterer Inhalt zur Einsegnung verspritzt worden war, wurde sie zu dünnem Leder getrocknet, aufgeblasen und in dem verfilzten Haar von Medizinmännern getragen.
Chaka benahm sich überaus liebevoll seiner Mutter gegenüber, der er die Aufsicht über die Krals übertrug, in denen er seine Frauen hielt, und durch ihre Umsicht wurde er auf Thetiwe aufmerksam, die Vizekommandantin eines seiner Frauenregimenter.
Der »Weibliche Elefant« wurde allmählich alt, und Chaka war entsetzt über die Möglichkeit, daß sie sterben könnte; deshalb sorgte er liebevoll für sie. Eines Tages flog ihr etwas ins Auge und sie konnte es nicht entfernen; da begann sie so laut zu jammern, daß Boten nach dem König ausgesandt wurden. Als er sie so verzweifelt fand, ließ er alle seine Kräutersammler kommen, doch noch bevor sie eintrafen, wurde Thetiwe, deren Regiment in der Nähe untergebracht war, in die Hütte der Königin geholt; und mit der Geschicklichkeit, die sie bei so vielen Gelegenheiten bewies, zog sie die Dornenspitze heraus, die die Königin gequält hatte. Nandi war entzückt und sagte zu ihrem Sohn: »Das ist eine großartige Frau. So viele Jahre warte ich darauf, daß du mir einen Enkel schenkst. Das ist die richtige Frau dafür.«
Als Chaka seine junge Kommandantin beobachtete, erkannte er rasch, daß seine Mutter recht hatte, und das erschreckte ihn, denn er wollte keine Hauptfrau und auch keine Kinder. In beiden Punkten waren seine Ansichten klar und genau. Wenn ein König seinen Weg machte, konnte er so viele Frauen haben, wie er wollte: Chaka hatte jetzt zwölfhundert. Und mit ihnen konnte er so viele Kinder haben, als er zu zeugen fähig war. Manche Häuptlinge hatten sechzig Kinder und mehr. Aber nichts davon fiel ins Gewicht; Frauen, die früh Mütter wurden, hatten keinen besonderen Rang, denn bei den Zulu gab es kein Erstgeburtsrecht.
Ein vorsichtiger König wartete, bis seine Herrschaft sicher gefestigt war;

dann suchte er sorgfältig eine junge Frau von erwiesener Beständigkeit aus einer Familie, die ihn in schwierigen Zeiten unterstützen konnte. Sie wurde seine Hauptfrau, von allen anderen anerkannt, und ihre Söhne wurden die Erben des Königreichs. Und von dort kam die Gefahr, denn im Zululand töteten Prinzen die Könige.

Sobald der »Weibliche Elefant« verkündete, daß sie Thetiwe zu seiner Hauptfrau erkoren hatte, verneigte sich Chaka, verließ den Kral seiner Mutter und ließ Nxumalo rufen: »Hast du mir nicht erzählt, daß dir das Mädchen Thetiwe vom Frauenregiment gefällt?«

»Jawohl.«

»Du wirst sie heute nachmittag heiraten.«

»Mächtiger Löwe, ich besitze nicht genug Rinder, um für eine solche Frau *lobola* zu bezahlen.«

»Ich schenke dir dreihundert Stück.«

»Aber ihre Familie...«

»Ich werde ihrer Familie befehlen, einzuwilligen. Sofort!«

Es wurden unverzüglich hastige Vorbereitungen getroffen, und ehe der »Weibliche Elefant« protestieren konnte, wurde die Hochzeit veranstaltet. Der König selbst vollzog die Trauungszeremonie, und als die Medizinmänner ihre verfilzten Locken geschüttelt und mit ihren getrockneten Gallenblasen gerasselt hatten, wurden Segenssprüche aufgesagt, und das überraschte Paar war verheiratet. Dann wurden sie, um sie Nandis Zorn zu entziehen, nach Norden geschickt, um eine Verhandlung zu führen, die für ihren künftigen Lebenslauf entscheidend sein sollte.

Ihr Opfer war Mzilikazi vom Stamm der Kumalo, ein außergewöhnlicher junger Kommandeur, der jetzt schon, im jugendlichen Alter von siebenundzwanzig Jahren, Anzeichen dafür erkennen ließ, daß er Chaka herausfordern wollte. Er hatte sich geweigert, Chaka dreitausend bei seinen Beutezügen gefangene Rinder zu schicken, und hatte schon zweimal Abgesandte abgewiesen, die sie holen sollten. Nun kamen Nxumalo und Thetiwe, ausgerüstet mit Vollmachten und mit hundert Kriegern, um die Rinder mitzunehmen.

Sie fanden Mzilikazi in seinem anspruchslosen Kral in den nördlichen Wäldern, und als sie ihn sahen, konnten sie einfach nicht glauben, daß dieser zurückhaltende, im Flüsterton sprechende junge Krieger es wagte, sich mit dem König der Zulu zu verfeinden. Das war aber der Fall. Der junge Führer verbeugte sich unterwürfig und bot seinen Gästen jede Gastfreundschaft, aber kein Vieh. Wann immer Nxumalo die Frage der Rinder anschnitt – »Der Löwe wird ungeduldig, Mzilikazi, und er will essen« –, lächelte der junge Führer, zwinkerte und tat nichts.

Sie blieben zwei Wochen bei ihm, und je mehr sie sahen, desto mehr waren sie beeindruckt. Eines Abends sprach Nxumalo, bevor er sich zurückzog, eine endgültige Drohung aus: »Wenn wir die Rinder nicht mit nach Hause bringen, Mzilikazi, werden die Regimenter in den Norden kommen«, und als er am nächsten Morgen erwachte, mußte er feststellen, daß alle seine

Männer von den Kriegern des Kommandeurs umzingelt und aktionsunfähig gemacht worden waren.
Mzilikazi herrschte klug und mit einem Mindestmaß an Leidenschaft. Er behandelte seine Untertanen so rücksichtsvoll, daß er keine Henker brauchte, um seinen Willen durchzusetzen. Er erlaubte nicht, daß sein Vieh mit Nashornpeitschen traktiert wurde; es mußte geschmeidiges Schilfrohr vom Fluß verwendet werden. Er war in allem sanft: in Sprache, Bewegung, dem Erteilen von Befehlen, seiner Art, sich zu kleiden, seiner Liebe für Gesang. Er war so völlig anders als Chaka, daß Nxumalo, wann immer er ihn ansah, dachte: Wie angenehm wäre es für einen Krieger, im Gefolge dieses edlen Mannes zu dienen.
Aber schließlich kehrten Nxumalo und Thetiwe ohne eine einzige Kuh heim. Bei dem letzten Treffen sagte Mzilikazi auf seine sanfte Art: »Sagt Chaka, er soll seine Kräfte nicht vergeuden, indem er um die Rinder schickt. Sie werden niemals freigegeben werden.«
Nxumalo wußte, daß er einer solchen Anmaßung Widerstand leisten mußte, sagte aber, ohne die Stimme zu erheben: »Dann mußt du hohe Dornenzäune errichten, um sie zu schützen.«
Mzilikazi antwortete: »Die Liebe meines Volkes ist mein Dornenzaun.«
Als Chaka von dieser Frechheit hörte, befahl er seinen Regimentern, sich zu sammeln, und eine Woche später marschierte Nxumalo an der Spitze seiner *iziCwe* wieder zu Mzilikazis Krals. Die Belagerung war kurz – und blutig, aber der jugendliche General mit der sanften Art entkam in eine Richtung, die ihm Sicherheit bot und die nicht ermittelt werden konnte.

Nun offenbarten sich die günstigen Auswirkungen von Chakas Regierungsstil. Ein Gebiet, das größer war als so mancher europäische Staat und jahrhundertelang von kleinlicher Anarchie zerfressen worden war, wurde zu einer geordneten, wohlhabenden Einheit. Die zweihundert Stammesinteressen, die früher jede vernünftige Aktion unmöglich gemacht hatten, waren nun zu einem einzigen verschmolzen, und Familien, die vor zwei Jahrzehnten das Wort Zulu nicht einmal gekannt hatten, bezeichneten sich nun stolz als solche. Jeder neue Sieg Chakas brachte ihnen einen Anteil an seinem Ruhm, und das, was als kleiner Stamm von dreizehnhundert Zulu begonnen hatte, verwandelte sich durch sein Genie in ein mächtiges Volk von einer halben Million.
Im Land herrschte Ordnung, und sogar den letzten, die zur Sache der Zulu übergetreten waren, stand jede Karriere offen. Ein Junge vom Stamm der Sixolobo, der mit vierzehn in ein Zuluregiment eintrat, hatte die gleiche Chance, dessen Kommandeur zu werden, wie ein Sohn aus einer angesehenen Zulufamilie. Er war praktisch mit fünfzehn, wenn er ein Jahr der Ausbildung hinter sich hatte, ein Zulu, und nie wieder nannte ihn jemand einen Sixolobo. Dieses Bürgerrecht war überdies nicht den jungen Leuten vorbehalten; die Eltern dieses Jungen konnten zu Chaka kommen und ebenso wie jeder andere Gerechtigkeit verlangen, und seine Schwestern konnten als

Ehefrauen von Männern, die von Geburt an Zulu waren, in die Krals kommen.
Es herrschte auch Frieden, und die zentral gelegenen Krals des Umfolozi blieben jahrelang von Überfällen verschont, so daß Chakas Name in seinem ganzen Reich verehrt wurde. Seine Untertanen begrüßten ihn mit Beifallsrufen, wenn er erschien, erwarteten seine Befehle und waren zufrieden über die Vorteile, die er ihnen brachte.
Nxumalo zum Beispiel hatte eine Menge von Gründen, warum er seinen mächtigen Freund liebte. Er hatte bereits als General des besten Regiments und als Bevollmächtigter bei Friedensverhandlungen mit entlegenen Stämmen gedient. Im Jahr 1826 lieferte Chaka weitere Beweise für seine Zuneigung zu dem Mann, der ihm so tapfer diente.
»Nxumalo, du mußt in meinen Kral kommen«, sagte der König, und als sie das heilige Gebiet erreichten, erwarteten sie zwei schöne Zulumädchen. »Das sind deine Bräute«, sagte Chaka und ließ die beiden siebzehnjährigen Mädchen vortreten.
»Diesmal, Mächtiger Löwe, besitze ich die Rinder, um für sie zu bezahlen.«
»Ihre Eltern haben ihr *lobola* bereits erhalten – von mir.«
»Ich bin dir überaus dankbar.« Was Chaka getan hatte, war sehr rücksichtsvoll, denn ein Ehemann durfte sich nach Zulubrauch seiner ersten Frau nicht nähern, solange sie schwanger war oder ein Baby stillte, und da sie es stillte, bis das Kind viereinhalb Jahre alt war, bedeutete das, daß der Mann etwa fünf Jahre lang enthaltsam lebte. Das Problem wurde gelöst, indem der Mann das Recht hatte, mehrere Frauen zu nehmen, immer vorausgesetzt, daß er sie mit Rindern bezahlen konnte, denn so wurde eine Frau nach der anderen schwanger und durch eine andere ersetzt; einer der üblichen Witze in Zuluregimentern handelte von dem leidenschaftlichen Kommandeur, der sieben Frauen besaß, die alle gleichzeitig schwanger waren. »Er könnte genauso unverheiratet sein.« Da Thetiwe nun ein Baby hatte, war es günstig für sie, daß Nxumalo zusätzliche Frauen nahm. Nxumalo seinerseits wurde seinem König noch stärker verpflichtet.
Aber Nxumalos Glück begann auf wunderbar unmerkliche und ausgleichende Art in Nachteile für ihn umzuschlagen, denn eine alte schwarze Tradition war abgeändert worden, so daß eine kluge Strategie für die Nivellierung der Gesellschaft und die Beseitigung jedes Emporkömmlings existierte, dessen Beliebtheit und Macht beginnen konnte, die des Königs zu bedrohen. Das war die Aufspürzeremonie, das Ausriechen; wenn Hexensucher durch die Menge liefen, identifizierten sie jene subversiven Elemente, deren Beseitigung den Stamm reinigen würde.
Während die Hexensucher mit ihren Gallenblasen, Schlangenskeletten und Gnuschwänzen durch die Versammlung jagten, gab die Menge einen leise vibrierenden Laut von sich. Wenn sich die Sucher jemandem näherten, der mit allgemeiner Zustimmung aus der Gesellschaft entfernt werden sollte, verstärkte sich das Summen zu einem hörbaren Gebrüll, das den Suchern zusicherte, daß der Tod dieses Mannes willkommen sein würde. Auf diese

Weise reinigte sich die Zulugesellschaft selbst. Sie zeigte auf subtile Art und Weise die allgemein übereinstimmende Meinung an, die unverzüglich in die Tat umgesetzt wurde, denn sobald die Hexensucher einen Mann bezeichneten, indem sie mit ihren Gnuschwänzen vor seinem Gesicht herumfuchtelten, wurde er gepackt, vornüber gebeugt und mit vier Bambusspießen getötet. Während Nxumalo neue Beweise für die Gunst des Königs erhielt, wurde ihm klar, daß er in die Gefahrenzone geriet, in der die Hexensucher nach rätselhaftem Ratschluß zu der Ansicht gelangen konnten, die Zulu hätten von ihm so ziemlich genug. Es waren bereits Gerüchte im Umlauf: »Nxumalo? Er kam von irgendwo her. Schmiedete Komplotte gegen bessere Männer, um die Führung der *iziCwe* zu erhalten. Hat bei seiner Mission zu Mzilikazi versagt. Besitzt jetzt mehr Vieh, als ein Mann sich erträumen kann. Nxumalo fliegt zu hoch, so wie der weiße Storch.« Deshalb begann er nun zu schwitzen, wann immer die Zulu zur nächsten Aufspürzeremonie zusammengerufen wurden, weil er wie ein alter Philosoph die Vergänglichkeit des menschlichen Ruhms erkannte.

Trotz dieser wachsenden Gefahr wurde er von den Zulu gebraucht, denn obwohl Chakas System so gut wie vollkommen war, enthielt es eine selbstzerstörerische Schwäche: Wenn ein Volk völlig auf Kriegführung eingestellt ist, muß es dafür sorgen, daß es immer wieder irgendwo Krieg gibt; und wenn unaufhörliches Kriegführen die Regel ist, dann sind verläßliche Anführer wie Nxumalo unbedingt notwendig. Jede Verbesserung, die Chaka einführte, zwang ihn, Gegner zu suchen, gegen die er sie erproben konnte, denn er wagte es nicht, seiner Kriegsmaschine Ruhe zu gönnen. Sie mußte untergebracht und verpflegt und mit Assagais mit Eisenspitzen bewaffnet werden. Ganze Gemeinden taten nichts anderes als Eisen schmieden; andere verbrachten ihr Leben mit der Herstellung von Assagaischäften aus Stinkholz.

Wie die römischen Kaiser ihre Legionen an die fernen Grenzen ihres Reiches auf der Suche nach neuen Feinden gesandt hatten, schickte daher Chaka seine Regimenter in ferne Täler, wo Stämme, die keine Vergehen begangen hatten, plötzlich umzingelt wurden. Und weil Zulukrieger ständige Übung mit ihren Stoßassagais brauchten, machten sie wenig Gefangene, brachten aber viele Rinder und Frauen mit. Das erhöhte den Reichtum der Sieger, nicht aber die Stabilität ihres Gemeinwesens. Viele Männer entdeckten, daß sie, indem sie immer mehr Vieh und Frauen erwarben, sich auch die Feindschaft ihrer Freunde einhandelten. So mancher wohlhabende Zulu, der von den Hexensuchern bezeichnet wurde, fragte sich, während er unter den fürchterlichen Spießen starb, wie es dazu kommen konnte. Krieg brachte die Männer nach oben, aber das Summen der Bevölkerung zog sie wieder nach unten.

Im Jahr 1826, als Hilary und Emma Saltwood nach Salisbury kamen, um seine Mutter zu besuchen, wurde sich Chaka deutlich bewußt, daß auch er diesem gewaltigen, unpersönlichen Prozeß von Fortschritt und Niedergang unterworfen war. Er fürchtete sich nicht vor den Wahrsagern, denn sie waren sein Werkzeug. Er gab durch subtile Andeutungen zu erkennen, wen er beseitigt sehen wollte, damit die Führung des Königreichs immer in den gleichen Händen blieb, ohne daß plötzlich neue Köpfe über der Menge auftauchten. Was ihn und alle Männer bedrohte, war das unerbittliche Vorrükken der Zeit, der Verlust eines Zahnes dann und wann, der Tod eines Onkels, das traurige Dahinschwinden des menschlichen Lebens. Die Wahrsager waren die Feinde Nxumalos, die Zeit war der Feind Chakas.

Inzwischen hatten sich einige mutige britische Händler an der Küste südlich vom Zululand niedergelassen, und unter ihnen befand sich ein verwegener Ire von gewinnender Art namens Henry Francis Fynn, ein Mann, dessen persönlicher Mut ebenso groß war wie seine unerhörte Klugheit. Er machte Chaka mit der westlichen Lebensweise bekannt, informierte ihn über die Macht des englischen Königs und behandelte die kranken Stammesmitglieder in den Krals. Die ungewöhnlichen Einzelheiten der letzten Jahre Chakas wären der Welt vielleicht nie bekanntgeworden, hätte es nicht Fynns Erinnerungen gegeben und das farbige Tagebuch eines phantasievollen Achtzehnjährigen namens Nathaniel Isaacs, der gleichfalls in dieser Gegend gelandet war.

Niemand wird je erfahren, was in den Köpfen dieser Händler wirklich vorging, als sie Bräuche und alte Traditionen beobachteten, die ihnen so völlig fremd waren; die Reaktion, an die sie sich erinnerten, war aber eindeutig, und sie zeichneten in ihren Schriften das Porträt Chakas, des Ungeheuers, das von unbezähmbarer Mordlust beseelt war:

> Seine Augen leuchteten vor Vergnügen, sein eisernes Herz frohlockte, seine ganze Gestalt schien einen freudigen Impuls zu verspüren, wenn er das Blut unschuldiger Geschöpfe zu seinen Füßen fließen sah. Seine Hände griffen zu, seine herkulisch muskulösen Glieder drückten durch ihre Bewegung den Wunsch aus, bei der Hinrichtung der Opfer seiner Rache mitzuhelfen. Er schien ein Wesen von menschlicher Gestalt zu sein, das über mehr als nur die physischen Fähigkeiten eines Menschen verfügte: ein Riese ohne Vernunft, ein Ungeheuer mit mehr als der üblichen Macht und der Neigung zur Grausamkeit, vor dem wir so zurückschrecken wie vor dem Zischen der Schlange oder dem Brüllen des Löwen.

Obwohl sie solchem Greuel gegenüberstanden, blieben Fynn, Isaacs und die anderen Europäer, die sich ihnen anschlossen, über vier Jahre unversehrt in Chakas Gebiet, bemühten sich verzweifelt, Geld zu verdienen, und rechneten ständig damit, daß das britische Kolonialministerium sie retten würde.

Während Fynn und Isaacs über Chakas Morde entsetzt waren, war er erschrocken, als er hörte, daß die Engländer ihre Übeltäter ins Gefängnis sperrten: »Nichts könnte grausamer sein, als einen Menschen leiden zu lassen, wenn ein rascher Hieb ihn für immer befreien kann.«

Aber Fynn war ein geschickter Mann, der jede Gelegenheit wahrnahm, um vom Zuluherrscher gelobt zu werden, und nachdem er den Mann studiert hatte, hatte er eine glänzende Idee: Er versprach Chaka eine Flüssigkeit, die das Grauwerden des Haares verhinderte.
»Ja«, sagte Fynn, »du reibst diese magische Flüssigkeit in dein Haar, und es wird nie weiß.«
»Unsterblichkeit!« rief Chaka und verlangte zu wissen, wie dieses Elixier hieß.
»Rowlands Makassaröl«, sagte Fynn.
»Hast du etwas hier?«
»Nein, aber in einem Jahr, wenn das Handelsschiff einläuft...«
Es war ein Jahr der Unruhe. Chaka schickte Boten in alle Teile seines Reiches, um zu erfahren, ob jemand Rowlands Makassaröl besaß, und sein tragischer Gesichtsausdruck, als keines gefunden wurde, machte Nxumalo auf den verwirrten Gemütszustand des Königs aufmerksam: »Wenn ich noch zwanzig Jahre leben könnte... oder vierzig... ich könnte das ganze Land, das es gibt, unter meine Herrschaft bringen. Nxumalo, wir müssen das Öl finden, das einen Mann davor bewahrt, alt zu werden.«
»Glaubst du wirklich, daß es so etwas gibt?«
»Ja. Die Weißen kennen es. Deshalb haben sie Gewehre und Pferde. Das Öl!«
Als das Öl nicht eintraf und sich die grauen Haare vervielfachten, mußte Chaka sich mit dem Problem eines Nachfolgers befassen. Er war erst vierzig, der Tod war noch weit entfernt, aber wie er zu Nxumalo sagte: »Sieh meine Mutter an, wie sie altert. Ich will das Öl nicht für mich. Ich will ihr Leben retten.«
»Sie ist alt«, antwortete Nxumalo in der Hoffnung, den König auf den möglichen Tod seiner Mutter vorzubereiten, aber Chaka wollte solche Worte nicht hören.
In fürchterlicher Wut schrie er seinen Berater an: »Geh – fort von mir! Du hast gegen den ›Weiblichen Elefanten‹ gesprochen! Ich bringe dich mit meinen eigenen Händen um!«
Aber zwei Tage später wurde Nxumalo wieder geholt: »Teurer Freund, kein Mensch kann ewig herrschen.« Während Chaka diese bitteren Worte aussprach, füllten sich seine Augen mit Tränen und seine Schultern hoben und senkten sich, bis er sich schließlich so weit faßte, daß er sagte: »Wenn du und ich noch zwanzig Jahre leben könnten, würden wir allen Ländern Ordnung bringen. Wir würden sogar die Xhosa auf unsere Seite ziehen.« Mit tiefem Bedauern schüttelte er den Kopf, dann bat er: »Nxumalo, du mußt wieder nach Norden gehen. Finde Mzilikazi.«
»Mein König, ich habe deinen Haß auf diesen Verräter gesehen, der deine Rinder gestohlen hat.«
»Es ist so, Nxumalo, aber du wirst zehn Mann nehmen und ihn finden. Bring ihn zu mir. Denn wenn er den Norden beherrscht und ich den Süden, können wir zusammen dieses Land vor Fremden schützen.«

»Welchen Fremden?«
»Es werden immer Fremde kommen«, sagte Chaka.
Nxumalos geheime Mission erforderte eine lange Reise in Gebiete, die kein Zulu je betreten hatte, aber die arg mitgenommenen Stämme, die im Kielwasser des fliehenden Kumalokommandeurs zitterten, wiesen ihnen den Weg zu Mzilikazi, und am Ende einer höchst ermüdenden Reise fanden sie den Kral, in dem kein Regimentskommandeur wartete, sondern ein selbsternannter König.
»König wovon?« fragte Nxumalo.
»König-von-allem-was-er-sieht. Genügt das nicht?«
Nxumalo blickte auf die noch immer von den Lidern beschatteten Augen, auf das noch gutaussehende, zart braune Gesicht, aber es war die Stimme, die ihn verfolgte – leise, flüsternd, äußerst sanft wie der Mann selbst: »Warum sollte Chaka mich, einen Feind, in seinen Kral einladen?«
»Weil er dich braucht. Er weiß, daß du der größte König im Norden bist, so wie er im Süden.«
»Wenn ich hier bleibe, bin ich sicher. Wenn ich dorthin gehe..« Er deutete einen Assagai in seiner Seite an.
»Nein, Chaka braucht dich.«
»Aber ich hasse Kampf. Ich will nicht mehr töten.« Die seidige Stimme sprach mit solcher Intensität, daß Nxumalo ihm glauben mußte, und nach sechs Verhandlungstagen stand fest, daß Mzilikazi, ein ebenso fähiger König wie Chaka, seine Kräfte nicht mit denen der Zulu vereinen würde.
»Diesmal gibt es keine Drohungen von meiner Seite, Mzilikazi«, sagte Nxumalo.
»Freunde drohen einander nicht. Aber weil ich weiß, daß du auf meine Argumente hörst, habe ich ein Geschenk für dich. Schau!« Und als die Löwenfelle, die den Kral schmückten – ein Luxus, den Chaka nie gestattet hätte –, sich teilten, stand ein geschmeidiges zwanzigjähriges Mädchen bereit, um Nxumalo als Geschenk zu begleiten.
»Chaka wird glauben, du hast mir das Mädchen geschenkt, weil ich nicht eifrig mit dir verhandelt habe.«
»Chaka wußte, daß ich mich den Zulu nicht anschließen werde. Er wird das Geschenk verstehen«, antwortete Mzilikazi, und während Nxumalo neben dem hübschen Mädchen stand, musterte er diesen merkwürdigen König, der von dem seinen so verschieden war. Chaka war hochgewachsen, eisenhart und mager, Mzilikazi schien dick und schlaff zu werden. Wenn Chaka sprach, schien sich die Erde in Gehorsam zu ducken, aber Mzilikazi lächelte viel öfter, als er die Stirn runzelte, und erhob seine Stimme nie im Zorn. Außerdem war Chaka ein ausgezeichneter, aber jähzorniger Mann, sogar seinen Freunden gegenüber etwas zurückhaltend, während Mzilikazi zu allen frei und offen sprach. Er war viel zu klug, um sich von dem großen König der Zulu in eine Falle locken zu lassen, und sagte Nxumalo, als dieser sich mit seiner vierten Braut, Nonsizi, auf den Weg nach Süden machte: »Wir werden einander nicht wiedersehen, Nxumalo. Aber du wirst mir immer

als ein Mann mit gutem Herzen in Erinnerung bleiben. Sage Chaka, daß die Gespräche beendet sind. Ich werde mich seinem Einflußbereich entziehen.«

Der dickliche König hatte recht. Nxumalo sah ihn nie wieder, erinnerte sich seiner aber oft und mit freundlichen Gefühlen, denn er flößte Respekt ein. Wie Nxumalo zu seiner neuen Braut sagte: »Ich kann es nicht verstehen. Mzilikazi und sein Volk haben angefangen wie eine Räuberbande auf der Flucht. Und jetzt baut er ein Königreich auf.« Von den Stämmen, mit denen Mzilikazis Anhänger auf ihren wilden Wanderungen in Berührung kamen, wurden sie die Flüchtlinge – die Matabele – genannt, und unter diesem Namen waren sie Generationen lang berühmt als das Volk, das Chaka von den Zulu überlistet hatte.

Als Nxumalo im Frühjahr 1827 den Umfolozi überquerte, fand er die Zulu angespannt und ängstlich vor, denn der »Weibliche Elefant« war erkrankt, und Chaka schickte Boten in alle Teile seines Königreichs, um zu erfahren, ob jemand eine Flasche von Rowlands Makassaröl gefunden habe, das ihr Haar dunkel machen und ihr Leben verlängern würde. Ein Mitglied von Nxumalos Kral sah den Herrn mit einer neuen Frau zurückkehren, eilte zu ihm und warnte ihn: »Drei Boten, die ohne das Öl zurückkamen, wurden erwürgt. Wenn du sagst, du hast keines, wirst du vielleicht getötet werden. Sag ihm also gleich, du hättest von einer Quelle im Norden gehört.«

»Hab' ich aber nicht.«

»Nxumalo, wenn der ›Weibliche Elefant‹ stirbt, werden wir alle in großer Gefahr sein.«

»Aber warum soll ich ihn belügen? Er wird bald die Wahrheit erfahren.«

Die Frage wurde durch den bekümmerten König gelöst; er fragte nicht nach Fynns magischer Flüssigkeit. Er wollte nur Neuigkeiten über Mzilikazi.

»Er ist geflohen«, sagte Nxumalo schlicht. »Er fürchtete dich als König und wußte, daß er in der Schlacht gegen dich nicht standhalten kann.«

»Ich wollte nicht mit ihm kämpfen, Nxumalo. Ich wollte ihn als Verbündeten gewinnen.«

Er wollte noch viel mehr sagen, denn da die Erkrankung seiner Mutter ihn an seine eigene Sterblichkeit erinnerte, stand das Problem der Thronfolge für ihn an allererster Stelle. Am Nachmittag wurde all das jedoch unwesentlich, als ein zitternder Bote mit der schrecklichen Nachricht kam: »Der ›Weibliche Elefant‹ ist gestorben.«

»Meine Mutter? Tot?«

Chaka zog sich in seine Hütte zurück, und als er eine Stunde später herauskam, trug er seine Schlachtkleidung. Die Runde seiner Generäle und Ältesten des Volkes beobachtete ihn unruhig, aber er ließ kein Anzeichen des gewaltigen Schmerzes erkennen, der in seinem Inneren tobte. Eine halbe Stunde lang lehnte der große Führer seinen Kopf ruhig an seinen Ochsenhautschild, den Blick unverwandt auf den Boden gerichtet, so daß seine Tränen in den Staub fielen. Schließlich blickte er empor und stieß einen durch-

dringenden Schrei aus, als hätte er eine tödliche Wunde empfangen. Dieser Schrei sollte bis in die fernsten Winkel seines Reiches hallen.
Er ging, gefolgt von Nxumalo und drei Generälen, zum Kral seiner Mutter, und als er ihre Leiche erblickte, befahl er mit einer Armbewegung, alle Dienerinnen für ihre letzte Reise bereitzumachen: »Ihr hättet sie retten können, habt es aber nicht getan.«
Als Nxumalo sah, daß seine geliebte Frau Thetiwe sich unter den von den Keulenträgern gefesselten Frauen befand, rief er: »Mächtiger König! Nimm mir nicht meine Frau!« Aber Chaka blickte ihn nur an, als wäre er ein Fremder.
»Sie hätten sie retten können«, murmelte er.
»Erbarmen, Gefährte-in-den-Schlachten!«
Mit kraftvoller Hand packte Chaka seinen Ratgeber an der Kehle: »Deine Frau hat das Auge meiner Mutter geheilt. Warum konnte sie sie jetzt nicht retten?« Und Nxumalo mußte schweigend zusehen, wie die liebliche Thetiwe fortgeschleppt wurde. Sie würde mit neun anderen Nandis Grab teilen, aber erst nachdem ihr alle Knochen im Körper so gebrochen worden waren, daß ihre Haut unversehrt blieb, denn der »Weibliche Elefant« verlangte Vollkommenheit in seiner dunklen Ruhestätte.
Nun verbreitete sich entlang der Flußufer die Nachricht, daß Chakas Mutter tot war, und die Zulu kamen, beinahe als würden sie von unsichtbaren Kräften getrieben, um sie zu betrauern. Wehklagen erschütterte die Luft und Jammern erfüllte die Täler. Menschen warfen ihren Perlenschmuck weg, zerrissen ihre Kleider und blickten jeden scheel an, dessen Augen nicht von Tränen überquollen. Die Welt litt Qualen.
Während des restlichen Tages und der ganzen Nacht gingen die Klagen weiter, bis die Erde selbst unter Schmerzen zu leiden schien. Einige Männer waren wie versteinert. Andere wiederholten mit zum Himmel gerichteten Gesichtern immer wieder den schrillen Klagegesang, und wieder andere streuten, unaufhörlich schreiend, Staub über sich.
Am nächsten Mittag, dem 11. Oktober 1827, begann das Entsetzliche. Man erfuhr nie genau, wie es begonnen hatte, aber anscheinend starrte ein von Durst und Schlafmangel irre gewordener Mann seinen Nachbarn an und brüllte: »Seht ihn an! Er weint nicht!« Und der Gleichgültige wurde blitzschnell in Stücke gerissen.
Ein Mann, der nieste, wurde der Mißachtung der großen Mutter beschuldigt und erschlagen. Eine Frau hustete zweimal und wurde von ihren eigenen Freunden erwürgt.
Der Irrsinn breitete sich aus, und wer immer sich irgendwie auffällig benahm, wurde vom Pöbel umgebracht. Eine Frau, die aussah wie die alte Nandi, wurde beschuldigt, ihren Gesichtsausdruck gestohlen zu haben, und erschlagen. Ein Mann stöhnte in seinem Kummer, aber nicht laut genug, und wurde durch Keulenschläge getötet.
Während des ganzen langen Nachmittags heulten die bekümmerten Zulu immer weiter ihre Klagen und beobachteten die Nachbarn. Fünfhundert

starben in der Nähe der Hütte des »Weiblichen Elefanten«. Die Fußwege lagen voller Leichen, und als die Sonnenstrahlen des späten Nachmittags die toll gewordenen Gesichter beschienen, sahen Spione nach, ob die Augen voller Tränen standen, und wenn es nicht der Fall war, wurde der Besitzer erwürgt. »Er weinte nicht um die Mutter.« Bald lagen tausend Tote dort, dann wurden es viertausend.

Manche mußten sich aus Erschöpfung niedersetzen, und wenn sie das taten, wurden sie wegen mangelnder Verehrung erschlagen. Die Hitze des Tages ließ manche aus Wassermangel ohnmächtig werden, und sie wurden mit Assagais erstochen, während sie darniederlagen. Andere gingen zum Umfolozi, um zu trinken, und wurden, während sie sich niederbückten, erstochen. Zwei unglückliche alte Männer mit schwachen Nieren mußten urinieren und wurden wegen ihrer Respektlosigkeit mit Speeren durchbohrt.

Banden tobten durch das Gebiet und schauten in jeden Kral, ob jemand es versäumte, die tote Frau zu ehren, und wenn sie Unbotmäßige fanden, wurden ihre Hütten in Brand gesteckt und die Insassen bei lebendigem Leib verbrannt. Eine Mutter stillte ihr Kind, worauf die Menge brüllte: »Sie nährt es, während die große Mutter tot daliegt«, und beide wurden getötet.

Den ganzen Tag lang blieb Chaka im königlichen Kral, ohne von den Morden zu wissen, während er eine Prozession von Trauernden empfing, die ihn mit Gesängen zu Ehren des »Weiblichen Elefanten« zu trösten versuchten. Ihre Körper zitterten vor Fieber, sie fielen zu Boden und rissen an der Erde, und jeder brachte seinen aufrichtigen Schmerz zum Ausdruck, denn Nandi war wirklich die Mutter des Volkes gewesen. Jenseits des Krals hallten die Hügel von Schreien wider, und bei Sonnenuntergang erhob sich Chaka: »Es ist zu Ende. Die große Mutter hat ihre Kinder gehört.«

Als er den Kral verließ, sah er zum erstenmal das Ausmaß des Irrsinns, und während er über die blutbefleckte Erde schritt, murmelte er kaum zusammenhängend: »Es ist zu Ende.« Er befahl zwei Regimentern, den Massenmorden ein Ende zu bereiten, aber überall in der Umgebung zogen undisziplinierte Banden umher, die eigenmächtig handelten und jeden töteten, der nicht genügend Zerknirschung zeigte, sogar in entfernten Dörfern, wohin die Nachricht von Nandis Tod noch nicht gedrungen sein konnte. »Ihr hättet es wissen müssen«, schrien die Fanatiker, während sie ihre Assagais schwangen.

Die letzten drei Monate des Jahres 1827 nannten die Zulu »Chakas finstere Zeit«, und die Außenwelt hätte das Ausmaß der Tragödie nie erfahren, hätte nicht Henry Fynn am Nachmittag, an dem Nandi starb, Chaka besucht. Er berichtete später, daß er selbst siebentausend Tote gezählt habe, und er erhielt aus der weiteren Umgebung noch zusätzliche Berichte.

Als die erste Erregung vorbei war, führte Chaka das normale Verhalten bei nationaler Trauer ein, und Nandi erhielt die vollen Zeremonien eines großen Häuptlings zuerkannt: »Ein Jahr lang darf kein Mann eine Frau berühren, und wenn eine Frau schwanger wird, weil sie geschlechtlich verkehrte, als meine Mutter tot war, sollen sie, das Kind und ihr Mann erwürgt werden. Von allen Herden in diesem Königreich darf keine Milch getrunken werden; sie soll auf die Erde gegossen werden. Es soll kein Getreide angepflanzt werden. Ein Jahr lang wird ein Regiment ihr Grab bewachen, zwölftausend Mann in ständiger Bereitschaft.« Die anfängliche Hysterie wurde mit Gewalt zu absolutem Gehorsam umfunktioniert. Nun wurden weitere Menschen getötet, wenn sie Milch tranken oder miteinander schliefen.

Nach drei schrecklichen Monaten überzeugten die ihm am nächsten Stehenden Chaka davon, daß die Nation, an deren Entstehung er so eifrig gearbeitet hatte, durch diese Exzesse gefährdet war, und er hob alle Verbote auf, ausgenommen das der Schwangerschaft, denn er konnte das Bedürfnis nach Geschlechtsverkehr nie begreifen. Bei einer gewaltigen Zeremonie, die die »Finstere Zeit« beendete, wurde Hirten befohlen, ihre Rinder zu bringen, im ganzen hunderttausend Stück; ihr Brüllen sollte der letzte Gruß für den »Großen Weiblichen Elefanten« sein. Als sie versammelt waren, verlangte Chaka, daß vierzig der schönsten Kälber als Opfer dargebracht werden sollten, und als die kleinen Tiere vor ihm standen, wurden ihnen die Gallenblasen herausgerissen und man ließ sie sterben. »Weint! Weint!« schrie er. »Laßt auch die Tiere wissen, was Kummer ist.« Dann senkte er den Kopf, während der Inhalt der vierzig Gallenblasen über ihn gegossen wurde, der ihn endlich von den bösen Mächten reinigte, die den Tod seiner Mutter beschleunigt hatten.

Die Wahrsager und Zauberer, die eine Chance sahen, ihr Ansehen wiederherzustellen, nahmen den Tod Nandis zum Anlaß, um den König zu strafen: »Wir wissen, was ihren Tod verursacht hat, Mächtiger Löwe. An ihrer Hütte ging eine Katze vorbei.«

Chaka lauschte begierig, als die Wahrsager ihm enthüllten, welch finsteren Zauber die Frauen, die Katzen besaßen, ausgeübt hatten, und als die Anklage vollständig war, brüllte er: »Laßt alle Weiber mit Katzen suchen!« Als diese Frauen versammelt waren, einschließlich einer der Frauen Nxumalos, schrie er sie an und verlangte zu wissen, welche Gifte sie durch ihre Katzen ausgestreut hätten. Als die geängstigten und verwirrten Frauen – es waren dreihundertsechsundzwanzig – keine vernünftige Antwort geben konnten, befahl er, sie zu töten, und der Befehl wurde ausgeführt.

Eines Morgens nahm Chaka Nxumalo beiseite und suchte die Freundschaft wiederherzustellen, die er so dringend brauchte: »Es tut mir leid, mein treuer Berater, daß Thetiwe und die andere starben. Es mußte sein.« Als Nxumalo nickte, da er die Macht des Königs anerkannte, meinte Chaka: »Ich habe dir die Frauen geschenkt. Ich hatte das Recht, sie dir wegzunehmen.« Wieder stimmte Nxumalo zu, und Chaka sagte: »Ich wollte, daß die Welt sieht, wie sehr ein Sohn seine Mutter lieben kann.«

Diese Worte waren der Beginn der entscheidenden Tragödie, denn als der König Nxumalo versicherte, daß zwischen ihnen alles wieder in Ordnung sei, dachte letzterer nicht an seine Worte, sondern an einen freundlicheren König weit oben im Norden, bei dem er vielleicht Zuflucht finden konnte.

Chaka bemerkte seinen Mangel an Aufmerksamkeit, und damit begann seine Unzufriedenheit mit dem einzigen Mann, der ihn hätte retten können.
Wie das Schicksal es wollte, beschloß Chaka gerade in dem Moment, Nxumalo beiseite zu schieben, in dem er am meisten gebraucht wurde, denn die Zulu erkannten allmählich, daß das Wohlergehen ihrer neu geschaffenen Nation von einem Mann abhing, dessen Verhalten vernunftwidrig war; sie sahen auch, daß er keine Söhne hatte, daß es daher keine direkten Erben gab und daß das Königreich, wenn er bei einem seiner Anfälle starb, führerlos sein würde.
Die Umstände waren auch gegen ihn, denn während ihn der »Weibliche Elefant« zur Höhe der Macht gebracht hatte, war nun eine Frau von ebensolcher Entschlossenheit bereit, ihn zu vernichten. Mkabayi, die Schwester seines Vaters – ihr Name bedeutete Wildkatze, ein verhängnisvolles Omen –, hegte von dem Augenblick an glühenden Haß gegen Chaka, als er die Führungsrolle bei den Zulu übernommen hatte, und da sie nun die Verwirrung im Königreich sah, infizierte sie zwei von Chakas Halbbrüdern mit ihrem Gift. Dingan und Mhlangana trafen insgeheim mit ihr zusammen, und nach einigen vorsichtigen Sondierungsgesprächen erkannten sie, daß sie sich die Unterstützung eines militärischen Führers sichern mußten. Die Tatsache, daß Nxumalo zwei Frauen verloren hatte, die auf Chakas Befehl getötet worden waren, machte ihn zu einem aussichtsreichen Kandidaten. Die Brüder mußten sich ihm mit Vorsicht nähern, denn wenn er eine einzige Andeutung verriet, würde Chaka sie alle töten. Also fragte Dingan, ein schlauer, hinterhältiger Mann: »Nxumalo, hast du je daran gedacht, daß der König verrückt sein könnte?«
Er hatte eine solche Eröffnung schon lange erwartet, aber auch er mußte vorsichtig sein, denn er kannte die wahre Stimmung der Brüder nicht. »Du hast ihn ja bei der Bestrafung der Langeni gesehen«, sagte er. »Er vergaß, wer ich war.«
»Gib uns einen ehrlichen Rat. Wenn dem König etwas zustieße – ich meine seine schlechte Laune –, würden dann die *iziCwe* gewalttätig werden?«
»Meine Männer lieben ihren König.«
»Wurden ... zwei von deinen Frauen ... erschlagen?«
Die verschlagene Art, wie Dingan seine Fragen stellte, mißfiel Nxumalo und er antwortete wieder ausweichend: »Chaka schenkte mir drei Frauen. Er sagte, er habe ein Recht, sich zwei davon zurückzuholen.«
Die Brüder waren davon überzeugt, daß Nxumalo sich ihnen anschließen wollte, sie aber abwehrte, deshalb sagte Dingan ganz offen: »Du mußt wissen, daß du beim nächsten Treffen ausgerochen werden sollst.« Nxumalo blickte ihn ungläubig an, deshalb flüsterte Dingan: »Ein Hexensucher sagte zu mir: ›Dieser Nxumalo, zwei Frauen tot. Es muß ein Omen sein.‹ Deine Bambusspieße werden gehärtet. Bevor das Jahr zu Ende ist, wirst du schreiend am Baum hängen.«
Nxumalo interpretierte das richtig als Vorschlag, die Waffen gegen den Kö-

nig zu ergreifen, aber obwohl seine Treue zu dem Menschen Chaka allmählich nachließ, blieb sein anerzogener Gehorsam dem Königtum gegenüber bestehen und er konnte ihn nicht so schnell aufgeben, deshalb sagte er überaus kühn, wohl bewußt, daß die Brüder ihn vielleicht töten würden, um ihr Geheimnis zu bewahren: »Dingan, ich weiß, was ihr vorhabt. Und ich verstehe es. Mein Herz ist gebrochen durch das, was Chaka mir angetan hat, und ich hasse seinen Wahnsinn. Aber ich bin sein General und ich kann nicht...«
Es war ein schrecklicher Moment, und es standen Menschenleben auf dem Spiel. Aber die Brüder mußten es riskieren, denn um mit ihrer Verschwörung Erfolg zu haben, mußten sie diesen General für sich gewinnen: »Würdest du vergessen können, daß wir mit dir gesprochen haben?«
»Als Soldat kann ich nicht gegen meinen König handeln, aber ich weiß, daß er das Volk vernichtet. Ich werde schweigen.«
Als er fortging, lächelten die Brüder, denn sie waren sicher, daß Chaka wieder etwas Schändliches tun würde, das sogar Nxumalo abstoßen würde. Der König war dem Tod geweiht.

Chaka spürte, daß die Lage ihn zwang, seine Armee in Bewegung zu halten, daher rückte er in neue Gebiete vor, weiter südlich in Richtung zu den Xhosa, und zum erstenmal errangen seine Regimenter nur mäßige Erfolge. Er ließ mehr Krieger als je zuvor wegen Feigheit hinrichten. Er gestattete seinen Regimentern keine Ruhepause, sondern schickte sie fieberhaft in neue Gebiete im Norden, und hier kam es zu einer Katastrophe.
»Wo ist Nxumalo?« rief der König eines Nachmittags verzweifelt.
»Er ist bei seinem Regiment«, sagte ein Keulenträger.
»Nie ist er da, wenn ich ihn brauche. Und Fynn bringt mir das magische Öl nicht.« Er wimmerte fast. »Es gibt noch so viel Arbeit. Ich darf nicht sterben.«
Und die Henker jammerten: »Unsterblicher-Zerstampfer-des-Nashorns, Furchtloser-Schlächter-des-Leoparden, du wirst nie sterben.«
»Was ist der Tod?« fragte der gequälte König. »Und bevor ihr darauf antwortet, was ist das Leben?«
Vier Gefolgsleute, die gewohnt waren, bei allem, was er sagte, ernst zu nikken, wurden plötzlich von den Keulenträgern gepackt, zwei stellte man links, zwei rechts vom König auf. »Tötet diese«, sagte Chaka, und die beiden zu seiner Linken wurden erschlagen. »Sie sind tot«, sagte der König, »und diese sind am Leben. Sagt mir – was ist der Unterschied?« Und er betrachtete die schreckliche Szene drei Stunden und brütete vor sich hin.
Dann sprang er hoch in die Luft und schrie: »Holt mir die Weiber, die vor meinem Erlaß schwanger waren«, und es wurden über hundert Frauen in allen Stadien der Schwangerschaft vor ihn geschleppt. Er begann mit scharfen Messern ihre Bäuche aufzuschlitzen, um selbst zu sehen, wie das Leben sich entwickelte, und während er seine Studien an den letzten Frauen fortsetzte, lagen die ersten sterbend in einer Ecke.

Als sich die Nachricht von diesem abscheulichen Experiment durch die Männer, deren Frauen geholt worden waren, in den Krals verbreitete, triumphierte Dingan: »Jetzt haben wir Nxumalo auf unserer Seite!« Er ging mit seinem Bruder zu dem Kral, in dem sich Nxumalo befand, und sagte: »Chaka hat Nonsizi ergreifen lassen. Er wird sie entzwei schneiden.«
»Was?!« Wie ein Elefantenbulle, der durch die Bäume bricht, stürmte Nxumalo aus dem Kral, um das liebliche Mädchen zu retten, das Mzilikazi ihm geschenkt hatte, und als er entsetzt umherlief, sagte Dingan: »Dort drüben!« und zeigte auf Chakas Kral.
Nxumalo traf rechtzeitig ein, um zu sehen, wie die Keulenträger die hundertsechste Frau zu Chakas Tisch schleppten, und es war Nonsizi von den Matabele, wie Dingan gesagt hatte. »Chaka – sie ist meine Frau!« schrie er, aber der König zeigte mit einem ungeduldigen Kopfschütteln an, daß seine Helfer diesen Störenfried wegschaffen sollten.
»Chaka!« wiederholte Nxumalo. »Das ist Nonsizi, meine Frau.«
Der König blickte in einer Art Benommenheit auf, erkannte seinen General nicht und sagte: »Sie kann nicht deine Frau sein. Alle Weiber gehören mir.« Und während Nxumalo gefesselt wurde, schlitzte der König Nonsizis Leib auf. Dann ging er rasch zu den drei letzten Frauen über und rief: »Nun werde ich es wissen. Ich werde das Haaröl nicht brauchen!«
In diesem entsetzlichen, von Schreien erfüllten Augenblick verschwand jede Spur von Treue oder Gehorsam, und sobald Nxumalo sich befreien konnte, suchte er die Brüder auf und sagte: »Chaka muß getötet werden.«
»Wir wußten, daß du dich uns anschließen würdest«, antworteten die Brüder des Königs und brachten ihn zu ihrer Tante, Mkabayi der Wildkatze, die grimmig erklärte: »Wir müssen den Schlag gegen den Tyrannen unverzüglich führen.« Ihre Charakterstärke in Verbindung mit der Nxumalos besiegelte das Schicksal des Königs.
Hätte man die Planung Dingan überlassen, wäre Chaka vielleicht entkommen, denn als der durchtriebene Bursche erkannte, er würde den König vielleicht tatsächlich erdolchen müssen, wurde er schwankend, bis ihn Nxumalo eines Abends an den Schnüren packte, die er um den Hals trug, und flüsterte: »Wir werden ihn gemeinsam töten – wir drei. Er muß beseitigt werden.« Der einst Gehorsame hatte nur noch das Wohl der Zulu im Sinn.
Aber er mußte noch zwei schwere Prüfungen bestehen; in einer davon lag bittere Ironie. In einem Kral unweit des seinen hatte der König vierhundert von seinen Frauen untergebracht, darunter ein Mädchen namens Thandi, das kurze Zeit in einem Frauenregiment gedient hatte, bevor der König sie für seinen Harem auswählte. Nxumalo hatte sie einmal kennengelernt, als sie sich am Umfolozi ausruhte, und sie hatten einander zu den Freuden der Straße eingeladen; Thandi war es danach noch mehrmals gelungen, sich in der Nähe der *iziCwe* aufzuhalten, und sie waren in zwei Nächten das schreckliche Risiko eingegangen, wirklich miteinander zu schlafen, trotz der drohenden Gefahr, daß sie schwanger werden könnte.

Er fand sie so bezaubernd, so frisch in ihrem Wesen, daß er begann, Rinder zu sammeln, um ihre *lobola* zu bezahlen, als der König sie plötzlich für sich selbst auswählte. Seiner Gewohnheit getreu, kam Chaka selten in ihre Nähe. Er hatte während ihrer Ehejahre einmal einen Abend mit ihr geplaudert, wobei er sich seiner Heldentaten im Kampf rühmte. Aber obwohl sie aufmerksam zugehört und mehrmals gesagt hatte: »Wie tapfer mußt du gewesen sein!«, sah sie ihn nie wieder. Diese kurze Begegnung sollte für die übrigen fünfzig Jahre genügen, die sie im königlichen Kral verbringen würde.

Nun ließ sie über ihre Dienerinnen Nxumalo mitteilen, sie würde das Risiko jeder Todesart eingehen, wenn er bereit wäre, mit ihr zu fliehen, um ein weniger trostloses Dasein zu führen, und eines Abends, während Nxumalo über diese Angelegenheit nachdachte, fiel ihm ein, daß eine der schlimmsten Taten dieses Königs die Einkerkerung so vieler schöner Mädchen war. Er hielt sie in unfruchtbarer Sklaverei, bis ihre besten Jahre vergeudet waren. Nxumalo beschloß, nicht nur mit den anderen den König zu töten, sondern zugleich sein Leben dreifach in Gefahr zu bringen, indem er eine der Frauen des Königs stahl. Er entwarf im geheimen Pläne und hatte das Gefühl, daß sein Leben neu begänne, als Thandi mutig an den Zaun des Krals kam, um ihm zuzulächeln und so ihr Einverständnis zu zeigen.

Am nächsten Tag kam die schwerste Probe, denn der König ließ ihn plötzlich rufen, und als Nxumalo den Königskral betrat, kam ihm Chaka mit Tränen in den Augen entgegen und gestand: »Ach, Nxumalo! In meinem Zorn dachte ich daran, die Hexenriecher auf dich zu hetzen, aber jetzt erkenne ich, daß du mein einziger Freund bist. Ich brauche dich.«

Ehe Nxumalo antworten konnte, führte ihn der König an eine kühle Stelle und trank mit ihm einen Krug Bier. Dann ergriff er Nxumalos Hände und sagte: »Meine Brüder schmieden ein Komplott gegen mich.«

»Nicht wahrscheinlich.«

»Aber sie tun es. Ich träumte, ich sei tot. Es ist Dingan. Ich sehe ihn flüstern. Merk dir, was ich sage: Er ist kein Mann, dem man trauen kann.«

»Er ist von königlichem Geblüt. Er ist dein Bruder.«

»Aber kann ich ihm vertrauen?« Ohne auf eine Antwort zu warten, seufzte Chaka. »Ein Fluch liegt auf uns. Ich habe keinen Sohn. Niemanden, dem ich trauen kann. Ich werde alt, und noch immer kommt das magische Öl nicht.«

Nxumalo konnte für diesen Frauenschlächter keine Sympathie mehr aufbringen, und ihm fiel eine Antwort ein, die er jedoch nicht äußern konnte: Chaka, du hättest viele Söhne haben können. Wenn du vor neun Jahren Thetiwe genommen hättest, anstatt sie mir zu schenken, hättest du sechs Söhne haben können.

Wieder ergriff Chaka Nxumalos Hände. »Du bist der einzige ehrliche Mann in diesem Volk. Versprich mir, daß du mich beschützen wirst.«

Nxumalo blickte den niedergeschlagenen Mann nachdenklich und mitleidig an, diesen gewalttätigen Riesen, dessen Führerqualitäten durch Irrsinn be-

einträchtigt worden waren, und während er nach Worten suchte, die es ihm ermöglichen würden zu gehen, rief der König in tiefer Reue: »Ach, Nxumalo, es war unrecht von mir, deine Frauen zu töten. Verzeih mir, alter Freund. Ich habe sie alle getötet und nichts daraus gelernt.«
»Es ist dir verziehen«, sagte Nxumalo grimmig und verließ mit einer tiefen Verneigung den Königskral, schlug scheinbar den Weg zurück zu seinem Quartier ein, schlich aber dann zur Wildkatze, die ihren Neffen Anweisungen für den Mord gab. »Chaka kennt eure Absichten!« rief er. »Er wird euch bald töten.«
Dingan war, obwohl von königlichem Blut, kein Chaka. Es fehlte ihm an Mut und, wie der König gesagt hatte, man durfte ihm nicht trauen. »Was sollen wir tun?«
»Ihn unverzüglich erschlagen.«
»Jetzt?«
»Jetzt«, wiederholte Nxumalo.
Sie wollten bei Sonnenuntergang zuschlagen, wenn der König seine Keulenträger weggeschickt hatte. »Ich hole meinen Assagai«, sagte Nxumalo, und als er zu seinem Kral ging, wurde ihm klar, daß Dingan den Plan so geändert hatte, daß die Wache nur ihn, Nxumalo, sehen würde. Das bedeutete, daß man ihn der tobenden Menge vorwerfen konnte, weil er ein gewöhnlicher Untertan war. »So geht das nicht, Dingan«, murmelte er und ging zum Frauenkral, wo Thandi auf sein Zeichen wartete. Er erklärte ihr, daß sie innerhalb der nächsten Stunde versuchen müsse, zu entkommen, und sich auf die Flucht nach Norden vorbereiten solle.
Dann ging er nach Hause und sagte seiner letzten noch übriggebliebenen Frau: »Mach dich bereit, bei Sonnenuntergang fortzugehen.« Sie fragte nicht, warum oder wohin, denn sie hatte, wie die anderen, angenommen, er würde bald gepfählt werden. Sein Überleben war auch das ihre, und um gerettet zu werden, mußte sie ihm vertrauen.
Als die Sonne am 22. September 1828 unterzugehen begann, kamen die drei mißtrauischen Verschwörer wie zufällig zusammen, überprüften einander, um sicher zu sein, daß die Stoßassagais bereit waren, und gingen dann wie Bittsteller zu ihrem König und Bruder.
»Mhlangana, was wünschst du?«
Die Antwort war ein Stich mit dem Assagai unter das Herz.
»Dingan! Von dir erwartete ich Verrat...«
Ein zweiter Stich mit dem Assagai.
Und dann stieß ihm Nxumalo, sein Ratgeber, dem er vertraute, seinen Assagai tief in die Seite.
»Mutter, Mutter!« schrie der große König. Er griff in die Luft, versuchte Halt zu finden, es schwindelte ihn und er sank auf die Knie. »Nandi!« weinte er. »Die Kinder meines Vaters sind gekommen, mich zu ermorden.« Als er aber sah, wie das Blut aus seinen Wunden strömte, verlor er alle Kraft und stürzte vornüber mit dem Schrei: »Mutter!« Ihr zuliebe hatte er ein mächtiges Königreich errichtet.

In der Verwirrung, die auf den Mord folgte, überschritt Nxumalo, begleitet von seiner Frau, die Chaka ihm geschenkt hatte, und der reizenden Thandi eilig den Umfolozi, und sie wanderten nach Nordwesten. Sie hofften, ihren Freund Mzilikazi einzuholen, der angeblich dort einen neuen Zufluchtsort für seine Matabele errichtete.

Sie hatten vier Kinder dabei, zwei von Thetiwe, der ersten Frau, und zwei von der zweiten Frau, die gestorben war, weil sie eine Katze besaß. Sie hatten auch eine kleine Rinderherde mitgenommen, einige Kochgeräte, sonst jedoch nicht viel. Vier andere Flüchtlinge schlossen sich ihnen an, und diese elf Menschen waren darauf vorbereitet, zu leben oder zu sterben, wie es der Zufall und das harte Leben bestimmen würden.

Am Ende der ersten Woche waren sie eine entschlossene Gruppe geworden, geschickt im Improvisieren von Waffen und Werkzeugen, die sie für die endlose Reise brauchten, die vor ihnen lag. Sie kamen langsam voran, hielten sich in günstigen Verstecken auf und ernährten sich ausgezeichnet. Thandi, die jüngste, war besonders geschickt im Stehlen von Nahrungsmitteln aus den Krals, an denen sie vorbeikamen, und sorgte für die ausreichende Verpflegung der Familie.

Sie aßen alles, erlegten alle Tiere, die sie erlegen konnten, und sammelten Beeren und Wurzeln. Am Ende des ersten Monats waren sie ein hartgesottener, gefährlicher Trupp, und als einer der Männer sich aus einem kleinen Dorf eine Frau holte, waren sie zwölf.

Wie Tausende andere heimatlose Schwarze zu dieser Zeit hatten sie nur zwei Gedanken: dem zu entkommen, was sie kannten, und etwas zu ergattern, das es ihnen ermöglichen würde, am Leben zu bleiben. Nxumalo hoffte, Mzilikazi einzuholen, in irgendeiner Eigenschaft in die Dienste dieses Königs zu treten, der Chaka so überlegen zu sein schien. »Er sieht nicht so gut aus«, sagte er seinen Frauen, »und ist im Kampf nicht so tapfer, in allem anderen aber ein bemerkenswerter König.«

Von Zeit zu Zeit blieb die Familie in einem Kral und nahm die damit verbundenen Gefahren auf sich. Dabei entdeckten sie, daß Mzilikazi weit nach Westen gezogen war, und entschlossen sich dazu, ihm zu folgen.

Und dann begriffen sie die Bedeutung des Wortes Mfecane – die Verwüstung, die traurigen Wanderungen –, denn sie gelangten in ein schier endlos sich erstreckendes Gebiet, in dem alles Lebende vernichtet worden war. Es gab keine Krals, keine Mauern, kein Vieh, keine Tiere und ganz bestimmt keine Menschen. Wenige Armeen in der Geschichte hatten ein so total verödetes Gebiet zurückgelassen, und wenn Nxumalo und seine Familie keine Nahrung bei sich gehabt hätten, wären sie umgekommen.

Sie sahen Anzeichen dafür, daß Hunderte von Menschen erschlagen und ihre Leichen der Verwesung überlassen worden waren; Meile um Meile gab es reihenweise Menschenknochen. Nxumalo dachte: Sogar die schlimmste Vernichtungsaktion Chakas ließ sich nicht mit dieser trostlosen Zerstörung vergleichen. Und er fragte sich, welche Art von alles zerstörendem Ungeheuer diese Schändung verursacht hatte.

Es dauerte ein halbes Jahr, bis er es herausfand. Dank seines Selbsterhaltungsinstinkts führte er seine Familie nach Osten zurück, und nach einem Eilmarsch kamen sie über die Zone der völligen Vernichtung hinaus. In diesem Waldgebiet, in dem es Bäche gab, waren nur die Krals zerstört worden, nicht das Land selbst, und eines Nachmittags trafen sie auf die ersten überlebenden Menschen. Es war eine Familie von drei Leuten, die auf den Bäumen lebten, denn sie besaßen keine Waffen, um sich gegen die vielen wilden Tiere zu verteidigen, die nachts die Umgebung durchstreiften. Sie waren so geschwächt, daß sie kaum sprechen konnten, aber sie sagten ein Wort, das die Wanderer verblüffte: »Mzilikazi.«

»Wer verfolgte ihn?« fragte Nxumalo.

»Niemand. Er verfolgte uns.«

»Mzilikazi?«

»Ein Ungeheuer. Ein menschenmordendes Ungeheuer.«

»Gib ihnen zu essen«, sagte Thandi. »Stell ihnen keine Fragen, solange sie ausgehungert sind.«

Also erlegten Nxumalos Männer Antilopen für die bedauernswerten Wesen. Sie aßen wie Tiere, der Junge schluckte das rohe Fleisch, während er seine Portion mit Armen und Beinen schützte. Als die Familie langsam wieder zu einem menschlichen Zustand zurückkehrte, ließ Thandi zu, daß Nxumalo Fragen stellte, und er sagte: »Sicherlich hat Mzilikazi das nicht getan.«

»Er vernichtete alles – Bäume, Hunde, Löwen, sogar Wasserlilien.«

»Aber warum?« fragte Nxumalo, außerstande zu begreifen, was er hörte.

»Er rief unsere Gruppe von Krals zusammen... sagte uns, er wolle unsere Rinder. Wir lehnten es ab... und er begann zu morden.«

»Aber warum tötete er alle?«

»Wir wollten nicht in seine Armee eintreten. Als wir fortliefen, schickte er uns nicht einmal seine Soldaten nach. Es war ihnen gleichgültig. Sie hatten genug damit zu tun, die zu ermorden, die dageblieben waren.«

»Aber zu welchem Zweck?«

»Kein Zweck. Wir waren für seine vorrückende Armee unnütz. Wir hätten im Hinterland Schwierigkeiten bereiten können.«

»Wohin marschierte er?«

»Das wußte er nicht, seine Soldaten sagten, daß sie einfach marschierten.«

Nach längerer Beratung mit den Männern in seiner Gruppe und auch mit seinen Frauen einigte man sich darauf, daß die Familie sich ihnen anschließen dürfe. Der Mann konnte bei der Jagd mithelfen, und der Junge sollte sich später nützlich machen. Aber als die vergrößerte Gruppe drei Tage gewandert war, starb der Mann. Nxumalo nahm an, daß ihn einer seiner eigenen Männer getötet hatte, denn die Frau wurde sofort von diesem Mann übernommen, ohne daß sie sich wehrte.

Als sie mehrere Wochen so zusammen gewandert waren, trafen sie auf das Schrecklichste. Sie hatten eine Meile völliger Einöde nach der anderen durchquert – fünfzehn Krals ohne ein Lebenszeichen, nicht einmal ein Perl-

huhn –, als sie auf eine kleine Gruppe von Menschen stießen, die in einer halbzerstörten Hütte wohnten, und nach einer oberflächlichen Besichtigung kam Thandi zitternd zu Nxumalo: »Sie haben einander gegessen.« Die jämmerliche Sippe war so verzweifelt, daß sie Zuflucht zum Kannibalismus nahm, und jeder fragte sich, wann der nächste sterben würde und von wessen Hand.
Für diese Menschen gab es keine Hoffnung mehr. Nxumalo wollte nichts mit ihnen zu tun haben – sie waren unberührbar. Er wollte sie schon ihrem Schicksal überlassen, als Thandi sagte: »Wir müssen bleiben und ihnen ein paar Waffen machen, damit sie Tiere töten können. Und unsere Männer müssen ihnen eine Antilope bringen, damit sie anständige Nahrung bekommen.«
So blieb die Gruppe auf ihr Drängen eine Weile dort, und die Männer gingen auf die Jagd. Nach einiger Zeit begannen die vierzehn Kannibalen dank der Antilopen, die sie aßen, zu Kräften zu kommen und konnten mit ihren Speeren selbst jagen. Aber trotz Thandis Bitten wollte Nxumalo nicht erlauben, daß diese Gruppe sich ihnen anschloß, und als die Familie nach Norden zog, standen die ehemaligen Kannibalen am Rand ihres elenden Dorfes und blickten ihnen mit seltsamen Mienen nach.
Nach langer Zeit wurden die Zeichen der Zerstörung spärlicher und hörten schließlich ganz auf. Mzilikazis Armee war nach Westen abgebogen, und dafür war Nxumalo dankbar, denn es bedeutete, daß er nun nordwärts ziehen konnte, ohne Gefahr zu laufen, daß er die schrecklichen Zerstörer einholte oder daß er bei einem ihrer zufälligen Streifzüge nach Süden erwischt wurde. Natürlich war auch dieses neue Land menschenleer, denn Mzilikazi hatte sie alle erschlagen – Hunderte und Aberhunderte von ihnen –, aber das Gebiet war nicht vollkommen verwüstet worden, und die wilden Tiere waren zurückgekehrt.
Schließlich kamen sie nach über einem Jahr der Wanderung, in dem Nxumalos Frauen zwei Kinder geboren hatten und die anderen ebenfalls zwei, zu einer Kette niedriger Hügel, die ganz ähnlich aussahen wie die lieblichen Gegenden des Zululandes. Nur waren sie nicht von Flüssen durchzogen. Es gab kleine Bäche, und Nxumalo dachte schon daran, an einem davon anzuhalten und seinen Kral zu bauen. Doch dann sah er eines Tages, als er aus einem Tal kam, zwei Hügel in der Form von Frauenbrüsten, und sie schienen ein Symbol für alle Freuden der Vergangenheit und für seine Zukunftsträume zu sein: die innige Liebe zu seiner ersten Frau Thetiwe, die Zärtlichkeit, die er für seine zweite empfunden hatte, die wegen ihrer Katze getötet worden war, die Leidenschaft, die er mit Nonsizi von den Matabele erlebt, und die Freuden, die er bei seinen beiden überlebenden Frauen gefunden hatte, die die Mühsal dieser Reise ohne Klagen auf sich genommen hatten. Seine sechs Kinder gediehen, und die Männer, die sich ihm auf der Flucht angeschlossen hatten, waren sich unentbehrlich geworden. Die Familie verdiente eine Rast; er stieg hoffnungsvoll zu dem Paß zwischen den beiden Hügeln empor. Als er die Höhe erreichte, blickte er auf einen See hinunter

und sah daneben das gekennzeichnete Grab des Hottentotten Dikkop, der sechzig Jahre zuvor von dem Wanderer Adriaan van Doorn dort begraben worden war.
»Hier haben Menschen gelebt«, sagte Nxumalo und führte voller Freude seine Leute den Hügel hinunter, um von dem Gebiet Besitz zu ergreifen.

Die Mfecane, die in den ersten Jahrzehnten des neunzehnten Jahrhunderts in ganz Südostafrika wütete, führte zu Exzessen, die die Entwicklung eines ungeheuren Gebietes weitgehend bestimmten.
Vom Wüten der beiden Könige, Chaka von den Zulu und Mzilikazi von den Matabele, gingen zerstörerische Kräfte aus, die in einer kurzen Zeitspanne den Tod einer gewaltigen Anzahl von Menschen verursachten; Berichterstatter, die den Schwarzen mißgünstig sind, schätzen die Zahl der Toten auf zwei Millionen innerhalb eines einzigen Jahrzehnts, was jedoch angesichts der vermutlichen Bevölkerungszahlen in dem Gebiet in jenen Jahren absurd hoch erscheint. Wie hoch auch immer die Verluste gewesen sein mögen, sie müssen mehr als eine Million ausgemacht haben. Sie waren nicht wiedergutzumachen und erklären zum Teil den verhältnismäßig schwachen Widerstand, den die überlebenden Schwarzen wenige Jahre später leisteten, als die mit Gewehren bewaffneten Weißen in ihr Gebiet eindrangen. Hunger, Kannibalismus und Tod folgten der Verheerung durch die Armeen, während umherstreifende Banden von Marodeuren ein geordnetes Leben unmöglich machten. Ganze Stämme, die friedlich und fleißig dahinlebten, wurden ausgerottet.
Chaka war nicht der Hauptbeteiligte an diesen Verwüstungen, seine Siege waren militärische im ursprünglichen Sinn mit begreiflichen Verlusten an Menschenleben. Es war Mzilikazi, der die Taktik der verbrannten Erde erfand und sie rücksichtslos anwandte. Warum er so unaufhörlich mordete, läßt sich nicht erklären. Nichts an seiner äußeren Persönlichkeit wies darauf hin, daß er einen so schrecklichen Weg einschlagen würde, und es scheint keine militärische Notwendigkeit dafür bestanden zu haben. Er mordete vielleicht, weil er seine kleine Heerschar zu schützen suchte, und die sicherste Methode war die Eliminierung jedes möglichen Widerstandes. Junge Männer und Knaben wurden zu Zielscheiben, damit sie nicht, sobald sie erwachsen waren, danach trachteten, sich an den Matabele zu rächen.
Das weitverbreitete Morden schien Mzilikazi persönlich nicht zu verändern. Weder wurde sein Benehmen rauh, noch erhob er die Stimme oder zeigte Anzeichen von Zorn. Der junge englische Geistliche, der 1829 in die Mission Golan kam, um Hilary Saltwood zu ersetzen, blieb nur kurz dort, dann fühlte er sich wie sein Vorgänger verpflichtet, sich in die gefährlicheren Nordgebiete zu begeben, wo er Mzilikazis ständiger Freund wurde; als die Mfecane zu Ende war, schrieb er bewundernd über ihn:

> Der König ist ein liebenswerter, mittelgroßer Mann, dick und freundlich, mit so heiterem Gesichtsausdruck, als hätte er nie gewaltsame Er-

eignisse oder Gefahren erlebt. Er spricht immer mit leiser Stimme, ist jedem gegenüber rücksichtsvoll und hat sich sofort bereit erklärt, mit den Weißen zusammenzuarbeiten. Er sagte mir selbst, er wünsche, daß Missionare in sein Gebiet kommen sollten, weil er das Gefühl habe, daß er immer ein Christ gewesen sei, obwohl er als Junge nichts von unserer Religion gewußt haben konnte. Er überließ mir für unsere Mission sogar eines der schönsten Grundstücke in seiner Hauptstadt und schickte mir seine eigenen Soldaten, um mir bei dem Bau zu helfen. Verleumder haben versucht, mich zu warnen, ich müsse auf der Hut sein, weil Mzilikazis sanftes Benehmen seine Grausamkeit übertünchen sollte, aber das kann ich nicht glauben. Er hat sicherlich Schlachten geliefert, sich dabei aber, soviel ich erfahren konnte, immer fair benommen, und ich betrachte ihn als den hervorragendsten Mann, dem ich in Afrika begegnet bin, sogar gemessen an den Engländern, Buren oder Kaffern.

Man darf nicht annehmen, daß Mzilikazi und Chaka persönlich für alle Mfecane-Toten verantwortlich waren. In vielen Fällen lösten sie nur gewaltige Umsiedlungen von Menschen aus, die dann schließlich kleinere Stämme in großen Entfernungen vom Zululand vernichteten. Wenn die Dominomethode der Reaktion auf einen Stimulus zwischen Stämmen oder Völkern jemals Gültigkeit hatte, so war es während der Mfecane. Ein paar hundert Zulu begannen, sich nach allen Richtungen auszubreiten, und als sie südwärts zogen, störten sie die Qwabe, die ihrerseits weiter nach Süden auswichen, dort die Tembu zersprengten, die weiterzogen und die Tuli vertrieben, die die Pondo bedrängten, die wiederum auf die Fingo Druck ausübten, die mit den sorglosen und lang dort seßhaften Xhosa zusammenstießen. In diesem Zeitpunkt der Geschichte begannen die landhungrigen Treckburen ihre Hand auf Landgebiete zu legen, die die Xhosa seit langer Zeit als Weiden benutzten. Die Xhosa waren zwischen zwei Mühlsteine geraten und versuchten, sich durch Überfälle auf Krals wie den Tjaart van Doorns Luft zu schaffen. Deren Besitzer übten auf Kapstadt Druck aus, was dazu führte, daß in London parlamentarische Anfragen gestellt wurden. Ähnliche Dominoketten brachen in anderen Richtungen zusammen, als auswandernde Stämme ihre Nachbarn aus ihren angestammten Siedlungsgebieten vertrieben.

Daß Chaka Hunderte von Menschen mit unbarmherziger Grausamkeit tötete, ist eine historische Tatsache. Daß die durch Chaka und Mzilikazi in Bewegung gesetzte Mfecane den Tod von unzähligen Menschen verursachte, ist gleichfalls bewiesen, aber das Verhalten dieser Könige muß im Vergleich zu den Exzessen beurteilt werden, die andere an den Küsten des Indischen Ozeans begangen hatten. Diese anderen waren manchmal gebildeter und Christen. Als Vasco da Gama, hochberühmter Held der Portugiesen, sich im Jahr 1502 über die Beamten in Kalikut ärgerte, ließ er eine Schiffsladung von achtunddreißig harmlosen indischen Fischern abschlach-

ten, ihre Leichen zerstückeln, die Köpfe, Arme und Beine in ein Boot packen und es an Land treiben; er regte an, daß der Herrscher »aus dem Ganzen ein Curry-Gericht kochen solle«.
Die Auswirkungen der Mfecane waren keineswegs ausschließlich negativ. Als sie zu Ende war, waren gewaltige Gebiete, die vorher praktisch nur Anarchie gekannt hatten, perfekt organisiert. Die überlegene Kultur der Zulu trat an die Stelle der weniger dynamischen alten Traditionen. Die Überlebenden entwickelten eine Begeisterung, die sie vorher nicht gekannt hatten, und das Vertrauen zu ihren eigenen Fähigkeiten. In weit voneinander getrennten Gebieten entstand ein zuverlässiger Zusammenhalt, auf dessen Grundlage bedeutende Nationalstaaten errichtet werden konnten.
Die Sotho zum Beispiel, die von Chaka nie angegriffen wurden, vereinigten ein Berg-Königreich, das zuerst als Basutoland, dann als Lesotho bekannt wurde. Die Swazi setzten sich in einem leicht zu verteidigenden, befestigten Gebiet fest, wo sie ihre Nation Swaziland aufbauten. Ein Stamm flüchtete unter dem schrecklichen Druck von Chaka und Mzilikazi nordwärts nach Moçambique und trug zur Grundlage eines Staates bei, der im Jahr 1975 seine Freiheit erlangte.
Nicht einmal damals konnte das bleibende Ergebnis der Mfecane festgestellt werden, da die riesige Bewegung immer noch Rückwirkungen hatte, aber das wichtigste Resultat war vielleicht die Entstehung der Zulunation unter Chaka, der einen kleinen Stamm mit nur dreihundert wirklichen Soldaten und etwa zweihundert Rekruten in die Hand nahm und ihn innerhalb eines Jahrzehnts mit so dämonischer Kraft erweiterte, daß er einen bedeutenden Teil des Kontinents eroberte. Gebietsmäßig vergrößerte sich das Zulu-Königreich tausendfach, an Bevölkerungszahl zweitausendfach, an Bedeutung und an moralischer Macht aber mehr als millionenfach.
Wäre Chaka vor seiner Mutter gestorben, so wäre er nur als ein schöpferischer Führer in die Geschichte eingegangen, der den harten Bräuchen seiner Zeit entsprechend Disziplin in ein aufrührerisches Gebiet gebracht hatte. Man hätte seine Leistungen gewürdigt. Aber er starb nach seiner Mutter, und die wilden Exzesse seiner »Finsteren Zeit« sowie die heroische Art seines Todes erhoben ihn über die bloße Erinnerung hinaus in das Reich der Legende.
In den entferntesten Winkeln Südafrikas träumten zusammengedrängte Schwarze von dem Tag, an dem der mächtige Chaka wiederkehren würde, um ihnen zu ihrem Erbe zu verhelfen. Sein überragendes militärisches Können wurde verherrlicht, seine Klugheit als Herrscher gepriesen. Aus seiner persönlichen Tragödie heraus bot Chaka seinem Volk die Vision eines großen Zulustaates.
Am Vrijmeer, nördlich des Machtbereichs der Zulu und genügend weit südlich von Mzilikazis wachsendem Königreich, kam Nxumalo, einer der wenigen Männer, die beide Könige genau gekannt hatten, als er älter wurde, zu der Erkenntnis, daß die wirklich herrliche Zeit seines Lebens damals gewesen war, als er Chakas *iziCwe* in ihrer neuen Formation Körper-Arme-Kopf

in den Kampf geführt hatte. Damals hatten er und seine Männer als lebenswichtige Reserve ihren Rücken dem Gefecht zugewandt und auf den königlichen Befehl gewartet, vorwärts zu stürmen. »Welch ein Augenblick!« erzählte er seinen Kindern, die neben ihm am See saßen und zuschauten, wie die Tiere zur Tränke kamen. »Speere flogen, Männer zischten, während sie den Feind töteten, Tumult, und dann die ruhige Stimme Chakas: ›Nxumalo, unterstütze die linke Flanke.‹ Das war alles, was er sagte. Und mit einem Schrei sprangen wir auf, wandten uns der Schlacht zu und liefen wie Springböcke, um den Feind zu vernichten.«
Den Kindern wurde befohlen, den Rest zu vergessen: die Ermordung ihrer Mütter durch Chaka; die Grausamkeit der »Finsteren Zeit«; den schrecklichen Ausgang, als Mörder den König töteten, um das Volk zu retten.
»Was wir uns merken müssen«, sagte Nxumalo eines Abends im Jahr 1841, als er schon weißes Haar hatte und seine Kinder älter waren, »ist, daß Chaka der vortrefflichste Mann war, der je gelebt hat. Der weiseste. Der gütigste. Vergiß das nie, Mbengu. Sei stolz, denn Chaka selbst war einmal mit deiner Mutter Thandi verheiratet.«
Als die Kinder fragten, warum er, wenn er Chaka liebte, nicht ins Zululand zurückgekehrt war, erklärte er: »Ihr habt die alten Gerüchte gehört. Dingan ermordete seinen eigenen Bruder Mhlangana, der ihm geholfen hatte, den Thron zu gewinnen. Wenn wir zurückgegangen wären, hätte uns Dingan ermordet, uns alle. Er war immer heimtückisch.«
Er zog edlere Gedanken vor. »Wenn unser Volk einmal in Schwierigkeiten gerät, wird Chaka zurückkehren, um uns zu retten, wir werden ›Bayete!‹ rufen, und wenn ihr mutige Männer und Frauen seid, werdet ihr dafür empfänglich sein, und das Zululand wird von marschierenden Füßen erdröhnen, denn er wird immer unser großer Führer sein.«
»Aber habt ihr ihn nicht getötet?« fragte ein Enkel.
Es gibt Fragen, die man nicht vernünftig beantworten kann, und Nxumalo versuchte es erst gar nicht.

8. Die Voortrekker

Im Jahr 1828 war Tjaart van Doorn so glücklich, wie es ein Mensch nur sein konnte. Seine Farm in *De Kraal* gedieh. Seine zweite Frau Jakoba legte allmählich ihr grobes Benehmen ab. Und seine Tochter Minna war ein so liebes Kind, wie es ein Vater im mittleren Alter nur haben konnte. Er war neununddreißig, korpulent, stämmig und hatte einen schwarzen Vollbart, der bei den Ohren begann, Wangen und Kinn bedeckte, aber die Oberlippe freiließ. Er trug schwere Kleidung: eine kurze Jacke, Kalbslederweste, ein Hemd ohne Krawatte und eine steife Moleskinhose mit einer breiten Lasche, die an der rechten Hüfte geknöpft war. Die Hose wurde durch einen breiten Gürtel und kräftige Hosenträger gehalten, aber das Merkmal, das ihn sofort kenntlich machte, wo immer er stand, war ein Hut mit niedrigem Kopf und einer sehr breiten, herabhängenden Krempe, deren Unterseite leuchtend blau war.

Er war ein Mann von wenig Worten, da er von seinem temperamentvollen Vater Lodevicus eingeschüchtert worden war, und erweckte den Eindruck eines mürrischen, verdrießlichen Mannes mit einem immer gleichbleibenden Gesichtsausdruck. Er wirkte nicht groß; es gab viele in seinem Bezirk, die größer, aber nur wenige, die kräftiger waren.

Mit Recht war er stolz auf seine Farm. Er hatte *De Kraal* aus dem guten Anfang, für den sein Vater verantwortlich war, in jeder Hinsicht vergrößert. Den wesentlichen Teil des Besitzes bildete noch immer das herrliche Tal innerhalb der schützenden Hügel, durch das ein wasserreicher Bach vom Südwesten mitten durch das Land zu einem Ausgang im Nordosten floß. Er mündete in einer Entfernung von einigen Meilen in den Großen Fischfluß.

Tjaart hatte von der Regierung das Recht erworben, Weiden jenseits der Hügel zu benutzen und mit den Erträgen seiner großen Herden weitere Gebäude aus Lehm und Stein zu errichten. Im Haus gab es nun eine geräumige Küche, in der Jakoba das Zubereiten der Speisen überwachen konnte. Die Diener und Sklaven bewohnten eine Reihe von acht kleinen, zusammenhängenden Hütten; die Kälber befanden sich in Krals mit Steinmauern, und das Heu wurde in einer geräumigen Scheune gelagert. Es gab eine Anzahl von kleinen Gebäuden, in denen Farmwerkzeug, Futter und Hühnerställe sicher untergebracht waren.

Die Farm bestand aus den ursprünglichen neuntausend Morgen innerhalb der Hügel sowie aus weiteren sechzehntausend Morgen, die Tjaart bewirtschaftete, ohne Rechtstitel darauf zu besitzen, die aber seine farbigen Viehtreiber zum Hüten von Rindern und Schafherden benutzen konnten. Obwohl er wenig Bargeld zu Gesicht bekam, besaß er ein beträchtliches Vermögen und konnte sich auf ein finanziell gesichertes, ruhiges Alter freuen.

Natürlich murrten die Buren über die englische Verwaltung, die allmähliche Veränderung von Gesetz und Brauch, aber diese Beschwerden wurden durch die Tatsache ausgeglichen, daß die robusten englischen Siedler nun die Gefahren des Lebens im Grenzland teilten. Der Kampf war hart gewesen, wie ein Engländer in seinem Tagebuch notierte:

> Mein Weizen, der vor zwei Monaten die reichste Ernte versprach, die ich je sah, ist jetzt gemäht und wartet in Haufen darauf, verbrannt zu werden. Der Rost hat ihn völlig vernichtet. Meine Gerste trug wegen einer Made, die den Halm angreift, und wegen der Dürre wenig mehr, als ich gesät hatte. Alle weiteren Saaten wurden durch Raupen und Läuse praktisch vernichtet. Meine Kühe geben wegen des Futtermangels keine Milch. Zwanzig Stück von meinen siebenundzwanzig Schafen wurden in einer einzigen Nacht von einem Rudel wilder Hunde gerissen. Meine kleine Tochter wurde von einer Schlange gebissen. Ich stand eine Weile dort, dachte an mein Elend, an mein sterbendes Kind, an meine vernichteten Saaten, an meine zugrunde gerichteten Herden. Gottes Wille geschehe! Ich brauche Seelenstärke, um bei einer solchen Folge von Schicksalsschlägen auszuharren.

Und immer gab es Schwarze, die sowohl die Gebiete der Buren wie auch die der Engländer überfielen. Tjaart, Veldkornet seines Bezirks, war häufig mit seinen Leuten nach Grahamstown geritten, um den Siedlern zu helfen, Viehdiebe zu vertreiben, und hatte in vielen Gefechten neben Richard Saltwood, dem Elfenbeinhändler, und Thomas Carleton, dem Wagenbauer, gekämpft. Er hatte erkannt, daß beide ehrenwerte Männer waren, und sie zu Jagdausflügen nach *De Kraal* eingeladen. Saltwood erwies sich nicht nur als guter Schütze, sondern auch als sympathischer Gast ohne das gekünstelte Gehabe, das die Buren haßten. Er hatte sogar beim Abschied am Ende der letzten Jagd zu Tjaart gesagt: »Das muß die beste Farm sein, die ich je gesehen habe«, und damit hatte er Mevrouw Jakoba zwei Flaschen Trianonwein überreicht, die er aufbewahrt hatte.

Bald aber geriet die Kameradschaft in Gefahr. Lukas de Groot, Tjaarts neunzehn Meilen weiter nördlich lebender Nachbar, kam eines Tages auf dem

Heimweg von dem Hafen auf dem wilden Küstenlandstrich vorbei, wo die Engländer an Land gegangen waren, und brachte Tjaart aus der Fassung, indem er ihm ein Exemplar der Grahamstowner Zeitung zeigte: Dr. Simon Keer, der philanthropische Führer in London, hatte sein zweites Buch mit dem Titel »Die Schändlichkeit der holländischen Sklavenhalter« veröffentlicht, dessen Erscheinen sicherlich Ärger verursachen würde, denn es war ein heftiger Angriff gegen das Leben in Südafrika und ein schamlos das Gefühl ansprechender Appell an das englische Parlament, Gesetze zu beschließen, für die Keer seit langem eintrat.

Keers Buch kam zu einer Zeit heraus, in der die Bewegung zur Abschaffung der Sklaverei im gesamten britischen Reich begann. Sein Erscheinen war das Zeichen zum Beginn der Entscheidungsschlacht, zur Vernichtung dessen, was viele Buren als ihr von Gott gegebenes Recht betrachteten: daß alle Farbigen sechs Tage in der Woche, manchmal auch sieben, für sie arbeiten sollten, ob sie nun Sklaven waren oder freie Menschen.

Keers großangelegte Strategie, diesen Krieg durch Propaganda in England zu führen, hatte somit über Hilary Saltwoods Taktik triumphiert, für die Seelen an Ort und Stelle zu sorgen und sie zu retten. Der begeisterte Prediger mit seiner flammenden Rhetorik hatte den bescheidenen Missionar besiegt, der sogar einen seiner Schützlinge geheiratet hatte, um zu beweisen, daß er sie alle liebte. In seinem neuen Buch schrieb Keer folgendes:

> Die Unterdrückung freier Farbiger unter dem Joch ihrer Burenherren macht den englischen Begriff von Fairness und Gerechtigkeit zum Gespött. Von der Geburt bis zum Tod wird der duldende Eingeborene in Sklaverei gehalten; durch die Einrichtung, daß seine auf Burenfarmen geborenen Kinder dort in die Lehre gehen, und durch einen Vertrag, der ihn und seine Familie zur Knechtschaft bei den Buren verpflichtet. Er ist nicht imstande, sich frei im Lande zu bewegen, er ist vor dem Gesetz benachteiligt, und er genießt keinen Schutz vor der Geißel burischer Tyrannei.

War etwas Wahres an diesen Beschuldigungen? Waren sie eine schwere Übertreibung? Größtenteils ja. Aber die Anklage führte zu einem Gesetz, das das Leben an der Grenze radikal veränderte. »Seht nur, was Keer und seine Mitheiligen uns angetan haben!« schrie de Groot wütend, als er Tjaart die neuen Verordnungen zeigte. »Es macht die Farbigen, die Hottentotten, die Buschmänner uns Buren völlig ebenbürtig. Sie verfügen über sämtliche Rechte, die wir haben. Die jungen gehen nicht mehr in die Lehre. Keine Arbeitsverträge mehr. Sie müssen keinen festen Wohnsitz mehr haben. Die Beamten dürfen sie nicht mehr auspeitschen lassen, wenn sie arbeitsunwillig sind. Von jetzt an, verdammt noch mal, van Doorn, hat ein Farbiger alle Rechte, die ich habe.«

»Das ist ein schreckliches Unrecht!« unterbrach Jakoba die Männer. »Das ist keineswegs das, was Gott beabsichtigte.«

Reverend Keer beabsichtigte lediglich, die harten Gegensätze zu mildern, die farbige Arbeiter in ihren Rechten einschränkten, provozierte aber einen katastrophalen Umsturz. Lukas und Rachel de Groot bekamen die unmittelbare Auswirkung zu spüren, denn als ihre Hirten und Landarbeiter von ihren neuen Rechten erfuhren, machten sich zwanzig von sechsunddreißig Arbeitern davon, und eine Gruppe dieser heimatlosen, umherstreifenden Vagabunden vergewaltigte ihre Tochter.

Für den großen Buren war sie *Blommetjie,* das »Blümchen«, ein zartes, vierzehnjähriges Mädchen, das die meiste Zeit zwischen den Bäumen und Blumen des Velds verbrachte. Die drei Männer fanden sie neben einem kleinen Bach, wo sie leise vor sich hinsummte. Sie kam zum Mittagessen nicht nach Hause, und als sie am späten Nachmittag noch immer nicht zurück war, ging de Groot auf die Suche nach ihr – und fand ein verstörtes, geistig zerrüttetes Geschöpf, das sich durch ein Maisfeld schleppte.

Er ließ das Kind bei Rachel zurück, sagte kein Wort und ersuchte auch niemanden, ihn zu begleiten, als er in die Dämmerung hinausritt. Zwei der Schuldigen waren geflohen und wurden in dem Bezirk nie wieder gesehen, aber der dritte lag betrunken in einer der verlassenen Hütten auf de Groots Farm. Als der Bure ihn entdeckte, zog er den Mann ins Freie und blieb einen Augenblick vor ihm stehen.

»Steh auf, du Satan!« sagte er dann wütend, und der Mann stand auf, schwankte unsicher und sah seinen Baas verwirrt an. Mit einem Wutschrei hob de Groot sein Gewehr, und der Mann merkte, was vor sich ging. Als er zurückwich, traf ihn eine Kugel in die Brust. Er fiel zu Boden, nicht ganz tot, und während er dort lag, jagte ihm de Groot eine Kugel nach der anderen in den Leib.

Als Veldkornet war es Tjaarts Pflicht, über den Vorfall zu berichten, und er beschwor vorschriftsmäßig, daß der Vagabund erschossen worden sei, als er nach dem Diebstahl von Mais versucht hatte zu fliehen. Der Fall wurde abgeschlossen, aber die Wunde in de Groots Herzen blieb offen.

Die Jahreszeiten vergingen, und niemand sprach über *Blommetjie.* Man hoffte immer noch, daß sie eines Tages wieder auf dem Veld spazierengehen würde. Es trat auch keine Besserung in der Situation mit den Arbeitskräften ein. Tjaart und seine Söhne mußten immer öfter mit den Herden hinausziehen, ähnlich wie die van Doorns vor vier Generationen. Und dann, eines Tages im Oktober, als das Frühjahr das Veld in einen Garten verwandelte, sagte Tjaart bei Tisch: »Wir werden zum nächsten *Nachtmaal* (heilige Kommunion) gehen.«

Die Nachricht rief große Freude bei den Frauen hervor; Jakoba würde Freundinnen besuchen können, mit denen sie seit zwei langen Jahren nicht mehr gesprochen hatte. Die Sklavinnen, die mitkommen würden, um zu kochen, würden Gelegenheit haben, mit anderen Sklavinnen zusammenzukommen und die Gerichte zu kochen, die sie gern hatten; und die kleine Minna, die jetzt dreizehn war und sich schon darüber Sorgen machte, wie sie in dieser großen Leere einen Mann finden sollte, sah einen aufgeweckten Jungen namens Ryk Naudé vor sich, den sie beim letzten *Nachtmaal* getroffen hatte: »Kann ich ein neues Kleid haben, Mama? Ich kann nicht in meinem alten fahren.«

So machten sich denn die Sklavinnen, die das Mädchen liebten, an die angenehme Aufgabe, ihm ein neues Kleid zu schneidern, das den Vergleich mit der Mode in Grahamstown nicht zu scheuen brauchte: umgeschlagener Kragen, weite, an den Handgelenken eingehaltene Ärmel, Volants am unteren Teil des Rocks und insgesamt eine kokette Note, um die Blicke der jungen Männer zu fesseln. Während sie arbeiteten, sah Tjaart, wieviel Freude das Ganze seiner Tochter bereitete. Sie war ein hübsches, kräftiges Mädchen, stark an Körper und Charakter. Daß sie Analphabetin war, bedeutete nicht, daß sie dumm war, denn sie konnte lange Passagen aus der Bibel aufsagen. Es gab wenig aus dem Repertoire einer guten Burenfrau, das sie nicht beherrschte, und während im westlichen Teil der Kolonie Mädchen ihres Alters oft zwei oder drei eigene Sklavinnen hatten und nie einen Finger rührten außer zu einem Verweis, war Minna ein fleißiges Mädchen, das in allem bewandert war, vom Herstellen von Seife und Kerzen bis zum Spinnen der Wolle von ihres Vaters Schafen zu einem kräftigen Faden.

Sie hatte gerüchteweise erfahren, daß mehrere Mädchen, die sie beim letzten *Nachtmaal* kennengelernt hatte, bereits mit vierzehn und fünfzehn Jahren verheiratet waren, und zwei waren schon Mütter. Es war also selbstverständlich, daß sie sich wegen ihrer Aussichten Sorgen machte. Sie hatte eigentlich nur eine, den jungen Naudé von einer Farm weit drüben im Nordosten, und sie machte sich jeden Abend, wenn die Familie zu Bett ging, Sorgen, ob wohl die Naudés zu diesem *Nachtmaal* kommen würden. Eines Nachts, als Tjaart nicht schlafen konnte, hörte er sie wimmern und ging in ihr Zimmer hinüber: »Was plagt dich so, Minnatjie?«

»Ich habe geträumt, daß schon *Nachtmaal* war und daß Ryk Naudé nicht kam.«

»Mach dir keine Sorgen, Kleine. Lukas de Groot versprach mir, es Ryk zu sagen.«

»Ach, Vater!« Daß ihr Vater ihre Besorgnis geahnt hatte, ohne daß sie davon gesprochen hatte, kam ganz unerwartet und gefiel ihr sehr. Sie ergriff in der Dunkelheit seine Hand und küßte sie. »Wir werden ein so schönes *Nachtmaal* haben! Und ich mit einem neuen Kleid.«

Gerührt über ihre kindliche Dankbarkeit, beugte er sich nieder und küßte sie zweimal. »Dachtest du, Mama und ich würden das Wichtigste vergessen?«

Die nächsten Tage waren gekennzeichnet durch das Schlachten von Rindern und die ersten Stadien der Vorbereitung eines reichlichen Vorrats an Biltong für die Reise nach Graaff-Reinet. Tjaart besaß drei Transportwagen, lange Dinger mit flachem Unterbau, die er für die Fahrten zum Markt in tadellosem Zustand hielt. Der Familienwagen jedoch war ein klappriger Kasten. Während er gewaschen und geschmiert wurde, erteilte Tjaart den Die-

nern Anweisungen, wie sie die Farm in seiner Abwesenheit betreuen und sich um seine Mutter, Ouma Wilhelmina, kümmern sollten, die nicht mitfuhr.
Als alles bereit war, kam ein englischer Siedler mit einer beunruhigenden Nachricht: Eine Bande Xhosa hatte den Fischfluß überquert und verübte Raubüberfälle. Der Bote sagte, daß Lukas de Groot im Norden Buren sammle und Tjaart auf halbem Weg treffen wolle, um ein größeres Kommando zur Unterstützung von Grahamstown zu bilden.
Ohne zu zögern, sattelte Tjaart sein Pferd, rief vier seiner Farbigen zusammen, die ihn begleiten sollten, und galoppierte nach Osten. Wenn man die schwere Schlacht des Jahres 1819 mitzählte, in der er geholfen hatte, Grahamstown zu retten, war es das sechstemal, daß er gemeinsam mit anderen Buren einen Grenzzwischenfall zu bereinigen hatte.
Es gab zwei Gründe, weshalb sie den Engländern so bereitwillig bei der Verteidigung ihrer Stadt halfen. Als vernünftige Männer wußten sie, daß die vorgeschobenen englischen Farmen ihre eigenen schützten. Aber sie sahen auch ein, daß bedauerliche englische Fehler, wie etwa *Slagter's Nek* und die jüngst erfolgte Befreiung der farbigen Diener, die Vagabunden und Banditen wurden, das Werk der englischen Bürokratie und der Philanthropen, nicht aber der an der Grenze lebenden Engländer waren. Tatsächlich litten die Siedler in Grahamstown unter diesen Gesetzen ebenso wie die Buren, und deshalb jubelten sie den Burenkommandos auch immer zu, wenn diese sich einstellten. Sie hatten gemeinsame Interessen.
Die Stevens-Affäre des Jahres 1832 war ein kurzer, stürmischer Zusammenstoß und der unglückseligste Zwischenfall, den man sich vorstellen konnte. Auf einer kleinen Farm sechs Meilen westlich vom Großen Fischfluß gab es ein Vorkommen von rot gefärbter Erde, die so voll Pyritelementen war, daß sie wunderschön leuchtete, wenn sie auf der Haut eines Schwarzen trocknete. Seit Generationen waren die Xhosa zu dieser Stelle gekommen, um die von Beschneidungskandidaten und Kriegern geschätzte Erde zu sammeln, und die Tatsache, daß eine Familie aus England den Ozean überquert hatte, um die Stevens-Farm zu errichten, verringerte nicht ihr Verlangen – man könnte auch sagen, ihr seelisches Bedürfnis –, diese Erde zusammenzukratzen und sie über den Großen Fischfluß mitzunehmen.
Gewöhnlich liefen diese Expeditionen in aller Stille ab. Ein paar Krieger trotzten beträchtlichen Gefahren, um in den nun englisch gewordenen Besitz einzudringen und sich wieder fortzuschleichen, ohne den Weißen Schaden zugefügt zu haben. Im Frühjahr 1832 aber waren sorglose Xhosa, von denen einige von Kaffernbier betrunken waren, zur Stevens-Farm gekommen und hatten nicht nur rote Erde, sondern auch eine beträchtliche Anzahl weißer Schafe geholt. Daraufhin hatte es ein Handgemenge und Tote gegeben, und nun mußten die Xhosa bestraft werden.
»Wir werden nach Osten reiten«, schlug Major Saltwood von den Grahamstowner Freischärlern vor, als sich die Männer versammelten, »bei der Trompetenfurt über den Fluß gehen und sie von hinten angreifen.«

Aber die dortigen Xhosa, die sich versammelten, um die Plünderer zu verteidigen, waren eine kampfgestählte Gruppe von etwa hundert Mann, die an vielen Gefechten gegen die Engländer und Buren teilgenommen hatten und sich wohl kaum durch einen Flankenangriff überraschen lassen würden. Und so lagen, als Saltwood seine Leute im Galopp zum Angriff führte, Xhosakrieger in einem Hinterhalt und bombardierten sie mit Speeren und Kugeln aus den wenigen Gewehren, die sie hatten erbetteln, eintauschen oder erbeuten können.
Das war das erste Gefecht, das die Weißen verloren. Das zweite blieb ergebnislos, aber das dritte war eine ganz andere Angelegenheit. Major Saltwood, Tjaart van Doorn und Lukas de Groot entwarfen einen Plan, demzufolge die Xhosa von drei Seiten zusammengeschlagen werden sollten, und alles klappte tadellos, außer daß ein Speerträger, der sich versteckt hatte, Thomas Carleton einen tiefen Stich in die linke Hüfte versetzte, ihn vom Pferd zerrte und im Begriff war, ihn zu töten, als van Doorn die Gefahr erkannte, mitten im Schwung kehrtmachte, zurückgaloppierte und dem Schwarzen mit dem Gewehrkolben den Schädel einschlug. Es hätte ins Auge gehen können, und als Carleton merkte, daß er gerettet war und daß die Wunde in seinem Bein zu groß war, als daß er sie selbst behandeln konnte, fiel er ruhig in van Doorns Armen in Ohnmacht. Die beiden Männer blieben an Ort und Stelle, bis Saltwood und einige andere zurückkamen, um sie zu holen.
Als sie nach Grahamstown zurückkehrten – als Sieger, aber mit schweren Verlusten –, war Carleton so voller Lob über van Doorns heldenhaftes Verhalten und sprach so oft davon, daß Richard Saltwood zu seiner Frau Julie einigermaßen scharf sagte: »Man könnte meinen, er sollte es genug sein lassen.« Dann fügte er ohne böse Absicht hinzu: »Aber der arme Carleton ist natürlich kein Gentleman. Dazu fehlt ihm die Erziehung.«
»Und ich bin auch keine Dame«, fauchte ihn Julie an. »Man kann also auch von mir nicht erwarten, daß ich mich darauf verstehe. Ich finde, es ist eine aufregende Geschichte. Das findet auch Vera, denn ohne van Doorn wäre sie eine Witwe.«
»Aber du mußt doch zugeben, daß er ziemlich übertreibt.«
»Wenn ich in Schwierigkeiten gerate, würde ich mir wünschen, daß du der erste bist, der angeritten kommt, um mich zu retten. Aber der nächste wäre schon van Doorn.«
Die Siegesfeiern verliefen sehr erfreulich, und viele englische Freiwillige brachten Trinksprüche in annehmbarem Holländisch aus, so daß van Doorn und de Groot noch länger blieben, und das verzögerte ihre Ankunft beim *Nachtmaal* in Graaff-Reinet.
Als sich de Groot und van Doorn, begleitet von ihren Farbigen, die tapfer gekämpft hatten, zum Ritt nach Hause bereitmachten, schloß sich ihnen ein Veldkornet an, der sich, wie immer, auffallend tapfer verhalten hatte. Es war Pieter Retief, ein Farmer aus Winterberg weit oben im Norden. Er war mager, hochgewachsen, hatte einen kleinen Bart und war ein freundlicher, offenherziger Mann von etwa fünfzig. Aber als Saltwood und Carleton her-

auskamen, um sich bei den Buren zu bedanken und sich von ihnen zu verabschieden, trat er zur Seite.
Carleton hinkte zu van Doorns Pferd, ergriff herzlich Tjaarts Hand und sagte: »Sie tragen mein Leben in Ihrem Sattel, alter Freund. Gott segne Sie für alles, was Sie getan haben.«
»Ich würde von Ihnen das gleiche erwarten«, antwortete Tjaart, und damit verließen die Buren die Stadt.
Retief begleitete sie anderthalb Tage lang, und sie erfuhren nach und nach von dem Kummer, der an ihm nagte. Er war eine seltsame Mischung, einesteils ein geschätzter Kommandoführer aus einer Hugenottenfamilie, aber in geschäftlichen Dingen ein risikofreudiger Abenteurer, der dazu bestimmt zu sein schien, sich dauernd zu übernehmen. »Die Engländer verklagten mich, als die Kaserne einstürzte«, brummte er, wobei er sich auf ein verhängnisvolles Bauunternehmen in Grahamstown bezog.
»Aber Sie hatten sie doch fertiggestellt«, sagte van Doorn, »ich habe sie gesehen, und Sie haben mit dem Amtsgebäude gute Arbeit geleistet.«
»Mir ging das Geld aus. Und wissen Sie, warum ich keines hatte? Ich war immer abwesend, kämpfte gegen die Xhosa und beschützte eben die Leute, die mich verklagten.«
»Sie haben alles verloren?«
»Alles. Anscheinend geht es mir immer so.«
Van Doorn hielt es für besser, ihm wegen der anderen Mißgeschicke keine Fragen zu stellen; er wollte nur Retiefs Meinung über die englische Regierung hören, denn er war ein Mann, dessen Stimme immer mehr Geltung erlangte. Er sprach oft von dem, was er »die Verfolgung der Buren« nannte.
»Die Engländer werden nicht aufgeben, ehe Farmer wie wir drei ruiniert sind. Erledigt.«
»Warum sollte eine Regierung eine solche Politik einschlagen?«
»Weil Keer sie dazu veranlassen wird. Sein Druck wird nicht aufhören, bis die Kaffern das Land regieren. Seht nur, wie eure Diener auf dem Veld verwildern ...« Seine Stimme wurde leiser, als er de Groots Gesichtsausdruck sah. »Sie begnügen sich nicht damit, unsere Habe zu rauben und unser Blut zu vergießen. Sie wollen uns auch noch unseren guten Namen nehmen. Ich halte das für das englische Programm.«
»Warten Sie, warten Sie!« widersprach Tjaart. »Sie haben gesehen, daß Männer wie Saltwood und Carleton anständig sind.«
»Sie sind brave Männer, aber sie sind hier in Grahamstown. Keer ist in London, und jedes Gesetz, das er vorschlägt, begünstigt die Kaffern auf unsere Kosten. Die philanthropischen Damen werden in ihren Londoner Salons weitersticheln, wenn sie hören, daß wir Buren versuchen, unsere Frauen und Kinder gegen ihre geliebten Kaffern zu verteidigen.«
Van Doorn konnte nicht unterscheiden, wieviel von Retiefs Groll gerechtfertigt und wieviel verständliche Erbitterung als Folge seiner geschäftlichen Pleite war, aber bevor sie sich trennten, brachte Retief ein neues heißes

Thema zur Sprache, bei dem es keine Unklarheit geben konnte: »Tjaart, würden Sie Reichsthaler in ein Projekt investieren, das Pieter Uys im Auge hat? Sie kennen Uys, ein sehr guter Mann.«
Van Doorn kannte ihn nicht, wohl aber de Groot, und zwar in sehr günstigem Sinn: »Vielleicht der beste Bure an der Küste. Was ist sein Plan?«
»Er beabsichtigt, auf eine Forschungsreise zu gehen. Die Küste hinauf zu den fruchtbaren Tälern entlang des Indischen Ozeans.«
»Warum?«
»Er glaubt, die Buren müßten vielleicht eines Tages dorthin ziehen. Ich will meine Farm nicht verlassen. Und ich weiß, Sie würden es auch nicht wollen, Tjaart. Es könnte aber sinnvoll sein, wenn wir es uns ansähen.«
»Zu welchem Zweck?« fragte van Doorn, und in den folgenden Jahren konnte er Retiefs Antwort nie vergessen. Sie hatten eine Stelle erreicht, an der Retief nach Norden zu seiner Farm abbiegen mußte, die zwischen den Bergen lag. Dort oben war ein Gebiet, das kein Mann freiwillig verlassen hätte, aber Retief sagte: »Ich fürchte, die Engländer sind entschlossen, uns zu vertreiben. Haben Sie Keers Berichte gelesen?«
»Sie wissen, daß ich nicht Englisch lesen kann«, sagte de Groot.
»Also, ich habe sie alle gelesen«, erklärte Retief sehr energisch, »und wissen Sie, was ich glaube? Nach längstens einem Jahr wird es keine Sklaverei mehr geben. Sie werden uns auch die Farbigen wegnehmen, und wie sollen wir dann Landwirtschaft betreiben?«
»Was hat Pieter Uys damit zu tun?« fragte de Groot.
»Ein kluger Mann faßt viele Pläne ins Auge«, antwortete Retief. »Nicht für Sie oder mich. Wir können es schaffen. Aber für die armen Buren, die durch die englischen Gesetze unter Druck gesetzt werden. Uys wird sich die Gebiete in Natal ansehen und uns sagen, ob wir sie bewirtschaften können.«
»Ist das Gebiet dort nicht schon in festen Händen?« fragte de Groot.
»Im Norden sind die Zulu, im Süden ein paar Engländer. Aber dazwischen gibt es herrliche Täler mit reichlich Wasser, Bäumen, fruchtbarem Land.«
Er bat wieder um Beiträge zur Expedition von Uys, und Tjaart mußte sagen: »Ich habe jetzt kein Geld. Legen Sie es für mich aus, und ich werde es zurückzahlen.« Die Engländer hatten vor kurzem ihre Währung eingeführt, mit der sie die holländische ersetzen wollten, die allgemein verwendet wurde, und de Groot hatte einige frische Banknoten bei sich. Als er Retief seine Spende übergab, nahm sie dieser in beide Hände und ließ die Sonnenstrahlen darauf spielen.
»Ich mag dieses Geld nicht«, sagte er.

Nachtmaal war die heilige Kommunion. Sie wurde viermal im Jahr abgehalten, und es wurde von den in der Nähe der Kirche wohnenden Siedlern erwartet, daß sie jedesmal daran teilnahmen. Buren in entfernteren Gebieten wurde es aber verziehen, wenn sie drei oder vier Jahre lang fernblieben, denn sie würden bei der ersten Gelegenheit in Scharen an Pilgerfahrten teilnehmen, die einen Monat lang dauern konnten. Sie brachten Kinder zur

Taufe mit, junge Liebespaare zur Trauung und alte Leute, die flüsterten: »Vielleicht ist das unser letztes *Nachtmaal.*«
Für solche Reisenden konnte es nichts Aufregenderes und seelisch Erhebenderes geben als diese fröhliche Feier der holländisch-reformierten Kirche, denn in ihrer Gemeinschaft lag gesellschaftliche Erneuerung und in ihren Gottesdiensten ein verstärktes Bekenntnis zum calvinistischen Glauben. Eine Woche des *Nachtmaal* verlieh dem Leben der Buren Würde und Harmonie und war eine Erklärung dafür, warum sie so fest zusammenhielten. Die Zeremonie war sorgfältig geplant: vier Tage lang täglich Gottesdienst in der Kirche, der am Sonntag vier Stunden dauerte; öffentliche Trauungen und Taufen; Aufnahme neuer Mitglieder in die Gemeinschaft; viel Zeit für Kauf und Verkauf von Besitz; und wunderbare Gesangsveranstaltungen, bei denen junge Menschen geradezu angeregt wurden, sich zu verlieben. Was aber allen am *Nachtmaal* gefiel, war die Bekräftigung der Freundschaft von Familien, die bei gemeinsamen Unternehmungen mitgemacht hatten: Fast jeder Mann hatte an Kommandotrupps teilgenommen; fast jede Frau hatte ein Baby oder einen Ehemann verloren; und alle hatten während der schwierigen Jahre über ihre Beziehung zu Gott nachgedacht. In der englischen Gemeinde gab es nichts, was dem *Nachtmaal* gleichkam, und das war einer der Gründe, weshalb man die Engländer nie irrtümlich für Holländer halten konnte.
Die Reise im Jahre 1833 war für die van Doorns ziemlich beschwerlich. Der Weg führte über zweiundneunzig Meilen schwieriges Terrain, wobei die sechzehn Ochsen bestenfalls acht Meilen im Tag schaffen konnten. Der Wagen hatte abgenutzte Räder und eine so zerrissene Plane, daß Tjaart seit einigen Jahren sagte: »Wir müssen uns einen neuen Wagen besorgen.« Da er nun nach Graaff-Reinet fuhr, der Hauptstadt des Nordostens, war er entschlossen, sich den bestmöglichen Wagen zu kaufen, sogar wenn er alle Schafe dafür eintauschen mußte, die er zur Stadt trieb.
Aber seine Erregung bei der Fahrt nach dem Norden war nichts im Vergleich zu der seiner Tochter. Sie hatte sich eingeredet, daß sie eine Art königliche Prozession bilden würden, sobald der Wagen van Doorns weit draußen in der Ebene den de Groots einholte. Bei der Einfahrt nach Graaff-Reinet, unweit des Wunderberges, würden sie dann Ryk Naudé treffen, der sie wie ein junger Prinz erwarten würde. Sie hatte ihre Begrüßungsrede bereits geprobt: »Guten Tag, Ryk. Wie schön, dich wiederzusehen.« Sie würde mit ihm sprechen, als ob sie sich erst vor zwei Tagen getrennt hätten, nicht vor zwei Jahren. Sie versuchte, ihre Brauen mit Kohle dunkler zu färben, und nahm rote Erde von der Stevens-Farm für ihre Wangen. Sie quälte ihre Mutter und ihre Sklavinnen, um sich zu überzeugen, daß sie vor Ryks Augen bestehen würde, und sie versicherten ihr, sie sei eine richtige kleine Dame, die jeder Mann gern haben würde.
Sie erlebte die wunderbaren Tage der erwachenden Neigung, und niemand beobachtete sie beifälliger als Tjaart. Er sagte zu seiner Frau: »Jakoba, wenn ein Mädchen fast vierzehn ist, sollte sie eigentlich daran denken, sich einen

Mann zu suchen. Du hattest beinahe zu lang gewartet.« Sie war volle sechzehn gewesen, als der Witwer van Doorn siebzig Meilen weit geritten war, um sie heimzuholen, und sie erinnerte sich noch, wieviel Sorgen sie sich gemacht hatte. »Minna ist für ihr Alter in Ordnung. Sie hat einen guten Kopf.«

Auch die älteren Familienmitglieder hatten sich um ihr Äußeres gekümmert: Jakoba hatte sich ein neues Kleid und eine neue Haube genäht, und sie hatte neue Schuhe für sich und Tjaart bei Koos bestellt, einem alten Schuster, der von einer Farm zur anderen zog. Tjaart hatte seinerseits seinen einzigen schönen dunklen Anzug ausgepackt: Jacke, Weste, Hose mit großer Klappe vorn, Filzhut mit riesiger Krempe. Am letzten Abend, als all die schönen Dinge auf dem Boden ausgebreitet lagen, bevor sie für die staubige Reise eingepackt wurden, nahm er die messinggebundene Bibel zur Hand und schlug sie bei Jesaja auf, wo er las: »›Wer ist der, so von Edom kommt, mit rötlichen Kleidern von Bozra? Der so geschmückt ist in seinen Kleidern und einhertritt in seiner großen Kraft?‹« Und er beantwortete die rhetorische Frage mit seinen eigenen Worten: »Es ist die Familie von Tjaart van Doorn. Sie reist nach Graaff-Reinet zum *Nachtmaal*, um Dir Ehre zu erweisen.«

Am Morgen brachen sie auf – Vater, Mutter, zwei Söhne und die Tochter Minna –, alle in ihren ältesten, gröbsten Kleidern, die drei Männer mit breitkrempigen Hüten, die beiden Frauen mit Sonnenhäubchen, um ihren Teint vor der Sonne zu schützen. Vier Farbige begleiteten sie, um die sechzehn Ochsen zu versorgen, abends die Zelte aufzuschlagen und die große Schafherde zu bewachen, die Tjaart gegen einen neuen Wagen einzutauschen gedachte, sowie drei Sklavinnen, die kochen und für die Bedürfnisse der Reisenden sorgen sollten. Am späten Nachmittag machten sie halt, denn die Ochsen mußten bei Tageslicht ausgespannt werden, damit sie von dem nahrhaften, aber spärlichen Gras fressen konnten.

Sie folgten einer Route, die die Leute van Doorns seit vielen Jahren kannten. Ihr Kurs verlief genau nordnordwestlich, wich aber mitunter scharf ab, um das Durchqueren von Schluchten und das Umgehen großer Hügel zu ermöglichen. Deshalb mußte Tjaart nachts, wenn das Kreuz des Südens am Himmel erschien, den Kurs korrigieren, was er in der Überzeugung tat, daß sie am Morgen vertraute Hügel sehen würden.

Die langsame Bewegung der Ochsen, von denen jeder nur auf seinen speziellen Namen hörte, das Schwanken des Wagens, der leise Gesang der Sklaven und der rhythmische Marschtritt der Männer führten zum Verlust jeglichen Zeitgefühls und zu einer Lethargie, in der es ständige Bewegung, aber wenig Abwechslung gab; nur die Leere des riesigen Velds, durch das zu dieser Jahreszeit nicht einmal Tiere kamen.

Aber es gab einige Aufregung. Minna, der bewußt war, daß sie Graaff-Reinet immer näher kamen, wurde allmählich nervös. Sie hielt sich konsequent im Schatten, damit ihr Teint möglichst hell blieb, denn sie wußte, daß die Burenmänner das an ihren Frauen schätzten. Wenn die Nachmittagssonne

ihrem Gesicht zu schaden drohte, zog sie eine leichte Ziegenfellmaske hervor, die sie als Sonnenschutz trug. Sie glättete auch immer wieder ihr grobes Leinenkleid, als bereite sie sich schon jetzt auf das Zusammentreffen mit dem jungen Naudé vor. Und oft stimmte sie in den Gesang der Sklavinnen ein, denn ihr Herz schlug aufgeregt und suchte Beruhigung. Sie war vielleicht nicht schön, aber es war erhebend zu sehen, wie sie im Veld aufblühte, gleich einer Blume, die sich nach langer Dürre öffnet, und Tjaart freute sich an ihrem Glück.
Ihre Nervosität wurde zum Teil durch den verspäteten Aufbruch zum *Nachtmaal* ausgelöst, was bedeutete, daß die van Doorns und de Groots nicht, wie geplant, am Mittwoch, sondern erst am Freitag ankommen würden, an dem die Zeremonien bereits beginnen würden; und gerade in diesen den Predigten vorangehenden Tagen warben die jungen Leute umeinander.
»Minna!« versicherte ihr Vater, »er wird dich um so mehr schätzen, wenn du später ankommst. Er wird danach verlangen, dich zu sehen.«
Und dann ereignete sich das kleine Wunder, das die Aussicht auf das *Nachtmaal* verschönte, wie sonst nichts es hätte zuwege bringen können. Im Osten erhob sich in weiter Ferne eine leichte Staubfahne: Sie mußte fünfzehn Meilen entfernt sein, zwei Reisetage, aber dort war sie, ein Zeichen am Himmel. Und während dieses ganzen ersten Tages beobachteten die van Doorns die Staubsäule, und nachts strengten sie ihre Augen an, um eine Andeutung von Licht zu entdecken – vielleicht ein Lagerfeuer –, aber es zeigte sich keines, und am zweiten Tag sahen sie voller Freude, wie sich die Säule verbreiterte. Sie wurde durch ein großes Ochsengespann verursacht.
Es waren die de Groots, die von Nordosten kamen und eine Rinderherde zum *Nachtmaal* trieben. Sie hielten genau auf die van Doorns zu, und noch vor dem Abend trafen sie zusammen. Die Frauen küßten einander, die Männer klopften einander auf die Schultern, und die Diener und Sklaven erneuerten fröhlich ihre Freundschaft.
Die beiden Wagen blieben die nächsten vier Tage beisammen, an deren Ende de Groot selbstsicher sagte: »Morgen werden wir Spandau Kop sehen«, und Minna ging an der Spitze des Zuges, als sie rief: »Dort ist er!«
Tjaart hatte diesen unwahrscheinlich schönen Hügel zum erstenmal als Kind gesehen, als er mit Lodevicus dem Hammer zum *Nachtmaal* gereist war, und für ihn war er eines der Leuchtfeuer, die Gott in alle Wüsten der Welt gesetzt hatte, um Sein Volk zu führen. Als Abraham aus Babylon gekommen war, hatte er solche beruhigenden Zeichen gesehen, und Joseph, der aus Ägypten heimreiste, hatte sie ebenfalls erblickt. Was aber Tjaart als Kind nicht zu würdigen wußte, war die vieltürmige Kette höherer Berge, die Graaff-Reinet umstanden und eine Art schützendes Amphitheater bildeten. Wenn man von dem flachen Veld kam, war die monumentale Erscheinung dieser kleinen Stadt überwältigend, und Tjaart sah mit Vergnügen, daß seine Tochter ebenso an dem Anblick Gefallen fand wie er in diesem Alter.

Die ganze Stadt war den überdachten Wagen mit Männern und Frauen überlassen, die über große Entfernungen zu dieser religiösen Zeremonie angereist waren: Sechzig Gruppen waren bereits eingetroffen, hatten ihre Segeltuchzelte neben ihren Wagen aufgestellt, und ihre Ochsen weideten auf den nahe gelegenen Wiesen, behütet von den Hirten, die sich am Lärm und an dem Bier ebenso erfreuten wie ihre weißen Herren.
Als die van Doorns eintrafen, war der große Platz vor der Kirche bereits voller Wagen, aber die von Bäumen gesäumte Straße, die zum Pfarrhaus führte, war in gewisser Hinsicht vorzuziehen, denn dort mußte man nicht so eng bei seinem Nachbarn lagern.
Es war Freitag morgen, und bevor Minna Zeit hatte, den jungen Ryk Naudé aufzusuchen, mußten alle in der berühmten Kirche mit den weißen Mauern zusammenkommen. Die van Doorns trafen gerade ein, als der erste lange Gottesdienst beginnen sollte, und mußten sich mit zwei Tatsachen abfinden, die sie aus der Fassung brachten. Der ortsansässige *dominee*, ein Schotte, der ein Burenmädchen geheiratet hatte, sprach mehr holländisch als englisch; er hatte sechs Söhne, von denen fünf in Graaff-Reinet die Weihen empfangen würden, und fünf Töchter, von denen vier *dominees* heiraten würden. Dieser beliebte Mann, ein besserer Bure als so mancher echte Bure, war nach Kapstadt gereist und wurde vertreten durch einen großen, rotgesichtigen Priester aus Glasgow, der ein kaum verständliches Holländisch sprach; und die gerade im Entstehen begriffene lokale Mundart klang mit dem schweren schottischen Akzent recht eigenartig.
Und dann sah Minna zu ihrem Entsetzen, daß Ryk bei einem Ehepaar saß, das eine fünfzehn- oder sechzehnjährige Tochter von bemerkenswerter Schönheit besaß. »Ach!« seufzte sie, und als ihr Vater fragte, was los sei, konnte sie nur mit zitterndem Finger auf die andere Seite des Kirchenschiffes zeigen. Ihre Geste hatte bedauerliche Folgen, denn nun erblickte Tjaart das Mädchen und konnte während des ganzen Gottesdienstes den Blick nicht von ihr abwenden. Sie war ein wunderschönes Kind und zugleich schon eine Frau, mit heller Haut, aber leicht geröteten Wangen. Ihr Gesicht war rund und ebenmäßig geformt, ihr Hals und ihre Schultern waren beängstigend aufregend, und obwohl er wußte, daß er eine Sünde beging, begann er sie in Gedanken auszuziehen, und das Fallen ihrer Kleider war aufreizender als alles, was er bis jetzt erlebt hatte.
»Schau sie an!« flüsterte Minna; er zwinkerte und begann, sie mit anderen Augen zu sehen, und was er sah, ließ Kummer für seine Tochter erwarten, denn dieses Mädchen, wer immer sie sein mochte, hatte sich sichtlich in den Kopf gesetzt, Ryk Naudé zu heiraten, und schmeichelte sich mit allen weiblichen Tricks bei ihm ein: Kopfhaltung, Armbewegungen, intensives, überzeugendes Lächeln, das Blitzen weißer Zähne. Und der junge Mann schien durch dieses Feuerwerk in der Tat völlig verwirrt. Tjaart, der selbst von dem Mädchen so tief beeindruckt war, wußte, daß Minna ihren jungen Freier verloren hatte. Um sich selbst und seine Tochter zu beruhigen, ergriff er ihre Hand und spürte, daß sie zitterte.

Keiner von den van Doorns schenkte dem schottischen Geistlichen viel Aufmerksamkeit, zumal er eine der langweiligsten Predigten hielt, die sie je gehört hatten. Ihm fehlte das Feuer eines wahren calvinistischen Predigers, seine Stimme blieb monoton, es gab bei ihm keinen der stürmischen Ausbrüche, die die Buren liebten, und oft konnte man seine Worte nur schwer verstehen. Das wahre Feuer brannte an diesem Tag auf den von Ryk Naudé und seinem neuen Mädchen besetzten Plätzen.

Als die Predigt zu Ende war und die Buren auf den Platz hinaustraten, ging Minna ohne jedes Gefühl für Anstand rasch auf Naudé zu, richtete es so ein, daß er ihr nicht entkommen konnte, und sagte keck: »Tag, Ryk. Ich habe darauf gewartet, dich zu sehen.«

Er nickte verlegen und erinnerte sich, daß er vor zwei Jahren versprochen hatte, sich beim nächsten *Nachtmaal*, bei dem sie einander treffen würden, um Minna zu kümmern. Er wußte jedoch, daß alle derartigen Zusagen durch die erregende Ankunft des Mädchens hinfällig geworden waren, das er nun vorstellte: »Das ist Aletta.« Ihren Familiennamen nannte er nicht, denn er hatte bereits beschlossen, daß sie, bevor dieses *Nachtmaal* zu Ende war, den seinen tragen würde.

Aletta benahm sich Minna gegenüber ebenso reizend, wie sie während des Gottesdienstes zu Ryk gewesen war, und als Minnas Vater schwerfällig heranpolterte, war sie ebenso freundlich, streckte die Hand aus und begrüßte ihn mit liebreizendem Lächeln: »Ich bin Aletta Probenius. Mein Vater betreibt einen Laden.«

»Er ist der Mann, den ich suche«, sagte Tjaart, erfreut, weiter durch seine Geschäfte mit diesem aufregenden Mädchen in Verbindung zu bleiben. »Stimmt es, daß er einen Wagen zu verkaufen hat?«

»Er führt fast alles«, sagte Aletta mit einer bezaubernden Kopfbewegung, und bei den verschiedenen Veranstaltungen, die neben dem *Nachtmaal* abliefen, zeigte sie, daß auch sie, wie ihr Vater, fast alles führte: Lächeln, Witz, Grazie und gewaltige sexuelle Anziehungskraft.

Für Minna war dieser erste Freitag eine Qual. Ein scharfer Blick auf die strahlende Aletta machte ihr klar, daß ihre Chancen, Ryk Naudé zu heiraten, sich in Luft aufgelöst hatten, und das verwirrte sie so, daß sie eine Reihe von Dingen tat, die sie überaus dumm erscheinen ließen. Zuerst ging sie zu Ryks Wagen, um ihn an das zu erinnern, was er ihr vor zwei Jahren versprochen hatte... »Wir waren damals Kinder«, sagte er.

»Aber du hast es mir versprochen.«

»Seither ist manches geschehen.«

»Aber du hast es mir versprochen«, wiederholte sie, faßte seine Hand, und als er versuchte, sie zurückzuziehen, umarmte sie ihn. Sie begehrte ihn, begehrte ihn verzweifelt und war entsetzt bei dem Gedanken, wieder auf Jahre in das einsame *De Kraal* zurückzukehren, nach denen sie vielleicht zu alt sein würde, um sich einen Ehemann zu angeln.

Der achtzehnjährige Ryk hatte so etwas noch nie erlebt, denn Aletta hatte ihm höchstens erlaubt, ihre Hand zu halten. Er war so verwirrt, daß er nicht

wußte, was er tun sollte, da tauchte seine Mutter auf, erkannte, was vor sich ging, und sagte ruhig: »Tag, Minna. Solltest du nicht lieber zu deinen Eltern gehen?«
»Ryk hat mir versprochen, er...«
»Minna«, sagte Mevrouw Naudé, »du solltest jetzt lieber gehen.«
»Aber er hat versprochen...«
»Minna! Geh nach Hause!« Und sie schob das bestürzte Kind fort.
Die nächsten Tage waren eine Tortur. In der Kirche starrte Minna, wie ihr Vater, Aletta an, und eines Abends folgte sie dem Mädchen nach dem Gottesdienst zum Laden ihres Vaters und stellte sie: »Ryk Naudé ist mir versprochen.«
»Minna, sei nicht albern. Ryk und ich werden heiraten.«
»Nein, er hat mir versprochen...«
»Was immer er dir versprochen hat«, sagte Aletta mit einer Freundlichkeit, die jeden anderen beschwichtigt hätte, »geschah vor zwei Jahren. Ihr wart Kinder, und nun ist er ein Mann, und er wird mich heiraten.«
»Ich lasse euch nicht heiraten!« schrie Minna, ihre Stimme wurde so laut, daß Mijnheer Probenius aus seinem Laden kam und sah, wie seine Tochter von einem fremden Mädchen bedroht wurde, das viel jünger war als sie.
»Was geht da vor?« rief er, und als es klar wurde, daß die Mädchen wegen eines Mannes stritten, lachte er herzlich und sagte: »Wenn ihr mich fragt, ist Ryk die Mühe nicht wert. Ihr wärt beide besser dran ohne ihn.«
Er legte seine Arme um die beiden Mädchen, setzte sich mit ihnen nieder und sagte zu Minna: »Du kannst nicht älter sein als dreizehn. In Holland, wo ich herkomme, heiraten Mädchen nicht, ehe sie zwanzig sind. Minna, du hast noch sieben Jahre Zeit.«
»Nicht in der Wildnis. Und Ryk hat mir versprochen...«
»Männer versprechen vieles«, sagte Probenius. »Im Augenblick gibt es in Holland drei Mädchen, denen ich versprochen habe, sie zu heiraten, wenn ich nach Haarlem zurückkomme. Und jetzt sitze ich mit einer sechzehnjährigen Tochter in Graaff-Reinet, die am Dienstag getraut wird.«
»Getraut!« schrie Minna und brach in die herzzerreißenden Tränen eines Mädchens aus, das sich bemüht, wie eine Frau zu handeln.
Zu ihrer Verwunderung nahm Probenius ihr rundes, tränenüberströmtes Gesicht in beide Hände, zwang sie aufzusehen und küßte sie. »Minna, diese Welt ist voll von jungen Männern, die eine Frau wie dich brauchen.«
»Nicht in der Wildnis«, wiederholte sie eigensinnig, während Probenius sie in die Höhe zog und sagte: »Keiner von uns wird darüber sprechen!« Und er führte sie sanft zum Wagen ihrer Eltern.
Natürlich sprachen alle davon, und als Tjaart in den Laden kam, um über den Tausch seiner Schafe gegen einen neuen Wagen zu feilschen, stellte er fest, daß Probenius, der etwas älter war als er, darüber beunruhigt war, daß der Klatsch sich so heftig mit der kleinen Minna beschäftigte: »Sie ist ein so liebes Mädchen, van Doorn, und es tut mir leid, daß das geschehen ist. Aber sie wird eine Menge anderer junger Männer finden.«

»Ihr Herz hing an Ryk. Was für ein Bursche ist er?«
»Das übliche. Redet großartig. Nicht viel dahinter.«
»Sind Sie mit ihm zufrieden?«
»Sind Eltern jemals mit jemandem zufrieden?«
»Aletta ist ein hinreißendes Mädchen.«
»Mitunter habe ich Angst um sie. Daheim in Haarlem wäre sie in Ordnung. Dort gibt es viele junge Männer, die ihr den Hof machen würden, denn sie ist hübsch. Aber auch viele junge Frauen, die ebenso reizvoll sind, so daß ihr dann und wann das Herz brechen würde.«
»Wie stehen die Dinge in Holland?«
»Wie überall, ein bißchen undurchsichtig.«
»Werden Sie zurückgehen?«
»Ich? Das Paradies den kalten Wintern zuliebe verlassen?« Er kam hinter seinem Ladentisch hervor und trat zu Tjaart. »Nachdem die Jan Compagnie euer Land den Engländern gegeben hat, hat man uns gewarnt, daß kein Holländer aus den Niederlanden hier willkommen sein würde. Wir kamen trotzdem her. Ihr solltet für jeden Tag dankbar sein, den ihr in diesem Wunderland leben dürft.«
Beim Handeln war Probenius ein harter Mann, was seinen auffallenden Erfolg erklärte, aber Tjaart war ebenso hartnäckig, wofür seine ertragreiche Farm Zeugnis ablegte. Am Ende der Verhandlungen am Freitag war man nicht einmal in die Nähe einer Vereinbarung gelangt. Tjaart hatte einige der schönsten Schafe, die man in Graaff-Reinet je gesehen hatte, und Probenius hatte einen neuen Wagen, der allem überlegen war, was van Doorn je verwendet hatte.
»Sie bauen keine Wagen«, sagte Tjaart. »Woher haben Sie diesen da?«
»Von einem Engländer namens Thomas Carleton in Grahamstown.«
»Ich kenne Carleton. Ich könnte ihn billiger bekommen, wenn ich nach Grahamstown führe.«
»Stimmt, aber Ihre Schafe sind nun einmal hier. Also müssen Sie sie hier tauschen. Und meinen Preis kennen Sie.«
Am Sonnabend brachte Tjaart seine Familie mit, um den Wagen zu begutachten, und sie fanden ihn sogar noch besser, als Tjaart berichtet hatte. Er war ein prächtiges Stück und so gebaut, daß man ihn zum Transport durch Schluchten zerlegen und leicht wieder zusammensetzen konnte. Er war auch schön ausgewogen, und die Deichsel war so an der Vorderachse befestigt, daß das Gefährt schnell auf jede Wendung der Ochsen reagierte. Sogar die gewölbten Reifen über dem Wagenkasten, an denen die Plane befestigt wurde, waren schön geschmirgelt, um die rauhen Kanten zu beseitigen. Er war in jeder Hinsicht hervorragend, und die van Doorns brauchten ihn.
Am Sonntag gab es natürlich kein Feilschen, sie hätten auch kaum viel Zeit dafür gehabt, denn der Pfarrer erbot sich, zusätzlich zu dem vierstündigen Gottesdienst und der Aufnahme neuer Mitglieder in die Gemeinde einen eigenen Gottesdienst für die Taufe jener Babys abzuhalten, die die Messe am Sonnabend versäumt hatten, und die ganze Familie van Doorn mußte

anwesend sein, denn die de Groots brachten ihren jüngsten Sohn zur Taufe. Es war Paulus, ein gesunder, stämmiger kleiner Junge mit kräftiger Lunge und einer robusten Natur. Der schottische Geistliche war so eingenommen von ihm, daß er den kleinen Kerl am Ende des Gottesdienstes auf die Stirn küßte und sagte: »Der wird ein unerschütterlicher Streiter Gottes sein.« Die de Groots waren nicht ganz glücklich darüber, daß ihr Sohn durch diesen Schotten in die Burenkirche aufgenommen worden war, schenkten aber dem *dominee* dennoch zwei Schafe für den zusätzlichen Gottesdienst.

Am Montag ging Tjaart wieder in den Laden, um die Verhandlungen zu Ende zu führen, und zufällig war Probenius nicht anwesend, sondern seine Tochter Aletta, und Tjaart redete beinahe eine Stunde lang mit diesem lebhaften, reizenden Mädchen, wobei er jedes Detail bemerkte. Sie hatte eine melodische Stimme und lachte leicht und unbeschwert, als sie ihm erklärte, daß ihr Vater nie einen Preis reduziere, wenn er ihn einmal festgesetzt hatte: »Sie werden Schwierigkeiten haben, Mijnheer, wenn Sie das versuchen.«

»Ich habe bei allem, was ich tue, Schwierigkeiten«, versicherte er ihr, wobei er sich nicht entgehen ließ, wie bezaubernd ihre Figur in dem Baumwollkleid zur Geltung kam, wenn sie nach einem Gegenstand auf den höheren Regalen griff. »Ihr Leute in Graaff-Reinet – ihr werdet ja eine richtige Stadt. Müssen schon drei- bis vierhundert Häuser hier sein.«

»Aber es ist nicht wie Kapstadt, oder? Dorthin möchte ich gerne ziehen.«

»Das weiß ich nicht. Ich war nie dort.«

Am Ende des Gesprächs mit ihr meinte Tjaart, daß er noch nie ein so charmantes Mädchen kennengelernt hatte, und er war irgendwie verärgert, als ihr Vater erschien, um über den Wagen zu verhandeln: »Wir wollen uns über eines klar sein, van Doorn. Wenn ich einmal den Preis festgesetzt habe, setze ich ihn nie herab.«

»Wir wollen uns über einen zweiten Punkt klar sein«, erwiderte Tjaart. »Ich bin durchaus bereit, meine Schafe wieder nach Hause zu treiben und nach Grahamstown zu fahren. Sie wissen es vielleicht nicht, aber ich habe vorigen Monat ein Kommando angeführt, bei dem der junge Carleton mitmachte. Als ich heimging, sagte seine Frau, ich würde bei ihnen immer willkommen sein. Können Sie erraten, warum?«

In Südafrika gab es zwei Ereignisse, die in den Herzen gewöhnlicher Menschen Schrecken verursachten: wenn zwei Elefantenbullen im Busch tobten und in ihrem Kampf Bäume niedertrampelten, und wenn zwei Buren über ein Geschäft verhandelten. Beeindruckte Engländer, die die Verschlagenheit, die Tücke, die Täuschungen, das Prahlen und die vollkommene Verdrehung der Tatsachen beobachteten, wenn ein schlauer Bure einen anderen zu übertölpeln versuchte, fragten sich manchmal, wie die neue Nation angesichts dieser Leidenschaften und Beinahe-Strangulierungen überleben konnte. »Ich glaube«, schrieb Richard seinem Bruder im Parlament, »daß sie die eigensinnigsten Menschen sind, die ich je kennengelernt habe. Anstatt dem anderen den kleinsten Vorteil einzuräumen, stemmen sie die Fer-

sen in den Boden wie ein Dutzend halsstarriger Maultiere und rühren sich nicht, weder vor- noch rückwärts, bis zum Jüngsten Tag.«
»Der Grund, weshalb ich den Carletons immer willkommen wäre«, sagte Tjaart lässig, »und sie mir ihren besten Wagen zu einem günstigen Preis geben würden, ist der, daß ich Thomas während des Kommandoeinsatzes das Leben gerettet habe.«
»Dann sollten Sie eigentlich wegen des geringen Vorteils, den Sie erzielen würden, Ihre Schafe hundert Meilen zurück und dann noch weitere fünfzig Meilen weit treiben.«
»Ich bin bereit, genau das zu tun«, erklärte Tjaart, und bei diesem Punkt hätte er den Laden verlassen sollen, um Probenius Zeit zu lassen, über seine Dummheit nachzudenken, denn er wußte, daß Probenius die Schafe brauchte. Aber da kehrte Aletta wieder zurück, und sie glich so sehr einer Gazelle, die sich an einem Fluß ausruht, daß Tjaart gefangen war. Er blieb also, und ihr Vater verstand sehr bald, warum: Während sie anwesend war, erwähnte er den Wagen nicht, aber als sie fortging, fragte er: »Also, wann werden Sie die Schafe liefern?«, worauf Tjaart antwortete: »Bei Ihren Preisen nie.« Und er stampfte aus dem Laden, genau wie es der Burenbrauch verlangte.
Am Dienstag wurde nicht verhandelt, denn das war der Tag der Hochzeiten, an dem hagere Paare aus den entfernten Hügelgebieten mit ihren drei oder vier Kindern vor den Geistlichen traten, um ihre Verbindungen auch vor Gott anerkennen und durch die Gemeinde bestätigen zu lassen. Es war ein feierlicher Tag. Die Grenzkirche war voll von Zeugen, die diese Zeremonie benützten, um ihre eigenen Gelübde zu erneuern, und neun- und zehnjährige Mädchen lauschten mit großen Augen, wie die Worte des Sakraments gesprochen und die Ehen gesegnet wurden.
Aber der Höhepunkt des Tages entsprach mehr der Tradition. Denn nun kamen die jungen Paare, und an diesem Dienstag heiratete der gutaussehende Ryk Naudé die bezaubernde Aletta Probenius. Sie standen vor dem Geistlichen wie zwei goldene, gesegnete Geschöpfe, und ihre jugendliche Schönheit überstrahlte alle Zeremonien, die vorher stattgefunden hatten; an ihnen sah man, was eine Hochzeit sein sollte, und Minna van Doorn weinte, während sie getraut wurden.
Am Mittwoch kam der Ladenbesitzer Probenius zu Tjaarts Wagen, versetzte einem Rad einen Tritt und fragte: »Glauben Sie wirklich, Sie können dieses Ding nach *De Kraal* zurückbringen?«
»Ja«, antwortete Tjaart, »denn wenn Sie mir sagen, daß unser Geschäft geplatzt ist, fahre ich meinen Wagen zum Schmied Viljoen und lasse ihn in Ordnung bringen.«
»Haben Sie Viljoen beim *Nachtmaal* gesehen? Hat Ihnen niemand gesagt, daß er Elfenbein nach Kapstadt transportiert?«
»Hat Ihnen niemand gesagt, daß ich das weiß und dafür gesorgt habe, daß meine Jungen Viljoens Schmiede benützen können, um die Reparaturen selbst auszuführen?«

Wer log? Das ließ sich bei einem Burenhandel nie feststellen, denn die Wahrheit war dehnbar, und die Wunschvorstellungen der Männer verwandelten sich in eindeutige Feststellungen, die man auf einer ganz anderen Waage wiegen mußte als auf der Feinwaage, die Juweliere zum Wiegen von Gold verwenden. Die kaufmännische Ehrlichkeit der Buren war anpassungsfähig, und nachdem Probenius die Situation sorgfältig abgewogen hatte, sagte er im Brustton der Ehrlichkeit: »Tjaart, Sie brauchen meinen Wagen.« Dabei versetzte er dem Rad einen so kräftigen Tritt, daß es sich beinahe in seine Bestandteile auflöste. »Und ich könnte Ihre Schafe ganz gut brauchen, so mager sie auch sein mögen. Lassen Sie uns ernstlich über einen angemessenen Preis sprechen.«
»Aber wir dürfen nicht nur an Graaff-Reinet denken«, erwiderte Tjaart im gleichen Brustton absoluter Ehrlichkeit, »denn ich bin nicht gezwungen, meine fetten, erstklassigen Schafe einzutauschen. Ich kann sie immer noch nach Grahamstown treiben und dort ein besseres Geschäft abschließen.«
»Ich möchte nicht, daß Sie Ihre Zeit vergeuden«, sagte Probenius, als verhandle er mit seiner eigenen Mutter über ein Geschäft. Und er bot einen neuen Preis an.
Zum Glück kam in diesem Augenblick ein außergewöhnlicher Mann vorbei, der Tjaart suchte, und lieferte ihm so einen Vorwand, die Verhandlungen zu verschieben: »Denken Sie darüber nach, Probenius.« Und er nannte einen beträchtlich niedrigeren Preis als den, den der Ladenbesitzer eben vorgeschlagen hatte, der aber nicht so niedrig war, daß Tjaart Probenius damit beleidigt hätte. »Ich habe versprochen, mit diesem Gentleman zu reden.«
Es war eine seltsame Wortwahl, denn wenn es beim *Nachtmaal* jemanden gab, der kein Gentleman war, so war es dieser merkwürdige, achtundvierzigjährige Theunis Nel, ein kleiner, zerknitterter, unrasierter, schlecht gekleideter Mann mit einem kümmerlichen Schnurrbart, der auf seiner Oberlippe zitterte, wenn er sprach. Dreimal schon war er während des *Nachtmaal* zu Tjaart gekommen, um sich von ihm beraten zu lassen, und war dreimal abgewiesen worden. Jetzt war er in einem Augenblick gekommen, in dem Tjaart es für zweckdienlich hielt, sein Feilschen mit Probenius zu unterbrechen, und so wurde der kleine Mann zu seiner Überraschung überaus freundlich empfangen.
»Theunis, mein lieber Freund, was kann ich für Sie tun?«
Zusätzlich zu seinen übrigen Schwächen hatte Nel noch zwei, die viele Menschen irritierten: Er stieß mit der Zunge an, und sein linkes Auge schielte und tränte zugleich, so daß jeder, der mit ihm sprach, verwirrt zuerst auf das eine und dann auf das andere Auge blickte, ohne zu wissen, welches ihn anschaute, und wann immer eine Entscheidung erreicht wurde, unterbrach Theunis das Gespräch, nahm ein schmieriges Taschentuch heraus und wischte sich das Auge ab: »Ich habe eine Erkältung, wissen Sie.« Nun sagte er in flehendem Ton: »Bitte, Tjaart, sprechen Sie noch einmal mit dem Geistlichen.«
»Das ist völlig sinnlos, mein Lieber.«

»Vielleicht haben sich die Dinge geändert. Vielleicht wird er mitfühlender sein.«
»Haben Sie keine Arbeit? Haben Sie nichts zu essen?«
»O doch! Ich unterrichte in der Schule... für mehrere Familien... jenseits der Berge.«
»Ich bin sehr froh, daß Sie Arbeit haben, Theunis.«
Dann offenbarte sich das schreckliche Feuer, das im Herzen dieses kleinen Mannes brannte. Mit sich überstürzenden Worten und noch schlimmer lispelnd als gewöhnlich sagte er: »Tjaart, Gott ruft mich wirklich. Ich habe eine Sendung zu erfüllen. Es drängt mich, durch diese Gemeinde zu gehen, zu helfen und zu beten. Tjaart, Gott hat zu mir gesprochen. Seine Stimme hallt in meinen Ohren. Um seinetwillen, wenn nicht um meinetwillen, bitten Sie den Geistlichen, mir die Weihen zu geben.«
Er war ein bedauernswerter Mann. Jede richtige theologische Schule daheim in Holland hatte ihm die Aufnahme verweigert, und er war dann in einer Art Missionarschule in Deutschland halb ausgebildet worden. Er war sicherlich kein Geistlicher, und deshalb versuchte er so leidenschaftlich, die Priesterweihe zu bekommen. Er war aber auch kein Laie, denn er war auf dem Weg nach Java gewesen, um dort in einer Mission zu arbeiten, als der letzte holländische Gouverneur am Kap ihn von seinem Schiff heruntergeholt hatte, damit er in dieser Eigenschaft in Südafrika diente: als Wanderlehrer, Wanderprediger, Krankentröster an der Grenze. Seine einzige Fähigkeit war jedoch die aller holländischen Krankentröster in Afrika und Java: Er brachte den Sterbenden wirklichen Trost. Unbedeutend, ohne Pomp oder große Ansprüche, aber überzeugt davon, daß ihn Gottes Finger unmittelbar berührt hatte, kam er in die armseligste Hütte an der Grenze und sagte: »Das Leben nimmt seinen Lauf, Stephanus, und nun rüstet das Kommando zum letzten Angriff. Ich habe dich ein Dutzend gute und schlechte Jahre hindurch beobachtet und bin überzeugt, daß Gottes Blick auf dir ruht. Der Tod ist noch nicht gekommen. Du hast noch viele Tage, um über das durch die göttliche Vorsehung vorbestimmte Leben nachzudenken, dessen du dich erfreut hast. Die Kinder. Die Felder. Stephanus, du verläßt eine Herrlichkeit, um in die andere einzugehen, und ich wünschte, ich könnte mit dir gehen, Hand in Hand, um zu sehen, was du sehen wirst. Verbringe diese letzten Tage in Besinnung. Soll ich dir eine Predigt vorlesen, die in Amsterdam über das Wesen des Himmels gehalten wurde?«
Und das war sein ständiger Kummer. Als Krankentröster konnte Theunis Nel nur die Predigten anderer vorlesen, aber nie eine eigene halten. Die Kirchenvorschriften, die sein Verhalten bestimmten, waren darin sehr streng. Hätte er es jemals gewagt, in jenen frühen Tagen holländischer Herrschaft zu predigen, wäre er ins Gefängnis geworfen worden. Jetzt, nach englischem Gesetz, würde er zwar dem Gefängnis entgehen, nicht aber der Ächtung durch seinesgleichen. Also trug er immer ein Büchlein mit Predigten bei sich, die er auswendig konnte, aber vorsichtigerweise weiterhin vorlas, denn nur das war gestattet.

»Bitte, Tjaart, die Jahre vergehen, und ich bin noch nicht geweiht. Werden Sie mit dem Pfarrer sprechen?«
»Haben Sie eine Bibel?« fragte Tjaart. Theunis nickte eifrig, dann gingen sie zu seinem Wagen, und dort fand Tjaart im dritten Buch Mose die Stelle, die er brauchte; sie war erschreckend klar:

> Und der Herr redete mit Moses und sprach... Wenn an jemand... ein Fehl ist, der soll nicht herzutreten, daß er das Brot seines Gottes opfere... Oder höckerig ist oder ein Zwerg, der einen Fleck auf dem Auge hat oder schielt... oder Flechten hat oder der gebrochen ist... der soll nicht zum Altar nahen, weil der Fehl an ihm ist, daß er nicht entheilige mein Heiligtum.

Er ließ das Buch offen, damit Theunis es selbst sehen konnte, wenn er wollte, und sagte: »Da steht es. Sie haben einen Fehl am Auge. Sie sehen aus, als wären Sie bucklig. Es ist unmöglich, daß Sie Geistlicher werden.«
»Es ist nur eine Erkältung«, sagte der kleine Mann und fuhr sich über sein Anstoß erregendes Auge. Und dann war es aus mit der Verstellung, er kratzte an seinem Auge und schrie: »Ich wünschte zu Gott, ich könnte es herausreißen.«
»Dann wären Sie blind, und der Fehl wäre noch schlimmer.«
»Was soll ich tun?« fragte Nel bittend, und Tjaart konnte nur sagen: »Sie sind ein Lehrer. Sie sind Gottes Krankentröster. So müssen Sie dienen.«
»Aber ich könnte so viel mehr tun, Tjaart! Haben Sie die schrecklichen Predigten gehört, die der dicke Schotte gehalten hat? Kein Feuer. Kein Hauch von Gott. Es ist eine Schande.«
»Aus unerforschlichen Gründen hat Gott Ihnen verboten zu predigen. Geben Sie sich zufrieden.«
Und er schob den schwierigen kleinen Mann fort und beobachtete ihn, während er zu dem Wagen zurückkehrte, der ihn zu den vier Farmen bringen würde, wo er seine Schule leitete, und wenn diese Kinder erwachsen waren, zu vier anderen Farmen und wieder zu vier anderen, bis ein jüngerer Krankenpfleger zu gegebener Zeit kommen würde, um ihm sein Sterben zu erleichtern. Er war ein Mann Gottes, den Gott verschmähte.

Auf der Rückfahrt nach *De Kraal* in dem neuen Wagen dachte Tjaart mehrmals, er würde vor seiner ganzen Familie in Tränen ausbrechen, etwas, das er nie getan hatte. Aber sein Schmerz über die Verzweiflung der kleinen Minna war fast mehr, als er ertragen konnte, und obwohl er versuchte, sie zu trösten, hatte er das Gefühl zusammenzubrechen und ging fort, ehe er sich lächerlich machte. Er wanderte neben dem Leitochsen und versuchte, nicht an ihren Schmerz zu denken. Seine Erinnerung fixierte sich auf Aletta, wie sie im Laden arbeitete, sich streckte, um eine Schachtel zu suchen, oder wie sie am Tag ihrer Hochzeit wie eine aus dem Veld erstandene Fee gewirkt hatte, ganz Gold und Lächeln und Zauber. Er gab sich eines Nachmittags

solchen Visionen hin, als er plötzlich einen Schrei aus dem Wagen hörte, und als er zurückeilte, stellte er fest, daß Minna das Tuch, in das ihr neues Kleid eingeschlagen war, geöffnet hatte, das Kleid zerriß und die Fetzen aufs Veld warf.
»Tochter!« schrie er wütend. »Was tust du?«
»Es ist sinnlos! Ich bin verloren!«
Er kletterte zu ihr in den Wagen, nahm sie in die Arme und sagte den Sklavinnen, sie sollten die Stoffstücke einsammeln und das Kleid weglegen; man konnte es richten. Bezüglich des Herzens seiner Tochter war er nicht so sicher, denn in den folgenden Tagen bekam sie Fieber und lag zitternd im Wagen. Es kümmerte sie nicht, ob sie am Leben blieb oder starb. Die Frauen hatten mehrere Mittel für solche Erkrankungen, aber keines wirkte, und am dritten Abend kroch Tjaart zu ihr ins Bett, hielt sie warm und tröstete sie, und als der Morgen anbrach, sagte er etwas Seltsames: »Wir müssen beide dieses *Nachtmaal* vergessen.«

Es war eine Ironie des Schicksals, daß van Doorns ältester Sklave die lang erwartete Entscheidung über die Sklaverei verkündete: »Baas, Baas!« rief er. »*Die grote baas* Cuyler, er hier.« Und Oberst Jacob Glen Cuyler, der bedeutende Mann aus Albany, New York, betrat das Farmhaus von *De Kraal* mit schweren Schritten. Die beiden Männer, die ihn begleiteten, wagten nicht einzutreten, sondern blieben respektvoll draußen stehen: Saul, der Xhosadiakon aus Golan, und Pieter, der Sohn Dikkops. Beide waren alt und grau.
Sie befanden sich im Anfangsstadium eines unglaublichen Wagnisses: Cuyler hatte sie aus dem Missionsdorf geholt und brachte sie nach Port Elizabeth: Von dort sollten sie per Schiff nach London fahren und als Gäste Dr. Simon Keers an einer seiner großen Vortragstourneen teilnehmen. Sie zögerten, das Haus eines Buren zu betreten, sollten aber im Buckingham-Palast empfangen werden.
Oberst Cuyler, der nun ein angesehener Beamter war und bald Generalleutnant werden sollte, brachte eine kurze, schockierende Botschaft: »Das Parlament hat ein Gesetz beschlossen, das besagt, daß im nächsten Jahr alle Sklaven freigelassen werden. Am 31. Dezember 1834 werden alle Sklaven im britischen Weltreich in die Freiheit entlassen.«
»Gütiger Gott!« rief Tjaart. »Das bedeutet ja Revolution!«
»Oh, Sie werden voll entschädigt. Jeder Penny, den Sie ausgegeben haben. Und die Sklaven müssen in den ersten vier Jahren für Sie arbeiten, damit sie auf geordnete Weise die Freiheit erlangen können.«
Cuyler salutierte und entfernte sich. Drei Tage lang debattierten die van Doorns und ihre Nachbarn über die neuen Gesetze, und nach dieser Zeit konnten sie noch immer nicht den vollen Umfang dieser radikalen Veränderung erfassen, die eine völlig neue Lebensweise bedeutete. Zu ihrer Überraschung war es keiner der Männer, der die neue Situation genau erkannte, sondern Jakoba van Doorn, die ruhige Analphabetin, die beim

Nachtmaal und bei den Diskussionen nicht beachtet worden war. Jetzt erhob sie ihre Stimme und erklärte den Anwesenden mit grimmiger Entschlossenheit:
»Die Bibel sagt, daß die Söhne Hams für uns arbeiten und unsere Sklaven sein sollen. Die Bibel sagt, wir sollen uns getrennt halten. Gottes Volk für sich und die Kanaaniter für sich. Ich habe nie einen Sklaven geschlagen. Ich habe meine Sklaven und meine Farbigen immer gepflegt, wenn sie krank waren. Und ich glaube, ich habe gezeigt, daß ich sie liebe. Ich will sie aber nicht an meinem Tisch haben, und mir gefällt es nicht, sie in der Kirche zu sehen. Denn Gott hat mir befohlen, anders zu leben.«
Durch ihre Eindringlichkeit angespornt, drängten die Analphabeten Tjaart, die Bibel zu Rate zu ziehen, da sie selbst hören wollten, wie die Vorschriften für ein gutes christliches Leben lauteten, und er fand diese befriedigenden Stellen, auf die sich ihre soziale Ordnung so überzeugend stützte, und las sie vor:

> Und er sagte: Verflucht sei Kanaan; ein Diener von Dienern soll er sein unter seinen Brüdern... Nun seid ihr deshalb verflucht, und keiner von euch soll davon befreit werden, Sklave zu sein und Holzhauer und Wasserträger für das Haus meines Gottes...

Nachdem er ein Dutzend solcher Stellen vorgelesen hatte, die überzeugend darlegten, daß Gott die Einrichtung der Sklaverei verfügt und gesegnet hatte, verlangte Jakoba, eine in Rechtschaffenheit unerschütterliche Frau, er solle noch zwei Zeilen suchen, die ihr Geistliche erklärt hatten, denn auf sie stützte sich ihr Glaube, daß die Buren besondere Menschen seien, denen Gott es freigestellt hatte, sich auf ihre eigene, ganz besondere Art zu verhalten.
Nach einigem Suchen im dritten Buch Mose, einem Buch, dessen Gesetze das Leben der Buren bestimmten, las Tjaart die Erklärung:

> Und ihr sollt mir geheiligt sein; denn ich, der Herr, bin geheiligt, und ich habe euch von anderen Völkern abgesondert, damit ihr mein seid.

»Seht ihr«, rief Jakoba mit grimmiger Befriedigung, »Gott selbst wollte, daß wir für uns bleiben. Wir haben besondere Verpflichtungen und besondere Vorrechte.« Und sie drängte ihren Mann, die bestimmte Verszeile zu finden, in der das Wesentliche ihres Glaubens enthalten war. Er konnte sie nicht finden, und ungeduldig blätterte sie in den großen Seiten des Buches, das sie nicht lesen konnte, dann schob sie die Bibel wieder zu Tjaart mit dem Befehl: »Finde es! Es handelt vom Zins.«
Dieses Wort erinnerte Tjaart an eine Stelle im Buch der Richter, die von der Niederlassung Israels in einem neuen Land handelte – eine genaue Parallele zur Situation der Buren –, und mit der zumeist nutzlosen Hilfe der Männer fand er endlich, was Jakoba hören wollte:

Da aber Israel mächtig ward, machte es die Kanaaniter zinsbar und vertrieb sie nicht..., sondern die Kanaaniter wohnten unter ihnen und waren zinsbar.

»Und so sollte es sein«, sagte Jakoba. »Wir haben das Land erobert. Wir leben hier. Wir sollen zu den Kaffern gerecht sein, aber sie sind uns zinsbar.«
»Die Engländer sagen, damit ist es vorbei.«
»Die Engländer wissen nichts von den Kaffern«, sagte Jakoba. Sie war klein von Gestalt und die Tochter eines Treckburen, der sein Land elfmal gegen schwarze Plünderer verteidigt hatte. In der Strenge ihrer Familienhütte hatte sie die Prinzipien gelernt, nach denen ein Christ lebt, und auf so ein Leben war sie festgelegt. Sie war rechtschaffen, arbeitete fleißig, war ihrer eigenen Tochter und Tjaarts Kindern aus erster Ehe eine gute Mutter. Obwohl sie nicht jeden Sonntag in die Kirche gehen konnte, da die nächstgelegene viele Meilen entfernt war, hielt sie ihren persönlichen Gottesdienst ab, in dem sie Gott für seine gnädige Führung dankte. Was er hinsichtlich der Beziehungen zwischen weißen Herren und schwarzen Sklaven wollte, war so klar, daß selbst ein Dummkopf es verstehen konnte, und sie wollte, daß ihre Familie und ihr Volk diesen Geboten gehorchten.
»Wir werden die englischen Gesetze nicht anerkennen«, sagte sie, als sie die Männer verließ, »wenn sie dem Wort Gottes zuwiderlaufen.« Als sie fort war, rief Tjaart ihr nach: »Was hast du vor?«, und sie antwortete aus der Küche: »Von hier wegziehen, über die Berge, und ein eigenes Volk bilden.«

Als Tjaart eines Vormittags spät zurückkam, nachdem er seine Herden besichtigt hatte, war er beunruhigt, weil fünf Pferde vor seinem Haus angebunden waren. Er nahm an, daß es wieder Schwierigkeiten an der Grenze gab: »Verdammt! Schon wieder ein Kommando!«
Aber als er in die Küche trat, schien es niemand eilig zu haben. Fünf Nachbarn tranken Gin und scherzten mit Jakoba und Minna, während die beiden große Platten mit Speisen brachten. »Veldkornet!« riefen die Männer laut, als Tjaart erschien, und es gab saftige Witze darüber, warum er nicht dagewesen war, als sie ankamen.
Anführer der Gruppe war Balthazar Bronk, ein Mann, dem Tjaart instinktiv mißtraute. Bronk bemühte sich, zwei verschiedene Rollen gleichzeitig zu spielen: Höherstehenden gegenüber war er unterwürfig, bei anderen versuchte er, auf großspurige Art den Herrn zu spielen, und mitunter war er ausgesprochen widerwärtig. Er konnte niemals einfach der Farmer Balthazar Bronk sein.
»Veldkornet«, sagte er bescheiden, während Tjaart nach einem Glas Gin griff. »Wir sind gekommen, um deine Dienste in Anspruch zu nehmen.«
»Kein Kommando. Ich hab' die Nase voll davon, gegen die verdammten Xhosa zu kämpfen.«
Die Männer lachten, denn sie wußten, daß van Doorn der erste sein würde,

der sein Pferd sattelte, wenn es Ärger gab, aber Bronk fuhr fort: »Wir sind besorgt. Mit der englischen Herrschaft...«
»Jetzt mach gleich einen Punkt!« schnauzte ihn van Doorn an und schlug mit beiden Händen auf den Tisch. »Die Engländer führen das Kommando, und sie lernen allmählich, die Dinge richtig zu machen. Akzeptiert sie.«
»Genau wie ich sagte«, rief Bronk lebhaft, und als er die anderen Bestätigung heischend anblickte, nickten sie. Dann hustete er, schob Gegenstände auf dem Tisch herum und fuhr fort: »Unter englischer Herrschaft werden unsere Kinder mehr wissen müssen, damit sie konkurrenzfähig bleiben und wir stolz auf sie sein können.«
Tjaart erriet nicht, worauf er hinauswollte, aber ein ruhiges Mitglied der Gruppe sagte: »Du bist der einzige von uns, der lesen kann. Keines unserer Kinder kann lesen...«
»Wir brauchen einen Lehrer«, unterbrach ihn Bronk. »Finde einen Lehrer für uns.«
»Wer würde ihn bezahlen?« fragte Tjaart vorsichtig.
»Wir alle. Wir haben so viele Kinder.«
Es wurde eine Zählung vorgenommen, und als die Zahlen verkündet wurden, gaben sie ein gutes Bild vom Leben der Buren: »Elf, neun, neun, sieben.« Und Bronk erklärte stolz: »Siebzehn.«
»Du meinst, die wollen alle zur Schule gehen?«
»Nur die jungen«, sagte Bronk. »Von meinen sind sechs verheiratet.« Dann lächelte er salbungsvoll Tjaart an und fragte: »Wie viele hast du?«
Tjaart nahm einen Schluck Gin und antwortete: »Zwei Jungen von meiner ersten Frau. Die sind schon zu alt zum Lernen, aber sie haben Kinder. Jakoba, sag ihnen, wie viele du hast.«
Sie wischte ihre Hände an der Schürze ab und sagte: »Unsere Minna hier.«
Fünf Köpfe wandten sich dem Mädchen zu, das tief errötete, denn sie konnte sehen, was sie dachten: Warum ist sie nicht verheiratet?
»Mejuffrouw Minna ist nichts für die Schule«, sagte Bronk mit breitem Lächeln, und die anderen kehrten zur der Aufgabe zurück, einen Lehrer zu finden, und wie erwartet konnte Tjaart ihnen helfen: »Beim *Nachtmaal* sprach ich mit Theunis Nel...«
Bronk ächzte: »Wir wollen einen wirklichen Lehrer. Kein Schielauge.«
Ein anderer meinte: »Wir brauchen eine Schule. Sprich mit ihm, van Doorn.«

Als Tjaart sein Pferd bei der Farm von Gerrit Viljoen im Norden anhielt, sagte der Besitzer: »Willkommen! Bist du hier, um mit uns über die Auswanderung nach dem Norden zu sprechen?«
»Weshalb fragst du das?«
»Unlängst sind sechs Wagen hier vorbeigekommen. Männer wie du und ich.«
»Warum würdest du in den Norden ziehen?«
»Freiheit.«

»Ich bleibe, wo ich bin.«
»Das hätte ich auch von dir erwartet. All diese schönen Steinhäuser.«
»Sie sind gut«, stimmte Tjaart zu, der die Anspielung auf seine Weltlichkeit nicht mitbekam.
»Vielleicht wirst du früher, als du denkst, einen Entschluß fassen müssen.«
»Warum?«
»Freiheit. Buren lieben die Freiheit. Und die unsere wird uns gestohlen.«
»Gerrit«, sagte Tjaart unvermittelt. »Ich bin hierher gekommen, um euren Schulmeister zu stehlen.«
»Da habe ich nichts dagegen. Er hat seine Arbeit bei unseren Farmen so ziemlich beendet.«
»Empfiehlst du ihn?«
»Sicherlich. Kann rechnen. Kennt die Bibel.«
»Bist du damit einverstanden, daß ich mit ihm spreche?«
»Ich wäre erleichtert, wenn er einen guten Job fände.« Pause. »Ein so häßlicher Mann braucht Hilfe.«
Viljoen schickte einen Sklaven fort, um den Wanderlehrer zu holen, und als Tjaart den Mann herankommen sah – bucklig, fast fünfzig Jahre alt –, schauerte ihn. Als er aber die Familien befragte, stellt er fest, daß alle lobend über Nel sprachen. Eine Mutter sagte: »Er ist klein und hat eine hohe Stimme, aber er ist ein Mann Gottes«, und der älteste Junge Viljoens sagte: »Jeder von uns in der Klasse hätte ihn verhauen können, aber er hielt Ordnung.«
»Wie?«
»Er erzählte uns, daß auch Jesus ein Lehrer war, und wir hörten ihm zu.«
An diesem Abend bot Tjaart Nel den Job an, und der kleine Mann wischte sich über sein wäßriges Auge und segnete ihn. »Wirst du aber, wenn ich mit den Kindern gut auskomme, den Geistlichen ersuchen, mich zu weihen?«
»Theunis«, sagte van Doorn, als ob er mit einem Kind spräche, obwohl der Schulmeister älter war als er, »du wirst nie ein *dominee* sein. Das sagte ich dir schon. Wir brauchen dich als Schulmeister.«
»Wie viele Kinder?«
»Vielleicht dreißig.« Tjaart fürchtete, es könnten zu viele sein, aber Nel lächelte großzügig.
»Es ist besser, wenn es viele sind. Dann ist die Schule nicht allzu früh zu Ende.«
»Wie viele Schulen hast du geleitet?«
»Elf.« Er fügte rasch hinzu: »Ich wurde nie entlassen. Die Kinder wuchsen heran, und so zog ich weiter.« Er sah die zwei Farmer an. »Ich ziehe weiter«, sagte er.

Während Tjaarts Abwesenheit hatte man sich darauf geeinigt, daß der neue Schulmeister, falls man einen fand, bei Balthazar Bronk und seinen vielen Kindern wohnen sollte. Als aber Jakoba von der Abmachung hörte,

schnaubte sie: »Dort herrscht keine Nächstenliebe. Bronk will, daß er ihm bei der Erziehung der Kinder hilft. Sie sind Nashörner.« Und als Nel sah, wo er wohnen sollte, begriff auch er.
Bronks Farm lag neun Meilen östlich von *De Kraal* und erwies sich als recht gut geeignet; sie lag zentral für die an der Schule interessierten Familien und besaß einen kleinen, weißgestrichenen Lagerschuppen, den man in ein Schulzimmer umwandeln konnte. Dort versammelte Theunis seine dreiunddreißig Kinder, um das Alphabet, die Bibel und die Rechentafeln zu unterrichten. Nel besaß nur geringe Kenntnisse von Geschichte, Literatur, Geographie und ähnlichen Fächern, deshalb maßte er sich auch nicht an, sie zu unterrichten. Aber alles, was er anpackte, hatte eine kräftige Beimischung von Sittenlehre.
»Bronk, Dieter, steh auf und sage den ersten Psalm auf.« Nachdem der einfältige Junge ihn zusammengestottert hatte, fragte Nel: »Bronk, Dieter, angenommen, du würdest dem Ratschlag der Gottlosen folgen. Was würdest du dadurch tun?«
»Ich weiß nicht, Herr Lehrer.«
»Du würdest die Gebote verletzen.« Und nun begann Nel eine kleine Predigt über »nicht stehlen«, »nicht lügen«, »nicht begehren das Weib eines anderen«, denn obwohl es ihm verboten war, in der Kirche große Predigten zu halten, stand es ihm frei, in der Schule kleine zu halten.
Alle seine Schüler im Alter von fünf bis vierzehn kamen in einem quadratischen Raum zusammen, der nur mit Bänken ausgestattet war, und oft schien die Schule mehr ein Lärmen als ein Lernen zu sein, aber Nel stellte geduldig Ordnung her und sonderte verschiedene Gruppen in diversen Winkeln ab. Er unterrichtete zuerst die Fünf- bis Siebenjährigen, dann die Acht- bis Elfjährigen und schließlich die Zwölf- bis Vierzehnjährigen. Aber der beste Teil kam jeden Morgen um elf und jeden Nachmittag um drei, denn dann versammelte er die Schüler zu einer großen Gruppe. Am Morgen sprach er über die Bibel, insbesondere über das Buch Josua, das bewies, daß Gott die Buren für eine besondere Aufgabe auserwählt hatte; am Nachmittag unterrichtete er Holländisch oder vielmehr das Misch-Holländisch der Grenze. Er war ein lebhafter Schauspieler und sagte den Kindern: »Ich kann ebensogut Englisch sprechen wie alle in Graaff-Reinet.« Und dann wurde er zu einem Beamten oder einem schottischen Geistlichen, der ein recht entstelltes Englisch sprach. »Aber wenn ich ein wirklicher Mann bin, spreche ich Holländisch. Lernt diese Sprache. Und bleibt ihr treu.«
Bei Nels Unterricht lernten die Kinder in einem Jahr soviel, wie sie in zwei Wochen in einer wirklichen Schule geschafft hätten, aber sie lernten sicherlich eine Fülle moralischer Verhaltensmaßregeln, die Kinder in besseren Schulen nie zu hören bekamen.
Er hatte eine Schwäche als Schulmeister, und die Farmer, die ihn beschäftigten, konnten sie nicht ausmerzen. »Ich bin vor allem Krankentröster«, erklärte er, und wenn jemand in der Umgebung erkrankte oder ihm der Tod nahte, fühlte er sich verpflichtet, an sein Bett zu eilen. Das bedeutete, daß

die Schule ausfiel. Als man ihm das vorwarf, sagte er zu Balthazar Bronk: »Gott hat zwei Anliegen im Bezirk Graaff-Reinet. Daß seine jungen Menschen richtig auf ihren Lebensweg geschickt werden und daß seine alten Leute richtig auf ihren Weg zum Himmel geschickt werden. In beiden Fällen bin ich der Lehrer.«
Er war ein wirklicher Krankentröster. Bei sterbenden Männern sprach er von ihren tatkräftigen Beiträgen zur Gesellschaft der Buren; Frauen erinnerte er an die wichtige Rolle, die sie durch die Geburt und Erziehung guter Menschen gespielt hatten. Er stellte das Ende des Lebens als achtbar, sauber und unvermeidlich dar, als etwas, das man ebenso schätzen mußte wie den Anfang: »Du hast gesehen, wie die Wiesen sich mit Getreide füllten. Du hast erlebt, wie aus sechs Rindern sechsundsechzig wurden. Das waren die Zeichen für ein gutes Leben, und durch sie hat Gott dich für das Heil gekennzeichnet.«
Gemäß der Lehre Johannes Calvins war er überzeugt, daß jeder Mensch, den er kennenlernte, entweder für den Himmel oder für die Hölle bestimmt war, und gewöhnlich wußte er, für welches von beiden. Das bedeutete aber nicht, daß er die Verdammten mit weniger Wohlwollen behandelte als die Geretteten, und wann immer ein sterbender Mensch in den letzten Augenblicken fragte: »Pastor, werde ich gerettet werden?«, antwortete er: »Ich bin kein *dominee*, und ich frage mich oft, ob ich gerettet werde. Dieser bucklige Rücken. Dieses entstellte Auge. Alles, was ich von dir weiß, ist auch das, was ich von mir selbst weiß. In diesem Leben war Gott gerecht zu mir, und ich bin sicher, Er wird es auch im nächsten Leben sein.«
Die van Doorns wurden durch Nels Doppelfunktion persönlich betroffen, als die alte Großmutter erkrankte. Wilhelmina war über sechzig, und ihr Leben endete in quälender Krankheit. Als Nel davon hörte, schloß er die Schule und ritt mit dem Pferd, das ihm seine Farmer geschenkt hatten, nach *De Kraal* hinüber, wo er einfach sagte: »Ich habe gehört, daß Ouma im Sterben liegt.«
»Das ist richtig«, sagte Tjaart, während Tränen über sein breites Gesicht in seinen Bart liefen. »Sie hat diese Farm gebaut.« Er führte Nel in das dunkle Zimmer, in dem die alte Frau lag, und als erstes öffnete Theunis die Fenster und Läden. Dann trat er an das Bett und sprach zu Wilhelmina, als ob sie eine seiner Schülerinnen wäre: »Erzähl mir jetzt, wie du diese Farm bekamst«, und nachdem sie einige Worte gesprochen hatte, unterbrach er sie, lief in die Küche und sagte zu Tjaart: »Du mußt sofort alle Kinder versammeln. Ouma will mit ihnen sprechen.«
Sie hatte in keiner Weise angedeutet, daß sie mit ihren Enkeln sprechen wollte, aber Nel hatte erkannt, daß sie Worte von Wichtigkeit in sich trug, die von einer Generation zur nächsten weitergegeben werden sollten. Als alle versammelt waren, verteilte sie Nel im Krankenzimmer und sagte: »Die Generationen der Menschen sind wie das Worfeln von Korn, und wenn die Spreu fortgeblasen ist, muß der Weizen aufbewahrt werden.«
»Wovon zum Teufel redet er?« flüsterte Tjaart.

»Diese Ouma, die hier liegt, hatte ein bedeutendes Leben, und ihr müßt davon erfahren und es euren Kindeskindern erzählen.« Und darauf begann Wilhelmina zu schildern, wie sie nach *De Kraal* gekommen war.
Sie spürte, daß sie nur mehr Stunden zu leben hatte, und flüsterte: »Ich lebte am Meer in einer Familie, die Gott nicht kannte, und ein vorbeikommender Hausierer erzählte mir, daß oben im Norden ein guter Mann seine Frau verloren hatte. Da bestieg ich mein Pferd, sagte niemandem Lebewohl, verließ dieses verderbte Haus, ritt nach Norden und sagte zu deinem Vater...« Sie sprach zu Tjaart, der wortlos zuhörte.
»Sie nannten deinen Vater den Hammer. Das war wirklich ein häßlicher Name und keineswegs so ehrenvoll, wie er glaubte. Aber wir brauchten einen Hammer. Vierzigmal oder noch öfter ritt er los, und ich betete immer, daß er zurückkommen möge.«
Eines bereitete ihr Sorgen: »Lodevicus starb, weil er etwas Unrechtes tat. Er war bereit, seine Regierung zu verraten. Ich schäme mich...« Hier brach sie für einen Augenblick zusammen, dann sagte sie etwas Verhängnisvolles: »Ich will etwas vom *Nachtmaal* in Graaff-Reinet erzählen. Wir waren viermal dort, glaube ich, und die Farmer waren immer froh...«
Bei Erwähnung des *Nachtmaal* dachte Tjaart begierig an jenes bezaubernde Mädchen, hörte aber damit auf, als er merkte, daß jemand neben ihm schluchzte. Es war Minna. Tod konnte sie ertragen, aber das *Nachtmaal* enthielt Erinnerungen, die zu bitter waren, um sie zu ertragen. Sie eilte aus dem Todeszimmer, lief aus dem Haus und zu den Hügeln, die *De Kraal* schützten.
»Du mußt einen Ehemann für sie finden«, sagte die sterbende Ouma. »Ich bin über hundert Meilen allein geritten, um deinen Vater zu finden, Tjaart.«
Eines der Kinder fragte: »Gab es Löwen, Ouma, als du geritten bist?«
»Es gab Löwen«, sagte sie.

Als Theunis Nel nach Wilhelminas Tod immer wieder zu der Van-Doorn-Farm ritt, geschah es unter dem Vorwand, daß er über die Fortschritte der Kinder berichten wollte. Aber nach dem dritten Besuch nahm Jakoba Tjaart beiseite: »Als er das erste Mal kam, dachte ich, er wollte einmal gut essen. Du weißt ja, wie die Bronks beim Essen knausern.«
»Er ißt praktisch nichts.«
»Weißt du, warum? Er wirbt um Minna. Es ist lächerlich. Sag ihm, daß er wegbleiben soll.«
»Minna!« Tjaart setzte sich schwer nieder. »Glaubst du...«
An diesem Nachmittag ritt er zur Schule hinüber und lud Theunis Nel zum Abendessen ein, und der Eifer, mit dem der kleine Schulmeister annahm, überzeugte Tjaart davon, daß Jakoba richtig geraten hatte. An diesem Abend sahen sich beide van Doorns den Lehrer prüfend an, während er in seinem Essen herumstocherte, und nachdem er fort war, sprachen sie leise miteinander.

»Es ist unrecht, Tjaart. Er ist älter als du.«
»Ich bin gar nicht so alt.«
»Aber Minna ist...«
»Was Minna ist, weiß ich. Sie ist fast sechzehn und eine Frau ohne Mann. Und sie sieht nicht so gut aus, daß sie jetzt noch leicht einen guten Mann finden kann.«
Diese harte Wahrheit brachte Tränen, und Jakoba fragte: »Was können wir tun?«
»Wir können Theunis Nel ermutigen.«
»Du meinst doch nicht, sie zu heiraten?«
»Genau das meine ich.«
»Aber sie ist ein Mädchen. Er ist ein alter Mann.«
»Jedes Mädchen über sechzehn ist dreißig Jahre alt, oder vierzig oder fünfzig oder was immer du willst. Wenn Nel kommt, um Minna zu besuchen, nimmst du ihn freundlich auf.«
Wie aber sollte man dem Schulmeister beibringen, daß es ihm freistand, Mejuffrouw van Doorn zu besuchen und mit der formellen Werbung zu beginnen? Tjaart löste das Problem auf, wie er meinte, raffinierte Weise: »Theunis, ich kam herüber, um dir zu sagen, daß du bei unseren Enkelkindern Wunder gewirkt hast. Ich habe eine Tochter, ich glaube, du kennst sie schon. Sie sollte auch lesen und schreiben lernen, und wir werden dich dafür zusätzlich bezahlen...«
»Ich könnte mir sicherlich freie Zeit dafür verschaffen«, antwortete Nel, und damit begann die hektischste Zeit seines Lebens: Er hielt den Tag über Schulunterricht, und während der Nächte tröstete er Kranke. Dann ritt er neun Meilen nach *De Kraal,* um Minna zu unterrichten, und half überall bei unvorhergesehenen Arbeiten mit.
Manchmal warfen Tjaart und Jakoba einen Blick in die Küche, wo der Schulmeister saß und Minna hingerissen anstarrte, während sie das Alphabet mühselig abschrieb. »Ich frage mich, ob sie es weiß«, meinte Tjaart, und Jakoba sagte: »Frauen wissen es immer.«
Und eines Abends, als Nel so müde fortritt, daß er auf seinem Pferd einschlief und sich von dem Tier zur Schule zurückbringen ließ, sagte Minna zu ihren Eltern: »Ich glaube, Vater, er will mit dir sprechen.« Aber nachdem sie gesagt hatte, was sie Theunis versprochen hatte, brach sie in Tränen aus.
»Aber ich liebe Ryk Naudé. Und werde ihn immer lieben.«
»Minna«, sagte ihre Mutter streng, »der ist fort.«
»Aber ich kann diesen Schulmeister nicht heiraten.«
Jakoba schüttelte sie und sagte: »Wenn eine Frau über sechzehn ist, muß sie sich, so gut sie eben kann, aus der Affäre ziehen.«
»Du willst, daß ich ihn heirate?«
»Du hast gehört, was Nel sagte. ›Die Generationen des Menschen sind nur wie das Worfeln von Weizen.‹«
»Ich weiß noch immer nicht, was das bedeutet«, meinte Tjaart.
»Es bedeutet, daß eine Frau tun muß, was sie zu tun hat«, sagte Jakoba.

Zwei Abende später erschien Theunis Nel im besten Anzug, den er besaß, in der Küche, und als Minna ihre Papiere ausbreitete, schob er sie beiseite: »Heute abend will ich mit Ihnen sprechen, Mijnheer van Doorn.«
»Ja?« sagte Tjaart.
»Mijnheer van Doorn« – der Schulmeister sprach, als ob er sechzehn und Tjaart siebzig wäre –, »ich habe die große Ehre, Sie um die Hand Ihrer Tochter Minna zu bitten...«
Als Minna diese schicksalhaften Worte hörte und den armseligen Mann sah, der sie sprach, wäre sie vielleicht in Schluchzen ausgebrochen, wenn ihre Mutter eine solche Szene nicht erwartet und heftig das Handgelenk ihrer Tochter ergriffen hätte, um das zu verhindern.
»Ich bin älter«, fuhr Nel fort, »und ich habe keine Farm...«
»Aber du bist ein guter Mensch«, sagte Jakoba und schob ihre Tochter vorwärts.
»Theunis«, sagte Tjaart, »wir heißen dich in unserer Familie willkommen.«
»Oh!« schnappte der Schulmeister nach Luft. Er fand seine Fassung wieder und sagte: »Könnten wir alle zur Hochzeit nach Graaff-Reinet reiten?«
»Nicht in dieser unruhigen Zeit«, sagte Tjaart. »Aber du kannst die Ehe beginnen, und wann immer ein *dominee* vorbeikommt...«
»Das könnte ich nicht«, widersprach der fromme kleine Mann, der sich nicht vorstellen konnte, mit einer Frau zusammenzuleben, bevor die feierliche Trauung vollzogen war. »Ich muß diesbezüglich beten.«
»Tu das«, sagte Tjaart, der darauf aus war, seine Tochter zu verheiraten. »Aber ich habe bemerkt, daß, wann immer Männer diesbezüglich beten, die Antwort stets ja lautet. Willst du, daß Minna mit dir zu Bronk reitet?«
»Ich muß beten.«
Dieses Gebet wurde von Minna beantwortet. »Du hast gehört, was Wilhelmina tat, als sie Lodevicus heiratete. Sie ritt hundert Meilen weit. Die Schule ist neun Meilen entfernt. Ich reite mit dir.« Tjaart van Doorn hatte einen Schwiegersohn gefunden.

Im Dezember 1834 schien es, als ob alle Ungewißheiten Tjaarts ein Ende hätten. Theunis und Minna kehrten zurück, um bei der Bewirtschaftung der Farm mitzuhelfen, und die englische Regierung begann, bei der Verwaltung des Landes gesunden Menschenverstand zu zeigen. Aber kurz darauf begannen wieder Unruhen, denn die Xhosa unternahmen eine Reihe von Beutezügen tief ins Burenland hinein, und alle Kommandos wurden nach Grahamstown gerufen, um die englischen regulären Truppen und deren zivile Hilfskräfte wie Saltwood zu unterstützen. »Wir haben es nicht mit Hunderten von Xhosakriegern zu tun«, sagte der kommandierende Offizier, »sondern mit Tausenden. Eine Invasion unserer Kolonie ist im Gang.«
Nach vierzehn harten Tagen im Sattel erhielten Tjaarts Leute eine Woche Urlaub; sie waren Farmer, nicht Soldaten, und ihre vordringliche Verantwortung bestand darin, die Sicherheit ihrer Häuser und Herden zu gewähr-

leisten. Als die müden Männer nach Grahamstown zurückritten, einem Ort, den Tjaart wegen seiner Gastfreundschaft liebgewonnen hatte, sagte Saltwood ernst: »Piet Retief spricht davon, von hier wegzuziehen und nach Norden auszuwandern. Wenn dieser brave Mann fortgeht, ist mir klar, daß ihr alle gehen werdet. Ich halte das für einen Fehler. Sie und ich haben bewiesen, daß Buren und Engländer miteinander leben können.«
»Eure Gesetze widersprechen der Bibel.«
»Dem Alten Testament, nicht dem Neuen.«
»Es ist das Alte, das zählt.«
»Wie immer es sein mag, wenn Sie sich entschließen sollten, nach Norden zu ziehen, bin ich an Ihrer Farm sehr interessiert. Sie ist die beste in dieser Gegend.«
»Ich beabsichtige nicht zu verkaufen.«
»Warum haben Sie dann diesen neuen Wagen gekauft?«
Tjaart dachte darüber nach. Er wollte nicht zugeben, daß er den Wagen gekauft hatte, um auszuwandern. Denn auch seine Frau riet seit einiger Zeit dazu. »Ich habe ihn gekauft, weil ein Farmer gutes Werkzeug braucht«, hatte er seinen Söhnen gesagt. Allmählich gab er aber zu, daß er es vielleicht auch getan hatte, weil das Bestreben in der Luft lag, ein nicht durch englische Gesetze und Bräuche eingeengtes Leben zu führen. Vielleicht hatte Jakoba recht gehabt. Vielleicht sollten sie nach Norden ziehen und ein neues Volk gründen.
Aber solche Gedanken vergingen ihm schnell, als er und de Groot über den letzten Hügel nach *De Kraal* kamen, denn sie erblickten eine Szene der Verwüstung: Alle Gebäudeteile, die nicht aus Stein bestanden, waren niedergebrannt worden; die in das Haus angebaute Holzscheune war verbrannt, und in dem Raum zwischen Scheune und Haus, wo der neue Wagen gestanden hatte, lagen die verkohlten und zerschlagenen Teile.
»Großer Gott!« schrie Tjaart und spornte sein Pferd an, um festzustellen, was mit seiner Familie geschehen war. »De Groot!« schrie er, »sie sind alle getötet worden.«
Aber sie fanden beim Durchsuchen der Ruinen keine Leichen, und nun fürchtete Tjaart, seine Familie könnte gefangengenommen worden sein. Schließlich entdeckten sie nach gründlicher Suche eine Spur, die zu einer entfernten Schlucht führte. Dort fanden sie Theunis Nel, die Frauen, die Kinder und die Sklaven – wohlbehalten und hungrig. Seine Söhne waren getötet worden.
»Theunis hat uns gerettet«, sagte Jakoba ruhig, als Tjaart sie umarmte.
»Wie?«
Ein Farbiger, der dankbar war, daß er noch lebte, antwortete: »Zwei Gewehre. Wir kämpfen eine Stunde. Wir gehen zurück, Schritt für Schritt. Wir töten viele. Sie gehen weg.«
Theunis hatte den glänzenden Rückzug geleitet, der die Reste der Familie van Doorn gerettet hatte. Seltsamerweise hatte er keines der Gewehre abgefeuert; Jakoba hatte das eine verwendet, ein farbiger Schäfer das andere.

Aber er hatte die Gruppe zusammengehalten und den Fluchtweg ausgesucht.
Als Tjaart den verhinderten *dominee* fragte: »Wie hast du den Mut dazu gefunden, Theunis?«, antwortete Nel: »Ich mußte. Minna ist schwanger, weißt du.«

In dem sechshundert Meilen entfernten Kapstadt feierte man Silvester, und die Gäste auf dem Ball des Gouverneurs sagten, es sei die schönste Veranstaltung, die je am Kap stattgefunden hätte. Die Damen und Herren der Hauptstadt trugen modische Anzüge und Kleider. Ihr glänzendes Gepräge erhielt die Veranstaltung jedoch durch die makellosen Uniformen der englischen Offiziere, die sich wie heldenhafte Prinzen durch die festlich gestimmte Menge bewegten. Die Gäste waren vom ganzen westlichen Kap gekommen. Unter ihnen waren auch die van Doorns aus Trianon, eine der reichsten unter den älteren holländischen Familien des Kaps.
Es lebten nun über zwanzigtausend Menschen in der geschäftigen Stadt, die ein chaotisches Gemisch aus einem wilden, unbotmäßigen Seehafen und einem im Entstehen begriffenen Geschäftszentrum war. In den Läden wurden die Modeartikel Europas, erstklassige Teemischungen und Gewürze aus Ceylon und Java sowie köstliche Seiden aus China angeboten. Es gab kleine Winkel, wo Silberschmiede ihre kostbaren Waren herstellten, und ein Gentleman wie Baron von Ludwig konnte Ratschläge für Schnupf- und Rauchtabak erteilen. Behagliche Hotels und Klubs, wo die neuesten Nachrichten von »daheim« in aller Ruhe besprochen werden konnten, erhoben sich neben zweifelhaften Kneipen mit Hindugirls, Stallungen, kleinen Läden und den Werkstätten malaiischer Tischler. In engen Gassen drängten sich die Hütten Farbiger und heruntergekommener Weißer.
Die Wohlhabenden lebten gut in ihren schönen Stadthäusern oder den stattlichen Gutshäusern mit den herrlichen Giebeln. Sie widmeten ihre Energie der Zukunft der großen Familien, wobei sie über so grundverschiedene Themen wie den leidigen Verlust ihrer Sklaven und die neumodische Bademaschine diskutierten, die es ihnen ermöglichen würde, ihre Körper in den Atlantik zu tauchen, »ein Vorgang, der der Verbesserung der Gesundheit diente«.
Viele der Gespräche an diesem Ballabend drehten sich um die Fuchsjagd, das Ereignis des Neujahrstags, bei dem Männer in scharlachroten Jacken unter der Führung des Gouverneurs den Fuchs des Velds, den Schakal, verfolgten. »Verdammt feine Sache«, rief ein bärbeißiger Major. »Gibt einem ein heimatliches Gefühl, nicht? Hilft dem Farmer, die Plagegeister loszuwerden. Sportliche Sache, wie? Nur ein englischer Landedelmann kann diesen Buren zeigen, wie man aus diesem Land das Beste herausholt.« Er besiegelte seine Ansicht mit einem mächtigen Schluck Portwein.
Auch außerhalb des Schlosses war diese Silvesternacht von ungewöhnlicher Bedeutung, denn die Schwarzen und braunen Sklaven erfreuten sich des ersten Tages ihrer Freiheit. Eine gewaltige Menge dieser Menschen hatte sich

mit einer Horde von Kindern bei der lutherischen Kirche versammelt und blickte gebannt auf die Kirchturmuhr, die das Neue Jahr verkünden würde. Die Kinder schrien und brüllten in ungeduldiger Erwartung des riesigen Feuerwerks, das ihnen für Mitternacht versprochen worden war. Im Morgengrauen des folgenden Tages würden sie wie immer ihre Geschenke erhalten.

Im Regierungsgebäude begann die durch die besten Musiker der Stadt verstärkte Regimentskapelle wieder einen Walzer, und es ertönte begeisterter Beifall, als der Oberstleutnant der Garnison seine hübsche Frau auf die Tanzfläche führte. Henry George Wakelyn Smith war ein großer, schlanker, junger Offizier mit dem Kopf eines Falken, der bei seinen Soldaten einen ebenso guten Ruf genoß wie bei den Zivilisten am Kap. Er hatte sich unter Herzog Wellington im spanischen Feldzug gegen Napoleon durch besondere Tapferkeit ausgezeichnet und war geadelt worden. Dennoch bestand er darauf, auch weiterhin nur Harry Smith genannt zu werden; er war eines von vierzehn Kindern aus einer verarmten Familie. Und er liebte den Krieg wirklich.

Auf Harry waren die Ortseinwohner stolz, aber seine Frau verehrten sie. Alle wußten, auf welch ritterliche Weise er sie gewonnen hatte. Als er bei der Belagerung von Badajoz seine Truppen zum letzten Angriff auf die Stadt geführt hatte, kamen zwei spanische Kinder, von denen eines ein junges Mädchen war, tränenüberströmt von den französischen Linien gelaufen: »Soldaten haben unsere Eltern getötet. Und seht! Sie haben uns die Ringe aus den Ohren gerissen!«

Der junge Smith warf einen Blick auf Juanita und sagte zu einem Freund: »Es hat noch nie eine reizendere Dame gegeben.« Und er heiratete sie umgehend, obwohl sie erst vierzehn und Katholikin war. Die beiden paßten gut zusammen und waren ein wundervolles Paar. Er beeindruckte die Menschen durch seine Tapferkeit, sie bezauberte sie mit ihrer Gitarre. Jahre nach diesem ersten Aufenthalt am Kap kehrte Sir Henry als Gouverneur zurück, und Juanita wurde von allen verehrt.

Während Harry an diesem Abend mit seiner Frau Walzer tanzte, sah er, wie einer der Adjutanten des Gouverneurs in die Halle trat und ihm ernst zuwinkte. Er ließ Juanita bei Freunden zurück und ging langsam, ohne Erregung zu verraten, ins Arbeitszimmer des Gouverneurs.

»Die Kaffern haben alle unsere Grenzlinien durchbrochen. Grahamstown und die Burenkommandos können sie nicht mehr zurückhalten. Sie zerstören alles, was auf ihrem Weg liegt. Sie brennen und plündern.«

Harry sagte ohne Zögern: »Ich mache mich sofort auf den Weg.«

»Es wird Wochen dauern, bevor ein Kriegsschiff Sie hinbringen kann.«

»Vergessen Sie die verdammte Marine. Ich werde reiten.« Dann verneigte er sich kurz. »Sir, es ist bald Mitternacht. Würde es sich nicht schicken, daß wir uns zu den Damen begeben?«

Als die elfte Stunde zu Ende ging, erhob sich lauter Beifall im Ballsaal, und die Kapelle spielte das wunderschöne, schwermütige Lied *Auld Lang Syne*.

Harry Smith, der sich bewußt war, daß er bald den Kontinent überqueren mußte, umarmte Juanita innig, während er mit ihr Robert Burns' Worte sang:

Da streiften wir auf grünen Au'n
  Vom Maslieb schön erfreut;
Doch müde ward oft unser Fuß
  Seit alter Zeit.

Da schafften wir vom Morgenrot
  Bis schon die Sonne weit:
Doch tobte zwischen uns das Meer
  Seit alter Zeit.

Draußen begann das Feuerwerk, das von den Freudenrufen begleitet wurde, die das Jahr 1835 willkommen hießen.
Harry und Juanita verließen unverzüglich den Ball. Nach kurzen zwei Stunden der Ruhe küßte er sie zum Abschied, schnallte seinen Säbel um, nahm Depeschen für die Grenze mit und ritt hinaus in die Nacht, während die Bürger in Erwartung der Festlichkeiten des nächsten Tages fest schliefen.
Bei Sonnenaufgang befand sich Smith schon weit westlich von Kapstadt. Er legte die sechshundert Meilen nach Grahamstown in sechs Tagen zurück; dort übernahm er unverzüglich und ohne vorherige Ruhepause das Kommando.

Der Gouverneur, Sir Benjamin D'Urban, der über die Xhosa-Invasion sehr erschrocken war, traf am 14. Januar ein, und bald waren die zweitausend Engländer und Buren, begleitet von ihren dreihundert farbigen Milizsoldaten, einsatzbereit. »Wir werden die Kaffern besiegen«, verkündete Smith, aber es dauerte sieben Monate, bis er dieses Versprechen einlösen konnte. Doch mit Männern wie Tjaart van Doorn und Richard Saltwood an seiner Seite erwies er sich als unermüdlich – und schonungslos. Nach einer dreiwöchigen Offensive verkündete er mit Befriedigung: »Ich habe zweitausendsiebenhundertsechzehn Hütten verbrannt. Das wird ihnen eine Lehre sein.« Aber in einem Augenblick nüchternerer Stimmung schätzte er richtig: »Um diese Xhosa zu vernichten, würde ich hunderttausend der besten englischen Soldaten brauchen.«
Als er sie schließlich in ihr eigenes Territorium zurückgetrieben hatte, kehrte er nach Grahamstown zurück, wo man ihn und seinen Sieg mit Triumphbögen feierte. »Wir werden jetzt Frieden haben«, erklärte er.
Aber der Frieden hing hauptsächlich von den Maßnahmen Sir Benjamins ab, der noch die Predigten Dr. Simon Keers im Ohr hatte. Da er aber gemeinsam mit einem Realisten wie Harry Smith sein Amt versah und persönliche Erfahrungen an der Kampffront sammelte, kam es bei ihm zu einer radikalen Meinungsänderung. In seinem scharfsinnigen Bericht über den

Sechsten Kaffernkrieg informierte er London, daß »diese fruchtbare und schöne Provinz fast eine Wüste ist und die Morde, die bei diesen Plünderungen und Raubzügen begangen wurden, die Greuel des Krieges noch verschärft haben«. Er fügte hinzu, daß die Kaffern seiner Ansicht nach unverbesserliche Wilde waren: »Unbarmherzige Barbaren, die unsere siebentausend Farmer in äußerstes Elend gestürzt haben.«
In der Absicht, eine Wiederholung zu verhindern, und bestrebt, eine gerechte Siedlungspolitik zu betreiben, annektierte er ein riesiges Gebiet, errichtete eine Kette von Forts und verlegte soviel Mann wie möglich in diese Gegend. Friedliche Schwarze, die an dem Krieg nicht teilgenommen hatten, wurden aufgefordert zu bleiben, wo sie sich befanden, und für Buren und englische Siedler wurden neue Siedlungsgebiete eröffnet.
Es war eine vernünftige Lösung, die viel dazu beitrug, die Farmer für ihre schweren Verluste zu entschädigen. Als aber die Kosten des Krieges zusammengerechnet waren, steckte Sir Benjamin Assagais in eine große Landkarte, um das ganze Ausmaß der von den Weißen erlittenen Verluste anzuzeigen: 100 Tote, 800 Farmen niedergebrannt, 119000 Rinder gestohlen, 161000 Schafe abgängig. Die Farbigen hatten ähnliche Verluste erlitten.
Als die Nachricht von dieser vernünftigen Regelung nach London gelangte, tobte Dr. Keer im Parlament: »Die Schwarzen versuchten mit vollem Recht, Landgebiete zurückzugewinnen, die schon immer ihnen gehörten. Dreitausend dieser freundlichen, hilflosen Menschen sind tot, gefallen als Märtyrer im Kampf gegen die systematische Unterdrückung durch die Buren und deren neue Verbündete, diesen Abschaum Englands, der an der Grenze lebt.«
Keer gewann den Propagandakrieg. Der von D'Urban und Smith vereinbarte, vernünftige Frieden wurde annulliert und die annektierten Gebiete an die Schwarzen zurückgegeben. D'Urban wurde, halb in Ungnade, zurückberufen, und Harry Smith war praktisch machtlos: »Wie soll ich die Kaffern mit einem Gesetzbuch in Zaum halten?«
Keer und seine Philanthropen hatten eine einfache Antwort: »Schickt rücksichtsvolle englische Beamte hin, die unter unseren schwarzen Freunden leben und gute englische Bürger aus ihnen machen sollen.« Sie regten auch die Errichtung von einem Dutzend neuer Golans an, in denen Missionare Zuflucht bieten konnten.
Es klappte nicht. An der Grenze herrschten wieder Spannung und Angst. Die Buren, deren Ernten nun durch eine schreckliche Dürre vernichtet wurden, trafen sich in den verschiedenen Landesteilen auf Geheimversammlungen und erklärten: »Zum Teufel mit diesen Engländern!«

Tjaarts hatte zu dieser Zeit andere Sorgen, denn seine Tochter Minna, die kurz vor der Entbindung stand, war der festen Überzeugung, daß ihr Baby wegen des unvorteilhaften Äußeren ihres Mannes ein mißgestaltetes Ungeheuer sein würde: »Ich spüre es in meinem Bauch. Es kämpft darum herauszukommen. Weil es grotesk und böse ist.«

Sie war so überzeugt davon, daß sie ein abscheuliches Kind gebären würde und daß ihr Mann daran schuld war, daß sie seine Anwesenheit nicht mehr ertragen konnte. »Ich sehe ihn an«, wimmerte sie, »und sehe nur seinen Buckel. Dann starrt er mich an wie ein verletzter Vogel, und ich sehe dieses jämmerliche Auge, das immerfort weint. Gott hat ihn verwünscht, und jetzt hat Theunis diesen Fluch an unseren Sohn weitergegeben.«

Sie wurde oft hysterisch, und als Tjaart von ihrem Gejammer hörte, wurde er zornig: »Verdammt noch mal, Minna, Tausende von Frauen bekommen jedes Jahr Kinder. Wie viele hat Mevrouw Bronk?«

»Sie hat zwölf«, schluchzte Minna, »aber ihr Gatte ist ein ganzer Kerl.«

»Das ist der deine auch. Er hat dir das Leben gerettet, oder nicht?«

»Er konnte nicht einmal ein Gewehr abfeuern. Mama mußte es tun. Ich weiß, daß mein Sohn bucklig und verkrümmt sein wird.«

Ihre fixe Idee wurde so mächtig, daß Theunis, als die Zeit ihrer Entbindung näher kam, die armselige Hütte verlassen mußte, die ihnen als vorübergehende Wohnstätte diente, und bei einer Familie Du Toit wohnte, die drei Jungen in der Schule hatte. Diese Burschen hörten von den häuslichen Schwierigkeiten ihres Lehrers. Sie fanden auch rasch die Ursache heraus und begannen, Nel zu quälen. Als Tjaart davon hörte, stürmte er in die Schule, sagte Theunis schroff, er solle draußen warten, und drohte, sämtliche Schüler zu verprügeln, wenn er noch weiter von solchem Unsinn hörte.

»Euer Lehrer ist mein Freund«, knurrte er. »Ein braver, anständiger Mann, und er wird, wie ihr euch zugeflüstert habt, in wenigen Tagen Vater.«

»Du Toit sagt, das Ding wird eine Mißgeburt sein.«

»Wer ist Du Toit?« Und als der Junge aufstand, stürzte Tjaart auf ihn zu, blieb dicht vor ihm stehen und schrie: »Wenn ich dich schlage, fliegst du durch diese Wand.«

Keiner lachte, denn die Drohung war ernst gemeint. Doch sofort darauf entspannte sich Tjaart und sagte ruhig: »Hol den Lehrer, Du Toit.« Und als der verwirrte Lehrer wiederkam und sein Auge trocknete, sagte Tjaart: »Jungs, sein Sohn wird mein Enkel sein. Und mein Vater war Lodevicus der Hammer. Wir ziehen nur die besten groß.«

Er brachte die Schuljungen zum Schweigen, nicht aber seine Tochter. Allmählich steckten ihre Befürchtungen auch ihn an; und als Minna kurz vor der Entbindung stand und die Hütte voller Frauen war, hatte er mehr Angst als bei der Geburt eines seiner eigenen Kinder. Während er vor dem Eingang auf und ab ging, hatte er Visionen von mißgestalteten Krüppeln und betete inbrünstig darum, daß dieser Knabe heil sein möge: »Gott, das ist ein leeres Land. Wir brauchen alle jungen Menschen, die wir bekommen können, und sie müssen kräftig sein.«

Im Inneren der Hütte ertönten Schreie, Frauen kamen herausgelaufen: »Ein schönes kleines Mädchen!«

Er schob die Leute zur Seite und stürmte hinein. Er ging langsam zur Wiege und hob das nackte Baby heraus. Er hielt die Kleine an den Fersen hoch,

beäugte sie von allen Seiten und überzeugte sich, daß sie wirklich in Ordnung war. Dann legte er sie in Minnas Arm: »Ich danke dir, Tochter. Kein Fehler. Ich muß es Theunis sagen.«
Er galoppierte zur Schule, stürzte ins Zimmer und schrie: »Theunis! Es ist ein Mädchen. In jeder Hinsicht vollkommen.« Dann wies er auf den Du-Toit-Jungen, der bei den Quälereien das Wort geführt hatte: »Du da, bring Wasser!« Denn obwohl Theunis glücklich grinste, sah es aus, als ob er jeden Augenblick ohnmächtig werden könnte.

Die Buren an der Grenze hätten die Dürre überstehen und den erneuten Xhosa-Einfällen die Stirn bieten können. Aber nun stieß sie die englische Regierung mit der schändlichen Angelegenheit der Sklavenentschädigungen vor den Kopf. Die van Doorns und ihre Burennachbarn waren lange auf die endgültige Freilassung ihrer Sklaven vorbereitet gewesen und widersetzten sich ihr im Prinzip auch nicht. Aber sie wunderten sich manchmal, warum England so sehr darauf bestand, während ebenso moralische Länder, wie zum Beispiel Holland und die Vereinigten Staaten, willens waren, ihre Sklaven zu behalten.
Was geschah, war schwer zu erklären und unmöglich zu rechtfertigen. Obwohl das Parlamentsmitglied Sir Peter Saltwood es als Bevollmächtigter für diese Angelegenheit versprochen hatte, weigerte sich das englische Parlament, die 3000000 Pfund aufzubringen, die die Sklavenbesitzer des Kaps für ihre finanziellen Verluste entschädigen sollten. Das Parlament bewilligte eine so geringe Summe, daß Tjaart für seine sechs Sklaven nicht die versprochenen 600 Pfund erhielt, sondern nur 180 Pfund. Da alle Vorschriften auf in London lebende Personen mit großen Besitzungen in Westindien zugeschnitten waren, wurde außerdem festgesetzt, daß die Farmer vom Kap auch die stark herabgesetzte Entschädigung nur dann erhalten konnten, wenn sie sie persönlich in London abholten.
»Das verstehe ich nicht«, sagte Tjaart, der diese unglaublichen Bestimmungen zu enträtseln versuchte.
»Es ist ganz einfach«, antwortete Lukas de Groot, der das Gesetz mit einer Gruppe von Buren studierte. »Du bekommst nur ein Drittel der versprochenen Entschädigung. Und um das zu erhalten, mußt du sechs Wochen nach Kapstadt trecken, dann vier Monate mit dem Schiff nach London fahren und dann auf demselben Weg hierher zurückkehren. Das nimmt den größten Teil eines Jahres in Anspruch. Und dann lies auch noch den letzten Abschnitt.« Er lautete: »Jeder, der nach London kommt, um seine Entschädigung zu beanspruchen, muß eine Gesuchsgebühr von einem Pfund, zehn Shilling und sechs Pence pro Sklaven bezahlen, um die Kosten für die Ausstellung der Papiere zu decken.«
Tjaart war empört. Denn es gab östlich von Stellenbosch keinen einzigen Buren, dem es unter diesen Umständen möglich gewesen wäre, die ihm zustehende Entschädigung abzuholen. Und wer konnte, falls er tatsächlich nach London fuhr, seinen Antrag vor Gericht auf englisch vorbringen, wie

es das Gesetz verlangte? Es war klar, daß London all das wohl bedacht hatte.
Diese große Ungerechtigkeit ermutigte eine Bande widerlicher Kerle dazu, im Hinterland umherzureiten und den Farmern anzubieten, ihre Rechte für neun Shilling je Pfund aufzukaufen. Einige dieser Aasgeier waren Engländer, die bei jeder ordentlichen Arbeit versagt hatten und jetzt eine Möglichkeit sahen, ihre Rückkehr nach London zu finanzieren. Die Chancen, daß irgendein Bure von diesem Diebesgesindel sein Geld bekommen würde, waren gering. »Aber sehen Sie, Tjaart«, meinte einer von ihnen hinterhältig, »ich unternehme den Treck nach Kapstadt für Sie. Ich fahre für Sie nach London. Ich verbringe Tage bei den Gerichten und vertrete Ihren Fall in englischer Sprache. Ich verdiene mir mein Honorar redlich.«
»Aber die Regierung schuldet mir die volle Summe«, erklärte Tjaart auf holländisch. »Warum sollte ich Ihnen über fünfzig Prozent bezahlen?«
»Weil Sie hierbleiben und ich in London bei Gericht für Sie spreche.«
»Es ist so ungerecht.«
»So lautet das Gesetz«, erklärte der angebliche Vertreter mit höflichem Lächeln, und Tjaart, der wohl wußte, daß er nicht in der Lage war, seine Rechte geltend zu machen, hätte wahrscheinlich das Angebot angenommen und weniger als ein Sechstel von dem bekommen, was ihm ursprünglich versprochen worden war, wenn nicht eine Abordnung aus Grahamstown gekommen wäre, um diesen Betrug zu vereiteln.
Sie bestand aus drei Engländern, an deren Seite Tjaart gegen die Xhosa gekämpft hatte; zwei von ihnen waren seine speziellen Freunde, Saltwood und Carleton. »Haben Sie irgendwelche Papiere unterzeichnet?« rief Saltwood, als er hereinritt.
»Nein.«
»Gott sei Dank. Und nun, Sir, verlassen Sie diesen Bezirk, oder Sie bekommen die Reitpeitsche zu spüren.«
»Ich habe meine Rechte«, jammerte der Mann.
Mit einem Schlag seiner kurzen Flußpferdpeitsche traf Saltwood den Sattel des Eindringlings und rief Carleton zu: »Zeig ihm, was du kannst.« Und der Wagenbauer schlug mit seiner um einiges längeren Peitsche ebenfalls auf den Sattel.
»Reiten Sie lieber weiter«, sagte Saltwood, und als der Mann wieder von seinen gesetzlichen Rechten anfing, holte Saltwood mit seiner Peitsche aus und traf ihn am Bein. »Reit weg von hier, du Dieb!« wiederholte er, und der nun gründlich verängstigte Mann eilte davon. Als er sich außer Reichweite der Peitschen befand, stieß er einige Drohungen aus und machte sich auf den Weg zu den anderen Farmern, um zu versuchen, deren Rechte für neun Shilling je Pfund aufzukaufen.
»Eine Schande«, sagte Saltwood und erklärte, was er und Carleton ihren Burenfreunden vorschlagen wollten: »Ihr wart unsere treuen Verbündeten. Ohne euch hätten wir dort drüben keine Stadt mehr. Wir können nicht dabeistehen und zuschauen, wie ihr bestohlen werdet. Übergebt also uns eure

Ansprüche, und ich schicke sie an meinen Bruder im Parlament. Ich verspreche Ihnen nichts, Tjaart, außer einem gerechten Verfahren. Vielleicht gewinnen wir, vielleicht nicht, aber Sie haben zumindest eine Chance.«
Während sie über die Angelegenheit diskutierten, sah Carleton zufällig van Doorns verbrannten Wagen und erkannte in ihm sein Erzeugnis: »Wie haben Sie ihn bekommen?«
»Im Tauschhandel in Graaff-Reinet.«
»Sie hätten zu mir kommen sollen. Ich hätte Ihnen einen anständigen Preis gemacht.«
»Aber meine Schafe waren in Graaff-Reinet.«
Carleton hob eine der verkohlten Latten auf und wies auf eine kleine in das Holz geschnitzte Inschrift: TC – 36 (Thomas Carleton – Wagen 36). Hätte er sich damit zufriedengegeben, rasch und ohne sonderliche Sorgfalt zu arbeiten, hätte dieser Wagen schon eine Nummer über 80 tragen können.
»Sie brauchen einen neuen Wagen«, sagte er. »Wenn Sie nach Norden ziehen.«
Tjaart blickte ihn sonderbar an. Alle sagten, die van Doorns müßten nach Norden gehen: vor Jahren Jakoba, dann, als sie aus dem Xhosakrieg zurückkehrten, Saltwood und nun Carleton. Als ob es keine andere Möglichkeit gäbe.
»Wer treckt nach Norden?« fragte er.
»Haben Sie es nicht gehört? Hendrick Potgieter zog vorige Woche los.«
»Wohin?«
»Nach Norden. Das war alles, was er sagte.«
»Allein?«
»Nein, er hatte vierzig oder fünfzig Leute dabei. Sarel Cilliers ging mit ihm. Und Louis Trichardt zog mit Van Rensburg los. Schon vor Monaten. Vielleicht neunzig Menschen und siebzig oder achtzig Dienstleute.«
Tjaart fühlte sich schwach. Es geschahen Dinge, die er nicht mehr begriff, und die Ereignisse überstürzten sich, so daß ihm kaum Zeit zum Nachdenken blieb. Widerwillig räumte er ein, daß seine Nachbarn vielleicht recht hatten.
Saltwood sagte: »Wir dachten, wenn Männer wie Sie und Piet Retief sich entschließen, uns zu verlassen, sollten wir nicht im bösen auseinandergehen. Zum Teufel, Tjaart, ihr habt Seite an Seite mit uns gekämpft.«
So wurde eine Abmachung getroffen, derzufolge Saltwood die Vollmachten mehrerer Buren – darunter van Doorn und de Groot – übernahm und versprach, sie an Sir Peter nach London zu schicken, um zu kassieren, was die Regierung bewilligen würde. Damit aber die Transaktion legal wurde, mußten die Buren ihre Rechte für je einen Shilling abtreten und sich auf die Redlichkeit ihrer englischen Freunde verlassen. Das taten die Männer in der absoluten Gewißheit, daß eine ehrliche Abrechnung erfolgen würde, denn diese Vertragspartner hatten brüderlich ihren Besitz verteidigt. Daß die Buren nun daran dachten, ihre Anwesen zu verlassen, war für die Engländer ebenso schmerzlich wie für sie selbst.

Tjaart war zutiefst gerührt über die von Saltwood und Carleton bei ihrem Besuch auf seiner noch immer zerstörten Farm gezeigte Sympathie. Im Krieg hatte er freiwillig die englischen Besitzungen beschützt, doch die Regierung war nicht imstande gewesen, die Burenfarmen zu retten; Hunderte waren verwüstet worden, und nun stellte sich die Regierung auf die Seite der Kaffern. Er war aber überzeugt, daß die Kämpfer aus Grahamstown, wie etwa Saltwood, aufrichtig seine Freundschaft suchten und die Verluste bedauerten, die die Buren erlitten hatten. Während er zwischen den verkohlten Balken seiner Scheune herumging, überlegte er ernsthaft, was er tun sollte. Er fragte Jakoba um Rat: »Sollen wir ein neues Haus bauen?«

»Wir müssen nach Norden ziehen«, antwortete sie entschieden. »Um freies Land zu suchen.«

Als Lukas und Rachel de Groot nach Süden kamen, um zu berichten, in welch traurigem Zustand sich ihre Farm befand, unterstützten sie Jakobas Rat: »Wir haben nicht das Herz, wieder zu bauen. Wir ziehen fort.«

»Wohin?«

»Über den Oranje. Dann hinunter nach Natal.«

»Ich glaube, ich werde hierbleiben«, sagte Tjaart bedachtsam. »Das ist eine gute Farm in einem guten Gebiet. Ich glaube, eines Tages werden die Engländer es gut verwalten.«

Als die de Groots sich bereit erklärten, zu bleiben und ihm beim Wiederaufbau zu helfen, hatte er Gelegenheit zu sehen, was für ein prächtiger Junge ihr Sohn Paulus geworden war. Er war vier Jahre alt, ein kräftiger kleiner Kerl, der eine schwere Stoffhose trug wie sein Vater. Sein dichtes blondes Haar hing ihm in die Stirn, und wenn er lief, stand es nach allen Seiten ab. Seine stämmigen Glieder ließen erkennen, wie viel Kraft bereits in ihm steckte.

Bei den Reparaturarbeiten an der Farm übernahm der Knabe viele Aufgaben, die sonst Männer besorgt hätten, zum Beispiel schaffte er zerbrochene Planken weg und hielt die Rinder in den für sie bestimmten Gehegen. Wenn Tjaart dem Jungen zusah, dachte er: Wie schön wäre es, wenn er Minnas Tochter heiraten könnte. Aber wenn seine Gedanken in diese Richtung liefen, schweiften sie früher oder später ab zu Aletta Naudé, diesem wundervollen Mädchen, das im Norden lebte, und er fragte sich, ob er sie je wiedersehen würde. Er dachte an die Fehler Ryks und stellte sich vor, auf welch schreckliche Weise er enden könnte: Er erwies sich als Feigling, und die Xhosa erschlugen ihn; er stahl Geld, und ein englischer Offizier erschoß ihn; er führte einen Jagdausflug an, und ein Elefant zertrampelte ihn. Immer verschwand er und ließ Aletta zurück, die von Tjaart van Doorn gerettet wurde. Die Jahre vergingen, aber sie alterte nie, verrichtete nie Hausarbeiten. Sie blieb immer das heiratsfähige Mädchen, das er im Laden ihres Vaters in Graaff-Reinet gesehen hatte.

Dieser Name tauchte damals recht häufig im Gespräch auf. Theunis Nel hatte sich von Anfang an nicht wohl gefühlt, weil er mit einem Mädchen lebte, mit dem er nicht verheiratet war, und als sie schwanger wurde, fühlte

er sich ausgesprochen unmoralisch. Jetzt aber, da er Vater des schönen Mädchens Sybilla war, begann er Tjaart zu quälen, er solle die Familie zum *Nachtmaal* bringen, »damit wir vor den Augen des Herrn Gnade finden«. Aber Tjaart hatte keinen Wagen, und er haßte es, sich etwas von seinem Nachbarn borgen zu müssen. Theunis beharrte aber so nachdrücklich auf dem Wunsch, seine Ehe sanktionieren zu lassen, daß Tjaart ihn respektieren mußte, denn er hatte bei seinen eigenen Ehen das gleiche Gefühl gehabt. Er war kein übertrieben religiöser Mensch, und seine beiden Frauen waren sicherlich robust und hart, wie es das Leben an der Grenze verlangte, aber sie hatten sich doch irgendwie unbehaglich gefühlt, solange ihre Ehen nicht feierlich bestätigt waren. Die monatliche Regel, die Intervalle der Fruchtbarkeit, die Geburt eines Kindes, das Errichten eines Heimes, die Segnung einer Scheune, um den Blitz abzuhalten: all dies hatte etwas Geheimnisvolles an sich. Diese Mysterien verdienten Aufmerksamkeit, und umsichtige Männer richteten ihr Leben danach ein. Wenn Theunis Nel, ein Mann Gottes, sich in diese menschlichen Komplikationen verstrickt sah und sie bereinigen wollte, würde sich Tjaart van Doorn nicht über ihn lustig machen, auch wenn die Sanktionierung zweiundneunzig Meilen weit entfernt stattfand und er keinen Wagen besaß, um diese Entfernung zu überbrücken.
Allmählich wich die Begeisterung für den Wiederaufbau von *De Kraal* ganz anderen Überlegungen. Wenn wir zum *Nachtmaal* gingen, könnten Theunis und Minna getraut und Sybilla getauft werden, und wir wären dann schon ein gutes Stück auf dem Weg nach Norden. Wenn wir drei Tage ostwärts ziehen, sind wir auf dem Weg, den die anderen eingeschlagen haben. Die de Groots könnten in ihrem guten Wagen fahren. Und ich bin sicher, er würde mir helfen, aus den verbrannten Überresten etwas Brauchbares für uns zusammenzubauen.
Einmal trieb ihm die Erinnerung an seinen schönen Wagen fast die Tränen in die Augen. Nur die Radfelgen und einige Beschläge waren noch vorhanden und brauchbar. Er sagte ganz vorsichtig zu Theunis: »Du hast recht. Wir brauchen eine Trauung und eine Taufe. In Graaff-Reinet.« Das war alles, was er sagte, aber auf *De Kraal* verstanden alle, daß sich die van Doorns anschickten, die Farm zu verlassen, für deren Aufbau sie sechzig Jahre lang gearbeitet hatten. Die Frauen begannen, Dinge auszusortieren, für die sie keinen Platz haben würden. Die Männer verkauften die schwächeren Rinder. Und der kleine Paulus, der bald fünf wurde, trug einen Hammer, mit dem er alles beklopfte.
Es wurde kein Termin für den Aufbruch festgesetzt, aber jemand erwähnte beiläufig, daß das *Nachtmaal* in sieben Wochen beginnen würde. Niemand reagierte auf diese Bemerkung, doch Tag um Tag wurde der Aufbruch unvermeidbarer, und als Tjaart eines Tages seine Frau dabei antraf, wie sie Eier einsammelte, sah er, daß sie den Tränen nahe war. »Was bist du für eine Frau! Du schreist mich an: ›Geh nach Norden!‹, und wenn ich aufbreche, weinst du.«
Sie leugnete es.

Ihm selbst erging es eines Morgens ähnlich, als zwei farbige Hirten riefen: »*Baas! Baas!* Schau, was kommen!« Von den Hügeln im Südwesten zogen siebzehn Rappenantilopen ins Farmgebiet. Diese stattlichen schwarzen Tiere mit ihren weißen Blessen auf der Stirn und den unglaublichen krummsäbelförmigen Hörnern, die sich vierzig, fünfzig Zoll nach hinten bogen, gehörten zu den schönsten Geschöpfen Afrikas.
Alle van Doorns kamen aus dem Haus. »Das müssen die letzten südlich des Oranje sein«, sagte Tjaart. »Seht nur, wie sacht sie ihre Füße heben.« Wie schön sie waren, wie majestätisch diese Überreste einer einst großen Herde! Nie zuvor hatte man sie in *De Kraal* gesehen, und ihr ruhiger Zug quer durch die Farm schien eine ähnliche Bewegung der van Doorns anzukündigen.
An diesem Abend erklärte Tjaart einfach: »Wir werden ihnen nach Norden folgen. Auch unser Leben hier ist zu Ende«, und sobald diese Worte gefallen waren, konnten Jakoba und Minna ihre Tränen nicht mehr zurückhalten.

Wenn jemals Menschen mit schwerem Herzen und innerem Widerstreben ihre Heimat verließen, so waren es die van Doorns. Sie verbrachten eine ganze Nacht damit, einen Rechtfertigungsbrief für ihre englischen Nachbarn in Grahamstown und ihre Burenfreunde in Graaff-Reinet aufzusetzen. Tjaart begann mit den Worten: »Wir alle kennen die Erklärung, mit der sich die Amerikaner von England losgesagt haben. Ich finde, wir sollten das gleiche tun.« Unter der Anleitung von Theunis – Lukas de Groot steuerte gelegentlich eine scharfe Bemerkung bei – stellte er folgende Gedanken zusammen, die in den Lokalzeitungen jeder Gemeinde veröffentlicht wurden:

> Wenn im Laufe der Menschheitsgeschichte eine Gruppe von Leuten beschließt, ihre Wohnstätten zu verlassen, müssen die Auswanderer mit Rücksicht auf ihre Nachbarn erklären, warum sie das tun. Wir verlassen unsere Farmen voll Trauer und unsere Nachbarn mit tiefem Bedauern, aber wir können nichts anderes tun. Die Gründe für unser Fortgehen werden von allen redlichen Menschen für gerecht und vernünftig angesehen werden.
> Die Verwüstungen des letzten Krieges zeigen der Welt, daß diese Regierung unfähig ist, unsere Farmer vor den Einfällen der Kaffern zu schützen, und sie hat die letzte Hoffnung auf ein wirkungsvolles Mittel zerstört, das diese Horden aus der Kolonie fernhalten könnte.
> Die Regierung hat uns unsere Sklaven genommen, ohne uns entsprechend und redlich zu entschädigen. Sie hat sich über unsere traditionelle Art, die Sklaven zu behandeln, lustig gemacht und nur auf die unverschämten Philanthropen gehört, die in England umherstolzieren und Lügen und Verleumdungen verbreiten. Den anständigen Bürgern dieses Landes, die mit diesem Problem leben, wurde kein Gehör geschenkt.

Die Regierung hat Geistliche auf die Kanzeln unserer Kirchen gestellt, die mit unserer Sprache nicht vertraut sind. Sie hat uns Beamte geschickt, um über unsere Gerichtsfälle zu verhandeln, die die Worte nicht verstehen, die wir zu unserer Verteidigung vorbringen. Sie besetzt unsere Schulen mit Lehrern, die unseren Kindern ihre Muttersprache nehmen wollen.
Wir verlassen den von der englischen Regierung beanspruchten Boden ohne Haß oder Drohungen oder Feindseligkeit. Wir bezeugen, daß die guten Menschen englischer Abstammung sich mit uns angefreundet haben, und wir wünschen ihnen und ihrem Volk alles Gute. In unseren Herzen sind wir davon überzeugt, daß wir England gegenüber keine weiteren Verpflichtungen haben, und wir sind sicher, daß uns die Regierung in Frieden ziehen lassen wird, denn wir wollen nichts anderes, als im Norden eine Nation gründen, die den Vorschriften Gottes gehorsamer ist.

Lange nach Mitternacht, als fünf von den sechs Beteiligten fanden, daß sie eine vollständige und ehrliche Erklärung abgegeben hatten, erschreckte sie Jakoba durch den Hinweis, daß sie ihre wichtigste Beschwerde vergessen hatten, und als ihr Mann wissen wollte, was sie meinte, erklärte sie es. Und nach einer von Gebeten unterbrochenen Diskussion fügte Tjaart gehorsam den folgenden Absatz hinzu, der der Wahrheit näher kam als alle anderen. Aus diesem Grund wurde er überall in der Welt zitiert:

Die Regierung versuchte, durch eine Reihe unglückseliger Gesetze die natürliche Beziehung zwischen den Rassen zu verändern, indem sie den Wilden höher stellte und den Christen zurücksetzte. Sie verlangte von uns, eine Gesellschaft zu gründen, in der die gehörige Distanz zwischen Herr und Diener nicht eingehalten wird. Das widerspricht der Lehre Gottes selbst, und wir können uns dem nicht fügen. Gott hat gesagt, daß es Herren und Diener geben und daß jeder den ihm gebührenden Platz einnehmen soll. Wir beabsichtigen, gemäß diesem Gesetz eine neue Nation zu gründen, in der Menschen aller Hautfarben ihren ihnen angemessenen Platz haben sollen, unter der Leitung jener, die Gott zur Führung auserwählt hat.

An diesem Morgen um vier Uhr besiegelten die van Doorns und die de Groots, eine unbedeutende Gruppe in den großen Wanderungen der Menschheit, mit einem Gebet ihren Entschluß, nicht nur zum *Nachtmaal* nach Graaff-Reinet zu fahren, sondern in eine Welt zu ziehen, die sie sich nicht einmal vorstellen konnten. Der Große Treck begann, die *Voortrekker* setzten sich in Bewegung.

An dem Nachmittag, an dem Tjaarts Brief im *Graham's Town Journal* erschien, sattelten Major Richard Saltwood und Thomas Carleton ihre Pferde, erteilten ihren Dienern rasch eine Reihe von Befehlen und galoppierten nach Westen, um die *Voortrekker* noch aufzuhalten, bevor sie *De Kraal* verließen.

Sie trafen rechtzeitig ein, um zu sehen, wie die Wagen beladen wurden, und erblickten erschrocken das jämmerliche Gefährt, in dem van Doorn seine Habseligkeiten zu transportieren gedachte: »Diese Räder bringen ihn nicht einmal bis Graaff-Reinet«, sagten sie zueinander.

»Wir können euch nicht so ziehen lassen«, erklärte Saltwood. »Ihr wart unsere Waffenbrüder.«

Van Doorn wies mit einer Handbewegung auf die baufälligen Häuser: »Das ist alles, was von Generationen von van Doorns übrig ist.«

»Ich weiß«, sagte Saltwood.

»Und die Sklavenentschädigung? Werden wir unseren Anteil je erhalten?«

»Wir haben noch keine Nachricht aus London, Tjaart. Diese Dinge brauchen ihre Zeit.«

»Wir haben keine Zeit mehr.«

»Tjaart, wie alt sind Sie?«

»Siebenundvierzig.«

»Das dachte ich mir. Sie und ich, wir sind Zwillinge. Das gleiche Geburtsjahr. Sie sind mein Bruder, und ich will Ihre Farm kaufen, weil ich sie schätze.«

»Das da?« Die beiden Männer sahen sich um.

»Ja. Ich kann den Wiederaufbau zu Ende führen. Ich will hier leben.«

»Dafür würden Sie bezahlen?«

»Ja. Wir trafen im vorigen Jahr eine Abmachung. Es war nicht Ihre Schuld, daß sich die Fakten geändert haben.«

So verbrachten sie den Tag mit Diskussionen darüber, welcher Preis angemessen wäre und wohin die Straße nach Norden die Buren führen würde und ob sie jemals zurückkommen würden. Das Abendgebet wurde abgehalten, bei dem Theunis Nel auf seine Art die Bibel übersetzte: ein Drittel Bibel und zwei Drittel Theunis.

Am Morgen wurde es deutlich, daß die Engländer aus irgendeinem Grund noch nicht fortreiten wollten, und ihr Aufenthalt zog sich so in die Länge, daß Jakoba schließlich fragte: »Wann wollen Sie gehen?« Carleton antwortete: »Wir haben ein Geschenk für Sie.« Nach einer weiteren Stunde erschienen auf dem östlichen Hügelkamm zwölf Ochsen, die einen neuen Carletonwagen mit einer schmucken Deichsel, ordentlichen Patentbremsen und einem doppelten Leinwanddach zum Schutz gegen Regen und Hitze zogen. Auf einem Brett unter dem Wagenkasten war die Nummer TC – 43 eingebrannt.

»Ich brauche meine Schafe für die Reise nach Norden«, sagte Tjaart.

»Sie schulden uns keine Schafe«, antwortete Carleton. »Ihr habt uns geholfen, unsere Kolonie zu gründen. Wir helfen euch beim Aufbau der euren.«

»Ich denke, wir sollten beten«, sagte Theunis, und er wählte aus dem zweiten Buch Mose vier passende Texte über die Israeliten, die durch das Rote Meer in das Gelobte Land zogen. »Wir sind die neuen Israeliten«, sagte er, worauf die Männer, die so oft gemeinsam gekämpft hatten, begannen, sich voneinander zu verabschieden.

Als der neue Wagen beladen war und die fünf Männer sich anschickten, ihre eigenen Wege zu gehen – die zwei Engländer zurück nach Grahamstown und die drei Burenfamilien nach Norden in unbekannte Gebiete –, ereignete sich ein Vorfall, der damals keinerlei Bedeutung zu haben schien, in Wirklichkeit aber die Geschichte Südafrikas veränderte.
Ein kühner, schlauer Xhosaprophet namens Mhlakaza, der eine wulstige Narbe auf der Stirn trug, hatte sich in der auf den Krieg folgenden Verwirrung in das Gebiet der Weißen geschlichen, um auszuspionieren, welche Schäden die letzten Überfälle angerichtet hatten. Da er nicht merkte, daß fünf bewaffnete Reiter in der Nähe waren, tauchte er so exponiert auf, daß ihn jeder der Männer hätte erschießen können.
Tjaart van Doorn legte automatisch auf ihn an, aber sein Schwiegersohn Theunis faßte ihn am Arm und rief: »Nein! Er hat nichts getan.« Und so senkte Tjaart das Gewehr, und der Xhosa verschwand mit einem höhnischen Lachen.
Hätte Tjaart ihn in Gegenwart der beiden Engländer getötet, wäre die Nachricht darüber sicherlich nach London gelangt. Dr. Keer hätte bohrende Fragen gestellt, es wäre zu einem Skandal gekommen, der wieder die Herzlosigkeit der Buren bewiesen hätte, und sehr wahrscheinlich wäre Tjaart gehängt worden. Es war also ein Glück, daß Theunis ihn zurückgehalten hatte.
Wenn anderseits Tjaart diesen verschlagenen Mann getötet hätte, wäre das Leben von vielen tausend Xhosa gerettet worden, ein edles Volk wäre in voller Stärke erhalten geblieben, und die Geschichte dieses Gebietes wäre völlig anders verlaufen.

Am 15. März 1836 überquerte die Van-Doorn-Gesellschaft, wie man sie später nannte, den Oranje, diesen launischen Riesen zwischen Sandbänken, verließ das englische Hoheitsgebiet und zog zu den weiten Gebieten, die der Verrückte Adriaan vor siebzig Jahren erkundet hatte.
Die Gruppe bestand mittlerweile aus neunzehn Familien mit siebzehn Wagen. Die Anzahl der Wagen war insofern von Bedeutung, als mindestens siebzehn nötig waren, um eine richtige Wagenburg (ein sogenanntes *laager*) zu bilden, in der Frauen, Kinder und Vieh Schutz finden konnten.
Die Auswanderergesellschaft umfaßte neunzehn erwachsene Männer und ebenso viele Frauen. Sie waren alle kampferprobt. Die Familien hatten insgesamt achtundneunzig Kinder. Manche von ihnen waren noch Säuglinge, wie die Tochter von Theunis und Minna, während die ältesten bereits mit einem Gewehr umgehen konnten.
Diese hundertsechsunddreißig Weißen wurden begleitet von zweihundert

Farbigen und Schwarzen. In den meisten Fällen waren diese Diener auf den Farmen recht gut behandelt worden. Sie fühlten sich nicht als Sklaven, sondern eher als Mitglieder der Burenfamilien. Sie waren loyal geblieben, als andere Diener fortgelaufen waren, und sie sahen keinen Grund, ihren *Baas* jetzt zu verlassen. Sein Leben war das ihre; sie würden keine Arbeit finden, die ihnen besser zusagte, und sie waren ebenso aufgeregt wie er über diese abenteuerliche Reise in ein unerforschtes Gebiet. Sie nahmen ein altes Paar Schuhe oder eine abgerissene Jacke mit einem lächelnden »*Dankie, Baas*« entgegen und quittierten Tadel mit demonstrativer Zerknirschung. Und wenn sie unter sich waren und mit anderen Farbigen oder Schwarzen zusammentrafen, behaupteten sie, ihr *Baas* sei der beste im Land. Um zu zeigen, daß sie es ernst meinten, waren die meisten bereit, für »ihre« Weißen zu sterben.
Zu jedem der siebzehn Wagen gehörte ein Gespann von zwölf bis sechzehn Ochsen, dazu ein halbes Dutzend als Ersatz. Alle Männer, die meisten Jungen und viele Farbige hatten Pferde. Die Gesellschaft als Ganzes führte zweitausend Rinder und elfhundert Schafe mit, was erklärte, daß die *Voortrekker* Glück hatten, wenn sie sechs Meilen am Tag zurücklegten.
Von den hundertsechsunddreißig Buren konnten nur zwei Männer lesen, Tjaart van Doorn und Theunis Nel, aber alle konnten Bibelstellen auswendig, und während sie sich bereitmachten, ein neues Land zu betreten, verglichen sie sich ständig mit den alten Hebräern, von denen im Buch Josua die Rede war. Jeden Abend, wenn sich die Wagen gesammelt hatten, las Theunis Nel in der Art eines Geistlichen aus diesem Buch vor und wandte die Lektionen der Bibel geschickt auf die Bedingungen an, die die *Voortrekker* antrafen. So gelangten die Buren zu der Überzeugung, daß sie eine Wiedergeburt von Josuas Armee waren und daß Gott auch über sie wachte:

> So mache dich nun auf und zieh über diesen Jordan, du und dies ganze Volk, in das Land, das ich ihnen, den Kindern Israel, gegeben habe. Alle Stätten, darauf eure Fußsohlen treten werden, habe ich euch gegeben... Es soll dir niemand widerstehen dein Leben lang... Ich will dich nicht verlassen, noch von dir weichen... Sei nur getrost und sehr freudig, daß du haltest und tuest alle Dinge nach dem Gesetz... Weiche nicht davon, weder zur Rechten noch zur Linken, auf daß du weise handeln mögest in allem, was du tun sollst.

Die *Voortrekker* waren eine kompromißlose, eigenwillige Gruppe von Holländern, deren Isolierung sie veranlaßt hatte, den liberalisierenden Einflüssen des achtzehnten Jahrhunderts den Rücken zu kehren, mit der Ausnahme, daß Tjaart selbst aus der amerikanischen Unabhängigkeitserklärung zitiert hatte, als er die Gründe für seine Auswanderung darlegte. Sie hatten keine Verwendung für Rousseau, Locke, Kant oder die deutschen Theologen, die begonnen hatten, die mythologischen Elemente im Alten Testament zu enthüllen. Sie waren mit den Grundlagen ihres Glaubens zufrieden, die ihre holländischen und hugenottischen Vorfahren bereits Mitte des siebzehnten Jahrhunderts mitgebracht hatten, und lehnten alle von den Engländern eingeführten neuen Ideen ab. Vor allem waren sie selbstsicher, so daß ein *Voortrekker*, als er zu einem Bach kam, der direkt nach Norden floß, ohne Zögern verkündete: »Das ist der Beginn des Nil«, obwohl dieser Hauptstrom zweitausend Meilen weit entfernt war – und unverzüglich taufte er ihn *Nylstroom*.

Die Wagen, in denen sie die nächsten zwei oder drei Jahre wohnen würden, waren ganz anders als die großen, schwerfälligen Planwagen, die die amerikanischen Prärien durchquerten. Sie waren klein, nur vier bis fünf Meter lang und ziemlich bodennah, wirkten jedoch höher, wenn sie mit einem Leinwanddach bedeckt waren. Sie waren erstaunlich schmal und so vollgepackt, daß es keinen Platz zum Schlafen darin gab, außer für die Mutter, die sich auf dem Gepäck ein primitives Bett zurechtmachte. Die Räder waren mit Eisenreifen beschlagen und gleichförmig: Die vorderen waren klein und wiesen zehn Speichen auf, die hinteren waren größer mit vierzehn Speichen.

Ein besonderes Merkmal des *Voortrekker*-Wagens war seine mit der Deichsel verbundene drehbare Vorderachse, die beim Lenken größte Beweglichkeit bot und sich zugleich dem holprigen Pfad anpaßte. Nur das letzte Ochsenpaar war an die Deichsel gespannt, während alle anderen an Ketten und Geschirr zogen, die auf verschiedene Weise am Wagen befestigt waren.

Die fast zweitausend Wagen, die an diesem Zug nach Norden teilnahmen, übersäten das Veld mit Pfaden, denn jede Gesellschaft schlug eine eigene Route ein, wobei sie meist von einem auffallenden abgeflachten Hügel zum nächsten zog.

Die *Voortrekker* machten es sich zur Gewohnheit, an einer Stelle, die ihnen gefiel, oft eine Woche, manchmal sogar einen Monat zu verweilen. Dann wurden die Wagen nahe beieinander aufgestellt, und die Männer ritten weit hinaus ins Veld, um zu jagen, während die Frauen nähten, notwendige Geräte herstellten und besondere Gerichte kochten. Jakoba freute sich immer, wenn die Wagen an einer Stelle haltmachten, an der es besonders viele Ameisenhügel gab, denn sie hatte als Mädchen gelernt, diese beachtlichen Bauten zu verwenden, die sich zwei bis drei Fuß hoch über dem Veld erhoben und wie kleine Berge aus rotem Sand glänzten.

Sie wählte einen großen aus, der allein stand, nahm einen schweren Stock und machte damit ein kleines Loch, dort wo die Seitenwand des Hügels die Erde berührte. Sie achtete dabei besonders darauf, daß der obere Teil des Ameisenhügels nicht beschädigt wurde. Sobald das Loch aufgebrochen war, rannte eine Unmenge kleiner, schwarzer Ameisen in der Gegend umher und verschwand bald. Dann wurde die Öffnung mit Reisig, Blättern und anderem brennbarem Abfall vollgestopft und angezündet. Das Feuer schwelte etwa eine Stunde lang, und der Hügel wurde mit der Zeit zu einem hervorragenden Backofen, in dem man alle möglichen Speisen zubereiten konnte.

Jakoba buk gern ihr Brot in solchen Öfen, konnte aber auch aus Streifen von Antilopenfleisch mit einer würzigen Sauce aus getrockneten Zwiebeln ein ausgezeichnetes Currygericht zubereiten. Das schmeckte den Männern so gut, daß sie während des Marsches nach Ameisenhügeln Ausschau hielten, und die Frauen wußten, daß, wann immer sie in eine Gegend kamen, wo es viele solche Hügel gab, eine erholsame Rast abgehalten wurde. Und wenn es keine Ameisenhügel gab, kochten sie ihr *bobotie*.

Man kann die Wanderung dieser *Voortrekker* getrost vergleichen mit der langsamen Verlegung einer ganzen kleinen Ortschaft.

Dabei unterschied sich der Treck jedoch in einem wesentlichen Punkt von allen anderen Gemeinwesen: Unter den insgesamt vierzehntausend Buren, die nach Norden zogen, befand sich kein einziger Geistlicher. Die holländisch-reformierte Kirche, die in der Geschichte der Buren eine so wesentliche Rolle gespielt hatte und noch spielen sollte, weigerte sich nämlich, die Massenauswanderung zu sanktionieren. Man hegte den Verdacht, daß die Auswanderer einen revolutionären Geist vertraten, und das konnte der Calvinismus nicht dulden; es wurde befürchtet, daß die Farmer sich dem Einfluß der Kirche entziehen könnten, und das mußte bekämpft werden. Außerdem war man immer beunruhigt über unbefugte Umsiedlungen in unerforschtes Gebiet, denn in so unbekannten Gegenden konnte der Einfluß der Kirche geschmälert werden. So ließ die Kirche die Auswanderer fallen, prangerte sie als Revolutionäre an und ignorierte ihre Ersuchen um Beistand.

Noch bemerkenswerter war die Tatsache, daß sich auch einzelne *dominees* von diesem bedeutsamsten Ereignis in der Geschichte Südafrikas distanzierten und sich entschieden weigerten, die Wanderer zu begleiten. Die *Voortrekker*, eines der religiösesten Völker der Erde mit tiefverwurzeltem Vertrauen zur Bibel, wurden so von ihrer eigenen Kirche im Stich gelassen. Es gab keine Taufen, Trauungen, feierlichen Begräbnisse noch sonntägliche Gottesdienste. Dennoch unterstützten die *Voortrekker* am Ende der Reise ihre Kirche sogar noch entschiedener als vorher, und nachdem die holländisch-reformierte Kirche den Wanderern die Segnungen der Religion verweigert hatte, nahm sie die Emigranten wieder unter ihre Fittiche.

Der Mann, der unter dieser merkwürdigen Entwicklung am meisten litt, war Theunis Nel. Er kannte die religiösen Bedürfnisse der *Voortrekker* und grämte sich wegen der Weigerung seiner Kirche, Beistand zu leisten. Wiederholt bot er sich als Ersatzprediger an, wurde aber wegen seines Auges und seines Buckels von der Mehrheit beharrlich abgelehnt.

Er beklagte sich nicht. Geduldig ertrug er die Verachtung seiner Frau, den Spott seiner Mitreisenden, die mangelnde Unterstützung durch Anführer wie van Doorn und de Groot. Er pflegte die Kranken, versuchte die Kinder zu unterrichten und sprach Gebete an den Gräbern der Verstorbenen. Als ein alter Mann kurz vor Erreichen der erhofften neuen Heimstätte beerdigt wurde, hielt Theunis, von Rührung übermannt, am Grab eine Predigt, eine Art unzeremonieller Ansprache über die Vergänglichkeit des menschlichen

Lebens. Nachdem sich die Trauergemeinde entfernt hatte, ersuchte Balthazar Bronk, der die Religion sehr ernst nahm, Theunis und Tjaart, mit ihm beiseite zu treten, und schalt den Krankentröster aus.
»Sie haben nicht zu predigen. Sie sind kein Geistlicher.«
»Wir bestatteten einen armen alten Mann.«
»Bestatten Sie ihn. Aber halten Sie dabei den Mund.«
»Aber Mijnheer Bronk...«
»Tjaart, sagen Sie diesem Einfaltspinsel, er soll den Vorschriften Genüge tun.«
Als zwei junge Leute von einer anderen Gruppe heiraten wollten und Nel um seinen Beistand baten, war er bereit, ihre Bitte zu erfüllen, doch wieder mischte sich Bronk ein. »Verdammt. Fünfmal habe ich Sie schon davor gewarnt, sich als Geistlicher aufzuspielen.«
»Aber diese jungen Menschen wollen ein neues Leben beginnen...«
»Lassen Sie sie warten, bis ein wirklicher Geistlicher vorbeikommt.« Und er war so unnachgiebig, daß die beiden fortgehen mußten, ohne daß ihr Bund gesegnet wurde. Doch als Bronk nicht herumspionierte, ritt Theunis dem Paar nach und sagte den beiden: »Gott wünscht, daß seine Kinder heiraten und sich vermehren. Ich erkläre euch zu Mann und Frau, und wenn ein wirklicher Geistlicher kommt, laßt eure Ehe von ihm richtig einsegnen.«
Als nach drei Jahren ein Geistlicher kam, konnte er auch gleich zwei Kinder taufen.
Wohin steuerte dieser Exodus eigentlich? Darüber zerbrach sich keiner den Kopf. Die Familien wollten vor allem das englische Hoheitsgebiet verlassen. Einige Buren schlugen vor, über die Drakensberge, die Chakas Reich umsäumten, nach Osten zu ziehen. Andere, wie Tjaart van Doorn, waren entschlossen, nach Norden zu trecken, den Fluß Vaal zu überschreiten und sich in fernen Tälern niederzulassen.
Aber wo im Norden? Eine der frühesten Erinnerungen Tjaarts waren die Geschichten über seinen Großvater Adriaan, der mit einem Hottentotten namens Dikkop und einer zahmen Hyäne namens Swarts in dieses nördliche Gebiet gezogen war: »Er sagte, er habe am Limpopo Angst bekommen, sei umgekehrt und habe einen See gefunden, den er Vrijmeer nannte und an dessen Ufer er Dikkop begrub.« Tjaart glaubte, daß es seine Bestimmung war, zu diesem See zu gelangen.

Aber unabhängig davon, ob ein *Voortrekker* Natal oder den unerforschten Norden zu seinem Siedlungsgebiet erwählte, trafen sich alle Wege am Fuß eines Berges mit dem seltsamen Namen Thaba Nchu. Die *Voortrekker* nannten ihn *Ta-ban'-choo*, und es fanden sich dort so viele Wanderer zusammen, daß für einige Jahre eine größere Ansiedlung entstand.
Dort trafen sie auch auf den ersten größeren schwarzen Stamm nördlich des Oranje. In den ersten Tagen ihres Trecks waren sie auf kleine Gruppen von Schwarzen und auf einzelne Farbige gestoßen, aber am Thaba Nchu befand sich ein Stamm von fünftausend Menschen, der sie als Verbündete gegen

einen Todfeind im Norden begrüßte: Mzilikazi, den »Großen Elefantenbullen« der Matabele, einen der Urheber der Mfecane.
Am 13. Juni 1836 rollten die Wagen der Van-Doorn-Gesellschaft zum Thaba Nchu, wo fünf- oder sechshundert früher Angekommene darauf warteten, daß ihre Anführer einen Entschluß faßten. Sie blieben dort und hatten Zeit, neue Freundschaften zu schließen. Besonders aktiv war der kleine Paul de Groot, der mit Jungen, die doppelt so alt waren wie er, umherlief und mit ihnen Ringkämpfe austrug. Er redete wenig, wahrte erbittert seine Rechte und schien die Gesellschaft Tjaart van Doorns sogar der seines eigenen Vaters vorzuziehen; das war verständlich, denn der Junge ließ Anzeichen dafür erkennen, daß er ein Mann von der Art Tjaart van Doorns werden würde: zuverlässig, vorsichtig und fromm. Wenn der junge Paulus seine Gebete sprach, glühte sein großes, viereckiges Gesicht vor religiösem Eifer, denn er glaubte fest, daß Gott ihm zuhörte.
Trotz dieser natürlichen Veranlagung zur Frömmigkeit mochte Paulus Theunis Nel nicht, den selbsternannten Repräsentanten der Religion, denn der Junge spürte, daß Nel sich lächerlich machte. Als Tjaart eines Morgens vorschlug, daß Paulus anfangen sollte, bei Theunis schreiben zu lernen, machte Minna dies zunichte, indem sie aus dem Zelt kam, ihren Mann anschrie, ihm Schimpfnamen an den Kopf warf und dem Jungen zeigte, wie die Gemeinde auf den Schieläugigen reagierte. Ein Mann, der nicht einmal seine Frau erziehen konnte, konnte einen energischen Jungen wie Paulus de Groot nicht unterrichten.
Tjaart, der hoffte, daß sich dieser vielversprechende Junge zu einer Führerpersönlichkeit entwickeln würde, übernahm es selbst, ihm das Alphabet und das Rechnen beizubringen; als er eines Morgens auf einem Holzblock saß und den Jungen unterrichtete, kam Lukas de Groot vorbei und war beleidigt, weil ein anderer Mann seinen Sohn unterrichtete: »Er muß nicht lesen können. Ich kann auch nicht lesen und komme tadellos zurecht.«
»Alle Jungen sollten lesen lernen.«
»Deine Jungen haben es nicht gelernt.«
»Stimmt. Sie sollten ihr ganzes Leben in *De Kraal* zubringen, und da war es nicht wichtig.«
»Und warum ist es jetzt wichtig?«
»Weil wir in eine neue Welt ziehen. Dein Sohn könnte als Anführer einer großen Gemeinde gebraucht werden. Wenn er nicht lesen kann, wird jemand anderer diese Stelle einnehmen.«
Die Diskussion hätte hitzig werden können, wäre nicht Minna vorbeigekommen, um ihrem Vater zu sagen, er müsse auf Antilopenjagd gehen, denn der Vorrat an *Biltong* war erschöpft. Während sie mit den beiden Männern sprach, sahen sie, daß ihre übliche verdrießliche Miene plötzlich einem strahlenden Lächeln wich. Sie wandten sich um, um zu sehen, was diese Veränderung hervorgerufen hatte, und de Groot sagte: »Seht nur, wer da zu uns kommt!«
Unter den Neuankömmlingen am Thaba Nchu befanden sich sechzehn Fa-

milien, die sich dem Hauptstrom der *Voortrekker* südlich des Oranje angeschlossen hatten, und an ihrer Spitze ritt Ryk Naudé, der gutaussehende junge Farmer, mit seiner reizenden Frau Aletta. Für Minna Nel war das Auftauchen des einzigen Mannes, den sie lieben konnte, ein Vorzeichen: Gott hatte diesen Exodus geschickt, um sie wieder zusammenzubringen; für Tjaart bedeutete die Ankunft Alettas, daß seine quälenden Phantasien wieder auflebten. Sie war etwas älter und fraulicher geworden und wirkte noch verführerischer, als er sie in Erinnerung hatte. Er konnte den Blick nicht von ihr wenden.

In den folgenden Tagen, als die Anführer versuchten, zu einem gemeinsamen Entschluß zu kommen, richtete es Tjaart immer so ein, daß ihn Aletta sehen konnte, wohin sie auch ging. Mit der Zeit bemerkte sie das und wurde ärgerlich. Sie war neunzehn Jahre alt und glücklich verheiratet, während er siebenundvierzig war, bereits die zweite Frau und schon einen Enkel hatte. Er sah läppisch aus, wenn er sie verliebt anstarrte, und als es ihm eines Nachmittags gelang, sich zwischen sie und ihr Zelt zu drängen, sagte sie scharf: »Mijnheer van Doorn, Sie machen sich lächerlich.« Das machte ihn so verlegen, daß er ihr einige Tage lang aus dem Weg ging. Doch dann erlag er wieder ihrem Zauber, und sie mußte ihm neuerlich ausweichen.

Die Ankunft so vieler neuer Auswanderer am Thaba Nchu führte zu anderen Problemen. Ryk Naudé und seine Frau gaben bekannt, daß sie beschlossen hatten, die Drakensberge zu überschreiten und nach Natal zu ziehen. Das ermutigte Lukas de Groot zu dem gleichen Entschluß, was bedeutete, daß Tjaart sich sowohl von dem Mädchen, das er liebte, als auch von seinem langjährigen Gefährten trennen mußte. Er zog ganz ernsthaft in Betracht, seinen Plan einer Ansiedlung im Norden aufzugeben, um mit den Menschen beisammenzubleiben, die er liebte; er hätte vielleicht dieser Versuchung nachgegeben, hätte ihm die Sache mit dem Löwenfell nicht gezeigt, welch schreckliche Versuchungen seine Familie bedrohten.

Minna war weniger besonnen gewesen als ihr Vater. Sie war außer sich vor Freude, Ryk wiederzusehen, und schämte sich nicht, ihm bei jeder Gelegenheit ihre Zuneigung zu zeigen. Als er einer Gruppe von Emigranten erzählte, er würde mit einigen Freunden nach Osten gehen und versuchen, ein paar Löwen ihrer Felle wegen zu schießen, lief sie zu ihm und flehte ihn vor aller Augen an, vorsichtig zu sein. Während seiner Abwesenheit blies sie Trübsal. Das ärgerte Jakoba so sehr, daß sie zu Tjaart sagte: »Du mußt mit ihr reden. Sie benimmt sich ja wie eine Dirne.«

Also nahm Tjaart seine Tochter beiseite und erteilte ihr eine scharfe Warnung: »Du bist mit einem braven Mann verheiratet. Er liebt dich und die kleine Sybilla, und du schuldest ihm Respekt. Minna, benimm dich anständig.«

»Aber Ryk war mir versprochen. In dem neuen Land wird er frei werden.«

»Du bist für immer verheiratet. Vor dem Angesicht Gottes. Vor dem Geistlichen in Graaff-Reinet. Gehorche deinen Gelübden.«

Mit Tränen in den Augen erklärte sie trotzig: »Vater, wenn Ryk und Aletta

getrennt würden, irgendwie, durch Gottes Ratschluß – wie glücklich wären wir, du und ich!«
Tjaart war betroffen, weil sie sein Geheimnis entdeckt und ihm so schlau ihre stillschweigende Duldung angedeutet hatte. Er antwortete: »Sie gehen nach Osten über die Berge, wir gehen nach Norden über den Vaal – und wir werden nie wieder zusammentreffen.«
Als aber Ryk mit vier Löwenfellen ins Lager zurückkam und Minna eines davon schenkte, war sie sicher, daß dies ein Beweis seiner Liebe zu ihr war. Sie redete sich ein, daß er ebensolches Verlangen nach ihr empfand wie sie nach ihm; nachts, als die anderen schliefen, schlich sie zu seinem Zelt, rief ihn ganz leise, um Aletta nicht zu wecken, zu sich heraus und zog ihn hinter die Wagen. Dort überschüttete sie ihn mit Zärtlichkeiten, half ihm beim Ausziehen und ermutigte ihn, sie dreimal zu lieben. Für ihn war es ein Erlebnis, wie er es mit Aletta noch nie gehabt hatte, und eine Aufforderung zu endlosen künftigen Wiederholungen.
In den folgenden Tagen merkte sogar Tjaart, der geringe Veränderungen sonst nicht so rasch zu erkennen pflegte, daß in seiner Familie etwas Schwerwiegendes, Unrechtes vorging. Eines Abends folgte er Minna und sah von seinem Versteck aus, wie schamlos sich seine Tochter benahm. Sein eigenes Schamgefühl hinderte ihn daran, das Liebespaar zu stören. Am nächsten Morgen jedoch ging er, nachdem er das Vieh versorgt hatte, in das Zelt seiner Tochter, schickte Theunis zu seinen Schülern und setzte sich dann mit Minna auseinander.
»Ich weiß, was du tust. Ich sah euch hinter den Wagen.«
»Ich kann ohne ihn nicht leben, Vater. Ich ziehe nach Natal.«
Daß eines seiner Kinder sich des Ungehorsams schuldig machte, war mehr, als er ertragen konnte. Ein Schleier senkte sich vor seine Augen, und er dachte an die Weisungen der Bibel: »Wenn ein Kind ungehorsam ist, soll es getötet werden. Wenn eine Frau Ehebruch begeht, soll sie gesteinigt werden.« In seiner Verwirrung wußte er nicht, was er sagen sollte, und schlug seine Tochter zu Boden. Dann gab er ihr alle möglichen alttestamentarischen Schimpfnamen und drohte, sie vor die Öffentlichkeit zu zerren und zu demütigen.
Als sich sein Zorn gelegt hatte und er wieder Herr seiner Sinne war, hob er sie auf und hielt sie in seinen Armen: »Minna, Gott hat dich und mich in Versuchung geführt. Wir haben uns beide einer schweren Sünde schuldig gemacht. Morgen ziehen wir nach Norden, damit unsere Seelen nicht zugrunde gehen. Du schläfst heute nacht in meinem Zelt, weil du mir teuer bist und ich es nicht ertragen kann, dich zu verlieren.«
Am nächsten Morgen, dem 6. Juli 1836, bildeten Tjaart van Doorn, Theunis Nel, Balthazar Bronk und vier andere Familien, die nicht zu der ursprünglichen Gruppe gehört hatten, einen neuen Verband, um den Vaal zu überschreiten und eine neue Gemeinde zu gründen, die sich zu den Vorschriften Gottes, dem Rangunterschied zwischen Herrn und Diener und der strengen Rassentrennung bekannte. Sie brauchten achtzehn Tage, um den Fluß zu

erreichen, und bei jedem Tritt der Ochsenhufe fühlten sich Minna Nel und ihr Vater trostloser, weil sie die Menschen, die sie liebten, nie wiedersehen würden.
Nur einmal erwähnte einer von ihnen die traurige Trennung; Minna sagte, während sie neben ihrem Vater ging: »Mein Herz scheint bei jedem Schritt zu brechen. Ich weiß, daß ich ihn verloren habe. Ich hörte, wie ein *Trekker* die Drakensberge beschrieb. Wenn ein Mensch diese Berge einmal überschreitet, kommt er nie wieder zurück.«
Tjaart, der sich verzweifelt danach sehnte, mit jemandem in dieser Krise seines Lebens zu sprechen, gestand: »Nach dem, was du gesehen hast, wird es dir schwerfallen zu glauben, was ich sage. Aber mein Herz sehnt sich nach drei Menschen. Vor allem nach dem kleinen Paulus de Groot. Wie gern würde ich zusehen, wie aus ihm ein Mann wird! Seine Möglichkeiten sind unendlich groß. Und auch Lukas wird mir fehlen. Und nach ihnen, in anderer Weise, Aletta.«
»Wir werden es nie erfahren.« Das war alles, was sie sagte, während sie weiter zum Vaal wanderte.
Als sie den Fluß erreichten, war er durch unerwartetes Hochwasser angeschwollen, und sie waren gezwungen, am Südufer zu kampieren, wo sie mehrere andere Gruppen antrafen, die auch darauf warteten, daß das Wasser zurückging. Zuerst ärgerte sich Tjaart über diese Verzögerung, aber eines Tages sahen die versammelten *Voortrekker* eine dichte Staubwolke, und als sie näher kam, erkannten sie vier von Farbigen, Schwarzen und Rindern begleitete Wagen.
Es war Lukas de Groot, der nach Norden eilte, um seinen Freund einzuholen, und als die beiden Männer zusammentrafen, gab es eine unausgesprochene Entschuldigung sowie schweigendes Einverständnis. »Als ich darüber nachdachte«, sagte de Groot, »erkannte ich, daß mein Schicksal im Norden liegt.« Er fügte nicht hinzu: »Bei dir«, aber die Freude seines Sohnes Paulus über das Wiedersehen mit Tjaart sprach für die ganze Familie. Es war eine fröhliche, kluge Wiedervereinigung, und nicht einmal, als de Groot unbekümmert von den Ryk Naudés sprach – »sie ziehen nach Natal, ein schönes Paar« –, war etwas von dem früheren Ärger zu merken.
Als das Hochwasser zurückging und die etwa siebzig *Voortrekker* den Fluß überquert hatten, fragte der kleine Paulus:
»Darf ich heute nacht bei Tjaart bleiben?« Lukas war einverstanden. Die van Doorns kampierten weiter westlich als die de Groots, so daß die aufgeregten Boten, die spät abends vom Nordosten herangaloppierten, zuerst letztere erreichten.
»Woher kommt ihr?« schrien zwei staubige, müde Männer, die nur kurz haltmachten, um ihren Pferden Ruhe zu gönnen.
»Vom Thaba Nchu«, antwortete de Groot.
»Ihr müßt sofort ein *laager* errichten. Kaffern wüten.«
Bevor Lukas ihnen Fragen stellen konnte, verschwanden die Männer nach Westen und überließen die Familie de Groot einer schweren Entscheidung.

Ihre Gruppe hatte neun Wagen. Das waren zu wenige für ein richtiges *laager*. Da sie ziemlich weit verstreut waren, würde es viel Mühe kosten, sie an einem Ort zu versammeln. Und es war gar nicht sicher, daß die Schwarzen bei ihnen vorbeikommen würden. Außerdem hatte der Eilmarsch vom Thaba Nchu die Männer ermüdet. So beschloß man, bis zum Morgen zu warten.
Als die Boten einen letzten Blick zurückwarfen und merkten, daß die *Voortrekker* keine Anstalten machten, sich zu schützen, waren sie entsetzt. Sie zügelten ihre Pferde, kehrten um und schrien: »Verdammt, bildet sofort ein *laager*!« Doch wieder ignorierten die de Groots ihre Warnungen, und Lukas meinte: »Diese Männer sind nicht unsere Freunde. Es sind Engländer, die versuchen uns einzuschüchtern, damit wir umkehren.«
Die Boten galoppierten verärgert entlang des Vaal nach Westen, bis sie das Lager van Doorns erreichten: »Errichtet sofort ein *laager*. Kaffern!«
»Welche Kaffern?« rief van Doorn zurück.
»Mzilikazi!«
Dieser Name verbreitete unter allen mit dem Norden vertrauten Leuten Schrecken, und obwohl die van Doorns niemanden kannten, der mit dem »Elefantenbullen«, wie er jetzt genannt wurde, Kontakt hatte, hatten sie an den Lagerfeuern am Thaba Nchu Berichte von seinen Verwüstungen gehört. Ein Jäger, der das Gebiet nördlich des Vaal kannte, hatte berichtet: »Mzilikazi ist gerissener als die Zulu. Dreimal griffen sie ihn an, und dreimal wehrte er sie ab. Um sich zu schützen, hat er ein Gebiet von vielleicht zweitausend Quadratmeilen leergefegt. Er hat alles getötet, Männer, Frauen, Vieh, wilde Tiere. Während vierzehn Reisetagen sah ich nichts als Hyänen, Schakale und ein paar kleine Vögel. Ich entdeckte seine Späher südlich des Vaal, nicht weit von hier. Er beobachtet uns jeden Tag, der ›Große Elefantenbulle‹.«
»Ist das der Mzilikazi, vor dem wir gewarnt wurden?« fragte Tjaart.
»Ebender. Er verfügt über zwanzigtausend Krieger.«
»Guter Gott! Wenn die alle über uns herfallen...«
»Sie sind über das Gebiet verteilt. Es wird nur eine kleine Abteilung sein.«
Die beiden Engländer, die im Norden gejagt hatten, nahmen einen Trunk Wasser an und fragten: »Gibt es noch andere Gruppen von Holländern?«
»Drei andere. Weiter westlich.« Darauf ritten die Boten wieder los und spornten ihre Pferde noch mehr an.
Noch bevor sie fort waren, hatte Tjaart begonnen, seine elf Wagen zu einem verkleinerten *laager* zu sammeln. Dabei wurde immer ein Wagen mit der Vorderseite knapp an die Rückseite des nächsten gestoßen, wobei die Deichsel fast ganz unter den vorderen Wagen kam, wo sie mit Ketten befestigt wurde. Dann band man die Räder aneinander und schickte die Kinder aus, um Dornenbüsche zu sammeln, die die Jungen abschnitten und die Mädchen zu ihren Müttern zurücktrugen, die das stachlige Reisig in die Speichen, Räder und jede Spalte an der Außenseite flochten. Als sie fertig waren, konnte sich kein Feind durch, zwischen oder unter den Wagen ins Lager

einschleichen, denn er stand einer Mauer aus Holz, Leinwand und Dornen gegenüber. Eine kleine Öffnung war vorgesehen, für die eilig ein Gatter aus Dornen hergestellt wurde. Neun von den sechzehn farbigen Dienern wurden mit den Rindern und Schafen zum Fluß zurückgeschickt. Die anderen sieben sollten an der Seite ihrer Herren kämpfen.
Tjaart van Doorn und der kleine Paulus de Groot verfolgten den Bau des *laager* mit besonderem Interesse. Der Knabe war noch zu jung, um beim Schneiden der Dornenzweige zu helfen oder das Vieh zu hüten. Er blieb Tjaart auf den Fersen und erledigte Botengänge für ihn. Später trug er Blei zu den Frauen, damit sie die Gewehre schnell laden konnten. Jeder erwachsene Mann brauchte drei Gewehre, denn sobald er eines abgefeuert hatte, war es unbrauchbar, und er mußte es mit der linken Hand seiner Tochter reichen, während er die leere Hand seiner Frau entgegenstreckte. »Gib!« war alles, was er sagte, und das geladene zweite Gewehr wurde ihm schußfertig in die Hand gedrückt. Tjaarts zwei Frauen konnten die Gewehre gerade rasch genug laden, um eines bereitzuhalten, und der kleine Paulus konnte ihnen Pulversäcke bringen.
Der Morgen dämmerte, ohne daß sich Mzilikazis Männer zeigten. Aber gegen neun Uhr hörte Tjaart ein schreckliches, zischendes Geräusch im Osten, dann das Unheil verheißende Trampeln schwerer Füße auf der Erde und das ohrenbetäubende Geschrei »Mzilikazi«, dem ein gewaltiger Angriff fast nackter Krieger und ein Hagel tödlicher Speere folgte. »Nicht feuern!« befahl er den dreizehn *Trekkern* und den sieben Farbigen. »Laß sie herankommen... näher.« Und er hörte wieder das zischende Geräusch, das Stampfen der vielen Füße und den gleichen Schrei »Mzilikazi!« Er hörte auch eine einsame Stimme, die im Inneren des *laager* betete: »Allmächtiger Gott, wir sind wenige, aber wir tragen deine Rüstung. Wir haben keine Angst, denn wir haben versucht, redliche Männer zu sein. Allmächtiger Gott, sie sind viele, aber Du bist mit uns. Leite uns in diesem Kampf.« Es war Theunis Nel, der mit dem Gewehr in der Hand auf den Angriff wartete.
»Mzilikazi!« schrien die Krieger, stürmten auf die kleine Ansammlung von Wagen zu, um sie einfach über den Haufen zu rennen.
»Feuer!« befahl Tjaart, und zwanzig Gewehre krachten unmittelbar vor Mzilikazis Männern.
Eine Angriffswelle nach der anderen rollte auf die Wagenburg zu, und das Gemetzel war schrecklich.
»Feuer!« rief Tjaart wieder, und die *Voortrekker* reichten ihre leeren Gewehre weiter, um sie durch schußbereite zu ersetzen.
»Feuer!« rief Tjaart immer wieder, doch immer noch setzte der unerschrokkene Feind seinen Angriff auf das *laager* fort.
»Tjaart!« schrie eine Knabenstimme. »Unter dem Wagen!« Doch bevor Paulus seinen Anführer darauf aufmerksam machen konnte, hatte Jakoba einen Hieb gegen den Kopf eines Schwarzen geführt, der ins *laager* gekrochen kam, und ihm den Schädel gespalten.
Neunzig schreckliche Minuten lang wurde der Angriff fortgesetzt, wobei

jeder Mann seine Stellung zwischen den Wagenrädern hielt und ununterbrochen feuerte, während die Frauen die Gewehre luden.
Als sich die Matabelekrieger langsam zurückzogen, wollten einige Veteranen nicht glauben, daß diese Handvoll *Trekker* ihren Angriff abgeschlagen hatte. Wütend über ihre Niederlage, formierten sie sich in sicherer Entfernung neu, schrien zum letztenmal »Mzilikazi!« und stürzten sich wiederum ins Gewehrfeuer. Sie starben mit den Händen an den Wagen, doch kein einziger war durchgebrochen.
In der Dämmerung ging Tjaart mit dem kleinen Paulus hinaus, um die Toten zu zählen: »Einhundertsiebenundsechzig. Auf unserer Seite keiner.«
Als Theunis Nel diese Zahlen hörte, forderte er die ganze Gesellschaft auf niederzuknien, und als sie es taten, stimmte er ein leidenschaftliches Gebet an, bei dem er sich vor und zurück wiegte und dann und wann mit den Fingern über sein linkes Auge strich. Er sprach von der Frömmigkeit der *Voortrekker*, dem treuen Glauben ihrer Vorfahren, ihrem Heldentum beim Betreten eines fremden neuen Gebietes und schloß:

> Allmächtiger Gott, als wir über das Veld blickten und diese dunklen, erschreckenden Gestalten sahen, mehr, als wir zählen konnten, gegen uns dreizehn, wußten wir, daß der Sieg nur möglich war, wenn Du mit uns bist. Der Sieg ist nicht unser, er gehört Dir.

Und alle Männer, Frauen und Kinder, die zuhörten, sowie die sieben farbigen Diener, die nicht ins Gebet eingeschlossen waren, wußten, daß das, was Theunis sagte, wahr sein mußte.
Als aber die Endabrechnung gemacht wurde, hatten die *Voortrekker* keineswegs einen Sieg errungen. Von den beiden im Westen lagernden Gruppen war die eine überrannt worden, während die andere vier Männer verloren hatte. De Groots Gruppe, die kein *laager* gebildet hatte, war bis zum letzten Mann erschlagen und entsetzlich verstümmelt worden.
»Du darfst nicht dorthin gehen, Paulus«, sagte Tjaart, der angesichts des entsetzlichen Blutbads Tränen in den Augen hatte. »Dein Vater, deine Mutter und deine Schwestern sind tot.«
»Ich will hingehen«, sagte der kleine Überlebende und ritt mit Tjaart und den Totengräbern zurück, um die sterblichen Reste seiner Angehörigen zu sehen. Er erkannte sie und erbrach sich bei ihrem Anblick nicht wie manche von den Erwachsenen. Er ging feierlich an der Reihe bloßer Füße entlang, denn sie waren völlig nackt. Keine einzige Träne trat in seine Augen, und während man die flachen Gräber aushob – nur gerade tief genug, um die Hyänen abzuhalten –, legte er auf die Brust jedes dieser Menschen, die er geliebt hatte, einen Stein.

Das Wüten der Horden Mzilikazis zwang alle *Voortrekker*, ihre Pläne zu ändern. Die wenigen, die sich wie Tjaart auf die Nordseite des Vaal gewagt hatten, mußten sich eiligst weit hinter das Südufer zurückziehen, und ent-

lang der gesamten Vormarschlinie schätzten die Auswanderer ihre gefährliche Lage ab, während sie auf den nächsten Schlag des »Großen Elefantenbullen« warteten.
Zwei Angehörige eines von Mzilikazi unterdrückten schwarzen Stammes schlichen sich herunter und berichteten, daß die Matabele eine mächtige Armee sammelten, welche die Buren mit der Überlegenheit von einhundertfünfzig Schwarzen gegen einen *Voortrekker* überwältigen würde.
Die englische Regierung benutzte diese bedrohliche Lage, um von den letzten Ankömmlingen im Lager ihre neueste Proklamation gegen die *Voortrekker* verkünden zu lassen; sie stellte fest, daß die Flüchtlinge wohl englischen Boden verlassen hatten, aber nicht glauben durften, daß sie dem englischen Gesetz entkommen seien, denn jede südlich des fünfundzwanzigsten Breitengrades begangene Missetat würde so behandelt werden, als hätte sie innerhalb des Geltungsbereiches der englischen Gerichtshoheit stattgefunden. Da der Vaal weit südlich von diesem Breitengrad lag, konnte die Schlacht, in der die van Doorns sich verteidigt hatten, als ungerechtfertigte Aggression interpretiert und Tjaart gehängt werden.
Das Dokument war natürlich auf englisch gedruckt, aber nachdem es den erstaunten *Voortrekkern* übersetzt worden war, verlangte Tjaart, es zu sehen. Obwohl seine Englischkenntnisse spärlich waren, konnte er ein paar verletzende Ausdrücke herausfinden, und während seine Lippen diese Worte nachformten, riefen sie in ihm heftige Bitterkeit hervor, denn er sah noch die verstümmelten Leichen von Lukas de Groot und seiner Familie vor sich.
Es war typisch für Tjaart, langsam und störrisch auf jedes Problem zu reagieren. Deshalb sagte er zwei Tage lang nichts, trug nur die Proklamation bei sich und blieb gelegentlich stehen, um die beleidigenden Zeilen noch einmal zu lesen. Aber am dritten Tag versammelte er alle, die er erreichen konnte, um das Resultat seiner Überlegungen zu verkünden:

> Wir wissen aus dem Buch Josua, daß wir Gottes Werk gemäß Seinen Geboten verrichten. Wir werden aber bei jeder Gelegenheit von den Engländern angegriffen. Mein Vater, den ihr gekannt habt, Lodevicus der Hammer, wurde vor die »Schwarze Runde« geschleppt und von englischen Missionaren des Mordes angeklagt. Die Verwandten des hier anwesenden Bezuidenhout wurden in *Slagter's Nek* gehängt, nachdem Gott selbst ihre Stricke zerrissen und ihnen Begnadigung gewährt hatte. Die Engländer haben uns unsere Sprache, die Kanzeln unserer Kirchen und unsere Sklaven gestohlen. Und nun schicken sie diese Gesetze hinter uns her, um uns darauf aufmerksam zu machen, daß wir ihnen nie entkommen können.
> Ich sage: »Zur Hölle mit den Engländern!« Ich sage dir, mein Sohn Paulus: »Denk an diesen Tag, an dem die *Voortrekker*, die dem Tod durch Mzilikazi ins Auge sahen, einen Eid schworen, freie Männer zu sein.«

Finster flüsterten die Mitglieder der Gruppe: »Ich schwöre!« Und alle wußten, daß jeder Kompromiß mit den Engländern von nun an unmöglich geworden war. Von diesem Tag an mußte der Bruch endgültig sein.
Aber schon am nächsten Morgen kam ein Hausierer vom Fuße des Thaba Nchu, und Tjaart wurde in große Verwirrung gestürzt. Der Händler brachte nicht nur Proviant, sondern auch kleine Pakete, die an Tjaart van Doorn und Lukas de Groot adressiert waren.
»Major Saltwood in Grahamstown ersuchte mich, das abzuliefern«, sagte der kleine Händler nervös.
»De Groot ist tot.«
»O mein Gott!« Der Hausierer war entsetzt. »Mzilikazi?«
»Ja. Was sollen wir damit tun?«
»Ist jemand von seiner Familie am Leben geblieben?«
»Sein Sohn Paulus.«
»Dann sollten wir es ihm übergeben. Denn ich habe feierlich versprochen...«
Sie riefen Paulus und übergaben ihm die letzte Botschaft, die seinem Vater geschickt worden war, und als der Junge den Umschlag aufmachte, lag ein Bündel steifer englischer Pfundnoten darin. Jeder Penny, der für de Groots Sklaven noch ausstand, wurde voll ausbezahlt, ohne daß eine Provision abgezogen war.
Als Tjaart sein Päckchen öffnete, fand er das gleiche. Er war verwirrt. Seine englischen Freunde hatten ihre Vertrauenswürdigkeit bewiesen, dennoch hatte er ihnen offene Feindschaft geschworen. Er wußte nicht, was er sagen sollte. Nachdem er die beiden Geldscheinbündel Jakoba zum Aufbewahren gegeben hatte, ging er stundenlang allein umher. Dann suchte er den Hausierer auf und fragte: »Hat dich Major Saltwood für die Überbringung des Geldes bezahlt?« Und der Händler sagte: »Ja, zwei Pfund.« Mühsam rechnete Tjaart das in Reichsthaler um, und er war erstaunt, daß Saltwood so viel auf eigene Kosten für die Übermittlung bezahlt hatte.
Noch etwas anderes verwirrte ihn: Denn während dieser Tage der Angst, als niemand wußte, wie bald Mzilikazi wieder zuschlagen würde, erfuhr er zu seiner Empörung, daß Ryk Naudé die Drakensberge nicht überschritten, sondern wenige Meilen entfernt ein Lager aufgeschlagen hatte. In mehreren Nächten war Tjaart hinübergeritten, um Minna zu suchen, hatte sie wieder beim Liebesspiel beobachtet und war verwirrt: Warum gab sich ein Mann mit einer so wundervollen Frau wie Aletta dazu her, mit jemandem wie Minna zu schlafen? Tjaart liebte seine Tochter und hatte sich eifrig bemüht, einen Mann für sie zu finden, konnte sich aber nie einreden, daß sie Aletta ebenbürtig war. Dennoch gefährdete dieser junge Nichtsnutz seine Ehe, indem er sich nachts fortschlich, um mit einer unansehnlichen, verheirateten Frau zu schlafen.
Tjaart wurde durch das schändliche Betragen seiner Tochter, das er immer mit seiner erneuten Liebe zu Aletta in Verbindung brachte, so verwirrt, daß er eines Tages Ryk entschlossen zur Rede stellte: »Ryk, wir stehen vor ei-

nem Kampf mit Mzilikazi, in dem wir alle sterben können. Wenn Gott sich unserer Sünden wegen gegen uns wendet, gehen wir vielleicht zugrunde. Hast du gar kein Verantwortungsgefühl?«
»Ich liebe Ihre Tochter.«
»Liebe?«
»Ja. Ich hätte sie heiraten sollen, wie sie sagte.«
»Aber du hast eine schöne Frau...«
»Kümmern Sie sich um Ihren Kampf, Alter. Gewehre werden ihn gewinnen, nicht Gebote.«
Das war eine solche Blasphemie, daß Tjaart nicht wußte, was er sagen sollte, aber Ryk ersparte ihm die Antwort: »In zwei Tagen marschieren wir nach Norden, um Mzilikazi gegenüberzutreten. Möglich, daß wir alle getötet werden, aber ich werde glücklich sein, wenn Minna...« Er beendete diese außerordentliche Erklärung nicht, sondern entfernte sich, um seine Pferde anzuspannen.
Tjaart ärgerte sich über die Überheblichkeit des jungen Mannes, wunderte sich aber auch, denn er hatte Ryk nicht für mutig genug gehalten, sich einem älteren Mann zu widersetzen. Noch quälender waren einige Schlußfolgerungen, die man aus dem ziehen konnte, was der junge Ehemann gesagt hatte: Wenn Ryk von seiner Frau nicht viel hielt, wenn er sie nicht haben wollte, was konnte daran unrecht sein, wenn jemand anderer sich ihr näherte? Nichts, schloß er, und was den Ehebruch anlangte, den er begehen würde, vermied er diesbezüglich jede Überlegung, indem er Jakoba einfach aus seinen Gedanken verbannte.
Also verfiel er wieder in seine alte Gewohnheit, sich Aletta in den Weg zu stellen, ein alberner, dicker Mann mit Gürtel und Hosenträgern, der sich der schönsten jungen Frau unter den *Trekkern* anbot. Er wirkte lächerlich und wußte es, konnte aber einfach nicht damit aufhören. Eines Nachmittags wartete er, bis sie abseits von den anderen war, dann packte er sie, zog sie hinter einige Wagen und begann, sie leidenschaftlich zu küssen.
Zu seiner Überraschung wehrte sie sich nicht, blieb aber unbeteiligt. Sie lehnte sich einfach an ihn, noch lieblicher als in seinen Träumen, lächelte zwischen den Küssen und flüsterte schließlich: »Letzten Endes bist du gar kein so alberner alter Mann.« Und damit ging sie langsam davon, völlig unberührt von seinen Umarmungen.
Für Tjaart war die Begegnung qualvoll. Er schimpfte eine Weile stumm auf seinen Schwiegersohn: Warum kann dieser verdammte Narr Theunis nicht mit seiner Frau fertigwerden? Wo hab' ich nur in Gottes Hölle einen solchen Mann gefunden und in meine Familie gebracht? Und im Geist schmähte er über eine Stunde lang den kleinen Krankentröster als Ursache seines eigenen Unbehagens.
Dann stellte er sich den bevorstehenden Kampf gegen Mzilikazi vor, und als er sich an die Furchtlosigkeit erinnerte, mit der jene ersten Matabele immer wieder gegen das Lager gestürmt waren, bekam er Angst: Was sollen wir tun, wenn doppelt, ja dreimal so viele uns angreifen? Dann erinnerte

er sich an die verstümmelten Leichen von de Groots Gruppe, und Übelkeit erregender Zorn überkam ihn: Wir müssen sie erschlagen, erschlagen! Kein *Voortrekker* hatte jemals einen Finger gegen Mzilikazi erhoben, und er tat uns das an. Wir müssen ihn vernichten.
Dann dachte er, wie alle Buren, darüber nach, daß ohne Gottes Hilfe sogar Selbstschutz, von Sieg ganz zu schweigen, unmöglich war, und er war völlig zerknirscht und nahm die Bürde der Sünde auf sich, die er dem ehebrecherischen Ryk Naudé zugeschoben hatte. Er zündete eine Öllampe an, nahm seine Bibel zur Hand und blätterte die Sprüche Salomos durch, bis er zu der Stelle kam, die ausdrücklich von seinem Vergehen handelte:

> Denn das Gebot ist eine Leuchte und das Gesetz ein Licht, und die Strafe der Zucht ist ein Weg des Lebens. Auf daß du bewahrt werdest vor... der glatten Zunge der Fremden. Laß dich ihre Schöne nicht gelüsten in deinem Herzen und verfange dich nicht an ihren Augenlidern... Kann auch jemand ein Feuer im Busen behalten, daß seine Kleider nicht brennen? Wie sollte jemand auf Kohlen gehen, daß seine Füße nicht verbrannt würden? Also gehet's dem, der zu seines Nächsten Weib geht; es bleibt keiner ungestraft, der sie berührt.

Er wollte das Buch schon zuschlagen, als er merkte, daß er noch viel mehr Hilfe brauchte, als er allein zu finden vermochte. So suchte er Theunis Nel auf, der allein schlief, denn seine Frau war fort und sündigte. Er bat den Krankentröster: »Komm, lies mit mir die Bibel und unterrichte mich.«
Theunis, der auf solche Besuche stets vorbereitet war, hüllte sich in eine Decke und begleitete Tjaart dorthin, wo die Bibel aufgeschlagen unter der Lampe lag. Er begriff sofort, warum Tjaart das Kapitel sechs der Sprüche Salomos gelesen hatte, sagte aber nichts von Ehebruch oder Gelüsten im Herzen.
»Theunis, dieses Mal haben wir es mit einer furchtbaren Übermacht zu tun.«
»Das war schon das letztemal der Fall.«
»Aber damals wußten wir es nicht. Diesmal, da de Groot tot ist, wissen wir es.«
»Gott ist auf unserer Seite.«
»Bist du sicher?«
Der kleine Mann blätterte rasch von Salomos Sprüchen weiter und schlug das Buch zu, dann legte er seine Hände darauf und sagte: »Ich weiß, es ist Gottes Wille, daß unser Volk eine neue Nation nach Seiner Vorstellung errichtet. Wenn Er uns dazu bestimmt hat, wird Er uns sicherlich beschützen.«
»Warum hat Er uns dann nicht seine Prediger geschickt, um uns zu begleiten und uns in seinen Lehren zu unterweisen?«
»Ich habe darüber nachgedacht, Tjaart. Ich glaube, Er schickte gewöhnliche Menschen wie dich und mich, weil Er nicht wollte, daß Sein Wort uns in

Predigten erreicht, die von gelehrten schottischen Predigern geschrieben wurden.«
»Ist das möglich?«
Der Krankentröster sagte in den unruhigen Schatten hinein: »Wenn wir einen gelehrten *dominee* bei uns hätten, würden wir ihm die ganze Last aufbürden und uns von ihm sagen lassen, was Gottes Absicht ist. So aber tragen einfache Menschen wie du und ich die Verantwortung. Und wenn wir unsere Lösungen ausarbeiten, werden sie aus dem Herzen der *Voortrekker* kommen, nicht von außerhalb.« Er erhob sich und schritt im Zelt auf und ab, sofern man bei ihm überhaupt von schreiten sprechen konnte. Schließlich sagte er: »Du wirst siegen. Du wirst die Kanaaniter schlagen. Du wirst uns über den Jordan ins verheißene Land führen.«
Und die beiden unglücklichen Männer, der eine hin und her gerissen zwischen Sünde und Verwirrung, der andere niedergeschlagen über den Ehebruch seiner Frau, knieten nieder und beteten.

In diesen Jahren befehligte Mzilikazi sechsundfünfzig Regimenter gut ausgebildeter Infanterie und hätte gut und gern zwanzigtausend Mann gegen die *Voortrekker* ins Feld schicken können. Er wollte aber nicht glauben, daß Weiße sich mit Gewehren, Pferden und aneinander gehakten Wagen gegen seine Macht behaupten könnten, obwohl er beim Angriff auf das *laager* van Doorns große Verluste erlitten hatte. So schickte er nur etwa sechstausend Mann nach Süden.
Eine entschlossene Gruppe von *Voortrekkern*, die aus etwa vierzig Männern, ebenso vielen Frauen, ungefähr fünfundsechzig Kindern und der normalen Anzahl von Farbigen bestand, hatte ein massives *laager* aus einundfünfzig Wagen errichtet, die fest zusammengebunden und durch solide Geflechte aus dichten Dornenzweigen geschützt waren. In dieser Wagenburg, in der alle wußten, daß sie siegen mußten, wenn sie nicht niedergemetzelt werden wollten, gab es etwas Besonderes: In der Mitte befand sich ein aus vier Wagen bestehender Block, der mit Brettern und dichter Leinwand bedeckt war; darin würden die Frauen und Kinder während des Kampfes Zuflucht suchen. Aber es war vorgesehen, daß mutige Frauen wie Jakoba van Doorn und Minna Nel draußen bleiben würden, um den Männern beim Kampf zu helfen, während viele Knaben wie Paulus de Groot an den Barrikaden bleiben, Gewehre abfeuern und ihren Müttern Kugeln bringen sollten.
Die Führer hatten ein flaches Gebiet am Fuß eines kleinen Hügels ausgesucht, was bedeutete, daß Mzilikazis Regimenter entweder über einen leichten Abhang bergauf oder über einen steilen bergab angreifen mußten. In beiden Fällen würden sie benachteiligt sein. Zur Überraschung der *Voortrekker* wählte der Feind den steilen Südwesthang, errichtete dort ein riesiges Lager und bereitete sich methodisch auf den Angriff vor.
Zwei Tage lang schärften die Matabele ihre Assagais und stimmten ihre Signale für den großen Angriff ab. Während dieser Zeit konnten die *Voor-*

trekker den Feind bei seinen Vorbereitungen sehen und hören. Während der ganzen Nächte brannten die Lagerfeuer, und die Buren fragten sich, ob der Angriff wohl bei Tagesanbruch einsetzen würde.
Am 16. Oktober 1836 waren die Matabele bereit und gingen langsam gegenüber dem *laager* in Stellung. Tjaart ersuchte Theunis, mit den Verteidigern ein Gebet zu sprechen, doch wieder protestierte Balthazar Bronk. Er befürchtete, der Erfolg der Verteidigung könnte gefährdet werden, wenn sie einem falschen Geistlichen gestatteten, seine eigenen Gebete zu sprechen. Darauf antwortete Tjaart: »Der Feind ist zehn Minuten von uns entfernt, und wir brauchen Gottes Hilfe«, aber Bronk erklärte hartnäckig: »Gott ist vollkommen. Seine Kirche ist vollkommen. Beide können keinen verunstalteten Mann dulden.« So wurde Theunis zum Schweigen gebracht, und Tjaart sprach selbst das Gebet. Es war kurz, leidenschaftlich und ein machtvoller Trost für jene, die aus den Augenwinkeln die unbarmherzige Annäherung von sechstausend kampferprobten Matabele beobachteten.
Die Anführer beschlossen, den Matabele auf überraschende Weise entgegenzutreten. Ein furchtloser Patriarch namens Hendrik Potgieter, der dadurch berühmt geworden war, daß er in rascher Aufeinanderfolge fünf Frauen gehabt hatte, schlug vor, ein Ausfalltrupp von zwanzig bis dreißig Mann – mehr als die Hälfte der gesamten Streitmacht – solle mitten unter die schwarzen Kommandeure hinausreiten und versuchen, mit ihnen vernünftig zu verhandeln. Auf eine solche Idee konnte nur ein Verrückter kommen oder ein Mann, der fühlte, daß Gottes Hand seine Schulter berührte.
»Ich werde gehen!« erklärte Tjaart.
»Ich werde gehen!« ahmte ihn Theunis Nel nach.
Alsbald hatte Potgieter vierundzwanzig Freiwillige beisammen. Den fünfundzwanzigsten, Balthazar Bronk, stachelte Jakoba an: »Hast du Angst vor dem Tod?« Widerwillig nahm er das Gewehr, das sie ihm zuwarf, und schloß sich dem Himmelfahrtskommando an.
Auf ein Zeichen Potgieters verließen die kühnen Männer die Sicherheit ihres *laager* und ritten in halsbrecherischem Tempo direkt auf das Zentrum der feindlichen Linien zu. Einer von den Farbigen im *laager* hatte im Matabelegebiet bei einem Jäger gedient, und mit seiner Hilfe wandte sich Potgieter an die Krieger: »Warum wollt ihr uns angreifen? Wir kommen als Freunde.«
»Ihr kommt, um unser Land zu stehlen«, schrie ein Anführer.
»Nein, wir kommen, um in Frieden zu leben.«
»Mzilikazi, der ›Große Elefantenbulle‹, ist zornig. Er sagt, ihr müßt sterben.« Ein Anführer hob seinen Assagai und stieß den Kriegsruf aus: »Mzilikazi!«
Auf dieses Signal hin stürzten die Regimenter auf die *Voortrekker* los, die in ihr sicheres *laager* zurücksprengten, während sie auf die vorrückenden Matabele feuerten. Es war fast ein Wunder, daß sie mit heiler Haut davonkamen.

Aber nicht alle kehrten zurück. Fünf Mann, die durch die schwarzen Horden völlig demoralisiert waren, erreichten zusammen mit den anderen den Eingang, doch dann sahen sie einen Fluchtweg vor sich, der sie zum Thaba Nchu und in Sicherheit bringen würde. Obwohl sie bestimmt keine Feiglinge waren, flüchteten sie instinktiv in diese Richtung.
Der junge Paulus de Groot, der beim Eingang stand, verfolgte erstaunt diese Szene und schrie: »Sie rennen davon!« Diese fünf gingen als »Angstkommando« in die Geschichte der *Voortrekker* ein. An ihrer Spitze ritt Balthazar Bronk, dessen Gesicht vor Angst aschfahl war.
»Möge Gott Erbarmen mit unseren Kindern haben«, murmelte Jakoba, und dann wurden keine Gebete mehr gesprochen, denn die schwarzen Soldaten stürzten sich mit einem einzigen furchterregenden Schrei auf das *laager*.
Über eine Stunde lang schien es, als ob die Wagenkette jeden Moment auseinanderreißen müsse, und es fielen so viele Assagais auf die vier Wagen in der Mitte, daß Paulus hinauslief und mehr als zwanzig sammelte. Er wählte den aus, der ihm als der stärkste erschien, stellte sich dort auf, wo es am wahrscheinlichsten war, daß die Wagenkette nicht halten würde, und stach auf jeden Matabele ein, der versuchte einzudringen.
Aber das *laager* hielt. Zwar wurde eine Gruppe von sechs Wagen durch die Wucht des Angriffs zwei Fuß weit zurückgeschoben. Aber sie brachen nicht auseinander, obwohl ihre Deichseln zersplittert und die Leinwand von unzähligen Assagais zerfetzt war.
Veg Kop nannten sie diese Schlacht, Kampfhügel, wo nicht einmal fünfzig entschlossene *Voortrekker*, unterstützt von ihren außergewöhnlich mutigen Frauen und ihren treuen farbigen Dienern, mehr als sechstausend Angreifer besiegten. Als Tjaart über das Schlachtfeld ritt, zählte er vierhunderteinunddreißig tote Matabele, und er wußte, daß nur zwei *Voortrekker* gefallen waren. Er wußte aber auch, daß kaum ein Mitglied des *laager* unverletzt geblieben war. Paulus de Groot war zweimal von blitzenden Assagais getroffen worden, worauf er sehr stolz war. Als ein Mädchen darauf hinwies, mußte er jedoch eingestehen, daß er sich eine der Wunden selbst zugefügt hatte, während er versuchte, einen feindlichen Speer aus dem Wagen zu reißen, in den er sich gebohrt hatte.
Jakoba hatte eine schmerzhafte Schnittwunde an der linken Hand, was sie aber nicht daran gehindert hatte, die Munition zuzureichen, und Minna hatte eine klaffende Wunde am linken Bein, die verbunden werden mußte. Tjaart war unversehrt, stellte aber zu seinem Schrecken fest, daß während des Angriffs Theunis zwei ernstzunehmende Stiche erhalten hatte. Der Mann, der die Kranken tröstete, mußte selbst zu Bett gebracht werden, und während der Wartezeit, als die Matabele den Kampf eingestellt, aber noch nicht das Schlachtfeld geräumt hatten, wurde er von vielen besucht, die ihm sagten, daß er als Mann voller Tapferkeit und Hingabe zum *dominee* der *Voortrekker* ernannt werden müßte. Es gab aber ebenso viele, die sich weigerten, diesen Vorschlag zu unterstützen und immer wiederholten: »Gott selbst untersagte eine solche Priesterweihe.«

Die *Voortrekker* hatten die Schlacht von *Veg Kop* zwar gewonnen, mußten aber feststellen, daß die Matabele alle farbigen Hirten getötet und sämtliche Tiere fortgetrieben hatten. Achtzehn Tage litten sie Hunger und konnten ihr *laager* nicht verlassen. Ihr Elend hätte sich noch verschlimmern können, wenn nicht Hilfe von unerwarteter Seite gekommen wäre: Der schwarze Häuptling am Thaba Nchu, der von ihrer mißlichen Lage gehört hatte, entschloß sich, den tapferen Menschen zu helfen, die seinen Feind geschlagen hatten. Er schickte Tragtiere mit Nahrung für die Buren nach dem Norden sowie Ochsen für ihre Wagen und lud sie ein, zum Thaba Nchu zurückzukehren, was sie gerne taten.

Trotz des Verlustes ihrer Viehbestände waren sie so fröhlicher Stimmung, daß sie viele Tage lang feierten. Als Tjaart knurrte: »Ich möchte Balthazar Bronk und die anderen finden, die mit ihm geflohen sind«, sagte man ihm, er solle sie vergessen: »Als sie hierher kamen, erzählten sie uns, was für Helden sie gewesen seien. Dann machten sie sich über die Berge davon, wo sie immer noch Helden sein können.« Der Hausierer war froh, den Matabele entkommen zu sein, und holte ein französisches Akkordeon hervor. Er spielte darauf eine Reihe alter Kapballaden, und während die anderen tanzten, holte Tjaart aus dem Wagen des Händlers Zucker, Rosinen, Trockenfrüchte und Gewürze, zu denen er selbst noch allerlei Reste hinzufügte, die Jakoba ihm geben konnte. Dann buk er in seinem braungoldenen Topf einen Brotpudding, den er voll Stolz zu den Feierlichkeiten beisteuerte.

Unter denen, die sich eine Portion nahmen, befand sich Aletta Naudé. Vorsichtig fügte sie etwas Milch hinzu und bestäubte ihre Portion mit Zucker. Dann hob sie die Tasse an die Lippen, aß aber nicht, sondern blickte, den Löffel in der rechten Hand, über den Rand hinweg Tjaart an und lächelte. Langsam, aufreizend senkte sie die Tasse, nahm einen Löffel voll Pudding und führte ihn an die Lippen. Sie kostete geziert und lächelte wieder.

Tjaart war so hingerissen von Aletta und so gebannt durch den Zauber ihres Lächelns, daß von dem Pudding nichts mehr übrig war, als er endlich seinen Teil nehmen wollte. Aber er konnte ihn jedesmal schmecken, wenn Aletta einen Löffel voll nahm, und als sie fast aufgegessen hatte, ging er zu ihr und gab ihr wortlos zu verstehen, daß sie ihn begleiten müsse.

Sobald sie sich aus dem Kreis der Feiernden entfernt hatten, führte er sie hinter eine Gruppe von Wagen, und während das Akkordeon die Nachtluft mit lärmender Freude erfüllte, zog er sie zu Boden und riß gierig ihre Kleider weg. Noch nie hatte er den Liebesakt derart genossen, und er war so mit seinen Gefühlen beschäftigt, daß er gar nicht bemerkte, wie spöttisch Aletta auf sein lächerliches Benehmen reagierte.

Als es vorbei war, er sich zurücklegte und zusah, wie sie sich gleichmütig ankleidete, machte er gar nicht den Versuch, seinen ehebrecherischen Verkehr mit der Frau eines anderen Mannes und seine tiefe Dankbarkeit gegenüber Gott, der die *Voortrekker* in ihrem *laager* beschützt hatte, in Einklang zu bringen. Das waren zwei voneinander unabhängige Dinge, und er tröstete sich selbst: König David hatte das gleiche Problem.

Im April 1837 traf Tjaart den Mann wieder, der die denkwürdige Gestalt des Trecks werden sollte: Piet Retief, den Grenzfarmer, mit dem er so oft bei Kommandoaktionen geritten war. Sie unterhielten sich oft über diese heldenhaften Zeiten: »Erinnerst du dich, Tjaart, wie wir es schafften? Fünfzig von uns, zweihundert Xhosa, ein Gefecht, ein Rückzug. Wie ich höre, war es mit den Matabele anders.«
Tjaart erschauerte. »Fünftausend stürzten zugleich heran. Sechstausend. Und jeder Mann war bereit zu sterben. Stundenlang feuerten wir direkt in ihre Gesichter.«
»Das ist vorbei«, sagte Retief. »Du mußt mit mir hinunter nach Natal kommen. Die Zulu werden uns in Frieden lassen. Sie haben einen vernünftigen König. Er heißt Dingan. Mit ihm können wir uns einigen.«
»Ich würde das Plateau ungern verlassen. Mzilikazi bleibt eine Bedrohung, aber ich möchte dennoch nach Norden ziehen.«
»Diejenigen, die es versucht haben, sind, glaube ich, alle tot.«
Retief hatte recht. Die Verluste waren schwer gewesen, und er führte so viele Gründe an, die für Natal sprachen, daß Tjaart schwankend wurde. Aber Jakoba bestärkte ihn in seinem Entschluß, den Vaal zu überqueren: »Du wolltest doch immer den See finden, von dem dein Großvater gesprochen hat. Tu es. Natal ist für Schwächlinge wie Bronk und Naudé.« Es war das erstemal, daß sie die Familie erwähnte, mit der ihre eigene auf so schmerzliche Weise verstrickt war, und sie sagte nichts mehr.
Er nahm ihren Rat an und informierte Retief, daß die Van-Doorn-Gesellschaft nicht nach Natal ziehen werde, aber als er an diesem Abend zu seinem Zelt zurückging, tauchte Aletta Naudé unerklärlicherweise hinter einer Reihe von Transportwagen auf, und bevor er noch wußte, was geschah, umklammerte er sie und wälzte sich mit ihr auf dem Stoppelfeld. Als er erschöpft von ihr abließ, fuhr sie ihm mit den Fingern durch den Bart und flüsterte: »Wir überqueren die Berge. Komm mit uns hinüber nach Natal.«
In dieser Nacht teilte er Jakoba mit, daß Retief ihn überzeugt habe; sie würden nach Osten ziehen. Sie sagte: »Das ist ein Fehler.« Am Morgen erfuhr sie, daß auch Ryk Naudé und seine Frau dorthin gingen.
Es war eine Reise in den Frühling und in einige der schwierigsten Gebiete, durch die die van Doorns ziehen sollten. Bei ihrer langsamen Wanderung von *De Kraal* waren sie, ohne es zu merken, von nahezu Seehöhe auf etwa fünfzehnhundert Meter Höhe gestiegen, so daß sie nun schon seit einiger Zeit auf »dem Plateau« unterwegs waren, wie es die Männer nannten. Es war ein Hochland, das sich an Stellen, wo Flüsse es durchzogen, herabsenkte. Nun mußten sie aber auf eine Höhe von fast zweieinhalbtausend Meter steigen und dann jäh auf Meeresniveau hinuntergehen. Der Aufstieg würde leicht, der plötzliche Abstieg schrecklich sein.
Elf Wagen sammelten sich, um den Versuch zu wagen, und als sie die sanfte westliche Seite der Drakensberge erklommen, konnten sie nicht voraussehen, welche Schwierigkeiten sie erwarteten, denn Ryk Naudé versicherte

ihnen: »Retief ist vorausgegangen, um einen sicheren Weg für den Abstieg auszukundschaften.«
Als sie aber die Höhe erreichten und zum erstenmal sahen, was vor ihnen lag, wurde sogar Tjaart blaß. Es würde unmöglich sein, einen Wagen über diese steilen Hänge nach unten zu bringen, ohne abzustürzen, gleichgültig, über wie viele Ochsen ein Mann verfügte. Und als die Tiere die Kliffe sahen, weigerten sie sich, auch ohne Wagen, nach unten zu klettern. Auf dieser Route, das mußte Tjaart zugeben, war ein Abstieg aussichtslos.
Deshalb suchten er und Theunis nach anderen Pfaden. Sie fanden etliche, die über relativ flachen Grund sanft nach unten zu führen schienen – bis sie urplötzlich vor einem sechzig Meter steil abfallenden Kliff standen.
Sie versuchten den nächsten Weg. Schöner Anstieg, leicht abfallendes Gelände, dann ein ziemlich steiles Stück, das sich noch meistern ließ, aber wiederum an einem Kliff endete.
Während der Frühling sie mit immer neuen Gebirgsblumen zu erfreuen suchte und allerlei Vögel und Tierjungen aus ihren Verstecken lockte, versuchten die *Voortrekker* drei Wochen lang vergeblich, einen Paß zu finden, der es ihnen ermöglichen würde, die üppigen Weiden zu erreichen, die sich jenseits der Berge befinden mußten.
In der vierten Woche stieß Tjaart auf einen schmaleren Pfad, der nach Norden führte. Er wirkte an keiner Stelle einladend oder leicht, sondern erwies sich als äußerst schwierig. Als Tjaart jedoch erkannte, daß er geradewegs hinunter ins Flachland führte, stieß er einen Freudenschrei aus. Konnten die Wagen der Buren auf ihm fahren? Tjaart hielt es für möglich.
Er eilte also zurück zu seiner Gruppe und erklärte: »Wir können einen großen Teil der Strecke wie bisher zurücklegen. Aber über ungefähr zwei Meilen werden wir die Wagen zerlegen und sie Stück für Stück tragen müssen.«
Das hielt Ryk Naudé für unmöglich, worauf Jakoba angewidert auf den Weg wies, den sie gekommen waren, und sagte: »Dann geh zurück.« Nach einigem Hin und Her entschloß sich der junge Mann, mit den anderen sein Glück zu versuchen.
Zwei schwierige Tage lang rutschten und glitten elf Wagen über die Grashänge nach unten, dann ratterten sie über steinige Abhänge. Theunis Nel hatte den guten Einfall, die Räder umzustecken, so daß die großen vorne waren und man die Wagen auf den steilen Hängen besser lenken konnte. Ein anderer Mann ersetzte die Hinterräder durch schwere Baumstämme, die unterhalb der Achse auf dem Boden schleiften und eine gute Bremswirkung erzielten. Als die Ochsen sahen, wie die schweren Äste befestigt wurden, wurden sie unruhig. Die Farbigen nannten sie bei ihren Namen und redeten ihnen zu, als wären sie ängstliche Kinder. Es war erstaunlich, wie einige beruhigende Worte den schwer arbeitenden Tieren die Ermutigung gaben, die sie brauchten.
Doch jeder Meter, den sie erfolgreich zurücklegten, brachte die *Voortrekker* näher zu den niedrigen Kliffen, die kein Wagen überwinden konnte. Dort machte der Zug halt. Tjaart zeigte seinen Leuten den breiten, bequemen

Weg, der sie erwartete, sobald sie dieses Hindernis hinter sich hatten. Dann führte er sie nach Norden zu einem Vorsprung, von dem aus sie das wellige Weideland sehen konnten, das bis zum Indischen Ozean reichte. Es war ihre erste Begegnung mit einem Land, das Größe und Erfüllung verhieß – ein besseres würden sie nie finden. »Dort liegt Natal. Dort ist eure Heimat.« Er bezeichnete es nicht als *ihre* Heimat, wie Jakoba bemerkte. Sie war ihm dankbar dafür, denn sie erinnerte sich an das sauberere, härtere Land von Transvaal.

Es waren höllische neunzehn Tage. Theunis entdeckte einen Fußpfad, auf dem er die Ochsen nach unten zu den Weiden führen konnte, wo sie Fett ansetzten. Alle Männer, Frauen und Kinder, Buren ebenso wie Diener, strengten sich an und schwitzten bei dem schrecklichen Abstieg.

Es war schon schwierig genug, einen schweren Wagen abzuladen und zu zerlegen. Aber alle Gegenstände auf dem Rücken über steile Hänge, auf denen die Füße auf Kieselsteinen ausglitten, nach unten zu schleppen, war eine mörderische Plackerei. Das Zusammensetzen und neuerliche Beladen der Wagen kostete schließlich die letzte Kraft. Die *Voortrekker* nahmen die Herausforderung an. Sogar Paulus de Groot, der kaum so groß war wie ein Rad, übernahm die verantwortungsvolle Aufgabe, eines von Tjaarts Rädern über das Gefälle nach unten zu bringen, hörte aber nicht darauf, als van Doorn ihn warnte, es nicht allzu rasch rollen zu lassen. Es dauerte nicht lange, bis Tjaart mit Entsetzen sah, wie sein kostbares Rad über den Abhang nach unten donnerte und drauf und dran war zu zerschellen. Zum Glück blieb es in einem Gebüsch hängen, und der Bure mußte lachen, als er zusah, wie der Knabe das Rad mühevoll wieder auf den Weg brachte.

Ryk Naudé war weniger tatkräftig. Er beklagte sich ständig über die Route und behauptete, eine andere, weiter südlich, wäre besser gewesen, und wenn er murrend ein Stück über das Kliff nach unten getragen hatte, brauchte er besonders lange, um ein neues zu holen. Bei einem seiner eigenen Abstiege sah Tjaart, wie Ryk und Minna sich hinter Felsen küßten. Seine Frau hatte recht gehabt: Naudé war ein selbstsüchtiger, leichtsinniger junger Mann, und die älteren *Voortrekker* waren über ihn empört.

Jakoba war unermüdlich, sie rutschte und glitt mit Körben hinunter und stieg keuchend wieder hinauf. In diesen Tagen arbeitete sie schwerer als die Ochsen, überwachte nicht nur den Transport ihres eigenen Wagens, sondern auch den der Wagen ihrer Nachbarn. Als sie sah, wie Aletta sich vor der Arbeit drückte, sagte sie streng: »Du brauchst nicht so lange hier unten herumzustehen. Es gibt Arbeit, die getan werden muß.« Doch Aletta lächelte sie nur mit dem durchtriebenen Grinsen einer jüngeren Frau an, die den Mann einer älteren erobert hat.

Als dieser Teil des Abstiegs geschafft war, waren die *Voortrekker* so erschöpft, daß sie sich fünf Tage lang ausruhten, in denen Tjaart eine glückliche Entdeckung machte. Er erkundete den letzten Teil des Weges, um sich zu vergewissern, daß er wirklich so leicht war, wie er angenommen hatte. Dabei gelangte er an einen Ort, der so herrlich war, daß er annahm, Gott

selbst habe ihn für die ermüdeten Wanderer vorbereitet. Wegen seiner Kathedralenform nannte er ihn *Kerkenberg* – Kirchenberg – und führte seine Gruppe dorthin.
Der Kerkenberg bestand aus einer Reihe von flachen Höhlen und schönen ebenen Flächen, die von hochragenden Granitblöcken umrahmt wurden. Von außen wirkte er wie eine planmäßig angelegte Ansammlung mächtiger Felsen. Von innen sah er aus wie eine Kathedrale ohne Dach, deren Wände sich leicht zum Zentrum neigten. Von jeder Seitenöffnung aus konnte man hinunterblicken auf die schönen Ebenen von Natal.
Als die *Voortrekker* diesen weihevollen Ort betraten, wurden sie durch seine schlichte Erhabenheit überwältigt und knieten nieder, um Gott für Seine wiederholte Hilfe zu danken. Noch während des Gebets rief Tjaart Theunis Nel zu sich und sprach die Worte, auf die der kleine Mann so lange gewartet hatte: »Theunis, durch deine Furchtlosigkeit und Frömmigkeit hast du den Titel ›Prediger‹ verdient. Du bist jetzt unser *dominee*, und du sollst uns beim Gebet anführen.« Diesmal versuchte keiner, ihn abzulehnen.
Der zweiundfünfzigjährige Nel stand auf und erhob sein verunstaltetes Gesicht zum Himmel. Diese Kirche übertraf seine größten Hoffnungen, und er konnte sich keine edlere Weihe vorstellen als die seine, denn sie erfolgte durch Menschen, die mitten in der wohl schwersten Zeit ihres Lebens standen. Sein Gebet war kurz und bestätigte, daß diese Buren den Angriff Mzilikazis, die Gefahren des Velds und den Abstieg von den Hügeln ohne Gottes Unterstützung nicht hätten überleben können. Die Freude, die sie bei ihrer Erlösung empfanden, war Ihm zuzuschreiben, und sie dankten Ihm im voraus dafür, daß er sie in dieses Land des Friedens und des Wohlstandes geführt hatte.
»Amen!« rief Tjaart, und als sich alle erhoben, sagte er: »Wir haben viele Sonntage versäumt. Theunis, du sollst uns predigen.« Der Bucklige blickte ängstlich auf seine Gemeinde und verlor einen Augenblick lang den Mut, als zwei ältere Männer ihre Familien aus der Kirche zu den Felsen führten, denn es widersprach ihrem Glauben, daß ein so gezeichneter Mann als *dominee* fungieren sollte. Als sich aber der Lärm ihres Abganges gelegt hatte, nickte Tjaart seinem kleinen Freund ruhig zu, und Theunis, der sich nun endlich frei fühlte, begann eine Predigt von außergewöhnlicher Kraft. Als er fertig war, ging er zu der Stelle, wo die andersdenkenden Familien neben den hohen Felsen standen.
»Bitte, kommt jetzt zu uns zurück«, sagte er. »Die Predigt ist vorbei.«

Im November beendete Tjaart die theologische Diskussion. Er wurde aufgefordert, Kerkenberg zu verlassen und allein die Niederungen aufzusuchen, wo er eine ständige Heimat für seine Gruppe zu finden hoffte. Er war nicht glücklich darüber, daß er fortgehen mußte, denn Balthazar Bronk, der Anführer des »Angstkommandos«, war zurückgekehrt und würde in seiner Abwesenheit die Führung übernehmen. Er war ein Mann, dem man nicht

trauen konnte. Aber Tjaart mußte die Arbeit erledigen, und so ritt er hinunter zum Fluß Tugela, an dessen Ufern Chaka so viele seiner Schlachten geschlagen hatte. Dort traf er wieder mit Piet Retief zusammen: »Was für einen schrecklichen Abstieg von den Bergen wir schaffen mußten!«
»Einmal unten, nie wieder nach oben«, sagte Retief.
»Hat der König eingewilligt, uns das Land zu geben?«
»Nein. Und deshalb bin ich so froh, daß du hier bei mir bist, denn wir werden Dingan bald aufsuchen.«
Retief war nun siebenundfünfzig Jahre alt, hager, bärtig und begierig, sein Lebenswerk zu krönen. Er wollte die *Voortrekker* in einer neuen, fruchtbaren Heimat ansiedeln, Prediger vom Kap kommen lassen und die Gründung einer neuen Nation beobachten, die Gottes Weisungen gehorchte. Dazu brauchte er nur die endgültige Genehmigung des Königs der Zulu, der seinen Vorschlag im Grunde eigentlich schon angenommen hatte.
Die beiden Männer ritten, begleitet von Helfern, vom Tugela nach Norden zum Umfolozi, dem historischen Fluß der Zulu, und erreichten unweit seines Südufers Dingans Kral, die Hauptstadt der Zulu.
Dingan war kein schwarzer Napoleon wie sein Halbbruder Chaka. Er war eher ein Nero, ein tyrannischer Despot, der sich mehr für Unterhaltung und Intrigen interessierte als für ordentliches Regieren. Seine große Hauptstadt bot Raum für vierzigtausend Menschen. Sie bestand aus unzähligen Reihen von Kuppelhütten und hatte weite Paradeplätze. Außerdem gab es eine königliche Hütte mit einer sechs Meter hohen Decke sowie eine Empfangshalle mit einem großen Kuppeldach, das von mehr als zwanzig herrlich verzierten Säulen getragen wurde.
Retief und Tjaart wurden zum Viehkral geführt, dem Zentrum des Zululebens, doch bevor sie eintreten durften, mußten sie sich aller Waffen entledigen, denn sie sollten als demütige Bittsteller gelten. Sie staunten über die Größe des Hauses und den offensichtlichen Wunsch des Königs, seine Besucher zu beeindrucken. »Wenn der König erscheint, müßt ihr euch auf den Bauch werfen und wie Schlangen bis zu seinen Füßen kriechen«, erklärte ein Diener in gutem Englisch, das er in einer Missionsstation gelernt hatte.
»Das werden wir nicht tun«, sagte Retief.
»Dann werdet ihr getötet.«
»Nein. Denn du wirst dem König erklären, daß Buren nicht kriechen.«
»Aber ich darf den König nicht anreden, bevor er gesprochen hat. Er würde mich töten.«
»Und wenn du es nicht tust, werden wir dich töten.«
Der Mann begann so heftig zu schwitzen, daß Tjaart einsah, daß er dem König nie irgend etwas sagen würde, und ihn fortschickte. Die beiden Buren blieben stehen.
Plötzlich entstand eine größere Bewegung, und eine Anzahl untergeordneter Gefolgsleute lief am anderen Ende des Krals umher. Darauf fielen alle anwesenden Zulu auf die Knie, während König Dingan eintrat, den Buren

zulächelte, von denen er erwartet hatte, daß sie stehenbleiben würden, und auf seinem bemerkenswerten Thron Platz nahm. Es war ein reich verzierter hölzerner Lehnstuhl, der in Grahamstown geschnitzt und dem Zulukönig von einem englischen Händler geschenkt worden war.
Es war nun neun Jahre her, daß Dingan seinen Halbbruder Chaka, dann seinen Mitverschwörer und Bruder Mhlangana, dann seinen Onkel und seinen zweiten Bruder Ngwadi sowie neunzehn andere Verwandte und Ratgeber ermordet hatte. Es waren gute Jahre für ihn gewesen. Er wog nun etwa zweihundertdreißig Pfund, besaß über dreihundert Frauen, verfügte über Scharfblick und eine Art sechsten Sinn für kommende Ereignisse, was sein tückisches Wesen irgendwie ausglich. Ihm oblag es, sich immer wieder mit den weißen Siedlern auseinanderzusetzen, die über die Drakensberge kamen.
Er hatte bereits herausgefunden, wie man mit den Engländern fertig wurde, die an der Küste lebten. Da sie Schiffe besaßen, mit denen sie ihre Verbindung mit London und Kapstadt aufrechterhielten, mußten sie einerseits mit Respekt, anderseits aber mit schroffer Gleichgültigkeit behandelt werden. Er sagte zu Dambuza, einem seiner Hauptratgeber: »Die Engländer haben nichts dagegen, daß man ihnen Fußtritte versetzt, solange man nur ihre Fahne grüßt und gut von ihrer neuen Königin spricht.«
Die Buren waren ein ganz anderes Problem. Sie waren keinem europäischen Herrscher untertan und anscheinend ebensowenig der Regierung in Kapstadt. Sie regierten sich selbst und waren starrsinnig. Sie trugen keine Amtszeichen wie die Engländer, und sie riefen keine Schiffe von jenseits des Ozeans zu Hilfe, wenn sie in Schwierigkeiten waren. Er erklärte Dambuza: »Sie sind wie ihre Ochsen, geduldig und bedrängend. Mit den Engländern kann ich leben, denn ich weiß, was sie als nächstes tun werden. Aber vor diesen Buren habe ich Angst. Sie kommen über die Berge zu mir, von denen du mir gesagt hast, daß man sie nicht überschreiten kann.«
Als Dingan in seinem großen Stuhl saß, winkte er, und sechzehn seiner Frauen wurden hereingebracht, um sich zu seinen Füßen niederzulassen. Sie alle trugen seidene Kleider, die der König selbst entworfen hatte. Zwölf von ihnen waren wirklich schön, während die restlichen vier fast soviel wogen wie Dingan; an ihnen wirkten die Kleider lächerlich.
Der König gab zu verstehen, daß er nun bereit war, mit den Verhandlungen zu beginnen, worauf sechs ältere Männer gerufen wurden. Während er den *Voortrekkern* zulächelte, ergingen sich diese »Schmeichler«, wie sie offiziell genannt wurden, in Lobreden: » Großer und Mächtiger Töter der Matabele, Weiser Meisterelefant des Tiefsten Urwalds, Du, dessen Schritt die Erde erzittern läßt, Weisester aller Planer, der Du die Zauberer pfählen läßt...« Der Dolmetscher ratterte in gelangweilter Eintönigkeit noch ein Dutzend weiterer Eigenschaften herunter, ehe Dingan den Schmeichlern Schweigen gebot, die offensichtlich darauf vorbereitet waren, wenn nötig den ganzen Tag so fortzufahren. Sie verstanden es, ihren Herrscher bei Laune zu halten.

Als Dingan endlich sprach, erfuhr Retief zu seiner Enttäuschung, daß es an diesem Tag zu keinerlei wirklichen Verhandlungen kommen würde, denn der König hatte die Absicht, den Besuchern durch eine Reihe von Vorführungen seine Macht und ihre Bedeutungslosigkeit vor Augen zu führen. Zu diesem Zweck bediente er sich einer Methode, die frühere Besucher tief beeindruckt hatte. Er rief mit gebieterischer Stimme: »Laßt die Krieger kommen!« Dann hob er die linke Hand zum Mund und spuckte auf sein Handgelenk. »Und es muß alles erledigt sein, bevor der Speichel auf meinem Handgelenk trocken ist.«

»Was geschieht, wenn der Speichel vorher trocknet?« fragte Tjaart den Dolmetscher.

»Der Bote, der den Befehl erhielt, wird erwürgt.«

Die Krieger waren bereit. Durch verschiedene Einlässe stürmten mehr als zweitausend Zulukämpfer in den Viehkral. Sie trugen weiße Schilde, die sie hin und her schwenkten. Dann stampften sie dreimal kräftig mit dem rechten Fuß auf den Boden, schrien *»Bayete!«*, und die Erde erzitterte. Dann begannen sie einen Kriegstanz, bei dem sie sich mitunter sanft wiegten, dann wieder hoch in die Luft sprangen. Dieses Schauspiel war so eindrucksvoll und tadellos inszeniert, daß Retief flüsterte: »Ich bezweifle, daß irgendeine europäische Armee das gleiche vollführen könnte.«

So verging der erste Tag, und am Abend verkündete Retief durch den Dolmetscher: »Morgen werden wir sprechen.«

Das hatte Dingan nicht vor, und am nächsten Morgen saß er wieder mit seinen Gästen im königlichen Viehkral. Er wollte sie beeindrucken, indem er seinen immensen Reichtum vorführte wie ein orientalischer Potentat seine Juwelen oder ein Europäer seine Bildersammlung. Wieder spuckte er auf sein Handgelenk, worauf Diener in stummem Zug gewaltige Viehherden vorbeitrieben. Eine Herde von über zweitausend Stück bestand aus schwarzen und roten Rindern, eine andere, etwas kleinere nur aus braunen.

Als die schönen Tiere fort waren und eine Gruppe von Männern den Mist beseitigt hatte, gab Dingan wieder ein Zeichen, und nun begann eine unglaubliche Vorstellung. Durch den Eingang strömten zweihundert schneeweiße Ochsen herein, die keine Hörner hatten und mit Blumen und Schabracken prächtig geschmückt waren. Jeder wurde von einem ebenholzschwarzen Krieger begleitet, der sich neben dem Kopf des Tieres hielt, es aber nicht berührte.

Tjaart nahm an, dies sei eine weitere Parade, und war so beeindruckt von der Schönheit dieser Tiere, daß er dem König beifällig zunickte. Dieser hob die Hand, um anzuzeigen, daß nun die eigentliche Vorführung beginnen würde.

Zur Verwunderung der Buren begannen die zweihundert Ochsen mit den Kriegern zu tanzen, wobei sie eine Reihe komplizierter Schritte ausführten, große Figuren bildeten und sich neu gruppierten, ohne daß Tjaart einen einzigen Befehl gehört hätte. Allmählich verfielen die riesigen Tiere in eine Art Trance: Sie lösten vorsichtig die Figuren auf, die sie bildeten, machten majestätisch kehrt und kamen an den Ausgangspunkt zurück, zögerten, drehten sich und bewegten sich dann mit langsamen, zielbewußten Schritten vorwärts. Jeder Ochse erweckte den Eindruck, als ob er den Tanz allein ausführte, die Augen aller Zuschauer nur ihm folgten, und wirkte sichtlich zufrieden mit seiner Vorstellung.

An diesem Abend sagte Retief zu Tjaart: »Morgen werden wir sprechen.«

Diesmal hatte er recht. Sie kamen wirklich zu Wort, aber es ging nicht um die Übertragung von Land. Der König wollte wissen: »Was geschah, als eure Leute auf Mzilikazi trafen?«

Hocherfreut über diese Gelegenheit, einen heidnischen König über die Triumphe der Buren zu informieren, begann Retief: »Eine Handvoll von uns... Van Doorn hier war einer von ihnen. Er wird es dir erzählen...«

»Was erzählen?« fragte der König.

Tjaart wußte instinktiv, daß er sich seiner Siege über den »Großen Elefantenbullen« nicht rühmen durfte, obwohl Mzilikazi Dingans Feind war, denn dann würde der König eine Menge unbequemer Fragen stellen. Deshalb antwortete er bescheiden: »Wir haben zweimal mit ihm gekämpft, und er war mächtig.«

»So war es nicht!« protestierte Retief, und während Dingan seine dicken Finger an die Lippen drückte, rief der Burenführer: »Vierzig Mann von uns wehrten fünftausend seiner Krieger ab. Eine Angriffswelle nach der anderen rollte auf unsere Männer zu, und wir schossen sie nieder, bis sie wie reife Kürbisse auf dem Feld lagen.«

»So wenige von euch so viele von ihnen?«

»Ja, mächtiger König, denn wenn ein Herrscher die Gebote unseres Gottes mißachtet, wird er niedergeschlagen. Vergiß das nicht.«

Dingans Miene blieb unverändert, aber Tjaart merkte, daß er die Fingerspitzen fest an die Lippen drückte, als wolle er verhindern, daß er zuviel sagte.

Als die beiden *Voortrekker* zu den Unterhaltungen des Tages Platz nahmen, sagte Tjaart: »Ich wünschte, Sie wären nicht so kühn gewesen.« Retief antwortete heiter: »Dann und wann muß man diesen heidnischen Königen eine Lektion erteilen.« Als Tjaart widersprechen wollte, sagte Retief: »Schauen Sie!«

Über zweitausend Zulukrieger in voller Kampfausrüstung, durch verschiedenfarbige Ochsenschwänze an Oberarmen und Knien gekennzeichnet, waren auf den Paradeplatz gelaufen, hatten Aufstellung genommen, stampften mit den Füßen und schrien: »*Bayete!*« Dann folgte eine stilisierte Schlacht mit Schreien, Schattenkämpfen und Scheinangriffen. Tjaart, der die Wirklichkeit erlebt hatte, war von dem Schauspiel abgestoßen, aber Retief war gefesselt und sagte zum König: »Deine Krieger sind gewaltige Kämpfer.« Dingan nickte und antwortete: »Sie leben auf meinen Befehl. Sie töten auf meinen Befehl.«

Am vierten Tag war Dingan endlich bereit, ernsthaft mit den Buren zu sprechen, und gab ihnen zu verstehen, daß er ihrem Antrag auf Überlassung eines großen Landstücks südlich von seinem Reich wohlwollend gegen-

überstehe. Er ersuchte Retief, seine Verläßlichkeit als möglicher Siedler zu beweisen, indem er das Vieh zurückholte, das ihm von einem weit entfernten Häuptling gestohlen worden war, und versicherte ihm mehr oder minder, daß er nur diesen Auftrag ausführen müsse, dann würde die Landübertragung bei Retiefs nächstem Besuch schnell erledigt werden. Nach einer langen Abschiedsrede mit Fußstampfen und dem eleganten Abgang seiner sechzehn Lieblingsfrauen nickte der König, entfernte sich und stellte es seinen Gästen frei, zu der wartenden Gruppe der *Voortrekker* zurückzukehren. Bevor die Männer aber das Gebiet verließen, kam ein englischer Missionar, der seit einigen Monaten unweit von Dingans Kral lebte, zu ihnen und sagte: »Freunde, ich mache mir Sorgen um euer Leben.«
»Wir auch«, sagte Retief leichthin, denn er freute sich über das vielversprechende Ergebnis seines ersten offiziellen Besuchs bei dem König.
»Hat er euch zu weiteren Besuchen eingeladen?«
»Ja, im Januar, wenn wir eine Kleinigkeit für ihn erledigen können. Wenn nicht, im Februar.«
»Um Gottes willen, Freunde, kommt nicht wieder!«
»Unsinn. Er wird uns das Land geben, das wir haben wollen.«
»Glaubt mir, Freunde. Ich lebe bei diesen Menschen. Alles, was ich sah, bewies mir, daß er euch töten will.«
»Wir Buren halten nicht viel von Missionaren«, sagte Retief, und Tjaart nickte. Beide konnten die Philanthropen nicht leiden, und sie sahen in diesem Mann nur einen weiteren lästigen Unruhestifter.
»Freunde, ungeachtet dessen, was ihr von mir als Missionar haltet, warne ich euch. Dingan hat die Absicht, euch zu töten. Wenn ihr wieder in seinen Kral kommt, werdet ihr ihn nicht mehr verlassen.«
Retief war über die Einmischung ungehalten. Er schob den Missionar zur Seite und sagte im Vorbeigehen: »Beten Sie nicht für uns. Wir sind keine Engländer. Wir sind Holländer. Wir wissen, wie man Kaffern zu behandeln hat.«
Als Tjaart zum Kerkenberg zurückkam, fand er den Ort verlassen vor, mit Ausnahme eines Jungen, der eine Herde hütete, die für zufällig vorbeikommende Reisende zurückgelassen worden war. Er sagte, daß Mijnheer Bronk die Gruppe dazu gebracht habe, ins Tal des Blaauwkrantz abzusteigen.
Tjaart war zuerst verärgert, weil Bronk eine so kühne Entscheidung allein getroffen hatte, als er aber den neuen Lagerplatz sah, mußte er zugeben, daß er gegenüber dem Gebiet in den Hügeln einen Fortschritt darstellte. Kerkenberg war zum Ausruhen geeignet, der Blaauwkrantz zum Leben. Es gab reichlich Wasser, gute Entwässerung und eine Aussicht auf die schönen Weiden, die die *Voortrekker* für den Rest ihres Lebens in Besitz nehmen würden. Tjaart ging zu Bronk und sagte: »Ihre Wahl war gut.«
Im Dezember 1837 brachten Neuankömmlinge, die mühevoll über die Drakensberge kamen, den *Voortrekkern* ein unerwartetes Weihnachtsgeschenk: »Wir haben Mzilikazi besiegt. Er ist in das Gebiet nördlich des Lim-

popo geflohen und für immer fort.« Und drei Männer, die an der letzten Schlacht teilgenommen hatten, erklärten: »Wir überraschten ihn. Viertausend seiner Leute sind gefallen. Von unseren zwei.«
Diese tollkühnen Truppen hatten versucht, ohne Gewehre und Pferde gegen eine weiße Armee zu kämpfen, die beides besaß. Es war der Tag gekommen, an dem der »Große Elefantenbulle« sich der Tatsache gegenübersah, daß seine Regimenter das weitläufige Gebiet nicht länger beherrschen konnten, das sie für sich abgesteckt hatten. Seine Krals konnten sich gegen die Buren und berittenen Farbigen nicht halten, die im Morgengrauen zwischen die Hütten stürmten. Wie einer der neu angekommenen Buren sagte: »Er schlug auf dem Veld um sich wie ein wütender Elefant, dann zog er sich langsam zurück.« Er überschritt den Limpopo, marschierte an der großen, düsteren Ansammlung von Ruinen in Zimbabwe vorbei und errichtete das ständige Königreich der Matabele in den westlichen Gebieten dieses alten Herrschaftsgebiets. Für Mzilikazi war die große Odyssee seines Volkes, die eine so breite Blutspur zurückgelassen hatte, zu Ende.
Aber obwohl Jakoba von diesem Sieg hörte, teilte sie Tjaarts Besorgnisse über die weitere Entwicklung der Dinge, nachdem Balthazar Bronk die *Voortrekker* in tiefer gelegenes Gebiet geführt hatte: »Ich fühle mich hier nicht sicher. Wir haben so große Anstrengungen unternommen, um hierher zu gelangen, und jetzt glaube ich, es war ganz verkehrt.«
»Was schlägst du vor?«
»Wir sollten uns in höher gelegenes Gebiet zurückziehen.«
»Wir können nicht alle diese Menschen wieder auf den Kerkenberg führen.«
»Ich meine, viel weiter zurück. Auf das Plateau, wo wir hingehören.«
Tjaart war erstaunt. »Du würdest wieder auf diesen Berg steigen?«
»Das würde ich. Sofort.«
»Wir würden unseren Wagen nie dort hinauf bringen.«
»Laß ihn zurück. Kehren wir zurück zum Thaba Nchu und schließen wir uns einer anderen Gruppe an, die nach Norden zieht.«
Die Idee hatte viel für sich. Tjaart hatte das, was er in Dingans Kral gesehen hatte, nicht gefallen, denn wenn der Zulukönig über eine solche Menge gut ausgebildeter Männer verfügte, was konnte ihn daran hindern, so vorzugehen wie Mzilikazi, wenn er wütend wurde? Und warum hatte ihn die Niederlage seines Erzrivalen in den ersten Gefechten so beunruhigt, wenn er nicht für sich und sein Volk Ähnliches befürchtete? Wenn die *Vortrekker* von der endgültigen Vertreibung des Elefantenbullen gehört hatten, so hatte sicher auch Dingan davon erfahren und mußte sich fragen, ob eine Handvoll Buren ihm nicht das gleiche Schicksal bereiten könnte.
»Ich fürchte, der englische Missionar hat recht gehabt«, vertraute er Jakoba an. »Ich glaube, Retief täte gut daran, den Kral zu meiden.«
»Warne ihn.«
»Er hört auf niemanden. Er hat es nie getan.«
»Tjaart, ich glaube, wir sollten von hier fortziehen. Überlaß das Kommando

Bronk. Wußtest du, daß er während deiner Abwesenheit Theunis vom Kerkenberg vertrieben hat?«
»Was hat er?« Tjaart verabscheute ein so schändliches Verhalten im Namen der Religion, und er suchte den Krankentröster auf, um ihm zu versichern, daß viele von den Männern der Gesellschaft, die wiederholt dem Tod ins Angesicht geblickt hatten und nicht geflohen waren, seine geistliche Hilfe schätzten. »Theunis, wenn ein Mann einer tausendfachen Übermacht gegenübersteht und das Vieh gestohlen wurde und die Pferde durchgegangen sind, braucht er die Tröstung des Glaubens. Du warst auf diesem Treck wichtiger als vier Gewehre. Bleib ganz nahe bei uns, denn ich fürchte, daß uns bittere Tage bevorstehen.«
»So schlimm wie am Vaal?«
»Schlimmer. Mzilikazi war listig und tüchtig. Dingan ist schrecklich und unbeherrscht. Vergiß niemals, ein *laager* zu bilden, wenn ich fort bin.«
»Wir haben seit Monaten kein *laager* mehr gebildet.«
»Ich habe Dingan gesehen«, sagte Tjaart. »Ich habe seinen Kral gesehen. Der Mann ist ein König, und Könige wollen ihr Reich vergrößern.«
Während der nächsten Tage dachte er dreimal daran, dem Rat seiner Frau zu folgen und dieses Lager zu verlassen, und er fragte seinen Schwiegersohn: »Theunis, was hältst du von Jakobas Vorschlag, von hier fortzugehen, den Berg zu erklimmen und nach Norden zu ziehen, wie wir es vorhatten?«
»Ich würde morgen aufbrechen.«
»Warum?«
»Balthazar Bronk ist ein Despot. Er ist kein Mann, der andere Männer anführen kann.«
Tjaart lachte. »Du bist böse, weil er dich abgesetzt hat.«
»Das ist ein Grund«, gestand Theunis. »Aber wir sind in einem fremden Land mit fremden Problemen. Diese Menschen brauchen dringend einen Prediger. Unsere Kirche hat sich geweigert, uns zu unterstützen, also sollten wir unsere eigenen Regeln aufstellen.«
»Ich versuchte es. Du hast gesehen, daß ich es versuchte, und wir unterlagen.«
»Ich möchte mit dir nach Norden ziehen, Tjaart, und unser eigenes Land finden. Glaube mir, dieses Natal ist besudelt.«
Es war auf eine Weise besudelt, von der der Krankentröster entweder nichts ahnte oder die er nicht zur Kenntnis nehmen wollte, denn Minna, die ständig fürchtete, der Treck könnte sich teilen und ihr Ryk Naudé für immer entführen, stahl sich bei jeder Gelegenheit hinaus, um sich mit ihm zu treffen, und er schien auf diese Begegnungen ebenso versessen zu sein. So hatte Aletta freie Hand, und aus Gründen, die keiner, und schon gar nicht die Beteiligten, hätten erklären können, warf sie sich Tjaart an den Hals, von dem sie wußte, daß er sie begehrte. Es war eine seltsame, widerwärtige Situation, denn die betrogenen Partner, Jakoba und Theunis, gehörten zu den charakterstärksten und besten unter den *Voortrekkern*. Sie sprachen miteinander nie über ihren häuslichen Kummer, aber bei ihren Familiengebeten wurde

der kleine, bucklige Theunis manchmal äußerst beredt, wenn er Gott im Namen der *Voortrekker* anrief, um für sie außergewöhnliche Stärke und selbstlose Hingabe zu erbitten. Oft quollen ihm am Ende seiner weitschweifigen Gebete Tränen nicht nur aus dem kranken Auge.
Die van Doorns konnten den Blaauwkrantz nicht verlassen, weil Piet Retief mit einer dringenden Forderung ins Lager geritten kam: »Ich brauche hundert Mann, die mich zu Dingans Kral begleiten. Es müssen gute Reiter sein.«
»Warum?« murmelten Stimmen.
»Tjaart weiß, warum«, und er bat van Doorn, die Vorführungen zu beschreiben, mit denen Dingan seinen Besuchern beim letzten Treffen seine Macht demonstriert hatte: die militärische Ausbildung, der Tanz der Ochsen. »Ich will, daß unsere Reiter diesem König etwas zeigen, wovon er noch keine Vorstellung hat: Burenmacht. Unsere Reiter bei ihren schnellsten Exerzierübungen.«
Er konnte nicht volle hundert zum Mitreiten gewinnen, sie kamen aber doch, einschließlich seiner selbst und seines Sohnes, auf einundsiebzig erstklassige Reiter. Natürlich ritten auch etwa dreißig Farbige mit, denn die *Voortrekker* ließen sich ohne ihre Hilfskräfte auf keine einzige Unternehmung ein, ob sie nun kriegerisch oder friedlich war. Außerdem waren einige von den Farbigen phantastische Reiter, und Retief zählte darauf, daß sie ihren Anteil zum Gelingen seines Vorhabens beitragen würden.
Zu dem Aufgebot gehörten auch Tjaart und Paulus de Groot, der erst in zwei Wochen sechs Jahre alt wurde und bereits ein erfahrener Reiter war. Als Tjaart von Jakoba und den Nels Abschied nahm, versprach er ihnen, den Knaben zu beschützen und bald mit einem Vertrag nach Hause zu kommen, der den *Voortrekkern* Rechte in Natal einräumte. Die Pläne, im Norden eine gesicherte Heimat zu suchen, wurden endgültig aufgegeben.
Die sommerliche Reise über den Tugela ins Herz des Zululandes war ein wundervolles Erlebnis. Die *Voortrekker* wiegten sich in Sicherheit, denn sie redeten sich ein, daß ihnen nichts Böses zustoßen könnte. Sogar Tjaart, der von dem Missionar gewarnt und von seiner Frau zur Vorsicht ermahnt worden war, vergaß seine Befürchtungen.
»Was kann uns schon zustoßen?« fragte er seine Freunde. »Dingan wollte, daß wir seine gestohlenen Rinder zurückholen, und das haben wir getan. Er wird uns willkommen heißen und die Papiere unterzeichnen, die wir haben wollen.«
Am Morgen des 3. Februar 1838, eines Sonnabends, trafen sie in dem großen Kral ein, und die Festlichkeiten begannen sofort. Paulus hatte eine unerwartete, erfreuliche Begegnung, denn seit einiger Zeit gab es in der königlichen Stadt einen zwölfjährigen englischen Jungen namens William Wood, den König Dingan wie eine Art Schoßkind, eine kostbare Sehenswürdigkeit, behandelte. Er wohnte bei den Missionaren in der Nähe, ging aber im Häuptlingskral aus und ein. Der Junge nahm Paulus unter seinen Schutz, zeigte ihm das Gewirr der königlichen Hütten und sogar die weitläufigen

verbotenen Unterkünfte, in denen die Frauen des Königs abgesondert lebten.
Am Ende des ersten Tages war Paulus erschöpft, aber entzückt: »Vater Tjaart, der ist der beste.« Und die Erinnerung an die Verstümmelung seiner Eltern durch die Regimenter eines anderen Königs wie Dingan verblaßte.
Am zweiten Tag bereitete Retief dem König eine Überraschung, indem er seine Reiter Gefechtsübungen vorführen ließ. Die Burenreiter ritten in Zweierreihen in die von mindestens viertausend Zulukriegern bevölkerte Arena; sie hatten ihre Gewehre mit Platzpatronen geladen und quer über ihre Sättel gelegt. Langsam umkreisten die Pferde die Arena und durchquerten sie schließlich, wobei sie komplizierte Figuren vollführten. Die Krieger waren begeistert, denn die Ochsen, mit denen sie getanzt hatten, waren langsam und schwerfällig gewesen. Diese Pferde dagegen vollführten ihre Übungen leichtfüßig und anmutig.
Und dann verfielen die Reiter, wieder auf ein Zeichen von Retief, das Dingan genau beobachtete, in Galopp, bildeten eine geschlossene Front, ritten in scharfem Tempo geradewegs auf den Ebenholzthronsessel zu und feuerten ihre Gewehre ab. Die Wirkung war überwältigend und erschreckte Dingan so, daß er einem Adjutanten zuflüsterte: »Diese Männer sind Zauberer.«
William Wood hörte diese Bemerkung und suchte Tjaart auf, sobald die Vorführung beendet war: »Der König hat geflüstert, daß ihr Zauberer seid.«
»In gewissem Sinn sind wir es ja auch«, gab Tjaart zu.
»Schsch! Das bedeutet, daß er euch töten wird.«
Tjaart runzelte die Stirn. »Wie ist doch dein Name?«
»William Wood. Ich kenne Dingan. Mr. van Doorn, er wird euch alle töten.«
Das Gesicht des Jungen drückte solche Verzweiflung aus, daß Tjaart meinte, er müsse Retief von dem Vorfall berichten. Aber der Kommandeur setzte sich lachend darüber hinweg: »Einer der englischen Missionare sagte das gleiche. Aber Sie dürfen nicht vergessen, daß sie Engländer sind. Die haben Angst vor den Kaffern.«
Doch Tjaart war von Williams Warnung so beeindruckt, daß er vorschlug, in der Nacht das Gebiet zu verlassen, und seine Argumente klangen so überzeugend, daß Retief vielleicht seinen Leuten befohlen hätte heimzureiten, wäre nicht König Dingan selbst plötzlich erschienen: »Ich möchte zwei Fragen stellen. Erstens: Ist es wahr, daß deine Leute Mzilikazi endgültig besiegt haben?«
»Ja«, antwortete Retief redselig. »Wir haben fünftausend von seinen Leuten getötet und ihn über den Limpopo gejagt.« Er blickte Dingan drohend an und fügte hinzu: »Eine ähnliche Niederlage erwartet jeden König, der sich dem Willen Gottes widersetzt.«
»Wer stellt fest, daß sich jemand dem Willen eures Gottes widersetzt hat?« fragte der Dolmetscher.

»Wir werden es wissen«, sagte Retief.
»Meine zweite Frage: Ist es wahr, daß eure Farbigen ebensogut reiten können wie ihr?« Retief antwortete: »Morgen werdet ihr es sehen. Und wenn du sie beobachtest, denk daran, daß vielleicht auch ihr Pferde bekommt, sobald wir in euer Land ziehen.« Dingan nickte.
Am Montag, dem 5. Februar, wurde die Vorführung abgehalten, und obwohl den farbigen Reitern die militärische Routine der Buren fehlte, glich ihre fröhliche Unbefangenheit diesen Mangel aus. William Wood, der unweit des Königs saß, hörte ihn leise zu seinen Ratgebern sagen: »Wenn die Farbigen Pferde reiten können, können es die Zulu auch. Wir müssen auf diese Hexer sorgfältig aufpassen.«
Als die Vorführung zu Ende war, eilte William zu den *Voortrekkern* und warnte sie zum zweitenmal. »Dingan beabsichtigt, euch entweder heute abend oder morgen zu töten.« Doch wieder wollte Retief die Warnung nicht beachten, er sagte: »Am Morgen soll ein Vertrag unterzeichnet werden. Gleich darauf verlassen wir den Kral.«
»Zu spät«, sagte der Junge, aber Retief ging darüber hinweg und wandte sich an Tjaart: »Wir könnten folgendes tun, Tjaart: Reiten Sie rasch zum Blaauwkrantz zurück. Sagen Sie unseren Leuten, daß wir das Land bekommen haben. Lassen Sie sie packen und sich bereitmachen, es in Besitz zu nehmen, bevor Dingan es sich anders überlegt.«
Er nahm aus einem kleinen Lederbeutel das kostbare Papier und zeigte es Tjaart mit einer Art Triumph. »Sagen Sie ihnen, daß Sie es gesehen haben. Sagen Sie ihnen, daß der Kaffer es morgen unterzeichnen wird. Dann gehört das Land uns ohne Blutvergießen.«
Und so sattelten Tjaart und Paulus ihre Pferde, um ihren Freunden die frohe Nachricht zu bringen: Endlich würden die *Voortrekker* eine eigene Heimat haben. Bevor Paulus sein Pferd bestieg, kam William Wood zu ihm, ergriff seine Hand und flüsterte: »Ich bin froh, daß du gehst. Denn morgen werden die anderen alle tot sein.«
Am Morgen des 6. Februar 1838 ritt Piet Retief, begleitet von siebzig Buren, zum Eingang von Dingans Kral. Dort befahlen Zulukommandeure ihnen abzusitzen, ihre Pferde anzubinden und ihre Waffen auf einen Haufen zusammenzulegen, der von einem der Regimenter bewacht werden würde: »Aus Respekt vor dem König. Er erschrak neulich über den plötzlichen Knall.« Als Gentleman war Retief mit dieser Regelung einverstanden.
Die einundsiebzig Weißen, einschließlich Retief, betraten die große Arena, gefolgt von ihren einunddreißig Farbigen. Da es ein äußerst heißer Tag war, überließ man den Besuchern den Raum, wo bestimmt eine kühle Brise wehen würde. Sie setzten sich und nahmen die Kürbisflaschen mit Durrabier in Empfang, die ihnen von Dambuza, dem ersten Berater des Königs, gebracht wurden. Die Übertragungsurkunde für das Land wurde Dingan vorgelegt, der mit großer Geste sein Zeichen daruntersetzte und sie dann Retief übergab. Dann begann ein Tanz, bei dem zwei unbewaffnete Regimenter komplizierte Schritte und Figuren ausführten.

Die Zulu hätten keinen friedlicheren Tanz vorführen können. Aber der junge William Wood, der sah, daß hinter den Tänzern drei Regimenter lautlos in Stellung gingen, lief aus der Arena und sagte den Leuten in der Missionsstation: »Sie werden alle getötet werden.«
»Schsch«, sagte eine Frau. »Du bist schon einmal gerügt worden, weil du Gerüchte verbreitet hast.«
Der König beobachtete aufmerksam den Verlauf des Tanzes, und als er die Zeit für gekommen hielt, erhob er sich, während die Vorführung weiterlief und brachte einen Trinkspruch aus, den er an Ort und Stelle verfaßte:

Laßt die weißen Lippen, die dürsten,
Nicht länger dürsten!
Laßt die Augen, die alles begehren,
Nicht länger sehen!
Laßt die weißen Herzen, die schlagen –
Stillstehen!

Retief, der kein Wort verstand, nickte dem König freundlich zu und hob seinen Trinkkürbis. In diesem Augenblick schrie Dingan: »Ergreift sie, meine Krieger! Tötet die Zauberer!«
Tausend Stimmen wiederholten den Befehl des Königs, die tanzenden Regimenter traten zur Seite und ließen die wirklichen Soldaten herein, die die Spitzen ihrer Assagais direkt auf die Kehlen der Buren gerichtet hatten. Diese sprangen bestürzt auf, zogen ihre Messer heraus und versuchten, sich zu verteidigen. Es war vergeblich. Vier, sechs, zehn Zulu stürzten sich auf jeden Buren, rangen ihn zu Boden und schleppten ihn aus dem Kral über einen ansteigenden Fußpfad zum Hinrichtungsplatz. Dort wurden sie erschlagen, während William Wood und die Frauen von der Mission aus zuschauten.
Auch die Farbigen wurden bis auf den letzten Mann getötet. Der gefesselte Piet Retief mußte zusehen, wie sein eigener Sohn zu Tode gemartert wurde, bevor auch er erbarmungslos mit Keulen geschlagen wurde, bis sein Schädel zertrümmert war und er zu den Leichen seiner Kameraden geworfen wurde.
Der Zulu, der die Ermordung geleitet hatte, schrie: »Schneidet die Leber und das Herz dieses Mannes heraus. Begrabt sie in der Mitte des Weges, auf dem er hierherkam.«
So endete Piet Retief, ein Mann, der sein Volk in die Wildnis geführt hatte, um einen eigenen Staat zu errichten. Er hatte denen vertraut, die er kennenlernte, und fest an Gott geglaubt. Sein *laager* wurde vernichtet, sein Sohn getötet, und er konnte seine weitreichenden Pläne nicht verwirklichen. Er fand ein schreckliches Ende, das jedoch ein Anfang für andere wurde, denn seine Legende sollte eine Nation begeistern und anspornen.
Auf den Tag zehn Monate später, als andere Buren auf seine Leiche stießen, fanden sie in dem Lederbeutel in der Nähe seiner Knochen ein Dokument,

das von Dingan, König der Zulu, sorgfältig unterzeichnet war, und in dem er folgendes zugestand:

> ...den Ort genannt Port Natal, zusammen mit allem dazugehörenden Land, von Dogeela bis zu dem Fluß im Westen und vom Meer nach Norden, so weit das Land zu nutzen und in meinem Besitz ist, als immerwährendes Eigentum.
>
> De merk + + van de Koning Dingan

Tjaart und Paulus ritten ruhig an den Ufern des Tugela entlang. Sie konnten nicht wissen, daß die übrigen *Voortrekker* ermordet wurden, aber der Knabe litt unter düsteren Vorahnungen und sagte: »Vater, ich glaube, der König wird alle unsere Männer töten. Sollten wir nicht umkehren und sie warnen?«
»Niemand würde es wagen, so etwas zu tun.«
»Aber William hat gesehen, wie Zauberer getötet wurden. Männer schlagen ihnen Pflöcke in den Leib.«
Der Junge war so hartnäckig, daß Tjaart auf ihn hören mußte und vorsichtiger wurde. Das war gut, denn gegen Mittag entdeckte er auf dem Weg, den sie gekommen waren, weit hinter ihnen, eine Staubwolke. Aus einem Versteck sahen sie entsetzt zwei beinahe vollständige Regimenter mit blitzenden Assagais vorbeeilen und in Richtung Blaauwkrantz verschwinden.
Tjaart wurde sofort klar, daß sie die Kolonne überholen mußten, um die *Voortrekker* zu warnen, die sich nicht in Wagenburgen verschanzt hatten. Aber welche Schleichwege sie auch benutzten, stets kamen ihnen Zuluabteilungen zuvor, die über das Land ausschwärmten und alle Buren ermordeten, die sie fanden.
In vier verschiedenen abgesonderten Lagern fanden Tjaart und Paulus nur noch schwelende Ruinen und abgeschlachtete Buren. Voller Verzweiflung und Angst bemühten sie sich, die Zululinien zu umgehen und Alarm zu schlagen, doch es mißlang ihnen immer. Einmal, als es schien, daß sie durch einen Cañon schlüpfen könnten, sahen sie entsetzt, wie ein drittes Regiment von Dingans Soldaten hineinschlich, einen einzelnen Wagen angriff und alle Insassen ermordete.
Nun mußte Tjaart zugeben, daß Retief und alle seine Leute vermutlich tot waren. Er blickte Paulus bestürzt an, und der Junge nickte stumm. Er hatte die ganze Zeit geahnt, wie groß die Katastrophe sein würde, denn William Wood hatte ihn gewarnt. Er sagte verzweifelt: »Und bevor wir fortritten, sagte mir William, daß sämtliche Buren im Zululand getötet würden. Wir müssen zum Fluß eilen.«
»Ich habe es versucht!« rief Tjaart, und der Versuch, die Linien der Zulu seitlich zu umgehen, scheiterte wiederum.
Am Freitag, dem 16. Februar 1838, waren sie bei Sonnenuntergang noch immer weit vom Blaauwkrantz entfernt und hatten kein Warnzeichen geben können. In dieser Nacht standen die Wagen der *Voortrekker* entlang

einer ungeschützten, elf Meilen langen Strecke verstreut, und neben ihnen legten sich die Frauen und Kinder der bereits ermordeten Männer sorglos schlafen. Weitere Familien, die erst kürzlich vom Thaba Nchu eingetroffen waren, verbrachten ihre ersten Nächte in dem verheißenen Land und blickten zu den Sternen empor, die sie sicher hergebracht hatten. Es war eine ruhige Nacht, in der nur vereinzelt ein paar Hunde bellten.
Um ein Uhr morgens stürmten drei Regimenter von Zulukriegern heran und erreichten mit ihrem Überraschungsangriff die schlafenden Wagen und Zelte, bevor jemand Alarm schlagen konnte. Die erste Abteilung erschlug alle Buren am Ostende der Linie mit Ausnahme zweier Mitglieder der Familie Bezuidenhout. Der jüngere Bezuidenhout, der es kaum zu fassen vermochte, daß alle seine Verwandten mit einer einzigen Ausnahme tot waren, ritt heldenhaft durch die Nacht, durchbrach wie durch ein Wunder die Linien der Zulukrieger und ermöglichte es so anderen, die sich weiter westwärts befanden, den Angriff zu überleben.
Unter den Gruppen, die er weckte, befand sich die der Familie von Doorn: Jakoba, Minna und Theunis, deren dreijährige Tochter Sybilla und ihre fünf Diener. Diese neun hatten gerade genug Zeit, einige Vorkehrungen zu ihrem Schutz zu treffen, bevor die schreienden Zulu über sie herfielen. In diesen Momenten des Schreckens tat Theunis Nel etwas Erstaunliches: Er nahm Sybilla, versteckte sie hinter einem Baum in einiger Entfernung von den Wagen und flüsterte ihr zu: »Sybilla, erinnerst du dich daran, wie wir miteinander spielten? Du darfst keinen Ton von dir geben!«
Er lief zu den Wagen zurück, leitete die Verteilung der Gewehre, Messer und Bretter, und mit diesen nutzlosen Waffen und unvergleichlichem Heldenmut verteidigten sich seine Leute. Die Frauen feuerten ihre Gewehre ab, bis sie kein Schießpulver mehr hatten, dann standen sie Seite an Seite mit ihren Farbigen und schlugen auf ihre Feinde ein. Als erste brach Minna unter den Stichen zusammen. Die furchtlosen, getreuen Farbigen starben nacheinander. Dann reichten einander Jakoba und Theunis liebevoll zum Abschied die Hände und kämpften mit allem, was sie zu fassen bekamen, bis schließlich Theunis allein war, ein verkrüppelter kleiner Mann, der seine Keule schwang.
Als er frische Horden auf sich zustürzen sah und ihm klar wurde, daß sie über seine versteckte Tochter stolpern konnten, wandte er sich zur Flucht und lockte sie so von dem Baum weg. Als ihn die Zulu erreichten, stachen sie mit ihren Assagais auf ihn ein. Er aber lief weiter, um sie möglichst weit fortzulocken, und schrie, um die anderen Wagen zu warnen. Als er fühlte, daß seine Knie nachgaben und das Blut in seiner Lunge ihn zu ersticken drohte, wandte er sich gegen seine Angreifer, versuchte, ihre Assagais zu packen, und starb schließlich an seinen Wunden.
Balthazar Bronk, der ihm so unbarmherzig die Weihe verweigert hatte, gelang es einmal wieder, seine Haut zu retten: Er war am anderen Ende des Lagers, wo die Zulu nicht hinkamen.

Tjaart traf vor Morgengrauen am Blaauwkrantz ein, und in dem gespenstischen Licht sahen er und Paulus das ganze Ausmaß der Zerstörung: in Stücke gehackte Männer, erschlagene Frauen und Kinder, braune und schwarze Diener, die ihr Leben gegeben hatten, um die Menschen zu verteidigen, für die sie arbeiteten.
»Vater!« rief Paulus. »Unsere Wagen!«
Tjaart erkannte die ausgebrannten Gestelle, lief hinüber und fand seine hingeschlachtete Familie. Jakoba lag dort mit sechs toten Zulu zu ihren Füßen, Minna mit drei, und alle Diener waren gespickt mit Assagais. Doch keine Sybilla. Und kein Theunis.
»Kind!« brüllte Tjaart in der Hoffnung, sie könnte irgendwie entkommen sein. Keine Antwort. Also begann er, nach Theunis zu rufen, und er fluchte ihm, weil er davongelaufen war und die Frauen im Stich gelassen hatte.
»Du sollst verflucht sein, Nel!« brüllte er. Dann plötzlich war er umgeben von Frauen, die durcheinanderschwatzten, daß Theunis ihnen das Leben gerettet habe: »Er war schon im Sterben, lief aber noch fast eine halbe Meile, schrie uns zu, warnte uns...« »Er wurde so oft durchbohrt...«
»War Sybilla bei ihm?«
»Er stand allein den Speeren gegenüber.« Sie führten ihn zu der Stelle, wo der Krankentröster unbedeckt lag, und Tjaart sank neben ihm nieder und rief: »Theunis, wo ist deine Tochter?«
Der sechsjährige Paulus betrachtete die Leiche seiner zweiten Mutter, dann die Tante Minnas und wollte schon weitergehen, um zu sehen, wo Onkel Theunis lag, als er ein leises Geräusch unter den Bäumen hörte. Obwohl er durch die Schrecken dieser Nacht verängstigt war, ging er in die Richtung dieses Geräusches, und fand unter einem Baum Sybilla. Sie hatte alles mit angesehen, was geschehen war, wußte aber aus dem, was ihr Vater ihr in diesen letzten Momenten gesagt hatte, daß sie keinen Laut von sich geben durfte.
Sie sagte auch jetzt keinen Ton, und sogar als Paulus sie bei der Hand nahm, folgte sie ihm stumm, während er zurückging und sie führte. Sie verließen den Baum und gingen zu der Stelle, wo Tjaart neben der Leiche ihres Vaters trauerte. Als sie und Paulus aber schon unterwegs waren, blieb sie plötzlich stehen, entzog ihm ihre Hände und ging dann zielbewußt dorthin, wo ihre Mutter und Ouma Jakoba lagen. Als sie neben ihnen stand, weinte sie nicht, kniete auch nicht nieder, um sie zu küssen. Sie stand nur einfach dort. Nach einer Weile wandte sie sich zu ihrem Freund Paulus und reichte ihm stumm die Hände. Sie hatte immer irgendwie gewußt, daß seine Eltern getötet worden waren, und nun wußte sie, daß auch die ihren gestorben waren. Ihm konnte sie vertrauen, er war der, der sie verstand.
So standen sie dort, als jemand Tjaart sagte, daß seine Enkelin lebte. »Sybilla!« schrie er, aber als er zurücklief, sie hochhob und »Gott sei Dank, Gott sei Dank!« rief, blickte sie ihn nur an. Ihr Vater hatte ihr eingeschärft, sie solle nicht sprechen, und es dauerte einige Tage, bevor sie wieder den Mund auftat.

Sobald Jakoba und die Nels begraben waren, machte sich Tjaart auf den Weg ans andere Ende der Wagenreihe, um sich zu vergewissern, was mit Ryk Naudé geschehen war: Während er ging, hielten ihn Dutzende von *Voortrekkern* auf und fragten: »Was gibt es Neues von Retief?«, und er traute sich nicht, ihnen zu erzählen, daß Paulus davon überzeugt war, die ganze Truppe sei erschlagen worden.
Als er zum Wagen der Naudés kam, waren die Leute dieser Gruppe damit beschäftigt, dreizehn ihrer Toten zu begraben. Unter ihnen befand sich Ryk; der junge Taugenichts hatte sich geweigert, seine Wagen in die Wagenburg einzureihen, hatte sich mit einem neuen Mädchen vergnügt und war dann gerade rechtzeitig zurückgeeilt, um einer Gruppe von Zulu in die Hände zu fallen, die ihn in Stücke gehackt hatten.
Bei diesem Massengrab fand Tjaart Aletta, die einen Arm in der Schlinge trug. Ihr Gesicht wies eine lange Schnittwunde auf. Wie immer zeigte sie keine Gefühlsregung, und auch als Tjaart ihr über die gefallenen Leichen hinweg zuwinkte, nickte sie nur. Da es noch immer keinen Geistlichen unter den *Voortrekkern* gab, brauchte man einen Laien, um aus der Bibel vorzulesen, und Balthazar Bronk erbot sich dazu. Er sprach ein schönes Gebet, und das Massengrab wurde zugeschüttet.
Dann ging Tjaart, als ob ihn eine mächtige Hand von hinten geschoben hätte, rund um das Grab feierlich auf Aletta zu und sagte ihr, bevor noch ein anderer Mann, der keine Frau hatte, sie beanspruchen konnte: »Du kannst nicht allein leben, Aletta.«
»Es wäre unmöglich«, antwortete sie.
Ihr Mann war tot. Ihr Wagen verbrannt. Sie hatte keine Schlafstelle, keine anderen Kleider als die, die sie am Leibe trug. Sie besaß kein Geld, keine Nahrung, keine Verwandten und war allein und schutzlos in einem Land, das die Zulu jeden Augenblick wieder überfallen konnten. So streckte sie, mit einem letzten tränenlosen Blick auf das Grab, ihre unverletzte Hand aus und ermutigte Tjaart, sie zu ergreifen und sie an der langen Wagenreihe entlang zu seinem Wagen zu führen.
Dort stellte sie erschrocken fest, daß auch er nichts mehr besaß: kein Bett, keine Kleider, keinen fahrtüchtigen Wagen – nur einen braungoldenen Topf und eine Bibel. Es gab keinen holländischen Geistlichen, um sie zu trauen, aber diese Witwe und dieser Witwer taten sich aus eigenem Entschluß zusammen; und während sie begannen, die verstreuten Habseligkeiten einzusammeln, kamen Boten und verkündeten: »Retief und alle seine Männer sind tot.«

Es war klar, daß Gott Sein auserwähltes Volk zur Strafe schwer heimgesucht hatte: Er hatte sie für ihre Anmaßung und ihre Sünden gezüchtigt, und während sie sich in ihren dezimierten Wagenburgen zusammendrängten und auf den nächsten Angriff der Zulu warteten, versuchten sie zu enträtseln, warum sie wohl bestraft worden waren.
Alle Männer, die in Dingans Kral gestorben waren, hatten auf Gott vertraut

und sich bemüht, Seinen Geboten gemäß zu leben. Dennoch waren sie umgekommen. Alle Frauen und Kinder, die am Blaauwkrantz ermordet wurden, waren dem Glauben treu ergeben, aber sie wurden erschlagen. Wenn jemals eine Gruppe von Menschen einen gerechten Grund hatte, mit ihrem Gott zu hadern, waren es die *Voortrekker* in jenem Sommer des Jahres 1838.

Sie jedoch suchten die Gründe für die harten Schicksalsschläge bei sich selbst und kamen zu dem Schluß, daß sie nachlässig gewesen waren in der Anbetung Gottes und in der Einhaltung der Gebote. Tjaart van Doorn wußte in seinem Herzen, daß die Ehebrüche in seiner Familie der Grund für die grausame Strafe gewesen waren, die ihn getroffen hatte. Und dennoch – warum war er gerettet und die untadelige Jakoba bestraft worden?

Aletta verblüffte ihn weiterhin. In den Tagen nach dem Blutbad galt ihre Hauptsorge der Schnittwunde in ihrer Wange: »Wird eine Narbe zurückbleiben?« Frauen zeigten ihr, wie sie die Wunde mit Kuhharn sterilisieren und mit Butter salben sollte, und als sie sicher war, daß keine größere Verunstaltung zurückbleiben würde, war sie zufrieden. In ihren Beziehungen zu Tjaart änderte sich nichts – sie war vollkommen passiv, interessierte sich für nichts und war nur mit sich selbst beschäftigt. Als er einmal erschöpft vom Ausheben von Gräben in ihr Zelt zurückkam, wollte er mit ihr darüber sprechen, wer die *Voortrekker* gegen die Zulu führen konnte, aber sie hatte über keinen von den Männern eine Meinung. Er fragte sie verärgert: »Wie steht es mit Balthazar Bronk?« Sie hob die Hand ans Kinn, überlegte und sagte: »Er könnte der richtige sein«, obwohl sie wußte, daß er bei Veg Kop davongelaufen war.

Bei seinen Bemühungen, wieder eine Art Schutzwehr zu errichten, fiel ihm auf, daß der Knabe Paulus wie ein Mann arbeitete, während die Frau Aletta sich wie ein Kind benahm. Er konnte nicht umhin, sie mit Jakoba zu vergleichen, die an seiner Seite gewesen wäre, während die neuen Barrikaden gebaut wurden, und er verstand allmählich, warum Ryk Naudé, der mit diesem überaus schönen Mädchen verheiratet war, Minna vorgezogen hatte.

Als die *Voortrekker* sich dank Tjaarts ausdauernder Arbeit vor Zuluangriffen halbwegs sicher fühlten, informierten sie sich im Buch Josua darüber, wie er in Jericho über seine kanaanitischen Feinde gesiegt hatte. Nun wurde der Verlust von Theunis Nel fühlbar, der solche Dinge immer eifrig erklärt hatte. Jetzt mußte Tjaart als Hauptberater fungieren. Er beugte sich über seine angesengte Bibel, um die einschlägigen Verse zu lesen:

> ...und das Volk die Stadt erstieg, ein jeder stracks vor sich. Also gewannen sie die Stadt und verbrannten alles, was in der Stadt war, mit der Schärfe des Schwerts, Mann und Weib, jung und alt, Ochsen, Schafe und Esel.

Dann schwor er grimmig: »Das werden wir mit Dingans Kral tun. Vollständige Zerstörung.« Wie das geschehen sollte, wußte er nicht, denn er hielt sich nicht für den geeigneten Führer. Er konnte nur die Buren immer wieder anstacheln, indem er die vernichtende Statistik darlegte: »Im Kral wurden einhundertzwei unserer Männer getötet. Hier am Blaauwkrantz zweihundertzweiundachtzig. Draußen auf dem Land wurden mindestens weitere siebzig im Schlaf ermordet. Wir wollen Vergeltung.«

»Wie können wir sie besiegen?« fragte Balthazar Bronk, »wenn wir so wenige sind und sie so viele?«

»Das weiß ich nicht«, sagte Tjaart, »aber ich bin sicher, daß Gott uns einen Weg zeigen wird.«

Und dann kam der Mann ins Lager, der Wunder vollbringen sollte: Andries Pretorius, ein glattrasierter Mann, jünger als die anderen Anführer, der es in Graaff-Reinet schon zu einigem Ansehen gebracht hatte. Er war sehr groß und korpulent, langsam im Fassen von Entschlüssen, aber unbeirrbar in ihrer Ausführung. Wie die meisten Anführer war er mehrere Male verheiratet gewesen, hatte acht Kinder von seiner ersten und drei von seiner zweiten Frau. Er war ein ernster, bedächtiger Mann, der nach Norden geeilt war, weil ihn die *Voortrekker* gerufen hatten. Mit seinem Gewehr, seinen Pistolen und einem Buschmesser mit kräftiger Klinge kam er am 22. November 1838 ins Lager und sagte einfach: »Ich bin gekommen, um euch zu helfen. Noch in dieser Woche werden wir aufbrechen und Dingan vernichten.«

Zunächst folgte er den vorsichtigen Anweisungen Josuas: »Ich brauche zwei Kundschafter.« Er bestimmte ein seltsames Paar: Tjaart van Doorn, dem er vertraute, weil er die Kommandos gegen die Xhosa so entschlossen geführt hatte, und Balthazar Bronk, der sich in früheren Kämpfen so schlecht gehalten hatte. Er wollte Tjaart, weil er zu kämpfen verstand, und Bronk, weil er schlau und gerissen war.

Die beiden Männer verließen gemeinsam den Blaauwkrantz, schlichen sich vorsichtig nach Norden und kehrten mit der bedrückenden Neuigkeit ins Lager zurück, daß Dingan begonnen hatte, seine Regimenter für einen massiven Angriff zu sammeln: »Er wird zwölftausend Mann haben, um sie gegen uns einzusetzen. Wie viele werden wir haben?«

Pretorius hatte, wie Josua, alle verfügbaren Soldaten gesammelt und sagte: »Die Übermacht gegen uns wird dreißig zu eins ausmachen. Aber wir werden den Kampf in ihr Gebiet verlegen. Wir werden das Schlachtfeld aussuchen.«

Nur fünf Tage nach der Ankunft dieses dynamischen Mannes war das Kommando in Bewegung. Es bestand aus vierhundertvierundsechzig Mann mit der üblichen Ergänzung von Farbigen und Schwarzen. Etwa die Hälfte hatte bereits in der einen oder anderen Eigenschaft gegen die Zulu gekämpft, während die andere Hälfte noch nie einem schwarzen Regiment gegenübergestanden hatte. Sie führten vierundsechzig Wagen mit, die für den Plan, den Pretorius entworfen hatte, unentbehrlich waren. An der Spitze befand sich der neugebaute TC-43, ein robustes, fehlerloses Kriegsfahrzeug mit verstärkten Seitenwänden und vierzehn dressierten Ochsen, die stolz darauf

zu sein schienen, das Tempo zu bestimmen. Drohte einmal ein anderer Wagen die Führung zu übernehmen, beschleunigten sie sofort ihre Schritte, um vorne zu bleiben.
Durch diese rasche Bewegung sicherte sich General Pretorius einen taktischen Vorteil: Die Schlacht würde dort geschlagen werden, wo er wollte, also auf einem für seinen Plan günstigen Terrain. Geschickt wählte er eine Stelle mit steilen Abhängen, wo eine tiefe Wasserrinne in einen kleinen Fluß mündete: In diesem günstigen Gebiet legte er sein *laager* neben einem tiefen Teich an, der kürzlich von Flußpferden zum Baden benutzt worden war. Deshalb nannten ihn die Buren *Seekoei Gat*, Seekuhloch. So war er im Süden durch die tiefe Rinne, im Osten durch den Teich und im Norden und Westen durch die Kette von vierundsechzig Wagen geschützt, die er mit mächtigen Riemen, Zugketten und Massen von Dornbüschen aneinander binden ließ. An den Punkten der äußeren Umzäunung, von denen aus sie die größte Zahl angreifender Zulukrieger bestreichen konnten, stellte er vier kleine Kanonen auf, die gewaltige Ladungen von Schrot, Eisenstücken, Kettengliedern und Steinen abfeuern würden.
»Wir sind bereit«, sagte er beim Einbruch der Dämmerung am Sonnabend, dem 15. Dezember 1838. Die folgende Nacht sollte die längste werden, die diese kampfgewohnten Buren jemals erlebten. Sie waren wenige, und auf den sie umgebenden Hügeln sammelten sich die Zuluregimenter, Männer, die überall in Afrika gekämpft und alles vor sich hergetrieben hatten. Im *laager* wurden die neunhundert Treckochsen und Hunderte von Pferden wegen der Feuer, die die Zulu unterhielten, unruhig. Pretorius ging zwischen seinen Leuten umher und erklärte: »Wir müssen unsere Männer besser verteilen, denn wenn wir nur aus einer Richtung feuern, werden die Tiere, insbesondere unsere Pferde, sich von dem Lärm wegdrängen, und sie könnten durch umgestürzte Wagen entkommen. Und ohne Pferde wären wir morgen verloren.«
Als alles bis in die letzte Einzelheit bereit war, war die Zeit für den entscheidenden Augenblick in der Geschichte der Buren gekommen. Seit dem Tod von Theunis Nel hatte es kein *Voortrekker* gewagt, die Rolle eines Geistlichen zu übernehmen, aber es gab zahlreiche Männer, die das Alte Testament beinahe auswendig konnten. Einer von ihnen war Sarel Cilliers, ein gebildeter Farmer von tiefer religiöser Überzeugung. Er erinnerte die übrigen *Voortrekker* an ihre heilige Aufgabe und wiederholte die Stellen aus dem mächtigen Buch Josua, die den bevorstehenden Kampf ankündigten:

> Und der Herr sprach zu Josua: Fürchte dich nicht vor ihnen. Denn morgen um diese Zeit will ich sie alle erschlagen geben vor den Kindern Israel; ihre Rosse sollst du lähmen und ihre Wagen mit Feuer verbrennen...
> Euer einer jagt tausend; denn der Herr, euer Gott, streitet für euch, wie er euch geredet hat.

Dann stieg Cilliers auf den Wagen, auf dem ihre geliebte Kanone namens *Ou Grietjie* stand, das »Alte Gretchen«, und wiederholte zum letztenmal den Wortlaut des Bundes, auf den sich die *Voortrekker* geeinigt hatten:

> Allmächtiger Gott, in diesem finsteren Augenblick stehen wir vor Dir und versprechen, daß wir, wenn Du uns beschützt und den Feind in unsere Hände lieferst, danach für immer in Gehorsam nach Deinem göttlichen Gesetz leben werden. Wenn Du uns ermöglichst zu triumphieren, werden wir diesen Tag jedes Jahr als einen Tag des Dankes und der Erinnerung feiern, wir und unsere Nachkommen. Und wenn jemand darin eine Schwierigkeit sieht, laß ihn dieses Schlachtfeld verlassen.

Die *Voortrekker* murmelten im Dunkel ihr Amen. Sie waren nun eine Nation, gegründet von Gott, um Seine Ziele zu verfolgen. Jene, die in den wenigen Stunden bis Sonnenaufgang schlafen konnten, taten dies mit ruhigem Gewissen, denn sie wußten, daß Gott selbst sie zu diesem Fluß geführt hatte, um einer Übermacht die Stirn zu bieten, die gewöhnliche Menschen in Schrecken versetzt hätte.

Die Schlacht vom Blutfluß, wie sie verständlicherweise später genannt wurde, hat in der jüngsten Weltgeschichte keine Parallele. Zwölftausendfünfhundert erstklassig ausgebildete und tüchtige Zulukrieger stürmten zwei Stunden lang gegen einen geschickt verschanzten Feind an und versuchten ohne irgendwelche modernen Waffen eine Gruppe zäher, entschlossener Männer zu überwältigen, die mit Gewehren, Pistolen und Kanonen bewaffnet waren. Es war eine scheußliche Schlacht. Die Zulukrieger stampften mit den Füßen, brüllten und stürzten sich direkt auf die Wagenburg. Die Buren warteten ruhig, bis die Feinde auf zwei Meter Entfernung an die Wagen herangekommen waren, dann schossen sie sie in die Brust. Die ersten Angreifer fielen, aber andere traten an ihre Stelle und erwarteten, daß ihre Kuhhautschilde sie schützen würden. Auch sie stürzten sich geradewegs in die Mündungen der Gewehre und fielen.

Tausend Zulu starben auf diese Art, dann zweitausend, doch immer noch rückten sie heran. In der ersten Stunde beschlossen die Zulugeneräle, die annahmen, daß die Männer im Inneren des *laager* erschöpft waren, ihre besten zwei Regimenter gegen sie zu werfen, jene, die ganz weiße Schilde, weiße Armbinden und Knieschmuck tragen durften, und es war fürchterlich, wie diese hervorragenden Soldaten, alle gleichaltrig und gleich groß, unentwegt über die Leichen ihrer gefallenen Kameraden geradewegs auf das *laager* zumarschierten.

Drinnen sagte General Pretorius zu seinen Leuten: »Das könnte die Flut sein. Feuer halt!« Also warteten die Schützen, während die Kanoniere *Ou Grietjie* mit Schrott und Bleikugeln luden. Als sich die Eliteregimenter genau vor den Mündungen der Kanonen befanden, gab Pretorius das Zeichen. *Ou Grietjie* und ihre drei häßlichen Schwestern spien ihre tödliche Ladung

direkt in die Gesichter der Zulu, während die Gewehrschützen sie von den Flanken aus mit einem Kugelhagel überschütteten. Da halfen auch die weißen Schilde nichts mehr; aber die Krieger wankten und flohen nicht – sie kamen einfach heran und starben.
Nun traf Pretorius eine erstaunliche Entscheidung: »Aufsitzen! Wir werden sie vom Schlachtfeld vertreiben.« Darauf sprangen etwa hundert *Voortrekker* auf ihre Pferde, warteten, bis Schützen ihnen einen Ausgang öffneten, und galoppierten hinaus zu einem vernichtenden Ausfall, der die Zulu überraschte. Die *Voortrekker* preschten erst eine Seite entlang, dann die andere, wobei sie ständig feuerten und um sich schlugen. Schließlich stießen sie wie wilde Rächer tief ins Herz der feindlichen Streitmacht vor, machten kehrt und legten den gleichen Weg noch dreimal zurück.
Nachdem sie Hunderte von Feinden getötet hatten, galoppierten sie ins *laager* zurück; der einzige Reiter, der bei diesem erstaunlichen Ausfall eine Wunde erlitt, war General Pretorius, dem ein Assagai eine Schnittwunde an der Hand zufügte.
Nun wurde *Ou Grietjie* zu einer der Ecken geschleppt, von der aus sie geradewegs in die Schlucht feuern konnte, in die vierhundert Zulu geschlichen waren, in der Hoffnung, von dort hinter die Wagen zu gelangen. Sie wurde mit einer Mischung von Nägeln und Schrott geladen, direkt auf die Schlucht gerichtet, abgefeuert, wieder geladen und nochmals abgefeuert. Bevor die versteckten Zulu herausklettern konnten, traf sie eine dritte Salve, die die noch Lebenden tötete.
Noch immer griffen die erstaunlichen Zulu an; die Erde war mit zerfetzten Leichen bedeckt, doch sie marschierten weiter, warfen sich gegen die Wagen und versuchten vergeblich, nah genug heranzukommen, um ihre Stoßassagais zu benützen, und fielen nur zurück, wenn sie tot waren.
Nach zwei Stunden versuchten die schwarzen Generäle, ihre Regimenter aufzurütteln, indem sie alle Überlebenden mit weißen Schilden an einem Punkt versammelten und ihnen den einfachen Befehl erteilten: »Brecht durch und erschlagt die Zauberer!« Ohne Zögern ergriffen diese prächtigen Krieger ihre Schilde, liehen sich zusätzliche Assagais aus und begannen, genau zu der Stelle zu marschieren, von der *Ou Grietjie* entfernt worden war. Sie kamen im vollständigen Schmuck daher, sie kämpften ruhmvoll. Eine Reihe nach der anderen marschierte fast bis zu den Wagen und fiel den Gewehren der Buren zum Opfer. Doch die Männer, die darauf gedrillt waren zu gehorchen, rannten unermüdlich gegen die Wagenburg an, erreichten aber nichts. Wortlos gaben die Generäle das Zeichen zum Rückzug, und die arg mitgenommenen Regimenter gehorchten sofort. Im Zululand war eine neue Macht an ihre Stelle getreten, und sie würde für immer bleiben.
Vor Einbruch der Dämmerung kamen die *Voortrekker* aus ihrer Wagenburg, um sich das Schlachtfeld anzusehen, auf dem sie über dreitausend Tote zählten. Weitere siebenhundert starben anderswo an ihren Wunden und konnten nicht mitgezählt werden. Andere starben später.
Was soll man über eine Schlacht sagen, in der eine Seite über viertausend

Mann verlor, während auf der anderen nur eine zerschnittene Hand zu beklagen war? Im *laager* der *Voortrekker* war kein einziger Mann gefallen, und keiner war schwer verwundet worden. Sogar wenn man die Kratzer zählte, hatten in dieser unglaublichen Schlacht nur drei Mann etwas abbekommen. Viertausend zu Null, was für eine Art von Krieg ist das? Die Antwort sollte Jahre später von einem verstörten Geistlichen der holländisch-reformierten Kirche kommen: »Es war keine Schlacht. Es war eine Hinrichtung.«

Aber die Schlacht am Blutfluß, so schrecklich sie auch war, darf nicht für sich allein betrachtet werden. Sie war nur der Höhepunkt eines Feldzugs, zu dem die Massaker in Dingans Kral und am Blaauwkrantz gehörten. Nur wenn man diese ungerechtfertigten Morde sowie die vielen Toten auf den ungeschützten Farmen mitzählt, kann man diesen dauernden Machtkampf wirklich verstehen: Er begann mit überwältigenden Siegen der Zulu und endete mit einem Triumph der *Voortrekker*, der so einseitig war, daß er schon grotesk wirkte. Alles in allem war es jedoch ein brutaler Krieg gewesen, der beiden Seiten schwere Opfer abverlangt hatte.

Der wahre Sieger am Blutfluß war nicht das Kommando der *Voortrekker*, sondern der Geist des Bundes, der diesen Triumph gesichert hatte. So erklärte Tjaart, der nach der Schlacht die gemeinsamen Gebete leitete: »Allmächtiger Gott, nur Du hast uns befähigt zu siegen. Wir waren Dir ergeben, und Du hast auf unserer Seite gekämpft. Gehorsam dem Bund, den Du uns anbotest und den Du eingehalten hast, werden wir von nun an als Dein Volk in dem Land bleiben, das Du uns geschenkt hast.«

Die *Voortrekker* erkannten allerdings im Augenblick ihres Sieges nicht, daß sie Gott den Bund angeboten hatten und nicht er ihnen. Jeder Gruppe von Menschen irgendwo in der Welt stand es frei, zu Bedingungen, die ihnen zusagten, einen Bund vorzuschlagen; das verpflichtete jedoch Gott nicht, diesen Bund anzunehmen, insbesondere dann nicht, wenn ihre einseitigen Bedingungen seinen grundlegenden Geboten widersprachen zum Nachteil einer anderen Rasse, die er ebenso liebte. Dessen ungeachtet hatten sie, dem Bund gehorsam, wie sie ihn verstanden, einen bemerkenswerten Sieg errungen, der ihren Glauben bekräftigte, daß Er ihren Antrag angenommen und persönlich zu ihren Gunsten eingegriffen hatte. Gleichgültig, was hinfort geschah, Männer wie Tjaart van Doorn waren davon überzeugt, daß alles, was sie taten, im Einklang mit Seinen Wünschen geschah. Die Burennation war eine Theokratie geworden und würde es bleiben.

General Pretorius wußte, daß er König Dingan keine Möglichkeit geben durfte, seine Regimenter neu zu formieren; ihm war klar, daß die Zulu rasch lernten und daß sie ihm bei der nächsten großen Schlacht mit ihrer Taktik Schwierigkeiten bereiten würden. Deshalb durchsuchte er das Land nach dem verschlagenen Herrscher, der die Morde begangen hatte, erwischte ihn jedoch nicht. Bevor Dingan floh, steckte er seinen berühmten Kral in Brand und zerstörte die seit der Regierung Chakas dort angesam-

melten Schätze. Unter den von den Buren im Kral gefundenen Gegenständen befanden sich zwei Kanonen, ein Geschenk von jemandem, der einen Vertrag angestrebt hatte. Man hatte sie unbenützt verrosten lassen. Wären sie am Blutfluß eingesetzt worden, so hätten sie vielleicht *Ou Grietjie* und ihre drei Schwestern aufgewogen.
Dingan floh weit nach Norden, wo er einen neuen Kral baute und voller Angst darauf wartete, daß die Buren kommen würden, um Vergeltung zu üben. Ein jüngerer Bruder, Mpande, benützte die Gelegenheit, sich mit den Buren zu verbünden, und schlug eine gemeinsame Expedition gegen die zerschlagenen Regimenter Dingans vor. Doch bevor dieser Feldzug begonnen werden konnte, schickte der König seinen ersten Ratgeber, Dambuza, und einen Untergebenen zu den *Voortrekkern* und bot ihnen zweihundert seiner besten Rinder an.
»Dingan wünscht Frieden«, bat Dambuza. »Die Gebiete, die Retief haben wollte, gehören euch.«
Mpande war bei diesem Treffen anwesend, und da er immer eine Gelegenheit suchte, um sein Ansehen bei den Weißen zu vergrößern, schrie er Dambuza an: »Du lügst! Es wird keinen Frieden geben, solange Dingan lebt. Wer bist du, daß du zu sprechen wagst, Dambuza? Standest du nicht an seiner Seite, als er Retief und dessen Männer tötete? Hast du nicht geschrien, ›Sie sind Zauberer‹?«
Mpandes Anklage war so heftig, daß Pretorius befahl, die Abgesandten nackt auszuziehen und in Ketten zu legen. Kurz darauf standen beide vor einem Kriegsgericht, bei dem Mpande als Hauptzeuge auftrat. Auf seine Aussage hin wurden die beiden Abgesandten zum Tode verurteilt, obwohl sie gewissermaßen Diplomaten zu Besuch in einem Gastland waren.
Dambuza bat nicht um Gnade, setzte sich jedoch für seinen Untergebenen ein. »Verschont ihn. Er ist ein junger Mann, den keine Schuld trifft.«
Es gab keine Gnade. Tjaart van Doorn, der bei der ganzen Verhandlung anwesend war, sah, wie Balthazar Bronk, der begierig war, am Erschießungskommando teilzunehmen, sein Gewehr lud. Die Schwarzen wurden ins Freie geschleppt, und Bronks Schützen nahmen Aufstellung.
»Wartet!« rief Pretorius. Er ging mit schnellen Schritten zu den Abgesandten und sagte: »Dambuza, du mußt Gott um Vergebung bitten. Sage Ihm, daß es dir leid tut, und Er wird dich erhören.«
Der hochgewachsene, kräftige Schwarze erklärte langsam: »Ich kenne euren Gott nicht, Bure. König Dingan ist mein Herr. Ich tat, was er befahl. Aber ich bitte für meinen Adjutanten. Laßt ihn frei.«
»Erschießt sie!« schrie Pretorius und verließ den Schauplatz der Hinrichtung.
Bronk und seine Männer nahmen Aufstellung. Ihre Schüsse krachten, und die beiden Schwarzen stürzten zu Boden. Dann geschah das Wunder. Ratgeber Dambuza war nur leicht verwundet, er erhob sich wieder.
»Er wurde verschont«, rief jemand. »Gott hat ihn seines Mutes wegen gerettet.«

»Neu laden!« schrie Bronk.
Tjaart van Doorn sprach kein Wort, als Dambuza ein zweitesmal vor dem Erschießungskommando stand, aber er dachte an einen schrecklichen Tag vor langer Zeit und einen Ort namens *Slagter's Nek* und sah im Geist einen hageren Missionar, den Bruder seines Freundes in Grahamstown, der um Gnade für Männer bat, die Gott verschont hatte, als die Stricke um ihren Hals rissen.
»Feuer!« schrie Bronk, und diesmal zielten die Schützen sicher.
Wenige Monate später war Dingan selbst tot, ermordet, vielleicht auf Anstiftung seines Bruders Mpande, der mit Hilfe der mit ihm verbündeten Buren den Thron bestieg. Es war Dingans Schicksal gewesen, seinem Halbbruder Chaka das Königtum zu einer Zeit zu entreißen, in der die Konfrontation mit einer neuen, starken Macht unausbleiblich war, und er hatte nie auch nur eine Ahnung davon gehabt, was diese Situation erforderte. Er war ein böser, erbärmlicher Mensch, ein mächtiger, schlauer, hinterlistiger Ränkeschmied, und das Beste, was man über ihn sagen kann, ist, daß seine Fehler das Zuluvolk nicht vernichtet haben. Aus der Asche von Dingans Kral entstand eine mächtige Nation, die innerhalb weniger Jahrzehnte stark genug wurde, das britische Weltreich herauszufordern, und ein Jahrhundert später mit der Burennation um die Herrschaft über Südafrika wetteiferte.

Als der Sieg vollständig war, prüfte Tjaart die Lage sorgfältig. Er wünschte sich verzweifelt, daß Lukas de Groot noch am Leben wäre, damit er seine Beurteilung der Lage mit der Ansicht dreier kluger Farmer vergleichen könnte, denn er brauchte Hilfe. Auch Jakoba fehlte ihm, deren unnachgiebiger Rat immer so vernünftig gewesen war. Es hatte gutgetan, mit ihr sprechen zu können, während ihre Nachfolgerin Aletta ein ganz hoffnungsloser Fall war. Was immer Tjaart tun wollte, sie war damit einverstanden; ihre Hauptsorge war, genügend Stoff und Steifleinen zu finden, um ein genügend großes Sonnenhäubchen anzufertigen, mit dem sie ihr Gesicht vor den Sonnenstrahlen schützen konnte; sie wollte es so hellhäutig wie möglich erhalten.
Einmal sagte Tjaart verzweifelt: »Aletta, ich glaube, wir sollten über die Berge in das Land zurückkehren, das wir bereits kennen. Mir gefällt es hier nicht. Früher oder später werden uns die Engländer angreifen...«
»Das ist eine gute Idee«, stimmte Aletta zu, aber als er die ersten Schritte unternahm, um den Plan zu verwirklichen, klagte sie: »Ich möchte unseren Wagen nicht noch einmal über die Kliffe nach oben tragen.« Er erinnerte sie nicht daran, daß sie reichlich wenig nach unten getragen hatte, wurde aber durch ihre Unschlüssigkeit verwirrt und fragte eines Tages: »Aletta, wo würdest du gern den Rest deines Lebens verbringen?«
Die Direktheit dieser Frage erschreckte sie, denn sie hatte noch nicht das Alter erreicht, in dem die Phrase »der Rest deines Lebens« eine Bedeutung hatte; es wurde ihr plötzlich klar, daß sie mit einem über fünfzig Jahre alten Mann verheiratet war und daß ihm nur eine begrenzte Anzahl von Jahren

übrigblieb. Wo aber würde sie gern leben? »Kapstadt«, sagte sie aufrichtig, worauf die Diskussion zu Ende war.
Er war so ziemlich entschlossen, bei General Pretorius, den er sehr bewunderte, in Natal zu bleiben, als sich zwei banale Dinge ereigneten: Ein englischer Kaufmann kam von Port Natal mit der Nachricht herauf, daß bald eine englische Streitmacht eintreffen würde, um den Befehl über den Hafen zu übernehmen; und der kleine Paulus, der nun ein großer, kräftiger Siebenjähriger war, erwähnte beiläufig: »Ich würde gern auf Löwenjagd gehen.« Die Vision des ungebundenen Lebens auf dem Veld begann Tjaart wieder zu verfolgen. Ihm gefiel Natal, besonders die schönen Felder am Tugela. Dennoch erschien ihm, wie vielen *Voortrekkern*, die einmal die offene Weite Transvaals gesehen hatten, jedes andere Land kümmerlich. Auch er sehnte sich danach, Löwen und Nashörner und vielleicht Rappenantilopen zu sehen. Er hatte Heimweh nach der Einsamkeit, und die Anwesenheit so vieler Buren, die Dörfer und Städte errichteten, bedrückte ihn.
Dennoch wäre er in Natal geblieben, weil Aletta offensichtlich das sich dort entwickelnde Leben bevorzugte, wenn nicht eine lächerliche Situation eingetreten wäre: Eines Morgens erwachte er durch Hufgetrappel vor seinem Zelt, und vor ihm stand Balthazar Bronk, der Mann, den er verachtete. »Van Doorn«, sagte er, sobald sich Tjaart den Schlaf aus den Augen gerieben hatte, »was die Leute sagen, stimmt. ›Wohin ein Schiff segeln kann, wird ein Engländer kommen.‹ Ich glaube, wir sollten von hier verschwinden.«
»Wohin?«
»Zurück auf das Plateau.« Aus dem Zelt rief der junge Paulus: »Hurra! Wir gehen zurück und jagen Löwen!«
Je länger Balthazar sprach, desto plausibler klang es, und als Aletta aufstand, hatten die beiden Männer einander überzeugt, daß sie sich rasch auf den Weg zu den Bergen machen müßten, denn Natal war nichts für sie. Als aber Aletta von dieser Entscheidung hörte, begann sie zu schmollen und sagte, sie habe nicht die Absicht, den Wagen wieder auf die Hügel hinaufzutragen.
»Ist nicht notwendig«, versicherte ihr Bronk. »Es gibt jetzt einen guten Weg. General Pretorius überquerte die Berge in drei Tagen.«
»Warum haben wir ihn nicht benutzt?«
»Er war damals nicht bekannt.«
Drei Tage lang schien es, als würde Aletta Tjaart vielleicht verlassen, denn sie war nicht rechtmäßig mit ihm verheiratet, und es gab andere Männer in den neuen Siedlungen, die Frauen brauchten. Sie wollte bei den anderen Frauen bleiben und nicht wieder auf das hohe Veld hinaufsteigen, wo ihr Leben einsam und kurz sein würde. Aber dann erschien ein amerikanischer Missionar, ein unbeholfener junger Baptist aus Indiana, und es wurde deutlich, wie sehr sich die *Voortrekker* nach einem Prediger sehnten. Tjaart trat einem Fünferkomitee bei, das den jungen Mann befragte, um herauszufinden, ob er bereit wäre, sein Holländisch zu vervollkommnen und der holländisch-reformierten Kirche beizutreten.
»Ich bin nicht allzu sprachbegabt«, sagte er auf englisch.

»Haben Sie das Seminar besucht?« fragte Tjaart auf holländisch.
»Ja.«
»Und wurden Sie zugelassen?«
»Ja.«
»Dann können Sie Holländisch lernen.«
»Aber Sie sollten einen holländischen Geistlichen haben.«
»Das stimmt«, gab Tjaart zu, »aber die holländischen Geistlichen ächten uns.« Er zeigte dem jungen Mann das neueste Exemplar der Kapstädter Zeitung *The South African Commercial Adviser*, in dem die Beschuldigung der Kirche wiederholt wurde, daß die *Voortrekker* Flüchtlinge seien, die in Ungehorsam gegenüber der organisierten Gesellschaft handelten, daß sie zweifellos seelisch verderbt seien und von allen ehrbaren Menschen gemieden werden sollten.
»Natürlich wäre es besser, wenn wir holländische Prediger hätten«, faßte Tjaart zusammen, »aber wir wollen wissen, ob Sie unsere Glaubensgrundsätze annehmen können?«
»Also, mir scheint«, sagte der junge Mann strahlend, »daß die holländisch-reformierte Kirche so ziemlich dasselbe ist wie die Lutheraner in Amerika.«
»Keineswegs!« brüllte Tjaart. »Das ist Martin Luther. Wir aber folgen Johannes Calvin.«
»Ist das nicht das gleiche?«
»Du lieber Gott!« brummte Tjaart und beteiligte sich nicht weiter an der Diskussion. Als aber die übrigen vier mit ihren Fragen zu Ende waren, wußten sie, daß ein wahrer Mann Gottes vor ihnen stand, der aus weiter Ferne an die Grenze berufen worden war und jeder Gemeinde zur Zierde gereichen würde. Ohne sich mit Tjaart zu beraten, machten sie ihm ein konkretes Angebot, das er schließlich annahm.
Dennoch war es Tjaart, der ihm die ersten beiden Aufträge erteilte: »Würden Sie eine Trauung vollziehen?«
»Ich wäre stolz, das zu tun, Mr. van Doorn.«
»Ich war nie ein Mister«, knurrte Tjaart, worauf der junge Geistliche sagte: »Aber Sie sind ein Mann, der für seine Berufung lebt, und das gefällt mir.«
Die beiden Männer gingen zu Tjaarts Wagen und riefen Aletta. Als sie hörte, daß dieser Fremde ein Geistlicher war, erbleichte sie, denn sie war in den letzten Nächten insgeheim mit einem jungen Mann zusammengetroffen, dessen Liebesspiele ihr gefielen, und hatte beabsichtigt, Tjaart von ihrer neuen Wahl zu unterrichten. Er ahnte sogleich, was sich abspielte, denn auch er hatte sich mit ihr getroffen, während sie noch mit einem anderen verheiratet war, und kannte ihre Verantwortungslosigkeit. Aber er wußte auch, daß es unmöglich war, ohne Frau nach dem Norden zu ziehen, und er war noch immer von ihrer Schönheit bezaubert. Also faßte er sie am Handgelenk und schob sie vor den neuen Prediger.
»Trauen Sie uns«, sagte er, und im Sonnenschein von Natal vollzog der neue Geistliche seine erste Amtshandlung, obwohl er sehr wohl wußte, daß ihr ein Makel anhaftete und daß es keine gute Verbindung war.

Die zweite Zeremonie war merkwürdig. Tjaart fragte den Missionar mit Zustimmung seiner Nachbarn: »Sir, können Sie uns die Ehre erweisen, einen Toten zum Priester zu weihen?«
»So etwas ist noch nie dagewesen.« Als aber van Doorn die Gruppe zu einem schmalen Grab führte, das durch einige Steine bezeichnet war, und dem neuen Prediger erklärte, wer Theunis Nel gewesen und wie er gestorben war und warum er immer ein geweihter Geistlicher werden wollte, erklärte der junge Mann spontan: »Er hat seine Weihe vor Gott verdient. Es würde mir schlecht anstehen, sie ihm vorzuenthalten.«
Und so betete er am Grab für die Seele von... »Wie war noch sein Name?«
»Theunis Nel«, flüsterte Tjaart. »Für die Seele deines Dieners Theunis Nel. Ich wurde Geistlicher durch mein Studium im Seminar in Pennsylvanien. Theunis wurde Geistlicher, indem er sein Leben für andere opferte.«
»Können Sie holländisch beten?« fragte Tjaart.
»Ich bin dabei, es zu lernen.«
»Dann sagen Sie ein paar Worte. Theunis sprach Holländisch.«
Mit stockender Stimme bat der junge Prediger um das Gebet aller für diesen Mann, der Gott so treu gedient hatte. Danach sagte Tjaart herausfordernd: »Jetzt ist er ein Geistlicher«, aber Balthazar Bronk, der diesen Unsinn aus einiger Entfernung verfolgte, flüsterte seinen Freunden zu: »Er war Tjaarts Schwiegersohn. Das erklärt alles.«
Doch als Tjaart und seine rechtmäßig angetraute Frau ihre Ochsen einspannten und den neugebauten Wagen für die Reise nach Westen fertig machten, befanden sich Bronk sowie sechs andere Familien bei ihnen. Da die Engländer ihnen wieder einmal im Nacken saßen, wußten sie, daß sie das Gelobte Land, das sie suchten, erst finden mußten.

Am 26. März 1841 erreichten sie die Ausläufer der Drakensberge, wo sie drei Wochen rasteten, ehe sie sich an den Aufstieg wagten. Bronks Behauptung, daß man einen neuen Paß über die Höhen gefunden hatte, erwies sich als richtig. Dennoch brauchten die Wagen einen Monat, um langsam den Weg zum Thaba Nchu zurückzulegen, wo sich Hunderte von *Voortrekkern* versammelt hatten. Dort blieben sie während der kalten Monate Juni und Juli, kauften Waren und hörten sich Berichte über das Land jenseits des Vaal an.
Zwei Familien trennten sich von ihnen, aber vier neue schlossen sich ihnen an, und sie brachen mit einer Gruppe von zehn Wagen auf. Weite Gebiete, die durch die ersten Raubzüge Mzilikazis entvölkert worden waren, hatten langsam begonnen, sich zu erholen. Dennoch trafen sie fortwährend auf völlig zerstörte Dörfer. Keine Hütte stand mehr, kein Tier lebte, überall lagen gebleichte Knochen. Tjaart bemerkte: »Es ist, als hätte eine biblische Plage das Land und seine Menschen heimgesucht.«
Eines Morgens, als die Wagen mit Tjaart und Paulus an der Spitze über das leere Veld zogen, brach Aletta in Gelächter aus, und als man sie fragte, warum, wies sie auf die beiden Gestalten und sagte: »Sie sehen aus wie zwei

abgeflachte Hügel, die sich durch die Gegend bewegen«, und die anderen mußten bei näherer Betrachtung zugeben, daß sie recht hatte: Die beiden trugen schwere Schuhe, grobe, ausgefranste Hosen, dicke Jacken und flache Hüte mit riesigen Krempen. Tjaart wirkte schwerfällig und gewichtig, Paulus wie ein echtes Kind des Velds. Ja, sie waren wandelnde Felsen, auf denen eine neue Gesellschaft ruhen sollte.

Im Oktober erreichten sie die Ufer des Pienaar im Norden, wo Paulus ein großes Flußpferd erlegte, das ihnen während ihres zweiwöchigen Aufenthalts an diesem Ort Fleisch lieferte. Sie befanden sich nun seit drei Monaten in einem Gebiet, das noch nicht kartographisch erfaßt war, und hatten keine Ahnung, wo sie sich niederlassen sollten, aber keiner beklagte sich. Es ging ihnen auch viel besser als während der Tage von Mzilikazis Terror oder der späteren in Natal, als Blutbäder an der Tagesordnung waren. Hier war es einsam und friedlich, man starb eines raschen Todes, wenn man von einer Krankheit befallen wurde. Sie hatten genügend Nahrung, schliefen nachts ruhig und erfreuten sich an der Schönheit des Velds.

Am 17. November 1841 faßte Tjaart einen bedeutsamen Entschluß: »Wir ziehen nach Norden zum Limpopo. Ich habe immer gehört, es wäre der beste Teil von Afrika.« Eine solche Reise würde sechs bis acht Monate dauern. Sie konnten aber nichts anderes tun, und so zogen die zehn Wagen langsam nordwärts in das Land der Baobab-Bäume und der riesigen Antilopenherden. Am Südufer des Flusses schoß Paulus de Groot seinen Löwen. Natürlich standen Tjaart und Balthazar hinter ihm und schossen im selben Augenblick, um zu vermeiden, daß ein angeschossenes Tier im Gebiet Verheerungen anrichtete, das sagten sie Paulus aber nicht, und alle stimmten überein, daß er das Tier erlegt hatte.

Diese *Voortrekker* verbrachten die Monate Januar bis September 1842 damit, das Gebiet nördlich des Limpopo zu erforschen. Sie unternahmen Streifzüge, um sich zu vergewissern, ob in dem Land, das so friedlich aussah, feindliche Stämme lebten, und nach der vierten Expedition sagte Tjaart: »Die Kaffern, die wir getroffen haben, sprechen alle von einer großen Stadt im Norden: Zimbabwe. Ich glaube, wir sollten sie uns ansehen.« Die anderen Familien waren dagegen, ebenso Aletta. Sie erklärten: »Dort oben sitzt Mzilikazi und lauert.« Aber zu Tjaarts Überraschung wurde er von Balthazar Bronk unterstützt, der Gerüchte gehört hatte, daß Zimbabwe mit Gold gepflastert sei: »Ich habe die Kaffern gefragt. Sie sagten, Mzilikazi sei weit nach Westen gezogen.« Also machten sich Tjaart, Balthazar, Paulus und zwei Schwarze mit sechs Pferden auf den Weg nach Zimbabwe, und während sie durch niedriges Buschwerk ritten, wo es eine Menge Wolfsmilch gab, die aussah wie Christbäume mit tausend aufrecht stehenden Kerzen, bekamen sie etwas von der Großartigkeit dieser Region mit. Dieses Land war ganz anders als die Gegend südlich des Limpopo, aber sie bemerkten auch, daß ihre Pferde schwächer wurden, als ob sie von einer neuen Krankheit befallen wären, und sie beeilten sich, um bald Zimbabwe mit seinen goldenen Straßen zu erreichen.

Endlich konnten sie am fernen Horizont die mächtigen Granithügel mit den abgeschieferten Schichten glatten Steins erkennen und nahmen an, daß sie sich in der Nähe der Stadt befanden. Aber als ihre Pferde versagten, fühlten sie, daß sie umkehren müßten, und es wurde eine ernste Beratung abgehalten, bei der Balthazar sich für die Rückkehr aussprach, während Tjaart noch ein kleines Stück weiterreiten wollte. Auch Paulus wollte es versuchen, und seine Stimme gab den Ausschlag. Bronk sollte mit den kranken Pferden zurückbleiben, während die beiden anderen drei Tage lang weitergingen: »Wenn ihr bis dahin nichts seht, müßt ihr zurückkommen.«
»Einverstanden.«
Also gingen Tjaart, Paulus und die beiden Diener die letzten Meilen zu Fuß und erblickten von einem Hügel aus Zimbabwe. Es war jedoch keine blühende, mit Gold gepflasterte Stadt. Sie fanden nur die Überreste einer beachtlichen Niederlassung, die von Bäumen und Kletterpflanzen überwuchert war und von einem Stamm bewohnt wurde, der von dem einstigen Glanz nichts wußte. Auf den Ruinen, in denen große Könige gekniet hatten, und entlang der überwucherten Straßen, auf denen arabische Händler mit Säcken voll Gold geschritten waren, spielten Paviane. Warzenschweine watschelten grunzend umher und suchten zwischen den umgestürzten Steinen nach Wurzeln.
Es war ein düsterer, trauriger Ort, und Tjaart sagte: »Armer Balthazar. Hier gibt es kein Gold.«
Als sie zu Bronk zurückkamen, erzählte er ihnen, daß zwei Pferde verendet waren. »Ich glaube, es ist eine Fliege, die sie sticht.«
»Uns sticht sie nicht«, sagte Tjaart.
»Der Ausflug hat nichts bewiesen«, klagte Balthazar.
»Er hat bewiesen, daß wir hier oben nicht leben wollen. Und für dich gibt es auch kein Gold.«
Also kehrten sie nach Süden zurück, wobei drei *Voortrekker* vier kranke Pferde führten. Als sie den Limpopo erreichten, waren weitere zwei gestorben. Irgend etwas in der Umgebung des Flusses war für Pferde schädlich, und als sie zu ihren Familien kamen, stellten sie fest, daß auch die Ochsen dahinsiechten.
»Wir müssen weg von hier«, entschied Tjaart, und am 20. September 1842 brachen sie langsam nach Süden auf, bedrückt von einem Gefühl der Niederlage, das sich für Tjaart noch verschlimmerte, als Aletta begann, deutliche Abneigung gegen ihre Enkelin Sybilla zu zeigen. Denn das siebenjährige kleine Mädchen war so überaus schön, so zart und reizvoll, daß Aletta durch sie ständig daran erinnert wurde, daß sie älter wurde. Sie war jetzt fünfundzwanzig, und das verhaßte Leben an der Grenze hatte ihrer Schönheit und auch ihrer Figur geschadet, so daß sie sich gelegentlich selbst für häßlich hielt. »Werden wir uns denn nie in einer Stadt niederlassen, Tjaart? Ich möchte unter Menschen leben.« Als er dies ablehnte, ließ sie ihren Unmut an der kleinen Sybilla aus, die sie auch immer wieder reizte. Denn wenn Aletta sie wegen eines vermeintlichen Fehlers schalt, blickte sie

ihre Großmutter kaum an, hörte gehorsam zu und ging dann zu Paulus, der sie nach solchen Angriffen tröstete.
Es ärgerte Aletta, die beiden Kinder beisammen zu sehen, denn sie lebten offenbar in ihrer eigenen Welt, aus der sie für immer ausgeschlossen bleiben würde. Sybillas Gewohnheit, die Hand des Jungen zu halten, wie sie es in jener entsetzlichen Nacht getan hatte, ärgerte sie, und wann immer sie es sah, schrie sie: »Sybilla, komm herein. Mädchen spielen nicht so mit Jungen.« Das kleine Mädchen starrte sie nur an.
Auf dem Marsch nach Süden hielten Tjaart und seine Gruppe sich ziemlich östlich, und Mitte November 1842 hatten sie ein geschütztes Tal erreicht, das einige hundert Meilen südlich des Limpopo lag. Dort lagerten sie drei Monate lang und sammelten Elfenbein von den Elefantenherden, die die Wälder im Osten durchstreiften, die sich bis zum fernen Meer hinunterzogen. Sie waren damit zufrieden, diesen reichen Gebieten fernzubleiben: »Buren sind dazu bestimmt, mit den Gazellen im Hochlandveld zu leben.«
Am 10. Februar 1843, mitten in einem vielversprechenden Sommer, nahmen die zehn mit Elfenbein beladenen Wagen ihren Zug nach Süden wieder auf, und nach vier gemächlichen Reisewochen rief Paulus eines Morgens: »Seht, da kommen sie!«
Aufgeschreckt, noch im Halbschlaf, wußten sie nicht, was er meinte. Sie hatten sich so lange fern von feindlichen Stämmen aufgehalten, daß sie nicht auf die Bildung einer Wagenburg vorbereitet waren. Das war auch nicht nötig, denn aus dem Veld im Westen kam eine Gruppe der schönsten Rappenantilopen, die sie je gesehen hatten. Sie waren größer und schlanker als jene, die *De Kraal* durchquert hatten, und ihr Fell hatte einen wärmeren Farbton. Ihre weißen Bäuche glänzten in der Morgensonne, ebenso die charakteristischen Blessen an ihren Köpfen. Aber besonders auffallend waren ihre Hörner: Sie waren einen bis eineinviertel Meter lang, elegant nach hinten gekrümmt und sahen furchteinflößend aus.
»Seht sie an!« sagte Tjaart, der ebenso entzückt war wie der Junge. Sogar Aletta zeigte Interesse für die herrlichen Tiere, die sich mit eleganten, ruhigen Bewegungen von den Wagen entfernten.
»Wohin laufen sie?« fragte Bronk, und Tjaart antwortete: »Ich glaube, sie weisen uns den Weg nach Hause.« Und er lenkte die Wagen nach Osten, versuchte jedoch nicht, den Antilopen zu folgen, die jeden Augenblick davongaloppieren konnten. Aus irgendeinem Grund wurden die Tiere durch die Wagen nicht erschreckt, und so wanderten die beiden Gruppen einen Teil des Vormittags zusammen, die Antilopen, deren Hörner im Sonnenschein glänzten, majestätisch voran, die Männer und Frauen hinterdrein.
Und dann erblickten die *Voortrekker* zum erstenmal *Vrijmeer*, diesen wundervollen See, der still und friedlich dalag, umgeben von einem Kranz schützender Hügel, aus dem die beiden Signalhügel herausragten. Nach sieben vollen Jahren des Treckens waren sie an ihrem neuen Zuhause angelangt, an jenem See, der in der sich entwickelnden neuen Sprache von nun an *Vrymeer* genannt werden sollte.

Sie waren nicht allein, denn als sie sich dem See näherten, sahen sie am Ostende die Ansammlung von Hütten und Schuppen, die von Nxumalo und seiner komplizierten Familie bewohnt wurden.
»Feind!« schrie Bronk und griff nach seinem Gewehr.
»Warte!« riet Tjaart. Dann ging er vorsichtig weiter, das Gewehr im Anschlag, aber auch bereit, Freundschaft anzunehmen, wenn sie ihm angeboten wurde.
Nxumalo sah die Weißen herankommen, nahm seinen Stoßassagai zur Hand und ging, fast nackt, den Ankömmlingen entgegen.
Langsam und vorsichtig näherten sich die beiden Männer einander, denn sie waren des Tötens überdrüssig. Tjaart hatte genug von den Strömen von Blut und vom Kummer, Nxumalo war froh, den Exzessen König Chakas und der bösartigen Gewalttätigkeit Mzilikazis entflohen zu sein. Tjaart war jetzt vierundfünfzig, Nxumalo ein Jahr älter, und beide suchten Ruhe an diesem See.
Nach Kriegen und Leid hatte sie das Schicksal an denselben Ort geführt, und es wäre Irrsinn gewesen, wenn sie ihn sich streitig gemacht hätten.
Tjaart reichte sein Gewehr nach hinten zu Paulus und streckte die Hände aus, um zu zeigen, daß er keine Waffen trug, und bei dieser freundlichen Geste übergab der nun weißhaarige Nxumalo den Assagai seinem Sohn. Paulus und der schwarze Junge warteten, während die beiden Männer vorsichtig weitergingen, eine Armlänge voneinander entfernt anhielten und einander anstarrten. Schließlich wies Nxumalo, auf dessen Land dieses Treffen stattfand, auf den See und sagte, es sei ein sicherer, ruhiger Ort. Tjaart hatte nur geringe Kenntnis der Zulusprache und sagte stockend, daß er all die Jahre seines Lebens das Bild dieses Sees im Herzen getragen habe, daß sein Großvater ihn entdeckt und Erinnerungen daran an ihn weitergegeben habe. Auf die Rundhütten zeigend, meinte er, daß seine Leute die ihren auch an dieser Stelle bauen würden, und das verstand Nxumalo.
»Es gibt Platz genug«, sagte er. In der Zeit, bevor König Chaka wild geworden war, hatte er gesehen, wie viele Stämme nebeneinander gelebt hatten, und das konnte wieder geschehen.
Doch Tjaart, in dessen zehn Wagen ungefähr die gleiche Zahl Menschen anreiste, wie in Nxumalos Siedlung lebten, hielt es für notwendig zu zeigen, daß die Weißen in gewissen Dingen überlegen waren und daß es klug wäre, wenn die Schwarzen das respektierten. Er wandte sich an Paulus und sagte zu dem Jungen: »Schieß uns einen Vogel. Oder eine Antilope.«
In diesem Augenblick begannen die Antilopen weiterzuwandern und kamen so in Schußweite des Knaben, der sorgfältig zielte, feuerte und das letzte Tier der Reihe erlegte. Nxumalo war pflichtgemäß von zwei Dingen beeindruckt: daß der Weiße auf so große Entfernung genau traf und daß er ein so herrliches Tier wie eine Rappenantilope töten wollte.

Als die Hartebeesthütten fertig waren und genauso aussahen wie die einfachen Schuppen, die Hendrik van Doorn hundertneunundvierzig Jahre vor-

her bewohnt hatte, ereignete sich etwas, das Balthazar Bronk zum allgemeinen Vorteil der weißen Gemeinde verwenden konnte.
Die Beziehungen zu der Sippe Nxumalos hatten sich günstig entwickelt, und es zeigte sich ganz deutlich, daß Weiße und Schwarze in Eintracht am Vrymeer leben konnten. Es gab keine Streitigkeiten hinsichtlich der Bodenverteilung, der Jagdrechte oder aus sonstigen Gründen. Nxumalo bemühte sich, nachdem er ein wenig Holländisch erlernt hatte, klarzumachen, daß seine Zulu keineswegs Untergebene der Weißen werden und auch unter keinen Umständen für sie arbeiten würden wie ihre farbigen Diener: Auch sie waren frei und stolz darauf. Als aber die Schwarzen während des Baus der Hütten freiwillig viel Arbeit leisteten und den Neuankömmlingen zeigten, wie sie das Terrain am besten entwässern konnten, sagte Tjaart zuversichtlich: »Sie werden bald für uns arbeiten.« Es war eine erfreuliche, nutzbringende Beziehung, wobei die *Voortrekker* gelegentlich Antilopen für Nxumalos Kochtöpfe lieferten und manche Frauen der Sippe freiwillig weiße Babys betreuten, während deren Mütter andere Aufgaben erfüllten.
Die Situation gefiel Bronk und seiner Gruppe jedoch nicht sonderlich. Sie wollten die Schwarzen zu Sklaven machen, wie es die Bibel befahl, und sprachen sogar davon, Nxumalos Sippe völlig zu beseitigen, gemäß den Richtlinien Josuas, die Balthazar geschickt zitierte:

> ...und schlugen alle Seelen, die drinnen waren, mit der Schärfe des Schwerts und verbannten sie; und er ließ nichts übrig, das Odem hatte, und verbrannte Hazor mit Feuer... Und allen Raub dieser Städte und das Vieh teilten die Kinder Israel unter sich.

Zur Überraschung aller widersetzte sich Tjaart dieser drakonischen Lösung, worauf Bronk mit dem Vorschlag konterte, daß die Schwarzen zu Dienern gemacht werden sollten, wie es die Bibel an so vielen Stellen befahl. Aber auch das lehnte Tjaart ab und sagte: »Wir haben so lange einen Ort gesucht, an dem wir in Frieden leben können. Laßt uns das hier tun.« Und da er der anerkannte Führer der Gruppe war, wurde sein Rat angenommen.
Doch dann ereignete sich der Glücksfall, und das ganze Problem wurde sauber gelöst. Eines Nachts brachen Viehdiebe in van Doorns Kral ein und stahlen etwa zwanzig Ochsen, von denen die Hälfte Balthazar gehörte; dieser drohte, die schwarze Siedlung zu vernichten. Als aber Tjaart und Paulus die Angelegenheit untersuchten, stellten sie fest, daß keiner von Nxumalos Leuten das Vieh angerührt hatte. »Es ist das Dorf jenseits des Hügels. Sie stehlen auch unser Vieh.«
Somit wurde ein Strafkommando zusammengestellt, das unter der Führung von Balthazar Bronk einen weiten Streifzug unternahm und der Spur des gestohlenen Viehs folgte. Die Männer kamen schließlich zu einem kleinen Dorf, das etwa vierzig Einwohner zählte. In den Krals standen van Doorns Rinder, und so stürmten die Reiter mit lautem Geschrei ins Zentrum des Dorfes und metzelten alle nieder.

»Nicht die Kinder!« rief Bronk. »Schont die Kinder!«
Seinem Befehl gehorchend, wurden elf schwarze Kinder gerettet. Man trieb sie zum Lager der Weißen, wo sie unter die Familien verteilt wurden, um für den Rest ihres Lebens zu arbeiten. Sie waren keine Sklaven im herkömmlichen Sinn, denn das Gesetz untersagte jegliche Sklaverei, und die Verfassung jeder durch die *Voortrekker* gegründeten neuen Republik verbot sie. Aber die Bibel gestattete es den Israeliten ausdrücklich, Kinder von den Kanaanitern zu nehmen und sie als Diener aufzuziehen:

> Außerdem sollt ihr von den Kindern der Fremdlinge, die unter euch wohnen, kaufen und von ihren Familien, die bei euch sind, die sie in eurem Land geboren haben, und sie sollen euer Besitz sein. Ihr sollt sie als Erbe für eure Kinder nehmen, die nach euch kommen, daß sie sie als Besitz erben; sie sollen für immer eure Fronpflichtigen sein.

Die *Voortrekker* brachten dieses biblische Gebot geschickt mit dem neuen englischen Gesetz in Einklang: Bei ihnen gab es offiziell keine Sklaverei, wenn aber ein schwarzes Kind im Kampf seine Eltern verlor, nahmen die Buren es aus christlicher Nächstenliebe in eines ihrer Häuser auf. Dort diente es bis zu seinem einundzwanzigsten Lebensjahr als unbezahlter Helfer, wobei es gut behandelt und zu einem guten Christen erzogen wurde. Später wußte der Schwarze meist nicht, wohin er gehen sollte. Also blieb er und arbeitete für einen Lohn, den der Herr festsetzte.
Deshalb war es vernünftig, bei Kommandoaktionen darauf zu achten, daß es Waisen gab. Tjaart war mit dieser Umgehung des Gesetzes nicht ganz einverstanden, fügte sich aber widerwillig; denn die Bibel schrieb vor, die ihm zugewiesenen Kinder zu behalten und, wenn nötig, noch weitere aufzunehmen. Und Aletta freute sich riesig über die beiden Kinder, die ihr nach Bronks Expedition zugesprochen wurden.

Da nun die Zeit der großen Schlachten vorbei war, konnte Tjaart die Schwarzen, gegen die er unablässig gekämpft hatte – Xhosa, Matabele, Zulu – als Männer von beneidenswertem Mut in seiner Erinnerung bewahren. Ihre Bereitwilligkeit, den sicheren Tod vor Augen weiter anzugreifen, hatte ihn mit gewaltigem Respekt erfüllt, und er betete darum, daß nun die Schwarzen und *Voortrekker* endlich in Frieden nebeneinander leben konnten. Sowohl die Religion wie die Tradition hatten ihn gelehrt, daß kein Schwarzer jemals das kulturelle oder moralische Niveau des einfachsten Weißen erreichen könne, und er war auch sicher, daß sie dazu bestimmt waren, Diener zu sein. Die Burenführer bezeichneten sie als »die untergeordnete Rasse«, und er hatte keinen Grund, diese Einstufung zu ändern. Dennoch wußte er auch, daß sie gute Freunde und verläßliche Gefährten sein konnten. Er war in seinem Leben gezwungen gewesen, eigenhändig über einhundertsechzig Schwarze zu töten, und konnte sich an keinen einzigen Fall erinnern, bei dem er irgendwie im Unrecht gewesen wäre. Es war merkwürdig, daß er nie ein Gewehr auf einen Schwarzen abgefeuert hatte, ohne daß einer seiner Hottentotten- oder Xhosadiener an seiner Seite gewesen wäre, der ihm geholfen hatte, den Feind aufzuspüren und die Gewehre zu laden. Und wo immer er hingeritten war, im Krieg oder im Frieden, er war niemals ohne Schwarze gewesen, die sich ihm aus freien Stücken angeschlossen hatten. Er hatte oft sein Leben riskiert, um seine persönliche Freiheit zu bewahren. Wenn ihm aber jemand gesagt hätte, daß Schwarze das gleiche tun würden, wäre er verblüfft gewesen. Denn er glaubte, daß sie die Ankunft des weißen Mannes begrüßten und den geordneten Fortschritt in Knechtschaft der eigenständigen Entwicklung vorzogen, wie seine Zugochsen, die es gern hatten, wenn man ihnen sagte, wohin sie gehen sollten.

Aletta war von Tjaart enttäuscht. Sie hielt ihn für langweilig und einseitig und empfand seine strenge Haltung dem Leben gegenüber als immer beengender. Als Alternative zu ihrem feigen Mann Ryk Naudé war er aufregend gewesen, als rechtmäßiger Ehemann jedoch langweilte er sie. Ein Mann wie Balthazar Bronk entsprach da schon eher ihrem Geschmack. Er war jünger, lebhafter und unterhaltsamer. Bald traf sie sich regelmäßig mit diesem schmucken Herrn.

Paulus unterrichtete seinen Vater von diesen Vorgängen: »Aletta geht aufs Feld.«

»Mit wem?«

»Balthazar.«

Wie immer untersuchte Tjaart die Angelegenheit vorsichtig. Als er sicher war, daß seine Frau wieder in ihre liederliche Lebensweise verfallen war, sonderte er sich einige Tage lang ab und überdachte sorgfältig die Möglichkeiten, die ihm das Leben noch bot: Ich bin jetzt ein alter Mann, und alle meine Kinder sind tot. Meine beiden Söhne wurden in *De Kraal* umgebracht. Minna starb am Blaauwkrantz. Wenn ich Aletta verliere, werde ich nie Söhne hinterlassen. Paulus ist ein Mann unter den Knaben, der beste Junge, den ich je kannte. Ich werde für ihn sorgen und ihm zu einem guten Start verhelfen, aber verdammt, er ist nicht mein Sohn.

Hier machte er eine Pause, denn er sah von seinem Fenster aus Paulus und Sybilla, die jetzt zwölf und neun Jahre alt waren. Sie gingen am See spazieren, und wie immer hielt sie seine Hand fest. Tjaart schob entschlossen seine eigenen Kümmernisse beiseite und betete: Gott, beschütze diese beiden. Sie sind die Keimzelle unserer Nation.

Dann wandte er sich wieder seinen Problemen zu: Die Jahre vergehen so schnell, und wir sind so viele Meilen von den Familien entfernt, die wir in *De Kraal* und Graaff-Reinet kannten. Ich bin allein, ich brauche diese Frau, wie immer sie sich auch aufführt, und ich werde sie behalten.

Entschlossen ergriff er sein Gewehr, marschierte zur Hütte von Balthazar Bronk, rief ihn heraus, zielte direkt auf sein Herz und rief laut: »Balthazar, du packst deinen Wagen und verschwindest innerhalb einer Stunde von hier. Sonst erschieße ich dich.«

»Aber was...?« Bronks Frau lugte überrascht aus der Hütte.

»Er weiß es«, sagte Tjaart kurz. Er blieb stehen und sah zu, wie die Familie Bronk packte und ihre Rinder aus der gemeinsamen Herde heraussuchte.
»Wohin soll ich gehen?« fragte Bronk mit weinerlicher Stimme.
»Mir gleich«, schnauzte Tjaart und rief nach Paulus.
»Gib ihnen unser Biltong«, knurrte er, und der Junge lief fort, um die Vorräte der van Doorns zu holen. Als sich der Wagen in Bewegung setzte, wartete Tjaart, bis er ein gutes Stück entfernt war. Dann feuerte er einige Schüsse über die Köpfe der Bronks hinweg, um ihnen klarzumachen, daß sie es ja nicht wagen sollten umzukehren. Bei der zweiten Salve tauchte Aletta auf und erklärte unter Tränen, daß sie sich ihnen anschließen wolle.
Wie immer verlor Tjaart, der so gut mit Männern umgehen konnte, die Beherrschung, wenn es darum ging, mit einer Frau zu diskutieren. Er warf Paulus sein Gewehr zu, packte Aletta am Arm und versetzte ihr drei Schläge ins Gesicht. Als sie zu Boden fiel, zog er sie hoch und schlug noch einmal zu.
»In die Hütte!« befahl er, und die Nachbarn sahen den ganzen Tag zu, wie er mit dem Gewehr in der Hand schweigend neben dem Eingang saß.
Bei Sonnenuntergang ging er hinein. Als er sich auszog und vor seiner Frau stand, brach sie erneut in Tränen aus: »Du bist alt und fett und hast einen dicken Bauch. Ryk war so jung und stark. Ich verachte dich.«
Wortlos schlug er wieder zu. Sie rannte schreiend aus der Hütte, und er verfolgte sie, nur mit der Unterhose bekleidet.
»Ich werde ihm nachlaufen«, jammerte sie.
»Geh nur«, rief er. »Geh hinaus in die Finsternis, wo die Löwen auf dich warten.«
Als sie nur ein paar Schritte gemacht hatte, sah sie die Augen der Tiere, die nachts zum See kamen, sie hörte merkwürdige Geräusche und das dumpfe Brüllen eines Löwen in der Ferne, das sie so erschreckte, daß sie in den Schutz des Dorfes und nach einer Weile in ihre eigene Hütte zurückeilte.
Tjaart erwartete sie. Er nahm sie mitleidig und mit einer mächtigen, unerklärlichen Liebe in die Arme und sagte: »Ryk war jung und schön, aber er ist tot. Ich bin alt und dick, aber ich lebe. So ist das eben.« Und in dieser Nacht empfing Aletta den Knaben, der seiner zweiten Frau zu Ehren auf den Namen Jakob getauft wurde.

9. Die Engländer

Mitte des neunzehnten Jahrhunderts verlieh Königin Victoria Major Richard Saltwood aus *De Kraal* in der Kapkolonie die Ritterwürde, was zur Folge hatte, daß er von südafrikanischen wie englischen Karikaturisten als Sir Amor verspottet wurde. Er war ein Held und wurde als solcher gefeiert, denn seine Ernennung verband die Kolonie fester mit dem Mutterland.
Der Grund für Saltwoods persönliches Glück wurde im Jahr 1856 gelegt, als eine Katastrophe die Aufmerksamkeit der Weltöffentlichkeit erregte und er plötzlich zu nationaler Berühmtheit gelangte. Das begann damit, daß eines Morgens im Mai 1856 ein kleines, zartes, vierzehnjähriges Mädchen zu einem Teich östlich des Flusses der großen Fische ging und dort in der Morgendämmerung eine Ansammlung von seltsamen Gestalten erblickte.
Das hätte vielleicht keine Folgen gehabt, wäre nicht das Mädchen Nongquause zufällig die Nichte jenes verschlagenen Wahrsagers Mhlakaza gewesen, den Tjaart seinerzeit 1836 beinahe erschossen hätte. Nach zwanzig Jahren der Ränkeschmiederei witterte der Halunke in dieser Begegnung eine Möglichkeit, zum Propheten des Xhosavolkes zu avancieren.
Mhlakaza befragte das Kind eingehend, fand aber ihre Antworten wirr und vage. Sie erzählte weitschweifig über ihren Spaziergang zum Teich und redete ständig von einem Nashornvogel, der in ihrer Nähe aufgeflogen war – »ein übles Omen, denn es weist auf eine drohende Dürre hin ... Sie waren Fremde, Onkel. Einige waren so schwarz wie Xhosa. Aber die anderen im Morgendunst ... ich habe Angst!«
»Was für andere?« fragte er vorsichtig.
»Weiße Männer, deren Umrisse ich nur erkennen konnte, Onkel.«
Mhlakaza legte ihr sanft die Hand auf die Schulter und sagte: »Geh in deine Hütte, Nongquause, und erzähle keinem Menschen davon.« Er sah ihr nach, bis sie durch den niedrigen Eingang in der Hütte ihrer Eltern verschwand; dann verließ er heimlich das Dorf, um sich den Teich anzusehen. Er kam erst nach vier Stunden zurück, und jede seiner Bewegungen wurde beobachtet, insbesondere von den Älteren, die mit solchen Vorgängen vertraut

waren. Er hatte schon vor Monaten versprochen, daß die Xhosa Worte von großer Wichtigkeit aus seinem Mund hören würden, und nun deutete sein geheimnisvolles Verhalten seine Bereitschaft an.
Als er schweigend zu seiner Hütte stelzte, wurde die Parole ausgegeben, daß sich ihm zwei Tage und Nächte lang niemand nähern solle: Die Geister hatten ihm befohlen, gewisse Dinge zu tun. Den Wahrsagern sollten keine Fragen gestellt werden, und die jungen Leute sollten keine Vermutungen über den Inhalt seiner Prophezeiungen anstellen. Denn durch ihr Geplapper könnte seine Verbindung mit den höheren Mächten gestört werden.
Einsam in seiner Hütte verbrannte Mhlakaza Kräuter und Medizinen, um Hexerei zu vereiteln, dann setzte er sich nackt nieder, während der beißende Rauch seinen Körper einhüllte, so daß seine Augen tränten. Er schluckte Brechmittel, um seinen Magen zu leeren und zu reinigen, beschmierte seine Haut mit rotem Ocker und weißem Ton und murmelte lange Beschwörungen, in denen er die Geister anflehte, Kräfte in ihm freizusetzen für die große Rolle, die er spielen sollte.
Am dritten Tag verließ er seine Klause und schritt, das ganze Dorf im Gefolge, zum Rinderkral, wo er aus seiner Herde das fetteste Tier wählte. Er stach es mit einem Assagai in die Haut, bis das Tier vor Wut brüllte. Dieser Ton gefiel ihm; er bedeutete, daß die Geister zu ihm sprachen. Mit einem heftigen Stich stieß er das Eisen tief in den Hals des Ochsen. Darauf schnitt er ihm Magen und Harnblase aus dem Leib, salbte seinen Körper mit ihrem Inhalt und befahl zur Freude der Anwesenden, daß der Ochse gebraten und gegessen werden solle. Er selbst war gereinigt.
Am vierten Tag kehrte Mhlakaza lange vor Tagesanbruch zu dem Teich zurück, und seine Nachtwache endete, als er einen lauten Schrei ausstieß, als ob Dinge in seinem Inneren freigesetzt würden. In der grauen Dämmerung stand sein älterer Bruder vor ihm, der 1835 im Krieg gegen die Engländer gefallen war. »Komm näher, Mhlakaza, mein guter Bruder, der zu großen Taten auserwählt ist«, ertönte die Stimme. »Unser Kind Nongquause ist mit dir auserwählt, unser Volk zum Sieg zu führen. Euch, Mitgliedern meiner Familie, wird die Stärke der Xhosa gezeigt werden.«
Und dann, genau wie Nongquause, sah auch er sie! Ein Regiment von Xhosahelden nach dem anderen, alle von den Toten auferstanden, marschierte durch ein großes Tal, wo kein Engländer- und kein Burengesicht zu sehen waren. Aber mit den schwarzen Legionen ritten weiße Fremde, die über das Meer gekommen waren, um den Xhosa zu helfen.

Ein verwirrter Mhlakaza mit verstörtem Blick wankte zum Dorf zurück und erzählte, daß auch er die Fremden gesehen habe, die zuerst Nongquause erschienen waren. Sie hätten ihm befohlen, sagte er, sich gut zu reinigen, bevor er mit ihnen spreche. Hatten nicht alle gesehen, wie er ihre Forderung erfüllte?
»Wir sahen es! Wir sahen es! Die Nächte voller Rauch. Die Tage des Gebets.«

»Jene, die beim Teich warteten, sagten folgendes: ›Es gibt ein Tal des Elends. Darin liegen die Knochen vieler Tiere und Körbe ohne Körner.‹«

Ein furchtbarer Schrei ertönte, Klagen und Stöhnen ob einer so entsetzlichen Vision hoben an.

»Aber sehet weiter, meine Freunde. Öffnet eure Augen. Und dieses Land des Todes beginnt zu blühen wie ein Paradies. Die Rinder erheben sich und sind fett. Die Felder strotzen vor herrlichstem Korn.«

»Aiii, Mhlakaza! Wie wundervoll!«

»Sagen jene am Teich: ›All das ist euer, wenn ihr uns gehorcht.‹ Ich sah eine Million Xhosa kampfbereit. Und mit ihnen kam ein Regiment von Fremden, die an unserer Seite als Brüder kämpfen.« An seinen Mundwinkeln hingen Speichelfäden, als er seine erstaunlichen Visionen offenbarte: »Sie werden die Engländer erschlagen! Sie werden die Buren zertrampeln!«

Als das zustimmende Gebrüll verebbt war, fügte er hinzu: »Die Xhosa werden alles erben. Alle Farmen in diesem Land werden unser sein. Ihr werdet nie wieder Mangel an Rindern leiden. Eure Kornkörbe werden immer übervoll sein.«

Nun war Mhlakaza zufällig vor kurzem durch die Grenzbezirke gewandert, die äußeren Siedlungen entlang, wie an jenem Morgen in *De Kraal*, als van Doorn ihn hatte erschießen wollen. Und da hatte er gehört: »In Ländern jenseits des Meeres gibt es eine Gruppe von Kriegern, die Russen heißen. Sie sind wie die Xhosa, nur haben sie weiße Haut, aber sie kämpfen wie wir gegen die Engländer.«

»Sie haben Angst vor diesen Russen«, flüsterte ein Diener. »Sie haben in einer Schlacht das beste Kommando der Engländer besiegt. Sie töteten sechshundert mit Stoßassagais, als die Engländer auf Pferden gegen sie ritten.«

Er sammelte alle Informationen, die er über den verhängnisvollen Angriff der englischen Brigade in Balaklawa erhalten konnte, und ein Gedanke begann sich in seinem Hirn festzusetzen: Sein Feind England hatte noch einen Feind, die Russen.

Mhlakaza nahm Nongqause beiseite und erklärte das Geheimnis ihrer Visionen: »Die Xhosa werden durch die weißen Fremden, die du sahst, Verstärkung erhalten. Wir müssen zum Teich eilen, um weitere Weisungen zu erhalten.« Und als diese Worte sich ihrem kindlichen Gemüt eingeprägt hatten, nahm er sie zum Kral des großen Häuptlings Kreli mit, wo sie vor Ratsleuten des Gebietes stand: »Um euren Glauben an die Ahnen, die zu mir sprachen, zu beweisen, müßt ihr zwei Dinge tun. Alle eure Rinder töten. Euer gesamtes Korn verbrennen. Nur wenn ihr auf diese Weise gereinigt seid, werden die Geister uns helfen.«

Häuptling Kreli, durch solche Weisungen erschreckt, sagte: »Tritt vor, Kind, und laß uns sehen, mit wem unsere Vorfahren sprechen.«

Schüchtern ging die Kleine auf Kreli zu, der Blick ihrer großen braunen Augen begegnete dem des großen Häuptlings.

»Erkläre ihnen, daß die weißen Soldaten bereit sind, mit uns zu marschieren«, sagte Mhlakaza.
»So ist es, o Häuptling.«
»Sie sind über das Meer gekommen, um für uns zu kämpfen?« fragte Kreli.
»Ja«, sagte sie ruhig und beschrieb dann eingehend die Heldentaten der Russen in ihrem Kampf gegen die Engländer. Während sie sprach, ging ein Raunen durch die Menge.
»Die Rinder müssen getötet«, sagte sie wieder, »die Körbe geleert und das Land kahlgeschlagen werden. Wenn das geschehen ist, werden die Russen und die Xhosa die Engländer und die Buren ins Meer treiben.«
Der Gedanke, das gesamte Vieh zu schlachten, bedrohte die Existenz der Xhosa und war so ungeheuerlich, daß ältere Ratgeber Nongqause und ihre Prophezeiung zurückwiesen. Ein weißhaariger Ratgeber protestierte: »Wo wurde dieser Unsinn gesehen?«
»Am Teich«, sagte Mhlakaza. »Sie sah es zuerst. Danach ich auch.«
»Dieses Gefasel von einem Tag, an dem alle Menschen, ob tot oder lebendig, zusammenkommen – stammt das nicht aus der christlichen Mission in Golan?« fragte der Alte. »Hast du nicht dort davon gehört?«
»Es ist die Botschaft unserer Vorfahren«, behauptete Mhlakaza.
»Du bringst uns Gedanken aus der Mission«, beharrte der Alte. »Daß die Stämme der Toten wieder auf die Erde kommen und das Paradies bringen.«
»Unsere Vorfahren sagten es mir. Am Teich.«
Häuptling Kreli, ein schlauer, tatkräftiger Führer, hatte schon lange nach einer Möglichkeit gesucht, um die Xhosa zu vereinigen, und er nahm an, daß die Visionen dieses kleinen Mädchens die Lösung sein konnten. Er organisierte eine Wallfahrt zum Teich, um zu sehen und zu hören, wie Nongqause mit den toten Führern und den wartenden Russen sprach. Als sie die gespenstischen Befehle wiederholte, daß alle Nahrungsmittel vernichtet werden sollten, begann er zu glauben, daß die Russen danach auf Schiffen eintreffen und sich mit den längst verstorbenen Häuptlingen vereinigen würden, um die Weißen aus dem Land zu treiben.
»Wir werden es tun!« verkündete Kreli, und neun Monate lang zogen Nongqause und ihr Onkel nach Westen und Osten, zu den Xhosa und ihren benachbarten Stämmen, und versicherten allen, daß der Tag der Offenbarung und das Wunder bevorstünden, wenn sie nur ihr Vieh schlachteten und ihre Felder brachliegen ließen. »Die Geister warten hinter den Wolken, alle siegreichen Krieger der Vergangenheit brennen darauf, uns zu helfen, unsere Weiden zurückzuerobern. Aber ihr müßt tun, was sie befehlen.«
Kühn sagte Mhlakaza den genauen Tag voraus, an dem sich das Wunder ereignen würde: »Am achtzehnten Tag des Februars 1857 werden die Geister zurückkehren, Millionen fetter Rinder vor sich hertreiben und uns zahllose Körbe voller Korn bringen.«

Als Berichte über die Viehschlachtungen die Regierungsdienststelle in Grahamstown erreichten, glaubte man zunächst nicht, daß eine solche Hysterie

ein ganzes Volk anstecken könne, zumal auf die Aussage eines Kindes hin, das nicht einmal wußte, wo Rußland lag oder was der Name bedeutete. Dennoch breitete sich in der Kolonie Unruhe aus, denn schon zweimal hatten fanatische Propheten die Massen der Xhosa aufgestachelt und die Bewohner der Krals in Aufruhr versetzt. Bei dem ersten Angriff auf Grahamstown hatte ein Prophet seinem Volk den sicheren Sieg prophezeit, und vor nicht allzu langer Zeit hatte ein anderer Prophet seine Krieger davon überzeugt, daß die Kugeln der Weißen nicht mehr Wirkung haben würden als Regentropfen, wenn nur die Xhosa alle weißen Rinder schlachteten.
Nun erhielt die Regierung unbestreitbare Beweise dafür, daß ganze Dörfer ihr Vieh ausrotteten, an dem sie, wie man wußte, sehr hingen. »Wenn sie ihre Rinder tatsächlich schlachten, ist etwas Schreckliches im Gang«, sagte der neue Bezirksvorsteher, und man schickte nach Major Saltwood aus *De Kraal.*
»Worum geht es denn?« fragte er, als er zur Beratung kam.
»Ein verrückter Prophet namens Mhlakaza predigt, daß die Xhosa ihr Vieh schlachten müssen.«
»Mhlakaza?« fragte Saltwood. »Ist das nicht der Bursche, der uns soviel Schwierigkeiten wegen des Zugangs zu einem der Flüsse bereitet hat? Vor zehn oder fünfzehn Jahren?«
»Der ist es. Diesmal behauptet er, daß seine Nichte, ein dummes, kleines Mädchen von vierzehn oder fünfzehn Jahren – ich habe sie gesehen: ein verkniffenes Gesicht, wiegt keine neunzig Pfund –, von sämtlichen toten Xhosahäuptlingen besucht worden sei: Hintsa, Ndlambe, einfach alle. Sie haben ihr angeblich gesagt, die Xhosa sollen alle Rinder schlachten, alles Getreide verbrennen, denn dann würden sie wiederkommen und uns Engländer ins Meer werfen.«
»Wie war das mit den Russen?« fragte Saltwood. Er war achtundsechzig Jahre alt, groß, schlank und weißhaarig, der typische englische Offizier im Ruhestand, und er interessierte sich, weil er ja an der afghanischen Grenze gedient hatte, für die Übergriffe der Russen.
»Ach, Mhlakaza scheint irgendeinen Unsinn über den Krimkrieg aufgeschnappt zu haben. Er weiß nur, daß die Russen in den Krieg verwickelt waren. Infolge unserer Niederlage bei Balaklawa hat er sich eingeredet, daß Rußland gesiegt hat und in Grahamstown einmarschieren will, um seinen Sieg vollkommen zu machen. Ein gräßlicher Unsinn, den er da verzapft.«
»Unterschätzen Sie diese sogenannten Propheten nicht«, warnte Saltwood. »Die können ein ganzes Land in Raserei versetzen.«
»Zu welchem Zweck?«
»Sie stecken alle unter einer Decke mit den Intriganten und Ränkeschmieden in der Nation. Männern wie Kreli. Ich habe zwei Kriege überlebt, die von Fanatikern angezettelt wurden. Wenn sie ihr gesamtes Vieh umbringen, müssen sie neues finden. Ich brauche Ihnen wohl kaum zu sagen, wo sie es zuerst suchen werden.«
»Was ist mit dem kleinen Mädchen?«

»Sie ist irgendeine Schwärmerin. Hört Stimmen. Er benützt sie.«
»So einfach ist das?«
»Carson ist der einzige, der sie tatsächlich gesehen hat. Was haben Sie zu sagen?«
Ein junger Oxfordabsolvent, der jetzt in Grahamstown lebte, hatte die Xhosasprache erlernt und einiges über die internen Angelegenheiten des Stammes erfahren. Die Xhosa vertrauten ihm und hatten ihm bei einem seiner jüngsten Besuche im Innern ihres Stammesgebietes gestattet, mit Nongqause zu sprechen. »Sie ist Analphabetin, hat keine Ahnung von unserer Regierung in Kapstadt und kann unmöglich eine Vorstellung von Rußland haben. Aber sie war bemerkenswert konsequent in der Schilderung ihrer Visionen und hat nur eines klar gesagt: ›Tötet alles, verbrennt alles, und die Geister werden kommen, uns zu befreien.‹ «
»Wendet sie sich ausdrücklich gegen uns?« fragte Saltwood.
»Ich habe sie nie etwas Ähnliches sagen hören. Sie spricht nur ganz allgemein von einem Feind, aber damit müssen wir gemeint sein.«
»Sie predigt keine bewaffnete Rebellion?«
»Diese Funktion werden die Geister übernehmen. Aber natürlich müssen die lebenden Xhosa bereit sein, ihnen zu folgen, somit nehme ich an, daß wir letzten Endes einen bewaffneten Angriff erwarten müssen.«
»Gütiger Gott«, sagte der neue Bezirksvorsteher.
»Nehmen Sie das so ernst?« fragte einer der Beamten Saltwood.
»Ja. Sie dürfen nicht vergessen, meine Herren, daß diese Männer, von denen Sie sprechen, uns seit fast einem halben Jahrhundert bekämpfen. Sie haben uns alle Tricks abgeschaut. Sie sind tapfer, und wenn ihre Propheten einen heiligen Krieg predigen, können sie äußerst fanatisch werden. Ich glaube, wir müssen auf Schwierigkeiten gefaßt sein.«

Saltwoods treffende Beurteilung der Lage verbreitete sich rasch, und die Regierung ersuchte ihn, zu überlegen, wie man das Massenschlachten eindämmen oder sogar stoppen könne. Er verließ Grahamstown mit zwei Xhosa, die in *De Kraal* für ihn arbeiteten, um sich in die betroffenen Gebiete zu begeben.
Was er zu sehen bekam, versetzte ihn in Schrecken. Ganze Felder waren mit totem Vieh übersät, und wer die Xhosa kannte, mußte über diese sinnlose Opferung entsetzt sein. Als Saltwood mit den Männern sprach, die die Rinder geschlachtet hatten, stellte er fest, daß sie sich in einem euphorischen Zustand befanden – lächelnd und glücklich warteten sie auf den achtzehnten Februar, an dem ihnen jedes getötete Tier hundertfach zurückerstattet werden würde.
»Sagt ihnen, daß das unmöglich ist«, forderte Saltwood seine Begleiter auf. Aber als sie versuchten, die anderen Xhosa dazu zu überreden, daß sie keine Rinder mehr töteten, lächelten die Stammesangehörigen mild und sagten: »Das könnt ihr nicht verstehen«, und das Schlachten ging weiter.
Nach fünf Tagen hatte Saltwood über zwanzigtausend tote Rinder gezählt

und schickte einen seiner Begleiter mit der folgenden kurzen Botschaft nach Grahamstown: »Die Gerüchte, die wir gehört hatten, werden durch die Tatsachen zehnfach übertroffen. Ich befürchte, daß das gesamte Vieh geschlachtet wird und eine halbe Million Menschen verhungern. Beginnt sofort, Nahrungsmittel zu sammeln.«

Er war über das, was er gesehen hatte, so bestürzt, daß er beschloß, auf der Stelle in das Dorf zu reiten, wo einer seiner früheren Arbeiter wohnte, ein braver und verläßlicher Mann namens Mpedi, der ihm helfen sollte. Als er aber zu Mpedis Hütte kam, war der bisher vernünftige, über sechzig Jahre alte Mann wie verwandelt: »Baas, du kannst nicht wissen, was wir tun werden. Alle großen Häuptlinge kommen zurück, um uns zu helfen. Hundert... tausend Krieger warten in den Flüssen, um aufzuerstehen und uns unser Erbe wiederzugeben.«

»Mpedi, wach auf!« bat Saltwood. »Was, glaubst du, wird mit eurem toten Vieh passieren? Glaubst du, eure Nahrung wird vom Himmel fallen?«

»Sie wird, Baas.«

»Siehst du nicht, daß du vor dem Verhungern stehst?«

»Es wird Essen für alle geben, Baas.«

»Verdammt!« schrie Saltwood. »Mach die Augen auf!«

»Sie sind offen, Baas. Und am achtzehnten Februar werden auch deine geöffnet werden.«

Saltwood packte seinen alten Hirten bei den Schultern. »Mpedi, wenn du dein restliches Vieh schlachtest, wirst du verhungern.«

»Baas«, sagte der Hirt mit echter Zuneigung, »ich möchte, daß du dieses Dorf verläßt und über den Fluß der großen Fische dorthin zurückgehst, wohin du gehörst. Geh nach *De Kraal* und hole deine Familie. Fahrt rasch nach Port Elizabeth, geht an Bord eines Schiffes und kehrt heim. Denn die auferstandenen Häuptlinge werden zum Hauptquartier marschieren und alle Weißen, die uns unser Land gestohlen haben, töten. Ich will nicht, daß du stirbst, Baas, denn du warst gut zu uns.«

Saltwood versuchte es anders: »Mpedi, ich bin nicht als dein Freund gekommen. Erinnere dich, wie oft ich an Kommandos gegen eure Krieger teilgenommen habe.«

»Ach!« sagte der Hirt mit breitem Lächeln. »Das war im Krieg, Baas. Ich schieße auf dich. Du schießt auf mich. Wen kümmert es? Du warst im Frieden so gut zu uns. Jetzt geh, bitte, fort.«

Und während Saltwood dort stand, ging dieser Mann, dessen Leben darin bestanden hatte, eine kleine Rinderherde zu hüten, zurück auf seine Felder, um mit dem Töten jener sanften Geschöpfe fortzufahren, von denen das Dorf lebte.

In den beiden ersten Februarwochen besuchte Saltwood fast alle Gebiete der westlichen Xhosa, und was er sah, erfüllte ihn mit solcher Abscheu, daß er zu Mpedis Dorf zurückkehrte, in dem es nun keinerlei Nahrung mehr gab außer den Resten in den Töpfen für die wenigen Tage, bis das Wunder stattfinden sollte. »Kannst du mich zu Nongqause führen?« fragte er Mpedi.

»Hat keinen Sinn, Baas. Sie sitzt am Teich und wartet, bis die Krieger aus dem Wasser aufstehen.«
»Ich muß mit ihr sprechen.«
»Hat keinen Sinn, Baas. Sie sitzt einfach dort und wartet!«
»Verdammt, Mpedi. Ich versuche doch nur, genügend Rinder zu retten, um euch Idioten am Leben zu erhalten.«
»Hat keinen Sinn, aber wenn du es von ihren eigenen Lippen hören willst...«
Er führte Saltwood eine Tagereise weit nach Osten zum Gxarafluß, wo sich eine stattliche Anzahl Xhosa versammelt hatte, um in der Nähe der Prophetin zu sein, wenn die Häuptlinge auferstehen und sie begrüßen würden. Es gab genügend Leute, die Saltwoods guten Ruf kannten und ihn durch die Menge durchließen, damit er mit dem kleinen Mädchen sprach. Sie hatte ein verkniffenes, unhübsches Gesicht und große, wäßrige Augen. Sie bemerkte die Aufregung gar nicht, die sie verursachte, und nachdem Saltwood sie einige Minuten beobachtet hatte, war er sicher, daß sie tatsächlich Visionen hatte. Wenn er zu ihr sprach, antwortete sie nicht zusammenhängend, sondern eher mit schläfriger Gleichgültigkeit, denn sie wußte, daß der Tag der Offenbarung kurz bevorstand.
»Nongqause, es ist noch Zeit, genügend Rinder zu retten, damit die Menschen im kommenden Winter zu essen haben. Ich bitte dich, mach dem Schlachten ein Ende.«
»Wenn alle tot sind, werden neue kommen.«
»Siehst du nicht, daß du die Xhosa ins Elend stürzt?«
»Wenn alles Korn verbrannt ist, wird neues kommen.«
»Nongqause! Du vernichtest dein Volk.«
»Wenn die Häuptlinge auferstehen, wird es der Feind sein, der vernichtet wird.« Sie wies auf die ruhige, dunkle Oberfläche des Teiches, als erwarte sie, daß Saltwood das gleiche sehe wie sie: das Vieh, das darauf wartete, die Weiden zu füllen, die unermeßlichen Vorräte an Getreide, die großen Häuptlinge, für den Kampf gerüstet, und irgendwo hinter ihnen die Russen.
»Weißt du überhaupt, wo Rußland liegt?« fragte Saltwood.
Sowie er dieses Wort ausgesprochen hatte, schob sich ein älterer Mann zwischen die kleine Prophetin und den englischen Eindringling. Es war Mhlakaza, doch weder er noch Saltwood wußten, daß sie einander schon einmal an einem schicksalhaften Vormittag des Jahres 1836 auf dem Hügel bei *De Kraal* begegnet waren, als Tjaart van Doorn daran gehindert worden war, Mhlakaza zu erschießen.
»Warum kommst du hierher?« fragte er in gutem Englisch.
»Um das kleine Mädchen zu bitten, mit dem Töten des Viehs aufzuhören.«
»Die Geister verlangen es.«
»Wer bist du?« fragte Saltwood.
»Mhlakaza, der für die Geister spricht.«
»Bist du dir nicht klar darüber, daß ihr alle verhungern werdet?«

»Es wird zweihundert Rinder für jeden Xhosa geben.«
»Sei kein verdammter Narr. Eure Wiesen könnten sie gar nicht fassen.«
»Es wird Nahrung für alle geben.«
Dieser Narr ging Saltwood so auf die Nerven, daß er zu dem kleinen Mädchen zurückkehren wollte, aber das versuchte Mhlakaza zu verhindern. Er baute sich vor dem Engländer auf und drängte ihn immer weiter vom Teich weg. Verzweifelt fragte Saltwood: »Mhlakaza, weißt du, wer ich bin?«
»Bist du Saltwood aus *De Kraal*?«
»Ja. Und Mpedi wird dir versichern, daß ich ein Freund der Xhosa bin. Ich habe in fairen Gefechten gegen euch gekämpft. Ich habe mit euch gearbeitet. Sag es ihm, Mpedi.«
Mpedi nickte, worauf Saltwood fragte: »Mhlakaza, weißt du, wo Rußland liegt?«
»Die Schiffe sind bereits auf dem Weg zu uns.«
»Aber weißt du, was es ist? Ein Ort? Eine Stadt? Eine Ansammlung von Kralen?«
»Es sind Russen«, sagte der Prophet. »Nächste Woche werden sie hier sein.«
»Und was werdet ihr tun?«
»Sie an der Küste empfangen. Und dann nach Grahamstown marschieren.«
Dann sagte er auf xhosa zu Mpedi: »Bring diesen Mann fort. Sorge dafür, daß er sicher heimkommt.« Und auf englisch: »Saltwood, reite schnell heim und verlasse das Land. Wir wollen dich nicht töten, wenn die Russen kommen.«
Saltwood verließ den Gxara und seinen Zauberteich voller Enttäuschung und Verzweiflung. Wo immer er durch das Xhosagebiet kam, sah er das geschlachtete Vieh, die brennenden Getreidehaufen. Er rechnete sich aus, daß fünfzigtausend Schwarze in den nächsten Monaten verhungern würden, und diese Zahl galt nur für die westlichen Gebiete, die er besucht hatte. In den östlichen Gebieten, die von Weißen selten betreten wurden, würden es wahrscheinlich noch weitere fünfzigtausend sein. Mpedi würde sicherlich sterben, ebenso Nongqause, die unschuldige Ursache, und Mhlakaza, der eigentliche Schuldige. Das Xhosavolk würde sich nie wieder von dieser Katastrophe erholen. Und das im Jahr 1857, als die Menschheit schon einen kleinen Schritt weitergekommen zu sein glaubte.
Nach Grahamstown zurückgekehrt, sandte er Berichte nach Kapstadt und London, in denen er die Regierungen darauf aufmerksam machte, daß ab der ersten Märzwoche eine Hungersnot herrschen würde und man auf mindestens fünfzigtausend Tote gefaßt sein mußte. Er ersuchte um sofortige Beförderung aller überschüssigen Lebensmittel nach Grahamstown und schlug vor, sie nach und nach zu verteilen, denn die Hungerperiode würde mindestens anderthalb Jahre dauern.
Müde, geschwächt durch mangelhafte Ernährung, bedrückte ihn sowohl sein fortgeschrittenes Alter als auch jene sich anbahnende Tragödie. Er

empfand das dringende Bedürfnis, rasch nach *De Kraal* zurückzukehren und seine Farm für die halbverhungerten Gestalten herzurichten, die bald das ganze Gebiet überschwemmen würden. Irgendwie jedoch fühlte er sich verpflichtet, zu den Xhosa zurückzukehren, und am Abend des 17. Februar 1857 war er wieder in Mpedis elendem Dorf.

Es war eine jener ruhigen, schönen Sommernächte, in denen die Vögel sangen und die Erde ungeduldig auf den Sonnenaufgang zu warten schien.

Der achtzehnte war ein strahlender, klarer Tag mit so makelloser Fernsicht, daß jede Bergspitze deutlich zu erkennen war. Wenn je ein Tag für wohltätige Wunder geeignet schien, so war es dieser. Die Sonne ging an einem wolkenlosen Himmel auf, die Luft war ruhig, keine Andeutung von einem Sturm; und wenn in den Tälern noch Rinder am Leben gewesen wären, so hätten sie gemuht.

Es wurde zehn Uhr, die Sonne näherte sich dem Zenit, ihre Strahlen wurden intensiver. Da allgemein geglaubt wurde, daß die Toten um zwölf Uhr mittag auferstehen würden, begannen die Menschen sich zu sammeln und blickten in verschiedene Richtungen, um als erste die heranmarschierenden Armeen und die eintreffenden Rinder zu erblicken.

Es wurde Mittag, nichts geschah. Langsam überschritt die Sonne den Zenit und begann den langen Abstieg zum Horizont, und mit jeder Stunde wuchs der Verdacht, daß weder die Häuptlinge noch das Vieh kommen würden. Gegen fünf Uhr, als die Schatten deutlich länger wurden, kam Mpedi zu Saltwood und fragte: »Werden sie kommen, wenn es dunkel ist?«

»Sie kommen nicht«, sagte Saltwood, mit Tränen in den Augen.

»Du meinst...«

»Ich meine, alter Freund, wenn du Hunger hast, komm zurück nach *De Kraal*.«

Um sechs, als noch genügend Tageslicht herrschte, wurden alle unruhig, und um sieben brach Panik aus. Als die Sonne unterging und der Schicksalstag verstrichen war, begannen viele zu weinen, und um Mitternacht herrschte in den kleinen Dörfern tiefste Bestürzung. Es gab keine Nahrung mehr; die Russen waren nicht gekommen; und langsam wurde den Xhosa klar, daß sie am Morgen des neunzehnten vor schrecklicheren Problemen stehen würden, als sie sich je vorgestellt hatten.

Die nächsten beiden Monate waren entsetzlich. In der Zentrale in Grahamstown trafen Berichte ein, die sogar die abgebrühtesten Haudegen erschreckten: »Ich war in sechs Dörfern und fand nur sieben Menschen am Leben.« Im Einzugsgebiet zahlreicher Flüsse, bis zu den kleinen Nebenarmen, gab es keinen einzigen lebenden Menschen an den Ufern. Menschenleichen verfaulten auf dem Feld neben den älteren Kadavern ihrer Rinder. Das Land war eine Einöde, als hätte die Pest darin gewütet.

Viele, die am Leben blieben, verdankten es Richard Saltwood, der seine unzureichenden Nahrungsvorräte methodisch einteilte und aus dem ihm zur Verfügung stehenden Getreide das Maximum herausholte. Er organisierte

Hilfstrupps, ging selbst in die bedürftigsten Gebiete und brachte seine Nachbarn dazu, die umherirrenden Xhosa, soweit möglich, auf ihren Farmen aufzunehmen.
Doch für eine große Zahl Menschen im Inneren des Xhosalandes gab es einfach keine Hilfe; sie starben alle.
Als Saltwood Ende April die westlichen Gebiete inspizierte, registrierte er mindestens fünfundzwanzigtausend Tote, die unbestattet umher lagen; und er hatte mit seiner Schätzung recht gehabt, daß es in den östlichen Gebieten, zu denen er keinen Zutritt hatte, ebenso viele Tote gab. Siebzig-, achtzigtausend schwarze Afrikaner waren wahrscheinlich umgekommen, etwa zweihunderttausend Rinder waren geschlachtet worden. Und das alles aufgrund von Visionen eines kleinen Mädchens, die ihr gewissenloser Onkel benützt hatte, um Ziele zu verfolgen, über die nicht einmal er selbst sich ganz im klaren war.
Inmitten dieses Elends dachte Saltwood ständig an seinen alten Freund Mpedi; der Hirt war nicht nach *De Kraal* gekommen, wo etwa fünfzig Xhosa Zuflucht gefunden hatten, und so machte er sich auf den Weg, um Mpedi zu retten – falls er noch lebte.
Die Reise zu dem Dorf war ein einziges Grauen. Im Sonnenschein lagen Leichen wie verwelkte Herbstblumen herum; verlassene Weiden ohne Vieh, das jetzt eigentlich kalben sollte; Gestank, Staub und Einsamkeit. Aber in dem Dorf selbst erlebte er das Entsetzlichste, denn dort fand er sechs Überlebende vor und Mpedi allein in seiner Hütte, zitternd und dem Hungertod nahe.
»Alter Freund«, rief Saltwood, Tränen in den Augen, obwohl er Tausende andere hatte sterben sehen. Mpedi war etwas Besonderes.
»Alter Freund«, wiederholte Saltwood, »warum teilst du nicht die Nahrung mit den anderen?«
Erschrocken wich der Hirt vor ihm zurück. Er konnte nicht einmal seinem alten Baas vertrauen. Er wollte nur sterben.
»Mpedi!« sagte Saltwood, ein wenig ärgerlich über diese abweisende Haltung. »Warum liegst du hier allein?«
»Sie essen ihre Kinder«, sagte der alte Mann, und als Saltwood aus der Hütte stürzte, die Asche unter dem Topf durchwühlte, sah er Menschenknochen.

Mpedi verhungerte, ebenso wie der Narr Mhlakaza, der an allem schuld war. Nongqause verhungerte nicht; sie war ein zartes Kind und brauchte nur wenig Nahrung, die ihre Anhänger ihr brachten. Sie lebte noch einundvierzig Jahre in bester Gesundheit. Während einer späteren Hungersnot mußte sie zwar einmal fliehen, um ihr Leben zu retten, als ihre Identität bekannt wurde. Mit ihren Freunden sprach sie aber gern über die große Zeit, als alle Welt ihren Salbadereien gelauscht hatte, und sie schien sich nie darüber Gedanken zu machen, was sie angerichtet hatte. In späteren Jahren nahm sie einen anderen Namen an, der ihrer Ansicht nach besser zu ihrer Stellung paßte. Sie nannte sich Victoria Regina.

Der Krimkrieg war zum Teil für die Zerrüttung von Mhlakazas Geist verantwortlich gewesen und hatte ihn auf den einfältigen Gedanken gebracht, daß Rußland in die Kapkolonie einfallen würde; ein Jahr später war er unmittelbar für Richard Saltwoods neuen Namen Amor verantwortlich.
Als sich die Russen in Sebastopol hartnäckig gegen die Engländer hielten und dadurch den berüchtigten Sturmangriff der Leichten Brigade im nahe gelegenen Balaklawa herausforderten, kam es in der britischen Armee zu einer ernsten Krise. In der Heimat meldeten sich zu wenig junge Leute, um die Verluste durch neue Truppen auszugleichen. Schließlich schien es am vernünftigsten, zu dem System zurückzukehren, das sich 1776 gegen die amerikanischen Rebellen und 1809 gegen Napoleon so bewährt hatte: Die englische Armee schickte Rekrutierungsagenten nach Deutschland, wo für hohe Handgelder eine erstklassige Söldnerlegion angeworben wurde.
Die Deutschen mußten unter fünfundzwanzig Jahre alt, über einssechzig groß und unverheiratet sein. Sie erwiesen sich als hervorragende Soldaten und hätten auf der Krim sicherlich tapfer gekämpft, doch wurde der Friede geschlossen, bevor sie aus England verschifft werden konnten. Daraus ergab sich ein ernstes Problem: Die Engländer hatten eine ausgebildete und entlohnte Armee, aber keinen Krieg, um sie einzusetzen.
Königin Victoria, die selbst deutschen Geblüts war, und ihr Gatte, Prinz Albert von Sachsen-Coburg-Gotha, machten sich natürlich Sorgen darüber, was mit ihren jungen Landsleuten geschehen sollte, und waren froh, als sie von Plänen hörten, wonach das ganze Kontingent zum Kap verschifft werden sollte, um dort als Wehrbauern entlang der in letzter Zeit unterbrochenen Grenzlinie gegenüber den Xhosa Farmen und sichere Posten zu errichten. Eine ganz ähnliche Methode war 1820 mit englischen Kolonisten erprobt worden, und es bestand kein Grund, warum sie nicht 1857 mit den deutschen Söldnern wiederholt werden sollte.
Es wurde ein großangelegter Plan erstellt, nach dem neuntausend Söldner gemeinsam mit den Frauen, die sie eventuell bekommen konnten, zu demselben Hafen gebracht werden sollten, an dem auch die Engländer gelandet waren. Nun trat aber ein unerwartetes Hindernis auf. Die Deutschen genossen einen so ausgezeichneten Ruf als Soldaten, daß viele andere Nationen daran interessiert waren, sie für ihre Zwecke einzusetzen; sie erhielten Angebote vom König von Neapel, von den Holländern in Java, der argentinischen Regierung und sieben verschiedenen revolutionären Junten in Europa, die alle glaubten, sie müßten nur diese Elitetruppe verpflichten, um die reaktionären Regierungen stürzen zu können. Etwa ein Viertel der Rekruten, 2350 Offiziere und Mannschaften, blieben übrig, um zum Kap auszuwandern.
Da Königin Victoria und ihr Gemahl großen Wert darauf legten, daß sich diese Ansiedlung als Erfolg erwies, schrieben sie nach Südafrika und ersuchten Major Saltwood, der sich während der Xhosa-Katastrophe Verdienste erworben hatte, nach London zu kommen und die Auswanderung zu leiten. Er war erfreut über die Gelegenheit, seinen Bruder Sir Peter zu

besuchen, und befand sich bereits zwei Tage nach Erhalt der Einladung auf dem Weg.
Als er in Tilbury an Land ging, wurde er zu seiner Überraschung sofort in den Buckingham Palast geführt, wo die Königin selbst mit ihm die Auswanderung besprach. Sie war eine kleine, rundliche Frau ohne Kinn, und wenn sie Fremde kennenlernte, verließ sie sich gern auf das Urteil ihres Mannes; sie zeigten beide lebhaftes Interesse für die südafrikanischen Kolonien – Kap und Natal – und hörten begeistert den Geschichten zu, die Saltwood vom Leben an der Grenze erzählte. Sie sagten, er müsse schleunigst nach Southampton fahren, um sich zu vergewissern, daß die Einschiffung der Deutschen glatt vonstatten ging, und Victoria fügte hinzu, sie würde Richard dafür verantwortlich machen.
Sie wollte noch sagen, daß ihr verheiratete Auswanderer am liebsten wären, da Familienbande eine gewisse Beständigkeit gewährleisteten, als ein reizender dreizehnjähriger Junge ins Zimmer stürzte, verlegen stehenblieb und sich zurückziehen wollte. »Komm her, Alfred«, sagte die Königin, »dieser Herr kommt aus dem Land der Löwen und Elefanten.«
Der Junge blieb stehen, drehte sich um und verbeugte sich wie ein preußischer Offizier. »Ich freue mich sehr, Sie kennenzulernen«, sagte er, worauf Major Saltwood die Hand ausstreckte, die des Jungen ergriff und ihn ins Zimmer zurückzog.
»Sie müssen einmal auf meine Farm kommen und die Tiere ansehen.«
»Das würde ich gern tun«, sagte Alfred, und damit war die kurze Begegnung zu Ende.
In Southampton versammelten die Behörden die Söldner für die Reise zum Kap und bekamen eine gediegene Gruppe kräftiger junger Leute zusammen, hatten aber wenig Erfolg damit, Frauen für sie zu finden. Das bereitete Saltwood Sorgen, da die Königin ausdrücklich erklärt hatte, sie wünsche vor allem vollständige Familien in ihren Kolonien; er bemühte sich also besonders, in allen Städten der Umgebung Frauen für die jungen Deutschen aufzutreiben. Er hatte aber keinen Erfolg, und als das letzte der Schiffe, die klapprige alte *Alice Grace*, zur Abfahrt bereit war, teilte er dem Kapitän mit, er dürfe nicht auslaufen, ehe ein letzter Versuch, mehr Bräute zu finden, unternommen worden wäre.
»Wer bin ich?« fragte der Kapitän. »Vielleicht Gott Amor?«
»Nein«, antwortete Saltwood ruhig, »aber Sie haben eine Aufgabe zu erfüllen.«
»Es ist meine Aufgabe, dieses Schiff zu steuern«, antwortete der Kapitän, »nicht Frauen zu suchen«, und das Abenteuer hätte ein unrühmliches Ende genommen, wäre nicht Saltwood ein einfallsreicher, menschenfreundlicher Mann gewesen.
»Sie haben zweihundert großartige junge Männer an Bord dieses Schiffes«, sagte er zum Kapitän. »Sie sollen alle an Deck kommen. Sofort!«
Als sie auf dem Achterdeck versammelt waren, sagte er ihnen frei heraus: »Leute, es wäre höchst dumm, ohne Frauen zum Kap zu reisen, deshalb hat

der Kapitän eingewilligt, die Abfahrt um zwei Tage zu verschieben. Ihr müßt in die Stadt gehen und euch nach Frauen umsehen. Ihr werdet verheiratet sein, bevor wir absegeln.«

Saltwood zeigte bei der Bewältigung dieser Aufgabe durchaus Phantasie. Da er sich unweit von Salisbury befand, fuhr er rasch mit dem Zug dorthin, erschien überraschend in Sentinels und rief: »Ich kann alle überzähligen Frauen in der Stadt brauchen.« Sein Bruder befand sich im Parlament, aber seine Frau war anwesend, und sie organisierte eine Suchaktion, bei der fünf junge Frauen gefunden wurden, die daheim nur wenig Heiratsaussichten hatten. Ein unhübsches Mädchen namens Maggie begann zu wimmern: »Ich mag nicht nach Südaferky.«

»Du fährst aber trotzdem dorthin«, sagte Saltwood streng und setzte seine Schützlinge in den Zug, der sie genauso ängstigte wie die bevorstehende Seereise.

Auf dem Schiff folgten zwei chaotische Tage beim großen Aussortieren; da aber viele Deutsche wie auch einige Frauen betrunken waren, kam es am Morgen des dritten Tages, als die Passagiere erwachten und sahen, welch schlechte Wahl sie im Dunkel getroffen hatten, zu einem regelrechten Aufstand.

Am liebsten hätte man die ganze Sache rückgängig gemacht. Da auch die beiden Geistlichen an Bord nicht mehr helfen konnten, sah es so aus, als würde der ganze Plan Schiffbruch erleiden. Da nahm Saltwood eine Pfeife, pfiff schrill und befahl den Männern, sich auf einer Seite des Schiffes aufzustellen, den Frauen, auf der anderen. Dann fragte er sie: »Meine Herren, wollen Sie Ihr Leben allein verbringen?« Als der Dolmetscher diese Frage übersetzte, sagten viele Männer: »Nein«. Und Saltwood fuhr fort: »Also, wenn Sie heute keine Frau finden, werden Sie dort drüben drei, vier oder ein Dutzend Jahre lang keine finden. Wollen Sie das?« Der Dolmetscher übersetzte diese Botschaft mit brutaler Offenheit, und die Deutschen blickten auf das Deck und schwiegen.

Dann wandte sich Saltwood an die Engländerinnen: »Ihr habt kein gutes Leben gehabt, das sehe ich. Nun habt ihr eine Chance, in ein schönes, neues Land zu kommen, mit vielen Hoffnungen und einem guten Ehemann. Seid ihr so dumm, daß ihr darauf verzichten wollt?«

Bevor seine eingeschüchterten Zuhörer Ausflüchte vorbringen konnten, befahl er den Männern und Frauen, ihre Aufstellung beizubehalten, dann pfiff er dreimal und sagte, mit dem Finger weisend: »Sie dort, an der Spitze der Reihe. Das ist Ihre Frau!« Und das Paar trat vor, nachdem der Dolmetscher übersetzt hatte.

Saltwood ging die ganze Reihe durch und entschied eigenmächtig, wer wen heiraten sollte; dann trat auf sein Zeichen Pfarrer Johannes Oppermann vor und traute alle in einer einzigen Zeremonie. Die zweihundertvierzig Paare verbrachten drei Monate zusammen an Bord der alten *Alice Grace*, und als sie ihren Bestimmungshafen erreicht hatten, gründeten sie einige der tüchtigsten Familien Südafrikas.

Die Londoner Presse war darüber entzückt, wie ein Bruder des spießerhaften Parlamentsmitglieds Sir Peter Saltwood sich des kupplerischen Auftrags der Königin entledigte, und ein Karikaturist des *Punch* stellte Richard völlig nackt, nur mit einer diskreten Windel versehen, ziemlich korpulent und mit aufgeblasenen Backen dar, gab ihm Bogen und Pfeil in die Hände und taufte ihn Amor.

Als leitende Beamte in Kapstadt Königin Victoria baten, ein Mitglied der königlichen Familie in die Kolonie zu entsenden, um Flagge zu zeigen und dem englischen Bevölkerungsteil mehr Patriotismus einzuflößen, befand sie sich in einem Dilemma. Sie selbst dachte nicht daran, die Inseln zu verlassen, und Prinz Alberts Gesundheit ließ zu wünschen übrig. Fünf ihrer neun Kinder waren Mädchen und somit für Reisen ins Land der Löwen und Elefanten ungeeignet. Somit blieben vier Söhne übrig, aber die jüngsten waren zehn und sieben Jahre alt, also kaum für den diplomatischen Dienst geeignet, während der älteste, der Prinz von Wales, in diesem Jahr die Vereinigten Staaten und Kanada besuchte. Es blieb also nur der zweitälteste Sohn übrig, Alfred, der aber erst sechzehn war. Doch Südafrika war ein Land von Farmern und Krämern, kein richtiges Land wie Kanada, und so mochte Alfred genügen.

Er war sehr beliebt, und man war in der königlichen Familie übereingekommen, daß er der Seefahrerprinz werden solle; die Zeitungen machten viel Aufhebens von der Tatsache, daß er als Leutnant zur See barfuß an Deck herumging. Er war nicht besonders intelligent – was im englischen Regierungssystem nie ein Hindernis darstellte –, aber er liebte Kanonen; alles in allem schien es eine vernünftige Lösung für das südafrikanische Problem zu sein, und die Königin schrieb ihrem Freund Major Richard Saltwood in *De Kraal* und ersuchte ihn, sich ihres Sohnes anzunehmen und »für ihn, wenn das möglich ist, eine große Treibjagd zu veranstalten«.

Das war tatsächlich möglich. Richard kannte einen englischen Farmer unweit von Bloemfontein, der eine ausreichende Zahl von Schwarzen mobilisieren konnte, um für den jungen Prinzen eine richtige Treibjagd aufzuziehen, und es wurde alles arrangiert. Als der junge Mann das Schiff verließ, stand Saltwood am Kap auf dem Kai, und nach einer Reihe von Empfängen segelte er mit ihm die Küste entlang nach Port Elizabeth, wo die königliche Gesellschaft an Land ging und sich zu Pferd auf ein Abenteuer ins Landesinnere begab, bei dem sie zwölfhundert Meilen über schwierigstes Gelände im Sattel zurücklegen mußte.

Als Saltwood zum erstenmal die Begleitung sah, die diese Reise mitmachen sollte, erschrak er: der Prinz, sein redefreudiger Stallmeister Friddley, vierzehn Seeleute, sechsundzwanzig afrikanische Regierungsmitglieder, mehrere Dutzend Stallknechte zur Betreuung der Reservepferde, siebenundzwanzig Wagen mit Kutschern, die die Ausrüstung befördern sollten, und ein Berufsfotograf, Mr. Yorke, um die Ereignisse mit einer plumpen Kamera, für die allein ein Wagen notwendig war, festzuhalten. All das, um

einem sechzehnjährigen Jungen das Vergnügen einer Treibjagd zu verschaffen.
Aber es war eine ernstzunehmende Expedition, was die Reiter schon am ersten Tag merkten, als sie zweiundzwanzig Meilen ohne längeren Aufenthalt ritten. Am nächsten Tag legten sie sechsundvierzig zurück und waren staubbedeckt, als sie in *De Kraal* ankamen, wo sie sich zwei Tage lang bei den Saltwoods erholen sollten.
Es war eine herrliche Ruhepause, bei der der Prinz von seiner ersten Bekanntschaft mit einer afrikanischen Farm entzückt war. *De Kraal* hatte in den letzten Jahren, als der Wohlstand der Saltwoods sich mehrte, sehr gewonnen. Alle Steingebäude, die auf die achtziger Jahre des vorigen Jahrhunderts zurückgingen, waren vergrößert und verschönert worden; auf dem Gelände waren Blumengärten angelegt, die Zäune in Ordnung gebracht worden; aber, wie der junge Alfred bemerkte, den Reiz des Besitzes machte noch immer die schöne Umrahmung durch die Hügel aus und der Bach, der ihn teilte.
Dem Flächeninhalt nach war die Farm seit der Zeit, als Tjaart van Doorn sie geführt hatte, etwas kleiner geworden; es gehörten noch immer die neuntausend Morgen innerhalb der Hügel, aber nur mehr viertausend außerhalb dazu. »Was mir so gut gefällt«, sagte der junge Prinz zu Saltwood, »ist die Mischung von eingezäuntem und offenem Gelände.« Er fand auch Vergnügen an der Jagd und wurde seinem Ruf gerecht, indem er mehrere kleine Antilopen erlegte.
Beim ersten Abendessen wurde der junge Mann verlegen, als eine der schwarzen Dienerinnen einen schreienden weißen Säugling hereinbrachte, um ihn dem königlichen Gast vorzustellen. »Das ist mein Enkel«, erklärte Saltwood. »Sieben Monate alt und Gutsherr.«
»Wie heißt er?« fragte der Prinz, der das Baby unbeholfen in den Armen hielt.
»Frank.«
»Frank, ich taufe dich Sir Brüller«, und das wurde der Spitzname des Kindes.
Von *De Kraal* reiste die Gesellschaft ostwärts nach Grahamstown, wo Friddley rief: »Was für ein reizender Ort! So englisch. Sogar die Holländer, die hier leben, sehen aus wie unsere Landedelleute in Surrey!«
Friddley war für Saltwood eine neue Erfahrung; als Neffe eines Herzogs hielt er sich für berechtigt, alles auszusprechen, was ihm einfiel, wobei die Grammatik mit seinen patriotischen Gefühlen nicht immer Schritt halten konnte. Beim ersten Empfang in Grahamstown brachte er einen weitgespannten Trinkspruch aus: »Auf die treuen Bürger dieser tapferen Grenzstadt, deren englische Tapferkeit und heldenhafte Ausdauer, die unser edles Volk stets beleben wird, und die die Königin mit unvergleichlicher Ergebenheit lieben und ihr danken, daß sie ihren Sohn, den tapferen Seefahrerprinzen, mit ihnen teilt...« Dann ließ er diesen Satz fallen und fuhr weiter: »Ich meine, es war Ihre Treue zu unserer geliebten Königin und ihrem geliebten

Gemahl, dem Vater unseres geliebten Seefahrerprinzen, der uns durch diesen zeitgerechten Besuch in der treuesten Kolonie seiner Mutter solche Ehre erweist, und ich sah ihn barfuß auf dem Deck seines Schiffes, wo er wie jeder andere anständige leidenschaftliche Seemann, von dem das Wohl unserer Nation abhängt, seine Pflichten erfüllte...« Er schien eine Atempause zu brauchen, rief aber dann: »Ich trinke auf die tapferen englischen Herzen, die diese Stadt vor grimmigen Wilden geschützt haben.«

»Hört, hört!« riefen die Zuhörer, doch Saltwood fragte seinen Nachbarn Carleton, den Wagenbauer, der als Bürgermeister der kleinen Stadt fungierte: »Und was ist mit den Buren?«, worauf Carleton flüsterte: »Heute zählen die Buren nicht«, und Saltwood kicherte: »Ohne sie würde er heute abend nicht hier stehen.«

Friddley war immer bestrebt, große Reden zu schwingen, wobei er betonte, wie huldvoll es von der Königin war, ihrem Sohn eine so weite Reise zu gestatten, um den Beifall der Kolonie entgegenzunehmen; er diente dem gleichen Zweck wie die beamteten Schmeichler am Hof von König Dingan, und seine Worte waren ebenso inhaltsleer. Aber der Prinz ließ sich durch diese ständige Lobhudelei nicht ablenken. Er fragte wiederholt: »Wann geht die Treibjagd los?«, und sobald sie Grahamstown hinter sich gelassen hatten, blieb er fünfzig Meilen täglich im Sattel.

Seine Begleitung folgte ihm hinter einer Staubwolke; die Wagen knarrten, die Stallknechte betreuten die lahmenden Pferde, und Mr. Yorke vollbrachte wahre Heldentaten, um seinen lästigen Fotografenwagen in Knipsweite von den anderen zu halten. Während die anderen in ihren Feldbetten in Zelten schliefen, lag er zusammengerollt in seinem Wagen.

Nach einem letzten Ritt von sechsundfünfzig Meilen an einem Tag kamen sie endlich zu einer großen Farm östlich von Bloemsfontein, wo eine riesige Ebene mit einem Umfang von hundert Meilen innerhalb von niedrigen Hügeln lag. Schon Tage vorher waren Schwarze an jenem Paß postiert worden, über den das Wild hätte entfliehen können, im ganzen tausend Mann, und am Spätnachmittag des 23. August 1860 bewegten sich diese Treiber langsam auf den zentralen Teil zu, in dem sich der Prinz am nächsten Morgen befinden würde. Dabei trieben sie aus allen Richtungen eine gewaltige Herde von Zebras, Bläßböcken, Elenantilopen, Kuhantilopen, Kudus, Straußen und den Quaggas, die bald aussterben sollten, vor sich her. Wie viele Tiere gehörten zu dieser Herde? Vielleicht zweihunderttausend, vielleicht auch weniger, denn niemand konnte sie zählen, während sie zur Mitte und dann zur Peripherie wanderten. Manche entflohen durch unbewachte Täler; die meisten wurden durch die große Zahl der Treiber beisammengehalten.

Bei Morgengrauen kam der Prinz, begleitet von vierundzwanzig Schützen, in das Jagdgebiet, wo Friddley das Zeremoniell festlegte: »Ich werde zur Linken des Prinzen reiten, Major Saltwood zu seiner Rechten. Wir werden nicht schießen. Unsere Aufgabe wird darin bestehen, dem Prinzen frisch geladene Gewehre zu reichen, während er auf die Tiere feuert. Sie, Königliche Hoheit, greifen zuerst zu mir nach links, dann zu Saltwood nach rechts. Nun möchte ich, daß sechs gute Schützen in einem Halbkreis hinter uns reiten. Sie, meine Herren, können gelegentlich auf Wild schießen, aber Ihre Hauptaufgabe besteht darin, den Prinzen zu schützen, falls ein Tier ihn angreifen sollte. Ist das klar?«

Als die Sonne aufging, nahmen die fünfundzwanzig Schützen ihre Positionen ein, dazu Friddley und Saltwood als Handlanger, sowie neunzig schwarze Diener, von denen viele Gewehre trugen, dazu achtzehn weiße Helfer und noch tausend Treiber draußen auf dem Flachland, um alles für »die größte Jagd der Geschichte« bereitzumachen. Erst dann gab Friddley das Signal, und die große Treibjagd begann.

Die Treiber verursachten einen Riesenkrach, worauf die erschrockenen Tiere in Richtung der wartenden Jäger zu laufen begannen. Zuerst galoppierte eine Menge Zebras vorbei, dann eine zersprengte Schar von Springböcken, zuletzt das Gros der Herde. Sie kamen in wildem Aufruhr, Hunderte, Tausende von ihnen. Zuerst schwenkten sie von den Jägern ab, und viele entkamen, aber als der Druck von hinten zu einem Chaos führte, galoppierten sie auf zehn Schritt Entfernung an den Schützen vorbei, gewaltige Gruppen großer Tiere rannten angsterfüllt dahin.

Es wurde ununterbrochen gefeuert. »Da, Hoheit!« rief Friddley, während er das leere Gewehr des Prinzen nahm und ihm ein frisch geladenes aushändigte. Nachdem er aus fünfundzwanzig Zentimeter Entfernung in die Flanke eines Zebras gefeuert hatte, warf der Prinz sein Gewehr Saltwood zu und langte, ohne auch nur hinzusehen, nach einem frischen, das er wieder auf Tiere entlud, die keine zehn Schritte weit entfernt waren.

Inzwischen waren auch die vierundzwanzig anderen Sportsleute von fliehenden Tieren umgeben, die ihnen oft Erde ins Gesicht schleuderten, und auch sie feuerten, so schnell sie konnten, direkt in die Brust der vorbeistürmenden Tiere.

Nach einer Stunde unaufhörlichen Gemetzels wich die Herde verwirrt zurück, worauf die Helfer in verschiedene Teile der Ebene ritten und die Treiber aufforderten, ihr Vorrücken zu beschleunigen. Das hatte zur Folge, daß eine gewaltige Schar von Tieren unmittelbar an dem wartenden Prinzen vorbeijagte. Tatsächlich kamen nun die großen Tiere so nahe, daß es sinnlos, wenn nicht unmöglich war, mit Gewehren auf sie zu feuern, denn man konnte die Läufe kaum hochheben, so eingekeilt waren sie von den Tieren. Friddley fand das herrlich, und er rief: »Eure Hoheit, wir wollen die Klingen verwenden!« Er nahm dem Prinzen das Gewehr weg und reichte ihm einen Speer für die Eberjagd mit kurzem Griff, der so scharf war, daß Friddley ihn nach dem Chirurgen, der Königin Victoria und ihre Familie behandelte, »die Paget-Klinge« genannt hatte. Der junge Prinz benutzte ihn recht geschickt; er und Friddley gaben ihren Pferden die Sporen, griffen die in wilder Panik flüchtenden Tiere an und stachen auf sie ein, während sie vorbeirasten. Innerhalb von Minuten waren der Prinz und Friddley durch die häufigen Stiche und die stürzenden Tiere mit Blut bedeckt.

Die beiden Männer benützten ihre Lanzen fast eine Stunde lang, während die sechs Schützen sich zur Vorsicht hinter ihnen hielten. Saltwood, der weder Gewehr noch Speer hatte, beobachtete mit einer Art distanzierter Abscheu, wie ein großes Tier nach dem anderen in die Knie sank und das Blut hervorsprudelte; oft konnte er die Hand ausstrecken und die in Panik vorbeirasenden Antilopen berühren. Die einzige Gefahr für ein Kind bei dieser irrwitzigen Angelegenheit hätte darin bestanden, daß es unter die dahinjagenden Hufe hätte geraten können oder dem Gewehr eines Jägers vor den Lauf gekommen wäre.

»Genug!« rief endlich jemand, und als Saltwood zu dem Prinzen kam, um ihm den Speer abzunehmen, sah er, daß er vollkommen mit Blut bedeckt war, wie ein ungeschickter Viehschlächter auf dem Land. Bei der darauffolgenden Feier schoß sich ein Herr aus der Umgebung den eigenen Arm ab, während er zu Ehren des heldenhaften jungen Besuchers einen Salut abfeuerte, und Friddley hielt eine tiefempfundene Dankrede an die etlichen hundert Leute aus Bloemfontein, die die Jagd veranstaltet hatten: »Wir haben am heutigen Tag sechshundertvierzig Tiere erlegt, von denen jedes größer ist als ein Pferd, sowie Tausende kleinere Tiere, die zu zählen wir uns nicht die Mühe machen werden. Unser ruhmreicher Seefahrerprinz bewies, daß er an Land ebenso tapfer ist wie auf See, und wir können der Königin versichern, daß wir mit männlichem Stolz seinen außerordentlichen Mut angesichts der donnernden Hufe dieser rasenden Tiere beobachtet haben. Es tut uns leid, daß Seine Königliche Hoheit keinen Löwen erlegt hat, wir zweifeln aber nicht daran, daß er auch diesem Tier mutig begegnen und es abschießen wird, noch bevor wir diese Gestade verlassen.«

Nachträglich fügte er hinzu: »Dieser große Ansturm war keine vorsätzliche Vergeudung der Geschöpfe Gottes. Unsere treuen Kaffern brauchen heute abend nicht zu hungern.«

Und da es unmöglich war, Friddley zu stoppen, wenn er einmal in Fahrt war, bemerkte er noch: »Es war ein sehr aufregender Tag, und selbst wenn Seine Königliche Hoheit hundert Jahre lebte, glaube ich nicht, daß er noch einmal ein solches Schauspiel erleben könnte, denn das Wild in diesen Gebieten ist im Abnehmen begriffen.«

Prinz Alfred sandte seiner Mutter einen so begeisterten Bericht über Richard Saltwoods Gastfreundschaft, daß sie, als der Premierminister eine wichtige Angelegenheit zur Sprache brachte, die sowohl Indien als auch Natal betraf, den Namen des Besitzers von *De Kraal* nannte und erklärte: »Saltwood kennt beide Länder genau. Betrauen Sie ihn mit dieser Aufgabe.« Und so verschaffte sie Amor wieder eine Chance, seine Pfeile abzuschießen.

Im Alter von einundsiebzig Jahren erhielt Richard von der Regierung Natals den Auftrag, Verhandlungen zu führen, die einiges Fingerspitzengefühl erforderten: »Natal eignet sich hervorragend zum Zuckeranbau, aber wir können nur wenig erreichen, wenn wir keine Arbeitskräfte finden.«

»Ihr habt die Zulu«, sagte Richard. »Laßt sie arbeiten.«
»Zulu lassen sich nicht leicht zähmen, mein Lieber. Nicht wie eure Xhosa nach diesem Irrsinn mit dem Vieh. Kein Zulu wird auf den Feldern arbeiten; sie wollen ihre Hände nicht gebrauchen. Sie sagen, das sei würdelos. Eine Arbeit für Frauen. Wir haben ein paar Chinesen geholt, aber die verdammten Kerle wollen nicht für die zehn Shilling im Monat arbeiten, die wir bieten. Sie wollen Geld auf die hohe Kante legen und sich eigene Läden kaufen.«
»So schlagen Sie also Inder vor?«
»Ungefähr zweitausend, zehn Shilling pro Kopf, dann wissen wir nicht, was wir mit dem vielen Zucker anfangen sollen. Sie waren in Mauritius ein Erfolg, auch in Westindien. Warum also nicht in Natal?«
»Was soll ich tun?«
»Wir müssen nach Indien gehen und sie auf ordentliche Art anwerben. Sie haben Ihre Sache mit diesen deutschen Burschen damals sehr gut gemacht, und wir sind sicher, daß Sie mit den Indern das gleiche schaffen können.«
Angesichts seines Alters wäre Richard lieber in der Nähe von *De Kraal* und seinem kleinen Enkel geblieben, aber als er erfuhr, daß ihn die Königin selbst vorgeschlagen hatte, konnte er nicht ablehnen. Es waren über vierzig Jahre vergangen, seit er in Indien gekämpft hatte, und als sein Schiff in Madras einlief, war er erstaunt über die Veränderungen, denn er kam kaum achtzehn Monate nach dem schrecklichen indischen Aufstand in den Hafen. Diese blutige Erhebung war nach schweren Verlusten auf beiden Seiten niedergeschlagen worden, und nun herrschte unsicherer Frieden.
»Soldaten, die wir ausgebildet hatten«, erzählte ihm ein Beamter im Regierungsgebäude, »wandten sich gegen uns. Brennend, raubend, mordend. Und wissen Sie, weshalb? Wegen dieser verdammten Dumdumgeschosse.« Als er Saltwoods fragenden Blick bemerkte, fügte er hinzu: »Die neuen Patronen für die Enfields sind an einem Ende eingefettet und müssen abgebissen werden – das heißt vor der Verwendung in Vorderladern. Es wurde das Gerücht verbreitet, daß die Schmiere aus Schweinefett bestand, und das wollten die Moslems nicht anrühren. Sie sagten, wir täten es, um ihre Religion zu verunglimpfen.«
»Unser Problem war die rote Erde«, murmelte Saltwood.
»Wie bitte?«
»Unsere Kaffern kämpften gegen uns, weil sie die rote Erde von einer unserer Farmen für ihre Zeremonien brauchten. Hunderte starben wegen der roten Erde.«
Bedeutungsvoller für Saltwood war das Verschwinden der John Company vom indischen Schauplatz. Noch bevor die Meuterei niedergeschlagen war, hatte Königin Victoria das Gesetz unterzeichnet, das den Subkontinent der Krone direkt unterstellte, und nach zwei Jahrhunderten tödlicher Rivalität mit den Holländern war die englische Kompanie am Ende.
»Vielleicht hätten die Geschäftsleute die Macht behalten sollen«, sagte der Beamte.

»Warum?«
»Sie wären mit den Rebellen anders umgegangen.« Die Verbitterung des Kolonialbeamten klang bei diesen Worten durch. »Einige Führer – die wirklich argen, die unsere Leute töteten – wurden gehängt. Aber wir haben hier noch Hunderte, die herumlaufen und an deren Händen englisches Blut klebt. Den ›Milden Canning‹ nennen sie unseren Vizekönig. Bei seinem Vater, wahrhaft, dem echten Canning, hätte die Milde anders ausgeschaut. Er hätte sie alle am Strick baumeln lassen. Unser Canning will keine Märtyrer aus ihnen machen. Er sagt, das würde mehr Ärger verursachen als die eingefetteten Patronen. Saltwood, ich sah unsere Frauen und Kinder in Allahabad – zerstückelt und in einen Brunnen geworfen. ›Milder Canning‹, hol ihn der Teufel!«
Er war während seines Aufenthaltes in Madras eifrig damit beschäftigt, die Haken in den Arbeitsverträgen auszumerzen und sich mit den Rekrutierungsagenten zu beraten; dennoch war er imstande, seinen Auftrag durchzuführen, und eines Nachmittags stand er auf einem großen Grundstück am Stadtrand, wo neunhundert Inder auf dem Boden hockten; jeder betete darum, ausgewählt zu werden und einen von den zweihundert freien Posten zu erhalten, der es ihm ermöglichen würde, der Armut Indiens zu entrinnen. In weniger als zwei Stunden hatte Saltwood seine Wahl getroffen, aber als er das Grundstück verlassen wollte, wandten sich die drei Brüder Desai an ihn: »Bitte, Sahib, Großer Herr, wir wollen auch in dein Land gehen.«
»Alle freien Plätze sind vergeben. Ihr werdet auf das nächste Schiff warten müssen.«
»Bitte, Großer Sahib!« Bis zu seiner Abreise verfolgten ihn diese Desai, liefen meilenweit hinter seiner Kutsche her, warteten an den Eingängen des Regierungsgebäudes, verzweifelt bemüht, von ihm gesehen zu werden. Sie nickten, bahnten ihm einen Weg durch die Menschenmengen, wiederholten ihre Namen, zupften ihn am Arm: »Bitte, Großer Sahib, es geht um Leben oder Tod.«
Immer lächelten sie, zeigten ihre blendend weißen Zähne, und schließlich brachen sie Saltwoods Widerstand, so daß er den Kapitän der *Limerick* fragte: »Haben Sie noch Platz für drei Mann?«
»Also, mein Freund, das ist vielleicht eine Frage«, sagte der Kapitän. »Ich habe doch kein Sklavenschiff.«
»Kapitän, Kapitän!« riefen die drei Desai blökend wie verwundete Schafe. »Sie sind ein sehr großer Kapitän. Sicherlich können Sie es möglich machen...«
»Nun, vielleicht kann ich sie noch reinbringen.« Die Desai küßten ihm die Hände, kamen weinend zu Saltwood, um das gleiche zu tun. »Sie werden es nie bereuen«, versicherten sie ihm.
So wurden zweihundertdrei Inder mit zehnjährigen Verträgen für die Überfahrt nach Natal eingeschifft; danach sollten sie wieder in die Heimat zurückkehren. Aber als Saltwood zur Limerick kam, um bei der Abfahrt dabeizusein, fand er etwa fünf- bis sechshundert Inder zur Abfahrt bereit vor,

die meisten unter ihnen waren weiblichen Geschlechts. Die drei Brüder Desai grinsten fröhlich und hatten fünf äußerst reizvolle Frauen im Schlepptau.
»Unsere Frauen«, erklärten sie.
»Ihr seid keine Moslems«, knurrte Saltwood, »also habt ihr nicht mehr als je eine Frau.«
»Diese zwei«, sagten die Desai, »Schwestern unserer Frauen.«
»Sie können nicht mit euch fahren. Nur Männer. Ihr arbeitet zehn Jahre, dann kommt ihr zurück zu euren Frauen.«
Es gab kein großes Wehgeschrei. Das Leben in Indien war schwer, insbesondere nach dem Aufstand, und wenn die Männer ihren Lebensunterhalt unter dieser Bedingung verdienen sollten, mußte es eben sein. Doch an diesem Abend brachte Saltwood die Frage im Regierungsgebäude aufs Tapet, als er mit einem hohen Beamten sprach, der hüstelnd sagte: »Also, da gibt es irgend so eine unsinnige Klausel im Gesetz über das Mitnehmen von Frauen nach Natal. Aber das wollen Sie doch sicherlich nicht, oder? Wenn Sie Frauen mitnehmen, wird jeder Mann in zehn Jahren zehn Kinder haben.«
»Wollen Sie, daß sie zehn Jahre lang ohne Frauen leben?«
»Würde manchen von ihnen guttun.«
»Wir haben in Südafrika festgestellt, daß es unmenschlich ist, Männer von ihren Frauen zu trennen, und das kann ich nicht verantworten.« Seine Argumente setzten sich durch; die Regierung war damit einverstanden, daß in Zukunft die Frauen ihre Männer begleiteten und mit ihnen auf den Zukkerrohrfeldern arbeiteten, und da schickte ein Spaßvogel einen Brief an *Punch*, in dem er über die weiteren Abenteuer von Amor Saltwood berichtete; bald darauf brachte der Karikaturist eine neue Serie heraus, in der der mit der Windel bekleidete Saltwood mit Pfeil und Bogen über indischen Paaren schwebte, die auf den Zuckerplantagen in Natal arbeiteten.
Seine erfolgreiche Mission in Indien und die darauffolgende Landung von jungen, gesunden Kulis mit ihren Frauen vergrößerte schließlich die Unübersichtlichkeit des Rassenschmelztiegels Südafrika: Buschmänner, Hottentotten, Xhosa, Zulu, Afrikander, Engländer, farbige Mischlinge und nun noch Inder.
Als die Zuckerrohrarbeiter mit Arbeitsverträgen an ihrem Einsatzort angelangt waren, etablierten sich »reisende Inder«, die ihre Überfahrt nach Natal selbst bezahlt hatten, als Ladenbesitzer, und diese anfänglichen beiden Gruppen wuchsen innerhalb eines Jahrhunderts zu einer dreiviertel Million Menschen an. Und obwohl man ihnen wiederholt freie Überfahrt und Prämien anbot, wenn sie nach Indien zurückkehrten, machten nur wenige davon Gebrauch. Sie fanden das Leben in Chakas Land so schön, daß sie bleiben wollten.
Richards Erfolg übertraf alle Erwartungen. Die Inder waren glücklich, in Natal zu sein, und die weißen Farmer waren glücklich, Arbeitskräfte zu haben. Für seine Initiative und insbesondere für seine weise Voraussicht, auch die Frauen mit herüberzubringen, erhielt er einen Brief der Königin, der die

Krönung seines Lebens bildete: »Aufgrund Ihrer großzügig und auf so vielen Gebieten der königlichen Familie und dem Thron geleisteten Dienste wünschen Wir, daß Sie nach London kommen, um von Unseren Händen zum Ritter geschlagen zu werden.«
Als die Feierlichkeiten bei Hof vorüber waren, bestieg Sir Richard Saltwood von *De Kraal* zum ersten Mal einen Eisenbahnzug und fuhr nach Salisbury, wo er in dem alten Hängeziegelhaus unter den Sentinel-Eichen und -Kastanien mit seinem älteren Bruder Sir Peter saß und über den Fluß hinweg zu der noch immer prachtvollen Kathedrale blickte. Sie sprachen über allerlei; Sir Peter war nicht mehr Mitglied des Parlaments, er hatte seinen Sitz an seinen Sohn abgetreten, aber wie alle Saltwoods nahm er regen Anteil an dem, was um ihn herum vorging.
»Sag mir, Richard, was soll mit den Holländern dort unten geschehen?«
»Die Buren oder, wie manche sie nennen, die Afrikander, die sind eine eigene Rasse. Es ist noch nicht lange her, da fuhr ein richtiger Holländer hinüber, ein Geistlicher aus Amsterdam, der die Absicht hatte, sich dort niederzulassen. Ich kannte ihn gut; nach sechs Monaten saß er in meinem Haus und sagte: ›Ich gehe zurück in die Zivilisation. Diese Menschen sprechen nicht einmal richtig Holländisch. Sie verrichten ihre Andacht auf eine Art, die wir schon seit zwei Jahrhunderten nicht mehr praktizieren. Wenige haben außer der Bibel noch ein anderes Buch gelesen, und von der Bibel auch nur das Alte Testament.‹ Und beleidigt kehrte er nach Holland zurück.«
»Was sagten die Ortsansässigen?«
»Da wird die Angelegenheit kompliziert. Du mußt verstehen, daß der Holländer, der zu Besuch dort war, von Emigrantenfarmern sprach, die treckten – von denen gibt es vielleicht vierzehntausend. Du darfst aber nicht vergessen, daß es Tausende andere gab, die nicht treckten. Die bilden noch immer die Mehrheit in der Kolonie, und sie wissen nicht, ob sie ihre Brüder oben im Norden lieben oder hassen sollen. Unser Geistlicher aus Amsterdam versuchte die Trekker-Buren zu ändern, aber die sind nicht bereit, ihre Gewohnheiten abzulegen. Es wird mehr als ein holländischer Geistlicher notwendig sein, um diese Gesellschaft ins neunzehnte Jahrhundert zu bugsieren.«
»Ist ihre Lebensweise so veraltet?«
Sir Richard hatte das Kinn auf die Finger gestützt, und er zögerte mit seiner Antwort, denn damit würde er seine Stellungnahme zu Sir Peters Hauptfrage über die wahrscheinliche Zukunft festlegen, und er wußte, daß Peter in London noch immer viel Einfluß besaß. Er sagte sehr vorsichtig: »Die Lebensweise der Buren ist tatsächlich sehr veraltet. Und die Lebensweise der Engländer sehr modern. Früher oder später müssen die beiden in einen ernstlichen Konflikt geraten.«
»Krieg?«
»Ich weiß nicht. Wenn wir irgendwie die Beziehungen zu ihnen aufrechterhalten könnten, wäre die Kluft zu überbrücken. Wenn man an Tjaart von Doorn denkt, dem Mann, der mir seine Farm verkaufte... Peter, du solltest

nach Südafrika kommen und sie dir mal anschauen. Man sieht zwar dort keine Kathedralen, aber es ist ein herrliches Land.«
»Was ist mit van Doorn?«
»Er ist ebenso alt wie ich. Besitzt genauso viel Energie. Prächtiger Bursche – er kämpfte in vierzig Gefechten gegen die Kaffern an meiner Seite.«
»Aber was ist mit ihm?«
»Als er aus unserer Gegend auswanderte... schrieb er einen langen Brief, in dem er seine Gründe darlegte. Er kämpfte gegen Mzilikazi, dann ging er nach Natal und half mit, Dingan zu vernichten. Dann flüchtete er in ein weit entferntes Tal. Dort lebt er mit Kaffern und einigen Familien ähnlich der seinen in der Abgeschiedenheit. Keine Bücher, keine Zeitungen, keine neuen Ideen. Keines seiner Kinder kann lesen. Verloren. Verloren.«
»Wenn er sich in den Busch zurückgezogen hat, warum soll man ihn dann fürchten?«
»Weil der Tjaart van Doorn, den ich kannte, ein mächtiger Mann war. Ihr habt keine solchen Männer in England. Aus hartem Granit gehauen. Peter, wenn eure Regierung diesen Mann beleidigt oder ihn verärgert, könnte die Hölle los sein.«
»Was sollen wir tun?«
»Ihn beschwichtigen.«
»Unsinn.«
Ohne über das Thema gesprochen zu haben, waren sich die Brüder darüber einig, daß sie, da sie wahrscheinlich zum letztenmal beieinander waren, den traditionellen Familienausflug nach Stonehenge und vielleicht weiter zum Oriel College nach Oxford unternehmen sollten, wo Sir Richards Enkel eines Tages studieren würde, wie die drei Enkel Sir Peters. Sie teilten ihre Zeit entsprechend ein, ließen von den Stallknechten die Pferde vorbereiten, und eines Morgens sagte Peter: »Sollen wir uns in den Sattel schwingen und die Steine besuchen?«
»Erstklassige Idee!« Und eine Stunde später befanden sie sich mit einem kleinen Gefolge von Dienern auf dem Weg.
Sie machten bei der Wahlulme in Alt-Sarum halt, und Sir Peter sagte: »Ich war das letzte Parlamentsmitglied, das aus diesem kam. Ich glaube, das war 1832. Als Sir John Russell seinen Gesetzesvorschlag einbrachte, die verlassenen Wahlkreise abzuschaffen, stimmte auch ich dafür. Die Zeit für diese Art von Privilegien ist vorbei.« Er seufzte. »Aber von hier sind einige hervorragende Männer ins Parlament gelangt, von denen keiner besser war als Vater.« Er kicherte. »Hast du gehört, wie ich meinen Parlamentssitz erhielt?« Er erzählte, wie der Eigentümer ihn hierhergebracht, die ganze Zeit gebrummt und ihm dann den Wahlzettel mit seinem Namen gegeben hatte.
»Er sagte, er befürchte, ich sei einer von diesen jungen Radikalen. Ich muß vierzig gewesen sein, aber er schätzte es, wenn die Parlamentsmitglieder über siebzig waren. Er sagte, dann seien sie erst vernünftig.«
Als sie nach Stonehenge kamen, waren die beiden alten Herren müde, und sie beschlossen, auf den längeren Ritt nach Oxford zu verzichten. »Es war

ein schöner Ort«, sagte Sir Peter. »Ich schöpfte alle meine Ideen aus Oriel. Sie waren nicht gerade glänzend, aber sie genügten. Mein Sohn ist der gleichen Meinung. Und dein Enkel wird es auch sein. Wie alt ist der Junge?«
»Zwei.«
»Ist er intelligent?«
»Na ja, so, wie wir alle.«
Nachdem Richard das gesagt hatte, schwiegen die Brüder, und endlich fragte Sir Peter mit Tränen in den Augen: »Hast du jemals etwas von David in Amerika gehört?«
»Er ist irgendwo in Indiana verschwunden.«
Die Brüder schwiegen längere Zeit und betrachteten die umgestürzten Steine, auf denen ihre Mutter und ihre Großmutter während der Familienpicknicks gesessen hatten. Dann sagte Peter: »Erzähl mir von Hilary«, doch bevor Richard sprechen konnte, fügte er hinzu: »Ich nehme an, du weißt, daß sein Besuch bei uns mit dieser Negerfrau eine Katastrophe war.«
»Es war überall eine Katastrophe«, sagte Richard. »Armer Kerl, eines Nachts wurde beiden die Kehle durchgeschnitten. Niemand hat je erfahren, wer es getan hat.«
»Die beiden sind tot. Und wir zwei sind Ritter des Königreichs. Ich glaube, Mutter wäre zufrieden. Sie war schrecklich praktisch veranlagt, weißt du.«
Er starrte die alten Steine an, die seine Familie so liebte, und wiederholte, was er Richard vor fast sechzig Jahren gesagt hatte: »Das soll immer dein Heim sein. Ich meine, hier und Sentinels. Komm wieder.« Aber beide Brüder wußten, daß dies für jeden von ihnen der letzte Besuch war. Doch für ihre Kindeskinder würde es immer eine Zuflucht bleiben.

Als Frank Saltwood, Sir Richards Enkel, in den Jahren 1879–1881 am Oriel College studierte, stellte er fest, daß es ein hervorragendes Zentrum für theologische Diskussionen war, aber er vermied, wie seine Vorfahren, jede tiefschürfende intellektuelle Diskussion. Im Herbstsemester seines Abschlußjahres fiel ihm ein merkwürdiger Student auf, der in Oxford auftauchte und wieder verschwand, Vorlesungen hörte, dann in Kneipen diskutierte und dann wieder für Monate unsichtbar blieb. Frank wußte nicht einmal, zu welchem College der Mann gehörte und ob er ein Studienleiter oder ein Kommilitone war.
Da er um so viel älter aussah, nahm Frank an, er müsse ein umherreisender Dozent sein, der vorübergehend einem renommierten College wie Balliol oder Christ Church zugeteilt war. Er war ein bescheidener Mann aus einer armen Familie, dessen Kleidung fehl am Platz wirkte, dessen Jacke immer bis zum Kinn zugeknöpft und dessen Hosen stets aus einem merkwürdigen Stoff waren. Er hatte dunkles, rötliches Haar, einen massigen Körper und wasserblaue Augen, die er abwandte, wenn man ihm direkt ins Gesicht sah. Als die Zeit herankam, in der er zu seinen Abschlußprüfungen antreten und Oriel verlassen mußte, war Frank traurig. Er wanderte an der Themse entlang, lauschte den Vögeln, die er in Südafrika nicht gesehen hatte, und ver-

geudete seine Zeit damit, die Silhouette der Stadt mit ihren Kuppeln und Türmen zu betrachten, die stolz dort standen wie vor vierhundert Jahren. Die altehrwürdige Aura dieses Ortes bedrückte ihn, wenn er an die Roheit und Wildheit in seiner Heimat dachte, und er geriet in jenen Zwiespalt, den alle Südafrikaner erlebten, die zu Studienzwecken hierherkamen.
Tagelang wanderte er durch die Straßen von Oxford, verließ seine Wohnung in Oriel und besuchte planlos die nahe gelegenen Colleges, eigentlich nur, um sich die großen viereckigen Höfe anzusehen. Er mußte einen Ort, den er liebte, für immer verlassen.
Er betrat den Eingang zu einem College, in dem er nie eine Vorlesung gehört hatte, wie ein Besucher aus London, starrte die schönen Fassaden der Gebäude an, die den Hof umrahmten, und stellte sich die großen Männer vor, die diese Räume bewohnt oder in diesen Hallen studiert hatten. Politikwissenschaften oder Literaturgeschichte war nicht gerade seine Stärke, und er wußte keineswegs, welcher berühmte Absolvent von Oxford zu welchem College gehörte, wußte aber irgendwie aus den Erzählungen seines Vaters und aus Andeutungen, die er während seines Aufenthaltes in Oriel aufgeschnappt hatte, daß große Männer Englands ihre Studien in dieser Stadt absolviert hatten: Samuel Johnson, Kardinal Wolsey, Charles James Fox und die beiden Williams, Penn und Pitt, die nach dem Ausscheiden aus Oxford Alt-Sarum im Parlament vertreten hatten.
Wenn er in sein eigenes College zurückkehrte, durch das Tor trat und die niedrigen, gedrungenen Konturen der einfachen Gebäude sah, konnte er nicht glauben, daß irgendein berühmter Mann aus ihnen hervorgegangen war. Es ging eine Legende um, daß Sir Walter Raleigh dort studiert habe, aber das bezweifelte er. Einige von den Professoren machten viel Aufhebens von einem Orielmann namens Gilbert White, aber Frank hatte keine Ahnung, wer er war oder was er geleistet hatte. Nein, was aus diesem College kam, war eine endlose Reihe von Saltwoods, Männer von solider Beständigkeit, die nie an der Spitze einer Liste gestanden hatten, die aber dazu neigten, das Richtige zu tun. Sie waren ihrem Gewerbe in Salisbury nachgegangen und hatten es sogar noch auf verschiedene gewinnbringende Sparten ausgedehnt; sie hatten dem Königreich im Parlament gedient, als Alt-Sarum ein verlassener Wahlkreis gewesen war, und waren für gerechte Wahl eingetreten, als er aufgelöst wurde; und sie waren, wie der Bruder seines Großvaters, Hilary, Gottes Ruf zu seltsamen und tragischen Berufungen gefolgt.
Drei Wochen bevor seine Prüfungen beginnen sollten, verfiel er in tiefe Melancholie. Die Gedanken an Hilary Saltwood ließen ihn nicht mehr los. Wahrscheinlich hätte Frank bei seinen Prüfungen vollkommen versagt, wäre nicht jener merkwürdige Student wieder in Oriel aufgetaucht, um sich fieberhaft auf seine Abschlußprüfungen zu konzentrieren. Seine irritierenden wasserblauen Augen wirkten wie immer schläfrig, eigentlich wie die einer Schlange; nur manchmal, wenn er einen Neuankömmling direkt ansah, brannten sie voll glühendem Feuer.

Das war auch eines Nachmittags beim Tee der Fall, als ein Freund scherzend sagte: »Saltwood, du siehst aus wie ein Missionar.«
Frank wurde rot und wußte nicht, was er sagen sollte, als ihm der merkwürdige Student direkt ins Gesicht starrte und mit sanfter, hoher Stimme fragte: »Warum wollen Sie in der Fremde als Missionar wirken, wenn doch in Ihrer Heimat so viel wirkliche Missionsarbeit zu leisten ist?«
»Wie meinen Sie das?« stammelte Frank.
»Ich meine Südafrika. Leben Sie nicht dort?«
»Doch... das ist richtig. Aber was hat das damit zu tun?«
Plötzlich stellte der Fremde seine Tasse hin, erhob sich ungeschickt und stapfte ohne ein weiteres Wort aus dem Raum.
»Wer ist dieser Kerl?« fragte einer der Orielleute.
»Ein komischer Kauz. Studiert hier seit 1873 für seinen akademischen Grad.«
»Acht Jahre? Ist er beschränkt?«
»Das weiß ich nicht. Es war das erste Mal, daß ich ihn sprechen hörte.«
Ein junger Student warf ein: »Er ist gar nicht so dumm, obwohl er manchmal so wirkt.«
Ein anderer widersprach: »Er hat immer wieder versucht, in ein richtiges College aufgenommen zu werden. Ich glaube, es war Balliol, er bestand aber die Prüfungen nicht. Deshalb hat ihn Balliol hierher geschickt, und unser Rektor sagte: ›Es ist immer das gleiche. Alle Colleges schicken mir ihre Versager.‹ Und Oriel nahm ihn auf.« Der Sprecher lachte nervös. »Das gleiche war bei mir auch der Fall.«
Der erste junge Mann fuhr fort: »Er lebt in Südafrika, wie ich höre, und deshalb konnte er nur aufs Geratewohl eintreten.«
»Das verstehe ich nicht«, sagte Frank.
»Seine Gesundheit ist nicht die beste. Seine Lunge. Unser Klima in Oxford ist für ihn gesundheitsgefährdend, deshalb muß er immer wieder zwischendurch heimfahren, um sich zu erholen. Er mußte seine Studien oft unterbrechen, wissen Sie.«
»Ich würde das kaum Studien nennen«, meinte ein Student spöttisch. »Sagen Sie mal, Saltwood, Sie sind doch aus Südafrika. Kennen Sie den Burschen?«
»Es war das erste Mal, daß er mit mir sprach«, sagte Frank.
»Also, er besitzt Diamantenminen in Südafrika, und der wahre Grund, weshalb er hin und her fährt, ist, daß er sie leitet.«
Drei Tage später traf Frank den Fremden wieder und fühlte sich veranlaßt, mit ihm zu sprechen: »Sie sagten, ich soll nicht Missionar werden?«
»Was ich sagen wollte – warum machen Sie nicht Ernst und geben diesen Unsinn auf? Warum reißen Sie sich nicht zusammen wie ein Mann und legen ihre Prüfungen ab?«
Der Ton des Fremden war autoritär, und Frank antwortete widerwillig: »Wie ich höre, haben Sie acht Jahre gebraucht, um die Ihren abzulegen.«
Der Mann war keineswegs ärgerlich. Er lächelte freundlich und faßte Frank

am Arm: »Sie verbringen drei Jahre hier und verlassen das College mit einem akademischen Grad. Ich verbringe acht Jahre hier und kehre mit einem Imperium heim.«
»Was für einem Imperium?«
»Alles, was Sie sich vorstellen können. Politik, Beruf, Bergbau, vor allem aber Macht.« Der Mann wollte gehen, dann wandte er sich um, faßte noch einmal Frank am Arm und hielt ihn fest: »Um Gottes willen, Mann, stürzen Sie sich in Ihre Arbeit, beenden Sie Ihr Studium, bestehen Sie Ihre Prüfungen. Dann denken Sie darüber nach, was Sie tun sollen.«
Er sprach mit so viel Überzeugungskraft, daß Frank neugierig wurde und zu erfahren versuchte, auf welch merkwürdigen Wegen dieser Mann zur Abschlußwoche nach Oriel gelangt war, doch keiner von Franks Freunden wußte etwas darüber, nicht einmal, ob er geborener Engländer oder Südafrikaner war. Später, als alle vorschriftsmäßig angezogen – schwarzer Anzug, Fliege, schwarze Schuhe, Barett und Talar – die prächtigen Prüfungssäle unmittelbar neben der Bodleyanischen Bibliothek betraten, war auch der Fremde anwesend, der älter war als die anderen Prüflinge und auch älter als viele der Aufsichtspersonen. Eine Woche lang kritzelte er hemmungslos, ohne aufzublicken, und als die Prüfung zu Ende war, verschwand er.
Frank hatte sich zusammengerissen und das Examen genauso gut oder genauso schlecht bestanden wie seine Vorgänger aus der Familie Saltwood in Oriel; daß heißt ohne irgendwelche Auszeichnungen. Er hatte nicht eigentlich an der Universität Oxford studiert, sondern war in die Gemeinschaft englischer Landedelleute aufgenommen worden; er war nicht intelligent genug für eine Führungsposition, aber so verläßlich, um zumindest einen guten Gefolgsmann abzugeben.
So mietete Frank Pferd und Wagen und machte sich auf die lange Reise nach Stonehenge, dann weiter nach Alt-Sarum im Süden und schließlich in die würdevolle Domstadt, wo sein Vaterhaus friedlich am Flußufer stand. Generationen von südafrikanischen Saltwoods brachten auf diese Weise ihr Diplom nach Hause. Denn erst nachdem die Familie in *Sentinels*, wo John Constables Aquarellbild der Kathedrale die Halle mit strahlendem Glanz erfüllte, es bewundernd zur Kenntnis genommen hatte, waren die Absolventen wirklich graduiert.
Frank war so begeistert von dem Heim der Saltwoods und fand so viel Gefallen an dem zivilisierten Leben mit Teegesellschaften unter den großen Eichen, daß sein Vorsatz, Missionar zu werden, dahinschwand, aber er erzählte seinem Vetter, dem Parlamentsmitglied Sir Victor Saltwood, von seiner seltsamen Begegnung mit dem Fremden. »Ich bin ihm zu Dank verpflichtet, weißt du. Er hat mich gerettet.«
Deshalb war er überrascht und nicht wenig erfreut, als er in Southampton an Bord seines Schiffes ging und feststellte, daß eine Kabine erster Klasse von diesem späten Oxfordabsolventen belegt war; er ging mit ungewöhnlicher Kühnheit auf den Mann zu und sagte: »Ich muß Ihnen dafür danken, daß Sie mir das Leben gerettet haben.«

Der Fremde wußte sofort, mit wem er es zu tun hatte, und erinnerte sich an ihr kurzes Gespräch. »Ich sah, wie Sie sich vor Ihrer Prüfung ernstlich an die Arbeit machten. Das hat mich gefreut.«
»Wissen Sie, wenn wir so lange zusammen reisen, sollten wir uns nicht einander vorstellen? Ich heiße Saltwood.«
»Ich weiß. *De Kraal*. Sir Richard, der alte Narr Hilary. Ich bin C. J. Rhodes.«
»Ich danke Ihnen für das, was Sie taten, Mr. Rhodes.«
Der kurz angebundene Mann forderte Frank weder auf, ihn anders zu nennen als Mr. Rhodes, noch lud er ihn zu einem Spaziergang ein, und das Gespräch war damit zu Ende. Da sich Franks Kabine am anderen Ende des Schiffes befand, sah er seinen Mitabsolventen aus Oxford während der ersten Woche nicht mehr, aber in der zweiten Woche saßen einige ältere Männer im Salon beisammen, in ein erregtes Gespräch vertieft, und als sie Frank vorbeikommen sahen, rief einer von ihnen: »Hören Sie, Mr. Saltwood. Sie leben doch in *De Kraal*, oder?«
»Ja.«
»Kommen Sie bitte für einen Augenblick zu uns.« Man machte ihm Platz, und als er sich hingesetzt hatte, sagte der Mann, der ihn gerufen hatte: »Halten Sie Südafrika für ein reiches oder ein armes Land?«
Einige Augenblicke lang verglich Frank im Geist Bilder des ländlichen England, wie er es kennengelernt hatte, mit denen des Veld, und er mußte gestehen: »Ich würde sagen, eher arm.«
»Er hat recht«, rief eine aufgeregte, hohe Stimme. »Ich sage euch, Südafrika ist ein verarmtes Land. Nur harte Arbeit und Phantasie werden es retten.«
Mr. Rhodes sprach mit einem Atlas auf den Knien, und während die Männer zuhörten, erklärte er seine grundlegende These, wobei er bei den einzelnen Punkten mit seiner kräftigen Hand auf die Landkarten schlug. »Schauen Sie sich die Karte an, Mann. Sehen Sie, was die Natur fertiggebracht hat.« Und er zeigte mit seinem dicken Zeigefinger, daß Afrika an einem Breitengrad endete, wo die glücklicheren Kontinente erst begannen. »Die Natur hat uns grausam bestohlen.« Und er legte dar, daß Afrika der Kontinent war, der am dichtesten am Äquator lag, als ob er sich nicht in kältere Gewässer vorwagte. »Wir sind der einzige Kontinent, dem ein ausreichender Prozentsatz von Gebieten in der gemäßigten Zone fehlt, wo die Landwirtschaft blühen und die Industrie sich entfalten kann. Sehen Sie nur, wie der Vergleich mit Südamerika ausfällt, das an den gleichen Meeren wie wir liegt. Es reicht im Süden bis zum sechsundfünfzigsten Breitengrad. Wir enden bereits am fünfunddreißigsten. Messen Sie es nach. Sie reichen vierzehnhundert Meilen weiter in fruchtbare Klimazonen hinein als wir.«
Während er sich in seine Erregung hineinsteigerte, erhob sich seine Stimme fast bis zu einer Art Wehklagen. Er schwenkte die Landkarten und forderte seine Gefährten auf, sich selbst davon zu überzeugen, in welchem Ausmaß ihr Kontinent benachteiligt worden war. »Erst wenn man uns mit Asien, Europa und Nordamerika vergleicht, wird unsere Armut deutlich. Wären

diese anderen Kontinente so abgeschnitten worden wie wir, welche Kulturen wären ihnen verlorengegangen!«
Die Männer folgten aufmerksam seinem Finger, als er aufzeigte, wie Asien auf Kyoto, Tokio, Peking, Teheran und den größten Teil der Türkei hätte verzichten müssen. »Alles Große, das diese Kulturen geleistet haben, hätte es nie gegeben. Aber seht euch einmal Europa an!« Hier zeigte er, wie der ganze Kontinent verschwunden wäre, wenn er so verstümmelt worden wäre wie Südafrika. »Und wenn wir uns Amerika ansehen, ist es das gleiche.« Er zog sorgfältig die Linie, die südlich von Chattanooga, Memphis, Oklahoma City, Amarillo und Albuquerque verlaufen würde. »Diese Städte und alle Orte nördlich davon, die ihr kennt – St. Louis, Seattle, Detroit, New York, Boston –, keine davon würde existieren.«
Er reichte den Atlas seinen Zuhörern, und während sie diese Tatsachen studierten, sagte er feierlich: »Wenn der Rest der Welt so beschnitten worden wäre wie wir, würde die zivilisierte Welt aus Los Angeles, Mexico City, Jerusalem und Delhi bestehen. Unsere Kathedralen wären nicht gebaut, unsere Theaterstücke nicht geschrieben worden, und weder Beethoven noch Shakespeare hätten gelebt.«
Er sprach mit großer Leidenschaftlichkeit, nahm dann wieder den Atlas und schlug ihn bei Südafrika selbst auf, um seine letzten Argumente anzubringen. »Wir wurden von der Natur betrogen...«
»Warum sagen Sie nicht, daß Gott uns betrogen hat?« fragte ein Mann.
»Gott?« sagte Rhodes und drehte die rechte Handfläche nach oben und unten wie ein Schacherer. »Ich gebe Ihm fünfzig-fünfzig. Möglich, daß er existiert. Vielleicht auch nicht.« Er kehrte zur Landkarte zurück und erklärte: »Nach Nordwesten können wir nicht ziehen, weil uns die Kalahari-Wüste daran hindert. Und wir können nicht nach Süden ziehen, weil unser Land dort zu Ende ist. Wir können nur das Beste aus dem machen, was die Natur uns gegeben hat.«
Er wurde beinahe poetisch, als er seine Laudatio auf Südafrika hielt: »Wir haben Menschen von bewundernswerter Vitalität. Wälder und einige der fruchtbarsten Gebiete der Erde. Blumen, die ihresgleichen suchen. Und unerschöpfliche Herden von großen Tieren. Während einer einwöchigen Reise kann man Flußpferde und Nashörner, Löwen und Elefanten sehen. Ich habe gesehen, wie Zebras, Elen- und Gemsantilopen das Land überflutet haben. Es ist ein grenzenloser Reichtum.«
Dann legte er die Finger auf das Gebiet rund um Kimberley, wo seine Bergbauanteile lagen. »Die Natur ist selten ungerecht. Wenn sie uns bezüglich der Ausdehnung beschränkt, entschädigt sie uns, indem sie uns in die Tiefe graben läßt. Sie hat uns die größten Diamantenlager der Welt geschenkt. Und man hat auch schon Gold gefunden. Aber das wahre Gold liegt da oben.«
Als er das sagte, wies er auf die leeren Gebiete nördlich des Limpopo; die Landkarte zumindest wies sie als leer aus, ein schemenhaftes Matabeleland, regiert von einem Sohn des berühmten Mzilikazi. »Und da auch«, fuhr er

ernst fort, dabei auf das Land nördlich des Sambesi zeigend. Mit einer jähen Bewegung der rechten Hand bedeckte er den ganzen Abschnitt Afrikas mit der Handfläche. »Die ganze Landkarte sollte rot sein.« Er meinte, es sollte zu einem Teil des britischen Weltreiches werden.
»Wie könnte das geschehen?« fragte einer seiner Zuhörer.
»Es ist eure Aufgabe, es Wirklichkeit werden zu lassen«, sagte er.

Die nächsten Wochen bestimmten den Verlauf von Frank Saltwoods Leben. Er hatte beabsichtigt, nur für einen kurzen Besuch zu seinen Eltern nach Südafrika zu reisen und dann zur juristischen Ausbildung nach London zurückzukehren, aber während der Schiffsreise merkte er, daß Mr. Rhodes ihn beobachtete; sie diskutierten verschiedene Male miteinander, und einmal fragte ihn Rhodes direkt: »Warum wollen Sie sich der Juristerei widmen, wenn Sie Ihre Macht direkt ausüben können?«
»Wie meinen Sie das?«
»Haben Sie, als Sie in Oxford waren, jemals John Ruskins Ermahnung an die jungen Studenten der Universität gelesen? Nein? Man hätte von Ihnen verlangen sollen, sie auswendig zu lernen. Warten Sie hier.« Er lief in seine Kabine und kam bald darauf mit einer recht zerfledderten Broschüre zurück, die Ruskins berühmte Ermahnung in Oxford aus dem Jahr 1870 enthielt, ein paar Jahre bevor Rhodes sich immatrikuliert hatte. »Lesen Sie das«, sagte er bestimmt, »und wir werden nach dem Essen darüber sprechen.«
Frank las die begeisternde Herausforderung in Mr. Rhodes' Deckstuhl.

> Wollt ihr, die Jugend Englands, euer Land wieder zu einem königlichen Thron, zu einer zeptertragenden Insel, einer Quelle des Lichts für die ganze Welt, zu einem Zentrum des Friedens machen? Zu einer Königin der Gelehrsamkeit und Künste, einer treuen Hüterin lange bewährter Prinzipien? Das muß England tun, wenn es nicht untergehen will: Es muß so schnell und in so großer Entfernung vom Mutterland, wie nur möglich, Kolonien gründen, die von ihren energischsten und hervorragendsten Männern gestaltet werden; es muß sich jedes Stück ungenutzten fruchtbaren Bodens aneignen, dessen es habhaft werden kann, und seine Kolonisten lehren, daß ihre Haupttugend die Treue zu ihrer Heimat sein muß und ihr erstes Ziel, die Macht Englands zu Lande und zur See zu stärken. Ich verlange von euch nur, daß ihr für euer Land und euch selbst irgendeinen festen Vorsatz faßt, möge er noch so begrenzt sein, wenn er nur beständig und selbstlos ist.

Als Mr. Rhodes vom Abendessen zurückkam, war die Sonne am westlichen Horizont untergegangen, aber ihre unsichtbare Scheibe sandte immer noch goldene Strahlen aus, die die Wolken beleuchteten, die über Afrika Wache hielten. Mr. Rhodes stellte eine einzige Frage: »Haben Sie Ihren festen Vorsatz gefaßt?«
»Eigentlich nicht, Sir.«

»Wäre es nicht an der Zeit, daß Sie es tun?«
»Wie Sie wissen, dachte ich an die juristische Laufbahn.«
»Sie *dachten daran!*« Er spie die Worte förmlich voll Ekel aus. »In Oriel dachten Sie an Missionsarbeit. Und nächste Woche werden Sie an etwas anderes denken. Warum setzen Sie sich nicht gründlich mit den echten Problemen auseinander?«
»Was meinen Sie, Sir?«
»Arbeiten Sie für mich. Es gibt so viel zu tun, und uns steht so wenig Zeit zur Verfügung.«
Die Dunkelheit senkte sich auf das Schiff, und während es in das Gebiet der Sterne segelte, die Frank so gut kannte, sprach Rhodes eindringlich: »Ich brauche Hilfe, Saltwood. Ich brauche die Energie junger Männer.«
»Wie alt sind Sie, Sir?«
»Neunundzwanzig. Aber ich fühle mich wie neununddreißig. Haben Sie eine Ahnung, Saltwood, über welches Imperium ich herrsche?«
»Nein, Sir.«
»Ich erzählte es nur wenigen in Oxford. Ich war zu gehemmt. Aber ich habe die Absicht, alle Diamantenminen dieser Welt unter meine Kontrolle zu bringen.«
»Wozu?«
»Die Landkarte, Saltwood. Die Landkarte. Ich beabsichtige, sie ganz rot zu färben. Orte, die Sie und ich nie gesehen haben, will ich dem britischen Empire einverleiben.«
»Ist das möglich?«
»Stellen Sie niemals eine solche Frage!« explodierte Rhodes. »Alles ist möglich, wenn Männer mit festen Grundsätzen Entschlüsse fassen. Haben Sie den Mut, nach Unsterblichkeit zu streben?«
Es war Nacht; um diese Zeit vermochte Frank nicht abzuschätzen, wie groß sein Mut war, und das sagte er auch. »Dann müssen Sie für mich arbeiten«, erklärte Rhodes, »und ich werde Ihnen zeigen, wieviel Mut ein junger Mann entwickeln kann.«
Sie sprachen die ganze Nacht vom Limpopo und vom Sambesi, von den Matabele, und als der Mond tief über den Wellen schwebte, führte Rhodes ein neues Wort in das Gespräch ein: »Zimbabwe. Je davon gehört?«
»Ja.«
»Eine legendäre Stadt. Es gibt Dummköpfe, die behaupten, sie sei von Schwarzen erbaut worden, aber die Experten sind davon überzeugt, daß es das Ophir der Bibel ist. Vielleicht hat es die Königin von Saba erbaut oder die Phönizier. Eines Tages müssen wir nach Zimbabwe reisen, um der Welt zu zeigen, daß es die Stadt der Königin von Saba ist.« Sofort ließ er sich über das Thema aus: »Matabeleland, alte Städte, Goldminen... Das alles ist nichts, Saltwood. Es ist die Pflicht der Menschheit, die Gesellschaft zu verbessern, und niemand auf Erden ist besser geeignet, diese Aufgabe zu bewältigen, als der gebildete und seiner Heimat treue Engländer. Wollen Sie mit mir arbeiten?«

Die Nacht war vergangen, die Sonne ging über Afrika auf, und der junge Saltwood war verwirrt. »Ich muß diese Angelegenheit mit meinen Eltern besprechen.«
»Saltwood! Ein Mann ist selbst seines Glückes Schmied und richtet sich nicht nach den Wünschen seiner Eltern. Wenn ich auf meinen Vater gehört hätte...« Er brach jäh ab. »Ein prächtiger alter Mann. Dorfprediger. Neun Kinder. Sehr beliebt bei seinen Pfarrkindern, und wissen Sie, warum? Keine Predigt, die er je hielt, dauerte länger als zehn Minuten.«
»Sie haben acht Geschwister?«
»Ja, und eine Halbschwester.«
»Alle verheiratet?«
»Einer.« Er sagte das mit so grimmiger Endgültigkeit, als wäre ein wunder Punkt berührt worden, so daß Frank sich nicht wunderte, als er wegging. Dann fiel ihm ein, daß Rhodes während der ganzen Reise kein einziges Mal mit weiblichen Passagieren gesprochen oder eine Frau angeschaut hatte. Sie existierten allem Anschein nach nicht für ihn.
In den Tagen nach diesem Gespräch verbrachte Rhodes seine Zeit mit einer Gruppe männlicher Passagiere, mit denen er nur über ein Thema sprach: England und sein Ruhm. Eines Morgens rief er Saltwood zu: »Kommen Sie zu uns«, und als Frank sich zu den Männern setzte, wurde er mit Fragen über Südafrika, die Zukunft der Landwirtschaft in *De Kraal* und die Wahrscheinlichkeit, daß die Zulukrieger wieder einmal die englischen Armeen herausfordern könnten, bombardiert.
Seine Antworten gefielen Rhodes, und als die anderen gingen, hielt er Saltwood zurück: »Sie sind der einzige, der vernünftige Ansichten äußerte.« Dann wurde er erregt. Er sprach nicht, er hielt Reden – mit hoher Stimme, die noch höher wurde, während er sich an seiner eigenen Begeisterung entflammte. Immer wieder kehrte er zu seinem Lieblingsthema zurück, der Ausbreitung des britischen Empire in Afrika: »Deutschland bedroht uns vom Westen, und Portugal hat sich im Osten festgesetzt. Es wird unsere verantwortliche Aufgabe sein, beide abzuwehren. Die Wege nach dem Norden voranzutreiben. Immer weiter nach Norden, bis wir nach Kairo kommen. Die Welt kann nur durch Engländer, die zusammenhalten, gerettet werden. Saltwood, ich brauche Ihre Hilfe.«
»Wie steht es mit den Buren?« wich Frank aus. »Können sie auch eingesetzt werden?«
»Die Buren gehören zu den hervorragendsten Menschen auf der Welt. Mit ihnen vereint könnten wir eine Nation von unübertroffener Stärke bilden.«
»Warum fordern wir sie nicht auf, sich uns anzuschließen?«
Mr. Rhodes runzelte die Stirn und rieb sich das Kinn. »Wissen Sie, ich bin Parlamentsmitglied. Und stellen Sie sich vor, welcher Bezirk mich gewählt hat? Ein weitgehend von Buren bewohnter. Ich arbeite mit ihnen zusammen, ich bekomme ihre Stimmen, und verdammt nochmal, trotzdem kenne ich sie nicht besser als am Anfang. Und die nach Norden ausgewandert sind,

verstehe ich sogar noch weniger. Sie drängen sich in ihren kleinen Republiken zusammen, sie leben auf ihren Farmen ganz abseits und überlassen es uns, die Welt zu verwalten.«
»Sie sprechen so, als wollten Sie die Welt regieren.«
»So ist es.« Er fügte rasch hinzu: »Wenn das anmaßend klingt: Ich meine, daß das Reich, das ich für England schaffen werde, die Welt regieren muß.« Er senkte die Stimme: »Es wird also Ihre Aufgabe sein, die Buren auf unsere Seite zu ziehen.«
Er war so erregt, daß er Saltwood bat, an der Reling zu warten, und während andere Passagiere in den Speisesaal gingen, lief er in seine Kabine und kehrte mit einem zerknitterten Stück Papier zurück. Es war ein eigenhändig geschriebenes Schriftstück, sein Testament, und als Saltwood es las, erschrak er: J. C. Rhodes hinterließ seinen gesamten Besitz zwei unbedeutenden Beamten der englischen Regierung mit dem Auftrag, so verschiedene Länder wie die Vereinigten Staaten, die Ostküste Chinas und den gesamten afrikanischen Kontinent, einschließlich der *Voortrekker*-Republiken, dem britischen Weltreich einzugliedern.
»Ist das denn realistisch?« fragte Frank.
»Es muß gelingen«, sagte Rhodes, »und Sie werden Ihren Teil dazu beitragen.«
Als der temperamentvolle Mann in seiner Kabine verschwand, dachte Saltwood über Rhodes' merkwürdiges Benehmen nach: Er bot einem jungen Absolventen von Oriel, den er kaum kannte, eine Beteiligung an der britischen Weltherrschaft an, lud ihn aber nie zu sich in die Kabine oder an seinen Tisch oder zu einem Ereignis ein, an dem er persönlich teilnahm. Und als er eines Nachmittags Frank mit einem hübschen Mädchen im Gespräch sah, das sich auf der Heimreise nach Kapstadt befand, warf er ihm einen finsteren Blick zu und wandte sich verärgert ab. Danach sprach er mehrere Tage nicht mit Frank, und als er es endlich tat, murmelte er: »Ich hoffe, Sie machen nicht einem albernen Mädchen dumme Versprechungen«, und erst als Saltwood antwortete: »Wohl kaum«, nahm er die freundschaftliche Beziehung wieder auf.

Als das Schiff in Port Elizabeth anlegte, begab sich Frank sofort zur Familienfarm in der Annahme, C. J. Rhodes nie wiederzusehen, aber als er mit seinen Eltern eines Nachmittags beim Tee auf einer Veranda saß, von der sie den Blick auf die Weiden und den Strom hatten, kam ein staubiger Wagen in die Einfahrt gepoltert, und Mr. Rhodes schritt die Stufen zur Veranda hinauf. Nachdem er Franks Eltern überaus flüchtig begrüßt hatte, fragte er rundheraus: »Also, Saltwood, sind Sie bereit, mit mir zu kommen?«
»Ich habe wirklich nicht...«
»Sie wollen doch nicht Ihre Zeit mit Jura vertrödeln, oder? Während so viel Arbeit auf uns wartet?«
Frank versuchte, nicht unhöflich zu sein, und zauderte ein wenig. Doch Rhodes sprang ihn an wie ein Tiger: »Gut! Morgen früh fahren wir nach

Kimberley.« Erst dann wandte er sich an die älteren Saltwoods. »Ich werde auf ihn achtgeben. Er wird im Mittelpunkt der Ereignisse stehen, und wenn Sie ihn das nächste Mal sehen, wird er zum Mann gereift sein!«
Am nächsten Tag fuhren sie nach Graaff-Reinet, wo sie die Postkutsche nach Kimberley nahmen. Frank war über die rege Betriebsamkeit dort verblüfft. Er vergaß den ersten Anblick der Diamantenminen nie, denn sie waren, wie er seiner Mutter schrieb, mit nichts anderem auf Erden vergleichbar:

> Jeder Prospektor hat Anspruch auf ein Quadrat kostbaren Bodens von neun Meter Seitenlänge, davon muß er jedoch für einen schmalen Pfad Platz lassen, den andere benützen dürfen. Da Bergmann A auf seiner Parzelle zwölf Meter tief gegraben hat und Bergmann B sechs Meter, befindet sich der arme Bergmann C, der noch gar nicht gegraben hat, auf einem Quadrat mit so senkrechten Seiten, daß jeder Sturz tödlich ist. Unverantwortliche Männer graben auch nachts unterhalb der Fußpfade, so daß diese einstürzen. Es war ein Chaos.
> Was aber ins Auge fällt, ist ein riesiges Netz von Spinnweben, das aussieht, als hätten zehntausend Spinnen daran gewebt. Das sind die Drähte und Seile, die vom Rand der Mine nach unten zu jeder einzelnen Parzelle führen. An ihnen werden Eimer voll diamantenhaltiger Erde hochgezogen, und dieses ungeheure Gewirr von Seilen, von nach oben und unten wandernden Eimern ist das Kennzeichen der Diamantenmine von Kimberley.
> Es ist Mr. Rhodes' glühende Hoffnung, Ordnung in diesen Irrsinn zu bringen; zu diesem Zweck hat er in aller Stille da und dort Parzellen gekauft und beabsichtigt, sie zu annehmbaren Einheiten zusammenzuschließen. Wenn ihm das gelingt, wird er die Industrie beherrschen und sogar noch reicher und mächtiger werden, als er jetzt ist. Es ist meine Aufgabe, von allen nebeneinanderliegenden Parzellen, die er erwirbt, auf die gleiche Tiefe abzugraben, und ich finde in dem für die Fußpfade übriggelassenen Boden noch viele Diamanten. Aber im Augenblick herrscht weiter das Chaos, wenn ein Claim fünfzehn Meter in die Höhe ragt und der danebenliegende fünfzehn Meter tief abgegraben ist, ohne jegliche Ordnung, außer in den Gebieten, die er kontrolliert. Es ist ein Wettrennen zwischen Vernunft und Anarchie, und er versichert mir, daß dort, wo es sich um einsichtige Männer handelt, immer die Vernunft siegt. Das ist seine Absicht.

Frank berichtete seiner Mutter nicht von den beiden vielleicht interessantesten Informationen. In dem von Mr. Rhodes bewohnten Landhaus herrschte ein ebensolches Chaos wie in den Minen; es war eine spartanische Behausung mit einem Blechdach, in der nur das Nötigste stand, überall lagen Kleidungsstücke herum, das Geschirr war ungewaschen, und die Möbel drohten jeden Augenblick zusammenzubrechen. Es wurden keine Frauen

in dem Haus geduldet, das Rhodes mit einem begabten, kränklichen jungen Mann teilte, der um einige Jahre jünger war als er. Frank stellte fest, daß er nicht der einzige Mann Anfang der zwanzig war, der die zahlreichen Interessen Mr. Rhodes' vertreten sollte; eine Gruppe kluger, eifriger Rekruten ordnete ihre persönlichen Interessen denen dieses Tagträumers unter, der die britische Flagge über allen Gebieten vom Kap bis Kairo wehen sah.
Er nannte seine jungen Leute beim Vornamen: Neville, Sandys, Percival, Bob, Johnny, und ermutigte sie oft zu derben Streichen, als ob sie noch die High School besuchten. Es stand ihnen frei, sich mit den Frauen zu vergnügen, die sie in der Diamantenstadt finden konnten, aber es war ein ungeschriebenes Gesetz, daß man mit Damen flirten und vielleicht auch seinen Spaß haben konnte, sie aber rasch wieder zu vergessen hatte. Denn auf »meine jungen Herren«, wie er sie nannte, warteten weit größere Aufgaben, und er wünschte, wie Chaka, daß seine Regimenter ihre Herzen für die künftigen großen Aufgaben aufsparten und sie nicht am Busen ihrer Frauen verloren.
Frank bemerkte, daß Rhodes ihn bis zum Augenblick seiner formellen Einstellung kurz »Saltwood« nannte, aber sobald er seinen Dienst bei ihm antrat, wurde er »Frank« und sollte es, ständig jung, ständig lächelnd, bleiben. Er wurde, wie alle, gut entlohnt.
Die zweite interessante Information betraf Mr. Rhodes' hauptsächlichen Konkurrenten im Diamantengeschäft, einen außergewöhnlichen Mann, der alle in Staunen versetzte. Er war von Mr. Rhodes so verschieden, wie es ein Mann nur sein konnte, aber als Geschäftsmann ebenso skrupellos; er allein stand Rhodes noch im Weg.
Barnett Isaacs war ein Jahr älter als Rhodes, Jude und in einem der schlimmsten Elendsquartiere Londons geboren; mitten in einer wenig hoffnungsvollen Karriere als drittklassiger Komiker, Sänger und Steptänzer hatte er den genialen Einfall, sein Glück in den Minen Südafrikas zu machen. Mit nichts als seiner Frechheit und ein paar Schachteln billiger Zigarren, die er im Hafen von Kapstadt gekauft hatte, redete er sich nordwärts bis Kimberley durch, verhökerte seine »Sechs-Penny-Befriediger« und verdiente einen dürftigen Lebensunterhalt, indem er die Bergleute mit erbärmlichen Witzen, lächerlicher Akrobatik und was ihm sonst so einfiel, unterhielt, wenn er in dem einen oder anderen schäbigen Saal vor ihnen stand.
Aber Barnett Isaacs war ein guter Zuhörer, und während er den Clown machte, schnappte er verwertbare kleine Informationen auf: wer pleite ging, wer nach London zurückkehren wollte, wer wessen Parzelle gestohlen hatte. Und so fügte er diese Informationen Stück um Stück zusammen, kaufte sich Pferd und Wagen und durchstöberte die Schürfstellen als Diamantenaufkäufer, eine Art geldgieriger Aasgeier, der die ausgesonderten Reste von den Sortiertischen anderer Männer aufschnappte. Bald gelang es ihm, wertvolle Rechte in die Hände zu bekommen, und eines Tages stellte Kimberley plötzlich fest, daß Isaacs einer der reichsten Männer auf den Diamantenfeldern war.

Darauf änderte er seinen Namen in Barney Barnato, kaufte sich mehrere elegante Anzüge und leistete sich einen Luxus, von dem so mancher frühere Operettensänger geträumt hatte.
Er stellte mit beträchtlichen persönlichen Kosten eine passable Theatertruppe zusammen, kaufte sich die erforderlichen Shakespearekostüme und bot Südafrika die erste Aufführung von »Othello« mit sich selbst in der Titelrolle. Frank kam zu spät in das Bergbaugebiet, um die Premiere zu sehen, als aber alle jungen Herren Karten für eine spätere Vorstellung kauften, ging er mit ihnen in einen dampfenden Schuppen mit einem Blechdach, der von einem lärmenden Publikum erfüllt war, das wild applaudierte, als »unser Barney« auf die Bühne kam. Leider war seine Desdemona um fünfzehn Zentimeter größer als er und schien immer, wenn sie einander umarmten, mit ihm zu ringen; dazu war seine Schminke so schwarz und so dick aufgetragen, daß sie abfärbte, wenn sie ihn berührte, und ihre Haut schwarze Flecken, die seine aber weiße Stellen aufwies.
»Aber er ist recht gut!« flüsterte Frank seinem Nachbarn zu.
»Warten Sie bis zum Nachspiel!«
»Was geschieht?«
»Sie werden es nicht glauben.«
Als der letzte Vorhang fiel, nachdem Desdemona tot und ziemlich schwarz beschmiert war, trat der junge Schauspieler, der den Cassio spielte, vor und verkündete, daß Mr. Barnato, der sich bereits als Othello mit Ruhm bedeckt hatte, nun in Entsprechung des ungewöhnlich großen Verlangens seine klassische Wiedergabe des Hamletmonologs bringen werde, worauf die Menge zu toben und zu pfeifen begann. Nach wenigen Minuten erschien Mr. Barnato mit sauber gereinigtem Gesicht in einem ganz neuen Kostüm.
»Passen Sie auf, was jetzt kommt«, flüsterten die jungen Herren.
Frank staunte, als Mr. Barnato ein geschicktes Flicflac hinlegte, das er mit einem Kopfstand beendete. Er hielt das Gleichgewicht erstaunlich lang und begann den Monolog zu rezitieren, aber als er zu den dramatischeren Versen kam, vollführte er wilde Gebärden mit den Händen, stieß bei »mit einer Nadel bloß« zu und schwenkte sie wie verrückt bei »zu unbekannten fliehen«. Bei den abschließenden Worten »verlieren so den Namen Handlung« vollführte er einen erstaunlichen Sprung und landete wieder auf den Füßen. Donnernder Applaus folgte, denn, wie Mr. Rhodes ihm spottend zugestand, »das Bemerkenswerteste daran ist weniger seine Rezitation, als daß er, auf dem Kopf stehend, so kraftvoll sprechen und so überzeugende Gesten vollführen kann. Ich habe nie einen besseren Hamlet gesehen.«
Diese beiden Titanen, der schweigsame Intrigant Rhodes und der Varietékünstler Barnato, bekämpften einander jahrelang, und dann eines Nachts standen sie einander im Landhaus eines Mannes gegenüber, der in die Geschichte Südafrikas eingehen sollte: Dr. Leander Starr Jameson. Um vier Uhr morgens, nach achtzehn Stunden erbitterten Feilschens, wurde eine Abmachung getroffen, derzufolge Othello seine gesamten Anteile an Mars für einen Scheck abtrat, dessen Foto in der gesamten Welt zur Schau gestellt

wurde: 5338650 Pfund Sterling. Als Barnato kapitulierte, sagte er: »Die einen haben eine Vorliebe für dies, die anderen für das. Sie, Rhodes, haben eine Vorliebe dafür, ein Reich aufzubauen. Nun, ich nehme an, ich muß Ihnen nachgeben.« Aber er tat es erst, als Rhodes versprach, er würde persönlich dafür eintreten, daß Barnato als Mitglied in den ultraexklusiven Kimberley Club aufgenommen würde, in den man normalerweise keinen mit Diamanten handelnden Othello aus Whitechapel aufnahm.
Schon Barneys Hamletrezitation hatten Frank in Erstaunen versetzt, aber die Kampagne für seine Wahl ins Parlament verblüffte ihn noch mehr: Er kaufte sich vollkommen neue Pariser Anzüge, einen von vier Schecken gezogenen herrschaftlichen Landauer, europäische goldbetreßte Uniformen für sechs Lakaien, eine schöne Livree für einen Postillon, der trompetenblasend vorausritt, und dazu engagierte er eine Blaskapelle von achtzehn Mann, die ihm nachfolgte. »Ich habe für ihn gestimmt«, erzählte Frank den jungen Herren und stellte zu seiner Freude fest, daß sie das gleiche getan hatten. Er hatte sogar den Verdacht, daß auch Mr. Rhodes für ihn gestimmt hatte, denn er sagte einmal: »Es gibt wenige Männer auf der Welt, die alles erreichen, was sie anstreben. Barney Barnato gehört zu ihnen. Er spielte ›Othello‹ und erhielt Applaus. Er rezitierte ›Hamlet‹ im Kopfstand. Er gewann die Boxmeisterschaft der Diamantenminen in seiner Gewichtsklasse. Er hatte seine eigene herrschaftliche Garde. Er wurde ins Parlament gewählt. Er ist der reichste Jude im Land und zugleich ordentliches Mitglied des Kimberley Club. Was könnte er sich noch mehr wünschen?«
Und alle waren traurig, als sie erfuhren, daß dieser Mann, der sich die Welt durch Mut und Dreistigkeit erobert hatte, seinem abenteuerlichen Leben ein unvermutetes Ende setzte. Mitten auf dem Atlantik, auf der Fahrt nach England, stürzte er sich von Bord der *Scot* ins Meer.

Als Cecil Rhodes die Kontrolle über die Diamantenfelder erlangt hatte, konnte er seine Aufmerksamkeit endlich auf die höheren Ziele seines Lebens konzentrieren; Geld allein – von dem er nun gewaltige Unsummen besaß – interessierte ihn wenig, es sei denn als Hilfe auf dem Weg zur Macht. In den Jahren, in denen er einer der reichsten Männer der Welt war, lebte er mit seinem Herrencorps weiterhin in einem bescheidenen Quartier. »Jeder Mensch hat seinen Preis«, versicherte er Saltwood, »und oft ist es die Sehnsucht nach Luxus. Mit genügend Geld kann man jeden Menschen kaufen. Der König drüben im Matabeleland zum Beispiel braucht Waffen. Er wünscht sich mehr als alles andere Gewehre. Laßt uns also dafür sorgen, daß er sie bekommt.«
Er wählte eine Gruppe aus seinem Stab in Kimberley aus und begann, den König zu bestechen; und er konnte wieder seinen alten Ideen nachhängen. »Frank, wir haben auf unserer Seite des Kontinents ein märchenhaftes Land, das von drei Völkern beherrscht wird. Engländern – die herrschen sollten. Buren – die nicht zu herrschen verstehen. Und Kaffern – denen man nie erlauben sollte zu herrschen. Was soll man also tun?«

Er ließ Frank einige Tage lang darüber nachdenken, dann gab er selbst die Antwort: »Es ist klar, daß England dazu bestimmt ist, ganz Afrika zu beherrschen. Wir sind Menschen mit Einsicht, Anstand, Ehrgefühl. Wir verstehen zu regieren, und wir bringen allen Völkern, die wir beherrschen, große Vorteile. Wir müssen also die Kontrolle übernehmen.
Die Buren? Ich liebe sie. In mancher Hinsicht sind sie robuster als die Engländer. Aber es fehlt ihnen an Einsicht. Sie werden nie imstande sein, gut zu regieren. Die von ihnen besetzten Republiken müssen in unsere Unternehmung eingegliedert werden, und ich glaube, daß es möglich ist. Wenn sie sich uns anschließen, muß man ihnen jede Rücksichtnahme gewähren. Denn wir brauchen sie. Aber sie müssen sich uns anschließen.
Die Kaffern? Ich bin bereit, jedem Mann, ohne Rücksicht auf seine Hautfarbe, volle Bürgerrechte einzuräumen, vorausgesetzt, daß er zivilisiert ist. Ich glaube nicht, daß es richtig ist, ihnen das Wahlrecht zu geben, solange sie Barbaren sind. Ich sage, sie müssen wie Kinder behandelt werden, und wir müssen etwas für ihre Seelen und ihren Verstand tun, die der Allmächtige ihnen geschenkt hat.« Er fügte hinzu: »Wir müssen ihnen gegenüber als Herren auftreten, bis sie zivilisiert sind. Vor allem, Frank, dürfen wir ihnen nie Alkohol geben.«
Nach eingehender Analyse fand Frank, daß die grundlegenden Ansichten Mr. Rhodes' insgesamt anfechtbar waren: In Majuba hatten die Burenarmeen die regulären britischen Truppen vernichtend geschlagen; die Deutschen machten sich in Afrika breit und hatten bereits die südwestlichen Landstriche entlang des Atlantischen Ozeans besetzt; in den Minen erwiesen sich die schwarzen Arbeiter als zumindest ebenso tüchtig wie die weißen. Aber Mr. Rhodes besaß mehrere Millionen Pfund, um seine Bestrebungen zu unterstützen, und Saltwood besaß keine, deshalb setzten sich die Ansichten des ersteren durch.
Für Rhodes waren Diamanten das Feuer seines Lebens, die glitzernde Grundlage seines Reichtums, es war also nicht verwunderlich, daß ihn vor zwei Jahren die Entdeckung von Gold in *Witwatersrand*, etwa fünfhundert Meilen nördlich im Herzen der Burenrepubliken, ziemlich gleichgültig ließ. Jedenfalls steckte er seinen Grubenanteil an dem Goldvorkommen ab, gründete eine Gesellschaft, die ihn zu einem Krösus machte, und verfügte nun über unbeschränkte Macht, um die Buren zu schwächen, die Schwarzen zum Gehorsam zu zwingen und seine Vorstellungen in die Tat umzusetzen.
Das nächste Ereignis war unerklärlich. Im Kap-Parlament trat Rhodes stets für volle Partnerschaft mit den Afrikandern ein, die dort lebten. Sie revanchierten sich, indem sie ihn bis zu seinem Tod ins Parlament wählten. Doch nun beschloß er, die Burenrepubliken im Norden zu vernichten, weil sie, wie er Saltwood erklärte, »sich uns anschließen müssen.«
»Wenn sie aber nicht wollen?«
»Dann werden wir sie dazu zwingen.«
Seine Argumentation war einfach. Die Diamantenminen in Kimberley lagen auf landwirtschaftlichem Gebiet, das die Engländer durch eine nieder-

trächtige Rechtsverdrehung zu einem Teil ihrer Kolonie gemacht hatten; auf den Diamantenfeldern herrschte das englische Gesetz. Die Goldminen lagen aber innerhalb der Grenzen einer der Burenrepubliken; dort hatte das Burengesetz Geltung, und das warf allerlei Probleme auf.

In den Goldminen, die sich in viel größerem Maß ausbreiteten als in Australien oder Kalifornien, gab es Engländer im Überfluß, Hunderte von Australiern, viele Franzosen, Italiener und Kanadier, und nicht wenige amerikanische Staatsbürger, die auf Schiffen und aus allen Häfen der Welt eintrafen. Sie waren laut, undiszipliniert und eine Bedrohung für die phlegmatischen Buren, die auf ihren Farmen in Frieden gelassen werden wollten; sie stürzten sich auf Witwatersrand wie Geier, die einen Kadaver auf dem Veld finden, und sie brachten Streit, Gewalt und alle möglichen Bedrohungen für die bedächtige Lebensweise der Buren mit sich.

Die selbständigen Buren schlugen mit den unvernünftigsten Gesetzen zurück: ein *uitlander* (Ausländer) konnte erst nach einem Aufenthalt von vierzehn Jahren im Land für den *Volksraad* wählen, vor Ablauf dieser Probezeit blieb er ein Bürger zweiter Klasse, der nur das Recht hatte, für eine gesonderte Versammlung zu wählen, deren Beschlüsse die Buren mittels Veto aufheben konnten; das für die Bergwerksarbeit erforderliche Dynamit wurde von einem von den Buren begünstigten Monopolbetrieb hergestellt, und die Preise dafür wurden unerschwinglich; jede Verletzung einer Anzahl überaus strenger Gesetze mußte vor einem in holländischer Sprache verhandelnden Gericht nach Gesetzen beurteilt werden, die nie auf englisch verlautbart worden waren. Investitionen von Geld, Personenförderung und das Schürfen nach Gold fielen unter Burengesetze, und es wurden keine vernünftigen Zugeständnisse gemacht.

Rhodes war felsenfest entschlossen, unvereinbare Elemente in Afrika unter der englischen Flagge zu vereinen, und davon überzeugt, daß das selbstherrliche Verhalten der Buren gefährlich war. Er beschloß, persönlich bei dem Burenführer Stephanus Johannes Paul Krüger zu intervinieren, diesem polternden Vulkan von einem Mann, der seine kleine Welt von der Veranda seines bescheidenen Wohnhauses an einer baumbestandenen Straße in Pretoria aus leitete.

»Diesmal werde ich mich privat zu ihm begeben«, sagte er seinen jungen Leuten, »und ihn wie einen Gentleman auffordern, sich uns anzuschließen.«

»Was können Sie ihm als Gegenleistung anbieten?« fragte jemand.

»Die Aufnahme in das britische Weltreich«, antwortete Rhodes ohne Zögern. »Was könnte sich ein Herrscher eines Kleinstaates mehr wünschen?«

Bevor einer der jungen Leute darauf hinweisen konnte, daß so manche Nation in der Welt sich beträchtlich mehr wünschte, fuhr Rhodes fort: »Ich werde Präsident Krüger nächste Woche aufsuchen, und wir werden wie zwei erwachsene Männer miteinander sprechen. Frank, Sie werden mit mir kommen, also sorgen Sie dafür, daß Sie alles erfahren, was man von ihm weiß.« In den nächsten Tagen quetschte Frank jeden in Kimberley aus, der

etwas über den gigantischen Mann wußte, mit dem Cecil Rhodes sich auseinandersetzen wollte. Der Diamantenmagnat hatte in seiner Eigenschaft als Kap-Politiker den Burenführer schon früher kennengelernt; diesmal würde er ihn inoffiziell als Privatmann aufsuchen, mit besonderem Augenmerk auf die Weltpolitik und nicht auf innere südafrikanische Angelegenheiten.
»Vor allem«, sagte einer der jungen Herren zu Saltwood, »ist er bekannt als *Oom* Paul, Onkel Paul. Er ist achtundzwanzig Jahre älter als Mr. Rhodes und wird den ihm gebührenden Respekt verlangen. Er ist sehr eitel, wissen Sie.«
»Und häßlich wie die Sünde«, sagte ein anderer. »Sein Gesicht ist schroff, aber ohne Größe, seine Nase höckrig, seine Augen blicken verschleiert. Beim Stehen lehnt er sich nach hinten, wobei sein großer Bauch vorsteht. Aber infolge seiner Größe... Er ist viel größer als Mr. Rhodes und wird ihn behandeln wie einen kleinen Jungen.«
Der erste Informant fuhr fort: »Er nahm am großen Treck teil, wissen Sie. Tötete einige Krieger Mzilikazis. Er ist ungewöhnlich stark. Ungewöhnlich mutig. Hat an allen Kriegen teilgenommen.«
»Sie dürfen aber nicht vergessen, daß er in seinem ganzen Leben nur drei Monate lang eine Schule besucht hat und sogar stolz darauf ist: ›Das einzige Buch, das ich je gelesen habe, ist die Bibel, aber da sie alles Wissenswerte enthält, genügt das!‹ «
»Und wenn er auf die Erde zu sprechen kommt«, warf der erste wieder ein, »dann seien Sie ganz ruhig.«
»Ich verstehe nicht...«, sagte Frank.
»Oom Paul glaubt, die Erde sei flach. Denn das sagt die Bibel. Und wenn er feststellt, daß Sie oder Mr. Rhodes glauben, sie ist rund, wird er euch aus dem Zimmer jagen. Er ist auch davon überzeugt, daß die Buren ihre Republiken von Gott höchstpersönlich erhalten haben. Rhodes wird also beweisen müssen, daß Gott höchstpersönlich, nicht Mr. Rhodes, den Vorschlag machte, die Buren sollen sich unserem Weltreich anschließen.«
»Unser einziger Vorteil besteht darin, Frank, daß Krüger zwar die Engländer in den Kolonien haßt, Ausländer aber verachtet. Er bezeichnet sie als atheistischen Pöbel, der sein Land stiehlt. Er hält die englischen, australischen und amerikanischen Bergarbeiter für gottlos und unmoralisch, und er wird ihnen keine Zugeständnisse machen. Wenn Mr. Rhodes ihm zu verstehen geben kann, daß er hinsichtlich der *uitlanders* der gleichen Ansicht ist...«
»Das muß mit Taktgefühl geschehen«, warnte der älteste der Herren. »Oom Paul wird von seinen Buren geliebt. Er ist ein Diktator, weil er weiß, daß er, was immer er auch tut, der absoluten Unterstützung sicher ist. Er wird herrisch, grob, beleidigend und verletzend zu Ihnen sein. Aber jedesmal gelingt es ihm, die *uitlanders* bei Verhandlungen auszutricksen. Sie lernen einen ungewöhnlichen Mann kennen.«
Der jüngere sagte noch einmal: »Und nicht vergessen, die Erde ist flach.«

An diesem Donnerstagabend ging Frank mit drei Eigenschaftswörtern im Ohr zu Bett: »halsstarrig, voreingenommen, fanatisch an Gott glaubend«, und er kam zu dem Schluß, daß Mr. Rhodes im Streit mit Oom Paul vor einer schwierigen Aufgabe stand, doch dann hörte er auch die Adjektiva, die Mr. Rhodes beschrieben: »Unnachgiebig, von sich selber eingenommen, fanatisch an das englische Weltreich glaubend«, und da fragte er sich, ob nicht vielleicht Präsident Krüger Hilfe brauchen würde. Er erinnerte sich an die Beschreibung von Krügers Äußerem: »Häßlich wie die Sünde«, und fand, daß man Mr. Rhodes eigentlich genauso beschreiben könnte.
Sie kamen spät an einem Freitagnachmittag in Mr. Rhodes' Privatwagen in Pretoria an und gingen früh zu Bett, um für ihr wichtiges Treffen frisch zu sein. Am Morgen stellte Frank fest, daß Mr. Rhodes sich besonders sorgfältig rasiert hatte, als ob er mit einer Prinzessin verabredet wäre, und seinen Schlips und die hochgeschlossene Jacke zurechtzog, um möglichst gut auszusehen. Sie fuhren in einer Kutsche durch diese typisch burische Stadt, bis sie auf einer schönen Straße zu einem bescheidenen Einfamilienhaus in einer Art orientalischem Stil mit einer ausladenden Veranda kamen, auf der ein bequemer Lehnstuhl stand. Auf ihm saß, so daß ganz Pretoria sehen konnte, wie er mit seinem Volk verhandelte, Oom Paul höchstpersönlich, ein Riese von einem Mann, mit vorgebeugten Schultern, ausladendem Bauch, weit gespreizten Beinen; seine Augen mit den gesenkten Lidern blickten unergründlich, sein massiges Gesicht war von einem Bart umrahmt. Er hielt hof für jeden, der zufällig vorbeikam.
Rhodes ließ die Kutsche in respektvoller Entfernung vom Haus halten. »Er ist ein schwieriger Mann, Frank. Gehen Sie hin und bereiten Sie ihn auf meinen Besuch vor. Seien Sie höflich.«
Als Frank sich der Veranda näherte, war er verwundert, wie massiv und wie häßlich Krüger war; er sah aus wie die Karikatur eines ungebildeten Burenfarmers, aber als Frank sich in der Schlange anstellte und Gelegenheit hatte zu beobachten, wie Krüger mit den Bürgern umging, die sich an ihn wandten, wurde ihm klar, daß er ein Mann von animalischer kraftvoller Entschlossenheit und Ausstrahlung war.
»Was führt Sie zu mir?« fragte ihn der Präsident kurz angebunden.
»Mr. Cecil Rhodes wartet in der Kutsche. Er ersucht um Erlaubnis, ein paar Worte mit Ihnen sprechen zu dürfen, Sir.«
Ohne auch nur in die Richtung der Kutsche zu blicken, brummte Krüger: »Heute ist *Nachtmaal.*«
»Das wußte ich nicht, Sir.«
»Meine Bürger aber wissen es. Sie wissen seit Jahren, daß sie beim *Nachtmaal* mit mir reden können. Schalk Wessels dort drüben ist hundertzehn Meilen hierher gereist, nicht wahr, Schalk?«
Als der Mann nickte, sagte Krüger: »Dieser Tag ist den Bürgern gewidmet. Vielleicht habe ich am Montag ein paar Minuten frei.«
»Am Montag hat Mr. Rhodes andere Verabredungen. Wäre es nicht möglich, daß er Sie heute besucht? Oder vielleicht morgen?«

Präsident Krüger erhob sich aus seinem Stuhl, bewies dabei, daß er nötigenfalls über große Würde verfügte, und erklärte mit freundlicher Stimme: »Heute ist Nachtmaalsamstag. Der ist für die Bürger reserviert. Morgen ist Sabbat. Er ist für den Herrn reserviert. Gleichgültig, wie wichtig Mr. Rhodes' Probleme sein mögen, sie können bis Montag warten, ebenso wie er selbst.«

Ohne nachzudenken, antwortete Frank: »Mr. Rhodes wartet auf niemanden.« Er wandte sich auf dem Absatz um und verließ die Veranda.

Als er zu der wartenden Kutsche kam, erschrak er über das, was er getan hatte, und fragte Mr. Rhodes: »Soll ich zurückgehen und mich entschuldigen?«

»Niemals! Sie haben sich beherzt verhalten. Ich hatte die Absicht, dem alten Satan eine Chance zu geben, aber ich weigere mich, auf den Knien zu ihm hinzukriechen. Wir werden ohne ihn weitermachen.«

In seinem Büro bezog sich Mr. Rhodes so häufig auf »diesen eigensinnigen, bibelzitierenden Buren«, daß Frank sich überlegte, wie er auf die Demütigung reagieren würde. Dann entdeckte er, daß Mr. Rhodes vorsichtig Erkundigungen über die Stärke der Buren einholte, denn wie er seinen jungen Herren sagte: »Ein Mann darf nie etwas unternehmen, bevor er die volle Stärke seines Gegners einschätzen kann.«

»Spionieren Sie den Feind aus?« fragte einer der jungen Burschen.

»Ich habe keine Feinde«, fauchte ihn Rhodes an. »Nur Gegner. Am Tag, an dem wir unsere Differenzen bereinigen, werden wir Freunde.« Und Frank erinnerte sich an ein Dutzend Fälle, in denen sich diese Regel bewahrheitet hatte. Drei Jahre lang hatte Rhodes mit Barney Barnato gekämpft, und als der Streit beigelegt war, hatte er ihn in seinen Verwaltungsrat aufgenommen. Nun versprach Rhodes: »Am Morgen, nachdem Präsident Krüger unseren Plan angenommen hat, werde ich mich ihm selbst als Mitarbeiter bei der Verwaltung unserer vereinigten Territorien anbieten.«

Eines Morgens drehte er sich plötzlich um und fixierte Saltwood mit seinen wäßrigen Augen, die so hitzig werden konnten, wenn er wollte. »Zimbabwe! Frank, ich wollte immer schon wissen, wer es erbaut hat. Ich bin davon überzeugt, daß es die Königin von Saba gewesen sein muß, wie die Bibel angibt. Ich möchte, daß Sie eine Expedition organisieren, um den Ort zu erkunden und mir zu berichten, was Sie vorgefunden haben. Denn wir müssen die Wahrheit eindeutig festhalten, ehe irgendein deutscher Abenteurer beweist, daß die gemauerten Schlösser von Kaffern erbaut wurden. Ein entsetzlicher Gedanke.«

Da Frank nicht herausfinden konnte, was Mr. Rhodes vorhatte, fragte er: »Was hat das mit Ihren Plänen zu tun?«

»Weit im Osten von hier lebt ein Mann auf einer Farm, die Vrymeer genannt wird. Man behauptet, er sei als Junge in Zimbabwe gewesen und habe die Türme aus der Nähe gesehen. Ich will, daß Sie diesen Mann befragen, den Wahrheitsgehalt seiner Aussagen prüfen...« Rhodes zögerte, dann sagte er: »Sich über ihn ein Urteil bilden.«

»Wer ist es?«
»Paulus de Groot.«
Frank durchschaute Mr. Rhodes' Absichten, aber er ließ es sich nicht anmerken, als er ihm versicherte: »Ich werde General de Groot aufsuchen. Und ihn aushorchen.«
Paulus de Groot war jener Riese von einem Mann, einsvierundneunzig groß, mit vorgeneigten Schultern und massigem, rothaarigem Kopf, der 1881 einen der Angriffe bei Majuba Hill geleitet hatte, als die Buren die besten Truppen des britischen Weltreichs schlugen. Er war ein Mann, der die Unterstützung anderer Männer gewinnen konnte; er kannte auch keine Eitelkeit, denn als die großen Kämpfe zu Ende waren, kehrte er wieder auf seine Farm zurück, wo er, wie man von ihm erzählte, überaus einfach lebte. In Pretoria bot man ihm Teilhabe an der Regierung an, aber er lehnte ab: »Ein Mann wird dadurch, daß er ein Pferd einen Hügel bergan reitet, nicht scharfsinnig.« Und so blieb er Farmer.
Rhodes wollte herausfinden, ob General de Groot über die Fähigkeit und den Nationalstolz verfügte, einem Versuch der Engländer, die Burenrepubliken unter ihre Oberhoheit zu bringen, Widerstand entgegenzusetzen. »Er soll schon über sechzig sein, viel zu alt, um Truppen zu führen, aber immer noch gut mit Pferden und Gewehren umgehen können.«
»Dann sind Sie also gar nicht an Zimbabwe interessiert?«
Mr. Rhodes änderte seine Haltung vollkommen. Er faßte Saltwood an der Schulter und sagte ruhig: »Frank, ich interessiere mich für alles. Ich will über alles Bescheid wissen. Morgen früh reiten Sie nach Zimbabwe. Über Vrymeer.«
Diese Vielfalt an Interessen zerstörte beinahe die freundschaftliche Beziehung zwischen Mr. Rhodes und Frank, denn in dieser Nacht traf ein Telegramm aus London ein, das Rhodes benachrichtigte, daß ein wichtiger Geschäftsfreund seine Nichte nach Kapstadt auf Urlaub schickte und die Gelegenheit benützte, ihr einige Dokumente mitzugeben, die Rhodes studieren sollte. Jemand sollte die junge Frau, Maud Turner, abholen, nicht nur um die Dokumente in Empfang zu nehmen, sondern um auch dafür zu sorgen, daß sie standesgemäß untergebracht wurde.
Über Miss Turner wußte man nur, daß ihr Onkel einflußreich war, aber der Verdacht war nicht auszuschließen, daß sie eher reizlos sein mußte, denn warum sollte ihr Onkel sie sonst nach Kapstadt schicken? Bei vielen englischen Familien hatte es sich im Laufe der Jahre so eingebürgert, weibliche Mitglieder, die keinen Ehepartner fanden, nach Indien oder Australien zu schicken, nach dem Prinzip: »Wenn sie draußen, wo die Konkurrenz so gering ist, keinen Mann bekommt, ist Hopfen und Malz verloren.« In regelmäßigen Abständen ließ man einen Schub solch magerer, unhübscher Geschöpfe in die fernen Kolonien abgehen, in der Hoffnung, daß die meisten nicht wieder zurückkommen würden, oder zumindest erst dann, wenn sie Söhne hatten, die im richtigen Alter für Eton oder Harrow waren.
»Sie müssen sich um sie kümmern, Frank«, sagte Rhodes entschieden.

»Aber ich soll doch nach Zimbabwe reiten.«
»Das kann warten. Das wartet schon seit dreitausend Jahren.«
Also bestieg Frank Saltwood, Anfang dreißig, geschniegelt und affektiert wie ein Galan, was er seiner Erziehung in Oxford verdankte, in Kimberley den verrauchten Zug und fuhr südwärts über die leeren Ebenen der Großen Karru.
Er war sich von Anfang an bewußt, daß das ein weit gefährlicherer Auftrag sein konnte als die Reise nach Norden, nach Zimbabwe, und zwar wegen der unverletzlichen Regel, der Mr. Rhodes' Herrencorps unterworfen war: Sobald einer von ihnen ernsthaftes Interesse für eine junge Frau zeigte, wurde er von wichtigen Entscheidungen ausgeschlossen, und wenn er sie tatsächlich heiratete, konnte er noch am selben Tag entlassen werden. Frank fragte sich sogar, ob Mr. Rhodes' Entschluß, Miss Turner von ihm begleiten zu lassen, nicht eine Art Zeichen dafür war, daß seine Tage bei Diamanten und Gold schon gezählt waren. Da ihm seine Arbeit gefiel und er sie nicht aufgeben wollte, war er entschlossen, die junge Dame mit äußerster Zurückhaltung zu behandeln, die Dokumente von ihr in Empfang zu nehmen, sie im Mount Nelson einzuquartieren und sofort wieder nach Kimberley zu seiner wichtigeren Arbeit zurückzukehren. Auf keinen Fall würde er eine Anstellung, die ihm seit so vielen Jahren gefiel, wegen einer Frau aufs Spiel setzen.
Er hatte aber nicht mit der Hinterlist seines Vetters in Salisbury, Sir Victor Saltwood, gerechnet, der sich erst vergewissert hatte, daß Frank noch unverheiratet war und auch keine Frau in Aussicht hatte, bevor er Maud Turners Onkel vorgeschlagen hatte, seine reizende, begabte dreiundzwanzigjährige Nichte mit Papieren für Cecil Rhodes nach Kapstadt zu schicken. Einflußreiche Familien sorgten dafür, daß ihre jungen Söhne und Töchter im heiratsfähigen Alter Leute kennenlernten, die zu ihnen paßten, und wenn Mädchen dazu den weiten Weg nach Australien oder Kapstadt zurücklegen mußten, dann machte das nichts aus. Sir Victor hatte es nicht so einrichten können, daß Frank selbst sie vom Schiff abholen würde, aber er nahm als sicher an, daß er Miss Turner eher früher als später kennenlernen würde.
Er hegte berechtigte Hoffnungen, denn er hatte eine der begehrenswertesten jungen Frauen des Bezirks Salisbury auf die Reise geschickt, Mitglied einer einflußreichen Familie, Erbin eines bescheidenen Vermögens, die eine der zweckmäßigsten Erziehungen genossen hatte, die es gab: Sie hatte die Möglichkeit gehabt, an der lebhaften Konversation ihrer älteren Familienangehörigen teilzunehmen, die sich für Politik, Ethik, Geschäfte und das Empire interessierten. Sie war ziemlich hübsch, ungewöhnlich schlagfertig und eine Frau, für die eine abenteuerliche Reise, etwa nach Kapstadt, unwiderstehliche Anziehungskraft besaß; man mußte sie einfach unternehmen, ehe man sich in Salisbury zur Ruhe setzte.
Sie hegte den geheimen Verdacht, daß Sir Victor und ihr Onkel irgend etwas ausgeheckt hatten, damit sie diesen oder jenen jungen Mann kennenlernte;

sie schmiedeten ja ständig Komplotte, ob es sich nun um Gesetze im Parlament oder um Reformen in der Kirche handelte, das hieß aber nicht, daß sie auf ihre Pläne eingehen mußte. Sie würde die Papiere abliefern, an einer Elefantenjagd teilnehmen und nach England zurückkehren, um einen Mann ihrer Wahl zu heiraten. Dabei wollte sie möglichst viel von Südafrika sehen, und sich dabei prächtig amüsieren.

Am Ende der Hinreise hätte sie einen der drei mittelmäßigen Männer heiraten können, die ihr den Hof gemacht hatten, und auf der Heimreise würde sie bestimmt noch etwas Besseres finden. Sie hatte es also keineswegs eilig, den Mann zu akzeptieren, den ihr Onkel für sie ausgewählt hatte; als sie aber von einem offensichtlich charmanten, lebensprühenden jungen Mann abgeholt wurde, war ihr Interesse geweckt.

»Hallooo!« rief sie ganz undamenhaft. »Hat Sie Mr. Rhodes gesandt?«

»Ja. Mein Name ist Saltwood.«

»Wir treffen uns dort drüben, Saltwood«, und sie fand ohne Hilfe der Zahlmeister die Laufbrücke und ging als eine der ersten an Land.

Frank sah ihr zu, während sie über die steile Treppe nach unten hüpfte, und erkannte sofort, was für eine bemerkenswerte junge Frau sie war. »Sie war wie aus einem Guß«, schrieb er seiner Mutter. »Von den geknöpften Schuhen bis zu dem Glockenrock, von dem breiten Stoffgürtel um ihre Taille bis zu der tadellos sitzenden Bluse stimmte bei ihr alles; was mir aber am besten gefiel, war die Art, wie sie ihr Haar frisierte. Kein Mann hätte herausbekommen, wie sie das machte, es war kastanienbraun und glänzte in der Sonne wie ein Kupferhelm.«

Dennoch hätte er ihrem Zauber widerstanden, wäre nicht die zusätzliche Verlockung durch das Mount Nelson Hotel gewesen. Dieses schöne Gebäude stand am Rand der von Jan van Riebeeck vor zweihundertvierzig Jahren angelegten Gärten. Es war die Zierde von Kapstadt, ein geräumiges Hotel mit schönem Parkgelände, reich verzierten Sälen, ausgezeichneter Küche und schweigsamem Personal, das aus Malaien und Farbigen bestand. Eisgekühlter Trianon-Wein aus den Weingärten der van Doorns, eine kleine Portion gut gewürzter *bobotie*, gefolgt von gebratenem Walducker (eine Antilopenart) und einem Orangensoufflé, das alles hätte schon genügt, um das Urteilsvermögen eines jungen Mannes zu beeinträchtigen, wenn aber auch noch eine lebhafte junge Frau wie Maud Turner an der Mahlzeit teilnahm und witzige Bemerkungen beisteuerte, wurde daraus ein lukullisches Fest. Er telegrafierte an Mr. Rhodes: GESCHÄFTLICHE KOMPLIKATIONEN ERFORDERN NOCH DREI TAGE.

Während dieser drei Tage fesselte ihn ihr Charme und Esprit. Wie Mr. Rhodes interessierte sie sich für alles: »Wie sollen die Schwarzen jemals etwas lernen, wenn es nicht genug Schulen für sie gibt?« Sie entwickelte spezielle Zuneigung zu den Kap-Afrikandern. »Wie ist es möglich, daß Sie, Frank, so lange hier leben und so wenige von ihnen kennen? Sie sind viel interessanter als Ihre englischen Freunde... Was haben Sie nur die ganze Zeit gemacht?«

»Mit Mr. Rhodes gearbeitet.«
»Wie schade, Saltwood. Die Engländer in Südafrika sind ein Kapitel für sich. Noch ein Jahrzehnt, dann seid ihr ein Jahrhundert hier, und was habt ihr erreicht? Ihr habt die Treckburen dazu getrieben, eigene Republiken zu errichten. Und jene, die am Kap zurückgeblieben sind, sprechen von einem Afrikanerbund oder dergleichen. Was habt ihr Engländer dagegen aufzuweisen?«
Frank lachte. »Meine liebe Maud, fast alles, was Sie gesehen haben, war das Ergebnis englischer Arbeit. Der Hafen, in den Sie eingelaufen sind. Die Eisenbahn, mit der Sie nach Stellenbosch fuhren. Die Pässe über die Berge. Die Schulen. Die Krankenhäuser, die freie Presse. Alles von Engländern geschaffen.«
»Es mag ja so sein, wie Sie sagen«, gab sie zu und konnte sich eines Gefühls des Stolzes nicht erwehren. »Aber die Afrikander, die ich im Kaffeehaus kennenlernte, scheinen nichts davon zu halten.«
»Die haben auch nie etwas von Hilarys Plänen gehalten.«
»Ihr Großvater, nicht wahr? Der Missionar mit der...«
»...schwarzen Frau?«
»So wollte ich es nicht ausdrücken, Frank.«
»Ich verstehe. Aber wundern Sie sich nicht, wenn Sie mit der Zeit zu der Ansicht gelangen, daß Hilary mit seinem Versuch auf dem richtigen Weg war. Daß er die Richtung erkannte, in der die Rettung dieses Landes liegt.«
»Nennen Sie es Ihr Land? Wie es die Buren von sich behaupten?«
»Ich bin hier geboren. Es ist mein Zuhause geworden, auch wenn Ihre Freunde, die Afrikander, mich nicht als Miteigentümer anerkennen. Der bloße Umstand, daß sie zuerst hier waren, bedeutet nicht, daß Gott ihnen das Land geschenkt hat. Das predigen die Buren im Norden, aber merken Sie sich meine Worte: Der englische Fortschritt, den sie verachten, wird sie einholen. Vielleicht schon sehr bald.«
»Sie werden zu ernsthaft, Frank Saltwood. Erzählen Sie mir von der Elefantenjagd. Ist sie gefährlich?«
Sie wollte wirklich auf eine Elefantenjagd gehen, auch ein Löwe würde notfalls genügen. Als er ihr erklärte, daß die beiden Tierarten schon seit Generationen aus diesen Gebieten verschwunden waren, sagte sie nur: »Dann wollen wir ihnen folgen. Ich verfüge nur über ein kleines Taschengeld, aber es wird schon reichen.«
Als er sie durch die Mitteilung enttäuschte, daß er in Kimberley bleiben müsse, sagte sie: »Also gut, ich wollte immer schon sehen, wie man nach Diamanten gräbt. Alberne Steine – ich selbst möchte keinen haben.«
Er machte sie darauf aufmerksam, daß es sehr unpassend wäre, wenn sie, mit ihm oder allein, nach Kimberley fuhr, aber sie fuhr ihn an: »Unsinn! Ich habe Einführungsbriefe für die angesehensten Familien bei mir.« Und sie ließ ihre beiden Koffer zur Bahn bringen und ein Schlafwagenabteil nach Kimberley reservieren. Es stand Frank frei mitzukommen, wenn er wollte.
Diese Reise nach Norden war die angenehmste, die er je unternommen

hatte, eine Offenbarung, bei der sich zeigte, was eine junge Frau sein konnte. Sie war weder kokett noch schüchtern; wann immer sich ein interessantes Thema ergab, enthüllte ihr ausdrucksvolles Gesicht ziemlich viel von ihren Gedanken. Ständig war sie auf der Suche nach Partnern für angeregte Diskussionen. Am ersten Abend im Speisewagen lud sie ein älteres Ehepaar ein, sich zu ihnen zu setzen. Sie erklärte mit entzückender Aufrichtigkeit, daß sie mit Frank nicht verheiratet war, und sagte dann, er arbeite auf einem wichtigen Posten in der Diamantenindustrie. Sie erfuhr von den beiden, daß sie einen Neffen hatten, der auf den Goldfeldern arbeitete, und daß seiner Meinung nach in der neuen Stadt Johannesburg Bedarf nach einem Schneider bestehe. Normalerweise hätten sie sich nicht Fahrkarten erster Klasse leisten können, aber er hatte ihnen so viel Geld geschickt, daß sie beschlossen hatten, über die Schnur zu hauen.

»Sind Sie Juden?« fragte Maud plötzlich.

»Ja. Unsere Eltern kamen vor Jahren aus Deutschland.«

»Haben Sie die Absicht, nach Deutschland zurückzukehren?«

»Nein. Wir sicher nicht.«

»Glauben Sie, daß Deutschland versuchen wird, uns Südafrika wegzunehmen?«

»Deutschland wird versuchen, alles zu erobern«, antworteten sie.

Am zweiten Tag lud sie ein australisches Paar ein, mit ihnen zu speisen, und sie erklärte wieder, daß sie mit Frank nicht verheiratet war, worauf die Frau fragte: »Ist das nicht ein wenig riskant? Ich meine, mit einem jungen Mann allein zu reisen?«

»Nicht, wenn er ein so netter junger Mann ist wie Frank.« Aber während sie seine Hand tätschelte, fügte sie hinzu: »Eigentlich ist er gar nicht so jung. Wie alt sind Sie, Frank?«

»Dreißig vorbei«, sagte er.

»Zeit, den entscheidenden Schritt zu wagen«, sagte der Mann, worauf Frank bis über beide Ohren rot wurde.

»Er wird zur richtigen Zeit das Richtige tun«, meinte Maud.

»Mit Ihnen?« fragte die Australierin.

»Du meine Güte, wir kennen einander noch kaum.« Und als der Zug in Kimberley hielt, wußten alle Fahrgäste, daß diese gutaussehende junge Frau mit einem jungen Mann reiste, den sie kaum kannte.

Mr. Rhodes warf einen Blick auf die beiden und erkannte, daß er den jungen Saltwood unverzüglich fortschicken mußte, sonst würde er einen nicht wiedergutzumachenden Fehler begehen. Deshalb sagte er sofort, nachdem er Miss Turner vorgestellt worden war: »Saltwood, Ihre Fahrzeuge stehen bereit. Am besten, Sie machen sich diesen Nachmittag auf den Weg.«

»Ich werde übermorgen abreisen«, sagte Frank entschieden, und damit begann die Entfremdung, denn Mr. Rhodes bemerkte zu seiner Bestürzung, daß einer seiner jungen Herren sich ernstlich mit einer Frau befaßte.

Frank brachte Miss Turners Koffer in das Hotel des Ortes, dann begleitete er sie in die Stadt, zeigte ihr das mächtige Loch in der Erde, in dem er gear-

beitet hatte, und die kleinen Hilfspumpen, die es trocken hielten. Er fuhr mit ihr aufs Land und zeigte ihr die Ortskirche, und als der zweite Tag zu Ende ging, fragte er: »Sind Sie eigentlich verlobt?« Als sie verneinte, fragte er: »Würden Sie auf mich warten, bis ich aus Zimbabwe zurückkomme?«
»Und wo ist das?« wich sie aus. Als er es ihr sagte, wollte sie ihn auf die Safari begleiten, doch er lehnte diesen Vorschlag entschieden ab. »Ich verstehe«, neckte sie ihn. »Das würde Mr. Rhodes nicht gern sehen.«
»Die Strapazen sind viel zu groß, Maud.«
»Ich verstehe. Mr. Rhodes stellt sehr strenge Regeln für seine jungen Herren auf. Keine Frauen.« Sie erwartete, daß er etwas sagen würde, und als er das nicht tat, fragte sie kühn: »Falls ich aber warte, würde Mr. Rhodes Sie dann nicht entlassen?«
»Ja. Ich würde mir also, wenn ich Sie heirate, eine andere Stellung suchen müssen.«
»Könnten Sie das?«
»Ich bin jung. Ich kann arbeiten. Ich kenne mich mit Diamanten und Gold aus.«
Sie sagte ganz ruhig: »Ich werde meinen Platz auf dem Dampfer stornieren lassen.«
»Was werden Sie tun?«
»Ich gehe auf Elefantenjagd.«
»Mit wem?« fragte er verwundert.
»Mit drei Herren aus dem Hotel.«
»Mein Gott, Maud.«
»Ich sagte, daß ich warten würde, Frank. Ich sagte nicht, daß ich untätig herumsitzen würde.«
»Aber... aber drei Männer aus dem Hotel!«
»An zwei von ihnen hat mein Onkel Empfehlungsbriefe geschickt.« Und dann küßte sie ihn, nicht flüchtig auf die Wange, sondern mit dem vollen, leidenschaftlichen Kuß einer emanzipierten jungen Frau, die den Mann gefunden hat, auf den sie bereit ist zu warten.

Von Pretoria aus nahm Frank die neue Eisenbahnlinie, die nach Lourenço Marques an der Delagoabai ging, aber nach einer Tagesreise stieg er auf der kleinen Station Waterval-Boven aus, wo ihn ein Wagen erwartete. Es war eine fünfzehn Meilen lange Fahrt nach Süden mit einem Schwarzen, der sich als Micah Nxumalo vorstellte. Der erste Name stammte aus der Bibel, erklärte er in gebrochenem Englisch, der zweite von seinem Großvater, der während der Unruhen aus dem Zululand hierher gekommen war.
»War Mr. van Doorn damals Eigentümer des Landes?«
»Nein. Es war unser Land.«
»Aber wie erwarb es Mr. van Doorn?« Das Wort war zu schwierig für Micah, und er fragte, was es bedeute. »Bekommen. Wie bekam er das Land?«
Das Gesicht des Schwarzen drückte Verwunderung aus, und er sagte: »Zuerst gehörte es uns, dann nach einiger Zeit gehörte es ihm.«

Als sie in die Stadt Venloo kamen, erwartete Frank, in einer Herberge abgesetzt zu werden, bevor er Vrymeer besuchte, aber Micah sagte ihm, er werde am See wohnen. »Bei wem?« fragte Saltwood. »Bei den de Groots oder bei den van Doorns?«
»Bei den de Groots wohnt keiner«, erklärte Micah. »Die haben nur ein sehr kleines Haus.« Und als die Pferde die Spitze des Hügels erklommen, der Venloo vom See trennte, verstand Frank, denn im Norden stand eine armselige Gruppe von Häusern aus Flechtwerk, mit Lehm beworfen, inmitten vernachlässigter Felder, während sich im Osten eine imponierende Farm ausbreitete; sie bestand aus Ställen für das Vieh, Krals, einem weitläufigen Gutshaus mit Wellblechdach und – in einiger Entfernung – einer Anzahl von hübschen Rundhütten für die Nxumalos und die anderen Schwarzen. Die Farm gedieh sichtlich und sah einladend aus, Saltwood bemerkte aber vor allem den unbedeutenden kleinen Bach, der von den Hügeln kam und in einem schönen See mündete, auf dem es eine Menge Enten und Flamingos gab. Saltwood konnte allerdings von dieser Straße aus die beiden runden Berge nicht sehen, die den Ort kennzeichneten. Als sie in Sicht kamen, zeigte Micah auf sie und sagte: »Sannies Titten.«
»Wer ist Sannie?«
»Ein Mädchen, das hier gelebt hat. Zur Zeit meines Vaters. Sie liebte einen jungen Mann. Er starb. Sie starb.«
In den kleinen Häusern im Norden wohnte General de Groot, auf der großen Farm lebten die van Doorns, und zu diesen lenkte Micah die Pferde.
»Hallo dort drüben!« rief eine rauhe Stimme aus der Scheune. »Kommen Sie von Mr. Rhodes?« Die englischen Worte klangen unbeholfen und wurden mit starkem Akzent gesprochen.
»Ja. Frank Saltwood.«
»Wir haben nicht viel übrig für Ihren Mr. Rhodes. Er ist ein übler Bursche. Aber Sie sind uns willkommen.«
Der Farmer streckte seine große Hand aus und sagte: »Jakob van Doorn. Mama!«
Aus dem Haus kam keine ältere Frau, sondern drei der hübschesten Mädchen, die Frank je gesehen hatte. Sie rannten schnell an den Rand der Veranda – und benahmen sich dann ganz verschieden. Das älteste Mädchen, etwa fünfzehn, blieb schüchtern bei einem Pfeiler stehen, als es den Fremden sah; ihre blonden Zöpfe spiegelten das Licht. Die beiden jüngeren, die ungefähr gleichaltrig zu sein schienen, sieben oder acht Jahre, waren überhaupt nicht verlegen; sie kamen in den Hof gelaufen, daß ihre Zöpfe flogen, um ihn zu umarmen.
»Die Zwillinge!« sagte Jakob stolz. »Anna und Sannah, aber Sie werden sie nie unterscheiden können.«
Die Mädchen nahmen Frank einfach an der Hand und führten ihn zur Veranda, wo im Vordereingang Mevrouw van Doorn erschien; sie war Ende Dreißig und trug einen Säugling an der Hüfte. »Das ist meine Frau Sara und unser kleiner Haustyrann, Detlev.«

Die Zwillinge trugen ihren kleinen Bruder fröhlich auf der Veranda herum.
»Treten Sie ein«, sagte Mevrouw van Doorn. »Wir haben uns über Ihr Telegramm gewundert.«
»Ja, ich bin gekommen, um den General zu besuchen. Ich hörte, daß er einmal in Zimbabwe war.«
»Er war dort. Aber nur als kleiner Junge.«
»Wird er sich daran erinnern?«
»Der General erinnert sich an alles«, antwortete Mevrouw van Doorn.
»Mein Vater war auch dort«, sagte van Doorn. »Er führte eine Gruppe in das Gebiet nördlich des Limpopo. Die Tsetsefliegen trieben sie zurück.«
»Werde ich dort auf Tsetsefliegen treffen?«
»Ja.« Die van Doorns führten ihn ins Haus und zeigten ihm seinen Schlafplatz. Während ihm die Zwillinge beim Auspacken halfen, bereitete ihre Mutter Kaffee und Sandkuchen, dann öffnete Jakob eine Flasche *witblits*, weißer Blitz, einen feurigen, hausgemachten Brandy. »Wir trinken auf Ihre Ankunft. Sprechen Sie Holländisch?«
»Leider nicht viel. Ich bin im Gebiet von Grahamstown aufgewachsen, wissen Sie, wo es wenig Buren gab.« Und bevor sie antworten konnten, fügte er hinzu: »Unsere Familie kaufte *De Kraal*, wissen Sie.«
»Sie waren das!« rief Mevrouw van Doorn. Die Familie erinnerte sich dunkel, daß vertrauenswürdige englische Siedler die Farm gekauft hatten, aber ihr Name war in Vergessenheit geraten.
»Sind Sie die Familie, die in London das Geld für die Sklaven meines Vaters kassierte?« fragte van Doorn.
»Ja. Ich habe diese Geschichte gehört.« Frank schüttelte empört den Kopf. »Wie böse hat euch die Londoner Regierung bei diesem Sklavenabkommen mitgespielt.«
»Was meinen Sie mit ›Abkommen‹?« fragte van Doorn.
»Wie wenig für die Sklaven bezahlt wurde. Oder nicht bezahlt wurde.«
»Das war eine schlimme Zeit«, sagte van Doorn, doch dann fügte er freundlich hinzu: »Ich nehme an, Sie wollen gleich mit dem General sprechen?« Als Frank nickte, rief er: »Kommt, Kinder«, und führte die Gruppe um den See herum.
Saltwood war entsetzt, als er die Behausung erblickte, in der der große General, der Held der Burenrepubliken, lebte. Aber als de Groot ihm entgegenkam, um ihn zu begrüßen, war jeder Gedanke an Ärmlichkeit oder Entbehrung hinfällig geworden. Der Mann war ein Riese, ging aber gebeugt wie ein Berggeist in einem deutschen Märchen. Als er Saltwood an der Schulter faßte, fühlten sich seine Finger wie Stahlklammern an.
Dann lachte er herzlich und sagte: »Ich möchte Sie mit meiner Frau bekannt machen«, und aus der einfachen Hütte kam eine gutaussehende Frau über sechzig; sie hielt sich gerade, hatte weißes Haar und blaue Augen. Als Mädchen mußte sie schön gewesen sein, und sogar noch jetzt fiel ihre Würde auf. »Das ist Mevrouw de Groot«, sagte der General, ergriff ihre Hand, und sie standen gemeinsam ihrem Besucher gegenüber.

Doch dann sahen sie die drei Van-Doorn-Mädchen, und Sybilla de Groot beugte sich nieder, um die Zwillinge zu umarmen, während der General sich galant vor Johanna verneigte. Jakob sagte: »Das ist Frank Saltwood. Sein Großvater hat die Bezahlung für unsere Sklaven durchgesetzt. Er nahm unsere Belege in Empfang, schickte sie nach London und verschaffte uns jeden Penny, der uns gebührte. Nicht alles, was uns gebührt hätte, aber alles, was uns zugestanden wurde.«
De Groot schlug mit der Hand kräftig auf Franks Schenkel und sagte: »Ich erinnere mich an den Tag in Thaba Nchu. Ein Hausierer kam mit zwei Paketen aus Graaff-Reinet. Eines für van Doorn, eines für meinen Vater. Aber mein Vater war von Mzilikazi ermordet worden. So erhielt ich das Paket, und ich kann mich erinnern, wie ich es aufriß und die neuen englischen Banknoten sah, mir gefielen sie nicht. Und wissen Sie, junger Mann, was ich mit dem Geld machte?«
Frank antwortete: »Keine Ahnung«, und der alte General sagte: »Ich habe es gespart. Jahr um Jahr sparte ich es, und 1881, als wir bei Majuba Hill gegen die Engländer kämpften, gab ich alles für die Ausrüstung meines eigenen Kommandos aus. Englisches Geld kämpfte gegen englische Soldaten. Das gefiel mir.«
»War es ein schwerer Kampf – bei Majuba Hill?«
»Kämpfen ist immer schwer, besonders gegen die Engländer. Eure Offiziere sind Dummköpfe, aber eure Soldaten sind Helden.«
»Befehligen Sie die Burenstreitkräfte?« Bevor der alte Mann antworten konnte, fügte Frank hinzu: »Ich meine, man nennt Sie einen der Helden von Majuba.«
De Groot wies mit seinem großen Zeigefinger auf seinen Gast. »Niemand hat je die Buren befehligt. Jeder Mann ist sein eigener General.«
»Aber alle nennen Sie den General.«
»Ja. Ich habe das Kommando aufgestellt. Und abends fragte ich, ob diese oder jene Methode vielleicht die beste wäre. Aber wenn ich jemals einen Befehl erteilt hätte, hätte sicher irgendwer gefragt: ›Und wer, zum Teufel, bist du?‹ Und das«, sagte er, seine Worte mit dem Finger unterstreichend, »wäre eine sehr …« Er suchte nach einem Wort und bat van Doorn auf holländisch um Hilfe.
»Wesentlich«, schlug van Doorn vor.
»Ja, das wäre eine wesentliche Frage gewesen. ›Wer, zum Teufel, bist du, daß du Befehle erteilst?‹«
»Wie haben Sie den Kampf geführt?«
»Unsere Bibel sagt uns, daß ein Bure tausend Kanaaniter besiegen kann. So machten wir es eben.«
»Ich kann mich nicht daran erinnern, daß die Buren in der Bibel erwähnt werden«, meinte Frank, worauf de Groot erwiderte: »Das ist eure Bibel.«
Neun Tage lang studierte Frank die beiden Familien, und während er sie bei der Arbeit beobachtete, gelangte er zu dem Schluß, daß Menschen wie diese sich den Plänen, die Mr. Rhodes für sie entworfen hatte, nie fügen würden.

Als seine Abreise näherrückte, verkündeten die van Doorns, daß die de Groots zu einem Abschiedssouper herüberkommen würden, das mit einer Überraschung enden sollte. Frank saß auf der Veranda und versuchte zu erraten, welches von den kleinen Mädchen Anna und welches Sannah war, als sie plötzlich riefen: »Dort kommt Ouma!« Frank blickte über den See und sah die de Groots kommen.
Sie fuhren in einem alten Wagen, der von einem müden Roß gezogen wurde. General Paulus saß vorne, der große Patriarch nahm den ganzen Kutschsitz ein, während Sybilla bescheiden hinten saß, eine kräftige Frau in einen engen Sitzplatz gezwängt. Sie saß eigentlich nicht auf einem Sitz, sondern in der Vertiefung des Wagens auf einem Haufen von Tierfellen, und Saltwood mußte ein Lächeln unterdrücken, denn sie sah aus wie eine Königin Victoria des Veld, majestätisch, robust und erfolgreich.
Als er zum Wagen trat, wurde dieser Eindruck verstärkt, denn sie sagte ruhig: »Wie wir uns freuen, wieder mit Ihnen zusammenzusein!«, und er hätte ihr herausgeholfen, wenn sich nicht General de Groot gelassen eingemischt und die Hände ausgestreckt hätte, als ob es sein Privileg, und nur das seine allein wäre, dieser Frau zu helfen.
Es war ein nahrhaftes Abendessen, einer der kräftigen Lammeintöpfe Mevrouw van Doorns. Später ging Jakob in die Küche und kam mit einem braungoldenen Topf wieder, über dessen Rand ein knuspriger Pudding mit Zitronat, Kirschen und Rosinen lugte. »Brotpudding nach der Art der van Doorns«, rief Johanna, und als Frank ihn gekostet hatte, beglückwünschte er Mevrouw van Doorn dazu.
»Nicht mich! Meinen Mann!« Und sie nickte ihrem Mann zu und berührte dabei ehrfürchtig den alten Keramiktopf.
»Ja, in unserer Familie kochen die Männer den Pudding«, sagte Jakob. »Dieser Topf stammt wahrscheinlich aus dem Jahr 1680. Zweifellos in China hergestellt. Kam über die Berge.«
»Wir sind ein altes Volk«, sagte General de Groot. »Wir sind schon lange hier.«
Nach der Mahlzeit holte van Doorn eine Bibel hervor, die noch älter war als der Topf. »Amsterdam, glaube ich. Vielleicht 1630. Die ersten Seiten sind verbrannt.« Und als er betete, legte er die Hand auf das Buch.
Frank, der genau achtgab, hatte allmählich den Eindruck, daß diese beiden Familien ihn irgendwie warnen wollten, und dieser Eindruck verstärkte sich, als der alte General sagte: »Wir waren über hundertfünfzig Jahre vor euch hier, Saltwood. Über zweihundert Jahre vor Rhodes. Wir wünschen keine Störung.« Er fuhr sich mit den Fingern durch den dichten Bart, starrte den jungen Engländer an, ohne ihn auch nur einen Augenblick lang als ein Stück Afrika anzuerkennen, wie er selbst es war.
Am letzten Tag ersuchte Frank Jakob um freien Platz auf dem Tisch, und dort schrieb er, während die Zwillinge ihm über die Schulter guckten, einen langen Bericht an seinen Auftraggeber, dessen entscheidender Absatz folgendermaßen lautete:

Man kann mit diesen Männern nicht sprechen, ohne zu der Überzeugung zu gelangen, daß sie sofort wieder zu den Waffen greifen würden, wenn sie ihre Freiheit für gefährdet hielten. Van Doorn ist vermutlich über fünfzig, aber er würde morgen losreiten, wenn er aufgefordert würde. Der General ist hoch in den sechzig, und ich nehme an, er würde nicht direkt am Kampf teilnehmen, aber ich bin sicher, er würde jederzeit Beistand leisten. Eines Abends ritten wir in die kleine Stadt Venloo, wo wir mit vierzig anderen Buren zusammentrafen, die ausdrücklich erklärten, sie wären jederzeit fähig, innerhalb einer Stunde ein Kommando aufzustellen. Ich muß Ihnen daher doppelt und dreifach raten, Ihre Mitarbeiter daran zu hindern, sich auf ungewisse oder eigenwillige Abenteuer einzulassen. Ich würde ungern sehen, wie der Pöbel der Goldadern diese felsenharten Männer angreift, die für ihre Unabhängigkeit kämpfen würden. Ich höre schon, wie Sie den anderen sagen: »Der junge Frank ist eingeschüchtert worden.« Das wäre unrichtig, denn ich habe Angst. Ich habe Angst davor, daß eine unkluge oder übereilte Aktion eine Katastrophe für uns alle auslösen könnte. Ich versichere Ihnen, daß Paulus de Groot allein es mit elf australischen und amerikanischen Gelegenheitsarbeitern aufnehmen könnte, die kein anderes Interesse an dem Land haben, als es auszubeuten, und ich habe den Verdacht, er könnte auch mit fünf oder sechs Engländern fertig werden.

Ich gehe nach Zimbabwe. General de Groot war vor über fünfzig Jahren dort, aber er sagt, er sieht noch jede Mauer, jedes Gebäude vor sich. Ich wünschte, er stünde auf unserer Seite.

Zufällig folgte Frank Saltwood im Jahre 1895 der Route, die der junge Nxumalo im Jahr 1457 eingeschlagen hatte. Er verließ Vrymeer und begab sich an den Limpopo, wo unweit seiner Ufer noch die Kupfermine florierte. Wieder einmal verhinderte Hochwasser die Überquerung des Flusses, und als sie das Nordufer erreichten, war Frank vom Zauber der Baobab-Bäume gefangen. »Ich war gar nicht auf sie vorbereitet«, schrieb er seiner Mutter. »Bäume, die aussahen, als seien sie von einer geheimnisvollen Macht auf den Kopf gestellt und ihre hochgehobenen Wurzeln mit Vögeln gefüllt worden. Zweimal haben wir in der Krone der Bäume geschlafen.«

Er sah auch die großen Granitplatten, deren Schichten erstklassige Baublöcke lieferten. Als er die Hügel erreichte, von denen aus man die alte Stadt erblickte, hielt er an, um die Ruinen aus der Ferne zu studieren. Sie waren von Bäumen und Kletterpflanzen überwuchert, mußten aber einmal imposant gewesen sein.

Er stieg hinab in ein Tal, das zu den Ruinen führte, und gelangte nach einer Weile zu einer Gruppe armseliger Schwarzer, die von einem Häuptling Mugabe angeführt wurden, der weder die Zulu- noch die Sothosprache beherrschte. Einer war aber dabei, der einmal bei den Diamantminen gewesen war und sich in einer Art Kauderwelsch verständigen konnte.

»Zimbabwe?« Davon wußte er nichts.
»Wer regiert jetzt?« Niemand, aber Häuptling Mugabe hatte seinen Kral auf dem Abhang des Hügels, auf dem die Zitadelle stand.
»Wer hat die Türme erbaut?« Darüber hatte man oft gesprochen.
»Können wir sie uns ansehen?« Warum nicht?
Zwei Wochen lang kletterte Frank auf den Ruinen umher, entdeckte aber keinen einzigen Hinweis auf ihre Ursprünge. Die Bilder in der Bibel, die ihm seine Eltern zu seinem einundzwanzigsten Geburtstag geschenkt hatte, fielen ihm ein, doch sahen sie ganz anders aus. Aber das waren ja auch jüdische Bauten. Ob diese Ruinen vielleicht die Stadt der Königin von Saba waren? Oder stammten sie gar von den Phöniziern?
Seine Gedanken schweiften ab, bis er sich den Grund seines Aufenthalts wieder ins Gedächtnis rief. Mr. Rhodes hatte sich eingeredet, daß dies hier das alte Ophir war. Sein Interesse hieran war alles andere als archäologisch. Da sein Plan, gemeinsam mit Präsident Krüger das Land nördlich des Limpopo von Engländern und Buren gemeinsam besetzen zu lassen, fehlschlug, ließ er seine eigene kleine »Privatarmee« aufmarschieren. Mzilikazis Sohn wurde besiegt und das ganze Matabeleland annektiert. Die neue Kolonie erhielt den Namen Rhodesien.
Rhodes wollte nun beweisen, daß kein schwarzes Volk jemals eine genügend hohe Kulturstufe erreicht hatte, um eine Stadt wie Zimbabwe erbauen zu können. Die englischen Eroberer konnten sich dann als Kulturbringer hinstellen.
Frank Saltwood sollte also den Beweis liefern, daß Zimbabwe schon zur Zeit des Alten Testaments erbaut worden war, und er blieb die letzten drei Tage, die er dort verbrachte, in seinem Zelt, wo er einen weiteren Bericht an Mr. Rhodes schrieb:

> Alles in Zimbabwe deutet darauf hin, daß es phönizischen Ursprungs ist. Die Gesamtanlage, die Form des Turms, die Bauweise der hochgelegenen Zitadelle, die Art, wie die heute verschwundenen Hütten der Stadt angeordnet gewesen sein müssen, und insbesondere die Befestigungen sind ein Hinweis auf ihren Ursprung von den Mittelmeerkulturen. Ich konnte nicht den geringsten Anhaltspunkt dafür finden, daß diese Mauern von primitiven Schwarzen errichtet worden sind. Derartige Annahmen sind absurd.
> Ich schreibe diese Bauten der späten phönizischen Periode zu, das heißt, daß sie von Handwerkern dieses Volkes errichtet worden sein können, die die Königin von Saba zu der Zeit hierher brachte, als in Jerusalem König Salomo herrschte. Da es gewichtige und verläßliche Zeugnisse für Goldvorkommen in Zimbabwe gibt, können wir meiner Ansicht nach mit Sicherheit behaupten, daß dies das Ophir der Bibel ist und daß die Königin von Saba von hier das Gold bezog, das sie auf ihre Reise zu Salomo mitnahm. Damit ist die Angelegenheit abgeschlossen.

Als aber die Wagen beladen waren und das letzte Foto aufgenommen und eine Antilope als Proviant erlegt worden war, kehrte Frank allein zu den Ruinen zurück; er schämte sich.
Was habe ich getan? fragte er sich, während er die Steine betrachtete, deren stumme Botschaften danach verlangten, verstanden zu werden. Habe ich mich erniedrigt, indem ich um die Gunst eines jähzornigen Mannes gebuhlt habe, der alles für seine Zwecke mißbraucht?
Vorsichtig erkletterte er eine Plattform neben dem Turm, um sich noch einmal die Befestigungen anzusehen, die nun so primitiv wirkten, so anders als alles, was die Phönizier oder die Juden gebaut hatten. Schließlich wurden zu Salomos Zeit in Rom die ersten Befestigungen gebaut, und griechische Steinmetze kannten sich bereits in der Statik aus. Von ihnen konnten diese Gebäude hier auf keinen Fall stammen.
Als Frank den Turm verlassen hatte und an einer Stelle stand, wo zwei Mauern aufeinandertrafen, sah er voll Verwunderung, daß die Steine der von Osten nach Westen verlaufenden Mauer nicht mit den Steinen der von Norden nach Süden verlaufenden Mauer verzahnt waren. Die Mauern lehnten sich nur aneinander, so daß jede die andere durch ihre Nähe stützte. Dabei fiel ihm ein, daß in Rom, Griechenland, Phönizien, dem Heiligen Land, Persien oder Arabien diese primitive Konstruktion seit viertausend Jahren nicht mehr verwendet wurde.
»Mein Gott!« flüsterte er. »Sie haben recht. Diese Bauten wurden von Schwarzen errichtet, die von Ophir oder der Königin von Saba nie etwas gehört hatten.« Er untersuchte die anderen Hausecken: In allen Fällen lehnten die Wände nur aneinander. Aufgeregt kletterte er den Hügel zur Zitadelle hinauf bis zur verlassenen Spitze, auf der der große Mhondoro mit den Geistern verkehrte. Auch dort dasselbe. Diese Bauten waren zweifelsohne von den Vorfahren der Xhosa und der Zulu errichtet worden. Der Unsinn von der Königin von Saba war der alberne Wunschtraum von Menschen, die diese Steine nie gesehen hatten, denen die Idee von einem antiken Königreich gefiel und die einfach die Tatsache, daß sie von Schwarzen erbaut wurden, verdrängten.
Als er gerade dabei war, die Zitadelle zu verlassen, fiel ihm ein schön gemeißelter, schmaler Stein auf, von etwa zwei Meter Höhe, der unten vierkantig behauen war, um in einen Sockel hineinzupassen, und an der Spitze einen seltsamen Vogel trug, halb Falke, halb Adler. Nichts deutete auf mediterranen Einfluß hin; das Kunstwerk stammte eindeutig von Schwarzen, und als er nach Dienern rief, um den Stein nach unten zu tragen, weil er ihn Mr. Rhodes mitbringen wollte, dachte er: Ich habe gelogen, aber dieser Vogel wird die Wahrheit verkünden.
Zurück im Zelt, warf er einen Blick auf seinen Bericht und war fast versucht, ihn zu zerreißen; doch da dachte er an Mr. Rhodes und wie bekümmert er sein würde, wenn er die Wahrheit erfuhr. Und er legte die Papiere, die für die politische Ideologie der nächsten achtzig Jahre grundlegend werden sollten, sorgfältig in einen Ordner.

Zimbabwe war den Schwarzen gestohlen worden.
Auf der Rückreise lasen sie einen verängstigten englischen Bergmann auf, der sich offensichtlich auf der Flucht befand. Er teilte ihnen die entsetzliche Nachricht mit, daß Mr. Rhodes den Burenrepubliken den Krieg erklärt hatte. Seine bunt zusammengewürfelte Armee unter Führung des tatendurstigen Dr. Leander Starr Jameson hatte allen Warnungen Franks zum Trotz versucht, die Macht an sich zu reißen, war aber vernichtend geschlagen worden.
Als sie in Pretoria eintrafen, kam ein bewaffnetes Buschkommando auf sie zu, dessen Anführer auf englisch schrie: »Habt ihr einen Mann namens Saltwood bei euch?«, und als Frank vortrat, wurde er von drei Buren festgenommen, man nahm ihm seine Papiere weg und fuhr ihn mit einem Wagen ins Gefängnis.
»Wie lautet die Anklage?« protestierte Frank.
»Wirst du schon hören. Kurz bevor sie dich hängen.«
Er wurde in eine Zelle gesperrt, in der sich schon ein australisches Mitglied von Mr. Rhodes' Revolutionsarmee, zwei Engländer und ein fröhlicher, ausgeglichener amerikanischer Bergwerksingenieur namens John Hays Hammond befanden, der an diesem lächerlichen Unternehmen maßgeblich beteiligt war. »Was ist geschehen?« fragte Frank.
»Ganz einfach«, erklärte Hammond. »Wir hatten fünfhundert ausgesuchte Männer unter Dr. Jameson, noch viel mehr warteten in Johannesburg, aber es gab keine Verbindung zwischen den beiden Gruppen. Wir brachen auf, um das Land zu erobern, doch plötzlich tauchten von überall berittene Buren auf, angeführt von diesem bärtigen Riesen, General de Groot, der auf einem kleinen Basutopony ritt. Er sagte: ›Also gut, Jungs, legt eure Waffen nieder!‹ Unsere Leute legten sie nieder, und jetzt sitzen wir hier im Gefängnis.«
»Sie meinen, de Groot hat eure ganze Armee allein besiegt?«
»Haben Sie de Groot jemals gesehen?«
»Ja. Man nennt ihn den Helden von Majuba.«
»Er ist ein fürchterlicher Mann«, sagte Hammond.
»Aber was hab' ich damit zu tun?« fragte Frank. »Als das passierte, befand ich mich nördlich vom Limpopo.«
Doch niemand konnte ihm den Grund erklären. Immer wieder fragte er:
»Wie konnte Mr. Rhodes sich zu einem so jämmerlichen Unternehmen hinreißen lassen?« Und schließlich sagte der Australier:
»Weil er, wie wir alle, die Buren verachtet.«
»Nach dem, was ich ihm schrieb?« platzte Frank heraus. Die Gefangenen sahen ihn überrascht an.
»Oh«, sagte einer der Engländer, »Sie sind also der Spion, nach dem sie ständig fragen.«
»Spion?« wiederholte Frank. Plötzlich wurde ihm klar, daß sein naseweiser Besuch bei General de Groot, seine hartnäckigen Fragen und die Tatsache, daß er sich Notizen gemacht hatte, als Spionage gedeutet werden konnten.

Bei der Verhandlung sagten General de Groot und Jakob van Doorn bedauernd aus, daß er einige Monate vor dem Angriff als Freund gekommen sei und eine Reihe von Fragen stellte, die Bezug zum Aufstand hatten. Insbesondere van Doorn konnte bezeugen, daß Frank einen langen Bericht geschrieben hatte, den er, wie er selbst zugab, an Cecil Rhodes schickte; van Doorn vermutete zu Recht, daß er die militärische Stärke der Buren betraf.
»Erschien Mr. Saltwood in Uniform auf Ihrer Farm?«
»Nein, Sir, er kam als Zivilist.«
»Hat er Ihnen mitgeteilt, daß er als Agent der Aufständischen unterwegs war?«
»Nein, Sir, er war ja ein Spion.«
Am Ende der Verhandlung setzte der Richter mit grimmiger Miene ein schwarzes Käppchen auf. Die Gefangenen wurden ihm nacheinander vorgeführt: »John Hays Hammond, das Gericht erklärt Sie für schuldig des Hochverrats: Tod am Galgen!«
Frank spürte, wie seine Knie nachgaben, als Hammond mit aschfahlem Gesicht in die Zelle gebracht wurde. Der Australier wurde verurteilt, dann die beiden Engländer, und nun war Saltwood an der Reihe. Aber als er zur Anklagebank geführt wurde, erhob sich hinten im Gerichtssaal ein Tumult. Zwei Polizisten versuchten, einen älteren Buren zurückzuhalten, der sich mit einem schweren Gegenstand abmühte.
Als sie ihn vor die Richterbank führten, blickte der Richter streng nach unten: »Lang-Piet Bezuidenhout, was soll dieser Unsinn?«
»Verzeihen Sie, Euer Ehren, aber ich bringe etwas, das Euer Ehren helfen könnte, diese Männer zu bestrafen.«
»Lang-Piet, das hier ist ein Gerichtshof und kein Ort für billige Rache. Verschwinde, ehe ich zornig werde.«
»Aber, Euer Ehren, die Männer meines Kommandos saßen viele Tage im Sattel, um Ihnen dieses Ding zu bringen.«
»Was ist das?«
»Die balk van Slagter's Nek, Oom Gideon.«
Und genau das war geschehen. Lang-Piet Bezuidenhout und seine Kumpel waren nach Graaff-Reinet geritten, um den Holzbalken vom Galgen in *Slagter's Nek* von einer Familie zu kaufen, die dieses schreckliche Relikt achtzig Jahre lang aufbewahrt hatte.
»Die Rebellen müssen an eben diesem Balken hängen!« schrie der alte Mann unter den Beifallsrufen seiner Gefährten. »Wir verlangen Gerechtigkeit.«
Der Richter, Oom Gideon de Beer, sagte ruhig: »Lang-Piet, heutzutage sprechen wir auf fairere Weise Recht. Setz dich und schweig.« Dann wandte er sich dem Mann auf der Anklagebank zu: »Für Ihre Verbrechen werden Sie gehängt.«
In dieser Stunde der Not kam Maud Turner Frank zu Hilfe. Durch Gitter von dem Mann getrennt, den sie als ihren Verlobten betrachtete, hörte sie aufmerksam zu, während er ihr detailliert erzählte, was er seit ihrem Ab-

schied in Kimberley getan hatte. Als er ihr erklärte, was er in seinem Vrymeer-Bericht an Rhodes geschrieben hatte, rief sie: »Aber das würde dich doch entlasten!« Und als er ihr von dem Bericht aus Zimbabwe erzählte, den ihm das Burenkommando abgenommen hatte, jubelte sie: »Er beweist, daß du wirklich wissenschaftlich gearbeitet hast. Das rechtfertigt deine Fragen in Vrymeer.«
Wie aber sollte sie diese beiden Dokumente in die Hände bekommen? Das erste besaß Rhodes, der noch schwerer belastet sein würde, wenn der Inhalt bekannt würde. Das zweite hatten die Buren, die es vermutlich nicht aushändigen würden.
Da ihr kein anderer Ausweg blieb und der Tod ihres Verlobten unmittelbar bevorstand, wagte sie den kühnen Schritt, sich direkt an den Präsidenten der Buren zu wenden, und sie fand ihn auf seiner Veranda: Er trug einen Zylinder auf dem Kopf und war jedem Bürger zugänglich, der sich beschweren wollte. Zuerst war sie erschrocken: das Gesicht von monumentaler Häßlichkeit, die tiefe Stimme, die grollte wie ein Vulkan, der gesprenkelte Bart, der eng sitzende schwarze Gehrock. Doch nachdem er sie angehört hatte, sprach er auf englisch zu ihr mit einer Freundlichkeit, die sie überraschte.
»Sie wollen, daß ich dem jungen Mann das Leben rette?«
»Ja!« rief sie.
»Setzen Sie sich. Sie sprachen von zwei Dokumenten?«
»Ja! Ja!«
»Und wenn ich sie sehen könnte, würden sie ihn entlasten?«
»Das würden sie, Sir.«
»Warum geben Sie sie mir dann nicht?«
Sie holte tief Atem. »Weil Mr. Rhodes das eine hat. Und Sie haben das andere. Und Sie sind beide sehr halsstarrige Männer.«
Er unterbrach seine Befragung und bat seine Frau, Kaffee zu bringen. Als Mevrouw Krüger, eine schwere, keuchende Hausfrau, auf der Veranda erschien, sah sie eher aus wie eine freundliche Großmutter als die First Lady der Republik. Ihre farbige Dienerin reichte Maud eine farbenprächtige Tasse samt Untertasse und eine zweite Untertasse mit Kaffeegebäck. Ihrem Mann gab Mevrouw Krüger eine Doppelportion Gebäck, dann setzte sie sich mit gefalteten Händen neben ihn.
»Sie sagen, Sie sind Miß Maud Turner?« fragte der Präsident.
»Ja.«
»Und Sie hatten die Absicht, diesen jungen Mann zu heiraten? Bevor er als Spion verhaftet wurde?«
»Er war nie ein Spion, Sir.«
»Aber Sie erzählten mir selbst, daß er in seinem ersten Bericht Mr. Rhodes über unsere militärische Stärke informierte.«
»Das tat er, aber wenn Sie sich erinnern, er warnte Mr. Rhodes auch vor jedem militärischen Abenteuer.«
Mevrouw Krüger warf ein: »Wollen Sie ihn noch immer heiraten?«

Bevor Maud antworten konnte, erstaunte sie Präsident Krüger, indem er in herzhaftes Lachen ausbrach. »Meine liebe junge Dame! Glauben Sie, wir Buren wollen den Engländern einen Grund zur Rache geben, wie sie es in *Slagter's Nek* uns gegenüber taten?« Er machte eine Pause. »Haben Sie je von *Slagter's Nek* gehört?«
»Ich war zweimal dort. Wissen Sie, welche Rolle Franks Vorfahre dort gespielt hat? Reverend Saltwood, der Missionar? Der versuchte, die Hinrichtungen zu verhindern?«
»Wir Buren zitieren keine Missionare als Beweise«, sagte Krüger und lachte wieder. »Miß Turner, ich habe am frühen Nachmittag alle Urteile umgewandelt.« Er streckte die Hand aus und tätschelte ihr Knie, während Mevrouw Krüger ihrem Mann und seinem Gast frischen Kaffee einschenkte.
»Ja«, sagte Krüger, als Maud ihre Augen trocknete. »Er ist frei, wenn er seine Strafe bezahlen kann.«
»Wieviel?«
»Fünfundzwanzigtausend Pfund.«
Sie rang nach Luft. Das war mehr Geld, als sie sich vorstellen konnte, aber sie biß die Zähne zusammen. »Irgendwie werde ich es bekommen.«
»Nicht nötig. Mr. Rhodes hat uns bereits mitgeteilt, daß er bezahlen wird.«
»Dann ist Frank frei?«
»Ja.«
Da verließ sie ihre Selbstbeherrschung. Mit zitternden Händen stellte sie die Teller hin und begrub das Gesicht in den Händen. Nach einigen Augenblicken trat Mevrouw Krüger zu ihr und half ihr auf die Beine. »Er war schon frei, als Sie kamen«, sagte sie. »Mein Mann spricht gern mit einer hübschen Frau.«

Die Nachricht, daß Frank entschlossen war, Miß Turner zu heiraten, deprimierte Mr. Rhodes. Den Verlust eines seiner jungen Herren an eine Ehefrau sah er schon als Unglück an, aber daß Frank ihn gerade jetzt verlassen wollte, ging ihm nicht in den Kopf. Er bestellte Miß Turner in sein Büro in Kimberley und erklärte ihr offen, daß sie das Leben des jungen Mannes zerstöre, wenn sie auf einer Heirat bestehe.
»Mir scheint«, fuhr sie ihn an, »daß Sie es sind, der es zerstört.«
»Seien Sie nicht unverschämt, junge Frau«, erwiderte er.
»Ich habe ihn nicht ins Gefängnis gebracht«, gab sie zurück, und die Debatte begann.
Rhodes wies darauf hin, daß Frank, wenn er bei ihm bliebe, eine glänzende Karriere vor sich hätte, an bedeutenden politischen Konzepten mitarbeiten würde, worauf sie antwortete: »Er hat nur ein Konzept gefunden, wie er sich an den Galgen bringen kann.«
»Ich habe ihn gerettet«, erwiderte Rhodes und fuhr fort, die herrliche Zukunft zu schildern, die diesen hochbegabten Jungen erwartete.
»Er ist nicht hochbegabt«, unterbrach sie ihn. »Er ist nicht einmal klug, falls Sie mich fragen, wenn er sich von Ihren Luftschlössern blenden läßt.«

Rhodes ignorierte ihren Einwand einfach und erklärte, welch düstere Aussichten Frank erwarteten, wenn er heiratete und seinen Posten verlor, worauf Maud fragte: »Warum muß er eigentlich seinen Posten verlieren? Wenn er etwas Vernünftiges tut und die Frau seiner Wahl heiratet?«
»Weil kein Mann als mein persönlicher Assistent arbeiten, meine Träume teilen und zugleich für eine Frau sorgen kann.«
»Ihre Träume, Mr. Rhodes, sind verschroben, und ich entziehe Frank Ihrem Einfluß, bevor Sie ihn auch noch verrückt machen.«
Die Drohung war nicht ganz ernst zu nehmen, denn als Frank persönlich in die Diskussion eintrat, bat Rhodes den jungen Mann, ihm weiterhin zu helfen, insbesondere in dieser Krisis: »Sie müssen mit mir nach London kommen. Um mir zu helfen, den Untersuchungsbeamten die Stirn zu bieten.« Und er bat so flehentlich, als er die schwierigen Rechtsprobleme erläuterte, denen er infolge der Rebellion gegenüberstand, daß Saltwood sich von diesem Mann wieder einfangen ließ.
»Ich werde nur ganz kurze Zeit fort sein, Maud. Mr. Rhodes braucht mich.«
»Ich brauche dich«, antwortete sie. »Und wenn du fortgehst, rechne nicht damit, daß ich ewig auf dich warten werde.«
»Maud!« Diesen Schrei hörte sie nicht mehr, denn sie hatte das Büro verlassen, und Frank hielt an ihrer Stelle ein Bündel juristischer Papiere in den Händen, die er studieren mußte, ehe sie aus Kapstadt reisten.

Mauds Geduld sollte schwer geprüft werden, denn Rhodes hielt Frank nicht nur während dieser Zeit mit seinen komplizierten Prozessen und hektischen Konferenzen fest, sondern er schleppte ihn zu langwierigen Verhandlungen, die sein Imperium festigen sollten. Er mußte zwar seinen Posten als Premierminister der Kapkolonie abgeben, behielt aber seinen ständigen Sitz im Parlament. Er hatte weder Machtbefugnisse noch Geld eingebüßt.
Er wendete sich wieder seinem großen Vorhaben zu. Die Karte Afrikas mußte rot gefärbt, Rhodesien in alle Richtungen erweitert werden. Man mußte deutsche Infiltrationen verhindern und Belgien im Auge behalten. Er hatte tausend Pläne, und dazu noch einen besonderen, der ihm am Herzen lag; den erörterte er nun mit Saltwood.
»Was halten Sie davon?« fragte er eines Morgens während ihrer zweiten Reise nach London, und reichte Frank ein zerknittertes, mit Tinte bekritzeltes Blatt Papier. Es war der Rohentwurf eines neuen Testamentes – das siebente nacheinander –, das den komplizierten Plan einer Dauerstiftung darlegte. Sie würde mit Millionen Pfund ausgestattet werden, die an intelligente junge Leute in den britischen Kolonien und in Amerika verteilt werden sollten, damit sie sich in Oxford einschreiben und dort die Ausbildung erhalten konnten, die sie dazu anspornen würde, in die Kolonien zu ziehen und die Welt britisch zu machen.
Mr. Rhodes schlug vier wichtige Kriterien für die Vergabe der Stipendien vor: akademische Bildung, Erfolg in den männlichen Sportarten, Bekun-

dung von Charakterstärke und Führungsqualitäten sowie die sogenannten »Eigenschaften der Mannhaftigkeit«; dazu gehörten Wahrheitsliebe, Tapferkeit, Pflichtbewußtsein, Mitgefühl für die Schwachen, Freundlichkeit, Selbstlosigkeit und Kameradschaft.

»Nun?« fragte Rhodes ungeduldig.

»Sie stellen sehr hohe Ansprüche, Sir.«

»Sie haben sie erfüllt. Wie alle meine jungen Herren in Kimberley.«

Dank dieser Anspielung verstand Frank, was Mr. Rhodes mit seiner Großzügigkeit zu erreichen hoffte: er wollte einen ständigen Vorrat von solchen jungen Männern haben, die ihm so gute Dienste geleistet hatten – Neville, Richard, Edgar, Elmhirst, Gordon, Mountjoy, Johnny und so weiter, in alle Ewigkeit, Männer, die nur mit ihren Vornamen bezeichnet wurden, die sich nicht mit Mädchen abgaben, sondern standhaft blieben und nur das Wohl des Empire im Auge hatten.

Während Frank die von Rhodes aufgestellte Liste studierte, mußte er lachen. »Was ist daran so komisch?« fragte Rhodes gereizt.

»Die Kriterien, die Sie aufstellen«, sagte Frank kichernd. »Mr. Rhodes, Sie würden sich in keinem einzigen Ihrer Punkte qualifizieren. Sie hassen Sport und lachen uns aus, wenn wir ihn betreiben. Sie haben fast ein Jahrzehnt gebraucht, um es zu einem akademischen Grad zu bringen. Sie zeigten wenig Sympathie für die Matabele, bis sie besiegt wurden. Und was die Wahrheitsliebe anlangt, so sind Ihre Absichten nicht immer ehrlich. Sie sind vielleicht tapfer, aber Sie standen keineswegs in der vordersten Linie, als Ihre Revolution stattfand. Und verdammt noch mal, Sie waren Maud gegenüber wenig freundlich. Sie würden nicht nur keines Ihrer Stipendien erhalten, man würde Sie dafür nicht einmal in Betracht ziehen.«

Herzlich lachend griff Rhodes nach seinem Testament, schwenkte es vor Franks Nase und sagte: »Diese Kriterien sind nicht dazu bestimmt, Männer wie mich zu identifizieren. Wir, die Geschichte machen, sind keine angenehmen Menschen, aber wir brauchen angenehme, harmlose Menschen, die uns helfen. Diese Stipendien sind dazu da, solche Leute ausfindig zu machen.« Als Frank etwas sagen wollte, unterbrach ihn Rhodes: »Bleiben Sie bei mir, Sie sind für mich der wertvollste unter meinen Männern.« Er gab das Testament Frank zurück und sagte: »Denken Sie darüber nach.« Dann verließ er das Zimmer.

Frank blieb eine Weile sitzen, starrte auf den Fußboden und dachte an die herrliche Zeit, die er auf diese Weise in Oxford verbringen könnte. Überraschend meldete sich jedoch Besuch an, der alles verändern sollte.

Als erster kam sein Vetter, Sir Victor Saltwood, Parlamentsmitglied für Salisbury. Er sagte kurz und scharf: »Du hast dich wie ein verdammter Narr benommen, Frank. Ich schickte dir eine der prächtigsten jungen Frauen, die diese Erde hervorgebracht hat, und was, zum Teufel, tust du? Du verläßt sie, um zu einem Schutthaufen namens Zimbabwe zu reisen. Und bei deiner Rückkehr landest du beinahe am Galgen. Das Mädchen rettete dir das Leben, und dennoch hast du sie verlassen.«

»Mr. Rhodes brauchte mich. Du hast gesehen, was sich in London abspielte.«
»Braucht dich, ja, aber er schreibt dir vor, wie du leben sollst. Wenn du nur einen Funken gesunden Menschenverstand hast, schickst du ihn zum Teufel, besteigst das nächste Schiff und heiratest Maud Turner.«
»Ich fürchte, ich habe sie verloren, Victor. Ich habe sie in den letzten Jahren kaum gesehen.«
»Du hast sie überhaupt nicht gesehen. Sie versteht, unter welchem Druck du gestanden hast. Nachdem du sie das erstemal verlassen hast, arbeitete sie an Schulen in landwirtschaftlichen Gebieten. Sie hat Großartiges geleistet. Ihr Vater erzählte mir, sie habe deine Familie in *De Kraal* besucht, sie liebt sie und ist bereit zu warten, bis du zur Vernunft kommst. Aber sie ist auch nur ein Mensch, Frank, es gibt noch andere Bewerber. Sie schreibt mir, daß sie dir noch zwei Monate Zeit gibt.«
»Wirklich!« Frank hatte geglaubt, sein Leben werde endlos so weitergehen wie bisher, doch nun...
»Ich will ein Telegramm abschicken«, rief er impulsiv und kritzelte auf die Rückseite von Mr. Rhodes' Testamententwurf: »Maud, ich reise sofort heim. Heirate mich am Tag meiner Ankunft, bitte, bitte, und rette mir das Leben.«
Er unterschrieb gerade, als Mr. Rhodes ins Zimmer zurückkam, um das Testament zu holen, aber bevor er danach greifen konnte, hielt Frank es ihm so hin, daß er seine Worte lesen mußte, und sagte: »Sir, ich glaube, Sie sollten es als erster wissen.«
Rhodes zeigte keinerlei Bewegung, als er den Text des Telegramms las. Er rief einen Hotelpagen und bat ihn, den Hoteldirektor zu holen. Als dieser kam, sagte Rhodes: »Sorgen Sie dafür, daß dieses Telegramm unverzüglich abgeht. Und buchen Sie für uns zwei Einzelkabinen auf der ›Scot‹, die Freitag ausläuft.«
»Nein, Sir«, sagte Frank mit einer Entschiedenheit, die seinem Vetter imponierte. »Ich will nicht auf dem ganzen Weg nach Kapstadt mit Ihnen streiten. An meinem Entschluß gibt es nichts zu rütteln, wissen Sie.«
»Natürlich nicht, und das ist auch richtig. Ich möchte bei der Hochzeit anwesend sein.« Er wandte sich an Sir Victor und sagte: »Schade. Dieser Junge war der beste von allen.«
»War?« wiederholte Sir Victor.
»Ja. Er wird nicht mehr für mich arbeiten. Ich hatte Pläne mit ihm, aber die Zeiten ändern sich, und die Pläne ändern sich ebenfalls.« Und er begleitete Sir Victor aus dem Zimmer, ein beleibter, müder Mann, erst sechsundvierzig Jahre alt, dessen geschwächtes Herz mit seinen Träumen nicht Schritt halten konnte.

Franks zweiter Besucher war der Generaldirektor der Union Line, die die Postschiffe nach Südafrika betrieb. Es schien merkwürdig, daß ein Mann von so hoher Stellung die Fahrkarten brachte, auch wenn es sich um einen so häufigen Fahrgast wie Mr. Rhodes handelte, und Frank sagte: »Ich weiß, er reist mindestens einmal jährlich hin und zurück, aber es ist trotzdem sehr aufmerksam von Ihnen. Ich werde es ihm erzählen.«

»Nein! Nein!« widersprach der Direktor ganz erschrocken. »Mein Besuch bei Ihnen ist höchst vertraulich.«

»Worum handelt es sich?« fragte Frank.

»Um die Prinzessin. Die polnische Prinzessin.«

»Um wen?«

»Eine hochgestellte Dame. Berlin, Warschau, St. Petersburg.«

»Was hat sie mit Mr. Rhodes zu tun?«

»Ah, das wissen wir nicht.« Er begann nervös eine geradezu unglaubliche Geschichte zu erzählen: »Ich weiß nicht, ob es sich um einen Schwindel handelt, oder was es sonst sein soll. Ich weiß nicht, ob sich Mr. Rhodes in Gefahr befindet oder nicht. Eigentlich weiß ich überhaupt nicht, was ich denken soll.«

»Warum sagen Sie mir nicht, was Sie zu wissen glauben?«

»Die Prinzessin Radziwill – eine echte Prinzessin, Trägerin eines der vornehmsten polnischen Namen – hat uns einige Male besucht, um über den Plan einer Reise nach Kapstadt zu sprechen. Sie besitze dort Beteiligungen, behauptete sie. Es stellte sich heraus, daß ihr Interesse Mr. Rhodes gilt. Sie kauft nie eine Fahrkarte. Interessiert sich nur dafür, wann Mr. Rhodes abfährt.«

»Das klingt eher harmlos.«

»Ja, aber gestern, keine fünfzehn Minuten nachdem Sie zwei Kabinen nach Kapstadt bestellt haben...«

»Er gab die Bestellung auf. Persönlich.«

»Sogar noch verdächtiger. Jemand in diesem Hotel oder jemand in unseren Büros – jedenfalls benachrichtigte dieser Jemand Prinzessin Radziwill. Und wie ich sagte, kaum fünfzehn Minuten später war sie in meinem Büro, wollte wissen, welche Einzelkabine er hatte, und verlangte die Nachbarkabine.«

»Das ist wirklich ein Rätsel«, räumte Frank ein. »Wer ist diese Frau? Jung? Abenteurerin?«

»Keineswegs. Sie ist eine wirkliche Prinzessin Radziwill. Steht im ›Gothaischen Kalender‹. Keineswegs jung. Ende Vierzig, Anfang Fünfzig vielleicht und sieht auch so aus. Mag einmal eine große Schönheit gewesen sein, aber zuviel polnische und russische Küche. Dunkles Haar, keine grauen Strähnen. Spricht annehmbar Englisch, aber auch Französisch, Deutsch und natürlich Polnisch und Russisch.«

»Ist sie vermögend?«

»Das ist es, was ich mich auch frage, Mr. Saltwood. Ich habe absolut nichts, worauf ich mich stützen kann, aber meine jahrelange Erfahrung beim Verkauf von Schiffskarten sagt mir, daß die Prinzessin Radziwill uns Unannehmlichkeiten bereiten wird. Warum ich das sage? Ich weiß es wirklich nicht. Aber diese Frau ist in Geldschwierigkeiten.«

»Gibt es eine Möglichkeit für mich, sie zu sehen, bevor wir auslaufen? Nicht mit ihr sprechen, verstehen Sie. Nur sie sehen. Denn wir wollen doch keinen Skandal, nicht wahr?«
Der Generaldirektor wollte sie um drei Uhr ins Büro bestellen und meinte, wenn Frank zufällig um diese Zeit käme, um seine Fahrkarten abzuholen...
»Sie dürfen keinesfalls in mein Büro kommen, verstehen Sie. Nur ins Sekretariat, wie ein gewöhnlicher Passagier. Sie können sie dann beim Weggehen sehen.«
Von einem Geschäft aus, auf der gegenüberliegenden Straßenseite, beobachtete Frank, wie eine kleine, gutaussehende, dunkelhaarige Dame aus einer Kutsche stieg und das Büro betrat. Er überquerte gleichzeitig die Straße, ging zu einem Schalter und begann dort ein Gespräch mit einem jungen Angestellten über eine fiktive Reise nach Australien. Von seinem Standort aus hatte er einen guten Blick auf das Büro des Direktors und die Möglichkeit, die Prinzessin Radziwill von Polen zu studieren.
Sie war attraktiv und gepflegt und interessierte sich für alle Details ihrer bevorstehenden Reise. Sie sprach lebhaft, und wann immer er ihr Gesicht zu sehen bekam, schien es liebenswürdig und freundlich zu sein. Wenn sie wirklich eine Agentin war, so verbarg sie es gut.
Als sie das Büro verließ, bemerkte sie Frank sofort und ging geradewegs auf ihn zu. »Frank Saltwood«, sagte sie ohne Zögern. »Ich bin Prinzessin Radziwill. Und Sie sind der Bruder meines guten Freundes Sir Victor. Liberale Partei. Salisbury. Ich glaube, wir fahren beide diesen Freitag mit der ›Scot‹. Wie reizend!« Sie nickte leicht und ging weiter.

Sowohl die Schiffahrtsgesellschaft als auch der junge Saltwood hielten es für das Beste, Mr. Rhodes über dieses merkwürdige Vorkommnis zu informieren. Er lachte schallend über ihre Befürchtungen. »Mir gefallen solche *grandes dames*. Ich spreche grob zu ihnen und fluche fürchterlich. Nach einer Weile lassen sie mich dann in Frieden.« Und so bestieg er das Schiff der Union Line am Freitag, ohne sich weiter darüber Gedanken zu machen.
Dennoch wurde Frank in diesem speziellen Fall ein ungutes Gefühl nicht los, und wenige Stunden später, beim Abendessen – sie befanden sich bereits auf hoher See –, warnte er Mr. Rhodes: »Wir werden erst unser Dinner einnehmen, nachdem sie ihren Tisch gewählt hat.« Als sie zu vorgerückter Stunde in den Salon kamen, bemerkte Frank eine Dame in Schwarz, die im Dunkel wartete, und kaum hatte Mr. Rhodes an seinem Tisch Platz genommen – einem mit freien Stühlen, damit er sich während der langen Reise mit Geschäftsfreunden unterhalten konnte –, rauschte Prinzessin Radziwill herein und rief mit leiser, damenhafter Stimme: »Ach, wo werde ich denn sitzen?«
Sie ignorierte den Chefsteward, der herbeigeeilt kam, um ihr behilflich zu sein, ließ ihre Hand auf einen der Stühle an Rhodes' Tisch fallen und fragte sanft: »Ist dieser Stuhl zufällig frei?«
Frank wollte schon antworten: »Er ist besetzt, Madam.« Aber Mr. Rhodes

kam ihm zuvor und sagte höflich, wenn auch mit sichtlichem Widerstreben: »Er scheint frei zu sein, Madam«, worauf sie sich entschlossen hinsetzte und damit andeutete, daß dies ihr Platz für die gesamte Reise sein würde.
Sie war eine bezaubernde Frau, viel jugendlicher, als ihre Jahre erwarten ließen, sehr gebildet und kultiviert, an allem, was sich in der Welt abspielte, interessiert. Als Mr. Rhodes versuchte, sie mit seinen üblichen Derbheiten wegzuekeln, fing sie diese geschickt auf. Sehr bald zog sich Mr. Rhodes auf unverfängliche Themen zurück.
Sie zeigte von Anfang an eine heftige Abneigung gegen Frank Saltwood, den sie sehr richtig als Hindernis für alle Absichten einschätzte, die sie auf Mr. Rhodes haben mochte. Sie strafte jede Behauptung, die er aufstellte, mit Verachtung, machte sich über seine Oxford-Scheuklappen lustig und mokierte sich über sein gesellschaftliches Benehmen. Insbesondere wollte sie wissen, warum er nicht verheiratet war, und als er mit Fragen konterte, die ihren eigenen Stand betrafen, nahm sie ihm den Wind aus den Segeln, indem sie offen erklärte: »Ich bin die Tochter eines hohen polnischen Adeligen, aber mein Vater und ich haben uns immer zuerst als Russen und erst in zweiter Linie als Polen gefühlt. Ich bin mit einem Radziwill verheiratet, einem der stolzesten Namen Polens, aber er hat mich abscheulich behandelt, und ich werde bald von ihm geschieden sein. Ich bin einundvierzig Jahre alt.«
Sie gab zu verstehen, daß sie auch eine berühmte Autorin war: »Fünf Bücher, die große Beachtung fanden.«
Als er bei den anderen Passagieren Erkundigungen einzog, erfuhr er, daß sie tatsächlich eine hervorragende Autorin politischer Bücher war und daß sie jedermann in der europäischen Gesellschaft kannte. Da sie spürte, daß er ihre Behauptung über ihre Schriftstellerei anzweifelte, erschien sie eines Tages zu Mittag im Promenadencafé mit zwei von ihren Büchern, handfeste Werke, die sich mit dem europäischen Hofleben und dessen politischen Intrigen befaßten. Als sie sah, daß Frank und indirekt Mr. Rhodes hinreichend beeindruckt waren, sagte sie so nebenbei: »Sie wissen natürlich, daß meine Tante, Evelina Rzewuska, die Frau und finanzielle Retterin Honoré de Balzacs war.«
»Wer war das?« fragte ein junger Mann aus Kimberley, der sich vor kurzem dem Rhodeskreis angeschlossen hatte.
»Ach du mein Gott!« rief sie so laut, daß die Leute an den anderen Tischen sich umdrehten und sie anblickten. Das gefiel ihr, und sie sagte, zu ihnen gewandt: »Dieser junge Narr fragt mich, wer Honoré de Balzac war. Das ist so, als ob man einen Engländer fragte, wer William Shakespeare war.« Daraufhin begann sie mit wilden Gesten das ganze Sonett zu rezitieren:

> Wenn ich in schweigender Gedanken Rat
> Erinn'rung des Vergangnen traulich lade...

Als sie in der Mitte war, dachte Frank: Was kann diese Person nur vorhaben? Er fand es bei den letzten Zeilen heraus, denn ihre Stimme wurde plötzlich leise, sie starrte Mr. Rhodes sehnsüchtig an und flüsterte:

> Doch teurer Freund! gedenk' ich dein dabei,
> Ersetzt ist alles, und ich atme frei.

Nachdem sie ihn ein paarmal derart vorgeführt hatte, war Frank so klein und häßlich, daß sie ihn einfach übergehen konnte, wenn sie sich an Mr. Rhodes wenden wollte. Aber während sie den jüngeren Mann demütigte, hob sie den älteren in den Himmel, lobte ihn überschwenglich und war immer da, wenn er auf Deck kam. Wenn er sich auf einem Deckstuhl niederließ, stellte er fest, daß sie sich den benachbarten gesichert hatte, und wenn er sich wegen seiner zunehmenden Herzbeschwerden ausruhen wollte, tauchte sie auf, um mit ihm über Politik zu diskutieren.

»Was hat diese Frau mit mir vor?« fragte Rhodes Frank einigermaßen verzweifelt am Ende des fünften Tages.

»Ich glaube, sie will Sie heiraten, Sir.«

»Sie ist bereits verheiratet. Sagte sie mir selbst.«

»Aber sie läßt sich scheiden. Sagte sie Ihnen selbst.«

Rhodes bemerkte den Spott in der Stimme seines jungen Freundes und begann zu lachen. »Sie haben nur einen Auftrag, Frank. Mich vor dieser Frau zu schützen.«

Franks erste Kriegslist schlug fehl. »Wir werden unsere Mahlzeiten in Ihrer Kabine einnehmen und überlassen ihr den Tisch.« Aber bevor die Mahlzeit zu Ende war, stürzte die Prinzessin aufgeregt in die Kabine, um sich zu vergewissern, daß »der liebe Mr. Rhodes nicht krank ist«. Sie manövrierte Frank geschickt aus der Kajüte, schüttelte die Kissen auf, nahm dicht neben Mr. Rhodes Platz und half ihm, während er seine Mahlzeit beendete.

»Frank!« ertönte der gequälte Schrei. »Sie wollten mir die Papiere bringen.« Saltwood ergriff irgend etwas, das zur Hand war, und eilte in die Kajüte zurück, wo der belagerte Mann sagte: »Setzen Sie sich neben mich«, und die Prinzessin wurde weggedrängt.

Am nächsten Nachmittag, als sie sich erhob, um eine Decke über ihn auszubreiten, erlitt sie einen leichten Ohnmachtsanfall, der sie sanft in seine Arme sinken ließ.

»Frank!« brüllte er, und als Saltwood herbeieilte, fand er seinen Chef den schlaffen Körper der polnischen Prinzessin in den Armen haltend.

Dieses Spiel wurde während der ganzen Reise fortgesetzt, denn ganz gleich, welche Tricks die beiden Männer sich ausdachten, die Prinzessin verstand es, sie zu überlisten, und eines Abends, als Leute an der Bar in ihrer Hörweite sagten: »Ich glaube, der Frauenhasser Mr. Rhodes hat ein Verhältnis mit der Prinzessin«, lächelte sie.

Einen Tag vor der Ankunft der »Scot« in Kapstadt beging Cecil Rhodes den zweiten großen Fehler seines Lebens. Er sagte in Anwesenheit Frank Saltwoods und zweier Gäste an seinem Tisch zwanglos zu diesen Geschäftsfreunden: »Wenn wir am Kap ankommen, müssen Sie mich in Groote Schuur besuchen.«

»Mit dem größten Vergnügen«, antwortete die Prinzessin.

Er hatte kaum seine Koffer ausgepackt, als ein Telegramm vom Mount-Nelson-Hotel mit der Nachricht eintraf, daß die Prinzessin am selben Abend zum Essen kommen würde. Bei der Mahlzeit, einer Party für die politischen Führer, nahm sie den Platz der Herrin des Hauses für sich in Anspruch, und es dauerte nicht lang, bis in den Zeitungen Kapstadts mysteriöse Notizen erschienen, die ihnen anonym in weiblicher Handschrift zugegangen waren:

> Der mächtige Koloß, dessen Rüstung allen Pfeilen Amors widerstand, scheint von diesem schlauen Jäger verwundet worden zu sein, und wie wir hören, könnten bald die Hochzeitsglocken läuten, aber wir können vorläufig noch nicht enthüllen, wer die liebliche Partnerin sein wird; wir können nur sagen, daß sie eine mit den fürstlichen Kreisen von Berlin, Warschau und St. Petersburg wohlvertraute adelige Dame ist.

Wer war dieser Wirbelsturm von einer Frau, die bei einer Schiffsreise nach Südafrika auf der Jagd nach dem reichsten Junggesellen der Welt alles riskierte? Die Prinzessin Radziwill war wirklich alles, was sie zu sein behauptete, und noch etwas mehr. Sie stammte aus einer der erlauchtesten Familien Polens, ihre Tante war tatsächlich Honoré de Balzacs finanzielle Rettung gewesen; sie hatte zahlreiche Bücher geschrieben und sie ließ sich von ihrem Mann scheiden, ein Prozeß, der sich viele Jahre hinziehen sollte. Aber der springende Punkt war, daß sie beinahe völlig mittellos war.

Ihr extravagantes Benehmen hatte dazu geführt, daß sie mit einundvierzig von den Höfen Europas verbannt wurde, und mehrere Staaten verweigerten ihr die Einreise. Als angriffslustige Klatschbase hatte sie ihr Leben glanzvoll verzettelt, bis die Mitglieder ihrer beiden Familien, die sehr reich waren, sie nicht mehr zu sehen wünschten. Sie hätte dank ihrer Feder ein angenehmes Leben mit einem ansehnlichen Einkommen führen können, aber sie machte auch von diesem Talent schlechten Gebrauch, und ihre Verleger waren ihrer gebrochenen Versprechungen und unerfüllten Verträge überdrüssig. Ihre Schönheit schwand dahin wie ihre Talente, und sie fühlte, daß sie nur mehr wenige gute Jahre vor sich hatte, die sie vorteilhaft nützen mußte.

Es war beachtlich, daß sie auf dem Tiefpunkt ihrer Karriere einen so kühnen Plan mit so unerhörten Risiken gefaßt hatte, aber eines Tages, als sie in ihrem schäbigen Pariser Quartier saß, war ihr dieser zündende Gedanke gekommen: Warum soll ich nicht Cecil Rhodes heiraten? Obwohl sie wegen des schleppenden Scheidungsprozesses noch nicht frei war, obwohl sie keine Geldmittel besaß, obwohl sie über weniger schöne Kleider als je zuvor in ihrem Leben verfügte, hatte sie dennoch den Angriff gewagt. Jetzt, in

Groote Schuur, dem schönen holländischen Herrenhaus Rhodes' am Kap, das Südafrikas Gegenstück zum Weißen Haus werden sollte, benahm sie sich wie eine First Lady und ließ keinen Zweifel daran, daß sie Mr. Rhodes helfen wollte, die Nation zu regieren.
»Ich brauche Hilfe«, stöhnte der große Mann eines Nachmittags. »Bittet Frank Saltwood zurückzukommen.«

Nachdem Frank von der »Scot« an Land gegangen war und von Cecil Rhodes, wie er annahm, zum letztenmal Abschied genommen hatte, da er entlassen worden war, nahm er eine Kutsche und fuhr zum Mount Nelson Hotel, wohin Maud Turner gekommen war, um ihn zu empfangen. Er erkundigte sich beim Portier nach ihrer Zimmernummer, eilte durch die stattliche Halle, lief über die Eichentreppe nach oben und klopfte laut an ihre Tür. Sie wurde schnell geöffnet, und sofort lag er auf den Knien, so daß jeder in der Halle es sehen konnte: »Maud, kannst du mir verzeihen?«
»Steh auf, du dummer Junge.«
»Du willst mich also noch haben?«
»Nicht, wenn du dich so benimmst.« Mit einem raschen Griff packte sie sein Handgelenk und zog ihn ins Zimmer, dann schlug sie die Tür mit der Ferse zu. »Ich bin so froh, daß wir einander wiedergefunden haben«, sagte sie und zog Frank zum Bett. Als das leidenschaftliche Zwischenspiel zu Ende war, sagte sie ihm: »Jetzt, verdammt noch mal, mußt du mich heiraten.«
Sie nahmen den Zug durch die Karru, dann nach Süden zu einer kleinen Nebenstation unweit von *De Kraal*. Sie bestand aus einem Wellblechschuppen und einer Viehrampe, neben der eine von Franks Vater aufgestellte Tafel mit dem tief eingeschnitzten Wort HILARY stand. Auf der langen Reise hatte Maud ernsthaft mit Frank besprochen, wie sie ihr Leben gestalten sollten: »Mr. Rhodes muß vergessen werden. Wir wollen nichts mehr mit ihm zu tun haben. Welche Arbeit könntest du verrichten, Frank?«
»Ich kenne mich in der Geschäftswelt aus. Banken, Diamanten, Parlament.«
»Könntest du eine Art Verwalter werden?«
»Ich glaube, ja. Aber wo sollen wir unser Hauptquartier aufschlagen?«
Am liebsten hätte sie Kapstadt gesagt, denn sie hielt es für die schönste Stadt, die sie je gesehen hatte. Es war umgeben von Bergen und dem blauen Meer, und der Blütenreichtum entfaltete das ganze Jahr über seine Pracht. Maud liebte diesen zauberhaften Ort, aber ihr Geschäftssinn sagte ihr, daß die Industrie Südafrikas sich im Norden konzentrieren würde, unweit der Diamantenfelder und Goldbergwerke. Dort konnte ein junger Mann seinen Weg machen: »Ich glaube, wir sollten in Johannesburg arbeiten.«
»Was für ein schmuddeliger Ort! Hast du es je gesehen?«
»Jetzt ist es schmuddelig, aber wir müssen an die Zukunft denken. Es muß Johannesburg sein.«
»Aber könnten wir...« Er zögerte, rieb sich die Nase und fragte zaghaft: »Könnten wir... vielleicht... auch in Kapstadt ein Büro unterhalten?«

Sie tat so, als sei ihr die Idee nie in den Sinn gekommen, kitzelte ihn mit dem Finger unter dem Kinn und sagte: »Frank, das halte ich für eine ausgezeichnete Idee.«

In dem Kapwagen, den man ihnen von *De Kraal* geschickt hatte, um sie von der Nebenstation Hilary abzuholen, entwarfen sie einen ungefähren Plan für ihre Zukunft: eine sichere Farminvestition auf dem Land; ein Geschäftsbüro in Johannesburg, um Banken, Versicherungen, Handel und Aktien zu betreuen; eine Niederlassung in Kapstadt und eine ständige Verbindung mit »daheim« in England, aus alter Verbundenheit heraus.

»Wir dürfen unsere Familien in Salisbury nie vergessen«, sagte Maud.

»Natürlich. Was stellst du dir vor?«

»Ich möchte, sooft ich kann, auf Besuch nach Hause fahren. Ich liebe mein englisches Erbe.«

»Klingt vernünftig.«

Die von Maud und Frank Saltwood gefaßten Entschlüsse waren typisch für viele Engländer in Südafrika zu jener Zeit. Für sie bedeutete irgendeine Domstadt wie Salisbury »daheim«, Stonehenge war ihr Spielplatz. Oxford oder Cambridge sahen sie als geistiges Erbe. Wann immer sich eine Gelegenheit für eine Reise nach England bot, machten sie davon freudig Gebrauch.

Die van Doorns dagegen kehrten nie nach Holland zurück. Keiner von ihnen hätte sich mehr zwischen den Kanälen Amsterdams zurechtgefunden; sie wußten kaum, wer das Land regierte oder wie die politische Lage war. Und wenn sie hingefahren wären, hätten sie weder die Religion noch die Sprache verstanden. Das gleiche galt für die Nachkommen der Hugenotten: Keiner von der Familie DuPreez erinnerte sich an den Oudezijdsvoorburgwal oder seine Bedeutung für ihre Vorfahren; und noch weniger an das französische Dorf Caix, wo ihre Geschichte begonnen hatte, und es konnte auch niemand mehr Französisch. Sowohl die holländischen van Doorns wie auch die Hugenotten DuPreez waren jetzt Afrikander, und stolz darauf, es zu sein.

Die Saltwoods waren immer noch Europäer, sie besaßen immer einen Zufluchtsort, an den sie sich zurückflüchten konnten, falls Unruhen ausbrachen; die Buren nicht. Wenn sich ein Saltwood halbwegs vernünftig benahm, konnte ihn die englische Königin nach London kommen lassen, um ihn zu adeln, aber wenn ein de Groot Heldentaten beging, erfuhr es kein König in Amsterdam, und von Adeln konnte gar nicht die Rede sein. Die Saltwoods behielten vorsichtig einen Fuß in Salisbury; die van Doorns behielten beide Füße in Afrika; und so wurde die Kluft zwischen diesen beiden Arten von Menschen, den Europäern und den Afrikandern, allmählich immer tiefer.

Maud schenkte den aus Kapstadt kommenden wilden Gerüchten über Mr. Rhodes und die polnische Prinzessin viel Aufmerksamkeit und freute sich diebisch über die Schwierigkeiten des großen Mannes: »Gerüchten zufolge

sagte er zu ihr, sie sei in Groote Schuur nicht erwünscht, und forderte sie auf, nach Europa zurückzufahren.«
Die ganze Affäre weitete sich zu einem echten Skandal aus, als die Zeitungen berichteten, daß die Prinzessin Rhodes' Unterschrift gefälscht hatte, um Wechsel von insgesamt 23 000 Pfund zu kassieren. »Hör dir das an, Maud. ›Sie scheint seine Unterschrift nach einer gedruckten Postkarte, die in Papiergeschäften verkauft wird, kopiert zu haben.‹ Das gibt es doch gar nicht!«
»Wer ist diese Frau?« fragte Maud.
»Die erstaunlichste Lügnerin, die ich je kennenlernte, nur stimmen ihre Geschichten leider.« Er beschrieb zu Mauds Entzücken, wie sich die Prinzessin an Bord der »Scot« und in die Arme des überraschten Mr. Rhodes manövriert hatte. Dann wurde er ernst: »Wenn sie behauptet, sie besitze Briefe, die ihn belasten, nehme ich an, daß es stimmt. Wenn sie behauptet, die Bankakzepte seien nicht gefälscht, sondern sie habe sie von Rhodes erhalten, würde ich zögern, sie vor Gericht als Lügnerin zu bezeichnen. Diese Frau ist...« Er suchte nach Worten, dann sagte er: »... ein Phänomen.« Und meinte, daß sie nicht ganz ungefährlich sei.
»Solltest du nicht deine Hilfe anbieten, Frank?«
»Wem?«
»Mr. Rhodes natürlich«, fauchte sie.
»Aber er hat mich doch gefeuert.« Er begann zu lachen und ließ sich auf einen Stuhl fallen, wobei er seine Frau mitzog. Als sie auf seinem Schoß saß, sagte er: »Du weißt natürlich, daß er nie in seinem Leben einem verheirateten Mann gestatten würde, als sein Privatsekretär zu arbeiten. Er hat mich deinetwegen entlassen, und das hat sich verdammt gelohnt.«
»Aber wenn er dich braucht...«
Maud Turner war die erste der berühmten Saltwood-Frauen; sie bilden eine lange Reihe willensstarker Mädchen, die sichere Elternhäuser im ländlichen England verließen und Bildung, musikalische Fähigkeiten, Zeichentalent und hohe moralische Maßstäbe nach Südafrika mitbrachten. Ihnen waren die Wohltätigkeitsasyle zu verdanken, die kleinen, in Tälern versteckten Schulen, die Bibliotheken, die Memoirenbücher, die späteren Generationen soviel bedeuten sollten. Schon während ihres Aufenthaltes in Kapstadt hatte Maud Turner den Lady-Anne-Barnard-Kegelklub gegründet, und unweit von *De Kraal* verwendete sie ihr eigenes Geld, um die Ruinen der Mission Golan zu restaurieren. Frauen wie sie sahen sich ihre Welt an, krempelten die Ärmel hoch und versuchten, sie zu verbessern.
Nun zeigte Maud ihre charakteristische Nächstenliebe. Ohne zu vergessen, daß Mr. Rhodes sie schlechtgemacht und ihre Hochzeit um einige Jahre verzögert hatte, sagte sie dennoch zu Frank: »Wenn dieser unglückliche, verwirrte Mann deine Hilfe braucht, müssen wir sie ihm anbieten«, und sie waren auf ihrem Weg zum Kap bereits bis Grahamstown gekommen, als sie ein Telegramm erhielten: BRAUCHE IHRE HILFE. RHODES.
Als sie in Groote Schuur eintrafen, fanden sie nur eine Gruppe von Dienern

und Hilfspersonal vor, und einer von ihnen sagte: »Diese Frau verfolgt ihn die ganze Zeit. Er hat sich nach Muizenberg geflüchtet.« In diesem Dörfchen an der Küste, südlich von Kapstadt, hatte sich der große Mann in ein kleines Häuschen mit Wellblechdach zurückgezogen, das an hohen Bäumen festgemacht war. Von außen gesehen schien es aus ein paar kleinen Räumen zu bestehen und keinen Komfort zu bieten; es war kaum ein passender Hintergrund für die sich anbahnende Tragödie.
Maud hatte vor, in dem Haus zu arbeiten, um Rhodes soviel an Bequemlichkeit zu schaffen wie nur möglich, aber während sie den schmalen Fußweg entlangging, erschienen zwei junge Männer in der Tür des Häuschens, sichtlich entschlossen, ihr den Eintritt zu verwehren. »Eintritt für Frauen verboten.«
»Aber er hat uns ein Telegramm geschickt«, und sie zeigte das Papier vor.
»Das galt Frank, nicht Ihnen. Es würde Mr. Rhodes aufs äußerste aufregen, wenn Sie gewaltsam eindringen wollten.«
»Ich dränge mich niemandem auf«, sagte sie ruhig, aber die Männer blieben hart: »Keine Frauen.« Also fuhr sie nach Kapstadt zurück, und ihr Mann betrat das Haus.
Er erschrak. Mr. Rhodes, der noch nicht fünfzig war, sah völlig heruntergekommen aus. Seine Backen hingen herab und waren unrasiert, sein Schnurrbart war ungepflegt, sein rötliches Haar unfrisiert und schweißverklebt, seine Arme und Beine schlaff; am beängstigendsten aber sahen seine Augen aus, sie waren verquollen, die Lider schlaff und die Pupillen trüb. Er benahm sich wie ein von Schmerzen geplagter Achtzigjähriger, resigniert und verzweifelt. Seine Elitegarde umgab ihn noch immer. »Ja, Mr. Rhodes. Ja, Mr. Rhodes.« Aber sie leistete ihm wenig Beistand.
»Sind Sie es, Frank?«
»Ja, Mr. Rhodes. Was kann ich tun, Ihnen zu helfen?«
»Sie haben mir schon sehr geholfen. Sehen Sie den phönizischen Vogel in der Ecke? Er wacht über mich.« Es wäre unmöglich gewesen, ihm jetzt mitzuteilen, daß der Vogel nicht phönizisch war.
Vom Bett kamen krächzende Geräusche. Es war Rhodes, der eine wichtige Erklärung abzugeben versuchte: »Frank, um meine Ehre zu schützen, muß ich mich gegen dieses verdammte Weib verteidigen.«
Es war nicht die Zeit für Höflichkeiten oder Schmeicheleien. »Ich muß Sie ganz entschieden darauf aufmerksam machen, Sir, daß in der vornehmen englischen Gesellschaft ein Gentleman niemals gegen eine Dame klagt.«
»Die vornehme englische Gesellschaft kümmert mich einen Dreck. Ich bin kein Gentleman. Und diese Prinzessin ist sicherlich keine Dame. Gehen Sie zum Generalstaatsanwalt, Frank, und fordern Sie ihn auf, die Klage einzubringen.«
»Ach du meine Güte!« rief einer der jungen Herren. »Dort ist sie ja schon wieder.«
Und alle Bewohner des Hauses blickten zur Straße hin, wo eine elegante, schwarz gekleidete Frau mit einem Sonnenschirm langsam auf und ab ging

und auf das Haus starrte, in dem der Mann, den sie hatte heiraten wollen, im Sterben lag.
»Vertreibt sie!« schrie Rhodes, aber der junge Mann sagte, sie hätten es versucht, und die Polizei habe ihnen mitgeteilt, sie habe das Recht, eine öffentliche Verkehrsfläche zu benützen.
»Aber nicht, mich anzustarren!« jammerte Rhodes.
»Sie darf gehen und gehen, und sie darf schauen«, sagte einer der jungen Herren. »Wir können nur um Regen beten.«
Diese Tragikomödie setzte sich wochenlang fort. Rhodes lag im Haus und schmiedete Pläne, während sein Rechtsanwalt und Frank Saltwood dem Büro des Generalstaatsanwalts Beweise gegen diese unverschämte Fälscherin zur Verfügung stellten; sie sandte den Zeitungen Brandschriften zur Veröffentlichung und kam bei Sonnenuntergang aus Kapstadt, um bedrohlich, wortlos vor dem Haus auf und ab zu gehen.
Eines Abends fuhr Maud hinaus, um mit der Prinzessin zu sprechen, während sie auf der Straße patrouillierte. »Warum quälen Sie ihn?«
»Weil er mich gequält hat. Er will mich ins Gefängnis stecken lassen.«
»Haben Sie die sieben Wechsel gefälscht?«
»Ich war Mr. Rhodes' getreueste Anhängerin. Er schuldet mir ungeheure Summen.«
»Hat er nicht Ihre Hotelrechnung bezahlt, als das Mount Nelson Sie auf die Straße setzen wollte?« Bevor die Prinzessin antworten konnte, fügte sie hinzu: »Und als Sie das Geld annahmen, haben Sie da nicht versprochen, daß Sie Südafrika verlassen würden?«
»Ich habe es verlassen«, widersprach sie entrüstet, »aber ich kam zurück.«
»Prinzessin, was hoffen Sie denn durch dieses lächerliche Verhalten zu erreichen?«
»Ich nehme an, daß ich im Gefängnis lande. Aber Männern, die Frauen einfach ignorieren oder sie schlecht behandeln, muß eine Lektion erteilt werden. Wenn ich mit Cecil Rhodes fertig bin, wird die ganze Welt über ihn lachen.«
»Sie lacht bereits über Sie. Haben Sie die Karikaturen gesehen?«
»Karikaturen sind Eintagsfliegen. Ich gehe in die Geschichte ein.«
Maud erreichte nichts, und als sie abfuhr, war die Prinzessin immer noch da und belegte wie eine Hexe das Haus und dessen Insassen mit einem Zauber. Dennoch versuchten die beiden Saltwoods, Ordnung in diese verfahrene Geschichte zu bringen, der Strafprozeß lief weiter. Und schließlich kam der Tag, an dem die beiden Hauptpersonen einander vor einem Richter gegenüberstanden, der die Verhandlung mit seinen Schriftführern in Groote Schuur abhielt, da Rhodes zu krank war, um vor einem regulären Gericht in Kapstadt zu erscheinen. Sie bekämpften sich erbittert, sie waren Erzfeinde geworden, und Rhodes erklärte kategorisch, daß er niemals irgendwelche Papiere zugunsten der Prinzessin unterschrieben habe; wenn sie solche Solawechsel bei den Bankiers und Geldverleihern in Kapstadt eingelöst habe, seien sie von ihr gefälscht worden.

Seine unbarmherzige und unversöhnliche Aussage brachte dieser Frau eine Gefängnisstrafe ein; ihre boshafte und spitze Zunge stellte ihn als Narren hin. Rhodes war ein gebrochener Mann.
Nach seinem Auftritt vor dem Richter zog er sich in das jämmerliche Häuschen zurück, wo Frank ein Loch in die Schlafzimmerwand brechen ließ, damit Rhodes Luft bekommen konnte, nach der er unaufhörlich rang. Wenn er sich hinlegte, konnte er nicht atmen; wenn er sich aufsetzte, konnte er sich nicht ausruhen. Immer noch marschierte die Prinzessin vor dem Haus auf und ab und hielt die Totenwache; da sie nun wußte, daß sie dem Gefängnis sowieso nicht entgehen konnte, zeigte sie kein Mitleid mehr. Sie suchte diesen unleidlichen, unversöhnlichen Mann bis zu seinem Tod heim.
»Bitte, gehen Sie fort«, bat Frank sie eines Abends.
»Die Freiheit, mich hier aufzuhalten, ist das einzige, das mir geblieben ist.«
»Haben Sie kein Geld mehr? Gar keines?«
»Ich bin bettelarm. Ich habe nicht einmal genug zu essen. Ich werde noch froh sein, im Gefängnis zu sitzen, denn alle meine Freunde haben mich, eine Prinzessin des russischen Hofes, verlassen.« Sie sprach das Wort *rrrussisch* aus.
Er gab ihr zwei Pfund und sagte ihr, sie solle in den Muizenberg-Pavillon gehen und dort essen, doch sie setzte ihre Nachtwache fort.
Der Lufthauch, den Rhodes in diesem schrecklich heißen März herbeisehnte, erreichte ihn nie, und als er fühlte, daß der Tod ihn ereilen würde, bevor der Strafprozeß abgeschlossen war, verbannte er die Prinzessin vollkommen aus seinen Gedanken. Er bat um seinen geliebten Atlas und sprach mit Frank über die Pläne, die noch verwirklicht werden müßten.
Als seine Hand auf Rhodesien fiel, blickte er gequält hoch und fragte: »Man ändert doch nie den Namen eines Landes, oder?«
»Nein«, sagte Frank. »Das wird immer Rhodesien bleiben. Ihr Denkmal.«
Doch Rhodes konnte nicht umhin, seine Augen auch den Gebieten zuzuwenden, die ihn an seine Niederlagen erinnerten: Südwestafrika war den Deutschen zugefallen, Moçambique befand sich noch immer in portugiesischen Händen; die verdammten Belgier hatten bewiesen, daß ihre Herzen aus Beton waren. Aber am schlimmsten war: Während Rhodes krank und verzweifelt in seinem Bett lag, war der mörderische Burenkrieg ausgebrochen. Sein Ziel, das er stets vor Augen hatte, die Vereinigung der Engländer und Buren, schien weiter entfernt denn je. Aber seine letzten Worte zu Frank betrafen dieses Problem: »Mein lieber Junge, wenn dieser Krieg vorbei ist, weihen Sie Ihr Leben der Aufgabe, Buren und Engländer zu vereinigen.«
Als Rhodes starb, war Frank in Kapstadt, um bei dem Prozeß auszusagen, und als er von seinem Tod hörte, empfand er seltsamerweise das bedrükkende Gefühl, versagt zu haben: Er hatte immer versucht, diesen großen Mann zu beschützen, es war ihm aber nicht gelungen. Rhodes war am 26. März 1902 bei Sonnenuntergang im Alter von neunundvierzig Jahren gestorben, verzehrt von seiner fanatischen Besessenheit. In seiner Sterbe-

stunde formulierte er selbst seine bittere Grabschrift: »So wenig getan, so viel noch zu tun.«

Als Prinzessin Katharina Rzewska Radziwill von Rhodes' Tod erfuhr, war sie vierundvierzig Jahre alt, mittellos und hatte eine zweijährige Gefängnisstrafe in einem der schlimmsten Gefängnisse von Kapstadt vor sich. Über Rhodes sagte sie: »Ich wollte diesem einsamen, unglücklichen Mann nur helfen. Hätte er auf mich gehört, wäre er vielleicht noch am Leben.«
Im Gefängnis verlangte sie als erstes ein Gesetzbuch, das sie mit solchem Eifer studierte, daß sie bald eine berüchtigte »Gefängnisanwältin« wurde, die für die Rechte aller Gefangenen eintrat. Lange bevor sie ihre Strafe abgesessen hatte, ersuchte der Gefängnisdirektor das Gericht, sie freizulassen: »Jedesmal, wenn ich sie mit ihrem Gesetzbuch daherkommen sehe, bekomme ich nervöse Zuckungen.«
Die durchtriebene Prinzessin wollte ihre Freilassung nur unter der Bedingung annehmen, daß ihr eine Überfahrt erster Klasse nach London und so viel Bargeld zur Verfügung gestellt würde, daß sie ein halbes Jahr lang in einem ehrbaren Londoner Hotel leben konnte. Da auch die zuständigen Behörden inzwischen unter nervösen Zuckungen zu leiden begannen, entsprachen sie ihren Wünschen und forderten dann eine Barkasse an, um sicher zu sein, daß sie an Bord ging. Ihrem südafrikanischen Verteidiger legten sie nahe: »Geben sie ihr keinen Penny von dem Geld. Übergeben Sie den versiegelten Umschlag dem Kapitän des Schiffes, der ihn ihr erst aushändigen darf, wenn das Schiff sich auf hoher See befindet.«
Sie schrieb noch weitere Bücher, im ganzen dreißig, und hielt Vorträge. Als ihr Ehemann, Prinz Radziwill, starb, heiratete sie bald darauf einen Schweden, den niemand je zu Gesicht bekam; sie wurde aus Rußland lebenslänglich verbannt und landete infolge einer Verkettung merkwürdiger Zufälle in New York, wo es ihr sehr gut gefiel. Sie wurde als Prinzessin Radziwill der Liebling der auf Fürstlichkeiten versessenen Amerikaner und lebte auf erfinderische Art von ihnen. Während ihres langen Aufenthaltes in diesem Land wurde nie bekannt, daß sie nahezu zwei Jahre wegen Betrugs in einem südafrikanischen Gefängnis verbracht hatte.
Schließlich schrieb sie ihre Autobiographie, von der kein einziges Kapitel der Wahrheit entsprach; sie entzückte immer neue Generationen der New Yorker Gesellschaft, und im Jahre 1941 saß sie im Alter von dreiundachtzig Jahren auf Kissen gestützt im Bett und schrieb lange Briefe an die Staatsmänner Europas, in denen sie ihnen Ratschläge erteilte, wie sie den Zweiten Weltkrieg am besten fortsetzen sollten. Sie unterzeichnete ihre Schreiben mit Prinzessin Katharina Radziwill – und als sie starb, war sie von drei amerikanischen Hofdamen umgeben.

10. Das Venloo-Kommando

Aus den Kehlen von hundert Buren, jungen und alten, hellhäutigen und vom Wetter gegerbten, erklang ein frohes Lied, das aus der großen Scheune in Vrymeer, in der sie feierten, weit hinausdrang. Die Melodie stammte aus dem amerikanischen Bürgerkrieg: *Just before the Battle, Mother,* aber die in den achtziger Jahren populäre Afrikanderversion hatte mit Liebe, nicht mit Krieg zu tun:

Wann wird uns're Hochzeit sein, Gertjie?
Warum bist du gar so still?
Wir waren so lange verlobt, Gertjie!
Jetzt ist's an der Zeit, zu heiraten.
Drum komm doch, Gertjie, du darfst mich nicht
Noch länger am Gängelband führen.
Du glaubst vielleicht, ich sterbe nie,
Doch meine Jahre schwinden dahin.

Der grauhaarige Krieger Paulus de Groot konnte sich nicht erinnern, wann er zum letztenmal so viele glückliche Paare beisammen gesehen hatte. »Heut abend«, rief er dem Besitzer der Scheune zu, »wird so mancher unter den Sternen von Vrymeer sein Herz verlieren.« Van Doorn grinste ihn durch einen Nebel aus Rauch und Staub an.

General de Groot, wie ihn alle in Gedanken nannten, war Ehrengast bei der Party, und das mit gutem Grund, denn in der gleichen Woche hatte er im Februar 1881 den Majuba Hill erstürmt und die Engländer geschlagen. Und nun hatten Buren im Umkreis von fünfzig Meilen und mehr ihre Wagen beladen, als ob es zum *Nachtmaal* ginge, und ihre Familien zur Fahrt nach Vrymeer versammelt.

Die Frauen der van Doorns hatten unter der Leitung von Ouma Sybilla de Groot genügend Speisen für ein ganzes Kommando vorbereitet. Gegenüber der Scheune wurde ein Ochse auf einem Spieß gebraten, unweit davon standen Tische mit Fleischragout, Gemüse, Süßspeisen: Torten, Kuchen, Melonenbeignets, Konfitüren und Jakobs Beitrag, der Topf mit Brotpudding, neben dem noch zwei Eimer voll der gleichen Speise standen. Es gab natürlich auch eine Gruppe, die den Pudding lobte, ihn aber zugunsten des Fasses mit Pfirsichschnaps ausließ.

Es war ein Tag, den die Bewohner von Vrymeer nie vergessen würden, und die Kinder hüpften durch dieses Paradies wie eine Schar ausgelassener Paviane. Nichts war für ein Dutzend kleiner Buren aufregender als eine Begegnung mit den Sprößlingen der Nxumalo-Familie. Gemeinsam erforschten sie die Geheimnisse von Vrymeer, rannten schreiend von der Scheune zu der Höhle, wo das Nashorn der Buschmänner galoppierte. Nach einer lärmenden Runde liefen sie zum See, warfen ihre Kleider ab und sprangen hinein.

Bei Einbruch der Nacht wurden die Unschlittkerzen in der Scheune angezündet, der Ameisenhaufen-Fußboden glänzte, und ein lautstarkes Trio aus Gitarre, Geige und Akkordeon begann zu spielen. Sogar Ouma Sybilla gelang es einmal, ein paar Runden zu tanzen, nicht mit ihrem Mann, der sich um den Pfirsichschnaps kümmerte, sondern mit einem jungen Mann, der ein Auge auf Johanna van Doorn geworfen hatte und dachte, eine kleine Aufmerksamkeit für die alte Büffelkönigin würde seine Chancen erhöhen.

Der Tanz war eigentlich etwas für die jungen Paare, und die Tanzfläche war ständig überfüllt, denn wenn der Geiger müde wurde, spielten Gitarre und Akkordeon weiter, und manchmal werkte die Quetschkiste allein. Johanna hatte sich tagelang den Kopf darüber zerbrochen, was sie anziehen solle; schließlich entschied sie sich für einen langen Rock, dessen Saum mit Getreidekörnern gefüllt war, um ihm Gewicht zu verleihen und ihn schwingen zu lassen, wenn sie sich drehte.

»Achtung auf Ihren Mühlenstein, junger Mann!« rief de Groot plötzlich. »Sie mahlen zu grob.« Er meinte, daß Johannas Partner sie so schnell drehte, daß ihr Rock fast parallel zum Boden flog, so daß sich Körner aus dem Saum lösten.

Es war nach Mitternacht, das Akkordeon spielte bereits etwas langsamer, während einige Gruppen leise plauderten oder alte Lieder summten, und Jakob stellte die einzige nüchterne Frage an diesem Festtag: »Wie lange leben unsere Familien schon hier, Paulus?«

Der General überlegte: »Achtundfünfzig Jahre.«

»Wir sollten dankbar sein.«

»Wofür?« fragte der alte Krieger.

»Für vieles, Paulus. Wir haben unsere alten Bräuche bewahrt, die Engländer in ihre Schranken verwiesen. Aber mit all den *uitlanders*, die einwandern ...«

»Oom Paul – es ist seine Aufgabe, auf die Engländer achtzugeben. Wenn er Sie sprechen will, wie es in seinem Telegramm steht, muß es wichtig sein.«

»Ja, mein General!«

Zu Beginn der Woche war Jakob aufgefordert worden, mit Präsident Krüger in Pretoria zusammenzutreffen; er wollte am Montag morgen den Zug nehmen, denn er wußte, daß sich etwas Ernstes zusammenbraute.

Jakob fand den großen Mann auf der Veranda, sein Gesicht war zerfurcht, er trug einen schwarzen Zylinder auf dem Kopf, und ein eng geknöpfter Rock bedeckte seinen gewaltigen Bauch. Er erhob sich zwar nicht zur Begrüßung, freute sich aber sichtlich über seinen Besuch.
»Jakob, es gibt Schwierigkeiten, Gefahren, denen wir die Stirn bieten müssen«, sagte er und wies auf einen Stuhl.
»Die Engländer, Oom Paul?«
»Immer die Engländer. Sie und die *uitlanders* beabsichtigen, unsere Republiken zu stehlen.«
»Nicht, solange dieser van Doorn atmet. Wir werden es nicht zulassen.«
»Schöne Worte, Jakob. Schöne Worte.« Er spuckte über den Rand der Veranda. »Ich habe eine Aufgabe für dich, *broeder*. Du hast Familie am Kap, nicht wahr? Die van Doorns von Trianon. Ich will, daß du sie aufsuchst. Hör dir an, was sie zu sagen haben. Was sie vorhaben, wenn die Engländer zu den Waffen greifen.«
»Es wurde von einem Aufstand dort drüben gesprochen. Gegen die englische Regierung.«
»Du besuchst deine Familie dort unten. Verstanden? Du bist nicht Oom Pauls Abgesandter. Sprich, mit wem du willst, aber halte dich von den Leuten der Regierung fern. Wir haben schon so genügend Probleme mit ihnen.«
»Ich verstehe, Oom Paul.«
»Ja, also das ist gut, Jakob. Laß uns Kaffee trinken, während du mir von Paulus de Groot erzählst. Wie geht es denn dem alten Teufelskerl jetzt?«

Jakob wurde in diesem Februar fünfundfünfzig, ein mittelgroßer, kräftig gebauter Mann mit bedächtigen Bewegungen. Er war begeistert, weil er auf Regierungskosten in einem Wagen erster Klasse zum Kap fahren sollte, denn er hatte das Trianon seiner Vorfahren noch nie gesehen und freute sich auf die Begegnung mit dessen Besitzern.
Er führte zuerst seine Unterredungen in Kapstadt und stellte zu seiner Freude fest, daß die reichen DuPreez ihre Verwandtschaft mit seiner Familie nicht vergessen hatten. Sie waren überaus freundlich, als man von den Tagen sprach, in denen die ersten De Prés die Trianon-Weingärten mit den van Doorns geteilt hatten. »Wir haben beide seither viel erreicht.« Aber als er ihre Haltung bezüglich einer Teilnahme an einem möglichen Krieg ergründen wollte, erfuhr er zu seiner Verzweiflung, daß sie keineswegs die Absicht hatten, zu den Waffen zu greifen und die Buren zu verteidigen.
»Mißverstehen Sie uns nicht, van Doorn. Wir empfinden für die Republiken viel Sympathie, nicht aber für den Krieg. Sehen Sie doch, was wir hier geschaffen haben. Das alles haben wir erworben, seit die Engländer eintra-

fen. Es ist mir klar, daß Sie die *uitlanders* vielleicht nicht als Nachbarn haben wollen, aber verdammt noch mal, Mann, ihr Buren würdet nicht mit Gold umgehen können. Auch nicht mit all den Holländern und Deutschen, die ihr hierherholt, um die Regierung in die Hand zu nehmen.«
Jakob versuchte es mit dem Argument, daß nicht nur die Freiheit der Buren im Norden, sondern auch die der Afrikander im Süden auf dem Spiel stehe. »Das heißt, wenn es zum Krieg kommt. Ihr Kap-Afrikander würdet sicherlich...« Sie unterbrachen ihn: »Wir haben hier am Kap soviel Freiheit, wie wir brauchen, mehr, als ihr oben im Norden zu haben scheint. Ihr glaubt es vielleicht nicht, aber uns gefällt es hier. Wir werden nicht in euren Armeen mitmarschieren.«
Ein Schullehrer namens Carolus Marais lud Jakob ein, mit ihm verschiedene Niederlassungen von Afrikandern in der Umgebung zu besuchen: Schulen, große Kirchen, solide Häuser, die auf den Hängen des Tafelbergs standen. »Unseren Vorfahren ging es unter der holländischen Herrschaft nie so gut. Wir wählen unsere Abgeordneten ins Parlament, schützen uns gegen die Engländer Wir wollen keinen Krieg.«
»Wir auch nicht!« explodierte Jakob. »Aber angenommen, die Engländer zwingen ihn uns auf. Ihr werdet doch sicherlich, wenn ihr anständig und tapfer seid, die Republiken unterstützen?«
»Würden Sie, in Ihrem Alter, für einen albernen Krieg in den Sattel steigen?«
»Selbstverständlich. Und die anderen Bürger in Venloo, wir würden mit unserem Kommando reiten, wenn sie uns rufen. Wenn wir es nicht täten, würden wir alles verlieren.«
»Dann wäret ihr sehr unvernünftig. Sie und ich können alles, was wir wollen, von den Engländern bekommen, ohne auch nur einen Schuß abzufeuern. Sie haben Gesetze, van Doorn. Sie sind sehr tüchtig darin, alles in Gesetzen zu verankern. Und wenn sie es getan haben, halten sie sich daran.«
»Aber immer zu ihren eigenen Bedingungen.«
»Jakob, seien Sie vernünftig! Wir Kap-Afrikander führen unseren eigenen Krieg, nicht mit deutschen Gewehren und Burenkommandos. Mit den Gesetzen, die uns die Engländer geben. Hören Sie sich einmal unsere schlauen Politiker im Parlament an, dann werden Sie lernen, wie man die Engländer in Trab hält.«
Nach acht Tagen solcher Gespräche dämmerte es Jakob, daß Pretorias Hoffnungen auf einen Aufstand der Kap-Afrikander vergeblich waren. Diese saturierten Leute mit ihren Schulen, ihren Kaffeehäusern und ihrer Politik waren nicht daran interessiert, eine Rebellion zu unterstützen.
»Einen Augenblick!« rief DuPreez, als sich Jakob enttäuscht zeigte. »Sie fragten zuerst: ›Werdet ihr die Republiken unterstützen?‹ Natürlich werden wir sie unterstützen. Wir werden eure Sache im Parlament vertreten. Wir werden bei jeder Versammlung für euch sprechen. Wir werden mit Leserzuschriften in unseren Zeitungen für euch eintreten.«
»Aber werdet ihr uns mit Waffen unterstützen?«

»Gott im Himmel, nein!«
Er machte drei junge Afrikander ausfindig, die sich als Freiwillige anboten, als er sich aber über sie erkundigte, erfuhr er, daß sie Rohlinge waren, außerstande, in einer angesehenen englischen Firma eine Stellung zu behalten. Der Schullehrer, Mr. Marais, sagte: »Ich hatte das Pech, zwei von ihnen in meiner Schule zu haben. Sie sind Wilde, wie der alte Rooi van Valck.«
»Vielleicht ist es gerade das, was wir brauchen.«
»Gott im Himmel, nein! Es gibt genügend anständige Afrikander hier, die euch helfen würden, eure Unabhängigkeit zu bewahren. Manche wären sogar vielleicht bereit, an eurer Seite zu kämpfen. Vielleicht die Buren in der Nähe eurer Grenzen. Aber rechnet nicht damit. Und die drei Gauner, die Sie da gefunden haben, werden eurer Armee nicht viel helfen.«
»Wir haben keine Armee. Nur Kommandos.«
»Dann werdet ihr den Krieg verlieren. Denn die Engländer werden sicherlich eine Armee haben, und das ist entscheidend.«
Jakob war froh, als er Kapstadt verlassen konnte. Die Afrikander dort schienen mehr daran interessiert zu sein, sich an politischen Spielen zu beteiligen, als für ihre Freiheit zu kämpfen. Es hatten ihn auch gewisse Kleinigkeiten geärgert, zum Beispiel, daß DuPreez und Carolus Marais »Good heavens!« sagten, als wären sie richtige Engländer. Er sah noch andere Anzeichen dieses üblen englischen Einflusses, die ihn alle auf den Gedanken brachten, daß die dortigen Afrikander durch ihre lange Trennung von den Buren im Norden verdorben worden waren.
Der Zug ratterte über die Kap-Niederungen nach Stellenbosch; er fuhr an den Hinterhöfen der Vorstädte, kleinen Siedlungen und vielen Farmen vorbei.
Als er die schönen Alleen und die niedrigen weißen Häuser von Stellenbosch sah, hatte er das Gefühl, in eine Stadt gekommen zu sein, die immer schon die seine gewesen war. Er mietete sich in einem kleinen, sehr sauberen, weiß getünchten Gasthof ein, wo er ein Zimmer mit Aussicht auf den Hauptplatz hatte und so gut verköstigt wurde wie schon lange nicht mehr. Er teilte den Tisch mit drei anderen Reisenden, die von Farmen unweit von Swellendam kamen, und sie wollten wissen, was sein Anliegen sei. Als er ihnen erzählte, er sei auch Farmer, aber aus Venloo in der Südafrikanischen Republik, beugten sie sich alle vor: »Was macht Oom Paul dort oben?«
»Er tritt den Engländern entgegen, und das muß er wohl, sonst würdet ihr alle eure Freiheit verlieren.«
»Ich wüßte nicht, was ich mit mehr Freiheit anfangen sollte, wenn ich sie hätte«, sagte einer der Farmer.
»Ich meine die Freiheit, am Gottesdienst teilzunehmen, wie ihr wollt. Eure Kinder auf holländisch unterrichten zu lassen.«
»Die haben wir jetzt.«
Ein anderer mischte sich ein: »Sie sagen, Sie heißen van Doorn? Einer von unseren van Doorns?«

»Eben der.«
»Sie wollen ihnen doch nicht zureden, sich dem lächerlichen Krieg Krügers anzuschließen?«
»Es ist die Pflicht jedes guten Afrikanders, Oom Paul zu unterstützen.«
»Zugegeben«, sagten die drei Männer sofort. Und einer fügte hinzu: »Mir hat es gefallen, wie er diese Johannesburger Herren und ihre unverschämten *uitlanders* verprügelte. Aber Krieg... gegen die Engländer... mit ihrer Marine? Und ihrem Weltreich? Das könnt ihr doch nicht im Ernst meinen?«
Als er sich erhob, um die Gesprächsrunde schweren Herzens zu verlassen, warnte ihn einer der Farmer: »Sprechen Sie mit denen in Trianon nicht von Rebellion. Sie verkaufen ihren Wein nach London.«
Die Warnung war angebracht, denn als er am nächsten Morgen eine Kutsche mietete, die ihn nach Westen zu dem Weingut bringen sollte, sah er ein, daß die Weingärten so ausgedehnt und so alt waren, daß ihr Besitzer zwangsläufig ein vorsichtiger Mann sein mußte; als aber der Kutscher einen großen Kreis beschrieb, um sich dem Haus von Westen her zu nähern, und Jakob zum erstenmal den prachtvollen Eingang mit den weißen Flügeln sah, die wie zur Begrüßung ausgebreitet waren, sowie das große Haus, das in seiner ursprünglichen Schönheit dort stand, schnappte er nach Luft.
»Das sind die van Doorns von Trianon«, flüsterte er respektvoll. Das war ja wie ein Palast aus einem Kinderbuch, sattes grünes Gras und blaue Hügel und weiße Mauern einer alteingesessenen Familie. Als der Wagen sich dem großen Haus näherte, pfiff der Fahrer mit einer kleinen Pfeife, worauf die Bewohner auf die Veranda traten.
»Es ist Jakob, der aus dem Norden kommt!« rief der Herr des Hauses seinen Kindern zu, dann sprang er von der Veranda, eilte zum Wagen und umarmte den beinahe vergessenen Vetter.
»Ich bin Coenraad van Doorn«, sagte er und schob Jakob von sich, um ihn besser betrachten zu können. »Und das ist meine Frau Florrie. Die beiden Jungen sind Dirk und Gerrit, und das Baby heißt Clara. Komm jetzt hinein.«
Der junge, erst dreißigjährige Besitzer der Weinberge führte Jakob strahlend durch eine Reihe von geräumigen Zimmern, die den Vorderflügel des H-förmigen Komplexes bildeten. In der Mitte dieser Reihe lag die Empfangshalle, links ein Beratungszimmer mit hoher Decke, rechts das Gästeschlafzimmer, in dem Jakob wohnen sollte. Als seine Reisetaschen abgestellt waren, wurde er in einen warmen, freundlichen Speiseraum geführt. Ein wunderhübsches Bild bot sich ihm, als er aus dem Fenster in das Grün blickte. Beide Höfe wiesen üppige Gartenanlagen auf, so daß alle Zimmer von Blumen umgeben waren. Jakob war geradezu überwältigt.
Der junge Coenraad erwies sich als tüchtiger Mann: »Mein Vater starb zu früh, und jemand mußte die Leitung übernehmen. Ich fühle mich eigentlich überfordert. Weißt du, ich war nie in Europa, und dort sitzen die meisten von unseren Kunden. Ich muß mich auf den Rat anderer verlassen.«

»Geht das Geschäft gut?«
»Glänzend. Aber ich mache mir Sorgen. Wenn diese Kriegsgerüchte andauern...«
»Ich glaube nicht, daß sie aufhören werden. Oben im Norden glauben viele Leute, daß ein Krieg mit England unvermeidlich ist.«
»Falsche Entschlüsse sind nie unvermeidlich, Jakob. Falsche Entschlüsse können auch revidiert werden...«
»Willst du etwa sagen – du, ein van Doorn –, daß wir Buren nicht kämpfen sollen, wenn die Feinde unser Land stehlen und uns unterdrücken wollen?«
»Wie meinst du das?« Er schien das Ganze nicht so recht ernst zu nehmen.
Jakob hatte keine Gelegenheit, dieses Thema weiter zu verfolgen, denn der junge Coenraad sah in dem Besuch seines Vetters eine Möglichkeit, die Geheimnisse der van Doorns in Südafrika aufzurollen, und ehe Jakob wußte, wie ihm geschah, wurde ein großes weißes Blatt Papier vor ihm ausgebreitet, auf dem sich Namen und Linien befanden, die die verschiedenen Familienmitglieder anzeigten: »Willem und Marthinus lebten gegen Ende des siebzehnten Jahrhunderts.« Inzwischen hatte sich seine Frau zu ihnen gesetzt und erklärte an Hand der Tafel, wie sich die beiden Söhne von Marthinus getrennt hatten; einer wurde der Stammvater der Trianon-Weinbauern, während der andere auf das Veld hinauszog und die Vrymeer-Linie begründete. »Aber wie lautete der Name deines Vorfahren?« fragte Coenraad.
Ohne Hilfe der Familienbibel konnte Jakob seinen Stammbaum nicht so weit zurückverfolgen: »Mein Urgroßvater war ein Treckbure namens ›Verrückter Adriaan‹. Was erzählt man nur über ihn... ja, er hat Vrymeer entdeckt. Vielleicht war sein Vater derjenige van Doorn, der Trianon verließ, aber ich erinnere mich nicht an seinen Namen.«
»Das muß Hendrik gewesen sein. Wer war dein Großvater?«
»Ein berühmter Kämpfer. Man nannte ihn Lodevicus den Hammer. Er hatte zwei oder drei Frauen. Eine hieß Wilhelmina, glaube ich. Meine Mutter starb erst im vorigen Jahr, sie hieß Aletta und war einundachtzig; ich glaube, ihr Mädchenname war Probenius.«
Sorgfältig zog Coenraad Linien und trug seine Annahmen hinsichtlich der fehlenden Generationen ein. Es war ein lückenhafter Stammbaum, den sie da rekonstruierten, mit allen Einzelheiten im Fall der Trianon-van-Doorns, jedoch ungenau hinsichtlich der *trekkers*.
»Aber wir sind Vettern«, sagte Coenraad überschwenglich, »so viel weiß ich.«
Als Jakob wieder versuchte, die Frage der freiwilligen Beteiligung an dem bevorstehenden Krieg anzuschneiden, lachte der Weinbauer ungezwungen und unterbrach ihn: »Niemand auf Trianon wünscht einen Krieg. Wir haben keinen Streit mit den Engländern.« Und als Jakob mit dem Argument kam, daß kein Afrikander je geistig frei sein würde, ehe die Engländer besiegt waren, zog Coenraad seine Kinder auf seine Seite des Tisches, so daß

sie den Familienstammbaum betrachten konnten, und sagte entschieden, »Das wird euer Krieg sein, Jakob, nicht unserer.« Und er war zu keiner weiteren Diskussion bereit.
Im September 1899 begann England, Truppen zum Oranjefluß vorrücken zu lassen, und beorderte Regimenter und Einheiten aus anderen Kolonien zurück, um die Garnisonen in den Provinzen Kap und Natal zu verstärken. Die beiden Burenrepubliken tätigten gleichfalls große Einkäufe für ihre Arsenale, indem sie Mauser von Krupp und weittragende Geschütze für die Staatsartillerie, ihre einzige reguläre Militärorganisation, importierten. Gegen Ende des Monats wurde an die Kommandos die Parole ausgegeben: »*Opsaal, burghers!*« (In den Sattel, Bürger!) Und wenn die Bürger Befehl erhielten, die Pferde zu satteln, wußten sie, daß Gefahr im Anzug war.
Einer der ersten, die in Vrymeer reagierten, war Micah Nxumalo: »Baas, die Kaffern in Groenkop haben Ponys. Soll ich nachsehen, ob sie etwas taugen?«
Jakob nickte. »Was werden diese Kaffern während eines Krieges tun?«
»Nichts, Baas. In ihren Krals sitzen und reden.«
Die Schwarzen in Groenkop waren eine kleine Gruppe, die ein Tal weit im Norden bewohnten; einige von ihnen arbeiteten für die Buren, aber sie hatten niemals die Bindung zu ihrem Stamm aufgegeben wie Nxumalo. Sie gehörten natürlich zu den Burenrepubliken, aber niemand beachtete diese kleinen Gruppen Schwarzer, solange sie sich »ordentlich aufführten«. Es war ja nicht ihr Krieg.
»Wird dein älterer Sohn mit uns reiten?« fragte van Doorn.
»Nein. Er bleibt bei seiner Mutter. Ich reite mit dir, Baas.«
Am nächsten Morgen kam Paulus de Groot zum Vrymeer herüber; er und Sybilla hatten ihr armseliges Haus verlassen und wollten bei den van Doorns bleiben, bis Entscheidungen gefallen waren. Seine einzige Sorge bestand darin, ob die Männer von Venloo ihn als Anführer ihres Kommandos behalten würden, und als Jakob sagte: »Natürlich werden sie das tun. Du warst am Majuba Hill General«, antwortete er ein wenig besorgt: »Bei einem Kommando kann man nie wissen. Die Bürger von Venloo werden darüber entscheiden.«
In jedem Bezirk wurde alle fünf Jahre ein neuer Kommandant gewählt, und de Groot hatte den Posten wegen seiner Heldentaten am Majuba Hill jedesmal bekommen, aber es war, abgesehen von einigen Kaffernraubzügen und der Niederlage von Dr. Jamesons Eindringlingen, achtzehn Jahre lang Frieden gewesen. Und nun behaupteten ein Dutzend junger Männer, sie würden im Kampf gegen die Engländer erfolgreicher sein.
De Groot und van Doorn ritten nach Venloo, um mit den übrigen zweihundertsiebenundsechzig Mann zusammenzutreffen, aus denen das Kommando bestand. Sie waren ein Haufen von zähen Burschen zwischen sechzehn und sechzig, die meisten aber waren in den Dreißigern, wobei de Groot der älteste war und die sieben Jahre nicht zur Kenntnis nahm, die er bereits über die Altersgrenze hinaus war. Sie trafen sich bei der Kirche, und im

Schatten der hohen Bäume diskutierten diese Männer der Burennation über den drohenden Krieg.
»Wir haben sie am Majuba Hill geschlagen«, sagte de Groot, der sich auf seine Erfolge berief, »und wir werden sie wieder verhauen. Mit denen da!« Und er hielt ein Mauser hoch. Aus Pretoria war eine Wagenladung Gewehre eingetroffen, die nun verteilt wurden.
Die neuen Waffen verursachten solche Aufregung und es wurde so wild herumgefeuert, daß der Krieg für drei Bürger, die den Kugeln in die Quere kamen, beinahe zu Ende gewesen wäre. Aber das Problem, wer sie anführen solle, blieb nach wie vor ungelöst, und das war für das Kommando von größter Wichtigkeit. Heute umfaßte es zweihundertneunundsechzig Mitglieder; morgen konnten es vierhundert sein oder, wenn die Unternehmung mißglückte, weniger als hundert. Alles hing davon ab, wie sich der Krieg entwickelte, wie die Bedingungen in Venloo waren und was die Bürger von ihrem Anführer hielten.
Laut Gesetz mußte jeder männliche Bürger einrücken, wenn er einberufen wurde, außer er wurde offiziell davon befreit. Der kommandierende General, seine stellvertretenden Generäle und die Gefechtskommandeure legten die Vorschriften fest, aber die Buren hatten nichts von ihrem freiheitsliebenden *Voortrekker*geist eingebüßt, ebensowenig von ihrer Ablehnung jeglicher lästigen Autorität. Sie mochten den Befehl erhalten, in einem Kommando zu dienen, und Oom Paul mochte ein Gesetz erlassen, laut dem man sie ins Gefängnis werfen konnte, wenn sie sich weigerten, aber wenn sie einmal im Sattel saßen, anerkannten sie ihren Anführer nur als Kommandant unter Gleichgestellten. Wenn er einen schweren Fehler beging, ritt vielleicht die Hälfte seiner Truppen verärgert davon, und selbst wenn es nichts an ihm auszusetzen gab, kehrten seine Bürger nach Hause zurück, wenn sie vom Krieg genug hatten. Jeder Kämpfer konnte sich auch einem anderen Kommando anschließen, wenn er wollte.
Daher war es wichtig, von Anbeginn an den richtigen Mann zu wählen, und ein Bürger sagte: »Natürlich möchten wir gerne, daß Sie weiter unser Kommandant sind, de Groot. Aber Sie sind jetzt alt, und ich bezweifle, daß Sie die Hetzjagden durchstehen.«
»Er reitet besser als ich«, sagte Jakob.
»Wir brauchen jemanden, der schnell denkt«, sagte ein anderer. »Wissen Sie, die Engländer werden ihre besten Generäle in diesen Kampf schicken.«
Es blieb ungeklärt, ob dieser Sprecher für oder gegen den alten Paulus war, aber bevor er seine Meinung erläutern konnte, sagte ein anderer eifrig: »Wenn de Groot am Majuba Hill solchen Erfolg hatte, und als die *uitlanders* uns überfielen...«
»Ich glaube, er ist zu alt.«
Es schien, daß etwa 180 gegen 89 für den Alten stimmen würden, aber einer von den Gegnern sagte energisch: »Das hier ist was anderes als Majuba Hill. Wir haben es mit keinen unausgebildeten *uitlanders* zu tun. Wir brauchen jemand Jungen, der ausdauernd im Sattel ist.«

Das Kommando beschloß, über das heikle Problem noch einmal nachzudenken; denn jeder von ihnen war davon überzeugt, daß Krieg mit England unmittelbar bevorstand und daß die Wahl des Anführers von entscheidender Bedeutung war.
Einige der Männer wollten sich mit Jakob beraten, da er sowohl in Kapstadt als auch in Pretoria gewesen war: »Wie sieht es mit den Buren am Kap aus?«
»Ich fand drei Jungen, die heute abend ihre Gewehre reinigen werden. Aber mit einer wirklichen Hilfe aus dem Süden können wir nicht rechnen. Sie werden nicht kämpfen. Sie sagen, sie würden ihren Krieg im Parlament ausfechten.«
»Verdammt! Denen werden wir es zeigen. Gott allein weiß, wir werden es auch der ganzen verdammten Welt zeigen.«
»Sagen Sie mir, van Doorn«, fragte ein bedächtiger Bürger. »Wen wollen Sie als Kommandeur?«
»Wir haben schon einen: Paulus. Er ist ein wirklicher Anführer.«
Dabei ließen sie es bewenden, und de Groot schlief in dieser Nacht bei den van Doorns; bevor er zu Bett ging, sagte er nachdrücklich: »Ich würde gerne wieder ihr Anführer sein, Jakob. Ich habe bestimmte Vorstellungen, wie man mit den Engländern fertig werden kann.«
»Wir müssen abwarten. Viele von den Leuten halten dich für zu alt.«
»Das bin ich«, gab de Groot bereitwillig zu. »Aber ich bin der einzige, der genaue Vorstellungen hat.«

Am nächsten Morgen ging die Diskussion weiter, und schließlich wurde der alte Paulus mit 201 gegen 68 Stimmen doch wieder zum Kommandeur gewählt. Einige murrten zwar: »Wir wollen einen jüngeren, aber wir geben Ihnen eine Chance.« Er sagte darauf nur: »Macht eure Sättel bereit.«
In Vrymeer versammelte der alte Mann alle in der Farmküche, legte die Hände auf die Bibel der van Doorns und sagte: »Wenn Gott ein Volk auserwählt, um sein Werk zu besorgen, stellt er an dieses Volk viele Anforderungen, aber dafür wacht er über uns und schenkt uns immer den Sieg. Sybilla, bist du bereit?« Die alte Frau mit dem streng aus dem Gesicht gekämmten Haar nickte. »Sara, wirst du die Farm und die Kinder beschützen?« Die jüngere Frau nickte und zog ihren jüngeren Sohn eng an sich. »Mädchen, werdet auch ihr dieses Haus gegen die Engländer verteidigen, wenn sie kommen?«
»Ja«, sagten die Zwillinge ernst, aber Johanna, das ältere Mädchen, nickte bloß.
»Dann können euer Vater und ich mit leichtem Herzen in den Krieg ziehen. Laßt uns beten!« Und die acht Menschen im Farmhaus senkten die Köpfe und falteten die Hände:

> Allmächtiger Gott, wir wissen, daß Du uns zu diesem Kampf gerufen hast. Wir wissen, daß wir als Dein auserwähltes Volk immer dem Bund

gehorchen müssen, den Du mit uns geschlossen hast. Wir sind Dein Werkzeug, um Dein Reich auf dieser Erde entstehen zu lassen, und wir stellen uns Deiner Obhut anheim. Bringe uns den Sieg, den Du uns auch schon früher geschenkt hast.

Am Morgen des 7. Oktober traf in Venloo der Befehl ein, daß das Kommando unverzüglich an die Grenze von Natal reiten, sie aber nicht überschreiten solle, ehe die Feindseligkeiten offiziell eröffnet wurden.
Das Kommando bestand aus zweihundertneunundsechzig Buren, von denen jeder auf einem kräftigen Pony saß, das er selbst gestellt hatte. Da jeder Mann die Kleidung trug, die er für einen längeren Aufenthalt im Feld für geeignet hielt, sah der Zug eher wie ein zusammengewürfelter Haufen als wie die Kompanie einer Armee aus. Einige Männer trugen braune, andere schwarze, einige auch weiße Kordsamthosen. Die meisten hatten Westen ohne Knöpfe an und etwa die Hälfte dicke, völlig unterschiedliche Jacken. Sie trugen *veldskoen*, schwere hausgemachte Feldschuhe aus weichem Leder. Der einzige Bestandteil der Kleidung oder Ausrüstung, bei dem es eine gewisse Einheitlichkeit gab, war der Hut: Die meisten Männer bevorzugten den Burenhut mit herabhängender Krempe, mit dem sie aussahen wie verärgerte Schäferhunde. Aber manche Männer trugen auch Melonen, Tweedmützen oder jede sonst verfügbare Kopfbedeckung. Hinter ihnen kamen vierzig Schwarze, alle zu Pferd, die zwanzig oder dreißig Ersatzponys mitführten.
Was das Venloo-Kommando unvergeßlich machte, waren die Einheiten an der Spitze und in der Nachhut. Vor seiner Truppe ritt der siebenundsechzigjährige Paulus de Groot, hochgewachsen und stattlich, mit Vollbart, in der Uniform, die am Majuba Hill sein Kennzeichen gewesen war: ein konventioneller Gehrock mit Silberknöpfen und ein hoher Zylinder. Eine Seite seines Hutes war mit einer republikanischen Fahne geschmückt, auf die Sybilla die Worte: VIR GOD! VIR LAND! VIR JUSTISIE! gestickt hatte. Sein offizieller Rang war Kommandant, aber jedermann nannte ihn General.
Als Nachhut folgten die Wagen mit den sechzehn Frauen, die ihre Männer an die Front begleiteten. Ihre unbestrittene Anführerin war die vierundsechzigjährige Sybilla de Groot, die sagte: »Ich muß mit meinem Mann in den Krieg gegen diese Frau jenseits des Meeres ziehen.«
Das war typisch für die wenig disziplinierte, noch weniger organisierte, überhaupt nicht besoldete Burenarmee, die aber sehr wohl fähig war, von dem Land zu leben, für das sie mit einem Mausergewehr und sechs Beinen pro Mann, denn jeder war beritten, kämpfte.

Die ganze Welt glaubte zu wissen, wer für den Ausbruch des Krieges zwischen Engländern und Buren im Jahr 1899 verantwortlich war. Am 9. Oktober um fünf Uhr nachmittag stellten die Burenrepubliken der britischen Regierung ein Ultimatum mit so kompromißlosen Forderungen, daß keine Großmacht, die etwas auf sich hielt, darauf hätte eingehen können.

Am frühen Morgen des 10. Oktober 1899 wurden diese Forderungen dem britischen Kabinett offiziell vorgelegt, das darauf gewartet zu haben schien, denn es reagierte nicht wenig erfreut: »Endlich haben sie uns die richtigen Argumente geliefert. Vor der Welt stehen sie jetzt als die Aggressoren da.« Noch in dieser Nacht lehnte die britische Regierung das Ultimatum ab, und als diese Nachricht am 11. Oktober nachmittags in Pretoria eintraf, begann offiziell der Krieg, und auf beiden Seiten nahmen die Truppen den Kampf auf.

Der wahre Grund für den Krieg war jedoch viel komplizierter als ein Austausch von Telegrammen über Forderungen nach Schiedssprüchen und Zurückziehung von Truppen. Daran beteiligt waren die gleichen Kräfte, die 1881 zur Erstürmung des Majuba Hill durch General de Groot geführt hatten und Cecil Rhodes veranlassen sollten, die Invasion von Transvaal im Jahr 1895 zu unterstützen. Die Engländer wollten ganz Südafrika unter einen Hut bringen; die Buren wollten ihre Autonomie. Die Engländer setzten sich für die Sache der *uitlanders* auf dem Goldenen Riff ein; die Buren betrachteten diese Glücksritter als Bedrohung. Dieser Interessenkonflikt rief Erbitterung hervor und führte die beiden Nationen unvermeidlich in den Krieg.

Wenn die Buren nicht am 11. Oktober den Krieg erklärt hätten, hätten es die Engländer vermutlich wenige Tage später getan. Schuld war auf der einen Seite die Herrschsucht der Engländer und auf der anderen die Unnachgiebigkeit der Buren.

Die Burenarmee, bestehend aus verschiedenen Kommandos, die nach Natal ritten, war siebzehntausend Mann stark. Als sie soweit waren, in englisches Territorium vorzustoßen, beschloß der alte Kommandierende General Joubert, zu Ehren von Oom Pauls Geburtstag eine Parade abzunehmen, um den Truppen Selbstbewußtsein zu geben und sie in kriegerische Stimmung zu versetzen. Während er also auf seinem Pferd saß, um die Parade abzunehmen, galoppierten die Kommandos vorbei, und jeder Mann führte den militärischen Gruß auf die Art aus, die ihm gefiel. Manche nahmen ihre großen Hüte ab, andere berührten bloß den Hutrand mit einem Finger, einige schrien Kampfparolen der Buren oder nickten nur, wieder andere schüttelten sich selbst die Hände und lachten, und einige taten gar nichts, sondern zwinkerten nur. Aber jeder Mann gab zu verstehen, daß er zum Kampf bereit war.

Sie ritten im Galopp nach Natal hinein, bereit, glorreich bis zum Indischen Ozean durch das Land zu fegen, am Ende ihres Rittes Durban zu erobern und die Engländer so eines Hafens zu berauben, durch den sie die bereits von London abgegangenen Verstärkungen ins Land bringen konnten. General de Groot bemühte sich mit seinem Venloo-Kommando, an der Spitze des Vormarsches zu bleiben, denn er wollte den Galopp zum Meer hinunter anführen.

Zwei Städte mit starken Garnisonen versperrten den Buren den Weg, als

sie in Natal einfielen – Dundee und Ladysmith –, und de Groot riet, sie zu umgehen. »Gebt mir eine Handvoll Kommandos, und wir reiten direkt nach Durban.« Er hätte auf diese Weise die englischen Schiffe daran gehindert, Verstärkungen an Land zu bringen.
Aber der Kommandierende General wollte ordnungshalber diese beiden Bollwerke zuerst nehmen: »Wir können doch nicht Tausende englischer Soldaten in unserem Rücken lassen, oder?« De Groot wies noch einmal darauf hin, daß sein Überfall auf den Seehafen den Krieg entscheiden könnte, doch er wurde durch einen strengen Befehl zum Schweigen gebracht: »Führen Sie Ihre Leute nach Ladysmith. Dort werden Sie kämpfen.«
Und während Tausende Buren zum Angriff auf Dundee rüsteten, wo der Kommandierende General der Engländer tödlich verwundet wurde und in der Zwischenzeit seine Truppen nach Süden flohen, mußte das Venloo-Kommando nach Westen abschwenken, zu den Hügeln vor der Stadt, von denen aus sie eine gute Aussicht auf Ladysmith hatten.
Die Stadt verdankte ihren ungewöhnlichen Namen den Taten eines schneidigen jungen Offiziers, Sir Harry Smith, der seinerzeit im Jahre 1835 den historischen Ritt von Kapstadt zur Verteidigung von Grahamstown unternommen hatte und die Sympathie der Einwohner auf sich zog. Später kehrte er als Gouverneur zum Kap zurück und wurde von »meinen Kindern«, wie er die Buren und die Schwarzen nannte, begeistert begrüßt. Doch für den Fall, daß die Xhosa etwa davon träumten, ihm noch einmal die gleichen Schwierigkeiten zu bereiten wie schon früher, ließ er zweitausend von ihnen mit ihren Häuptlingen zu sich kommen. Er saß auf seinem Pferd Aliwal und hielt in der rechten Hand einen Stab mit Messingspitze, der Frieden bedeutete, und in der linken einen Feldwebelstock, der Krieg bedeutete.
Die Häuptlinge wurden aufgefordert, vorzutreten und den Stab oder den Stock zu berühren, wodurch sie anzeigten, welchen Weg sie einschlagen wollten. Die meisten entschieden sich für Frieden, aber sie mußten einen Preis zahlen: »Um nun zu zeigen, daß ihr euch mir und meiner Großen Weißen Königin unterwerft, werdet ihr meinen Fuß küssen.« Sie taten es, worauf ihnen Sir Henry die Hand schüttelte und berichtete: »Wir haben den dauernden Frieden gesichert.« Nur leider überschritten seine Xhosa-Kinder drei Jahre später wieder die Grenze, und er mußte sie erneut zurückschlagen.
Sir Henry hatte auch Schwierigkeiten mit den *Voortrekkern*, die den Oranje überschritten, aber der schneidige Gouverneur und seine reizende spanische Frau erfreuten sich solcher Verehrung, daß das Volk eine Reihe von Städten nach ihnen benannten: Harrismith, Aliwal, zu Ehren seines Sieges über die Sikhs bei diesem Ort in Indien, und zwei verschiedene Städte namens Ladysmith. Paulus de Groot und seine Buren waren eben dabei, eine von ihnen zu belagern.
Am Spätnachmittag des zweiten Tages, während ihres Rittes nach Lady-

smith, brach ein heftiges Gewitter aus, worauf sich de Groots durchnäßte Bürger fluchend durch den Wolkenbruch kämpften. Er ritt vorne mit van Doorn, den Kopf auf die Brust gesenkt, das Gesicht von bitterem Zorn gerötet. »Jeder Schritt, den dieses Pferd macht«, brummte er, »führt uns weiter von dem Weg zum Meer weg. Verdammt noch mal, Jakob! Auch wenn wir in guter Ordnung nach Ladysmith kommen, müssen wir warten, bis der Rest nachkommt, bevor wir angreifen können.« Dann machte er seinem eigentlichen Ärger Luft: »Wir versäumen die Schlachten.«
Er irrte. Zwei Burenspäher kamen eilig zurückgeritten und schrien im strömenden Regen: »Die *Engelese!* Sie kämpfen mit unseren Leuten unmittelbar hinter diesen Wasserrinnen.«
»Wir stoßen zu ihnen!« schrie de Groot und spornte sein Pferd an. Das Kommando jagte in den ausgewaschenen Graben im Veld, die Ponys rutschten und glitten im Morast aus. Der Regen schränkte die Sicht ein; durch ein kleines Fernrohr konnte de Groot mit Mühe in weiter Ferne eine Kompanie Buren ausmachen. Zu seiner Bestürzung schienen sie zurückzuweichen: »Wo zum Teufel wollen sie hin? Nach Transvaal?« Ohne auf eine Antwort zu warten, ritt er direkt auf die Kämpfenden zu.
Die Leute aus Venloo wurden auf diese Weise um eine Erfahrung reicher, die die künftigen Aktionen General de Groots weitgehend bestimmen sollte. Ihre Spähertätigkeit war mangelhaft gewesen: Die beiden jungen Leute, die vorausgeschickt worden waren, schätzten die Stärke des Feindes falsch ein und ermutigten das Burenkontingent, zu schnell vorzugehen, so daß sie auf den Vorstoß, den die englische Infanterie unternahm, nicht vorbereitet waren. Die Buren hatten bereits schwere Verluste erlitten und zogen sich zurück.
De Groot nahm an, daß ein schneller Angriff seinerseits der wilden Flucht ein Ende machen könnte, aber als seine Leute aufrückten, setzte der englische Kommandeur plötzlich eine Formation ein, die er bisher in Reserve gehalten hatte: Vierhundert Lanzenreiter stürmten auf die Ebenen und jagten auf die verwirrten Buren los. Als sie das herankommende Venloo-Kommando erblickten, schwenkte die Hälfte der Trupps ab und griff das neue Ziel an.
Die Buren griffen einen Feind selten zu Pferde an; gewöhnlich stiegen sie ab, banden ihre Ponys an und kämpften zu Fuß. Sie hielten auch nichts davon, mit Bajonetten und Lanzen auf den Feind einzustechen; für sie ließ eine anständige Kriegführung nur Kugeln zu. Stechen war für sie die Taktik der Wilden. Doch jetzt kam die englische Kavallerie wie eine Schar von Teufeln über das freie Feld herangaloppiert, ihre Lanzen blitzten im Sonnenlicht, das gerade aus den Wolken hervorbrach.
Es war ein schreckliches Gemetzel, als die Engländer auf ihren riesigen Pferden angriffen und mit ihren langen, scharfen Lanzen auf die desorganisierten Buren einstachen, die, auf so einen Angriff unvorbereitet, auf offenem Feld überrascht wurden. Van Doorn entkam mit knapper Not einer Lanze, die sich in seinen Sattel bohrte; sein Pony, tödlich verwundet, schleuderte

ihn zu Boden. Zum Glück gelang es ihm, zu Fuß zu einer Felsengruppe zu gelangen; aber er mußte zusehen, wie viele seiner Landsleute niedergemetzelt wurden. Bei der Art dieses Kavallerieangriffes – fünfzehn, zwanzig, vierzig Berittene kamen hintereinander in einer Reihe herangedonnert – konnte ein Bure von einem Dutzend Lanzen getroffen werden, so daß jede Leiche durchlöchert war.

Das Venloo-Kommando war geschlagen und zerstreut, das ermutigte die Engländer zu einem zweiten und dritten Angriff. Immer wieder kamen sie heran, brüllten, schrien, stießen, fluchten; van Doorn hörte einen jungen Offizier jubeln: »Welch herrliches Saustechen!« Seine Khakiuniform war mit Blut bespritzt; es war wie eine große Treibjagd, ein wildes, grausames Morden.

Abgesehen von der Felsgruppe, in der sich Jakob mit fünf anderen versteckte, gab es keinerlei Deckung für die Buren, die ihre Ponys verloren hatten, und so konnten die rasiermesserscharfen Lanzen sie nach Belieben aufspießen, während sie schreiend über das Veld liefen. Einigen gelang es, auf ihren Ponys zu entkommen, und sie scharten sich um de Groot; ihr Schnellfeuer aus dem Sattel hielt die englische Kavallerie davon ab, Männer wie van Doorn, die in der Falle saßen, zu töten, aber sonst konnte nichts das Niedermetzeln der Venloo-Männer aufhalten.

Schließlich zogen sich die siegreichen Lanzenreiter, die nur eine Handvoll ihrer Leute verloren hatten, zurück. Als van Doorn mit aschfahlem Gesicht über das blutbefleckte Veld wankte, fand er über siebzig tote Buren, die meisten mit mehr als einem halben Dutzend tiefer Einstiche im Körper; ein junger Bursche, der der vollen Wucht des ersten und dritten Angriffs zum Opfer gefallen war, wies achtzehn Wunden auf. Als de Groot diesen jungen Mann sah – es war der, der mit Sybilla getanzt und Johanna van Doorn in der Scheune geküßt hatte – und bemerkte, wie schrecklich er zugerichtet worden war, schwor er an der Leiche dieses jungen Kämpfers einen Eid: »Ich werde die englische Kavallerie vernichten.«

Seine erste Chance dazu erhielt er während der darauffolgenden Schlacht um Ladysmith. Gewarnt durch die letzte Niederlage, verwendete er die besten verfügbaren Kundschafter, Micah Nxumalo und zwei weitere Schwarze, die über die Bewegungen der englischen Kavallerie genau berichteten. Er führte sein Kommando so nahe an die Stellung der Lanzenreiter heran, wie er konnte, und betete, daß sie den Köder schlucken würden, den er ihnen vorwerfen wollte: »Sie werden uns nie wieder auf freiem Feld erwischen. Aber laßt die Schweine glauben, daß sie uns überwältigen können wie zuvor.«

Wie eine alte erfahrene Spinne spann er sein Netz. An fünf aufeinanderfolgenden Tagen wechselte er seine Wache eine Stunde vor Sonnenuntergang und beauftragte seine Leute, langsam, gleichsam ermüdet durch die Novemberhitze, ihre Posten zu verlassen. Ersatzmannschaften sollten verspätet eintreffen und teilnahmslos wirken. Sechs oder sieben Mann sollten zwischen den Zelten sichtbar sein, und es sollte planlose Bewegungen geben. Alles sollte aussehen wie ein schlecht geführtes Burenlager, und fünf Tage lang ereignete sich absolut nichts. Er verlängerte dieses Spiel daraufhin und erfand neue Täuschungsmanöver, und am elften Tag endlich preschte die englische Kavallerie mit nahezu zweihundert Mann wieder heran.

Die Rolle der Buren in den vordersten Reihen war tatsächlich gefährlich, denn sie ließen die herandonnernde Kavallerie bis in die Mitte des Lagers gelangen, wobei genügend Buren verwirrt durcheinanderliefen, um den Eindruck weiter zu verstärken, und diese mußten geschickt genug sein, dem Tod durch die Lanzenstöße zu entgehen. Zweien mißlang das, und die Kavalleristen erstachen sie.

Doch als der Ausfalltrupp durch das Lager geritten war, stellte er fest, daß er nicht nur von den Überlebenden des Venloo-Kommandos, sondern auch von hundert Bürgern des Kontingents aus Carolina umzingelt war, die man sich zu diesem Zweck ausgeborgt hatte, und diese grimmigen Buren eröffneten ein vernichtendes Kreuzfeuer, das nicht auf die Reiter, sondern auf ihre Pferde gerichtet war. Und während die Tiere stürzten oder in wilder Panik davonstürmten, erschossen die Burenscharfschützen kaltblütig jeden überlebenden Kavalleristen. Nur wer sich sofort ergab, wurde verschont, und auch da nicht jeder.

Die Engländer, die das Salvenfeuer überlebt hatten, gruppierten sich am anderen Lagerende neu und wollten schnell zurückreiten, um ihre pferdelosen Kameraden zu retten; einige kühne Reiter versuchten es, aber als sie durch konzentriertes Gewehrfeuer niedergemäht wurden, war es ihren Gefährten klar, daß der Kampf an diesem Tag vorbei war. In großem Bogen galoppierten sie aus dem Lager und kehrten als schwer dezimierte Truppe nach Ladysmith zurück.

Es gab noch weitere schlechte Nachrichten für die Engländer. Nach dem Fall von Dundee waren viele tausend Burenreiter frei geworden, die sich nun dem Angriff auf Ladysmith anschlossen, und als die britische Infanterie einen Ausfall unternahm, bezog sie schwere Prügel, wobei die Buren über neunhundert Gefangene machten. Das hieß, daß sich die Truppen in der Stadt von nun an auf die Defensive beschränken mußten.

Es war ein denkwürdiger Sieg für die Buren, aber im Augenblick des Triumphes offenbarte sich eine verhängnisvolle Schwäche: Die Burengeneräle begannen, miteinander zu streiten. Paulus de Groot, der Inbegriff des kühnen Kommandoführers, wiederholte seine Forderung, das schachmatt gesetzte Ladysmith zu ignorieren, in weitgespannten Streifzügen nach Süden zu galoppieren und in Durban einzudringen, bevor Verstärkungen an Land gebracht werden konnten; aber andere Kommandeure, die Angst davor hatten, eine Festung in englischen Händen zurückzulassen, bestanden darauf, daß der draufgängerische de Groot bei ihnen bleiben, ihnen bei der Belagerung helfen und allmählich die englischen Verteidiger aufreiben solle.

»Wir müssen zuschlagen, solange wir noch freie Hand haben«, meinte de Groot.

»Paulus«, sagte der alte Kommandierende General, »wenn Gott uns seinen

Finger bei diesem großen Sieg gereicht hat, dürfen wir nicht gleich seine ganze Hand packen. Er würde es nicht gern sehen, wenn Sie nach Durban galoppieren.« De Groot erhielt Befehl, zu bleiben, sich einzugraben und die Engländer in Ladysmith nur zu beobachten.
In dieser Nacht traf er mit seinen Veldkornetts zusammen. »Ich mache mir schwere Sorgen. Der Stellungskrieg liegt unseren Kommandos nicht. Wir sollten nach Süden galoppieren.« Als keiner sprach, traten ihm Tränen in die Augen. »Ich sehe vor mir, wie wir Durban stürmen. Den Hafen nehmen. Die Engländer ins Meer zurücktreiben.« Immer noch sprach keiner. »Sobald wir sie an Land lassen, werden sie wie Bulldoggen sein. Sie werden uns nie mehr loslassen.« Die Männer von Venloo wußten, daß er die Wahrheit sprach, aber sie hatten ihre Befehle und konnten nichts dazu sagen, und wieder tropften Tränen in seinen Bart. »Wir sitzen heute abend hier und verlieren den Krieg.«
Dann kam die erfreuliche Nachricht, die ihnen die Sicherheit gab, daß sie den Sieg doch noch erringen konnten: Die Buren hatten auf allen anderen Fronten überwältigende Siege errungen, und das ermutigte de Groot, noch einmal auf einen Ritt zum Meer zu drängen, der den Krieg beenden würde. Diesmal wurde ihm die Genehmigung erteilt, aber es war zu spät: Tausende englische Soldaten waren im Hafen Durban eingetroffen und wurden bereits nach Norden verladen. Diese starke Streitmacht entsetzte bald darauf Ladysmith und leitete die Vernichtung der Buren ein.
Die Überlegenheit wurde bald so drückend – fünf, manchmal zehn gutbewaffnete Berufssoldaten kamen auf einen kämpfenden Buren, zehn schwere Geschütze auf eines –, daß der Krieg zwischen Engländern und Buren lange vor Weihnachten zu Ende sein mußte. In dieser Meinung waren sich alle ausländischen Militärfachleute einig.
In jenen Jahren war es üblich, daß eine im Feld stehende Armee uniformierte Beobachter aus befreundeten Nationen einlud, mit ihr zu marschieren, ihre Leistungen zu beobachten und ihrem eigenen Hauptquartier über die Kampfkraft dieser Armee Bericht zu erstatten. Mit den Buren ritten deutsche Offiziere, auch französische, russische und einige Südamerikaner, während dieselben Nationen andere Offiziere ausschickten, um über die Engländer zu berichten.
Gegen Ende des Jahres 1899 gelangten diese Experten zu dem Schluß, daß die Engländer, trotz anfänglicher Siege der Buren, an der Natalfront ziemlich bald Ladysmith entsetzen und dann so viele Truppen systematisch über Durban ins Land bringen würden, daß der Sieg sicher war. Aber schon zu Beginn des Jahres 1900 waren sie unterschiedlicher Ansicht; nämlich als Sir Redvers Buller nach Südafrika geschickt wurde, um das Oberkommando zu übernehmen.
Der deutsche Beobachter meinte in seinem Telegramm nach Berlin: »Mit diesem Mann werden die Engländer von Glück sagen können, wenn sie den Krieg in vier Jahren gewinnen.«
Aber der französische Major kabelte in Code nach Paris: »Er ist der Mann,

der dem Feind viele Schwierigkeiten bereitet, die traditionelle englische Bulldogge, die mit jedem Muskel im Körper den Gegner festhält.«

Der Russe schrieb: »Wenn das englische Kriegsministerium diesen Mann für einen General hält, rate ich, unser Angebot für ein Militärbündnis mit England zurückzuziehen.«

Aber der Amerikaner berichtete: »Unterschätzen Sie ihn nicht. Er gehört zu jenen Generälen, die das britische Empire zusammenhalten. Die Buren werden ihn sechsmal hintereinander besiegen und dann zu ihrem Schrecken merken, daß er die siebente und entscheidende Schlacht gewonnen hat.«

Sir Redvers Buller entstammte der gleichen adeligen Familie wie Anna Boleyn und Catherine Howard, zwei der Ehefrauen König Heinrichs VIII.; er war sechzig Jahre alt, wog etwas über zweihundert Pfund und hatte in den letzten elf Jahren auf einem Stuhl im Hauptquartier gesessen. Seine Ernennung zum Oberstkommandierenden der englischen Truppen in Südafrika war von einer Clique im Kriegsministerium und im Kabinett erbittert bekämpft, von einer anderen, die einen praktisch denkenden Mann auf dem Kriegsschauplatz haben wollte, eher halbherzig unterstützt worden. Als er selbst von seiner bevorstehenden Ernennung hörte, wollte er sie umgehen, da er sich für nicht geeignet hielt, denn er hatte nie eine Armee befehligt; schließlich hatte er sich aber doch bereit erklärt.

Bevor er sich zu seinem großen Abenteuer einschiffte, hatte er die unüberlegte Bemerkung gemacht, die ihn zeitlebens verfolgen sollte: »Ich fürchte, daß alles zu Ende ist, bevor ich dort ankomme.«

Kurz vor Kapstadt wurde er durch ein nahe vorbeifahrendes Schiff, das eine riesige Tafel mit alarmierenden Nachrichten an Deck aufgestellt hatte, gewarnt. Buller war deshalb, als er in Afrika eintraf, ziemlich ernüchtert und entschlossen, sein Bestes zu tun.

Der Truppentransporter lief am 30. Oktober 1899 bei strömendem Regen etwa eine Stunde nach Sonnenuntergang in Kapstadt ein. Da es für einen feierlichen Empfang zu spät war, schliefen die Passagiere unruhig, während an Land Vorbereitungen getroffen wurden, um den Mann zu begrüßen, von dem die Einwohner der Stadt hofften, daß er sie vor den wilden Buren schützen würde.

Am nächsten Morgen war ganz Kapstadt in höchster Aufregung, Tausende Bürger hatten sich im Hafen versammelt, um ihren Helden zu begrüßen. Mit Bändern geschmückte Laufstege führten auf das Deck des Schiffes, wo eine riesige Filmkamera von vier Männern mit Tuchmützen bedient wurde; die Ankunft des großen Mannes würde in Laufbildern verewigt werden. Musikkapellen spielten, kleine Mädchen trugen Blumen, alle Regierungsbeamten waren anwesend, und ein Bischof betete laut.

Um Punkt neun Uhr morgens ertönten Trompeten, Trommelwirbel rollten, und Sir Redvers Buller trat vor, um das Kriegsgeschehen in Afrika zu befehligen. Er war mittelgroß, hatte einen riesigen Bauch und einen merkwürdigen Kopf, den man, wenn man ihn einmal gesehen hatte, nicht mehr vergessen konnte. Er hatte die Form einer Aubergine; der untere Teil war

fleischig, das Kinn dreifach, und oben verjüngte er sich zu einer Spitze. Seine kleinen Augen berührten einander beinahe am Nasenbein der sehr großen Nase, unter ihr befand sich ein gewaltiger buschiger Schnurrbart, der die kurze Oberlippe bedeckte. Als wollte er seine merkwürdige Kopfform noch betonen, trug er eine kleine, knappe Militärmütze mit einem langen Schirm, der seine Sicht behinderte.
Er verfügte über eine tiefe, männliche Stimme, die sein einziger Vorzug zu sein schien. Aber der Inhalt seiner Ansprache wurde nur von wenigen verstanden, denn ein störrisches Pferd hatte ihm beide Vorderzähne ausgeschlagen. Ein respektloser Kapstädter, der über Bullers Äußeres erschrocken war, flüsterte: »Er sieht aus wie ein bekümmertes Walroß«, aber ein Reserveoffizier, der wußte, daß Buller als äußerst tapfer bekannt war, antwortete: »Sie haben unrecht Sir. Er sieht aus wie John Bull.«
General Buller begab sich direkt zum Regierungsgebäude, wo er über die prekäre Lage der englischen Truppen informiert wurde, denn wie der dortige Beamte erklärte: »Wir werden von zwei Seiten bedroht. Im Westen werden unsere Truppen in Mafeking und in der Diamantstadt Kimberley belagert. Im Osten können sie nicht aus Ladysmith ausbrechen. Und es gibt Gerüchte, daß die Kap-Afrikander im Begriff stehen, sich gegen uns zu stellen.«
Statt es sich also in Kapstadt bequem zu machen und die ihm unterstellten Generäle hin und her zu jagen, um die ungebärdigen Buren zu unterwerfen, stand Buller vor der unangenehmen Aufgabe, die Armee zu teilen und die eine Hälfte selbst zu befehligen. »Ich werde Zeit brauchen, um die Lage zu studieren«, sagte er und richtete sein Hauptquartier in einem kleinen Haus in einer Seitenstraße ein; als Wohnung wählte er einige Zimmer im Mount Nelson Hotel, wo eines Morgens ein hochgewachsener, gutaussehender Mann in einer sichtlich neuen Majorsuniform des Standort-Korps an seine Tür klopfte.
Um Buller jede mögliche Unterstützung zu gewähren, hatte sich die Regierung Ihrer Majestät in Kapstadt eifrig umgesehen, um einen jungen Mann mit viel Geschäftserfahrung zu finden, der als Versorgungsoffizier fungieren konnte, und auf Anraten mehrerer älterer Herren hatte man Frank Saltwood gewählt.
Die Männer, die ihn für diese wichtige Stellung auswählten, rieten ihm: »Sie müssen versuchen, möglichst viel über Buller zu erfahren. Es ist immer nützlich zu wissen, wie der Verstand des Mannes funktioniert.« In den letzten beiden Wochen hatte Frank sich eben damit beschäftigt und, wie die Militärbeobachter an der Front, widersprüchliche Auskünfte erhalten.
»Sehr wichtig«, sagte ein englischer Beamter, »er ist adeliger Abstammung. Herzog von Norfolk und dergleichen. Ein echter Gentleman, aber eher von der rauhen Art.«
Ein englischer Militär sagte: »Erfreut sich des absoluten Vertrauens des Generalstabs. Sie nennen ihn den guten alten Buller. Er ist bei Hof gern gesehen, und Königin Victoria ist ihm sehr gewogen.«

Es war jedoch ein Südafrikaner holländisch-hugenottischer Abstammung, der ihm die erste wichtige Information lieferte: »Vergessen Sie nie, daß er 1879 gegen die Zulu das Victoria-Kreuz bekam. Wegen außergewöhnlicher Tapferkeit. Biß die Zähne zusammen und ging mitten durchs feindliche Feuer, um eine Gruppe Verwundeter zu retten. Ein todesmutiger Mann. Bewies das auch in Ägypten.«
Die Lobreden gingen weiter, erklärten, warum er ausgewählt worden war, und malten das Porträt des klassischen englischen Generals, aber erst am dritten oder vierten Tag tauchten negative Einzelheiten auf. Ein englischer Unteroffizier sagte zu Saltwood: »Sie dürfen nicht vergessen, daß der Mann in den letzten elf Jahren hauptsächlich Bürodienst gemacht hat.«
Ein anderer Soldat, der Buller im Kriegsministerium in London gesehen hatte, erzählte: »Er ist über sechzig, glaube ich, und schrecklich fett. Muß gut über zweihundert Pfund gewogen haben, als ich ihn sah.«
Ein neu eingetroffener Major sagte: »Ich weiß es nur vom Hörensagen. Angeblich war der Stab sehr geteilter Meinung bezüglich seiner Ernennung. Manche wollten jüngere, härtere Führer wie Kitchener oder Allenby. Andere wieder wollten vertrauenswürdigere ältere Männer wie Lord Roberts. Man befürchtete, daß Buller den Anforderungen nicht gewachsen sein könnte.«
»Warum wurde er dann ausgewählt?« fragte Saltwood, der hektisch mitschrieb, um mit dem Redefluß Schritt zu halten.
»Man war eben überzeugt davon«, sagte der Neuankömmling, »daß er ein guter Mann sei.« Er hustete, dann fügte er hinzu: »Er hat jedoch nie eine Armee befehligt, wissen Sie.«
»Warum haben Sie so einem Mann einen solchen Posten gegeben?«
»Nun, er ist schon lange dabei und war eben an der Reihe.«
Ein junger Engländer, der beträchtliche Kenntnisse über das Militärwesen seines Landes besaß und über Bullers Ernennung offensichtlich verwundert war, meinte nachdenklich: »Es fiel mir gerade ein. Nehmen Sie alle führenden Generäle, die in diesem Feldzug eingesetzt wurden. Kein einziger hat jemals seine Truppen gegen einen Feind geführt, der Schuhe trug.«
Diese außergewöhnliche Erklärung verursachte nachdenkliche Stille, die Saltwood unterbrach; mit der Feder in der Hand fragte er: »Was meinen Sie damit?«
»Sie kämpften gegen barfüßige Afghanen, gegen barfüßige Ägypter und gegen barfüßige Sindi. ›Schulter an Schulter, Männer, und treibt die heidnischen Knülche in die Berge zurück.‹ Ich weiß nichts von den Buren, aber ich glaube, sie tragen Schuhe.«
»Ja«, räumte ein Südafrikaner ein. »Aber im wesentlichen sind sie ein zusammengewürfelter Haufen. Buller dürfte keine Schwierigkeiten mit ihnen haben.«
»Aber ein Haufen mit Schuhen«, warnte der junge Engländer.
Ein älterer Engländer gab Saltwood die nützlichste Information: »Ich kannte ihn in England, nach seiner glorreichen Zeit im Feld. Er hatte nur

zwei Ziele. Die bestmögliche Armee aufzubauen. Und alles zu tun, um das Wohlergehen der Truppen zu sichern. Ich habe Briefen aus jüngster Zeit entnommen, daß er weder im Kriegsministerium noch im Kabinett einstimmig gewählt wurde, aber er war eine gute Wahl. Er hatte viele Buren in seiner Truppe, als er hier gegen die Zulu kämpfte. Er wird sie respektieren.«

Mit dieser Sammlung einander widersprechender Meinungen kam Frank an jenem Oktobermorgen in Bullers Zimmer, und noch ehe zwei Minuten um waren, wurde ihm sein Hauptproblem klar. Frank konnte kaum verstehen, was der General sagte, denn er hatte wegen seiner fehlenden Zähne Schwierigkeiten, die Worte deutlich auszusprechen, und was er sagte, verlor sich oft als Gemurmel in seinem Schnurrbart. Frank fragte sich, ob er die ersten Worte richtig verstanden hatte.

»Freut mich, Sie bei mir zu haben, junger Mann. Was ich meine... hhmphh... Sie müssen mir eine eiserne Badewanne besorgen.«

»Sagten Sie eiserne Badewanne, Sir?«

»Was ich meine, wenn ich selbst an die Front muß. Der Mensch muß doch sein Bad haben, was?«

»Sie meinen eine Wanne, die Sie mitführen können, Sir?«

»Ja, verdammt noch mal, ein Mensch kann doch im Biwak nicht schmutzig bleiben, oder?«

Er wünschte auch eine so große transportable Küche, daß dafür ein ganzer Wagen und acht Maultiere erforderlich waren. Er wollte außerdem ein Federbett und zusätzliche Decken: »Wollen ja nicht, daß die Kälte uns behindert, oder, hhmphh?« Nach einem ganzen derartigen Vormittag, an dem Saltwood genügend Dinge notierte, um damit einen kleinen Laden zu füllen, fragte der General plötzlich: »Wie weit ist es nach Stellenbosch?«

»Sie könnten mit dem Zug in einem Tag dort und wieder zurück sein. Aber es gibt keine Truppen...«

»Verdammt. Also, wissen Sie, in London und dergleichen...«

Saltwood kannte sich überhaupt nicht aus, bis Buller brummte: »Trianon, wissen Sie. Einer der wirklich guten Weine auf dieser Welt. Ich möchte fünfzig Dutzend Flaschen vom besten Schaumwein.«

»Das wären sechshundert Flaschen, Sir.«

»Sechshundert will ich haben.«

Das würde einen zusätzlichen Wagen und weitere acht Pferde erfordern, aber als Frank ein zweites Mal Einwände erhob, brüllte ihn Buller an und zeigte die Kraft, die ihn zu einem gefürchteten General gemacht hatte: »Verdammt, Mann, das ist ein Feldzug, wissen Sie das nicht? Draußen im Feld. Vielleicht monatelang. Der Mensch braucht seine Bequemlichkeiten.«

Saltwood sollte feststellen, daß dieser Satz für Buller spezielle Bedeutung hatte, denn am Ende des zweiten Tages hatte er seinen Stab ermutigt, die leeren Zimmer im Mount Nelson mit den hübschesten und willigsten Mädchen Kapstadts zu füllen, und sobald sie auf dem Schauplatz erschienen, gab es beträchtliche Orgien. Am dritten Tag sagte Saltwood: »Sir, die Offiziere

wollen sich mit Ihnen beraten. Ich nehme an, Sie wissen, daß die Kämpfe nicht gerade günstig stehen?«
Saltwood war erstaunt über das, was nun geschah; es war, als ob ein Zauberer mit einem Militärstab gewinkt und den dicken Büromenschen in einen harten Soldaten verwandelt hätte. Buller richtete sich auf und zeigte mit der Reitgerte, die er in seinem Quartier hatte, auf einen streng geheimen Ordner: »Ich hab' meine Befehle. Bevor ich London verließ, planten die Weisen meinen gesamten Feldzug. Legten alles fest, was ich zu tun hätte.« Er klopfte zweimal auf die Aktenmappe, nicht arrogant, sondern als würde er sie abtun: »Und alle Pläne, die sie machten, waren falsch. Alles nicht anwendbar, nicht bei diesen verdammten Buren... Auf mein Wort, sie sind unberechenbar, diese Buren.«
»Was werden Sie tun, Sir?«
Buller erhob sich, ging in seiner Suite umher, blieb dann stehen und starrte aus dem Fenster auf dieses verwirrende Land, das er erobern sollte. Plötzlich wandte er sich zu seinem neuen Adjutanten um und sagte: »Ich muß damit rechnen, lange Zeit an der Front zu verbringen. Ich muß genau das Gegenteil von dem tun, was sie anordnen.« Er schob die Direktiven des Kriegsministeriums beiseite. »Ich teile meine Truppen. Die Hälfte verlegen wir nach Kimberley, um sie dort drüben herauszuhauen. Sie und ich, wir gehen nach Ladysmith.«
Er unternahm diesen kühnen Schritt, um die Truppen anzuspornen, aber wie ein Mitglied der gegen ihn eingestellten Clique sagte: »Er spornte die Truppen an, aber die falschen.« Und in London setzte ein Witzbold das Gerücht in Umlauf, daß das Oberkommando der Buren einen Befehl ausgegeben habe: »Wer General Buller erschießt, kommt vors Kriegsgericht. Er ist unsere stärkste Waffe.«
Frank Saltwood beobachtete genau jeden Schritt, den der General unternahm, und glaubte zuerst, die Kritiker und Spaßvögel hätten recht. Redvers Buller war ein Esel.

Der Tugela ist der hübsche Strom, der die südliche Grenze von König Chakas Zululand bildet; an ihm hatten Piet Retiefs Leute gewartet, während er und seine Männer zu Dingans Kral in den Tod marschierten. Als die wartenden Frauen und Kinder wenige Tage später erschlagen wurden, floß ihr Blut in den Tugela. Nun war General Redvers Buller im Begriff, bei einem kleinen, weiter flußaufwärts liegenden Hügel, *Spion Kop*, Aussichtshügel, einen Feldzug zu führen, der zu bestätigen schien, daß der deutsche Militärbeobachter recht gehabt hatte, als er seinem ersten Bericht die Worte anfügte: »Wenn man Buller das erstemal trifft, mag man ihn instinktiv. Ein echter Soldat. Untersucht man aber, was er tatsächlich im Kampf tut, schaudert es einen.«
Die Belagerung der Stadt Ladysmith hielt noch immer an. Einige wenige Engländer, denen Nahrung, Medikamente, Munition, Pferde und Schlaf fehlten, verteidigten die Stadt gegen die sie umzingelnden Streitkräfte. Die-

sen tapferen Verteidigern sollte nun Unterstützung zuteil werden. Als General Buller zu seiner mächtigen Armee unterhalb des Tugela stieß, befand er sich weniger als fünfzehn Meilen von Ladysmith entfernt; er verfügte über eine Übermacht von einundzwanzigtausend gegen viereinhalbtausend Mann, und er sandte den belagerten Truppen mittels Spiegeltelegraph eine unglückselige Botschaft: »Werden euch innerhalb von fünf Tagen befreien.«
Es gab zwei Schwierigkeiten: Er mußte zuerst den Fluß überqueren, und dann würden seine Soldaten durch eine Kette kleiner Hügel Spießruten laufen müssen. Wie der deutsche Beobachter später berichtete: »Er hätte vielleicht jede dieser Aufgaben lösen können, wenn er sie einzeln zu bewältigen gehabt hätte; gemeinsam stellten sie aber ein so kompliziertes Problem dar, daß er völlig außerstande schien, damit fertig zu werden.«
Fünf Tage lang saß Buller am Südufer des Tugela und überdachte die Schwierigkeiten, schließlich sagte er zu Saltwood: »Ein Frontalangriff wäre ganz unmöglich. Dort würden wir nie durchbrechen, wie, Frank? Wir stehen vor einem langen, harten Kampf.«
»Sie meinten in England, daß er vorbei sein würde, noch bevor Sie hier eintreffen.«
»Das wäre auch der Fall gewesen, wenn die anderen ihren Teil geleistet hätten. Jetzt müssen wir die Dreckarbeit machen.«
Nacht für Nacht saß er über seinen Plänen. Nachdem er fast eine ganze Flasche »Trianon« geleert hatte, wich er vom Thema ab und hielt einen Vortrag über seine Theorie des militärischen Kampfes: »Bleibt Schulter an Schulter, rückt in einer Linie vor, feuert nicht zu früh, und die verdammten Bastarde werden einem englischen Angriff nie standhalten.«
»Die Burentruppen bestehen zumeist aus Kavallerie«, erinnerte ihn Saltwood.
»Keine Kavallerie! Weiß nie, wohin die Teufel als nächstes reiten. Geben Sie mir jedesmal Infanteristen.«
Manchmal spät nachts, wenn er stark unter Alkohol stand, wurde er sentimental: »Das Schlimmste, was dem englischen Soldaten je zustieß: Sie steckten ihn in dieses verdammte Olivgrün. Behaupten, er böte damit ein schlechteres Ziel. Ich sage, es hat seinen Kampfgeist gebrochen. In Ägypten hatten wir sechshundert tapfere Burschen in Grellrot, die in der Sonne marschierten. Bei Gott, das verbreitete Schrecken, ja, das tat es. Es verbreitete Schrecken.«
Am Vorabend der Schlacht änderte General Buller spontan seine Strategie: »Wir zwingen die Buren zum Rückzug und entsetzen Ladysmith«, sagte er triumphierend zu Saltwood und schickte ein zweites Spiegeltelegramm ab, in dem er den Verteidigern versicherte, er würde in fünf Tagen dort sein – mit einer Menge Nahrungsmittel.
Mit einer alten, unvollständigen Landkarte des Gebiets versehen und nach oberflächlicher Aufklärung trieb er seine Leute zum Angriff gegen die Buren, die nördlich des Flusses blieben und sich in einzelne Gruppen aufgeteilt

hatten. Seine Fünfzehnpfünder, von der Vorstellung eines kühnen Vorstoßes gegen den Feind angefeuert, rückten allzuweit vor die unterstützende Infanterie vor und wurden isoliert. Rettungsversuche mißlangen, und die Kanonen wurden vom Feind erbeutet, ein Verlust von mehr als der Hälfte der Feldartillerie. Bis zum Einbruch der Nacht waren einhundertvierzig englische Soldaten und nur vierzig Buren gefallen. Weit über tausend Engländer waren verwundet oder vermißt. In Schrecken und Verwirrung versetzt, ordnete General Buller seinen ersten Rückzug vom Tugela an und schickte dann eines der beschämendsten Telegramme der Militärgeschichte ab.
Er ließ den Spiegeltelegraphisten in sein Zelt kommen und kritzelte eine Botschaft hin, aber Saltwood bat ihn, sie nicht abzuschicken: »Sie wird die Kampfmoral derjenigen, die Ladysmith verteidigen, zunichte machen, Sir.«
»Sie sind Soldaten. Sie müssen auch das Schlimmste ertragen.«
»Aber ich bitte Sie, dann lassen Sie sie selbst ihre Taktik bestimmen! Sie als Oberkommandierender dürfen sie jetzt nicht entmutigen!«
»Schicken Sie die Botschaft ab«, tobte Buller, als fühlte er sich verpflichtet, der ganzen Welt zu beweisen, daß er ein Esel war. Und sie *wurde* abgeschickt.

> Es scheint, daß ich noch einen weiteren Monat brauche, ich muß meine Taktik ändern. Ich werde mir Zeit nehmen müssen, um mich südlich des Tugela zu verschanzen. Wenn ich in Stellung gegangen bin, schlage ich vor, Sie verbrennen Ihre Chiffren, zerstören Ihre Kanonen, feuern Ihre Munition ab und versuchen, mit den Buren die bestmöglichen Bedingungen auszuhandeln.

Ein Kommandierender General hatte einem seiner tapfersten Untergebenen geraten, sich zu ergeben, während sie noch eine Chance hatten, sich zu halten. Nachdem Buller sich übermäßig lang bemüht hatte, seine Truppen zusammenzuziehen, versuchte er nochmals, den Tugela zu durchwaten, was zu einem zweiten ungeordneten Rückzug führte. Verzweifelt sagte er zu Saltwood: »Es muß eine Möglichkeit geben, über diesen Fluß überzusetzen. Ich werde mir etwas einfallen lassen.«
Es war unumgänglich notwendig, daß er es tat, denn der General, der die Verteidigung von Ladysmith befehligte, hatte sich geweigert zu kapitulieren, und so mußte Buller noch einmal versuchen, ihn zu retten. Statt dessen jammerte er in seinem Bericht nach London, er sei am Tugela zurückgeschlagen worden, weil ihm die Buren zahlenmäßig überlegen waren: »Sie hatten achtzigtausend gegen mich im Feld.« Darauf antwortete London voll beißendem Spott: »Schlagen vor, Sie prüfen Gesamtbevölkerungszahl – Männer, Frauen und Kinder – der Burenrepubliken nach.«
Die Abfuhr brachte Buller in Wut: »Verdammt, Saltwood, dort drüben kennen sie die Buren nicht. Ich versuchte ihnen ja zu erklären, daß wir nicht

gegen eine Armee kämpfen. Wir kämpfen gegen eine Nation, gegen Männer, Frauen und Kinder.«

Da Buller festsaß, ersuchte General de Groot um die Erlaubnis, sein Kommando zu einem weiten Streifzug ostwärts von Ladysmith und tief hinein nach Natal zu führen: »Wir können die englischen Nachschublinien zerschlagen.«
Die Erlaubnis wurde verweigert, und einige der besten berittenen Soldaten der Welt wurden im Stellungskrieg festgehalten, um als nicht benötigte Fußtruppen zu kämpfen. In den beiden Schlachten am Tugela hatten sie sich gut gehalten, in Gräben und hinter Steinblöcken gekämpft, aber langsam nahm ihre Zahl ab. Von den ursprünglich zweihundertneunundsechzig hatten sie hundert Mann verloren, und das Warten verärgerte den Rest so, daß etliche einfach nach Hause gegangen waren, so daß nur mehr einhunderteinundfünfzig übrig waren. De Groot war sich bewußt, daß sogar diese Zahl noch abnehmen würde, wenn sie nicht bald einen Erfolg erkämpften, und dann befand er sich ernstlich in Schwierigkeiten.
Als Weihnachten heranrückte und alle Burentruppen noch immer untätig waren, knurrten daher weitere zehn Mann aus Venloo: »Zum Teufel mit dem Krieg«, und kehrten heim, um sich um ihre Farmen zu kümmern. De Groot hatte also nur mehr einhunderteinundvierzig Männer, wurde aber wieder ermutigt, als drei junge Burschen von einem anderen Kommando sich eines Tages mit der einfachen Feststellung bei ihm meldeten: »Unsere Väter haben mit Ihnen am Majuba Hill gekämpft. Wir möchten uns Ihnen anschließen.« Das gab der Truppe wieder neuen Schwung.
General Buller war schwerer gedemütigt worden als je zuvor ein General in der Geschichte. Jenes Spiegeltelegramm, in dem er Ladysmith riet, sich zu ergeben, war an das Kabinett weitergeleitet worden und hatte einen solchen Skandal verursacht, daß ihm das Kriegsministerium das Oberkommando entzog und es einem ungewöhnlichen Mann übertrug: Lord Roberts von Kandahar, dem bald siebzigjährigen Helden von Afghanistan. Er war einssechzig groß, einhundertzehn Pfund schwer und auf einem Auge blind. Sein Stabschef würde Lord Kitchener von Khartum sein, und man kam überein, daß diese beiden den eigentlichen Kampf gegen die Buren führen sollten. Der gute alte Buller konnte sich währenddessen mit dem Tugela abplagen, dessen Überquerung ihm schon zweimal mißlungen war.
Dazu kam, daß ihm das Kriegsministerium als stellvertretenden Kommandeur einen General zugeteilt hatte, gegen den er eine ausgesprochene Aversion empfand. Für den bald sechzigjährigen Sir Charles Warren war es voraussichtlich die letzte Führungsposition, und wenn er keine halbwegs zufriedenstellende Leistung bot, konnte er auf keine weiteren Ehrungen hoffen – was ihm vermutlich nichts ausmachte, denn er hegte andere Vorlieben, insbesondere Archäologie und Alte Geschichte. Er hatte auch erfolglos für einen Sitz im Parlament kandidiert und mit mehr Erfolg für den Posten des Leiters der Londoner Polizei, den er drei Jahre lang innegehabt hatte

und den er verlor, als es ihm nicht gelang, das Rätsel des Jahrhunderts zu lösen: die Identität von Jack the Ripper. Er kehrte friedlich in die Armee zurück, und als der Krieg ausbrach, erinnerte er alle daran, daß er lange in Südafrika gedient und mitgeholfen hatte, die kitzlige Frage zu lösen, wem die Diamantminen gehörten, und »so manches über die Buren wußte«.
Warren verachtete Buller, hielt ihn für einen Esel, mußte sich aber dennoch ständig in seiner Nähe aufhalten, denn Warren trug ein überaus gefährliches Stück Papier in der Tasche: eine sogenannte »stille Vollmacht«, die besagte, daß Warren, sollte Buller etwas zustoßen oder sollte er versagen, was wahrscheinlicher war, den Oberbefehl erhalte. Infolgedessen lag es in Warrens Interesse, dafür zu sorgen, daß Buller scheiterte.
Von der Verantwortung für die anderen Fronten in Südafrika befreit, konnte General Buller nun seine gesamte Aufmerksamkeit dem Tugela zuwenden und überlegen, wie er am besten zum Nordufer gelangen könnte. Er erkannte allmählich, daß seine früheren Versuche zum Scheitern verurteilt gewesen waren, weil er direkt nach Ladysmith hatte gelangen wollen. Er würde nun weit nach Westen reiten, die Buren an der Flanke umgehen und nach links schwenken zu einem Angriff auf Ladysmith. Mit Warrens Truppen verfügte er wieder über mehr als zwanzigtausend erstklassige Männer, denen weniger als achttausend Buren gegenüberstanden. Aber den lästigen Sir Charles Warren wurde er so schnell nicht los, und als erstes mußte der Tugela überquert werden.
Eine solche Flankenbewegung erforderte Schnelligkeit und Täuschung; leider verzichtete Buller auf diese beiden Vorteile, indem er den wichtigsten Teil des Schlachtplans dem »Expolizisten« überließ, wie er Warren verächtlich nannte. Während er den schwierigen und unverläßlichen Warren nach links schickte, ließ er sein eigenes sybaritisches Zelt etwa zwanzig Meilen stromaufwärts verlegen, und als sein Federbett und die eiserne Badewanne dort angelangt waren, versetzte er Saltwood und seine anderen Adjutanten in Erstaunen, indem er das gegenüberliegende Ufer mit seinem französischen Teleskop beobachtete.
Das tat er, indem er flach auf dem Rücken lag, das Fernrohr auf seinen gewaltigen Bauch und seine Zehen stützte, es langsam durch den Bogen bewegte, den seine Stellung zuließ, und Saltwood seine Beobachtungen zurief. Inzwischen wußten schon die Zeitungen der ganzen Welt, daß »General Buller wieder daran denkt, über den Tugela überzusetzen«.
Was er sah, als er hingestreckt dalag und durch seine Zehen blickte, waren drei Hügel, die sich drohend hinter dem Nordufer des Tugela erhoben; Hügel eins war der nächststehende, Hügel zwei in der Mitte, Hügel drei im Westen. Warren plante, ein gutes Stück westlich von Hügel drei die Burenlinie zu durchbrechen, falls es ihm jemals gelang, mit seiner Landarmada, die aus unzähligen Wagen und fünfzehntausend Treckochsen bestand, über den Fluß überzusetzen. Dieser unglaubliche Zug war fünfzehn Meilen lang und brauchte zwei volle Tage, um einen bestimmten Punkt zu passieren, sogar wenn er sich schnell bewegte. Dann wollte Buller einen Vorstoß auf

Hügel eins unternehmen, sich mit Warren vereinigen und den Weg nach Ladysmith öffnen. Um die englischen Streitkräfte auf diese sorgfältig geplanten Bewegungen vorzubereiten, war vom Stab eine gewaltige Menge Arbeit geleistet worden.
An der Stelle, wo Warren übersetzen sollte, waren vier riesige Dampftraktoren mit Holzfeuerung in Stellung gebracht worden, um Wagen über kleine Spalten zu ziehen, während Pioniere Untiefen im Fluß suchten, an denen Pontonbrücken gebaut werden konnten. Sie fanden drei solcher Punkte heraus, die aber alle gleich wieder verworfen wurden. Die Verzögerung war nicht mehr tragbar.
Für Saltwood war es eine denkwürdige Erfahrung, zu beobachten, wie die beiden ältlichen Generäle Buller und Warren diese entscheidende Schlacht planten, denn es war offensichtlich, daß infolge ihrer extremen Eifersucht keiner den anderen unterstützte. Einer von Bullers ehrgeizigsten jungen Adjutanten sagte zu Frank: »Wir werden Zeugen von drei großen Schlachten sein. Wir gegen die Buren. Buller gegen Warren. Und Warren gegen Buller.«
»Eine verrückte Art, einen Krieg zu führen.«
»Ja, aber die letzten beiden Kämpfe werden dafür schön ausgeglichen sein, denn unsere beiden Generäle sind von gleicher Intelligenz, etwas besser als ein Maultier, aber deutlich geringer als ein guter Hühnerhund.«
»Buller sagte mir gestern, wir würden morgen bereit sein zuzuschlagen.«
»Das wird nicht geschehen. General Warren hat die merkwürdige fixe Idee, daß man Armeen Zeit lassen muß, in Stellung zu gehen und einander drei oder vier Tage lang gegenüberzustehen. Um das richtige Kampfgefühl zu bekommen.«
»Wir haben schon zwei Monate lang versucht, dieses Gefühl zu bekommen«, sagte Frank. »Diese armen Teufel in Ladysmith.«
»Sie brauchen sich keine Sorgen zu machen. Buller hat ihnen gestern ein Spiegeltelegramm geschickt, daß er innerhalb von fünf Tagen dort sein wird.«
»Besteht irgendwelche Aussicht hierauf?« fragte Frank.
»Wenn Warren im Westen die Frontlinie der Buren durchstößt, können wir es sicherlich schaffen. Wenn er aber zu Hügel zwei in der Mitte abschwenkt, werden wir in böse Schwierigkeiten geraten.«
»Würde er so etwas tun?«
»Bei diesen beiden Generälen ist alles möglich.«
»Heute abend sollten wir beten«, sagte Saltwood, und das tat er auch.

Es half nichts. Nichts geschah, bis Buller eines Morgens seinen Zorn nicht länger beherrschen konnte. Er ritt zu Warrens Hauptquartier hinüber und sagte barsch: »Um Himmels willen, Bewegung!«
»Dort draußen warten Tausende von Buren.«
»Es waren nur eintausend, als Sie begannen.«
»Ich habe mich für Hügel zwei entschieden«, sagte Warren.

Der junge Offizier hatte mit seiner Befürchtung recht gehabt. Alle Pläne wurden über den Haufen geworfen, die Truppen erhielten den Befehl, nach rechts zu marschieren statt, wie ursprünglich geplant, nach links. Den Hügel, den sie angreifen sollten, hatte niemand ausgekundschaftet. Dieser Fehler wäre wiedergutzumachen gewesen, wenn General Buller seinen Ballonflieger ermächtigt hätte aufzusteigen. Doch Buller hielt nichts von Ballons und ähnlichem Unsinn, und so wurde diese wertvolle Chance vertan.
Was noch schlimmer war – viel schlimmer, wie sich zeigte –: General Warren beließ sein Hauptquartier im Westen, was vernünftig gewesen wäre, wenn er den Marsch in diese Richtung fortgesetzt hätte, während General Buller das seine im Osten hatte, weit weg vom Brennpunkt des Geschehens. Als Major Saltwood gegen diese weite Trennung der beiden Hauptquartiere protestierte, knurrte Buller durch seinen Riesenschnurrbart: »Das ist seine Sache. Er befehligt die Truppen.«
»Aber Sie sind der Oberkommandierende, Sir.«
»Mische mich nie in das Gefecht eines anderen.«
»Aber es ist Ihre Schlacht, Sir.«
»Heute ist Warrens Tag. Er verfügt über die besten englischen Truppen, um die Schlacht zu gewinnen.«
Frank hätte am liebsten geschrien: »Dann möge Gott dem Empire beistehen!« Aber er tat es nicht. Er ritt die sieben Meilen zu General Warrens Hauptquartier, wo er rechtzeitig eintraf, um einer unbegreiflichen Szene beizuwohnen.
Warren stand ein junger eigensinniger Kavallerieführer namens Lord Dundonald zur Verfügung, ein hochbegabter Bursche, dem die älteren Generäle mißtrauten. Als dieser feurige Kerl an der Spitze von fünfzehnhundert Mann ausgezeichneter Kavallerie an der linken Flanke losgelassen wurde, ritt er eine glorreiche Attacke, die Hügel drei völlig umging und Zugang zu einer unbewachten Straße gewann, auf der Warrens Infanterie direkt nach Ladysmith marschieren konnte. Dieses kühne Manöver ließ doch noch auf einen Sieg hoffen, und die jüngeren Offiziere jubelten, als Frank in das Hauptquartier kam: »Dundonald hat's geschafft!«
Doch dann trat Warren in Aktion. Grau vor Wut stürmte er in den Raum, in dem die jüngeren Männer jubelten, und schrie: »Bringt diesen verdammten Narren hierher zurück! Wir brauchen Kavallerie, um unsere Ochsen zu schützen. Er soll seine verdammte Straße von einigen Mann halten lassen, aber ich will den Rest wieder hier im Lager haben!« Und auf der Stelle schickte er Major Saltwood und zwei andere los, um eiligst der Kavallerie nachzureiten und sie zurückzuholen. »Verdammte junge Burschen! Setz sie auf ein Pferd, und sie glauben, sie wissen alles.«
Da Saltwood nicht den Truppen General Warrens angehörte, hatte er keine Angst, ihm entgegenzutreten: »Ich glaube, Sir, man sollte Lord Dundonald gestatten, die Straße zu halten, und wir sollten ihm eiligst Infanterie nachschicken, um dafür zu sorgen, daß er sie hält.«

»Er hat hierher zurückzukommen und meinen Befehlen zu gehorchen! Mein Gott, ich werde ihm diese Reiter wegnehmen. Gehorsamsverweigerung!«
So hatte denn Frank Saltwood die erbärmliche Aufgabe, nach Westen zu reiten und dem schneidigen Lord Dundonald mitzuteilen, er müsse den Großteil seiner Leute zurückziehen. An diesem Tag hatte Dundonald eine Reihe von Burenpatrouillen in wütenden Auseinandersetzungen geschlagen; er hatte einen bemerkenswerten Sieg errungen, mußte sich aber jetzt zurückziehen. Die Buren würden diesen Abschnitt der Schlacht gewinnen, ohne einen Schuß abgefeuert zu haben.

Am Abend des 23. Januar 1900 schickte General Warren seine Soldaten den Südhang des Spion Kop hinauf; sie wurden von einem Generalmajor geführt, der fünfundfünfzig Jahre alt war, schwache Beine hatte und steile Hänge nur schwer ersteigen konnte, so daß er von seinen Truppen nach oben geschoben werden mußte. Der Ärmste kam sogleich durch einen Granatsplitter ums Leben.
Was nun folgte, mußte von einem irren Geist inszeniert worden sein, denn beide, Warren und Buller, ernannten von ihren getrennten Hauptquartieren aus verschiedene Ersatzleute anstelle des gefallenen Generalmajors. Leider brachen die Nachrichtenverbindungen zusammen, und niemand wußte, wer die Verantwortung übernommen hatte. Infolgedessen leiteten zwei britische Offiziere den Kampf, ohne daß der eine vom anderen wußte, und jeder nahm an, er habe den Oberbefehl inne.
Es wurden zwei weitere Offiziere abgesandt, um den Befehl zu übernehmen, einer von Buller, einer von Warren, und wieder nahm jeder an, er sei der einzige Kommandeur. Auf diese Weise gab es nun vier Kommandeure, die neunzehnhundert der besten Soldaten des Empire anführten, während weitere achtzehntausend in Reserve gehalten wurden; sie wurden im weiteren Verlauf des Kampfes eigentlich dringend benötigt, aber niemand befahl ihnen einzugreifen.
General Buller saß erhaben in seinem Zelt wie ein grollender Achill, ohne Kontakt mit dem Fortgang der Schlacht und ohne etwas zu tun, um seinem »Expolizisten« aus dem Schlamassel zu helfen, in den dieser seine Leute gebracht hatte. »Das ist Warrens Schlacht«, betonte er hartnäckig, als Saltwood aus dem Lager des anderen Generals zurückgaloppierte und um Klarstellung bat.
Anderseits war Buller nicht abgeneigt zu intervenieren, wann immer er einen besonders glänzenden Einfall hatte, und er erteilte bisweilen Befehle, die so geniale Generäle wie Hannibal und Napoleon verblüfft hätten. Was Warren anbelangt, war er ein Narr, der im Schneckentempo vorging und eine nächtliche Schlacht auf einem Hügel schlug, den er nicht kannte. Kein einziges Mal begab er sich zum Spion Kop; kein einziges Mal versuchte er, selbst das schreckliche Blutbad zu sehen, das sich dort abspielte.
Er erteilte etwa zwanzig entscheidende Befehle, die Hälfte an seine Kom-

mandeure auf dem Hügel, die Hälfte an andere, die sich dorthin durchzukämpfen suchten. Ein deutscher Beobachter dieser Schlacht sagte: »Die englische Armee besteht aus gewöhnlichen Soldaten, die tapfer wie Löwen, und aus Offizieren, die dumm wie Esel sind.« Aber das sagte er noch, bevor die beiden Generäle Gelegenheit hatten, ihre wahren Talente zu zeigen.

General de Groot tobte. Entgegen seinem Rat wurde sein in Mitleidenschaft gezogenes Kommando hinter Spion Kop in Reserve gehalten. »Wir werden euch im entscheidenden Moment einsetzen«, wurde ihm gesagt, doch zwei weitere seiner Leute, die kämpfen wollten, hatten sich aus dem Staub gemacht.

Die Szene hinter dem Hügel war ungewöhnlich. Dort standen reihenweise wohlgenährte Burenponys, die Halfter an Bäume oder Steine gebunden, während ihre Herren zu Fuß auf dem steilen Hügel kämpften. Etwa fünfhundert Wagen drängten sich in einiger Entfernung zusammen, darunter Sanitätswagen und Rote-Kreuz-Einheiten, deren ausgespannte Ochsen friedlich grasten. In der Nähe warteten die Frauen, die ihre Männer begleitet hatten, und in einem Zelt kümmerte sich Sybilla de Groot um die Männer, die in ihre improvisierte Sanitätsstation gebracht wurden. Andere Frauen halfen ihren Dienern beim Kochen, und von Zeit zu Zeit hielten alle inne, um dem Lärm der tobenden Schlacht zu lauschen, die sich wenige hundert Meter von der Stelle entfernt abspielte, an der sie arbeiteten.

Als General de Groot gegen Mittag zurückkam, um mit Sybilla zu sprechen, erfuhren die Frauen, daß die englischen Truppen zwar die Spitze des Hügels genommen, ihren Graben aber so schlecht angelegt hatten, daß die Buren gute Aussichten hatten, ihn ihnen wieder abzunehmen. »Wird es viele Tote geben?« fragte Sybilla.

»Sehr viele«, sagte der alte Mann.

»Wirst du nach oben gehen?«

»Sobald sie uns einsetzen.«

»Sei vorsichtig, Paulus«, sagte sie, während er zum Hügel zurückging.

Es waren Männer des Carolina-Kommandos aus der kleinen Stadt östlich von Venloo, denen an diesem Tag der Ruhm höchster Tapferkeit zufiel. Sie wurden von Kommandant Henrik Prinsloo und einem kleinen stämmigen Veldkornett namens Christoffel Steyn angeführt, der beinahe genauso dick wie groß war. Als Steyn, sich hin und her wiegend, vorwärts lief, murmelten die Männer: »Wenn er es kann, kann ich's auch.« Er lief geradewegs durch dichtes Sperrfeuer zur Spitze des Hügels drei, einer Kuppe gegenüber von Spion Kop, wo er seine Leute hinter Felsen postierte, so daß sie direkt in die von der Seite einsehbaren englischen Gräben feuern konnten; dieser dicke Bursche, der noch nie vorher gekämpft hatte, konnte nicht glauben, daß die erstklassig ausgebildeten englischen Offiziere, die ihm gegenüberstanden, hatten zulassen können, daß er diesen gefährlichen Hügel besetzte, aber er nützte die Situation und befahl seinen Leuten, das Feuer auf die ungedeckten englischen Reihen zu verstärken.

Es wurden ganze Gräben ausgelöscht, in denen kein einziger Mann überlebte. Und von zehn toten Soldaten waren neun nicht von vorn, sondern seitlich in den Kopf getroffen worden. Christoffel Steyns Männer gaben den Ausschlag, aber sie taten es von einem Hügel aus, den sie von Rechts wegen nie so lange hätten halten können.

Während achtzehntausend Mann Elitetruppen in Reserve bleiben mußten, sandte ein Kommandeur der King's Royal Rifles seine zwei besten Bataillone mit dem Befehl aus, einen anderen Hügel gegenüber dem von Steyn gehaltenen zu erstürmen. Wenn ihnen das gelang, konnten sie Steyn mit Gewehrfeuer vertreiben und so die Leute auf dem Spion Kop retten.

Es war ein geradezu unmöglicher Aufstieg, fast senkrecht nach oben, in der Mittagshitze, während die Buren von oben auf sie hinunter feuerten; aber diese von ihren energischen Offizieren angespornten tapferen Männer schafften es irgendwie hinaufzukommen, zogen einen großen Teil des Feuers von ihren exponierten Kameraden ab und nahmen die Bürger von Carolina unter Beschuß. Es war ein Triumph des Mutes und der Entschlossenheit, der den Engländern den ersten Sieg des Tages brachte.

Saltwood wurde Zeuge des Triumphes und beeilte sich, General Buller zu informieren, aber als dieser verwirrte General hörte, daß ein Truppenführer auf eigene Faust gehandelt und noch dazu seine Leute in zwei Gruppen aufgeteilt hatte, geriet er in Wut und begann seinen Offizier zur Rede zu stellen. In diesem Augenblick erreichte Buller die Mitteilung, die Buren seien Herren der Lage und die King's Royal Rifles würden, falls sie versuchen sollten, zum Spion Kop hinüberzuwechseln, aufgerieben werden.

»Holen Sie sie wieder nach unten!« tobte Buller.

»Sir!« widersprach Saltwood. »Sie haben ein Wunder vollbracht. Lassen Sie sie dort bleiben.«

»Sie hätten nie in zwei Gruppen geteilt werden dürfen.«

Als der Kommandeur seinen General in solcher Verwirrung sah, verlor er alles Vertrauen zu dem kühnen Handstreich und signalisierte seinen Leuten, nach unten zu kommen: »Herunter vom Hügel! Kommt sofort zurück!« Zuerst wollten die Männer nicht glauben, daß ein so idiotischer Befehl erteilt wurde, und ein Oberst weigerte sich, ihn zu befolgen. »Der Teufel soll sie alle holen!« schrie er, worauf ihn eine Burenkugel unter dem Herz traf und ihn auf der Stelle tötete. Der Rückzug begann.

Die Nacht brach herein, während die belagerten Soldaten auf dem Spion Kop entsetzt zusahen, wie die King's Royal Rifles den Nachbarhügel verließen. Die Offiziere auf dem Spion Kop hielten ihre Stellungen noch einige Stunden lang, doch schließlich gab einer der besten Kommandeure das Signal zum Rückzug. Dieser heldenhafte Mann, Oberst Thorneycroft, war mitten in der Schlacht zum General befördert worden, er wog etwa zweihundertfünfzig Pfund, das meiste davon waren harte Muskeln, und er kannte keine Angst. Nur seiner Tapferkeit war es zu verdanken, daß trotz des schrecklichen Blutbades die Gräben von den Engländern gehalten werden konnten, doch nun verlor er den Mut.

Er gab sich geschlagen und führte seine tapferen Soldaten den Hügel nach unten, während zugleich ein anderer Kommandeur mit frischen Truppen nach oben stieg. Sie passierten einander schweigend.
Als der neue Kommandeur den Gipfel von Spion Kop im Dunkel erreichte, fand er eine erstaunliche Situation vor: Die Buren, die an diesem Tag fürchterlichem Beschuß ausgesetzt gewesen waren, hatten, eine halbe Stunde bevor General Thorneycroft seine Truppen vom Hügel abzog, festgestellt, daß sie Spion Kop nicht nehmen konnten. Der ständige Druck der englischen Kanoniere war mehr, als sogar diese Buren ertragen konnten, und sie hatten den Hügel verlassen. Sie wußten, daß sie geschlagen waren.
Mit anderen Worten, zwei heldenhafte Armeen, die so tapfer gefochten hatten, wie Menschen nur kämpfen können, waren innerhalb von fünfzehn Minuten zu der Ansicht gelangt, daß sie die Schlacht verloren hatten. Ihre beiden Rückzüge erfolgten zur gleichen Zeit. Nach dem Tod unzähliger Männer war Spion Kop verlassen.
Der Engländer, der nach oben stieg, während Thorneycroft nach unten stieg, war der erste, der das entdeckte; er war einer von den vier Kommandeuren dieses verworrenen Tages, und nun hatte er die Chance, den Sieg für die Engländer zu retten. Er mußte nur den Hügel hinuntereilen, seinen Vorgesetzten, General Warren, informieren und ihn überreden, schleunigst weitere Truppen auf den Gipfel zu schicken. Der volle Sieg lag in den Händen der Engländer, wenn es diesem Offizier nur gelang, Verbindung mit General Warren aufzunehmen.
Das war unmöglich. Der Offizier faßte eine ausgezeichnete Botschaft ab, in der er rasch Verstärkungen verlangte, um den verlassenen Hügel zu besetzen, und erklärte, daß der Sieg gesichert wäre; als er aber seinem Winker sagte, er solle eine Nachtlaterne benutzen, um General Warrens Hauptquartier durch Blinken die gute Nachricht mitzuteilen, sagte der Mann: »Ich habe kein Paraffin.«
»Versuchen Sie es mit dem Docht. Vielleicht brennt er. Wenn auch nur eine Minute.«
Der Winker zündete seinen Docht an. Er flammte nicht einmal auf. Die entscheidende Botschaft wurde in Ermangelung eines Fingerhutvolls Kerosin nicht abgeschickt. Die Schlacht von Spion Kop ging verloren.

Während diese vergeblichen Anstrengungen unternommen wurden, die englischen Soldaten wieder auf den Spion Kop zu bringen, beratschlagten auf der Nordseite des Hügels einige der geschlagenen Buren um zwei Uhr morgens über ihr Schicksal, und während gelegentlich ein entfernter Gewehrschuß widerhallte, weil irgendein Soldat nervös geworden war, flüsterten sie im Dunkel: »General de Groot, was halten Sie von der Schlacht? Hätten wir siegen können?«
»Ich wurde nicht zur Schlacht zugelassen. Man hat unsere Reserve nie zum Einsatz gebracht.«
»Unsere Verluste waren schwer, General. Aber nicht so schwer wie die der

Engländer. Haben Sie vom Carolina-Kommando gehört? Sie konnten ungehindert in die englischen Gräben schießen. Sie töteten alle.«
Ein junger Bursche, eigentlich noch ein Knabe, stellte die rettende Frage: »Ich war auf dem östlichen Hügel, als die Engländer nach oben stiegen und ihn nahmen. Warum stiegen sie wieder nach unten?«
General de Groot fragte in der Dunkelheit: »Du hast sie absteigen sehen?«
»Ja. Sie waren sehr tapfer. Ein Offizier...«
»Aber sie stiegen wieder nach unten?«
»Ja, sie vertrieben uns von dem Hügel. Wir verloren sechzehn, siebzehn Mann. Jack Kloppers lag neben mir. Mitten durch die Stirn.«
De Groot packte den Jungen an den Schultern und zog ihn ins flackernde Licht des kleinen Feuers. »Du sagst, sie hielten den Hügel und dann verließen sie ihn?«
»Ja. Ja. Ich deckte Jack Kloppers mit einer Decke zu und ging wieder auf die Spitze. Sie gingen nach unten, und wir feuerten nicht einmal auf sie.«
General de Groot blieb einige Minuten stehen und blickte nach oben zum Spion Kop. Schließlich sagte er sehr leise: »Mein Sohn, ich glaube, du und ich, wir sollten auf diesen Hügel gehen. Vielleicht hat mich Gott für diesen Augenblick in Reserve gehalten.« Er fragte nach Freiwilligen, und natürlich trat Jakob van Doorn vor.
So machten sich die drei Buren um halb drei an diesem dunklen, einsamen Morgen müde daran, auf den Hügel zu steigen, auf dem so viele gefallen waren. Voran ging Paulus de Groot, schneller als die anderen, in Gehrock und Zylinder. Hinter ihm kam der Junge, der diese Expedition veranlaßt hatte, und dahinter schwer schnaufend Jakob van Doorn, der damit zufrieden gewesen war, daß sein Kommando in Reservestellung geblieben war: Er hatte Angst vor dem Tod.
Sie stiegen langsam nach oben, denn es leuchtete kein Mond. Dann und wann traten sie auf das Gesicht eines gefallenen Kameraden. Als sie sich dem Gipfel näherten, wo der Kampf am heftigsten getobt hatte, stießen sie auf viele Leichen, und dann zeichnete sich der alte General immer noch mit Zylinder so deutlich vor dem Horizont ab, daß es für ihn verhängnisvoll gewesen wäre, wenn sich tatsächlich noch englische Truppen auf dem Hügel befunden hätten. Langsam traten die beiden anderen zu ihm, und sie erforschten wie Kundschafter das schreckliche Feld voller Leichen.
Paulus de Groot lief zum Mittelpunkt des stillen Schlachtfeldes zurück, wo er sich vergewisserte, daß sich dieses Wunder ereignet hatte, nahm den Hut ab und kniete in dem blutigen Staub nieder: »Allmächtiger Gott der Buren, Du hast uns den Sieg gebracht, und wir wußten es nicht. Allmächtiger Gott der Buren... geliebter, treuer Gott der Buren...«
Der Himmel wurde heller, als er sich aufrichtete und an den Rand des Hügels ging, um seine Kameraden unten aufzurufen: »Buren! Buren!«
Die Kommandos hatten in ihrem Biwak beobachtet, wie die Sonne aufzugehen begann, ungewiß, was sie an diesem Tag von dem blutig umkämpften Berg zu erwarten hatten.

Ein unglaublicher Anblick bot sich ihnen. Auf der Spitze, sich gegen den Himmel abzeichnend, stand ein alter Mann, der vor neunzehn Jahren am Majuba Hill gesiegt hatte, und schwenkte triumphierend seinen Zylinder: General Paulus de Groot hatte Spion Kop erobert.

An diesem vierundzwanzigsten Januar 1900 hatten sich drei junge Männer völlig verschiedener Herkunft auf dem Hügel befunden; keiner der drei sah die beiden anderen, aber jeder spielte in der künftigen Geschichte dieses Landes eine hervorragende Rolle.
Der älteste war ein erst siebenunddreißig Jahre alter Burenoffizier, dem die Aufgabe zufiel, die Truppen zu sammeln, als alles verloren schien, und ihnen Rückhalt zu geben, wenn sich die Führung der älteren Generäle als unzulänglich erwies. Dieses hervorragende militärische Genie war Louis Botha, der der erste Premierminister der neuen Burennation werden sollte, die aus diesem Kampf hervorging. Am Spion Kop gelangte der junge Botha, der den Tag als Oberkommandierender beendete, zu der Überzeugung, daß es für Buren und Engländer besser wäre, wenn sie zusammenarbeiteten. Während der Schlacht erkannte er, daß dieser Vernichtungskrieg sinnlos war und daß Südafrika, wenn die beiden weißen Völker sich nicht auf ihre gemeinsamen Interessen besännen, auseinanderbrechen müsse. Er wurde der große Vermittler, der besonnene Ratgeber, das Oberhaupt des Staates, und nur wenige Namen in der Geschichte seines Landes hatten einen besseren Klang.
Der jüngste der Männer war ein rüpelhafter Journalist, dem niemand Disziplin beibringen konnte. Als Reporter einer Londoner Zeitung schrieb er scharfsinnige, respektlose Berichte über Männer wie Warren. Er war ziemlich groß und schlank und lispelte ein wenig beim Sprechen. In der Schule war er wenig erfolgreich gewesen, der Universität war er ganz aus dem Weg gegangen, und ansonsten galt er als recht eigenwillig. Infolge seiner Sorglosigkeit war er bereits einmal von den Buren gefangengenommen worden, aber dank seiner Unverfrorenheit wieder entwischt. Es wurde eine Art Preis auf seinen Kopf ausgesetzt, was man vielleicht nicht allzu ernst zu nehmen brauchte, aber wenn er am Spion Kop gefangengenommen worden wäre, wäre er diesmal vielleicht in eine schwierige Situation geraten. Trotzdem stieg er dreimal auf den Gipfel des Hügels. Es war der fünfundzwanzigjährige Winston Churchill, bereits Autor mehrerer bemerkenswerter Bücher und verzweifelt bestrebt, ins Parlament zu kommen. Kaum vierzehn Jahre nach diesem Tag auf dem Spion Kop befand sich der junge Churchill mitten in einem viel größeren Krieg und war als Mitglied des Kriegskabinetts verantwortlich für die Marineoperationen. In Gallipoli mischte er sich so unrühmlich in militärische Angelegenheiten, daß er für das tragische Mißlingen einer bedeutenden englischen Operation verantwortlich war und seinen Namen für kurze Zeit mit Schimpf und Schande bedeckte. An jenem Tag am Spion Kop hatte er aus der Niederlage eine Lehre gezogen, denn als die Schlacht schmählich verloren war, übernahm General Buller endlich den

Oberbefehl; er erwies sich beim Sammeln seiner Leute als hervorragender, unnachgiebiger Mann mit eisernem Mut, der der Katastrophe entschlossen entgegentrat und seinen Truppen versicherte: »Wir werden diesen Krieg gewinnen.« Und seine Soldaten waren bereit, ihn dabei zu unterstützen. Churchill schrieb über Buller: »Es ist die Liebe und Bewunderung der Tommies, die ihm Kraft gibt.« Diese Lektion in Hartnäckigkeit sollte Winston Churchill im Jahre 1941 zur legendären Figur werden lassen.

Der dritte junge Mann war ein merkwürdiger Typ: mager, klein, mit spindeldürren Beinen, sehr dunkler Haut und schwarzem Haar. Er diente an diesem Tag als Krankenträger. In Indien geboren, hatte er frühzeitig erkannt, daß dieses verarmte Land für einen jungen Anwalt keinerlei Aussichten bot, deshalb war er begeistert nach Südafrika ausgewandert und fest entschlossen, den Rest seines Lebens dort zu verbringen. Sein Name war Mohandas Karamchand Gandhi, freiwilliger Krankenträger bei den englischen Streitkräften. Weil die herrschenden Kasten, Buren und Briten, alle Inder verachteten, hatte er seine Hindulandsleute in Durban dazu überredet, sich freiwillig für den gefährlichsten Dienst zu melden, um zu beweisen, daß sie vollwertige Menschen waren; an diesem Tag war er wiederholt dem Tod entgangen, und zwei seiner Gefährten waren gefallen. Am Spion Kop wurde Mohandas Gandhi klar, daß Kriegführen unsagbar töricht war und daß, wenn die Toten eingesammelt und die Orden verteilt waren, die kämpfenden Parteien immer noch vor ihren ungelösten Problemen standen. Um wieviel besser wäre es gewesen, wenn sie gewalttätige Auseinandersetzungen vermieden und ihre Zuflucht zu friedlicher Gewaltlosigkeit genommen hätten.

Es gab an jenem Tag oder vielmehr in jener Nacht auf dem Spion Kop noch einen vierten Mann. Er stieg zwar auch in späteren Jahren zu keiner führenden Position in seinem Volk auf, aber er lernte auf diesem blutbedeckten Schlachtfeld seine erste und einzige Lektion. Als General de Groot am Morgen nach der Schlacht um halb drei wieder auf den Spion Kop stieg, begleiteten ihn zwei Männer, der junge Bursche, der ihn dazu veranlaßt hatte, und Jakob van Doorn, der ständige Begleiter des Generals. Es war noch ein vierter Mann dabei, aber der zählte nicht, denn er war schwarz. Es war Micah Nxumalo, der sich während dieses Krieges nie weit von dem alten General entfernte. Er mußte sich nicht am Kampf beteiligen, und er hatte kein Gewehr, um sich zu verteidigen; er kam bloß mit, weil er den alten General liebte und ihm in verschiedenen Eigenschaften gedient hatte. Er konnte Pferde betreuen, Nahrung suchen, den Frauen helfen, als Kundschafter dienen, wenn die Lage schwierig wurde, und die Kranken der Kommandos pflegen. Auf dem Spion Kop wurde Nxumalo allmählich eine große Wahrheit klar, die er später seinem Volk weitergab. Während er den heftigen Kampf und die Truppen beobachtete, deren Kämpfer so zahlreich schienen, stellte er fest, daß sie zusammengenommen viel weniger Köpfe zählten als sein Zulustamm oder die Xhosa oder die Swasi oder die Basuto oder die Betschuana oder die Matabele. Er sah, daß die Engländer und die Buren unge-

heuren Kampfgeist zeigten, daß sie aber, wenn die Kämpfe vorbei waren, wieder Brüder sein würden, ein paar Weiße, die sich inmitten einer gewaltigen Menge von Schwarzen niedergelassen hatten. Und er dachte bei sich: Wenn die Kämpfe zu Ende sind und die mächtigen Kanonen schweigen, wird der wirkliche Kampf erst beginnen, und da wird nicht Engländer gegen Bure stehen. Es wird der Weiße gegen den Schwarzen stehen, und am Ende werden wir triumphieren.
Für die Dauer der jetzigen Episode würde Nxumalo weiter bei den Buren bleiben; sie waren seine bewährten Freunde, und er hoffte, sie würden diesmal siegen. Es fiel ihm aber auf, daß ebenso viele Schwarze bei den Engländern dienten und zweifellos hofften, daß diese siegen würden.

Als die Katastrophe von Spion Kop vorbei war, die Landarmada sich wieder südlich des Tugela befand und die fünfzehntausend Treckochsen die schweren Wagen dorthin zurückschleppten, von wo sie ausgezogen waren, mußte Frank Saltwood die Vorgänge beurteilen, denen er hauptsächlich an Bullers Seite beigewohnt hatte. Er hatte verdammtes Pech gehabt. Das hatte ihm dieser Warren eingebrockt. So ein Schwachkopf! Die Schlacht hätte auf vier verschiedene Arten gewonnen werden können, und er hatte sie alle abgelehnt. Aber dann ergab sich die Frage: Ich möchte wissen, warum Buller ihn nicht abgesetzt hat? Buller hatte doch den Oberbefehl.
Je mehr er darüber nachdachte, desto klarer wurde ihm, daß er als Südafrikaner, der nicht in der englischen Militärtradition ausgebildet worden war, wahrscheinlich nicht begreifen konnte, wie sehr es einem General widerstrebte, einen anderen General zu kritisieren: Sie sind eine Bruderschaft alternder Krieger, in der jeder den anderen unterstützt, jeder die Traditionen des Dienstes beachtet. Eine Schlacht zu verlieren, ist weit weniger wichtig, als die jeweilige Stellung in der Hierarchie zu verlieren.
Aber sogar Saltwood mußte zugeben, daß Warren nicht die gesamte Schuld zuzuschreiben war; auch Buller hatte grobe Fehler begangen: Er übergab Warren das Kommando, dann mischte er sich mehrmals ein. Schließlich war es der liebe Buller, der den Kommandeur der King's Royal Rifles zur Rede stellte, bis diese tapferen Männer den Befehl zum Rückzug erhielten.
Als er im Geist alle Für und Wider aufgereiht hatte, blieb eine Tatsache bestehen: Bullers Infanteristen hielten ihn für den besten General, unter dem sie je gedient hatten. »Ich habe eine Menge von ihnen befragt. Immer die gleiche Antwort: ›Ich würde mit dem alten Buller überallhin gehen. Er kümmert sich um seine Männer.‹« Und nun erkannte Saltwood, daß viele der schrecklichen Entscheidungen, die Buller vor seinen Augen getroffen hatte, Menschenleben retten sollten. Mag sein, daß er zuviel Schaumwein aus Trianon trank und, wie einer der Korrespondenten schrieb, pantagruelische Mahlzeiten verzehrte, aber wo es sich um Menschenleben handelte, war er spartanisch. »Man muß sie hart ausbilden«, hatte er zu Saltwood gesagt, »und sie hart antreiben, aber sie in guter Ordnung zurückbringen.« Als Frank ihn diesbezüglich fragte, sagte der alte Mann:

»Was das Wichtigste im Krieg ist? Deine Armee zu erhalten. Verlier eine Schlacht, aber achte darauf, daß du den Krieg gewinnst!«
Aber alle Untergebenen Bullers mußten die Angriffe bemerken, die von den Experten in Europa gegen ihren General gerichtet wurden. Londoner Zeitungen begannen ihn den »Fährmann des Tugela« zu nennen. Im Parlament war er als »Sir Reverse Buller« bekannt. Nach der letzten Niederlage knurrte und brummte er: »Bei Gott, glänzende Soldaten. Auf dem Rückzug keine einzige Fahrlafette verloren.« Worauf Saltwood antwortete: »Es mußte ja klappen, Sir. Sie hatten es genügend oft geprobt.« General Buller sah ihn aus seinen kleinen, zusammengekniffenen Augen an und lachte. »Ja, ja. Genau, was ich meine. Sie sind hervorragende Soldaten.«
Er schickte noch ein großartiges Spiegeltelegramm an die belagerten Helden in Ladysmith, in dem er ihnen versicherte, er würde sie in fünf Tagen befreien, überschritt mutig wieder den Tugela, nur um sich wiederum geschlagen über den erbärmlichen Fluß zurückzuziehen. In Ladysmith wurden die Rationen immer kleiner, und nach zwölf Wochen war Buller der Stadt noch um nichts näher als bei seinem Eintreffen. Dennoch hatte er die Unverfrorenheit, wieder ein Spiegeltelegramm zu schicken, daß er der Stadt jetzt jeden Augenblick zu Hilfe kommen würde.
Angesichts der wachsenden Kritik fragte sich Saltwood mitunter, warum die britischen Behörden Buller erlaubten, das Kommando weiter zu behalten. Ein Zufall war daran schuld: Bei Bullers erstem Versuch, den Tugela zu überqueren, meldete sich ein tapferer junger Offizier, um einige schwere Kanonen zu retten, die in Gefahr waren, von den Buren erobert zu werden. Er fiel. Er war jedoch der Sohn von Lord Roberts, der bald Bullers Vorgesetzter werden sollte. Damit es nun nicht den Anschein habe, Roberts übe Rache wegen des Todes seines Sohnes, für den Buller keineswegs verantwortlich war, schwieg er, während er andernfalls Bullers Absetzung vorgeschlagen hätte.
Ein junger englischer Offizier gab eines Abends einigen französischen und deutschen Beobachtern eine spitzfindigere Erklärung: »Das Kriegsministerium wünscht Generäle wie Buller. Mit unzuverlässigen Typen wie Kitchener oder Allenby fühlen sie sich nie wohl. Buller ist standhaft, was sie lieben, und nicht allzu klug, was sie schätzen. Als junger Mann war er äußerst waghalsig. Sie hätten ihn sehen sollen, wurde mir gesagt, wie er einst auf die Ägypter losging, sehr eindrucksvoll. Es gefällt ihnen, daß er nicht deutlich sprechen kann, daß er immerfort herumbrabbelt. So muß sich ein General benehmen. Denken Sie an Raglan und Cardigan in Balaklawa.«
»Aber warum, um Himmels willen, setzen sie ihn nicht ab, wenn seine Schwächen so offen zutage treten?« fragte der Deutsche.
»Ah, wir sind eben Engländer. Deshalb werden Sie uns nie verstehen. Wer hat Buller ernannt? Das Establishment. Die älteren Generäle. Die älteren Politiker. Vermutlich waren auch einige von den Erzbischöfen beteiligt, wenn man der Wahrheit auf den Grund ginge. Sie mögen ihn. Sie vertrauen ihm. Er ist einer von ihnen. Aus guter Familie, wissen Sie.«

»Aber er macht die Armee kaputt«, widersprach der Franzose.
»Die Armee? Was ist die Armee? Wichtig ist, daß Männer wie Buller beschützt werden. Er verkörpert England, nicht irgendein verdammter Leutnant, der sich die Beine wegschießen läßt.«
»In Deutschland würde er sich keine Woche halten.«
»In England wird er sich ewig halten.«
»Sie reden so, als würden Sie den alten Narren lieben.«
»Das tue ich«, gestand der junge Mann. »Er ist ein seniler Esel, und ich liebe ihn. Weil die meisten Leute daheim, die ich liebe, genauso sind wie er; und irgendwie tun sie immer das Richtige. Geben Sie acht, wenn die Entscheidungsschlacht dieses Krieges stattfindet, wird Buller dabeisein und sich nach vorn durchkämpfen, genau wie er es bei den Ägyptern tat.«
»Ich wünschte, er wäre um vierzig Jahre jünger«, sagte der Deutsche.
»Warum?«
»Denn wenn es zu unserem Krieg gegen England kommt, und das wird einmal der Fall sein, möchte ich, daß er das Kommando führt.«
»Er wird es tun«, sagte der junge Mann. »Unter einem anderen Namen. Und hüten Sie sich vor ihm.«
Während er sprach, befestigte er auf dem Anschlagbrett eine Notiz von Lord Roberts von der anderen Front: Sie bezog sich auf einige ihm zugeteilte Offiziere im südafrikanischen Krieg: Douglas Haig, John French, Julian Byng, Edmund Allenby, Ian Hamilton. Sie würden die »Generäle Buller« sein, denen die Deutschen gegenüberstehen würden.
Während ihm dies im Kopf herumging, beobachtete Major Saltwood voll Stolz, wie General Buller endlich eine Möglichkeit fand, den Tugela zu überschreiten, und schrieb an diesem Abend an Maud, die eifrig Wohltätigkeitsveranstaltungen zugunsten von Frauen aus der Kapprovinz organisierte, deren Männer bei den englischen Streitkräften dienten:

> Es war wirklich verdammt brillant. Der alte Buller verlegte seine schweren Geschütze – wir bekamen sie von der Marine, weißt du –, setzte sie an der Flanke ein und legte unmittelbar vor unseren vorrückenden Truppen ein höllisches Sperrfeuer. Wie ein feuriger Besen fegte er die Buren fort. So sind wir also endlich auf der anderen Seite dieses verdammten Flusses. Ich kann meine Feder nicht dazu bringen zu schreiben: »Wir werden Ladysmith in fünf Tagen entsetzen.« Das haben wir schon zu oft gesagt. Aber wir werden bald dort sein.

Am 28. Februar 1900, fünfundneunzig Tage nach dem von Buller angegebenen Termin für den Entsatz von Ladysmith, wurde er verwirklicht. Drei denkwürdige Zwischenfälle waren für das Ereignis kennzeichnend.
Lord Dundonald, immer auf Beifall aus, schickte eine Einheit seiner Kavallerie voraus, um als erste in die Stadt einzudringen. Er folgte ihr, und in seiner Begleitung befand sich Winston Churchill.
Später, als der pompösere Einzug General Bullers stattfand, brachte er seine Landkarten durcheinander und marschierte zum falschen Tor; die helden-

haften Verteidiger, Militär und Zivilisten, warteten auf der entgegengesetzten Seite der Stadt, und als man ihn darauf aufmerksam machte, daß er und seine Leute frisch waren und gut ausgeruhte Pferde hatten und es eine freundliche Geste wäre, wenn er zur anderen Seite reiten würde, sagte er: »Ich ziehe hier ein«, und die Menge mußte quer durch die Stadt eilen, um ihn zu begrüßen.
Und als schließlich die geschlagenen Buren auf dem Rückzug waren, sahen einige von den Kavalleristen eine Chance, sie zu verfolgen und zu vernichten. Als sie aus der Stadt aufbrachen, wollten einige der Männer, die der Belagerung Widerstand geleistet hatten, sich ihnen anschließen, konnten es aber nicht tun: »Wir haben keine Pferde. Wir haben sie gegessen.«
»Wohin wollen diese Kavalleristen reiten?« fragte Buller Saltwood.
»Den Feind verfolgen.«
»Einen Feind verfolgen, der ehrenvoll besiegt wurde? Gütiger Gott, rufen Sie unsere Leute zurück. Lassen Sie den armen Teufeln geziemend Zeit, ihre Wunden zu lecken.«
»Sir, wir haben diese verdammten Buren monatelang gejagt. Jetzt haben wir die Chance, sie zu vernichten.«
General Buller starrte unter seiner engen kleinen Mütze hervor seinen südafrikanischen Adjutanten an. »Sir, Sie verfügen nicht über die Instinkte eines Gentleman.« Als Frank widersprechen wollte, legte ihm Buller den schweren Arm um die Schulter: »Mein Sohn, wenn wir im Krieg die Ehre verlieren, verlieren wir alles.« Und er untersagte die Verfolgung.

General de Groot war bestürzt. Über vier Monate lang war sein Kommando schlecht behandelt und falsch eingesetzt worden, und er konnte nichts dagegen tun. Anstatt in harten, schnellen Ritten zuzuschlagen und sich sofort wieder zurückzuziehen, was seine Reiter meisterhaft beherrschten, war es zurückgehalten oder als Infanterie eingesetzt worden. Als er nach der Niederlage bei Ladysmith bei Sybilla saß, fiel ihm ein, daß sein Pony in diesen vier Monaten fast nie im Galopp und selten im Trab gegangen war.
»Weißt du, Sybilla, wir verlieren dauernd Leute. Unsere Bürger lassen sich das nicht gefallen.«
»Sie werden wiederkommen, wenn deine Art des Kämpfens gefragt ist.«
»Du kannst kein Kommando mit neun Mann aufstellen.«
Dann erinnerten sie entsetzliche Nachrichten von der Westfront an die harten Tatsachen dieses Krieges: General Cronje, ein eigensinniger Mann, der glaubte, die beste Verteidigung gegen die englischen Waffen sei eine Wagenburg, hatte sich ergeben.
»Was kann er sich nur gedacht haben?« fragte de Groot Jakob. »Mit viertausend Mann könnten du und ich Durban erobern.«
»Der Krieg dort drüben ist anders. General Roberts sucht eine rasche Entscheidung. Er ist kein Buller.«
Diese schmerzliche Nachricht, die mit der Befreiung von Ladysmith zusammenfiel, entmutigte die zurückweichenden Buren, so daß das Venloo-Kom-

mando auf einhundertzwanzig Mann zusammenschrumpfte, und als es soweit war, daß die Aufgaben verteilt wurden, blickten die Kommandeure de Groot mit schmerzlicher Nachsicht an: »Was können Sie mit so wenigen Leuten tun, Paulus?«
»Wir können die Kavallerieunterkünfte überfallen«, antwortete er mit dem bitteren Haß, den er für die englischen Lanzenreiter empfand.
»Sie würden euch abschlachten!«
»Wir würden sie nicht frontal angreifen.« Er sprach so überzeugend, daß ihm die Genehmigung erteilt wurde: Es konnte nur ein Selbstmordversuch sein, doch er hatte nicht die Absicht, es dazu kommen zu lassen.
Er würde seine Leute, natürlich einschließlich van Doorns, sammeln und unauffällig durch den Oranje-Freistaat dorthin reiten, wo die Generäle Roberts und Kitchener nach ihrem großen Sieg über Cronje ihre Truppen stationiert hatten; dann würden sie wagemutig zu den Kavallerieunterkünften reiten und darauf vertrauen, daß das natürliche Durcheinander einer großen Ansammlung von Pferden ihre Annäherung kaschieren würde. Dann würden sie absitzen, bis drei Uhr morgens warten, wenn die Aufmerksamkeit immer am geringsten war, hineinstürmen, die Pferde auseinandertreiben und niederschlagen, was sich an Fußtruppen dort befand. In der Verwirrung würden sie zu ihren Ponys zurücklaufen und nach Norden davonreiten, in eine Richtung, auf die die Engländer nicht gefaßt sein würden, da ein solcher Ritt sie direkt zu den englischen Linien führen würde. Aber de Groot hatte einen Plan, wie es weitergehen würde.
»Klingt nicht unmöglich«, sagte van Doorn.
»Man würde gar nicht viel stärkere Kräfte brauchen, als wir zur Verfügung haben«, erklärte de Groot begeistert.
»Wir müssen alles genauestens auskundschaften.«
»Daran habe ich schon gedacht. Wir müssen genau wissen, wo die englischen Truppen stehen. Das wird Micahs Aufgabe sein.«
Micah erwies sich als guter Kundschafter, der immer vorsichtig vorging. Eines Morgens halfterte er sein Pony weit hinter den englischen Linien an, umging die Wachtposten und betrat kühn die kleine Stadt, in der die Briten konzentriert waren. Er bewegte sich ungezwungen, bildete sich eine Meinung über Menge und Art der Truppen und erriet ziemlich genau, wie lange sie gedachten, an diesem günstigen Standort zu bleiben.
Er blieb zwei Tage in der Stadt, wo er in der Anonymität der schwarzen Bevölkerung unterging, obwohl ihn einige erkannten; aber sie verrieten ihn nicht, weil es ihnen gleichgültig war, welche Seite siegte.
Als er zu seinem Pony zurückkam, davon überzeugt, daß er die Aufstellung der Armee ziemlich gut kannte, ritt er südwärts und dann nach Westen, wo die Kavallerie untergebracht war. Wieder band er sein Pony an einer entfernten Stelle an und machte sich zu Fuß auf den Weg zum Lager. Er mußte von einem kleinen Hügel zum anderen schleichen, wobei er riskierte, von einer aus dem Quartier kommenden Übungsgruppe aufgefunden zu werden.

Er bewegte sich also mit äußerster Vorsicht bis auf etwa zweihundert Meter an die Reihen der angebundenen Reittiere – es waren große argentinische Pferde – heran.
Ein Kontingent junger Männer verließ die Zelte, schlenderte zu den Pferden und saß zwanglos auf. Nachdem sie die Riemen straffgezogen hatten, warteten sie auf die Ankunft ihres Offiziers, der endlich auf einem auffallend roten Pferd daherkam, das viel größer war als die anderen. Was für ein prachtvolles Tier, dachte Micah, während er die Entwicklung der Ereignisse beobachtete, die eine beträchtliche Gefahr heraufbeschworen.
»Los!« hörte er den jungen Offizier rufen, und die sechsundvierzig Mann setzten sich hinter ihm in Bewegung. Statt den Säbel zu verwenden, der an seiner Seite hing, wies er nur mit der rechten Hand in die Richtung, in die sie reiten wollten, und Micah sah entsetzt, daß sie auf ihn zukommen würden. Er drückte sich flach zwischen zwei Felsen, die ihm Deckung boten.
Ein Hornsignal ertönte, und die Männer kamen heran. Sie ritten in dreißig Meter Entfernung an der Stelle vorbei, wo er sich versteckt hielt, kein einziger blickte nach rechts oder links; da es ein Übungsritt war, hielten sie es nicht für notwendig, wachsam zu sein, machten aber plötzlich halt, blickten in seine Richtung und begannen zu lachen. Einen schrecklichen Augenblick lang glaubte er, sie hätten ihn entdeckt und er müßte nun als Ziel für ihre Lanzen herhalten, doch dann hörte er in einiger Entfernung ein leises kratzendes Geräusch. Drei kleine Mungos waren aus ihrem Bau gekommen, um sich die Reiter anzusehen, und als einer der Soldaten einen Ausfall gegen sie machte, rissen sie aus. Einer der Männer rief: »Bravo, Simmons. Erstich so drei kleine Buren, und du kriegst einen Orden.«
Als sie ihren Galopp fortsetzten, kamen sie genau in die Gegend, wo Micah sein Pony gelassen hatte, und er erwartete jeden Augenblick, ein »Halloo!« zu hören. Aber nichts geschah, und nach längerer Zeit galoppierten sie zu ihrem Lager zurück.
Er konnte auf Grund seiner sorgfältigen Aufklärung General de Groot genau über die Art der beiden Truppenkörper informieren: »Die Soldaten werden viele Tage dort bleiben. Die Kavalleriepferde stehen am Rand des Veld, vor den Zelten der Männer. Sie erwarten einen Angriff von der anderen Seite, auf der sie die Buren vermuten.«
Das Venloo-Kommando bildete keine Linie, als es zu seinem Einsatz aufbrach. Es hatte eine gefährliche Aufgabe zu erfüllen und mußte so beweglich wie nur möglich sein. Langsam legten sie ihren Weg durchs Niemandsland zurück, bis sie sich dem Gebiet näherten, in dem die beiden englischen Kontingente untergebracht waren. Schließlich erreichten sie einen etwa sechshundert Meter vom Kavallerielager entfernten Punkt, wo sie absaßen. »Bewacht die Pferde!« sagte General de Groot seinen Schwarzen, die zurückblieben; das heißt, alle blieben bei den Pferden außer Micah Nxumalo, der mit dem Kommando vorwärtsschlich, um seinen General an die Stelle zu führen, wo sich die Pferde des Feindes befanden.
Es dämmerte schon. Sie blieben gebückt und eilten im Zickzack von Felsen

zu Felsen über das Veld, bis sie sich in der Nähe des englischen Lagers befanden. Sie würden in dieser schönen Sommernacht diese Stellungen mindestens sechs Stunden lang behalten, in denen sie weder sprechen noch rauchen durften. Insekten belästigten sie, es wurde viel gekratzt, aber im allgemeinen verhielten sich die Männer still.
Sterne erschienen am Himmel, der Mond ging auf, in der Ferne knurrte eine Hyäne, dann lachte sie. Vertraute Sternbilder zogen zu ihrem Zenit, begannen dann langsam abzusteigen, und Stille lag über dem Lager. Um Mitternacht kamen einige Kavalleristen aus einem Messezelt, standen eine Weile plaudernd beisammen und wünschten einander gute Nacht, als sie sich trennten.
»Sssst«, signalisierte de Groot, und sechs seiner Leute krochen vorwärts. Sie fühlten sich keineswegs wohl dabei, denn das Abschlachten anderer Menschen, selbst ihrer Feinde, war ihnen zutiefst zuwider. Aber die Kette von Niederlagen ließ ihnen keine andere Wahl. Als sie auf zehn Meter an das Pferdegehege herangekommen waren, sprang de Groot kühn vorwärts, und seine Leute folgten ihm.
Drei von ihnen stürzten Schranken um und ließen Hunderte von Pferden frei. Andere ergriffen die Zügel von sieben großen Pferden, die für Notfälle gesattelt waren, und führten sie hinaus. De Groot und Jakob gingen zu der Koppel mit den ausgesuchten Pferden der Offiziere und erschossen sie der Reihe nach, wobei sie die meisten töteten, die übrigen für immer unbrauchbar machten.
Es gab keine Panik, keine Eile, als Hornsignale ertönten, es wurde nur Brennmaterial aufgehäuft und Streichhölzer angezündet. Bevor ein englischer Kavallerist zu den Vorräten gelangen konnte, standen sie in Brand, und dunkle Gestalten ritten davon. Was die Engländer wütend machte, als sie auf den Schauplatz kamen und nicht zurückschlagen konnten, denn ihre Pferde waren fort, war die Tatsache, daß sie im Licht der auflodernden Flammen Buren zu Pferde sehen konnten, die zwischen den freien Pferden herumgaloppierten und sie niederschossen.
»Mein Gott!« schrie ein junger Offizier. »Sie erschießen die Pferde!« Wütend begann er auf die sich zurückziehenden Buren zu schießen, und obwohl alle wußten, daß die Angreifer unerreichbar waren, feuerte das gesamte Kavalleriekontingent auf sie und fluchte, als sie ihre großen Hengste zusammenbrechen sahen. Als es dämmerte, war es den Engländern wie den Buren klar, daß die letzte Phase dieses Krieges außerordentlich bösartig und häßlich werden würde.
»Eine unmenschliche Tat«, rief General Kitchener, als er die toten Pferde sah. »Kein zivilisierter Mensch würde so etwas tun.«
Dazu hatte er aber kein Recht, denn in der mörderischen Schlacht, die zur Kapitulation von General Cronje und seinen viertausend Buren geführt hatte, gab es einen kritischen Moment, als die Linie der Engländer ins Wanken geriet. Die einzige Rettung war, die Buren durch irgendeine dramatische Aktion abzulenken. Deshalb befahl Kitchener:

»Kavallerie, im Zentrum angreifen! Auch wenn ihr das Burenlager nicht erreicht, feuert auf sie aus allen Rohren!«
»Sir«, widersprach der schottische Kommandeur der Reiter, »das wäre glatter Selbstmord.«
Kitchener richtete sich steif auf. Er wußte, daß der Befehl nach den üblichen Maßstäben verrückt war, aber diese große Schlacht war ebenfalls unüblich. »Ich befehle Ihnen, das *laager* anzugreifen!«
Der Schotte salutierte rasch. »Sehr wohl, Sir.« Es war ihm klar, daß er, wenn er nicht gehorchte, vor ein Kriegsgericht kommen und vielleicht erschossen würde, wußte aber auch, daß zweihundert seiner besten Männer sterben würden, wenn er gehorchte. Da löste er das Problem auf heroische Weise. Er wandte sich zu seiner Brigade und sagte: »Zwanzig Schritt zurück und neu gruppieren!« Seinen vier Offizieren befahl er: »Zurück ins Lager und holt uns mehr Munition!« Als sich alle hinter ihm in Sicherheit befanden, wandte er sich dem entfernten Feind zu und begann, wie befohlen, langsam auf das *laager* zuzureiten.
Er kam immer näher, seinen Männern weit voraus; er ritt auf einem großen Schimmel, der mit großer Würde vorwärtsschritt. Plötzlich spornte er sein Pferd an und stürmte auf die hinter Bollwerken gut verborgenen feindlichen Kanonen zu, und da wurde es den Engländern und den Buren klar, was er tat. Er gehorchte nur seinem Befehl. Aber sein Gehorsam bedeutete nicht, daß er seine Soldaten in den Tod führen müsse. Es herrschte Stille, und dann zog er seinen Säbel, hielt ihn im richtigen Winkel, und während sein schönes großes Roß vorwärtsstürmte, schrie er: »Angriff!«
Die Buren, die zusahen, wie er in die Mündungen ihrer Kanonen galoppierte, konnten sich nicht entschließen zu feuern, aber ein Bürger, der Sir Walter Scott gelesen hatte, verstand die Traditionen der Ritterlichkeit und wußte, daß es bei einem solchen Angriff keinen Rückzug mehr gab. »Feuer!« rief der Mann, aber niemand reagierte darauf. »Feuer!« schrie er wieder. »Wir müssen ihm helfen.« Doch wieder herrschte ehrfurchtsvolle Stille. Als aber der Reiter beinahe die Kanonen erreicht hatte, eröffneten die Buren das Feuer auf ihn, und er fiel tot vom Pferd.
Für General Kitchener gehörte es zur Kriegführung, einen schottischen Offizier und seine Reiter in den sicheren Tod zu schicken. Infolge dieser Schulung war er imstande gewesen, General Cronje zu vernichten; daß aber Paulus de Groot zweihundert argentinische Pferde tötete, war laut Kitcheners Worten »eine Wahnsinnstat, ein barbarisches Verbrechen außerhalb der Regeln eines zivilisierten Krieges«.

Von nun an sollte der Krieg durch viele unmenschliche Taten gekennzeichnet sein, es hing aber ganz davon ab, von welcher Seite man es sah, wenn es um Unmenschlichkeit ging. Die englische Einstellung wurde von General Kitchener so formuliert: »Verdammt noch mal, es ist doch vernünftig, was ich meine. Warum kleiden sie sich nicht in Khaki wie eine richtige Armee, so daß man sie sehen kann, und warum steigen sie nicht von ihren verdammten Ponys ab und kämpfen wie Männer? Was soll das, einen Mann niederschlagen und dann davonlaufen – sind sie Feiglinge oder was? Die verdammten Wogs (Inder) kämpfen besser als diese Kerle. Sie brauchen allesamt eine ordentliche Tracht Prügel.«

General Roberts, ein zurückhaltenderer Mann, hatte den Buren drei Dinge vorzuwerfen: »Sie gehorchen ihren Kommandeuren nicht, es ist somit unmöglich, mit ihnen einen Waffenstillstand zu schließen. Es mangelt ihnen an Disziplin, also weiß man nie, was sie als nächstes tun werden. Und, ich spreche nicht gern davon, aber sie sind nachlässig, tatsächlich sehr nachlässig im Gebrauch der weißen Fahne.« Auf die Frage eines Pariser Zeitungskorrespondenten, was er damit meine, wollte er jeden Disput vermeiden und schwieg, als ihn aber andere mit gezücktem Bleistift bedrängten, sagte er offen: »Sie kommen mit der Fahne auf Sie zu. Wiegen Sie in Sicherheit. Dann lassen sie sie fallen und kämpfen weiter.«

»Das ist doch nicht möglich, Sir.«

»In der Schlacht bei Driefontein sah ich es mit meinen eigenen Augen.«

Wogegen Kitchener äußerst energisch protestierte, war die Gewohnheit der Buren, die Leichen englischer Soldaten zu plündern und sich Kleidungsstücke anzueignen, die sie brauchten: »Die Leichenschänder erscheinen in unserem Khaki. Auf fünfzig Schritt weiß man nicht, daß es Feinde sind. Das ist eine eklatante Verletzung der Regeln zivilisierter Kriegführung.«

Die englischen Führer machten viel Aufhebens von diesen »Regeln zivilisierter Kriegführung«; sie meinten, ein Feind sollte sich grundsätzlich so verhalten wie die barfüßigen Inder und Ägypter: mit rostigen Gewehren in der Reihe stehen, warten, während die Phalanx der Rotjacken-Bataillone auf sie zumarschiert und feuert; weglaufen, wenn die Kavallerie angreift, sich ergeben und in ihr Land zurückkehren, wenn der Krieg zu Ende ist. Es beunruhigte sie, daß Männer europäischer Abstammung so kämpften wie die Buren, mit Täuschungen, Schnelligkeit und der üblen Gewohnheit, sich in der Landschaft aufzulösen, anstatt sich zu ergeben. Und daß diese Buren mit den besten deutschen Mauser- und französischen Martini-Henri-Gewehren ausgerüstet waren, paßte ihnen überhaupt nicht.

Aber auch die Buren hatten allen Grund zur Klage. Ihrer Ansicht nach war es unmenschlich und stand im Widerspruch zu den Prinzipien zivilisierter Kriegführung, Kavallerieangriffe auf riesigen Pferden und mit Lanzen zu führen. Hunderte von Buren, die zu Beginn des Krieges nur mürrischen Groll gegen die Engländer empfanden, verabscheuten sie allmählich deswegen, und als de Groot und seine Leute die argentinischen Pferde erschlugen, spendeten sie Beifall.

Die vielleicht tiefste Differenz zwischen Buren und Engländern betraf den Einsatz schwarzer Truppen: Beide Seiten verwendeten schwarze Kundschafter, doch immer öfter wurden bei den Schwarzen auf englischer Seite Waffen gefunden. Diese Nachricht verbreitete sich in Windeseile. »Die Engländer bewaffnen die Kaffern.« Das war ein Fauxpas ohnegleichen, denn ganz gleich, wie verzweifelt die beiden weißen Armeen gegeneinander

kämpften, im Grunde blieb für beide Seiten der Schwarze der eigentliche Feind, der nun als lachender Dritter zuschaute.
Die englischen Kommandeure kannten die Ansichten der Buren in diesem Punkt, aber das hinderte sie nicht daran, farbige Einheiten vom Kap anzuwerben und zu bewaffnen, und das vergaben ihnen die Buren nie.
Außerdem vertiefte die Tatsache, daß die Engländer diese Farbigen benutzten, nur den Unwillen der Buren darüber, daß so wenige Afrikander vom Kap freiwillig bereit waren, ihnen zu helfen. Viele hofften noch immer auf einen Massenaufstand gegen die Engländer in den beiden Kolonien Kap und Natal, aber nicht mehr als dreizehntausend schlossen sich ihnen an. Was besonders ärgerlich war, Tausende Kapbürger holländischer Abstammung schlossen sich den Männern englischer Abstammung in den Kolonialregimentern an, die in britischen Armeen gegen die Buren kämpften. Viele im Norden starben wegen dieses Verrats, von Haß gegen ihre Brüder erfüllt.
Der andere Grund zur Klage für die Buren war weniger kompliziert. Infolge ihrer strengen Religiosität versuchten sie jede Tätigkeit an Sonntagen zu vermeiden, und als General de Groot einmal während eines längeren Gefechts mit seinen Männern die Sonntagsandacht verrichtete und die Waffen schwiegen, kam einer der Männer aus Venloo hereingestürmt und schrie: »Sie spielen Cricket!«
De Groot ging zu einem günstigen Aussichtspunkt und blickte durch sein Fernglas auf das grüne Feld, wo die englischen Offiziere sich beim Sport vergnügten. Er war über diese Entweihung des Sonntags entsetzt und befahl einem Spiegeltelegraphisten, ein Telegramm aufzusetzen, daß sie mit dem Spiel aufhören sollten. Schließlich sei Sabbath. Als die Engländer den Spielstand »Achtzig-sieben für drei *wickets*« zurücktelegraphierten, rannte er wütend zu einer großen Kanone.
»Feuert auf sie!« Als das Creusot-Ungeheuer geladen war und gezielt wurde, warnte er zu Vorsicht: »Aber nicht zu nah.« Die Granate schlug weit vom Cricketfeld ein und verletzte niemanden. Die Offiziere spielten phlegmatisch weiter, so daß eine zweite Granate abgefeuert werden mußte, die so nah einschlug, daß die jungen Männer Hals über Kopf flüchteten. Als Abgesandte mit einer weißen Fahne kamen, um gegen den Bruch des Waffenstillstandes zu protestieren, antwortete de Groot: »An Sonntagen habt ihr zu beten wie wir, nicht Cricket zu spielen wie Heiden.«
Die Sache mit der Religion verwirrte de Groot und van Doorn immer. Sie wußten, daß sie gottesfürchtige Männer waren; sie waren davon überzeugt, daß Er sich mit besonderer Aufmerksamkeit ihrer annahm; sie wußten auch, daß Gott die Engländer verachten mußte, da sie der Bibel gleichgültig gegenüberstanden. Dennoch gab es Widersprüche, auf die de Groot in einem Bericht an den Rat hinwies:

> Ich kann es nicht verstehen. Die Engländer haben bei jeder Einheit einen Kaplan, wie sie ihn nennen, und ich habe nie tapferere Männer gesehen. Um einem gefallenen Kameraden zu helfen oder für einen

Sterbenden die letzten Gebete zu sprechen, gehen sie mitten durchs Gewehrfeuer, so daß unsere Leute ihnen oft bewundernd Beifall spenden. Wir Buren aber, die in einem besonderen Bund mit Gott leben und sterben, haben Priester, die erschrecken, wenn auch nur ein Pistolenschuß kracht. Um unser seelisches Wohlergehen kümmerten sich die Geistlichen Nel und Maartins, aber nicht lang. Beim ersten Kanonenschuß stellten diese beiden *dominees* rasch fest, daß das Kommandoleben nichts für sie war. Keinem Mitglied meines Kommandos fehlen sie, denn wir sprechen unsere Gebete selbst.

Eine böse Angelegenheit wurde nie in der Öffentlichkeit erörtert. Sie war jedoch die Ursache für heftige Feindseligkeit, wie General de Groot eines Morgens feststellte, als sein Kommando sechs Engländer gefangennahm. Der junge Offizier, ein blonder Bursche vom Oriel College, dessen erstes Kommando es war, protestierte bitter: »Sir, warum erniedrigt ihr Buren euch dazu, Dumdumgeschosse zu verwenden?«
De Groots Miene veränderte sich nicht. »Haben wir sie verwendet?«
»Ja! Ja!« rief der junge Mann fast hysterisch. »Chalmers wurde am Kinn getroffen. Hätte bloß eine häßliche Wunde sein sollen. Das Dumdum zerplatzte, zerfetzte den ganzen Kopf. Atkins wurde in den Bauch getroffen. Wäre normalerweise durchgekommen. Das Dumdum reißt seinen ganzen Bauch auf.« Als de Groot nicht antwortete, schrie der Junge: »Es ist unmenschlich, Mijnheer!«
De Groot nickte van Doorn zu: »Zeig ihm die drei.« Und Jakob holte aus einer Spezialtasche drei Dumdum-Patronen, die er dem jungen Mann in den Schoß warf. Der Engländer untersuchte sie und erbleichte. Entsetzt blickte er de Groot an und fragte: »Stimmt das, Mijnheer? Unser eigenes Woolwich Arsenal?«
»Sag ihm, woher wir sie haben«, befahl de Groot, und van Doorn sagte: »Sie haben von unserem Überfall auf die Kavalleriestation gehört? Die sieben großen Pferde, die wir behalten haben? Diese Kugeln, die Sie in der Hand halten, kommen aus diesem Patronenbeutel, den wir an einem der Sättel befestigt fanden.«
Der junge Mann meinte entschuldigend: »Sie waren für den Krieg an der afghanischen Grenze bestimmt. Nicht für einen Krieg unter zivilisierten Völkern.«
Im Herbst 1900 war so etwas nicht mehr wichtig, denn die Überlegenheit der Engländer begann sich auszuwirken. Sie hatten jetzt etwa zweihundertfünfzigtausend Mann gegen höchstens dreiundsechzigtausend Buren im Feld, und es war unmöglich, daß sich die wenigen, wie tapfer sie auch waren, noch weiter gegen so viele halten konnten.
In kühnen, aber sorgfältig vorbereiteten Aktionen brachten die Generäle Roberts und Kitchener ihre Elitetruppen nach Johannesburg und Pretoria. Eine Stadt nach der anderen fiel in die Hände der Tommies, und am siebzehnten Mai wurde sogar das Städtchen Mafeking nach langer Belagerung

eingenommen. General Robert Baden-Powell, der Pfadfindertaktik angewendet hatte, um die Stadt am Leben zu erhalten, wurde in der ganzen Welt als Held gefeiert, und sein mannhaftes Verhalten gab den englischen Truppen zusätzlichen Mut, als sie gegen Johannesburg marschierten, das sie am 31. Mai 1900 eroberten.
Nun kam das populärste und in vieler Hinsicht das beste aller Kriegslieder, »Wir marschieren nach Pretoria«. Tausende Männer sangen es, während sie die Burenhauptstadt einschlossen, und man hörte ihre triumphierenden Stimmen, als der letzte Zug Pretoria auf der denkwürdigen Fahrt über die Strecke verließ, die nach Lourenço Marques in Moçambique führte. Das war die einzige Linie, die sich noch in den Händen der Buren befand, und im Waggon Nummer 17 saß an diesem düsteren Tag Oom Paul Krüger, der verzweifelt die Flucht ergriff.
Die Engländer brauchten nur fünf Tage, um Pretoria einzunehmen; es fiel am 5. Juni 1900, und der große Burenkrieg war damit beinahe vorbei. In England herrschte solche Freude, daß die Polizei Krawalle befürchtete, und Familien, die noch Söhne in Afrika hatten – und deren gab es viele –, weinten, ohne sich ihrer Tränen zu schämen, weil ihre Söhne heimkommen würden.
Das Land war nur noch von einigen kämpfenden Gruppen zu säubern. General Roberts wollte nicht nach London zurückkehren, ehe sich auch die letzte Bahnlinie in seiner Hand befand, denn das würde bedeuten, daß jeder weitere Widerstand, auch von Guerillaeinheiten wie dem zusammenschmelzenden Kommando Paulus de Groots, unmöglich sein würde. Als guter Soldat unterließ es das kleine, einäugige Genie, den Sieg zu verkünden, ehe Präsident Krüger endgültig aus Südafrika vertrieben war, und um das zu erreichen, machte er den Vorschlag, er und Kitchener sollten an der Eisenbahnlinie entlang nach Osten vorrücken, während General Buller von Süden her die Zange schließen würde.
Der Fährmann vom Tugela ging wieder einmal äußerst bedächtig vor. Als Roberts ungeduldig wurde und einen englischen Oberst zu ihm schickte, war es Major Saltwoods Aufgabe, ihn zu begleiten.
Der Oberst bekam einen Wutanfall über die Anzahl der Wagen, die Buller mitführte, und sagte: »Du meine Güte! Wir befinden uns in der Endphase eines Krieges. Er sollte vier Fünftel dieser Wagen zurücklassen und im Galopp nach Norden kommen, um uns zu helfen.«
»Warten Sie«, verteidigte Saltwood den Beschuldigten. »Buller kommt langsam voran, aber ich habe bemerkt, daß er seine Aufgaben mit minimalen Verlusten an Menschenleben erfüllt. Kein General schützt seine Truppen so wie dieser alte Mann.«
»Aber um welchen Preis? Er will kein Risiko eingehen.«
»Das dachte ich auch. Wenn ich ihn aber in Aktion beobachte...«
»In welcher Aktion? Wissen Sie, wie man ihn im Hauptquartier nennt? *Sitting Bull.*« Der Oberst lachte herzlich über diesen Witz aus der Offiziersmesse.

Saltwood richtete sich steif auf. »Sir, wir haben ein Dutzend komischer Namen für den alten Burschen. Aber wissen Sie, wie seine Soldaten ihn nennen? John Bull.«
Der Oberst war nicht beeindruckt, aber als er Buller wegen der übertrieben hohen Anzahl seiner Wagen zur Rede stellte, bekam er nur ein verächtliches Schnaufen zur Antwort: »Hol mich der Teufel, Mann, mit leerem Magen können Truppen nicht vorwärts marschieren.«
»General Roberts sagt, Sie denken zuviel an Ihre Leute.«
»Kein General hat jemals eine Schlacht verloren, weil er seine Männer schonte.«
»Als Sie diesen Feldzug begannen«, stellte der Oberst frostig fest, »versprachen Sie, er werde bis Weihnachten zu Ende sein. Das waren die vorigen Weihnachten, Sir.«
Buller ließ keinen Ärger erkennen. Er kniff nur die kleinen Augen unter dem Mützenschirm zusammen und sagte einfach: »Verdammt alberne Erklärung. Machte sie, bevor ich die Buren im Kampf kennengelernt hatte. Sie sind gewaltige Kämpfer, Sir, und wenn Roberts meint...« Der Rest seiner Widerlegung verlor sich in dem mächtigen Schnurrbart.
Das offizielle Treffen verlief ergebnislos, als sich Buller aber brummend zurückzog, blieb Saltwood bei dem Oberst. »Ich habe bei unserem Marsch nach Norden einen bemerkenswerten Mann erlebt. Ein Sieg nach dem anderen, fast ohne Verluste. Er scheint ein unheimliches Gefühl dafür zu haben, was seine Soldaten erreichen können, wo sie zuschlagen sollen.«
»Am Spion Kop war er jedenfalls eine Katastrophe.«
»Am Spion Kop verließ er sich auf General Warren. Jetzt verläßt er sich auf sich selbst.«
»Verteidigen Sie etwa Sir Redvers?«
»Jawohl. Er ist nicht so wie Roberts, der überall herumfliegt, oder wie Kitchener, der sich ins Geschützfeuer stürzt. Er ist ein älterer General mit einem gesunden Sinn für Kriegführung und mit Verantwortungsbewußtsein für seine Soldaten.«
Das bewies Buller auf unangenehme Art, denn er sagte in Hörweite des ihn besuchenden Obersten: »Saltwood, wir stehen vor dem letzten Vorstoß. Bringen Sie mir aus Trianon fünfhundert Flaschen von ihrem besten Schaumwein. Es ist zwar kein Champagner, schmeckt aber gut am Ende eines langen Marsches. Und bringen Sie auch Bier mit für die Soldaten.«
Als die beiden dienstjüngeren Offiziere allein waren, sagte der Besucher: »Er hat nie in seinem Leben einen langen Marsch gemacht.«
»Eines kann ich Ihnen versichern«, meinte Saltwood. »Am Tag des Sieges wird es der alte Buller sein, der einmarschiert.« Und als der Oberst höhnisch lächelnd gegangen war, stellte Frank zu seiner Verwunderung fest, daß er allmählich den Fährmann vom Tugela ins Herz geschlossen hatte, denn Redvers Buller mit seinen zwinkernden Augen, dem Auberginenkopf und dem Fernrohr zwischen den Zehen wußte, was Krieg bedeutete, wie er geführt werden mußte und wie man ihn gewinnen konnte.

Als er zu den Trianon-Weingärten kam, um den größten Teil ihrer Flaschenabfüllung zu requirieren, entdeckte Saltwood, daß seine Frau aus Kapstadt nach Osten gereist war, um ein paar Tage mit ihm zu verbringen, und von ihr erfuhr er, daß der Krieg eine dramatische Wendung genommen hatte, von der er nichts wußte.
Maud fragte besorgt: »Glaubst du, Frank, daß dieser Schritt von General Roberts gerechtfertigt ist?«
»Er ist ein brillanter Taktiker. Zwei Armeen konzentrieren sich auf die letzte Bahnlinie, die die Buren halten. Das wird den Krieg beenden.«
»Ich meine nicht die Eisenbahn. Ich meine die verbrannte Erde.«
Sie sah unglaublich schön aus. Der Sonnenschein von Trianon fiel auf ihr kastanienbraunes Haar mit den wundervollen Locken und der kunstvollen Frisur, und ihre Augen glühten so intensiv wie damals, als er sie das erstemal getroffen hatte. Krieg und Entscheidungen waren vergessen, während er sich über sie beugte, um sie zu küssen, aber sie erwiderte seine Zärtlichkeit nur gewohnheitsgemäß und kam dann sofort wieder auf ihr Anliegen zu sprechen.
»Ja, er hat den Buren den Befehl erteilt: ›Legt die Waffen nieder, oder wir brennen eure Farmen nieder und verwüsten eure Felder. Wenn ihr kämpft, werdet ihr verhungern.‹« Sie holte tief Atem. »Wirklich, Frank, ist das eine anständige Kriegführung?«
»Nun, sie sind ein Feind, der nicht leicht zu bekämpfen ist. Du schlägst sie hier nieder, und sie brechen dort wieder aus. Ich hatte nicht von dem neuen Befehl gehört...«
Sie zeigte ihm ein von General Roberts unterschriebenes Exemplar, und er sah, daß sie es korrekt wiedergegeben hatte. »Scheint mir vernünftig. Wir haben sie geschlagen, weißt du, vollkommen besiegt, und diese Verfügungen gelten nur für die zerstreuten Reste.«
»Aber sie klingen so barbarisch. Sie klingen gar nicht britisch. Sie klingen wie Dschingis-Khan.«
»Es ist nur das Aufräumen nach dem eigentlichen Krieg, Maud.«
»Warum bist du dann hier und kaufst Wein für euren dummen General?«
»Er ist nicht dumm, Maud. Er ist ein Mann, der genau weiß, was er tut, wenn ich auch früher anders dachte.«
»Aber warum der Wein?«
Sie schob das Kinn vor und zeigte die Härte, die bei ihr hervortreten konnte, wenn sie es mit Dummheit zu tun hatte. Frank ärgerte sich über ihre Fragen und platzte unbesonnen heraus: »Weil er gern ordentlich ißt, selbst in Kriegszeiten. Und er tut es, weil er der Neffe eines Herzogs ist, der ihm Geld gibt, das er ausgeben kann, wie es ihm paßt. Es paßt ihm eben, Champagner zu kaufen, deshalb.«
Es war eine alberne Antwort, das wurde ihm sofort klar, als er ausgeredet hatte. »Es war ein langes, zermürbendes Jahr«, sagte er. »Aber ich habe den alten Buller schätzen gelernt, und du müßtest dich meiner schämen, wenn ich ihn jetzt im Stich ließe.«

»Tut mir leid, wenn ich schroff gesprochen habe«, sagte sie so unschuldig, daß er sie umarmen mußte, aber während er sie küßte, kam sie wieder auf das Thema zurück: »Brennt General Buller Farmen nieder?«
»Das würde er nie tun. Er kämpft gegen Armeen, nicht gegen Frauen und Kinder.«
»Aber es ist ein Befehl. Von Roberts.«
Frank lachte. »Ich habe bei Buller eine herrliche Lektion gelernt. Wenn ein blöder Befehl erteilt wird, nimm ihn nicht zur Kenntnis.«
»Aber er brennt Farmen nieder?«
»Liebste, er ist ein fabelhafter, brummiger alter Narr, der mehr Sinn für Kriegführung hat als alle anderen. Er wird diesen Krieg auf seine Art führen, mit gutem Essen und schäumendem Trianon und viel Ruhe für seine Soldaten. Und weißt du was? Am Ende wird er siegen.«

Auf der anderen Seite der Front hatte General de Groot mit Schwierigkeiten zu kämpfen. Das Venloo-Kommando bestand nun nur mehr aus dem General und neunzig Reitern, sowie ihren Schwarzen. Es war lächerlich, es noch länger aufrechtzuerhalten, und das sagte ihm eines Nachmittags auch der Rat.
Er stand in seinem zweireihigen zerfetzten, verschlissenen Gehrock, dessen Silberknöpfe abgerissen waren, vor seinen Leuten, hatte den hohen Zylinder auf dem Kopf – eine einsame Gestalt, ein dicker, alter Mann von achtundsechzig, den die Welt übergangen hatte. »Der Kommandierende General sagt, daß wir uns Tobias Brands Kommando anschließen müssen.«
»Wir sind neunzig Mann!« widersprach van Doorn. »Wir können noch immer als Einheit kämpfen.«
»Nein. Wir müssen den Befehlen gehorchen. Es gibt unser Kommando nicht mehr.«
»Aber es wäre demütigend – von jemand anderem Befehle anzunehmen, nachdem du General gewesen bist.«
»Nicht für mich. Mir ist es gleichgültig, wo ich kämpfe.« Er rief Sybilla und sagte in Gegenwart seiner Leute: »Alte Dame, sie befehlen mir, mein Kommando abzutreten und unter Tobias Brand zu kämpfen.«
»Er ist ein tüchtiger Mann«, sagte sie. »Ich werde den Wagen holen.«
Aber als sie zusammen mit van Doorn, mit dem sie den Wagen teilten, zu Brands Lager ritten, sagte der jüngere General: »Sie wissen, wer hier das Kommando führt?« Und de Groot sagte: »Sie, Tobias.«
Nun erhob Brand Einwände dagegen, Sybilla mitzunehmen, denn sie war viel älter als die Frauen in seinem Kommando, aber Paulus setzte sich für sie ein: »Dieser altgediente Wagen ist ihr einziges Heim. Wir haben sechzig Jahre lang Seite an Seite gekämpft.« Und so nahm sie wieder ihre Position am Ende der Kolonne ein, die nun von einem Fremden kommandiert wurde. An heißen Tagen, wenn sie eine Antilope schießen konnte, bereitete sie *biltong* für die langen Trecks, die, wie sie wußte, vor ihnen lagen.
Wer auch nur flüchtig auf die Karte von Südafrika blickte, konnte sehen,

welche Strategie die englischen Streitkräfte verfolgen mußten, und de Groot hörte zu, wenn die kämpfenden Generäle der Fronttruppenteile erklärten, was sie tun mußten, um die Burenrepubliken am Leben zu erhalten: »Die Bahnlinie nach Lourenço Marques ist unsere einzige Verbindung mit der Außenwelt. Sie muß offen bleiben. Östlich von Pretoria haben wir sie bereits verloren, aber diesen Teil dürfen wir nicht auch noch verlieren.«
Ein kurzes Fingerschnippen zeigte an, was noch übrig war: nur das Gebiet zwischen Middleburg und der portugiesischen Grenze, einschließlich der zwei Dörfer Waterval-Boven (Über dem Wasserfall) und Waterval-Onder (Unter dem Wasserfall), die deshalb bemerkenswert waren, weil sich dort in einem Gebiet von wenigen Meilen das Aussehen Afrikas vollkommen veränderte.
Der Elandsrivier, der vom Hochplateau herunterfloß, hatte eine tiefe Schlucht durch die weichen Felsen gegraben und einen schönen Wasserfall geschaffen, von dem die Dörfer ihre Namen hatten, aber das machte nicht den eindrucksvollen Charakter dieser Gegend aus. Waterval-Boven, das am Rand des Hochplateaus lag, war eine typische Veld-Siedlung in einer rauhen Landschaft mit weiten Strecken fast unfruchtbaren Landes von abschrekkendem Aussehen. Dann kam der Steilabfall, und man befand sich in Waterval-Onder in den üppigen Niederungen mit hoher Luftfeuchtigkeit, verflochtenen Reben und erstaunlichem Reichtum an Gras und Bäumen.
Im Winter 1900, als die Republik Transvaal zerfiel, gerieten die beiden Watervals auf der ganzen Welt in den Brennpunkt der Aufmerksamkeit, denn in das obere kam der fünfundsiebzigjährige, gebeugte und müde Oom Krüger, ein Präsident, der sein Land verlor. Er machte den letzten Versuch, von seinem Eisenbahnwagen aus seine Nation zusammenzuhalten. Er hatte Pretoria nicht verlassen wollen und war sehr unglücklich darüber, daß er seine Frau allein zurücklassen mußte, aber hier befand er sich unweit des Endes der Bahnlinie.
Die Männer, die die Kommandos führten, suchten ihn auf und sprachen ehrerbietig von seinen früheren Leistungen: »Oom Krüger, wir befinden uns in der Nähe des Parks, den Sie für die Tiere errichtet haben. Die Löwen und Giraffen danken Ihnen.«
»Ihr gierigen Kerle habt mir beim Streit um den Park wenig geholfen. Euch ging es ja nur darum, die Elefanten wegen ihrer Stoßzähne abzuschießen.«
Als General de Groot vorbeikam, um ihm seine Aufwartung zu machen, sagte Krüger: »Ich höre, Sie haben Sybilla bei sich. Großartige Idee, Paulus. Burenfrauen blühen im Kampf auf.«
»Sie und ich sind die einzigen, die noch beim Großen Treck dabei waren«, sagte Paulus, und Tränen traten ihm bei der Erinnerung an jene Tage in die Augen.
»War nicht Mzilikazi ein fürchterlicher Feind?« fragte Krüger. »Den ganzen Tag hindurch kämpfte er gegen uns, tötete und mordete, dann betete er die ganze Nacht mit den englischen Missionaren und erzählte ihnen, wie sein Herz wegen seines Volkes blutete.« Der müde Präsident schüttelte den

Kopf, dann fügte er hinzu: »Ich muß sagen, für Missionare hatte ich nie viel übrig. Wie kann das Bibelstudium so üble Kerle hervorbringen?«
»Sie benutzen eine andere Bibel«, sagte de Groot.
Krüger schlug sich auf den Schenkel. »Da stimme ich zu, Paulus. Die Bibel auf englisch klingt anders. Sie tun etwas mit ihr.«
»Was wollen Sie tun, Oom Paul, wenn die Engländer die Bahnlinie herunterkommen?«
»Ich soll nach Europa fahren. Die Nationen dort aufrütteln, Bundesgenossen für uns in unserem Kampf finden.«
Während die beiden Pauls sprachen, kam eine Gruppe von Offizieren zu dem Eisenbahnwagen, die beunruhigende Nachrichten brachten: »Wir bringen Sie hinunter nach Waterval-Onder. Dort ist es sicherer.«
Im neuen Hauptquartier erhielt de Groot die angenehme Aufgabe, als eine Art Verbindung zwischen den Buren oben auf dem Veld und Präsident Krüger zu fungieren, der in einem kleinen weißen Haus zwischen tropischen Gewächsen saß, wo die Luft angenehm und warm war. Aber während der nächsten Tage wurden die Nachrichten immer beunruhigender: »Oom Paul, General Roberts greift uns entlang der Bahnlinie an. General Buller kommt von Süden her.« Und da zeigte Paul Krüger, wie sehr er an den Bund glaubte, den sein Volk mit Gott geschlossen hatte.
»De Groot, Sie sollen mir helfen, eine letzte Botschaft an Ihre Bürger von Venloo zu entwerfen«, sagte er, und die beiden alten Männer, Veteranen des Großen Trecks zur Freiheit, entwarfen voller Würde in ihren Herzen die Botschaft; die Männer aus Venloo, denen sie vorgelesen wurde, lernten sie teilweise auswendig:

> Bürger, zu allen Zeiten hatte der Antichrist die Macht, Christus zu verfolgen. Heute, da die Nation Gottes, die von Ihm hierher gestellt wurde, um das Wort zu verteidigen, von Seinen Feinden angegriffen wird, muß sich jeder Mann, der Gott liebt, zu Seiner Verteidigung erheben. Die Zeit ist nahe, da Gottes Volk im Feuer erprobt werden soll, und die, die dem Glauben getreu im Namen des Herrn kämpfen, werden im Himmel aufgenommen werden und eingehen in ewige Glorie. Jenen, die von Kapitulation sprechen, sage ich, daß es ein Abfall von Gott ist. Jenen, die gezwungen sind, die Waffen zu strecken und einen Eid zu leisten, sage ich: »Ergreift sie wieder bei der ersten Gelegenheit und kämpft weiter.« Und allen sage ich, daß wir auf der Seite Gottes kämpfen, und Er wird uns sicherlich beschützen. Lest diese Botschaft bei jeder Gelegenheit Offizieren und Bürgern vor.

Als General de Groot die Botschaft an sich nahm, um sie vervielfältigen zu lassen, erfuhr er, daß Waterval-Boven durch die herannahenden englischen Streitkräfte gefährdet war. Als er zu Oom Krügers kleinem Haus zurückkehrte, blieb er eine Weile zwischen den Bäumen stehen und blickte durch das Fenster auf den bärtigen Mann, der im Begriff war, die Republik zu ver-

lieren, für deren Gründung er so eifrig gearbeitet hatte, und Tränen traten ihm in die Augen, doch er hielt sie mit Gewalt zurück: *Nou is nie die tyd, de Groot!* – Jetzt ist nicht die Zeit.
Als er in das Zimmer trat, das Krüger als Büro verwendete, sagte er energisch: »Oom Paul, Sie müssen fort. In Lourenço Marques erwartet Sie ein Schiff.«
»Ich kann nicht abreisen«, sagte der alte Mann, aber schließlich tat er es doch.

Der Nachrichtendienst der Buren erkannte sofort, was die englischen Generäle planten: »Roberts marschiert längs der Bahnlinie ostwärts. Kitchener verstärkt seine Nachhut. Das ist der Angriff, gegen den wir uns schützen müssen.«
»Was ist mit Buller, der vom Süden heraufkommt?«
»Der kommt nirgends rechtzeitig an. Den könnt ihr vergessen.«
Und so befestigten die Buren einen großen roten Hügel unweit der Bergendal-Farm, von dem die Sicherheit ihrer gesamten Frontlinie abhing. Wenn dieser Hügel genommen wurde, konnten die englischen Kanonen die Linien der Buren vernichten, und der Krieg war zu Ende.
Der Hügel war eine riesige Zielscheibe; seine steilen Abhänge führten zu einem drei Morgen großen Plateau empor, das mit verstreuten Steinblöcken bedeckt war wie der unordentliche Spielplatz von Riesen. Er wurde von einer der tapfersten Bureneinheiten gehalten – einer Gruppe von Polizisten aus Johannesburg, die härtesten der Nation, die bereit waren zu sterben. Mit seinem untrüglichen Instinkt sah General Buller, der verspätet eintraf, als die Schlacht schon im Gang war, daß der rote Hügel das Zentrum der Burenstreitkräfte war und daß die gesamte feindliche Stellung zusammenbrechen mußte, wenn er fiel. »Er sieht aus wie Spion Kop«, sagte er, als seine schweren Kanonen in Stellung gingen. »Aber diesmal habe ich den Befehl.«
Und während die Lords Roberts und Kitchener von Westen her mit konventioneller Taktik anrückten, ballerte Buller auf eigene Faust los und schloß den Hügel ein.
Diesmal war seine Taktik einwandfrei, und während Roberts und Kitchener mit offenem Mund zusahen, bombardierte seine Batterie Marinegeschütze den Hügel drei schreckliche Stunden lang mit Melinit, wobei ganze Felsbrocken zerschlagen wurden. Dann stürmten seine Leute die Befestigungen, töteten die meisten der Johannesburger Polizisten und durchbrachen die Linien der Buren.
Es war die letzte regelrechte Schlacht des Krieges, und als sie vorbei war, schrieb Buller seiner Frau: »Hier bin ich, freue mich wie ein Schneekönig... Heute bekam ich ein sehr nettes Telegramm von der Königin... *Ich* habe die Buren besiegt... während Lord Roberts' Armee, die vor mir eingetroffen war, die Chance verpaßt hatte und untätig zuschauen mußte. Was bin ich für ein Kerl!«
Redvers Buller hatte den Krieg gewonnen.

In London gab es phantastische Feiern. Ohne jemand zu fragen, entschied die alte Königin, die gerade ihr sechzigjähriges Regierungsjubiläum hinter sich hatte, daß der Sieg das Verdienst von Lord Roberts sei, der ihr persönlicher Freund war. Sie erhob ihn zum Earl, verlieh ihm den Hosenbandorden und ernannte ihn zum Oberstkommandierenden. Als Feldmarschall erhielt er von der dankbaren Nation einen ausgedehnten Landsitz und ein Geschenk von 100000 Pfund in bar, zur damaligen Zeit ein großes Vermögen.
Doch auch General Buller wurde nicht vergessen. Sobald der Krieg beendet war, wurde er an Bord eines Schiffes nach England gebracht, wo er einen einflußreichen Posten im Kriegsministerium erhielt; bei einer Menge prächtiger Galadiners überreichte ihm eine Stadt nach der anderen reich verzierte Silbergeschenke in Form von römischen Marschallstäben, auf denen die Liste seiner Siege eingraviert war: »Eroberer des Tugela, Befreier von Ladysmith, Held des Hohen Veld«. Sein Bild mit der engen kleinen Schlachtmütze erschien überall, und man war sich darüber einig, daß er vielleicht der beste Kriegsgeneral war, den England je hervorgebracht hatte. Als einige Jahre später die Fakten von Spion Kop bekannt wurden, brach natürlich die Hölle los, und die Generalität attackierte ihn, beschuldigte ihn mangelnder Führungseigenschaften. Er wurde vor Untersuchungsausschüsse geschleppt, wo er nicht gerade die glänzendste Figur abgab. Die Angriffe durch neidische Rivalen schienen ihn aber nicht weiter zu stören, denn er verlor keineswegs an Popularität, und in sein Haus auf dem Land kamen unaufhörlich Männer, die unter ihm in Südafrika gekämpft hatten, um ihm zu versichern, daß er der beste General sei, den sie je gekannt hatten. Einer machte der Presse gegenüber die Bemerkung: »Wenn man unter Buller kämpfte, ging es zwar langsamer voran, aber man bekam gut zu essen.«

An dem Morgen, an dem Lord Roberts vor seiner Königin kniete, um Earl und Ritter des Hosenbandordens zu werden, traf sich eine Gruppe müder Buren mit Schlapphüten insgeheim auf einer Farm westlich von Pretoria. Louis Botha war anwesend, Koos de la Rey, der glänzende Improvisator, und Paulus de Groot, die Bulldogge, außerdem ein asketischer junger Mann, dem man große Fähigkeiten nachsagte: Jan Christaan Smuts.
Sie hatten keine ordentliche Regierung mehr, keine Eisenbahnverbindung zur Außenwelt, keinen garantierten Munitionsnachschub, keine Ersatzpferde, kein Einberufungssystem, um ihre Reihen aufzufüllen, und kein Geld. Sie waren übel zugerichtet und beinahe aus dem Land verjagt worden, aber es gab keinen einzigen unter ihnen, der bereit gewesen wäre, sich zu ergeben.
»Die Situation ist die«, sagte Louis Botha. »Lord Kitchener hat derzeit zweihunderttausend Mann unter Waffen. Und er kann weitere zweihunderttausend bekommen. Wir haben vielleicht zwanzigtausend Bürger im Feld. Es steht also zwanzig zu eins gegen uns, dazu ihre Schiffe, ihre schweren Ka-

nonen, die Unterstützung des Empires. Was wir aber haben, ist unsere Kenntnis dieses Landes und unsere Entschlossenheit.«
Die Diskussion dauerte einige Stunden, und es gab keinen einzigen Führer, der nicht bereit war, den Kampf gegen die Engländer auf lebenslang fortzusetzen. Sie entwarfen Pläne, die nur ein Narr akzeptiert hätte, und lobten ihre eigene Kühnheit.
Paulus de Groot beteiligte sich nicht an der Formulierung dieser hochfliegenden Pläne. Aber als er seinen abgeschabten Zylinder aufsetzte, seinen Gehrock mit den beiden Sicherheitsnadeln zusammensteckte, die die verlorenen Silberknöpfe ersetzten, und sagte: »Die Schlachten sind vorüber. Nun beginnt der Krieg«, wußte jeder, was nun kommen würde.

Er begann mit einer Aktion, die in der ganzen Welt Beachtung fand. Sie wäre ein bemerkenswertes Abenteuer gewesen, wenn General de Groot sie allein vollbracht hätte, aber zwei Journalisten, ein Franzose und ein Amerikaner, hörten davon und suchten den alten de Groot in der Annahme auf, er würde eine dankbare Story liefern: der Veteran des Großen Trecks, der zuerst als General und schließlich als einfacher Soldat gekämpft hatte.
Als sie aber zu de Groot kamen und die ersten Fragen über die bevorstehende Kapitulation stellten, sah er sie erstaunt an. »Könnt ihr reiten?«
»Ja.«
»Habt ihr Angst vor Kugeln?«
»So wie jedermann.«
»Gut, denn ich mag keine Helden. Reitet mit mir und seht euch an, wie wir kapitulieren.«
Er hatte sich mit neunzig Mann neu gruppiert; sie stammten zumeist aus dem alten Venloo-Kommando, es gehörten aber auch sechzehn ältere Bürger aus anderen Bezirken dazu, die eine Gelegenheit suchten, den alten Kitchener zu piesacken. Sie besaßen gute Ponys und natürlich die übliche Ergänzung durch schwarze Gefolgsleute. Sie verfügten auch über zwei Wagen, in denen drei Frauen reisten, und als die Reporter die über sechzigjährige Sybilla de Groot sahen, schnappten sie nach Luft.
»Was tut sie hier?«
»Ohne meine Frau geh' ich nicht in den Krieg.«
»Aber der Krieg ist vorüber.«
»Nur die Vorrunden.«
Als die Journalisten endlich de Groots Aktionsplan begriffen, waren sie sowohl über die Kühnheit als auch über die Tatsache entsetzt, daß ein Mann von nahezu siebzig ihn ausgedacht haben sollte.
De Groots Absicht bestand darin, weit westlich von Pretoria und Johannesburg abzuschwenken und etwa zweiundzwanzig Meilen unterhalb der zweiten Stadt die Bahnlinie nach Kapstadt zu unterbrechen. Dann, wenn die englischen Truppen überall herumschwärmten, nach Norden zu galoppieren, wie er es schon einmal getan hatte, und zwar Richtung Johannesburg,

und dort wieder die Bahnlinie zu sprengen. Dann ein Galoppritt von sechsundvierzig Meilen nach Süden, um die Linie noch einmal zu unterbrechen. Drei Nächte, drei Richtungen, drei Anschläge. Es war verwirrend, auch nur zuzuhören; für einen englischen General, der sich im Bewußtsein seines Siegs sonnte, würde es entsetzlich sein.

Sie ließen die beiden Wagen und die Ersatzponys weit draußen auf dem Veld zurück. Als sie sich bereitmachten, in ihr verrücktes Abenteuer zu reiten, nahm der alte de Groot seinen Hut ab, küßte seine Frau und sagte ihr: »Eines Tages, meine liebe alte Frau... eines Tages wird es zu Ende sein.«

Die Buren und die beiden Korrespondenten ritten gleichmütig nach Osten, sie berechneten die Strecke so genau, daß sie plangemäß um zwei Uhr morgens die Bahnlinie Johannesburg–Kapstadt sprengten. Eine heftige Explosion erschütterte die Nacht, dann galoppierten sie in halsbrecherischem Tempo nach Johannesburg hinein, wo sie knapp vor Tagesanbruch Deckung fanden.

Bis zur Dämmerung blieben sie, wo sie waren, aber lange vor Mitternacht führten de Groot, van Doorn und Micah wieder ein Dutzend Bürger zur Eisenbahnlinie hinauf; sie hatten eine riesige Ladung Dynamit bei sich, die sie an den Schienen befestigten und aus einiger Entfernung zur Detonation brachten. Die Explosion riß das gesamte Schienensystem in Stücke, und sofort galoppierte das Venloo-Kommando auf Nebenstraßen nach Süden zu seinem dritten Auftrag. Wieder verbrachten sie die Stunden bei Tageslicht damit, die entmutigten Truppen zu beobachten, und wieder setzten sie nach Einbruch der Nacht ihren Ritt fort. Diesmal galoppierten sie fast bis zum Tagesanbruch, als de Groot sagte: »Sie werden uns nicht so weit im Süden erwarten.« Er ließ von seinen Leuten eine hundert Meter lange Schienenstrecke verminen, und als in der ersten Morgendämmerung die große Explosion ganze Schienenteile in die Luft schleuderte, zogen sich die Buren auf das Veld zurück und ritten dann weit nach Norden, wo Sybilla mit den Wagen wartete.

Der amerikanische Reporter schrieb einen Artikel, der in allen Ländern auf den Titelseiten der Zeitungen erschien: DER KRIEG HAT SOEBEN BEGONNEN, SAGT DE GROOT. Der Bericht war so genau recherchiert und so glänzend geschrieben, daß der Leser beeindruckt sein mußte. In England machte diese Schlagzeile Furore, und viele Redakteure fragten sich ernüchtert: WAREN UNSERE SIEGESFEIERN ETWA VERFRÜHT?

Es war aber der französische Zeitungsartikel, der die Phantasie der Leser anregte. Er schilderte, wie Sybilla auf dem Veld wartete, wie Paulus seinen Zylinder abnahm, bevor er sie küßte, den todesmutigen Ritt mittenhinein in die englischen Reihen und die Ruhe, mit der de Groot und seine Männer das Dynamit handhabten. Vor allem aber war der Titel eine Sensation: »Rächer des Veld«. Und der Artikel schloß mit den Worten: »Er sagte mir, daß die glänzenden Schlachten jetzt vorbei seien, aber der richtige Krieg nun beginne. Nachdem ich ihn drei Nächte lang am Werk gesehen habe, erscheint es mir glaublich.«

Nun stand der alte Mann vor einem anderen Problem. Alle Abenteurer wollten sich ihm anschließen, und der Name Venloo-Kommando ging rund um die Welt. Die Zeitungen versuchten verzweifelt, Fotos von Sybilla de Groot zu bekommen, wie sie ihren alten Wagen kutschierte, oder von ihrem Mann, wie er, den hohen Zylinder in der Hand, neben ihr stand.
Er hatte neunzig Mann, dann einhundertfünfzehn und schließlich das Maximum, das er seiner Ansicht nach mit van Doorns Hilfe führen konnte: zweihundertzwanzig. Sie waren die besten Reiter, Männer, die im Galopp laden und feuern konnten, die immer unterwegs waren, die sich nirgendwo aufhielten, denn sie hatten kein Zuhause, zu dem sie zurückkehren konnten.
Als Kitchener zu seiner Bestürzung feststellen mußte, daß die Buren nicht die Absicht hatten, sich zu ergeben, wie es ein geschlagener »Haufen« tun sollte, wurde er wütend und gab Befehl, die Farmen dissidenter Kommandomitglieder niederzubrennen, ihre Felder zu verwüsten und ihr Vieh fortzutreiben. »Sie können kämpfen, aber sie werden nichts zu fressen haben.« Bevor Lord Roberts Südafrika verlassen hatte, hatte er diese Politik der verbrannten Erde von Fall zu Fall angewendet, aber nur jene Farmen niedergebrannt, von denen bekannt war, daß sie mit den Kommandos zusammenarbeiteten; als aber Major Frank Saltwood vom nicht mehr existierenden Führungsstab Bullers zu Kitcheners Stab versetzt wurde, hatte sich die Praxis ausgebreitet. »Ich glaube wirklich nicht, daß es auf die Bürger viel Eindruck machen wird«, warnte Saltwood, als er die Ziffern studierte, aber Kitchener blieb hart, und zum ersten Mal bemerkte Saltwood die Unbeugsamkeit im Charakter dieses Mannes. Er war, von seinem auffallenden Schnurrbart abgesehen, glattrasiert, korrekt gekleidet, streng, ließ sich nichts gefallen und war anscheinend der richtige Mann für die unangenehme Aufgabe, mit den wenigen Widerspenstigen vom Schlag des alten Paulus de Groot aufzuräumen.
»Sollen wir seine Farm niederbrennen?« fragte ein englischer Adjutant, doch bevor Kitchener antworten konnte, warf Saltwood ein: »Das wäre ein Fehler, Sir. Der Mann ist bereits ein Held. Würde bloß noch mehr Sympathie erzeugen.« Nach diesen Worten starrte Lord Kitchener seinen südafrikanischen Verbindungsoffizier an und versuchte, ihn richtig einzuschätzen: Hat dieser Mann die Interessen Englands im Auge, oder ist er ein Lokalpatriot? Jedenfalls klingt sein Einwand plausibel.
»Brennen Sie de Groots Farm nicht nieder«, ordnete Kitchener an, und so wurde sie vorläufig verschont, als aber der listige alte Mann weiter an allen möglichen Orten zuschlug und die Engländer zum besten hielt, erfaßte Kitchener kalte Wut, und obwohl er de Groots Farm noch nicht niederbrennen ließ, ordnete er an, es solle zu beiden Seiten der nach Lourenço Marques führenden Bahnlinie ein breiter Streifen Land völlig verwüstet werden. Sobald das geschehen war, stürmte das Venloo-Kommando heran und zerstörte die Bahnlinie an vier Stellen zur großen Freude des französischen Korrespondenten, der den Überfall als Begleiter miterlebte.

Das war wichtig, denn die Weltpresse wandte sich gegen Großbritannien und stellte Kitchener einschließlich seiner Nation als Mörder und Menschenschinder hin. Es verging kaum ein Tag, ohne daß die einflußreichen Zeitungen in Amsterdam, Berlin und New York Kitchener angriffen, ihn als Tyrannen darstellten, der Nahrungsmittel verbrannte, während die Frauen und Kinder der Buren verhungerten. Als einer der Adjutanten des edlen Lords eine Auswahl der schlimmsten Karikaturen sah, brummte er: »Verdammt wenige von diesen großen fetten Holländerinnen verhungern.« Aber die böse Propaganda dauerte an, bis die ganze Welt das Verhalten Englands in Südafrika verurteilte, mit Ausnahme von Ländern wie Kanada, Australien und Neuseeland, die ihre verfassungsmäßigen Bindungen zum Mutterland aufrechterhielten.

Der Held in diesem unaufhörlichen Sperrfeuer burenfreundlicher Propaganda mußte General de Groot sein – der *Vengeur du Veld* und Liebling der Karikaturisten. Er war ein alter Mann in Gehrock und Zylinder, begleitet von einer Frau, deren würdevolle Haltung in jeder Lebenslage ihr die Bewunderung aller Journalisten eingetragen hatte. Gemeinsam bildeten sie ein unwiderstehliches Paar, besonders nachdem ein amerikanischer Fotograf sie, händchenhaltend neben ihrem klapprigen Wagen stehend, geknipst hatte. In London kaufte sich ein frecher Cockney-Zeitungsjunge einen Stoß weißer Briefumschläge, schrieb darauf PORTRÄT VON GENERAL DE GROOT und verkaufte sie für einen halben Shilling. Wenn der Käufer den Umschlag öffnete und nichts fand, rief der kecke Bursche zur Belustigung aller, die von dem Spaß wußten: »Hol' mich der Teufel, Chef, er is' wieder abgehau'n!«

Anstatt den Truppen Weihnachtsurlaub zu geben, wie Lord Roberts noch vor kurzer Zeit versprochen hatte, mußten etwa 200000 Mann stationiert bleiben. Dazu kamen zeitweise noch weitere 248000 hinzu. De Groot verfügte über 220 Mann. Das Kräfteverhältnis war absurd und machte die Engländer vor der Weltöffentlichkeit lächerlich.

Die große Zahl englischer Truppen hätte imstande sein müssen, die Kommandos endlich zu schnappen, aber es gelang ihnen nicht; der alte de Groot und seine Frau umgingen alle Fallen.

Einmal, als die Sommerhitze für die importierten Truppen, die an das Hoch-Veld nicht gewöhnt waren, besonders drückend war, bemühten sich unter vielen anderen folgende Einheiten, das Venloo-Kommando zu fangen: aus England die Coldstream Guards, aus Schottland die Argyll und Sutherland Highlanders, aus Irland die tapferen Royal Inniskilling Fusiliers, aus Wales die Royal Welsh Fusiliers, aus Kanada Lord Strathcona's Horse, aus Australien die Imperial Bushmen, aus Neuseeland die Rough Riders, aus Tasmanien die Mobile Artillery, aus Indien Lumsden's Horse, aus Ceylon die Mounted Infantry, aus Burma die Mounted Rifles, aus Gibraltar die 1st Manchesters, aus Mauritius die King's Own Yorkshire Light Infantry, aus Ägypten die 1st Royal Fusiliers und aus Kreta die Second Rifle Brigade.

Anfangs hatten auch die Buren Hilfe von auswärts erhalten. Aben-

teurer aus aller Herren Länder, die glaubten, für die Freiheit und gegen die Aggression zu kämpfen, waren nach Südafrika geströmt, und ein bedeutender französischer Oberst fand in ihren Reihen den Tod. Es gab ein Regiment von Iren, die immer darauf aus waren, gegen die Engländer zu kämpfen, sowie ein deutsches und ein holländisches Kontingent. Das tragischste Schicksal erlitt eine freiwillige Einheit, die aus einhunderteinundzwanzig idealistischen Skandinaviern, hauptsächlich Norwegern, bestand: In einer der ersten Schlachten des Krieges wurde fast die gesamte Einheit aufgerieben.
Über solche Vorkommnisse wurde packend berichtet, besonders in der englischen Presse, denn außer Winston Churchill kam auch Rudyard Kipling hinunter, um den Kampf zu schildern, wobei er die englische Sache in Prosa und Versen vertrat; Edgar Wallace war ein begeisterter Mitläufer; Conan Doyle glühte vor Patriotismus; H. W. Nevinson bewies aristokratische Zurückhaltung und Richard Harding Davis das Gegenteil; Banjo Patterson, der mit »Waltzing Mathilda« Australiens Poeta laureatus werden sollte, schrieb ausgezeichnete Reportagen; und in den letzten Tagen des Krieges beobachtete der ruhige John Buchan die Ereignisse. Eine merkwürdige Sammlung von Besuchern stellte sich als Beobachter ein; eines Tages erschien Prinz Kuhio, der Thronerbe von Hawaii, und wurde als Sproß einer stets betont pro-englischen Familie an die Front eingeladen, wo er die Abzugsleine einer großen Kanone betätigte.
Im August 1901 wurde der englische Druck so stark, daß die Burenkommandos den Frauen verboten, ihre Männer weiterhin zu begleiten, und so mußte Paulus de Groot der Gefährtin, die seit der Kindheit an seiner Seite gestanden hatte, auf einem kahlen Hügel sagen, daß sie nach Hause gehen müsse. Sie wollte nicht weg; die armselige Farm am Vrymeer war für sie weit weniger anziehend, als mit ihrem Mann in den Kampf zu ziehen. Sie fürchtete die Strapazen des Krieges nicht; sie wollte alles mit Paulus teilen, obwohl sie ahnte, daß es nie mehr so sein würde wie früher. Als Paulus unnachgiebig blieb, war sie untröstlich.
»Du bist mein Leben«, sagte sie.
»Es ist nicht mein Entschluß. Du mußt heimgehen.«
»Mein Heim ist dort, wo du bist.«
»Die Ritte werden schwieriger. Die Frontlinien rücken enger zusammen.«
Sie dachte daran, daß sie ihn vielleicht zum letztenmal in ihrem Leben sah, und sie wußte, daß sie nicht weinen durfte. Statt dessen brach sie in ansteckendes Lachen aus. »Erinnerst du dich an unsere Hochzeit? Nach der letzten Schlacht gegen die Zulu? Der Geistliche sagte mit lauter Stimme: ›Kennt jemand einen Grund, warum dieser Mann und diese Frau nicht heiraten sollten?‹ «
»Gütiger Gott, war das ein Augenblick!« rief der General, und dann lachte auch er.
»Und Balthazar Bronk, der ewige Unruhestifter, rief, daß die Hochzeit nicht stattfinden dürfe. Daß wir als Bruder und Schwester aufgewachsen seien.«

Sie standen schweigend auf dem dunklen Veld, dann ergriff sie seine Hand und flüsterte: »Du warst nie mein Bruder, Paulus. Nach jener Nacht am Blaauwkrantz habe ich dich immer geliebt. Und ich werde dich immer lieben.«
De Groot versuchte zu sprechen, aber er brachte kein Wort heraus.
»Schlaf, sooft du kannst«, sagte sie, und sie gingen zu dem alten Wagen. Er küßte sie und half ihr beim Aufsteigen, dann fuhr sie den Hügel hinauf. Paulus blieb mit dem Hut in der Hand stehen, lang nachdem sie über dem Kamm verschwunden war; er erwartete nicht, daß sie zurückblicken würde, sie tat es auch nicht, aber als sie außer Sicht war, betete er: »Allmächtiger Gott, vergiß für eine Weile die Schlachten und kümmere dich um diese Frau.«

Als de Groot das erste Blockhaus sah, überlief es ihn kalt. Lord Kitchener hatte die Idee dazu gehabt. Das Blockhaus stand neben einem ungeschützten Abschnitt der Bahnlinie und war von bewundernswerter Einfachheit. Aus Wellblech gebaut, sah es aus wie eine jener kreisrunden spanischen Scheunen, die man Silos nennt, nur daß es niedriger war. Es bestand aus zwei Blechzylindern, von denen einer innerhalb des anderen aufgestellt war, mit genügend Platz im Inneren, um bewaffnete Patrouillen unterzubringen. In den engen Raum zwischen den beiden Zylindern hatte man Steine und Schutt als Schutz und Isolierung hineingepreßt. Oben war es mit einem konischen Dach abgeschlossen, so daß das Ganze aus der Entfernung wie eine schwere, in die Erde gerammte stumpfe Zigarre aussah.
Da die neue Erfindung offensichtlich tödlich und dazu bestimmt war, den Anschlägen der Kommandos ein Ende zu setzen, wollte de Groot soviel wie möglich darüber in Erfahrung bringen, und ein Mann vom Carolina-Kommando, der eines gesehen hatte, nachdem es durch eine starke Dynamitladung gesprengt worden war, erzählte allen Buren: »Sehr schwer zu vernichten. Mit sieben Soldaten bemannt. Drei kleine Betten. Platz zum Kochen. Und manche haben Telephonverbindung zum nächsten Blockhaus.«
Als die Kommandomitglieder auf den Schienenstrang hinunterblickten, den sie hatten sprengen wollen, sahen sie sechs weitere Blockhäuser; sie waren billig, ließen sich leicht aufstellen und teilten das freie Veld wirkungsvoll in übersehbare Abschnitte, so daß ein berittenes Kommando nur schwer außer Sichtweite bleiben konnte.
»Seht!« rief Jakob, denn am anderen Ende der Blockhäuserreihe spannten Soldaten Stacheldraht von einem Haus zum nächsten. »Kitchener errichtet einen Zaun quer durch Afrika.«
Der Kommandeur hatte Befehl erteilt, das Bahnsystem durch diese neuartigen Blockhäuser sichern zu lassen, und als sich die ersten hundert als erfolgreich erwiesen, bestellte er weitere achttausend. Einige wurden aus Steinen errichtet. Wenn es gelang, ein Kommando gegen eine dieser befestigten Sperren zu treiben, konnte man ihm den Rückzug so abschneiden, daß die Gefangennahme unvermeidlich schien.

Als Paulus de Groot das erste Mal im südlichen Transvaal eingeschlossen wurde, schien es kein Entrinnen zu geben; überall war Stacheldraht gespannt. Aber, wie er zu van Doorn sagte, »keine Armee der Welt hat es je geschafft, alle Mannschaften wachzuhalten. Irgendwo gibt es immer ein Blockhaus, dessen Besatzung schläft.« Er schickte Micah aus, um einen schwachen Punkt in der Linie zu finden, doch als der Zuluspäher zurückgekrochen kam, berichtete er: »Alle bemannt. Alle wach.«
»Versuch es noch einmal«, brummte de Groot, und diesmal entdeckte der Kundschafter ein Blechfort, in dem alle sieben Mann zu schlafen schienen. Mit verblüffender Schnelligkeit krochen de Groot, van Doorn und Nxumalo zu dem Haus, arbeiteten sich unter dem Stacheldraht durch, stürmten zu den einen Meter zwanzig über der Erde liegenden Gucklöchern, feuerten eine mörderische Salve ins Innere und töteten alle Insassen. Wenige Minuten darauf durchschnitt das Venloo-Kommando die Drähte.
Als Karikaturen überall in der Welt den edlen Lord mit Sperren spielend darstellten, während der alte General de Groot hinter ihm durchschlüpfte, befahl das Hauptquartier in Pretoria wutentbrannt: »Dieser Mann muß gefangen werden.«
Regimenter aus elf Nationen bedrängten ihn, wieder wurde der alte Mann innerhalb einer Stacheldrahthecke eingeschlossen, und Kanadier, Iren, Australier und Waliser arbeiteten sich heran. Diesmal trieb er einfach alles verfügbare Vieh von nicht zerstörten Farmen zusammen und jagte es zu einer Stelle zwischen zwei Blockhäusern, und als die verängstigten Tiere sich gegen den Stacheldraht drängten, rissen sie ihn mit fort, während das Venloo-Kommando wieder entkam.
Diesmal waren die Karikaturisten unbarmherzig: »WIE ODYSSEUS...« Und sie zeigten de Groot und seine Männer, die an die Bäuche der Ochsen gebunden waren und an dem schlafenden Polyphem vorbeigaloppierten, der genauso aussah wie Lord Kitchener.
»Alle!« brüllte der. »Ich will, daß alle in Lager gesperrt werden.« Also setzten sich seine Männer in Bewegung, um alle Frauen und Kinder, die zu den kämpfenden Buren gehörten, zu schnappen. Sie wurden in Konzentrationslagern zusammengepfercht, um sie daran zu hindern, ihre Männer mit Nahrung zu versorgen und zu unterstützen. Man machte Kitchener darauf aufmerksam, daß sich bereits über fünfzigtausend in Lagern befanden, viele davon auf eigenen Wunsch, denn es wäre ihnen unmöglich gewesen, auf den Farmen ohne ihre Männer zu überleben. »Es ist mir gleich, wenn es nur fünfzigtausend mehr sind!« tobte Kitchener.
Als die Treibjagd in vollem Gang war, Frauen und Kinder deportiert wurden und nur noch rauchende Ruinen übrig waren, begann Kitchener erste Erfolge zu erzielen. Drei Kommandeure, vom Hunger und den Stacheldrahtverhauen zermürbt, ergaben sich freiwillig. Aber ihre besten Leute schlossen sich de Groot an, dessen Kommando nun erst seinen Höchststand erreichte: vierhundertdreißig kampferprobte Männer, hundert Ersatzponys und fünfzig Schwarze.

Eines Morgens rief Lord Kitchener Major Saltwood zu sich und erteilte ihm einen Befehl: »Brennen Sie Vrymeer nieder und schaffen Sie die Frauen in das Lager nach Chrissie Meer.«
»Ist das Ihr Ernst, Sir?«
»Jawohl«, sagte der General, »und ich halte es für das Beste, wenn kein Engländer, sondern Sie die Leute anführen.«
»Ich betrachte mich als Engländer, Sir, und ich bin von solchen Aufträgen nicht gerade begeistert.«
»Ich betrachte Sie als Ortsansässigen, Saltwood. Es wird besser aussehen.«
So fuhr Saltwood mit einer Abteilung von siebzig Mann, zu der Truppen aus verschiedenen Kolonien gehörten, mit dem Zug in Richtung Laurenço Marques nach Osten, lud seine Pferde in Waterval-Boven aus und ritt langsam nach Süden zum See – eine Reise, die er schon in glücklicheren Tagen unternommen hatte. Als er in Venloo ankam und sah, wie teuer der Ort diesen Krieg bezahlt hatte, überkam ihn ein Gefühl der Verzweiflung, und er dachte an das, was Maud an jenem Tag in Trianon gesagt hatte: »Es sieht eher aus wie Dschingis-Khan.«
Dann schwenkte er nach Westen auf die freundliche Landstraße ab, die zum See führte, und als er den Kamm des Hügels erreichte, konnte er die beiden Farmen sehen, auf denen er einmal so glücklich gewesen und so gut aufgenommen worden war. Der Gedanke, daß diese braven Leute ihn später für einen Spion gehalten hatten, schmerzte ihn. Er wollte nicht weiterreiten, als aber die Soldaten hinter ihm in seiner Nähe anzuhalten begannen, seufzte er und ritt zu den baufälligen Häusern von de Groots Farm. »Kein großer Schaden, wenn die brennen«, sagte ein Waliser.
Sybilla war in der Küche, und als sie die Truppen sah, wußte sie, was sie erwartete. Ohne ein Wort zu sprechen, packte sie einige Habseligkeiten, griff nach ihrer Sonnenhaube und erschien auf der Veranda. »Befehl von General Kitchener«, sagte ein Soldat. »Anzünden, Leute!«
Die Flammen vernichteten Farmhäuser, die schon längst ihren Dienst geleistet hatten, und es war ein Akt der Wirtschaftlichkeit, sie zu beseitigen, aber während sich das Feuer ausbreitete, hörte Saltwood Stimmen hinter sich, drehte sich um und sah die vier Van-Doorn-Kinder: die Mädchen Anna, Sannah und Johanna und den hübschen kleinen Jungen Detlev.
»Sir! Sir! Was tun Sie?« schrie eines der Mädchen.
Zufällig blickte Major Saltwood in diesem Augenblick von seinem Pferd nach unten, begegnete dem Blick des ältesten Mädchens, der einundzwanzigjährigen Johanna, und sah darin solchen Haß, daß es ihn beinahe schauderte, doch trotzdem musterte sie ihn, als ob sie ihn schon einmal gesehen hätte. Sie schien sich nicht zu erinnern, und dafür war er dem Schicksal dankbar.
»Sie werden wohl unsere auch anzünden«, sagte sie mit zusammengebissenen Zähnen. »Mein Vater reitet mit dem General.«
»Behandelt die alte Frau anständig«, rief Saltwood seinen Leuten zu, als Sybilla in einen Wagen gesetzt wurde. »Nehmt die Kinder mit.« Die drei jüng-

sten wurden von Soldaten aufgehoben und neben Sybilla gesetzt, während die Reiter abschwenkten und zur Van-Doorn-Farm ritten – Johanna schritt verbissen durch den Staub.
Diesmal war es keine Ansammlung veralteter Bruchbuden. Es war eine der stattlichsten Farmen im östlichen Transvaal, mit Steinhäusern und ausgezeichneten Rundhütten für ihre Schwarzen. Sie niederzubrennen bedeutete die Zerstörung des Kerns eines reichen landwirtschaftlichen Gebiets. »Anzünden!« sagte Saltwood, doch bevor Fackeln an die Holzteile gelegt werden konnten, erschien eine Frau in der Küchentür.
»Was tun Sie?« fragte sie.
»Befehl von Lord Kitchener, Madam. Sie sollen in den Wagen steigen.«
»Das werde ich nicht tun«, sagte Sara van Doorn, und als die Australier, die den Wagen bewachten, nicht aufpaßten, rannte Johanna zu ihrer Mutter. Die beiden Frauen blockierten gemeinsam den Hauseingang.
»Schafft sie weg!« befahl Saltwood, und eine Abteilung irischer Kavalleristen packte die Frauen, doch sie rissen sich los und liefen ins Haus. Als die Soldaten sie mit Gewalt hinausschleppten, trugen die Frauen die wichtigsten Schätze der Familie van Doorn in den Armen. Mevrouw van Doorn hielt die Bibel mit dem Messingeinband, Johanna den Keramiktopf, in dem ihr Vater den Brotpudding buk.
Im Schuppen brannte nun ein kräftiges Feuer, und einer von den Soldaten versuchte, ihr das Buch zu entreißen, um es in die Flammen zu werfen, doch Mevrouw van Doorn wehrte sich, um die Bibel zu behalten, es gab ein Handgemenge, bis Saltwood sich einmischte. »Guter Gott, Mann. Das ist eine Bibel. Loslassen!«
Er kam aber zu spät, um den Topf zu retten, den Johanna in den Händen hielt, denn ein roher Soldat schwang den Gewehrkolben, traf den Topf und zerschlug ihn. Als Johanna sich bückte, um die Scherben aufzuheben – mit dem richtigen Leim ließ sich das kostbare Gefäß bestimmt wieder zusammenkleben –, stieß sie der Soldat wütend zur Seite und zertrat die restlichen Stücke unter seinem Stiefel.
»Zurück, Sie Narr!« schrie Saltwood, doch dabei blickte er dem erbitterten Mädchen in die Augen, und sie erinnerte sich, wer er war. »Mutter! Er ist der Spion!«
Sybilla blickte aus ihrem Wagen heraus, um sich den Mann anzusehen, der für diese Zerstörung verantwortlich war, und auch sie erkannte ihn: »Der Spion!« Die Zwillinge, die unter der Leinwand hervorlugten, sahen, wer er war, und schlossen sich den Klagerufen an: »Der Spion! Es ist Saltwood, der Spion!«
Als Frank abstieg, um die beiden Van-Doorn-Frauen auf der Veranda zu beruhigen, spuckte ihm Johanna ins Gesicht: »Sie hätten Sie hängen sollen!«
»Sie hätten Sie hängen sollen!« schrien die Zwillinge, und Detlev, der im Wagen Stöcke fand, begann, sie auf den Mann zu werfen, der sie verraten hatte; inzwischen wütete das Feuer.

Es waren nur achtunddreißig Meilen von Vrymeer zu der Ansammlung großer Seen, die die Engländer Chrissie Meer nannten. Dort war ein Konzentrationslager errichtet worden, aber bis dorthin hatte Major Saltwoods Kolonne weitere fünf Wagen mit Frauen und Kindern von Farmern eingesammelt, die auf dem Weg lagen. Da alle Häuser niedergebrannt worden waren, waren die Frauen rußverschmutzt und weinten, als sie um die letzte Ecke bogen; dann aber fiel ihr Blick auf einen der schönsten Seen Afrikas: eine im Sonnenlicht schimmernde Wasserfläche, von sanften Hügeln umgeben. Es gab Blumen in Beeten und Spuren von Tieren, die sich in den Tälern versteckten. Saltwood sagte zu einem der Welsh Fusiliers: »Wenn man schon ein Gefangenenlager haben muß... die reine Luft... der Sonnenschein...«

Als er Sybilla de Groot, Sara van Doorn und die vier Van-Doorn-Kinder ablieferte, besah er zufällig ein Zelt, in dem drei Kinder schliefen, wie er glaubte; bei näherem Hinschauen bemerkte er, daß sie nur zu schwach zum Reden waren. Er lief zum Büro des Lagerkommandanten, eines Arztes aus den englischen Midlands, und rief: »Sir, die Kinder im Zelt am Ende der Reihe sechzehn. Sir, diese Kinder verhungern.«

»Es gibt keinen Hunger hier«, sagte der Doktor streng, als ob er dem Inspektionskomitee eines Dorfes über sein Hospital berichtete.

»Aber diese Kinder! Beine wie Streichhölzer!«

»Wir sind alle wie Streichhölzer«, rief der Doktor, dessen Stimme sich fast zu einem Schreien erhob, als wäre seine frühere Gelassenheit vorgetäuscht gewesen. »Und wissen Sie, warum?« Er gebrauchte eine Reihe von Kraftausdrücken, wie sie Saltwood seit Jahren nicht mehr gehört hatte: Im Hauptquartier der Offiziere wurden sie nicht verwendet. »Es ist Ihr gottverdammter Lord Kitchener, der ist schuld. Gehen Sie zu ihm zurück und sagen Sie ihm, was Sie gesehen haben.«

»Ich kann die Frauen nicht hierlassen...«

»Sie haben recht, Oberst... Wie lautet Ihr Name?«

»Saltwood, und ich bin Major.«

»Engländer?«

»Ich bin vom Kap. Und ich wäre Ihnen dankbar, wenn Sie mir sagen wollten, wohin ich diese Frauen bringen soll.«

»Wohin? Ja, wohin?«

»Sprechen Sie leiser, Doktor! Sie schreien ja, als seien Sie übergeschnappt.«

»Ich *bin* übergeschnappt!« schrie der kleine Mann in Lancashire-Dialekt. »Weil ich die Schande nicht ertrage.«

Saltwood schlug plötzlich mit der rechten Hand zu und schleuderte den aufgeregten Mann an die Wand, zog ihn dann hoch und setzte ihn an den Schreibtisch. »Jetzt berichten Sie mir, ohne zu schreien – was ist los?«

»Typhus ist los. Masern sind los. Und die Ruhr, die Ruhr ist los.« Er brach zusammen und schluchzte so jämmerlich, daß Saltwood selbst mit den Tränen kämpfte.

»Erzählen Sie mir der Reihe nach«, sagte er und legte dem Arzt die Hand auf die Schulter. »Ich sehe, daß es furchtbar ist, aber was können wir tun?«
Der Doktor trocknete seine Augen, blätterte einige Papiere durch, fand einen Bericht und bedeckte ihn einen Augenblick mit den Händen. »Wir befinden uns hier am Ende der Versorgungslinie, Oberst. Das Hauptquartier kann uns nicht genügend Nahrungsmittel schicken. Aber das ist nicht das Schlimmste. Wenn nur die Krankheiten nicht wären.« Dann wiederholte er die Todeslitanei: »Typhus, Masern, Ruhr. Wir könnten alles bekämpfen, aber ein durch knappe Kost bereits geschwächter Körper hat nicht die Kraft dazu. Diese Zahlen erzählen unsere Geschichte.« Er schob das Papier über den Tisch. »Tausende Todesfälle, in den Monaten Februar/März siebenhundertdreiundachtzig.«
»Mein Gott!« rief Saltwood.
»Das waren die schlechten Monate. Der Durchschnitt von Chrissie Meer liegt gewöhnlich unter dreihundert.«
»Aber auch dann ist es noch jeder Dritte.«
»Ja«, sagte der Doktor. »Von den siebenunddreißig Frauen und Kindern, die Sie heute hier abliefern, werden fünfzehn, vielleicht zwanzig nach sechs Monaten tot sein.«
»Doktor, Sie befinden sich selbst in einer sehr schlimmen Verfassung. Ich glaube, ich sollte Sie nach Pretoria mitnehmen.«
Eine Schwester hörte diesen Vorschlag und trat näher, eine abgemagerte Frau. »Dr. Higgins beherrscht seine Gefühle zumeist. Das versuchen wir alle. Und wenn wir frisches Gemüse oder Fleisch aus der Umgebung bekommen, erhalten wir viele Leute am Leben. Aber ohne Medikamente...« Sie zog die Schultern hoch. »Dr. Higgins ist ein seelisch sehr starker Mann. Er tut, was er kann.«
»Was brauchen Sie?« fragte Saltwood.
Sie zögerte, warf einen Blick auf Higgins. Er hatte sich abgewendet. »Wir brauchen alles. Krankenbetten. Medikamente. Wir haben kein Toilettenpapier. Typhus und Ruhr grassieren, unsere Kinder verhungern. Wenn wir nicht bald Hilfe erhalten – ich meine einen besseren Nachschub an vollwertiger Nahrung –, werden alle Kinder sterben.«
Als er zwei Nächte später wieder in Pretoria eintraf, mußte er feststellen, daß es für Chrissie Meer, am äußersten Ende der Versorgungslinie gelegen, keine zusätzlichen Vorräte gab: weder an Nahrungsmitteln noch an Medikamenten und hygienischen Hilfsmitteln, und er sah die Kinder, die er ins Lager gebracht hatte, bereits im Geist sterben. Er zog sich in sein Zimmer zurück und schrieb an seine Frau.

Meine vielgeliebte Maud,
Noch nie habe ich Dir einen solchen Brief geschrieben, denn ich wußte nicht, wie verzweifelt ich Dich liebe und wie sehr ich Dich brauche. Ich bin am Chrissie Meer gewesen, in dem großen Konzentrationslager, und ich bin erschüttert. Du mußt alles unternehmen, was in Deiner

Macht steht, um die Lage dieser bedauernswerten Menschen zu erleichtern. Nahrung, Decken, Medikamente, geschultes Personal. Maud, gib Deine gesamten Ersparnisse aus, melde Dich selbst freiwillig, um Gottes und des guten Rufes unseres Volkes willen, Du mußt etwas tun. Ich werde von hier aus alles unternehmen, was ich kann. Ein böser Nebel hat sich auf dieses Land gesenkt, und wenn wir ihn nicht unverzüglich zerstreuen, wird er alle künftigen Beziehungen zwischen Engländern und Buren vergiften.

Auf dem Rückweg von Chrissie Meer dachte ich über die Tatsache nach, daß von den drei Männern, die dieses Land zerstört haben, Chaka, Rhodes, Kitchener, keiner eine Frau hatte. Ich fürchte, daß Männer ohne Frauen schrecklicher Missetaten fähig sind, und ich möchte mich bei Dir dafür entschuldigen, daß ich die Verschiebung unserer Hochzeit durch Mr. Rhodes zuließ. Ich war so böse wie er, und ich segne Dich heute für die Menschlichkeit, die Du in mein Leben brachtest.

Dein Dich überaus liebender Gatte
Frank

Als im Hauptquartier bekannt wurde, daß Maud Saltwood Unruhe verursachte – »Keinen Aufstand, verstehen Sie, aber Ärger, Fragen und dergleichen, wissen Sie« –, wurde Lord Kitchener wütend. Es erfüllte ihn mit Zorn, daß einer seiner eigenen Leute unfähig war, seine Frau im Zaum zu halten, und ihr gestattete, soviel Aufhebens wegen der Lager zu machen, wo, wie er immer wieder betonte, »es den Frauen und Kindern viel besser ging als in ihren eigenen Häusern«.

»Holen Sie mir Saltwood!« donnerte er. Als der Major vor ihm stand, zeigte er mit seinem Stöckchen auf ein Bündel Papiere. »Was ist das alles – diese Berichte – über Ihre Frau, Saltwood?«

»Sie tut, was sie kann, um die Lebensbedingungen zu verbessern...«

»Verbessern? Es gibt nichts zu verbessern.«

»Bei allem Respekt, Sir: Haben Sie die Sterberate gesehen?«

»Verdammt, Sir, seien Sie mir gegenüber nicht unverschämt!« Der edle Lord sah aus, als wolle er Saltwood zerreißen. »Setzen Sie sich hierher und hören Sie jemandem zu, der weiß, wovon er spricht.«

Er ließ Dr. Riddle holen, einen Londoner Arzt, der soeben von einer Rundreise zu etwa vierzig Lagern zurückgekommen war. Er war ein heiterer Mann, sichtlich gut genährt und anscheinend voller Enthusiasmus. Er nahm eifrig den Bericht zur Hand, den ihm Kitchener reichte. »Das habe ich geschrieben, verstehen Sie, Saltwood. An Ort und Stelle.« Er las daraus die wichtigsten Stellen vor:

Die Burenfrauen und -kinder sind jetzt wesentlich besser dran als ehedem auf ihren Farmen. Sie erhalten angemessene Mengen gesündester Nahrung, bei der sie sichtlich gedeihen...

»Waren Sie drüben in Chrissie Meer?« unterbrach ihn Saltwood. »Hören Sie sich den Bericht an«, fauchte Kitchener. »Ich war außerstande, so weit nach Osten zu kommen«, sagte Dr. Riddle.

> Was immer in den Lagern an Krankheiten auftritt, wird vor allem durch die Burenfrauen selbst verursacht. Da sie auf Farmen ohne Aborte aufgewachsen sind, sind sie unfähig, die hygienischen Maßregeln einzuhalten, die allein die Verbreitung von Epidemien verhindern. Und wenn eine Krankheit ausbricht, bestehen sie darauf, sich ländlicher Hausmittel zu bedienen, die zivilisierte Völker seit sechzig Jahren nicht mehr anwenden. Sie hüllen ein Kind, das Masern hat, in das Fell einer frisch geschlachteten Ziege. Sie suchen in der Umgebung nach alten Kräutern, von denen sie behaupten, sie würden das Fieber senken. Sie sagen Verse auf, als ob sie Medizinmänner wären. Und sie wollen sich nicht die Hände waschen.

»Ich denke ernstlich daran, einige dieser Mütter vor Gericht zu bringen«, sagte Kitchener verärgert. »Sie sollten wegen Mordes angeklagt werden. Es ist alles ihre Schuld, wissen Sie.«

> Ich muß also zu dem Schluß gelangen, daß die englischen Behörden alles Menschenmögliche tun, um die in unserem Gewahrsam befindlichen Frauen und Kinder zu schützen. Ich fand sie in guter Verfassung, recht zufrieden und mit der besten Aussicht, die Lager in besserer Verfassung zu verlassen als bei ihrer Ankunft.

»Was würde Ihre teure Frau davon halten?« fragte Lord Kitchener und heftete seine harten Augen auf Saltwood.
Dieser hatte seine Frau einmal vor einem starken Mann verleugnet, war aber nicht bereit, es wieder zu tun: »Ich glaube, Sir, sie würde sagen, daß ein solcher Bericht Sie und den König in Unrecht setzt.«
Darauf erfolgte eine Art Explosion und Kitchener brüllte: »Bestreiten Sie die Integrität von Dr. Riddle?«
Saltwood holte tief Atem und antwortete: »Ich behaupte, daß dieser Bericht die Zustände in Chrissie Meer nicht berücksichtigt. Und, wie ich fürchte, nicht nur in Chrissie Meer, sondern in anderen Lagern, die ich nicht gesehen habe.«
»Aber Ihre Frau hat sie gesehen?«
»Sir, vielleicht werden Sie noch dankbar sein, daß meine Frau sich in diesen schlimmen Tagen kein Blatt vor den Mund genommen hat.«
»Schlimme Tage, hol Sie der Teufel! Wir siegen auf der gesamten Front.«
»Nicht in den Lagern, Sir. Sie befinden sich in großer Gefahr, Ihren Ruf aufgrund der Dinge, die sich dort abspielen, zu verlieren...«
»Zeigen Sie's ihm, Riddle«, sagte Kitchener. »Zeigen Sie ihm die andere Seite.«

»Ich werde sie vorlesen«, sagte der Doktor, der nicht wollte, daß der geheime Teil seines Berichtes auch nur vorübergehend in fremde Hände fiel:

> Die Beschwerde der Buren, daß ihre Frauen und Kinder in unangemessen hoher Zahl sterben, wird durch die Statistiken unserer eigenen Streitkräfte widerlegt. Bisher sind in unseren Lagern 19381 Buren gestorben, man darf aber nicht vergessen, daß in der gleichen Zeit 15849 unserer Soldaten unter ähnlichen Umständen gestorben sind. Es ist nicht unsere Barbarei, die tötet, auch nicht der Hunger; es liegt ganz einfach in der Natur der Lager und der Krankenhäuser, der Verbreitung von Ruhr und Typhus, die Buren und Engländer gleichermaßen befallen.

»Und was halten Sie davon?« fauchte Kitchener, aber Frank schämte sich zu sehr über die Verlogenheit dieses Berichts, um zu sagen, was er dachte: Die englischen Soldaten kamen verwundet oder infolge einer Krankheit, bereits vom Tod gezeichnet, in die Krankenhäuser. Die meisten Frauen und Kinder der Buren kamen gesund in die Lager. Beide starben im gleichen Ausmaß, aber aus verschiedenen Ursachen.
»Nun?« fragte Kitchener. »Es ist der gleiche Prozentsatz, oder?«
»Im Krieg kann man unbewaffnete Frauen und Kinder nicht mit Männern in Uniform vergleichen.«
»Hinaus mit Ihnen! Sie sind aus meinem Hauptquartier entlassen. Ich dulde keinen Mann in meiner Umgebung, der seine Frau nicht im Zaum halten kann.« Als Saltwood weiterhin strammstand, wiederholte Kitchener: »Gehen Sie! Sie sind aus der Armee entlassen. Sie können nie mehr bei einer englischen Einheit dienen. Sie sind unzuverlässig, Sir, und eine Schande für die Uniform, die Sie tragen.«
Mit einer Gelassenheit, wie er sie seit seinem Dienst unter General Buller nicht mehr gekannt hatte, blickte Frank Saltwood auf Lord Kitchener nieder, der auf seinem Schreibtisch Berichte ordnete, die bewiesen, daß England dabei war, den Krieg zu gewinnen. »Erlaubnis zu sprechen, Sir?«
»Genehmigt – dann gehen Sie.«
»Wenn Sie den Krieg auf diese Art fortsetzen, wird man sich Ihrer als des Generals erinnern, der den Frieden verlor.« Damit salutierte er, verließ den Raum und ging zur Bahn nach Johannesburg. In Kapstadt angekommen, eilte er sofort in Mauds Wohnung. Sie war jedoch nicht anwesend. Das Dienstmädchen sagte: »Sie ist fort, um die Lager zu inspizieren, Mr. Saltwood.« Als das Mädchen draußen war, senkte er den Kopf und murmelte: »Ich danke Dir, o Gott, daß Du wenigstens einem von uns seine Pflicht gezeigt hast. Ich meine, ihre Pflicht.« Am Morgen würde er herausfinden, wo sie arbeitete, und zu ihr fahren.

Als Sybilla de Groot und die van Doorns im Konzentrationslager eingeliefert wurden, wies man sie in ein kleines glockenförmiges Gruppenzelt ein,

in dem sich bereits eine vierköpfige Familie befand, von der die beiden jüngsten dem Tod nahe waren. Die weißhaarige, ein wenig gebückte Sybilla kam in das Zelt, sah, was zu tun war, und sagte leise zu den van Doorns: »Wir können das in Ordnung bringen.«
Sie schob die Betten der sterbenden Kinder an eine Stelle, wo sie ein wenig frische Luft bekamen, dann tat sie, was sie konnte, um die Frauen zum Aufstehen zu bewegen. Sie versuchten, etwas zusätzliche Nahrung für die Kinder herbeizuschaffen; sie sah aber zu ihrer Verwunderung, daß es den Frauen nicht nur an Kraft, sondern auch an dem Willen mangelte. Zu Tode erschreckt, ließ sie die drei jüngsten van Doorns im Zelt und zog Sara und Johanna hinaus ins Freie, wo sie sie an den Händen faßte und sie drückte, bis ihre eigenen Finger schmerzten. »Wir dürfen nicht aufgeben. Die Kinder werden nur am Leben bleiben, wenn wir am Leben bleiben. Wir dürfen nie kapitulieren.« Sie sah ihre beiden Freundinnen nacheinander an und fragte dann: »Schwört ihr?« Sie schworen, daß sie nie kapitulieren würden.
Als das erste der beiden schrecklich ausgemergelten Kinder an Typhus und Ruhr starb, versuchte Sybilla, die Tatsache vor dem erst sechsjährigen Detlev zu verheimlichen, aber er wußte, was Tod bedeutet, und sagte: »Das kleine Mädchen ist tot.«
Das ganze Zelt, das heißt die Gehfähigen, nahm am Begräbnis teil. Lageraufseher, die recht gesund zu sein schienen, kamen die Straße zwischen den Zelten herunter, um Leichen einzusammeln, und aus Sybillas Zelt trugen sie die kleine Leiche hinaus, dann griffen sie nach dem anderen Kind, das bewegungslos dort lag. »Die ist noch nicht tot«, sagte Detlev, und die Aufseher gingen weiter.
Die Aufseher beförderten die Leichen zu einem stark frequentierten Begräbnisplatz, wo ein Zimmermann aus Carolina sich erboten hatte, aus allen Bruchstücken, die er auftreiben konnte, grobe Särge zu zimmern. Er hieß Hansie Bronk und war ein Abkömmling jenes Balthazar Bronk, der gegen die Hochzeit von Sybilla und Paulus de Groot Einspruch erhoben hatte; er war ein großer, breitschultriger Mann, gesegnet mit einem bäuerlichen Sinn für Humor, übte einen beruhigenden Einfluß aus, und sein am meisten geschätzter Beitrag waren nicht die Särge, sondern seine Fähigkeit, dann und wann in der Umgebung etwas Fleisch und Gemüse aufzutreiben.
Als Detlev auf dem Begräbnisplatz erschien, streichelte ihn Hansie unter dem Kinn und sagte: »*Nou moenie siek word nie, my klein mannetjie.* – Nun werde du nicht krank, kleiner Mann.«
An diesem Tag gab es vier Beerdigungen, und neben den flachen Gräbern stand Dr. Higgins mit einer Bibel in den Händen. Er haßte jeden Augenblick, den er an diesem schrecklichen Ort Dienst machte, fühlte sich aber verpflichtet, alles, was geschah, zu überwachen, und war bestrebt, die Begräbnisse anständig zu gestalten. Detlev hörte zu, während der Doktor betete.
Der Junge befand sich drei Tage später im Zelt, als das zweite Mädchen starb, ihre Arme waren nur mehr Haut und Knochen, und er ging mit den

Aufsehern mit, als sie die Leichen jener einsammelten, die in den letzten Stunden am Fieber gestorben waren. Er war immer bei den Begräbnissen anwesend, und Hansie Bronk sagte ihm immer: »*Nou moenie siek word nie, my klein mannetjie.*«

Seinen aufmerksamen Blicken entging nicht, daß Anna, die ältere seiner beiden Zwillingsschwestern, dahinsiechte. Als er zu seiner Mutter sagte: »Anna braucht Medizin«, stieß Mevrouw van Doorn einen durchdringenden Schrei aus und lief sofort zum Haus des Doktors – aber es gab keine Medikamente.

»Mein Gott!« rief Sybilla, lief ihr nach, packte sie und brachte sie zum Zelt zurück. »Wir haben einen Eid geschworen, Sara. Wir müssen die Kinder beschützen.« Als Essen ausgeteilt wurde – es war nur wenig –, gaben die hungrigen Frauen fast ihre ganze Ration Anna, die dennoch täglich schwächer wurde.

»Wird Anna sterben?« fragte Detlev.

»Sag das nicht!« rief seine Mutter, worauf Sybilla sie wieder schüttelte und sie hinsetzen ließ, dann beruhigte sie sich wieder.

Nach einiger Zeit starb Anna, wie Detlev erwartet hatte, und beim Begräbnis sah er aufmerksam zu, wie Hansie Bronk ihren dünnen Körper in einen der Särge legte. An diesem Tag waren vier weitere Kinder zu begraben, und als Dr. Higgins aus der Bibel zu lesen versuchte, gehorchte ihm seine Stimme nicht mehr, so daß Sybilla das Buch nahm und den Psalm zu Ende las. Detlev lauschte dem Geräusch der Erde, die auf die Särge fiel.

Der Tod ihres Kindes hatte eine so entkräftigende Wirkung auf Sara, daß sie in der intensiven Hitze zu welken schien wie eine Blume. Nachts war es sehr kalt, und diese großen Temperaturschwankungen verschlimmerten die Krankheiten, die sich die Internierten zuzogen, aber in Saras Fall war es nur Mangel an Lebenskraft.

Eine Woche lang wurden die Lebensmittelrationen der Buren merklich erhöht und alle Zeltinsassen erhielten eine Extrazuteilung, aber das nützte einer der Frauen, deren Kinder gestorben waren, wenig. Sie aß kaum, lächelte Detlev zu und starb. Bei ihrem Begräbnis weinte er zum erstenmal.

Wenn Lord Kitchener glaubte, er würde, indem er die Burenfrauen einsperrte, den Kampfgeist ihrer Männer brechen, machte er sich einen falschen Begriff von diesen Menschen, denn als die Frauen beieinander waren, verdoppelte sich ihre Entschlossenheit, und sie glaubten sogar noch fester als die Männer daran, daß sie diesen Krieg siegreich beenden würden. Als in Sybilla de Groots Zelt schon vier Personen gestorben waren, schrieb sie einen Brief, der in Hunderten von Zeitungen abgedruckt wurde:

Chrissiesmeer, Transvaal
Weihnachtstag 1901

General Paulus de Groot,

kapituliere nie! Wenn Du zu Fuß kämpfen mußt, einer gegen fünfhundert, kapituliere nie! Trag Feuer in alle Landesteile, aber kapituliere nie! Sie glauben, weil sie uns hier eingesperrt haben und weil sie unseren Kindern die Nahrung verweigern, werden wir Euch drängen aufzuhören. Sie verrechnen sich. Aus der Tiefe unserer Herzen rufen wir Euch zu, kapituliert nie. Wir senden Euch unsere Küsse und unsere Liebe und wir beten für Euren Sieg. Lauf, versteck Dich, zieh Dich zurück, brenne, sprenge, Paulus, aber kapituliere nie!

Sybilla de Groot
Sara van Doorn
und 43 andere

Lord Kitcheners unbarmherziger Druck begann da und dort Erfolge zu zeitigen. Manche müden Männer kapitulierten trotz der Bitten ihrer Frauen. Man nannte sie verächtlich »Kapitulierer«. In den ersten Kriegsjahren wären sie in die Gefangenschaft nach Ceylon oder auf Napoleons St. Helena geschickt worden. Jetzt aber, da der Krieg sich seinem Ende näherte, hielt man es für wirtschaftlicher, sie im Land selbst einzusperren; da ihre Farmen niedergebrannt und ihre Familien zerstreut waren, schien es die vernünftigste Lösung zu sein, sie gleichfalls in Konzentrationslager zu stekken. Das war aber ein schrecklicher Fehler, denn als zwei dieser Männer in Chrissiemeer einquartiert wurden, marschierten Sybilla, Sara und die anderen eingesperrten Frauen zum Büro des Doktors und forderten ihn auf:
»Schaffen Sie diese Feiglinge weg von hier, oder sie werden umgebracht.«
»Also, hören Sie, wie können Sie so etwas Schreckliches sagen. Diese Männer...«
»Schaffen Sie sie weg von hier!« riefen die Frauen einstimmig.
»Meine Damen«, sagte der Doktor, um sie zur Vernunft zu bringen. Tod durch Krankheit war eine Sache, aber geplanter Mord war doch etwas anderes. »Wollen Sie nicht Vernunft annehmen?«
»Wenn sie heute nacht hier schlafen«, sagte Sybilla langsam, »werde ich sie selbst umbringen.«
Der Doktor schnappte nach Luft. Das war keine in der Hitze des Gefechtes hingeworfene Phrase; es war die ruhige Drohung einer entschlossenen alten Frau, bei der man sich darauf verlassen konnte, daß sie sie wahrmachen würde. »Wir werden sie fortbringen«, sagte er, und die Frauen entfernten sich.
Das war die letzte Willensäußerung, die Sara van Doorn zustande brachte. Sie war von dem ständigen Fieber so geschwächt, daß sie eines Morgens, an einem furchtbar heißen Tag, nicht mehr die Kraft hatte aufzustehen, und Detlev lief fort, um Sybilla zu holen, die immer sehr früh auf den Beinen war, um zu sehen, ob sie etwas zusätzliche Nahrung zur Verpflegungsration finden könne. »Tante Sybilla«, rief der Junge, »ich glaube, Mutter stirbt.«
»Du sollst dieses Wort nicht aussprechen!«
»Sie kann den Kopf nicht heben.«
»Dann müssen wir sehen, was ihr fehlt«, sagte die alte Frau und ging mit

dem Knaben zurück ins Zelt. Er hatte recht, seine Mutter lag im Sterben. Die lange Tortur, ihre Familie ohne ihren Mann und nun ohne gehörige Verpflegung und Medikamente am Leben zu erhalten, hatte sie erschöpft. Sie hatte keine Kraft mehr, und auch als Sybilla und Johanna sie flehentlich baten und sie an ihr Versprechen erinnerten, war sie unfähig, sich zu rühren, und gegen Mittag, in der glühenden Hitze, verschied sie.
Nun waren fünf in diesem Zelt gestorben, so daß die Aufseher, nachdem sie die Tote weggebracht hatten, eine neue vierköpfige Familie ins Zelt verlegten, und Detlev beobachtete mit dem gleichen Interesse den Abtransport seiner Mutter und die Ankunft dieser vier verlorenen Frauen. Doch dann wurde ihm klar, daß er seine Mutter nie wieder sehen würde; er lief ihr halb jammernd nach und klammerte sich an Johannas Hand, während die Leiche in einen von Hansies Särgen gelegt wurde. Als Detlev bei dem freundlichen Zimermann Trost suchte, mußte Hansie sich abwenden, denn er weinte.
»Allmächtiger Gott«, begann der erschöpfte Doktor, »nimm Deine Kinder in Deinen Schoß auf.« Er sah aus, als ob er mit ihnen ins Grab stürzen würde.
Von den vier Neuankömmlingen starben zwei bald, und Johanna, die ihren Bruder sorgfältig beobachtete, machte sich Sorgen darüber, daß er nun Zeuge des Begräbnisses von sieben Menschen geworden war, mit denen er das Zelt geteilt hatte, davon zwei von seiner eigenen Familie; sie fragte Sybilla, welche Wirkung das wohl haben könnte. »Kinder können alles ertragen, wenn nur eine Person da ist, die sie liebt«, sagte sie und dachte an die Tage nach Blaauwkrantz. »Du und ich, wir müssen diesen Jungen lieben, Johanna.«
»Was ist mit Sannah?« fragte das Mädchen, und die alte Frau sagte heiser: »Ihr steht der Tod bevor.«
Und er kam schrecklich bald. Ihr zarter vierzehnjähriger Körper, der sich auf dem Höhepunkt seiner Schönheit befand, verfiel so rasch, daß sogar Sybilla, die es vorausgesehen hatte, darüber entsetzt war. Das Kind lachte heute noch und war am nächsten Tag schon unfähig, sich zu bewegen.
»Ach, Sannah«, weinte der kleine Junge, »ich brauche dich.«
»Ich brauche dich, Detlev, mein lieber, lieber Bruder.« Kraftlos streckte sie die Hand aus, und er blieb sitzen und hielt sie die ganze Nacht fest, doch vor Tagesanbruch kroch er zu der Stelle, wo Sybilla schlief, und flüsterte: »Ich glaube, sie ist tot.«
»O Gott«, seufzte Sybilla.
»Soll ich es Johanna sagen?«
»Nein, sie braucht ihren Schlaf.« Müde erhob sie sich – fast wäre sie vor Entkräftung ohnmächtig geworden –, ging zu dem Feldbett, auf dem das tote Mädchen lag, setzte sich neben sie und nahm ihren lieblichen Kopf auf den Schoß. Detlev ging zu ihr, ohne zu weinen, und setzte sich im Dunkel neben sie. Als er eine Hand des Mädchens ergriff, spürte er nur Knochen, und als er sie festhielt, wurde die Hand kalt.
»Ich habe dich sehr lieb, Detlev«, flüsterte Sybilla. »Du bist mein Sohn und

auch der Sohn General de Groots. Er und dein wirklicher Vater kämpfen für uns, und in späteren Jahren mußt du für uns kämpfen. Du mußt an diese Nächte denken. Vergiß nie, niemals, wie sich Sannah heute nacht in deinen Armen anfühlte. Nächte wie diese, Detlev, machen einen Mann aus dir!«
Sie saßen dort, als die Aufseher kamen, aber als Johanna, die spät aufwachte, sah, wie sie nach ihrer schönen Schwester griffen, begann sie zu schreien: »Nein! Nein!«, und Detlev mußte ihr sagen, daß das Mädchen wirklich tot war. Doch diesmal konnte er sich am Grab nicht länger beherrschen, und als die Aufseher sie in den Sarg legten, begann er zu zittern, als wäre es ein völlig neues Erlebnis, und Sybilla nahm ihn in die Arme.

Nun waren drei van Doorns tot, und Johanna und Detlev wurden sichtlich jeden Tag schwächer; Sybilla de Groot erkannte, daß die Rettung dieses Lagers davon abhing, was Frauen wie sie in den gefährlichen Tagen zuwege brachten, die vor ihnen lagen. Wenn sie in ihrer Hingabe erlahmten, konnte der Tod der Verzweiflung das Lager leerfegen, wenn sie aber die Hoffnung aufrechterhielten und Disziplin und Standhaftigkeit ermutigten, konnten wertvolle Menschenleben gerettet werden. Sie sah den kleinen Detlev als ihren Modellfall an: Wenn ich ihn retten kann, kann ich die Burenrepubliken retten.
Obwohl sie schwach und dem Tod so nahe war, versammelte sie die Kinder des Lagers um sich. »Ich bin die Frau von General de Groot«, sagte sie den Eltern, »und während er auf Kommando im Feld ist, sind wir, ihr und ich, auf Kommando in diesem Gefangenenlager. Ich brauche eure Kinder.«
Mit unbezähmbarer Kraft organisierte sie ein System, durch das die Kinder einen geringfügig größeren Anteil an den täglichen Rationen erhielten. Sie überredete Hansie Bronk dazu, ein wenig mehr Lebensmittel zu stehlen, dann neckte sie ihn mit seinem berüchtigten Großvater. Vor allem aber konzentrierte sie sich auf die Kinder und unterrichtete sie in den Legenden ihres Volkes.
»Ich war am Blaauwkrantz«, erzählte sie ihnen. »Ich war nicht älter als du, Grietje, als Dingans Männer mich suchten. Und wißt ihr, was ich tat?« Die hohlen, gespensterhaften Augen der Kinder starrten sie an, während sie jene Nacht schilderte. »Mein Vater setzte mich in den finstersten Stunden unter einen Baum, und was meint ihr, daß er mir sagte?« Dann beobachtete sie ruhig, wie die Kinder überlegten, und eines, das im Bann der Geschichte stand, erriet immer, daß ihr Vater ihr gesagt hatte, sie solle still sein, und dann lächelte sie dem Kind zu.
Sie erzählte ihnen von den langen Jahren, in denen sie und Paulus de Groot gekämpft hatten, und von Majuba Hill, wo sie den Angriff auf den Hügel gesehen hatte, und von Spion Kop jüngeren Datums, wo eine Handvoll Buren die gesamte englische Armee zurückgeschlagen hatte. Sie sang mit den Kleinen Lieder und spielte leichte Spiele, die keine Bewegung erforderten, denn sie waren zu schwach, doch immer kehrte sie zu dem Thema des Heldentums und der einfachen Dinge zurück, die ein Mann und eine Frau zu

leisten vermochten: »Die Schlacht war verloren, kein Zweifel, aber General de Groot sah einen schwachen Punkt in der Linie und führte seine Männer geradewegs dorthin, und wir siegten.«
»Hattest du Angst?« fragte ein Mädchen.
»Ich habe immer Angst«, sagte Sybilla, »ich habe Angst, daß ich nicht tapfer sein werde, aber wenn es soweit ist, können wir alle tapfer sein.«
Sie sprach jedesmal auch direkt zu Detlev, dessen Rettung in ihren Plänen an erster Stelle stand. Sie erzählte ihm, wie sich die Burenjungen verhalten sollten, daß sie mitunter durch die Nacht gelaufen waren, um die Dörfer zu warnen, und von den Freuden, die sie während der langen Trecks erlebt hatten. Tag um Tag hämmerte sie ihm die Ideen des Patriotismus, der Ehrfurcht und der Beharrlichkeit in die Seele. Und jeden Tag sah sie, wie er körperlich schwächer wurde.

Als Jakob hörte, daß seine Frau und die Zwillinge tot waren, daß sein Sohn Detlev dem Tode nah und seine Farm völlig zerstört war, verlor er fast den Verstand. Er war bereit, die wildesten Pläne seines Generals zu unterstützen, und als de Groot vorschlug, das Kommando solle einen schnellen Vorstoß durch die englischen Linien hinunter zum Kap unternehmen, meldete er sich als erster freiwillig.
»Ich will nicht mehr als neunzig Mann«, sagte de Groot. »Vierzig Ersatzpferde und einige der besten Kundschafter. Es besteht nur eine geringe Chance dafür, daß wir zurückkommen. Fünfhundert Meilen hin und fünfhundert zurück.«
»Was werden wir tun?« fragte ein junger Bursche.
»Port Elizabeth in Brand stecken.«
Die Menge jubelte, und eine Minute später hatte der alte General seine neunzig Mann beisammen, aber die Begeisterung ließ nach, als aus den Karten ersichtlich wurde, daß sie gezwungen sein würden, den Vaal und den Oranje zu überqueren, und zwar zweimal. Einige wollten wissen, ob das möglich sein würde, und er sagte scharf: »Es muß möglich sein.«
Der Vaal, der kleinere der beiden Flüsse, bot die meisten Gefahren, denn die Furten waren mit zusätzlichen Blockhäusern und schnellen Truppen, die ständig am Fluß patrouillierten, stark gesichert; nachdem Lord Kitchener die verschiedenen Kommandos in Kessel getrieben hatte, wollte er nicht, daß sie sich wieder vereinigten. Bei einer gefährlichen Erkundung fand Micah Nxumalo eine Stelle, wo die Wache nachlässiger zu sein schien, doch er erklärte de Groot: »Der Grund dafür ist, daß das Ufer dort steil ist. Schwierig zum Übersetzen.«
»Wir können nicht alles haben«, sagte de Groot, aber da er seine Männer schätzte, wollte er das Gelände selbst in Augenschein nehmen, deshalb ging er mit Micah hinaus und stellte fest, daß dessen Auskunft stimmte: schwache Verteidigung, aber gefährlicher Übergang. Die beiden Männer suchten eine Nacht lang das Gebiet ab und kamen zu dem Schluß, daß Micahs Stelle die beste war. »Wir gehen los!« sagte de Groot.

Es würde eine Sache auf Biegen oder Brechen werden. Die Stacheldrähte durchschneiden, die Belegschaft von zwei Blockhäusern überwältigen, alle Wachen töten und mit den Ponys über die steilen Ufer in den Fluß galoppieren, in der Hoffnung, daß keine berittenen englischen Patrouillen unterwegs waren. Sie wollten es um halb ein Uhr morgens versuchen, einer ausgefallenen und willkürlich festgesetzten Zeit, und als sie herannahte, flüsterten die neunzig untereinander: »Auf nach Port Elizabeth«; sie lachten bei dem Gedanken, wie überrascht die Leute dort sein würden, wenn ihre Stadt in Flammen stand. Daß die Chancen für einen solchen Erfolg ungefähr eins zu fünftausend standen, beunruhigte sie nicht.
Um Mitternacht näherten sie sich den mit je sieben Soldaten bemannten Blockhäusern, zwei gewöhnlichen Posten unter den achttausend. Um halb eins waren keine bewaffneten Patrouillen aufgetaucht, und fünf Minuten später griffen die Buren an. Die Drahtschneider gingen an die Arbeit und die Männer waren bei den Wellblechsilos, ehe deren Insassen feuern konnten. Alle vierzehn wurden getötet, bevor sie das nächste Blockhaus in der Linie warnen konnten.
Aber Soldaten in den entfernten Häusern hatten bemerkt, daß etwas nicht stimmte, und sie telefonierten um Hilfe. Eine bewaffnete Patrouille in der Umgebung erbat Anweisungen und begann, über das Veld zu galoppieren, doch als sie das bedrohte Gebiet erreichten, sahen sie nur die Flanken vieler Ponys, die durch das dunkle Wasser preschten. Es wurde gefeuert, aber ohne viel Wirkung – und in Pretoria wurde Lord Kitchener mit der Nachricht geweckt, daß General de Groot wieder einmal durchgebrochen war.
»Wissen die Zeitungsleute davon?«
»Alle wissen es.«
»Ich möchte diese verdammten Journalisten erschießen. Sie machen aus diesen Burenbanditen die Lieblinge der Fleet Street«, schimpfte Lord Kitchener wieder einmal.
Sie galoppierten zwei Tage lang, dann ritten sie im Kanter sieben weitere Tage durch den schönsten Teil des Oranje-Freistaates. Sie biwakierten eine Weile unweit von Thaba Nchu und hörten zu, wie de Groot von seiner ersten großen Schlacht erzählte, als Mzilikazis Leute seine ganze Familie getötet hatten: »Ich war ein Feigling und versteckte mich in dem Wagen seines Vaters.« Und er klopfte van Doorn auf den Rücken.
Sie ritten in einer Art Traumwelt, das Veld erstreckte sich in alle Richtungen, nie war ein Baum in Sicht, nur die ausgedehnten Täler, die lieblichen, oben abgeflachten Hügel und dann und wann eine Antilopenherde, die an ihnen vorbeizog. Tausende erfahrene Soldaten suchten nach dieser kleinen Gruppe, dennoch ritt sie verhältnismäßig ungefährdet dahin, denn die Entfernungen waren so groß. Als sie von Mungos beobachtet wurden, rief ihnen de Groot von seinem Pony aus zu: »Beeilt euch und erzählt Lord Kitchener, daß ihr uns gesehen habt. Und verlangt mehr Sold.« Es gab nur den Himmel, die fernen Hügel und die sanfte Weite des kahlen Landes. »Das ist die Erde, die wir behalten müssen«, sagte de Groot zu seinen Männern,

während sie gemächlich dahinritten. »Wir könnten ewig so weiterreiten«, sagte Jakob leise zu einem Freund. Es gab keinen Krieg, keine Verfolgung, keinen plötzlichen Tod.

Die Überquerung des Oranje war nicht besonders schwierig, denn niemand dachte im Traum daran, daß ein Burenkommando etwas so Absurdes wie einen Einfall in die Kapprovinz versuchen würde, aber als sich die Nachricht verbreitete, daß Paulus de Groot den Fluß zwischen Philippolis und Colesburg überschritten hatte, horchte die Welt auf, und es wurden verschiedene Mutmaßungen geäußert. Die Englandfreundlichen waren empört, weil man zugelassen hatte, daß der Rächer des Veld sich wieder ungehindert herumtrieb, während die, die hofften, daß England gedemütigt wurde – und das war der größere Teil –, sich über seinen tollen Streich freuten. Es wurde vorausgesagt, daß er sich nach Westen wenden und eine Stadt wie Swellendam zum Ziel wählen würde, doch er schwenkte scharf nach Osten ab, um Graaff-Reinet auszuweichen, das gut verteidigt war; zuletzt kam er zur ursprünglichen Heimstätte der de Groots, die sich nun im Besitz einer englischen Familie befand.

»Jeder von euch sucht sich zwei Pferde aus«, sagte er dem Engländer.

»Was wollen Sie tun?«

»Nehmt zwei Pferde und das, woran euch am meisten liegt. Reitet nach Grahamstown!«

»Was wollen Sie tun?«

»Das hier war meine Farm. Die Farm meiner Familie. Und ich werde sie vollkommen niederbrennen.«

»Das ist Irrsinn.«

»Ich gebe euch dreißig Minuten Zeit, um die Dinge auszusuchen, die ihr mitnehmen wollt. Ihr Frauen, sucht eure persönlichen Habseligkeiten zusammen.« Als der Engländer protestierte, sagte er ruhig: »Das ist mehr, als euer Lord Kitchener meiner Frau gestattete.«

Als die Engländer fort waren, steckte er alles in Brand und warf noch leicht brennbares Zeug ins Feuer, wenn die Flammen auszugehen drohten. Als die Farm eingeäschert war, ritt er zur nächsten und dann wieder zur nächsten. Schließlich sagte er zu van Doorn: »Hinter diesem Hügel, wenn ich mich recht erinnere... Ich war damals nur ein Kind, und vielleicht täuscht mich mein Gedächtnis. Aber hinter diesem Hügel...« Als sie den Gipfel erreichten, war dort nichts, und de Groot sagte: »Das habe ich befürchtet. Aber diese Spuren? Vielleicht ist es der nächste Hügel.«

Von dem vierten Hügel aus sah Jakob van Doorn zum erstenmal in seinem Leben die herrliche Farm, die seine Vorfahren erbaut hatten: »Ich glaube, der ›Verrückte Adriaan‹ hat sie gegründet. Das Haus wurde von Lodevicus dem Hammer erbaut. Die Zubauten stammen von Tjaart. Gott segne diesen Kämpfer. Er würde uns verstehen.«

»Wenn das in Flammen aufgeht«, sagte de Groot mit zunehmender Begeisterung, »werden sich uns alle Kapburen anschließen. Es wird ein neuer Krieg ausbrechen.«

»Alle, die diese Absicht haben, reiten bereits mit unseren Kommandos«, warnte ihn Jakob. »Es werden keine mehr kommen.«
»Natürlich werden noch welche kommen. Sie sind patriotisch...«
»Sie haben Geld, Paulus, keinen Patriotismus. Vergiß nicht, ich war hier.«
»Auf dieser Farm?«
»Nein, aber am Kap. Die reden von Politik, nicht von Krieg.«
Als das Kommando den Hügel herunterkam, begannen die Männer zu schreien, und aus den Farmgebäuden tauchten viele Menschen auf. »Macht euch bereit, wegzugehen!« riefen die Venloo-Männer und zündeten ihre Fackeln an. Doch bevor General de Groot das Signal geben konnte, erschien eine Frau in einem groben Wollkleid am Eingang des Hauptgebäudes.
»Was wollen Sie?« fragte sie, als die Männer herankamen.
»Ich bin General de Groot vom Venloo-Kommando, und wir werden Ihre Farm niederbrennen.«
»Ich habe Ihre Frau in Chrissie Meer gesehen«, sagte die Frau ruhig. »Und sind Sie nicht van Doorn? Ich sah Ihren Sohn und Ihre Tochter.«
Es folgte eine lange Stille, während die beiden Männer diese furchtlose Frau ansahen, und schließlich fragte de Groot: »Sind Sie die Frau von den Lagern?«
»Ich bin Maud Turner Saltwood.«
Beide Buren fragten zugleich: »Der Verräter?«
»Der Mann, der sich von Lord Kitchener lossagte, weil er nichts mit den Lagern zu tun haben wollte.«
»Sie sind diese Dame?« fragte de Groot wieder. Als sie nickte, zögerte er, dann wandte er sein Pferd um und führte seine Männer mit den brennenden Fackeln weg von der Farm. Er ritt noch zwei Tage lang nach Süden, aber in dieser Zeit wurde ihm allmählich klar, daß er vergeblich versuchte, den Indischen Ozean zu erreichen; aus drei Richtungen meldeten junge Burenkundschafter die Anwesenheit feindlicher Truppen, und Micah Nxumalo, der in Richtung auf Grahamstown geritten war, berichtete, daß sich dort eine Streitmacht von Engländern und Einwohnern der Kapkolonie sammle. Am frühen Morgen des dritten Tages sagte er seinem Kommando: »Wir können Port Elizabeth nie erreichen. Laßt uns heimreiten.«

Als Maud Saltwood nach Chrissiemeer zurückkam, um ihre Dokumentation über die Konzentrationslager abzuschließen, wollte sie so objektiv wie möglich die tatsächlichen Verhältnisse untersuchen und suchte Sybilla de Groot auf, da sie wußte, daß sie eine vernünftige Frau war. Sie fand sie aber so krank vor, daß sie sich wunderte, wie sie stehen, geschweige denn ein vernünftiges Gespräch führen konnte.
»War Frank Saltwood ein Spion?« fragte die alte Frau.
»Wir haben nie darüber gesprochen.«
»Wir wissen, daß Lord Kitchener ein Ungeheuer ist.«
»Er ist kein Ungeheuer. Er ist ein alberner, dickköpfiger Mann, der kein Herz hat. Jetzt müssen wir Ihnen Medizin besorgen.«

»Es gibt keine«, sagte die alte Frau, und sie hatte recht. Die Engländer konnten vierhundertachtundvierzigtausend Soldaten in dieses eng begrenzte Gebiet bringen, aber sie hatten in ihren Schiffen keinen Platz für zusätzliche Medikamente und Nahrungsmittel, die erforderlich waren, um kranke Frauen und Kinder zu retten. Sie konnten hunderttausend Pferde für ihre Kavallerie importieren, aber keine drei Kühe für ihre Konzentrationslager. Sie konnten Geschütze befördern, die größer als Häuser waren, aber keine Lazarettausrüstung. Es war unsinnig, es war entsetzlich, und Maud Saltwood sagte es in ihren öffentlichen Berichten.

»Diese Frau sollte erschossen werden«, war Lord Kitcheners nüchterne Einschätzung der Affäre. Viele Parlamentsmitglieder waren der gleichen Ansicht, und der Vetter ihres Mannes, Sir Victor, verhielt sich möglichst still, denn sie hatte seinen Namen beschmutzt. Aber sie machte weiter, eine Frau, die der Welt das fürchterliche Unrecht dieser Lager zeigte. In Kapstadt hörten viele englische Familien auf, mit ihrem Mann zu sprechen, während ihn andere wegen des unpatriotischen Verhaltens seiner Frau bedauerten, ohne zu wissen, daß er sie begeistert unterstützte. Sein Einkommen, das sie großzügig ausgab, erhielt etwa dreihundert Frauen am Leben, die sonst umgekommen wären, und dafür war er seiner tatkräftigen Frau dankbar.

Während Kitchener tobte, befragte Maud ruhig weiterhin die Frauen in Chrissiemeer und verbrachte viel Zeit in dem benachbarten Lager, wo Schwarze interniert waren. Dort sprach sie mit Frauen von Micah Nxumalos Familie, und sie litten ebensosehr wie die Weißen.

»Warum wir hier?« fragte eine Frau weinerlich und zeigte ihre dünnen Arme.

»Kämpft dein Vater nicht auf seiten der Buren?« fragte Maud.

»Dein Mann kämpft für Engländer. Sie werfen dich in Gefängnis?«

Die ergiebigsten Gespräche führte sie mit Sybilla de Groot, denn die alte Frau fühlte, daß sie bald sterben würde, und war bestrebt, ihre Ansichten weiterzugeben: »Nie und nimmer hätte es Lager geben dürfen.«

»Manche sagen«, führte Maud an, »daß die Lager für euch Frauen gut waren. Sie gaben euch Sicherheit.«

Wenn Sybilla kräftig gewesen wäre, hätte sie in dem kleinen Glockenzelt getobt und gewütet; aber sie war so schwach, daß sie sitzenbleiben mußte. Sie wies auf den Eingang: »Dort haben wir acht Tote hinausgetragen. Detlev zählt sie für mich. Was für eine Sicherheit ist das?«

Doch als Maud nach den sanitären Zuständen fragte, machte die alte Frau gewisse Zugeständnisse: »Wir waren Farmfamilien, weit entfernt von Städten. Wir hatten keine Aborte. Wir kannten diese neuen Medikamente nicht. Im freien Veld waren wir niemals krank. In diesen Zelten, diesen schmutzigen Baracken sterben wir. Acht von uns, und bald auch ich.« Sie wiegte sich vor und zurück, Tränen strömten aus ihren Augen.

»Habt ihr genug zu essen bekommen?«

Sybilla streckte die Arme zur Besichtigung aus. »Du bekommst nicht genug. Du wirst schwach. Also wirst du krank. Dann, wieviel du auch ißt, es nützt

nichts mehr.« Sie wies auf das Feld, nicht weit von ihrem Zelt, wo Frauen und Kinder, von Ruhr und Typhus heimgesucht, hockten und ihre Eingeweide entleerten.
Verzweifelt versuchte Maud, diese prächtige Frau am Leben zu erhalten, als Symbol dafür, daß zumindest die englischen Frauen alles taten, was in ihrer Macht stand, um eine Burenfrau zu retten, auch wenn sie die Frau des Mannes war, der ihr Land am schwersten bedrohte. Es mißlang ihr.
Im April 1902, als die Armeen des Empire Paulus de Groot einschlossen, ihn in die Stacheldrahtzäune drängten, aber nie fingen, erwachte Detlev eines frühen Morgens und merkte, daß seine Tante Sybilla keuchte. Da es ein klarer Herbsttag und die Luft etwas kühler als gewöhnlich war, wußte er, daß die alte Frau in Gefahr war, und er wollte Johanna wecken, aber seine Schwester lag in tiefem Schlaf, und so trat er allein an Sybillas Bett.
»Bist du wach?«
»Ich hoffte, du würdest kommen.« Sie wendete ihm schwach den Kopf zu, und als er auf ihre Arme sah, die so dünn waren wie das Schilf am See, wurde ihm klar, daß sie nicht die Kraft hatte, sich zu bewegen.
»Hol Johanna.«
»Sie schläft noch.«
»Laß sie ruhen.«
»Geht es dir gut, Tannie?«
»Auch ich ruhe mich aus.«
»Soll ich mich zu dir setzen?«
»Ach, das möchte ich gern.« Sie lag ruhig, seine Hand in der ihren. Dann wurde sie wieder lebhafter und faßte seine Hand fester. »Sie sagen, daß der Krieg fast vorbei ist, Detlev. Für dich ist es erst der Beginn. Vergiß niemals diese Tage. Vergiß nie, daß es die Engländer waren, die diese Dinge taten. Du mußt kämpfen, kämpfen.«
Er wollte sagen, daß er kein Pferd hatte, aber sie fuhr fort: »Detlev, vielleicht wirst du den General nie wieder sehen. Vergiß nicht, er hat nicht kapituliert. Auch nicht, als sie von allen Seiten auf ihn eindrangen...«
Sie schien einzuschlafen, dann erwachte sie mit einem Ruck. »Ob Johanna schläft oder nicht, ich muß mit ihr sprechen.« Als er seine Schwester weckte, sagte die alte Frau plötzlich: »Geh jetzt hinaus und spiele.« Er verließ langsam das Zelt. An jenem Morgen befanden sich über siebzig Kinder im Lager, aber es wurde nicht gespielt. Sie saßen in der Sonne und atmeten tief, als hätten sie nur dafür noch Kraft.
Auf ihrem Totenbett ermahnte Sybilla Johanna: »Wenn ich vor Mittag sterbe, sag es niemandem. Auf diese Weise kannst du meine heutige Ration bekommen. Und Johanna, es ist jetzt deine Aufgabe, dafür zu sorgen, daß Detlev am Leben bleibt. Frauen sind stärker als Männer. Du mußt ihn am Leben erhalten, damit er den Kampf fortsetzen kann. Auch wenn du selbst hungern mußt, erhalte ihn am Leben. Kapituliere nie!«
Die Anstrengung erschöpfte sie und sie war dem Tode nah, doch plötzlich belebte sich ihr ganzes Gesicht, nicht nur ihre Augen. Sie klammerte sich

an Johanna und keuchte: »Und wenn man ›Kapitulierer‹ in dieses Lager bringt, töte sie. Besorge dir lange Nadeln und töte sie. In diesem Lager lebten Helden, nicht ›Kapitulierer‹.«
Sie war tot. Johanna rief Detlev, denn sie wußte, daß ihr Bruder die alte Frau liebte. Sie saßen den ganzen Morgen an ihrem Bett, sprachen zu ihr und bekamen ihre Ration. Als schließlich die Aufseher kamen, um sie fortzubringen, weinte Detlev nicht. Viele Kinder in diesem Lager weinten nicht mehr. Gegen Abend aber, als Johanna die erschwindelte Ration aufteilte, geschah etwas, das er nie vergessen würde. Jahre später, Generationen später erinnerte er sich an diesen Augenblick. Johanna teilte das Essen in zwei gleiche Teile, wog sie in ihren schwachen Händen, dann nahm sie ein Stück von dem einen Teil und fügte es zum anderen hinzu, so daß er viel größer wurde. »Das ist deiner«, sagte sie und gab ihm den größeren Teil.

Als die noch übriggebliebenen Burengeneräle zusammentrafen, um zu überlegen, was sie angesichts des übermächtigen Druckes tun sollten, den Lord Kitchener auf sie ausübte, wurde ihnen klar, daß sie, um eine sachliche Diskussion führen zu können, Paulus de Groot irgendwie mundtot machen mußten. Sie wußten, daß er brüllen würde: »Keine Kapitulation«, und sie waren bereit, ihn das einmal sagen zu lassen, um sein Gewissen zu beruhigen, aber sie wollten nicht, daß er es alle zehn Minuten wiederholte und so jede vernünftige Bewertung der Lage verhinderte.
»Wir sind nicht besiegt«, sagte einer der jüngeren Männer. »Die Engländer haben sechstausend Mann verloren, die gefallen sind. Weitere sechzehntausend starben in ihren Lazaretten. Dreiundzwanzigtausend wurden mehr oder minder schwer verwundet.«
»Wie hoch waren unsere Verluste?« fragte ein älterer Mann.
»Vielleicht fünftausend sind gefallen, aber es waren unsere besten.«
»Wie viele Kinder sind in den Lagern gestorben?« fragte der alte Mann.
»Zwanzigtausend.« Im Hintergrund des Raumes seufzte jemand. Es war Jakob van Doorn, der dort war, um seinen General zu unterstützen.
»Mehr als alle Männer auf beiden Seiten. Wir haben unsere Kinder verloren.«
»Dagegen konnten wir nichts tun«, sagte ein junger General.
»Es gibt etwas, das wir jetzt dagegen tun können«, sagte ein anderer Mann. »Wir können kapitulieren.«
Auf dieses Wort hatte de Groot gewartet. Er sagte ruhig: »Wir werden nie kapitulieren. Wir können diesen Kampf noch sechs Jahre weiterführen.«
»Das können wir tatsächlich«, sagte einer der jüngeren Generäle. »Aber können es unsere Kinder?« Und die Debatte ging weiter.

Gegen Ende April ereignete sich eines Tages im Lager Chrissie Meer ein Vorfall, der die Beziehungen zwischen Engländern und Buren noch mehr verschlechterte. Als Detlev van Doorn gerade einen Löffel voll Essen zum Mund führte, stürzte Johanna ins Zelt und schlug ihm den Teller weg.

»Rühr es nicht an!« schrie sie.
Er war so hungrig, daß er sich automatisch auf den Boden fallen ließ und nach den Maiskörnern griff, aber sie schrie wieder: »Rühr es nicht an!«, und obwohl ihr eigener Körper vom Hunger aufgezehrt wurde, zertrat sie die Körner im Staub.
»Johanna!« flehte er, entsetzt über das, was sie tat.
»Sie haben gemahlenes Glas in unser Essen gemischt. Mevrou Pretorius hat davon gegessen und ist gestorben.«
Es gab sechzehn triftige Gründe dafür, warum Frau Pretorius an diesem Tag gestorben war, und der siebzehnte war der wahrscheinlich zutreffendste: Typhus. Aber die Gefangenen begannen zu glauben, sie sei daran gestorben, daß sie zermahlenes Glas gegessen hatte, und ließen sich nicht mehr von dieser Überzeugung abbringen. So schwärte diese entsetzliche Legende und verbreitete sich.
Der kleine Arzt, dessen Stimme sich so oft in diesem Leichenhaus zu einem Schrei erhob, kam zu den Frauen hinaus und schwor auf seine heilige Ehre, daß die Engländer so etwas nie tun würden. Er selbst aß den Brei. Er würde auf der Stelle noch einen Teller davon essen, ganz gleich, aus welchem Kessel. Er bestand darauf: »Die Engländer mischen anderen Menschen kein zermahlenes Glas ins Essen.«
»Kitchener würde es tun!« schrie eine Frau, und all seine Bemühungen waren vergeblich. An diesem Abend sagte Johanna zu ihrem hungrigen Bruder: »Denk immer daran, Detlev. Als wir hungerten, versuchten die Engländer, uns mit gemahlenem Glas im Maisbrei zu töten.«

Bei der letzten Versammlung der Generäle einigte man sich darauf, Paulus de Groot auszubooten. Sie hatten seine Rede über das bittere Ende gehört; sie respektierten seinen Heroismus, aber die Zeit war gekommen, in der weiterer Widerstand sinnlos war. Die Buren waren bereit, sich zu ergeben.
Nachdem der schmerzliche Entschluß gefaßt worden war, schickten sie den jungen Anwalt Jan Christiaan Smuts zu dem alten Mann, um ihn zu informieren. Smuts, der selbst ein tapferer Kommandoführer gewesen und einer der jüngsten war, hatte einen guten Ruf. »Es ist vorbei, Paulus. Du kannst heimgehen.«
»Einmal möchte ich noch kämpfen, Christiaan.«
»Das möchten wir alle. Aber die Kinder...«
»Die Kinder würden es am ehesten verstehen.«
»Du mußt heimkehren.«
»Gib mir meine Venloo-Männer, und wir werden gehen.«
»Nein«, lachte Smuts. »Nichts davon, alter Mann. Wir haben die Venloo-Männer vorausgeschickt. Wir konnten dir nicht trauen.«
»Kann ich der Kapitulation beiwohnen? Ich würde diesen Kitchener gern zusammenschlagen.«
»Nein, es ist besser, du reitest heim.«

»Mag sein«, sagte der alte Mann, und ohne sich zu verabschieden, rief er nach van Doorn, sie suchten gemeinsam Micah Nxumalo, und die drei Veteranen ritten nach Norden. Als sie zu dem Kamm kamen, von dem aus sie den See zum erstenmal sehen konnten, blickten sie hinab auf ihre verwüstete Heimat. Von de Groots Farm gab es keine Spuren außer den verkohlten Resten der Gebäude. In Vrymeer standen nur noch die Außenwände der von Tjaart van Doorn gebauten Häuser. Von Nxumalos Hütten war nur die Grundfläche der Rundhütte übrig.
Die beiden Weißen sprachen nicht. Sybilla war tot, ebenso Sara und die Zwillinge. Johanna war verschwunden, und Jakob betete, daß der Knabe Detlev bei ihr war. Er senkte den Kopf. Er hatte nicht den Mut, den Hügel hinab zu der zerstörten Farm, den entschwundenen Hoffnungen zu reiten.
General de Groot zupfte ihn am Arm: »Komm, Jakob, es ist viel zu tun.« Und während die Ponys weitertrabten, sagte der alte Krieger voll Entschlossenheit: »Wir haben die Schlachten verloren. Wir haben den Krieg verloren. Nun müssen wir auf andere Weise gewinnen.«

11. Erziehung eines Puritaners

Detlev van Doorns Erziehung begann an dem Tag, an dem er mit seiner Schwester vom Konzentrationslager Chrissiemeer über den Hügel kam und sein zerstörtes Elternhaus sah. Sein Vater und der alte General de Groot warteten in den Ruinen, und nach einer kurzen Begrüßung führten sie ihn zu einem grasbewachsenen Hang, auf dem Nxumalos fünf Hütten gestanden hatten. Dort ragten vier hölzerne Grabmäler in gleichmäßigen Abständen aus dem Boden, auf denen in ungelenk geformten Buchstaben die Namen SYBILLA DE GROOT, SARA VAN DOORN, SANNAH, ANNA standen.
»Vergiß es nie«, sagte der General, »diese Frauen wurden von den Engländern ermordet, die ihnen pulverisiertes Glas ins Essen gaben.«
Detlev war sieben, ein kleiner Junge mit den verkniffenen Zügen eines alten Mannes und dem vorsichtig abwägenden Verstand eines Vierzigjährigen.
»Sie wurden im Lager begraben. Sie können nicht hier sein.«
»Es sind ihre Grabsteine«, sagte de Groot. »Zum Gedächtnis.«
»Das sind keine Steine«, widersprach Detlev.
»Später, wenn wir wieder eine Farm haben«, sagte sein Vater, »werden wir richtige Steine aufstellen.«
»Holz oder Stein«, sagte de Groot, »du darfst es nie vergessen.«
»Wo werden wir wohnen?« fragte Johanna.
»Wir haben den alten Wagen hergerichtet«, sagte ihr Vater und führte seine Kinder zu dem gebrechlichen Relikt, in dem sein Vater, Tjaart van Doorn, seine Familie über den Drakensberg, dann über den Limpopo nach Norden und schließlich zurück nach Vrymeer gebracht hatte. Van Doorn und der General hatten die großen Räder blockiert und mit Hilfe von Brettern eine Art Schutzdach über dem Wagenkasten gebaut, aber es reichte sichtlich nicht für eine junge Frau wie Johanna, einen Knaben und zwei erwachsene Männer. Als de Groot ihren bestürzten Blick sah, lachte er. »Ihr beide schlaft hier oben. Wir beide da unten.« Da sah sie, daß ihr Vater Bretter unter den Wagenkasten auf die Erde gelegt hatte, wo er und der alte Mann ihr Lager aufschlagen würden.

In der ersten Winternacht, die die vier gemeinsam verbrachten – ohne Kissen, ohne Decken –, erwachte Jakob bei Morgengrauen, sah über seinem Kopf, in den schweren Holzrahmen geschnitzt, die Inschrift TC-43 und fragte sich, was das bedeute. Als de Groot erwachte, fragte Jakob: »Was heißt das deiner Meinung nach?« Der alte General kniff die Augen zusammen, sah sich die Inschrift an und schwieg, als ob er über etwas nachdächte. Schließlich knurrte er: »Einer von den beiden einzigen anständigen Engländern, die ich je kennenlernte. Thomas Carlyle hat diesen Wagen gebaut; er und Richard Saltwood schenkten ihn deinem Vater. Ja, sie schenkten ihn ihm.« Er überlegte, wie ungeheuerlich es war, daß er unter einem englischen Wagen Schutz gesucht hatte, dann fügte er hinzu: »Ich fuhr in diesem Wagen zweitausend Meilen weit... zumeist ging ich zu Fuß neben ihm.«
Detlev, der bereits wach war, rief von oben: »Wie konntest du zugleich fahren und gehen?«
General de Groot griff in den Wagen, holte den Knaben heraus und warf ihn in die Luft. Als er ihn auf den Boden stellte, sagte er: »Du tust, was du mußt. Einmal half ich mit, diesen Wagen über die Drakensberge nach unten zu tragen.«
»Was werdet ihr tun, wenn ihr da unten schlaft und es regnet?« fragte Detlev.
»Ich werde es nicht regnen lassen«, versprach de Groot, und tatsächlich regnete es nicht während der vier Wochen, die sie brauchten, um so etwas wie ein Dach über einem Raum des zerstörten Hauses zu bauen.
In der zweiten Woche hörten sie auf zu arbeiten, als Detlev rief: »Es kommen Leute!« Sie sahen in der Ferne einen Zug Menschen auf sich zukommen, und Jakob griff drohend nach seinem Gewehr. »Kaffern«, sagte er und befahl seinem Sohn, er solle sich hinter ihn stellen.
In den Nachkriegswirren hatten Banden hungriger Schwarzer begonnen, Burenfarmen in dem Bezirk zu überfallen; sie stahlen, was sie fanden, und schlugen jeden Farmer zusammen, der sich wehrte. Aber von dieser Gruppe gab es nichts zu befürchten, denn Detlev rief: »Es ist Micah!«
Beim Anblick von nur drei van Doorns und einem de Groot begannen Tränen aus Micahs Augen zu fließen, denn er wußte, daß die Abwesenheit der anderen nur eines bedeuten konnte; auch er kam aus einem Lager zurück, einem für Schwarze, in dem seine Familie und Freunde interniert gewesen waren, und von seinen vier Frauen hatten nur zwei überlebt; von neun Kindern waren nur drei übrig.
Die Leiden dieser schwarzen Buren wurden nie aufgezeichnet. Sogar Maud Turner Saltwood, die soviel für die Frauen und Kinder der Buren getan hatte, mußte in einem letzten Bericht zugeben, daß die Lage der schwarzen Internierten hoffnungslos gewesen war: »Außer einer gewissen Erleichterung, die wir den Kranken in den wenigen Lagern verschaffen konnten, die ich besuchte, waren wir außerstande, etwas für sie zu tun.« Über hunderttausend Schwarze und Farbige waren hinter Stacheldraht zusammengepfercht worden; wie viele lebend herauskamen, wurde nie bekannt.

Als de Groot von Nxumalos schwerem Verlust hörte, war er tief bewegt. Mit einer herzlichen Gebärde streckte er seinem Sattelgefährten die Arme entgegen, umarmte ihn: »Kaffirtjie, so wahr es einen Gott im Himmel gibt, werden wir nicht vergessen, was sie uns beiden angetan haben. Bleib bei mir, und eines Tages reiten wir wieder.«

Nxumalo nickte.

»Sind das alle, die von deiner Familie übrig sind?« fragte der General, und als Nxumalo wieder nickte, trat der alte Mann einen Schritt zurück und überblickte das Land, auf dem einmal die schönen Rundhütten gestanden hatten. »Wir müssen wieder von vorne beginnen. Aber bei Gott, diesmal werden sie das, was wir gebaut haben, nicht niederbrennen können.«

So kehrten Nxumalo und seine Leute in die Sicherheit von Vrymeer zurück.

Am Ende des ersten Monats waren die van Doorns vor dem Wetter geschützt, und der alte General überraschte sie mit der Mitteilung, daß er nun gern seine Farm neu aufbauen würde. »Aber du sollst bei uns wohnen«, widersprach ihm Johanna mit großer Herzlichkeit.

»Nein, ich will mein eigenes Haus haben.«

»Wer wird für dich kochen? Wie wirst du leben?«

Eine von Nxumalos Frauen gab die Antwort. »Er ist alt«, sagte sie. »Er braucht Hilfe. Wir gehen zu ihm.« Und Micah war damit einverstanden, daß die Frau und ein junges Mädchen den alten Krieger in sein zerstörtes Haus begleiteten.

Sie verwendeten die übriggebliebenen Fundamente und bauten eine Art Hartebeesthütte, ein erbärmliches Ding ohne Fenster mit einer Klapptür. Als Jakob sich eines Morgens die erstaunliche Wohnstätte ansah, dachte er: In unserer Kultur haben wir einen Rückschritt um viele Jahrhunderte getan. Vor hundert Jahren lebten die Menschen in etwas Besserem als dem da. Auch vor zweihundert Jahren haben sie sicherlich bessere Hütten gebaut. Hätte er zu dem Jahr zurückgehen können, in dem der Verrückte Adriaan, Dikkop und Swarts hier am See gewohnt hatten, hätte er sie in einfacheren, aber besseren Quartieren angetroffen, und sicherlich waren zur Zeit des ersten Nxumalo das Dorf und die schönen Rundhütten bessere Unterkünfte gewesen als die Hütte des alten Generals. Die Jahrhunderte vergehen, dachte Jakob, und die Menschen ändern sich nicht.

In diesem Jahr setzte die Regenzeit spät ein, und es herrschte eine solche Dürre, daß viele Farmer in der Umgebung, die gezwungen waren, neu zu bauen und gleichzeitig gegen den Staub zu kämpfen, aufgaben und nach Johannesburg zogen, wo sie wenigstens in den Bergwerken Arbeit finden konnten. »Ich mag das nicht«, klagte der General, als er hörte, daß vier Familien ihren Haushalt aufgelöst hatten und in die Stadt gezogen waren. »Buren sind Bauern. Das besagt schon unser Name. In Städten geht es uns nicht gut. Die verdammten Minen sind etwas für Engländer und Hoggenheimer.«

»Wer ist Hoggenheimer?« fragte Detlev.

»Der Jude, dem die Minen gehören«, sagte er, zog eine Zeitung hervor, die eifrig von Farm zu Farm weitergegeben worden war. Sie enthielt zwei bissige Zeichnungen von einem Karikaturisten namens Boonzaaier und zeigte einen aufgeblasenen Juden mit Juwelen an den Fingern, einem Derbyhut auf dem Kopf, der sich mit Essen vollstopfte, um das ihn hungernde Buren vergeblich anflehten. Das war Hoggenheimer, und ihm wurde die Schuld für alles Üble zugeschrieben, das in den eroberten Republiken geschah.
»Wenn du jemals nach Johannesburg durchbrennst«, sagte der alte Mann, »wirst du Hoggenheimer kennenlernen.«
Der alte General kam recht oft auf seinem Pony zur Van-Doorn-Farm hinübergeritten, im Gehrock und manchmal mit Zylinder. Er kam nicht zum Essen oder um Gesellschaft zu haben, sondern um die Erziehung des jungen Detlev zu beaufsichtigen: »Du darfst nie vergessen, daß dein Urgroßvater, einer der besten Männer, die je gelebt haben, vor ein englisches Gericht geschleppt wurde, wo ein Kaffer gegen ihn aussagen durfte...« Abend für Abend ging er mit Detlev die vielen Untaten durch, die die Engländer am *Slagter's Nek* und in Chrissiemeer begangen hatten, wie sie gemahlenes Glas ins Essen gemischt hatten. »Du darfst einem Engländer nie trauen«, wiederholte de Groot immer wieder. »Sie haben dein Land gestohlen.«
»Aber Mrs. Saltwood war Engländerin«, sagte Detlev. »Sie brachte das Essen, das uns das Leben rettete.«
De Groot, der sich erinnerte, wie er mit Mrs. Saltwood auf der Veranda in *De Kraal* gesprochen hatte, räumte ein, daß »manche englische Damen ein Herz haben, ja, das stimmt«. Nach diesem Eingeständnis fuhr er jedoch mit der Litanei fort: *Slagter's Nek*... Kitchener... Glas im Essen.
Aber de Groot war nicht so verbohrt und engstirnig, wie es manchmal schien. »Detlev«, sagte er eines Tages, »dein Vater und ich, wir haben unsere Schlachten geschlagen und wir haben verloren. Du wirst unsere Schlachten schlagen, und du wirst gewinnen.«
»Ich kann gut schießen.«
»Jeder Bure kann gut schießen«, und dann schweifte er ab, um dem Jungen zu erzählen, wie seine Leute, zahlenmäßig immer weit unterlegen, sich hinter Felsen versteckten und die Engländer nacheinander abschossen: »Mit zehn Kugeln mußtest du mindestens acht Engländer treffen.«
»Ich könnte einen Engländer erschießen«, erklärte Detlev, worauf der alte Mann ihn an sich drückte und leise sagte: »Bete zu Gott, daß du es niemals tun mußt. Du wirst deine Schlachten auf klügere Weise gewinnen.«
»Wie?«
De Groot tippte dem kleinen Jungen auf die Stirn: »Durch Lernen. Indem du klug wirst.«
Und das sollte die Grundlage von Detlevs eigentlicher Erziehung werden, die an dem Tag begann, an dem ein bemerkenswerter Mann zur Farm geritten kam: Er war hochgewachsen, hager, mit großen Händen, die er linkisch bewegte, und Knien, die seine schwere Hose ausbeulten. Er hatte gelbliches Haar, das gar nicht zu einem Mann von seiner Größe paßte, und eines der

freundlichsten Gesichter, die Detlev je gesehen hatte. Er erklärte den van Doorns: »Ich heiße Amberson, Jonathan Amberson, und ich wurde von der neuen Regierung hierhergeschickt, um in Venloo eine Schule einzurichten. Ich würde mich sehr freuen, wenn Ihr Sohn am Unterricht teilnähme.«

»Er kann nicht jeden Tag nach Venloo reiten«, protestierte Jakob.

»Das soll er auch gar nicht. Mrs. Scheltema wird eine Jugendherberge führen...«

»Sind Sie Engländer?« unterbrach ihn Johanna.

»Natürlich. Es ist die neue Schule der neuen Regierung.«

»Wir wollen keine Engländer hier«, sagte sie bitter.

»Aber...«

»Hinaus! Verschwinden Sie aus diesem Haus und von dieser Farm!« Detlev, der alles beobachtete, fürchtete, sie könnte den hochgewachsenen Fremden schlagen, der sich verneigte, die Veranda verließ und davonritt.

Als General de Groot kurz darauf davon hörte, rief er aufgeregt: »Nein, nein! Nicht auf diese Weise!«

»Er war Engländer«, fauchte ihn Johanna an. »Glaubst du, wir wollen, daß der Junge englische Sitten...«

»Genau das wollen wir.« Zum erstenmal hörte der junge Detlev, wie die Strategie seines Lebens dargelegt wurde – und er begriff jedes Wort.

»Das Problem ist folgendes«, sagte der alte Mann, während Detlev auf seinem Knie saß. »Die Engländer wissen, wie man die Welt beherrscht. Sie verstehen sich auf Banken, Zeitungen und Schulen. Sie sind sehr tüchtige Menschen – in allem, außer dem Krieg. Und weißt du, warum, Detlev?«

»Im Lager weinte Dr. Higgins sehr viel.«

»Wer war Dr. Higgins?«

»Der Mann, der uns am Leben erhalten sollte. Wenn wir starben, weinte er oft. Männer tun das nicht.«

»Beantworte meine Frage. Warum sind die Engländer so klug und wir Buren so dumm?«

»Mein Vater ist nicht dumm«, sagte Detlev schnell. »Und du bist nicht dumm, Oupa.«

»Ich meine nur in bezug auf Bücher, Banken und dergleichen.«

»Das weiß ich nicht.«

»Die Engländer sind klug, weil sie Dinge wissen, die wir nicht wissen.«

»Was für Dinge?« fragte Detlev, ganz Ohr.

»Bücher. Zahlen. Große Ideen.« Die Worte explodierten wie Kruppgranaten in der kleinen Küche. Niemand sprach, und Detlev blickte die drei älteren Familienmitglieder an, die alle nickten. Er vergaß diesen bedeutenden Moment nie.

»Du wirst also die englische Schule besuchen, mein kluger Junge, und alles herausfinden, was sie wissen.« Als Detlev nickte, fuhr der alte Mann fort: »Du sollst der klügste Junge sein, den der Lehrer je gesehen hat. Du mußt alles lernen.«

»Warum?« fragte der kleine Junge bedrückt.
»Wenn du so viel weißt wie sie, kannst du den Engländern eine neue Art von Krieg erklären.« Die Hände des Alten begannen zu zittern. »Du gehörst der Generation an, die dieses Land zurückgewinnen wird. Du wirst den Krieg gewinnen, den dein Vater und ich verloren haben.«
General de Groot ereiferte sich so sehr darüber, daß er Detlev persönlich nach Venloo brachte, und er war beeindruckt von der Mühe, mit der das alte Haus hergerichtet worden war, das nun als Schulraum und Jugendherberge diente. Es gab Bücher und Tafeln und Bilder an den Wänden... Als er das überladene Porträt von König Eduard VII. an der Wand sah, wandte er sich ab.
»Es ist uns eine Ehre, Sie heute morgen bei uns zu haben«, sagte Amberson in unsicherem Holländisch, »einen großen Helden dieses Landes, General Paulus de Groot, der Held von Majuba Hill, der Rächer des Veld.«
De Groot war über solche Worte aus dem Mund eines Engländers verblüfft, und als die neunzehn Kinder Beifall klatschten, ließ er Detlevs Hand los und zog sich zurück.
Als de Groot am Ende der zweiten Woche wiederkam, um Detlev zu holen, stellte er auf dem kurzen Ritt zur Farm keine Fragen, aber am Abend nach dem Essen ließen die drei Erwachsenen den Jungen auf einem Stuhl Platz nehmen, setzten sich ihm gegenüber und fragten: »Wie war es?«
Die Schule gefiel ihm, und besonders gefiel ihm Mr. Amberson, der viel Geduld mit seinen jungen Schülern hatte. »Er erklärt alles«, sagte Detlev begeistert, »aber manchmal kann ich seine Worte nicht verstehen.«
»Unterrichtet er auf holländisch?« fragte Johanna.
»Natürlich. Wir verstehen nicht Englisch.«
»Was lehrt er euch?«
»Daß König Eduard jetzt unser König ist...«
Johanna verließ wütend das Zimmer.
»Lehrt er euch, wie man rechnet?« fragte de Groot.
»O ja!« Und der kleine Junge begann das Einmaleins aufzusagen, aber auf englisch.
»Was sagst du da?« rief de Groot.
»Das Einmaleins«, antwortete der Junge.
»Aber in welcher Sprache?« schrie der Alte.
»Auf englisch. Mr. Amberson sagt, nachdem er unsere Sprache gelernt hat und wir seine, wird der ganze Unterricht auf englisch abgehalten werden.«
De Groot war so aufgeregt, daß er auf und ab zu gehen begann, aber nach einer Weile beruhigte er sich, hob den Knaben hoch und setzte ihn auf sein Knie. »Natürlich. Du mußt Englisch lernen, so schnell du kannst. Jede Woche mußt du mehr Englisch lernen, denn dann begreifst du am ehesten ihre Geschäfte.«
Als General de Groot nach dem ersten halben Jahr Detlev abholte, war der Junge ganz verstört, doch er wollte nicht mit der Sprache heraus; deshalb drang der Alte auf dem Rückweg zur Farm nicht in ihn. Als sie aber am

Abend beisammen saßen, brach Detlev plötzlich in Tränen aus. »Was ist los?« fragte Johanna besorgt. Sie überließ es dem General, die Erziehung des Jungen zu lenken, fühlte sich aber verantwortlich für sein Wohlergehen, und als er so weinte, wußte sie, daß etwas Ernstes vorgefallen war, denn er war ein Junge, der sonst nicht weinte.

»Was ist los, Detlev?«

»Ich mußte die *dunce's cap* tragen.«

Er kannte das Wort Narrenkappe nur auf englisch, und als die drei eine weitere Erklärung verlangten, zeigte er mit seinen Händen die Form der langen, schmalen Papiermütze, die er in dieser Woche viermal hatte tragen müssen.

»Weshalb?« rief der General.

»Weil ich holländische Wörter verwendete.«

»Du hast was...?«

»Ja. Neue Vorschriften. Jeder Junge und jedes Mädchen, die Holländisch anstatt Englisch sprechen, muß mit der hohen Kappe, auf der steht: ›Ich sprach heute Holländisch‹, in der Ecke stehen.«

»Aber Mr. Amberson spricht doch selbst Holländisch. Du hast es gesagt.«

»Jetzt nicht mehr. Er sagte, wir sind nun schon ein halbes Jahr in der Schule und dürfen nie wieder Holländisch sprechen.«

»Dieses Ungeheuer!« fauchte Johanna. Sie war dreiundzwanzig, eine leidenschaftliche, schwer arbeitende junge Frau, und wenn dieser Schulmeister ihren Bruder schlecht behandelte, würde sie ihm eine Lektion erteilen.

»Nein«, sagte Detlev ruhig, trotz seiner Tränen. »Er ist kein schlechter Mann. Er ist sehr freundlich und hilft mir beim Rechnen. Aber er sagt, daß unser Land jetzt englisch ist – das hat der Krieg entschieden – und daß wir vergessen müssen, daß wir jemals Holländer waren.«

»Gütiger Gott!« rief Johanna, aber zu ihrer Überraschung war es General de Groot, der sie beruhigte.

»Wir müssen daran denken, daß noch immer Krieg ist«, sagte der alte Mann und zog eine Zeitung mit einer neuen Reihe von Hoggenheimer-Karikaturen aus der Tasche, die bewiesen, daß die Juden das Land bestahlen. Sie enthielt auch eine Erklärung des englischen Hochkommissars, der das Wesen des heimtückischen Kampfes darlegte, der den Buren nun bevorstand:

> Wenn in zehn Jahren das Verhältnis von Briten zu Holländern drei zu zwei beträgt, wird dieses Land in Sicherheit und Wohlstand leben. Wenn das Verhältnis zwei zu drei beträgt, werden wir unaufhörlich Schwierigkeiten haben.

Kühl erklärte de Groot den nächsten strategischen Schritt: »Die Engländer tun alles, was sie nur können, um mehr von ihren Leuten hierherzubringen. Sie bringen sie hierher und ertränken uns in einer Flut englischer Bücher, englischer Theaterstücke, englischer Erziehung.«

»Aber du sagst doch, daß ich Englisch lernen soll«, sagte Detlev.
»Ja, Detlev, du sollst alles lernen. Wann immer er dir ein neues englisches Wort anbietet, nimm es und sage dir: ›Das ist eine Waffe, die ich gegen euch verwenden werde.‹«
»Wann?«
»An jedem Tag deines Lebens von nun an. Wenn du zwölf bist, verwende dein Wissen gegen die englischen Jungen deines Alters. Mit achtzehn verwende es gegen die jungen Leute im College. Mit dreißig gegen die Hoggenheimer in Johannesburg. Mit fünfzig gegen die Leute der Regierung in Pretoria. Und wenn du ein alter Mann bist wie ich, verwende es weiterhin. Der Feind ist der Engländer, und man kann ihn nur durch Klugheit vernichten.«
Johanna, die über die Demütigung wütend war, der Detlev durch die Narrenkappe und das diskriminierende Schild ausgesetzt war, wollte unverzüglich nach Venloo reiten und Mr. Amberson zur Rede stellen, aber der alte General sprach weiter: »Nimm Englisch mit dem Kopf auf, aber behalte Holländisch im Herzen. Denn wenn ein Eroberer dich dazu bringt, seine Sprache anzunehmen, macht er dich zu seinem Sklaven. Wir wurden besiegt ...«
Das hatte er noch nie zugegeben. Er hatte gesagt: »Wir haben die Schlachten verloren. Wir haben den Krieg verloren.« Aber er hatte nie zugegeben, daß er besiegt worden war. Während er nun diese schrecklichen Worte aussprach, erhob er sich von seinem Stuhl und ging in der kleinen Küche umher. »Wir wurden besiegt – dein Vater, ich, Oom Paul, General de la Rey, General Smuts ...« Er sprach nicht weiter, denn die Worte blieben ihm im Hals stecken. Dann brüllte er laut: »Aber den nächsten Krieg werden wir gewinnen. Den Krieg der Gedanken. Du und ich werden den Tag erleben, an dem Holländisch die einzige Sprache in diesem Land sein wird – die einzige, die zählt. Wenn mächtige Männer zusammenkommen, werden sie nicht Englisch sprechen.« Er stand hoch aufgerichtet vor Detlev und wies mit dem Finger auf ihn: »Und du wirst dafür verantwortlich sein.«
Johanna fühlte sich jedenfalls verantwortlich, und als es Montag früh Zeit war, daß General de Groot den Jungen wieder zur Schule brachte, sagte sie zu seiner Überraschung entschieden: »Heute bringe ich ihn hin.«
Sie kam um eine halbe Stunde zu früh in die Schule und stellte fest, daß Mr. Amberson dort war und sein Unterrichtsmaterial ordnete. Das erste, was sie sah, war die Narrenkappe in der Ecke und das schön geschriebene Schild: ICH SPRACH HEUTE HOLLÄNDISCH. Sie ging direkt darauf zu und sagte: »Wie können Sie es wagen, das zu verwenden?«
»Ich verwende die Kappe jeden Tag. Für Rechen- und orthographische Fehler.«
»Aber das?« fragte sie und hielt ihm das Schild hin.
»Es ist jetzt ein halbes Jahr, Miß van Doorn. Die Kinder müssen allmählich ernsthaft die Sprache lernen, die sie für den Rest ihres Lebens gebrauchen müssen.«

»Das wird aber nicht Englisch sein, Mr. Amberson.«

Er war über diese Feststellung erstaunt, denn es war ihm nie eingefallen, daß Holländisch sich gegen die Sprache der Sieger behaupten könnte, aber er überraschte sowohl Johanna als auch Detlev durch eine gelassene Reaktion. »Nehmen Sie doch Platz«, sagte er freundlich, und als sie ihre Beschwerde darlegte, hörte er aufmerksam zu, bemüht, alles zu verstehen, was sie sagte.

»Es gibt da noch etwas, was wir in Betracht ziehen müssen«, sagte er verbindlich, als ob er mit einem Kind spräche. »Es wurde mir gesagt, daß das Holländisch, das Sie sprechen – in dieser Gegend und im ganzen Land –, kein sehr gutes Holländisch ist und nicht anerkannt werden sollte.«

»Wer hat Ihnen das gesagt?«

»Mr. Op t'Hooft, der aus Amsterdam kommt und im Unterrichtsministerium arbeitet.«

»Wieder ein Holländer! Der Teufel soll sie alle holen, sie kommen hierher, nehmen einen Posten an und spielen sich uns gegenüber als Herren auf.«

»Aber Mr. Op t'Hooft beabsichtigt, die Staatsbürgerschaft anzunehmen. Es gefällt ihm hier besser.«

»Wir wollen ihn nicht.« Die Erwähnung eines Holländers, der die alteingesessenen Buren rücksichtslos behandelte, ärgerte Johanna und lenkte sie von ihrer wichtigsten Beschwerde ab.

»Miß van Doorn, ich bin sicher, die Regierung Präsident Krügers wollte nicht so viele Holländer anstellen, mußte es aber tun, weil ihr Leute draußen auf den Farmen...« Er merkte, daß er ein gefährliches Thema berührte, und versuchte es noch einmal: »Die Buren waren im Krieg einfach großartig, vielleicht die besten freien Kämpfer der Welt. Mein Bruder kämpfte gegen General de Groot, wissen Sie. Bei den King's Own Rifles, wissen Sie.« Johanna starrte ihn an wie einen Schwachsinnigen, und er schloß ein wenig lahm: »Ihr Buren weigert euch, Geschäftsführung zu lernen, deshalb mußte Präsident Krüger die Holländer auffordern, die Regierungsgeschäfte zu führen. Das war absolut erforderlich.«

»Die können jetzt heimgehen«, sagte sie scharf. Dann wechselte sie das Thema: »Mr. Amberson, ich wünsche, daß Sie meinem Bruder nicht wieder das Schild um den Hals hängen.«

»Er muß aufhören, im Unterricht Holländisch zu sprechen, das muß er wirklich.«

»Warum? Wenn das ein holländisches Land sein soll?«

»Es ist jetzt ein englisches.« Er zögerte. »Das heißt, die Sprache soll englisch sein.«

Sie waren in eine Sackgasse geraten, und als sie zur Farm zurückkam, suchte sie den General auf und fragte ihn, ob er glaube, daß das von den Leuten in Venloo gesprochene Holländisch so verdorben war, wie Mr. Op t'Hooft – ganz gleich, wer das war – zu glauben schien.

»Ja. Wir haben jetzt eine andere Sprache. Unsere eigene. Dein Vater und meiner haben sie geformt. Einfacher und besser.«

»Sollten wir den Holländern, die alles besser zu wissen glauben, gestatten hierzubleiben?«
»Die schmeißen wir alle raus. Sie verachten uns, und Gott weiß, wir verachten sie. Bloß weil sie reden können wie Amsterdamer, halten sie sich für Lords und Ladies. Ich sage: ›Versetzt ihnen einen Tritt in den Arsch.‹« Er entschuldigte sich für seine grobe Ausdrucksweise, dann wiederholte er den letzten Satz.
Aber jeder Ärger über die anmaßenden Holländer, von denen die meisten sowieso heimkehrten, da sie das geradezu barbarische gesellschaftliche Niveau mißbilligten, das sie in Städten wie Pretoria und Bloemfontein ertragen mußten, verschwand, als sich die wirkliche Bedrohung zeigte. Als Detlev eines Tages von der Schule nach Hause kam, erstaunte er die Älteren durch die Mitteilung: »Sie bringen sechzigtausend chinesische Arbeiter ins Land.«
»Was?« rief der General.
»Ja. Die Minenbesitzer sagen, daß sie seit dem Krieg keine Kaffern mehr bekommen können, und so kommen Schiffe mit Chinesen nach Durban.«
Daraufhin beschloß der alte Mann, mit dem wenigen Geld, das er besaß, mit der Bahn nach Johannesburg zu fahren, um selbst zu sehen, was das alles zu bedeuten hatte.
»Du kommst mit«, sagte er zu Detlev, und als der Junge erklärte, er müsse zur Schule, sagte der General: »Es ist wichtiger, daß du den Feind siehst«, und ritt mit dem Jungen nach Waterval-Boven, wo sie in den Zug stiegen.
Für Detlev war es ein überwältigendes Abenteuer – Reisende, die ihre Mahlzeiten verzehrten, während sie nach Westen fuhren, die Weite des Veld, die Farmen, die langsam wieder die Produktion aufnahmen, und am fernen Horizont der erste Anblick einer größeren Stadt. De Groot wurde überall willkommen geheißen, wo er hinkam, sowohl von seinen früheren Kampfgefährten als auch von den Engländern, die ihn wegen seiner heldenhaften Haltung in zwei Kriegen hochschätzten. Er erfuhr von seinen Bekannten, daß die Regierung tatsächlich im Begriff war, sechzigtausend Chinesen als Minenarbeiter ins Land zu bringen.
Die Regierung und die Engländer, die die Minen leiteten, ließen sechzigtausend kräftige junge Männer, durchweg unter dreißig, ins Land kommen und zehn oder zwanzig Jahre lang tief unten in den Goldminen arbeiten – und kamen nicht auf den Gedanken, daß sie während dieser Zeit vielleicht einmal Verlangen nach Erholung oder Umgang mit Frauen oder sonst irgendeiner Zerstreuung empfinden würden. Als die jungen Männer zu spielen begannen, war die holländisch-reformierte Kirche entsetzt. Als sie begannen, Beziehungen zu schwarzen, farbigen oder weißen Frauen anzuknüpfen, schrien die Geistlichen von den Kanzeln, daß Gott dieses Land strafen werde. Und als ein Kuli im Zorn einen anderen tötete, behaupteten Engländer wie Buren, das beweise, daß die Chinesen eine Bande von Tieren seien.
Nichts, was die Regierung im ersten Jahrzehnt nach dem Sieg der Engländer

unternahm, erregte die Buren so wie diese Einfuhr von Chinesen. Paulus de Groot war so empört, daß er, als er in sein Quartier in der Stadt zurückkam, den Vorschlag eines ebenso wütenden befreundeten Buren annahm, General Koos de la Rey aufzusuchen, der während des letzten Krieges die Engländer drei Jahre lang nicht zur Ruhe kommen ließ. Als Detlev diesen berühmten Mann kennenlernte, der nicht so groß war wie General de Groot, aber ein freundlicheres Gesicht hatte, wurde ihm bewußt, daß er eine wichtige Figur in der Geschichte der Buren vor sich hatte. Und als dann auch noch General Christaan Beyers dazukam, war ein illustres Triumvirat versammelt.

Sie sprachen darüber, wie sie die Regierung dazu zwingen könnten, den verhängnisvollen Beschluß rückgängig zu machen, die Chinesen ins Land zu bringen. »Noch wichtiger ist«, sagte de la Rey, »wie wir die hinausbekommen, die bereits hier sind.« Man vereinbarte, daß jeder für die Repatriierung der Chinesen arbeiten solle. Dann wandte sich das Gespräch einem noch wichtigeren Punkt zu.

»Die Fehler, die diese Regierung macht, widern mich an«, sagte de Groot offen. »Wissen Sie, was sie mit unseren Kindern anstellen? Erzähl es ihnen, Detlev – das mit der Narrenkappe.« Als der Junge ihnen auch von dem Schild berichtete, schüttelten alle die Köpfe, und nach einer Weile sagte de Groot ruhig: »Eines schönen Tages werden wir alle wieder reiten. Gegen die Engländer, denn sie können nicht regieren.«

Darauf antwortete keiner der anderen Generäle, aber de Groot wiederholte seine Prophezeiung: »Ihr werdet beide wieder in den Sattel steigen. Und wißt ihr, warum? Weil Deutschland sich rührt. Deutschland ist auf dem Vormarsch, und früher oder später werden wir ein Expeditionskorps in Südwestafrika landen sehen. Was werden sie tun? Sie werden hierher marschieren und das Land mit ihrer Kolonie in Ostafrika vereinigen. Und was tun wir? Wir schließen uns ihnen an. Und in dem Augenblick schmeißen wir die Engländer für immer hinaus.«

Detlev prägte sich dieser düstere Moment ein: de Groot, de la Rey und Beyers sahen den Krieg voraus, und anscheinend hofften alle drei, daß Deutschland einmal eine entscheidende Rolle in Afrika spielen und mit ihnen gegen die verhaßten Engländer zu Felde ziehen würde.

»Glauben Sie«, fragte General Beyers vorsichtig, »daß sich die anderen uns dann anschließen?«

De Groot war sicher, daß der große Held de Wet und noch einige andere Deutschland unterstützen würden. »Der Mann, den wir fürchten müssen, ist der junge Emporkömmling Jan Christiaan.«

»Wer ist das?« fragte Detlev.

»Smuts«, sagte de Groot. »Ein tapferer General, aber ich hasse seine Politik.«

Später spazierte de Groot mit dem Jungen in Johannesburg herum, zeigte ihm die großen Gebäude, in denen einflußreiche englische Geschäftsleute saßen. Als sie an einem großen Bürohaus vorbeikamen, ließ er sich von

Detlev alle Namen der Rechtsanwälte, Versicherungsleute, Geschäftsvermittler und dergleichen vorlesen, und als der Junge zu dem Namen FRANK SALTWOOD, AGENT, kam, sagte er: »Das war der Spion, der unsere Farmen niederbrannte. Vergiß das nie!« Und wieder zeigte sich an dem Jungen der Zwiespalt, in dem sich Nationen und Individuen befinden, denn er sagte: »Mrs. Saltwood hat mir das Leben gerettet.«

Als die englische Regierung die Buren freiließ, die in fernen Ländern wie Ceylon, Bermuda und St. Helena interniert gewesen waren, kam ein mächtiger, ungeschlachter Mann, auf dessen gebeugten Schultern eine schwere Last ruhte. Es war General Pieter Cronje, der sich im Jahr 1900 in Paardeberg mit seiner gesamten Armee von fast viertausend Mann ergeben hatte, der schlimmste Aderlaß des Krieges.

Zufällig war einem Fotografen eine erstaunliche Aufnahme von der Kapitulation gelungen, aus der ein für die *Illustrated London News* arbeitender Künstler eine überaus wirkungsvolle Sepiazeichnung angefertigt hatte, die schließlich um die ganze Welt ging und zur allgemeingültigen Darstellung der Beziehungen zwischen Engländern und Buren wurde. Cronje kam daher, eins achtundneunzig groß, in zerknitterter Hose, Weste, Rock und Überrock, bärtig, schmutzig, einen riesigen breitkrempigen Hut auf dem Kopf. Er wurde von dem kleinen, einäugigen, einhundertzehn Pfund schweren Lord Roberts erwartet: dichter Schnurrbart, peinlich saubere Stiefel und Lederzeug, die elegante Mütze des Expeditionskorps auf dem Kopf. »Der Riese ergibt sich dem Zwerg« wurde das Bild manchmal genannt.

Die Spuren auf dem Exemplar, das General de Groot an der Wand seines Hauses befestigt hatte, zeigten, daß darauf gespuckt worden war; es wies auch Löcher auf, weil der alte Mann eine Gabel darauf geschleudert hatte. Diese Version trug den Titel »Cronje trifft seinen Meister«, und als de Groot Detlev die Bedeutung erklärte, sagte er: »Ein Mann sollte lieber mit sechs Kugeln im Bauch sterben, als einen solchen Augenblick überleben. Ergib dich nie.«

Detlev war deshalb erstaunt, als er eines Morgens auf der Farm die gigantische Gestalt General Cronjes erblickte, der auf der Veranda wartete. Es konnte niemand anders sein, und als die tiefe Stimme dröhnte: »*Waar is die generaal?*«, antwortete Detlev: »Er wohnt in dem Haus.« Er führte Cronje zu de Groots Haus und war dabei, als die beiden Generäle zusammentrafen. Sie umarmten einander nicht auf französische Art, sondern blieben respektvoll einander gegenüber stehen und neigten leicht die Köpfe.

»Tritt ein, Cronje«, sagte de Groot und führte ihn in den spärlich möblierten Raum. »Wie war St. Helena?«

»Napoleon starb dort. Ich nicht.«

»Was passierte in Paardeberg?«

Der General setzte sich verlegen auf eine hochkant stehende Kiste und zog

die Schultern hoch. »Seit unserer frühesten Kindheit sagte man uns: ›Wenn ihr in Schwierigkeiten geratet, bildet ein *laager.*‹ Ich war in Schwierigkeiten, Kitchener hämmerte auf mich ein wie ein Verrückter, Roberts wartete. Also bildete ich ein *laager*, aber die alten Regeln galten nicht mehr. Denn sie hatten Kanonen, um das Lager zusammenzuschießen und alles, was darin war, in die Luft zu sprengen.«
»Also, das ist merkwürdig«, sagte de Groot. »Meine Familie verlor ihr Leben gegen Mzilikazi, weil sie kein *laager* baute. Und du verlorst alles, weil du es tatest.«
»Die Zeiten ändern sich.« Er schüttelte den Kopf, dann kam er zur Sache. »Paulus, du bist ein armes Schwein. So wie ich. Aber wir haben beide eine Chance, eine Menge Geld zu verdienen.«
»Wie?«
»Hast du je von St. Louis gehört? Der amerikanischen Stadt?«
»Nein.«
»Sie ist groß, wie ich höre, größer als Kapstadt.«
»Was hat das mit uns zu tun?« fragte de Groot argwöhnisch.
»Dort findet eine große Weltausstellung statt. Die größte ihrer Art.«
»Ja?«
»Sie haben die Zeichnung von mir und Lord Roberts gesehen und daraufhin einen Mann mit einem Haufen Geld hierher geschickt. Er will, daß ich ein kleines Kommando von Buren zusammenstelle, die gut reiten und vom Sattel aus schießen können. Weiße natürlich. Man wird amerikanische Soldaten als Engländer verkleiden, und du und ich werden reitend und schießend in eine große Arena kommen. Wir werden einen Scheinkampf liefern, und dann kommt ein Tableau.«
»Ein was?«
»Alles bleibt stehen – regungslos. Und das Publikum sieht, daß es eine Darstellung meiner Kapitulation vor Lord Roberts ist.«
De Groot blieb mit verschränkten Armen und gespreizten Beinen sitzen und starrte seinen alten Kampfgefährten an. Cronje hatte seinerzeit 1881 mitgeholfen, den Majuba Hill zu stürmen. Er war ein anerkannter Held, war aber auch der Mann, der sich in Paardeberg unrichtig verhalten hatte. Wenn de Groot eine so tragische Wendung seines Schicksals aufgezwungen worden wäre, hätte er sich eine Kugel durch den Kopf gejagt. Und jetzt machte ihm Cronje den Vorschlag, nach St. Louis zu reisen, ganz gleich, wo das lag, auf seinem Pony in eine Arena zu reiten, Platzpatronen abzufeuern und sich dann zweimal täglich, sechs Tage in der Woche, wieder Lord Roberts zu ergeben.
Der alte Mann erhob sich langsam und bedeutete Cronje, das gleiche zu tun. Streng schob er den riesigen Krieger zum Hütteneingang, wo er sagte: »Piet, mein lieber Kamerad, wie du sehen kannst, brauche ich das Geld. Aber es hat niemals in meinem Leben eine Zeit gegeben, in der ich Platzpatronen abgefeuert habe, und ich bin zu alt, um es noch zu lernen.«
Cronje hatte keine Schwierigkeiten, andere gute Reiter zu engagieren, die

mit ihm nach St. Louis fuhren und eine Vorstellung boten, die die Leute dort zu Beifallsstürmen hinriß. Jedesmal, wenn die Kapelle mitten im Spiel abbrach, zwei kleine Kanonen donnerten und die Lichter aufflammten, trat General Cronje in der Kleidung vor, die er auf dem Foto getragen hatte, und ergab sich einem schmucken kleinen Major, der aus Fort Sill abkommandiert war, einen falschen Schnurrbart und die Kopie einer englischen Uniform trug.
Als Fotos von diesem Tableau nach Südafrika gelangten, verursachten sie Ärger, aber in St. Louis war der Beifall so groß, daß Cronjes Honorar erhöht wurde. General de Groot trieb eines dieser Fotos auf und heftete es neben dem Original an die Wand.
»Bemerkenswert«, sagte er zu Detlev, als der Junge zum erstenmal die beiden verglich. »Wieso konnten sie die Kapitulation so genau wiedergeben?«
Detlev befürchtete, daß der alte Mann die Wand in Stücke schlagen würde, so spannten sich die Muskeln an seinem Hals, aber er tippte nur sanft auf die beiden Bilder, als ob sie wertvoll wären. »Nie kapitulieren, Detlev«, sagte er, »nicht einmal im Spiel.«

Die Leute in Vrymeer ließen sich so offensichtlich Detlevs Erziehung angelegen sein, daß Mr. Amberson sich daran gewöhnte, dann und wann von Venloo herüber zu reiten, um über die Fortschritte des Knaben zu berichten, und wenn er auf der Farm in der Küche saß, bemerkte Detlev zwei Dinge an ihm. Zum Unterschied zu den kräftig gebauten Burenfarmern aus der Umgebung konnte dieser hagere junge Mann in einem Stuhl sitzen, das linke Bein über das rechte Knie legen und dann die linke Zehe unter den rechten Knöchel haken, als wäre er aus Gummi. Detlev konnte es nachmachen, aber keiner von den kräftigen größeren Jungen und sicherlich keiner von den Älteren. Außerdem interessierte sich Mr. Amberson für alles mögliche, und deshalb gewann Vrymeer zusätzliche Schönheit, die es irgendwie von den anderen Farmen unterschied.
»Sie haben jetzt ein neues Anbausystem«, erzählte er ziemlich aufgeregt. »Sie kommen meist aus Australien.«
»Was denn?« fragte der General argwöhnisch. Er mochte Mr. Amberson nicht, aber Detlev merkte, daß er immer auftauchte, wenn der hochgewachsene Engländer zu Besuch kam, weil er gern mit ihm diskutierte.
»Die Bäume. Die Regierung importiert Millionen Bäume, um sie auf dem Veld anzupflanzen.«
»Wer bezahlt sie?«
»Ich glaube, sie kosten nichts. Eukalyptus, denke ich, und etwas, das sie Akazien nennen.«
»Die kosten nichts?«
»Ja, aber man muß sie selbst anpflanzen. Das ist nur gerecht.«
Mr. Amberson gebrauchte diese Redensart häufig.
»Nennen Sie es gerecht, wenn unsere Jungen Englisch lernen müssen?« fragte de Groot wie gewöhnlich.

»Ich habe Holländisch gelernt.« Er hustete. »Aus Respekt, weil es hier die Landessprache ist. Aber Detlev hat einen besseren Grund, Englisch zu lernen. Weil die ganze Welt sich auf englisch verständigt, deshalb.«
In diesem grundlegenden Punkt machte er keinerlei Zugeständnisse. Englisch war die Sprache der großen Welt, und die provinziellen Buren, die in ihrer Einöde lebten, mußten es eben lernen, wenn sie Anspruch darauf erhoben, an den Geschehnissen in der Welt teilzunehmen. In allen anderen Dingen war er konziliant, räumte ein, daß die Buren letzten Endes durch ihren hartnäckigen Heroismus den Krieg doch gewonnen hatten, und gab zu, daß die holländische Küche viel besser ist als die englische. Er war wirklich ein angenehmer Mensch, und wenn er seine Beine verknotete, auf seiner Sitzfläche vor- und zurückschaukelte und über tiefgründige Fragen diskutierte, verlieh er dem ansonsten recht langweiligen Dasein einen Hauch der großen Welt und der Kultur.
Die Farm befand sich jetzt in gutem Zustand. Mit der Hilfe von Nxumalos Leuten waren alle Gebäude mit Dächern versehen worden; die Hereford-Rinder entwickelten sich gut, der Wollertrag war zufriedenstellend, und die schwarzen Farmarbeiter hatten zwei kleine Teiche oder Wasserreservoire unterhalb des großen Sees ausgestochen, so daß an sonnigen Tagen die drei Wasserflächen glänzten wie ein Juwelenhalsband.
An die Nordufer dieser schönen Seen brachte Mr. Amberson die tausend jungen Bäume, als sie aus Australien in Durban eintrafen. Es waren, wie er vorausgesagt hatte, zumeist Eukalyptus, wunderbare Bäume mit grober Rinde, deren Blätter, wenn man sie zerdrückte, nach Minze dufteten. Er brachte aber auch zweihundert Akazien, buschartige Bäume, deren goldene Blüten den Anblick der Landschaft verschönten.
»So viele Bäume, das ist eine Riesenarbeit«, machte er die Männer aufmerksam, und um ihnen beim Anpflanzen zu helfen, gab er seiner ganzen Schule einen Donnerstag und Freitag frei und brachte alle Jungen hinaus, um bei den Seen zu arbeiten. Er nannte das »praktisches Lernen«, und er arbeitete selbst am schwersten von allen, lief da- und dorthin, um sicher zu sein, daß die Bäume in einer Reihe standen. Die einzigen Unkosten, die den van Doorns aus diesem ungewöhnlichen Service erwuchsen, waren ein Essen im Freien für die Jungen, und nachdem sie und ihr Lehrer nach Venloo zurückgekehrt waren, äußerte Detlev zum erstenmal seinen Verdacht. Die beiden älteren Männer saßen in der Küche, während Johanna saubermachte, und als sie hinausging, sagte Detlev ruhig: »Ich glaube, Mr. Amberson ist in Johanna verliebt.«
»Was hast du gesagt?«
»Scheinbar kommt er hierher, um mit dir zu diskutieren, General de Groot, aber in Wirklichkeit kommt er, um mit Johanna zusammenzusein.« Er ahmte nach, wie der Engländer ihren Namen aussprach.
Diese Neuigkeit war so erschreckend, daß General de Groot »Schhhh« flüsterte, aus Furcht, Johanna könnte es hören. Und als sie wieder in die Küche kam, beobachteten sie sechs Augen vorsichtig. Als sie wieder hinausging,

schnaubte de Groot: »Undenkbar! Ein Burenmädchen, das einen Engländer liebt...«
»Das habe ich nicht gesagt«, widersprach Detlev. »Ich sagte, er ist in sie verliebt.«
»Ein so braves Mädchen wie Johanna«, sagte der General. »Sie würde so etwas nie tun.« Er sagte die Worte mit solcher Verachtung, als spräche er von Prostitution.
»Sie ist sechsundzwanzig«, sagte Jakob nachdenklich. »Ein prächtiges Mädchen, und sie sollte sich einen Mann suchen.«
»Ihr braucht sie hier«, sagte de Groot, womit er meinte, daß er sie brauchte.
»Viel länger darf sie aber nicht warten«, erklärte Jakob. »Aber auch ich will keinen Engländer in meiner Familie haben.«
Alles, was diese drei Spione in den nächsten Wochen sahen, bestätigte ihren Verdacht, daß Johanna van Doorn begann, sich in den Engländer zu verlieben, und als er an einem Wochenende kam, um die jungen Eukalyptusbäume zu besichtigen, stellte ihn General de Groot zur Rede: »Junger Mann, sind Sie wegen der Bäume oder wegen Johanna hergekommen?«
Mr. Amberson wurde blaß, dann hochrot. »Also, ich...«
»Es wäre besser, wenn Sie nicht mehr hierher kämen.« Als der junge Mann sich verteidigen wollte, mischte sich Jakob ins Gespräch: »Ja, es wäre besser, wenn Sie wegblieben.«
»Aber...«
»Und zwar gleich jetzt«, sagte der General entschieden, und die beiden Männer blieben neben Amberson und führten ihn zu seinem Pferd. Der General sagte: »Wir wollen nicht, daß ein Engländer sich an eines unserer Mädchen heranmacht. Und nun vorwärts!« Er versetzte dem Pferd einen Schlag und schickte damit den langbeinigen Lehrer nach Venloo zurück.
Als sich beim Mittagessen erwies, daß Mr. Amberson nicht mit der Familie am Tisch aß, fragte Johanna, warum, und der General sagte offen heraus: »Wir wollen nicht, daß er sich an ein anständiges Burenmädchen heranmacht.«
Johanna errötete, gab aber nicht klein bei. »Habt ihr ihn fortgeschickt?«
»Ja«, sagte der General kurz.
»Wie kommen Sie dazu, Leute fortzuschicken, General de Groot? Sie sind in diesem Haus Gast.«
»Ich bin der Beschützer des Hauses«, stellte er entschieden fest.
»Ich brauche Ihren Schutz nicht.« Sie hätte am liebsten geweint, denn es gab keine jungen Männer in Venloo, und Mr. Amberson hatte sich als verständnisvoller, hochherziger Mensch erwiesen. Der Krieg war vorbei, es gab keine Lager mehr, und sie sehnte sich sehr danach, im Leben voranzukommen, eine eigene Farm zu gründen, Kinder zu haben, und wenn niemand anderer daherkam, war sie bereit, auch einen Engländer zu heiraten.
Aber das wollten die drei Männer in ihrer Familie nicht zulassen. Detlev sprach für sie alle, als er sagte: »Du kannst warten, Johanna.«

Diese Bemerkung überraschte sie. »Aber von uns allen hast du ihn doch am liebsten. Du hast ihn hergebracht.«
»Als Lehrer«, erklärte der Junge. »Er ist ein sehr guter Lehrer.«
»Undenkbar«, war General de Groots endgültiges Urteil, und Mr. Amberson wurde nicht mehr in Vrymeer gesehen.
In der Schule verriet er durch keine einzige Andeutung seine Enttäuschung; er behandelte Detlev womöglich mit noch größerer Achtung; er war ja auch einer seiner besten Schüler. In Rechnen, Geschichte und Schönschreiben bekam er gute Noten, und Mr. Amberson ermutigte ihn sehr; mitunter kam er abends bei Mrs. Scheltema vorbei, um ihm noch weitere Aufgaben zu stellen, damit er sich auszeichnen konnte.
Eines Tages brachte er einen eiförmigen Fußball in die Schule mit und sagte den größeren Jungen: »Ihr müßt Rugby spielen. Vielleicht könnt ihr einmal, obwohl ihr aus dieser kleinen Stadt kommt, ebenso berühmt werden wie Paul Roos.«
Bis dahin wußten die Buren dieser kleinen Gemeinde wenig über dieses Spiel. Vor dem Krieg hatten sie von Besuchen englischer Mannschaften gehört, zum erstenmal 1891, als die Engländer sämtliche Spiele gewannen, und dann wieder 1896. Aber sie hatten nichts Rechtes damit anzufangen gewußt.
Durch das Rugbyspiel gewann Mr. Amberson die Zuneigung der Einheimischen. Tag für Tag betrat er das Spielfeld in Stiefeln, knielangen Socken, kurzen Hosen und Trikot, um gegen die kräftigsten Jungen seiner Schule zu spielen. Sie rannten auf dem Feld hin und her, bückten sich zum Gedränge und spielten bis zur Erschöpfung. »Auf mein Wort«, sagte er oft, wenn die Spiele zu Ende waren, »das war eine gute Leistung. Jungs, ihr werdet erstklassig, absolute Weltklasse.«
Ältere Männer in der Gemeinde verspotteten den Schulmeister: »Er ist ein Mann unter Jungen und ein Junge unter Männern.« Als er aber vorschlug, die älteren Jungen, die nicht mehr zur Schule gingen, sollten auch eine Mannschaft bilden, versicherte er ihnen, daß er bereit sei, mit ihnen zu spielen, und nun kam die gesamte männliche Bevölkerung der Stadt hinaus, um den Gladiatorenkämpfen zuzusehen.
Er war ein ausgezeichneter Spieler, ein hochgewachsener, etwas schmächtiger Mann, der keine Angst hatte, mit den größten und härtesten einheimischen Buren zusammenzustoßen. Wenn sich ein Junge mit dem Ball freikämpfte und vorstürmte, um Punkte zu erzielen, löste sich Amberson vom Sturm, rannte quer über das Feld, stoppte den Bösewicht, daß die Knochen knirschten, schlug den Ball frei, rappelte sich hoch und rannte selbst mit ihm in der Gegenrichtung los, bis ihn ein kräftiger Bure zu Boden riß.
Nach Ende des Spieles saß er keuchend, mit blauen Flecken am ganzen Körper und Blutspuren auf den Lippen auf dem Spielfeldrand; dann kamen die kräftigen Männer vorbei, klopften ihm auf die Schulter und sagten: »Sie können es richtig.« Und er antwortete: »Es war ein prächtiges Spiel.«
Sein Hauptinteresse blieben jedoch die Jungen in seiner Schule, und er

freute sich, als Detlev begann, sich zu einem erstklassigen »Läufer« zu entwickeln (so heißt der tüchtige Bursche, der den Ball vom Spieler im Gedränge erhält und ihn den schnelleren Hinterspielern weitergibt).
Er besaß ein natürliches Talent für das Spiel, und obwohl er es nicht mit der gleichen Leidenschaft wie Mr. Amberson liebte, schätzte er die Kameradschaft und die Einsatzbereitschaft, die es ihm abverlangte. Inzwischen befand sich Südafrika auf dem Weg, eines der bedeutendsten Sportzentren der Welt zu werden, und wenn ein Junge wie Detlev es schaffte, in die Nationalmannschaft zu gelangen, würde seine Zukunft gesichert sein.
Diese Leidenschaft für den Sport zwang Frank Saltwood dazu, eine Verordnung zu erlassen, die die soziale Struktur des Landes weitgehend beeinflußte. Er war, wie alle Engländer, sportbesessen und Präsident des Cricketverbandes. Selbst ein guter Spieler, da er auch Mitglied der Oxford-Elf gewesen war, opferte er seine Freizeit und seine überschüssigen Geldmittel dieser Sportart. Wann immer eine Mannschaft ausgewählt wurde, um gegen Besucher aus Schottland oder Wales zu spielen, managte er die Tournee und sorgte dafür, daß sich seine Spieler den großen Traditionen gemäß verhielten. Er beharrte darauf: »Cricket ist ein Spiel für Gentlemen, und seine Regeln sollten im Alltag genauso beherzigt werden wie auf dem Spielfeld.«
Ein ernstes Problem stellte jedoch die Person von Abu Bakr Fazool dar, einem farbigen Mohammedaner aus Kapstadt, der vermutlich der beste Ballmann der Welt war. Als der spätere C. Aubrey Smith, selbst ein tüchtiger Ballmann und Kapitän seiner Cricketmannschaft, auf Tournee in Südafrika war, sagte er von Fazool: »Er hat den schnellsten *riser*, den ich je gesehen habe. Viel besser auf diesem schwierigen Posten als ich.« Er versprach Fazool, er würde für ihn, wenn er je nach England käme, einen Platz in einer Grafschaftsmannschaft finden.
Nun erhob sich also die Frage: Sollte Abu Bakr als Mitglied der Mannschaft England besuchen? Seine Fans sahen ihn schon die englischen Schlagmänner niedermähen. Allmählich aber wurde Kritik an dem Vorhaben laut, einen Farbigen als Repräsentanten Südafrikas nach Übersee zu entsenden. In Zeitungsartikeln wurde die Frage gestellt: Hat die Kommission diese Sache auch reiflich überlegt?
Die Verantwortung fiel eindeutig Frank Saltwood zu, und wenn er sich vor die Kommission gestellt und gesagt hätte: »Die Welt würde uns für dumm halten, wenn wir Abu Bakr nicht aufstellen«, hätten sie zugestimmt. Nachdem er das Problem aber von allen Gesichtspunkten aus geprüft hatte, wurde er vorsichtiger und gab den Mitgliedern der Kommission zaghaft den Rat:

> Es wird hier und im Ausland anerkannt, daß Abu Bakr Fazool heute der vielleicht beste Ballmann der Welt ist. Wie C. Aubrey Smith am Ende seiner erfolgreichen Tournee sagte: »Dieser junge Mann ist ohne weiteres fähig, in jedem Grafschaftsteam Cricket zu spielen.« Wir würden also unserer Mannschaft und dem Mutterland einen Gefallen

erweisen, wenn wir ihn aufstellten. Ich würde es sehr gern tun. Aber wir müssen gewisse Einwände gegen einen solchen Schritt sorgfältig in Betracht ziehen. Die Narben des kürzlich beendeten Krieges heilen langsam dank des guten Willens auf beiden Seiten, und es wäre fast ein Verbrechen, zu einem so frühen Zeitpunkt etwas zu tun, das diese Narben wieder aufreißen würde. Unsere Brüder, die Buren, befolgen gewisse klar umrissene Traditionen bezüglich der Behandlung ihrer farbigen und Kaffern-Nachbarn, und wir wären nicht gut beraten, wenn wir diese Tradition verletzten. Dies könnte ein triftiger Grund sein, Fazool nicht nach England mitzunehmen. Ein ernsterer Aspekt ist schließlich: Welchen Eindruck wollen wir auf unser Mutterland machen, wenn unsere Mannschaft aufs Feld läuft? Ich weiß, daß dunkelhäutige Inder auf dem Lords-Cricketplatz in London hervorragend gespielt haben, aber ganz England weiß, daß in Indien Inder leben, und es wäre lächerlich, wenn keine erschienen. Ebenso haben sehr dunkelhäutige Westindier die karibischen Kolonien vertreten, aber wieder handelt es sich um die Hautfarbe der Bevölkerung dieser Kolonien. Bei Südafrika ist das anders. Es ist wichtig, daß wir uns von den Spielern im Mutterland äußerlich möglichst wenig unterscheiden. Südafrika ist ein Land der Weißen und wird es immer bleiben. Unser Wohlergehen hängt von der guten Meinung ab, die das Mutterland von uns hat, und wenn unsere Mannschaft auf seinen geheiligten Spielfeldern antritt, wäre es besser, wenn sie das verträte, was wir sein wollen: Englands weiße Kolonie, verläßlich, wohlerzogen, der europäischen Tradition verhaftet und vertrauenswürdig. Ich fürchte, das Erscheinen Abu Bakr Fazools unter unseren Spielern würde dieses Image eher trüben.

Wäre Frank Saltwood in diesem Augenblick dafür eingetreten, Fazool nach England zu entsenden, und hätte der begabte Athlet die erwartete Leistung erbracht, wäre es vielleicht zu einer ganz neuen Form der Anerkennung gekommen. Es gab noch andere farbige Cricketspieler, die in die ins Ausland reisenden Mannschaften gepaßt hätten, und wenn ihre weißen Kollegen beobachtet hätten, wie gut sie spielten und mit welcher Leichtigkeit sie bei den Festspielen des Mutterlandes bestehen konnten, wäre es in ganz Südafrika zu einer positiven Haltung gekommen; und wenn für die Rugbyteams begabte Schwarze trainiert worden wären, die ihre Gegner in den Gedrängen niederkämpften und wie Antilopen rannten, um Punkte zu erzielen, hätte das ganze Volk gesehen, daß sie sich wirklich nur in der Hautfarbe von den Buren und Engländern unterschieden, die an ihrer Seite spielten.

Aber für solche Anerkennung war die Zeit noch nicht reif. Frank Saltwood überzeugte die Kommission und nahm Fazool aus dem Team. Er erschien nicht in England, um seinen Platz neben den fabelhaften Ballmännern aus Indien, den unsterblichen Schlagmännern aus Australien einzunehmen. Er spielte weiter in den Wohngebieten der Farbigen von Kapstadt, und als die Vorschriften gegen interrassische Wettbewerbe strenger wurden, hörte er ganz auf zu spielen. Man konnte ihn oft bei den Docks und auf dem Fischmarkt sehen, wo er keine Läufe, sondern den täglichen Makrelenfang registrierte.

In den Biographien großer Frauen und Männer findet man oft den Satz: »Die Idee, die für ihr ganzes Leben bestimmend sein sollte, traf sie wie ein plötzlicher Lichtstrahl.« Im Fall Detlev van Doorns war dieser Vergleich wahr. Es traf ihn ein Lichtstrahl, und der Lauf seines Lebens war festgelegt.
Es begann mit einem aus Frankreich importierten Päckchen von Puddingpulvern. Da General de Groot und ihr Vater Johanna untersagt hatten, mit Mr. Amberson zusammenzutreffen, begann sie sich in ihrer Freizeit mit Stricken und Stickerei zu befassen. Das Eintreffen von importierten Puddingpulvern im Laden von Venloo regte sie an, und bald bereitete sie für ihre Männer säuerliche Orangen- und Zitronendesserts. Sie schmeckten ihnen, und sie verlangten mehr davon, also ging sie wieder in den Laden und kaufte große Päckchen, und als sie heimkam, stellte sie fest, daß sie nun sechs oder sieben verschiedene Geschmacksnuancen hatte. Sie experimentierte mit allen, und die Männer fanden sie so schmackhaft, daß sie sie ermutigten, ihre Versuche fortzusetzen.
Sie war eine einfallsreiche junge Frau, die sich nun schon den Dreißigern näherte, und als sie eines Tages das Gelee in Gläser füllte, fiel ihr ein, daß sie in jedes Glas nur eine kleine Portion gießen, sie steif werden lassen, dann ein anderes Gelee unterschiedlicher Färbung darübergießen und den Vorgang wiederholen konnte, bis sie ein mehrschichtiges Glas beisammen hätte, das nicht nur recht schmackhaft sein, sondern auch hübsch aussehen würde.
Ihre ersten Versuche mißlangen, weil sie die aufeinanderfolgenden Farben eingoß, während sie noch zu warm waren, und so jene, die bereits festgeworden und abgekühlt waren, wieder auflöste. Da sie eine sparsame Frau war, vermischte sie die mißglückten Fruchtgelees und beschloß, es später noch einmal zu versuchen; als die Mischung steif wurde und sie sie ihren Männern servierte, protestierte Detlev jedoch: »Das sieht nicht richtig aus und es schmeckt auch nicht richtig.« Sie gab keine Erklärung ab, stimmte ihm aber zu. Der Versuch war mißlungen.
Als aber das nächstemal das erste Gelee richtig fest war und sie die nächste Portion bereitete, ließ sie sie abkühlen, bis das zweite Gelee beinahe fest geworden war, dann goß sie es ein, und ihr Plan hatte Erfolg. Das Ergebnis war noch viel besser, als sie erwartet hatte; es sah wirklich sehr hübsch aus, denn sie hatte mit künstlerischem Geschmack als unterstes eine Lage schwarze Johannisbeeren gewählt, darüber die hellbraunen Äpfel, dann die roten Johannisbeeren und schließlich die Orangen und die hellen Zitronen. Die Gläser waren beinahe Kunstwerke.
Als Detlev in die Küche kam, standen sie auf dem Fenstersims, eines davon etwas abseits, und als die Sonnenstrahlen das Glas trafen, leuchteten die einzelnen Schichten – jede Farbe wirkte besonders strahlend – und warfen

reizvolle Muster in Schwarz, Braun, Hellrot, Orange und Zitronengelb auf die gegenüberliegende Wand; in diesem Augenblick begriff Detlev die große Ordnung des Lebens.

»Seht doch!« rief er und führte den General und seinen Vater in die Küche. »Wie jede Farbe sich von der anderen absondert. Sie trübt die andere nicht. Sie glänzt wie ein Diamant.« Und mit dem Finger zeigte er auf die Beschaffenheit der Menschheit, so wie er glaubte, daß Gott sie bestimmt hatte: »Hier unten der Schwarze. Dann der hellere Braune. Dann hier der Inder...« Er hatte bereits die Farben auf Rassengruppen übertragen. »Hier oben der Engländer, er ist orange. Und über allen der Afrikander, hell und...«

»Du bist ein Bure!« sagte de Groot.

»In der Schule sagen sie uns immerzu, daß wir keine Buren mehr sind. Wir kämpfen gegen niemanden...«

»Wir kämpfen immer gegen die Engländer«, sagte de Groot. »Solange du lebst, werden wir nie damit aufhören.«

Detlev kehrte zu den Gelees zurück. »Jeder Farbe ihr zustehender Platz. Ordnung. Unvermischtheit.« Er hatte die Leitlinie des Lebens gefunden. »Wir sind Afrikander, diese schöne, klare Farbe ganz oben.«

»So soll es sein«, sagte de Groot, und in dieser Woche begann er mit der Kampagne, durch die er Mr. Amberson als Lehrer von Venloo loswerden wollte. Der Engländer war ihm mit der Zeit sympathisch geworden, und er sagte es ihm auch ganz offen, war aber auch der Ansicht, daß die Zeit für die Erziehung der Burenjungen gekommen war... Afrikanderjungen verdienen, daß Afrikander sie unterrichten.« Dieser Name gefiel ihm. Er zeugte von dem wahren Erbe seines Volkes. Sie waren keine Engländer, und weiß Gott, sie waren auch keine Holländer mehr. Sie waren Männer und Frauen Afrikas, und das Wort enthielt eine treffende Aussage.

Mr. Amberson reagierte erwartungsgemäß: »Ich glaube, Sie haben da ein berechtigtes Anliegen, General de Groot. Außerdem sollten Sie eine Generation eigener Lehrer heranbilden. Man hat mir zwei Posten an englischen Schulen in Grahamstown angeboten. Mein Rugbytraining, wissen Sie.«

Auch als öffentliche Versammlungen einberufen wurden, um über die Notwendigkeit seiner Entlassung zu diskutieren, setzte er die Rugbyspiele fort und bemühte sich in den letzten Wochen, seinen Jungen die ehernen Prinzipien sportlicher Fairneß einzuprägen: »Nicht flennen... Ein Zahn läßt sich ersetzen... Seid ritterlich, wenn ihr siegt, und reicht dem Mann, der gegen euch gespielt hat, die Hand... Kämpft bis zur letzten Sekunde, spendet dann Beifall für das gute Spiel... Seid mannhaft... Wenn der andere größer ist, müßt ihr gewandter sein... Das Ziel ist der Sieg... Ihr müßt immer siegen... Ihr müßt darum kämpfen. Aber es gibt Regeln, die ihr nicht verletzen dürft, nur um Punkte zu sammeln... Seid mannhaft...«

Bei dem großen Freundschaftsspiel vor seiner Abreise setzte er sich als Läufer voll ein, obwohl er eigentlich schon entlassen war, stürzte sich geradewegs auf den größten Kämpfer der Stadtmannschaft und war so benommen, daß er, als er den Ball erhielt, in die falsche Richtung lief. In seiner Abschiedsrede zollte er General de Groot seine aufrichtige Hochachtung: »So wie dieser edle Truppenführer seine Männer durch alle Schwierigkeiten leitete, so hat unsere Mannschaft gegen weit überlegene größere Schulen und gewichtigere Gegner gekämpft. Meine vollste Bewunderung gilt General de Groot. Er ist der Geist von Venloo. Meinen Jungen gilt die unabänderliche Aufforderung: Seid mannhaft!«

Alle waren sich darüber einig, daß es für die kleine Stadt ein Glücksfall gewesen war, in der Übergangsperiode über diesen hageren Engländer zu verfügen. Er hatte dazu beigetragen, aus Jungen Männer, aus Buren Afrikander und aus ehemaligen Feinden Verbündete ohne Revanchegedanken zu machen.

In der Woche nach seiner Abreise erschien der neue Schulmeister, ein junger Mann von ganz anderem Schlag. Er hieß Piet Krause, war Absolvent des neuen Colleges in Potchefstroom, das die entschieden »afrikaanste« Universität werden sollte, und machte bereits am ersten Tag klar, daß es mit dem Unsinn des Unterrichts in englischer Sprache nun vorbei sei. Zur Freude der ortsansässigen Farmer verkündete der energische junge Bursche mit dem kurzgeschorenen Haar: »Der Geist eines Volkes drückt sich in seiner Sprache aus. Unser Volk ist dazu bestimmt, Afrikander zu sein. Deshalb muß seine Sprache Afrikaans sein.« Es war das erstemal, daß dieses Wort in Venloo gebraucht wurde, und als er die Verwirrung auf den Gesichtern vor sich sah, erklärte er: »Ebenso wie wir in diesem großen Kessel ein neues, von Slagter's Nek, Blood River und Majuba Hill geprägtes Volk geschaffen haben, so schaffen wir eine neue Sprache, einfacher als die alte, unverfälschter, leichter zu gebrauchen. Es ist jetzt unsere Sprache, und mit ihr werden wir siegen. Eines Tages werden wir für diesen Sieg Dank sagen, indem wir unsere eigene Bibel in unserer Sprache verwenden, die Afrikaans-Bibel.«

General de Groot zollte allem Beifall, mit Ausnahme des letzten Satzes: Er war nicht sicher, ob die Bibel in einer anderen Sprache als Holländisch gebraucht werden sollte: »So hat Gott sie uns übergeben. Das sind die Worte, die Er gebrauchte, als Er zu uns sprach. Er gab uns unseren Bund auf holländisch, und wir sollten ihn so bewahren.«

Er und andere seiner Art erhoben ein solches Geschrei darüber, daß die Bibel in einer anderen Sprache als unverfälschtem Holländisch gedruckt werden sollte, daß das Projekt im ganzen Land fallengelassen wurde, nicht aber in Venloo. Krause ritt aus Venloo nach Vrymeer, um mit den Leuten dort zusammenzukommen, und sagte ihnen: »Wir müssen alle Gebiete ausschalten, in denen wir zahlenmäßig unterlegen sind. Kein Englisch mehr, außer dort, wo das Gesetz es verlangt. Kein Holländisch mehr. Alle verdammten Holländer auf ein Schiff und zurück nach Holland. Wir sind Afrikander, und ob es General de Groot nun paßt oder nicht, wir werden eines Tages unsere eigene Bibel haben.«

Er sprach mit solcher Überzeugungskraft und rechtfertigte ein Programm, das diese Gemeinde so notwendig brauchte, daß Johanna van Doorn ihm mit wachsender Begeisterung zuhörte. Das war es, woran auch sie glaubte. Hier war ein leidenschaftlicher junger Mann, dessen Blick auf die Zukunft gerichtet war, die einzige Zukunft, die in Südafrika denkbar war.
Sie begann wieder, Detlev am Montagmorgen zur Schule zu bringen. Ihre Augen leuchteten, wenn sie den neuen Lehrer sah, und sie unterstützte ihn bei allem, was er unternahm. Sie lud ihn sogar dreimal zu langen Diskussionen und guten *boboties* nach Vrymeer ein. »Ich glaube, Mr. Krause hat die Schlacht verloren«, scherzte Detlev eines Abends, nachdem der Lehrer nach Venloo zurückgeritten war. Johanna überhörte den Spott und sagte kein Wort. Bei seinem nächsten Besuch am See jedoch war Detlev selbst von dem Schwung des jungen Mannes hingerissen.
»Was wir in diesem Land brauchen«, rief Krause mit zunehmender Begeisterung, »ist ein geordnetes System, das Indern, Farbigen, Schwarzen den ihnen gebührenden Platz zuteilt. Die Gesetze, die weise und vernünftig sind, beschließen wir. Ich will in allen Schlüsselstellungen Afrikander sehen.« Als Detlev diese Worte hörte, begriff er, daß Krause auf Grund seiner eigenen Erfahrungen das Prinzip entdeckt hatte, das er, Detlev, in dem Puddingglas gesehen hatte. Sie glaubten beide an Disziplin und an den Aufstieg des *afrikaans volk.*
»Was ist das?« fragte General de Groot, als Detlev zum erstenmal in der Küche davon sprach.
»Mijnheer Krause verwendet den Ausdruck ständig. Er bedeutet die geheime Kraft der Rasse, die uns von den Engländern oder Kaffern unterscheidet.«
»Das Wort gefällt mir«, sagte de Groot, und bald sprach er nur mehr von der Mission des *afrikaans volk.*
Detlev war nicht überrascht, als Mijnheer Krause nach knapp fünf Wochen aufgeregt in die Küche kam und den Männern mitteilte: »Johanna und ich wollen heiraten. Ich weiß, sie ist um vier Jahre älter als ich, aber wir lieben uns. Wir haben eine Aufgabe zu erfüllen, und ich bitte Sie um Ihre Erlaubnis.« Sie wurde ihm erteilt – vom General, von ihrem Vater und mit größter Begeisterung von ihrem Bruder.

Die Trauung wurde von einem Neuankömmling in der Gemeinde vollzogen, einem Mann, der noch viel zur Bedeutung Venloos beitragen sollte. Es war Reverend Barend Brongersma, ein Absolvent von Stellenbosch, der bekannten Universität des Kaplandes; ein hervorragender junger Mann. Er war einunddreißig Jahre alt, als er die Gemeinde von Venloo übernahm, hochgewachsen, gut gebaut, mit dichtem schwarzen Haar und tiefliegenden dunklen Augen. Sein hervorstechendstes Merkmal war seine sonore Stimme, die er in allen Lagen wirkungsvoll einsetzen konnte. Wenn man ihn predigen hörte, war es offensichtlich, daß er sich auf seine Kanzelreden sorgfältig vorbereitet hatte und daß er ein junger Mann war, der es in der

Hierarchie der südafrikanischen Kirche sicherlich weit bringen würde. Er sprach mit großer Überzeugungskraft, legte seine Argumente so dar, daß ihm jeder folgen konnte, und untermauerte sie so gründlich, daß ihnen auch jeder beipflichten mußte. Er war einer der besten Prediger, die die holländisch-reformierte Kirche damals zu bieten hatte, und sein Aufenthalt in Venloo würde begrenzt sein, denn er war zu Höherem bestimmt.

Er war mit einer Frau verheiratet, die ihm recht ähnlich war: Sie sah gut aus, war lebhaft, besaß ein gewinnendes Lächeln und sagte mutig, was sie dachte. Sie bildeten ein eindrucksvolles Paar, und die drei Männer in Vrymeer schätzten sich glücklich, sie in Venloo zu haben.

Es war nun üblich, von drei Männern auf der Farm zu sprechen, denn Detlev wuchs zu einem so kräftigen jungen Burschen heran, daß er einen Stammplatz in der Stürmerreihe des Rugbyteams erhielt, wo sein Gewicht und seine ungewöhnliche Kraft sich als Vorteil erwiesen. Sein Vater hatte mehrmals gesagt: »Detlev, du bist so gebaut wie dein Großvater Tjaart. Er war ein starker Mann.« Es hatte ein Foto des alten Mannes gegeben, auf dem er geradeaus starrte: mit Gürtel und Hosenträgern, kurz geschnittenem Backenbart und flachem schwarzem Hut; es war in den Flammen verbrannt, aber Detlev konnte sich noch daran erinnern und hoffte, eines Tages ebenso auszusehen.

Venloo galt nun allgemein als Prototyp einer kleinen Afrikandergemeinde; es besaß in General de Groot einen Helden aus den vergangenen Kriegen, in Piet Krause einen begeisterten Lehrer, der die Welt verändern wollte, in Dominee Brongersma einen charismatischen Prediger, der sowohl lehren als auch tadeln konnte, und in Detlev van Doorn den typischen vielversprechenden jungen Mann. Mitunter schien es, daß alle Kräfte dieser Gemeinde zusammenwirkten, um diesen Jungen intelligenter, engagierter zu machen.

Im Augenblick hatte sein Schwager Piet Krause den größten Einfluß auf ihn, denn Detlev neigte dazu, die Gesellschaft durch die Augen dieses lebensprühenden jungen Mannes zu sehen. Als sie einmal über den Hügel kamen, hielt Piet den Wagen an und blickte auf die vor ihnen liegende, von General de Groot bewohnte zerstörte Farm, dann begann er zu schimpfen: »Vergiß diesen Anblick nie, Detlev! Ein Mann, der uns in den Kampf geführt hat und der nun mit den Schweinen lebt, vergessen, ungeliebt, ein Verstoßener.«

»Er will so leben«, erklärte Detlev. »Jedes Jahr bittet ihn Vater, zu uns zu ziehen. Er sagt, er mag das alte Haus, die alten Gewohnheiten.«

»Aber sieh ihn an, ein großer Held und vergessen.« Als der Lehrer so zu de Groot sprach, lachte der alte Mann. »Detlev hat recht. Es gefällt mir so. Sie hätten sehen sollen, wie wir auf dem Treck gelebt haben.« Er erzählte von seiner Familie an jenem letzten Abend, als er beschlossen hatte, bei den van Doorns zu bleiben, und so der Ermordung durch Mzilikazis Männern entgangen war. »Den Wagen anhalten. Ein paar Decken ausbreiten, eine Leinwand aus dem Wagen holen. Drei Stangen, um eine Art Zelt aufzustel-

len. Schlafen gehen und sich noch vor dem Morgen die Kehlen durchschneiden lassen. So lebten wir.«
»General«, sagte Krause voller Begeisterung, »Johanna und ich wollen, daß Sie in die Stadt kommen und bei uns wohnen.«
»Ach nein! Ihr beide würdet die ganze Zeit mit mir streiten. Ich bin zufrieden, wo ich bin. Wenn ich hungrig bin, komme ich hier herüber zu Jakob.«
Die Vrymeerfarm, auf der es nun, da Johanna geheiratet hatte, keine weiße Frau gab, stand vor Problemen, die gelöst wurden, als Micah Nxumalo und zwei seiner Frauen von der Farm des alten Generals herüberkamen. De Groot blieb dadurch nicht allein, denn zwei jüngere schwarze Frauen sorgten für ihn. In Vrymeer standen wieder fünf Rundhütten, die ganz ähnlich aussahen wie vor fünfzig Jahren, und sie wurden von etwa zwanzig Schwarzen bewohnt, von denen die Hälfte aus dem Zululand gekommen war. Sie arbeiteten auf der Farm, aber Nxumalo führte weiter die Aufsicht.
Er hatte mit van Doorns Unterstützung geduldig eine Herde von über sechzig Bläßböcken dazu gebracht, ständig bei den drei Seen zu bleiben. Fremde, die auf die Farm kamen, sahen die schönen Tiere, deren weiße Blessen in der Sonne schimmerten, und glaubten, sie wären vom Veld gekommen, aber wenn der Tag zu Ende ging und sie weiter in der Nähe des Hauses blieben, begriffen die Besucher, daß sie dort lebten. Wie schön Vrymeer war mit den Bläßböcken und den allmählich Fett ansetzenden Herefords, den Eukalyptusbäumen, die schon so groß waren, daß sie hohe Hecken bildeten, und dem Sonnenlicht auf den Seen!
Vier- oder fünfmal jährlich schoß van Doorn einen oder zwei der älteren Bläßböcke und gab das Fleisch den Frauen Nxumalos, damit sie *biltong* daraus machten; das schien der Herde eher zu nützen als zu schaden. Van Doorn erlegte für gewöhnlich unerwünschte Böcke, aber so vorsichtig, daß die anderen Mitglieder der Herde kaum wußten, daß ein Schuß gefallen war. Er versetzte sie jedenfalls nie in Panik, denn er liebte die Tiere und spürte, daß sie ihm und de Groot halfen, sich noch enger mit dem Boden ihrer Vorfahren verbunden zu fühlen. Nxumalo empfand das gleiche.

An dem denkwürdigen Tag des Jahres 1910, an dem die vier ungleichen Kolonien – die englischen Kap und Natal, die afrikaansen Oranje-Freistaat und Transvaal – durch den Unionsakt zu einer einzigen Nation mit eigenem Generalgouverneur, Premierminister und Parlament vereinigt wurden, frohlockte Piet Krause: »Jetzt gehen wir unseren eigenen Weg. Was wir erreichen, hängt allein von uns ab. Stellt euch nur vor, Jungs! Jemand in dieser Schule ist vielleicht der künftige Premierminister eines vollkommen freien Landes.« Er sah jeden Jungen an und bemühte sich, sie zu begeistern, aber er dachte an sich selbst.
»Wir sind nicht vollkommen frei«, sagte ein kluger Junge vorsichtig. »Wir sind noch immer eine Union, die dem König Gehorsam schuldet.« Als er sah, daß sein Lehrer ihn mißbilligend anblickte, fügte er hinzu: »Wir gehören zum British Empire.«

»Verwende nicht dieses Wort«, tobte Krause. »Wir haben keinen Streit mit Großbritannien. Kämpfen wir gegen Schottland oder Wales oder Irland? Keineswegs. Wir kämpfen gegen England.« Und von da an verwendeten seine Schüler nur dieses Wort.
»Werden wir dem König immer Gehorsam schulden?« fragte derselbe Junge.
»Das wird sich ändern«, sagte Krause bestimmt, war aber im Augenblick nicht bereit, auf Einzelheiten einzugehen. Bei Krauses nächstem Besuch auf der Farm erinnerte sich Detlev aber an dieses kurze Gespräch und fragte: »Glaubst du, daß wir uns von England lossagen werden?« Zu seiner Überraschung antwortete Krause nicht, wohl aber Johanna. Sie sagte mit einer Heftigkeit, die Detlev bei ihr noch nie beobachtet hatte: »Wir werden erst frei sein, wenn wie uns lossagen. Wir müssen unsere eigene Fahne, unsere eigene Nationalhymne, unseren eigenen Präsidenten haben und nicht irgendeinen gottverdammten Engländer wie Generalgouverneur Gladstone, der so tut, als wäre er unser König.« Sie redete immer weiter und legte ein Programm dar, nach dem die Afrikander als freie Männer und Frauen die Führung der Nation übernehmen würden: »In Pretoria wird nur Afrikaans gesprochen werden, nur Afrikander werden die Schlüsselpositionen innehaben.«
»Werden die Engländer das zulassen?« fragte Detlev.
»Wir werden Mittel und Wege finden, um sie dazu zu zwingen«, sagte Johanna, worauf General de Groot Beifall klatschte.
»Es wird Möglichkeiten geben«, stimmte er zu und schlug Detlev aufs Knie. »Und dieser kluge Bursche wird sie herausfinden.«
Bei privaten Gesprächen war es immer Johanna Krause, die leidenschaftlich Stellung nahm, in der Öffentlichkeit überließ sie, wie es in jeder guten Afrikanderfamilie üblich war, ihrem Mann die Führung, und eines Morgens begeisterte er in der Schule seine Schüler, indem er verkündete: »Ich möchte, daß jeder, der dazu imstande ist, mit Eltern und Wagen hierherkommt. Wir werden nach Waterval-Boven fahren, um etwas Großartiges zu sehen.« Er wollte ihnen nicht verraten, was es war, als er aber darauf drängte, daß General de Groot mitkommen solle, sagte der alte Mann voraus: »Er will euch zeigen, wo Präsident Krüger dieses Land in den letzten Tagen regiert hat«, und als sie zu dem denkwürdigen Ort kamen, erklärte de Groot den Kindern: »Der große Mann wohnte auf diesen Eisenbahngleisen im Waggon Nummer 17, zuerst hier oberhalb des Wasserfalls, dann unten in dem Häuschen neben dem Hotel. Und ihr müßt euch eines merken«, mahnte er sie mit vor Zorn bebender Stimme, »ganz gleich, welche Lügen die englischen Zeitungen auch drucken, Oom Paul Krüger ging nicht mit einer halben Million Pfund in Gold durch. Das Gold verließ Pretoria auf irgendwelchen Wegen, aber er hat es nicht gestohlen.«
Es war weder der Wasserfall noch das verschwundene Gold, die Piet Krause angezogen hatten. Seine Aufmerksamkeit galt der Uhr, und um drei versammelte er alle bei der Eisenbahnstation.

»Wir werden nun einen glorreichen Moment unserer nationalen Geschichte erleben«, sagte er, und als der Zug aus Pretoria in der Kurve auftauchte, führten er und seine Frau die Kinder zu wilden Beifallskundgebungen an, obwohl die Schüler nicht wußten, weshalb sie klatschten.
Piet hatte mit dem Stationsvorsteher ausgemacht, daß der Zug sechs Minuten lang halten würde, als aber die normalen ersten drei Waggons langsam vorbeirollten und keine besonderen Passagiere in ihnen saßen, sagte General de Groot zu Detlev: »Das verstehe ich nicht.« Doch nun kamen fünfzehn oben offene Viehwaggons quietschend zum Stehen, und die erstaunten Schulkinder starrten in die gelben Gesichter von siebenhundert chinesischen Kulis. Sie waren das letzte Kontingent von Arbeitern, die im Jahr 1904 aus Shanghai importiert worden waren. Alle wurden des Landes verwiesen, und sobald dieser Zug das Gefälle nach Moçambique hinunterfuhr, war Südafrika von dieser Bedrohung befreit.
»Sie verschwinden!« frohlockte Piet Krause, während die Waggons in der Sonne standen. »Ein schreckliches Unrecht wird nun wieder gutgemacht.«
Ein Schuljunge ergriff einen Stein und warf ihn auf die verhaßten Ausländer, doch Piet Krause stellte das ab: »Keine Mißhandlungen! Ruft nur Hurra, sobald der Zug abfährt.« Und als er anfuhr und die Waggons wieder rollten, applaudierten alle, denn das Land war eine schwere Bürde los. Krause sagte: *»Die Volk is nou skoon!«* (Das Volk ist jetzt gesäubert.)
Als die Jungen in die Schule zurückkehrten, sagte Krause: »Unsere nächste Aufgabe ist, alle Inder zu repatriieren. Gerritt, was bedeutet *repatriieren?«*
»Einen Menschen dorthin zurückschicken, wo er hingehört.«
»Richtig. Jeder Mensch auf Erden hat einen Ort, wo er hingehört. Er sollte dort bleiben. Wir haben die Chinesen nach China zurückgeschickt. Wir müssen die Inder nach Indien zurückschicken. Und die Engländer sollten nach England zurückkehren. Das hier ist das Land der Afrikander.«
»Was ist mit den Kaffern?«
»Sie gehören hierher. Sie gehören ebenso zu Afrika wie wir. Aber sie sind zweitrangig. Sie sind unwissend. Es ist unsere Aufgabe, sie zu beschützen und ihnen zu erklären, wie sie unseren Gesetzen gehorchen müssen. Die Kaffern werden immer bei uns sein, und wir müssen sie mit Achtung, aber auch mit Härte behandeln.«
Wann immer Detlev solche Moralpredigten hörte, dachte er an das Glas mit den Geleeschichten, wo jede Farbe an ihrem rechten Platz war, jede deutlich von der anderen getrennt, und während er sich an den Moment erinnerte, da ihm das klar wurde, dachte er an den vorhergehenden Tag, an dem Johannas Experiment mißlungen war und sie alle Puddingarten durcheinandergemischt hatte. Das Ergebnis war weder für das Auge noch für den Geschmack angenehm gewesen: Ein Mischmasch ohne Eigenart, das nach nichts schmeckte. Als es aber richtig gemacht wurde, sieh doch, was geschah! Es war schön anzusehen, und wenn man den Löffel eintauchte, hatte jede Schicht den richtigen Geschmack. Der Orangenpudding schmeckte, wie

er sollte, die Zitronenschicht obenauf schmeckte richtig, und sogar die Johannisbeeren ganz unten behielten das ihnen eigene Aroma. So sollte es auch mit den Rassen geschehen.
Nicht lange nach dem Verschwinden der Chinesen lud Piet Krause drei seiner besten Schüler ein, ihn zu einer wichtigen Versammlung unweit von Johannesburg zu begleiten: »Ihr werdet den einzigen Mann in diesem Land hören, der weiß, was er tut.«
Es war General J. B. M. Hertzog, ein Held des Burenkrieges – und ein brillanter Rechtsanwalt. Er war ein gutaussehender Mann mit kurz gestutztem Schnurrbart und ordentlich gescheiteltem Haar. Er trug eine stahlgefaßte Brille und einen Straßenanzug und sprach leise, während er sein Verhalten in letzter Zeit rechtfertigte:

> Ich sagte, daß Südafrika den Südafrikanern gehören muß, und ich entschuldige mich nicht dafür. Mit Südafrikaner meine ich jene Personen holländischer oder englischer Abstammung, die ihr Leben diesem Land geweiht haben und keinen anderen Ort liebevoll als »Heimat« bezeichnen. (Er sprach das Wort Heimat spöttisch aus.)
> Ich sagte, daß ich mein Land von Männern regiert sehen will, die ganz und gar Südafrikaner sind, und ich entschuldige mich nicht dafür. Damit meine ich, daß wir nur von Männern regiert werden sollten, die dieses Land und seine Sprache verstehen, die für sein Wohlergehen arbeiten und nicht für das Wohlergehen irgendeines Empire. (An dieser Stelle gab es sowohl Applaus als auch Buhrufe.)
> Ich wurde beschuldigt, den Afrikander zum Baas in diesem Land machen zu wollen, und ich bekenne mich dessen schuldig. Ich will sicherlich nicht, daß irgendein Neuankömmling, der vom Land, von der Sprache oder der Religion nichts versteht, mein Baas ist. Ich will, daß Südafrika von Südafrikanern regiert wird.
> Ich wurde beschuldigt, nicht zum Entgegenkommen bereit zu sein, und ich bekenne mich auch diesbezüglich schuldig. Aus welchem Grund sollte ich entgegenkommend sein und wem gegenüber? Ich habe niemandem Unrecht zugefügt, dagegen haben mir andere Unrecht zugefügt, indem sie in mein Vaterland einfielen, und ich erwarte Entgegenkommen von ihnen. Falls Entgegenkommen aber bedeutet, daß Holländisch sprechende Südafrikaner immer Englisch sprechenden Südafrikanern gegenüber Zugeständnisse machen müssen, sage ich, daß wir für ein Entgegenkommen noch nicht reif sind, und ich weigere mich, die Zukunft auch nur eines Kindes des wahren Südafrika auf diesem Altar zu opfern.
> Ich wurde beschuldigt, die Interessen Südafrikas vor die des Empire zu stellen, und bei dieser Anklage bekenne ich mich freudig schuldig. Ich werde die Interessen meines Landes immer an die erste Stelle setzen, denn wenn wir nicht stark und rechtschaffen und imstande sind, uns selbst zu regieren, werden wir weder für das Empire noch für sonst je-

manden brauchbar sein. (Hier applaudierten Krause und viele andere.)
Schließlich wurde ich von vielen maßgebenden Personen aufgefordert, mich von der eindrucksvollen Erklärung zu distanzieren, die ein großer Held unseres Landes, General Paulus de Groot vom Venloo-Kommando, vor einigen Monaten abgab. Er sagte, während er auf einem Düngerhaufen auf seiner Farm stand: »Ich stehe lieber hier auf diesem Düngerhaufen bei meinem Volk als in den Palästen des Empire.« Ich sage das gleiche. Das ist mein Land, so wie es ist. Das ist das Land jener, die Südafrika an erster Stelle, vor allem und immer lieben. (Hier gab Krause das Zeichen zu stürmischem Applaus.)

Detlev hatte noch nie eine solche Rede gehört, so durchdacht, so sorgfältig aufgebaut, die so eindringlich an die Gefühle der Menge appellierte. »Er muß der beste Kopf in Südafrika sein«, flüsterte er Piet Krause zu, als die Bravorufe aufhörten.
»Das ist er. Er wird uns in die Freiheit führen.«
»Was hält er von der Unionsakte?«
»Was auch ich davon halte. Daß sie geschickt als Waffe zur Erreichung unserer Freiheit eingesetzt werden sollte.«
»Teilt er deine Meinung bezüglich der Kaffern?«
»Absolut. Südafrika muß immer ein Ort weißer Überlegenheit bleiben.« Diesen Satz hatte Detlev vorher noch nicht gehört. »Wir werden väterliche Verantwortung für die Kaffern übernehmen, die niemals imstande sein werden, sich selbst zu regieren. Aber wir müssen sie beherrschen, denn sie sind wie Kinder, und wir müssen ihnen sagen, was sie tun sollen.«

In jenen Tagen, als Piet Krause solche Ideen verbreitete, bemerkte niemand, daß Micah Nxumalo mitunter den größten Teil der Woche von Vrymeer abwesend war. Seine Frauen waren so tüchtig, daß sie in seiner Abwesenheit weitermachten und Jakob versicherten, ihr Mann sei drüben bei General de Groot, während sie diesem erzählten, er arbeite auf entfernten Feldern.
In Wirklichkeit war er auf dem Weg nach Waterval-Boven, um einen Zug nach Johannesburg zu erreichen, wo er durch Nebengassen zu einem baufälligen Gebäude in Sophiatown schlich. Auf diesen Reisen trug er einen alten schwarzen Anzug, den van Doorn ihm geschenkt hatte, Schuhe, ein weißes Hemd mit Stehkragen, eine lange Krawatte und einen steifen Filzhut aus England. Er war über vierzig und, mit Ausnahme seiner guten Kleidung, keineswegs auffallend. Er war mittelgroß, normal gebaut, und er sah aus wie einer der Schwarzen, die in den Büros in Johannesburg arbeiteten.
Das Dutzend Schwarze, mit denen er an einem Abend des Jahres 1912 zusammenkam, sah ebenso aus. »Das ist Reverend John Dube«, erklärte ein Mann und stellte ihn dem beeindruckenden Präsidenten des Afrikanischen Nationalkongresses vor.

»Das ist Salomon Plaatje. Er diente während der Belagerung von Mafeking bei den Engländern.« Nxumalo nickte dem berühmten Journalisten zu und sagte: »Ich diente bei den Buren in Ladysmith.« Worauf Plaatje, ein kleiner, nervöser Mann, lachte. »Zwei ziemlich üble Angelegenheiten.«
Micah bemerkte, daß jeder der übrigen zehn, die in schwarzen Kreisen ebenso prominent waren wie Dube und Plaatje, mit großer Leichtigkeit und guter Aussprache Englisch redete. Plaatje hatte natürlich für die *London Times* gearbeitet, so daß seine Beherrschung der Sprache nicht ungewöhnlich war, daß aber die anderen so flüssig Englisch sprachen, war merkwürdig. Nxumalo besaß nur einen geringen Wortschatz und hatte das Gefühl, im Nachteil zu sein. Das änderte sich aber, als die Diskussionen begannen, denn er hatte General de Groot und insbesondere dem jungen Piet Krause zugehört und genau begriffen, was die neuen Gesetze bedeuteten.
Plaatje sagte: »Wir befinden uns in der gleichen Lage wie Thomas Jefferson 1774 vor der Revolution. Damit meine ich, wir müssen alle legalen Möglichkeiten ausschöpfen, die uns zur Verfügung stehen, um unsere Stellung abzusichern und möglichst viel Nutzen daraus zu ziehen.« Das waren genau die Worte, die er sagte, und als die anderen das Wort ergriffen, bezogen sie sich mit ähnlichen Formulierungen auf die Zustände in England, Frankreich und Deutschland.
Sie widersetzten sich heftig jenen Paragraphen der Unionsakte, die den Farbigen und Schwarzen in drei von vier Provinzen das Wahlrecht verweigerten, nur in der Kapprovinz wurden sie zur Wahl zugelassen. Es herrschte die entschiedene Überzeugung, daß diese Bestimmung bekämpft werden müsse, aber wie einer der Männer betonte: »Daß wir vom Wahlrecht ausgeschlossen bleiben sollten, war eine der wichtigsten Klauseln des Friedensvertrags, der dem Krieg ein Ende machte. Sie wird nicht nur hier in Südafrika, sondern auch in London verfochten. Ich fürchte, daß wir dazu nichts tun können.«
Dann wandte sich das Gespräch einem neuen Gesetz zu, in dem diese Männer einen ernsten Rückschritt in der Beziehung zwischen den Rassen erblickten. Im Gesetz über Eingeborenenland war vorgesehen, daß bestimmte Gebiete für die Schwarzen, andere für die Weißen reserviert waren, und das Gesetz selbst schützte und gewährleistete diese Teilung. »Das Land sollte uns allen gemeinsam gehören«, erklärte Plaatje, und andere schlossen sich ihm so entschieden an, daß einstimmig beschlossen wurde, eine aus fünf Mitgliedern bestehende Abordnung nach London zu entsenden, die den König um Schutz bitten sollte. »Wir können vom Afrikander keine gerechte Behandlung erwarten«, meinte einer der Männer, »weil wir laut seiner Überlieferung und seiner Kirche keinerlei Rechte besitzen ...«
»Warten Sie mal!« unterbrach ihn ein anderer. »Sie anerkennen unsere Rechte. Das tut sogar Hertzog. Sie wollen sie bloß einschränken.«
Der erste Sprecher überging die Unterbrechung; in dem überfüllten kleinen, unzureichend beleuchteten Raum schloß er: »Wir müssen uns also auf England und die dortige liberale Meinung verlassen. Wir müssen ständigen

Druck auf sie ausüben, damit sie uns die gleichen Privilegien zugestehen wie den eingeborenen Neuseeländern und Australiern.«

»Am Ende«, sagte ein anderer voraus, »werden sich die Engländer dieses Landes nicht von den Afrikandern unterscheiden.«

Nachdem die Verhaltensregeln der Delegation festgelegt waren, wollten ihre Mitglieder von Nxumalo erfahren, wie die Bedingungen an der Grenze waren, in den kleinen Afrikanderstädten, wo die Ideen geboren wurden, die sich später in den Städten verbreiteten, und nun sprach er langsam, während die anderen zuhörten. Er beherrschte die englische Sprache nicht so wie sie. Doch mehr als die Hälfte von ihnen hätte sein Zulu ohne Schwierigkeiten verstanden, wenn er es benützt hätte. Aber keiner von ihnen wollte, daß er Afrikaans sprach.

»Wir haben einen neuen Lehrer, sehr tüchtig. Ließ seine Schüler bei der Vertreibung der Chinesen zusehen. Manche kamen heim und wollten auch die Schwarzen vertreiben. Aber er beruhigte sie. Er brachte eine andere Gruppe zu einem Vortrag von General Hertzog. Sie kamen in wilder patriotischer Stimmung heim. Sie wollen wieder gegen die Engländer kämpfen. General de Groot ermutigt sie. Er sagt, der Krieg muß kommen. Er redet viel von Deutschland. Er ist in Kontakt mit anderen Generälen, und vielleicht verursachen sie eines Tages Schwierigkeiten.«

Er sprach über vieles und bewies ungewöhnliches Verständnis für die Afrikander im Bezirk Venloo, aber als er auf wirklich wichtige Dinge zu sprechen kam, zeigte er, daß er die mutmaßlichen Trends sehr genau erfaßt hatte: »Der junge Lehrer ist wie der General; er will gleich in den Krieg ziehen. Aber seine Ideen stammen von seiner Frau. Sie ist um vier Jahre älter. War im Lager von Chrissie Meer. Sie ist kräftig, wollte einen Engländer heiraten, aber die Familie erlaubte es nicht. Sie verzichtet auf sinnlose Herausforderungen. Sie denkt.

Aber die wahre Macht in Venloo ist der neue Prediger. Ein sehr guter Mann. Hat einen starken Willen, so wie du, Plaatje. Hält vorsichtige, sehr logische Predigten. Er hat eine deutliche Vorstellung davon, was geschehen wird, und geht kein Risiko ein. Wenn ich die Leute zur Kirche fahre, stehe ich draußen und höre zu. Kraftvolle Stimme. Guter Mann. Aber er ist ganz gegen uns. Er benützt die Bibel, um uns zu unterdrücken. Und auf lange Sicht wird er für uns gefährlicher sein als jeder, den ihr erwähnt habt.«

»Wie kann er uns in Venloo schaden?«

»Seine Stimme wird bald im ganzen Land gehört werden. Er ist so wie Jan Christiaan Smuts. Wenn man ihn sieht, weiß man, daß er eines Tages befehlen wird.«

Die anderen Männer merkten sich den Namen: Barend Brongersma aus Stellenbosch.

Im Jahr 1913 bekam Detlev den ersten Brief, der je an ihn persönlich abgeschickt worden war, und sein Inhalt überwältigte ihn, denn er kam von einem Frauenkomitee in Bloemfontein und lautete:

Wir haben ein würdiges Denkmal zur Erinnerung an die Burenfrauen und -kinder errichtet, die in den berüchtigten Konzentrationslagern unseres Zweiten Freiheitskrieges ums Leben kamen. Da Sie in einem Lager waren und Ihre Mutter und zwei Schwestern verloren haben und da Ihr Lehrer, Mijnheer Krause, Sie als fähigen Schüler angegeben hat, halten wir es für angebracht, daß Sie mit uns der Einweihung eines Denkmals beiwohnen, das für immer als Erinnerung an das Heldentum Ihrer Mutter und den grausamen Tod Ihrer Schwestern stehen wird.

Ferner wurde in dem Brief mitgeteilt, daß er zu einer Gruppe von zwölf Überlebenden der Lager gehören würde, sechs Jungen und sechs Mädchen, die an der Einweihung des Denkmals teilnehmen würden. Er war in diesem Jahr achtzehn geworden; die anderen waren jünger.
Stolzgeschwellt zeigte er Krause den Brief, und dieser sagte: »Es gehört sich, daß ein Volk seine Vergangenheit in Ehren hält. Das ist eine hohe Auszeichnung, und ich bin sicher, daß du dich richtig benehmen wirst.« Er fügte hinzu, daß er Detlev nicht empfohlen hätte, wäre er der Loyalität und des Patriotismus des Jungen nicht sicher gewesen. Detlev hatte das Gefühl, daß er einige Zoll gewachsen war, als er den Brief nach Vrymeer brachte, wo General de Groot erklärte, daß Detlev als Stellvertreter für alle jungen Helden dort stehen würde, die in den Lagern umgekommen waren: »Du hast die Glassplitter im Essen überlebt. Sie nicht.«
Detlev fuhr zum erstenmal allein in einem Zug. Er hatte vier Bücher über die Geschichte Südafrikas dabei, die er aufmerksam las. Als er die Lektüre unterbrach, um einen Bissen zu essen, fragte ihn ein junger Mann, der nach Kapstadt fuhr: »Was beschäftigt Sie denn so?«
»Ich lese über die englische Siedlung Grahamstown. Dort wohnte meine Familie früher einmal.«
»Das war eine schlimme Zeit«, sagte der junge Mann in fließendem Afrikaans. »Wenn wir die zusätzlichen englischen Truppen nicht hätten landen lassen, wären sie nicht imstande gewesen, uns unser Land zu stehlen.«
»Einer der Engländer, ein Mann namens Saltwood...«
»Einer der schlimmsten. Wissen Sie etwas über diese berüchtigte Familie? Sie plündern uns bis aufs Hemd aus. Büros in den Städten, stehlen Afrikandergeld.«
»Mrs. Saltwood hat mir das Leben gerettet, glaube ich.«
»Die war in Ordnung. Das gebe ich zu. Jede Familie hat ein anständiges Mitglied. Ihr Mann, wissen Sie. Der große Sportsmann. Cricket und Tennis. Er war einer von Cecil Rhodes' Ärgsten. Ein ekelhafter Spion.«
Nach einer langen, konfusen Tirade fragte er Detlev, wohin er fahre, und als er von der Denkmalseinweihung hörte, änderte sich sein Benehmen schlagartig: »*Wonderlik, wonderlik!* Und Sie werden dort stellvertretend für uns alle stehen! Ach, ich wünschte, ich könnte mit Ihnen gehen!«
»Warum?«
Der junge Mann, der einen Augenblick zuvor noch so herrisch gewesen war,

konnte nicht antworten. Seine Augen füllten sich mit Tränen, und als er zu sprechen versuchte, schluchzte er. Er schneuzte sich, blickte aus dem Fenster auf das in der Sonne glühende Hochveld und versuchte wieder zu sprechen. Schließlich gab er es auf und weinte still vor sich hin. Dann murmelte er: »Meine Mutter. Mein Bruder. Alle meine Schwestern. Sie starben in Standerton.«

Als er sich wieder gefaßt hatte, erzählte er Detlev von den letzten Tagen, als die Verpflegung knapp wurde: »Es gab in der Nähe ein englisches Lazarett. Die Patienten waren verwundet oder vom Typhus befallen. Ich war sicher, daß sie Lebensmittel haben mußten, deshalb schlich ich mich aus dem Lager zu ihnen hinüber, aber auch sie lagen im Sterben. Es war ein entsetzlicher Krieg, Detlev.«

Da er auf Detlev einen absolut vertrauenswürdigen Eindruck machte, wagte er ihm die Frage zu stellen, die ihn schon lange peinigte: »Sie glauben doch nicht diese Geschichten über gemahlenes Glas im Essen, oder?«

»Vollkommener Unsinn. Wie ich Ihnen eben sagte, die Engländer starben genauso wie wir.« Plötzlich fragte er: »Detlev, was für ein merkwürdiger Name. Was bedeutet er?«

»Er ist deutsch. Vom Rhein. Meine Mutter war eine sehr schöne Frau, die einen deutschen Onkel oder dergleichen hatte.«

»Detlev! Ist kein holländischer Name, wissen Sie.«

»Ich sagte ja, er ist deutsch.«

»Warum behalten Sie ihn?«

»Man behält den Namen, den Gott einem gab. Sehen Sie sich doch General Hertzog an. Keiner ist mehr Afrikander als er...«

»Also, das ist vielleicht ein Mann, oder?«

»Wissen sie, wie er heißt? Nun, sein Name ist James Barry Hertzog, ja, wirklich.«

»Er sollte ihn ändern. In Anbetracht seiner Ansichten sollte er ihn ändern.«

»Es ist der Name, den Gott ihm gab.«

»Keineswegs. Ein verdammt blöder englischer Name, das ist er.«

Der junge Mann wirkte so entschieden und zielbewußt, daß Detlev wissen wollte, warum er nach Kapstadt fahre. »Ich fahre hin, um im Parlament zu arbeiten. Ich soll eine Art Beamter werden, und eines Tages werde ich an der Spitze eines Ministeriums stehen und euch Farmern sagen, was ihr tun sollt.«

»Wie haben Sie den Posten bekommen? Wie alt sind Sie?«

»Ich bin einundzwanzig, und das Land braucht dringend aufgeweckte junge Leute, die Afrikaans und Englisch sprechen können. Man kann sagen, daß man mich in Kapstadt braucht.«

Er sagte, er heiße Michael van Tonder und er würde einmal so berühmt sein wie Jan Christiaan Smuts. Aber Detlev hörte nie wieder etwas von ihm.

In Bloemfontein empfing ihn eine Abordnung Frauen, die für den Ablauf der Feierlichkeiten verantwortlich waren. Sie hatten auffallende Schärpen mitgebracht, die die zwölf Überlebenden der Konzentrationslager tragen sollten. Jede trug in Rot die Inschrift ÜBERLEBENDER DER KONZENTRATIONSLAGER, und als Detlev seine erhielt, sagte die Frau: »Warten Sie hier. Wir müssen ein Mädchen suchen, das aus Carolina kommt. Ihr Vater war ein Held dieses Kommandos, ihre Mutter und zwei Brüder starben im Lager Standerton.«

So blieb er allein mit der Schärpe quer über die Brust auf dem Bahnsteig stehen, während das Komitee das Mädchen suchte; und als sie sie fanden, hängten sie auch ihr ein Band um, das die gleichen Worte, aber in Blau, trug. Sie wurde ihm als Maria Steyn aus Carolina vorgestellt. »Wir sind Nachbarn«, sagte Detlev, und sie nickte.

Sie waren drei Tage lang zusammen, junge Menschen, ständig konfrontiert mit den quälenden Erinnerungen an die Lager; stolz auf die Haltung ihrer Mütter und Verwandten, die durch Krankheit und Hunger umgekommen waren; besonders stolz auf ihre Väter, die in den großen Kommandos gedient hatten. »Mein Vater war Christoffel Steyn«, sagte Maria. »Vom Carolina-Kommando. Viele sagten, daß es die beste Einheit im Krieg war.«

»Wir alle kennen Christoffel Steyn und Spion Kop. Mein Vater ritt mit General de Groot im Venloo-Kommando. Anfänglich war nicht viel los mit ihnen.«

»Aber sie waren Helden! Der Ritt hinunter nach Port Elizabeth!«

»Da haben sie auch nicht viel erreicht, soviel ich weiß.«

»Aber diese Einsatzbereitschaft!«

Bei der Einweihung standen sie einander gegenüber, Maria mit den jungen Frauen, Detlev mit den jungen Männern, und er bemerkte, daß sie, als die feierlichen Gedenkworte gesprochen wurden, ebenso wie er selbst Tränen in den Augen hatte.

»Ich möchte es nicht noch einmal durchmachen«, sagte sie, aber dann wurden sie in eine Kirche geführt, wo ein sehr alter Prediger eine wunderbare Rede hielt, in der er von Verzeihung und von der Liebe predigte, die Jesus Christus allen seinen Kindern entgegenbrachte:

> Und ich sage euch jungen Menschen, die ihr die Schärpe um euren Körper tragt, die bedeutet, daß ihr in den Lagern wart: Jesus Christus sorgte persönlich dafür, daß ihr gerettet wurdet, damit ihr Zeugen der Vergebung sein könnt, die für unsere neue Nation kennzeichnend ist.

Darauf folgte eine Kanzelrede ganz anderer Art, denn am Schluß seines Gebets verkündete er, daß einer der hervorragendsten jungen Priesterkandidaten aus Stellenbosch ersucht worden sei, über das neue Südafrika zu sprechen, das im Geiste des Vrouwemonuments errichtet werden sollte. Es war Barend Brongersma, der mit tiefer, beherrschter Stimme über die Hingabe sprach, »die wir Lebenden aus den Händen dieser Toten entgegennehmen müssen«:

Kein Tag darf vergehen, ohne daß wir uns der heldenhaften Toten erinnern, der liebenden Frauen, die ihre Männer nicht mehr sehen, der schönen Kinder, die einem grausamen Tod anheimfielen, bevor sie ihre besiegten Väter wieder daheim begrüßen konnten. – Ja, es war eine Niederlage, aber aus solchen Niederlagen sind in der Vergangenheit große Nationen hervorgegangen, und auch heute wird eine bedeutende Nation erstehen, wenn ihr den Mut habt, dafür einzutreten. Ihr müßt auf dem Opfertod eurer Lieben aufbauen. Ihr müßt euch den Bund zu Herzen nehmen, den der Herr mit euren Ahnen gemacht hat. Ihr müßt euch die Überzeugungen der frommen Menschen zu eigen machen, die diese Nation geformt haben, und sie weitergeben...

Seine Stimme erhob sich zu mächtigem Donner, als er jeden einzelnen seiner Zuhörer aufforderte, eine gute Tat für die Nation zu tun, damit die Märtyrerinnen nicht umsonst gestorben waren, für die das Vrouwemonument errichtet würde. Detlev blickte zur anderen Seite des Kirchenschiffs hinüber, wo die jungen Frauen saßen, und sah, daß Maria schluchzte; er fühlte, wie sich seine Kehle zusammenschnürte, so wirkungsvoll war die mitreißende Rede des Predigers von Venloo gewesen.
Bei der letzten Versammlung war Detlev die ganze Zeit über ziemlich viel mit Maria zusammengewesen. Während er nun das kräftige Frühstück verzehrte, das für die jungen Leute vorbereitet war, hatte er Gelegenheit, sie genauer zu beobachten, wie er es mit allen Menschen tat, die ihn interessierten. Sie war um drei Jahre jünger als er, aber schon recht reif für ihre fünfzehn Jahre, ein kräftiges Mädchen, nicht schön, und obwohl sie hübsches blondes Haar hatte, das sie hätte vorteilhafter frisieren können, kämmte sie es nach alter Sitte streng nach hinten. Keiner ihrer Züge war bemerkenswert, alle kennzeichnete eine gewisse bäuerliche Derbheit, und sie bewegte sich ohne besondere Anmut. Sie war aber keineswegs der Typ der kräftigen Bäuerin, denn sie verfügte über einen lebhaften Geist, der stets auffiel; sie war Johanna Krause sehr ähnlich, und da Johanna bei Detlev Mutterstelle vertreten hatte, fühlte er sich zu dieser Art von Frauen hingezogen. Aber das wesentliche Merkmal dieses Mädchens, das sogar Detlev in seinem jugendlichen Alter erkennen konnte, war ihre Ernsthaftigkeit. Jeder junge Mann, der ihr gefühlsmäßig nahekam, war von ihrer moralischen Festigkeit beeindruckt. Sie war kein durch die Tragödie der Lager vorzeitig erwachsen gewordener, geschwächter und erschöpfter Mensch; sie war von Natur aus erwachsen.
Deshalb geriet ihr Gespräch, als das junge Paar gemeinsam zum Abschiedspicknick am Vrouwemonument ging, in die Bahnen ernsten Denkens. »Wie wurdest du für die Ehre ausgewählt?« fragte Detlev, während sie über den mit Gras bewachsenen Hügel gingen. »Ich weiß von deinem Vater. Wir haben in der Schule über ihn gelernt. Wer hat dich ausgewählt?«
»Ich denke, es muß der Geistliche gewesen sein.«
»In meinem Fall war es der Lehrer. Er ist mit meiner Schwester verheiratet, weißt du.«

»Das wußte ich nicht.« Sie sprach vorsichtig, auf ein wenig altmodische Art.
»Was wirst du tun, wenn wir heimgekehrt sind?« Jeder, der mit Maria Steyn sprach, verfiel unwillkürlich in ihre Tonart.
»Ich werde weiterhin lesen. Und beim Wiederaufbau der Farm mitarbeiten. Mein Vater hat wieder geheiratet, habe ich dir das erzählt?«
»Nein.« Er dachte darüber nach, dann sagte er: »Ich wünschte, meiner hätte es getan. Ich glaube, Vater war sehr einsam.«
»Der Krieg verändert die Menschen«, sagte sie. »Vielleicht brauchte er keine Frau mehr.«
»Alle Männer brauchen Frauen.« Er sagte das so rasch, daß er verlegen wurde. Er hatte Maria noch nicht berührt, nicht einmal zufällig, ausgenommen in der Bahnstation, wo er ihr die Hand geschüttelt hatte, und er empfand das heftige Verlangen, jetzt ihre Hand zu ergreifen. Als sie aber um eine Ecke des Weges bogen, kamen sie zu einem anderen Paar, das sich ziemlich leidenschaftlich küßte und umarmte und, wie Detlev sich später sagte, »vielleicht noch schrecklichere Dinge tat«, so daß er und Maria verwirrt zurückwichen. Die vitale Erotik des anderen Paares veranlaßte sie nicht, wie es vielleicht bei anderen der Fall gewesen wäre, einander auch zu küssen; es schockierte sie, und sie kehrten zum Denkmal zurück, in dessen düsterem Schatten sie ihr Gespräch zu Ende führten. Mit anderen Worten, sie waren beide Puritaner besonders zäher Art, Hugenotten, erfüllt von dem lebendigen Geist Calvins, mit all den Gewissensqualen, die zu dieser Überzeugung gehören. Sie waren aber auch gesunde, erdnahe holländische Bauern, und hätten sie sich einmal dort auf dem Hügel geküßt, wären sie wahrscheinlich ein glückliches Liebespaar geworden. Da der Moment verpaßt war, unterhielten sie sich ernsthaft.
»Detlev«, sagte Maria, »das ist ein komischer Name.« Als er ihr dessen deutschen Ursprung erklärte, sagte sie energisch: »Aber wenn du Afrikander bist und dafür arbeitest, was dein Schwager... Wie war sein Name?«
»Piet Krause.«
»Also, das ist ein richtiger Afrikandername. Du solltest auch einen haben. Detleef, so sollte er hier in einem neuen Land lauten.«
»Detleef gefällt dir?«
»Ja. Es klingt richtig und zuverlässig.«
Wann immer sich in ihr Gespräch ein leichterer Ton einschlich, fiel der Schatten des Denkmals auf sie, und sie blickten zu den schön gemeißelten Figuren empor und sahen noch einmal die Episoden der Lager vor sich, oder sie betrachteten den mahnenden Obelisken, der fünfunddreißig Meter über sie emporragte und sie zu ernsten Gedanken anregte.
»Wenn die Deutschen von Osten und Westen kämen, würdest du dich ihnen anschließen?«
»Gibt es Grund zur Annahme...«
»O ja! Mein Vater ist davon überzeugt, daß es in Europa Krieg geben wird und daß die Deutschen ihre Streitkräfte in Südwestafrika und Tanganjika

sammeln und in einer Zangenbewegung in unser Land eindringen werden.« Sie zögerte. »Du würdest dich ihnen natürlich anschließen?«
Detlev wußte nicht, was er sagen sollte. Er hatte in den letzten Jahren häufig solche Gerüchte gehört, wenn die Lage in Europa sich zu verschlechtern schien, hatte aber nie geglaubt, daß die Deutschen tatsächlich Südafrika angreifen würden. Wenn sie es täten, würde er ihnen natürlich zu Hilfe eilen, denn ein Feind Englands mußte sein Freund sein; dennoch war er nicht bereit, sich bereits jetzt festzulegen.
»Mein Vater wird der erste sein, der sich ihnen anschließt«, sagte Maria. »Wir beten darum, daß sie bald kommen und uns befreien.« Detlev verstand diese Begeisterung, schwieg aber dennoch. »Es wäre doch herrlich, weißt du, wieder in einem freien Land zu leben«, sagte sie, »mit unserer eigenen Regierung und einem starken Deutschland zu beiden Seiten, das uns schützt.«
Als Detlev nicht antwortete, wechselte sie das Thema. »Wirst du deinen Namen in Afrikaans ändern?«
»Ich habe darüber nachgedacht. Wie er jetzt ist, gefällt er mir nicht sehr.«
»Detleef«, wiederholte sie. »Das gefällt mir.«
»Gemacht«, sagte er. »Ich habe eine Vorliebe für alles, was Afrikaans ist. Jetzt heiße ich Detleef van Doorn.« Er wollte ihre Hand ergreifen und sie küssen, um seine Namensänderung feierlich zu begehen, aber das wurde durch die Düsterkeit des Denkmals verhindert, und sie verbrachten den Rest dieses bedeutungsvollen Tages mit Gesprächen über ernste Dinge.

Als er nach Hause zurückkehrte, entdeckte er, daß er zu einer Art Held geworden war, denn er wurde eingeladen, in verschiedenen Gemeinden zu sprechen, von dem herrlichen Denkmal zu erzählen, das an ihre Leiden in den Lagern mahnte. Man ersuchte ihn sogar, nach Carolina zu kommen, eine Einladung, die er gern annahm, da sie ihm ermöglichte, die Bekanntschaft mit Maria Steyn zu erneuern und ihren Vater kennenzulernen. Als er in seiner Rede geziemend die Heldentaten von Christoffel Steyn und den Männern aus Carolina erwähnte, applaudierten alle.
Nach seiner Ansprache war er zum Essen bei den Steyns eingeladen, und in späteren Jahren erinnerte er sich dieses Ereignisses als eines Wendepunkts in seinem Leben. Es hatte nichts mit Maria zu tun und war eigentlich albern, aber während er Mevrou Steyn zusah – Steyns zweiter Frau, die fast ebenso dick war wie ihr Mann –, wie sie sich in der Küche zu schaffen machte, fragte er sich, ob seine Kindheit nicht glücklicher verlaufen wäre, wenn sein Vater ein zweitesmal geheiratet hätte. Für ihn war Mevrou Steyn der Inbegriff dessen, was eine liebende Afrikanderfrau sein konnte.
Als er heimkam, fiel ihm die Freudlosigkeit zu Hause auf, und er fühlte sich deprimiert, aber seine Gedanken wurden durch eine Reihe geheimnisvoller Zwischenfälle abgelenkt. Unbekannte Reiter kamen nach Vrymeer und fragten, wo General de Groot wohnte, und als man es ihnen sagte, galoppierten sie in die Dunkelheit davon. Ein Automobil, in dem drei ernst ausse-

hende Männer saßen, die sich mit dem General beraten wollten, verursachten einige Aufregung, und eines Nachmittags erschien Maria Steyns dicker kleiner Vater auf der Veranda und verlangte nicht nur mit General de Groot, sondern auch mit Jakob zu sprechen. Van Doorn war nun schon neunundsechzig Jahre alt, weißhaarig und ein wenig gebückt, aber immer noch geistig frisch und nach der Begegnung sichtlich beunruhigt.
Im Winter 1914 schob er eines Abends nach dem Essen den Teller zurück und sah seinen Sohn an. Er sagte nichts, überlegte eine Weile, dann verließ er das Zimmer, und Detleef hörte, wie er auf der Veranda auf und ab ging. Viel später kam er in die Küche zurück und sagte kurz, als wäre ihm plötzlich etwas klargeworden: »Mein Sohn, England hat Deutschland widerrechtlich den Krieg erklärt. Wir alle müssen uns entscheiden. Komm, gehen wir zu de Groot.«
Im Mondschein gingen sie zur Nachbarfarm, wo sie den alten General im Bett vorfanden. Er war ein müder, sehr magerer einundachtzigjähriger Mann, dessen langer weißer Bart das eingefallene Gesicht umrahmte. Er schien nicht viel zu essen und sah aus, als wäre seine Bettwäsche seit Wochen oder sogar Monaten nicht gewechselt worden, aber das Feuer in seinen Augen brannte noch genauso hell: »Habt ihr die wunderbare Neuigkeit gehört?« rief er mit schwacher Stimme. »Wir haben eine Chance, wieder gegen England zu kämpfen.«
»Wir kommen, dich um Rat zu fragen, Paulus.«
»Ihr könnt nur eines tun. Unser Land muß auf der Seite Deutschlands in den Krieg eintreten. Die einzige Möglichkeit, unsere Freiheit wiederzuerlangen.«
»Aber wird uns Smuts nicht dazu zwingen wollen, in der englischen Armee zu kämpfen?«
General de Groot stieg aus dem Bett und begann, in dem kleinen Zimmer umherzugehen. »Das ist der Mann, den wir fürchten müssen. Dieser verdammte Jan Christiaan Smuts. Er wird versuchen, uns auf der falschen Seite kämpfen zu lassen, denn er liebt alles Englische. Uniformen, Orden, den König, die Leute, die vor ihm katzbuckeln. Ich wünschte, ich könnte ihn noch heute erschießen. Würde uns allen eine Menge Ärger ersparen.«
Sie sprachen lange über die Taktik, die sie verfolgen mußten, um zu erreichen, daß Südafrika an Deutschlands Seite in den Krieg eintrat, und was sie alles unternehmen würden, wenn Deutschlands Sieg sie aus der Knechtschaft befreite, in der sie sich ihrer Überzeugung nach befanden. Kurz vor Morgengrauen sagte de Groot: »Bis heute abend habe ich das Kommando wieder beisammen, und wenn sie mich noch einmal zu ihrem Führer wählen, reiten wir wieder in die Schlacht.« Er fand in einem Haufen Kleider in einer Ecke seinen Gehrock und den Zylinder, zog sie an und ritt nach Venloo, um mit seinen Leuten zu üben.
In den letzten Augustwochen, als die schweren Kanonen auf den langgestreckten Fronten in Europa ihre Salven abfeuerten, mobilisierte der Lehrer Piet Krause die öffentliche Meinung in Venloo: »Es gibt keinen Grund auf

Gottes grüner Erde, warum wir Afrikander auf der Seite Englands gegen Deutschland kämpfen sollten. Es ist das Land unserer Brüder, mit deren Hilfe bei unserer Befreiung wir immer gerechnet haben. Wir müssen Jan Christiaan Smuts sagen, daß er uns nicht auf der falschen Seite in diesen Krieg zwingen kann.« Er ritt unaufhörlich auf diesem Thema herum und überzeugte die meisten Afrikander in seinem Gebiet davon, daß sie sich den Deutschen anschließen mußten. Bei einer offenen Abstimmung in seiner Klasse stellte er fest, daß sich etwa zweiundfünfzig Jungen von sechzig freiwillig zum Krieg gegen England melden würden. »Herrlich! Das beweist, daß der Geist der großen Kommandos nicht tot ist.«
»Was werden Sie tun, Mijnheer Krause?« fragte einer der Jungen.
»Was kann denn ein Mann, der auf sich selbst hält, tun? Ich werde mit dem Kommando reiten.«
Als Detleef diese Antwort hörte, dachte er: Sie reden alle davon, auf Pferden mit den Kommandos zu reiten. Diesmal werden es Automobile und Lastwagen sein, und die wird nur die Regierung zur Verfügung haben. Er war der einzige, der wegen des Ausgangs besorgt war. Er hielt Jan Christiaan Smuts für einen klugen Mann, der die Sache des Empire erfolgreich verteidigen würde; aber trotz seiner Vorsicht wußte er, daß die Afrikander, wenn sie nicht jetzt rebellierten, ihre Freiheit vielleicht nie erlangen würden. Als Krause fragte: »Und du, Detleef, was wirst du tun?«, antwortete er sofort: »Ich werde für die Verteidigung Südafrikas kämpfen.«
»Welches Südafrikas?«
»Der Afrikanderheimat, für die auch mein Vater kämpfte.«
»Gut, gut.«
Nun nahm die Zahl der nächtlichen Besucher General de Groots zu, und Detleef lernte die großen Helden seines Volkes kennen: General de Wet, General de la Rey, General Beyers und den zähen Manie Maritz, der so groß war wie ein Ochse und so verwegen wie ein Leopard. Aber der Held, der den größten Eindruck auf ihn machte, war Christoffel Steyn, der sich als Mann von eisernem Mut und nüchternem Urteil erwies. Er sagte bei einem Treffen mit de Groot: »Die Gezeiten der Geschichte verlaufen ungestüm. Dieses Land war immer sturmgepeitscht, und wir können nicht voraussehen, wohin uns die Strömungen jetzt tragen werden. Es wäre aber schmachvoll, am Ufer zu stehen und zuzusehen, wie andere gegen sie ankämpfen. De Groot, Sie haben das Venloo-Kommando in ausgezeichnete Verfassung gebracht. Suchen Sie die anderen auf. Sie sollen bereit sein. Und wenn die Zeit kommt, müssen Sie Ihre Reiter in den Kampf führen. Diesmal werden wir unsere Freiheit zurückgewinnen.«
Steyn wich nie von dieser festen Haltung ab. Als andere schwankten und darauf hinwiesen, welche bedeutenden Vorteile die Regierungstruppen haben würden, bestand er auf dem unveränderlichen Kurs in die Freiheit und erwartete, daß alle in seiner Umgebung sich genauso verhielten. Aber Detleef merkte, daß er stets bei General de Groot Rat suchte und auf die Billigung und das Einverständnis des alten Mannes Wert legte, als ob er wüßte,

daß es ihm selbst an den Führungsqualitäten fehlte, um eine Revolution zu leiten, während de Groot sie in hohem Maß besaß.
»Behalten Sie Smuts im Auge«, warnte ihn der alte Mann. »Christoffel, Ihr Erfolg oder Mißerfolg wird davon abhängen, ob es Ihnen gelingt, Slim Jannie zu überlisten.« Wenn de Groot das Wort *slim* benutzte, verwendete er es nicht in der englischen Bedeutung, obwohl es auf Jan Christiaan zutraf – schlank, hochgewachsen und gutaussehend –, sondern eher in der afrikaansen, wo es ebenso ausgesprochen wurde, aber schlau, gerissen, listig, unzuverlässig, verschlagen, durchtrieben, ränkevoll, verräterisch bedeutete. Es war ein wunderbares Wort, das oft in Verbindung mit Smuts verwendet wurde, dem kein republikanisch gesinnter Afrikander trauen konnte. »Hüten Sie sich vor diesem Slim Jannie, Christoffel.«
Es war ein vernünftiger Rat, denn Smuts, vielleicht der klügste Kopf, den Südafrika je hervorgebracht hatte, war davon überzeugt, daß das Schicksal dieses Landes von England abhing, und er war bereit, jeden deutschen Eindringling zurückzuweisen oder jeden zu bestrafen, der mit den Deutschen sympathisierte und versuchte, insgeheim im Landesinneren zu operieren. Er wurde von den englischsprechenden Südafrikanern und von vielen gleichgesinnten Afrikandern unterstützt, die bestrebt waren, die Vergangenheit zu begraben und die beiden weißen Gruppen des Landes zu vereinigen. Paulus de Groot erkannte klugerweise, daß seine Kommandos nicht gegen England, sondern gegen Slim Jannie kämpfen mußten.
Er brannte darauf, sie anzuführen. Er fütterte sein Basutopony mit Extrarationen, ölte sein Gewehr und beriet sich ständig mit den Führern der anderen Kommandos. An jenem Sonntag stand er hoch aufgerichtet, für alle sichtbar, in der Kirche in Venloo, als der Prediger Brongersma seine berühmte Kanzelrede über den Patriotismus hielt:

> Die Bibel ist voller Beispiele, in denen Männer aufgerufen wurden, ihre Nation zu verteidigen, in denen sie sich aufs Pferd schwangen, um die Lebensgrundlagen ihres Volkes zu schützen. Die Israeliten mußten sich gegen Assyrer, Meder, Perser, Ägypter und Philister verteidigen, und wann immer sie gemäß den Geboten Gottes kämpften, blieben sie siegreich. Wenn sie ihre eigenen, falschen Banner erhoben, wurden sie besiegt. Welche Worte erscheinen auf dem Banner Gottes? Gerechtigkeit, Standhaftigkeit, Gehorsam, Milde dem besiegten Feind gegenüber, Ehrfurcht, Gebet und vor allem heiliger Respekt für den Bund, den Gott mit uns gemacht hat. Wenn wir uns in Krisenzeiten im Einklang mit diesen Geboten verhalten, können wir sicher sein, daß wir auf der Seite Gottes kämpfen. Wenn wir aber anmaßend sind oder nach etwas streben, das anderen gehört, wenn wir grausam sind oder es an Ehrerbietung für den Bund fehlen lassen, dann müssen wir sicherlich eine Niederlage hinnehmen.
> Wie kann ein Mensch in Krisenzeiten erkennen, ob er im Einklang mit Gottes Geboten steht? Nur, indem er sein Herz erforscht und ständig

seine Absichten mit den Geboten der Bibel vergleicht, denn in der Bibel finden wir unsere Weisungen.

Als de Groot den Geistlichen nach der Predigt schlankweg fragte, ob er mit den Kommandos reiten würde, antwortete dieser, daß es seine Pflicht sei, als Hirte bei der Gemeinde zu bleiben, ganz gleich, wie der Krieg ausging.
»Sie fürchten also, daß wir verlieren werden?« fragte de Groot.
»Ja«, sagte Brongersma.
»Sie halten unsere Sache für ungerecht?«
»Ich meine, General, daß ich Sie ein dutzendmal sagen hörte: ›Wir haben die Schlachten verloren. Wir haben den Krieg verloren. Jetzt werden wir ihn auf andre Weise gewinnen.‹ Sie hatten recht, als Sie das sagten. Jetzt aber, bei der ersten sich bietenden Möglichkeit, kehren sie zu den Schlachten zurück. Warum?«
»Wer kann daheim bleiben, wenn das Hornsignal zum Kampf gegen die Engländer ertönt?« Während er diese Frage stellte, starrte der alte Krieger dem Geistlichen in die Augen und dachte an die traurige Tatsache, daß in den großen Augenblicken seines Lebens – dem Treck, der Grenze, den Schlachten – seine Kirche ihn nie unterstützt hatte. Er erwartete es auch jetzt nicht.
Die ersten Septemberwochen 1914 waren durch Hektik gekennzeichnet. Paulus de Groot schickte Sendboten zu den übrigen Kommandos; er ließ ihnen sagen, er erwarte von ihnen, daß sie sich ihm anschließen würden, sobald die großen Generäle sich für Deutschland erklärt hatten; Christoffel Steyn sammelte zweiundsiebzig Mann, von denen jeder bereit war, sein Pony zu besteigen und loszureiten; Piet Krause hatte seine Bücher bereits weggelegt und freute sich auf den Kampf, Jakob van Doorn hatte sich mit siebzig ein Automobil gekauft, und sein neunzehnjähriger Sohn Detleef übte auf den Hügeln hinter Vrymeer mit einem Mausergewehr.
Von Freitag, dem 12. September, an berief de Groot eine Reihe von Anführertreffen ein, an denen ein Geheimagent der deutschen Streitkräfte in Südwestafrika teilnahm, der den Einheimischen versicherte, daß alles bereit sei. Der Aufstand sollte Dienstag, den 16. September, beginnen; der ungestüme Manie Maritz würde sein Kommando über die Grenze in deutsches Gebiet führen; General Beyers würde seinen Posten in der Regierung nach einer leidenschaftlichen Anklage gegen Smuts niederlegen, und General de Groot sollte die Männer im nordöstlichen Transvaal zu den Waffen rufen. Pretoria würde erobert, die Regierung gefangengesetzt werden, und Deutschlands Macht würde vom Atlantik im Westen bis zum Indischen Ozean in Tanganjika reichen. Dies würde gemeinsam mit dem Sieg in Europa den Beginn der deutschen Hegemonie herbeiführen. In ihrem Rahmen sollte der Nationalismus der Afrikander Südafrika unter deutschem Patronat beherrschen.
Am Sonntagabend, dem 14. September, ritt Detleef van Doorn langsam ostwärts nach Venloo, wo sein Schwager Piet Krause zweiundzwanzig Mann vom örtlichen Kommando versammelt hatte. Sie ritten in der sternenklaren

Nacht zu einem Treffpunkt, wo weitere Buren sich für den Aufstand sammelten; als der Morgen kam und er sah, wie viele Männer bereit waren, noch einmal für ein republikanisches Südafrika zu kämpfen, steigerte sich seine Erregung, und er rief Krause zu: »Jetzt kann uns nichts mehr aufhalten!« Seine Zuversicht wuchs, als er erfuhr, daß Christoffel Steyn diese Männer anführen sollte.

Doch wie Barend Brongersma vorhergesehen hatte, war Gott diesmal nicht auf seiten der Afrikander. Als General Koos de la Rey, ein hervorragender Offizier, auf dessen Führung sie sich am stärksten verlassen hatten, im Auto Johannesburg verließ, um die ihm unterstellten Aufständischen zu versammeln, fiel er durch sein schnelles Tempo einem Polizisten auf; der Beamte hegte den Verdacht, im Wagen könnte sich eine Verbrecherbande befinden, die viele Überfälle begangen und auch Polizisten ermordet hatte, und feuerte einen Schuß auf den Reifen des Daimler ab. Die Kugel hätte den Wagen nie getroffen, prallte jedoch von einem Felsen ab, traf als Querschläger de la Rey am Kopf und tötete ihn. Etwas später versuchte der tüchtige General Beyers, der die Stelle des Toten hätte einnehmen können, über den Vaal zu fliehen und ertrank. Der schneidige Manie Maritz saß jenseits der Grenze fest, und sogar der tapfere General de Wet wurde umzingelt und mußte sich ergeben.

Slim Jannie Smuts beging keinen einzigen Fehler. Als der Aufstand größere Ausmaße anzunehmen schien, geriet er nicht in Panik, sondern rief die loyalen Afrikandertruppen auf, ihren aufrührerischen Brüdern entgegenzutreten, während er den englischen Teil der Nation aus dem Kampf heraushielt. Er hielt den Druck nach allen Seiten aufrecht und war am Ende an allen Fronten siegreich; die deutsche Invasionsarmee aus Südwestafrika wurde zurückgeschlagen; die Deutschen in Tanganjika waren bewegungsunfähig; und im Lande selbst hielten sich nur Paulus de Groot und Christoffel Steyn gegen ihn, die wie im Jahr 1902 in einem Winkel Transvaals festgenagelt waren.

»Wir müssen kämpfen bis zum Tod«, sagte de Groot zu seinen Männern, und wenn sich jemand der Verzweiflung hingab, beschämten ihn die jungen Hitzköpfe wie Piet Krause, indem sie sagten: »In Europa siegt Deutschland überall. Der Sieg wird unser sein.«

Doch dann schmetterte sie der vernichtendste Schlag nieder. Im November 1914 sagte nach einem anstrengenden Ritt durch das Hochveld eines Nachts General de Groot zu Jakob und Detleef, die mit ihm geritten waren: »Ich bin müde.« Es wurde ein Bett für den alten Mann bereitet, das erste, in dem er seit zehn Tagen schlief, und er begann, schwer zu atmen. Er murmelte erschöpft: »Ich möchte mein Basuto sehen.« Also wurde das kleine Pferd gebracht. Sechzehn, achtzehn, fünfzig... wie viele dieser wundervollen Tiere hatte er geritten, und aus wie vielen Fallen war er mit ihnen entkommen? Er versuchte, dem Tier einen Klaps zu geben, fiel aber zurück.

»Bring es weg«, sagte Jakob zu seinem Sohn, aber der alte Mann widersprach: »Laß es bei mir.« Gegen Mitternacht erholte er sich ein wenig und

sagte zu Christoffel: »Führe die Männer nach Waterval-Boven. Dort haben wir immer gut gekämpft.« Er blickte Jakob verwirrt an und konnte sich nicht erinnern, wo er war, doch dann sah er Detleef, der immer so freundlich gewesen war: »Bist du der Detleef mit dem neuen Namen?«
»Ja.«
Der alte Mann versuchte zu sprechen, fiel zurück und starb. Er war 1832 geboren und hatte acht Jahrzehnte voll Feuer und Hoffnung, Niederlage und Sieg erlebt.

Mit seinem Tod war auch das letzte Kommando aufgelöst. Christoffel machte einen tapferen Versuch, die Männer beisammenzuhalten, und Piet Krause drohte, jeden zu erschießen, der desertierte, doch schließlich zogen sich auch Männer wie Jakob und Detleef zurück, und van Doorn sagte seinem Schwiegersohn: »Piet, es ist Zeit, zur Farm zurückzukehren.«
»Nein!« bat der junge Lehrer. »Noch eine Schlacht, nur einen großen Sieg, und die Deutschen werden von Moçambique heranstürmen, um uns zu retten.«
»In Moçambique gibt es keine Deutschen«, sagte Jakob, aber Krause war so hartnäckig, daß er die Männer in eine Stellung manövrierte, aus der sie sich nicht kampflos befreien konnten, und in diesem Kampf traf Jakob van Doorn eine Salve von 303-Kugeln zwischen die Augen. Von seinem Kopf war nur wenig übrig, das man mit dem zerfetzten Körper beerdigen konnte, und nachdem die Gebete an dem improvisierten Grab gesprochen waren, sagte Detleef: »Piet, ich glaube, wir sollten lieber nach Hause gehen.«
Es war ein Glück, daß sie es taten, denn schon am nächsten Tag umzingelten die Regierungstruppen die Reste des Kommandos und nahmen Christoffel Steyn gefangen.
Damit begann das schlimmste Kapitel dieses mißglückten Aufstandes, denn Jan Christiaan Smuts entdeckte, daß Christoffel in der Zeit nach der Beendigung des Burenkrieges einen Posten in der südafrikanischen Armee angenommen hatte, den er zwar nie besetzt hatte, aber von dem er auch nicht zurückgetreten war. Formell war er somit ein Verräter, und während Hunderte Rebellen nachsichtig behandelt wurden, war Smuts entschlossen, gegen diesen Offizier gerichtlich vorzugehen. Im Dezember 1914 verurteilte ein Kriegsgericht Steyn zum Tode. Die Gemeinschaft der Afrikander, einschließlich vieler, die den Aufstand nicht unterstützt hatten, protestierte und drückte damit ihren Respekt und ihre Bewunderung für diesen mutigen Mann aus, der sich auf den Streifzügen des Carolina-Kommandos mit Bravour geschlagen hatte. Aber Smuts blieb hart.
Piet Krause führte eine Abordnung von Lehrern nach Pretoria, die sich für Christoffels Leben einsetzte, und Reverend Brongersma hielt vier großartige Predigten, zwei davon in Johannesburg, in denen er die Regierung anflehte, Milde walten zu lassen. Aber es nützte alles nichts. Kurz vor Weihnachten wurde Steyn im Zentralgefängnis von Pretoria vor ein Exekutionskommando gestellt, wo er eine alte holländische Hymne sang:

»Wenn wir ins Tal des Todes treten, lassen wir unsere Freunde zurück.« Als die Soldaten anlegten, lehnte er eine Augenbinde ab und sang weiter, bis ihn die Kugeln zum Schweigen brachten.
Detleef wurde durch dieses Unglück schwer getroffen: De Groot auf dem Schlachtfeld gestorben; Jakob auf fremdem Boden begraben; Christoffel, der Tapferste von allen, hingerichtet; sein eigenes Leben zerstört. In dieser Nacht schrieb er an Maria, die Tochter des Rebellen:

> Ich kämpfte an der Seite Deines Vaters. Ich kannte ihn als edlen Helden und werde sein Andenken für immer bewahren. Seine Hinrichtung war eine Schande, und sollte ich Jan Christiaan Smuts einmal begegnen, werde ich ihm eine Kugel durchs Gehirn jagen, falls er eines hat, was ich bezweifle.

Da sie eine vorsichtige junge Frau war, zeigte sie niemandem den Brief, denn es war ihr klar, daß der junge Mann, den sie liebte, in ernste Schwierigkeiten geraten konnte, falls die Polizei das Schreiben zu sehen bekam. Sie faltete ihn sorgfältig zusammen und legte ihn zu den Andenken an ihren Vater: ein Taschentuch, das er am Spion Kop getragen hatte, sein Patronengürtel, ein Psalmenbuch in altem Holländisch, das alle seine Schlachten im Burenkrieg mitgemacht hatte.
Christoffel Steyn war tot, aber sein Andenken wurde nicht nur durch seine Tochter, sondern auch durch ein ganzes Volk, das Helden brauchte, am Leben erhalten. Slim Jannie Smuts hatte aus dem Anführer eines kleinen Kommandos einen Märtyrer gemacht und eine brennende Wunde in der Seele der Afrikander zurückgelassen. Sie glühte neben dem verkohlten Gedenken an *Slagter's Nek*, Blaauwkrantz und Chrissiemeer – ein bitteres Vermächtnis, das zur Legende werden sollte.

Detleef hätte Maria Steyn sicherlich bald darauf geheiratet, wenn nicht Reverend Brongersma mit einer Nachricht auf die Farm gekommen wäre, die seine Pläne durcheinanderbrachte: »Ich habe eine sehr interessante Neuigkeit mit dir zu besprechen, Detleef. Ich schrieb vor einiger Zeit einer Gruppe von Professoren in Stellenbosch, daß du ein talentierter Schüler und ein ungewöhnlich guter Rugbyspieler bist. Sie wollen, daß du hinkommst, um deine Studien dort zu betreiben.«
»Welche Studien?«
»Ich denke an Philosophie und Naturwissenschaften. Und ich würde mich natürlich sehr freuen, wenn du den geistlichen Stand erwählen solltest. Du hast einen festen Charakter, Detleef, und ich glaube, du könntest dem Herrn sehr gute Dienste leisten.«
»Aber wer wird sich dann um die Farm kümmern?«
»Piet Krause und Johanna. Ich habe mit ihnen gesprochen.«
»Er kann doch nicht hier leben und in Venloo unterrichten.«
»Die jüngsten Ereignisse haben ihn zu schwer mitgenommen. Er will nicht mehr unterrichten.«

»Er wird kein sehr guter Farmer sein.«
»Nein, aber er wird sich um die Farm kümmern, bis du wiederkommst. Und dann werden wir sehen, was weiter geschieht.« Er machte eine Pause und rieb sich das Kinn. »Weißt du, Piet ist ein bemerkenswerter Mann. Er könnte auf jedem Gebiet Erfolg haben, wenn Gott ihm nur den richtigen Weg zeigt.« Er lachte. »Du hast deinen Weg gefunden.«
»Und der wäre?«
»Bildung erlangen. Gott und der Gesellschaft dienen.«
Stellenbosch war von Vrymeer geistig noch weiter entfernt als räumlich, denn diese stille Stadt mit den hohen Bäumen und den weißen Gebäuden war eine Universitätsstadt geworden wie Cambridge in England oder Siena in Italien oder Princeton in Amerika, eine Stadt, dafür geschaffen, den Bürgern zu zeigen, wie großartig Hochschulen, Bibliotheken und Museen sein können. Und es war ein Ort, in dem Afrikaans gesprochen wurde.
Zuerst war Detleef nur ein großer, ungeschickter Bauernbursche, der gezwungen war, sich mit dem scharfen Verstand von Burschen zu messen, die in Orten wie Pretoria, Bloemfontein und Kapstadt aufgewachsen waren. Er ließ sich im Haus der Witwe eines Geistlichen nieder, steuerte durch das erste Semester höherer Trigonometrie und fing mit Philosophie und der Geschichte Hollands im goldenen Jahrhundert an. Nach kurzen Anfangsschwierigkeiten fand er bald Spaß an der Arbeit und betrieb eifrig Studien für das zweite Semester.
Besonders beeindruckten ihn die älteren Professoren, die zum Teil von Oxford, zum Teil von der Universität Leyden kamen und ihr Land als das sahen, was es ja tatsächlich war, als einen Schmelztiegel von Völkern und Kulturen. Sie bemühten sich, das Gemeinsame herauszufinden, und er stellte zu seiner Verwunderung fest, daß zwei von den Kursen, die ihm am besten gefielen, von Engländern in englischer Sprache gehalten wurden.
Die Männer, die den stärksten Einfluß auf ihn ausübten, waren jedoch zweifelsohne die jüngeren Professoren, die auf aktuelle politische Fragen eingingen. Im Jahr 1916 wurde zum Beispiel viel darüber diskutiert, wie der Krieg in Europa enden würde, wobei manche Professoren noch immer davon überzeugt waren, daß Deutschland siegen würde, aber zugaben, daß dies Südafrika wenig nützen würde. Einer warnte: »Ich kann mir nicht vorstellen, daß die Deutschen uns Lourenço Marques überlassen werden, wenn sie es Portugal abnehmen sollten. Es wird dann ihr Hafen sein, nicht der unsere, und sie könnten für seine Benützung sogar höhere Abgaben verlangen als die Portugiesen.« So konnte sich sein Urteilsvermögen mit der Zeit immer mehr entwickeln.
Da er im Haus der Witwe eines Geistlichen wohnte und durch ständigen Druck von Reverend Brongersma in Venloo bestärkt wurde, war es natürlich, daß Detleef in die Einflußsphäre der Religionsprofessoren geriet, und sie sahen in diesem begabten jungen Mann bald einen aussichtsreichen Kandidaten für die Kanzel. Er war von Haus aus gläubig und bibelfest, so

daß am Ende seines ersten Jahres allgemein angenommen wurde, er würde den geistlichen Beruf wählen.

Wie seit hundert Jahren üblich, war einer der einflußreichsten Männer im holländisch-reformierten Klerus von Stellenbosch ein Schotte, ein Anhänger von John Knox namens Alexander McKinnon, dessen Vorfahren seit 1813 Holländisch sprechende Afrikander waren. Er machte Detleef mit den neuartigen Ansichten des konservativen holländischen Premierministers Abraham Kuyper über das Verhältnis zwischen Kirche und Staat bekannt. Dank McKinnon erkannte Detleef zum erstenmal, daß Südafrika neue Modelle der Rassenpolitik entwickeln mußte. In diesem Punkt war McKinnon äußerst konservativ, er hielt sich an den ursprünglichen Calvinismus, um seine Behauptung zu begründen, daß Rassen ebenso wie Menschen entweder für die Erlösung oder die Verdammnis vorherbestimmt waren. »Die Bantu sind offensichtlich die Kinder Hams, wie die Bibel erklärt.« Detleef bemerkte, daß er, wie die meisten kultivierten Menschen dieser Zeit, das herabsetzende Wort *Kaffer* vermied und an dessen Stelle das merkwürdige Wort *Bantu* verwendete, das genaugenommen die Bezeichnung einer Sprache, nicht die eines Stammes oder einer Nation war. »Offensichtlich können die Bantu als Gruppe nicht zu den Auserwählten zählen, obwohl einzelne Bantu eine hohe Bildung erwerben und ebenso von Gott auserwählt werden können wie der beste Afrikander. Einzelne können gerettet werden, aber die Rasse als Ganzes ist sicherlich verdammt.«

Aber gegen Ende von Detleefs erstem Jahr in Stellenbosch verblaßten alle diese Dinge zur Bedeutungslosigkeit, denn die Universität entdeckte, daß sie in ihm einen geborenen Rugbyspieler besaß, und in einer Nation, die sich immer fanatischer mit Sport befaßte, machte dieses Talent alle anderen überflüssig. Er war ein stiernackiger, kampferprobter Granitblock, der sich überaus rasch den Bewegungen des Gegners anpaßte. Wenn er stürmte, durchbrachen seine Schultern im Gedränge jeden Widerstand, rissen Löcher in die gegnerische Linie, während seine Füße den Ball ungewöhnlich behend an sich zogen oder wegschossen.

Die Mannschaft von Stellenbosch war wegen ihres starken Zusammengehörigkeitsgefühl als die *Maties* (die »Kameraden«) bekannt; sie waren imstande, gegen die besten Regionalteams zu spielen, aber ihr größter Triumph war der Sieg gegen die *Ikeys*, (die »Isaaks«) von Kapstadt, die so genannt wurden, weil an dieser Universität eine beträchtliche Zahl von Juden studierte, die in Stellenbosch nicht gerade willkommen waren. Jedes Spiel zwischen *Maties* und *Ikeys* war von Haus aus aufregend, und schon im ersten, bei dem Detleef mitspielte, zeichnete er sich aus. Von da an war er als Mitglied der Afrikandergruppe akzeptiert, die sich auf Sport spezialisierte, und dadurch kam er in viele Teile des Landes und spielte gegen die Männer, die später führende politische Stellungen einnahmen, denn in Südafrika gab es keine wirksamere Empfehlung als die Mitgliedschaft beim Rugbyteam von Stellenbosch.

Das waren die Jahre, in denen dieser Sport von einer berühmten Familie beherrscht wurde, den Morkels, und manchmal spielte Detleef gegen eine Mannschaft, in der sechs oder sieben Spieler dieses Namens standen. In diesem Jahrzehnt spielten zweiundzwanzig Morkels: Brüder, Vettern, angeheiratete Verwandte, lauter kräftige Kerle. Jedesmal, wenn Detleef sich zwei oder drei dieser rauhen Burschen gegenübersah, wußte er, daß das Spiel hart werden würde. Einmal waren die vier größten Männer, denen er in der harten Konfrontation gegenüberstand, Morkels, und am Ende des Spiels sagte er seinem Coach, er fühle sich, »als wäre ich in eine Dreschmaschine geraten«. Er wunderte sich nicht, als ein Veranstalter die Absicht äußerte, mit einem nur aus Morkels zusammengesetzten Team eine Europatournee zu unternehmen; das würde ein großartiger Erfolg sein.

So beendete Detleef sein erstes Jahr in Stellenbosch als Rugbyspieler, und hauptsächlich weil er als solcher bekannt war, erregte er die Aufmerksamkeit der van Doorns, die die berühmten Weingärten in Trianon betrieben. Eines Nachmittags kam ein Bantu in das Haus, in dem er wohnte, mit einer Einladung für Detleef van Doorn, an diesem Abend mit seinen Vettern in Trianon zu speisen. Es war der Tag nach einem Spiel, in dem ihm fünf Morkels auf seiner Wirbelsäule herumgetrampelt waren, so daß er nicht gerade in Stimmung war, aber er hatte so viel über Trianon gehört, daß er die Einladung annahm und zu der Weinkellerei hinausfuhr.

Wie so viele vor ihm war er überwältigt von der prächtigen Fassade des Hauptgebäudes und den entzückenden Seitenflügeln. Die Kriegsjahre waren für Trianon einträglich gewesen; General Buller hatte Spitzenpreise für seinen besten Wein bezahlt, und andere Offiziere taten das gleiche für weniger gute Verschnitte, so daß die van Doorns ihre gesamte Ernte zu europäischen Preisen verkauften, ohne Fracht bezahlen zu müssen.

Auf der Veranda saß auf einer der Kachelbänke, die vor zwei Jahrhunderten von Paul de Pré gebaut worden waren, Coenraad van Doorn, Oberhaupt der Firma, der Jakob im Jahr 1899, kurz vor dem Burenkrieg, ebenso erwartet hatte. Er war jetzt schwerer, ein Mann Ende der vierzig, und in seiner Art sogar noch freundlicher, denn das Leben hatte es überaus gut mit ihm gemeint. Er liebte den Sport und war stolz darauf, daß ein Mitglied seiner Familie, wenn es auch ein so entfernter Verwandter war wie Detleef, sich in Stellenbosch hervortat.

»Das ist also der Held, von dem ich gelesen habe, der *Matie*, der sie wegfegt!« Er streckte beide Hände aus, zog Detleef nach oben auf die Veranda und durch den Vordereingang ins Innere des Hauses. In dem geräumigen Korridor zwischen den Zimmern sah Detleef zum erstenmal die Van-Doorn-Tochter Clara, sie war neunzehn und so hübsch, daß ihm der Atem stockte. Ihr Gesicht war ein schönes Oval, ihre Backenknochen nur ein wenig zu breit, eingerahmt von sorgfältig gebürstetem hellbraunem Haar, das sie in einer Art von Holländer-Bubikopf trug. Sie lächelte freundlich, als sie ihren entfernten Vetter begrüßte, und sagte: »Wir freuen uns so sehr, einen so guten Rugbyspieler in unserm Haus zu empfangen.«

Beim Abendessen stellten die beiden älteren Brüder Dirk und Gerrit, die ihr

Studium in Stellenbosch bereits beendet hatten, eine Fülle von Fragen über die Universität und ihre Chancen, die *Ikeys* wieder zu schlagen, und der Abend wurde zu einem der angenehmsten, die Detleef je erlebt hatte. Es war ein Glück, daß er am Ende seines ersten Jahres stattfand, denn sein Erfolg im Rugby hatte aus dem ungelenken Bauernjungen inzwischen einen selbstsicheren Akademiker gemacht, der ruhig und interessant sprach. Als das Gespräch auf den Krieg in Europa kam, wiederholte er einiges, das er beim Studium gehört hatte, sagte einen deutschen Sieg in Europa, aber keine nennenswerte Veränderung in den an Südafrika grenzenden Ländern voraus.

»Genau meine Ansicht«, sagte der ältere van Doorn, und als Clara mit Detleef zu dem Automobil ging, das ihn in sein Quartier zurückbringen sollte, sagte sie: »Du hast an der Universität etwas gelernt. Komm wieder und teile deine Kenntnisse mit uns.« Er wollte widersprechen, daß er in Wirklichkeit sehr wenig wußte, aber sie unterbrach ihn: »Nein! Meine Brüder besuchten Stellenbosch und sie lernten wirklich wenig.« Er hatte das Gefühl, daß sie mit ihm im Wagen zur Stadt zurückfuhr, so lebhaft war die Erinnerung an ihr bezauberndes Wesen.

Währenddessen setzten die jungen Männer der Saltwoodfamilien ihre Studien in einer schrecklichen Schule fort. Unweit der Stadt Amiens und östlich des großen Schlachtfeldes von St. Quentin lag ein Jagdrevier, bekannt als Wald von Ellville, Bois d'Ellville, und sowohl die Alliierten als auch die Deutschen waren sich darüber im klaren, daß der Besitz dieses Gehölzes sich in der schrecklichen Sommeschlacht als entscheidend erweisen würde.

Das deutsche Oberkommando erteilte den Befehl: »D'Ellville ist um jeden Preis zu nehmen!« Genau zur selben Zeit ordnete der Generalstab der Alliierten an: »Der Wald muß um jeden Preis gehalten werden!« Eine gigantische Materialschlacht um Leben und Tod war unausweichlich geworden.

Am 14. Juli 1916 erhielt Oberst Frank Saltwood, der sechsundfünfzig Jahre alt und einer der ersten Freiwilligen im Expeditionskorps seines Landes war, Befehl, den Wald von Ellville zu nehmen und zu halten. Unter seinem Kommando standen vier seiner Neffen – Hilary und Roger von den Saltwoods in Kapstadt, Max und Timothy von *De Kraal* –, und auch sie hatten sich frühzeitig freiwillig gemeldet.

Die beiden Armeen kämpften vier Tage lang ununterbrochen unter Einsatz aller großen Geschütze in der Umgebung, bis die Schützengräben infolge der Explosionen bebten. Ohne Ruhepause oder warme Verpflegung verteidigten die fünf Saltwoods ihr Terrain heldenhaft, wobei Oberst Frank von einer Stelle zur anderen ging, um seine Neffen zu ermutigen.

Am zweiten Tag fiel Hilary durch einen Kopfschuß. Am dritten Tag führte der junge Max einen mutigen Angriff, der abgeschlagen wurde. Und am letzten Tag lief Oberst Frank zu einem gefährdeten Punkt und wurde von sieben deutschen Kugeln voll ins Gesicht getroffen; mit seinem Tod schien die südafrikanische Stellung dem Untergang geweiht.

Doch da nahm Roger seinen Platz ein, der mit zwanzig Jahren die Führung der Schlacht übernahm. Er hätte seine Soldaten in die Niederlage geführt, wenn nicht Timothy in Berserkerwut, wie sie junge Leute mitunter befällt, einen Zug von Deutschen aufgehalten und die meisten von ihnen getötet hätte. Und nun sammelten die beiden Vettern, umgeben von unzähligen Toten, darunter drei Saltwoods, die Südafrikaner. Ohne sich um den Hagel deutscher Granaten zu kümmern, die den nächsten Angriff schonungslos vorbereiteten, besetzten sie den Kommandoposten, hielten den Wald, den sie mit so fürchterlichen Verlusten erobert hatten, und verteidigten ihn zäh.

Als die Südafrikaner endlich am fünften Kampftag abgelöst wurden, meldete Roger Saltwood als ranghöchster Kommandeur: Wir führten vor fünf Tagen 3150 Mann in den Wald. Wir marschieren mit 143 hinaus.

Die beiden überlebenden Saltwoods, Roger aus Kapstadt und Timothy aus *De Kraal*, der das Victoriakreuz erhalten hatte, verbrachten ihren Urlaub gemeinsam mit ihren Vettern aus Salisbury in Sentinels, und während sie am Ufer des Avon saßen und zur Kathedrale hinüberblickten, sagte Timothy zu den dort lebenden Saltwoods: »Wir haben drei von unserer Familie verloren, ja. Aber es war nur das Opfer, das wir England schuldig waren.«

Als der Krieg in Europa sich langsam seinem Ende näherte, herrschte in Stellenbosch beträchtliche Aufregung. Einer der vielversprechendsten jungen Absolventen der Universität würde vier Vorlesungen über die moralischen Maximen halten, auf die sich jede Regierung des Landes stützen müsse. Detleef interessierte sich besonders dafür, weil der Sprecher sein eigener Geistlicher, Reverend Barend Brongersma, war. Er lud Clara ein, sich die Vorträge mit ihm anzuhören, und ihre Eltern sowie einer ihrer Brüder begleiteten sie.

Auf Brongersmas Wunsch wurden die Lesungen nicht in der Universität abgehalten, sondern in der größten Kirche des Ortes, und sämtliche Sitzplätze waren vergriffen. Brongersma war nun siebenunddreißig, auf dem Höhepunkt seiner Kraft und seiner äußeren Erscheinung. Er war groß, schlank, dunkelhaarig und wirkte im Gegensatz zu den biederen älteren holländischen und schottischen Theologen, die für gewöhnlich auf den Podien der Universität standen, in jeder Hinsicht modern. Er unterschied sich auch insofern von ihnen, als er sich nicht mit abstrusen philosophischen Problemen befaßte, sondern mit den konkreten Schwierigkeiten, denen ein Politiker gegenüberstand. Seine Stimme war seiner Aufgabe gewachsen; holländisch-reformierte Gemeinden schätzten es, wenn ein Geistlicher wettern und donnern konnte, und das konnte er.

Schon gleich zu Beginn seines ersten Vortrags sagte er, die Zukunft der Nation hänge davon ab, wie sie ihre Beziehungen zu den verschiedenen rassischen Bevölkerungsgruppen gestalten würde, und damit die Zuhörer wußten, wovon er sprach, forderte er sie auf, die Ziffern niederzuschreiben, die er nun nennen würde: »Sie befassen sich mit den derzeitigen und den voraussichtlichen Bevölkerungszahlen unseres Landes.« Und er machte folgende Angaben:

SÜDAFRIKANISCHE UNION

Gruppe	Bevölkerungszahlen derzeitig	Schätzung für 1950	Schätzung für 2000
Afrikaander	800 000	2 700 000	4 500 000
Englischsprechend	400 000	900 000	1 500 000
Farbige	525 000	1 200 000	4 200 000
Inder	150 000	366 000	1 250 000
Bantu	4 100 000	8 600 000	33 000 000

Ohne Kommentar zu der Stärke der fünf Gruppen gab er einen Überblick über die Haltung der holländisch-reformierten Kirche in der Rassenfrage während der letzten zwei Jahrhunderte und erinnerte seine Zuhörer an Dinge, die sie vielleicht schon vergessen hatten:

> Unter Jan van Riebeeck verrichteten Weiße und Schwarze gemeinsam die Andacht, was vernünftig war, denn es gab keine Alternative. In den Grenzkirchen Stellenbosch und Swellendam herrschten ähnliche Verhältnisse. Schwierig wurde es beim Abendmahl, da viele Weiße nicht aus demselben Kelch trinken wollten wie die Schwarzen, aber es wurden verschiedene Möglichkeiten gefunden, das zu umgehen; im allgemeinen nahmen weiter beide Rassen, Weiße und Schwarze, am Gottesdienst teil. Das war besonders in Missionsstationen üblich, wobei Weiße aufgefordert wurden, Kirchen zu besuchen, in denen das schwarze Element vorherrschte. Auf der Synode von 1857 wurde jedoch Druck ausgeübt, um diesen Zustand zu ändern, und eine merkwürdige Lösung vorgeschlagen. Die Leiter unserer Kirche bestätigten, daß Jesus Christus bestimmt hatte, sein Volk solle die Andacht als eine Gemeinschaft verrichten, und so solle es auch sein, »aber als Zugeständnis an das Vorurteil und die Schwäche einiger weniger Gläubigen wird empfohlen, daß die Kirche ihren europäischen Mitgliedern das Abendmahl an einem oder mehreren Tischen reicht, nachdem es die farbigen Teilnehmer empfangen haben«. Es wurde weiter empfohlen, daß es zwar förderlich sei und dem Evangelium entspreche, wenn alle zusammen die Andacht verrichten, aber »wenn die Schwäche mancher es erfordert, daß die Gruppen getrennt werden, soll die Kongregation der Unzivilisierten ihr Privileg in einem gesonderten Gebäude und einer gesonderten Institution genießen«. Somit wurden in gewissen Bezirken getrennte Kirchenorganisationen errichtet, deren Mitglieder die Andacht in getrennten Kirchengebäuden verrichteten, und mit der Zeit wurde dieser Brauch allgemein üblich. Es stellte sich heraus, daß die

meisten weißen Kirchenmitglieder es vorzogen, die Andacht nur mit Weißen zu verrichten, aus dem vernünftigen Grund, daß auf diese Weise die Gesundheit geschützt und die Gefahren der Rassenmischung vermieden werden konnten. Auf Grund dieses Drucks kristallisierte sich eine Kirchenpolitik heraus, derzufolge jede der verschiedenen rassischen Bevölkerungsgruppen über getrennte Kirchengebäude und -organisationen verfügte, und das verlieh der christlichen Bewegung Stärke, denn die Farbigen und Bantu hatten nun ihre eigenen Kirchen, die sie ihrem Geschmack entsprechend führen konnten, und doch waren alle in der Bruderschaft Christi vereint.

Er sagte natürlich in seinem historischen Vortrag viel mehr, hinterließ aber den Eindruck, daß die christliche Kirche ein unteilbares Ganzes sei, daß Farbige und Bantu es jedoch vorzogen, ihre eigene Kirche abseits zu haben, und daß die gegenwärtige Spaltung der Kirche in ihre verschiedenen Komponenten von Gott gewollt, von Jesus gebilligt und in einer pluralistischen Gesellschaft überaus zweckmäßig sei. Er leistete keineswegs dafür Abbitte, und er hätte sich sehr gewundert, wenn jemand das von ihm verlangt hätte.
»Dieser Mann ist ein Gewinn für jede Gemeinde«, sagte Coenraad van Doorn, als er seine Familie und Detleef in Trianon versammelte. »Er spricht mit einer Klarheit, wie man sie selten hört.«
»Er sagte mir Dinge, die ich nicht wußte«, sagte Clara. Sie sah aus, als ob sie geweint hätte, und Detleef fragte, was geschehen sei.
Ihre Mutter antwortete: »Die schrecklichen Verluste in Europa. Clara hat viele Freunde dort, wissen Sie.«
Detleef sagte: »Ich wußte nicht, daß es so viele Afrikander gibt, die in diesem albernen Krieg kämpfen.«
»Es gibt viele«, fuhr ihn Clara an, »und er ist nicht albern.«
»Die Männer, die wir dort haben, kämpfen sicherlich auf der falschen Seite. Deutschland wird bestimmt siegen, und das ist gut so.«
Mijnheer van Doorn unterbrach sie, um von dem heiklen Thema abzulenken: »Ich möchte wissen, was uns Brongersma das nächstemal erzählen wird.«
»Er sagte beiläufig, er werde sich mit dem Neuen Testament befassen«, meinte Claras Bruder.
»Gut. Keiner von uns kennt diesen Teil der Bibel gut genug.«
»Das Alte Testament genügt wirklich«, sagte Detleef, und wieder wurde die Stimmung kühl, als es jedoch für ihn Zeit war, sich zu verabschieden, begleitete ihn Clara zum Wagen, ergriff seine Hand und drückte sie. »Du darfst nicht so streitsüchtig sein, Detleef. Ein Salon ist kein Rugbyfeld.«
»Wenn man aber als Mann Überzeugungen hat...«
»Alle Männer haben Überzeugungen. Und mitunter halten sie an den ihren ebenso fest wie du an den deinen.«
»Wenn die ihren aber falsch sind...«
»Fühlst du dich verpflichtet, sie richtigzustellen?«

»Natürlich.«

Zu seiner Verwunderung beugte sie sich zu ihm und küßte ihn. »Ich bin froh, daß du stark bist, Detleef. Du wirst es brauchen.«

Er zitterte und umklammerte ihre Hand. »Ich will nicht eigensinnig sein, aber... nun... auch Reverend Brongersma kann sich manchmal irren.«

»Zum Beispiel?«

»Nun, ich hatte das Gefühl, daß er sich dafür entschuldigte, wie sich unsere Kirche in Weiße, Farbige und Schwarze aufspaltet. Das war aber Gottes Absicht. Sogar die Weißen spalten sich auf. Afrikaans für die wahren Gläubigen. Englisch für die anderen.«

»Wie kannst du das sagen, Detleef?« Als er sie in dem fahlen Licht fassungslos ansah, weil er keine Ahnung hatte, wovon sie sprach, sagte sie: »Daß Afrikander und Engländer verschiedener Religion sind.«

»Sie sind es doch!« sagte er eindringlich. »Ihr Glauben unterscheidet sich wesentlich von dem unseren. Sie gründen ihren Glauben nicht auf Calvin. Sie sind beinahe Katholiken, wenn du mich fragst.« Er zitterte wieder, diesmal infolge der schrecklichen Bürde seiner Überzeugungen. »Und Gott ist mit ihnen sicherlich keinen Bund eingegangen.«

Hierzu konnte Clara nichts sagen. Ihre Familie hatte sie in einem völlig anderen Glauben erzogen und war oft aus Bequemlichkeitsgründen zu Gottesdiensten in die anglikanische Kirche gegangen. Doch nun war es für Detleef an der Zeit, zur Universität zurückzufahren, und als er ihre Hand hielt, fragte er schüchtern: »Darf ich dir einen Gutenachtkuß geben?«

Doch sie zog sich flink zurück. »Nein, nein! Es ist etwas ganz anderes, ob ich dich küsse oder ob du mich küßt.« Und bevor er wußte, was geschah, hauchte sie einen zweiten Kuß auf seine Wange und lief davon.

Reverend Brongersmas zweiter Vortrag war für Detleef eine Offenbarung und für alle, die glaubten, die Bibel zu kennen, eine Überraschung. Er befaßte sich fast ausschließlich mit den Lehren des Neuen Testaments und dem Wesen der Kirche Christi auf Erden.

> Ich sagte Ihnen das letztemal, daß die methodische Entwicklung unserer Kirche von der Zeit van Riebeecks bis in die Gegenwart eine gute Sache war, gebilligt von Gott und in Übereinstimmung mit den Lehren Jesu Christi, und daß wir immer auf die hohe Aufgabe unserer Kirche stolz sein müssen. Da sie aber Christus am Herzen liegt, ziemt es sich für uns, genau zu wissen, was Er über unsere Verantwortlichkeit und unser Verhalten sagte.

Er zitierte so viele Stellen, die sich auf diese Frage bezogen, daß Coenraad Clara und Detleef zuflüsterte: »Er spricht wie ein LMS-Missionar.« Und niemand konnte erkennen, worauf er hinauswollte:

> Denn da wir viele Glieder in einem Körper haben, und nicht alle Glieder die gleiche Aufgabe haben: so sind wir, da wir viele sind, ein Körper in Christo und jedes einzelne Glied ein anderer.

Und zur Bestätigung führte er eine Stelle aus dem Kolosserbrief an:

> Da nicht ist Grieche, Jude, Beschnittener, Unbeschnittener, Ungrieche, Skythe, Knecht, Freier, sondern alles und in allen Christus.

Das führte dann zu der Stelle, die er als Schlüsseltext seiner Vortragsreihe bezeichnete, den heiligen Satz, auf den eine gottesfürchtige Nation ihr Verhalten gründen sollte. Er stammte aus dem Epheserbrief und faßte, wie er sagte, die ganze Lehre Christi zusammen:

> Ein Leib und ein Geist... ein Herr, ein Glaube, eine Taufe, ein Gott und Vater unser aller, der da ist über euch allen und durch euch alle und in euch allen.

Dann gab er mit erhobener Stimme seine Auslegung:

> Der Geist Jesu Christi wohnt im Herzen jedes Mannes, jeder Frau und jedes Kindes, die in dieser Nation leben. Er unterscheidet nicht zwischen weiß und schwarz, zwischen Indern und Farbigen, zwischen Frauen und Männern und ganz bestimmt nicht zwischen Engländer und Afrikander. Wir sind alle eins in Jesu. Er liebt uns alle gleichermaßen. Er sorgt unparteiisch für uns alle.

Bei diesem revolutionären Glaubenssatz gab es einige Unruhe unter den Zuhörern, denn manche waren der Ansicht, daß diese Lehren zwar unzweifelhaft im Neuen Testament standen, ihre Anwendung jedoch eine diffizilere Angelegenheit wäre, als Reverend Brongersma erkannte. Als er mit der ernsten Warnung schloß, daß das Christentum die Anwendung dieser grundlegenden Prinzipien von seinen Gläubigen in ihrem privaten und öffentlichen Leben fordere und besonders beim Aufbau ihrer Gesellschaften und Nationen, kam es sogar zu deutlichen Mißfallensäußerungen, aber er stieg vom Podium, ohne sie zur Kenntnis zu nehmen.
An diesem Abend lud ihn keine der Familien in Stellenbosch herzlich zum Abendessen ein, und die Coenraad van Doorns waren so erregt, daß sie nicht einmal Detleef nach Trianon einluden; bevor sie sich trennten, sagte Mijnheer van Doorn: »Ihr Prediger hat oben im Norden nicht viel gelernt«, und ohne den Versuch, ihn zu verteidigen, gab Detleef zu: »Das klang alles so verschwommen. Ich wünsche mir ein klares Gesellschaftsgefüge.« Sogar Clara, der Teile des Vortrags gefallen hatten, murrte: »Er scheint seine Zuhörer nicht zu verstehen. Wir stehen in diesem Land vor wirklichen Problemen, und er schwafelt von der Einheit in Christus.«
Aber Barend Brongersma war nicht dumm. Sein zweiter Vortrag zu dem

Thema sollte nur eine Vorbereitung auf den dritten sein, dessen Wichtigkeit er auch gleich herausstellte:

> Heute abend wende ich mich an die jungen Männer, die in den kommenden Jahren diese Nation regieren werden. Ich bitte Sie, sehen Sie sich um. Der Junge, der neben Ihnen sitzt, könnte eines Tages Ihr Premierminister sein. Der Mann dort drüben wird in der Hauptkirche in Kapstadt predigen. Sie werden Kanzler dieser Universität sein und Sie Gesandter unseres unabhängigen Landes in Paris. Es ist wichtig, daß Sie über die Zukunft nachdenken, daß Sie sich Gedanken über das Wesen einer freien Gesellschaft machen.
> Jesus widmete sich diesem ernsten Problem, ebenso der heilige Paulus, und sie geben uns im Neuen Testament Anleitungen dazu. Um gut zu regieren, müssen wir gerecht regieren, und um gerecht zu regieren, müssen wir weise regieren. Was sagt Jesus, daß wir tun sollen?

Ehe er die einschlägigen Bibelstellen zitierte, stellte er seinen Zuhörern eine Reihe von Reizfragen, bis alle Anwesenden wachgerüttelt waren und sich vorbeugten, um zu hören, welche Antworten er vorschlagen würde. Dann begann er mit leiser Stimme sanftmütig die Lehren Jesu darzulegen. Der Text, den er wählte, war so weit hergeholt, daß man schon Südafrikaner sein mußte, um seinen Bezug zum Thema zu erkennen; Brongersma aber behauptete, er sei die eigentliche Grundlage des Gesetzes, die entscheidende Stelle im ganzen Testament über die Regierung eines Staates. Er entnahm sie dem zweiten Kapitel der Apostelgeschichte:

> Und als der Tag der Pfingsten erfüllt war, waren sie alle einmütig beieinander. Und es geschah schnell ein Brausen vom Himmel wie eines gewaltigen Windes und erfüllte das ganze Haus, da sie saßen... Und sie wurden alle voll des heiligen Geistes und fingen an zu predigen mit anderen Zungen, nach dem der Geist ihnen gab auszusprechen... Und es hörte ein jeglicher, daß sie mit seiner Sprache redeten.

Was konnte daran tiefgründig sein? Wie konnte die Politik eines Staates auf einer so esoterischen Grundlage beruhen? Als er den Text erläuterte, wurde es deutlich. Gott schuf alle Menschen als Brüder, aber er teilte sie rasch in unterschiedliche Gruppen – er stellte jeden Menschen zu seinesgleichen, jede Nation getrennt und für sich allein. Und dann rief der Prediger mit Donnerstimme die erstaunliche Folge von Völkernamen, die in diesem entscheidenden Kapitel aufgezählt werden:

> Parther und Meder und Elamiter, und die wohnen in Mesopotamien und in Judäa und Kappadokien, Pontus und Asien, Phrygien und Pamphylien, Ägypten und an den Enden von Libyen bei Kyrene, und Ausländer von Rom, Juden und Judengenossen, Kreter und Araber, wir hören sie reden...

Er erklärte, Gott wolle diese Mannigfaltigkeit und billige die zwischen den Völkern bestehende Fremdheit. Er wollte, daß die verschiedenen Stämme ihre Eigenheiten bewahrten, und Brongersma behauptete, wenn es Südafrika schon gegeben hätte, als das zweite Kapitel der Apostelgeschichte entstand, hätte die Aufzählung so geendet:

> Afrikander und Engländer, Farbige und Asiaten, Xhosa und Zulu, alle sprachen in ihrer eigenen Zunge.

Detleef richtete sich jäh auf, denn diese Namen waren in genau der gleichen Reihenfolge genannt worden, wie er sie an jenem Morgen gesehen hatte, als die Sonnenstrahlen das Glas mit Gelee trafen. Seine Welt war in Ordnung; die Rassen waren verschieden, und sie waren voneinander getrennt, jede an dem gebührenden Platz. Er hörte den Rest dieser bemerkenswerten Rede in einer Art von hochgestimmter Benommenheit; sie war eine Glaubensstärkung, die ein Leben lang vorhalten würde, und sobald andere aus der Zuhörerschaft dieses Abends die Nation regierten, wie es Brongersma prophezeit hatte, würden sie dasselbe sagen: »Ein Vortrag entfaltete das Bild der Zukunft vor mir.« Brongersma zitierte noch etwa fünfzehn einschlägige Texte; einer der wirkungsvollsten darunter stammte aus einem anderen Kapitel der Apostelgeschichte:

> Gott, der die Welt gemacht hat und alles, was darinnen ist... hat gemacht, daß von einem Blut aller Menschen Geschlechter auf dem ganzen Erdboden wohnen, und hat Ziel gesetzt und vorgesehen, wie lange und wie weit sie wohnen sollen, daß sie den Herrn suchen sollten... und finden möchten, und fürwahr, er ist nicht ferne von einem jeglichen unter uns.

Aus dieser Stelle schloß er, daß Gott wünsche, jede Rasse solle innerhalb der eigenen Grenzen leben und nicht das Territorium anderer beanspruchen; das galt sowohl für die äußeren Grenzen, also für den Lebensraum der Menschen, als auch für die geistigen, so daß jede Rasse ihre eigenen Bräuche und Gesetze beibehielt. Dann wies er darauf hin, daß die Religion von allen Bevölkerungsgruppen verlange, die ihnen auferlegten Beschränkungen zu akzeptieren, und besonders von den Menschen innerhalb der unteren Bevölkerungsschichten:

> Wie der Herr jeden gerufen hat, so lasse ihn gehen... Lasse jeden Mann bei derselben Beschäftigung bleiben, zu der er berufen wurde. Wurdest du berufen, ein Diener zu sein? Kümmere dich nicht darum: aber wenn du frei gemacht bist, nütze es lieber. Denn wer im Herrn berufen wurde und ein Diener ist, ist des Herrn Bürger, ebenso ist auch, der berufen wurde und frei ist, Christi Diener.

Und dann kam er zur entscheidenden Frage: »Sind alle Gruppen in den Augen Gottes gleich?« Er erinnerte die Zuhörer an das, was er im zweiten Vortrag gesagt hatte: daß fraglos alle Menschen Brüder sind, erklärte aber dann, daß nicht alle Brüder vor dem Angesicht Gottes gleich sind. Diesbezüglich war das Neue Testament äußerst präzise; es gab gute und böse Nationen:

> Wenn der Menschensohn kommen wird... dann wird er auf dem Thron seiner Glorie sitzen: und vor ihm werden sich alle Nationen versammeln, und er wird sie voneinander trennen, wie ein Hirt seine Schafe von den Ziegen trennt: und er wird die Schafe zu seiner Rechten stellen, die Ziegen aber zu seiner Linken. Dann wird der König zu denen an seiner rechten Hand sagen: »Kommt, ihr Gesegneten meines Vaters, erbet das Reich«... Dann wird er zu denen an seiner linken Hand sagen: »Hebt euch hinweg von mir, ihr Verfluchten, in ewiges Feuer«...

Die blitzenden Augen auf die Zuhörer gerichtet, als ob er jeden persönlich herausfordern wollte, schloß er mit der Frage:

> Wird Jesus Christus zur Zeit des Gerichtes, das jetzt stattfindet, unsere Nation zu seiner rechten Hand stellen unter die Schafe oder uns auf seine linke Seite schicken zu den Ziegen? Bezüglich des Wesens unserer Gesellschaft müssen wir uns an das Alte Testament wenden, was ich in meinem abschließenden Vortrag tun werde.

An diesem Abend waren die Zuhörer begeistert, denn sie konnten sicher sein, daß die Afrikandernation gerettet war, während die Engländer und Bantu wahrscheinlich verdammt waren. Über ein Dutzend Familien luden Brongersma zum Abendessen ein, aber er suchte sich die van Doorns aus, und da sah er, in welch gefährliche Gewässer sich sein junger Freund Detleef begeben wollte. Er fragte sich, was dabei Gutes herauskommen konnte, wenn dieser Junge vom Land sich so blindlings in eine junge Frau verliebte, die offensichtlich in einer anderen Welt lebte und ganz anders dachte. Detleef hatte von seiner tiefen Zuneigung zu Clara nichts gesagt, und das war auch gar nicht notwendig.

Bei seinem letzten Vortrag besänftigte der Geistliche wie mit heilendem Balsam alle religiösen Zweifel, indem er sich den herrlichen Texten des Alten Testaments zuwandte und seine Afrikander daran erinnerte, wer sie waren und welche besondere Verpflichtung sie Gott gegenüber hatten. Er begann mit der Versicherung, daß sie im calvinistischen Sinn zu den Auserwählten gehörten, denn das habe Gott ausdrücklich gesagt:

> Werdet ihr nun meiner Stimme gehorchen und meinen Bund halten, so sollt ihr mein Eigentum sein vor allen Völkern; denn die ganze Erde ist mein.

»Wenn ihr ein Eigentum sein sollt, was folgt daraus?« fragte er, und die Antwort lieferten die eindrucksvollen Worte aus dem dritten Buch Mose:

> Euch aber sage ich: ihr sollt jenes Land besitzen; denn ich will euch ein Land zum Erbe geben, darin Milch und Honig fließt. Ich bin der Herr, euer Gott, der euch von den Völkern abgesondert hat.

»Es ist richtig, daß ihr abgesondert bleibt, denn ihr habt eine besondere Aufgabe zu erfüllen«, und er erläutete: »Gerecht regieren. Allen Menschen gegenüber fair sein. Euren Nachbarn lieben wie euch selbst.« Und er unterwies die künftigen Regenten des Landes, wie sie sich verhalten müßten, wenn sie die Macht übernahmen. »Ich erkläre euch diese Regeln, ihr jungen Männer«, rief er, so laut er konnte, wobei er mit beiden Händen die Revers seines Rocks faßte und sich weit vorbeugte, »weil Gott ausdrücklich sagt, wie er euch strafen wird, wenn ihr seine Lehren mißachtet.« Und er verkündete die unmißverständliche Aufforderung zum Gehorsam:

> Wenn ihr den Herrn im Stich laßt und fremden Göttern dient, dann wird er sich wenden und euch Übel tun und euch vernichten, nachdem er euch Gutes getan hat.

Er schloß diesen Vortrag, indem er zwanzig Minuten darüber redete, was das alles für die Leitung einer Kirche und im besonderen der holländisch-reformierten Kirche Südafrikas bedeutete. Als er zu der Frage kam, ob es richtig war, daß die weiße Kirche es Schwarzen verwehrte, Seite an Seite mit den Weißen die Andacht abzuhalten, rief er:

> Sicherlich ist es richtig. Was sagt das fünfte Buch Mose? »Da der Allerhöchste die Völker zerteilte und zerstreute der Menschen Kinder, da setzte er die Grenzen der Völker.« Fast die letzten Worte des Alten Testaments, nämlich die letzten Zeilen Sacharjas, behandeln dieses Problem: »Und wird kein Kanaaniter sein im Haus des Herrn Zebaoth zu der Zeit.« Wir sind abgesondert. Jeder ist auf seine Art wunderbar. Gott hat jedem den rechten Platz und die rechte Aufgabe zugewiesen. Laßt uns entsprechend leben. Aber ich möchte mit den Worten Jesu Christi schließen, die am Anfang meiner Vorträge standen: »Du sollst Gott, deinen Herrn, lieben. Du sollst deinen Nächsten lieben wie dich selbst.« An diesen beiden Geboten hängen alle Gesetze und die Weissagungen der Propheten.

In diesen vier Vorträgen, die zu den bedeutendsten gehörten, die je in Stellenbosch gehalten wurden, hatte Brongersma deutlich das Dilemma skizziert, vor dem jede Theokratie steht: Wie organisiert man eine Gesellschaft so, daß sie der Ordnung des Alten Testaments und der Freiheit des Neuen gerecht wird? Detleef van Doorn, dessen fortgeschrittene Erziehung mit diesen Vorträgen begann, nahm jedoch nur die erste Hälfte der Frage zur Kenntnis.

Da seine Stellung an der Universität wegen seiner Erfolge als Rugbyspieler gefestigt war, hielt Detleef die Zeit für gekommen, ernsthaft an eine Heirat zu denken. Er war jetzt dreiundzwanzig, viel älter als die *Voortrekker*, wenn sie heirateten, und seine Gedanken kreisten um zwei junge Frauen.

Er hatte Maria Steyn nicht oft gesehen, denn sie war auf der Farm ihrer Familie in Carolina geblieben. Da ihre Mutter im Lager gestorben und ihr Vater als Verräter erschossen worden war, mußte sie die gesamte Verantwortung übernehmen und konnte kaum reisen. Sie hatte die Universität nie besucht, und aus Detleefs wenigen Briefen schloß sie, daß sie sich immer weiter voneinander entfernten. Sie überlegte hin und her, wie sie ihm am besten durch einen Brief ihre anhaltende Zuneigung beweisen konnte, aber sie fand keine einer Frau geziemende Form. Es war einfach nicht möglich zu schreiben: »Ich liebe Dich innig. Bitte komm und rette mich aus diesem geisttötenden Gefängnis!« Das empfand sie aber, und als die Jahre vergingen und ihr bewußt wurde, daß sie keinen anderen heiraten wollte als ihn, durchlebte sie alle Ängste, die eine junge, unsichere zwanzigjährige Frau empfinden konnte. Sie wartete verzweifelt auf seine Briefe, erwog jeden Satz, um verborgene Bedeutungen zu entdecken, fand aber wenig Tröstliches. Jeden Morgen erwachte sie auf der Farm voller Angst davor, an diesem Tag zu erfahren, daß er eine andere geheiratet hatte.

Irgendwie spürte Detleef, in welcher Lage sie sich befand, und manchmal gab er zu, daß er in einer ordentlichen Welt längst mit diesem treuen Mädchen, das ihm in jenem Frühling in Bloemfontein so gefallen hatte, verheiratet wäre. Wann immer er ihr einen Brief schickte, sah er sie als verheiratete Frau vor sich: in der Kirche, bei der Ausübung ihrer häuslichen Pflichten oder der Erziehung ihrer Kinder. Er hielt sie nie für schön. In seinen Augen war sie eine gute, anständige, verläßliche Frau, für die er unveränderliche Zuneigung hegte.

Clara dagegen! Das war etwas anderes. Erstens war sie hier in Stellenbosch, nicht in einer fernen Provinzstadt in Transvaal. Sie wußte stets Neuigkeiten und war aufgeschlossen gegenüber allen Veränderungen auf dem Land. Ihre Familie besaß ein neues, aus Amerika importiertes Auto, und sie liebte es, darin über Land zu fahren, über die Berge nach Franschhoek, wo sich die Hugenotten angesiedelt hatten, und hinüber nach Somerset West, wo die schönen Häuser standen. Sie war eine der ersten, die erfuhr, daß der Krieg in Europa zu Ende gegangen war, nicht mit einem deutschen Sieg, wie viele angenommen hatten, sondern mit einem gewaltigen Triumph der Alliierten. Und hierüber freute sie sich sogar insgeheim.

Während der Siegesfeiern, bei denen sich die englischen Ansiedler in der Umgebung des Kaps ausgesprochen abscheulich benahmen, vertraute ihr Detleef seine Enttäuschung an: »Es wäre viel besser gewesen, wenn die Deutschen gesiegt hätten. Sie hätten Europa die Ordnung gebracht.«

»Und uns auch, nehme ich an?« Da er merkte, daß sie ihn ärgern wollte, schwieg er. Als aber an der Universität Dankgottesdienste für die Einstellung der Kämpfe abgehalten wurdne, blieb er ihnen fern.

Weihnachten 1918 beschloß er, ernsthaft um Clara zu werben und den größten Teil seines Taschengeldes in ein Geschenk für sie zu investieren. Nach längerer Überlegung entschied er sich für eine kleine elegante, in Leder gebundene Bibel, die in Amsterdam erschienen war; er schrieb gegenüber der Seite, auf der ihre Trauung und die Namen ihrer Kinder verzeichnet werden sollten: »Für Clara, die beste der van Doorns.«

Das Geschenk brachte sie in Verlegenheit, und sie wollte es zurückgeben, da sie es für überaus unangebracht hielt. Das erlaubte ihr Vater aber nicht: »Er hat es dir aus einem aufrichtigen Gefühl heraus geschenkt. Nimm es auf dieser Basis an.«

»Wenn ich das tue«, antwortete sie, »kann das bei ihm nur einen falschen Eindruck erwecken.«

»Das ist eben das Risiko, das wir alle eingehen, wenn wir etwas verschenken oder annehmen«, meinte er, und an diesem Abend sagte er beim Essen zu Detleef: »Ich kann mir kein schöneres Geschenk vorstellen.«

Für die van Doorns von Trianon gab es keine Neujahrsfeier, denn sie fuhren alle nach Kapstadt, um einen Truppentransporter zu begrüßen, der an Silvester eintraf. Er brachte die tapferen Männer nach Südafrika zurück, die als Freiwillige für König und Vaterland gekämpft hatten. Unter ihnen befanden sich auch etwa vierzig Mann, die im Bois d'Ellville dabeigewesen waren.

Als sie über den Landungssteg herunterkamen, angeführt von Timothy Saltwood, dem Victoriakreuzträger, herrschte merkwürdige Stille. Die meisten Männer und Frauen in der Menge, Engländer ebenso wie Afrikander, waren von Rührung überwältigt. Einige Afrikander, unter ihnen auch Detleef, schwiegen jedoch aus peinlicher Verlegenheit. Diese Männer waren zweifellos Helden, aber sie hatten auf der falschen Seite gekämpft. Als sie den Heimatboden betraten, erfaßte eine Welle von Gefühl die Menge, und die van Doorns waren wie betäubt von dem Applaus und den Hurrarufen.

Als die Gruppe nach Trianon zurückkehrte, gab es Feierlichkeiten, zu denen Detleef nicht eingeladen wurde. Aber am dritten Januar 1919 fuhr er mit dem Fahrrad zu den Weingärten hinaus, fest entschlossen, seinen Heiratsantrag zu machen: Ich werde zuerst mit Coenraad sprechen, dann mit Claras Mutter, und erst wenn ich ihr Einverständnis habe, gehe ich zu Clara. Als er aber über die lange Zufahrtsstraße fuhr, sah er am Ende der kleinen Häuser zur Linken eine junge Frau, die ganz wie Clara aussah und einen jungen Mann in Uniform leidenschaftlich küßte. Er fuhr sehr verwirrt weiter und starrte geradeaus, sah aber aus dem Augenwinkel, wie sich die junge Frau losmachte, als sie ihn bemerkte, sich aber gleich wieder ihrem Partner zuwandte.

»Du bist es!« rief Coenraad erfreut von der Veranda. »Komm herein, Det-

leef. Es ist eine richtige Feier. Timothy Saltwood ist zurück, die Brust voller Auszeichnungen.«
»Trägt er Uniform?«
»Natürlich.«
Als Clara und der junge Saltwood in die Halle kamen, bekam Detleef weiche Knie, denn der Offizier war ein gutaussehender Bursche, schlank, mit Orden behängt und lebhaft. »Das ist Timothy Saltwood aus *De Kraal*«, stellte Clara vor. »Er hat mir erzählt, daß diese Farm einmal deiner Familie gehört hat.«
»Das ist lange her«, murmelte Detleef, und sobald er konnte, flüsterte er Clara zu: »Kann ich mit dir sprechen?«
»Natürlich. Was gibt es?« Sie mußte erraten haben, was er fragen wollte, aber sie half ihm nicht und blieb steif mitten im Raum stehen.
»Ich meine, können wir... allein sprechen?«
»Natürlich«, sagte sie heiter und führte ihn in das Büro ihres Vaters.
»Clara«, begann er, »ich habe dir die Bibel geschenkt... ich meine...«
»Worum geht es?« fragte sie.
»Ich will dich heiraten.«
Sie legte ihm die Finger auf die Lippen: »Nicht, Detleef.«
»Dich bitten, mich zu heiraten«, murmelte er.
»Es tut mir so leid, Detleef. Ich werde Timothy heiraten.«
Er schnappte nach Luft. »Aber er ist Engländer!«
»Er ist ein sehr tapferer junger Mann.« Als Detleef sprechen wollte, legte sie ihm die Hand auf den Mund und erklärte: »Wenn du mich gern hast, kommst du jetzt mit hinaus und benimmst dich wie ein Gentleman.«
»Ich bin kein Gentleman«, widersprach er grob und schob ihre Hand weg. »Ich bin kein feiner Engländer.« Er blickte sie zornig an und meinte vorwurfsvoll: »Du hast es die ganze Zeit über gewußt. Du hast zugelassen, daß ich mich lächerlich mache.« Er suchte nach Worten und sagte schließlich etwas ganz Dummes: »Du hast dir die Bibel von mir schenken lassen.«
»Ich halte es für das beste«, gab sie schroff zurück, »wenn du deine verdammte Bibel wieder mitnimmst.« Damit eilte sie aus dem Zimmer.
Er war entsetzt, daß eine junge Frau, die er liebte, ein solches Wort in diesem Zusammenhang verwendete, und als sie in das Büro zurückstürmte und ihm die Bibel in die Hand drückte, nahm er sie stumm entgegen. Er tat auch nichts, als sie das Buch noch einmal ergriff, es aufschlug und die Seite mit der Widmung herausriß. »Gib sie jemand anderem«, sagte sie hart und verließ den Raum.
Er blieb einige Minuten stehen, das verstümmelte Buch in der Hand, und wußte nicht, was er tun solle. Er hörte Stimmen im Haus, Leute plauderten fröhlich, als ob nichts geschehen wäre. Dann verließ er abrupt das Zimmer, sah niemanden an und ging zum letztenmal in seinem Leben durch den Vordereingang, bestieg sein Fahrrad und kehrte nach Stellenbosch zurück.
Zwei Tage später besuchte ihn Coenraad van Doorn und sagte ruhig: »Det-

leef, solche Dinge können jedem passieren. Meine Frau und ich möchten, daß du zur Hochzeit kommst. Clara will es auch, den sie betrachtet dich als einen guten Freund.«

Haßerfüllt antwortete Detleef: »Ihr Anglophilen werdet alle aus euren Machtpositionen verjagt werden.«

Für Coenrad war solches Gerede schändlich, denn Afrikander konnten am ehesten Erfolg haben, wenn sie mit den Engländern zusammenarbeiteten, die Südafrika zu ihrer Heimat gemacht hatten. Er freute sich jedenfalls, daß seine Tochter eine Verbindung mit einer der einflußreichsten englischen Familien Südafrikas einging, und wünschte, daß diese Versöhnung als Beispiel für das ganze Land diente. Da es unumgänglich war, daß junge Afrikander das erkannten, steckte er den Tadel ein und bat Detleef, sich die Sache nochmals zu überlegen: »Siehst du nicht, mein Junge, daß eine Kluft manchmal zu breit ist, als daß man sie mit gewöhnlichen Mitteln überbrükken kann? Du hast gesehen, wie Christoffel Steyn erschossen wurde, weil er für Deutschland Partei ergriff. Die Saltwoods mußten erleben, daß ihre Verwandten im Bois d'Ellville starben, weil sie an der Seite Englands kämpften. Solche Wunden können nur durch Menschen geheilt werden, die guten Willens sind – wie du und ich.«

»Ich hoffe, daß England untergeht.«

Mehr konnte Coenraad nicht hinnehmen. Er fauchte verächtlich: »Detleef, du bist ein engstirniger Narr. Geh hinaus und sieh dir die Welt an. Ich will mit dir nichts mehr zu tun haben.«

Wie so mancher junge Mann vor ihm fand Detleef Ausgleich im Sport. Er spielte mit einer Wut Rugby, die ältere Männer erstaunte, und setzte sich mit besonderer Hemmungslosigkeit ein, wenn er gegen Mannschaften wie Somerset West aufgestellt wurde, die überdurchschnittlich viele englische Spieler in ihren Reihen hatten. Gegen die *Ikeys* spielte er wie ein Wilder, denn er hatte den Verdacht, daß die Juden irgendwie daran beteiligt waren, daß er Clara verloren hatte. Er spielte tatsächlich so hervorragend, daß mehrere Zeitungen forderten, man müsse ihn mitnehmen, sobald südafrikanische Rugbyteams wieder auf Tournee nach England und Frankreich gingen. »Er ist vielleicht der beste Stürmer der Welt.«

Er kam aber auch mit seinen Studien gut voran, und man war wieder daran interessiert, ihn für die theologische Fakultät zu gewinnen. Reverend Brongersma kam persönlich nach Stellenbosch, um mit ihm zu sprechen, aber nicht nur über dieses Thema. In der ersten halben Stunde ihres Gesprächs konnte Detleef den Grund des Besuches nicht herausbekommen.

»Dein Schwager Piet ist kein Farmer, Detleef. Du mußt zurückkommen und die Dinge in die Hand nehmen, denn er will sich eine andere Arbeit suchen.«

»Er kümmert sich nicht sehr um die Farm?«

»Du brauchst dir deswegen keine Gedanken zu machen.« Er hustete und fuhr mit veränderter Stimme fort: »Aber du, Detleef, du solltest dir endlich eine Frau suchen.« Ehe der verblüffte junge Mann antworten konnte, sagte Brongersma rasch: »Detleef, ich habe dich sehr gern. Kein Junge aus Vrymeer war je vielversprechender. Ich habe von dir und Clara van Doorn gehört. Ich sah, wie es passierte, als ich meine Vorträge hielt. Du hast dich erbärmlich benommen, Detleef. Wie ein verdammter Narr, wenn du mir das Wort verzeihst. Aber du warst ein verdammter Narr, und ich schäme mich für dich.«

Diesen Ausbruch hatte Detleef nicht erwartet. Auf dem Rugbyfeld war er von den Stärksten übel zugerichtet worden – aufgesprungene Lippen, »Veilchen« um die Augen –, aber die Worte des Pfarrers trafen seinen Stolz, und er schnappte nach Luft.

»In Carolina vergeudet eine großartige junge Frau ihr Leben aus Liebe zu dir, Maria Steyn, die Tochter von Helden, selbst eine heldenhafte Frau. Um Himmels willen, Detleef, wach auf. Es war nie vorgesehen, daß du Clara van Doorn heiratest. Es wäre falsch gewesen. Diese Ehe hätte dein Leben zerstört. Die ganze Zeit über hat eine liebe, brave Frau auf dich gewartet, und du warst blind und hast es nicht gesehen.«

Nach einer längeren Pause fragte Detleef müde: »Hat sie Sie geschickt?«

»Ich hörte von ihr und kam aus eigenem Antrieb, als dein Freund.« Als Detleef nicht antwortete, fragte ihn der Geistliche leise: »Sollen wir beten, Detleef?« Er kniete neben dem jungen Mann, auf den er so große Hoffnungen setzte, und sprach zu Gott über die großen Schwierigkeiten, denen sich Männer gegenübersehen, wenn sie ein christliches Leben führen wollen.

Die Trauung wurde in der holländisch-reformierten Kirche in Carolina vollzogen, wo sich zahlreiche Steyns aus der Umgebung versammelten, um Christoffels Andenken zu ehren. Auf den Vorschlag Reverend Brongersmas hin wurde Marias Pfarrer ersucht, die Trauung vorzunehmen, aber am Abend vor der Hochzeit ging Detleef in die Kirche von Venloo und sagte: »Reverend Brongersma, ich würde nicht das Gefühl haben, richtig verheiratet zu sein, wenn Sie nicht dabei sind.« Als der *dominee* sich bereit erklärte, Detleef zur Kirche zu begleiten, fingerte der junge Mann an einem Paket herum und fragte zögernd: »*Dominee,* ich habe für diese Bibel eine Menge bezahlt. Glauben Sie, ich kann sie Maria schenken?«

Brongersma nahm das Buch, schlug den Deckel auf und sah, daß eine Seite fehlte. Es erforderte keine besondere Intelligenz zu erraten, was geschehen war. Er dachte einen Augenblick nach, dann fragte er sanft: »Glaubst du nicht, daß ein aufgewecktes Mädchen wie Maria die Sache mit Clara erraten könnte?«

»Ja, das nehme ich an«, meinte er niedergeschlagen.

»Ich werde dir sagen, was wir tun werden, Detleef. Ich wollte schon immer eine in Leder gebundene Bibel. Ich tausche dir diese gegen eine neue von mir ein.« Und am nächsten Tag schrieb Brongersma in festen, klaren Druckbuchstaben auf die für Familienaufzeichnungen bestimmte Seite:

Detleef van Doorn – Maria Steyn

Kinders van ons helde. Getroud 14 Maart 1919

(Kinder unserer Helden. Getraut 14. März 1919)

Und dann wurde Detleef van Doorn in die Welt hinausgestoßen, wie die van Doorns aus Trianon geraten hatten. Das Komitee, das eine Rugbymannschaft für eine Tournee durch Neuseeland zusammenstellte, wählte ihn als einen der besten Stürmer. Ganz Venloo war auf ihn stolz und freute sich mehr, als wenn er Armeegeneral geworden wäre. Einen Springbock zu stellen, war eine seltene Ehre für eine so kleine Stadt.

Ein Springbock war jeder Athlet von Weltklasse, der den grünen Blazer mit dem goldenen Springbock-Emblem trug, wenn er Südafrika gegen eine andere Nation vertrat. Ein Cricketspieler konnte ein Springbock sein, ebenso ein Läufer bei der Olympiade. Als solcher hatte er Anspruch auf größte Hochachtung. Im allgemeinen verstand es sich jedoch von selbst, daß nur ein Rugby-Springbock ein wahrer Held war. Das traf besonders auf das Jahr 1921 zu, in dem die New Zealand All-Blacks – so genannt wegen ihrer ominösen schwarzen Dresse – als die beste Mannschaft galten, die jemals Rugby gespielt hatte, und man sich darauf geeinigt hatte, daß der Sieger der bevorstehenden Spiele Weltmeister sein würde.

In diesem Jahr wurde Detleef sechsundzwanzig. Er war Vater eines Sohnes und Besitzer einer aufstrebenden Farm. Als sein Foto in den Zeitungen der Stadt erschien, sah man darauf einen stämmigen Bauern mit gespreizten Beinen, der einen Strick als Gürtel um den ansehnlichen Bauch trug und keinen erkennbaren Hals hatte. Die Linie vom Ohrläppchen zur Schulter war gerade und ohne die geringste Unterbrechung, und wenn er neben seinen schwersten Ochsen stand, sah er ihnen ähnlich.

Während seiner Abwesenheit sollte Piet Krause die Farm bewirtschaften. Als er Vrymeer verließ, erwartete er, in Johannesburg schnell Arbeit zu finden. Aber es waren harte Zeiten, und er wurde überall abgewiesen. Nach diesen Enttäuschungen nahmen er und Johanna Detleefs Angebot, die Farm für freie Kost und Quartier zu betreuen, dankbar an. »Aber nur für die Zeit der Rugbytournee. Ich weiß, ich kann in Johannesburg Arbeit finden. Die Nation braucht Männer wie mich.«

Als Detleef in Begleitung von fünf der schrecklichen Morkels in Auckland an Land ging, stellte er fest, daß sich ganz Neuseeland bereits im Rugbytaumel befand. Die Südafrikaner bekamen natürlich die Möglichkeit, sich gegen Regionalmannschaften aufzuwärmen, und im ersten Spiel merkte Detleef schon, was ihm bevorstand. Als er im Gedränge die Arme einhakte, blickte er einem riesigen Neuseeländer mit den abfallenden Schulern und den raschen Bewegungen eines Klasseathleten ins Gesicht. Es war Tom Heeney, der bald darauf gegen Gene Tunney um die Weltmeisterschaft boxen sollte, und als er sich gegen Detleef warf, spürte dieser, wie seine Knie nachgaben. Er sollte diesem Heeney noch oft gegenüberstehen.

Als die regionalen Einführungsspiele zu Ende waren, spielten die beiden Nationen eine Serie von drei Matches, das erste auf der südlichen Insel in Dunedin, die anderen beiden auf der Nordinsel in Auckland und Wellington. Detleef sollte das Eröffnungsspiel nie vergessen: »Als wir uns für die Fotografen aufstellten, ging es mir wie einem kleinen Jungen – ich mußte auf die Toilette. Dann kam ich beinahe zu spät zum Anpfiff. Aus der ersten Halbzeit erinnere ich mich an nichts, außer daß ich mit sehr starken Spielern zusammenkrachte. Am Ende der ersten Halbzeit führten wir 5:0.« Wann immer er später von diesem Spiel erzählte, unterbrach er sich an dieser Stelle, lachte und sagte: »Aber an die zweite Hälfte erinnere ich mich um so besser. Dauernd rannten Neuseeländer auf meinem Rückgrat hin und her. Die Menge tobte. Der Ball glitt mir immerfort aus der Hand, und am Ende des Spiels hatte Neuseeland 13:5 gewonnen.«

Aber er war ein Vollblutspieler. Wie ein Tier, das es mit einem Löwen aufgenommen hat und mit dem Leben davongekommen ist, wußte er, was Furcht war; er begriff die Bedeutung von ständigem Druck und wurde dem Gebrüll der Menge gegenüber gleichgültig. Vor Beginn des zweiten Spiels rief er die fünf Morkels seiner Mannschaft zusammen und sagte: »Wir kennen ihnen gegenüber kein Erbarmen.« Dieser Kampf der Titanen stand lange unentschieden 5:5, bis die Morkels schließlich schier übermenschliche Kräfte mobilisierten und so einen 9:5-Sieg herausholten. »Dieser Abend war der Höhepunkt meines Lebens«, sagte Detleef in späteren Jahren oft. »Kein anderes Ereignis konnte diesen Sieg über Neuseeland übertreffen.«

Das dritte und entscheidende Spiel hätte nie stattfinden dürfen, denn das Spielfeld war aufgeweicht und es regnete pausenlos, so daß das Spiel mehr Ähnlichkeit mit Wasserball als mit Rugby hatte. Das Ergebnis war enttäuschend, 0:0, aber die letzten Sekunden waren eine Art Triumph für Detleef: Ein riesiger Neuseeländer brach durch, um die siegbringenden Punkte zu erzielen, aber van Doorn stürzte sich mit einem Hechtsprung auf ihn und stoppte ihn. Boy Morkel eilte ihm zu Hilfe, um den Gegner festzunageln, worauf sechs Neuseeländer sich auf die beiden warfen. In dem Durcheinander und dem Schlamm verdrehte sich Detleefs Bein und brach. Seine Laufbahn als Rugbyspieler war zu Ende, aber während er vom Platz getragen wurde, ohne sich den Schmerz anmerken zu lassen, war er noch imstande, zu Tom Heeney zu sagen: »Nun, geschlagen habt ihr uns nicht.« Sein eisenharter Gegner lachte und antwortete: »Fast hätten wir's geschafft.«

In den folgenden Jahren erinnerte man sich Detleefs, wo immer er hinkam, als »des Mannes, der damals die Partie gegen Neuseeland rettete«. Er hütete seine grüne Jacke mit dem Antilopenwappen wie einen Schatz, hängte sie auf einen eigenen Kleiderbügel in seinem Schrank. Mitunter holte er sie auch hervor, um sie bei einer Sportveranstaltung zu tragen. Sie wurde eine Art Heiligtum und ersetzte den Keramiktopf, in dem die Männer seiner Familie so lange ihren berühmten Brotpudding gebacken hatten.

12. Die Vollendung eines Puritaners

Als Detleef 1921 auf Krücken nach Hause hinkte und sah, wie ungeschickt Piet Krause Vrymeer verwaltet hatte, war er versucht, seinem Ärger Luft zu machen, aber Maria beruhigte ihn: »Piet machte sich Sorgen wegen Johannesburg. Tadle ihn nicht wegen der Dinge, die er hier übersehen hat.«
Johanna hatte für ihn eine unbedeutende Anstellung als Berater für Arbeitsfragen bei der Regierung gefunden. Er spezialisierte sich auf Personalprobleme in den Goldminen, und als er auf Besuch nach Venloo zurückkam, verzieh ihm Detleef, da er sah, mit welcher Begeisterung er sich auf seine neuen Pflichten stürzte: »Du warst nie zum Farmer bestimmt, Piet. Sag mir, warum hören wir soviel von Konflikten in der Stadt?«
Mehr brauchte Piet nicht. Mit einem Schwall von Worten erklärte er, warum die aufblühende Stadt der Brennpunkt des Landes geworden war: »Dort werden die wahren Schlachten geschlagen. Unsere Streifzüge nach dem Norden, wo General de Groot starb und an denen auch wir beide teilnahmen, waren gar nichts. Ein Nachhall des neunzehnten Jahrhunderts. Aber in Johannesburg...«
»Wer kämpft?«
»Die Afrikander. Sie kämpfen um ihre Existenz.«
Er drängte darauf, daß Detleef mit ihm kommen solle, um den Kampf des weißen Afrikanderarbeiters gegen den englischen Minenbesitzer, den Hoggenheimer-Financier und besonders gegen den Bantuarbeiter mitzuerleben, doch Detleef sagte, das wäre unmöglich, solange er auf Krücken ging. Er wollte sich aber über die Goldminen informieren und versprach, er werde alles lesen, was ihm Piet als Vorbereitung auf seinen späteren Besuch mit der Post schicken würde.
Johanna traf die Auswahl, und was sie schickte, war erschreckend. Eine Bande von Arbeitern wollte einen Sowjet gründen, in dem die Grubenarbeiter die Kontrolle über die Minen übernehmen, die Regierung stürzen und eine kommunistische Diktatur nach dem Muster der Sowjetunion errichten würden. Eine Gruppe von Minenbesitzern wollte alle weißen Arbeiter ent-

lassen und nur Bantu in den Goldminen einsetzen, aber als Maria die Druckschriften genauer studierte, erklärte sie: »Das haben die Besitzer nicht gesagt, Detleef. Ihre Feinde behaupten, daß sie es gesagt hätten.« Doch dann erhielt er andere Sendungen, die bewiesen, daß viele Besitzer die Zahl der weißen Arbeiter verringern und die der schwarzen erhöhen wollten.
Dieser Großstadtdschungel zog Detleef so an, daß er Johanna sein Kommen ankündigte, sobald sein Bein geheilt war. Sie schrieb ihm, daß er den Zug in Waterval-Boven nehmen solle und sie ihn am Bahnhof im Zentrum von Johannesburg erwarten würden; als er dann eintraf, führten sie ihn in eine Welt aus Lärm, Schmutz und Elend.
Bis dahin war seine Erziehung, abgesehen von Chrissiesmeer, romantisch gewesen: alte Generäle in aussichtslosen Schlachten, beherzte junge Männer auf den Spielfeldern von Neuseeland, sentimentale Erinnerungen an das Vrouwemonument, unerwiderte Liebe. Nun sollte er die harte Wirklichkeit kennenlernen; er erlebte sie zum erstenmal in jenem Teil von Johannesburg, der Vrededorp hieß, wo sich Tausende Afrikander angesiedelt hatten, die durch Rinderpest und Dürre von ihren Farmen vertrieben worden waren. Sie kamen in ein Häuschen, in dem eine Familie Troxel wohnte: ein großer, magerer Mann, der auf das freie Veld gehörte, eine hagere Frau mit flachen Hängebrüsten, ungekämmte Kinder, deren Gesichter vom Hunger gezeichnet waren. In dieser Wohnung gab es wenig Hoffnung.
»Würden Sie uns zu anderen Wohnungen führen?« fragte Piet, und Troxel brachte sie zu noch viel schlimmeren Elendsquartieren. Nachdem er mit den verzweifelten Menschen gesprochen hatte, wurde es Detleef so übel, daß er sich beinahe übergeben mußte. »Wir müssen etwas tun, Piet. Diese Menschen verhungern.«
»Morgen werden wir sehen, was diesen Hunger verursacht«, sagte Piet, und am nächsten Tag führte er Detleef in eine Versammlungshalle der Arbeiter, wo es viel Aufregung über neue Vorschriften gab, die die Bergwerksbehörde erlassen hatte.
»Sie verringern den Anteil der Weißen unter den Arbeitern«, erklärte ein Agitator. Als Detleef fragte, was das bedeute, schrie der Mann: »Ausrottung, das bedeutet es! Ausrottung der weißen Afrikander«, und er erklärte, daß bisher auf den Goldfeldern auf je acht Bantu ein weißer Arbeiter gekommen war. »Nun wollen sie das Verhältnis auf zehn zu eins ändern. Das können wir nicht hinnehmen. Es würde zu vielen Afrikandern den Posten kosten.«
Fordsburg, ein Arbeiterbezirk unweit von Vrededorp, war eine Hochburg der Streikenden, und dort wurde Detleef zu einem unauffälligen Schuppen geführt, in dem der zukünftige Sowjet geplant wurde. Dort trafen wütende Afrikander mit Bergleuten aus Cornwall zusammen, die importiert worden waren, um die Arbeit unter Tage zu verrichten, und mit drei hitzigen Engländern, die entschlossen waren, Südafrika zum Kommunismus zu führen: »Diesmal wird Blut fließen. Steht ihr auf unserer Seite?« Als Detleef erklärte, er arbeite nicht in den Minen, sondern er sei Farmer, umringten ihn

vier aufgeregte Afrikander und wollten wissen, warum er keine Nahrungsmittel in die Stadt bringe, um seine hungernden Landsleute zu ernähren.
In dieser Nacht konnte er nicht schlafen und sah dauernd die ausgemergelten Gesichter vor sich, denn auch er hatte den Hunger kennengelernt. Am dritten Tag nahm ihn Piet wieder mit nach Vrededorp, damit er in Ruhe mit Troxel und den anderen Afrikanderfamilien sprechen konnte. Er hörte ihre mitleiderregenden Geschichten von vernichteten Hoffnungen auf den Farmen, dem traurigen Treck in die Stadt, der grausamen Ausbeutung in den Minen und dem endlosen Kampf, um ihre Rechte gegen den Druck der schwarzen Arbeitskräfte zu behaupten. Ihm wurde wieder übel, und er erklärte Piet und Johanna plötzlich, daß er heimfahren wolle. Als sie ihm vorwarfen, er lasse sein eigenes Volk im Stich, versicherte er ihnen: »Ich werde wiederkommen.«
Und er kam tatsächlich wieder – mit drei großen Wagen, in denen er alles mitbrachte, was er an überschüssiger Nahrung in Venloo hatte auftreiben können. Er lenkte den vordersten Wagen, Micah Nxumalo den zweiten und Micahs Sohn Moses den dritten. Sie brachten die Lebensmittel ins Zentrum von Vrededorp und begannen sie zu verteilen. Dabei verursachten sie einen solchen Tumult, daß es sicherlich zu Unruhen gekommen wäre, wenn nicht die kommunistischen Arbeiter erschienen wären, die Dinge in die Hand genommen und den Hungrigen gesagt hätten, die Nahrungsmittel kämen von ihrem Komitee.
Der zweite Besuch hatte eine Nebenwirkung, die weder Detleef noch Piet beabsichtigt hatten. Micah, in dessen Gewahrsam sie die drei leeren Wagen gelassen hatten, fuhr mit ihnen in einen anderen Teil von Johannesburg, in dem seine Stammesgenossen lebten. Dieses Viertel hieß Sophiatown, und als Micah zurückkam, um Detleef zu erzählen, wo er gewesen war, beschloß van Doorn, ihn zu begleiten, um zu sehen, wie die Schwarzen in der Stadt lebten.
Sophiatown war vor etwa zwei Jahrzehnten entstanden und als Vorstadt für Weiße geplant gewesen. Diese hatten es jedoch verschmäht, als daneben eine Kläranlage eingerichtet wurde. Es war nur etwa siebeneinhalb Kilometer vom Zentrum Johannesburgs entfernt, und der Besitzer dieses Bodens mußte etwas mit ihm anfangen. Also verpachtete und verkaufte er den Grund an die Schwarzen, die vom Land hereinströmten, um an der Hochkonjunktur der Nachkriegszeit teilzuhaben.
Für Detleef war es eine Reise in die Hölle. In Sophiatown waren weder Straßen noch Häuser, noch Wasserversorgung in Ordnung. Bewohnt wurde dieses Elendsviertel von Prostituierten, *tsotsis* (Straßenräubern) sowie anständigen Müttern, die mit wenig Aussicht auf Erfolg versuchten, ein Zuhause zu bewahren, während ihre Männer für einen Lohn von zwanzig Pennies zehn bis zwölf Stunden täglich arbeiteten.
Als Detleef Sophiatown betrachtete, erblickte er ein eiterndes Geschwür, dunkel und bösartig, das sich über eine saubere weiße Stadt auszubreiten

drohte. Zu seinem Schrecken erfuhr er, daß Schwarze dort tatsächlich Land besitzen konnten, was bedeutete, daß sie ständig dort leben konnten. »Ein abscheuliches Geschwür«, murmelte er für sich, »es muß entfernt werden.«

In dieser Erkenntnis wurde er bestärkt, als er das Haus sah, das Nxumalos Verwandte bewohnten. Die Magubanes besaßen ein Haus mit Wänden aus echtem Holz und einem festen, wasserdichten Dach aus Paraffindosen. Ein Mitglied der Familie sagte ihm: »Ja, sobald unsere Leute genügend Geld haben, werden sie aus Sophiatown einen schönen Ort machen. Genau wie die Häuser der reichen Leute in Parktown.«

»Wo arbeiten deine Leute?« fragte Detleef.

»In Büros und Fabriken. Und wenn die neuen Vorschriften für die Minen kommen, werden Tausende von unserem Volk draußen in den Krals zu den Arbeitsplätzen strömen. Fünfzigtausend, hunderttausend, wenn man sie braucht.«

Detleef verließ Sophiatown mit der Gewißheit, daß die Schwarzen darauf aus waren, ihre Lage zu verbessern, aber das war nur auf Kosten der weißen Afrikander möglich, die bereits jetzt in Armut lebten. Troxel und die anderen weißen Bergleute gaben jedoch deutlich zu verstehen: »Dies soll eine weiße, von Weißen regierte, und keine schwarze, von Schwarzen regierte Nation sein.« Detleef konnte sich nicht vorstellen, daß die zusammengepferchten Schwarzen von Sophiatown irgend etwas regierten; sie würden schon Glück haben, wenn sie überhaupt überlebten. Seine Sympathie gehörte den weißen Bergleuten, und als die abgebrühten Eigentümer neue, noch einschneidendere Vorschriften ankündigten, die viertausend Weiße ihre Arbeitsplätze kosten konnten, erkannte er, daß ein Streik notwendig war, obwohl er selbst keine Maßnahmen unterstützen wollte, die das Land in einen Sowjetstaat verwandeln würden.

Als der Streik ausbrach, wußte Detleef, daß er sich eigentlich schnell in Vrymeer in Sicherheit bringen müsse, aber er wollte unbedingt sehen, wie dieser schwierige Arbeitskampf ausgehen würde. So fragte Piet Krause, der wegen seiner Arbeit logischerweise auf dem Kampfplatz in Vrededorp bleiben mußte, die Troxels, ob er und Detleef während der Unruhen bei ihnen wohnen könnten. Die mittellosen Afrikander waren hocherfreut über zahlende Gäste.

Bei diesem Kampf ging es um viel fundamentalere Dinge als bei der prodeutschen Rebellion des Jahres 1914. Die Bergleute kämpften ums nackte Überleben, die Eigentümer um die finanzielle Kontrolle, die Regierung unter der Führung von Jan Christiaan Smuts um den Fortbestand eines geordneten Staatswesens. Der Haß, den Krause und van Doorn für Smuts empfanden, trübte ihren Blick für den richtigen Weg, und sie neigten dazu, für jede Gruppe Partei zu ergreifen, die gegen ihn auftrat.

Es war ein wirklicher Kampf. Detleef bog um eine Ecke und sah, wie sechzehn Zivilisten durch Maschinengewehrfeuer niedergemäht wurden. Ein Regierungsgebäude wurde in die Luft gesprengt, wobei vierzehn Soldaten

den Tod fanden. Polizisten wurden niedergeschossen, und an einem schrecklichen Tag überflogen Flugzeuge die Stadt und warfen Bomben auf die versammelten Bergleute.
Die Zahl der Opfer betrug fünfzig, dann hundert, dann hundertfünfzig Menschen. Die Nahrungsmittel wurden knapp, und Brandstiftung war an der Tagesordnung. Man erwog, die Wasserversorgung zu sperren, und auf den Straßen wurden sogar Kinder von verirrten Kugeln getötet.
»Warum kämpfen Afrikander gegen Afrikander?« fragte Detleef verzweifelt, und Troxel knurrte: »Weil wir Afrikander diese Nation weiß erhalten wollen.« Er war ein tapferer Mann, und als General Smuts in ohnmächtiger Wut ankündigte, die schwere Artillerie würde am nächsten Tag um elf Uhr vormittags das Zentrum von Vrededorp beschießen, weigerte er sich, seine Familie zu evakuieren. »Granaten stören uns auch nicht«, murmelte er, aber als sie einzuschlagen begannen, riesige Dinger, die zur Zerstörung von Forts bestimmt waren, zitterte er. Detleef beruhigte Troxels Kinder. Er konnte einfach nicht glauben, daß die Regierung so etwas tat. Als die Beschießung andauerte, dachte er: Das ist Wahnsinn. Es muß doch einen vernünftigeren Weg geben.
Inmitten des Sperrfeuers verließ Troxel die Hütte und lief geradewegs über den freien Platz, in den die Granaten einschlugen, zum Hauptquartier der Streikenden; als er durch die schwelenden Trümmer zurückkam, weinte er: »Sie haben Selbstmord begangen!«
»Wer?«
»Unsere Führer. Der Engländer und der andere. Mit Pistolen.«
Die bewaffnete Rebellion war vorbei, und es zeichnete sich keine Lösung ab. Nur ein in Armut lebender Afrikander ging aus der Affäre besser hervor, als er in sie hineingegangen war: Als Nxumalo nach dem Kampf die drei Wagen zur Rückfahrt nach Vrymeer sammelte und Detleef sie leerstehen sah, lief er impulsiv zum Haus der Troxels und sagte: »Kommt mit mir! Diese Stadt ist kein Ort für einen Afrikander.« Er und Piet Krause warfen spontan den armseligen Haufen von Habseligkeiten, den diese Familie in zehn bitteren Jahren in der Stadt gesammelt hatte, in einen Wagen; er war kaum zur Hälfte gefüllt.
»Sie können in de Groots Haus wohnen«, sagte Detleef, als sie sich auf den Weg machten. Er hatte Johannesburg gesehen und war erschüttert.

Eines Sonntags hatte Detleef in der Kirche den Eindruck, daß Reverend Brongersmas Predigt nur für ihn bestimmt war. Denn wann immer er etwas von besonderer Tragweite sagte, blickte der Geistliche in seine Richtung; zwar sah er manchmal auch andere Gläubige an, aber seine Augen kehrten stets zu Detleef zurück.
Detleef sagte Maria nichts darüber, denn er bezweifelte, daß sie etwas gemerkt hatte. Als aber an den beiden folgenden Sonntagen das gleiche geschah, fragte er am Montag abend beiläufig: »Ist dir gestern in der Kirche nichts Ungewöhnliches aufgefallen?«

»Nein, außer daß Reverend Brongersma mehr für dich als für jemand anderen zu predigen schien.«
»Du hast es also bemerkt?« Als sie nickte, sagte er: »Hast du es an den vergangenen Sonntagen auch gesehen?« Sie bejahte. »Warum hast du nichts gesagt?« fragte er, und sie meinte: »Ich dachte, daß du vielleicht etwas Unrechtes getan hast und es mir sagen würdest, sobald du es für richtig hältst.« Er fragte leicht verärgert, was sie denn glaube, daß er Schlimmes getan habe, aber sie lachte nur.
»Ich sagte nur *vielleicht*, Detleef. Du bist nicht die Art Mann, der etwas Unrechtes tut. Und falls du etwas getan hast, kann es nichts Bedeutendes gewesen sein.«
»Da haben wir es ja. Was habe ich getan?«
»Detleef, ich sagte nur *falls*.«
Aber er war beunruhigt, und jedesmal, wenn sein Schwager die Farm besuchte und eigenartige Fragen stellte, wurde Detleef noch gereizter, denn der *dominee* setzte sein seltsames Verhalten während der Sonntagspredigten fort.
Er wollte seine beiden Peiniger schon zur Rede stellen, als Piet eines Tages plötzlich sagte: »Detleef, kannst du heute zu einer besonderen Zusammenkunft kommen?« Da er hoffte, das Geheimnis würde gelüftet werden, sagte er rasch zu. Am Abend brachte man ihn zu einem Haus, das er nie besonders beachtet hatte. Der Besitzer, ein Mann namens Frykenius, erwartete sie zusammen mit Reverend Brongersma.
»Setzen Sie sich, Detleef«, sagte Frykenius, »wir wollen Ihnen einige Fragen stellen.«
»Was habe ich getan?«
»Nichts, außer daß Sie ein guter Bürger sind. Wir wollen nur herausfinden, wie gut Sie sind.«
»Ich habe nichts Unrechtes getan!« protestierte Detleef.
»Sagen Sie mir«, fragte Frykenius unbeirrt, »hätten Sie bei dem Aufstand von 1914 weitergekämpft, obwohl Ihr Vater dabei getötet wurde?«
»Ich würde immer gegen die Engländer kämpfen.«
»Sprechen Sie zu Hause Afrikaans?«
»Nichts anderes.«
»Bestehen Sie darauf, daß Ihre Kinder es sprechen?«
»Ich erlaube ihnen nicht, Englisch zu sprechen.«
Die Fragen kamen Schlag auf Schlag und betrafen alle Aspekte seines politischen und privaten Lebens. Schließlich forderten ihn die drei Vernehmenden auf, in den Hof hinauszugehen, und während er das herrliche Kreuz des Südens betrachtete, flüsterten sie miteinander. Nach ungefähr fünfzehn Minuten kam Piet Krause hinaus und forderte ihn vergnügt auf: »Detleef, komm bitte herein!«
Als er den Raum betrat, erhoben sich Frykenius und Brongersma, um ihn zu begrüßen: »Detleef, du bist einer von uns.«
Als er fragte, was das bedeute, antwortete Frykenius: »Nimm Platz, Bru-

der.« Und als er auf dem Stuhl saß, erfuhr er, daß es seit fünf Jahren eine mächtige Geheimorganisation gab, die sich *Broederbond* nannte und in aller Stille schon viel Gutes getan hatte. Die drei hatten sorgfältige Ermittlungen über die Empfehlungen angestellt, die Männer in Pretoria für Detleef abgegeben hatten, und boten ihm nun die Mitgliedschaft in diesem Bund an.
»Seid ihr Mitglieder?« fragte er.
Frykenius sagte: »Ich war an der Gründung beteiligt.« Das erschien Detleef merkwürdig, denn er konnte sich an keinen einzigen Fall erinnern, bei dem dieser stille Mann je eine größere Rolle gespielt hätte. Er besuchte zwar die Kirche, war aber nicht einmal Kirchenältester. Er war mit dem Venloo-Kommando geritten, aber er hatte dabei keine großen Lorbeeren geerntet. Er betrieb den Fleischerladen in der Stadt, verdiente aber offenbar nicht viel Geld damit. Und er sprach nie in der Öffentlichkeit. Es war aber offensichtlich, daß er nun das Kommando innehatte.
»Reverend Brongersma hat fast von Beginn an zu uns gehört«, fuhr Frykenius fort, »und Piet, einer unserer Besten, ist seit drei Jahren bei uns.«
»Was wäre meine Aufgabe?«
»Die Afrikander fördern«, sagte Frykenius.
»Ich versuche bereits, das zu tun. Aber wie?«
Piet brannte darauf, es zu erklären, wurde aber von Frykenius unterbrochen: »Ich kenne bereits die Antwort auf die nächsten beiden Fragen, aber wir brauchen eidesstattliche Erklärungen. ›Wurden Sie jemals geschieden?‹ Nein. Das ist gut. ›Ist Ihre Frau Engländerin?‹ Wieder nein. Sie sind also akzeptabel.«
»In Fragen der Moral sind wir nämlich sehr streng«, erklärte Piet.
Nachdem sie sich davon überzeugt hatten, daß Detleef keine ernsten Verfehlungen begangen hatte, legten ihm die drei Männer ihr Programm vor: »Was immer du von diesem Augenblick bis zu deinem Tod tust, muß darauf hinzielen, die Afrikander in diesem Land an die Macht zu bringen. In der Politik mußt du Männer wählen, die uns von der Herrschaft der Engländer befreien.«
»Das würde ich gern tun«, sagte Detleef.
»In der Erziehung mußt du darauf bestehen, daß jeder Lehrer für die Oberhoheit der Afrikander arbeitet. Sie müssen unsere nationale Geschichte nach den von uns ausgearbeiteten Lehrplänen unterrichten.«
»Aus dem Militär«, sagte Krause eifrig, »müssen wir jeden englischen Offizier entfernen. Aus der Regierung müssen wir die englischen Staatsbeamten eliminieren.«
»Aber die schwerste Arbeit«, meinte Brongersma, »müssen wir auf geistigem Gebiet leisten. Kulturelle Gesellschaften. Arbeitsgruppen. Festspiele. Patriotische Versammlungen. Wenn ein Sprecher auftritt, muß er einer von uns sein.«
»Du hast die Kämpfe in Johannesburg gesehen«, sagte Frykenius. »Jan Christiaan Smuts setzte Afrikandersoldaten gegen Afrikanderarbeiter ein. Das darf nie wieder geschehen.«

»Können wir Slim Jannie aus dem Amt vertreiben?« fragte Detleef.
»Das müssen wir«, sagte Frykenius. »Schließt du dich uns an?« Detleef nickte. Ihm war, als zöge er mit General de Groot in den Krieg oder trete zu einem Rugbyspiel gegen Neuseeland an. Frykenius sprach mit seiner gleichförmigen, unbeteiligten Stimme die Eidesformel, und Detleef schwor, den *Broederbond* geheimzuhalten, seine Ziele zu fördern und sich in jedem Augenblick seines Lebens so zu verhalten, daß es den Herrschaftsansprüchen der Afrikander dienlich war. Als er in dieser Nacht nach Hause fuhr, war er ganz von dem Gedanken an seine Aufgabe erfüllt. Der andere Krieg, von dem General de Groot so oft gesprochen hatte, war im Gang, und er hatte sich für den Rest seines Lebens dieser Aufgabe verpflichtet.
In den nächsten Wochen entwickelte Detleef ungeheuren Respekt für seinen Schwager. Er war für ihn nicht mehr der etwas fahrige Lehrer oder der nachlässige Verwalter der Vrymeerfarm. Piet Krause erwies sich vielmehr als gewandter Stratege. Frykenius war ein zuverlässiger Verwalter und Brongersma eine Quelle der geistigen Kraft, die eine solche Bewegung braucht, aber Krause war der Kopf: »Laßt uns die beiden Gruppen unvoreingenommen betrachten. Die Engländer sind gebildet, wir nicht. Die Engländer verfügen über Geld, wir nicht. Die Engländer befehligen die Streitkräfte, wir haben keine Offiziere von hohem Rang. Die Engländer verstehen zu führen, wir nicht. Und vor allem steht hinter den Engländern ein ganzes Empire, wir aber sind allein.«
Als Frykenius entgegnete, daß auch die Afrikander ihre Stärken hätten, überging Krause den Einwand mit einer Handbewegung, und Detleef bemerkte, daß Frykenius zwar die Einsatzbefehle erteilte, Piet aber in Fragen der Ideologie von niemandem Belehrungen entgegennahm. »Ja, wir haben unsere Stärken«, räumte er ungeduldig ein, »aber andere, als du meinst.«
Und er entwarf ein kühnes Programm: »Die Kontrolle über den Handel können wir den Engländern nicht wegnehmen. Sie sind zu klug, um das zuzulassen. Und in der Politik können wir noch nicht diktieren. Ich erkenne aber zwei Bereiche, in denen viele Menschen arbeiten und die wir beherrschen können: Eisenbahn und Schulen. Von nun an muß jeder Bahnangestellte, der eingestellt wird, Afrikander sein. Ebenso jeder Lehrer.« Er erklärte, daß der *Broederbond* die Kontrolle über die Eisenbahnergewerkschaft übernehmen müsse, denn dies wäre eine solide Grundlage für weitere Operationen. Wenn die Lehrer von ihm abhängig waren, konnte er bestimmen, was den jungen Menschen beigebracht wurde: »Von hundert Jungen, die die Schule verlassen, sind neunzig potentielle Mitglieder unseres Bundes.«
Nach drei Jahren der Mitgliedschaft sah Detleef mit Befriedigung, daß alle in einem großen Gebiet eingestellten Lehrer Afrikander waren. Die elf besten waren in den *Broederbond* aufgenommen worden. Von hundert Neuangestellten bei der Eisenbahn waren alle Afrikander. Der *Bond* hatte für musikalische Veranstaltungen, Kunstausstellungen, Picknicks, Vorlesungsreihen und Sportveranstaltungen gesorgt. Wann immer ein Afrikan-

der in Südafrika auf dem Land aus seinem Haus trat, geriet er, ohne es zu wissen, unter den Einfluß des *Broederbond*, und der neue Vorschlag, den Piet Krause bei einer Vollversammlung in Pretoria machte, brachte dem *Bond* den Einbruch in noch einflußreichere Positionen:

> Wir haben die Eisenbahnen gewonnen und im Kampf um die Schulen gesiegt, aber im Handel und in der Politik haben wir nichts erreicht. Ich sehe noch nicht, wie wir politische Erfolge erringen können, aber ich sehe deutlich, wie wir im Geschäftsleben an Einfluß gewinnen können. Wir Afrikander sind noch nicht gerissen genug, um die Versicherungsgesellschaften und die Großbanken zu leiten. Das wird Zeit und Schulung erfordern. Lassen wir die Engländer weiter die Geschäfte kontrollieren, die mit der Börse zu tun haben. Wir aber werden die Börse kontrollieren. Wie wir das erreichen können? Wir müssen Beamte werden, die die Vorschriften erlassen, die Operationen beaufsichtigen und als Wachhunde im Hintergrund aufpassen.

Er schlug einen raffinierten Plan vor, der zum Ziel hatte, alle verfügbaren administrativen Stellungen mit Afrikandern zu besetzen:

> Natürlich werden die Engländer weiter die auffälligen Führungspositionen einnehmen. Wir übernehmen die Posten, die keiner sieht, die nicht attraktiv oder gut bezahlt sind. Und sobald wir Afrikander in das System eingeschleust haben, werden wir sie unauffällig vorrücken lassen, bis sie wirklich mächtige Positionen einnehmen.
> Verstehen Sie, was geschehen wird? Die Versicherungsgesellschaft wird weiterhin den Engländern gehören. Aber unsere Leute werden Bestimmungen erlassen, nach denen sie vorgehen. Und mit der Zeit werden wir alles kontrollieren – nicht besitzen, aber kontrollieren.

Er erklärte, daß der entscheidende Faktor bei einer solchen Strategie die Vermehrung von kleinen Verwaltungsposten war:

> Wo ein Mann benötigt wird, laßt uns drei einstellen. Wenn ein altes Büro versagt, laßt uns zwei neue errichten, immer besetzt mit unseren Leuten. Arbeitsplätze, Arbeitsplätze. Ob sie gebraucht werden oder nicht, schafft mehr Arbeitsplätze, denn sie müssen dafür bezahlen. Und in der Stellenausschreibung muß immer der Satz vorkommen: »Der Anwärter muß zweisprachig sein.« Mit unseren Afrikandern werden wir sie erdrosseln.

Infolge dieser Politik erhielt Südafrika einen der aufgeblähtesten Regierungsapparate der Welt, und allmählich war, wegen der geforderten Zweisprachigkeit, diese Überfülle an öffentlichen Dienstposten vorwiegend mit Afrikandern besetzt. Piet Krause hatte weitblickende Klugheit bewiesen:

Die englische Versicherungsgesellschaft erzielte weiterhin Gewinne, aber sie arbeitete gemäß den von Afrikanderbeamten erlassenen Vorschriften, die diese im Einklang mit den Wünschen des unsichtbaren *Broederbond* entwarfen.

Während in allen Teilen Südafrikas insgeheim Zellen des *Broederbond* zusammentrafen, um den künftigen Charakter ihrer Nation festzulegen, fanden auch Geheimtreffen junger Schwarzer statt, die entscheiden sollten, nach welchem Vorbild sie sich richten wollten, sobald sie die Führung erlangten, zu der sie sich berechtigt fühlten.

Micah Nxumalo war kein großer Mann, aber er hatte immer mit großen Männern verkehrt, und das war beinahe genausoviel wert. Er hatte mit allen zusammengearbeitet: Paulus de Groot, Christoffel Steyn, den verschiedenen Burengenerälen. Sie hätten sich sicher über seine gute Auffassungsgabe gewundert und über die Dinge gestaunt, die er ihnen abschaute, aber sie schenkten ihm keine Beachtung.

Er konnte über die Weißen nur den Kopf schütteln. Sie lebten umgeben von Schwarzen, bemühten sich jedoch nicht, sie zu verstehen oder aus der Verbindung mit ihnen Vorteile zu ziehen. In manchen Gebieten waren die Schwarzen im Verhältnis vierzig zu eins in der Überzahl. Dennoch lebten die Weißen weiterhin so, als besäßen sie allein das Land, und zwar für immer und ewig. Er beobachtete, wie sie Entscheidungen trafen, die ihren wichtigsten Interessen zuwiderliefen, und das nur, um die Kontrolle über die große Zahl von Schwarzen zu behalten, von denen sie umgeben waren.

Micah wunderte sich zum Beispiel darüber, daß die beiden weißen Stämme, Buren und Engländer, so lange wütend gegeneinander gekämpft hatten, obwohl sie alles, was beim Friedensvertrag herausgekommen war, auch anders hätten erreichen können. Für ihn war die Schlacht am Spion Kop, in der er eine bedeutende Rolle gespielt hatte, das beste Beispiel für ihr sinnloses Verhalten. »Ich sage dir, Moses«, erklärte er seinem Sohn, »zuerst marschierte eine Seite nach oben zum Gipfel des Hügels, dann die andere; dann marschierte die eine Seite wieder nach unten, dann die andere. Schließlich stiegen lange nach Mitternacht General de Groot und ich nach oben und eroberten den Hügel. Drei Tage später machte es überhaupt nichts mehr aus, wer den Hügel hielt, aber es lagen Hunderte von Weißen tot oder verwundet dort.«

Er sah auch, daß es in Wirklichkeit gleichgültig war, welche Seite siegte: »Wir kämpften für die Buren, Moses. Sie waren gute Menschen, und wir konnten ihnen vertrauen, Männern wie Jakob von dieser Farm und dem alten General. Aber als alles vorüber war, erhielten wir keinen Dank. Sie machten trotzdem wieder Gesetze gegen uns. Und glaub ja nicht, daß die Kaffern, die für die Engländer kämpften, besser abschnitten. Denn die Engländer ließen sie im Stich, sobald der Friede geschlossen wurde. ›Wir werden euch nie verlassen‹, versprachen sie, als sie 1899 schwarze Hilfe brauchten,

aber beim Friedensvertrag vergaßen sie unsere Rechte. Und jetzt unterdrükken sie uns genauso eifrig wie die Afrikander.«
Micah, der weder lesen noch schreiben konnte, vermochte so scharfsinnige Analysen zu formulieren, weil er seit einigen Jahren in aller Stille mit einer Gruppe bemerkenswerter schwarzer Führer zusammenkam, die durch das Land zogen und über die tatsächlichen Lebensbedingungen, die Gesetzgebung und Bürgerrechte sprachen. Diese wenigen Männer hatten Bildung genossen, manche in England, einer oder zwei auf den schwarzen Colleges in Amerika, und manche hatten sogar das Parlament in London besucht, um durch Petitionen die Aufmerksamkeit auf die sich zunehmend verschlechternden Lebensbedingungen in Südafrika zu lenken. »Es steht England nicht zu, sich in die inneren Angelegenheiten eines Dominions einzumischen«, sagte man ihnen, und sie mußten hilflos die Verschlimmerung ihrer Lage mit ansehen.
Diese Männer, die in den kommenden Jahren ihre Rasse führten, waren die ersten, die Nxumalos Aufmerksamkeit auf das Problem der armen weißen Afrikander lenkten, die durch Trockenheit und Rinderpest von ihren ererbten Farmen vertrieben worden waren und in Johannesburg Zuflucht gesucht hatten. »Ich versichere dir«, sagte Sol Plaatje bei einer Versammlung, »sie leben in ihren Elendsquartieren noch schlechter als die Schwarzen in Sophiatown. Jedes Gesetz, das uns unterdrückt, unterdrückt auch sie. In einer vernünftigen Welt würden sie sich mit uns zusammentun, um die Lebensbedingungen aller zu verbessern, aber sie bleiben für sich, die Ärmsten der Armen, und wir bleiben für uns, die Rechtlosen.«
Was diese Führer am meisten verblüffte, war die widersprüchliche Politik der weißen Regierung: »Sie geben gewaltige Summen aus, um weiße Siedler aus Rußland, Deutschland und Polen ins Land zu bringen, während sie vor ihrer Tür bessere und billigere Arbeitskräfte haben, die sie nicht einsetzen wollen.« John Dube gab in einer dieser Versammlungen eine Erklärung ab, die Nxumalo nie vergessen würde: »Künstlich einen Vorrat an billigen Arbeitskräften zu schaffen ist das Dümmste, was ein Staat tun kann. Wenn die Löhne niedrig bleiben, hört der Geldumlauf auf, die Steuern bringen weniger ein und alle verlieren. Der Weiße glaubt, er schadet uns, wenn er unsere Löhne drückt. In Wirklichkeit schadet er sich selbst.«
Bei einem Treffen sagte ein junger Swasi, der in London studiert hatte: »In den schlimmsten Industriezweigen verdient der Weiße sechzehnmal soviel wie der Schwarze, der die gleiche Art von Arbeit verrichtet. Dabei meine ich aber nicht die gleiche Arbeit. Wie ihr wißt, bezeichnet das Gesetz gewisse Arbeiten als zu kompliziert oder zu wichtig, als daß sie ein Schwarzer verrichten könnte. Solche Stellen dürfen nur mit Weißen besetzt werden. Ich meine damit, daß Weiße und Schwarze zusammenarbeiten, wobei den Weißen die sogenannte schwierige Arbeit vorbehalten ist, die ein Schuljunge in einer Viertelstunde lernen könnte, während die Schwarzen die manuelle Arbeit verrichten, die der Weiße wirkungsvoller erledigen könnte, weil er für gewöhnlich besser genährt und kräftiger ist. Nimmt man den

Durchschnitt aller Industriezweige, so bekommt der Weiße den neunfachen Lohn eines Schwarzen. Und auf dieser Basis wollen sie eine vernünftige Gesellschaft aufbauen!«

Nxumalo konnte solchen Gedankengängen folgen, wenn er sie auch nie so verständlich hätte darlegen können. Aber eines Tages sollte sein Sohn Moses das College in Fort Hare besuchen. Deshalb beendete er seine eigene Ausbildung; er wollte nicht länger seine wenigen Rands vergeuden, um an den geheimen Versammlungen in Johannesburg teilzunehmen, sondern er wollte das Geld für den Jungen sparen. Er ging zu den van Doorns und bat sie, ihm das Schulgeld vorzustrecken, das Moses bezahlen mußte, aber Detleef brummte: »Er braucht keine weitere Ausbildung, er hat hier einen Job«, und die geringen Mittel, die Micah zusammenbringen konnte, reichten für ein so kühnes Unternehmen nicht aus; der Traum, einen schwarzen Jungen aus Vrymeer aufs College zu schicken, schwand dahin.

Nicht aber der Traum vom Lernen: »Moses, du mußt die Bücher lesen, die gebildete Menschen lesen. Du mußt mit Leuten verkehren, die Amerika und Europa bereist haben, und zuhören, was sie erzählen. Vor allem, mein Sohn, mußt du weg von dieser Farm. Du bist nicht dazu geboren, Bauer zu werden.«

Mit einem Teil des Geldes, das er gespart hatte, fuhr er noch einmal zu seinen Freunden in Johannesburg und bat sie um Bücher, die seinen begabten Sohn auf den richtigen Weg bringen würden. Sie gaben ihm ein Buch von dem Jamaikaner Marcus Garvey, zwei Bücher von Plaatje über die Verhältnisse in Südafrika, eines von George Bernard Shaw und einen herrlichen Band über das goldene Zeitalter der holländischen Republik. Als er schon gehen wollte, hatte der junge Swasi, der bei einer früheren Versammlung die Vergleichsziffern für die Löhne genannt hatte, noch einen Einfall: »Am meisten helfen könnte ihm dieser Roman über Java.«

»Was ist Java?«

»Eine Insel, von der aus früher einmal Südafrika beherrscht wurde.«

»Warum sollte er darüber lesen?«

»Weil man nie wissen kann, Mr. Nxumalo, was den Geist eines Jungen entflammen kann.« Und er reichte ihm einen holländischen Roman, »Max Havelaar«, von einem Mann, der im neunzehnten Jahrhundert Staatsbeamter auf Java gewesen war. Er schrieb unter dem lateinischen Namen Multatuli (Ich habe viel gelitten). Obwohl er nur von den Verhältnissen auf Java erzählte, konnte man alles, was er sagte, auch auf Südafrika anwenden.

Die fünf Lehrbücher, die Micah nach Vrymeer brachte, waren nützlich, aber »Max Havelaar« schärfte Moses Nxumalos Geist am meisten. Er war um die Zwanzig und verwirrt durch eine Flut von Vorstellungen, die teils eigenen Beobachtungen entsprangen, teils der Erfahrung und Klugheit seines Vaters, teils seinen Lehrbüchern. Der Roman vereinigte diese unzusammenhängenden Begriffe auf fast magische Weise. Er war nicht gut geschrieben und zwang dem Leser mehr Informationen über das Plantagenleben auf Java auf, als er brauchte. Dennoch erweckte er ein enormes moralisches Engage-

ment. Nach zweihundert Jahren war die Macht Javas wieder nach Südafrika zurückgekehrt.
Als er die sechs Bücher zu Ende gelesen hatte, sagte Moses zu seinem Vater: »Ich möchte es in Johannesburg versuchen.«
»Das solltest du tun«, antwortete Micah. »Und ich nehme an, du weißt, daß du gute Aussichten hast, noch vor Ende des Jahres zu sterben.«
»Das habe ich gehört.« In »Max Havelaar« war ein junger Javaner, der Moses ähnlich war, nach Johannesburg gegangen und erschossen worden.
Also verließ Moses Nxumalo Mitte der dreißiger Jahre in aller Stille Vrymeer und die Farm und zog in die Stadt. Es war eine Reise von nur einhundertsechzig Kilometern, die ihn jedoch in eine völlig neue Welt führte.
Er suchte seinen Vetter Jefferson Magubane auf, der etwa so alt war wie er und in Sophiatown wohnte. In der ersten Nacht, die er dort verbrachte, kam die Polizei, hämmerte an die klapprige Tür und verlangte, alle Papiere zu sehen. Es gelang Jefferson, Moses in eine Nebengasse zu schmuggeln, die zur Gemeinschaftslatrine führte, wo er sich während der Razzia versteckte. Obwohl sein behütetes Leben in Vrymeer ihn auf solche Demütigungen nicht vorbereitet hatte, hatte er in »Max Havelaar« darüber gelesen, und er dachte, wie seltsam es war, daß er, dessen Vorfahren tausend Jahre in diesem Land gelebt hatten, sich von fremden Eindringlingen vorschreiben lassen mußte, wie und wohin er reisen durfte.
Am nächsten Morgen sagte Jefferson, für den ein Besuch der Polizei nichts Ungewohntes war, fröhlich: »Moses, ich glaube, wir können die richtigen Ausweise für dich beschaffen.« Und er fuhr mit seinem Vetter einige Kilometer weit hinaus zu einem großen Vorstadthaus, das Neu-Sarum hieß. Dort ging er respektvoll zum Hintereingang und sagte dem schwarzen Dienstmädchen, das ihnen öffnete, er habe ihr einen erstklassigen Hausdiener gebracht. Mit Rippenstößen und Augenzwinkern veranlaßte er Moses, die gewünschten Antworten zu geben, worauf ein Schwarzer gerufen wurde, der den Bewerber durch die Küche in eine Art Büro führte, wo ein weißes Ehepaar wartete. Sie stellten sich als Mr. und Mrs. Noel Saltwood vor. Dann stellte die Dame des Hauses, eine hochgewachsene, gutaussehende Engländerin, ihm eine Reihe von Fragen, wobei sie abwechselnd Englisch, Afrikaans und Zulu sprach.
»Kannst du lesen und schreiben?« fragte sie. Als er nickte, fragte sie ihn, wo er wohne. Er erschrak und wußte nicht, was er sagen sollte; sie bemerkte es und erklärte rasch: »Ich weiß, daß du keine Papiere hast. Jefferson hat es uns gesagt. Wir werden dafür sorgen, daß du einen Paß bekommst.« Sie sprach, als ob sie eine Verschwörerin wäre.
»Ich bin aus Vrymeer.«
»Kenne ich nicht. Ist es ein kleiner Ort?«
»Es liegt in der Nähe von Venloo.«
»Ach ja. Das Venloo-Kommando. Wer kennt das nicht!« Sie sah ihren Mann beifällig an, und Moses fragte sich, ob er von sich aus weitere Informationen liefern solle, wurde aber durch Laura Saltwood seiner Verle-

genheit enthoben. »Kanntest du vielleicht... Nein, du bist zu jung. Aber aus Venloo kam ein sehr tapferer Mann. General de Groot.«
»Mein Vater ist mit ihm geritten. Ich habe bei ihm gewohnt.«
Beide Saltwoods blickten ihn erstaunt an und verbrachten die nächste Viertelstunde damit, ihn nach den Erlebnissen seines Vaters beim Kommando auszufragen. Dann sagte Mrs. Saltwood: »Michael, wir müssen wirklich jemanden damit betrauen, das Material über die schwarzen Kommandos zu sammeln. Auf beiden Seiten. Ihre Geschichten müssen unglaublich sein, und sie werden verlorengehen, wenn wir nicht etwas unternehmen.«
Dann wurde sie wieder ganz geschäftsmäßig. »Wir werden dir Papiere besorgen, Moses, aber du mußt hier gewissenhaft arbeiten, sonst mußt du zurück auf die Farm. Ist das klar?«
»Ja, Baas.«
»Wir verwenden hier kein ›Baas‹. Ich bin Madam, mein Mann ist Mister.«
Seine Freude über den Posten und die Ausweispapiere wurde jedoch getrübt, als er am Abend mit Jefferson in dem winzigen Zimmer saß, das die Magubanes ihr Heim nannten, und das Geräusch von laufenden Füßen, dann Schreie, darauf widerwärtiges Grunzen und weitere Schreie hörte.
Als er aufstand, um in die Vorgänge draußen einzugreifen, hielt ihn seine Tante Mpela zurück. »Es sind die *tsotsis*«, sagte sie, und bevor sie die Hand senken konnte, ertönte der lange, schreckliche Schrei einer Frau, dann die eiligen Schritte von Flüchtigen.
Am Morgen kam spät und uninteressiert die Polizei: »Wieder ein Drei-Stern-Mord.« Sie bestellten einen Wagen, um die Leiche abzutransportieren, und nachdem sie gegangen waren und Moses sich das Blut angesehen hatte, fragte er, was ein Drei-Stern-Mord sei.
»Die *tsotsis* benützen in England hergestellte Messer. Mit drei Sternen auf dem Griff.«
»Wie gehe ich ihnen aus dem Weg?« fragte Moses.
»Spiel den Feigling. Sie bilden Banden, und wenn du sie kommen siehst, hau ab. Tu irgendwas – versteck dich, lauf davon, stell dich hinter eine Frau – aber geh ihnen aus dem Weg.«
»Hat die Polizei nicht...«
»Die Polizei sagt: ›Die *tsotsis* machen unsere Arbeit.‹ Verstehst du, Moses, sie ermorden nur Bantu.«
»Passiert das oft?«
»Die ganze Zeit«, sagte Jefferson.
Wann immer Moses also diese jugendlichen Mörder entdeckte, Strichjungen, Leichenfledderer, Diebe, Haschischhändler und Zuhälter, verschwand er still und leise. Er wollte unversehrt bleiben, weil er sich brennend für Jeffersons Aktivitäten interessierte: politische Versammlungen und lange Diskussionen mit intelligenten Männern und Frauen. Er stellte entzückt fest, daß eine hübsche schwarze Frau, die älter war als er, tatsächlich in Amerika gewesen war und mit Erfolg ein College absolviert hatte. Sie hieß Gloria Mbeke und war eine mitreißende Rednerin, die sich kein Blatt vor

den Mund nahm. Obwohl er zu schüchtern war, um sich direkt an sie zu wenden, besuchte er ihre Diskussionsabende und lauschte aufmerksam, als sie ihre politischen Ansichten skizzierte:

> Falls wir versuchen, unseren Unterdrückern gewaltsam Widerstand zu leisten, können wir sicher sein, daß sie keinen Augenblick zögern werden, uns mit ihren Maschinengewehren niederzumähen. Diese Erkenntnis muß die Grundlage unserer Politik sein.
> Als Enoch Mgijima seine Israeliten ermutigte, aufgrund ihrer Bibelauslegung Land in Buhoek zu verlangen, forderte ihn die Polizei auf, zu verschwinden. Sie forderte ihn ein zweites Mal auf, dann eröffneten sie das Feuer auf Leute, die nicht einmal Stöcke trugen. Einhundertdreiundsechzig Tote, einhundertneunundzwanzig Invaliden.
> Als vor einigen Jahren ein kärglicher Rest von Hottentotten in den Wüsten von Südwestafrika weiterhin auf die Jagd gehen wollte, während die Regierung verlangte, daß sie gegen einen Hungerlohn auf Farmen arbeiten sollten, was tat da die Regierung? Sie führte eine hohe Hundesteuer ein, und als die Hottentotten sich weigerten zu zahlen, schickten sie Flugzeuge hin, die sie bombardierten, während sie über das Veld liefen. Einhundertfünfzehn Tote, dreihundert Invaliden.
> Unsere Politik muß die Politik Mahatma Gandhis sein. Passiver Widerstand, legaler Druck und unermüdliche Bildungsarbeit.

Bei einer anderen Versammlung hörte er Miß Mbeke etwas sagen, das ihn tief beeinflußte. Sie kam wieder auf das Gemetzel unter den Israeliten in Bulhoek zu sprechen:

> Daraus lernen wir zweierlei. Die weiße Polizei wird nie zögern, uns niederzuschießen, wenn ihr das, was wir tun, nicht gefällt. Wir Schwarzen setzen uns aber auch in die Nesseln, wenn wir auf messianische Führer hören. Erinnert ihr euch, wie Nongqause 1857 fünfzigtausend Xhosa dazu brachte, Selbstmord zu begehen? Jetzt gebt ihr zu, daß es verrückt war. Wie aber erlangte Enoch Mgijima hypnotischen Einfluß auf seine Israeliten? Als der Halleysche Komet im Jahr 1910 am Himmel einen langen Schweif von kosmischem Staub hinter sich herzog, behauptete Mgijima, das sei eine Botschaft Gottes an ihn.
> Glaubt an keine Botschaften, die von außerhalb kommen. Viele Goldgräber, die während des Streiks in Johannesburg niedergeschossen wurden, hatten auf Führer wie Nongqause und Mgijima gehört, deren Offenbarungen aus Moskau kamen. Der Kommunismus wird uns in Südafrika nicht retten. Die albernen Lehren von Marcus Garvey werden uns auch nicht retten. Wir müssen uns selbst retten.

Als er und Jefferson, dreißig Minuten nachdem sie diese Rede gehört hatten, langsam durch die Gassen von Sophiatown nach Hause gingen und über

Miss Mbekes Thesen diskutierten, wurden sie plötzlich von einer Bande von sechzehn *tsotsis* überfallen, die Drei-Stern-Messer schwangen.
»Gebt uns euer Geld!« schrien die *tsotsis* wie verrückt, und Jefferson gehorchte sofort, aber Moses zögerte, und in diesem Sekundenbruchteil kamen die Messer über ihn. Es war ein Wunder, daß er nicht getötet wurde, denn sogar als er schrecklich zugerichtet am Boden lag, traten ihn die wutentbrannten jungen Leute heftig mit den Füßen und hätten ihn sicherlich umgebracht, wenn Jefferson nicht gellend geschrien hätte: »Polizei! Hierher!« Es war keine Polizei da, aber die *tsotsis* wollten kein Risiko eingehen.
Viele hatten den Lärm gehört, aber niemand kam zu Hilfe. Hinter verschlossenen Türen dachten sie: Am Morgen werden sie kommen und aufräumen. Uns geht es nichts an.
So schleppte Jefferson seinen Vetter nach Hause, wo die alte Mpela immer auf so etwas vorbereitet war. Sie borgte sich von einer Nachbarin eine Phiole Jodkonzentrat und reinigte die Wunden, wobei Moses das Bewußtsein verlor. Nachdem sie sich davon überzeugt hatte, daß keine Arterien verletzt waren, ging sie zu Bett und riet ihrem Sohn, das gleiche zu tun.
Während Moses sich erholte, hatte er Gelegenheit, seine Erfahrungen auszuwerten. Er erkannte, daß die Farm in Vrymeer eine Einrichtung war, die es den weißen Arbeitgebern ermöglichte, schwarze Bauern mit unwahrscheinlich niedrigen Löhnen auszubeuten. Gutherzige Menschen wie General de Groot hatten nie in ihrem Leben bedacht, daß sie eigentlich alttestamentarische Sklaverei betrieben. Hätte man sie darauf hingewiesen, so hätten sie nicht verstanden, was an ihrem System falsch war. Er erkannte, daß Detleef van Doorn praktisch das gleiche tat, aber mit scheinheiligen Begründungen, und er stellte fest, daß er für den Arbeitgeber seines Vaters nur wenig Achtung empfand. Ihm war bewußt, daß van Doorns Gefährten ihn jederzeit zwingen konnten, in die sanfte Sklaverei von Vrymeer zurückzukehren.
Er war von der Großzügigkeit der Saltwoods beeindruckt und hoffte, daß er weiterhin für sie arbeiten konnte, glaubte aber kaum, daß sie zu ihm stehen würden, wenn es zu den Konfrontationen kam, die Miß Mbeke voraussah. Die Engländer waren fabelhafte Menschen, aber zu sehr darauf aus, anderen zu gefallen.
Sophiatown war seiner Ansicht nach nicht schlimmer als Vrededorp. In beiden Bezirken gab es starke, anständige Männer, die darum kämpften, ihren Leuten Auftrieb und Hoffnung zu geben. Immer wieder fielen ihm Parallelen zwischen armen Afrikandern und armen Schwarzen auf. Beide Gruppen kämpften um die Möglichkeit, in einer fremden Stadt Wurzeln zu schlagen, beide waren arm und heimatlos. Er hoffte ständig, wie der alte Micah, daß Schwarze und Afrikander ihrem Elend entrinnen konnten. Aber als er diese Ähnlichkeit erkannte, fürchtete er, daß Miß Mbeke recht behalten würde: »Der Sieg der armen Afrikander wird auf Kosten der Schwarzen erfolgen.«
Von den jungen schwarzen Intellektuellen, denen er zugehört hatte,

schätzte er zu seiner eigenen Überraschung nicht die kluge und redegewandte Miß Mbeke am meisten, sondern den jungen Swasi, der in London gewesen war und Volkswirtschaft studiert hatte. Seine Worte hinterließen bei Moses einen tiefen Eindruck. »Vergangenes Jahr wurden in Südafrika Tausende von schwarzen Männern und Frauen verhaftet, weil sie sich mit ungenügenden Dokumenten in einem Land bewegten, das ihnen mit demselben Recht gehört wie den Weißen.« Und: »Mitunter scheint es, daß mehr schwarze Kinder im Gefängnis sitzen als in der Schule.«
Kaum hatte er sich von seinen Stichwunden erholt, ging es weiter auf dem Leidensweg. Eines Morgens wurde er auf der Eloff Street, der glitzernden Einkaufsstraße von Johannesburg, von der Polizei angehalten, die seine Papiere verlangte: »Wie ich sehe, hast du die jährliche Steuer von einem Pfund nicht bezahlt. Du mußt mitkommen.«
Er wurde mit sechzehn anderen in einen Polizeiwagen gesteckt, kam aber nicht ins Gefängnis. Er wurde statt dessen auf ein unbebautes Grundstück gebracht, wo ein anderer Polizist knurrte: »Also, ihr verdammten Kaffern, hört zu. Morgen kommt ihr vor den Richter, der wird euch drei Monate Knast verpassen. Ihr wißt, wie es dort ist.«
»Ja, Baas.«
»Also, ich bin bereit, euch eine Chance zu geben.«
»Ja, Baas.«
»Der Lastwagen, den ihr dort seht, gehört einem Farmer in Hemelsdorp. Er braucht starke Männer, die gut arbeiten. Ihr unterschreibt einen Vertrag für zwei Monate. Dann vergess' ich den Richter, und ihr könnt den Knast vergessen.«
Moses und beinahe alle anderen wählten Hemelsdorp (Himmelsdorf), aber die Farm, auf die sie kamen, lag nicht im Himmel. Sie schufteten zwölf Stunden täglich auf den Feldern. Nachts wurden sie in einen stinkenden Viehschuppen getrieben, wo sie wach lagen und dem Husten von zwei Männern ihrer Gruppe zuhörten, die Lungenentzündung hatten. Eines Morgens war der ältere der beiden tot.
Nach einem fürchterlichen Monat versuchte Moses fortzulaufen, wurde aber in den Hügeln jenseits von Hemelsdorp gefangen und auf die Farm zurückgeschleppt.
»Du elender Kaffernbastard!« brüllte der Farmer. »Es ist Zeit, daß du eine Lektion bekommst.«
Die Bestrafung wurde von zwei schwarzen Aufsehern vollzogen, die Moses auszogen und an ein Hundertsechzig-Liter-Faß banden. Während die übrigen Arbeiter zusehen mußten, wurde er mit Flußpferdpeitschen geschlagen, bis er das Bewußtsein verlor.
Zwei Tage später wurde er wieder auf die Felder geschickt, aber in der ersten Nacht versuchte er wieder zu entkommen. Ein schwarzer Aufseher entdeckte ihn, aber bevor der Mann Alarm schlagen konnte, schlug ihn Moses zu Boden. Als der Aufseher versuchte aufzustehen, schlug ihm Moses mit einem großen Stein den Schädel ein und floh.

Sechs Monate lang versteckte er sich am Limpopo, ging dann hinüber nach Rhodesien und folgte einer alten Straße, die zu den Ruinen von Zimbabwe führte. Aber auch dort blieb er nicht. Zwei Jahre lang arbeitete er als Küchenjunge in einem Hotel in Bulawayo. Dort fand ihn eines Tages ein Mann aus Vrymeer und sagte: »Dein Vater starb vergangene Weihnachten.«
Moses wartete bis zum Monatsende, nahm seinen Lohn und reiste nach Süden, denn er war nun das Oberhaupt der Nxumalos und er gehörte zu seiner Familie. Er stahl sich nach Hause, ohne die van Doorns zu benachrichtigen, die seine Abwesenheit nicht einmal bemerkt hatten. Seine Familie sah jedoch die Narben auf seinem Rücken. Nach wenigen Wochen war er der anerkannte Vorarbeiter, und der Traum von einem sinnvolleren Leben schwand dahin.
Er ging schweigend seiner Arbeit nach, und manchmal, wenn er allein war, blickte er hinaus auf das Veld und schwor sich: »Wenn ich einen Sohn habe, wird er das College in Fort Hare besuchen und einen guten Start im Leben haben.« Diese Hoffnung entschädigte ihn für den Schmerz, den er über sein eigenes Unglück empfand.
Die Saltwoods bemühten sich, Moses zu finden. Als er jedoch monatelang fortblieb, nahmen sie an, daß er einfach in seinen Kral zurückgekehrt war. »Einem Eingeborenen kannst du nie vertrauen«, sagte ein Nachbar. »Du tust alles mögliche für einen Jungen wie Moses, und wenn du ihm den Rükken kehrst, stiehlt er dir das Hemd vom Leib. Wieviel hat er mitgenommen?«
»Ich glaube eher, daß ihm etwas Schreckliches zugestoßen ist«, meinte Laura. »Er war so willig, so bestrebt, uns zufriedenzustellen.«
»Zweifellos haben ihn die *tsotsis* erwischt.«
»Könnte sein«, sagte Mrs. Saltwood, aber sie fragte sich noch lange, was mit Moses Nxumalo passiert war.

Als die Langzeitstrategie des *Broederbond* in der hitzigen Atmosphäre von Johannesburg erste Anzeichen eines Erfolgs erkennen ließ, dachte Piet Krause eines Tages über die Möglichkeiten nach, die sich 1938 für eine patriotische Machtdemonstration bieten würden; denn man beging den hundertsten Jahrestag der Schlacht am Blutfluß, dem Höhepunkt des Großen Trecks.
»Wir müssen uns etwas einfallen lassen«, sagte er zu Johanna, als sie von einem Lehrertreffen nach Hause kamen, »das die Nation aufrüttelt und die Afrikander an ihr Erbe erinnert.« Sie erwogen eine Massenkundgebung am Blutfluß, aber dieser Schauplatz lag so weit abseits, daß es nur wenigen besonders Engagierten möglich sein würde, hinzufahren. Dann dachten sie an eine Feier am Blaauwkrantz, aber da dieser Ort in Natal lag, das als besonders englandfreundlich galt, verwarfen sie auch diesen Plan.
Es fiel ihnen beim besten Willen nichts Originelles ein. Da las Johanna eines Morgens, daß ein Komitee von Afrikandern beabsichtigte, auf einem Hügel

außerhalb von Pretoria ein wuchtiges Monument zu errichten, das die Menschen an den Blutfluß und den Bund, der an diesem heiligen Tag eingegangen worden war, erinnern sollte. Das erregte Piets Interesse, und die beiden sprachen davon, eine große Menge Menschen zur Einweihung dieses Denkmals einzuladen. Als sie eine Skizze des Bauwerks gesehen hatten – ein großartiger, schlichter Bau, der an die Gebäude in Groß-Zimbabwe erinnerte –, gingen sie ernsthaft an die Vorbereitungen für die Feierlichkeiten.

Johanna sagte: »Wir müssen dafür sorgen, daß alle Teile der Nation, das heißt alle Afrikander, mitwirken.« Als Frau konnte sie natürlich nicht Mitglied des *Broederbond* sein, da aber ihr Mann alles mit ihr besprach und ihre Ansichten respektierte, war es für sie ein leichtes, ihre Ideen durch ihn einzuschleusen. Sie schlug vor, religiöse Führer aus der ganzen Welt einzuladen, verwarf den Gedanken aber wieder, als Piet sie darauf aufmerksam machte, daß sie auch den Papst und gewisse Rabbiner würde einladen müssen. »Wir könnten aber«, entgegnete sie, »die Führer der holländischen und deutschen Kirchen bitten, zu kommen.«

Eines Tages hatte Piet eine blendende Idee: »Wir könnten nachsehen, ob es noch alte Wagen gibt, denn Ochsen haben wir genug. Warum bauen wir nicht authentische Kopien der alten Wagen? Wir könnten zwei oder drei von Graaff-Reinet zum Denkmal fahren lassen. Die Leute sollen Kleider im damaligen Stil tragen und die Männer könnten sich Bärte wachsen lassen wie Piet Retief und Gert Maritz...«

Zwei Tage lang stellten sich die Krauses vor, wie diese Kolonne über die alte Straße zog, bis Johanna schließlich vorschlug: »Piet! Keine Kolonne. Fünf oder sechs Ochsenwagen, und jeder fährt von einem anderen Siedlungszentrum ab. Macht Abstecher zu jeder kleinen Stadt auf dem Weg. Und alle treffen am 16. Dezember in Pretoria ein. Jeder Afrikander müßte anwesend sein.«

Diesen Plan legte Piet Krause der Führung des *Broederbond* vor und stellte zu seiner Verwunderung fest, daß mehrere prominente Miglieder der Eisenbahngesellschaft auf die gleiche Idee gekommen waren; sie hatten sich jedoch vorgestellt, daß nur zwei Ochsenwagen von Kapstadt aus abfahren sollten. Sie erkannten die Vorteile, die sich aus Piets Plan mit fünf oder sechs Wagen ergaben, und man übertrug ihm die Aufgabe, den Treck des Jahres 1938 zu organisieren.

»Er könnte«, prophezeite Reverend Brongersma einer englischen Zeitung, »zur Geburtsstunde einer geeinten Afrikandernation werden.« Einem Reporter erklärte er: »Der Treck wird die Afrikanderpolitik neu beleben. Ich erwarte Wunder von ihm.« Unter vier Augen fügte er hinzu, daß es den Afrikandern, wenn ihr Zusammengehörigkeitsgefühl weiter gefestigt würde, vielleicht endlich gelingen würde, Südafrika zu einer Republik zu machen. Jedem Afrikander, der ihn fragte, antwortete er: »Das ist das Ziel, das wir anstreben«, und wenn sie weiter fragten, ob das den Austritt oder den Ausschluß aus dem britischen Empire bedeute, erklärte er: »Nicht notwendigerweise. Vielleicht sind wir England als völlig gleichwertiger Partner sogar lieber.«

Eines Abends fragte ihn Piet Krause, den die Annahme seines Vorschlags ermutigte: »Herr Pastor, werden wir uns wieder Deutschland anschließen, wenn es zum Krieg kommt?« Brongersma wollte nicht über dieses heikle Thema sprechen, denn er sah im Deutschland dieser Tage vieles, das ihm nicht gefiel. 1914 hatte er, wie viele intelligente Afrikander, gehofft, daß sein Land auf das Deutschland Kaiser Wilhelms bauen könnte, das über eine straffe Führung, Macht, intellektuelle Stärke und eine feste lutherische Tradition verfügte. Rückblickend glaubte er noch immer, daß es für die Welt besser gewesen wäre, wenn das deutsche Kaiserreich gesiegt und den Krisengebieten seine Friedensversion aufgezwungen hätte, aber in bezug auf Adolf Hitlers Deutschland war er anderer Ansicht. Südafrika war ein christliches Land. Es bemühte sich, das Beste aus dem Alten und dem Neuen Testament zu vereinigen. Es glaubte an Gerechtigkeit für alle Völker, und wenn es auf der Rassentrennung bestand, dann nur, weil Gott das gleiche getan hatte, und Brongersma meinte, daß sein Vaterland diese Rassentrennung entschlossen und gerecht durchführte. Was Hitler tat, gefiel ihm nicht, und er war der Ansicht, er müsse das Eindringen solchen Gedankengutes in Südafrika verhindern.

»Werden wir uns Deutschland anschließen?« wiederholte Piet.

»Ich bete, daß die ganze Welt den Krieg vermeiden kann«, antwortete er.

Anfang 1938 überraschte Detleef das Organisationskomitee mit der Mitteilung, daß er auf seiner Farm den einzigen noch existierenden Ochsenwagen gefunden habe, der von einem der bedeutenden Führer aus der Zeit um 1838 benützt worden war. Als der Wagen ins Freie gerollt wurde, erklärten die Zimmerleute, daß er zwar sichtlich mitgenommen sei, aber leicht wieder instandgesetzt werden könne, und machten sich sogleich an die Arbeit. Wochenlang brachten verschiedene Zeitungen Fotos, die den Fortschritt der Wiederherstellungsarbeiten zeigten, und als man die Inschrift TC-43 entdeckte, konnten die Korrespondenten in Grahamstown erklären, was sie bedeutete, und erinnerten an die Großzügigkeit der englischen Siedler jener Zeit gegenüber einem Mann, dem sie vertrauten. Wegen des Ursprungsortes des Wagens wurde vorgeschlagen, er solle die Fahrt nach Pretoria in Grahamstown beginnen, was Detleef jedoch nicht gestattete. Er wollte nicht, daß sein Wagen mit Engländern in Berührung kam. Also fuhr er von Graaff-Reinet ab.

In den Wintertagen des Monats August 1938 begann die Fahrt nach Norden. Der Hauptplatz der alten Stadt sah beinahe so aus wie bei einem historischen *Nachtmaal:* Man hatte Zelte aufgestellt, die Frauen trugen Sonnenhauben, Kinder spielten, die Männer liefen mit Bärten und Hosenträgern herum. Während der Wagen langsam anfuhr, kamen Menschen aus fünfzig Meilen im Umkreis, um ihn zu sehen. Die sechzehn kräftigen Ochsen gingen langsam, wie ihre Vorfahren vor einem Jahrhundert.

Von Bloemfontein fuhr ein anderer Wagen ab nach Osten durch die historischen Orte Thaba Nchu, Vegkop, die Stelle am Vaal, wo die Familie de Groot ermordet worden war, dann östlich durch die Konzentrationslager-Städte Standerton und Chrissiemeer. Anfang Dezember bog er nach Westen ab nach Carolina, wo die Mitglieder der Familie von Christoffel Steyn ihm die gebührende Ehre erwiesen. Dann ging es weiter nach Venloo, wo Nachkommen des Kommandos von Paulus de Groot eine Ehrengarde bildeten. Als er nach Waterval-Boven kam, von wo aus Oom Paul Krüger ins Exil gefahren war, wurde die emotionelle Spannung stark, und Tausende beteten an der Straße, als er vorbeifuhr. In diesem Wagen hatten bedeutende Männer und Frauen ihr Leben und ihr Vermögen für die Errichtung eines Staates aufs Spiel gesetzt, und sein Anblick rührte die Menschen zu Tränen.
Am 13. Dezember näherte sich der »Tjaart van Doorn« langsam dem weiten Feld am Fuß des Hügels, auf dem das geplante Denkmal stehen sollte. Als Detleef und Maria, die die Kleidung des Jahres 1838 trugen, die Menschenmenge sahen, die sie erwartete, hielten sie den Wagen an und senkten die Köpfe. Zwei Tage vor dem Ereignis kampierten über achtzigtausend Afrikander auf dem Schauplatz, und an diesem Abend errichteten Detleef und sechs weitere Fahrer ein historisches *laager*. Die Ochsen wurden freigelassen, um zu grasen, wie in früherer Zeit, und Kinder brachten Dornenbüsche, um sie zum Schutz gegen die Zulu zwischen die Räder zu flechten. Als der Mond aufging und die Silhouetten der Wagen sich vor dem dunklen Horizont abzeichneten, weckten Männer ihre Familien, um den Anblick mitzuerleben, und improvisierte Chöre sangen Psalmen in Afrikaans.
Am 17. Dezember ritt Piet Krause zu den bereits aufgestellten Wagen und versicherte den Männern, daß alles in Ordnung sei. Die beiden Gefährte aus Pretoria und Kapstadt würden am nächsten Morgen eintreffen. Inzwischen waren an die hunderttausend Menschen versammelt, die auf den umliegenden Hängen kampierten. Man erneuerte alte, längst vergessene Freundschaften und versprach, sie fortan zu pflegen.
An diesem Tag begannen Gerüchte umzugehen: »Der Bürgermeister von Benoni darf nicht teilnehmen. Er ist Jude. Man hat dem General gesagt, er soll nicht erscheinen. Er ist Engländer. Die beste Nachricht von allen: Jan Christiaan Smuts wird nicht kommen. Sie wollen ihn nicht bei dieser Feier haben. Er ist mehr Engländer als Afrikander. Morgen werden keine Reden in englischer Sprache geduldet.« Piet Krause, der Urheber der meisten Gerüchte, hatte persönlich verfügt, dieses Denkmal, das bedeutendste in Südafrika, müsse ausschließlich Sache der Afrikander sein.
Am 18. Dezember versammelten sich auf dem Hügel südlich von Pretoria etwa zweihunderttausend Menschen zur Einweihung der Stelle, auf der ihr Monument stehen würde. Sollten allen Gerüchten zum Trotz General Smuts und andere Afrikander erscheinen, die die Regierung unterstützten, würde das Ganze eine Staatsangelegenheit werden und man müßte »God Save the King« spielen. Piet Krause erklärte öffentlich, er und eine Gruppe von Schlägern würden sämtliche Instrumente zerschlagen, falls die Kapelle

diese Hymne anstimmte. Smuts war sich der Erbitterung in diesem Streitfall bewußt und blieb der Feier vorsichtshalber fern, und so wurde zur Freude der Afrikander nur »Die Stem von Suid-Afrika«, »Die Stimme Südafrikas«, gespielt. Viele schworen, daß das die Hymne der Afrikanderrepublik sein sollte, sobald die neue Nation geboren wäre.
Die Reden in Afrikaans, von denen eine von Reverend Brongersma gehalten wurde, waren feierlich, aber voll deutlicher Anspielungen. Jedes Wort, das einen Hinweis auf historische Ereignisse darstellte, wurde von der dichtgedrängten Menge bejubelt, und wenn Symbolworte wie *Slagter's Nek*, »Schwarze Runde« und Christoffel Steyn fielen, applaudierte die Menge spontan. Als die Namen der Helden genannt wurden – Pretorius, Retief, de Groot –, brüllte die Menge, bis sie heiser war, und als der Tag zu Ende ging und die Führer erkannten, daß der Erfolg weit über ihre Erwartungen hinausging, wurde allen Beteiligten klar, daß an diesem Tag mehr als eine Feier stattgefunden hatte. »Das ist der Eröffnungssalut für unsere Kampagne zur völligen Loslösung von England«, rief Piet Krause in patriotischer Ekstase.
Diese Versammlung von zweihunderttausend Afrikandern faszinierte ihn so sehr, daß er bald darauf Visionen einer gewaltigen nationalen Erhebung hatte. Um herauszubekommen, wie sich das am besten verwirklichen ließe, fuhr er nach Kapstadt. Er begab sich an Bord eines nach England fahrenden Schiffes und setzte von dort aus in aller Stille nach Deutschland über, wo er unverzüglich Verbindung mit Naziführern aufnahm.
Er war überwältigt von dem, was er sah. Bei einer ungeheuren Versammlung im Berliner Sportpalast wurde ihm klar, wie amateurhaft all das gewesen war, was die *Voortrekker* veranstaltet hatten. »Wir hatten diese vielen Menschen auf einem Platz beisammen«, vertraute er seinem Berater an, »und fingen nichts mit ihnen an. Sie gingen mit den gleichen Gedanken fort, mit denen sie gekommen waren. Das nächstemal muß das anders sein.«
Er war so intelligent und schien in der Politik Südafrikas eine so bedeutende Rolle zu spielen, daß die Männer, die in Europa den totalen Krieg beginnen wollten, sich von den Möglichkeiten bestricken ließen, die er bot: »Könnten Sie einen Aufstand gegen die englische Regierung organisieren – falls es in Europa zum Krieg käme?«
»Sehen Sie doch, was wir 1914 ohne Hilfe oder Anleitung von Ihnen getan haben«, erinnerte er sie. Als sie zugaben, daß sie nichts darüber wußten, erzählte er ihnen von den tapferen Taten von Männern wie Paulus de Groot und Jakob van Doorn, die ihr Leben dem Kampf für die Freiheit geweiht hatten. »Van Doorn war mein Schwiegervater. Von de Groot haben Sie natürlich gehört.« Das hatten sie nicht, also ließ er das Thema fallen.
»Aber was können Sie diesmal tun?« fragten sie.
»Ich gebe Ihnen mein feierliches Versprechen, daß Jan Christiaan Smuts es nicht wagen wird, die Mobilmachung auszurufen. Es würde sich keiner melden.«
»Und die Polizei?«
»Die wird für Deutschland kämpfen.« Unbekümmert versprach er alles und

deutete an, daß er für alle Bevölkerungsteile sprach. Er überzeugte sie zwar mit seiner Darstellung der südafrikanischen Politik nicht, überredete sie jedoch dazu, eine bescheidene Summe für den Sturz dieser Regierung zu investieren. Sie bewilligten die Geldmittel, weil sie die Macht Englands überall untergraben wollten, vorausgesetzt, die Kosten erwiesen sich nicht als zu hoch. Sie erwarteten nicht, daß Südafrika eine deutsche Exklave würde, konnten aber auf genügend Störungen hoffen, um das englische Kriegspotential zu vermindern.

Mit diesen Versicherungen fuhr Piet Krause, der miserabel Deutsch sprach, nach Nürnberg zu einer jener fanatisierten Massenversammlungen des Jahres 1939. Damals wußte die deutsche Führung bereits, daß der Krieg unvermeidlich war, während das Volk noch nichts ahnte. Das Stadion war voll begeisterter junger Männer, die bald darauf in Griechenland, Italien und Rußland, auf dem Nordatlantik und im Luftraum über England ihr Leben lassen sollten. Er hörte elf Vorredner, die ihm die Notwendigkeit einhämmerten, die Juden auszurotten und das Blut der deutschen Rasse rein zu erhalten. Er erkannte die ungeheure Anziehungskraft des Wortes »Volk« und beschloß, es in Südafrika häufiger zu gebrauchen. Aber als die unbedeutenden Redner geendet hatten, erschien Goebbels und nach ihm Adolf Hitler, der Mann, der die Welt retten würde.

Piet Krause war gefesselt, als Hitler seinen Plan für die Erneuerung darlegte. Jedes seiner Worte ließ sich, wie Piet es verstand, auf Südafrika anwenden. Er war hypnotisiert von Hitlers Elan, seiner klaren Logik. Als der tosende Applaus verebbte, stand Piet noch immer dort und versuchte herauszufinden, wie dieser Mann am besten helfen könnte, die gleiche Ordnung und Begeisterung nach Südafrika zu bringen.

An diesem Abend verfaßte er in seinem Zimmer in Nürnberg den Bluteid, den alle, die sich ihm später anschlossen, schwören mußten:

> Im Beisein des allmächtigen Gottes und bei dem heiligen Blut des Volkes schwöre ich, daß meine vorgesetzten Stellen mich gehorsam, getreu und bereit finden werden, jedem mir erteilten Befehl zu gehorchen. Ich werde immer für den Sieg des Nationalsozialismus kämpfen, weil ich weiß, daß die Demokratie ein alter Schuh geworden ist, den man wegwerfen muß.
>
> Wenn ich vorrücke, folgt mir nach!
> Wenn ich zurückweiche, erschießt mich!
> Wenn ich sterbe, rächt mich!
> So wahr mir Gott helfe!

Als er im Sommer 1939 heimkam, merkte seine Frau, daß er eine aufrüttelnde Erfahrung gemacht hatte, denn er war nicht mehr der Mann, der er vorher gewesen war. Als er ihr anvertraute, welche Verantwortung ihm auferlegt worden war, wußte sie, daß sie die Verantwortung für die Familie übernehmen mußte, denn er würde von einer Unzahl von Pflichten in Anspruch genommen sein. Er begann bei der Polizei, indem er sich gegen die örtliche Gepflogenheit aussprach, die gesamte Truppe zugleich zum Militär einzuberufen: »Laßt euch nicht von ihnen zwingen, in den Krieg zu ziehen. Wenn Jan Christiaan Smuts verlangt, daß ihr seine Schlachten für England schlagt, laßt es nicht zu. Diesmal muß England den Krieg verlieren, und wenn das geschieht, werdet ihr und Männer wie ihr die Macht übernehmen.«

Er warb auch bei jungen Afrikandern: »Laßt euch nicht von der Regierung in die Uniform zwingen. Und um Gottes willen, meldet euch nicht freiwillig. Wenn die Deutschen Südwestafrika zurückerobern, werdet ihr einen Platz in einer wirklichen Armee einnehmen.«

Er bat Geistliche, denen er vertraute, gegen die Teilnahme an dem bevorstehenden Krieg zu predigen, und er leistete wirksame Arbeit bei den Gewerkschaften. Er sprach mit Lehrern und riet ihnen, was sie ihren Schülern sagen sollten. Als der Krieg im September ausbrach, war Smuts nicht imstande, die allgemeine Wehrpflicht einzuführen, die Polizei geschlossen in die Streitkräfte zu übernehmen oder junge Männer als Freiwillige zu werben. Als er versuchte, sein Land an der Seite Englands in den Krieg eintreten zu lassen, stieß er auf den heftigen Widerstand jener, die neutral bleiben wollten. Schließlich schloß sich Südafrika mit nur 80 gegen 67 Stimmen den Alliierten an.

»Er zieht uns auf die falsche Seite«, riefen die wichtigsten Mitglieder des *Broederbond* verzweifelt, und einige der zukünftigen Führer der Nation ließen sich lieber in Konzentrationslager stecken, als gegen Deutschland zu kämpfen.

Piet Krause ging nun zu gewalttätigen Aktionen über. Er organisierte Sabotagetrupps, die heimlich militärische Anlagen, Hochspannungsleitungen und sogar militärische Ausbildungslager angriffen.

Männer, die treu zu den Alliierten standen, besonders junge Afrikander, galten als Volksverräter. Sie wurden überfallen und zum Teil sogar getötet.

Die Regierung befand sich keinesfalls in der Lage, einen Krieg zu führen. Sie wagte nicht, die allgemeine Wehrpflicht einzuführen, die Soldaten und Polizisten, die sich freiwillig zum Dienst außerhalb des Landes meldeten, durften orange Streifen tragen, um sich von jenen »Feiglingen« zu unterscheiden, die nicht in Übersee kämpfen wollten. Aber dies hatte auch Nachteile: Piet Krauses junge Schläger konnten so leicht die Männer erkennen, die bereit waren, für die Alliierten zu kämpfen. Es wurde Mode, sie zusammenzuschlagen, wobei es gelegentlich Tote gab.

Piet und seine Frau taten, was sie konnten, um die Situation zu verschlimmern, und in den berauschenden Tagen der Nazisiege an allen Fronten erhielten sie eine geheime Botschaft aus Berlin: »Aufsucht Wyk Slotemaker Mafeking.« Das war ein unbedeutender südafrikanischer Schauspieler, der in mehreren deutschen Filmen mitgespielt und sich während seiner Arbeit

die Propagandasprüche der Nazis zu eigen gemacht hatte. Als Piet ihn in einem baufälligen Hotel traf, flüsterte er: »Ich habe Waffen, fünfzehntausend amerikanische Dollar und Pläne für die Ermordung von Smuts.«
»Die Stunde ist nahe!« frohlockte Piet.

Es war ein vollkommen uneiniges Südafrika, das versuchte, den Krieg fortzusetzen. Johanna van Doorn und ihre Schwägerin Maria beteten täglich für den deutschen Sieg und hofften, er würde so vollständig sein, daß England für immer vernichtet sein würde. Detleef war im Prinzip ihrer Meinung, hatte aber Bedenken bezüglich Adolf Hitlers und bezweifelte, daß Südafrika von einem deutschen Sieg viel profitieren würde.
Die Saltwoods von Neu-Sarum unterstützten, angeführt von der lebhaften neunundsechzigjährigen Maud Turner Saltwood, die Sache der Alliierten vorbehaltlos und waren überglücklich, als die Vereinigten Staaten in den Krieg eintraten. Ihre Schwiegertochter Laura Saltwood, Noels Frau, richtete Kantinen ein, um England zu helfen, und war bestürzt, als einige von Piet Krauses Sturmtrupps zerstört wurden.
Den Saltwoods von *De Kraal* und den van Doorns aus Trianon fiel es schwer, zu entscheiden, wo sie hingehörten, denn Timothy Saltwood, der Victoriakreuzträger, war mit Clara van Doorn verheiratet, einer überzeugten Afrikanderin. Wie viele Familien in ähnlicher Lage beteten sie still, der Krieg möge zu Ende gehen, und stellten ihre Gefühle nicht öffentlich zur Schau.
Die Nxumalos waren verwirrt. Als Familie, die sich immer gegenüber General de Groot loyal verhalten hatte, waren sie zuerst für einen deutschen Sieg gewesen. Als aber der afrikanische Nationalkongreß darauf hinwies, daß Hitler von den Schwarzen sogar noch weniger hielt als von den Juden, wurde ihnen klar, daß sie im Falle seines Sieges in Schwierigkeiten geraten würden. Deshalb übertrugen sie ihre moralische Unterstützung allmählich auf die Engländer. Sie waren überrascht, daß gegensätzliche Gruppierungen innerhalb der weißen Bevölkerung gegeneinander kämpften, und begriffen allmählich, daß die Afrikander als Sieger hervorgehen und dann sehr hart mit den Schwarzen umspringen würden. Traurig versicherte der alte Micah seiner Familie am Ende seines langen, bewegten Lebens, in dem er große Schlachten ohne Waffen ausgefochten hatte – Majuba Hill, Spion Kop, den Streifzug zum Kap –: »Wer immer gewinnt, wir verlieren.«
Die schwerste Gewissensentscheidung fiel Reverend Brongersma zu: Als Sohn einer Familie, die im Burenkrieg fünf Kommandos ausgerüstet hatte, stand er auf seiten der Afrikander, und seine gesamte Sympathie galt ihren nationalen und republikanischen Bestrebungen. Seine Vorträge in Stellenbosch hatten sich jedoch nicht mit diesem Aspekt des südafrikanischen Lebens befaßt. Er hatte eine Festlegung in dieser Streitfrage vermieden, um den englischen Teil seiner Gemeinde nicht vor den Kopf zu stoßen. Aber alles in allem fand er nicht, daß England in der Weltpolitik, soweit er sie begreifen konnte, jemals eine große moralische Überlegenheit gezeigt hatte.

Seine Leistungen in Indien und Südafrika beeindruckten ihn nicht, und er hegte den Verdacht, daß die besten Einrichtungen in den Vereinigten Staaten von den nichtenglischen Einwanderern stammten. Er hätte also einen deutschen Sieg gewünscht – wäre da nicht die Tatsache gewesen, daß kein Christ den schrecklichen Exzessen des Hitlertums gegenüber blind sein konnte. Die Nazis hatten Verbrechen gegen die Familie, die Kirche, die Jugend der Nation und besonders gegen die Juden begangen. Während er allein in seinem Arbeitszimmer saß, rang er mit diesem Problem: Der Nazismus, der die edelsten Gefühle des Menschen anspricht, scheint auch seine niedrigsten animalischen Triebe zu entfesseln. Lassen wir Deutschland aus dem Spiel. Es muß in Amerika Millionen Menschen geben, die gern zum Personal eines Nazigefängnisses gehören würden. Gott weiß, wir könnten sie auch hier in Südafrika finden. Und einer der widerwärtigsten ist leider mein guter Freund Piet Krause. Wie ein Hund packt er eine Idee, kaut darauf herum, zerrt an ihr und verbeißt sich in sie.
Er hatte das Gefühl, daß er einfach anstandshalber, aber auch wegen des guten Namens des *Broederbond* mit Piet sprechen müsse. Als er aber versuchte, vernünftig mit ihm zu reden, stellte er fest, daß der ehemalige Lehrer wirren Träumen nachhing, und gab ihn schließlich als hoffnungslosen Fall auf. Nach dem enttäuschenden Zusammentreffen beriet er sich jedoch mit Frykenius, der immer noch Piets Vorgesetzter in der Bruderschaft war, und bat ihn, Krause zurück nach Venloo zu beordern, wo sie ihn vielleicht gemeinsam zur Vernunft bringen konnten. Frykenius war damit einverstanden, da auch er sich wegen der Exzesse, die Piet organisierte, Sorgen machte.
Als gehorsames Mitglied des *Broederbond* fuhr Krause von Johannesburg nach Venloo, aber sobald er sah, daß Brongersma bei Frykenius war, wurde er zornig: »Pastor, wir brauchen Ihren Rat nicht.«
»Setz dich, Piet«, sagte Frykenius.
Aber auch nachdem die beiden älteren Männer ihm erklärt hatten, welchen Schaden er anrichtete, weigerte er sich, ihren Tadel hinzunehmen: »Habt ihr beide eine Ahnung von den gewaltigen nationalen Kräften, die von den Ochsenwagen in Bewegung gesetzt wurden? Dieses Land schäumt über vor Patriotismus.«
»Spann etwas so Wertvolles wie den Patriotismus nicht für einen falschen Zweck ein!« warnte Brogersma.
»Pastor, es wird eine große Erhebung geben!«
Als er diese Worte hörte, lehnte sich der Geistliche zurück und faltete die Hände. Er wußte, daß Piet die Wahrheit gesprochen hatte: Es würde eine große Erhebung der Afrikander geben, so gewaltig, daß sie Jan Christiaan Smuts und seine proenglische Einstellung aus dem Amt fegen und für immer davon ausschließen würde. Das Leben im ganzen Land würde sich grundlegend verändern. Nach der Einweihung ihres Denkmals standen die Afrikander vor Siegen, wie sie nur ein Utopist erträumt haben konnte. Südafrika würde das Empire verlassen. Keine Kapelle würde mehr »God Save

the King« spielen, keine Engländer würden mehr im Kabinett sitzen. Der Afrikandernation würde es freistehen, ihre Rassenprobleme auf ihre eigene, gerechte Art zu lösen.
»Piet«, sagte der Geistliche leise, »du hast deinen Sieg errungen. Nimm ihm nicht durch Gewalt seinen Glanz!«
»Pastor, der wahre Sieg beginnt gerade! Hitler ist im Begriff, die Engländer von den Meeren zu verjagen. Die Amerikaner können nichts tun, er wird ihre Schiffe versenken. Seine Prinzipien werden dieses Land regieren.«
Als Frykenius versuchte, diesen Wortschwall zu bremsen, schrie Piet: »Ihr Männer habt nur eine Wahl, und ihr müßt sie schnell treffen. Seid ihr für die Revolution, die ausbricht, oder gegen sie?«
»Piet«, redete ihm Frykenius zu, »du weißt, welche Ziele der *Broederbond* immer verfolgt hat. Natürlich sind wir für einen Sieg der Afrikander. Aber nicht, wenn er auf eure gewalttätige Art errungen wird. Die Krawalle auf den Straßen müssen aufhören.«
Piet wich zurück, als wolle er sich von der zögernden Haltung des *Bond* lossagen. »Ihr Männer im *Broederbond.* Ich sehe euresgleichen immerfort in Pretoria und Johannesburg. Ihr seid wie ein hübsches Mädchen, das einem Jungen einen Kuß, drei Küsse, ein Dutzend gibt, und dann davonläuft, wenn es ernst wird. Nun, ich mache Ernst. Ich habe zu tun, und ich bezweifle, daß wir einander wiedersehen werden.«
Er stürmte in höchster Erregung davon und fuhr nach Vrymeer. Dort stürzte er in die Küche und stellte Detleef ein Ultimatum: »Entweder du schließt dich uns noch heute abend an, oder du verpaßt die Chance, an die Spitze der Nation zu gelangen, wenn wir siegen.« Als Detleef nach Einzelheiten fragte, drückte ihm Piet eine maschinengeschriebene Karte in die Hand und rief aufgeregt: »Laß dich vereidigen! Sofort. Und heute abend reitest du mit uns – wenn wir die Instruktionen aus Berlin erhalten.« Ehe Detleef Stellung nehmen konnte, sagte Piet dringend: »Ich muß dein Radio benützen«, und über Kurzwelle hörte er trotz der Nebengeräusche Radio Zeesen:

> Guten Abend, liebe treue Freunde in Südafrika. Hier meldet sich euer bevorzugtes Programm *By Kampfuur en Ketel* (Bei Lagerfeuer und Kessel). Heute hat unser ruhmreicher Führer an allen Fronten erfreuliche Siege errungen. Die dekadenten Demokratien winden sich und zerfallen. (Hier folgte eine Reihe von chiffrierten Anweisungen, bei denen Piet Krause erregt aufsprang.) Ihr treuen Freunde in Südafrika...

Weder er noch Detleef hörten die letzten Worte, denn Piet schaltete das Radio ab und fragte barsch: »Nun, Bruder, schließt du dich unserer Revolution an?« Und als Detleef sich dieser Entscheidung gegenübersah, wurde ihm klar, daß er Adolf Hitler mißtraute und an seinem Endsieg zweifelte.
»Ich kann einen solchen Eid nicht schwören«, sagte er.

»Helden können es«, antwortete Piet und ging.
Er fuhr unbekümmert von Venloo nach Waterval-Boven, wo er zwei Verschwörer abholte, die den Eid abgelegt hatten, dann westwärts nach Pretoria, wo der einstige Schauspieler Wyk Slotemaker, der drauf aus war, Smuts zu ermorden, sich ihnen anschloß. Dann ging es weiter zu einer Militärbasis südlich von Johannesburg, wo sie ein größeres Munitionslager in die Luft jagen sollten. Als der Schauspieler den dichten Stacheldrahtverhau sah, wich er zurück. Das schreckte auch die beiden anderen ab, aber Piet, von den Erinnerungen an Nürnberg und Berlin angefeuert, sah im Geist ein Südafrika vor sich, auf das sich die gleiche Glorie niedersenken würde, und kroch allein mit den Dynamitstäben auf dem Rücken weiter.
Da er mit der Drahtschere unvorsichtig hantierte, löste er ein Warnsignal in den Wachlokalen aus, und sieben Scharfschützen stürmten heraus, während riesige Scheinwerfer aufleuchteten. Ein Afrikander aus Carolina, der sich freiwillig zu Smuts' Armee gemeldet hatte, zielte auf die gebückte Gestalt, die zum Munitionslager kroch, und feuerte. Seine Kugel traf das Paket auf Piets Rücken. Es explodierte und zerriß Piet in Stücke. Dennoch erzielte Krause einen Teilsieg, denn er war schon so nahe an das Lager herangekommen, daß die Explosion Brennmaterial entzündete – und während der Nacht folgte eine Detonation der anderen, und Flammen schossen hoch in den Himmel.

Als Detleef und Maria van Doorn 1946 wieder friedliche Farmer in Vrymeer waren, besuchte sie seine Schwester Johanna, die jetzt in Johannesburg lebte, wo sie einen kleinen Posten hatte. Sie kam mit einem Vorschlag von einer Gruppe von Personen, die sehr am Wohlergehen der Nation interessiert war, und obwohl Detleef fast allem, was sie damals tat, mit Mißtrauen gegenüberstand, mußte er sie anhören. Denn wann immer er sie traf, erinnerte er sich an den Abend im Lager von Chrissiesmeer, als sie das Essen, das der toten Tante Sybilla zugeteilt worden war, in ihren blassen Händen gewogen und ihm den größeren Teil gegeben hatte. Er war heute nur dank ihres Mutes und ihrer Großzügigkeit am Leben.
»Detleef, und das betrifft auch dich, Marie. Die Engländer sind in geschäftlichen Dingen viel geschickter, als wir geahnt haben. Wir machen beinahe keine Fortschritte bei dem Versuch, den Regierungsapparat mit unseren Leuten zu durchsetzen. Wir verfügen einfach nicht über genügend geschulten Nachwuchs. Verdammt, unsere besten Leute gehen nach Stellenbosch, und was studieren sie dort? Theologie. Aber wir haben schon viel zu viele Geistliche. Philosophie, aber das nützt niemandem. Ein wenig Geschichte. Etwas Literatur. Ein wenig Naturgeschichte. Wir aber brauchen Buchhalter, Bankiers und Manager.«
»Auf diesen Gebieten habe ich sicherlich keine Fähigkeiten«, meinte Detleef.
»Natürlich nicht. Weil du deine Zeit in Stellenbosch mit Rugby vergeudet hast.«

»Augenblick mal! Sag ja nichts gegen Rugby.« Als sie vorhin über die Theologie geschimpft hatte, war er ruhig geblieben. Wenn es aber um Rugby ging, konnte er nicht schweigen.
»Vergiß es. Wir haben beschlossen, daß wir Männer wie dich unterbringen müssen, die gut Englisch sprechen. Ich meine also, du mußt den Posten eines Ständigen Sekretärs bei einem der Komitees im Parlament übernehmen.«
»Da kriegt man nichts bezahlt!«
»Natürlich nicht. Das ist ja der springende Punkt. Dort schleusen wir dich ein. Das merkt niemand, weil kein Engländer den Posten haben will. Und du arbeitest dort fünfundzwanzig oder dreißig Jahre...«
»Ich bin schon einundfünfzig.«
»Also zwanzig Jahre. Mit der Zeit gewinnst du enormen Einfluß. Du wirst die Gesetze entwerfen. Und wir werden auf Umwegen das erreichen, was wir mit einem Frontalangriff nicht schaffen.«
Sie hatte eine Liste von etwa vierzig unscheinbaren freien Stellen dabei, deren Besetzung in den Zeitungen überhaupt nicht erwähnt wurde. Diese Positionen konnten allenfalls einen jungen Mann reizen, der gerade die Hochschule absolviert hatte, nicht aber Detleef. Es waren zumeist Posten in Regierungsabteilungen, die sich mit Finanz- oder Handelsangelegenheiten befaßten, wovon er nichts verstand. Aber als er das Papier zurückgab, fiel sein Blick auf eine isolierte Zeile, die ein Büro betraf, das so klein war, daß es nur eine einzige freie Stelle hatte: Kommission für Rassenangelegenheiten. Er sagte leichthin: »Also, wenn jemand eine Aufgabe übernehmen müßte...«
»Welche?« fragte sie schnell.
»Die da.«
»Da könnte man viel Gutes tun, Detleef.«
»Nein! Nein!« Er wies die Aufforderung entschieden zurück und wollte nichts mehr darüber sagen. Also sammelte sie gehorsam die Papiere ein, lächelte Maria zu und ging.
Drei Tage später berief ihn Frykenius zu sich nach Venloo. Die beiden Mitglieder des *Broederbond* waren einander nach dem Tod von Piet Krause so nahe gekommen, daß sie jedes Thema ohne Förmlichkeiten aufgriffen.
»Detleef, sie wollen, daß du die Stellung bei der Kommission für Rassenangelegenheiten annimmst.«
»Ich kann die Farm nicht verlassen.«
»Doch, du kannst. Die Troxels schaffen es auch allein, und du und Maria, ihr teilt eure Zeit zwischen Pretoria und Kapstadt.«
»Wirklich, ich kann kaum...«
»Wir beide haben so oft darüber diskutiert, was mit den Bantu und den Farbigen geschehen soll. Das hier ist eine Chance, unsere Prinzipien in die Tat umzusetzen.«
»Ich will Vrymeer nicht verlassen...«
»Du und ich, Detleef, wir haben nur noch eine begrenzte Anzahl von Jahren

vor uns. Wir wollen sie für wichtige Dinge verwenden.« Als van Doorn zögerte, fuhr der Metzger fort: »Weißt du noch, wie du mir von deiner Vision unseres Landes erzählt hast? Von der Sonne, die auf das Glas mit den Gelees fiel, die sich nicht vermischten? Jetzt hast du eine Gelegenheit, diesen Traum zu verwirklichen.«

»Ich muß mit Maria sprechen.«

»Detleef, laß die Frauen bei wichtigen Angelegenheiten aus dem Spiel.«

»Aber wieso hast du von diesem Posten gehört? Sicherlich hat dir meine Schwester Johanna davon erzählt.«

»Ich spreche nie mit Frauen. Die Weisung kam aus Pretoria.«

Detleef lächelte. Wer hatte Pretoria wohl zu dieser Weisung veranlaßt? Es mußte Johanna gewesen sein, und er dachte an seine Verpflichtung ihr gegenüber: Sie teilte die Rationen, dann fügte sie zu einer etwas hinzu und gab sie mir. Sie erhielt mich am Leben. Sie half mir, zu meinen Anschauungen zu gelangen.

Detleefs neue Stellung erforderte es, daß er drei Wohnsitze gleichzeitig unterhielt: die Farm in Vrymeer, eine Wohnung für sechs Monate in Kapstadt und zwei ständig reservierte Zimmer in einem Hotel in Pretoria. Denn, als im Jahre 1910 die Unionsregierung gebildet worden war, hatte dies einen heftigen Streit zwischen Pretoria, Bloemfontein und Kapstadt ausgelöst: Jede wollte Hauptstadt sein. Infolgedessen hatte man in Pretoria die gesamte Verwaltung untergebracht, Kapstadt beherbergte das Parlament, und in Bloemfontein befand sich das Appellationsgericht. Die Finanz- und Geschäftsinteressen des Landes wurden, obwohl sie in keiner anerkannten Regierungsabteilung zusammengefaßt waren, mehr oder weniger von Johannesburg aus wahrgenommen, so daß dem armen Natal nichts blieb als das halbtropische Klima und der atemberaubend schöne Ausblick auf den Indischen Ozean. Während der halbjährigen Sitzungsperiode des Parlaments fuhren die meisten Verwaltungsbeamten nach Kapstadt. Die restliche Zeit verbrachten sie in ihren Büros in Pretoria.

In diesen Jahren war die Kommission für Rassenangelegenheiten eine unbedeutende Abteilung in Kapstadt, die sich zumeist mit Wohnungsproblemen befaßte. Ihr Leiter war ein gewähltes Parlamentsmitglied, das Personal bestand aus untergeordneten Beamten. Es gab einen Sekretär, einen Engländer, der die Stellung seit zwanzig Jahren innehatte, und einen boshaften Assistenten mit ebenso langer Dienstzeit. Da seine Sehkraft nachließ, schied er aus, und Detleef trat seine Nachfolge an. Die 900 Pfund, die er dabei jährlich verdiente, deckten kaum seine Unkosten.

Im Jahre 1946 hatte die Kommission so wenig Arbeit, daß Detleefs Ernennung in keiner Zeitung erwähnt wurde. Anfang 1947 ereignete sich jedoch ein Vorfall, nach dem jeder Schritt der Kommission aufmerksam verfolgt wurde.

In diesem Jahr beschloß Jan Christiaan Smuts, der mit soviel Ehren überhäuft worden war wie nur möglich – Premierminister von Südafrika, Feldmarschall des British Empire, designierter Rektor der Universität Cambridge, Förderer der Vereinten Nationen und Mitautor der vortrefflichen Einleitung zu ihrer Charta –, um seine Laufbahn zu krönen und zugleich die Chancen für seine Wiederwahl zu erhöhen, den König und die Königin von England zu einem Besuch ihres Dominions einzuladen. Er bat sie, ihre beiden reizenden Töchter mitzubringen. Alle vier akzeptierten, und als sie in Kapstadt landeten, bezeugten fast alle Einwohner ihre Loyalität für die königliche Familie, außer einer entschlossenen Gruppe von Afrikandern, die unermüdlich daran arbeiteten, Südafrika vom Empire loszutrennen.

Detleef wurde in die königliche Tour verwickelt, als sein preisgekrönter Stier, ein riesiges Tier namens Oom Paul, bei der Landwirtschaftsmesse in Rand das blaue Band erhielt. Das bedeutete, daß Vrymeer für Oom Pauls Dienste wesentlich höhere Honorare fordern konnte, und Detleef freute sich darüber sehr.

Doch dann zeigte es sich, daß er das blaue Band aus den Händen von König Georg VI. entgegennehmen mußte, der die Schau besuchen würde, und das versetzte ihn in Wut. Maria bemerkte bitter: »Mein Vater wurde von den Soldaten des Königs hingerichtet. Dein Vater wurde von seinen Soldaten erschossen. Wie kannst du einen Preis aus diesen blutbefleckten Händen entgegennehmen?«

»Es waren die Soldaten von König Georg V.«, korrigierte sie Detleef, aber das war keine sehr glückliche Bemerkung, denn Maria sagte: »Die Engländer töteten einen großen Teil deiner Familie in Chrissiesmeer.«

Das Wort machte ihn wütend: »Chrissiesmeer! Weißt du, wie sie es auf ihren Landkarten schreiben? Chrissie Meer. Sie stehlen uns sogar unsere Namen.«

»Detleef, du kannst keinen Preis von diesem Mann annehmen.«

Detleef war sich schmerzlich bewußt, auf wieviel Geld er verzichtete, stürmte aber nach unten zu den Rindergehegen und sagte seinem Verwalter Troxel: »Bring Oom Paul heim!«

»Aber das blaue Band!«

»Ich werde keinen Preis aus den blutbefleckten Händen dieses Königs annehmen!«

Ein Journalist hörte den Lärm und erkannte Detleef als früheren Rugbystar. Er witterte eine große Story und rief nach seinem Kameramann. Als dieser herüberlief, erfaßte er rasch die Situation und brachte Detleef dazu, sich neben seinem Champion aufnehmen zu lassen. In diesem Augenblick nahm Oom Paul, durch den Aufruhr verärgert, eine beinahe ebenso verächtliche Haltung an wie Detleef. Die Szene wurde auf Zelluloid gebannt: Ein aufrechter Afrikander und sein Bulle boten dem Empire Trotz.

Als die Wahlen des Jahres 1948 näher kamen, prangten in den stattlichen englischen Wohnungen Porträts der königlichen Familie neben Jan Smuts, während die Afrikander das Foto von Detleef und Oom Paul aufhängten.

Als der Landwirtschaftsattaché der amerikanischen Botschaft Ost-Transvaal besuchte, um die Ernten zu besichtigen, hörte er sich zwei Tage lang die vernichtenden Angriffe auf Smuts an, dann begann er zu lachen: »Ihr Leute steht zu ihm genauso wie mein Vater in Iowa zu Roosevelt. Smuts hat den Krieg für euch gewonnen, und nun wollt ihr ihn rausschmeißen. Roosevelt hat den Krieg für uns gewonnen, und Leute wie mein Vater wollen ihn hängen.«

Die Wahl fand am 26. Mai 1948 statt, und an dem Abend luden die van Doorns ihre Schwester Johanna, Frykenius und ihren Geistlichen, Reverend Brongersma, nach Vrymeer ein. Als sich die kühle Herbstnacht auf die Seen niedersenkte, fühlten die fünf Menschen, daß dies ein Tag großer Veränderungen war. Der König und die Königin würden vertrieben werden, Slim Jannie Smuts' Partei eine vernichtende Niederlage einstecken. Die Tage der überheblichen Engländer waren gezählt. Und die schwankenden Afrikanderfamilien wie die van Doorns vom Trianon, halb Holländer, halb Engländer, würden gezwungen sein, sich zu entscheiden und Farbe zu bekennen.

Frykenius sagte: »Ich sehe, wie heute nacht ein ungeheurer Nationalismus in diesem Land die Macht übernimmt. Smuts? Vergeßt ihn! Der König? In zehn Jahren wird er fort sein. Die englische Sprache? Fällt jetzt auf den zweiten Rang zurück. Heute abend nehmen wir Rache für *Slagter's Nek* und die Konzentrationslager. Ich bete darum, daß wir die Kraft haben, uns den dicht bevorstehenden Sieg zunutze zu machen.«

Die ersten Resultate stammten aus einem Gebiet mit vorwiegend englischer Bevölkerung, und die Fortsetzung der Amtsdauer von Smuts schien gesichert. Im weiteren Verlauf der Nacht trat jedoch ein Umschwung ein. Männer, die wegen ihrer hitlerfreundlichen Haltung während des Krieges in Konzentrationslagern gewesen waren, errangen verblüffende Siege. Als deutlich wurde, daß Daniel Malans Nationalpartei das Rennen machte, begann Detleef zu jubeln und sagte zu seiner Schwester: »Ich wünschte, daß Piet Krause hier wäre, um diese Nacht mitzuerleben. Wir bekommen alles, wovon er geträumt hat, ohne einen einzigen Schuß abzufeuern.«

Gegen zwei Uhr morgens, als Nachbarn zu Sandwiches und Kaffee vorbeikamen, erreichte sie die beste Nachricht: »Jan Christiaan Smuts hat sogar seinen eigenen Parlamentssitz in Standerton verloren. Der Feldmarschall verläßt das Schlachtfeld.«

»Gott sei Dank!« rief Maria Steyn-van Doorn und kniete nieder. Johanna schloß sich ihr an, und die beiden Frauen sprachen ein Dankgebet dafür, daß sie den Sturz dieses Mannes erlebt hatten, der sie ihrer Ansicht nach so schwer geschädigt hatte.

Als sie sich erhoben, wandte sich Frykenius an Brongersma und fragte: »Herr Pastor, würden Sie mit uns beten? Die heutige Nacht soll unvergeßlich bleiben.« Und der hochgewachsene Mann, der bald darauf Venloo verließ, um die Kanzel in der Hauptkirche von Pretoria zu übernehmen, bat seine vier Zuhörer, mit ihm zu beten:

> *Almagtige God, ons dank U.* Seit 1795, als die Holländer ihre Kolonie am Kap verloren, haben wir trotz schwerer Schicksalsschläge dafür ge-

kämpft, in diesem Land eine gerechte Gesellschaftsordnung zu errichten. In diesen schweren Jahren hast Du mit uns einen Bund gemacht, und wir waren Dir treu ergeben. Heute nacht schenkst Du uns einen großen Sieg, und unser einziges Bestreben geht dahin, uns seiner würdig zu erweisen. Hilf uns, hier eine Nation nach Deinem Willen zu schaffen.

Inbrünstig riefen die anderen »Amen«, und noch am selben Nachmittag fuhren Detleef und Maria nach Kapstadt, um mit der neuen Mehrheit im Parlament die schwierige Arbeit, die Nation neu zu organisieren, in Angriff zu nehmen.
Zunächst machte Detleef seinem Vorgesetzten, dem Ersten Sekretär der Kommission für Rassenangelegenheiten, das Leben so schwer, daß dem Engländer nichts anderes übrigblieb, als seinen Rücktritt anzubieten. Er zögerte noch mehrere Wochen, weil er hoffte, daß der neue Abgeordnete, der die Präsidentenstelle übernehmen sollte, ihn schützen würde. Aber dieser Mann war ein harter Farmer aus dem Oranje-Freistaat, der, anstatt den gekränkten Sekretär zu verteidigen, ihn noch verächtlicher behandelte als Detleef. Darauf trat der Mann angewidert zurück. Er verließ die Regierung ganz, und ihm folgten nach und nach die meisten übrigen Engländer, bis die gesamte Zivilverwaltung fest in den Händen der Afrikander war.
Unter Detleefs Führung konnte die Kommission darangehen, die verschiedenen Bereiche der Gesellschaft neu zu gestalten. Dabei war es van Doorns Aufgabe, die Richtlinien auszuarbeiten und die Gesetze zu entwerfen, durch die sie zu einer bleibenden Gesellschaftsordnung wurden. Er setzte sich unermüdlich ein, zuerst als anonymer Verwaltungsbeamter, und später, als seine Leistungen bekannt wurden, als allseits bejubelter Held in der Bewegung für die Reinerhaltung der Rasse.
Wie die Puritaner in allen Ländern begann er mit dem Sex. Seiner Ansicht nach sollten in einer anständigen Gesellschaft weiße Männer nur weiße Frauen heiraten, farbige nur farbige. Selbst die Bantu sollten demnach nur Frauen ihres Stammes nehmen. Afrikander hatten seiner Ansicht nach das Recht auf Spitzenpositionen, weil sie Gott ehrten und den Geboten Calvins gehorchten; Farbige standen aus zwei Gründen höher als Inder: Sie besaßen ein wenig weißes Blut, und sie glaubten für gewöhnlich an Jesus Christus, und die übrigen anerkannten Mohammed, der höher stand als die Hindugötter. Die Bantu standen am unteren Ende der Stufenleiter, weil sie schwarz und Heiden waren. Natürlich gehörte ein großer Teil von ihnen der christlichen Glaubensgemeinschaft an, Hunderttausende besuchten ihre eigenen holländisch-reformierten Kirchen. Das war jedoch eine unangenehme Tatsache, die er einfach überging.
Sein erster Vorschlag war sehr einfach: Weiße, ganz gleich welcher Stellung, dürfen keine Nichtweißen heiraten. Der Versuch wurde mit Gefängnis bedroht, eine derartige Ehe für ungültig erklärt.
In den Afrikanderprovinzen Transvaal und Oranje-Freistaat gab es kaum

Schwierigkeiten, aber in Kapstadt, wo über die Hälfte der Bevölkerung aus Farbigen bestand, erhob sich ein gewaltiger Entrüstungsschrei. Noch im selben Jahr veranstalteten Schwarze und Inder in Durban wilde Krawalle, bei denen fast einhundertfünfzig Menschen ums Leben kamen, und Detleef konnte seinem Volk sagen: »Seht ihr, Rassen sollten getrennt bleiben.« Zu denen, die sein Vertrauen besaßen, sprach er oft von seiner Vision von dem Glas mit den verschiedenen Geleeschichten.

1950 grub er ein altes Unsittlichkeitsgesetz aus dem Jahre 1927 aus, das damals erfolglos geblieben war, und modifizierte es dahingehend, daß geschlechtliche Beziehungen zwischen Personen ungleicher Hautfarbe als verbrecherische Handlungen galten. Ein Mann, der eine Frau anderer Hautfarbe umarmte, wurde mit Gefängnis bestraft. Detleefs Gattin und seine Schwester billigten dieses Gesetz und sagten, es würde bei der Hebung der Sitten in der Union Wunder wirken.

Die Verwendung des Wortes *Union* mißfiel Detleef, und er fragte sich, wann die Mehrheit der Afrikander die politische Bindung an England offiziell lösen würde. Als er seine Vorgesetzten nach dem Zeitplan für die Befreiung fragte, antworteten sie verdrießlich: »Eins nach dem anderen. Kümmern Sie sich um Ihre eigenen Aufgaben.« Er wurde vorübergehend abgelenkt, als Frau Pandit aus Indien vor den Vereinten Nationen die Rassenpolitik Südafrikas, besonders die Behandlung der Inder, scharf angriff. Er war wütend, daß eine Frau sich erlaubte, so zu sprechen, und daß eine Hindufrau sich erdreistete, ein christliches Land zu kritisieren. Auf seinen Antrag hin bekam er frei, um eine Antwort an Frau Pandit zu entwerfen. Aber sie war dem Gesandten einer anderen Nation des Commonwealth gegenüber so unhöflich, daß sie nicht abgeschickt wurde. Er murrte aber noch wochenlang vor seinen Afrikanderfreunden: »Stellt euch das vor! Eine Frau, noch dazu Hindu, sagt solche Dinge. Der sollte man einen Maulkorb anlegen.«

Als seine Vorgesetzten anordneten, er solle Indien vergessen und zu seiner Arbeit zurückkehren, entwarf er für sie vier bahnbrechende Vorlagen, die alle zum Gesetz erhoben wurden. Eine Zeitung schrieb: »Selten in der Weltgeschichte hat eine Nation ihre Schleusen einer solchen Flut von Gesetzen geöffnet.« Als er und Maria auf ihre Leistungen zurückblickten, konnten sie voll Stolz darauf hinweisen, daß sie durch besonnenen Gebrauch ihrer Fähigkeiten erreicht hatten, was ihre Väter mit Waffengewalt nicht hatten durchsetzen können. »Denk nur, was wir in so kurzer Zeit vollbracht haben!« sagte Detleef nach ihrem sechsmonatigen Aufenthalt in Kapstadt und zählte die Verbesserungen auf, die sie erreicht hatten:

Erstens hatte er begonnen, die Vorschriften und Verordnungen zu kodifizieren, die jeden Kontakt zwischen Weißen und Nichtweißen in öffentlichen Einrichtungen verboten. Durch große Schilder sollte angezeigt werden, wer Toiletten, Restaurants, Straßenbahnwagen, Taxis, Fahrstühle, Postschalter, an denen Briefmarken verkauft wurden, Bahnsteige und Parkbänke benutzen durfte. Im ganzen Land schossen Tafeln mit der Aufschrift

NUR FÜR WEISSE wie Pilze aus der Erde. Maria freute sich besonders über die Einschränkung auf Postämtern: »Ich würde ungern hinter einem großen Bantu in der Reihe stehen und auf meine Marken warten.«
Zweitens hatte er im Parlament ein Gruppenzonen-Gesetz eingebracht, das es der Regierung ermöglichte, das ganze Land und besonders jede Stadt in Abschnitte zu teilen, die bestimmten rassischen Gruppen zugewiesen wurden. So wurden die Stadtzentren von Indern und Bantu gesäubert. Große Teile von Kapstadt, die bisher von Farbigen bewohnt wurden, sollten von nun an Weißen vorbehalten bleiben. Die Farbigen sollten in neue Wohngebiete auf den windigen Kapniederungen umgesiedelt, die Bantu auf große Gelände außerhalb der Grenzen von weißen Städten und Dörfern verbannt werden und auch dort nur so lange bleiben dürfen, wie sie den Weißen als Arbeitskräfte nützlich waren. »Durch diese Maßnahmen«, sagte van Doorn, »wird die Rassentrennung, die das Kennzeichen jeder integren Gesellschaft ist, zugleich definiert und verwirklicht.«
Drittens war er an der Abfassung strenger Gesetze zur Unterdrückung des Kommunismus beteiligt und gestaltete sie so umfassend, daß fast jede Aktivität, die die Afrikandermehrheit nicht billigte, durch äußerst lange Gefängnisstrafen, oft ohne ordentliches Gerichtsverfahren, geahndet werden konnte. »Das ist notwendig«, versicherte er jedem, der fragte; und als gewisse Liberale, häufig Engländer, darauf hinwiesen, daß für jeden ohne Prozeß ins Gefängnis gesteckten Kommunisten sechzehn Nichtkommunisten, die bessere Schulen oder Arbeitergewerkschaften verlangten, ebenso bestraft würden, antwortete er mit einer Bemerkung, die er kürzlich gehört hatte: »Man kann keine Omelette machen, ohne Eier zu zerschlagen.«
Viertens entwarf er das Gesetz, an dem er am meisten hing und das als seine größte Leistung galt: »Unser Vorschlag lautet«, erklärte er den Parlamentsmitgliedern, die es durchsetzen sollten, »daß in unseren Registern, die der Polizei und der Regierung jederzeit zugänglich sind, die spezifische rassische Identität jedes in diesem Land ansässigen Menschen verzeichnet sein soll.«
»Ich meine«, sagte ein englisches Mitglied unbeholfen, »wenn diese Klassifizierung einem Menschen sein Leben lang anhängt, sollten wir dann nicht ziemlich vorsichtig...«
Detleef fiel ihm ins Wort: »Sir, es wird äußerste Sorgfalt angewandt werden. Weiße von untadeligem Ruf werden die Klassifizierung vornehmen. Natürlich müssen wir einige anfängliche Irrtümer in Kauf nehmen; das wissen Sie, und das weiß ich auch. Wenn sie aber aufgezeigt werden – und jeder kann seine Klassifikation anfechten –, wird ein Komitee von drei verantwortungsbewußten Weißen mit dem Kläger zusammentreffen, seine Hautfarbe begutachten, seine Vergangenheit prüfen, Zeugenaussagen von seinen besten Freunden und Nachbarn einholen und ihn, falls es die Fakten rechtfertigen, höher einstufen.«
»Und wenn die Fakten unklar sind?«
»Dann ist es besser, wenn die ursprüngliche Klassifikation bleibt.«

»Und wenn jemand, den Sie als Weißen klassifizieren, als Farbiger eingestuft werden will?«
»Nach unten?« fragte Detleef. Die Frage war so absurd, daß ihm keine Antwort einfiel, aber es war interessant, was er erwiderte: »Ich kann mir vorstellen, daß jemand, der noch knapp als Farbiger klassifiziert wurde, ein so vorbildliches Leben führen und so eindeutig zivilisierte Gewohnheiten annehmen kann, daß seine Gemeinde ihm gestattet, seine Klassifikation nach oben zu ändern. Jedermann kann nach einem Aufstieg streben, besonders wenn seine Hautfarbe eher hell ist.«
Obwohl Detleef über diese neuen Gesetze glücklich war, darf nicht angenommen werden, daß er etwas mit ihrer tatsächlichen Annahme durch das Parlament zu tun hatte. Er vergaß nie, daß er nur ein Beamter in einem kleinen Büro in Kapstadt war. Viele Parlamentsmitglieder, besonders die der Oppositionsparteien, vergaßen fast, daß er existierte, denn er ergriff niemals das Wort im Parlament. Aber durch nachhaltigen Druck und die Tatsache, daß er seinen Posten behielt, während die Parlamentsmitglieder den ihren oft wieder verloren, wurde sein Einfluß allmählich so stark, daß er in keinem Verhältnis zu seiner Stellung stand.
Dennoch wußte er, wenn die Glocken von Venloo den Beginn eines neuen Jahres einläuteten, daß es ihm trotz seiner Siege nicht gelungen war, den quälenden Stachel auszuziehen, der seine Nation bis ins nächste Jahrhundert peinigen würde. Am Neujahrstag 1951 fragte er Maria und Johanna: »Was sollen wir bezüglich der Farbigen unternehmen?«
Die Frage war äußerst verwirrend. Die Bantu waren eindeutig schwarz, und es gab Gebiete, in die sie vermutlich aus historischen Gründen gehörten: das Transkei der Xhosa, Zululand, die Gebiete der Tswana und der Sotho. Auch mit den Indern gab es kaum Probleme, da sie in ihren überfüllten Gettos blieben, die hauptsächlich in Natal waren. »Gebt ihnen einen Laden, und laßt ihnen nicht allzu viele Freiheiten«, war Detleefs Rezept. Aber die Farbigen? Was sollte man mit ihnen tun? Sie gehörten keiner eindeutig definierbaren Rasse an und bekannten sich zu verschiedenen Religionen. Sie hatten keine bestimmten Siedlungsgebiete und wohnten praktisch überall. Und sie waren sicherlich nicht primitiv – die meisten von ihnen besaßen die gleichen geistigen und technischen Fähigkeiten wie die Weißen. Sie hatten jedoch sozusagen keine Identität, keine eindeutigen Merkmale. Insofern konnten sie ignoriert werden.
Aber man brauchte sie. In allen Industriezweigen blieben Posten unbesetzt, weil es nicht gestattet war, daß sie mit Farbigen besetzt wurden. Sie waren auf untergeordnete Arbeiten beschränkt, obwohl sie offensichtlich über wesentlich größere Fähigkeiten verfügten. In diesen Jahren wurde eine wunderbare Gelegenheit verpaßt.
Alle Nationen begehen Fehler und machen sich schrecklicher Fehleinschätzungen schuldig, die selten richtiggestellt werden können. In England waren es soziale Abgrenzungen, die auf vielen Gebieten eine normale Entwicklung verhinderten und zu einer Erbitterung führten, die weiter-

schwelte. In Indien gab es die strenge Kastentrennung und in Amerika versäumte man es, die Schwarzen richtig zu behandeln und in die Gesellschaft einzugliedern. In Südafrika geschahen die schlimmen Fehleinschätzungen in den Jahren zwischen 1920 und 1960, als die herrschende weiße Klasse die Arme ausstrecken und die Farbigen hätte aufnehmen, in einer Partnerschaft willkommen heißen können. Aber dem standen die Vorurteile der frommen Afrikander entgegen.

»Sie sind Kinder der Sünde, und Gott muß sie verachten«, sagte Maria in jenem Gespräch mit Detleef und Johanna am Neujahrstag 1951.

»Sie sind Bastarde«, pflichtete ihr Johanna bei, »und ich wünschte, wir könnten die Nation von ihnen säubern, wie von den Chinesen. Erinnerst du dich an den Tag, Detleef, an dem die letzten Chinesen mit der Zahnradbahn hinunter zum Waterval-Onder fuhren? Das war ein herrlicher Tag in unserer Geschichte.« Sie dachte sehnsüchtig daran, dann sagte sie lebhaft: »Neulich ging ich in Kapstadt durch den sechsten Bezirk. Er könnte einer der schönsten Stadtteile werden, aber es wimmelt dort von Farbigen. Man müßte sie alle aussiedeln.«

»Wohin, Johanna, wohin?«

»Sie sind wirklich Kinder der Sünde«, bekräftigte Detleef. »Für gottesfürchtige Christen sind sie ein Vorwurf und für uns eine Erinnerung an die Sünden unserer Väter.«

»Nicht unserer Väter«, widersprach Maria. »Es waren Seeleute von den Schiffen, die hier anlegten.«

Detleef und seine Schwester nickten. Sie empfanden die Existenz der Farbigen als Beleidigung, und es war ein Segen, daß die ursprünglichen holländischen und hugenottischen Siedler nicht daran beteiligt gewesen waren. »Es waren die Seeleute«, wiederholte Detleef, und während er über diesen Makel der Nation nachdachte, beschloß er, etwas dagegen zu unternehmen. Deshalb arbeitete er, als er nach Kapstadt ins Parlament zurückkehrte, Woche um Woche bis tief in die Nacht und versuchte, diese entstellende moralische Wunde auszubrennen.

Als das Jahr schon weit vorgeschritten war, entdeckte er eine Stelle, an der er ansetzen konnte. Als England im Jahr 1910 die Union zwischen seinen Kolonien durchsetzte, wurden zwei Artikel in der Ermächtigungsgesetzgebung verankert, die man für so wichtig hielt, daß sie nur durch eine Zweidrittelmehrheit bei gemeinsamer Abstimmung beider Parlamentskammern geändert werden konnten: Artikel 13 stellte Englisch und Holländisch (später Afrikaans) als gleichberechtigt nebeneinander; Artikel 35 garantierte den Farbigen, daß sie in der Kapprovinz immer das Wahlrecht haben würden.

Obwohl keine Farbigen für das Parlament kandidieren konnten, wählten sie auf einer gemeinsamen Liste mit den Weißen. Sie gaben ihre Stimme natürlich dem weißen Kandidaten, der ihre Interessen am besten vertrat. Im Jahre 1948 stimmten über fünfzigtausend ab, die fast alle die Partei von Jan Smuts bevorzugten. In sieben entscheidenden Wahlkreisen besiegelten ihre

Stimmen die Niederlage der Nationalisten. Sie stellten eine wachsende Macht dar, und man mußte ihnen das Wahlrecht entziehen.

»Sie verderben die Politik«, warnte Detleef immer wieder. »Das hier ist ein Land der Weißen, und wenn wir diesen verdammten Farbigen erlauben zu wählen, können wir es nicht rein bewahren.« Er fand Parlamentsmitglieder, die die von ihm ausgearbeiteten Gesetze zur Sprache brachten; aber das führte zu Verdruß. »Es ist dieser verdammte Artikel 35«, klagte er bei seinen Frauen. »Ich fürchte, wir können keine Zweidrittelmehrheit erreichen.« Er hatte recht. Als seine Männer das Gesetz zur Abstimmung vorlegten, durch das die Farbigen das Wahlrecht verlieren sollten, erhielt es nicht die erforderliche Stimmenmehrheit, und es schien, als wäre der Versuch in der Sitzungsperiode 1951 gescheitert.

Aber Detleef war erfinderisch, und inspiriert durch einen Vorschlag seiner Schwester, überredete er seine Anhänger im Parlament, einen kühnen Schritt zu versuchen: »Infolge von Änderungen der Gesetze, die für das British Empire maßgebend sind, ist Artikel 35 nicht länger in Kraft. Wir können unser Gesetz mit einfacher Mehrheit durchbringen.«

Das taten seine Männer voll Eifer, und die Farbigen verloren das Wahlrecht. Aber die Berufungsinstanz des Obersten Gerichtes in Bloemfontein, das nicht dem in Kapstadt ausgeübten Druck ausgesetzt war, erklärte das neue Gesetz für verfassungswidrig, und das Jahr 1951 endete damit, daß die Farbigen noch immer wählen durften.

Detleef gab nicht auf, und sein nächster Schritt war ausgesprochen genial. Er hatte persönlich gar nichts gegen die Farbigen. Im Gegenteil; er kannte einige mit ausgezeichnetem Ruf und war ihnen gut gesinnt. Aber er ärgerte sich darüber, daß diese Früchte der Sünde gleiche Rechte haben sollten wie die Weißen, und legte nun einen meisterhaften Plan vor: »Maria, ich glaube, ich hab's! Wir werden das Appellationsgericht abschaffen.«

»Das halte ich für unmöglich. Es ist in der Verfassung verankert.«

»Dort lassen wir es auch. Weißt du, was wir tun? Wir setzen das Parlament selbst als ›Obersten Gerichtshof der Nation‹ ein. Wenn die beiden Kammern in gemeinsamer Sitzung ein Gesetz billigen, das sie selbst verabschiedet haben – und meiner Meinung nach werden sie das immer tun, nachdem sie es soeben beschlossen haben –, dann hat es Gültigkeit, und das Appellationsgericht hat in der Angelegenheit nichts mehr zu melden.«

Diese Lösung war einfach und elegant. Sie wurde vom Parlament und dem Obersten Gerichtshof, der ausschließlich aus nationalistischen Mitgliedern bestand, sofort angenommen und hob die Entscheidung des höchsten Gerichts der Nation auf. Die Farbigen wurden blitzschnell aus den allgemeinen Wahllisten gestrichen. Fast ebenso rasch annullierte das Appellationsgericht jedoch den ganzen Vorgang, und das Jahr 1952 endete mit einer weiteren Niederlage.

Die Wahlen des Jahres 1953 brachten den Afrikandern noch mehr Parlamentssitze. Detleef legte sein Gesetz erneut vor, scheiterte aber wieder. An diesem Punkt hätte jeder normale Mensch aufgegeben, aber Detleef fühlte

sich persönlich durch den Widerstand gegen seine Versuche, die Dinge zu vereinfachen, so herausgefordert, daß er mit neuen Plänen anrückte. Wie er Johanna und Maria nach dieser dritten Enttäuschung erklärte: »Die verdammten Farbigen scheinen nicht zu wissen, daß wir das zu ihrem Besten tun. Wir Weißen haben die Aufgabe, uns um die Nation zu kümmern und zu entscheiden, was für alle das Beste ist.«
»Sie brauchen wirklich nicht zu wählen«, stimmte Maria zu. »Sie können sich unmöglich für die Dinge interessieren, die uns betreffen. Sie sollten sich auf den ihnen zustehenden Platz zurückziehen und Ruhe geben.«
Johanna, die spürte, daß ihr Leben zu Ende ging, war bitterer. »Detleef, du mußt sie aus dem nationalen Leben gänzlich entfernen. Aus den Städten vertreiben. Aus der Arbeitswelt verbannen. Sie sind eine Schmach für die Nation, und wenn du dich nicht weiter bemühst, sie loszuwerden, schäme ich mich deiner.«
»Du sprichst, als wolltest du, daß wir sie per Schiff außer Landes expedieren wie die Chinesen.«
»Das würde mir gefallen.«
»Aber siehst du denn nicht, Johanna, daß es keinen Ort gibt, wohin wir sie schicken können? Sie haben keine Heimat. Sie sind die Bastarde der Welt, und wir haben sie am Hals.«
»Dann laß dir etwas einfallen.«
»Das verspreche ich dir. Ich werde etwas unternehmen, aber ich brauche Zeit, um es zu planen.«

Bald jedoch wurde die nationale Aufmerksamkeit von der Rassenfrage auf den »Triumph der Tugend« gelenkt. Dabei handelte es sich um eine ziemlich pompöse Statue, die vor den Regierungsgebäuden in Pretoria aufgestellt wurde. Sie war das Werk eines vielversprechenden jungen Afrikanders, der stark von Michelangelo und den Bildhauern des Quattrocento beeinflußt war, und zeigte eine Frau von übermenschlichen Dimensionen. Sie wehrte Löwen, Pythonschlangen und einen Politiker ab, der Hoggenheimer auffallend ähnlich sah. Wie bei den Werken vieler großer Bildhauer war die Frau nackt.
Viele brave Afrikanderhausfrauen, besonders die aus den ländlichen Bezirken Transvaals, stellten die Schicklichkeit einer solchen Statue in Frage. Die nun vierundsiebzigjährige Johanna van Doorn fuhr eiligst nach Kapstadt, wo gerade das Parlament tagte, um Detleef ihre Empörung mitzuteilen: »Es ist unmoralisch! Es gibt keine Stelle in der Bibel, die nackte Frauen billigt. Der heilige Paulus betont ausdrücklich, daß sie bedeckt bleiben müssen.«
»Ich glaube, das bezieht sich auf das Tragen von Hüten in der Kirche«, sagte Detleef.
»Wenn er diese Statue sähe, würde er sie einschließen, glaub mir.«
Sie erreichte bei Detleef nichts, aber ihre Erregung war so groß, daß Maria meinte: »Wenn wir nach Pretoria zurückkommen, muß ich mir das Ding unbedingt ansehen.«

»Es wird dir nicht gefallen«, sagte Johanna voraus. Beim Anblick der Anstoß erregenden Plastik war Maria sogar noch entrüsteter als ihre Schwägerin und schrieb sogleich einen scharfen Brief an eine Afrikander-Zeitung:

> Eine solche Statue an einem solchen Ort ist eine Beleidigung für alle anständigen Afrikanderfrauen. Sie steht im Gegensatz zum Geist der Bibel und verhöhnt die edlen Traditionen unseres Volkes. Frauen auf Afrikanderstatuen sollten lange Kleider tragen, wie am Vrouemonument in Bloemfontein. Wenn sie nackt erscheinen, bringt das nicht nur alle Afrikanderfrauen in Verlegenheit, sondern auch die meisten Männer. Der Schaden, den so etwas bei Kindern anrichtet, ist nicht abzusehen. Ich verlange im Namen aller Afrikanderfrauen, daß das Monument entweder entfernt oder aber die »Tugend« bekleidet wird.

Die englischsprachige Presse, die stets darauf aus war, die Afrikander in Verlegenheit zu bringen, hatte ihren Spaß an Mrs. van Doorns Vorschlägen, und es erschienen Karikaturen der »Tugend«, die sie in einem weiten Kleid oder mit einer Girlande aus Feigenblättern zeigten. Eine besonders freche Karikatur ersetzte die »Tugend« durch Oom Paul Krüger, der nur seinen Zylinder und ein ziemlich großes Eichenblatt trug.
Ausländische Zeitungen, die immer auf der Suche nach einer Story über die merkwürdigen Vorgänge in Südafrika waren, zitierten Mevrou van Doorns kritische Bemerkungen über Kunst, und als sie unter Druck ein Interview über die Statue gab, hatten die Redakteure ihre helle Freude:

> Neunzig Prozent der Afrikanderfrauen denken über diese schauderhafte Statue ebenso wie ich. Ein paar Kunstkritiker ohne Rückgrat, die sie verteidigen, sagen, daß Michelangelo solche Statuen für die bedeutenden Plätze Italiens geschaffen hat. Ich kann nur sagen, daß Michelangelo für die Italiener, die ein sehr niedriges moralisches Niveau haben, richtig sein mag, aber in Südafrika gibt es keinen Platz für ihn. Außerdem, wieso kämpft diese Frau eigentlich unbekleidet mit einer Schlange?

Und Maria gewann den Kampf. Die Sache wurde sauber gelöst – indem man den »Triumph der Tugend« in einen Mann verwandelte, der zwar auch nackt gegen seine Feinde kämpfte, seine kritischen Stellen jedoch züchtig hinter einem Schild versteckte.

Während seine Frau die moralische Sauberkeit der Nation verteidigte, arbeitete Detleef weiter an der Rettung ihrer politischen Sauberkeit. Diesmal probierte er mit Hilfe einiger sehr fähiger Parlamentarier eine völlig neue Kriegslist aus, die er der Führung folgendermaßen erklärte: »Wir befassen uns nicht mehr mit Nebensächlichkeiten, sondern blasen zum Frontalangriff. Wir brauchen eine Zweidrittelmehrheit im Senat und können sie nicht

bekommen. Ernennen Sie doch einfach einundvierzig neue Senatoren, die garantiert in unserem Sinn stimmen. Und wenn Sie dann noch befürchten, daß der Oberste Gerichtshof das Abstimmungsergebnis umstößt, fügen Sie sechs weitere Richter hinzu, die sich verpflichten, für uns zu stimmen.«
Das war in seinen Augen eine einfache Lösung, die jede Opposition ausschalten würde. Die Regierung zog sie durch. Vielleicht wäre sie ohne viel Aufhebens verwirklicht worden, hätte nicht eine Gruppe von Afrikanderfrauen mit sozialem Gewissen gemeinsam mit einer ähnlichen Gruppe englischer Frauen ein Aktionskomitee mit dem Namen »Schwarze Schärpe« gebildet. Diese Frauen stellten sich gegen alle gesetzwidrigen und einschränkenden Maßnahmen ihrer Regierung. Sie schützten Menschen, die keinen anderen Schutz finden konnten, und deckten schonungslos die Praktiken ihrer Regierung auf.
Die Präsidentin dieses Komitees war eine bemerkenswerte Frau, Laura Saltwood aus Neu-Sarum, der Johannesburger Residenz dieser bedeutenden Industriellenfamilie. Sie war in Salisbury, unweit der Kathedrale, geboren, und hatte Oberst Frank Saltwoods Sohn Noel unter denkwürdigen Umständen kennengelernt. Als Einwohnerin von Salisbury kannte sie natürlich die dort ansässigen Saltwoods und mochte sie nicht. Sir Evelyn, ein überzeugter Konservativer, machte sich im Parlament so lächerlich, daß sie und ihr Bruder Wexton schworen, sie würden einen liberalen Kandidaten gegen ihn aufstellen, sobald sie alt genug waren. Wexton besuchte die Universität Cambridge, und wann immer sich eine Gelegenheit bot, besuchte sie ihn und seine Gefährten. Bei einem solchen Besuch lernte sie im Jahr 1931 einen stillen jungen Mann aus Oxford kennen, der ihr sehr gefiel. »Es ist so nett, mit Ihnen beisammenzusein, wenn die anderen so viel reden und dabei so wenig sagen«, erklärte sie ihm, und er wurde rot. Es war Noel Saltwood, von der südafrikanischen Linie dieser Familie. Nachdem sie sich einige Male in Cambridge und Oxford getroffen hatten, heirateten die beiden.
Sie hatte das Glück, nach Johannesburg zu kommen, als Maud Turner Saltwood noch lebte. Von dieser tapferen Frau, die so viel für Südafrika getan hatte, übernahm sie die Gewohnheit, offen zu sprechen und rechtzeitig einzugreifen. Wir ihre Schwiegermutter, die sie verehrte, hatte sie vor nichts Angst. Detleef van Doorn verachtete sie wegen des Widerstandes, den sie seinen besten Projekten ständig entgegensetzte, und was ihre »Schwarze Schärpe« anlangte, war er der Ansicht, sie sollte verboten und ihre Mitglieder ins Gefängnis geworfen werden. Dafür würde er sorgen, wenn er mit den Farbigen fertig war.
Im Augenblick kämpfte er mit Mrs. Saltwood, die ihn richtig als eine Haupttriebfeder der früheren Gesetzgebung und der gegenwärtigen Bemühung erkannt hatte, den Farbigen das Wahlrecht zu rauben. Sie hielt auf Versammlungen Reden, gab Interviews, sprach im Rundfunk und sorgte für ständige Kontrolle. Sie war eine so erfolgreiche Gegnerin, daß Johanna bei einer in Detleefs Heim in Pretoria abgehaltenen strategischen Sitzung wissen wollte, warum eine solche Frau in der Öffentlichkeit frei sprechen

durfte. Detleef antwortete: »Weil dieses Land keine Diktatur ist. Dein Mann, Johanna, hatte gefährliche Vorstellungen über Hitler und all das, aber Männer wie Brongersma und ich zogen uns zurück. Wir wollten Hitler damals nicht, und wir wollen ihn auch jetzt nicht.«
Johanna begann zu weinen, denn sie dachte, daß das Märtyrertum ihres Mannes verunglimpft würde, aber Detleef tröstete sie: »In Wirklichkeit verfolgen wir die gleichen Ziele, aber mit legalen Mitteln. Wir werden keine unchristliche Handlung begehen, aber am Ende werden wir eine geordnete Gesellschaft haben. Fast genau das, worüber Piet und ich vor Jahren sprachen.«
1956 organisierte Detleef wieder einen Angriff gegen die Farbigen, und diesmal wurde das Gesetz mit einem gewaltig vergrößerten Senat und einem mehr als verdoppelten Obersten Gerichtshof vom Parlament verabschiedet und vom Gericht bestätigt. Aber Detleefs Triumph wurde durch die schwere Krankheit seiner Schwester getrübt. Er war bei ihr, als sie die freudige Nachricht hörte, daß Farbige von der gemeinsamen Liste gestrichen würden: »Es ist unsere Pflicht, Detleef, Entscheidungen zu treffen. Wir müssen dafür sorgen, daß sie gerecht sind, müssen aber auch darauf achten, daß sie streng eingehalten werden, damit wir die Kontrolle behalten. Ich wünschte, unsere Eltern hätten diesen Tag erlebt.« Ihre Worte gingen in Murmeln über, dann sagte sie zu Maria: »Detleef mangelt es an Willenskraft. Wenn es soweit ist, wird er nicht kämpfen wollen, um Südafrika aus dem Commonwealth herauszulösen. Zwing ihn dazu, Maria. Wir müssen frei sein.« Und sie starb, ohne auch nur einen Augenblick lang zu begreifen, daß Farbige und Schwarze vielleicht auch frei sein wollten.
In der traurigen Zeit nach dem Tod seiner Schwester arbeitete Detleef eifrig an der nächsten Serie von Gesetzen. Nur Weiße konnten die großen Universitäten besuchen. Die Erziehung der Bantu wurde streng revidiert. Sie wurde den Missionaren entzogen und ganz der Kontrolle der Politiker unterstellt: »Schwarze dürfen nicht mit Themen geplagt werden, die sie nicht begreifen, oder für Posten geschult werden, die es für sie nicht geben wird. Sie sollen nur jene Fachkenntnisse erwerben, die sie brauchen, um die herrschende Gesellschaftsklasse zu unterstützen. Der Unterricht soll in Afrikaans abgehalten werden, da das die Sprache der Nation ist, der sie nutzbringend dienen sollen.«
Dann wandte er seine Aufmerksamkeit den Wohngebieten zu, denn es ärgerte ihn, daß schöne Viertel der Städte noch von Bantu bewohnt waren. Mit weitreichenden Vorschriften, die er entwarf, die aber von anderen unterschrieben wurden, ermöglichte er die Räumung dieser Viertel. Seine besondere Aufmerksamkeit galt dabei einem Schandfleck Johannesburgs, Sophiatown. Er ließ diesen Stadtteil dem Erdboden gleichmachen und schickte die schwarzen Einwohner in Niederlassungen, die er auf dem Land hatte errichten lassen. Diese Schwarzen, die alle für weiße Familien und Unternehmungen in Johannesburg arbeiteten, gesellten sich zu den Arbeitermassen, die südwestlich der Goldstadt zusammengepfercht waren. Bald beförderten

Schnellzüge fast eine halbe Million Passagiere im Morgengrauen zu ihren Arbeitsstellen und in der Abenddämmerung wieder zurück.
Im Jahre 1957 hatte Detleef keinen Anteil an zwei wichtigen Entscheidungen, unterstützte jedoch die Männer, die sie trafen: »God Save the Queen« wurde als Nationalhymne abgeschafft und durch »Die Stem van Suid-Afrika« ersetzt, und der Union Jack war nicht mehr Nationalflagge. Maria war hocherfreut über diese Änderungen, denn sie bewiesen ihr und auch anderen, daß das Land endlich die Afrikanderrepublik wurde, die es immer hätte sein sollen. »Die schlimmen Jahre seit 1795, als die Engländer das erstemal eindrangen, sind beinahe vorüber. Ich schämte mich zwar, weil ich jubelte, als Jan Christiaan Smuts starb, aber ich war froh, daß er verschwand. Er hatte die Afrikander verraten, und es war nur gerecht, daß er von seinem eigenen Volk geächtet starb.«
Dann wurde die Euphorie der van Doorns durch etwas erschüttert, das sie nicht begreifen konnten. Ihrem Sohn Marius, einem ausgezeichneten Rugbyspieler in Stellenbosch, der gute Chancen hatte, den Springbockstatus zu erreichen, wurde das Rhodes-Stipendium angeboten, damit er in Oxford studieren konnte.
»Es ist beruhigend zu wissen, daß er qualifiziert war«, sagte Detleef seinen Freunden im Parlament. »Er ist einer der besten.«
»Wird er annehmen?«
»Sicherlich nicht. Es wird davon gesprochen, daß er für die nächste Tournee nach Neuseeland nominiert wird.«
»Ein Springbock?« fragten die Männer aufgeregt.
Ein Mann, der die Sportereignisse eifrig verfolgte, mischte sich ein: »Detleef ist zu bescheiden. Ich habe Gerüchte gehört, daß man Marius vielleicht zum Mannschaftskapitän wählen wird.«
»Also«, sagte der Vater ablehnend, »dafür ist er noch etwas zu jung. Diese Neuseeländer...« Und der Rest des Tages verging mit Erinnerungen an die Tournee des Jahres 1921, an der Detleef teilgenommen hatte.
Maria freute sich, daß ihr Sohn diese Anerkennung vom Rhodes-Komitee erhalten hatte, erklärte aber wie ihr Mann, daß sie enttäuscht wäre, wenn er auch nur andeutete, daß er annehmen wolle: »Wir brauchen keinen Sohn, der nach Oxford geht – wie ein Saltwood, mit geteilter Loyalität, der hier lebt und Salisbury sein Zuhause nennt.«
An diesem Abend schrieben beide van Doorns an Marius, gratulierten ihm zu der Auszeichnung, erwähnten aber auch, sie hätten gehört, daß er ein Springbock würde, vielleicht sogar Kapitän. Bevor ihre Briefe zugestellt werden konnten, erschien er in Kapstadt und teilte ihnen mit, daß er das Stipendium angenommen habe und bald nach England abreisen werde.
Detleef war so entsetzt, daß er kaum sprechen konnte: »Du wirst doch nicht... auf einen Springbock-Blazer... zugunsten eines Rhodes-Stipendiums verzichten?« Als Marius nickte, rief Detleef: »Aber mein Sohn! Ein Stipendium bekommt man jeden Tag. Ein Springbock-Rugbyspieler wird man nur einmal im Leben.«

Marius blieb standhaft. Er war einundzwanzig, größer als sein Vater, hatte aber nicht dessen Stiernacken. Er spielte nicht als Stürmer im Gedränge, sondern als flinker, schwer faßbarer Hinterspieler. Die Intelligenz, die er größtenteils von seinem Großvater mütterlicherseits, Christoffel Steyn, geerbt hatte, blitzte aus seinen Augen, und er konnte seine Freude darüber nicht verbergen, daß er nach Oxford gehen und mit den Besten wetteifern würde.

»Aber Marius«, wandte sein Vater ein, »Dinge aus Büchern kannst du überall lernen. Wenn du aber eine echte Chance hast, Kapitän eines Springbock-Teams zu werden – das würde Unsterblichkeit bedeuten.«

»Es gibt noch andere Dinge im Leben als Rugby«, antwortete der junge Mann.

»Was?« fragte Detleef. »Ich habe vieles im Leben gemacht. Ich hatte den preisgekrönten Bullen bei der Landwirtschaftsmesse in Rand. Kämpfte mit de Groot und Christoffel. Und erlebte den Triumph meines Volkes. Aber nichts kommt dem Gefühl gleich, in Neuseeland in einem Springbockdress auf ein Rugbyfeld zu laufen. Um Himmels willen, Marius, wirf diese Gelegenheit nicht für etwas weg, das sich Cecil Rhodes als Trick ausdachte, um unsere jungen Afrikander zu verführen.«

»Ich kann weiter Rugby spielen. Ich werde für Oxford spielen.«

»Was wirst du?« Detleef blickte seine Frau mit fassungslosem Ensetzen an.

»Hast du gesagt, du würdest für Oxford spielen?« fragte Maria.

»Ja, wenn ich mich für das Team qualifizieren kann.«

»Ein Mann, der ein Springbock sein könnte – soll für Oxford spielen?« Detleef schluckte und sagte: »Du bist dir doch im klaren, daß du, wie die Dinge liegen, eines Tages gegen Südafrika spielen könntest?«

»Es ist nur ein Spiel.«

Detleef protestierte: »Es ist kein Spiel. So haben wir dieser Nation Patriotismus eingeflößt. Ich wäre lieber Kapitän eines Springbock-Teams in Neuseeland als Premierminister.«

Marius ließ sich durch kein Argument von seiner Absicht abbringen, und als er drei Jahre später seinen Eltern telegrafisch mitteilte, daß er eine Engländerin heiraten würde, weinten sie zwei Tage lang.

Die Hochzeit von Marius van Doorn, Sportler und Stipendiat im Oriel-College, und Clare Howard fand am 20. März 1960 im Hause ihrer Eltern in einem Dorf nordwestlich von Oxford statt. Seine Eltern waren nicht anwesend, denn obwohl man sie eingeladen hatte, hatten sie sich geweigert, ihren Fuß auf englischen Boden zu setzen. Deshalb waren sie am folgenden Tag auch daheim in Pretoria, als Südafrika durch eine Feuersalve der Polizei in Sharpeville, einer schwarzen Dorfgemeinde unweit des Flusses Vaal, beinahe gespalten wurde.

Während der letzten Jahre war die Empörung der Schwarzen über die Gesetze gestiegen, die ihre Freiheiten immer mehr einschränkten. Es war Albert Luthuli, der bald den Friedensnobelpreis erhalten sollte, für fünf Jahre verboten worden, seinen Heimatbezirk zu verlassen. Afrikanische Frauen, die bei Demonstrationen mitmarschierten, waren mit Knüppeln geschlagen worden. In Transkei und im Zululand waren bei Aufständen Dutzende Tote und Verwundete zurückgeblieben.

In Sharpeville beschlossen die Schwarzen, es mit einem friedlichen Protest zu versuchen: Sie würden ihre Pässe abgeben und sich verhaften lassen, da sie es für eine Beleidigung hielten, in ihrem eigenen Land solche Ausweise bei sich tragen zu müssen. Etwa zehntausend versammelten sich vor der Polizeistation. Die Polizisten eröffneten ohne Vorwarnung das Feuer und schossen ziellos in die Menge. Es blieben siebenundsechzig Tote zurück, und über einhundertachtzig Männer, Frauen und Kinder wurden verwundet.

»Es war unvermeidlich«, meinte Detleef, als er davon hörte. »Wir tun, was für das Land richtig ist, und sie machen einfach nicht mit.« Als er hörte, daß Schwarze sich in verschiedenen anderen Städten zusammenrotteten, sagte er zu Maria, daß jeder Aufstand mitleidlos niedergeschlagen werden müsse. Er war kein bösartiger Mensch, glaubte aber an Ordnung; und wenn das Parlament nach angemessener Beratung beschloß, das Land solle auf eine bestimmte Art organisiert werden, war es die Pflicht eines jeden, sich zu fügen: »Du kannst nicht die Bantu entscheiden lassen, ob sie den Gesetzen gehorchen wollen oder nicht. Die Gesetze wurden beschlossen. Sie müssen befolgt werden.« Seiner Ansicht nach waren weiße Agitatoren, besonders Frauen wie Laura Saltwood, für diese Unruhen verantwortlich, und er überlegte sich, wie man diesen Leuten Einhalt gebieten könnte.

Im Jahre 1960, als Detleef fünfundsechzig war und daran dachte, sich zur Ruhe zu setzen, überzeugte ihn eine Kette dramatischer Ereignisse davon, daß die großen Aufgaben noch vor ihm lagen. Bald nach dem Blutbad von Sharpeville feuerte ein Irrer einen gezielten Schuß auf Premierminister Verwoerd ab. Wie durch ein Wunder blieb dieser am Leben, was nach Ansicht der van Doorns bewies, daß Gott ihn für höhere Aufgaben ausersehen hatte. Im Oktober organisierte Verwoerd einen Volksentscheid, der die Regierung ermächtigte, alle Beziehungen zur englischen Krone abzubrechen und Südafrika zur Republik auszurufen.

Detleef und seine Frau hatten mit ungeheurer Energie daran gearbeitet, alle Spuren des – wie sie es nannten – »Jahrhunderts englischer Herrschaft« zu tilgen. Zuvor war eine Reihe unwesentlicher Änderungen vorgenommen worden: Es gab keine Ritterwürde mehr wie die Sir Richard Saltwoods; Jan van Riebeecks Kopf kam statt des Königs oder der Königin auf die Münzen; *lieutenant* wurde in *veldkornet* geändert. Aber jetzt drängte Detleef seine Kollegen, die wichtigste aller Veränderungen vorzunehmen.

»Wir müssen aus dem Commonwealth austreten, das nur ein Kunstgriff der Engländer ist, ihre Hegemonie aufrechtzuerhalten.«

Viele, die ihn das sagen hörten, waren entsetzt darüber, daß er seine fixe Idee so weit trieb: »Als wir dafür stimmten, die Verbindungen mit der Monarchie abzubrechen, hatten wir sicherlich nicht die Absicht, aus dem Commonwealth auszutreten.« Auf solche Einwände antwortete er: »Wenn

man einen anständigen Kurs einschlägt, muß man ihm bis zum Ende folgen. Unser Ziel ist die völlige Freiheit.« Und wenn er abends nach Hause kam, um diese Dinge mit seiner Frau zu erörtern, bestärkte sie ihn: »Sie haben meinen Vater erschossen. Sie haben meine Familie im Lager umgebracht. Wir müssen alle Bindungen lösen.«
Im März 1961, als die van Doorns in Vrymeer waren, traf die wunderbare Nachricht ein. Ein Mitarbeiter rief aus Pretoria an: »Meneer! Wir sind endlich frei. Verwoerd hat uns aus dem Commonwealth gelöst!«
Detleef reagierte vorsichtig. Bevor er diesen Triumph mit Maria teilte, führte er noch zwei Telefongespräche, um sich die Nachricht bestätigen zu lassen. Als er sicher war, daß sein Land endlich frei war, lief er nicht jubelnd zu seiner Frau oder begann zu feiern. Statt dessen verließ er das Haus, ging feierlich zum See, an dem Bläßböcke grasten, blickte hinüber zu der Stelle, wo General de Groots Hartebeesthütte in den schlimmen Jahren nach dem Ende des Krieges gestanden hatte, und hörte wieder die Worte des alten Kriegers: »Wir haben die Schlachten verloren. Wir haben den Krieg verloren. Nun werden wir mit anderen Mitteln siegen.«
Detleef hob die Faust, wie er es vor Jahren getan hatte, wenn er einen Rugbysieg feierte, und rief: »Alter Mann! Wir haben gesiegt! Wir haben gesiegt!«

Detleef war nun im Ruhestand, und er hätte sich ausruhen können, denn die Gesetze, die er gefördert hatte, hatten das richtige Verhalten für alle Einwohner der Republik festgelegt. Aber Trägheit war seiner puritanischen Natur fremd, und er begann sich wegen einer anderen wichtigen Aufgabe Sorgen zu machen: »Ich könnte eigentlich glücklich sterben, Maria, da ich weiß, daß wir unsere große Registratur in Pretoria haben, in der die rassische Klassifikation jedes Staatsbürgers enthalten ist. Auch die grünen Identitätsausweise sind gut. Was wir aber wirklich brauchen, ist ein Identifikationsdokument, das über das ganze Leben eines Menschen Aufschluß gibt. Er müßte es immer bei sich tragen, so daß die Behörden genau sehen können, wer er ist und was er tut.«
Das 12 × 9 cm große Büchlein, das er erfand, war ein Meisterwerk sorgfältiger Planung. Es enthielt achtundvierzig Seiten, die ein Leben zusammenfaßten und allerlei nützliche Daten vereinten. Lange Codenummern gaben rassische Abstammung, Status und Wohnort an. Es war Platz für eine Reihe von Fotos aus verschiedenen Altersstufen vorgesehen. Vier Seiten waren Aufzeichnungen über die Ehe gewidmet. Sie enthielten die gedruckte Versicherung, daß der Inhaber oder die Inhaberin, falls ihnen oftmalige Scheidungen unangenehm waren, ein neues Büchlein anfordern und von vorn beginnen könne. Dann folgte eine vollständige Aufstellung der Impfungen, Allergien, der Blutgruppe und anderer medizinischer Informationen, die sich für einen Sanitäter oder eine Krankenschwester als nützlich erweisen konnten. Das Büchlein galt auch als Führerschein, wobei die Seiten 18 bis 21 für polizeiliche Vermerke über Verhaftungen reserviert waren. Es war

zugleich auch Waffenschein mit vier vollen Seiten zur Registrierung von Waffen. Die Seiten 29 bis 46 trugen die Überschrift »Für amtliche Vermerke« und waren für die Eintragung aller Informationen bestimmt, die die Behörden später einmal hinzufügen wollten. Die letzten zwei Seiten enthielten eine Wählerkarte, und in einer Tasche am Ende war noch Platz für eine vollständige Liste aller im Besitz des Inhabers befindlichen Immobilien. Nach Detleefs Wunsch sollte jeder weiße Staatsbürger dieses Dokument immer bei sich tragen.

Eines Nachmittags kam der weißhaarige und altersschwache Reverend Brongersma vorbei, um guten Tag zu sagen. Er predigte nicht mehr, versuchte jedoch, die Aktivitäten des *Broederbond* zu verfolgen; neben der Kirche war dieser Bund das Wichtigste in seinem Leben gewesen: »Ich denke oft an die aktiven Zeiten zurück, Detleef. Du und Frykenius, ich und Piet Krause. Wir waren ein munteres Quartett und wir haben so viel erreicht.«

Dann bat er unvermittelt: »Ruf Maria. Ich will das Mädchen sehen, dem ich das Leben gerettet habe.« Und als die korpulente, gedrungene Maria ins Zimmer kam, erhob er sich und küßte sie. »Ich fuhr den weiten Weg nach Stellenbosch, um diesem jungen Burschen zu sagen, er solle dich heiraten, und daraus wurde dieses vorbildliche christliche Heim. Ich wünschte, ich hätte Marius aufsuchen können, bevor er diese Engländerin heiratete. Nun kann er dem *Broederbond* nie beitreten, niemals eine bedeutende Rolle in unserer Gesellschaft spielen.«

Das war bedauerlich. Er sprach auch von Piet und sagte etwas, das Detleef zutiefst erschütterte: »Piet war ein Linksradikaler; er zerstörte sich selbst. Du warst ein Rechtsradikaler und hast viele unserer Freiheiten zerstört.«

»Was meinst du damit?«

»Detleef hat nur für das Gute gearbeitet«, verteidigte ihn Maria.

»Davon bin ich überzeugt«, sagte der alte Mann, »aber ich fürchte, er brachte einige Dinge aus dem Gleichgewicht. Die Gemeinschaft Christi soll die Freiheit bringen, nicht den Zwang.«

»Aber die Gesellschaft muß zur Ordnung erzogen werden«, widersprach Detleef. »Das weißt du.«

»Ja. Aber wenn wir das Alte Testament allzu eng auslegen, entgehen uns die Zärtlichkeit, das Abenteuer, die wilden Triumphe, der Tanz und der Klang der Flöten.« Er schüttelte den Kopf. »Auch ich bin schuld. Ich suchte so ungestüm nach einer neuen Welt, daß ich das Gute an *dieser* Welt nicht mehr sah. Weißt du, was jetzt, da ich mich dem Tod nähere, meine Lieblingsverse in der Bibel sind? ›*Word wakker, word wakker, Debora: Word wakker, word wakker, hef'n lied aan.*‹ Deborah, sing uns ein Lied! Du hast den Gesang getötet, Detleef.«

Als er fortging, sagte Maria: »Armer alter Mann, er redet irre.«

Kurz darauf stürzten einige Männer ins Haus und schrien: »Der Premierminister ist ermordet worden!«

Zitternd rannten die van Doorns zum Radio. Detleef drehte so nervös an dem Knopf, daß er keine Station finden konnte, also griff Maria ein, und sie hörten die schreckliche Bestätigung: »Heute wurde unser Premierminister Hendrik Verwoerd in Erfüllung seiner Pflichten im Parlament von einem Mörder erstochen, der sich ihm in der Uniform eines Laufburschen näherte. Mit drei Stichwunden in Kehle und Brust starb er, bevor er das Krankenhaus erreichen konnte.«

Die van Doorns saßen schweigend im Dunkel und dachten über die Nemesis nach, die zeitweise über ihrer Nation zu schweben schien: Ein großartiger Patriot wurde im Regierungsgebäude ermordet; Ausländer hielten Anklagereden vor den Vereinten Nationen; Schwarze weigerten sich hartnäckig, die ihnen zugewiesenen Positionen anzunehmen; und Marius war mit einer Engländerin verheiratet.

In den folgenden Tagen schien Detleefs straff organisierte Welt auseinanderzufallen, weil eben die Gesetze, die er zur Verteidigung des Staats entworfen hatte, dazu verwendet worden waren, seinen gewählten Führer zu ermorden. »Es scheint, als hätte Gott selbst diese Tragödie gewollt«, jammerte Detleef und zählte mit wachsendem Zorn die Beweise auf.

»Wer hat ihn ermordet? Ein Mann, den man nie ins Land hätte lassen dürfen. Ein Niemand aus Moçambique.«

»Wie hat er sich eingeschlichen?«

»Du wirst es nicht glauben, aber vier Männer, die ich selbst geschult habe – Beamte der Einwanderungsbehörde, die alle Fremden, die ins Land kommen, überprüfen sollten. Der Mann war vorbestraft. Es stand in seinen Papieren, und keiner hat es gesehen.«

»Aber wie konnte ein solcher Mann einen Posten als Laufbursche im Parlament bekommen?«

Detleef überlief ein Schauder. »Seine Papiere gaben ausdrücklich an, daß er halb weiß, halb schwarz war. Jeder in Moçambique wußte es. Unsere Botschaft wußte es. Aber was geschieht? Er kommt dreist hereinmarschiert, und mein Büro gibt ihm eine Identitätskarte, in der steht, daß er weiß ist. Danach war alles leicht.«

»Aber warum wollte er unseren Premierminister ermorden?«

Van Doorn senkte den Kopf und legte die Hand über die Augen. Er wollte diese häßliche Frage nicht beantworten, vertraute Maria aber mit schwacher Stimme an: »Er sagte, er war verbittert, weil es ihm als Mann mit der Identitätskarte eines Weißen verboten war, geschlechtliche Beziehungen zu einem farbigen Mädchen zu haben, das er liebte.«

In dumpfer Wut rannte Detleef in der Küche auf und ab, in der er seine erste Erleuchtung gehabt hatte. Er war verbittert über den zynischen Streich, durch den seine eigenen Gesetze sich gegen ihn gewandt hatten, konnte aber an diesen Gesetzen nichts Schlechtes finden.

»Wir müssen eben noch strengere Gesetze erlassen«, erklärte er seiner Frau. »Und wir müssen sie noch besser durchführen.«

13. Apartheid

Das komplizierte Geflecht aus alten Bräuchen und neuen Gesetzen, das Detleef van Doorn und seine Freunde ersonnen hatten, wurde bekannt unter dem Namen Apartheid und stellt ein klassisches Beispiel dar für die unglückliche Hand, die Afrikander bei Namengebungen hatten. Das Wort bedeutet Absonderung und kommt in älteren Wörterbüchern ihrer Sprache nicht vor. Es wurde erfunden und spiegelte ihren Glauben wider, daß Gott eine strenge Trennung der Rassen gewollt hatte, wobei sich jede auf ihre eigene Art innerhalb ihrer Grenzen weiterentwickeln sollte.

Das Wort sollte *apart-het* ausgesprochen werden, aber Fremde sagten gewöhnlich *apart-hait*. Beide Aussprachen waren unglücklich gewählt, denn sie haben gleichzeitig eine ärgerniserregende Bedeutung, an die ihre Urheber gar nicht dachten.

Im Laufe der Jahre änderten sich die zur Beschreibung des Begriffs *apartheid* verwendeten Namen: Vormundschaft, getrennte Entwicklung, getrennte Freiheiten, getrennte Einrichtungen, Eingeborenenentwicklung, multinationale Entwicklung, Selbstbestimmung, pluralistische Demokratie. Wie eifrig sie es auch versuchten, es gelang den Architekten dieser Gesetze nicht, den ersten, korrekten Namen auszumerzen, mit dem sie ihr großes Vorhaben bezeichnet hatten.

Jeder, der sich mit der führenden Rolle beschäftigt, die van Doorn beim Entwurf dieser Gesetze spielte, muß von seiner oft wiederholten Erklärung beeindruckt sein: »Ich handelte aus den besten und ehrlichsten Beweggründen und ohne persönliche Aversion, in Übereinstimmung mit dem Willen Gottes.«

Sicherlich wollte er den Farbigen, Asiaten und Schwarzen, deren Freiheit er so einschränkte, nicht schaden. Er sagte oft: »Einige meiner besten Freunde sind die Bantu, die auf meiner Farm arbeiten.« Obwohl es stimmte, daß er sich immer weigerte, die Bedingungen zu ändern, unter denen sie arbeiteten, prüfte er stets sein christliches Gewissen, wenn er entschied, was für sie richtig und was falsch war. Oft bezahlte er ihnen höhere Löhne, als sie anderswo bekommen hätten. Er beteuerte, daß er sie nicht als minderwertige Menschen betrachtete; sie waren nur andersartig; er wollte sie nicht beherrschen, sondern nur als ihr wohlmeinender Vormund fungieren. Aber auch redliche Absichten schaffen manchmal Probleme, die der Verkünder eines Gesetzes nicht vorhersehen konnte; die Apartheid durchdrang alle Lebensbereiche in einem Maße, daß sie das Leben jedes Menschen von der Geburt bis zum Tod regelte.

Bei der Geburt

Der Afrikander fürchtete sich nie davor, gegen den Strom der Geschichte zu schwimmen, und war dabei meist auch sehr erfolgreich. Andere Nationen hatten von der Rassenmischung in ihren Ländern profitiert. Es gibt kaum ein schöneres Volk als das der geduldigen und begabten Bewohner der Südsee, deren Ahnen chinesischer und polynesischer Abstammung waren. Die Mischung von Schwarz und Weiß hat in Brasilien außerordentlich intelligente Menschen hervorgebracht. Die von Japanern und Weißen abstammenden Bewohner der Insel Hawaii zeichnen sich durch Intelligenz und außergewöhnliche Schönheit aus. Die Vermischung indianischen und spanischen Blutes hat sich in Mexiko ebensowenig nachteilig ausgewirkt wie die indianischen und schwarzen Blutes auf Trinidad.
Der Afrikander dagegen betrachtete seine kleine Nation als ein Werk Gottes und war fest entschlossen, alle Einflüsse von ihr fernzuhalten, die ihre gottgewollte Reinheit gefährden konnten. In der Tat fand man kaum eine Volksgruppe, die homogener war und mit mehr Eifer an ihre Aufgaben heranging als diese Afrikander, die Kinder des Velds und der Täler an der Südspitze des Schwarzen Kontinents. Natürlich hatten sich die Holländer im Lauf der Jahre auch mit Angehörigen anderer Nationen vermischt. Da waren beispielsweise die begabten Hugenotten, die vereinzelt zuwanderten, und die Deutschen, die manchmal den Holländern zahlenmäßig überlegen waren. Verbindungen mit Engländern waren unvermeidlich, da sie schon bald den größten Teil der weißen Bevölkerung stellten. Aber dies waren Völker mit verwandten geistigen und körperlichen Anlagen.
Auch war es unumgänglich, daß die Afrikander Bindungen mit Hottentotten, Schwarzen und Farbigen eingingen. Die Pioniere gaben das auch offen zu, während ihre Nachkommen fest entschlossen waren, jeden weiteren fremden Einfall in ihr weißes *laager* zu verhindern.
Der Versuch der Afrikander, die Reinheit der weißen Rasse zu erhalten, ging auf Kosten der Gesellschaft, denn die Farbigen, die in Südafrika und in anderen Ländern immer stärker wurden, mußten mit Gewalt vom öffentlichen Leben ausgeschlossen werden. Es war ihnen nicht nur verboten, gesellschaftlich mit Weißen zu verkehren. Sie wurden auch wirtschaftlich, beruflich und kulturell abgesondert, bis der Verlust für die Nation unermeßlich war. Um wieviel ärmer wären beispielsweise die Vereinigten Staa-

ten ohne die Beiträge ihrer großen Farbigen: Frederick Douglass, Ralph Bunche, Martin Luther King, O. J. Simpson, Harry Belafonte, Lena Horne, Diahann Carroll, Senator Brooke und Kongreßabgeordneter Powell! Und um wie vieles wäre der Kreis schöpferischer Menschen kleiner, wenn es nicht die Werke von Farbigen wie dem Dichter Puschkin, dem Maler Pissarro und dem glänzenden Erzähler Dumas gäbe!

Südafrika dagegen ließ seine Farbigen nicht zum Zuge kommen. Welch ein Reichtum an Begabung hiermit weggeworfen wurde, zeigt sich nirgends deutlicher als am Beispiel des dreiundzwanzigjährigen Mischlingsmädchens Heather Botha. Heather war exotisch, wie eine Palme, die sich über eine Lagune neigt, oder eine lohfarbene Perle in der Hand einer Balinesin. Sie vereinigte die anziehendsten Merkmale aller Rassen in sich, die unter ihren Vorfahren vertreten waren: die malaiische Sklavin mit dem feurigen Temperament, die neun Jahre lang ihren Herrn von der Kompanie abgewehrt und dann elf Jahre lang mit seinem Sohn geschlafen hatte; der holländische Schiffskapitän, der auf so vielen Meeren mit den Stürmen gekämpft hatte, daß es ihn einen Dreck kümmerte, was die leitenden Beamten der Kompanie hinsichtlich der Fraternisierung mit Mischlingsmädchen anordneten; der Hottentottenhirte, der die siebenundvierzig Rinder, die er besaß, sowie die siebenundfünfzig, die er der Kompanie gestohlen hatte, mit seinem Gewehr beschützte; der schwarze Krieger, der sich gegen Zulu und Weiße verteidigte; der hellhäutige englische Offizier auf der Reise nach Indien, der einem jungen farbigen Mädchen auf den Hängen des Tafelberges an einem Bach Liebesworte zuflüsterte. Heather war das Kind lebensfroher Vorfahren, und sie alle wären stolz auf sie gewesen, denn wie sie bei verschiedenen Gelegenheiten in Nachahmung ihres Vorfahren, des holländischen Schiffskapitäns, sagte: »Es kümmert mich einen Dreck.«

An der Universität war sie im Jahr 1953 ganz offen mit Weißen ausgegangen, obwohl die Fakultät sie darauf aufmerksam machte, daß sie sich in Gefahr begab, und die Polizei feststellte, daß ein solches Verhalten strafbar sei. Es wäre für sie schwierig gewesen, die vielen Einladungen abzulehnen, die sie von weißen Studenten erhielt, denn sie war eine auffallende junge Frau und eine der lebhaftesten Studentinnen. Sie hatte einen aufreizenden Gang und ein keckes Lachen, bei dem ihre weißen Zähne blitzten.

Aber sie war verdammt. Bei ihrer Geburt war sie als Farbige klassifiziert worden, was zählten dagegen schon Intelligenz, Schönheit und Charakter? Wo sie lebte, die Ausbildung, die sie in ihrer Jugend erhielt, welchen Beruf sie ausüben konnte, in wen sie sich verlieben durfte, und die Rolle, die sie im Leben Südafrikas spielen konnte, das alles war genau vorgeschrieben. Jeder in der Nation kannte Heathers Grenzen – jeder außer Heather.

Die Polizei verhaftete die junge Studentin, als sie zwanzig war, wegen »Anstiftung von Weißen zu interrassischem Geschlechtsverkehr oder zum Begehen unzüchtiger Handlungen«. Diese Anklage war sicher nicht unberechtigt, denn Heather wirkte auf jeden Mann, ganz gleich, welcher Hautfarbe. Aber es waren die Männer, die sie verführten. Sie erhielt drei

Monate Gefängnis mit Bewährung. Man machte sie darauf aufmerksam, daß sie, falls sie wieder wegen Unsittlichkeit vor einen Richter gebracht wurde, die Folgen tragen müsse.
»Es kümmert mich einen Dreck«, sagte sie nach der Verhandlung zu ihren Kommilitonen und benahm sich weiter mit einer Unverfrorenheit, die für jene, die sie kannten, bezaubernd, für alle anderen jedoch anstößig war. Sie ging in Kapstadt überall hin, wo sie wollte, aß, wo immer ihre Gruppe das Essen einnahm, und ab Ende Oktober besuchte sie die für Weiße reservierten Strände, wo ihre bemerkenswerte Gestalt, ihre sonnengebräunte Haut und ihr lebhaftes Benehmen Aufmerksamkeit, wenngleich auch nicht immer Beifall fanden. Zweimal wurde sie von Weißen, die Sonnenbäder nahmen, gewarnt, daß sie gegen die Vorschriften verstoße, wenn sie an Stränden bade, die gesetzlich für Weiße reserviert waren. Sie warf den Kopf zurück und lächelte ihnen zu.
Auch in den Weihnachtsferien sonnte sich Heather an einem für Weiße reservierten Strand. Dabei lernte sie den zwanzigjährigen Craig Saltwood vom Oriel College in Oxford kennen, der zu Besuch bei seiner Familie weilte. Sie sprachen über die Kurse im College und über die jüngste Entwicklung in Südafrika. Er ließ warmen Sand auf ihre Beine rieseln, dann entfernte er ihn zuvorkommend, ein Korn nach dem anderen. Sie sagte ihm, er solle achtgeben, wohin sich seine Finger verirrten, und bald küßten sie einander in versteckten Winkeln, wo die Polizei sie nicht sah, und am dritten Nachmittag brachte sie der junge Saltwood in seinem Morris Minor nach Hause.
Er war von ihren Eltern begeistert. Simon Botha war ein geschickter Baumeister, der seine eigene Firma leitete. Seine Frau Deborah, eine unauffällige Hausfrau, sorgte für Simon und ihre drei Kinder, von denen Heather das älteste war. Sie stand oft in der Küche ihres Hauses in Athlone, wo sie die *boboties* und süßen Konfitüren zubereitete, auf die sich ihre Familie immer schon verstanden hatte. Wie ihre Tochter hatte sie eine goldbraune Haut, war aber, im Gegensatz zu ihr, schüchtern.
»Ich mache mir oft Sorgen wegen Heather«, sagte sie leise. »Daß sie zum weißen Strand geht. Sie muß in Schwierigkeiten geraten.«
»Ich bin keine Schwierigkeit«, meine Craig.
»Für meine Tochter sind Sie es«, antwortete Mrs. Botha.
Dann sprach Mr. Botha über die kürzliche Vergabe von Bauaufträgen für Häuser in einem neuen Stadtbezirk. Die weißen Beamten hatten farbige Handwerker benachteiligt, indem sie große Aufträge an weiße Baumeister vergaben, denen es jedoch an Sachkenntnis und Erfahrung mangelte. »Sie wollen mich diese neuen Kisten nicht bauen lassen, aber wenn eines von den großen alten Häusern wie Trianon Wartung braucht, holen sie mich.« Er lachte. »Dann heißt es: ›Botha, kannst du diesen Giebel im alten Stil reparieren?‹ oder: ›Botha, wir wollen diese Scheune restaurieren, die aus der Zeit der Jan Compagnie stammt. Wir müssen unser kulturelles Erbe bewahren.‹ Und wer bewahrt es? Ich.«

Im Haus der Bothas wurde viel gelacht, es gab eine Menge Bücher und einige Schallplatten von Wilhelm Furtwängler und Arturo Toscanini sowie ein Regal mit Opernaufnahmen auf His Master's Voice. Die Bothas sprachen Englisch, aber auch recht gut Afrikaans und besuchten sonntags die holländisch-reformierte Kirche für Farbige, in der Simon und Deborah getraut und ihre Kinder konfirmiert worden waren.

Der Koreakrieg war gerade zu Ende, und Simon sprach stolz von den südafrikanischen Kampfflugzeugen im Fernen Osten, konnte aber seine Enttäuschung nicht verbergen, wenn er auf seinen vierjährigen Wehrdienst im Zweiten Weltkrieg zurückblickte: »Als es vorbei war, kam Jan Smuts persönlich, um unserer farbigen Einheit zu danken. Ich sehe noch den Oubaas, wie er keine drei Meter von mir entfernt stand und uns sagte, daß man uns daheim brauche, um ein neues Südafrika aufzubauen. ›Gott segne euch alle‹, erklärte er. ›Möget ihr im Frieden noch mehr Erfolg haben als in diesen Jahren des Krieges.‹ Fünfzigtausend Mann wie ich kämpften gegen Hitler. Für die Freiheit, sagten sie. Aber als wir heimkamen, vergaß Smuts alle seine Versprechungen, und jetzt versucht man sogar, uns das Wahlrecht zu nehmen.«

Als Heather sah, wie verständnisvoll Craig sich ihrer Familie gegenüber verhielt, reagierte sie so herzlich, daß alle argwöhnten, sie würde die nächsten Nächte mit ihm in der Pension am Sea Point verbringen, wo er während seiner Ferien wohnte. In der zweiten Nacht rief eine Frau in einem gegenüberliegenden Zimmer die Polizei an, um sie darauf aufmerksam zu machen, daß in Zimmer 318 ein Verbrechen begangen würde. Der Fall wurde zwei Polizisten übertragen, einem fünfundfünfzigjährigen Sergeant, der über eine solche Aufgabe empört war, und einem eifrigen zweiundzwanzigjährigen Burschen vom Lande, den die Aussicht erregte, in Zimmer einzudringen, wo nackte Paare im Bett lagen. Eines Morgens um Viertel nach vier Uhr stürmten sie, nachdem sie das Haus mehrere Nächte beobachtet hatten, ins Zimmer, machten Fotos und verhafteten das nackte Paar, wobei der ältere Polizist vor Scham rot wurde.

»Die Laken! Vergiß die Laken nicht!« schrie der jüngere Mann, während er Heather beim Ankleiden zusah, und der Sergeant mußte das Bett abziehen und die Laken zu einem Bündel schnüren. Die Untersuchungsbeamten würden sie in ein medizinisches Forschungsinstitut schicken, wo hochbezahlte Chemiker mit ultramoderner Ausrüstung wissenschaftlich feststellen würden, ob tatsächlich Rassenvermischung stattgefunden hatte.

»Es tut mir leid«, entschuldigte sich der ältere Polizist, während er das Liebespaar durch den Korridor zu einem Ausgang führte, wo die Anruferin wartete, stolz darauf, die Moral ihrer Nation verteidigt zu haben.

»Sie jämmerliches Geschöpf«, sagte Heather im Vorbeigehen. Dieses »arrogante und gehässige Verhalten einer anständigen Bürgerin gegenüber« wurde ihr bei der Gerichtsverhandlung vorgehalten.

»Unverschämt und verstockt, obwohl eines schweren Verbrechens schuldig«, schrie der Richter sie an, worauf er die für solche Fälle übliche Strafe

verhängte: »Craig Saltwood, Sie stammen aus einer guten Familie und haben gute Leistungen an der Universität erbracht. Sie wurden offensichtlich in England durch fremde Ideen beeinflußt, und Ihr Verhalten ist eine Schande. Das Beispiel, das Sie und andere weiße Männer Ihrer Art geben, kann von anständigen Farbigen nur als empörend empfunden werden; ihre Töchter müssen vor solchen Liebschaften geschützt werden. Drei Monate. Die Strafe wird auf drei Jahre zur Bewährung ausgesetzt.« Der Richter blickte ihn finster an. »Wenn Sie aber wieder mit einer Frau außerhalb Ihrer Rasse verkehren, kommen Sie ins Gefängnis.«
Er fixierte Heather einen Augenblick böse. Dann sagte er: »Sie haben es vorgezogen, die Warnung zu ignorieren, die ich bei Ihrem letzten Erscheinen aussprach. Ich habe Mitleid mit den Gefühlen Ihrer Eltern wegen dieser schändlichen Handlung. Aber das Gericht hat keine andere Möglichkeit. Drei Monate Gefängnis.«
Man hätte annehmen können, daß der Weiße unter der Mißbilligung durch seine Gesellschaft leiden, sich davonschleichen und den Mund halten würde. Doch Craig Saltwood war so empört über dieses Urteil gegen Heather, daß er, anstatt eilig nach Oxford zurückzukehren und seine Urlaubseskapade zu vergessen, seine Mutter anrief und fragte: »Willst du mir helfen, eine schwere Ungerechtigkeit gutzumachen?«
»Nichts lieber als das«, antwortete Laura Saltwood.
Sie hatte bereits, wenn auch mit geringem Erfolg, für die Rechte schwarzer und farbiger Kriegsveteranen gekämpft und war entsetzt über die Ungerechtigkeiten, die aufgrund der von den Nationalisten nach ihrem Sieg im Jahr 1948 erlassenen Gesetze begangen wurden. Als Craig erklärte, wie man ihn entschuldigt und Heather ins Gefängnis geworfen hatte, war sie empört.
»Bitte, stell etwas klar. Ist sie eine Prostituierte?«
»Zum Teufel, nein! Sie hat mich nicht verführt, wie das Gericht behauptete. Ich habe ihr nachgestellt.«
»Du hast sie in ihrem Elternhaus besucht?«
»Ich war zum Abendessen bei ihren Eltern. Wie ich es bei jedem Mädchen getan hätte, das mir gefällt.«
»Ist ihr Vater nicht Simon Botha, der die alten holländischen Häuser am Kap restauriert?«
»Ja.«
Das war alles, was Laura Saltwood brauchte. Sie rief die kleine Gruppe von Frauen zusammen, die sich ihr angeschlossen hatten, um die Rechte von ehemaligen Kriegsteilnehmern zu schützen, legte ihnen den Fall dar. Die Damen waren empört, aber als sie vorschlug, die Geschichte in den Zeitungen zu veröffentlichen, stellte eine Mrs. van Rensburg die Frage, ob sie das für klug halte: »Hat Ihr Sohn nicht schon genug unter der Publizität gelitten?«
»Darum haben wir Saltwoods uns nie gekümmert«, sagte Laura, und eilte nach Kapstadt, wo sie im »Argus« und der »Times« ihrem Zorn Luft

machte. Sie besuchte Heathers Eltern, um sie zu ermutigen, riet ihnen aber, daß Heather das Land verlassen sollte, sobald es ihr gelungen war, dieses niederträchtige Urteil rückgängig zu machen.

»Und wohin soll sie gehen?« fragte Deborah Botha traurig.

»Nach Kanada. Dort verhalten sich die Leute wie Menschen.«

Sie besuchte auch Heather im Gefängnis, wobei sie die Anzüglichkeiten ignorierte, die sie von den Behörden zu hören bekam, als sie um die Erlaubnis ansuchte. Sie fand, daß Heather das beste Mädchen war, das sich eine Mutter für ihren Sohn wünschen konnte – hübsch und mit einem kräftigen Sinn für Humor. »Wir werden Sie hier herausholen, Heather.«

»In drei Monaten«, scherzte das Mädchen.

»Ich meine, aus dem Land. Sie müssen fort von hier.«

»Mir gefällt es hier.«

»Sie haben keine Zukunft in Südafrika. Anderswo könnten Sie ein normales Leben führen.«

»Ich führe hier ein ziemlich normales Leben.«

»In einer Gefängniszelle? Weil Sie einen jungen Mann lieben? Seien Sie doch nicht albern.«

Heather hatte nur eine Woche Zeit, um über diesen Rat nachzudenken. In dieser Zeit kehrte Craig Saltwood nach Oxford zurück, und seine Mutter suchte den einzigen Menschen auf, von dem sie glaubte, er würde ihr Gehör schenken: Detleef van Doorn, Präsident des Komitees für Rassenangelegenheiten und Schöpfer der neuen Gesetze. Er hörte ihr aufmerksam zu, dann erklärte er ihr geduldig, daß das weiße Südafrika die Reinheit seiner Rasse schützen müsse: »Heather Bothas Verurteilung ist dem Schaden angemessen, den sie anrichten würde, wenn sie ein weiteres farbiges Kind zur Welt brächte.«

»Und das Verbrechen meines Sohnes?«

»Sie hat ihn in Versuchung geführt«, und er zitierte mehrere Beispiele aus der Bibel, bei denen ehrbare junge Israeliten von den Töchtern Kanaans in Versuchung geführt worden waren. Als Mrs. Saltwood nachsichtig lächelte, holte er eine englische Bibel aus seinem Schreibtisch hervor, in die Lesezeichen eingelegt waren. Er suchte die passende Stelle, schlug Genesis 28,1 auf und las in klangvollem Englisch: »Nimm nicht ein Weib von den Töchtern Kanaans.« Triumphierend schlug er die Bibel zu und blickte Mrs. Saltwood an.

»Soviel ich weiß, hatte er nicht die Absicht, Miß Botha zur Frau zu nehmen.«

Als echter Puritaner war van Doorn über diese Frivolität erbost, sagte aber nach einer kurzen Pause ruhig: »Wenn Sie den Weg weiterverfolgen, den Sie eingeschlagen haben, Mrs. Saltwood, werden Sie in große Schwierigkeiten geraten.«

»Nein«, sagte sie gelassen, »ich werde, wann und wo immer ich kann, wegen Heather Bothas schändlicher Verurteilung Krach schlagen.« Laura war eine resolute Frau, die sich vor nichts fürchtete. Die Beiträge ihrer Familie zum

Werden dieser Nation waren nicht unbedeutend gewesen, und sie hatte nicht die Absicht, ihre moralische Einstellung dem Urteil von Afrikandernationalisten anzupassen, die sie für bigott hielt.
Van Doorn betrachtete ihr entschlossenes Gesicht, und ihm war, als habe er Hilary Saltwood vor sich, den ersten und schlimmsten dieser schwierigen Familie. Wann immer sich die Treckburen mit diesem verrückten Missionar angelegt hatten, hatten sie Narben davongetragen, und Detleef fürchtete, daß es ihm bei einem offenen Streit mit Laura Saltwood ähnlich ergehen würde.
»Ich werde mit den zuständigen Behörden sprechen, um das Strafmaß herabsetzen zu lassen.«
»Noch heute?«
»Ich kann nicht für andere sprechen.« Dann senkte er die Stimme und bat seine schwierige Besucherin: »Könnten wir das als Geheimnis zwischen uns beiden behandeln?«
»Gewiß. Ich wußte, daß Sie ein vernünftiger Mann sind, Detleef.«
»Nein, ich bin ein armer Bure, Madam, unfähig gegen euch *bedonderde* [betuchte] Saltwoods zu kämpfen.«
Heather wurde freigelassen, und sechs Monate später traf Laura sie bei einem Besuch in Kapstadt beim Packen ihrer Koffer an. »Ich verschwinde nach Kanada«, sagte das Mädchen glücklich und küßte Laura, die ihr gezeigt hatte, wie sich eine freie Frau verhalten muß.
Sie ließ sich in Toronto nieder, der schönsten Stadt Kanadas. Dort fielen ihre Lebensart und ihre Schönheit verschiedenen Leuten auf, darunter mehreren jungen Männern, die von ihrem exotischen Aussehen und ihrem geistvollen Witz gefesselt waren. Freunde halfen ihr, einen Posten als Sekretärin bei einer Firma mit Verbindungen nach Übersee zu finden, wo sie ihre Sprachbegabung gut verwerten konnte.
In Toronto schätzte man jene Eigenschaften an ihr, die sie daheim zu einer Verbrecherin gemacht hatten: freche Nonchalance überholten Gewohnheiten und ansteckende Aufgeschlossenheit allen Menschen gegenüber. Es stand ihr frei, zum kanadischen Leben beizutragen, was ihre Fähigkeiten erlaubten; aber sie benahm sich nie hochtrabend oder selbstgerecht. Wenn wohlmeinende Reisende sie über die neuesten Vorfälle in Südafrika informieren wollten, lächelte sie freundlich und sagte: »Ich kümmere mich einen Dreck darum, was diese armen verdrehten Leute dort unten einander antun.«
Aber sie kümmerte sich doch darum. Und sie hob sorgfältig die kleine grüne Identitätskarte auf, die bewies, daß sie südafrikanische Staatsbürgerin gewesen war. In roten Lettern informierte die Karte die Welt auch darüber, daß sie eine FARBIGE war.
Heather Botha heiratete einen jungen kanadischen Anwalt, bekam drei reizende Kinder und wurde eine Mäzenin der Musik in Toronto. In einer Schublade ihrer Frisierkommode bewahrte sie die Plastikkarte auf, die sie immer an das Gefängnis erinnerte, dem sie entronnen war.

In Venloo entstand neben der nach dem Burenkrieg von Mr. Amberson, dem Rugbyspieler, gegründeten Schule eine Mädchenschule, die im Ruf stand, ausgezeichnete afrikaanssprechende Absolventinnen hervorzubringen, die auch auf der Universität sehr erfolgreich waren. Sie besaß eine patriotische Tradition, auf die ihre Schülerinnen und Lehrer stolz waren. Der Vorstand Roelf Sterk sagte: »Mein Großvater eröffnete 1913 diese Schule in einem Schuppen, als unsere Leute Jahre der Not durchmachten. Weder er noch seine Lehrer verfügten damals über Geld. Dennoch rief er die Mädchen aus der Umgebung zusammen und erklärte ihnen: ›Wir können keine freie Nation aufbauen, in der Afrikander als angesehene Menschen leben, wenn nicht auch unsere Frauen den gleichen Bildungsstand erreichen wie die Engländer. Ihr müßt rechnen und schreiben können und lernen, logisch zu denken. Ihr müßt studieren.‹ Das gleiche sage ich euch auch heute noch. Wir haben zwar unseren rechtmäßigen Platz in der Regierung dieses Landes erlangt. Um aber den Engländern voraus zu sein, müssen wir studieren wie noch nie zuvor.«

Er war besonders stolz darauf, wie zwei Mädchen in der zweiten Klasse sich seine Ermahnungen zu Herzen nahmen. Die neunjährige Petra Albertyn und die zehnjährige Minna van Valck waren Schülerinnen, wie sie sich jeder Lehrer wünscht: Sie waren fleißig und aufmerksam und verstanden es, sich zu benehmen, ohne unterwürfig zu sein. Beide waren gut in den Lernfächern, konnten aber auch singen und zeichnen. Und noch dazu waren sie ungewöhnlich hübsch: Petra war ein gutaussehendes, dunkelhaariges Mädchen und Minna eine auffallende Blondine mit den klassischen holländischen Zügen.

Der Ärger begann mit der Mathematik. Da Minna älter war als Petra, war sie in den meisten Fächern besser, was Petra keineswegs störte: »Ich liebe Minna, sie ist so nett und freundlich«, sagte sie ihren Eltern. Aber in Mathematik war die kleine Petra ungewöhnlich begabt, und ihre Lehrerin, die von der Universität aus Pretoria kam und hierfür einen Blick hatte, sagte: »Dieses Mädchen ist ein richtiges kleines Genie.« Natürlich bekam Petra wesentlich bessere Noten als ihre Freundin Minna.

Das störte Minna nicht, denn sie sagte ihrer Mutter: »Ich mag Rechnen sowieso nicht und bin darin nicht sehr gut.«

»Aber du hast dich von ihr übertreffen lassen«, klagte Mevrou van Valck leicht verärgert. »Hast du denn gar keinen Ehrgeiz?«

»Ich bin in allen anderen Fächern besser als sie!« rief Minna, aber ihre Mutter hatte den Verdacht, daß in der Schule etwas nicht stimme, und sie war entschlossen herauszubekommen, ob ihre begabte Tochter ungerecht behandelt worden sei. Deshalb ging sie in die Schule und verlangte, mit dem Direktor zu sprechen.

Roelf Sterk war Auseinandersetzungen mit aufgeregten Eltern gewöhnt. Er freute sich darüber, daß ihnen der Fortschritt ihrer Töchter so wichtig war,

daß sie ihn befragten, aber er war nicht darauf vorbereitet, daß Mevrou van Valck ihn so scharf angreifen würde: »Ich bin überzeugt, daß Minna Besseres leistet als diese Petra, wer immer sie auch ist, denn ich habe selbst jeden Abend ihr Übungsheft korrigiert.«
»Sie meinen, Sie haben ihr geholfen?«
»Das habe ich nicht gesagt. Ich sagte, daß ich ihre Arbeit überprüfte, sobald sie fertig war, um sicher zu sein, daß sie die Aufgabe verstanden hat. Und sie hatte nie eine falsche Lösung.«
»Deshalb erhielt sie auch eine so gute Note«, erklärte der Direktor.
»Aber diese Petra erhielt eine bessere. Meine Tochter wurde benachteiligt...«
»Mevrou van Valck«, erklärte der Direktor geduldig, »wir besitzen in Petra Albertyn beinahe ein mathematisches Genie. Sie ist ein Ausnahmefall. Ihre Tochter könnte ihr auf diesem Gebiet nie gleichkommen. Vergessen Sie nicht, Mevrou van Valck, Ihre Tochter hat in allen anderen Fächern die allerbesten Noten...«
Mevrou van Valck war noch immer nicht zufrieden und verlangte, dieses hervorragende Kind zu sehen. Damit war Meneer Sterk einverstanden, weil er hoffte, den Verdacht der Mutter auf diese Weise zu zerstreuen. Da Petra, wie viele ihrer Kameradinnen, in einer weit entfernten Stadt lebte, wohnte sie in der Schule, was sie von anderen Kindern wie Minna unterschied, die daheim lebten. Das erregte Mevrou van Valcks Verdacht: »Wer ist sie? Warum kommt sie von so weit zur Schule?«
Geduldig erklärte Meneer Sterk, daß über zwei Drittel seiner besten Schülerinnen von weit her kamen: »Zur Zeit meines Großvaters war es ebenso. Die meisten der ersten Schülerinnen, die den Ruf dieser Schule begründeten, kamen im Januar mit dem Wagen hierher und kehrten erst im Juni nach Hause zurück.«
Die einfachste Möglichkeit, festzustellen, was in der Schule vorging, war für Mevrou van Valck, einen Blick ins Klassenzimmer zu werfen. Als sie aber an die Stelle kam, von der aus das möglich gewesen wäre, stieß Meneer Sterk die Tür auf, unterbrach den Unterricht und sagte: »Das ist Minnas Mutter.« Die Schülerinnen standen auf und verbeugten sich, worauf Sterk auf ein Mädchen in der ersten Reihe zeigte und sagte: »Und das ist Minnas gute Freundin Petra Albertyn«.
Später erinnerte er sich bei seiner Aussage vor dem Rasseneinstufungskomitee: »Als Mevrou van Valck Petra erblickte, erschrak sie und erstarrte. Ich bemerkte es damals, konnte mir aber ihr seltsames Verhalten nicht erklären.«
Im Klassenzimmer sagte sie nichts, sondern starrte Petra nur an. Dann verließ sie eilig die Schule, ging schnurstracks zum Gericht, vorbei an den Beamten in das Zimmer des Richters, wo sie in einen Stuhl sank. »Leopold«, sagte sie, »in Minnas Schule ist eine farbige Schülerin.«
»Sehr unwahrscheinlich«, meinte ihr Mann, der Richter von Venloo.
»Ich habe sie gesehen, Leopold. Vor kaum zehn Minuten. Wenn das Mäd-

chen keine Hottentottin ist, bin ich keine Potgieter.« Sie verwendete ihren Mädchennamen, einen der angesehensten in der Geschichte der Afrikander, als Nachweis für die Echtheit ihrer Herkunft.
»Mutter«, sagte ihr Mann ruhig. »Dr. Sterk nimmt keine Farbigen in seine Schule auf. Das verbietet das Gesetz. Die Eltern müssen ihre weiße Identitätskarte zeigen, bevor ihr Kind aufgenommen wird. Sterk und alle seine Lehrer sind in dieser Frage überaus vorsichtig. Geh doch jetzt...«
»Leopold! Dieses farbige Mädchen ist Minnas beste Freundin geworden. Minna wollte sie vorige Woche über Nacht zu uns ins Haus bringen.«
»Ärgerst du dich noch immer wegen der Note in Mathematik? Vergiß diese dumme Beschuldigung und laß uns nach Hause fahren.«
An diesem Abend befragten die van Valcks Minna, die sagte: »Also, sie ist dunkler als ich. Aber sie redet genauso wie ich.«
»Du darfst nicht darüber sprechen, Minna. Das ist ein wichtiges Geheimnis, aber erkundige dich morgen nach ihren Eltern. Wo sie wohnen. Was sie machen.«
So wurde also Minna eine Spionin, und nach vielen Fragen konnte sie ihren Eltern berichten: »Ihre Familie ist in Ordnung. Ihr Vater ist Werkmeister in einer Garage. Ihre Mutter hat einen Laden. Petra sagt, daß sie dort so schnell addieren gelernt hat.«
Das beruhigte Mevrou van Valck keineswegs, und sie sorgte dafür, daß ihr Mann die Schule besuchte, damit auch er das verdächtige Kind sehen konnte. Als er sich wieder zu seiner Frau ins Auto setzte, sagte er: »Mein Gott! Das Mädchen ist farbig.«
Die van Valcks blieben den Großteil dieser Nacht wach und versuchten zu entscheiden, was sie nun tun sollten. Für ein farbiges Kind war es unmoralisch und gesetzwidrig, sich als weiß auszugeben. Ihre Tochter befand sich in einer gefährlichen Situation, da die beiden Mädchen eng miteinander befreundet waren, einander vielleicht sogar liebten. So etwas konnte ein weißes Mädchen für den Rest seines Lebens kompromittieren, wenn es in der Gemeinde bekannt wurde. Und nicht nur die Familie van Valck war betroffen; jede Schule mußte ständig auf ihren Ruf bedacht sein, und den konnte sie am leichtesten verlieren, wenn sie Kinder mit der falschen Hautfarbe aufnahm.
Gegen Morgen beschlossen die van Valcks, das schwierige Problem in die Hände Dr. Sterks zu legen, der nicht nur ein kompetenter Lehrer, sondern auch ein aufrechter Verteidiger des Afrikandertums war. Einige nahmen sogar an, daß er Leiter des örtlichen *Broederbond* war. Während Minna arglos in der Klasse saß, fuhren also die beiden unauffällig zur Schule und gingen ins Büro des Direktors. »Dr. Sterk«, sagte Mevrou van Valck streng, »wir haben Grund zur Annahme, daß Petra Albertyn farbig ist.«
Sterk zuckte zusammen. »Mevrou van Valck, das ist eine schwere Anschuldigung.«
»Wir erheben sie. Dieses Mädchen ist nicht weiß.«
»Unmöglich.«

Und dann geschah etwas, das ihm einen Schauer über den Rücken jagte. Die beiden van Valcks blieben ruhig, mit geballten Fäusten auf ihren Stühlen sitzen und starrten ihn an. Sie sagten nichts, drohten nicht, warteten nur. Schließlich hustete er und fragte: »Ist das wirklich Ihr Ernst?«
»Ja«, sagte Leopold van Valck.
»Sie beschuldigen Petra Albertyn, farbig zu sein?«
»Ja.«
»Ich möchte mich mit ihren Lehrern beraten.«
»Das ist unnötig«, fuhr ihn Mevrou van Valck an. »Wenn man sie ansieht, merkt man, daß sie nur versucht, sich für eine Weiße auszugeben. Und sie gefährdet unsere Tochter.«
»Ich brauche Zeit, um mir das zu überlegen«, sagte Sterk entschieden. »Fahren Sie jetzt heim, ich werde heute abend bei Ihnen vorbeikommen, wenn ich mit meinen Kollegen gesprochen habe.«
Um halb neun Uhr abends kam er zu ihnen, nahm Kaffee und Kuchen an, die ihm angeboten wurden, und berichtete: »Keine unserer Lehrerinnen hat Petra jemals verdächtigt, sich für eine Weiße auszugeben. Sie ist ein prächtiges Mädchen...«
»Sie ist farbig«, erklärte Mevrou van Valck enschieden.
»Wir finden absolut keinen Beweis...«
»Haben Sie ihre Familie überprüft?«
»Ich kenne ihre Familie nicht«, gestand Dr. Sterk. »Ihre Identitätskarten wiesen sie als Weiße aus.«
»Ich werde sie morgen besuchen«, erklärte Mevrou van Valck. »Können Sie mir Ihre Adresse geben?«
»Sie wohnen in Blinkfontein.«
Freitag nachmittag fuhr sie die fünfundsiebzig Kilometer von Venloo nach Norden zu einem an einer Kreuzung gelegenen Dorf mit einem einzigen Laden, Albertyn Super Shop. Sie parkte ihren Wagen und sah sich nach der Polizeistation um, aber es gab keine. Sie ging zum Postamt und verlangte den Leiter zu sprechen, den sie zum Stillschweigen verpflichtete: »Es ist eine wichtige Angelegenheit, Meneer. Es werden von diesen Leuten jenseits der Straße gewisse Dinge behauptet. Drüben in Venloo. Ihre Tochter Petra geht dort zur Schule.«
»Wovon sprechen Sie, Mevrou?«
»Was wissen Sie über die Albertyns?« Sie zeigte auf den Laden und fügte hinzu: »Dort drüben.«
»Sie leben hier seit...«
»Woher kommen sie?«
»Sie haben immer hier gelebt.«
Da sie vom Postmeister keine Unterstützung erhielt, ging sie zum Laden, um, wie sie sagte, Trotter's Gelee zu kaufen. Der Verkäufer, ein verdächtig dunkler Mann, sagte, daß sie es nicht hätten. Sie fragte: »Werden Sie es später bekommen, Meneer Albertyn?«, worauf er antwortete: »Ich bin nicht Meneer Albertyn. Er arbeitet in der Garage. Ich helfe hier nur aus.«

»Könnte ich Meneer Albertyn sprechen? Oder Mevrou?«
»Sie können mit beiden sprechen. Sie sind dort hinten.«
Als sie Petras Eltern kennenlernte, schienen sie so weiß zu sein wie jeder Afrikander, aber sie bemerkte etwas, das sie äußerst verdächtig fand: Trotz der Sonne hatte Mevrou Albertyn keine Sommersprossen.
Nach Hause zurückgekehrt, sagte sie zu ihrem Mann: »Diese Frau ist farbig. Das ist so klar wie die Linien in deiner Hand.«
»Wieso kannst du dessen so sicher sein?«
»Keine Sommersprossen.«
Die van Valcks fuhren wieder in die Schule, um Dr. Sterk ihre erdrückenden Beweise vorzulegen. Er lachte nervös und sagte: »Also, ich kann wirklich nicht wegen mangelnder Sommersprossen eingreifen.«
Die Art, wie er dieses Wort aussprach, ärgerte die van Valcks, und sie erhoben sich, um zu gehen. »Mein Mann weiß, was er tun muß«, sagte Mevrou van Valck. »Das Leben unserer Tochter ist gefährdet.«
»Warten Sie«, sagte der Direktor und stellte sich zwischen sie und die Tür. »Eine öffentliche Anschuldigung könnte der Schule schaden. Sie könnte sogar auf Ihre Tochter zurückfallen.«
»Wir denken an unsere Tochter«, sagte Mevrou van Valck.
»Wollen Sie mir zwei Tage Zeit lassen? Bitte.«
»Wir geben Ihnen zwei Monate«, erklärte Leopold van Valck großzügig. »Aber nur, wenn Sie das ernst nehmen.«
»Das tue ich. Sicherlich. Ich denke an den großen Schaden, der der kleinen Albertyn erwachsen würde, wenn Ihre Vorwürfe an die Öffentlichkeit gelangten...« Er versuchte vergeblich, ein gutes Ende für seinen Satz zu finden. »...und für falsch befunden werden«, fügte er schließlich hinzu.
Das ärgerte die van Valcks, aber die Frau antwortete: »Sie sind berechtigt. Das Mädchen ist farbig. Schließen Sie sie aus der Schule aus!«
»Sie regeln die Angelegenheit doch besser in zwei Tagen«, sagte Meneer van Valck streng.
An diesem Nachmittag hielt Dr. Sterk eine Beratung mit seinen fähigsten Lehrern ab, zwei Frauen und einem Mann, alle gute Afrikander, und ihr Rat war entschieden und klar: »Die van Valcks sind Unruhestifter, besonders die Mutter. Voriges Jahr hat sie einen Mordskrach geschlagen, als Minna eine Mahnung in Betragen erhielt. Wenn sie damit droht, öffentlich Anklage zu erheben, wird sie es auch tun. Am besten, Sie bringen die kleine Albertyn in aller Stille von hier weg und vergessen die Sache.«
»Aber ist das Mädchen tatsächlich farbig?«
»Wir haben nie ein Anzeichen dafür bemerkt«, sagte die Mathematiklehrerin, »aber es ist besser, sie geht.«
»Mevrou du Plessis, Sie haben mir immer erzählt, was für ein prächtiges Kind Petra ist.«
»Das ist richtig, und ich liebe sie. Aber in einem solchen Fall ist es vielleicht für das Kind das beste, wenn es fortgeht.«
Die drei Lehrer waren unerbittlich. Das Ansehen dieser wichtigen Schule

verdrängte alle anderen Überlegungen, und wenn auch der Ausschluß Petra das Herz brechen mochte, konnte das Gerücht allein, daß sie farbig war, katastrophale Folgen nach sich ziehen, wenn es von entschlossenen Menschen wie den van Valcks verbreitet wurde.
Aber Dr. Sterk weigerte sich, diesen Rat anzunehmen, und fuhr am nächsten Nachmittag zum Laden der Albertyns. Er ersuchte die Besitzer, in seinen Wagen zu steigen, damit er sie an eine einsame Stelle auf dem Veld bringen konnte, wo sie ungestört sprechen konnten. Während sie wortlos dahinfuhren, zerbrachen sich die Albertyns den Kopf darüber, was in der Schule vorgefallen sein mochte: Petra hatte etwas getan, das Bestrafung erforderte. Sie waren betrübt, aber auch bereit, Dr. Sterk und die Schuldisziplin zu unterstützen. Mevrou Albertyn legte die Hand auf die ihres Mannes und holte tief Luft, als der Wagen anhielt und der Direktor sich an sie wandte. Er wirkte verlegen und zurückhaltend. Schließlich kam er zur Sache.
»Es wurde die Anschuldigung erhoben, daß Petra farbig ist«, sagte er.
»Heiliger Jesus!« keuchte Meneer Albertyn.
»Eine äußerst ernste Beschuldigung durch Personen, die bereit sind, ihr öffentlich Nachdruck zu verleihen.«
»O mein Gott!«
Die Angst, die Meneer Albertyn zeigte, war ein Hinweis auf die Schwere der Beschuldigung. Eine solche Bezichtigung entschied in Südafrika über das Leben und manchmal über den Tod eines Menschen, während sie in anderen Ländern lediglich ein gesellschaftliches Problem war.
»Gibt es eine Grundlage für diese Beschuldigung?« fragte Dr. Sterk.
»Absolut keine«, sagte Meneer Albertyn, und damit begann der große Argwohn, denn der Direktor merkte, daß Meneer Albertyn sich vor seine Familie und seine Tochter stellte und sie verteidigte, während seine Frau schwieg. Er fragte sich: Warum ist die Frau so still? Sie muß etwas verbergen. Ich glaube allmählich, daß Petra farbig ist.
Am Ende des Gesprächs auf dem Veld schlug Dr. Sterk vor: »Ich glaube, unter diesen Umständen sollten Sie Ihre Tochter lieber aus der Schule nehmen.«
»Ich weigere mich«, rief Meneer Albertyn. »Haben Sie eine Ahnung, was es für das Kind bedeuten würde? Aus der Schule geworfen zu werden, ohne etwas angestellt zu haben?«
»Ich verstehe Ihre Sensibilität«, sagte Dr. Sterk ein wenig salbungsvoll. »Aber haben Sie die Folgen einer öffentlichen Anklage bedacht? Es müßte eine Untersuchung zur Rassenqualifikation geben. Die Wirkung auf Petra...« Er machte eine Pause. Dann fuhr er drohend fort: »Die schrecklichen Folgen für Sie selbst?«
Verspätet sagte Mevrou Albertyn mit ruhiger Festigkeit:
»Haben Sie an die Folgen gedacht, Dr. Sterk? Wenn sie ein armes Kind verfolgen?«
Mit diesen Worten erzielte sie das Gegenteil von dem, was sie beabsichtigt

hatte. Dr. Sterk interpretierte sie als Angriff auf seine Integrität und sagte scharf: »Ich bin mir stets meiner Pflicht bewußt, Mevrou Albertyn, meinen Schülern und meiner Nation gegenüber. Wenn Sie versuchen, in eine weiße Gesellschaft einzudringen, so verstößt das gegen die Gesetze dieses Landes, und eine Kommission wird die Tatsachen ermitteln.«
Er brachte sie wieder zu ihrem Haus und kehrte dann rasch zurück nach Venloo, wo er an einer Sitzung des Schulkomitees teilnahm: »Es wurde die noch nicht offiziell formulierte schwere Beschuldigung erhoben, daß unsere Schülerin Petra Albertyn eine Farbige ist. Hat jemand von Ihnen diesbezügliche Beweise?«
Zwei von Petras Lehrerinnen hatten verlangt dabeizusein und gaben spontan Erklärungen ab, daß Petra Albertyn eine der besten Schülerinnen war – Dr. Sterk unterbrach sie: »Es geht nicht um ihre Fähigkeiten. Wir interessieren uns nur für ihre Rasse.« Und die Art, wie er diese Worte sagte, machte deutlich, daß er nun die Beschuldigung gegen das Kind für gerechtfertigt hielt. Das ermutigte den Vizedirektor zu der Feststellung, daß er Petra eine Zeitlang beobachtet habe und sie nicht nur verdächtig dunkel aussehe, sondern sich auch deutlich nach Art der Farbigen benehme.
»Was meinen Sie damit?« fragte Dr. Sterk.
»Die Art, wie sie gewisse Wörter ausspricht.«
Venloos *dominee*, Reverend Classens, fragte nachdrücklich: »Sind wir uns darüber im klaren, was wir heute abend hier tun? Es geht um die Zukunft dieses Kindes.«
»Niemand steht dem Mädchen wohlwollender gegenüber als wir, Herr Pastor«, sagte Dr. Sterk. »Aber wenn es farbig ist, dann muß auch ein Elternteil farbig sein. Sie können eine Zukunft unter ihresgleichen haben. Nicht hier in Venloo.«
»Soll das heißen«, fragte der Geistliche, »daß Sie jedes Kind überprüfen wollen, das ein wenig dunkel wirkt?«
»Sie werden täglich überpüft. Von ihren Mitschülern. Von allen, die sie sehen. Wir sind eine christliche Nation, Herr Pastor, und wir gehorchen dem Gesetz.«
»Das ist es, was ich predige. Aber ich predige auch: ›Lasset die Kinder zu mir kommen...‹«
»Wir verfolgen keine kleinen Kinder. Aber wir dürfen die wirklich wichtigen Dinge nicht aus den Augen verlieren.«
»Zum Beispiel?«
»Das moralische Wohlergehen jedes Kindes in der Schule.«
Nach der Sitzung fuhr Dr. Sterk mit grimmigem Gesicht zu den van Valcks und berichtete: »Ich habe mit den Albertyns gesprochen, und es besteht Grund zur Annahme, daß Ihre Beschuldigung stimmt. Auch der Vizedirektor hat Verdacht geschöpft.«
»Wie wir Ihnen sagten«, meinte Mevrou van Valck selbstgefällig. »Was beabsichtigen Sie nun zu tun?«
»Ich habe die Albertyns ersucht, ihre Tochter aus der Schule zu nehmen.«

»Und sie haben sich geweigert?«
»Ja.« Es entstand eine lange Pause, in der jeder der drei über den unvermeidlichen Schritt nachdachte, der die Gemeinde in Aufruhr versetzen würde. Zweimal setzte Dr. Sterk zum Sprechen an, überlegte es sich jedoch wieder. In einer so folgenschweren Angelegenheit mußte die Entscheidung von den Beteiligten getroffen werden, und er würde sich anschließen. Endlich fragte Leopold van Valck mit leiser Stimme: »Sie wollen wissen, ob wir bereit sind, offiziell Anklage zu erheben?«
»Wir sind es«, unterbrach ihn seine Frau sehr energisch. Nachdem sie für alle die Entscheidung getroffen hatte, saß sie mit gefalteten Händen und vorgeschobenem Kinn steif auf ihrem Stuhl, als ob sie bereits ihre Aussage vor dem Rassenklassifikationskomitee machte.
Dr. Sterk hatte den Eindruck, daß er der einzige war, der die Situation überblickte und die schrecklichen Folgen voraussah. Deshalb schwieg er, um den van Valcks Zeit zum Überlegen zu geben, und in dieser Stille wäre Meneer van Valck vielleicht schwankend geworden. Doch plötzlich erhob sich seine Frau, glättete ihr Kleid und sagte: »Also das wär's. Es ist unsere Sache, Pretoria zu informieren.«
»Sind Sie auch sicher, daß Sie das tun wollen?« fragte Dr. Sterk ein letztes Mal.
»Ja«, antwortete sie entschlossen, und am nächsten Morgen ging sie früh zum Postamt in Venloo, um eine Zahlungsanweisung über 10 Pfund zu kaufen, die sie ins Büro ihres Mannes brachte. Er war seit sieben Uhr dort und faßte zwei eidesstattliche Erklärungen ab, in denen die Gründe für ihre Klage aufgeführt waren. Nachdem sie die Formulare ausgefüllt hatte, brachte sie sie zur Post und schickte sie an den Leiter der Volkszählung in Pretoria. Zu Hause sagte sie zu ihrem Mann: »Es wird sich herausstellen, daß ich recht habe. Sie versuchen, in die weiße Gesellschaft einzudringen. Und wenn das Urteil gefällt ist, werde ich meine zehn Pfund zurückbekommen.« Die Regierung forderte diese Summe als Beweis für den guten Glauben des Anklägers. »Es hält böswillige Menschen davon ab, unbegründete und schikanöse Klagen zu erheben.«
Über die Schule brach ein Wirbelsturm herein, denn das Gerücht, daß Petra Albertyn farbig sei, verbreitete sich rasch. Ihr Vater war weiß genug, aber ihre Mutter sei eine Farbige, vielleicht sogar eine Bantu, hieß es. Zwei Lehrkräfte, die die Rassengesetze besonders streng einhielten, sagten dem Direktor, sie wünschten kein farbiges Kind in ihrer Klasse, denn das sei nicht nur gesetzwidrig, sondern stelle auch eine persönliche Diffamierung dar. Noch am gleichen Nachmittag war die Schule in zwei Lager gespalten: Ein paar ältere Schüler und die beiden jüngeren Lehrkräfte verteidigten Petra, der Rest ächtete sie.
Dr. Sterk wußte, daß es Wochen dauern würde, bis eine Rassenklassifikationskommission ernannt war. Da der gegenwärtige Zustand untragbar war, fuhr er noch einmal zu den Albertyns hinüber und bat sie inständig, ihre Tochter in deren eigenem Interesse aus der Schule zu nehmen. Meneer

Albertyn, dem vollkommen klar war, was seiner Familie zustoßen konnte, wenn seine Tochter für farbig erklärt wurde, war bereit nachzugeben, aber seine Frau sagte: »Nein. Wenn diese Woche eine so schwere Beschuldigung gegen Petra erhoben werden kann, kann sie in der nächsten Woche gegen andere erhoben werden. Wir wollen das ein für allemal in Ordnung bringen.«

Am nächsten Tag stürmte jedoch eine Abordnung von Eltern Sterks Büro und verlangte die sofortige Entfernung des Mädchens. Unter ihnen befand sich die Frau des Wachtmeisters der Polizeistation von Venloo, und ihr Mann trat vor: »Wäre es nicht das beste für alle, wenn ich Petratjie nach Hause fahre?« Also wurden Petras Sachen aus dem Schlafsaal geholt und in den Wagen des Wachtmeisters gelegt. Auf der Fahrt nach Blinkfontein sprach er wenig, bot ihr aber mehrere von seinen extrastarken Pfefferminzbonbons an: »Keine Sorge, Petratjie. Diese Dinge gehen immer gut aus. Du wirst bei deinen eigenen Leuten viel glücklicher sein.«

Die Rassenklassifikationskommission wurde von Pretoria ernannt, denn es handelte sich um einen der ersten Fälle, die unter die neuen Vorschriften fielen, und es war wichtig, ein Präjudiz zu schaffen. Die Auswahl der Mitglieder war allerdings sehr merkwürdig: Detleef van Doorn, der Gesetzgeber, der irgendwann jede wichtige lokale Organisation geleitet hatte und noch immer Vorstand des Komitees der Paulus-de-Groot-Hochschule war, führte den Vorsitz; Meneer Leopold van Valck, der Richter, wäre in einem anderen Land wohl für befangen erklärt worden, da er einer der streitenden Parteien angehörte. Der Zahnarzt von Venloo mit dem guten englischen Namen John Adams wurde ausgewählt, um den Vorwurf zu vermeiden, daß der Kommission zu viele Afrikander angehörten, die nach ihren eigenen besonderen Gesetzen urteilten.

Sie kamen in einem der beiden Gerichtssäle der Stadt zusammen und verbrachten die ersten Tage damit, alle Beteiligten zu vernehmen: Lehrkräfte, die das Kind immer verdächtigt hatten, Spielgefährten, die vielleicht verdächtiges Benehmen beobachtet hatten, Leute aus Petras Heimatort, die über das Privatleben der Albertyns Bescheid wußten. Man wollte wissen, ob ihre Freunde und andere sie für Weiße hielten. Die Zeugenaussagen ergaben, daß sie es taten.

Aber die entscheidende Beweisaufnahme erfolgte am dritten Tag, und die Gemeinde sah grimmig zu, wie die Albertyns mit zwei älteren Kindern aus einem Auto stiegen, um von der Kommission in Augenschein genommen zu werden. Das war überaus wichtig, denn ihre Mitglieder bemühten sich zu entscheiden, ob die Familie Albertyn farbig war oder nicht, und das konnten sie am besten beurteilen, indem sie diese Leute von Angesicht zu Angesicht betrachteten.

Die vier Albertyns, ohne Petra, wurden in einer Reihe vor der Kommission aufgestellt, die sie eingehend musterte, bevor sie sie befragte. Meneer van Valck, dessen Name Falke bedeutete, erhob sich von seinem Stuhl hinter dem Tisch des Staatsanwalts und machte den Vorschlag, sie sollten sich auf

die von den Richtern benützte Bank setzen, »damit wir sie deutlicher sehen können«. Der Vorschlag wurde jedoch abgelehnt.
Detleef van Doorn begann: »Wer waren Ihre Großeltern?« Er legte großes Gewicht auf die Abstammung.
»Haben Sie farbige Freunde?«
»Wie lautet der Name Ihres Geistlichen? Sein Vorname?«
»Ist seine Kirche ausschließlich für Weiße?«
»Sind Sie und Ihr Mann als Wähler eingetragen?«
»Wurden Ihre Namen jemals von der Wählerliste gestrichen?« Hier warf Richter van Valck ernst ein: »Vergessen Sie nicht, Sie stehen unter Eid, und eine einzige falsche Antwort bringt Sie ins Gefängnis.«
»Sind Sie jemals mit einem Zug für Farbige gefahren?«
»Wo wohnen Sie, wenn Sie auf Urlaub gehen? In welchem Hotel? Ist es ein Hotel für Weiße?«
So ging es drei Stunden lang, aber die Befragung verlief ergebnislos. Die Albertyns schienen eine ganz normale südafrikanische Familie zu sein, größtenteils holländisch, mit etlichen deutschen und vielleicht sogar einem hugenottischen Ahnen. In ihrer Familie gab es keinen Engländer, vermutlich auch keinen Malaien, Hottentotten oder Bantu.
Nun folgte der faszinierende Teil der Untersuchung, bei dem die Mitglieder der Kommission die Körper der Verdächtigen untersuchten. Jeder der drei Schiedsrichter hatte seine eigene Methode zur Entdeckung farbigen Blutes, die jedoch alle auf dem ländlichen Aberglauben fußten. Der von seiner Frau präparierte van Valck maß den Sommersprossen und Ohrläppchen besonderen Wert bei: »Weiße haben Sommersprossen, Farbige nicht. So einfach ist das.« Als er aber die Albertyns untersuchte, hatten Mevrou Albertyn und ein Sohn keine Sommersprossen, Meneer Albertyn und der andere Sohn eine ganze Menge. »Nun die Ohrläppchen«, erklärte er allen Anwesenden, »bei Weißen findet man eine Einbuchtung, bei Farbigen nicht.« Wieder waren die Albertyns geteilt, zwei zu zwei.
Der Zahnarzt hatte gehört, daß die Halbmonde der Fingernägel irgendwie einen Anhaltspunkt für die Rassenzugehörigkeit liefern konnten, wußte aber nicht mehr genau, warum. Er hielt die ganze Untersuchung für widerwärtig, fand aber, daß er mitmachen müsse. Also betrachtete er sorgfältig vierzig Albertyn-Fingernägel und machte: »Hmmmmm!« Die beiden anderen Kommissionsmitglieder waren offensichtlich befriedigt darüber, daß er seine Aufgabe ernst nahm.
Van Doorn verließ sich nur auf Haare, besonders auf die auf dem Handrücken, an denen man nicht herumpfuschen konnte wie oftmals am Kopfhaar:
»Handhaar, das sich auf gewisse Weise kräuselt.« Acht Albertynhände wurden sorgfältig untersucht, worauf Detleef einen Bleistift verlangte, was van Valck beruhigte, da auch er dem Bleistifttest großen Wert beimaß. »Wir wickeln das Haar oberhalb der Ohren fest um diesen Bleistift«, erklärte van Doorn den Zuschauern, »und wenn der Betreffende Wie ist, wird das Haar

sofort glatt, sobald der Bleistift entfernt wird. Wie Sie wissen, bleibt es bei Schwarzen gekräuselt.« Er betrachtete den Bleistift, um sich zu vergewissern, daß das Haar richtig aufgewickelt war, dann zog er den Bleistift mit einem Ruck heraus und beobachtete befriedigt, wie das Haar reagierte. »Sie können sich hinsetzen«, sagte er den Albertyns.
Nun war das kleine Mädchen an der Reihe, der eigentliche Stein des Anstoßes. Petra wurde hereingebracht, man sagte ihr, sie solle die Kommission ansehen, die sich der mühsamen Aufgabe unterzog, ihr tiefschürfende Fragen zu stellen, während alle wußten, daß die physische Untersuchung den Ausschlag geben würde.
Dennoch gab die kleine Petra unschuldige und manchmal reizende Antworten. Ja, sie verstand, daß das eine ernste Angelegenheit war. Ja, sie wußte, daß sie, falls sie tatsächlich farbig war, in eine Schule für ihresgleichen gehen müsse. Ja, sie wußte, daß jede Gruppe ihren eigenen Platz in Südafrika hatte, damit sie glücklich sein konnte. Sie wußte sogar eine Menge und bewies die Intelligenz, von der ihre Lehrer gesprochen hatten.
»Nun geh zum Ende des Zimmers, Petra, und komm wieder zurück.« Für van Valck war es klar, daß sie wie eine Farbige ging.
»Nun kommen wir zum wichtigsten Teil.« Meneer van Valck sprach mit versöhnlicher Stimme, denn er war im Begriff, jene Untersuchung vorzunehmen, die manche Leute für narrensicher hielten. »Zieh dein Kleid aus«, sagte er, so sanft er konnte.
Also ließ das kleine Mädchen schüchtern, aber ohne große Verlegenheit, das Kleid und dann den Unterrock fallen, bis sie praktisch nackt vor der Kommission stand. Da sie noch keinen Busen hatte, hielt sie es nicht für notwendig, ihn mit den Händen zu bedecken; nervös schlang sie ihre Finger vor ihrem flachen Bauch ineinander. »Laß die Arme hängen, Petra, damit wir sehen können, wie du stehst«, sagte Detleef, und die Kommission musterte sie, wobei sie besonders auf das kleine Dreieck am unteren Ende der Wirbelsäule achteten, denn van Valck hatte ihnen versichert: »Wenn es dunkel ist, können Sie sicher sein, daß sie Bantublut hat.« Dr. Adams, der sich schämte, an einem so widerlichen Verfahren teilzunehmen, warf einen Blick auf das Dreieck und sah nur das sich richtig entwickelnde Rückgratende eines kleinen Mädchens.
Zusammen mit den fünf Albertyns entließ die Kommission auch Dr. Sterk und die beiden Polizeibeamten. Dann begann die Beratung. Bald stellte sich heraus, daß van Valck entschlossen war, die Familie für farbig zu erklären, während Dr. Adams nichts davon wissen wollte. Die Entscheidung lag also bei van Doorn, und er beabsichtigte, so gerecht wie Salomon zu sein.
»Ich glaube, wir sollten unsere Beratungen mit einem Gebet beginnen«, sagte er auf afrikaans.
»Warum?« fragte Adams auf englisch.
»Weil wir im Begriff sind, über das Schicksal einer Familie zu entscheiden.«
»Für mich ist die Sache bereits entschieden«, erklärte Adams. »Keine Spur eines Beweises dafür, daß die Familie farbig ist.«

»Eben darüber sollen wir hier beraten«, erinnerte ihn van Doorn und begann eine lange, leidenschaftliche Anrufung Gottes, den er bat, sie bei ihren Überlegungen zu leiten, weil sie sich wahrhaftig bemühten, Seine Nation zu schützen.
Bevor die Abstimmung beginnen konnte, kam ein Untersuchungsbeamter aus Detleefs Büro unaufgefordert hereingeeilt und übergab dem Präsidenten einen Bericht: »Hier ist das, was Sie verlangt haben, Meneer van Doorn.«
Drei Wochen lang hatten dieser Mann und vier von Detleefs Mitarbeitern in Pretoria die Vergangenheit der Albertyns genau geprüft, weil die Regierung entschlossen war, mit dieser wichtigen Verhandlung zur Rassenklassifikation ein wirkungsvolles Exempel zu statuieren.
»Meneer van Doorn«, flüsterte der Untersuchungsbeamte, »ich glaube, Sie sollten diesen Bericht niemandem zeigen.«
»Die anderen Mitglieder haben Anspruch darauf...«
»Ich dachte eben an die anderen Mitglieder.«
Detleef entfernte sich von van Valck und Adams, las das Dokument und wurde aschgrau. Er war erstaunt, daß Untersuchungsbeamte so viel aufdekken konnten, und entsetzt darüber, welche Folgen sich aus dem, was sie erfahren hatten, ergeben konnten. Als der Detektiv Detleefs Bestürzung sah, flüsterte er: »Soll ich den Bericht verbrennen? Ich habe nur ein Exemplar angefertigt.«
Es war der schwerste moralische Test, dem Detleef je unterzogen wurde. Sein ganzes Wesen drängte ihn, den Bericht zu verwerfen, aber die Bedeutung seiner Aufgabe und die Verpflichtung, die Rasse rein zu erhalten, behielten die Oberhand. Wenn er bei dieser ersten Verhandlung Beweise unterdrückte, würden alle folgenden fragwürdig sein, und das Gute, das solche Verfahren sonst vielleicht erreichen konnten, würde ins Gegenteil umschlagen. Er wischte sich den Schweiß von der Stirn, räusperte sich und sagte: »Meine Herren, ich glaube, wir sollten uns einen bemerkenswerten Bericht anhören. Er betrifft unmittelbar unseren Fall. Meneer Op t'Hooft ist ein Untersuchungsbeamter aus meiner Abteilung und hat das Erbgut der Albertyns untersucht. Bitte lesen Sie, Meneer Op t'Hooft.«
Der Detektiv richtete sich auf und las einen bündigen Bericht über die Albertyns vor:

> Der Vorwurf, daß Mevrou Albertyn farbig sei, ist vollkommen unbegründet. Aus den Aufzeichnungen über ihre Familie ergibt sich keinerlei Makel. Die Möglichkeit, daß sie mit einem Bantu geschlechtlich verkehrt haben könnte, ist sehr gering, denn sie hat nicht nur einen untadeligen Ruf, sondern wir können auch keine Gelegenheit finden, bei der sie mit einem Bantu in Kontakt gekommen wäre. Da außerdem alle ihre Kinder so aussehen wie Petra, hätte sie wiederholten Verkehr mit dem gleichen Schwarzen haben müssen, und das scheint absolut unmöglich.

Meneer Albertyn ist jedoch ein ganz anderer Fall. Er ist zweifach rassisch verseucht. Den Beweis dafür erhält man, wenn man seine Ahnenreihe bis zum Jahr 1694 zurückverfolgt. Damals ehelichte der farbige Sklave Bezel Muhammed die unverheiratete Petronella van Doorn vom Trianon.

Bezel und Petronella hatten vier Kinder, die keinen Familiennamen trugen, und sie wären in der allgemeinen farbigen Bevölkerung untergegangen, wenn nicht Nachbarn, die wußten, daß sie van Doorns waren, ihre Spur verfolgt hätten. Wir haben zahlreiche, heute angesehene Familien gefunden, in denen sich Blut von Bezel und Petronella erhalten hat.

Ungefähr im Jahr 1720 wurde ihre Tochter Fatima, genannt nach Bezels Mutter, die dritte Frau des berüchtigten Grenzbanditen Rooi van Valck, der vier Frauen hatte, eine gelbe, eine braune, eine schwarze und eine weiße. Fatima war die braune, und sie wurde die Ahne einer zahlreichen, unbändigen Nachkommenschaft.

Eine ihrer Töchter heiratete einen Albertyn und wurde so die direkte Vorfahrin unseres Henricus Albertyn. Er ist fraglos zweifach farbig. Zweifellos muß seine Tochter Petra so eingestuft werden.

Unsere Untersuchungsbeamten konnten nicht umhin, auf die außergewöhnliche Tatsache hinzuweisen, daß unsere Petra auf diese Weise ein gradliniger Abkomme der ursprünglichen Petronella ist, die den Vorschriften ihrer Gemeinde zuwiderhandelte. Könnte das ein Beispiel göttlichen Eingreifens sein?

Als Meneer Op t'Hooft den Bericht zu Ende gelesen hatte, wartete er etwas verlegen auf weitere Anweisungen. Er blickte vergeblich den Präsidenten van Doorn an, um Weisungen zu erhalten, aber Detleef war zu erschüttert, um vernünftig handeln zu können, und van Valck, dessen gefürchteter Vorfahr Rooi so plötzlich aus seinem Grab gezerrt worden war, hatte einen Nervenschock erlitten.

Dr. Adams streckte die Hand nach dem Bericht aus, aber Op t'Hooft wußte nicht, ob er ihn einem Mann überlassen konnte, von dem man wußte, daß er in Afrikanderangelegenheiten schwierig war. Dr. Adams löste das Problem, indem er das Papier packte und in die Höhe hielt. »Sagten Sie, es sei das einzige Exemplar?«

»Ja. Es wurde nicht einmal ein Durchschlag gemacht.«

»Gut. Ich möchte, daß Sie zusehen, was mit Ihrem einzigen Exemplar geschieht.« Er zerknüllte es mit der linken Hand, nahm ein Streichholz, strich es auf der polierten Tischplatte an und setzte den Bericht damit in Brand. Er hielt ihn an einem Ende, wartete, bis die Flammen beinah bei seinen Fingern waren, dann warf er das brennende Papier auf den Tisch, wo es zu Asche zerfiel und einen Brandfleck hinterließ.

»Ich glaube, wir alle sollten diesen Bericht vergessen«, sagte Adams. »Er kann niemandem in diesem Raum nützen, und er könnte angesehenen Bürgern außerhalb großen Schaden zufügen.« Als sich Op t'Hooft völlig verwirrt entfernt hatte, meinte Adams: »Ich habe den Eindruck, daß ich der einzige hier bin, der mit diesem kleinen farbigen Mädchen nicht verwandt ist.«

Van Valck und van Doorn funkelten ihn an, aber er ignorierte sie und fügte hinzu: »Ich schlage vor, wir erklären sie für weiß und beenden diese Farce.«

Er nahm an, daß die schwankend gewordenen Männer zustimmen würden, damit niemand erfuhr, daß sie ebenfalls betroffen waren, aber er hatte Detleefs Hartnäckigkeit unterschätzt. Schweigend neigte der Beauftragte für Rassenangelegenheiten den Kopf und überlegte, was zu tun war. In seiner Angst hörte er die Stimmen seiner Familienmitglieder, die unbarmherzig über das Problem der Farbigen sprachen:

Maria van Doorn: »Sie sind Kinder der Sünde, und Gott muß sie verachten.«

Johanna Krause: »Sie sind Bastarde.«

Dann hörte er seine eigene Stimme: »Sie sind... eine Erinnerung an die Verfehlungen unserer Väter.«

Er war versucht, Dr. Adams' Rat zu befolgen und die Untersuchung abzuschließen, denn er wußte, daß die Sünden seiner Väter ans Tageslicht kommen würden, sobald die Tatsachen bekannt wurden. Aber da es feige gewesen wäre, sich der Verantwortung zu entziehen, beschloß er weiterzumachen.

Er wollte schon seinen Entschluß verkünden, als er vor seinem geistigen Auge die verzierte Seite der alten Bibel sah, auf der die Angaben über seine Familie verzeichnet waren, und auf ihr stand in flammenden Lettern die Eintragung, über die in seiner Familie nie gesprochen wurde: Sohn *Adam van Doorn, geboren 1. November 1655.* Generationen von van Doorns hatten versucht, diesen kryptischen Satz nicht zur Kenntnis zu nehmen, und die Frage vermieden, wer die Mutter des Jungen gewesen sein mochte. Und dann gab es noch eine spätere Eintragung: »Petronella«, aber keine Erwähnung, wen sie geheiratet hatte. Die van Doorns hatten immer den Verdacht gehabt, daß sie mit Farbigen verwandt waren; sie hatten diese Wahrheit immer unterdrückt. Jetzt würde der Klatsch blühen, und Detleef wurde es übel vor Scham.

Aber er *war* der Beauftragte für Rassenangelegenheiten, er *war* der Vorsitzende dieser Rassenklassifikationskommission, und er mußte seine Pflicht tun. Seine Stimme war kaum hörbar, als er sagte: »Das Kind Petra hat eindeutig verunreinigtes Blut, sowohl von der Van-Valck- wie von der Van-Doorn-Seite. Sie muß eindeutig als Farbige eingestuft werden.«

Van Valck schauderte. »Die ganze Zeit dachte ich, Mevrou Albertyn sei die Trägerin der verhängnisvollen Blutbeimischung.«

»Was zum Teufel meinen Sie?« explodierte Dr. Adams. »Worte wie verunreinigt und verhängnisvolle Blutbeimischung?«

»Wir meinen die Verunreinigung von Afrikanderblut«, flüsterte Detleef.

»Wir alle sind heute besudelt worden.«
Seit das Datum 1694 erwähnt worden war, hatte Dr. Adams Berechnungen angestellt und verkündete nun das Ergebnis: »Mindestens acht und möglicherweise noch mehr Generationen trennen den Sklaven Bezel Muhammed von unserem kleinen Mädchen...«
»Sie ist nicht mein kleines Mädchen«, unterbrach ihn van Valck. »Sie ist eine Farbige, die in unsere Gemeinschaft einzudringen versucht.«
»Acht Generationen würden bedeuten, daß sie im Zeitraum seit 1694 nicht weniger als zweihundertsechsundfünfzig potentielle Vorfahren hat. Und weil zwei von ihnen Farbige waren...«
»Mehr«, unterbrach ihn Detleef. »Sie vergessen Rooi van Valck.«
»Ich wollte gerade auf Rooi zu sprechen kommen. Übrigens, van Valck, von welcher seiner Frauen stammen Sie ab? Sie brauchen nicht zu antworten. Welche es auch war, Petra ist Ihre Cousine.«
Leopold sprang von seinem Stuhl auf und wollte sich auf den Zahnarzt stürzen, doch van Doorn hielt ihn zurück:
»Meine Herren, nehmen Sie Platz. Wir müssen abstimmen. Die Beweise gegen das Mädchen sind erdrückend. Beantragt jemand, sie für farbig zu erklären?«
»Ich beantrage es«, sagte van Valck entschieden.
»Unterstützt jemand diesen Antrag?«
Dr. Adams starrte auf seine Fingernägel und versuchte sich vorzustellen, was wohl mit ihm geschehen würde, wenn diese Bewegung zur Reinerhaltung der weißen Rasse weiter um sich griff und ein bösartiger Nachbar ihn wegen seiner ablehnenden Haltung denunzierte.
»Dr. Adams, unterstützen Sie den Antrag?«
»Nein.«
»Bitte, wir müssen diese Sitzung ordnungsgemäß durchführen.«
»Dann beantrage ich, daß Sie beide Ihre Cousine Petra Albertyn für weiß erklären, denn ich bin sicher, daß sie ebenso weiß ist wie wir drei.«
»Ich unterstütze den ersten Antrag«, sagte Detleef, dessen Blut kochte. Mit diesem Dr. Adams würde er später abrechnen. Die medizinische Kommission sollte sich die Zeugnisse dieses Mannes einmal ansehen.
»Der Antrag, daß diese Kommission das Mädchen Petra Albertyn für farbig erklärt, wurde unterstützt.«
»Nein!« rief Adams mit lauter Stimme.
»Diese Äußerung war unnötig«, sagte Detleef, der seinen Zorn zu beherrschen versuchte. »Jetzt ersuche ich um Abstimmung.«
»Ja«, rief van Valck. Van Doorn tat das gleiche, dann blickte er Dr. Adams an, der wieder seine Fingernägel betrachtete. »Und Sie, Adams?«
»Protokollieren Sie, daß ich mich schämte, über einen solchen Antrag abzustimmen. Daß ich mich weigerte, Ihre Cousine Petra zu verurteilen.« Er erhob sich, um den Raum zu verlassen, aber Detleef hielt ihn zurück.
»Bitte! Wir müssen dieses Verfahren korrekt durchführen. Man muß Sie bei uns sitzen sehen, wenn wir unsere Entscheidung verkünden.«

So nahm denn Dr. Adams widerwillig seinen Platz ein und sah zu, wie die Albertyns und die Zuschauer wieder in den Raum geführt wurden. Die Familie wurde an einer Wand aufgestellt, und die kleine Petra, die die Hände steif an der Seite hielt, wurde wieder aufgefordert, sich den Richtern zuzuwenden, die auf sie herabsahen.

»Petra Albertyn, du bist farbig.«

Sie antwortete nicht, sondern blickte zur Seite, um zu sehen, was das Geräusch zu ihrer Linken bedeutete. Ihre Mutter war ohnmächtig geworden.

Die schicksalsschwere Entscheidung leitete eine Zeit des Schreckens für die Albertyns ein. Petra wurde unverzüglich von der Schule ausgeschlossen, und als ihre Familie gegen die Entscheidung Einspruch erhob, wurde sie abgewiesen: »Eindeutig farbig.«

Wenige Monate später erklärte die Kommission auch Henricus Albertyn für farbig. Er konnte nicht mehr in der Garage arbeiten, da die Stelle des Vorarbeiters für Weiße reserviert war. Er fand auch keine andere Arbeit und blieb über ein Jahr arbeitslos.

Außerdem durften die Albertyns nicht in ihrem Heimatort bleiben. Als Farbige mußten sie in eine für ihre Rasse vorgesehene Gemeinde ziehen. In Venloo gab es keine solche Enklave, und sie beschlossen, nach Kapstadt zu übersiedeln, wo die Mehrzahl der Farbigen wohnte. Da sie gezwungen waren, ihr Haus in einer Zwangssituation zu verkaufen, bekamen sie nur 2000 Pfund für einen Anlagewert von 4500 Pfund.

In Kapstadt fanden sie Unterschlupf in einem ehemaligen Transitlager des Militärs. Es war eines jener südafrikanischen Elendsquartiere, wo man in jede der dünnwandigen Wohnungen mehrere Familien einpferchte.

Als die niedergeschlagenen Albertyns in die Orchard Floats einzogen, dachten sie an Selbstmord. Aus war es mit der Sauberkeit von Blinkfontein, mit ihrem netten Heim, mit den freundschaftlichen Beziehungen in der kleinen Gemeinschaft – alles war verloren. Statt dessen gab es Schmutz, Kriminalität und sozialen Haß. Daß jemand in einer solchen Umgebung leben mußte, war schändlich, daß aber nachweislich gute Bürger dazu gezwungen werden konnten, von einer im Namen Gottes und der Rassenreinheit handelnden Regierung, war kriminell.

Henricus Albertyn entdeckte eines Abends, was für ein Verbrechen es war, als er von seiner Arbeit als Automechaniker in einer entfernten Garage in Kapstadt nach Hause kam. Während er die Treppe zu seinem Elendsquartier im dritten Stock nach oben stieg, angewidert vom Geruch nach billigem Wein und Urin, zerbrach er sich den Kopf darüber, wie er Petra zu einem ordentlichen Leben verhelfen konnte, denn all seine Gedanken beschäftigten sich jetzt mit ihr.

Doch als er zu seiner Tür kam, hörte er, daß jemand schluchzte. Er stürzte ins Zimmer und sah, daß es nicht Petra war, sondern seine Frau. Sie kauerte zitternd in einer Ecke und hielt eine lange, blutverschmierte Schere in der Hand. Einen schrecklichen Augenblick lang dachte er, seiner Tochter sei etwas Schreckliches widerfahren, aber als er sich entsetzt umsah, sah er Petra,

die an dem einzigen Fenster saß und ein Buch las. Was immer geschehen war, sie war davon nicht berührt worden.
Er küßte sie schnell und fragte: »Was ist passiert?«
»Nur die *skollies*, diese jugendlichen farbigen Strolche«, sagte Petra anscheinend unbekümmert. »Mama hat sie gestochen, und sie rannten davon.«
Aus der Ecke kam Mevrou Albertyns leise Stimme: »Mein Kind werden keine *skollies* schänden. Wir werden auch an diesem schrecklichen Ort nie klein beigeben.«
Petra legte das Buch weg und zeigte ihrem Vater die lange Stricknadel, die sie seit einigen Tagen in ihrem Kleid versteckte: »Ich habe sie auch gestochen. Shamilah, die unter uns wohnt, hat mir gesagt, wie man sie in die Augen sticht.« Und sie kehrte ohne jegliches Zeichen von Erregung zu ihrer Hausarbeit zurück.
Sie besuchte wieder die Schule, ein viel größeres Institut im benachbarten Athlone, dessen Lehrkörper aus idealistischen farbigen Männern und Frauen bestand. Als ihr Vater einem Treffen zwischen Eltern und Lehrern beiwohnte, wandte sich der Vorsitzende des Schulkomitees, ein wohlhabender Baumeister namens Simon Botha, an ihn: »Albertyn, unsere Lehrer erzählen mir, daß Ihre kleine Petra beinahe ein Genie ist. Sie müssen an ihre Zukunft denken.«
»Was kann ein Farbiger in diesem Land erreichen?«
»Sie dürfen Ihren Horizont nicht auf dieses Land beschränken. Meine Tochter in Kanada schreibt mir, daß die dortigen Universitäten viele Stipendien vergeben. Sie suchen solche Kinder wie Petra. Auch in Australien und sogar in London.«
Solche Gedanken überstiegen Albertyns Horizont, aber es war ihm klar, daß er lernen mußte, sich damit auseinanderzusetzen, denn wie Botha sagte: »Ein Mädchen wie Petra in diesem Land zu lassen bedeutet, sie zum Tod zu verurteilen.«

Obwohl Venloo von den Albertyns gesäubert worden war, konnten sich die van Valcks nicht recht über ihren Sieg freuen, denn sie wurden von quälenden Fragen bedrängt. Eines Abends fragte Leopold rundheraus: »Glaubst du, dieser englische Atheist würde es wagen, Gerüchte über uns in Umlauf zu setzen? Ich meine über Rooi van Valck und seine drei farbigen Frauen?«
Später fragte er weinerlich: »Könnte ich womöglich unreines Blut haben?«
Sie verbrachten viel Zeit damit, die Halbmonde seiner Fingernägel zu untersuchen, und obwohl das ergebnislos blieb, suchte Mevrou van Valck wiederholt Trost bei seinen vielen Sommersprossen. Nachdem sie sich eingeredet hatten, daß er sicherlich weiß war, entspannten sie sich, luden Direktor Sterk zum Abendessen ein und hörten zu, als er über das abschließende Ergebnis ihres Kreuzzuges für die Reinhaltung der Gemeinde berichtete. Als sie hörten, in welcher Umgebung die Albertyns leben mußten, sagte Mevrou van Valck ohne Groll und sogar mit der Bereitschaft, ihnen den Ärger,

den sie verursacht hatten, zu verzeihen: »Sie haben nichts anderes verdient, weil sie versuchten, etwas Besseres zu sein, als sie sind.« Dann fügte sie vergnügt hinzu: »Gestern bekam ich einen Brief aus Pretoria. Sie sandten mir mein Depot zurück.«

Zu Hause

8. Februar 1955

Grüße,
im Anschluß an meinen letzten Brief teile ich Ihnen mit, daß meine Kommission Ihnen, Ihren Haushaltsangehörigen und Ihrer Habe am 9. Februar 1955 kostenlos ein Transportmittel zur Verfügung stellen wird.
Wollen Sie bitte ihr Eigentum packen und bereit sein, es um 6 Uhr an diesem Morgen zu verladen.
Beiliegend ein Brief, den Sie bitte Ihrem Arbeitgeber übergeben wollen. Er erklärt, warum Sie am 9. Februar 1955 nicht zur Arbeit kommen können.

I. P. van Onselen
Sekretär der Kommission für Eingeborenenumsiedlung

Der 9. Februar war einer jener frischen Sommertage, wie sie in Johannesburg häufig sind, aber in diesem Jahr hatte er eine besondere Bedeutung, denn die Regierung hatte zum letztenmal angekündigt, daß die Planierraupen eingesetzt würden; es würden keine weiteren rechtlichen Einwände geduldet werden. Der erste Schub von Schwarzen, die aus Sophiatown ausgesiedelt werden sollten, mußte den Brief des Sekretärs buchstabengetreu erfüllen.
Barney Patel, ein sechsundvierzigjähriger Kleiderhändler, und sein Freund, der neunundfünfzigjährige Woodrow Desai, Besitzer eines Lebensmittelgeschäftes, waren von ihren Läden in Pageview gekommen, einem indischen Geschäfts- und Wohnviertel in Johannesburg aus den Tagen von Oom Paul Krüger. Sie standen auf einem Hügel mit Blick auf Sophiatown, wo die Planierraupen auf das Zeichen zum Einsatz warteten. Von ihrem günstigen Aussichtspunkt aus konnten die beiden Inder auf das Viertel hinuntersehen, in dem jahrzehntelang Schwarze gewohnt hatten. Zur Zeit lebten dort siebenundfünfzigtausend, manche in scheußlichen Elendsquartieren, viele in schönen Häusern, die ihnen gehörten. In einer im letzten Augenblick eingebrachten Berufung, die abgewiesen wurde, hatte ein Wohnungsfachmann festgestellt: »Nur eines von acht Gebäuden ist eine Slumhütte, die eine völlige Demolierung rechtfertigt.«
Das Slumgebiet bestand in der Tat aus einer Ansammlung erstaunlicher Behausungen, die man in fünf Kategorien unterteilen konnte: Die schlechtesten Quartiere hatten Wände aus Pappdeckel, die entstanden waren, indem

man Lebensmittelkartons zusammendrückte. Die Wände der etwas besseren bestanden aus flachgehämmerten Ölkanistern. Zu den guten Hütten zählten jene, die aus Wellblech oder Holz gebaut waren, während Häuser, für die man Hohlziegel aus Portlandzement und Asche verwendet hatte, als Luxuswohnungen galten. All diese Gebäude standen dicht gedrängt und waren nur durch enge Straßen oder dunkle Durchgänge getrennt. Aus diesem Gewirr kamen nicht nur die geduldigen schwarzen Arbeiter des Gebiets, sondern auch die unverbesserlichen jungen *tsotsis,* die Händler mit Haschisch, Dealer, die man *dagga* nannte, die Prostituierten und zahllose kleine Gauner.

Sophiatown war eine eng verbundene Gemeinschaft, und auf jeden *tsotsi,* der die Straßen unsicher machte, kam ein Dutzend braver junger Leute. Auf jeden Vater, der betrunken heim zu seiner Blechhütte taumelte, kam ein Dutzend anderer, die für ihre Familien sorgten, die Kirchen, Schulen und Kaufleute unterstützten. Aber diese schwarze Gemeinde hatte sich unglücklicherweise im Herzen eines Vororts angesiedelt, der später überwiegend von weißen Afrikandern bewohnt wurde. Ihre Siedlung wurde jetzt dem Erdboden gleichgemacht, da sie den Interessen der Weißen im Wege stand.

»Wir dürfen uns in unserer Meinung nicht irremachen lassen«, sagte ein Minister. »Sophiatown gilt als schwarzer Fleck in unserem Land.« Dann erklärte er, daß ein schwarzer Fleck eine Stelle war, wo Bantu gemäß den früheren Gesetzen Landbesitz erworben hatten. Laut der Apartheid mußten solche Stellen ausgemerzt werden. Dreizehn Prozent des Bodens, traditionelle Standorte für Krals, waren reserviert worden, und dort konnten Schwarze Land besitzen. »In Sophiatown und an ähnlichen Orten, die wir brauchen, ist es mit ihrem vorübergehenden Aufenthalt in unserer Mitte vorbei.«

»Ich kann nicht glauben, daß sie es niederwalzen werden«, sagte Barney Patel, als die Motoren der Planierraupen auf Touren kamen.

»In der Zeitung steht, daß sie heute anfangen.«

»Aber all die Menschen, die dort wohnen?«

»Hinaus aufs Land. In die neuen Siedlungen.«

»Du meinst, sie müssen diese vielen Kilometer fahren?«

»Das ist nicht Sache der Regierung. Sie müssen raus. Die Regierung sagt, sie hätten von Anfang an nicht hier wohnen dürfen.«

Eine Glocke in einer protestantischen Kirche mitten im Slumgebiet begann zu läuten; es dauerte ein paar Minuten, bis ein Polizeibeamter durch die Menge eilte, um sie zum Schweigen zu bringen. »Sie wollen keine Schwierigkeiten«, sagte Patel. »Versammlungen von mehr als zwölf Menschen wurden verboten.«

»Es wird keine Schwierigkeiten geben«, meinte Desai. »Sieh dir die Polizei an.«

Um mit den ersten einhundertfünfzig Familien fertigzuwerden, hatte die Regierung zweitausend Polizisten aufgeboten, die mit leichten Maschinengewehren und Assagais bewaffnet waren und von Bereitschaftswagen, Fernmeldeeinheiten und Abteilungen der Militärpolizei unterstützt wurden.

Als die Planierraupen bereit waren, gab ein Beamter der Umsiedlungskommission das Signal, und die mächtigen Maschinen setzten sich mit gesenkten Schaufeln in Bewegung.

»Ich kann es einfach nicht glauben«, sagte Patel, dessen Kehle plötzlich trocken war.

»Schau!« sagte der ältere Mann, und sie sahen zu, wie die riesigen Maschinen sich ihren Weg durch eine Gruppe von Hütten bahnten. Ein einzelner Bulldozer zerstörte ein ganzes Haus, aber das war keine große Leistung, denn es hatte nur aus Pappe und Planken bestanden.

»Schau dort hinüber!« rief Desai und zeigte auf eine Planierraupe, die sich in ein festes Haus aus Holz und Ziegeln fraß.

»Das Haus muß einen Wert von...« Patel beendete den Satz nicht, denn die Planierraupe, die etwas angegriffen hatte, was sie nicht ohne weiteres bezwingen konnte, hing einen Moment in der Luft, dann glitt sie zur Seite und brachte den Fahrer in Gefahr, stürzte aber nicht um. Er fuhr ärgerlich rückwärts, brachte den Motor auf Touren und attackierte wieder das Haus, das in einer Staubwolke zusammenstürzte.

»Sieh dir die Menschen an!« sagte Desai leise. Und die beiden Inder wandten sich nach Süden, wo sich große Gruppen von Schwarzen schweigend versammelten, um die Zerstörung zu beobachten, eingedenk dessen, was ihnen bevorstand. Aus ihren dunklen Gesichtern sprach Angst, sie ballten die Fäuste, machtlos gegenüber den Bulldozern und den Beamten, die sie einsetzten. Dieser schwarze Fleck konnte von den Weißen im benachbarten Mayfair nicht geduldet werden; er mußte von Ungeziefer gesäubert und höheren Zwecken zugeführt werden.

»Dort kommen die Lastwagen«, sagte Patel, als eine Reihe von Fahrzeugen herankam, um die Einwohner fortzubringen, und während die Bulldozer die unerwünschten Häuser niederwalzten, beförderten die Laster die unerwünschten Menschen kostenlos weg, wie man ihnen brieflich versprochen hatte.

Es gab natürlich einige wenige Schwarze, die sich weigerten, ihre Häuser zu verlassen, sie wurden von der Polizei herausgejagt, aber ohne daß ihnen Schaden zugefügt wurde. Aus einem Haus in der Nähe der Stelle, wo Patel und Desai standen, trug eine Gruppe Soldaten einen alten Mann, der sich hartnäckig geweigert hatte, sich vom Fleck zu rühren. »Vorwärts, alter Opa, wir sind in Eile!« sagten die Soldaten auf afrikaans. Sie trugen ihn beinahe sanft zu einem wartenden Lastwagen und setzten ihn zu den anderen; kaum saß er dort, zerstörte der Bulldozer das Haus, in dem seine Kinder und Enkel zur Welt gekommen waren.

Die beiden Inder blieben fast den ganzen Vormittag auf ihrem Aussichtspunkt, gefesselt vom Drama dieser großen Umsiedlung, und erwogen die Möglichkeit, ob sie vielleicht die nächsten sein würden. »Meinst du, daß sie

wirklich unsere Häuser niederreißen werden?« fragte Patel, während sich die Planierraupen tiefer nach Sophiatown hineinfraßen.
»Regierungspolitik«, antwortete Desai. »Alle Inder sollen aus Johannesburg raus.«
»Du meinst, sie werden uns kilometerweit aufs Land hinausbringen, wie sie sagen?«
»Schau, Barney. Mukerjee sagte mir gestern, daß die Geometer dort draußen sind und die Straßenzüge planen.«
»Wer kann Mukerjee glauben?«
»Nun, er warnte uns dauernd, daß Sophiatown eines Tages niedergerissen würde. Damals habe ich gelacht. Jetzt glaube ich es.«
»Aber Schwarze sind etwas anderes als Inder. Es gibt so viele von ihnen. Wir sind so wenige.«
»Für die Apartheid spielen Zahlen keine Rolle. Sie interessiert sich nur für die Hautfarbe. Heute haßt sie diesen schwarzen Fleck. Morgen wird es ein brauner Fleck sein, und dann heißt es, raus mit uns.«
»Aber die Regierung Krügers hat uns das Land gegeben, auf dem wir leben. Mein Grund gehört mir.«
»Ja, sie haben uns aus sogenannten ›hygienischen‹ Gründen dort angesiedelt. Heute werden uns ihre Enkel aus wirtschaftlichen Gründen hinauswerfen. Glaub mir, Barney, die Bulldozer werden auch in unsere Straßen kommen.«
Sie beobachteten schweigend die Zerstörung, in deren Zeichen der Auszug der schwarzen Familien stand, und da sie wußten, daß sie gegen dieses brutale Vorgehen machtlos waren, überdachten sie ihre eigene merkwürdige Geschichte in diesem fruchtbaren Land.
Woodrow Desai war einer der drei Brüder Desai, die von Sir Richard Saltwood auf die Zuckerrohrplantagen verschifft worden waren. Als ihre Verträge ausliefen, blieben sie. Bald gesellten sich »Passagier-Inder« wie die Patels zu ihnen, die ihre Überfahrt selbst bezahlt hatten, um in der schnell wachsenden Gemeinde als Geschäftsleute und Händler zu arbeiten.
Die indischen Einwanderer ließen sich zumeist in Natal, in der Nähe des Hafens Durban, nieder und vermehrten sich dort: Patels, Desais, Mukerjees, Bannarjees. Anders als die Holländer vor ihnen und die Chinesen wollten die Inder nichts mit schwarzen und auch nichts mit weißen Frauen zu tun haben. Sie hielten sich streng für sich, und während der ersten vierzig Jahre, in denen sie in den Minen und auf den Feldern arbeiteten, heirateten nur wenige Inder Menschen einer anderen Rasse. Woodrows Vater und einige andere übersiedelten nach Transvaal und eröffneten in den kleinsten Städten Läden, in denen alle Kunden willkommen waren. Aber in ihren Wohnungen blieben sie unter sich und aßen ihre Gerichte aus halbflüssiger Butter, Lamm, Reis und Curry. Sie waren sauber, für gewöhnlich friedlich, und die anderen Völker Südafrikas haßten sie.
»Ohne den Kleinen«, sinnierte Patel, »wären die Inder sogar noch schlechter dran.«

Der Kleine war ein magerer Rechtsanwalt mit einer hohen, weinerlichen Stimme, der 1893 nach Durban auswanderte. Er hieß Mohandas Karamchand Gandhi und war intelligent genug, um in Südafrika einen auskömmlichen Lebensunterhalt zu verdienen, hätte er dort seinen Beruf ausüben dürfen. Als er mit vierundzwanzig Jahren ankam, hatte er eigentlich die Absicht, zu bleiben, aber die Benachteiligung, unter der die Inder zu leiden hatten, ärgerte ihn so, daß er sich ständig im Krieg mit den Behörden befand.

»Er war ein Kämpfer«, murmelte Desai, der sich an diesen streitbaren Mann erinnerte, der es mit dem ganzen weißen Establishment aufgenommen hatte.

»Und dazu noch schlau«, sagte Patel bewundernd. »Als der Burenkrieg in seiner schlimmsten Phase war, was tat er da? Organisierte ein indisches Lazarettkorps. Half den Engländern, obwohl sie ihn verfolgt hatten. Sehr tapfer, weißt du.« Er kicherte bei dem Gedanken an den kleinen Gandhi, der der weißen Regierung Befehle erteilte.

»Mein Vater kannte ihn«, sagte Desai. »Aber Vater war mir sehr ähnlich. Er wollte nie Ärger. Als Gandhi anfing, Briefe an General Smuts zu schreiben, als wäre er Leiter einer indischen Regierung, warnte ihn deshalb mein Vater: ›Gib nur acht, Mohandas. Die Regierung wird dich einsperren.‹ Das war damals, als er, hier in Südafrika, Satjagraha erfand.«

»Wenn er diese Schande jetzt sähe, würde er für die Schwarzen das gleiche tun, was er für uns getan hat. Politik der Gewaltlosigkeit. Sich vor den Bulldozern auf den Boden legen.«

»Die Bulldozer fahren in Indien die Briten. Die hielten an. Hier sind es Afrikander-Bulldozer, und ich glaube nicht, daß sie haltmachen würden. Nicht einmal vor Gandhi.«

»Ich liebe ihn«, sagte Patel. »Nicht wegen der Dinge, die er in Indien tat. Wegen dem, was er hier tat.« Er machte eine Pause und schüttelte den Kopf. »Oft frage ich mich, was geschehen wäre, wenn er in Durban geblieben wäre? Um unserem Volk zu helfen.«

»Er wäre erschossen worden. Ich glaube nicht, daß Afrikander Satjagraha begreifen.«

Die Erwähnung von Erschießungen stimmte die Inder traurig, denn die Familien Desai und Patel hatten in Natal schwer gelitten, als die Zulu über die einschränkenden Gesetze der Regierung in Wut gerieten, sich aber nicht an den Weißen rächten, die die Gesetze erlassen hatten, sondern an den Indern, mit denen sie täglich Handel trieben. Drei Tage lang hatten hochgewachsene Zulu kleine Inder durch die Straßen gejagt, sie verwundet oder getötet, während manche Weiße sogar beifällig zusahen und manchmal schrien: »Töte sie, Zulu!« Über fünfzig Inder wurden erschlagen, über siebenhundert brauchten ärztliche Behandlung. Danach war es ein anderes Südafrika, in dem viele Weiße brummten, es wäre besser gewesen, wenn man den Zulu freie Hand gelassen hätte, die indische Frage ein für allemal zu regeln.

Desai, der bei diesen Unruhen einen Onkel verloren hatte, lächelte sarkastisch: »Nun, wir hatten eine Möglichkeit, das Land zu verlassen. Erinnerst du dich, wie die Regierung die Kosten für die Überfahrt und Ausreise zur Verfügung stellen wollte, so daß jeder Inder nach Indien zurückkehren konnte? Ich glaube, drei alte Männer gingen darauf ein. Wollten in ihren Heimatdörfern begraben sein. Die übrigen?«

»Mein Vater sagte mir«, meinte Patel, »daß jeder Inder, der Südafrika verließ, um nach Indien zurückzukehren, für geistesgestört erklärt werden sollte. Hier ging es ihm so viel besser als früher...«

Als sich die Sonne dem Zenit näherte und sich die Häuser der Schwarzen in Schutt verwandelten, kehrten die beiden Inder ernst nach Pageview zurück, wo sie an einer Straßenkreuzung stehenblieben und auf Reihen von Häusern und Geschäften starrten, die ihren Landsleuten gehörten. Inder zogen es immer vor, in dichtgedrängten Gemeinden zu leben, wo sie einander schützen konnten. »Glaubst du, sie würden es wagen, das alles niederzureißen?« fragte Patel nervös. »Fünftausend Menschen. Häuser, Geschäfte. Die Versicherung sagte mir, mindestens zehn Millionen Pfund.«

Bevor er antworten konnte, kam Cassem Mukerjee gelaufen. Er war ein kleiner, nervöser Mann, der Gandhi ähnlich sah, und er sprach aufgeregt und hastig, wie manche Menschen, wenn sie schlechte Nachrichten verbreiten: »Mein Vetter Morarji hat die Unterlagen in seinem Büro gesehen. Sie werden auch diesen Ort niederreißen. Alle unsere Häuser werden zerstört. Und sie werden uns auch unsere Geschäfte wegnehmen.«

Barney Patel mochte Mukerjee nicht, und nun schüttelte er ihn. »Hör mit diesen Gerüchten auf! Dein Vetter weiß gar nichts.«

»Er wußte, daß sie Sophiatown niederreißen werden«, sagte der kleine Mann beinahe fröhlich. »Sind die Häuser zerstört?«

»Es wird Jahre dauern«, schnaubte Patel, aber Desai wollte Näheres über die angeblichen Unterlagen erfahren: »Hat Morarji wirklich etwas gesehen?«

»Die Befehle sind entworfen. Alle Inder sollen aus Johannesburg vertrieben werden.«

»Mein Gott!« sagte Desai und lehnte sich an die Mauer eines solide gebauten Ziegelhauses, und als er angsterfüllt im Sonnenschein stand, sah er den Staub der Zukunft vor sich und dachte:

> Sie werden die Bulldozer hierher bringen, und die Häuser der Wärme und Liebe werden einstürzen. Die Häuser aus Stein, wie meines und Barneys, werden sie nicht zerstören, aber sie werden uns zwingen, sie zu Regierungspreisen zu verkaufen – zwanzig Cent für einen Rand. Die Schulen, die meine Kinder besuchten, werden niedergerissen werden und auch alle die kleinen Häuser, in denen die alten Menschen bis zu ihrem Tod wohnen wollten. Unsere Geschäfte in der Vierzehnten Straße... Mein Gott, ich habe so schwer dafür gearbeitet.
>
> Und wir werden weit hinaus aufs Land übersiedeln müsssen. Meilen

entfernt von unseren Freunden und allen Kunden. Dort wird es neue Häuser zu Preisen geben, die niemand zahlen kann, und neue Geschäfte ohne Kunden, und jeden Tag wird man Stunden im Zug verbringen müssen, unser ganzes Geld werden wir für unnötige Transportkosten ausgeben. Und wir werden uns abseits befinden, wo uns niemand sehen kann, und die Straßen, die wir früher kannten, werden verschwunden sein – und für welchen großen Zweck?

In dieser Nacht beschloß Woodrow Desai ein Komitee zu gründen und nach Pretoria zu fahren, zu einem ernsten Gespräch mit dem Regierungsbeamten, der für die Zukunftsplanung der indischen Gemeinde verantwortlich war. Er nahm Barney Patel mit, nicht aber Morarji Mukerjee, der ein Schwarzmaler war. Geduldig erklärten sie den Wahnsinn einer solchen Aussiedlung und wiesen darauf hin, daß sie überhaupt keinen wirtschaftlichen Vorteil bringen würde, aber der Beamte, der die Aufgabe hatte, mit ihnen zu verhandeln, unterbrach sie:
»Wir sprechen eigentlich nicht über wirtschaftliche Fragen, nicht wahr? Wir sprechen darüber, eine gewisse Ordnung in die Gemeinschaft zu bringen. Jede Gruppe sicher auf ihrem Platz.«
»Aber wenn Sie uns alle in dieses sogenannte Lenasia, so weit draußen auf dem Land, schicken...«
»Das geschieht zu Ihrem Schutz. Alle Inder an einem Ort.«
»Aber so weit draußen. Wir werden jeden Tag Zeit und Geld vergeuden.«
»Meine lieben Freunde«, sagte der Beamte, ein in Natal geborener Engländer, freundlich, aber ein wenig steif, »unser Land besitzt keine besseren Bürger als die Inder. Wir würden nicht im Traum daran denken, etwas zu Ihrem Nachteil zu unternehmen. Aber wir müssen Ordnung in unser Leben bringen. Pageview ist für Weiße bestimmt. Sehen Sie sich die Landkarte an!« Und er zeigte ihnen, daß der Ort, in dem sie lebten und Handel trieben, Gebiete berührte, die besser für Weiße verwendet werden konnten.
»Und Sie können dort draußen schöne neue Geschäfte haben«, versicherte er ihnen, wobei er mit der Hand vage irgendwohin wies. »Es wird Ihnen besser gefallen, sobald es soweit ist.« Er machte eine Pause. »Wir tun es zu Ihrem Besten«, sagte er. Und bevor sie antworten konnten, standen sie draußen auf der Straße.
»Ich wünschte, Mohandas Gandhi wäre wieder hier«, brummte Patel. »Er wüßte, wie man das verhindern könnte.«

Bei der Arbeit

Die Golden-Reef-Minen südwestlich von Johannesburg brauchten ständig eine bestimmte Anzahl schwarzer Arbeiter, um die tiefsten Schächte zu besetzen, wo vor Ort gesprengt wurde. Von überall aus Südafrika brachten Flugzeuge, Züge und Autobusse ungelernte Schwarze zu den Lagern, in de-

nen sie während der sechs bis achtzehn Monate ihres Vertrages lebten. Kritiker des Arbeitssystems verglichen diese Lage mit strengen Gefängnissen, in die die Schwarzen eingesperrt wurden; die Verwaltung bezeichnete sie als gut geführte Unterkünfte, in denen die Arbeiter wesentlich besser lebten als zu Hause.
In der Tat prügelten sich Schwarze in Moçambique, Malawi, Rhodesien, Lesotho und Vwarda um eine Chance, im Golden Reef zu arbeiten, und das aus gutem Grund. Obwohl der Lohn gering war, war es mehr, als sie in ihren Heimatdörfern bekommen konnten; die Verpflegung war besser und reichlicher, die Betten waren mit guten Decken versehen, Ärzte kümmerten sich um ihre Gesundheit. Schwarze Nationalisten in den Nachbarländern schimpften öffentlich über Südafrika, sorgten aber im geheimen dafür, daß Flugzeuge, die ihre Landebahnen anflogen, mit Arbeitern gefüllt wurden, denn nur auf diese Weise konnte die Wirtschaft in ihren Ländern in Gang gehalten werden. Schwarze Familien ermutigten ebenfalls ihre Männer, zum Golden Reef zu fliegen; denn ein beträchtlicher Prozentsatz ihres Lohnes wurde erst ausbezahlt, wenn der Mann heimkehrte, so daß seine Frau und Kinder vorübergehend der Armut entfliehen konnten.
Wenn Schwarze aus dreißig oder vierzig verschiedenen Stämmen, die grundlegend verschiedene Sprachen und Dialekte sprachen, miteinander arbeiten mußten, war es notwendig, eine einfache Sprache auszuarbeiten, die alle verstehen konnten. Die sinnvolle Lösung hieß Fanakalo. Das Wort kam aus dem Pidgin-Zulu und bedeutete ungefähr »Mach es so«, und die Hilfssprache, die es darstellte, war ein unglaubliches Gemisch aus Bantu, Englisch, Afrikaans und Portugiesisch. Es bestand hauptsächlich aus Hauptwörtern und einigen wesentlichen Zeitwörtern, ein paar Flüchen, um etwas zu betonen, sowie zahlreichen Gesten. Ein Linguist, der es zu analysieren versuchte, sagte: »Fanakalo spricht man nicht. Man tanzt es und schreit dabei.«
Wenige Dinge auf der Welt funktionierten besser, denn ein Stammesangehöriger konnte einfache Instruktionen binnen drei Tagen begreifen: »Das hier Schraubenschlüssel, fanakalo.« Und hatte man es einmal gelernt, diente es als Zauberschlüssel auf allen Ebenen der Mine, so daß ein Mann aus Malawi, der nur seinen Dialekt sprach, tief unten im Schacht neben jemandem aus Vwarda arbeiten konnte, der nur den seinen verstand. Ein weißer Aufseher fragte einen Kollegen, was die Arbeiter in seiner Schicht meinten, wenn sie von *Idonki ngo football jersey* (Esel mit Fußballdreß) sprachen, und der Mann antwortete: »Einfach. Sie meinen *Zebra*.«
Ein Minenarbeiter konnte seinen Vertrag immer wieder erneuern, man hielt es aber für besser, ihn nach einem längeren Aufenthalt in der Mine heimfahren zu lassen, damit er seine Familie in seinem Heimatdorf wiedersah und ausgeruht zurückkehrte. Gewöhnlich sprachen diese Heimkehrer gut über das Golden Reef, besonders über die Verpflegung. Als sich einmal der Vertreter von Vwarda bei den Vereinten Nationen an den Sicherheitsrat wandte und Sanktionen gegen Südafrika verlangte, füllte gleichzeitig seine

Regierung sechs Flugzeuge mit Männern aus Vwarda, die zur Arbeit zurückkehren wollten.

Aber nicht alle schwarzen Minenarbeiter kamen aus dem Ausland; das Golden Reef unterhielt gemeinsam mit anderen Minen ein weites Netz von etwa vierzig Werbern, die nur dazu da waren, südafrikanische Schwarze anzuwerben, die ein Drittel der Arbeitskräfte der Mine stellten. Ein solcher Werber kam nach Venloo, stellte seinen Tisch auf und verhandelte mit jungen Schwarzen aus der Gegend. Da Arbeitsplätze rar waren, konnte er eine große Zahl Arbeiter verpflichten, darunter auch Jonathan Nxumalo, den ältesten Sohn von Moses, der so lange mit den van Doorns in Verbindung gestanden hatte.

Jonathan war ein gescheiter, zwanzigjähriger Junge, der mehr von der Welt sehen wollte als den begrenzten Horizont, der einem Knecht in Vrymeer zur Verfügung stand. Aber sobald er im Lager von Golden Reef eintraf, in dem fünftausend Schwarze lebten, sechzehn Mann in einem Raum, hörte er, wie die Tore hinter ihm zufielen, und erkannte, daß er nicht die Freiheit, sondern eine neue Art von Beschränkung gefunden hatte. Es war unbedingt notwendig, daß er Fanakalo lernte.

Die weißen Aufseher brauchten nur ein paar Wochen, um Jonathan zum Besten seiner Gruppe zu machen, und sie bestimmten ihn dazu, vor Ort zu arbeiten, über dreitausend Meter tief im felsigen Schacht. Dort war der Lohn höher, aber es bedeutete anstrengendere Arbeit bei einer ständigen Temperatur von 45 Grad Celsius. Wasser zur Kühlung des Körpers und Salz zu seinem Schutz wurden beinahe so wichtig wie der riesige Bohrhammer, den Jonathan bediente, und wenn die lange Schicht zu Ende war und die Männer aus der Tiefe im Fahrstuhl nach oben schossen, wußten sie, daß sie eine der schwersten Arbeiten der Welt geleistet hatten.

Weiße Männer teilten mit ihnen die Hitze und die Gefahr. Keinem Schwarzen wurde jemals ein gefährlicher Job zugeteilt, wenn der weiße Vorarbeiter nicht bereit war, ihn ebenfalls zu übernehmen, so daß sich innerhalb der Schichten eine Art Kameradschaft entwickelte, bei der jeder weiße Schichtführer sich für einen oder zwei hervorragende Schwarze entschied, auf die er sich verlassen konnte. Jonathan wurde der Adjutant von Roger Coetzee, einem ehrgeizigen Afrikander, der die Minen liebte und eines Tages oberster Chef werden sollte.

Jonathans Arbeit war aufregend. Zu Beginn jeder Schicht stieg er mit dem Rest seiner Gruppe in den Förderkorb, schloß die Türen und sauste in schwindelerregendem Tempo dreitausend Meter in die Tiefe. Gelegentlich wollte ein Besucher aus Johannesburg oder aus Übersee sehen, unter welchen Bedingungen die Männer arbeiteten. Dann wurde der Fahrkorb viel langsamer hinuntergelassen, was Nxumalo ärgerte, denn er liebte bereits den schrecklichen Sturz, ein Merkmal seines Berufs. Er konnte ihn ertragen, ein Fremder aber nicht.

Unten traf er Coetzee, der nur gemeinsam mit weißen Bergwerksarbeitern nach unten kam. Die beiden Männer und ihre Helfer gingen gebückt und

schwitzend anderthalb Kilometer weit, die Köpfe durch harte Hüte geschützt, die gegen Felszacken stießen. Sie schluckten einige Salztabletten, nahmen einen kräftigen Schluck Wasser und gingen dann durch einen engeren Tunnel, der mit ohrenbetäubendem Lärm erfüllt war. Nun näherten sie sich vor Ort dem goldhaltigen Felsen, wo mächtige Druckluftbohrer Stahlsonden tief in das Gestein hineintrieben, bevor die nächsten Dynamitladungen befestigt wurden.
Es war eine höllische Arbeit. Jonathan kroch mit den Füßen voran in das Abbauloch; er lag auf dem Rücken und konnte sich nie aufsetzen. Wenn er bei der Bohrmaschine angelangt war, einem schweren Gerät mit Querstabgriffen und Steigbügeln für die Füße, schob er sich zurecht, überprüfte die elektrischen Leitungen, steckte seine Füße in die Steigbügel und richtete den zwei Meter langen Bohrer mit der Diamantspitze genau auf die Stelle, die gesprengt werden sollte. Dann holte er tief Atem, was ihn immer belebte, rutschte hin und her, um in eine bequeme Lage zu kommen, schob die Füße vor und betätigte den Schalter. Mit unglaublicher Kraft und unter tobendem Lärm fraß sich der wassergekühlte Druckluftbohrer in den Felsen und schleuderte Sprühwasser und Felsstaub umher, bis Jonathan aussah wie ein Weißer.
Wenn das Loch gebohrt war, wand sich Nxumalo wieder heraus und signalisierte Coetzee, daß alles bereit war. Dann kroch der Afrikander an Nxumalos Stelle in den engen Tunnel und befestigte das Dynamit, die Sprengkapsel und die Verbindungsdrähte. Pfeifen schrillten, Sirenen heulten, und alle Männer zogen sich aus dem Gebiet zurück, worauf Coetzee den Sprengzünder betätigte. Die Ladung explodierte und brach den nächsten Haufen goldhaltigen Gesteins los.
Wenn sich der Staub gesenkt hatte und es wahrscheinlich war, daß keine weiteren Felsbrocken mehr von der neuen Decke stürzen würden, krochen Jonathan Nxumalo und Roger Coetzee wieder in den Tunnel und begannen zu berechnen, wie lange es dauern würde, das Erz von der Abbauwand zum Brecher und von dort zur Hütte zu befördern. Es war harte Arbeit, voller Staub und aufregend, und die Männer in der Tiefe entwickelten Respekt vor den Fähigkeiten des anderen. Natürlich änderte sich ihr Leben vollkommen, wenn sie die Gefahrenzone verließen und ins Freie kamen. Coetzee konnte in seinen Wagen springen und fahren, wohin er wollte; Nxumalo war auf das Lager beschränkt, wo die Gesellschaft für alle Bedürfnisse sorgte.
Er war kein Gefangener im eigentlichen Sinne. Während des achtzehnmonatigen Vertrages durften die Arbeiter sechsmal nach Johannesburg fahren, aber nur in einer Gruppe, wobei ein Weißer die Pässe der sechsunddreißig Arbeiter bei sich hatte. Wenn einer sich von der Gruppe entfernte, stand er ohne Papiere da. Weil aber Paßkontrollen an der Tagesordnung waren, wurde er früher oder später entdeckt und ins Gefängnis gesteckt.
Jonathan erhielt jedoch ein paarmal durch Coetzees Vermittlung einen Spezialpaß, mit dem er einen Freund aus Vrymeer besuchen konnte, dem es zufällig gelungen war, ohne die entsprechenden Papiere einen Posten in Jo-

hannesburg zu ergattern. Dieser vertraute ihm an: »Ich hielt mich einfach an diese weiße Familie, die eine Hilfskraft brauchte, und die Leute schützten mich. Da wir beide gegen das Gesetz verstoßen, zahlen sie mir natürlich nicht den vollen Lohn. Aber ich beklage mich nicht.«
»Gefällt dir Johannesburg?«
»Gutes Essen. Arbeit nicht zu hart. Und sieh dir diese Kleider an.«
Jonathan war so angetan vom Stadtleben, daß er bei anderen Besuchen versuchte, einen illegalen Posten zu finden, aber ohne Erfolg. Schließlich bat er seinen Freund um Hilfe. Dieser fragte: »Kennst du jemand, der Einfluß hat und dir einen Paß beschaffen könnte?«
»Mein Vater arbeitet für Detleef van Doorn.«
»Bist du verrückt? Er ist der Mann, der diese Gesetze gemacht hat. Er ist kein Freund. Er ist unser schlimmster Feind.«
In die Mine zurückgekehrt, fragte Jonathan Coetzee, ob er ihm helfen könne, aber der sagte entschieden: »Du bist jetzt ein Minenarbeiter. Das wirst du nie ändern können, denn wir brauchen dich.« Und als Jonathan sich im Paßamt nach einer Genehmigung erkundigte, die es ihm ermöglichen würde, in Johannesburg zu arbeiten, schnauzte ihn der Beamte an: »Du hast Bergwerkspapiere. Du bekommst nie etwas anderes.«
Da er gewissermaßen zur Arbeit unter der Erde verurteilt war, beschloß er, sich um den bestmöglichen Job zu bemühen, aber auch das wurde vereitelt: »Du bist fürs Bohren qualifiziert. Unrentabel, dich anderswo zu verwenden.«
In seinem Quartier sprach Jonathan dann mit Männern aus Malawi und Vwarda: »Ich werde mich um einen Job wie den von Coetzee bewerben. Ich kann alles, was er und die anderen weißen Bosse können, die in den tiefen Schächten arbeiten.« Aber die schwarzen Arbeiter warnten ihn davor, an eine solche Möglichkeit auch nur zu denken. »Der Job nur für Weiße. Gleichgültig, wie blöd, sie schlauer als du. Kein Schwarzer jemals Boß.«
Coetzee mußte Jonathans Kummer bemerkt haben, denn einmal, als sie aus dem Tunnel krochen, sagte er: »Du könntest meine Arbeit machen, Nxumalo, aber das Gesetz ist unerbittlich. Kein Schwarzer darf jemals einen Job haben, in dem er Weißen Befehle erteilen kann.« Bevor Jonathan etwas dazu bemerken konnte, erinnerte ihn Coetzee an die Arbeitsvorschriften des Golden Reef, die ausdrücklich festsetzten, daß Dynamitleger weiß sein müssen. Kein Schwarzer konnte diesen Posten anstreben, denn die Intelligenz, die dafür erforderlich war, Dynamit in ein von einem Schwarzen gebohrtes Loch zu stopfen, überstieg die Fähigkeiten von Nichtweißen vollkommen. Die Tatsache, daß schwarze Arbeiter allenthalben in der übrigen Welt diese Arbeit ohne jede Schwierigkeit verrichteten, wurde nicht zur Kenntnis genommen. In Südafrika konnten sie nie lernen, es ordentlich zu machen.
Manchmal machten es auch die weißen Bosse nicht ordentlich. An einem schrecklich heißen und stickigen Tag legte Roger Coetzee das Dynamit nicht sorgfältig ein, und Jonathan Nxumalo wollte ihn darauf aufmerksam ma-

chen, aber bevor er Coetzee dazu überreden konnte, es in Ordnung zu bringen, explodierte die Ladung, und ein Stück des Deckenfelsens stürzte unvermutet nach unten und schloß den Afrikander hinter einem Schutthaufen ein. Der Stein fiel nicht direkt auf ihn, sonst wäre er erschlagen worden. Ein abgleitender Teil brach ihm das Bein. Er war in einer pechschwarzen, luftlosen und wasserlosen Spalte bei einer Temperatur von 45 Grad eingeschlossen. Es war unerläßlich, ihn schnellstens mit Luft und Wasser zu versorgen, und da es keine weißen Bosse in der Nähe gab, fiel Nxumalo diese Aufgabe zu. Er drang durch die herabgestürzten Steine vor, hob die Brocken weg, die er bewegen konnte, und rief andere Schwarze, die ihm bei den größeren Platten helfen mußten. Nach wenigen Minuten erschienen weiße Rettungsmannschaften auf dem Schauplatz und gingen genauso vor, wie Nxumalo es geplant hatte. Es gelang ihnen, Coetzee freizubekommen, und dieser verlangte im Krankenhaus, mit Jonathan zu sprechen, der von Krankenschwestern zu ihm geführt wurde, die Jonathan offensichtlich übelnahmen, daß er sich in einem weißen Krankenhaus befand.
Coetzee hatte Glück, am Leben geblieben zu sein, denn es gab in Südafrika keine lebensgefährlichere Arbeit als die, die Männer wie er und Nxumalo leisteten. Alljährlich starben über sechshundert Männer in den Goldminen – neunzehntausend in dreißig Jahren –, und über neunzig Prozent davon waren schwarz.
»Ich weiß, daß du es warst, der mich rausgeholt hat«, sagte Coetzee, und bevor Nxumalo antworten konnte, fügte er freundlich hinzu: »Und du hattest mich gerade gewarnt, es nicht so zu machen.« Er grinste und streckte die Hand aus. »Ich wünschte, ich hätte einen Vetter in Johannesburg, der einen Hausdiener braucht.«
Soviel Glück hatte er nicht. Während Coetzee im Krankenhaus lag, bekam Nxumalos Schicht einen anderen Boß, einen üblen Afrikander, der die Schwarzen verachtete. Als er einmal sah, wie sich Jonathan nach einer besonders anstrengenden Schicht vor Ort ausruhte, knurrte er ihn an: »Du arbeitsscheuer, fauler schwarzer Bastard.« Ein anderes Mal, als Nxumalo vorschlug, die Wand aus einem anderen Winkel anzugehen, brüllte der Boß: »Halt's Maul, du frecher Kaffernbastard!«
Da Nxumalos Vertrag nur noch fünf Wochen lief, ertrug er die Beleidigungen des neuen Vorarbeiters, und als der Lagerleiter am Ende der achtzehn Monate sagte: »Ich hoffe, du wirst dich wieder verpflichten«, antwortete er unverbindlich, war aber sicher, daß er vom Golden Reef genug hatte. Was er tun würde, wußte er allerdings noch nicht.

Beim Tod

Der alte Bloke, der Anwaltsbriefe ins Chesterton-Gebäude in Johannesburg brachte, war erst vierundfünfzig, aber sein Leben war so anstrengend gewesen, daß er älter aussah, als er war. Er hieß Bloke Ngqika, und er hatte in seiner Jugend als Schwerarbeiter in der Industrie gearbeitet, wo er zahlreiche Fähigkeiten erworben hatte, die er in verschiedenen höheren Stellungen hätte verwenden können, aber da er schwarz war, konnte er keinen dieser Posten bekommen.

Nach einem Unfall in einer Werkzeuggießerei, von dem ihm ein schlurfender Gang zurückblieb, hatte er das Glück, einen Posten zu bekommen, bei dem er wichtige Papiere persönlich überbringen mußte. Der Lohn war gering, und der Weg zur Arbeit unerträglich weit. Er wagte aber nicht, seine Stellung aufzugeben, denn es gab ein besonderes Gesetz, das streng angewendet wurde: Ein Schwarzer konnte nur dann einen rechtmäßigen Paß bekommen, der es ihm ermöglichte, in Johannesburg zu bleiben und ein Haus in Soweto zu bewohnen, wenn er zehn Jahre lang für einen einzigen Arbeitgeber gearbeitet hatte. Wenn er kündigte oder entlassen wurde, tilgte man den Vermerk in seinem Paß, und er verlor sein Haus und das Recht, in Johannesburg zu bleiben. Er war wie ein Leibeigener im Mittelalter, für immer gebunden an einen bestimmten Arbeitsplatz. Das bedeutete natürlich, daß sein Arbeitgeber ihm einen geringen Lohn bezahlen und er nicht dagegen protestieren konnte, denn wenn er entlassen wurde, verlor er seine gesamte Lebensgrundlage. Wie sein Arbeitgeber ihm oft sagte: »Bloke, von mir bekommst du nicht nur deinen Lohn. Mir verdankst du auch dein Haus, deinen Paß und die Aufenthaltsgenehmigung für deine Frau. Gib acht was du tust.«

Er gab jedoch nicht acht und stolperte an einem stürmischen Augusttag in der Commissioner Street direkt vor einen Lastwagen. Wenn er aufgepaßt hätte, hätte der Fahrer vielleicht noch ausweichen können. So aber erfaßte das Fahrzeug den alten Mann, der, bevor er das Bewußtsein verlor, noch die vertrauten Worte hörte: »Verdammter blöder Kaffer.«

Er hätte nicht sterben müssen. Aber leider trug der erste Krankenwagen, der erschien, das Schild NUR FÜR WEISSE und konnte natürlich nicht helfen. Er forderte über Funk einen für Farbige an. Aber der alte Bloke lag fast eine halbe Stunde auf dem Gehsteig, bevor der richtige Krankenwagen eintraf, und als er in die Unfallstation für Nichtweiße im Krankenhaus von Johannesburg eingeliefert wurde, erklärte man ihn für tot. Der Ausdruck der Qual auf seinem Gesicht wurde nicht, wie manche dachten, durch seine schrecklichen Schmerzen verursacht; er war auch nicht erbittert über den gemurmelten Fluch des Lastwagenfahrers, denn solche Beschimpfungen hörte er die ganze Zeit. Der alte Mann erkannte vielmehr, was sein Tod für Miriam bedeuten würde, mit der er seit mehr als dreißig Jahren verheiratet war. Blitzartig sah er, wie sie geduldig die Not ertragen hatte, der sie ausgesetzt gewesen war, die Jahre der Trennung, die schwere Aufgabe, die Kinder allein großzuziehen. Ganze Jahrzehnte waren mit seltenen kurzen Besuchen ihres Mannes vergangen, sie konnte nicht zu ihm ziehen, denn das ließen die Apartheidgesetze nicht zu. So hatten sie ein freudloses Leben geführt, sie in einem Teil Südafrikas und er in einem anderen. Als es Bloke endlich möglich gewesen war, sie zu sich zu holen, war sie so dankbar, daß sie ihm riet, alle Ungerechtigkeiten hinzunehmen: »Endlich sind wir beisammen. Du machst die Arbeit, wir sagen nichts.«

Am dritten Tag nach dem Begräbnis wurde Miriam in das Büro von Pieter Grobbelaar zitiert, dem Direktor des Bezirks von Soweto, in dem das Haus der Ngqika stand. Er teilte ihr mit, daß sie, da sie nicht mehr mit einem Arbeiter verheiratet war, der das Recht hatte, in Soweto zu wohnen, nun laut Gesetz »ein überflüssiges Anhängsel« war und als solches jedes Recht verloren hatte, weiter in Johannesburg zu bleiben. Er drückte sich klar aus und legte die einzelnen Schritte ihrer Ausweisung dar.

»Sie können hier bleiben, um Ihre Sachen zu packen, aber dann müssen Sie nach Soetgrond fahren.«

»Dort war ich noch nie. Ich weiß nicht einmal, wo das ist.«

»Aber Sie sind eine Xhosa. Das steht in Ihren Papieren.«

»Ich bin aber in Bloemfontein geboren. Ich war nie im Xhosaland.«

»Das Gesetz besagt, daß Sie sich nur vorübergehend hier aufhalten...«

An diesem ersten Tag verwendete Herr Grobbelaar mindestens zehnmal den Ausdruck »das Gesetz besagt«. Alle von Frau Ngqika vorgebrachten Argumente hatte das Gesetz vorweggenommen. Sie wollte ein Haus behalten, das sie und ihr Mann zehn Jahre lang bewohnt und wesentlich verbessert hatten? Herr Grobbelaar konnte ein Gesetz zitieren, das besagte, daß eine Witwe alle Rechte verlor, wenn ihr Mann starb. Sie wollte sechs Monate bleiben, um einen anderen Wohnsitz zu finden? Herr Grobbelaar konnte ein Gesetz anführen, das besagte, er könnte ihr befehlen, binnen zweiundsiebzig Stunden auszuziehen. Sie wollte den neuen Küchenausguß mitnehmen, den ihr Bloke geschenkt hatte? Grobbelaar kannte ein Gesetz, das besagte, daß alles, was an den Wänden von in Regierungsbesitz befindlichen Häusern befestigt sei, zurückgelassen werden müsse.

Als sie Herrn Grobbelaar und seine Aktenberge verließ, weinte Frau Ngqika zwei Stunden lang, dann schickte sie einen Jungen nach Johannesburg, um ihren Sohn zu suchen, der einen »Platz im Himmel hatte«, das heißt, er wohnte im obersten Stockwerk des Wohnblocks, in dem er als Reiniger arbeitete. Als der junge Mann hörte, daß seine Mutter vertrieben und an einen Ort auf dem Land geschickt werden sollte, den sie noch nie gesehen hatte, eilte er nach Soweto.

»Sie können dich nicht an einen Ort wie Soetgrond schicken, Mom. Das sind nur ein paar Hütten auf dem Veld.«

»Der Direktor sagt, ich muß gehen.«

»Zum Teufel mit dem Direktor. Ich lass' dich nicht gehen.«

»Er hat mir gesagt, ich soll nächste Woche wieder in sein Büro kommen. Wirst du mit ihm sprechen?«

Darin lag die Schwierigkeit. Ihr Sohn konnte nur dann in Johannesburg bleiben, wo er nicht geboren war, wenn er für das Gesetz unsichtbar blieb. Wenn er sich beim Direktor beschwerte, würden seine Papiere kontrolliert werden, man würde die Polizei rufen, und auch er würde nach Soetgrond verbannt werden. Er konnte seiner Mutter nicht helfen.

»Ich kann nichts tun, Mom«, sagte er und ging zurück zu seinem Platz im Himmel. Wenn er es schaffte, zehn Jahre lang dort zu bleiben, würde er vielleicht einen Paß bekommen, mit dem er in dem Gebiet leben durfte.
Beim zweiten Besuch war Herr Grobbelaar ebenso geduldig und verständnisvoll wie beim ersten. Er hörte sich ruhig die Bitten von Frau Ngqika an, blätterte dann in seinem grauen, leinengebundenen Notizbuch, bis er das betreffende Gesetz fand, und zitierte es. Er erhob nie die Stimme und sprach nicht Afrikaans, was sie vielleicht nicht verstanden hätte, sondern Englisch. Er blätterte nur seine Papiere durch und führte ein Gesetz nach dem anderen an. Als sie nach Hause kam, fühlte sie sich schwach, und sie hatte nur noch drei Wochen Frist, bis sie diese Wohnung verlassen mußte, die sie so liebte.
Sie wurde nicht aus der Wohnung vertrieben, weil Bloke mit seinem Geld leichtsinnig umgegangen war; er hatte den Direktor sogar gefragt, ob er ihr kleines Haus kaufen könne, aber im Gesetzbuch stand ausdrücklich: »In Soweto darf kein Nichtweißer Grundbesitz erwerben.« Und da die Johannesburger Nichtweißen ausschließlich in Soweto wohnen durften, war Hausbesitz unmöglich. Wie Herr Grobbelaar erklärte: »Bloke, du darfst nur so lange hier bleiben, wie du für die Weißen nützliche Arbeit verrichtest. Und deine Frau ist nur so lange willkommen, wie dein Paß Gültigkeit besitzt.«
An diesem Abend kam eine Gruppe schwarzer Frauen in Miriam Ngqikas Küche zusammen, um sie zu trösten und von ihr Abschied zu nehmen, und es lag eine geheime Furcht über der Versammlung, denn jede dieser Frauen wußte, daß auch sie, wenn ihr Mann starb, an einen fernen, finsteren Ort verbannt würde, den sie nie gesehen und zu dem sie keinerlei Beziehung hatte, außer daß er ihr durch das Diktat der neuen Gesetze aufgezwungen wurde.
Es gab aber in der Gruppe eine Lehrerin, die sagte: »Die Damen von der ›Schwarzen Schärpe‹ haben uns ersucht, einen Fall zu finden, für den sie kämpfen könnten. Ich glaube, das ist einer.«
»Ich will nicht kämpfen«, antwortete Miriam ruhig.
»Wir müssen aber kämpfen«, erklärte die Lehrerin, und sie machte die schwarzen Frauen darauf aufmerksam, daß es noch mehr Unannehmlichkeiten geben und ihr Ruf geschädigt werden könnte. »Gibt es einen Skandal in eurer Familie?« fragte die Lehrerin, und die Frauen blieben bis spät in die Nacht, gingen Miriam Ngqikas Vergangenheit durch, und sie war einwandfrei.
Am nächsten Morgen erstattete die Lehrerin der »Schwarzen Schärpe« Bericht. Zufällig wohnte Mrs. Laura Saltwood einer Versammlung des nationalen Rates bei, und als sie die Fakten des Falles Ngqika hörte, rief sie: »Das ist genau das, worauf wir gewartet haben!«
Das Komitee war auch der Ansicht, daß der ausgezeichnete Ruf, den das Ehepaar Ngqika genoß, bei dem Protest gegen diese Ausweisung von großem Nutzen sein würde. Miriam Ngqika war im Bezirk außerordentlich beliebt, und man nahm an, daß Direktor Grobbelaar nicht imstande sein würde, etwas Nachteiliges gegen sie vorzubringen.

Das tat er auch nicht. Er hörte aufmerksam zu, während Mrs. Saltwood Einspruch erhob, dann erklärte er in gutem Englisch, daß das Gesetz... Hier blätterte er, bis er die passende Vorschrift gefunden hatte: »Mrs. Ngqika benahm sich immer gut...« Es klang, als würde ein Volksschullehrer über ein Kind berichten: »Sie war ordentlich, trank nicht, und ich hatte keinen Grund, sie zu rügen.«
»Warum kann sie dann nicht bleiben?«
»Weil alle Bantu sich in gewissem Sinn nur vorübergehend hier aufhalten. Sie ist ein überflüssiges Anhängsel geworden und muß gehen.«
Eine Stunde lang interpretierte Direktor Grobbelaar die Gesetze und erklärte geduldig, daß eine nichtweiße Familie, die aufhörte, der weißen Gemeinde nützlich zu sein, ausziehen müsse.
»Aber sie ist nie in Soetgrond gewesen«, protestierte Mrs. Saltwood.
»Das mag sein, aber das Gesetz besagt, daß wir anfangen müssen, diese unnützen Menschen in ihre Heimatländer zurückzuschicken.«
»Johannesburg ist jetzt ihr Heimatland.«
»Nicht mehr.«
Mrs. Saltwood wurde in ihren nachdrücklichen Bemühungen um ein humanes Entgegenkommen beinahe beleidigend, aber Grobbelaar verlor nie die Geduld. Als Mrs. Saltwood voll moralischer Empörung rief: »Sehen Sie denn nicht, Mr. Grobbelaar, daß sich hier eine schwere menschliche Tragödie abspielt?« antwortete er freundlich und ohne Bitterkeit: »Mrs. Saltwood, jede Entscheidung, die ich Woche um Woche zu treffen habe, bedeutet für die Betroffenen scheinbar eine schwere menschliche Tragödie. Aber wir versuchen, Ordnung in unsere Gesellschaft zu bringen.«
»Aber auf Kosten dieser Menschen!«
»Die Kosten mögen Ihnen jetzt übertrieben erscheinen. Sobald sich aber jeder an seinem Platz befindet, werden Sie sehen, daß dies ein herrliches Land sein wird.«
Sie machte eine weit ausholende Bewegung und fragte: »Wollen Sie eine Million Menschen aus Soweto vertreiben?«
Direktor Grobbelaar lächelte. »Ihr Engländer übertreibt immer. Es sind fünfhundertfünfzigtausend.«
»Sie zählen die Illegalen nicht mit?«
»Mit denen werden wir schon fertig.«
»Sie werden alle ausweisen?«
»Sicherlich nicht. Alle, die für Handel und Industrie wesentlich sind, dürfen bleiben. Die übrigen? Ja, die werden wir alle ausweisen. Sie werden ihre eigenen Städte in ihren Heimatländern bekommen.«
»Wie viele schwarze Dienstboten hat Mrs. Grobbelaar?«
»Zwei, falls das von Bedeutung ist.«
»Diesen beiden gestatten Sie zu bleiben?«
»Natürlich. Sie sind nützlich.«
»Mr. Grobbelaar, begreifen Sie denn nicht, daß das Leben in Johannesburg zusammenbrechen wird, wenn Sie die Schwarzen aussiedeln?«

»Wir werden die behalten, die wir brauchen.«
»Aber nicht die Frauen? Nicht die Kinder?«
»Wir wollen eine Überfüllung vermeiden. Die werden in den Heimatländern bleiben.«
»Gibt es keine Möglichkeit, in dieser Sache Berufung einzulegen?«
»Mrs. Ngqika hält sich laut Gesetz nur vorübergehend hier auf und muß gehen.«
Er wollte keinerlei Zugeständnisse machen. Er sprach weder lauter, noch zeigte er sich verärgert, aber er wies jeden Vorschlag zurück, den diese schwierige Frau machte; als sie aber gegangen war, verfärbte sich sein Gesicht, und er brüllte seinen Assistenten an: »Ich wünsche, daß drei Leute sich mit jedem Detail der Vergangenheit von Frau Ngqika befassen. Ich werde diesen beiden eine Lektion erteilen.« Dann rief er einen Freund beim Sicherheitsdienst an: »Ich schlage vor, daß ihr euch diese Laura Saltwood genau anseht. Sie verkehrt mit Kaffern.«
Im Fall von Mrs. Saltwood konnte die Geheimpolizei in verschiedenen Städten nur die Fakten ermitteln, die in den Zeitungen erschienen waren. Sie war den Afrikandern schon seit einigen Jahren ein Dorn im Auge, da sie Nichtweiße gegen die gerechte Anwendung der neuen Gesetze verteidigte, aber sie hatte stets in der Öffentlichkeit gehandelt, so daß man keine begründete Anklage gegen sie erheben konnte.
»Wir werden sie genau überwachen«, versicherte der Sicherheitsdienst der Johannesburger Polizei. »Eines Tages wird sie einen Fehler begehen.«
Im Fall Ngqika fanden sie etwas; ein in Soweto wohnender Schwarzer teilte der Polizei mit, daß Miriam einen Sohn hatte, der in einer »Wohnung im Himmel« lebte. Als sie aber zu der angegebenen Adresse gingen, stellten sie fest, daß dort ein Regierungsbeamter wohnte, dessen Frau erklärte, daß Miriams Sohn der beste und kräftigste Reiniger sei, den sie je beschäftigt hatte, und er seinen Posten unbedingt behalten müsse. Deshalb wurde ihm gestattet, vorläufig in Johannesburg zu bleiben.
An einem Abend in der dritten Woche, der letzten, die Miriam Ngqika in dem Haus verbrachte, in dem sie über zehn Jahre gewohnt hatte, das sie aber nicht besitzen durfte, trafen die schwarzen Frauen zu Gebet und Tröstung zusammen. Die Afrikander glaubten daran – und versuchten, es auch Fremden einzureden –, daß die Schwarzen in Südafrika sich nie vereinigen könnten, weil sie stammesgebunden waren und die Gruppen einander haßten. Aber an diesem traurigen Abend versammelten sich in Miriams Küche Frauen vom Stamm der Xhosa, Zulu, Pondo, Sotho, Tswana und Shona. Sicherlich mißtrauten sie einander manchmal, und zuweilen führte dieses Mißtrauen zu Streitigkeiten zwischen den einzelnen Gruppen, aber zu behaupten, sie seien unversöhnliche Feinde, war absurd.
Als aber die Nacht fortschritt, ereignete sich ein bemerkenswerter Vorfall. Die Lehrerin, die vergeblich die Hilfe der »Schwarzen Schärpe« in Anspruch genommen hatte, führte eine Weiße durch die Straßen, deren Anwesenheit in Soweto illegal und deren Bereitschaft, nachts dorthin zu kommen, ausge-

sprochen revolutionär war. »Das ist Mrs. Saltwood«, stellte sie vor. »Ihr habt von ihr gehört.«

Das hatten sie, besonders die Shonafrau, die von Direktor Grobbelaar dafür bezahlt worden war, der Versammlung beizuwohnen; sie meldete diese strafbare Handlung, und in Mrs. Saltwoods Akte wurde vermerkt, daß diese gefährliche Engländerin endlich die Grenze von offener Herausforderung zu verbrecherischer Verschwörung überschritten hatte.

Worin bestand die Verschwörung? Mrs. Saltwood sagte den schwarzen Frauen: »Es gibt in der ganzen Welt Frauen, die dafür kämpfen, daß solche Ungerechtigkeiten aufhören. Wir haben diese Schlacht verloren, und diesmal wird Mrs. Ngqika fortgehen müssen, aber...« Sie war den Tränen nahe, faßte sich aber rasch und dachte: Heute brauchen sie die Tränen einer Weißen nicht. Leise fuhr sie fort: »Miriam, wir werden für dich beten. In unseren Herzen wirst du immer ein Zuhause haben, auch wenn man dir dieses nimmt...« Nun weinte sie beinahe, biß sich aber auf die Lippen und schwieg, während die schwarzen Frauen ihre emotionelle Reaktion nicht beachteten.

Am Morgen erschien Direktor Grobbelaar mit einem Lastwagen der Regierung, und Miriams Habe wurde aufgeladen. Grobbelaar vergewisserte sich, daß sie den Küchenausguß nicht mitnahm, der nun Regierungsbesitz war, und um zehn Uhr fuhr der Lastwagen mit Mrs. Ngqika und zwei weiteren ausgewiesenen Frauen ab.

Als der Laster am Bahnhof von Johannesburg ankam, sah der Fahrer zu seiner Überraschung, daß Mrs. Laura Saltwood Mrs. Ngqika erwartete, um sie zu ihrem neuen Heim zu begleiten. Sie mußte natürlich in dem Waggon NUR FÜR WEISSE fahren, man konnte sie aber nicht daran hindern, daß sie sich um die Vertriebene kümmerte. Wenn Mrs. Saltwood das Fahrgeld für die Bahn vergeuden wollte, um über eine Schwarze zu weinen, die von der weißen Gemeinde nicht mehr gebraucht wurde, durfte sie es. Aber der Fahrer merkte sich diesen Vorfall, und als er Direktor Grobbelaar darüber berichtete, meldete dieser ihn sofort der Geheimpolizei.

Die Fahrt nach Süden war ermüdend; in dem primitiven Abteil dritter Klasse, das die Südafrikanische Eisenbahn ihren schwarzen Passagieren zur Verfügung stellte, fuhren schwarze Frauen aus verschiedenen Städten, deren Ehemänner gestorben waren, in »Heimatländer«, die sie nie gesehen hatten. Junge Männer, die versucht hatten, sich in Städten wie Pretoria und Johannesburg niederzulassen, wurden in ihre Bantuheimat zurückgeschickt. Am meisten zu bedauern waren jedoch die jungverheirateten Frauen, die mit ihren Männern in einem richtigen Heim hatten leben wollen, aber weggeschickt worden waren; ihre Männer würden sechs, acht oder zehn Jahre ohne ihre Frauen in Johannesburg arbeiten. Vielleicht bekamen sie schließlich legale Papiere; vielleicht auch nicht.

»Es ist doch einfach verkehrt«, sagte eine junge Frau, die in Lesotho das College besucht hatte, »daß die Regierung in Alexandra ein sechsstöckiges Gebäude für schwarze Männer errichtet, die in der Stadt arbeiten, und eine

Meile entfernt ein zweites, das mit einem hohen Zaun umgeben und für schwarze Frauen bestimmt ist. Und sie glauben wirklich, daß sie die Männer nachts in dem einen und die Frauen in dem anderen Gebäude einschließen können, ohne daß sie miteinander in Verbindung kommen. Und das soll ewig so weitergehen. Zwanzigjährige Männer und Frauen sollen wie Bienen in ihren Zellen leben, ohne Liebesbeziehungen, an einem vorübergehenden Aufenthaltsort, an dem man sie bis zu vierzig Jahre festhalten kann.«

Am zweiten Tag kam der Zug spät in einer kleinen Station – Hilary Siding – in der östlichen Kapprovinz an, und dort wurden die Frauen, die nach Soetgrond unterwegs waren, aufgefordert, in Lastwagen umzusteigen. Mrs. Saltwood war entschlossen, bei Miriam zu bleiben, doch ein weißer Polizeibeamter sagte, das sei unmöglich, und erlaubte ihr nicht, in dem Regierungslastwagen mitzufahren. Also sah sie schweigend und zornig zu, wie die wenigen Habseligkeiten Miriams auf den Boden geworfen wurden. Dann rief sie die Saltwoods in *De Kraal* an, um sich einen ihrer Wagen auszuleihen. Als er kam, setzte sie sich ans Steuer, um Miriam selbst in ihre neue Heimat zu bringen.

Sie folgten dem Lastwagen, und ihnen schauderte, als sie sahen, wie trostlos und öde die Gegend war. Soetgrond wirkte noch scheußlicher, als es zu regnen begann und die Dunkelheit zunahm, während der Wagen im glitschigen Schlamm hin und her rutschte.

Endlich kamen sie zu einem Dorf, das aus etwa zweihundert dürftigen Häusern bestand, die erst vor kurzem auf dem ausgewaschenen Boden errichtet worden waren. Es gab keinen Baum, kein Fleckchen Gras, keinen Garten. Der einzige Laden war mit Kerosinlampen erleuchtet, und die zwei ohnehin schon schlechten Straßen versanken im Schlamm. Ausgewiesene, die im Laufe des letzten Jahres angekommen waren, versammelten sich, um die Neuankömmlinge zu begrüßen und ihnen Mut zu machen, so gut sie konnten. Ein Regierungsbeamter notierte die Namen, und als er zu Mrs. Ngqika kam, sagte er: »Sie haben Parzelle Zwei-Vier-Drei.«

»Wo ist das?« fragte Mrs. Saltwood.

Es war jetzt Abend, und der Beamte wies auf eine der dunklen, schlammigen Straßen. »Dort entlang. Sie werden einen Anschlagzettel finden.«

»Kann uns jemand helfen, diese Dinge zu tragen?« fragte sie.

»Helfen?« Der Beamte lachte. »Sie tragen Ihre Sachen selbst. Dort entlang.«

Die beiden Frauen hoben die Bündel hoch und gingen vorsichtig die schlammige Straße entlang. In manchen Hütten gab es Licht, und das half ihnen, den Weg zu finden. Sie fanden die Hütte Zwei-Drei-Neun, dann Zwei-Vier-Null, und Laura sagte: »Es kann nicht mehr weit sein.« Aber bei Zwei-Vier-Eins hörten die Hütten auf.

»Wir müssen auf der falschen Straße sein«, meinte Laura. Sie gingen zum letzten Haus und fragten, wo die Parzelle Zwei-Vier-Drei sei. Ein alter Mann sagte auf xhosa: »Dort drüben.« Und er zeigte auf einen leeren Platz.

»Was hat er gesagt?« fragte Laura, und Miriam antwortete: »Meine Parzelle ist dort drüben.«
»Aber dort steht kein Haus!« rief Laura.
Die beiden Frauen starrten im Dunkel auf den leeren Platz, und wieder war Laura versucht, umzukehren und um eine Klärung zu ersuchen. Aber an einem schiefen Pfahl war eine verblaßte Pappendeckeltafel befestigt, auf der stand: »Parzelle Zwei-Vier-Drei.«
Du lieber Gott! So war das also. Die Frau, die jahrelang hart gearbeitet hatte, die ihre Kinder aufgezogen und die Kleider ihres Mannes ausgebessert hatte, damit er seinen kostbaren Posten behalten konnte, bekam das als Belohnung.
»Da muß wirklich ein Irrtum vorliegen«, erklärte Laura fröhlich. »Ich werde fragen.« Sie verließ Miriam und ging zurück zu dem Beamten beim Lastwagen. Er lachte wieder und sagte: »So haben sie alle angefangen. Sie bekamen ihre Parzelle und machten etwas daraus.«
»Aber wo soll sie schlafen?«
»Das ist ihr Problem.«
»Nein«, sagte Laura ruhig, »es ist mein Problem, und es ist Ihres.«
»Lady, steigen Sie in Ihren Wagen und fahren Sie nach Hause. Diese Leute finden eine Lösung.«
Sie wollte mit ihm diskutieren, aber er machte kehrt und ging davon. Sie blieb im Nieselregen zurück und dachte: Es ist sein Problem. Die Regierung plant, drei Millionen achthunderttausend Menschen umzusiedeln. Jeden sechsten. In Amerika würde das bedeuten, daß vierzig Millionen Menschen aus guten Wohnungen herausgerissen und in schlechten untergebracht würden. Und heute nacht bin ich für einen dieser Menschen verantwortlich.
Sie wollte nicht weinen und stapfte mühsam durch den Schlamm zurück; sie konnte einfach nicht glauben, daß das, was sie erlebte, in einer zivilisierten Gesellschaft geschehen konnte. Ein souveräner Staat in der zweiten Hälfte des zwanzigsten Jahrhunderts war der Ansicht, daß dies eine Lösung für ein Problem darstellte, das Menschen betraf. Sie sah Direktor Grobbelaar vor sich, wie er in seinem leinengebundenen Buch blätterte, um das passende Gesetz zu finden. Dort stand es, und es wurde vollstreckt.
»Wir werden in meinem Wagen schlafen«, sagte Laura leise, als sie zu Miriam kam.
Im Regen weinten die beiden Frauen.

In einem etwas weiter nördlich gelegenen Tal markierten zwei Steinpyramiden die Gräber vom »Verrückten Adriaan«, der mit den Hyänen geredet hatte, und von Seena van Doorn, der vitalen Tochter des alten Rooi van Valck. Ganz in der Nähe lag das Grab von Lodevicus dem Hammer, dem Gott zwei treue Frauen geschenkt hatte. Diese Afrikanderpioniere waren hierher gekommen, um frei zu sein, und hatten einen hohen Preis für ihre Freiheit gezahlt. Indem ihre Nachkommen Miriam Ngqika an diesen schrecklichen Ort verbannten, waren sie zu Gefangenen ihrer eigenen einschränkenden Gesetze geworden.

Rückbesinnung auf alte Rechte

Trotz der durch die Apartheid auferlegten Entbehrungen verloren die Schwarzen Südafrikas nie den Mut. Sie träumten von einem Wiedererwachen, bei dem sie wieder frei sein würden, und es ist wichtig, zu unterscheiden, wie dieser Traum vor und nach 1975 aussah. Die entscheidende Veränderung ist in den gegensätzlichen Lebensläufen zweier Männer aus dem Gebiet von Vrymeer erkennbar: Daniel Nxumalo, dem Enkel Micahs, der mit General de Groot geritten war und so viele Jahre bei den van Doorns gedient hatte, und Matthew Magubane, dessen Eltern auf einer Farm in der Nähe von Venloo arbeiteten.

Daniel Nxumalo zeigte als Kind so vielversprechende Anlagen, daß er, sobald es möglich war, nicht wie sein Bruder Jonathan in die Minen, sondern auf das schwarze College Fort Hare in Alice geschickt wurde. Diese Institution war ursprünglich kaum mehr als eine Mittelschule gewesen und hatte sich nach 1911 zu einer richtigen Universität entwickelt, die über einen in Afrika einmaligen Lehrkörper verfügte; er bestand aus erfahrenen Schwarzen, die ein Erwachen ihres Volkes anstrebten. »Lehrt so, als ob das Schicksal eines freien Südafrika von euch allein abhinge«, war das geflüsterte Motto dieser Lehrer, und jeder erfand Möglichkeiten des sprachlichen Ausdrucks und der Betonung, um den klügeren Studenten zu verstehen zu geben: »Die Polizei erlaubt mir nicht zu sagen, was ich eigentlich möchte, aber auch Napoleon gelang es nicht, die nationalen Bestrebungen eines Landes auszumerzen, das er vorübergehend erobert hatte.« Ein intelligenter Student lernte in Fort Hare, daß das, was in der übrigen Welt geschah, auch in Südafrika geschehen konnte.

Diese Signale erkannte Daniel zum erstenmal in einer Vorlesung über Weltgeschichte. Eine Professorin, die ihn nie irgendwie beeindruckt hatte, behandelte die Eroberung Englands durch die Normannen. Der Lehrplan enthielt ausschließlich Angaben über die Entwicklungen in Frankreich und England und nicht über einschlägige Vorgänge im Leben Südafrikas. Sie erklärte, wie die Franzosen über den Kanal gestürmt waren, um den sächsischen Bauern in England ihre Herrschaft aufzuzwingen, und Nxumalo döste.

Sie sprach mit eintöniger Stimme, leierte unwichtige Daten und Genealogien herunter. Dann stellte sie sich unvermittelt vor die Klasse hin und begann mit eigenen Worten zu erzählen, wie es in einem kleinen Sachsendorf zuging, wenn die Eroberer kamen, und ihre Schilderungen waren so lebhaft, und sie brachte so viele Parallelen zur Invasion der Treckburen in die Grenzdörfer, daß alle Studenten aufmerksam wurden. Es raschelten keine Papiere, während sie immer weiter sprach, von den jungen sächsischen

Müttern, die keine Milchkuh mehr besitzen konnten, von den marschierenden normannischen Soldaten und von den auferlegten Steuern, bis ihr am Ende Tränen über die Wangen liefen, ohne daß sich ein Muskel ihres Körpers bewegte, und ihre Stimme mit überwältigender Leidenschaft weiter die Geschichte fremder Besetzung und verlorener Freiheit erzählte.
Diese Lektion hatte bei den Studenten einen tiefen Eindruck hinterlassen, und im Schlafsaal flüsterte man einander zu, daß diese Frau Bescheid wußte. Sie war sich klar darüber, daß das Bureau of State Security – das staatliche Sicherheitsbüro –, kurz BOSS genannt, sie auf Nimmerwiedersehen verschwinden lassen würde, wenn sie etwas Bestimmtes in bezug auf die Lage der Schwarzen in Südafrika sagte. Deshalb mußte sie ihre inneren Überzeugungen ausdrücken, ohne sie jemals auszusprechen, und ihre Schüler erziehen, ohne dem BOSS aufzufallen. Sie spielte ein gefährliches Spiel im Bewußtsein, daß ihre Geschichtsstudenten gespannt auf die nächste richtungweisende Vorlesung warteten.
Diese erfolgte vierzehn Wochen später. Sie befaßte sich mit den schwierigen Zeiten, die Amerika 1861 durchlebte, als die Nation durch den Bürgerkrieg gespalten war, und vermied peinlich die Frage der Sklaverei. Statt dessen konzentrierte sie sich auf die Truppenbewegungen in den Schlachten, wie es damals in den Schulen vorgeschrieben war. Als sie aber zum Kriegsende kam, begann sie davon zu sprechen, was es für die Schwarzen in einer kleinen Stadt in Südcarolina bedeutete, und wieder schien sie in Trance zu verfallen und stand völlig steif da, während sie von den Auswirkungen der Befreiung auf eine Gemeinde sprach, die so lange in Knechtschaft gelebt hatte, und sie erweckte in ihren Studenten so wilde Visionen einer anderen Lebensweise, daß ihr kleines Klassenzimmer zu einer Bombe wurde, die jederzeit explodieren konnte.
Jeder Schwarze, der ihr an diesem Tag zuhörte, mußte ihre Botschaft begreifen. Unter ihren Studenten befand sich ein Mädchen, das von BOSS hingeschickt worden war, und es berichtete insgeheim der Polizei von den aufrührerischen Reden ihrer Lehrerin. Es gab keine dritte Vorlesung, denn es erschienen Beamte, die die Lehrerin abführten und sie drei Tage lang verhörten, bevor sie freigelassen wurde. Das war aber nur der Beginn einer Reihe von Belästigungen, und noch vor Ende des Semesters verschwand sie. Ihre Studenten glaubten, man habe sie nach Robben Island gebracht; in Wirklichkeit war sie mit einer gefälschten Ausreiseerlaubnis aus dem Land geflüchtet und unterrichtete an der Universität von Nairobi, wo sie keine Sachsen und Normannen als Umschreibungen für Treckburen und Xhosa verwenden mußte.
Diesem Vorfall verdankte Daniel Nxumalo zwei allgemeingültige Lehren, die sein weiteres Leben bestimmten: »Ich muß unbedingt erfahren, was den Schwarzen anderswo in der Welt widerfährt, aber ich muß so vorgehen, daß ich nie die Aufmerksamkeit des BOSS errege.« Das erwies sich jedoch als schwierig, denn je mehr er über Afrika und Europa erfuhr, desto mehr näherte er sich der Gefahrenschwelle.

BOSS war eine halbgeheime Behörde, die befugt war, ohne Haftbefehl Festnahme und Haft zu verhängen. Über jeden Schwarzen, Farbigen, Inder oder sogar Weißen, der etwas tat, was eventuell die Gesellschaft gefährdete, konnten Ermittlungen angestellt werden; falls er sich als Bedrohung für die Apartheid erwies, konnte er auf Robben Island, einem Stück felsigen Landes in der Tafelbucht mit schöner Aussicht auf den Tafelberg, interniert werden. Weil es so geheimnisumwittert war, entstand die Legende, es sei ein Höllenloch. »Daneben wirkt die Teufelsinsel wie eine *fête champêtre*«, schrieb ein französischer Journalist, aber er hatte unrecht. Es war nur ein scharf bewachtes Gefängnis für politische Dissidenten und viel humaner als Alcatraz oder gar die besten Gefängnisse in Rußland.

Erschreckend häufig wurden Schwarze dorthin geschickt, und die blieben dort, weil sie die Ansicht vertreten hatten, daß ihr Volk von der Leibeigenschaft befreit werden sollte, oder weil sie Maschinengewehre aus Moçambique eingeführt hatten. Einige von ihnen waren kommunistische Revolutionäre, aber allzuoft war dieses Etikett Männern angeheftet worden, die nur der Martin Luther King oder Vernon Jordan von Südafrika werden wollten. Wäre Andrew Young ein Bürger von Transvaal gewesen, wäre er wahrscheinlich auf Robben Island gelandet und nicht Gesandter bei den Vereinten Nationen geworden.

Für einen schwarzen Studenten, der sich mit diesen Fragen befaßte, war es schwierig, nicht mit dem BOSS in Konflikt zu geraten, und als Daniel Nxumalo Fort Hare verließ, erschien er viermal in den Akten: 1. hatte er, wie von derselben Spionin berichtet wurde, die die Geschichtsprofessorin angezeigt hatte, bei einer Studentenversammlung eine ziemlich scharfe Rede gehalten, als jemand Brasilien erwähnte; auch wenn er nichts gesagt hätte, hätte das Thema an sich Verdacht erregt, da Brasilien über eine hauptsächlich schwarze Bevölkerung verfügt, aber er sprach über ein Buch des brasilianischen Professors Gilberto Freyre, »Die Herren und die Sklaven«, das verhängnisvolle Parallelen zu Südafrika enthielt; 2. bei einer simulierten Sitzung der Vereinten Nationen wurde ihm die Rolle Gromykos zugeteilt; er hatte sie nicht angestrebt, aber jemand mußte den Russen darstellen. Also nahm er an und studierte als guter Student Gromykos Leben und Ansichten; seine Aussprache war eindeutig slawisch; 3. bei einem Cricketmatch in Port Elizabeth fiel es auf, daß er nicht die südafrikanische, sondern die englische Mannschaft anfeuerte; 4. bei mehreren Gelegenheiten wurde beobachtet, daß er die bei den Studenten beliebte Freiheitshymne »mit übertriebener Begeisterung« sang.

Am Ende seiner Studentenzeit im Fort Hare schien es ziemlich klar, daß Daniel Nxumalo schließlich nach Robben Island geschickt werden würde. Aber als er sich an der Universität in Witwatersrand einschrieb, um den Magistergrad in Soziologie zu erwerben, geriet er an eine ganz andere Art von Professor, einen in England ausgebildeten Weißen, der ihn eines Tages in sein Büro zitierte und anschrie: »Sie verdammter Narr! Halten Sie doch den Mund. Wie können Sie irgendeinen Einfluß ausüben, wenn Sie im Gefäng-

nis sitzen? Ihre Aufgabe besteht darin, zu lernen. Sehen Sie zu, daß Sie der klügste Schwarze in Südafrika werden, und schulen Sie dann die anderen!«
Der Professor vermied sorgfältig, das Endziel einer solchen Schulung ausdrücklich anzugeben, und legte nie seine Vorstellungen von revolutionären Veränderungen durch überlegenes Wissen dar, denn das hätte auch ihn mit dem BOSS in Konflikt gebracht. Aber es gelang ihm, Nxumalo in einen gediegenen, klugen Studenten zu verwandeln.
Die Tage in Wits waren wie fruchtbare Sommertage im Februar eines guten Jahres; die Begeisterung des Frühlings war vorbei, aber die Erfüllung der Reifezeit stand bevor. Daniel lernte Studenten aus dem ganzen Land und ausgezeichnete Professoren aus der ganzen Welt kennen. Viele Studenten waren Juden, eine Gruppe, die er vorher nicht gekannt hatte, und ihre scharfe Analyse von Dingen, die er für selbstverständlich hielt, war für ihn aufschlußreich; besonders beeindruckte ihn die Art und Weise, wie viele Studenten in Wits die Apartheid lächerlich machten, den Rassentrennungsgesetzen privat trotzten und die konservativen Bürger von Johannesburg ärgerten, indem sie sich außerhalb der Universität zu beiden Seiten der Jan Smuts Avenue aufstellte und Protestschilder mit witzigen und boshaften Aufschriften schwenkten.
Aber seine wirkliche Ausbildung erfolgte nicht in Wits, wo er den Grad eines M. A. erwarb, sondern auf einer in Südafrika einzigartigen Universität. Die Universität von Südafrika verfügte weder über einen Campus noch über Gebäude oder Vorlesungsräume im Sinne einer ordentlichen Universität. Ihr Campus war nur eine Postadresse in Pretoria und ein aus gelehrten Männern und Frauen bestehender Lehrkörper, die imstande waren, Studenten in der gesamten Republik zu beaufsichtigen. Nxumalo schrieb sich per Post für sein Doktoratstudium ein und führte es per Post durch. Jede Woche schickte er seinen Professoren die Ergebnisse seiner Studien zu. Er arbeitete in aller Stille, gab große Beträge für Bücher aus, die in London und New York erschienen waren, und wenn ihm auch der Vorteil abging, mit anderen Studenten diskutieren zu können, erhielt er die entsprechende geistige Anregung, wenn sein Professor schrieb: »Interessant, aber Sie haben offenbar nicht gelesen, was Philip Tobias zu diesem Thema sagt. Müßten sie sich nicht mit Peter Garlakes Theorie über Groß-Zimbabwe auseinandersetzen?« Er las sogar mehr als junge Leute seines Alters in Stanford oder an der Sorbonne.
Die UNISA ermöglichte es allen intelligenten jungen Männern und Frauen, sogar im entlegensten Dorf, einen akademischen Grad zu erlangen, und das ergab vom Standpunkt der Regierung aus zwei wünschenswerte Resultate: Südafrika wurde eine der fähigsten Nationen der Welt; und das Fehlen eines zentralen Campus hinderte potentiell aufrührerische Studenten daran, sich an einem Ort zu versammeln, wo Ideen keimen konnten, die bei Verfechtern der Apartheid Anstoß erregten. Dadurch vermied man auch die Probleme, die sich ergaben, als die Regierung von anderen Universitäten wie Wits und Kapstadt Rassentrennung verlangte.

Nachdem Daniel Nxumalo per Post seinen Doktortitel erworben hatte, war er ein gebildeter Mann und fest entschlossen, in seiner Heimat revolutionäre Veränderungen herbeizuführen und dabei Komplikationen mit dem BOSS zu vermeiden. Wenige Studenten, die in diesem Jahr an Universitäten wie Harvard oder Oxford promovierten, übernahmen eine schwierigere und gefährlichere Aufgabe. Aber die unerwartete Hilfe von Matthew Magubane ermöglichte es ihm, sie zu bewältigen.

Dieser Matthew war ein stiernackiger Junge, der Disziplin haßte, und seine Ausbildung wäre um ein Haar mit vierzehn zu Ende gewesen, hätte sein Vater nicht die Nxumalos gekannt und den jungen Daniel, der bereits für sein Doktorat studierte, ersucht, mit seinem Sohn zu sprechen.

Nxumalo fand den Jungen recht schwierig und war beinahe schon der Meinung, daß seine weitere Ausbildung Geldverschwendung wäre, da sagte Matthew plötzlich sehr arrogant: »Ein Mann muß nicht aufs College gehen wie du, um zu erreichen, was du willst.«

»Und was will ich?«

»Die Verhältnisse ändern. Das sehe ich deinem Gesicht an.«

»Und du willst auch die Verhältnisse ändern?« Als der Junge nicht gleich antwortete, hätte ihn Nxumalo am liebsten geschüttelt wie ein widerspenstiges Kind. Aber er beherrschte sich und sagte ruhig: »Matthew, um zu erreichen, was du willst, brauchst auch du Bildung.«

»Warum?«

»Weil ich sehe, daß du andere führen willst. Und das kannst du nur tun, wenn du zumindest soviel weißt wie sie.«

Er sorgte dafür, daß Matthew in die schwarze Mittelschule in Thaba Nchu aufgenommen wurde, die an der Stelle errichtet worden war, die Tjaart van Doorn und seine *Voortrekker* besetzt hatten, als sie die Freiheit suchten. Dort war er, wie Nxumalo vor ihm, fasziniert von einer begabten Lehrerin, die auf ihrem Tisch ein in Holz geschnittenes Motto stehen hatte: UNTERRICHTE HEUTE WIE NIE ZUVOR. Sie war davon überzeugt, daß in ganz Afrika ein Umsturz aller Werte im Gang war; die Portugiesen waren aus Moçambique und Angola vertrieben worden; Südwestafrika würde bald von Schwarzen regiert werden, und das große Rhodesien brach zusammen. Sie redete nie hochtrabend über diese gewaltigen Veränderungen, sondern sie hatte nur, während sie vortrug, eine große Landkarte an der Wand hinter sich hängen, auf der die drei Veränderungen bereits aufgeklebt waren: aus Südwestafrika war Namibia geworden, aus Rhodesien Zimbabwe, und die schöne Hafenstadt von Lourenço Marques hieß nun Maputo. Tag für Tag sahen ihre Studenten diese Zeichen.

»Ihr werdet nur kurze Zeit bei mir sein«, sagte sie ihnen. »Ich muß genügend Begeisterung erwecken, damit sie euer ganzes Leben lang anhält.« Und das tat sie, doch dahinter stand deutlich ihr Glaube an revolutionäre Veränderungen. Keinen Schüler beeinflußte sie mehr als Matthew Magubane, dessen Noten nie über ein schwaches Mittelmaß hinausgingen, dessen Begeisterungsfähigkeit jedoch grenzenlos war.

Magubane lebte sich nicht im Sport aus, denn er war ungeschickt, und auch das Diskutieren war nicht seine Stärke, da es geistige Beweglichkeit erforderte. Was ihn fesselte, war die Musik. Er hatte einen kräftigen Baß, was für einen Mittelschüler ungewöhnlich war, und verstand es, seine Stimme auch einzusetzen. Er sang solo, im Quartett, vor allem aber im Schulchor. Viermal im Jahr schenkte die Südafrikanische Eisenbahn schwarzen Mittelschulen Freikarten, so daß Fußballmannschaften und Chöre zu Wettbewerben mit anderen schwarzen Schulen in verschiedene Teile der Republik reisen konnten, und auf diesen Reisen erkannte Matthew die Möglichkeiten dieses Landes. Er sah die reichen Viehfarmen im Norden, das vom indischen Wesen geprägte Durban, die Majestät des Kap. Während andere Jungen sich in den Waggons balgten, stand er am Fenster und starrte auf die Unendlichkeit der öden Karru, deren Wildheit ihm gefiel. Er fühlte sich diesem Land, das er ererbt hatte, obwohl es ihm momentan nicht gehörte, immer stärker verbunden und begann zu verstehen, was Daniel Nxumalo ihm gesagt hatte: daß er, um in Südafrika etwas zu erreichen, lernen müsse. In seinem Abschlußjahr erhielt er Auszeichnungen in Englisch und Geschichte.

Magubane und Nxumalo kamen im April des gleichen Jahres an die Universität von Zululand, ersterer ein gedrungener Bursche mit der Art von Frisur, die Weiße wütend machte, letzterer ein schlanker junger Mann in dreiteiligem Anzug und mit ordentlichem Haarschnitt. Sie hielten kühl Abstand voneinander, bis das erste Semester beinahe zu Ende war; dann suchte Nxumalo den jüngeren Mann auf, traf ihn nicht an und hinterließ ihm eine Nachricht: »Ich würde mich freuen, wenn Sie mich um fünf in meinem Zimmer besuchten. Daniel Nxumalo.«

Als Magubane in seiner einfachen Kleidung dort eintraf, fand er zwei Studenten aus den höheren Semestern vor, die in Gesellschaft von drei Studentinnen auf dem Boden saßen, süßen Tee tranken und über Gunnar Myrdal diskutierten. Magubane war verwirrt und fühlte sich fehl am Platze, aber er wußte es zu schätzen, daß Professor Nxumalo sich noch für ihn interessierte.

Er wollte nicht so werden wie die geschniegelten jungen Männer, die auf dem Boden saßen; er fühlte sich mehr zu Hause bei radikalen Studenten, die an Tischen im Hintergrund der Cafés zusammenkamen, und durch seine Verbindung mit ihnen geriet er in Konflikt mit dem BOSS. Das Ganze begann bei einem Ausflug nach Durban, als Matthew eine Gruppe lärmender Studenten bei einem Potpourri revolutionärer Lieder anführte:

Im Osten steht eine Sonne,
  Sie steigt, sie steigt.
Im Westen steht ein Mond,
  Er fällt, er fällt.
Ich folge der Sonne, wie hell auch ihr Licht.
Es verschwindet der Mond aus nächtlicher Sicht.
  O herrliche Sonne!

Nach diesem Vorfall kamen Polizeibeamte in die Universität, und die Verwalter ersuchten Professor Nxumalo, den jungen Magubane vor dem gefährlichen Weg zu warnen, auf dem er sich befand, wenn er solche Lieder sang und andere dazu ermutigte, sich ihm anzuschließen.
Als sie allein waren, wandte sich Daniel an Matthew: »Du wirst Ärger bekommen. Du mußt eine Pause machen und einmal tief durchatmen.«
»Es kann keine Pause mehr geben«, sagte Matthew.
»Was hast du vor?« fragte Nxumalo ruhig, obwohl er die Antwort nicht hören wollte.
»Ich glaube, viele wie ich werden in die Verbannung gehen müssen. Nach Moçambique.«
»Nein!« rief Nxumalo. »Das ist nicht der richtige Weg.«
»Wir gehen nach Moçambique und holen uns Gewehre, so wie die Schwarzen in Moçambique nach Tansania gingen und sich Gewehre holten.«
»Südafrika wird nicht Moçambique sein. Die Portugiesen hatten nicht den Willen, sich zu verteidigen. Die Afrikander haben ihn.«
»Dann werden wir gegen die Afrikander kämpfen müssen.«
»Glaub mir, sie werden euch niederschießen.«
»Die ersten zehntausend, ja vielleicht auch die zweiten. Aber andere werden nachkommen.«
»Du erwartest, unter den ersten zehntausend zu sein?«
»Ich würde mich schämen, nicht unter ihnen zu sein.«
Sie sprachen in Zulu, und die Sätze, die der junge Magubane sagte, waren ein Widerhall aus heroischen Epochen der Zulugeschichte; es waren Worte aus einem vergangenen Jahrhundert, angewandt auf das kommende. Er stellte sich vor, wie er in einem *impi* (Regiment) marschierte, das nicht umzukehren wagte, obwohl es der sicheren Vernichtung entgegenging. »Die anderen werden nachkommen«, sagte Matthew. Er würde nicht unter diesen anderen sein, und die Siege, die sie errangen, würde er nicht erleben, denn er würde dann tot sein, aber dennoch würden es auch seine Siege sein.
Lehrer und Schüler beendeten dieses schmerzliche Gespräch, in dem Jahrhunderte sie trennten, voll gegenseitiger Bewunderung, und als Professor Nxumalo mit der Verwaltung über Magubane sprach, verwendete er leere, unverbindliche Phrasen: »Als wir uns trennten, war ich davon überzeugt, daß Matthew sein Verhalten als irrig erkannt hat... Es besteht kein Grund, warum er nicht wieder so werden könnte, wie er in Thaba Nchu war... Ich sehe eine vielversprechende Zukunft für diesen jungen Mann voraus, denn sein Engagement wird seinen Noten ebenbürtig sein...«
Vor Ende des zweiten Semesters wurde Magubane von Agenten des BOSS festgenommen und in eine Verhörzentrale der Polizei im abgelegenen Hemelsdorp gebracht, wo viele berüchtigte Untersuchungen durchgeführt worden waren und wo Jürgen Krause, Piet Krauses Enkel, entschlossen war, auch das kleinste Anzeichen von schwarzer Auflehnung auszumerzen.
Er war ein einsneunzig großer, breitschultriger, blonder Afrikander mit

breitem Lächeln und kräftigen Fäusten. Sobald sich die Tür hinter Magubane schloß und die Beamten aus dem Norden gegangen waren, sagte Krause zu Sergeant Krog, seinem Assistenten: »Bringen Sie ihn zu mir.« Mit einer weit ausholenden Bewegung des rechten Armes schlug Krog Magubane von hinten, so daß er vorwärts flog, und als der Schwarze zu Krauses Tisch taumelte, schlug dieser Matthew mit der rechten Faust ins Gesicht. Als der Junge zusammenbrach, stürzten sich Krause und Krog auf ihn, schlugen und traten ihn, bis er das Bewußtsein verlor.

Überall in Afrika war eine Sicherheitsuntersuchung eine ernste Angelegenheit; im Laufe der Jahre waren etwa fünfzig Männer aus Unachtsamkeit aus achtstöckigen Gebäuden gestürzt, hatten sich mit staatlichen Laken erhängt und waren gestorben, aber in Hemelsdorp war eine Untersuchung eine Kunst, und dort wurden solche Fehler vermieden. Als Magubane zu sich kam, das Gesicht noch naß von dem Wasser, das man über ihn geschüttet hatte, sah er Sergeant Krog vor sich, der einen elektrischen Viehstachel in der Hand hielt.

»Zieh dich aus«, befahl er.

Als Magubane zögerte, rief der Sergeant zwei Gehilfen herbei, die Matthew die Kleider vom Leib rissen. Sobald er nackt war, hielt ihm Krog den Stachel an die Hoden und sah befriedigt zu, wie Magubane hüpfte und sprang, um der Marter zu entgehen. Als er in eine Ecke rannte und sich vorbeugte, um sein Geschlechtsteil zu schützen, stach Krog das Ende des Stachels in seinen After und versetzte ihm einen so starken elektrischen Schlag, daß der Student erneut ohnmächtig wurde.

Jahr um Jahr wurde jeder vierte Schwarze aus der Gesamtbevölkerung wegen irgendeines geringfügigen Vergehens festgenommen, und es war ihr Glück, daß nicht alle Polizisten so entschlossen und sadistisch waren wie das Team Krause und Krog. Man konnte ihresgleichen in den meisten Ländern finden; in Rußland, Ostdeutschland, dem Iran, Argentinien und Brasilien gab es solche Verhörspezialisten. Aber die meisten südafrikanischen Polizisten versuchten, gesetzestreue Diener der Gerechtigkeit zu sein.

Drei Tage lang wurde Magubane geschlagen, getreten und gefoltert. Er bekam zu essen, durfte die Toilette aufsuchen und erhielt zu trinken, aber die Folter hörte nicht auf. Nach vier Tagen lautete die einzige Anklage gegen ihn: »Du unverschämter Kaffernbastard«, ein Satz, der jedem Schwarzen gegenüber gebraucht wurde, der es bis zur Mittelschule gebracht hatte oder sich nicht ehrerbietig benahm. Es war eine fürchterliche Anklage, denn sie war fast immer von brutaler Bestrafung begleitet, so daß das Wort in Wirklichkeit bedeutete: »Das hast du davon, du unverschämter Kaffernbastard«, wobei das *das* ein Faustschlag auf den Mund oder ein Stoß mit dem elektrischen Stachel war.

Man hatte Matthew auf den Spielplätzen in Thaba Nchu erzählt, daß »weiße Polizeibeamte sich gern mit schwarzen Geschlechtsteilen beschäftigen«, aber in seiner Naivität konnte er sich nicht vorstellen, was das bedeutete. Nun lernte er es, denn Krause und Krog vergnügten sich daran, ihn nackt vor sich stehen zu haben, so daß sie seine Geschlechtsteile mit der elektrischen Spitze berühren konnten, und einmal, als sie sich dazu anschickten, fing Matthew zu lachen an. Er erinnerte sich, von einem Schwarzen nach seiner Entlassung gehört zu haben: »Die haben mir so viel Elektrizität eingeflößt, daß ich Angst hatte, ich würde leuchten wie eine Glühbirne.« Matthews Lachen versetzte Krause in solche Wut, daß er und Krog ihn mit ihren Stiefeln bewußtlos traten, und als er, noch immer nackt, in dem kalten Raum zu sich kam, hörte er die erste ernsthafte Anklage gegen ihn. Die Beamten sangen mit heiseren, mißtönenden Stimmen das Freiheitslied:

Im Osten steht eine Sonne,
Sie steigt, sie steigt.
Im Westen steht ein Mond,
Er fällt, er fällt.

Die Worte waren Matthew vertraut, als er aus seiner Benommenheit erwachte, nicht aber die Melodie, und er blickte die Beamten mitleidig an, denn sie sangen ihren eigenen Grabgesang, konnten aber die Melodie nicht finden.
»Was meint ihr mit ›eine Sonne im Osten‹?«
»Nichts, Bure.« Ein Faustschlag an die Schläfe.
»Meint ihr Moçambique?«
»Nein, Bure.« Wieder ein Faustschlag hinter das Ohr.
»Meint ihr nicht die Schweine, die aus diesem Land nach Moçambique geflohen sind?«
»Nein, Bure.« Noch ein Schlag.
»Ich vermute, Magubane, daß ihr die Terroristen mit Gewehren dort drüben meint.«
»Nein, Bure.« Diesmal wurde er mit dem elektrischen Stachel so heftig gestoßen, daß er in die Luft sprang und mit Armen und Beinen wild um sich schlug.
»Du willst nach Moçambique laufen, oder?«
Er war zu benommen, um zu antworten, also stießen sie ihn zwei Minuten lang mit dem Stachel, worauf er ohnmächtig wurde.
Als er zu sich kam und zu schwach war, um aufrecht zu stehen, lehnten sie ihn an die Wand, und er spürte, daß ihm Blut aus der Nase floß. Er war sicher, daß er nicht geblutet hatte, als er bei Bewußtsein gewesen war; sie mußten ihn also getreten haben, während er auf dem Boden lag, und er bewegte Teile seines Körpers, um zu sehen, ob ein Knochen gebrochen war.
»Und sagen Sie uns bitte, Mr. Magubane, was ›fällt, fällt‹?«
»Nichts, Bure.« Weitere Schläge.
»Steh auf, du unverschämter Kaffernbastard. Sag uns jetzt, was du mit ›fällt, fällt‹ meinst. Gib zu, Magubane. Du meinst, daß Südafrika fällt, nicht wahr?«
Es gab weitere Schläge, Prügel von verunsicherten Männern, und Matthew

begriff, daß er so heftig gefoltert wurde, weil er ein Lied gesungen hatte, dessen Text die Polizei nicht verstehen konnte.
»Also gut, du frecher Bastard, du singst uns das Lied jetzt vor.« Krause begann, monoton die Worte zu singen, Krog schloß sich ihm an, und seine Bemühungen verstärkten den Mißklang. »Sing!« schrie Krog. Langsam fiel Magubane mit seinem Baß ein und verlieh so dem Lied Bedeutung und Schönheit:

> Ich folge der Sonne, wie hell auch ihr Licht.
> Es verschwindet der Mond, hinweg aus der Sicht.

Krog las den Text von einem mit Schreibmaschine getippten Blatt, merkte, daß Magubane die Worte verändert hatte, und hörte auf zu singen.
»Du hast den Text geändert!«
»Es gibt viele Verse«, sagte Magubane.
Am siebenten Tag hörte er die zweite ernsthafte Anklage: »Die Leute sagen, du bist ein Aktivist in der Bewegung für schwarzes Selbstbewußtsein.«
»Ja, ich bin für *black power*.« Schlag ans Kinn.
»Du bist ein Bantu, ein blöder, gottverdammter Kaffernbantu ohne Macht!«
»Ja, Bure, ich bin ein Afrikaner.« Faustschlag auf den Mund.
Afrikander wie Marius van Doorn, Detleefs Sohn, freuten sich auf den Tag, an dem es in Südafrika nur eine Staatszugehörigkeit geben würde; er fühlte sich als Mann aus Afrika – als Afrikaner –, und er wollte nicht, daß diese ehrenvolle Bezeichnung nur auf Schwarze angewendet wurde. Aber andere Afrikander waren wütend, wenn ein Schwarzer behauptete, Afrikaner zu sein, wie Magubane es tat, denn sie erblickten darin eine ernste Gefahr: Der Schwarze suchte auswärts Hilfe bei seinen Brüdern in mächtigen schwarzen Nationen wie Nigeria.
»Nun, Mr. Magubane, erklären Sie mir doch einmal, was Sie veranlaßt zu glauben, daß Sie Afrikaner sind.« Stoß mit der elektrischen Spitze. »Tanz, wenn du willst, aber mach weiter mit deiner Erklärung!« Weitere Stöße.
»Ich bin in Afrika geboren, so wie Sie. Wir sind beide Afrikaner.« Schlag ins Gesicht. »Ich bin bereit, Sie zu akzeptieren, und Sie müssen mich akzeptieren.«
»Du unverschämter Bastard!« Die Wut der beiden Beamten darüber, daß ein gemeinsames Vaterland sie zu Brüdern machen sollte, war zügellos.
Als Magubane am nächsten Morgen erwachte, war er überzeugt, daß ihn die Beamten Krause und Krog an diesem Tag ermorden wollten. Er irrte. Das BOSS war nie so gefühllos, einen kaltblütigen Mord zu planen; man versuchte nur, potentielle Unruhestifter einzuschüchtern. »Die Hecke stutzen«, nannte es Krause. »Wenn ein frecher Kaffer den Kopf herauszustekken beginnt, wie ein wilder Trieb in einer Hecke, was ist dann das Vernünftigste, das man tun kann? Man schneidet ihn zurück.«
Das ersparte später Unannehmlichkeiten. Also nahm das BOSS jeden

Schwarzen, der Führungsqualitäten zu zeigen begann, in Gewahrsam, verprügelte ihn ein bißchen und ließ ihn dann frei. Die Gefahr für den Schwarzen bestand darin, daß er sich nach einem Verhör von neun oder zehn Tagen vielleicht schon jenseits der Freiheit befand: »Fall 51. Tatbestand: Tod bei Fluchtversuch.«

Und das wäre vielleicht auch Magubanes Ende gewesen, wären nicht außerhalb des Gefängnisses zwei Männer aktiv geworden, die Magubane nie kennengelernt hatten. Der erste war der neunundzwanzigjährige Weiße André Malan, Reporter der »Durban Gazette«. Er war ein mutiger Bursche mit einem hohen Berufsethos und fand es verdächtig, daß so viele Verhöre in Hemelsdorp mit tödlichen Fluchtversuchen endeten.

Am Tag von Matthew Magubanes Verhaftung waren zwei Schwarze in Malans Büro gekommen und hatten die Ansicht geäußert, daß der junge Mann genau die Art Schwarzer war, der sich als so widerspenstig erweisen würde, daß Jürgen Krause in Versuchung geraten könnte zu vergessen, was in den Vorschriften über das Vermeiden von unzulässigem Druck stand. »Geben Sie acht, was geschieht«, warnten sie den Journalisten.

So begann André Malan, Artikel über die Festnahme Magubanes zu schreiben, und forderte die Polizei auf, Berichte über das Befinden des jungen Mannes zu veröffentlichen. Er übte solchen Druck aus, daß die Beamten verärgert waren und beschlossen, eines ihrer Gesetze gegen ihn anzuwenden.

Es gab in Südafrika ein Gesetz, demzufolge das BOSS jederzeit ohne Haussuchungsbefehl in die Wohnung jedes Schriftstellers eindringen konnte, und wenn sie Notizen, Material oder Fotos fanden, die für einen Artikel verwendet werden *konnten,* den die Regierung als anstößig empfinden würde, konnte der Schriftsteller auf unbestimmte Zeit festgehalten werden, ohne daß Anklage gegen ihn erhoben wurde.

Am Morgen des achten Tages rannte einer von Malans schwarzen Informanten in seine Wohnung und schrie: »Sehen Sie zu, daß Sie Ihre Papiere loswerden!«

Als Journalist, der miterlebt hatte, wie drei seiner Kollegen vom BOSS verhaftet worden waren, brauchte er keine weitere Erklärung. Er vernichtete die wenigen Papiere, die sich bei ihm angesammelt hatten, auch solche, die sich nicht auf Matthew Magubane bezogen, dann sah er eilig seine Bücherregale durch, ob eines der tausend von der Regierung verbotenen Bücher darunter war. Dann wartete er, einigermaßen beruhigt.

Das Team vom BOSS erschien und durchstöberte seine Wohnung. Tatsächlich fanden die Männer auch ein vom Weltkirchenrat in Genf veröffentlichtes Buch, das ihnen das Recht gab, ihn ohne Anklage, ohne Haussuchungsbefehl und ohne Recht, sich zu verteidigen, ins Gefängnis zu werfen.

Die Berichterstattung über Matthew Magubane hörte auf. Es stand der Polizei frei, nach Wunsch die Untersuchung seines Lebenslaufes und seiner Überzeugungen fortzusetzen. Aber Jonathan Nxumalo, ein aufrührerischer junger Schwarzer und ehemaliger Arbeiter in den Golden-Reef-Minen, der jetzt arbeitslos in der Nähe von Vrymeer lebte, hatte die laufenden Berichte über Magubanes Haft in den Zeitungen verfolgt. Nun hörte er von Malans Festnahme und schloß daraus, daß die Ermordung Magubanes bevorstand. Er rief vier Freunde zusammen und ließ sie formlos abstimmen: »Wer ist dafür, daß wir versuchen sollen, Magubane zu retten?« Alle fünf stimmten dafür. »Und daß wir dann nach Moçambique fliehen.« Diesmal stimmten nur vier zu. Der Mann, der sich der Stimme enthielt, erklärte: »Meine Mutter...«

»Keine Erklärungen notwendig. Morgen nacht können wir alle tot sein.«

»Oder auf dem Weg nach Moçambique.«

Dann räusperte sich Jonathan und sagte zögernd: »Mein Bruder ist daheim, auf Urlaub von der Universität. Ich glaube, wir sollten ihn um Rat fragen.«

Jemand wurde losgeschickt, um den Professor zu holen, und als er in der Tür des kleinen Zimmers stand, in dem sie sich versammelt hatten, erkannte er, daß die Männer drinnen eine Verschwörung angezettelt hatten. Ein einziger Schritt in dieses Zimmer würde ihn zu einem Beteiligten an diesem verbrecherischen Komplott machen, mit der Aussicht auf eine lebenslängliche Gefängnisstrafe oder sogar auf das Todesurteil. Er war nahe daran, kehrtzumachen und wegzulaufen, aber die Erregung auf ihren Gesichtern machte ihm das unmöglich. Das waren die jungen Männer, die er ausgebildet hatte, und nun würde er von ihnen lernen. Er schloß sich ihnen an.

»Wir wollen das Gefängnis in Hemelsdorp überfallen«, sagte sein Bruder.

»So etwas dachte ich mir.«

»Wir haben ein Versteck mit Waffen, die aus Moçambique eingeschmuggelt wurden.«

»Ich wünschte, ihr könntet ohne Waffen auskommen.«

»Dies ist das Jahr des Gewehrs«, sagte Jonathan. »Was sollen wir tun, wenn wir nach Moçambique kommen?«

Hätte er das Zimmer in diesem Augenblick verlassen, so hätte er noch eine Anklage vermeiden können. Aber wie viele seiner schwarzen Landsleute machte er sich immer mehr Gedanken über die Zukunft. »Ich würde die Polizeistation nicht stürmen. Ihr könntet alle getötet werden.« Kaum hatte er diese Warnung ausgesprochen, erkannte er, daß sie sinnlos war, denn diese Männer fürchteten den Tod nicht.

»Wegen Moçambique«, wiederholte sein Bruder.

»Ich kann nicht mit euch gehen. Es ist meine Aufgabe, junge Leute an der Universität zu unterrichten.«

»Daniel«, rief sein Bruder, »wir wollen nicht, daß du mit uns kommst. Männer wie du bleiben hier, um aufzubauen. Männer wie wir gehen hinaus, um niederzureißen.«

Professor Nxumalo fühlte sich alt und fehl am Platz; er war erschrocken darüber, wohin sein Unterricht geführt hatte, aber auch zutiefst erregt durch diese Herausforderung. »Wenn ihr nach Moçambique kommt – und ihr werdet hinkommen, das weiß ich –, müßt ihr euch vereinigen. Unternehmt nichts, bevor ihr auf Hilfe von allen Nachbarstaaten zählen könnt:

Namibia, Zimbabwe, Botswana, Vwarda und vor allem Moçambique. Dann geht geschickt vor, ein Vorstoß da, ein Rückzug dort. In zehn, zwölf Jahren wird dieser Monolith vielleicht zerbröckeln – mit Hilfe von Rußland, Ostdeutschland und Kuba.«
»Morgen versetzen wir ihm den ersten Stoß«, sagte Jonathan und umarmte seinen Bruder. Als der Professor fort war, verteilte er die Gewehre.
Die fünf jungen Leute fuhren auf getrennten Wegen nach Hemelsdorp; sie hatten vereinbart, um ein Uhr nachmittags das Arrestgebäude zu stürmen, wenn untergeordnete Polizisten wie Krog beim Essen waren und die Vorgesetzten wie Krause so gut gespeist hatten, daß sie lethargisch waren. Jonathans Männer waren bewaffnet, was beinahe sicher zu ihrer Hinrichtung führte, falls sie festgenommen wurden.
Sie näherten sich ruhig der Kaserne und warteten endlos erscheinende fünf Minuten. Dann gingen sie entschlossen in die Station, besetzten das Büro und die Korridore und durchsuchten die Räume, bis sie Magubane fanden.
»Was ist los?« fragte er mit verschwollenen Lippen.
»Auf nach Moçambique!«
Als sie aus der Kaserne rannten, ohne einen Schuß abgefeuert zu haben, wandte sich der junge Mann, der für seine Mutter sorgen mußte, nach Norden, wo er im Untergrund arbeiten würde. Die anderen versteckten ihre Gewehre und gingen ins Exil.

Einer der erfreulichsten Tage im Leben van Doorns war der 16. Dezember 1966. Er wurde aufgefordert, die Hauptrede bei den Feiern zum »Tag des Bundes« zu halten. Sie fanden in der neuen Wohnsiedlung statt, die unter seiner Leitung auf dem Gelände errichtet worden war, wo früher einmal Sophiatown gestanden hatte. Das Gelände hieß jetzt Triomf und wurde von weißen Afrikanderfamilien bewohnt, die dafür sorgten, daß ihre kleinen Häuser sauber waren und in ihren Gärten stets Blumen blühten.
Aber als Detleef die sauberen, breiten Straßen entlangfuhr, die anstelle der engen Gassen entstanden waren, sagte er ein wenig säuerlich zu seinem weißen Chauffeur: »Ich wette, die meisten Leute in diesen Häusern haben keine Ahnung, was der neue Name der Siedlung bedeutet.«
Sein Chauffeur antwortete rasch: »Aber wir wissen, was für ein Triumph es war, nicht wahr?«
Van Doorn zeigte seine Anerkennung für diese Bestätigung und sagte: »Sophiatown war eine nationale Schande. Verbrechen, Armut, junge *tsotsies*, die nicht zu bändigen waren.«
»Ein Weißer mußte Angst haben, nach Einbruch der Dunkelheit dort hinzugehen«, stimmte der Chauffeur zu.
»Sagen Sie mir offen, ist nicht unser neues Triomf hundertmal besser?«
Wie jeder unparteiische Schiedsrichter mußte der Chauffeur zugeben, daß die neue Vorstadt nicht nur besser war, sondern auch von Menschen mit viel höherem sozialem Status bewohnt wurde: »Sie haben hier etwas Hervorragendes geleistet, Meneer van Doorn.«

Durch diese Zustimmung angeregt, zeigte Detleef wirkliche Begeisterung, als er sich dem Podium in der Kirchenhalle näherte. Unter den Würdenträgern auf der Plattform befanden sich vier *oudstryders*, alte Kämpfer, Veteranen aus dem Burenkrieg, die zustimmend nickten, als er die Feinde der Nation gehörig herunterputzte. Seine Rede war ein Resümee seiner Vision von der Zukunft des Volkes:

> Unsere geliebten *Voortrekker* Retief, Pretorius und Uys, die dem Ruf der Freiheit folgten, retteten diese Nation, als sie sich in tödlicher Gefahr befand. Voller Stolz nenne ich auch meinen Großvater Tjaart van Doorn, der dazu beitrug, daß wir das kostbare Juwel Südafrika erhielten. Und sie hinterließen uns noch mehr: ihre Vision vom Willen Gottes, der das Schicksal der Afrikandernation lenkt...
>
> Denkt immer daran, daß dies das Land der Afrikander ist, für das wir mit unserem Blut bezahlt und das wir durch unseren Glauben erhalten haben. Als der Vater dieser Nation, Jan van Riebeeck, im Jahre 1652 zum erstenmal seinen Fuß auf diesen Boden setzte, fand er ihn unbesiedelt vor, völlig leer, ohne Xhosa und Zulu, die damals noch nicht südlich des Limpopo standen. O ja, es gab ein paar Buschmänner und Hottentotten, die leider Gottes an Pocken und anderen Krankheiten starben. Aber dieses Land war unbewohnt, und wir nahmen es...
>
> Um das zu beschützen, was Gott uns durch Seinen Bund gab, haben wir gekämpft und große Siege errungen, und wir werden immer bereit sein, uns in unser *laager* zurückzuziehen, um jedem Angriff Widerstand zu leisten. Das müssen wir tun, denn wir wurden von Gott hierher gestellt, um Sein Werk zu tun...
>
> Laßt uns aber immer daran denken, daß es böswillige Kräfte gibt, die gegen uns arbeiten, um den Geist unseres kleinen, stolzen Volkes zu brechen, das unter den Nationen der Erde glitzert wie ein Diamant unter den Edelsteinen. Diese erbitterten Feinde wollen die Weisheit dessen, was wir hier zu erreichen suchen, nicht erkennen. Wer aber sind diese Feinde? Das Establishment der Anti-Afrikander. Das Establishment der Priester. Das englische Establishment. Das Establishment der Presse. Die reichen Liberalisten, die uns noch immer unseren glorreichen nationalen Sieg im Jahr 1948 mißgönnen...
>
> Als wir dieses leere Land besetzten, waren wir ein Häuflein frommer Christen und außerstande, das Eindringen der Xhosa und Zulu in unser Land zu verhindern. Nun, da sie hier sind, ist es unsere Pflicht, sie zu führen, zu erziehen und zu regieren. Unter der Herrschaft der Engländer verbreiteten sich die Schwarzen über das ganze Land wie Vieh, grasten hier, grasten dort und zerstörten das reiche Veld. Dem haben wir ein Ende gesetzt. Wir steckten sie wieder in ihre Krals. Und nun siedeln sie von Orten wie dem alten Sophiatown um in neue Wohngebiete, die ihnen gehören...
>
> Aber man sagt uns heute, daß Zivilisation Gleichheit bedeutet, und daß

der Kaffer (hier benutzte er das Wort zum erstenmal) emporgehoben werden und uneingeschränkten Anteil an allem erhalten muß, wofür der Afrikander gearbeitet hat und gestorben ist. Ich habe nichts gegen den Schwarzen. Ich empfinde tiefes Mitgefühl für seine Rückständigkeit, aber ich will ihn nicht zum Bruder haben. (Gelächter bei den Zuhörern.) Und ich will sicherlich nicht hören, wie er von ›Afrika den Afrikanern!‹ faselt. Dieser Teil von Afrika gehört den Afrikandern und sonst niemand... (Das löste wilden Beifall aus, und Detleef trank einen Schluck Wasser; er schwitzte, sein Gesicht war gerötet, und seine Stimme zitterte vor Erregung.)
Ich bin der erste, der zugibt, daß der Kaffer einen Platz in diesem Land hat, und unsere neuen Gesetze werden ihm helfen, ihn zu behalten. Wir werden ihm nie erlauben zu diktieren: ›Weißer, tu dies‹, oder: ›Weißer, tu das‹, denn wenn wir das täten, würde er unseren Kopf fordern. Ich sage zum Kaffer und zum braunen Mann: ›Durch die Güte unserer Herzen werden wir nach eingehendem Studium der göttlichen Vorsehung einen Weg für euch finden, auf dem ihr Glück und Frieden finden könnt... (Wieder Applaus und Jubel.)
Meine letzte Botschaft an diesem heiligen Tag, der dem Andenken unserer Helden in Dingans Kral gewidmet ist, gilt unserer Jugend. Söhne und Töchter! Seid körperlich und geistig auf die Angriffe vorbereitet, die unsere Feinde unternehmen werden. Bewahrt eure Persönlichkeit, wie wir eure Sprache bewahrt haben. Als ich ein Kind war, setzte man mir eine Narrenkappe auf, weil ich Holländisch sprach. Ich wehrte mich. Auch ihr werdet kämpfen müssen, wie diese Veteranen hinter mir gekämpft haben. Laßt keine Terroristenhorden auf eurem Boden zu, keine kommunistische Propaganda, keine liberale Schwäche, keine anglikanischen Bischöfe, die Lügen verbreiten. Und wenn ihr kämpft, wißt, daß ihr Gottes Willen erfüllt, denn Er bestimmt, daß ihr hier sein sollt...
Wenn ihr standhaft seid, werdet ihr triumphieren, wie wir über Armut und Elendsquartiere triumphiert haben, als wir Sophiatown planierten, um für diesen herrlichen Komplex Platz zu machen, den ihr heute mit seinen weißen Häusern und sauberen Gärten hier seht. In den dunkelsten Tagen des Krieges sagte Oom Paul Krüger: ›Ich sage euch, Gott will, daß diese Nation überlebt. Sicherlich wird der Herr triumphieren.‹ Seht euch heute um, junge Freunde. Das ist die Stunde des Triumphes der Afrikander.

Als er das Podium verließ, empfand er Schmerzen in der Brust; er schwankte unsicher, erreichte aber seinen Stuhl und nahm Platz. Es folgten andere Redner, wobei sich einer ganz auf den »Triumph über Sophiatown« beschränkte, doch es fiel keinem der Anwesenden ein zu fragen, worüber sie eigentlich triumphiert hatten, als sie diesen dunklen Fleck auslöschten. Über die alten Frauen, die fünfzig Jahre lang in den Häusern der Weißen

gearbeitet und auf einen Zufluchtsort gehofft hatten, an dem sie sterben konnten? Über schwarze Kinder, die in Pater Huddlestons Missionen zu lernen begonnen hatten? Über schwarze Arbeiter, die nun jeden Tag viele Meilen zur Arbeit fahren mußten? Über die Geistlichen, die darauf hingewiesen hatten, daß es unmoralisch war, brauchbare Wohnungen dem Erdboden gleichzumachen, nur damit den privilegierten Weißen der Anblick schwarzer Nachbarn erspart wurde? Über die guten weißen Frauen, Engländerinnen und Holländerinnen, von der »Schwarzen Schärpe«, die versucht hatten, die Rechte der schwarzen Mütter und ihrer Kinder zu schützen? Über all diejenigen, die versucht hatten zu vermitteln und denen es nicht gelungen war, sich in Südafrika durchzusetzen? Worüber hatte van Doorns System triumphiert außer über die Kräfte der Vernunft?
Wieder packte Detleef der Schmerz, diesmal begleitet von einem Gefühl der Schwere in der Brust, das er als ernst ansehen mußte. Er flüsterte dem Veteranen, der neben ihm saß, zu: »Verdammt! Gerade als wir die Dinge wirklich in Ordnung gebracht haben.«
Er wurde in eine private Abteilung im Allgemeinen Krankenhaus von Johannesburg gebracht, und man verständigte seine Familie in Vrymeer. Als sie sich an seinem Bett versammelten und hörten, wie schwer er atmete, warteten sie darauf, daß Marius sprach, aber Detleef wollte nichts von ihm hören. Er mißtraute seinem Sohn, übersprang eine Generation, wie es alte Leute oft tun, und streckte die zitternden Hände nach seiner Enkelin, der flachshaarigen Susanna, aus. »Komm näher, Susanna«, flüsterte er. Als er ihre Hände küßte, was eine überaus unpassende Geste von ihm war, erkannten die anderen, daß er dem Tode nahe sein mußte. Marius verließ das Zimmer, um in Vrymeer anzurufen: man solle sofort zwei Dinge bringen, die dem alten Mann teuer waren.
»Sannie«, sagte der Sterbende, »du mußt immer das tun, was für dein Vaterland wichtig ist.« Das war das Diktat seines Lebens gewesen: der ehrliche Schritt, die gerechte Tat. Er war der Ansicht, daß die Entscheidung darüber, was richtig und ehrlich war, am besten dem Urteil von Menschen wie ihm überlassen wurde, die über Habgier und Eitelkeit erhaben waren und die nur im Interesse der Gesellschaft handelten.
»Du erbst ein edles Land«, sagte er dem Mädchen. »Nun wurden die Menschen an den ihnen zukommenden Platz gestellt und können sich darauf verlassen, daß gerechte Gesetze ihnen helfen, ihn zu behalten.« Er bemerkte, daß Marius wieder ins Zimmer gekommen war und bei diesen Worten zusammenzuckte, verstand aber nicht, warum. Er konnte sich nicht vorstellen, daß sein Sohn fragen könnte: »Wer hat die Plätze zugewiesen? Können solche Zuweisungen erfolgen, ohne daß man sich mit denen berät, denen man etwas zuweist?« Detleef war überzeugt, daß wohlmeinende Männer, die den Lehren Gottes gehorchten, diese Entscheidungen getroffen hatten und daß es die Republik gefährdete, sie in Frage zu stellen. Er konnte nicht glauben, daß sein Sohn ein so gerechtes Gebilde angreifen würde.

Im Laufe des Nachmittags kam er wieder auf die Feinde zu sprechen, die sein Land gefährdet hatten, unsterbliche Feinde, die sich an der Wand aufreihten und darauf warteten, daß er starb. Zuerst die Schwarzen, die die Nation beinahe überwältigt hatten, diese verfluchten Nachkommen Dingans, besudelt mit Verrat wie er. Nein! Nein! Zuerst kamen die Engländer. Immer gab es die englischen Feinde mit ihrer gerissenen Art, ihrer Überlegenheit durch Sprache und Rang. In zweitausend Jahren, wenn Groß-Pretoria zu Staub zerbröckelt war, konnte man sicher sein, daß ein Engländer die Steine umgestürzt hatte. Sie waren der ständige Feind, und er wollte schon hinausschreien, daß er sie noch immer haßte, als sein Verstand wieder klar wurde und er den Anwesenden stolz erklärte: »Ich habe nie jemanden gehaßt. Ich habe nur aus Gerechtigkeitsgefühl gehandelt.«
Er haßte die Engländer nicht – er bedauerte sie wegen des verlorenen Empire und ihrer zum Untergang verurteilten Überlegenheit. Auch die Inder haßte er nicht; sie waren ein jämmerlicher Haufen, der sich in seinen Geschäften zusammendrängte. Er bedauerte nur, daß man sie nicht ausgewiesen hatte wie die Chinesen; dann lächelte er, denn er sah flüchtig das Bild Mahatma Gandhis vor sich. »Den sind wir losgeworden«, sagte er. Auch die Juden haßte er nicht, obwohl sie die Diamantenminen und das Gold gestohlen hatten. »Sie verseuchen unser Land. Wir hätten sie hinauswerfen sollen.«
»Wen?« fragte seine Frau, aber bevor er antworten konnte, entstand in der Halle Unruhe. Ein Beamter, das erkannte man an der Stimme, warnte jemanden: »Da können Sie nicht hinein. In diesen Stockwerken sind Schwarze nicht zugelassen.«
Marius eilte in die Halle, gab Erklärungen ab und führte alsbald Moses Nxumalo ins Krankenzimmer, der die große, in Messing gebundene Bibel in den Armen trug. Es war schwer zu sagen, worüber sich der Sterbende mehr freute. Detleef liebte den alten Moses, der so viele bedeutende Augenblicke seines Lebens mit ihm geteilt hatte, und er schätzte die geheiligte Bibel, in der die wichtigsten Stationen seines Lebens verzeichnet waren. Diese Aufzeichnungen reichten über Generationen hinweg zurück bis zu dem jungen Seemann, der dieses Heilige Buch im wahrsten Sinne des Wortes in die Erde Südafrikas eingepflanzt hatte.
Der Kranke streckte beiden, dem Schwarzen und der Bibel, die Arme entgegen.
»Ich freue mich so, daß du gekommen bist«, sagte er schwach.
»Ich habe um dich geweint«, sagte Moses, »aber jetzt sind meine Augen geheilt, da ich dich wiedersehe.« Sie sprachen von alten Zeiten, von gemeinsamen Abenteuern, und es war dem Schwarzen unmöglich zuzugeben, daß es die Gesetze dieses Weißen waren, die seine Söhne um ihre Lebenschancen brachten. Detleef war für ihn jetzt nur der gute Herr, und es war bitter, ihn dem Tode so nahe zu sehen.
Es war die Bibel, die Detleef in die Wirklichkeit zurückbrachte, und er blätterte in ihren schweren Seiten, die vor langer Zeit in Amsterdam gedruckt worden waren und deren gotische Lettern für alle Zeit über Recht und Un-

recht entschieden hatten. Es war unvorstellbar, daß Gott diese Worte in einer anderen Sprache als Holländisch verkündet hatte...

Er hielt inne. Nicht einmal an der Schwelle des Todes konnte er einem heimtückischen Feind vergeben, der gegen Südafrika und gegen Gott kämpfte: dem berüchtigten Weltkirchenrat, der sich weigerte einzusehen, daß das, was van Doorn und seine Helfer getan hatten, richtig war, und der mordenden Revolutionären offen Geldzuwendungen machte. »Wie können sie das Gute ignorieren, das wir getan haben?«

»Wer ignoriert uns?« fragte Marius.

»Warum verfolgen uns alle?« wimmerte er.

Und er begann, die Heimsuchungen der Buren aufzuzählen: »Die Schwarzen Assisen. *Slagter's Nek.* Blaauwkrantz. Dingans Kral. Der Jameson Raid. Das Lager Chrissiesmeer.« Erbittert wiederholte er den berüchtigten Namen: »Chrissiesmeer.« Dann fragte er: »Wo ist Sannie?«

Ungeduldig winkte er Moses und Marius von sich weg und streckte die Arme nach seiner Enkelin aus. Als er ihr fröhliches Gesicht sah, das sich von der einfachen weißen Wand abhob, flüsterte er: »Sannie, vergiß nie, was sie uns in Chrissiesmeer angetan haben.«

Die Erwähnung dieses schrecklichen Ortes versetzte ihn in solchen Zorn, daß in seinem Gehirn eine Blutleere entstand und er in eine seltsame Art von Koma fiel: In seiner Phantasie umringten nicht Mitglieder seiner Familie sein Bett, sondern die ewigen Feinde seines Volks: Hilary Saltwood, der zu den Xhosa hielt. Der Mann aus Amerika, der dem Henker in *Slagter's Nek* Befehle erteilte. Dingan, der das Signal gab. Cecil Rhodes, der unerbittliche Feind. Lehrer Amberson, der ihn zwang, das Schild zu tragen ICH SPRACH HEUTE HOLLÄNDISCH. Der Jude Hoggenheimer, der die Minen für sich allein in Anspruch genommen hatte. Die Katholiken, die versucht hatten, die Kirche Martin Luthers zu vernichten. Beamte der Vereinten Nationen, die von Sanktionen sprachen. Gab es jemals eine so von Feinden verfolgte Nation? Und unter den schattenhaften Gestalten sah er seinen eigenen Sohn, der lieber ein Stipendium im verderbenden Oxford angenommen hatte, als Kapitän der Springböcke zu werden. Alles Feinde.

Dann strömte das Blut zurück in sein fiebriges Hirn, und Licht schien in den Raum zu dringen, das Vergangenheit und Zukunft erhellte. Er stützte sich auf einen Arm und rief: »*Laager toe, broers* – Zieht die Wagen in einen Kreis!«

»Sannie, sag den Fahrern, sie sollen...« Er fiel schwer atmend zurück und streckte die Hand nach dem alten Moses aus: »Ermahne deine Söhne – jeder muß an dem ihm zugeteilten Platz aushalten...«

Als er offensichtlich tot war, beugte sich Marius über ihn und küßte das zerfurchte Gesicht, dann verhüllte er es mit einer Decke. Er klappte die alte Bibel zu und sagte: »Glücklicher Mann. Er wird die Folgen seiner Tätigkeit nicht erleben müssen.«

14. Diamanten

An dreihundertfünfundfünfzig Tagen im Jahr konnte man Pik Prinsloo auf sechs Meter Entfernung riechen. Ein alter Prospektor, der mit ihm auf den Diamantenfeldern gearbeitet hatte, sagte: »Pik wäscht sich einmal im Jahr. Am 24. Dezember. Er sagt, da trifft er drei Fliegen mit einem Schlag. Weihnachten, Neujahr und Sommerhitze. Dann riecht er zehn Tage lang erträglich, aber gegen Mitte Januar ist er wieder der gleiche alte Pik.«

Wäre er verheiratet gewesen, hätte ihn seine Frau vermutlich gezwungen zu baden, aber er lebte mit seiner schlampigen Schwester in einer Art Zigeunerwagen mit Blechwänden, der von acht Eseln gezogen wurde. Er war einundsiebzig, zahnlos, bärtig, krumm, hatte Triefaugen und verfilztes Haar; er trug ein dünnes Unterhemd, ausgebeulte Hosen, ungeschnürte Schuhe ohne Socken und einen Khakihut voller Ölflecken. Seit seinem zehnten Lebensjahr trieb er sich auf den Diamantenfeldern herum.

Er lebte von Konserven, ein bißchen Fleisch und dem Maisbrei, den seine faule Schwester zu kochen geruhte; sein Wohnwagen war ein solcher Schandfleck, daß andere Diamantensucher sagten: »Da gehen nicht mal die Buschläuse rein.« Dennoch lebte er in einer Art übelriechender Glorie, weil er jahrein, jahraus an sechs Morgen in der Woche mit der Überzeugung erwachte, daß an diesem Tag seine Glückssträhne beginnen müsse: »Heute finde ich einen faustgroßen Diamanten.« Nach einem kräftigen Schluck lauwarmen Kaffees, der zwei oder drei Tage alt war, schlurfte er zur Tür seines Wohnwagens hinaus, stand im Staub, kratzte sich unter beiden Armen und rief: »*Kom nou! Waar is die diamante?*« Und dann eilte er im Laufschritt zu der Stelle, wo seine fünf Siebe warteten und Hacke und Schaufel an einem Baum lehnten. Er war dauernd davon überzeugt, daß der Tag kommen würde, an dem er seinen Diamanten fand.

Er hatte wenig Grund zum Optimismus. Als vierzehnjähriger Junge bewirtschaftete er eine der gerade noch rentablen Afrikanderfarmen und hätte mit den Erträgen dieses wasserlosen Landes sich und seine Schwester ernähren sollen. Während einer schrecklichen, vier Jahre anhaltenden Dürreperiode mühten sie sich auf diesem unfruchtbaren Grundstück ab, ständig angespornt von ihrem Geistlichen, der verschiedene auf ihre Lage anwendbare Parabeln zitierte. Eines Sonntags kehrten sie, nachdem sie um Regen gebetet hatten, zu ihrem aus Kürbis und Maisbrei bestehenden Mittagessen zurück und gelangten zu dem Schluß, daß Gott sie nicht dazu bestimmt hatte, sich mit dem Land abzumühen, zu dem er kein Wasser sandte. Also gaben sie die Farm auf und kauften einen Wohnwagen und acht Maulesel.

Im Jahr 1926, mit achtzehn Jahren, suchte er im Bergbaubezirk Lichtenburg nach angeschwemmten Diamanten, folgte einem Nebenfluß des Vaal und wurde dort zum ersten Mal fündig: Er entdeckte einen fehlerhaften Stein von nicht ganz vier Karat, für den er die berauschende Summe von 47 Pfund erhielt. An diesem Abend ernannte er sich zum Diamantensucher: »Pik Prinsloo, Diamanten.«

Sein Glück war jedoch nicht von Dauer. Fünf trostlose Jahre lang wanderte er durch den Bezirk Lichtenburg, ohne einen zweiten nennenswerten Diamanten zu finden. Er fand nur Splitter und unbedeutende Steine von kaum einem halben Karat. Aber der faustgroße Diamant blieb ihm versagt – er fand nicht einmal einen, der so groß war wie die Spitze seines kleinen Fingers. 1932 mußte er die Diamantenfelder verlassen, um auf den Goldfeldern im östlichen Transvaal sein Glück zu versuchen. Aber auch als er ein paar gewinnbringende Nuggets auswusch, fand er wenig Befriedigung daran. Er war ein Diamantensucher; diese schönen Steine zogen ihn unwiderstehlich an, und so kehrte er mit seiner unverheirateten Schwester, seinen Mauleseln und seiner Ausrüstung zurück, um die kleineren Bäche im Norden zu erforschen.

Wieder hatte er kein Glück, und 1937 befand er sich auf den Smaragdfeldern unweit von Gravelotte an der Westgrenze des Krüger-Nationalparks. Manchmal hörte er nachts, wenn er in seinem Wohnwagen saß, die Löwen und Hyänen, aber im Gegensatz zu anderen Edelsteinsuchern wagte er sich nie in den Park, um die großen Tiere zu sehen. »Ich bin ein Diamantensucher«, brummte er. »Ich sollte gar nicht hier sein. Ein Eimer voller Smaragde ist nicht so viel wert wie ein einziger guter Diamant, und eines Tages...«

Wohin er auch ging, und wie wenig Erfolg er auch hatte, er besaß einen Schatz, der nicht mit Geld aufzuwiegen war. Bei den seltenen Fällen, wenn er seine Schwester verließ, um sich den anderen Diamantensuchern in einer ländlichen Kneipe anzuschließen, und zufällig Fremde hereinkamen, legte er ein kleines, flaches, in schmutzige Leinwand gewickeltes Päckchen auf die Theke und sagte bedeutungsvoll: »Schauen Sie da hinein, und Sie werden sehen, wer ich bin.« Dann schlug der Fremde die Leinwand auseinander und fand darin eine Edelsteinsucher-Urkunde, 1926 von der Regierung gedruckt, in der stand, daß Pik Prinsloo aus Kroonstadt im Oranje-Freistaat ein konzessionierter Edelsteinsucher war. Und auf der Rückseite war in verschiedenen Farben verzeichnet, daß er diese kostbare Lizenz alljährlich gegen eine Gebühr von fünf Shilling erneuert hatte.

»Ich bin ein Diamantensucher«, erklärte Pik, und wenn jemand darauf hinwies, daß er nach Smaragden grub, entschuldigte er sich: »Im Augenblick sammle ich Kapital, denn ich habe einen Bach oben im Norden im Auge...« Dann zögerte er, heftete seine Triefaugen auf den Fremden und fragte: »Wollen Sie vielleicht bei mir einsteigen? Ich weiß, wo es ganz bestimmt Diamanten gibt.«

Auf diese Weise fand Pik im Sommer 1977 seinen fünften Partner, einen Geschäftsreisenden aus Johannesburg, der immer schon an dem Diamantenrausch hatte teilhaben wollen. Sie lernten einander in einer Kneipe kennen, und als Pik seine Urkunde mit den endlosen Erneuerungen herzeigte, sagte der Mann: »Einen Mann wie Sie suche ich. Wieviel brauchen Sie?«

Bei der darauffolgenden erregten Diskussion war der Mann aus Johannesburg so vernünftig zu fragen: »Übrigens, hat sich schon jemand bei Ihnen beteiligt? Ich meine, gibt es jemand, der ältere Ansprüche hat?«

Es war Pik Prinsloo unmöglich, hinsichtlich seines Diamantengeschäfts zu lügen: »Ich habe vor Ihnen noch bei vier Männern Schulden.« Dann ergriff er den Arm des Fremden und fügte schnell hinzu: »Aber das ist lange her. Vielleicht zwanzig Jahre.«

Der Johannesburger trat zurück, blickte den alten Diamantensucher an und zögerte. Aber dann sah er das runzlige Gesicht mit dem zahnlosen Mund, in dem Nase und Kinn beinahe zusammentrafen, das zerrissene Unterhemd, die Füße ohne Socken und das Feuer, das in den wäßrigen Augen brannte, und wußte, daß das der Mann war, den er suchte, wenn er auf einen Diamantensucher setzen wollte, der sich selbst betrog.

»Wieviel würden Sie brauchen, um nach Norden zu ziehen?« fragte er ruhig.

Pik antwortete, ohne zu zögern, denn er hatte solche Ausgaben seit fünfzig Jahren berechnet: »Dreihundertfünfzig Rand.«

»Die bekommen Sie«, sagte der Mann, und deshalb lenkten am Neujahrstag 1978 Prinsloo und seine nörgelnde Schwester ihre Maulesel nordwärts zum Swartstroom, stellten ihren Wohnwagen auf einem Feld wenige Kilometer nördlich von Sannies Titten ab und begannen mit der Schürfarbeit.

Den alten Pik hatten Hinweise, Vorboten von Diamanten, die er vor vielen Jahren gesehen hatte, gerade zu diesem Flüßchen gelockt: Achate und Teilchen von roten Granaten, untermischt mit Ilmenit, dem kohlschwarzen Stein, der zum erstenmal im Ilmengebirge in Rußland erkannt und benannt worden war. Je genauer er den Fluß damals studierte, desto überzeugter war er davon, daß er diamantenhaltig sein müsse. »Die Sandkörner sind schwer und schwarz«, sagte er seiner Schwester in ihrem schmutzigen Wagen. »Es muß hier Diamanten geben.«

»Wenn es welche gäbe«, brummte sie, »hätte es schon jemand anderer bemerkt.«

»Vielleicht war jemand anderer nicht so klug wie ich«, sagte er, aber als die Wochen vergingen, ohne daß er etwas fand, drang sie darauf, daß sie nach Süden zu Fundstätten fahren sollten, die gekennzeichnet worden waren.

Er besaß noch über dreihundert Rand, die zusammen mit seiner staatlichen Pension bei dem frugalen Leben, das er und seine Schwester führten, für drei Jahre reichten. Eine große Dose Bohnen, ein Topf Maisbrei und ein wenig mageres Hammelfleisch genügte für drei Tage. »Ich sag' es dir, Netje, diesmal gibt es Diamanten, und ich werde die verdammten Dinger finden.« Er stülpte sich den verbeulten Hut mit der breiten, zerrissenen Krempe auf den ungekämmten Kopf, zog die Schultern hoch, als marschierte er in den Krieg, und setzte seine Suche am Swartstroom fort.

Zum Glück war der Wasserstand niedrig, so daß er sich auf die Windungen dieses kläglichen Restes der mächtigen Flüsse konzentrieren konnte, die die Erde fortgeschwemmt hatten. Er arbeitete nur an der Innenseite der Biegungen, denn dort floß das Wasser langsamer und schwerere Gegenstände, die es mittrug, sanken zu Boden. Wenn es Diamanten gab, waren sie dort versteckt. Deshalb grub er Tag um Tag den Schotter um und ließ ihn durch seine Siebe gleiten. Sobald er die größeren Steine entfernt hatte, die er flüchtig betrachtete, blieb ein Rückstand übrig, in dem sich möglicherweise ein Diamant verbarg, und den siebte er sorgfältig, mit viel Wasser und einer künstlerischen, fließenden Bewegung, die den Kies herumwirbelte, so daß der schwerere Sand zur Mitte getrieben wurde und herabsank. Wenn er dann das Sieb auf eine flache Oberfläche kippte, mußte jeder Diamant oben in der Mitte liegen.

An einem heißen Morgen im Januar 1978 trug er sein Sieb an die schattige Stelle, an der er immer den Sand untersuchte, kippte es um und sortierte mit einem merkwürdigen Schabeisen, das er seit über vierzig Jahren verwendete, die Achate aus; er war sicher, daß er an diesem Glückstag einen Diamanten finden würde. Es tauchte aber keiner auf. Hätte sich einer im Schotter befunden, so hätte er im Schatten so hell geglänzt, daß er ihn innerhalb von Sekunden entdeckt hätte, aber das war nicht der Fall. Statt dessen sah er etwas, das ihm sehr gefiel, so daß er zu seiner Schwester lief und rief: »Netje! Schau, was wir haben!«

Sie kam brummend, in Filzpantoffeln und einem verschossenen Baumwollkleid, aus dem Wohnwagen und ging vorsichtig den steinigen Weg zum Fluß hinunter, wo sie sich das beim Sortieren zurückgebliebene Zeug ansah.

»Mist, Mann. Nichts wert«, knurrte sie.

»Die kleinen!« schrie Pik in wachsender Erregung.

Sie betrachtete die kleinen Steine und sah nichts, worauf ihr Bruder brüllte: »Die kleinen roten! Es sind Granate!«

Daneben sah sie auch den Ilmenit, der schwarz glitzerte, und da mußte sogar sie zugeben, daß dieser Bach es wert war, durchsucht zu werden.

Januar und Februar, die Monate des Schweißes, wurden mit einer gründlichen Untersuchung der inneren Ufer verbracht, wo das Wasser langsamer floß, und obwohl sich kein einziger Diamantensplitter fand, zeigten sich weiter feine Spuren von Granat und Ilmenit; das waren so deutliche Anzeichen, als ob jemand eine Tafel aufgestellt hätte: HIER SIND DIAMANTEN VERSTECKT.

Er suchte also weiter, und eines Morgens im Oktober, nachdem er zwei Löffel kalten Brei gegessen hatte, schlurfte er mit klopfendem Herzen zu einer neuen Biegung im Swartstroom, und beim ersten Schwenken, als er den Kies auskippte, lag mitten auf dem kleinen Hügel ein schimmernder Edelstein, größer als die Spitze seines Daumens.
Es konnte kein Irrtum sein, denn obwohl der Stein im Schatten lag, glitzerte er wie ein Licht im Dunkel und schimmerte durch die Schlammablagerung, die ihn trübte. Es war ein Diamant, der größte, den der alte Pik in zweiundfünfzig Jahren der Suche je gefunden hatte, und er war so verblüfft über seine Entdeckung, daß kein Ton aus seiner Kehle drang, als er versuchte, nach Netje zu rufen.
Und das war gut, denn sobald er den Diamanten in der Hand wog und ihn säuberte, ihn im Sonnenlicht betrachtete und sah, daß er fünfeckige Seitenflächen und eine anscheinend gute Färbung hatte, wurde ihm klar, daß er seinen Fund geheimhalten müsse, bis er auch die Umgebung untersucht hatte. Das brachte aber ein Problem mit sich. Das südafrikanische Diamantengesetz war in bezug auf den Besitz ungeschliffener Edelsteine äußerst streng; der schändlichste Beruf, den man ausüben konnte, war I. D. B. – *Illegal Diamond Buyer* (illegaler Diamantenaufkäufer).
Das Auffinden auch des kleinsten Diamanten war ein Ereignis, das zu endlosen Schreibereien führte. Laut Gesetz mußte Pik seinen Diamanten innerhalb von vierundzwanzig Stunden in sein privates Register eintragen, die Fundstelle, sein geschätztes Gewicht und seinen vermutlichen Wert angeben. Er war verpflichtet, seinen Diamanten innerhalb von drei Tagen zu einer Polizeistation zu bringen und ihn registrieren zu lassen. Er konnte nicht einfach melden, daß er einen Edelstein von dem und dem Gewicht gefunden habe; es war nötig, ihn tatsächlich vorzuzeigen und ihn von den Beamten beschreiben und abwiegen zu lassen. Alle Einzelheiten mußten sowohl in Piks Register als auch in das polizeiliche Protokoll eingetragen und gestempelt werden. Und sobald das geschehen war, wurde die Welt darüber informiert, daß Pik Prinsloo ein Diamantengewässer gefunden hatte, und gierige Menschen würden die Gegend überfluten.
Pik war mit dieser Prozedur vertraut; er hatte sogar oft davon geträumt, einen wirklichen Diamanten durch das komplizierte Verfahren zu begleiten, nun aber, da er einen in der Hand hatte, versuchte er, sich zu schützen. Er brauchte vier oder fünf Tage, um die Flußbiegung zu durchsuchen, weil es möglich war, daß sie noch weitere gleichwertige Edelsteine enthielt, aber dieser Aufschub war ungesetzlich, und er hatte zu viele Männer ins Gefängnis wandern sehen, weil sie die strengen Vorschriften mißachtet hatten.
Was sollte er tun? Er blieb eine Weile sitzen, den Diamanten in den hohlen Händen, und überzeugte sich davon, daß der Stein wirklich so schön war, wie er anfangs geglaubt hatte. Verdammt, der wird zweitausend Rand bringen! Der Gedanke überwältigte ihn. *Almagtige God!* Wir sind reich! Zitternd spuckte er auf den Diamanten, polierte ihn und blieb mit ihm in der Sonne sitzen, bis er bemerkte, daß ein Tropfen Feuchtigkeit auf ihn gefallen

war. Er schwitzte, und da vergrub er den Diamanten unter einem auffälligen Felsblock, dann kehrte er wie in Trance zum Bach zurück.
Er grub und siebte und schüttelte den ganzen Tag, fand aber nichts mehr. Bei Einbruch der Dämmerung kehrte er zum Wohnwagen zurück, band die Maulesel an und ging zum Essen hinein. »Warum bist du so nervös?« fragte seine Schwester, und er sagte, er habe Kopfschmerzen. Als er aber nachts zweimal aufstand, sich barfuß vor die Tür stellte und zu dem Felsblock starrte, unter dem der Diamant lag, flüsterte seine schlaue Schwester, als er wieder hereinkam: »Du hast einen gefunden, nicht wahr?« Er konnte seine Erregung nicht mehr unterdrücken.
Leise erzählte er ihr von seinem legendären Fund: »Größer als mein Daumen. Schöne Farbe, wunderschöne Farbe. Netje, der könnte zweitausend Rand bringen.«
»Sei kein verdammter Narr!« knurrte sie.
»Das könnte er. Wirklich. Wenn du ihn siehst...«
»Du hast ihn also unter einem Stein versteckt.«
»Ich will den Bach absuchen.«
»Du willst ins Gefängnis kommen. Du trägst ihn ins Buch ein, wie es sich gehört. Und bringst ihn zur Polizei.«
»Ich muß mich schützen.«
Aber sie war unnachgiebig, und sobald es hell genug war, um sehen zu können, marschierte sie zu dem Felsblock; als sie den Diamanten in den Händen hielt und sein Gewicht und seine Farbe deutlich sichtbar waren, traten ihr Tränen in die Augen. »Es ist ein wirklicher Diamant«, gab sie zu, aber der Begriff von zweitausend Rand überstieg ihren Horizont.
Im Wohnwagen holte sie Piks Register nach unten und kritzelte unbeholfen hinein: »Swartstroom bei den drei Akazien, 11. Oktober 1978, ungefähr fünf Karat, Farbe gut. Vielleicht zweitausend Rand.« Am gleichen Nachmittag gingen sie und Pik die zehn Kilometer zur nächsten Polizeistation, um ihren Fund registrieren zu lassen.

Sobald der Diamant rechtsgültig eingetragen war, wurde er Pik Prinsloos Eigentum, über das er frei verfügen konnte, aber nur auf offiziellem Weg. Wenn er diesen Stein in die Hände eines illegalen Diamantenkäufers gelangen ließ, landete er zusammen mit dem Käufer im Gefängnis; er mußte den Stein persönlich auf den Diamantenmarkt in dem über vierhundert Kilometer westlich liegenden Boskuil bringen. Man konnte die Reise mit der Bahn machen – erst vier Stunden nach Johannesburg, dann noch fünf nach Boskuil –, aber der alte Pik war der Ansicht, er müsse mit einem so imposanten Stein in einem Privatauto fahren, und so rief er seinen Geldgeber in Johannesburg an: »Wir haben den größten Diamanten meines Lebens. Fahren wir nach Boskuil und verkaufen wir ihn um zweitausend Rand.«
Der Mann sagte, er könne sich Freitag am späten Nachmittag freimachen. »Halt, halt!« rief Pik. »Wir müssen Freitag vormittag in Boskuil sein. Der einzige Tag, an dem die Käufer kommen.«

Also holte ihn sein Geldgeber Donnerstag früh mit dem Auto ab, und sie fuhren zu einem Ort, der in der Welt nicht seinesgleichen hat: eine abgelegene Farm in der öden Gegend südlich von Johannesburg, wo nach altem Brauch Diamantenkäufer aus dem ganzen Land in einer Ansammlung von Wellblechhütten zusammenkamen, um zu sehen, was die Abenteurer gefunden hatten. Es war keine einfache Fahrt, denn jedesmal, wenn Pik und sein Diamant aus der Zuständigkeit einer Behörde in die einer anderen überwechselten, mußte er seine Registrierungspapiere vorweisen, damit die Behörden diesen Diamanten quer durch das Land verfolgen und sich vergewissern konnten, daß er in die Hände eines amtlich konzessionierten Käufers gelangte. Und sobald Pik in den Amtsbereich gelangte, in dem er verkauft werden sollte, mußte er ihn von neuem registrieren lassen.
Die Aufenthalte waren umständlich genug, aber dieser Oktobertag war auch noch einer der heißesten des beginnenden Frühjahrs, so daß es im Inneren des Wagens dampfte, und Piks Gewohnheit, nicht zu baden, wurde nun zu einem akuten Problem.
Der Johannesburger öffnete zuerst sein Fenster, dann das Piks, und schließlich alle. Aber sogar dieser Zustrom frischer Luft konnte den schrecklichen Geruch nicht abschwächen, und der Mann fragte sich allmählich, ob sogar ein fünfkarätiger Diamant diese Qualen wert war. Aber sie erreichten schließlich die Boskuil-Farm, etwa zur gleichen Zeit wie der Abendzug, der die Käufer für den Freitagmarkt brachte. Büro Nummer eins war seit einigen Jahren von H. Steyn besetzt, einem konzessionierten Diamantenhändler von ausgezeichnetem Ruf. Am Freitagmorgen hängte Mr. Steyn, ein kleiner, durchtriebener Mann in einem dunklen Anzug, seine Urkunde an die Außentür, zog Ärmelschoner über und legte die Lupe mit sechsfacher Vergrößerungskraft vor sich auf den Tisch.
Der erste Mann in der Reihe war Pik Prinsloo, schmutziges Khakihemd, ausgebeulte Hosen, Hut mit zerrissener Krempe. Seit zweiundfünfzig Jahren kannten die Diamantenhändler diesen Kerl, ein Splitter hier, ein Fragment dort, und immer das Versprechen, daß eines Tages... Kein Käufer hatte dem alten Pik jemals mehr als dreihundert Rand auf einmal bezahlt, und mit diesem mageren Kapitalzufluß hatte er überlebt.
Als Steyn den alten Kerl herankommen sah, nahm er an, er habe wieder einen Stein gefunden, der ein paar Pfund wert war. Als er aber bemerkte, daß der übelriechende Alte zitterte und in seinen Augen ein wildes Leuchten lag, wurde ihm klar, daß dies ein besonderer Tag war. Steyn sah, daß Piks Partner auch hereinkommen wollte, aber der Alte winkte ab und sagte: »Bleiben Sie draußen. Das ist mein Job.« Es folgte ein leises Gespräch, doch am Ende rief der alte Mann: »Natürlich werde ich Ihnen sagen, wieviel, und wenn ich es nicht sage, wird es Mr. Steyn tun. Aber jetzt gehen Sie!«
»Sie haben einen Stein?« fragte Mr. Steyn.
Piks Hände zitterten, als er langsam eine Streichholzschachtel herauszog, die er mühsam öffnete. Er legte einen Diamanten auf den Tisch, der so groß war, daß H. Steyn hüstelte. »Sie haben dafür Papiere?« fragte er.

»Papiere?« schrie der alte Pik. »Sie haben verdammt recht, ich habe Papiere.« Er fummelte wieder herum, und als die vertrauten Dokumente vor Mr. Steyn ausgebreitet wurden, gab er vor, sie zu lesen. In Wirklichkeit stellte er eine Reihe hastiger stiller Überlegungen an: Du meine Güte, sieht ja aus wie mindestens fünf Karat! Läßt sich machen. Möglicherweise ein Brillant. Kann keinen großen Fehler entdecken. Wie ist die Farbe? Könnte sogar blauweiß sein. Wahrscheinlich auf eins-Komma-vier Karat schleifen. Den könnte ich in Tel Aviv um zehntausend Dollar verkaufen. Sie könnten ihn um fünfzehntausend nach New York verkaufen. Der Letztkäufer könnte bis zu achtundzwanzigtausend Dollar bezahlen. Ich könnte ihm also fünfzehnhundert Dollar pro Karat zahlen oder insgesamt siebentausendfünfhundert. Das wäre aber ein bißchen knapp. Ich sollte ihm höchstens vierzehnhundert Dollar pro Karat bieten oder siebentausend insgesamt. Ich werde ihm dreizehnfünfzig pro Karat bieten oder sechstausendsiebenhundertfünfzig insgesamt. Wie alle Diamantenkäufer rechnete er in Dollar, da Amerika der Endmarkt war, da er aber in Rand zahlen mußte, wußte er stets, wie der Wechselkurs stand. Ein Rand kostete etwa 1,16 Dollar, so daß der definitive Preis von sechstausendsiebenhundertfünfzig Dollar etwa fünftausendachthundert Rand ausmachen würde, und das war die Zahl, die er sich merkte, als er zum Sprechen ansetzte.
Während Steyn seine Berechnungen durchführte, setzte der alte Pik die seinen fort: Es ist ein guter Stein. Er ist zweitausend Rand wert. Und ich sah, wie seine Augen aufleuchteten, als ich ihn auf den Tisch legte. Verdammt, ich werde zwei fünf verlangen. Schau dir den Diamanten an. Einen so guten kriegt er in einem ganzen Monat nicht zu sehen. Ich könnte sogar auf zwei sechs gehen. Verdammt, ich gehe auf zwei sechs.
H. Steyn war stolz auf seinen Ruf als Doyen der Diamantenkäufer – »der Mann, der niemals jemanden betrogen hat« –, war aber nicht der Ansicht, daß er um seines guten Namens willen exorbitante Preise bezahlen müsse. Es hatte sich als zweckmäßig erwiesen, einen anständigen Preis zu nennen, gerade um einen Bruchteil weniger, als ein gieriger Käufer vielleicht bieten würde, und ihn dann ein wenig nach oben aufzurunden, wenn er den Stein wirklich kaufen wollte.
Je länger er ihn betrachtete, desto mehr wollte er ihn haben. Das könnte ein feiner Stein sein, sagte er sich. Vielleicht stellt sich die Farbe als viel besser heraus, als ich glaube. Man wird ihn nicht größer als auf eins Komma vier Karat schneiden können, aber wenn er fertig ist, könnte er ein aufregender Diamant sein.
»Pik«, sagte er mit leiser Stimme, wie bei solchen Verhandlungen üblich, »Sie haben da einen sehr guten Stein. Ich will Ihnen einen Spitzenpreis bieten. Fünftausendachthundert Rand.«
Pik stand schweigend da. Er nahm seine ganze Kraft zusammen, schaffte es, nicht nach Luft zu schnappen oder zurückzuweichen. Er senkte den Kopf, so daß Steyn nur die zerrissene Krempe seines großen Hutes sehen konnte, und es war sehr still im Raum. Schließlich gewann Pik seine Selbstbeherr-

schung wieder und fragte mit, wie er annahm, normaler Stimme: »Das ist natürlich ein offenes Angebot?«
Nun mußte Steyn sich beherrschen; nicht, um nicht zu zittern, sondern um nicht zu lachen. Da stand ein Mann über siebzig, der noch nie einen wirklichen Diamanten besessen hatte und wahrscheinlich für diesen einen mehr bekommen würde als für all seine Splitter in den letzten zwanzig Jahren zusammen. Und er wollte feilschen. Aber Steyn gefielen solche Männer. Wenn Pik also handeln wollte, würde er mitmachen.
»Augenblick!« sagte er und tat, als wäre er verärgert. »Ich mache Ihnen jetzt ein festes Angebot von fünftausendachthundert. Ich mache Ihnen kein offenes Angebot, damit Sie überall herumgehen und versuchen können, etwas mehr zu erzielen. Ich warne Sie gleich, das können Sie nicht tun. Kommen Sie also nicht am Abend wieder zu mir und sagen mir: ›Ich nehme Ihre fünftausendachthundert, Mr. Steyn‹, denn heute abend besteht das Angebot nicht mehr. Sie akzeptieren es jetzt gleich, oder ich ziehe es zurück.«
Pik sagte nichts. Steyns Angebot war beinahe das Dreifache dessen, was er eigentlich erwartet hatte, mehr als das Doppelte dessen, was er höchstens erhofft hatte, und er wollte nichts sehnlicher, als es annehmen, um seine fünf Geldgeber auszuzahlen und Netje soviel mitzubringen, daß sie für den Rest ihres Lebens genug hatten. Aber als Diamantensucher wollte er auch das Spiel richtig spielen, von einer Hütte zur anderen gehen, seinen unglaublichen Fund herzeigen, die anderen flüstern hören: »Prinsloo hat einen Diamanten gefunden«, und er würde sich nicht um diesen Triumph betrügen lassen, auch nicht durch das Angebot großen Reichtums.
»Muß sehen, was die anderen sagen«, murmelte er, machte die Streichholzschachtel zu und ging zur Tür.
Steyn erhob sich, um ihn zu begleiten. Er beachtete den entsetzlichen Geruch nicht, der von Pik ausging, legte dem Alten den Arm um die Schultern und sagte: »Es tut mir leid, diesen Stein zu verlieren, Pik. Er ist gut. Lassen Sie sich von ihnen nicht reinlegen.«
»Beabsichtige ich auch gar nicht«, sagte Pik.
Am späten Nachmittag hatte der Geldgeber aus Johannesburg genug von diesem Theater: »Verdammt, Pik, Sie haben drei gute Angebote. Nehmen Sie eines davon an und lassen Sie uns von hier verschwinden.«
Aber Prinsloo unterhielt sich besser als jemals in seinem Leben. In die Hütte eines echten Käufers zu gehen, die Streichholzschachtel aufzumachen, den Käufer zu beobachten, während er ungläubig den Fund untersuchte, die vorsichtigen Angebote zu hören und dann das wahre Angebot. Käufer Nummer fünf hatte fünftausendneunhundert geboten und es als offenes Angebot aufrechterhalten: »Ich möchte diesen Stein haben, Pik. Kommen Sie wieder, denn ich weiß, Sie werden keine bessere Offerte bekommen.«
In der siebenten Hütte, Adams und Feinstein, ging das Angebot sogar auf sechstausend Rand, und auch das war offen. »Sechstausend Rand!« berichtete Pik dem Partner. »Allmächtiger Gott, das ist mehr Geld, als Sie in Ihrem ganzen Leben verdient haben.«

»Ich hoffe, wir nehmen es an.«
»Nee.«
Der Johannesburger explodierte, fluchte ein wenig, dann hörte er erstaunt zu, als Pik sagte: »Mein ganzes Leben träumte ich davon, zu Steyn zu kommen und ihm einen Diamanten zu verkaufen. Einen wirklichen Diamanten.« Und so ging der alte Mann trotz der Proteste seines Partners zurück und sagte zu Steyn: »Ich habe ein Angebot von sechstausend glatt. Wären Sie bereit, mehr zu bieten?«
Steyn sagte ohne Zögern: »Nein.« Als er aber sah, wie das Gesicht des Alten grau wurde, fügte er hinzu: »Ich habe Ihnen ein anständiges Angebot gemacht, Pik. Aber lassen Sie mich die Farbe noch einmal ansehen.«
Rasch zog Pik die Streichholzschachtel heraus, fummelte ungeschickt daran herum und legte den Stein noch einmal auf den Tisch. Steyn griff betont fachmännisch nach der Lupe, nahm den Diamanten in die linke Hand und prüfte ihn sorgfältig. Kein Fehler erkennbar. Die Farbe vielleicht um einen Grad besser, als er zuerst gedacht hatte. Der aus diesem rohen Stein geschnittene Diamant würde in Amerika um... Wer weiß, was Harry Winstons Leute für einen solchen Stein bekommen konnten – zweiunddreißigtausend Dollar?
Langsam legte Steyn die Lupe weg und schob den schönen Diamanten zu dem alten Mann zurück. »Das Äußerste, was ich bieten kann, Pik: fünftausendneunhundertfünfzig.«
»Verkauft!« jubelte Pik. Als sie aber zum Wagen kamen, schalt ihn sein Partner: »Sie verdammter Narr! Adams und Feinstein boten Ihnen sechstausend. Bar auf die Hand. Was zum Teufel haben Sie getan?«
»Ich will mich wie ein Gentleman benehmen«, sagte Pik. »Ich handle gern mit diesen Leuten. Das sollten Sie wissen. Als Sie mir damals in der Kneipe anboten, mich zu unterstützen – habe ich da wegen der Bedingungen gefeilscht?« Der Johannesburger gab keine Antwort, also beendete Pik den Satz: »Morgen suchen wir beide die anderen auf. Geben ihnen ihren Anteil. Dann teilen wir ein Vermögen.«
»Wenn Sie reich sind«, sagte der Partner, »würden Sie in Betracht ziehen, ein Bad zu nehmen?« Pik antwortete nicht. Er stellte sich vor, was für ein Gesicht Netje machen würde, wenn er ihr erzählte, daß er in H. Steyns Büro gegangen war, sechstausend Rand verlangt und beinahe auch bekommen hatte.

Die Nachricht von dem Fund im Swartstroom verbreitete sich in ganz Südafrika und erreichte noch vor Einbruch der Nacht Tel Aviv, Amsterdam und New York. Sie mobilisierte Geologen in den Büros der Anglo-American Mines an der Main Street in Johannesburg und besonders die leitenden Beamten der Amalgamated Mines in Pretoria.
»Das ist unsere Chance«, sagte der Präsident dem Verwaltungsrat, der am Sonnabend morgen zu einer Sondersitzung zusammentrat. »Was wissen wir über den Swartstroom?«

Seine Leute wußten eine Menge. »Ein kleines Flüßchen, das nach Moçambique fließt. Wurde oftmals untersucht. Negativ. Liegt ungefähr in der Nähe der Premier Mine, scheint aber nicht mit ihr zusammenzuhängen. Keine natürlichen Schlote ringsum, und nicht zu vergessen, es ist von der Premier Mine durch die niedrigen Berge getrennt.«
»Sie halten den Fund Prinsloos für einen Zufall?«
»Kein Fund ist ein Zufall, wenn er ehrlich gemeldet wurde.«
»Was wissen wir über Prinsloo?«
»Er hat seit fünfzig Jahren in allen möglichen Bächen geschürft. Nie seine Zeit vergeudet, wo es keine Hinweise gab.«
»Welche Hinweise könnte er gesehen haben?«
»Hol' mich der Teufel, wenn ich's weiß. Ich habe diesen Bach sechsmal stromauf- und -abwärts abgesucht. Habe nie einen Granaten gesehen.«
»Nun, er hat etwas gesehen. Und wir sollten am besten noch einmal hingehen.«
Es wurde lange darüber diskutiert, wen man schicken solle, und der Geologe, der die ersten sechs Erkundungen durchgeführt hatte, wollte es noch einmal versuchen, doch der Präsident sagte: »Da ist doch dieser Amerikaner, der aus einer unserer Minen in Vwarda ausgewiesen wurde. Ist er nicht außerordentlich gut?«
Als man die Akte des jungen Mannes brachte, faßte sie der Mann aus der Personalabteilung rasch zusammen: »Geboren 1948 in Ypsilanti. Universität von Michigan. Promoviert an der Bergwerksschule in Golden, Colorado. Arbeitete am Broken Hill, Australien. Inspektor in Mount Isa. Wir boten ihm auf die warme Empfehlung aller seiner Professoren und Vorgesetzten hin einen Posten an. Er arbeitete für uns in Sierra Leone, dann in Botswana und schließlich als Betriebsleiter in Vwarda.«
»Seine Ausweisung aus Vwarda?« fragte der Präsident. »Hat sie seinem Ansehen geschadet?«
»Sicherlich nicht bei uns. Er hat großartig für uns gearbeitet.«
»Ich meine, gab es einen öffentlichen Skandal? Würde es uns schaden, wenn...«
»Sir«, sagte der Mann vom Personalbüro mit müder Stimme, »es war das Übliche. Ich habe den ganzen Unsinn da, ist ja zu verdammt gräßlich, um es zu wiederholen. Nach der Unabhängigkeitserklärung wurde er in unseren Minen behalten. Als Richardson wegen dieses erdichteten Finanzskandals hinausgeworfen wurde, übernahm er die Leitung. Arbeitete erstklassig für uns und für Vwarda. Einer der wenigen Weißen, die vom neuen Regime akzeptiert wurden. Aber eines Tages ging ein Komitee zum Premierminister und beschuldigte ihn des Rassismus. Und er wurde ausgewiesen.«
»Ist er Rassist? Diese Amerikaner aus den Südstaaten, wissen Sie.«
»Ich glaube, Michigan liegt im Norden. Als Richardson hinausgeworfen wurde, bestand die Regierung darauf, daß lauter zweitklassige Vwardier angestellt wurden, die kaum lesen und schreiben konnten. Aber sie waren Vettern des Premierministers. Deshalb warf unser Mann eines Tages, als

der ganze Betrieb zusammenzubrechen drohte, sie alle hinaus. Er sagte, er brauche jemanden, der das Kommando und die Geschäfte führen könne, ohne um elf Uhr morgens in einem Mercedes zur Arbeit zu kommen.«

»Und diese Leute bildeten das Komitee«, meinte der Präsident, »das ihn des Rassismus beschuldigte.«

»Die gleichen«, bekräftigte der Mann vom Personalbüro.

»Wie heißt unser Mann noch?«

»Philip Saltwood.«

»Verwandt mit dieser Frau Saltwood, die ständig die Regierung provoziert?«

»Unwahrscheinlich.«

»Wir können es uns nicht leisten, Skandale zu provozieren, wissen Sie.«

»Dieser Saltwood ist Amerikaner.«

Man holte ihn aus Sambia, wohin er nach seiner Ausweisung aus Vwarda geflüchtet war, und er traf eines Morgens im November 1978 am Steuer eines weißen Toyota mit dem goldenen Firmenzeichen Amal am Swartstroom ein. Ihm folgten zwei weitere weiße Wagen, die ebenfalls das berühmte Zeichen trugen, und dann zwei weiße Laster mit je fünf Arbeitern. Das Team von achtzehn Mann untersuchte nun jede Biegung des Baches, denn man wollte herausfinden, ob ein neuer Fundort für Diamanten entdeckt worden war, und wenn ja, wo sich das Gestein befand, von dem sie herstammten. Es war Philip Saltwoods Aufgabe, diese Fragen zu beantworten, und er hatte siebzehn Hilfskräfte und zwölf Monate Zeit dafür.

Er war der ideale Mann für diese Aufgabe. Als Geologe hatte er ausgedehnte Erfahrungen auf den Ölfeldern Amerikas und in den Goldminen Australiens erworben. In den letzten Jahren hatte er sich auf Diamanten spezialisiert – das Ergebnis seiner intensiven Arbeit an Orten wie Sierra Leone, Botswana und Vwarda –, und er brachte für seine neue Aufgabe ein beträchtliches Wissen mit.

Er war dreißig Jahre alt, intelligent, ein fleißiger Arbeiter und dank seiner vielseitigeren amerikanisch-australischen Ernährung viel widerstandsfähiger als der durchschnittliche südafrikanische Saltwood. Er hatte immer vage gewußt, daß seine Familie aus Salisbury in England stammte und sich eine bedeutende Nebenlinie in Südafrika befand, aber keiner seiner Verwandten hatte jemals Verbindung mit einem dieser Zweige aufgenommen.

Er war von seiner australischen Frau geschieden, und da die Ehe kinderlos geblieben war, gab es keine bleibenden Gefühlsbindungen. Sie hatten einander kennengelernt, als er in Broken Hill arbeitete. Ihre Flitterwochen verbrachten sie auf den Skihängen in Neuseeland, und solange Philip dort arbeitete, bildeten sie ein glückliches Paar.

Als er aber nach Amerika zurückgeschickt wurde, konnte sie sich dort nicht eingewöhnen. Die Ölfelder von Oklahoma gingen ihr auf die Nerven, und die Bohrungen in Wyoming waren für sie unerträglich; so floh sie eines Nachmittags in einem Quantas-Flugzeug nach Australien und informierte Philip erst über ihre Abreise, als sie im zivilisierten Sydney in Sicherheit

war. Dort setzte sie die Scheidung mit der Begründung durch, daß er sie verlassen habe, und manchmal konnte er sich kaum noch an ihren Namen erinnern.
Er schlug schnell und entschlossen sein Lager auf: »Zunächst arbeiten wir drei Wochen durch, dann gibt es eine Woche Urlaub. Verbringt diese Woche, wie ihr wollt, aber kommt nüchtern wieder. Der Arbeitstag beginnt vierzig Minuten nach Sonnenaufgang, also steht früh auf und kommt rechtzeitig zum Frühstück. Alles Gute.« Er sprach Englisch mit texanischem und australischem Akzent und verwendete den Jargon der südafrikanischen Diamantenfelder. Er war beherzt und entschlossen, mit seinen Leuten und diesem Bach zurechtzukommen, und als er die sechs weißen Zelte betrachtete, in denen er und seine Männer in den nächsten Monaten leben würden, befriedigte es ihn, wie ordentlich sie am Boden befestigt und wie regelmäßig sie aufgereiht waren. Er kannte keine andere Arbeitsweise.
Es gab große Aufregung in den umliegenden Städten wie Venloo, als man erfuhr, daß die Amalgamated Mines den Swartstroom ernstlich untersuchten, und neugierige Geschäftsleute versuchten zu erfahren, ob weitere Diamanten gefunden worden seien: »Sie arbeiten von Sonnenaufgang bis -untergang, und sie haben alle Arten von Maschinen. Der Leiter ist ein Amerikaner, und der treibt sie an.«
»Aber haben sie Diamanten gefunden?«
»Soviel ich gehört habe, nicht. Man hat diesen Bach schon früher untersucht, wissen Sie. In den dreißiger Jahren, hat man mir gesagt. Damals hat man auch nichts gefunden.«
Aber der alte Pik Prinsloo hatte einen Diamanten gefunden, von dem es nun hieß, er habe elf Karat gehabt. »Ja, aber manchmal wundere ich mich. Er ist ein schlauer alter Kerl. Nehmen Sie an, daß er ihn ›eingeschmuggelt‹ hat?«
Warum und woher sollte ein einundsiebzigjähriger Mann einen einfachen kleinen Bach in Transvaal mit einem Diamanten angereichert haben? Saltwood hörte dann und wann Gerüchte, daß der Alte seinen Wohnwagen an eine neue Schürfstelle gebracht habe, aber keiner von den Arbeitern hatte den schmutzigen Alten jemals gesehen. Sie bedienten ihre motorbetriebenen Bagger und rückten methodisch von einer Biegung des Baches zur nächsten vor, ohne etwas zu finden.
»Verdammt«, brummte ein langjähriger Mitarbeiter der Amalgamated, »wir finden ja nicht einmal Granate oder Ilmenite.«
Und dann, gegen Ende November, machte Pik Prinsloo, der allein an einer wenig versprechenden Stelle arbeitete, einen Fund, der in mancher Hinsicht noch aufregender war als sein erster: Er entdeckte an völlig getrennten Stellen zwei Diamantensplitter. Der größere hatte nur ein zehntel Karat, und beide zusammen waren nur siebzig Rand wert. Dieser Fund bestätigte, daß der Swartstroom tatsächlich diamantenhaltig war.
Saltwoods Leute, die im Lager der Amalgamated arbeiteten, freuten sich sogar noch mehr über diesen unerwarteten Fund als der alte Pik, und obwohl

ihre Urlaubswoche bevorstand, einigten sie sich darauf, ihren Urlaub auf Dezember zu verschieben. In den ersten sechs Tagen fanden sie nichts, dann, am Sonnabend, förderten sie einen dritten Splitter von etwa einem achtel Karat zutage, der so klein war, daß ihn ein Laie kaum bemerkt hätte. Sogleich gaben sie die aufregende Neuigkeit telefonisch nach Pretoria durch: Sie hatten eine neue Diamantenfundstelle nachgewiesen.

Philip Saltwood verbrachte seine Urlaubswoche in der kleinen Stadt Venloo, wo er in dem netten, von Juden geführten Hotel gut aß, und da es an Sonntagen dort absolut nichts zu tun gab, wohnte er dem morgendlichen Gottesdienst in der holländisch-reformierten Kirche bei, wo er zum erstenmal einen Eindruck vom wirklichen Südafrika erhielt.

Er kam, wenige Minuten nachdem der Gottesdienst begonnen hatte, hinein, und es war ein glücklicher Zufall, daß die Versammlung ein Kirchenlied sang, das er lieben gelernt hatte: Martin Luthers »Ein feste Burg ist unser Gott« war auch in Australien und Amerika sehr beliebt, und obwohl es auf afrikaans gesungen wurde, war seine erhabene Botschaft in allen Sprachen die gleiche, und er sang laut die englische Version. Dabei merkte er, daß ein überaus reizvolles Afrikandermädchen mit einer Gretchenfrisur über ihn lachte. Rasch wandte er den Kopf, begegnete ihrem Blick, sie errötete und vergrub das Gesicht in ihrem Gesangbuch. Da sie aber dieses schönste Kirchenlied der Afrikander auswendig kannte, blickte sie bald wieder hoch, und er sah das liebliche Gesicht, das ihm während der restlichen Monate der Grabungen nicht mehr aus dem Kopf ging. Es war ebenmäßig, typisch holländisch, mit breiter Stirn, blauen Augen, vollen Lippen und kräftigem Kinn. Sie war nicht groß, schien aber kräftig zu sein, wie ein schmuckes holländisches Farmhaus, das sich an den Berg am Kap schmiegte. Sie war weiß gekleidet, so daß ihr flachsblondes Haar und ihr goldbrauner Teint vorteilhaft strahlten, und sie konnte unmöglich ihr schelmisches Lächeln unterdrücken.

Er beendete Luthers Kirchenlied, diesen Schlachtruf einer neuen Religion, mit voller Stimme, dann setzte er sich so hin, daß er das Mädchen mit der Gretchenfrisur beobachten konnte, aber bald wurde seine Aufmerksamkeit auf die Kanzel gelenkt, die sich über die Gemeinde erhob und von der aus ein junger Geistlicher eine brillante Predigt hielt. In seinem schwarzen Talar neigte er sich vor, um zu tadeln, zu bitten, anzufeuern, zu verspotten, zuzureden, zu drohen und zu segnen.

Seit ich bei den Holy Rollers in Oklahoma war, habe ich keine solche Predigt mehr gehört, sagte sich Saltwood und vergaß einen Augenblick lang das Mädchen, während er den Worten des Predigers zu folgen versuchte. Er verstand nur so viel Afrikaans, wie ein Ingenieur sich in einem Bergbaulager aneignen konnte, doch das genügte ihm, um die Hauptgedanken aufzuschnappen: Josua befand sich auf einem Hügel und blickte hinab auf Jericho; er stand vor einer schweren Aufgabe, die der Herr ihm auferlegt hatte, und die Menschen dieser Gemeinde, alle, Männer, Frauen und Kinder, befanden

sich an diesem Morgen auf einem ähnlichen Hügel und blickten nach unten auf ihre Aufgabe.
Was Saltwood überwältigte, war die Art des Vortrags: Das ist nicht eine Kanzelrede, wie ich sie aus der Episkopalkirche kenne. Das ist wahre Religion. Dieser Mann ist der beste Prediger, den ich je gehört habe.
Und dann sah er etwas, das ihm anfänglich entgangen war. Rechts vom Prediger saß steif eine Gruppe von dreißig älteren Männern mit feierlichen Gesichtern; sie trugen schwarze Anzüge, weiße Hemden und strahlend weiße Krawatten und schienen jedes Wort des jungen Predigers geistig festzuhalten. Sie nickten, wenn sie billigten, was er sagte, oder blickten grimmig, wenn sie nicht einverstanden waren. Weil sie genau unterhalb der Kanzel saßen, mußten sie nach oben blicken, um den Prediger zu sehen, so daß sie aussahen wie eine Gruppe von einem Ghirlandaio-Fresko in Florenz oder wie die Gestalten aus einer dunklen Terrakottagruppe von einem der della Robbias.
Links von dem Prediger saß eine Gruppe wesentlich jüngerer Männer, ebenfalls in Schwarz mit den gleichen weißen Hemden und Schlipsen. Auch sie folgten dem Prediger mit großem Interesse, aber ihre besondere Funktion wurde erst gegen Ende des Gottesdienstes klar, als sie alle aufstanden, zum Fuß der Kanzel gingen und schwere Holztassen nahmen, die für die Kollekte bestimmt waren. Während der Chor sang, gingen die jungen Männer rasch durch die Reihen, und als Saltwood sah, wie groß sie waren, dachte er: Ich würde mit dieser Bande nicht gern auf einem Rugbyfeld zusammentreffen. Er lächelte, sah die älteren Männer an: ... oder versuchen, ein Gesetz durchzubringen, mit dem sie nicht einverstanden sind.
Der Gottesdienst endete mit einem kurzen, schönen Trost- und Versöhnungsgebet, und als sich Saltwood zum Ausgang wandte, kam er zu dem Schluß: Das war der schönste Gottesdienst, an dem ich je teilgenommen habe. Er spürte, daß es eine Angelegenheit der Gemeinschaft gewesen war, eine Versammlung Gleichgesinnter, die aufrichtig an die Botschaft glaubten, die der Prediger ihnen verkündete, und die einstimmig Gott dankten, daß er ihnen wieder Seine Güte und Fürsorge bewiesen hatte.
Das waren seine Gedanken, als jemand seinen Arm mit festem Griff packte und eine kräftige Stimme fragte: »Sind Sie nicht Philip Saltwood, der Diamantengräber?«
»Ja, der bin ich«, sagte er, wandte sich um und sah einen robusten Mann über vierzig, offensichtlich Afrikander. Der Mann lächelte ihm freundlich zu, wie es Afrikander immer gegenüber Fremden taten, die ihre Kirchen besuchten.
»Ich heiße Marius van Doorn. Wir wohnen westlich von hier, und es wäre eine Ehre für uns, wenn Sie zum Mittagessen zu uns kämen.« Dabei griff der Sprecher nach dem Arm seiner Frau und zog sie nach vorn, während sie die Hand ihrer Tochter faßte, und Saltwood sah zu seiner Freude, daß es das Mädchen mit der Gretchenfrisur war, das ihm zugelächelt hatte.
»Das ist meine Tochter Sannie«, sagte der Mann.

»Susanna van Doorn«, erklärte ihre Mutter, und sie machten sich auf den Weg nach Vrymeer.

Dieser ersten Einladung folgten weitere. Wann immer Saltwood sich von der Diamantensuche freimachen konnte, fuhr er die wenigen Kilometer von Venloo nach Vrymeer, und sobald er über den letzten Hügel kam, schlug sein Herz schneller.

Durch die Form des Van-Doorn-Hauses und die Krümmung der Straße wurden Besucher automatisch zur Küchenveranda geführt. Die Familie van Doorn versammelte sich für gewöhnlich in dem großen, einladenden Hinterzimmer. Seine Einrichtung bestand aus einem langen Brettertisch, zwei bequemen geschnitzten Stühlen, von denen einer für den Hausherrn, der andere für besondere Gäste bestimmt war, sowie neun rustikalen, jedoch weniger eindrucksvollen Stühlen. An der einen Wand standen Regale mit Gläsern, die eingelegtes Obst und Gemüse enthielten. Gegenüber befand sich eine Sammlung von altem Kupfergeschirr. Es gab auch einen großen Glasbehälter, aber nur selten erfuhr ein Gast, was er enthielt: die Überreste des alten braun-goldenen holländischen Topfs, der sich seit Generationen im Besitz der Familie van Doorn befunden hatte. Am anderen Ende der Küche hatte ein elektrischer Herd schon längst das alte kohlenfressende Ungeheuer ersetzt, aber die Dienstboten waren immer noch dieselben: eine ältere Frau aus der Familie Nxumalo und zwei junge Mädchen. Diese Küche vermittelte ein Gefühl von Wärme und Geborgenheit.

Sannie versuchte nicht, ihre Freude darüber zu verbergen, daß sie in dem amerikanischen Geologen einen unerwarteten Verehrer hatte; wenn er auf die Farm kam, lief sie zur Veranda, um ihn zu begrüßen, streckte ihm beide Hände entgegen und führte ihn in die Küche, wo heißer Kaffee und kaltes Bier warteten. Gegen Ende des zweiten Monats der Grabungen betrachtete er Vrymeer bereits als sein Hauptquartier und nahm dort sogar Telefonanrufe entgegen. Er fühlte sich bei seinen neuen Freunden wohl, denn Sannie war eine reizende junge Frau, und ihre Eltern erwiesen sich als hilfsbereit und mitteilsam. Mevrou van Doorn war Engländerin und repräsentierte die Geisteshaltung dieser großen Bevölkerungsgruppe, während ihr Mann ein echter Afrikander war, von dem Philip Einblick in die Denkweise der Männer erhielt, die das Land regierten. Bei den endlosen, oft hitzigen Debatten in der Küche der van Doorns lernte er den Standpunkt der Afrikander kennen ebenso wie den der Engländer und der jungen Generation.

Wie alle Besucher wunderte sich Philip über die Offenheit, mit der die Bürger Südafrikas ihre Probleme diskutierten. Jeder hatte das Recht, seine Meinung zu äußern, Alternativen zu entwickeln, und was bei den Debatten in der Küche nicht berührt wurde, kam in den sehr guten englischsprachigen Zeitungen zur Sprache. In diesem Land gab es keine Diktatur wie in Idi Amins Uganda oder Francos Spanien; wenn ein Fremder eine durchschnittliche Afrikanderfamilie kennenlernte, konnte er sicher sein, nach höchstens fünfzehn Minuten gefragt zu werden: »Glauben Sie, daß wir eine bewaffnete Revolution vermeiden können?« oder: »Haben Sie jemals etwas Dümmeres gehört als das, was unser Premierminister gestern vorgeschlagen hat?« Und so erfuhr Philip sowohl an seinem Arbeitsplatz, wo er mit den verschiedensten Südafrikanern in Berührung kam, als auch durch die Diskussionen in Vrymeer viel über dieses Land.

Aber natürlich fuhr er nicht auf die Farm, um sich über Südafrika zu informieren; er war in Sannie van Doorn verliebt und hatte Grund zu der Annahme, daß auch sie sich für ihn interessierte. Nach drei Monaten nahm sie, mit dem Einverständnis ihrer Eltern, seine Einladung an, die Diamantengruben zu besuchen. Anschließend wollten sie zwei Tage in den Krüger-Nationalpark fahren, um das Großwild zu beobachten.

Im Lager fragte sie: »Philip, was tun Sie eigentlich?«

Er zeigte ihr, wo sie Spuren von Diamanten gefunden hatten, und als sie sah, wie winzig diese Splitter waren, sagte sie erstaunt: »Aber die sind doch gar nichts wert!« Und er erklärte: »Es sind Hinweise, und Diamantenfachleute in der ganzen Welt sind begeistert, weil wir sie gefunden haben.«

»Hinweise worauf?« fragte sie, und er hielt ihr einen Vortrag über Diamanten. Sie verstand nur das Wesentliche, aber als er seine Erklärungen mit einem groben Diagramm veranschaulichte, begriff sie, was er meinte.

»Das ist der Swartstroom, der Bach, den wir erforschen. Er hat Diamanten angespült; also wissen wir, daß sie existieren. Die Frage ist: ›Woher kamen sie?‹ Denn wir wissen, daß sie nicht aus diesem Bach stammen. Er hat sie nur hierher gebracht. Aber von wo? Dieser Flußarm ist der Krokodilspruit. Dort suchen wir, wenn wir hier fertig sind. Vielleicht wurden sie durch diesen Wasserlauf nach unten gebracht. Wir werden überall suchen.«

»Wonach?«

»Nach dem Schlot. Ich verbringe mein Leben damit, nach Schloten zu suchen.«

»Und was ist das?«

»Vor ungefähr einer Milliarde Jahren, vielleicht eine oder zwei Millionen mehr oder weniger, hat sich hundertzwanzig Meilen tief unten, irgendwo hier in der Nähe, eine Art von unterirdischem Höhlensystem entwickelt. Wir kennen seine charakteristischen Eigenschaften genau: zwölfhundert Grad Celsius, der Druck ist zweiundsechzigtausendmal größer als hier an der Oberfläche. In dieser Umgebung, und nur dort, verwandelt sich Kohlenstoff in Diamanten. Unter gewissen Bedingungen wird dieser Kohlenstoff dort unten zu Kohle; unter anderen zu Graphit. Unter den bei uns gegebenen wird er zu Diamanten.«

»Aber was ist ein Schlot?«

»Die Diamanten bilden sich in einer Art von bläulich-grünem Gestein, und wenn es soweit ist, wird dieses Gestein durch hundertzwanzig Meilen dazwischenliegendes Material nach oben gequetscht und bricht aus wie ein Vulkan.«

»Ich weiß noch immer nicht, was ein Schlot ist.«

»Der Kanal, den es auf seinem Weg nach oben zurückläßt. Er ist mit diesem

Gestein und manchmal auch mit Diamanten gefüllt. Wir nennen dieses Gestein Kimberlit, nach der Stadt Kimberley. Und meine Aufgabe ist es, diesen Schlot zu finden, der mit Kimberlit gefüllt ist und Diamanten enthält.«
»Was meinen Sie, wo er sein könnte?« fragte Sannie, und er sagte: »Dieses Jahr quäle ich mich nur mit zwei Fragen herum: ›Wird Sannie van Doorn mich heiraten?‹ und ›Wo zum Teufel ist der Schlot, der diese Diamantenfragmente produziert hat?‹ «
»Wo könnte er sein?«
Er kehrte zu seinem Diagramm zurück und sagte: »Sie können sehen, daß er nicht unten bei Chrissiesmeer sein kann. Die Berge würden diesen Fluß daran hindern, hierher zu fließen. Das Gebiet liegt zu weit nördlich. Drüben in Vrymeer kann er auch nicht sein, wegen der zwei kleinen Hügel...« Er unterbrach sich verlegen.
»Sie meinen Sannies Titten?« fragte sie sittsam.
»Ihr verdammten Afrikander geht mit Wörtern reichlich sorglos um. Fahren wir lieber hinüber in den Krüger-Park.«
Am Ende des ersten langen Tages bei den Tieren machten sie an einem Campingplatz halt, dessen Verwalter routinemäßig fragte: »Eine Rundhütte?« Sannie sagte prompt: »Zwei, bitte.«

So schliefen sie also in dieser Nacht getrennt. Am nächsten Tag kamen sie zu einer Lichtung, auf der sich etwa siebzig Giraffen im Schatten ausruhten; zwei von ihnen waren zu Liebesspielen aufgelegt. Die großen, linkisch wirkenden Tiere, die durch eine Laune der Natur aus längst vergangenen Zeiten erhalten geblieben sind, standen einander unter den Bäumen gegenüber und schlangen ihre Hälse langsam und zärtlich umeinander. Dieses Liebesritual der Giraffen ist ein in der Natur einmaliges Schauspiel.
Während die beiden zusahen, rückte Sannie immer näher, und nachdem die Tiere ihre reizvolle Vorstellung beendet hatten, setzten sie und Philip das Spiel fort, streichelten und küßten sich, lösten sich voneinander und umarmten sich wieder. Als sie an diesem Abend zu ihrem Campingplatz zurückkehrten, war es Sannie, die vorschlug: »Fahren wir doch zu dem anderen. Es wird weniger peinlich sein.« Und als sie zum anderen kamen und der Verwalter fragte: »Eine Hütte?«, sagte sie: »Ja.«
In den nächsten Wochen unternahmen Sannie und Philip Ausflüge zu verschiedenen Orten in Ost-Transvaal, nach Waterval-Boven, wo sie sich die Zahnradbahn ansahen, und zum ehemaligen Konzentrationslager Chrissiesmeer; an einem Wochenende fuhren sie nach Pretoria, und die rauhe Schönheit der Hauptstadt überraschte sie. Philip war besonders beeindruckt von dem mächtigen Standbild Oom Paul Krügers, der von vier kampfbereiten Buren umgeben ist.
»Heroisch, wie es sich für eine patriotische Plastik gehört«, rief er.
»Warte, bis du das *Voortrekker*-Monument siehst!« sagte sie erfreut darüber, daß er diese Kostbarkeiten schätzte. Und wieder behielt sie recht. Das große, düstere Bauwerk auf dem Hügel, das an die Gebäude von Groß-Zim-

babwe erinnerte, beschwor den Afrikandergeist so vollkommen herauf, daß er sich beinahe scheute, es zu betreten. »Läßt man Engländer hier überhaupt hinein?«
»Willkommen sind sie nicht«, meinte sie scherzhaft, »aber ich sage einfach, du bist mein Afrikandervetter aus Ceylon.« Als sie hineingingen und Philip die Flachreliefs sah, die Blood River und andere Siege der Afrikander darstellten, war er betroffen, denn es mutete seltsam an, daß das wichtigste Denkmal einer Nation nur einem kleinen Teil ihrer Bevölkerung gewidmet war. Es gab da keine Schwarzen und keine Engländer, nur Afrikander, die hier ihre schwer erkämpften Siege verewigten.
»Wie viele Menschen gibt es in Südafrika?« fragte er, als sie auf einer Steinbank in der unteren Krypta saßen.
»Ungefähr einunddreißig Millionen, alles in allem.«
»Und wie viele Afrikander?«
»Höchstens drei Millionen.«
»Weniger als ein Zehntel der Gesamtbevölkerung. Erscheint es dir nicht merkwürdig, Sannie, daß euer größtes Nationaldenkmal nur für ein Zehntel der Bevölkerung errichtet worden ist?«
»Es gibt keine Einschränkungen. An gewissen Tagen, zu bestimmten Zeiten werden Schwarze eingelassen.«
»Wollen sie denn kommen? Zu einem Denkmal, das ihre Niederlage darstellt?«
Sie zog sich einen Augenblick von ihm zurück und sagte kühl: »Wir sind ein Volk im *laager* und können unsere Vergangenheit nicht verleugnen. Aus den in diesem Gebäude dargestellten Szenen schöpfen wir unsere Stärke.«
Von diesem gewaltigen, ehrfurchtgebietenden Bauwerk aus begaben sie sich wieder hinunter in die Stadt, wo Philip ein weiteres Wunder erwartete: Soweit sein Blick reichte, waren die Straßen von Jakarandabäumen voller purpurroter Blüten gesäumt; es waren nicht Hunderte, sondern Tausende und Abertausende, so daß die ganze Stadt wie ein einziges Blütenmeer wirkte. Er hatte noch nie etwas Vergleichbares gesehen, und als sie am Abend ins Bett schlüpften, flüsterte er ihr zu: »Du bist eine Mischung aus Monument und Jakaranda – verbissene Beständigkeit und sanfte Schönheit.« Als sie nichts sagte, sich nur enger an ihn schmiegte, um geküßt zu werden, fragte er: »Wollen wir heiraten?«, aber da zog sie sich zurück, denn sie war noch nicht bereit, eine solche Verpflichtung einzugehen.
Nachdem sie etwa ein Dutzend kleine Städte besucht hatten, von denen jede ihre Statue eines unbedeutenden Burenkrieggenerals besaß, kehrten sie nach Pretoria zurück, wo sie ihn zu dem schönen Standbild von General Louis Botha vor den Regierungsgebäuden führte. Dahinter stand ein düsteres, stattliches Denkmal für jene 2683 südafrikanischen Soldaten, die in einer einzigen Schlacht gefallen waren.
»War nicht Bois d'Ellville die bedeutendste Schlacht, an der eure Truppen je teilnahmen?« fragte Philip.

»Möglich«, gab sie widerwillig zu.
»So viele Gefallene...«
»Es war der falsche Krieg, auf dem falschen Kontinent von den falschen Truppen ausgetragen.« Etwas weniger apodiktisch fügte sie hinzu: »Es war eine englische Angelegenheit, die in unserer Geschichte keine Rolle spielte, ein längst vergessener Zwischenfall.«
Er war hingerissen von der Schönheit Südafrikas, dem unendlichen Veld, den baumlosen Weiten der Landschaft, den wundervollen, oben abgeflachten kleinen Hügeln, den Enklaven mit Elefanten, weißen Nashörnern und Elenantilopen und dem weiten, strahlenden Himmel. »Eure Straßen sind viel besser als die in den Vereinigten Staaten«, sagte er einmal zu ihr, als sie auf einer vollkommen glatten Straße über das Veld dahinfuhren.
Am meisten gefielen ihm die kleinen Städte mit den öffentlichen Plätzen, den niedrigen weißen Häusern und den Jakarandabäumen. Er lernte noch ein Dutzend anderer blühender Bäume kennen, deren Namen ihm fremd waren: »Das ist das Land der Blumen!« Und von allen, die er sah, gefiel ihm die Protea am besten. »Ihr müßt ja hundert Arten davon haben!«
»Ich glaube, es sind noch mehr.«
Sie konnten diese Ausflüge dank des Zeitplans bei den Grabungen unternehmen: drei Wochen von früh bis abends, dann eine Woche Urlaub. Als er wieder einmal frei hatte, sagte sie: »Ich kenne da ein interessantes Dorf, das du unbedingt sehen mußt.« Als er die Landkarte herausholte, sagte sie: »Du wirst es als Tulbagh verzeichnet finden, aber wir bezeichnen es mit seinem alten Namen, Kirchenstraße-im-Land-von-Waveren.«
»Was für ein entzückender Name!« sagte er, und sie fuhren zwei Tage lang bis zu einer Enklave zwischen hohen Hügeln, wo dieser beachtliche Verkehrsknotenpunkt, einer der schönsten der Welt, in einem engen Tal lag. Er war schon 1700 gegründet worden, als ein Reihendorf mit einer Kirche an einem Ende, einer etwa 800 Meter davon entfernten Pfarre und etwa fünfzehn Häusern dazwischen. Im Lauf der Jahrhunderte schienen sich die niedrigen Häuser an den Erdboden zu schmiegen, und man hätte sich an den Ort nur als verhallendes Echo aus vergangenen Zeiten erinnert, wenn nicht am 29. September 1969 ein Erdbeben die Gegend erschüttert, einige der Häuser zerstört und alle anderen beschädigt hätte.
»Und da geschah es«, erzählte Sannie, »daß sich einige energische Leute, darunter auch Vater, zusammentaten und sagten: ›Das ist eine Gelegenheit, die Straße wieder so herzurichten, wie sie im Jahr 1750 aussah‹, und ob du es glaubst oder nicht, Philip, genau das taten sie auch.«
Als sie sich dem Dorf näherten, sah Philip eine Kirche von strenger Schönheit und, in einiger Entfernung, ein stattliches Pfarrhaus; was ihm aber am besten gefiel, war die Reihe grell weiß getünchter Häuser, ohne kitschige Verzierungen, die alle so aussahen wie vor zwei Jahrhunderten. Es war, als hätte ein Zauberer seinen Stab geschwungen und eine längst entschwundene Lebensweise wiederhergestellt. Sie blieben über Nacht in einem der Häuser, deren Besitzer darüber entsetzt waren, daß Sannie mit einem Mann

reiste, mit dem sie nicht verheiratet war: »Was hätte Ihre Großmutter Maria Steyn dazu gesagt?« Die Frau besaß Zeitungsausschnitte über Marias berühmten Wortwechsel wegen der nackten Statue in Pretoria, und Philip lachte über einige Erklärungen, die die alte Dame abgegeben hatte: »Wenn die Israeliten die Statuen eines goldenen Kalbs zerstören konnten, können wir Frauen Südafrikas diese Statue einer nackten Frau zerstören.« Sie hatte auch einer Zeitung erklärt: »Ein nackter Mann ist nicht viel besser als eine nackte Frau, aber man kann ihn leichter herrichten.«

»Die Zeiten ändern sich«, sagte Sannie, aber die Frau wollte das Paar nicht im selben Zimmer schlafen lassen. Spät nachts versuchte Philip, in Sannies Zimmer zu gelangen, mußte aber feststellen, daß in der Diele Eimer aufgestellt worden waren. Er verursachte einen schrecklichen Lärm, worauf der Hausherr mit einer Taschenlampe herauskam, um sich zu vergewissern, daß er in sein Zimmer zurückkehrte.

Als sie gleich nach dem Frühstück nach Norden weiterfuhren, sagte er: »Sannie, wir müssen heiraten. Ich kann fast überall in der Welt einen guten Posten bekommen, und ich brauche dich.« Aber sie vertröstete ihn wieder.

Er nahm an, daß sie ihre Heimat zu sehr liebte, um sie zu verlassen, und er mußte zugeben, daß es auf seine großartige, rauhe Art ein herrliches, einmaliges Land war. Aber ein aufmerksamer Reisender mußte drei große Probleme erkennen: »Sannie, als Geologe sehe ich, daß ein großer Teil eures Landes Wüste ist, und den alten Landkarten nach scheint sie sich nach Osten auszubreiten.«

»Du hast recht«, gab sie zu.

Und ob auf dem Land oder in den kleinen Städten, überall wurde ihm immer stärker bewußt, daß Weiße und Schwarze in zwei völlig verschiedenen Welten lebten. Es handelte sich um eine ständige, allgemeine und streng gehandhabte Trennung. Philip war keineswegs ein Liberaler; von seiner Tätigkeit als Ingenieur wußte er, daß eine Trennung manchmal ratsam war: »Ich war nie sehr dafür, daß Angehörige verschiedener Rassen miteinander ausgehen sollten. Ich stellte fest, daß meine Kameraden auf dem College, die mit Mädchen anderer Hautfarbe gingen – mit Chicanos, Schwarzen oder Orientalinnen –, einander glichen: Sie waren eingebildet, hatten schlechte Manieren und schrieben Leserbriefe, in denen sie für die Abschaffung der Studentenverbindungen eintraten.«

»Hier wäre das unmöglich«, stimmte sie zu.

»Ich habe aber auch bemerkt, daß Länder, die billige Arbeitskräfte unterhalten, sich selbst betrügen.

»Wir bestimmt nicht«, widersprach sie.

»O doch. Ihr solltet euren Schwarzen hohe Löhne zahlen und sie dann kräftig besteuern, um die öffentlichen Dienste zu finanzieren. Das ist der Weg zur Zivilisation.«

»Philip! Sie sind keinen Penny mehr wert, als man ihnen bezahlt.«

»Falsch. Ich habe in drei schwarzen Staaten gearbeitet. Mit allen möglichen schwarzen Arbeitern. Und wann immer wir in unserer Gruppe einen

Schwarzen aus Südafrika hatten, insbesondere einen Zulu oder Xhosa, war er jedesmal der beste in der Belegschaft. Wenn Schwarze mit viel weniger Erfahrung Moçambique, Vwarda und Sambia regieren können, wären eure sicherlich fähig, dieses Land zu leiten.« Diese Behauptung verärgerte sie, und sie wollte nicht darüber diskutieren.
Die dritte traurige Feststellung traf er stets nachts. Sie aßen bei Freunden, die Sannie von früher kannte. Man unterhielt sich angeregt über Politik, Wirtschaft und andere Themen; das Essen war ausgezeichnet und die einheimischen Weine, wenn möglich, noch besser. Beim Abschied fiel Philips Blick auf die Fotos von drei gutaussehenden jungen Leuten in Sannies Alter.
»Ich wußte nicht, daß Sie Kinder haben.«
»Ja.« Und wenn die Familie englischer oder jüdischer Abstammung war oder zu den aufgeklärten Afrikandern zählte, sagte entweder die Mutter oder der Vater: »Das ist Victor. Er ist in Australien. Helen ist mit einem netten jungen Mann in Kanada verheiratet. Und das ist Freddie; er ist in London an der Wirtschaftsuniversität.«
Die jungen Leute waren fort, hatten sich in andere Erdteile zerstreut. Sie kehrten nie mehr nach Südafrika zurück, denn der Druck war zu groß, die Zukunftsaussichten waren zu gering.

Als das junge Liebespaar von einem solchen Ausflug zurückkam, fragte Mevrou van Doorn unauffällig, ob sie mit Philip sprechen könne, und als sie mit ihm allein war, sagte sie rundheraus: »Sie dürfen Ihr Herz nicht an Sannie verlieren. Die jungen Troxels werden bald von der Grenze zurückkommen, und dann sieht alles anders aus.«
»Wer sind die jungen Troxels?«
»Ihrer Familie gehört die alte De-Groot-Farm. Das heißt ihren Eltern.«
»Die Leute, die auf der anderen Seite des Sees wohnen?«
»Ja. Marius' Vater brachte sie vor über fünfzig Jahren aus Johannesburg hierher. Wunderbar robuste Menschen.«
»Und unter ihnen sind zwei Männer in Sannies Alter?«
»Ja. Sie sind Vettern. Zur Zeit leisten sie den Militärdienst ab, aber sie kommen bald zurück, und dann sieht alles anders aus.«
»Sannie hat mir nichts davon gesagt.«
»Ich glaube doch, Philip. Haben Sie ihr nicht einen Heiratsantrag gemacht?«
»Zweimal.«
»Warum, glauben Sie, hat sie ihn nicht angenommen?«
»Hat sie einem der Jungen ein Versprechen gegeben?«
»Beiden, glaube ich. Die Sache ist die: Als sie fortgingen, hatte sie sich noch für keinen von beiden entschieden. Aber sie wird es tun, Philip. Sie ist durch und durch Afrikanderin, und sie wird einen Afrikander heiraten. Davon bin ich überzeugt.«
»Ich nicht«, sagte er mit einem Lachen, das den Widerspruch milderte.

»Sollen Sie auch nicht sein. Aber denken Sie an meine Warnung. Nehmen Sie die ganze Sache nicht zu ernst, denn ich versichere Ihnen, Sannie tut es nicht.«
Er kam nicht dazu, über seine Werbung nachzudenken, denn die Arbeiten am Swartstroom traten in eine entscheidende Phase. Seine Leute waren zu einem Abschnitt gekommen, an dem der Bach eine deutliche Biegung nach links machte, und falls es in diesem Gebiet Diamanten gab, mußten sie dort abgelagert sein.
Das Team fand, was es suchte: zwei kleine Diamantensplitter, deren Glanz bis nach Pretoria, Antwerpen und New York zu strahlen schien, wo man sich erzählte, daß »die Amalgamated Mines am Swartstroom vielleicht etwas gefunden hat«. Die zwei kleinen Splitter waren etwa vier Rand wert, was dem Tageslohn eines schwarzen Arbeiters entsprach, aber sie besaßen die Macht, die Phantasie der Menschen zu entzünden. Denn in Verbindung mit dem Fund Pik Prinsloos bestätigten sie, daß dieser kleine Bach vor langer Zeit diamantenhaltig gewesen war. Saltwoods Problem bestand darin, die alte Quelle zu finden; aber bis jetzt war ihm das noch nicht gelungen.
Es wurde ein Hubschrauber eingeflogen, damit er die angrenzenden Gebiete aus der Luft besichtigen konnte, aber das brachte nichts. Er mußte auf die altbewährte Methode zurückgreifen und dem Lauf des Baches folgen. Er entdeckte keine weiteren Diamantsplitter, aber das war eigentlich nicht nötig. Die bereits gefundenen bewiesen, daß es in dieser Umgebung eine Diamantenquelle gegeben hatte, und mit der Zeit würde er oder jemand anderer sie entdecken.
Er mußte also an der Grabungsstelle bleiben und hatte einige Wochen lang keine Gelegenheit, Sannie zu besuchen. Während dieser Zeit suchte ihn ein ungewöhnlicher junger Mann auf, mit dessen Hilfe er noch eine weitere Seite Südafrikas kennenlernen sollte.
Der Besucher war Daniel Nxumalo, ein Schwarzer, der etwa im gleichen Alter war wie Saltwood; er sprach das korrekte Englisch eines Mannes, der auf einem College in den Kolonien von Wanderlehrern aus Dublin oder London unterrichtet worden war, und befand sich auf einer merkwürdigen Mission: »Mr. Philip Saltwood? Ich bin Daniel Nxumalo, außerordentlicher Professor in Fort Hare. Man hat mir geraten, Sie aufzusuchen.«
»Wer?« Saltwood hatte die Vorurteile des typischen texanischen Ingenieurs; er war bereit, jeden zu engagieren, mißtraute aber instinktiv jedem Schwarzen, der in vollständigen Sätzen sprach.
»Die Leute in Venloo. Sie sagten mir, daß Sie sich für alles Südafrikanische interessieren.«
»Woher wollen sie das wissen?«
»Sie haben Sie in der Kirche gesehen. Und sie hören sich um.«
»Was wünschen Sie?«
»Da Sie soviel von Afrika gesehen haben, Mr. Saltwood, hielt ich es für ein Gebot der Höflichkeit, Ihnen den eigentlichen Teil zu zeigen – das heißt, unseren Anteil.«

Nach dieser eher herablassenden Einleitung begann Daniel Nxumalo, der von seinen Pflichten an der Universität beurlaubt war, seinen amerikanischen Gast in kleine Enklaven in Ost-Transvaal zu führen, die von Schwarzen bewohnt wurden, dic wie seine Vorfahren vor der Mfecane König Chakas und Mzilikazis geflohen waren. Sie hatten die letzten anderthalb Jahrhunderte auf verschiedenen Schauplätzen überlebt, manche, indem sie sich an weiße Farmen wie Vrymeer anschlossen, andere, indem sie allein in versteckten Tälern lebten. Einige drängten sich in der Umgebung von ländlichen Städten wie Carolina und Ermelo zusammen, aber alle hatten sich bewußt angepaßt, und Philip wunderte sich über den beträchtlichen Besitz, den manche von ihnen erworben hatten.

»Aber nach den neuen Gesetzen«, sagte Nxumalo, »müssen wir in eines der Bantustan ziehen... Übrigens, haben Sie jemals Xhosa kennengelernt?«

»Ich hatte zwei, die für mich in Vwarda arbeiteten. Sie sprachen mit Schnalzlauten.«

»In mancher Hinsicht geht es ihnen besser als den Zulu; in anderer wieder nicht.«

»Ich wundere mich, von einem Zulu zu hören, daß jemand besser ist als er.«

»Ich sagte nicht, daß sie besser sind«, lachte Nxumalo. »Ich sagte, es geht ihnen besser.« Wenn er lachte, waren seine Zähne strahlend weiß, und seine Augen glänzten.

»Lassen Sie mich raten«, meinte Saltwood, der diesen etwas vorlauten Burschen allmählich mochte. »Es geht um etwas, das die Weißen den Xhosa und euch angetan haben, etwas, das den Zulu gegenüber sehr unfair ist.«

»Sie sind sehr scharfsichtig, Mr. Saltwood. Die Afrikander haben den Xhosa ein schönes Gebiet zugeteilt, das zusammenhängend und landwirtschaftlich nutzbar ist. Die Transkei. Und dann ein weiteres zusammenhängendes Gebiet, die Ciskei. In diesem Land haben die Xhosa die echte Chance, etwas Sinnvolles aufzubauen. Was aber erhielten die Zulu? Fünfzig, hundert unzusammenhängende Flecken Land. Sie nennen es KwaZulu, und es soll das Heimatland aller Zulu sein. Aber in Wirklichkeit ist es eine Anhäufung von minderwertigen Landesteilen. Wir sollen dieses unzusammenhängende Territorium bewohnen.«

»Mit der Zeit wird es zusammenwachsen, wenn die Idee gut ist.«

»Die Idee ist schlecht, und das Land ist schlecht, denn alle guten Siedlungsgebiete wurden von den Weißen durch Vorkaufsrecht erworben.«

»Meiner Meinung nach ließe sich das ändern.«

»Sie leben noch nicht sehr lange hier.« Sein Ton änderte sich völlig. Bisher war er ein theoretisierender Collegeprofessor gewesen, nun wurde er ein Mensch, der über ihm persönlich zugefügtes Unrecht klagte: »Im Zuge ihrer Politik, Mr. Saltwood, bestehen sie darauf, daß wir Zulu, denen es in Orten wie Vrymeer und Venloo gutgeht, alles zusammenpacken, was wir besitzen, alle unsere Freunde und unsere Lebensweise aufgeben, und in einen Teil ihres KwaZulu ziehen.«

»Ich dachte, Sie sagten, es sei Ihr Bantustan.«
»Wir wollen es nicht. Es war nie unsere Idee.«
»Sie sollen evakuiert werden?«
»Ja, als ob eine Seuche in unserem Land ausgebrochen wäre. Als ob Heuschrecken unsere kleinen Felder kahlgefressen hätten und wir weiterziehen müßten.«
Als Saltwood ihm entgegnete, daß er sicherlich nur einen Teil der Geschichte erzählte, gab ihm der Professor völlig recht: »Das stimmt tatsächlich. Und ich habe Sie aufgesucht, weil ich wissen wollte, ob Sie nicht den anderen Teil kennenlernen wollen.«
»Natürlich will ich das.« Philip Saltwood handelte nach dem Prinzip, nach dem sich viele junge Wissenschaftler heutzutage richten, die überall in der Welt arbeiten: Ob sie Amerikaner oder Russen, Chinesen oder Australier sind, sie wollen wissen, was sich in den Ländern abspielt, in denen sie im Augenblick beschäftigt sind, und sie entfernen sich oft von ihren eigentlichen Aufgaben und untersuchen Möglichkeiten, die im Augenblick weit entfernt scheinen, die später aber vielleicht höchst bedeutsam werden konnten.
Mit Nxumalo als Führer fuhr Philip nach Johannesburg, wo sie unauffällig durch die schönen Hauptstraßen dieser blühenden Stadt spazierten, die an Amerika erinnerte. Da es vier Uhr nachmittags war, waren die Geschäftsviertel voller Menschen, die Hälfte davon Schwarze. Sie waren Arbeiter und Boten, Angestellte und untergeordnete Beamte, Einkäufer und Müßiggänger, und sie hätten alle ebensogut in Detroit oder Houston leben können. »Sehen Sie sich die Menschen an«, sagte Nxumalo mit einem gewissen Stolz. »Sie erhalten diese Stadt am Leben.«
Um Viertel vor fünf führte er Philip in die Umgebung des Hauptbahnhofs, und in der nächsten Stunde sah Saltwood etwas, das so erschütternd war, daß man es kaum glauben konnte: Aus allen Teilen Johannesburgs strömten schwarze Männer und Frauen zusammen, mehr als eine halbe Million drängte sich in die Züge, um die Stadt vor Sonnenuntergang zu verlassen, denn dann war es ihnen verboten, sich dort aufzuhalten. Diese Völkerwanderung erschien ihm so ungeheuer, daß er nicht wußte, womit er sie vergleichen sollte.
Nach einer Stunde dachte er: Wenn ich diese Schwarzen betrachte, sehe ich alle Berufe einer Großstadt. Da gibt es Straßenkehrer und junge Männer mit Aktenmappen, Schafmetzger und junge Frauen, die als Arzthelferinnen arbeiten, Bierkutscher und untergeordnete Angestellte. Sie alle werden aus der Stadt gejagt.
»Haben Sie Lust zu sehen, wohin sie fahren?« fragte Nxumalo, als könnte er Philips Gedanken lesen.
»Das ist doch verboten, oder?«
»Ja, für Weiße ist es gesetzwidrig, aber es läßt sich machen.«
Es war die Art von Herausforderung, der sich ein umherziehender Wissenschaftler oft gegenübersah: Fremde dürfen diesen Tempel nicht betreten,

er ist Schiwa geweiht. Oder: In diesen Teil von Afghanistan dürfen Sie nicht, er liegt zu nahe an der russischen Grenze.
Aber die Wagemutigen ließen sich nie abhalten, und nun war Philip unterwegs zu einem geheimen Besuch in Soweto, einer eigentlich nicht existierenden Stadt mit mindestens eineinhalb Millionen schwarzen Einwohnern. Ihr offizieller Name lautete »South Western Townships«, wobei der Kurzname aus den ersten beiden Buchstaben jedes Wortes gebildet wurde. Während sie die zwanzig Kilometer dorthin fuhren und Züge sie in planmäßiger Folge überholten, jeder vollgestopft mit Arbeitern, von denen manche auf den Trittbrettern stehen mußten, sagte Nxumalo: »Es ist wie in Venloo. Die Afrikander glauben tatsächlich, daß in ihren nur für Weiße bestimmten Städten keine Schwarzen leben. Sie glauben, daß wir dort bei Tage arbeiten und dann verschwinden. Das vor uns liegende Soweto existiert offiziell nicht. Die anderthalb Millionen Menschen, die dort leben – die Hälfte von ihnen illegal –, sind nicht wirklich dort. Sie sollen dort vorübergehend schlafen, während sie in der Stadt arbeiten. Wenn sie aber ihre Stellung verlieren, müssen sie zurück in ihre Bantustan, die die meisten von ihnen nie gesehen haben.«
Als Philip auf dieses makabre Märchen von der Stadt eingehen wollte, die doppelt so groß war wie Boston und die es nicht gab, grinste Nxumalo und stieß ihn mit dem Finger an: »Ich wette, Sie haben die wichtigste Tatsache bei diesem Exodus auf der Bahnstation nicht bemerkt.«
»Eigentlich doch. Ich sah, daß sich in der Menschenmenge alle Arten von Arbeitern, vom Straßenkehrer bis zum Collegeprofessor, befanden.«
Nxumalo lachte. »Prüfung nicht bestanden. Bezeichnend ist, daß fast jeder irgendein Paket trug. Weil Soweto nicht existiert, verstehen Sie, und weil es nur als vorübergehend, kurzlebig betrachtet wird... Nun, was folgt daraus? Es gibt dort keine Geschäfte. Das heißt, keine wirklichen. Sie sind nicht erlaubt, weil sie nicht in den Plan der Weißen passen. Alles, ausgenommen ein paar unbedeutende Gebrauchsgegenstände, muß in Johannesburger Geschäften gekauft werden, die Weißen gehören. Soweto ist keine Stadt. Es ist ein Schlafsaal.«
»Du meine Güte!« rief Saltwood plötzlich. »Sehen Sie sich die vielen Kirchen an. Ich habe noch von keiner von ihnen gehört.« An vielen Stellen in Gebieten, in denen es nichts als aufeinanderfolgende Reihen von einheitlich trostlosen Blockhäusern gab, hing an einer Fahnenstange ein zerrissenes Schild mit dem Hinweis, daß dieses Gebäude die Kirche von Zion oder die Kirche des Heiligen Willens oder die Xangu-Kirche oder einfach das Haus eines heiligen Mannes war, der direkten Kontakt mit Gott hatte.
»Nach der Bierhalle ist das das einträglichste Geschäft in Soweto«, erklärte Nxumalo. »Es gibt etwa viertausend verschiedene Kirchen, die Gott weiß was predigen.« Inzwischen standen sie vor einem riesigen, von einem Drahtzaun umgebenen primitiven Schuppen, in dem Hunderte von Arbeitern an langen, leeren Tischen saßen und schwaches Kaffernbier tranken. Das Wort »Kaffer« war jetzt offiziell verboten, und wenn ein Weißer einen

Schwarzen so titulierte, konnte er wegen Beleidigung angeklagt werden, aber für das Bier wurde der Name weiter gebraucht. Es war ein greuliches Gesöff, stark genug, um teuer zu sein, schwach genug, um zu verhindern, daß ein Mann gefährlich betrunken wurde.
»Die Bierhalle ist die stärkste antirevolutionäre Kraft in Afrika«, erklärte Nxumalo. Während er noch sprach, fegte eine Macht ganz anderer Art vorüber: Eine Bande *tsotsies* eilte zu einem Treffen, das zu Diebstahl oder Vergewaltigung oder einem der tausend alljährlichen Morde führen mochte, von denen fünfzig Prozent unaufgeklärt blieben, weil die Opfer schwarz waren.
Nun führte Nxumalo Saltwood zu einem kleinen dunklen Haus, dem eigentlichen Ziel ihres Besuchs. In der Küche, deren Fenster verhängt waren, saßen neun Männer in einer Art von Kreis, in dessen Mitte Philip geführt wurde: »Das ist mein Freund Philip Saltwood, der amerikanische Geologe, der von seinen Arbeitern am Swartstroom sehr geschätzt wird. Er will seine Bildung vervollkommnen.« Die Männer begrüßten ihn kurz, dann wandten sie sich an Nxumalo und begannen, ihm Fragen zu stellen.
»Was hörst du von Jonathan?« fragte einer, und Philip hatte keine Ahnung, wer Jonathan sein mochte.
»Nichts.«
»Gar keine Nachrichten aus Moçambique?«
»Von hier erfahren wir nur, daß die Grenzpatrouillen jede Woche in Moçambique eindringen. Sie müssen Schaden anrichten.«
»Lebt dein Bruder noch?«
»Ich höre nichts von Jonathan.«
Philip hatte den Eindruck, daß Nxumalo sich vorsichtig ausdrückte, vielleicht weil er in Gegenwart eines weißen Zeugen nichts sagen wollte, was ihn belasten konnte. Die Männer erörterten die Lage an allen anderen Grenzen, wo sich offenbar Männer aus Soweto unter den Rebellen befanden, und in keinem Abschnitt der ausgedehnten Grenze schienen ihre Leute Erfolg zu haben. Aber als Philip analysierte, was tatsächlich gesagt worden war, wurde ihm klar, daß diese Männer zumindest in Worten keine Revolutionäre waren; sie besprachen einfach Vorgänge an der Grenze, genau wie die Weißen in Vrymeer diese Dinge verfolgten, aber von einem ganz anderen Standpunkt aus.
Das Gespräch beschäftigte sich mit vielen Themen und wurde sehr offen geführt. Die Männer waren Lehrer, ein Geistlicher, verschiedene Geschäftsleute, und sie machten sich Sorgen über die Richtung, die ihr Volk einschlug. Sie waren sehr beunruhigt wegen der bevorstehenden Präsidentschaftswahl in Amerika und fragten sich, ob Andrew Young in einer neuen Regierung seine Machtposition zurückbekommen würde. Besonders interessierte sie ein bestimmter Aspekt des amerikanischen Lebens. »Was ist der Grund für eure Zwiespältigkeit?« fragte ein Lehrer. »Eure großen Zeitungen sind gegen die Apartheid, ebenso Präsident Carter und Andy Young, aber achtundneunzig Prozent der Amerikaner, die unser Land besuchen,

billigen sie. Fast jeder Amerikaner, der hierher kommt, fährt mit der Überzeugung heim, daß die Afrikander das Richtige tun.«

»Ganz einfach«, antwortete Philip. »Was für Amerikaner kommen hierher? Es ist eine weite Reise, wissen Sie, und sie ist sehr kostspielig. Geschäftsleute kommen auf Firmenkosten. Reiche Reisende. Ingenieure. Und die sind alle finanziell gut situiert und konservativ. Sie billigen die Apartheid wirklich und sähen es gern, daß sie auch in Amerika wieder eingeführt würde.«

»Sie sind Ingenieur. Sie sind nicht konservativ.«

»Ich bin es in vielen Dingen. Ich bin ganz bestimmt kein Liberaler.«

»Aber was die Apartheid anbelangt?«

»Ich bin dagegen, weil ich nicht glaube, daß sie funktioniert.«

»Finden Sie, daß die Welt im Begriff ist, konservativ zu werden? Kanada? England? Vielleicht Amerika?«

»Ja.«

Am späten Abend kamen sie zur Sache, und da übernahm Nxumalo die Leitung: »Ich habe darüber nachgedacht, was wir tun könnten, um unsere Leute anzufeuern und den Männern in Moçambique ein Zeichen zu geben, daß wir noch auf ihrer Seite stehen. Ich glaube, unter den gegenwärtigen Umständen wäre es am wirksamsten, einen Gedenktag für unsere toten Kinder zu veranstalten, die 1976 in Soweto niedergeschossen wurden.«

»Das wäre vorzüglich.«

»Ich würde vorschlagen, daß wir am 16. Juni dieses Jahres einen nationalen Trauertag abhalten. Keine Unruhen, nur eine Art sichtbaren Gedenkens.«

»Würden wir damit die Regierung nicht verärgern?« fragte ein kleiner Mann.

»Alles, was wir tun, verärgert die Regierung.«

»Ich meine, würde es sie so verärgern, daß sie Vergeltungsmaßnahmen ergreift?«

Nxumalo schwieg. Das war eine scharfsinnige Frage, denn die Taktik derartiger Komitees mußte es sein, mit ihren Protestaktionen bis an die äußerste Grenze zu gehen, an der die Gewehre der Afrikander zu feuern begannen, wie sie es in Soweto, in Sharpeville und anderen Orten getan hatten. Er sagte: »Wenn die Weißen wegen Blood River einen Nationalfeiertag abhalten können, wo sie Tausende von Zulu abschlachteten, können wir uns auch an Soweto '76 erinnern. Ich denke, wir sollten es tun.«

Sie einigten sich darauf, und als Saltwood die Versammlung und dann Soweto verließ, war ihm bewußt, daß sich sein neuer Freund Daniel Nxumalo auf gefährliches Terrain begeben hatte, aber er ahnte nicht, daß sich der junge Professor nur durch diese Provokation der Regierung in tödliche Gefahr bringen würde.

Als Philip nach Vrymeer zurückkehrte, stellte er fest, daß sich sein Leben sehr verändert hatte, denn die beiden jungen Troxels waren vom Grenzdienst zurück und hatten ihre Uniform ausgezogen. Ein Blick auf sie machte Saltwood klar, daß ihn Schwierigkeiten erwarteten, denn sie waren gutaussehende junge Männer und typische Afrikander. Frikkie war fünfundzwanzig, ungefähr einsneunzig groß, schlank, mit ungezwungenen Bewegungen und eher ernstem Gesichtsausdruck. Als Meneer van Doorn ihn vorstellte, sagte er: »Frik ist Rugbyläufer und einer der Besten.«

Jopie war anders. Er war um einiges kleiner als einsachtzig und gebaut wie eine römische Mauer, ein massiver Block auf dem anderen. Er hatte ein breites Gesicht und einen sehr breiten Mund, in dem kräftige Zähne blitzten. Seine Schultern und Hüften waren gewaltig, denn obwohl er viel kleiner war als Frikkie, war er viel schwerer; Philip war aber vor allem darüber erstaunt, daß Jopie keinen Hals hatte. Wie bei vielen der legendären Rugbystürmer, etwa Fanie Louw und Frik du Preez, saß Jopie Troxels Kopf direkt auf den Schultern, so daß sein Körper wie ein Sturmbock wirkte; er setzte ihn auch sehr wirkungsvoll ein, war aber keineswegs ein grober oder gefühlloser Mensch und hatte mitten am Kinn ein tiefes Grübchen, das zitterte, wenn er lachte. Sein Humor war derb, und es war offensichtlich, daß Sannie van Doorn ihn mochte.

Ihr Vater hatte Frikkie vorgestellt, sie Jopie: »Das ist mein lieber Freund, der sein Haar nach vorne kämmt wie Julius Caesar und auch sonst recht vorlaut ist.« Jopie packte Philips Hand mit seiner kräftigen Rechten und sagte: »Haben Jimmy Carter und Andy Young Sie zu uns herübergeschickt, um uns zu sagen, wie wir unser Land führen sollen?«

Philip wurde förmlich. »Ich kam, um Diamanten zu suchen.«

»Schon welche gefunden?«

»Nein. Ihr verdammten Kerle versteckt doch alles.«

»Müssen wir wohl«, sagte Jopie, »sonst würdet ihr und die Engländer es uns stehlen.«

»Wie war es an der Grenze?« fragte Marius, der merkte, daß sich die drei jungen Männer benahmen wie Stiere in der Frühjahrsbrunst. Er hatte den Eindruck, daß seiner Tochter Sannie eine schwierige Zeit bevorstand.

Frikkie ließ sich in einen Stuhl fallen und nahm das Bier entgegen, das Sannie gebracht hatte. »Eine Mistarbeit. Man patrouilliert zwei Wochen im Busch und sieht vielleicht einen Terroristen. Tack-tack-tack. Der ist tot, aber man weiß, daß sich noch ein Dutzend irgendwo herumtreibt.«

»Aber wir halten doch unsere Stellung?«

»Bestimmt. Da ist dieser Kaffer von hier, dieser Jonathan Nxumalo. Er sendet dann und wann Drohungen über Radio Maputo aus, wie ihr wißt. Er werde Johannesburg stürmen. Aber er achtet verdammt darauf, unseren Patrouillen nicht zu begegnen.«

»Willst du damit sagen, daß wirklich gekämpft wurde?« fragte Sannie.

»Wann immer die schwarzen Bastarde uns eine Möglichkeit dazu gaben«, antwortete Jopie.

»Wie lange waren Sie an der Grenze?« fragte Philip, und Jopie sah seinen Vetter an, um zu erfahren, ob es sich um eine vertrauliche Information handelte.

»Sechs Monate. Das ist obligatorisch.«

»Ihr habt uns jedenfalls in der Mannschaft gefehlt«, sagte Marius, der das Thema wechseln wollte, aber Philip fragte: »Wie lange soll das so weitergehen? Ich meine, daß so viele junge Leute der produktiven Arbeit entzogen werden?«
»Sie stellen da zwei Fragen, die nur ein Amerikaner stellen kann«, sagte Frikkie scharf. »Wie lange? Als ob alles in Eile erledigt werden müßte. Wir können unsere Grenzen noch hundert Jahre lang bewachen. Und ob das produktiv ist? Nein, natürlich nicht so wie die Arbeit in einer Fabrik. Was aber könnte gewinnbringender sein, als sein Land zu beschützen?«
»Schluß mit diesem Thema«, unterbrach ihn Marius. »Sagt mal, wie bald könnt ihr Jungs wieder in Form sein für die großen Spiele, die uns bevorstehen?«
»An der Grenze ist man immer fit«, stellte Jopie fest. »Ich könnte am Sonnabend spielen.«
»Meinst du das im Ernst?«
»Ich auch«, sagte Frikkie, und als Philip die jungen Kämpfer ansah, wußte er, daß sie die Wahrheit sagten.
Sie spielten gegen eine Mannschaft aus Bloemfontein, und als die Troxels auf das Feld liefen, jubelte die Menge begeistert, denn die Zeitungen hatten Andeutungen über ihre Heldentaten an der Grenze gemacht. Sie spielten mit der rückhaltlosen Hingabe, für die sie berühmt waren, verloren allerdings ziemlich hoch, nämlich 23 : 9. Aber sie hatten einen Mordsspaß, und bei den Trinkgelagen nach dem Spiel gingen einige Fensterscheiben zu Bruch.
Als sie nach Vrymeer zurückkamen, wurde ernsthaft darüber gesprochen, was sie in Zukunft tun würden, und Philip erfuhr zu seiner Überraschung, daß sie nur für die Landwirtschaft geeignet waren. Frikkie hatte zwar die Universität in Potchefstroom besucht, aber keine nennenswerten Kenntnisse erworben. Jopie war über die Mittelschule nicht hinausgekommen. Ihre beiden Familien, Nachkommen der Troxels, die Detleef van Doorn aus den Slums in Vrededorp gerettet hatte, besaßen nur wenig Land, so daß die beiden Jungen nicht erwarten konnten, eigene Felder zu bewirtschaften. Aber sie waren tüchtig, und zu Philips Bestürzung machte Marius den Vorschlag, sie sollten ernstlich erwägen, ob sie die Verantwortung für die ausgedehnten Ländereien von Vrymeer übernehmen wollten. Das setzte voraus, daß einer von ihnen die Van-Doorn-Tochter heiraten würde, und beide waren darauf erpicht.
Sannie dagegen zögerte. Sie war ihrem amerikanischen Geologen mehr als zugetan; ihre Ausflüge mit ihm waren auch für sie lehrreich, und die Nächte in den Rundhütten im Krüger-Park oder in den ländlichen Hotels würde sie nie vergessen. Er kam als Bewerber durchaus in Frage, denn viele südafrikanische Mädchen ihrer Generation hatten befreit aufgeatmet, wenn sie diesem Hexenkessel entrinnen konnten. Einige ihrer Freundinnen hatten die Absicht, den Rest ihres Lebens in Orten wie Toronto oder der Universität von Südkalifornien zu verbringen. In ihren Briefen erzählten sie zwar oft

von ihrem Heimweh nach dem Veld, aber noch öfter von der Freiheit, die sie in ihrer neuen Heimat genossen. Auch sie konnte in Texas glücklich sein, und mitunter sehnte sie sich richtig danach, es kennenzulernen.

Sie war auch vielleicht versucht, mit Saltwood auszuwandern, weil sie mitunter schmerzlich an ihre gemischte Abstammung erinnert wurde. Ihr Vater stammte zwar aus einer makellosen Afrikanderfamilie, war aber nach seiner Studienzeit bei einer Engländerin hängengeblieben. Das schloß ihn von der Mitgliedschaft im *Broederbond* aus, und man hatte ihn nicht in den Ältestenrat der örtlichen Kirchengemeinde gewählt. Mevrou van Doorn war offen proenglisch eingestellt, aber Sannie fühlte sich nicht an England gebunden und hatte es bei zwei Gelegenheiten abgelehnt, ihre Ferien dort zu verbringen.

Je älter sie wurde, desto stärker fühlte sie sich dem Afrikandertum verbunden. Sie verstand, warum Frikkie und Jopie bereit waren, an der Grenze zu dienen, und sie teilte ihre Liebe zu dem Land. Sie hatte diese jungen Männer ihr Leben lang gekannt, hatte als Kind mit ihnen gespielt, und sie spürte, daß sie mit jedem von ihnen auf dieser bezaubernden Farm mit ihren durch Wasserfälle verbundenen Seen und wilden Bläßböcken glücklich sein konnte. Sie wußte jedoch nicht, welcher der Vettern ihr lieber war, denn bisher hatte sie niemals zwischen ihnen wählen müssen.

Es gab noch weitere Komplikationen. Sie war beinahe in Philip Saltwood verliebt. Intuitiv fühlte sie, daß er feinsinniger war als die jungen Troxels und das Leben ernst nehmen würde. Außerdem hatte es ihr Spaß gemacht, mit ihm zu schlafen. Vorläufig verschob sie die Entscheidung in der Hoffnung, daß sich die Dinge von selbst regeln würden.

Sie saßen in der Küche, tranken Bier und erzählten Van-der-Merwe-Geschichten. Frikkie sagte: »Van der Merwe und zwei Kerle aus Krügersdorp fuhren nach Paris, um eine Bank auszurauben. Aber auf dem Weg dorthin ließ van der Merwe das Dynamit fallen, und die drei wurden verhaftet. Alle wurden zum Tod durch die Guillotine verurteilt. Aber als das Messer auf den ersten Mann niederfiel, blieb es stecken, und er wurde wie durch ein Wunder verschont. Laut französischem Gesetz war er frei. Also wurde der zweite Mann festgeschnallt; wieder blieb das Messer stecken. Auch er wurde freigelassen. Nun war van der Merwe an der Reihe; er wollte unbedingt herausbekommen, was los war, und legte sich mit dem Gesicht nach oben auf den Block. Als der Henker auf den Hebel drücken wollte, schrie er: ›Augenblick mal! Ich sehe, was an dieser verrückten Maschine nicht in Ordnung ist.‹«

Jopie sagte: »Wie ihr wißt, hatte van der Merwe immer eine schlechte Meinung von den Engländern, und eines Tages sah er angewidert zu, wie sie über zwei Stunden brauchten, um einen Zaunpfosten in den Boden zu schlagen. ›Diese faulen Bastarde! Zwei Stunden für eine solche Arbeit. Ich könnte das in fünfzehn Minuten besorgen – gebt mir nur neun Kaffern.‹«

Frikkie erzählte: »Van der Merwe hatte eine Fahnenstange vor sich auf dem

Boden liegen. Er steckte sie in das Loch, holte eine Leiter und ein Maßband und versuchte, nach oben zu steigen, um sie abzumessen, aber die Fahnenstange fiel um. Er stellte sie noch zweimal auf und versuchte nach oben zu steigen. Schließlich fragte ein Kaffer: ›Baas, warum mißt du sie nicht, wenn sie auf dem Boden liegt?‹, und van der Merwe sagte: ›Blöder Kaffer, ich will ja wissen, wie hoch sie ist, nicht wie breit.‹«
Jopie fuhr fort: »Apropos breit. Die Air France schickte ihren Spitzenpiloten aus, um zu sehen, ob van der Merwe imstande war, nach Paris und London zu fliegen. Van der Merwe gelang eine der großartigsten Landungen in der Geschichte der Luftfahrt: Seine 747 setzte auf dem vorderen Rand der Rollbahn auf, und er brachte sie mit kreischenden Bremsen zum Stehen; die Vorderräder befanden sich drei Zoll vor dem anderen Ende der Landebahn. ›Absolut *magnifique*!‹ sagte der Inspektor von Air France. ›Dieser Mann ist für jeden Flugplatz der Welt einsatzfähig. Aber sagen Sie mir, warum baut Südafrika so kurze Landebahnen?‹ ›Ich kann es nicht erklären‹, sagte van der Merwe. ›Und schauen Sie nur, wie verrückt. Sie ist fast fünf Meilen breit.‹«
Koos van der Merwe war ein typischer Einfaltspinsel und der Held aller Witze über den dummen und tölpelhaften Afrikanderbauern. Jeder hatte seinen Lieblingswitz, so daß ein solches Beisammensein Stunden dauern konnte, in denen sich dem Beobachter tiefe Einblicke in den schwerfälligen Geist der Afrikander auftaten. Philip stellte fest, daß die meisten dieser Witze von Afrikandern erzählt wurden, während die Engländer lediglich die wirklich bösartigen und gemeinen beisteuerten.
Nachdem Frikkie, Jopie und Sannie je ein halbes Dutzend Witze erzählt hatten, von denen manche recht grob mit ihren Landsleuten umgingen, wandten sie sich an Philip und fragten ihn, welcher ihm am besten gefiel. »Mir gefällt besonders der eine, den ich bei den Grabungen gehört habe. ›Was haben die Zahlen 1066, 1492 und 1812 gemeinsam?‹« Als Sannie meinte, es seien geschichtlich wichtige Daten, antwortete Philip: »Falsch. Es sind benachbarte Zimmer in van der Merwes Motel.« Dann fragte er: »Warum erzählt ihr solche Witze?«, und jeder von den dreien hatte seine eigene Erklärung. Frikkie war der Ansicht, daß alle vom ländlichen Leben geprägten Menschen zwei Arten von Schwänken bevorzugten: »Die einen nehmen das Leben und die Sitten auf dem Lande aufs Korn, die anderen den Bauerntölpel. Bei ersteren lachen wir meist über den *dominee* und die Herrschaft der Kirche. Bei den zweiten lachen wir über uns selbst. Ich bin sicher, daß man die gleichen Witze auch im ländlichen Deutschland oder Norwegen hört.«
Jopie hatte eine ganz andere Theorie: »Wir wissen, daß die Engländer über uns lachen. Also kommen wir ihnen zuvor und machen es besser.«
Sannie dachte wieder anders: »Wir tun es aus Zuneigung. Jeder von uns hat irgendwo in seiner Familie einen Koos van Merwe. Er kommt nie genau ins Bild. Aber wir lieben ihn dennoch. Aus wieviel Teilen besteht van der Merwes Puzzlespiel? Aus zwei.«
Als Sannie das sagte, brach Jopie in schallendes Gelächter aus, das in keinem

Verhältnis zur Qualität des Witzes stand. Frikkie sah ihn an und fragte: »Bist du übergeschnappt?«
»Nein! Mir ist nur zufällig etwas schrecklich Komisches eingefallen.« Als sich ihm die anderen drei zuwandten, sagte er: »Ich war in Pretoria, als Andy Young und seine Mitarbeiter dort Reden hielten und Interviews über die Rechte der Schwarzen in Südafrika gaben. Und ich platzte vor Lachen.«
»Warum?« fragte Saltwood befremdet. »Young ist manchmal recht vernünftig.«
»Zugegeben. Aber nicht an diesem Tag. Denn es fiel mir plötzlich ein, als ich Gelegenheit hatte, ihn anzusehen ... Wissen Sie, er ist gar nicht schwarz. Auch seine Mitarbeiter waren es nicht. Ich habe nie einen schwarzen Amerikaner gesehen. Alle, die hierherkommen, sind Farbige.« Hier bekam er einen Lachkrampf, in den Frikkie einen Augenblick später einstimmte. Die beiden Athleten stießen einander an und erstickten fast vor Vergnügen.
»Ich komme da nicht ganz mit«, sagte Philip.
»Verstehst du denn nicht?« erklärte Sannie, während ihre beiden Verehrer versuchten, sich zu beherrschen. »Wenn Andy Young und eure anderen schwarzen Führer anstatt in Amerika in Südafrika lebten und wenn sie bekämen, was sie wollen – ein Mann, eine Stimme –, und die Schwarzen an die Regierung kämen, wären Andy Young und seine Bande als erste erledigt.«
»Augenblick mal!« fuhr Philip sie an. Als loyaler Amerikaner fühlte er sich verpflichtet, Präsident Carter und den ehemaligen UN-Botschafter Young zu verteidigen, wenn sie angegriffen wurden, was in Südafrika beinahe täglich der Fall war. »Ich bin mit Andy nicht einverstanden, wenn er aus der Hüfte schießt, aber in bezug auf die grundlegenden Fragen der afrikanischen Politik hat er recht.«
»Wie sollte er?« fragte Frikkie. »Ein Mann, eine Stimme?«
»Ich meine seine Ansicht über den Kontinent als Ganzes. Es gibt höchstens drei Millionen Afrikander, jedoch mindestens dreihundert Millionen Schwarze. Sollen wir euch wenige gegen so viele unterstützen?«
»Natürlich solltet ihr, da unsere Interessen die gleichen sind wie eure«, sagte Frikkie.
»Aber was meinten Sie damit, daß Young in Gefahr wäre?«
»Mein lieber dummer Amerikaner«, sagte Frikkie und zwinkerte Jopie zu, »wissen Sie nicht, daß Zulu, Xhosa, Fingo, Pondo – sie alle – die Farbigen noch mehr hassen als die Weißen?«
»Warum?«
»Weil sie wissen, daß sich die Farbigen, wenn Entscheidungen getroffen werden, auf die Seite der Weißen stellen. Sie gelten als Verräter an der Sache der Schwarzen.«
»Sie haben vielleicht davon gehört«, mischte Jopie sich ein. »Als die Schwarzen in Paarl einen Aufruhr anzettelten, gab es mehrere Tote. Die Farbigen rührten keinen Finger, um ihnen zu helfen. Glauben Sie mir, Philip, wenn es kritisch wird, wäre Andy Young in viel größerer Gefahr als

ich. Die Schwarzen wissen, daß sie Leute wie mich brauchen, um ihre neue Welt zu organisieren. Aber für Andy Young und seine hellhäutigen Farbigen werden sie überhaupt keinen Platz haben.«
Frikkie wurde ganz ernst. »Wir haben das in vielen ehemaligen britischen Kolonien beobachtet. Wenn die Eingeborenen die Macht übernehmen, ächten sie die Farbigen – wenn sie sie nicht gleich ermorden. Der Grund ist einfach: Wenn wir mit anderen Menschen als unseresgleichen Geschäfte machen müssen, tun wir es doch mit den Besten, den wirklich Weißen. Die Farbigen in diesem Land – wie viele gibt es? Vielleicht drei Millionen. Sie haben nur mit uns eine Zukunft. Wenn also euer Botschafter Young seinen Leuten helfen will, sollte er lieber zu Jopie und mir kommen und sagen: ›Afrikander, rettet mich!‹, denn die Schwarzen werden ihn umlegen.«
Jopie löste die Spannung, indem er Sannie unter dem Kinn kitzelte, als sie ihr Bier austrank. »Weißt du, ich glaube nicht, daß ich jemals einen schwarzen Amerikaner gesehen habe. Ich möchte wissen, ob irgend jemand in Südafrika schon einen gesehen hat. Wir machten ein Riesengetue um Arthur Ashe und die Rockmusiker und dergleichen. Aber wenn es zum Krach kommt, werden alle Leute wie sie tot sein. Denn im neuen Südafrika wird es für diese Jazzfanatiker keinen Platz geben.«
Sannie sagte: »Möchtest du einen Van-der-Merwe-Cocktail? Perrier mit Wasser?«

Die Sprache, die uns allen mehr oder weniger zu schaffen macht, war schuld, daß Laura zur Schwerverbrecherin wurde. Das Verhängnis begann während eines Besuchs in England; sie kaufte in einem Laden in Salisbury ein, und der Ladenbesitzer sagte: »Ich kann es Ihnen heute nicht liefern, Mrs. Saltwood. Mein *temp* hat sich nicht gemeldet.«
»Ihr was?«
»Mein *temp* [von *temporary* – zeitweise]. Der Junge, der gelegentlich Botengänge für mich macht.«
Auf dem Rückweg nach *Sentinels* benützte sie einen Fußweg durch das Gelände um die Kathedrale und dachte: Wie wir Engländer doch unsere schöne Sprache verderben!
Als sie sich mit ihrer Cousine über diesen Sprachverfall unterhielt, bemerkte sie beifällig, wie korrekt Lady Ellen sprach: »Man darf sich doch nicht durch vereinzelte Worterfindungen aus der Fassung bringen lassen, oder?«
»Ich dachte daran, was mit der holländischen Sprache am Kap passierte. Sie wurde ganz verdorben, weißt du.«
»Würde mich nicht wundern, Laura, wenn sie damit etwas Gutes getan hätten. Vergiß nicht, Sprachen ändern sich. Die Afrikander sind eben mit der Zeit gegangen, und das ist gut so.«
»Aber in der Sprache liegt Größe. Ich mag es nicht, wenn sie herabgewürdigt wird.«
»Ein wenig Anpassung an die Zeit hat noch keiner Sprache geschadet. Mir

gefallen so manche neuen Wörter, die die Amerikaner geschaffen haben. Man soll sich wegen ein paar Änderungen keine Sorgen machen.«
Da Lady Ellen kein Wort Afrikaans verstand, ließ Laura das Thema fallen, aber als sie drei Abende später zu einer Aufführung von »König Lear« durch die Oxford Players nach Stonehenge fuhr und die mächtigen Monolithen düster in den Nachthimmel emporragten, gab sie sich ganz der Herrlichkeit der shakespeareschen Sprache hin und zitterte tatsächlich, als der greise König an den dunkelsten Säulen kauerte und sein Elend mit den weniger Glücklichen teilte:

Ihr armen Nackten, wo ihr immer seid,
Die ihr des tück'schen Wetters Schläge duldet,
Wie soll eu'r schirmlos Haupt, hungernder Leib,
Der Lumpen off'ne Blöß euch Schutz verleihn
Vor Stürmen, so wie der?

Es schien ihr, daß Worte nicht wunderbarer sein können, und als später ein junger Mann den irren, blinden Earl of Gloster zu ängstigen versuchte, indem er ihm das Kliff und den Arbeiter beschrieb, der an dem gefährlichen Abhang nach unten kletterte, seufzte sie bei der schrecklichen Macht der Worte:

Wie gramvoll
Und schwindelnd ist's, so tief hinabzuschaun!
Die Kräh'n und Dohlen, die die Mitt' umflattern,
Sehn kaum wie Käfer aus – halbwegs hinab
Hängt einer, Fenchel sammelnd – schrecklich Handwerk!
Mich dünkt, er scheint nicht größer als sein Kopf...

Ohne zu merken, welch gefährlichen Weg sie beschritt, saß sie dort im Schatten von Stonehenge und überließ sich dem Zauber erhabener Worte und wurde von ihnen trunken; und als der alte Lear am Ende seine Schwäche gestand, hatte sie Tränen in den Augen, so litt sie mit ihm:

Ich bin ein schwacher, kind'scher alter Mann,
Achtzig und drüber: keine Stunde mehr
Noch weniger, und grad heraus,
Ich fürchte fast, ich bin nicht recht bei Sinnen.

Drei Tage später lieh sie sich, noch immer gefangen von diesen Worten, Lady Ellens Austin aus und fuhr allein nach Cambridge, wo sie als Zwanzigjährige mit ihrem älteren Bruder Wexton so schöne Stunden verbracht hatte.
Sie stellte ihren Wagen auf dem städtischen Parkplatz ab und ging durch die King's Parade. Dabei ließ sie die edle Kapelle des King's College unbe-

achtet, denn sie wollte den strengen Eingang des Clare's College wiedersehen, das ihr Bruder besucht hatte. Sie ging wie im Traum und betrat die alte Umgebung, in der seit 1326 Studenten wohnten, stand lange dort und dachte wehmütig an die Frühlingstage, an denen sie Wexton hier besucht hatte. Sie schüttelte den Kopf bei der traurigen Erinnerung und verließ Clare's, wo der Bruder eine so glänzende Ausbildung genossen hatte: Du warst ein hochbegabter Junge, Wexton. O Gott, wie du mir fehlst!

Ziellos ging sie nun nach Süden, bis sie zum Pförtnerhaus des King's College kam, und trat, wie von einer unsichtbaren Macht getrieben, in den imposanten Hof, in dem Wexton den Versuchungen begegnet war, denen er nicht widerstehen konnte. Sie wollte ihn schnell durchqueren, um die *Backs* zu sehen, wo sie und die Freunde ihres Bruders so viele vergnügte Stunden verbracht hatten, lenkte jedoch ihre Schritte nach rechts zu der herrlichsten in sich geschlossenen Kapelle Englands, der King's Chapel, mit ihren prächtigen hohen Bögen und dem reichverzierten Chor. Er war, seit sie ihn zum letztenmal gesehen hatte, etwas verdorben worden, denn man hatte eines der besten Bilder dort aufgehängt, das Peter Paul Rubens je gemalt hatte, eine »Anbetung der Könige«, die, in welcher Währung auch immer, Millionen wert war. Verdammt, es ist ein schönes Bild, vielleicht das beste, das er geschaffen hat. Aber es paßt nicht hierher.

Sie setzte sich in einen der Chorstühle und dachte an die längst vergangenen Tage, als sie und Wexton mit seinen Freunden hierhergekommen waren, um den Abendgottesdienst zu hören: Diese verdammten Freunde! Ach, Wexton, das ganze Leben schwindet dahin, es schwindet trostlos dahin, aber warum hast du...?

Tränen traten ihr in die Augen, und sie weinte ein wenig. Sie drückte die Finger an ihre Wangen, wischte die Tränen ab, verließ die Kapelle und ging langsam über einen der schönsten Plätze Englands und vielleicht Europas, die weite Rasenfläche, die von den Mauern Clare's, der Kapelle und des King's College umgeben ist. Die Gebäude paßten wunderbar zueinander, aber es war der weite Raum bis hinunter zum Cam und die *Backs* dahinter, die dem Platz seine Würde verliehen. Dort hatte sie an einem Abend während der *Mays* – diese Woche des Leichtsinns, die in den Junianfang fällt – im Gras gesessen, als Noel Saltwood vom Oriel College in Oxford in einem Boot mit Cambridger Freunden vorbeifuhr. Sie hatten einander kennengelernt, sich verliebt und hatten eine Ehe geschlossen, die sie kein einziges Mal bereut hatte. Das Leben in Noels Südafrika war ziemlich primitiv gewesen und es gab wenig interessante Konversation, aber er redete ihr oft zu, wieder nach Salisbury zu fahren, von dort aus die Londoner Theater zu besuchen und gelegentlich Ausflüge nach Cambridge zu unternehmen, und das hatte sie aufrechterhalten.

»Ach, Wexton, warum, um Himmels willen, hast du es getan?«

»Verzeihen Sie, Madam, haben Sie gerufen?« Es war ein kleiner Mann, der einen ziemlich langen Mantel trug, obwohl es ein eher warmer Tag war, ein Aufseher, wie man sie überall treffen konnte.

»Nein, nein, ich dachte nur über etwas nach.« Der Mann kam näher, um sich zu vergewissern, daß ihr nichts fehlte, dann ging er weiter. Als er fort war, erkannte sie: Ich habe tatsächlich nachgedacht. An vergangene Zeiten und an Abende auf diesem Rasen, als ich Noel und seine gute, natürliche Einstellung zum Leben kennenlernte. Er hörte wie ein Dummkopf vom Land allem zu, was Wexton und seine gescheiten Freunde und der hervorragende junge Studienleiter so zungenfertig vorbrachten. Und als er mich zu meiner Bude zurückbegleitete, sagte er unverblümt: »Ich glaube, Ihr Bruder und seine Kameraden spinnen.«

»Wie können Sie es wagen, so etwas zu behaupten?«

»Die Art, wie er alles lächerlich macht. Hören Sie ihm denn nie zu?«

So hörte sie unter Noels Anleitung zu, und Wexton und seine Freunde und besonders der Studienleiter machten sich wirklich über alles lustig. Sie verachteten Australien. Sie hielten Südafrika für einen Giftherd. Und sie kritisierten die Vereinigten Staaten vernichtend. Sie wiesen George Bernard Shaw in die Schranken, und John Galsworthy war nicht einmal ihrer Geringschätzung wert.

Mit Noels Hilfe erkannte sie, daß ihr Bruder sich von einer Clique hatte fesseln lassen, die den jungen Studienleiter vergötterte, und in späteren Jahren beobachtete sie entsetzt, wie diese Männer gute Posten bei der Regierung erhielten, rasch in bedeutende Stellungen aufrückten und dann mit wichtigen Staatsgeheimnissen nach Rußland verschwanden. Drei von ihnen, darunter Wexton, lebten jetzt dort in lebenslänglichem Exil. Zwei andere hatten in amerikanischen Gefängnissen geendet, und einer hatte Selbstmord begangen, um einem Hochverratsprozeß zu entgehen. Keiner erkannte die Rolle des Studienleiters, der sie und so viele andere für die Revolution geworben hatte, die Schandflecke wie Australien, Südafrika und Amerika beseitigen sollte.

Ach Wexton, auf meinen Knien würde ich nach Leningrad rutschen, nur um dich wiederzusehen! Erneut brach sie in Tränen aus und dachte daran, wie blendend diese Gruppe junger Intellektueller die englische Sprache gebraucht hatte, und an die Fallstricke, über die diese Leute gestolpert waren. Ihnen kam es vor allem darauf an, geistreich zu sein, erinnerte sie sich. Denk nur daran, wie einer von ihnen ganz Südafrika mit einem Witz abtat, obwohl er wußte, daß ich mit einem Südafrikaner verlobt war: »Wir waren klug genug, Amerika den Krieg gegen uns gewinnen zu lassen, und so wurden wir diesen faulen Apfel los. Wir mußten unseren verdammten Krieg gegen die Buren gewinnen und haben jetzt diese Scheußlichkeit am Hals.«

Als sie ihr Gesicht in den Händen verbarg, kam der kleine Mann mit dem langen Mantel zurückgeeilt: »Hören Sie, Madam, fehlt Ihnen etwas?« Sie war mit ihrem Kummer so beschäftigt, daß sie einen anderen Mann in dunklem Anzug nicht bemerkte, der sie von einer entfernten Biegung des Cam beobachtete.

Sehr langsam fuhr sie nach Salisbury zurück und hatte das vage Gefühl, daß dies vielleicht ihre letzte Reise nach Cambridge oder England überhaupt

war: Ich bin jetzt alt. Eigentlich sollte ich als würdige Lady hierher zu meinem Bruder zu Besuch kommen, um mit ihm über alte Zeiten zu sprechen. Aber er ist in Leningrad. Gott, muß er Heimweh haben!
Als sie zu enträtseln versuchte, wie er zu dieser Todsünde verführt worden war – dem Verrat an seiner Nation und an seinesgleichen –, dachte sie an die Rolle, die Wörter im Leben spielen. Unsere Familie war so erpicht auf Wortspiele. Wexton und ich spielten sie ständig. Ich glaube, ich habe ihn das erstemal verdächtigt, als er einmal mogelte. Er veränderte die Bedeutung eines Wortes, um zu gewinnen. In Cambridge veränderte er die Bedeutungen der großen Wörter und endete als Verräter. Nach Salisbury zurückgekehrt, dachte sie, als sie im Schatten der Kathedrale spazierenging: Integrität in der Sprache schützt die Integrität im Leben. Wenn das Wort verdreht wird, wird alles, was daraus entspringt, übel sein. Und das veranlaßte sie, über Sprachgebrauch in Südafrika nachzudenken, und dann faßte sie einen Entschluß.
Gleich nach dem Verlassen des Flugzeuges in Johannesburg rief sie ihren Sohn an: »Ja, heute abend. Ich möchte, daß ihr – du, Susan und die Kinder – sofort zu mir kommt.« Als sie eintrafen, nahm sie ihren Sohn beiseite und sagte offen: »Craig, ich dachte, du hättest deine Talente vergeudet, als du in Oxford Naturwissenschaften studiertest. Jetzt danke ich Gott, daß du es getan hast.«
»Wovon redest du da?«
»Von deiner Rettung. Ich möchte, daß du noch heute nach Washington telegrafierst. Sag ihnen, daß du die Stellung bei der NASA annimmst. Geh nach Amerika. Und nimm deine Familie mit... für immer! Aber zuerst mußt du Salisbury besuchen – Timothys Eintritt ins College vorbereiten.«
»Aber warum? Du hast immer gesagt, es gefällt dir hier.«
»Stimmt, und deshalb müßt ihr fort.«
»Zu welchem Zweck?«
»Um von hier wegzukommen. Ich werde für Timothys Schulgeld in Oriel eine Summe beiseite legen, und Sir Martin kann ihm in England einen Posten besorgen, wenn er promoviert hat.«
Mrs. Saltwood bat ihren Sohn, seine Frau und die Kinder zu rufen, und als sie alle vor ihr saßen, sagte sie geheimnisvoll: »In diesem Land werden sich sehr häßliche Dinge abspielen. Sie liegen außerhalb unseres Einflußbereichs – außerhalb des Einflußbereichs aller vernünftigen Menschen. Wenn es für euch eine Möglichkeit gäbe, sie abzuwenden, würde ich wünschen, daß ihr bleibt. Ich werde es tun.«
»Wir können dich doch nicht hier zurücklassen, Mutter«, gab Craigs Frau zu bedenken.
»Ich bin entbehrlich. Ihr nicht. Ich habe mein Leben gelebt, ihr nicht – und es wäre verrückt, es in dieser ungesunden Atmosphäre verbringen zu wollen.«
»Was versetzt dich in solche Aufregung?«
»Ich war bei einer Aufführung von ›König Lear‹ in Stonehenge. Ich hörte

majestätische Worte. Und ich wage nicht länger, meine Augen vor den Tatsachen zu verschließen.«
»Mutter, was du sagst, ergibt keinen Sinn.«
»Du brauchst sonst nichts zu wissen, Craig, als daß es nach dem ersten Juni für keinen Saltwood ratsam sein wird, in Südafrika zu leben.«
»Was geschieht am ersten Juni?«
»Ich gehe zum Bowling. Zum Bowling nach Kapstadt im Lady Anne Barnard Club, und ich möchte, daß ihr daheim in Salisbury in Sicherheit seid.«
Mehr wollte sie nicht sagen. Sie kaufte vier Flugtickets für die South African Airways: »Sie haben die besten Flugzeuge, weißt du, und auch die besten Piloten.« Und sie verbrachte viele Stunden in Johannesburg in den Büros der »Schwarzen Schärpe«, führte Gespräche mit den Damen, die sich bemühten, die durch die Apartheid verursachten Härten zu mildern. Sie sandte auch vier Eilbriefe an Sir Martin Saltwood in *Sentinels*, erklärte ihm, warum es notwendig war, Timothy nach England zu schicken, und bat ihn, sich um den Jungen zu kümmern. Schließlich schrieb sie dem Direktor einer Mittelschule für Schwarze in Transvaal, dem sie versicherte, sie würde in seiner Schule einen Vortrag halten, wie er gewünscht hatte. Danach verbrachte sie ihre freie Zeit über den Sonetten Shakespeares, bis einige dieser unerreichten Verse sich in ihrem Kopf zu einem neuen Sonett verbanden:

Wenn ich in schweigender Gedanken Rat
Mein ausgestoß'nes Dasein still bewein',
Verfall'nen Chören gleich, wo einst die Vögel sangen,
Die Ros' ist dornig, Schlamm trübt silberhelle Quellen,
Wie Wellen an des Ufers Kieseln bersten,
Wenn nur ein wenig gelbes Laub noch hängt,
Nicht eigne Sorgen, kein prophetisch Denken
Des weiten Erdballs, der von Zukunft träumt.

Zeitweise überwältigte sie die einfache Schönheit dieser Worte, und sie wußte, daß Menschen für viele gute und edle Dinge ihr Leben hingeben. Sie wollte von nun an das ihre der Erhaltung der Wörter weihen.

Als man in Vrymeer erfuhr, daß Craig Saltwood und seine Familie das Land verlassen wollten, erschraken die van Doorns, denn der Weggang dieses talentierten Mannes bedeutete einen weiteren Verlust für Südafrika. »Craig muß verrückt geworden sein«, schimpfte Marius. »Er hat hier einen sicheren Posten und gute Aussichten.«
»Und einen klaren Blick auf den vor ihm liegenden Weg«, stimmte seine Frau zu.
Philip Saltwood kam vorbei, um Sannie zu besuchen, aber sie war mit den jungen Troxels ausgegangen, und Marius stellte ihm die Frage: »Würden Sie sich heute aus Südafrika verscheuchen lassen?«
»Ich würde lieber bleiben. Aber ich liebe nun einmal Krisensituationen.«

»Damit deuten Sie an, daß Sie vielleicht fortgehen würden, wenn Sie Craig wären.«
»Vermutlich. Ich bezweifle, daß ein Nichtafrikander hier eine Zukunft hat. Ich würde wahrscheinlich dorthin gehen, wo ich erwünscht bin.«
»Ihr verdammten Ausländer«, brummte Marius.
»Ich bleibe hier«, sagte seine sehr englische Frau. »Aber ich habe ja auch alles, was mein Leben ausmacht, hier. Sannie und alles übrige.«
»Willst du damit andeuten, daß du an Craigs Stelle auch alles zusammenpacken und davonlaufen würdest?« fragte ihr Mann.
»Ja, und zwar aus den Gründen, die Philip soeben angeführt hat. Es ist nicht angenehm, Marius, dort zu leben, wo man unerwünscht ist.«
»Unsinn. Alle meine Freunde mögen dich.«
»Und die Hälfte unserer jüdischen Bekannten haben ihre Kinder ins Ausland geschickt. Und die kommen nie mehr zurück. Wir kennen auch viele Engländer, die das gleiche tun.«
Marius nahm Zuflucht zu einem philosophischen Standpunkt: »Jeder Organismus sollte sich dann und wann selbst reinigen. Die Köpfe, die wir verlieren, werden wir durch Einheimische ersetzen.«
»Wenn ihr Afrikander aber spekulatives Denken ablehnt, weil es zu Radikalismus ausarten könnte, wie sollen dann die Lücken gefüllt werden?« fragte sie. »Hast du gehört, was die Afrikanderprofessoren und -geistlichen heutzutage lehren? Da gibt es nicht viel Führungstalente.«
»Das wird noch kommen«, warf Philip ein. »Ich habe einige sehr intelligente junge Ingenieure kennengelernt.«
»Eines macht mir Sorge«, meinte Marius nachdenklich. »von allen Orten in der Welt, die ich gesehen habe, hat mich Princeton, New Jersey, am meisten beeindruckt. Als ich dort war, lebten Einstein und John von Neumann dort und Lise Meitner war zu Besuch. Alle hervorragende Wissenschaftler, die Europa in den dreißiger Jahren verloren hatte. Sie waren es, die die Entwicklung der Atombombe vorbereiteten. Fermi und all die anderen. Und als sie im Zweiten Weltkrieg dringend gebraucht wurden, suchten die Deutschen ihre Hilfe, und sie waren emigriert. Ich möchte wissen, ob wir auf ähnliche Begabungen verzichten.«
Als aber Frikkie und Jopie mit Sannie eintrafen, rückten sie die Dinge wieder an den richtigen Platz. »Zum Teufel mit allen englischen Flüchtlingen«, sagte Jopie. »Sie kämpfen heutzutage für nichts. Spielen nicht einmal Rugby gegen uns.« Aber kaum hatte er das gesagt, erinnerte er sich, daß Mevrou van Doorn Engländerin war: »Sie waren natürlich nicht gemeint.«
Frikkie sagte vergnügt: »Laßt die jüdischen und englischen Kapitulierer sich in Harvard und Yale drängen. Wir haben hier eine Arbeit zu vollbringen, mit der sie sich nie abfinden würden. Und wir werden sie bewältigen.«
Als für die Familie Craig Saltwoods die Zeit kam, das Land zu verlassen, verkündete Philip, daß er gern zum Jan-Smuts-Flughafen fahren würde, um ihrer Abreise beizuwohnen, denn das gab ihm Gelegenheit, Laura Saltwood

kennenzulernen, von der mehrere Einheimische mit Hochachtung gesprochen hatten. Aber es war eine Fahrt von über hundertfünfzig Kilometern, und vielleicht hätte er sie nicht unternommen, wenn er nicht von Craig Saltwood, den er nie kennengelernt hatte, ein überraschendes Telegramm erhalten hätte: MUSS SIE UNBEDINGT VOR MEINEM ABFLUG JAN-SMUTS-FLUGHAFEN SEHEN.

Frikkie und Jopie boten ihm an, ihn hinzufahren, denn sie wußten, daß Sannie gerne den Flugzeugen beim Start zusah; so fuhren sie also zu viert durch Süd-Transvaal und kamen einige Zeit vor dem Abflug der Maschine im Flughafen an. Sie fanden Craig Saltwood, der besorgt nach seinem amerikanischen Vetter Ausschau hielt. Nachdem Frikkie den Engländer erkannt hatte, zogen sich die drei Afrikander zurück und ließen die beiden Männer allein. Dann sagte Craig: »Ich weiß, wir sind praktisch Fremde, aber... Philip, würdest du dich bitte um meine Mutter kümmern. Ich bin sicher, daß sie etwas Dramatisches vorhat, und ich kann, hol' mich der Teufel, nicht herausfinden, was.« Philip war beinahe erschrocken. Er wußte nicht, was er sagen sollte. Verblüfft über die Bitte, meinte er schließlich zögernd: »Ich kann von Venloo aus nicht gut auf sie achtgeben.«

»Das meine ich nicht. Du kannst meine Mutter nie davon abbringen, zu tun, was sie will.«

»Was meinst du?«

»Ich glaube, sie wird mit dem Gesetz in Konflikt geraten. Alles, was sie sagt und tut, verstärkt meine Ahnung.«

»Warum verläßt du dann das Land?«

»Weil sie darauf besteht. Sie meint, die Dinge werden hier zwangsläufig zum Teufel gehen – dort kommt sie.«

Laura Saltwood war siebenundsechzig, hochgewachsen, weißhaarig, so schlank wie in ihrer Jugend, und ihr Blick war klar. Sie war sehr zufrieden darüber, daß ihre Familie sich »in ein besseres Klima« begab, wie sie es ausdrückte, und sie hatte nicht die Absicht, bei ihrer Abreise Tränen zu vergießen. Sie war ein wenig verwirrt, als sie Philip kennenlernte, denn durch seine unerwartete Anwesenheit wurde der Abschied doch etwas schwerer, als sie beabsichtigt hatte; doch sie begrüßte ihn herzlich und forderte ihn auf, sich mit ihnen in die Halle zu setzen, um dort auf den Abflug zu warten.

»Ich bin mit Freunden gekommen«, entschuldigte er sich, und als er sie heranwinkte, schloß sie sie ins Gespräch ein, indem sie bei der Vorstellung Afrikaans sprach. Die Situation war gespannt, denn die Saltwoods waren verlegen, weil sie das Land verließen, und Frikkie und Jopie ihren Ärger darüber nur schwer verbergen konnten.

Nun rollte die Maschine heran, eine veränderte Version der Standard Boeing 747, die verkürzt war, um nonstop nach London fliegen zu können, da südafrikanische Flugzeuge nirgends in Schwarzafrika auftanken durften. Eine ausschließlich aus Weißen bestehende Besatzung nahm ihre Plätze ein – in einem Land, das zu achtzig Prozent nichtweiß war, und nach dem feierlichen Abschied verließ wieder eine Familie das Land; ihre Kinder würden nie in ihre Heimat zurückkehren, die ihre Mitarbeit so dringend brauchte. Als das Flugzeug abhob, sagte Jopie: »Die Engländer – sie landen als letzte und fliehen als erste.« Und Frikkie meinte: »Ein kluger Bauer jätet seinen schwachen Mais aus.« Sie machten keinen Versuch, ihre Verbitterung zu verbergen.

Sie wären vermutlich noch empörter gewesen, wenn sie zufällig die nicht flugplanmäßige Boeing am anderen Ende des Flughafens erblickt hätten, zu der im Lauf einer Stunde eine Reihe von kleinen Autos kamen. Über diese Maschine wurden keine Meldungen über die Lautsprecher durchgegeben; keine Stewardessen in Uniformen eilten durch den Flughafen, um sie anzukündigen. Sie füllte sich in aller Stille mit Passagieren, rollte ebenso still zum entfernten Ende der Startbahn, hob ohne jedes Aufsehen ab, zog einen Kreis und machte sich auf den langen Weg nach Südamerika. Sie beförderte einhundertachtzig Geschäftsleute und Farmer nach Rio de Janeiro und São Paulo, zumeist Afrikander, die mit ihren Frauen Farmgebiete im Landesinneren besichtigten, im Hinblick auf den Tag, an dem sie vielleicht Südafrika verlassen wollten. Von diesen Passagieren gefiel es dreiundvierzig Familien so gut in Brasilien, daß sie Übereinkommen für den Ankauf von großen *fincas* trafen, die sie für den Tag, an dem sie gebraucht würden, in Reserve hielten. Die anderen wollten sich erst später entschließen. Das geheimnisvolle Flugzeug sollte auf seinem nächsten Flug Afrikander- und englische Ärzte nach Australien bringen, die sich beim dortigen Ärzteverband eintragen ließen, um sich einen Zufluchtsort zu sichern... wenn es zum Krach kam.

Am 30. Mai erschien Laura Saltwood in der schwarzen Schule in Transvaal, wo sie feststellte, daß die Reklame für ihren Besuch etwa dreißig bis vierzig schwarze Schuldirektoren und leitende Beamte veranlaßt hatte, beträchtliche Entfernungen zurückzulegen, um sie zu hören. Sie wußten, daß sie eine bemerkenswerte Frau war, die in aller Stille für eine gute Sache arbeitete. Sie war als vernünftig und furchtlos bekannt, und sie wußten, daß sie nicht die weite Fahrt unternommen hätte, wenn es nicht um etwas Wichtiges gegangen wäre.

Obwohl sie ihre Rede genau aufgeschrieben hatte, da sie ahnte, daß es ihre wichtigste und vielleicht auch ihre letzte war, benutzte sie ihre Notizen nicht, sondern sprach frei. Sie kündigte ihr Thema an: »Die Sprache, einer der lebendigsten Gegenstände der Welt« und zerstreute sogleich die Befürchtungen der älteren Konservativen, indem sie das Afrikaans lobte:

> Wie Sie aus dem Alten Testament wissen, haben Südafrika und Israel viel gemeinsam, besonders die Entschlossenheit, eine neue Sprache zu schaffen und durchzusetzen. Israel griff auf das alte Hebräisch zurück. Südafrika verwendete das klassische Holländisch und fügte eine Fülle neuer Wörter und Wortkombinationen hinzu und nahm Änderungen in der Orthographie vor.

> Niemand sollte sich über Afrikaans lustig machen, weil es gedrängte Konstruktionen verwendet. Die Größe der englischen Sprache liegt darin, daß sie die beispielsweise im Deutschen geläufigen Deklinationen ausgemerzt hat. Ein deutscher Purist könnte daraus durchaus das Recht ableiten, Englisch geringschätzig als Verfallsprodukt zu bezeichnen, ebenso wie Holländer verächtlich sagen, daß Afrikaans eine Verflachung ihrer Hochsprache sei. Das ist ungerecht. In zwei Jahrhunderten wird Afrikaans vielleicht eine bedeutende Sprache und Holländisch verschwunden sein, weil Afrikaans einfachen Bedürfnissen entspricht und somit eigene Vitalität entwickelt.

Die unruhigeren jungen Lehrer waren über die versöhnliche Einleitung enttäuscht, und ein Geschichtslehrer flüsterte: »Sie könnte als Sprecherin für die Afrikander-Universitäten auftreten.« Doch dann kam sie zum Kern ihrer Botschaft:

> Vor den Unruhen in Soweto im Jahr 1976 wurde den schwarzen Kindern Südafrikas geraten, sie sollten, da ihre Zukunft in diesem Land liege, als zweite Sprache nicht Englisch wählen, sondern Afrikaans. Und es wurde ihnen befohlen, in der Hälfte ihrer Stunden Afrikaans als Unterrichtssprache zu verwenden, während sie offensichtlich lieber nur Englisch gesprochen hätten. Sie hatten recht, Unterricht in englischer Sprache zu verlangen. Ihnen diese Sprache zu versagen, wäre eine schwere Beraubung. (Hier applaudierten einige Lehrer.) Englisch ist eine universelle Sprache, eine *lingua franca* in allen Teilen der Welt. Im Flugverkehr wird Englisch verwendet. Wissenschaftliche Berichte aus allen Ländern werden auf englisch publiziert. Diese Sprache zu beherrschen bedeutet, einen Schlüssel zur Weltwirtschaft zu besitzen.
>
> Außerdem ist die englische Literatur wahrscheinlich reicher als die jeder anderen Sprache, denn im Englischen gibt es nicht nur die unsterblichen Dichtungen von Milton und Shakespeare, die Werke von Dickens und Jane Austen, sondern auch die von Schriftstellern wie Ernest Hemingway aus Amerika, Patrick White aus Australien und William Butler Yeats aus Irland. Auf Englisch zu verzichten, wenn man die Möglichkeit hat, es zu lernen, ist so, als würde man den Schlüssel zu einer Schatztruhe wegwerfen.
>
> Lernt Afrikaans für euer tägliches Leben in diesem Land, aber lernt Englisch, damit ihr in der ganzen Welt leben könnt. Der Eroberer, der mich zwingt, seine Sprache zu lernen, macht mich zu einem Sklaven. Die Verordnung, die mich dazu zwingt, eine Sprache zu lernen, die nur von wenigen Menschen gesprochen wird, steckt mich in einen Käfig. Der Lehrer, der mir hilft, eine Weltsprache zu lernen, befreit mich. Wenn ihr Afrikaans lernt, werdet ihr imstande sein, einige schöne Bücher zu lesen; wenn ihr Englisch lernt, werdet ihr die größte Sammlung von Wissen und Literatur der Welt lesen können.

Die Direktoren applaudierten, die Lehrer jubelten, die Studenten gingen hinaus und marschierten mit Fahnen umher. Die Polizei suchte eifrig nach Mrs. Saltwood, aber sie war auf Nebenstraßen in ihr Heim in Johannesburg zurückgefahren, und am nächsten Tag flog sie nach Kapstadt zu einer Freundin, die mit ihr in der »Schwarzen Schärpe« zusammenarbeitete. Was wichtiger war, sie traf Vorkehrungen, um mit dem Lady-Anne-Barnard-Team Bowling zu spielen.

Am 1. Juni stand Laura Saltwood um sieben Uhr auf, las in dem Büchlein mit den Sonetten Shakespeares, das sie immer bei sich trug, und zog nach einem spartanischen Frühstück in der Küche ihrer Freundin ihren Bowlingdreß an: weiße Strümpfe, weiße Schuhe mit hellblauem Rand, weißes Kleid mit schweren, geflochtenen Biesen, weißer Sweater mit den Farben von Lady Anne Barnard auf der Tasche und einen steifen weißen Strohhut mit dem Barnardband. Eine ausgewählte Gruppe von Frauen, meist Mitglieder der anglikanischen Kirche, hatten diese Uniform in den letzten achtzig Jahren voller Stolz getragen, und nun fuhren zwölf von ihnen auf verschiedenen Wegen zum Bowlingplatz im Park, wo sie die vornehmen »Ladies of Castle« treffen sollten. Während eines großen Teils der südafrikanischen Geschichte hatten in diesem Team adelige Mitglieder gespielt.

Die meisten Spielerinnen befanden sich bereits auf dem Platz, als Laura eintraf; einige waren viel älter als sie, die meisten jedoch über fünfzig. Es war eine Gruppe von gutaussehenden, braungebrannten Frauen, jede trug den richtigen Sportdreß, und alle freuten sich auf das Spiel, das sie seit Jahrzehnten betrieben. Man konnte die »Ladies of the Castle« leicht von Lauras Team unterscheiden: Sie trugen braune Schuhe mit sehr dicken Gummisohlen, die breiten Krempen ihrer Hüte waren vorne nach unten und hinten nach oben gebogen, und das Band hing ordentlich links nach unten. Es war klar, daß sie die Absicht hatten zu gewinnen.

Keine von den Barnards oder den Castles sprach mit Mrs. Saltwood mehr als die üblichen Begrüßungsworte, aber ihre Gespanntheit ließ erkennen, daß heute kein gewöhnlicher Tag war.

Laura spielte mit der besten Bowlerin der Barnards zusammen: Mrs. Grimsby war eine Frau mit strengem Gesicht, die ihre Gegnerinnen einschüchterte, indem sie auf ihrem Dreß ein Band mit sechs Medaillen trug, die sie bei internationalen Wettbewerben gewonnen hatte. Sie war hervorragend und schüttelte Laura kräftig die Hand, als sie zusammentrafen: »Wir werden es schon schaffen, ja?«

»Heute sind wir an der Reihe zu gewinnen«, antwortete Laura.

Die Teams spielten zu viert, zwei Partner an einem Ende der Spielfläche gegen zwei am anderen Ende. Lauras Gegnerin war diesmal Mrs. Phelps-Jones, gegen die sie immer verloren hatte, aber sie spürte, daß sie zusammen mit Mrs. Grimsby einen knappen Überraschungssieg landen könnte.

Laura durfte die Markierungskugel, den *jack*, auswerfen, was sie recht geschickt machte, so daß sie fast genau in der richtigen Entfernung von der Grundlinie landete, aber ein wenig zu weit rechts. Da andere Gruppen zu-

gleich auf benachbarten Plätzen spielten, war es üblich, den *jack* in der erreichten Distanz zur Mitte der Spielbahn zu rollen, und als das erledigt war, begann das Spiel.
Laura und Mrs. Phelps-Jones hatten je vier Kugeln, die Lauras waren mit einem kleinen, in das Holz geschnitzten blauen Dreieck gekennzeichnet, die ihrer Gegnerin mit einem grünen Kreis. Es wurde eine kleine Matte ausgebreitet, um das Gras zu schützen, wo die Spielerinnen während des ganzen Spiels stehen würden, und auf dieser Matte machte Laura zwei entschlossene Schritte, schwang den rechten Arm und schleuderte ihre Kugel. Sie warf sie weit nach links vom Ziel, da sie aber nicht ganz rund war und Laura darauf geachtet hatte, sie an der breiteren Achse zu werfen, drehte sie sich allmählich nach rechts und blieb unweit des *jack* liegen.
Mrs. Phelps-Jones ließ sich nicht entmutigen. Sie trat auf die Matte und warf die erste Kugel ziemlich nach rechts, sah dann befriedigt, wie sie einen großen Halbkreis nach links beschrieb und schließlich näher beim *jack* lag als die Lauras. Am Ende des ersten Durchgangs hatte Mrs. Phelps-Jones einen Punkt erzielt, denn ihre erste Kugel lag näher als alle, die Laura geworfen hatte, aber Laura entging einer Katastrophe, denn eine ihrer Kugeln war besser placiert als die zweitbeste ihrer Gegnerin.
Nun war Mrs. Grimsby an der Reihe. Sie warf die Kugel nach rechts mit einem Linksdrall, und der *jack* zog sie an wie ein Magnet – am Ende des Durchgangs hatte sie bejubelte drei Punkte erzielt. Das Spiel ging über die einundzwanzig Durchgänge mit knappen Resultaten weiter, wobei Mrs. Grimsby die Punkte machte, die Laura verfehlte. Es war ein prächtiger Wettkampf, der alle vier Damen durch das knappe Resultat befriedigte.
Mrs. Grimsby sah die beiden als erste. Sie hatte einen hervorragenden Wurf, rechts mit Linksdrall, gelandet, der zwei Kugeln ihrer Gegnerin wegprellte, und als sie aufblickte, standen an der Seite des Spielfelds zwei Männer in dunklen Anzügen, die dem Spiel zusahen, ohne ein Wort zu sagen.
Mrs. Grimsbys Gegnerin sah sie als nächste, dann alle Frauen am anderen Ende des Spielfelds. Niemand sagte etwas, aber allmählich machte ihr veränderter Gesichtsausdruck auch die Spielerinnen aufmerksam, die den Männern den Rücken zuwandten. Endlich sagte Mrs. Phelps-Jones nüchtern: »Laura, ich glaube, sie sind da.«
Mrs. Saltwood schaute nicht auf. Sie überprüfte die Lage der Kugeln, die Mrs. Grimsby und ihre Gegnerin geworfen hatten, und meinte: »Ich glaube, Esther hat zwei, einverstanden?«
Mrs. Phelps-Jones bückte sich, um nachzusehen, und erklärte: »Stimmt, zwei.«
Das Spiel ging weiter, wie es die Männer beabsichtigten, und obwohl Laura nicht gut spielte, gelang es ihrer Partei, durch das hervorragende Spiel von Mrs. Grimsby mit 25 : 21 zu gewinnen; während Laura niederkniete, um die Kugeln aufzuheben, sah sie, daß Mrs. Phelps-Jones weinte, und als sie über den Platz zu Mrs. Grimsby ging, um ihr zu gratulieren, stellte sie fest, daß auch ihr Tränen übers Gesicht liefen.

Mrs. Grimsbys Gegnerin sprach als erste: »Laura, Sie waren mir die liebste Frau des Teams. Darf ich Ihnen einen Kuß geben?«

Unter Tränen sagten die Frauen Laura Lebewohl, denn sie wußten, daß sie wahrscheinlich nie wieder mit dieser leidenschaftlichen, wundervollen Frau spielen würden. Als es vorbei war, kamen die beiden Männer heran, traten vor Mrs. Saltwood und erklärten ruhig: »Laura Saltwood, Sie sind geächtet.«

Sie saß allein in ihrem Haus. In den nächsten fünf Jahren durfte sie nie mit mehr als einer Person gesehen werden. Sie durfte an keinerlei öffentlichen Versammlungen teilnehmen, sich nicht einmal an zwei Menschen gleichzeitig wenden, nichts veröffentlichen, sich mit niemandem außer ihrem Arzt, ihrem Zahnarzt und ihrem Anwalt beraten, und auch mit denen nicht gleichzeitig.

Es war der Presse untersagt, sie zu erwähnen. Sie konnte kein Geld aus dem Ausland erhalten, und es war ihr verboten, im Rundfunk oder Fernsehen aufzutreten. Wenn sie in die Stadt ging, durfte sie von nur einer Person begleitet werden, und wenn Freunde stehenblieben, um mit ihr zu sprechen, war sie verpflichtet, sie abzuweisen.

Weil sie diese Ächtung erwartet hatte, hatte sie ihren Sohn und seine Familie aus dem Land geschickt, denn als Geächtete wäre es ihr untersagt gewesen, mit ihnen zusammenzutreffen, und sie wollte ihnen diese schmerzliche Erfahrung ersparen.

Wenn jemand sie besuchte, mußte sie die Tür offenstehen lassen, damit die Polizei und sogar Fremde sich vergewissern konnten, daß sie keine Versammlung abhielt. Wenn mehrere Personen zu ihrem Haus kamen, mußten sie auf Stühlen im Freien sitzen, damit jeder sehen konnte, daß sie nicht alle gleichzeitig mit Laura sprachen.

Da sie nie erfuhr, welche Beschuldigungen gegen sie erhoben worden waren, hatte sie keine Möglichkeit, die Ächtung zu verhindern oder sich zu rechtfertigen. Etwa achtzig oder neunzig untergeordnete Beamte hatten das Recht, den höheren Behörden die Namen jener Personen anzugeben, die ihnen mißfielen, aber die Opfer erfuhren nie, wer die Ankläger waren oder was sie gestört hatte. In Lauras Fall lag der Schwerpunkt auf dem Bericht des von der südafrikanischen Regierung in London unterhaltenen Geheimdienstes:

> Unser Agent 18-52 folgte Mrs. Saltwood nach Cambridge, wo ihr Bruder vor seiner Flucht nach Moskau der kommunistischen Partei beigetreten war; dort besuchte sie sein altes College Clare's; dann begab sie sich zum Ufer des Cam und zum King's College, wo sich ihr einmal ein Kurier in einem langen Mantel näherte. Er ging zu einem Telefon und näherte sich ihr ein zweitesmal mit Botschaften, die nicht gehört wurden.

Von dieser Ächtung konnten nur bestimmte Gruppen von Bürgern betroffen werden: Journalisten, Schriftsteller, Geistliche, die von den Geboten der holländisch-reformierten Kirche abwichen, agitierende Frauen und natürlich jeder Schwarze, der Anzeichen von Führungsqualität erkennen ließ. Es gab keine lange Gerichtsverhandlung, keine Publizität und keine unangenehmen Erklärungen der Angeklagten bei ihrer Verteidigung. Dieses Verfahren war in den Augen der Regierung sauber, wirkungsvoll und endgültig.

In der dritten Nacht ihrer Ächtung war Laura Saltwood nicht überrascht, als um vier Uhr morgens eine Bombe vor ihrer Tür explodierte. Wenn die Regierung eine Person wie Mrs. Saltwood für ausgestoßen erklärte, wurde sie zu einer schutzlosen Zielscheibe für jeden Strolch in der Umgebung, und die Polizei unternahm wenig, um den Pöbel davon abzuhalten, die Häuser von Geächteten zu bombardieren oder anzuzünden. In den letzten Jahren waren sechshundertsiebzehn derartige Anschläge erfolgt, und kein einziges Mal hatte die Polizei die Schuldigen ausgemacht. Die Behörden erklärten immer: »Das Legen von Bomben ist eine strafbare Handlung. Es werden alle Anstrengungen unternommen, die Verantwortlichen zu ermitteln.« In manchen Fällen, wie auch in dem von Mrs. Saltwood, enthielten Bombensplitter Seriennummern, die den an die Polizei ausgegebenen entsprachen, aber auch den besten Detektiven im Land war es unmöglich, die Täter zu finden. Sie konnten eine einzelne Füllfeder aufspüren, die von einer Kirche in Genf ins Land geschickt wurde, und jede Person ausfindig machen, die sie in der Hand gehabt hatte, bevor sie den Weg zu einem schwarzen Studenten fand, aber sie waren nicht imstande, die Spur einer Bombe zu verfolgen, deren Seriennummer ihren Herstellungsort, ihre Bestimmung und den Namen desjenigen angab, der sie übernommen und dafür unterschrieben hatte.

Viele der vorhergehenden Anschläge hatten zu katastrophalen Bränden geführt, bei mehreren hatte es Verletzte und bei zweien Tote gegeben, aber nie wurde auch nur ein Verdächtiger genannt, geschweige denn verhaftet. In Mrs. Saltwoods Fall zerstörte die Bombe eine Tür und hinterließ einen deutlichen Brandfleck auf dem Türpfosten, aber das war auch schon alles. Was die nächste anrichten würde, konnte man nicht wissen. Sicher war nur, daß es einen weiteren Anschlag geben würde, den die Polizei untersuchen und den die Beamten in Pretoria mit Bedauern zur Kenntnis nehmen würden.

Das Schlimmste an Laura Saltwoods Ächtung war jedoch, daß am Morgen des Tages, an dem die fünf Jahre abgelaufen waren, dieselben Männer vor ihrer Tür erscheinen und ruhig sagen konnten: »Laura Saltwood, Sie sind für weitere fünf Jahre geächtet«, und danach konnten noch weitere fünf und nochmals fünf folgen.

Deshalb hatten die Mitglieder vom Lady Anne Barnard Club geweint, als sie an jenem ersten Juni von ihr Abschied nahmen. Sie befürchteten, daß ihre Kameradin nie wieder frei sein würde.

Bei seinen Diskussionen mit jungen Afrikandern war Saltwood sowohl an der Schürfstelle als auch in Vrymeer davon beeindruckt, wie unbekümmert sie sich über die Meinung der übrigen Welt hinwegsetzten. Wenn die Vereinten Nationen eine Resolution verabschiedeten, die Südafrika wegen seiner Rassenpolitik oder wegen der Behandlung der Inder verurteilte, lachten die jungen Troxels und sagten: »Was können die denn tun? Sie brauchen unsere Bodenschätze. Sie sollen zum Teufel gehen.« Zeitungen in London und New York brachten erbitterte Leitartikel, und die jungen Geologen, die mit Philip arbeiteten, grinsten hämisch: »Was können England und die Vereinigten Staaten schon tun? Sie müssen sich auf uns als Bollwerk gegen den Kommunismus verlassen, da können sie sich um blutende Herzen verdammt wenig kümmern.«
Mit diesen vitalen jungen Leuten konnte ein Außenstehender nicht sprechen, ohne zu der Überzeugung zu gelangen, daß sie die Absicht hatten, zur Verteidigung ihrer gegenwärtigen Lebensform sogar ihre Streitkräfte einzusetzen, und bereit waren, ihre Waffen sowohl gegen Bedrohungen von außen wie auch von innen zu benutzen. »Wenn ihre Armeen nur einen Schritt über unsere Grenzen machen«, sagte Frikkie, »dann schießen wir sie zusammen.«
Jopie betonte etwas anderes: »Sollte dieser Jonathan Nxumalo oder einer seiner Freunde aus Moçambique bei uns eindringen, werden wir sie in dem Augenblick niederknallen, in dem sie den Fuß auf unseren Boden setzen. Und wir erschießen jeden Kaffer innerhalb unseres Landes, der auch nur einen Finger rührt, um ihnen zu helfen.«
»Das hört sich ja an, als ob eine Götterdämmerung bevorsteht«, sagte Saltwood eines Nachmittags.
»Was ist das?« fragte Jopie.
»Ein germanischer Mythos. Die Götter haben alles total verpfuscht, deshalb gehen sie ins *laager* und lösen ihre Probleme, indem sie den ganzen Himmel in Flammen setzen.«
»Für dieses Kommando melde ich mich freiwillig«, erklärte Jopie.
»Ich auch«, sagte Sannie.
»Ihr meint, ihr würdet es darauf ankommen lassen, das gesamte Gefüge Südafrikas zu zerstören, um eure Vorrechte weiter genießen zu können?«
Diese Art rhetorischer Frage wäre bei Studenten in Paris oder Berlin wirkungsvoll gewesen. In Vrymeer rief sie eine Antwort von Frikkie hervor, die Saltwood einfach verblüffte: »Kein Amerikaner kann unsere Lage verstehen. Ihr habt ein Problem mit euren Schwarzen, das ihr auf eine Art löst, die mit eurer Geschichte im Einklang steht. Was ihr tut, steht aber in keiner Beziehung zu uns. Denn uns hat Gott hierher gestellt, um Sein Werk zu verrichten. Wir sollen hier als Bollwerk der christlichen Kultur dienen. Wir müssen bleiben.«
Philip schnappte nach Luft. In den Vereinigten Staaten wären Frikkie und Jopie Footballprofis gewesen, und er konnte sich nicht vorstellen, daß zwei Spieler von den Dallas Cowboys oder den Denver Broncos sich für ihr poli-

tisches Verhalten auf Gott beriefen. »Glauben Sie wirklich, was Sie da eben sagten?« fragte er, und Sannie antwortete: »Wir wurden hierher gestellt, um Gottes Willen zu erfüllen, und wir werden es tun.« Als Philip sie etwas fragen wollte, unterbrach sie ihn: »Wenn Frikkie und Jopie in der ersten Schlacht fallen sollten, würde ich ihre Gewehre übernehmen.«
»Warum?«
»Um unsere christliche Lebensweise zu verteidigen.«
»Du würdest hinaus zu den Rundhütten gehen und die Nxumalos erschießen?«
»Sicherlich.« Und fast unmerklich rückte sie näher zu den Vettern.
In der Küche herrschte Stille. Das war der erste Hinweis darauf, daß sie sich für die Troxels und gegen den amerikanischen Eindringling entschieden hatte, und Saltwood hielt es für aussichtslos, weiter zu argumentieren. Welchen der Vettern sie schließlich vorziehen würde, konnte man nicht erkennen, aber es war klar, daß sie in ihr Götterdämmerungs-Kommando eingetreten war.
Als er später mit ihr allein war, wagte er noch einmal, das schwierige Thema anzuschneiden, aber sie stellte bei der ersten zögernden Frage ihren Standpunkt klar: »Philip, wir sind eine kleine Gruppe von Weißen am Rand eines uns feindlich gesinnten schwarzen Kontinents. Gott hat uns zu einem bestimmten Zweck hierher gestellt und uns einen Auftrag erteilt. Ich versichere dir, wir werden lieber alle zugrunde gehen, ehe wir uns dieser Verpflichtung entziehen.«
»Sannie, mir scheint, du läßt dich durch die Haltung von Frikkie und Jopie beeinflussen. Wie denken deine Eltern darüber?«
»Was Mutter denkt, ist unwichtig, denn sie ist Engländerin. Aber wenn du Vater fragen willst...«
Sie gingen zu Marius in sein Arbeitszimmer, dessen Wände mit Büchern, die er in Oxford verwendet hatte, und anderen, die er im Laufe der Zeit aus London und New York importiert hatte, förmlich verkleidet waren. »Zur Zeit meines Vaters«, sagte er, »gab es in diesem Zimmer nur ein Buch, diese alte Bibel. Jetzt kann ich nicht einmal mehr Holländisch lesen.«
»Wir haben einen ernsten Streit, Vater. Philip beschuldigt die Vettern und mich, Mitglieder eines Götterdämmerungs-Kommandos zu sein. Daß wir Südafrika niederbrennen wollen, um es zu retten.«
»Er hat recht, was eure jetzige Haltung betrifft. Aber wenn du älter wirst...«
»...werde ich noch überzeugter sein. Ich habe keine Geduld...«
»Jetzt nicht, aber wenn du vor den wirklichen Alternativen stehst...«
»Welche sind das?«
Marius lehnte sich zurück. Er machte sich schon seit einiger Zeit Sorgen über Sannies zunehmenden Militarismus; sie benahm sich so, als glaube sie, man könne alle Fragen mit dem Maschinengewehr beantworten. Aber er dachte auch über seine eigene Haltung nach; hatten ihn seine Jahre in Oxford und seine Ehe mit einer Engländerin verdorben? Er erinnerte sich gut

daran, wie sein Vater ihm *dominee* Brongersmas Reaktion auf seine Heirat mitgeteilt hatte: »Jetzt kann er nie mehr Mitglied des *Broederbond* werden. Er wird nie eine bedeutende Rolle in eurer Gesellschaft spielen.« Brongersma hatte recht behalten. Ein Mann, der Oxford der Würde eines Kapitäns der Springböcke und eine englische Frau einer loyalen Afrikanderin vorgezogen hatte, war ein Ausgestoßener; niemand, der mit der Regierung in Verbindung stand, zog ihn ins Vertrauen, und er lebte in einer Art Vorhölle, da er weder Afrikander noch Engländer war. Er sagte einmal von sich: »Ich bin wie ein farbiger Afrikander«, und nachdem er das eingestanden hatte, wurde ihm klar, daß seine Tochter Sannie, die entschlossen zu sein schien, eine echte Afrikanderin zu werden, alles für fragwürdig halten würde, was er sagte.

»Ich habe mir ständig diese Frage gestellt«, sagte er langsam. »Ich mußte die Dinge bemerken, die Vater in den langen Jahren bei der Rassenkommission tat. Und ich bin zu dem Schluß gelangt, daß sich Afrikander wie Frikkie und Jopie niemals ändern.«

»Ein Hurra für sie!« rief Sannie.

»Und ich muß meine Tochter auf ihren eigenen Wunsch hin ins Lager der beiden einordnen.«

»Dort will ich auch sein.«

»Deshalb wäre ich sehr glücklich, Philip, und das ist auch die Meinung meiner Frau, wenn Sie dieses Mädchen heiraten und mit sich nehmen könnten.« Er sprach ernst, beinahe schmerzlich. »Ich sehe hier keine glückliche Zukunft für sie. Sie müßte, wie die begabten Kinder so vieler Familien, die wir kennen, Montreal oder Melbourne zu ihrer Heimat machen.«

»Laß mich da aus dem Spiel«, sagte Sannie schroff. »Ich kann selbst für mich sorgen. Welche Zukunft erwartest du für unser Land?«

»Nachdem Moçambique sich schwarzen Streitkräften ergeben hat – Namibia, Zambia, Vwarda und Rhodesien –, können wir da logischerweise annehmen, daß wir uns endlos halten werden...?«

»Ich kann es«, sagte Sannie, »ebenso wie Frikkie und Jopie und alle loyalen Afrikander.«

»Zu deinen Lebzeiten, vielleicht. Oder so lange, wie ihr Kugeln für eure Gewehre habt. Aber auf lange Sicht, über kleine persönliche Interessen hinaus...«

Er zögerte, seine apokalyptische Ansicht mit einem Ausländer zu teilen, der kein übermäßiges Interesse an dem Land hatte, oder auch mit seiner Tochter, die ihm dadurch noch mehr entfremdet werden konnte. Aber wie alle Südafrikaner empfand er den Wunsch, über die Zukunft zu sprechen, deshalb fuhr er fort: »Ich glaube, Schwarze wie die Brüder Nxumalo – Jonathan in Moçambique, Daniel an der Universität – werden bereit sein, im Augenblick ihres Triumphes...«

»Du glaubst, daß sie triumphieren werden?« fragte Sannie verächtlich.

»Oder ihre Söhne, die ihnen sehr ähnlich sein werden«, fuhr ihr Vater fort.

»Meine Söhne werden sie niederschießen«, erklärte sie.

»Dann ihre Enkel. Die Geschichte hat Zeit... sie kann warten.«
»Worauf?« fragte Saltwood gespannt.
»Wie ich sagte, ich glaube, die schwarzen Sieger werden großmütig sein. Sie werden wollen, daß wir bleiben. Ihre Brüder haben, weiß Gott, aus den Ländern, in denen sie jetzt herrschen, nicht viel gemacht. Sie werden erkennen, daß sie uns brauchen.«
»Du glaubst das wirklich?« fragte Sannie.
»Ganz ohne Frage. Die schwarze Führung in diesem Land war die geduldigste, verständnisvollste der Welt. Sie war ein Wunder an Mitgefühl und Toleranz, und ich glaube, sie wird auf dieser Linie bleiben.«
»Wo liegt dann die Schwierigkeit?« fragte Philip.
»Bei uns. Bei Sannie, Frikkie und Jopie. Wir werden die Veränderung nicht hinnehmen können. Wir werden im Götterdämmerungs-Kommando reiten, wie Sie es voraussagen, aber wir werden seiner überdrüssig werden, sogar dann, wenn sich die restliche Welt nicht einmischt. Und dann...«
Hier zögerte er, seine Vorstellung in Worte zu fassen, und weder seine Tochter noch sein amerikanischer Gast ahnten, was er sagen wollte: »In diesem Augenblick der Krise werden sich die Afrikander und ihre englischen Anhänger, zu denen auch meine Frau gehört, in einem *laager* einigeln. Mit voller Einwilligung und sogar unter Mithilfe der neuen schwarzen Herrscher werden wir uns in die westliche Hälfte des Oranje-Freistaates und in die Kapprovinz westlich von Grahamstown zurückziehen. Wir werden die Diamantenminen in Kimberley behalten, aber die Goldfelder in Johannesburg abtreten. Diese Stadt und Pretoria werden der neuen schwarzen Regierung übergeben, und wir werden in dem begrenzten kleinen Gebiet unser Afrikanderstan errichten. Die anderen werden den Spieß umdrehen. Als wir an der Macht waren, versuchten wir, alle Schwarzen in kleinen Stammesgebieten zu konzentrieren, während wir die weiten, freien Flächen und die schönen Städte für uns behielten. In Zukunft werden sie die freien Flächen und die schönen Städte besitzen, und wir werden zusammengedrängt werden.«
»Was geschieht mit den Farbigen?« fragte Philip. »Sie werden alle zu euch, in euer Afrikanderstan kommen.« Und Marius van Doorn antwortete, wie es seine Landsleute seit dreihundert Jahren getan hatten: »Mit diesem schwierigen Problem befassen wir uns später.«
Als Philip und Sannie, die die Vorhersagen ihres Vaters sehr ernüchtert hatten, sie an die Troxels weitergaben, lachten die Vettern schallend, und Jopie sagte: »Wenn sie versuchen, Pretoria zu erobern, werden sie uns in den Gräben beim Monument vorfinden, und da sollten sie sich lieber darauf vorbereiten zu sterben.«
»Vater sagte, die wahren Prüfungen werden für unsere Enkel kommen. Sie werden klug genug sein, um...«
»Wenn einer meiner Enkel so redet wie dein Vater, schlag' ich ihn zu Brei.«
Frikkie versuchte, dem Problem philosophischer zu begegnen: »Als wir herkamen, gab es niemanden in diesem Land. Gott hat es uns geschenkt.

Wir fanden ein primitives Paradies und verwandelten es in eine große Nation.«
»Einen Augenblick!« widersprach Philip. »Ich habe gelesen, daß Eingeborene eure Schiffe begrüßten, als sie am Kap landeten.«
»Es gab niemanden hier«, behauptete Jopie. »Ich habe gehört, wie Sannies Großvater es bei einer öffentlichen Versammlung erklärte.«
Diese Behauptung überraschte Philip so, daß er Marius ersuchte, zu ihnen zu kommen, um die Tatsachen zu klären. »Jopie sagt, er hörte, wie Ihr Vater...«
»Bei mehreren Gelegenheiten«, warf Frikkie ein.
»... erklärte, daß die Holländer, als sie am Kap landeten, das Land völlig leer vorgefunden hätten.«
Marius lachte. »Mein Vater behauptete das gern in seinen Reden. Es war ein grundlegendes Dogma seiner Religion – und ist es für den durchschnittlichen Afrikander noch immer.«
»Sehen Sie, es gab keine Menschen hier!« rief Jopie triumphierend.
»Nach seinen Begriffen hatte Detleef recht. Es gab weder Engländer noch Spanier, noch Portugiesen. Und bestimmt keine Schwarzen.«
»Wir übernahmen jungfräuliches Land«, sagte Frikkie ruhig.
»Genau genommen nicht. Es gab viele kleine braune Menschen. Buschmänner, Hottentotten.«
»Die zählen nicht«, widersprach Jopie. »Das waren keine Menschen.«
»Sie sind ausgestorben«, erklärte Frikkie. »Sie wurden durch Krankheiten weggerafft. Und einige wenige kehrten in die Wüste zurück, und bald werden auch sie aussterben.«
»Wie wir gesagt haben«, schloß Jopie und blickte Philip grimmig an, »das Land war leer. Gott rief uns hierher, um eine Aufgabe für Ihn auszuführen.«
Die Arroganz der Troxels wurde durch zwei Vorfälle erschüttert, die sich nicht in Südafrika, sondern im Ausland ereigneten, und als Philip sah, wie die Vettern und die jungen Männer, die für ihn arbeiteten, reagierten, dachte er: Vielleicht beginnt die Außenwelt schließlich doch einzudringen.
Der erste Schlag kam von einer Seite, von der man ihn am wenigsten erwartet hätte: Reverend Paulus van den Berghe, der Führer einer Gruppe französischer und holländischer Calvinisten, kam nach Südafrika, um festzustellen, ob der Bruch zwischen der holländischen Mutterkirche und der Afrikanderkirche geheilt werden könnte, und im Laufe seiner Nachforschungen ersuchte er um die Erlaubnis, mit dem Sohn eines ihrer wichtigsten Stifter zusammenzukommen. Marius, der sich immer für Kontakte mit Ausländern interessierte, erklärte sich einverstanden und lud den prominenten Theologen für einige Tage nach Vrymeer ein. Dort befragte van den Berghe nicht nur Marius, sondern auch Frikkie, Jopie und Daniel Nxumalo, der auf Urlaub daheim war.
Nach vier Tagen wußte van den Berghe einiges über die Verhältnisse in

Venloo, sowohl vom weißen wie auch vom schwarzen Standpunkt aus, und bei der letzten Zusammenkunft, zu der auch Philip und Nxumalo herangezogen wurden, teilte er einige seiner vorläufigen Schlußfolgerungen mit:

> Was, meinen Sie, waren die beiden größten Überraschungen für mich? Zwei Rugbyspieler von internationalem Format kennenzulernen und selbst zu sehen, was für prächtige Männer sie sind. Ich wünsche euch viel Glück, Jungs, für eure kommenden Spiele in Australien und Neuseeland. Die zweite große Überraschung war die Feststellung, daß ich mich auf der Farm befinde, die Paulus de Groot einmal bewohnte oder mitbewohnte, der Held meiner Jugend. Ich wurde in seinem Sterbejahr geboren, und wie oft hörte ich meine Eltern von dem heldenhaften Holländer sprechen – wir bezeichneten die Buren immer als Holländer –, der vierhunderttausend Engländer in Schach hielt. Ich war tief bewegt, als ich Blumen auf sein Grab legen durfte.
> Nun zum Zweck meines Besuches: Es ist nicht abzuleugnen, daß Geistliche wie ich in den Niederlanden und in Frankreich über den Kurs beunruhigt sind, den eure holländisch-reformierte Kirche eingeschlagen hat, seit ihr Afrikander 1948 die Leitung des Staates übernommen habt. Sie wurde zur Dienerin einer einzelnen politischen Partei und nicht einer Religion oder der Republik, und so etwas ist immer bedauerlich. Eine Kirche sollte zuerst die Dienerin Jesu Christi, dann der gesamten Gesellschaft sein, und es ist gefährlich, sie nach einer politischen Partei auszurichten.
> Was die Predigten zum Thema Apartheid anbelangt, steht es mir nicht zu, ein persönliches Urteil zu fällen, bevor die ganze Kommission die Möglichkeit hatte, sie zu beurteilen und zu mildern. Ich muß aber gestehen, daß ich euer Land mit schwerem Herzen verlasse. Ich wußte nicht, daß ihr euch so weit von uns entfernt habt. Es wird nun die Pflicht aller sein, unsere Differenzen auszugleichen.

Als er gegangen war, sagte Frikkie mit nur mühsam verhehltem Zorn: »Dieses Land wurde immer von den Missionaren verdammt. Der Mann ist ein Agent des Weltkirchenrates, und ich würde ihn als Spion erschießen lassen.«
»Aber Frik!« protestierte Mevrou van Doorn.
»Ich meine das ernst. Was haben die fremden Kirchen in Rhodesien getan? Sie versorgten die Terroristen mit Geld. Und wofür haben die es verwendet? Um Frauen, Kinder und Missionare zu ermorden. Ist das noch Christentum?«
Jopie mischte sich ein: »Gebt nur acht, was er schreibt, wenn er wieder in Holland ist!« Und die Troxels hatten recht, denn als der Bericht der Kommission erschien, war er ein vernichtender Angriff auf die südafrikanische Kirche:

Ihr Komitee muß mit wachsendem Kummer berichten, daß unsere afrikanischen Brüder in der weißen holländisch-reformierten Kirche von Südafrika sich so weit und so eigenwillig vom Pfad christlicher Tugend, wie sie in den Predigten Jesu Christi und des heiligen Paulus dargelegt ist, entfernt haben, daß eine Wiedervereinigung zwischen unserer und ihrer Kirche nicht ratsam und unfruchtbar wäre. Deshalb empfiehlt Ihr Komitee einstimmig, daß die derzeitige Trennung so lange beibehalten werden soll, bis die holländisch-reformierte Kirche von Südafrika christliche Haltung erkennen läßt, indem sie dem als Apartheid bekannten Unterdrückungssystem ihre Unterstützung entzieht.

Saltwood staunte über die Wut, mit der die Troxels auf diese Kritik reagierten: »Wir sind die Buhmänner für die ganze Welt, und verdammt noch mal, wenn sie auf uns losgehen, werden wir ihnen die Augen auskratzen.« Sannie stimmte ihm zu, und obwohl Saltwood die jungen Leute darauf aufmerksam machte, daß sie sich nicht unbegrenzt über die Meinung der übrigen Welt hinwegsetzen könnten, antwortete Frikkie: »Wir können es, wenn diese Meinung falsch ist.« Dann fragte Philip, ob junge Männer wie er und Jopie zugaben, daß irgend etwas mit Südafrika nicht in Ordnung sei, und sie antworteten gleichzeitig: »Nein.« Und Jopie fügte hinzu: »Wir haben ein anständiges, gerechtes System zur Behandlung der Rassen in unserer Gesellschaft ausgearbeitet. Die Gesetze wurden beschlossen, und sie müssen nun befolgt werden.«

»Aber in den meisten Ländern«, sagte Philip, der an die drastischen Reorganisationen der letzten Jahre in Amerika dachte, »sucht man nach neuen Wegen. Normalerweise läßt sich ein Gesetz nur zehn oder zwanzig Jahre lang anwenden. Die Gesetze, die dein Großvater erlassen hat, Sannie...«

»Er hat sie nicht erlassen. Er schlug sie nur vor.«

»Sind sie heute nicht schon überholt? Sollten sie nicht aufgehoben werden?«

»Aufgehoben?« wiederholten die Troxels. »Sie sollten ausgebaut werden!«

»Wissen Sie, Saltwood«, erklärte Frikkie, »wir kennen die Schwarzen. Sie sind wilde Veldgeschöpfe wie die Antilopen, und wir werden nicht zulassen, daß sie durch neumodische Ideen verdorben werden, ganz gleich, was die holländischen Geistlichen raten mögen.«

Jopie wurde noch direkter: »Zum Teufel mit den holländischen Geistlichen. Sie sind die Missionare von heute.« Daraufhin ergriff Sannie die Hände ihrer jungen Verehrer und begann zu tanzen, wobei sie ein Lied improvisierte:

Zum Teufel mit den Missionaren!
Zum Teufel mit den Holländern!
Zum Teufel mit allen, die sich einmischen!

Marius, der den Lärm hörte, kam aus seinem Arbeitszimmer, und Sannie tanzte zu ihm: »Wir schicken die Missionare zur Hölle.«
»Das hat man schon vor langer Zeit getan«, meinte Marius, und als er mit den jungen Leuten ein Glas Bier trank, fragte Saltwood: »Wie sehen Sie das Kirchenproblem?« Marius überlegte eine Weile und sagte: »Als ich mein Rhodes-Stipendium annahm, statt für die Springböcke gegen Neuseeland Rugby zu spielen, wußte ich, daß ich damit auf vieles verzichtete.« Er lächelte den Troxels zu. »Diese Burschen treten nächsten Monat gegen Neuseeland an. Es wird das große Abenteuer ihres Lebens sein.«
»Sichtlich bedauern Sie etwas.«
»Etwas, das Sie nie erwarten würden. Als ich mit einer englischen Frau nach Hause kam, konnte ich nicht mehr Mitglied des *Broederbond* werden, aber wen kümmerte das? Mich schmerzte nur eines: daß mir das Recht verweigert wurde, Vollmitglied der holländisch-reformierten Kirche zu werden. Ich war nie im Ältestenrat, wissen Sie.«
»Spielt das eine Rolle?« fragte Saltwood.
»Es ist schmerzlich. Ich glaube wirklich, daß unsere Kirche heute die tatkräftigste in der Welt ist. Sie verfügt über Schwung, Bedeutung, Stärke. Sie gehorcht dem Wort Gottes und bemüht sich redlich, es auszuführen. Eine wirkliche Kirche.«
»Aber sie unterstützt die Apartheid. Sicherlich...«
Marius stand auf und holte sich noch ein Bier aus dem Kühlschrank. »Kirchen machen bestimmte Entwicklungsperioden durch. Wenn ich recht gehört habe, zieht eure katholische Kirche in Amerika gegen Geburtenkontrolle und Abtreibung zu Felde. Das geht vorüber, ist ein momentaner Trend. Es hat sehr wenig mit der fortdauernden Tätigkeit der Kirche zu tun. Das gleiche gilt für unsere Kirche und die Apartheid. Das ist ein Problem der achtziger Jahre. In fünfzig Jahren wird es gelöst sein.«
»Sie unterstützen also die Kirche in allem, was sie tut?« fragte Philip.
»Ja, weil sie die moralische Kraft Südafrikas ist. Sie wird immer bestehen.«
»Und inzwischen«, rief Jopie, »zum Teufel mit den Visitatoren aus Holland!«
»Und mit dem Weltkirchenrat!« fügte Sannie hinzu und begann wieder zu tanzen.
Wenige Tage später beobachtete Saltwood, wie die arroganten jungen Afrikander durch eine ganz andere ausländische Intervention aus dem Gleichgewicht gebracht wurden. Er wartete allein in der Küche der van Doorns auf Sannie, als ihr Vater und Jopie totenbleich hereinstürzten. Wortlos drehten sie am Radio herum, fanden eine Station in Pretoria und hörten die schreckliche Nachricht: »Einem unbestätigten Bericht aus Auckland zufolge werden die Regierungen von Australien und Neuseeland gezwungen sein, die geplante Tournee eines südafrikanischen Rugbyteams durch diese Länder abzusagen.«
»Gütiger Gott!« sagte Marius und starrte Jopie an. »Das würde bedeuten, daß ihr keine Springbockblazer bekommt.«

»Warte, warte! Das kann nicht ernst gemeint sein.«
Es war es aber. Ein anderer aufgeregter Nachrichtensprecher teilte auf afrikaans mit zitternder Stimme mit: »Wir haben noch keine endgültige Absage in Händen, aber die Regierungen von Australien und Neuseeland haben erklärt, daß Straßenkrawalle, in denen gegen die Tournee protestiert wurde, eine Absage ratsam erscheinen lassen.«
»Habt ihr gehört?« schrie Frikkie, der in die Küche stürmte. »Die Tournee ist abgeblasen.«
»Noch nicht offiziell«, sagte Jopie, dessen Hände feucht waren.
Dann kam die schreckliche Nachricht: »Es wird nun bestätigt, daß die Springbock-Tournee durch Australien und Neuseeland abgesagt wurde.«
Marius sank in einen Stuhl und starrte die Vettern mitleidig an. »Es ist so, wie du sagtest, Jopie. Die Welt hält uns für Buhmänner.«
Die drei Männer saßen verstört neben dem Radio, erschüttert von den Nachrichten, und als die häßliche Geschichte endgültig bestätigt war, wunderte sich Saltwood über die Heftigkeit ihrer Reaktion.
»Das ist ein Verbrechen!« schrie Marius. »Den Sport als Waffe zu benutzen. Ein Spiel ist ein Spiel, und Politik darf damit nichts zu tun haben.«
»Ich werde sie Politik lehren«, ereiferte sich Jopie. »Ich werde nach Neuseeland fliegen und diese Miesmacher in ihre Bestandteile zerlegen.«
»Das sind nicht die Durchschnittsbürger«, sagte Marius. »Das macht die verdammte Presse.«
»Der Presse sollte in allen Ländern der Mund gestopft werden«, tobte Frikkie, aber in diesem Augenblick kam der Minister für Sport ans Mikrofon, um die Nation zu beruhigen, und er forderte sie auf, trotz des schweren Schlages guten Mutes zu sein. Sannie stürzte weinend in die Küche: »Ach, Jopie! Ach, mein lieber Frikkie! Sie haben euch die glorreiche Tournee gestohlen!« Sie lief zu den Vettern und küßte sie; Jopie schluckte so krampfhaft, daß Philip fürchtete, er würde in Tränen ausbrechen, doch statt dessen ging er im Zimmer umher und schlug mit der Faust gegen die Türpfosten.
Dann folgten weitere entsetzliche Nachrichten: »In Neuseeland wurde die Hetze gegen unsere Springböcke von einem südafrikanischen Staatsbürger geleitet, einem gewissen Fred Stabler, der selbst für die Rhodes-Universität in Grahamstown Rugby gespielt hat. Dieser Agitator bereiste den Norden und Süden der Insel, verbreitete so viel Abträgliches gegen die Politik, die er Apartheid nennt, und verursachte einen so heftigen Proteststurm, daß die Regierung von Neuseeland eingreifen und die Absage der Tournee anordnen mußte. In Australien waren es wenigstens gebürtige Australier, die als Agitatoren auftraten. In Neuseeland war es einer unserer Landsleute.«
Düstere Stimmung senkte sich über die Van-Doorn-Küche, als den Afrikandern die volle Bedeutung dieser Entscheidung klar wurde. Eine Generation hervorragender junger Sportler würde nie erfahren, ob sie es mit den grimmigen All-Blacks aufnehmen konnte. Das großartige Gefühl, das aufwallte, wenn eine auf Tournee befindliche Mannschaft gegen Neuseeland aufs Feld lief, blieb ihnen versagt. Es war schon schlimm, wenn ein südafri-

kanischer Tennisspieler von der Teilnahme an internationalen Tennisturnieren ausgeschlossen wurde, wenn aber einer ganzen Rugbymannschaft die Möglichkeit genommen wurde, den grünen Blazer zu erhalten, war es ein nationaler Skandal, und Männer der verschiedensten Anschauungen wurden schließlich veranlaßt, sich zu fragen, ob sich ihre Nation vielleicht auf dem falschen Weg befand.
Diese Gewissenserforschung wurde am nächsten Tag noch intensiviert, als die Zeitungen vollständige Berichte aus Neuseeland brachten, und ein Aucklander Blatt, das lange Zeit die südafrikanischen Teams in Schutz genommen hatte, schrieb in seinem Leitartikel:

> Seit Jahren rühmt sich unsere Zeitung, bei der Behandlung des heiklen Problems des südafrikanischen Rugbys für Zurückhaltung einzutreten. Als unseren Maoris 1960 mit der Ausweisung gedroht wurde, weil ihre Haut nicht weiß war, entschuldigten wir die rückständige Haltung einer Nation, die sich mit einem ernsten Problem auseinandersetzte. Als Premierminister Verwoerd in der Aufregung über einen unserer großartigsten Siege 1965 verkündete, daß von nun an kein neuseeländisches Team, zu dem Maoris gehörten, je wieder in Südafrika spielen dürfe, maßen wir seiner Drohung keine Bedeutung bei, weil sie aus Enttäuschung über die unerwartet schwache Leistung seiner Springböcke ausgesprochen worden war. Und als uns 1976 die ganze Welt verurteilte, weil wir die All-Blacks zu Spielen in ein derart von Rassenhaß beherrschtes Land schickten, befürworteten wir diese Tournee trotzdem. Und sogar als sich die Schiedsrichter als schmählich parteiisch erwiesen, machten wir geltend, daß die Abhaltung von Meisterschaftsspielen zwischen den All-Blacks und den Springböcken einen Versuch wert ist, und forderten unsere Spieler und die Nation auf, freudig daran teilzunehmen.
> Nun aber bringt es unserer Meinung nach keinen Gewinn mehr, wenn ein Sport, und seien seine Absichten noch so edel, dazu mißbraucht wird, ein rassistisches Regime zu unterstützen. Verspätet und mit dem tiefstmöglichen Bedauern billigen wir die Entscheidung der Regierung, daß diese Tournee nicht abgehalten werden darf. Es gibt in dieser Welt wichtigere Dinge als einen Wettkampf zwischen All-Blacks und Springböcken, und eines davon ist Menschlichkeit unter Brüdern.

Jopie Troxel faltete die Zeitung zusammen und schob sie zu Sannie hinüber. Er hätte so viel sagen wollen, traute sich aber nicht zu, daß er sprechen konnte. Sie verstehen uns nicht, dachte er. Die Taten, deren sie uns beschuldigen, haben wir nie begangen. Wir wollen doch nur eine geordnete Gesellschaft aufrechterhalten, und sie protestieren dagegen.
Während Sannie und Frikkie belegte Brote und Bier herrichteten, starrte er grübelnd auf seine Hände. Die UNO hatte Südafrika verurteilt, aber das war ein Haufen dunkelhäutiger Nationen der Dritten Welt, die ihre schwa-

chen Muskeln zeigen wollten, und man konnte sie getrost ignorieren. Der Weltkirchenrat hatte die Apartheid verurteilt, aber das war eine Bande von Radikalen. Die französisch-holländische Kommission hatte scharfe Worte gebraucht, aber ihre Mitglieder waren verärgert, weil Südafrika ihren sozialistischen Missionaren nicht ergeben folgte. Als aber Australien und Neuseeland eine Rugbytournee absagten, gerieten Herz und Geist der Nation in Gefahr.

»Warum können sie nicht versuchen, uns zu verstehen?« rief Jopie. Sannie und Frikkie machten weiter belegte Brote.

Einige Tage später wurde Saltwood ein noch brutaleres südafrikanisches Spiel vorgeführt als Rugby – falls das möglich war. Daniel Nxumalo kam zum Swartstroom und fragte beiläufig: »Sind Sie heute abend frei?«

»Lassen Sie mich Sannie anrufen.« Aber als er die Verbindung bekam, sagte Mevrou van Doorn, daß ihre Tochter mit den jungen Troxels nach Pretoria gefahren sei, und Philip sah sie im Geist vor sich, wie sie zu dritt unter den Jakarandabäumen spazierengingen. »Ich bin frei«, sagte er.

Nxumalo führte Philip auf Umwegen zu einer Hütte, in der drei hochgewachsene Schwarze warteten: »Mein Bruder Jonathan, mein Vetter Matthew Magubane. Und das ist ein neuer Rekrut, Abel Tubakwa.«

Philip war verblüfft. Tausende von Polizisten suchten Jonathan und Matthew; die Troxels waren an der Grenze gewesen, um vor allem diese beiden bis nach Moçambique zu verfolgen, doch sie befanden sich hier, zwischen den gleichen Hügeln wie jene, die sie jagten. »Sie waren gestern nacht in Soweto«, sagte Daniel, »und sie gehen morgen nach dem Norden. Oder zumindest haben sie mir das gesagt.« Die Verschwörer lachten.

»Wir haben das Treffen vorgeschlagen«, sagte Jonathan auf afrikaans.

»Warum?« fragte Philip.

»Damit Sie, wenn Sie heimkommen, den Amerikanern sagen können, daß wir noch lange nicht geschlagen sind.«

»Vielleicht fahre ich nicht nach Hause.«

»Sie sollten es aber tun. In wenigen Jahren könnte das hier ein gefährliches Land sein.«

»Heiraten Sie das Mädchen und nehmen sie sie mit ins Ausland«, warf Magubane ein. »Alle klugen jungen Weißen fahren fort.« Er sprach so schnell auf afrikaans, daß Saltwood nicht ganz mitbekam, was er meinte, deshalb übersetzte es Abel Tubakwa in gutes Englisch.

»Wie sehen Sie die Zukunft?« fragte Philip, und von da an verwendeten die Männer seine Sprache.

Jonathan war offensichtlich der Taktiker: »Wenn sie uns heute nacht erwischen, erschießen sie uns. Aber sie werden uns nicht erwischen. Wir bewegen uns so frei, wie wir wollen.«

»Terrorismus?«

»Wir nennen es nicht so. Sporadische Überfälle. Belästigung. Lächerlich machen. Nervenkrieg.«

»Zu welchem Zweck?«
»Um sie immer daran zu erinnern, daß wir es ernst meinen. Daß wir nie fortgehen und uns niederlegen werden wie brave, dressierte Hunde, die nicht einmal knurren.«
»Werden Sie damit etwas erreichen?«
»Es wird ihre Nerven angreifen. Saltwood, Sie haben mit den vorurteilsfreien Afrikandern gesprochen. Diese Leute sind nicht dumm. Sie wissen, daß es zu einer gütlichen Einigung kommen muß. Ich glaube, sie sind jetzt bereit, auf einer völlig neuen Basis mit uns zu verhandeln. Nicht völlige Gleichheit, noch nicht. Und nicht ein Mann, eine Stimme. Aber eine echte Partnerschaft.«
»Sehen Sie, was jetzt in Pretoria geschieht«, sagte Daniel aufgeregt. »Sie haben dieses neue Theater gebaut. Mit öffentlichen Mitteln. Wie ich höre, ist es ebensogut wie die Theater in Berlin oder sogar Minneapolis.«
»Ich habe darüber gelesen«, sagte Philip. »Öffentliche Mittel, und dann erklären sie, daß nur Weiße eingelassen werden.«
Jonathan schlug auf den Tisch. »Sie tun das wieder?«
»Ja«, sagte sein Bruder, »aber darauf erhob sich ein riesiger Proteststurm. Von allen Seiten. Leute, von denen man es nie erwartet hätte, forderten, daß das Theater allen zugänglich sein müsse.«
»Verdammt noch mal!« rief Jonathan, und Magubane stand auf und ging erregt im Zimmer auf und ab. Es war die Situation, gegen die sie in den letzten drei Jahren gekämpft hatten. »Wir wollen keine Brosamen vom Tisch des Herrn mehr. Wir wollen keine Schnitte Brot mehr. Wir wollen nicht den Laib. Wir wollen die ganze verdammte Bäckerei. Und wir wollen sie jetzt.«
»Wir gehören nicht zu ihrer Gesellschaft«, meinte Magubane sarkastisch. »Wir können Shakespeare oder Goethe nicht würdigen.« Er versetzte dem Stuhl, von dem er soeben aufgestanden war, einen Tritt. »Ich kann ganze Seiten aus ›Othello‹ zitieren, aber ich kann nie eine Aufführung des Stücks sehen.«
Jonathan begann zu lachen. »Magubane, du Esel. ›Othello‹ ist in Südafrika wirklich nicht willkommen. Er ist schwarz, Mann. Er ist schwarz, oder hast du das nicht gewußt?«
Magubane rieb sich das Kinn, als wäre er wegen seiner Unkenntnis verlegen, dann stellte er sich zur Tür, die rechte Hand auf der Brust – »Ich bin der Mohr von Venedig!« – und rezitierte:

> Gefiel es Gott,
> Durch Trübsal mich zu prüfen, göss' er Schmach
> Und jede Kränkung auf mein armes Haupt,
> Versenkt' in Armut mich bis an die Lippen,
> Schlug samt der letzten Hoffnung mich in Fesseln:
> Doch fänd' ich wohl in einem Herzenswinkel
> Ein Tröpfchen von Geduld!

Er beendete seine Deklamation und fügte ruhig hinzu: »Diesen Tropfen Geduld haben wir, aber nicht mehr sehr lange.«
»Ich wollte sagen«, fuhr Daniel Nxumalo fort, »daß eben jetzt an vielen Stellen in Pretoria Buden aufgestellt wurden. Sie sind mit Weißen, zumeist Frauen, besetzt...«
»Zu welchem Zweck?« fragte Jonathan.
»Sie sammeln Unterschriften für Gesuche an die Behörden, Nichtweißen den Besuch der Vorstellungen im neuen Theater zu gestatten. Und soviel ich höre, ist die überwältigende Mehrheit dafür.«
»Also«, gab Jonathan widerwillig zu, »die Veränderung kommt. Langsam – aber unvermeidlich.« Er schaukelte mit seinem Stuhl hin und her, dann fragte er: »Glaubst du, Dan, daß ich jemals frei hierher zurückkommen und wie ein gewöhnlicher Arbeiter leben kann?«
»Ja. Ohne das geringste Zögern bejahe ich das. Veränderungen kündigen sich an. Es geschehen wichtige Dinge, und ich glaube aufrichtig, daß wir unser Ziel erreichen können.«
»Ich nicht«, erwiderte Jonathan. »Nicht ohne eine blutige Revolution, die vermutlich erst kommen wird, wenn ich ein alter Mann bin.«
»Sie erwarten, ein Leben in der Verbannung zu führen?« fragte Philip.
»Ja. Magubane wird seinen Geburtsort nie als freier Mann wiedersehen. Tubakwa, wenn du zu uns jenseits der Grenze kommst, kannst du nie wieder nach Hause zurück.«
»Was wollt ihr dann?«
»Den Druck aufrechterhalten. Die Afrikander dazu aufstacheln, offen eine faschistische Haltung einzunehmen, so lange, bis die Welt eingreifen muß.«
»Wenn die Regierung Ihnen eine Amnestie anbietet...«
»Wir würden sie ablehnen«, mischte sich Magubane ein. »Das ist ein Krieg, der bis zum Ende geführt werden muß. Mit den üblen Tricks dieser Leute muß endlich Schluß sein.«
»Aber Frikkie und Jopie, die beiden Rugbyspieler. Sie sagen fast das gleiche. Krieg bis zum Ende. Um die Art von Regierung zu bewahren, die Gott für sie bestimmt hat.«
Jonathan wollte schon eine zynische Bemerkung machen, aber Magubane unterbrach ihn und sagte zu Philip: »Deshalb rate ich Ihnen, das Mädchen zu heiraten und das Land zu verlassen. Ihr Amerikaner habt in Vietnam bewiesen, daß ihr einen langen Kampf nicht durchstehen könnt. Die Troxels können es. Und wir auch. Dieser Krieg wird vierzig Jahre dauern, und er kann nur noch härter und barbarischer werden. Deshalb sind die Flugzeuge voll junger Auswanderer. Deswegen sollten auch Sie fortgehen.«
Philip wandte sich an Daniel Nxumalo. »Aber Sie glauben, es besteht noch Hoffnung?«
»Ja. Die Leute, die die Gesuche in Pretoria unterschreiben, sind der Beweis dafür.«
Aber als Philip in sein Lager kam, waren seine Arbeiter wegen einer neuen

Nachricht aus der Hauptstadt aufgeregt. Afrikander aus ländlichen Gebieten, die sich die »Rächer des Veld« nannten, waren nach Pretoria gestürmt, hatten die Stände, an denen die Petitionen unterzeichnet wurden, in die Luft gesprengt, die Überreste in Brand gesteckt und drohten die Frauen zu verprügeln, wenn sie ihre unpatriotischen Anstrengungen zugunsten der Rassenmischung fortsetzten. Der Sprecher der »Rächer« erklärte: »Gott hat uns verboten, Kanaaniter unter uns zu dulden, und wenn diese Bestrebungen weitergehen, werden wir das Theater niederbrennen müssen.«
Als Sannie und die jungen Troxels nach Hause zurückkehrten, waren sie bester Laune.

Philip verbrachte einen Großteil seiner Freizeit mit dem Versuch herauszufinden, warum die Männer in Vrymeer durch die Absage der Tournee in Neuseeland so niedergeschmettert waren. Er gelangte zu keinem Schluß, doch eines Morgens wurde er nach Pretoria zu einer Auswertungssitzung mit Amalgamated Mines einberufen. Die leitenden Beamten kamen im Burgers Park Hotel zusammen, und als sie mit ihren Drinks in der Halle saßen, sah Philip einen Mann zur Tür hereinkommen, der ihm irgendwie bekannt vorkam. »Wer ist das?« fragte er leise einen seiner Vorgesetzten.
»Das ist der Finanzminister«, sagte der Mann aus Johannesburg, ohne ihn weiter zu beachten, aber anscheinend fand eine Art Regierungssitzung statt, denn wenige Minuten später kam der neue Premierminister eilig herein. Er war erst seit kurzer Zeit im Amt, so daß Philip sein Gesicht nicht vertraut war. »Ist er der, für den ich ihn halte?« fragte er leise.
»Ja, das ist der Premierminister.« Und wieder rührte sich niemand.
Kurz darauf betrat ein ungewöhnlicher Mann die Halle. Es schien Philip, als ob einer der Drakensberge nach Pretoria gekommen wäre, denn er war ein Riese, nicht an Größe, sondern an Körperumfang: Er hatte enorm breite Hüften und einen Unterkiefer, der mindestens zehn Zentimeter weiter als normal hervorragte. Sein Haar war schwarz, und er hatte große dunkle Augen.
»Wer ist...« begann Philip.
»Mein Gott!« rief der Präsident von Amalgamated. »Das ist Frik DuPreez!«
Darauf erhoben sich alle Geschäftsleute und nickten dem großen Springbock zu, der an mehr internationalen Spielen teilgenommen hatte als jeder andere Südafrikaner. Wie ein durch das Mittelmeer watender Alpengipfel bewegte er sich majestätisch durch die Halle und betrat den Speisesaal, während ihm jeder in Saltwoods Gruppe mit den Blicken folgte.
»Das war Frik DuPreez«, wiederholte der Präsident.
»Ich glaube, meine Familie hat irgendwelche Verbindungen zu den Kapstädter DuPreez«, sagte Saltwood, und daraufhin betrachteten ihn alle Männer mit noch größerem Respekt.
Der aufschlußreichste Vorfall in bezug auf Rugby ereignete sich eines Morgens, als Philip die Zeitung vom Vortag aus Pretoria erhielt, auf deren Titel-

seite vier ausgezeichnete Fotos zu sehen waren, die eine Szene aus dem Samstagsspiel gegen *Monument* zeigten. Auf dem linken Bild war Frikkie Troxel zu sehen, der von einem Rohling von *Monument* namens Spyker Swanepoel wild angegangen wurde, wobei dieser den sogenannten »Wäscheleinenangriff«, wie er im American Football heißt, anwandte: Dabei wird ein in vollem Lauf nach Osten befindlicher Spieler von einem größeren Mann, der sich in vollem Lauf nach Westen befindet, am Hals gepackt. Auf dem Foto sah es aus, als wäre Frikkie im Begriff, seinen Kopf zu verlieren.
Das zweite Foto zeigte ihn bewußtlos am Boden; der Ball flog davon, während Spyker Swanepoel mit seinem schweren Schuh mit voller Kraft gegen die Schläfe seines Gegners trat. Dieser Tritt hätte einen gewöhnlichen Menschen getötet, aber Rugbyspieler sind eben keine gewöhnlichen Menschen.
Foto drei war das wertvollste. Frikkie lag fast tot ausgestreckt dort. Der triumphierende Spyker entfernte sich mit großen Schritten. Und hinter ihm konnte man Jopie Troxel sehen, der mit dem linken Fuß vom Boden sprang, während er die rechte Faust mit schrecklicher Kraft schwang und Spyker einen kräftigen Haken versetzte.
Das vierte Foto zeigte ein tolles Durcheinander. Frikkie war beinahe tot. Spyker Swanepoel war bewußtlos und sein Kinn so schief, daß er selig zu lächeln schien. Sieben Spieler von *Monument* stürzten sich auf Jopie, schlugen und traten ihn zu Boden. An anderen Stellen des Fotos war ein halbes Dutzend größere Boxkämpfe zu sehen, wobei einer der Spieler von Venloo seinem Gegner das Knie genau in die Hoden stieß. Über den Bildern stand der Titel TEMPERAMENTVOLLES SPIEL AUF DEM LOFTUS VERSFELD.
Als Frikkie im Krankenhaus wieder zu sich kam, wollten die Sportreporter seine Meinung über das Spiel hören, und er sagte: »Wir sollten gewonnen haben.«
»Habt ihr auch«, sagte man ihm.
»Hurra!« Er versuchte aufzustehen, konnte aber seine Bewegungen nicht koordinieren und fiel ins Bett zurück.
»Wissen Sie, daß Spyker Ihnen einen Tritt versetzt hat?«
»Na, und wenn schon.«
»Haben Sie die Zeitungen gesehen?«
»Ich hab' nicht mal das Tageslicht gesehen.« Sie zeigten ihm die Fotos, und er sah das erste eine Weile an. »Der Spyker hat mich hart angegriffen, oder?«
»Aber der Fußtritt?«
»Das hat Jopie schon ausgeglichen«, meinte er und wies auf das dritte Foto. Dann betrachtete er das letzte Bild. »Ich bin am Boden, Spyker ist am Boden. Jopie geht zu Boden. Ich bin froh, daß wir gewonnen haben.«
Der Tritt gegen den Kopf hatte vorübergehend seinen Gleichgewichtssinn gestört. Es war, als hätte jemand ein Gyroskop in Bewegung gesetzt, das unabhängig vom seitlichen Druck seinen Weg beharrlich fortsetzte. Frikkie schlug eine bestimmte Richtung ein, und wenn er abbiegen wollte, ging er geradeaus weiter, manchmal direkt gegen eine Wand.

Die Ärzte waren darüber mehr beunruhigt als er selbst. »Es wird schon wieder werden«, meinte er und erklärte, er sei entschlossen, in dem für Samstag festgesetzten Match gegen ein Team aus dem Oranje-Freistaat zu spielen. Aber Mitte der Woche war es klar, daß er noch nicht einmal aus dem Krankenhaus entlassen würde. Sannie begann nun, ihn regelmäßig zu besuchen, und als sie bemerkte, wie freimütig er die ihm zuteil gewordene harte Behandlung akzeptierte und wie entschlossen er alles zu seiner Wiederherstellung tat, hatte sie immer mehr das Gefühl, daß er das Beste an Südafrika repräsentierte. Gab es eine Aufgabe an der Grenze zu Moçambique zu erledigen? Er übernahm sie. Mußte ein gegnerischer Spieler angegriffen werden? Er tat es. Er war geradeheraus, unkompliziert und vertrauenswürdig.

Sie war bei ihm, als Spyker Swanepoel ihn besuchte, dessen Kinn mit Draht fixiert war. »Das war ein harter Angriff, Spyker«, meinte Frikkie. »Hast du noch ein Klingen in den Ohren?«

»Etwas ist aus dem Gleichgewicht geraten. Wird sich wieder geben.«

»Was du brauchst, Frikkie, hab' ich ein dutzendmal gesehen. Ein bißchen scharfes Training und ein Tropfen Brandy.«

»Mein' ich auch«, und er ließ sich von dem großen Spyker auf die Beine stellen, stützen, einen Drink geben, und dann lief er mit ihm zu der am weitesten entfernten Wand.

»Halt!« rief Spyker, und sie liefen wieder zurück.

»Fühl' mich glänzend!« sagte Frikkie. »Komm raus in die Halle.«

»Frikkie!« protestierte Sannie, aber sie konnte die beiden Riesen nicht aufhalten, und sie verschwanden hinaus in die Halle. Sie sah zu, wie sie den langen Korridor entlangliefen, als ob sie auf einem Rugbyfeld wären. Spyker brummte und rief aufmunternde Worte, bald war er vorne und Frikkie lief selbständig hinter ihm her, aber wie zuvor hinderte das innere Gyroskop ihn daran, um die Ecke zu biegen, und er lief geradeaus gegen die Wand.

»Jesus Christus!« brüllte Spyker durch seine verdrahteten Zähne. »Renn doch nicht gegen die verdammte Wand!«

»Was in aller Welt treibt ihr denn da?« schrie die Stationsschwester, als sie die zwei riesigen Männer durch den Korridor laufen sah, Spyker voran, Frikkie hinterdrein, bis er wieder gegen die Wand krachte.

»Das müssen wir besser machen«, sagte Spyker, während er Frikkie zu seinem Bett führte. »Wie fühlst du dich?«

»Diese verdammte Wand...«

Inzwischen drängte sich bereits das Pflegepersonal im Zimmer, und der Oberarzt machte Sannie Vorwürfe, weil sie dieses gefährliche Spiel nicht verhindert hatte. »Sie hätten sie zurückhalten sollen«, schimpfte er.

»Haben Sie schon mal versucht, die zurückzuhalten?« fragte sie, und als Spyker weggeführt wurde und sie mit Frikkie allein war, ging sie zur Tür und schloß sie ab. »Du bist in Ordnung«, sagte sie und ging wieder zum Bett, wo sie seine Hände ergriff und ihn an sich zog. »Du erwischst die Linkskurven noch nicht ganz, aber wen stört das?«

Und während sie zu ihm ins Bett glitt, flüsterte sie: »Sobald du geradeaus gehen kannst, heiraten wir.«
»Am nächsten Sonntag spiele ich«, verkündete er. Ihre Therapie schien Wunder zu wirken, denn am Freitag morgen verließ er das Krankenhaus, am Samstag saß er neben ihr und sah dem Spiel seiner Mannschaft zu, und am nächsten Samstag spielte er gegen Natal. Während der Feier nach dem Match, bei dem er wie ein Geist gespielt hatte, der eine verlorene Bergschlucht sucht, verkündete Sannie, daß sie ihn heiraten würde.
Jopie begoß seinen Nebenbuhler mit Champagner, dann küßte er die Braut und sagte: »Ich habe schon immer geahnt, daß er der Auserwählte sein würde.« Als Philip Saltwood die Neuigkeit erfuhr, eilte er herbei und bat Sannie, es sich noch einmal zu überlegen.
»Hab' ich bereits getan«, erklärte sie. »Im Krankenhaus. Ich liebe dich, Philip, und ich werde nie vergessen, wie schön das Leben mit dir hätte sein können. Aber Frikkie ist Südafrika. Und ich bin es auch.«

Als Sannie van Doorn Philip Saltwoods Heiratsantrag entschieden und endgültig abgelehnt und angedeutet hatte, daß sie ihm einen der jungen Troxels vorziehen würde, versank Philip in schwere Melancholie. Er fühlte sich nicht nur als Freier, sondern auch als Mensch abgelehnt; er arbeitete nun schon seit einigen Jahren ohne Bindung an ein bestimmtes Land, ein Unternehmen oder eine Frau. Die tiefe Zuneigung, die er für Sannie empfunden hatte, war zum Teil durch ihre ungewöhnliche Anziehungskraft, zum Teil durch die Aussicht geweckt worden, daß sie ein sicherer Hafen für sein treibendes Boot sein würde. Sie gefiel ihm, und ihr Land gefiel ihm; die Herausforderungen erschreckten ihn nicht, denn er wollte an seiner ungestümen Entwicklung teilhaben.
Er war entschlossen, auch ohne Sannie weiter zu bleiben, und konzentrierte seine Energien nun ganz auf die Diamantensuche. Als er eines Tages die Landkarte betrachtete, erkannte er, daß er das Quellgebiet des Krokodilspruit untersuchen mußte, eines kleinen Zuflusses zum Swartstroom, und als er mit den Direktoren in Pretoria darüber sprach, waren sie einverstanden. Da Daniel Nxumalo dieses einsame Gebiet kannte, wurde er aufgefordert mitzukommen. Die Reise war denkwürdig, denn als sie die ungepflasterte Straße verließen und schweigend den Bach entlang weitergingen, kamen sie zu einem kleinen, von niedrigen Hügeln umgebenen Tal, und dort sah Philip zum erstenmal in seinem Leben eine Herde Elenantilopen, etwa dreißig majestätische Tiere, goldbraun, mit weißen Blessen auf Rücken und Beinen. Sie waren viel größer als die Antilopen, die er in Wyoming und Colorado gesehen hatte, und ihm stockte der Atem; er streckte den rechten Arm aus, um Nxumalo anzuhalten, aber das war unnötig, denn niemand, der das Veld Afrikas liebte, ging achtlos an einer solchen Herde vorbei. »Sehen Sie sich die Wammen an!« flüsterte Philip – einige Böcke hatten schwere Hautlappen an der Brust, die beim Gehen sanft schaukelten.
Etwa zehn Minuten lang blieben die beiden Männer bewegungslos stehen

und beobachteten die edlen Tiere, die Symbole jenes Afrika, das Fremde und auch jene, die es gut kannten, immer wieder in Staunen setzte.
»Heiliger Jesus, sind die schön«, sagte Philip und lief, ohne erklären zu können, warum, auf sie zu, wobei er schrie und die Arme schwenkte. Zuerst bemerkten ihn nur die Tiere in der Nachhut, aber als sie gemächlich begannen, sich an den Ufern des Krokodilspruit stromaufwärts zu bewegen, merkten auch die anderen, daß etwas Ungewöhnliches vor sich ging, und sie begannen gleichfalls, sich zu entfernen, bis schließlich die ganze Herde in Bewegung war, nicht wild und nicht mit hohen Sprüngen, sondern mit einer Würde, die ihrer besonderen Stellung im Tierreich entsprach.
Als Philip weiterlief, nahmen sie hochmütig zur Kenntnis, daß sie etwas tun mußten, um sich vor einer eventuellen Gefahr zu schützen. Sie schlenderten gemächlich von dem Wasserlauf weg zu einer spärlichen Ansammlung niedriger Bäume, wo ihre braune Farbe und die weißen Flecken auf geheimnisvolle Weise so vollkommen mit den Schatten verschmolzen, daß sie unsichtbar wurden.
»Sie sind verschwunden«, sagte Philip, aber als ihn Nxumalo einholte, konnte der Schwarze Farben sehen, die der Weiße nicht erkannte, und er zeigte auf einige große Böcke, die zurückgeblieben waren, um die Herde zu schützen, und als Nxumalo erklärte, sie seien noch dort, konnte auch Philip sie ausmachen. Man brauchte die Augen Afrikas, um Afrika zu sehen.
Saltwoods begeisterte Reaktion auf die Elenantilopen hatte einen so günstigen Eindruck auf Daniel gemacht, daß er, als die Erforschung des Krokodilspruit zu Ende war, den Weißen musterte, als wollte er beurteilen, ob man ihm vertrauen könnte; dann sagte er unvermittelt: »Saltwood, es gibt etwas, das ich mit Ihnen teilen möchte.«
»Was?«
»Etwas überaus Kostbares. Eine Überraschung.« Und er ließ Philip über schmale Schotterstraßen fahren. Auf der langen Fahrt sprachen die beiden ernsthaft über Dinge, die sie bei früheren Begegnungen bloß gestreift hatten. Nxumalo wurde in diesem Sommer dreißig, Saltwood war um ein Jahr älter, und er sprach zuerst.
»Wenn man einem Mädchen in einem fremden Land den Hof macht, ich meine ernstlich ...«
»Ich weiß, was Sie meinen, ich habe es bemerkt.«
»Also, das bringt einen brutal auf den Boden der Wirklichkeit zurück. Der Anblick dieser Elenantilopen, die sich in einem Tal verstecken, hatte die gleiche Wirkung. Mein Gott, Nxumalo, was wird mit diesem Land geschehen?«
»Es hat eine eigene Kraft, wissen Sie. Der große Kreislauf der Erde. Die Zahl der Menschen. Es gibt Grenzen, über die wir nicht hinaus können. Und es gibt Richtungen, in die wir gehen müssen.«
»Sind Sie Fatalist?«
»Nein, Determinist.«
»Marxist?«

»Nein, aber unter bestimmten Voraussetzungen klingt die Marxsche Lehre ganz plausibel. Ebenso wie Frantz Fanon. Oder Thomas Jefferson.«
»Was wird Ihrer Ansicht nach geschehen?«
»Soll ich meine Vision einem Weißen mitteilen?« Als Philip ihn erstaunt ansah, sagte Nxumalo prophetisch: »Muß ich nicht die Möglichkeit in Betracht ziehen, daß ich eines Tages verhaftet werde und daß man von Ihnen verlangen wird, unter Eid zu berichten, was ich an einem Sommermorgen gesagt habe, als wir hinausfuhren, um ein Nashorn zu sehen?«
Philip schwieg, denn er mußte zugeben, daß Nxumalo recht hatte: Ein Schwarzer konnte über alles, Tag und Nacht, Arbeit und Freizeit, einem Verhör unterzogen werden, wobei Tod und Leben in den Waagschalen im willkürlichen Gleichgewicht schwebten. Er selbst war solchen Zwängen nicht ausgesetzt, weder in seinem eigenen noch in einem anderen Land, das er besuchte, und das war der Unterschied zwischen ihnen.
»Können Sie sich vorstellen, wie der Staatsanwalt auf Sie einhämmert: ›Warum in aller Welt fuhren Sie, Mr. Saltwood, mit diesem verdächtigen Schwarzen hinaus, um ein Nashorn zu sehen?‹ Und was könnten Sie antworten?«
Philip versuchte nicht, etwas zu entgegnen; statt dessen fragte er: »Wie wird die Zukunft der Farbigen aussehen?«
»Warum stellen Sie diese Frage?«
»Weil Frikkie und Jopie mich darauf aufmerksam machten, daß die Farbigen erledigt sein würden, wenn ihr Schwarzen einmal an die Macht kommt.«
»Frikkie und Jopie haben recht. Es gibt keinen Platz für sie. Sie hatten die Chance, mit uns zu arbeiten, haben sich jedoch dummerweise an die Hoffnung geklammert, daß die Weißen sie eines Tages als gleichberechtigt anerkennen würden. Sie wollten lieber aufsteigen und die Weißen einholen als absteigen und mit uns arbeiten, und diese Entscheidung war verhängnisvoll.«
»Könnte sie korrigiert werden?«
»Ich glaube nicht, aber vielleicht bekommen sie noch eine Chance, sich zu retten.«
»Die Inder?«
»Wer in Afrika hat das Problem der Inder jemals gelöst? In Malawi, Uganda, in Burundi, überall hieß es: Hinaus! Sie wurden hinausgeworfen. Ich könnte mir etwas vorstellen wie Viet...« Er unterbrach sich. Er war im Begriff, viel zu viel auszuplaudern. Vor kurzem hatte er sich vorgestellt, wie überfüllte Schiffe von der Küste von Natal ablegten, beladen mit Indern, die aus dem Land gejagt wurden. England wollte sie nicht mehr haben. Kein afrikanisches Land wollte sie aufnehmen. Madagaskar feuerte auf die Schiffe, wenn sie dort zu landen versuchten. Und sicherlich würde auch Indien sie abweisen, denn dort lebten bereits dreimal soviel Menschen, wie das Land ernähren konnte.
»Wie geht es Ihrem Bruder in Moçambique?«
Das war wieder eine Frage, die er lieber nicht beantworten wollte.

»Gibt es einen Platz für den Weißen?«
»Für den echten Afrikander ja. Er gehört zu Afrika und kann lernen, mit uns zu leben. Für die anderen leider nicht. Sie werden sich nie an unseren Boden binden.«
»Welche Sprache werdet ihr verwenden?«
»Das ist es ja.« Er klopfte mit den Knöcheln an die Autotür und atmete hörbar aus. »Es sollte eigentlich Afrikaans sein. Es ist eine prächtige, zweckmäßige Sprache. Die meisten meiner Freunde sprechen es, obwohl sie es nicht mögen. Ich werde Ihnen sagen, was Afrikaans ist. Kennen Sie Fanakalo, die künstliche Sprache in den Minen? Afrikaans ist das Fanakalo der Gentlemen.«
»Dann werdet ihr also Englisch aufgeben?«
Nxumalo wechselte plötzlich das Thema: »Haben Sie den Fall von Mrs. Saltwood unten in Kapstadt verfolgt? Sie muß mit Ihnen entfernt verwandt sein.«
»Stimmt. Afrikander, die ihr Verhalten mißbilligen, erinnern mich immer wieder daran.«
»Anerkennen Sie sie, Philip. Umarmen Sie sie. Sie ist eine von Gottes seltenen Frauen.«
Philip dachte flüchtig an Craig Saltwoods Bitte und fühlte sich schuldig. »Aber sie ist geächtet, nicht wahr?«
»Sie sitzt stumm zu Gottes Füßen.« Er senkte einen Augenblick den Kopf, dann sagte er plötzlich: »Als neulich unsere Studentengruppe in Bloemfontein zusammentraf, das heißt schwarze Studenten, sprachen wir neun verschiedene Sprachen. Zulu, Xhosa, Swasi, Sotho, Tswana, Fingo, Pondo, Venda und Tonga. Als Notlösung mußten wir Englisch verwenden.«
»Warum nicht Afrikaans?«
»Kann man Afrikaans verwenden, um über Freiheit zu diskutieren?«
»Afrikander tun es. Sie würden sterben, um ihre Freiheit zu bewahren.«
»Ist das nicht merkwürdig?« rief Nxumalo. »Vom ersten Tag an, als die Holländer am Kap landeten, kämpften sie um ihre Freiheit. Ihre ganze Geschichte, wie sie sie uns lehren, war ein unaufhörlicher Kampf um die Freiheit. Aber wenn wir sagen: ›Als wichtigste Bewohner dieses Landes möchten wir Schwarzen frei sein‹, sehen sie uns entsetzt an, nennen uns Kommunisten und greifen zu den Waffen, um uns niederzuschießen.«
Sie fuhren einige Minuten lang schweigend über das Veld, das mit zahllosen kleinen Blumen übersät war, die leuchteten wie kostbare Edelsteine. »Philip«, fragte Nxumalo, »haben Sie sich mit den Gründen für die Ächtung Laura Saltwoods näher befaßt? Wissen Sie, warum die Regierung so streng gegen sie vorgegangen ist?«
»Nein. Ich sah nur eine öffentliche Bekanntmachung, dann nichts mehr.«
»Das ist Ächtung. ›Dann nichts mehr.‹ Sie hat Schwarzen geraten, an der englischen Sprache festzuhalten und sich von der Regierung nicht Afrikaans aufzwingen zu lassen.« Er machte eine Pause, dann lachte er. »Sehen Sie, da haben wir das Dilemma. Afrikaans könnte eine nützliche Sprache für uns

sein. Ich nehme an, Sie wissen, daß es auch die Sprache der Farbigen ist? Sie haben mitgeholfen, es zu erfinden, und die meisten von ihnen sprechen es.«
»Das klingt verworren.«
»Ist es auch, philologisch, historisch, sozial und politisch.«
Sie fuhren nun einen Kamm entlang, von dem man eine herrliche Aussicht hatte. Philip sah im Süden einen kleinen konischen Berg, und Nxumalo dirigierte ihn zu diesem: »Es gibt dort nur einen schmalen Pfad. Wenn viele Leute davon wüßten, müßte man das Gebiet vielleicht absperren. Es ist ein Schatz, wissen Sie.«
Nach einem kurzen Aufstieg kamen die Männer zu einer kleinen flachen Stelle, die auf der einen Seite von einem großen, überhängenden Felsen begrenzt wurde. Zuerst nahm Philip an, daß er zu einer archäologisch bedeutenden Höhle gebracht wurde, aber er fand keine Spuren von Grabungen und auch keine Scherben, die darauf hingedeutet hätten. Dann erkannte er allmählich auf der schrägen Wand die deutlichen Konturen eines riesigen Nashorns, dessen Panzer noch fünfzehntausend Jahre nach seiner Fertigstellung durch Farbflecken gekennzeichnet war. Trockenheit und Entlegenheit hatten dieses Meisterwerk geschützt, so daß sich sein ursprüngliches Aussehen nicht sehr verändert hatte.
Philip lehnte sich an einen Felsen und musterte das Kunstwerk. Da er etwas vom Zeichnen verstand, konnte er würdigen, wie vorzüglich der längst verstorbene Künstler, der Buschmann Gao, mit wenigen Linien so viel erreicht hatte: »Sehen Sie sich das an! Eine ununterbrochene Linie vom Maul bis zum Schwanz! Sehen Sie, wie er das ganze Hinterteil mit einem einzigen Schwung darstellt! Das war die Fahrt wert.«
Er schob einige Steine zusammen, so daß eine Art Stuhl entstand, auf dem er sitzen und dieses herrliche Nashorn betrachten konnte; ein- oder zweimal brach er in Lachen aus. »Hallo! Rhino! Schauen Sie, wie es galoppiert!« Aber dann, nachdem er es fast eine Stunde lang betrachtet hatte, bedeckte er das Gesicht mit den Händen, als wollte er die Wand wie zum ersten Mal, ohne vorgefaßte Meinung, sehen.
»Das ist erstaunlich, Daniel. Ich meine...«
Er betrachtete ehrfürchtig diese andere Vision Afrikas: die zeitlose Schönheit, die aus dunklen Höhlen hinausgaloppierte, die unbekannten Wunder der unergründlichen Menschenseele, die schwungvolle Linie, die die Sinne gefangennahm, das überwältigende Gefühl, sich auf den Spuren längst verschwundener Menschen zu befinden.
»Lauf, du Mistvieh – lauf, sonst kriegen sie dich!« Er neigte wieder den Kopf und dachte an Sannie, an die friedlichen Seen in Vrymeer und an Daniel Nxumalos erschreckende Worte: »Ich muß die Möglichkeit in Betracht ziehen... daß Sie eines Tages unter Eid gegen mich aussagen müssen.« Afrika war ein etwas zu großer Bissen, und man konnte ihn nicht so einfach hinunterschlucken.
Als sie die Höhle mit der wundervollen Felsmalerei verließen, wanderte

Philip um die Erhebung herum und sah zu seiner Verwunderung, daß in geringer Entfernung im Westen die Häuser und Seen der Van-Doorn-Farm lagen. Nxumalo kicherte. »Deshalb habe ich Sie auf Nebenstraßen hierher geführt. Ja, wir sind auf einer von Sannies Titten.«
»Warum haben die mir nichts davon gesagt?«
»Wir Zulu behalten es für uns. Es ist unser Rhinozeros. Die van Doorns leben in Afrika, aber sie gehören nicht dazu.«

Nxumalos hohes Lob für Laura Saltwood weckte in Philip den brennenden Wunsch, die Frau zu besuchen, die er nur kurz auf dem Flugplatz gesehen hatte und deren Sohn ihn ersucht hatte, sich um sie zu kümmern. Er war nachlässig gewesen, aber nichts, das er hätte tun können, hätte etwas an dem geändert, was ihr zugestoßen war. Er hegte den Verdacht, daß sie selbst vielleicht eine Art Rhinozeros war.
Er ersuchte in Pretoria um die Erlaubnis, wegen einer, wie er es nannte, persönlichen Angelegenheit nach Johannesburg zu fahren. Südafrika hatte ihn schon so weit angesteckt, daß er es für klüger hielt, nicht zu gestehen, daß er mit einer Geächteten zusammentreffen wollte.
Als er zu ihrem Haus kam, sah er, daß es kürzlich durch Feuer beschädigt worden war, denn die Fassade war verschrammt; als er klopfte, hörte er eilige Schritte. Er blickte sich um und sah, daß ihm ein Polizist gefolgt war, der sich auf der anderen Straßenseite Notizen machte, und dann wurde die Tür geöffnet.
Die weißhaarige Frau wies auf die Schäden und sagte einfach: »Eine Bombe. Diesmal haben sie das Haus in Brand gesteckt. Sicherlich hofften sie, mich ausräuchern zu können, aber wie sagt doch Louis Bromfield in seinem Roman über Indien? ›Der große Regen kam.‹«
»Sie meinen, es war eine Bombe?«
»Die dritte. Wenn man einmal geächtet ist, halten es patriotische Rowdys für ihre Pflicht, einen zu bombardieren oder zu erschießen oder etwas Ähnliches zu tun. Die Regierung ermutigt sie dazu.«
»Das doch gewiß nicht!«
Mrs. Saltwood machte keine Anstalten, ihn ins Haus einzuladen, und er nahm an, es sei wegen der Schäden, die es erlitten hatte, aber sie belehrte ihn eines Besseren. »Die Bomben richten eigentlich wenig Schaden an. Sie jagen einem einen teuflischen Schrecken ein, aber das ist nebensächlich im Vergleich zu der demütigenden Ächtung.« Sie hüstelte und sagte: »Wir werden uns hier draußen unterhalten, Philip, denn der Polizist dort drüben muß sich davon überzeugen, daß ich nur mit einer einzigen Person zusammenkomme. Das ist meine Ration, wissen Sie.«
Sie führte ihn zu einem kleinen Rasenplatz mit einem Tisch und zwei Stühlen. »Früher hatten wir vier. Tee an den Nachmittagen, als es mir besser ging. Aber wir werden nie mehr zu viert sein.« Zum erstenmal zitterte ihre Stimme. »Bitte entschuldigen Sie mich jetzt für einen Augenblick.«
Als sie ins Haus zurückging, empfand Philip den unwiderstehlichen

Wunsch, den beobachtenden Polizisten zu verwirren, also erhob er sich, gleichsam in tiefen Gedanken, ging zu der Stelle, wo die letzte Bombe explodiert war, und nahm ein Stück Papier heraus. Zu seinem Ärger konnte er weder Bleistift noch Feder finden, also tat er nur so, als ob er sich Notizen über die Beschädigungen machte. Aus den Augenwinkeln konnte er sehen, daß der Polizist in Erregung geriet. Nun steckte er das Papier wieder ein und tat so, als nähme er eine Kamera heraus, um die Brandschäden zu fotografieren. Daraufhin kam der Polizist herbeigelaufen.

»Das dürfen sie nicht, Sir«, rief er auf englisch mit starkem Akzent.

»Ich habe doch nichts getan.« Philip zeigte seine leeren Hände her.

»Sie wollten ein Foto machen. Das ist verboten.«

»Nein, Sir«, sagte Philip sehr höflich. »Ich bin Architekt. Ich wollte nur die Proportionen abmessen.« Und er bildete mit Daumen und Fingern einen Rahmen.

»Das ist erlaubt«, sagte der Polizist.

»Was geht denn hier vor?« fragte Laura, die mit einem Silbertablett erschien, auf dem ein Teeservice stand.

»Tut mir schrecklich leid«, entschuldigte sich Philip mehr dem Polizisten als Laura gegenüber. »Ich benahm mich dumm. Der gute Mann fürchtete, ich hätte eine Kamera. Tut mir wirklich leid, Sir.« Laura flüsterte er zu: »Ich tat es absichtlich, um ihn zu erschrecken.«

»Das finde ich gut. Aber wir dürfen nicht den Eindruck erwecken, daß wir lachen. Er kann sehr unangenehm werden, wenn er will.«

»Warum die Aufregung über den Fotoapparat?«

»Wenn ich geächtet bin, ist es auch mein Haus – deshalb auch die Bombenanschläge.« Sie unterbrach sich jäh und bat Philip, sich zu ihr zu setzen, und als er das wundervolle Silberservice betrachtete, wäre er fast in Tränen ausgebrochen. Es zeugte von dem alten Erbe dieses Volkes, und zum erstenmal im Leben fühlte er sich als Engländer.

»Jetzt erzählen Sie mir«, fragte sie fröhlich, »wie kam ein ehrbarer Saltwood in ein Land von Geächteten wie Amerika?« Sie lachte.

»Soviel ich sagen kann, gab es vor langer Zeit einen abtrünnigen Bruder. Ihr Engländer seid groß im Hervorbringen abtrünniger Brüder.«

»Es wimmelt von ihnen in den Wäldern.«

»Etwa zu der Zeit, als euer Familienzweig hierher kam, landete der unsere in Amerika, und er muß sehr bescheiden gewesen sein. Massachusetts, Ohio, Indiana, Michigan. Wenn Sie sich die Landkarte vorstellen können, sind das Etappen auf dem Weg nach dem Westen. Meine Familie war dauernd in Bewegung.«

»Wegen des Sheriffs?«

»Ich glaube schon. Ich setzte die Tradition fort. Colorado, Texas.«

»Sie sind ein richtiger Amerikaner. Sagen Sie, waren Sie jemals in Salisbury? Die alte Domstadt westlich von London? Nein? Also, Sie müssen sie besuchen. Die Saltwoods besitzen dort ein sehr altes Haus, bei dem die Dachziegel verkehrt herum liegen oder so ähnlich. Wirklich wunderbar, wissen Sie, mit einem Fluß vor der Tür und einer Kathedrale jenseits der Wiese.«

»Dieses Silbergeschirr...«

»Ein Hochzeitsgeschenk aus Salisbury. Mein Mann und ich nannten dieses Haus Neu-Sarum nach dem kleinen Hügel, auf dem die Parlamentsmitglieder gewählt wurden. Wissen Sie davon? Nun, wir werden später darüber sprechen. Wir haben gern Gäste empfangen und hatten viele Dienstboten. In früheren Zeiten hatten die Weißen in diesem Land immer viele Dienstboten. Und es war mein Stolz, fünf vollständige Teeservice aus Silber zu besitzen.«

»Warum?«

»Weil wir unseren Gästen gern am Morgen Tee im Bett servierten. Um Punkt sieben liefen nackte Füße durch die Halle. Fünf Diener, fünf Teeservice. Sie klopften an die Tür, ›Tee, Baas‹.« Sie zählte sorgfältig die einzelnen Teile auf: »Tee hier drin, heißes Wasser hier drin, Toast auf dem silbernen Toastständer, Zucker, Sahne, Zitrone, ein süßes Brötchen.« Plötzlich erhob sie sich, ging ins Haus und kam kurz darauf mit vier silbernen Teekannen zurück, die sie auch auf das Tablett stellte.

»Die waren mein ganzer Stolz. Ich wollte mich an Salisbury und den Tee im Schatten der Kathedrale erinnern, und sie machten es mir möglich. Ich wollte aber auch ernsthaft in Afrika tätig sein. Deshalb war ich Mitbegründerin der ›Schwarzen Schärpe‹ und hielt die entsprechenden Reden, und nun bin ich geächtet. Auf Lebenszeit, nehme ich an.«

Philip wagte nicht zu sprechen. Er starrte die fünf glänzenden Teekannen an und spürte, wie eine Unzahl wirrer Gedanken durch seinen Kopf jagten, von denen er keinen aussprechen wollte. Endlich fragte er: »Wie machen Sie es, daß die verdammten Dinger so glänzen?«

Ihre Antwort war seltsam: »Wissen Sie, was mir am meisten fehlt? Nicht die Versammlungen, bei denen die Leute doch immer wieder das gleiche sagen. Und auch nicht die Freundschaften, denn Leute wie Sie kommen oft hier vorbei. Aber das Bowling fehlt mir. Das ist ein wunderbares Spiel, um sich zu entspannen – der richtige Dreß, der herrlich grüne Rasen. Das fehlt mir.«

»Ich kann Ihnen nicht ganz folgen.«

»Ich kann natürlich nicht mehr Bowling spielen, also putze ich mein Silber, wenn ich Sehnsucht nach Bowling verspüre. Immer wieder poliere ich es. Jeder, der herkommt, bekommt eine Tasse Tee. Und ich will jeden Tag eine andere Kanne verwenden. Diese, dann diese, dann diese.«

Philip stand auf und ging weg, um seine Gefühlsbewegung zu verbergen, und Laura wußte natürlich, warum er es getan hatte. »Man muß sich irgendwie beschäftigen«, sagte sie fröhlich. »Man kann nicht Woche um Woche Solschenizyn lesen.«

»Gütiger Gott! Was ist das?«

»Kugeleinschläge«, erklärte sie sachlich. »Manchmal schießen sie nachts auf mich.«

Er wischte sich den Schweiß von der Stirn und setzte sich. »Ich möchte wirklich noch eine Tasse Tee«, sagte er und versuchte, zwanglos zu wirken. »...aus dieser da«, und er wies auf eine der hochglanzpolierten Kannen.
»Das läßt sich machen«, sagte sie, goß mit einer eleganten Handbewegung den Tee aus der gefüllten Kanne in die bereitgestellte und schenkte dann Philip eine Tasse voll ein. »Aber ich nehme meine Tasse aus dieser Kanne«, sagte sie und goß den Tee wieder um.
Der Polizist machte sich Notizen.
»Was wird geschehen, Mrs. Saltwood?«
»Laura. Wir sind verwandt, wissen Sie.«
»Wie sehen Sie die Lage?«
»Für mich Fortdauer des derzeitigen Zustandes, bis ich sterbe. Für das Land sehe ich eine gewisse Hoffnung. Und wissen Sie, warum? Weil jeder anständige und vernünftige Mensch in dieser Nation weiß, daß Änderungen kommen müssen. Die Afrikander, die diese schrecklichen Gesetze beschließen, sind nicht dumm. Sie wissen, daß das nur ein letztes Aufbäumen ist. Unsere Schwarzen gehören zu den besten in Afrika. Sie wissen, daß die Zeit für sie arbeitet. Es gibt ein ungeheures Potential an Intelligenz in diesem Land, und wir beten, daß es die nötige Zeit erhält, sich zu entfalten.«
»Wird es das? Wenn Moçambique, Simbabwe, Vwarda, Sambia, Namibia von allen Seiten drängen?«
»Ich glaube, das Maschinengewehr wird die erforderliche Zeit gewährleisten. Wenn Sie nach Amerika zurückkommen, versichern Sie Ihren Landsleuten, daß die Afrikander ihre Maschinengewehre benützen werden, wenn sie dazu gezwungen sind. Das hier ist nicht Simbabwe, wo die Vernunft siegte. Das hier ist Südafrika, wo das Gewehr regiert.«
»Das klingt ziemlich hoffnungslos.«
»Keineswegs!« Sie schlug vor, die letzten beiden Teekannen zu verwenden, und goß den Tee rasch von einer in die andere, zur völligen Verwirrung des Polizisten. »Ich meine nämlich, die Maschinengewehre werden dazu benützt, Zeit zu gewinnen, vermutlich bis zum Ende dieses Jahrhunderts. Aber mit jedem gewonnenen Augenblick wird auch Weisheit gewonnen. Und der Tag wird kommen, an dem die intelligenten Burschen aus Stellenbosch und Potchefstroom den Weg zur Versöhnung beschreiten werden.«
»Können sie das bald genug tun?«
»Das zweite große Aktivum, das wir besitzen, ist die Beständigkeit der Zulu und Xhosa. Sie sind die geduldigsten, prächtigsten Menschen auf dieser Welt. Neben ihnen fühle ich mich armselig, weil sie sich so lange gut verhalten haben. Neben ihnen bin ich eine Barbarin, und ich glaube, sie können geduldig warten, bis der kranke Weiße zur Vernunft kommt.«
»Der kranke Weiße?«
Laura Saltwood wies auf sich, auf den Polizisten, auf den eingezäunten Hof, auf die bombenbeschädigte Fassade ihres Hauses. »Würde eine Gesellschaft die Ächtung erfinden, wenn sie nicht krank wäre?«

Philip schien mitten in einem Intensivkurs über afrikanische Verhältnisse zu stecken, denn als er in sein Hotel zurückkam, erwartete ihn ein dringendes Telegramm von seinen Vorgesetzten in Pretoria: GÜNSTIGE UMWÄLZUNG IN VWARDA. REIST SOFORT ZU ZEITWEILIGEM DIENST KATOMBE ZWECKS SCHUTZ UNSERER INTERESSEN. SEHEN ZWEI MONATE ABWESENHEIT VRYMEER VOR. WEISUNGEN ERWARTEN SIE DORT. PETERSEN. Er erwischte ein Flugzeug, das ihn nach Sambia brachte, wo ihn eine kleinere Maschine erwartete, die der Regierung von Vwarda gehörte. An Bord befanden sich zwei weitere Angelsachsen, die einmal in dieser Republik gearbeitet hatten, und sie erzählten ihm von der revolutionären Entscheidung, die Präsident M'Bele am letzten Freitag getroffen hatte: »Er informierte London, Genf und die Vereinten Nationen darüber, daß sein Land in einem Chaos versinkt – industriell und finanziell –, und forderte etwa fünfhundert ausländische Techniker, zumeist Engländer, die irgendwann während des letzten Jahrzehnts mit Spezialaufgaben betraut worden waren, auf, bei voller Bezahlung plus Prämien zurückzukommen. Ich leite die Mehlverteilung.«

»Warum?«

»Sehen Sie, ich wurde vor drei Jahren aus dem Land gejagt. Ganz ähnlich wie Sie, Saltwood, soweit ich Ihren Fall kenne. Mein vwardischer Ersatzmann beschuldigte mich des Rassismus, weil ich ihn eines Tages anschrie. Und warum schrie ich? Weil er den Stand in den Kornspeichern im ganzen Land überwachen sollte und zugelassen hatte, daß er in anderen Gebieten als dem seines eigenen Stammes auf Null absank. Ich stauchte ihn zusammen und wurde ausgewiesen.«

»Was geschah, als Sie fortgingen?«

»Er wurde der Leiter der Kornbeschaffung, und verdammt noch mal, er ließ die anderen Stämme weiterhin verhungern.«

Der andere Mann war für die Beschaffung von Jeeps und Landrovern zuständig gewesen und hatte ein System für die Ersatzteillagerung geschaffen, dem fachmännische Berechnungen über Beschädigungen zugrunde lagen, die bei Fahrzeugen in einem primitiven Land auftraten. Nachdem er eine Tabelle mit gut durchdachten Berechnungen aufgestellt hatte, schlug er ein Gesetz vor, das die Einfuhr von weiteren Jeeps und Landrovern untersagte, bis Vorräte an Ersatzteilen in neun im Land verstreuten Lagerhäusern gesammelt und eingelagert waren, von denen aus sie rationell an Fahrzeuge verteilt werden konnten, die sonst nutzlos herumstanden. »Aber ein Neffe des Präsidenten hatte das Monopol für die Einfuhr von Jeeps, und er verlangte, so viele ins Land bringen zu dürfen, wie er wollte. Was taten sie also? Sie schlachteten intakte Jeeps aus, um hier einen Dynamo oder dort ein Differential zu bekommen. Der Rest verrostet. Aber dem Neffen des Präsidenten ist das egal.«

Als das Flugzeug in Katombe landete, wurden sie in ein schönes neues Hotel gebracht, das mit schwedischem Kapital erbaut worden war. Über vierhundert Fachleute waren dort versammelt, um eine Ansprache Präsident M'Beles zu hören. Er sprach so überaus vernünftig, daß sogar Männer wie Saltwood, die wegen seiner früheren Handlungsweise mit Recht gegen ihn eingenommen waren, applaudierten, denn offensichtlich hatten er und sie jetzt die gleichen Interessen; sie waren Männer Afrikas:

> Meine Herren, ich freue mich von ganzem Herzen, Sie hier begrüßen zu können. Sie sind Männer mit großer Erfahrung in den aktuellen Problemen unserer Gesellschaft. Sie alle sind Männer, die in der Vergangenheit gute Leistungen erbracht haben und denen ich zutrauen kann, daß sie in Zukunft ebenso erfolgreich arbeiten werden. Hätte ich nur einen Augenblick daran gezweifelt, daß ich mich auf Sie verlassen kann, so hätte ich sie nicht um Hilfe gebeten.
> Wir brauchen wirklich Ihre Hilfe. Die Produktion unserer Nation ist zum Stillstand gelangt. Und warum? Nicht weil wir nicht genügend Verstand besitzen, um sie in Gang zu halten. Und nicht, weil wir faul oder gleichgültig sind. Der Grund ist einfach. Es braucht Zeit und lange Lehrjahre, ehe jemand genügend Fachkenntnisse erwirbt, um eine komplizierte Maschine in Gang zu halten. So gutherzig unser Volk auch sein mag, es fehlt ihm das langjährige Know-how, wie es die Amerikaner nennen. Ihr habt es, und deshalb brauchen wir euch.
> Sprechen wir vom Brot. Die Bürger vieler unserer Städte sind der Rebellion nahe, weil sie kein Brot bekommen. Wir haben das Geld dafür. Und wir haben das Getreide. Was, glauben Sie, ist das Hindernis? Niemand hat daran gedacht, Hefe zu bestellen. Niemand hat Ersatz für die abgenützten Backbleche gekauft. Und das verdammte Mehl ist an den falschen Plätzen gelagert. Wie viele Bäcker und Getreidefachleute gibt es in diesem Saal? Meine Herren, machen Sie sich noch vor Einbruch der Nacht an die Arbeit.
> Etwas überaus Wichtiges, von dem ich weiß, daß Sie es verstehen und nicht vergessen werden: Vwarda hat seine Haltung gegenüber der Rassengleichheit nicht verändert. Wir laden Sie nicht wieder zu uns ein, weil Sie die überlegenen Weißen sind. Wir ersuchen Sie, uns zu helfen, weil Sie auf Gebieten gut geschult sind, auf denen wir es nicht sind. Wir werden keinerlei Unsinn über Rassenüberlegenheit dulden, und wenn Sie unser Volk beleidigen, müssen Sie gehen. Wir sind eine schwarze Nation und stolz darauf.
> Aber ich verspreche Ihnen folgendes: Unsere Richter, unsere Komitees und mein Stab werden auf keine wilden Beschuldigungen von Rassendiskriminierung hören. Ich kenne die Ungerechtigkeiten, die einigen von Ihnen in der Vergangenheit widerfuhren, und sie werden sich nicht wiederholen. Es ist wichtiger, daß wir unsere Bäckereien in Gang bringen, als daß mein Schwiegersohn in einem Mercedes von einer Fabrik zu anderen fährt.

Saltwood wurde zu den Minen zurückgebracht, die er einmal geleitet hatte, und als er dort ankam, stellte er zu seiner Freude fest, daß seine Abwesenheit nicht zu einem Chaos geführt hatte. Das Dynamit wurde sorgsam behandelt, die Sicherheitsvorschriften eingehalten, und die Fahrstühle waren in Ordnung. Die Schwierigkeiten lagen in der Planung, beim Einsatz von Arbeitskräften und dem Transport der Erze an die Verarbeitungsorte. Nach einer Woche berichtete er Präsident M'Bele:

> Als ich zu den Minen kam, erreichten sie fünfundneunzig Prozent ihrer Nutzleistung. Die Arbeiter führten ihre Aufgaben geschickt und verantwortungsbewußt aus. Bergleute in Cornwall hätten es auch nicht besser machen können. Wie Sie wissen, gab es schwere Planungsfehler. Wir brauchen acht oder neun entschlußkräftige Männer mit umfangreichen Kenntnissen. Die findet man jedoch in Vwarda – und auch in Amerika – nur schwer.

Er fand einen jungen Burschen mit guter Auffassungsgabe, der durch seine Arbeit in den Goldminen von Johannesburg auch praktische Fähigkeiten erworben hatte. Saltwood fragte ihn, ob er Bekannte habe, die dort mit ihm gearbeitet hatten, und er nannte vier Männer. Zwei hatten in Südafrika nichts gelernt, aber die beiden anderen waren so intelligent wie er. Philip begann nun, seinen Stab um diesen Kern aufzubauen. Zum Glück fand er einen älteren Mann, der drei Jahre an der Londoner Wirtschaftsuniversität studiert hatte, und die Minen in Vwarda begannen besser zu funktionieren, als er Subdirektor wurde.

Die oberste Leitung blieb in den Händen von Präsident M'Beles Schwiegersohn, der 1978 der Hauptverantwortliche für Saltwoods Ausweisung gewesen war. Er hatte sich sehr verändert; nachdem er die Minen an den Rand des Bankrotts gebracht hatte, wußte er nun, daß er seine Entscheidungen nicht aus einer engen Stammesperspektive treffen konnte. Er hatte Angst, denn er liebte seinen Mercedes, und begrüßte jede Führung, die es ihm ermöglichte, diesen zu behalten. Diesmal hörte er zu, als Philip ihm erklärte, wie wichtig es war, den Weltmarkt genau zu beobachten, besonders aber Japan und Rußland.

Am Ende seiner zwei Monate fand er einen belgischen Ingenieur mit großer Erfahrung in der Provinz Katanga in Zaire: »Er ist ein geschulter Mann. Arbeitet gut mit schwarzen Nationen zusammen. Und er ist über Ihre Probleme besser informiert als ich.« Als Präsident M'Bele Philip bat, noch zu bleiben, bis der Belgier entsprechend eingearbeitet war, erklärte er sich bereit, seinen Aufenthalt noch um drei Wochen zu verlängern.

Nach dieser Zeit war er überzeugt, daß der Belgier seinen Mann stehen würde, und ersuchte um die Erlaubnis, nach Johannesburg zurückzufliegen. Als sein Flugzeug landete, wurde er durch drei Beamte des BOSS daran gehindert, direkt zu seiner Arbeit nach Venloo zurückzukehren. »Sie müssen mit uns kommen«, sagten sie und brachten ihn in einen kleinen Raum im Flughafengebäude.

»Das gefährdet Sie in keiner Weise, Mr. Saltwood. Wir wissen, warum Sie

nach Vwarda berufen wurden und wie ausgezeichnet Sie dort gearbeitet haben. Wir müssen Sie zu einem wichtigen Prozeß befragen und würden es vorziehen, daß vorher niemand mit Ihnen spricht.«
»Wessen Prozeß?«
»Daniel Nxumalo. Hochverrat.«

Detleef van Doorn hatte 1967, in seinem Todesjahr, die sorgfältige Vorarbeit für das Terrorismus-Gesetz geleitet, das einerseits vage, andererseits aber doch schrecklich präzise war. Es war vage, weil es jede Handlung – oder auch nur den Versuch dazu – untersagte, die den Staat irgendwie stören konnte. Fast jeder Protest gegen die Apartheid konnte dahingehend interpretiert werden, und die Beweisgrundlagen waren gleichfalls äußerst vage. Was war präzise? Die Mindeststrafe, die das Gericht verhängen konnte: fünf Jahre Gefängnis, meist auf Robben Island. Die Höchststrafe: Tod. Zwölf Verhaltensweisen fielen unter das Verbot, und die Regierung gab offen zu, daß neun davon auf den Fall Nxumalo nicht anwendbar waren. Er hatte die Polizei nicht behindert, er hatte niemanden eingeschüchtert, er sabotierte nicht die Produktion, er führte keinen Aufstand an, er trat nicht für Zusammenarbeit mit fremden Regierungen ein, er hatte keine Körperverletzung begangen, er hatte dem Staat weder einen finanziellen Verlust zugefügt noch seine wesentlichen Leistungen gefährdet oder seinen Verkehr zu Lande, zur See oder in der Luft behindert. In diesen Punkten war er unschuldig, und sie waren nicht Gegenstand der Anklage.
Aber in drei anderen Punkten, die für die Staatssicherheit höchst bedeutsam waren, war er vermutlich schuldig. Erstens hatte er Schwarze aufgewiegelt, indem er unangenehme Fragen stellte, und wurde daher angeklagt, zum Aufruhr aufzurufen; zweitens hatte er, indem er die Schwarzen an früheres Leid erinnerte, die Feindschaft zwischen den Rassen geschürt; drittens hatte er der Regierung auf verschiedene Art Schwierigkeiten bereitet. Und wegen dieser Vergehen mußte er vor Gericht gestellt und, falls er für schuldig befunden wurde, ins Gefängnis geschickt oder gehängt werden.
Philip erfuhr, daß der Prozeß in Pretoria von einem bärbeißigen alten Richter, Herman Broodryk, geleitet werden sollte, der solche Fälle seit über zwei Jahrzehnten behandelte. Vor seiner Ernennung zum Richter im Jahre 1958 war er ein hervorragender Rechtsanwalt gewesen, der in den vierziger Jahren Aufsehen erregt hatte. Er verteidigte radikale Afrikander, die beschuldigt wurden, Jan Christiaan Smuts' Bemühungen, das Land an Englands Seite in den Krieg zu führen, zu sabotieren. Er war ein persönlicher Freund aller Premierminister der letzten Jahre, und Philip beunruhigte es sehr, daß ein Mann mit einer solchen Vergangenheit diesen Fall untersuchen sollte, aber ein Anwalt der Amalgamated Mines sagte ihm: »Die oberste richterliche Gewalt Südafrikas ist über jeden Verdacht erhaben. Wir können auf zwei Freiheiten stolz sein – auf Richter wie Broodryk und auf unsere freie Presse.«
Und dann machte Philip eine sogar noch erschreckendere Entdeckung: »Ist

es wahr, daß Richter Broodryk den Prozeß allein führen wird – ohne Geschworene?« Und wieder verteidigte sein Freund, der Rechtsanwalt, das System: »Eine unserer besten Neuerungen war die Abschaffung der Geschworenengerichte. Welche Chance hätte Nxumalo gegen eine aus zwölf weißen Männern und Frauen bestehende Jury? Ich überlasse es Ihrer Phantasie, was zum Beispiel im periodisch tagenden Gerichtshof in Venloo geschehen würde, wenn ein Schwarzer beschuldigt würde, die Tochter eines weißen Farmers belästigt zu haben. Vor lauter weißen Geschworenen!«
Daniel Nxumalo sollte von Meneer Simon Kaplan verteidigt werden, einem Johannesburger Advokaten mit viel Erfahrung in der Verteidigung Schwarzer, die die Gesetze der Apartheid verletzt hatten. Die Anklage wegen terroristischer Betätigung würde von Meneer Martin Scheepers vertreten werden, einem Spezialisten für das Terrorgesetz; er war bereits neunzehnmal in solchen Fällen als Ankläger aufgetreten, hatte vierzehnmal gewonnen und im ganzen siebenundachtzig Männer und Frauen ins Gefängnis gebracht. In drei kürzlich abgehandelten Fällen, zu denen auch bewaffneter Aufruhr gehörte, hatte er die Todesstrafe erreicht.
In England, Amerika und den meisten westlichen Staaten konnte ein Richter ein Leben lang sein Amt ausüben, ohne je einen Menschen zum Tod zu verurteilen; Jahr um Jahr wurden in Südafrika etwa achtzig Menschen gehängt, mehr als in der gesamten übrigen westlichen Welt. Als Saltwood dazu Fragen stellte, sagte der Anwalt der Amalgamated: »Die meisten von ihnen sind Schwarze. Mörder, Frauenschänder. Wir sind dazu gezwungen, um die Ordnung aufrechtzuerhalten. Es gibt vier Millionen von uns, zwanzig Millionen von ihnen.«
Der Gerichtssaal war dicht besetzt, als Richter Broodryk Platz nahm. Er war ein gewichtiger Mann mit dichten, buschigen Brauen, Hängebacken und furchteinflößendem Benehmen; aber im Laufe des Prozesses stellte Philip fest, daß er geduldig, aufmerksam und rücksichtsvoll war. Wenn ein Richter sich nicht gegen Geschworene zu behaupten brauchte, mußte er unparteiisch sein, Fakten aufdecken und Charaktere beurteilen, denn von ihm allein hing die Entscheidung über Schuld oder Unschuld, Tod oder Leben ab. In den Jahren seiner Bergwerkstätigkeit hatte Philip Prozessen in mehreren afrikanischen Ländern beigewohnt, und bei keinem hatte er einen weiseren Richter gefunden.
Broodryk behandelte Nxumalo äußerst zuvorkommend und hörte aufmerksam zu, wann immer er sprach. In seiner Eröffnungsrede legte Staatsanwalt Scheepers dem Gericht die wesentlichen Punkte seiner Anklage gegen Daniel dar:

> Die Anklage wird beweisen, daß es dieser Mann war, der die Idee hatte, die Schwarzen dieses Landes in großer Zahl zu versammeln, um den sogenannten Jahrestag »Soweto 1976« zu begehen. Dies konnte doch nur in der Absicht geschehen, die Beziehungen zwischen den Rassen zu verschlechtern. Die Beweisführung wird ergeben, daß er provozie-

ren wollte, als er eine solche Versammlung in Bloemfontein organisierte und eine Ansprache hielt. Und warum, frage ich Sie, wählte Meneer Nxumalo Bloemfontein für dieses Treffen? Weil er wußte, daß es die loyalste unserer Städte ist, wo das, was er zu sagen hatte, die stärkste aufrührerische Reaktion verursachen würde.
In der Hauptsache wird er in einem anderen Anklagepunkt für schuldig befunden werden. Jede seiner Handlungen ist vorsätzlich darauf ausgerichtet, unserer Regierung Schwierigkeiten zu bereiten. Er wendet sich an die niedrigsten Instinkte unserer unbarmherzigsten Kritiker in London und New York. Er appelliert geschmacklos an Stellen wie den Weltkirchenrat, und wir werden zeigen, daß seine Handlungen und Absichten darauf zielen, uns durch die Behauptung zu diskreditieren, daß unsere Gesetze ungerecht und unser System der Apartheid unfair ist. Er ist ein böser Mensch, dessen Aktivitäten ein Ende gesetzt werden muß.

Damit war die Auseinandersetzung zwischen Nxumalo und Scheepers eingeleitet. Schon am ersten Vormittag flammte ein erbitterter Streit auf, als Nxumalo seine sorgfältig geplante Kampagne begann, um die Beschwerden seines Volkes schriftlich festhalten zu lassen:
Angeklagter Nxumalo: Erst in den letzten Jahren hat unser Volk begonnen, sich auf sich selbst zu besinnen und eine andere Identität zu suchen als die, die uns der Weiße aufdrängen will. Wir befinden uns in der gleichen Lage wie die Afrikander, bevor sie sich von der englischen Herrschaft befreiten, und wir respektieren ihren Kampf um *volksidentiteit.* Aber aus dieser Überlegung schließe ich: Wenn es den Afrikandern freisteht, ihren Sieg über Dingan am Blood River zu feiern, sollte es auch uns freistehen, uns an die bedeutenden Ereignisse zu erinnern, die Soweto im Juni 1976 erschütterten.
Staatsanwalt Scheepers: An welche Ereignisse denken Sie?
Angeklagter Nxumalo: An den Tod unserer Kinder, die gegen die Apartheid protestierten.
Staatsanwalt Scheepers: Meneer Nxumalo, diese Schulkinder randalierten auf den Straßen, brannten Gebäude nieder, töteten unschuldige Zivilisten und lehnten sich gegen die Staatsgewalt auf. Sie stellen das auf eine Stufe mit einer Schlacht zwischen zwei Armeen?
Angeklagter Nxumalo: Ich gebe zu, daß die Umstände nicht die gleichen sind – sagen wir, nicht ganz die gleichen –, wohl aber das Endresultat, Zorn und Kummer für mein Volk.
Staatsanwalt Scheepers: Und Sie wollten diesen Zorn dazu benützen, um Verwirrung zu stiften?
Verteidiger Kaplan: Ich erhebe Einspruch gegen die Formulierung meines geschätzten Kollegen.
Staatsanwalt Scheepers: Daß Zorn und Kummer die Ursache dafür waren, daß Sie »Soweto '76« als Gedenktag feiern wollten?

Angeklagter Nxumalo: Ich glaube, wir schulden diesen Kindern viel. Sie zeigten uns, daß die Veränderung in diesem Land von innen kommen muß. Daß wir gegen ein System, das wir verabscheuen, Widerstand leisten müssen.
Staatsanwalt Scheepers: Sie maßen sich an, für alle Schwarzen zu sprechen?
Angeklagter Nxumalo: Jemand muß es tun. Wir haben zu lange geschwiegen.
Staatsanwalt Scheepers: Wenn wir unseren großen Sieg über Dingan feiern, erinnern wir Afrikander an den Tag des Bundes und beten um Frieden, nicht um Aufruhr – um Einheit, nicht um Chaos. Waren das Ihre Ziele, als Sie »Soweto '76« veranstalteten?
Angeklagter Nxumalo: Auch wir wollen Frieden und Einigkeit für alle. Und Gebete für die Kinder, die in Soweto als Opfer eines ungerechten Systems starben, das ihnen das Recht auf Staatsbürgerschaft in ihrem Geburtsland verweigert.
Richter Broodryk: Meneer Nxumalo, das Gericht ist nicht hier, um darüber zu diskutieren, was 1976 in Soweto geschah. Wir können nicht entscheiden, ob die Studenten Opfer von Ungerechtigkeiten waren oder nicht. Beschränken Sie Ihre Antworten auf Meneer Scheepers Fragen.
Angeklagter Nxumalo: Euer Ehren, der Afrikander wird in seinen Schulen, seinen Kirchen, bei seinen Feiern zum Tag des Bundes von seinen Lehrern, seinen Geistlichen und seinen politischen Führern an *Slagter's Nek* erinnert, an zerriebenes Glas im Maisbrei, an die Hinrichtung von Christoffel Steyn. Mit tiefstem Respekt gebe ich zu bedenken, daß eine solche ständige Erinnerung an einst vergossenes Blut Feindschaft zwischen den Rassen erzeugt.
Richter Broodryk: Meneer Nxumalo, Afrikander und Engländer gehören der gleichen Rasse an, somit kann das, was Sie behaupten, nicht eintreten. Uns interessiert nur das empfindliche Gleichgewicht zwischen der weißen und der schwarzen Rasse in diesem Land und die Gefahr, daß die Feindschaft zwischen ihnen noch verstärkt wird. Zum Beispiel durch Ihre unverantwortlichen Reden.
Angeklagter Nxumalo: Ich glaube nicht, daß man den schwarzen Menschen dieses Landes das Recht verweigern kann, des *Slagter's Nek* ihrer Geschichte zu gedenken. Ich meine Sharpeville und Soweto '76. Solange wir unsere Würde und Identität nicht finden, können wir nie frei sein.
Staatsanwalt Scheepers: Was müßte geschehen, Mr. Nxumalo, damit Sie sich als freier Mann betrachten?
Angeklagter Nxumalo: Die Apartheid müßte abgeschafft werden. Die Schwarzen müßten einen gebührenden Anteil an der Regierung dieses Landes erhalten.
Staatsanwalt Scheepers: Ah, Sie meinen »Ein Mann, eine Stimme«?
Angeklagter Nxumalo: Ja, das meine ich.
Staatsanwalt Scheepers: Glauben Sie, daß Sie das Wahlrecht erhalten wer-

den, indem Sie die Verbitterung in Ihrem Volk schüren, indem Sie ihm Soweto '76 vor Augen halten?
Angeklagter Nxumalo: Ein Mensch hat sicherlich das Recht, sich häßlicher Dinge zu erinnern, die ihm widerfahren sind. Für uns sind die toten Kinder von Soweto Helden.
Staatsanwalt Scheepers: Es ist unmöglich, Ihrer Argumentation zu folgen. Diese jungen Leute waren undisziplinierte Aufrührer. Sie wurden von professionellen Agitatoren geführt.
Angeklagter Nxumalo: Ich gestatte mir, Ihnen zu widersprechen. Die schwarzen Jungen von Soweto waren eher den jungen Buren ähnlich, die 1899 gegen die Engländer kämpften. Diese griffen gegen ihre Unterdrücker, die Engländer, zu den Waffen.
Staatsanwalt Scheepers: Aha! Sie treten also dafür ein, daß junge Schwarze gegen die Afrikander zu den Waffen greifen? Gegen die rechtmäßige Regierung?
Verteidiger Kaplan: Euer Ehren, mein Mandant hat nichts dergleichen gesagt. Ich muß ganz energisch dem Versuch meines verehrten Kollegen entgegentreten, die Aussagen meines Mandanten falsch auszulegen.
Richter Broodryk: Antrag stattgegeben. Meneer Nxumalo, ich kann einiges von dem, was Sie hier darlegen, einsehen, aber meiner Ansicht nach besteht die Gefahr, daß im ganzen Land ein revolutionäres Klima gefördert wird, wenn Ihre aufrührerischen Bemerkungen immer wieder an die Öffentlichkeit gelangen.
Angeklagter Nxumalo: Ja, diese Gefahr besteht, Euer Ehren.
Richter Broodryk: Sollten Sie dann nicht versuchen, Ihre Ziele mit friedlichen Mitteln zu erreichen? Durch Verhandlungen anstatt durch Gewalt?
Angeklagter Nxumalo: Das wäre sicherlich vorzuziehen.
Richter Broodryk: Dann stimmen Sie mir zu, daß ein Massenaufstand vermieden werden könnte, indem Sie die bestehenden Wege benutzen, von denen es viele gibt?
In diesem Augenblick war der Richter so einsichtig und versöhnlich, daß Saltwood, der sorgfältig auf jede Nuance achtete, sicher war, Richter Broodryk wäre bereit, falls Nxumalo sich entsprechend verhielt, ihn nur in beschränktem Maß für schuldig zu befinden und sein Leben zu schonen, denn jeder im Gerichtssaal wußte, daß Nxumalo keine offene, echte revolutionäre Handlung begangen hatte. Aber zu Saltwoods Verzweiflung wies sein Freund das Friedensangebot des Richters zurück.
Angeklagter Nxumalo: Euer Ehren, wir können den Status quo nicht akzeptieren, weil wir bei seiner Einführung nichts zu sagen hatten. Wir werden ihn nie akzeptieren, denn das ist auch unser Land, und unsere Generation kann nicht auf die Rechte unserer ungeborenen Kinder verzichten. Wir sind gegen Apartheid, jetzt und immer.
Richter Broodryk: Aber die Leute dürfen nicht mit Aktionen gegen sie kämpfen, Meneer Nxumalo, die gegen die Gesetze des Landes verstoßen.

Sie dürfen keine terroristischen Handlungen begehen, um das zu Fall zu bringen, was die Regierung geduldig und gerecht verfügt hat.
Angeklagter Nxumalo: Nicht gerecht, Euer Ehren.
Verteidiger Kaplan: Was er meint, Euer Ehren...
Richter Broodryk: Ich weiß, was er meint. Lassen Sie ihn fortfahren.
Angeklagter Nxumalo: Ich stehe vor diesem Gericht, weil ich terroristischer Aktionen beschuldigt werde. Jeden Tag werden in Südafrika terroristische Handlungen gegen mein Volk begangen durch die harte Anwendung von Gesetzen, die nicht rechtmäßig erlassen wurden. Für mich war es ein Akt des Terrors, eine alte Frau in ein Homeland zu verbannen. Es ist ein Akt des Terrors, einen jungen, lernbegierigen Verstand verhungern zu lassen. Es ist ein Akt des Terrors, einen Mann und eine Frau, die einander lieben, gewaltsam zu trennen. Es ist ein Akt des Terrors, einem in diesem Land geborenen Schwarzen zu sagen: »Du kannst hier nicht leben, weil Weiße das Land haben wollen.« Oder dem gleichen Mann zu sagen, daß er nicht in eine Stadt gehen darf, in der er den Lebensunterhalt für seine Familie auf anständige Weise verdienen kann.
Richter Broodryk (mit großer Geduld): Ich warte darauf, daß Sie zur Sache kommen, Meneer Nxumalo.
Angeklagter Nxumalo: Ich werde es offen darlegen, Euer Ehren. Wir bestreiten, daß die Gesetze der Apartheid gerecht sind oder daß dies eine gerechte Gesellschaft ist. Wir betrachten sie als eine Gesellschaft, die nur einen Ehrgeiz besitzt: die weiße Vorherrschaft aufrechtzuerhalten.
Richter Broodryk: Aber das ist ja das erklärte Ziel dieser Gesellschaft. Wenn Sie eine Lösung anbieten können, die für alle besser ist, würde das Gericht sie gerne hören.
Angeklagter Nxumalo: Wir könnten mit Gerechtigkeit für die Mehrheit der hier lebenden Menschen beginnen.
Richter Broodryk: Und die Minderheiten, die gleichfalls geschützt werden müssen?
Angeklagter Nxumalo: Eine Minderheit mit Maschinengewehren kann sich immer schützen.
Richter Broodryk achtete sorgfältig darauf, Daniel jederzeit Gelegenheit zur Verteidigung zu geben, und obwohl manche der Antworten des jungen Professors ihn ärgern mußten, zeigte er keine Gemütsbewegung, und Saltwood sah, daß Nxumalo sich besonders bemühte, sich den Richter zum Feind zu machen. Philip konnte nicht erkennen, worin die Strategie des jungen Mannes bestand, und so ging die Verhandlung weiter.
Nun wandte der Staatsanwalt seine Aufmerksamkeit zwei seltsamen Aspekten des Falles zu, auf die er während der vier Tage, an denen er den jungen Dozenten befragte, immer wieder zu sprechen kam.
Staatsanwalt Scheepers: Wo haben Sie die Ausdrücke *Black Power* und *Black Consciousness* zuerst gehört?
Angeklagter Nxumalo: Das weiß ich nicht. Sie lagen in der Luft.
Staatsanwalt Scheepers: Geben Sie zu, daß Sie sie von kommunistischen

Agitatoren gehört haben? Männern, die hier eingeschleust wurden, um die gedankenlosen Schwarzen aufzuwiegeln?
Angeklagter Nxumalo: Schwarze brauchen keine Kommunisten, um sie aufzuwiegeln. Das tut die Apartheid jeden Tag.
Staatsanwalt Scheepers: Aber was bedeutet der Ausdruck *Black Power?* Fordert diese Bewegung nicht, daß Schwarze Weißen entgegentreten? Wie Ihre alte Parole »Afrika den Afrikanern«?
Angeklagter Nxumalo: Daran ist nichts Subversives. Sie sind Afrikaner. Mein Anwalt ist Afrikaner. Der geehrte Richter ist...
Richter Broodryk: Ich werde mich selbst zuweisen.
Staatsanwalt Scheepers: Wenn wir alle Afrikaner sind, warum dann die Betonung auf der Macht schwarzer Afrikaner?
Angeklagter Nxumalo: Wie ich vorhin erklärte, muß unser Volk Stolz auf sich selbst entwickeln – *Black Consciousness.* Und wenn Sie mich dazu zwingen – *Black Power.* Wir können nicht aus einer untergeordneten Stellung heraus mit den Weißen verhandeln.
Staatsanwalt Scheepers: Ich sehe Ihre *Black Power* nur als Mittel, um den Weißen entgegenzutreten und dieser Regierung Schwierigkeiten zu bereiten.
Angeklagter Nxumalo: In den Augen der zivilisierten Welt bereitet sich diese Regierung selbst Schwierigkeiten.
Richter Broodryk (streng): Seien Sie nicht geschwätzig, junger Mann!
Angeklagter Nxumalo: Die Proteste, die in der ganzen Welt gegen diesen Prozeß erhoben werden, sind kein Geschwätz. Sie sind sehr real, und eines Tages...
Richter Broodryk: Revolutionäre Drohungen werden nicht geduldet. Meneer Kaplan, raten Sie Ihrem Mandanten, seine Zunge zu hüten.
Verteidiger Kaplan: Euer Ehren, glauben Sie mir, mein Mandant spricht ohne jegliche Anweisung meinerseits.
Richter Broodryk: Ich glaube Ihnen, Herr Verteidiger, denn dieses Gericht kennt Sie als vernünftigen, loyalen und patriotischen Mann. Aber Sie müssen Ihren Mandanten darauf aufmerksam machen, daß er seiner Sache schadet, wenn er revolutionäre Drohungen ausspricht. Das Gericht läßt sich durch das, was »in der ganzen Welt« vorgeht, wie er sagt, nicht beeindrukken. Diese Nation bemüht sich seit einigen Jahrzehnten, dem Gebot Gottes gemäß zu handeln, nicht gemäß dem Gejammer des unglaubwürdigen Weltkirchenrates.
Nach dieser unmißverständlichen Erklärung unterbrach Richter Broodryk die Verhandlung, und während der Pause versuchte Saltwood, mit Nxumalo zu sprechen. Es war keinem Außenstehenden gestattet, sich dem Gefangenen zu nähern, um ihm irgendwelche Anweisungen zu geben. Genau das beabsichtigte Philip, denn er hatte Anzeichen dafür bemerkt, daß Broodryk eine harte Bestrafung vermeiden wollte, wenn nur Nxumalo eine geringfügige Schuld eingestehen und um Milde ersuchen würde. Er hatte den Verdacht, daß Nxumalo aus geheimnisvollen, nur ihm bekannten Gründen es

ablehnen würde, sich demütig zu verhalten; das wurde noch deutlicher, als der Staatsanwalt ihn wegen seiner Haltung in der Sprachenfrage angriff.
Staatsanwalt Scheepers: Darf ich Ihnen unterstellen, Meneer Nxumalo, daß Sie Ihre Ansichten bezüglich der Sprache von Laura Saltwood entlehnt haben? War es nicht ihre Rede, die Sie ermutigte, Ihren Studenten zu raten, keinen Unterricht auf afrikaans zu akzeptieren?
Angeklagter Nxumalo: Mit Verlaub, verehrter Herr, Ihre Frage enthält zwei Irrtümer.
Staatsanwalt Scheepers: Und zwar welche?
Angeklagter Nxumalo: Ich erteilte meinen Rat, lange bevor Mrs. Saltwood geächtet wurde. Und in meinem Rat gab es nichts, das gegen Afrikaans gerichtet war. Ich sagte: »Lernt zuerst Englisch, denn es ist die Sprache der internationalen Verständigung.«
Staatanwalt Scheepers: Aber warum sollte ein Bantu... Verzeihen Sie, Euer Ehren. Warum sollte ein schwarzes Kind, das sein Leben in Südafrika verbringen muß, sich um die internationale Verständigung kümmern?
Angeklagter Nxumalo: Weil es unsere internationalen Verbindungen sind – ich meine nicht internationale Komitees, ich meine die Kontakte, die wir mit Menschen in Übersee knüpfen –, die den Charakter unserer zukünftigen Regierung weitgehend bestimmen werden.
Staatsanwalt Scheepers: Sie meinen natürlich das kommunistische Rußland?
Angeklagter Nxumalo: Ich meine die zivilisierte Welt. Wir können mit ihr nicht Afrikaans sprechen, weil niemand draußen in der Welt diese Sprache versteht.
Richter Broodryk: Sie scheinen entschlossen zu sein, diese Nation zu beleidigen, Meneer Nxumalo. Zuerst machen Sie sich über unseren heiligsten Feiertag lustig. Nun mokieren Sie sich über unsere Sprache.
Angeklagter Nxumalo: Ich sagte nur die Wahrheit. Daß sie außerhalb dieses kleinen Landes nirgends gesprochen wird.
Richter Broodryk: Sie betrachten Südafrika als kleine Nation? Zum Beispiel im Vergleich zu Belgien?
Angeklagter Nxumalo: Im Vergleich zu Brasilien und Indonesien. Im Vergleich zum Rest Afrikas.
Staatsanwalt Scheepers: Als Sie Ihren Studenten rieten, nicht Afrikaans zu lernen...
Angeklagter Nxumalo: Das habe ich ihnen nie geraten, Meneer.
Staatsanwalt Scheepers: Darf ich aus einer Abschrift Ihrer Rede in Bloemfontein zitieren:

> Wir müssen darauf bestehen, daß der Grundschulunterricht auf englisch erfolgt, denn dann werden unsere jungen Menschen imstande sein, sich mit der ganzen Welt zu verständigen und nicht nur mit ein paar fanatischen Afrikandern, die in ihrem Winkel hängengeblieben sind.

Sind das nicht hitzige Worte, Meneer Nxumalo? Sind sie nicht ein Ansporn für die Schwarzen, die Gesetze dieses Landes zu mißachten?
Verteidiger Kaplan: Euer Ehren, ich wäre Ihnen dankbar, wenn Sie den geehrten Herrn Staatsanwalt aufforderten, die nächsten Sätze des Polizeiberichtes zu verlesen.
Staatsanwalt Scheepers: Ich habe alles gelesen, was ich vorliegen habe, und ich versichere Ihnen, daß es...
Verteidiger Kaplan: Euer Ehren, ich besitze zufällig den ganzen Text, und darf ich mit Ihrer Erlaubnis noch einige Sätze vorlesen? Ich glaube, Sie werden sie für aufschlußreich halten:

> Ich will, daß jeder Student Afrikaans lernt, denn es ist ein ausgezeichnetes Mittel, um unsere Geschäfte in diesem Land zu führen. Ich spreche Afrikaans und verwende es die ganze Zeit zu meinem großen Vorteil, aber wenn ich es spreche, kann ich mich nur mit nicht ganz drei Millionen Menschen verständigen. Wenn ich Englisch spreche, verständige ich mich mit der ganzen Welt.

Staatsanwalt Scheepers: Warum sollte ein schwarzes Kind in Venloo sich mit der ganzen Welt verständigen wollen?
Angeklagter Nxumalo: Weil wir Bürger der ganzen Welt sind.
Staatsanwalt Scheepers: Wir finden aber wiederholt Beweise dafür, daß Sie sich als Afrikaner bezeichnen. Behaupten Sie nicht...
Angeklagter Nxumalo: Ich bin Bürger von Venloo und somit Bürger von Ost-Transvaal. Das verleiht mir die Staatsbürgerschaft von Südafrika...
Staatsanwalt Scheepers: Nicht Südafrika. Ich glaube, Sie sind Zulu. Sie gehören nach kwaZulu, dem Bantustan der Zulu.
Angeklagter Nxumalo: Ich bin auf der Farm Vrymeer geboren. Ich habe an der Universität von Zululand unterrichtet, aber Vrymeer ist mein Zuhause.
Staatsanwalt Scheepers: Nichtsdestoweniger sind Sie ein Bürger von kwaZulu und müssen schließlich dort Ihren Wohnsitz nehmen. So lautet das Gesetz.
Angeklagter Nxumalo: Als Bürger von Südafrika...
Staatsanwalt Scheepers: Euer Ehren, ich protestiere gegen dieses beleidigende Verhalten.
Richter Broodryk: Lassen Sie ihn doch seine Ansicht äußern und genauer erläutern.
Angeklagter Nxumalo: Als Bürger von Südafrika bin ich automatisch Bürger des Kontinents Afrika, und als Bürger Afrikas bin ich verpflichtet, mich wie ein Bürger der Welt zu verhalten.
Staatsanwalt Scheepers: Mit Bindung an das kommunistische Rußland?
Angeklagter Nxumalo: Mit Bindung an die gesamte menschliche Rasse. Und weil ich meine Gedanken mit ihr austauschen will, trete ich dafür ein, daß wir Englisch lernen.

Staatsanwalt Scheepers: Dann ist Ihnen also unsere Sprache nicht gut genug?
Angeklagter Nxumalo: Ich spreche Ihre Sprache, und sie ist sicherlich gut genug, um sich in Pretoria und Kapstadt zu verständigen. Man versteht sie aber weder in Paris noch in Madrid, noch in Rio de Janeiro, Euer Ehren, und bei manchen Gelegenheiten müssen wir auch mit den Menschen dort sprechen.
So ging der Prozeß weiter, gestützt auf Beweise, wie sie in einer Mittelschule angemessen gewesen wären, wenn ein widerspenstiger Schüler sich ungebührlich betragen hatte. Allmählich wurde Saltwood klar, daß in diesem Gerichtssaal der wahre Angeklagte nie genannt wurde. Daniel Nxumalo stand nicht wegen der Dinge vor Gericht, die er getan hatte, sondern weil sein Bruder in Moçambique den Behörden ein Dorn im Auge war. Da Staatsanwalt Scheepers ihm nie vorwarf: »Sie sind schuldig, Daniel Nxumalo, weil Ihr Bruder ein Revolutionär ist«, mußte Philip annehmen, daß der Staat keinen Beweis für Daniels Mittäterschaft besaß, und da Richter Broodryk nicht wetterte: »Wir werden Sie einsperren, Daniel Nxumalo, weil wir Ihres Bruders nicht habhaft werden können«, nahm Philip an, daß der Staat diesen Aspekt des Prozesses totzuschweigen wünschte. Daß Daniel jedoch wegen Jonathan angeklagt wurde, stand außer Zweifel.
Und damit stellte sich eine Frage, über die Philip wiederholt nachdachte, während der Prozeß seinen Fortgang nahm: Daniel hatte Jonathan in seinem Haus in Venloo beherbergt. Er konspirierte sozusagen mit ihm. Ist er nicht schuldig – wenn man die südafrikanischen Gesetze akzeptiert? Und wenn man diese rhetorische Frage bejahen mußte, stellte sich eine sogar noch verwirrendere: Ich war in jener Nacht dort, ich war bei dem geheimen Treffen in Soweto. Bin ich nicht auch der Verschwörung schuldig? Als er sich diese Frage das erstemal vorlegte, blickte er Richter Broodryk an, und es kam ihm der entsetzliche Gedanke, daß der Richter aufgrund der Tatsachen berechtigt wäre, ihn, Philip, zu einer Gefängnisstrafe zu verurteilen.
Dieses unbestimmte Gefühl eines drohenden Verhängnisses verstärkte sich, als das Ehepaar Frikkie Troxel in Begleitung von Schwager Jopie in den Gerichtssaal kam, um die abschließende Zeugenaussage gegen den ältesten Sohn ihres Nachbarn, Moses Nxumalo, zu hören. Das Eintreffen der beiden berühmten Sportler verursachte beifälliges Lächeln, und Richter Broodryk hieß sie im Gerichtssaal willkommen. Sie setzten sich nicht zu Philip, sondern auf die andere Seite, womit sie andeuteten, daß sie gegen seine fremden, sozialistischen Ansichten waren, und dadurch konnte er jedesmal ihre Befriedigung erkennen, wenn der Staatsanwalt einen eindrucksvollen Treffer gegen den Schwarzen erzielte, der ihre angenehme Lebensweise bedrohte. Sie liebten ihre Freiheit, diese drei Troxels, und waren zweifellos bereit, ihr Leben zu opfern, um sie zu erhalten. Aber sie weigerten sich, zu begreifen, daß Daniel Nxumalo das gleiche in bezug auf seine Freiheit empfand.
Philip bedauerte, daß diese drei anständigen Weißen so wenig über Nxuma-

los Familie wußten, mit der sie ihre Farmen geteilt hatten; hätten sie sich zu einer Partnerschaft mit Daniel und seinem Bruder Jonathan entschlossen, hätten sie eine bedeutende Macht repräsentiert, und in ihrem Teil des Landes einen bedeutenden Beitrag zu besserem Verständnis und sinnvoller Zusammenarbeit der beiden Volksgruppen leisten können. Aber sie waren Feinde geblieben; schlimmer noch, sie waren Fremde geblieben. Jetzt hörten sie aufmerksam zu, als Nxumalo über seine politischen Ansichten befragt wurde:

Staatsanwalt Scheepers: Lassen Sie uns zu dem provokativen Ausdruck *Black Power* zurückkehren. Ist damit nicht die Herrschaft der Schwarzen und die Ausweisung der Weißen gemeint?

Angeklagter Nxumalo: Sie scheinen eine vollständige Akte über mich zu besitzen, Meneer Scheepers. Sie werden in ihr nirgends ein Wort finden, mit dem ich je für die Vertreibung aller Weißen eingetreten wäre. In der Gesellschaft, die mir vorschwebt, werdet ihr Weißen gebraucht, sehr dringend gebraucht werden. In zwanzig Jahren, wenn...

Verteidiger Kaplan: Ich muß meinen Mandanten dringend davor warnen, diese Erklärung abzuschließen.

Richter Broodryk: Ich möchte unbedingt hören, was uns in zwanzig Jahren erwartet.

Angeklagter Nxumalo: In zwanzig Jahren, wenn die Schwarzen das Wahlrecht haben – vielleicht nicht ein Mann, eine Stimme, aber ein vorläufiges vernünftiges Zugeständnis –, würde ich erwarten, daß Staatsanwalt Scheepers seinen Dienst genauso verrichtet wie jetzt und daß Verteidiger Kaplan einen Geschäftsmann verteidigt...

Richter Broodryk: Und der Richter?

Angeklagter Nxumalo: Ich würde erwarten, daß der Richter in diesem Gericht schwarz ist. (Gelächter.)

Richter Broodryk: Das dachte ich mir.

Angeklagter Nxumalo: Sie, Euer Ehren, werden dann vielleicht im Appellationsgericht sitzen, Sie und drei schwarze Richter. (Weiteres Gelächter.)

Richter Broodryk: Sie als Diktator würden mich ernennen?

Angeklagter Nxumalo: Eine Gemeinschaft des Volkes, Weiße und Schwarze, würde die besten Richter haben wollen, die sie bekommen kann.

Richter Broodryk: »Eine Gemeinschaft des Volkes«? Das ist doch Kommunismus, oder?

Angeklagter Nxumalo: Nein, Euer Ehren, das ist Demokratie.

Richter Broodryk: Klingt eher wie Diktatur.

Angeklagter Nxumalo: Nein, eine Diktatur haben wir jetzt.

Richter Broodryk (in aufbrausender Wut): Ich kann nicht zulassen, daß Sie diese Regierung verunglimpfen.

Angeklagter Nxumalo: Ich wollte Sie nicht beleidigen, Euer Ehren. Ich sagte nur die Wahrheit. Bei den großen Wahlen im Jahre 1948, die Jan Christiaan Smuts stürzten und Ihre Partei ans Ruder brachten, geschah das gegen den Willen der Mehrheit unter den weißen Wählern. Man könnte sagen, Sie organisierten eine Machtübernahme, ähnlich wie die Kommunisten in der Tschechoslowakei.

Staatsanwalt Scheepers: Das ist eine Lüge. Wir gewannen diese Wahlen offen und ehrlich.

Angeklagter Nxumalo: Nein, das Protokoll muß ordentlich geführt werden. Sie gewannen neunundsiebzig Sitze im Parlament gegen einundsiebzig.

Staatsanwalt Scheepers: Wie ich sagte, eine Mehrheit von acht Sitzen.

Angeklagter Nxumalo: Aber bei der allgemeinen Wahl verloren Sie mit einer beträchtlichen Mehrheit. Ungefähr sechshunderttausend Stimmen gegen und vierhunderttausend für Sie. Viele Weiße wollten Ihre Art von Regierung nicht.

Staatsanwalt Scheepers: Wie könnte das...

Angeklagter Nxumalo: Das wissen Sie sehr gut. Bei der Wahl wogen die Stimmen der Farmer wesentlich schwerer als die der Stadtbewohner. Eine Farmerstimme kann um fünfunddreißig Prozent mehr gelten als die eines Stadtbewohners.

Staatsanwalt Scheepers: Und das mit Recht. Die Farmer sind der bei weitem wertvollere Teil eines Volkes. Die Fäulnis, die eine Nation zerstört, entwickelt sich in den Städten.

Angeklagter Nxumalo: Dann sollten wir Schwarzen, die zumeist Farmer sind, eine gewichtigere Stimme haben als alle anderen.

Staatsanwalt Scheepers: Wir sprechen von zivilisierten Wählern.

Und so hatte schließlich Daniel Nxumalo den Richter, den Staatsanwalt, seinen eigenen Verteidiger und den größten Teil der Zuhörer beleidigt. Sogar Philip Saltwood mußte zugeben, daß er verdammt schuldig war – aber wessen? Es war keine offenkundige hochverräterische Handlung bewiesen worden; er hatte mit keiner ausländischen Macht in Verbindung gestanden. Er hatte gewisse Dinge ausgesprochen, die Universitätsprofessoren und Studenten auf der ganzen Welt sagten, mit Ausnahme von Rußland und Uganda. Er hatte einen Gedenktag für die Toten von Soweto organisiert. Er hatte sich für Englisch als wichtigste Sprache für die Studenten ausgesprochen. Er hatte die Ausdrücke *Black Power* und *Black Consciousness* gebraucht. Und er hatte gewisse Dinge getan, die die Regierung in Schwierigkeiten bringen mochten, die versuchte, die schlimmsten Folgen der Apartheid zu vertuschen. Sollte er für diese geringfügigen Vergehen ins Gefängnis wandern?

Als er diesen Gedankengang weiter verfolgte, mußte Saltwood zugeben, daß sein Freund zweier weiterer Verbrechen schuldig war, die nicht geringfügig waren: Er hatte Revolutionäre in Soweto besucht, und er hatte seinem verräterischen Bruder Zuflucht gewährt. Darüber war jedoch bei der Verhandlung nicht gesprochen worden. Das entscheidende, vernichtende Beweismaterial war, daß Nxumalo sich mit schwarzen Führern beraten hatte – und das kam dem geheimen Einverständnis mit einer fremden Macht gleich. Auch hatte Nxumalo das schändliche Argument vorgebracht, daß die

Schwarzen, die das Andenken an Soweto ehrten, nur das gleiche taten wie die Weißen, die den Tag des Bundes feierten. Das war Blasphemie, und in einer Theokratie eine Todsünde.
Zum Schutz des Staates war es unbedingt erforderlich, daß Nxumalo streng bestraft wurde, aber als es an Richter Broodryk war, das System zu verteidigen, überraschte er seine Zuhörer mit den Worten:

> Angeklagter Daniel Nxumalo, das Gericht befindet Sie in allen Punkten der Anklage für schuldig. Sie haben, wann immer sich eine Gelegenheit bot, die Sicherheit dieses Staates zu gefährden versucht, indem Sie die Ziele von revolutionären Gruppen förderten, die Komplotte schmiedeten, um die Regierung dieser Republik zu stürzen. Das Gericht hat sich Ihre Vorträge über *Black Consciousness* und Identität geduldig angehört, aber die rechtschaffenen Menschen dieser Nation haben ein kompliziertes System ausgearbeitet, das Gerechtigkeit für alle gewährleistet. Es ist durch vernünftige Gesetze umrissen, die Sie befolgen müssen, und für einen Mann mit Ihrer Bildung ist es ein Verbrechen, sie zu untergraben. Die im Terrorismus-Gesetz vorgesehene Höchststrafe ist der Tod, aber Sie haben während dieses Verfahrens wiederholt den Beweis dafür erbracht, daß Sie einen hervorragenden Verstand und festen Charakter besitzen, und das ist auf dieser Welt wichtig. Ich verurteile Sie zu zehn Jahren Gefängnis.

So wurde Daniel Nxumalo, dreißig Jahre alt, dessen einziges Verbrechen darin bestand, daß er Worte verwendet hatte, die von Menschen wie Jean Jacques Rousseau, Abraham Lincoln und Winston Churchill gebraucht worden waren, zu einem Jahrzehnt auf Robben Island verurteilt.
Er ließ sich durch die Aussicht auf das Gefängnis nicht einschüchtern, denn er nahm an, es würde nicht lange dauern, bis die Vernunft in seinem Land die Oberhand gewinnen würde; sogar wenn er nach seiner Entlassung auf fünf Jahre geächtet sein würde, wußte er, daß vor Ende des Jahrhunderts eine Zeit kommen würde, in der er und Schwarze wie er die wahre Freiheit erleben würden. Dann würde er wegen seines Märtyrertums eine bevorzugte Stellung genießen – wie es den ehemaligen Gefangenen Nehru, Mussolini, de Valera, Vorster, Kenyatta, Lenin, Hitler und Ghandi ergangen war. Er würde seine Zeit im Gefängnis genauso nutzen wie sie: um seine Theorien über die Regierungsgewalt auszubauen, und würde, wenn er herauskam, viel stärker sein als vorher. Nationen werden oft von Männern regiert, die durch ein Mißgeschick gezwungen wurden, ihre Gedanken neu zu ordnen. Oft sind jene, deren Leben ununterbrochen glatt verläuft, zu träge, um darüber nachzudenken, wie sie ihr Schiff in Stürmen steuern sollen.
Im Militärgefängnis in Chrissiesmeer hatte Detleef van Doorns Erziehung im einschränkenden Puritanismus begonnen; auf Robben Island erlebte Daniel Nxumalo seine Lehrzeit in der Strategie der Freiheit.

Als Philip Saltwood den Posten bei Amalgamated Mines übernahm, versprach er seinem Lieblingsprofessor Gideon Vandenberg an der Universität Michigan, daß er sich kein hartes Urteil über Südafrika bilden würde, bevor er dort ein volles Jahr gearbeitet hatte, daß er aber Vandenberg Bericht erstatten würde, sobald er soweit war. Der Professor war ein Mitglied der angesehenen Familie, aus der Senator Vandenberg und General Hoyt Vandenberg stammten; er verbrachte den Sommer in Holland, Michigan, der Tulpenhauptstadt von Amerika, und war eine Art Berufsholländer. Ebenso wie der Senator für seine Wähler den unbestechlichen Holländer, konservativ, aber vernünftig, verkörperte, hielt Gideon alljährlich einen Kurs über »Das goldene Zeitalter Hollands, 1560–1690« ab, in dem er die schöpferischen Spannungen pries, die dieses kleine Land zu einer Weltmacht, dem Beherrscher von Java und Kapstadt, gemacht hatten. Er mußte wissen, was in Südafrika vorging, und hatte Saltwood beauftragt, es ihm mitzuteilen:

Lieber Professor Vandenberg,
einer der besten Ratschläge, die Sie mir je erteilten, war, ein Jahr zu warten, bevor ich mir ein Urteil über Südafrika bilde. Zehn Jahre wären eine noch angemessenere Studienzeit. Ich habe aber eifrig mit Afrikandern, Engländern und einer Menge von Schwarzen gearbeitet. Ich war auch in allen Teilen des Landes. Und ich habe wieder Kontakt mit den hiesigen Saltwoods aufgenommen, mit denen unser Familienzweig zuletzt 1810 Verbindung hatte.
Südafrika muß eines der schönsten Länder der Erde sein und wird nach meiner Erfahrung nur noch von Neuseeland übertroffen. Es ist ein Land, das wert ist, erhalten zu werden. Die Weißen haben einen sehr hohen Lebensstandard, und wenn die Leute in Europa und Amerika wüßten, wie großartig man hier lebt, würden sie alle hierher auswandern. Im Vergleich zu der weißen Oberklasse in Südafrika leben die Reichen in Texas und Oregon wie Sklaven. Würden Sie hier unterrichten, so könnten Sie sich mit Ihrem Gehalt vier Dienstboten, ein bequemes Leben und alle Annehmlichkeiten leisten. Die Lebensweise der südafrikanischen Weißen ist es wert, erhalten zu werden. Ja es lohnt sich sogar, für sie zu kämpfen. Ich habe noch nirgends so gut gelebt wie hier.
Der Lebensstandard der Schwarzen ist in den Städten gleichfalls höher als in Nigeria, Sambia und Vwarda. Deshalb wollen Hunderttausende von Schwarzen aus diesen Ländern nach Südafrika auswandern. Anders steht es allerdings mit der persönlichen Freiheit, und vieles von dem, was man an einer liberalen Universität wie Michigan hört, entspricht der Wahrheit.
Die Menschen von Südafrika verwirren mich. Schon eine nur oberflächliche Untersuchung beweist, daß der sogenannte Afrikander nur selten rein holländischer Abstammung ist. Die Mischung scheint sich

wie folgt zusammenzusetzen: fünfunddreißig Prozent holländische, dreißig deutsche, zwanzig hugenottische, fünf englische, fünf andere europäische und fünf untergegangene und verleugnete Vorfahren – letztere gehen zurück auf die Verbindungen mit Sklavinnen aus Madagaskar, Angola, Java, Ceylon und mit vielen Malaiinnen sowie braunen Hottentottenmädchen. Aber offensichtlich ist ein Tropfen holländischen Blutes stärker als alle übrigen europäischen Anlagen und kann sogar schwarze Beimischungen überdecken, wenn sie vor genügend langer Zeit erfolgten. Ein Mann, der nachweisbar zu sieben Achteln Deutscher, Hugenotte und Engländer ist, wird stolz sagen: »Meine Vorfahren waren Holländer.«

Aber in letzter Zeit hat sich dieser Vorgang anscheinend in das Gegenteil verkehrt, denn nun verunreinigt ein Tropfen schwarzen Blutes neunundneunzig Prozent weißes Blut, und das erklärt das ständige Ansteigen der farbigen Bevölkerung. Sie könnten tausend Jahre hier leben, Dr. Vandenberg, und dieses Problem nie verstehen. Die Farbigen, die die natürlichen Verbündeten des reinen Weißen sein sollten – wenn es überhaupt je so etwas wie Reinrassigkeit gegeben hat –, sind isoliert und haben keinen bestimmten Platz in der Gesellschaft. Den Farbigen verdanken die Afrikander einen beträchtlichen Teil ihres Wortschatzes, ebenso wie viele ihrer gesellschaftlichen Gewohnheiten und Bräuche, zum Beispiel ihre Vorliebe für stark gewürzte Speisen. Ein Mann mit Geschichtskenntnissen wie Sie muß zu dem Schluß gelangen, daß einer der bedauerlichsten Fehler der Afrikander darin bestand, daß sie sich von Menschen mit großen Fähigkeiten, die in Wirklichkeit ihre Halbbrüder sind, trennten – von den Farbigen.

Diese Behauptung würde den Afrikander in Wut versetzen, den seine Historiker, seine Lehrer und seine Geistlichen absolut davon überzeugt haben, daß die Mischung von Weißen mit Sklavinnen ausschließlich durch Seeleute und Soldaten erfolgte, die sich beim Landurlaub in Kapstadt austobten, und daß kein Holländer, der etwas auf sich hielt, jemals eine Sklavin angerührt habe. Ein vorwitziger Bursche an der Universität von Witwatersrand hat folgendes ausgerechnet: Damit es zu einer solchen Rassenmischung kam, hätte jeder Soldat und jeder Matrose schon mit heruntergelassener Hose an Land kommen, sich sofort an die Arbeit machen müssen und nicht aufhören dürfen, bis der Bootsmann ihn wieder auf das Schiff zurückpfiff.

Ein Phänomen, das Sie infolge Ihrer niederländischen Abstammung vielleicht erwartet haben, ich aber bestimmt nicht, ist der unerschütterliche Glaube des Afrikanders, daß Gott persönlich seinen Staat und dessen Traditionen geschaffen hat. Ich kann nicht sagen, wie entsetzt ich war, als ich neulich ein Managementproblem mit zwei Absolventen der Universität erörterte und hören mußte, wie sie mir sagten: »Aber Gott will, daß wir es so machen. Er hat zu diesem Zweck einen Bund mit uns geschlossen.« Jeder Premierminister, der sein Amt antritt, versichert dem Volk, daß er die Nation auf dem von Gott vorgezeichneten Weg führen wird. Die Schüler lernen in der Schule, daß Gott die Apartheid erfunden hat, und ich hörte sogar, wie ein Rugbyfan sagte, daß Gott die Siege Südafrikas ermögliche, weil Er wünsche, daß Sein auserwähltes Volk triumphiert. Jeder Außenstehende, der den Einfluß dieses Glaubens in der südafrikanischen Politik unterschätzt, geht am Kern der Sache vorbei. Von den vier Dutzend Afrikandern, die ich gut kenne, glauben siebenundvierzig aufrichtig, daß Gott sie beauftragt hat, in diesem Land zu bleiben, es genau so zu verwalten, wie sie es jetzt tun, und es gegen die Schwarzen und die Kommunisten zu verteidigen. Ich habe nie erlebt, daß ein Amerikaner so sicher gewesen wäre, daß Gott höchstpersönlich sich um die amerikanischen Interessen kümmert, was Er natürlich tut.

Wie die meisten Amerikaner verstehe ich wenig von Religion, aber hier kann man sie nicht übersehen, sie beherrscht die Regierung und sanktioniert alles, was die an der Macht befindliche politische Partei beschließt. Sind Presbyterianer nicht auch Calvinisten? Ich kann mich nicht erinnern, daß sie sich zu Hause so benommen hätten. Die holländischen Calvinisten haben die südafrikanische Kirche abgelehnt, wissen Sie, und vor kurzem kam ein berühmter Theologe aus Holland hierher und versuchte, die Kluft zu überbrücken. Ich war bei seinem Vortrag anwesend, bei dem er sagte, Calvin hätte zum Problem der Regierung eine ganz bestimmte Ansicht; er zitierte Calvin in dem Sinn, daß alle Menschen sicherlich der Obrigkeit unterstehen, die sie regiert, aber nur insoweit, als die Obrigkeit die grundlegenden Vorschriften Gottes befolgt. Tut sie das nicht, so sollten die Bürger ihr keinerlei Beachtung schenken und sich auch nicht durch das Ansehen allzu sehr beeindrucken lassen, das die Regierenden aufgrund ihrer Position besitzen. Der Besucher ging nicht soweit, eine Revolution zu verlangen, aber sicherlich verlangte er eine neue Bewertung der Regierungspolitik.

Jeder vernünftige Afrikander, Engländer und Schwarze, den ich kennengelernt habe, weiß, daß große Änderungen erfolgen müssen, und sie wissen auch, welche. Aber ungefähr fünfundachtzig Prozent der ländlichen Afrikanderbevölkerung würde lieber sterben, als auch nur eine dieser Änderungen zu akzeptieren, und ihre reaktionären Führer, Laien wie Geistliche, bestärken sie darin, daß sie recht haben. Es ist eine wahre Tragödie, daß die klugen Köpfe allgemein dazu bereit sind, diese Änderungen jetzt durchzuführen, aber trotzdem nichts geschieht. Wenn man sie aber in zehn Jahren widerwillig, unter Androhung von Gewalt zugesteht, werden sie nicht mehr genügen. Bei jedem Gespräch, das ich führe, höre ich, wie Vergleiche mit Rhodesien gezogen werden. Dort hätten die Weißen vor zehn Jahren gewisse Konzessionen machen sollen, weigerten sich aber. Als sie dann dazu bereit waren, gaben sich die Schwarzen damit nicht mehr zufrieden.

Mir scheint, es gibt vier Alternativen. Erstens eine friedliche, allmähliche Umwandlung in einen modernen Mehrvölkerstaat. Die verstockten Weißen sagen, das werden sie nie zulassen. Zweitens eine Revolution der Schwarzen, die die Weißen aus ihrer Machtposition und vielleicht aus ganz Afrika hinausfegt. Dazu scheinen die Schwarzen noch nicht fähig zu sein. Drittens Fortbestand der weißen Herrschaft mit immer mehr Unterdrückungsmaßnahmen, wenn die benachbarten schwarzen Staaten mächtig genug werden, um die Infiltration von Guerillakämpfern zu unterstützen. Der jetzige Staat wird zu einem *laager*, in dem sich die Weißen gegen ganz Schwarzafrika verteidigen. Die meisten meiner Arbeiter, Weiße und Schwarze, glauben, daß es dazu kommen wird und daß die Weißen damit bis ans Ende unseres Jahrhunderts durchkommen werden. Aber wenn sie die Farbigen weiterhin ablehnen, sie in ein Bündnis mit den Schwarzen treiben, gefährden die Weißen auch diese Chance. In nächster Zeit werden die Ereignissse jedenfalls stark von der Haltung der Farbigen beeinflußt werden. Die vierte Alternative versetzt mir einen Schock, da sie aber von dem intelligentesten Kopf des Landes vorgeschlagen wurde, muß ich sie ernst nehmen. Seiner Ansicht nach entwickeln sich die Dinge so rasch, daß die Afrikander nicht imstande sein werden, ihr Land gegen eine Kombination aus Druck von außen und Bürgerkrieg im Inneren zu halten, und daß das Land, wenn sie es versuchen, in einer schrecklichen Revolution zugrunde gehen wird. Er tritt dafür ein, daß sich alle Weißen freiwillig in die alte Kapprovinz zurückziehen und dort eine wirkliche Republik errichten, in der Afrikander, Engländer und Farbige als gleichberechtigte Partner zusammenarbeiten. Es war wirklich ein harter Schlag, als er mir die Grenzen auf einer Landkarte umriß. Pretoria und Johannesburg müßten aufgegeben werden, ebenso Durban. Die Weißen würden Port Elizabeth und Grahamstown sowie Kimberley und Bloemfontein behalten. Dieses Gebiet wäre ungefähr so groß wie Texas. Es würde von jenen Weißen regiert werden, die sich weigerten, mit der schwarzen Regierung im Norden zusammenzuarbeiten, sowie den vielen Farbigen und sich zu einem zweiten Hongkong entwickeln. Als ich fragte, ob die siegreichen Schwarzen einen solchen Rückzug und die Konsolidierung gestatten würden, sagte er etwas Tiefgründiges, und ich möchte, daß Sie mit Ihren Studenten und allen, die sich für Afrika interessieren, darüber sprechen. Ich werde versuchen, seine Worte wiederzugeben:

»Wenn die Schwarzen in Südafrika sich weigern, wie sie es anscheinend anderswo getan haben, den einheimischen Weißen eine vernünftige Partnerschaft zuzugestehen, wären die Folgen für Südafrika nachteilig, für die Vereinigten Staaten jedoch katastrophal, denn Ihr Land ist im Begriff, seiner schwarzen Minderheit Rechte zuzugestehen. Wenn es sieht, daß eine schwarze Mehrheit in den von ihr beherrschten Ländern den Weißen diese Gerechtigkeit verweigert und man ihre

Ermordung im Fernsehen miterleben kann, könnte die Rückwirkung entsetzlich sein.«

Ich sagte, daß er von Schwarzen verlange, sie sollten ihr Verhalten als regierende Mehrheit definieren, bevor sie auch nur die Gleichheit erreicht hatten, und er meinte: »Das ist der Augenblick, in dem die Definition erfolgen sollte.«

Welche dieser vier Möglichkeiten ich gutheiße? Ich hatte ziemliches Glück als Ingenieur, indem ich nach folgendem Prinzip arbeitete: Wenn ich in der Lage bin, etwas zu erkennen, müssen es auch die Menschen erkannt haben, die direkt davon betroffen sind. Wenn jeder vernünftige Mensch weiß, welche Konzessionen im Moment nötig sind, hoffe ich zuversichtlich, daß sie auch gemacht werden. Deshalb neige ich zu der ersten Lösung: friedliche, beschleunigte Veränderung, die zu einem Staat führt, in dem alle Männer und Frauen wählen und in dem die schwarze Mehrheit einen Platz für die Weißen bereithält – die sie vielleicht nicht mögen –, weil sie gebraucht werden, genau wie heute der Afrikander den Englischsprechenden akzeptiert, dessen Vorfahren er einst so bitter bekämpfte.

Ich lasse die auf die Maschinengewehre fixierten Afrikander außer acht, die schreien: »Nur über meine Leiche!« Die Afrikanderführer, die ich kennengelernt habe, sind zumindest genauso vernünftig wie die amerikanischen Politiker, die ich kenne, vielleicht sogar vernünftiger. Ich vertraue auf sie. Und ich möchte etwas klarstellen, das in der südafrikanischen Presse nie erörtert wird. Die Schwarzen Südafrikas sind ebenso fähig wie alle Leute, mit denen ich zusammengearbeitet habe. Wo immer ich ein Bergwerk geleitet habe, war ich erleichtert, wenn ich einen südafrikanischen Schwarzen fand, der die Aufsicht übernahm, denn er war klug, fleißig und stets auf dem laufenden. Wenn Schwarze, die ihm unterlegen sind, Sambia, Tansania und Vwarda regieren können, so unbeholfen sie das im Augenblick auch tun mögen, kann er sicherlich Südafrika regieren. Eine große Koalition, bestehend aus schwarzer Leistungsfähigkeit, farbigem Anpassungsvermögen, englischem Können und Afrikanderkraft könnte einen Staat bilden, der einer der mächtigsten der Welt sein würde, über eine ausgezeichnete Lage verfügt sowie über eine Lebensart, um die ihn die meisten anderen Menschen beneiden würden. Das ist es, was ich erhoffe.

Wenn, was manche befürchten, eine vernünftige Lösung unmöglich wird, weil sich der eigensinnige Afrikander weigert, auf seine Privilegien zu verzichten, dann sehe ich einen gewaltigen Druck an allen Grenzen voraus, den die Länder des kommunistischen Blocks fördern und manchmal organisieren, beginnenden und allgemeinen Bürgerkrieg innerhalb dieser Grenzen, wobei der Afrikander imstande sein wird, sich für den Rest dieses Jahrhunderts zu verteidigen; danach werden andere Einflüsse, die wir nicht voraussehen können, die Lage radikal verändern. Von etwas bin ich aber überzeugt: Die jungen Afrikander, die ich kenne, werden zu den Waffen greifen. Sie werden kämpfen, um eine Lebensweise zu verteidigen, die Gott selbst eingeführt hat und die für sie eine der besten auf dieser Erde ist. Sie werden nicht zögern zu morden, weil Gott selbst den Israeliten, an denen sie sich ein Beispiel nehmen, versichert hat: »Ein Mann von euch soll Tausende in die Flucht schlagen; denn der Herr, euer Gott, Er ist es, der für euch kämpft, wie Er es euch versprochen hat.« Und, was ich noch beängstigender finde: »Und sie vernichteten alles, was sich in der Stadt befand, Mann, Frau, jung und alt, Ochse und Schaf und Esel mit der Schneide des Schwerts.«

Das Haupthindernis auf dem Weg zu einer vernünftigen Lösung ist der Eigensinn der Afrikander, aber ein zusätzliches ist die bedauerliche Spaltung innerhalb der weißen Gemeinschaft. Durchschlagende Triumphe der Afrikander bei den Wahlen bedeuteten, daß sie die anderen Teile der Gemeinschaft ignorieren und sie aus allen öffentlichen Ämtern vertreiben können. Es gibt keine Engländer im Kabinett oder an der Spitze größerer Polizeieinheiten oder in der Armeeführung. Ich fragte einen führenden Afrikander, ob in dem Staat, den er anstrebte, Platz für Engländer sein würde, und er antwortete schlicht: »Eigentlich nicht.« Dann erinnerte er sich daran, daß ich hier englische Verwandte habe, und räumte ein: »Also, wenn sie damit aufhören wollten, jedesmal, wenn es Schwierigkeiten gibt, nach England zu verschwinden, könnten wir vielleicht einen Platz für sie finden und ihnen sogar vertrauen, wenn es zum Krach kommt.«

Der Schlüsselsatz bei jeder ernsthaften Diskussion lautet: »Wenn es zum Krach kommt.« Alle erwarten, daß es dazu kommt. Hundertprozentige Patrioten behaupten, wenn es dazu käme, würden sich die Engländer bestimmt verdrücken. Alle sind davon überzeugt, daß sich nur die Afrikander als verläßlich erweisen werden, wenn es dazu kommt. Was aber ist dieser mysteriöse Krach? Nun, ganz einfach: die bewaffnete Rebellion der Schwarzen.

Sie dürfen aus dem, was ich eben sagte, nicht schließen, daß der englischsprechende Südafrikaner sich sehr von dem Afrikander unterscheidet. In Wirklichkeit profitiert er ebenso von der derzeitigen Situation und könnte sich sogar noch mehr sträuben als der Afrikander, auf seine Dienstboten und seine Privilegien zu verzichten. Neulich vertraute mir mein englischer Vorarbeiter an: »Sicherlich rede ich liberal und ich wähle liberal, aber am Abend der Wahl, wenn die Resultate verkündet werden, bin ich verdammt erleichtert, wenn die Afrikander wieder gewonnen haben. Sie werden wissen, was zu tun ist, wenn es zum Krach kommt.«

Ich sage es ungern einem Geschichtsprofessor gegenüber – der noch dazu sehr gut ist –, aber in Südafrika ist es die ständige Erinnerung an die Vergangenheit, die verhindert, daß seine Wunden heilen. Zu gewissen Zeiten benahmen sich die Engländer erbärmlich; das vergißt man nie. Bei jedem Gedenktag muß die gleiche abgedroschene Litanei der Zwischenfälle heruntergeleiert werden. Haßgefühle werden als wesentliche Bestandteile des nationalen Mythos gehegt, und niemand darf vergessen. Ich erinnere mich an den Tag, an dem Sie uns erzählten, was Santayana gesagt hat: »Wer die Geschichte vergißt, ist dazu verurteilt, sie zu wiederholen.« Nun, wer von der Erinnerung besessen ist, wird durch sie vergiftet.

Nach meiner dritten längeren Reise durch das Land fragten mich meine Freunde im Bergwerk, was mein bleibendster Eindruck gewesen sei, und ich sagte: »Nur einmal möchte ich in eine südafrikanische Stadt kommen und eine Statue von jemandem sehen, der ein Buch geschrieben, ein Bild gemalt oder ein Lied komponiert hat.« Ich war der schrecklichen Monumente unbedeutender Generäle überdrüssig, die Schlachten geschlagen hatten, an denen achtunddreißig Mann teilnahmen. Es ist so, als wäre unser Land mit Statuen von Francis Marion, Pierre Beauregard und James Van Fleet übersät. Ich bin sicher, daß sie verdienstvolle Männer waren, die des Gedenkens wert sind, aber eine Nation sollte nicht ihr ganzes Selbstverständnis auf sie gründen.

Nun zu meiner Schlußfolgerung. Wenn die Götterdämmerungs-Afrikander ihre flammenspeienden Gewehre benützen, um sich für den Rest dieses Jahrhunderts zu schützen, glaube ich, daß sie es schaffen können. Damit würde aber jede Hoffnung auf eine spätere Versöhnung vernichtet werden. Ich erwarte, daß sie sich irgendwann gegen das Jahr 2010 unter Druck in die Kapprovinz zurückziehen und dort Afrikas Israel werden, das nicht von Arabern, sondern von Schwarzen eingekreist ist. Ich kann mir nicht vorstellen, daß sie Afrika verlassen. Sie haben kein anderes Zuhause, denn sie haben länger hier gelebt als die meisten amerikanischen Familien in den Vereinigten Staaten.

Wahrscheinlich haben Sie bemerkt, daß ich mit mehr Leidenschaft schreibe, als ich je bei Ihren Vorlesungen zeigte. Der Grund ist einfach. Ich habe mich in eine junge Afrikanderin verliebt, die viel hübscher ist als die Berufsmodelle mit Holzschuhen, die auf den Postkarten von Holland, Michigan, zu sehen sind, und durch sie lernte ich das beste des Afrikandertums kennen, das mir viel besser gefiel als meine englische Art. Leider heiratete das Mädchen den anderen, den mit dem schußbereiten Maschinengewehr, und ich denke darüber nach, wie ihre Zukunft aussehen wird. Ich bin in trostloser Stimmung.

Philip Saltwood

Und er war in der Tat niedergeschlagen: Er war nach Südafrika gekommen, um Diamanten zu finden, und hatte keine gefunden. Er hatte versucht, ein schönes Mädchen zu heiraten, und das war ihm mißlungen. Das Schmerzlichste war, daß er versucht hatte, ein Land zu verstehen, zu dem seine Familie viele Verbindungen besaß, am Ende seiner Reise aber ebensowenig über sein wahres Wesen wußte wie zu Beginn.

Ihm war nicht klar, warum Frikkie und Jopie so entschlossen waren, Probleme mit dem Maschinengewehr zu bereinigen, und konnte auch nicht erraten, wie lange Nxumalo noch bereit sein würde, Zugeständnisse zu machen. Inder, Farbige, Zulu, Xhosa, Afrikander – er wußte nicht, was er von ihnen allen halten sollte und insbesondere von Craig Saltwood, der sich für das Exil entschieden hatte. An Craigs Stelle wäre er nicht geflohen.

Doch er würde abreisen. Seine Arbeit endete mit Mißtönen wie eine kaputte Spieldose. Er packte seine Sachen im Lager, benachrichtigte Pretoria, daß alle Abrechnungen mit den Arbeitern bis Samstag in Ordnung gebracht sein würden, und erkundigte sich nach Flügen nach New York, wo eine Gruppe von Ölleuten mit ihm über Probleme in Texas sprechen wollte.

Mittwoch hatte er bereits seine Angelegenheiten geordnet, wobei er allen Leuten, die noch auf der Lohnliste standen, Aufräumungsarbeiten übertrug. Er sprach mit jedem über seine Pläne und über seine Familie. Die Schwarzen vertrauten ihm bereits und setzten ihm ihre persönlichen Sorgen auseinander: »Vielleicht hier Arbeit. Vielleicht wir gehen nach Simbabwe, helfen ihnen, ihre Minen wieder in Gang zu bringen.« Diese Zulu und Xhosa waren unverwüstlich, und er hatte das Gefühl, daß unabhängig davon, welches Durcheinander die schwarzen und weißen Führer auch schufen, diese Fachleute ihr Können jeder Regierung bereitwillig zur Verfügung stellen würden. Es tat ihnen anscheinend nicht leid, daß er wegging, aber sie würdigten seine Leistungen. Er verstand sein Fach.

Die weißen Arbeiter wußten für gewöhnlich, was sie als nächstes tun würden; wie die Schwarzen bedauerten sie nicht, daß der Amerikaner ging. Er hatte nie wirklich zu ihnen gehört, nie ganz die Gründe verstanden, warum sie die Schwarzen in ihre Schranken weisen mußten.

»Lassen Sie sich nicht mit Gangstern ein«, warnten sie ihn.

»Sagen Sie Jimmy Carter, wir warten verzweifelt auf seinen nächsten guten Rat.«

»Wenn Sie Andy Young sehen, sagen Sie ihm: ›Kopf hoch!‹«

Sie waren tüchtige, ruppige Kerle, mit denen er immer und überall gern arbeiten würde, aber sie repräsentierten nicht das Südafrika, das er schätzengelernt hatte. Das hatte seinen Mittelpunkt in Vrymeer, und als das Lager schon fast abgebrochen war, fuhr er über die Hügel nach Venloo und dann hinaus zu der Farm am See. Als er durch die Einfahrt kam und wieder die verführerische Häusergruppe sah, die fünf Rundhütten, die in Stufen angeordneten Seen, die Herde der Bläßböcke, hielt er den Wagen an, betrachtete dieses harmonische Bild und dachte: Das ist ein Paradies, aus dem Felsen herausgehauen und sogar in Trockenperioden fruchtbar.

Er bemerkte, daß mehrere Monate Trockenheit den Spiegel des Sees beträchtlich gesenkt hatten, so daß die ziemlich steilen Ufer sichtbar waren und man die verschiedenen übereinandergelagerten Gesteinsarten unterscheiden konnte. Wahrscheinlich war jedoch alles das gleiche Gestein, das die verschieden lange Einwirkung von Wasser und Luft unterschiedlich gefärbt hatte. Seine Gedanken wurden unterbrochen, als eine große Gruppe

von Flamingos am anderen Ende des Sees aufflog, einige Minuten lang am Himmel kreiste und dann sanft auf einem der kleineren Seen landete, wo sie eine Schar Perlhühner störte, die auf dem Sand nach Futter suchten. Er fuhr weiter zum Hof, parkte den Wagen und rief: »Marius!«
Bevor er noch beim Haus angelangt war, kam van Doorn zur Tür, lachte schallend und schwenkte eine Zeitung. »Philip! Ich freue mich so, daß Sie gekommen sind. Das ist so gut, daß ich es Ihnen erzählen muß.«
»Was haben die Amerikaner jetzt wieder angestellt?«
»Keine Angst. Das ist Afrikandertum in Reinkultur.« Und er zog Philip in das Wohnzimmer, wo das erste, was Philip auffiel, ein Farbfoto von Sannie im Hochzeitskleid war. Er wandte sich rasch ab. Da er aber merkte, daß Marius ihn anblickte, fragte er beiläufig: »Wie geht es ihr?«
»Sehr gut. Frikkie hat einen Posten bei der Regierung. Jeder hat einen Posten bei der Regierung.«
»Was ist so komisch?«
»Die Trockenheit.«
»Ich kann daran nichts Lustiges finden. Da draußen sieht es ziemlich trostlos aus.«
»Nicht hier. Im Norden, in Blinkfontein.«
»Lassen Sie mich sehen«, sagte Philip ganz verwirrt und griff nach der Zeitung.
»Nein, Sie müssen zuerst den früheren Artikel lesen. Ich habe ihn hier irgendwo.« Marius hielt die Zeitung fest, die seine Heiterkeit hervorgerufen hatte, während er einen Stoß Blätter neben dem Fenster durchsuchte. »Hier ist er.«
Als Philip die alte Zeitung ergriff, hatte er keinen Zweifel mehr darüber, welcher Artikel das Gelächter verursacht hatte, denn auf der Titelseite befand sich das sorgfältig gestellte, halbseitige Foto eines völlig nackten Mannes mit der Überschrift: NUDIST ALS URSACHE DER TROCKENHEIT IDENTIFIZIERT. In dem in ernsthaftem Ton gehaltenen Artikel hieß es, daß Mevrou Leopold van Valck, Präsidentin des Moralischen Aktionskomitees von Blinkfontein, im Namen der dreiundvierzig Mitglieder erklärt habe, daß die anhaltende Trockenheit, die sich so schädlich auf ihr Gebiet auswirkte, durch Gottes Zorn über einen Mann namens Victor Victoria verursacht wurde. Er lud Paare, die nicht immer verheiratet waren, auf seine unweit von Blinkfontein gelegene Farm ein, um dort nackt sonnenzubaden. Gott würde Blinkfontein weiter plagen, glaubte Mevrou van Valck, wenn man Meneer Victoria gestattete, das Nacktsonnenbaden fortzusetzen, deshalb stellte ihr Komitee ein Ultimatum: »Zieht Kleider an, oder ihr habt euch die Folgen selbst zuzuschreiben.« Sie ging nicht näher auf diese Folgen ein, gab aber zu verstehen, daß sie nicht angenehm sein würden. Wenn Meneer Victoria anderseits einwilligte, Kleider anzulegen, versicherte sie ihm und den übrigen Bürgern von Blinkfontein, daß es recht bald regnen würde, gemäß dem 2. Buch der Chronik, Kapitel 7, Vers 14:

... und sie beten ... und sich von ihren bösen Wegen bekehren werden, so will ich vom Himmel hören und ihre Sünden vergeben und ihr Land heilen.

Sie schloß: »Es hängt also von Ihnen ab, Meneer Victoria. Legen Sie Kleider an und bringen Sie uns Regen.«
Philip gab die Zeitung mit einem Seufzer zurück. »Wir haben auch in unserem Land Verrückte. Und Sie sollten mal sehen, was in Texas so alles geschieht.«
»Darum geht es nicht!« rief Marius und reichte Saltwood die neue Zeitung, auf deren Titelseite ein weiteres Foto des nun völlig bekleideten Meneer Victor Victoria zu sehen war mit der Überschrift: NUDISTEN BEKLEIDET, HIMMEL SEGNET. An dem Nachmittag des Tages, an dem Meneer Victor Victoria und seine Gäste wieder Kleider anlegten, erfolgte ein Wolkenbruch, der nicht nur der Trockenheit ein Ende bereitete, sondern auch zwei kleine Brücken fortriß. Mevrou van Valck, Präsidentin des Moralischen Aktionskomitees von Blinkfontein, hatte angeblich während des Regengusses gesagt: »Meneer Victoria ist ein guter Nachbar. Er bezahlt seine Rechnungen. Und er war Vernunftgründen zugänglich.« Es gab ein zweites Foto des völlig bekleideten Meneer Victoria neben einer der fortgeschwemmten Brücken, mit der Überschrift: ICH MUSS ZUVIEL ANGEZOGEN HABEN.
»Ein guter Schluß für meinen Aufenthalt hier.«
»Gehen Sie wirklich fort?«
»Ungern.«
»Amalgamated würde sicherlich einen Posten für Sie finden – bei den jetzigen Goldpreisen und dem gutgehenden Diamantengeschäft.«
»Ja, aber ...«
Er wies auf das Foto von van Doorns Tochter.
»Ich kenne mindestens zwei Dutzend ebenso hübsche Mädchen wie Sannie in Pretoria.«
»Aber nicht Sannie. Wenn sich die Dinge anders entwickelt hätten ...«
Er stand an dem großen Fenster und blickte hinaus auf den See: »Wenn es oben in Blinkfontein geregnet hat, kommt das Wetter in den nächsten zwei Tagen hier herunter. Ihr See wird sich wieder füllen.«
»Hat er immer getan. Sieht aus, als wäre er schon tausend Jahre hier, vielleicht sogar eine Million.«
»Hier ist alles sehr alt«, meinte Saltwood beiläufig. Dann hielt er inne, wandte sich um und sah seinen Freund an: »Was haben Sie gesagt?«
»Ich sagte, es sieht aus ... Also, ich verstehe nichts von diesen Dingen, aber ich dachte immer, der See ist seit Tausenden oder sogar Millionen von Jahren hier.«
Philip packte Marius beim Arm und lief mit ihm zum See hinaus, und als sie am Ufer standen, sagte er: »Angenommen, dieser See existiert schon seit Ewigkeiten. Warum hat er sich hier eingenistet – auf diesem Abhang?«
»Warum nicht?«

»Die einzige Erklärung ist, daß er eine natürliche Vertiefung in der Erde füllte. Und was verursachte die Vertiefung? Das Mundloch eines alten Schlotes. Marius! Das, was ich gesucht habe, könnte genau hier sein.« Er blickte nach Osten zu der Stelle, wo der alte Pik Prinsloo seine Diamanten gefunden hatte, weit jenseits der Hügel, und wischte diese mit einer Handbewegung fort, da er ganz richtig annahm, daß sie Millionen Jahre später entstanden waren als dieser See.
Wenn die Hügel fort waren, konnte er sich den Fluß vorstellen, der die Diamanten stromabwärts befördert hatte; er war vermutlich von Westen gekommen, an dieser Kette kleiner Seen entlang, war über die Basis dieser Hügel nach Osten geströmt, hatte sich dann nach Norden gewandt, entlang des jetzigen Flußbettes, aber immer folgerichtig nach Osten, und die Diamanten mitgeführt.
»Marius!« rief er. »Ich glaube, ich habe ihn gefunden.«
»Wen?«
»Den Schlot, der diese Diamanten hervorgebracht hat. Ich habe ein Jahr lang in der falschen Richtung gesucht.«
»Sie glauben, er könnte sich hier befinden?«
»Ich bin überzeugt davon. Nicht durch das, was ich heute hier gesehen habe, sondern weil ich alle anderen Möglichkeiten erschöpft habe.«
Diese Worte erinnerten van Doorn an sein Land; er sah, daß es im Begriff war, *seine* verschiedenen Möglichkeiten zu erschöpfen. Aber so wie bei Saltwood und den Diamanten brauchte das seine Zeit.
Sagen wir zehn Jahre, in denen man mit dem Gedanken an eine totale militärische Unterdrückung spielt, dann vielleicht fünf mit einer Art Neofaschismus, dann weitere fünf mit der Rückkehr zur Vernunft, und vielleicht noch zehn mit tastenden Versuchen, eine allgemeine Demokratie einzuführen. Zum Teufel, die Zeit bewegt sich so langsam, aber das Ganze könnte noch zu meinen Lebzeiten vollendet werden. Ich könnte als weißhaariger Greis hier noch eine großartige Gesellschaft erleben. Und wir brauchten uns nicht in die Kap-Enklave zu verkriechen. Schwarze und Weiße, Farbige und Inder könnten in gleicher Weise daran teilhaben.
»Marius, hören Sie zu?«
»Was?«
»Ich sagte, ich möchte noch eine Versuchsbohrung machen. Da drüben am Rand Ihres Sees.«
»Wozu?«
»Ich bin davon überzeugt, daß ich Kimberlit finden werde. Vielleicht in hundertfünfzig Meter Tiefe, unter dem Schutt.«
Schutt, das ist das Wort. Die schreckliche Anhäufung falscher Entscheidungen, ungeeigneter Methoden. Man scharrt die Auswüchse der Geschichte fort – die Hinrichtungen am *Slagter's Nek*, die Schrecken der Konzentrationslager, die Sünden, die wir mit der Apartheid begangen haben – und vielleicht stößt man unten auf das Muttergestein der menschlichen Gesellschaft, in dem Diamanten versteckt sind. Gott meiner Väter, könnten wir

doch die psychologischen Bohrer ansetzen und nach unten vorstoßen, bis zum Muttergestein.
»Ich habe Ihre Erlaubnis?«
»Was zu tun?«
»Für die Probebohrung? Bis zum Kimberlit?«
Kimberlit! Dieses Land, meine Heimat, riskiert eine Milliarde Rand, um den nächsten Kimberlit zu finden, in der Hoffnung, daß Diamanten entdeckt werden. Es gibt aber nicht einmal zehn Rand aus, um den Kimberlit der menschlichen Seele zu finden. Wir drehen die Uhr um eine Milliarde Jahre zurück, um Edelsteine zu finden, die in einer vernünftigen Welt absolut nichts wert sind, aber wir ignorieren die harten Edelsteine im menschlichen Gewissen, die mehr wert sind als alles Geld dieser Welt. Es ist eine verrückte Gesellschaft, und wenn Saltwood wirklich das neue Diamantenvorkommen findet, werden alle in Pretoria, London, Amsterdam und New York sagen: »Südafrika hat sich in einem Augenblick der Krise wieder einmal gerettet.«
»Ich werde den Schutt beiseite schaffen lassen«, sagte Philip aufgeregt, »und nicht zu viele Fahrzeuge hereinbringen. Der See stellt kein Problem dar. Wir werden 700 bis 1000 Meter nach unten gehen und dann Stollen nach Norden und Süden treiben.«
»Und der Schutt? Es wird bestimmt viel geben.«
»Den gibt es immer, wenn man Diamanten findet. Zehn Tonnen Schutt für jedes Karat. Wir werden ihn dort drüben aufschütten. Vom Hause aus werden Sie nichts sehen.«
Die Flamingos erhoben sich von ihrem kleinen See und zogen ihre Kreise am Himmel, wie um die bevorstehenden Entdeckungen zu feiern. Ihr rotes Gefieder leuchtete in der Sonne, als sie den Punkt überflogen, an dem Philip seine Bohrer ansetzen würde; dann wandten sie sich nach Norden. Nächstes Jahr, wenn sie wiederkamen, würde der See ganz anders aussehen.

Danksagung

Während meines letzten Besuches in Südafrika wurde ich immer und überall mit höflicher Aufmerksamkeit behandelt, und als bekannt wurde, daß ich beabsichtigte, ein Buch über das Land zu schreiben, erhielt ich täglich Anrufe, in denen man mir Unterstützung, wohlfundierte Informationen und offenen Meinungsaustausch anbot. Wenn ich abends in mein Hotel zurückkam, warteten Leute auf mich, um mit mir zu diskutieren, und andere boten mir Reisen an Orte an, die ich sonst nicht gesehen hätte. Das galt für alle Gesellschaftsschichten: Schwarze, Farbige, Inder, Buren und Engländer. Es gibt Hunderte von Menschen, denen ich zu Dank verpflichtet bin; die im folgenden genannten waren mir besonders behilflich:

Allgemein: Philip C. Bateman, ein freier Schriftsteller, der empfehlenswerte Bücher geschrieben hat, begleitete mich sieben Wochen lang auf meiner anstrengenden Reise, bei der ich Material für mein Buch sammelte. Wir legten etwa achttausend Kilometer zurück, und er führte mich bei den meisten der im folgenden zitierten Experten ein. Ohne seine Informationen und Anleitungen hätte ich meine Arbeit nicht ausführen können.

Diamanten: John Wooldridge, Barry Hawthorne, Alex Hall, George Louw, Dr. Louis Murray von De Beers. Peter van Blommestein nahm mich mit in die Gruben. Ich hatte den außerordentlichen Vorzug, einen Vormittag mit Lou Botes, einem einsamen Gräber aus der alten Zeit, der noch in der Gegend von Kimberley arbeitete, zu verbringen und einen Nachmittag mit J. S. Mills in seinem modernen Betrieb. Der Historiker Derek Scheffers war mir eine große Hilfe, und Jack Young verbrachte einen Tag damit, mir zu erklären, wie Diamanten auf dem Markt gehandelt werden. Dr. John Gurney, Chef der Kimberlite-Forschungsgruppe an der Universität von Kapstadt, war mir bei der Überprüfung von Einzelheiten überaus behilflich. Dr. John A. Van Couvering vom Amerikanischen Naturgeschichtlichen Museum machte mich auf neue Theorien aufmerksam.

Urmensch: Professor Phillip Tobias gestattete mir, einen Tag mit ihm an einer seiner archäologischen Fundstätten zu verbringen, und Alun Hughes zeigte mir die Fossilien der großen Funde. Dr. C. K. Brain, Direktor des Transvaal-Museums, war sehr entgegenkommend. Professor Nikolas van der Merve, der leitende Archäologe an der Universität von Kapstadt, organisierte einen ausgedehnten Studienausflug zusammen mit seiner Mitarbeiterin Janette Deacon und anderen. Im Africana-Museum in Johannesburg halfen mir Mrs. L. J. De Wiet und Hilary Bruce bei meinen Recherchen über San-Material. Johannes Oberholzer, Direktor des Nationalmuseums im Bloemfontein, verbrachte viele Stunden damit, mir seine überzeugenden Ansichten darzulegen.

Zimbabwe: Kurator Peter Wright weihte mich zwei Tage lang in die Geheimnisse dieser alten Stadt ein. Professor Tom Haffman, leitender Archäologe der Witwatersrand-Universität, war mir eine unschätzbare Hilfe durch seine Erklärung von Begriffen.

Kapkolonie: Frau Dr. Anna Böeseken, die hervorragendste Gelehrte der Nation, half mir sowohl durch mündliche Unterweisung wie auch durch ihre hervorragenden publizierten Arbeiten. Zahlreiche holländische und indonesische Beamte informierten mich über Unternehmungen auf Java. Regierungsbeamte von Malaya halfen mir bezüglich Malakka. Peter Klein, Rotterdam, bot mir fachmännische Hilfe über VOC an. James Klosser und Arthur Doble nahmen mich auf einen ausgedehnten Studienausflug auf den Tafelberg mit. Dr. I. Norwich zeigte mir seine Sammlung von alten Landkarten. Christine Van Zyl nahm mich zu einem Rundgang nach Groot Constantia und in das Koopmans-de-Wet-Museum mit. Victor de Kock, ehemaliger Chefarchivar, half mir ebenfalls. Professor Eric Axelson, ein hervorragender Fachmann für Frühgeschichte, lieferte mir viele Einblicke.

Hugenotten: Frau Elizabeth le Roux aus Fransch Hoek und Dr. Jan P. van Doorn aus Den Haag halfen mir bei der Zusammenstellung von Unterlagen. Jan Walta verbrachte drei Tage damit, mir die Gedenkstätten der Hugenotten in Amsterdam zu zeigen. Die Besitzer zweier historischer Weingärten, Herr und Frau Nico Myburgh von Meerlust, und Herr und Frau Nicolas Krone von Twee Jonge Gesellen, in Tulbagh, waren außerordentlich gastfreundlich und mitteilsam. Professor M. Boucher von der Abteilung für Geschichte an der Universität von Südafrika lieferte mir wichtige Erklärungen.

Treckburen: Gwen Fagan organisierte einen denkwürdigen Treck in die Church Street von Tulbagh (Land van Waveren). Colin Cochran verbrachte einen Tag damit, die alte Herrlichkeit von Swellendam wiedererstehen zu lassen. Dr. Jan Knappert von der Londoner Schule für orientalische Studien gab mir wertvolle Einblicke. Dr. D. J. van Zyl, Leiter der Geschichtsabteilung der Universität von Stellenbosch, steuerte geschätzte Kritik bei.

Mfecane: Dr. Peter Becker stellte mir seine Zeit und seine Kenntnisse zur Verfügung. Im Jahr 1977 kam ich während einer ausgedehnten Reise durch Zululand mit verschiedenen Zuluführern zusammen.

Großer Treck: Professor C. F. J. Muller, ein führender Experte, gab sein Wissen an mich weiter. Dr. Willem Punt, Sheila Henderson, Professor Jack

Gledhill, Grahamstown, der an einer Biographie von Piet Retief schreibt, diskutierten Einzelheiten mit mir.
Salisbury und Alt-Sarum: Frau J. Llewellyn-Lloyd, Surrey.
Oriel College: Donald Grubin, ein Student an diesem College.
Buren: P. J. Wassenaar, Professor Geoffrey Opland, Brand Fourie. Martin Spring war besonders freundlich, als er mit mir über sein Buch über die Konfrontation zwischen Südafrika und den Vereinigten Staaten diskutierte; Colin Legum, Harry Oppenheimer, der Ehrenwerte John Vorster, der eine Stunde lang offen mit mir diskutierte; Jan Marais, Parlamentsmitglied, der auf gesellschaftlicher und intellektueller Ebene mit mir verkehrte. Dr. Arlbert Hertzog verbrachte einen langen Abend mit mir.
Die Engländer: Dr. Eily Gledhill, Grahamstown, nahm mich zu einem ausgedehnten Besuch der Schauplätze der Xhosakriege mit. Professor Guy Butler von der Rhodes-Universität war ungewöhnlich rührig. Frau Dr. Mooneen Buys vom De-Beers-Stab diskutierte mit mir ihre Doktorarbeit, während Kuratoren der Rhodes Association mir Einblicke in Aufzeichnungen und Fotomaterial gewährten. Professor P. H. Kapp, Leiter der geschichtlichen Abteilung der Rand-Afrikaans-Universität, überprüfte den Abschnitt über die Missionsarbeit.
Schwarze Welt: Ich bemühte mich ständig, mit schwarzen Wortführern zusammenzukommen und sie zu verstehen. Manche, wie zum Beispiel der Schriftsteller Bloke Modisane, befanden sich in London im Exil. Andere, wie etwa der begabte Sozialanalytiker Ben Magubane von der Universität Connecticut, machten außerhalb von Südafrika Karriere; ich verbrachte drei Tage mit Magubane, und er äußerte sich scharf zu dem Kapitel über Chaka. Sheena Duncan war mir sehr behilflich. Credo Mutwa zeigte mir sein Institut, in dem er Forschungen über die Medizinmänner betreibt. Richter A. R. »Jaap« Jacobs aus dem Northern Cape District gab mir Ratschläge. Ich verbrachte insgesamt fünf Tage in Soweto, drei unter Regierungsaufsicht, zwei Nächte auf eigene Faust. Bei diesen Besuchen traf ich mit zahlreichen schwarzen Führern zusammen, solchen, die die staatliche Politik unterstützten, und solchen, die entschlossen waren, ihr ein Ende zu machen.
Indische Gemeinde: Es war mir möglich, verschiedene Orte zu besuchen, von denen indische Kaufleute aus den für Weiße reservierten Gebieten entfernt wurden. In Durban traf ich mit Führern der indischen Gemeinde zusammen, um diese Maßnahmen zu erörtern, unter anderem auch mit A. R. Koor aus Fordsburg.
Farbige Gemeinden: Ich hatte häufig Verbindung zu ihnen, besonders in Kapstadt, wo Brian Rees und Paul Andrews mir Siedlergebiete zeigten, in denen ich Hütten besuchte und Diskussionen führte.
Burenkrieg: Fiona Barbour, Ethnologin am Alexander McGregor Memorial Museum in Kimberley, informierte mich über die Schlachtfelder; Benjamin und Eileen Christopher führten mich zu einer zweitägigen Besichtigung von Spion Kop, Blaauwkrantz und den historischen Reichtümern von Lady-

smith; Major Philip Erskine, Stellenbosch, zeigte mir seine ungewöhnliche Sammlung von Andenken, darunter viel Material über General Buller.
Konzentrationslager: Frau Johanna Christina Mulder, die den Aufenthalt im Standerton-Lager überlebte, war bewundernswert hilfsbereit; Johan Loock von der Universität des Oranje-Freistaates lieferte mir viele nützliche Informationen.
Verbannung: In London verbrachte ich einen Nachmittag mit Pater Cosmos Desmond, der soeben eine längere Zeit der Verbannung hinter sich gebracht hatte. 1971 traf ich mit vier Verbannten zusammen, zwei Weißen und zwei Schwarzen. 1978 verbrachte ich einen Vormittag mit Reverend Reyers Naudé.
Sport: Morné du Plessis, der große Rugby-Star, war sehr hilfreich; ebenso Louis Wessels, Chefredakteur einer bedeutenden Sportzeitschrift, Dawie de Villiers, der berühmte Kapitän der Springböcke (1971), und Gary Player, mit dem ich in Amerika eine lange Unterredung führte.
Bergwerke: Ich bin Norman Kern zu besonderem Dank verpflichtet, der mir einen Tag lang die Goldbergwerke von Welkom zeigte.
Tiere: Graeme Innes führte mich drei Tage durch den Krüger-Nationalpark; Nick Stelle zeigte mir Hluhluwe und arrangierte für mich einen Besuch am Umfolozi. Ken Tindley, der südafrikanische Naturforscher und Leiter des Gorongosa-Nationalparks in Moçambique, gestattete mir, eine Woche lang mit ihm zu arbeiten. John Owen und Miles Turner nahmen mich auf unvergeßliche Flüge über die Serengeti mit.
Vrymeer: Mein besonderer Dank gebührt A. A. »Tony« Rajchrt, der mir gestattete, seine Farm in Chrissiesmeer, die Seenkette und die Bläßbockherden eingehend zu besichtigen.

Verschiedene Gelehrte ehrten mich durch ihre Bereitwilligkeit, Kapitel zu lesen, die in ihre Spezialgebiete fielen. Ich suchte ihre härteste Kritik und nahm ihre Anregungen gern an. Wo Irrtümer festgestellt wurden, korrigierte ich sie, wo es aber um Meinungen und Auffassungen ging, ignorierte ich mitunter Ratschläge. Kein Fehler, der zurückblieb, kann jemand anderem als mir zugeschrieben werden.
Für jedes Kapitel konsultierte ich die meisten verfügbaren historischen Studien und fand eine Fülle von Material. Manches davon war die Grundlage für das, was ich schrieb, manches focht es an. Da viele Biographen von Cecil Rhodes seine Beziehung zu Prinzessin Radziwill zu vertuschen suchen oder ganz verschweigen, blieben mir nur drei Darstellungen: zwei kurze Erklärungen seiner jungen Freunde und eine ausgezeichnete vollständige Abhandlung von Brian Roberts: »Cecil Rhodes und die Prinzessin.«
Ich schrieb den kurzen Teil über die Universität Cambridge im 14. Kapitel zwei Jahre vor der Entlarvung von Sir Anthony Blunt als berüchtigter »vierter Mann«. Meine eigenen Nachforschungen hatten mich auf seine Spur geführt oder auf die von jemandem, der ihm ähnlich war.

Das ist ein Roman, und es wäre ein Irrtum, ihn als etwas anderes zu verstehen. Die Schauplätze, die handelnden Personen und die meisten Geschehnisse sind frei erfunden. Es gibt weder das Trianon, *De Kraal*, Venloo, Vrymeer noch Vwarda. Die Familien Nxumalo, van Doorn, de Groot und Saltwood existieren nicht. Einige wenige reale Personen erscheinen kurz – zum Beispiel van Riebeeck, Chaka, Cecil Rhodes, Oom Paul Krüger und Sir Redvers Buller –, und das über sie Gesagte stützt sich auf historische Dokumente. Die Schlacht von Spion Kop ist wahrheitsgetreu wiedergegeben, ebenso die wichtigsten Vorfälle während des Großen Trecks. Groß-Zimbabwe wird im Licht neuerer Erkenntnisse genau dargestellt. Alle Vorfälle, die im Kapitel über Apartheid geschildert werden, hat der Autor selbst recherchiert und kann sie bestätigen.

Es war unmöglich, gewisse Bezeichnungen zu umgehen, die früher allgemein akzeptiert wurden, heute aber als herabsetzend gelten: Buschmann anstatt San oder Khoisan; Hottentotte anstatt Khoi-khoi; Eingeborener, Kaffer oder Bantu anstatt Schwarzer. Die Bezeichnung »Farbiger« stellt in Südafrika eine rechtsgültige Klassifikation dar.

Anhang

Worterklärungen

Wenn man über ein Volk mit einer so anschaulichen Sprache wie Afrikaans schreibt, ist man versucht, die Erzählung mit einer Vielzahl farbiger Wörter wie *kloof* (Bergschlucht) oder erstaunlicher Zusammensetzungen wie *onderwyskollegesportsterreine* (Erziehungscollegesportplätze) zu spicken. Ich versuchte, das zu vermeiden, da ich es für Angeberei halte, die dem Leser nicht viel hilft. Es wäre aber ungerecht, über Afrikander zu schreiben, ohne die Würze ihrer Sprache wiederzugeben. Deshalb habe ich die wenigen Wörter verwendet, ohne die eine Erzählung an Glaubwürdigkeit verlieren würde, und habe von diesen Spezialwörtern jene gebraucht, die ins Englische übernommen wurden und in größeren Wörterbüchern erscheinen.

Assagai:	schlanker Hartholzspeer (Arabisch)
Baas:	Meister, Boß
Baobab:	Baum mit geschwollenem Stamm (Bantu)
Bayete:	»Heil, Majestät!« (Zulu)
Biltong:	Streifen von in der Sonne getrocknetem, gesalzenem Fleisch ohne Knochen
Bobotie:	Hackfleisch mit Curry und schmackhafter Puddingzubereitung
Boer:	Bauer
Kommando:	Militäreinheit der Buren (Mitglied einer solchen Einheit)
Dagga:	Marihuana (Hottentottisch)
Dankie:	danke
Disselboom:	Deichsel eines Ochsenwagens
Dominee:	Geistlicher der Afrikanderkirchen
Hartbeest Hütte:	Hütte aus mit Lehm beworfenem Flechtwerk mit niedrigen Wänden ohne Fenster
Impi:	Regiment von Zulukriegern (Bantu)
Kopje:	kleiner Hügel, oft oben abgeflacht
Kraal:	afrikanisches Dorf; Einzäunung für Vieh (Portugiesisch)

Laager:	Verteidigungslager, von Wagen umgeben, Wagenburg
Lobola:	Preis für die Braut, gew. in Rindern bezahlt (Bantu)
Mevrouw:	Frau; wird zu *Mevrou*
Mfecane:	Zermalmung (erzwungene Wanderung nach Zulu-Konsolidierung)
Mijnheer:	Herr; wird zu *Meneer*
Oubaas:	alter Boß
Ouma:	Großmutter
Rand:	Währungseinheit, Wert etwa ein Dollar (Abkürzung von Witwatersrand)
Sjambok:	kurze, kräftige Peitsche aus Rhinozeroshaut (Malaiisch, aus dem Persischen)
Trek:	anstrengende Wanderung, besonders im Ochsenwagen
Trekboer:	nomadischer Viehzüchter
Tsotsi:	Mitglied einer Straßenbande (Bantu)
Veld:	offenes Grasland mit vereinzelten Bäumen und Büschen
Veldkornet:	untergeordneter Bezirksbeamter (Militär: Leutnant)
Veldskoen:	hausgemachter Schuh aus ungegerbtem Leder
Verdomde:	verdammt
V.O.C.:	Verenigde Oostindische Compagnie
Voortrekker:	Voraustrekker (Mitglied des Großen Trecks 1834–1837)
Vrymeer:	Freiheitssee (holl. *Vrijmeer*)

Stammtafeln

Die Van Doorns

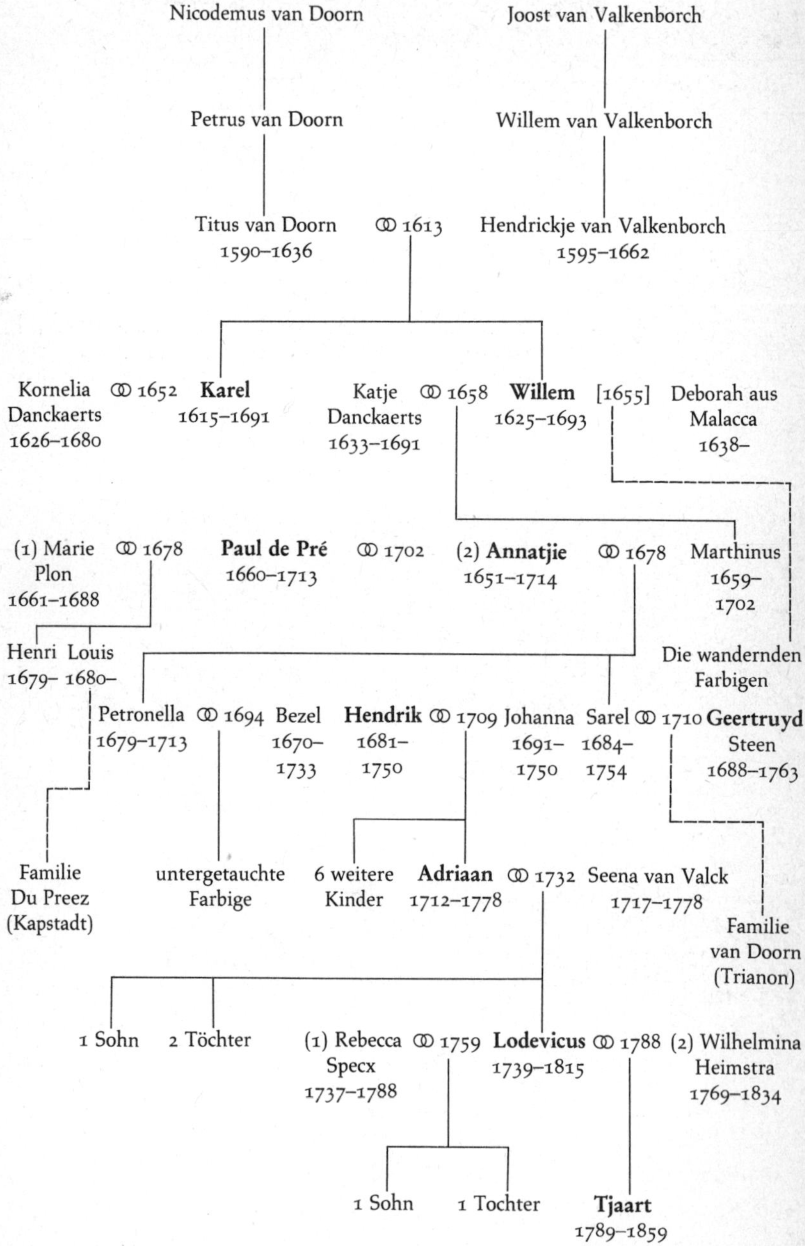

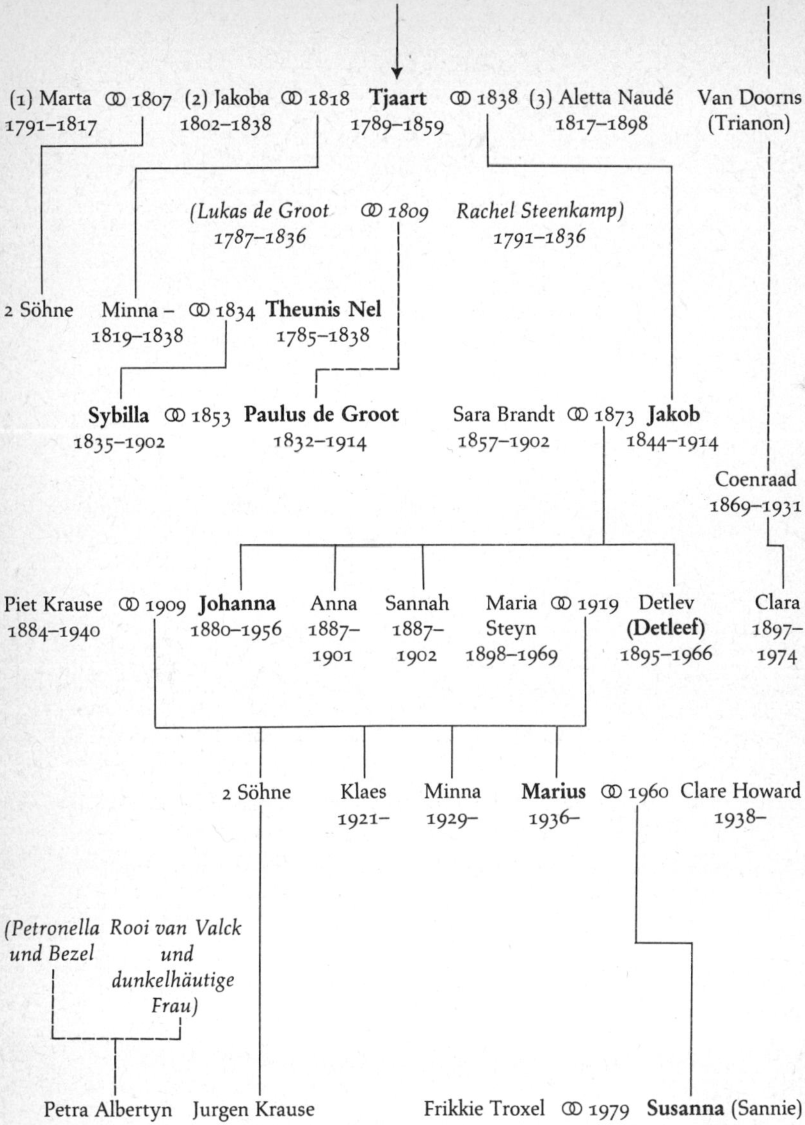
(1) Marta ⚭ 1807 (2) Jakoba ⚭ 1818 **Tjaart** ⚭ 1838 (3) Aletta Naudé
1791–1817
1802–1838
1789–1859
1817–1898
Van Doorns (Trianon)
(Lukas de Groot ⚭ 1809 Rachel Steenkamp)
1787–1836
1791–1836
2 Söhne
Minna – ⚭ 1834 **Theunis Nel**
1819–1838
1785–1838
Sybilla ⚭ 1853 **Paulus de Groot**
1835–1902
1832–1914
Sara Brandt ⚭ 1873 **Jakob**
1857–1902
1844–1914
Coenraad
1869–1931
Piet Krause ⚭ 1909 **Johanna**
1884–1940
1880–1956
Anna 1887–1901
Sannah 1887–1902
Maria Steyn ⚭ 1919 Detlev **(Detleef)**
1898–1969
1895–1966
Clara 1897–1974
2 Söhne
Klaes 1921–
Minna 1929–
Marius ⚭ 1960 Clare Howard
1936–
1938–
(Petronella und Bezel
Rooi van Valck und dunkelhäutige Frau)
Petra Albertyn 1946–
Jurgen Krause 1945–
Frikkie Troxel ⚭ 1979 **Susanna** (Sannie)
1955–
1960–

Die Nxumalos

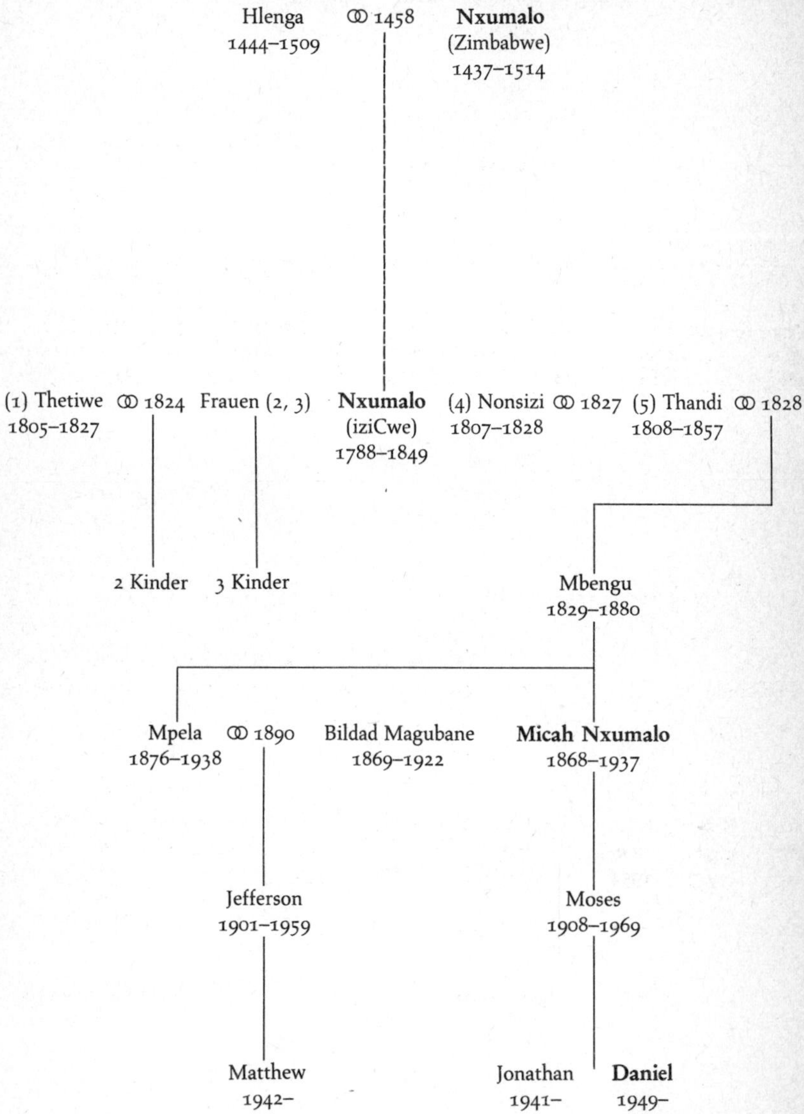

Die Saltwoods

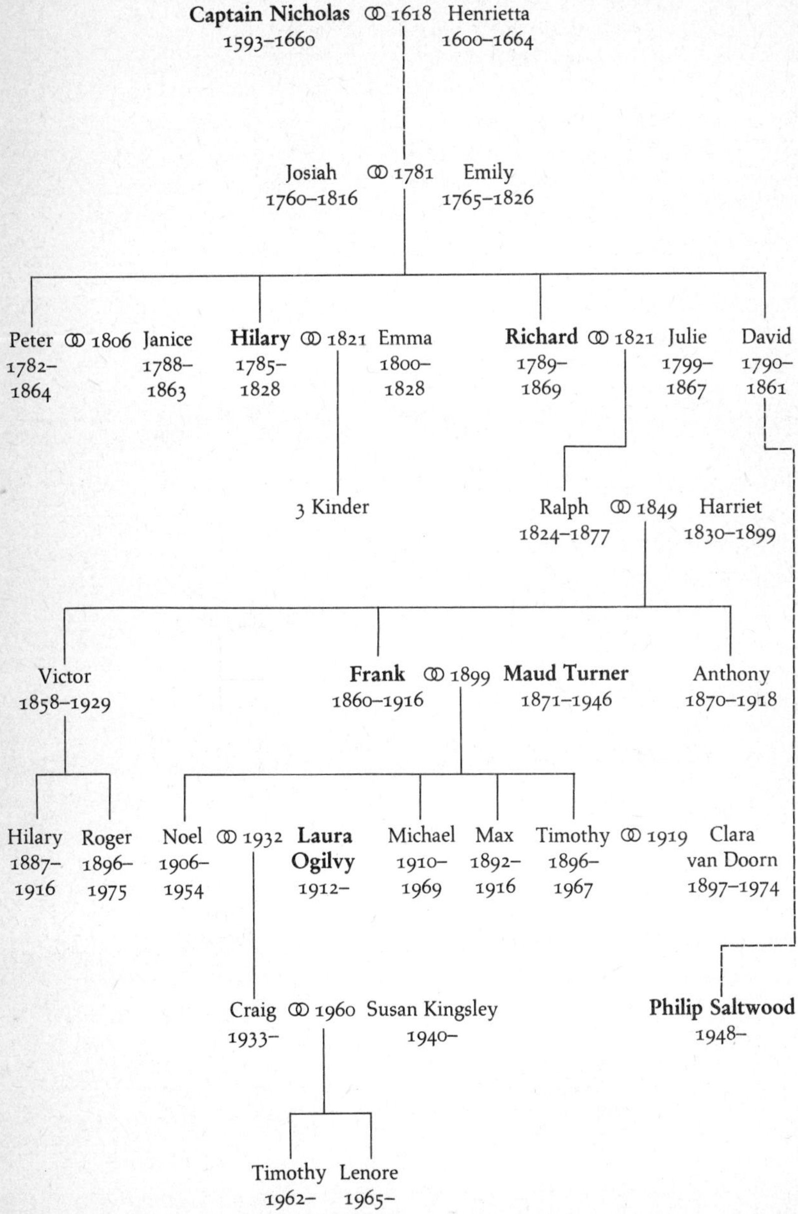

Jean Paul Tremblay